三田文學総目次 増補版

付・執筆者索引

創刊号（1910年）～ 創刊100年記念号（2010年）

三田文学会

刊行のことば

「三田文学」は一九一〇年（明治四十三年）に慶應義塾によって創刊され、二〇一〇年（平成二十二年）に創刊一〇〇年を迎えた。慶應義塾創立一五〇年の歩みのほぼ三分の二に当る一世紀にわたって発行されてきた「三田文学」は、その歩み自体も独特だが、文壇においても重要な役割を果し、豊潤な成果に高い評価が与えられてきた。このたび、その創刊一〇〇年記念事業の一環として、「三田文学」総目次の増補版を刊行できたことの意義は大きく、皆様とともに慶びたい。

前版の「三田文学」総目次は、創刊六十年の事業として昭和五十一年に刊行された。当時の方針は斬新なもので、各号の本文作品の一つ一つに当って註記を加え、奥付部分の重要事項を収録し、さらに執筆者別の詳細な索引によって、研究必携の要請に応えるものであった。この度これを増補し、創刊一〇〇年版を完成させるにあたっても、この方針を継承したのは言うまでもない。

創刊以来「三田文学」は、わが国の文壇の中で独自の存在を堅持してきた。永井荷風主幹による「三田文学」の創刊は慶應義塾の文学部創設とほぼ期を同じくしているが、その編集方針は広く開かれた視野に支えられてきた。「三田文学」を出発点とし、或は参画した文人・文学者には馥郁たる詩情、醇乎とした批評精神が、根柢に流れている。また、時代を拓く新人登場に力をおき、小説、詩歌、演劇、評論、外国文学研究を含む斬新な誌面をつくってきた歴史は、近代日本文学研究に豊富な材料を提供することになるだろう。慶應義塾が擁する三田文学ライブラリーの存在と相俟って、この『三田文學総目次増補版一九一〇―二〇一〇』が、広く活用されることを祈ってやまない。

二〇一三年三月

三田文学会理事長

坂上　弘

目次

刊行のことば……1
凡例……8
一九一〇年（明治四十三年）……9
一九一一年（明治四十四年）……12
一九一二年（明治四十五年・大正元年）……18
一九一三年（大正二年）……23
一九一四年（大正三年）……29
一九一五年（大正四年）……34
一九一六年（大正五年）……41
一九一七年（大正六年）……47
一九一八年（大正七年）……52
一九一九年（大正八年）……58
一九二〇年（大正九年）……65
一九二一年（大正十年）……71
一九二二年（大正十一年）……76
一九二三年（大正十二年）……81
一九二四年（大正十三年）……84
一九二五年（大正十四年）……88
一九二六年（大正十五年・昭和元年）……90
一九二七年（昭和二年）……94
一九二八年（昭和三年）……101
一九二九年（昭和四年）……110
一九三〇年（昭和五年）……117

一九三一年（昭和六年）……128
一九三二年（昭和七年）……137
一九三三年（昭和八年）……147
一九三四年（昭和九年）……157
一九三五年（昭和十年）……169
一九三六年（昭和十一年）……183
一九三七年（昭和十二年）……201
一九三八年（昭和十三年）……214
一九三九年（昭和十四年）……229
一九四〇年（昭和十五年）……246
一九四一年（昭和十六年）……269
一九四二年（昭和十七年）……291
一九四三年（昭和十八年）……307
一九四四年（昭和十九年）……314
一九四六年（昭和二十一年）……318
一九四七年（昭和二十二年）……321
一九四八年（昭和二十三年）……324
一九四九年（昭和二十四年）……330
一九五〇年（昭和二十五年）……336
一九五一年（昭和二十六年）……340
一九五二年（昭和二十七年）……346
一九五三年（昭和二十八年）……352
一九五四年（昭和二十九年）……359
一九五五年（昭和三十年）……363
一九五六年（昭和三十一年）……368
一九五七年（昭和三十二年）……373
一九五八年（昭和三十三年）……375
一九五九年（昭和三十四年）……378
一九六〇年（昭和三十五年）……382
一九六一年（昭和三十六年）……387
一九六二年（昭和三十七年）……392
一九六六年（昭和四十一年）……394
一九六七年（昭和四十二年）……397
一九六八年（昭和四十三年）……404
一九六九年（昭和四十四年）……411
一九七〇年（昭和四十五年）……419

一九七一年（昭和四十六年）……425
一九七二年（昭和四十七年）……431
一九七三年（昭和四十八年）……437
一九七四年（昭和四十九年）……442
一九七五年（昭和五十年）……449
一九七六年（昭和五十一年）……456
一九八五年（昭和六十年）……461
一九八六年（昭和六十一年）……463
一九八七年（昭和六十二年）……466
一九八八年（昭和六十三年）……469
一九八九年（昭和六十四年・平成元年）……472
一九九〇年（平成二年）……475
一九九一年（平成三年）……478
一九九二年（平成四年）……481
一九九三年（平成五年）……485
一九九四年（平成六年）……489
一九九五年（平成七年）……492
一九九六年（平成八年）……495
一九九七年（平成九年）……498
一九九八年（平成十年）……502
一九九九年（平成十一年）……505
二〇〇〇年（平成十二年）……509
二〇〇一年（平成十三年）……514
二〇〇二年（平成十四年）……518
二〇〇三年（平成十五年）……521
二〇〇四年（平成十六年）……525
二〇〇五年（平成十七年）……529
二〇〇六年（平成十八年）……533
二〇〇七年（平成十九年）……536
二〇〇八年（平成二十年）……540
二〇〇九年（平成二十一年）……544
二〇一〇年（平成二十二年）……548
索引……巻末1

三田文学総目次増補版

自＝一九一〇年（明治四十三年）
至＝二〇一〇年（平成二十二年）

凡例

一、この総目次は、雑誌「三田文学」の創刊号（一九一〇年・明治四十三年五月号）から、創刊一〇〇年創作特集号（二〇一〇年・平成二十二年春季号）までを対象とした。

一、全体の構成は、雑誌「三田文学」（以下「原本」）各号の目次頁をそのまま再現したもの、目次頁を本文と対校したもの（これを「目次註」と称す）、編集関係事項を列記した奥付部分の三部門から成っている。

一、巻・号数については、原本の各号に表示されているものをそのまま使用することを避け、新たに、西暦年と月または季節を続けて示した。

例（昭和四十年五月号）

一九六五年五月↓【196505】

例（平成十五年冬季号）

二〇〇三年冬季↓【2003冬】

一、「目次註」については、各註番号の下に、左記の順序で列記した。

（イ）異動のある題名、執筆者名

（ロ）――副題、献辞――

（ハ）（ジャンル、その他）（連載ものの総回数、戯曲の総幕場数）

（ニ）〈章段、幕場数〉〈小見出し〉

（ホ）〔執筆年月、講演月日〕〔完・未完・つゞく〕

一、仮名文字表記については次のようにした。

（イ）仮名遣いは原本の表記のまま。

（ロ）漢字は固有名詞も含めて原則として当用漢字体を採用したが、時には原本の表記によったものもある。

一、誤字については、各部門それぞれ記号を用い、左記のように正した。

（目次頁）　誤字《〔正〕》

（目次註）　誤〔正〕字

なお、欧文の場合は語句全体を訂正し、未詳のものは〔?〕で示した。

一、人名の敬称は可能な限り省略した。

一、原本の目次に、題名、執筆者名のいずれもが脱落している場合は、「目次註」の末尾に＊を用いて表記した。

一、誤字、脱字以外に、本書編集部としての「註」を付す場合は※を用いて表記した。

一九一〇年（明治四十三年）

■五月号（創刊号）　【191005】
表紙絵　藤島武二
桟橋 1　森鷗外
The morning glory 2　野口米次郎
印度王と太子 3　木下杢太郎
快楽と太陽 4　三木露風
ブウル・ド・スイウ〔フ〕5　馬場孤蝶
着物 6　山崎紫紅
正午 7　永井荷風
立てた箸 8　黒田湖山
火吹竹 9　深川夜烏
紅茶の後 10　永井荷風

目次註

1　（写生小品）鷗外〔完〕
2　THE MORNING GLORY YONE NOGUCHI
3　（戯曲習作）〈第一段―六段〉※文末に〝仏陀に関する戯曲の第一の習作〟とあり。訂正次号にあり
4　快楽と太陽外六編〈快楽と太陽／憐憫／残れる記憶の色／夜の追懐／月と風／涙／汝の恋〉〔一九一〇年四月作〕
5　ブウル・ド・スイフ（上）ギイ・ド・モオパッサン作／馬場孤蝶訳〔未完〕
6　着物《きもの》
7　正午 Midi-Henri de Régnier 宣言 Sentence-Henri de Régnier
8　立《た》てた箸《はし》〔了〕※文末には湖山人とあり
9　〈火吹竹／溝／風／柳島／左の通〉
10　紅茶の後《あと》（随筆）〔四月十五日〕※文芸雑誌「三田文学」発行までの経緯と筆者自らの立場などを記す
＊　三田文学第弐号予告

表紙・藤島武二／裏表紙・「福沢先生真蹟」（修身要領の一節）／発行日・五月一日／頁数・本文全一八六頁／定価・二十五銭／編輯兼発行人・東京市牛込区大久保余丁町七十九番地　永井壮吉／発行所・東京市芝区三田　慶應義塾内・三田文学会／発売所・東京市京橋区築地二丁目十五番地　籾山書店／印刷人・東京市芝区愛宕町三丁目二番地　小松周助／印刷所・東京市芝区愛宕町三丁目二番地　東洋印刷株式会社

■六月号　【191006】
表紙意匠　藤島武二
普請中 1　森鷗外
詩人ローウェルの墓（英詩）2　畑功
ブウル・ド・スイフ 3　馬場孤蝶
到着記 4　草野柴二
夏ごろも　與謝野晶子
橡の落葉 5　永井荷風
最後 6　金子紫草
坂下の街 7　秋田雨雀
紅茶の後 8　吉野紅雨〔永井荷風〕
近代仏蘭西作家一覧 9　永井荷風〔吉野紅雨〕

目次註

1　普請中　鷗外〔完〕※〝文中「ゲルトネルプラッツの芝居」と書いたのは「チエントラアルテアアテル」の記憶誤であった〟と、次号作者文末に記す
2　On Visiting Poet Lowell's Grave At Mount Auburn Semitary〔Cemmtery〕In 1902, The Year Of The Great Anthracite Strike. Isao, Hata.
3　（中ノ上）ギイ・ド・モオパッサン作／馬場孤蝶訳〔つゞく〕
4　〈一―四〉〔完〕
5　橡《とち》の落葉〈橡の落葉の序／墓詣／休茶屋／裸美人〉※付記に〝『ふらんす物語』中に印刷されたものなれど、（略）同書の発売禁止と共に世人の目に触るる事なく埋葬せらるものなり〟とある
6　原作者フランク、ラテウール／金子紫草訳
7　（追懐小品）〔五月十四日〕
8　紅茶の後〈二〉永井荷風〔五月十五日〕※講義ほか
9　近代仏蘭西作家一覧〈一〉吉野紅雨編
――一八六〇年代より現今に至る仏国小説家詩人戯曲家の小伝――〈About(Edmond) / Aicard(Jean) / Ajalbert(Jean) / Aurevilly(Jules Baraley)〔Barbley〕d') / Adam(Paul) / Banville(Théodore de) / Barrès(Maurice) / Bataille(Henry) / Baudelaire(Charles) / Bazin(René) / Becque(Henry) / Bernstein(Henry) / Bloy(Léon) / Bordeaux(Henry) / Boschot(Adolphe) / Bouchaud(Pierre de) / Bourget(Paul) / Brieux(Eugène)〉
＊　消息　※〈前号「印度王と太子」正誤／畑功、広瀬哲士、星野勉三等の慶應義塾大学に於ける講義など〉
＊　寄贈書目／三田文学第三号要目
＊　慶應義塾文学科課程　※各科課程表

表紙・藤島武二／裏表紙・「福沢先生真蹟」（修身要領の一節）／発行日・六月一日／頁数・本文全一五四頁／定価・二十五銭／編輯兼発行人・東京市牛込区大久保余丁町七十九番地　永井壮吉／発行所・東京市芝区三田　慶應義塾内・三田文学会／発売所・東京市京橋区築地二丁目十五番地　籾山書店／印刷人・東京市芝区愛宕町三丁目二番地　小松周助／印刷所・東京市芝区愛宕町三丁目二番地　東洋印刷株式会社

■七月号　【191007】
超人　薄田泣菫
The Moods 1　野口米二〔次〕郎
東海道名所記　小島烏水
冬が来る 2　上田敏
松林　吉江孤雁
ブウル・ド・スイフ 3　馬場孤蝶
ブウル・ド・スイフの典型と其の批評 4　後藤末雄抄訳

花子5　森鷗外
『源氏物語』と『好色一代男』と『ベル、アミイ』6　相馬御風
食後の歌7　木下杢太郎
近代仏蘭西作家一覧8　吉野紅雨
海外文芸消息9

目次註

1　THE MOODS. YONE NOGUCHI.
2　L'hiver qui Vient Jules Laforgue.
3　〈中ノ下〉ギイ・ド・モオパッサン作／馬場孤蝶訳
4　Boule de suif《ブウル ド スイフ》の典型と其の批評—Lombroso 著 Souvenirs de Maupassant より—〔完〕
5　鷗外
6　〈一—七〉〔六月七日稿〕
7　〈金粉酒／両国／珈琲／五月〉
8　近代仏蘭西作家一覧（一）　紅雨生
〈Capus(Alfred) / Cazalis(Henry) / Coppée(François) / Corbière(Tristau[Tristan]) / Curel(François de) / Donnay(Maurice) / Daudet(Alphonse) / Dauguet(Madame Marie)〉
9　※仏語訳された小泉八雲の「怪談」ほかについて
*　新刊紹介〈『同意語二十万辞典』津村清史編・北隆館出版部／『近作十五篇』田山花袋著・博文館／『ツルゲーネフ集』吉江孤雁訳・博文館／『新社会劇　牧師の家』中村春雨著・新橋堂方名著刊行会／『夢二画集花の巻』竹久夢二著・洛陽堂／『霧』河井酔茗著・東雲堂／『菩提樹の花の吹[咲]く頃』細越夏村著・悠々書楼／『十文字』玄黄生著・春陽堂／『社交上の談話と演壇上の雄弁書』蜻蛉子著・服部書店〉

表紙・藤島武二／裏表紙・「福沢先生真蹟」（修身要領の一節）／発行日・七月一日／頁数・本文全一六六頁／定価・二十五銭／編輯兼発行人・東京市牛込区大久保余丁町七十九番地　永井壮吉／発行所・東京市芝区三田　慶應義塾内・三田文学会／発売所・東京市京橋区築地二丁目十五番地　籾山書店／印刷人・東京市芝区愛宕町三丁目二番地　小松周助／印刷所・東京市芝区愛宕町三丁目二番地　東洋印刷株式会社

■八月号　【191008】

雪の日1　北原白秋
あそび2　森鷗外
英詩3　フィリップ・ヘンリイ・ドッヂ
盲目4　井田絃声
伝通院　永井荷風
夏5　三木露風
ブウル・ド・スイフ（完結）6　馬場孤蝶
孛児帖兀真7　林久男
天馳使8　上田敏
批評につきて9　広瀬哲士
ニイチエの超人と回帰説10　沢木梢
マラルメと新戯曲11　小山内薫
紅茶の後12　永井荷風

目次註

1　雪の日外三篇〈雪の日／春の鳥／水盤／雨あがり〉
2　鷗外
3　INDEPENDENCE AND SELF-RESPECT; LEGEND OF KEIOGIJUKU. Philip Henry Dodge.
4　（戯曲）　※頁立てに関して次号に訂正あり
5　〈夏／揺るゝ小舟／鐘〉〔一九一〇・五月十六日夜〕
6　ブウル・ド・スイフ　ギイ・ド・モオパッサン作／馬場孤蝶訳〔完〕
7　史劇　孛児帖兀真《ぼるてうじん》
8　天馳使《あまはせづかひ》
9　—エミル・ファゲの文芸評論集 Propos Littéraire[s?]の序文　—原作者エミール、ファゲ／広瀬哲士訳
10　〈一—五〉〔未完〕
11　〔一九一〇年、六月〕
12　紅茶の後〈三〉〔七月十五日〕
*　三田文学第五号（九月号）予告

表紙・藤島武二／裏表紙・ロダン作彫刻（一九一〇年巴里美術国民協会《ソシエテ・ナショナル・デ・ボーザール》出品）／発行日・八月一日／頁数・本文全一六四頁／定価・二十五銭／編輯兼発行人・東京市牛込区大久保余丁町七十九番地　永井壮吉／発行所・東京市芝区三田　慶應義塾内・三田文学会／発売所・東京市京橋区築地二丁目十五番地　籾山書店／印刷人・東京市芝区愛宕町三丁目二番地　小松周助／印刷所・東京市芝区愛宕町三丁目二番地　東洋印刷株式会社

■九月号　【191009】

戯曲平維盛（戯曲）1　永井荷風
ゴルドン・クレーグの第二対話（評論）2　小山内薫
妹（小説）3　與謝野晶子
わからぬ女（翻訳）4　茅野蕭々
棺の傍（戯曲）5　成瀬無極
冷却（小説）6　柴田流星
二章（ゴンクウル作、シヤアル・ドマイーの抜萃）7　広瀬哲士
芸術と芸術の製作者（評論）8　永井荷風
紅茶の後（雑録）9　永井荷風
ファフ〔ス〕チエス（対話）10　森鷗外
A Moonlight Night at the Seashore（英文小品）11　宮森麻太郎

目次註

1　戯曲　平維盛（一幕）
2　Gordon Craig の第二対話
3　〈（一）—（三）〉〔完〕
4　アルツウル・シュニッツラア／茅野蕭々訳
5　棺の傍（一幕一場）
6　〈一—三〉〔六月七日夜〕〔完〕

7　二章（ゴンクール作、シャール・ドマイーの抜萃）〈LIII／・LXXXV〉
8　〈一—四〉—Albert Antoine, L'art et L'artist[e] に拠る—
9　紅茶の後〈其四〉※〝此の一章は三田文学八月の前号に出したる物の続きとして読まれたし〟と付す
10　ファスチエス〈壱・弐〉鷗外
11　A MOONLIGHT NIGHT AT THE SEASHORE Asataro Miyamori
＊　十月の三田文学（秋期特別号予告）
＊　正誤

表紙・藤島武二／裏表紙・Le Baiser Supreme 彫刻（巴里リユキザンブルグ美術館陳列品クリストフ作「致命の接吻」）／発行日・九月一日／頁数・本文全一五〇頁／定価・二十五銭／編輯兼発行人・東京市牛込区大久保余丁町七十九番地 永井壮吉／発行所・東京市芝区三田 慶應義塾内・三田文学会／発売所・東京市京橋区築地二丁目十五番地 籾山書店／印刷人・東京市芝区愛宕町三丁目二番地 小松周助／印刷所・東京市芝区愛宕町三丁目二番地 東洋印刷株式会社

■十月号（秋季特別号）【191010】

京阪聞見録（散文）1　木下杢太郎
スケツチ（二葉）　木下杢太郎
三味線堀（小説）2　泉鏡花
橘白夢の死（小説）3　薄田泣菫
歓楽の鬼（戯曲）4　長田秀雄
幻滅時代（翻訳）5　和辻哲郎
ありのすさぴ〔び〕（短歌）6　與謝野寛
島人（翻訳）7　馬場孤蝶
訳詩二篇（詩）8　永井荷風
ニイチエの超人と回帰説（評論）9　沢木梢
紅茶の後（雑録）10　永井荷風
My Treasures Trove.（英詩）11　畑功

目次註

1　〔三月二十九日、神戸にて—四月三日夜半　汽車中〕
2　〈第一—第二十五〉
3　〈一—六〉
4　※一幕
5　—HOW HE[SHE] LIED TO HER HUSBAND, BY BERNARD SHAW.—
6　ありのすさび　※三十首
7　島人《たうじん》——ボブ・ミルナア——　ポオル・ブウルゼエ作／馬場孤蝶訳
8　〈「九月の果樹園」／「西班牙《エスパンユ》を望みて」〉　伯爵夫人マチュー・ド・ノアイユ／永井荷風訳
9　〈六—十〉〔完〕
10　紅茶の後〈其五〉〔八月十日—九月十五日〕※自作評
11　MY TREASURES TROVE. Isao Hata.
＊　消息　※〈戸川秋骨が慶應義塾大学部に於て英文学の講座を受持つこと／前号掲載戯曲二つの上演〉
＊　十一月号予告

表紙・藤島武二／裏表紙・Le monument de Charles Baudelaire au cimetiere Mont-parnasse, Paris（巴里の墓地モンパルナスに在る詩人ボオドレエルの碑〈一九〇二年建立〉）／発行日・十月一日／頁数・本文全二六〇頁／定価・四十銭／編輯兼発行人・東京市牛込区大久保余丁町七十九番地 永井壮吉／発行所・東京市芝区三田 慶應義塾内・三田文学会／発売所・東京市京橋区築地二丁目十五番地 籾山書店／印刷人・東京市芝区愛宕町三丁目二番地 小松周助／印刷所・東京市芝区愛宕町三丁目二番地 東洋印刷株式会社

■十一月号（自由劇特別号）【191011】

夜の宿（戯曲）1　小山内薫
灰をまく人（詩）2　永井荷風
紙屑籠（雑録）　太田望音
権兵衛が種蒔き（詩）3　北原白秋
南国（小説）4　加茂清
対話外七編 5　小林乳木
紅茶の後（雑録）6　永井荷風
沈黙の塔（小説）7　森鷗外

目次註

1　（マクシム・ゴオリキイ）〈第一幕—第四幕〉〔自由劇場試演用脚本〕※三頁にわたり「夜の宿」各公演のスタッフを付す〈一九〇五年十月仏蘭西巴里テアトル・ド・ルウヴルにて演ぜられたる「夜の宿」DANS LES BAS-FONDS.／一九〇五年十一月英吉利西倫敦・コオト・シアタア及びグレエト・クィイン・ストリイト座にて演劇協会が演じたる「夜の宿」THE LOWER DEPTHS.／一九〇七年四月独逸伯林レッシング座にて演ぜられたる「夜の宿」NACHTASYL.〉
2　Charles《シャアル》 Guérin《ゲラン》の詩集より——〈「暮方の食事」／「道のはづれ」／「ありやなしや」〉
3　〔12.X.1910.〕
4　〔四十四年十月〕
5　対話　外七篇——ツルゲーネフの散文詩より——小林乳木訳〈……一八七八・二／マアシア　一八七八・四／石一八七九・五／鳩　一八七九・五／止れ！　一八七九・九／私は何を考へよう?……一八七九・八／我々はなほ戦を続けなければならぬ！　一八七九・九／二人の兄弟　一八七八・八〉
6　——歌舞伎座の桟敷より——　荷風
7　鷗外〔完〕
＊　十二月号予告

表紙・藤島武二／裏表紙・一九〇六年三月・独逸の伯林劇場に於て・モスコオ芸術劇場一座の演じたる戯曲「夜の宿」第一幕目の舞台面／発行日・十一月一日／頁数・本文全一九八頁／定価・三十五銭／編輯兼発行人・東京市牛込区大久保余丁町七十九番地 永井壮吉／発行所・東京市芝区三田 慶應義塾内・三田文学会／発売所・東京市京橋区築地二丁目十五番地 籾山書店／印刷人・東京市芝区愛宕町三丁目二番地 小松庖助／印刷所・東京市芝区愛宕町三丁目二番地 東洋印刷株式会社

■十二月号　【191012】

夢介と僧と（戯曲）[1]　吉井勇
フローベールの手帖（翻訳）[2]　広瀬哲士
兄の家（小説）　與謝野晶子
朝露（小説）[3]　長谷川時雨
パロ（翻訳）[4]　生方敏郎
文芸批評家エミール・ファゲ（評論）[5]　中村朝士
波のたはふれ（対話）[6]　草野柴二
露地（小説）[7]　深川夜烏
詩と観想（翻訳〔創作〕）[8]　柳沢健
年の行く夜（詩）[9]　永井荷風
食堂（小説）[10]　森鷗外
紅茶の後（随筆）[11]　永井荷風
Whistler[12]　野口米次郎

目次註

1　夢介と僧と（一幕）〈第一段―五段〉〔自由劇場試演用脚本〕
2　※〝近々巴里で発行せらるる筈のフローベールの日記中の数節である〟とある
3　――スケッチ一場――　〔完〕
4　Kielland／生方敏郎訳
5　文芸批評家エミール、ファゲ　ヅミック／中村朝士訳〈一―四〉
6　アンリ・ラヴダン作／草野柴二訳
7　〔了〕
8　『詩』と『観想』　※明治四十四年一月号に〝（翻訳）とあるのは（創作）の誤り〟とある
9　アンリイ・ド・レニエー
10　鷗外　〔完〕
11　――或る劇場の運動場にて――　荷風
12　WHISTLER Yone Noguchi.
＊　新年号予告

表紙・藤島武二／裏表紙・詩人ポオル・ヴエルレエンと其筆跡／発行日・十二月一日／頁数・本文全一六四頁／定価・二十五銭／編輯兼発行人・東京市牛込区大久保余丁町七十九番地　永井壮吉／発行所・東京市芝区三田　慶應義塾内・三田文学会／発売所・東京市京橋区築地二丁目十五番地　籾山書店／印刷人・東京市芝区愛宕町三丁目二番地　小松周助／印刷所・東京市芝区愛宕町三丁目二番地　東洋印刷株式会社

一九一一年（明治四十四年）

■一月号（新年特別号）　【191101】

鶴子[1]　岩野泡鳴
秋の別れ[2]　永井荷風
朱日記[3]　泉鏡花
白き手の猟人[4]　三木露風
自然主義的人生観[5]　安部〔倍〕能成
冬のうしろで　與謝野寛
こし方[6]　馬場孤蝶
紅茶の後[7]　永井荷風
ダリヤと舞扇[8]　秋庭俊彦
襟[9]　森鷗外
Rosetti〔Rossetti〕 as a poet[10]　野口米次郎

目次註

1　〈一―九〉〔完〕
2　〔終〕
3　〈一―八〉〔完〕
4　〈白き手の猟人／死したる恋／すたれし声／苦しき眠／祈願／指（小歌）〉
5　ルドルフ・オイッケン原作／安信〔倍〕能成訳〈一―五〉
6　〈一―七〉〔完〕
7　――自由劇場の帰り――　荷風
8　ダリアと舞扇
9　オシップ・ヂモフ作／鷗外訳
10　ROSSETTI AS A POET.　Yone Noguchi.
＊　二月号予告／正誤

表紙・藤島武二／裏表紙・半世紀以前の露国文壇の名家（一八五六年三月撮影）／発行日・一月一日／頁数・本文全二三六頁／定価・二十五銭／編輯兼発行人・東京市牛込区大久保

余丁町七十九番地　永井壮吉／発行所・東京市芝区三田　慶應義塾内・三田文学会／発売所・東京市京橋区築地二丁目十五番地　籾山書店／印刷人・東京市芝区愛宕町三丁目二番地　小松周助／印刷所・東京市芝区愛宕町三丁目二番地　東洋印刷株式会社

■二月号　【191102】

下谷の家1　永井荷風
英吉利文学所感2　戸川秋骨
吾等の若き日の為に3　国枝史郎
落木集　與謝野寛
シラノ・ド・ベルジユラツクの心持4　吉井勇
仏蘭西新社会劇につきて5　安野寧夢
酩酊6　尾崎蒼穹
De l'amour 7　後藤末雄
紅茶の後8　永井荷風
カズイスチカ9　森鷗外

目次註

1　〈追憶小品〉
2　秋骨　〈一―六〉
3　我等の若き日のために〔終〕
4　シラノ・ド・ベルジュラックの心持〈第一章―第三章〉
5　仏蘭西の新社会劇について　安野寧夢抄訳
6　〔完〕
7　―Stendhal―〈恋愛の発生／恋愛発生に関する両性の差異／恋愛に依りて棄却されたる美／初恋、貴族社会及び不幸に就きて〉
8　荷風〔二月七日〕　※文学雑誌発行の目的など
9　鷗外〔完〕

表紙・藤島武二／裏表紙・最近巴里ウーヴル劇場に演ぜられたる日本劇 L'Amour de Kesha（袈裟の恋）／発行日・二月一日／頁数・本文全一五〇頁／定価・二十五銭／編輯兼発行人・東京市牛込区大久保余丁町七十九番地　永井壮吉／発行所・東京市芝区三田　慶應義塾内・三田文学会／発売所・東京市京橋区築地二丁目十五番地　籾山書店／印刷人・東京市芝区愛宕町三丁目二番地　小松周助／印刷所・東京市芝区愛宕町三丁目二番地　東洋印刷株式会社

■三月号　【191103】

女人創造外六篇1　薄田泣菫
仏蘭西新社会劇について2　安野寧夢
柳行李　林鷗南
逢魔時　井川滋
人を見ざりし人　黒田湖山
伸びゆく夢3　三木露風
霊廟　永井荷風
港の歌4　きしのあかしや
妄想5　森鷗外
消息6

目次註

1　〈女人創造／詩人と貘と／老嬢／灰色の真実／文殻地蔵／飛鳥寺／久米の仙人〉
2　仏蘭西の新社会劇につきて〈下〉〈五―七〉安野寧夢抄訳
3　伸びゆく夢外七篇〈伸びゆく夢／古き月……／植物園の小逕にて／焔と風／白日の歌は死せり／荒廃／夜の雪／諧調〉
4　港〈港の歌／入日〉
5　鷗外〔未完〕
6　※〈三田文学会文学講演会（2・4）、エルセエフ寓居における茶話会（2・8）、パンの会（2・12）報告他〉

表紙・藤島武二／裏表紙・歌舞伎座スケッチ／発行日・三月一日／頁数・本文全一六〇頁／定価・二十五銭／編輯兼発行人・東京市牛込区大久保余丁町七十九番地　永井壮吉／発行所・東京市芝区三田　慶應義塾内・三田文学会／発売所・東京市京橋区築地二丁目十五番地　籾山書店／印刷人・東京市芝区愛宕町三丁目二番地　小松周助／印刷所・東京市芝区愛宕町三丁目二番地　東洋印刷株式会社

■四月号（春季特別号）　【191104】

山上哀話1　吉井勇
夏より秋へ2　若樹末郎
薄あかり3　北原白秋
総見の後4　柴田流星
春日雑詠　與謝野寛
悲しみの映像5　人見東明
女の手紙6　広瀬哲士
マルセル・プレヴオ7　同
火鉢（英文小品）8　野口米次郎
棺のめぐり9　與謝野晶子
仏蘭西の自然主義と其反動10　安野寧夢
帝国劇場開場式合評11　永井荷風
〔妄〕忘想12　森鷗外
三月の雑誌13
新刊書籍14
魔の夢（付録）15　岩野泡鳴

目次註

1　〈一―五〉
2　〈一―十四〉　※六十頁三行目の〝落葉松《からまつ》は零松葉《こぼれまつば》である〟と次号に訂正される
3　〈薄あかり／薄あかりの女／雪のふる日／カナリヤ／冬の夜の物語〉
4　〈一―五〉
5　悲みの映像〈悲みの映像／微光／雛祭りの暮れがた／盲唖院にて／珠乗り〉
6　――プレヴォ――　哲士

7　広瀬哲士
8　HIBACHI. Yone Noguchi.
9　（一幕物）
10　仏蘭西の自然主義と其の反動〈一―二〉〔未完〕　安野寧夢訳
11　〇〇・AB・荷風・寧夢　〔三月二日〕
12　妄想　鷗外　〔完〕
13　〈「八年振」寒川鼠骨・太陽／「本の行方」上司小剣・太陽／「巣」島村茅三・太陽／「赤い鳥」鈴木三重吉・中央公論／「長火鉢」上司小剣・新小説／「無筆」関天園・新小説／「掠奪と女」吉井勇・新小説／「非常時」岩野泡鳴・早稲田文学／「薔薇と巫女」小川未明・早稲田文学〉
14　〈春泥集・與謝野晶子／ツアラトウストラ・生田長江訳〉
15　付録　社会悲劇『魔の夢』（禁無断興行）〈一―十〉
＊　次号予告

表紙・藤島武二／裏表紙・マルセル・プレヴオ／発行日・四月一日／頁数・本文全一八三頁　付録六十頁／定価・四十銭／編輯兼発行人・東京市牛込区大久保余丁町七十九番地　永井壮吉／発行所・東京市芝区三田　慶應義塾内・三田文学会／発売所・東京市京橋区築地二丁目十五番地　籾山書店／印刷人・東京市芝区愛宕町三丁目二番地　小松周助／印刷所・東京市芝区愛宕町三丁目二番地　東洋印刷株式会社

■五月号（一周年紀年号）　【191105】

屈辱1　馬場孤蝶
夜ふる雪2　北原白秋
海郷風物記3　きしのあかしや
最後の小町　井田絃声
銀笛の一くさり4　人見東明
鴉の群5　小島烏水
Cherry blossom 6　野口米次郎
藤鞆絵7　森鷗外
ピェール・ロチイと日本の風景8　永井荷風
四月の小説と脚本9

目次註

1　〈一―二〉〔未完〕
2　〈夜ふる雪／柳の佐和利／カステラ／女〉
3　〔正月七日夕刻〕〔未完〕
4　〈銀笛の一くさり／雲雀／花束を受取れり／つまらないから／籠の鳥／玩具店にて〉
5　〈一―四〉
6　CHERRY BLOSSOM. Yone Noguchi.
7　〈上〉　鷗外　〔未完〕
8　〈一―三〉
9　〈「夏より秋へ」若樹末郎／「魔の夢」岩野泡鳴・三田文学／「田舎」真山青果・中央公論／「濁った頭」志賀直哉・白樺／「温室」高安月郊・太陽／「手術」徳田秋声・太陽／「厄年」加藤〔能〕作次郎・ホトトギス〉
＊　正誤

表紙・藤島武二／裏表紙・アカデミイの礼服を着けたるピエール・ロチイ／発行日・五月一日／頁数・本文全一四二頁／定価・二十五銭／編輯兼発行人・東京市牛込区大久保余丁町七十九番地　永井壮吉／発行所・東京市芝区三田　慶應義塾内・三田文学会／発売所・東京市京橋区築地二丁目十五番地　籾山書店／印刷人・東京市芝区愛宕町三丁目二番地　小松周助／印刷所・東京市芝区愛宕町三丁目二番地　東洋印刷株式会社

■六月号　【191106】

浮世絵の夢1　永井荷風
線と影　與謝野晶子
藤村氏の小説　生田長江
海郷風物記2　きしのあかしや
即興3　無名氏
屈辱4　馬場孤蝶
女の眼と銀の鑵と　堀口大學
朝顔5　久保田万太郎
藤鞆絵6　森鷗外
上京後7　山村いてふ
批評8

目次註

1　（小品）〈歌麿の女／お花見／夜／似顔／絵草紙の英雄／白井権八〉
2　（承前）
3　〈Au Café Printemps／自由劇場の稽古の午過ぎ〉
4　〈四―五〉〔以下続出〕
5　〈一―六〉〔一九一一・一・浅草にて〕
6　〈下〉　鷗外
7　〔四四・二・九〕〔完〕
8　五月の小説と脚本　〈「妖術」泉鏡花・太陽／「児の疑問」小川未明・太陽／「海郷風物記」きしのあかしや・三田文学／「最後の小町」井田絃声・三田文学／「戯曲胡弓の絃の咽び泣き」国枝史郎・劇と詩／「寒き影」小宮豊隆・五人集／「長兄」安部〔倍〕能成・五人集／「女」鈴木三重吉・五人集／「男体女体」中村星湖・中央公論／「渚」島村茅二・ほととぎす〉
＊　新刊書籍　〈『壁画』水野葉舟著・春陽堂／『東京印象記』児玉花外著・文淵堂／『東京の色』柴田流星著・竹久夢二画・洛陽堂／『京人形』竹久夢二著・洛陽堂／『現代画集』春陽堂／『紅葉遺稿』故尾崎紅葉著・博信堂〉
＊　寄贈書目／消息　※〈慶應義塾大学文科卒業生送別新入生歓迎大懇親会（5・8　聴講生市川猿之助来会）、カフエ・プランタンでの龍土会（5・17）、実業家と文学者の懇談会（5・13）報告／三田文学会議演会予告〉

表紙・藤島武二／裏表紙・モスコオ芸術劇場に於けるメエテルリンクの「青き鳥」追憶の国（新しき舞台の装置法）／発行日・五月一日／頁数・本文全一四二頁／定価・二十五銭／編輯兼発行人・東京市牛込区大久保余丁町七十九番地　永井壮吉／発行所・東京市芝区三田　慶應義塾内・三田文学会／発売所・東京市京橋区築地二丁目十五番地　籾山書店／印刷人・東京市芝区愛宕町三丁目二番地　小松周助／印刷所・東京市芝区愛宕町三丁目二番地　東洋印刷株式会社

■七月号 【191107】

父　生田葵
山の手の子[1]　阿部省三
憤[2]　佐藤春夫
モウパサンの死にいたるまで　広瀬哲士
逢引　江南文三
遊戯[3]　久保田万太郎
卓の前[4]　児玉花外
屈辱[5]　馬場孤蝶
板ばさみ[6]　森鷗外
批評[7]
The wooden clogs.[8]　野口米次郎

目次註

1　阿部肖三〔明治四十四年四月四日―十二日〕※次号に〝省三の省は肖の誤り〃との訂正あるが、後に本人自ら省三をも用いるようになる
2　〈憤／友の海外にゆくを送りて／実用としての宗教〉
3　(喜劇)〔一九一一・二・二四―二八〕
4　〈卓の前／犬〉
5　〈六・七〉〔以下続出〕
6　EUGEN・TSCHIRIKOW・ZENSOR　鷗外訳
7　六月の小説と劇　〈「朝顔」久保田万太郎・三田文学／「上京後」山村いてふ・三田文学／「ある一頁」志賀直哉・白樺／「審判」水野葉舟・新小説／「黒き影」田中介二・早稲田文学／「二老婆」窪田空穂・早稲田文学／「五月の夢」小川未明・新潮／「少年と発砲」仲木貞一・劇と詩／「少年」谷崎潤一郎・すばる／「四人娘」與謝野晶子女史・すばる／「死の方へ」田山花袋・中央公論〉
8　THE WOODEN CLOGS.　Yone Noguchi.
*　新刊書籍　〈『子供の夢』丹羽五郎・籾山書店／『残された江戸』柴田流星著・江戸川朝歌画・洛陽堂／『扉』森田草平・佐々良書房／『幻影と夜曲』秋田雨雀・新陽堂／『詩集　夜の舞踏』人見東明・扶桑社〉
*　消息　※〈三田文学第十回講演大会（6・10）報告他〉
*　寄贈書目

表紙・藤島武二／裏表紙・自由劇場を見物する羽左衛門／発行日・七月一日／頁数・本文全一八七頁／定価・二十五銭／編輯兼発行人・東京市牛込区大久保余丁町七十九番地　永井壮吉／発行所・東京市芝区三田　慶應義塾内・三田文学会／発売所・東京市京橋区築地二丁目十五番地　籾山書店／印刷人・東京市芝区愛宕町三丁目二番地　小松周助／印刷所・東京市芝区愛宕町三丁目二番地　東洋印刷株式会社

■八月号 【191108】

故郷の夏　與謝野晶子
たのしき日[1]　後藤末雄
眠られぬ夜の対話　永井荷風
モウパサンの死にいたるまで[2]　広瀬哲士
仏蘭西の自然主義と其反動[3]　安野寧夢
無名詩人の遺稿より[4]
凋落に酔へるダンヌンチオ[5]　小林乳木
かつぽれ　長谷川時雨
キイツの艶書の競売[6]　佐藤春夫
父と母　萱野二十一
なのりそ[7]　森鷗外
紅茶の後[8]　永井荷風
無名詩人の生立[9]　沢木四方吉
批評[10]
英文[11]

目次註

1　――アンリー・ド・レニエ――
2　モオパサンの死にいたるまで　哲士
3　仏蘭西の自然主義と其の反動〈三―五〉　寧夢抄訳
4　〈月夜の連啼き／花から花へ〉※〝故小幡直吉氏「濁流のうた」と題する詩集より転載〃と三田文学記者による前書あり
5　凋落に酔へるダンヌンチオ――アルベルタフオンプットカメル氏「ダンヌンチオ論」より――
6　キイツの艶書の競売に付せらるゝとき　オスカア、ワイルド
7　(一幕物)〈上〉　鷗外
8　荷風
9　無名詩人の生ひ立　〈一―五〉　L・L生
10　七月の小説と劇　〈「山の手の子」阿部肖三・三田文学／「屈辱」馬場孤蝶・三田文学／「船室の女」園池公致・白樺／「プロロオグ」千野菊次郎・太陽／「憤死」小栗風葉・太陽／「泥人形」正宗白鳥・早稲田文学／「山茶花」三島きぬ子・すばる／「紅い窓」島崎藤村・早稲田文学〉
11　A FULFILLED PLEDGE.〈Ⅰ・Ⅱ〉　By S. T.
*　新刊図書　〈『近世国文学史』佐々〔木〕政一〉
*　寄贈書目／正誤／消息　※〈島崎藤村を中心とした三田文学会座談会（6・27）報告／その他〉

表紙・藤島武二／裏表紙・O séjour. Du néant! Ô morts j'ai connus! La fatigue alourdit mes pas, le froid me gagne!―HAMLET, OPERA D'AMBROISE THOMAS.／発行日・八月一日／頁数・本文全一五四頁　欧文九頁／定価・二十五銭／編輯兼発行人・東京市牛込区大久保余丁町七十九番地　永井壮吉／発行所・東京市芝区三田　慶應義塾内・三田文学会／発売所・東京市京橋区築地二丁目十五番地　籾山書店／印刷人・東京市芝区愛宕町三丁目二番地　小松周助／印刷所・東京市芝区愛宕町三丁目二番地　東洋印刷株式会社

■九月号 【191109】

星を見て[1]　小川未明
屈辱[2]　馬場孤蝶
靄のうち[3]　人見東明
たのしき日[4]　後藤末雄
伊太利亜新進女流作家[5]　安野寧夢
あの人達[6]　永井荷風

紅茶の後7　永井荷風
なのりそ8
八月の小説と劇9　森鷗外
英文10

目次註

1 〈一―九〉〔四十四年六月〕
2 〔承前〕〔以下続出〕
3 〈靄のうち／黴の花／反射／そのときに／この花の咲く間／風鈴の音／海の上／知りもせず／左様なら／底に／博多人形〉
4 〔承前〕――アンリー・ド・レニエ――
5 伊太利亜新進の女流作家――現代伊太利亜文学より――
M. Muret 著
6 〈一・二〉
7 〔八月五日〕
8 〈下〉 鷗外
9 〈「故郷の夏」与謝野晶子・三田文学／「かつぽれ」長谷川時雨・三田文学／「父と母」萱野二十一・三田文学／「血統」中村吉蔵・文芸倶楽部／「旅の家」三島霜川・文芸倶楽部／「家なき人」鈴木悦・早稲田文学／「空寺」波山不規夫・早稲田文学／「森の中」泉鏡花・太陽／「親」及「漁村にて」水野葉舟〉
10 A FULFILLED PLEDGE. 〈Ⅲ―Ⅴ〉 By S. T.
＊ 新刊図書 〈『午後三時』吉井勇・東雲堂〉
＊ 消息 ※〈三田文学会座談会、義塾懇親会等の会場日本橋小網町河岸メイゾン・コオノスについてなど〉
＊ 寄贈書目

表紙・藤島武二／裏表紙・詩人アンリイ・ド・レニエーの肖像及筆跡／発行日・九月一日／頁数・本文全一六四頁 欧文七頁／定価・二十五銭／編輯兼発行人・東京市牛込区大久保余丁町七十九番地 永井壮吉／発行所・東京市芝区三田 慶應義塾内・三田文学会／発売所・東京市京橋区築地二丁目十五番地 籾山書店／印刷人・東京市芝区愛宕町三丁目二番地 小松周助／印刷所・東京市芝区愛宕町三丁目二番地 東洋印刷株式会社

■十月号（秋季特別号）【19110】

颱風　谷崎潤一郎
灰燼1　森鷗外
おもひなし　与謝野晶子
陰影2　久保田万太郎
南風3　鈴木秋風
M氏の犬　加茂清
樹陰4　松本泰
ルシアノ・ズツコリ5　金子紫草
伊太利新進の女流作家6　安野寧夢
驚7　林久男
井戸のほとり8　永井荷風
海洋の旅9　永井荷風
九月の小説と劇10
雲慶（英文）11

目次註

1 鷗外〔壱幕完〕
2 〔戯曲〕――Prologue の続篇――〔四十四年八月〕
3 〈一―六〉
4 〔七月十八日〕
5 ルシアノ・ズッコリ ※ルシアノ・ズッコリの略歴と業績を紹介の後、同者の小篇を訳出紹介 〈伝記難『一』―『四』／だらしない女〉
6 伊太利亜新進の女流作家〔承前〕 安野寧夢訳 〔未完〕
7 ハインツ・トフォーテ原作／林久男訳
8 Stuart Merill 荷風
9 〔紀行〕〈一―六〉〔九月二日記〕
10 〈「物言はぬ顔」小川未明・新小説／「七十五日」田口掬汀・新小説／「濡れ紙」樅山庭後・春夏秋冬／「生血」田村とし子・青鞜／「七夕の夜」物集和子・青鞜／「窒息」正宗白鳥・中央公論／「女帯」鈴木三重吉・中央公論／「孤独」島崎藤村・中央公論／「げんげ」田山花袋・中央公論／「死」田山花袋・早稲田文学／「幇間」谷崎潤一郎・すばる／「不幸なる恋の話」志賀直哉・白樺／「洪水後」中村星湖・太陽〉
11 UNKEI Translated by A. Miyamori.
＊ 新刊図書 〈『あきらめ』田村とし子・文淵堂／『劇五篇』黒田玄一・上田屋／『有美全集』青柳有美・興文館〉
＊ 寄贈書目／消息 ※〈初号以来本誌に掲載された永井荷風の「紅茶の後」其他の諸作、一まとめに籾山書店より出版のこと／メイゾン・コオノスのサタデー・ナイトに於ける三田文学会有志の会合（去月16日）報告／三田文学会秋季講演会予告／その他〉

表紙・藤島武二／裏表紙・本年五月ダンヌンチオの新作奇蹟劇「聖セバスチャンの献身」五幕が巴里シャートレー劇場にて演ぜられたる時、画家レオン・バクストグ舞台上演伎用の意匠画として描きたるもの（巴里画報より）／発行日・十月一日／頁数・本文全二四〇頁 欧文四頁／定価・四十銭／編輯兼発行人・東京市牛込区大久保余丁町七十九番地 永井壮吉／発行所・東京市芝区三田 慶應義塾内・三田文学会／発売所・東京市京橋区築地二丁目十五番地 籾山書店／印刷人・東京市芝区愛宕町三丁目二番地 小松周助／印刷所・東京市芝区愛宕町三丁目二番地 東洋印刷株式会社

■十一月号【19111】

新次の身の上1　水上瀧太郎
女優伝2　吉井勇
小曲六章3　佐藤春夫
画室の中4　広瀬哲士
灰燼5　森鷗外
谷崎潤一郎氏の作品6　永井荷風
紅茶の後　永井荷風
十月の小説7
京都（英文）8　野口米次郎

目次註

1 〔明治四十四年八月二十九日〕 ※次号に作者の関連文掲載

2 小題〈かるわざ／夢盗み／艶舌魔／奈落へ／みづかね／『夕霧』／末路〉
3〈詩を論ず／野球問題／源五兵衛／秋の夜／むかしの人に／秋の歌〉
4 ポルトリイシュ原作
5〈壱（つゞき）／弐〉〔未完〕
6〔九月三十日〕
7 十月の小説と劇〈「月光と貴族」秋田雨雀・太陽／「未練」森田草平・新小説／「涯」橋本小絅・太陽／「円い顔」上司小剣・太陽／「褌」志賀直哉・白樺／「電車」平沢仲次・白樺／「一年振り」前田晁・早稲田文学／「待合室」水野葉舟・早稲田文学／「嵐」水上瀧太郎・すばる／「眠」岡田八千代・すばる／「窓」正宗白鳥・文章世界／「花」小川未明・中央公論〉
8 KYOTO. Yone Noguchi.〈KYOTO / A HANDKERCHIEF〉
＊ 新刊図書〈「科学と人生」柳宗悦・籾山書店／「切抜帳より」夏目漱石・春陽堂／「我子の家」徳田秋声・春陽堂〉
＊ 寄贈書目／消息 ※〈来る新年号に掲載予定の永井荷風の三幕劇（凡そ百頁）についてなど〉

表紙・藤島武二／裏表紙・本号所載の『画室の中』原作者(Georges de Porto-Piche)／発行日・十一月一日／頁数・本文全一七五頁 欧文八頁／定価・二十五銭／編輯兼発行人・東京市牛込区大久保余丁町七十九番地 永井壮吉／発行所・東京市芝区三田 慶應義塾内・三田文学会／発売所・東京市京橋区築地二丁目十五番地 籾山書店／印刷人・東京市芝区愛宕町三丁目二番地 小松周助／印刷所・東京市芝区愛宕町三丁目二番地 東洋印刷株式会社

■十二月号 【19112】

垣間見（小品）1 樅山庭後
一葉の作物と周囲（評論）2 馬場孤蝶
蟋蟀の歌（詩）3 生田春月
灯（小説）4 久米秀雄〔治〕
伊太利亜新進の女流作家（評論）5 安野寧夢
灰燼（小説）6 森鷗外
盲児の幻想（戯曲）7 秋田雨雀
自由劇場の舞台稽古（小品）8 久保田万太郎
十一月の小説と戯曲 9 しげし
付録 三田文学総目次 10

目次註

1 ——『町中の庭』の一節——
2〈一、菊坂町／二、大音寺前／三、丸山福山町〉
3 蟋蟀の歌〈蟋蟀の歌／悩める人に／一詩人のなげき／基督の愛／断篇〉
4〔四四、一一、五五〕久米秀治 〈一—五〉
5〈第三〉安野寧夢抄訳
6 鷗外〈参／肆／伍／陸〉〔未完〕
7 戯曲 盲児の幻想〈第一節—第五節〉〔一九一一・十一・十一 自叙伝の一節〕
8 菊次郎
9〈「わき道」徳田秋声・新小説／「老人」志賀直哉・白樺／「退院の日」正親町公和・白樺／「花火」久保田万太郎・すばる／「安心」水野仙子・青鞜／「夕化粧」木内錠子・青鞜／「妻」真山青果・新潮／「少年の死」小川未明・朱欒／「のけ者」正宗白鳥・太陽／「雑誌『Peri』第二号」〉
10 明治四十三年 三田文学総目次／明治四十四年 三田文学総目次
＊ 消息 ※〈三田文学会秋季講演大会（11・18 徳田秋江「文学上より見たる福翁自伝」ほか）報告／永井荷風が十月二十九日に受けた京都大学の上田敏文学博士よりの書信紹介／その他〉
＊ お断りの事 水上瀧太郎〔十一月十日〕 ※〝『三田文学』十一月号所載小説『新次の身の上』は、自叙伝ではなく、新次は新次で瀧太郎では御座いません〟と註記あり
＊ 寄贈書目／新年号予告〈裏表紙〉

表紙・藤島武二／裏表紙・新年号予告／発行日・十二月一日／頁数・本文全一七七頁／定価・二十五銭／編輯兼発行人・東京市牛込区大久保余丁町七十九番地 永井壮吉／発行所・東京市芝区三田 慶應義塾内・三田文学会／発売所・東京市京橋区築地二丁目十五番地 籾山書店／印刷人・東京市芝区愛宕町三丁目二番地 小松周助／印刷所・東京市芝区愛宕町三丁目二番地 東洋印刷株式会社

一九一二年（明治四十五年・大正元年）

■一月号（新年号）【191201】

人形（表紙図案） 高村光太郎
わくら葉（戯曲）1 永井荷風
京鹿の子（詩） 市川猿之助
死絵（小説）2 後藤末雄
凍える女（小説）3 小川未明
疲れたる夜明（詩）4 柳沢健
「だいら」の小屋（紀行） 安倍能成
暗がり（小説）5 川村資郎
冬夜集（短歌） 吉井勇
ベートーヴェン論（評論）6 東新
ロダン芸術談（評論）7 広瀬哲士
紙つぶて（短歌） 阿部肖三
印象詩（戯曲）8 上田敏
汽車火事（小説）9 森鷗外
当座帳（雑録） 白鼠
十二月の小説と戯曲10 しげし

目次註

1 〔社会劇三幕〕〔四十三年十月〕 ※【191111】「消息」欄に紹介文あり
2 〔完〕
3 〈一―六〉
4 〈疲れたる夜明／初秋／静かなる洋燈／肖像／もつれゆく肉体〉
5 〔明治四十四年八月〕〔完〕
6 アーサー・シモンズのベートーヴェン論〈Arthur Symons: Beethoven〉 東新抄訳〈一―六〉
7 広瀬哲士抄訳〈序／婦人美〉
8 Jules Laforgue 作〈「お月様のなげき」Complainte de cette bonne Lune.／「日曜日」Dimanches／「ピエロオの詞」Locutions de Pierrot／「月の出の前の対話」Dialogue avant le lever de la Lune.〉
9 ハンス・キイゼル作／鷗外訳
10 〈「U君の話」松本泰・すばる／「入間川」里見弴・朱欒／「爪びき」泉鏡花・文芸倶楽部／「初恋」森田草平・中央公論／「駈落」竹村霞声・新小説／「照江」江間修・早稲田文学／「貸間の家」加能作次郎・早稲田文学／「解放」鈴木悦・早稲田文学／「幻覚」水野葉舟・文章世界／「日蔭の花」小川未明・太陽／「廃兵院夜曲」長田秀雄・すばる／「にほひ」田村とし子・新日本／「夜汽車」尾島菊子・青鞜／「蛇影」永安はつ子・青踏〉 ※執筆者名欠く

＊ 新刊図書 〈『女と赤い鳥』鈴木三堂〔重〕吉・春陽堂／『山上より』水野葉舟・春陽堂／『趣味の日記』桑田春風編・良明堂〉

＊ 寄贈書目／消息 ※〈三田文学会座談会（12・11）、三田文学会すばるの懇親会（11・25）報告／うきくさ連明治座総見（12・3）に三田文学会仲間入りのことほか〉

表紙・高村光太郎〈人形〉／裏表紙・イプセンの学生時代に住居したりしクリスチニアの家／発行日・一月一日／頁数・本文全二七一頁／定価・四十銭／編輯兼発行人・東京市牛込区余丁町七十九番地 永井壮吉／発行所・東京市芝区三田慶應義塾内・三田文学会／発売所・東京市京橋区築地二丁目十五番地 籾山書店／印刷人・東京市芝区愛宕町三丁目二番地 小松周助／印刷所・東京市芝区愛宕町三丁目二番地 東洋印刷株式会社

■二月号【191202】

表紙図案 高村光太郎
一週間の夢（小説）1 松本泰
ぼたん（小説）2 水上瀧太郎
浅草田原町（小説）3 久保田万太郎
冬（詩）4 邦枝完二
ロダン芸術談（評論）5 広瀬哲士
霞（小説）6 縦〔樅〕山庭後
夜汽車（詩） 新城和一
ペルリの船（戯曲）7 上間正男
灰儘〔燼〕（小説）8 森鷗外
掛取（小説）9 永井荷風
当座帳（雑録） 白鼠
一月の小説と戯曲（批評）10 しげし

目次註

1 〔四十五年一月十三日〕
2 〔明治四十四年十二月十五日〕
3 〔四十五年一月〕
4 〈「い」／「ろ」／「は」〉
5 ロダンの芸術談――Modèle に就きて―― 広瀬哲士抄訳
6 樅山庭後〔一九一二・一・一二〕
7 戯曲ペルリの船（一幕）〈第一段―四段〉
8 灰燼 鷗外〈漆・捌・玖・拾〉
9 掛取り――新橋夜話の一―― 荷風〈一・二・三〉〔完〕
10 〈「祖母の為に」志賀直哉・白樺／「易い追儺」里見弴・白樺／「暮れがた」久保田万太郎・すばる／「別るゝまで」田山花袋・中央公論／「老後」小栗風葉・中央公論／「黒血」鈴木三重吉・新小説／「二階の家」安倍能成・新小説／「恋愛の後」森田草平・新小説／「祭の後」上司小剣・早稲田文学／「都の人」正宗白鳥・早稲田文学／「幼なきもの」田山花袋・早稲田文学／「堕ちたる天女」坪内逍遙・新日本／「幻」中村吉蔵・新日本／「客」田山花袋・太陽／「茶の間」正宗白鳥・太陽／「さすらひ」木内錠・青鞜／「その日」田村とし・青鞜／「過ぎた春の記憶」小川未明・朱欒／「暴君」永井荷風・中央公論／「かのやうに」森鷗外・中央公論／「印象」（雑誌）しげし〉

＊ 寄贈書目／消息 ※〈三田文学講演会予告／うきくさ連明治座総見（1・21）報告／その他〉

表紙・高村光太郎〈果樹〉／裏表紙・メダンに於けるゾラの

別荘／発行日・二月一日／頁数・本文全一六三頁／定価・二十五銭／編輯兼発行人・東京市牛込区余丁町七十九番地　永井壮吉／発行所・東京市芝区三田　慶應義塾内・三田文学会／発売所・東京市京橋区築地二丁目十五番地　籾山書店／印刷人・東京市芝区愛宕町三丁目二番地　小松周助／印刷所・東京市芝区愛宕町三丁目二番地　東洋印刷株式会社

■三月号（春季特別号）　【191203】

河岸の夜（小説）1　木下杢太郎
若旦那（小説）2　永井荷風
詩人シュリイ・プリュドムの
　ある夫人に送れる書翰（翻訳）3　広瀬哲士
渡邊（小説）4　縦山庭後
寒き日（詩）　與謝野晶子
極光（翻訳）5　加茂清
寂しき日（小説）　長田幹彦
冬の唄（詩）6　三富朽葉
哄笑（翻訳）7　小沢愛国〔囹〕
袖ケ崎（小説）　増田廉吉
聖者ユダ（翻訳）8　生方敏郎
木靴師（詩）9　よさのひろし訳
道頓堀（小品）10　河井酔茗
灰燼（小説）11　森鷗外
当座帳（随筆）　白鼠
二月の小説と戯曲（批評）12　しげし

目次註

1 〔完〕
2 荷風　――新橋夜話の中――　〈一―六〉〔完〕
3 〔一八七六・八・二六　ハルレムに於て〕
4 〔一九一一・一一・二五〕
5 Jakob Wassermann ／加茂清訳　〔四四・一二〕
6 〈Ⅰ／Ⅱ／Ⅲ〉〔Janvier 1912.〕
7 アンドレーフ／小沢愛囹訳　〈一―四〉〔完〕
8 ――トロシエヴイッチ――　生方敏郎訳　〔完〕
9 エミイル・エルハアレン　※付記あり
10 〈一―七〉
11 鷗外　〈拾壱・拾弐〉〔未完〕
12 〈「阿片」小林愛雄・新小説／「あの女」田山花袋・新小説／「うすごほり」水上瀧太郎・すばる／「けいちやん会議」松本泰・すばる／「母の死と新らしい母」志賀直哉・朱欒／「下町」後藤末雄・朱欒／「回旋」真山青果・新潮／「魔」田村とし・早稲田文学／「驢馬」武者小路実篤・白樺／「思ひ出した事」志賀直哉・白樺／「坂の下」中村星湖・早稲田文学／「悪魔」谷崎潤一郎・中央公論／「人の夫」神崎恒・青鞜／「食後」水野仙・青鞜／「闇の花」荒木郁・青鞜／「慴《おび》え」谷崎精二・劇と詩／「弁天小僧の足」上司小剣・劇と詩／「桃割のほつれ」小沢久雄・劇と詩／「留守の間」森田草平・文章世界／「迷」広津柳浪・太陽／「女義と彼」中村星湖・太陽〉

＊　寄贈書目／消息　※〈三田文学会新年会（1・26）、三田文学会春季講演会（2・9）報告／その他〉

表紙・高村光太郎〈果樹〉／裏表紙・シュリイ・プリュドム（ルイ・ルロアール筆）SULLY PRUDHOMME. D'APES UN DESSIN ORIGINAL DE LOUIS LELOIR ／発行日・三月一日／頁数・本文全二五七頁／定価・四十銭／編輯兼発行人・東京市牛込区余丁町七十九番地　永井壮吉／発行所・東京市芝区三田　慶應義塾内・三田文学会／発売所・東京市京橋区築地二丁目十五番地　籾山書店／印刷人・東京市芝区愛宕町三丁目二番地　小松周助／印刷所・東京市芝区愛宕町三丁目二番地　東洋印刷株式会社

■四月号（自由劇場号）　【191204】

旅カーパ（紀行）1　石井拍亭〔柏〕
浅瀬（小説）2　永井荷風
画より心に（翻訳）3　広瀬哲士
冬の歌（詩）4　よさのひろし訳
賢さん（小説）5　水上瀧太郎
かへらぬ事（短歌）6　阿部省三
灰燼（小説）7　森鷗外
小さき呼吸（詩）8　堀口大學
自由劇場第六回試演台帳 9
タンタヂイルの死 10　小山内薫訳
道成寺 11　萱野二十一

目次註

1 〈一―三〉
2 荷風　〔完〕
3 ――シュリイ・プリュドムの書翰のつゞき――
4 カミイル・ド・サントクロワァ　〈「冬の歌」カミイル・ド・サントクロワァ／「春の歌」おなじ人／「酔い崩れた女」アメデエ・ボンネエ／「銘」おなじ人〉
5 〔四十五年三月九日〕
6 かへらぬこと　――故田中憲君のために――
7 鷗外　〈拾参〉
8 〈空なしき心／雪の夕暮／昏／夜景の雪／百色眼鏡／みさの花／ささめ雪／引けの高価〔値〕〉
9 自由劇場第六回試演用台帳
10 モオリス・マアテルリンク　〈第一幕―第五幕〉
11 〈第一段―第五段〉〔一九一二・四―自由劇場〕

表紙・作者未詳　※（【191212】迄【191211】註7参照）／裏表紙・ヴイクトル・ユウゴオの漫画（在巴里・與謝野氏寄贈）／発行日・四月一日／頁数・本文全一五一頁／定価・二十五銭／編輯兼発行人・東京市牛込区余丁町七十九番地　永井壮吉／発行所・東京市芝区三田　慶應義塾内・三田文学会／発売所・東京市京橋区築地二丁目十五番地　籾山書店／印刷人・東京市芝区愛宕町三丁目二番地　小松周助／印刷所・東京市芝区愛宕町三丁目二番地　東洋印刷株式会社

■五月号　【191205】

旅カーパ（紀行）1　石井柏亭

若衆歌舞伎（小説）2　倉田啓明
なぜなれば（詩）3　よさのひろし
心やり（小説）4　増田廉吉
白夜（翻訳）5　昇曙夢
昼すぎ（対話）6　永井荷風
少年の日（小説）　千葉茂
灰燼（小説）7　森鷗外
妾宅（随筆）8　永井荷風
四月の小説と戯曲（批評）9　しげし

目次註

1 〈4—11〉〔完〕

2 〈一—五〉〔一九一二・四・五〕

3 ——巴里に於ける現代詩人の新作より——　ブレッセル／よさのひろし訳〈「なぜなれば」ブレッセル／「雨の日」ピエル・アラン／「仏蘭西と西班牙との境にある古きFONTARABLE の城の眺望」ジユアン・カノラ／「L'ABAT-JOUR」デジレ・ジヨゾオ／「おもひで」ピエル・アラン〉

4 〔四五・二・一〕

5 アナトリイ・カアメンスキイ作／昇曙夢訳〔完〕

6 荷風　——下町に住む絵師と山の手に住む詩人との対話——〔完〕

7 鷗外〈拾肆・拾伍〉〔未完〕

8 〈五—八〉荷風　※〝「妾宅」の一より四までは、本年二月の雑誌『朱欒』に掲載せらる〟とある

9 〈「散歩」田山花袋・新小説／「別れてから」田山花袋・中央公論／「老」尾島菊・青踏〔鞜〕／「仮睡」田中介二・早稲田文学／「発途」加能作次郎・早稲田文学／「白壁」正宗白鳥・中央公論／「早寝」徳田秋声・早稲田文学／「亡き姉に」平沢仲次・白樺／「老女経」縦〔樅〕山庭後・新女学／印象　※「印象」誌四月号挿画について〉　※執筆者名欠く

＊ 新刊図書〈『近代文学十講』厨川白村・大日本図書株式会社〉

＊ 寄贈書目／消息　※〈義塾文科の講座について／帝国劇場での自由劇場試演（四月号所載）開催のこと〉

表紙・【191204】に同じ／裏表紙・巴里の劇場（其一）〈オデオン劇場／サラ・ベルナアル劇場〉／発行日・五月一日／頁数・本文全一七七頁／定価・二十五銭／編輯兼発行人・東京市牛込区余丁町七十九番地永井壮吉／発行所・東京市芝区三田慶應義塾内・三田文学会／発売所・東京市京橋区築地二丁目十五番地　籾山書店／印刷人・東京市芝区愛宕町三丁目二番地　小松周助／印刷所・東京市芝区愛宕町三丁目二番地　東洋印刷株式会社

■六月号　【191206】

ふらんす印象派（評論）1　沢木梢
墓まゐり（小説）2　松本泰
サラ・ベルナールの自叙伝より3　萱野二十一
微笑（小説）4　後藤末雄
訳詩三篇（オスカア・ワイルドより）5　木村秋果
「はつ夏」（小説）6　久保田万太郎
名花（小説）7　永井荷風
正体（小説）——Karl Vollmoeller〔Vollmöller〕8　森鷗外
五月の小説と戯曲（批評）9　ゐかはしけし

目次註

1 〈一・二〉

2 〔四十五年五月〕

3 萱野二十一訳〈（一）『エルナニ』／（二）軽気球航空／（三）倫敦行／（四）ゲイエティイ・シアタアに於ける第一の公演〉

4 〔完〕〔四月十五日午後〕

5 〈セオクリタス／グリイス〔カタコロにて〕／マグダレンの逍遙〉〔一九一二・三・九〕

6 〔四十五年五月〕

7 荷風〈一—三〉〔完〕

8 正体《しやうたい》 KARL VOLLMOELLER〔VOLLMÖLLER?〕　鷗外訳〔未完〕

9 〈「要一のまぼろし」平沢仲次・白樺／「沈丁花」水上瀧太郎・新潮／「唐草模様」生田蝶介・新小説／「氷」鈴木三重吉・新潮／「媾曳」徳田秋声・新潮／「日記の断片」岩野清・青鞜／「背」水野葉舟・文章世界／「柳井と島田」稲田譲・早稲田文学／「人生と表現」雑誌〉　※執筆者名欠く

＊ 新刊図書〈『朝鮮』高浜虚子・実業之日本社／『返らぬ日』鈴木三重吉・春陽堂〉

＊ 寄贈書目／消息　※〈義塾創立五十年記念図書館の開館式（5・18）、新任義塾幹事石田新太郎歓迎会と文科新入生卒業生歓迎送別会（4・26）報告／義塾留学生沢木梢、小泉信三、三辺金蔵の渡航／萍会明治座見物（5・19）報告／その他〉

表紙・【191204】に同じ／裏表紙・巴里の劇場（其二）〈ルネッサンス劇場・オペラコミック劇場〉／発行日・六月一日／頁数・本文全一七九頁／定価・二十五銭／編輯兼発行人・東京市牛込区余丁町七十九番地　永井壮吉／発行所・東京市芝区三田慶應義塾内・三田文学会／発売所・東京市京橋区築地二丁目　大阪市東区南久太郎町三丁目　籾山書店／印刷人・東京市芝区愛宕町三丁目二番地　小松周助／印刷所・東京市芝区愛宕町三丁目二番地　東洋印刷株式会社

■七月号　【191207】

ヂヱノワよりウヱネチア（紀行）1　石井柏亭
松葉巴（小説）2　永井荷風
海の燕（訳詩）3　よさのひろし
祇園の一夜（小品）4　井田弦声〔絃〕
エドメ（翻訳）5　広瀬哲士
炬燵（小説）6　忍潮人
日光陽明門の前にて（詩）　新城和一
物知らず村（小説）　黒田湖山
いたづら（戯曲）　水上瀧太郎
正体（小説）——Karl Vollmoeller〔Vollmöller〕7　森鷗外
六月の小説と戯曲（批評）8　ゐかはしげし

目次註

1 〈（一）盗難／（二）コモ／（三）ヱロ—ナ／（四）

パドワ／（五）ウヱネチア肩掛／（六）鹹湖《ラグーン》〉
2 荷風 〈一―五〉〔完〕
3 ―― 仏国詩壇の新作より ―― よさのひろし訳〈小娘〉マルトラル・マルテル／「司祭さん」レオン・ドユベル／「BAISER《ベエゼ》」ペルドリエル・ヹシエル／「浴後」マウリス・アンヌ／「冬」パウル・ラベエ
4 井田絃声
5 アナトール・フランス作／広瀬哲士訳
6 ――水上瀧太郎氏に献ず―― 〔一九一一・一一・二〇〕
7 鷗外訳 〔未完〕 ※百七十四頁に、「注意」として〝『正体』は七月号で完結して、八月号からは、別に新しい事情の生ぜない限は『灰燼』を継続して行く筈である〟と付記あり
8 ※〈「母の手」長田幹彦・中央公論／「蹈〔韜?〕晦」聖古府・すばる／「寂しき女」江馬修・すばる／「涙」徳田秋声・中央公論／「女弟子」高浜虚子・中央公論／「貸間」相馬御風・早稲田文学／「線路」田山花袋・文章世界／「死の勝利」石川戯庵訳・すばる／「田舎騎士気質」十月鳥山訳・白樺／「最後の夜」村山勇三・早稲田文学〉 ※執筆者名欠く
＊ 新刊図書 〈『少年の笛』小川未明・新潮社／『一葉全集』故樋口夏子・博文館／『江戸紫』岡鬼太郎・鈴木書店／『合三味線』岡鬼太郎・辰文館／『霧積』小山内薫・春陽堂〉
＊ 寄贈書目／消息 ※〈三田文学会座談会（5・28）、同懇話会（6・17）報告／義塾新築図書館広間正面の大ステンドグラス、和田英作の構図により製作中／他〉
表紙・【191204】に同じ／裏表紙・ポオル・ヴェルレーヌ石像（在巴里 與謝野氏贈）／発行日・七月一日／頁数・本文全一八一頁／定価・二十五銭／編輯兼発行人・東京市牛込区余丁町七十九番地 永井壮吉／発行所・東京市芝区三田 慶應義塾内・三田文学会／発売所・東京市京橋区築地二丁目 大阪市東区南久太郎町三丁目 籾山書店／印刷人・東京市芝区愛宕町三丁目二番地 小松周助／印刷所 東洋印刷株式会社

■八月号 【191208】

からちご草（小説）1 長島豊太郎
雑記帳より（詩） 與謝野晶子
耳食（小説）2 樅山庭後
巴里の客死（翻訳）3 小沢愛圀
しがらみ草紙（戯曲）4 岡田八千代
玩具（小説）5 松本泰
桜（小説） 西村渚山
闘牛（翻訳）6 馬場孤蝶
正体（小説）―― Karl Vollmoeller〔Vollmöller〕7 森鷗外
七月の小説と戯曲（批評）8 井川滋

目次註
1 〔四十五年三月二十四日〕
2 耳食《ききかじり》〈発端《ほつたん》／上／中／下〉
3 ――Anna, Comtesse de Bremont の『オスカー・ワイルド追想録』より―― 小沢愛圀訳 〈一―四〉
4 〈序幕／第二幕〉
5 〔四十五年七月十二日〕
6 シエンキイウイッツ 〈第一回〉〔未完〕
7 鷗外 〔完〕 ※七月号の付記にもかかわらず、実際は継続され八月号において完結している
8 〈「しほ子」森田草平・中央公論／「女犯」上司小剣・中央公論／「モルヒネと味噌」上田君・青鞜／「ある夜」小笠原貞・青鞜／「わたり者」近松秋江・早稲田文学／「心臓」小川未明・早稲田文学／「女の髪」田山花袋・早稲田文学〉 ※執筆者名欠く
＊ 新刊図書 〈『毒の園』昇曙夢・新潮社／『お三津さん』鈴木三重吉・春陽堂／『一葉全集後編』樋口夏子・博文館／『雲のいろいろ』與謝野晶子・粱江堂〉
＊ 寄贈書目／消息 ※〈三田文学会特別講演会（7・15～20 於義塾本館楼上大広間 講師小山内薫）報告他〉
表紙・【191204】に同じ／裏表紙・巴里の劇場（其三）〈コメヂイ・フランセイズ劇場／ポルト・サン・マルタン劇場〉／発行日・八月一日／頁数・本文全十六五頁／定価・二十五銭／編輯兼発行人・東京市牛込区余丁町七十九番地 永井壮吉／発行所・東京市芝区三日 慶應義塾内・三田文学会／発売所・東京市京橋区築地二丁目 大阪市東区南久太郎町三丁目 籾山書店／印刷人・東京市芝区愛宕町三丁目二番地 小松周助／印刷所・東京市芝区愛宕町三丁目二番地 東洋印刷株式会社

■九月号 【191209】

カステラ（小説） 樅山庭後
黄金虫（詩）1 人見東明
生の進化（評論） 広瀬哲士
廓の子（小説）2 邦枝完二
死の前（戯曲）3 加茂清
五月闇（小説）4 永井荷風
灰燼（小説）5 森鷗外
闘牛（翻訳）6 馬場孤蝶
ケエト・クロイ（翻訳）7 平田禿水〔木〕
文芸 読むがまゝ（一）（随筆）8 永井荷風
八月の小説と戯曲（批評）9 井川滋

目次註
1 〈黄金虫／しらせ／虫のこころ／月かげ／鷺と梟／京の一夜／絵のはしに／ラムプの傘に／浜の館〉
2 〈一―四〉〔四十五年七月〕
3 〈一幕〉Strindberg／加茂清訳 〈第一折―第九折〉
4 荷風 〔完〕
5 〈拾陸〉 鷗外
6 シエンキイウイッツ 〔をはり〕
7 ――ジエムス作『鳩のつばさ』巻頭の一節―― 平田禿木訳
8 荷風 〔つゞく〕
9 〈「巡査日記」岩野泡鳴・早稲田文学／「なりゆき」久保田万太郎・新小説／「エリオトロープの匂ひ」水野葉舟・太陽／「簪」小川未明・文章世界／「江藤と余」高浜虚子・太陽／「教会と魔術と鳥と」人見直・青踏〔鞜〕／「門の扉」中村星湖・文章世界／「駈落の後」長谷部鞆絵・劇と詩／「情夫」服部塔歌・劇と詩／「処女」上司小剣・新小説／「日蔭」上

司小剣・新潮〉※執筆者名欠く
＊ 新刊図書〈『和泉屋染物店』木下杢太郎・東雲堂／『澪』長田幹彦・籾山書店／『森』水野葉舟・新潮社／『貝殻』島村苳三・春陽堂〉
＊ 消息 ※〈植松貞雄、小沢愛圀、生田蝶介等の発起による月刊雑誌「モンスタア」と京都の文学雑誌「銀磬」の発刊について／その他〉
＊ 寄贈書目／秋季特別号（十月）予告
表紙・【191204】に同じ／裏表紙・アナトオル・フランス〈北亜弗利加チユニジイ羅馬時代の古跡に座せる〉／発行日・九月一日／頁数・本文全一八七頁／定価・二十五銭／編輯兼発行人・東京市牛込区余丁町七十九番地　永井壮吉／発行所・東京市芝区三田慶應義塾内・三田文学会／発売所・東京市京橋区築地二丁目　大阪市東区南久太郎町三丁目　籾山書店／印刷人・東京市芝区愛宕町三丁目二番地　小松周助／印刷所・東京市芝区愛宕町三丁目二番地　東洋印刷株式会社

■十月号（秋季特別号）　【191210】

その春の頃（小説）1　水上瀧太郎
料理人の挨拶（訳詩）2　與謝野寛
罪人（翻訳小説）Strindberg. 3　薄田泣菫
途中（小説）4　増田廉吉
仏京一個月（紀行）5　石井柏亭
進化論よりメカニスム・ラディカールまで（評論）　広瀬哲士
メキシコ小景（紀行）6　堀口大學
ヴエルレーヌ訪問記（翻訳小品）7　高瀬俊郎
灰燼（小説）8　森鷗外
大事取（翻訳小説）9　上田敏
文芸　読むがまゝ（二）（随筆）10　永井荷風
乗合船（雑感）11　三田文学会同人
九月の小説と戯曲（批評）12　井川滋

目次註
1 〔大正一年九月八日〕
2 よさの、ひろし訳〈「料理人の挨拶」ロベルト・ド・モンテスキユウ／「湖の岸」アベル・レゼエ／「夏の印象」マルマル・ルマイユ／「西班牙の踊子」アベル・レゼエ／「鶩鳥」クレマン・プリエ／「にほひ」アベル・レゼエ／「驟雨の後」マウリス・ドエリイ〉
3 ストリンドベルヒ
4 〈一―五〉　増田廉〔廉吉〕〔一・九・三〕
5 〔完〕
6 〈メキシカン、インデアン／闘牛場より／公園のベンチより／狆〉
7 ――Adolphe Retté:Symbolisme, Anecdotes et Souvenirs より――　〔終〕
8 〈拾柒〉　鷗外
9 JOHN GALSWORTHY
10 荷風
11 ――投書御随意――　「九月十六日」小沢生／久米生／NM生／夜鳥／寿根蔵／X_z生／S
12 〈「尼僧」長田幹彦・中央公論／「大津順吾」志賀直哉・中央公論／「岩石の間」島崎藤村・中央公論／「泥水」小笠原貞・青鞜／「海辺の町」長田幹彦・太陽／「地獄」相馬泰三・早稲田文学／「薔薇」水野葉舟・文章世界／「暑き日に」田山花袋・文章世界／「野崎村」上司小劒〔劍〕・文章世界／「松の樹」上司小劒〔劍〕・早稲田文学／「馴染の家」徳田秋声・中央公論〉※執筆者名欠く
＊ 消息 ※〈三田文学会座談会（9・3）報告／雑誌「モンスタア」改題「黒耀《こくえう》」、演劇美術雑誌「とりで」の創刊／近代劇協会の公演／沢木梢の巴里よりの葉書紹介――石田新太郎宛〔8・26〕　井川滋宛〔クランブールヴアルのカフエエにて〕／その他〉
表紙・【191204】に同じ／裏表紙・波斯十六世紀時代の陶器画／発行日・十月一日／頁数・本文二六五頁／定価・四十銭／編集兼発行人・東京市牛込区余丁町七十九番地　永井壮吉／発行所・東京市芝区三田　慶應義塾内・三田文学会／発売所・東京市京橋区銀座三丁目　大阪市東区南久太郎町三丁目　籾山書店／印刷人・東京市芝区愛宕町三丁目二番地　小松周助／印刷所・東京市芝区愛宕町三丁目二番地　東洋印刷株式会社

■十一月号　【191211】

琴平丸（戯曲）1　長田秀雄
秩序（翻訳小説）2　上田敏
築地の家（小説）3　松本泰
青ざめたる瞳（詩）4　新城和一
灰燼（小説）5　森鷗外
地下へ（随筆）6　馬場孤蝶
乗合船（雑感）7　三田文学会同人
十月の小説と戯曲（批評）8　井川滋

目次註
1 （四幕）
2 John Galsworthy
3 〔完〕〔一年十月十二日〕
4 〈青ざめたる瞳／日灯し頃海に立ちて／海の風〉
5 〈拾捌〉　鷗外　〔未完〕
6 ――友に与ふる書――　〈一―四〉〔十月十二日夜〕
7 ――投書御随意――　夜潮／SN生／荷風生／敗荷／××生／○○／K／倉田啓明／ヲザハ／　＊【191204】～【191212】までの表紙についての投書あり
8 〈「郊外にて」田山花袋・中央公論／「燈籠大臣」松居松葉・新小説／「鳥屋の子」谷崎精二・早稲田文学／「贋物」正宗白鳥・早稲田文学／「産婆」服部嘉香・早稲田文学／「途すがら」・水上瀧太郎・新小説／「一人の死」萱野二十一・白樺〉
＊執筆者名欠く
＊ 新刊図書〈『天下人育』石田新太郎・北文館〉
＊ 寄贈書目／消息　※三田文学会秋季講演大会（去月19日）、萍会連中見物（10・13）報告／小山内薫主催劇場美術展覧会予告／伊達道暉退職、岡本謙三郎訃報／その他〉

＊　NOUS AVONS À PARIS LA PLUS GRANDE POÉTESSE DU JAPON　※本号裏表紙に関する巴里某誌の記事

表紙・【191204】に同じ／裏表紙・巴里の某誌上に掲載せられたる與謝野寛及夫人〈Mme AKICO YOSSANO La plus illustre poetesse du Japon / Son mari, M. YOSSANO Directeur de la revue japonaise "l'Etoile du Matin"〉／発行日・十一月一日／頁数・本文全一六九頁／定価・二五銭／編輯兼発行人・東京市牛込区余丁町七十九番地　永井壮吉／発行所・東京市芝区三田　慶應義塾内・三田文学会／発売所・東京市京橋区銀座三丁目　大阪市東区南久太郎町三丁目　籾山書店／印刷人・東京市芝区愛宕町三丁目二番地　小松周助／印刷所・東京市芝区愛宕町三丁目二番地　東洋印刷株式会社

■十二月号　【191212】

死せる生（戯曲）1　小山内薫
W倶楽部（小説）2　松本泰
不浄五十首（短歌）　與謝野晶子
目的論よりとるところ（評論）　広瀬哲士
寓話（詩）3　佐藤春夫
雲（小説）4　久米秀治
郷愁（戯曲）5　佐々木好母
おえいさんの事（小説）　久保田万太郎
灰燼（小説）6　森鷗外
乗合船（随筆）7
十一月の小説と戯曲（批評）8　井川滋
付録　三田文学総目次9

目次註

1　ゲオルク・ヒルシュフェルド／小山内薫訳
2　〔元年十一月〕
3　〈寓話／友に／ある夜の祈願／詩人を論ず〉〔千九百十二年十一月二日〕
4　〈一―九〉〔大正元・十一・十二〕
5　戯曲　郷愁（一幕二場）
6　〈拾玖〉　鷗外
7　――投書御随意――　大阪、内田鏡村／ギンザ／十夜生／puss／還俗／沈鬱生
8　〈「川波」久保田万太郎・新潮／「なかうど」増田廉吉・黒耀／「汐風」正宗白鳥・中央公論／「霰ふる」泉鏡花・太陽／「嘲弄」田村俊子・中央公論〉※執筆者名欠く
9　三田文学第三巻総目次

＊　新刊図書　〈『処女作』水上瀧太郎・籾山書店／『新橋夜話』永井荷風・籾山書店／『芸者の手紙』能谷為蝶編・彩文館〉

＊　寄贈書目／消息　※〈日比谷図書館主催第五回著者講演会（11・9）、帝国大学に於ける「人生と表現」談話会（11・9）、自由劇場主催劇場美術展、土曜劇場小山内薫外遊送別公演の報告／メキシコ市の堀口大學からの来信、一節（約八百字）紹介／文芸雑誌「聖盃」「詩と散文」の創刊／その他〉

表紙・【191204】に同じ／裏表紙・Francis《フランシス》 Auburtin《オーブルタン》筆『波の歌』／発行日・十二月一日／頁数・本文全一九七頁　付録六頁／定価二十五銭／編輯兼発行人・東京市牛込区余丁町七十九番地　永井壮吉／発行所・東京市芝区三田　慶應義塾内・三田文学会／発売所・東京市京橋区銀座三丁目　大阪市東区南久太郎町三丁目　籾山書店／印刷人・東京市芝区愛宕町三丁目二番地　小松周助／印刷所・東京市芝区愛宕町三丁目二番地　東洋印刷株式会社

一九一三年（大正二年）

■一月号（新年号）　【191301】

きのふの花（詩）1　上田敏
戯作者の死（小説）2　永井荷風
わかき芸術家のむれ（評論）3　厨川白村
田園雑詠（詩）4　與謝野寛
デイアダア（戯曲）5　萱野二十一
航海（小品）6　福永挽歌
巴里で観た絵画（評論）7　沢木梢
尼僧の涙（詩）8　人見東明
マンドリンの女（小説）　加茂清
旅路（小説）　尾島菊子
南風の歌（詩）9　佐藤春夫
泥水（小説）10　五百歌左二郎
夕化粧（小説）11　山崎俊夫
復讎（小説）12　森鷗外
松本泰氏の作品（評論）　井川滋
新刊批評13　ＳＩ生
表紙意匠　橋口五葉

目次註

1　レミ・ドゥ・グルモン
2　〈一・二〉〔未完〕
3　〈一―七〉〔完〕
4　――ヴェルハアレンの新詩集「LES BLÉS MOUVANTS」より――　よさのひろし訳〈「路」LES ROUTES／「田舎の対話」DIALOGUE RUSTIQUE（其一）／「麦の積藁」LES MEULES／「田舎の対話」（其二）〉
5　ウイリアム・イエーツ　〔終焉《しゅうえん》〕
6　〈一―三〉

7 〔一九一二・一〇・三〇――伯林にて〕 ※三月号「消息」欄に訂正あり
8 〈尼僧の涙／古城のほとり／灯の眼／水死あり／恋ひごころ／月夜の宴／いぢらしと思はずや／静かなれ（一・二・三）／ヨハネの首〉
9 『南風の歌』の序曲
10 〈一―六〉〔終〕
11 市弥《いちや》信夫《しのぶ》夕化粧《ゆふげしょう》――悪性《あくしょ》絵《ゑ》草紙《ざうし》の内《うち》―― ※〝このちひさきものがたりわかきラムポウにささぐ〟と献辞あり
12 Henri de Regnier／鷗外訳 〔未完〕
13 新刊図書 〈『尼僧』長田幹彦・籾山書店発行発売／『先帝と居家処世』長井実・田中英一郎共著・九経社発行・籾山書店発売／『自由劇場』市川左団次・小山内薫共編・自由劇場事務所発行・郁文堂発売／『日本名勝写生紀行（第五巻）』中西屋書店発行発売／『コドモノ画』中西屋書店発行発売／『小鳥の巣』鈴木三重吉・春陽堂発行発売／『魔ケ沼』渡辺千冬訳・警醒社発行発売〉 ※執筆者名欠く
＊ 寄贈雑誌／消息 ※〈三田文学会開催「小山内薫送別の小宴」（12・3）報告／同人の新刊書案内／その他〉

表紙・橋口五葉／発行日・一月一日／頁数・本文全三六七頁／定価・二十五銭／編輯兼発行人・東京市牛込区余丁町七十九番地 永井壮吉／発行所・東京市芝区三田 慶應義塾内・三田文学会／発売所・東京市京橋区銀座三丁目 大阪市東区南久太郎町三丁目 籾山書店／印刷人・東京市芝区愛宕町三丁目二番地 小松周助／印刷所・東京市芝区愛宕町三丁目二番地 東洋印刷株式会社

■二月号 【191302】

白い路（小説）1 小川未明
写生（詩）2 堀口大學
怪談（小説）3 畑耕一
奢侈（訳詩）4 金富参川
ベルグソン哲学の中心思想（評論）5 広瀬哲士
ウヰンタア（小説）6 松本泰
海月の歌（詩）7 永井荷風
浅草（翻訳）8 秦豊吉
復讐（小説）9 森鷗外
小児十字軍（翻訳）10 上田敏
冬の夜（随想） 井川滋
新刊批評 11 SI生

目次註

1 〈一―五〉〔一九一二・一二作〕
2 〈街上／冬〉〔一九一二・一一〕〔完〕
3 〔完〕
4 アルベエル・サマン原詩
5 〈（一）エラン・ギタアル／（二）知能と本能／（三）意識と無意識〉
6 〔完〕〔二年一月〕
7 海月《くらげ》の歌《うた》〈海月の歌／山《やま》の手《て》／朽《くち》行《ゆ》く老樹《らうじゆ》／條虫《さなだむし》／不浄《ふじやう》の涙《なみだ》〉
8 ピエル・ロティ「日本の秋」「江戸」の一節 秦豊吉訳 〔十二月五日、日曜〕
9 〈二〉 鷗外訳 〔未完〕
10 小児十字軍《せうにじふじぐん》――浮浪学生《ふらうがくしやう》の話《はなし》―― マルセル・シュヲブ 〔此項終《このかうをはり》〕
11 〈『絵の具箱』岡田八千代・籾山書店発行発売／『留女《るめ》』志賀直哉・洛陽堂発行発売／『大聖サルマ物語』酒井鋒滴・サルマ物語発行所発売／『復活の日』中島清訳・上田屋書店発行発売／『京都』井田絃声・木兎社発行東京堂発売／『髪』田山花袋・佐久良書房発行発売・『独身者の独思案』佐々木邦・内外出版協会発行発売／『千曲川のスケッチ』島崎藤村・左久良書房発行発売〉 ※執筆者名欠く
＊ 寄贈雑誌／消息 ※〈三田文学会雑談会案内／黒耀主催第三回「孤蝶会」（去月11日）報告／尾上柴舟の車前草社機関誌「車前草」の再興、井田絃声経営文芸美術雑誌「ル・イブウ」の創刊／ベルリンの沢木梢／その他〉

表紙・橋口五葉／発行日・二月一日／頁数・本文全一七九頁／定価・二十五銭／編輯兼発行人・東京市牛込区余丁町七十九番地 永井壮吉／発行所・東京市芝区三田 慶應義塾内・三田文学会／発売所・東京市京橋区銀座三丁目 大阪市東区南久太郎町三丁目 籾山書店／印刷人・東京市芝区愛宕町三丁目二番地 小松周助／印刷所・東京市芝区愛宕町三丁目二番地 東洋印刷株式会社

■三月号（春季特別号） 【191303】

水のおもて（戯曲）1 久保田万太郎
小児十字軍（翻訳）2 上田敏
戯作者の死（小説）3 永井荷風
銀の雨（詩） 堀口大學
夷講の夜のことであつた（小説）4 きしのあかしや
新浴泉記（小説）5 吉井勇
石垣（翻訳）6 大杉栄
紫陽花（小説）7 忍潮人
復讐（翻訳）8 森鷗外
遺書（小説） 長田秀雄
伯林の友へ（随想）9 井川滋
新刊批評 10 SI生

目次註

1 〈第一幕―第三幕〉〔二年一月―二月〕
2 ――癩病《びやう》やみの話《はなし》――〔此項終《このかうをはり》〕
3 〈三―五〉〔つゞく〕
4 きしのやあかしや
5 〈一―九〉〔終〕
6 アンドレイエフ／大杉栄訳 〈一―六〉
7 〈一九一二・七・九〉
8 〈三〉 鷗外訳 〔未完〕
9 〈一九一二・一二・一五〉
10 〈『雪』久保田万太郎・籾山書店発行発売／『遅日』樅山庭後・籾山書店発行発売／『悪魔』谷崎潤一郎・籾山書店発行発売／『その春の頃』水上瀧太郎・籾山書店発行発売／『大川端』小山内薫・籾山書店発行発売／『青年』森鷗外・籾山書店発

行発売／『日記の端より』尾上柴舟・辰文館発行発売／『コサック』矢口達訳・新陽堂発行発売〉※執筆者名欠く

＊寄贈雑誌／消息　※〈與謝野寛帰朝歓迎会（2・8）、神田青年会館における青鞜社の公開講演会（2・15馬場孤蝶他演説）報告／本郷教会での「自由講座」開設案内／沢木梢よりの「訂正申込」（一月号作品中）／その他〉

表紙・橋口五葉／発行日・三月一日／頁数・本文全二六一頁／特別定価・四十銭／編輯兼発行人・東京市牛込区余丁町七十九番地　永井壮吉／発行所・東京市芝区三田　慶應義塾内・三田文学会／発売所・東京市京橋区銀座三丁目　大阪市東区南久太郎町三丁目　籾山書店／印刷人・東京市芝区愛宕町三丁目二番地　小松周助／印刷所・東京市芝区愛宕町三丁目二番地　東洋印刷株式会社

■四月号　【191304】

古都情話1　後藤末雄
戯作者の死2　永井荷風
瞼の憂愁3　人見東明
最新思想発展の径路4　広瀬哲士
快飲5　よさのひろし
ヴエーデキンドの詩と小説6　成瀬無極
変化者7　邦枝完二
復讎8　森鷗外
暮れがたの河岸9　井川滋
新刊批評10　SI生

目次註

1　モオリス・バレス〔完〕
2　〈六—九〉〔完〕
3　〈瞼の憂愁／夢に入り来よ／淋しければ／夢のかげにも／しのぶ恋／峠へ／春とカナリヤ〉
4　〔未完〕
5　エミル・ヹルアア〔ハ〕アレン／よさの・ひろし訳
6　ヴェーデキントの詩と小説〈一—五〉
7　〈一—三〉〔完〕〔おろかなるこの夢物語り一篇を日本の喜劇作者鎗屋八郎兵衛にさゝぐ　大正二年三月〕
8　——Henri de Régnier, Les Amants Singuliers: Balthasar Aldramin——〈四〉鷗外訳〔終〕
9　〔一九一三・三・一五〕
10　〈『The Pilgrimage』野口米次郎／『漫遊人国記』角田浩々歌客・東亜堂書店発行発売／『畜生道』平出修・籾山書店発行発売／『近代劇五曲』小山内薫・大日本図書株式会社発行発売〉

＊寄贈雑誌／消息　※〈三田文学会文科卒業生送別会（2・28）報告／慶應義塾図書館長田中一貞の英米図書館状況視察旅行／同図書館に寄贈された岡本謙三郎遺愛英文学関係書籍二四六冊／中谷徳太郎経営「シバヰ」の発行（籾山書店）／大阪朝日の高崎堅三郎訃報／その他〉

表紙・橋口五葉／口絵・「古都情話」原作者モオリス・バレスの像　ヴィベエル作／挿絵・「ヴエルハアレンの像」ヴィベエル作　独逸座の俳優アレキサンダア・モイシの扮せるエデキンドの「春の目覚め」／発行日・四月一日／頁数・本文全一九九頁／定価・二十五銭／編輯兼発行人・東京市牛込区余丁町七十九番地　永井壮吉／発行所・東京市芝区三田　慶應義塾内・三田文学会／発売所・東京市京橋区銀座三丁目　大阪市東区南久太郎町三丁目　籾山書店／印刷人・東京市芝区愛宕町三丁目二番地　小松周助／印刷所・東京市芝区愛宕町三丁目二番地　東洋印刷株式会社

■五月号　【191305】

父の恩（小説）1　永井荷風
妄動（詩）　よさの・ひろし
ある郊外の家（小説）2　松本泰
早春賦（詩）3　長田秀雄
近代思潮発展の径路（評論）4　広瀬哲士
クレーグ氏沙翁論（評論）5　目黒真澄
童貞（小説）　山崎俊夫
最終の午後（翻訳）6　森鷗外
新刊批評7　SI生

目次註

1　小説　父の恩〈其〔第〕一、第二〉〔つゞく〕
2　〔二年三月〕
3　〈早春賦／微笑／蛾／春の昼／青銅巨鐘の歌〉
4　近代思潮発展の経路（承前）〔完〕
5　グ〔ク〕レーグ氏沙翁戯曲論　Edward Gordon Craig　〈㈠沙翁悲劇の幽霊〔千九百十年〕／㈡沙翁劇〔一千九百十二年〕〉
6　Franz Molnar／鷗外訳〔Panfloete, Berlin 1912〕
7　〈『白痴』小川未明・文影堂発行発売／『新一幕物』森鷗外・籾山書店発行発売／『サフオ』武林無想庵／『鴨』森田草平訳・新潮社発行発売／『鶯』小山内薫・籾山書店発行発売／『春色情くらべ』田村西男・辰文館発行発売／『元禄笑話』上野竹次郎編・辰文館発行発売／『青鞜小説集第一』青鞜社発行東雲堂発売／『お絹』青木健作／『峠』相馬御風・春陽堂発行発売／『旅愁』内藤鋠策・抒情詩社発行有明堂発売〉※執筆者名欠く

＊寄贈雑誌／消息　※〈三田文学会春季講演大会予告／島崎藤村が渡欧に際し樅山庭後に贈ったという机に記されている不自棄生、籾山、藤村の筆跡／東西近古芸術之評論「芸術」、伊予松山の文芸雑誌「清平調」、市川猿之助等の「五〔吾〕声会」の活躍／書信紹介—大阪朝日新聞3・30日曜付録全一面の「故高崎賢三郎追悼」と故人が文科一年の頃小林澄兄に寄せた手紙の一節、沢木より井川宛〔3・31ドレスデンにて〕、過般都新聞の記事で大変迷惑をしたという水上より知友某宛〔大正2・2・27　北米合衆国マサチユセツ州ケムブリツヂにて　水上瀧太郎〕／その他〉

表紙・橋口五葉／日絵・「ジノセルヰニ作モンマルトル舞踏場」（伯林　沢木梢よりの絵葉書）／挿絵・水上瀧太郎よりの絵はがき付筆跡　小山内薫よりの絵はがき／発行日・五月一日／頁数・本文全一八九頁／定価・二十五銭／編輯兼発行人・東京市牛込区余丁町七十九番地　永井壮吉／発行所・東京市芝区三田　慶應義塾内・三田文学会／発売所・東京市京橋区銀座三丁目　大阪市東区南久太郎町三丁目　京都市祇園町南側万寿小路　籾山書店／印刷人・東京市芝区愛宕町三丁目二番

地　小松周助／印刷所・東京市芝区愛宕町三丁目二番地　東洋印刷株式会社

■六月号　【191306】

うづみ火（小説）1　久米秀治
友だち（小説）2　水上瀧太郎
基督の敵（翻訳）3　小沢愛圀
OARISTYS（詩）4　新城和一
大詰（小説）5　長谷川虎太郎
暮れ方の調子（詩）6　堀口大學
おぼろ（小説）7　畑耕一
父の恩（小説）8　永井荷風
辻馬車（翻訳）9　森鷗外
Soliloquy（随想）　井川滋
新刊批評10　SＩ生

目次註

1 〔二・二・二二〕〔完〕
2 〔大正二年二月二十日〕
3 ――モオリス・ベアリングの"RUSSIAN ESSAYS AND STORIES"より――
4 レエモン・クリストフルウル作／新城和一訳
5 〔未完〕
6 〈暮れ方の調子／時の調子／秋雨の調子／童話の女王／笛〉〔一九一三・三〕
7 〔大正二・三・一四〕〔完〕
8 荷風 〈第三―第五〉〔つゞく〕
9 Franz Molnar／鷗外訳
10 〈『櫛』鈴木三重吉・春陽堂発行発売／『遊蕩児』本間久雄訳・新潮社発行発売／『珊瑚集』永井荷風・籾山書店発行発売／『ファウスト』森鷗外訳・富[冨]山房発行発売／『人形の家』島村抱月訳・早稲田大学出版部発行発売／『遊女の文学』井淵柳影・辰文館発行発売〉 ※執筆者名欠く

＊ 寄贈雑誌／消息 ※〈春季講演大会（5・3）、三田文学同志による座談会（5・14 於大久保永井宅）、義塾大学第22回卒業式（5・4 奥田文相演説）及同窓会（於福沢家別邸）報告／松本楼で開催のパンの会／義塾長鎌田栄吉及田中一貞、川畑篤恭教授の渡航／その他〉

表紙・橋口五葉／扉・水上瀧太郎よりの絵はがき紹介／発行日・六月一日／頁数・本文全一七六頁／定価・二十五銭／編輯兼発行人・東京市牛込区余丁町七十九番地　永井壮吉／発行所・東京市芝区三田　慶應義塾内・三田文学会／発売所・東京市京橋区銀座三丁目　大阪市東区南久太郎町三丁目　京都市祇園町南側万寿小路　籾山書店／印刷人・東京市芝区愛宕町三丁目二番地　小松周助／印刷所・東京市芝区愛宕町三丁目二番地　東洋印刷株式会社

■七月号　【191307】

浮世絵の山水画と江戸名所（評論）1　永井荷風
阿片の夜（詩）2　よさの・ひろし
柏屋（小説）3　きしのあかしや
夜（翻訳）4　木村荘五
青蓬集（短歌）　吉井勇
知能と本能（評論）5　広瀬哲士
世の中（小説）6　水上瀧太郎
フロルスと賊と（翻訳）7　森鷗外
新刊批評8　しげし

目次註

1 〔完〕
2 ――マウリス・マアグル――　よさの・ひろし訳〈知らない女／最も悲しき夜／ロオエングリンの演奏〉
3 〔完〕
4 ――悪夢――　ギイ・ド・モオパッサン／木村荘五訳〔一九一二・九〕
5 ベルグソン
6 〔大正二年二月二十七日〕 ※都新聞の記事に対して筆者の一連の「つくりもの」に関する見解を付記する
7 M. Kusmin.／鷗外訳〈壱―五〉〔終〕 ※付記あり
8 〈『俚謡』湯朝竹山人選・辰文館発行発売／『恋愛小品』吉井勇・籾山書店発行発売／『青蛙』正宗白鳥・忠誠堂発行発売／『椿』田山花袋・忠誠堂発行発売／『後の新片町より』島崎藤村・新潮社発行発売／『女鳩』鈑[鈴]木三重吉・浜口書店発行発売／『新理想主義の哲学』波多野精一・宮本和吉共訳・内田老鶴圃発行発売／『美術遍路上巻』石井柏亭・東雲堂書店発行発売／『啄木遺稿』故石川啄木・東雲堂発行発売／『微風』島崎藤村・新潮社発行発売／『七死刑囚物語』相馬御風訳・海外文芸社発行中興館泰平館書店発売／『心の扉』昇曙夢訳／『埋れた春』秋田雨雀／『奈良と平泉』黒田鵬心・春陽堂発行発売〉

＊ 寄贈書目／消息 ※〈義塾夏期講演会（8・2～8）案内／三田文学同人第二回談話会（6・10第二火曜於大久保永井宅）、義塾大学文科予科懇話会（6・3）報告／沢木の同級片野文吉訃報／新築のメイゾン鴻の巣〉

表紙・橋口五葉／口絵・巴里シャンゼリゼヱ新劇場（写真版説明）LA SALLE DU THÉATRE DES CHAMPS-ÉLYSÉES・BOURDELLE-LA TRAGÉDIE(SCULPTURE)・BOURDELLE-LA COMÉDIE(SCULPTURE)／発行日・七月一日／頁数・本文全一七一頁／定価・二十五銭／編輯兼発行人・東京市牛込区余丁町七十九番地　永井壮吉／発行所・東京市芝区三田　慶應義塾内・三田文学会／発売所・東京市京橋区銀座三丁目　大阪市東区南久太郎町三丁目　京都市祇園町南側万寿小路　籾山書店／印刷人・東京市芝区愛宕町三丁目二番地　小松周助／印刷所・東京市芝区愛宕町三丁目二番地　東洋印刷株式会社

■八月号　【191308】

染井の墓地（小説）　長田秀雄
Kandinsky の為に（評論）1　沢木梢
相聞羇旅（詩）2　佐藤春夫
詩（翻訳）3　堀口大學
五月の悲しみ（詩）4　新城和一
蝙蝠安（小説）5　邦枝完二

厠の窓（随筆）6　永井荷風
Senzamani（翻訳）7　森鷗外
白い壺（小説）8　福永挽歌
新刊批評 9　しげし

目次註

1　〈Kandinsky の為に／Küchler の Kandinsky に対する罵倒／Hausenstein の Walden に宛てたる手紙〉〔一九一三・五月二十八日　ミュンヘンにて　沢木梢〕　※末尾に同じく沢木梢の通信文を付す。「看るがまゝ、聞くがまゝ（ミュンヘンより）」〔一九一三・五月二十八日夜ミュンヘンにて　沢木梢〕　扉に関連写真あり　※次号消息欄にドイツ語の誤植について関連文掲載
2　※次号消息欄に筆者による「正誤申込書」の掲載あり
3　HENRI DUVERNOIS
4　五月の悲み　〈五月の悲み／美しき瞳の君へ／最初の花／ベアトリツエの恐怖（君を仮にベアトリツエと呼ぶ）〉〔大正二年五月三十一日〕
5　〈「い」／「ろ」／「は」〉〔未完〕〔二年六月末〕
6　厠《かはや》の窓《まど》――雑感一束――　荷風生
7　Maxim Gorki／鷗外訳　〔完〕　※〝カプリの島にさすらってから、始めて書いた短篇である〟と付記あり
8　〈一―六〉〔完〕
9　〈『耳の趣味』鈴木皷〔鼓〕村・左久良書房発行発売／『昨日まで』吉井勇・籾山書店発行発売／『分身。走馬燈』森鷗外・籾山書店発行発売／『教育と文芸』浅野利三郎・啓成社発行発売／『西洋史論』松本彦次郎・広瀬哲士共著・啓成社発行発売／『意地』森鷗外・籾山書店発行発売／『罪と罰　前編』内田魯庵訳・丸善株式会社発行発売／『赤き死の仮面』谷崎精二訳・泰平館書店発行発売／『少年の知恵』堀口熊二訳・長風社発行発売〉　※執筆者名欠く
＊　寄贈雑誌／消息　※〈本号挿画について沢木「看るがまゝ聞くがまゝ」参照のこと／松本泰植松貞雄欧州遊学送別座談会（6・27）、第三回談話会（7・8於永井宅）、文科予科懇話会（7・14）報告／通信紹介―幹事石田新太郎宛小山内小泉寄書き絵葉書〔ロンドン　小山内薫〕〔6・7　小泉信三〕、水上瀧太郎より井川滋宛／欧州三田文学会の活躍／その他〉
表紙・橋口五葉／口絵・ワグナー除幕式　ミュンヘン芸術座／発行日・八月一日／頁数・本文全一七九頁／定価・二十五銭／編輯兼発行人・東京市牛込区余丁町七十九番地　永井壮吉／発行所・東京市芝区三田　慶應義塾内・三田文学会／発売所・東京市京橋区銀座三丁目　大阪市東区南久太郎町三丁目　京都市祇園町南側万寿小路　籾山書店／印刷人・東京市芝区愛宕町三丁目二番地　小松周助／印刷所・東京市芝区愛宕町三丁目二番地　東洋印刷株式会社

■九月号　【191309】

ふゆぞら（小説）1　久保田万太郎
美術の都（随想）2　沢木梢
夏（詩）3　堀口大學
鬱金桜（小説）　山崎俊夫
シャンゼリゼエノ〔の〕会話（翻訳）4　小沢愛圀
ゴンクウルの歌麿伝（評論）5　永井荷風
ギヨオテ年譜 6　森鷗外
新刊批評 7　しげし
消息及び大窪日記 8

目次註

1　〔七月二十四日〕
2　〔一九一三年六日十九日　ミユンヘンにて〕　※此文の釈訳として執筆者より贈られた二図を扉頁一に掲載とのこと付記にあり
3　〈なまけもの／涼み芝居／秘密／KAKEOCHI.／夏の夜曲〉
4　シャンゼリゼエの会話　――L.Bourdeau 氏に――小沢愛圀訳　※〝アナトオル・フランスの〝LE JARDIN D'ÉPICTURE〟より〟とあり
5　――並に北斎伝――　※付「ゴンクウル蒐集　歌麿版画目録大要」
6　鷗外鈔〔Eduard Engel. 1913〕
7　〈『そのまゝの記』戸川秋骨・籾山書店発行発売／『サラムボオ』生田長江・博文館発行発売／『廓模様』生田蝶介・辰文館発行発売／『途上』前田晁・忠誠堂発行発売〉　※執筆者名欠く
8　消息　※〈「永井先生宅火曜会」8月休会のこと／五百歌左二郎、本号より毎号二、三のカットを書くこと／森鷗外よりの葉書紹介（前号沢木文中の独語誤植について）／佐藤春夫よりの「正誤申込書」（書信）紹介「細草微風庵主人三田文学校正方様」／その他〉大窪日記（一）　永井荷風　※永井荷風宅で開催の「例の火曜会」のことなどを記す
＊　寄贈雑誌
表紙・橋口五葉／口絵・（一）ルドイック王の石像及ワルワラ宮殿、ミュンヘン国立図書館　（二）ダンヌンチオ新作ピザネル序幕舞台面（レオン・バクスト画）／発行日・九月一日／頁数・本文全一七七頁／定価・二十五銭／編輯兼発行人・東京市牛込区余丁町七十九番地　永井壮吉／発行所・東京市芝区三田　慶應義塾内・三田文学会／発売所・東京市京橋区銀座三丁目　大阪市東区南久太郎町三丁目　京都市祇園町南側万寿小路　籾山書店／印刷人・東京市芝区愛宕町三丁目二番地　小松周助／印刷所・東京市芝区愛宕町三丁目二番地　東洋印刷株式会社

■十月号　【191310】

葬式の前の日のこと（小説）　きしのあかしや
死の幻影（小説）1　小川未明
ためいき（詩）2　高瀬俊郎
磧地（小説）3　久米秀治
熟睡（小説）　五百歌左二郎
ひなたぼつこ（詩）4　水上おぼろ
フロオベルの手紙（翻訳）5　度〔広〕瀬哲士
羅馬の一日（随筆）　田中一貞
欧人の観たる葛飾北斎（評論）　永井荷風
北斎年譜（年譜）　永井荷風

橋の下（小説）6　森鷗外
教授（小品）7　井川滋
劇評8　久保田万太郎
大窪だより（随筆）9　永井荷風
新刊批評10　しげし
付録　カルメン（翻訳）11　生田長江

目次註

1　〈一―六〉〔一九一三・五作〕
2　〔大正二年五月二十九日〕
3　〔大正二・七・二二〕
4　〈ひなたぼつこ／黒髪／祭の夜〉
5　フロオベエルの手紙　広瀬哲士　〔一八七三・三・一二〕
6　Frédéric Boutet／鷗外訳
7　〔二・九・一九〕
8　永井先生へ　〔九月十六日〕
9　〈二〉
10　〈『死の勝利』石川戯庵訳・大日本図書株式会社発行発売／『東京景物詩』北原白秋・東雲堂発行発売／『遊覧地案内』鉄道院編／『夢を描く』尾崎楓水・一人一篇社発行発売〉
※執筆者名欠く
11　〈一―三〉　生田長江訳
＊　寄贈雑誌／消息　※〈例の火曜会（9・9）報告／義塾講演会（8月於大阪）記録の刊行／瀧太郎の井川宛書信（荷風「あめりか物語」感想ほか）紹介／その他〉

表紙・橋口五葉／口絵・（一）Le Torero "El Corcito." (IGNACIO ZULOAGA 画)（二）Pendant La Course. (IGNACIOZULOAGA 画）と写真版説明／発行日・十月一日／頁数・本文全二五一頁付録八十頁／定価・五十銭／編輯兼発行人・東京市牛込区余丁町七十九番地　永井壮吉／発行所・東京市芝区三田　慶應義塾内・三田文学会／発売所・東京市京橋区銀座三丁目　大阪市東区南久太郎町三丁目　京都市祇園町南側万寿小路　籾山書店／印刷人・東京市芝区愛宕町三丁目二番地　小松周助／印刷所・東京市芝区愛宕町三丁目二番地　東洋印刷株式会社

■十一月号　【19131】

良縁（戯曲）1　水上瀧太郎
不協音（詩）　よさの・ひろし
あの頃（小説）2　増田廉吉
聖ニコラウスの夜（翻訳）3　森鷗外
亜米利加の水上君へ4　久保田万太郎
大窪多与里5　永井荷風
新刊批評6　しげし
カット　五百歌左二郎

目次註

1　〈第一幕―第二幕〉〔大正二年八月二十日〕
2　――松本泰氏へ――　〔二年八月十六日〕
3　Camille Lemonnier／鷗外訳　〔未完〕
4　〔十月二十日〕
5　〈三〉〔十月十日〕
6　〈『白き手の猟人』三木露風・東雲堂発行発売／『ピクウイック倶楽部物語』佐々木邦訳・内外出版協会発行発売／『水上』若山牧水・籾山書店発行発売／『アナテマ』伊東六郎訳・泰平館書店発行発売／『三つの死』加能作次郎訳・海外文芸叢書第四篇／『校註国文叢書第五』池辺義象編・博文館発行発売／『新古典趣味』徳田〔近松〕秋江・春陽堂発行発売〉　※執筆者名欠く
＊　十二月予告／消息　※〈三田文学会野口送別（十ケ月特別講演で渡英）、小山内帰朝歓迎晩餐会（10・13）報告／永井宅例の火曜会（14日）報告／来年の表紙・カット五百歌左二郎に依嘱／文科予科月次談話会予告／同人の海外通信紹介―亜米利加の瀧太郎より二通、ブリュッセルの堀口大學より荷風宛の一節、ロンドンの松本泰より井川宛の一節、小泉より井川宛／その他〉

表紙・橋口五葉／口絵・（一）EDGAR CHAHINE—Abside de Notre-Dame.（二）EDGAR CHAHINE—M. Anatole France Dan [dans] Son Cabinet de Travail.／発行日・十一月一日／頁数・本文全一八七頁／定価・二十五銭／編輯兼発行人・東京市牛込区余丁町七十九番地　永井壮吉／発行所・東京市芝区三田　慶應義塾内・三田文学会／発売所・東京市京橋区銀座三丁目　大阪市東区心斎橋筋淡路町南　京都市御幸町通二条下ル　籾山書店／印刷人・東京市芝区愛宕町三丁目二番地　小松周助／印刷所・東京市芝区愛宕町三丁目二番地　東洋印刷株式会社

■十二月号　【19132】

恋衣花笠森（小説）1　永井荷風
雪（詩）2　長田秀雄
山の墓（翻訳）3　加茂清
柳ちる日（戯曲）4　邦枝完二
トリトマの花（小説）5　川村資郎
人形芝居論（翻訳）6　小沢愛圀
時雨ふる日（歌）　堀口大學
ŠAKUNTALA の初演（翻訳）7　久末淳
聖ニコラウスの夜（翻訳）8　森鷗外
大窪多与里（随筆）9　永井荷風
新刊批評10　しげし

目次註

1　恋衣花笠森《こひごろもはなのかさもり》　〈一―五〉
2　〈雪／ふたごころ／秋の夜／三亀甲／落日／静かなる海／暁／梅川〉
3　Peter Rosegger／加茂清訳
4　〔二年十月〕
5　〔二年三月〕
6　アナトオル・フランスの人形芝居論　〈SIGNORET 氏の人形／セエクスピアの『嵐』／付、アアサア・シモンズの人形芝居論〉〔完〕
7　ŠAKUNTARA の初演　※前書によると "E.P.Horrwitz の梵劇概論の一章"
8　〈後半〉　鷗外訳
9　〈四〉　※早稲田大学三十年祭のことなど

10 〈『廃墟』小川未明・新潮社発行発売／『女の一生』広津和郎訳・植竹書院発行発売／『桐の雨』鈴木三重吉・浜口書店発行発売／自由講坐叢書第一編〉 ※執筆者名欠く

＊ 消息 ※〈義塾文科予科主催座談会（11・1）、永井宅火曜会（11・11）報告／鎌田塾長の帰京／鹿子木員信、義塾大学教室で十回の連続講演／同人の海外通信及詠草紹介―英国留学中の小泉より小山内宛の一節〔9月末日〕、瀧太郎からの詠草「落書――梶原可吉氏に（二十五首）五百歌左二郎氏に（十二首）――」／在巴里沢木より井川宛／その他〉

＊ 三田文学新年号予告／三田文学第四巻総目次

表紙・橋口五葉／口絵・（一）Edmond Dulac―SCHARAZADE（二）Edmond Dulac―SALOME／発行日・十二月一日／頁数・本文全一八三頁　付録五頁／定価・二十五銭／編輯兼発行人・東京市牛込区余丁町七十九番地　永井壮吉／発行所・東京市芝区三田　慶應義塾内・三田文学会／発売所・東京市京橋区銀座三丁目　大阪市東区淡路町心斎橋南入　京都市御幸町通二条下ル　籾山書店／印刷人・東京市芝区愛宕町三丁目二番地　小松周助／印刷所・東京市芝区愛宕町三丁目二番地　東洋印刷株式会社

一九一四年（大正三年）

■一月号（新年特別号）　【191401】

狂芸人（戯曲）1　吉井勇
畑の祭（詩）2　北原白秋
霊岸島の自殺（小説）　きしのあかしや
古い傷（詩）3　小山内薫
鈴木春信の絵（評論）4　永井荷風
ラフワエルと恋人（戯曲）5　與謝野寛
梅の実（詩）6　人見東明
窓ガラス（小説）7　松本泰
オスカアワイルドの回想（評論）8　木村荘五
長岡温泉（小説）9　五藤千之助
まどろめる夜（詩）10　新城和一
クラシック（翻訳）11　上田敏
大塩平八郎（評論）12　森鷗外
自由劇場その他13　久保田万太郎
新刊批評14　しげし
表紙意匠　五百歌左二郎

目次註

1 〔三幕〕

2 〈畑の祭／百姓唄〉

3 ――倫敦にゐる小泉信三君へ――　〔一九一三・五月作〕

4 鈴木春信の錦絵

5 ラフワエルと其恋人（一幕劇）　ルイ・ベルナアル・ティトン作／よさの・ひろし訳

6 〈梅の実／別れて後／恐怖と悦楽／さりゆく秋／促進／山の生命／一塊の石／山上にて／早朝〉

7 〔完〕〔二年九月〕

8 オスカア、ワイルドの回想　〔完〕〔一九一三・八・二八・夜〕

9 ※〝編輯上の都合に依り本文全部の掲載を見合せたり〟とある

10 〈まどろめる夜／夏と女／飛びゆく恋／おぼろなるもの／虫をきく魂／爪と花／黄昏と眼／疑惑〉〔大正二年八月〕

11 André Suarès　〔完〕

12 森林太郎　〔終〕

13 ――小泉君水上君へ――　〔十二月十四日〕

14 新刊紹介　〈『伯林』片山孤村・博文館発行発売／『祇園』長田幹彦・浜口書店発行発売／『教育と実業』鎌田栄吉・北文館発行発売／『煤烟』森田草平・新潮社発行発売〉 ※執筆者名欠く

＊ 寄贈雑誌／消息 ※〈三田文学会主催浮世絵展の予告／三田文学会に倶楽部新設（京橋千疋屋）／火曜会納会報告／小山内経営「新思潮」の復活／書信紹介―在亜米利加水上より幹事石田宛、小泉より井川宛〔12・12〕〉

表紙・五百歌左二郎／発行日・一月一日／頁数・本文全三六一頁／定価・五十銭／編輯兼発行人・東京市牛込区余丁町七十九番地　永井壮吉／発行所・東京市芝区三田　慶應義塾内・三田文学会／発売所・東京市京橋区銀座三丁目　大阪市東区淡路町心斎橋南入　京都市御幸町通二条下ル　籾山書店／印刷人・東京市芝区愛宕町三丁目二番地　小松周助／印刷所・東京市芝区愛宕町三丁目二番地　東洋印刷株式会社

■二月号　【191402】

誕生日（戯曲）1　長田秀雄
ぬかるみ（小説）2　五百歌左二郎
稼ぎ人（翻訳）3　万造寺斎
一私窩児の死（詩）4　堀口大學
友（小説）5　福永挽歌
クローチヱから（評論）6　小林澄兄
梅檀樹下低唱（詩）7　邦枝完二
欧米の浮世絵研究（評論）8　永井荷風
ギヨツツ考（翻訳）9　森鷗外

大窪多与里（雑録）10　永井荷風
新刊批評11　しげし

目次註

1〈一幕三場〉
2〈一―四〉〔終〕
3 ストリンドベルヒ／万造寺斎訳〔完〕
4〈一私窩児の死／雪／恋〉〔一九一三・一一・一六〉
5〈一―四〉〔完〕
6 ――Benedetto Croce の"Estetica"から――〈直観と表現／直観と概念〉※（抄訳）前書（九月記）あり
7〈梅檀樹下低唱／真珠貝の序〉〔三年一月十四日夜半〕
8 欧米に於ける浮世絵研究の顛末
9 鷗外鈔〔未完〕
10〈五〉※〈十二月一日―一月十日〉
11〈『路上』若山牧水・籾山書店発行発売／『紅玉』泉鏡花・植竹書院発行発売／『新訳伊勢物語』太田貞一・籾山書店発行発売／『近代劇精通』田中栄三・籾山書店発行発売／『日の出前』橋本青雨・南江堂書店発行発売〉※執筆者名欠く
＊ 消息 ※〈火曜会（13日小山内薫初出席）、福沢先生誕辰記念会（1・10）報告／浮世絵展予定変更／文芸雑誌香紅花《さふらん》創刊／在ベルジュウム堀口大學の永井荷風宛書信〔11・17〕／吾聲会の三田文学作品公演／その他〉

表紙・五百歌左二郎／口絵・BARYE の描く動物画二図／発行日・二月一日／頁数・本文全一八五頁／定価・二十五銭／編輯兼発行人・東京市牛込区余丁町七十九番地　永井壮吉／発行所・東京市芝区三田　慶應義塾内・三田文学会／発売所・東京市京橋区銀座三丁目　大阪市東区淡路町心斎橋南入　京都市御幸町通二条下ル　籾山書店／印刷人・東京市芝区愛宕町三丁目二番地　小松周助／印刷所・東京市芝区愛宕町三丁目二番地　東洋印刷株式会社

■三月号（春季特別号）　**【191403】**

美術サロンを訪ねて（評論）1　沢木梢
鏡（小説）2　久米秀治
桐屋（小説）3　後藤末雄
蠟燭屋三朝（小説）4　邦枝完二
思ひ出（翻訳）5　柳沢健
モシユウ・フランソア（翻訳）6　小沢愛圀
ギヨツツ考（考証）7　森鷗外
演劇月評8　久保田万太郎
一人一語9　同人
新刊批評10　しげし
春季付録
ピエレットの面紗（黙劇）11　小山内薫
尼僧光珠（小説）12　長田幹彦
三柏葉樹頭夜嵐《みつがしはこずゑのよあらし》（脚本）13　永井荷風

目次註

1〔ミュンヘン　一九一三・十二月〕
2〈一―十〉〔完〕
3 ――この拙き物語を満寿子夫人にさゝぐ――〔完〕
4〈「い」―「ほ」〉〔大正二年十二月末〕※前書あり
5 Henri de Régnier／柳沢健訳
6 MONSIEUR FRANÇOIS (Ivan Tourguenieff) ――一八四八年の追憶――　小沢愛圀訳〔未完〕
7〈二〉鷗外鈔〔未完〕
8 ――小泉君水上君――〔二月十八日〕
9〈「剪燈余録」久末淳／「春宵雑記――明暦大火の伝聞――」〔三年二月四日〕完二〉
10〈『夏より秋へ』與謝野晶子・金尾文淵堂発行発売／『桑の実』鈴木三重吉・春陽堂発行発売／『罪又罪』森皚峰訳・正文館書店発行発売／『都会病』永代静雄・北文館発行発売／『兄と弟』水上斎訳・植竹書院発行発売〉※執筆者名欠く
11 Arthur Schnitzler〈第一景―第三景〉※「訳者付記」に"ジユニツツラアが書いた初めてのPantomime"とあり
12〔をはり〕
13 三柏葉樹頭夜嵐《ミツガシハコズヱノヨアラシ》　四幕
＊ 消息 ※〈新年懇話会（1・21）報告／火曜会第一火曜日に変更／義塾大学部文科の学科課程表／福沢先生墓参／「三田学会雑誌」三月より月刊／海外通信紹介"在外諸氏のとりどりに面白く且有益なる感想議論摘録"―在白耳義堀口、在英京松本泰、在ミュンヘン沢木、在米水上、在巴里島崎、在伯林小泉／その他〉

表紙・五百歌左二郎／口絵・ヴワン・ゴッホ　ヘルマン・フーバー／付録中扉　モスコオ自由劇場所演『ピエレットの面紗』三図／発行日・三月一日／頁数・本文全二三三頁　付録一五四頁／定価・五十銭／編輯兼発行人・東京市牛込区余丁町七十九番地　永井壮吉／発行所・東京市芝区三田　慶應義塾内・三田文学会／発売所・東京市京橋区銀座三丁目　大阪市東区淡路町心斎橋南入　籾山書店／印刷人・東京市芝区愛宕町三丁目二番地　小松周助／印刷所・東京市芝区愛宕町三丁目二番地　東洋印刷株式会社

■四月号　**【191404】**

三巴天明騒動記《みつどもゑてんめいさうどうき》（脚本）1　永井荷風
知らぬ女（翻訳）2　堀口大學
虫子（詩）3　岡田八千代
八重葎（小説）4　増田廉吉
卓隅より（詩）5　與謝野寛
モッシユウ・フランソア（翻訳）6　小沢愛圀
ギヨツツ考（考証）7　森鷗外
大窪だより8　永井荷風
演劇月評9　久保田万太郎
一人一語10　同人
新刊批評11　しげし

目次註

1〈序幕―二幕目〉〔未完〕
2 MICHEL PROVINS――武石弘三郎氏夫人に捧ぐ――〔一九一三・秋〕
3〈「虫子」一九一四・三・一二・朝／「五時――伊達虫子。」

一九一四・三・一一・前八時／「赤いインキ——虫子」一九一四・三・一一・前八時四十分／「夫婦針」一九一四・三・一二・午後〉
4 〈一—十一〉〔二・十一〕
5 よさの・ひろし〈「巻煙草」マルセル・ゼエ／「目ざめ」アンリイ・ド・レニエ／「磯の上」アンリイ・ド・レニエ／「別れ」アンリイ・ド・レニエ／「火」アンリイ・ド・レニエ／「山彦」アンリイ・ド・レニエ／「告別」アンリイ・ド・レニエ〉
6 MONSIEUR FRANÇOIS (Ivan Tourguenieff) — MARGARET GOUGH の英訳より——〈承前〉 小沢愛圀訳
7 〈三〉 鷗外鈔 〔未完〕
8 大窪多与里〈六〉 ※〈二月十五日—三月十四日〉
9 ——小泉君水上君—— 〔三月二十日〕
10 〈「恋愛三昧《リイベライ》を見て」〔三月九日夜〕小沢愛圀／「散柳窓夕栄を読みて」しげし〉
11 〈『春の鳥』長田幹彦・塚原書店発行忠誠堂発売／『火の娘』荒木郁・尚文堂発行発売／『人間としてのトルストイ』桂井当之助訳・南北社発行発売／『大下藤次郎遺作集』春鳥会発行発売〉 ※執筆者名欠く
＊ 消息 ※〈火曜会（3・3）、義塾図書館長田中一貞帰朝（欧米視察）及マックラレン教授帰国歓迎送別会（3・18）報告／慶應義塾出版局近刊／昴の平出修訃報〉

表紙・五百歌左二郎／口絵・「オンフルウルの港」アルベヱル・マルケエ筆／「キレエヌの暁」アルベヱル・マルケエ筆／発行日・四月一日／頁数・本文全一七九頁／定価・二十五銭／編輯兼発行人・東京市牛込区大久保余丁町七十九番地　永井壮吉／発行所・東京市芝区三田　慶應義塾内・三田文学会／発売所・東京市京橋区銀座三丁目　籾山書店／印刷人・東京市芝区愛宕町三丁目二番地　小松周助／印刷所・東京市芝区愛宕町三丁目二番地　東洋印刷株式会社

■五月号 【191405】

露西亜の年越し（小説） 小山内薫
ジヨワニの死（小説）1 松本泰
淵（小説）2 畑耕一
パンの笛（短歌）3 堀口大學
切支丹伴天連（小説） 山崎俊夫
江戸演劇の特徴（評論） 永井荷風
ギヨツツ考（考証）4 森鷗外
大窪だより（随筆）5 永井荷風
演劇月評6 久保田万太郎
一人一語7 三田文学同人
新刊批評8 しげし

目次註

1 〔完〕〔三年一月〕 ※「はしがき」を付す
2 〔完〕〔二・一二・一九〕
3 〔一九一四・二・一九〕 ※「妹に与ふ」と詞書あり
4 〈四〉 鷗外鈔
5 大窪多与里〈七〉 ※〈三月十六日—四月十三日〉
6 ——小泉君水上君——
7 〈「巴里より」大學〔三年二月二十日〕——荷風先生玉机下／「独房漫録」小沢愛圀〔四月十八日夜半〕／「研精会と清元会」久米生〉
8 ※執筆者名欠く。 前文あり
＊ 〈『太陽の子』福士幸次郎・洛陽堂発行発売／『かのやうに』森林太郎・籾山書店発行発売／『*Representative Tales of Japan.*』宮森麻太郎 『現代文芸傑作集』同編・三省堂発行発売〉
＊ 消息 ※〈火曜会（4・7）、文科卒業生送別会（3・30）報告／小林澄兄渡欧／慶應義塾出版局広瀬哲士著書／紅蓮洞経営九十九書房刊行物／「文芸復興」創刊〉

表紙・五百歌左二郎／口絵二図・スタニスラウスキイとチエエホフ夫人——チエエホフの戯曲『ワアニヤ伯父さん』——（医師アストロフに扮するスタニスラウスキイ／同じく博士夫人エレナに扮するチエエホフ夫人）／発行日・五月一日／頁数・本文全一九五頁／定価・二十五銭／編輯兼発行人・東京市牛込区余丁町七十九番地　永井壮吉／発行所・東京市芝区三田　慶應義塾内・三田文学会／発売所・東京市京橋区銀座三丁目　大阪市東区淡路町四丁目　籾山書店／印刷人・東京市芝区愛宕町三丁目二番地　小松周助／印刷所・東京市芝区愛宕町三丁目二番地　東洋印刷株式会社

■六月号 【191406】

心中（小説）1 久米秀治
雨中小景（詩）2 北原白秋
人形の起源（翻訳）3 小沢愛圀
翼と朝子（小説）4 伊達虫子
ベルグソンから（翻訳）5 川合貞一
衰頽期の浮世絵（評論） 永井荷風
ギヨツツ考（考証）6 森鷗外
大窪だより（随筆）7 永井荷風
演劇月評8 久保田万太郎
一人一語9 三田文学会同人
新刊批評10 しげし

目次註

1 〈一—七〉
2 雨中小景 外六篇 〈雨中小景／銃猟／香り／墓／鱒／湾光／生洲〉
3 人形の起原——演劇史の一節—— 〔完〕 ※前書に〃故ヨオリツクの『傀儡史』に拠つたもの〃とある
4 翼《たすく》と朝子《あさこ》
5 ——心的状態の強さ—— 〔未完〕 ※〃小林澄兄君の手に成つたベルグソンの『直ちに意識に与へられたるもの』の訳文の校定を了つたから五、六号に亘って数節づゝ掲載することにした〃と前書あり。消息欄に関連文、次号に誤植訂正あり
6 〈五〉 鷗外鈔
7 大窪多与里〈八〉 ※〈四月十六日—五月十日〉
8 ——小泉君水上君——
9 〈「FERDINAND FABRE（1830－1898）」一四・五・一〇・井汲清治／「新時代の青年を読む」しげし〉

10 〈『秋風の歌』若山牧水・新声社発行発売／『趣味雑話』黒田鵬心・趣味叢書発行発売／『笑の研究』広瀬哲士訳・慶應義塾出版局発行・籾山書店発売／『新撰袖珍俳句季寄せ』俳書堂主人編・籾山書店発行発売／『モオパッサン傑作集』馬場孤蝶訳・如山堂書店発行発売〉 ※執筆者名欠く

＊ 消息 ※〈火曜会（5・5珍客参加）、文科新入生歓迎兼懇話会（5・13）報告／義塾川合、鹿子木教授の講義／野口のオックスフォード大学十ケ月特別講演他〉

表紙・五百歌左二郎／発行日・六月一日／頁数・本文全一八五頁／定価・二十五銭／編輯兼発行人・東京市牛込区余丁町七十九番地　永井壮吉／発行所・東京市芝区三田　慶應義塾内・三田文学会／発売所・東京市京橋区銀座三丁目　大阪市東区淡路町四丁目　籾山書店／印刷人・東京市芝区愛宕町三丁目二番地　小松周助／印刷所・東京市芝区愛宕町三丁目二番地　東洋印刷株式会社

■七月号 【191407】

三太郎の日記（随想）1　阿部次郎
遠樹（詩）　北原白秋
銀杏散る頃（小説）　川村資郎
未来派女詩人の踊（翻訳）2　與謝野寛
三味線草（短歌）3　水上瀧太郎
浮世絵と江戸演劇（評論）　永井荷風
ベルグソンから（翻訳）4　川合貞一
ギヨツツ考（考証）5　森鷗外
大窪だより（雑録）6　永井荷風
演劇月評7　久保田万太郎
消息8

目次註
1 〔未完〕
2 ヴランティヌ・ド・サンポワン女史／よさの・ひろし訳〔一九一三年十二月二十九日　シャンゼリゼエの劇場にて〕
3 三味線草《ぺんぺんぐさ》
4 〈続き〉〔未完〕 ※「六月号正誤」を付す／次号及十月号に正誤あり
5 〈六〉鷗外鈔
6 大窪多与里〈九〉 ※〈五月十五日―六月十二日〉
7 ――小泉君水上君――
8 ※〈火曜会（6・3）／海外通信紹介――在巴里生田葵、在独沢木、堀口／雑誌「俳画」と大観国観美術学校他〉

表紙・五百歌左二郎／発行日・七月一日／頁数・本文全一四一頁／定価・二十五銭／編輯兼発行人・東京市牛込区余丁町七十九番地　永井壮吉／発行所・東京市芝区　慶應義塾内・三田文学会／発売所・東京市京橋区銀座三丁目　籾山書店／印刷人・東京市芝区愛宕町三丁目二番地　小松周助／印刷所・東京市芝区愛宕町三丁目二番地　東洋印刷株式会社

■八月号 【191408】

大雪の夜（戯曲）1　長田秀雄
三太郎の日記（評論）2　阿部次郎
無数の瞳（詩）3　新城和一
煙火（小説）4　福永挽歌
ベルグソンから（翻訳）5　川合貞一
日和下駄（随筆）6　永井荷風
ギヨツツ考（考証）7　森鷗外
演劇月評　久保田万太郎
新刊批評8　しげし

目次註
1 戯曲　大雪の夜（一幕二場）
2 〔三・六・五〕
3 〈無数の瞳　〔大正三年三月〕／飢渇／逡巡〉
4 〈一―五〉
5 〈続き〉〔未完〕 ※「前号正誤」を付す
6 一名　東京散策記　〔未完〕
7 〈七〉鷗外鈔
8 〈『霧』長田幹彦・九十九書房発行発売／『日本美術史講話』黒田鵬心・趣味叢書発行発売／『おもかげ』岡倉由三郎・長風社発行発売／『巴里より』與謝野寛・同　晶子・金尾文淵堂発行発売／『人の影』徳田秋江・塚原書店発行発売／『ベラミー』小野秀雄訳・博文館発行発売／『ホーマー物語』松山思水・実業之日本社発行発売〉 ※執筆者名欠く

＊ 消息 ※〈義塾議演会（8・3より五日間於宇都宮）、火曜会（7・7）報告／在米留学生堀梅天がクラーク大学でマスタア・オブ・アーツの学位受領／沢木が伊国で美術研究／三田演説会野口講演の筆記を「義塾学報」に掲載のことなど〉

表紙・五百歌左二郎／発行日・八月一日／頁数・本文全一五九頁／定価・二十五銭／編輯兼発行人・東京市牛込区余丁町七十九番地　永井壮吉／発行所・東京市芝区　慶應義塾内・三田文学会／発売所・東京市麹町区有楽町一丁目　籾山書店／印刷人・東京市芝区愛宕町三丁目二番地　小松周助／印刷所・東京市芝区愛宕町三丁目二番地　東洋印刷株式会社

■九月号（自由劇場号） 【191409】

星の世界へ（四幕脚本）1　アンドレエフ作　小山内薫訳　自由劇場脚本
旅愁（詩）2　堀口大學
日和下駄（随筆）3　永井荷風
演劇月評　久保田万太郎
消息4

目次註
1 ――我が母アナスタアシヤ・ニコラエウナ・アンドレエフに捧ぐ――　レオニイド・アンドレエフ／小山内薫訳　※自由劇場公演用台本
2 旅愁及びその他の詩〈肺病院／緑の鸚鵡／旅愁その一／旅愁その二／旅愁その三／橇の鈴／さびしさ／草の花〉〔一九一四・五　瑞西にて〕
3 ――東京散策記其二――　〔未完〕

4　※〈火曜会（8・4）報告／「秋の学期」の講義詳細紹介（荷風他）／大学創設と共に起った「我が塾文科」／文科特別講演会企画／北原白秋が新雑誌発行／「文雅会」事業内容／新劇団「芸術倶楽部」公演〉

＊　新刊批評〈『吾輩の見たる亜米利加』保坂帰一・日米出版協会発行発売／『波』藤森成吉・中興館書店発売／『懐疑と沈黙の傍より』島村抱月・新潮社発行発売／『新訳栄華物語』與謝野晶子・金尾文淵堂発行発売〉　※執筆者名欠く

表紙・五百歌左二郎／発行日・九月一日／頁数・本文全一六五頁／定価・二十五銭／編輯兼発行人・東京市牛込区余丁町七十九番地　永井壮吉／発行所・東京市芝区　慶應義塾内・三田文学会／発売所・東京市麴町区有楽町一丁目　籾山書店／印刷人・東京市芝区愛宕町三丁目二番地　小松周助／印刷所・東京市芝区愛宕町三丁目二番地　東洋印刷株式会社

■十月号（秋季特別号）　【191410】

伊太利の女優（随筆）1　水上瀧太郎
穀倉（小品）2　木下杢太郎
土曜日の悲しみ（小品）3　松本泰
逆戻り（小説）4　小山内薫
ベルグソンから（評論）5　川合貞一
白昼（小説）6　岡田八千代
シユワービングより（随想）7　沢木梢
国王の修業（翻訳）8　小沢愛圀
面屋鶴八の死（物語）9　邦枝完二
明暗（小説）10　久米秀治
疲労（小説）11　久保田万太郎
伯林の包囲（翻訳）12　田中一貞
きさらぎ（小説）　山崎俊夫
日和下駄（随筆）13　永井荷風
演劇月評　久保田万太郎
新刊批評14　しげし

目次註

1　伊太利亜の女優　〔大正三年四月二十五日〕
2　――南国小景――
3　土曜日の悲み　〔完〕〔一九一四年八月〕
4　〔一九一四・九・二二作〕
5　――意識の状態の雑多　持続の観念――　〔未完〕　※「七月号正誤」を付す
6　〔一九一四・八・三〇〕
7　――ミュンヘンだより――　Kaudinsky〔Kandinsky〕〔ミュンヘンにて〕　※大正四年三月号消息欄に誤植訂正あり
8　主題節寓話国王の修業　ジュウル・ルメエトル作
9　〔三年八月八日〕
10　※〝右編輯の都合に依り本文全部（二二五頁より二四二頁まで）これを省略す〟と二二五頁に記し二二六頁より二四一頁まで一六頁削除、二四二頁は白紙
11　〔三年九月〕
12　Alphonse Daudet
13　――東京散策記其三――　荷風
14　〈『南蛮寺門前』木下杢太郎・春陽堂発行発売／『次の一戦』水野広徳・金尾文淵堂発行発売／『若き雄作の悲しみ』辰巳正直・青鳥社発行発売／『ゲエテ物語』谷崎精二編・実業之日本社発行発売〉　※執筆者名欠く

＊　寄贈雑誌／消息　※〈火曜会（9・1）報告／自由講座第一学期開講案内と会員募集／早大より掲載方申込の「早大各科校外生募集」通知書／九月より読書部を開始した文科史学科の講師／宮森麻太郎教授訳述「現代文芸傑作集」の仏訳権／銀座田中屋に陳列された佐藤春夫の自画像／海外通信紹介――西班牙サンタンデエルの堀口〔7・25〕、在巴里島崎〔8・12〕、在紐育某者の荷風宛書簡中欧州戦争に関する記事／その他〉

表紙・五百歌左二郎／発行日・十月一日／頁数・本文全三一七頁〔目次註10により実際には三〇一頁〕／定価・五十銭／編輯兼発行人・東京市牛込区余丁町七十九番地　永井壮吉／発行所・東京市芝区　慶應義塾内・三田文学会／発売所・東京市麴町区有楽町一丁目　籾山書店／印刷人・東京市芝区愛宕町三丁目二番地　小松周助／印刷所・東京市芝区愛宕町三丁目二番地　東洋印刷株式会社

■十一月号　【191411】

樽屋おせん（戯曲）1　吉井勇
フオルブ・ロバアトソンの一世一代（随筆）2　水上瀧太郎
蝶並に其他の詩（詩）3　野口米次郎
ベルグソンから（評論）4　川合貞一
雨心（詩）5　三木露風
彫刻と踊（翻訳）6　與謝野寛
日和下駄（随筆）7　永井荷風
演劇月評　久保田万太郎
新刊批評8　しげし

目次註

1　戯曲　樽屋おせん（二幕五場）　※〝無断にて興行することを禁ず。材を西鶴の「好色五人女」に取り、河合武雄の為にこの戯曲を作る〟と作者付記〔三年七月〕あり
2　Forbes-Robertson の一世一代〈はしがき。／HAMLET／THE LIGHT THAT FAILED.／MICE AND MEN.／THE PASSING OF THE THIRD FLOOR BACK.／MERCHANT OF VENICE.／CÆSAR AND CLEOPATRA.／OTHELLO.／最後の夜〉〔大正三年八月十五日稿了〕
3　蝶並に其他の詩　〈蝶／雨／F.O.／ですから私は私です／薔薇〉
4　〔未完〕
5　〈雨心／秋／果実の道〉
6　アウギュスト・ロダン／よさの・ひろし訳　〈（一）予の彫刻に就いて（一月のアンナル誌より）／（二）踊に就いて（二月のモンジヨワア誌より）〉
7　――東京散策記その四――
8　〈『欧洲の伝説』松村武雄・金尾文淵堂発行発売／『近代文学の解剖』馬場孤蝶・広文堂書店発行発売／『新訳平家物語』渋川玄耳・金尾文淵堂発行発売／『新訳栄華物語』與謝野晶

子・金尾文淵堂発行発売／『ハーデイ物語』仲木貞一・実業之日本社発行発売〉 ※執筆者名欠く

＊ 消息 ※〈火曜会（10・6於永井新宅）／義塾宇都宮講演／慶應義塾出版局、天弦堂、野口米次郎等の出版案内／日本美術院再興紀念展（10・15〜11・5）／海外通信紹介──在西班牙堀口〔8・25〕、在米水上〔9・14〕、在仏藤村〔9・17〕、在倫敦沢木の井川宛私信〔9・19〕／その他〉

表紙・五百歌左二郎／発行日・十一月一日／頁数・本文全一八七頁／定価・二十五銭／編輯兼発行人・東京市牛込区余丁町七十九番地　永井壮吉／発行所・東京市芝区　慶應義塾内・三田文学会／発売所・東京市麹町区有楽町一丁目　籾山書店／印刷人・東京市麻布区箪笥町三十番地　井川滋／印刷所・東京市芝区愛宕町三丁目二番地　東洋印刷株式会社

■十二月号 【191412】

古代人形史（評論）1　小沢愛圀
川田主水の切腹（小説）　柳沢健
シモンヌ田園詩（訳詩）2　堀口大學
臆病者（翻訳小説）3　木村荘五
化物屋敷（小説）　五百歌左二郎
ベルグソンから（翻訳）（承前）　川合貞一
花と詩人其他三篇（詩）4　野口米次郎
日和下駄（随筆）（承前）5　永井荷風
雅歌新体（短歌）6　吉井勇選
演劇月評　久保田万太郎
新刊批評7　しげし

目次註

1 〈（一）神殿の人形／（二）家庭の人形／（三）劇場の人形〉小沢愛圀訳 ※付記に〝Yorick の『傀儡史』に拠つたもの〟とある

2 SIMONE:REMY DE GOURMONT.〈（一）髪／（二）野いばら／（三）柊／（四）霧／（五）雪／（六）落葉／（七）川／（八）果樹園／（九）庭／（一〇）水ぐるま／（一一）寺〉

3 ガルシン作／木村荘五訳〔一九一四・九・二〕（完）

4 花と詩人其他詩三篇〈花と詩人／私は官能と日光とに覚醒しました／薔薇の花／火鉢を囲んで〉

5 ──東京散策記その五──

6 ──湘南詩社詠草──〈「麻の葉」山中健次郎／「叙情」加藤鈴子／「われから」宮城みつ子／「蠟涙」林きみ子／「誘惑」山口落葉／「わかれ」高木富子／「赤茄子《あかとまと》」竹村俊郎／「恋慕調」高木つゆ子／「報〔執〕念　其他」佐藤時子・有賀権造・野村重正・大村文子・小林直太郎・一の瀬愛子・小〔卜?〕部ならを〉

7 〈『子子漫画』みのる、亮英両氏・講談社発行発売／『ツルゲーニエフ』昇曙夢・実業之日本社発売発行／『演劇評論』小宮豊隆・日月社発行発売／『杏の落ちる音』高浜虚子・現代百科文庫のうち文芸思潮叢書十篇／『ポオラとシヤントクレエル』加藤朝鳥訳・現代百科叢書の梗概叢書第十二篇〉 ※執筆者名欠く

＊ 消息 ※〈火曜会（11・3）、文科茶話会（10・29）、復活した哲学談話会（11・6）報告／慶大政治科留学生西村富三郎独逸より帰朝／その他〉

＊ 寄贈雑誌／（付）三田文学第五巻総目次

表紙・五百歌左二郎／発行日・十二月一日／頁数・本文全一九二頁付録五頁／定価・二十五銭／編輯兼発行人・東京市牛込区余丁町七十九番地　永井壮吉／発行所・東京市芝区　慶應義塾内・三田文学会／発売所・東京市麹町区有楽町一丁目　籾山書店／印刷人・東京市麻布区箪笥町三十番地　井川滋／印刷所・東京市芝区愛宕町三丁目二番地　東洋印刷株式会社

一九一五年（大正四年）

■一月号（新年特別号） 【191501】

秋（小説）1　長田秀雄
短歌五十首（短歌）　與謝野晶子
姪の追憶（翻訳）2　広瀬哲士
ある日の黄昏（詩）3　三木露風
一寸した不安（戯曲）4　邦枝完二
ベルグソンから（評論）5　川合貞一
烘麦（小説）6　久米秀治
赤き詩集より（訳詩）7　木村荘五
日和下駄（随筆）8　永井荷風
冬夜集（短歌）9　吉井勇選
新刊批評10　しげし
表紙意匠　平岡権八郎
新年付録
薄情（小説）11　吉井勇
花の空（戯曲）12　久保田万太郎
手紙風呂（小説）13　小山内薫

目次註

1 〈一―七〉

2 カロリイヌ・コマンギイル〔千八百八十六年十二月　巴里にて〕／広瀬哲士訳

3 〈ある日の黄昏／秋の入江〉

4 戯曲　一寸した不安（二幕）〔三年十一月末〕

5 （承前）

6 〈一―七〉〔三・一二・一七〕

7 木村荘五訳〈「夕の祈」アルトゥル・フィトガア／「赤いカアネエシヨン」アルベルト・ガイガア／「Ilse.」フランク・ウエデキント／「ザロメ」リヒアド・シヤウカル／「乙女の祈」

アグネス・ミーゲル／「ゆるし」アルフレッド・モンベルト／「今」アルフレッド・モンベルト／「一寸法師」リヒアルド・シヤウカル／「渦の中」ルヒアルド・デエメル〉
8　――東京散策記その六――
9　――湘南詩社詠草――　吉井勇選〈「梅川忠兵衛」卜部楢男／「宵闇」高木富子／「涙」一ノ瀬愛子／「因果」後藤芳／「恋ざめ」林君子／「旅情」佐藤時子／「黒髪」奥付〔村?〕利武／「人情機微」吉井勇／「悪の華　其他」野村小草・黒川星里・大〔木?〕村文子・有賀権造・臼井武姿・渡部どくろ〉
10　〈『露西亜文学印象記』瀬戸義直訳・中興館発行発売／『葉巻のけむり』馬場孤蝶・広文堂発行発売／『欧洲戦乱の真相と交戦列国』板倉卓造・慶應義塾出版局発行・籾山書店発売／『血笑記』長谷川二葉亭訳・籾山書店発行発売／『十日物語』矢口達・実業之日本社発行発売／『失楽園物語』今井白楊・実業之日本社発行発売〉　※執筆者名欠く
11　〈一―六〉〔三年十二月作〕
12　〈第一幕―第三幕〉〔三年十二月〕
13　〔一九一四・一二・一三〕
＊　寄贈雑誌／消息　※〈納めの火曜会（12・1）哲学談話会例会（12・4）報告／「慶應義塾学報」一月より「三田評論」と改題／連合軍傷病兵に対する恤兵美術展報告／海外通信紹介――堀口大學より荷風宛〔1914.9.21 さんたんでえるにて〕沢木梢より井川宛（【191410】掲載「シュワービングより」の誤植訂正）／その他〉

表紙・平岡権八郎／発行日・一月一日／頁数・本文全二三三頁　付録一二二頁／定価・五十銭／編輯兼発行人・東京市牛込区余丁町七十九番地　永井壮吉／発行所・東京市芝区三田　慶應義塾内・三田文学会／発売所・東京市麴町区有楽町一丁目（丸の内三菱二十一号館内）籾山書店／印刷人・東京市麻布区簞笥町三十番地　井川滋／印刷所・東京市芝区愛宕町三丁目二番地　東洋印刷株式会社

■二月号　【191502】

日和下駄（随筆）1　永井荷風
パンの笛　第二（短歌）2　堀口大學
落穂（翻訳）3　岡野かをる
田畝道（小説）4　増田廉吉
父の死（小説）　野上弥生子
春鶯囀（短歌）5　吉井勇選
新刊批評6　しげし
日本古劇の研究　「三人吉三廓初買」7　永井荷風
久保田万太郎
吉井勇
楠山正雄
小山内薫

目次註

1　――東京散策記その七――
2　パンの笛　〔一九一四・初秋・西班牙・サンタンデエルにて〕
　※前書に〝これらの歌はすべて、わがいとしみのしるしに、妹　花枝におくる。へだたりて遠くある日〟とある
3　アドルフ・レッテ／岡野かをる訳　〈1．「美術座」／2．「ラ・コオト・ドオル」／3．「欺罔」／4．「サロメ」／5．「ウヰッスラア」〉〔完〕
4　〈一―六〉〔完〕
5　――湘南詩社詠草――　〈「思ひ出」石田孝一／「恋愛三昧」林君子／「指輪」後藤芳／「舞姫」卜部楢男／「雪子」南部春子／「おさだ」野村小草／「隠棲」吉井勇／「秘密其他」臼井武姿・石井勇蔵・野村重正・有賀権造〉
6　〈『春』島崎藤村・新潮社発行発売／『白金の独楽』北原白秋・金尾文淵堂発行発売／『夏姿』永井荷風・籾山書店発行発売／『ヴン・ゴオホの手紙』木村荘八訳・洛陽堂発行発売／『盲目の川』長与善郎・洛陽堂発行発売／『藤むすめ』はつ子・竹柏会出版部発行／『恋ごころ』人見東明・金風社発行発売〉
　※執筆者名欠く
7　――第一回課題　河竹黙阿弥作『三人吉三廓初買』――
　〈「河竹黙阿弥略年譜及著作解題より―四十五歳（万延元申年）一月・三人吉《さんにんきち》三《さ》廓　初買《くるはのはつがい》」（河竹繁俊著『河竹黙阿弥』より）／「古劇研究私見」小山内薫／「三人吉三廓初買につきて」永井荷風〔正月十五日朝記〕／「三人吉三廓初買」久保田万太郎／「三人吉三廓初買」吉井勇〔四年一月鎌倉にて〕／「半四郎の顔」楠山正雄／「『三人吉三』随筆」小山内薫〉
＊　寄贈維誌／春季特別号（三月）予告／消息　※〈火曜会（1・5）報告／荷風、小山内他「日本古劇研究会」内規／「湘南詩社」改正清規／籾山書店の「蔵版時報」第11巻第1号刊行（巻末に故円喬の落語「月の盃」掲載）／海外通信紹介――堀口大學より荷風宛〔大正3・11・1　まどりつど日本公使館にて〕在倫敦沢木、松本、水上の寄書（昨秋1月号所載火曜会の消息について）〉

表紙・平岡権八郎／発行日・二月一日／頁数・本文全一七九頁／定価・二十五銭／編輯兼発行人・東京市牛込区余丁町七十九番地　永井壮吉／発行所・東京市芝区三田　慶應義塾内・三田文学会／発売所・東京市麴町区有楽町一丁目（丸の内三菱二十一号館内）籾山書店／印刷人・東京市麻布区簞笥町三十番地　井川滋／印刷所・東京市芝区愛宕町三丁目二番地　東洋印刷株式会社

■三月号（春季特別号）　【191503】

アンナ・カレニナ論（評論）1　小宮豊隆
庄太の話（小説）2　久米秀治
亡霊（戯曲）3　堀口大學
死顔（小説）4　山崎俊夫
倫敦で見た新派の絵画（評論）　野口米次郎
大乱に際して（随筆）　戸川秋骨
新叙情詩（短歌）5　吉井勇選
演劇月評（評論）6　久保田万太郎
新刊批評7　しげし
日本古劇の研究　「お染久松色読販」8　長田秀雄
久保田万太郎
吉井勇
楠山正雄
小山内薫

春季付録

「一度は通る道だ」（小説）9　きしのあかしや

おつな（小説）10　吉井勇

目次註

1　トルストイの小説『アンナ、カリェニナ』に就て——一八七七、ドストイエフスキー——〈㈠　独特の意義を有する事実としての小説『アンナ、カリェニナ』／㈡　一人の農夫から神に対する信仰を得た地主／㈢　我愛の易動性〉

2　〈一—八〉〔大正四・二・十五〕〔終り〕

3　（GÉRARD HARRY）〈哲学的諷刺（一幕とエピロオグ）／実演に適せざる戯曲〉〔一九一四・二・二〇〕

4　〈第一段・弥三郎の母と乳母と／第二段・弥三郎の姉と乳母と／第三段・弥三郎の姉と七之助と／第四段・弥三郎の死顔と七之助と〉

5　——湘南詩社詠草——　〈「無情」一ノ瀬愛子／「お園六三」ト部楢男／「女ごころ」宮城みつ子／「夢占」高木とみ子／「義理」伊東きの子／「水仙」佐藤時子／「円山」草野きく路／「竹枝調」吉井勇／「恋を恋ふ其他」奥村利武・林君子・森栄一・岡崎ゑい・杉本君子・関睦子・西口進・臼井武姿・伊藤田〔由〕治〉

6　月評子　〈歌舞伎座の『実録千代萩』／市村座の『天衣紛上野初花』〉

7　〈『平和の巴里』島崎藤村・左久良書房発行発売／『子規遺稿』碧梧桐・虚子編・籾山書店発行発売／『タイス』水野和一訳・警醒社書店発行発売／『戦塵』馬場孤蝶訳・如山堂発行発売／『三太郎の日記　第二』阿部次郎・岩波書店発行発売／『最新結婚学』青柳有美・実業之世界社発行発売／『実験無痛安産法』青柳有美編・実業之世界社発行発売／『倫敦塔』夏目漱石作／『紫のダリヤ』小川未明作・鈴木三重吉方発行東京堂発売〉　※執筆者名欠く

8　日本古劇の研究（第二回）——鶴屋南北作『お染《そめ》久松《ひさまつ》色読販《うきなのよみうり》』——　〈鶴屋南北が伝（西沢文庫『伝奇作書』初篇中の巻）／「本読みの時」（対話）長田秀雄／「お染久松色読販」久保田万太郎／「『お染久松色読販』是非」吉井勇〔四年二月　鎌倉にて〕／「鶴屋南北『お染の七役』その他」楠山正雄／「南北とヱデキント」小山内薫〉

9　One Caricature.　※中扉は、木下杢太郎とす

10　〈薄情続篇〉〈一—八〉〔四年一月作〕　※前号予告「鏖殺し」の改題であること消息欄に記載あり

＊　寄贈雑誌／消息　※〈火曜会（2・2）、哲学談話会の講演及展覧会（2・12）報告／書信紹介—堀口大學より永井宛〔'14・12・25まどりつどにて〕／その他〉

表紙・平岡権八郎／発行日・三月一日／頁数・本文全二五七頁・付録一一二頁／定価・五十銭／編輯兼発行人・東京市麻布区富士見町九番地　石田新太郎／発行所・東京市芝区三田　慶應義塾内・三田文学会／発売所・東京市麴町区有楽町一丁目（丸の内三菱二十一号館内）　籾山書店／印刷人・東京市麻布区簞笥町三十番地　井川滋／印刷所・東京市芝区愛宕町三丁目二番地　東洋印刷株式会社

■四月号　【191504】

夜鳥（小説）1　小山内薫

秋とピエロ（詩）2　堀口大學

二評論（評論）3　野口米次郎

ひとり身（小説）4　岡田八千代

欧米劇壇の新機運（随筆）5　堀梅天

春雪集（短歌）6　吉井勇選

新刊批評 7　しげし

消息 8

日本古劇の研究　並木五瓶「五大力恋緘」9　小山内薫　吉井勇

目次註

1　〔一九一五・三・二〇〕

2　〈雨の言葉（読み方除〔徐〕々に声をひそめて）／秋とピエロ／旅愁／月夜／室／十一月にふる雨／彼等／歌の時／かなしみ／ピエロ／夏の思ひ出／かなりや／女の知恵／重荷／月光とピエロとピエレットの唐草模様／生き方〉〔えすぱにや・まどりつど　一九一五・一・一九〕　※〝秋山光夫兄へこれらの詩はまゐらす〞と献辞あり

3　〈書籍／詩的凡俗〉

4　〈(上)〔一九一五・一・一四〕／(下)〔一九一五・二・六〕

5　欧米の劇壇に於ける新機運

6　——湘南詩社詠草——　〈「秘事」草野きく路／「密柑」山口麻太郎／「あきらめ」林君子／「河原蓬」尾崎紅美／「逢瀬」高木とみ子／「迷」一ノ瀬愛子／「まぼろし」伊東きの子／「梅暦」卜部楢男／「埋み火」伊藤由治／「隅田川」吉井勇／「春来　其他」佐藤時子・桜井朱春・乾やすえ・高松勝野・鞆音・臼井武姿・有賀権造・岩崎ゆく雲・山崎恒雄・笠原貞次〉

7　〈『さくら草』與謝野晶子・東雲堂書店発行発売／『片恋』吉井勇・籾山書店発行発売／『潮鳴』石榑千亦・竹柏会発行発売／『焦熱地』大山寿弥・豊橋市、桃林堂発売／『現代英国劇作家』大田黒元雄・洛陽堂発行発売／『平凡』故長谷川二葉・新潮社発行発売／『高野聖』泉鏡花・新潮社発行発売〉

※執筆者名欠く

8　※〈哲学談話会（3・12）、文科卒業生送別懇話会（3・4）報告／文科新学年の各講座紹介／義塾図書館内の英文学関係書籍及参考品展覧会（野口出品イエーツの短詩色紙他）報告／二千人収容義塾大講堂近々落成（鉄筋煉瓦モダンゴシック）／馬場孤蝶の立候補後援の為に編せられた「現代文集」（実業之世界社）、北原白秋が令弟と創立の芸術書店「阿蘭陀書房」と文芸雑誌「アルス」の創刊／書信紹介—堀口大學より荷風宛〔'15・1・20〕　増田廉吉の筑後からのもの一節／その他〉

9　日本古劇の研究（第三回）——並木五瓶作『五大力《ごだいりき》恋《こひの》緘《ふうじめ》』——　〈梗概／「五瓶五大力」小山内薫／「並木五瓶」吉井勇〔三月十七日　鎌倉にて〕〉

＊　寄贈雑誌

表紙・平岡権八郎／発行日・四月一日／頁数・本文全一六三頁／定価・二十五銭／編輯兼発行人・東京市麻布区富士見町九番地　石田新太郎／発行所・東京市芝区三田　慶應義塾内・三田文学会／発売所・東京市麴町区有楽町一丁目（丸の内三菱二十一号館内）　籾山書店／印刷人・東京市麻布区簞笥町三十番地　井川滋／印刷所・東京市芝区愛宕町三丁目二番地

東洋印刷株式会社

■五月号（五周年記念号）　【191505】

夕顔（小説）1　泉鏡花
『戦争と平和』を論ず（評論）2　昇曙夢
パンの笛（短歌）3　堀口大學
評論五則（評論）4　野口米次郎
ナデジ〔ダ〕タ・ニコライエフナ（翻訳）5　木村荘五
田之助所演年表（考証）6　〔秦〕泰豊吉
大乱に際して（評論）7　戸川秋骨
人の噂（小説）8　五百歌左二郎
日和下駄（随筆）9　永井荷風
竹枝抄（短歌）10　吉井勇選
新刊批評 11
消息 12　しげし

目次註

1 〈一―九〉〔完〉
2 〈一―十一〉〔未完〉
3 パンの笛第三〔一九一四・一二・二五　マドリッドにて〕
4 〈詩に関して／再び詩に関して／信仰／感興／晨の空想〉
5 ナデジダ・ニコライエフナ　ガルシン作　〈一―三〉〔未完〉
6 ――「三代目沢村田之助伝」のうち、未定稿――　〈由次郎時代／名題時代／女立形〔立女形〕時代／沢村座時代〉
7 ――両交戦国の文学――
8 〔終〕
9 〈其九〉
10 ――湘南詩社詠草――　〈「怨語」宮城みつ子／「舞姫」卜部楢男／「蛇苺」赤松新／「源次」草野きく路／「朝戸出」山本春子／「消息」高木とみ子／「相思」伊東きの子／「嬌笑」野村小草／「破戒」佐藤時子／「恋慕流し」吉井勇／「未練」目代静子・有賀権造・林君子・川井春陵・松本淳三・末吉巽・伊藤由次郎・山口麻太郎・杉本君子・山崎恒雄・笠原貞次・中山けい子・前田貞雄・木津螢雪・岡雪郎・内田鏡村・橋本芳五郎・田村治太郎・末〔米?〕村桐雨・安田松三郎〉
11 〈『路』久保田万太郎・千章館発行発売／『青年』森林太郎・籾山書店発行発売／『A Hermit Turned Loose』川畑篤恭・著者発行／『舞姫』長田幹彦・植竹書院発行発売／『椿姫』福永挽歌訳・植竹書院発行発売／『與謝野晶子集』新潮社発行発売〉※執筆者名欠く
12 消息　※〈三田文学五周年記念号発行と今後の変化発展について／平出修一周年追悼晩餐会（4・17）、自由劇場主催第二回劇場美術展（4・3～12）報告／他〉
＊ 寄贈雑誌
＊ 三田文学五周年記念付録　目次後出

▼三田文学五周年記念付録　目次

花子（小説）1　森林太郎
お月様のなげき（詩）2　上田敏
掛取り（小説）3　永井荷風
マラルメと新戯曲（評論）　小山内薫
河岸の夜（小説）4　木下杢太郎
夜ふる雪（詩）　北原白秋
夢介と僧と（戯曲）5　吉井勇
遊戯（戯曲）　久保田万太郎
ぼたん（小説）　水上瀧太郎
KANDINSKY の為に（評論）6　沢木梢
W倶楽部（小説）　松本泰
灯（小説）7　久米秀治

目次（付録）註

1 森鷗外
2 ―Complainte de cette bonne Lune.―
3 〈一―三〉〔完〉
4 〔完〕
5 〔一幕〕〈第一段―第五段〉
6 Kandinsky の為めに　〈Kandinsky の為めに／Küchler の Kandinsky に対する罵倒／Hausenstein の Walden に宛てたる手紙〉〔下略〕
7 〈一―五〉
＊ はしがき　同人　※冒頭に付す

表紙・平岡権八郎／発行日・五月一日／頁数・本文全一六三頁・付録一八四頁／定価・五十銭／編輯兼発行人・東京市麻布区富士見町九番地　石田新太郎／発行所・東京市芝区三田　慶應義塾内・三田文学会／発売所・東京市麹町区有楽町一丁目（丸の内三菱二十一号館内）　籾山書店／印刷人・東京市麻布区箪笥町三十番地　井川滋／印刷所・東京市芝区愛宕町三丁目二番地　東洋印刷株式会社

■六月号　【191506】

未練（小説）1　長田秀雄
「戦争と平和」を論ず（評論）2　昇曙夢
銀雨集（短歌）3　吉井勇
木挽町の家（小説）4　久米秀治
亡び行く日（小説）5　増田廉吉
ナデジダ・ニコライエフナ（翻訳）6　木村荘五
下着（詩）7　邦枝完二
日和下駄（随筆）8　永井荷風
日本古劇の研究　並木五瓶「五大力恋緘」9　長田秀雄
久保田万太郎
砂雲雀（短歌）10　吉井勇選
新刊批評 11
消息 12　しげし

目次註

1 〈一―五〉〔をはり〕
2 『戦争と平和』を論ず　〈十二―十九〉〔完〕　※付記あり
3 ※二十八首

4 〈一―四〉〔四・五・十七〕
5 〈一―四〉〔完〕〔大正四・五・〇〇〕
6 ガルシン作 〈四―六〉〔未完〕
7 ――Lacerba-Luglio,1914より―― Titta Rosa ／邦枝完二訳
8 〈其十〉 荷風小史
9 日本古劇の研究（第四回）――『五大力恋緘』補遺――〈「読者へ」幹事謹白／「五大力恋緘随感」長田秀雄／「小まんが書く文」久保田万太郎〉
10 ――湘南詩社詠草――〈「鳩」佐藤時子／「明日」宮城みつ子／「針仕事」伊東きの子／「あひびき」鈴鹿早苗／「舞姫第三」卜部楢男／「心」池田孝次郎／「情火」高木とみ子／「洛陽」乾やすゑ／「千曲川」宮沢鉄之助／「鎌倉歌」吉井勇／「浮名　其他」岡崎栄次郎・草野きく路・藤田半歩・松本淳三・目代静子・川井春陵・有賀権造・内田鏡村・白崎紫朗・植田孤舟・笠原貞次・平島澄月・大島白鷗・山崎恒雄・西野富士雄・米〔末?〕村桐雨・木津蛍雪・松江春村〉
11 〈『雁』森鷗外・籾山書店発行発売／『荷風傑作鈔』桐友散士編・籾山書店発行発売／『メリメエ傑作集』厨川白村　一宮栄合訳・大日本図書株式会社発行／『わすれなぐさ』北原白秋・阿蘭陀書房発行発売／『初恋』吉井勇・籾山書店発行発売〉 ※執筆者名欠く
12 消息 ※〈哲学会例会（5・14）、義塾大学部各科卒業式（5・9於新築大講堂、徳川公爵祝辞）報告／稲荷山側新大講堂落成式予告／詩聖ダンテ生誕六百五十年記念講演会及展覧会（去月22日於京都大学）報告／他〉

＊ 寄贈雑誌

表紙・平岡権八郎／発行日・六月一日／頁数・本文全一七五頁／定価・二十五銭／編輯兼発行人・東京市芝区三田二丁目　慶應義塾内・松田甚三郎／発行所・東京市芝区三田　慶應義塾内・三田文学会／発売所・東京市麴町区有楽町一丁目（丸の内三菱二十一号館内）籾山書店／印刷人・東京市麻布区簞笥町三十番地　井川滋／印刷所・東京市芝区愛宕町三丁目二番地　東洋印刷株式会社

■七月号 【191507】

赤黒い花（小説）1　小川未明
人生派の詩（訳詩）2　與謝野寛
ひとごと（感想）　沼波瓊音
私の懺悔録（随筆）　野口米次郎
極東印象記（翻訳）3　永井荷風
半日（小説）4　久保田万太郎
小林鉄之丞（小説）5　小山内薫
日本古劇の研究
「長庵」と「助六」6　河竹繁俊
　小山内薫
　杵屋勝四郎
　吉井勇
水無月集（短歌）7　吉井勇選
消息8

目次註

1 〈一―五〉〔一九一五・六作〕
2 ――パウル・コステル―― よさの・ひろし 〈一、頽廃詩人に／二、生の詩人〉
3 Henry Myles ／荷風生訳 〈長崎／神戸／鎌倉／芝〉
4 ――ある男の手紙――〔四年六月〕
5 〔一九一五・六・二一〕
6 日本古劇の研究（第五回）――『長庵』と『助六』――〈『村井長庵』雑記」河竹繁俊／『助六』に関するノオト」小山内薫／『助六』の長唄と鳴物」杵屋勝四郎／『助六』と『長庵』」吉井勇〔四年五月鎌倉にて〕〉
7 ――湘南詩社詠草――〈「水無月」野村小草／「久松」西村萊の花／「旅人」山本春子／「未練」伊東きの子／「死」白崎紫朗／「大川端」岡崎栄次郎／「たはむれ」松本淳三／「星と人と」南方花村／「奈良」乾やすゑ／「続鎌倉歌」吉井勇／「悲恋悲歌　其他」佐藤とき子・高木とみ子・川井春陵・野上俊覚・草野露子・藤田半歩・草野きく路・中島英之助・宮崎鉄之助・有賀権造・中村紅葵・上島紅太郎・山中庄三郎・臼井武姿・中村三葉・松江春村・中山和子・笠原貞次・木津蛍雪・岡雪郎・真砂白雨〉
8 ※〈義塾構内大講堂の落成式（6・6大隈伯、福沢桃介、社頭塾長他演説）と園遊会報告／ワグネル主催大音楽会（6・26ザルコリイのソロ）、浅草大金での惜春会（6・24鏡花小山内万太郎他）報告／故小幡篤次郎の大理石胸像（北村四海彫、義塾図書館内）と遺品展覧会報告及故人の筆に成る「万来舎」の記（明治36・4中野学友の囑に応じ昔年同学の記念にしるす　箕田庵主篤次郎）紹介／在倫敦沢木の書信紹介／大杉栄が仏蘭西文学研究会設立（小石川）／「青鞜」六月号発禁／他〉

＊ 寄贈雑誌

表紙・平岡権八郎／発行日・七月一日／頁数・本文全一七九頁／定価・二十五銭／編輯兼発行人・東京市芝区三田二丁目　慶應義塾内・松田甚三郎／発行所・東京市芝区三田　慶應義塾内・三田文学会／発売所・東京市麴町区有楽町一丁目（丸の内三菱二十一号館内）籾山書店／印刷人・東京市麻布区簞笥町三十番地　井川滋／印刷所・東京市芝区愛宕町三丁目二番地　東洋印刷株式会社

■八月号 【191508】

初恋の終局（小説）1　小山内薫
ベルグソンとタゴール（評論）　中沢臨川
サンタントワヌ（翻訳）2　小沢愛圀
その話（小説）3　久米秀治
祇園小景（短歌）4　卜部楢男
西班牙だより（随筆）5　堀口大學
大乱に際して（随筆）　戸川秋骨
情趣詩趣（短歌）6　吉井勇選
新刊批評7　しげし
消息8

目次註

1 〈一―八〉〔終篇『信楽みか』〕

2 ギイ・ド・モオパッサン作／小沢愛圀訳
3 〈一―八〉〔完〕〔四・七・十七〕
4 〔四年七月〕
5 ――樅山庭後氏へ―― 〔えすぱにや・まどりつど 一九一五・五・九〕
6 ――湘南詩社詠草―― 〈「心中」西村菜の花／「有情無情」目代静子／「今もなほ」伊東きの子／「哀調」宮城みつ子／「我君」佐藤時子／「恋慕歌」卜部楢男／「馬鈴薯の花」遠藤勝一／「浮名」岡崎栄次郎／「夢見る人」高木とみ子／「未練」吉井勇／「仇人 其他」山本春子・藤田半歩・一の瀬愛子・乾やすゑ・池田孝次郎・宮沢鉄之助・有賀権造・輌音・中島英之助・臼井武姿・中村紅葵・草野露子・南分花村・松本淳三・松尾孫次・小川貞祐〉
7 〈『青春』(YOUTH) 平田禿木解題及詳註・阿蘭陀書房発行／『癡人の懺悔』木村荘太訳・洛陽堂発行／『近代文学十講』厨川白村・大日本図書株式会社発行／『オイケンと現代思潮』稲毛詛風・天弦堂発行／『アントニーとクレオパトラ』坪内逍遙訳・早稲田大学出版部・富[冨]山房発行／『暗室の王』磯部泰治訳・新潮社発行〉 ※執筆者名欠く
8 ※〈荷風作小説「散柳窓夕栄」のモデル柳亭種彦の石碑建立と追悼会／松本彦次郎史学研究のため渡米／在西班牙堀口大學より荷風宛通信紹介〔5・13〕／他〉
＊ 寄贈雑誌

表紙・平岡権八郎／発行日・八月一日／頁数・本文全一六七頁／定価・二十五銭／編輯兼発行人・東京市芝区三田二丁目 慶應義塾内・松田甚三郎／発行所・東京市芝区三田 慶應義塾内・三田文学会／発売所・東京市麹町区有楽町一丁目（丸の内三菱二十一号館内）籾山書店／印刷人・東京市麻布区箪笥町三十番地 井川滋／印刷所・東京市牛込区水道町二十五番地 福山印刷所

■九月号 【191509】

エロディヤッド（訳詩）1 上田敏
倫敦記念帖（小品）2 松本泰
湘南秘抄（短歌）3 吉井勇
裏二階の客（小説）4 與謝野晶子
純日本の詩歌（評論）5 野口米次郎
遇然な出来事（翻訳）6 邦枝完二
ダ〔ル〕ンクロオズ学校訪問（小説）7 小山内薫
文人合評8 同人
（樅山庭後
新刊批評9 しげし
消息10

目次註

1 エロディヤッド（マラルメ）〈一・二〉
2 倫敦紀念帖 〈ステーンの家／犬／霧の頃／"WET DAY"〉〔完〕
3 〈恋愛三昧／あだびと／閨怨〉〔四年八月作〕
4 〈一―四〉
5 〔七月十二日〕
6 ――Nuova Antologia より――（Onorato《オノラート》 Fava《フラーバ》）／邦枝完二訳 〔完〕〔四年七月十二日〕
7 ダルクロオズ学校訪問 〔一九一五・八・一九〕
8 〈「樅山庭後」荷風／「樅山庭後氏」増田廉吉／「庭後庵主人」井川生〉
9 〈『世界道中 かばんの塵』田中一貞・著者発行・岸田書店発売／『雲母集』北原白秋・阿蘭陀書房発行発売／『バッハよりシェーンベルヒ』太[大]田黒元雄・山野楽器店発売／『独語と対話』上田敏・弘学館書店発行発売／『非水図案集』杉村[浦]非水画・金尾文淵堂発行発売／『鉄道旅行案内』鉄道院発行〉 ※執筆者名欠く
10 ※〈本号編輯について／宮森麻太郎教授コロンビア大学での「日本の演劇」講演（7月中旬）／日本美術学院「中央美術」、天弦堂「科学と文芸」の創刊／永井荷風より久米秀治宛書信の一節紹介／その他〉
＊ 寄贈雑誌

表紙・平岡権八郎／発行日・九月一日／頁数・本文全一八五頁／定価・二十五銭／編輯兼発行人・東京市芝区三田二丁目 慶應義塾内・松田甚三郎／発行所・東京市芝区三田 慶應義塾内・三田文学会／発売所・東京市麹町区有楽町一丁目（丸の内三菱二十一号館内）籾山書店／印刷人・東京市麻布区箪笥町三十番地 井川滋／印刷所・東京市牛込区西五軒町五十二番地 福山印刷所

■十月号（秋季特別号） 【191510】

ファンニイの処女作（随筆）1 水上瀧太郎
驚き（小説）2 増田廉吉
若い詩の心（散文詩）3 野口米次郎
ねがひ（小説） 山崎俊夫
中古の人形（評論）4 小沢愛圀
堂島裏（小説） 岡田八千代
パンの笛（短歌）5 堀口大學
南米文学の概観（評論）6 桑原隆人
十二時（小説） 巌谷たま
品濃の小景（小品）7 樅山庭後
柿の芽（小説）8 久米秀治
しぐれころ（小説）9 久保田万太郎
カンタタ（対話）10 上田敏
河原蓬（短歌）11 吉井勇選
文人合評12 荷風／庭後／廉吉／しげし
消息13
日本古劇の研究（第六回）14 河竹繁俊
「座頭殺し」の芝居15
最不純なる作品の一つ 岡村柿紅
「座頭殺し」の舞台面 水谷竹紫
座頭殺し 木下杢太郎
「村井長庵」を読んで考へたこと16 楠山正雄
「三人吉三」の最初の幕17 河竹繁俊

目次註

1　ファンニイの処女作　〔大正三年三月五日――途中休止――四年七月八日稿了〕
2　〔了〕
3　〈何にか起るでしやう／悲哀の歌／町と喧しさから遠ざかりまして／夜の小供／春の空想／静かな河を越えて／緑色な深さから／太陽の光線は落ちました／汝無言の歌者／鳥なる舟／山の中からの小河／薄明《ツワイライト》〉
4　――"Yorick" 著『傀儡史より』――
5　〈第四〉〔一九一五・五・一〇―一一　えすぱにや・まどりつど〕　※四十八首。／"これらの歌はすべてわが敬慕のしるしに荷風先生にまゐらす"と献辞あり
6　――（西班牙古典主義と仏蘭西浪漫主義／其南米に於ける影響／近代主義／ルウベン・ダリオの作物／小説／短篇）――〔完〕　※訳者付記あり
7　品濃《しなの》の小景《せうけい》　――ふところ硯の一節――　庭後　〈一―五〉
8　〈一―五〉〔大正四・九・十七〕
9　〔未完〕
10　ポオル・クロオデル
11　――湘南詩社詠草――　〈「清元」岡崎栄次郎／「想思」大村嘉代子／「消息」佐藤時子／「おそめ」野村単五郎／「河原蓬」末吉巽／「河風」乾保江／「暮れがた」伊東きの子／「一瞬」高木とみ子／「祇園風流」吉井勇／「朝寝髪　其他」真砂千鳥子・鞆音・有賀権造・森茂・池田孝次郎・森栄一・若林雪枝・遠藤勝一・草野きく路・笠原貞治・長谷川金之助・川井春陵・中島英之助・梅村白水・中村紅葵・山口藻〉
12　〈「久米秀治氏の『その話』」永井荷風／「久米秀治氏」増田廉吉／「久米秀治氏」庭後／「久米秀治氏」井川生〉
13　※〈三田文学会発行鷗外訳「ギヨッツ」予告／義塾監事石田新太郎が教育視察のため渡鮮／仏国島崎藤村に対して起された「藤村会」の清規／在西班牙堀口大學より荷風宛書信〔'15・7・20〕の一節紹介／籾山書店蔵版時報秋季号に掲載の"署名は無いが庭後氏の筆になったものと思はれる其記事の如き広告と見るには余りに立派な評論"の紹介／その他〉
14　――河竹黙阿弥作『蔦紅葉宇都谷峠』並に『三人吉三』の補遺――　※古劇研究会幹事による「前書」を付す
15　『座頭殺し』の芝居
16　『村井長庵』を読んで考へたこと
17　『三人吉三』の最初の幕

表紙・平岡権八郎／発行日・十月一日／頁数・本文全三二五頁／定価・五十銭／編輯兼発行人・東京市芝区三田二丁目　慶應義塾内・松田甚三郎／発行所・東京市芝区三田　慶應義塾内・三田文学会／発売所・東京市麴町区有楽町一丁目（丸の内三菱二十一号館内）籾山書店／印刷人・東京市麻布区箪笥町三十番地　井川滋／印刷所・東京市赤坂区新町五丁目四十二番地　金子活版所

■十一月号　【191511】

途づれ（戯曲）1　小宮豊隆
朱葉集（短歌）2　與謝野晶子
巴里にて（随想）3　沢木梢
薔薇の咲く頃（小説）4　松本泰
ロセチ論（評論）5　野口米次郎
旅立つ日（小説）6　増田廉吉
薔薇の園にて（詩）7　堀口大學
勇士（小説）8　川村資郎
出発点（小説）9　卜部楢男
新恋慕ながし（短歌）10　吉井勇選
文人合評11　荷風／しげし／庭後
新刊批評12　しげし
消息13
寄贈雑誌

目次註

1　アルツール・シユニツツラ――一八九八年――　〔一九一五・一〇・一一〕
2　〔百首〕
3　〈St. Denis の寺院〔九月九日〕／Saint Etienne-du-Mont と St. St.〔ママ〕Sulpice〔九月八日〕／夜のセーヌを渡りつゝ〔九月九日〕〉
4　〔完〕〔一九一五年一〇月一四日〕
5　――英語の原文から――
6　〔完〕〔大正四・一〇・一〇〕
7　〈なげき／或る時男の歌へる／或る時女の歌へる／菩提樹〉〔えすぱにや・まどりつど〕
8　〔終〕
9　〈一―四〉
10　――湘南詩社詠草――　〈「秋の風」佐藤時子／「夏より秋へ」卜部楢男／「みれん」園部蘭子／「立秋」池田孝次郎／「水調子」山本小萩／「おちうど」岡崎栄次郎／「源次第二」草野さ〔き〕く路／「室蘭港」遠藤勝一／「祇園拾遺」吉井勇／「恋人　其他」伊藤純郎・真砂千鳥子・高木とみ子・鞆音・下浦達郎・有賀権造・雑木梢・笠原貞次・梅村清・中村紅葵〉
11　〈「増田廉吉君新作『驚き』を読む」荷風生／「未来ある作者」庭後／「好漢増田廉吉」井川生〉
12　〈『すみだ川』永井荷風・籾山書店発行発売／『合本一幕物』森林太郎・籾山書店発行発売／『戦争是非』小泉信三　三辺金蔵共著〔訳〕・慶應義塾出版局発行・籾山書店発売／『柳浪傑作集』実業の〔之〕日本社発行発売／『沙翁傑作集』村上静人・佐藤出版部発行／『ヴエルレーヌ詩抄』川路柳虹訳・白日社発行発売／『下町情話』久保田万太郎・千章館発行発売／『露風詩話』三木露風・白日社発行発売／『沙羅の木』森林太郎・阿蘭陀書房発行〉　※執筆者名欠く
13　※〈本号編輯と新年号より改新の表紙絵（和田英作）／在西班牙堀口の荷風宛書信〔'15・8・11〕紹介／他〉

表紙・平岡権八郎／発行日・十一月一日／頁数・本文全一七一頁／定価・二十五銭／編輯兼発行人・東京市芝区三田二丁目　慶應義塾内・松田甚三郎／発行所・東京市芝区三田　慶應義塾内・三田文学会／発売所・東京市麴町区有楽町一丁目（丸の内三菱二十一号館内）籾山書店／印刷人・東京市麻布区箪笥町三十番地　井川滋／印刷所・東京市赤坂区新町五丁目四十二番地　金子活版所

■十二月号 【191512】

白鳥（訳詩）1 上田敏

伊太利へ（随想）2 沢木梢

ある年の紀念（小説）3 松本泰

奈翁論（評論）4 小沢愛圀

隣人の愛（戯曲）5 若月紫蘭

犬（小説）6 久米秀治

パンの笛（短歌）7 堀口大學

「日本詩歌論」を評す（評論）8 増野三良

文人合評（久保田万太郎）9 荷風／庭後

新刊批評10

消息11

三田文学第六巻総目次

目次註

1 マラルメ作

2 〈伊太利へ（在倫敦、水上瀧太郎氏宛 九月十五日里昂にて）／ジエノワより（水上瀧太郎氏宛 九月十七日夜 ジエノワにて）／ジエノワのカテドラール（在倫敦、木下正雄氏宛 九月十七日夜 ジエノワにて）／ニコロ・ピーサの美術（在倫敦、萱野二十一氏宛 九月十八日 ピーサにて）／ピーサより（水上瀧太郎氏宛 九月十九日 ピーサにて）〉

3 〔完〕〔一千九百十五年十一月十五日〕

4 ゲオルグ・ブランヂス原著／小沢愛圀訳 〔未完〕〔一九一五・一一・一〇〕

5 アンドレエフ―一九一一年作

6 〔完〕〔四・十一・十七〕

7 〈第五〉〔一九一五・八・九 えすぱにや・まどりつど〕

※四十六首

8 ヨネ・野口氏の「日本詩歌論」を評す

9 〈「浅草の久保田君に呈す」永井荷風〔十一月九日〕／「傘雨先生」庭後〉

10 〈『アッシジの聖フランチエスコ』中山昌樹訳・洛陽堂発行／『小唄』上田敏選註・阿蘭陀書房発行・東京堂発売／『印度文学講話』松村武雄・阿蘭陀書房発行・東京堂発売／『セヴアストオポリ』島田青峰訳・国民書院発行／『改造の試み』旧〔田〕中王堂・新潮社発行／『貧しき人々』広沢〔津〕和郎訳・天弦堂書房発行〉

11 ※〈宮森麻太郎教授倫敦大学国際学芸協会等に於ける講演「旧日本の戯曲」／籾山書店「大正五年の俳諧日記」（庭後編）案内／海外通信の紹介―在英小林澄兄より井川宛〔10・18〕在伊沢木より籾山宛〔10・2〕在倫敦水上より井川宛〔10・13〕／次号予告／その他〉

＊ 寄贈雑誌

表紙・平岡権八郎／発行日・十二月一日／頁数・本文全一六一頁 付録四頁／定価・二十五銭／編輯兼発行人・東京市芝区三田二丁目 慶應義塾内・松田甚三郎／発行所・東京市芝区三田 慶應義塾内・三田文学会／発売所・東京市麹町区有楽町一丁目（丸の内三菱二十一号館内） 籾山書店／印刷人・東京市麻布区簞笥町三十番地 井川滋／印刷所・東京市赤坂区新町五丁目四十二番地 金子活版所

一九一六年（大正五年）

■一月号（新年特別号）【191601】

花瓶（小説）1 永井荷風

朝比奈三郎兵衛（小説） 小山内薫

空地裏の殺人（戯曲）2 木下杢太郎

フィレンツェより（随想）3 沢木梢

奈翁論（翻訳）4 小沢愛圀

彷徨（小説） 増田廉吉

草菴閑窻（随筆） 久末淳

阪東武者（戯曲）5 松居松葉

句楽忌（小説）6 吉井勇

暮れの雪（小説）7 久米秀治

今に何かあるでせう（小説）8 松本泰

小なつのこと（戯曲）9 久保田万太郎

最近文芸思潮（評論）

今日の英詩潮 野口米次郎

ペトログラードより10 夏木茂

レミ・ド・グルモン 広瀬哲士

海光集（短歌）11 吉井勇選

新刊批評12 しげし

消息13

表紙 和田英作

目次註

1 〈一―三〉（未完）

2 (Scene)

3 〈フィレンツェより （一）水上瀧太郎氏宛―九月二十日 （二）マサチオとヂオット・萱野二十一氏宛―九月二十一日夜十一時半 （三）木下正雄氏宛―九月二十二日夜十時

半（四）水上瀧太郎氏宛―九月二十四日夜十一時半（五）萱野二十一氏宛―九月二十五日夕（六）水上瀧太郎氏宛―十月二日夜十二時（七）萱野二十一氏宛―十月三日夜／羅馬より〔（一）〕水上瀧太郎氏宛―十月八日（二）萱野二十一氏宛―十月十四日夕〉
4　ゲオルグ・ブランデス原著〈九―十五〉※ナポレオン年譜を付す〔一九一五・一二・一一〕
5　市村座上演脚本（二幕）
6　〔四年十二月作〕
7　〔四・十二・十六〕
8　〔一九一五年十二月〕
9　――「潮騒」の前の幕――〔四年十二月〕
10　――久保田さん――〔四・一一・二三〕
11　――湘南詩社詠草――〈「恋人」佐藤時子／「秋の夜」岡崎栄次郎／「出雲橋」山本小萩／「玉突き」遠藤勝一／「黒瞳」園部蘭子／「口笛」梅村清／「祇園調」乾やすゑ／「うつせみ」川井春陵／「横櫛」吉井勇／「秋夕夢」池田孝次郎・下浦達郎・秀鞆音・加貝正・守屋佐太郎・草野きく路・有賀権造・末吉巽・長野紫嶽・中村紅葵〉
12　〈『心づくし』水上瀧太郎・籾山書店発行発売／『日和下駄』永井荷風・籾山書店発行発売／『冷笑』永井荷風・籾山書店発行発売／『祇園歌集』吉井勇／『日本詩歌論』野口米次郎・白日社発行発売／『良心』三木露風・白日社〉※執筆者名欠く
13　※〈三田文学会特別講演会、哲学談話会報告／在西班牙堀口大學より荷風宛書信二通紹介／その他〉
＊　寄贈雑誌　※この項【191612】迄続く

表紙・和田英作／発行日・一月一日／頁数・本文全三一五頁／定価・五十銭／編輯兼発行人・東京市芝区三田二丁目　慶應義塾内・松田甚三郎／発行所・東京市芝区三田　慶應義塾内・三田文学会／発売所・東京市麹町区有楽町一丁目（丸の内三菱二十一号館内）籾山書店／印刷人・東京市麻布区箪笥町三十番地　井川滋／印刷所・東京市赤坂区新町五丁目四十二番地　金子印刷所

■二月号【191602】

花瓶（小説）1　永井荷風
埋没（小説）2　生田葵
父の死（小説）3　久米秀治
夕べの思ひ（詩）4　堀口大學
希〔喜〕望峰を廻るべく（小説）5　松本泰
頌歌（訳詩）6　上田敏
最近文芸思潮
チエスタアトンと痴言文学 7　野口米次郎
仏蘭西文芸の変化 8　広瀬哲士
グリアスン 9　小沢愛圀
独逸の画　からすのはね
新刊批評 10
消息 11　しげし

目次註

1　（承前）〈四―九〉〔完〕
2　〔完〕
3　〔完〕〔五・一・十七〕※次号消息欄に読者評掲載
4　夕べの思〈落葉／冬の希ひ／秋の希ひ／夕逍遥／池／われは愛づ／嘆き〉〔えすぱにや・まどりつど〕
5　〔つゞく〕
6　頌歌《マグニフイカット》　ポオル・クロオデル作
7　チエスタートンと痴言文学《ノンセンス・リテラチユーア》
8　仏蘭西文学の変化　※広瀬哲士による「ポオル・エルギウ」を付す
9　フランシス・グリアスン　※グリアスンの紹介と彼の“Modern Mysticism”中の小論文「近代神秘主義」とL. W. T. によるその序文を訳出
10　〈『狂犬』厨川白村・大日本図書株式会社発行／『童貞』山崎俊夫・四方堂書店発行発売／『曽根崎艶話』急山人・籾山書店発行発売／『小夜曲』竹久夢二・新潮社発行／『社会と自分』夏目漱石・実業の〔之〕日本社発行／『マリア・スチュアルト』小池秋草訳・南江堂書店発行／『我が断片』岡田鉄蔵・六号雑誌社発行／『正義の兜』佐藤惣之助・天弦堂書房発行〉※執筆者名欠く
11　※義塾図書館ステンドグラス、慶應義塾出版局、他

表紙・和田英作／発行日・二月一日／頁数・本文全一五五頁／定価・二十五銭／編輯兼発行人・東京市芝区三田二丁目　慶應義塾内・松田甚三郎／発行所・東京市芝区三田　慶應義塾内・三田文学会／発売所・東京市麹町区有楽町一丁目（丸の内三菱二十一号館内）籾山書店／印刷人・東京市麻布区箪笥町三十番地　井川滋／印刷所・東京市赤坂区新町五丁目四十二番地　金子印刷所

■三月号【191603】

ピエロオ物語（小説）1　小山内薫
喜望峰を廻るべく（小説）2　松本泰
遙々《はるばる》と（小説）3　久米秀治
梵劇概観（評論）4　久末淳
近代仏蘭西生活（評論）5　広瀬哲士
メスフキールドの忠臣蔵（評論）6　野口米次郎
欧洲戦乱と文芸思潮（評論）7　小沢愛圀
別離（短歌）8　吉井勇選
消息 9

目次註

1　〈一―四〉〔つゞく〉
2　〔完〕〔二月〕
3　遙々と〈一―三〉〔大正五・二・一七〕
4　――A. A. Macdonell『梵文学史』第拾三章に拠る――〔於叡岳無動寺谷之草廬〕〔完〕※“本文中詩歌を除きて、六号を以て印刷したるは総て訳者の付言及註疏なり”と付す
5～7　※「最近文芸思潮」として
5　※広瀬哲士による「スチュアアト・メリル」を付す。英国詩人ステファン・フィリップス戦死の報と同時に受けた象徴詩人ステュアアト・メリルの訃報と彼の業績

6 〔二月十九日〕 ※六月号消息欄に関連文あり
7 ——St. John G. Ervine 氏に拠る——
8 ——湘南詩社詠草—— 〈「雪」佐藤とき子／「浮名」梅村清／「嗟嘆」宮城みつ子／「春の雨」岡崎栄次郎／「京訛り」下浦達郎／「帯」園部蘭子／「草双紙」吉井勇／「あきらめ其他」山本小萩・高木とみ子・池田孝次郎・乾保江・大杉正太郎・鞆音・川井春陵・加貝正・西村いつよ・守屋佐太郎・白田生〉
9 ※籾山書店小冊子「文芸の話」、三月特別号の事など

表紙・和田英作／発行日・三月一日／頁数・本文全一一七頁／定価・二十五銭／編輯兼発行人・東京市芝区三田二丁目慶應義塾内・松田甚三郎／発行所・東京市芝区三田 慶應義塾内・三田文学会／発売所・東京市麹町区有楽町一丁目（丸の内三菱二十一号館内） 籾山書店／印刷人・東京市麻布区箪笥町三十番地 井川滋／印刷所・東京市赤坂区新町五丁目四十二番地 金子印刷所

■四月号 【191604】

太平洋上より（随筆）1 厨川白村
アナトオル・フランスの思想（評論） 戸川秋骨
幻と病（短歌）2 與謝野晶子
開かれた窓（随想）3 野口米次郎
ピユウトア（翻訳）4 馬場孤蝶
続小なつの事（戯曲）5 久保田万太郎
日本古劇の研究（第七回）6
『四谷怪談』及び再び鶴屋南北に就きて 楠山正雄
南北の手法 河竹繁俊
最近文芸思潮
牛津思想の将来（評論）7 野口米次郎
ジノ・セヴヱリノの象徴芸術論（評論）8 広瀬哲士
沙翁と其時代（評論）9 小沢愛圀
新刊批評10 しげし
消息11

目次註

1 〔二月十九日夜記〕
2 ※題名に関して消息欄に関連文、次号消息欄に誤植訂正あり
3 〈東洋と西洋／口嗜の凋落／春の思想／お菊夫人／花に対する態度〉
4 アナトオル・フランス 〈一・二〉〔未完〕
5 〈「潮騒」の後の幕〉〔五年三月〕
6 鶴屋南北作『東海道四谷怪談』
7 牛津《ヲックスフォード》思想の将来
8 ジノ・セヴェリノの象徴芸術論 〔三月十五日訳〕
9 〔完〕
10 〈『欧洲文壇印象記』野口米次郎・白日社出版部発行／『最近新聞紙学』杉村梵〔楚〕人冠・慶應義塾出版局発行／『新橋夜話』永井荷風・籾山書店発行発売／『戦争と巴里』島崎藤村・新潮社発行発売〉 ※執筆者名欠く
11 荷風が都合で文科教職並三田文学主幹を辞任／それを伝えた東京日日の記事／刷新された義塾文科

表紙・和田英作／発行日・四月一日／頁数・本文全一五一頁／定価・二十八銭／編輯兼発行人・東京市芝区三田二丁目慶應義塾内・松田甚三郎／発行所・東京市芝区三田 慶應義塾内・三田文学会／発売所・東京市麹町区有楽町一丁目（丸の内三菱二十一号館内） 籾山書店／印刷人・東京市麻布区箪笥町三十番地 井川滋／印刷所・東京市赤坂区新町五丁目四十二番地 金子印刷所

■五月号 【191605】

袙奇譚（小説）1 泉鏡花
ある大工の鼻（小説） 田山花袋
新国家思想の先駆者（評論） 川合貞一
エマソンの現実主義（評論） 田中王堂
ジヤリャーピン（評論）2 夏木茂
ピュウトア（小説）3 馬場孤蝶訳
蚤（戯曲）4 秦豊吉訳
辛夷の花（短歌）5 斎藤茂吉等
春季雑吟（俳句）6 乙字等
最近文芸思潮
メレジュコーフスキイの近業（評論）7 昇曙夢
短篇小説家としてのタゴール（評論） 野口米次郎
劇詩人スティイヴン・フィリップス（評論）8 小沢愛圀
今日の仏蘭西（評論） 広瀬哲士
モオリス・バレスの矛盾（評論）9 太宰施門
断片録10 同人
新刊批評11 しげし
消息12
表紙意匠 森田恒友

目次註

1 袙《あこめ》奇譚 〈一—四〉〔未完〕
2 露都 夏木茂 〈一—五〉〔三月三日〕 ※付言あり
3 〈二のつゞき・三〉アナトオル・フランス作 〔完〕
4 蚤 ——又は苦痛の舞踊—— フランク・ヱエデキンド作（舞踊劇 三幕）
5 〈「辛夷の花」島木赤彦／「椿の嵐」中村憲吉／「春雪」斎藤茂吉〉
6 三幹竹／瑞光／竹石／笠下／松洞門／朱字／仏丈／乙字
7 〈（一） 西欧か東邦かの問題／（二） 求神の問題〉〔完〕
8 劇詩人としてのスティイヴン・フィリップス 〔完〕
9 〔四月十六日〕
10 哲／からすのはね／しもん／T・H
11 〈『Tales from Old Japanese Dramas』宮森麻太郎／『紅茶の後』永井荷風・籾山書店発行発売／『すみだ川』永井荷風・籾山書店発行発売／『手紙風呂』小山内薫・籾山書店発行発売／『論語解義』簡野道明・明治書院発行／『彼等の運命』長与善郎・洛陽堂発行／『赤い部屋』阿部次郎 江馬修共訳・

新潮社発行〉※執筆者名欠く
12 ※〈鷗外が軍職を退くについての新聞報／在露都夏木茂の井川宛書信紹介／歴史哲学関係論文の続載〉
＊ 前号目次 ※この項【191612】迄続く
表紙・森田恒友／裏表紙・ムソルグスキイ作曲歌劇「ボリス・ゴドノオフ王に扮せるシヤリヤアピン」／発行日・五月一日／頁数・本文全一六三頁／定価・二十八銭／編輯兼発行人・東京市芝区三田二丁目 慶應義塾内・松田甚三郎／発行所・東京市芝区三田 慶應義塾内・三田文学会／発売所・東京市麹町区有楽町一丁目（丸の内三菱二十一号館内） 籾山書店／印刷人・東京市麻布区簞笥町三十番地 井川滋／印刷所・東京市赤坂区新町五丁目四十二番地 金子印刷所

■六月号 【191606】

袙奇譚（小説）1 泉鏡花
発売禁止の恐れなき文芸の価値（評論） 戸川秋骨
忠臣蔵（戯曲）2 松村みね子訳
一立斎広重（随想） 野口米次郎
蛇屋横町（小説） 山崎俊夫
旅の歌（短歌）3 若山牧水等
小草（俳句）4 荻原井泉水等
歴史哲学の問題（研究）5 川合貞一
最近文芸思潮
沙翁抹殺論（評論） 野口米次郎
戦詩人ワルテル・ハイマン（評論） 大津康
仏国民族生活に関する論議（評論）6 広瀬哲士
タゴオル哲学と其背景（評論）7 井部文三
バリモントの詩（訳詩）8 昇曙夢
消息9
ジョン・メイスフヰルド（裏絵）10

目次註

1 袙《あこめ》奇譚〈五―十五〉〔完〕
2 〔三幕〕 メイスフヰルド作 ※この戯曲に関連した野口米次郎の評論が三月号に掲載あること消息欄に記す
3 旅の歌〈津軽黒石町／秋田千秋公園／瀬上より飯坂温泉へ／阿武隈河〉若山牧水〈春の歌〉若山喜志子
4 碧松・余子郎・紫洋・武二・紫水・仙酔楼・狂瀾・其果・三斜・子耿・霞溪子・正楓・多藻津・山頭火・鳳車・岱東・蓮男・白船・悲杜子・月紅子・灰斗・井泉水
5 〈一―七〉※付記あり
6 仏国の民族生活に関する論議
7 タゴオル哲学とその背景 〔一九一六・五・一九〕 ※W. S. Urquhart と付す
8 昇曙夢訳 〈月の悲み／波／『何故?』／路傍の草／沼百合／鷗／夕陽／雨／夜の海辺／自己肯定／南洋雑詠中より ㈠乱れし心 ㈡宵の間 ㈢鏡〉 ※冒頭にバリモントについての解説を付す
9 ※〈三田文学会主幹に此度帰朝の沢木梢／義塾大学部卒業式報告／哲学会の意義と本号次号の論文／他〉
10 John Masefield
表紙・森田恒友／裏表紙・John Masefield／発行日・六月一日／頁数・本文全一七三頁／定価・二十八銭／編輯兼発行人・東京市芝区三田二丁目 慶應義塾内・松田甚三郎／発行所・東京市芝区三田 慶應義塾内・三田文学会／発売所・東京市麹町区有楽町一丁目 籾山書店／印刷人・東京市麻布区簞笥町三十番地 井川滋／印刷所・東京市赤坂区新町五丁目四十二番地 金子印刷所

■七月号 【191607】

To Sir Rabindranath Tagore（英詩）1 野口米次郎
羅馬の秋（随筆）2 沢木梢
翻訳不可能論（評論） 戸川秋骨
春の温泉（小説） 辰野正男
北川歌麿（小品） 野口米次郎
北嶺閑話（随筆）3 増田廉吉
短夜（小説）4 久米秀治
夏萩（小説）5 久保田万太郎
夏二十句（俳句）6 高浜虚子等
歴史哲学と社会学（研究） 田中一貞
最近文芸思潮
ペトログラアドより7 夏木茂
ゲエテと独逸の文化8 太宰施門
断片録9 同人
新刊批評10 しげし
消息11

目次註

1 TO SIR RABINDRANATH TAGORE Yone Noguchi.
2 〔完〕〔五年六月十日〕
3 〈北嶺閑話／巳の日／中堂／雪の日／山上有女／音と響〉
4 〈上／中／下〉〔完〕〔大五・六・二〇〕 ※"此作は「遙々と」（三月号）の一部として読まれたし"とある
5 〔五年六月〕
6 〈石鼎／「零余子居かな女氏」石鼎・野鳥・零余子・蛇笏／「悼」／青峯・瓦全・青鏡・虚子〉
7 ペトログラアドから 〔五月十七日〕
8 ※文末にペラダンと付す
9 しもん／からすのはね／キゾ
10 〈『夢の女』永井荷風・籾山書店発行発売／『地獄の花』永井荷風・籾山書店発行発売／『光を慕ひつつ』山田邦子・曙光者〔社?〕発行東京堂発売／『翡翠』片山広子・竹柏会出版部発行東京堂発売／『近代英詩選』平田禿木解説及詳註・阿蘭陀書房発行／『俳諧亭句楽』吉井勇・通一舎発兌〉 ※執筆者名欠く
11 ※〈懇話会席上で述べた沢木梢「三田文学主幹になるの弁」紹介／タゴール講演／文科新任の安倍、太宰〉
表紙・森田恒友／裏表紙・ヂヴオリなるヸラ・デエステよりカムパニアを望む／発行日・七月一日／頁数・本文全一六三頁／定価・二十八銭／編輯兼発行人・東京市芝区三田二丁目 慶應義塾内・松田甚三郎／発行所・東京市芝区三田 慶應

義塾内・三田文学会／発売所・東京市麹町区有楽町一丁目籾山書店／印刷人・東京市麻布区箪笥町三十番地　井川滋／印刷所・東京市赤坂区新町五丁目四十二番地　金子印刷所

■八月号　【191608】

アルギメネス王（戯曲）1　松村みね子
道頓堀（小説）2　畑耕一
駅路（戯曲）3　南修
覆面（戯曲）4　後藤末雄
真間の閑居 5　北原白秋
夏げしき
夏 6　樅山庭後
志羅川夜舟　山崎俊夫
霧の声 7　小島政二郎
遠雷 8　井汲清治
蟷螂 9　今泉与志次
木挽町の夏 10　久米秀治
柳河の夏 11　増田廉吉
消息 12

目次註

1 〈戯曲二幕〉ダンセニイ作／松村みね子訳〔大正五年六月二十九日〕
2 〔完〕
3 アントン・チェエホフ／南修訳〔終〕〔五・七・一四〕
4 ジオルジユ・ローデンバック〈第一段—第十八段〉〔幕〕
5 〈序言〉※次号消息欄に関連文あり
6 庭後稿〈(一)気節／(二)七十二候／(三)土用／(四)景物／(五)心持〉
7 〔七月二十二日〕
8 〔一九一六・七・一二〕
9 〔五・七・一七〕
10 〔大正五・七・二十二〕
11 〔七・一八〕
12 ※〈上田敏訃報／荷風謝恩会、座談会報告／海外通信紹介—在英萱野の沢木宛在西班牙堀口の井川宛〉

表紙・森田恒友／発行日・八月一日／頁数・本文全一五九頁／定価・二十八銭／編輯兼発行人・東京市芝区三田二丁目　慶應義塾内・松田甚三郎／発行所・東京市芝区三田　慶應義塾内・三田文学会／発売所・東京市麹町区有楽町一丁目　籾山書店／印刷人・東京市麻布区箪笥町三十番地　井川滋／印刷所・東京市赤坂区新町五丁目四十二番地　金子印刷所

■九月号　【191609】

明眸行（小品）1　吉井勇
錦絵木曽街道六十九次（評論）2　小島烏水
閻魔の咳（短歌）3　北原白秋
指を磨く男（小説）　山崎俊夫
うすあかりの中の老人（小説）4　松村みね子訳
秋詞（短歌）5　堀口大學
一軒家（小説）　辰野正男
夢の日記から（小品）　那伽勘助
丘の上（小説）　福永挽歌
故上田敏博士 6　與謝野寛
故上田敏先生追悼録 7　同人
消息 8
故上田敏先生（口絵）

目次註

1 〈一—五〉〔五年七月、新佃にて〕
2 〈(一)「風景画の時代」／(二)北斎と広重／(三)木曽街道〉
3 〈閻魔の咳／永日／道灌山／飛鳥〔鳥？〕山／雪暁／寒夜／葛飾／白藤／ある時／かりそめごと／財布／沙羅の花／曼陀羅村〔四十七首〕〉
4 Yeats作
5 〔えすぱにや・まどりつど〕
6 〔八月十四日北海道苫小牧にて〕
7 ——逝かるゝ前後——　井川滋〔八月二十日京都伏見にて〕／梢〔五年八月十七日〕／久保田万太郎
8 ※義塾講演会、京都の上田敏博士追悼会報告など

表紙・森田恒友／口絵・遺影「故上田敏先生」／発行日・九月一日／頁数・本文全一四九頁／定価・二十八銭／編輯兼発行人・東京市芝区三田二丁目　慶應義塾内・松田甚三郎／発行所・東京市芝区三田　慶應義塾内・三田文学会／発売所・東京市麹町区有楽町一丁目　籾山書店／印刷人・東京市麻布区箪笥町三十番地　井川滋／印刷所・東京市赤坂区新町五丁目四十二番地　金子印刷所

■十月号　【191610】

新古典主義の文学（評論）　太宰施門
酒と夜と（小説）1　小山内薫
輓歌（詩）2　竹友藻風
颶風（小説）3　堀口大學
哲学的料理人（随想）　野口米次郎
小散文詩（訳詩）4　増田篤夫
形見分け（戯曲）5　宮森麻太郎
黙阿弥の「油坊主」（評論）6　秦豊吉
花の雨（小説）　山崎俊夫
消息 7

目次註

1 〈一—二〉〔一九一六・八・三一〕
2 ——上田敏先生を悼む——　※冒頭にMiltonの引用あり
3 (Le Cyclone)：Claude Farrère.　堀口大學訳　※消息欄に、書信に添えられた訳者註の摘録あり
4 ボオドレエル作／増田篤夫訳〈描く欲求／世界の外の何処かへ／悪玻璃商〉
5 スタンレイ・ハウトン作／宮森麻太郎訳
6 黙阿弥の「油坊主」を論ず

7　※〈井川宛海外通信紹介――在倫敦松本泰より　在西堀口より（付「颶風　端書」）／李太郎奉天赴任送別会報告／石井柏亭他賛助、藤木喜久麿の「ふじき」美術店他〉

表紙・森田恒友／発行日・十月一日／頁数・本文全一五三頁／定価・二十八銭／編輯兼発行人・東京市芝区三田二丁目　慶應義塾内・松田甚三郎／発行所・東京市芝区三田　慶應義塾内・三田文学会／発売所・東京市麹町区有楽町一丁目　籾山書店／印刷人・東京市麻布区簞笥町三十番地　井川滋／印刷所・東京市赤坂区新町五丁目四十二番地　金子印刷所

■十一月号　【191611】

植物園（小品）1　北原白秋
文暁法師（考証）2　籾山庭後
雛僧（小説）　山崎俊夫
人馬のにひ妻（小説）3　松村みね子訳
感違ひ（小説）4　小沢愛圀訳
FAUNE の夢（短歌）5　堀口大學
オオソグラフィイ（随筆）　小島政二郎
修道院の秋（随想）6　南　修
序幕の作り方（評論）7　小山内薫
かたゞより（小説）8　久米秀治
ゆける夏（随筆）9　堀梅夫〔天〕
二科展覧会評（評論）10　沢木梢
消息11

目次註

1　――六年前のノートより――〈温室観覧〔27.III.1910.〕／春〔7.IV.1910.〕／四月の薬草園〔7.IV.1910.〕／春のゆく日〔21.IV.1910.〕／五月ついたち〔1.V.1910.〕／五月尽〔31.V.1910.〕／六月の花〔1.VI.1910.〕〉※八月号の続稿
2　〈一―十〉
3　Lord Dunsany 作
4　アントン・チェホフ作　※〝コンスタンス・ガアネット女史の英訳に拠る〟とあり
5　――PAUVRE FAUNE QUI VAS MOURIR.. CONTESSE DE NOAILLES.――〔一九一六・夏　えすぱにや・ころんぶれす〕
6　〔終〕〔一九一五・一〇・一二〕
7　『序幕』の作り方（未定稿）※〝近い内に公にする「戯曲作法」の一節である……〟と付記あり
8　〔未完〕〔大正五・十・二〇〕
9　堀梅天〈（一）古村デアフイルド／（二）画伯ジョージ・フーラー氏／（三）佳境ノースフイルド〉
10　〈一―九〉〔完〕〔大正五年十月〕
11　※〈在西班牙堀口の井川宛書信紹介／第三回茶話会／「アンナ・バヴロワ会」なる活動写真会（小山内説明）他〉
※　本号風俗壊乱のかどを以って〔「雛僧」が理由〕発売禁止のこと次号消息欄に記載あり

表紙・森田恒友／発行日・十一月一日／頁数・本文全一五七頁／定価・二十八銭／編輯兼発行人・東京市芝区三田二丁目　慶應義塾内・松田甚三郎／発行所・東京市芝区三田　慶應義塾内・三田文学会／発売所・東京市麹町区有楽町一丁目　籾山書店／印刷人・東京市麻布区簞笥町三十番地　井川滋／印刷所・東京市赤坂区新町五丁目四十二番地　金子印刷所

■十二月号　【191612】

海上日記（随筆）　水上瀧太郎
中洲夜話　幻覚（小説）　山崎俊夫
「三太郎ぶし」と時雨と（小品）1　久保田万太郎
白蛇（小説）2　五百歌左二郎
「自己崇拝」の超越（感想）3　井汲清治
鎌倉河岸（小説）　北村久路
お滝（小説）　吉村孝太郎
森先生の手紙（随筆）4　小島政二郎
ロダン博物館外一篇（紹介）5　堀口大學
好奇心と興味（評論）6　小山内薫
消息7

目次註

1　――ある日の日記――〔五年十月〕
2　※同作につき〝編輯者其筋へ召喚され譴責を受く〟と次号消息欄にあり
3　〔一九一六・一一・二〇〕
4　※筆者が受けた十一月三日及十一月八日付森林太郎よりの書簡を紹介。文末には子規の句を引用
5　ロダン博物館、外一篇〈ロダン博物館／「戦士の手帳」〉
6　――『戯曲作法』の一節――
7　※〈在ころんぶれす堀口の書信二通紹介／「三田文学」十一月号発売禁止／同人清談会、義塾理事門野幾之進還暦祝賀会報告／三田文学資金寄付／藤村来学期よりの講義／永瀬等の版画展他〉
＊　三田文学第七巻総目次（大正五年度）

表紙・森田恒友／発行日・十二月一日／頁数・本文全一四一頁・付録四頁／定価・二十八銭／編輯兼発行人・東京市芝区三田二丁目　慶應義塾内・松田甚三郎／発行所・東京市芝区三田　慶應義塾内・三田文学会／発売所・東京市麹町区有楽町一丁目　籾山書店／印刷人・東京市麻布区簞笥町三十番地　井川滋／印刷所・東京市赤坂区新町五丁目四十二番地　金子印刷所

一九一七年（大正六年）

■一月号（新年特別号）　【191701】

海上日記（随筆）1　水上瀧太郎
待合せ（小説）2　松本泰
日本自然主義横暴史（随筆）3　小島政二郎
三行詩（詩）　野口米次郎
芸術の内容と形式（評論）4　井波〔汲〕清治
落葉樹（小説）5　南部修太郎
九官鳥（小説）6　五百歌左二郎
海岸の暮（小説）7　増田廉吉
観劇雑感（随筆）8　水上瀧太郎
秘密の保留（小説〔評論〕）9　小山内薫
片影（小説）10　久米秀治
印象派より立体派未来派に達する迄（評論）11　沢木梢
新刊批評 12　しげし
表紙図の説明 13
消息 14

目次註

1 〈九月二十九日―十月二日〉〔未完〕
2 〔倫敦、一九一六年十月十九日〕
3 〈その一〉〔つゞく〕 ※標題横下に、「准陰侯伝―史記」より引用あり
4 芸術の「内容」と「形式」　井汲清治 〈……Ⅰ―Ⅳ〉〔一九一六・一二・一三〕
5 〔終〕〔一九一六・十二・十四〕
6 〔終〕
7 〔完〕
8 ――久しぶりで芝居を見るの記――〔大正五年十二月十七日〕
9 ――『戯曲作法』の一節――
10 片影《かたかげ》〈一―六〉〔未完〕〔大正五・十二・二十〕
11 〈一―六〉〔五年十二月十九日〕 ※【191706】の沢木文末「付記」に関連文あり。次号消息欄に誤植訂正
12 〈『新しき命』野上弥生〔弥生子〕・岩波書店発行発売／『明眸行』吉井勇・天弦堂書房発行／『舞姿』（祇園画集）長田幹彦・吉井勇・阿蘭陀書房発行／『みれん』森鷗外訳・籾山書店発行発売／『一幕物三種』宮森麻太郎・三省堂書店発売／『俳人芭蕉』山崎藤吉・籾山書店発行発売／『子規句集講義』籾山書店発行発売／『湖畔の落人』太田正孝・啓成社発行〉
13 梢
14 ※〈漱石訃報／同人忘年座談会、塾内名刺交換会（元旦）報告／福沢記念祭予告／鷗外「みれん」縮刷／井川宛海外通信紹介― 在馬徳里都堀口　在露都夏木茂〉
＊ 前号目次

表紙・プラキステエルの傑作の複製写真「クニドスのアプロヂット塑像の頭部」／発行日・一月一日／頁数・本文全一九七頁／定価・二十八銭／編輯兼発行人・東京市芝区三田二丁目慶應義塾内・松田甚三郎／発行所・東京市芝区三田　慶應義塾内・三田文学会／発売所・東京市麴町区有楽町一丁目　籾山書店／印刷人・東京市麻布区簞笥町三十番地　井川滋／印刷所・東京市赤坂区新町五丁目四十二番地　金子印刷所

■二月号　【191702】

冬至（小説）1　久保田万太郎
海上日記（小品）2　水上瀧太郎
ある日の午後（小説）3　松本泰
火の後に　外四篇（翻訳）4　松村みね子
あき地（小説）5　五百歌左二郎
グウルモン七章（詩）6　堀口大學
日本自然主義横暴史（随筆）7　小島政二郎
寝覚（小説）8　吉村光〔孝〕太郎
エランダの夜（散文詩）9　竹友藻風
ゆめ（小説）　那伽
仏蘭西最近芸術運動（評論）10　巴里の誌友
観劇雑感（随筆）11　水上瀧太郎
うきくさの記（随筆）12　小山内薫
新刊批評 13
消息 14
表紙図案　五百歌左二郎

目次註

1 〔一月十八日朝〕
2 〈十月三日・四日〉〔未完〕
3 『ある日の午後』〔完〕〔一千九百十六年十一月、於倫敦〕
4 Lord Dunsany 作／松村みね子訳〈火の後に／兎と亀の実録／渡し守／鴨の歌／鶏〉
5 〔終〕
6 〈黄昏／白百合の花／秋の女／LÉDA.／秋の歌／邪禱〈一―七〉／ブロンドの髪もつ林〉
7 〈その二〉 ※標題横に「殷浩伝―晋書」より引用あり
8 寐覚　吉村孝太郎〔一九一七・一・一〇〕
9 〈「エランダの夜」／「水の悲哀」／「夜航」〉 ※ポオル・クロオデル『東邦所観』より翻訳
10 〈「SIC」《シック》運動／NUNISME《ヌニスム》〉〔巴里一九一六・一〇・末〕 ※追記あり。末尾にギヨーム・アポリネール及びピエール・アルベール・ビロの詩を紹介す〈"POÈME I—V" Guillaume Apollinaire／"DERRIÈRE LA FENETRE" Pierre Albert-Birot.〉
11 ――無名会の「夜の潮」――〔大正六年一月二十日稿了〕
12 〈一〉〈萍殿〔正月三日〕／観劇所感〔正月九日〕／トロヤノフスキイ夫婦の舞踊〔正月十三日〕〉
13 〈『平出修遺稿』天弦堂発行／『八千代集』岡田八千代・須原啓興社発行／『我等何を求むるか』與謝野晶子・天弦堂発行／『白秋小品』北原白秋・阿蘭陀書房発行／『小唄選』湯朝竹山人・阿蘭陀書房発行／『新文学辞典』生田長江・森田草平・加藤朝鳥共編・天弦堂発兌〉
14 ※〈新年茶話会／藤村の文科科外講義／印刷所類焼による前号誤植／「藻の花」編輯白水郎が代行／他〉

＊　寄贈雑誌／前号目次
表紙・五百歌左二郎／発行日・二月一日／頁数・本文全一六一頁／定価・二十八銭／編輯兼発行人・東京市芝区三田二丁目　慶應義塾内・松田甚三郎／発行所・東京市芝区三田　慶應義塾内・三田文学会／発売所・東京市麴町区有楽町一丁目　籾山書店／印刷人・東京市麻布区簞笥町三十番　井川滋／印刷所・東京市赤坂区新町五丁目四十二番地　金子印刷所

■三月号　【191703】

海上日記（小品）1　水上瀧太郎
春（詩）2　萱野二十一
籐椅子に凭りて（感想）3　南部修太郎
鰌とり（小説）4　辰野正男
断想雑記（随想）5　井汲清治
雀の閑居（短歌）6　北原白秋
うきくさの記（随筆）7　小山内薫
去来と卯七（考証）8　籾山庭後
日本自然主義横暴史（批評）9　小島政二郎
ヱニュス・ド・ミロの謎（考証）10　沢木梢
消息11
表紙図案　五百歌左二郎

目次註

1　〈十月五日―六日〉〔未完〕
2　〈恋慕／讃歌／昇天祭／成熟〉
3　〔一九一七・二・一七〕
4　〔完〕
5　――日記帳から――　〈A―Z〉〔一九一七・二・一四〕
6　夜ふる雪・反歌／雪の庭／白菊／竹／雀／鶏／茶の花／霰／貧家の朝／独楽／親と子／飯／山家抄／竹藪／同じく怪異／柳河／朝鮮風俗／竹屋の木蓮／永日／鳥の啼くこゑ／反歌／ものの糞〉
7　〈二〉〈『猫』の芝居　〔正月二十日〕／レルモントフ　〔正月二十日〕／六区へ　〔正月卅一日〕／『髑髏尼』を見て〔二月十日〕／本能と道徳と　〔二月十日夜〕／『他人の子』〔十一日〕／『世の中』〔紀元節の夜〕／『洒落の講釈』〔二月十一日〕〉
8　〈（一）発端／（二）俳諧人名譜／（三）去年今年／（四）伊藤松宇先生書翰／（五）黒田源次先生書翰／（六）牡年がこと／（七）去来兄弟／（八）成書見出しがたきこと／（九）十里亭／（十）卯七が姓のこと／（十一）野青が句／（十二）素行の句／（十三）支考西遊のこと／（十四）余言〉〔大正六年二月十八日脱稿〕
9　〈その三〉〔つゞく〕　※標題横に、「沙羅の木―森林太郎」の引用あり
10　〈一―三〉〔未完〕〔六年二月十五日〕　※付記あり。消息欄に〝「ヱニュス・ド・ミロの謎」の説明図として同塑像の複製版を挿む積りで、警視庁に其可否を伺ったところ一言のもとに拒絶された。……多分何かの間違いであろう〟とある
11　※〈懇親の宴会（2・17）／仏蘭西学会講習部講師に嘱託の井汲清治／その他〉

＊　寄贈雑誌／前号目次
表紙・五百歌左二郎／発行日・三月一日／頁数・本文全一三五頁／定価・二十八銭／編輯兼発行人・東京市芝区三田二丁目　慶應義塾内・松田甚三郎　三田文学主幹・沢木梢／発行所・東京市芝区三田　慶應義塾内・三田文学会／発売所・東京市麴町区有楽町一丁目　籾山書店／印刷人・東京市麻布区簞笥町三十番地　井川滋／印刷所・東京市赤坂区新町五丁目四十二番地　金子印刷所

■四月号　【191704】

こぼれし種の一粒（感想）1　生田葵
海上日記（随筆）2　水上瀧太郎
田山花袋氏の近業（評論）3　小島政二郎
紅水晶（詩）4　堀口大學
黄金（翻訳）5　木村荘五
笛（小説）6　邦枝完二
マドンナの微笑（翻訳）7　長沼重隆
新月の歌（詩）8　竹友藻風
三遊亭金馬一行（小品）9　久保田万太郎
消息10
表紙図案　五百歌左二郎

目次註

1　――西比利亜道途所見之詩――　〈一―七〉
2　〈十月七日―十一日〉〔未完〕
3　※田山花袋「一兵卒の銃殺」の批評。付記に〝あら、むづかしの仮名遣やな。字義に害あらずんば、嗚呼まゝよ〟と記し、蕪村の句引用あり
4　紅水晶〈暴風雨の薔薇／夢の面影／四季〉ルミイ・ド・グウルモン作　小曲及び小唄〈星を見て／思ひ出／嘆き／彼／秋の花束／秋の木の葉／早世／贈物／渡り鳥〔鳥?〕／涙／落葉／秋／楽器／虫のいのち／名物／わが身／驟馬／峠／狐／入る月／十六夜／夜鳥／ポリシネル〉〔えすぱにや・ころんぶれすにての作〕
5　バルザック作／木村荘五訳　〔終〕　※後記「黄金の訳者より」として後記あり
6　〈一―四〉〔六年三月〕
7　Borge Janssen作／米国　長沼重隆
8　ガブリエレ・ダンヌンチオ作
9　――修善寺にゐる友だちへ――　〔六年二月〕
10　※〈茶話会、常磐木倶楽部の浮世絵展報告／塾純文科卒業の南部、井汲、宇野、福原／「近代芸術」の創刊／その他〉

＊　寄贈雑誌／前号目次
表紙・五百歌左二郎／発行日・四月一日／頁数・本文全一四五頁／定価・二十八銭／編輯兼発行人・東京市芝区三田二丁目　慶應義塾内・松田甚三郎　三田文学主幹・沢木梢／発行所・東京市芝区三田　慶應義塾内・三田文学会／発売所・東京市麴町区有楽町一丁目　籾山書店／印刷人・東京市麻布区簞笥町三十番地　井川滋／印刷所・東京市赤坂区新町五丁目四十二番地　金子印刷所

■五月号 【191705】

海上日記（随筆）1　水上瀧太郎
睨み合（小説）2　小島政二郎
われは歩む（詩）3　石井誠
ぷらんたんの一夜（小説）　山崎俊夫
新聞劇評家に質す（評論）4　三宅周太郎
萩原朔太郎君の詩（評論）　野口米次郎
春の日（翻訳）5　松村みね子
故郷に帰りて（感想）6　井汲清治
水郷の春（紀行）7　南部修太郎
水上瀧太郎氏へ（感想）8　久保田万太郎
ヱニユス・ド・ミロの謎（説話）9　沢木梢
消息10
表紙図案　五百歌左二郎

目次註

1 〈十月十二日〉〔大正元年秋〕
2 〈その一／その二〉〔つゞく〕
3 〈心／物語／土壌の歌／われは歩む〉
4 〈一―十〉※次号消息欄に関連文あり
5 ――詩集 Men, Women and Ghosts の中より ――Amy Lowell 作／松村みね子訳 〈浴み／朝の食卓／散歩／午と午後／夜と睡眠〉
6 Je suis un paysan qui a son clocher, sa maison et sa prairie.―Jules Lemaitre 〔一九一七・四・一九〕
7 ――利根川紀行―― 〔一九一七・四・一〇 潮来にて〕
8 〔六年三月〕
9 〈四―六〉〔六年四月〕
10 ※〈在倫敦松本泰の井川宛葉書一部紹介／米国詩人フヰツケ、ビンナア両者招待会／「文学雑誌」の創刊〉
＊ 寄贈雑誌／前号目次

表紙・五百歌左二郎／発行日・五月一日／頁数・本文全一四四頁／定価・二十八銭／編輯兼発行人・東京市芝区三田二丁目 慶應義塾内・松田甚三郎 三田文学主幹・沢木梢／発行所・東京市芝区三田 慶應義塾内・三田文学会／発売所・東京市麹町区有楽町一丁目 籾山書店／印刷人・東京市麻布区簞笥町三十番地 井川滋／印刷所・東京市赤坂区新町五丁目四十二番地 金子印刷所

■六月号 【191706】

汽車の旅（小説）　水上瀧太郎
伝統主義に到るまで（評論）1　井汲清治
睨み合（小説）2　小島政二郎
水手（エミイル・ヹルハアレン）3　竹友藻風
お房（小説）4　斯波武
ドン・フアンの秘密（レミ・ド・グウルモン）5　堀口大學
気まぐれ（小説）　五百歌左二郎
主題の選定と登場人物（評論）6　小山内薫
ヱニユス・ド・ミロの謎（説話）7　沢木梢
消息8　南部修太郎
表紙図案　五百歌左二郎

目次註

1 ――十九世紀仏蘭西文学主潮より現代に及ぶ―― 〈I～III〉〔一九一七・五・一九〕
2 〈その三―五〉〔完〕
3 〈水手――「幻郷」／悲歌――「夕暮」〉
4 〔六・五・一五〕
5 Remy de Gourmont 作 〈一―三〉〔了〕
6 主題の選定と登場人物と――『戯曲作法』の内―― 〈一―二〉
7 〈七―十〉〔未完〕〔六年五月〕
8 ※執筆者名欠く 〈編輯事務、井川に代り南部が担当（井川、久保田は相談役）／今後の編輯内容／茶話会、藤村、茅野、小林の新任及帰朝歓迎兼卒業生送別会、卒業証書授与式報告／移転したヴヰツカアス・ホオルと新学期講義／渡辺湖畔の処女歌集「草の葉」出版披露談話会報告並四首紹介／阿部次郎等の「思潮」創刊と発刊の辞／「文明」五月号毎月見聞録中の一文に対する政二郎の来信「雑誌文明子に答ふ」紹介／その他〉
＊ 寄贈書籍・寄贈雑誌其也／前号目次

表紙・五百歌左二郎／発行日・六月一日／頁数・本文全一三九頁／定価・二十八銭／編輯兼発行人・東京市芝区三田二丁目 慶應義塾内・松田甚三郎 三田文学主幹・沢木梢／発行所・東京市芝区三田 慶應義塾内・三田文学会／発売所・東京市麹町区有楽町一丁目 籾山書店／印刷人・東京市麻布区簞笥町三十番地 井川滋／印刷所・東京市赤坂区新町五丁目四十二番地 金子印刷所

■七月号 【191707】

汽車の旅（小説）1　水上瀧太郎
追憶（リルケ）2　茅野蕭々
犠牲（小説）3　南部修太郎
羽左衛門と菊五郎（評論）4　三宅周太郎
つくりごと（ガルシン）5　小沢愛圀
伝統主義の意義（評論）6　井汲清治
夏のくる前に（小説）7　松本泰
ヱニユス・ド・ミロの謎（説話）8　沢木梢
新刊批評
「いたづらもの」に就いて9　井川滋
「羅生門」其他10　同人
消息11
表紙　五百歌左二郎

目次註

1 〔未完〕
2 〈追憶／進歩〉
3 〔一九一七・六・一七〕
4 ――その五役の世話物研究―― 〈その一―その三〉※次号消息欄に誤植訂正、九月号同欄にも関連文あり

5 小沢愛圀訳
6 〈I—III〉〔一九一七・六・二〇〕
7 〔完〕〔一九一七年四月　於倫敦〕
8 〈十一—十六〉〔完〕〔大正六年六月二十日〕
9 「いたづらもの」に就て　〔六・二二〕
10 〈『羅生門』芥川龍之介・阿蘭陀書房発行／『長塚節歌集』古泉千樫編・春陽堂発行／『貧しき人の群』中条百合子・玄文社発行／『口訳万葉集』折口信夫・文会堂発行／『新釈絵入伊勢物語』吉井勇・阿蘭陀書房発行／『世界の過去現在未来』故山路愛山・大江書房発行／『欧州政治史概論』広瀬哲士訳・仏蘭西学会出版部発行／『ルルドの霊窟』野薔薇訳・尚文堂発行／『欧洲美術順礼記』高村真夫・博文館発行／『詩集よみがへり』向井夷希微自費出版／『印度神話』姑射良訳・群書堂発行／『伝統主義の文学』太宰施門・仏蘭西学堂出版部発行〉　※執筆者名欠く
11 ※〈米国青年詩人フイッケ講演会報告／文科の文学研究会発会／上田敏一周忌予告と遺著の上梓／踏路社試演会／自由劇場新劇場の衰退、全盛期の旧劇／他〉
＊　寄贈書籍／寄贈雑誌其他／前号目次

表紙・五百歌左二郎／発行日・七月一日／頁数・本文全一三四頁／定価・二十八銭／編輯兼発行人・東京市芝区三田二丁目　慶應義塾内・松田甚三郎　三田文学主幹・沢木梢／発行所・東京市芝区三田　慶應義塾内・三田文学会／発売所・東京市麴町区有楽町一丁目　籾山書店／印刷人・東京市麻布区簞笥町三十番地　井川滋／印刷所・東京市赤坂区新町五丁目四十二番地　金子印刷所

■八月号　【191708】

楡の樹陰（小品）1　水上瀧太郎
夏の写生帖（小品）2　小山内薫
巣（小説）3　松本泰
潮騒（小説）4　南部修太郎
ギクトル・ユゴオとその恋人（評論）5　井汲清治
菖蒲河岸（小説）6　邦枝完二
沖の岩（小説）　小島政二郎
祇園祭（小品）7　茅野蕭々
ベルンの夏（小品）8　小林澄兄
六月一日（小品）9　久保田万太郎
批評10　同人
消息11
表紙　五百歌左二郎

目次註

1 〔大正六年七月十八日〕
2 〈湖上〔富士の裾野にて〕／温泉宿の夜〔那須温泉にて〕／雨の後〔巣鴨にて〕／風の夕〔巣鴨にて〕〉
3 〔一九一七年五月　倫敦〕
4 潮騒《しほざゐ》〔一九一七・七・二〇〕
5 〔一九一七・七・二〇　葉山にて〕
6 菖蒲河岸《あやめがし》〈一—五〉〔六年七月十五日〕　※九月号消息欄に、〝同作品中の会話の「別嬪」なる語〟について作者の断り書きあり
7 ——京阪雑記の一節——
8 〔大正六年七月十四日〕
9 ——出さずにしまつた手紙——　〔六年六月　鵠沼にて〕
10 〈『偸盗』芥川龍之介作・中央公論」　井汲清治〔一九一七・七・二二　葉山〕／「『カインの末裔』有馬武郎作・新小説」南部修太郎〉　※新刊紹介あり。執筆者名欠く〈『出家とその弟子』倉田百三作・岩波書店発行／『詩集・吾歳と春』北村初雄作・未来社発行／『ドストイエフスキイ警句集』丹潔訳・如山堂発行／『羅馬字・藤村詩集』鳴海要吉訳・研究社発行／『鉄道旅行案内』鉄道院発行〉
11 ※〈在倫敦松本泰の書信紹介／茶話会（7・6）報告／上田敏追悼会変更／仏蘭西学会夏期講習会講師／最近興盛の「童話文学」と各誌の「古文学研究欄」／その他〉
＊　寄贈雑誌其他／前号目次

表紙・五百歌左二郎／発行日・八月一日／頁数・本文全一五二頁／定価・二十八銭／編輯兼発行人・東京市芝区三田二丁目　慶應義塾内・松田甚三郎　三田文学主幹・沢木梢／発行所・東京市芝区三田　慶應義塾内・三田文学会／発売所・東京市麴町区有楽町一丁目　籾山書店／印刷人・東京市麻布区簞笥町三十番地　井川滋／印刷所・東京市赤坂区新町五丁目四十二番地　金子印刷所

■九月号　【191709】

汽車の旅（小説）1　水上瀧太郎
顰にならふ（短歌）2　小島政二郎
護謨の馬（小説）　丹野てい
文芸批評の義務（評論）　井汲清治
歌舞伎劇保存の議（評論）3　三宅周太郎
遅い月（小説）4　斯波武
忘却（小品）5　山崎俊夫
必要な場面（評論）6　小山内薫
「滝の白糸」の初日（小品）7　久保田万太郎
批評8　同人
消息9
表紙　五百歌左二郎

目次註

1 〔未完〕
2 顰《ひそみ》にならふ
3 ——坪内雄蔵先生に捧ぐ——〈一—五〉
4 〔六・八・二〇〕
5 〈阿蘭陀娘《オランダむすめ》／恋慕流し《れんぼなが》〉
6 ——『戯曲作法』の内——
7 「滝の白糸」の初日　〔六年八月〕
8 〈「『末枯《うらがれ》』久保田万太郎作・新小説」　井汲清治〔一九一七・八・二三〕／「『罪悪に戦きて』小川未明作・中央公論」南部修太郎〔一九一七・八・一七〕〉　新刊紹介〈『心理学』高橋穣・岩波書店発行／『現代諸家スケッチブック第一集』（岡田三郎助・小杉未醒・森田恒友・石井柏亭其他数名のスケッチ集）・阿蘭陀書房発行／『実験生命論』阿部余四男・岩

波書店発行／『近代心の諸象』赤木桁平・阿蘭陀書房発行）〉
※執筆者名欠く
9　※〈文科教授岩村透訃報／七月号三宅の文と相似の文芸倶楽部九月多加志説／邦枝完二書信紹介／白秋が阿蘭陀書房譲渡、書店アルスを創業／評論誌「中外」創刊〉
＊　寄贈雑誌其他／前号目次

表紙・五百歌左二郎／発行日・九月一日／頁数・本文全一四七頁／定価・二十八銭／編輯兼発行人・東京市芝区三田二丁目　慶應義塾内・松田甚三郎　三田文学主幹・沢木梢／発行所・東京市芝区三田　慶應義塾内・三田文学会／発売所・東京市麹町区有楽町一丁目　籾山書店／印刷人・東京市麻布区簞笥町三十番地　井川滋／印刷所・東京市赤坂区新町五丁目四十二番地　金子印刷所

■十月号　【191710】

大都の一隅（小説）1　水上瀧太郎
開かれざる抽出し（小説）2　井川滋
姉に送つた手紙（小説）3　井汲清治
駈落（小説）　小島政二郎
尼（小説）　小山内薫
雑話（小説）4　松本泰
藤と睡蓮（小説）5　久保田万太郎
二科会及美術院（批評）6　沢木梢
新刊紹介7
消息8
表紙　五百歌左二郎

目次註

1　〔大正六年九月二十日〕
2　〔一九一七・九・二三〕
3　姉に送った手紙〈Ⅰ——大正…年七月十七日・H……町／Ⅱ——大正……年七月二十九日・H……町／Ⅲ——大正……年八月十一日・H……町／Ⅳ——大正……年八月二十三日・H……町／Ⅴ——大正……年九月三日・T……市〉〔一九一七・九・二〇〕
4　〔完〕〔一九一七年八月八日　於倫敦〕
5　——亡き妹へ——　〔未完〕　※十二月号同作品の付記に〝十月号所載「藤と睡蓮」の最後の二行を作者削る〟とする。次号消息欄にも関連文あり
6　二科会及美術院　——その第四回洋画展覧会評——　二科会〈松岡正雄・『国旗のある風景』外四点の風景画／岸田劉生・静物二点／有島生馬／正宗得三郎／坂本繁三〔二〕郎／石井柏亭／安井曾太郎／梅原良〔龍〕三郎〉／山下新太郎／付記〉美術院〈山本鼎（『自画像』）〉〔大正六年九月〕
7　〈『油絵の描き方』山本鼎・アルス社発行／『歌集・流転』中山雅吉・珊瑚礁社発行／『アンデルセン御伽噺』長田幹彦訳・富〔冨〕山房発行〉
8　※〈在倫敦松本泰の南部宛書信紹介／茶話会（9・15）報告／太宰義塾を辞任／上田敏追悼会／「曼陀羅」創刊号の白秋告白の文章「紫烟草舎解散の辞」—最近文壇で最も悲痛傷心を極めたもの／広重展での野口講話〉
＊　前号目次

表紙・五百歌左二郎／発行日・十月一日／頁数・本文全一四三頁／定価・二十八銭／編輯兼発行人・東京市芝区三田二丁目　慶應義塾内・松田甚三郎　三田文学主幹・沢木梢／発行所・東京市芝区三田　慶應義塾内・三田文学会／発売所・東京市麹町区有楽町一丁目　籾山書店／印刷人・東京市麻布区簞笥町三十番地　井川滋／印刷所・東京市赤坂区新町五丁目四十二番地　金子印刷所

■十一月号　【191711】

キエフよりヤスナヤ・ポリヤナまで（随筆）1　夏木茂
火中真珠（短歌）2　與謝野晶子
渡辺小右衛門（小説）3　邦枝完二
水色の眼（グウルモン）4　堀口大學
漱石先生と私（随筆）5　那伽
秋（小説）6　斯波武
南京街（小説）7　増田廉吉
藤と睡蓮（小説）8　久保田万太郎
「海上日記」の序（序文）9　水上瀧太郎
十月の帝国劇場（劇評）10　三宅周太郎
志賀直哉氏の「和解」（批評）11　南部修太郎
結城哀草果氏と木下利玄氏（批評）12　徳井勝之助
新刊紹介13
消息14
表紙　五百歌左二郎

目次註

1　キヱフよりヤスナヤ・ポリヤナまで〈（一）キヱフへ／（二）キヱフ／（三）ドニヱプルよりポルタワ〉〔未完〕〔六・七・二九〕
2　※五十首
3　〈一—三〉〔六年十月十六日—十七日〕
4　REMY DE GOURMONT〔完〕〔えすぱにや・まどりつど一九一五・五・二〇〕
5　〔大正六年六月〕
6　〔六・九・一九〕
7　〔完〕
8　※実際には本文中に掲載なし。消息欄によると〝十月二十日祖母君逝去……〟として追悼記事あり
9～12　※「雑録」として
9　〔大正六年の秋〕
10　十月の帝劇
11　志賀直哉氏の『和解』〔一九一七・一〇・二二〕
13　〈「還魂録」森林太郎・春陽堂発行／「詩集・狂へる歌」佐藤惣之助・無我山房発行〉
14　※〈故柳村上田敏追慕会（10・6）報告／帝大独文三回生の「異象」創刊／多い匿名投書／その他〉
＊　お断り　※久保田万太郎の小説「藤と睡蓮」の続編を次号に繰延ばすことについて
＊　寄贈雑誌其他／前号目次

表紙・五百歌左二郎／発行日・十一月一日／頁数・本文全一二四頁／定価・二十八銭／編輯兼発行人・東京市芝区三田二丁目　慶應義塾内・松田甚三郎　三田文学主幹・沢木梢／発行所・東京市芝区三田　慶應義塾内・三田文学会／発売所・東京市麹町区有楽町一丁目　籾山書店／印刷人・東京市麻布区簞笥町三十番地　井川滋／印刷所・東京市赤坂区新町五丁目四十二番地　金子印刷所

■十二月号　【191712】

汽車の旅（小説）1　水上瀧太郎
祖国の観念（評論）2　太宰施門
死―ザイツエフ（小説）3　南部修太郎
五円札（小説）　丹野てい
キエフよりヤスナヤ・ポリナヤまで（随筆）4　夏木茂
伝説より―シヤアプ（小品）5　松村みね
人の心（小説）　小島政二郎
革命と伝統（評論）6　井汲清治
覚えがき（随筆）7　久保田万太郎
藤と睡蓮（小説）8　久保田万太郎
雑録9
新刊紹介10
消息11
三田文学第八巻総目次
表紙　五百歌左二郎

目次註

1 〔未完〕
2 〈……一―三〉※冒頭に〝千八百九十六年十月二十八日マルセイユ市に於けるフェルディナン・ブリュヌティエェルの講演要領〟とあり
3 ボリイス・ザイツェフ作／南部修太郎訳〔終〕〔一九一七・一一・二〇〕※「訳了の後に」として付記あり
4 〈四、ヤスナヤ・ポリヤナ〉〔完〕〔六・七・二九〕
5 ウイリヤム・シヤアプ作／松村みね子訳〈かなしき女王／女王スカーの笑ひ〉
6 〈……Ⅰ―Ⅳ〉〔一九一七年一一月二三日〕
7 〔六年十一月〕
8 ――亡き妹へ――〔未完〕※作者付記あり
9 〈「『異象』創刊号の『狂兄弟』（舟木重信）」井汲清治〔一九一七・一一・二五〕／「『蕪村夢物語』を読む」日暮柚六／「江口渙氏の『児を殺す話』」中谷丁蔵〉
10 〈『北欧旅日記』小山内薫・春陽堂発行／『海のお宮』鈴木三重吉編・春陽堂発行／『エマアソン論文選集』戸川秋骨訳・阿蘭陀書店発行／『異端者の悲み』谷崎潤一郎・阿蘭陀書店発行／『蕪村夢物語』木村架空・大日本図書株式会社発行／『三富義臣君・今井国三君追悼録』増田篤夫其他数名編・三富　今井追悼録事務所発行／『歌劇十曲』小林一三・玄文社発行／『美術の都』沢木梢・日本美術学院発行〉
11 ※〈倫敦在の松本泰が、沙翁の生誕地を訪ねたときの書信紹介／大阪三田同窓会での沢木、義塾図書館の教育会での川合の各講演／井汲編纂「仏和大字典」／後記その他〉
＊ 寄贈雑誌其他

表紙・五百歌左二郎／発行日・十二月一日／頁数・本文全一五〇頁　付録四頁／定価・二十八銭／編輯兼発行人・東京市芝区三田二丁目　慶應義塾内・松田甚三郎　三田文学主幹・沢木梢／発行所・東京市芝区三田　慶應義塾内・三田文学会／発売所・東京市麹町区有楽町一丁目　籾山書店／印刷人・東京市麻布区簞笥町三十番地　井川滋／印刷所・東京市赤坂区新町五丁目四十二番地　金子印刷所

一九一八年（大正七年）

■一月号（新年特別号）　【191801】

影絵（小説）1　久保田万太郎
下宿会議（小説）2　松本泰
雪消の日まで（小説）3　南部修太郎
うらおもて（小説）　小島政二郎
奇しきひと夜（小説）4　井川滋
執念（小説）　山崎俊夫
人間の死（小説）5　邦枝完二
戦塵―ヹルアラン（短詩）6　與謝野寛
ボンテオ・ピラト（随筆）　戸川秋骨
日本の女の駒下駄（随筆）7　野口米次郎
大正六年劇壇回顧（随筆）　三宅周太郎
貝殻追放（随筆）8　水上瀧太郎
影絵の研究（説話）9　小沢愛圀
ソリダリテの思想（評論）10　井汲清治
レオナアルド・ダ・キンチ（評論）11　沢木梢
消息12
表紙　山本鼎

目次註

1 〔六年十二月〕
2 〔完〕〔千九百十七年十月廿八日　於倫敦〕
3 雪消《ゆきげ》の日《ひ》まで〔未完〕〔一九一七・一二・一四〕
4 モオパツサン作・井川滋訳
5 〔十一月十五日〕
6 エミル・ヹルアラン作〈わが部屋／我心は其処に在り／春／一つの喪〉
7 野口米次郎筆記
8 〈はしがき／新聞記者を憎むの記〉〔大正六年十二月十七

日〕
9　〈一・二〉〔未完〕
10　〈Ⅰ―Ⅳ〉〔一九一七・一二・一八〕
11　レオナァルド・ダ・キンチ〈一―六〉〔つゞく〕〔大正六年十二月十六日〕
12　※〈忘年茶話会、沢木宅編輯会、仏蘭西学会報告、他〉
＊　寄贈書籍雑誌其他／前号目次
表紙・山本鼎／発行日・一月一日／頁数・本文全二〇八頁／定価・四十銭／編輯兼発行人・東京市芝区三田二丁目　慶應義塾内・松田甚三郎　三田文学主幹・沢木梢／発行所・東京市芝区三田　慶應義塾内・三田文学会／発売所・東京市麹町区有楽町一丁目　籾山書店／印刷人・東京市麻布区簞笥町三十番地　井川滋／印刷所・東京市赤坂区新町五丁目四十二番地　金子印刷所

■二月号　【191802】

松の内（随筆）1　永井荷風
汽車の旅（小説）2　水上瀧太郎
カフエ・ユウロオプ（小説）3　松本泰
S中尉の「アバンチウル」（小説）4　南部修太郎
鰤中毒の発見者（小説）5　鈴木善太郎
基督の渇（バザン）（小説）6　堀口大學
ロンドンの一隅で（小説）7　高樹恵
詩十篇（短詩）8　柳沢健
影絵の研究（説話）9　小沢愛圀
戯曲に於ける指標（評論）10　小山内薫
画面（戯曲）11　久保田万太郎
「愛の詩集」を読む（批評）12　野口米次郎
詩集「転身の頌」（批評）13　堀口大學
故プレイフエヤア先生の追憶
　先生の面影　井汲清治
　Prof. A. W. Playfair　小島政二郎
　故先生の講義から 14　宇野四郎
　思ひ出のまゝ 15　福原信辰
　人として教授として 16　南部修太郎
　先生の死とその前後 17　井川滋
消息 18
新刊紹介 19
表紙　山本鼎

目次註
1　荷風生〔戊戌正月記〕
2　〔未完〕
3　カフェ・ユーロープ〔完〕〔一九一七年一一月〕
4　S中尉の"aventure"〔終〕〔一九一八・一・一七〕
5　〔七・一・一六〕
6　基督の渇（PARDO BAZÀN）――Cuentos Sacro-Profanosより――〔大森　一九一七・一二・六〕
7　ロンドンの一隅《いちぐう》で〔完〕〔一九一七年十一月〕
8　〈坂／夕景――北村初雄氏に／唄／別れ／ローン・テニス／卓を間に／カッフエ／七月／春の小唄／和蘭船〉
9　〈……三〉※文末に"ブランダア・マシュウス氏に拠る"とある
10　――『戯曲作法』の内――
11　〔一幕〕〔七年一月〕
12　※室生犀星宛書簡形式
12～17　※「雑録」として
13　※日夏耿之介の第一詩集。うち二、三章の抄録あり〈宗教／晶光詩篇第九／晶光詩篇第十／魂は音楽の上に／堕ちきたる女性〉
14　故先生の講義のノオトから　※後部に、故人の英文学評論講義筆記より二章訳出〈William Butler Yeats（"The Celtic movement" "The Wanderings of Oisin"）／イエツの詩劇（"The Countess Kathleen" "The Takhleen ni Houlihen" (ni=of)〉〔完〕
15　思ひ出のまゝに
16　〔完〕〔一九一八・一・二〇〕
17　先生の死と其の前後
18　※〈故アルフレド・ウイリアム・プレイフエヤア（文学部文学科教授、三田文学会のために尽力、大正6・12・28箱根に滞在中心臓麻痺で逝去）の告別式報告と弔辞紹介―義塾大学部文学科学長川合貞一　同文学科にて教を受けたる者に代り井汲清治／義塾図書館が故人の全蔵書購入／在倫敦松本泰の南部宛書信紹介〉
19　〈『幻想』鈴木善太郎・万朶書房発行／『我が還〔環〕境』岡田哲蔵・六合雑誌社発行〉
＊　寄贈雑誌其他／前号目次
表紙・山本鼎／発行日・二月一日／頁数・本文全一四一頁／定価・二十八銭／編輯兼発行人・東京市芝区三田二丁目　慶應義塾内・松田甚三郎　三田文学主幹・沢木梢／発行所・東京市芝区三田　慶應義塾内・三田文学会／発売所・東京市麹町区有楽町一丁目　籾山書店／印刷人・東京市麻布区簞笥町三十番地　井川滋／印刷所・東京市赤坂区新町五丁目四十二番地　金子印刷所

■三月号　【191803】

勲章（小説）　小山内薫
書かでもの記（随筆）1　永井荷風
ベルファストの一日（小説）2　水上瀧太郎
パンフイリヤ牧歌―ルイ（短詩）3　竹友藻風
ヤアマ―クウプリン（小説）4　南部修太郎
春宵漫言（随筆）5　馬場孤蝶
老犬（小説）6　久保田万太郎
レオナアルド・ダ・キンチ（評論）7　沢木梢
故プレイフエヤア教授（追憶）8　戸川秋骨
帝国劇場のハムレット（劇評）9　宇野四郎
新刊紹介 10
消息 11
表紙　山本鼎

目次註
1 荷風生
2 ベルファストの一日〔大正七年二月十九日稿了〕
3 パンフィリヤ牧歌 ピエエル・ルイ作〈樹／牧歌／母の教／素足／老人とニンフと／物語／ビリティス／ビリティスの墓・第一の銘・第二の銘・最後の銘〉※訳者前書あり
4 アレキサンドル・クウプリン作〈一・二〉※訳者の前書『「ヤアマ」の翻訳に際して』を付す
5 〈上・下〉〔をはり〕
6 〔未完〕
7 レオナアルド・ダ・ヰンチ〈七―十〉〔つゞく〕〔大正七年二月十九日〕
8・9※「雑録」として
8 故プレイフェヤア教授の追憶
9 帝国劇場の「ハムレット」を観て〔一九一八・二・二二〕
10 『断腸亭雑稾』永井荷風・籾山書店発行／『腕くらべ』永井荷風・十里香館発行／『魔女の踊』鈴木三重吉・春陽堂発行／『海上日記』水上瀧太郎・春陽堂発行／『波の上』正宗白鳥・春陽堂発行／『一握の藁』田山花袋・春陽堂発行
11 ※〈一月二十九日茶話会報告〉鈴木三重吉、純芸術的童話童謡雑誌「赤い檣」発行／執筆不可能の井川「断腸亭雑稿を読む」／演劇同人踏路社改革／「昨日の花」紹介
＊ 寄贈雑誌其他／前号目次

表紙・山本鼎／発行日・三月一日／頁数・本文全一三七頁／定価・二十八銭／編輯兼発行人・東京市芝区三田二丁目 慶應義塾内・松田甚三郎 三田文学会主幹・沢木梢／発行所・東京市芝区三田慶應義塾内・三田文学会／発売所・東京市麹町区有楽町一丁目 籾山書店／印刷人・東京市麻布区簞笥町三十番地 井川滋／印刷所・東京市赤坂区新町五丁目四十二番地 金子印刷所

■四月号 【191804】

戯曲論議（評論）1 郡虎彦
小さき努力のみちにて（小説）2 松本泰
耳（小説）3 鈴木善太郎
開港場（小説）4 増田廉吉
アラビヤ人の天幕―ダンセニイ（戯曲）5 松村みね
鳥糞と莢豌豆（小説） 堀口大學
ヤアマ―クウプリン（小説）6 南部修太郎
老犬（小説）7 久保田万太郎
レオナアルド・ダ・ヰンチ（評論）8 沢木梢
酔払つた奴隷（随筆）9 野口米次郎
ギニョオル・ジャポネエ（随筆）10 小沢愛圀
新刊紹介11
消息12
表紙 山本鼎

目次註
1 〈上篇〉〈緒言／戯曲の本質 その一／戯曲の本質 その二〉〔未完〕
2 〔完〕〔一九一七年八月十二日 於倫敦〕
3 〔七・三・一六〕
4 〈レストラン／ホテル／対話／レストラン〉〔完〕
5 Lord Dunsany 作／松村みね訳〈第一幕／第二幕〉※訳者の付記あり
6 アレキサンドル・クウプリン作〈三・四〉〔未完〕〔一九一八・三・二〇〕※訳者の付記「翻訳の後に」あり
7 〔未完〕※八月号に誤植訂正あり
8 レオナアルド・ダ・ヰンチ〈十一・十二〉〔つゞく〕
9 ※「雑録」として
10 〔一九一八・三・二二〕※「雑録」として
11 『伎芸天』川田順・竹柏会出版部発行／『日蓮主義と現代思潮』山生坊道人・良書刊行会発行
12 ※〈文科哲学科鹿子木教授印度地方研究巡遊送別会（去月19日）報告／夏木茂帰朝歓迎兼同人懇親会／義塾各講座／郡虎彦旧作、倫敦クライテンオン座で上演他〉
＊ 寄贈雑誌其他／前号目次

表紙・山本鼎／発行日・四月一日／頁数・本文全一四五頁／定価・三十銭／編輯兼発行人・東京市芝区三田二丁目 慶應義塾内・松田甚三郎 三田文学会主幹・沢木梢／発行所・東京市芝区三田 慶應義塾内・三田文学会／発売所・東京市麹町区有楽町一丁目 籾山書店／印刷人・東京市麻布区簞笥町三十番地 井川滋／印刷所・東京市赤坂区新町五丁目四十二番地 金子印刷所

■五月号 【191805】

戯曲論議（評論）1 郡虎彦
折々の歌（短歌）2 與謝野寛
金時計と銀時計（小説）3 鈴木善太郎
鼻の恋愛（小説）4 邦枝完二
河原者（小説） 山崎俊夫
音楽と自然（評論）5 石井誠
仏蘭西十六世紀文芸思潮（評論）6 井汲清治
ピエエル・アベラアルの一生（評伝）7 小林澄兄
貝殻追放（随筆）8 水上瀧太郎
四月の芝居（劇評）9 三宅周太郎
レオン・ブロア（評伝 井川滋
演劇雑感（劇評）10 宇野四郎
新刊紹介11
消息12
表紙 山本鼎

目次註
1 〈下篇〉〈悲劇／喜劇・悲喜劇・夢幻喜劇／型典之弁〉〔完・一九一八・二〕
2 ※五十一首
3 〔七・四・一八〕
4 〔七年四月十日〕
5 音楽に於ける自然（上）〈序説〉〔未完〕
6 十六世紀仏蘭西文芸思潮〈Ⅰ・Ⅱ・Ⅲ〉〔未完〕

7 ピエール・アベラアルの一生〈一―六〉〔完〕
8 ――『八千代集』を読む―― 〔大正七年四月二十日〕
9・10 ※「雑録」として
10 宇野生〔一九一八年四月二十五日〕
11 〈『小作人の死』小川未明・春陽堂発行／『赤い桃』田山花袋・春陽堂発行／『湖水の鐘』鈴木三重吉作・春陽堂発行／『黒い沙漠』鈴木三重吉・春陽堂発行／『英吉利社会劇腕環』宮森麻太郎訳・ジャパンタイムス出版所発行／「My environs」（英文「我が環境」）岡田哲蔵・六合雑誌社発行／『歌集 半生の恋と餓 上巻』西出朝風・純正詩社発行／『団欒の前』中戸川吉二・東京堂発売／『京都帝国大学一覧』京都帝国大学発行／『新春』徳富健次郎・福永書店発行〉
12 ※〈義塾文学科講義（新任辰野隆、豊島与志雄他）／慣例茶話会（4・25）／政二郎、卒業後三重吉を援け童話童謡雑誌「赤い鳥」編輯に従事／国華社清話会の沢木講演／荷風の「花月」、井汲の「仏語世界」「仏語の友」創刊／与謝野夫妻の新雑誌と「晶子懐紙千首会」設立／他〉
＊ 寄贈雑誌其他／前号目次
表紙・山本鼎／発行日・五月一日／頁数・本文全一五三頁／定価・三十銭／編輯兼発行人・東京市芝区三田二丁目慶應義塾内・松田甚三郎 三田文学主幹・沢木梢／発行所・東京市芝区三田慶應義塾内・三田文学会／発売所・東京市麴町区有楽町一丁目 籾山書店／印刷人・東京市麻布区簞笥町三十番地 井川滋／印刷所・東京市赤坂区新町五丁目四十二番地 金子活版所

■六月号 【191806】

汽車の旅（小説）1 水上瀧太郎
稚子ケ淵（小説）2 岡田八千代
唐さん（小説） 丹野てい
赤い月（短詩）3 堀口大學
初嵐（小説）4 斯波武
音楽に於ける自然（評論）5 石井誠
夜行列車の客（小説）6 南部修太郎
記憶を辿りて（随筆） 戸川秋骨
レオナアルド・ダ・ヰンチ（評論）7 沢木梢
「義時の最後」を読む（批評）8 南部修太郎
「地獄変」を読む（批評）9 中谷丁蔵
新刊紹介10
消息11
表紙 山本鼎

目次註

1 〔大正七年五月十六日稿了〕
2 〔七・五〕
3 赤き月〈赤き月／春のスペクトル／詩界／雪／詩人／秋／五月／浮萍／二日月／惜春〉
4 〔七・五・二〕 ※次号消息欄に関連文あり
5 ――四大家の自然描写―― 〔此章未完〕 ※「あとがき」あり
6 〔完〕〔一九一八・五・二〇〕
7 レオナァルド・ダ・ギンチ〈十三〉〔つゞく〕〔大正七年五月二十四日〕
8・9 ※「雑録」として
8 〔完〕〔一九一八・五・二九〕 ※坪内逍遥の三部作歴史悲劇の終篇
9 地獄変 芥川龍之介作・日日新聞所載
10 〈『東京夜話』久保田万太郎・新潮社発行／『昨日の花』堀口大學訳・籾山書店発行／『民衆の為に』丹潔・如山堂書店発行／『我は斯く信ず』三並良・統一教会出版部発行／『後の茶話』薄田泣菫・玄文社発行／『山彦』大村八千代・竹柏会出版部発行〉
11 ※〈在米竹友藻風の南部宛書信（4・20）紹介／茶話会（5・25）、義塾大学部卒業式（5・5）、文科新任教授新入学生歓迎兼新卒業生小島、三宅送別晩餐会報告／仏蘭西詩人ポオル・フオオルの序文掲載横浜風物詩文集「海港」近刊／その他〉
＊ 寄贈雑誌其他／前号目次
表紙・山本鼎／発行日・六月一日／頁数・本文全一四五頁／定価・三十銭／編輯兼発行人・東京市芝区三田二丁目 慶應義塾内・松田甚三郎 三田文学主幹・沢木梢／発行所・東京市芝区三田 慶應義塾内・三田文学会／発売所・東京市麴町区有楽町一丁目 籾山書店／印刷人・東京市麻布区簞笥町三十番地 井川滋／印刷所・東京市赤坂区新町五丁目四十二番地 金子活版所

■七月号 【191807】

愚者の鼻息（随筆）1 水上瀧太郎
暗示（小説）2 鈴木善太郎
朝の鍵―メエア（短詩）3 竹友藻風
仏蘭西の文学―ジロオ（評論）4 太宰施門
或る騎手の死（戯曲）5 邦枝完二
原撫松の追憶（随筆） 野口米次郎
梅雨の日（小説）6 久米秀治
ヤアマ―クウプリン（小説）7 南部修太郎
歌舞伎座の「にごり江」（随筆）8 久保田万太郎
欧洲大家絵画展覧会を見る（批評）9 小西誠一
「地獄変」について（手紙）10 芥川龍之介
新刊紹介11
消息12
表紙 山本鼎

目次註

1 貝殻追放 ――愚者の鼻息―― 〔大正七年六月十八日〕
2 〔七・六・一四〕
3 ヲオタア・ドゥ・ラ・メエア作 Walter de la Mare "The Listners"〈朝の鍵／冬／墓の銘〉
4 ――ギクトル・ジロオ氏著「仏蘭西文明」(la Civilisation française) の一節――
5 〔一幕二場〕〔七・六・十五日〕
6 〔大七・六・廿二〕
7 〈五〉アレキサンドル・クウプリン作〔つづく〕〔一九

一八・六・二一〕
8 〈一・二〉〔未完〕 ※次号に訂正あり
9・10 ※「雑録」として
10 芥川氏より――地獄変について――〔六月十八日〕
11 〈『英一蝶』小山内薫作・玄文社発行／『若き友へ』與謝野晶子・白水社発行／『歌集　毒うつぎ』吉井勇・南光書院発行／『銀の王妃』鈴木三重吉・春陽堂発行／『詩集　自分はみた』千家元麿・玄文社発行／『蜜の流るゝ地を求めて』別所梅之助・警醒社書店発行／『お伽科学　太郎がお近付になった動物』本間久訳・玄文社発行〉
12 ※〈茶話会（6・22荷風参会）報告／実業家藤野茂八が義塾に美術史研究参考図書購入費を寄付／「初嵐」（六月号）に就き編輯人高等検閲課へ出頭注意を受けたこと他〉
＊ 寄贈雑誌其他／前号目次

表紙・山本鼎／発行日・七月一日／頁数・本文全一四五頁／定価・三十銭／編輯兼発行人・東京市芝区三田二丁目　慶應義塾内・松田甚三郎　三田文学主幹・沢木梢／発行所・東京市芝区三田　慶應義塾内・三田文学会／発売所・東京市麹町区有楽町一丁目　籾山書店／印刷人・東京市麻布区簞笥町三十番地　井川滋／印刷所・東京市赤坂区新町五丁目四十二番地　金子活版所

■八月号　【191808】

貝殻追放（随筆）1　水上瀧太郎
鼰ぎつける人々―ヴァン・レルベルグ（戯曲）2　堀口大學
文壇の社会的地位の考察（感想）3　鈴木善太郎
すゞみ台（随筆）4　小島政二郎
音楽に於ける自然（評論）5　石井誠
パンチとジユデイの芝居（説話）6　小沢愛圀
ヤアマ―クウプリン（小説）7　南部修太郎
老犬（小説）8　久保田万太郎
「最後の晩餐」（評論）9　沢木梢
演劇雑感（劇評）10　青木生
長与善郎氏の「陸奥直次郎」（批評）11　南部修太郎
歌舞伎座の「にごり江」（随筆）12　久保田万太郎
新刊紹介13
消息14
表紙　山本鼎

目次註

1 〈「その春の頃」の序〉〔大正七年七月十九日〕
2 （三幕）――モオリス・メエテルリンクに捧ぐ――シャル・ヴァン・レルベルグ作　※消息欄に原作者の紹介あり
3 〈一―六〉〔七・七・一五〕
4 〈あひゞき／無名の哲人／徳川時代の新しい女／紅葉山人の気焔／雲／良寛和尚〉 ※幸田露伴の『譾言』（明治三十四年春陽堂発行）より抜萃あり 〈夜の雲／坂東太郎／蝶々雲／ゐのこ雲／いわし雲／ほそまひ雲／かさほこ雲／かなとこ雲／たぢろぐ雲／南へゆく雲／みづまさ雲〉
5 〈下〉〔完〕
6 パンチとジュデイの芝居 〈一・二〉〔つゞく〕〔大正七年六月十九日〕 ※付記に〝この稿はブランダアマシュウ先生の著書に拠って草したもの〟とある。ケムブリッジ大学William Ridgewayよりの人形芝居に関する通信のうちの一文紹介あり
7 ――アレキサンドル・クウプリン―― 〈五ノつづき〉〔つづく〕〔一九一八・七・一八〕
8 〈三〉〔未完〕 ※次号消息欄に〝本号で完結の予定なるも稿ならず来月号に〟と記載あり
9 『最後の晩餐』〈一―六〉〔大正七年七月二十一日〕 ※付記に〝「レオナアルド・ダ・ヰンチ」の続稿なれど、これを独立の一章と見ても差支へない〟とする
10～12 ※「雑録」として
10 ――女優劇を見て――〔一九一八・七・二二〕
11 『陸奥直次郎』（長与善郎作）〔一九一八・七・二二〕
12 〈三〉
13 〈『明治劇壇五十年史』関根黙庵・玄文社発行／『鉄道旅行案内』鉄道院編纂兼発行／『芝居みたまま』井桁佐平・玄文社発行／『英文　小泉八雲伝』野口米次郎・緑葉社発行／『即興詩集　唐人笛』『新俳句集　ちる柳』西出朝風・純正詩社発行／『英和対訳　近代作家』花園緑人訳・中外新論社発行〉
14 ※〈本号「三田文学」第百号／満十年記念号企画／小沢愛圀主催影絵の会（7・23）報告／九月号目次他〉
＊ 寄贈雑認〔誌〕其他／前号目次

表紙・山本鼎／発行日・八月一日／頁数・本文全一四四頁／定価・三十銭／編輯兼発行人・東京市芝区三田二丁目　慶應義塾内・松田甚三郎　三田文学主幹・沢木梢／発行所・東京市芝区三田　慶應義塾内・三田文学会／発売所・東京市麹町区有楽町一丁目　籾山書店／印刷人・東京市麻布区簞笥町三十番地　井川滋／印刷所・東京市赤坂区新町五丁目四十二番地　金子活版所

■九月号　【191809】

火事（小説）1　水上瀧太郎
奉教人の死（小説）2　芥川龍之介
別れ行く日（小説）3　増田廉吉
哀愁（短詩）4　石井誠
文壇の奇遇（考証）5　游龍隆吉
パンチとジユデイの芝居（説話）6　小沢愛圀
閑人閑語（随筆）7　馬場孤蝶
此一筋につながる（小説）8　園頼三
十六夜（小品）　久保田万太郎
「緑の朝」を見て（劇評）9　青木生
六号余録（随筆）10　同人
新刊紹介11
消息12
表紙　山本鼎

目次註

1 〔大正七年七月四日稿了〕
2 〈一・二〉〔七・八・十二〕

3　〈一―六〉〔完〕
4　〈抱擁の森／寂寥の玉／哀愁〉　※次号消息欄に訂正あり
5　〈一―七〉　孝玄孫　游龍隆吉
6　パンチとジュディの芝居　〈三・四〉〔一九一八・八・一九〕
7　〈一―七〉
8　〔一九一八・五・一六〕
9・10　※「雑録」として
9　演劇雑感――「緑の朝」の舞台装置を見て――（Fayer〔Foyer〕にて）〔一九一八・八・二五〕　※次号消息欄に訂正あり
10　こじま／XYZ／愛枝生／金口／修／Salmon
11　〈『螢の指輪』北原白秋・春陽堂発行／『文壇名家書簡集』新潮社編輯兼発行／『句楽の話』吉井勇・玄文社発行／『歌集　少年の歌』西出朝風・純正詩社発行／『宝の蔵』幸田露伴・春陽堂発行／『書簡文の準備』長田幹彦・春陽堂発行〉
12　※〈義塾講演会報告／上田敏追悼第二回柳村会予告他〉
＊　寄贈雑誌其他／前号目次
表紙・山本鼎／発行日・九月一日／頁数・本文全一四三頁／定価・三十銭／編輯兼発行人・東京市芝区三田二丁目　慶應義塾内・松田甚三郎　三田文学主幹・沢木梢／発行所・東京市芝区三田慶應義塾内・三田文学会／発売所・東京市麹町区有楽町一丁目　籾山書店／印刷人・東京市麻布区箪笥町三十番地　井川滋／印刷所・東京市赤坂区新町五丁目四十二番地　金子活版所

■十月号　【19810】

ヒステリイの話（小説）1　鈴木善太郎
二つの鍵（小説）2　岡田八千代
夕闇（小説）3　斯波武
悦楽と寂寥（戯曲）4　高田浩三
哀歌（歌詩）5　茅野蕭々
師直の最後（小説）6　小山内薫
向不見の強味（随筆）7　水上瀧太郎
「師直の最後」に就て（随筆）8　小山内薫
六号余録（随筆）9　同人
新刊紹介10
消息11
表紙　山本鼎

目次註
1　ヒステリーの話〔七・九・七〕
2　ニツの鍵〔七年九月十九日〕
3　〔七・九・二二〕
4　〈一幕〉※消息欄に筆者紹介あり
5　〈母の死一―七／弟の死一―十〉
6　〈一―六〉〔つゞく〕
7　貝殻追放――向不見の強味――
8・9　※「雑録」として
8　『師直の最後』を三田文学に載せる理由　※中央公論編輯主幹滝田哲太郎よりの九月二十日夕付書簡全文掲載。消息欄にも関連文あり
9　善太郎／周太郎／修太郎／政二郎　※この他、「南部氏への消息」として竹友藻風の南部宛て書信紹介あり「八月二日　在紐育　竹友藻風」
10　〈『生れ出る悩み』有島武郎・叢文閣発行／『二葉亭全集第一巻』坪内雄蔵　内田貢編・東京朝日新聞社発行／『露国革命と社会運動』昇曙夢・国民書院発行／『俳優評伝　左団次の巻』豊島屋主人・玄文社発行／『蒲生君平』高浜二郎・克己書院発行〉
11　※〈茶話会（9・23）、松本泰・恵子結婚披露会報告／前号誤植／他〉
＊　寄贈雑誌其他／前号目次／十一月号執筆者予定
表紙・山本鼎／発行日・十月一日／頁数・本文全一四七頁／定価・三十銭／編輯兼発行人・東京市芝区三田二丁目　慶應義塾内・松田甚三郎　三田文学主幹・沢木梢／発行所・東京市芝区三田　慶應義塾内・三田文学会／発売所・東京市麹町区有楽町一丁目　籾山書店／印刷人・東京市麻布区箪笥町三十番地　井川滋／印刷所・東京市赤坂区新町五丁目四十二番地　金子活版所

■十一月号　【19811】

亡き母へ（小説）1　豊島与志雄
師直の最後（小説）2　小山内薫
一本の匕首（小説）3　邦枝完二
赤い躑躅（小品）　丹野てい
兄と弟―キャナン（戯曲）4　松本けい
マアサ―ラ・メエア（短詩）5　竹友藻風
向不見の強味（随筆）6　水上瀧太郎
老犬（小説）7　久保田万太郎
秋雨の窓にて（批評）8　南部修太郎
芸術座研究劇と其他（劇評）9　宇野四郎
六号余録（随筆）10　同人
新刊紹介11
消息12
表紙　山本鼎

目次註
1　――或る青年の手記――
2　〈七―十一〉〔つゞく〕
3　〈一―五〉〔七年九月十五日〕
4　〈一幕〉"James and John" by Gilbert Cannan produced at the Haymarket Theatre in London, March 1910. 松本恵〔一九一八・八・二〇〕　※消息欄に原作者紹介あり
5　ヲオタア・ドウ・ラ・メエア作　Walter de la Mare ; The Listners〈マアサ／ミス・ルウ／鐘〉
6　貝殻追放――向不見の強味（二）――　〔大正七年九月廿四日〕
7　〈四〉〔七年十月〕
8〜10　※「雑録」として
8　――十月の創作批評――　〈菊池寛の「父の模型」新潮／豊島与志雄の「恋の犯罪」文章世界／芥川龍之介の「枯野抄」

新小説／鈴木善太郎の「ヒステリイの話」三田文学／藤森成吉の「桜の春にして」帝国文学／高田浩三の「悦楽と寂寥」三田文学〉〔一九一八・一〇・二三〕
9　演劇雑感――芸術座研究劇其他を見て――　〔一九一八・一〇・二五〕
10　野矢種太郎／南部修太郎
11　〈『徹底個人主義』田中王堂・天佑社発行／『戯曲集　白隠和尚』中村吉蔵・天佑社発行〉
12　※〈柳村会（10・13第二回）、松本泰帰朝歓迎会（10・6）、茶話会（10・23與謝野、春夫初出席）／その他〉
＊　寄贈雑誌其他／前号目次

表紙・山本鼎／発行日・十一月一日／頁数・本文全一三三頁／定価・三十銭／編輯兼発行人・東京市芝区三田二丁目　慶應義塾内・松田甚三郎　三田文学主幹・沢木梢／発行所・東京市芝区三田　慶應義塾内・三田文学会／発売所・東京市麴町区有楽町一丁目　籾山書店／印刷人・東京市麻布区箪笥町三十番地　井川滋／印刷所・東京市赤坂区新町五丁目四十二番地　金子活版所

■十二月号　【191812】

峡谷の夜（小説）　江口渙
笛（小説）1　松木〔本〕泰
錦木（小説）2　岡田八千代
消えゆく跫音（短歌）3　今泉与志〔次〕雄
他人のこと（小説）4　斯波武
求道者（小説）5　久米秀治
師直の最後（小説）6　小山内薫
演劇雑感（批評）7　宇野四郎
六号余録（随筆）8　同人
新刊紹介9
消息10
表紙　山本鼎

目次註
1　松本泰〔完〕
2　〔七年十一月廿三日〕
3　今泉与志次
4　〔七・一一・二二〕
5　〔その一　終〕
6　〔十二―十五〕〔完〕
7・8　※「雑録」として
7　演劇雑感　宇野生〈誰にも分る劇評の事／忠臣蔵に就いて／左団次人気の事〉〔一九一七・一一・二五〕
8　南部修太郎／善太郎／鼻山人
9　〈『血で描いた画』小川未明・新潮社発行／『露国近代文芸思想史』昇曙夢・大倉書店発行／『勝利』川路柳社〔?〕虹・曙光詩社発行／『煉瓦の雨』沖野岩三郎・福永書店発行／『煉獄』上山草人・新潮社発行／『小さき者へ』有島武郎・叢文閣発行〉
10　※〈茶話会（11・25）、一葉女史二十三回忌法要（11・23）報告／高田浩三死去（11・19）に関した故人令弟（博厚）の小山内薫宛書信紹介／慶應義塾総覧大正七年度版／森林太郎の受けた正倉院御物監理の官命／時局問題講演会での田中萃一郎の演説／その他〉
＊　前号目次
＊　三田文学第九巻総目次（大正七年）

表紙・山本鼎／発行日・十二月五日／頁数・本文全一二一頁付録五頁／定価・三十銭／編輯兼発行人・東京市芝区三田二丁目　慶應義塾内・松田甚三郎　三田文学主幹・沢木梢／発行所・東京市芝区三田　慶應義塾内・三田文学会／発売所・東京市麴町区有楽町一丁目　籾山書店／印刷人・東京市麻布区箪笥町三十番地　井川滋／印刷所・東京市赤坂区新町五丁目四十二番地　金子活版所

一九一九年（大正八年）

■一月号　【191901】

先生の忠告（随筆）1　水上瀧太郎
祭日の出来事（小説）2　鈴木善太郎
クロオセンに関して（随筆）3　野口米次郎
少年の日（短詩）4　茅野蕭々
麝香猫（小説）　山崎俊夫
のろま人形（説話）5　小沢愛圀
ニイチエより0夫人へ（消息）6　小林澄兄
死の影に（小説）7　増田廉吉
官能描写の才（随筆）8　小島政二郎
大正七年劇壇の収穫（評論）　三宅周太郎
水の唄（小説）9　松本泰
灯取虫（戯曲）10　久保田万太郎
モレルリの美術論（対話）11　沢木梢
六号余録（随筆）12　同人
新刊紹介13
消息14
表紙　バアナアド・リイチ

目次註
1　貝殻追放――先生の忠告――〔大正七年十二月十三日〕
2　〔七・一二・一四〕
3　クローセンに関して
4　〈一〉〔つゞく〕
5　〔一九一八・一二・一五〕
6　〈（一）一八七六年八月三十日　バアゼルにて　最も純潔なる友情を捧げつゝ　フリードリッヒ・ニイチエ／（二）一八七六年九月　バアゼルにて　心を籠めし好意と友情とを表しつゝ　フリードリッヒ・ニイチエ／（三）一八七六年

十二月十六日　ナポリに近きソレントオ　ギラ・ルビナッコにて　厚き好意を表しつゝ　貴女《あなた》の友なる　F．N．／（四）一八七七年八月二十九日　ロオゼンロオイバアドにて　貴女《あなた》に忠実なるフリードリッヒ・ニイチエ／（五）七七年十一月二十三日　バアゼルにてさらばよ　F．N．／（六）一八八二年　ニュムブルグにて　心より貴女《あなた》のものなるエフ・ニイチエ／（七）恩義に感じ易き心のフリードリッヒ・ニイチエ〉※前書に〝フリードリッヒ・ニイチエ三十二才のころのO夫人への手紙〟とあり

7　〈第一調書／第二調書／第三調書〉〔完〕

8　官能描写の才

9　〔七年十二月〕

10　（改作）〈その一・その二〉※消息欄に関連文あり

11　モレルリの美術論――はしがき――〔つゞく〕〔七年十二月十八日〕

12　雑録――六号余録　以歌波／鼻山人／N・F／野矢種太郎／丸内城

13　〈『病める薔薇』佐藤春夫・天佑社発行／『午前二時』長田秀雄・玄文社発行／『漫画坊つちゃん』近藤浩一路・新潮社発行／『劇壇秘史　無線電話』田村成義・玄文社発行／『新自由主義』関和知訳・天佑社発行／『芝居歌集　鸚鵡石』吉井勇・玄文社発行〉

14　※〈満十年記念出版の企画／茶話会、太平洋画会展／文科予科二年同人誌「谷」創刊／来者会の万太郎／他〉

＊　寄贈雑誌其他／前号目次　※この項【191912】迄続く

表紙・バアナアド・リイチ／発行日・一月一日／頁数・本文全一九七頁／定価・四十五銭／編輯兼発行人・東京市芝区三田二丁目　慶應義塾内・松田甚三郎　三田文学主幹・沢木梢／発行所・東京市芝区三田　慶應義塾内・三田文学会／発売所・東京市麹町区有楽町一丁目　籾山書店／印刷人・東京市麻布区簞笥町三十番地　井川滋／印刷所・東京市赤坂区新町五丁目四十二番地　金子活版所

■二月号　【191902】

歎き（小説）1　久保田万太郎

黄色い月（短詩）2　堀口大學

痛めるこころ（小説）3　伊東英

ダンテ・ガブリエル・ロゼチ（説話）4　松本恵

或日の道連れ（小品）　川村資郎

みぞれ笹（戯曲）5　邦枝完二

ヤアマ―クウプリン（小説）6　南部修太郎

素人の歌（短歌）7　水上瀧太郎

詩集「月光とピエロ」を読む（批評）8　石井誠

ボナベンツウラ・ツンビイニ（紹介）9　難波憲

六号余録（随筆）10　同人

新刊紹介11

消息12

表紙　バアナアド・リイチ

目次註

1　〔未完〕

2　〈黄色い月――アンリ・ド・レニエ――／幻像――ノワイユ伯爵夫人――／雨の薄暮――エファエム・ミカエル――／風景――アンリ・ド・ポルニエ――／月――ル・ラッスウル・ド・ランゼエ――〉〔梨浦　一九一八・一二・二二〕

3　痛めるこゝろ　〈一―四〉

4　〈はしがき・一・二・三〉〔続く〕

5　（一幕）〔八年一月十八日〕　※本文に邦邦完二とあるのはあやまり

6　ヤアマ――アレキサンドル・クウプリン――〈六〉〔つゞく〕〔一九一九・一・一八〕

7　※四十四首

8～10　※「雑録」として

8　「月光とピエロ」を読む――堀口大學氏新詩集――

9　ボナベンツウラ・ツンビニ　〔一九一九・一・一五〕

10　N・F／鼻山人／修

11　〈『傀儡師』芥川龍之介・新潮社発行／『美しき牢獄』故素木しづ子遺著・玄文社発行／『或る脚本家』武者小路実篤・玄文社発行／『詩集　月光とピエロ』『歌集　パンの笛』堀口大學・籾山書店発行／『詩集赤土の家』金子保和・麗文社発行〉

12　※〈在南米堀口の南部宛書信紹介／懇話会／記念出版『三田文学集』事務の沢木、久保田、井川／小宮の講義／その他〉

表紙・バアナアド・リイチ／発行日・二月一日／頁数・本文全一五五頁／定価・三十五銭／編輯兼発行人・東京市芝区三田二丁目　慶應義塾内・松田甚三郎　三田文学主幹・沢木梢／発行所・東京市芝区三田　慶應義塾内・三田文学会／発売所・東京市麹町区有楽町一丁目　籾山書店／印刷人・東京市麻布区簞笥町三十番地　井川滋／印刷所・東京市赤坂区新町五丁目四十二番地　金子活版所

■三月号　【191903】

珍客（小説）1　松本泰

黎明（小説）2　久未淳

少年の日（短詩）3　茅野蕭々

ヲオタア・ペエタア（評論）4　竹友藻風

雪の窓にて（感想）　戸川秋骨

文学の世界性と人間性（評論）5　井汲清治

平和の歌（短歌）6　岡嶋狂花

暗くなり行く家（小説）7　西崎龍次朗

歎き（小説）8　久保田万太郎

演劇雑感（劇評）9　宇野四郎

六号余録（随筆）10　同人

新刊紹介11

消息12

表紙　バアナアド・リイチ

目次註

1　〔完〕〔一九一九年二月〕

2　〈一―四〉〔八年正月　於照厳精舎〕

3　〈二〉〈少年の日／粗野な世界の歌―デエメル―〉

4 ヲオタア・ペイタア
5 〈Ⅰ―Ⅲ〉〔一九一九・二・一六〕 ※前文を付す
6 ※十二首。消息欄に筆者紹介あり
7 〔了〕 ※消息欄に筆者紹介あり
8 〈二〉〔未完〕
9・10 ※「雑録」として
9 ――演劇協会の首途を祝ふ―― 宇野生 〈井上正夫の事／「地蔵教由来」舞台意匠に就いて〉〔一九一九年二月十一日〕
10 のまず庵一升／修
11 〈『新生』島崎藤村・春陽堂発行／『旧劇と新劇』小山内薫・玄文社発行／『桜の実の熱〔熟〕する時』島崎藤村・春陽堂発行／『馬鹿の小猿』鈴木三重吉・春陽堂発行／『再び草の野に』田山花袋・春陽堂発行／『風は草木にさゝやいた』山村暮鳥・白日社発行／『白百合・絵日傘』長田幹彦・玄文社発行／『心頭雑草』與謝野晶子・天佑社発行／『人生と芸術』故島村抱月・進文館発行／『二葉亭全集』故長谷川辰之助・朝日新聞社発行／『白鳥の魔術』吉岡郷甫 高野班山共著・春陽堂発行／『信仰の哲学』太田善男訳・天佑社発行〉
12 ※〈記念出版「三田文学集」改題『三田文選』と別冊『蛙』／茶話会（2・25）報告／柳沢健、北村初雄他の「詩王」創刊〉

表紙・バアナアド・リイチ／発行日・三月一日／頁数・本文全一四三頁／定価・三十五銭／編輯兼発行人・東京市芝区三田二丁目 慶應義塾内・松田甚三郎 三田文学主幹・沢木梢／発行所・東京市芝区三田 慶應義塾内・三田文学会／発売所・東京市麹町区有楽町一丁目 籾山書店／印刷人・東京市麻布区簞笥町三十番地 井川滋／印刷所・東京市赤坂区新町五丁目四十二番地 金子活版所

■四月号 【191904】

大空の下（小説）1 水上瀧太郎
ほんとの事（小説）2 岡田八千代
幸福な不幸―ラウダン（戯曲）3 堀口大學
エピキユウルの部屋（短詩）4 北村初雄
うたかた（戯曲）5 能島武文
猫又先生（小説）6 南部修太郎
歎き（小説）7 久保田万太郎
文芸座の初演と「再生」（劇評）8 宇野四郎
六号余録（随筆）9 同人
新刊紹介 10
消息 11
表紙 バアナアド・リイチ

目次註

1 〔未完〕
2 〔八年二月十三日―三月七日〕
3 (Henri Lavedan de l'Academie Française) EPICURE《エピキユール》の部屋
4 （一幕）〔大正八年二月十一日〕
5 〔完〕〔八・三・二〇〕
6 〈三〉〔つゞく〕
7 ※「雑録」として
8・9 演劇雑感 〈文芸座の初演／「再生」〉
8 修／Q・P／鼻山人／大原三逸／K子
9 〈『円光以後』生田長江・緑葉社発行／『凡〔几〕帳のかけ』伊藤白蓮女史・玄文社発行／『駒鳥の死』木村幹・三陽堂発行／『前知術と易道』末広一雄・鸞音社発行〉
10 ※〈広瀬送別会、エスペラント文芸会／義塾新任者／その他〉
11 ＊ 三田文学第十周年記念号執筆者予定

表紙・バアナアド・リイチ／発行日・四月一日／頁数・本文全一二五頁／定価・三十五銭／編輯兼発行人・東京市芝区三田二丁目 慶應義塾内・松田甚三郎 三田文学主幹・沢木梢／発行所・東京市芝区三田 慶應義塾内・三田文学会／発売所・東京市麹町区有楽町一丁目 籾山書店／印刷人・東京市麻布区簞笥町三十番地 井川滋／印刷所・東京市赤坂区新町五丁目四十二番地 金子活版所

■五月号 【191905】

断腸亭尺牘（随筆）1 永井荷風
落葉の頃（小説）2 水上瀧太郎
人形芝居論（評論）3 小沢愛圀
暮れ方（小説）4 増田廉吉
与三郎（戯曲）5 小山内薫
葡萄棚の下（小説）6 久米秀治
梟（戯曲）7 山崎俊夫
失はれたるアトランチス（評論）8 沢木梢
六号余録（随筆）9 同人
新刊紹介 10
消息 11
表紙 藤島武二

目次註

1 〈其一―其七十九〉
其一 明治卅三年十一月四日 井上精一宛
其二 明治卅四年正月十六日 井上精一宛
其三 明治卅四年七月二十日 井上精一宛
其四 明治卅七年一月十二日 井上精一宛
其五 明治卅七年二月廿七日 生田葵山宛
其六 明治三七年某月 木曜会宛
其七 明治卅七年四月廿六日 生田葵山宛
其八 明治卅八年四月十三日 生田葵山宛
其九 明治卅八年七月二十六日 井上精一宛
其十 明治四十年七月十一日 黒田湖山宛
其十一 明治四十一年三月五日 厳君禾原翁宛
其十二 明治四十一年七月二十四日 井上精一宛
其十三 明治四十一年七月二十六日 井上精一宛
其十四 明治四十一年八月四日 井上精一宛
其十五 明治四十一年八月八日 井上精一宛
其十六 明治四十一年十月卅一日 井上精一宛
其十七 明治四十一年十一月七日 井上精一宛
其十八 明治四十二年一月三日 井上精一宛

其十九　明治四十二年三月十日　井上精一宛
其二十　明治四十二年九月十九日　井上精一宛
其二十一　明治四十二年九月十九日　井上精一宛
其二十二　明治四十二年十一月五日　井上精一宛
其二十三　明治四十三年正月元旦　井上精一宛
其二十四　明治四十三年一月三日　井上精一宛
其二十五　明治四十三年六月十日　井上精一宛
其二十六　明治四十三年八月十八日　井上精一宛
其二十七　明治四十三年十二月二十八日　巴家八重次宛
其二十八　明治四十四年正月十八日　巴家八重次宛
其二十九　明治四十四年三月七日　藤間静枝宛
其三十　明治四十四年四月十二日　巴家八重次宛
其三十一　明治四十四年八月十七日　巴家八重次宛
其三十二　明治四十五年二月十六日　巴家八重次宛
其三十三　明治四十五年三月　巴家八重次宛
其三十四　明治四十五年五月十九日　巴家八重次宛
其三十五　明治四十五年六月十六日　井上精一宛
其三十六　明治四十五年六月二十五日　巴家八重次宛
其三十七　明治四十五年七月八日　井上精一宛
其三十八　明治四十五年七月十一日　巴家八重次宛
其三十九　大正元年九月六日　井上精一宛
其四十　大正元年十月九日　藤間静枝宛
其四十一　大正元年十月二十三日　巴家八重次宛
其四十二　大正元年十月二十八日　藤間静枝宛
其四十三　大正二年五月二十八日　井上精一宛
其四十四　大正四年二月二十四日　内田八重宛
其四十五　大正四年三月二十日　井上精一宛
其四十六　大正四年四月二十四日　井上精一宛
其四十七　大正四年四月二十九日　久米秀治宛
其四十八　大正四年五月八日　井上精一宛
其四十九　大正四年五月十九日　井上精一宛
其五十　大正四年九月二十一日　井上精一宛
其五十一　大正四年十月六日　井上精一宛
其五十二　大正四年十二月三十一日　井上精一宛
其五十三　大正五年二月三日　井上精一宛
其五十四　大正五年三月二十九日　巌谷小波宛
其五十五　大正五年七月二日　井上精一宛
其五十六　大正五年九月十二日　井上精一宛
其五十七　大正五年十月二十一日　井上精一宛
其五十八　大正六年三月　籾山庭後宛
其五十九　大正五年十二月十二日　久米秀治宛
其六十　大正六年三月二十七日　井上精一宛
其六十一　大正六年三月三十日　井上精一宛
其六十二　大正六年四月六日　井上精一宛
其六十三　大正六年五月十四日　井上精一宛
其六十四　七時大正六年六月七日発　井上精一宛
其六十五　大正六年七月十六日　久米秀治宛
其六十六　大正六年十一月九日　井上精一宛
其六十七　大正六年十一月二十三日　久米秀治宛
其六十八　大正六年十二月四日　井上精一宛
其六十九　大正六年十二月十二日　籾山庭後宛
其七十　大正六年十二月十八日　井上精一宛
其七十一　大正六年十二月二十二日　井上精一宛
其七十二　大正六年十二月二十九日　井上精一宛
其七十三　大正七年正月元旦　井上精一宛
其七十四　大正七年三月二十七日　久米秀治宛
其七十五　大正七年四月五日　井上精一宛
其七十六　大正七年四月十六日　井上精一宛
其七十七　大正七年五月十八日　井上精一宛
其七十八　大正七年七月六日　久米秀治宛
其七十九　大正七年十月十八日　久米秀治宛

2　〔大正八年四月九日〕
3　〔八・四・八〕
4　〔完〕
5　――ある古劇の Arrangement――　（一幕三場）　※新歌舞伎研究会上演のこと十一月号消息欄にあり
6　〈一―三〉〔つゞく〕
7　（一幕一場）
8　〈一―四〉〔八年四月二十日〕
9　雑録―六号余録　病牀録／波のまに〳〵／おぼえ張／東陵侯／栗四郎／東里山人／順吉／中谷丁蔵／大原三逸／細川浪二郎／久保田／修／R・E　※この他に三月三十一日付、在ニユウヨオク竹友藻風よりの書信及び島木赤彦の詩を紹介
10　〈『啄木全集第一巻』土岐哀果編・新潮社発行／『和解』志賀直哉・新潮社発行〉
11　※〈三田文学十年の歴史／発売所変更／藤島装幀三田文選／與謝野講義／その他〉

表紙及び裏表紙・藤島武二／発行日・五月一日／頁数・本文全二一七頁／定価・六十銭／編輯兼発行人・東京市芝区三田二丁目　慶應義塾内・松田甚三郎　三田文学主幹・沢木梢／発行所・東京市芝区三田　慶應義塾内・三田文学会／発売所・東京市芝区芝公園九号地　玄文社／印刷人・東京市麻布区簞笥町三十番地　井川滋／印刷所・東京市赤坂区新町五丁目四十二番地　金子活版所

■六月号　【191906】

大空の下（小説）1　水上瀧太郎
知合ひの内のひとりから（小説）2　松本泰
仇敵（小説）3　鈴木善太郎
「桜の実の熟する時」の事（随筆）　戸川秋骨
盈虧（戯曲）4　鈴木泉三郎
文学の作品と実際の生活（評論）5　井汲清治
葡萄棚の下にて（小説）6　久米秀治
蜂谷のきず跡（小説）7　南部修太郎
南葵楽堂の演奏会（感想）8　伊志井生
六号余録（随筆）9　同人
新刊紹介10
消息11
表紙　藤島武二

目次註

1　〔未完〕
2　〔完〕〔千九百十九年五月〕
3　〔八・五・一五〕

4 〈戯曲小品〉〈第一場―第五場〉〔大正八・五〕※消息欄に筆者紹介あり
5 ――文学的生活の側面観―― 〈1・2〉〔続く〉
6 〈四・五〉〔つゞく〉
7 〔をはり〕〔一九一九・五・二〇〕
8 南葵文庫音楽会
8・9 ※「雑録」として
9 ※森林太郎著『蛙』の序文紹介／その他
10 〈『三田文選』三田文学会編纂・玄文社発行／『同別冊・蛙』森林太郎・玄文社発行／『我』里見弴・新潮社発行／『猫八』岩野泡鳴・玄文社発行／『モオパッサン評伝』広津和郎・春陽堂発行／『賭博者』原白光訳・新潮社発行／『日本象徴詩集』未来社同人編・玄文社発行／『聖フランシスの完全の鏡』久保正夫訳・新潮社発行／『歌集　街路樹』西村陽吉・東雲堂書店発行／『死刑囚の手記』和気律次郎編・玄文社発行／『民本主義者』藤井真澄・進栄堂発行／『詩集　素描』明石　鶴巻　竹内共著・鮮明社印刷／『船場のぼんち』石丸梧平・四方堂発行／『詩集　黙禱』矢野峰人・水甕社発行／『近代詩歌講座　第一輯』東京詩学会発行・東京国詩学会配本〉
11 ※〈文科講義課程とカズンス着任期、久保田の「作文」／新卒石井、七尾、篠送別兼新入生歓迎会、大阪三田会／その他〉

表紙及び裏表紙・藤島武二／発行日・六月一日／頁数・本文全一五八頁／定価・三十五銭／編輯兼発行人・東京市芝区三田二丁目　慶應義塾内・松田甚三郎　三田文学主幹・沢木梢／発行所・東京市芝区三田　慶應義塾内・三田文学会／発売所・東京市芝区芝公園九号地　玄文社／印刷人・東京市麻布区箪笥町三十番地　井川滋／印刷所・東京市赤坂区新町五丁目四十二番地　金子活版所

■七月号 【191907】

信仰―ブリウ（戯曲）1　小山内薫
森の石松（小説）　小島政二郎
失はれたるアトランチス（評論）2　沢木梢
「火のおもひ」の作者を推薦す（紹介）3　與謝野晶子
詩集「黙禱」を読む（批評）4　井汲清治
「夜明前」に似たもの（随筆）5　宇野四郎
六号余録（随筆）6　同人
新刊紹介7
消息8
表紙　藤島武二

目次註

1 〈五幕〉Brieux作〈第一幕第一節―第七節〉〔未完〕※中扉に「自由劇場第九回（九月）公演台本ユウジエヌ・ブリウ作」と記す。後半訳と同戯曲に関する研究論文を次号に小山内が寄稿のこと消息欄にあり。九月号同欄は〝信仰〟続稿都合により中止〟とす
2 〈五―十〉〔大正八年六月三十日〕
3～6 「雑録」として
3 ※中原綾子の「火のおもひ」四十五首を付す
4 矢野峰人氏の詩集『黙禱』を読む
5 宇野生
6 ※アイルランドの詩人ジエイムス・カズンス作「春の唄」の訳詩（喜志夢〔麦〕雨訳・雑誌「リズム」所収）紹介あり／その他
7 〈『悪霊　前篇』米川正夫訳・新潮社発行／『白痴　後篇』米川正夫訳・新潮社発行／『欲ばり猫』鈴木三重吉編・春陽堂発行／『生活と文化』金子筑水・南北社出版部発行／『現代英文学講話』小日向定次郎・研究社発行／『ホイットマン詩集』白鳥省吾訳・新潮社発行／『ゲエテ詩集』生田春月訳・新潮社発行／『草の実』磯ケ谷紫江・後苑社発行／『都会と田園』野口雨情・銀座書房発行／『さすらひ』仁科愛村・東京堂発行〉
8 ※〈茶話会（6・24）報告／文科予科一、二年同人誌「プレリュード」の創刊と本科の既刊「谷」と／第一高等学校柏葉会で講演の沢木／野口の渡米と講演／万太郎の結婚披露会／その他〉

※表紙に、「自由劇場脚本号」と特記あり
表紙及び裏表紙・藤島武二／発行日・七月九日／頁数・本文全六八頁／定価・三十五銭／編輯兼発行人・東京市芝区三田二丁目　慶應義塾内・松田甚三郎　三田文学主幹・沢木梢／発行所・東京市芝区三田　慶應義塾内・三田文学会／発売所・東京市芝区芝公園九号地　玄文社／印刷人・東京市麻布区箪笥町三十番地　井川滋／印刷所・東京市赤坂区新町五丁目四十二番地　金子活版所

■八月号 【191908】

大空の下（小説）1　水上瀧太郎
故国を離れて（小説）2　松本恵子
審美批評論（評論）3　竹友藻風
独りの心（短詩）4　堀口大學
正義派と大野（小説）5　宇野四郎
陰影（小説）6　久米秀治
六号余録（随筆）7　同人
新刊紹介8
消息9
表紙　藤島武二

目次註

1 〔大正八年六月十八日稿了〕
2 故国《くに》を離れて〈一―三〉
3 L'esthetique〔L'esthétique〕mesurée, claire et harmonieure〔harmonieuse〕. Henry Bordeaux〔紐育克　竹友藻風〕
4 〈独りの心・五十三番　CHARLES GUERIN／独りの心・五十番　CHARLES GUERIN／悲歌　JEAN LAHOR――〉
5 小説正義派と大野〈一―四〉〔未完〕〔八年七月廿二日〕
※前書を付す
6 〈一―十〉〔完〕〔大正八年七月二十三日〕
7 ――風のたより――　※雑録として金子薫園、山田くに子の歌、島木赤彦の詩、ダヌンチオの「恋の歌」（フランチェ

スカ・ダ・リミより　上田敏訳）など紹介
8 〈『巴里の三十年』後藤末雄訳・新漸社発行／『片隅の幸福』生田春月・越山堂発行／『不滅の像　第二巻』江馬修・新潮社発行／『失はれた指環』中村星湖・天祐社発行／『憧憬』相馬泰三・新潮社発行／『はつ恋』川路柳虹・玄文社発行／『神まうで』鉄道院編纂／『レ・ミゼラブル　第三巻』豊島与志雄訳・新潮社発行／『民主的文芸の先駆』白鳥省吾・新潮社発行／『自己を生かす為に』武者小路実篤・新潮社発行／『改作　田園の憂鬱』佐藤春夫・新潮社発行／『啄木全集　第二巻』故石川啄木遺著・新潮社発行／『十九世紀仏国美術史』木下杢太郎訳・日本美術院発行／『Model Art-Criticism』矢代幸雄編・丸善株式会社発行〉
9 ※〈茶話会（7・17）報告／最近成立の著作家組合の綱領／義塾新任石井誠／仏蘭西学会夏期講習会の井汲／平民大学に於て「近代文学」講演の孤蝶／その他〉
表紙及び裏表紙・藤島武二／発行日・八月一日／頁数・本文全一七六頁／定価・三十五銭／編輯兼発行人・東京市芝区三田二丁目　慶應義塾内・松田甚三郎　三田文学主幹・沢木梢／発行所・東京市芝区三田　慶應義塾内・三田文学会／発売所・東京市神田区裏神保町三番地　東京堂／印刷人・東京市麻布区箪笥町三十番地　井川滋／印刷所・東京市赤坂区新町五丁目四十二番地　金子活版所

■九月号　【191909】

小き街の記念（小説）1　松本泰
女王の敵―ダンセニイ（戯曲）2　松村みね
仏蘭西詩壇の過去現在及び将来（評論）3　堀口大學
吾子（短詩）4　岡島〔嶋〕狂花
孤独の人（小説）5　西崎龍次朗
正義派と大野（小説）6　宇野四郎
「末枯」の作者（随想）7　水上瀧太郎
六号余録（随筆）8　同人
新刊紹介 9
消息 10
表紙　藤島武二

目次註
1 〔完〕〔一九一七年九月〕
2 Lord Dunsany／松村みね訳
3 ――アンリ・ド・レニエ氏の講演による――〔をはり〕
4 岡嶋狂花　※二十首
5 〔了〕
6 小説　正義派と大野〈五―六〉〔未完〕〔八年八月二十四日〕
7 貝殻追放――「末枯」の作者――
8 ※雑録。「沢木四方吉に奉る歌四首」並、木下利玄の最近歌集『紅玉』の巻頭より「夏子」の紹介あり
9 〈『明るみへ』広津和郎・新潮社発行／『露国十六文豪集』衛藤利夫訳・新潮社発行／『労働者セヰリオフ』中島清訳・新潮社発行／『白樺同人脚本集』有島武郎外五者著・新潮社発行／『旅から旅へ』石井満・佐藤出版部発行／『秀苗詩歌集』旭正秀・文治堂書店発行〉
10 ※〈三田文学同人会（8・11）報告（三重吉他）／発行所八月号より神田区表神保町東京堂書店に変更〔【191908】～【192002】の奥付では裏神保町〕／義塾夏期講演会の小林澄兄／邦枝等の創作劇場〉
＊　寄贈雑誌其他／前号目次／値上予告
表紙及び裏表紙・藤島武二／発行日・九月一日／頁数・本文全一五二頁／定価・三十五銭／編輯兼発行人・東京市芝区三田二丁目　慶應義塾内・松田甚三郎　三田文学主幹・沢木梢／発行所・東京市芝区三田　慶應義塾内・三田文学会／発売所・東京市神田区裏神保町三番地　東京堂／印刷人・東京市麻布区箪笥町三十番地　井川滋／印刷所・東京市赤坂区新町五丁目四十二番地　金子活版所

■十月号　【191910】

兵隊ごつこ（随筆）1　水上瀧太郎
三つの写真（小説）2　中戸川吉二
少年の "NAIADES"（小説）3　佐治祐吉
最初の憂鬱（小説）4　伊東栄〔英〕子
仏蘭西詩壇新人抄（短詩）5　堀口大學
たそがれ（戯曲）6　能島武文
雨霽たり（戯曲）7　北尾亀男
正義派と大野（小説）8　宇野四郎
霧（小説）9　南部修太郎
出隆君「デガ〔カ〕ルト方法省察原理」に就いて（批評）10　井汲清治
「日本象徴詩集」を読む（批評）11　黒莫生
白樺演劇社の初演（劇評）12　水京生
六号余録（随筆）13　同人
新刊紹介 14
消息 15
表紙　藤島武二

目次註
1 貝殻追放――兵隊ごっこ――〔大正八年九月十七日〕
2 三ッの写真〔八年九月十九日〕
3 少年の Naïades〔一九一九年九月〕　※消息欄に誤植訂正あり
4 伊東えい〈一―五〉　※次号に伊東英子《ひで》と訂正あり
5 〈毛虫――ギリヨオム・アポリネエル／猫――ギリヨオム・アポリネエル／蝗――ギリヨオム・アポリネエル／立体派の詩〈I―V〉――ギリヨオム・アポリネエル／白鳥――ヴエンサン・ミユズリ／河流――ヴエンサン・ミユズリ／去りゆく夏――ヴエンサン・ミユズリ／蛇――ヴエンサン・ミユズリ／レキザンブルグ公園で――ギイ・シヤルル・クロ／彼が書き得た最後の歌――ゴウチエ・フエリエエル／秋の夕暮の黎明――ルヰ・マンダン／抒情の発生――ルヰ・マンダン〉
6 〔一幕二場〕〔大正八年六月四日〕　※あとがきあり
7 〔三場〕
8 小説　正義派と大野〈七〉〔八年九月二十五日〕
9 〈一〉〔つゞく〕〔一九一九・九・二五〕　※付記あり

10〜15 ※「雑録」として
10 出隆君訳「デカルト方法省察原理」を読みて
11 日本象徴詩集を読む
12 〔九・一九〕 ※次号消息欄に誤植訂正あり
13 ※京都の俳句雑誌「蛇苺」より数句、及び「ホトトギス」九月号中の我鬼の句など紹介
14 《『火の鳥』與謝野晶子・文淵堂発行／『柳の葉』松本初子・竹柏会出版／『幸福者』武者小路実篤・叢文閣発行／『虹』千家元麿・新潮社発行／『生きんが為に』布施辰治・著者出版／『激動の中にて』與謝野晶子・天佑社発行／『闘牛』馬場孤蝶・天佑社発行／『悩ましき外景』小川未明・天佑社発行〉
15 ※〈茶話会（9・26）報告（荷風他）／新任講師後藤末雄と石井誠（普通部）／宇野、邦枝の戯曲上演／南部修太郎の小説「途上」掲載の「徹底」創刊号／その他

表紙及び裏表紙・藤島武二／発行日・十月一日／頁数・本文全一四七頁／定価・四十銭／編輯兼発行人・東京市芝区三田二丁目 慶應義塾内・松田甚三郎 三田文学主幹・沢木梢／発行所・東京市芝区三田 慶應義塾内・三田文学会／発売所・東京市神田区裏神保町三番地 東京堂／印刷人・東京市麻布区箪笥町三十番地 井川滋／印刷所・東京市赤坂区新町五丁目四十二番地 金子活版所

■十一月号 【19191】

東の国へ（小説）1 松本泰
選まれた人として（小説）2 鈴木善太郎
一つのグルウプ（小説）3 西崎龍次朗
国文学の研究（評論）4 竹友藻風
正義派と大野（小説）5 宇野四郎
背信（小説）6 久米秀治
寄贈せられた雑誌（月評）7 一記者
六号余録（随筆）8 同人
新刊紹介9
消息10

表紙 藤島武二

目次註

1 〔つゞく〕
2 〈一―四〉
3 一つのグループ〔了〕
4 Mais où sont les neiges d'antan? Villon〔紐育克〕
5 小説 正義派と大野 〈八―十〉〔完〕〔八・十月二十五日〕
6 〈一―四〉〔つゞく〕〔大正八年十月二十日〕
7〜10 ※「雑録」として
7 〈新小説／新潮／三田文学／基調／早稲田文学／十三人／文章世界／改造／大観／新時代／心の花／ワルト／帝国文学〉
8 ※英国アンドルウ・ヲングが自分で集めた『お伽草紙』に付した「序文」を紹介。長塚節の歌など引用あり
9 〈『モントクリスト伯爵 前篇』大ジユウマ作・新潮社発行／『ヱルレーヌ詩集』川路柳虹訳・新潮社発行／『一坪の庭』津村京村・星湖社発行／『結婚期』谷崎精二・新潮社発行／『労働者誘拐』江口渙・東京刊行社発行／『イボタの虫』中戸川吉二・新潮社発行／『白秋小唄集』北原白秋・アルス社発行／『狐の煙草』故田畑桃壺 同勇美之助遺著・春水社出版〉
10 ※〈三田文選出版記念会、茶話会、野口送別会報告／帝大文科の沢木、義塾文科の戸川、エッチ・カズンス等の講義／その他〉

表紙及び裏表紙・藤島武二／発行日・十一月一日／頁数・本文全一四八頁／定価・四十銭／編輯兼発行人・東京市芝区三田二丁目 慶應義塾内・松田甚三郎 三田文学主幹・沢木梢／発行所・東京市芝区三田 慶應義塾内・三田文学会／発売所・東京市神田区裏神保町三番地 東京堂／印刷人・東京市麻布区箪笥町三十番地 井川滋／印刷所・東京市赤坂区新町五丁目四十二番地 金子活版所

■十二月号 【19192】

女人崇拝（随筆）1 水上瀧太郎
東の国へ（小説）2 松本泰
屈従（小説） 土佐弘陵
邂逅――フイリツプ（小説）3 堀口大學
痴人と猫（小説） 水守亀之助
背信（小説）4 久米秀治
VENGEANCE（小説）5 南部修太郎
姿の関守（月評）6 井汲清治
六号余録（随筆）7 同人
新刊紹介8
消息9
第十巻総目次10

表紙 藤島武二

目次註

1 貝殻追放――女人崇拝―― 〔大正八年十一月十五日〕
2 〔つゞく〕
3 Charles-Louis Philippe 作 〔をはり〕
4 〈五―十二〉〔完〕〔大正八年十一月二十日〕
5 Vengeance 〔八年十一月作〕
6〜10 ※「雑録」として
6 ――十一月の寄贈雑誌を読む―― 〈Ⅰ 文学者なき文壇／Ⅱ 月評のこと／Ⅲ 一人と多数／Ⅳ 技巧のこと／Ⅴ Contes amoureux／Ⅴ〔Ⅵ〕 新しい家庭小説／Ⅵ〔Ⅶ〕 情調小説／Ⅶ〔Ⅷ〕 人心描写の短篇小説／Ⅷ〔Ⅷ〕 Conte d'aventure〉
7 ※風来山人の一節、上田敏訳「ジュウル・ルナアル」の「博物志」の一節など紹介あり
8 〈『レ・ミゼラブル 第四巻』豊島与志雄訳・新潮社発行／『聖水盤』米沢順子・自費出版／『晶子歌話』與謝野晶子・天祐〔佑〕社発行／『思ひ出の記』関口弥作訳・新潮社発行／『エピキユラスの園』和気律次郎訳・天祐〔佑〕社発行〉
9 ※〈在紐育竹友藻風の書信一節紹介／東京転任水上歓迎茶話会報告／柳村会延期／「漱石全集」完成／他〉
10 三田文学第十巻総目次（大正八年）

表紙及び裏表紙・藤島武二／発行日・十二月一日／頁数・本

文全一五七頁　付録四頁／定価・四十銭／編輯兼発行人・東京市芝区三田二丁目　慶應義塾内・松田甚三郎　三田文学主幹・沢木梢／発行所・東京市芝区三田　慶應義塾内・三田文学会／発売所・東京市神田区裏神保町三番地　東京堂／印刷人・東京市麻布区簞笥町三十番地　井川滋／印刷所・東京市赤坂区新町五丁目四十二番地　金子活版所

一九二〇年（大正九年）

■一月号　【192001】

秋（小説）1　水上瀧太郎
郊外の家（小説）2　松本泰
宝石商人（小説）　山崎俊夫
トオニ・サアグ君（説話）3　小沢愛圀
倉葉夫人の話（小説）　増田廉吉
K——大〔太〕公殿下の出家（小説）4　宇野四郎
病友（小説）5　久米秀治
寄贈せられた雑誌（月評）6　中谷丁蔵
友達座の「タンタジイルの死」（劇評）7　能島武文
六号余録（随筆）8　同人
新刊紹介9
消息10
表紙　藤島武二

目次註

1 〔大正八年十二月十四日〕
2 〔完〕〔一九一九・一二・一六〕
3 人形芝居の復興者トオニ・サアグ君　〔大正八年十二月稿〕
4 K——太公殿下の出家　〈はしがき・一〉〔大正八年十二月二十日〕
5 〔完〕〔大正八年十二月二十二日〕
6〜10 ※「雑録」として
6 〈新潮／三田文学／文章世界／内外時論／新小説／早稲田文学／大観／文章倶楽部／中央文学／サンエス〉
7 友達会〔座?〕の「タンタヂ〔ジ〕イルの死」を見る〔十二月九日〕
8 ※京都の近松秋江よりの書信の一節紹介／その他
9 〈『六号室』広津和郎訳・新潮社発行／『邪劇集』邦枝完二・歌舞伎新報社発行／『資本論』生田長江訳・緑葉社発行／『鏡山物語』故平井晩村・国民書院発行／『詩集　旅と涙』勝田香月・国民書院発行／『般若心経講義　般若心経秘鍵講義』吉祥真雄・京都山城屋発行〉
10 ※〈井汲、南部、小島の次号創作合評／小島の東京日日「大正八年文壇総勘定」／保険協会の沢木講演／その他〉
＊ 寄贈雑誌／前号目次　※この項【192012】迄続く

表紙及び裏表紙・藤島武二／発行日・一月一日／頁数・本文全一三八頁／定価・四十銭／編輯兼発行人・東京市芝区三田二丁目　慶應義塾内・松田甚三郎　三田文学主幹・沢木梢／発行所・東京市芝区三田　慶應義塾内・三田文学会／発売所・東京市神田区裏神保町三番地　東京堂／印刷人・東京市麻布区簞笥町三十番地　井川滋／印刷所・東京市赤坂区新町五丁目四十二番地　金子活版所

■二月号　【192002】

初夢（随筆）1　水上瀧太郎
後姿（小説）　土佐弘陵
雨の日（戯曲）2　能島武文
仏蘭西近代詩抄（短詩）3　堀口大學
星影（小説）4　南部修太郎
仏蘭西文壇無駄話（随筆）5　堀口大學
戯曲と舞台（批評）6　水木京太
六号余録（随筆）7　同人
新刊紹介8
消息9
表紙　藤島武二

目次註

1 貝殻追放——初夢——　〔大正九年一月二十日〕
2 〔一幕〕〔大正八年十二月五日〕
3 〈最後の一つ手前の言葉——ジユウル・ラフオルグ／ピエロの言葉——ジユウル・ラフオルグ／五分間写生——ジユ

ウル・ラフオルグ／唄——ジャン・モレアス　※誰が路傍の花……／唄——ジャン・モレアス　※葦の中の……／ねがひ——ジャン・モレアス／影と形——シャルル・ゲエラン／詩人の嘆き——シャルル・ゲエラン／小詩——シャルル・アドルフ・カンタキユゼエヌ／輪おどり——シャルル・ヴアン・レルベルグ／失題——ロスタン／夕暮だ——アンドレ・スピイル〉

4　〔九年一月二十五日〕

5〜9　※「雑録」として

5　〈その一　クロオド・フアレルのこと〉　※「驪人付記」あり

6　〈山本有三作「生命の冠」三幕（人間）／長田秀雄作「微笑」一幕（人間）／田中純作「厩舎の悲劇」一幕（人間）／吉井勇作「小しんと焉馬」一幕（人間）／秋田雨雀作「金玉均の死」一幕（人間）／久米正雄作「梨花の家」三幕（人間）／坪内逍遙作「法難」三幕（大観）〉

7　※「ホトトギス」新年号の〝ツキフネ先生〟なる者の俳句など紹介あり

8　〈『人間集』人間社同人・新潮社発行／『末枯』久保田万太郎・新潮社発行／『三部曲』有島武郎・叢文閣発行／『楽園の外』舟木重信・新潮社発行／『修道院の秋』南部修太郎・新潮社発行〉

9　※〈茶話会（1・29）報告／哲学科科外特別講演の川合、帝大美学会の沢木講演／太宰留学と竹友帰朝／その他〉

表紙及び裏表紙・藤島武二／発行日・二月一日／頁数・本文全一四八頁／定価・四十銭／編輯兼発行人・東京市芝区三田二丁目　慶應義塾内・松田甚三郎　三田文学主幹・沢木梢／発行所・東京市芝区三田　慶應義塾内・三田文学会／発売所・東京市神田区裏神保町三番地　東京堂／印刷人・東京市麻布区箪笥町三十番地　井川滋／印刷所・東京市赤坂区新町五丁目四十二番地　金子活版所

■三月号　【192003】

東の国へ（小説）1　松本泰

詩七篇（短詩）2　竹友藻風

広道和尚の一日（小説）　加島正之助

恋を忘れた男（小説）3　原口登志男

嬰児の死を祈る（小説）4　日野巌

町の春（ダンセニイ）（散文詩）5　石井誠

遠藤先生と大野（小説）6　宇野四郎

求道の心と離反の心（小説）7　久米秀治

民衆座の「青い鳥」（劇評）8　水木京太

「三浦製糸場主」と「生命の冠」（劇評）9　能島武文

新刊紹介10

消息11

表紙　藤島武二

目次註

1　〔つゞく〕〔一九二〇・二・十九〕

2　〈わかれ／船／花の薫／「時」の流に／母／雨／夢〉

3　恋をわすれてゐた男

4　〔大正九年二月〕

5　ダンセニイ卿作／石井誠訳　〈町の春／薔薇／歌のない国／パンの死／パンの墓／トゥルンラァナの敵〉※次号消息欄に誤植訂正あり

6　〈一—三〉〔未完〕〔九・二・二四〕

7　〈一〉〔未完〕〔大正九年二月廿五日〕

8〜11　※「雑録」として

8　民衆座の『青い鳥』〔二・二三〕

9　〈三浦製糸場主—帝国劇場上演／生命の冠—明治座上演〉〔大正九年二月二十日〕

10　〈『帰れる父』水守亀之助・新潮社発行／『谷間の白百合』八木さわ子訳・新潮社発行／『間島冬道翁全集』間島弟彦編・自費出版〉

11　※〈南部中戸川邦枝三者出版記念会／義塾予科就任の竹友、カズンス著書抄訳の石井誠／ダンテ協会の設立と会報「あるの」／文科予科二年同人誌「群像」創刊／新人の日野加島原口／小島の時事新報創作月評／その他〉

表紙及び裏表紙・藤島武二／発行日・三月一日／頁数・本文全一三七頁／定価・四十銭／編輯兼発行人・東京市芝区三田二丁目二番地　慶應義塾内・柳沢君松　三田文学主幹・沢木梢／発行所・東京市芝区三田　慶應義塾内・三田文学会／発売所・東京市神田区表神保町三番地　東京堂／印刷人・東京市麻布区箪笥町三十番地　井川滋／印刷所・東京市赤坂区新町五丁目四十二番地　金子活版所

■四月号　【192004】

貝殻追放（随筆）1　水上瀧太郎

幸福（小説）　山崎俊夫

柩（小説）　加島正之助

粟屋の伜（小説）2　瀬百〔百瀬〕しづ

過ぎ来し方へ（短詩）3　堀口大學

籐椅子に凭りて（随筆）4　南部修太郎

ある時（小説）　松本けい

遠藤先生と大野（小説）5　宇野四郎

求道の心と離反の心（小説）6　久米秀治

「食後の唄」を読む（批評）7　竹友藻風

新刊紹介8

消息9

表紙　藤島武二

目次註

1　——此頃の事——　〔大正九年三月二十九日〕

2　百瀬しづ

3　〈過ぎ来し方へ／神さまと恋人／現在教／砂漠への招待〉

4　〈前文／文壇の党派と「十六人集」の出版／「縁なき衆生」の批評に就いて——中戸川吉二君に答ふ／批評の態度に就いて加藤一夫氏の論難に答ふ〉

5　〈四・五〉〔未完〕

6　〈二〉〔未完〕〔九・三・二五〕

7〜9　※「雑録」として

7 ※木下杢太郎の小唄集。その一節を紹介
8 〈『十六人集』片山伸・相馬御風編・新潮社発行／『犯罪者』菅藤高徳訳・越山堂発行／『マグダラのマリヤ』和気律次郎訳・玄文社出版／『炉辺叢書』柳田國男・玄文社出版／『フイヒテ 知識学序説及基礎』近藤哲雄訳・大村書店発行〉
9 ※〈新大学令による講義資料を作成中の沢木（義塾並帝大）／講演旅行より帰朝の野口／堀口の原稿／その他〉
＊ 値上予告 ※〝雑誌協会総会の決議により〟とある
表紙及び裏表紙・藤島武二／発行日・四月一日／頁数・本文全一二七頁／定価・四十銭／編輯兼発行人・東京市芝区三田二丁目二番地 慶應義塾内・柳沢君松 三田文学主幹・沢木梢／発行所・東京市芝区三田 慶應義塾内・三田文学会／発売所・東京市神田区表神保町三番地 東京堂／印刷人・東京市麻布区箪笥町三十番地 井川滋／印刷所・東京市赤坂区新町五丁目四十二番地 金子活版所

■五月号 【192005】

図書館裏の丘（小説）1 南部修太郎
ステファヌ・マラルメ（評論）2 石井誠
鼈の卵（小説）3 葉山葉太郎
エステル（小品）4 堀口大學
文芸批評側面観（評論）5 井汲清治
貝殻追放（小説）6 水上瀧太郎
寄贈せられた雑誌（月評）7 清水長五郎
戯曲と舞台（批評）8 水木京太
函嶺紀行（紀評）9 竹友藻風
新刊紹介10
消息11
表紙 藤島武二

目次註
1 ──或る追憶の一頁── 〔つゞく〕〔九年四月作〕
2 フランシス・グリアスン作／石井誠訳
3 〈一―四〉
4 ──或はポオル・フェルドスパ氏の一世一代の恋物語──（アブウキイル街二十八番地 鞣皮卸小売商）マックス・エ・アレックス・フイッシエ作／堀口大學訳
5 ──特に批評家の立場に就いて── 〈一・二・三〉
6 ──妾の子── 〔大正九年四月廿四日〕
7～11 ※「雑録」として
7 〈新小説／早稲田文学／文章世界／中央公論／行路／大観／新時代／中央文学／サンエス〉
8 ──偶想二三── ※菊池寛の「恩讐の彼方へ」（原作及脚色）評、及その他の文芸座公演評
9 〔大正九年四月十二日稿〕
10 〈『二人の愛人』佐々木孝丸訳・新潮社発行／『この身のまゝを』山中峰太郎・南北社発行／『幻の日に』白鳥省吾・新潮社発行／『改造中の世界を旅行して』石川半山・南北社発行／『結婚者の手記』室生犀星・新潮社発行〉
11 ※〈三田文学編輯会のこと（新に五者を会員に委嘱、編輯は南部に代り七尾担当）／三田文学懇話会／義塾文学部各講義／藤野茂八寄付の美術史資料購入費／文学科新卒業生の野村、難波、藤森、高木、潮崎／その他〉
＊ 三田文学主幹（沢木梢）／編輯会員（久保田万太郎・井川滋・小沢愛圀・南部修太郎・井汲清治・小島政二郎）／編輯担当（七尾嘉太郎）
＊ 次号予告 ※この項【192012】迄続く
表紙及び裏表紙・藤島武二／発行日・五月一日／頁数・本文全一二五頁／定価・五十銭／編輯兼発行人・東京市芝区三田二丁目二番地 慶應義塾内・柳沢君松 三田文学主幹・沢木梢／発行所・東京市芝区三田 慶應義塾内・三田文学会／発売所・東京市神田区表神保町三番地 東京堂／印刷人・東京市麻布区箪笥町三十番地 井川滋／印刷所・東京市赤坂区新町五丁目四十二番地 金子活版所

■六月号 【192006】

水夫の家（小説）1 水上瀧太郎
銀（訳詩）2 竹友藻風
二十年後（戯曲）3 斎藤佳三
夢で契る話（小説） 加島正之助
クラシイクと〔とは〕何ぞや（翻訳）4 井汲清治
菜の花（小品）5 久保田万太郎
晩春の創作界（批評）6 井川滋
永井荷風氏の「おかめ笹」（批評）7 小島政二郎
新刊紹介8
消息9
表紙 藤島武二

目次註
1 〔大正九年五月十八日〕
2 ヲオタア・ディ・ラ・メエア作
3 〔八年二月十一日〕
4 クラシイクとは何ぞや 〔千八百五十年十月二十一日月曜日〕サント・ブウヴ作／井汲清治訳
5 〔九年五月〕
6～9 ※「雑録」として
6 〈人間／新小説／三田文学／文章世界／文章倶楽部／中央文学／新時代／早稲田文学／サンエス／大観〉〈五・二三〉
7 永井荷風氏作「おかめ笹」
8 〈『仏陀と幼児の死』秋田雨雀・叢文閣発行／『トラウベル詩集』福田正夫訳・新潮社発行／『子爵ブラゼロオヌ 前編』三上於菟吉訳・新潮社発行／『野性より愛へ』宮原晃一郎訳・叢文閣発行／『温泉案内』鉄道院編纂並出版／『啄木全集第三巻』石川啄木遺著・新潮社発行／『近代劇選集 第一巻』楠山正雄訳・新潮社発行〉
9 ※〈野口帰朝歓迎兼文学部卒業生送別の三田文学会晩餐会（5・11）／義塾劇研究会の雑誌「窻」創刊／荷風戯曲の上演／馬場孤蝶の将棋の本／荷風の転居／その他〉
＊ 三田文学主幹（沢木四方吉）／編輯会員（久保田万太郎・井川滋・小沢愛圀・南部修太郎・井汲清治・小島政二郎）／編輯担当（七尾嘉太郎）
表紙及び裏表紙・藤島武二／発行日・六月一日／頁数・本文

全一二四頁／定価・五十銭／編輯兼発行人・東京市芝区三田二丁目二番地　慶應義塾内・柳沢君松／発行所・東京市芝区三田　慶應義塾内・三田文学会／発売所・東京市神田区表神保町三番地　東京堂／印刷人・東京市麻布区箪笥町三十番地　井川滋／印刷所・東京市赤坂区新町五丁目四十二番地　金子活版所

■七月号 【192007】

巷の塵（小説）1　松本泰
帰京（戯曲）2　岡田八千代
三五の小唄（訳詩）3　堀口大學
批評の推移（評論）　竹友藻風
虫が知らせる話（小説）4　南部修太郎
プロムナアド（批評）5　井汲清治
初夏の小説（批評）6　井川滋
創作劇場を観る（劇評）7　能島武文
戯曲と舞台（批評）8　水木京太
新刊紹介9
消息10
表紙　藤島武二

目次注

1 〔完〕
2 〔一幕〕
3 メエテルリンク作〈一―十五〉
4 〔九年六月作〕
5～10 ※「雑録」として
5 〈Ⅰ新聞月評を批難す／Ⅱ「性格破産者」江口渙作・新潮社出版／Ⅲ「苦の世界」宇野浩二作・聚英閣出版〉
6 〈新小説／中央文学／早稲田文学／三田文学／サンエス／新潮／大観／新時代／文章世界／窻〉〔六・二三〕※総評を付す
7 ――『指鬘外道』の演出に就いての疑義――〔大正九年六月十八日〕
8 ――万太郎戯曲集を読む――〔六・二二〕
9 〈『回想のセザンヌ』有島生馬訳・叢文閣発行／『憑き物』岩野泡鳴・新潮社発行／『惜みなく愛は奪ふ』有島武郎・叢文閣発行／『韻律と独語』前田春声・尚文堂発行／『京都帝国大学一覧』同大学出版／『いとなみ』山中健次郎・東京刊行社発行／『チエホフ選集』工藤信訳・佐藤出版部発行／『万太郎戯曲集』久保田万太郎・文久社発行〉
10 ※〈三田芸術学会設立と第一回例会（沢木講演）／慶應劇研究会での水上、「鷗外全集」編纂主任の小島／その他〉
＊ 三田文学主幹・編輯会員・編輯担当　※前号に同じ
＊ 次号予告（随筆小品号）

表紙及び裏表紙・藤島武二／発行日・七月一日／頁数・本文全一三三頁／定価・五十銭／編輯兼発行人・東京市芝区三田二丁目二番地　慶應義塾内・柳沢君松　三田文学編輯担当・七尾嘉太郎／発行所・東京市芝区三田　慶應義塾内・三田文学会／発売所・東京市神田区表神保町三番地　東京堂／印刷人・東京市麻布区箪笥町三十番地　井川滋／印刷所・東京市赤坂区新町五丁目四十二番地　金子活版所

■八月号 【192008】

貝殻追放（随筆）1　水上瀧太郎
無駄話の無駄話（随筆）　戸川秋骨
かなしみの後に（随筆）　松村みね子
ピナテール（小品）2　増田廉吉
午睡に入る前（随筆）3　馬場孤蝶
小品―シマンズ（翻訳）4　石井誠
夏の旅と自分（小品）5　南部修太郎
あつめ汁（随筆）6　小島政二郎
かくひどり（随筆）　久保田万太郎
プロムナアド（批評）7　井汲清治
詩集「香炎華」（批評）8　石井誠
新聞劇評家教範（翻訳）9　水木京太
新刊紹介10
消息11
表紙　藤島武二

目次注

1 ――札の辻―桜田門――
2 〔完〕
3 〈一―四〉〔をはり〕
4 コオンウオルのスケツチ　アアサ・シマンズ作／石井誠訳〈一　フォイにて／二　コオンウォルの海岸〉
5 夏の旅と自分と――籐椅子に凭りて――〈海／山／湖／牧場〉〔九年七月作〕
6 〈最近の永井荷風先生／紅葉、露伴、一葉／ル・コント・ド・リールとブルージエ／「死の勝利」と万葉集／訳の分らない歌／ホーマーと万葉集／緑雨と泡鳴／紗の障子／血塗の面／泉鏡花の新講談〉
7～11 ※「雑録」として
7 〈Ⅳ「展望」福士幸次郎・新潮社出版／Ⅴ「亜米利加紀念帖」水上瀧太郎・国文堂出版／Ⅳ〔Ⅵ〕「文芸往来」菊池寛・アルス出版〉
8 詩集香炎華――矢部季氏新著――
9 レイ・ハント作／水木京太訳　※「訳者識」あり
10 〈『現代の独逸戯曲―第一―』山岸光宣・宝文館発行／『金鈴』九条武子・竹柏会発行／『処女地』田中純訳・新潮社発行／『ロシア俚諺集』昇曙夢編訳・大倉書店発行／『病魔と享楽者』故高田浩蔵遺著／『銀籠　前編』真山青果・玄文社発行／『桜の園』楠山正雄訳・新潮社発行　／『几帳のかげ』伊東白蓮・玄文社発行／『玄宗と楊貴妃』近藤経一・新潮社発行／『夢みる日』加藤武雄・新潮社発行／『迷ひ子の家鴨』鈴木善太郎・文泉堂発行／『滑稽ですね』黒田湖山・上弦書洞発行／『争闘』和気津〔律〕次郎訳・叢文閣発行／『蛙』森林太郎訳・玄文社発行／『亜米利加紀念帖』水上瀧太郎・国文堂発行〉
11 ※〈南部の著作と関連記事（「新潮」八月号「南部修太郎の印象」小宮、井汲、小島）／広瀬の帰朝／その他〉

＊　三田文学主幹・編輯会員・編輯担当　※【192006】に同じ

＊　次号予告（演劇号）

表紙及び裏表紙・藤島武二／発行日・八月一日／頁数・本文全一三〇頁／定価・五十銭／編輯兼発行人・東京市芝区三田二丁目二番地　慶應義塾内・柳沢君松　編輯担当・七尾嘉太郎／発行所・東京市芝区三田　慶應義塾内・三田文学会／発売所・東京市神田区表神保町三番地　東京堂／印刷人・東京市麻布区簞笥町三十番地　井川滋／印刷所・東京市赤坂区新町五丁目四十二番地　金子活版所

■九月号　【192009】

不滅の船（翻訳）1　松本泰
操の源流（研究）2　小沢愛圀
間宮一家（戯曲）3　宇野四郎
平凡な話（感想）4　岡田八千代
夏空（戯曲）5　能島武文
「法成寺物語」（評論）6　三宅周太郎
貝殻追放（随筆）7　水上瀧太郎
寄贈せられし雑誌（批評）8　中谷丁蔵
新刊紹介9
消息10
表紙　藤島武二

目次註

1　（五幕）　ジヨシフ・コーソル作／松本泰訳〈第一幕（六場）／第二幕（六場）〉〔以下嗣出〕　※「訳者識」を付す

2　〔大正九年八月〕

3　※文末に『間宮一家』へ付記」あり

4　――「辱されし村」の上場に就いて――　〔大正九年八月二十日〕

5　（一幕）〔大正九年五月二十九日〕

6　「法成寺物語」の二つの疑問

7　――戯曲に対する圧迫と国民性――　〔つゞく〕

8〜10　※雑録として

8　寄贈せられた雑誌〈文章世界／新潮／新小説／改造／三田文学／早稲田文学／中央文学／サンエス〉

9　〈『暗示』鈴木善太郎・大同館発行／『日本詩集』日本詩話会編・新潮社発行／『サンデイカリズム』南北社編訳並発行／『第一歩』正親町季董・大日本雄弁会発行／『毛利式日本速記法』毛利高範・翰林社発行／『地中海前後』三島章道・新潮社発行／『恋を賭くる女』大泉黒石・南北社発行／『社会主義と人間の霊魂』本間久雄訳・新潮社発行〉

10　※〈久末の力作長篇「光触」／新文芸協会の舞台人となる山崎俊夫／三田文学観劇会（有楽座宇野監督）／その他〉

＊　三田文学主幹・編輯会員・編輯担当　※【192006】に同じ

表紙及び裏表紙・藤島武二／発行日・九月一日／頁数・本文全一四五頁／定価・五十銭／編輯兼発行人・東京市芝区三田二丁目二番地　慶應義塾内・柳沢君松　編輯担当・七尾嘉太郎／発行所・東京市芝区三田　慶應義塾内・三田文学会／発売所・東京市神田区表神保町三番地　東京堂／印刷人・東京市麻布区簞笥町三十番地　井川滋／印刷所・東京市赤坂区新町五丁目四十二番地　金子活版所

■十月号　【192010】

光触（小説）1　久末淳
詩三篇（短詩）2　竹友藻風
潮鳴（小説）　真木琲
不滅の船（翻訳）3　松本泰
涙（小説）4　佐治祐吉
貝殻追放（随筆）5　水上瀧太郎
プロムナアド（批評）6　井汲清治
二科会と美術院の洋画合評7
新刊紹介8
消息9
表紙　藤島武二

目次註

1　〈一―五〉〔完〕〔大正八年六月・八月　於無憂窟〕

2　〈秋の声／秋の心／夕月〉

3　（五幕）　ジヨシフ・コーソン〔ル〕作／松本泰訳〈第三幕（四場）〉

4　〔一九二〇年九月　静浦にて訂〕　※消息中訂正あり

5　――戯曲に対する圧迫と国民性――　〔つゞく〕

6〜9　※「雑録」として

6　〈Ⅶ「死を恃む女」細田源吉・新潮社出版／Ⅶ〔Ⅷ〕「金鈴」九条武子歌集・竹柏会出版〉

7　二科会及美術院の洋画――合評――　〈安井曽太郎氏／松岡正雄氏／梅原龍三郎氏／中川紀元氏／正宗得三郎氏／石井柏亭氏／黒田重太郎氏／林倭衛氏／小出楢重氏／有馬生馬氏／ジエレニエウスキー氏／木村荘八氏／椿貞雄氏／足立源一郎氏／森田恒友氏／永瀬義郎氏／石井鶴三氏／マネエ／ルノワール／ドガア／ピサロ／マチス〉　A／B／C

8　〈『改版歌集　無産者』西川百子・弘文堂発行／『最近文芸思想講話』加藤朝鳥〔民〕・新潮社発行／『カアペンター詩集』富田砕花訳・新潮社発行／『死を恃む女』細田源吉・新潮社発行〉

9　※〈三田新聞学会主催文芸講演会の南部／慶應劇研究会「窻」二号寄稿者／再刊した大正日日文芸欄担当の日野／野口の新著（米国マクミラン社）／帝大に於ける沢木の講義〉

＊　三田文学主幹・編輯会員・編輯担当　※【192006】に同じ

※　〝本誌十月号は風俗壊乱の故を以て発売禁止を命ぜられしため、配布洩れの向多かりしを遺憾とす。茲に謹んで執筆者並に読者諸彦の御寛恕を乞ふ〟と次号に断書あり

表紙及び裏表紙・藤島武二／発行日・十月一日／頁数・本文全一三六頁／定価・五十銭／編輯兼発行人・東京市芝区三田二丁目二番地　慶應義塾内・柳沢君松　編輯担当・七尾嘉太郎／発行所・東京市芝区三田　慶應義塾内・三田文学会／発売所・東京市神田区表神保町三番地　東京堂／印刷人・東京市麻布区簞笥町三十番地　井川滋／印刷所・東京市赤坂区新町五丁目四十二番地　金子活版所

■十一月号 【192011】

貝殻追放（随筆）1　水上瀧太郎
起請誓紙（小説）　加島正之助
愁人独詠（短歌）2　與謝野寛
不滅の船（戯曲）3　松本泰
父と私と嫂と（小説）4　宇野四郎
ジヤム九章（訳詩）5　堀口大學
或る空地の人々（小説）6　南部修太郎
プロムナアド（批評）7　井汲清治
諏訪湖畔より（随筆）8　山崎俊夫
新刊紹介9
消息10
表紙　藤島武二

目次註

1 ——戯曲に対する圧迫と国民性——〔大正九年十月十四日〕
2 ※三十一首
3 〈五幕〉ジヨシフ・コーソル作／松本泰訳〈第四幕（八場）〉〔つゞく〕
4 〈一・二〉〔未完〕〔一九二〇・十月二十日〕
5 ——フランシス・ジヤムより——〈気の毒な校長さん／私が死んだなら／家は薔薇の花で一ぱいであらう／私は驟馬を好きだ／若しもお前が／緑の水の辺／お前は退屈してゐる／正午の村／お前は書いてよこした〉
6 〔九年十月作〕
7〜10 ※「雑録」として
7 〈Ⅸ客観的態度——三四郎失恋物語の一節——〉
9 〈『牧羊神』故上田敏遺著・文淵堂発行／『ジヤン・クリストフ第一巻』豊島与志雄訳・新潮社発行／『こゝろの歌』北村喜八・血槠社発行／『銀の皿』不二之舎歌会発行／『時の流れに』竹友藻風・天祐［佑］社発行／『近代劇選集　第二巻』楠山正雄訳・新潮社発行〉
10 ※〈広瀬帰朝歓迎晩餐会、「牧羊神」上梓記念柳村会、ネスト主催文芸講演（小島処女演説）／ダンテ協会「あるの」（目次別掲）／義塾與謝野講義／高見沢良壽訳稿〉
＊ 三田文学主幹・編輯会員・編輯担当　※【192006】に同じ
＊ ※本誌十月号の発売禁止に関する断書を付す

表紙及び裏表紙・藤島武二／発行日・十一月一日／頁数・本文全一四三頁／定価・五十銭／編輯兼発行人・東京市芝区三田二丁目二番地　慶應義塾内・柳沢君松　編輯担当・七尾嘉太郎／発行所・東京市芝区三田　慶應義塾内・三田文学会／発売所・東京市神田区表神保町三番地　東京堂／印刷人・東京市麻布区箪笥町三十番地　井川滋／印刷所・東京市赤坂区新町五丁目四十二番地　金子活版所

■十二月号 【192012】

フロベエルの手紙（翻訳）1　広瀬哲士
車掌（小説）　葉山葉太郎
詩—イエツ（訳詩）2　松村みね子
二人の友（小説）3　虫生小夜
不滅の船（戯曲）4　松本泰
父と私と嫂と（小説）5　宇野四郎
幽草幽花（随筆）6　久末淳
お清（小説）7　久保田万太郎
プロムナアド（批評）8　井汲清治
「時の流に」を読む（批評）9　西脇順三郎
戯曲と舞台（劇評）10　水木京太
新刊紹介11
消息12
表紙　藤島武二
付録——第十一巻総目次13

目次註

1 異性に送れる——フロベエルの手紙——　広瀬哲士訳
2 Yeats — The Wild Swans At Cool より　松村みね子訳〈野うさぎの骨／ソロモンがシバに／猫と月〉
3 ※「投稿作品」とのこと、水上瀧太郎記紹介文あり
4 〈五幕〉〈第五幕（四場）〉
5 〈三・四〉〔未完〕
6 ——『無憂窟日乗』抜萃——〔大正九年九月　於無憂窟〕
7 ——少女のために——
8 〈X里見弴氏『毒蕈』（春陽堂版）と『善心悪心』（新潮社板）〉
9 〔十一月二十日〕　※竹友藻風著詩集
10 ——「雪」の上演——〔一一・一二〕　※久保田万太郎作——歌舞伎座十一月興行　※消息欄に関連文あり
11 〈『欧洲思想大観』金子筑水・東京堂発行／『大望』島田清次郎・新潮社発行／『若き日』加能作次郎・新潮社発行／『善心悪心』里見弴・新潮社発行／『欲生』山本有三・叢文閣発行／『日曜』水上瀧太郎・国文堂発行〉
12 ※〈第一回三田芸術学会、三田英文学会、三田仏蘭西文学会、三田発音学協会第一回講演、創作研究会（南部宅等の報告）／文科生の「無名作家」創刊／堀口の巴里刊日本詩壇紹介書／新歌舞伎研究会の小山内戯曲上演／その他〉
13 三田文学第十一巻総目次（大正九年）
＊ 三田文学主幹・編輯会員・編輯担当　※【192006】に同じ
＊ ※金尾文淵堂版上田敏詩集『牧羊神』（跋文與謝野寛竹友藻風）の広告中、晶子、寛の推薦文（歌）紹介あり

表紙及び裏表紙・藤島武二／発行日・十二月一日／頁数・本文全一四一頁　付録四頁／定価・五十銭／編輯兼発行人・東京市芝区三田二丁目二番地　慶應義塾内・柳沢君松　編輯担当・七尾嘉太郎／発行所・東京市芝区三田　慶應義塾内・三田文学会／発売所・東京市神田区表神保町三番地　東京堂／印刷人・東京市麻布区箪笥町三十番地　井川滋／印刷所・東京市赤坂区新町五丁目四十二番地　金子活版所

一九二一年（大正十年）

■一月号（新年特別号）【192101】

舞台監督に就ての雑感（評論）1　里見弴
駱駝の首（小説）2　松本泰
文学教養主義（評論）3　西脇順三郎
青髯の結婚―レニイ（翻訳）4　堀口大學
文体論（評論）5　竹友藻風
弥次郎兵衛と喜多八（小説）　加島正之助
車掌（小説）6　小島政二郎
「ルネ」に関する考察（評論）7　井汲清治
その心根（小説）8　岡田八千代
宝蔵秘夢（小説）9　久米淳
英京雑記（小説）10　水上瀧太郎
新刊紹介11
消息12
表紙　藤島武二

目次註

1　※付記あり。「雪」の「舞台監督名前のみ」のいきさつ
2　〔完〕
3　〔十二月十三日〕
4　青髯の六度目の結婚　アンリイ・ド・レニエ作／堀口大學訳
5　※付　文体論参考書目
6　〔大正九年十一月作〕
7　――シャトオブリヤンの詩人的側面――〈前書・一・二・三〉〔続く〕
8　その心根《こころね》〔大正九年十二月十三日〕
9　―A Fairy tale.―〈一〉〔未完〕〔大正九年九月於無憂窟寄稿〕
10　〔長編嗣出〕
11　〈『失はれた宝石』堀口大學訳・籾山書店発行／『哲学とは何ぞや』出隆訳・大村書店発行／『文化科学と自然科学』近藤哲雄訳・大村書店発行／『旅する心』有島武郎・叢文閣発行／『蘆間の幻影』三木露風・新潮社発行〉
12　※〈三田文学会茶話会復活／油絵出陳の井汲、大阪毎日の為執筆中の久保田、帝劇経営有楽座の宇野／その他〉

＊　三田文学主幹・編輯会員・編輯担当　※【192006】に同じ以下この項【192112】迄続く
＊　寄贈雑誌／次号予告／前号目次　※この項【192112】迄続く

表紙及び裏表紙・藤島武二／発行日・一月一日／頁数・本文全一九七頁／定価・七十銭／編輯兼発行人・東京市芝区三田二丁目二番地　慶應義塾内・柳沢君松　編輯担当・七尾嘉太郎／発行所・東京市芝区三田二丁目　慶應義塾内・三田文学会／発売所・東京市神田区表神保町三番地　東京堂／印刷人・東京市麻布区簞笥町三十番地　井川滋／印刷所・東京市赤坂区新町五丁目四十二番地　金子活版所

■二月号【192102】

英京雑記（小説）1　水上瀧太郎
信者（翻訳）2　大杉栄
冷たい夜ののち（小説）　日野巌
処女の日（小説）　虫生小夜子
「ルネ」に関する考察（評論）3　井汲清治
万引（小説）　小島政二郎
暖き日（小説）4　松本泰
閑人閑語（随筆）5　堀口大學
六号余録6
新刊紹介7
消息8
表紙　藤島武二

目次註

1　〔長編嗣出〕
2　アンドレエイエフ作
3　――シャトオブリヤンの詩人的側面――〈四―六〉
4　〔完〕〔十年一月〕
5　〈レコオド／数字の価／ヴエラスケス／サムエル・バットラア〉
6～8　※「雑録」として
7　〈『近代演劇の理論と実像』島村民蔵訳・玄文社発行／『ベルリオ　自伝と書簡』尾崎喜八訳・叢文閣発行／『若き日の祈禱』渡辺湖畔・アルス発行／『歌舞伎の追憶』坪内逍遙・日本演芸合資会社発行／『愛憎』須藤鐘一・博文館発行／『炮きつく甍』島津四十起・上海金風社発行／『デビュッスィーとヴァーグナー』婦人新報社篇並発行／『世界的日本語』長沢子妙著並発行／『青鷺』久保田万太郎・国文堂発行〉
8　※帝大史学会の沢木、新富座の久保田、井汲の連載等

表紙及び裏表紙・藤島武二／発行日・二月一日／頁数・本文全一三八頁／定価・五十銭／編輯兼発行人・東京市芝区三田二丁目二番地　慶應義塾内・柳沢君松　編輯担当・七尾嘉太郎／発行所・東京市芝区三田二丁目　慶應義塾内・三田文学会／発売所・東京市神田区表神保町三番地　東京堂／印刷人・東京市麻布区簞笥町三十番地　井川滋／印刷所・東京市赤坂区新町五丁目四十二番地　金子活版所

■三月号【192103】

英京雑記（小説）1　水上瀧太郎
お千代と時計（小説）　葉山葉太郎
古典主義の精神（評論）　竹友藻風
息子（戯曲）2　森田信義
伝統及其他（翻訳）3　堀口大學
転地する身（小説）　原口登志男
酔ツぱらひと犬の舌（小説）　小島政二郎
プロムナアド（批評）4　井汲清治

閑人閑話〔語〕（随筆）5　堀口大學
新刊紹介6
消息7
表紙　藤島武二

目次註

1 〔長編嗣出〕
2 〔二幕二場〕
3 ルミ・ド・グウルモン作
4〜7 ※「雑録」として
4 〈『青鷺』久保田万太郎著作集・国文堂出版／『牧羊神』上田敏遺稿・金尾文淵堂版〉
5 閑人閑語 〈グウルモンの事／クロオデル〉
6 〈『宗教的奇蹟』柳宗悦・叢文閣発行／『奥ゆかしき玫瑰花』長谷川弘・籾山書店発行／『お弓の結婚』宇野喜代之介・新潮社発行／『見なれざる人』中川一政・叢文閣発行／『古事記物語　上・下』鈴木三重吉・赤い鳥社発行／『宗教哲学の主要問題』佐野勝也訳・大村書店発行／『美術の秋』有島生馬・叢文閣発行／『秋』網野菊子・国文堂発行／『鸚鵡と時計』西条八十・赤い鳥社発行／『赤き地平線』小川未明・新潮社発行／『光の処女』矢野目源一・籾山書店〉
7 ※〈「女〔婦〕系図」台本改訂の久保田／山崎俊夫の改芸名／国文学会の小島／慶應劇研究会に処女講演の水木と同会創刊「劇文学」（「窓」内容改め）／馬場主唱泊鷗会〉
＊ ※椙本まさをの新刊長編小説『月見草』の紹介中、徳田秋声・田山花袋・佐藤紅緑の推薦文引用あり

表紙及び裏表紙・藤島武二／発行日・三月一日／頁数・本文全一二八頁／定価・五十銭／編輯兼発行人・東京市芝区三田二丁目二番地　慶應義塾内・柳沢君松　編輯担当・七尾嘉太郎／発行所・東京市芝区三田二丁目　慶應義塾内・三田文学会／発売所・東京市神田区表神保町三番地　東京堂／印刷人・東京市麻布区簞笥町三十番地　井川滋／印刷所・東京市赤坂区新町五丁目四十二番地　金子活版所

■四月号　【192104】

辛夷の花（小説）　岡田八千代
帰り道（小説）　丹野てい子
初恋（小説）1　虫生小夜
――アポリネエル――（翻訳）2　堀口大學
指（小説）　畑耕一
豆腐（小説）3　中戸川吉二
暮れの二十八日（小説）　加島正之助
大風の夜（小説）　小島政二郎
英京雑記（小説）4　水上瀧太郎
新刊紹介5
消息6
表紙　藤島武二

目次註

1 〔一九二〇・一二〕
2 オノレ・シュブラックの失踪　Guillaume Apollinaire 作
3 〔をはり〕
4 〔長編嗣出〕
5・6 ※「雑録」として
5 〈『続近代劇五曲』小山内薫・国文堂発行／『劇芸術小論集』三島章道・文泉堂発行／『楽園の途上』白鳥省吾・叢文閣発行／『太陽と薔薇』與謝野晶子・アルス発行／『獄中四年の告白・僕の新生命』野依秀一・実業之世界社発行／『恐ろしき告白』佐治祐吉・宝文社発行／『Tales of the Samurai』宮森麻太郎・教文館発行〉
6 ※市村座見物会、義塾文学部の女子入学について等

表紙及び裏表紙・藤島武二／発行日・四月一日／頁数・本文全一四一頁／定価・五十銭／編輯兼発行人・東京市芝区三田二丁目二番地　慶應義塾内・柳沢君松　編輯担当・七尾嘉太郎／発行所・東京市芝区三田二丁目　慶應義塾内・三田文学会／発売所・東京市神田区表神保町三番地　東京堂／印刷人・東京市麻布区簞笥町三十番地　井川滋／印刷所・東京市赤坂区新町五丁目四十二番地　金子活版所

■五月号　【192105】

英京雑記（小説）1　水上瀧太郎
翅島（小説）　佐佐木茂索
水車の一夜（戯曲）　鈴木善太郎
夜が鳴る（詩）2　蔵原伸二郎
陰陽師（小説）　土佐広陵
自分達（小説）3　岡田八千代
世話物（小説）4　小島政二郎
プロムナアド（批評）5　井汲清治
閑人閑話〔語〕（随筆）6　堀口大學
新刊紹介7
消息8

目次註

1 〔長編嗣出〕
2 〈冬夜／夜／盲鴉／夜が鳴る〉
3 〔一〇・四・二〇〕
4 〔つゞく〕
5〜8 ※「雑録」として
5 〈『夜来の花』芥川龍之介・新潮社板〔版〕〉
6 〈方丈記／ギイヨオム・アポリネエル／緑髪／相像／平和条約／佝僂／新定義／文芸賞金／翰林院〉
7 〈『生霊』吉井勇・日本評論社発行／『人間礼拝』與謝野晶子・天祐〔佑〕社発行／『恋草』田山花袋・玄文社発行／『三人兄弟』菊池寛・赤い鳥社発行／『処女の死』加藤武雄・新潮社発行／『芸術的活動の起源』金田廉訳・大村書店発行／『月見草』椙本まさを・玄文社発行／『宮古路豊後椽』清見陸郎・籾山書店発行／『ルバイヤット』竹友藻風訳・アルス発行〉
8 ※〈義塾文学部講義紹介／同学部初の女子聴講生松本恵子（泰夫人）／岡田小山内石垣（山崎）の舞台活動／その他〉

表紙及び裏表紙・藤島武二／発行日・五月一日／頁数・本文

全一二一頁／定価・五十銭／編輯兼発行人・東京市芝区三田二丁目二番地　慶應義塾内・柳沢君松　編輯担当・七尾嘉太郎／発行所・東京市芝区三田二丁目　慶應義塾内・三田文学会／発売所・東京市神田区表神保町三番地　東京堂／印刷人・東京市麻布区箪笥町三十番地　井川滋／印刷所・東京市赤坂区新町五丁目四十二番地　金子活版所

■六月号　【192106】

かるい紅茶（小品）1　松本泰
磨工とその家（小説）2　葉山葉太郎
急設電話（小説）　斯波武
愛蘭民謡（翻訳）3　松村みね子
女（小説）　虫生小夜
病める木梢（短詩）4　青柳瑞穂
病（小説）5　佐佐木茂索
英京雑記（小説）6　水上瀧太郎
世話物（小説）7　小島政二郎
プロムナアド（批評）8　井汲清治
新刊紹介9
消息10

目次註

1　〈十年五月〉
2　〈一―四〉
3　―Translations By Lady Gregory―　松村みね子訳〈詩人の愚痴／女ごころのかなしみ〉
4　〈逝きし金魚／真昼／匂／しののめくる前／鞦韆／病める木梢〉
5　〈一・一五〉
6　〈長編嗣出〉
7　〈つゞき〉〔をはり〕
8　〈『模範　仏和大辞典』白水社版／『友情』中戸川吉二・新潮社版〉
9　〈『上代国文学の研究』武田祐吉・博文館発行／『国境の夜』秋田雨雀・叢文閣発行／『新しきアダムとイヴ』田代倫・隆文館発行／『へぼ胡瓜』岡本一平・大日本雄弁会発行／『小さき灯』有島武郎・叢文閣発行／『美の原理』相良徳三訳・大村書店発行／『鹿子木夫人』相馬泰三・隆文館発行／『模範　仏和大辞典』白水社発行〉
10　※〈義塾文学部の田中鳥蔵小林澄兄（女子大学講習会でも講演）／幼稚舎で講話の小島／画会の井汲／その他〉

表紙及び裏表紙・藤島武二／発行日・六月一日／頁数・本文全一四七頁／定価・五十銭／編輯兼発行人・東京市芝区三田二丁目二番地　慶應義塾内・柳沢君松　編輯担当・七尾嘉太郎／発行所・東京市芝区三田二丁目　慶應義塾内・三田文学会／発売所・東京市神田区表神保町三番地　東京堂／印刷人・東京市麻布区箪笥町三十番地　井川滋／印刷所・東京市赤坂区新町五丁目四十二番地　金子活版所

■七月号　【192107】

喉の筋肉（小説）1　小島政二郎
ジャム十四章（訳詩）2　堀口大學
夕闇の中を（小説）3　日野巖
紅白（小説）4　岡田八千代
英京雑記（小説）5　水上瀧太郎
プロムナアド（批評）6　井汲清治
新刊紹介7
消息8

目次註

1　〈一―三〉
2　――フランシス・ジャムより――〈聞け／私が驢馬と連れ立つて天国へ行く為の祈り／少女／平和は森に／人は云ふ／人の云ふことを信ずるな／炉ばたに足を投げ出して／苦痛を慶する為の祈り／哀憐が私を抉る／雨後―第一・第二・第三／私を慰めて呉れるな／雲が一線に／樹脂が流れる―第一・第二／雨の一滴〉
3　〈一―五〉
4　〈十年六月〉
5　〈長編嗣出〉
6　〈新民衆的文芸批評〉
7　〈『阿武隈心中』久米正雄・新潮社発行／『近代文芸史論』高須梅溪・日本評論社発行／『悩ましき春』加藤武雄・新潮社発行／『旅の歌』與謝野晶子・日本評論社発行／『飢渇』長田秀雄・新潮社発行／『風流懺法』高浜虚子・中央出版協会発行／『十二夜』坪内逍遙訳・早稲田大学出版部発行／『地に跡を印した人々』別所梅之助・警醒社書店発行／『梢の巣にて』村山〔山村〕暮鳥・叢文閣〔閣〕発行／『生の凱歌』原田謙次・聚英閣〔閣〕発行／『オネーギン』米川正夫訳・叢文閣〔閣〕発行／『ふくろと小供』久保田万太郎・赤い鳥社発行〉
8　※三田文学懇親会、茶話会、文科有志の「無花果」ほか

表紙及び裏表紙・藤島武二／発行日・七月一日／頁数・本文全一二八頁／定価・五十銭／編輯兼発行人・東京市芝区三田二丁目二番地　慶應義塾内・柳沢君松　編輯担当・七尾嘉太郎／発行所・東京市芝区三田二丁目　慶應義塾内・三田文学会／発売所・東京市神田区表神保町三番地　東京堂／印刷人・東京市麻布区箪笥町三十番地　井川滋／印刷所・東京市赤坂区新町五丁目四十二番地　金子活版所

■八月号　【192108】

英京雑記（小説）1　水上瀧太郎
青ぞら（小品）2　松本泰
酒前茶後（随筆）3　村松梢風
土蛮の歌（訳詩）4　堀口大學
銅貨（小品）5　沼田流人
泣おどり（小品）6　松本恵子
灰燼（小品）7　香川辰二
四階の霧（短詩）8　大藤次郎
袖珍鸚鵡石（随筆）9　水木京太〔小島政二郎〕
百喜帳（随筆）10　馬場孤蝶〔馬場孤蝶〕
楊上瑣話（随筆）11　小島政二郎

奈良の一夜（小品）12　南部修太郎
プロムナアド（批評）13　井汲清治
「青春」の跋（批評）14　三宅周太郎
「亜米利加紀念帖」（批評）15　加島正之助
六号余録
新刊紹介及消息16

目次註

1〈長編嗣出〉
2〈完〉
3〈火事／成金／髪床談義／女房役／栖の両面〉
4 マダカスカル土蛮歌　ÉVARISTE PARNY（1753―1814）作〈第一―第七〉
5〈Ⅰ―Ⅲ〉
6 泣おどり〈一―四〉〔一九二一・六〕
7〈一―四〉
8〈四階の霧／Jahr-Marktの来る日〉〔ロンドン・アールス・コートの下宿屋にて〕
9〈瓦斯燈／光の技巧／第四の壁／狂へる王／便所の札／戯曲「栄子の死」〉
10 小島政二郎〈時代精神／高楼（酔古堂剣掃）／西洋の謎々／ラヴレターの代作／ブルージェ先生の書斎／馬場文耕（江戸時代戯曲小説通志）／ゾラの半面／昼通《ひるつう》／寄席〉
11 馬場孤蝶〈一―三〉〔10・7・20〕
12 ――旅日記から――〔十年七月作〕
13〈『愛着』水守亀之助・新潮社版／『吾木香』三ケ島葭・東雲堂出版〉※先号消息欄に関連文あり
14 ――中戸川吉二氏に――〔大正十年七月〕
15「亜米利加紀念帖」を読む　※次号所載筆者文の文末に「補足」掲載あり
16 新刊紹介〈『近代劇大観』宮森麻太郎・玄文社発行／『石の猿』小山内薫・赤い鳥社発行／『黒影集』田中貢太郎・新生社発行／『断髪』大橋房子・警醒社書店発行／『槐多の歌へる其後』村山槐多遺著・アルス発行／『日月の上に』高群逸枝・叢文閣発行／『欧米演劇史潮』渡平民訳・文泉堂発行／『画家とその弟子』長与善郎・叢文閣発行／『美術家の欠伸』山本鼎・アルス発行／『竜のほりもの』久米正雄・小島政二郎共著・春陽堂発行　※『新しい童話』の本の第一編〉消息　※〈野村光一、二見孝平共訳書の刊行／林光謙の帝劇入社と渡欧／大阪毎日及萬朝報の為長篇執筆中の南部他〉
※　本号一四七頁に〝グローデル氏の来朝を迎ふるに際し本誌は広瀬哲士、井汲清治、竹友藻風氏等の執筆に係る翻訳及び評論を満載すべし〟と記す

表紙及び裏表紙・藤島武二／発行日・八月一日／頁数・本文全一五一頁／定価・五十銭／編輯兼発行人・東京市芝区三田二丁目二番地　慶應義塾内・柳沢君松　編輯担当・七尾嘉太郎／発行所・東京市芝区三田二丁目　慶應義塾内・三田文学会／発売所・東京市神田区表神保町三番地　東京堂／印刷人・東京市麻布区箪笥町三十番地　井川滋／印刷所・東京市赤坂区新町五丁目四十二番地　金子活版所

■九月号　【19209】

夏雲（小説）1　松本泰
菊池寛氏に就いて（評論）　石井誠
脱営兵と中尉（小説）2　宇野四郎
暮れ方の事件（小説）　村松梢風
続士〔土〕蛮の歌（訳詩）3　堀口大學
金の話（小説）4　三島章道
英京雑記（小説）　水上瀧太郎
兄弟（小説）5　小島政二郎
露芝（小説）6　久保田万太郎
芸と人格（感想）7　加島正之助
新刊紹介8
消息9

目次註

1〈完〉
2〈一―五〉〔一九二一・八〕
3 続マダカスカル土蛮歌　ÉVARISTE PARNY作〈第八―第十一〉
4〈完〉
5〈一〉
6〈後篇〉〈一ノ一〉〔つゞく〕
7 ※前号所載、「亜米利加紀念帖」文中の補足文を付す
8〈『江戸文学研究』藤井乙男・内外出版株式会社発行／『夜あけ前の歌』エロシエンコ・叢文閣発行／『青春の夢　前編』長田幹彦・玄文社発行／『一幕物選集』渡平民訳・日本評論社発行／『大正の生ける二大信仰家』遠藤龍譲・実業之世界社発行／『私か〔が〕救はるる迄』野依秀一・実業之世界社発行／『かたぼみ更紗』椙本まさを・玄文社発行／『神の人タウレル』佐藤繁彦・叢文閣発行／『雨を呼ぶ樹』小川未明・南郊社発行／『公暁』林和・叢文閣発行／『絵の旅・日本内地の巻・朝鮮支那の巻』石井柏亭・日本論社発行／『ヱルレーヌ選集』竹友藻風訳・アルス発行〉
9 ※〈万朝報に連載の南部／石垣横川他の舞台協会再興と有楽座上場／毎月上梓の小島「新しい童話」／その他〉

表紙及び裏表紙・藤島武二／発行日・九月一日／頁数・本文全一五二頁／定価・五十銭／編輯兼発行人・東京市芝区三田二丁目二番地　慶應義塾内・柳沢君松　編輯担当・七尾嘉太郎／発行所・東京市芝区三田二丁目　慶應義塾内・三田文学会／発売所・東京市神田区表神保町三番地　東京堂／印刷人・東京市麻布区箪笥町三十番地　井川滋／印刷所・東京市赤坂区新町五丁目四十二番地　金子活版所

■十月号　【19210】

貝殻追放（随筆）1　水上瀧太郎
漂ふ人（小説）2　増田廉吉
山の誘惑（小説）3　新井紀一
江藤校長の辞職（小説）4　和木清三郎
近詠五十首（短歌）5　永田龍雄
さびしい声（短詩）6　青柳瑞穂

遺言状（翻訳）7　堀口大學
脱営兵と中尉（小説）8　宇野四郎
耳袋（随筆）9　小島政二郎
英京雑記（小説）10　水上瀧太郎
プロムナアド（批評）11　井汲清治
涼秋閑話（紹介）　難波憲
新刊紹介 12
消息 13

目次註

1　――麪麭と扇――〔大正十年九月十六日〕
2　〔大正十年七月六日〕
3　〈一―三〉〔完〉
4　〔大正十年七月十三日〕
5　〈うたたね／ひぐらし／哲人ラッセル劇場にきたりたれば新人勘弥の楽屋を案内《あない》す／山村耕花の画室を訪ふ／白ゆり／花火／合歓の花／槐の花／棗の花／犬吠岬にて〉〔十年八月十八日〕
6　さびしい声が私を呼ぶ
7　Charles-Louis Philippe 作
8　〈六〉〔嗣出〕　※消息欄に関連文あり
9　〈万葉人《びと》の洒落／旅／雨のふる日（異本洞房語園―庄司勝富）／南部修太郎と山東京伝／陽物くらべ／干瓢／一万三千人〉
10　〔長編嗣出〕
11　〈「知識の問題」村岡省吾郎・岩波書店出板〔版〕〉
12　〈『Selected Poems of Yone Noguchi』Pub. by The Four Seas Co, Boston ／『支那船』久米正雄・小島政二郎共著・春陽堂発行／『二重の影』酒井一郎訳・金剛社発行／『現代の哲学及哲学者』野村隈畔・京文社発行／『妹の結婚』藤森成吉・叢文閣発行／『相剋』住井すゑ子・表現社発行／『古賢の跡へ　第一』常盤大定・金尾文淵堂発行／『開かぬ扉』板本石創・恒星会発行／『白帆の夢』赤木毅・日本評論社発行／『ホイットマン　自選日記』高村光太郎訳・叢文閣発行／『水の面に書きて』堀口大學・籾山書店発行／『三筋町より』久保田万太郎・金星堂発行〉
13　※〈三田文学茶話会、交詢社茶話会（小島講演）／創設明大文学会の井汲／日野和木久能の「雑草」創刊／その他〉

表紙及び裏表紙・藤島武二／発行日・十月一日／頁数・本文全一三三頁／定価・五十銭／編輯兼発行人・東京市芝区三田二丁目二番地　慶應義塾内・柳沢君松　編輯担当・七尾嘉太郎／発行所・東京市芝区三田二丁目　慶應義塾内・三田文学会／発売所・東京市神田区表神保町三番地　東京堂／印刷人・東京市麻布区簞笥町三十番地　井川滋／印刷所・東京市赤坂区新町五丁目四十二番地　金子活版所

■十一月号　【19211】

英京雑記（小説）1　水上瀧太郎
寒鯉（戯曲）　岡部嘉一郎
恋人の遊歩場（訳詩）2　堀口大學
「お夏狂乱に」就て（評論）3　勝本清一郎
脱営兵と中尉（小説）4　宇野四郎
貝殻追放（随筆）5　水上瀧太郎
野口氏の詩（批評）6　西脇順三郎
プロムナアド（批評）7　井汲清治
堤中納言物語（随筆）　小島政二郎
新刊紹介 8
消息 9

目次註

1　〔長編嗣出〕
2　TRISTAN L'HERMITE 作〔1601―1655〕
3　「お夏狂乱」に就て〔大正十・十・廿日〕
4　〈七・八〉〔嗣出〕
5　――「御柱」雑感――〔大正十年十月二十九日〕
6　A NOTE ON THE POEMS OF MR. NOGUCHI〔October, 1921. J. Nishiwaki〕　※英文
7　〈「水の面に書きて」堀口大學詩集・籾山書店出板〔版〕〉
8　〈『空地裏の殺人』木下杢太郎・叢文閣発行／『東山夜話』成瀬無極・内外出版株式会社発行／『性の仮面服』藤浪由之訳・大泉社発行／『親父のすねと阿母のへそくり』三四郎・宝学館発行／『家出の前後』千家元麿・叢文閣発行／『一九一四年の基督隆〔降〕誕祭』高橋邦太郎訳・文泉社発行／『湖上〔水〕の上』南部修太郎・新潮社発行〉
9　※〈三田文学茶話会（10・28）報告／慶應児童研究会で口演の小島政二郎／万朝報へ入社の植松貞雄／その他〉
＊　※大橋房子新著『断髪』（警醒社書店）の広告中、有島武郎・小島政二郎・菊池寛の批評紹介あり
＊　※巻頭に〝慶應義塾史又は発展誌編纂と称し、各地で寄付を募集し居る者のある〟ことに対する慶應義塾塾監局よりの「謹告」掲

表紙及び裏表紙・藤島武二／発行日・十一月一日／頁数・本文全一二二頁／定価・五十銭／編輯兼発行人・東京市芝区三田二丁目二番地　慶應義塾内・柳沢君松　編輯担当・七尾嘉太郎／発行所・東京市芝区三田二丁目　慶應義塾内・三田文学会／発売所・東京市神田区表神保町三番地　東京堂／印刷人・東京市麻布区簞笥町三十番地　井川滋／印刷所・東京市赤坂区新町五丁目四十二番地　金子活版所

■十二月号　【19212】

ポオル・クロオデル（戯画）1　ルグ〔ウ〕レイル
劇詩人としてのクロオデル（評論）　広瀬哲士
瑪利亜に与へられたる告知（翻訳）2　竹友藻風
詩人クロオデル（評論）3　井汲清治
愛憐（短詩）4　青柳瑞穂
「あの男」（小説）5　小松太郎
簪（小説）　甲田正夫
脱営兵と中尉（小説）6　宇野四郎
英京雑記（小説）7　水上瀧太郎
トム・ジヨオエの腹（小品）8　堀口大學

新刊紹介 9
消息 10
第十二巻総目次 11

目次註

1 PAUL CLAUDEL Roureyre ※口絵
2 〈序幕〉ポオル・クロオデル作 ※消息欄と関連
3 詩人ポオル・クロオデル 〈Ⅰ—Ⅲ〉 ※付記あり
4 〈瑪利亜が一本の草に注ぎし愛憐——蔵原伸二郎に送る——／草／愛憐——病後の一少女に——〉
5 〈一—六〉〔十年六月作〕
6 〈九—十〉〔嗣出〕
7 〔長編嗣出〕
8 トム・ジヨォエの腹 ——医学博士宮島幹之助氏に捧ぐ—— ※"GABRIEL DE LAUTREC"と付す
9 〈『ダンセニイ戯曲全集』松村みね子訳・警醒社発行／『銀座』福原資生堂編輯並発行／『パーヴェル一世』米川正夫訳・叢文閣発行／『死を見つめつゝ』原阿佐緒・玄文社発行／『露西亜芸術の勝利』昇曙夢・日本評論社発行／『アッシジのクララ』二階堂真寿・叢文閣発行／『薔薇編』杉浦敏夫・文芸研究社発行／『因陀羅の子』長与善郎・叢文閣発行／『鉄道旅行案内』鉄道省編纂並発行・博文館発売／『雨空』久保田万太郎・新潮社発行〉
10 ※〈三田文学茶話会／井汲の文芸講演と画会／小山内の創作戯曲上演／野口の邦文詩集出版／その他〉
11 三田文学第十二巻総目次（大正十年）

表紙及び裏表紙・藤島武二／口絵・PAUL CLAUDEL Roureyre／発行日・十二月一日／頁数・本文全一五九頁 付録四頁／定価・五十銭／編輯兼発行人・東京市芝区三田二丁目二番地 慶應義塾内・柳沢君松 編輯担当・七尾嘉太郎／発行所・東京市芝区三田二丁目 慶應義塾内・三田文学会／発売所・東京市神田区表神保町三番地 東京堂／印刷人・東京市麻布区箪笥町三十番地 井川滋／印刷所・東京市赤坂区新町五丁目四十二番地 金子活版所

一九二二年（大正十一年）

■一月号（新年特別号） 【192201】

英京雑記（小説）1 水上瀧太郎
微風（短詩）2 野口米次郎
瑪利亜に与へられたる告知（翻訳）3 竹友藻風
フイリツプ三章（翻訳）4 堀口大學
マアヂネリア（評論）5 石井誠
或日の日記（小説）6 松本泰
或る夏の事（随筆）7 三宅周太郎
明日（戯曲）8 水木京太
貝殻追放（随筆）9 水上瀧太郎
立見（小品） 久保田万太郎
禁欲の奴隷（小説）10 西脇順三郎
消息 11

目次註

1 〔長編嗣出〕
2 〈狂想／彼女／微風／深淵の幽霊／秋の歌／夏は過行く／由井浜にて／寺の鐘／蟬へ〉
3 ポオル・クロオデル作 〈第一幕第一場—第三場〉※訳者付記あり
4 Charles-Louis Philippe 作 〈友の中／訪問／鬢を逃れて〉
5 ——シモンズの新詩集及び其他——
6 〔十年十二月〕
7 ある夏の事 〔つゞく〕
8 〔一幕〕
9 ——「第一の世界」雑感——〔大正十年十二月二十日〕
10 A SLAVE OF MORTIFICATION 〈Ⅰ—Ⅲ〉〔1921. J. Nishiwaki〕 ※欧文
11 ※〈在倫敦野村光一の主幹宛近信の一節紹介／その他〉

表紙及び裏表紙・藤島武二／発行日・一月一日／頁数・本文全一六五頁／定価・六十銭／編輯兼発行人・東京市芝区三田二丁目二番地 慶應義塾内・柳沢君松 編輯担当・七尾嘉太郎／発行所・東京市芝区三田二丁目 慶應義塾内・三田文学会／発売所・東京市神田区表神保町三番地 東京堂／印刷人・東京市麻布区箪笥町三十番地 井川滋／印刷所・東京市赤坂区新町五丁目四十二番地 金子活版所

■二月号 【192202】

英京雑記（小説）1 水上瀧太郎
人生の白紙（短詩）2 野口米次郎
土産（小説）3 加宮貴一
白紙（随筆）4 岡田八千代
彼（小説）5 加島正之助
後の日（小説）6 増田廉吉
マアヂネリア（批評）7 石井誠
「黒衣聖母」の事（批評）8 堀口大學
「近江のお兼」（批評）9 勝本清一郎
プロムナアド（批評）10 井汲清治
新刊紹介 11
消息 12

目次註

1 〔長編嗣出〕
2 〈人生の白紙／私には質問も答案も無い／人生が私の前に広がる〉
3 〔十年八月〕
4 白紙《しらかみ》〈母〉〔続く〕
5 〈上・下〉
6 〈一—十五〉〔完〕
7 ——二重国籍者の詩——
8 詩集「黒衣聖母」の事〔一九二一・一〇・二七 リオ・デ・ジヤネエロ〕 ※日夏耿之介の新詩集
9 市村座の「近江のお兼」

10 〈『湖水の上』南部修太郎著・新潮社出版〉
11 〈『二重国籍者の詩』野口米次郎・玄文社発行／『浪曼主義の世界観及芸術観』高橋禎二訳・大村書店発行／『ホヰットマン詩集 第一輯』有島武郎・叢文閣発行／『社会改造の根本問題』左近義弼・聖書改訳社発行／『新月』百田宗治・玄文社発行／『苺の国』（赤い鳥の本第八冊）楠山正雄・赤い鳥社発行／『救護隊』（赤い鳥の本第九冊）鈴木三重吉・赤い鳥社発行／『最後の消息』エロシエンコ・叢文閣発行／『天野屋利兵衛』遠藤無水・東映社出版部発行／『曙の声』川路柳〔柳虹〕・玄文社発行／『アベ・ムウレの罪』松本泰訳・天祐〔佑〕社発行〉
12 ※〈南部の連載小説／松村みね子の愛蘭劇訳稿／三宅の劇評集、小島の「新しい童話」／その他〉

表紙及び裏表紙・藤島武二／発行日・二月一日／頁数・本文全一三七頁／定価・五十銭／編輯兼発行人・東京市芝区三田二丁目二番地 慶應義塾内・柳沢君松 編輯担当・七尾嘉太郎／発行所・東京市芝区三田二丁目 慶應義塾内・三田文学会／発売所・東京市神田区表神保町三番地 東京堂／印刷人・東京市麻布区箪笥町三十番地 井川滋／印刷所・東京市赤坂区新町五丁目四十二番地 金子活版所

■三月号 【192203】

妹へ（小説）1 南部修太郎
実践理性の法則（評論）2 村岡省五〔吾〕郎
雨蛙（短詩）3 野口米次郎
猫（小説） 柳沢澄
最近仏蘭西文学（評論）4 井汲清治
英京雑記（小説）5 水上瀧太郎
「山海経」を読みて（批評）6 岡田八千代
新刊紹介7
消息8
表紙 藤島武二

目次注

1 ――祖母の死を送りて―― 〈一月十八日〉
2 ――吾等いかに生くべき乎――
3 〈雨蛙／あなたの存在〉
4 最近仏蘭西文学に関する考察 ※付記あり
5 〔長編嗣出〕
6 山海経を読みて ※「川田順様」宛書簡文形式
7 〈『竹里歌話』古泉千樫編・アルス発行／『東洋近代史十講』高桑駒吉・宝学館発行／『北原白秋集』（アルス名歌選第九編）斎藤茂吉選・アルス発行／『斎藤茂吉集』（アルス名歌選第十編）北原白秋選・アルス発行／『シモンズ選集』矢野峰人訳・アルス発行／『常盤木』佐々木信綱・竹柏会発行／『新生 下巻』平田禿木訳註・アルス発行〉
8 ※〈三月創刊「オヒサマ」／新富座「俳諧師」舞台監督の三宅／他〉
＊ ※三田文学会による「三田文学」新計画の実行に関する挨拶文掲載。〝従来文学上の『創作』に傾いた本誌に、更に広く芸術上哲学上の『思索』との研究を加えた新計画を四月号から実行。書肆東光閣が発売経営の任に当る〟と記す
＊ 四月号の予告 ※〝内容外観共に革新を施せる〟とあり

表紙及び裏表紙・藤島武二／発行日・三月一日／頁数・本文全一三二頁／定価・五十銭／編輯兼発行人・東京市芝区三田二丁目二番地 慶應義塾内・柳沢君松 編輯担当・七尾嘉太郎／発行所・東京市芝区三田二丁目 慶應義塾内・三田文学会／発売所・東京市神田区表神保町三番地 東京堂／印刷人・東京市麻布区箪笥町三十番地 井川滋／印刷所・東京市赤坂区新町五丁目四十二番地 金子活版所

■四月号 【192204】

クニドスのデメテル（口絵） 沢木四方吉
クニドスのデメテル（評論）1 島原逸三
宗教と哲学的良心（評論）2 村岡省吾郎
ロゴスの顕現（評論）3
相対性原理批判（評論）4 草野次彦
流行哲学（評論） 川合貞一
プロムナアド（批評）5 井汲清治
「哲学以前」を読む（批評） 村岡省吾郎
雑録6
英京雑記（小説）7 水上瀧太郎
着物（小説） 加宮貴一
白紙（随筆）8 岡田八千代
小雨（短詩）9 矢野目源一
盗み（小説） 虫生小夜
ベテスダの池（戯曲）10 小山内薫

目次注

1 ――ギリシア美術のマリア像――（巻頭写真版参照）〈一―五〉〈大正十一年三月十八日〉
2 〈一―五〉〈三月八日〉
3 ――ロゴスとデカルト及びヒユウム―― 〈一―五〉
4 相対性原理に就いて ――アインシユタインの相対性原理が哲学的相対論中に占むる位置―― 〈一―十〉
5 〈童話に就いて『日本童話宝玉集』上巻 楠山正雄編・冨山房発行／『人生』中村武羅夫・新潮社出版（第一部（1）「悪の門」（2）「獣人」）〉
6 〈慶應義塾大学文学部 ※阿部に代り和辻、大西両者を迎えた新学年講義題目／消息 ※三宅周太郎出版記念晩餐会、中央大学講義の小宮、舞台協会上演と監督の宇野、義塾留学生西脇、舟田三郎、その他／寄贈図書〉
7 〔次号完結〕
8 〈縁起棚〉〔続く〕
9 〈小雨／回想／眼のうちの夜〉
10 （一幕） ※〝筆者第二作目の創作劇である〟と消息欄にあり
＊ 山崎省三画会 ※初の画会入会案内

表紙及び裏表紙・S.Y（未詳）／口絵・クニドスのデメテル／発行日・四月一日／頁数・本文全一八五頁／定価・七十銭／編輯兼発行人・東京市芝区三田二丁目二番地 慶應義塾内・

柳沢君松　編輯担当・七尾嘉太郎／発行所・東京市芝区三田二丁目　慶應義塾内・三田文学会／発売所・東京市神田区表神保町四番地　東光閣／印刷人・東京市麻布区箪笥町三十番地　井川滋／印刷所・東京市赤坂区新町五丁目四十二番地　金子活版所

■五月号　【192205】

社会階級論其他に就て（随筆）　小泉信三
「青〔長〕靴の猫」の悲しい後日譚（翻訳）1　松村みね子
「アナトール」その他（随筆）　加島正之助
人生の第三章（短詩）2　野口米次郎
犬を捨てる（小説）3　菅忠雄
姉妹（戯曲）4　水木京太
英京雑記（小説）5　水上瀧太郎
プロムナアド（批評）6　井汲清治
「演劇往来」道しるべ（批評）7　水木京太
消息8
ルネサンス概観（評論）9　松本芳夫
文化主義の批判的考察（評論）10　橋本孝

目次註

1 「長靴の猫」の悲しき後日譚　Padraic Colum 作／松村みね子訳
2 〈人生の第三章／民衆と哲人／あなたの詩／私の詩は面白かありません〉
3 〈一―七〉
4 ――「家」三部作の中――（一幕）
5 「つゞく」※「作者の詫び」を付す
6 〈『反抗』豊島与志雄著・新潮社出版〉
7 〈一、本の名のこと／一、現代好みのこと／一、現代人三宅周太郎／一、批評の方法のこと／一、感激の人たること／一、現下の新聞劇評／一、生命ある劇評〉
8 ※〈三田文学会主催阿部次郎渡欧送別会／明大の井汲講義／義塾卒業の加島、日野／久保田戯曲の上演他〉
9 〈一―八〉〔一九二二・四・二〕※〝本論文は多くヴイラリ教授に負ふ〟と付す
10 〈一―七〉〔大正十一年四月十日〕

表紙及び裏表紙・【192204】に同じ／発行日・五月一日／頁数・本文全一四九頁／定価・五十銭／編輯兼発行人・東京市芝区三田二丁目二番地　慶應義塾内・柳沢君松　編輯担当・七尾嘉太郎／発行所・東京市芝区三田二丁目　慶應義塾内・三田文学会／発売所・東京市神田区表神保町四番地　東光閣／印刷人・東京市麻布区箪笥町三十番地　井川滋／印刷所・東京市赤坂区新町五丁目四十二番地　金子活版所

■六月号　【192206】

英京雑記（小説）1　水上瀧太郎
ジヤム詩抄（翻訳）2　堀口大學
継父（小説）3　加宮貴一
日曜日の朝（戯曲）4　藤田草之助
新緑（短詩）5　野口米次郎
新聞広告（小説）　小島政二郎
プロムナアド（批評）6　井汲清治
小さい詩に就て（評論）7　石井誠
消息8
敬虔（評論）9　小林澄兄
瓜哇に於ける演劇の成長（評論）10　小沢愛圀

目次註

1 〔大正十一年五月二十一日完〕
2 ――小島政二郎君におくる――〈サマンに送る哀歌／他人が幸福である為の祈り／星を得る為の祈り／私は古びた樹亭でものを書いてゐる／私に彼等が云ふた〉※〝アルス近刊『フランシス・ジヤム撰集』より〟と付す
3 〈一―三〉〔大正十一年三月作〕
4 （一幕）
5 〈新緑／天国の破壊／林檎〉
6 ――里見弴論――〈長編『桐畑』春陽堂版・短編小説第五集『幸福人』新潮社版〉
7 小い詩に就て
8 ※〈野口の出版記念会／「劇文学」の発行所が劇文学会に変更／仏蘭西文化会の井汲／第三創作戯曲発表の小山内／「祭の出来事」（女性）、「人形の裁判」（オヒサマ）を寄稿の久保田／堀口「ジヤム選集」／宇野の帰京／その他〉
9 〔大正十一年五月二十一日〕※〝ゴエテの「ウヰルヘルム・マイスター遊歴時代」より「教育州」に就ての章を意訳したもの〟と付記あり
10 ――瓜哇古文学と印度詩劇――〔一一・五・二二〕※「付言」あり
＊ ※ルミ・ド・グウルモン著堀口大學訳『グウルモン語録沙上の足跡』（東京堂）の広告中、「題詞」紹介あり

表紙及び裏表紙・【192204】に同じ／発行日・六月一日／頁数・本文全一四三頁／定価・五十銭／編輯兼発行人・東京市芝区三田二丁目二番地　慶應義塾内・柳沢君松　編輯担当・七尾嘉太郎／発行所・東京市芝区三田二丁目　慶應義塾内・三田文学会／発売所・東京市神田区表神保町四番地　東光閣書店／印刷人・東京市麻布区箪笥町三十番地　井川滋／印刷所・東京市赤坂区新町五丁目四十二番地　金子活版所

■七月号　【192207】

息子（戯曲）1　小山内薫
五月の末（短詩）2　野口米次郎
希臘羅馬思想の自由に就て（評論）3　鈴木錠之助
数学的自然科学とカント（評論）4　村岡省〔吾〕五郎
東方所感（翻訳）5　山内義雄
貝殻追放（随筆）6　水上瀧太郎
詩人野口米次郎（批評）7　ズ〔ス〕ペート
消息8
聖ジユリアン（英詩）9　西脇順三郎

目次註

1 〈一幕〉※〝この戯曲、尾上菊五郎にデヂケエトするもの〟と消息欄にあり。【192304】同欄に帝劇上演のこと記載あり
2 〈私の庭／五月の末／詩の泉／初て詩を娘に読む〉
3 希臘及羅馬に於ける思想の自由に就て 〔六月十五日〕
4 村岡省吾郎 〈一―五〉
5 ――夜の町（VILLE LA NUIT）―― ポオル・クロオデル作
6 ――「赤坂の家」―― 〔大正十一年六月二十三日〕
7 イー・イー・スペート
8 ※〈馬場の講演旅行 西脇、福原の渡欧／井汲「プロムナアド」（野口米次郎論及最近仏蘭西文学）次号に登載のこと／その他〉
9 ST. JULIAN THE PARRICIDE.—DEDICATED TO THE MEMORY OF GUSTAVE FLAUBERT— J. NISHIWAKI ※欧文
＊ ※玄文社刊「詩聖」七月号（シエリイ記念号）紹介あり

表紙及び裏表紙・【192204】に同じ／発行日・七月一日／頁数・本文全一二八頁／定価・五十銭／編輯兼発行人・東京市芝区三田二丁目二番地 慶應義塾内・柳沢君松 編輯担当・七尾嘉太郎／発行所・東京市芝区三田二丁目 慶應義塾内・三田文学会／発売所・東京市神田区表神保町四番地 東光閣書店／印刷人・東京市麻布区簞笥町三十番地 井川滋／印刷所・東京市赤坂区新町五丁目四十二番地 金子活版所

■八月号（鷗外先生追悼号） 【192208】

森林太郎先生略伝1 小島政二郎
先駆者2 水上瀧太郎
鷗外先生と観潮楼3 永井荷風
鷗外先生の追憶 戸川秋骨
故森林太郎先生追憶の記4 千葉鉱蔵
森鷗外先生5 小泉信三
森先生と支那文学 奥野信太郎
「万年艸」時代以後6 鈴木春浦
涓滴余事7 佐佐木茂索
鷗外先生と「とりで」8 宇野四郎
森林太郎論9 井汲清治
「雁」一篇 三宅周太郎
鷗外先生 茅野蕭々
「玉匣両浦島」のこと10 久保田万太郎
更に衰へざりし鷗外大人11 馬場孤蝶
千駄木の先生12 小山内薫
文壇のネステル13 沢木四方吉
編輯余録14

目次註

1 〈一―十〉〔未定稿〕
2 〔大正十一年七月二十日〕
3 鷗外先生〈鷗外先生／観潮楼〉※次号に訂正あり。前者は四十二年に「中央公論」に掲載、後者は「日和下駄」の一節
4 〈一・二〉〔大正十一年七月廿日夜十二時〕
5 〔七月廿日〕
6 〔七月十六日〕
7 〔大正十一年七月二十日夜〕
8 「とりで」の頃
9 プロムナアド――森林太郎論――〈「青年」（大正二年二月）／「走馬燈と分身」（二年七月）／「雁」（四年七月）／「高瀬舟」（七年二月）〉
10 『玉匣両浦島』のこと
11 〈一―四〉※〈四〉は三田文学発刊の件について。〝発刊相談会に慶應義塾の幹部数名と鷗外大人、上田敏君、永井荷風氏の外に私も席末を汚したのである。具体的の案は確定し無かったのだが『三田文学』の発刊は大体に於てその晩の相談できまったのであった〟とある
12 〔大正十一年七月廿四日〕
13 文壇のネストル
14 編輯記者 ※芥川龍之介、籾山仁三郎の寄稿について付す
※ 本号の誤植訂正、次号に掲載さる

表紙及び裏表紙・【192204】に同じ／口絵 1陸軍省医務局長室に於ける鷗外先生 ※與謝野寛所蔵 2本誌に連載されし「灰燼」の原稿 ※井川滋所蔵／発行日・八月一日／頁数・本文全一六一頁／定価・五十銭／編輯兼発行人・東京市芝区三田二丁目二番地 慶應義塾内・柳沢君松 編輯担当・七尾嘉太郎／発行所・東京市芝区三田二丁目 慶應義塾内・三田文学会／発売所・東京市神田区表神保町四番地 東光閣書店／印刷人・東京市麻布区簞笥町三十番地 井川滋／印刷所・東京市赤坂区新町五丁目四十二番地 金子活版所

■九月号 【192209】

哲学に於ける二つの途（評論） 川合貞一
支那の神話（評論）1 松本信広
王次回と其作品（評論）2 奥野信太郎
続ジャム詩抄（訳詩）3 堀口大學
旗（短詩）4 矢野目源一
真夜中の音（短詩）5 蔵原伸二郎
火種（短詩）6 甲田正夫
幸福（短詩）7 青柳瑞穂
恋がたり（訳詩）8 山口〔内〕義雄
形体の釈放（短詩）9 野口米次郎
サヴオア通信（小品）10 広瀬哲士
文鳥 戸川秋骨
土耳其の影絵芝居（評論）11 小沢愛圀
貝殻追放（随筆）12 水上瀧太郎
言葉（批評） 石井誠
消息13

目次註

1 〈一―五〉※註あり

2 ──病骨傈巌又見春　百憂叢集未亡身── ※文末に〝露滴砌蛩通夕響、肯容[客]帰夢到金沙〟と記す
3 ──小島政二郎君におくる── 〈去年のものが／ブリユウヂ市／悲歌　第二／悲歌　第七／悲歌　第九／悲歌　第十四／悲歌　第十七〉 ※〝アルス近刊『ジヤム選集』から〟と付す
4 〈旗／COGITARE EST　(Fede è sustanzia di còse sperte, DANTE)／五月の記憶〉
5 〈真夜中の音／波止場／月夜の街／魚／顔〉
6 〈火種〔四・二六〕／真夜中〔四・一二〕／心の囁き〔二・一七〕〉
7 〈幸福／室内〉
8 山内雄[義雄] 〈雨はわたしの妹（シャルル・ヴァン・レルベルグ）／初霜月（アンリ・バタイユ）／恋がたり（ジャン・モレアス）〉
9 〈形体の釈放／馬鹿の侍者／私は人情に厭いた〉
10 〈一─七〉〔八月一日─八月四日〕
11 ──カラギョズ劇手引── 〔一一・八・二五〕
12 ──世界的── 〔大正十一年八月二十二日〕 ※次号「消息欄」に誤植訂正あり
13 ※〈三田文学講演会復興（今秋より春秋二回）／馬場孤蝶講演旅行／義塾新任の石井誠、加島正之助／その他〉
＊ 秋期文芸講演会　三田文学会主催　※十月七日　於慶應義塾大講堂
＊ 前号正誤／「三田文学」鷗外先生追悼号目次

表紙及び裏表紙・【192204】に同じ／発行日・九月一日／頁数・本文全一四七頁／定価・五十銭／編輯兼発行人・東京市芝区三田二丁目二番地　慶應義塾内・柳沢君松　編輯担当・七尾嘉太郎／発行所・東京市芝区三田二丁目　慶應義塾内・三田文学会／発売所・東京市神田区表神保町四番地　東光閣書店／印刷人・東京市麻布区簞笥町三十番地　井川滋／印刷所・東京市赤坂区新町五丁目四十二番地　金子活版所

■十月号 【192210】

貝殻追放（随筆）1　水上瀧太郎
道徳力（戯曲）2　鷹田治雄
一助言（短詩）3　野口米次郎
夕の祈禱（訳詩）4　山内義雄
赤蜻蛉の黒焼（小説）5　加宮貴一
古代日本人の自然観（評論）6　松本芳夫
狂人（小説）7　宇野四郎
プロムナアド（批評）8　井汲清治
「現代哲学への途」（批評）9　橋本孝
消息10

目次註

1 ──素人芝居── 〔大正十一年七月三十日〕
2 フエリックス・ザルテン作
3 〈一助言／都会人／河鹿〉
4 ルイ・ベルトラン作 〈夕の祈禱／恋慕流し〉
5 〈一─七〉〔十一年七月〕 ※〝亡き母上に、この拙なき小篇を捧ぐ〟とあり
6 〔一九二二・八・三一〕
7 〈一─三〉
8 〈『林檎一つ落つ』野口米次郎詩集・玄文社詩歌部版〉
9 川合貞一氏著『現代哲学への途』を読む〔一九二二・九・二〇〕
10 ※〈三田文学講演会の沢木、大阪新演芸合評会の久保田三宅／踏影会同人の勝本／医科教授葉山の渡米／その他〉
＊ 「三田文学」鷗外先生追悼号目次
＊ 十月七日講演会予告　※巻頭広告頁に詳細あり
＊ ※玄文社版『蛙』（小説戯曲集・森林太郎訳）の広告中、序文の一節紹介あり

表紙及び裏表紙・【192204】に同じ／発行日・十月一日／頁数・本文全一四五頁／定価・五十銭／編輯兼発行人・東京市芝区三田二丁目二番地　慶應義塾内・柳沢君松　編輯担当・七尾嘉太郎／発行所・東京市芝区三田二丁目　慶應義塾内・三田文学会／発売所・東京市神田区表神保町四番地　東光閣書店／印刷人・東京市麻布区簞笥町三十番地　井川滋／印刷所・東京市赤坂区新町五丁目四十二番地　金子活版所

■十一月号 【192211】

演劇雑感（随筆）　宇野四郎
古巣（戯曲）1　北村小松
ひき蛙（短詩）2　甲田正夫
藤間静枝の芸術（評論）3　勝本清一郎
貝殻追放（随筆）4　水上瀧太郎
今月の芝居（批評）5　岡田八千代
プロムナアド（批評）6　井汲清治
消息7

目次註

1 （三幕）〔一九二二・六・一〇〕
2 〈ひき蛙／涙の味／秋／偶感〉
3 藤間静枝女史の芸術　──舞踊詩「秋の調」に就て──〔つゞく〕〔大正十一・十〕
4 ──撒水車── 〔大正十一年十月二十四日〕
5 ──中座、新富座、帝劇、明治座、有楽座、市村座── 〔十一年十月二十日〕
6 ──芥川龍之介・随筆集『点心』金星堂版──
7 ※〈三田文学会秋期文芸講演会報告（10・7久保田、芥川、里見、水上の順に登壇）／一葉女史記念碑除幕式（去月13日於甲府）／秘密小説創作集連続刊行の松本泰／その他〉

表紙及び裏表紙・【192204】に同じ／発行日・十一月一日／頁数・本文全一二三頁／定価・五十銭／編輯兼発行人・東京市芝区三田二丁目二番地　慶應義塾内・柳沢君松　編輯担当・七尾嘉太郎／発行所・東京市芝区三田二丁目　慶應義塾内・三田文学会／発売所・東京市神田区表神保町四番地　東光閣書店／印刷人・東京市麻布区簞笥町三十番地　井川滋／印刷所・東京市赤坂区新町五丁目四十二番地　金子活版所

■十二月号 【192212】

カントとアインスタイン（評論）1　草野次彦
支那宗教の原始的形態（評論）2　松本信広

藤間静枝女史の芸術（評論）3　勝本清一郎
春（訳詩）4　山内義雄
大藤村講演会（随筆）5　戸川秋骨
歔欷（小説）6　杉原健太郎
色丹島（小説）　小松太郎
西湖の秋（小品）7　南部修太郎
プロムナアド（批評）8　井汲清治
消息9

目次註

1　カントの時空の概念とアインシュタイン　※〝草野次彦五月下旬起草のものを歿後、整理したもの〟と橋本孝による「付記」〔大正十一年十一月廿一日午後六時半〕あり。論文解説も付す
2　※次号「消息欄」に誤植訂正さる
3　――舞踊詩「秋の調」に就て――（承前）〔大正十一・十・廿〕※藤間静枝の「作品年表」及「秋の調」の譜面（宮城道雄作曲）と舞踊略譜を付す
4　シャルル・ヴィルドラック作
5　大藤村講演会の一幕　※作者前書に、甲州一葉記念碑建碑式のことを記す
6　〈一―四〉
7　西湖《シイウウ》の秋《あき》〔つゞく〕　※作者付記あり
8　―Roman d'aventure―〈松本泰『三つの指紋』金剛社版／生田長江『落花の如く』天佑社版／村松梢風『談話売買業者』アルス版〉
9　※〈草野次彦訃報と絶筆／『鷗外全集』（荷風、小山内、小島、與謝野他）目録／松竹辞任の小山内／その他〉
＊　三田文学第十三巻総目次（大正十一年度）
＊　新年特別号（予告）／鷗外先生追悼号目次

表紙及び裏表紙・【192204】に同じ／発行日・十二月一日／頁数・本文全一三二頁／定価・五十銭／編輯兼発行人・東京市芝区三田二丁目二番地　慶應義塾内・柳沢君松　編輯担当・七尾嘉太郎／発行所・東京市芝区三田二丁目　慶應義塾内・三田文学会／発売所・東京市神田区表神保町四番地　東光閣書店／印刷人・東京市麻布区簞笥町三十番地　井川滋／印刷所・東京市赤坂区新町五丁目四十二番地　金子活版所

一九二三年（大正十二年）

■一月号　【192301】

勤人（小説）1　水上瀧太郎
ガストロノミイ（随筆）　戸川秋骨
お常（小説）2　岡田八千代
樹（小品）3　北村初雄
鼠（短詩）4　野口米次郎
釣魚（小説）5　加宮貴一
住（小説）　小島政二郎
猫の素描（随筆）6　水木京太
道づれ（小説）7　南部修太郎
消息8
無統治と絶対の富（評論）9　高橋誠一郎
耶蘇とその後（評論）10　島原逸三
倫理学上のプラトン主義（評論）11　橋本孝
プロレタリア文芸の考察（評論）12　井汲清治

目次註

1　〈一・二〉〔つゞく〕
2　〔十一年十二月十日〕
3　※絶筆。文末に水上瀧太郎による「付記」あり（十二月二日歿、享年二十六歳）
4　〈鼠／召喚／死んだ子供〉
5　〔十一年十二月〕
6　――店頭の猫――
7　〔十一年十二月作〕
8　※〈三田哲学会の「哲学年報」創刊／フイリップ記念会（去月2日於神田青年会）で講演の井汲／小島、川合等の新刊書／久保田「心ごゞろ」の上演／その他〉
9　〈一―五〉

10 〈はしがき・一—三〉
11 〈一—五〉〔十二月十七日〕
12 プロムナアド——プロレタリア文芸に関する考察——〈L'art a besoin de liberté, disons-Je, d'anarchie. —Jacques Boulenger ／ Art springs from a wild and anarchie side of human nature. —Bertrand Russelle〉〈一—三〉
＊ 二月号予告

表紙及び裏表紙・【192204】に同じ／発行日・一月一日／頁数・本文全二一一頁／定価・五十銭／編輯兼発行人・東京市芝区三田二丁目二番地　慶應義塾内・柳沢君松　編輯担当・七尾嘉太郎／発行所・東京市芝区三田二丁目　慶應義塾内・三田文学会／発売所・東京市神田区表神保町四番地　東光閣書店／印刷人・東京市麻布区簞笥町三十番地　井川滋／印刷所・東京市赤坂区新町五丁目四十二番地　金子活版所

■二月号 【192302】

勤人（小説）1　水上瀧太郎
滅びざるもの（評論）　石井誠
死（随筆）　戸川秋骨
上宮太子の散歩（小説）　近藤栄一
廰（短詩）2　矢野目源一
支那に於ける傀儡劇（評論）3　小沢愛圀
次男（戯曲）4　水木京太
恋の奉仕（随筆）　小島政二郎
籐椅子に凭りて（随筆）5　南部修太郎
プロムナアド（批評）6　井汲清治
消息7

目次註

1 〈三・四〉〔つゞく〕
2 ——故北村初雄氏に献ず——〈廰／頌栄／試作〉
3 〔大正十二年一月下旬稿〕
4 ——「家」三部作の中——
5 ——籐椅子物語——〔十二年一月〕
6 プロムナード——一種の恋愛作法に就いて——〈『恋愛時代』水守亀之助作・新潮社出版／『北村十吉』中戸川吉二作・叢文閣出版〉〈一—四〉 ※〝次回に批評するもの〟の広告を付す
7 ※〈「ヴインズ氏」（義塾大学文学部が新しく迎える浪曼派の詩人教授 Walter Sherrald〔Sherard〕Vines の履歴他紹介）／同文学部で独逸文学を講ずる新関良三／鷗外全集編輯に専任の小島政二郎／帝劇懸賞脚本に当選の北村小松／小宮豊隆、小西誠一の渡欧／南部の新著他〉
＊ ※朝陽会版『明治天皇御集』の広告中、文部大臣鎌田栄吉による「御集発行に付文部大臣の辞」〔十一年九月〕の紹介あり

表紙及び裏表紙・【192204】に同じ／発行日・二月一日／頁数・本文全一三六頁／定価・五十銭／編輯兼発行人・東京市芝区三田二丁目二番地　慶應義塾内・柳沢君松　編輯担当・七尾嘉太郎／発行所・東京市芝区三田二丁目　慶應義塾内・三田文学会／発売所・東京市神田区表神保町四番地　東光閣書店／印刷人・東京市麻布区簞笥町三十番地　井川滋／印刷所・東京市赤坂区新町五丁目四十二番地　金子活版所

■三月号 【192303】

勤人（小説）1　水上瀧太郎
支那文学の一考察（評論）2　奥野信太郎
檻褸錦衣（小説）3　加宮貴一
火山地の夜（短詩）4　蔵原伸二郎
春の祭と其舞踊（評論）　松本信広
弱志（随筆）　戸川秋骨
恙の虫（小説）5　岡田八千代
病状記（随筆）6　南部修太郎
「北村十吉」評をみて（感想）7　中戸川吉二
「哲学から教育へ」（批評）8　橋本孝
消息9

目次註

1 〈五〉〔つゞく〕
2 支那文学に関する一考察
3 〈一—四〉〔十二年二月〕
4 〈(Ⅰ)高原の夜／(Ⅱ)山猫〉
5 〔二月十日〕
6 籐椅子に凭りて——病床記——〔十二月十七日〕
7 井汲君の『北村十吉』評をみて〔二月十八日〕 ※筆者が志賀直哉より受けた書簡〔十二月十三日付〕を紹介
8 『哲学から教育へ』を読む——川合貞一氏著——
9 ※〈村岡省吾郎訃報／健康回復し義塾文学部に出講の沢木／野口と茅野蕭々の新刊書／その他〉

表紙及び裏表紙・【192204】に同じ／発行日・三月一日／頁数・本文全一二九頁／定価・五十銭／編輯兼発行人・東京市芝区三田二丁目二番地　慶應義塾内・柳沢君松　編輯担当・七尾嘉太郎／発行所・東京市芝区三田二丁目　慶應義塾内・三田文学会／発売所・東京市神田区表神保町四番地　東光閣書店／印刷人・東京市麻布区簞笥町三十番地　井川滋／印刷所・東京市赤坂区新町五丁目四十二番地　金子活版所

■四月号 【192304】

限界概念としての意識一般（評論）1　川合貞一
シャルル・ルイ・フイリップ（評論）2　堀口大學
祝祭（短詩）3　矢野目源一
吉岡の愛（小説）　菅忠雄
未完成の絵（戯曲）　北村小松
勤人（小説）4　水上瀧太郎
三月狂言（批評）5　岡田八千代
消息6
実生活と哲学（評論）7　村岡省吾朗〔郎〕
手記より（感想）8　村岡省吾朗〔郎〕
付記9　橋本孝／長谷川一郎

目次註

1 〈一—十〉

2 シャルル・ルキ・フイリップ

3 〈声 Oh! qu'ils sont beaux ces bruits de la nature Ces bruits répandus aans les airs!— Maurice de Guérin 作〔一九二三・三・九〕／祝祭〔一九二三・二・一四〕〉

4 〈六〉〔つゞく〕

5 ——帝劇の菊五郎、御国[園?]座の河合、踏影会——

6 ※〈小山内「息子」「捨子」の上演／義塾予科新任の加島正之助／三田文学叢書（三田文学会編 東光閣発行）の紹介〈雑誌「三田文学」が同人の業績を広く語るものとすれば、これは深くその内容を伝へんとする企に外ならぬ〟第一編永井荷風「夏雲」・第二編水上瀧太郎「貝殻追放」〉／その他〉

7 村岡省吾郎 〈一—五〉

8 村岡省吾郎 〈大正九年十・十九—大正十年二・二三〉

9 〈『実生活と哲学』の後に〉橋本孝〔大正十二年三月二十日〕／「遺稿の後に」長谷川一郎〔一九二二・三・二〇〕〉

＊ ※「三田文学春季講演会」（五月五日、於慶應義塾大講堂）の予告あり

表紙及び裏表紙・省（未詳）／発行日・四月一日／頁数・本文全一五六頁／定価・五十銭／編輯兼発行人・東京市芝区三田二丁目二番地 慶應義塾内・柳沢君松 編輯担当・七尾嘉太郎／発行所・東京市芝区三田二丁目 慶應義塾内・三田文学会／発売所・東京市神田区表神保町四番地 東光閣書店／印刷人・東京市麻布区箪笥町三十番地 井川滋／印刷所・東京市赤坂区新町五丁目四十二番地 金子活版所

■五月号 【192305】

勤人（小説）1 水上瀧太郎
蘇生（小説）2 加宮貴一
ロメオとジユリエツト（翻訳）3 堀口大學
電車道に沿ふて（随筆）4 戸川秋骨
晩春風景（短詩）5 鷹田守一
幸福（小説） 甲田正夫
樵夫の昇天（戯曲） 和田保
「仏蘭西革命史論」（批評）6 鈴木錠之助
消息7

目次註

1 〈七〉〔つゞく〕

2 〔大正十二年四月〕

3 シャルル・ルキ・フイリップ作

4 ——虎の門から——

5 〈晩春風景／心〉

6 『仏蘭西革命史論』〔一九二三年四月〕

7 ※〈三田文学春期講演会案内（巻頭広告もあり。5・5 於義塾大講堂 講師—泉鏡花（瀧太郎が紹介の演説）・井汲清治・小島政二郎・水木京太・南部修太郎／沢木、井汲、小島の義塾講義／改造社編輯部に入る和木清三郎／劇文化研究会を興した勝本清一郎、中村福助／松本泰の「秘密探偵雑誌」創刊／その他〉

表紙及び裏表紙・【192304】に同じ／発行日・五月一日／頁数・本文全一二〇頁／定価・五十銭／編輯兼発行人・東京市芝区三田二丁目二番地 慶應義塾内・柳沢君松 編輯担当・七尾嘉太郎／発行所・東京市芝区三田二丁目 慶應義塾内・三田文学会／発売所・東京市神田区表神保町四番地 東光閣書店／印刷人・東京市麻布区箪笥町三十番地 井川滋／印刷所・東京市赤坂区新町五丁目四十二番地 金子活版所

■六月号 【192306】

勤人（小説）1 水上瀧太郎
三人の死刑囚（翻訳）2 堀口大學
春（短詩）3 矢野目源一
哀矜（小説）4 菅忠雄
何故猿を嗤ふ（小説）5 加宮貴一
良心（小説） 野島辰次
屑屋（小説） 和木清三郎
彼と多田の死（小説）6 宇野四郎
仮面（小説）7 南部修太郎

目次註

1 〈八・九〉〔つゞく〕

2 シャルル・ルキ・フイリップ作

3 〈春 Le temps a laissié son manteau De[de] vent, de froidure, et de pluye. Charles d'Orléans／秘苑に開かれたる扉／鏡 Més de fort hore m'i miré: Las! tant en ai puis soupiré! Rommant de la Rose.〉

4 〈一—九〉

5 〔大正十二年五月〕

6 ——上海雑記の内——

7 〈1〉〔つゞく〕

表紙及び裏表紙・【192304】に同じ／発行日・六月一日／頁数・本文全一五二頁／定価・五十銭／編輯兼発行人・東京市芝区三田二丁目二番地 慶應義塾内・柳沢君松 編輯担当・七尾嘉太郎／発行所・東京市芝区三田二丁目 慶應義塾内・三田文学会／発売所・東京市神田区表神保町四番地 東光閣書店／印刷人・東京市麻布区箪笥町三十番地 井川滋／印刷所・東京市赤坂区新町五丁目四十二番地 金子活版所

■七月号 【192307】

仮面（小説）1 南部修太郎
鋭感（小説）2 加宮貴一
松露集（短歌）3 杉田不及
ケーベル先生（随筆） 戸川秋骨
瓜と兄弟と（小説）4 近藤栄一
半ば失はれたる文学（評論）5 矢野目源一
怨み葛の葉（小説）6 岡田八千代
勤人（小説）7 水上瀧太郎
小羊漫言（批評）8 河口真一
消息9

目次註

1 〈2〉〔つゞく〕
2 〔十二年六月〕
3 ※十八首
4 〈一―七〉
5 半ば忘れられたる文学――ウヰリアム・ベックフォードと名著「ヴァテック」に就て―― 〈一―四〉
6 〈上・下〉
7 〈十〉〔つゞく〕
8 ――"Dream Children"に就いて―― 〈一―四〉
9 ※〈三田文学叢書紹介（第二編水上瀧太郎『第二貝殻追放』・第三編小島政二郎処女創作集『含羞』東光閣・第四編沢木四方吉『美術論集』・第五編小山内薫の創作戯曲第二集）／小山内、水上、野口、馬場の新刊書／秋田県教育会で講演（去月10日）の小林澄兄／六月下旬公園劇場に出演の喜多村緑郎一座の舞台監督をした久保田／二人雑誌「女人芸衛〔術〕」を創刊した岡田八千代、長谷川時雨／その他〉

表紙及び裏表紙・【192304】に同じ／発行日・七月一日／頁数・本文全一一七頁／定価・五十銭／編輯兼発行人・東京市芝区三田二丁目二番地　慶應義塾内・柳沢君松　編輯担当・七尾嘉太郎／発行所・東京市芝区三田二丁目　慶應義塾内・三田文学会／発売所・東京市神田区表神保町四番地　東光閣書店／印刷人・東京市麻布区簞笥町三十番地　井川滋／印刷所・東京市赤坂区新町五丁目四十二番地　金子活版所

■八月号　【192308】

「大阪」とその作者（随筆）　三宅周太郎
ユウモリスト（随筆）1　加宮貴一
花蔭小遺録（随筆）2　奥宮〔野〕信太郎
舞踊の境地（随筆）3　橋〔勝〕本清一郎
知己先輩（随筆）4　戸川秋骨
ロチとお菊の話（随筆）5　増田廉吉
マラルメの詩風（随筆）6　矢野目源一
はりまぜ帖（随筆）7　宇野四郎
仮面（小説）8　南部修太郎
勤人（小説）9　水上瀧太郎
消息10

目次註

1 〈一―十二〉〔十二年七月〕
2 奥野信太郎
3 勝本清一郎　〔一九二三・七〕
4 〈戸山の原の立話／天金の二階／三越前の停留場／披露会の祝賀会〉
5 〈一・二〉
6 ステフアヌ・マラルメの詩風
7 〈欧美人、東洋人Dame／水木京太に＝猫のこと／寅の字／丼と言ふ字／時鳥の初音／支那の排日宣伝〉※前書に"徳川時代の随筆二、三採りて載す。偶々前座と追出しに小生の手帖より抜いて僭越ながら輯録せり"と付す
8 〈3・4〉
9 〈十一・十二〉〔つゞく〕
10 ※〈ブラジルより帰朝の堀口大學／渡欧の小松太郎／小島、馬場の新刊書／水上の転居／その他〉

表紙及び裏表紙・【192304】に同じ／発行日・八月一日／頁数・本文全一三七頁／定価・五十銭／編輯兼発行人・東京市芝区三田二丁目二番地　慶應義塾内・柳沢君松　編輯担当・七尾嘉太郎／発行所・東京市芝区三田二丁目　慶應義塾内・三田文学会／発売所・東京市神田区表神保町四番地　東光閣書店／印刷人・東京市麻布区簞笥町三十番地　井川滋／印刷所・東京市赤坂区新町五丁目四十二番地　金子活版所

■一九二三年（大正十二年）九月号～同年十二月号　休刊

※九月一日の関東大震災のため、この四ケ月間は発行されなかった。九月号は焼失

一九二四年（大正十三年）

■一月号　【192401】

教養としての文芸（評論）1　井汲清治
ロウゼツテイが「最後の告白」（評論）2　河口真一
古代文化散策（評論）3　矢野目源一
冷夢舘〔夢冷館〕漫録（随筆）4　奥野信太郎
営中雑記（随筆）5　加宮貴一
ミネルヴアへ（随筆）　戸川秋骨
バダンの欠勤（戯曲）6　岸田國士
兄弟（戯曲）7　勝本清一郎
鳥〔鳥籠〕（小説）8　南部修太郎
勤人（小説）9　水上瀧太郎
消息10

目次註

1 ――文芸入門―― 〈Ⅰ―Ⅲ〉
2 ロウゼッティが「最後の告白」〈上・下〉
3 ――魔法―― 〈一―四〉
4 夢冷館随筆
5 ――兵役免除税―― 〔十二年十二月〕
6 クウルトリイヌ作
7 （一幕）〔一九二三・八・四〕
8 鳥籠 〔十二年十二月作〕
9 〈十三・十四〉〔つゞく〕
10 ※〈久保田の『わかもの』を玄文社が復活後初の出版として上梓／義塾大学文学部在学中の河口真一に中上川奨学資金授与／その他〉

＊ ※三田文学編輯所（東京市赤坂区氷川町二十七番地）、東光閣書店（発売所）の新住所の紹介
＊ 三田文学講演会予告 ※一月十三日午後、於名古屋市県会議事堂、講師・久保田万太郎　南部修太郎　野口米次郎

水木京太　小島政二郎

表紙及び裏表紙・【192304】に同じ／発行日・一月一日／頁数・本文全一五七頁／定価・六十銭／編輯兼発行人・東京市芝区三田二丁目二番地　慶應義塾内・柳沢君松／発行所・東京市芝区三田二丁目二番地　慶應義塾内・三田文学会／発売所・東京市小石川区原町十番地　東光閣書店／印刷人・東京市麻布区簞笥町三十番地　井川滋／印刷所・東京市赤坂区新町五丁目四十二番地　金子活版所

■二月号　【192402】

道はおなじ（小説）1　久米秀治
汽車を待つ間（小説）2　甲田正夫
甲板（小説）3　加宮貴一
カプリ島から（随筆）　葉山葉太郎
春寒（小説）　和田有司
毛莨にほふ夜（翻訳）4　澄井利致
籐椅子に凭りて（随筆）5　南部修太郎
プロムナアド（批評）6　井汲清治
川柳素見（随筆）　水木京太
営中雑記（随筆）7　加宮貴一
消息8

目次註

1 〈一―三〉〔未完〕
2 〔大正十三年一月〕
3 〔十二年十一月〕
4 ジョン・ゴールズワージー作
5 沼津にて〔十三年一月二十七日未明〕 ※水上瀧太郎の連載小説「勤人」の続稿との関連について「著者付記」あり
6 〈（その一）「語部」とジヤアナリズム〉 ※横山重の「語部」（「思想」一月号）について他
7 ――中庸は損失である――〔十三年一月〕
8 ※〈カント記念号（五月号）とカント記念講演会案内／交詢社の移転（麴町区山下町）／和木が新に金子書店経営／葉山葉太郎帰朝／南部創作集の近刊／その他〉

表紙及び裏表紙・【192304】に同じ／発行日・二月八日／頁数・本文全一二一頁／定価・五十銭／編輯兼発行人・東京市芝区三田二丁目二番地　慶應義塾内・柳沢君松／発行所・東京市芝区三田二丁目二番地　慶應義塾内・三田文学会／発売所・東京市小石川区原町十番地　東光閣書店／印刷人・東京市麻布区簞笥町三十番地　井川滋／印刷所・東京市赤坂区新町五丁目四十二番地　金子活版所

■三月号　【192403】

勤人（小説）1　水上瀧太郎
砂上の草（短歌）2　與謝野寛
宵闇（戯曲）3　飛田角一郎
意地（小説）4　菅忠雄
転びの家（小説）5　増田廉吉
玉依姫（戯曲）6　勝本清一郎
病床に縛されて（随筆）7　加宮貴一
プロムナアド（批評）8　井汲清治
消息9

目次註

1 〈十五〉〔つゞく〕
2 ※三十首
3 〔一幕〕
4 〔一九二三・六〕
5 転《ころ》びの家〔完〕
6 〔一幕〕〔一九二四・一二〕
7 ―QUITE A〔ママ〕SENTIMENTAL OR OTHERWISE.―〔十三年二月〕 ※PROLOGUE／EPILOGUE を付す
8 〈（その二）「甲板」〉※加宮貴一作、「三田文学」二月号所収
9 ※〈大阪毎日演芸並文芸欄担当の三宅周太郎／独逸留学の芽野／小山内「許婚」の上演／小島の力作と戸川の随筆集／その他〉

表紙及び裏表紙・作者未詳／発行日・三月五日／頁数・本文全一二三頁／編輯兼発行人・東京市芝区三田二丁目二番地慶應義塾内・柳沢君松／発行所・三田慶應義塾内・三田文学会／発売所・小石川区原町十　東光閣書店／印刷人・東京市麻布区簞笥町三十番地　井川滋／印刷所・東京市赤坂区新町五丁目四十二番地金子活版所

■四月号　【192404】

勤人（小説）1　水上瀧太郎
外記猿（小説）　和田有司
銀行休業日（翻訳）2　澄井利致
鳩の巣（小説）　甲田正夫
夏木先生（小説）　杉原健太郎
青い蟋蟀（戯曲）3　勝本清一郎
君ちやん（随筆）　戸川秋骨
プロムナアド（批評）4　井汲清治
消息5

目次註

1 〈十六―二十〉〔大正十三年三月二十四日稿了〕
2 カゼリン・マンスフイールド作
3 ―Pantomimisch Ballet―（一幕）〔一九二四・三〕
4 〈（その三）厨川白村「象牙の塔を出て」「十字街頭を往く」／（その四）小山内薫戯曲集「息子」〉
5 ※〈久保田「雨空」の上演／小島、小山内、水上、矢野目の新刊近刊紹介／その他〉

＊ カント誕生二百年記念講演会　※三田哲学会主催、四月二十二日午後一時、於慶應義塾大ホール

＊ 三田文学カント誕生二百年記念特別号予告

表紙及び裏表紙・【192403】に同じ／発行日・四月一日／頁数・本文全一四四頁／定価・五十銭／編輯兼発行人・東京市芝区三田二丁目二番地　慶應義塾内・柳沢君松／発行所・三田慶應義塾内・三田文学会／発売所・小石川区原町十　東光閣書店／印刷人・東京市麻布区簞笥町三十番地　井川滋／印刷所・

東京市赤坂区新町五丁目四十二番地　金子活版所

■**五月号（カント記念号）**　【192405】

口絵　カント肖像
カントと現代哲学1　川合貞一
宗教思想史上のカント2　島原逸三
教育思想史上に於けるカントの位置3　小林澄兄

目次註

1　カントと現代の哲学〈一―七〉
2　〈一―三〉〔了〕
3　〈一―七〉
＊　カント誕生二百年記念講演会予告　※前号に同じ

表紙及び裏表紙・【192403】に同じ／口絵・カント肖像／発行日・五月一日／頁数・本文全一四三頁／定価・七十銭／編輯兼発行人・東京市芝区三田二丁目二番地　慶應義塾内・柳沢君松／発行所・三田慶應義塾内・三田文学会／発売所・小石川区原町十　東光閣書店／印刷人・東京市麻布区箪笥町三十番地　井川滋／印刷所・東京市赤坂区新町五丁目四十二番地　金子活版所

■**六月号**　【192406】

水郷に来た一家（小説）1　宇野四郎
蛇身厭離（戯曲）2　勝本清一郎
兄弟（小説）3　近藤栄一
足（小説）4　菅忠雄
倫敦に着く（小説）5　大藤治郎
一斤のパン（随筆）6　加宮貴一
別れ（随筆）　戸川秋骨
貝殻追放（随筆）7　水上瀧太郎
プロムナアド（批評）8　井汲清治
消息9

目次註

1　〈一―三〉〔続く〕
2　――竹内勝太郎氏原作・一幕舞踊劇――〔一九二四・四・二〇〕
3　〈一―六〉
4　〔一九二四・三〕
5　倫敦へ着く
6　〈慈善／一斤のパン／現実／ミステーク〉〔十三年五月〕
7　――画家仙波均平氏――〔大正十三年五月二十七日〕
8　〈その五〉『近代文明と芸術』吉江喬松・改造社出版〉
9　※〈久保田万太郎主宰慶應劇研究会演劇講演会（5・20）報告／小山内薫、土方与志等創立築地小劇場第一回公演（6・14）／藤蔭会五月公演に自作演出監督の勝本清一郎／義塾文学部講師に就任の水木京太、同学部卒業の河口真一／近藤栄一新作／その他〉

表紙及び裏表紙・【192403】に同じ／発行日・六月一日／頁数・本文全一二九頁／定価・五十銭／編輯兼発行人・東京市芝区三田二丁目二番地　慶應義塾内・柳沢君松／発行所・三田慶應義塾内・三田文学会／発売所・小石川区原町十　東光閣書店／印刷人・東京市麻布区箪笥町三十番地　井川滋／印刷所・東京市赤坂区新町五丁目四十二番地　金子活版所

■**七月号**　【192407】

貝殻追放（随筆）1　水上瀧太郎
ラスキンの倫理的美術観（評論）2　奥井復太郎
カーヂフへ（翻訳）3　北村小松
離れて行く（小説）4　木村庄三郎
訶梨帝母（戯曲）5　勝本清一郎
プロムナアド（批評）6　井汲清治
消息7

目次註

1　〈友はえらぶ可し〔大正十三年六月二十四日〕／帝国劇場の質問に答ふ　問〔大正十三年五月二十一日〕・答〔大正十三年五月二十二日〕／紙屑〔大正十三年六月二十四日〕／「文章倶楽部」の問に答ふ〔大正十〔十三〕年五月二十九日〕〉
2　〈一―七〉〔一三・六・一九稿了〕
3　（一幕）ユージン・オニール作　※付記あり
4　〔一九二四・六・五〕
5　――舞踊劇――（一幕）〔一九二四・六〕
6　〈（その六）『含羞』小島政二郎短篇小説集・東光閣書店刊行／（その七）『若き入獄者の手記』南部修太郎・文興院発行〉
7　※〈報知講堂喜多村研究劇（去月17・18日）に舞台監督の久保田／帝劇派遣員として渡米の久米秀治帰朝／和木清三郎経営書肆明窓社処女出版の佐藤春夫「暮春挿話」／岡田八千代、河合明石、市川団子等組織の芽生座第一回公演／その他〉
＊　慶應義塾大学現代思潮講演会予告　※八月一日―七日、於慶應義塾大学、講師・川合貞一　板倉卓造　小林澄兄　高橋誠一郎　小泉信三　野口米次郎　若宮卯之助

表紙及び裏表紙・【192403】に同じ／発行日・七月一日／頁数・本文全一三三頁／定価・五十銭／編輯兼発行人・東京市芝区三田二丁目二番地　慶應義塾内・柳沢君松／発行所・三田慶應義塾内・三田文学会／発売所・小石川区原町十　東光閣書店／印刷人・東京市麻布区箪笥町三十番地　井川滋／印刷所・東京市赤坂区新町五丁目四十二番地　金子活版所

■**八月号**　【192408】

貝殻追放（随筆）1　〔水〕木上瀧太郎
しま笹（小品）　甲田正夫
蕾（小品）　杉原健太郎
檻（戯曲）2　勝本清一郎
秋夕夢（短詩）3　青柳瑞穂
古詞雑記（随筆）4　横山重
夢冷館随筆（随筆）　奥野信太郎
越冬記（小品）5　加宮貴一
夏炉冬扇（随筆）6　南部修太郎

プロムナアド（批評）7　井汲清治
消息 8

目次註

1　――築地小劇場に就て――　水上瀧太郎〔大正十三年七月二十三日〕
2　（一幕）〔一九二四・七・九〕
3　〈歯痛／秋夕夢〉
4　〈言と事／折口さんの講義／文学の原始的形態／武田氏の新著／中央と地方〉
5　〈一―五〉〔十三年七月〕※付記あり
6　〔十三年七月十五日―二十三日〕
7　〈（その八）『暮春挿話その他』佐藤春夫・明窓社出版〉
8　※〈岡山津山夏季大学へ出講の井汲／築地小劇場夏期研究会で講演の水木京太／南部、小島、石井の近刊他〉
＊　福沢先生伝記編纂に就て　福沢先生伝記編纂所

表紙及び裏表紙・【192403】に同じ／発行日・八月一日／頁数・本文全一一八頁／定価・五十銭／編輯兼発行人・東京市芝区三田二丁目二番地　慶應義塾内・柳沢君松／発行所・三田慶應義塾内・三田文学会／発売所・小石川区原町十　東光閣書店／印刷人・東京市麻布区簞笥町三十番地　井川滋／印刷所・東京市赤坂区新町五丁目四十二番地　金子活版所

■九月号　【192409】

絶交状を貰ふ話（小説）1　加宮貴一
尼（戯曲）2　勝本清一郎
銅鑼（戯曲）3　安達勝弥
小品二題（小品）4　甲田正夫
橋の上（小説）5　岡田八千代
真珠の門（小品）6　川村資郎
貝殻追放（随筆）7　水上瀧太郎
劇場巡礼（随筆）8　久米秀治
消息 9

目次註

1　〔大正十三年八月〕
2　（一幕）〔一九二四・八〕
3　（一幕）〔大正十三年四月〕
4　〈おつゝ／土龍《むぐら》〉
5　〔十三年八月二十五日〕
6　〈真珠の門／malabar Hill／沈黙の塔／Bungalow／隣の娘／森焔花〉
7　――青山の家――〔大正十三年八月二十六日〕
8　――日記――〈前書／大正十二年十一月七日―十一月二十六日〉〔つゞく〕
9　※〈三田文学同人新進十者の作品を集めた「三田文学選集」の近刊（高楊社）／北村小松等の「戯曲時代」創刊／久保田の劇評及演劇随筆集「釣枝」（玄文社）の近刊／その他矢野目源一、加宮貴一等の近刊書〉

表紙及び裏表紙・【192403】に同じ／発行日・九月一日／頁数・本文全一二七頁／定価・五十銭／編輯兼発行人・東京市芝区三田二丁目二番地　慶應義塾内・柳沢君松／発行所・三田慶應義塾内・三田文学会／発売所・小石川区原町十　東光閣書店／印刷人・東京市麻布区簞笥町三十番地　井川滋／印刷所・東京市赤坂区新町五丁目四十二番地　金子活版所

■十月号　【192410】

貝殻追放（随筆）1　水上瀧太郎
イルルン社の息子（戯曲）2　勝本清一郎
噂（小説）3　杉原健太郎
卑怯者（随筆）　戸川秋骨
悪戯（小説）　加宮貴一
夏炉冬扇（随筆）4　南部修太郎
乍憚劇評（批評）5　小島政二郎
プロムナアド（批評）6　井汲清治
築地小劇場（批評）7　岡田八千代
劇場巡礼（批評）8　久米秀治
消息 9

目次註

1　――我家の犬――〔大正十三年九月二十四日〕
2　（一幕）〔一九二四・九・一〇〕
3　〈一―七〉
4　〈二〉〔一三・九・十四―一三〕
5　（邦楽座）〈（一）盛綱陣屋／（二）お夏狂乱／（三）縮屋新助〉
6　〈（その九）『文鳥』（随筆集）戸川秋骨・奎運社出版〉
7　――「ジョン・ガブリエル・ボルクマン」――〔十三年九月廿五日〕
8　――日記――〈十一月二十六日／同二十七日〉
9　※〈白木屋文芸講演会（4日）に出講の水上、久保田／文藝春秋社文芸講座編輯担当の加宮貴一、甲田正夫／馬場、加宮等の近刊書／その他〉
＊　※「三田文学叢書」（東光閣書店）第一編―第四編の紹介あり

表紙及び裏表紙・【192403】に同じ／発行日・十月一日／頁数・本文全一三四頁／定価・五十銭／編輯兼発行人・東京市芝区三田二丁目二番地　慶應義塾内・柳沢君松／発行所・三田慶應義塾内・三田文学会／発売所・小石川区原町十　東光閣書店／印刷人・東京市麻布区簞笥町三十番地　井川滋／印刷所・東京市赤坂区新町五丁目四十二番地　金子活版所

■十一月号　【192411】

戯画を描く（小説）1　南部修太郎
第一乙種（小説）　加島正之助
リスイダス（翻訳）2　河口真一
飾窓（戯曲）3　安達勝弥
巷人（小説）　和田有司
追憶のリスト（随筆）　鈴木元
香の踊（舞踊詩）4　勝本清一郎
プロムナアド（批評）5　井汲清治
劇場巡礼（批評）6　久米秀治

消息7

目次注

1　戯画《ポンチ》を描く〔一三・一〇・二二〕※「俊作の性格」五部作の一とあり

2　リスィダス（ミルトゥン作）

3　〔一幕〕

4　〔一九二四・四・一七〕

5　〈（その十一）テエヌの『芸術哲学』広瀬哲士訳・双樹社出版／（その十二）『日輪』横光利一・春陽堂出版〉

6　——日記——〈十一月二十八日〉〔未完〕

7　※〈久方ぶりに開催の三田文学茶話会（去月十六日）報告／馬場孤蝶の新刊書／小宮豊隆の帰京／その他〉

表紙及び裏表紙・【192403】に同じ／発行日・十一月一日／頁数・本文全一三三頁／定価・五十銭／編輯兼発行人・東京市芝区三田二丁目二番地　慶應義塾内・柳沢君松／発行所・三田慶應義塾内・三田文学会／発売所・小石川区原町十　東光閣書店／印刷人・東京市麻布区簞笥町三十番地　井川滋／印刷所・東京市赤坂区新町五丁目四十二番地　金子活版所

■十二月号 **【192412】**

貝殻追放（随筆）1　水上瀧太郎
名宝破壊（戯曲）2　勝本清一郎
駱駝（小説）3　杉原健太郎
狼（短詩）4　蔵原伸二郎
英文学独断（評論）5　加宮貴一
英文学印象記を読んで（随筆）6　戸川秋骨
おせつかいの悔（小説）7　宇野四郎
プロムナアド（批評）8　井汲清治
消息9

目次注

1　——倫敦時代の郡虎彦君——〔大正十三年十一月二十七日〕

2　〔一幕〕〔一九二四・一一・一三〕

3　〈一—五〉

4　——わがY・Tにおくる——〈黒犬よ／野牛／灰色の狼／猫／九官鳥の幽霊／病気の青鷺／裸の小児（郷土の六月）〉〔一九二四年　未完詩集「狼」より〕

5　〈一—四〉

6　——平田禿木君に無駄話を送る——

7　おせっかひ〔おせっかひの〕悔

8　〈（その十三）『或る年の記念』松本泰・奎運社版／（その十四）『カステラ』伊藤貴麿・春陽堂出版〉

9　※〈『三田文学選集』高陽〔楊？〕社より本月初頭上梓／小山内、小島、加宮の新刊紹介／その他〉

表紙及び裏表紙・【192403】に同じ／発行日・十二月一日／頁数・本文全一二五頁／定価・五十銭／編輯兼発行人・東京市芝区三田二丁目二番地　慶應義塾内・柳沢君松／発行所・三田慶應義塾内・三田文学会／発売所・小石川区原町十　東光閣書店／印刷人・東京市麻布区簞笥町三十番地　井川滋／印刷所・東京市赤坂区新町五丁目四十二番地　金子活版所

一九二五年（大正十四年）

■一月号 **【192501】**

貝殻追放（随筆）1　水上瀧太郎
第二の人（戯曲）2　勝本清一郎
身延山の絵端書（小説）3　木村庄三郎
ユゴーの抒情詩に就いて（評論）4　江間俊雄
「万花鏡」より（翻訳）5　河口真一
甲虫と母親（小説）6　甲田正夫
定命（随筆）　戸川秋骨
遠くの羊飼（黙劇）7　小山内薫
プロムナアド（批評）8　井汲清治
消息9

目次注

1　〈人真似〔大正十三年十二月二十一日〕／廉売〔大正十三年十二月二十一日〕〉

2　〔五場〕〔つづく〕※消息欄に関連文あり

3　身延山の絵葉書〔一九二四・一二・一五〕

4　〈一—五〉〔つゞく〕※前書あり

5　「万花鏡」抄——Professor Sherard Vines の"The Kaleidoscope"より——〈ANASTASIS／廠舎《バラック》にて／悲みの小さな母親／恋愛詩〉※〝この拙訳をヴィンズ先生に献ず〟とあり

6　〔十一月二日〕

7　(Holland Hudson)〈前曲／第一場—第七場〉

8　三田山上最後のプロムナアド——水木京太へ送る手紙——

9　※〈久保田の名古屋演劇講演（11月末）、小山内の築地小劇場「子供の日」連日口演（12月下旬）、小島の慶應劇研究会公開講演（去月6日）報告／本年前半期中毎号井汲の「サント・ブウブ研究」を連載のこと／その他〉

表紙及び裏表紙・【192403】に同じ／発行日・一月一日／頁数・本文全一二九頁／定価・五十銭／編輯兼発行人・東京市芝区三田二丁目二番地　慶應義塾内・柳沢君松／発行所・三田慶應義塾内・三田文学会／発売所・小石川区原町十　東光閣書店／印刷人・東京市麻布区簞笥町三十番地　井川滋／印刷所・東京市赤坂区新町五丁目四十二番地　金子活版所

■二月号　【192502】

第二の人（戯曲）1　勝本清一郎
ユゴオの抒情詩（評論）2　江間俊雄
群（小説）3　加宮貴一
消息4　水木京太（ママ）
追悼録前記5　［水木京太］
故久米秀治氏肖像6　平岡権八郎筆
久米秀治君を悼む7　小山内薫
久米秀治氏8　水上瀧太郎
小見二三　三宅周太郎
久米秀治さん9　岡田八千代
竹川町で降りて　小島政二郎
「小説が書きたくなる」10　南部修太郎
その志を憐む　籾山仁三郎
故久米秀治氏を憶ふ　山本久三郎
久米さんの思ひ出11　園池公功
久米さん　荻野忠治郎
久米さんの死　宇野四郎
久米のこと二三　久保田万太郎
久米秀治君を悼む12　永井荷風

目次註

1 〈五場〉――承前――〈Ⅲ―Ⅴ〉〔一九二四・一二・一七〕
2 〈その二〉〈一―三〉〔つゞく〉
3 〈一―四〉〔以下次号〕　※約十ヶ月連載のこと消息欄にあり
4 ※水木京太とはなし〈『鏡花全集』刊行のこと（春陽堂、小山内、谷崎、里見、芥川、久保田、水上編纂委員）／松本泰経営奎運社の移転と「秘密探偵雑誌」改題「探偵文芸」の発行／久保田の短篇シリーズ発行／その他〉
5 水木京太
6 肖像　平岡権八郎描　※以下「久米秀治氏追悼録」
7 久米秀治君のこと〔正月二十四日〕
8 〔大正十四年一月十九日〕
9 〔十四年一月十五日〕
10 「やっぱり小説が書きたくなるんでね」
11 〔一月十九日〕
12 〔正月十四日朝〕
＊ 久米秀治様侍史　壮吉拝〔大正三年五月十七日〕　※大正三年故久米秀治が帝劇入社の際、永井荷風より受取った書簡紹介

表紙及び裏表紙・【192403】に同じ／扉・「久米秀治の肖像」平岡権八郎描／発行日・二月一日／頁数・本文全一三九頁／定価・五十銭／編輯兼発行人・東京市芝区三田二丁目二番地　慶應義塾内・柳沢君松／発行所・三田慶應義塾内・三田文学会／発売所・小石川区原町十　東光閣書店／印刷人・東京市麻布区簞笥町三十番地　井川滋／印刷所・東京市赤坂区新町五丁目四十二番地　金子活版所

■三月号　【192503】

群（小説）1　加宮貴一
薔薇歌物語考（評論）2　矢野目源一
雪姑雑録（随筆）3　奥野信太郎
安息日（訳詩）4　斎藤吉彦
ユゴオの抒情詩（評論）5　江間俊雄
ある母親（小説）　甲田正夫
千代松の神経（小説）6　藤原誠一
クラウヂウス（翻訳）7　鷹田治雄
銀杏近所（随筆）8　浜野英一
消息9

目次註

1 〈五―十〉〔以下次号〕
2 〈序説・一・二〉
3 ――水木京太氏に――
4 ジュル・ラフオルグ
5 〈その三〉〈一―三〉〔つゞく〉
6 〈1―5〉〔大正十三年十二月〕
7 ゲオルグ・カイゼル作
8 〔一九二四年七月〕
9 ※〈高陽〔楊？〕社『三田文学選〔選集？〕』第三版の刊行／鏡花全集上梓記念鏡花会の開催（3・1於紅葉館）と新小説「巨匠鏡花号」の発行／成人教育講座の水上／その他〉

表紙及び裏表紙・【192403】に同じ／発行日・三月一日／頁数・本文全一二七頁／定価・五十銭／編輯兼発行人・東京市芝区三田二丁目二番地　慶應義塾内・柳沢君松／発行所・東京市芝区三田二丁目　慶應義塾内・三田文学会／発売所・東京市小石川区原町十番地　東光閣書店／印刷人・東京市麻布区簞笥町三十番地　井川滋／印刷所・東京市赤坂区新町五丁目四十二番地　金子活版所

■一九二五年（大正十四年）四月号〜一九二六年（大正十五年）三月号　休刊

一九二六年（大正十五年・昭和元年）

■四月号（復活号）【192604】

命の親（小説）1　水上瀧太郎
幾分の真実（小説）2　加宮貴一
ある転形期の労働者（小説）3　久野豊彦
嘘（小説）4　木村庄三郎
別居（小説）5　南部修太郎
西班牙料理（小説）6　永井荷風
われ山上に立つ（詩）　野口米次郎
魚（随筆）　戸川秋骨
文学者と経済学（論文）　小泉信三
プロファヌス（論文）7　西脇順三郎
英吉利近代小説の考察（論文）8　ヴインズ
ブラウニングの生涯（論文）9　石井誠
コルネーユの「ル・シッド」に就いて（論文）10　井汲清治
六号雑記 11
編輯後記 12

目次註

1 〔大正十五年二月十六日〕
2 〈Introduction / Denotement〉
3 〔Feb.15〕
4 〔十五年二月〕　※次号六号雑記欄に関連文あり
5 〔一五・二・二六〕
6 〔完〕　※〝『屋上庭園』第二号（明治四十三年二月）に掲載されたが同誌の発売禁止などにより知る人の殆ど無いもの〟と編輯後記にあり
7 〈I・II〉
8 Some Speculations on the Modern English Novel by W. SHERARD VINES　※欧文
9 〈序／一、シェリイ発見まで〉
10 コルネーユの「ル・シッド」に就いて〈序言・I・II〉〔次号完結〕
11 ※（埼玉　すみれ生）他執筆
12 （勝本）　※〈三田文学再刊のための学校当局との会合、相談会、編輯会議等の詳細記録（11・4～2・17）／「火曜会」復活「水曜会」開催記録／表紙作者／その他〉

＊ 編輯委員（水上瀧太郎　久保田万太郎　井汲清治　南部修太郎　西脇順三郎　小島政二郎　水木京太　石井誠　横山重）／編輯担当（勝本清一郎）

＊ ※春陽堂版『長塚節全集』の広告中、「識者の世評」の紹介あり〈「田園小説家として」夏目漱石／「小説家として」田山花袋／「紀行文写生文家として」高浜虚子／「歌人として」斎藤茂吉／「必ず長塚論を聞かせる」小島政二郎〉

表紙・富沢有為男／発行日・四月一日／頁数・本文全一六〇頁／定価・五十銭／編輯兼発行人・東京市芝区三田　慶應義塾内・井汲清治／編輯担当・勝本清一郎／発行所・東京市芝区三田　慶應義塾内・三田文学会／発売所・東京市日本橋区通四丁目五番地　春陽堂／印刷人・東京市小石川区諏訪町五六番地　堀江関武／印刷所・東京市小石川区諏訪町五六番地　常磐印刷所

■五月号【192605】

牧場の花嫁（戯曲）1　小山内薫
物質の門（小説）　久野豊彦
俺達の石仏（戯曲）2　勝本清一郎
親五人（小説）3　原奎一郎
憂愁の眼鏡（小説）　加宮貴一
春の花（戯曲）4　水木京太
月二回づつ（小説）5　小島政二郎
報条二枚 6　泉鏡花
島崎藤村先生のこと（随筆）7　水上瀧太郎
築地小劇場と文楽と（評論）8　三宅周太郎
コルネーユの「ル・シッド」に就いて（論文）9　井汲清治
過去何年（随筆）10　岡田八千代
くちら（随筆）　横山重
寂しき死（随筆）11　間宮茂輔
六号雑記 12
編輯後記 13

目次註

1 （五場）August Stramm
2 〔一幕〕〔一九二五・一一・五〕
3 〔十五年・三月〕
4 ――童話劇一幕――　芽生座上演台本
5 〈一―五〉
6 鏡花小史　※〈画博堂新店〔癸丑初夏〕／田町常盤木〔大正七年初夏吉日〕〉
7 〔大正五年三月二十七日〕
8 〔三月十六日稿〕
9 コルネーユの「ル・シッド」に就いて（承前）〈III・註〉
10 〈まへがき／市川団十郎〉〔つゞく〕
11 ――井川滋氏の追憶――
12 ※水上瀧太郎他執筆のことなど記載あり。「時事新報」掲載、水上瀧太郎の「三田文学の復活に就いて」
13 （勝本）　※第四回水曜会（三月十日）の記事、及三田文学会・青山会館共催「ヴィルドラック氏歓迎講演会」（四月十六日講師―ヴィルドラック　ポール・クローデル小山内薫　井汲清治　西条八十　内藤濯　町田史［梓］楼　山内義雄）の予告あり

＊ 「三田文学」春季大講演会（予告）　※主催―三田文学会五月一日（土）午後一時半　於慶應義塾内大講堂　講師―水上瀧太郎　久保田万太郎　小島政二郎　井汲清治　南部修太郎　加宮貴一　勝本清一郎　水木京太

＊ 野口米次郎氏詩壇生活三十年記念講演会（予告）　※主宰―詩話会・三田文学会五月十五日（土）午後一時　於慶應義塾大講堂　講師―井汲清治　川路柳虹　セラード・ヴァインズ　大藤治郎　白鳥省吾　萩原朔太郎　西脇順三郎

生田春月　福田正夫　佐藤惣之助　野口米次郎
＊編輯委員・編輯担当　※【192604】に同じ
表紙・富沢有為男／発行日・五月一日／頁数・本文全一二七頁／定価・五十銭／編輯兼発行人・東京市芝区三田　慶應義塾内・井汲清治／編輯担当・勝本清一郎／発行所・東京市芝区三田　慶應義塾内・三田文学会／発売所・東京市日本橋区通四丁目五番地　春陽堂／印刷人・東京市小石川区諏訪町五六番地　堀江関武／印刷所・東京市小石川区諏訪町五六番地　常磐印刷所

■六月号　【192606】

十年（小説）1　水上瀧太郎
武士と町人と狼（戯曲）2　水上瀧太郎
純の上京（小説）3　間宮茂輔
酸漿の実（小説）4　原奎一郎
プウセット（戯曲）—ヴィルドラック 5　高橋邦太郎
転任（小説）6　宇野四郎
「つゝじ」その他（随筆）7　久保田万太郎
烟霞（随筆）　小島政二郎
失楽園（詩）8　西脇順三郎
ポール・ヴェルレーヌ（論文）9　ヴィルドラック
ロマン・ロオランの反革命劇（論文）10　勝本清一郎
三都の「聖ジヨン」（評論）11　岩田豊雄
過去何年（随筆）12　岡田八千代
プロムナアド（評論）13　井汲清治
六号雑記
編輯後記 14

目次註

1 〔大正十五年五月六日〕
2 〈第一景・第二景〉〔大正十五年四月二十八日〕 ※〝お伽芝居〟とあり
3 〈一—七〉〔完〕
4 〈一—三〉〔十五年四月〕
5 （一幕四景）〈第一景〉シャルル・ヴィルドラック作／高橋邦太郎訳［嗣出］
6 〈1—3〉
7 〈つゝじ／忘却／評価／醜さ／雨の音／歓び〉
8 PARADIS PERDU〈1. Cosmogonie / 2. Journal Intime / 3.Promenade Faubourienne / 4. Les pommes et les serpents / 5. La rose des vents〉J. NISHIVAKI　※欧文。次号に日本語訳掲載
9 シャルル・ギルドラック作／高橋広江訳　※〝四月十六日、青山会館に於る歓迎講演会の講演草稿を訳出したもの。詩の翻訳は当日の通訳者、朝日新聞社の町田梓楼が訳出、朗読したもの〟と訳者前書にあり。ヴェルレーヌの詩〈アールポエチック／月の光（蒲原有明訳）／Green ／詩集“Sagesse”より二篇〉ヴェルレーヌに捧げられたポール・クローデルの詩〈返らぬ男〉
10 〔一九二六・五・五〕
11 〔五月二日〕※編輯後記に筆者紹介あり
12 〈二〉
13 ——月刊雑誌を通して現代日本を観る——
14 （勝本）※〈第五回水曜会（四月十四日）、ギルドラック歓迎講演会（四月十六日　於青山会館）、三田文学春季大講演会（五月一日）報告／横山重、泉鏡花、小山完吾、小泉信三、水上瀧太郎の寄付／その他〉
＊※春陽堂版『荷風全集』広告中、荷風の一文紹介あり
＊編輯委員・編輯担当　※【192604】に同じ
表紙・富沢有為男／発行日・六月一日／頁数・本文全一二六頁／定価・五十銭／編輯兼発行人・東京市芝区三田　慶應義塾内・井汲清治／編輯担当・勝本清一郎／発行所・東京市芝区三田　慶應義塾内・三田文学会／発売所・東京市日本橋区通四丁目五番地　春陽堂／印刷人・東京市小石川区諏訪町五六番地　堀江関武／印刷所・東京市小石川区諏訪町五六番地　常磐印刷所

■七月号　【192607】

新進の創作・六篇
ナタアシア夫人の銀煙管（小説）1　久野豊彦
仲秋（小説）2　富田正文
喧嘩と子供（小説）3　倉島竹二郎
太すぎる指環（小説）4　安達勝弥
父と子（小説）5　高橋宏
亡母と鯛（小説）6　葛目彦一郎
プウセット（戯曲）—ギルドラック 7　高橋邦太郎
失楽園（詩）（日本語訳）8　西脇順三郎
過去三十年間を振返る 9　野口米次郎
ブラウニングの研究 10　石井誠
市村座のメタフィズイク 11　西脇順三郎
プロムナアド 12　西脇マアヂォソ〔リ〕イ
「火の見」その他 13　井汲清治
貝殻追放 14　久保田万太郎
六号雑記　水上瀧太郎
編輯後記 15　小島政二郎／水上瀧太郎

目次註

1 ナタアシァ夫人の銀煙管
2 〈一—六〉
3 〈一—六〉
4 〈一—七〉
5 〔一九二六年二月作〕
6 〈一—六〉〔大正十五年四月〕
7 ——一幕四景——〈第二景—第四景〉シャルル・ヴィルドラック作／高橋邦太郎訳
8 Paradis Perdu〈一、世界開闢説／二、内面的に深き日記／三、郊外的散歩／四、林檎と蛇と／五、風のバラ〉※前号参照
9 ※〝野口米次郎詩生活三十年紀念講演会に於ける講演〟

とあり

10 ブラウニングの生涯〈二〉〈二「ポオリイン」の出版〉

11 （対話）西脇順三郎／西脇マァヂォリイ

12 ――戯曲とその演出・岸田國士著『我等の劇場』新潮社出版――

13 〈火の見／老人／冥利／梅雨〉

14 ――「古渓随筆」読後感――〔大正十五年六月九日〕
※波多野承五郎随筆集

15 （勝本）※〈本号執筆者紹介／先輩波多野承五郎よりの寄付金のこと／その他〉

＊ ※春陽堂版『逍遙選集』の折込広告中、「坪内逍遙博士に対する諸家の感想」（各誌より）紹介〈正宗白鳥／森鷗外／島崎藤村／阿部次郎／幸田露伴／内田魯庵／市川三喜／夏目漱石／小山内薫／五十嵐力／長谷川二葉亭／長谷川如是閑／仏詩人 アンリ・ド・レニエ／アンリ・ビドウ／蘇峯学人／三宅雪嶺／風来山人 大正十五年四月「日本及日本人」〉

表紙・富沢有為男／発行日・七月一日／頁数・本文全一三〇頁／定価・五十銭／編輯兼発行人・東京市芝区三田 慶應義塾内・井汲清治／編輯担当・勝本清一郎／発行所・東京市芝区三田 慶應義塾内・三田文学会／発売所・東京市日本橋区通四丁目五番地 春陽堂／印刷人・東京市小石川区諏訪町五六番地 堀江関武／印刷所・東京市小石川区諏訪町五六番地 常磐印刷所

■八月号 【192608】

築地小劇場に「ヴェニスの商人」を観て1 高橋誠一郎
ヴェネチア雑記2 斎藤茂吉
貝殻追放――紅蓮洞――3 水上瀧太郎
琉球古代の裸舞4 伊波普猷
羅馬のピランデロ劇場 岩田豊雄
ブラウニングの生涯（三）5 石井誠
袋物の贅沢 波多野承五郎
日中（短歌）6 松村みね子
帝劇の十六夜清心7 三宅三郎
過去何年（三）8 岡田八千代
一角から見た事9 島原逸三
前菜10 高橋邦太郎
続或る夜歩く（小説）11 間宮茂輔
土へ（戯曲）12 上泉秀信
デリケート時代（小説） 小林きよ
誘惑（戯曲）―パウル・コルンフェルト13 茅野蕭々
新椋鳥通信 谷村唯介
六号雑記 小島政二郎／福原信辰
編輯後記14

目次註

1 〈一―六〉

2 〈一―五〉〔大正十五年六月上旬記〕

3 〔大正十五年六月二十七日〕

4 〈一―十〉

5 ――『パラセルサス』の前後――

6 ※十八首。〝去年八月末、軽井沢から沓掛を経て追分に遊んだ時の日記〟と付す

7 〔三日目所見〕〔六月五日記〕

8 ――三崎座――〔つゞく〕

9 一角から見たこと――日本の文学と哲学――

10 ――演劇文献二・三――〈（一）劇場《しばゐ》世《せ》界《かい》書生《しよせい》の腸《はらわた》／（二）人肉質入裁判《じんにくしちいれさいばん》／（三）フィシェ兄弟《きやうだい》の劇評《げきひやう》〉※前書を付す

11 続或夜歩く〈一―四〉〔此稿完〕

12 ――宇佐美吉弥の転居――〔大正十五年五月廿四日〕
※〝「宇佐美吉弥の転居」としては独立した一幕物として読んで頂くより外はないが、「土へ」としてはほんの序曲に過ぎない〟と付記あり

13 （五幕）〈第一幕第一場・第二場〉パウル・コルンフェルト作／茅野蕭々訳〔未定稿、以下次号〕※次号一二二頁に誤植訂正あり

14 ※〈普通部時代同人誌「独法師」に関係の間宮と勝本／執筆者紹介／水木の「殉死」上演と同人観劇／その他〉

表紙・富沢有為男／発行日・八月一日／頁数・本文全一二五頁／定価・五十銭／編輯兼発行人・東京市芝区三田 慶應義塾内・井汲清治／編輯担当・勝本清一郎／発行所・東京市芝区三田 慶應義塾内・三田文学会／発売所・東京市日本橋区通四丁目五番地 春陽堂／印刷人・東京市小石川区諏訪町五六番地 堀江関武／印刷所・東京市小石川区諏訪町五六番地 常磐印刷所

■九月号 【192609】

シレジヤ織工一揆の事実（論文） 小泉信三
天上聖母のこと（随筆） 佐藤春夫
食卓の人々（随筆）1 水上瀧太郎
母に関する記憶（小説）2 加宮貴一
汚点を洗ふ（小説）3 倉島竹二郎
普請好き（小説）4 藤原誠一郎
誘惑（戯曲）―パウル・コンフェルト《〔コルンフェルト〕》5 茅野蕭々
恋歌（詩）―イヴァン・ゴル6 西脇順三郎
蘭通詞一件（研究）7 増田廉吉
ブラウニングの生涯（研究）8 石井誠
ファウストの初演（随筆）9 楠山多鶴馬
七月の歌舞伎劇（評論）10 三宅三郎
六号雑記 小島政二郎／勝本清一郎／水上瀧太郎
編輯後記11

目次註

1 〔大正十五年八月三日〕

2 〈一―七〉〔終〕

3 汚点《しみ》を洗ふ〈一―四〉

4 〔一九二五年九月〕

5 （五幕）〈第二幕第一場―第三場〉パウル・コルンフェルト作／茅野蕭々訳

6 ――イヴアンよりクレールへ――イヴアン・ゴル作
7 〈其二〉――吉雄幸左衛門――
8 〈四〉――『ストラフォド』より『ピッパ』まで――
9 ファウストの初演及びメフィスト役者と最初のファウスト役者
10 〔六日目所見〕〔七月八日記〕
11 〈勝本〉※〈表紙改新と題字／執筆者紹介〉
＊ ※「誘惑」（茅野蕭々訳・前号第一幕）の誤植訂正

表紙・富沢有為男（題字・小村雪岱）／発行日・九月一日／頁数・本文全一二五頁／定価・五十銭／編輯兼発行人・東京市芝区三田 慶應義塾内・井汲清治／発行所・東京市芝区三田 慶應義塾内・三田文学会／発売所・東京市日本橋区通四丁目五番地 春陽堂／印刷人・東京市小石川区諏訪町五六番地 堀江関武／印刷所・東京市小石川区諏訪町五六番地 常磐印刷所

■十月号 【192610】

枕の命令（小説）1 勝本清一郎
肥瘦（小説）2 原奎一郎
草の中（小説）3 蔵原伸二郎
形見（小説）4 水木京太
一九一四年頃の覗き絵（戯曲）5 北村小松
誘惑（戯曲）――パウル・コルンフェルト 6 茅野蕭々
山を想ふ（紀行文）7 水上瀧太郎
「もとのうち」その他（随筆）8 久保田万太郎
根津のはなし（随筆）9 下田将美
小島政二郎氏著「新居」評 10 井汲清治
プロムナアド 11
バリトン小島政二郎氏 勝本清一郎
堅実で克明、だが然し 12 原奎一郎
六号雑記 13
編輯後記 14 水上瀧太郎／水木京太／小島政二郎

目次註

1 〔一九二六・八・四〕
2 〈一・二〉
3 〈一―四〉〔一九二六・八〕
4 〈一―五〉
5 〈プロオグ／第一景―第五景／エピロオグ〉
6 〈五幕〉〈第三幕第一場―第三場〉パウル・コルンフェルト作／茅野蕭々訳
7 〔大正十五年九月二日〕
8 〈もとのうち／芝生／芝居になった円朝のよみもの〉
9 〈一―四〉
10 ※この表題本文には欠く
11 ――「新居」小島政二郎短篇集・春陽堂出版――
12 ――「新居」読後感――〔八月卅一日〕
13 ※京都一読者よりの投書も掲載
14 〈勝本〉※〈好評の本誌編輯／執筆者紹介／三田文学の経営、春陽堂の都合で籾山書店後身「友善堂」に変更／初代「三田文学」を手がけた新印刷所の印刷人／その他〉

表紙・富沢有為男／発行日・十月一日／頁数・本文全一三〇頁／定価・五十銭／編輯兼発行人・東京市芝区三田 慶應義塾内・井汲清治／編輯担当・勝本清一郎／発行所・東京市芝区三田 慶應義塾内・三田文学会／発売所・東京市日本橋区通四丁目五番地 春陽堂／印刷人・東京市小石川区諏訪町五六番地 堀江関武／印刷所・東京市小石川区諏訪町五六番地 常磐印刷所

■十一月号 【192611】

英文学史と英経済学史（論文）1 高橋誠一郎
地下室（戯曲）2 水上瀧太郎
第一課（小説） 小林きよ
結婚愛（小説）3 和木清三郎
紅茶とウヰスキイ（戯曲）4 加藤昌雄
浩吉の道化（小説）5 倉島竹二郎
体裁のいゝ景色（詩）6 西脇順三郎
超現実芸術学派（詩）7 上田敏雄
「うんざり松」その他（随筆）8 久保田万太郎
鎌倉嫌ひの兼好（随筆） 波多野承五郎
水上瀧太郎氏新著「大阪の宿」評 その一 9
「大阪の宿」を読む 三宅周太郎
「大阪の宿」の裁判所にて 西脇順三郎
プロムナアド（評論）10 井汲清治
水上瀧太郎「大阪の宿」、細田源吉「大都」、佐佐木茂索「天の魚」
加藤昌雄のこと 葛目彦一郎
「新潮」新人号の創作 11 加宮貴一
編輯後記 12

目次註

1 〈一―八〉
2 〔大正十五年十月三日〕
3 〈1―6〉〔大正十五年九月二十一日稿〕
4 紅茶とウヰスキー（一幕）〔一九二四年十二月〕※大正十四年二月「ツルバミ」より転載。作者は九月十六日歿（享年廿四歳）とのこと、葛目彦一郎文にあり
5 〈序・一―五〉
6 ――人間時代の遺留品――〈①―㉞〉
7 〈あと／模範作業／水雷艇母艦対怪人／実物のあと／剛体学／擬体学／装置／接吻／ねむらない虜／役者のゐる実在／永久的の運動／恋仲／左大臣／電気会社／夜間営業／軍艦の装置／大陸／劇場運動／陸上動物／我等の出発／文明開化之図〉
8 〈うんざり松／共演者／野外劇場／職業的良心〉
9 ※この表題本文には欠く
10 ――都会を描ける小説――〈一―八〉〈「大阪の宿」水上瀧太郎・友善堂出版／「大都」細田源吉・新潮社出版／「天の魚」佐佐木茂索・文藝春秋社版〉
11 〈総評／「子を失ふ話」木村庄三郎／「N監獄懲罰日誌」林房雄／「アルバム」浅見淵／「恋人を確かめる」八木東作

／「白い腕」舟橋聖一／「晴れた富士」崎山猷逸／「姉の死と彼」中山信一郎／「桃色の象牙の塔」久野豊彦／「結婚の花」藤沢桓夫／「晩秋の旋律」坪田勝／「早春の蜜蜂」尾崎一雄〉

12 （勝本） ※〈秋季大講演会報告（10・2 佐佐木茂索、三宅、宇野、菊池、久保田、小島）／三田文学の強力な後援者鎌田栄吉、波多野承五郎／上川井の尽力による新経営／執筆者紹介／ツルバミ原奎一郎の渡欧／その他〉

表紙・西脇マーヂョリー夫人／発行日・十一月一日／頁数・本文全一二九頁／定価・五十銭／編輯兼発行人・東京市芝区三田 慶應義塾内・井汲清治／編輯担当・勝本清一郎／発行所・東京市芝区三田 慶應義塾内・三田文学会／発売所・東京市京橋区尾張町二ノ六 友善堂／印刷人・東京市芝区愛宕町二ノ十四 植田庄助／印刷所・東京市芝区愛宕町二ノ十四 常磐印刷株式会社

■十二月号 【192612】

級友会（小説）1 水上瀧太郎
猫のゐる風景（小説）2 蔵原伸二郎
汗の味（小説）3 平松幹夫
アレキサンドリアの太陽（小説）4 勝本英治
酒（小説）5 藤原誠一郎
動揺（小説）6 佐佐木千之
「菊市」その他（随筆）7 久保田万太郎
無尽燈随筆（随筆）8 江木礼吉
ブラウニングの生涯（五）（研究） 石井誠
——結婚——
水上瀧太郎氏新著「大阪の宿」評 その二9
水上瀧太郎氏の近業10 久野豊彦
随筆的心境11 勝本清一郎
十月の五座（評論）12 三宅三郎
六号雑記13 小島政二郎／加宮貴一／久野豊彦
平松幹夫／北村小松／勝本清一郎
編輯後記14

目次註

1 〔大正十五年十月二十五日〕
2 〈一—五〉〔一九二六・十・二〕
3 〔一九二六年十月〕
4 〔大正十五年十月〕
5 〔大正十五年九月十二日〕
6 〔十五年七月〕
7 〈菊市／歌 その一／歌 その二／季感／にしき玉子〉
8 〈母／書目／書目 つゞき／本〉
9 ※この表題本文には欠く
10 〔十月九日〕
11 ——「大阪の宿」を読んで—— 〔一九二六・一一〕
12 〈邦楽座／松竹座／帝国劇場／本郷座／歌舞伎座〉
13 ※匿名子の短評も付す
14 （勝本） ※〈三田文学講演会11・21 大阪朝日新聞後援予告と小林一三の尽力／新人平松幹夫、勝本英治他執筆者紹介／本誌復活第一年間（九冊）に活躍の旧三田派、新三田派、新々三田派（二十人）／その他〉

表紙・西脇マーヂョリー夫人／発行日・十二月一日／頁数・本文全一二九頁／定価・五十銭／編輯兼発行者・東京市芝区三田 慶應義塾内・井汲清治／発行所・東京市芝区三田 慶應義塾内・三田文学会／発売所・東京市京橋区尾張町二ノ六 友善堂／印刷者・東京市芝区愛宕町二ノ十四 植田庄助／印刷所・東京市芝区愛宕町二ノ十四 常磐印刷株式会社

一九二七年（昭和二年）

■一月号（正月号） 【192701】

ミカヘル・バクウニン（論文）1 小泉信三
詩の消滅（論文）2 西脇順三郎
順風（長篇）3 水上瀧太郎
肉体の距離（小説）4 勝本清一郎
運河の夜景（小説）5 久野豊彦
過ぎる一景（小説）6 倉島竹二郎
半日の寂寥（小説） 小林きよ
玩具（小説）7 平松幹夫
友の哀しみ（小説）8 蔵原伸二郎
ホテルと女優（小説）9 石浜金作
本望（戯曲）10 水木京太
飛入三分間（随筆）11 波多野承五郎
青幮（詩）12 青柳瑞穂
紐育芝居の近状（評論）13 菅原卓
菊五郎の勘平（評論）14 三宅三郎
新椋鳥通信（随筆） 谷村唯介
六号雑記 西脇順三郎／倉島竹二郎／上田敏雄
和木清三郎／高橋宏／久野豊彦／蔵原伸二郎
加藤元彦／飛田角一郎／勝本清一郎
編輯後記15

目次註

1 ミカエル・バクウニン
2 詩の消滅（友人判事コントメン及ちゑろいすと・ドブロンよりの通告）〈第一節 表現の極限／第二節 表現の対象の極限 （一）現実の対象 （二）超現実 （三）反超現実 （四）詩の消滅／第三節 幾分の詩論批評〉
3 〈一—三〉〔つゞく〕

4 〔一九二六・一〇・九〕
5 〔十二月〕
6 過《よぎ》る一景〈一―三〉〔完〕〔大正十五年十一月作〕
7 〔十五年十一月〕
8 ――猫のゐる風景――付録〔一九二六年・十一月〕
9 〈1―3〉〔終り〕
10 ※〝「演劇新潮」十二月号の「敵討増補」に続くものとしてお読み下されたし……〟と「作者註」に記す
11 飛入り三分間〔大正十五・一二・四〕※三田文学講演会についてであること「後記」にあり
12 〈たそがれ／花やかなる月夜（張若虚に拠る）――奥野信太郎君におくる――／乳房／青憫〉
13 〔十五・十・十七プレーンフィールドN・Jにて〕
14 ――大正十五年の傑作――
15 （勝本）※〈三田文学講演会（11・21）報告／執筆者紹介／水上の寄付金／その他〉

表紙・M. NISHIWAKI／発行日・一月一日／頁数・本文全一四三頁／定価・五十銭／編輯兼発行人・東京市芝区三田 慶應義塾内・井汲清治 編輯担当・勝本清一郎／発行所・東京市芝区三田 慶應義塾内・三田文学会／発売所・東京市京橋区尾張町二ノ六 友善堂／印刷人・東京市芝区愛宕町二ノ十四 植田庄助／印刷所・東京市芝区愛宕町二ノ十四 常磐印刷株式会社

■二月号 【192702】

順風（長篇2）1 水上瀧太郎
顔を立てぬ話（喜劇） 上泉秀信
海をみに行く（小説） 石坂洋次郎
新聞広告から（小説）2 藤原誠一郎
春の婚礼（小説）3 勝本英治
新聞売子と活動写真（小説）4 葛目彦一郎
ワンキッス（小説）5 和木清三郎
萎れた頬（小説）6 加宮貴一
よく学ばれたよき教訓（小説）7 小島政二郎
芸術覚書続稿（随筆）8 郡虎彦
蘭通詞と犯科一件 其二（研究）9 増田廉吉
ギヴ・コロンビエ座の舞台構成（研究）10 岩田豊雄
九章に就いて（論文）11 奥野信太郎
鬚だの髪だの（随筆） 北村小松
久保田万太郎氏著「寂しければ」評12
「寂しければ」を読みて13 岡田八千代
傑作「寂しければ」 飛田角一郎
プロムナアド（評論）14 井汲清治
久保田万太郎作「寂しければ」、佐々木邦作「笑の王国」、中河与一作「氷る舞踏場」 加宮貴一／倉島竹二郎／藤原誠一郎
六号雑記15
編輯後記16

目次註

1 〈四・五〉〔つゞく〕
2 〔大正十五年十一月二十四日〕
3 〔大正十五年十一月廿五日〕
4 〔大正十五年十一月稿を改む〕
5 〈一―四〉〔大正十五年十一月二十五日〕
6 ※〝長篇の一章〟とあり
7 ※〝アナトール・フランス作「ジャック・ツールンブローシュの愉快な話」より〟とあり
8 〈シスチナ堂の事／断片〉故郡虎彦
9 ――本木栄之進――〔完〕
10 ギヴ・コロンビエ座の舞台構成
11 ※付記あり
12 ※この表題本文には欠く
13 久保田万太郎さんの「寂しければ」を読みて〔十五年十二月廿二日〕
14 ――情調と笑と怪異――〈一―四〉〈「寂しければ」久保田万太郎・春陽堂版／「笑の王国」佐々木邦作・京文社版／「氷る舞踏場」中河与一・金星堂版〉
15 加宮貴一／倉島竹二郎〔十二月二十五日〕／藤原誠一郎〔十二月二十二日〕
16 ※〈故郡虎彦（旧筆名萱野二十一）とその作品について／その他本号執筆者の紹介〉

表紙・M. NISHIWAKI／発行日・二月一日／頁数・本文全一三一頁／定価・五十銭／編輯兼発行者・東京市芝区三田 慶應義塾内・井汲清治／編輯担当・勝本清一郎／発行所・東京市芝区三田 慶應義塾内・三田文学会／発売所・東京市京橋区尾張町二ノ六 友善堂／印刷者・東京市芝区愛宕町二ノ十四 植田庄助／印刷所・東京市芝区愛宕町二ノ十四 常磐印刷株式会社

■三月号 【192703】

慶承遺事（論文） 滝本誠一
ベートーヴエン歿後満百年紀念1
ベートーヴエンの洋琴曲（論文）2 野村光一
幸福とは？（小説） 加宮貴一
骨董の本場（小説）3 勝本清一郎
兄になる（小説）4 長尾雄
犬吠行（小説）5 間宮茂輔
順風（長篇三）6 水上瀧太郎
後期芸術派（詩）7 上田敏雄
石田新太郎氏追悼録8
逝ける石田君を憶ふ 川合貞一
石田新太郎氏を悼む9 馬場孤蝶
石田さんのこと 島原逸三
「三田文学」創刊時代の石田先生 小林澄兄
「三田文学」と石田君 波多野承五郎
プロムナアド（評論）10 井汲清治
岸田國士論
六号雑記11 加宮貴一
編輯後記12

目次註
1 ※本文にはこのこと省略
2 ベートーヴェンの洋琴曲〈一―三〉〔未完〕※〝前半は「音楽芸術」ベートーヴェン記念号に掲載〟と「筆者記」あり
3 〔一九二六・七・一七〕
4 〈一―八〉〔昭和二年一月十三日〕
5 犬吠行き〈一―八〉〔完〕
6 〈六・七〉
7 〈自由大佐の服に就て／青い帽子に就て／仏蘭西婦人室に就て／発達したものに就て／仏蘭西貴婦人に就て／仏蘭西水兵に就て／仏蘭西水兵運動に就て／現代魔術学に就て／白い人間に就て〉
8 ※この表題本文には欠く
9 〈一―三〉〔二月三日夜〕
10 〈『言葉言葉言葉』随筆集・改造社出版／『パンヤ文六の思案』第二戯曲集・改造社出版／『喜劇悲劇七篇』翻訳集・第一書房版〉
11 ※本誌二月号及同人雑誌評
12 ※〈前号石坂小説の評判／本号執筆者紹介ほか〉

表紙・M. NISHIWAKI／発行日・三月一日／頁数・本文全一三〇頁／定価・五十銭／編輯兼発行者・東京市芝区三田 慶應義塾内・井汲清治 編輯担当・勝本清一郎／発行所・東京市芝区三田 慶應義塾内・三田文学会／発売所・東京市京橋区尾張町二ノ六 友善堂／印刷者・東京市芝区愛宕町二ノ十四 植田庄助／印刷所・東京市芝区愛宕町二ノ十四 常盤印刷株式会社

■四月号 【192704】

順風（長篇四）1 水上瀧太郎
感傷罪（小説）2 平松幹夫
燻る鉢の木（戯曲）3 藤原誠一郎
流行（小説） 杉原健太郎
空へ（小説）4 佐佐〔々〕木弘之
少年の歓び（小説） 高橋宏
大きく見える影（小説）5 小林きよ
ソヴエート・ロシヤの老政治家（小説）6 久野豊彦
錨のない小艇《ディンギー》（小説）7 加宮貴一
このあたり（随筆）8 岡田八千代
復活一周年記念欄
感想9 小泉信三
あわただしく10 小島政二郎
断片九つ11 南部修太郎
ベートーヴェンの洋琴曲（論文2）12 野村光一
観劇雑感（二つの犯罪文学に就て）13 上泉秀信
時事二件（「検察官」争議 マレエ座の閉鎖）14 岩田豊雄
チェーホフの頂点15 勝本清一郎
（築地小劇場の「桜の園」再演）
プロムナアド16 井汲清治
詩集五冊を手にして文学種類形式の消長を論ず 平松幹夫
六号雑記17

目次註
1 〈八・九〉〔つゞく〕
2 〈一―六〉〔一九二七年二月〕
3 〈三場〉〈1―3〉〔一九二七年一月九日〕※〝謡曲「鉢木」より〟と付す
4 佐々木弘之 ※〝雑誌「鷲の巣」の同人〟と雑記にあり
5 〔をはり〕
6 ソヴエート・ロシアの老政治家〔三月〕※〝この篇、愛犬家須地氏へ〟と付す
7 〈Introduction／Demonstration〉〔二年三月〕
8 〔昭和二年二月廿七日 千葉にて〕※〝一月の日記から〟とあり
9 所感
10 あわたゞしく
11 〈1―9〉〔昭和二・三・八〕
12 〈続き〉〈四―六〉〔完〕〔一九二七・一・二六〕
13 〔二・三・二〕
14 〈「検察官」争議／マレエ座の閉鎖〉〔終〕
15 〔一九二七・三・九〕
16 〈堀口大學『砂の枕』第一書房版／近藤栄一『微風の歌』精神社版／田中清一『悲しき生存』春陽堂版／高島宇朗『せゝらぎ集』福永書店版／高島宇朗『眼花集』福永書店版〉
17 ※平松幹夫文の他に「後記」代りのものあり〈来月号より金一千円也の保証金を納めて新聞紙法に依って発行のこと／横山重の寄付金／杉原健太郎紹介／その他〉
※表紙に、「一周年記念」と特記あり

表紙・富沢有為男／発行日・四月一日／頁数・本文全一四九頁／定価・五十銭／編輯兼発行者・東京市芝区三田 慶應義塾内・井汲清治／編輯担当・勝本清一郎／発行所・東京市芝区三田 慶應義塾内・三田文学会／発売所・東京市京橋区尾張町二ノ六 友善堂／印刷者・東京市芝区愛宕町二ノ十四 植田庄助／印刷所・東京市芝区愛宕町二ノ十四 常盤印刷株式会社

■五月号 【192705】

順風（長篇5）1 水上瀧太郎
ナタアシヤ（小説） 小松太郎
下層一断面（小説） 杉山平助
群集（小説）2 蔵原伸二郎
風日（小説）3 佐佐木千之
雪（戯曲・一幕）4 飛田角一郎
ESTHÉTIQUE FORAINE（論文）5 西脇順三郎
——純粋芸術の批判——
ロマンス再誕（論文） 石井誠
剪紙刀（随筆） 水木京太
文芸断章（評論）6 河合哲雄
六号雑記7 小島政二郎／窪川雪夫 勝本清一郎／佐藤春夫

目次註

1 〈十・十一〉〔つゞく〕
2 〈一―八〉〔一九二六・一二〕
3 〔昭和二年二月〕
4 〈一幕〉
5 〈Ⅰ 批判の準備／Ⅱ 純粋芸術のメカニズム／Ⅲ 修辞学〉※〝以上純粋芸術批判の序論とす〟と付す
6 ――その一 私の批評態度―― ※原稿用紙一枚分脱落。次号「六号雑記」に掲載あり
7 ※詩人堀口大學に捧げる三潴牧子夫人独唱会の通知を付す（五月十四日 於日本青年館 発企者―佐藤春夫、井汲清治、日夏耿之介、西条八十、長谷川巳之吉、羽根田理一、寺下辰夫、外十名）

表紙・富沢有為男／発行日・五月一日／頁数・本文全一二七頁／定価・五十銭／編輯兼発行者・東京市芝区三田 慶應義塾内・井汲清治／編輯担当・勝本清一郎／発行所・東京市芝区三田 慶應義塾内・三田文学会／発売所・東京市京橋区尾張町二ノ六 友善堂／印刷者・東京市芝区愛宕町二ノ十四 植田庄助／印刷所・東京市芝区愛宕町二ノ十四 常磐印刷株式会社

■六月号 【192706】

自由（論文）1　加田哲二
順風（長篇第六回）2　水上瀧太郎
恋愛破産者（小説）3　倉島竹二郎
物干（小説）4　柴野てふ子
――路地の突当りの工場の人達――
窃盗犯人と人生（小説）5　加藤元彦
妻へ送る手紙（小説）6　加宮貴一
十三夜（戯曲）7　久保田万太郎
沈黙（映画台本）―ルヰ・デリュック　矢野目源一訳
ヒドランゲア・オタクサ（舞踊台本）8　勝本清一郎
主なき牧場の羊（随筆）9　増田廉吉
町の音楽（随筆）　戸川秋骨
文芸断章（評論）　河合哲雄
――その二 文俗人の氾濫／その三 当来の文学――
六号雑記 10　永田晋／その他

目次註

1 〔千九百二十七年四月十日稿〕※〝「世界」二月号、「三田学会雑誌」昭和元年十一月号を併読、参照されたし〟と付記あり
2 〈十二・十三〉〔つゞく〕
3 〈一―十六〉〔つづく〕
4 〈1―10〉〔一九二七・四・十五〕
5 窃盗犯人と先生
6 〈一信・二信・三信〉〔以上〕
7 ※まえがきあり
8 ――舞踊劇―― 〈一幕〉〔一九二七・三・二七〕
9 〔完〕
10 ※「校正係」の名で、前号所載河合哲雄論文中の脱落部分掲載あり。永田晋文の他に「後記」代りのものあり〈執筆者紹介／保野景蔵の寄付金／義塾補助金の増額〉

表紙・富沢有為男／発行日・六月一日／頁数・本文全一二七頁／定価・五十銭／編輯兼発行者・東京市芝区三田 慶應義塾内・井汲清治／編輯担当・勝本清一郎／発行所・東京市芝区三田 慶應義塾内・三田文学会／発売所・東京市京橋区尾張町二ノ六 友善堂／印刷者・東京市芝区愛宕町二ノ十四 植田庄助／印刷所・東京市芝区愛宕町二ノ十四 常磐印刷株式会社

■七月号 【192707】

順風（長篇第七回）1　水上瀧太郎
父の臭ひ（小説）2　木村庄三郎
炉辺夜話（小説）3　石坂洋次郎
マアカンティリストの花卉栽培術（小説）4　勝本英治
恋愛破産者（長篇第二回）5　倉島竹二郎
犬（小説）6　蔵原伸二郎
肴町（小説）7　間宮茂輔
自然詩人ドルベンの悲しみ（詩）8　西脇順三郎
文芸断章（評論）　河合哲雄
――その四 永久の秘冊――
藤森成吉、青野季吉両氏に答ふ（評論）9　勝本清一郎
一摘みの塩（随筆）10　加宮貴一
わくら葉（随筆）　岡田八千代
剪紙刀（随筆）11　水木京太
わが身辺から（随筆）12　南部修太郎
アナトール・フランス（研究）13　小島政二郎
六号雑記 14　吉住八重子

目次註

1 〈十四・十五〉〔つづく〕
2 〈一―三〉
3 ※プロローグ／エピローグを付す
4 〔一九二七・四・二三〕
5 〈十七―二十四〉〔つゞく〕
6 〈一―八〉〔昭和二・五〕
7 〈一―三〉
8 ――ヘル茅野蕭々へ―― 〈第一章―第七章〉
9 〔一九二七・六〕
10 〈ある少年／ある日の父／貧乏と無知と狡猾とに就いて／妻の父〉
11 〔以上〕
12 〈神宮外苑／新交響楽団／医道の人／仕事の反射／「ヴアリエテ」のこと／リア・ド・プッチの魅力〉〔昭和二・六・二〇〕
13 〈第一章 幼年時代（一）〔つゞく〕 ※〝レウイス・メイ著「アナトール・フランス」に拠る〟と付す
14 ⑴三田文学五月号感想〈順風・水上瀧太郎／ナタアシヤ・小松太郎／下層一断面・杉山平助／群集・蔵原伸二郎〉〔昭和二年五月廿八日〕 ⑵三田文学六月号感想〈順風・水上瀧太郎／物干・柴野てふ子〉 ※以上吉住八重子文の他に「後

記」「消息」代りのものあり
＊　※俳書堂出版部蔵版（友善堂発売）久保田万太郎句集『道しば』の広告中、芥川龍之介による「序文」の一節紹介あり

表紙・富沢有為男／発行日・七月一日／頁数・本文全一二八頁／定価・五十銭／編輯兼発行者・東京市芝区三田　慶應義塾内・井汲清治／編輯担当・勝本清一郎／発行所・東京市芝区三田　慶應義塾内・三田文学会／発売所・東京市京橋区尾張町二ノ六　友善堂／印刷者・東京市芝区愛宕町二ノ十四　植田庄助／印刷所・東京市芝区愛宕町二ノ十四　常磐印刷株式会社

■八月号　【192708】

順風（長篇第八回・完結）1　水上瀧太郎
フリイダの一日（小説）　小松太郎
恋愛破産者（長篇第三回）2　倉島竹二郎
五月の空の如く（小説）3　長尾雄
ビリヤーズ・トマト（戯曲）　加宮貴一
アナトール・フランス（研究第二回）4　小島政二郎
アナトール・フランス（評論）　アンリ・マシス
——即ち非人間的古典尊重——　高橋広江訳
津太夫と古靭太夫との「寺子屋」（評論）5　三宅周太郎
剪紙刀（随筆）　水木京太
女郎蜘蛛の話（随筆）　松本芳夫
都市雑感（随筆）6　奥井復太郎
一つの創作（随筆）7　野村兼太郎
再びガストロノミイ（随筆）　戸川秋骨
感想二つ（随筆）　野口米次郎
わくら葉（随筆）8　岡田八千代
文芸断章（評論）　河合哲雄
——その五　中村吉蔵氏の「星亭」——
六号雑記9　吉住八重子／倉島竹二郎

目次註
1 〈十六―十八〉〔完〕
2 〈二十五―三十一〉〔つゞく〕
3 〈一―十四〉〔二・七・五〕
4 〈第一章　幼年時代（二）〉〔つゞく〕　※〝レウィス・メイ著「アナトール・フランス」に拠る〟と付す
5 〔七月六日夜半〕
6 都市雑観〔昭和二年七月二日〕
7 〔昭和二年七月一日〕
8 〔昭和二年七月十三日〕
9 (1)中央公論六月号感想〈徳田秋声論（「春来る」を評し、芸術と人生を思う）正宗白鳥〉〔昭和二年六月十九日夜〕(2)三田文学七月号感想〈順風・水上瀧太郎／父の臭ひ・木村庄三郎／炉辺夜話・石坂洋次郎／一摘みの塩（随筆）加宮貴一／わくら葉（随筆）岡田八千代／アナトール・フランス・小島政二郎〉〔昭和二年七月五日夜〕(3)中央公論七月号感想〈冬・芥川龍之介／手紙・芥川龍之介〉——以上　吉住八重子　(4)身辺雑録　倉島竹二郎

表紙・富沢有為男／発行日・八月一日／頁数・本文全一二八頁／定価・五十銭／編輯兼発行者・東京市芝区三田　慶應義塾内・井汲清治／編輯担当・勝本清一郎／発行所・東京市芝区三田　慶應義塾内・三田文学会／発売所・東京市京橋区尾張町二ノ六　友善堂／印刷者・東京市芝区愛宕町二ノ十四　植田庄助／印刷所・東京市芝区愛宕町二ノ十四　常磐印刷株式会社

■九月号　【192709】

日本西教史に就いて（論文）1　幸田成友
ドキュメント（小説）2　平松幹夫
恋愛破産者（長篇第四回）3　倉島竹二郎
十月の感傷（小説）4　崎山猷逸
田舎の家（小説）5　甲田正夫
作家と家とについて（随筆）　横光利一
評論
青いガス燈　久野豊彦
——中河与一氏の「恐ろしき私」に就て——
文芸断章　河合哲雄
——その六　藤村氏の「分配」とその他——
随筆
雨　山本勝太郎
三田山上の秋月6　岩田豊雄
芥川龍之介氏の死7　水上瀧太郎
餓鬼窟主人の死8　日夏耿之介
芥川先生に哭す　平松幹夫
鶴のやうな芥川さん　蔵原伸二郎
けれど9　長尾雄
研究
アナトール・フランス（第三回）10　小島政二郎
六号雑記11　倉島竹二郎／勝本清一郎

目次註
1 日本西教史について〔昭和二年八月〕
2 〈一―七〉〔一九二七年六月〕
3 〈三十二―三十九〉〔つゞく〕
4 〈1―4〉
5 〈その一―八〉〔一九二七年六月二十六日〕
6 〔八月四日〕
7 〔昭和二年八月四日〕
8 〔昭和二年八月五日認〕
9 〈前書／お葬式の日〉〔二・八・二〕
10 〈第一章　幼年時代（三）〉〔つゞく。但し此項をはり〕　※〝レウィス・メイ著「アナトール・フランス」に拠る〟と付す
11 〈「勝負事」倉島竹二郎／（うめ草）勝本清一郎　※「太陽」八月号片山伸と青野季吉による勝本批評〉

表紙・富沢有為男／発行日・九月一日／頁数・本文全一三二

頁／定価・五十銭／編輯兼発行者・東京市芝区三田 慶應義塾内・井汲清治／編輯担当・勝本清一郎／発行所・東京市芝区三田 慶應義塾内・三田文学会／発売所・東京市京橋区尾張町二ノ六 友善堂／印刷者・東京市芝区愛宕町二ノ十四 植田庄助／印刷所・東京市芝区愛宕町二ノ十四 常磐印刷株式会社

■十月号 【192710】

表紙絵 富沢有為男
彼の眼光（詩）1 野口米次郎
兄は樹上にあり（小説）2 坪田譲治
姉の日記（小説） 藤原誠一郎
笑ふ（小説）3 柴野てふ子
恋愛破産者（長篇第五回）4 倉島竹二郎
自殺―アンリ・ド・レニエ5 木村庄三郎訳
随筆
石榴の実6 平松幹夫
父のこと母のこと7 長尾雄
貝殻追放――押の一手――（評論）8 水上瀧太郎
芥川龍之介の手紙から9 南部修太郎
「芥川龍之介全集」の事ども 小島政二郎
詩
l'art d'aristocratie 10 上田敏雄
松を愛づ11 麻生恒太郎
文芸断章（評論）――その七 ざる碁全盛―― 河合哲雄
「雷門以北」後記（随筆）12 （弁天山付近 小村雪岱画） 久保田万太郎
黄表紙私考（論文） 山本勝太郎
序説 上方文学から江戸文学へ
(1)拝金思想と高利禁止13
(2)黄表紙時代の通貨14
(3)物価騰貴と市民の経済生活15
(4)初鰹と質屋
付 黄表紙私考に就て 加宮貴一
六号雑記16

目次註

1 〈彼の眼光／私の歎声／詩情／初秋の感〉
2 〈一―五〉
3 〔一九二七・八・廿六〕
4 〈四十―四十九〉〔つゞく〕
5 ――ギルベール・ド・ヴオアザンに―― アンリ・ド・レニエ作〔1907〕
6 〈夕焼／石榴の実／約束〉〔二・七・廿〕
7 〈夜の雨／葡萄の味一―四〉〔二・七・二〕
8 〔昭和二年九月二日〕
9 〈大正七年二月十七日／大正七年八月十三日／大正八年二月五日／大正八年六月十八日／大正八年七月三日／大正八年七月十六日／大正九年一月十三日／大正九年三月十一日／大正十年五月四日／大正十五年一月十二日〉〔昭和二・九・九〕 ※〝「三田文学」に関連した芥川龍之介の南部宛手紙に南部が補足の文章を添える〟と「前書き」あり
10 L'ART D'ARISTOCRATIE
11 ――野口米次郎先生にさゝぐ――
12 〈一・二〉〔つゞく〕 ※小村雪岱の挿絵を付す
13 〈(一) 黄表紙に現れた町人の拝金思想／(二) 江戸幕府の高利禁止〉
14 〈(一) 南鐐二朱判／(二) 四文銭そのほか〉
15 〈(一) 江戸に於ける銭貨の地位／(二) 銭価下落と物価騰貴／(三) 物価騰貴と米価調節策〉
16 ※加宮貴一文（八月号評他）の他に、上海「新聞報」（九月四日付）極東オリンピック大会記事中「慶應の野球選手の評」の抜書あり

表紙・富沢有為男／発行日・十月一日／頁数・本文全一三二頁／定価・五十銭／編輯兼発行者・東京市芝区三田 慶應義塾内・井汲清治／編輯担当・勝本清一郎／発行所・東京市芝区三田 慶應義塾内・三田文学会／発売所・東京市京橋区尾張町二ノ六 友善堂／印刷者・東京市芝区愛宕町二ノ十四 植田庄助／印刷所・東京市芝区愛宕町二ノ十四 常磐印刷株式会社

■十一月号 【192711】

表紙絵 富沢有為男
唯物史観と社会主義（論文） 小泉信三
貝殻追放――対話――（随筆）1 水上瀧太郎
黒鷲のエンミイ（小説）2 小松太郎
跛をひく（小説）3 和木清三郎
恋愛破産者（第六回・完結）4 倉島竹二郎
昌作・康子（小説）5 勝本清一郎
キイツについて（随筆） 石井誠
文芸断章（評論）――その八 塵掃箒―― 河合哲雄
随筆
蝗 その他6 甲田正夫
未覚池塘春草夢 戸川秋骨
大同石仏寺紀行（随筆）7 南部修太郎
「雷門以北」後記（随筆・第二回）8 久保田万太郎
研究
大鏡鑑賞（第一回）9 小島政二郎
六号雑記10 水上瀧太郎／平松幹夫／長尾雄

目次註

1 〔昭和二年十月十日〕
2 〈I―V〉
3 〈一―五〉〔二年八月二十二日稿〕
4 〈五十―五十八〉〔完〕
5 〔つゞく〕
6 ――身辺雑景一―― 〈蝗／女車掌／憂欝な電車〉〔一九二七・九・二六〕
7 〈1〉〔つゞく〕

8 〈三・四〉〔つゞく〕
9 〈一―三〉〔つづく〕
10 〈（復刊以来の再読推薦作品の評）水上瀧太郎／続「芥川先生に哭す」平松幹夫 ※第一回河童の会（澄江堂先生忌）（9・24）報告／「筑波山行」長尾雄 ※第三回三田文学遠足会（10・2）報告〉※三者の文の他に、「最近の推薦作品」と「消息」を付す
＊ 筑波行 平松幹夫 ※短歌八首
＊ ※岩波書店『芥川龍之介全集』（八巻）の広告中、「芥川龍之介全集刊行の経緯に就て」として〈芥川の遺書／芥川比呂志 芥川文子の文〔昭和二年九月〕／岩波茂雄の文〔昭和二年九月〕〉の紹介あり

表紙・富沢有為男／発行日・十一月一日／頁数・本文全一二五頁／定価・五十銭／編輯兼発行者・東京市芝区三田 慶應義塾内・井汲清治／編輯担当・勝本清一郎／発行所・東京市芝区三田 慶應義塾内・三田文学会／発売所・東京市京橋区尾張町二ノ六 友善堂／印刷者・東京市芝区愛宕町二ノ十四 植田庄助／印刷所・東京市芝区愛宕町二ノ十四 常磐印刷株式会社

■十二月号 【192712】

貝殻追放（評論）1 水上瀧太郎
――「多情仏心」を評す――
海辺の朝（小説）2 加宮貴一
山麓（小説）3 蔵原伸二郎
農村（小説） 額田貞
秋のスケッチ（戯曲）4 川口松太郎
昌作・康子（小説・第二回）5 勝本清一郎
病院のスケッチ（随筆）6 甲田正夫
無頼漢の詩7 杉山平助
詩・二篇8 上田敏雄
随筆
「とにかく食へる」其他9 和木清三郎
おもかげ10 佐佐木千之
「雷門以北」後記（随筆・第三回）11 久保田万太郎
（橋場長昌寺 小村雪岱画）
二週間の旅（随筆）12 南部修太郎
研究
大鏡鑑賞（完結）13 小島政二郎
六号雑記 水上瀧太郎／三宅三郎／長尾雄
編輯後記14

目次註

1 〔昭和二年十一月八日〕
2 〔終〕 ※〝連作の第一〟と付す
3 〈一―七〉 ※〝この一篇を友木戸史郎君に〟と付す
4 〈一幕〉
5 〔承前〕〔つゞく〕
6 ――身辺雑記二――
7 〈無頼漢の詩／施療院雑詠〉
8 〈賓客あるいは親友と女との交際／冷酷あるいは空への残酷〉
9 「とにかく食へる」その他〈とにかく食へる／ゴオホ／芥川さんの印象／山下の本塁打／将棋のこと〉
10 ――芥川龍之介氏と私―― 〔昭和二年九月二十九日〕
※故人から筆者に宛てた書簡〔十二月十日付〕の紹介あり
11 〈五・六〉〔つゞく〕 ※小村雪岱の挿絵を付す
12 ――澄江堂追悼講演紀行―― 〈十月二十一日―三十一日・十一月一日―三日〉〔昭二・一一・一五〕
13 〈四―七〉
14 平松幹夫 ※〈編輯担当交替の弁／長尾倉島両者の援助と勝本の指導によった本号編輯／新人額田の紹介〉

表紙・富沢有為男／発行日・十二月一日／頁数・本文全一二五頁／定価・五十銭／編輯兼発行者・東京市芝区三田 慶應義塾内・井汲清治／編輯担当・平松幹夫／発行所・東京市芝区三田 慶應義塾内・三田文学会／発売所・東京市京橋区尾張町二ノ六 友善堂／印刷者・東京市芝区愛宕町二ノ十四 植田庄助／印刷所・東京市芝区愛宕町二ノ十四 常磐印刷株式会社

一九二八年（昭和三年）

■一月号（新年増大号）【192801】

表紙・目次カット　富沢有為男
カット　近藤光紀
巻頭言　小島政二郎
創作
酒、歌、煙草、また女（詩）1　佐藤春夫
生活の檻（小説）2　甲田正夫
池のほとり（小説）3　倉島竹二郎
イデオロギイの幻燈（小説）　勝本英治
彼の話（小説）4　長尾雄
みごもれる妻（小説）5　和木清三郎
昌作・康子（小説第三回）6　勝本清一郎
「どんぐり」の秘密（小品）　小林きよ
二人の母（翻訳小説）7　レオンハルト・フランク作　小松太郎訳
詩二つ感想一つ8　野口米次郎
閑時饒語（随筆）9　馬場孤蝶
好きな挿絵画家と装幀者10　出題者・水木京太
久保田万太郎／水上瀧太郎／西脇順三郎／小島政二郎／水木京太／井汲清治／勝本清一郎／南部修太郎／横山重
貝殻追放（評論）
――「緑の騎士」とその作者――11　水上瀧太郎
一九二八年12
随筆集と長篇小説　小島政二郎
我が一九二八年　木村庄三郎
延長　小松太郎
鉄面皮になる修養13　額田貞
賭博に終始せん14　和木清三郎
我が運勢　長尾雄
一九二八年以後　蔵原伸二郎
新春の顔　久野豊彦
血がにごる　倉島竹二郎
二つの希望　平松幹夫
主として同人雑誌の作品を読みて15　加宮貴一
小島政二郎氏新著「緑の騎士」評
騎士との再会16　水木京太
「緑の騎士」の感想17　木村庄三郎
六号雑記18
編輯後記19

目次註

1 ――三田の学生時代を唄へる歌――
2 〈一九二七・十・十二〉
3 〈一―五〉〈完〉
4 〈一―六〉
5 〈一―三〉〈二年十二月七日稿〉
6 〈承前〉〈つゞく〉
7 レオンハルトフランク作
8 〈其一―其三〉
9 〈一―三〉
10 〈あなたの作品に挿絵を入れるとすれば画家は誰を求めますか／単行本の装幀者は／それらの理由〉 ※前記課題に対する回答
11 〈昭和二年十二月四日〉
12 一九二八年―〈随筆・感想・小品〉
13 〈一九二七・一二・二九〉
14 賭博に終始せん！
15 「主として同人雑誌の作品を読みて」
総論　1「創造」十一月号〈「山村夕景」（一幕）石中象治／「小盗伝」龍春彦／「拳」柴田賢一〉　2「世紀文学」〈「文学の貧困」水盛源一郎／「装飾芸術」和田佐久／「干潮」村田蒼生／「廻送車」黒岩末吉／「太陽交響楽」青柳優／「転げ出した恋」（三幕）須可賛之助／「贏ち得た服装」（一幕）大島昌夫〉　3「諷詩」―石田茂個人雑誌〈提灯鮟鱇〉　4「関西文芸」〈「好日山荘」藤木九三／「街頭の近代風景」小倉敬二／「同性愛の憶ひ出」佐藤澄子／「地は唸る」木村恒／「ピストルで射た貞操」畑山茂／「COCU」藤沢茂／「秋雲」北村兼子〉　5「風車」十二月号〈「少年期の暮」樺原豊彦／「玩具のある公園」「好きなのよ」石原文雄／「桑畑」上林暁〉　6「映像」〈「恋文」百村駿／「刀取り」坂田隆一／「父無子」宮沢武男〉　7「文芸精進」十一月創刊号〈「地底を落ちるトロツコ」町田純一／「二階の人々」吉村英吉／「偉人の誕生」児島宋吉／「水夫のゐるカフェー」（一幕）芳賀檀〉　8「凪」十一月号〈「習作」（短歌）浅利良道／「ピストル」「表彰式」三位三郎／「円太郎に乗る女」町田純一〉　9「文芸街道」十一・十二月合併号〈「或る魂」迎専一／「晩秋」安間確郎／「生活記録から」伊東欣一〉　10「青い本」十一月号〈「小さな理想」椎橋好／「構成された感謝」野村達二／「梯子へのぼったが」高見保太郎／「臙脂色の帯」秋元不二雄〉　11「移動風景」十二月〈「汗ばむ夜」名田清志／「泡を食つた密会」石光葆／「蒼ざめる遠景」柳川真一／「兄弟」湯川龍三／「片山さん」寺光忠／「海にちかき砂山」「山の湖」（詩）長江道太郎〉　12「富士山」十一月号　13「同心円」十二月号復活号〈「七月の感情」山崎海平／「襟あて」原田齊起／「斑晶」松田準二〉　14「新思潮」十一月号〈「マンモン」小林勝／「濠端」見佐田敏郎／「罷業の前日」雅川滉〉　15「関西文学」―関西学院の英文学会編〈「ルイヂ・ピランデルロとその作品」山下良三／「錆びる花・そのほか」三村千秋／「みどうすじ」梯万太郎／「華かなる密会」田辺栄寿〉　16「文芸道」十二月〈「枝を伐って」須藤鐘一／「瘤爺さんと網」田中準／「なつ子」中山栄一／「御内帑金」小笠原梅吉〉　17「創作時代」十二月号〈「正直者」諏訪三郎〉
16 〈十二月五日〉
17 「緑の騎士」感想――小島政二郎氏の表現に就いて――
18 〈「二人の母」の作者・小松太郎／思ったまゝ・倉島竹二郎／不景気よ・和木清三郎〉

19〔平松〕※〈佐佐木茂索の「緑の騎士」評／小山完吾の寄付金／その他〉

＊※文藝春秋社出版部発行、小島政二郎著『緑の騎士』の広告中、「友人の一人」の評紹介

＊※投稿の歓迎と返送について

表紙及び目次カット・富沢有為男／カット・近藤光紀／発行日・一月一日／頁数・本文全一四五頁／定価・五十銭／編輯兼発行者・東京市芝区三田　慶應義塾内・井汲清治／編輯担当・平松幹夫／発行所・東京市芝区三田　慶應義塾内・三田文学会／発売所・東京市京橋区尾張町二ノ六　友善堂／印刷者・東京市芝区愛宕町二ノ十四　植田庄助／印刷所・東京市芝区愛宕町二ノ十四　常磐印刷株式会社

■二月号　【192802】

表紙・目次カット　富沢有為男
創作
ビルディングの上のドン・キホーテ（小説）　木村庄三郎
泥濘（小説）1　柴野てふ子
或る代用教員の講義（小説）2　藤原誠一郎
鯉（小説）　井伏鱒二
生徒の恋（小説）3　日野巌
昌作・康子（長篇第四回）4　勝本清一郎
正月着（小品）　甲田正夫
貝殻追放（随筆）——原稿紙——5　水上瀧太郎
超自然主義（評論）6　西脇順三郎
音楽の演奏と批評（評論）7　野村光一
若き仲間の仕事（評論）　甲田正夫
現代の代表的文芸家8　出題者・井汲清治
南部修太郎／小島政二郎／西脇順三郎
横山重／水上瀧太郎／井汲清治
久保田万太郎／水木京太／勝本清一郎
竜土雑筆（随筆）9　南部修太郎
巴里劇壇時事10　岩田豊雄
蔵原伸二郎氏新著「猫のゐる風景」評
裏側の花・獣・人11　久野豊彦
植物的鳥獣12　勝本英治
トマス・ハアデイ著作年表13
六号雑記
悲しき芸術家　木村庄三郎
三田文学万歳　窪川幸男
この人の為なら　倉島竹二郎
スポーツ雑記　和木清三郎
傍観者の態度　長尾雄
移転通知状　平松幹夫
編輯後記14

目次註

1 泥濘《ぬかるみ》〈一—四〉

2〔昭和二年十月十一日〕

3〈1—6〉〔昭和二年十二月〕

4〔承前〕〔つゞく〕

5〔昭和二年十二月三十一日〕

6〈第一章　ポエジイの価値論／第二章　渾沌たる説明書——第一節　詩論の批評・第二節　メタフォルの消滅・第三節　曖昧なることの必要・第四節　文学の分類の標準／第三章　トラゴイデアの生誕／第四章　関係がない／第五章〉※次号一〇七頁に「誤植訂正」あり

7〔一九二七・一二・二六〕

8〈我が国現代の文芸各方面に於ける代表者を挙げ、その理由を説明せよ〉※前記課題に対する回答

9〈七草／年賀状／堀江帰一先生／東京市長の人選／作者の気魄／男性の危機／長篇小説時代？／二つの長篇小説／ラグビイ蹴球戦〉〔昭和三・一・八未明〕

10〈ルノルマンの新作／ジュウヴヱはサルマン／アトリヱ座／ガストン・バッティの新業／制作座《ウーヴル》／さてコポオは？〉〔十二・十三〕

11——蔵原伸二郎氏の猫のゐる風景に就て——

12 植物的な鳥獣——蔵原伸二郎の「猫のゐる風景」——〔一八〔九〕二七・一二・七〕

13〈一八七一—一九二五〉※一九二八年一月十四日没

14 ※偶然に新進号となった本号の筆者紹介など

表紙及び目次カット・富沢有為男／発行日・二月一日／頁数・本文全一三三頁／定価・五十銭／編輯兼発行者・東京市芝区三田　慶應義塾内・井汲清治／編輯担当・平松幹夫／発行所・東京市芝区三田　慶應義塾内・三田文学会／発売所・東京市京橋区尾張町二ノ六　友善堂／印刷者・東京市芝区愛宕町二ノ十四　植田庄助／印刷所・東京市芝区愛宕町二ノ十四　常磐印刷株式会社

■三月号　【192803】

創作
画布（小説）1　水上瀧太郎
ロッテ（小説）　小松太郎
郷土小景（戯曲）2　額田貞
彼の小春日（小説）3　平松幹夫
航路（戯曲）4　小林徳二郎
昌作・康子（長篇第五回・完結）5　勝本清一郎
別れた人に（詩）6　青柳瑞穂
阿部君へ（随筆）　里見弴
思ひ出のトマス・ハアディ（評論）7　シエラアド・ヴアインズ
「夜鴉」評ならぬ万太郎論（評論）8　大江良太郎
驚異・久野豊彦の表現（評論）9　蔵原伸二郎
主として同人雑誌の作品を読みて（評論）10　加宮貴一
上演「すみだ川」合評11
水上瀧太郎／小島政二郎／三宅周太郎
西脇順三郎／横山重／井汲清治
小村雪岱／三宅三郎／平松幹夫
久保田万太郎／宇野四郎／水木京太

竜土雑筆（随筆）12　南部修太郎
神谷巡査その他（随筆）13　甲田正夫
熱 14　出題者・南部修太郎
久保田万太郎／横山重／西脇順三郎
水上瀧太郎／井汲清治／水木京太
小島政二郎／勝本清一郎／平松幹夫
アナトール・フランス（研究）15　小島政二郎
六号雑記
吹雪を聞く　石坂洋次郎
紹介　上田敏雄
日記から　倉島竹二郎
日野巖〔巖〕のこと 16　和木清三郎
シネマ　平松幹夫
編輯後記 17

目次註

1 〔続く〕
2 〔一幕〕
3 〈一―三〉〔一九二八・二・三〕
4 〔一幕〕
5 〔第五回・完結〕〔完〕〔一九二八・二・三〕
6 〈眠る女／早春所感／別れた人に〉
7 シェラアド・ヴァインズ作／河口真一訳
8 〔二月一日〕
9 久野豊彦氏新著「第二のレエニン」評――驚異・久野氏の表現について――　〔昭和三年二月〕
10 (1)「新正統派」〈「苦い――」尾崎一雄／「その前後」丹羽文雄／「鰈と柳」酒井松男／「平凡な男」大串鋭彦／「孫」井上幸次郎〉(2)「甕」〈「貘」増谷龍一郎／「螢」福馬喜久次／「夏日弄語」田中秀苗〉(3)「心象」〈「律義者」ルドヰヒ・トオマア作　日野捷郎訳／「幽霊の如く」杉野朴〉(4)「創造」〈「彼等を艾除せよ」柴田賢一／「少年」石中象治／「一九二八年時代」龍春彦〉(5)「薔薇派」〈「栗鼠・人魚・鶏・犬」米谷利夫／「地獄の図」薗辺高志／「昼火事」井上昌一〉(6)「創作時代」〈「からくりの小屋」永井龍男／「船」小田友信／「藁人形」山崎主一〉(7)「文芸都市」創刊号（「文芸耽美」改題）〈「女性的なあまりに女性的な」阿部知二／「襤褸」舟橋聖一／「鷹」丸山清／「慇懃なる花束」徳田戯二／「逢見ての」崎山猷逸／「花」「手紙」「隠居」「施療病院」近藤正夫／「元木氏と南海」古沢安二郎〉(8)「創作月刊」創作号〈「門松を焚く」川端康成／「仔犬」片岡鉄兵／「それには何か訳がなくてはならない」小島政二郎／「最後のもの」郷利基／「生きる者と死ぬ者と」秀島彬／「揚水ポンプ」橋本英吉〉(9)「文藝春秋」〈文壇時評の谷崎精二、十一谷義三郎／「舞踏会余話」牧野信一／「過去」宇野千代／「ある私娼との経験」下村千秋／「土暖かに」小島政二郎〉(10)「三田文学」二月号〈「ビルデイングの上のドン・キ・ホーテ」木村庄三郎／「泥濘」柴野てふ子／「或る代用教員の講義」藤原誠一郎／「鯉」井伏鱒二／「生徒の恋」日野巖／「正月着」甲田正夫〉(11)「移動風景」〈「ひまなき人」寺光忠／「閑日月」湯川龍三／「敗残者達」佐伯保／「町の事件」守谷恒美／「松を巡る彼等」名田清志／「喘ぎつつ」石光葆／「網」飯田秀世〉その他単行本二冊《『山の娘』藤田晋一／『一曲』峰専治》
11 ――本郷座所見――　〔二月九日〕※〝筆記に基いて、水木京太と平松幹夫が纏めたもの。「時事新報」に発表のものはそのごく一部〟と編輯後記に付す　〔二月四日夜〕
12 〈病臥消閑／「アンナ・カレニナ」／「赤い恋」／軽視されたる文芸作家／女賢しうして〉
13 ――身辺雑記（三）――　〈神谷巡査／老婆と菊〉
14 ※出題者・南部修太郎の回答もあり。課題「なんでも自由にお書き下さい」
15 〈二　青年時代（一）〉〔つゞく〕　※〝レウィス・メイの「アナトール・フランス」に拠る〟とある
16 日野いはほの事
17 （平松）

表紙及び目次カット・富沢有為男／発行日・三月一日／頁数・本文全一三二頁／定価・五十銭／編輯兼発行者・東京市芝区三田　慶應義塾内・井汲清治／編輯担当・平松幹夫／発行所・東京市芝区三田　慶應義塾内・三田文学会／発売所・東京市京橋区尾張町二ノ六　友善堂／印刷者・東京市芝区愛宕町二ノ十四　植田庄助／印刷所・東京市芝区愛宕町二ノ十四　常磐印刷株式会社

■四月号（四月増大号・二周年記念）【192804】

表紙　丹下富士男
カット　近藤光紀
巻頭言　勝本清一郎
創作
画布（二回完結）1　水上瀧太郎
茨のある山径（小説）2　加宮貴一
いづれが豚か？（小説）3　前本一男
淡の輪（小説）4　倉島竹二郎
眺海寺付近（長篇一回）5　今井久雄
All Round The World（小説）6　勝本清一郎
或日の経験（小品）7　長尾雄
山冷か（長篇一回）8　小島政二郎
日本に於けるイブセン（評論）　水木京太
卯三郎と小清と（評論）9　三宅周太郎
二周年記念のページ
わたしとしては　久保田万太郎
三田文学方向転換論 10　勝本清一郎
二周年に際して　南部修太郎
感想と批評 11　佐藤春夫／片岡鉄兵
正宗白鳥／藤森成吉
今東光／近松秋江
佐佐木茂索／三宅周太郎
三月の創作評（評論）12　平松幹夫
春の陶器・藤田嗣司〔治〕について（随筆）　蔵原伸二郎

春のスケッチ　杉山平助
早春13
フリデナウ〔フリイデナウ〕で14　小松太郎
春の断想15　蔵原伸二郎
地獄の豆太鼓　石坂洋次郎
水の上のロマンティシズム　倉島竹二郎
雛の宵　柴野てふ子
彼女と色彩16　和木清三郎
公園にて17　木村庄三郎
グリンプス18　平松幹夫
徳川幕府と外来思想（研究）19　増田廉吉
六号雑記
棋戦大勝〔捷〕20　和木清三郎
正宗白鳥氏へ一言　湯浅輝夫
茨のある山径に就いて21　加宮貴一
編輯後記22

目次註

1　（承前）〔昭和三年三月三日〕
2　〔以上〕
3　何れが豚か？〔一九二八・三・九〕
4　〈一—四〉〔完〕
5　〈その一—その三〉〔続く〕
6　〔一九二八・三〕
7　——小品三つ——　〈恋の返礼　一—四／好人物の平さん／或日の経験〉
8　〈一・二〉〔つゞく〕※付記あり
9　〈幸運児尾上卯三郎／中村章景を見て／「洞ヶ峠」の作者／新橋の「鰻谷」〉
10　——二周年に際して——　〔一九二八・三・一〇〕
11　感想と希望
12　〔三・二〇・后四時〕
13　〈早春／花見〉
14　フリイデナウで〈家守／眠る／蝶〉
15　街上春色
16　〔三年三月〕
17　〈七階の窓／とぼけた風景／アスファルト上の憂愁〉〔二八・三・十六〕
18　〔昭和三年二月三日〕
19　棋戦大捷！
20　「茨のある山径」に就いて
21　（平松）※〈本誌発刊以来経営広告の事務を助力した西崎芳雄、本号執筆今井（「梨」同人）紹介／その他〉
22　※編輯用件並びに雑誌図書の寄贈の送付先について

＊表紙・丹下富士男／カット・近藤光紀／発行日・四月一日／頁数・本文全一四五頁／定価・五十銭／編輯兼発行者・東京市芝区三田　慶應義塾内・井汲清治／編輯担当・平松幹夫／発行所・東京市芝区三田　慶應義塾内・三田文学会／発売所・東京市京橋区尾張町二ノ六　友善堂／印刷者・東京市芝区愛宕町二ノ十四　植田庄助／印刷所・東京市芝区愛宕町二ノ十四　常磐印刷株式会社

■五月号　【192805】

創作
キヤンベル夫人訪問記（小説）　石坂洋次郎
たま虫を見る（小説）　井伏鱒二
わかれ（戯曲）　鳥居与三
眺海寺付近（長篇二回）1　今井久雄
山冷か（長篇二回）2　小島政二郎
（貝殻追放）芝居の「すみだ川」3　水上瀧太郎
紐育のギルドとオネイル（評論）4　菅原卓
純粋詩論（評論）5　アンリ・ブルモン　中村喜久夫訳
長唄研精会の印象（評論）　三宅三郎
四月の創作評（評論）6　平松幹夫
水木京太作「嫉妬」上演評7　大江良太郎
「嫉妬」を見ての感想8　水上瀧太郎／横山重／村松梢風／三宅周太郎／小松太郎／小泉信三／馬場孤蝶／三宅三郎／久保田万太郎／井汲清治／今井久雄／小島政二郎
竜土雑筆（随筆）9　南部修太郎
日記から（随筆）　戸川秋骨
UP-TO-DATE
「サーカス」批評10　甲田正夫
慶早庭球試合観戦記　和木清三郎
送別試合を見る11　長尾雄
六号雑記
花売の幻想　倉島竹二郎
友への応答12　日野巌
モルヒネ・楽器13　前本一男
読んだもの見たもの　平松幹夫
編輯後記14

目次註

1　（承前）〈その四—その七〉
2　（承前）〈三〉〔つゞく〕
3　貝殻追放——芝居の「すみだ川」——〔昭和三年四月八日〕
4　〔一九二八・二・二八〕
5　〔了〕※訳者の付記あり
6　——「放浪時代」と「裸木」——〔四・廿一・未明〕
7　——松竹座所演——　※水上瀧太郎等十二名の上演評を含む
8　〔昭和三年四月十日稿〕
9　〈演劇に就いて／「ペア・ギュント」を見て／水木京太の「嫉妬」に就いて〉〔昭和三・四・一八〕
10　半可通な感想——『サーカス』批評——〈逃げ口上／『サーカス』を見て〉

11 〈前文／島本君のこと／ファンについて〉※UP-TO-DATE欄の投稿歓迎のことを付す
12 友への応答及び一つの提議
13 モルヒネ、楽器、ETC
14 ※〈水上の寄付金／筆者紹介／その他〉
＊ 寄贈図書〈『死の書』庄野義信（福岡市橋口町二六　庄野）／『おそはる』山村順（兵庫県今津町津門西之口　山村順）／『演劇評後』三宅周太郎　新潮社〉※紹介文
＊ 編輯用件並びに雑誌図書寄贈の送付先について
＊ 原稿募集　※投稿の歓迎について

表紙・丹下富士男／カット・近藤光紀／発行日・五月一日／頁数・本文全一三一頁／定価・五十銭／編輯兼発行者・東京市芝区三田　慶應義塾内・井汲清治／編輯担当・平松幹夫／発行所・東京市芝区三田　慶應義塾内・三田文学会／発売所・東京市京橋区尾張町二ノ六　友善堂／印刷者・東京市芝区愛宕町二ノ十四　植田庄助／印刷所・東京市芝区愛宕町二ノ十四　常磐印刷株式会社

■六月号 【192806】

（貝殻追放）「嫉妬」私見1　水上瀧太郎
創作
水蒼く（小説）2　長尾雄
POST（小説）3　和木清三郎
五右衛門風呂（小説）4　藤原誠一郎
貯金（小説）5　田中峰子
笹光る（小品）6　和田有司
眺海寺付近（長篇三回）7　今井久雄
山冷か（長篇三回）8　小島政二郎
浮世絵師鳥居清信（評論）　野口米次郎
新派を語る（評論）　大江良太郎
竜土雑筆（随筆）9　南部修太郎
梅雨ばれ（随筆）10　蔵原伸二郎
UP-TO-DATE
共産党事件所感11　杉山平助
「十字路」その他12　甲田正夫
慶早新人野球戦13　和木清三郎
五月の新人創作評14　加宮貴一
六号雑記
文学史一時間講義　小松太郎
つれ〴〵なるまゝ15　藤原誠一郎
五月号を読んで　水上れい子
度胸がほしい　倉島竹二郎
編輯日記抄16
編輯後記17　平松幹夫

目次註

1 貝殻追放――「嫉妬」私見――〔昭和三年五月八日〕
2 〔未完〕〔三・五・十五〕
3 〈1―4〉
4 〈一―十三〉〔大正十五年十月十日〕
5 〈一―六〉〔四・一八・一九二八〕
6 〈I―V〉
7 〈承前〉〈その八・その九〉〔つゞく〕
8 〈承前〉〈四・五〉〔つゞく〕
9 ――わが部屋の記――
10 〈黄鶲／河蟬／鷺／青い虎／観音石像〉
11 時事雑感――共産党事件所感――
12 半可通な感想〈『十字路』を見る／序に嗤ふ〉
13 慶早新人野球戦印象記〈第一回戦／第二回戦〉〔五・一六〕
14 五月号新人の注目す可き創作「風車」五月号〈「夜の自転車」上林暁〉「葡萄園」「新正統派」五月号〈「あの日この日」逸見広／「海浜挿話」三宅幾三郎／「掛物」小林正彰／「部屋の中」奥村実／「感傷秋夕記」本田親男〉「文藝春秋」〈「或日の日記」佐佐木茂索／「死者の書」川端康成〉「三田文学」〈「キャンベル夫人訪問記」石坂洋次郎／「たま虫を見る」井伏鱒二〉「薔薇派」〈「家を出る」米谷利夫／「虹の橋」高橋敏夫〉「創作月刊」〈「記録」石浜金作／「旗」橋本英吉／「冬の縄」梶井基次郎〉「創造」〈「霧」龍春彦／「父と子」石中象治／「彼等と私」柴田賢一〉「文芸都市」〈「彼・エピキユリアンの死」秋山三郎兵衛〉「新思潮」「1928」「花束」「移動風景」「凝海藻」
15 つれづれなるままに
16 ※執筆者名欠く。遠足会（四月二十九日）報告
17 （平松）
＊ 原稿募集　※前号に同じ

表紙・丹下富士男／カット・近藤光紀／発行日・六月一日／頁数・本文全一二九頁／定価・五十銭／編輯兼発行者・東京市芝区三田　慶應義塾内・井汲清治／編輯担当・平松幹夫／発行所・東京市芝区三田　慶應義塾内・三田文学会／発売所・東京市京橋区尾張町二ノ六　友善堂／印刷者・東京市芝区愛宕町二ノ十四　植田庄助／印刷所・東京市芝区愛宕町二ノ十四　常磐印刷株式会社

■七月号 【192807】

創作
隣同志（戯曲）1　水上瀧太郎
廓の子（小説）2　倉島竹二郎
伯父の話（小説）3　柳原利次
遅い訪問（小説）　井伏鱒二
街へ出た妻（戯曲）4　永瀬三吾
蜘蛛を嫌ふ男（小説）5　青柳信雄
眺海寺付近（長篇四回）6　今井久雄
山冷か（長篇四回）7　小島政二郎
詩四篇
巣鶏8　高島宇朗
五月雨頃の室内風景　宇都宮一正
病みて　山村順
佐藤春夫9　箕山豊

ティボウ雑感（評論）10 野村光一
菊五郎の舞踊（評論）11 佐野繁次郎
清遊（随筆） 平松幹夫
木曜座談（随筆） 小島政二郎
UP-TO-DATE
対支出兵弥次評 杉山平助
半可通な感想 12 甲田正夫
陸上競技惨敗 13 和木清三郎
同人雑誌短評 14 長尾雄
六号雑記
寸言 三宅三郎
夏で思ふこと 15 前本一男
柳原君について 倉島竹二郎
正邦宏の死 16 小林徳二郎
ヴインス先生 平松幹夫
編輯後記 17

目次註

1 〔昭和三年六月十日〕 ※付記あり
2 〔完〕
3 〔昭和二年六月〕
4 〔一幕〕
5 〈……1―5〉
6 〈承前〉〈その十・その十一〉〔つゞく〕
7 〈承前〉〈六〉〔つゞく〕
8 〈巣鶏／養鶏〉
9 〈佐藤春夫／白い涙〉
10 ※〝倫敦デイリー・テレグラフ紙上より〟とある
11 ――文屋の康秀に就て――〔昭和三・三歌舞伎座に見て〕
12 〈言ひわけ／野球審判の職業化〉
13 陸上競技惨敗！〈……／三田文学野球チームの事〉
14 評――主として同人雑誌の作品について――「新正統派」〈表紙とカット 高橋康男／「杖・蜜柑・鏡」丹羽文雄／「訓話」尾崎一雄／「幼年」浅沼悦／「梅公」小川龍彦〉「風車」〈「雪の日の一団」上林暁〉「蛙群」〈「男は女に何を、求めたか」金原常策〉「一橋文芸」〈「監獄のある田園風景」白河穆〉「移動風景」〈「噂さ」石光葆／「途上にあるもの」柳川真一〉「文芸都市」〈「春の挨拶」前山鉦吉／「三人」浅見淵〉「創作月刊」〈「弟」西沢大平／「朝の対話」網野菊〉「創作時代」〈「錆びた三輪車」山内義臣〉「三田文学」〈「貯金」田中峰子〉
15 夏で思ふこと二三
16 正邦宏の死と井上正夫
17 ※額田貞訃報ほか
＊ 新刊紹介〈『鎌倉日記・伊香保日記』籾山梓月・東京銀座俳書堂発行〉
＊ ※編輯用件並びに雑誌図書寄贈の送付先について

表紙・丹下富士男／カット・近藤光紀／発行日・七月一日／頁数・本文全一三一頁／定価・五十銭／編輯担当・平松幹夫／東京市芝区三田 慶應義塾内・井汲清治／編輯兼発行者・東京市芝区三田 慶應義塾内・三田文学会／発売所・東京市京橋区尾張町二ノ六 友善堂／印刷者・東京市芝区愛宕町二ノ十四 植田庄助／印刷所・東京市芝区愛宕町二ノ十四 常磐印刷株式会社

■八月号（特輯随筆号） 【192808】

短夜の頃 島崎藤村
ふるきしらべ 1 佐藤春夫
自然解 里見弴
九九九会小記 泉鏡花
（貝殻追放）原稿拝見 2 水上瀧太郎
マルクス全集 3 小泉信三
日暮里雑記 4 久保田万太郎
思ひ出の夏
水のルアイユ 5 岩田豊雄
テオクリトス 6 西脇順三郎
ミツド・ナイト・シヨウ 7 菅原卓
ルナパーク 8 小松太郎
軽井沢にて 戸川秋骨
日記をつける心持 馬場孤蝶
関西料理は嫌ひだ 9 波多野承五郎
第三種旅行 井汲清治
尾上松助老 10 宇野四郎
見るまゝに思ふまゝに 11 岡田八千代
ふくろが鳴く 松村みね子
三都夏季情景
京都の夏 倉島竹二郎
大阪の夏 和田有司
銀街新誌 平松幹夫
梅雨ばれ 12 蔵原伸二郎
このひと月 13 大江良太郎
時事雑感 14 杉山平助
切抜帖 15 三宅三郎
将棋の話 和木清三郎
旅行案内 井伏鱒二
松江・大社付近 長尾雄
垢 久野豊彦
小品集
彼の手紙 16 藤原誠一郎
労働者と女 17 田中峰子
マダム・クキの道徳 18 前本一男
遠い兄の家 小林きよ
夢 小山内登女
六号雑記 19
編輯後記 20

目次註

1 〈夏の日の恋／夫恋ふる秋のしらべ〉

2　貝殻追放——原稿拝見——〈昭和三年七月五日〉
3　〔七月六日〕
4　〈七月二日—十七日〉
5　〈フランス〉
6　——英吉利の夏——〈イギリス〉
7　〈アメリカ〉〔三・六・二五〕
8　〈ドイツ〉
9　〔昭和三・七・一〇稿〕
10　〈老優の涙／酒間の老／楽屋の老／出し物選定会の老〉
11　見るまゝに、思ふまゝに〈松本長氏の「三井寺」〔七月八日見物〕／菊五郎と三津五郎の「棒縛り」〔七月九日見物〕〉
12　〈恐しい話／離別／火山と古伊賀〉
13　〔三年六月〕
14　〈治安維持法改正に就て／宗教大会に就て〉
15　〔七月十日〕
16　〔昭和三年六月三十日〕
17　〈一—三〉〔三・五・一三〕
18　——此の気まぐれな午睡後の空想を、田村允顕に。——〈A／B／A′／C—Z／&〉
19　〈「廓の子」の作者に——七月号の六号雑記を見て——・柳原利次／逃避・宇都宮一正／通知簿・倉島竹二郎／納涼愚談・平松幹夫〉
20　（平松）

表紙・丹下富士男／カット・近藤光紀・KENZO／発行日・八月一日／頁数・本文全一二九頁／定価・五十銭／編輯兼発行者・東京市芝区三田　慶應義塾内・井汲清治／編輯担当・平松幹夫／発行所・東京市芝区三田　慶應義塾内・三田文学会／発売所・東京市京橋区尾張町二ノ六　友善堂／印刷者・東京市芝区愛宕町二ノ十四　植田庄助／印刷所・東京市芝区愛宕町二ノ十四　常磐印刷株式会社

■九月号　【192809】

（貝殻追放）三宅周太郎氏の世界 1　水上瀧太郎

創作

ある手記（小説）2　石坂洋次郎
A・子の帰京（小説）3　龍胆寺雄
階段（小説）4　和泉新太郎
眺海寺付近（長篇五回）5　今井久雄
われは子なれば（小説）6　倉島竹二郎
英吉利二十世紀文学の発達 7　西脇順三郎
堤中納言物語鑑賞 8　木村庄三郎
築地の二人 9　大江良太郎
菊五郎の舞踊 10　佐野繁次郎
蔵原惟人氏へ　勝本清一郎
葛西善蔵氏のこと　石坂洋次郎
日暮里雑記 11　久保田万太郎
満腹録 12
不平のやり場　水木京太
月刊雑誌に　小松太郎
八分目　長尾雄
驢馬　前本一男
頓死を願ふ　和木清三郎
本当の満腹録 13　倉島竹二郎
釣魚　加宮貴一
由良之助の言葉　三宅三郎
六号雑記 14
編輯後記 15
表紙　丹下富士男

目次註

1　貝殻追放——三宅周太郎氏の世界——〔昭和三年八月七日〕
2　〔昭和三年七月〕
3　〈一—五〉〔完〕
4　〔一九二八・五・一八〕
5　〔承前〕〈その十二・その十三〉　※〝大正八年法律科卒業某氏の筆名〟と後記にあり
6　——この一篇を亡き父上に——〈一—九〉
7　英吉和二十紀世〔世紀〕文学の発達〔終り〕
8　〈一—三〉〔未完〕
9　——随筆的な汐見洋・友田恭助論——〔八月十三日〕
10　——文屋・喜撰・保名——〈保名（深山桜及兼樹振《みやまのさくらとゞかぬえだぶり》）〉〔未完〕
11　〈八月九日—十六日〉
12　〝おぼしきこと言はぬは腹ふくるゝわざなれ—兼好法師〟と付す
13　ほんとうの満腹録〔完〕
14　〈印刷所にて・和木清三郎／（無題）・倉島竹二郎　※泉鏡花の「歌行燈」について〉
15　※葛西善蔵訃報、表紙の改新ほか

表紙・丹下富士男／カット・近藤光紀／発行日・九月一日／頁数・本文全一三二頁／定価・五十銭／編輯兼発行者・東京市芝区三田　慶應義塾内・井汲清治／編輯担当・平松幹夫／発行所・東京市芝区三田　慶應義塾内・三田文学会／発売所・東京市京橋区尾張町二ノ六　友善堂／印刷者・東京市芝区愛宕町二ノ十四　植田庄助／印刷所・東京市芝区愛宕町二ノ十四　常磐印刷株式会社

■十月号　【192810】

（貝殻追放）信仰の作者 1　水上瀧太郎

創作

南の漁村（戯曲）2　藤原誠一郎
蝕まれた花（小説）3　加藤四朗
相見のこと（小説）　田中峰子
秋の一夜（小説）4　小林きよ
眺海寺付近（長篇六回）5　今井久雄
小品二題（小品）6　長尾雄
日暮里雑記 7　久保田万太郎
堤中納言物語鑑賞 8　木村庄三郎
二科展の一隅 9　勝本英治

菊五郎の舞踊 10　佐野繁次郎
時評
　戯曲批評にかへて 11　大江良太郎
　時評的感想 12　平松幹夫
文楽の「忠臣蔵」見物記 13　三宅周太郎
Tea-Table 14
　作家の奥付印 15　前本一男
　黄色の感想 16　藤原誠一郎
　感想（詩）17　蔵原伸二郎
　秋雨頌 18　平松幹夫
　対イリノイ戦　長尾雄
　六号雑記 19
　編輯後記 20
　表紙　丹下富士男

目次註

1　貝殻追放——信仰の作者——改造社版明治〔現代日本〕文学全集のうち泉鏡花集のために〔昭和三年八月十三日〕　※〃「明治文学全集」は「現代日本文学全集」の誤りである〃と十一月号編輯後記に訂正あり
2　（一幕）〈1—7〉〔昭和三年七月五日〕
3　〔完〕　※後記に筆者紹介あり
4　〈一—四〉〔をはり〕
5　（承前）〈其の十四／その十五〉〔つゞく〕
6　〈少年と相撲／中村君の人生観〉
7　〈九月五日—十五日〉
8　（承前）〈四・五〉　※「作者付記」あり
9　——佐伯祐三氏の遺作「広告」「一軒家」その他——
10　（承前）——文屋、喜撰、保名——〈保名（深山桜《みやまのさくら》及《とゞ》兼《かね》樹振《えだぶり》）二〉〔昭和三・四　明治座に見て〕
11　〔十六日夜〕
12　〈葛西善蔵氏の追悼文／燃焼・不燃焼の作品／野上弥生子氏の近作／三田文学の作品二つ〉
13　〈（一）　序言と大序と／（二）　二段目三段目四段目／（三）五段目六段目／（四）　七段目の人形及び八段目九段目〉　※後記に関連文あり
14　ティー・テイブル
15　〔九月十五日〕
16　〔九月四日〕
17　〈浮浪児／病室にて〉
18　〔九月十七日〕
19　檀家総代／鳥眠洞老人／赤トンボ／伝書鳩／巣鴨一読者／平松
20　（平松）　※〃誌界元祖の歴史を持ち、かつては匿名批評の権威であった六号雑記欄〃の新体裁に就てなど
＊　※新刊紹介あり〈『感傷詩集鏡』本田親男・さめらう書房／『死の書』庄野義信〉

表紙・丹下富士男／カット・近藤光紀／発行日・十月一日／頁数・本文全一三四頁／定価・五十銭／編輯兼発行者・東京市芝区三田　慶應義塾内・井汲清治／編輯担当・平松幹夫／発行所・東京市芝区三田　慶應義塾内・三田文学会／発売所・東京市京橋区尾張町二ノ六　友善堂／印刷者・東京市芝区愛宕町二ノ十四　植田庄助／印刷所・東京市芝区愛宕町二ノ十四　常磐印刷株式会社

■十一月号　【192811】

（貝殻追放）築地小劇場をたたふ 1　水上瀧太郎
創作
　眺海寺付近（長篇七回）2　今井久雄
　民の話（小品）3　柳原利次
　都会スケッチ（戯曲）4　永瀬三吾
　臍の緒（小説）　山崎斌
　野獣時代（戯曲）5　藤井鱗太郎
　山冷か（長篇五回）6　小島政二郎
芸術的価値—社会的価値 7　勝本清一郎
演劇時評 8　大江良太郎
日暮里雑記 9　久保田万太郎
佐伯祐三を憶ふ　佐野繁次郎
将棋・野球のこと 10　和木清三郎
粗吟断章（詩）11　井伏鱒二
Tea-Table 12
　ヴィナスへの贈物 13　小島政二郎
　勝てラグビー戦に 14　杉山平助
　紺珠 15　木村庄三郎
　詩集「頭骸骨」16　平松幹夫
　六号雑記 17
　編輯後記
　カット　近藤光紀
　表紙　丹下富士男

目次註

1　貝殻追放——築地小劇場をたたふ——〔昭和参年九月弐拾八日〕
2　（承前）〈その十六・その十七〉〔つゞく〕
3　〔昭和三年十一月〕
4　——昇降機を中心とする一幕物——
5　（序曲終曲並五場）〈序曲・第一場—第三場〉
6　（承前）〈七・八〉〔つゞく〕　※後記に関連文あり
7　——併せて文芸の大衆性の獲得について——
8　——市川猿之助をかく見る——〔十月十五日夜〕
9　〈九月二十四日—十月十七日〉
10　〈新刊『将棋名匠逸話』菅谷北斗星執筆・大崎八段口述・大森書房／直木三十五氏の誤解／対立教野球戦／スタンド・プレーヤー桜井〉
11　〈青木南八を憶ふ／紙凧のうた／つくだ煮の小魚〉
12　ティー・テイブル
13　ヴィーナスへの贈物
14　勝て！ラグビー戦に
15　〈西洋人／喇叭／にきび／とんぼ／銀座／K君に〉
16　詩集「頭骸骨」を読む〈詩集「頭骸骨」を読む／映画「罪の街」〉　※奈良幸夫の遺作詩集『頭骸骨』（さめらう書房）

批評及び著者紹介。「後記」を付す

17　斬馬剣士／狸僧居士／森下忘／伝書鳩／偽編輯者／饒太郎／一羽の鴛鴦／倉島竹二郎／……

＊　寄贈図書『頭骸骨』奈良幸夫・さめらう書房／『芽』峰専治・第一芸術社〉

表紙・丹下富士男／カット・近藤光紀／発行日・十一月一日／頁数・本文全一二五頁／定価・五十銭／編輯兼発行者・東京市芝区三田　慶應義塾内・井汲清治／編輯担当・平松幹夫／発行所・東京市芝区三田　慶應義塾内・三田文学会／発売所・東京市京橋区尾張町二ノ六　友善堂／印刷者・東京市芝区愛宕町二ノ十四　植田庄助／印刷所・東京市芝区愛宕町二ノ十四　常磐印刷株式会社

■十二月号　【192812】

（貝殻追放）「たのむ」と「大寺学校」1　水上瀧太郎

創作

彼と標本（小説）2　長尾雄

野獣時代（戯曲）3　藤井麟太郎

家を建てる（小説）4　龍胆寺雄

眺海寺付近（長篇完結）5　今井久雄

「一九二八年の戯曲界を観る」6　大江良太郎

本年劇壇の回顧7　三宅三郎

日暮里雑記8　久保田万太郎

帝展を見るその他9　勝本英治

帝展の日本画10　菅沼貞三

慶早、早明、慶明野球観戦記11　和木清三郎

回顧一年12　小島政二郎／水木京太／三宅周太郎／横山重／和木清三郎／蔵原伸二郎／北村小松／龍胆寺雄／倉島竹二郎／加宮貴一／長尾雄／石坂洋次郎／井伏鱒二／岩田豊雄／藤原誠一郎／杉山平助／久野豊彦／田中峰子／小林きよ／小松太郎／勝本清一郎

六号雑記13　今井久雄／平松幹夫

編輯後記14

カット　近藤光紀

表紙　丹下富士男

目次註

1　貝殻追放――「たのむ」と「大寺学校」――〔昭和三年十一月十八日〕

2　〈一―三〉〔昭和三年十一月〕

3　〈序曲終曲並五場〉（承前）〈第四場／第五場／終曲〉〔終〕〔一九二七・一〇〕

4　〈一―五〉〔完〕

5　〈承前〉〈その十八―その二十〉〔完〕

6　『一九二八年の戯曲界を観る』――併せて「作家と時」に就いて――〔十一月十二日〕

7　〈其一〉〈一月―四月〉〔六月八日記、十一月訂正〕

8　〈十月三十日―十一月十日〉

9　帝展を見る〈ムーラン・ルージュを見る〔十一月三日〕／帝展を見る〔十一月四日〕〉

10　〈一―三〉〔三・十一・九〕

11　〈慶早戦―／第一回戦／第二回戦／早明戦の不快／安部先生の席／慶明戦／付記〉〔十一月十四日〕

12　回顧一ケ年〈一、今年の自分／二、最も感銘深かったもの／三、感想など〉※前記課題に対する回答。うち小松太郎、勝本清一郎の分には、それぞれ「自己弁護」、「一九二八年度推奨作」と標題を付す

13　談話筆記／紅毛人／野次馬／下等打

14　〈一一・二四〉平松／和木　※〝急病のため本号編輯に和木等（長尾、今井、三宅）を煩はした〟とあり

表紙・丹下富士男／カット・近藤光紀／発行日・十二月一日／頁数・本文全一三〇頁／定価・五十銭／編輯兼発行者・東京市芝区三田　慶應義塾内・井汲清治／編輯担当・平松幹夫／発行所・東京市芝区三田　慶應義塾内・三田文学会／発売所・東京市京橋区尾張町二ノ六　友善堂／印刷者・東京市芝区愛宕町二ノ十四　植田庄助／印刷所・東京市芝区愛宕町二ノ十四　常磐印刷株式会社

一九二九年（昭和四年）

■一月号（新年増大号）　【192901】

創作
隣同志（戯曲）1　水上瀧太郎
大きい洋服（小説）2　倉島竹二郎
宿直室の先生（戯曲）3　藤原誠一郎
外国人（小説）4　田中峰子
冬の日（小品）　小林きよ
秋の一日（小説）5　長尾雄
聖女の肉体（戯曲）6　早川三代治
車塵抄（詩）　佐藤春夫
夏目先生のこと 7　小宮豊隆
日暮里雑記 8　久保田万太郎
賀筵と追憶 9　馬場孤蝶
文芸の王国　戸川秋骨
叢林の背面 10　西脇順三郎
プロフィール…（一）倉島竹二郎の横顔
強気な人情家 11　木村庄三郎
（とりとめも）とりとめなく 12　柳原利次
倉島竹二郎の素描 13　今井正剛
最初の印象から 14　平松幹夫
雑草園 15　石坂洋次郎
本郷座の忠臣蔵 16　三宅三郎
わが賀状（往復ハガキ回答）17
六号雑記 18
編輯後記 19
カット　近藤光紀
表紙　富沢有為男

目次註

1　〔昭和三年十二月八日〕　※〝この戯曲の第一幕は昭和三年七月号に掲載、第三幕目は遠からず発表予定〟と付記あり
2　〈一―五〉〔完〕
3　〔一幕喜劇〕〈第一景―八景〉〔昭和三年八月二十二日〕
4　〔二八・八・一五〕
5　〔三年十二月〕
6　〔一幕八場〕
7　〔三・一二・七〕
8　〔十月二十七日〕　※〝春陽堂『明治大正文学全集』のために書いた一葉の著作に関する解説〟と前書あり
9　〈一―六〉〔をはり〕
10　――主として「形而上学的詩人」の話――　※次号一一三頁に誤植訂正あり
11　〔三年十二月〕
12　とりとめもなく
13　〈A―F〉
14　〔十二・十九〕
15　〔昭和三年十二月〕
16　――昭和三年十一月興行――〈大序／三段目／道行／四段目／五段目／六段目／七段目／結論〉
17　我が賀状〈南部修太郎／小島政二郎／和木清三郎／三宅三郎／小松太郎／蔵原伸二郎／久野豊彦／前本一男／長尾雄／石坂洋次郎／勝本清一郎／大江良太郎／杉山平助／「迷ひの小唄」今井久雄／佐佐木茂索／「新年の願ひ」倉島竹二郎／「日向ぼつこの哲学」平松幹夫〉
18　セネカ／メガネ／……
19　〔平松〕〔和木〕
＊　※慶應劇研究会発行「舞台新声」復活新年号の予告あり

表紙・富沢有為男／カット・近藤光紀／題字・小島政二郎／発行日・一月一日／頁数・本文全一四六頁／定価・五十銭／編輯兼発行者・東京市芝区三田　慶應義塾内・井汲清治／編輯担当・平松幹夫／発行所・東京市芝区三田　慶應義塾内・三田文学会／発売所・東京市京橋区尾張町二ノ六　友善堂／印刷者・東京市芝区愛宕町二ノ十四　植田庄助／印刷所・東京市芝区愛宕町二ノ十四　常磐印刷株式会社

■二月号　【192902】

小山内先生終焉の夜 1　水上瀧太郎
創作
砂丘の蔭（長篇一回）2　杉山平助
父よしつかり（小説）3　大江賢次
ひとつの気持（戯曲）　鳥居与三
亡夫の代理（小説）4　除村寅之助
判事の家庭（小説）5　甲田正夫
日暮里雑記 6　久保田万太郎
竹本越路太夫芸術談 7　高橋箒庵
「指将棋全集」その他 8　和木清三郎
プロフィール…（二）蔵原伸二郎の横顔
蓮社の逸　久野豊彦
失礼な挿話　井伏鱒二
獣の生れ変り？　小田武夫
蔵原君の作品 9　花岡洋一
除村寅之助君のこと 10　南部修太郎
遺作について少しばかり 11　森暢
六号雑記
編輯後記 12
カット　近藤光紀
表紙　富沢有為男
題字　小島政二郎

目次註

1　〔昭和四年一月十五日〕
2　〈一―六〉〔未完〕
3　〈一―七〉〔二・七・九〕
4　〈1―8〉〔十四年三月〕
5　――叔父の死とその前後――〈1―18〉〔昭和四年一月十八日〕
6　〔十二月二十五日〕　※〝東京日日新聞主催「大東京座談会」

談片〟とあり
7　竹本越路太夫談／高橋箒庵記
8　〔二月十四日〕
9　蔵原君の作品について――特にその芸術的作用に関して――〈一・二〉〔一・五〕
10　〔昭和四・一・二〇〕
11　〔一九二九・一・二二〕
12　※旧臘二十五日小山内薫死去　除村寅之助急逝のこと他
＊　煤の一抹　除村寅之助　※遺作
＊　原稿募集　三田文学編輯部
＊　次号予告――小山内先生追悼号
＊　※慶應劇研究会発行「舞台新声――小山内先生追悼号」の予告あり
＊　※築地小劇場の小山内薫追悼記念公演、小山内薫演出「桜の園」予告あり

表紙・富沢有為男／カット・近藤光紀／題字・小島政二郎／発行日・二月一日／頁数・本文全一三二頁／定価・五十銭／編輯兼発行者・東京市芝区三田　慶應義塾内・井汲清治／編輯担当・平松幹夫／発行所・東京市芝区三田　慶應義塾内・三田文学会／発売所・東京市京橋区尾張町二ノ六　友善堂／印刷者・東京市芝区愛宕町二ノ十四　植田庄助／印刷所・東京市芝区愛宕町二ノ十四　常盤印刷株式会社

■三月号（三月特輯　小山内薫記念号）【192903】

肖像　手蹟
小山内さんと私　里見弴
小山内先生のことども1　水上瀧太郎
小山内君の死2　小宮豊隆
中学時代の小山内君　高田他家雄
「七人」の頃　太田善男
真砂座時代3　大江良太郎
俳優学校時代の先生　田中栄三
市村座時代4　三宅周太郎
映画人として5　土橋慶三
小山内先生の死を悼む　土方与志
築地小劇場と先生
残された計画　久保栄
小山内先生のさまざま　汐見洋
孤児として〔て〕で6　友田恭助
父のお友達―先生7　田村秋子
養成所以来　山本安英
断想8　東屋三郎
親友小山内君　市川左団次
小山内薫氏のこと　吹田順助
小山内先生のことども9　高橋邦太郎
記憶を掘る　藤沢清造
新舞踊・合評・ラヂオ　小林徳二郎
渡欧前後10　大場白水郎
小山内先生の思ひ出　園池公功
つめたきお手11　花柳章太郎
主治医として　蘆原信之
「第一の世界」に於ける契機12　早川三代治
築地小劇場に残された跡13　向坂丈吉
小山内先生をおもふ14　大江良太郎
古き手帖より　山崎俊夫
遠慮のない「親父」　浅利鶴雄
「与三郎」の演出15　和田保
夜店を出す16　和木清三郎
私の記憶の中から17　北村小松
思ひ出すこと18　南部修太郎
芝居の天才19　三宅周太郎
あの日あの時20　水木京太
先生21　久保田万太郎
編輯後記22

目次註
1　〔昭和四年二月十七日〕
2　〔一・五〕
3　〔二月十六日〕
4　〔昭和四年節分　市村座に於て〕
5　映画人としての小山内薫氏――松竹キネマ研究所時代――
6　孤児として〔四・二・九〕
7　〔一九二九・二・五〕
8　〔二月十一日〕
9　〔一九二九・二・五　於房州船形客舎〕
10　※文中、小山内薫が大正元年渡欧先より著者に宛てた絵葉書四通〈大正元年師走二十五日―大正二年五月廿二日〉紹介あり。又、著者に贈った短冊の都々逸、句楽会での作句（十四句）も紹介
11　〈つめたきお手／鏡台／種とり／嫁入り話／カリガリの舞台〉〔昭和四・二・十六〕
12　〈一―六〉
13　小山内先生の築地小劇場に残された跡
14　〔二月十五日夜〕
15　〔二月十日〕
16　〔四年二月十四日〕
17　〈1―17〉
18　〔昭四・二・一三〕　※次号に〝続稿〟を付す
19　芝居の「天才」
20　あの日・あの時〈一〉――小山内先生のこと――〈ヴィカアス・ホオル〉
21　〔二月十一日〕
22　平松幹夫　※〈巻頭コロタイプ版の肖像と手蹟の紹介／編輯担当次号より和木清三郎に交替／その他〉
＊　小山内先生略譜　※〈明治十四年七月二十六日―昭和三年十二月二十九日〉
＊　※小山内薫の文章紹介あり　〈面についての一節（二十二頁）／芝居と見物についての一節（三十八頁）／新国民劇

についての一節（五十八頁）／舞台監督についての一節（六十二頁）／歌舞伎劇に対する見方についての一節（九十一頁）／ゴオヅン・クレエグの所説についての一節（一一三頁）〉

＊　次号予告　※四周年記念特輯号

＊　友金豊之助著「柳太刀」の広告中、著者の談話紹介あり

表紙・富沢有為男／カット・近藤光紀／題字・小島政二郎／巻頭写真（コロタイプ版）・〝遺影〟（モスクワで一昨年撮影、小山内家秘蔵のもの）〝手蹟〟「第二劇作・ペテスダの池」（三田文学に寄稿）の一部／発行日・三月一日／頁数・本文全一三五頁／定価・五十銭／編輯兼発行者・東京市芝区三田　慶應義塾内・井汲清治／編輯担当・平松幹夫／発行所・東京市芝区三田　慶應義塾内・三田文学会／発売所・東京市京橋区尾張町二ノ六　友善堂／印刷者・東京市芝区愛宕町二ノ十四　植田庄助／印刷所・東京市芝区愛宕町二ノ十四　常磐印刷株式会社

■四月号　【192904】

通勤のみち（貝殻追放）1　水上瀧太郎

登美子（小説）2　長尾雄

鶴を打つ（小説）3　木村恒

雁（小説）4　今井久雄

十九の夏（小説）5　龍胆寺雄

砂丘の蔭（長篇小説二）6　杉山平助

過去を読む（小説）7　倉島竹二郎

ヂヤック・オヴ・ニユウブィの愉快な伝記（翻訳）8　西脇順三郎訳

鮭の手帖（随筆）9　南部修太郎

今も猶（随筆）10　岡田八千代

あの日・あの時（随筆）11　水木京太

三月雑誌文学一瞥（評論）12　平松幹夫

私の超現実主義（評論）13　上田敏雄

甲田正夫の印象

いきどほる甲田正夫　富田正文

作家甲田正夫　伊達虎之助

若い甲田正夫　奥沢順一郎

弱い薔薇 14　倉島竹二郎

編輯後記 15

カット　近藤光紀

表紙　富沢有為男

題字　小島政二郎

目次註

1　貝殻追放──通勤のみち──〔昭和四年三月八日〕

2　〈一─八〉〔四・三・十〕

3　〈1─6〉〔終り〕

4　〈一─七〉〔完〕〔一九二九・一月卅日作〕

5　──ある青年の自伝的断片──〈第一篇〉〈一─五〉

6　〔承前〕〈七・八〉〔つゞく〕

7　〔終〕

8　〈タイトル・ペイヂ／序説／第一章〉〔未完〕　※〝英国エリザベス時代の Thomas Deloney と言ふ男の書いた小説……〟と「紹介者の序」を付す

9　〈時代の英雄／或る朝の気持／六つの手紙／病辱記〉　※「六つの手紙」は、〝前号小山内薫追悼「思い出すこと」の一種の続稿である〟として、小山内薫より大正七年、八年に受けた書信六通〈大正七年六月廿三日─大正八年八月廿一日〉を紹介。後記を付す

10　〔二月二十八日〕

11　──小山内先生のこと──〈二〉

12　三月の雑誌文学一瞥　〈三四の評論に就いて（平林初之輔「政治的価値と芸術的価値」新潮・大宅壮一「有島武郎論」新潮・谷川徹三「文学形式問答」改造・水上瀧太郎「鏡花世界瞥見」中央公論）／作品に就いて（横光利一「足と正義」──「風呂と銀行」の続篇──改造・林房雄「シンビルスク号事件」改造・谷崎潤一郎「まんじ」・長与善郎「辰子」中央公論・宇野千代「稲妻」中央公論・前田河広一郎「支那」中央公論・逸見広「リクイエムに代へて」文藝春秋・田中純「夏の悲劇」新潮）〉〔三・十二〕

13　──芸術の方法──西脇順三郎さんとアンドレ・ブルトンに捧ぐ〈a─h〉〔Janvier 1929〕　※付記あり

14　弱気の薔薇

15　（和木）　※本号より〝編輯事務担当〟のこと／四月下旬に「三田文学講演会」開催予定のことなど

※表紙に「三周年記念　四月増大号」と特記あり

表紙・富沢有為男／目次カット・近藤光紀／発行日・四月一日／頁数・本文全一四〇頁／定価・五十銭／編輯兼発行者・東京市芝区三田慶應義塾内・西脇順三郎／編輯担当・和木清三郎／発行所・東京市芝区三田　慶應義塾内・三田文学会／発売所・東京市京橋区尾張町二ノ六　友善堂／印刷者・東京市芝区愛宕町二ノ十四　植田庄助／印刷所・東京市芝区愛宕町二ノ十四　常磐印刷株式会社

■五月号　【192905】

小山内家後事（貝殻追放）1　水上瀧太郎

亡命者・その人々（小説）2　庄野誠一

砂丘の蔭（長篇・3）3　杉山平助

母と子の家（戯曲）4　永瀬三吾

彼との旅（小説）5　小林きよ

地図に出てくる男女（小説）　吉行エイスケ

十九の夏（長篇・2）6　龍胆寺雄

詩的永遠性（詩論）7　西脇順三郎

「公園裏」を見る（劇評）8　大江良太郎

アペンデイス（評論）9　上田敏雄

彦根屏風（評論）　菅沼貞三

木曜座談（随筆）　小島政二郎

日暮里雑記（随筆）10　久保田万太郎

六号雑記 11

編輯後記 12

カット　近藤光紀

表紙　富沢有為男

題字　小島政二郎

目次註

1　貝殻追放――小山内家後事――〔昭和四年四月十日〕
2　〈一―八〉
3　〈九―十二〉〔続く〉
4　〈一幕〉
5　〈一―四〉〔完〕
6　――ある青年の自伝的断片――〈第二篇〉〈一―五〉〔つゞく〕
7　〈OBSCURO〉〔一九二九年三月三十日〕　※八月号に訂正あり
8　『公園裏』を見る――市村座所感――〔三月十日〕
9　〔février 1929〕
10　※〈三月十五日―四月四日〉
11　白眼子／虎之助／ヱヘン／消息係／正義派／老人
12　（和木）（平松）　※和木病床のため平松、長尾、助力のことなど
＊　渡欧通信　三田文学編輯部　※〝本誌編輯委員の井汲清治が、塾留学生として仏文学研究のため、約三ケ年の予定で去る四月十六日渡仏の途に就いた〟とある

表紙・富沢有為男／目次カット・近藤光紀／題字・小島政二郎／発行日・五月一日／頁数・本文全一二八頁／定価・五十銭／編輯兼発行者・東京市芝区三田　慶應義塾内・西脇順三郎／編輯担当・和木清三郎／発行所・東京市芝区三田　慶應義塾内・三田文学会／発売所・東京市丸ノ内時事ビル　友善堂／印刷者・東京市芝区愛宕町二ノ十四　植田庄助／印刷所・東京市芝区愛宕町二ノ十四　常磐印刷株式会社

■六月号　【192906】

隣同志（戯曲）1　水上瀧太郎
落穂拾ひ（小説）2　大江賢次
すもうの一景（小説）　倉島竹二郎
砂丘の蔭（長篇）3　杉山平助
十九の夏（長篇）4　龍胆寺雄
コンラアト・クラウゼ―外二篇（翻訳）5　小松太郎
鮭の手帖（随筆）6　南部修太郎
自嘲賦（随筆）7　平松幹夫
芝居雑記（劇評）8　三宅三郎
築地小劇場と新築地劇団（劇評）9　大江良太郎
井汲清治氏フランスへ行った10
同棲者として　水木京太
井汲さん　横山重
編輯の頃　勝本清一郎
井汲先生　三宅三郎
先生を送る　伊達虎之助
ぼんやりしたスティール11　平松幹夫
彦根屏風（研究）12　菅沼貞三
六号雑記13
編輯後記14
カット　近藤光紀
表紙　富沢有為男
題字　小島政二郎

目次註

1　〔昭和四年五月三日〕　※作者「付記」に〝此の戯曲の序幕は昭和三年七月、第二幕目は昭和四年一月の同誌に掲載〟とある
2　〈1―8〉〔三・一〇・二七〕
3　〈承前〉〈十二―十六〉〔第三回終・以下次号〕
4　――ある青年の自伝的断片――〈第三篇〉〈一―五〉〔未完〕
5　コンラアド・クラウゼ―外二篇　リヒテンシタイン作／小松太郎訳〈コンラアド・クラウゼ／マアベル・マイヤア／ジイクムント・ジイモン〉
6　（2）〈ガアタア勲章／コロラチユラ・ソプラノ〉〔昭四・五・一二〕
7　〈形骸批評の横行に就て／心座の「トラストDE」／自嘲／古風な感傷〉〔三・五・十二〕
8　――今年中の芝居音楽の印象――〈一月―四月／追伸〉〔以上〕
9　――その第一回公演を見て――〔五月八日〕
10　井汲清治氏
11　ぼんやりしたスティール
12　〈二・三〉〔了〕〔昭和三年九月〕
13　M・H生／寿老人／文藝春秋の神様／てんとうさま／A・B・C／六尺羅漢
14　（和木）
＊　※春陽堂『小山内薫全集』（全八巻）の広告中、島崎藤村の推薦文「小山内薫全集を薦む」を紹介

表紙・富沢有為男／目次カット・近藤光紀／題字・小島政二郎／発行日・六月一日／頁数・本文全一二四頁／定価・五十銭／編輯兼発行者・東京市芝区三田　慶應義塾内・西脇順三郎／編輯担当・和木清三郎／発行所・東京市芝区三田　慶應義塾内・三田文学会／発売所・東京市丸ノ内時事ビル　友善堂／印刷者・東京市芝区愛宕町二ノ十四　植田庄助／印刷所・東京市芝区愛宕町二ノ十四　常磐印刷株式会社

■七月号　【192907】

貝殻追放
早慶野球決勝戦の日（随筆）1　水上瀧太郎
創作
三月三十一日（戯曲）2　藤原誠一郎
ポプラ屋敷で或日のこと（戯曲）3　今井達夫
調書抜き書（小説）4　佐野繁次郎
悲劇（小説）5　長尾雄
作家志願者末路（小説）6　木村恒
砂丘の蔭（小説）7　杉山平助
十九の夏（小説）8　龍胆寺雄

評論と随筆
劇場随筆 9　園池公功
小山内先生の戯曲を読む 10　大江良太郎
最も新しい芸術理論 11　杉山平助
憧憬 12　上田敏雄
編輯後記 13
表紙　富沢有為男
題字　小島政二郎

目次註

1 〔昭和四年六月七日〕
2 〔一幕〕〈第一景―第十三景〉
3 〔一幕〕
4 ※A・Bの対話形式。付記に〝震災直後の作〟とある
5 〈一―九〉〈四・六・八〉
6 〔終り〕
7 砂丘の陰〔蔭〕〈承前〉〈十七〉〔第四回終・以下次号〕
8 ――ある青年の自伝的断片――〈第四篇〉〈一―五〉
9 〈明暗双眼鏡〉の劇評／思想団体の圧迫／書替えられたる声明書〉
10 『小山内先生の戯曲を読む』〔嗣出〕〔六月五日〕
11 〈一―三〉
12 ―AN ESSAY ON CONSTRUCTION―　※著者註に〝詩と詩論〟第四冊掲載の「私の超現実主義」詩集『仮説の運動』〔ママ〕中の「ポエジイ論」に思想の基礎を置いて起稿せり〟とある
13 （和木）　※〈三田文学野球チーム〉を組織し、里見チームと試合のこと／寄贈雑誌、原稿、手紙の送付先のことなど〉

表紙・富沢有為男／題字・小島政二郎／発行日・七月一日／頁数・本文全一一四頁／定価・五十銭／発行者・東京市芝区三田　慶應義塾内・西脇順三郎／編輯担当・和木清三郎／発行所・東京市芝区三田　慶應義塾内・三田文学会／発売所・東京市丸ノ内時事ビル　友善堂／印刷者・東京市芝区愛宕町二ノ十四　植田庄助／印刷所・東京市芝区愛宕町二ノ十四　常磐印刷株式会社

■八月号　【192908】

創作
離情（小説）1　倉島竹二郎
Bの殺人（戯曲）2　佐野繁次郎
砂丘の蔭（小説）3　杉山平助
十九の夏（小説）4　龍胆寺雄
評論と随筆
小山内先生の戯曲（貝殻追放）5　水上瀧太郎
番外貝殻追放 6　中戸川吉二
文学の思想的価値 7　西脇順三郎
物質を化粧する薔薇 8　上田保
或る青年の手帖 9　木村庄三郎
雑草　宇野四郎
小山内先生の戯曲を読む 10　大江良太郎
芝居雑記 11　三宅三郎
映画雑筆 12　大橋三郎
三田文学野球軍奮戦記 13　長尾雄
「果樹」「貝殻追放」出版記念会記 14
六号雑記 15
編輯後記 16
表紙　富沢有為男
題字　小島政二郎

目次註

1 〈一―九〉〔終〕
2 ※〝「這ってくる」は「這入ってくる」の誤り〟と次号の著者戯曲の後に訂正あり
3 〈承前〉〈十九・二十〉〔完〕
4 ――ある青年の自伝的断片――〈第五篇〉〈一―五〉〔完〕
※「余白に」として付記あり
5 貝殻追放――小山内先生の戯曲――〔昭和四年六月二十日〕
6 ――水上瀧太郎氏の新著「果樹」を読む――〔昭和四年七月五日〕
7 ※文末に〝六〔五〕月号掲載文の訂正〟あり
8 エッフェル塔上の蜃気楼――物質を化粧する薔薇――（T. S. HLIOT〔ELIOT〕）
9 或青年の手帖〈一、経験の喜び／二、西洋的なもの／三、型〉
10 「小山内先生の戯曲」を読む〔嗣出〕〔七月八日〕
11 ――羽左衛門の貢の思ひ出――
12 〈トーキー／最近見た三つの作品／付記（Ⅰ）／（Ⅱ）〉
13 三田文学野球チーム奮戦記
14 『果樹』『第四　貝殻追放』出版記念会記　※巻頭写真参照。小泉、久保田、小島、西脇他出席
15 〈『アッシア家の崩壊』の感想――エプスタン――上田保／素人／和木生／小山内薫　※代筆／三田文学　※愛読者大平善治よりの書状紹介（六月号掲載大江賢次「落穂拾ひ」の感想）／OK生／兎の耳／発行係〉
16 ※〈「小山内薫全集」出版記念講演会（七月二十五日　於名古屋　水上、久保田）／九州方面講演旅行に義塾から特派の小島／その他〉

表紙・富沢有為男／題字・小島政二郎／口絵・「果樹」「第四貝殻追放」出版記念会出席者（於晩翠軒）／発行日・八月一日／頁数・本文全一一七頁／定価・五十銭／発行者・東京市芝区三田　慶應義塾内・西脇順三郎／編輯担当・和木清三郎／発行所・東京市芝区三田　慶應義塾内・三田文学会／発売所・東京市丸ノ内時事ビル　友善堂／印刷者・東京市芝区愛宕町二ノ十四　植田庄助／印刷所・東京市芝区愛宕町二ノ十四　常磐印刷株式会社

■九月号　【192909】

創作
JAMES STEPHENS 三章（詩）1　佐藤春夫
秋玲瓏（小説）2　倉島竹二郎
墓の境石（小説）3　大江賢次
パラソルの男（小説）4　長尾雄

喜劇　涙脆い男（戯曲）5　平峰満
言葉を滅せ（戯曲）　佐野繁次郎
評論と随筆
倉島竹二郎の人と作品（貝殻追放）6　水上瀧太郎
ゴーテイク美術の精神史的意義（評論）7　守屋謙二
テスト氏と会った夕（評論）8　吉川静雄
プロレタリア芸術価値理論（評論）9　鈴木厚
小山内先生の戯曲を読む（評論）10　大江良太郎
八月の創作評（評論）11　平松幹夫
或青年の手帖（随筆）12　木村庄三郎
「薄暮の都会」を読む（評論）13　富田正文
埋草（随筆）14　横山重
六号雑記 15
編輯後記 16
題字　小島政二郎

目次註

1　〈花のある杜／笛吹き／Arpeggio〉※訳詩
2　〈一—七〉〔完〕
3　〈一—五〉〔一九二九・六〕
4　〈一—三〉〔四・八・六〕
5　平峯満
6　貝殻追放——倉島竹二郎の人と作品——〔昭和四年八月十一日〕
7　——マックス・ドウボルジアクに拠る——〔未完〕
　※付記に〝Max Dvorák の遺著 kunstgeschichte als Geistesgeschich[t]e のうちに収められた Idealismus und Naturalismus in der Gotischen Skulptur und Malerei なる論文を祖述紹介しようとするもの〟とある
8　—〝La soirée avec M. Teste〟ポル・ヴアレリイ作／吉川静雄訳〔一八九六〕※〝一度他の雑誌にのせたものの改訳〟と訳者追記あり
9　プロレタリア芸術の価値理論〈一—七〉
10　〔八月七日〕
11　〈前書／「時代」意識／人情主義／新人三四〉
12　〈四、観念の世界／五、志賀直哉氏と芥川龍之介氏／六、久保田万太郎氏の言葉〉
13　「薄暮の都会」を読んで　※広津和郎の新著
14　〈転居／星〉
15　J／エム／ぱいぽぱいぽ／J／H／W
16　（和木）

表紙・富沢有為男／題字・小島政二郎／発行日・九月一日／頁数・本文全一三〇頁／定価・五十銭／編輯兼発行人・東京市芝区三田　慶應義塾内・西脇順三郎　編輯担当・和木清三郎／発行所・東京市芝区三田　慶應義塾内・三田文学会／発売所・東京市丸ノ内時事ビル　友善堂／印刷人・東京市芝区愛宕町二ノ十四　植田庄助／印刷所・東京市芝区愛宕町二ノ十四　常磐印刷株式会社

■十月号　【192910】

創作
行け、ブラジルへ（小説）1　大江賢次
豚に食はせるもの（小説）2　加藤四朗
村（小説）3　長尾雄
ダンス断面（小説）4　遠藤正輝
ニコライ堂・其の他（詩）5　塩川秀次郎
恋のない花（翻訳）6　日野巖訳
評論と随筆
今年の夏・鯉・金魚 7　水上瀧太郎
ボオドレエル小論 8　高橋広江
マルクス主義と帝国主義戦争　杉山平助
サミュエル・ヂヨンソンの頭　蜂谷敬
切支丹大名記 9　吉田小五郎訳
私の保証人　井伏鱒二
劇場随筆 10　園池公功
創作批評 11　逸見広
戯曲批評 12　大江良太郎
映画批評 13　大橋三郎
リーグ戦の前に 14　腰本寿
慶・帝・法・早戦印象記 15　和木清三郎
水上瀧太郎氏と久保田万太郎氏と 16
白い枳殻の花だ　久野豊彦
茶飲み友達 17　水木京太
久保田万太郎氏とチエーホフ 18　蔵原伸二郎
思ふことなど　花柳章太郎
会社員としての水上瀧太郎氏 19　下河辺一男
編輯後記 20
表紙　富沢有為男
題字　小島政二郎

目次註

1　行け、ブラジル——貧しく逝きし父に棒ぐ——〈1—5〉〔つゞく〕
2　〔完〕
3　〈一—四〉〔四・九・六〕
4　〈一—十一〉
5　ニコライ堂・その他〈ストロー・ハット／江の島戯章／ニコライ堂／同じく／同じく／潮来遠望／青蚊帳／かへりの汽車／寝猫〉
6　花のない恋〔恋のない花〕パンテリモン・ロマノフ作〈1—3〉
7　貝殻追放——今年の夏・鯉・金魚——〔昭和四年九月六日〕
8　——主としてその様式に就て——〔1929・8・29〕
9　シユテイシエン著　※訳者付記あり
10　——鶴見祐輔氏作「母」の劇化上演——〔四・九・八〕※追記〔四・九・一二〕あり
11　九月創作評〈総評／「持病と弾丸」横光利一・改造／「傷痕の背景」豊島与志雄・中央公論／「S半島の輿論」林房雄・中央公論／「不意に来た叔父」宮地嘉六・新潮／「私の

白い牙《ホワイトファング》」室生犀星・文藝春秋／「レストラン・洛陽」窪川いね子・文藝春秋／「涙脆い男」平峰満・三田文学／「言葉を滅せ」佐野繁次郎・三田文学／「秋玲瓏」倉島竹二郎・三田文学／「墓の境石」大江賢次・三田文学／「パラソルの男」長尾雄・三田文学／その他〉〔二九・九〕

12 九月号の戯曲を読む――『弥太五郎源七』と『同志よ、前へ』――

13 試写室より――「ジャンヌ・ダルク」雑感――

14 リーグ戦を前に――秋の野球界――〔九月十日記〕

15 ――秋の野球戦――〈慶・帝戦／早・法戦〉

16 ※この項の五文は、〝春陽堂発行、明治大正文学全集『水上瀧太郎・久保田万太郎集』付の月報より転載〟と編輯後記に記載あり

17 「茶飲み友達」

18 久保田万太郎氏とチェーホフ

19 水上瀧太郎氏――会社員としての――

20 和木清三郎 ※三田文学主催「文芸講演会」（於塾大ホール、中秋の頃）の予告あり

表紙・富沢有為男／題字・小島政二郎／発行日・十月一日／頁数・本文全一一六頁／定価・五十銭／編輯兼発行者・東京市芝区三田 慶應義塾内・西脇順三郎／編輯担当・和木清三郎／発行所・東京市芝区三田 慶應義塾内・三田文学会／発売所・東京市丸ノ内三丁目二番地 株式会社籾山書店／印刷者・東京市芝区愛宕町二ノ十四 植田庄助／印刷所・東京市芝区愛宕町二ノ十四 常磐印刷株式会社

■十一月号 【192911】

創作

行け、ブラジル（小説）1 大江賢次
処女林の中（戯曲）2 早川三代治
イギリス人の経済学（小説）3 勝本英治
弟の算術（小説）4 藤原誠一郎
ある旅鳥のはなし（翻訳）5 小幡操
謝礼（小説）6 長尾雄
燈の無い部屋（小説）7 加藤四朗
火なぶり（戯曲） 佐野繁次郎

評論と随筆

休暇・典型的勤人・人造人間 8 水上瀧太郎
切支丹大名記（二）9 吉田小五郎訳
精神科学としての文学史（一）10 中村喜久夫訳
美術批評（二科・院展）11 菅沼貞三
映画批評 12 大橋三郎
S・D・デイアギレフ逝く 光吉夏弥
詩魔堂 山本弘太郎
野球の見方（邦枝完二氏の場合）13 三宅大輔
慶・早庭球快勝記 14 和木清三郎
慶・早野球敗戦記 15 同
編輯後記 16
表紙 富沢有為男
題字 小島政二郎

目次註

1 ――貧しく逝きし父に捧ぐ――〈6―8〉〔第二回終・以下次号〕

2 〔一幕〕

3 ――その愉快な挿絵について――〈一、かうやれば儲かるのだ／二、僕も儲けたいな／三、英国人イエス・クリストとその選民／四、なぜ船は腐るか／五、仲間色の赤ん坊／六、至極つまらない商業地理／七、愉快な経済学／八、薄荷菓子の生活／九、ハレルヤー！昇天し給へ〉

4 〔昭和四年四月十七日〕

5 或る旅烏のはなし――ピヰックウヰック遺稿の内――チャールス・デイッケンズ

6 〔四・十・六〕

7 〈一―七〉

8 貝殻追放――休暇・典型的勤人・人造人間――〔昭和四年十月八日〕

9 シユテイシエン著〈第二章〉

10 ――批評と体系――（独）ヘルバート・チザーツ作〈第一章 時間と空間〉〔以下次号〕

11 〈(一) 二科／(二) 院展〉〔十月六日〕 ※次号筆者文末に誤字訂正さる

12 〈Ⅰ 映画大劇場に対する小劇場運動／Ⅱ 伊藤大輔氏の近業／其の他〉〔一〇・五〕

13 ――邦枝完二氏の場合――〈前記／勝敗を見る人／仕合をエンヂヨイする人／仕合を研究する人／邦枝完二氏の場合〉

14 〔九月二十四日記〕

15 〈戦前のコンデイシヨン／第一回戦／第二回戦／不運なる第三回戦！〉和木清三郎〔十月十六日〕 ※決勝戦の日の作句紹介を付す〈戦前有閑（一句）佐佐木茂索／戯作（三句）南部修太郎〉

16 和木清三郎 ※厳重になった当局の雑誌検閲の方針のことなど

表紙・富沢有為男／題字・小島政二郎／発行日・十一月一日／頁数・本文全一四七頁／定価・五十銭／編輯兼発行者・東京市芝区三田 慶應義塾内・西脇順三郎／編輯担当・和木清三郎／発行所・東京市芝区三田 慶應義塾内・三田文学会／発売所・東京市丸ノ内三丁目二番地 株式会社籾山書店／印刷者・東京市芝区愛宕町二丁目十四番地 植田庄助／印刷所・東京市芝区愛宕町二丁目十四番地 常磐印刷株式会社

■十二月号 【192912】

創作

十三夜（戯曲）1 久保田万太郎
下宿の娘（小説）2 藤原誠一郎
痩せたる雛罌粟（小説） 日野巌
敗残者（小説）3 谷川春二
教区の書記（翻訳）4 小幡操訳
SURREALISME（詩）5 上田保
行け、ブラジル（長篇小説）6 大江賢次

貝殻追放7
天覧野球試合陪観之記　水上瀧太郎
評論と随筆
文学の弁証法的発展8　勝本英治
精神科学としての文学史（二）9　中村喜久夫訳
切支丹大名記（三）10　吉田小五郎訳
詩魔堂11　山口弘一郎
創作月評
戯曲批評12　大江良太郎
小説批評13　雅川滉
美術批評14　菅沼貞三
大橋三郎
映画批評15　川橋喬夫
秋のスポーツ
復活後の対早大戦思出記16　三宅大輔
秋のスタンドから17　南部修太郎
野球シイズン終了18　和木清三郎
編輯後記19
表紙　富沢有為男
題字　小島政二郎

目次註

1　Radio drama（一葉原作）〔昭和四年十月・東京中央放送局のために〕
2　――ばからしい日記――〈一―十七〉〔一九二五年六月〕
3　〔一九二九・一〇・二〇改作〕
4　――ピックウヰック遺稿の内――　チャールス・デイッケンズ
5　MA MUSE MON SURREALISME
6　――貧しく逝きし父に捧ぐ――〈9―11〉〔第三回終・以下次号〕
7　貝殻追放――天覧野球試合陪観之記――〔昭和四年十一月九日〕
8　――小林多喜二氏と片岡鉄兵氏へ――〈（一）「不在地主」は大衆的でない。／（二）では芸術の退歩か。／（三）プロレタリア作家の史的役割〉
9　――時間と空間（つゞき）――　ヘルバート・チザーツ〔以下次号〕
10　シユテイシエン師著〈第三章〉
11　――電車の中――
12　十一月号戯曲所感〔十一月六日〕
13　文芸と自由――文芸時評に代へて――〈（一）断り書／（二）芸術に於ける自由について／（三）そこで月評をして見ると〉
14　――帝展雑感――〔十一月五日〕
15　〈摩天楼・ブロードウエイ　大橋三郎／踊る人生・アスファルト　川橋喬夫〉
16　〈前記／復活当時の早慶戦／今秋の早慶戦〉〔昭和四年十一月記〕
17　――早慶天覧野球試合の後に――〔昭和四・一一・七〕
18　――六大学チーム印象――
19　和木清三郎　※〈三田文学講演会来春まで延期のこと／小山内薫一周忌を迎え、追悼記念講演会（十一月二十五日、於塾大ホール、主催慶應劇研究会）の予告／「三田文学野球軍」と「明治生命軍」の対戦／他〉

表紙・富沢有為男／題字・小島政二郎／発行日・十二月一日／頁数・本文全一五〇頁／定価・五十銭／編輯兼発行者・東京市芝区三田　慶應義塾内・西脇順三郎／編輯担当・和木清三郎／発行所・東京市芝区三田　慶應義塾内・三田文学会／発売所・東京市丸ノ内三丁目二番地　株式会社籾山書店／印刷者・東京市芝区愛宕町二丁目十四番地　植田庄助／印刷所・東京市芝区愛宕町二丁目十四番地　常磐印刷株式会社

一九三〇年（昭和五年）

■一月号（新年号）【19301】

創作
遺産（小説）1　水上瀧太郎
ピストルと短刀（小説）2　倉島竹二郎
木槿の花咲く頃（小説）3　藤原誠一郎
〔末〕木枯の合歓木の蔭（戯曲）4　今井達夫
小雨あがり（詩）5　塩川秀次郎
骨肉の間（小説）6　平松幹夫
行け、ブラジル（長篇小説・四）7　大江賢次
評論
北村小松とその戯曲8　大江良太郎
独断的批評六ケ条9　雅川滉
モンテエニユの医学排斥（上）10　堀田周一
精神科学としての文学史（三）11　中村喜久夫
切支丹大名記（四）12　吉田小五郎
随筆
ハワイ行き　井伏鱒二
詩魔堂13　山口弘一郎
戦を終へて14　腰本寿
編輯後記15
表紙・カット　近藤光紀

目次註

1　〔昭和四年十二月一日〕
2　〈ヒューモラス・ストーリー〉〔完〕
3　――面白くない童話――〈一―五〉
4　末枯の合歓木の蔭（一幕）
5　〈ニコライ堂／聖橋より／お茶の水／ともしび／小雨あが

り／ラムネビンのやうな／橋上をかへる／雲／同じく〉

6 〈二〉〔続く〕

7 ――貧しく逝きし父に捧ぐ――　〈12・13〉〔第四回終。つゞく〕

8 「北村小松」とその戯曲〔十二月三日〕

9 独断的批評六箇条――十二月創作月評――〈(一) いよ〳〵一九三〇年だ／(二)新しき芸術形態に関する問題／(三)その好例としては平林たい子氏の「敷設列車」／(四) そこでその種への暗示的作品を取出して見れば――「黒の死刑女囚」細田民樹（中央公論）――／(五) 扨て改めて横光利一氏の「海港草」から／(六) その他の作品を一瞥すると――「海の第十一工場」黒島伝治・「操守」豊島与志雄（改造）・「三人法師」「蓼食ふ虫」豊島・「下宿の娘」藤原誠一郎（三田文学）・「痩せたる雛罌粟」日野巌（三田文学）・「敗残者」谷川眷一（三田文学）・「意志を持つ風景」蔵原伸二郎（文学）――〉

10 〈(一) 序論――医学排斥の系統／(二) 医学排斥の論旨〉

11 ――時間と空間（つゞき）――ヘルバート・チザーツ作／中村喜久夫訳〔第一章時間と空間了り〕

12 〈第四章〉

13 ――葛の下葉――〔終〕

14 戦ひを終えて〔終〕 ※〝水上さん〟宛の書簡形式

15 和木清三郎

表紙及びカット・近藤光紀／発行日・一月一日／頁数・本文全一二三頁／定価・五十銭／編輯兼発行者・東京市芝区三田　慶應義塾内・西脇順三郎／編輯担当・和木清三郎／発行所・東京市芝区三田　慶應義塾内・三田文学会／発売所・東京市丸ノ内三丁目二番地　株式会社籾山書店／印刷者・東京市芝区愛宕町二丁目十四番地　植田庄助／印刷所・東京市芝区愛宕町二丁目十四番地　常磐印刷株式会社

■二月号　【193002】

創作
侘しき習慣（小説）1　倉島竹二郎
青竹色の女（戯曲）2　庄野誠一
マダム・マルタンの涙（小説）3　丸岡明
恋愛小曲（小説）4　遠藤正輝
骨肉の間（小説）5　平松幹夫
行け、ブラジル（長篇小説・完）6　大江賢次
貝殻追放　帝劇嗟嘆 7　水上瀧太郎
月評
正月号小説月評 8　雅川滉
正月号の戯曲を読む 9　大江良太郎
映画批評 10　川橋喬夫
シベリアを過る 11　勝本清一郎
切支丹大名記（五）12　吉田小五郎
モンテエニユの医学排斥（下）13　堀田周一
消息 14
倉島竹二郎送別会 15
編輯後記 16
表紙・カット　近藤光紀

目次註

1 ――荻野忠治郎氏に捧ぐ――〔完〕〔一九二九・一二・一五〕

2 〈A……E〉〔二二・一二月作〕

3 〈1―6〉

4 〈一―五〉

5 〈二・三〉〔続く〕〔二九・一二・一五〕

6 ――貧しく逝きし父に捧ぐ――〈14・15〉〔完〕〔四・三・二三〕

7 〔昭和四年十二月二十七日〕

8 新年号小説評〈一、批評の前に／二、「新潮」の新進作家批評――「月で鶏が釣れたなら」久野豊彦・「日独対抗競技」阿部知二・「曇り日」嘉村礒多・「半植民地の紳士諸君」中本たか子・「コスモス女学校」中村正常・「傷だらけの歌」藤沢桓夫・「白い水族館」楢崎勤・「或る一端」窪川いね子・「ジヨセフと女子大学生」井伏鱒二・「休む軌道」武田麟太郎・「黒い地帯」佐佐木俊郎――／三、改造誌小説評――「清算」明石鉄也・「大都会の一隅」佐藤春夫・「誰か殺したか」葉山嘉樹・「間末米吉氏の銅像」林房雄――／四、中央公論誌小説評――「転戦十日間」小島昂・「闘争する二十三人」金子洋文・「脈打つ血行」武田麟太郎・「大陸」谷譲次・「ある日本宿」正宗白鳥――／五、三田文学誌小説評――「行け、ブラジル」大江賢次・「遺産」「大阪の宿」水上瀧太郎・「ピストルと短刀」倉島竹二郎・「木槿の花咲く頃」藤原誠一郎・「骨肉の間」平松幹夫――／六、其他――「霧よりの露出層」（新思潮）と「偵察機と岬」（文芸レビユー）福田清人――／七、総括的に――芸術宣言とは――〉

9 〔一月九日〕

10 〈ブロオドウエイメロデイ／仮名屋小梅／情熱の一夜／お医者さんでも／東洋の秘密／パンドラの箱／非常警戒〉

11 シベリヤ通過の記〈「踊る地平線」を難ず／呑気な旅〉

12 シユテイシエン著／吉田小五郎訳〈第五章〉※訳者付記に「誤訳訂正」あり

13 〈三 医学排斥の社会的理由／四 医学排斥の生理的理由／五 結論――医学排斥の根源〉

14 ※「戸川秋骨還暦祝賀会」予告あり

15 倉島竹二郎君入営送別会　三田文学会有志　※一月二十二日　於四谷見付　三河屋

16 ※「原稿」及び寄贈雑誌他の送付先のことなど　和木清三郎執筆

＊ ※小島政二郎新著『場末風流』の内容紹介あり

＊ ※芥川龍之介著『西方の人』（岩波書店）の広告中「佐藤春夫氏の跋文」紹介あり

表紙及びカット・近藤光紀／発行日・二月一日／頁数・本文全一二八頁／定価・五十銭／編輯兼発行者・東京市芝区三田　慶應義塾内・西脇順三郎／編輯担当・和木清三郎／発行所・東京市芝区三田　慶應義塾内・三田文学会／発売所・東京市丸ノ内三丁目二番地　株式会社籾山書店／印刷者・東京市芝区愛宕町二丁目十四番地　植田庄助／印刷所・東京市芝区愛宕町二丁目十四番地　常磐印刷株式会社

■三月号　【193003】

創作
碧きセレナアタ（小説）1　庄野誠一
美留の失敗（戯曲）2　二宮孝顕
カーテンを支へる男（戯曲）3　谷口伝
夜盗（小説）4　木村恒
有縁者無縁者（長篇小説・一）5　田中峰子
貝殻追放
大江賢次氏の印象6　水上瀧太郎
月評
小説月評7　阿部知二
映画批評8　川橋喬夫
演劇批評9　大江良太郎
講演・音楽・演劇10　井伏鱒二
能の新しみ　柳沢澄
深草だより11　倉島竹二郎
偶感12　横山重
新即物主義以後　小松太郎
人のふり見て13　長尾雄
構図・感覚14　佐野繁次郎
力学的舞台へ15　湯浅輝夫
「アスファルト」を見る16　和木清三郎
マス・レシテイション17　富田正文
ヴエルデイ18　野村光一
或る青年の手帖19　木村庄三郎
天行は健ならず（ラムボオを悼む）20　高橋広江
切支丹大名記（六）21　吉田小五郎
眼病小史　杉山平介
はんてん　水木京太
消息22
編輯後記23
表紙・カット　近藤光紀

目次註

1　〈A……M〉〔二三・一月作〕
2　〈1―3〉
3　カアテンを支へる男――Adiaū［Adiaeu?］, Sinjoro Harukiĉi ――〈Ⅰ―Ⅻ〉〔了〕〔1928.5.1〕
4　〈一―六〉〔終り〕〔一九三〇・一作〕
5　〈序・一・二〉〔第一回終り　つづく〕
6　〔昭和五年二月六日〕
7　小説月評〈「鳥」（改造）・「高架線」（中央公論）横光／「砂糖の話」中野重治／「キアベツの倫理」十一谷／「慶子と祖父の死」網野菊／「失業都市東京」徳永直／「暴風警戒報」小林多喜二／「母」岡田／「望遠鏡と電話」川端／「コロン寺縁起」（文藝春秋）正宗／「都会の再生」田中純／「母病む」（文藝春秋）・「佗しき習慣」（三田文学）倉島竹二郎／「骨肉の間」（三田文学）平松幹夫／「行け、ブラジル」（三田文学）大江賢次／「マダム・マルタンの涙」（三田文学）丸岡明／「恋愛小曲」（三田文学）遠藤正輝／「青竹色の女」（三田文学）庄野誠一／懸賞当選小説「彼女」小笠原武／「高架線の下」武田麟太郎／「発破」佐佐木俊郎〉　※次号「付記」に誤植訂正あり
8　〈巨人／ストリイト・ガアル／ヴアジニアン／最後の演技／汗・其他〉
9　演劇時評――読んだものと観たものと――〈『新劇通』（水木京太氏新著）を読む／『スパイ』を観て／『傷だらけのお秋』所感／『旅路の終り《ジャーニス・エンド》』『瓦斯マスク』〉〔二月八日〕
10　――蝙蝠座を見る――
11　京都府下深草町歩兵第九聯隊第九中隊第一班幹部候補生・倉島竹二郎
12　〈幼稚舎の坂／普通部の学生〉〔一月十五日微恙〕
13　――倉島竹二郎小論――
14　感覚・構図
15　力学的舞台へ！
16　「アスファルト」を観る――浅草、松竹座――
17　マス・レシテーション
18　〈前書〔昭和五年二月〕／（一）『仮面舞踏会』を観た後で〔昭和四年三月〕／（二）『アイーダ』に就いて〔昭和四年十一月〕〉
19　或青年の手帖〈七、「形」と「色彩」と〉
20　――ラムボオを悼む――〔1930.1.27〕
21　シユテイシエン著／吉田小五郎訳〈第六章〉
22　※三田文学紅茶会（二月二十一日（金）於三田通り明治製菓二階）の予告あり
23　和木清三郎　※前月、三田文学紅茶会の報告など
＊　※新刊紹介あり〈『超現実主義詩論』西脇順三郎・厚生閣書店／『新劇通』水木京太・四六書院発行〉
表紙及びカット・近藤光紀／発行日・三月一日／頁数・本文全一三九頁／定価・五十銭／編輯兼発行者・東京市芝区三田慶應義塾内・西脇順三郎／編輯担当・和木清三郎／発行所・東京市芝区三田　慶應義塾内・三田文学会／発売所・東京市丸ノ内三丁目二番地　株式会社籾山書店／印刷者・東京市芝区愛宕町二丁目十四番地植田庄助／印刷所・東京市芝区愛宕町二丁目十四番地　常磐印刷株式会社

■四月号　【193004】

創作
黒猫（小説）1　龍胆寺雄
交換教授を求む（小説）2　丸岡明
骨肉の間（小説）3　平松幹夫
愚者と橋（詩）4　塩川秀次郎
有縁者無縁者（長篇小説・二）5　田中峰子
愚かな経験（小説）6　木村庄三郎
貝殻追放
父の「米国紀行」7　水上瀧太郎
ヘーゲルの文学論8　西脇順三郎
ゴルズヴァジイ《〔ゴルズヴァアジイ〕》の近作9　石井誠
近頃のこと10　南部修太郎

アプトン・シンクレーア 11　フロイド・デル
富田正文訳
切支丹大名記（七）12　吉田小五郎訳
月評
三月号小説月評 13　阿部知二
演劇月評 14　大江良太郎
映画批評 15　大橋三郎
映画批評 16　川橋喬夫
ルマルクの意図　日野巌
深草だより 17　倉島竹二郎
この手紙 18　大江賢次
チヤペツク曰く 19　竹下英一
近代文学の精神 20　高橋広江
事実の切実と反映の切実　雅川滉
専務に詫びる　園池公功
渡辺温君の死 21　小泉淑夫
内閣文庫 22　樋口龍太郎
つくり物　三宅三郎
小品五題
誰も笑はない 23　加宮貴一
判決 24　長尾雄
裸で帰れ　勝本英治
鯛網　井伏鱒二
亜片を喫む記　蔵原伸二郎
消息 25
六号雑記 26
編輯後記 27
表紙・カット　近藤光紀

目次註

1 〈一—五〉
2 〈1—9〉〔一九二九・一二・二八〕
3 〈四—六〉〔完〕〔三〇・二・九〕
4 〈……A／B／C／D／二日月——散文詩——〉
5 〈三・四〉
6 愚かなる経験〈一—五〉
7 〔昭和五年三月四日〕
8 〈一、文学の本質論／二、ポエジイ論〉
9 ゴルズヴァアジイの近作　※次号の筆者文末「付記」に訂正あり
10 〔昭四・三・九〕
11 ——近代的産業国アメリカの批判者としての——〈一〉〈序説（1—3）／二南部生れ（1・2）〔この章未完〕〉
12 〈第七章〉シテイシエン〔シュテイシエン〕著／吉田小五郎訳
13 三月号小説月評〈総論／「改造時評」広津・正宗／「新潮評論」新居／龍胆寺雄の時評／吉行エイスケの時評／改造—「身の末」久保田万太郎・「父の活計」滝井孝作・「スパイと踊子」村山知義・「正子の職業」岡田禎子／中央公論—「皇帝」今東光・「ある一群の象」浅原六朗・「工場労働者」岩藤雪夫／文藝春秋—「遠洋の女」岩藤・「労働市場」橋本英吉・「国境」中本たか子／新潮—「コサビネ艦隊の抜錨」龍胆寺／「吊籠と月光」牧野信一／「父を○〔嗤〕ふ」宮地嘉六／近代生活—「温泉場二人の事」川端・「彼と彼女」久野豊彦・「胃袋の貧困」田中喜四郎／三田文学—「有縁者無縁者」田中峰子・「碧きセレナアタ」庄野誠一・「夜盗」木村恒・二宮孝顕、谷口伝の戯曲・「或青年の手帖」木村庄三郎／同人誌風車の村岡達二〉※付記あり
14 女優劇追憶——女優劇——〔五年三月〕
15・16 映画批評〈「何が彼女をさうさせたか」「赭土」「時の外何もなし」大橋三郎／「維新暗流史」川橋喬夫〉
17 〈二月十八日／二月二十五日／三月二日〉
18 〔五・三・一〕
19 初日が終つて——チヤペツク曰く——
20 「近代文学の精神」に就て——紹介——
21 「渡辺温君の死」を悼む
22 「内閣文庫」を語る（一）〈前文／太政官文庫の成立／太政官より内閣へ〉※後記によると、この欄「一人一頁」とある
23 (A Sketch)〔THE END〕
24 〔五・二・二八〕
25 ※三田文芸雑談会（四月下旬新入学生歓迎を兼ね一日遠足旅行）の予告あり
26 マルクス・ボーイ／×△□／コロッケ／ビイフ・テキ／トン・カツ／長
27 和木清三郎
＊ ※新刊紹介あり〈『アパートの女たちと僕と』龍胆寺雄・改造社〉
＊ ※都新聞社懸賞「中篇小説」募集の予告あり

表紙及びカット・近藤光紀／発行日・四月一日／頁数・本文全一五一頁／定価・五十銭／編輯兼発行者・東京市芝区三田慶應義塾内・西脇順三郎／編輯担当・和木清三郎／発行所・東京市芝区三田　慶應義塾内・三田文学会／発売所・東京市丸ノ内三丁目二番地　株式会社籾山書店／印刷者・東京市芝区愛宕町二丁目十四番地　植田庄助／印刷所・東京市芝区愛宕町二丁目十四番地　常磐印刷株式会社

■五月号　【193005】

貝殻追放
卒業式 1　水上瀧太郎
一月六日の事　戸川秋骨
あのころの三田文学
第二代の編輯者として 2　南部修太郎
大正五年時分種々　三宅周太郎
あの頃の「三田文学」3　石井誠
「三田文学」第一歩 4　小島政二郎
新興芸術派を嘲笑す 5　間宮茂輔
ラムボオの宗教の問題に就いて 6　高橋広江
井伏鱒二論 7　平松幹夫
岩藤雪夫論 8　石橋貞吉

群集描写9　大江賢次
或青年の手帖10　木村庄三郎
近所のこと　長尾雄
アプトン・シンクレーア（二）11　フロイド・デル　富田正文訳
月評
四月の小説12　阿部知二
映画批評13　大橋三郎
演劇時評14　大江良太郎
亡き子に会ふ（小説）15　加宮貴一
三面欄の埋草になる話（小説）　加藤四朗
羊腸（戯曲）16　小野里衡雄
L'OPÉRA COMIQUE（詩）　上田敏雄
有縁者無縁者（長篇小説・三）17　田中峰子
翻訳
大理石の胸像18　フイアロ　日野巌
クノオ・コオン19　リヒテンシタイン　小松太郎
深草だより20　倉島竹二郎
欲しいものは21　菅谷北斗星
絵の事一二　佐野繁次郎
新しい踊り22　円城寺清臣
内閣文庫23　樋口龍太郎
ホテルと口笛　今井達夫
競馬の話　平松幹夫
新三田風景
碧色のドオム24　丸岡明
夜祭り25　庄野誠一
レッド・アンド・ブリユ26　二宮孝顕
新三田風景素描27　北原武夫
消息
六号雑記28
編輯後記29
表紙・カット　近藤光紀
カット　佐伯米子

目次註

1 〔昭和五年四月三日〕
2 〔昭五・四・二〕
3 ※文末に付記あり
4 「三田文学」第一号
5 〈1—4〉〔三〇・四・八日〕
6 ラムボオと宗教の問題に就いて——断章——〔1930.3.31〕
7 ——新著「夜ふけと梅の花」に就て——〔四・五—六〕
8 〈一—七〉
9 〔一九三〇・四〕
10 〈八、カジノ・フオリーにて〉
11 ——近代的産業国アメリカの批判者としての——〈二、南部生れ（3・4）〉
12 〈総論／「花ある写真」川端／「虎に化ける」久野／「病気なほる」中野重治／「牡丹雪」嘉村礒多／北村小松／「部落の店」佐々木俊郎／「そして忘れる」ささきふさ／井伏鱒二／加藤四朗／「濃霧」里村欣造／「十七歳の感情」（文学時代）「白い水族館第二室」（近代生活）楢崎／「ブルカマル」「アルゼンチンの女」中河／詩「黒い河」（文学）安西冬衛／「深藍色の母胎」（新潮）長田秀雄／「青きドナウ」浅原／「伝説」尾崎士郎／三田文学——「交換教授を求む」丸岡明・「愚かなる経験」木村庄三郎・「骨肉の間」平松幹夫・田中峰子の長篇／中央公論の金子洋文、鹿地亘、細田源吉三者の小説／改造——「ブルジョア」芹沢・「二人の女」片岡・「工場細胞」小林多喜二・「昭和初年のインテリ作家」広津・「能」室生犀星〉
13 〈1 ハンガリアン狂燥曲／2 リオ・リタ／3 帰郷／4 スピオーネ／5 ふるさと／第五日映写会〉
14 ——観たものと読んだもの——〈『由利旗江』所感／『吉田御殿』の演出に就いて／『天国地獄』を見て／戯曲四ツ〉〔四月四日〕
15 ——翼あらばみ空の吾子よ舞ひて来よ地上の父は飛べなくあるに——
16 〈一幕〉
17 〈五〉〔第三回終・つゞく〕
18 ファビオ・フイアロ作／日野巌訳
19 リヒテンシタイン作／小松太郎訳
20 〔三月三十日〕
21 欲しいものは——
22 〔昭和五年四月〕
23 〈二〉〈内桜田門より大手門へ／紅葉山本と昌平阪〔坂〕学問所本〉〔二—三・二〕
24 〔三〇・四・一〕
25 〔三月二十五日〕
26 〈山上の風景／三田通り／銀座／慶・早戦〉〔三・廿九〕
27 〈朝／ノオトルダム・ド・ミタ／休憩時間／図書館／明治製菓喫茶店／昼／学生共済会食堂／午後／白十字／Variation／綱町グラウンド／プチ・ブウルヴアール／夕暮／夜〉
28 エイプリル・フール／KOK／……
29 和木清三郎　※三田文芸雑談会、四月例会、一日旅行／三田文芸講演会の予告などあり

表紙及びカット・近藤光紀／カット・佐伯米子／発行日・五月一日／頁数・本文全一二九頁／定価・五十銭／編輯兼発行者・東京市芝区三田　慶應義塾内・西脇順三郎／編輯担当・和木清三郎／発行所・東京市芝区三田　慶應義塾内・三田文学会／発売所・東京市丸ノ内三丁目二番地　株式会社籾山書店／印刷者・東京市芝区愛宕町二丁目十四番地　植田庄助／印刷所・東京市芝区愛宕町二丁目十四番地　常磐印刷株式会社

■六月号　【193006】

創作
姉と妹（戯曲）1　水上瀧太郎

血を吸ふもの（小説）2　石橋貞吉
南方の客（小説）　小川重夫
緩衝地帯（詩）　祖父江登
深草だより（小品）3　倉島竹二郎
有縁者無縁者（長篇小説・四）4　田中峰子
評論と随筆
ナンセンス文学検討5　杉山平介
間宮君の嘲笑の唾を自らの顔にかけ給へ6　浅原六朗
人生派は没落する7　雅川滉
龍胆寺雄氏の横顔8　平松幹夫
月評
文芸時感9　阿部知二
演劇時評10　大江良太郎
超現実主義詩論11　上田敏雄
アンドレ・モロアを語る12　高橋広江
アプトン・シンクレーア（三）13　フロイド・デル　富田正文訳
あやつり人形14　滝井孝作
三田ファンの観た春のスポーツ
慶・早陸上競技観戦記15　南部修太郎
慶・早対抗庭球・勝つ16　長尾雄
慶・早戦を省みて17　志村彦七
春の野球リーグ印象記18　和木清三郎
一人一頁
「白い士官」について　木村庄三郎
左翼演劇の行方　湯浅輝夫
明末の繍梓嬋娟画　渋井清
好きな野球選手　三宅三郎
アメリカの文筆市場の内幕19　富田正文
前田寛治　橋本敏彦
チヤップリンの実演20　平松幹夫
喧嘩両成敗　勝本英治
消息
六号雑記21
「三田文学運動会」の事22
編輯後記23
表紙・カット　近藤光紀
カット　佐伯米子

目次註

1　〔昭和五年五月七日〕　※〝この戯曲は一幕物ではないのですが、多忙の為完成出来ませんでした――作者〟と「付記」あり
2　〈第一章（A・B）／第二章（A・B）〉〔終〕
3　――日記から――
4　〈六―七〉〔第四回終。つゞく〕
5　〔五月二日〕
6　〈1―4〉
7　〈1―4〉
8　――新著「アパートの女たちと僕と」「街のナンセンス」に就て――　〔四・五・七〕
9　文芸時感　〈1、新興芸術派について／2、「生活分解の文学と生活組織の文学」／3、真理と虚偽／4、その他―大江賢次「シベリア」・「三田文学」と加宮貴一の作〉
10　――観た芝居四つ――　〈『慶安太平記後日譚』を観る／『フオードの躍進』所感／新歌舞伎の新派／『色気ばかりは別物だ』を観る〉〔四月二十七日〕
11　※「付言」あり
12　〔1930・4・30〕
13　――近代的産業国アメリカの批判者としての――　〈三、青年時代（1・2）〉〔つづく〕
14　〔五月六日〕
15　〔昭五・五・八〕
16　慶・早庭球対抗戦勝〔終〕
17　慶・早庭球戦を省みて　〈戦前のコンデイシヨン／試合当日（試合経過）〉
18　〈六大学戦前のコンデイシヨン／慶・明戦／慶・帝戦／慶・法戦〉
19　アメリカ文筆市場の内幕　※〝金が書く、序文の一節〟と付す
20　チヤツプリンの実演〔四・廿九〕
21　彦左衛門／（H）／（その他）
22　※五月二十五日、於府下松沢村明治生命グラウンド、文科生対OBによる陸上競技、野球、テニス、将棋の対抗試合
23　和木清三郎　※〝広告担当者、磯貝亀吉の後任に久保田繁吉〟のこと、他
＊　※新著近刊の紹介、著者文末にあり〈阿部知二著『恋とアフリカ』新興芸術叢書の一篇・新潮社〉

表紙及びカット・近藤光紀／カット・佐伯米子／発行日・六月一日／頁数・本文全一二三頁／定価・五十銭／編輯兼発行者・東京市芝区三田　慶應義塾内・西脇順三郎／編輯担当・和木清三郎／発行所・東京市芝区三田　慶應義塾内・三田文学会／発売所・東京市丸ノ内三丁目二番地　株式会社籾山書店／印刷者・東京市芝区愛宕町二丁目十四番地　植田庄助／印刷所・東京市芝区愛宕町二丁目十四番地　常磐印刷株式会社

■七月号　【193007】

創作
姉と妹（戯曲）1　水上瀧太郎
Z伯の第二コース（小説）2　丸岡明
鉄道線路の見える風景（小説）　藤原誠一郎
夢で興味を感じて（戯曲）3　二宮孝顕
煉獄（詩）4　塩川秀次郎
つづら文（詩）5　箕山豊
水盤の風景（詩）6　祖父江登
有縁者無縁者（長篇小説・四〔五〕）7　田中峰子
評論と随筆
愚論と愚文の典型8　間宮茂輔

ダグラスイズム文学論批判9　勝本英治
新しき文学の方向10　今井達夫
鬼才エイゼンシユタイン11　湯浅輝夫
月評
演劇時評12　大江良太郎
六月の小説評13　木村庄三郎
舞踊人コクトオ14　光吉夏弥
青根にて15　平松幹夫
アプトン・シンクレーア（四）16　フロイド・デル　富田正文訳
リーグ戦を終へて17　腰本寿
OB軍大勝す18　長尾雄
春のリーグ戦印象記19　和木清三郎
六号雑記
消息20
編輯後記21
表紙・カット　近藤光紀
カット　佐伯米子

目次注

1 〔昭和五年六月八日〕
2 Z伯号の第二コース〈I　一九二九年八月十五日／II　十六日／III　十七日／IV　十八日／V　十九日〉〔一九三〇・五・二二〕
3 〈1―5〉〔一九三〇・四〕
4 〈……／「コンドーム」氏の難破／屁〉
5 〈つゞら文／無題／見果てぬもの／かをり／別れのうた／ながれ／空へのぼるもの／鏡〉
6 〈水盤の風景／波止場〉
7 〈八―十〉〔第五回終・つづく〕
8 ――雅川・浅原両氏を再嘲笑する――〔三〇・五・二五〕
9 〈1―5〉
10 ――反映の現実に就いて――〈（1）何故それがあるか／（2）犬殺しまたは傷害が邪道である理由／（3）もう一方のステッキ的邪道／（4）近頃のステッキがどうも凡て若向きであると云ふ説／（5）芸術派／（6）芸術派の分科に就いて／（7）その本建築は――〉
11 鬼才エイゼンユテイン〔エイゼンシユテイン〕――付、彼のよき同伴者アレキサンドロフ――　※〝本稿は『舞台』誌上の拙稿『プトフキンのこと』と併読されん事を望む〟と付記あり
12 〈劇団新東京の誕生／武者小路氏の「日蓮」を観る／六代目の『盲目の弟』を観て〉〔六月六日〕
13 六月の創作評「文芸春秋」〈春陰・近松秋江／父・長田秀雄／模範店員・窪川いね子〉「新潮」〈播かれる人種・中河与一／ある廃王の随筆・久野豊彦／「バンガロウ」の秘密・舟橋聖一〉「改造」〈階段を降りる・龍胆寺雄〉「三田文学」〈姉と妹・水上瀧太郎／血を吸ふもの・石橋貞吉／南方の客・小川重夫〉
14 ――カルサビナの語れる――
15 〔奥州青根温泉にて〕
16 評伝　アプトン・シンクレーア（三）〔（四）〕――近代的産業国アメリカの批判者としての――〈四、若き雑文家（1・2）〉※「お断り」として〝一先づ本号所載までで中止〟のこと訳者付記あり
17 リーグ戦を終って――塾チームはいかに戦ったか――
18 ――対三田文学新人野球戦――
19 ――慶明決勝、慶早戦――〈慶明決勝戦／慶早第一回戦／第二回戦〉
20 ※〈「戸川秋骨先生還暦祝賀会」（五月三十一日　於日比谷山水楼）、「腰本監督慰労会」（五月二十四日　於大根河岸はつね）・三田文学OB野球選手との漫談会）、龍胆寺雄新著「アパートの女たちと僕と」出版記念会（五月二十四日夜　於日比谷山水楼）報告／「與謝野晶子女史誕辰五十年紀念四季短歌、絵画半折頒布会」予告／その他〉
21 和木清三郎　※「三田文学運動会」（五月二十日）の報告あり
＊ ※上田万年、樋口慶千代共著『近杰語彙』（冨山房）の広告中、文学博士笹川臨風の推薦文「不朽の名著、尊い業績」の紹介あり

表紙及びカット・近藤光紀／カット・佐伯米子／発行日・七月一日／頁数・本文全一二〇頁／定価・五十銭／編輯兼発行者・東京市芝区三田　慶應義塾内・西脇順三郎／編輯担当・和木清三郎／発行所・東京市芝区三田　慶應義塾内・三田文学会／発売所・東京市丸ノ内三丁目二番地　株式会社籾山書店／印刷者・東京市芝区愛宕町二丁目十四番地　植田庄助／印刷所・東京市芝区愛宕町二丁目十四番地　常磐印刷株式会社

■八月号　【193008】

創作
姉と妹（戯曲）1　水上瀧太郎
馘首された庄平の話（戯曲）　小林徳二郎
最初の一幕（戯曲）　鳥居与三
田園近代風景（戯曲）2　杉山平介
父の恋愛（小説）3　美川きよ
有縁者無縁者（長篇小説・六）4　田中峰子
評論と随筆
文学と芸術との関係5　西脇順三郎
再び新しき文学の基礎について6　雅川滉
ジヨセフ・ケツセルの文学7　高橋広江
現代に於ける個性の問題　中村喜久夫
月評
演劇時評8　大江良太郎
七月の戯曲を読んで　園池公功
「中央公論」と「三田文学」其他9　木村庄三郎
「文藝春秋」読後の感想10　長尾雄
青年人形芝居を見る11　小沢愛圀
隣人の作品　井伏鱒二
生温いカクテル12　坂下一六

或る廃王の随筆　庄野誠一
「ブルジヨワ」と「結核患者」13　丸岡明
英語14　勝本英治
この事実15　平松幹夫
六号雑記
編輯後記16
表紙・カット　近藤光紀

目次註

1 〔昭和五年七月七日〕
2 〈喜劇　一幕二場〉〈はしがき／第一場／第二場〉
3 〔終り〕
4 〈十一―十三〉〔第六回終り・つづく〕
5 〈§1―§7〉 ※〝「改造」七月号所載論文の続稿〟と編輯後記にあり
6 ――間宮茂輔氏への駁論の代りとして、むしろ若き人々に――　〈一・二〉
7 ジョゼフ・ケッセルの文学〔1930・7・3〕
8 ――劇団『新東京』への私信――　〔七月七日〕
9 「中央公論」「三田文学」其他〈中央公論―「天国の記録」下村千秋・「アスファルトの仲間」立野信之・「風鈴キングのアメリカ話」川端康成・島崎藤村と近松秋江の作／三田文学―「姉と妹」水上瀧太郎・「Z伯号の第ニコース」丸岡明・「鉄道線路の見える風景」藤原誠一郎・「夢で興味を感じて」二宮孝顕・「有縁者無縁者」田中峰子／三田の四つの同人雑誌―「灰皿」「尖塔」「季節の展望」「魔律」――／「魔律」同人熊沢喜久三の詩集『静夜』〉
10 七月号創作欄〈「歌へる日まで」牧野信一／「よい天気」「月夜」宇野千代〉
11 〔六月二十八日稿〕
12 〈吼えろ支那／剣劇はアスレチツク／ブルツクナアの正体／沙翁不評／ルウス・ペエヂ／その他〉
13 ブルジョワと結核患者
14 ※〝これから先も話があるので、更めて書くかも知れません〟と付す
15 〔七・五　磐城平町にて〕
16 和木清三郎　※〈評議員小山完吾よりの寄付金／「前金切」のこと／その他〉

表紙及びカット・近藤光紀／発行日・八月一日／頁数・本文全一三〇頁／定価・五十銭／編輯兼発行者・東京市芝区三田慶應義塾内・西脇順三郎／編輯担当・和木清三郎／発行所・東京市芝区三田　慶應義塾内・三田文学会／発売所・東京市丸ノ内三丁目二番地　株式会社籾山書店／印刷者・東京市芝区愛宕町二丁目十四番地　植田庄助／印刷所・東京市芝区愛宕町二丁目十四番地　常磐印刷株式会社

■九月号　【193009】

姉と妹（戯曲）1　水上瀧太郎
ペリコ音楽舞踊学校（小説）2　今井達夫
心臓のある静物（小説）3　金行勲
パレステン（戯曲）4　石川譲治
有縁者無縁者（長篇小説・七）5　田中峰子
作品の協同制作へ6　石橋貞吉
「真理の春」を読む7　北原武夫
「超現実主義詩論」8　日野巌
メレヂコスタキイ〔メレヂコフスキイ〕VSダンカン9　光吉夏弥
詩四篇
　ペデストリヤン・六月10　塩川秀次郎
　悒欝な展望11　祖父江登
　階段をのぼる12　熊沢喜久三
　超現実主義詩一つ13　上田敏雄
社会時評14　杉山平助
演劇時評15　大江良太郎
八月の戯曲評16　今日出海
八月の小説評17　木村庄三郎
河岸。白馬。黒部　和田保
コクトオの「鴉片」　太田咲太郎
深草だより　倉島竹二郎
野球の流行と月刊雑誌　三宅大輔
夏日小品六題
　伯耆大山！　大江賢次
　奥日光のキヤムプで18　丸岡明
　踊子風景19　遠藤正輝
　軽井沢の黄昏　小原条二
　キヤムプの夜20　二宮孝顕
　海の上での21　庄野誠一
三田文学バラエテイ22
旅から23
消息24
六号雑記
編輯後記25
表紙・カット　近藤光紀
カット　佐伯米子

目次註

1 〔昭和五年七月二十八日〕
2 〈1―5〉
3 〈第一章―第六章〉〔完〕
4 ――別題救世主時代――（二幕七場）〈プロローグ／第一幕（Ⅰ―Ⅳ）／第二幕（Ⅰ―Ⅲ）〉※註を付す
5 〈十四・十五〉〔第七回終り。つゞく〕
6 〈一、『表現することの歓び』に就いて／二、如何なる方向に進むべきか／三、個人活動から集団活動へ／四、具体的な諸問題〉※〝個々の部分に、同志末田信夫、大林清、藪秀野等の意見が這入つてをり、従つて厳密な意味で個人活動とは言へない〟と作者の付記あり。又、〝この論文は四月に書かれたものであるが……〟として、後に起きた代作問題に関連した編輯部の「追記」を付す
7 ――プロレタリア文学大衆化の一問題――　〈一―六〉

〔七月十九日稿〕

8　『菫菜はアンパンである』の解式――『超現実主義詩論』

9　メレジコフスキイVSダンカン

10　〈A　握り飯／B　ペデストリヤン／C　虚無／D　古来稈帽／E　駿河台風景〉

11　〈悒欝な展望／旅の音信〉

12　〈……／花火／電車／階段をのぼる／秋／心〉

13　L'OPÉRA COMIQUE

14　〈社会時評新設／不景気打開演説会／この不景気問題の要点〉

15　――大衆座を観ての感想――　〔八月一日〕

16　〈「積木」（一幕）池谷信三郎（中央公論）／「リリー写真館」中村正常（新潮）／「姉と妹」水上瀧太郎（三田文学）／「馘首された庄平の話」小林徳二郎（三田文学）／「最初の一幕」鳥居与三（三田文学）〉

17　〈「足・デパート・女」室生犀星・改造／「巴丹杏と市民」室生犀星・新潮／「余燼」里見弴・中央公論／「荒っぽい村」武田麟太郎・中央公論／「喧嘩」佐佐木俊郎・近代生活／「風雨強かるべし」井伏鱒二・近代生活／「通夜人足」川端康成・作品／「父の恋愛」美川きよ・三田文学／「一廻転」栗原潔子・火の鳥〉

18　奥日光のキャンプで　〔三〇・七・二三〕

19　〈一―三〉〔五・七・廿四日〕

20　〔一九三〇・七・廿六〕

21　〔廿三・七月〕

22　※三田文学バラエティ（十月二十一日午後五時半　於青山・日本青年会館）の予告

23　※五者の旅通信紹介　〈丸岡明（軽井沢から）／北原辰〔武〕夫（小田原から）／庄野誠一／遠藤正輝／二官孝顕（越後から）〉

24　※〈同人三宅大輔が月刊雑誌「ベースボール」を創刊のこと／「三田文学バラエティ」予告その他〉

25　和木清三郎

表紙及びカット・近藤光紀／カット・佐伯米子／発行日・九月一日／頁数・本文全一三六頁／定価・五十銭／編輯兼発行者・東京市芝区三田　慶應義塾内・西脇順三郎／編輯担当・和木清三郎／発行所・東京市芝区三田　慶應義塾内・三田文学会／発売所・東京市丸ノ内三丁目二番地　株式会社籾山書店／印刷者・東京市芝区愛宕町二丁目十四番地　植田庄助／印刷所・東京市芝区愛宕町二丁目十四番地　常磐印刷株式会社

■十月号　**【193010】**

創作

姉と妹（戯曲）1　水上瀧太郎

彼等の半日（小説）2　石坂洋次郎

夏の淡描（小説）3　遠藤正輝

カルカチユアー（小説）4　小川重夫

みつぎもの（戯曲）5　早川三代治

有縁者無縁者（長篇小説・完）6　田中峰子

肖像画―ハクスレ7　日野巖訳

知識階級に期待する8　原実

フォイヒトワンゲルの喜劇9　坂下一六

堀辰雄素描10　北原武夫

ポール・ヴアレリイ11　高橋広江

ウルトラ・レク〔フ〕ト＝ヂガウェルトフ12　湯浅輝夫

続この事実13　平松幹夫

「鉄の流れ」「ブルヂヨア」14　大江賢次

秋風・蘆・船「トラジシヨン〔トランジション〕」誌の終刊15　今井達夫

鏡に沈没する影（詩）16　太田咲太郎

「ニイチエ」伝を読む17　祖父江登

近藤光紀小画会18

三田文学バラエテイ19　杉山平助

月評

社会時評20　杉山平助

演劇時評21　大江良太郎

九月の戯曲評22　今日出海

九月の小説評23　長尾雄

消息24

六号雑記25

編輯後記26

表紙・カット　近藤光紀

カット　佐伯米子

目次註

1　〔昭和五年九月五日〕

2　〔一九三〇・八〕

3　〈一―七〉〔五・七・廿七日〕

4　カルカチュアー

5　〔一幕〕

6　〈十六・十七・エピローグ〉〔完〕〔一九二九・九〕※編輯後記に関連文あり

7　オールダス・ハクスレ作／日野巖　※前記を付す

8　〔一九三〇・九・五〕

9　フォイヒトワンゲルの喜劇　その他　〈九月一日／ウードハウスとウイル・ロジャース／リ、アン・ギッシユ／映画「一九一八年の西部戦線」／ラインハルトと音画／フォイヒトワンゲルの喜劇／『東京の裏街』と『ゴールデン・キモノ』／舞踊家新村英一／『復活』上演問題／タイーロフ―ピトエフ―コポー〉

10　〈1　彼と蓄音器／2　彼と天使／3　彼と眠り／4　彼と表現／5　彼と肋骨〉〔一九三〇・七〕

11　――個性主義の崩壊に就て――

12　ウルトラ・レフト＝ヂガ・ウエルトフ

13　続「この事実！」――僕の手帖から――　〈休業銀行／炭鉱の休山〉〔八・四―平町にて〕

14　〔30・7・23〕

15　トランジシヨン誌の終刊　〔一九三〇・七・一八〕

16　〈Ⅰ―Ⅲ〉

17　「ニイチエ伝」を読む　〔了〕

18　近藤光紀小画会趣旨書　発起人　※発起人のうち曾宮一

念〔昭和五年九月〕、長尾雄〔昭和五年九月〕の挨拶文掲載

19 ※三田文学バラエテイプログラム（十月廿一日午後五時半開演　於明治神宮外苑・日本青年館）〈久保田万太郎の挨拶／古川緑波の声帯模写／石井小浪の舞踊／徳田秀〔秋〕声の説明による映画／小島政二郎の文芸講演／劇団新東京による小山内薫の「珍客」の芝居など〉

20 〈ベーリング海峡の埋立て／国際観光局設置／電話事業払下げ／都会騒音防止案〉※付記「お断り」あり

21 ——『文楽の研究』所感——

22 九月の戯曲〈総評／「パレステン」石川譲治（三田文学）／「頑固な男」武者小路実篤（文藝春秋）／「夜長」久保田万太郎（文藝春秋）〉

23 〈「浅草紅団」と「浅草赤帯会」川端康成／「鞭」（中央公論）と「機械」（改造）横光利一／「我入道」（改造）芹沢光治良／「フジ、ホテルの女達」（新潮）楢崎勤／「土用波」（文藝春秋）久米正雄／「ペリコ音楽舞踊学校」（三田文学）今井達夫／「心臓のある静物」（三田文学）金行勲〉※前書を付す

24 ※三田文学雑談会（九月二十五日午後六時半　於日比谷公園内「三橋亭」で久方振りの月並会）開催予告ほか

25 ※（K）他執筆。（係り）からの「三田文学バラエテイ」の案内文を付す

26 和木清三郎〔九月十二日〕

表紙及びカット・近藤光紀／カット・佐伯米子／発行日・十月一日／頁数・本文全一三四頁／定価・五十銭／編輯兼発行者・東京市芝区三田　慶應義塾内・西脇順三郎／編輯担当・和木清三郎／発行所・東京市芝区三田　慶應義塾内・三田文学会／発売所・東京市丸ノ内三丁目二番地　株式会社籾山書店／印刷者・東京市芝区愛宕町二丁目十四番地　植田庄助／印刷所・東京市芝区愛宕町二丁目十四番地　常磐印刷株式会社

■十一月号　【193011】

人形の夢　西脇順三郎
独仏劇壇の新傾向 1　坂下一六
私と文学 2　雅川滉
コクトオに摂取される芸術 3　伊藤整
試演会冷感 4　大江良太郎
月評
社会時評 5　杉山平助
演劇時評 6　佐久間重
宇野四郎
寸断的文芸時評 7　間宮茂輔
十月の戯曲評 8　今日出海
十月の小説評 9　勝本英治
同人雑誌作品評 10　北原武夫
我家のドウガル（貝殻追放）11　水上瀧太郎
街上風景
ある街上の風景　蔵原伸二郎
郊外銀座風景　富田正文
自転車に乗る女　長尾雄
海辺の街で 12　平松幹夫
ゴルフシユウズ 13　藤浦洸
佗しさの街　今井達夫
湘南と横浜 14　木村庄三郎
三田文学バラエテイ 15
慶法野球敗戦記 16　和木清三郎
臙指〔脂〕—オールダス・ハクスレ 17　日野巖訳
戦場—ルウトキッヒ・レン 18　小松太郎訳
八月—マヤコフスキー 19　加藤信也訳
創作
爪と鸚鵡（小説）20　丸岡明
女の秘密（小説）21　美川きよ
美しき距離（小説）22　山下三郎
鶴松君の話（小説）　藤原誠一郎
沼（古風な童話）23　庄野誠一
朝飯前（戯曲）24　三宅由紀子
消息
編輯後記 25
表紙・カット　近藤光紀
カット　佐伯米子

目次註

1 〈ラインハルト学位を受く／独仏戯曲の相違点／ドレフユース事件／ハーゼンクレーフエルの『ナポレオン』／『天晴れチヨング』／ソビエット聯邦の『芸術オリンピアド』〉

2 〈一、虚栄心／二、不正直／三、冷酷／四、鋭さ／五、他見／六、嘘吐き〉

3 ——佐藤朔氏訳・コクトオ芸術論——

4 〔十月五日〕

5 〈兵力量雑感／ブロムリーの飛行について〔十月一日〕／未曾有の大豊作／被侵略国の財政的援助／再びブロムリーについて〔十月三日〕〉

6 ※〈興行業態不況な歌舞伎劇への期待（佐久間）／素人礼讃（宇野）〉

7 〔一九三〇・十月〕

8 十月の戯曲——「ママ先生とその夫」岸田國士（改造）——※付記あり

9 十月の小説——「1930年」その他——〈「1930年」浅原六朗、久野豊彦、龍胆寺雄三者の共作　※川端康成評（九月二十八日、読売新聞）を付す／「高原」宇野千代・中央公論／「ある失業者の話」広津和郎・中央公論／「夜明け前」島崎藤村・中央公論／「卑怯者去らば去れ」中本たか子・改造／「白糸ヤポーンカ」庄野誠一・文藝春秋／「彼等の半日」石坂洋次郎・三田文学／「夏の淡描」遠藤正輝・三田文学／「カルカチユアー」小川重夫・三田文学〉※前文あり

10 〈「新早稲田文学」創刊号—総論・「闇を駈ける男」・「避暑地で」・「山の手ハウスの外交員」中島直人・「賭博者の店」・「敵討ばやり」・「堅陣危し」・編輯者の梅田寛／「葡萄園」十月号—「感情の移動」藤岡洋一・「インテリゲンチヤ・メランコリヤ氏の出世」原了／「風車」十月号—「民営托児所風景」

森本忠・「海鳥の糞」上林暁・「世相の一端」「無自覚な裸婦」寺井三郎・「落語の夕」江畑堯馬／「火の鳥」十月号―「霧」由木たつ子・「生首輸送」小金井素子・「猫眼石」辻村もと子・「時雨どき」山川朱実・「となりびと」栗原潔子／「作品」十月号―アルチユル・ランボオの「飾画」（小林秀雄訳）・吉村鉄太郎の評論「ポール・モーランのニユーヨーク」・「郊外の酒場」蔵原伸二郎・「赤い靴下の詩人」中村正常／秋の新人―山下三郎「びろうど」（新科学文芸十月号）〉〔一〇・六〕 ※三田の新人を網羅している新同人誌「素質」のことを付記する

11 貝殻追放――我家のドウガル――〔昭和五年十月五日〕

12 〔三〇・一〇〕

13 ゴルフ・シューズ

14 〔一〇・六〕

15 ※新プログラム紹介。主催三田文学会、後援時事新報社

16 〈戦前のコンデイション／第一回戦の敗因／第二回戦の跡〉

17 臙脂 オールダス・ハクスレ作／日野巌訳

18 ルウトキッヒ・レン作／小松太郎訳

19 ウラヂミル・マヤコフスキー作／加藤信也訳

20 〈1―5〉〔三〇・八〕

21 〔終り〕

22 〔一九三〇・九・二〇〕

23 ――（古風な童話）――〔廿三・十月作〕

24 〔一幕〕

25 和木清三郎 ※〈「三田文学バラエテイ」案内文／本号の校正について（〝校了間際に臥床のため平松君の手数を煩した〟由）〉

＊ 新刊紹介〈『脱走者フランツ』ヨゼフ・ロオト著小松太郎訳・天人社発行／『創作集かげろふの建築師』龍胆寺雄・新潮社〉

＊ ※銀座ハゲ天「たから」の広告中、同店についての水上瀧太郎の随筆紹介あり 〝都新聞所載 水上瀧太郎先生著「見殻追放」――我が飲屋の一章〟

表紙及びカット・近藤光紀／カット・佐伯米子／発行日・十一月一日／頁数・本文全一三五頁／定価・五十銭／編輯兼発行者・東京市芝区三田／慶應義塾内・西脇順三郎 編輯担当・和木清三郎／発行所・東京市芝区三田 慶應義塾内・三田文学会／発売所・東京市丸ノ内三丁目二番地 株式会社籾山書店／印刷者・東京市芝区愛宕町二丁目十四番地 植田庄助／印刷所・東京市芝区愛宕町二丁目十四番地 常磐印刷株式会社

■十二月号 【193012】

浮名儲（貝殻追放）1 水上瀧太郎
個性の問題と共同製作2 原実
T. S. Eliot 論―ウイルウムズ3 中村喜久夫訳
熱帯に於けるワーズワース―ハクスレ4 日野巌訳
第三のもの5 阿部知二
一九三〇年文壇回顧6 北原武夫
最初と最後（小山内薫の追想）7 藤沢清造
月評
社会時評（学校騒動）8 杉山平助
文芸時評（批評に関する雑論）9 勝本英治
演劇時評10 大江良太郎
十一月の小説評11 丸岡明
十一月の小説評12 庄野誠一
十一月の戯曲評13 今日出海
シンクレーア・リュイス14 富田正文
ロオトレアモン 高橋広江
ジヤック・ド・ラクルテル15 太田咲太郎
ヴァラエティ《ヴァラエテイ》・スケッチ
廊下にて16 木村庄三郎
プログラムの裏に書いたもの17 熊沢喜久三
ヴラエティ印象記18 今井達夫
一ツの歓び19 二宮孝顕
「開会の言葉」まで 北原武夫
主に廊下と時計 山下三郎
ヴラエティ《ヴァラエテイ》20 長尾雄
われら、如何に戦ひしか21 腰本寿
ラグビーの覇権は？22 橋本寿三郎
創作
交流（小説）23 松田準二
感情の後曳（小説）24 遠藤正輝
其夜彼行く（小説）25 金行勲
消息26
編輯後記27
表紙・カット 近藤光紀
カット 佐伯米子

目次註

1 貝殻追放――浮名儲――〔昭和五年十一月十日〕

2 ――覚えがき――〔一九三〇・十一・五〕

3 T. S. Eliot 論 チヤールズ・ウイルウムズ作／中村喜久夫訳〈I・II・End Piece〉※冒頭に、原作者「エリオット」の紹介文あり

4 オールダス・ハクスレ作／日野巌訳 ※〝この拙訳を中川窕子女史に捧ぐ〟とする

5 〈1 第三のもの／2 作品二つ〉

6 ――間接的な評論――〈プロレタリア文学の危機／新興芸術派の勃興／共同制作問題／新世紀の黎明／横光利一の作品／三田文学の功績〉〔一一・九〕 ※付記あり

7 ――小山内薫の追想――

8 〈学校騒動／先生と生徒／新ロシアの見方〉

9 批評に関する雑論――平林初之輔氏の「所謂科学的批評の限界」を読んで――

10 ――「新東京」と「恐怖時代」――

11・12 十一月の小説 丸岡明／庄野誠一〈阿部知二「その女と私」（近代生活）（M）／藤原誠一郎「鶴松君の話」（三田文学）（M）／深田久弥「三つの誠」（作品）（M）／福田清人「赤い弔旗」（文芸レビュー）（S）／原了「瀬死の白鳥」（葡萄園）（M）／堀辰雄「聖家族」（改造）（M）／細田源吉「炎の脈搏」（中央公論）（S）／一戸務「竹林の妹」（文芸レビ

ユー」（S）／伊藤整「機構の絶対性」（新科学的文芸）（S）／泉隆子「高原の隣人」（火の鳥）（S）／詞子直三「人生のファン」（風車）（M）／嘉村礒多「秋立つまで」（新潮）（S）／加藤四朗「廃れゆく町と彼」（作品）（S）／川端康成「針と硝子と霧」（文学時代）（M）／小金井素子「隧道No.13」（火の鳥）（M）／近藤静夫「電話」（素質）（S）／窪川いね子「引越し」（火の鳥）（S）／久野豊彦「続彼と彼女」（近代生活）（M）／丸岡明「爪と鸚鵡」（三田文学）（S）／美川きよ「女の秘密」（三田文学）（S）／水上瀧太郎「夏期実習」（中央公論）（S）／室生犀星「肘と命令」（文藝春秋）（M）／中河与一「ラメシユワラの愛」（文学風景）（S）／中島直人「Miss Hookano の鞭」（新科学的文芸）（S）／那須辰造「宝石工場」（文芸レビユ）（S）／岡田三郎「妻の死と百合公」（中央公論）（S）／奥村五十嵐「冷酷な村」（新科学的文芸）（S）／尾崎士郎「忘れられた時代」（新潮）（S）／ささきふさ「あれも私」（新潮）（S）／十和田操「新科学的馬鹿アン・ブレラア氏」（葡萄園）（M）／山下三郎「美しき距離」（三田文学）（S）〉

13 〈岡田禎子氏の十一月の作品　※生計の道（改造）／「A先生と汽車の旅」中村正常（作品）／「混凝土建築」水木京太（文藝春秋）〉

14 シンクレーア・リユイス――バビットのアメリカ――※〝過日「ノーベル賞金」をもらったシンクレーア……〟と「編輯後記」に紹介あり

15 ジヤック・ド・ラクルテル〔一九三〇・十・二七〕

16〜20 ヴアラエテイ・スケツチ〈休憩時間／食／廊下／飾燈／メエさん〉

17 〈休憩時間／食／廊下／飾燈／メエさん〉

18 バラエテイ印象記

19 一つの歓び

20 ヴアラエテイ

21 ――今秋リーグ戦回顧――

22 ――今シイズンのビツグ・フアイブ――〈前文／立教軍を見る／早大軍を見る／明大軍を見る／慶應軍を見る／帝大軍を見る／覇権は？〉

23 〈1―5〉〔完〕※編輯後記に筆者紹介あり

24 〈一―十八〉〔昭和五・四・十五日〕

25 ――染料とクロール・カルキに就いて――〔一九三〇・九・二十三〕

26 ※〈同人加宮貴一が月刊文芸雑誌「今日の文学」を創刊、編輯すること／三田文学有志と開催の腰本監督慰労会（十一月十四日午後五時　於京橋大根河岸「はつね」）報告／その他〉

27 和木清三郎※〈沢木四方吉の訃報と次号の追悼記について／「三田文学バラエテイ」の〝苦労と成功そして反響〟など――〉

表紙及びカット・近藤光紀／カット・佐伯米子／発行日・十二月一日／頁数・本文全一五〇頁／定価・五十銭／編輯兼発行者・東京市芝区三田　慶應義塾内・西脇順三郎／編輯担当・和木清三郎／発行所・東京市芝区三田　慶應義塾内・三田文学会／発売所・東京市丸ノ内三丁目二番地　株式会社籾山書店／印刷者・東京市芝区愛宕町二丁目十四番地　植田庄助／印刷所・東京市芝区愛宕町二丁目十四番地　常磐印刷株式会社

一九三一年（昭和六年）

■一月号（新年号）　【193101】

不明瞭な表現方法　西脇順三郎
小説に於ける新しい特質 1　太田咲太郎
個性・伝統性・階級性 2　原実
各国のシイズンを遠望 3　坂下一六
ソヴエット映画論　湯浅輝夫
「西部劇通信」を読む 4　北原武夫
社会時評 5　杉山平助
文芸時評 6　勝本英治
演劇時評 7　今日出海
新人の作品評 8　丸岡明
創作
イシノ君の天幕喫茶店《テント・カッフェ》（小説）9　今井達夫
母の反逆（小説）10　美川きよ
白痴（小説）11　大江賢次
消息 12
編輯後記 13
表紙　佐野繁次郎
カット　佐伯米子
故沢木四方吉氏追悼記
故人肖像写真一枚 14
沢木四方吉氏略伝
病床の歌 15　沢木四方吉
御家族の弔歌 16
白き昇天 17　沢木隆子
故沢木君を悼む 18　林毅陸

沢木四方吉君を憶ふ　川合貞一
私交を通して　小林澄兄
沢木君の顔19　小宮豊隆
沢木君20　阿部次郎
沢木君の追懐21　安倍能成
沢木四方吉氏素描22　水上瀧太郎
沢木梢君23　小泉信三
沢木教授の思ひ出24　占部百太郎
沢木四方吉氏の追憶　島原逸三
沢木先生（俳句）25　梓月
沢木先生の講座26　三宅周太郎
沢木さんの追憶27　南部修太郎
故沢木君幼時の追憶　石井忠修
学問の擁護者　石井誠
故沢木梢を憶ふ28　松本恭〔泰〕
不離不即の誼　堀梅天
沢木氏の訃報29　鈴木三重吉
最後にあつた沢木君　仙波均平
沢木君の思出30　岡田四郎
沢木さん　大場白水郎

目次註

1 〈前書／1表現の緻密性／2内面の独白／3主題の不安定／4表現の超現実性／5性的要素の浸潤／6心理追求の一傾向／7フロイドズムの問題〉〔一九三〇・一二・一〕
2 〔一九三〇・一一・三〇〕
3 各国のシーズンを遠望〈ウンルーの『ファエア』問題／『三人に分けられたマルゲリーテ』『田舎の恋』／トルラーの『ボイラーからの火』と『カイゼルの苦力』／脚色ばやりの米国／ギツジユの結婚？／米国に於る『吼えろ、支那』／舞台装置家の活躍／ソビエットの音楽会――韃靼歌劇『労働者』／ソビエットロシヤの大衆と音楽／スターリンの演説が交響楽に／古典歌劇と労働者／ジャパニース・ノクターン／英国／仏蘭西／エロ劇ばかりの巴里／伊太利〉
4 牧野信一氏の新著「西部劇通信」を読む
5 〈霧社事件後始末／民族的憎悪／最も不快な事／続ロシアの見方／泣き面に蜂／丹那隧道続行すべし〉
6 〈一、「プロレタリヤ文学の没落」論／二、「血」／「プロレタリヤ文学の没落」論追記〉
7 〈総論／女をリアカアに乗せて・舟橋聖一（文藝春秋）／鷹の子（ジヨセフと女子大学生）・中村正常（作品）※井伏鱒二の小説を脚色／南阿戦争・江馬修（中央公論）〉
8 主として「新人の作品」を〈「秋・生活」辻村もと子（火の鳥）／「幼児と菊の花」神西清（作品）／「雪解けごろ」深田久弥（作品）／「革命と購買力」近藤一郎（新科学的）／「耐久競争挿話」那須辰造（新科学的）／「霧」柏原良三（言語）／「狂へる群」由木たつ子（火の鳥）／「停止線」越中景一郎（尖塔）／「マリアと人魚」北原武夫（素質）／「アパートに於ける霧の階調」村松ちゑ子（素質）／「どす・ぴだにあ」高岩肇（素質）／「頭」玉木泰三（新早稲田文学）〉
9 〈1―6〉
10 〔終り〕
11 〔次号完結〕
12 ※〈「三田文芸雑談会」来春に延期のこと／その他〉
13 和木清三郎〔校了の日〕
14 「故沢木四方吉氏」
15 沢木四方吉〔昭和五年七月〕〈男鹿半島／離郷／男鹿半島めぐり／九月初／十一月一日／十一月二日／十一月三日〉
16 弔歌――昭和五年十一月十一日告別式の日に――父　晨吉／長兄　再吉／仲兄　淳吉
17 ――亡き叔父上の御霊に捧ぐ――
18 沢木君を悼む
19 〔五・一二・一〕
20 〔昭和五年十一月昼日〕
21 〈一―三〉〔昭和五年十一月二十六日　京城にて〕
22 〔昭和五年十二月四日〕
23 〔十二月五日〕
24 沢木教授の思ひ出二三
25 ※四句
26 〔十一月末日〕
27 〔昭五・一二・四〕
28 松本泰
29 悼沢木氏の訃報
30 沢木君の思ひ出〔終り〕

表紙・佐野繁次郎／カット・佐伯米子／口絵（追悼記）・「故沢木四方吉氏」／発行日・一月一日／頁数・本文全一五一頁／定価・五十銭／編輯兼発行者・東京市芝区三田　慶應義塾内・西脇順三郎／編輯担当・和木清三郎／発行所・東京市芝区三田　慶應義塾内・三田文学会／発売所・東京市丸ノ内三丁目二番地　株式会社籾山書店／印刷者・東京市芝区愛宕町二丁目十四番地　植田庄助／印刷所・東京市芝区愛宕町二丁目十四番地　常磐印刷株式会社

■二月号　【193102】

沢木梢君のおもひで1　島崎藤村
年末年始（貝殻追放）2　水上瀧太郎
変化と本質3　雅川滉
久野豊彦氏の徒労4　勝本英治
近頃の感想5　杉山平助
ソヴエット映画論6　湯浅輝夫
オールダス・ハクスレ覚書7　日野巌訳
ハクスリイとその一時間8　太田咲太郎訳
創作
No.178（小説）9　倉島竹二郎
踊子マリイ・ロオランサン（小説）　北原武夫
ジヨウヂと花簪（小説）10　今川英一
彼等の愛（戯曲）11　細野多知子
白痴（小説）12　大江賢次

編輯後記13
表紙　佐野繁次郎
カット　佐伯米子
故沢木四方吉氏追悼記
沢木四方吉氏日記抄14
鵠沼にて（俳句）15　沢木四方吉
沢木君とは縁薄き方16　間崎万里
私事17　三宅白鈴
沢木君の思出18　浜田青陵
弔詩　なかの・ひろぢ
沢木先生の早世を悼む　小西誠一
思出――アカンサスの杜　日野巌
先生の思出　柴田三之助
面影　広川達一
沢木先生を憶ふ　岡直己
沢木先生　相内武千雄
沢木先生の印象　平岡好道
沢木先生を敬慕して　菅沼貞三
沢木先生を憶ふ　河口真一
故沢木四方吉君を偲ぶ19　今井猛七
沢木さんの事　春・カマタ
沢木君を惜しむ　茅野蕭々

目次註

1　※文中、沢木梢が著者に宛てた旅の通信より葉書二、三紹介あり〈①（千九百十三年秋）十月二十九日梢、羅馬にて／②戦時になって倫敦より巴里の藤村に宛てたもの／③ストラツトフオド・オブ・エデンからのもの〉
2　貝殻追放――年末年始――〔昭和六年一月八日〕
3　〈一―五／追記〉
4　〈一、発展と反動／二、久野豊彦氏の徒労／三、限界と前進〉
5　〈堕胎法を改正せよ〔十二月三十日〕／ラグビー優勝戦について〉
6　〈革命的映画監督の群（前書　一、クレショフ　二、ヴエルトフ）／ソヴエツト新映画「五ケ年計画」〉
7　デズマンド・マカシ作
8　ハツクスリイ氏との一時間　フレデリツク・ルフエヴル作〔一九三〇・一二・一七〕
9　No.178〈まへがき／1〉〔続く〕
10　〈序／一―十〉
11　〈一幕〉〔昭和五年十一月二十五日〕
12　〔承前〕〔四・六・一七〕
13　〔和木〕
14　故沢木四方吉氏日記の一部分〈大正十二年八月廿二日―昭和五年三月廿二日〉
15　〔大正十一・二年〕※十七句
16　〔一九三〇・一二・一日〕
17　〔十一月廿七日夜〕
18　沢木梢君の思出〈一―三〉〔十一月二十五日〕
19　〔昭和五年の暮れ記す　財団法人専修商業学校監事〕
＊　お断り　※〝沢木先生追悼記の原稿、〆切後到着分は来月号に掲載〟とある

表紙・佐野繁次郎／カット・佐伯米子／発行日・二月一日／頁数・本文全一四一頁／定価・五十銭／編輯兼発行者・東京市芝区三田　慶應義塾内・西脇順三郎／編輯担当・和木清三郎／発行所・東京市芝区三田　慶應義塾内・三田文学会／発売所・東京市丸ノ内三丁目二番地　株式会社籾山書店／印刷者・東京市芝区愛宕町二丁目十四番地　植田庄助／印刷所・東京市芝区愛宕町二丁目十四番地　常磐印刷株式会社

■三月号　【193103】

貝殻追放――文壇遊泳術――1　水上瀧太郎
牧人の笑　西脇順三郎
人間復活　雅川滉
ソヴエツト映画論2　湯浅輝夫
人間の発見3　太田咲太郎
ボオドレール論4　中村喜久夫
「睡眠」の著者を語る5　高橋広江
新人十氏評6　北原武夫
沢木先生の思出7　児島喜久雄
沢木君を憶ふ　横部得三郎
社会時評8　杉山平助
演劇時評9　今日出海
文芸時評10　勝本英治
三田文学
宇野四郎氏の訃11
弾幕―チヤールス・ハリスン12　富田正文訳
ミニイ・フイールド―E・P・カンクル　菅原卓訳
失はれた動機―ヘルマン・ケスチ〔テ〕ン13　小松太郎訳
資本家―ジョン・リード14　加藤信也訳
飄飄先生―ニユウヂエンド・バアカ15　日野巌訳
創作
テニスコートの女（小説）16　長尾雄
月光に駭る（小説）17　日高基裕
フラウ・シユルツエ（戯曲）18　早川三代治
花子（小品）19　青柳瑞穂
太い点線（詩）20　熊沢喜久三
No.178（小説）21　倉島竹二郎
六号雑記22
消息
編輯後記23
表紙　佐野繁次郎
カット　佐伯米子

目次註

1　〔昭和六年二月六日〕

2 ソヴエット映画論――エイゼンシユテイン――
3 〈Ⅰ―Ⅳ〉〔一九三一・二・二〕
4 シュトライの――ボオドレール論 〈Ⅰ・Ⅱ〉
5 詩集「睡眠」の著者青柳瑞穂君を語る
6 ――主として同人雑誌――　〈田村泰次郎（東京派）／藤沢閑二（素質）／一戸務（文芸レヴユウ）／丸岡明（三田文学）／永松定（風車）／高岩肇（素質）／中島直人（新早稲田文学）／積亮一（文芸意匠）／伊藤整（文芸レヴユウ）／山下三郎（素質）〉
7 ※付記あり
8 〈就職地獄／三百円の初給／慶應高等科の騒擾〉
9 〈劇壇新東京／翻訳劇／シラノ／ラグビー戦につき／御挨拶〉
10 〈1―4〉
11 ※二月十日死去、十五日告別式
12 チャールス・エール・ハリスン作 〈前文／1―4〉
13 ヘルマン・ケステン作
14 〔了〕
15 ニユウジエント・バアカ作
16 〔一九三一・二・五〕
17 〈一―九〉〔完〕
18 〔三場〕
19 小品 花子
20 〈月光／枕／三月／風景／落葉／心とする／遠情／荒烟《もや》／花／芭蕉〉
21 No.178 〈2〉〔続く〕
22 K／K・2／0／K／M
23 和木清三郎
＊ ※青柳瑞穂の詩集『睡眠』（今日の詩人叢書・第一書房）の紹介あり

表紙・佐野繁次郎／カット・佐伯米子／発行日・三月一日／頁数・本文全一四五頁／定価・五十銭／編輯兼発行者・東京市芝区三田　慶應義塾内・西脇順三郎／編輯担当・和木清三郎／発行所・東京市芝区三田　慶應義塾内・三田文学会／発売所・東京市丸ノ内三丁目二番地　株式会社籾山書店／印刷者・東京市芝区愛宕町二丁目十四番地　植田庄助／印刷所・東京市芝区愛宕町二丁目十四番地　常磐印刷株式会社

■四月号 【193104】

故宇野四郎氏追悼記
故人肖像と略歴 1
宇野四郎氏を憶ふ 2　水上瀧太郎
とけない雪 3　久保田万太郎
四郎を思ふ 4　南部修太郎
宇野さん以来　水木京太
宇野さん 5　北村小松
宇野氏の訃　三宅三郎
私信 6　村田実
三十九歳の死 7　円城寺清臣
宇野四郎氏の御他界を悲みて〔悲しみて〕8　森律子
宇野先生の死去を悲しむ　村田みね子
宇野先生の御長逝を悼みて　村田竹子
先生の思ひ出　明石久子
夢のやうな宇野さんの御逝去　村田嘉久子
劇場人としての紳士型　小林徳二郎
亡き宇野さん　平峰満
人生朝露の如し　山本久三郎
宇野さんの事 9　園池公功
宇野さんの志　荻野忠治郎
有楽座時代の追憶　守田勘弥
宇野さんのこと　和木清三郎
コツンと突き返す宇野君　小島政二郎
山本有三氏の「風」10　勝本英治
阿部知二氏のプリズム 11　丸岡明
川端康成氏の輪廓 12　太田咲太郎
三月の作品 13　小野松二
ゾヴエット映画論〔ソ〕14　湯浅輝夫
創作
擦れ違つて行く男（小説）15　遠藤正輝
湘南と青年（小説）16　山下三郎
絵に画いたエゴイズム（小説）17　金行勲
No.178（小説）18　倉島竹二郎
編輯後記 19
表紙　佐野繁次郎
カット　佐伯米子

目次註

1 〈故宇野四郎氏　※肖像／宇野四郎氏略歴〉
2 〔昭和六年二月二十八日〕
3 ――花柳章太郎におくる――　〔六年二月〕
4 〔昭六・三・三〕
5 〈一―五〉
6 〔二月廿八日〕
7 〔六年二月〕
8 宇野四郎氏の御他界を悲しみて
9 宇野さんのこと
10 ――その挿絵について――
11 〔三一・三・六〕
12 〔一九三一・三・六〕
13 三月号の作品　〔三月七日〕
14 ソヴエット映画論――プドフキン――
15 〈一―十八〉〔昭和五年拾壱月四日〕
16 〈1・2〉※〝旧作なれども、編輯者の好意による〟と付す
17 〈1―3〉〔一九三一・二・二〕
18 No.178 〈3〉※「読者諸氏へ」として〝何ケ月か連載するつもりでしたが一ト先中止……〟と付記あり
19 和木清三郎　※宇野四郎「追悼号」のこと、ほか

＊　宇野先生の御逝去　河村菊江

表紙・佐野繁次郎／カット・佐伯米子／口絵「故宇野四郎氏」／発行日・四月一日／頁数・本文全一四五頁／定価・五十銭／編輯兼発行者・東京市芝区三田　慶應義塾内・西脇順三郎／編輯担当・和木清三郎／発行所・東京市芝区三田　慶應義塾内・三田文学会／発売所・東京市丸ノ内三丁目二番地　株式会社籾山書店／印刷者・東京市芝区愛宕町二丁目十四番地　植田庄助／印刷所・東京市芝区愛宕町二丁目十四番地　常磐印刷株式会社

■五月号　【193105】

貝殻追放——その後のドウガル——1　水上瀧太郎
文学の新古典主義的傾向について　春山行夫
所謂「主智主義」の文学に於ける二つの傾向　高橋広江
芸術家マルクス2　原実
ソヴエット映画論（ロオムについて）3　湯浅輝夫
銀狐・牡蠣・其他4　園池公功
ハックスリイの「対点」—ロシエル5　太田咲太郎訳
西鶴好色一代男の背景6　塚本楢良
四月の戯曲7　岩崎良三
四月の作品　小野松二
真鍮の金盥8　長尾雄
帝劇のブラザースに就て　青柳信雄
英雄発見　平松幹夫
一つの感想　大江良太郎
ネオンサインは眼を疲れさすだけだ9　倉島竹二郎
創作
果実・古い絵葉書（小説）10　丸岡明
妻と子と彼（小説）11　栗原潔子
畳屋騒動記（小説）12　藤原誠一郎
奇蹟—リリ・アヌ・コパアド13　日野巌訳
裁判の話（小品・二篇）14　田中峰子
水蒸気・母（詩・三篇）15　津村信夫
鏡（詩）　祖父江登
病狼（戯曲）16　杉山平介
ミミイ・ネルの生涯に於ける一つの挿話（中篇小説）17　小松太郎
消息
六号雑記18
編輯後記19
表紙　佐野繁次郎
カット　佐伯米子

目次註

1 〔昭和六年四月七日〕
2 ——随筆風に——〔一九三一・二・五〕
3 ソヴエット映画論——ロオム——
4 〈その一、銀狐について／その二、牡蠣について／その三、舞台の衣裳〉
5 ドリユウ・ラ・ロシエル作
6 〈一〉〔了〕
7 〈前文／四月の戯曲／鷗外記念展覧会を観て——大阪F君に——／付記〉
8 ——金行勲君の印象——
9 ネオンサインは眼を疲れさすだけだ！
10 〈1—7〉〔三一・三〕
11 〈一—五〉
12 〈一、発端／二、春浅く組合総会の事／三、小産業革命の事／四、寅松負惜みの事／五、四月、春祭近く畳屋多忙の事／六、春たけなはの事／七、寅松物思ひの事／八、雨の日の事／九、久し振りで寅松仕事に有りつく事、並に竹一の不正発覚の事／十、万事面白くない事／十一、竹一、円城寺進出の事、並に甚吉活躍の事／十二、竹一逃亡の事／十三、寅松行方不明の事／付《つけたり》〉〔昭和五年十一月三日〕
13 リリ・アヌ・コパアド作／日野巌
14 〈飲酒の原因／女〉
15 水蒸気、母〈父が鋏を持って／散兵／水蒸気、母〉
16 〈一・二〉
17 〈Ⅰ—Ⅵ〉〔つゞく〕
18 M生／A／R／M・H／S／T・N　※「続　真鍮の金盥」／野間社長代理
19 和木清三郎　※「六号雑記」「三田文学」欄について記載あり

表紙・佐野繁次郎／カット・佐伯米子／発行日・五月一日／頁数・本文全一四五頁／定価・五十銭／編輯兼発行者・東京市芝区三田　慶應義塾内・西脇順三郎／編輯担当・和木清三郎／発行所・東京市芝区三田　慶應義塾内・三田文学会／発売所・東京市丸ノ内三丁目二番地　株式会社籾山書店／印刷者・東京市芝区愛宕町二丁目十四番地　植田庄助／印刷所・東京市芝区愛宕町二丁目十四番地　常磐印刷株式会社

■六月号　【193106】

「吉野葛」を読んで感あり1　水上瀧太郎
ジャーナリズムと悲しい熱情2　勝本英治
高度の写実へ3　太田咲太郎
ソヴエート映画論（ドウジエンコ）4　湯浅輝夫
毒殺流行時代　日野巌
自己を語りすぎた批評5　倉島竹二郎
五月の戯曲6　岩崎良三
五月の小品7
静かな町　木村庄三郎
出べそ　大江賢次
初恋　日高基裕
或る「時」　小川重夫
斑羽虫と髪の毛8　今井達夫
早慶庭球試合記9　樋口佳雄
春の塾野球軍　本郷基幸

月姫の愛人―ハクスレ 10　日野巌訳
鶴―V・シシユコフ 11　加藤信也訳
創作
父親（戯曲）12　宇野信男
雪の没落（小説）13　二宮孝顕
黄昏の街（小説）14　遠藤正輝
病狼（戯曲）15　杉山平介
ミミイ・ネルの生涯に於ける
一つの挿話（中篇小説・二）16　小松太郎
消息
六号雑記 17
編輯後記 18
表紙　佐野繁次郎
カット　佐伯米子

目次註

1　貝殻追放――「吉野葛」を読んで感あり――〔昭和六年五月七日〕
2　〈1／2／3（阿部知二氏の議論）〉
3　〈1・2〉〔一九三一・五・五〉
4　ソヴエット映画論――ドウジエンコ――
5　――三田文学五月号創作評――〈「果実・古い絵葉書」丸岡明／「妻と子と彼」栗原潔子／「病狼」杉山平介／「ミミイ・ネルの生涯に於ける一つの挿話」小松太郎／「畳屋騒動記」藤原誠一郎／「裁判の話」田中みね子〉〔完〕
6　〈前文／「天理教本部」騎西一夫・改造／「病狼」杉山平介・三田文学／地球座のシエイクスピア〉
7　※この標題本文には記入なし
8　〈1―4〉
9　〈戦前の巻／試合の巻／シングルスの日〉〔四月卅日夜記〕
10　オールダス・ハクスレ
11　〔了〕
12　〔一幕〕
13　雪と没落〈前文／I―V〉〔一九三一・一・五〕
14　〔六・四・十六日〕
15　〈三―六〉
16　〈VII―XIV〉〔次号完結〕
17　S／M／A・S
18　和木清三郎　※井汲清治歓迎三田同人遠足会のこと、その他

表紙・佐野繁次郎／カット・佐伯米子／発行日・六月一日／頁数・本文全一三五頁／定価・五十銭／編輯兼発行者・東京市芝区三田　慶應義塾内・西脇順三郎／編輯担当・和木清三郎／発行所・東京市芝区三田　慶應義塾内・三田文学会／発売所・東京市丸ノ内三丁目二番地　株式会社籾山書店／印刷者・東京市芝区愛宕町二丁目十四番地　植田庄助／印刷所・東京市芝区愛宕町二丁目十四番地　常盤印刷株式会社

■七月号　【193107】

貝殻追放――「安城家の兄弟」を読む―― 1　水上瀧太郎
ヴインズ先生の「ヨーフク」2　小川種次郎
ジヨイスの対象と方法　田村泰次郎
ルンペン階級の文学について 3　中野晴介
一八七〇年の先生 4　蜂谷敬
三田派の弁（社会時評）5　原実
六月の戯曲 6　岩崎良三
小説に於ける興味の問題（文芸時評）7　伊藤整
六月号の雑誌から 8　平松幹夫
創作
天才（小説）9　倉島竹二郎
家・一幕（戯曲）　宇野信男
地蔵尊・二場（戯曲）10　早川三代治
窓外明色・一幕（戯曲）　牛島栄二
病狼（戯曲・三）11　杉山平介
ムツシユウ・シヤルボオの消失―パ〔バ〕アカ 12　日野巌訳
家・午後・蚊（詩）13　熊沢喜久三
ローマン派の手帳（詩）14　津村信夫
郊外の子供達（小説）15　遠藤正輝
ミミイ・ネルの生涯に於ける
一つの挿話（中篇小説・完）16　小松太郎
消息
六号雑記 17
編輯後記 18
表紙　富沢有為男
カット　佐伯米子

目次註

1　〔昭和六年六月八日〕
2　〔終〕
3　〔五・十八〕
4　〔六・三〕
5　――社会時評――〈前文／ジヤーナリズム批判時代／官吏減俸反対運動の意義〉
6　――演劇時評――〈「病狼」杉山平介・三田文学／「父親」宇野信男・三田文学／「かどで」久保田万太郎・文藝春秋〉
7　――文芸時評――
8　――「改造」「中央公論」「文藝春秋」「三田文学」の諸作――〈月評とは？／作品に就いて〉〔三一・六・五〕
9　天才《ヂニアス》――変なボエーム達――〔一九三一・一〕
10　〔狂言・川上地蔵の改作〕
11　〈七・八〉〔未完〕
12　ムッシュウ・シャルボオの消失　ニユウヂエント・バアカ作／日野巌訳
13　〈家／午後／蚊〉
14　〈卵を買った晩／咳〉
15　〔六・六・二日〕
16　〈XV―XVIII〉
17　若い男／大人の男／チンピラ作家／黒い天使（※庄野誠一のこと。九月号参照）／J・B／A・B
18　和木清三郎

表紙・富沢有為男／カット・佐伯米子／発行日・七月一日／頁数・本文全一二八頁／定価・五十銭／編輯兼発行者・東京市芝区三田　慶應義塾内・西脇順三郎／編輯担当・和木清三郎／発行所・東京市芝区三田　慶應義塾内・三田文学会／発売所・東京市丸ノ内三丁目二番地　株式会社籾山書店／印刷者・東京市芝区愛宕町二丁目十四番地　植田庄助／印刷所・東京市芝区愛宕町二丁目十四番地　常磐印刷株式会社

■八月号　【193108】

夜の車　永井荷風
貝殻追放――元録〔禄〕屋敷――1　水上瀧太郎
批評家とヂレンマ（文芸時評）2　平松幹夫
反宗教運動の行方（社会時評）3　原実
七月の戯曲4　岩崎良三
七月号の作品から5　平松幹夫
革命的批評―カルヴアートン6　加藤信也訳
倉島竹二郎氏の作品7　白川四郎
作家と批評―ヘルマン・ヘツセ8　小松太郎訳
われら如何に戦ひしか9　腰本寿
シイズンを終りて10　本郷基幸
塾軍断じて弱からず11　和木清三郎
下宿屋―ジエイムス・ジヨイス　中村喜久夫訳
向ふ見ず（一幕）―リン・リグス12　菅原卓訳
創作五篇
池のほとり（中篇小説・上）13　倉島竹二郎
忘れられる村（小説）14　今井達夫
夫の横顔（戯曲）15　三宅悠紀子
海浜小景（戯曲）16　平峰満
病狼（戯曲・完）17　杉山平介
消息18
六号雑記19
編輯後記20
表紙　富沢有為男
カット　佐伯米子

目次註

1 〔昭和六年七月六日〕
2 ―文芸時評―〔三・七・五〕
3 ―社会時評―〔一九三一・七・五〕
4 〈「家」宇野信男・三田文学／「地蔵尊」早川三代治・三田文学／「窓外明色」牛島栄二・三田文学／「病狼」杉山平介・三田文学／「浅間山」岸田國士・改造／「トパアズ」を見て〉
5 七月号の作品〈「小妖精伝」佐藤春夫／「独房」小林多喜二／「地下の合唱」下村千秋／「ミミイ・ネルの生涯に於ける一つの挿話」小松太郎／「饗庭野」「天才」倉島竹二郎／「夜明け前」島崎藤村／「ズラかった信吉」中条百合子／「白い〇〔蛆〕と勇士」室生犀星・中央公論／「処女」室生犀星・週刊朝日〉※この項、「文芸時評」の後部に付す
6 革命的批評論　カルヴアートン作／加藤信也訳〔三一・五・訳〕※“ザレット四月号より”と付す
7 ―三田文学の「天才」について―
8 作家と批評家　ヘルマン・ヘッセ作／小松太郎訳
9 ―対早大戦の感想―〈シイズン前の予想／何故慶應は敗れたか／早慶二回戦の敗因／橋戸頑鉄氏の新聞評〉
10 〈アメリカから帰って／リーグ戦始まる！／先づ立教軍を退く／対明大第一回戦／対帝大戦の感想／対早大戦について〉
11 塾軍断じて弱からず！――漫然たる観戦記――〈宮武、山下のゐない塾チーム／慶明戦の前後／宿敵早大に破る／慶早戦の審判に対する疑義／伊達投手の意気／慶早法のあとに――〉
12 〔三一・六・二八〕※作者リン・リグスの略歴・業績などについて付す
13 〔次号完結〕
14 〈1―9〉
15 横顔の夫（一幕）
16 （一幕）
17 〈九―十一〉〔完〕
18 ※〈井汲清治帰朝歓迎会（七月一日夜「はつね」）報告／腰本、本郷両監督慰労会（三田文学同人主催、七月一日午後七時　於京橋大根河岸「初音」）の報告／三田文学遠足八月に延期のこと／その他〉
19 （平松）／（二十代の老人）／（J・B）／（A・B）
20 和木清三郎

表紙・富沢有為男／カット・佐伯米子／発行日・八月一日／頁数・本文全一三六頁／定価・五十銭／編輯兼発行者・東京市芝区三田　慶應義塾内・西脇順三郎／編輯担当・和木清三郎／発行所・東京市芝区三田　慶應義塾内・三田文学会／発売所・東京市丸ノ内三丁目二番地　株式会社籾山書店／印刷者・東京市芝区愛宕町二丁目十四番地　植田庄助／印刷所・東京市芝区愛宕町二丁目十四番地　常磐印刷株式会社

■九月号　【193109】

貝殻追放――食へない文学――1　水上瀧太郎
ロシヤを見よ（社会時評）2　原実
二三の問題（文芸時評）3　平松幹夫
水谷八重子と初夜権（演劇時評）4　八住利雄
ドリユ・ロシエルの近作5　太田咲太郎
平松氏に答へて6　庄野誠一
今井久雄死す7　諏訪三郎
今井久雄君のこと8　和木清三郎
誰も愛してくれない―ローランス9　日野巖訳
アラビイ―ジエームス・ヂヨイス10　浅尾早苗訳
創作
年齢の顔（小説）11　庄野誠一
よそえ（戯曲）12　宇野信夫
按摩その他（詩）13　塩川秀次郎
花束の行動（戯曲）14　牛島栄二
池のほとり（小説）　倉島竹二郎

旅行便り15 丸岡明／太田咲太郎
編輯後記16
表紙 富沢有為男
カット 佐伯米子

目次註

1 〔昭和六年八月五日〕
2 ロシアを視よ（カウツキーの所論に関連して）――社会時評――〔一九三一・七・三〇〕
3 二三の問題と八月号の作品に就いて――文芸時評――〈出版界一見／ジャーナリズムと作家生活の問題／八月号の作品――壁小説私見・「プロレタリアの星」その他〉〔八・一〕
4 演劇時評〈一、水谷八重子と初夜権／二、駱駝に乗った村瀬幸子／三、「吼えろ支那」の進展について〉
5 〔一九三一・七・二八〕
6 〔七月卅一日〕 ※前文に〝六〔七〕月号の六号欄に（黒い天使）の名で書いた二宮「雪と〔の〕没落」（六月号）についての僕の文章に関して、「三田の名誉」の名において非難した前号六号雑記の平松氏文に答えたもの……〟とある
7 〈一・二〉 ※今井久雄の遺影一葉を付す
8 〔八月十日〕
9 D・H・ロオランス作／日野巌訳
10 ジェームズ・ジョイス作／浅尾早苗訳
11 ――心の波と誤差について――〔廿四・七月作〕
12 〈一幕〉
13 按摩・その他〈按摩／悪夢／早蕨／立秋／枕燈〉
14 〈二幕〉〈一・二〉
15 〈樺太豊原にて 丸岡明〈樺太にて〉／白馬山頂にて 太田咲太郎〈白馬山頂小屋にて〉〉
16 〈和木生〉 ※今井久雄、アルゼンチンのブエノス・アイレスの旅舎で客死のこと、その他

表紙・富沢有為男／カット・佐伯米子／発行日・九月一日／頁数・本文全一二四頁／定価・五十銭／編輯兼発行者・東京市芝区三田 慶應義塾内・西脇順三郎／編輯担当・和木清三郎／発行所・東京市芝区三田 慶應義塾内・三田文学会／発売所・東京市丸ノ内三丁目二番地 株式会社籾山書店／印刷者・東京市芝区愛宕町二丁目十四番地 植田庄助／印刷所・東京市芝区愛宕町二丁目十四番地 常磐印刷株式会社

■十月号 【19310】

印象批評の一典型1 春山行夫
序論的ジャーナリズム論2 勝本英治
スクルーティナイズ3 蜂谷敬
常識の勝利（社会時評）4 原実
「盲目物語」その他（文芸時評）5 平松幹夫
書き送る書三つ（演劇時評）6 八住利雄
マルクス主義美学に於ける根本問題の討論7 ―ル・メルテン／ウィットフォーゲル 加藤信也訳
最近の感想――花柳章太郎に与ふ―― 大江良太郎
友達への手紙（絶筆） 今井久雄
今井久雄君を憶ふ8 平松幹夫
妙な子供―G'erard〔Gérard〕 d'Houvitte 9 中村喜久夫訳
創作
停年（小説）10 水上瀧太郎
展望（小説） 日野巌
二人の彼女（小説） 小川重夫
老俥夫と泥棒（戯曲） 細野多知子
男の値打（戯曲）11 鳥居与三
煙（中篇小説・一）12 矢ケ崎千春
消息13
編輯後記14
表紙 富沢有為男
カット 佐伯米子

目次註

1 ――小林秀雄氏の《文芸評論》――
2 〈1―3〉
3 〈I・II〉〔八・二八〕
4 常識の勝利？――社会時評――〔一九三一・九・五〕
5 〈殻を破れ！（庄野誠一君に）(1)／「九月号の作品」―「盲目物語」（中央公論）(2)／「車」(3)と「年齢の顔」(4)／語学に就て(5)〉 ※(1)前号の庄野誠一文「平松氏に答へて」に関連して ※(2)谷崎潤一郎 ※(3)木村庄三郎・文藝春秋 ※(4)庄野誠一・三田文学
6 ――演劇時評――〈一、伊藤熹朔に書き送る書／二、田村秋子に書き送る書／三、現在劇壇に書き送る書〉
7 ル・メルテン作／ウィットフォーゲル作／加藤信也訳〈まへがき／マルクス主義美学の一問題 ル・メルテン（"Die Linkskurve" Nr. 5, 1931 所載）／同志ル・メルテンへの答へ ウィットフォーゲル（"Die Links. Kurve" Nr. 6, 1931 所載）〉〔三一・七・一五訳〕〔了〕
8 〔三一・八・三〇―三一 横浜にて〕 ※文中に、昭和三年十一月（故人が、「眺海寺付近」を連載のころ）、大患に襲われた著者が受けた今井久雄の書簡を紹介「十五日 久雄 平松兄」
9 Gérard d'Houvitte 作／中村喜久夫〔一九二九・一二・一八〕 ※〝昨年の Revue des Deux mondes 二月上旬号に出ていたもの……〟と訳者付記にあり
10 〔昭和六年九月五日〕
11 〔昭・六・四〕 ※二幕
12 〈一―八〉〔つゞく〕
13 ※〈佐藤春夫編輯「古東多万」（ことたま）、九月に赤坂やぽんな書房より創刊／今井久雄訃報（六月十二日午前五時半）など〉
14 和木清三郎〔九月十八日〕 ※〝本号の校正について長尾雄君に御迷惑をかけました……〟と付す

表紙・富沢有為男／カット・佐伯米子／発行日・十月一日／頁数・本文全一四三頁／定価・五十銭／編輯兼発行者・東京市芝区三田 慶應義塾内・西脇順三郎／編輯担当・和木清三郎／発行所・東京市芝区三田 慶應義塾内・三田文学会／発売所・東京市丸ノ内三丁目二番地 株式会社籾山書店／印刷者・東京市芝区愛宕町二丁目十四番地 渡辺丑之助／印刷所・

東京市芝区愛宕町二丁目十四番地　常磐印刷株式会社

■**十一月号**　【19311】

貝殻追放——父となる記——1　水上瀧太郎
「光明の世界」は存在するであらうか2　日野巖
文壇と文学3　平松幹夫
江戸期作家の確執4　塚本楢良
十月の作品（文芸時評）5　太田咲太郎
満洲事件に即して（社会時評）6　原実
近頃見た映画（映画時評）7　加茂梟二
「新東京」の解散について（演劇時評）8　八住利雄
秋期慶早庭球試合記　樋口佳雄
創作
時（小説）9　浅尾早苗
侵入者（戯曲）10　二宮孝顕
不幸（小説）11　今川英一
無頼の街（小説）12　小川重夫
仲間っぱづれ（戯曲・グリーン）13　菅原卓訳
煙（中篇小説・二）14　矢崎千春
消息15
六号雑記16
編輯後記17
表紙　富沢有為男
カット　佐伯米子

目次註

1　〔昭和六年十月四日〕
2　——オールダス・ハクスレの処女戯曲——　※「追記」あり
3　〔三一・一〇・七〕
4　〈一、京伝と馬琴の確執／二、馬琴と節亭〔亨〕琴驢と式亭三馬〉〔終〕
5　文芸時評——十月の作品——〈「転換時代」(1)と「祈禱」(2)／「つゆのあとさき」(3)／「年」(4)と「展望」(5)三田文学の作品／「化粧した交際法」(6)其他〉※(1)藤森成吉・改造　(2)窪川いね子・中央公論　(3)永井荷風・中央公論　(4)水上瀧太郎・「停年」のあやまり　(5)日野巖　(6)室生犀星・改造
6　満洲事件に即して——社会時評——〔一九三一・一〇・七〕
7　映画月評〈A・B〉　※付記あり
8　「新東京」の解散について——演劇時評——
9　〈1—23〉
10　〈Ⅰ—Ⅲ〉〔一九三一・八〕
11　〈一—六〉
12　〈1—4〉
13　〔一幕喜劇〕ポール・グリーン作／菅原卓訳　※作者ポール・グリーンの紹介を付す
14　〈九—十六〉
15　※〈馬場孤蝶「父子の会」開催のこと／佐野繁次郎　二科会に入選・樗牛賞受賞のこと／その他〉
16　※〈C〉他執筆
17　和木清三郎　※校正のこと、前号に同じ

表紙・富沢有為男／カット・佐伯米子／発行日・十一月一日／頁数・本文全一四三頁／定価・五十銭／編輯兼発行者・東京市芝区三田　慶應義塾内・西脇順三郎／編輯担当・和木清三郎／発行所・東京市芝区三田　慶應義塾内・三田文学会／発売所・東京市丸ノ内三丁目二番地　株式会社籾山書店／印刷者・東京市芝区愛宕町二丁目十四番地　渡辺丑之助／印刷所・東京市芝区愛宕町二丁目十四番地　常磐印刷株式会社

■**十二月号**　【19312】

貝殻追放——続父となる記——1　水上瀧太郎
合理主義2　西脇順三郎
文学理論と作品価値の問題3　春山行夫
十字路に立てるアメリカ文学（カルヴアトンに拠る）4　中川龍一
人格と心の不連続性—ハツクスリ5　中村喜久夫訳
十一月の作品（文芸時評）6　太田咲太郎
国家社会主義とは（社会時評）7　原実
映画批評家の才能・その他（映画時評）8　加茂梟二
ソヴエート劇団最近の問題（演劇時評）9　八住利雄
偏奇館の荷風先生10　日高基裕
エリィ・フォール氏講演雑記　高橋広江
クレオパトラとエリザベスとボイル　日野巖
十一月同人雑誌展望11　今井達夫
もの皆凋落の秋（フアンの覚書）12　和木清三郎
創作
幻覚のホテル（小説）13　今井達夫
Pあば《(ぱ)》あと抄（小説）14　高岩肇
都市よ、汝は？（詩）15　塩川秀次郎
私の食卓から（詩）16　津村信夫
あらし（戯曲）17　田中峰子
煙（中篇小説・完）18　矢ヶ崎千春
新刊紹介19
消息20
編輯後記21
表紙　富沢有為男
カット　佐伯米子

目次註

1　——続父となる記——〔昭和六年十一月五日稿了〕　※次号に誤植訂正あり
2　※Wachsmuth の Kritik der mechanisierten Weltbildes より独逸文引用のこと付記
3　——「芸術的価値」としての「社会的価値」についてのノート——〈1—5〉
4　——V・F・カルヴアトンに拠る——〔一九三一・一〇・二九〕　※V・F・カルヴアトンとその近著『十字路に立て

るアメリカ文学』について付記あり

5　オルドウス・ハツクスリ作　〈資料／ワアーズワースと自然／比喩／不連続性／心的不連続／人格の枠組／プルスト／枠組の性質／近代の枠組〉

6　文芸時評――十一月の作品――　〈「清貧の書」林芙美子・改造／「オフエリア遺文」小林秀雄・改造／「春婦」横光利一・改造／「花花」横光利一・婦人の友／「女客一週間」豊島与志雄・中央公論／「ゴルフ」中河与一・新潮／「時」浅尾早苗「無頼の街」小川重夫「侵入者」二宮孝顕／「不幸」今川英一・三田文学〉

7　――社会時評――　〔一九三一・十一・八〕

8　――映画時評――　※〈前文／『アメリカの悲劇』／『カラマゾフの兄弟』〉

9　――演劇時評――　〈前文／A　演劇の「小さい形式」について／B「戦争演劇」について／C「国際労働劇場同盟」第二回大会について〉

10　――「つゆのあとさき」のことなど――　〔十一月一日〕

11　〈「大野心」を切望す／題材欠乏に就て／北川恵礎子氏の作品―「童貞さん」近代生活／芹沢光治良氏の作品―「赤坊をつれて」近代生活／柳場博二氏の作品―「僕・でる・です・でむ・でん」現実・文学／近藤一郎氏の作品―「恋と貨幣」新科学的／豊田二郎氏の作品―「肌の幻想」制作／阿部知二氏の感想―「苦痛と文学」近代生活〉

12　――ファンとしての「ママ」観た塾軍の不振――

13　〈1―5〉

14　Pあぱあと・抄　〈1―5〉

15　〈都市よ、汝は？／投機〉

16　〈私の食卓から／市街／夕方私は途方に暮れた〉

17　〈一―三〉〔了〕〔一九三一・一〇・六〕

18　〈十七―二十三〉　矢崎千春〔終〕　※この処女作発表に際し、〝島崎藤村、水上瀧太郎両先生、四海多実三氏に何かと御厄介になり……〟と付記する

19　〈『港』戯曲集・楳本捨三・尖端社／『田園都市』長篇小説・黒田馬三・春陽堂／『突風』短篇小説集・柴山武矩・新高堂書店〉

20　〈※腰本、本郷両監督慰労会（三田文学有志が十一月十七日午後六時、京橋大根河岸「はつね」で開催）の報告／「三田文学野球チーム」の活躍開始／その他〉

21　和木清三郎

＊　※永井荷風著『つゆのあとさき』（中央公論社）の広告中、谷崎潤一郎による「永井荷風氏の近業について」（改造十一月号）の文、紹介あり

表紙・富沢有為男／カット・佐伯米子／発行日・十二月一日／頁数・本文全一四八頁／定価・五十銭／編輯兼発行者・東京市芝区三田　慶應義塾内・西脇順三郎／編輯担当・和木清三郎／発行所・東京市芝区三田　慶應義塾内・三田文学会／発売所・東京市丸ノ内三丁目二番地　株式会社籾山書店／印刷者・東京市芝区愛宕町二丁目十四番地　渡辺丑之助／印刷所・東京市芝区愛宕町二丁目十四番地　常磐印刷株式会社

一九三二年（昭和七年）

■一月号（新年号）　【193201】

子を殺した話（バルザック遺聞）1　小島政二郎
作家的態度について（木村庄三郎君に）2　原実
プレハーノフの芸術理論の批判3　ヴエ・エム・フリーチエ〔フリノーチエ〕　加藤信也訳
文芸時評4　瀬沼茂樹
演劇時評5　八住利雄
十二月同人雑誌展望6　今井達夫
井伏鱒二の余白に7　太田咲太郎
林芙美子論8　伊藤進一
舟橋聖一小論　今川英一
釣師の面々9　日高基裕
ラグビーも亦凋落の秋　岡本隆
競争の後―ジエイムス〔ズ〕・ジヨイス10　中村喜久夫訳
最初の血―ハーバート・リード11　夏岡稠訳
創作
洋服（小説）12　勝本英治
言葉の地下茎（小説）13　庄野誠一
愛憎（小説）14　美川きよ
お兼の上京（小説）　日野巌
下層俳優（戯曲）15　二宮孝顕
ポーカと臍の緒（小説）16　倉島竹二郎
都塵（長篇小説・一）17　水上瀧太郎
消息18
寄贈雑誌について19
「前金切」について20
編輯後記21

表紙　太田三郎
カット　佐伯米子

目次註

1 ――バルザック遺聞――　〔つゞく〕
2 ――木村庄三郎君に――
3 ヴエ・エム・フリノーチエ作／加藤信也訳　〈一・二〉〔了〕
4 〈一、ブルヂヨア文学の再転向／二、問題小説の問題／三、心理小説・其の他〉
5 ――先づその人的要素から――　〈前書／（その一）大谷竹次郎氏／（その二）尾上菊五郎氏／（その三）市川左団次氏／（その四）水谷八重子氏／（その五）花柳章太郎氏／（その六）汐見洋氏／（その七）友田恭助氏／（その八）土方与志氏／（その九）一括的に劇作家諸氏〉
6 〈共通性――或ひは流行性／もうひとつの共通性／今日出海氏の作品／大鹿卓氏の作品／榊山潤氏の作品／古木鉄太郎氏の作品／小泉恒氏の作品／城逸兵氏の作品／吉行エイスケ氏の評論〉
7 〈1―5〉
8 ――主として作品に就いて――
9 〈一―六〉
10 ジエイムズ・ジヨイス作／中村喜久夫訳
11 ハーバート・リード作／夏岡稠訳
12 〈1―8〉〔三〇・十二・二〕
13 〔三一―二四・一二月作〕
14 〈一―五〉
15 〈I―IV〉〔一九三一・十一〕
16 〔完〕　※前文に芭蕉の句引用「古さとや臍の緒になく年の暮れ」
17 〔つゞく〕
18 ※「三田文学野球軍」の試合のことなど
19 ※送付先について
20 ※購読料払込の件について
21 和木清三郎
＊ 前号訂正　※〝先号（十二月号）水上瀧太郎氏の「貝殻追放」中に「めづらしく生れし若竹二葉より」とあるのは、「めづらしく生《おひ》し若竹二葉より世にすぐれたるふしも見えけり」の誤り〟とある
＊ ※新刊紹介あり『慶應庭球三十年』慶應義塾体育会庭球部発行

表紙・太田三郎／カット・佐伯米子／発行日・一月一日／頁数・本文全一三七頁／定価・五十銭／編輯兼発行者・東京市芝区三田　慶應義塾内・西脇順三郎／編輯担当・和木清三郎／発行所・東京市芝区三田　慶應義塾内・三田文学会／発売所・東京市丸ノ内三丁目二番地　株式会社籾山書店／印刷者・東京市芝区愛宕町二丁目十四番地　渡辺丑之助／印刷所・東京市芝区愛宕町二丁目十四番地　常磐印刷株式会社

■二月号　【193202】

檳榔子を食ふ者　西脇順三郎
小市民文学の破産（所謂新興芸術派の分裂）1　平松幹夫
唯物弁証法的芸術方法の詭弁 2　多木祥造
文芸時評（新興芸術派の「分裂」）3　瀬沼茂樹
演劇時評（新築地とメイエルホリド）4　八住利雄
新年号同人雑誌展望 5　今井達夫
文芸案内（評論的文芸の為めに弁ず）6　井汲清治
ペンの美学 7　春山行夫
福沢先生伝の編纂成る　富田正文
薺垣居随筆　法門平十郎
ダンスマニア　遠藤正輝
更生した塾のラグビー 8　岡本隆
花々の垢面（詩）9　林蓉一郎
オスローから（詩）　吉原重雄
余白（詩）10　村野四郎
水のほとり（詩）　壺田花子
今月読んだもの 11　小島政二郎
創作
北方へ（小説）12　丸岡明
間違つて記された地図（小説）　那須辰造
七面鳥騒動（A Radio Farce）13　中川龍一
参円五拾銭儲けた話（小説）　加藤四朗
お兼の乱心（小説）14　日野巌
都塵（長篇小説・二）15　水上瀧太郎
編輯後記 16
表紙　太田三郎
カット　佐伯米子

目次註

1 ――所謂新興芸術派の分裂――　〔三二・一・十二〕
2 〈1―4〉※付記あり
3 〈一、新興芸術派の『分裂』／二、一月の諸作品から――高田保『馬鹿』（中央公論）・正宗白鳥『悦しがらせる』（中央公論）と里見弴『影』（文藝春秋）・横光利一『舞踏場』（中央公論）『馬車』（改造）・堀辰雄『燃ゆる頬』（文藝春秋）・梶井基次郎『のんきな患者』（中央公論）・伊藤整『生物祭』（新文芸時代）・倉島竹二郎『ポーカと臍の緒』（三田文学）〉
4 ――新築地とメイエルホリド――　〈一、新築地を見る／二、メイエルホリドの再批判〉
5 〈ひとつの苦言／雅川滉氏の作品「裸体体操」（近代生活）／鈴木徳治氏の作品「蜂飼ふ男」（新早稲田文学）／村松ちゑ子氏の作品「傑れた一翼」（今日の文学）／今野恵司氏の作品「高原」（貿易風）／井上友一郎氏の作品「分水嶺」（新科学的）／矢田津世子氏の作品「一隅」（火の鳥）／蔵原伸二郎氏の作品「大鴉」（雄雞〔鶏〕）／中谷孝雄氏の作品「雑草」（雄雞〔鶏〕）／近代文学終刊号／その他の作品〉
6 ――評論的文芸の為めに弁ず――　※〝「広告」―〟として文芸批評に関する付記あり
7 ――阪本越郎氏著「雲の衣裳」について――
8 ――関西の諸豪を迎へて――
9 ――あるひは冬園の銘文――
10 〈余白／金巾の襞／秋の Romance〉
11 〈志賀直哉全集（大判）改造社発行／国史人物論集（天野正治編）有文書院発行／スチヴンスン「驢馬騎行」（沢村寅

二郎・酒井真孝註訳）外国語研究社発行／彼女の履歴（林芙美子）改造社発行／関ケ原（直木三十五）早稲田大学出版部発行／追ひつめられた男（フランシス・カルコ　内藤濯訳）白水社発行／軽気球虚報（エドガード・アラン・ポオ　佐々木直次郎訳）第一書房発行／文芸評論（小林秀雄）白水社発行〉※〝前号翻訳の続きの代り〟と前書を付す

12　〈敷香《しすか》まで／A旅館の主人／海豹島〉

13　――A Radio Farce――〔一九三二・一・二四〕

14　※「お兼の上京」の続篇と文末にあり

15　〔つゞく〕

16　和木清三郎

＊「三田文学」新年号目次

表紙・太田三郎／カット・佐伯米子／発行日・二月一日／頁数・本文全一三八頁／定価・五十銭／編輯兼発行者・東京市芝区三田　慶應義塾内・西脇順三郎／編輯担当・和木清三郎／発行所・東京市芝区三田　慶應義塾内・三田文学会／発売所・東京市丸ノ内三丁目二番地　株式会社籾山書店／印刷者・東京市芝区愛宕町二丁目十四番地　渡辺丑之助／印刷所・東京市芝区愛宕町二丁目十四番地　常磐印刷株式会社

■三月号 【193203】

女を殺した話（バルザック遺聞）1　小島政二郎
新文学と「ユリシイズ」　春山行夫
「生業」としての現在の
プロレタリア文学に就いての感想2　多木祥造
夜間飛行（フエミナ賞の作品）3　太田咲太郎
フランシス・カルコについて　中村喜久夫
古典主義者の論争　亀井常蔵
農民文学の新機軸4　中野晴介
新劇が又、動きはじめた5　八住利雄
現代英国演劇消息6　菅原卓
ソヴエト劇壇の動向7　湯浅輝夫
宇野8　岩田豊雄
時局漫想　杉山平助
ごをるでん・ばつと9　原実
二月号同人雑誌展望10　今井達夫
六号雑記
文芸案内11　井汲清治
（一たい何処の国の何時の文芸を論じてゐるのか）
創作
都塵（長篇小説・三）12　水上瀧太郎
砂金（小説）13　龍胆寺雄
スケッチ（小説）　美川きよ
残されて行くお兼（小説）14　日野巌
模様（小説）　今川英一
神主が首を縊つた話（小説）15　大江賢次
消息16
新刊紹介17
編輯後記18
表紙　太田三郎
カット　佐伯米子

目次註

1　――バルザック遺聞――（本誌一月号のつづき）

2　『生業』としての現在のプロレタリア文学に就いての感想
※前書を付す

3　『夜間飛行』――フエミナ賞の作品――

4　〔完〕〔一九三二・一・二〇〕

5　新劇が又、動きはじめた――〈一、友田恭助の「築地座」／二、伊藤兄弟の「演劇集団」／三、明治座を見る〉

6　現代英国演劇消息《ロング・リヴ・ゼ・キング》

7　※最後に、同年一月上旬の左記モスクワ主要劇場の各プログラムを付す〈ボルシヨイ劇場／小劇場／第一芸術座／第二芸術座／カーメルヌイ劇場／ワフタンゴフ劇場／ユダヤ場劇〔劇場〕〉

8　――おくれ馳せの追悼――

9　――随感随筆――〈1、私と文芸／2、文芸時評といふこと／3、南無唯物弁証法／4、言葉の魔術／5、売文／6、一つの作品傾向／7、芸術は一つの大きな自己陶酔である〉

10　〈前がき／模倣の退屈／雄鶏について／福田清人の作品「河童の巣」（新科学的）／久永純一郎の作品「ロマンチックよ！鰐に乗って」（ロマン）／仁科秀介の作品「蟹」（トランシジヨン）／城逸兵の作品「丘陵」（トランシジヨン）／辻村もと子の作品「海峡」（火の鳥）／緒方嶋の作品「半座記」（今日の文学）／杉田千代乃の作品「ボクサーの胸」（今日の文学）／最後に〉

11　――一たい何処の国の何時の文芸を論じてゐるのか――

12　〔つゞく〕

13　――一九二八年秋の日記から――〈天幕／砂金／明日は〉

14　※〝「お兼の乱心」の続篇〟と文末にある

15　※〈1―7〉

16　※〈「故宇野四郎氏一周忌追悼会」（二月十五日午後六時於日本橋浜町「浜の家」の報告／『福沢諭吉伝』全四巻（富田正文編輯）完成のこと／その他〉

17　〈小説（一九三一年版）―「詩と詩論」別冊（菊版）麹町区下六番町四八・厚生閣書店発行／困った人達（長篇小説）―佐佐木茂索著（箱入四六大版）神田区駿河台下・白水社発行〉

18　和木清三郎

＊「三田文学」二月号目次

＊※新刊図書の紹介あり〈佐佐木茂索著『困った人達』（白水社）〉

表紙・太田三郎／カット・佐伯米子／発行日・三月一日／頁数・本文全一三五頁／定価・五十銭／編輯兼発行者・東京市芝区三田　慶應義塾内・西脇順三郎／編輯担当・和木清三郎／発行所・東京市芝区三田　慶應義塾内・三田文学会／発売所・東京市丸ノ内三丁目二番地　株式会社籾山書店／印刷者・東京市芝区愛宕町二丁目十四番地　渡辺丑之助／印刷所・東京市芝区愛宕町二丁目十四番地　常磐印刷株式会社

■**四月号** 【193204】

文学と理智の問題1 西脇順三郎
ノイエ・ザハリヒカイト文学に於ける「事物の内面性」 小林武七
最近ソヴエート芸術の動向2 加藤信也
芸術の社会的及び個人的意義3 中野晴介
文芸時評4 多木祥造
演劇時評5 西村晋一
築地座の「冬」を見て6 小林徳二郎
近頃の感想（とりとめのないこと）7 和木清三郎
三月号同人雑誌展望8 今井達夫
三田文学9
早春10 南部修太郎
蟹の如く（詩）11 塩川秀次郎
氷中の魚（詩）12 壺田花子
創作
都塵（長篇小説・四）13 水上瀧太郎
夫婦図（小説）14 荒木たま
寂しき世界（小説）15 日野巌
破調（小説）16 小川重夫
溢れ蚊（戯曲）17 宇野信夫
鳥〔烏〕賊（小説）18 今井達夫
消息19
編輯後記20
表紙 太田三郎
カット 佐伯米子

目次註

1 ――輪のある世界――
2 〈一、「労働者―ウダールニックの文壇への召集」に就いて／二、「ロシア・プロレタリア作家同盟演劇会議に於ける報告」に就いて〉 ※昨年ロシア・プロレタリア作家同盟の演劇会議に於いてエス・デイナーモフのなした報告『ソヴエート戯曲の新しき段階』の抜萃紹介〈A 同伴者戯曲／B プロレタリア戯曲〉 ※〝本稿の執筆にあたり杉本氏の訳筆に負ふところが多かった〟と付記あり
3 〔完〕
4 ――之は一定の作品の作品評ではない―― 〔三・七・午前四時〕
5 ――「西郷隆盛の首」「加賀鳶」「桂子の場合」「人形師」――
6 築地座の『冬』を見て
7 ――とりとめのないこと―― 〔終〕
8 〈数についての疑問／森本忠氏の作品「地獄ニュース」（新文芸時代）／衣巻省三氏の作品「症状」（新文芸時代）／榊山潤氏の作品「小品集」（新科学的文芸）／荒木精之氏の作品―「佐野氏の登場」（新創作時代）／一条迷洋氏の作品「沼の族」（新創作時代）／井上友一郎氏の作品「爛酔」（今日の文学）／吾妻隆雄氏の作品「姉妹」（貿易風）／池上信一氏の作品「航空喪」（貿易風）／田中芳郎氏の作品「化粧」（貿易風）／豊田三郎氏の作品「鳩と魚の絵」（制作）／柳場博二氏の作品「河」（現実・文学）／石田〔川〕達三氏の作品「聖愛」（新早稲田文学）／有馬雄二氏の作品「靄」（架空線）／戸村奥三氏の作品「溝」（文学交流）／農民文学創刊号―中野晴介の小説〉
9 ※雑記
10 〔随想〕〔昭七・三・十三―十六〕
11 〈蟹の如く／サラリマン・ソング〉
12 〈氷中の魚／母懐〉
13 〔つゞく〕
14 〈一―六〉
15 〔終篇〕 ※文末に〝「お兼の上京」―「お兼の乱心」―「残されて行くお兼」―「寂しき世界」大尾〟とある
16 〈1―5〉
17 〔一幕〕
18 烏賊 〈1―7〉
19 ※〈『川合教授記念論文集』（丸善）の刊行と、同教授立体写真像の制作（資生堂）／菅原卓による演劇同人誌「劇作」白水社より創刊（三月）／「三田文学五月号」復活七周年記念の創作特別号のこと／その他〉
20 和木清三郎
＊ 「三田文学」三月号目次
＊ ※新刊図書の紹介あり 〈石河幹明著『福沢諭吉伝』（全四巻）岩波書店発行〉

表紙・太田三郎／カット・佐伯米子／発行日・四月一日／頁数・本文全一三三頁／定価・五十銭／編輯兼発行者・東京市芝区三田 慶應義塾内・西脇順三郎／編輯担当・和木清三郎／発行所・東京市芝区三田 慶應義塾内・三田文学会／発売所・東京市丸ノ内三丁目二番地 株式会社籾山書店／印刷者・東京市芝区愛宕町二丁目十四番地 渡辺丑之助／印刷所・東京市芝区愛宕町二丁目十四番地 常磐印刷株式会社

■**五月号（春季創作特別号）** 【193205】

都塵（長篇小説）1 水上瀧太郎
叔父父（小説）2 倉島竹二郎
煙草密耕作（小説）3 大江賢次
ある休息（小説） 日野巌
よろこび（小説）4 長尾雄
青ぢやけつの踊子（小説）5 今井達夫
一つの標本（小説）6 二宮孝顕
波と風と魚と（小説）7 丸岡明
肥つた紳士（小説）8 庄野誠一
恐ろしき幸福（小説・二百枚完載）9 美川きよ
編輯後記10
表紙 豊藤勇

目次註

1 〔つゞく〕
2 〔完〕

3 〈1―6〉
4 〈一―四〉〔三二・四・八〕
5 〈1―3〉
6 〔一九三二・四〕
7 〈1―4〉〔三二・四・八〕
8 〔三二・四・一〇〕
9 〈一―二十二〉〔をはり〕 ※連作に関しての「付記」あり
10 和木清三郎
＊ 消息 ※〈日野巌『薬学四千年史』（翻訳・厚生閣）、水上瀧太郎『第五貝殻追放』（文藝春秋出版部）の刊行予告／金行勲が時事新報社静岡支局詰のこと／その他〉

表紙・豊藤勇／発行日・五月一日／頁数・本文全一八四頁／定価・五十銭／編輯兼発行者・東京市芝区三田 慶應義塾内・西脇順三郎／編輯担当・和木清三郎／発行所・東京市芝区三田 慶應義塾内・三田文学会／発売所・東京市丸ノ内三丁目二番地 株式会社籾山書店／印刷者・東京市芝区愛宕町二丁目十四番地 渡辺丑之助／印刷所・東京市芝区愛宕町二丁目十四番地 常磐印刷株式会社

■六月号 【193206】

創作
都塵（長篇小説・六）1 水上瀧太郎
わすれた音楽（小説・八十枚）2 庄野誠一
わるいハナ子（小説）3 今川英一
雪の熊ケ沢高原（小説）4 藤原誠一郎
周囲（戯曲）5 三宅悠紀子
文学的内容の分類6 遠藤正輝
戦争・ファツシヨ・文学7 芳賀融
ファシズムと藤村の「夜明け前」8 原実
荷風氏の倫理観9 日高基裕
日本橋（詩）10 熊沢喜久夫〔三〕
樹木交歓（詩） 林蓉一郎
文芸時評11 太田咲太郎
演劇時評 西村晋一
五月号同人雑誌展望12 今井達夫
隣人 井伏鱒二
シャルドンヌとエルバアル 高橋広江
忘れられた言葉13 矢崎弾
絵画の思想14 加藤信也
競馬の話 岡本隆
消息15
編輯後記16
表紙 豊藤勇
カット 佐伯米子

目次註

1 〔つゞく〕
2 〈Ⅰ―Ⅲ〉〔一九三二・三・七〕
3 〈1―3〉
4 〔昭和六年二月二十六日〕
5 （五幕）〈第一幕―第三幕〉〔以下次号〕
6 ――夏目漱石「文学論」ノオト―― 〈第一章 文学的内容の形式／第二章 文学的内容の基本成分／第三章 文学的内容の分類及び其価値的等級〉 ※〝昭和三年版漱石全集第十一巻に依る〟と付す
7 戦争・ファッショ・文学――新しい文学の擡頭に関して―― 〈(一)―(三)〉
8 〔一九三二・五・五〕
9 ――正宗氏の荷風論を読んで―― 〈一―四〉
10 熊沢喜久二〔三〕 〈日本橋／早い春〉
11 ――三田文学の作品―― 〔一九三二・五・一〇〕
12 〈批評の対象／誤謬を正す／新科学的文芸―「榎の悲劇」中島直人・「森にかこまれた家」堀寿子・「愛情」北原武夫・「盲いた愛情」雨宮力／文化学院派―「回想記」小宮隆治・「雪の夜の女達」永易道政・「鎖を索く男」菊池毅一・「綺麗な手と妹と」崎山陵二・「戦争へ行く菅原又七」橋本久雄／午前午後―「乭齢」若杉北六・「賭けごと」中川忠彦・「牧歌」本山茂也・「ナルシスと扇」堀寿子・「にやつくの控帳」松島雄一郎・「武田」高木一郎・「背徳の芽」合田孜・「アトリヱ日記」杉田千代乃・「僕の作文」伊沢紀・「蜜蜂」北川恵礎子・「道化」桑原静而・「十六の日」戸川エマ／貿易風―「解纜まで」池上信一・「Q撮影所」押川秀夫・「弟の上京」松原敏夫・「小品二篇」（還俗・的）和田伸美・「深夜」松村泰太／現実文学―「新しきマリア」野口冨士男・「独楽」柳場博二／今日の文学―「虹に向ふ馬車」和田茂・「無律の挽歌」若杉恵・「青葉」北園克衛・「軽気球考」三浦隆越・「磁力」遠藤正輝／文学集団―「旅愁」佐々木千之・「悪戯」各務弘世・「帰路」阿部博・「ポリになった晋介」渡辺澪・「草津へ」佐藤円・「星」大雲耽雄／小説文学―「恋慕ながし」後藤亮・「平島風景」和村元郎・「ピルテピタ」須田昇・「紅を灼く」森島春男・「赤い恐怖」蒔田廉／変光星―「味覚の表情」長浜誠三・「撮影所挿話」永山三郎・「舗道」下村清・「夜―」古域栂平／新興三田―「肺臓の思想」井村清三・「汚点」南川潤・「或る幻覚」時岡茂秀・「一隅」塩川政一／新文学派―「村のマック・ジヨンソン」中井正文・「サラリイ・マン」兵頭平太郎・「癒合記」石河和／制作―「田園の少女」豊田三郎・「挿話」木暮亮・「春の一聯」井上弘介・「二つのプレリユウド」高木卓／がらつぱ―「悪夢」筒井俊一・「浅春」陶山亮一・「アヴアンチユール」今井良三郎・「五年の記録」満田隆／作品街―「山雲雀」岡田昜・「行路者」額田英策・「蒼白き感傷」原誠・「終る秋」蘆沢整・「割れた眼鏡を掛けた男」明石三郎／美川きよ氏の作品―前月号本誌所載「恐ろしき幸福」〉
13 〈冷淡なる批評の横行／批評家の裸身／批評心理への反省／批評相違の根拠／魂を忘れた人達／個性の価値〉
14 ――第二回独立美術展評をかねて―― 〈1―3〉〔三二・三・二八〕
15 ※〈丸岡明が雑誌「謡曲界」を発行／その他〉
16 和木清三郎 ※〈先号の反響／〝来月から勝本英治、二宮孝顕が編輯の手助けに加わる〟こと／その他〉
＊ ※佐藤春夫編輯の文学的文学雑誌『古東多万《ことたま》』（やぽんな書房）の広告中、編輯責任者佐藤春夫の「編輯者の言葉」を紹介

＊春季創作特別（五月）号内容
表紙・豊藤勇／カット・佐伯米子／発行日・六月一日／頁数・本文全一四〇頁／定価・五十銭／編輯兼発行者・東京市芝区三田　慶應義塾内・西脇順三郎／編輯担当・和木清三郎／発行所・東京市芝区三田　慶應義塾内・三田文学会／発売所・東京市丸ノ内三丁目二番地　株式会社籾山書店／印刷者・東京市芝区愛宕町二丁目十四番地　渡辺丑之助／印刷所・東京市芝区愛宕町二丁目十四番地　常磐印刷株式会社

■七月号　【193207】

創作
都塵（長篇小説・七）1　水上瀧太郎
青春の天国（小説）2　日野巌
周囲（戯曲）3　三宅悠紀子
軽卒―デラフキールド4　浅尾早苗訳
少女とヂン（詩）　吉原重雄
悪徳への道（小説）5　今川英一
墓地へ行く道（小説）6　一戸務
ウイリアム・フオークナア7　春山行夫
英国最近一般文学8　ビータ・ケネル　夏岡稠訳
ヘルンの性格とヘルンの伝記作者　小川種次郎
自己への沈潜9　矢崎弾
海外文壇消息
フランス10　三田山治
イギリス11　小川種次郎
ソヴエート・ロシア12　加藤信也
ドイツ13　小松太郎
ドイツ14　加藤元彦
劇場、劇作家、戯曲15　菅原卓
劇壇消息16　雑草生
今月の各座17　西村晋一
新劇座の収獲18　小林徳二郎
新劇座と築地座19　大江良太郎
酔抄記20　尾崎士郎
あくたれ口　杉山平助
六月号同人雑誌展望21　今井達夫
消息
編輯後記22
表紙　豊藤勇
カット　佐伯米子

目次註

1 〔つゞく〕
2 〈第一日／第二日／第三日／第四日〉※前書、後書を付す
3 〈五幕〉〈第四幕／第五幕〉
4 E・M・デラフキールド作／浅尾早苗訳〔完〕※〝女は大概そんなもの〟Women are like that より〟とある。デラフキールドの紹介を付す
5 〈一―九〉
6 〔三二・六・七〕
7 〈1―4〉
8 ※〝Life and Letters. Vol. VIII No.44〟とあり。ケネルの紹介を付す
9 〔1932.6.7〕
10〜14 ※一〇二頁に「海外文壇消息」と見出しあり
10 〔「エヌ・エル・エフ」から〕
12 ソヴエート　ロシヤ〈一、ピリニヤクの事など／二、ゲーテ百年祭に就いて〉（加藤信也、七・五・二六）
13・14 ドイツ　小松太郎／加藤元彦
15・16 海外劇壇消息――劇場・劇作家・戯曲――　菅原卓／雑草生
17 〈昼夜二部興行／見たいものは二つ／刺青奇偶／鏡獅子／お名残二筋道／紅皿欠皿〉
18 〈一―四〉
19 〈新劇座のこと／ストリートンシーン所感〉
20 〔六月二日〕
21 〈同人雑誌の存在理由／但し書／新文芸時代―「ポオの家」衣巻省三・「彼女のゐる都市」森本忠・「日輪日記」河原直一郎・「風はユーカリ樹に」上林暁／新科学的文芸―「鉄橋の別れ」上林暁・「パレスタイン鈔」岩下明男・「白鳥の化粧室」旗窓一郎／今日の文学―「光る埋葬」田村泰次郎・「悪い夜」後藤亮・「焦燥」富士武・「贋旅行」沖和一・「愛章」北原武夫・「肉体の記録」佐藤寅雄／雄雞〔鶏〕―「一週間」緒方巖・「花見」川崎長太郎・「小鳥の話」那須辰造・「底」寺崎浩・「敵意」藤岡洋一／新創作時代―「魍魎の主」多加野三郎・「沢村田之助」一条迷洋・「裟婆幽霊」丸井栄雄・「シベリヤまで」中岡宏夫・「肋の牧神」梶新治郎／文芸意匠―「現在につゞく回想」新居世史子・「雨ひかる夜」沢野久雄・「岐路」田中芳麿・「ガロウズ酒場」阿部武・「ルーム挿話」磯野徳夫／文芸衣裳―「月影の道」蒔柊一郎・「愛情」中山清三郎・「楡のパイプを口にして」阿尼田譲二／現実・文学―「ミシンを踏む」谷洌子・「妹の都会」野口富〔冨〕士男・「市之助さんの微笑」阿賀利善三・「喪失」山口年臣・「山狭村」柳場博二／新早稲田文学―「星座の顔」秋葉和夫・「黙闘」中村梧一郎・「石婦」石川達三／新興三田―「相対性原理」時岡茂秀・「鼻」塩川政一・「経験を持つ風景」井村清三／コギト―「問答師の憂欝」保田與重郎・「雨あがり」松田明・「高架線の記憶」三崎皎／ロマン―「風になった朝」太田千鶴夫・「滝の模様」田村泰次郎・「文学祭」荒木精之・「通信」榊山潤・「褐色」三浦隆蔵・「犬」丸岡明／貿易風―「挿話のある家」押川秀夫・「のぶや」松原敏夫・「経雄の場合」藤井正美・「約束」坂本義男・「ぶらんこの実験」石川利光・「渡鳥」天野大中・「風景に題す」青木啓／文学機構―「蚕食」浅井明・「蒼白くなつた四月馬鹿」山下喜生・「月光に就て」十返一・「婦人香取章夫・「曇つた分光器」楠幹／架空線―「ラムールの肖像」勝田満・「曙の死へ」高市董男・「てんらく」天城映二郎・「蔦の窓」河野通雄・「七月の海」水上信・「雨の後」有馬雄二・「汽車と女」水岡旗郎・「地下室」沖山柳一／大鴉―「龜の灰」川浦勝・「皺」岩越昌三・「札幌の宿」島田洋一・「花の家族」

宗像憲治〉
22　和木清三郎　※新設した海外文壇消息欄について付す
＊「三田文学」六月号　目次
＊※（係）より三田文学購読者の住所変更の際の「おねがい」を付す
表紙・豊藤勇／カット・佐伯米子／発行日・七月一日／頁数・本文全一三六頁／定価・五十銭／編輯兼発行者・東京市芝区三田　慶應義塾内・西脇順三郎／編輯担当・和木清三郎／発行所・東京市芝区三田　慶應義塾内・三田文学会／発売所・東京市丸ノ内三丁目二番地　株式会社籾山書店／印刷者・東京市芝区愛宕町二丁目十四番地　渡辺丑之助／印刷所・東京市芝区愛宕町二丁目十四番地　常磐印刷株式会社

■八月号　【193208】

浮世絵漫談　高橋誠一郎
文学と学問1　西脇順三郎
演劇時評　今日出海
文芸時評2　太田咲太郎
社会時評3　井原紀
映画時評4　加茂梟二
ローランスについて5　中村喜久夫
フロオベエルとその周囲6　船越章
純文学よ何処へでも行け!? 7　矢崎弾
詩人三好達治　辻野久憲
作庭美術に就いて　渋井清
西鶴の「置土産」　紀平規
七月の雑誌から　長尾雄
戯曲月評8　番匠谷英一
七月号同人雑誌展望9　今井達夫
海外文壇消息
フランス10　佐藤朔
フランス11　太田咲太郎
イギリス12　小川種次郎
イギリス13　日野巌
ソヴェート・ロシヤ14　中山省三郎
ロシヤ15　加藤信也
ドイツ16　小松太郎
ドイツ17　加藤元彦
劇壇消息18　中川龍一
劇場・劇作家19　菅原卓
戯曲20　雑草生
山王雑記　岡田三郎
文芸小壺天21　尾崎士郎
創作
都塵（長篇小説・八）22　水上瀧太郎
足跡（小説）　那須辰造
売春婦リゼット（小説）23　岡本かの子
人の世の覗き窓（小説）24　遠藤正輝
皇后ラディスラス三世（戯曲）25　早川三代治
六号雑記26
消息27
編輯後記28
表紙　豊藤勇
カット　鈴木信太郎

目次註
1　〈I―III〉
2　〈海外文学の紹介／感ずるままに〉
3　〈一、農村問題／二、満蒙開題／三、国際主義と国家主義／四、犬養毅／五、世相／六、自力自解への道〉
4　〈同伴者的偏向その他／「静かなるドン」／「バット・ガール」／「七人の花嫁」〉
5　〈一、D・Hローランスの位置／二、肉体なき光栄／三、ローランス精髄／四、Warm instinctive life／五、反ローランシイアン／六、ドグマの効用／七、ローランスのスタイル／八、der Konditionalismus〉
6　〔七・一・稿了〕
7　〔1932.7.8〕
8　〔七月八日〕
9　〈序／題材の問題／具体的に／生活とは？／抒情詩の実例〉
10・11　フランス　佐藤朔／太田咲太郎
12・13　イギリス　小川種次郎／日野巌
14・15　ソヴエート　ロシア　中山省三郎／加藤信也〔七・六・二二〕
16・17　ドイツ　小松太郎／加藤元彦
18〜20　「海外劇壇消息」――劇場・劇作家・戯曲――　中川龍一〔一九三二・七・三〕／菅原卓／雑草生
21　――人生的なあまりに人生的な――
22　〔つゞく〕
23　〈売春婦リゼット／ミス・マシユウの新職業〉
24　〔六・十・七日〕
25　〈七幕八場〉
26　※『福沢諭吉伝』と福沢ものの流行など
27　※春山行夫編輯「文学」（ジヨイス研究）の反響など
28　和木清三郎
＊「三田文学」七月号目次
＊※新刊紹介あり〈小島政二郎著『海燕』新潮社／春山行夫編輯「詩と詩論」改題『文学』（ジヨイス研究）厚生閣／日独文化協会編『百年祭記念ゲーテ研究』岩波書店〉
＊※蕎麦屋「京や」（京橋区槇町二丁目七番地（鍛治橋通））の広告として、店主名塩武富の友人阿部章蔵による挨拶状〔昭和七年六月〕を掲載
表紙・豊藤勇／カット・鈴木信太郎／発行日・七月一日／頁数・本文全一六六頁／定価・五十銭／編輯兼発行者・東京市芝区三田　慶應義塾内・西脇順三郎／編輯担当・和木清三郎／発行所・東京市芝区三田　慶應義塾内・三田文学会／発売所・東京市丸ノ内三丁目二番地　株式会社籾山書店／印刷者・東京市芝区愛宕町二丁目十四番地　渡辺丑之助／印刷所・東京市芝区愛宕町二丁目十四番地　常磐印刷株式会社

■九月号　【193209】

創作
都塵（長篇小説・九）1　水上瀧太郎
夢を買ふ話（小説・六十枚）2　藤原誠一郎
客死（小説）3　高橋邦太郎
麻薬（小説・九十枚）4　丸岡明
芸術活動の社会性5　平松幹夫
散文精神について　阪本越郎
美しきD・H・ローランス6　木下常太郎
ガァトルウド・スタインへの手引7
―エドマンド・ウイルソン　阿比留信訳
文芸時評8　太田咲太郎
映画時評9　松尾要治
論壇時評10　井原糺
演劇時評　今日出海
メカニズムの亡霊（三木清氏の説を診断する）11　矢崎弾
農民文学の特殊性と連帯性12　土屋公平
戯曲月評13　青柳信雄
小説月評（八月の雑誌から）14　長尾雄
八月号同人雑誌展望15　今井達夫
海外文壇消息
フランス16　三田山治
フランス17　那須辰造
イギリス　小川種次郎
ロシア18　湯浅輝夫
ロシア19　加藤信也
ドイツ　関進
劇壇消息20　菅原卓
劇場・劇作家21　中川龍一
戯曲22　湯浅輝夫
新刊紹介23
消息24
編輯後記25
表紙・カット　鈴木信太郎

目次註

1　〔つゞく〕
2　〔終〕
3　〔一九三二・七・九〕
4　〔七・一八〕
5　――志賀直哉論の序論として――　〔七・七〕　※付記あり
6　美しきD・Hロランス――英国と闘ふ英国人――　〈一・二〉
7　エドマンド・ウイルソン／阿比留信訳〈前文／《Three Lives》／異風《エクセントリシティ》の発端／審美的感動の前進《スリル》／ガァトルウド・スタインとジョイス〉　※〝一九二三年に書かれた随筆〟と付記あり
8　〈正宗白鳥氏の批評／《青年》の問題〉
9　〈山中貞雄に就いて／所謂、盆映画に就いて／「嵐の中の処女」／「旅は青空」／「笑ふ父」／「モロッコ」に就いて〉〔完〕
10　〈一―五〉〔七・三〇稿〕
11　――三木清氏の説を診断する――　〈情熱なき理論／作品とは公式の説明か／日和見主義〉〔1932.7.26〕
12　〈一、唯物弁証法的創作方法と農民文学／二、定義の誤謬の原因／三、特殊性と連帯性〉
13　〈前文／三好十郎「熊手隊」改造／岡田禎子「田植」新潮／清水津十無「街底」舞台／山下巌「三十前」舞台／金子洋文「金井半兵衛追跡」舞台／田郷虎雄「格子のある窓」劇作／小野金次郎「大旦那様のヂレンマ」劇と評論／番匠谷英一「一人二役」劇と評論／田島淳「露霜」劇と評論／早川三代治「皇后ラデイスラス三世」三田文学／火の鳥・午前午後・新思潮〉
14　――八月の雑誌から――　〈総論／新潮―「隠れた女」川端康成・「工場新聞」徳永直・「犯人問答」藤沢桓夫・「ナンセンス作家の反省」中村正常／改造―「熊手隊」三好十郎・「屋根裏の椅子」林芙美子／文藝春秋―「こそどろ顛末」藤沢恒〔桓〕夫〉〔をはり〕
15　〈編輯後記感／作品の数／新科学的―「ダイビングと密輸入」近藤一郎・「地下室アントンの一夜」尾崎翠・「夏梅雨の頃」積亮一／文芸汎論―「お化に近付く人」稲垣足穂・「仏壇を持つ女」岩佐東一郎・「川開き」石塚友三〔二〕・「死の鐘」福田清人・「エリシアの思想」城左門／火の鳥―「点」城夏子・「山深く」村松ちゑ子／ロマン―「一家系」井上友一郎・「さつき」日比野士朗・「墜落」北原武夫・「少女」村岡達二／ロマン派―「黄猫」南京陽一郎「廃寺の秋」阿部喜三「死の航路」寺田薫・「曾小川のほとり」井上立士／四人―「千鳥の子」植村敏夫・「毛虫」津村秀夫／新文学派―「南蛮図」石河和・「荒廃」南告・「白い夢」龍田燗・「円周」伊藤喬一・「思春期」中井正文・「盆地人の感情」相田和夫／麒麟「雄雞〔鶏〕」改題―「巻夫人の客」小田嶽夫・「ひと夏の記憶」古木鉄太郎・「遭遇」小野田龍彦・「ベンチ」川崎長太郎・「父」中谷孝雄／埋草〉
16・17　フランス　〈ジョッフル元帥の「随想録」三田山治／現代の少年物　那須辰造〉
18・19　ソヴエト　フロニカ　〈ウエス・ウイシニエーフスキー／エム・ダニエール／ウエ・シキローフスキー／ア・エフロス／エ・マダラス／アレクサンドル・チヤチコフ／エス・フオーミン／ベーラ・イレッシ／エヌ・チホーノフ／カボクシヤゴフ／イ・シイカ／ウエ・エス・イワノフ／エストレチヤコフ／エフ・バンフキロフ及びウエ・イリエンコフ／ウエ・バフメチエフ／エフ・ベレゾフスキー〉　湯浅輝夫　〈一、ラップ解消の後報／二、ボクロフスキーの死／三、コーガン教授の死〉　加藤信也〔七・七・一六〕
20〜22　海外劇壇消息――劇場・劇作家・戯曲――　菅原卓〔一九三二・七・三〇〕／演劇祭とりどり　中川龍一〔一九三二・七・二九〕／エム・ロスソフスキー　ベ・アルスキーウエ・ボクダーノフ　デ・スウエルチコフ　湯浅輝夫
23　〈『世界薬学史』米国薬学理学博士チャールス・エチ・ラウォールの原著　久保孝・日野巌共訳（厚生閣発売）／『新社会派文学』久野豊彦・浅原六朗共著（厚生閣発行）／『海

燕』再版　小島政二郎〈新潮社〉〉
24　※菅原卓が、青柳信雄・八住利雄・番匠谷英一と劇団「新劇場」を結成のことなど
25　和木清三郎
＊「三田文学」八月号目次
＊「三田文学」十月号予告

表紙及びカット・鈴木信太郎／発行日・九月一日／頁数・本文全一四七頁／定価・五十銭／編輯兼発行者・東京市芝区三田　慶應義塾内・西脇順三郎／編輯担当・和木清三郎／発行所・東京市芝区三田　慶應義塾内・三田文学会／発売所・東京市丸ノ内三丁目二番地　株式会社籾山書店／印刷者・東京市芝区愛宕町二丁目十四番地　渡辺丑之助／印刷所・東京市芝区愛宕町二丁目十四番地　常盤印刷株式会社

■十月号（新進作家特輯号）　**【193210】**

都塵（長篇小説・十）1　水上瀧太郎
事変のうちに（小説）2　倉島竹二郎
剪花（小説）3　丹羽文雄
高原（小説）　福田清人
村のひと騒ぎ（小説）　坂口安吾
紫陽花（小説）4　戸川エマ
銀貨（小説）5　今川英一
姉弟（小説）　古木鉄太郎
手紙（小説）6　遠藤正輝
仮死する少年（小説）7　丸岡明
出世（小説）8　美川きよ
赤襯衣の屋台（小説）9　上林暁
沼（小説）10　二宮孝顕
喪のなかに（小説）　神西清
ピアノの影（小説）11　庄野誠一
「論画四種」を読む12　勝本英治
消息13
編輯後記14
表紙・カット　鈴木信太郎

目次註
1　〔つゞく〕
2　〈一―五〉〔完〕
3　〈一―四〉〔昭和七年〕
4　〔一九三二・八・二七〕
5　〈1―10〉
6　〔七・七・二二〕
7　〔第一部終〕
8　〈一―四〉
9　〈一―六〉
10　〔一九三二・八〕
11　〔三二・九・七〕
12　※坂崎坦編〈岩波文庫の一冊、桑山玉洲の玉洲画趣／同絵事鄙言／田能村竹田の山中人饒舌／安西雲煙の鑑禅画適〉
13　※「短歌民族」（塾出身橋本敏夫が編輯委員として）年四回刊行のことなど
14　和木清三郎
＊「三田文学」九月号目次
＊※ビーアールレストラン（東京市京橋区銀座西五丁目二ノ八　数寄屋橋東詰泰明小学校横小公園前）の広告中、BR主人で洋画家の久里四郎の挨拶文紹介。次号に関連文あり

表紙及びカット・鈴木信太郎／発行日・十月一日／頁数・本文全一七六頁／定価・五十銭／編輯兼発行者・東京市芝区三田　慶應義塾内・西脇順三郎／編輯担当・和木清三郎／発行所・東京市芝区三田　慶應義塾内・三田文学会／発売所・東京市丸ノ内三丁目二番地　株式会社籾山書店／印刷者・東京市芝区愛宕町二丁目十四番地　渡辺丑之助／印刷所・東京市芝区愛宕町二丁目十四番地　常盤印刷株式会社

■十一月号　**【193211】**

創作
都塵（長篇小説・十一）1　水上瀧太郎
仮死する少年（小説）2　丸岡明
女草履と僕（小説）3　金文輯
死の響きの中で（小説）4　小川重夫
街と公園（小説）　藤原誠一郎
恋を思索する男（小説）5　日野巖
ゲョエテの「親和力」についての一備忘記6　茅野蕭々
ジヨイスについて語る手紙7　ハーバート・リード　石橋孫一郎訳
自我の分裂に関する考察　高橋広江
英国文学の新思考の一面　木下常太郎
創作時評8　龍胆寺雄
十月号同人雑誌展望9　今井達夫
映画雑感　加茂梟二
茅ケ崎より10　杉山平助
劇評余話（一）11　三宅三郎
新聞と大衆との合作12　矢崎弾
旅をしてゐる父13　加藤信也
文壇時事抄14　土屋公平
海外文壇消息
フランス15　佐藤朔
ロシア16　湯浅輝夫
イギリス　小川種次郎
イギリス　日野巖
ドイツ　関進
劇壇消息17
劇場、劇作家、戯曲18　中川龍一
海外小説
へてえれん・げしぷれつひ―ヘツセル19　小松太郎訳
恋愛―ジエラデイ〔ジエラルデイ〕20　浅尾早苗訳
消息21

BRの会 22
番地変更 23
編輯後記 24
表紙・カット　鈴木信太郎
カット　佐伯米子

目次註

1　〔つゞく〕
2　──第二部──　〔三二・一〇〕
3　〈I─IV〉〔了〕
4　〈1─5〉
5　〈1─5〉
6　ゲョエテの『親和力』についての一備忘記　※付記あり
7　──Charles Duff : James Joyce to the plain reader の序文の代りに──　〈私の親愛なるダフ君──〔一九三二年エディンバラにて　君の非常に親愛なるハーバート・リード〕〉
8　──三田文学新進作家特輯号──　〈「ピアノの影」庄野誠一／「喪のなかに」神西清／「沼」二宮孝顕／「赤襯衣の屋台」上林暁／「出世」美川きよ／「仮死する少年」丸岡明／「手紙」遠藤正輝／「姉弟」古木鉄太郎／「銀貨」今川英一／「紫陽花」戸川エマ／「村のひと騒ぎ」坂口安吾／「高原」福田清人／「剪花」丹羽文雄／「事変のうちに」倉島竹二郎〉
9　〈三田文学新進作家特輯号─「事変のうちに」倉島竹二郎・「剪花」丹羽文雄・「高原」福田清人・「銀貨」今川英一・「姉弟」古木鉄太郎・「仮死する少年」丸岡明・「村のひと騒ぎ」坂口安吾・「手紙」遠藤正輝・「赤襯衣の屋台」上林暁・「沼」二宮孝顕・「喪のなかに」神西清・「ピアノの影」庄野誠一・「出世」美川きよ・「紫陽花」戸川エマ／文学クオタリイ─クオタリイ作品集第二輯「津軽のづら」深田久弥／同人雑誌─新科学的所載「薔薇派」原了〉
10　〈闘病／勝本氏の画論〉
11　〈其二〉〈此ごろの羽左衛門／我童の「帯屋」〉
12　──曰く非常時代出現──　〔九月十日記〕
13　〈随筆〉〈1─5〉〔七・六・二三〕
14　〈純文学問題の焦点／「樹のない村」をめぐりて〉〔一九三二・一〇・六〕
15　──ファルグの「パリによつて」──
16　──ソヴエト文化フロニカ──　〈一、十月革命第十五週年記念と各種計画──（イ）新西方芸術国立博物館／（ロ）国立人類学博物館／（ハ）国立図書出版局合同／（ニ）ハリコフ／（ホ）レーニンの記念像除幕式／（ヘ）文壇菊池寛、山本有三氏入露説／（ト）映画界〉
17・18　「海外劇壇消息」──劇場・劇作家・戯曲──　中川龍一〔一九三二・九・三〕
19　フランツ・ヘッセル作
20　ポール・ジエラルディ作　〈I─XVI〉
21　※「新進作家招待」として、BRレストランにおける十月号新人作家との会食のことを付す
22　BRレストランの会　※記念写真一葉を付す。十月「新進作家特輯号」の執筆者を集め同号発行を記念して去十月七日に行われた水上瀧太郎招待による会合
23　町名変更
24　和木清三郎
＊　「三田文学」新進作家特輯号目次
＊　お願ひ（係）　※〝今度新に市内に編入されたため町名番地の変更したのを至急訂正いたしたし……〟とある
＊　前金切について

表紙・鈴木信太郎／カット・鈴木信太郎・佐伯米子／発行日・十一月一日／頁数・本文全一五六頁／定価・五十銭／編輯兼発行者・東京市芝区三田　慶應義塾内・西脇順三郎／編輯担当・和木清三郎／発行所・東京市芝区三田　慶應義塾内・三田文学会／発売所・東京市丸ノ内三丁目二番地　株式会社籾山書店／印刷者・東京市芝区愛宕町二丁目十四番地　渡辺丑之助／印刷所・東京市芝区愛宕町二丁目十四番地　常磐印刷株式会社

■十二月号　【193212】

創作
都塵（長篇小説・十二）1　水上瀧太郎
巡査と教員（小説）2　藤原誠一郎
赤児（小説）3　小坪尚重
白い道（小説）4　佐山けい子
ジンタ・サアカス（小説）5　林蓉一郎
母の席（戯曲）6　三宅悠紀子
文学の新しいといふ意味　西脇順三郎
ペイタア的スタイルの考察 7　春山行夫
リアリズムに於ける現実感の問題 8　〔正宗白鳥、青野季吉氏に与ふ〕　矢崎弾
文学に関する断片 9　平松幹夫
小説の土壌　太田咲太郎
文芸案内（白鳥の「文壇人物評論」を読む）10　井汲清治
劇評余談（二）11　三宅三郎
「新しい芝居」手記 12　小林徳二郎
作家的ドグマの問題 13　保田與重郎
同人雑誌論 14　今井達夫
三十二年の論壇、論議 15　中野晴介
寂寞──「鉄集」を読む 16　丸岡明
独逸映画の神秘主義的傾向 17　松尾要治
消息 18
編輯後記 19
表紙・目次カット　鈴木信太郎
カット　佐伯米子

目次註

1　〔つゞく〕
2　〈一─五〉〔終〕
3　〈一─七〉〔一九三二・九・二八〕
4　〈壱・弐・参〉〔一九三二・七・二〇〕
5　〈I─IV〉〔一九三二・九・一五〕
6　〔一幕〕
7　──《若き芸術家の肖像》のスタイル──　〈1・2〉

8 （正宗白鳥、青野季吉両氏に与ふ）〈人間認識への両面／実感の一般的法則に対する断片／日本に於ける近代リアリズムの転向と青野氏の言説批判〉〔一九三二・一一四〔一一・四?〕〕
9 〈浪蔓派―写実派／芸術家の不幸／作家／芸術価値／批評家／リアリティ／個人主義／集団主義／芸術の味／エミール・ゾラ／バアナアド・シヨウ／シャルル・フィリップ／ストリンドベルグ／レイモンド・ラヂイゲ／バルザック／ジヤーナリズム―作家／博識／流行／イデオロギイ／高踏派《パルナシアン》に〉
10 ――明治文学研究管見――
11 劇評余談〈団十郎追善／若い歌舞伎好き／「間」と「拍子」〉
12 〔終り〕
13 〔一九三二・一一・一〕
14 〈多作について／作家的態度について／模倣について／同人雑誌としての態度について／経済問題について〉※〃同人雑誌展望を打切る文章としたい……〃と前書にあり
15 〔完〕
16 〔十一・三〕
17 〈I―III〉
18 ※〈早川三代治が戯曲集「聖女の肉体」を、加宮貴一が「今日の文学」シリイズの第一として荒木精之「青年作家」を出版のこと／その他〉
19 和木清三郎
＊ 「三田文学」十一月号目次
＊ ※新刊紹介あり〈『鉄集』室生犀星・椎の木社／『南窗集』三好達治・椎の木社／『室楽』（ジヨイス）左川ちか訳・椎の木社〉
表紙及び目次カット・鈴木信太郎／カット・佐伯米子／発行日・十二月一日／頁数・本文全一四五頁／定価・五十銭／編輯兼発行者・東京市芝区三田　慶應義塾内・西脇順三郎／編輯担当・和木清三郎／発行所・東京市芝区三田　慶應義塾内・三田文学会／発売所・東京市丸ノ内三丁目二番地　株式会社籾山書店／印刷者・東京市芝区愛宕町二丁目十四番地　渡辺丑之助／印刷所・東京市芝区愛宕町二丁目十四番地　常磐印刷株式会社

一九三三年（昭和八年）

■一月号　【193301】

創作
都塵（長篇小説・十三）1　水上瀧太郎
老顔二面（小説）2　美川きよ
午後（小説）　庄野誠一
影絵の人たち（小説）　今井達夫
姉の不孝（戯曲）　三宅悠紀子
少女（翻訳）3　カスリインマンスフキルド《〔カスリィン・マンスフヰルド〕》　今川英一訳
裳裾を曳摺る（小説）4　遠藤正輝
四角い風景（小説）5　倉島竹二郎
自然主義の発達と衰微6　西脇順三郎
ハックスレ雑感　石井誠
「パリウド」を再読して　佐藤朔
芥川龍之介を啄みつゝ嘔吐する7　矢崎弾
文芸案内（ジヤナリズム《〔ジヤアナリズム〕》を支持す）8　井汲清治
マクサンスの小説論　太田咲太郎
リチヤーズとロランスの論争　木下常太郎
スコテイッシ・マリヂ　小川種次郎
松脂独語（近況・その他）9　横山重
劇評余談（其三）10　三宅三郎
二人の劇作家（三宅悠紀子氏と伊賀山精三氏）11　内村直也
前進するための自己反省12　大江賢次
巴里通信（一）13　中村喜久夫
これは負惜しみであるか14　和木清三郎
消息15
編輯後記16

表紙・目次カット　鈴木信太郎

目次註
1 〔つゞく〕
2 〈1―4〉
3 カスリイン・マンスフキルド作〔1912〕〈1、蔦ハウス／2、麗日／3、嫉妬／4、褥／5、恋情／6、茨の刺／7、散策／8、策謀／9、離別／10、新生〉〔7・10・8日〕
4 〈断篇二ツ〉〈厠／梁木〉
5 〈I―III〉
6 〔1932.12.2〕
7 ――ジヤアナリズムを支持す――
8 〈近況／転居／勝海舟論〉〔12.8〕
9 〈鉈と鎖／二つの名品〉※前書を付す
10 ――三宅悠紀子氏と伊賀山精三氏――〈三宅悠紀子氏の戯曲／「唯ひとりの人」の作者――伊賀山精三氏――〉
11 ※前書を付す
12 ――三田文学と僕――〔三一・一二〕
13 〈花／黒眼黒髪〉
14 ――僕の予想が何故裏切られたか――〈第一回戦は確かに敗けた／無為だった両軍のチャンス／慶應の野球と早稲田の野球／一点を早大が先に入れた／対法政決勝戦のこと／あゝ塾軍遂に一戦を失ふ／第二回戦／碣石の重大な頭脳的過失／遂にまた一点を得られる〉〔をはり〕
15 ※腰本野球部監督慰労会（十二月十五日、於京橋大根河岸「はつね」）の報告あり
16 和木清三郎
＊ 「三田文学」十二月号目次
＊ ※〈小林秀雄著『続文芸評論』（白水社）目次／早川三代治著戯曲集『聖女の肉体』（明窓社）目次〉
表紙及び目次カット・鈴木信太郎／発行日・一月一日／頁数・本文全一五七頁／定価・五十銭／編輯兼発行者・東京市芝区三田　慶應義塾内・西脇順三郎／編輯担当・和木清三郎／発行所・東京市芝区三田　慶應義塾内・三田文学会／発売所・東京市丸ノ内三丁目二番地　株式会社籾山書店／印刷者・東

京市芝区愛宕町二丁目十四番地　渡辺丑之助／印刷所・東京市芝区愛宕町二丁目十四番地　常磐印刷株式会社

■二月号　【193302】

創作

都塵（長篇小説・十四）1　水上瀧太郎
万里子の手紙（小説）2　藤原誠一郎
丹波しぐれ（小説）　日野巖
心理（小説）3　遠藤正輝
逃げる組こそ（戯曲）　花田鉄太郎
花気（小説）　小川重夫
ファルダムの歳の市（海外小説）4　ヘルマン・ヘッセ　竹越和夫訳
孫の出奔した女地主（戯曲）5　鳥居与三
川端康成論 6　矢崎弾
飛行詩の感覚と可視的世界の記録　小林武七
D・Hロオレンスの手紙〔D・H・ロオレンスの手紙〕7　阿比留信
ローレンスに関する新刊書 8　石橋孫一郎
宇野浩二氏の文学に就いて 9　加藤信也
新詩四篇　塩川秀次郎
霧 10
山ずまひ 11　津村信夫
子供 12　西村讓
浅草抒情詩 13　林蓉一郎
会社員 14　内田誠
虚空の翼　榊山潤
劇評余談（妹の芝居）15　三宅三郎
ノオトから 16　船越章
制服の処女　松尾要治
「晩秋」を見る 17　三宅大輔
六号雑記 18
消息
編輯後記 19
表紙・カット　鈴木信太郎

目次註

1　〔つゞく〕
2　〔昭和八年一月八日〕
3　〔七・一二・二三日〕
4　ヘルマン・ヘッセ作／竹越和夫訳
5　（喜劇三場）〔四・七・一五〕
6　（氏は新文学の灯を慕ふ蛾であり新文学船の航路を掩ふ濃霧である）〔1932.12.23〕
7　① To Rolf Gardiner（親愛なるロルフ――）17, March. 1928. Villa Mirenda, Scandicci, Florence. / Tu stai con me, lo so. デイ・エッチ・エル
② To M. and A. Huxley（親愛なるマリアとオルダス――）15 August, 1928. Kossel matt, Gsteig b. (Bern) /デイ・エッチ・エル
③ To A. Huxley（親愛なるオルダス――）Sundey[Sunday]. La Vigie, Port-Cros (Var). /デイ・エッチ・エル
④ To Lady Ottoline Morrell.（親愛なるオットオライン――）28 Dec., 1928. Hôtel Beau Rivage, Bandol, Var, France. /デイ・エッチ・ロオレンス
※　〝法のため余儀なく数語を切り棄てなければならなかった〟と筆者註を付す
8　〔一九三三・一・八〕
9　――小市民型の上下――　〔三三・一・三〕
10　〈I・II〉
11　〈山ずまひ／山の斜面《なぞへ》で〉
12　〈花火／子供〉
13　浅草抒情調〈その一―その一〇〉〔一九三二・一二・一二〕
14　〈一、会社員／二、アスパラガス／三、六号／四、忠臣蔵／五、仇ごころ〉
15　――妹の芝居――
16　〔十一・八・完〕
17　――芝居と私共一家――
18　〈前書／新潮―「林檎の身代りした子供」藤沢桓夫・「空の喇叭」林芙美子・「言葉について」井伏鱒二・「鼠」那須辰造・「日曜日の昇天」阿部知二・「仮面」伊藤整・「一代果て」兵本善矩／中央公論―不親切な文壇に・作家巡礼のこと・「春」横光利一・「医術の進歩」岸田國士・「新聞時評」大森義太郎／改造―「労働者・源三」須井一／文藝春秋―「顔」堀辰雄・「甥に話した黙示録」深田久弥・「叩きつぶすぞ！」直木三十五／「二つの絵」小穴隆一・須井一「労働者・源三」や林房雄の此のごろの諸作を読んで……／「文化学院派」一、二月号―「逃げこむ者」小室政康・「春風を知る」鶴見清・「絶望」小宮隆治〉
19　和木清三郎　※〈鈴木信太郎の表紙の反響／その他〉
＊　「三田文学」新年号目次
＊　※新刊図書の紹介あり〈金星堂『列冊新文学研究』の各冊／『マルドロオルの歌』ロオトレアモン作　青柳瑞穂訳著・椎の木社／『青年作家』荒木精之著・今日の文学社／『海港記』宮川健一郎著・今日の文学社／『現代英吉利小説』エドモン・ジャルウ作・太田咲太郎訳・金星堂／春山行夫編輯　厚生閣書店のコオタリイ「文学」〉

表紙及びカット・鈴木信太郎／発行日・二月一日／頁数・本文全一三七頁／定価・五十銭／編輯兼発行者・東京市芝区三田　慶應義塾内・西脇順三郎／編輯担当・和木清三郎／発行所・東京市芝区三田　慶應義塾内・三田文学会／発売所・東京市丸ノ内三丁目二番地　株式会社籾山書店／印刷者・東京市芝区愛宕町二丁目十四番地　渡辺丑之助／印刷所・東京市芝区愛宕町二丁目十四番地　常磐印刷株式会社

■三月号　【193303】

創作

都塵（長篇小説・十五）1　水上瀧太郎
前夜（小説）2　二宮孝顕
退屈の罪（小説）3　庄野誠一

眠る子（小説）4　長崎謙二郎
玉笛集（訳詩）5　太田咲太郎
透明な乳房（詩）　菅沼亨
理子とあゆ（小説）6　大田洋子
鶴（小説）7　丹羽文雄
夢の小説―シュニッツレル8　小松太郎訳
天使と語る　西脇順三郎
葛西善蔵と嘉村礒多9　矢崎弾
現代フランス文壇批評の諸傾向10　中村喜久夫
モスコウのラヂオ劇場11　園池公巧〔功〕
小説家と文学者　永松定
チエホフ論12　加藤信也
三田文学
六号雑記13　長尾雄／矢崎弾
太田咲太郎／今川英一
今井達夫／和木清三郎
映画芸術の優位性・その他14　塚本靖
一つの挿話15　原実
消息16
編輯後記17
表紙・カット　鈴木信太郎

目次註

1 〔つゞく〕
2 〔一九三三・一〕
3 〔三三・一・八〕
4 ――夜の独白――　〔一九三三・一・一五〕
5 〈緋薔薇―李白作／西宮秋怨―王昌齢作／静夜思―李白作〉※〝この三篇《玉笛集》La Flute〔Flûte〕de Jade と称ぶ仏蘭西訳支那詩抄より邦訳せる戯れの業なり〟と前書あり
6 〈一―七〉〔一九三二・九月〕
7 〔昭和八年〕
8 ――アルトゥウル・シュニッツレル――　〔つゞく〕
9 ――リアリズムとは彼等の文学だと騒ぎ廻る人々に贈る――〈一―四〉
10 現代フランス文学批評の諸傾向〈ポル・ヴァアレリ／アンリ・ブレモン／ポル・スウデエイ／ジャン・ド・ピエルフウ／フエルナン・ヴァンデラン／ギユスターブ・ランソン〉※前書を付す
11 園池公功
12 （ロシア演劇・作家論の一）〈Ⅰ〔一〕―三〉〔三三・一・五〕
13 〈文藝春秋―「女人来訪」井伏鱒二・「小さな部屋」坂口安吾・「恐ろしき幸福」美川きよ／改造―「二十歳」川端康成・「熊野風土記」佐藤春夫／中央公論―「こがらしの記」吉井勇・「愛憎無限」宮地嘉六・「昇天」内田百間〔後年　閒〕・「人情馬鹿」高田保／コギト―保田與重郎他の共同営為の有意義な意企・二月号の沖崎猷之介「文学に於ける「距離」の問題」／新潮―「移転」嘉村礒多・「沿岸船」上林暁／中央公論―「若き日のことども」谷崎潤一郎・「横光利一論」正宗白鳥／改造―「文芸時評」林房雄・「救農工事」平林たい子／春陽堂世界名作文庫／「新科学的」（「翰林」創刊のこと）「コギト」「貿易風」「麒麟」〉※執筆者名欠く
14 〔一九三三・二・四〕
15 〔一九三三・一・五〕
16 ※「慶應倶楽部内三田文学会」として、三田文学同人の倶楽部員が毎週金曜日夜に参集のことを付す
17 和木清三郎　※〈「三田文学」への好意ある批評について／その他〉

＊「三田文学」二月号目次

表紙及びカット・鈴木信太郎／発行日・三月一日／頁数・本文全一四二頁／定価・五十銭／編輯兼発行者・東京市芝区三田　慶應義塾内・西脇順三郎／編輯担当・和木清三郎／発行所・東京市芝区三田　慶應義塾内・三田文学会／発売所・東京市丸ノ内三丁目二番地　株式会社籾山書店／印刷者・東京市芝区愛宕町二丁目十四番地　渡辺丑之助／印刷所・東京市芝区愛宕町二丁目十四番地　常磐印刷株式会社

■四月号　【193304】

創作
都塵（長篇小説・完結）1　水上瀧太郎
喪（小説）2　丸岡明
T先生へ（小説）3　緒田真紀江
氷上（小説）　田中峰子
漁家（詩・四篇）4　三好達治
雲間（小説）5　金谷完治
山男（小説）6　藤原誠一郎
夢の小説―シュニッツレル7　小松太郎訳
井伏鱒二論8　矢崎弾
（主として彼の現実対抗の方法について）
現代フランス文学批評の諸傾向9　中村喜久夫
ロオレンスとジヨイス10　春山行夫
「ユリシーズ」宣伝11　勝本英治
エズラ・パウンド12　木下常太郎
ヨハネス・V・イエンゼン（ハウゼルより）13　竹越和夫
マルセル・プルウスト14　大島敬司
六号雑記15
文学雑誌とのら息子　加宮貴一
形相　阿部知二
新劇時感（馬鹿と利巧）　八住利雄
松風だより（一）16　倉島竹二郎
四月の釣り17　日高基裕
編輯後記18
表紙　鈴木信太郎

目次註

1 〔昭和八年三月五日〕
2 〈1―4〉
3 〔一九三三・二〕

4 〈漁家／平津／村の犬／揚げ雲雀〉
5 〔完〕
6 ――東赤石登山記―― 〈一―五〉〔昭和八年二月二十二日〕
7 ――アルトゥル・シュニッツレル―― 〈2〉〔つづく〕
8 ――主として彼の現実対抗の方法に就いて―― 〔1933.3.2〕
9 〈承前〉〈ダニエル・モルネ／ギユスターブ・コアン／ダニエル・アレヴイ／ジヤン・コクトー〉
10 ロオレンスとジョイス
11 ※“この一文、原実君に送る……”と付す
12 〈一―三〉
13 ――ハインリッヒ・ハウゼルより―― ヨハネス・V・イエンゼン
14 ※ジョオヂ・カタイの「プルウストと英国作家」などマルセル・プルウストについて前記あり
15 〈新聞月評について――読売の豊島与志雄・国民の杉山平助・東日の浅原六朗・朝日の西脇順三郎／中央公論―「枯野の夢」宇野浩二・「釜ケ崎」武田麟太郎・「悪太郎」尾崎士郎・「二階の河上肇」椎名剛美／新潮―「愛は幽鬼の如く」榊山潤・「菊の花など」丸岡明／板垣直子の文芸時評／「芸について」谷崎潤一郎／小林多喜二の死……／改造―「求心力」里見弴・「一つ家」深田久弥／慶應派　創刊号―「結婚」三苦茂・「後姿」白尾斎・「川の光り」高田英之助・「花束のこと」沼木龍三・「冬」清水勤・「かんとくわん」甲斐信弘・「路傍」塩川政一／文藝春秋―「角」寺崎浩・「或る国鉄挿話」橋本英吉・「心象風景」牧野信一〉
16 ――市川行―― ※付記あり
17 〈前文／乗込みのフナ／ヤマベ釣り／ハヤの流し〉
18 和木清三郎 ※〈「六号雑記」の反響と特色／その他〉
＊ 消息 ※〈水上瀧太郎『大阪』『大阪の宿』の出版／富田正文が続『福沢諭吉全集』の編輯校正に従事のこと／その他〉
＊ 「三田文学」三月号目次
＊ ※新刊図書の紹介あり 〈『ツルゲエネフ散文詩』中山省三郎訳・第一書房発行／「演劇クオータリー」創刊号・演劇クオータリー社／『悪魔主義』ワインダム・ルイス 永松定訳・金星堂発行／『現代文学の諸傾向』（小説） 神田〔西〕清 ※岩波講座世界文学第三回配本／『大阪』（長篇小説） 水上瀧太郎著・春陽堂発行／『大阪の宿』（長篇小説） 水上瀧太郎著・春陽堂発行〉

表紙・鈴木信太郎／発行日・四月一日／頁数・本文全一四五頁／定価・五十銭／編輯兼発行者・東京市芝区三田 慶應義塾内・西脇順三郎／編輯担当・和木清三郎／発行所・東京市芝区三田 慶應義塾内・三田文学会／発売所・東京市丸ノ内三丁目二番地 株式会社籾山書店／印刷者・東京市芝区愛宕町二丁目十四番地 渡辺丑之助／印刷所・東京市芝区愛宕町二丁目十四番地 常盤印刷株式会社

■五月号 【193305】

創作

若い人（小説・百四十枚）　石坂洋次郎
魚の情け（小説）1　倉島竹二郎
あらしの岬（小説）2　美川きよ
いつはり（小説）3　今川英一
夢の小説―シュニッツレル4　小松太郎訳
鼠―A・E・コッパアド　阿久見謙訳
前田君と通信販売（小説）　藤原誠一郎
貝殻追放――「発端地《ロンバルデア》」の作者――5　水上瀧太郎
横光利一を斜断する6　矢崎弾
自由主義以後　高橋広江
批評家レオン・ピエル・ケン7　中村喜久夫
サロン小説論（白鳥の「寝園」評をめぐつて）8　原実
アンドレ・ジイドの日記抄　竹越和夫訳
詩と現実 「現場でとつたノート」9　阪本越郎
文学に於ける「思考」の位置　沖崎猷之介
新人リュイスとオーデンが出るまで10　石橋孫一郎
六号雑記11
新刊紹介12
古小説の話13　塚本楢良
「四方の暗雲波間の春雨」（福沢先生の戯筆）14　富田正文
数個の映画から　秋沢信夫
消息15
編輯後記16
表紙カット　鈴木信太郎

目次註

1 〈一―八〉〔終〕
2 〈1―4〉
3 〈I・II〉
4 ――アルトゥウル・シュニッツレル―― 〈3〉
5 「発端地《ロンバルデア》」の作者―― 〔昭和七年五月三日〕
6 〈序／性急な表現意欲／彼と構成／彼ときどり／彼の現実への同化（後期の彼）／彼の意識主義／彼と自意識／結論〉〔1932.10〕
7 ――現代フランス文学批評の諸傾向――
8 ――白鳥の「寝園」評をめぐって――
9 ――現場でとつたノート――
10 ――Geoffrey Grigson による―― 〔一九三三・三・廿五〕
11 ※〈文藝春秋―「魚の序文」林芙美子／「寝顔」川端康成／「芸」谷崎潤一郎／改造―「橋の手前」芹沢光治良／「危機」佐藤春夫／「文反古」永井荷風／「中央公論」の早慶戦―坪内逍遙と永井荷風／須井一、鈴木清、小林多喜二の小説／『女の一生』山本有三／新潮の文芸時評の川端康成／「愛は霊魂［幽鬼］の如く」榊山潤／「悪太郎」尾崎士郎／新潮―「地獄」福田清人／「射撃魚」久野豊彦／新潮の楽壇時評／「現実・文学」の同人連が「文学青年」を創刊／コギト四月号―『「唯物史観芸術論」の排撃と唯物史観芸術論の新建設』高山茂／「日日」の家庭欄―「文芸円卓会議」座談会／都新聞文芸欄「大波、小波」での荷風・潤一郎評／広津和郎（読売）と榊山潤（時事）、深田久弥（日日）／「原之台から」・林房雄・新潮／深田久弥の時事新報文芸欄―同人雑誌評／「桜」創刊〉
12 〈『創作集・イカルス失墜』伊藤整著・椎の木社／年刊『文

化学院』—第一輯—紀伊国屋書店発行／文学『詩と詩論』—第五輯—厚生閣発行／『文学精神の源泉』エズラ・パウンド著　木下常太郎訳・金星堂〉

13 〈一—三〉〔八・三・二五　大阪にて〕

14 「四方《よも》の暗雲波間《くろくもなみま》の春雨《はるさめ》」——福沢先生戯筆の芝居筋書——※〝柳田泉により「書物展望」第二巻第一号に紹介された〟と「付記」あり

15 ※〈高橋広江「現代の考察」（ヴエアレリイ著）を訳出、第一書房から刊行／佐野繁次郎、島崎、佐伯等が「新油絵展覧会」を組織のこと／その他〉

16 和木清三郎　※〈「三田文学」誌の反響／その他〉

＊ 三田文学合本

＊ 「三田文学」四月号目次

表紙及びカット・鈴木信太郎／発行日・五月一日／頁数・本文全一六二頁／定価・五十銭／編輯兼発行者・東京市芝区三田　慶應義塾内・西脇順三郎／編輯担当・和木清三郎／発行所・東京市芝区三田　慶應義塾内・三田文学会／発売所・東京市丸ノ内三丁目二番地　株式会社籾山書店／印刷者・東京市芝区愛宕町二丁目十四番地　渡辺丑之助／印刷所・東京市芝区愛宕町二丁目十四番地　常磐印刷株式会社

■六月号　【193306】

創作
続「若い人」（小説）1　石坂洋次郎
傾斜（小説）　今川英一
父の講演（小説）　飯島正
遺恨（小説）　谷丹三
晩春二題（詩）2　山本和夫
浅草抒情調（詩）3　林蓉一郎
クリスマス・カアド—モロア 4　竹下英一訳
夢の小説—シユニッツレル 5　小松太郎訳
ボンの復活祭（戯曲・二場）　早川三代治
貝殻追放——初老会前説——6　水上瀧太郎
ジェラル・ボエ　その他 7　中村喜久夫
リアリズムと自我（よろめけるリアリズム宗に与ふ）　矢崎弾
同伴者文学論　原実
続アンドレ・ヂイド日記抄　竹越和夫訳
文芸月評 8　丸岡明
六号雑記 9
三田文学と巌谷夫人 10　牧野信一
近事一束 11　杉山平助
私事　榊山潤
「若い人」とその作者　古谷綱武
脚色者北村小松　松尾要治
春の剣岳から立山 12　岡本隆
新刊紹介 13
消息
編輯後記 14
表紙・カット　鈴木信太郎

目次註

1 〔続「若い人」終〕〔昭和八年五月六日稿了〕

2 〈作品／晩春の旅〉

3 〈その一一—その一四〉

4 アンドレ・モロア作

5 〈4〉アルトゥル・シュニッツレル——作〔この章つゞく〕

6 〔昭和八年五月六日〕

7 ——批評について——〈ジェラル・ボエ／アンドレ・モロア／エドモン・ジヤルウ〉

8 〈もっとながい小説／保守的な精神／石坂氏の「若い人」／「思ひ出」と「小鳥達」／「蜘蛛の饗宴」と「没落の系図」／「若いもの」と「魚の情け」と「あらしの岬」／「いつはり」と「血族」〉〔五・七〕

9 ※〈新聞時評—報知の福〔深〕田久弥（横光利一評など）・日日の正宗白鳥・朝日の茅野蕭々・国民の高田保（横光利一論）・時事の「蛙の目」（三田文学評など）／「コギト」—沖崎猷之介「言語の形而上学とロマンの問題」・田中克己の詩／「桜」創刊—田村、河田の小説・葉山修三の「テスト氏の問題」／「中央公論」五月号—張学良の心境・「蜘蛛の饗宴」上司小剣・非常時座談会の人選・馬場恒吾のヒットラ論・木下尚江の自由主義者・小林多喜二の転換時代〉

10 「三田文学」と巌谷夫人

11 〈……／父の銅像／郊外へ移転〉

12 ——帰途の宇奈月の宿で——

13 〈『公園』（創作集）松本喜美子著・婦女新聞社発行／『仏蘭西新作家集』青柳瑞穂訳・第一書房〉

14 和木清三郎　※近刊の三田関係書物について付す〈田中、川合の『歴史哲学』第一書房／『ヨーロッパ文学』西脇順三郎・第一書房／『フランス新作家集』青柳瑞穂・第一書房／杉山の評論と随筆集『春風を斬る』大畑書店／『過渡期の文学』阿久見謙の訳著・金星堂／その他西脇の評論集、高橋広江の本〉

＊ 「ヨーロッパ文学」出版記念会　※西脇順三郎評論集（第一書房版）の出版記念会（六月三日午後一時／於新宿白十字／発起・三田文学会、第一書房、椎の木社、季刊〈文学〉）

＊ 三田文学合本

＊ 「三田文学」五月号目次

＊ 「続福沢全集」の刊行　※〝慶應義塾で石河幹明に委嘱して編纂中であった……〟とある。全七巻の広告（岩波書店）も掲載

＊ 新油絵第一回展覧会　※出品者十二名氏名列記。六月七日—十一日／於　銀座資生堂

＊ ※加宮貴一創作集『人情修業』（今日の文学社）の広告中、著者の序文紹介あり

＊ ※西脇順三郎著『ヨーロッパ文学』（第一書房）の広告中、長谷川巳之吉、春山行夫両者の推薦文を紹介

表紙及びカット・鈴木信太郎／発行日・六月一日／頁数・本文全一四六頁／定価・五十銭／編輯兼発行者・東京市芝区三田　慶應義塾内・西脇順三郎／編輯担当・和木清三郎／発行所・東京市芝区三田　慶應義塾内・三田文学会／発売所・東京市

丸ノ内三丁目二番地　株式会社籾山書店／印刷者・東京市芝区愛宕町二丁目十四番地　渡辺丑之助／印刷所・東京市芝区愛宕町二丁目十四番地　常磐印刷株式会社

■七月号　【193307】

創作

室内（戯曲）1　石坂洋次郎

顔（小説）2　緒田真紀江

センチメンタリズム（小説）　谷丹三

香奠（小説）3　藤原誠一郎

今私は横はる―ヘミングウエイ4　阿久見謙訳

夢の小説―シユスツレイ《シュニッツレル》5　小松太郎訳

山高帽子を冠る男（小説）6　日野巌

貝殻追放―よせあつめ―7　水上瀧太郎

シエイクスピア文学8　西脇順三郎

既成作家と新文学　矢崎弾

批評の放浪9　木下常太郎

文芸月評　丸岡明

サミエル・バトラー―マッカーシー10　守木清訳

ピエル・ドミニック（現代フランス評壇）11　中村喜久夫

独逸女流飛行二詩人に就て　竹越和夫

西脇順三郎氏の「ヨーロッパ文学」12　岩崎良三

六号雑記13

鴨・その他―和歌による偶感―14　三宅悠紀子

犯罪都市―映画と演劇―　菅原誠

新刊紹介15

消息16

編輯後記17

表紙・カット　鈴木新〔信〕太郎

目次註

1　（一幕）

2　〔一九三三・三〕

3　〈一―四〉〔昭和八年四月二十七日〕

4　アーネスト・ヘミングウエイ作／阿久見謙訳

5　アルトゥル・シュニッツレル作／小松太郎訳　〈4〉〔つゞく〕

6　〈1―6〉

7　―よせあつめ―　〈「師・友・書籍」の序〔昭和八年五月十九日〕／「西洋美術史研究」の序〔昭和七年四月二十一日〕／「福沢諭吉伝」の刊行に就て〔昭和七年二月一日〕〉

8　〈1・2〉

9　〔完〕

10　デスモンド・マッカーシー作／守木清訳　〈（序）／Ⅰ―Ⅲ〉

11　―現代フランス評壇の諸傾向―　〈ピエル・ドミニック／ベンジヤマン・クレミウ〉

12　西脇順三郎氏著「ヨーロッパ文学」　※標題の左ワキ下にダンテ詞章引用―「知るを好むと同時にまた疑ふ事を好む―」

13　※〈「加藤清正」の芝居／「女性文壇の不振について」板垣直子・新潮／「直木三十五論」青野季吉・改造／「大政支会の煩悶」佐々弘雄／「自由主義的な作家諸君に」細田民樹・文芸首都／「非常時とは」戸川秋骨・政界往来／「新聞生活廿年」伊藤正徳／「作家的精神の三つの形態」大東猛吉・コギト／「雨」戸川エマ・午前午後／北村寿夫の新舞台第二回公演／「訓練された人情」広津和郎・文藝春秋／「支持者」藤沢桓夫・中央公論／「海戦奇譚」宇野浩二／「若い人」一作出で文壇の視聴「三田文学」に集る〉

14　〈馬の音／板屋を漏りて／鴨／山の煙／夕がほ〉

15　〈『春風を斬る―評論と随筆集―』氷川烈著・大畑書店／『彼女を破門せよ（長篇小説）』杉浦翠子作・藤浪会発行／『現代の考察（ポオル・ヴアレリイ）』高橋広江訳・第一書房〉

16　※水上瀧太郎随筆集「貝殻追放」、中村喜久夫二十世紀フランス小説研究「ジイド以後」の刊行についてなど。〝三田新聞文芸消息欄に出てゐた「三田文学」の事は、全然事実無根の誤植である由、同新聞から訂正の趣きの手紙があった〟旨を付す

17　和木清三郎　※三田文学関係者の新刊書について掲載あり〈『現代の考察』高橋広江・第一書房／『ジイド以後』中村喜久夫・金星堂／水上、西脇、高橋の著書〉

＊「三田文学」六月号目次

＊「続福沢全集」の刊行　※前号に同じ

＊※西脇順三郎著『ヨーロッパ文学』（第一書房）の広告中、春山行夫の推薦文を付す

表紙・鈴木信太郎／発行日・七月一日／頁数・本文全一四四頁／定価・五十銭／編輯兼発行者・東京市芝区三田　慶應義塾内・西脇順三郎／編輯担当・和木清三郎／発行所・東京市芝区三田　慶應義塾内・三田文学会／発売所・東京市丸ノ内三丁目二番地　株式会社籾山書店／印刷者・東京市芝区愛宕町二丁目十四番地　渡辺丑之助／印刷所・東京市芝区愛宕町二丁目十四番地　常磐印刷株式会社

■八月号　【193308】

創作

失題（小説）1　富沢有為男

芥火（小説）2　城野旗衛

就学（小説）　小川重夫

幸福の着物（小説）3　緒田真紀江

時計に賭けて（翻訳・小説）4　プランケット・グリーン　日野巌訳

運命の球（翻訳・戯曲）5　ユウヂン・ピロット　鶴左之助訳

小さな街の記（翻訳・小説）　シヤーウッド・アンダスン　浅尾早苗訳

夢の小説（翻訳・小説）6　アルトウ《アルトウル》・シュニツツレル　小松太郎訳

貝殻追放「年輪の差」7　水上瀧太郎

孤独な現実感・方言的文学8　矢崎弾

ポオル・ヴアレリリレイ《ヴァレリイ》の方法論序説9　アンドレ・モオロア　高橋広江訳

文学上の風習 10　春山行夫
文学に於ける強権主義と自由主義　原実
六号雑記 11
記者今昔物語 12　伊藤正徳
築地座六月公演覚書　竹越和夫
とりとめのないこと 13　和木清三郎
読後三著 14　太田咲太郎
新刊紹介 15
消息 16
編輯後記 17
表紙・カット　鈴木信太郎

目次註

1 〈1―4〉〔をはり〕 ※〝三年前にもらったある年若い友人からの手紙を私の文章に直させてもらった……〟と筆者の後記あり
2 〈1―5〉〔一九三三・五・一〕
3 〔一九三三・四〕
4 リチャド・プランケット・グリーン作
5 (The Gazing Globe) ユウヂン・ピロット作 ※編輯部「付記」に、ユウヂン・ピロットと、夭折した訳者鶴左之助〔昭和二年訳〕の紹介あり
6 夢の小説〈5〉 アルトウル・シュニッツレル作
7 ――「年輪の差」―― 〔昭和八年七月五日〕
8 ――既成作家は未練がましい破戒僧の入仏か―― 〈灰色の仮面を剝げ／臆病なジヤーナリズム／時代心理か宇宙法則か／孤独な現実感／通用語を忘れた文学／破戒僧の入仏／個々の既成作家について／自己を忘れた生活法〉
9 ポオル・ヴアレリイの方法論序説――主として作品「テスト氏」の解説―― 高橋広江訳 〈1・2〉〔つゞく〕
10 ――Palla 島の船渠は黄色い―― 〈1―6〉
11 ※〈新潮―「純文芸の更生に就いて」深田久弥・「くろ土」中谷孝雄・「死人の散歩」近藤一郎／「作家」創作号―編輯前記・「途」長崎謙二郎・「危機、美しき危機」神西清・「耳」寺崎浩・「文芸時評」一戸務・「帰去来」佐藤春夫／中央公論―宇野浩二のラヂオ講演筆記と徳田秋声「紅葉先生と私」／「無法人」里見弴・中公／唐木順三、朝日の批評／川端康成の批評眼――正宗、徳田、三宅悠紀子の批評――〉
12 ※石坂洋次郎記による「御詑」を付す（五月、六月号連載「若い人」についての激励の手紙への感謝と、本号休載のわび）別題――記者の生活試記 〈はしがき／和服からモーニングへ／地位は向上した／文章は低下した／勉強が足りない？／新聞の権威の為に／競争の為に鋭い／自負から功利へ――平福百穂君の話――〉
13 〈叔母の死／近頃観たもの「仮面の米国」／心闇軒蝙蝠《こころのやみのきのかうもり》〉
14 〈『随筆』井伏鱒二／『ジイド以後』中村喜久夫著／『肋骨と蝶』乾直恵詩集〉
15 〈『自叙伝』マルク・シヤガール 中山省三郎訳・第三書院／『文学』（季刊・第六冊）厚生閣書店／『西脇順三郎詩集』、『随筆』井伏鱒二・椎の木社〉
16 ※〈江口栄一創立経営のアルルカン書房から宇野浩二の「子の来歴」付「子を貸し屋」を出版のこと／その他〉
17 和木清三郎
＊「三田文学」七月号目次
＊ 三田文学合本
＊ ※経済往来夏季増刊『新作卅三人集』（日本評論社）の広告中、三田文学関係者の執筆内容掲載あり

表紙及びカット・鈴木信太郎／発行日・八月一日／頁数・本文全一六七頁／定価・五十銭／編輯兼発行者・東京市芝区三田 慶應義塾内・西脇順三郎／編輯担当・和木清三郎／発行所・東京市芝区三田 慶應義塾内・三田文学会／発売所・東京市丸ノ内三丁目二番地 株式会社籾山書店／印刷者・東京市芝区愛宕町二丁目十四番地 渡辺丑之助／印刷所・東京市芝区愛宕町二丁目十四番地 常磐印刷株式会社

■九月号 【193309】

創作
月蝕（小説）　今川英一
ありらん峠（小説）　金文輯
痴群（小説） 1　南川潤
お篠（小説） 2　大江賢次
夢の小説―シユニツツレル 3　小松太郎訳
貝殻追放――親馬鹿の記―― 4　水上瀧太郎
「批評」は狗に喰はすべきか 5　矢崎弾
ジヨゼフ・ジユウベエル 6　岩崎良三
ヴアレリイを語る 7　高橋広江
アルベル・チボデ 8　中村喜久夫
批評の具体性（唐木順三氏） 9　芳賀融
新聞記者は何処へ行く 10　伊藤正徳
西瓜の思ひ出　倉島竹二郎
独逸の本屋　森茉莉
「輪のある世界」　木下常太郎
年齢の顔　古谷綱武
海辺詩話 11　塚本楢良
戦場よさらば　松尾要治
消息 12
編輯後記 13
表紙・カット　鈴木信太郎

目次註

1 〈1―11〉〔三三・七・二七〕
2 〈1―5〉〔三三・七〕 ※〝一九二七年の旧作で、四年ほど前の本誌へ連載された『行け・ブラジル』の続篇〟とのこと「作者記」にあり
3 アルトウル・シュニッレル〔シュニッツレル〕作 〈六〉〔つゞく〕
4 〔昭和八年八月四日〕
5 「批評」は狗に喰はすべきか？ ――小林秀雄氏の懐疑精神に逆艪を用ふ―― 〔……8・3…〕
6 ――近代批評のグリムプス――
7 ヴァレリイを語る――アンドレ・モロア作／高橋広江訳〈其の二〉 ※「訳者の言葉」を付す

8 アルベル・チボデ――その他――

9 批評の具体性その他――唐木順三氏――〈批評の具体性／自由主義につき／大衆文学の批評〉

10 別題――生活難を繞る回顧録の一節〈記者を待つ運命／退社手当の話／入社試験と新陳代謝／記者の生活内容／薄給で自殺した記者／新聞記者独身論／記者の『身分』と保証／記者のプライド?〉〔八・八・二〕

11 〈⑴言葉／⑵季／⑶関／⑷女／⑸石〉〔八・八・二、蘆屋にて〕

12 ※〈水上瀧太郎、第五『貝殻追放』を日本評論社より刊行のこと／その他〉

13 和木清三郎 ※〝来月号は、近く改造社より創刊の「文芸」に寄稿した諸家が執筆〟と予告あり

＊ 避暑地だより〈御影にて 長尾雄／軽井沢から 丸岡明／蘆屋から 今川英一〉

＊ 「三田文学」八月号目次

＊ ※新刊紹介あり〈『釦つけする家《小説集》』那須辰造著・金星堂〉

＊ ※宇野浩二著『子の来歴』(アルルカン書房)の広告中、諸家の批評文、及著者の言葉を紹介〈「川端康成氏評」―読売新聞「文芸時評」より／「小林秀雄氏評」―「改造」八月号「文芸時評」より／「近松秋江氏評」―作者への書簡より／「宇野浩二氏曰く」〉

※ 本号、「ありらん峠」のため〝発売禁止の命を受く〟こと、次号の「編輯後記」に記載あり

表紙及びカット・鈴木信太郎／発行日・九月一日／頁数・本文全一四八頁／定価・五十銭／編輯兼発行者・東京市芝区三田 慶應義塾内・西脇順三郎／編輯担当・和木清三郎／発行所・東京市芝区三田 慶應義塾内・三田文学会／発売所・東京市丸ノ内三丁目二番地 株式会社籾山書店／印刷者・東京市芝区愛宕町二丁目十四番地 渡辺丑之助／印刷所・東京市芝区愛宕町二丁目十四番地 常磐印刷株式会社

■十月号 【193310】

創作

若い人(長篇小説・三) 1 石坂洋次郎

一夜物語(小説) 丸岡明

街の国際電車(小説) 2 平松幹夫

化粧花(小説) 3 金谷完治

嘘――一幕――(戯曲) 早川三代治

手紙他二篇―アンドレ・モロア 4 松田茂文訳

夢の小説―シユニッツレル 5 小松太郎訳

貝殻追放――「二筋道」散策――6 水上瀧太郎

里見弴論 7 矢崎弾

純文学の弱点 8 田村泰次郎

油絵鑑賞 勝本英治

健康な機智の文学 9 日野巌

演劇雑感(最近の築地座その他) 10 大江良太郎

外国文学漫歩 11 竹越和夫

朝鮮の秋(短歌) 12 巣木健

六号雑記 13

記者の最後の日 14 伊藤正徳

麦藁帽 15 内田誠

お国自慢 水木京大〔太〕

強弩の未勢 16 三宅大輔

ヨツト物語 17 宮田勝善

山と人と 18 原実

消息 19

編輯後記 20

表紙・カット 鈴木信太郎

目次註

1 〈三〉〔昭和八年・九月・初旬〕

2 〔三三・八〕

3 〈1―3〉〔一九三三年〕

4 アンドレ・モロア作・松田茂文訳〈手紙／家――アンヌ及びジュリアングリンの為に――／伽藍〉※本文には「手紙(他二篇)」の題名欠く

5 アルトゥル・シュニッツレル〔シュニッツレル〕作〈七〉〔完〕

6 〔昭和八年九月四日〕

7 ――氏を老成作家の配列線上に立たせる――〈現代批評家の自己隠蔽癖／老大家の分類図と里見弴の特異性／「まごころ哲学」の生成とその形態変化／「多情仏心」／「安城家の兄弟」／「無法人」の誕生／「芸道陰陽論」／描写技術の特異性／わが国作家の修業の末路／「無法人」と「まごころ哲学」の硬化／結論〉〔…9・5…〕

8 〈一―六〉〔八・九・三〕

9 ――「人情修業」漫談――

10 ――最近の築地座その他――〈最近の築地座／明治座の新派〉

11 〈独逸新進作家ヨアヒムマース／北欧の詩人ヘルマンバンク〉

12 ※十一首

13 ※〈新聞文芸欄―読売の豊島与志雄・朝日の川端康成・国民の村松正俊・読売の文壇二人区暗譃・時事の「蛙の目」・都の「大波・小波」・朝日の懸賞募集学生日記と学芸欄・国民の「弥次喜多旅行」／文藝春秋の新人文芸評論集(伊藤整、田畑修一郎、矢崎弾、田村泰二〔次〕郎、保田與重郎)・西沢揚太郎の劇評問題・新劇批評家の岸田國士と岩田豊雄・「万歴〔暦〕赤絵」志賀直哉／改造の広津和郎、宇野「不安の文学――藤原定評」・「大森ジヤナリスト論」小泉信三／都の大波小波の藤原定(大宅壮一評)と水守亀之助(小林秀雄評)／新潮の「スポツトライト」――松〔杉〕山平助の「菊池寛論」評他／国民における長崎謙二郎／「桜」〉

14 ――その前後の思ひ出(その一)――〈……／財政経済時報へ／立ち後れた時事新報／社長と営業局長(十年間に七人)〉〔この項つゞく〕

15 〈一、麦藁帽／二、熱帯魚／三、新聞広告／四、制服なき処女／五、ピント〉

16 〈酒／金／女〉※追記あり

17 〔終〕

18 ――甲斐駒記――〈北沢小屋にて／甲斐駒といふ山／仙水峡の明暗／井汲さんの場合〉〔一九三三・九〕

19 ※〈西脇順三郎が『ジョイス詩集』を第一書房から発行／三田文学九月号の小説、風俗を乱すの理由にて八月二十七日その発売を禁止されたこと／その他〉
20 和木清三郎 ※〈先月号発禁の詫び／その他〉
＊ 川端康成、村松正俊両氏に答ふ　矢崎弾 ※矢崎弾の「批評は狗に喰はすべきか?」をとりあげた川端の「朝日」(文芸時評)と村松の「国民」での批評に対して〝無用な容喙を敢てする〟としたもの。著者の評論「里見弴論」の後に付す
＊ ※新刊図書の紹介あり〈『猟人日記』ツルゲエネフ・中山省三郎訳（第一書房刊行）／『人情修業（小説集）』加宮貴一（今日の文学社）〉
＊ 「三田文学」九月号目次

表紙及びカット・鈴木信太郎／発行日・十月一日／頁数・本文全一五四頁／定価・五十銭／編輯兼発行者・東京市芝区三田　慶應義塾内・西脇順三郎／編輯担当・和木清三郎／発行所・東京市芝区三田　慶應義塾内・三田文学会／発売所・東京市丸ノ内三丁目二番地　株式会社籾山書店／印刷者・東京市芝区愛宕町二丁目十四番地　渡辺丑之助／印刷所・東京市芝区愛宕町二丁目十四番地　常磐印刷株式会社

■十一月号 【193311】

創作
若い人（小説）1　石坂洋次郎
丑の日の日記（小説）2　庄野誠一
夏痩せ（小説）3　緒田真紀江
失意の粧（小説）4　城野旗衛
夢日記（小説）5　龍胆寺雄
黒い仮面—アンドレ・モロア（小説）6　松田茂文訳
貝殻追放——続親馬鹿の記——7　水上瀧太郎
頭の状態　西脇順三郎
新進作家七氏について8　矢崎弾
マキシム・ゴルキイの新戯曲9　園池公功
十八世紀のロンドン　亀井常蔵
デイオニユーソス—リユーキアーノス10　樋口勝彦訳
文芸時評〈批評の原則・その他〉11　春山行夫
今月の小説
「改造」「文藝春秋」12　太田咲太郎
「中央公論」「三田文学」13　今井達夫
新聞記者の最後の日——その二——14　伊藤正徳
人類と歴史15　佐藤朔
日本語の解放　木下常太郎
Ambarvalia の精神16　阪本越郎
六号雑記17
消息18
編輯後記19
表紙・カット　鈴木信太郎

目次注

1 〈その四〉
2 〈三三・十・三〉
3 〈一九三三・七〉
4 〈一九三三・九・十四〉
5 〈小さな序／抜萃1—10／小さな後記〉
6 〈黒い仮面／イレエヌ〉
7 〈昭和八年十月五日〉
8 新進作家七氏に就いて〈前文／庄野誠一／丸岡明／美川きよ／丹羽文雄と田畑修一郎／榊山潤／神西清〉〈昭和八年四月九日稿〉 ※〝この原稿旧稿であるのをそのまま訂正せずにのせた……〟と「御詫び」を付す
9 ——ドステイゲフとその一家——
10 リユーキアーノス作〔終り〕 ※訳者前書を付す
11 ——十月の月刊雑誌——〈1、批評の原則／2、批評家の道／3、二つの法則／4、批評の瞥見／5、作品評〉
12 〈総論／『跫音』龍胆寺雄・改造／『今日様』葉山嘉樹・改造／『美しい村』堀辰雄・改造と『夏』堀辰雄・文藝春秋／『街』深田久弥・文藝春秋〉
13 〈「進路」窪川いね子・中央公論／「若い人」石坂洋次郎・三田文学〉
14 ——その前後の思ひ出——〈その二〉〈板倉主筆を失ふ／武藤主義下の一年／独り静かに去る〉〔完・八・九・八〕
15 ——ヴアレリイ「現代の考察」（高橋広江氏訳）——〔終〕
16 ——西脇順三郎氏の詩集——〔一九三三・一〇〕
17 ※〈朝日・小宮豊隆の批評／「行動」九月作品観／「既成作家過重について」板垣直子・新潮／「現代文学の一性格について」河上徹太郎・文学界／築地座の九月公演「毀れた花瓶は」／テアトル・コメデイ／「純文学の弱点」田村泰次郎・三田文学前号／「新潮のこと」林房雄／「桜」の復活／「作家」三号／「二人の楽天家」正宗白鳥／新潮の「画家と文士の一問一答録」〉
18 ※〈三宅大輔の戯曲集『雪女郎』（明窓社）の刊行／倉島竹二郎の第一創作集（今日の文学社）刊行予定／三田文学紅茶会（十月二十五日午後六時　於銀座明治製菓楼上）の予告／その他〉
19 和木清三郎 ※〈「時評欄」の復活のこと／その他〉
＊ 「三田文学」十月号目次
＊ 本誌「前金切」について
＊ ※新刊図書の紹介あり〈『ダブリンの人々』ジエイムズ・ジヨイス　永松定訳・金星堂発売〉

表紙及びカット・鈴木信太郎／発行日・十一月一日／頁数・本文全一四二頁／定価・五十銭／編輯兼発行者・東京市芝区三田　慶應義塾内・西脇順三郎／編輯担当・和木清三郎／発行所・東京市芝区三田　慶應義塾内・三田文学会／発売所・東京市丸ノ内三丁目二番地　株式会社籾山書店／印刷者・東京市芝区愛宕町二丁目十四番地　渡辺丑之助／印刷所・東京市芝区愛宕町二丁目十四番地　常磐印刷株式会社

■十二月号 【193312】

創作
若い人（長篇小説・五）1　石坂洋次郎
帰りたい心（小説）　谷丹三

空（小説）2　緒田真紀江
母親の上京（小説）3　永松定
柚の季節（詩・五篇）4　北園克衛
ハツクスレイ旅行記より5　阿久見謙訳
貝殻追放6　水上瀧太郎
——「三田文学」編輯委員隠居の辞——
脱線するな!!　地道に!!　地道に？7　矢崎弾
〈現代作家の制作精神を分析批判する〉
一九三三年の文壇回顧　阪本越郎
〈芸術派の文学運動を中心にして〉
一九三四年になつても　伊藤整
ヒユウマニズム8　岩崎良三
演劇時評9　舟橋聖一
文芸時評10　春山行夫
今月の小説
「改造」「文藝春秋」「三田文学」11　今井達夫
「中央公論」「文芸」「経済往来」12　太田咲太郎
海辺の二人男—ヴアレリイより13　高橋広江
「ひと夜」の行者14　宇野信夫
話
書物の話15　一戸務
冬釣りの話16　日高基裕
果物漫筆17　石黒露雄
競馬の話　岡本隆
旅の話18　原実
新聞の話19　野坂三郎
冬山プロムナード20　富山雅夫
消息
編輯後記21
表紙・カット　鈴木信太郎

目次註

1　〈その五〉〔昭和八年十一月上旬〕　※「作者から」として付記あり
2　〔一九三三・六〕
3　〈一—三〉
4　〈昔の家／冬至／柚の季節／秋日／野分〉
5　ハツクスレイ旅行記より　阿久見謙訳　〈デリイ／ピナン／シンガポール／上海〉　※"From Jesting Pirate"と付す
6　〔昭和八年十一月六日〕
7　脱線するな!!　地道に!!　地道に!?　〈部分と全体（「万歴〔暦〕赤絵」、「親馬鹿の記」を通じて）／理解の極限／截断から味得精神へ／素直の性格／疲労した知性の迷路（横光氏の近作）／実践力のない主知派と感傷派／断定を嫌ふ評論／憩ひをもとめる個性〉
8　〈1・2〉　※「付記」に、『文芸』創刊号掲載の三木清氏「ネオヒユウマニズムの問題と文学」の一節、紹介あり
9・10　「今月の問題」として
10　——一九三三年の文学を概観して——　〈一、合評会について／二、外国文学の取扱ひ〉　※"誤植あり"と次号に記す
11　「改造」「文藝春秋」〈改造／文藝春秋／三田文学〉　※〈改造—「人さまざま」宇野浩二・「散りぬるを」川端康成／文藝春秋—「屋根のないバラツク」葉山嘉樹・「親馬鹿の記」水上瀧太郎／三田文学—「夏痩せ」緒田真紀江〉
12　〈中央公論—「或る部落の話」井伏鱒二／文芸—「書翰」横光利一・「紅葉の懺悔」林芙美子・「母の手紙」峰専治・「風俗」石坂洋次郎／豊島与志雄「意欲の確立」（行動）と「死の前後」（経済往来）〉
13　——ポオル・ヴアレリイより——　〈I—VII〉
14　〔一九三三・十月〕
15　——渡辺書洲父子——
16　〈一—八〉〔八・一〇・三〇〕
17　〈果物の匂ひ／葡萄の街路樹／林檎の色／柿の味／柿のタネ／果物と燕窩／みかん・かき／くだものゝ国字〉〔終〕
18　〔一九三三・一一・八〕
19　〔八・一一・八〕
20　〈前文／一、恐い甲斐駒山脈／二、美しい奥秩父／三、低山の収獲〉
21　和木清三郎　※〈水上瀧太郎"編輯委員を隠居"のこと／その他〉
＊　「三田文学」十一月号目次
＊　三田文学合本
＊　前金切について
＊　新刊図書の紹介あり　〈『貝殻追放（随筆集）』水上瀧太郎・日本評論社出版／『円錐詩集』北園克衛（刊行・東京豊島区雑司ケ谷三ノ五一六）〉

表紙及びカット・鈴木信太郎／発行日・十二月一日／頁数・本文全一五〇頁／定価・五十銭／編輯兼発行者・東京市芝区三田　慶應義塾内・西脇順三郎／編輯担当・和木清三郎／発行所・東京市芝区三田　慶應義塾内・三田文学会／発売所・東京市丸ノ内三丁目二番地　株式会社籾山書店／印刷者・東京市芝区愛宕町二丁目十四番地　渡辺丑之助／印刷所・東京市芝区愛宕町二丁目十四番地　常磐印刷株式会社

一九三四年（昭和九年）

■一月号　【193401】

創作

若い人（長篇小説・六）1　石坂洋次郎
自然主義末期（小説）2　倉島竹二郎
仔猫と三人（小説）3　庄野誠一
義妹（小説）4　遠藤正輝
下絃（小説）5　日野巖
白い寝床（小説）6　緒田真紀江
鳥影（戯曲・一幕）　宇野信夫
トリアノンの秋（小説）7　富沢有為男
地上の糧—アンドレ・ジイド8　中村喜久夫
批評史の一頁9　西脇順三郎
批評の没落から更生へ10　矢崎弾
現代文学の要望と方法について　田村泰次郎
果して文芸復興なりしか？　大島敬司
今月の問題
文芸時評11　春山行夫
演劇時評12　舟橋聖一
「改造」「文藝春秋」「三田文学」13　今井達夫
「中央公論」「文芸」14　太田咲太郎
「同人雑誌」十二月号作品評15　原実
尾花を読みて（久保田万太郎作）16　牧野信一
我が晩課書17　早川三代治
黒い覚書　丸岡明
渡辺青洲父子——続書物の話——　一戸務
島崎藤村氏に就て　法門平十郎
三等部屋の記　二木直
「夢みる昼」その他18　松尾要治
消息19
編輯後記20
カット・表紙　鈴木信太郎

目次註

1　〈その六〉〔この項未完〕〔昭和八年十二月上旬〕
2　〈一〉〔未完〕　※「若き友に——」として前文あり
3　〈1—3〉〔一九二八・一〇作〕
4　〈1—4〉〔昭和8・11・28日〕
5　〔昭和八年十二月〕
6　〔一九三三・八〕
7　〈1—3〉〔をはり〕
8　アンドレ・ジイド作／中村喜久夫訳　〈一九二七年版の序文／わが友モリス・キヨーに／第一巻——Ⅰ・Ⅱ・Ⅲ・輪舞曲・現象喋語〉
9　〈サント・ブウヴ／テエヌ／ルナン／ゾラ／ブリユンチエール／レアリスム論〉
10　——党派批評を勦滅せよ——　〈胃弱の批評家／作家と批評家の排他現象について／朋党批評について〉
11・12　※「今月の問題」として
11　——十二月の雑誌から——　〈作家に反駁を希望する／『新潮』の座談会／ジィドの流行／作品の瞥見—「一九三四年になっても」伊藤整（三田文学）・「三連譜」中河与一（中央公論）・「湖畔にて」阿部知二（改造）・「哀しき老父」滝井孝作（改造）・「飯田橋の神様」佐藤春夫（改造）・「植物の心臓について」久野豊彦（新潮）〉
13〜15　※「今月の小説」として
13　〈改造—「湖畔にて」阿部知二／文藝春秋—「菩薩」室生犀星・「夜見の巻」牧野信一／三田文学—「若い人」石坂洋次郎・「帰りたい心」谷丹三・「空」緒田真紀江・「母親の上京」永松定〉
14　〈「苦海」〔八年九月四日擱筆〕近松秋江・中央公論／「末期の眼」川端康成・文芸／「三連譜」中河与一・中央公論／「のどかな午後」正宗白鳥・文芸／「ダンス」武田麟太郎・文芸〉
15　〈文壇と同人雑誌／八つの同人雑誌—野村利尚「やまひ」（早稲田文科）・前川修「手紙の束より」（早稲田文科）・太田静一「迷暗」（新思潮）・伊吹研造「系図」（新思潮）／一聯のプロ小説—「露路」森素夫（早稲田文科）・「子の場合」戸田時雄良（早稲田文科）・「花園」末尾博（早稲田文科）／「麺麭」—仲町貞子「音吉」・「それを見てゐた女」東一郎・「部落の歴史」首藤正紀・「一族」渡辺津奈夫／「翰林」—中河与一／「文芸汎論」—金谷完治「夜風」／「青山文学」—「撞球場X」と「漁火」／「文芸意匠」—中川直「破貞」・「新芸術」／石坂洋次郎礼讃（三田文学」の功績）〉〔一九三三・一二〕
16　「尾花」を読みて（久保田万太郎作）
17　〈一、私の死顔／二、快心の薄暮／三、死後の永生／四、肉体と精神／五、事実と問題との距り／六、神と知識と／七、初果の雅〉
18　〈夢みる昼／監督について／日本の俳優について〉〔一九三三・一二・六〕
19　※〈小泉信三、第十代目慶應義塾塾長に就任／早川三代治、明窓社より短篇小説「青鷗」を出版／「水上先生謝恩会」（編輯委員隠居披露会に招かれた者が夫妻を招待。十二月十二日夜　於日本橋「音喜久」）の報告及学生中心の謝恩会の予告〉
20　和木清三郎　※〈鈴木信太郎絵画小品展覧会のこと／雑誌「桜」の再興と、その中心をなす田村泰次郎等の主張／その他〉
＊　鈴木信太郎絵画小品個人展覧会　和木清三郎　※十二月廿一より廿五日　銀座紀ノ国屋書店階上での鈴木信太郎展の案内文
＊　前金切について
＊　三田文学合本
＊　「三田文学」八年・十二月号目次
＊　※相馬御風著『人・世間・自然』（厚生閣）の広告中、著者の文紹介あり
＊　※築地座第十八回公演（十二月二十五日—二八日　於芝飛行館）チエホフ作・米川正夫訳「三人姉妹（四幕）」の予告あり
表紙及びカット・鈴木信太郎／発行日・一月一日／頁数・本

文全一九四頁／定価・五十銭／編輯兼発行者・東京市芝区三田　慶應義塾内・西脇順三郎／編輯担当・和木清三郎／発行所・東京市芝区三田　慶應義塾内・三田文学会／発売所・東京市丸ノ内三丁目二番地　株式会社籾山書店／印刷者・東京市芝区愛宕町二丁目十四番地　渡辺丑之助／印刷所・東京市芝区愛宕町二丁目十四番地　常磐印刷株式会社

■二月号　【193402】

創作

若い人（長篇小説〈七〉―九十枚）1　石坂洋次郎

零（小説・百枚）2　今川英一

隠れ家（小説）3　藤原誠一郎

自然主義末期（小説）4　倉島竹二郎

哀歌（詩）5　木村五郎

影の祭礼（詩）6　小林善雄

埃まみれの公園（詩）7　塩川秀次郎

地上の糧（翻訳小説・二）8　―アンドレ・ジイド　中村喜久夫訳

近代人と中世紀人　西脇順三郎

小林秀雄を噛み砕く9　矢崎弾

今月の問題

演劇時評10　舟橋聖一

文芸時評11　春山行夫

「メキシコの嵐」その他12　松尾要治

「中央公論」13　今井達夫

「改造」「三田文学」14　伊藤進一

「経済往来」「新潮」15　南川潤

「同人雑誌」一月号作品評16　原実

郊外の心中　戸川秋骨

ある素材17　三宅正太郎

稲の穂かげで18　大江賢次

劇評余談19　三宅三郎

故郷20　平松幹夫

消息21

編輯後記22

表紙・カット　鈴木信太郎

目次註

1 〈その七〉〔修学旅行の部・前篇終〕

2 〈一―九〉

3 〈一―四〉〔昭和八年八月十三日〕

4 〈二〉〔未完〕

5 〈I・II〉

6 〈影の祭礼／密航〉

7 〈一、冬日の柳／二、埃まみれの公園／三、濁れる池／四、広場／五、冬日〉

8 アンドレ・ジイド作／中村喜久夫訳〈第二巻――…・輪舞曲・オンフロール（街にて）〉〔第二巻了〕

9 ――一月の文芸時評を読みて――〔一九三四・一・五〕

10 ――阪中正夫氏と新劇座のことなど――

11 ――一月の雑誌から――〈佐藤氏の潤一郎論／レトリックの精神／谷川徹三氏と哲学／小林秀雄のドン・ファン主義／創作の一瞥〉

12 「メキシコの嵐」――エイゼンシユテインのメキシコ映画――〔一九三三・一二・二三〕

13～16 ※「今月の小説」として

13 〈「陥穽」武田麟太郎／「葱の花と馬」伊東祐治／「深夜」小山いと子〉

14 〈「紋章」横光利一／「壁画」「若い人」石坂洋次郎・文藝春秋／「市井事」武田麟太郎／「河の上で」荒木巍／「ハムレットの母」林房雄／「桜内の妻」川村鈴代／「消費」（「市井事」の一節）武田麟太郎／「鶯」林芙美子／「自然主義末期」倉島竹二郎・三田文学／「義妹」遠藤正輝・三田文学／「下絃」日野巌・「三田文学」／「白い寝床」緒田真紀江・三田文学〉

15 〈経済往来新年号―谷崎の「陰翳物語」・武田麟太郎の随筆・「泥」川崎長太郎・「春の戯れ」近松秋江・「ポプラにかこまれた小さな海村にて」尾崎士郎・「有島とその妻」浅原六朗・「将軍江戸を去る」真山青果・「わがまゝ」里見弴／新潮の推薦作品―「地方都市風景」岡崎秀穂・「大島の話」宇野千代・「鶴千代」室生犀星・「雨霽れ」岡田三郎・「初霜」藤沢桓夫・「二階の姉妹」平林たい子・「殿様教育」林房雄・「ある時代の彼等」浅原六朗・「現れた女」川端康成・「山中釣遊」滝井孝作〉〔三三・一二・二五〕

16 〈前文／「創作派」の三つの作品―「雑草」松本欽一・「故郷行」大島清一郎・「海浜律」高橋千代丸／「日暦」―「小便横町」新田潤と「壁画」石坂洋次郎（文藝春秋・正月号）・「にんにく」石光葆・「小木真平」神山健夫・「雑草」渋川驍／「翰林」―「シベリアの恋」大野淳一・「浮世絵」近藤一郎・「キッドの靴」衣巻省三・「絣」十和田操・「哄笑」山内せい子／「門」―「霧」月原橙一郎・「出産」佐賀一海・伴野英夫／「麵麹」―「冬至近く」中務保二／「文芸首都」―「女房」張赫宙・「鶏供養」和田伝／「作家群」―「坊やの眸」打木村治／「夷狄」―「人間喜劇」篠崎伝／四つの創刊号―「旗」・「荒船」・「玄鳥」・「1934」／「旗」―同人の矢崎弾・「べこにや」中岡宏夫・「戯画」浜村信夫／「荒船」―「少年」折茂安次／「鐘塔」／「コギト」／「文芸汎論」／「早稲田文科」―「手紙の束より」前川修・「殻を破る」大内義一／「文芸汎論」／「骨牌」衣巻省三・「螺旋街」稲垣足穂／「コギト」―「憂愁」肥下恒夫／総評〉〔一九三四・一〕

17 或る素材

18 〈上・下〉〔完〕

19 ――落語を好む――

20 〔三十日―九年一月六日。大森馬込にて〕

21 ※〈勝本清一郎、独逸より帰朝／石坂洋次郎、短篇集「金魚」を春秋社より出版／水木京太、「福沢諭吉先生生誕百年記念の一月十日に、ラヂオドラマ「福沢諭吉」を放送／その他〉

22 和木清三郎　※〈石坂洋次郎とその新刊書のこと／その他〉

＊ ※〝水上瀧太郎・久保田万太郎両先生御推薦〟「なかゞ志ま屋の酒」の広告中、久保田万太郎の推薦文〔昭和八年十二月〕を紹介

＊ 鎌田先生喜寿祝賀記念伝記及全集刊行会趣旨書　※編輯

委員（小泉信三、小林澄兄、阿部章蔵、高橋誠一郎他）名列記、他、刊行会要項を付す
＊　※新刊図書の紹介あり〈『ジョイス中心の文学運動』春山行夫著・第一書房〉
＊　「三田文学」新年号目次
＊　※塾新卒業生中島芳男による、なかじま屋開店披露文「開店御披露」掲載あり

表紙及びカット・鈴木信太郎／発行日・二月一日／頁数・本文全一七一頁／定価・五十銭／編輯兼発行者・東京市芝区三田　慶應義塾内・西脇順三郎／編輯担当・和木清三郎／発行所・東京市芝区三田　慶應義塾内・三田文学会／発売所・東京市丸ノ内三丁目二番地　株式会社籾山書店／印刷者・東京市芝区愛宕町二丁目十四番地　渡辺丑之助／印刷所・東京市芝区愛宕町二丁目十四番地　常磐印刷株式会社

■三月号　【193403】

創作
生活の誕生（小説・百枚）1　宮城聡
花曇（戯曲・一幕）　宇野信夫
外出（小説）2　遠藤正輝
酔はない男たち（小説）　阿久見謙
日本印象記 3　勝本清一郎
告白と弁解 4　片岡鉄兵
なかやすみ 5　石坂洋次郎
演劇時評 6　内村直也
文芸時評 7　春山行夫
映画「神風連」8　松尾要治
「中央公論」「文藝春秋」「三田文学」9　伊藤進一
「改造」「文芸」10　太田咲太郎
「新潮」「行動」11　今川英一
二月号同人雑誌から 12　原実
自省の断想 13　矢崎弾
広津和郎論 14　加藤信也
谷丹三の静かな小説 15　坂口安吾
ロオレンスの文学観と世界観 16　木下常太郎
ジヨイス中心の文学運動 17　岩崎良三
劇評余談（その二）18　三宅三郎
石坂洋次郎氏を語る 19　大坪草二郎
ラグビー挿話 20　橋本寿三郎
消息 21
編輯後記 22
表紙・カット　鈴木信太郎

目次註

1　〈一―十二〉〔三三・五・六〕
2　〔昭和八・一二・二七日〕
3　〔一九三四・二・九〕
4　〔一九三四年二月〕
5　〔五日〕
6　〈A、何故新劇は盛んにならないか　(1)新劇といふ言葉　(2)資本家のゐないこと　(3)新劇に因って喰はうとしないから　(4)新劇関係者　(5)批評家、劇作家、その他／B、演劇のリアリズムに就て――美術座の「復活」と新派の「復活」――〉
7・8　※今月の問題として
7　――二月の雑誌から――　〈傑作の心理／作家の発展／横光利一氏の場合・川端康成氏の場合〉
8　〔九・二・五〕
9～12　※今月の小説として
9　〈『中央公論』―「世紀病」藤沢桓夫・「父親」下村千秋・「色ざんげ」宇野千代／『文藝春秋』―「柘榴の芽」丸岡明・「子を盗み出しに」石浜金作・「組合はせ」片岡鉄兵／『三田文学』―「零」今川英一・「隠れ家」藤原誠一郎・「若い人」石坂洋次郎・「自然主義末期」倉島竹二郎〉
10　〈「私」直木三十五（文芸）／「特等席」林房雄（文芸）／「挿話」堀辰雄（文芸）／「脱走記」中河与一（文芸）／「三十歳」中谷孝雄（改造）〉
11　新潮〈「日比谷付近」田中正光／「旧山河」尾崎士郎／「百姓花嫁」徳永直〉行動〈「喪服のついてゐる心懐」井伏鱒二／「すがた」林芙美子／「父の死まで」永松定／「恋母記」石浜金作／「陽霊」北小路功光／「リラの手紙」豊田三郎〉
12　門〈「波紋」富山雅夫／「聖画」館美保子／「孤歌」長田恒雄〉新思潮〈「系図」伊吹研造／「死と幸福と」太田静三〉早稲田文学〈「畳」野村利尚／「手紙の束より」前川修／市川為雄への責問！〉文学建設者〈「老人」藤森成吉／「煤煙」金親清／「谷間の村」橋本正一〉坂路〈「現実追求の文学」大川康之助／「黒服の男」杉本謙作〉〔一九三四・二〕
13　※評者原実への問い合せに対する編輯部からの回答を付す
――鞭のゆくへ・滴んだ鑑賞・断定の途上――　〔未完〕
14　――三十三篇の作品によつて――　〈一―四〉〔九・一・三稿〕
15　――あはせて・人生は甘美であるといふ話――
16　――詩的人生観――
17　春山行夫氏の『ジヨイス中心の文学運動』〈1―3〉
18　〈其二〉〈名捕手梅幸／落語面白し〉
19　石坂洋次郎を語る
20　〈一、ラグビーの味／二、ラグビー武勇伝／三、濠洲学生軍の来朝／四、チームの編成／五、日本人チームに対する研究不足〉〔完〕
21　※〈石坂洋次郎「短篇小説集」を春秋社から刊行／三田文学編輯所、都合上住所を時事四階に置く（毎週木曜日在）／久保田万太郎、「大寺学校」（四幕五場）を築地座二週年記念公演に演出・四条書店より随筆集「語る」・文体社より短篇小説集を出版／三田文学同人、日吉新校舎建設資金金五千円を慶應義塾へ寄付／その他〉
22　和木清三郎　※〈石坂洋次郎の「短篇集」に、十余年来の交友である大坪草二郎が装幀校正したこと／その他〉
＊　日吉建設資金募集趣意書　慶應義塾　※〝本塾創立七十六年目を迎え、日吉台十三万坪の新敷地に諸施設を整えむため、大方の賛助を仰ぐものなり〟とする
＊　三田文学合本
＊　「三田文学」二月号目次

＊お願ひ　発送係
＊締切日について
＊前金切について
＊※〝水上瀧太郎・久保田万太郎両先生御推薦〟「なかゞ志ま屋の酒」の広告中、水上瀧太郎の推薦文〔昭和九年一月〕を紹介
＊※建設社『ジイド全集　全十二巻』の広告中、山本有三による「推薦の辞」を紹介

表紙及びカット・鈴木信太郎／発行日・三月一日／頁数・本文全一五九頁／定価・五十銭／編輯兼発行者・東京市芝区三田　慶應義塾内・西脇順三郎／編輯担当・和木清三郎／発行所・東京市芝区三田　慶應義塾内・三田文学会／発売所・東京市丸ノ内三丁目二番　地株式会社籾山書店／印刷者・東京市芝区愛宕町二丁目十四番地　渡辺丑之助／印刷所・東京市芝区愛宕町二丁目十四番地　常磐印刷株式会社

■四月号　【193404】

創作
五旬祭の夜（小説）1　勝本清一郎
溌剌たる純潔（小説）2　遠藤正輝
遠藤家（小説・七十枚）3　末松太郎
こまる紳士（小説百枚）4　今井達夫
貝殻追放5　水上瀧太郎
否定道に於ける意欲の分析6　矢崎弾
自然主義は復活するか7　一条迷洋
文芸時評8　春山行夫
演劇時評9　内村直也
映画時評10　塚本靖
直木三十五11　小島政二郎
切り抜いた土産12　原奎一郎
新らしい友達13　美川きよ
シエストフとジイド　古谷綱武
劇評余談（その二）14　三宅三郎
文藝春秋・行動15　庄野誠一
中央公論・文芸・三田文学16　伊藤進一
改造・新潮17　太田咲太郎
三月の同人雑誌18　原実
六号雑記19
消息20
編輯後記21
表紙・カット　鈴木信太郎

目次註

1〔一九三四・三・六〕
2〔九・二・二十八日〕
3〈1―3〉〔1933〕
4〈1―6〉
5――鎌田栄吉先生を憶ふ――
6――続自省の断想――〔1934.3.8〕
7――新しき一群の動向に就いて――〔二月十七日〕
8・9　※「今月の問題」として
8　文芸時評――三月の雑誌から――〈批評家の弱点／批評の原則論／深田久弥氏の場合／読める批評と読めぬ批評〉
※〝この月評、この号を以って一先づ擱筆……〟と付す
9〈A．翻訳劇に就て――築地小劇場の「人形の家」／B．創作劇に就て――築地座の「大寺学校」／C．翻案劇に就て――美術座の「椿姫」〉※前書を付す
10――ふいるむ・ものらうぐ――〈ウイリアム・ウエルマンの近業／サヴエート映画とナチス映画／製作者の非良心〉
11〔以下次号〕
12〈土産の無い帰朝者／ポオル・モオランの倫敦／髭の合戦／「悪魔の弟子」映画化〉〔三四・三・一二〕
13〈風の中の対話／友情の対話／ある対話〉
14（其三）――弁天小僧と柳家小さん――〈弁天小僧の見得／柳家小さんに就て〉
15〈「散文家の日記」林芙美子・文藝春秋／「六月の夜」中山議〔義〕秀・行動／「季節」寺崎浩・文藝春秋〉
16〈理智に依る作品―「虹」川端康成（中央公論）・「白痴」阿部ツヤ子（文芸）／リアリズムに就て―「講習実記」（文芸）・「青ケ島大概記」井伏鱒二（中央公論）・「ガルボウ」張赫宙（文芸）・「生活の誕生」宮城聡（三田文学）〉
17〈「村の次男」和田伝・改造／「朝日屋絹物店」岩田豊雄・改造／「窈窕」中河与一・新潮／「海鳥」楢崎勤・新潮／「散らかった娘」栗田三蔵・新潮〉
18〈黒潮（法政大学文学部機関誌）―「会堂の内」萱原広・「靄」河上英一・評論「文学に於ける二元」での杉健と三木清の諸説／芸術科（日本大学芸術科の機関誌）―早稲田文学の再刊・「少年の世界」山下喜生／紀元―「田阪の話」片山勝吉とその永井龍男評（日日の文芸時評）・「立春前後」寺河俊雄・正宗白鳥論二つ（宗像憲治・沖和一）・「バルザック研究」若園清太郎／中島栄次郎の「ニイチエと現代」文芸汎論／知人の作品―「啓太の帰郷」木山捷平（政界往来）・「竹馬」中岡宏夫（旗）・「再会」倉橋弥一（門）・「砂」一瀬直行（門）・「聖書」館美保子（門）・「出世」東一郎（麵麭）〉〔一九三四・三〕
19　※〈「早稲田文学」復活を前に宮島新三急逝／「コギト」の最近の雑誌要目に「三田文学」の創作を入れざるは如何に？／文芸院の設立／直木三十五の死、池谷信三郎の死、佐々木味津三の死、他〉
20　※水上瀧太郎随筆集第六「貝殻追放」改造社より刊行／佐野繁次郎の「新油絵第二回展覧会」〔三月二十二日―二十八日　於銀座資生堂〕の報告
21　和木清三郎　※〈「六号雑記」の復活／本号より目次を色刷に／その他〉
＊※新刊図書の紹介あり〈『詩人』（ヘルマン・ヘッセ）竹越利〔和〕夫訳・尚文堂／『石坂洋次郎短篇集』春秋社／『ジイド全集』第三巻―「パリユウド」堀口大學訳・「地の糧ひ」辻野久憲訳・「青春詩篇」青柳瑞穂訳―金星堂〉
＊「三田文学」三月号目次
＊新油絵第二回展覧会　※銀座資生堂にて、三月廿四日より廿八日まで

表紙及びカット・鈴木信太郎／発行日・四月一日／頁数・本

文全一五三頁／定価・五十銭／編輯兼発行者・東京市芝区三田　慶應義塾内・西脇順三郎／編輯担当・和木清三郎／発行所・東京市芝区三田　慶應義塾内・三田文学会／発売所・東京市丸ノ内三丁目二番地　株式会社籾山書店／印刷者・東京市芝区愛宕町二丁目十四番地　渡辺丑之助／印刷所・東京市芝区愛岩町二丁目十四番地　常磐印刷株式会社

■五月号　【193405】

創作

若い人（小説）1　石坂洋次郎
果樹園（小説）2　大江賢次
霧雨（戯曲・一幕）　宇野信夫
私のゐる町（小説）3　〔大〕太田洋子
軍艦病と蝸牛病（小説）4　丸井栄雄
スポオツ雑談5　小泉信三
シムボルの黄昏　西脇順三郎
アーヴイング・バビツト批判　木下常太郎
新文学運動への工作として6　十返一
文芸時評7　保田與重郎
演劇時評8　内村直也
映画時評9　塚本靖
文庫10　内田誠
「春愁記」と「雪女郎」11　三宅三郎
修羅の人12　逸見猶吉
ヤニングスとハンス・アルバース13　山科正美
ドイツ文学主潮断片　小林武七
軍艦に乗つた新聞記者　金行勲
今月の小説
中央公論・文芸首都14　庄野誠一
改造・行動・経済往来15　伊藤進一
新潮16　今川英一
文藝春秋・三田文学17　南川潤
文芸18　末松太郎
四月の同人雑誌19　原実
六号雑記
消息20
新刊紹介21
編輯後記22
表紙・カット　鈴木信太郎

目次註

1　〈その八〉〔昭和九年四月五日〕　※〝修学旅行次回終了の見込〟と付す
2　〈1―4〉〔三四・二〕
3　大田洋子　〈1―9〉
4　〈1―10〉
5　※付記あり
6　〔一九三四年三月〕
7〜9　※今月の問題として
7　――三月の雑誌から――
8　〈俳優・生活・切符／「マヤ」の上演に際して／三宅悠紀子氏の「春愁記」〉
9　――プロデューサーの重要性・その他――　〈プロデューサーの重要性／作品短評―「南風」・「丹下左膳」・「風流活人剣」・「冬木心中」〉〔一九三四・四・九〕
10　〈一、文庫／二、友達／三、ダンヒルとプリンス／四、カーネーション／五、ニュース〉
11　――劇場余談――　〈兄と妹の芝居〉
12　――宮沢賢治氏のこと――
13　エミール・ヤニングス　ハンス・アルバース　――独逸映画界の二大スターと其の映画に就いて――
14　中央公論〈「夜明け前」島崎藤村／「容貌」林芙美子／「一つの好み」徳田秋声／「蜜柑の皮」尾崎士郎／「私の黎明期」徳永直／「裸の町」金親清／「没落後」佐々木一夫〉文芸首都〈「葦原醜男」植村繁樹／「柿落ちる」久永純一郎／「百姓少年」佐々木一夫／「吉田氏の人格」吉尾なつ子／「闘鶏二題」岩田九一／「忠吉の厄年」原二郎／「女給部屋」南川潤／「聖降誕祭の夜」野長瀬正夫／「虫」長崎謙二郎／「花」佐藤竹介〉
15　※改造〈「日記帖」志賀直哉／「小鳥籠」久米正雄／「背水」長与善郎／「天付」中河与一／「春」平林たい子／「お山」石坂洋次郎／「象形文学〔字〕」丹羽文雄〉行動〈「異邦人」芹沢光治良／「女優」楢崎勤／「斑点」伊藤整／「見舞」竹中郁／「流転門」今日出海／「春の絵巻」中谷孝雄／「火花」丸岡明〉経済往来〈「政治家」武田鱗〔麟〕太郎／「猟奇」藤沢桓夫／横光の長編「紋章」〉
16　「新潮」作品評〈「鏡餅」中条百合子／「老父二人」芹沢光治良／「選手」田村泰次郎／「雪晴れ」舟橋聖一／「鸚鵡男」今日出海／「さういう女」深田久弥／「ネクタイ」徳田一穂／「ヨット」阿部知二／「竜のひげ」福田清人／「さんだいめといふ話」柳原利次／「石田の話」武田麟太郎／「四月の風」榊山潤／「室内楽」楢崎勤／「夜路」那須辰造〉
17　文藝春秋〈「月あかり」牧野信一／「母と子」深田久弥／「苛める」武田鱗〔麟〕太郎／「洋之助の気焔」井伏鱒二〉　三田文学〈「遠藤家」末松太郎／「こまる紳士」今井達夫〉〔〈三・二九〉以上〕
18　〈「塵溜」林芙美子／「砂の上」荒木巍／「二つの展開」大谷藤子／「俗境」兵本善矩／「踊子」川端康成〉〔三・三〇〕
19　〈「世紀」創刊号―「追放」緒方隆士・「隅田川」青柳瑞穂・「海面」丹羽文雄・「文芸時評」淀野隆三・「ドストイエフスキイに就ての断想」永瀬平一／「桜」河田誠一追悼号―河田誠一遺稿「新城榛名の手記」・「民族」大島敬司・「悪徳の街」北原武夫・「土地」井上友一郎／その他―「紋章と禽獣の作家達――横光利一の「紋章」について――」山岸外史（散文）・「ピリオド」安藤一郎（門）〉
20　※水上瀧太郎の随筆集『親馬鹿の記』（改造社）・『貝殻追放』（改造文庫）の刊行について、他
21　〈『D・H・ロレンスの手紙』織田正信訳・紀伊国屋／『ひそやかな飼育』庭興吉著・神戸市港区著者発行／『乞食放哉の大往生』青木茂著・童心書房／『季刊文芸「鶺」（第一輯）』

鵜社／『日本現代文章講座』（第一回配本）厚生閣／『東方の詩』森三千代著・図書研究社／『ひひらぎそよご』（詩集）笠野半爾著・青樹社〉

22　和木清三郎

＊「三田文学」四月号目次

＊「三田評論」四月号―鎌田栄吉先生追悼特輯目次

表紙及びカット・鈴木信太郎／発行日・五月一日／頁数・本文全一八一頁／定価・五十銭／編輯兼発行者・東京市芝区三田　慶應義塾内・西脇順三郎／編輯担当・和木清三郎／発行所・東京市芝区三田　慶應義塾内・三田文学会／発売所・東京市丸ノ内三丁目二番地　株式会社籾山書店／印刷者・東京市芝区愛宕町二丁目十四番地　渡辺丑之助／印刷所・東京市芝区愛宕町二丁目十四番地　常磐印刷株式会社

■六月号　【193406】

創作
若い人（長篇小説・九）1　石坂洋次郎
豆腐買ひ（小説）2　岡本かの子
馬鹿（戯曲・一幕）3　鳥居興〔与〕三
童話（小説）4　塩川政一
セント女学院の家鴨たち5　大島敬司
あひびき―マルセル・アルラン6　松田茂文訳
続直木三十五7　小島政二郎
文学の生理学　藤原定
チャタレー夫人の恋人に就て8　織田正信
ソヴエト最初のコルホオズ劇場　湯浅輝夫
T・Fポウイス〔T・F・ポウイス〕の小説9　蜂谷敬
ステファン・ゲオルグの死10　竹越和夫
文芸時評11　保田與重郎
映画時評12　塚本靖
漫談一束13　村松梢風
スポーツとナショナリズム　勝本清一郎
書物捜索14　横山重
伝統について15　古谷綱武
孤島に上陸した新聞記者16　金行勲
落語雑感17　三宅三郎
今月の小説
中央公論・文芸・三田文学18　伊藤進一
文藝春秋・行動19　南川潤
改造・新潮20　庄野誠一
五月号同人雑誌21　原実
六号雑記22
消息23
新刊紹介24
編輯後記25
表紙・カット　鈴木信太郎

目次註

1　〈九〉〔つゞく〕
2　※〝或作品の一部〟と付す
3　〔一幕二場〕
4　〔完〕〔三・四二〔三四・二・？〕〕
5　〔9年5月〕
6　マルセル・アルラン作／松田茂文訳
7　直木三十五（二）〔つゞく〕
8　「チャタレー夫人の恋人」に就て〈I―III〉〔五月六日〕
9　―彼の短篇について―　〔九・四・二十三〕
10　―ペーテル・ズールカンプのゲオルゲ〔グ〕記より―
11・12　※「今月の問題」として
11　―五月の雑誌から―
12　―プロデューサーの重要性・その他―　〈「にんじん」／「生活の設計」／「国境の町」（ウクライナ）／「おせん」〉
13　〈退屈／喧嘩／桜〉
14　書物捜索　雑筆一〈前がき／ぼん天国／釈迦の本地／あみだの本地／毘沙門本地／熊野の本地〉※〝前後参照、拙稿四月号「書物春秋」・五月号「書物」「謡曲界」〟と付す
15　伝統に就いて
16　孤島に上陸した「新聞記者」
17　〈爆笑会を聴く／「幸兵衛」の芝居化／小さん独演会〉
18　中央公論〈「洞庭記」室生犀星／「白夜」村山知義〉文芸〈「童児」平田小六〉　三田文学〈「果樹園」大江賢次／「軍艦病と蝸牛病」丸井栄雄〉
19　文藝春秋〈「仙人掌のやうに」藤沢桓夫／「親心」那須辰造／「をどり」立野信之／「Y君とぼくと」滝井孝作〉行動―新人創作特輯〈「笛師八十八の生涯」森本忠／「伝統」福田清人／「侯爵」上林暁／「ドイツ人たち」庄野誠一／「祝典」寺崎浩／「旅さきにて」中村地平／「都会の牧歌」古沢安二郎／「芳兵衛」尾崎一雄／「姦淫に寄す」坂口安吾〉〔五・四〕
20　〈「松柏苑」芹沢光治良／「白い壁」本庄陸男／「村道」上泉秀信／「敗れて敗れた男」上林暁／「通り魔」川端康成／横光利一の思考〉
21　同人雑誌雑観〈一、素人批評の弁／二、藤森成吉氏にこの欄を退場するに当って／三、四、同人雑誌よ、振へ〉〔九三四〔一九三四〕・五〕
22　※〈「早稲田文学」の復活と「法政文学」の誕生／その他〉
23　※三田文学同人遠足会（五月二十七日　箱根五湖巡り）予告
24　〈『D・H・ロレンスの手紙』織田正信訳・紀伊国屋書店／『親馬鹿の記』水上瀧太郎・改造社／『霧と光の消息』菊池重三郎・春秋社〉
25　和木清三郎　※〈水上瀧太郎の転居／『親馬鹿の記』（改造社・富沢有為男新装）の刊行／三田文学遠足会／その他〉

＊「鎌田先生伝記及全集刊行会趣旨」　鎌田先生伝記全集刊行会

＊「三田文学」五月号目次

＊※水上瀧太郎の転居届を掲載「今般都合により左記へ移転仕候　昭和九年五月二十日、麴町区富士見町一ノ一八　水上瀧太郎」

＊※丸の内明治生命館地階の食館「マーブル」の広告中、平

岡権八郎による披露文「御挨拶」を掲載
＊　※信州戸倉温泉「笹屋ホテル」の広告中、昭和四年法学部卒業、塾員坂井修一の挨拶文「塾員の皆様」掲載

表紙及びカット・鈴木信太郎／発行日・六月一日／頁数・本文全一七〇頁／定価・五十銭／編輯兼発行者・東京市芝区三田　慶應義塾内・西脇順三郎／編輯担当・和木清三郎／発行所・東京市芝区三田　慶應義塾内・三田文学会／発売所・東京市丸ノ内三丁目二番地　株式会社籾山書店／印刷者・東京市芝区愛宕町二丁目十四番地　渡辺丑之助／印刷所・東京市芝区愛宕町二丁目十四番地　常磐印刷株式会社

■七月号　【193407】

創作
若い人（長篇小説・十）　石坂洋次郎
さなぎ（小説）　今川英一
安楽椅子と祭壇（小説）1　佐山けい子
菊（小説）　池田能雄
末裔（小説）2　塩川政一
精神（小説）　遠藤正輝
バベルの塔（詩）3　小林善雄
高原（詩）4　木村五郎
主知主義の文学論5　春山行夫
説話体の両面6　矢崎弾
ゴーリキーについて　大江賢次
文芸時評7　保田與重郎
書物捜索8　横山重
シャギエル上人の遺骸9　吉田小五郎
初夏の話題10　原奎一郎
南海の処女11　金行勲
絵の話　今井達夫
パノラマ台の記（富士五湖めぐり）12　丸岡明
巴之良麻台図13　正宗得三郎
旅行・野球・将棋14　和木清三郎
今月の小説
中央公論・改造・三田文学15　伊藤進一
新潮・文学界16　末松太郎
文藝春秋・行動17　南川潤
六月号同人雑誌18　庄野誠一
六号雑記19
消息20
新刊紹介21
編輯後記22
表紙・カット　鈴木信太郎

目次註

1　〈1―6〉〔終〉
2　〔完〕
3　〈バベルの塔／沼地／階段〉
4　〈Ⅰ・Ⅱ〉
5　〈1―3〉
6　――春琴抄後語読後感――　〔196［1963?］. 4. 3. 7〕
7　今月の問題――文芸時評
8　〈前文／月日の本地／七夕の本地（一―四）〉　※〝参照、七月号「書物」拙稿　天神の本地〟と付す
9　〈一―一〇〉〔昭九・三〕
10　〈若返り博士の結婚／芝生／ホリデイと葉巻／愛犬家へ／慎重な円タク〉〔一九三四・六・八〕
11　――島巡りをする新聞記者――
13　巴乃良麻台　※12に付した挿絵
14　旅行――富士五湖めぐり――　野球――慶應二敗の因――　将棋――杉山平助の強さ――　〈三田文学遠足会／富士五湖めぐり／午前七時の新宿／参集の模様〉〔以下次号〕　※三田文学遠足会の記念写真一葉を付す〈慶應果して弱きか――また法政に一泡吹される／小川の愚劣な一打〉〈将棋のこと〉
15　〈「青猪」深田久弥・改造／「牡丹のある家」窪川稲子・中央公論／宇野浩二「異聞」（改造）と「歴問」（中央公論）／「陋巷」片岡鉄兵・中央公論〉
16　〈「顔と腹」岡田三郎・新潮と「榕樹」与儀正昌・文学界／「赤い自転車」宇野千代・新潮／「大人と子供」加能作次郎・文学界／「血のつながり」武田麟太郎・文学界／「青空の虹の歌」中村正常・文学界〉
17　〈「猟人」室生犀星／「劣情漢」張赫宙／「厳粛なる死」徳田戯二／「手紙」倉島竹二郎／「近所合壁」武田麟太郎／「追つかける男」中河与一／「獄」橋本英吉／「故郷」阪中正夫／「夏」川端康成〉〔六・六〕
18　――一つの覚書――　※〈前書／「谷間」中務保二・早稲田文科／「父の夢」古木鉄太郎・世紀／「時子」薄井敏夫・コギト／「母」河合吉栄・立教文学／「零落」荒木春太郎・表現／「結婚後」松原敏夫・散文／「猪蔵父子」石塚友二・文芸首都／「運河」滝田順造・玄鳥／「毀れた花瓶」横山正夫・表現／「豹」大野淳一・翰林／「眼」秋沢三郎・荒地／「鬼籍」森本忠・荒地／「店を譲る」熱川桂輔・玄鳥／「岐路」安居次夫・東大派／「泥」石光葆・日暦／「路傍」塩月赳・散文／「ぶち犬」二瓶貢・麵麭、「松の家」・麵麭、「性格」・作品／「常識」丹羽文雄・世紀／「愛癡」山内せい子・翰林／「血の色彩」宮西豊逸・作家群／「雷鳥」新渡辺政恒・東大派／「ひとみしり」鎌形秀昭・表現／「龍源寺」渋川驍・日暦／「鋸の音貧しくば」片山勝吉・紀元／「海豚」中岡宏夫・旗／「にぎりや」東一郎・麵麭／「恋愛恐怖症」田中浩・現実文学／「娼婦」飯島淳秀・立教文学／「風物」伊藤整・荒地／「結婚式」森武之助・現実文学／「花かげ」野口富［冨］士男・現実文学／「谷間」中務保二・早稲田文科〉
19　※塩川政一「童話」（三田文学）評、他
20　※〈水上瀧太郎『親馬鹿の記』の再刊／小島政二郎『花咲く樹』、日活・新興キネマで競映の予告／その他〉
21　〈『日本現代文章講座――「鑑賞編・構成編」』厚生閣／『親馬鹿の記』水上瀧太郎・改造社／『田園記』井伏鱒二・作品社／『野晒』（詩集）田中令三・ふらんす書房〉
22　和木清三郎　※〈三田文学遠足会（五月二十七日）の報告

／その他〉
＊「三田文学」七月号目次
＊日吉建設資金募集趣旨書　慶應義塾
＊※熱海海岸「玉乃井旅館」の広告中、昭二卒業　塾員の野田倭男による挨拶文「塾員の皆様！」を掲載

表紙及びカット・鈴木信太郎／発行日・七月一日／頁数・本文全一七二頁／定価・五十銭／編輯兼発行者・東京市芝区三田　慶應義塾内・西脇順三郎／編輯担当・和木清三郎／発行所・東京市芝区三田　慶應義塾内・三田文学会／発売所・東京市丸ノ内三丁目二番地　株式会社籾山書店／印刷者・東京市芝区愛宕町二丁目十四番地　渡辺丑之助／印刷所・東京市芝区愛宕町二丁目十四番地　常磐印刷株式会社

■八月号　【193408】

創作
若い人（長篇小説・十一）1　石坂洋次郎
桐の花（小説）2　末松太郎
二つの記録（小説）3　田中孝雄
袴の子から（小説）　緒田真紀江
精神（小説・完）4　遠藤正輝
押花帖（詩・四篇）5　林蓉一郎
混雑した町6　西脇順三郎
わが批判者に与ふ7　矢崎弾
ガルシンに関するノオト8　加藤信也
私小説第三期の性格9　十返一
文芸時評10　保田與重郎
心境　龍胆寺雄
山川・草木　井伏鱒二
意気　戸川秋骨
グリル・ルーム11　内田誠
書物捜索12　横山重
絵の話――承前――　今井達夫
中央公論・新潮・早稲田文学13　今川英一
改造・文芸・行動14　伊藤進一
文藝春秋・三田文学15　野村平五郎
七月同人雑誌評16　庄野誠一
山・水・旅
銷夏の釣　日高基裕
秩父の外廓　佐々木伝太郎
続富士五湖めぐり17　和木清三郎
六号雑記18
消息19
編輯後記20
表紙・カット　鈴木信太郎

目次註

1　〈十一〉〔つづく〕
2　〔一九三四・六・十一〕
3　〈記録のA〔三十三年十一月〕／記録のB〔三十三年十二月〕〉
4　〔終り〕
5　〈冬の花嫁／つぎにくる「冬の花嫁」／聖餐／恋と靴下《オオゼ》〉
6　――「観念」「断定の不安」「行動の文学」について――
7　〔1934.7.6〕
8　――メレジユコフスキイに拠る――〈1―4〉〔完〕
9　――「M・子への遺書」と「紋章」――
10　今月の問題――文芸時評――
11　〈グリル・ルーム／道／所有欲／鏡獅子／苔寺／声色屋／らくがき〉
12　書物捜索　雑筆三〈前文／山椒太夫（一―九）〉※〝参照書物八月号拙稿「八幡の本地」〟と付す
13　※中央公論〈豊島与志雄「道化役」――広津和郎による朝日の文芸時評引用／勝本清一郎「亡命ドイツ人」とドクタア・タナカの挿話／「黴の花」武田麟太郎〉新潮〈「独り立ち」窪川稲子／「木枯の吹くころ」牧野信一／内田百間・稲垣足穂／「旅川質店」岡崎秀穂〉早稲田文学〈「診察」寺崎浩／「甲羅類」・「象形文字」丹羽文雄〉
14　※〈「医王山」室生犀星・改造／酒井龍輔　改造の当選作「油麻藤の花」／「M子への遺書」龍胆寺雄・文芸／「中央線沿線」福田清人・文芸／「逃げる鶏」永井龍男・文芸／「狸犬」蔵原伸二郎・行動〉
15　文藝春秋〈「山雨」近松秋江／「あにいもうと」室生犀星／「遁走記」（平助・みよ子）石浜金作／「一茎の花」徳田秋声〉三田文学〈「若い人」石坂洋次郎／「さなぎ」今川英一／「安楽椅子と祭壇」佐山けい子／「菊」池田能雄／「末裔」・「童話」塩川政一／「精神」遠藤正輝〉〔七・六〕
16　〈前書／世記―「灼傷」外村繁・「挿話」川崎長太郎・丹羽文雄「麹町三年町」と文芸首都の「静江と操との間」／紀元―「網代木村にて」寺河俊雄・長見義三「スルグラ地帯」と創作派の「スルグラの戸籍」・「雑魚」西田義郎・「不知火風景」倉崎嘉一・「静物」麻生十郎／散文―「山火事」酒井松男・「行程」鈴木幸夫・「雛目白」斎木哲太／早高文学―「デッサン」梅坂健一・「帰郷を拒む女」吉田秀博・「下男」鈴木正己／表現―「産衣」井上健・「旋回」蓑島隆二・「詫びる」佐々木慈郎・「隅田川」前島茂二郎・「帰心」杉村直樹／早稲田文科―「他人事」森田素夫・「老駅長」大内義一・「蔓草」野村利尚／創作文科―「久美」土屋滋子・「雨期」渡辺祐一／記録―「N市の出来事」鷹樹英弘・「三時間」森山行雄／部屋―「波浮」青山光二・「仮描」吉沢雄蔵・「雑沓」田宮虎彦・「消長」木村劉三／噴泉―「愛撫」井上弘介・「春の湖のコミック」高木卓・「第二の発作」木暮亮／偽画―「街の童話」沢西健・「間奏曲」立原道造／東大派―「忘失の唄」安居次夫・「肉体」長船正五郎・「緑の日傘」飯塚朗／作家群―「ほうほけきよ」打木村治・「蝙蝠」宮西豊逸・「栄花譚」溝口勇夫・「村の会食」珂批粧二／桜―「をろち」田村泰次郎・北原武夫、井上友一郎の長篇・「作為と批評」大島敬司／玄鳥―「小為替」古賀英子・「二つの影」清瀬いづみ・「反駁」熱川桂輔／旗―中岡宏夫「海豚」と「野分」、「竹馬」、「べこにや」〉
17　――三田文学遠足の記――〈富士吉田まで／船津までバス／パノラマ台登攀／てんめんたる風景〉※「パノラマ台絶頂を極めた一行」（金行時事新報記者撮影）を付す
18　※〈「早稲田文学」の復活で結びつけられる「三田文学」

――〝三田は、朋党相助け合ふ……〟などと！／その他〉
19 ※〈福沢諭吉先生生誕百年祭（十月を期して紀念祭）予告／福沢先生百年祭に水木京太が戯曲「福沢諭吉」を執筆上演、小島政二郎が小説「福沢諭吉」を執筆のこと／その他〉
20 和木清三郎
＊※新刊図書の紹介〈『文芸季刊　鶴―第二輯・夏号』鶴社／『詩集　寒流』西方稲吉・アルス／『年刊文化学院（第二輯）―一九三四年』文化学院／『詩集　瑞枝』黄瀛・ボン書房／『ドストイエフスキイ研究』（書物特輯号）三笠書房／『浪漫古典　芥川龍之介・葛西善蔵・エミイル・ゾラ研究』昭和書房〉
＊「三田文学」七月号目次

表紙及びカット・鈴木信太郎／発行日・八月一日／頁数・本文全一五九頁／定価・五十銭／編輯兼発行者・東京市芝区三田　慶應義塾内・西脇順三郎／編輯担当・和木清三郎／発行所・東京市芝区三田　慶應義塾内・三田文学会／発売所・東京市丸ノ内三丁目二番地　株式会社籾山書店／印刷者・東京市芝区愛宕町二丁目十四番地　渡辺丑之助／印刷所・東京市芝区愛宕町二丁目十四番地　常磐印刷株式会社

■九月号　【193409】

創作
若い人（長篇小説・第十二回）　石坂洋次郎
夜景（小説）　阿久見謙
玩具とはつか鼠（小説）1　佐山けい子
余寒（小説）2　宇野信夫
荒野（小説・百二十枚）3　中岡宏夫
リマの女―ポール・モオラン4　太田咲太郎
現代小説に現はれた方法上の対立について5　矢崎弾
新劇の出発6　菅原卓
バレスとジイドの論争に就て　高橋広江
作家の精神的作業と不安精神の起点について7　庄野誠一
一に対する反対　中村喜久夫
ピラミツト上の夕暮8　木下常太郎
新文学の為の政策9　十返一
文学について10　古谷綱武
文芸時評11　保田與重郎
書物捜索（四）12　横山重
映画「南風」の影響13　松尾要治
永井荷風論14　小島政二郎
広告15　内田誠
絵の話16　今井達夫
今月の小説
中央公論・三田文学17　伊藤進一
文藝春秋・新潮18　今川英一
改造19　田中孝雄
文芸・行動20　野村平五郎
早稲田文学21　末松太郎
八月号同人雑誌評22　庄野誠一
近頃読んだもの・見たもの
「樫の芽生え」を読みて　牧野信一
「花咲く樹」から　倉島竹二郎
西洋料理千里軒の開店披露文　富田正文
「夜間飛行」　阿部知二
医者に取材した小説三つ　富田幸
ひとつの清福　奥野信太郎
埋草23　和木清三郎
表紙　鈴木信太郎
カット　鈴木信太郎・佐伯米子
新刊紹介24
消息25
編輯後記26

目次註
1 〈1―3〉〔一九三四・六・八〕
2 〈一―八〉
3 〔一九三四年七月二十五日〕　※文末に白居易の引用あり「白居易詩に曰く　野火焼不尽　春風吹又生」※作者註に〝『荒野』（百十五枚）は『野分』（「旗」七月号掲載）の続篇である。『荒野』はこれだけで独立した作品だが物語りはこゝで終つてゐない。近く続篇『焼野』を書くであらう〟と付す
4 ポオル・モオラン作／太田咲太郎訳
5 現代小説に現れた方法上の対立について――「一茎の花」と「道化役」による――〔1934.8.5〕
6 〈演劇の出発／俳優の出発／対策の出発／批評家の出発／出発のポイント〉〔34・8・5〕
7 〔三四・七・三〇〕
8 ピラミッド上の夕暮〔九・七月〕
9 新文学の為の「政策」――保田與重郎の時評から――
10 文学に就いて
11 今月の問題――文芸時評――
12 書物捜索　雑筆四――説教浄瑠璃の事――
13 ――トーキー最近の傾向――〔一九三四・八・三〕
14 〈一―六〉
15 〈一、広告／二、文楽座〉
16 〔終節〕〔了〕
17 〈「ひかげの花」永井荷風・中央公論／「友情」立野信之・中央公論／「桐の花」末松太郎・三田文学／「二つの記録」田中孝雄・三田文学／「精神」遠藤正輝・三田文学〉
18 〈村山知義「椿の島の二人のハイカア」・文藝春秋と「何田勘太シヨオ」・新潮／「剝製」牧野信一・文藝春秋／「霧ケ峰スキー場」小山いと子・新潮〉
19 〈「半生」大谷藤子／「思ひのこし」近松秋江／「樫の芽生え」宮城聡／「紋章」横光利一〉〔三十四年七月〕
20 〈「凶作地帯」平田小六・文芸――発禁処分／「N男爵の平凡な半生」林房雄／「村の席次」和田伝／「葬式の夜の出来事」張赫宙／「九十九谷」尾崎士郎／「日月潭工事」田村泰次郎／「やくざもの」楢崎勤〉

21　※〈「夏」田村泰次郎／「わかれ」中山議〔義?〕秀〉
22　八月号同人雑誌〈総論／永松定「木馬館」（翰林）／名川俊「にわたずみ」（氷河）／柴田賢次郎「帰省」（文芸首都）／尾崎一雄「曽根君のおしゃべり」（文芸首都）／榎本茂「屋上庭園」（部屋）／仙波洋三「街の隅」（創作文科）／坂本義男「乳母車」（散文）／宮川健一郎「父」（紀元）／山口年臣「間借り」（現実文学）／深谷宏「河鹿」（部屋）／長崎謙二郎「過去」（世紀）／木暮亮「生命の代償」（噴泉）／秋山正香「軽石物語」（旗）／戸実〔?〕実「若い婦長」（部落）／大滝信一「花嫁」（早稲田文科）／森武之助「幸福な身体」（現実文学）／東一郎「椰子の人形」（麺麭）／丹羽文雄「婚期」（世紀）／京都伸夫「余興」（麺麭）／石浜三男「ちまた」（散文）／中岡宏夫「かるぽる」（旗）〉
23　――故郷への感傷――
24　※『海盤車特輯』山中敬生編輯・海盤車刊行所／『瀛』―金井新作詩集・金井書店刊／『現代英吉利文学』西脇順三郎・第一書房／『文学評論』春山行夫・厚生閣／『季刊苑』第三冊・椎の木社／『文学以前』雅川滉・東学社／『文学の考察』阿部知二・紀伊国屋出版部／『合本　貝殻追放』上下二巻・改造社〉
25　※〈西脇順三郎の新著／その他〉
26　和木清三郎
＊　最近の好著〈『貝殻追放』改造文庫・改造社／『現代英吉利文学』第一書房〉
＊　「三田文学」八月号目次
＊　三田文学合本
表紙・鈴木信太郎／カット・鈴木信太郎　佐伯米子／発行日・九月一日／頁数・本文全一九七頁／定価・五十銭／編輯兼発行者・東京市芝区三田　慶應義塾内・西脇順三郎／編輯担当・和木清三郎／発行所・東京市芝区三田　慶應義塾内・三田文学会／発売所・東京市丸ノ内三丁目二番地　株式会社籾山書店／印刷者・東京市芝区愛宕町二丁目十四番地　渡辺丑之助／印刷所・東京市芝区愛宕町二丁目十四番地　常磐印刷株式会社

■十月号（十月創作特輯号）　【193410】

暖房（小説）1　庄野誠一
寒村（小説）2　丸岡明
髪と骨（小説）3　今井達夫
傷心（小説）4　南川潤
母無酬（小説）5　田中孝雄
霧のやうに（小説）6　塩川政一
恋愛の場合（小説）7　末松太郎
狐（小説）8　今川英一
うたがひ（小説）　遠藤正輝
植物の成長（小説）9　佐山けい子
ほそい月（小説）　緒田真紀江
海辺の理髪師（小説）　阿久見謙
喪服（戯曲）　三宅悠紀子
支那の皇帝（小説）　勝本清一郎
表紙　鈴木信太郎
カット　鈴木信太郎・佐伯米子
新刊紹介10
消息11
編輯後記12

目次註

1　〔三四・一月作〕※〝これは長篇の発端ですが、最早書きつゞける意志なく、しかし短篇としても通用するので、発表する次第です〟と付記あり
2　〔三四・九・六〕
3　〈1―5〉
4　〔三三・八・二六〕
5　〈一・二〉〔三十四年八月〕
6　〔了〕
7　――成長のために――　〈Ⅰ―Ⅲ〉〔一九三四・九〕
8　〈一―五〉
9　〈1―3〉〔一九三四・八・一七〕
10　※〈『日本現代文学〔章〕講座』厚生閣発行〉
11　※〈小島政二郎の『花咲く樹』『七宝の柱』が新潮社より「昭和長編小説全集」の一部として、矢崎弾の評論集『新文学の環境』が紀伊国屋書店よりそれぞれ刊行予定／その他〉
12　和木清三郎　※〈初めて世に作品を問ふ新進を中心にした「三田文学」の本号／恒例の十月創作特輯号の反響／水上、西脇、小島、矢崎の新刊書報告及予告／「三田文学文芸紅茶会」（九月二十六日午後六時　於明治製菓楼上）予告／その他〉
＊　「三田文学」九月号目次
表紙・鈴木信太郎／裏表紙・鈴木信太郎（広告）／カット・鈴木信太郎　佐伯米子／発行日・十月一日／頁数・本文全二〇六頁／定価・五十銭／編輯兼発行者・東京市芝区三田　慶應義塾内・西脇順三郎／編輯担当・和木清三郎／発行所・東京市芝区三田　慶應義塾内・三田文学会／発売所・東京市丸ノ内三丁目二番地　株式会社籾山書店／印刷者・東京市芝区愛宕町二丁目十四番地　渡辺丑之助／印刷所・東京市芝区愛宕町二丁目十四番地　常磐印刷株式会社

■十一月号　【193411】

創作
母（戯曲）1　宇野信夫
早春の記憶（小説）2　森本忠
次姉の手紙（小説）　寺崎浩
にほひ咲き（小説）　野口冨士男
百喩経（小説）3　岡本かの子
一つの帽子（詩）4　小林善雄
雲のある村（詩）　木村五郎
淋しき憐み―ヂヤン・ジオノ5　井出正男訳
雑談の夜明け（評論）　西脇順三郎
断定と逡巡6　矢崎弾
文学に於ける倫理的カタストローフ7　田中令三

矢崎弾氏の評論 8　十返一
文芸時評 9　保田與重郎
書物捜索　雑筆五 10　横山重
秋の美術　勝本英治
「三田文学」読後感 11　井上友一郎
E・パウンドの新著など　木下常太郎
貝殻追放「借家運」12　水上瀧太郎
京都 13　内田誠
秋の手紙　美川きよ
正岡子規の野球　広瀬謙三
新劇巡礼 14　大江良太郎
今月の雑誌から
　「文芸」を読む 15　田中孝雄
　「行動」から 16　末松太郎
　「文藝春秋」から 17　南川潤
　「中央公論」から 18　伊藤進一
　「改造」の二作 19　野村平五郎
同人雑誌批評 20　庄野誠一
百田宗治著「随筆路次ぐらし」　阪本越郎
　六号雑記 21
英人グラバー対唐人お才事件の真相 22　増田廉吉
相撲史点描 23　彦山光三
「若い人」休載について 24　石坂洋次郎
秋のスポーツ
　漕艇余話　宮田勝善
　秋の早慶庭球試合の事　山田啓吾
　野球は勝つか 25　和木清三郎
今川英一君の訃 26
消息 27
新刊紹介 28
編輯後記 29
表紙　鈴木信太郎
カット　鈴木信太郎・佐伯米子

目次註

1　母（三景）
2　〔一九三四・九・三〇〕
3　〈前言／愚人食㆑塩喩／愚人集㆓牛乳㆒喩／三重楼喩／乗㆑船失㆑盂喩／五人買㆑婢共使喩／田夫思㆓王女㆒喩／殺㆓商主㆒祀㆑天喩／俺㆑米決㆑口喩／食㆓半餅㆒喩／小児得㆓大亀㆒喩〉
4　〈蒼茫の部屋／病院船／一つの帽子／砂あそび〉
5　――ヂャン・ジオノ――
6　――ひきちぎられた自省――　〔1934.9.15〕
7　――芹沢光治良氏に沿ふて――
8　――「新文学の環境」への祝辞――
9　今月の問題――文芸時評――
10　〈天神の本地／絵巻／奈良絵その他〉
11　〈「暖房」庄野誠一／「寒村」丸岡明／「髪と骨」今井達夫／「傷心」南川潤／「母無酬」田中孝雄／「霧のやうに」塩川政一／「恋愛の場合」末松太郎／「狐」今川英一／「うたがひ」遠藤正輝／「植物の成長」佐山けい子／「ほそい月」緒田真紀江／「海辺の理髪師」阿久見謙／「喪服」三宅悠紀子／「支那の皇帝」勝本清一郎〉〔以上〕
12　――借家運――　〔昭和九年九月三十日〕　※次号一八〇頁に誤植訂正あり
13　〈一、竜安寺／二、膳所／三、橋本宿〉
14　※〈テアトル、コメディ―第十九回公演のパトリック・カアネイ作「男の中の男」／創作座―真船豊作「鼬」（三幕）〉
15　〈巻頭の「反動期に於ける文学と哲学」／創作の本庄陸男「火の物語」／室生犀星「神かをんなか」と旧友萩原朔太郎の言／「撫でられた顔」伊藤整／「世話やき」尾崎一雄／「浅草祭」川端康成〉〔三十四年九月〕
16　※舟橋聖一「ダイヴィング」評
17　〈前書／「若者」佐藤春夫／「絶望から希望へ」正宗白鳥／「波」林房雄／「物語の女」堀辰雄〉〔九・二〇〕
18　〈「樹齢」水上瀧太郎／「チンドン世界」室生犀星／「苦悶」島木健作〉
19　〈「工場へ」加賀耿二／「馬骨団始末書」石坂洋次郎／「山谿に生くる人々」葉山嘉樹〉
20　〈前書／「文芸時評」丹羽文雄・文芸首都（中岡宏夫「かるぼる」に対する庄野誠一評について）／「心猿」太田静一・新思潮／「躓く」木暮亮・意識／「小坪物語」打木村治・作家群／「白猫」宗像憲治・紀元／「日向葵」東一郎・麵麭／「らぢを体操」森田素夫・早稲田文科／「死のまはりで」沢西健・偽画／「堰」佐藤竹介・早稲田文学／「旅」蒲井敏夫・コギト〉
21　※〈本誌昭和八年一月所載の三宅悠紀子「姉の不幸」が、九月末ホテル演芸場で菊五郎の俳優学校によって上演されたこと／夭死の今川英一追悼／その他〉
22　※写真一葉（当時時事新報に掲載されたもの）を付す
23　――怪人級七力士の話――　〔つゞく〕〔昭和九・十・一後・〔一・後?〕十時半稿〕
24　〔九月廿四日〕
25　――そっと予想を――
26　三田文学会　〔昭和九年十月十日〕
27　※〈水木京太の戯曲「福沢諭吉と後藤象次郎」を「経済往来」十一月号に予定／三田文学紅茶会（十月二十六日　於麻布竜土軒）予告／今川英一訃報（腸チフスで十月十日午前六時）／その他〉
28　※〈『随筆「かの子抄」』岡本かの子・不二屋書房／『俳優芸術論』コクラン著　中川龍一訳・PC会／『海燕』（新潮文庫）小島政二郎・新潮社／『詩集足風琴』衣巻省三・ボン書店／『孫子解説』北村佳逸・立命館出版部〉
29　和木清三郎　※三田文学紅茶会予告と今川英一訃報
＊　※19の後に「新潮」の批評を付す。執筆者明記なし〈青野季吉の論文「社会状勢からの文学の乖離について」／「いきほひ」武田麟太郎／「傷痕」伊藤整／「をかしな人たち」榊山潤〉
＊　「三田文学」十月創作特輯号目次
＊　三田文学合本
＊　「前金切」について

＊※普及版『芥川龍之介全集』（岩波書店）の広告中、芥川龍之介全集刊行会の挨拶文「普及版　芥川龍之介全集刊行に就いて」と、小島政二郎による推薦文「至純至高を愛する人に薦む」を紹介

表紙・鈴木信太郎／カット・鈴木信太郎　佐伯米子／発行日・十一月一日／頁数・本文全一八六頁／定価・五十銭／編輯兼発行者・東京市芝区三田　慶應義塾内・西脇順三郎／編輯担当・和木清三郎／発行所・東京市芝区三田　慶應義塾内・三田文学会／発売所・東京市丸ノ内三丁目二番地　株式会社籾山書店／印刷者・東京市芝区愛宕町二丁目十四番地　渡辺丑之助／印刷所・東京市芝区愛宕町二丁目十四番地　常磐印刷株式会社

■十二月号　【193412】

創作

ジャガス（戯曲）1　宮城聡

男爵夫人（小説）2　井上友一郎

海の街（小説）　阪本越郎

眼鏡の女（小説）3　佐山けい子

失はれし顔（小説―遺稿・百枚）4　今川英一

飾文字より―アルチユウル・ランボオ5　塩津貫一訳

開幕のベル（詩）6　河野謙

文芸案内「貝殻追放」（集成）を読む7　井汲清治

ローマ字問題雑感8　勝本清一郎

ロオレンス・エリオット・パウンド　木下常太郎

回顧一年

一九三四年文壇回顧9　保田與重郎

何のこともなし（昭和九年劇壇回顧）10　西村晋一

1934年度映画界回顧　塚本靖

三四年の外国文学紹介　中村喜久夫

白い山11　〔冨〕富山雅夫

早慶戦12　内田誠

帝展の絵13　勝本英治

シエストフのこと14　富田幸

近頃見た映画　松尾要治

新劇巡礼15　大江良太郎

十二月同人雑誌評16　庄野誠一

三田文学紅茶会記17

六号雑記18

今川英一君の追憶

略歴19

三田文学執筆譜20

君に捧ぐ21　今川加代子

今川英一　庄野誠一

詩を書く今川英一22　太田咲太郎

追憶23　二宮孝顕

三段跳24　伊藤進一

「さなぎ」に沿うて25　鈴木太良

鉄唖鈴を持つてゐた青年26　瀧口修造

今川英一追憶　丸岡明

今川英一氏について　阿部知二

今川君を憶ふ　和木清三郎

訂正27

消息28

編輯後記29

表紙　鈴木信太郎

カット　鈴木信太郎・佐伯米子・原精一

目次註

1 ――先駆したハワイ同胞へ――〈序景／一景―五景〉

2 〈一―五〉

3 〈1―3〉〔一九三四・一〇・六〕

4 （遺稿）〈I―VI〉※故人の遺影一葉と略歴を付す

5 《飾文字》より　アルチユウル・ランボオ／塩津貫一訳〈海景色／カシス酒の河〉

6 〈開幕のベル／泥の化石／A puppet〉

7 ――「貝殻追放」（集成）を読む――

8 ――「読めん者は読まんでもよろしい」――〔一九三四年八月〕

9 文芸時評――一九三四年文壇回顧――

10 何のこともなし――昭和九年の劇壇回顧――　西村晋一

11 冨山雅夫

12 〈一、早慶戦／二、日米野球戦〉

13 〈一、ある種の反駁／二、官僚画家／三、阿以田治修と野口謙蔵〉

14 シェストフのこと

15 〈テアトル・コメディ／創作座〉

16 同人雑誌評〈前文／中務保二「祠と刀」（早稲田文科）／林信一「毒」（荒地）／岡村政司「家」（作品）／富本陽子「沙漠に花ひらく」（現実文学）／石浜三男「さらばへ」（散文）／蓑島隆二「代役」（表現）安居次夫「故郷への汽車」（東大派）／八木沢武孝「宵宴」（新思潮）／篠崎博「寺江甚吉」（駅逓）／中村梧一郎「街の友情」（門）〉

17 ※銀座の明治製菓楼上に催していた紅茶会を麻布一連隊前下車レストラン竜土軒に移しての会談記録

18 ※「新思潮」十一月号掲載の「三田文学批判」――三田の作家とその作品――について、他

19 ※明治四十三年―昭和九年十月十日

20 ※昭和六年―昭和九年

21 ※夫人の追悼詩

22 ※今川英一の詩三篇紹介〈壺／吹雪の中に／郷愁〉

23 〔昭和九年十月〕

24 ――今川英一君へ――

25 『さなぎ』に沿うて〔一九年・後の月の夜〕

26 〔十月十六日〕

27 ※前号、水上瀧太郎「貝殻追放―借家運」中の誤植を訂正

28 ※〈富田正文、レコード「日本の詩り〔誇〕」を発売／矢崎

弾新著『新文学の還〔環〕境』出版記念会（十一月十七日夜、於明治生命館・マーブル）の報告／「腰本監督慰労会」（病気のため野球部監督を辞任した腰本と、三田文学有志との袂別の宴、十一月十七日　於「花月」）報告／その他〉

29　和木清三郎※〈今川の追悼記事と百枚余の遺稿を掲載のこと／「秋の旅行」（十一月二十五日、鎌倉アルプス行）予告／その他〉

＊　三田文学執筆譜　※今川英一、昭和六年から昭和九年までの「三田文学」執筆目録。慶應義塾大学卒業論文「オスカー・ワイルド論」等について付す

＊　「三田文学」十一月号目次

＊　「日本の誇」レコード発売　日本コンカー蓄音器商会　※富田正文作詞　信時潔作曲。塾祖福沢先生誕生第壱百年記念祭の歌。販売慶應義塾消費組合

＊　「日本の誇り〔誇〕」（レコード）取次　※編輯部よりの案内

表紙・鈴木信太郎／裏表紙・鈴木信太郎（広告）／カット・鈴木信太郎　佐伯米子　原精一／発行日・十二月一日／頁数・本文全一八九頁／定価・五十銭／編輯兼発行者・東京市芝区三田　慶應義塾内・西脇順三郎／編輯担当・和木清三郎／発行所・東京市芝区三田　慶應義塾内・三田文学会／発売所・東京市丸ノ内三丁目二番地　株式会社籾山書店／印刷者・東京市芝区愛宕町二丁目十四番地　渡辺丑之助／印刷所・東京市芝区愛宕町二丁目十四番地　常磐印刷株式会社

一九三五年（昭和十年）

■一月号（新年特輯号）　【193501】

創作

福沢諭吉（戯曲・四幕五場・八十五枚）　水木京太
女の季節（小説・六十五枚）1　美川きよ
息子の帰り（小説）　阿久見謙
別の世界（小説）2　日野巌
ある最初（小説・九十枚）3　丹羽文雄
アンタレス（翻訳長篇小説・一）4
―アルラン　太田咲太郎／井出正男　訳
ささやかな道―マルゲリッツ5　加藤信也訳
文芸案内「文章読本」について6　井汲清治
三田文学遠足会の記7　和木清三郎
ジアリ素描8　佐藤朔
〔D・H〕H・D・ローレンス論9　木下常太郎
新劇巡礼10　竹越和夫
レコードと音楽11　野村光一
書物捜索―雑筆・六―12　横山重
芝居「福沢諭吉」を見て13　三宅三郎
新映画随想　山根正吉
時潮の妥当性と矛盾性（伊藤整氏の時評から）14　矢崎弾
能動的精神の一断面　春山行夫
俗物的現実主義への反抗15　十返一
文芸時評　人間性の意欲的展開16　田村泰次郎
下手でも間に合ふスキイ術の実際　沼部東作
助さん格さんとマクラレン17　戸川秋骨
奈良所見（随筆と絵）18　鈴木信太郎
釈迦嶽雲右衛門考19　彦山光三
棋風　倉島竹二郎
同人雑誌作品評20　野村平五郎
冬の温泉・旅館・客21　阪田英一
今年の塾のラグビー　橋本寿三郎
六号雑記22
消息23
編輯後記24
表紙　鈴木信太郎
カット　鈴木信太郎・鳥海青児・原精一

目次註

1　〈1―12〉〔をはり〕
2　――これは所謂探偵小説ではない――〈一―三〉
3　或る最初〈一―六〉〔昭和九年〕※〝朗かな或る最初〟の改作〟と作者付記にあり
4　マルセル・アルラン作〈Ⅰ〉〔第一回終り、以下次号〕
5　マルコル・マルゲリッツ作〈Ⅰ―Ⅲ〉〔了〕
6　文芸案内「文章読本」に就いて
7　湘南アルプス跋渉記――秋の三田文学遠足記――　※写真一葉「江ノ島、岩本旅館の一行」を付す
8　ジアリ素描
9　H・D・ロオレンス論　※写真一葉「晩年のH・D〔D・H〕・ローレンス」を付す
10　〈新協劇団―舞台装置と演伎／築地座のレパートリー／テアトル・コメディー―和服を着た翻訳劇／創作座の莫迦？〉
11　〔一九三四・一一・九〕
12　〈神道集／神道集字類〉〔十月十九日〕
13　〔十二月七日〕
14　時潮の妥当性と矛盾性――伊藤整氏の時評から――〈伊藤整氏の時評から――／素材と描写型の問題（長崎謙二郎、秋山正香氏の作品について）――「地方の嵐」〔に〕ついて――〉〔1934.12.5〕
15　――行動主義・浪漫主義・新地方主義の発生とその検討

——〈1—7〉〔一九三四年十二月〉
16　人間性の意欲的展開——文芸時評——
17　助さんとメイリ・マクラレン
18　〈浅茅ケ原／夜の猿沢池〉〔十一月卅日　奈良にて〕　※挿絵二葉を付す〈鷺池にて／さるさわ池〉
19　——相撲史点描(二)——〈目撃と想像と伸長ぶり〉〔つゞく〕〔昭和九・十一・一午後十二時稿〕
20　——極めて綜合的に——〈Ⅰ、より大なる団結へ／Ⅱ、模倣することの意義／Ⅲ、「日本浪漫派」について／Ⅵ〔Ⅳ〕、安易性を拒否せよ／Ⅴ、意欲と思想への進化〉
21　〈A・B・C・D・E・F〉
22　※〈〝菊池寛の提唱にかゝる「芥川賞」出づ。つづいて「直木賞」創設〟のこと／その他〉
23　※〈三田文学紅茶会（十二月休、一月下旬開催）予告／佐佐木茂索が「芥川賞」「直木賞」の審査委員となる／その他〉
24　和木清三郎　※〈本誌復活十週年を迎えること／表紙・目次カットの更新／その他〉
＊　「三田文学」十二月号目次
＊　※「ハゲ天・たから」広告中、店主邦坊による解説文「天麩羅1—11」の連載あり。十一月号まで続く

表紙・鈴木信太郎／裏表紙・鈴木信太郎（広告）／カット・鳥海青児　鈴木信太郎　原精一／発行日・一月一日／頁数・本文全二三三頁／定価・五十銭／編輯兼発行者・東京市芝区三田　慶應義塾内・西脇順三郎／編輯担当・和木清三郎／発行所・東京市芝区三田　慶應義塾内・三田文学会／発売所・東京市丸ノ内三丁目二番地　株式会社籾山書店／印刷者・東京市芝区愛宕町二丁目十四番地　渡辺丑之助／印刷所・東京市芝区愛宕町二丁目十四番地　常磐印刷株式会社

■二月号　【193502】

創作

女のゐる風景（小説・百四十枚）1　南川潤
さいころ（小説）　池田能雄
悪たれの記（小説）2　緒田真紀江
兄弟（小説）　石塚友二
アンタレス（二）—アルラン 3　太田咲太郎
　井出正男 訳
操縦士のゐる街（詩）4　小林善雄
静なる時間（詩）5　小林真一
山懐・その他（詩）6　土月杳
「日本浪漫派」の先頭部隊に与ふ 7　矢崎弾
日本浪漫派のために 8　保田與重郎
近頃演劇事情 9　本庄桂輔
新劇巡礼 10　竹越和夫
アーヴイング・バビツト 11　木下常太郎
アンリ・ドラン「ニイチエとヂイド」より 12　原実
文芸時評　文学と俗物性の問題 13　田村泰次郎
最近の映画より 14　藤井田鶴子
俳書 15　内田誠
道を訊く英国人 16　原奎一郎
転び伴天連 17　吉田小五郎
山陰の災害地より 18　大江賢次
思出と作文（スケツチ四題）19　鳥海青児
春場所大相撲 20　壱丁原研
エリザベエト・ベルクナア 21　飯島正
ベーブ・ルースの鼻　鈴木惣太郎
禁烟王ジエムス一世 22　冨〔富〕田幸
わが商売繁昌の記 23　日高基裕
続釈迦嶽考—相撲史点描・三—24　彦山光三
雪の山旅 25　沼部東作
三田文学拾周年記念短篇小説懸賞募集趣旨 26
同人雑誌作品評 27　野村平五郎
六号雑記
消息 28
編輯後記 29　鈴木信太郎

表紙　太田三郎・鳥海青児・寺田政明
カット　鈴木信太郎・原精一

目次註

1　〔一九三四・七・一六〕
2　〔一九三三・一〇〕
3　マルセル・アルラン作〈第二回〉〔第二回終り、以下次号〕
4　〈操縦士のゐる街／日光室のボタン〉
5　〈静なる時間／睡眠の時／小さな朝／成果〉
6　〈山懐／水上警察／短日／十一月／燭の下にてひとり爪剪る／荒磯図〉
7　——調子はづれのジンタバンド——〈A、保田與重郎の説教節について（1—5）〔1934.12.27〕／B、亀井勝一郎は逃避的でない　1、浪漫主義と能動的精神の一致か（1・2）／2、浪漫派と能動的精神／C、江間道助の「新文学の環境」に就いて〔1935.1.1〕〉
8　日本浪曼派のために〔三四・一二・二〇〕
9　〔九・十二月末〕
10　〈新協劇団の演目／新築地の創作劇〉〔一月四日〕　※前書を付す
11　——詭弁の清算——〔完〕
12　〈はしがき／歓喜を求めて／憂愁への闘と精神的自由の獲得／大地への復帰、恢復と感謝〉
13　文学と俗物性の問題——文芸時評——
14　〈「未完成交響楽」／「ロスチャイルド家」／「Thin Man」／「女の心」〉
15　〈一、俳書／二、喜多村先生／三、色紙即売会〉
16　〔一九三四・一一・一八〕
17　〔十一月三日〕　※付記あり
18　〔完〕
19　思出と作文〈ベルリンにて／街上にて（ミューヘン）／街上所見（ミューヘン）／アルゼエリーの裸婦〉　※スケッチ四題を付す
20　〔昭和十・一・二・午前十一時〕　※〝沼部君と共に斯界

のある権威者の筆名〟と編輯後記にあり
21　※女優エリザベエト・ベルクナアの写真を付す
22　禁烟王ジエエムス一世〔以上〕
23　※池袋・食堂池平の店主
24　続釈迦嶽考――相撲史点描（三）――〈番付面の彼と謎の彼〉〔つづく〕
25　――その良書紹介――〔完〕
26　三田文学復活拾週年記念懸賞短篇小説募集趣旨　三田文学会〔昭和十年二月〕　※懸賞短篇小説投稿規定を付す
27　〈前書／「文芸通信」―「雲」加藤千代三／「作家群」―「踊る」清田武夫・「愉しき鏡」矢留節夫／「今日の文学」―「万歳」富士武／「表現」―「踊り」滝清冽・「散歩」前島茂二郎・「雑巾」井上健／「東大派」―「隙洩る風」飯塚朗・「広告塔」森道夫・「疑問符」砂原芳彦・「雨後」竹村猛／「紀元」―「小さな成長」前沢絢・「山茶花の庭」片山勝吉・「博愛堂診療所」若園清太郎・「月岡百花園」宮川健一郎／「記録」―「小さな職人」森山行雄／「散文」―「雨の日」松原敏夫・「引越嫁」酒井松男・「赭い花」杉田謙作／「バベル」―「美川の上京」島村逸／「現実・文学」―「村の話」田中浩・「殻」山口年臣／「早稲田文科」―「村の風景」宮内寒弥・「宴会」大内義一・「顔向け」大滝信一・「星と溝」長瀬隆三・「峰」佐々三雄／「麺麭」―「びんぼう小作」首藤正紀／「郡島」―「或る挿話」多摩木泰・「寒空」齋木継人・「Aの訪れ」尾崎慎太郎・「多々羅君の死」長広正／「さんもん」―「去秋」植田賢三〉
28　※〈小島政二郎「清水次郎長」を文藝春秋出版部から刊行／和木清三郎、京橋区木挽町五ノ四豊玉ビルへ事務所をもち三田文学編輯校正も同所で行うこと／三田文学紅茶会（新年会を兼ね一月二十四日　午後六時、於八重洲園）予告／三田文学懸賞小説募集（復活十周年記念）案内／その他〉
29　和木清三郎　※〈短篇小説懸賞募集のこと／三田文学紅茶会予告／その他〉
＊　※新刊図書の紹介あり〈『人物論』杉山平助・改造社／『熱帯紀行』中河与一・竹村書房／『随筆集法官余談』三宅正太郎・新小説社／『宇野信夫戯曲集』宇野信夫・丸ノ内出版社／D・H・ローレンス作　宮西豊逸訳『短篇集　島を愛した男』健文社／杉山平助新著―『人物論』（評論集）改造社・『氷河のあくび』（随筆集）日本評論社〉

表紙・鈴木信太郎／カット・太田三郎　鳥海青児　寺田政明　鈴木信太郎　原精一／発行日・二月一日／頁数・本文全二一六頁／定価・五十銭／編輯兼発行者・東京市芝区三田　慶應義塾内・西脇順三郎／編輯担当・和木清三郎／発行所・東京市芝区三田　慶應義塾内・三田文学会／発売所・東京市丸ノ内三丁目二番地　株式会社籾山書店／印刷者・東京市芝区愛宕町二丁目十四番地　渡辺丑之助／印刷所・東京市芝区愛宕町二丁目十四番地　常磐印刷株式会社

■三月号　【193503】

創作
若い人（後篇一・七十枚）1　石坂洋次郎
いたち問答（小説）　蔵原伸二郎
二人の男（小説）2　遠藤正輝
欠伸（戯曲）　市川正雄
垂氷（小説）3　中務保二
提灯（小説）4　松原敏夫
賭博者（小説・百十枚）　丸岡明
アンタレス（三）―アルラン5　太田咲太郎・井出正男 訳
アンドレ・ジイド論6　木下常太郎
新劇巡礼7　竹越和夫
バルザック8　山村魏
二つの地獄　中島健蔵
「鮎」覚書　寺崎浩
書物捜索―雑筆七―9　横山重
春の美術手帳10　加藤信也
文芸時評　再び俗物性の問題11　田村泰次郎
映画を見て　藤井田鶴子
番外「社中日記」12　永井龍男
英人グラバー対唐人お才事件の真相の真相13　永見徳太郎
芥川龍之介の死14　古谷綱武
続々釈迦嶽考（四）15　彦山光三
三田文学十周年記念懸賞募集第二次発表16
秩父の山と山村生活　原全教
日吉文学の誕生17　高橋広江
三田文学講演会予告18
同人雑誌作品評19　野村平五郎
故葛目彦一郎略歴20
残恨21　原奎一郎
交友二十五年22　阿部金剛
きれぎれ23　米良忠麿
先きに送る気持24　今井達夫
今さらに25　須川光一
消息26
編輯後記27
表紙　鈴木信太郎
カット　太田三郎・鳥海青児・寺田政明・鈴木信太郎・原精一

目次註
1　（後篇）〔十・二〕〔つゞく〕　※「後記」に再連載のことを予告
2　〈1―5〉
3　〈一―九〉〔昭和十年一月改作〕
4　〔昭和九年十一月〕
5　マルセル・アルラン作／太田咲太郎　井出正男訳　〈第三回〉〔以下次号〕
6　※筆者の住所番地変更のこと付記あり
7　〈前文／新劇界も屠蘇風景か／創作座と築地座〉〔二月三日〕
8　バルザック　※オノレ・ド・バルザック

9 〈八幡の本地〉
10 〈NOVA展散見〉〔十年一月九日〕
11 再び俗物性の問題――文芸時評――
12 番外社中日記
13 ※〝「三田文学」十一月号掲載「英人グラバー対唐人お才事件の真相」(増田廉吉)の反駁〟とある
14 〈一―三〉
15 ――相撲史点描(四)――〈終焉と性格と栄誉と遺品〉
16 三田文学復活十週年記念第二次懸賞募集発表 三田文学会〔昭和十年三月〕 ※記念講演会〈四月二十四日(水)午後一時、於慶應義塾大ホール〉の予告を付す
17 日吉文学会の誕生 ※文科予科一年AB両組の有志の学生が発起して作った〝相互的修養の機関〟発表の挨拶文を掲載
18 三田文学復活十周年記念講演会予告
19 〈京大作品―「父と子」麻野曼・「車掌」登丸福寿・「森林トロ」杉山恒雄/饗宴―「夏を逸ぐる」田原忠雄/野獣―「あねいもうと」児島秀雄/人間主義―「正明の結婚」松下達夫/世紀―「汽車で」尾崎一雄・「塵紙」川崎長太郎・「日課」飯島正・「民話五篇」蔵原伸二郎/同志社文芸―「一樹」筒井好雄・「嘘」久永省一・「芳枝とその妹」相良善武・「軌道」坂津甫/群島―「感情」多摩木泰・「漂風」―「悟六と腸チブス」関正夫・「逃げられた男」国松藤一・「霧」磯部昌己・「暗影」石川悌二・「奔流」山崎剛太郎/記録―「過程」と「小さな職人」森山行雄〉
20~25 ※葛目彦一郎(楢原豊一)追悼
20 楢原豊一略歴 ※大正九年(塾入学)~昭和十年一月九日
26 ※〈前本一男、厚生閣から三月創刊の月刊雑誌「文章講座」を編輯/三田文学十周年記念講演会(四月二十四日午後一時 於慶應大ホール)予告/三田文学紅茶会(二十二日於銀座小松食堂)予告〉
27 和木清三郎 ※〈塾員のある匿名子より三田文学会の発展を喜び寄付の申出を受くこと/十周年記念講演会予告/葛目彦一郎の追悼記事/その他〉
* 「三田文学」二月号目次
* ※新刊図書の紹介あり〈『石榴』(短篇集)北見修造・制作社/『偽装された側性』(短篇集)吉田信夫・制作社〉
* ※巻頭に、田辺茂一編輯『能動精神パンフレット』(紀伊国屋出版部)の広告あり。執筆者は如左と記す。青野季吉/阿部知二/小松清/窪川鶴次郎/新居格/豊田三郎/阪本越郎/十返一/福田清人/藤原定/森山啓/矢崎弾/田村泰次郎/春山行夫/舟橋聖一

表紙・鈴木信太郎/裏表紙・鈴木信太郎(広告)/カット・太田三郎 鳥海青児(踊り) 寺田政明 鈴木信太郎 原精一/発行日・三月一日/頁数・本文全二一三頁/定価・五十銭/編輯兼発行者・東京市芝区三田 慶應義塾内・西脇順三郎/編輯担当・和木清三郎/発行所・東京市芝区三田 慶應義塾内・三田文学会/発売所・東京市丸ノ内三丁目二番地 株式会社籾山書店/印刷者・東京市芝区愛宕町二丁目十四番地 渡辺丑之助/印刷所・東京市芝区愛宕町二丁目十四番地 常磐印刷株式会社

■四月号 【193504】

創作
若い人(後篇・二)1 石坂洋次郎
阿蘇へ(小説)2 藤原誠一郎
路上(小説)3 二宮孝顕
女客人(戯曲)4 金谷完治
山峡(小説) 塩川政一
妊婦の像(小説・九十枚)5 丸井栄雄
アンタレス(四)―アルラン 6 太田咲太郎 井出正男訳
春の鮒 加宮貴一
民族文化と世界文化 7 勝本清一郎
党派性と社会性その他 板垣直子
作家の生理の問題 8 伊藤整
丹羽文雄小論 9 庄野誠一
能動精神・行動主義 10 十返一
女流作家への翹望 11 日下典子
新劇巡礼 12 竹越和夫
旅行 内田誠
場末雑記 宇野信夫
バルザックの家 13 太田三郎
書物挿〔捜〕索―雑筆・八― 14 横山重
日吉村パラドックス 高橋広江
春の映画二つ 15 藤井田鶴子
文芸時評 太田咲太郎
純文学と通俗小説 16
形式の問題
三月の作品
日伊交驩放送を聴く 四谷左門
T・E・ヒューム論 17 木下常太郎
レヴユウのレビユ 18 阪田英一
映画芸術に於ける嘘と誇張 林高一
わがスキイ 和木清三郎
三田文学十周年記念文芸講演会及び懸賞作品募集規定 19
絵
Maison de Balzac 20 太田三郎
ピエロ 21 鳥海青児
三月号同人雑誌作品評 22 野村平五郎
六号雑記 23
消息 24
編輯後記 25
表紙 鈴木信太郎
カット 太田三郎・鈴木信太郎・近藤光紀 原精一・鳥海青児・佐伯米子・寺田政明

目次註
1 〈後篇〉〈三・三〉〔以下次号〕
2 〈一―五〉〔昭和九年十一月二十五日〕
3 〈I―IV〉〔一九三五・一〕

4 〈一―六〉
5 〈1―15〉
6 マルセル・アルラン作 〈第四回〉〔以下次号〕
7 〔三月四日〕
8 ――内田、舟橋、丹羽、秋沢その他数氏のこと――
9 ――私信として―― 〔十年二月廿八日〕
10 〈(一)―(四)／付記〉〔十年二月〕 ※前文あり
11 〈不振の遠困〔因〕／読者としての希望一―三〉〔一九三五・三〕 ※前文あり
12 〈テアトルコメディ五週年記念公演／日本俳優学校劇団の道／東京演劇協会／築地座三週年記念公演〉 ※前文あり
13 ※漫画、写真及挿絵を付す。目次註20を参照。〝漫画と遺品の写真は太田三郎秘蔵のもの〟と編輯部註あり 〈漫画「バルザックとミュッセバルザック存世当時のもの、今尚、バルザックの家に蔵せられる」／写真「バルザックの家に列されてゐる遺品」／絵 Maison de Balzac〉
14 〈青葉の笛／余談一〉
15 〈外人部隊について／「イミテーション・オブ・ライフ」〉
16 〈純文芸と通俗小説／形式の問題／三月の作品〉
17 T・E・ヒューム論――絶対の専制――
18 レヴユウのレビユー 〈A―E〉〔終〕
19 三田文学復活十周年記念講演会・懸賞作品募集発表 ※講演会―〈講演者氏名（菊池寛・里見弴・佐藤春夫・水上瀧太郎・久保田万太郎・小島政二郎・西脇順三郎・杉山平助・勝本清一郎・石坂洋次郎）／時日（四月二十四日午後一時半開会）／場所（三田・慶應義塾大ホール）／入場者・会員券・申込所／主催（三田文学会）／後援（時事新報・三田新聞）〉
三田文学十周年記念賞金―〈一、賞金五百円也／一、昭和十年度「三田文学」誌上に発表したる作者を有資格と認め、塾員、塾生たるを要せず／一、選考委員　水上瀧太郎／一、昭和十一年一月号「三田文学」誌上に発表……〉 懸賞短篇小説投稿規定―〈一、創作一人一篇／一、慶應義塾在塾学生に限る／一、選者、三田文学編輯部／一、四月三十一〔三十〕日締切／一、昭和十年七月誌上に発表……〉
20 ※13に付す
21 「ピエロ」 ※挿絵
22 同人雑誌作品評 〈「模倣すること」の意義―一月号同人雑誌作品評に関連して／文芸汎論―「鉢の金魚」中務保二・「或る牧場主」木下勇・「夜の歌」野口富〔冨〕士夫・「舞踊主任」青山一浪・「仔山羊」北郵啓介・「彼の日常」石橋文蔵・「河向ふの土地」堀光之助・「寂滅」倉林武之／東大派―「慵動」砂原芳彦・「直滑降」飯塚朗・「狂女」小県春男／立教文学―「述懐」荻田虎三郎・「少年の季節」飯島淳秀／標風―「顚末」則藤大蔵・「停滞」中村孝・「純情」河東駿・「玩具」富重義人／制作―「モデルと氷菓」多田鉄雄・「乗鞍」羽仁賢良・「習作記」三上秀吉／記録―「至上主義者」森山行雄〉
23 ※〈坪内逍遥逝去／「文芸放談」いろはがるた〝ぶるはぬ三田文学水上瀧太郎〟について／芥川賞、直木賞、三田文学賞……の諸文学賞に一異見／三田文学十周年記念講演会と記念祭（五月廿一日）予告／その他〉
24 ※〈水上瀧太郎、長篇小説「都塵」を中央公論社より刊行／宇野信夫「劇と評論」の編輯を辞任／石坂洋次郎「若い人」を改造社から出版に決定／三田文学十周年記念講演会／三田文学十周年記念「バラエテイ」（五月二十一日午後五時半　於　神宮外苑青年会館）予告／三田文学紅茶会／その他〉
25 和木清三郎 ※〈二つの懸賞募集／その他〉
＊ ※新刊図書の紹介あり 〈『能精神パンフレット』紀伊国屋出版部発行／室生犀星著・短篇代表作品集『哀猿記』（第一編）民族社〉
＊ 「三田文学」三月号目次
＊ 三田文学バラエイ〔バラエテイ〕 ※予告。詳細は「消息」欄の通り

表紙・鈴木信太郎／カット・太田三郎　鈴木信太郎　近藤光紀　原精一　鳥海青児（ピエロ）　佐伯米子　寺田政明／発行日・四月一日／頁数・本文全二二二頁／定価・五十銭／編輯兼発行者・東京市芝区三田　慶應義塾内・西脇順三郎／編輯担当・和木清三郎／発行所・東京市芝区三田　慶應義塾内・三田文学会／発売所・東京市丸ノ内三丁目二番地　株式会社籾山書店／印刷者・東京市芝区愛宕町二丁目十四番地　渡辺丑之助／印刷所・東京市芝区愛宕町二丁目十四番地　常磐印刷株式会社

■五月号（復活十周年記念第一号）【193505】

創作
若い人（後篇・三）1　石坂洋次郎
二重世界（小説）　今井達夫
廃疾者（小説）2　遠藤正輝
文学修業（戯曲）　市川正雄
検眼師（小説）3　原奎一郎
濃霧の村（小説）4　佐山けい子
旱魃（戯曲）5　柳原利次
父と子と（小説・百枚）6　末松太郎
アンタレス―アルラン 7　太田咲太郎　井出正男
春の映画から　藤井田鶴子
三田文学と私　小泉信三
本の感傷　隅田幾
十九世紀の芸術派に関する序説 8　高橋広江
室生犀星の瘠癲に答へる 9　矢崎弾
ベルグソンと現代文学　古谷綱武
短篇小説の現状　木下常太郎
マルセル・アルラン 10　太田咲太郎
独立展を観る　服部伸六
貝殻追放――「輝く編輯者」――11　水上瀧太郎
「三田文学」の思ひ出 12　宇野浩二
山のこと　鈴木満雄
純粋小説論批判
偶然・日常性・美の問題 13　片岡鉄兵
純粋小説論について 14　尾崎士郎

通俗小説と純粋小説 15　井汲清治
純粋小説論と通俗性及び自意識の問題 16　平松幹夫
純粋小説論について　丸岡明
純粋小説とは？ 17　勝本清一郎
近頃小唄流行　四馬太郎
花売り 18　内田誠
浦島太郎 19　井伏鱒二
虎徹因縁話　岡田三郎
グレゴリー夫人訪問記 20　岡本かの子
復活当時を思ふ　倉島竹二郎
新劇巡礼 21　鈴木英輔
伯林に於ける福沢先生 22　〔富〕冨田正文
追善興行の歌舞伎座 23　戸板康二
絵
グレゴリー夫人とかの子 24　岡本一平
巴里所見 25　足立源一郎
テラス（文）26　島崎鶏二
金曜会オペラ「カルメン」を聴く　四谷左門
文芸時評　太田咲太郎
春はレビユウから 27　阪田英一
三田文学復活十周年記念文芸講演会出演者及び演題 28
大相撲五月場所 29　壱丁原研
四月号同人雑誌作品評 30　野村平五郎
三田文学復活十周年記念懸賞作品募集規定 31
今春の塾チーム 32　和木清三郎
三田の生活スケッチ 33
事ども　南川潤
三田風景 34　田中孝雄
小さな季節（詩）35　木村五郎
シナガハ湾の風景（詩）36　小林善雄
三田の生活 37　羽賀康
三田つれづれ 38　塩川政一
三田文学十周年記念バラエテイ 39
六号雑記 40
消息 41
編輯後記 42
表紙　鈴木信太郎
扉　寺田政明
カット　太田三郎・鈴木信太郎・近藤光紀
原精一・鳥海青児・佐伯米子・寺田政明

目次註

1 （後篇）〈三〉〔十・四・一〕
2 〈1―5〉
3 〈一、火山島／二、雪融け道／三、時勢〉
4 〈1―3〉
5 （二幕）〈第一景・第二景〉
6 〔一九三五・二・十五〕
7 マルセル・アルラン作 〈第五回〉〔終り〕
8 ―テオフィル・ゴオチエに就て―
9 ―御返答あらば即座に応答致すべく候― 〔1935·3·31〕
10 マルセル・アルランについて
11 〔昭和十年四月四日〕
12 ―あの頃の事― 〔四月四日〕
13 〔完〕
13〜17 ※「純粋小説批判」として
14 ※〝来月稿をあらたにして横光君の主張に対する私の関心を明らかにする……〟と付記あり
15 〔完〕
16 「純粋小説論」と通俗性及び自意識の問題 〔十・四・四〕
17 〔三五年四月〕
18 〈一、花売り／二、春の夜〉 ※足立源一郎の絵「巴里所見街の花屋」を付す
19 ―日本の最もいにしへの懐しき物語―
20 ―付アベイ・セアターに就て―
21 〈新協劇団の「雷雨」／創作座第五回公演／テアトル・コメディの「ドモ又の死」其他〉
22 ―福沢先生資料拾遺― 冨田正文 〈伯林で写した二枚の写真／幕府最初の遣欧使節／伯林滞在中の使節一行／欧洲に於ける先生の写真／上田博士の父祖〉〔昭和一〇・四・八記〕 ※写真二葉を付す〈文久二年二十九歳の時のもの／署名入肖像〉
23 〔三月十七日〕
24 邸前にて 一平写 ※20に付す
25 ―街の花屋― ※18に付す
26 Café du Dome［Dôme?］. Keiji 〔一九三三・八・三〕 ※「テラス」の文に付した絵
27 〈A―F〉〔三月二十九日〕
28 ※「三田文学復活十周年記念講演会 懸賞作品募集発表」として28・31を一括 〈講演者氏名 付演題／時日 場所他／三田文学十周年記念賞金／懸賞短篇小説投稿規定〉
29 ―回顧と展望― 〔10.4.2〕
30 同人雑誌作品評 〈「蒼氓」石川達三・星座／「揺影」与儀正昌・星座／「明暗抄」南京陽一郎・人間主義／「白狐」三原達夫・文芸汎論／「錆びた玩具」塩川政一・文芸汎論／「断章」佐木蕃・文芸汎論／「風説」梅木米吉・文芸汎論／「あぢさゐ」佐賀一海・氷河／「山高し」羽仁賢良・制作／「世嗣綺図」殿内芳樹・制作／「幻想曲」左近義親・制作／「あこがれ」兵頭平太郎・制作／「涙鐘」常石茂・部落／「寝床で」梶川正・部落／「挽歌」室町喬雄・部落／「れんげ」酒井森之介・郡島［群島 以下同］／「素描」西川文雄・郡島／「凋霜」齋木継人・郡島／「二百十日」中岡宏夫・旗／「スラブ」珂玭粧二・作家群／「荒海」打木村治・作家群／「ナルシス」岩下明男・翰林／「孤島一情景」池田圭・翰林／「過去」児島秀雄・野獣〉
31 ※前号に同じ。目次註28を参照
32 〔四月五日記〕
33 三田の学生生活スケッチ

34 ――P子の手紙――
35 〈沈丁花／蔦／図書館／教室／暖爐〉
36 〈1―4〉
37 〔一九三五・三・二九〕
38 〔三五・三月〕
39 復活十周年記念三田文学バラエティ ※"映画、芝居、講談、音楽、舞踊、漫談、落語、独唱、人気映画スターの挨拶――其の他"と予告
40 ※〈The Book Man と The London Mercury の合併／「改造」懸賞当選作 湯浅克衛「焔の記録」／同人雑誌の長篇には珍らしい作品―石川達三「蒼氓」（星座）／三田文学の表紙作家鈴木信太郎画伯の"中央公論社から出た宇野千代著「色ざんげ」の装幀見るべし"とのこと／その他〉
41 ※〈水上瀧太郎、「都塵」改題『倫敦の宿』が四月下旬中央公論社より刊行／片岡鉄兵、『花嫁学校』（中央公論社）の出版記念会（「レインボウ、グリル」十三日 六時）予告／倉島竹二郎、耕進社より短篇小説集「子は育つ」を刊行／三田文学バラエティ（五月二十一日）予告／他〉
42 和木清三郎 ※〈「復活十周年記念」第一号と十周年記念の諸事業／本誌表紙・カットの改訂／その他〉
＊ 新刊図書の紹介あり 〈『郊外生活者の朝』（戯曲集）豊岡佐一郎・大阪P・C会／『焔』（短篇集）原民喜・白水社／『花嫁学校』片岡鉄兵・中央公論社／『人生劇場』尾崎士郎・竹村書店／『博歯になる馬車』中河与一・民族社／詩集『水巌』京坂喜美子・黎明社／ボードレエル『美術評論』望月百合子・ふらんす書房〉
＊ 尾崎士郎著『人生劇場――青春篇――』（竹村書房）の広告中に杉山平助による推薦文を付す
＊ 「三田文学」四月号目次
＊ 三田文学バラエティ ※予告。前号に同じ
※ 表紙に、「復活十周年紀念号」と特記あり。次号も同じ

表紙・鈴木信太郎／裏表紙・鈴木信太郎（広告）／カット・太田三郎 鈴木信太郎 近藤光紀 原精一 鳥海青児 佐伯米子 寺田政明／発行日・五月一日／頁数・本文全三二四頁／定価・六十銭／編輯兼発行者・東京市芝区三田 慶應義塾内・西脇順三郎／編輯担当・和木清三郎／発行所・東京市芝区三田 慶應義塾内・三田文学会／発売所・東京市丸ノ内三丁目二番地 株式会社籾山書店／印刷者・東京市芝区愛宕町二丁目十四番地 渡辺丑之助／印刷所・東京市芝区愛宕町二丁目十四番地 常磐印刷株式会社

■六月号（復活十周年記念第二号） 【193506】

創作
鵙屋春琴（戯曲・三幕）1 久保田万太郎
馬鹿の天国（小説） 阿久見謙
嘘八景（小説）2 美川きよ
朧夜（戯曲・一幕）3 宇野信夫
十七歳（小説） 塩川政一
縮図（小説）4 南川潤
三田文学レヴィユ（ヴアラエテイ上演脚本）5 北村小松
夫―コルラド・アルヴ〔ヷ〕ロ6 久宗襄訳
北地図表（詩・三篇）7 土月杏
試写室から 藤井田鶴子
文学の真理性 西脇順三郎
矛盾を愛する群に与ふ8 矢崎弾
人間性格の方法論的把握9 庄野誠一
ウインダム・ルイス論10 木下常太郎
聖トマスとハックスレイ11 岩崎良三
新劇巡礼12 鈴木英輔
栗原神楽覚書 小宮豊隆
三田文学二十六年13 南部修太郎
雑感 横光利一
わが文学論14 石坂洋次郎
新人演奏を聴く15 四谷左門
寒き初夏（短歌）16 與謝野晶子
春の風 村松梢風
講壇生活二十余年 戸川秋骨
書物捜索―雑筆九―17 横山重
鮎・その前夜 日高基裕
文芸時評18 太田咲太郎
四月の木挽町（羽左衛門の心境）19 戸板康二
與謝野寛先生のこと20 掛貝芳男
相撲技当座帳21 彦山光三
春のボートレース22 宮田勝善
日吉の生活23 植松幸一
日吉あれこれ24 柴田錬三郎
日吉風景25 加藤正一
レヴユウ界近況26 阪田英一
五月号同人雑誌作品評27 野村平五郎
復活十周年記念「文芸講演会」見聞記28 砧五郎
スケッチ（絵） 笹岡了一
流行歌満員 四馬太郎
十周年記念懸賞小説募集29
応募小説発表について30
六号雑記31
消息32
編輯後記33
表紙 鈴木信太郎
扉34 飯田操
カット 太田三郎・鈴木信太郎・近藤光紀 原精一・鳥海青児・佐伯米子 寺田政明・内田巌

目次註

1 〈谷崎潤一郎氏原作〉〈その一―その三〉〔昭和十年五月〕
2 〈一景―八景〉

3 ※後記参照
4 〔三五・五・二〕
5 ――水上瀧太郎氏に捧げる―― 〈三田文学一党の余興のために〉
6 コルラド・アルヴロ作
7 〈北地図表／野球場（a／b）／朝河〉
8 矛盾を愛撫する群に与ふ――手触りだけで判断するなかれ―― 〈短慮な行動派に／保田與重郎君に――あるひは僕と保田君との論争をよむひとに――〉〔1935.4.30〕
9 ――文学以前の覚書―― 〔一九三五・五・五〕 ※〝過日時事新報紙上に発表した「性格の把握」の改作なり〟と付記あり
10 ウィンダム・ルイス論――N教授に――
11 聖トマスとオルダス・ハックスレイ
12 〈新協劇団の「花嫁学校」／築地座の「瀬戸内海の子ら」〉
13 ――記念号を傍に―― 〔昭一〇・五・四〕
14 ――三田文学復活十周年記念講演会講演草稿―― 〔十・四・廿二〕 ※写真一葉を付す「講演会中の石坂洋次郎氏」
15 〔三日夜〕
16 ※與謝野寛に送る追悼歌、十九首
17 〈琉球神道記／琉球往来〉〔三月三十一日〕
18 〈若き作家／長篇か短篇か／現代文学と権威〉
19 羽左衛門の心境――四月の木挽町――
20 ※写真一葉を付す「庭前に於ける故與謝野寛先生と晶子夫人」
21 〈米国式蹴球と相撲／笠置山の今後／相撲技の変遷／相撲の第一観点／具合まけ〉〔昭和十・四・一、前三時稿〕
22 〈早慶両スクリューの回転数／早慶レースと相撲／慶應ボーイは弱気か〉〔了〕
23〜25 ※「日吉生活スケッチ」として
25 ――妹に送る手紙――
26 〈A―E〉〔四月二十八日〕
27 〈記録―「文学と大衆性」鹿田庄作・「罪と罰からの覚え書」小宮三森／星座―「泥沼」秋山正香／文陣―「敗北」西野寿二・「海隅」神戸雄一・「鹹の季節」川副久仁木・「美乃」興梠忠夫／砂塵―「瑞子の脱走」高橋庚史・「幕間」松井龍一郎・「同人雑誌及びその作家に就て」河東都奈男／麺麭―「顔役」京都伸夫／文芸汎論―「しろき手」石川年・「運動会」清田武夫・「あづかり勝負」佐藤十弥・「荒廃」南専一郎／風祭―「いさかひ」佐々木龍之・「荒々しい化粧」林光則・「柴天狗の登場」中野武彦／早稲田文科―「笑紹壁蝨」宮内寒弥／氷河―「八穂の半生」伴野英夫／紀元―「大夢荘覚書」麻布十郎・「兎」小田仁・「立派なキャベツ」寺河俊雄／芸術科―「二十三歳の女」並川規・「昼飯」平野卓・「骨董品」富木友治／旗―「白い像」中岡宏夫／壁画―「あへなきわざ」小出謙吾・「蜘蛛」小室政康／散文―「鶴の夢など」杉田謙作・「影絵」岡勇／表現―「鶴ケ城」蓑島隆二・「芸術の誤解」佐々木慈郎・「眉子」鎌形秀昭／作家群―「罪の素性」宮西豊逸・「青灼け」水久保孠・「幽霊」汐入雄作／制作―「分骨」多田鉄雄・「山の呼ぶ声」羽仁賢良〉
28 ※水上瀧太郎・菊池寛・佐藤春夫の講演中の写真三葉を付す
29 十周年記念懸賞作品募集――三田文学十周年記念賞金 ※前号、目次註28のうちに掲載のものと同一
30 応募懸賞小説について 編輯部 ※当選発表一ケ月延期の詫び
31 ※〈「純粋小説論」によって一瞬ざわめいた文壇／「三田文学」復活十周年の意義／その他〉
32 ※〈三宅周太郎劇評集『演劇往来』中央公論社より出版（五月下旬）／石坂洋次郎短篇集『金魚』（サイレン社）、木下常太郎のローレンス『処女とジプシイ』（健文社）、太田咲太郎のジイド全集第十四回配本『法王庁の抜穴（全訳）』（金星堂）刊行予告／その他〉
33 和木清三郎 ※〈與謝野寛の追悼文／記念号第一号の好評／ついにもらえた久保田の力作／美川、阿久見、宇野、南川の力作／三田文学ヴァラエティの案内／その他〉
34 M. Iida
＊ ※新刊図書の紹介あり 〈『浅黄裏』（随筆集）内田誠・文体社／『髪』（短篇集）三上秀吉・制作社／『国際紛争史考』板倉卓造・中央公論社／英文『方丈記』板倉順治・大京堂書店／『年刊文化学院』（一九三五年刊）第三輯 一九三五・文化学院〉
＊「三田文学」五月号目次
表紙・鈴木信太郎／カット・太田三郎 鈴木信太郎 近藤光紀 原精一 鳥海青児 佐伯米子 寺田政明 内田巌／発行日・六月一日／頁数・本文全二九一頁／定価・六十銭／編輯兼発行者・東京市芝区三田 慶應義塾内・西脇順三郎／編輯担当・和木清三郎／発行所・東京市芝区三田 慶應義塾内・三田文学会／発売所・東京市丸ノ内三丁目二番地 株式会社籾山書店／印刷者・東京市芝区愛宕町二丁目十四番地 渡辺丑之助／印刷所・東京市芝区愛宕町二丁目十四番地 常磐印刷株式会社

■七月号 【193507】

座右銘 小島政二郎
創作
罪（小説）1 宮城聡
ある夜（戯曲） 本庄桂輔
笛と踊（小説）2 野口富〔冨〕士男
淪落（小説）3 羽賀康
野獣（小説）4 池田能雄
シエストフ的麦酒（詩） 小熊秀雄
反浪漫主義論5 木下常太郎
丹羽文雄君の文学を論ず6 山岸外史
「花嫁学校」を中心に7 間宮茂輔
ソヴエート映画の十五年8 湯浅輝夫
ロレンスの芸術性 龍口直太郎
文芸映画と大衆映画9 林高一
その時の写真10 井汲清治
新劇巡礼11 鈴木英輔
書物捜索―雑筆十―12 横山重
刀に就いて13 榊山潤

落語漫筆14　三宅三郎
文芸雑記帖　古谷綱武
試写室から　藤井田鶴子
文芸時評15　太田咲太郎
「お蝶夫人」その他16　四谷左門
三田文学祭の夜17
ヴアラエテイ挨拶からレヴユウまで18　和木清三郎
バラエテイのこと19　南川潤
この一夜20　塩川政一
ヴアラエテイ記　末松太郎
三田祭り　小林善雄
ヴアラエテイのエピソード　小林真一
新緑の頃のレヴユウ界21　阪田英一
六月号同人雑誌作品評22　田中孝雄
青年歌舞伎一瞥23　戸坂〔板〕康二
夏場所相撲検討24　壱丁原研
百貨店風景25　水木辰己〔巳〕
珍優の珍レコード　四馬太郎
消息26
編輯後記27
表紙　鈴木信太郎
カット　鈴木信太郎・佐伯米子・寺田政明

目次注

1 〈一―五〉
2 野口冨士男 〔三五年五月〕
3 〔完〕 ※本名、小野
4 ※〝「野獣」は「さいころ」の続きです。なお「花粉」、「女優」で完成します〟と付記にあり
5 ――三木清に――
6 ※付記あり
7 『花嫁学校』を中心に 〈一、批評と云ふものに就て／二、片岡鉄兵氏に就て／三、『花嫁学校』に就て／四、結語として〉〔一九一〇・五・二日〕
8 〈映画十五周年記念祭／外国作家の祝辞（ロマン・ローラン　アンドレー・ジイド　ジョン・ウエックスレイ　ジョン・ホワード・ラウソン　ハントリー・カアター）／ソヴエート映画十五年の歴史を創った人々（ヴエルトフ　クレショフ　プドフキン　プロタザーノフ　エイゼンシュテイン　テイッセ　ドヴジエンコ　コゼンツオフとトラウベルグ　エルムレル　ガルデキン　ワシリエフ）／党の指導と政府の補助　ソヴエート映画製作の勝利〉〔了〕 ※付、ソヴエート映画年表
9 ――一九三五年度上半期の概観―― 〔一九三五・五・二八〕
10 ――三田文学復活十周年記念講演会後記―― ※出演講師の記念写真を付す
11 〈新築地の「坂本龍馬」／創作座の三演目／テアトル・コメデイの創作劇〉
12 〈神道集略抄／南北二京霊地集／余談二〉
13 〈刀に就いて／旅行〉
14 〈（落語研究会について）／文楽礼讃／落語家の踊り〉
15 『行動』の六篇（行動主義文学特輯）―「ダイヴイング」舟橋聖一・「弔花」「機械記」豊田三郎・「選手」芹沢光治良・「貴族」阿部知二・「河岸」福田清人・「臨時列車」武田麟太郎／『三田文学』の作品―「馬鹿の天国」阿久見謙・「嘘八景」美川きよ・「十七歳」塩川政一・「縮図」南川潤〉
16 「お蝶夫人」其他
17 ※この題下の六文、色刷頁中に所収
18 ※写真二葉を付す〈当日の呼物となった「レビユウ」のフイナーレ／メーキアップに余念のない楽屋風景〉
19 〔三三・六―四〕
20 ――ヴアラエテイ覚書―― 〔三五・六・二〕 ※写真一葉を付す「脚本が決定してから、五月十七日夜、飛行会館、創作座で舞台稽古を始めたときのスナップ」
21 〈A―E〉
22 〈総論／文芸汎論―「可哀想なシユザンヌ」秋葉和夫・「愛の襞目」末松太郎／旗―「末枯」中岡宏夫／紀元―「春から夏へ」宮川健一郎・「礎乃となつめ」前沢絢子／散文―「三角波」酒井松男・「小品三つ」松原敏夫／さんもん―「月光」丸瀬古人・「喪郷」大久保佐太郎・「山部さんの感傷」倉林武之／麵麭―「井筒三郎」首藤正紀・「敵」堀場文夫／作家群―「可愛い男」珂玭粧二／非望―「愛章」伊牟田恭輔／早稲田文科―「病歴」森田素夫・「憂碑」佐々三雄／車―「馬の寸楽」尾崎広一・「明日」青山虎之助／同志社派―「白猫」金親清／溯流―「白い花の前篇」長船長五郎・「悪魔」水町圭介／黙示―「新宿街」多田他家人・「断層図」上野俊介・「故郷」辻亮一・「一つの事件」中村八朗／制作―「山荘」左近義親・「広助の寄付」多田鉄雄／星座―「或る社会種」篠崎博・酒井龍輔「伝道の書」と改造当選作〉〔三十五年五月〕
23 戸板康二 〔終〕
24 夏場所大相撲検討 〔……10. 6. 2〕
25 水木辰巳 〈1、あの手・この手〉
26 ※〈久保田万太郎随筆集『夜光虫』（双雅房）と小島政二郎『七宝柱』（新潮社）『恋愛人名簿』（文藝春秋社出版部）の出版案内／三田文学ルーム（塾内に新ルーム　毎週火、金午前中参集）の案内／三田文学紅茶会（六月二十六日夜六時、於銀座小松食堂予告）／その他〉
27 和木清三郎 ※〈十周年記念「三田文学祭」の終了とその反響／水上瀧太郎　三宅周太郎　小島政二郎　木下常太郎の新書発売の報告／「懸賞小説」発表の延期／その他〉
* ※新刊図書の紹介あり 〈『小熊秀雄詩集』―小熊秀雄・耕進社／『倫敦の宿』（長篇小説）―水上瀧太郎・中央公論社／『演劇巡礼』（劇評集）―三宅周太郎・中央公論社／『長篇小説環境と血』（第一部）―荒木精之・飯倉書店／D・H・ローレンス『処女ジプーシ〔ジプシー〕』―木下常太郎訳・健文社／『童心詩語』―青木茂・童心房〉
* 「三田文学」六月号目次
* ※永井荷風随筆『冬の蠅』（偏奇館蔵板・丸善株式会社発売）の広告中、大正十年五月に自画像と句（永き日やつば垂れさがる古帽子　荷風）を認めた扇面、および序文（「冬の蠅　序」乙亥のとし二月　荷風山人識）の紹介あり

表紙・鈴木信太郎／裏表紙・鈴木信太郎（広告）／カット・鈴木信太郎　佐伯米子　寺田政明／発行日・七月一日／頁数・本文全二二二頁／定価・五十銭／編輯兼発行者・東京市芝区三田　慶應義塾内・西脇順三郎／編輯担当・和木清三郎／発行所・東京市芝区三田　慶應義塾内・三田文学会／発売所・東京市丸ノ内三丁目二番地　株式会社籾山書店／印刷者・東京市芝区愛宕町二丁目十四番地　渡辺丑之助／印刷所・東京市芝区愛宕町二丁目十四番地　常磐印刷株式会社

■八月号　【193508】

創作
若い人（長篇小説・後篇・四）1　石坂洋次郎
愛憎記（小説）　遠藤正輝
棟梁太田源右衛門について（小説）2　荒木精之
雲脂（小説）3　丸井栄雄
色褪せた青春（小説）　永松定
古代史（詩）4　小林善雄
海の季節（詩）5　河野謙
新劇巡礼　大江良太郎
青春の書はいかにして成立するか6　亀井勝一郎
社会批判の文学その他7　矢崎弾
文学の社会性をめぐつて8　中村光夫
三田文学十周年記念懸賞短篇小説第一次予選発表9
パウンドの比較文学論　木下常太郎
東劇・歌舞伎・明治10　戸板康二
「人生劇場を中心に」11　間宮茂輔
「ダィヴィング」と「弔花」について12　十返一
「月・水・金」を読む　今井達夫
「ソ映画の転向」と「白夜」13　田井輝夫
映画試写室の生活14　藤井田鶴子
文芸時評15　太田咲太郎
百貨店風景16　水木辰巳
人気17　内田誠
海の思想　中河与一
アヌシ湖畔　芹沢光治良
海と山との思ひ出　岡本かの子
日本ビクター実演大会について　四馬太郎
書物捜索―雑筆十一―18　横山重
夏山の漫想19　原全教
小僧本作り　石塚友二
レヴユウの客席から20　阪田英一
七月号同人雑誌作品評21　田中孝雄
三田文学十周年記念懸賞作品募集規定22
夢（絵）　寺田政明
扉23　佐伯米子
消息24
編輯後記25
表紙　鈴木信太郎
カット　太田三郎・鈴木信太郎・佐伯米子・寺田政明

目次注

1　〈後編〉〈四〉〔昭和十年六月〕　※「付記」あり
2　※〝もと加宮君の「今日の文学」に所属した新人……〟と編輯後記に紹介あり
3　〈（1）―（6）〉
4　〈古代史／船の手紙〉
5　〈海の季節／夜の景色／日記／旅愁〉
6　――一つの覚え書――　〔六月卅日〕
7　〈社会批判の文学／伝記文学に就いて〉
8　――断想――　〔三五・七・六〕　※文末に（白痴）と記す
9　編輯部　※七十二篇の応募原稿中、二十二篇を第一次予選に選んだ。今夏第二次予選を厳選の後、十月号に当選作品発表のことを記す
10　〔完〕
11　『人生劇場』を中心に　〈一―四〉〔七月五日〕
12　〈「ダィヴィング」と「弔花」について／新作家の著書である〉
13　――ソヴエート映画界の転向――
14　試写室の生活
15　〈『田舎者』について／小説の印象〉
16　〈2〉〔一〇・六・三〇〕
17　〈一、人気／二、初夏／三、テープ〉
18　〈タバコ　余談三〉
19　〈夏山礼讃／谷歩き／夜みち／夜みちのやり方／大洞谷の盛宴／汽車／平常の心得〉
20　〈A／B／C〉
21　七月の同人雑誌作品評　早稲田文学〈大滝信一「裏門」／奥村龍「出来事」／長瀬隆三「池」〉　制作〈吉田信夫「滝本君のこと」／多田鉄雄「血を吐いた弟」／羽仁賢良「霧の山小屋」〉　旗〈中岡宏夫「寒鴉」〉　白金文学〈満永俊一「妻」／浦田三郎「流転」／金山滋野里「吾妹語り」／司馬絵次郎「通信文整理」〉　塾文科〈嶺三郎「恋愛以前」／高木定介「隻影」／原克巳「少年」／「蝕める心」近藤章／後藤逸朗〔郎？〕「血戯」〉　文芸汎論〈三原達夫「苺」／石河和「瘋人」／水盛源一郎「洛西の人々」／宮沢岩雄「子供の素描」／西野寿二「轍」／吉成剛「秋晴れ」〉　未成年〈「苺の話」杉浦明平／「輸血」黒戸有司／「僕の作文」竹村猛／「街のむすめたち」猪野謙三〉　同志社派〈「途上」西河伸三／「鷹の家」久永省一／「蛙」筒井好雄／「虹」叶宮貞昌〉　京大作品〈「母」麻野曼／「路傍」佐伯三郎／「少年時」川口俊介／「ドクトル一家」一宮宇志二〔一ノ宮宇志三？〕／「ある父親」三山鼎〉　文装〈「実銭」飯田典夫／「真黒な苦悩」粕谷正雄／「加上」岡本博／「人運」鈴木文雄／「眩惑」渡部俠／「建具屋の正公」本間淳三郎〉　経緯〈「海辺の花」早川泰雄／「よし子」黒川一夫／「序章」河上英一／「帰郷」伊藤悦郎〉　黙示〈「新宿街」多田他家人／「脂」中村八朗／「塔」大山芳夫／「傀儡」本庄栄一／「不興な倫理」上野俊介〉　記録〈「書信」高元義雄／「憑かれた男」嵯峨脩／「敗れた男」森山行雄〉　星座〈「裏街」平川虎臣／「心猿」石川達三〉　作家群〈「よどみ」宮西豊逸／「虹」汐入雄

作／「花と鳥」打木村治／「海」市伍拾二〉 物質〈「私生児」毛利賢次郎／「小枝子」西郁恒哉／「疾走する心」当真光男〉 散文〈「病室」坂本義男／「稲妻」一条迷洋〉
22 十周年記念懸賞作品募集規定―三田文学記念賞金
23 ※“この「三田文学」の文字は復活第一号の表紙の文字である”と註記あり
24 ※〈水木京太戯曲集『福沢諭吉』の上梓のこと／その他〉
25 和木清三郎 ※〈久保田万太郎の「春琴抄」（十周年記念特別六月号所載）新宿第一劇場で創作座が上演（八月一日―十日）のこと／その他〉

＊ 新刊紹介 〈『処女とジプシー』ローレンス原著・木下常太郎訳・健文社／『倫敦の宿』水上瀧太郎・中央公論社／『演劇巡礼』三宅周太郎・中央公論社／『覚書』横光利一・沙羅書店／『ロレンスのもとに』健文社版（西脇順三郎、龍口直太郎、阿部知二、伊藤整等十数名執筆）／『馬で去った女』宮西豊逸訳・D・H・ロレンス作・牛山堂／『月・火・金』明大文芸科卒業製作選集1・健文社〉

＊ 「三田文学」七月号目次

表紙・鈴木信太郎／カット・太田三郎 鈴木信太郎 佐伯米子 寺田政明／発行日・八月一日／頁数・本文全一八五頁／定価・五十銭／編輯兼発行者・東京市芝区三田 慶應義塾内・西脇順三郎／編輯押当・和木清三郎／発行所・東京市芝区三田 慶應義塾内・三田文学会／発売所・東京市丸ノ内三丁目二番地 株式会社籾山書店／印刷者・東京市芝区愛宕町二丁目十四番地 渡辺丑之助／印刷所・東京市芝区愛宕町二丁目十四番地 常磐印刷株式会社

■九月号 【193509】

津軽の山々（扉）1 上野山清貢
創作
鵙屋春琴後日（戯曲）2 久保田万太郎
松男梅太郎（戯曲）3 宇野信夫
天国の衣裳（小説）4 秋山正香
山（小説）5 佐山けい子
テニスの性格（小説）6 阪田英一
若い人（長篇小説）7 石坂洋次郎
新劇巡礼 大江良太郎
反《アンチ》タブウとしての行動主義 8 小松清
ポイスの諷刺小説 木下常太郎
「青春行路」を中心に 9 間宮茂輔
ニイチエとペーテル・ガスト 10 加藤信也
「演劇巡礼」を読む 11 戸板康二
踊 12 内田誠
縷紅草 13 大場白水郎
書物捜索―雑筆十二― 14 横山重
「ニイチエ」研究 15 千家元麿
文芸時評 16 太田咲太郎
人工楽園の邦訳 17 堀尾貫文
今秋の名画 18 山根正吉
第三回モスコー演劇祭 湯浅輝夫
モデルと作家 19 木村荘五
お盆レヴユウ界 20 四馬太郎
八月号同人雑誌作品評 21 田中孝雄
六号雑記 22
消息 23
編輯後記 24
表紙 鈴木信太郎
カット 鈴木信太郎・寺田政明・鳥海青児

目次註

1 上野山清貫〔貢〕 ※註記あり。前号と同文
2 （谷崎潤一郎氏原作）〔昭和十年七月〕
3 （三幕）
4 〔昭和九年十一月〕
5 〈1―4〉〔一九三五・七・二六〕 ※“――父の記念に――”と付す
6 〈一―四〉
7 〈後篇〉〈五〉〔つづく〕〔昭和十年七月〕
8 〈（Ⅰ）―（Ⅲ）〉〔三五・八・七〕
9 『青春行略』を中心に 〈一、頭記／二、長篇作家としての広津和郎氏／三、『青春行路』／四、結び〉〔七月三十日〕
10 ――Podach の《ニイチエ研究》に拠る―― 〔一〇・三・二二訳〕
11 演劇巡礼を読む 〔七月二十五日〕 ※三宅周太郎の『演劇巡礼』評
12 〈一、踊／二、歌／三、作歌〉
13 〈ろかうさう／小唄／水羊羹〉
14 〈球陽外巻遺老説伝／宮古島旧記〉〔七月二十八日〕
15 ――加藤君の労訳―― 〔三五・七・三一〕
16 〈小説の人物／小説の読者／小説の印象〉
17 〔一〇・七・二五〕
18 ――たそがれの維納――（MASKERADE）
19 〈一つの場合／今一つの場合／更に今一つの場合〉〔一九三五・六〕
20 お盆のレヴユウ界 〈A―F〉
21 大鴉〈「山間」範近宏一／「八歳の町」松本準蔵／「村の倫理」逸見正人／「キリスト再臨」佐藤彬／「満月」岡勇〉 散文〈「凶年」杉田謙作／「遺品わけ」南弥太郎／「邂逅」斉木哲太〉 貨物列車〈「捕虜」七類達／「街の地図」山脇冠太郎〉 織匠〈「輓馬」富〔冨〕山雅夫／「母の場合」北山くみ／「陰影」巻のぶ子／「春情こもる風」江森盛弥〉 群島〈「島」木本欽吾／「愚弟記」尾崎慎太郎／「芝口の閉口頓首」長広正／「或るロマンチスト」沼田千吉〉 制作〈「尾瀬」佐藤〔左近?〕義親／「雲仙」三上秀吉／「木曽駒ケ嶽」羽仁賢良〉 默示〈「明滅」辻売一／「譚歌」大山芳夫／「心の無い男」本庄栄一〉 星座〈「ある風景画」城野旗衛／「沙上」石河穣治／「猫捕り」一瀬直行／「死床」秋葉和夫／「女性評論社」八木桝平／「生の過重」大久保操／「春」秋山正香〉 作家群〈「骨肉」小山秀雄／「生活以後」大沢周次〉 日暦〈「風のひゞき」「倶楽部の人達」田宮虎彦／「燐光」石光保〔葆〕〉〔三十五年八月〕

22 ※〈芥川賞、石川達三獲得す。無名にして新人「蒼氓」の作者！／その他〉
23 ※〈久保田万太郎の「鵙屋春琴」（六月号発表）、劇と評論社からパンフレットとして出版／その他〉
24 和木清三郎 ※〈芥川賞と三田文学の「同人雑誌評」／表紙改訂／その他〉
＊ ※新刊図書の紹介あり〈D・H・ローレンス著・木下常太郎訳『処女とジプシイ』健文社／水上瀧太郎『倫敦の宿』中央公論社／小島政二郎『長篇小説 七宝の柱』新潮社／三宅周太郎『演劇巡礼』中央公論社〉
＊ 「三田文学」八月号目次
＊ ある会話 青木史良 ※第一生命の記事広告。この頃記名、無記名で度々掲載あり

表紙・鈴木信太郎／口絵・「津軽の山々」上野山清貢／カット・鈴木信太郎 寺田政明 鳥海青児／発行日・九月一日／頁数・本文全一九五頁／定価・六十銭／編輯兼発行者・東京市芝区三田 慶應義塾内・西脇順三郎／編輯担当・和木清三郎／発行所・東京市芝区三田 慶應義塾内・三田文学会／発売所・東京市丸ノ内三丁目二番地 株式会社籾山書店／印刷者・東京市芝区愛宕町二丁目十四番地 渡辺丑之助／印刷所・東京市芝区愛宕町二丁目十四番地 常磐印刷株式会社

■**十月号（十月創作特輯号）** 【193510】

マントンにて（扉） 宮田重雄
生きものの記録（小説・百枚）1 丸岡明
踊る舞台と虫けら（小説・八十枚）2 丸井栄雄
泥の橋（小説）3 南川潤
白い歴史（戯曲・八十枚）4 内村直也
雲の歌（小説・七十枚）5 末松太郎
北越夜話（戯曲） 市川正雄
水の上（小説）6 塩川政一
芽（小説）7 丹羽文雄
恐ろしき幸福（小説）8 美川きよ
空花（小説・六十枚）9 今井達夫
骨箱（小説・百枚）10 遠藤正輝
三田文学復活十周年記念懸賞短篇小説当選者氏名発表11
六号雑記12
消息13
編輯後記14
表紙 鈴木信太郎
カット 寺田政明・谷内俊夫

目次註

1 〈第一章 山麓〉〈I—V〉〔第一章 終〕
2 〈(1)—(8)〉
3 〔三五・八・三一〕
4 〈(1)・(2)〉〔昭和十年八月〕
5 〔一九三五・八・三一〕
6 〔三五・八月〕
7 〈一・二〉
8 〈1—5〉〔完〕 ※〝第一回 三田文学（七年五月）／第二回 文藝春秋（八年二月）／第三回 経済往来（十年九月）に発表／第四回 本誌にて完結〟と付記あり
9 〈1—6〉
10 〈1—3〉
11 三田文学復活十周年記念懸賞小説当選発表 編輯部 〔昭和十年十月〕
12 ※〈文芸懇話会の第一回文芸賞、と種々の反響／「行動」「あらくれ」廃刊／「星座」九月号が「三田文学」を解剖／「中央公論」四〔五〕十周年記念に大衆雑誌「街の誌雑〔雑誌？〕」を創刊／民衆小説賞直木賞、民衆主義賞直木賞か／国際観光局の「TRAVEL IN JAPAN」と名取洋之助の「JAPAN」／その他〉
13 〈石坂洋次郎、サイレン社から創作集『金魚』を上梓／宇野信夫、新作「巷談宵宮雨」の歌舞伎座上演／故小山内薫の「国性爺合戦」、九月有楽座で再演／その他〉
14 和木清三郎 ※創作特輯号の作者紹介

＊ 紹介 水上瀧太郎 ※画家仙波均平の一子、巌が銀座に開業した「東京商業写真研究所」の披露文紹介
＊ 「三田文学」九月号目次

表紙・鈴木信太郎／口絵・「マントンにて」宮田重雄／カット・寺田政明 谷内俊夫／発行日・十月一日／頁数・本文全二五四頁／定価・六十銭／編輯兼発行者・東京市芝区三田 慶應義塾内・西脇順三郎／編輯担当・和木清三郎／発行所・東京市芝区三田 慶應義塾内・三田文学会／発売所・東京市丸ノ内三丁目二番地 株式会社籾山書店／印刷者・東京市芝区愛宕町二丁目十四番地 渡辺丑之助／印刷所・東京市芝区愛宕町二丁目十四番地 常磐印刷株式会社

■**十一月号** 【193511】

薔薇（扉） 新道繁
創作
生きものの記録（小説・第二章・百枚）1 丸岡明
鴆酒（小説・六十枚）2 金谷完治
からたち（小説・六十枚） 池田能雄
福島正則（戯曲・一幕）3 平峰満
砂金の話（小説） 大江賢次
壁蝨（小説・九十六枚）4 平松幹夫
季節の帰途（詩）5 小林真一
三田の春秋（詩） 河野謙
映画批評 高季彦
ノイエ・ザハリヒカイトのルール6 武田忠哉
超現実主義以後の方向 小林善雄
トルストイ逝いて二十五年7 湯浅輝夫
文芸時評8 山岸外史
ミユジカル映画・レヴユウ映画9 藤井田鶴子
演劇時評10 辻久一
十月の三座11 戸板康二

吹込室12　内田誠
書物挿〔捜〕索—雑筆十三—13　横山重
名医　一戸務
荷風先生自註本「夜の女界」及び「小説道楽」発見に就て　荻野忠次〔治〕郎
映画三昧　岸松尾
堀口大學著「季節と詩心」読後　阪本越郎
薔薇は生きてゐる14　辻村もと子
美術の季節　勝本英治
新造型美術展　寺田政明
十月号同人雑誌作品評15　田中孝雄
塾のラグビイ16　橋本寿三郎
六号雑記17
消息18
編輯後記19
新刊紹介「折柴随筆」「竹藪の家」「支那遊記」「レビユウをりをり」
表紙　鈴木信太郎
カット　鈴木信太郎・寺田政明・鳥海青児　原精一・内田巌・谷内俊夫・小沢泱〔映?〕

目次註

1 〈第二章　驢馬の事件〉〈I—V〉〔第二章　終〕
2 〈一—四〉〔完〕
3 福島正則（一幕）
4 壁蝨《だに》〈一—四〉〔昭十・十・二〕
5 〈季節の帰途／水曜日の触診／状態／Douleur／帰途〉
6 〈序／1—6〉
7 トルストイ逝いて廿五年
8 〈小説論に就て／転向作家に就て／文芸懇話会の諸論文／芸者小説その他／中央公論その他／新人に就て／三田文学の新人達〉※前文あり
9 ミュージカル映画・レヴユウ映画
10 知識階級と新劇運動——演劇時評——
11 〔終〕
12 〈一、吹込室／二、腸詰屋／三、お月見〉
13 ——琉球国由来記——
14 「薔薇は生きてる」に就て
15 ——とくに同人雑誌の作家達に与ふ——〈総論／「逃げゆく白蛾」木暮亮（意識）／「ソナテイナ『風球』」高木卓（意識）／「救はれざるもの」真下五一（意識）／「悪い葩」石河和（文陣）／「洛西の人々」水盛源一郎（文陣）／「唇楼」鎌原正己（麺麭）／「ある老人」東一郎（麺麭）／「二十代の人」中村八朗（黙示）／「明滅」辻亮一（黙示）／「酒場」坂本義男（芸術科）／「人工地蔵」高橋丈雄（芸術科）／「心猿」石川達三（星座）／「狐心」高野三郎（星座）／「霧」児島秀雄（野獣）／「崩壊」多田鉄雄（制作）／「乾杯」左近義親（制作）／「家相」丘頭平太郎（制作）／「台湾山脈」富士村格（文装）／「花園」飯田典夫（文装）／「殼」渡部俠（文装）／「旅」中村精（文装）／「罌粟」塩月赳（散文）／「或夏の事件」松原敏夫（散文）〉〔三十五年十月〕
16 塾のラグビー
17 ※〈中央公論〉五十周年記念号／記念号の短篇小説と「夜明け前」完結／懇話会問題の菊池・久米・川端（文藝春秋）／久保田万太郎脚色「鵙屋春琴」の大阪弁版—鳥江銕也脚色「春琴抄」（「新劇壇」九月号・大阪歌舞伎座上演）／文壇のエンサイクロ・ペヂア千葉亀雄死す／その他〉
18 ※〈好評な鈴木信太郎画伯出品絵／阪田英一、沙羅書房より「レビューをりをり」上梓／三田文学編輯所住所（京橋区木挽町五ノ四　豊玉ビル、電話・銀座・一四九二・八二六番）／その他〉
19 和木清三郎　※好評の丸岡明「生きものの記録」／リーグ戦開幕、故障続出の塾チーム／その他
＊ ※新刊図書の紹介あり　《『レヴューをりをり』阪田英一・沙羅書店／『折柴随筆』（随筆集）滝井孝作・野田書房／『竹藪の家』（小説集）一戸務・ボン書店／『支那遊記』（紀行文）室伏高信・日本評論社刊行／故山川弥千枝遺著『薔薇は生きてる』沙羅書店／『自分の鶏』丹羽文雄著・双雅房（鈴木信太郎装幀）》
＊ 「三田文学」十月創作特輯号目次
＊ 紹介文　水上瀧太郎　※前号に同じ

表紙・鈴木信太郎／裏表紙・鈴木信太郎（広告）／口絵・「薔薇」新道繁／カット・鈴木信太郎　寺田政明　鳥海青児　原精一　内田巌　谷内俊夫　小沢泱／発行日・十一月一日／頁数・本文全二二八頁／定価・五十銭／編輯兼発行者・東京市芝区三田　慶應義塾内・西脇順三郎／編輯担当・和木清三郎／発行所・東京市芝区三田　慶應義塾内・三田文学会／発売所・東京市丸ノ内三丁目二番地　株式会社籾山書店／印刷者・東京市芝区愛宕町二丁目十四番地　渡辺丑之助／印刷所・東京市芝区愛宕町二丁目十四番地　常磐印刷株式会社

■十二月号　【193512】

デッサン（扉）　脇田和
創作
生きものの記録（第三章・百五十枚）1　丸岡明
若い彼の心（小説・五十枚）2　野口冨士男
南蛮絵師（戯曲・一幕二〔三〕場）3　鳥井足
家（小説）4　岡本かの子
荘子（小説）5　佐山けい子
わが批評体系への軌道6　矢崎弾
古典への一つの動き　保田與重郎
独逸に於ける新浪漫精神7　加藤信也
読書雑筆8　堀尾貫文
古典的現実主義論9　木下常太郎
マラルメ　高橋広江
十一月の芝居10　戸板康二
文芸時評11　山岸外史
演劇時評12　辻久一
試写室から13　藤井田鶴子

一九三五年度の女性作家 14　日下典子
一九三五年度封切映画から　藤井田鶴子
一九三五年度　日本映画の走り書的感想 15　塚本靖
くずれた美術　勝本英治
青年の文学 16　古谷綱武
三田文学賞銓衡委員 17
十一月号同人雑誌評 18　田中孝雄
イギリス文壇新事情
早慶戦快勝記 19　和木清三郎
六号雑記 20
前金切について
消息 21
編輯後記 22
新刊紹介 23　「魂を衡る男」「悪太郎」「虹晴」「蒼氓」「蛆」「自分の鶏」
表紙　鈴木信太郎
カット　鈴木信太郎・近藤光紀・原精一　鳥海青児・寺田政明・内田巌　谷内俊夫・小沢〔泱?〕映

目次註

1 〈第三章　足跡　I—V／第四章　霧の中　I—V〉〔完〕
2 〈1—6〉
3 〈一幕三場〉
4 〔一九三五・一〇・七〕
5 〔了〕
6 ——批評の自省をノートする㈠——〈序／直観と反省・印象の分析・反省と分析の性格と意図／評価の相対性への歩み〉〔1935.10.23〕
7 〈一—五〉〔十一月五日稿〕
8 〈一、バック女史の「大地」／二、「パルムの僧院」／三、北村小松氏の「虹晴」／四、「作家の心理」のメス／五、モウツパサン〔モウパッサン〕傑作短篇集〉〔十月二十一日〕
9 〈一—七〉
10 〈歌舞伎座／東劇〉
11 〈作家の態度に就て／諷刺文学その他／今年働いた人々〉
※前文あり
12 演劇は生活の表現であるか——演劇時評——
13 〈ミモザ館／リリオム〉
14 〔一九三五・十一〕
15 〔一九三九〔五?〕・一一—九〕
16 ——文芸雑記帳——
17 三田文学賞受賞者銓衡委員　三田文学会〔昭和十年十二月〕　※昭和十年度三田文学賞受賞者選定のために水上瀧太郎が選んだ委員〈久保田万太郎／南部修太郎／小島政二郎／三宅周太郎／西脇順三郎／井汲清治／水木京太／杉山平助／勝本清一郎／和木清三郎〉
18 十一月号同人雑誌作品評〈中村梧一郎「機構」（星座）／秋山正香「岡本屋一家」（星座）／石川達三「心猿」（星座）／高橋勝三「困った男」（アカイエル）／佐藤晃一「部屋」（アカイエル）／森本忠「RHAPSODY」（文芸汎論）／三浦常夫「新ねころび草」（文芸汎論）／伴野英夫「麦秋記」（日暦）／矢田津世子「父」（日暦）／中岡宏夫「風媒花」（旗）／鈴木満男「森林官」（塾文科）／北村謙次郎「風車」（芸術科）／飼子直三「室の中」（芸術科）／倉崎嘉一「死を装ふ本能」（紀元）／宮川健一郎「紅子」（紀元）／河上英一「彩黛」（経緯）／室屋二郎「地下道」（経緯）／園川秀夫「芙容」（青山文学）／柳川恒雄「汀線」（青山文学）／長田恒雄「循転」（織匠）／津田出之「奴隷」（織匠）／酒井松男「路傍写真師」（散文）／坂本義男「彷徨」（散文）／左近義親「乾杯」（制作）／多田鉄雄「艶文往来」（制作）／吉沢雄蔵「繭」（群）／榎本茂「苦境」（群）／浜野健三郎「三号合宿」（人間）／榛葉英治「フロラ洋裁学院」（人間）／松本欽一「梨畑」（表現）／杉村直樹「霾」（表現）／宮路哲「亀吉とその家」（溯流）／森道夫「霧」（溯流）／大山芳夫「MARU」（黙示）／岡枝英夫「ダンサー真弓」（黙示）／辻亮一「明滅」（黙示）／中村八朗「二十代の人」（黙示）／多摩木泰「下闇」（群島）／波良健「反芻」（群島）／三木豊「葛藤」（煙風）／中村孝「祖母の死」（標風）／井原彦六「転落」（麵麭）／京都伸夫「帆影」（麵麭）／徳島正男「饐えた果実」（白金文学）／奥田幸章「嘔吐の生活」（白金文学）／満永俊一「夢を追ふ人」（白金文学）／檀一雄「衰運」（日本浪漫派）／霜尾延孝「動揺」（京大作品）／川口俊介「少年時」（京大作品）／一ノ宮宇志三「ドクトル一家」（京大作品）／三山鼎「敗北」（京大作品）／川副久二郎「けがれた出発」（文陣）／山本啓太郎「血の末」（文陣）／児島秀雄「暁子といふ女」（野獣）／牛場公雄「別府」（野獣）／「誘離花」・「無花果」・「霧降る」・「地下」・「鏡面」・「研瓜」・「廿世紀は悲劇だ」（文芸往来の諸作品）〉〔三十五年十一月〕
19 早慶野球戦快勝記〈戦前の予想から／ウィーク・デー試合の問題／低迷した勝利の予想／第一回戦は判定勝ち／第二回戦の快勝〉
20 ※中央公論社五十年記念祝典と首相代理の式辞朗読——「婦人公論」十一月号誌上の会場写真——／新築地の尾崎士郎原作千田是也演出「人生劇場」／秋の早慶戦、期待に逆かず塾の勝利〉
21 ※水上瀧太郎、三田文学復活以来毎月開催の水曜会、都合により十一月限り当分休会／北村小松の新著「虹晴」、アメリカのアースキン・コールドウエルの出世作「タバコ・ロード」と訳権を交換／その他〉
22 和木清三郎　※二部会賞受賞者の扉のデッサン／昭和十年度「三田文学賞」銓衡委員を水上の手によって決定／早慶戦の観戦記／その他〉
23 〈『魂を衡る男』アンドレ・モオロア著　原百代訳・作品社／『悪太郎』（短篇集）尾崎士郎著・黎明社／『蒼氓』石川達三著・改造社／『虹晴』北村小松著・岡倉書房／詩集『蛆』鷹樹英弘著・早稲田文科社／『自分の鶏』丹羽文雄著・双雅房／『新文学の環境』矢崎弾著・紀伊国屋書店／『処女とジプシイ』D・H・ローレンス著・木下常太郎訳・健文社〉
＊「三田文学」十一月号目次
＊※「ハゲ天」広告中、ハゲ天主人邦坊による解説文（一月号—十一月号連載）の「目次」なるものを記す
表紙・鈴木信太郎／口絵・脇田和／カット・鈴木信太郎　近藤光紀　原精一　鳥海青児　寺川政明　内田巌　谷内俊夫

小沢映／発行日・十二月一日／頁数・本文全二四四頁／定価・五十銭／編輯兼発行者・東京市芝区三田　慶應義塾内・西脇順三郎／編輯担当・和木清三郎／発行所・東京市芝区三田　慶應義塾内・三田文学会／発売所・東京市丸ノ内三丁目二番地　株式会社籾山書店／印刷者・東京市芝区愛宕町二丁目十四番地　渡辺丑之助／印刷所・東京市芝区愛宕町二丁目十四番地　常磐印刷株式会社

一九三六年（昭和十一年）

■一月号（新年特大号）【193601】

女の顔（デッサン）　三田康

創作

結婚季節（戯曲・三場）1　水木京太

音楽（小説）2　南川潤

歌手の衣裳（小説）3　阪田英一

背伸びする女（小説）　緒田真紀江

雨あがり（小説）4　野村利尚

途上（小説）5　間宮茂輔

天国の恋と地上の恋　フレンツ・モルナア　湯浅輝夫訳

太守の国6　モオリス・デコブラ　原百代訳

新派と若手（十二月の芝居）　戸板康二

日本に於ける自由主義7　加田哲二

角笛を磨く8　西脇順三郎

文壇に背くもの9　小松清

丹羽文雄は幸福だよ！10　矢崎弾

文学的戯曲について11　真船豊

脆弱新進作家論　十返一

試写室から　藤井田鶴子

マリオ・プラッツの悪魔主義論12　木下常太郎

大菩薩峠・その他13　松尾要治

作家の日記

一週間の日記14　新居格

不断の日記15　林芙美子

日曜日から日曜日まで16　南部修太郎

一月のレコード　岡山東

年の瀬17　杉山平助

「垣」の外から18　石坂洋次郎

掘出し物　蔵原伸二郎

第一回三田文学賞授賞者決定次第19

石坂洋次郎君推奨20　南部修太郎

優れた作家として21　小島政二郎

一般文学界の貢献者として22　西脇順三郎

最もふさはしい作家23　井汲清治

文句なし賛成24　杉山平助

量的にも質的にも25　水木京太

石坂洋次郎万歳26　和木清三郎

松並木27　内田誠

映画「沐浴」を見て28　戸川秋骨

古川節蔵29　富田正文

紅い花30　三宅由岐子

今月の雑誌

文藝春秋31　日本評論32　文芸33

中央公論34　改造35　新潮36

演劇時評37　辻久一

文芸時評　山岸外史

石坂洋次郎氏の作品と印象38

石坂洋次郎君　北村小松

弱い強い39　大坪草二郎

石坂君の印象（スケッチも）40　金沢秀之助

石坂洋次郎素描41　井汲清治

横手に於ける石坂洋次郎氏　大山順造

作家生活　丹羽文雄

粘り強い作家　和木清三郎

「若い人」愛読　勝本清一郎

春相撲を前にして42　彦山光三

十二月号同人雑誌評 43　田中孝雄
レビユウ合戦 44　四馬太郎
六号雑記 45
消息 46
編輯後記 47
新刊紹介 48　「ひとに与ふる哀歌」「沢氏の二人娘」「バカやなぎ」「一つの花」「二十六番館」
表紙　鈴木信太郎
カット　鈴木信太郎・寺田政明・鳥海青児・原精一・内田巌・谷内俊夫・近藤光紀

目次註

1 〈一―三〉
2 〔三五・一一・二八〕
3 〈一―三〉
4 〈一―三〉
5 〔一九三五・十一月十七日〕
6 ――印度旅行記――〈Ⅰ神秘の国印度／Ⅱジャングルを寝台車で／Ⅲマデユラ寺の一夜〉 ※訳者註を付す
7 〈一―七〉〔一九三五・一一・三〇稿〕
8 〔散文詩〕
9 〔三五・十二・三〕
10 ――「古い恐怖」をよんで手紙を書く――〔1935.11.9〕
11 〔十二月四日〕
12 〈一―九〉
13 大菩薩峠――その他――
14 〈十一月十八日―廿四日〉
15 〈十一月二十日―二十三日〉
16 〈日曜日／月曜日／火曜日／水曜日／木曜日／金曜日／土曜日／日曜日〉〔終り〕
17 〈貧乏話／子供の話〉
18 〔昭和十・十二・一〕
19 三田文学賞第一回授賞者決定次第　三田文学会　※――「若い人」の作者　石坂洋次郎氏――　銓衡委員氏名を列記
20～26 ※推薦理由の紹介
22 一般文学界の貢献者
23 最もふさはしき作家
27 〈一、松並木／二、温習会／三、銀座〉
28 秋骨
29 〈慶應義塾最初の塾長／蘭学修業時代／最初の統計書の翻訳／旗本となって海軍に入る／維新後の古川〉
30 〔一九三五年九月〕
31 （T・N・K） ※〈「重臣政治の没落」久原房之助／「豪僧椿山」渡辺千冬／「泉鏡花といふ男」徳田秋声／「二階堂放話」久米正雄／余戯的な創作四篇／川端康成の文芸時評―水上瀧太郎の世継への批評〉
32 ※〈「経済往来」から「日本評論」へと看板を塗り変へてからの編輯方法について―社会欄への疑問／鶴見祐輔の伝記物「後藤新平」／「仮装人物」徳田秋声／「徒労」川端康成／「熱海線私語」牧野信一／「島崎藤村論」勝本清一郎／「女と云ふもの」武林無想庵／近松秋江老の小説「斎藤実盛の如く」を契機として騒がれ出した文学者の社会的地位の問題について論じているロマン・ローラン、菊池寛、杉山平助他／「新聞社説論」石浜知行／「青年雑誌論」新居格〉
33 ※〈「渦の中」荒木巍／「フロック」平林彪吾／「刺繡」林芙美子／「文芸評論上のレアリズム」片山雄二／「文壇フリーランサア論」新居格／「プウシキン裸記」中山省三郎／「博徒生活と股旅者」田村栄太郎／「遂に満足した女」（新女性列伝・七）村山知義／海外作品特輯―五作家の短篇／「文芸」の文芸雑誌中の地位と、その編輯方式〉
34 ※新人特輯〈「血縁」大谷藤子／「私生児」高見順／「火薬」大鹿卓／「血と血」外村繁〉
35 ※〈創作欄の不調／十一谷義三郎／「一の酉」武田麟太郎／「荒地へ」橋本英吉／「東京の子〔子供〕たち」久保田万太郎／「老父」新人栗田三蔵／「製銅株」（社会小説）和田日出吉〉
36 ※〈昭和十年度文芸界回顧を主題にした巻頭座談会／「昭和十年に於て印象に残ったもの」のはがき回答／通巻三百七十五号を閲する「新潮」の編輯への苦言／「茜蜻蛉」牧野信一／「地球図」太宰治／「オロシヤ船」井伏鱒二／「田舎者」平田小六／「通俗小説家の道」本多顕彰／「現代総合雑誌論」勝本清一郎／「新聞小説を評す」覆面士赤人／七年の歳月を費して「夜明け前」を完成した藤村と青野季吉とを取組ませての一問一界〔答〕〉
37 巧さと新しさと――演劇時評――
38 ※肖影「最近の石坂洋次郎氏」一葉を付す
39 弱い強さ
40 〔十一月十二日〕
41 〔完〕
42 〈型も進化する／稽古法と得意／神宮相撲を観る〉〔10.10.3〕
43 三五年下半期の展望――付十二月号同人雑誌評――〈星座―「心猿」石川達三・「足跡」井上立士・「親類」平川虎臣／塾文科―「街の週期」後藤逸郎／文芸往来―「悪魔の暦」三橋一温／芸術科―「瞽の斑ら魚」楳本捨三・「聖なる悲劇」鈴木幸夫／散文―「敗北の歌」一条迷洋・「泥沼の夢」釜田定雄／群島―「童僊」檜山繁樹／制作―「フイナーレ」吉田信夫・「乾杯」左近義親・「甜〔舐？〕められた大家」多田鉄雄／黙示―上野俊介・大山芳夫・岡枝英之・辻亮一／立教文学―「夜道」河合吉栄・「新吉」荻田虎三郎／新思潮―「雲割慎太」伊庭春夫・「設計」高山毅・「白昼・薄暮」齋藤栄治／東大春秋―「題なき生活」奥山清四郎／聖餐―「起伏」和田健夫・「冬」木山二郎／日本浪曼派―「花宴」伊藤佐喜雄・「夕張胡亭塾景観」檀一雄／表現―「賢い男」村上晃・「青春」柏木三治／文装―「闘人」粕谷正雄・「経緯」平田篤二郎・「勝利」飯田典夫／新文芸―「激流の如く」坪井美和／麵麴―「土地」堀場正夫・「抜裏商会」木下勇／作家群―「梅雨季前後」石野径一郎・「長恨行」小山秀雄／同志社派―「嗤ひ給へ」高洲正平／葡萄―「死骸の無い葬列」土橋秋良・「カーチャ」乾狂介／文陣―「病院荘の人々」佐藤虎雄・「泥濘」西野寿二／大鴉―「行雲流水」佐藤彬・「雪ふり」八並誠一・「足れなし月夜」範近宏二〉〔三十五年十二月〕
44 〈(一) 古川緑波一座／(二) エノケン一座／(三) 吉本ショウ／(四) 松竹ショウ・ボート／(五) 少女歌劇〉
45 ※〈文芸復興の懸け声で幕を切った文壇劇「一九三五年」

／石坂洋次郎、第一回三田文学賞を獲得／その他〉

46 〈石坂洋次郎「若い人」、三月号完結の上改造社より上梓／亀井常蔵、佐野一郎と共訳でD・H・ローレンス「翼のある蛇」（上巻）を耕進社より発売／三田文学賞、第一回授「受」賞者の決定／その他〉

47 和木清三郎 ※〈「作家の作品と印象」欄／表紙・目次カット更新／その他〉

48 〈『詩集 わがひとに与ふる哀歌』伊東静雄著・コギト発行所／戯曲『沢氏の二人娘』岸田國士著・白水社／『二十六番館（二人の家）』川口一郎著・白水社／『一つの死』新田有明著・生命会出版部／『バカやなぎ』（短篇集）尾崎士郎・慈雨書洞／『金魚』（短篇集）石坂洋次郎著・サイレン社〉

＊ 「三田文学」十二月号目次

＊ 「三田評論一月」慶應義塾案内特輯号目次

＊ 三田文学投稿について　編輯部

表紙・鈴木信太郎／カット・鈴木信太郎　寺田政明　鳥海青児　原精一　内田巖　谷内俊夫　近藤光紀／口絵・「女の顔」三田康／発行日・一月一日／頁数・本文全三〇〇頁／定価・六十銭／編輯兼発行者・東京市芝区三田　慶應義塾内・西脇順三郎／編輯担当・東京市芝区南佐久間町　和木清三郎／発行所・東京市芝区三田　慶應義塾内・三田文学会／発売所・東京市丸ノ内三丁目二番地　株式会社籾山書店／印刷者・東京市芝区愛宕町二丁目十四番地　渡辺丑之助／印刷所・東京市芝区愛宕町二丁目十四番地　常磐印刷株式会社

■二月号　【193602】

女・デッサン（扉）　福沢一郎

創作

魔法（小説）1　南川潤

動力のない工場（小説）2　丸井栄雄

型（小説）3　佐山けい子

生物学試験の結末（小説）4　阪田英一

詩三篇

滑走　小林善雄

白い秋　小林真一

Chants 5　塩津貫一

桐の木横町について　四馬太郎

人生序論の一つ 6　室伏高信

学生と文学・映画・其他 7　奥井復太郎

文学者の社会的位置 8　保田與重郎

新劇について　北村喜八

同人雑誌　新人作品集を読む（アサヒグラフ所載）9　今井達夫

太守の国 10　モリス・デコブラ　原百代訳

赤い手帖 11　ベンヂヤメン・コンスタン　松田茂文訳

ラデイゲ論 12　フランソワ・モオリアツク　服部伸六

二月のレコード　岡山東

ま・いすとわある 13　三宅由岐子

冬の雨　宇野信夫

作家の日記

三田文学日記 14　小島政二郎

双竹亭日記抄 15　邦枝完二

演劇時評 16　辻久一

文芸時評 17　十返一

今月の雑誌　文藝春秋 18　日本評論 19　文芸 20　中央公論 21　改造 22　新潮 23

勝本清一郎氏の作品と印象 24

勝本清一郎断片　楢崎勤

勝本清一郎氏のこと 25　渋井清

勝本清一郎の評論　矢崎弾

茅場町生れの清ちゃん 26　長谷川かな女

古い乾板 27　平松幹夫

兄貴　勝本英治

「映画コンクール」について　遠間満

新年号同人雑誌作品評 28　田中孝雄

六号雑記 29

編輯後記 30

消息 31

本誌への投稿について 32

本号所載広告一覧表

前金切について

新刊紹介 33　「短檠」「チャタレイ夫人の恋」「鼬」「愛する神の歌」「子供と花」「アンタレス」「日本少国民文庫」「おふくろ他三篇」「瀬戸内海の子供ら」「続人生劇場」

表紙　鈴木信太郎

カット　太田三郎・鈴木信太郎・近藤光紀・原精一　鳥海青児・寺田政明・谷内俊夫・小沢映

目次註

1 〔三五・一二・一四〕

2 〈(1)―(7)〉

3 〔一九三四・一二・二六〕

4 〈一―五〉〈終〉

5 〈Chants vii／Chants viii〉

6 〔三沢村にて〕

7 〈はしがき／（本文）／結言〉〔昭和十年十二月二十九日〕
※付記あり

8 文学者の社会的地位

9 〈「蛾」新田潤・日暦／「冬眠の町」堀場正夫・麵麭／「長屋のフロックコート」古賀英子・婦人文芸／「女ダンピング」石河穣治・星座／「疲れた男」尾崎一雄・早稲田文学／「秋の一夜」中谷孝雄・日本浪曼派／「ヴイニキウスの独自〔白?〕」池田みち子・芸術科／「浜野の手」真田喜一・翰林／「みよ」庄野誠一・三田文学／「温室咲き」宕崎修・新思潮〉

10 太守の国(二) ―― 印度旅行記 ―― モオリス・デコブラ作

／原百代〈Ⅳ、マドラス—ボンベイ特急／Ⅴ、十二歳の後家さん〉※訳者註を付す

11　——自伝（一七六七年—一七八七年）——〈Ⅰ〉ベンジャメン・コンスタン作／松田茂文訳〔未完〕※「付記」あり

12　※付記あり

13　——花に寄せて——〈紅椿／白椿／紅梅／桜／緋躑躅／蓮華／梨／山百合／夕顔／鶏頭／こすもす／萩／薔薇／白菊／梅〉

14　〈昭和十年十二月十四日—二十六日〉

15　〈十二月××日—十二月××日〉

16　ドラマツルギーの交代——演劇時評——

17　〈指導性の消滅／ニセモノの文学／才能の豊富／戯曲について／都会生活と時代病／大衆文学について〉

18　T・N・K　※〈「国民覚醒の秋」佐々木惣一／「心構への話」速水滉／「哲学者の頭顱《ろう》の話」桑木厳翼／北支・軍部・外交座談会と軍部の潮流異変（城南隠士）／「己を描く」菊池寛／「政治家との交際」馬場恒吾／近松秋江／或る夜の男女と新春女房戯談／続ユーモリスト座談会／豊島与志雄の文芸時評／創作—石川達三・里見・滝井・正宗〉

19　※〈「島崎藤村と日本の夜明け前を語る」座談会の宇野浩二・室生犀星他／大衆小説と銘うった作品の中、田中純「南国の女」／「男道楽」宇野千代／「勤王娘手踊」村松梢風／「或る女の物語」武者小路実篤／「平俗」尾崎士郎〉

20　※〈「二十世紀露西亜のゲエテ批評」中山省三郎／F・ヴルフのマンハイム教授（戯曲）／「トルストイと私」小西増太郎／「味御路」島津久基／「探偵小説と私小説」木々高太郎／「芸術的才能の問題」甘粕石介／「崖」新田潤／戯曲「愚庵和尚」吉井勇／長篇の林芙美子／龍胆寺雄／木本欽吾〉

21　峠三郎　※〈「お忍び」泉鏡花／「彼の日常生活」武者小路実篤／「死顔の半夜」尾崎士郎／「ひとの男」宇野千代／「破落戸の首」室生犀星／「二つの小さい記録」中野重治〉

22　※〈特輯「世界に於ける日本民族の問題」の松村瞭（人種学上より見たる日本民族）と杉森、今井、向坂／特輯「王正延を囲んで」（座談会）／別冊付録、改造年鑑／「世界的映画監督とプロデューサー」清水千代太／「白い鳥黒い鳥」坪田譲治／「青春」横光利一／「イタリアの歌」川端康成／「猫と庄造と二人のをんな」谷崎潤一郎／「小説の書けぬ小説家」中野重治〉

23　※〈創作特輯　二十篇／「鮫」石川達三／「女の街道」平林たい子／「文学と自由」杉山平助／山本有三と勝本清一郎の一問一答／その他、室生犀星、尾崎士郎、高見順、外村繁、太宰治らの中堅・新進を加へての布陣〉

24　※ドーラ夫人との写真一葉を付す

25　〔一九三五、年末の日記〕

26　〔一月六日記〕

27　〔昭和十・十二・二十七〕

28　〔三十六年一月〕※〈文芸往来—「ある生理」志摩美子／星座—「ヂャスポラ父子」石河穣治・「光線」酒井龍輔・「岡本屋一家」秋山正香／樹齢—「露路裏」岩野宇一・「風」大河内幸・「一時期」宇津文也／京大作品—「満洲へゆく女達」三山鼎・「動揺」霜尾延孝／麵麭—「泥濘」北川冬彦・「紅葉焚く朝」沢村勉・「野火」堀場正夫・溝口良雄と京都伸夫／意識／藤棚—「孤独な小心者」秋沢三郎・「無限花序」十和田操／野獣—「車輪」牛場公雄・「設計」長谷川政雄／大鴉—「春を待つ人」松本準蔵・「漁師」坂本修二・「啓蒙」原奎一郎／織匠—「わが家の平和」富田雅夫・「或る話」上田都史・「ひかげみず」町田一弥／現実（創刊号）—「内部」上野壮夫・「恋の閲歴」長崎謙二郎・「たも木林」本庄陸男／芸術科—「どぶろく」富木友治・「磁石」塩月赳・「村の女教師」荒木精之／コギト—「熱帯魚」伊藤佐喜雄・「極楽園へ」三浦常夫／今日の文学—菊池美和子他の四篇／文装—「過程」志与宇一・「冬の旅」平田篤郎・「加上」岡本博・「内海風景」中村精／阿房—「早稲」北条誠・「常清寺」池田光夫／白金文学—「夢を追ふ人」満永俊一・「まりあ観音」筒井俊一・「出発」金尾義士〔士〕・「貂の花かげ」金山滋野里／日本浪曼派—「花宴」佐〔伊？〕藤佐喜雄・「初恋」緑川貢／バベル—「ヂヤック」島村逸／未成年—「崖の上」猪野謙二／作家群（短篇特輯）—「見習工」島征三・「生屍の迷」塩川潔・「夜」石野径一郎・「辻の焚火」打木村治／同志社派—「山湖」久永省一・「娼婦の手紙」中村義彦・「勝敗」筒井好雄／散文—「虫の埋葬」岡勇・「外気」南弥太郎・「逃避者」杉田謙作／文芸雑誌（創刊号）—「一色淑子」丹羽文雄・中島直人・庄野誠一・外村繁／制作—「曙光」羽仁賢良／広場—「残弾」袴田虎男〉

29　※〈菊池寛の「時勢について」の言葉／「文芸懇話会」誌の創刊／東日の「千葉亀雄賞」、「文学界賞」、「文芸雑誌賞」／その他〉

30　和木清三郎　※〈好評な「同人雑誌評」／及び得る或点まで到達した現在の「三田文学」／その他〉

31　※〈太田咲太郎、「アンタレス」を建設社から上梓／小島政二郎、一月十二日夜自作「吉田沢右衛門」を朗読放送／その他〉

32　三田文学投稿について　編輯部

33　※〈『（歌集）短檠』丹沢豊子著・中西書房／『チヤタレイ夫人の恋』ローレンス著・伊藤整訳・健文社／『愛する神の歌（詩集）』津村信夫著・四季社／『鼬（戯曲集）』真船豊著・双雅房／『子供と花（随筆集）』中野重治著・沙羅書店／『アンタレス（マルセル・アルラン小説集）』太田咲太郎訳・耕進社／日本少国民文庫『心に太陽を持て』山本有三著・新潮社／日本少国民文庫『発明物語と科学手工』広瀬基著・新潮社／『支那遊記』室伏高信著・日本評論社／（戯曲集）『おふくろ・他三篇』田中千禾夫著・白水社／（戯曲集）『瀬戸内海の子供ら』小山祐士著・白水社／『続人生劇場（愛欲篇）』尾崎士郎著・竹村書房／『前衛の文学』勝本清一郎著・新潮社〉

＊　※白日会第十三回美術展覧会（一月十二日—廿六日　於上野公園　東京府美術館）の予告

＊　「三田文学」新年特大号目次

＊　※ハゲ天「たから」の広告中、ハゲ天主人邦坊　渡辺徳之治による麴町区有楽町店開店披露文「乍憚口上」を掲載

表紙・鈴木信太郎／裏表紙・鈴木信太郎（広告）／カット・太田三郎　鈴木信太郎　近藤光紀　原精一　鳥海青児　寺田政明　谷内俊夫　小沢映／口絵・「女・デッサン」福沢一郎／発行日・二月一日／頁数・本文全三〇〇頁／定価・五十銭／編輯兼発行者・東京市芝区三田　慶應義塾内・西脇順三郎／

編輯担当・和木清三郎／発行所・東京市芝区三田　慶應義塾内・三田文学会／発売所・東京市丸ノ内三丁目二番地　株式会社籾山書店／印刷者・東京市芝区愛宕町二丁目十四番地　渡辺丑之助／印刷所・東京市芝区愛宕町二丁目十四番地　常磐印刷株式会社

■三月号（三月号新人創作五篇）　**【193603】**

顔（扉）　小山敬三
創作
美俗（小説）1　南川潤
影（小説）2　田中孝雄
瑛子の場合（小説）3　後藤逸郎
食指（小説）4　乾直恵
殴られる野口（戯曲）5　市川正雄
比喩（詩）　吉原重雄
的を索めて（詩）6　中江良介
詩壇一瞥7　小林善雄
猫の教訓8　オルダス・ハクスレイ　岩崎良三訳
太守の国（三）9　モオリス・デコブラ　原百代訳
演劇時評10　辻久一
文芸時評11　十返一
通し狂言二種12　戸板康二
非合理主義的文学の潮流13　矢崎弾
映画製作に於ける文学者の協同に就て14　塚本靖
ソヴイエット舞踊界に対する疑問15　蘆原英了
三月のレコード　岡山東
時事散見16　井原紀
試写室便り　藤井田鶴子
作家の日記
四日間の日記17　三宅周太郎
旅の片鱗18　村松梢風
一週間19　美川きよ
卓の花20　内田誠
早春感傷記21　井伏鱒二
ま・いすとわある22　三宅由岐子
今月の雑誌　文藝春秋23　日本評論24　文芸25　中央公論26　改造27　新潮28
杉山平助氏の作品と印象29
杉山平助のこと　阿部真之助
杉山氏小論30　青野季吉
最初に逢つた杉山君　上泉秀信
飛躍した杉山平助氏　原実
気の好い気の弱い男　和木清三郎
エノケン論　四馬太郎
春場所大相撲31　彦山光三
二月号同人雑誌作品評32　塩川政一
六号雑記33
編輯後記34
消息35
前金切について
新刊紹介36「ヴアリエテ」「現代舞踊評話」「人間往来」
本誌への投稿について37
表紙　鈴木信太郎
カット　鈴木信太郎・近藤光紀・原精一・鳥海青児・寺田政明・谷内俊夫

目次註

1 〔三五・一二・二三〕
2 〔三十六年二月〕
3 〔十一・二・二〕
4 〈1―5〉
5 殴ぐられる野口
6 〈的を索めて／毛虫〉
7 〈総評／VOU―二つのアピイル（丹野正のエッセイに対して、北園克衛のエッセイ）・「谺」荘生春樹・江間章子、八十島稔の作品・三木偵のエスキイス／四季―中原中也、丸山薫、津村信夫、乾直恵、田中克己、三好達治／日本詩壇一月号―「詩人印象記」・二月号「同人雑誌特輯」／塾文科―「手を持ってゐる世紀」服部仲〔伸〕六・「落差」北村彰三／文芸汎論―「グランド・ホテル」佐藤義美・「冬のシャンペン」北園克衛・「未来の欠点」岩本修蔵／創造―「切断された夢」竹中郁〉
8 ――水木京太氏に――　オルダス・ハックスレイ作
9 ――印度旅行記――　モオリス・デコブラ作／原百代〈VIお牛様／VIIチョウタ・ペッグ〉〔以下次号〕　※訳者註を付す
10 ドラマツルギーの交代（承前）――演劇時評――　※付記あり
11 〈「純粋文壇」と事実／新人作家／中堅作家／流行作家〉
12 〈「新薄雪物語」（明治座）／「扇音々大岡政談」（東劇）〉〔二月三日〕
13 ――逆行と後退に反逆せよ――　〈（一）―（四）〉
14 ――岡田三郎氏の所論に関聯して――　〈シナリオは文学か／シナリオ協同製作の傾向／日本映画に於ける脚本製作の傾向／「人生劇場」の成功と「花嫁学校」の失敗〉〔一九三六・二・五〕
15 ソヴィエット舞踊界に対する疑問――セミヨオノワを中心として――　〔昭和十一年一月卅日〕
16 〈常識の敗北／選挙粛正／社会の動意／国際連盟／軍縮会議／ムッソリニ閣下とスタハノフ閣下〉
17 〈一月十五日／十六日／十七日／十九日〉〔終り〕
18 〈昭和三年十一月九日―十四日〉　※前書部分に「断り」を付す
19 〈昭和十一年一月十二日―十八日〉
20 〈一、卓の花／二、スキー／三、リボンと袴／四、余技／五、三番叟〉

21 〔二月十五日〕
22 ――芝居に寄せて―― 〈かげらふ／かしら／手洗ひ／御挨拶／渡り板／炬燵／楓の紋／お富〉
23 T・N・K ※〈「科学者新春清談会」の中村清二の談話／「芸術に対する映画の反逆」長谷川如是閑／「政界夜話」城南隠士／「大学総長論」来間恭／吉川英治「随筆宮本武蔵」／小川喜三郎「しばゐとことば」／「話の屑籠」「二階堂放話」「解りきった事」の菊池、久米、里見／志賀直哉対談日誌での徒弟、滝井孝作／「凡愚姐御考」長谷川時雨／「わが青春の日」市河三禄／「鳩小屋の住人」武林無想庵／豊島与志雄の「文芸時評」／「サルタンの花嫁」林房雄／「近所合壁」石浜金作／「十七歳」深田久弥〉
24 ※〈定価六拾銭に値下げ／室伏高信の編輯方法／伊藤整のコント「夜鳥」／「新聞に出ないニュース」／創作欄の連載物への一考／「天国の略図」石川達三／吉井勇の戯曲「白鳥歌はず」／生田長江の遺稿「ニイチエの著作と其劇的傾向」／その門下生たる佐藤春夫の「長江を哭す」―長江の未完成作「釈尊伝」にふれて／「リアリズムとロマンチシズム」の各人各説〉
25 ※〈新人作家の力作／外国作家の紹介―上村清延によるヘルマン、シュテールの紹介、先月紹介のシチエドリンの作品掲載／新人作家の力作が目立つ創作欄―「桐村家の母」矢田津世子・「抗議」豊田三郎・「夕焼けの窓」間宮茂輔・「列の外」本庄陸男・「稲妻」林芙美子／「ドストエフスキイのこと」魯迅／「杉山平助・大宅壮一放談会」／「ジヤナリズムの擁護」室伏高信／「常識の論」戸板潤〉
26 峠三郎 ※〈創作欄の〝長篇〟／「第一義の道」島木健作／「若い環境」武田麟太郎／文芸時評（白鳥）での「菊五郎の仁木」についての言／荷風、左団次、潤一郎の新春懇談会〉
27 ※〈先月の「日本民族の世界に於ける位置」に引続く「日本思想の探究」の特輯―日本思想探究の山田孝雄、長谷川如是閑／「静かなるドンにショーロホフと語る」の阿部よしえ／「就職先と本人の性格」上野陽一／「この絆」丹羽文雄／「市立女学校」林芙美子／「混り合ふまで」里見弴〉
28 坂東兵衛 ※〈「漱石の小説」阿部知二／「荷風氏の作品に就いて」生田葵山／「古今の恋愛歌」大木惇夫／「若い世代と倫理の問題」藤原定／「文学と経済生活」近松秋江／「風流旅行」牧野信一／「母・兄・弟」村山知義／「弱い強盗」徳永直／「暗渠の子」浅原六朗〉
29 ※肖影「最近の杉山平助氏」一葉を付す
30 〔二・四〕
31 〈中前相撲を観る／十枚目以下の一瞥／玉錦の全勝記録／武蔵山と男女の川／活躍幕内の概観〉〔……11.1.31 夜10時〕
※〔付記〕あり
32 〈総評／新思潮―「兄と妹」光田善孝・「恋は旅路」所武雄・「雪割慎太（Ⅱ）」伊庭春夫／散文―「碑銘」塩月赳・「鎌倉行かず」松原敏夫／猟苑―「神殿」毛利賢次／制作―「山里の歌」左近義親・「安藤大乗と逢ふ夜」兵頭平太郎・「蘭のひげ」多田鉄雄／麵麭―「渦巻の中」崔東一・「狐」安田貞雄・「虚構」鎌原正巳／日暦―「社会記事」円地文子／塾文科―「樫を喰ふ虫」水藤昧一・「二月」平林幾世志・「傾斜」鈴木満雄・「夜霧」後藤逸郎／近代派―「叛反書」一條迷洋・「肥後米産地」荒木精之／織匠―「ガマとカマキリ」野川隆・「第一席の女」津田出之・「小宮山毅の記憶帳から」吉川由貴夫・「つまご」北山くみ子〉
33 ※〈三田文学二月号掲載、南川潤の秀作「魔法」／文芸雑誌不振、「新帝展」のゴタゴタ、「商科大学」の醜状、鳴りもの入りの選挙」／恒例の「文藝春秋」祭（二月十七日）〉
34 和木清三郎 ※〈創作欄の「新人五人集」／「同人雑誌評」、当分の間塩川が担当／久方振りの紅茶会／その他〉
35 ※〈三田文学紅茶会（二月二十三日夜六時 於明治生命地階「マーブル」）予告／蘆原英了「現代舞踊評話」を東西書杯〔西東書林〕から上梓／その他〉
36 ※『ヴァリエテ（ヴァレリイ）』中島健蔵 佐藤正彰共訳・白水社／『人間往来』宇野浩二著・黎明社／『現代舞踊評話』蘆原英了著・西東書社〔林〕〉
37 三田文学投稿について 編輯部
＊ 「三田文学」二月号目次
表紙・鈴木信太郎／カット・鈴木信太郎 近藤光紀 原精一 鳥海青児 寺田政明 谷内俊夫／口絵・「顔」小山敬三／発行日・三月一日／頁数・本文全二一五頁／定価・五十銭／編輯兼発行者・東京市芝区三田 慶應義塾内・西脇順三郎／編輯担当・和木清三郎／発行所・東京市芝区三田 慶應義塾内・三田文学会／発売所・東京市丸ノ内三丁目二番地 株式会社籾山書店／印刷者・東京市芝区愛宕町二丁目十四番地 渡辺丑之助／印刷所・東京市芝区愛宕町二丁目十四番地 常磐印刷株式会社

■四月号 【193604】

扉 向井潤吉
創作
渡辺青洲（小説・五十枚）1 一戸務
卒業証書の価値（小説・七十枚）2 阪田英一
夜の女（小説・六十枚） 佐山けい子
外面如菩薩（小説・七十枚） 緒田真紀江
潜望鏡・他二篇（詩）3 小林善雄
三月詩壇一瞥4 青藻葉一
演劇時評5 辻久一
文芸時評6 十返一
三月の院本劇7 戸板康二
陽気なパオロ イリヤ・エレンブルグ 富田幸訳
太守の国（四）8 モオリス・デコブラ 原百代訳
レヴユウ界の新星9 四馬太郎
リアリズムの角度二三 藤原定
新人は自殺するか10 豊田三郎
川端康成氏について11 古谷綱武
濠洲に於けるD・H・ロオレンス12 外山定男
T・E・ロオレンスの「智慧の七つ柱」 岩崎良三
今月の雑誌
文藝春秋13 日本評論14 文芸15
中央公論16 改造17 新潮18

小説に於ける反モラリスムの問題
愛憎二つならず 19　高見順
小説に於ける反モラリスム　保田與重郎
枯尾花　丹羽文雄
四月のレコード　岡山東
ま・いすとわある 20　三宅由岐子
「花花」について　坂本越郎
試写室便り 21　藤井田鶴子
三月号同人雑誌作品評 22　塩川政一
六号雑記 23
編輯後記 24
消息 25
新刊紹介 26　「日本名文鑑賞」「評論集・横光利一」
表紙　鈴木信太郎
カット　鈴木信太郎・近藤光紀・原精一
鳥海青児・寺田政明・谷内俊夫

目次註

1 〔昭和十一・二月脱稿〕

2 〈(1)―(15)〉〔終〕

3 〈潜望鏡／十字星の街／落ちた手袋〉

4 詩壇一瞥　※〈文芸汎論―「慓える世界」村野四郎・「保険付の支那蒸気」安西冬衛・「神は最も強きものを愛し給ふ」城左門・「三文オペラ」近藤東／麺麭―大隅次郎・高島高・刀田八九郎／日本詩壇―五十人ほどの作品／椎の木―山村酉之助、内田忠、左川ちかの遺稿／詩学―佐藤一英（編輯）―岩本修蔵・丹野正・上田修・原一郎・阿部保／郡〔群〕島―木原信輔／コギト―「誓ひ」伊東静雄／VOU―丹野正／詩人―小熊秀雄／現代詩／詩人時代／詩壇〉

5 演劇の社会性――演劇時評―

6 〈力作三篇―「青い鉄柵」伊藤整（文藝春秋）・「美しき飢饉」近藤一郎（新潮）・「国際ホテル」福田清人（文芸）／女流の戯曲と岸田氏／「進歩的」文学なるもの／その他の作品／三田文学の新人〉

7 〔三月五日〕

8 ――印度旅行記――　〈※Ⅶのつづき―訳者註あり／Ⅷ頓死急逝の険路〉〔以下次号〕

9 〈A、永田キング一党／B、東宝ダンシング・チーム〉

10 〔――一九三六・三・五――〕

11 ――川端康成集第一巻読後に――　〈一―三〉

12 〔一九三六・二・二九〕

13 T・N・K　※〈「政党政治再吟味座談会」での臘山政道／「社会時評」三木清／「小泉三申閑談録」林房雄／「文学と社会性」谷川徹三／「政治家と文学者」杉山平助／「文芸時評」豊島与志雄／「世界の人気NO・1」早坂二郎／六号記事／創作―「竜宮の掏児」室生犀星・「青い鉄柵」伊藤整・「変質の分析」片岡鉄兵〉

14 ※〈巻頭論文「軍部か官僚か」の宮沢俊義、今中次麿、新明正道、長谷川如是閑／座談会「青年将校に物を訊く」の和田日出吉他／「妖佞談義」柳田國男／「稚児」今春聴／「車掌二人」中野重治／「文芸時評―憂国精神と文学――岸田國士の一小文（「文芸懇話会」所載）について――」林房雄〉

15 ※〈春の詩集六篇／島木健作、丹羽文雄放談会／「文壇現状論」近松秋江／「日本文学史抄――清少納言の横顔――」島津久基／「圧進」片岡鉄兵／「国際ハウス」福田清人／「脱皮」保高徳臓〔蔵〕／「蜂と毛虫」谷英一〉

16 峠三郎　※〈「その人の妻」平林たい子／「寝物語」上司小剣／「風変りな一族」宇野浩二／「風俗時評」岸田國士／「最近の文学意識の諸現象」窪川鶴次郎／「日記」小林多喜二〉

17 ※〈「総選挙と政局」の石川六郎、高山金一、阿部真之助（総選挙第一線の人々）／「現下に於ける進歩と反動の意義」戸坂潤／「現代壁画論」藤田嗣治／「真崎大将と語る」山浦貫一／「映画、妄談」辰野隆／小説「女婿教育」長与善郎／「再生記」加賀耿二／「類子の十六歳の記録」龍胆寺雄／正宗の小説／「無題録」での山本改造〉

18 坂東兵衛　※〈「小説に於ける性の論理」伊藤整／「文学と社会」柳沢健／「反逆性の真のあり方」島木健作／尾崎士郎他中堅どころの「文学の反逆性について」／新居格、伊馬鵜平、飯島正等の「文化現象としての笑ひ」／座談会「文学者の社会的地位と経済生活」〉

19 愛憎二〔二つ〕ならず　〔十一・二・三十七〔?〕〕

20 ――芝居に寄せて――　〈三韓の使者／あんぱん／劇評／立見／幽霊／夜なが／晩秋後記〉　※二月二十七日長逝した作者に対する追悼記事を付す（三田文学会として）

21 〈海賊ブラッド／愛と児／ミツキイのポロ競技〉

22 〈麺麭―「田舎者」木下勇・「曇り日」中田宗男／文砦―「生活の垢」栄豪・「陶器祭」三田憲次／芸術科―「或る占師」矢留節夫・「襟元の風」溝口勇夫・「情」並川規／作家群―「海峡植民地」（佳作）島征三・「初老」珂玭粧二／白金文学―「陰暦正月」浦田三郎・「友情」寺井徳武・「移易」塚山勇三・「壺」筒井俊一・「少年とフリュート」徳島正男／星座―「心猿」石川達三・「悪徳の街」北原武夫・「女の心」江波あき子／制作―「百姓女」石原文雄・「花の山二丁目」三上秀吉・「兄の心」吉見信夫・「兄と弟」堀好寿・「芽生え」多田鉄雄／立教文学―「項」樋口恒雄・「扉を押す」津田亮一・「ある導〔道？〕標」橋岡廉一／椅子―「その一夜」君尾哲三・「二人の男」田辺徹／黙示―「墻」八木義徳・「干瓢の花」辻亮一／文装―「侮蔑」志与宇一・「敗者」下山重義／人間―「禿鷹」恒松恭助・「キサ舞踊会」浜野健三郎／青春派―「地辷り」高田末夫・「偏心率」加藤興三・「西瓜」青沼一郎・「ボンクトサン村」佐藤匡一〉　※前文を付す

23 ※〈二月二日夜の野口米次郎、名放送「印度旅行を終えて」／「星座」三月号「テータテト」欄に掲載の「三田文学同人雑誌評」批判／同人雑誌「人民文庫」「劇場」「明朗」「若草」／その他〉

24 和木清三郎　※〈二月二十六日の事件／三宅由岐子追悼記事／「三田文学」紅茶会三月例会中止／その他〉

25 ※〈小島政二郎「感情山脈」を新潮社から上梓／三宅由岐子訃報／丸井栄雄、同人雑誌「近代派」を創刊／石坂洋次郎、未明座によって「馬骨団始末記」を上演／鈴木信太郎、日本新聞連盟へ掲載の尾崎士郎の小説に挿絵を描く／その他〉

26 ※〈『日本名文鑑賞（明治後期）』厚生閣版／『自分の鶏』

丹羽文雄著・双雅房刊行／『この絆』丹羽文雄著・改造社刊行／『横光利一』古谷綱武著・作品社〉

＊「三田文学」三月号新人創作五篇目次

表紙・鈴木信太郎／裏表紙・鈴木信太郎（広告）／カット・鈴木信太郎　近藤光紀　原精一　鳥海青児　寺田政明　谷内俊夫／口絵・向井潤吉／発行日・四月一日／頁数・本文全二〇一頁／定価・五十銭／編輯兼発行者・東京市芝区三田　慶應義塾内・西脇順三郎／編輯担当・和木清三郎／発行所・東京市芝区三田　慶應義塾内・三田文学会／発売所・東京市丸ノ内三丁目二番地　株式会社籾山書店／印刷者・東京市芝区愛宕町二丁目十四番地　渡辺丑之助／印刷所・東京市芝区愛宕町二丁目十四番地　常磐印刷株式会社

■五月号　【193605】

創作

秩序（小説）1　南川潤

京城異聞（小説）2　金文輯

恐ろしき海（小説）3　鈴木満雄

悪夢（小説）　池田能雄

虹（小説）4　大江賢次

花のない華壇（小説）　丸井栄雄

幔幕・他一つ（詩）5　吉原重雄

遠近法（詩）6　塩津貫一

詩壇一瞥7　青藻葉一

石坂洋次郎論　平松幹夫

T・E・ロオレンスの「智慧の七つの柱」8　岩崎良三

演劇と観客―アラン9　服部伸六訳

桑名古庵と其一族10　吉田小五郎

四月の劇界　戸板康二

文壇遊覧　ある日の久保田万太郎　吉村久夫

林房雄――作家を鍵孔から――11　金剛太郎

少女歌劇　四馬太郎

暖簾12　内田誠

モンテエヌ先生13　木村荘五

太守の国（五）―デコブラ14　原百代訳

五月のレコード15　岡山東

文芸時評16　十返一

美術時評17　外山卯三郎

演劇時評18　辻久一

フランス映画二つ19　藤井田鶴子

ま・いすとわある―遺稿―20　三宅由岐子

由岐子の追憶21　三宅大輔

今月の雑誌　中央公論22　改造23　日本評論24　文藝春秋25　文芸26　新潮27

一言28　杉山平助

「一言」に答ふ　和木清三郎

四月同人雑誌作品評29　塩川政一

六号雑記30

消息31

編輯後記32

新刊紹介33　「吉原本」「日本少国民文庫・日本の偉人」「閨秀作家」「歌集・真旅」

表紙　鈴木信太郎

カット　鈴木信太郎・近藤光紀・原精一・鳥海青児・寺田政明・谷内俊夫

目次註

1〔一九三六・二・二〇〕

2〔――しまひ――〕

3〔昭和十一年三月〕

4〈1―4〉

5〈幔幕／新婚者〉

6〈i／ii／iii〉

7〈総評／鱵―滝口武士編輯／詩洋／鵲（六冊）―田丸高夫など／詩律―詩壇時評の橋口愬也／手套（創刊号）―「呼鈴」以後の浦和淳・岡本美致広の再起／詩学―現代詩の欠陥とその対策特輯―宗一郎・村野四郎・阿比留信・「現代詩の沈滞に就いて」穴戸儀一・「詩の第二次運動」小林善雄／秩序―「冬の終り」浜名与志春／ばく―課題「先づ嗤ふことを止めよ」――小林武雄の亜騎保への寄信――／牙―亜騎保の「詩語辞典」と「アリア的な悪月」／豹―「嘴のない小鳥」菊島常二・米倉寿仁・磯部為吉・曾根崎保太郎／木欒／茉莉―「山水」岡崎清一郎〉

8　T・E・ロオレンスの『智慧の七つの柱』（一）〔以下次号〕

9　アラン作／服部伸六訳〈観客／観客の観客／演劇／喜劇役者〉※〝アランの「感情・熱情・記号」の中から、芝居に関した部分を抜いて「演劇と観客」と題した〟と付記あり

10　※本文の材料となった『皆山集宗教の部』と三平の死亡年月について付記あり

11〈四・五〉

12〈一、暖簾／二、そばぼうる／三、若草山〉

13〔一九三六・三・二八〕

14――印度旅行記――　モオリス・デコブラ作／原百代訳〈※VIIIのつづき／IX逆徒と卓を囲んで〉※註あり

15〈ポリドール／ビクター／コロムビア〉

16〈「進歩的」を騙る妥協／牧野信一の自殺／文学上の新しさ／諷刺文学と世相小説／三田文学の小説――佐山けい子「夜の女」・織田真紀江「外面如菩薩」――〉〔十一年四月一日〕※四ケ月連載の「時評欄」への反省を付す

17――ネオ・コンクリテイスムについて

18　安定感の冀求――演劇時評――〈安定した芸術／研究所のこと／「夜明け前」第二部〉

19　仏蘭西映画二ツ

20　ま・いすとわある（遺稿）――犬に寄せて――〈ジヨン／チヨンモガホ／カンジヨリ／あか／しの／チヨウ〉

21　※故人肖影一葉を付す

22　峠三郎　※〈「枯葉」林芙美子／「南さんの恋人」豊島与志雄／「アマカラ世界」里見弴／「梅香崎仮館」井伏鱒二／「蒼白い虱」細田民樹／「現代作家の社会意識」新明正道〉

23　※〈「ラッサアルの政治的遺産」森戸辰男／「植民地再分割の事実と提案」嘉治隆一／「現代の恋愛」本田喜代治／「無産党の進出とその将来」山川均／「日本の前途」の三人―蠟山政道（日本の当面せる政治的過程）、有沢広己（統制経済の前進）、三木清（時局と思想の動向）／「ガンヂイのチャルカより印度の現状に及ぶ」野口米次郎／「三宅雪嶺」山本権兵衛／趣味の西園寺陶庵公「安藤徳器」／魯迅の「私は人をだましたい」／「国民と大事件」の杉山平助／「白骨漫談」清野謙次／中野重治（独立作家クラブ）／深田久弥の不穏計画／「花のワルツ」川端康成／「或る大阪風景」藤沢桓夫／「一つのタイプ」徳永直〉

24　※〈二・二六事件勃発ゆえの時局特輯号／「三つのヂャーナリズム」谷川徹三／「時局に直面して」室伏高信／例のテーマ特輯物―「社会記事の再認識」の三者（大宅壮一、杉山平助、石浜知行）・「ヂャーナリズムは文学を殺戮するか」の四者（尾崎士郎、龍胆寺雄、阿部知二、福田清人）／「病囚の処遇」島木健作／「或時期の話」（小説）榊山潤／「晴れない日」（小説）高見順〉

25　T・N・K　※〈二・二六事件関連―広田内閣に要望する座談会、「抜本寒源への道」蠟山政道、「騒攪・反乱・暴動」塚崎直義、「デマの社会性」清水幾造、「日本の夜明け」城南隠士、「高橋是清翁のこと」三土忠造、「次の陸軍を担ふ人々」堀内達／話の屑籠・二階堂放談―解りきった事に於ける菊池寛、久米正雄、里見弴の態度と、座談会での中島弥団次といふ民政党有数の花形代議士の言動との比較――杉山平助の言（東朝三月二十七日学芸欄）に対して――／「褪春記」鎬〔鏑〕木清方／「春の旅路の花」小室翠雲／「欧亜二人旅」獅子文六／「砲煙と女達」藤原義江／「職業野球団の解剖」玉野浮庵／「春宵球話」橋戸頑鉄／「社会時評」三木清／林房雄の文芸時評／「大衆小説夜網」陸直次郎／「母親」近松秋江老／「春爛漫」石川達三／「ふり出した雪」久保田万太郎〉

26　※〈どっしりした重みに欠ける「文芸」の特輯号／特輯「現代の文化の第一線」／創作―林芙美子の長篇、「風圧」石光葆、「荊棘萌え初め」丹羽文雄、「路地」高見順、「葛西善蔵のこと」古木鉄太郎、「懺悔」岡田三郎、「崖にかゝつた女」芹沢光治良／「文学を燎く」本多〔田〕喜代治の評論／新人評論の中村光夫「芥川龍之助〔介〕の晩年」、山岸外史、木寺黎／「進歩的作家」十返一／「江戸時代の文士の生活」田村栄太郎／「好きな詩歌」堀口大學／「文芸時評」江口渙〉

27　坂東兵衛　※〈「閏二月二十九日」中野重治――二・二六事件を取り上げたその編輯プラン――／「映画芸術に就てのフラグメンテ」大森義太郎／創作欄―「神田先生の記」井伏鱒二、「或る平凡な家庭の夕方ころ」栗田三蔵、「太陽の子」真船豊〉

28　※三月号掲載「杉山平助氏の作品と印象」での和木清三郎の文章に関連して

29　四月号同人雑誌作品評　※〈日暦―「真昼」田宮虎彦・「猛禽類」荒木巍／星座―「犬牙」高野三郎・「頑迷な人達の中で」大久保操／文陣―「大砲のある町」庭与吉・「夜もすがら」石河和／作家群―珂玭粧二特輯号での作品「半島」／文砦―「不幸な意識」小寺正三・「強い子」森木〔本?〕泰輔・「馬稷の族」三橋一温・「わかれ」島碌二／黙示―「野童」山本悟・「二十代の人」中村八朗／幹〔翰〕林―「生計」青樹賢太／阿房―「入江の少女」北条誠／その他―群島、新思潮、新古典、人間、制作、樹齢、青春派、等々の雑誌の随筆欄について〉

30　※〈戒厳令未だ解けず／川端康成「花のワルツ」―春の創作欄の一大異彩／二・二六事件と各雑誌の売行／「行動文学」創刊／その他〉

31　※〈丸岡明、創作集「生きものの記録」を沙羅書店から五月初旬刊行／岡島敬治（筆名、葉山葉太郎）訃報／その他〉

32　和木清三郎　※〈杉山平助「一言」に答えて／リーグ戦開幕／その他〉

33　〈『吉原本』渋井清著・岡倉書房／日本少国民文庫第四回配本「日本の偉人」菊池寛著・新潮社／『閨秀作家（創作集）』丹羽文雄著・竹村書房／歌集『真旅』藤井千鶴子著・玄洋社／『王道』アンドレ・マルロウ作小松清訳・第一書房〉

＊　「三田文学」四月号目次

表紙・鈴木信太郎／カット・鈴木信太郎　近藤光紀　原精一　鳥海青児　寺田政明　谷内俊夫／発行日・五月一日／頁数・本文全二三〇頁／定価・五十銭／編輯兼発行者・東京市芝区三田　慶應義塾内・西脇順三郎／編輯担当・和木清三郎／発行所・東京市芝区三田　慶應義塾内・三田文学会／発売所・東京市丸ノ内三丁目二番地　株式会社籾山書店／印刷者・東京市芝区愛宕町二丁目十四番地　渡辺丑之助／印刷所・東京市芝区愛宕町二丁目十四番地　常磐印刷株式会社

■六月号（六月創作特輯号）　**【193606】**

樹蔭裸女（扉）　原精一
若葉（小説）　大鹿卓
時計（小説）[1]　寺崎浩
響かぬ音律（小説・七十枚）[2]　宮城聡
大蒜の歌（小説・六十枚）[3]　丸井栄雄
敵（戯曲）[4]　岡本かの子
夜（小説）　高見順
払暁（小説・五十枚）[5]　上林暁
ある書出し（小説）　永井龍男
鮫肌（小説・五十枚）　丸岡明
押絵（小説・九十枚）[6]　中岡宏夫
掌の性（小説・九十五枚）[7]　南川潤
編輯後記[8]　鈴木信太郎
表紙　鈴木信太郎
カット　鈴木信太郎・谷内俊夫・寺田政明

目次註

1　〔一九二六―一九三六・四改〕
2　――懐しい過去――〈一―七〉〔三五・一・三一〕
3　〈1―3〉
4　（一幕）
5　〔昭和十一年五月九日〕
6　〈第一章〉〔第一章終り〕
7　〔三六・四・一三〕
8　和木清三郎　※〈「創作特輯号」の作者紹介／「春陽会賞」

を得た扉絵作者　原精一／その他〉

表紙・鈴木信太郎／裏表紙・鈴木信太郎（広告）／カット・鈴木信太郎　谷内俊夫　寺田政明／口絵・「樹蔭裸女」原精一／発行日・六月一日／頁数・本文全二二八頁／定価・六十銭／編輯兼発行者・東京市芝区三田　慶應義塾内・西脇順三郎／編輯担当・和木清三郎／発行所・東京市芝区三田　慶應義塾内・三田文学会／発売所・東京市丸ノ内三丁目二番地　株式会社籾山書店／印刷者・東京市芝区愛宕町二丁目十四番地　渡辺丑之助／印刷所・東京市芝区愛宕町二丁目十四番地　常磐印刷株式会社

■七月号　【193607】

扉　木村荘八

創作

花びら（小説・六十枚）　後藤逸郎

静夜（小説・五十枚）[1]　塩川政一

ソッカーの関係（小説・六十枚）[2]　阪田英一

押絵（小説・後篇・百枚）[3]　中岡宏夫

詩三篇

H舞踏教習所[4]　吉原重雄

遠近法　塩津貫一

三ペニイ旅行券[5]　小林善雄

詩壇一瞥[6]　青藻葉一

村の言葉（Fable）　西脇順三郎

「伊太利の曙」小論[7]　外山定男

T・E・ロオレンスの「智慧の七つの柱」[8]　岩崎良三

六月の歌舞伎劇[9]　戸板康二

文芸時評[10]　保田與重郎

演劇時評[11]　辻久一

社会時評[12]　原実

わが文学陣

「文学生活」の主張[13]　森本忠

「文学読本」紹介[14]　寺崎浩

行動的ヒューマニズムの感想[15]　多田裕計

バレーとダンス　四馬太郎

向日葵[16]　内田誠

郡虎彦氏と沢木四万〔方〕吉氏の書簡[17]　園池公功

ま・いすとわある（遺稿）[18]　三宅由岐子

寂しき楽天家[19]　山村魏

太守の国（六）―モリス〔モオリス〕・デコブラ[20]　原百代訳

映画その折々　明真太郎

文壇遊覧　ある日の小島政二郎　吉村久夫

作家を鍵穴から　川端康成[21]　金剛太郎

今月の雑誌　中央公論[22]　文藝春秋[23]　新潮[24]　改造[25]　日本評論[26]　文芸[27]

六月号同人雑誌作品評[28]　塩川政一

六号雑記[29]

編輯後記[30]

新刊紹介[31]　「春への招待」「豹」「舞台裏」「世界の謎」（日本少国民文庫）「情熱の伝説」「芝居絵本蒐蔵之記」

表紙　鈴木信太郎

カット　鈴木信太郎・原精一・寺田政明・谷〔内〕口俊夫

目次註

1 〔三六・五月〕

2 ソッカーの関係〈(1)―(4)〉〔終〕

3 〈第二章〉〔一九三六年一月改作〕

4 〈H舞踊教習所／N氏の転居／日傘〉

5 三ペニイの旅行巻〔券〕〈……／民謡史〉

6 ※〈日本詩学会雑誌（創刊号）―「葵家の人々」岩本修蔵・「アフガニスタン・メロデイ」小林辰之助・「黒い島」小池驍・「朝」「カイロの博士」名賀周一・「白百合学校」八巻処・「白日譜」海野八十吉・加藤真一郎／紀元―「その男」本多信・「石」草野心平／塾文科―「習作」稲田三良・「永日」鈴木享／VOU―「現代文化とその形態に関する試論」北園克衛・「第一義的な芸術の主張」丹野正・富士武・江間章子・佃留雄・丹野正・八十島稔・岩本修蔵・村山太／創造―「春の組曲」片山敏・「風景」長谷川四郎・「華奢な屍」吉永敏／歴程―岡崎・草野・高橋・金子・菱山・逸見／四季―「外はお寒いです」津村信夫・「春のわかれ」田中克己／椎の木―「昔日」「序曲」内田忠／木香通信―「水無月歌」城左門・「晩春」田中冬二・「下町娘」秋月朱之助・「黒い月」江間章子・「春のサイレン」伊東昌子／群島―「眠られぬ夜の唄」北秀蔵・六月号「夕空」／江間章子の詩集「春への招待」・日本詩学会雑誌の創刊〉

7 〈I―IV〉〔一九三六・四・廿九〕※〝三田文学四月号掲載「D・H・ロオレンス」を併読願いたい〟旨付記あり

8 T・E・ロオレンスの『智慧の七つの柱』（終）※文末に、ロオレンスの伝記紹介

9 〔六月四日〕

10 ―文部省の精神―

11 表現の経済について―演劇時評―

12 ―時局数言―

13～15 我等の文学主張

15 行動的ヒューマニズムの感想〔西一九三六年五月〕

16 〈一、向日葵／二、店〉

17 郡虎彦氏と沢木四方吉氏の書簡〈「大正十四年三月二十六日　沢木四方吉　園池公功様」／「大正十二年九月十日　虎彦　四方吉兄」／「（大正十三年）九月一日　スイス・モンタナ山中　虎彦　四方吉兄」／「一九一八年六月二十八日夜　沢木四方吉　園池公功様」／「七月七日　沢木四方吉　園池公功様」／「七月九日夜　沢木四方吉　園池公功様」〉

18 〈ガマシヨウ／茶目／毛野／ジヤツキー／ベツキー／チロー〉

19 ―佐分真を憶ふ―

20 ―印度旅行記―　モオリス・デコブラ著／原百代訳

〈Xアフガンの恋／XI「生身の薔薇《マダム・コール・ド・ローズ》」さん〉〔以下次号〕

21 作家を鍵孔から 〔三十六年五月〕

22 峠三郎 ※〈「女人禁制」丹羽文雄／「豺狼」石川達三〉

23 T・N・K ※〈『日蘇兵力の検討』の柴山道夫「赤軍の構成」、清水盛明「日蘇関係と軍備充実」、長谷川了「国境を護る将星」／「馬場蔵相時局談」／「権力に酔ふもの」馬場恒吾／「新聞論説現状論」石浜知行／「怯える大財閥」桧六郎／「吾がちゝはゝの記」東郷彪侯／「大衆娯楽論」秦豊吉／「歴代横綱論」木村庄之助／婦人科医診療簿」石原修／「文芸時評」林房雄／芥川賞候補―川崎長太郎の「泡」、丸岡明の「家系」〉

24 坂東兵衛 ※〈「仙吉の生立ち」平田小六／「荒鵜」三上秀吉／「夜の眺め」榊山潤／「現代文芸界の諸問題」の本田喜代治、河上徹太郎、青野季吉、杉山平助、中野好夫〉

25 馬込東三 ※〈『日本の転換期』の大森義太郎「日本のファッシズムの経済的基礎」、矢内原忠雄「南洋政策を論ず」、鈴木茂三郎「財閥の方向転換」／「三井王国の改装」和田日出吉／「戒厳令下の議会風景」阿部真之助／『寺内陸相と粛軍』河上丈太郎、宮沢俊義、清沢洌、風見章、山川均／「議会政治の展望」馬場恒吾／「海底の武士・鮪の話」三浦定之助／「衢の文学」室生犀星／「若い学者」島木健作〉

26 ※〈「日本雑誌の批評」陳固廷／編輯者、室伏高信の努力／巻頭「青年日本運動のために」／「現代作家論」岡田三郎／『文学の指標』の「王道文学論」本田喜代治、「頽敗・祈禱・科学」亀井勝一郎／「浮標」尾崎士郎／「敵」寺崎浩／「男道楽」宇野千代〉

27 ※創作特輯〈長編「稲妻」林芙美子／「花影」徳田一穂／「或るコロニーの歴史」村山知義／「楽園通信」平田小六／「餓鬼」井上友一郎／「村の夜鷹」大谷藤子／『現代日本文学の課題』（支那について）―藤森成吉、郭沫若、新居格／中村光夫〉

28 ※〈作家精神―「聴け聴け雲雀」野口富〔冨〕士男・「潮騒」朝倉古見夫／塾文科―「すがた」永江好彦・「獣の生活」紫雅博・「点路」藍川光雄・「形成の色」水藤昧一／文砦―「馬稷の族」三橋一温・「暗い星」橋本法俊・「宝来座」栄豪／群島―「過ぎ行く雲の影」日向次郎・「友と死と」波良健・「初化粧」多摩木泰／麺麭―「貸借・それから」木下勇・「壺の中」芹川鞆生・「蝶」京都伸夫・「辻風」安田貞雄／芸術科―「世間の貌」長崎謙二郎・「白い花」長船正五郎／日木浪漫派―「虹と鎖」緒方隆士／竜―「変貌」鈴木茂利雄・「奉教人までれな」近藤尚人・「途上」大槻信夫／翰林―〈「に号病棟」首藤愛子・「黙」西堀重信・「行くところ」池田みち子／黙示―「散歩」住田恭平・「寂びしい人」辻亮一／阿房―「赤い喪章」弘中春雄・「熊祭」福村久・「入江の色彩」北条誠／文装―「岩村のこども」岡本博・「垢」小松透〉〔三六・五月〕

29 ※〈五月七日と五・一五、二・二六／南川潤の掌の性（三田文学）評／オリムピック征途、人も金も集った！／その他〉

30 和木清三郎 ※〈「先月創作特輯号」好評／二三の有力同人雑誌創作に関しての文学主張／その他〉

31 ※〈詩集『春への招待』江間章子著・東京VOUクラブ／詩集『豹』梶浦正之著・ボン書店／『舞台裏』（創作集）岡田三郎著・慈雨書洞／『芝居絵本蒐蔵之記』渋井清著・有光社／『情熱の伝説』尾崎士郎著・有光社／『世界の謎』日本小〔少〕国民文庫 石原純編・新潮社〉

＊「三田文学」六月創作特輯号目次

＊ 原精一氏油絵個人展覧会 ※予告（七月七、八、九日於慶應倶楽部別室）

表紙・鈴木信太郎／カット・鈴木信太郎 原精一 寺田政明 谷内俊夫／口絵・木村荘八／発行日・七月一日／頁数・本文全二二二頁／定価・五十銭／編輯兼発行者・東京市芝区三田 慶應義塾内・西脇順三郎／編輯担当・和木清三郎／発行所・東京市芝区三田 慶應義塾内・三田文学会／発売所・東京市丸ノ内三丁目二番地 株式会社籾山書店／印刷者・東京市芝区愛宕町二丁目十四番地 渡辺丑之助／印刷所・東京市芝区愛宕町二丁目十四番地 常磐印刷株式会社

■八月号（故南部修太郎追悼号） 【193608】

南仏風景 高岡徳太郎

創作

青い鳥を探す方法（小説・一）1 今井達夫

貂（小説） 原民喜

陋巷（小説）2 伴野英夫

信長と濃姫（戯曲）3 市川正雄

詩五篇

港の朝 4 木村五郎

Poison Davril〔Poisson d'avril〕5 小林真一

岸の船唄 6 河野謙

Poesie〔Poésie〕7 塩津貫一

レンズの果 8 小林善雄

詩壇一瞥 9 青藻葉一

木挽町と新宿 10 戸板康二

大蘇芳年 11 高橋誠一郎

作家と教養――文芸時評―― 古谷綱武

舞台裏について――演劇時評―― 辻久一

文学者の社会的関心――社会時評――12 原実

楽壇覚え書 服部正

七月の雑誌 中央公論 13 改造 14 文芸 15 日本評論 16 文藝春秋 17 新潮 18

映画の落ち着く所（絶筆）19 南部修太郎

慈姑 20 内田誠

ソヴイエット舞踊家の巴里攻撃 21 蘆原英了

文壇遊覧 ある日の南部修太郎 吉村久夫

七月号同人雑誌作品評 22 塩川政一

アトラクシヨン 四馬太郎

故南部修太郎氏追悼記

略歴 23

邸前の故人（口絵）24

応接室の故人 25

卒業記念 26

修文院釈楽邦信士 27 水上瀧太郎

故南部修太郎を思ふ 28　井汲清治
恩師　加宮貴一
南部さんのこと 29　日高基裕
最初の人　川端康成
南部さんのこと 30　三宅三郎
芥川氏と南部君 31　三宅周太郎
南部さんのこと　蔵原伸二郎
南部修太郎氏追悼　丸岡明
南部さんと私 32　和田保
南部修太郎君　石井誠
聡明好短命 33　日野巌
初対面から 34　平松幹夫
湯河原の南部　中戸川吉二
パイプ　庄野誠一
思ひ出二三　今井達夫
亡き人を 35　原口登志男
南部さんのこと 36　石坂洋次郎
親友南部修太郎君を憶ふ 37　川瀬専之助
はかなし 38　倉島竹二郎
南部さんの思出　沢木みね子
上級生南部　水木京太
霊あらば　和木清三郎
編輯後記 39
新刊紹介 40　「花柳泰輔〔寿〕」「けだもの」「桐の木横丁」「釣する心」詩集「鯤」

目次註

1 〈十九歳の少年と少女／処女であった千枝／千枝は姉さんを常識屋だと思ふ／感傷は偶然ではない〉〔第一回終り〕
2 〔一九三六年・三月稿〕
3 〈第一場―第三場〉
4 〈Ⅰ・Ⅱ〉 ※前書あり
5 POISSON DAVRIL〔D'AVRIL?〕
6 〈岸の船唄／花弁の言葉〉
7 〈un beau soir i ／un beau soir ii ／新聞記事〉
8 〈レンズの果／通路〉
9 ※〈詩集『署名』竹中郁／詩集『貧時交』菊岡久利／詩集『シユペルヴイエル』堀口大學訳／『ペトフイ詩集』／「詩に対する認識力と詩人の認識力」（読売新聞、六月四日）中野重治／昭井瀴三（詩の朗読）と近来試みられる詩やマニフエストの朗読会／文学界の萩原朔太郎「詩人は何を為すべきか」／コクトオ来朝の際に扱われた各新聞雑誌での、コクトオの紹介やエスキイスの執筆者／詩学日本プロソデイ特輯号の佐藤一英「何が新韻律か」〉
10 〈歌舞伎座／第一劇場〉〔七月四日〕 ※付記あり
11 〈一―七〉 ※次号（一七七頁）に〝訂正〟あり
12 〔一九三六・六・三〇〕
13 峠三郎 ※〈「鬼怒子」真船豊／「山女魚」滝井孝作／久保田万太郎／葉山嘉樹／正宗白鳥／「文学青年論」杉山平助〉
14 ※〈特輯「オリムピック日木の陣容」／特輯「人民戦線と日本」――荒畑の「人民戦線の中心と組織」――／特輯「夏季特別読物」の矢野目源一／「大学論」林要／「音楽と社会」貴志康一／「コクトオ口伝」堀口大學／福沢一郎の帝院問題批判／「猫と庄造と二人の女」（続）谷崎潤一郎／「やどかり」矢田津世子／「移民」湯浅克衛／「光り」片岡鉄兵〉
15 ※〈「生面」室生犀星／「大火の後」深田久弥／「性格の層」伊藤整／「わが歴史小説観」藤森成吉／「諷刺的歴史小説」服部之総／「小説形式の生命」阿部知二／「文学者とヘブライズム」亀井勝一郎〉
16 ※〈特輯記事　共産ロシアの解剖／「文学を語る」ジヤン・コクトオ／座談会「国語、国字を語る」／「現代スリル論」大宅壮一／「怪傑鮎川義介」和田日出吉／「共産主義の批判」今中次麿〉
17 T・N・K ※〈三つの座談会（近衛文麿公閑談会、ジヤン・コクトオと語る会、青年官吏社員は何を考へてゐるか匿名座談会）／「官僚政治に迫る」鳩山一郎／「生か死か七月閣議」城南隠士／「戦争に対する考察」池崎忠孝／「平服軍人論」山浦貫一／「隅田川の船遊び」暉峻康隆／「お弟子随筆」登張竹風／「揚子江生活のユウモア」三上射鹿／「死の接吻」南部修太郎／「支那を語る」有田八郎／文芸時評の室生犀星／豊島、井伏、上司、芹沢の創作四篇〉
18 ※〈「八衢」室生犀星／「通信員」徳田一穂／「ウエルカムと西瓜」永井龍男／「青い畳」平林たい子／巻頭座談会「小説の問題」（広津和郎、村山知義、谷川徹三、深田久弥、徳永直、丹羽文雄、片岡鉄兵）／映画と文学の交流を扱った岩崎昶、伊藤整の二論文〉
19 ※署名入、未完。〝原稿はこゝまで〟編輯部付す
20 〈一、慈姑／二、望遠鏡／三、オリムピック〉
21 ――セミヨオノワとリファル――
22 ※〈作家群―「途の上」島征三・加美谷純一・飯野一雄・「海抜七十米」珂玭粧二／芸術科―「お正月」古木鉄太郎・「家の隅」石河和・「達夫の死」並川規／塾文科―「いのちの踊」水藤昧一・「妥協」尾竹二三男・「縮められて行く環境」塚崎進治郎／麺麭―「父子」刀田八九郎・「棕梠樹」木下勇／竜―「アレグロ」西村恒哉・「まるちの弥市」近藤尚人・「二つの画のこと」萩谷秀夫／制作―「マルセイユの歌」多田鉄雄・「抹殺された部分」堀薫／文砦―「発端」中村ヤス子・「潺湲」森本泰輔・「色眼鏡」二川猛・「暗流」小寺正三／人間―「空腹なひと達」恒松恭助・「若い加賀（長篇第四回）石谷正二／薔薇―「仮面競べ」宮川健一郎・「不知火童」倉崎嘉一／叡智―「無窮動」夷川参次・「働く妹」山崎荒介・「荒磯」住吉源次郎／早高文学―「白い風景」山崎剛太郎・「昆虫」村松定孝・「匡」富重義人〉
23 ※〈明治二十五年十月―昭和十一年六月十六日〉
24 故南部修太郎氏〔昭和八年十月二十一日邸前にて〕
25 応接室に於ける南部修太郎氏〔昭和八年十月二十一日写〕
26 文科卒業記念（ビッカースハウス前にて）
27 ――時事新報転載――〔昭和十一年六月二十五日〕
28 〔完〕
29 〔一一・七・一〕
30 南部さんの事
31 〔六月廿八日記〕

32 〔昭和十一年七月二日〕
33 ※寒山詩集より聡明好短命他の哀悼詩引用
34 〔十一・七・四〕
35 〔十一・七・二〕
36 〔昭和一一・七・二〕
37 〈一―六〉〔昭和十一年七月三日　東京病院本館十一号室にて〕
38 はかなし！
39 和木清三郎　※〈南部修太郎急逝／個人の意志を付度し蔵書の過半を三田慶應義塾図書館へ寄贈／追悼記執筆者の紹介〉
40 〈『花柳寿輔』河竹繁俊編・花柳家元／ゾズーリア短篇『けだもの』久保武夫訳・栗田書店／『桐の木横町』（脚本集）伊馬鵜平著・西東書林／『釣する心』日高基裕著・野田書房／詩集『鯤』北園克衛著・民族社／三宅由岐子遺著『春愁記』（戯曲集）双雅房〉

＊　※〝故南部修太郎の蔵書の一部が慶應義塾図書館へ寄付されることになった〟と編輯部の記載あり

＊　※〝締切後到着の原稿、来月号に掲載〟と断りあり

表紙・鈴木信太郎／裏表紙・鈴木信太郎（広告）／カット・未詳／口絵・「南仏風景」高岡徳太郎／発行日・八月一日／頁数・本文全二〇九頁／定価・五十銭／編輯兼発行者・東京市芝区三田　慶應義塾内・西脇順三郎／編輯担当・和木清三郎／発行所・東京市芝区三田　慶應義塾内・三田文学会／発売所・東京市丸ノ内三丁目二番地　株式会社籾山書店／印刷者・東京市芝区愛宕町二丁目十四番地　渡辺丑之助／印刷所・東京市芝区愛宕町二丁目十四番地　常磐印刷株式会社

■九月号　【193609】

小犬（扉）　近藤晴彦
創作
人生の黴（小説）1　間宮茂輔
冬枯れ（戯曲・七十枚）2　小田呉夫
オアシス（小説）3　鈴木満雄
行列（小説）　原民喜
青い鳥を探す方法（小説・第二回）4　今井達夫
季節の間（詩）　三木露風
次に来たるシヨウ　四馬太郎
佐藤春夫の作家的生涯　一条正
叛逆精神と描写5　大江賢次
三宅由岐子論　大山功
詩壇一瞥6　青葉藻一〔青藻葉二〕
演芸時評――新劇座について7　辻久一
文芸時評――第一義の情熱8　古谷綱武
社会時評――人民戦線9　原実
日本版漫話《スーパーインポーズ》10　柳沢保篤
近く来朝するエルマ・ライス11　中川龍一
楽壇覚え書12　服部正
純文芸と批評13　木村荘五
文壇遊覧　ある日の矢田津世子14　吉村久夫
作家を鍵孔から　岡田三郎　金剛太郎
太守の国（七）―モオリス・デコブラ15　原百代訳
八月号同人雑誌作品評16　塩川政一
八月の雑誌　中央公論17　文藝春秋18　文芸19　改造20　日本評論21　新潮22
南部修太郎氏追悼記23
パイプ24　内田誠
南部修太郎氏を憶ふ　野村光一
在りし日の南部先生をしのぶ25　出浦須磨子
生かして置きたかつた南部さん　小沢幸子
訂正26
編輯後記27
新刊紹介28　「春愁記」「新樹」「エムプリオ」「日本国民〔少国民〕文庫・日本名作選」
表紙　鈴木信太郎
カット　鈴木信太郎・原精一・寺田政明・谷口俊夫〔内〕

目次註

1 〔一九三六年七月〕
2 〔三幕〕
3 〔十一年六月三十日〕
4 〈第二回〉〈酒場女になれぬ千枝／結婚は野心的でない／恋愛はどういふふうに／変貌〉〔第二回終・以下次号〕
5 〈一―三〉〔完〕
6 青藻葉一　※〈文芸―寸評欄の詩壇展望／文学界―詩と現代精神に関する座談会・「詩壇時評」萩原朔太郎／VOU（民族社）―特輯　サンボリズム再検討／20世紀（再刊号）／文芸汎論―高見順の文芸時評／詩壇総評〉
7 新劇座について――演劇時評――
8 第一義の情熱――文芸時評――〈第一義の情熱／小説の問題／富沢有為男氏について〉
9 人民戦線――社会時評――〔一九三六・八・一〕
10 〈………／日本語の煩瑣と貧困／スラング／喜劇の洒落／検閲難〉〔完〕
11 〈（一）―（五）〉〔一九三六年七月〕　※前文あり
12 〔七月三十一日〕
13 〔六・二八〕
14 〔三十六年七月〕
15 ――印度旅行記――　モオリス・デコブラ著／原百代訳〈Ⅻ、私の村〉
16 ※〈新思潮―「ユリーカ」所武雄・「真吉」荘司唯男／作家群―「血に絡みて」石野径一郎・「子負虫」三波利夫・「久仁子も鉄道馬車」打木村治・「厄日」浅野浩一／翰林―「海」岩下明男・「花火の宵」高木実・「古風なる装ひ」山下波郎・「萌黄の幕」安原俊之介・「紅い仙人掌」新田孝・「女誡鈔」池田圭／文砦―「夜の学校」島啄二・「水汀」志村洋子／批評―「日常」北川静雄／寄港地―「媽宮幻想」太田克巳・「はや夢もなし」（「恋は魔術師」長篇の第一回）中島極・「充ちてゆく、充たしゆく」（長篇の第一回）松井武州・「後天性白痴」松本充弼／文旗―児島秀雄の長篇「波」／螺旋―「別離」

伊藤孝夫・「橋畔にて」松本朔／芸術家—「相場」松原俊夫・「のみちのおくに」富木友治・「その界隈」岩波健一／文学軸—「鋳像図」鈴木滋・「六月十四日」夢京児・「短篇集」首胴目太郎／樹齢—「旋律」北原不紀子・「露地娘」岩野宇一／星座—「みれん」秋山正香・「心猿」石川達三／日暦—「帰郷賦」伴野英夫・「ある潮時」石光葆／新世紀—「風のなか」森道夫・「歴程」野間文吉・「断橋」野崎正郎・「種痘」柳生成・「裸木」橋本博吉／旧約—「季節の門」室町喬雄・「俗談平語」浜田青喜／文学塔—「湖畔療養所」沖塩徹也・「狂った時計」高田二郎〉

17　峠三郎　※〈『萱の花』川端康成／『小悪魔』榊山潤／『喜劇』広津和郎／徳永直の創作／『教養と文学の世界』谷川徹三〉

18　T・N・K　※〈反乱から処断までの特輯記事（御手洗辰雄、馬場恒吉〔吾?〕、風見章、船田中）／「事件後の政党に与ふ」斎藤隆夫／「事件後の財界を攷へる」藤原銀次郎／「『抜本寒源』より『国築〔策?〕氾濫』へ」蠟山政道／「国防費の現代性」牧野輝智／「南洋策源論」伊藤正徳／「庶政一新物語」青田蛙太郎／「膨大予算と社会層」鈴木安蔵／「壮丁体質の低下」社会月評／「新聞航空陣の競争」新聞月評／「オリムピックの昂奮」ラヂオ月評／特輯—涼風読本の佐藤春夫、市川三祿、河東碧梧桐、岡本綺堂、山田珠樹／昼寝読本の林芙美子／「ロシア人気質」秦彦三郎／「花散る巴里」横光利一／大衆読物の「皇后の影法師」小栗虫太郎、「めめず動いてゐる」徳川夢声／「白耳義の地図」橘外男／当選作の「酒場ルーレット紛擾記」／室生犀星の文芸評〉

19　※〈「麦死なず」（四百八十枚）石坂洋次郎／「ゴオリキイ追悼座談会」／「わが文学の道」杉山平助／「文学のこと、生活のこと」の立野信之、北川冬彦、舟橋聖一〉

20　※〈別冊付録「二・二六事件」——リポート「日本を震撼させた四日間」「首謀者列伝」／「反動期と青年」の森戸辰男、大森義太郎、戸坂／ティボーの「日本に乾杯する」／「平生文相に与ふ」和田英作／「青年教育論」長田新／「あめりか」石川達三／「顔」大谷藤子／「音楽」ゴリキイ〔ゴオリキイ〕〉

21　※〈「日本的文化感覚の特徴」長谷川如是閑／「真淵の国字論」永雄節郎／「支那に於ける国字改良運動」下瀬謙太郎／「文士と浪費」上司小剣／「われ若かりし頃」吉井勇／百枚の力作「芥火」岡田三郎〉

22　※〈「寒夜」岡田三郎／「爆音」福田清人／島木の小説「教授」／座談会「新しきモラルと文学の指標」豊島与志雄、本多顕彰、河上徹太郎、中島健蔵、阿部知二等／亀井勝一郎、寺崎浩、荒木巍、徳田一穂、楢崎勤による「中堅五作家の人と作品——島木、丹羽、芹沢、尾崎、林芙美〔芙美子〕——」〉

23　続故南部修太郎氏追悼記　※写真一葉、「庭前に於ける故南部修太郎氏と犬（昭和八年九月写す）」とその解説（和木記）を付す

24　パイプ煙草

25　〔——十一年六月廿四日——〕

26　※前号掲載の高橋誠一郎文「大蘇芳年」中の訂正

27　和木清三郎　※〈予定の三分の一にも及ばなかった南部修太郎追悼記／愛読者二人による投稿の「追悼記」／表紙改新と鈴木信太郎の近作小品個展／和木清三郎の事務所移転（慶應倶楽部内に）／その他〉

28　〈『新樹』明大文芸科卒業製作第二輯・白水社版／戯曲『春愁記』三宅由岐子遺著・双雅房／日本国民〔少国民〕文庫第十六巻『日本名作選』山本有三編・新潮社／『詩集エムプリオ（胚珠）』早川三代治〉

＊　鈴木信太郎画伯油絵小品個人展覧会　※予告（九月二十三日—二十六日　於銀座・交詢社ビル二階）

表紙・鈴木信太郎／裏表紙・鈴木信太郎（広告）／カット・鈴木信太郎　原精一　寺田政明　谷内俊夫／口絵「小犬」近藤晴彦／発行日・九月一日／頁数・本文全二一二頁／定価・五十銭／編輯兼発行者・東京市芝区三田　慶應義塾内・西脇順三郎／編輯担当・和木清三郎／発行所・東京市芝区三田　慶應義塾内・三田文学会／発売所・東京市丸ノ内三丁目二番地　株式会社籾山書店／印刷者・東京市芝区愛宕町二丁目十四番地　渡辺丑之助／印刷所・東京市芝区愛宕町二丁目十四番地　常磐印刷株式会社

■十月号　【193610】

琉球・崇元寺（扉）　阿部金剛

創作

白痴の日記（小説・百枚）　山岸外史
閉じた瞼（小説・七十枚）　後藤逸郎
農学士温泉屋（戯曲・二場）　阪田英一
青い鳥を探す方法（小説・三）1　今井達夫
邂逅（詩）2　吉原重雄
Une Saison en Comeléon [Caméléon?]（詩）3　塩津貫一
木挽町と新宿 4　戸板康二
方法と決意 5　保田與重郎
文化意識としての芸術意識について 6　西村譲
最近のシエラアド・ヴアインズ先生 7　外山定男
詩誌審判 8　久慈鏡一
文芸時評——無感動無感想 9　古谷綱武
演芸時評——最近の戯曲について 10　辻久一
社会時評——オリンピック競技と戦争 11　原実
舞踊随想 12　蘆原英了
凡人凡語 13　中岡宏夫
「麦死なず」に現れたプロテスト 14　木村荘五
北平だより 15　奥野信太郎
楽壇覚え書 16　服部正
九月の雑誌　中央公論 17　文藝春秋 18　文芸 19
改造 20　日本評論 21　新潮 22
太守の国（八）—モオリス・デコブラ 23　原百代訳
九月号同人雑誌作品評 24　塩川政一
レコード・アラベスク　T・H・R・K
消息 25
編輯後記 26
新刊紹介 27　「批評文学」「失はれしもの」
「日本少国民文庫・これからの日本」
表紙　鈴木信太郎

カット　鈴木信太郎・原精一・寺田政明・谷内俊夫

目次註

1 〈第三回〉〈役者はなにを表現するか／わるいことも偶然ではない／故郷とはなんだ／ありふれたことだ〉〔以下次号〕

2 〔――大島・元村にて――〕

3 une saison en cameleon 《i》《ii》

4 〈九月〉〔九月四日〕

5 〈一―三〉

6 〈㈠文化と文明／㈡文化と社会との関係／㈢芸術意識〉〔完〕 ※前文あり

7 最近のシェラァド・ヴァインズ先生 〈1―3〉〔一九三六・六・二八〕

8 ※〈セルパン九月号―「若い島々」伊東昌子・「日本詩の特殊な存在理由」長谷川如是閑／文芸汎論九月号―「夜の噴水」山中散生・「コスモスの記憶」神保光太郎 小林欽吾 伊藤昌子 丹野正等・「詩壇時評」（第三回）小林善雄／日本詩壇九月号―「詩の原理」と「詩の研究」萩原朔太郎・「詩人と個性色」荘原照子・「仏詩乞食市」平野威馬雄・「悪の花」岩本修蔵／詩学十二号―平田零郎、平野威馬雄、池田時雄の作品／麺麭八月号―「詩論への詩論」高島高／四季初秋号―「現代詩論考」神保光太郎・「幼獣の歌」中原中也／文芸懇話会九月号（室生犀星編輯）〉 ※前がきあり

9 無感動無感想――文芸時評―― 〈「獣神」村山知義・中央公論／「情欲」尾崎士郎・中央公論／「泉」林芙美子・改造／「天女」大鹿卓・改造／「見たざま」高見順・日本評論／「混沌未分」岡本かの子・文芸／「指環」岡田三郎・新潮〉

10 最近の戯曲について――演劇時評―― 〈「記念杯」川口一郎・劇作七月号／「青春」内村直也・劇作七月号／「高梁一家」田口竹男・劇作八月号／「風塵」田中千禾夫・文芸九月号／「物欲」円地文子・日本評論九月号〉

11 オリンピック競技と戦争――社会時評―― 〔一九三六・九・二〕

12 〈虹物語／日本舞踊海外進出案〉

13 ――寝ころんで海山おもう暑さ哉―― 〈舞台裏〔六月記〕／この頃の文芸時評について／私事〔八月記〕／付記〉

14 〈「麦死なず」に現れたプロテスト（石坂洋次郎）／コシャマイン記（鶴田知也）〉〔十一・九・五日夜〕

15 在北平・奥野信太郎

16 〔九月一日〕

17 峠三郎 ※〈「情欲」尾崎士郎／「獣神」村山知義／「潤一郎と直哉」勝本清一郎／「純文学昂揚のために」高沖陽造〉

18 T・N・K ※〈芥川賞当選二新人の文芸作品／中堅将校軍と国防を語る座談会／「スペインの動乱と背景」笠間〔間〕杲雄／「総長就業と廃業」長岡半太郎／「貴族と農民運動」有馬頼寧／「対支政策の質的転換」十河信二／山川均の国際スポーツの明朗と不明朗の一文／室生犀星の文芸時評「麦死なず」他――／芥川賞受賞作品――「コシャマイン記」鶴田知也、「城外」小田嶽夫〉

19 ※〈石坂洋次郎「麦死なず」を取り上げた二つの研究――座談会「『麦死なず』を中心に長篇小説を語る」の尾崎士郎、阿部知二、武田麟太郎、島木健作と、「石坂洋次郎の裸体」矢崎弾――／林芙美子／「蕪草」角田明／「渾沌未分」岡本かの子／「風塵一幕の戯曲」田中千禾夫／「詩と日本語」萩原朔太郎／「創作方法に関して」と題する河上徹太郎、豊島与志雄の文学問答〉

20 ※〈杉村楚人冠「総合雑誌」の将来／「最近の軍部」の「寺内大将論」山浦貫一、「八月異動と粛軍」古田徳次郎、「宇垣と南」岩淵辰雄／「追憶の手記」山本安英／「切子」室生犀星／「天女」大鹿卓／「泉」林芙美子〉

21 ※〈大雑誌としての貫録を備えた当誌／座談会「人民戦線か国民戦線か」（麻生久、中野正剛、大森義太郎）／「日本人民戦線の人々」青野季吉／高見順の百枚力作「見たざま」〉

22 烏勘三郎 ※〈長篇小説要望の声／新潮の短篇特輯 十篇／「短篇小説の一考察」中村武羅夫〉

23 ――印度旅行記―― モオリス・デコブラ著／原百代訳 〈※Ⅻのつづき／ⅩⅢいかさま師〉

24 ※〈群盲―「看板」菅生喬・「甲虫二匹」真崎誠一／処女地―「訪問者」本居修・「場末の子」吉村創／文砦（一周年記念号）―「敗けていく人達」吉野進・「洋燈村」二川猛・「一群」小寺正三・「ある町」栄豪・「死んだ花嫁」森本泰輔／麺麭―「債鬼簿」安田貞雄・「狂った男」崔東一・「薄明の中」鎌原正巳・「邦子の場合」鹿島みを子・「桜桃には欲情がない」沢村勉／星座―「三等渡米記」宮城聡・「失踪」一瀬直行・「南洋航路」大久保操／文筆―「野川の歌」中島直人・「一本の蔓」井上友一郎・「旭川」山崎剛平／作文―「乱菊」三宅豊子・「月蝕む」松原一枝・「花翳」池淵鈴江／日本浪漫派―「クルゼとその母」中村地平・「水晶」渡辺寛／竜―「朱船」鈴木茂利雄・「病気」大槻信夫・「幸福」花井薫／作家群―「風土相」汐入雄作・「曙光未だ判らず」寺門秀雄／文装―「堤の上」渡部俠・「或る村の話」田代喜久雄・「企図」中村耿平／翰林―「湿地」天辰大中・「沢の雨季」江田喜七〉

25 ※〈小島政二郎、全著作集十五巻を刊行／水木京太の戯曲集「福沢諭吉」風俗社から九月下旬発売／石坂洋次郎の「麦死なず」、美川きよ「恐ろしき幸福」、丸岡明「生きものゝ記録」刊行のこと／三田文学編輯所を交詢社ビル・慶應倶楽部内に移すこと／その他〉

26 和木清三郎 ※〈「同人雑誌評」の評者交替／鈴木信太郎、二科会員に選ばれたるを記念し油絵の個展を開催／その他〉

27 〈恋愛小説選集『失はれしもの』モオリアック作 原百代訳・三笠書房／評論集『批評文学』古谷綱武著・三笠書房／日本少国民文庫『これからの日本・これからの世界』下村宏著・新潮社〉

＊ 三映社特選提供、映画「隊長ブーリバ」の広告中、窪川鶴次郎による推薦文〔一一・八・二五〕の紹介あり

＊ 「三田文学」九月号目次

表紙・鈴木信太郎／カット・鈴木信太郎 原精一 寺田政明 谷内俊夫／口絵・「琉球・崇元寺」阿部金剛／発行日・十月一日／頁数・本文全二二四頁／定価・五十銭／発行者・東京市芝区三田 慶應義塾内・西脇順三郎／編輯者・和木清三郎／編輯担当・東京市芝区南佐久間町二ノ四 和木清三郎／発行所・東京市芝区三田 慶應義塾内・三田文学会／発売所・東京市丸ノ内三丁目二番地 株式会社籾山書店／印刷者・東京市芝区愛宕町二丁目十四番地 渡辺丑之助／印刷所・東京市芝区愛宕町二丁目十四番地 常磐印刷株式会社

■十一月号（創作五篇） **【193611】**

秋海棠（扉）　横堀角次郎
創作
シオニスト（小説・百枚）1　石河穣治
蛆（小説・七十枚）2　丸井栄雄
競馬（小説・七十枚）3　遠藤正輝
現代娘気質（戯曲）4　市川正雄
青い鳥を探す方法（長篇小説・四）5　今井達夫
老船―ハンリイ6　浅尾早苗訳
太守の国（九）―デコブラ7　原百代訳
新喜劇その他8　四馬太郎
演芸時評――ゴーリキー追悼公演について9　辻久一
文芸時評――明日を逐ふて10　三波利夫
社会時評――再び人民戦線について11　原実
菊・吉・左12　戸板康二
剛毅な美術　勝本英治
楽壇覚え書　服部正
信念のないリアリズム13　井伊亜夫
レコード・アラベスク14　R・K
十月号同人雑誌作品評15　鈴木満雄
詩誌審判16　久慈鏡一
十月の雑誌　中央公論17　文藝春秋18　新潮19　改造20　日本評論21　文芸22
六号雑記23
編輯後記24
新刊紹介25　「新しき軌道」「黒谷村」「晩春懐郷」「泉鏡花読本」「説経節正本集」「フ〔プ〕ーシキン全集第一」「河豚」
表紙　鈴木信太郎
カット　鈴木信太郎・原精一・寺田政明・谷内俊夫

目次註

1〈一―四〉
2〈1―5〉
3〈1―7〉
4〈一・二〉
5〈第四回〉〈自分ではそれがなんだかわからない／気質は堕落した／正しい引き算と不正確な足し算／二十歳の少年と二十歳の女〉〔次号完結〕
6　ジエイムズ・ハンリイ作／浅尾早苗訳〔をはり〕　※James Hanley の略歴紹介あり
7　――印度旅行記――　モオリス・デコブラ作／原百代訳〈XIV胡瓜斬殺〉
8　新喜劇其他〔終〕
9　ゴーリキー追悼公演について――演劇時評――
10　明日を逐ふて――文芸時評――
11　再び人民戦線について――社会時評――〔一九三六・一〇・二〕
12〔十月五日〕
13〈一、島津保次郎を褒めること／二、信念のないリアリズムと信念のないロマンチシズムと／三、健康なジユリアン・デユヴイヴイエ〉
14　レコード評　R・K生
15　※〈総評／制作―「井戸」多田鉄雄・「欅」羽仁賢良・「とん勝のこと」堀薫・「蝿」山内一海／文陣―「ありふれた家」庭与吉・「ポーチ夜話」原二郎・「啓示譜」梅坂健一／作家群―「曙光未だ到らず」寺門秀雄・「給料日」島征三・「無番地のうち」加美谷純一／地方派―「風俗」荒木精之・「梅雨」火野順一・「阿部速記塾」岡喜久雄／星座―「心猿」石川達三／文学精神―「死の傍にて」青木真二・「米子の墓誌」逸見広／塾文科―「落丁」平林幾世志／樹齢―「向日葵」楠本四郎／文芸汎論―「めぐりあひ」永松定・「仮設の花」三浦常夫・「歓楽」豊田三郎／文筆―「帰郷」古志太郎・「稚内」山崎剛平／文学生活―「サボテンのある岬」福田清人・「落日」小田嶽夫／樹々―「南京錠」坪野哲久・「冬日」広沢一雄／日本記録―「命」酒井龍輔・「万八の一生」森山行雄／龍―「世態」四郎恒哉／溯流―「翳」飯塚朗／否文学―「競演」今井誉次郎〉〔十月三日〕
16　久慈鏡一　※〈文芸汎論十月号―「意味論と文学論」木下常太郎・岡崎清一郎・瓜田豹太郎・村野四郎・桑原圭介・「ボヘミアン」佐藤義美・「晴れた日の野外劇」菊島常二／モラル九月号／半島詩人23輯―「夜間演習」の川澄海治と石渡喜八／北園克衛、岩本修蔵／牙　第九冊―「墓碑銘の行方」亞騎保／大阪詩人　第六冊―塩谷安郎の編輯後記／20世紀第八号―「詩に於ける社会性に関する論議に就て」酒井正平・永田助太郎のマイケル、ロバアツの詩論抄訳と解説・「行動主義の歴史的段階」伊東昌子／VOU　12号―「新絵画論」北園克衛〉
17　峠三郎　※〈「癩病受胎」北条民雄／「未練」宇野千代／「空白」立野信之／「伯父さんの話」中野重治／「新しき塩」荒木魏〉
18　T・N・K　※〈「排日と日支危局」田中香苗／「四川の排日」三上射鹿／「寺内陸相側近論」金近靖／「来年度予算と寺内陸相」鈴木茂三郎／「電力国営の必然性」奥村喜和男／「氾濫する青年論」杉山平助／「男達の恋愛論」神近市子／「日本の仮想敵は何国か」武藤貞一／社会時評、新聞月評、ラヂオ月評／「資本」山川均／「燈下随筆」の長谷川如是閑、山田珠樹、鏑木清方／文芸時評――「ヒューマニズム論議」森山啓／芥川賞候補の二作品――打木、横田／「火の枕」川端康成〉
19　鳥勘三郎　※〈巻頭評論「ヒューマニズムの文学」青野季吉／「意欲の表れ」中島健蔵／「ロマン主義文学私見」河上徹太郎／「わが恋愛観」の丹羽文雄、高見順、真船豊、窪川稲子、舟橋聖一、徳田一穂／座談会「日本映画のために」村山知義他／「葉山汲子」「行動主義」舟橋聖一／「創生記」太宰治／「牧師館」平田小六〉
20　※〈特輯「スペインの内乱」グラフ／「日支の新紛争」／「国策と与論」／「科学政策の矛盾」／「駿台劇話」左団次／「癩院記録」北条民雄／「悪作家より」石坂洋次郎／「アルバム」林房雄／「小さき歩み」佐藤俊子〉
21　※〈「常識・科学・哲学――当来の日本哲学の方向――」

田辺元／西田幾多郎、三木清の問答「人生及び人生哲学」／秋声の長篇「仮装人物」／「女工スポーツ」加賀耿二／「砦なし」貴司山治／「嘘多い女」丹羽文雄／特輯座談会「蘆花を語る」〉

22 ※〈「強者連盟」深田久弥／明治大正長篇小説研究／「文学問答」の林房雄と葉山嘉樹／「思想と生活」――「麦死なず」評―― 大森義太郎〉

23 ※〈「話」（文藝春秋社発行）の支那留学生座談会／統制ばやりのご時世に、先づ「雑誌統制」か／短篇小説存在理由／鶴田知也、三田新聞に受賞の感想／朝日掲載、小島政二郎の劇評／その他〉

24 和木清三郎 ※〈執筆者紹介／投稿に関して／その他〉

25 〈創作集『河豚』多田鉄雄著・制作社／『プーシユキン全集（小説篇上）』菊池仁康訳・ボン書店／『新しき軌道』豊田三郎著・協和書院／『黒谷村』坂口安吾著・竹村書房／『晩春懐郷』坪田譲治著・竹村書房／『泉鏡花読本』久保田万太郎編・三笠書房／『説経節正本集』横山重、藤原弘校訂・大岡山書店〉

＊「三田文学」十月号目次

表紙・鈴木信太郎／カット・鈴木信太郎 原精一 寺田政明 谷内俊夫／口絵・「琉球・崇元寺」阿部金剛／発行日・十一月一日／頁数・本文全二〇〇頁／定価・五十銭／発行者・東京市芝区三田 慶應義塾内・西脇順三郎／編輯者・和木清三郎／編輯担当・東京市芝区南佐久間町二ノ四 和木清三郎／発行所・東京市芝区三田 慶應義塾内・三田文学会／発売所・東京市丸ノ内三丁目二番地 株式会社籾山書店／印刷者・東京市芝区愛宕町二丁目十四番地 渡辺丑之助／印刷所・東京市芝区愛宕町二丁目十四番地 常磐印刷株式会社

■十二月号 【193612】

猫（扉） 水谷川忠麿

創作

若い人（続篇・一）1 石坂洋次郎

季節の遊戯（小説） 日野巌

青い鳥を探す方法（長篇小説・完）2 今井達夫

日の暮れる方（詩）3 小宮三森

《gynĕcomaniaque gynĕcocratique 〔gynécomaniaque gynécocratique〕》（詩）4 塩津貫一

雨は笑ふ（詩）5 近藤晴彦

東劇・有楽座 6 戸板康二

太宰治の文学を論ず 7 山岸外史

詩の把握形式について 8 西村譲

演芸時評――歴史劇について 9 辻久一

文芸時評――敗北者の群 10 三波利夫

社会時評――センセーショナリズムの横行 11 原実

運動会 内田誠

百間随筆に就いて 石川淳

舞踊随想 12 蘆原英了

吉原重雄のこと 馬場桝太郎

ぬらりともんぺ 13 石河穣治

作家を鍵孔から 尾崎士郎 14 金剛太郎

今月の雑誌 中央公論 15 改造 16 新潮 17 文芸 18 日本評論 19 文藝春秋 20

書物捜索 21 横山重

新刊巡礼 22 「鶴は病みき」「女人禁制」「生きものの記録」「祝典」 山本和夫

ルイパストウールと人の倭小化 23 井伊亜夫

楽壇覚え書 服部正

浅草のレヴユウ 四馬太郎

十一月号同人雑誌作品評 24 鈴木満雄

太守の国―デコブラ 25 原百代訳

ロレンスの大作「翼のある蛇」 木下常太郎

秋の早慶戦 26 和木清三郎

六号雑記 27

編輯後記 28

新刊紹介 29 「学窓雑記」「草野集」「南進論」「麦死なず」「日本文学の世界的価値」「福沢論吉」「恋する女」「鶴は病みき」「生きものの記録」「女人禁制」「祝典」

表紙 鈴木信太郎

カット 鈴木信太郎・原精一・寺田政明・谷内俊夫

目次註

1 ※「後記」を付す

2 〈第五回〉〈泣くだけでは済まない／純情の意味／意志を持たうとする千枝／青い鳥はこれ易いのであらうか／加賀の手紙／戸村の手紙／加賀の手紙〉〔完〕

3 〈日の暮れる方／映画の中から飛び出す女〉

4 "gynecomaniaque gynecocratique" ※註〈1―3〉を付す

5 〔九・二八〕

6 〔十一月四日〕

7 〈一―六〉

8 ――合理主義批判――〔完〕 ※"詩に関する○〔?〕きノーウトから"と前書あり

9 歴史劇について――演劇時評――〈「転々長英」からの諸問題〉

10 敗北者の群――文芸時評――

11 センセーショナリズムの横行――社会時評――〔一九三六・一一〕

12 〈二人舞踊の淋しさ／外人舞踊教師〉

13 ――東北僻村悠々記――〔十一・十・二七〕

14 〔三十六年十月〕

15 峠三郎 ※〈「黒い行列」野上弥生子／「潜水夫」大鹿卓／「蝙蝠館」丸山薫〉

16 ※〈馬場政策に対する大衆への影響の批判／人の道以下擬似宗教批評／極東問題／別冊付録―スチムソン著「極東の危機」の全訳／上海現地に於ける「中国人時局座談会」／「日支親善論」馬場恒吾／「中国人時局座談会」――「話」十一月号 在留支那学生の座談会と――／「増税と庶民生

活」河上丈太郎／「戦時財政への準備段階」猪俣津南雄／「芥川賞――憤怒こそは愛の極致――」佐藤春夫〉

17 烏勘三郎 ※〈十一月号の貫録ある編輯／巻頭評論「欧米左翼文壇の人々」の北村常夫（英吉利）、永松定（アメリカ）、新庄嘉章（仏蘭西）／「頽廃の説」大森義太郎／「コムト及び短篇、長篇」徳田秋声／「短篇小説の問題」の丹羽、伊藤、阿部、窪川、岡田／「わが作家論――村上、丹羽、岡田、阿部――」／「村の十日間」徳永直／「落葉の窓」佐藤道子／「裏街通り」浅原六朗〉

18 ※〈「日本の小説家」阿部知二／「インテリとは何ぞや」萩原朔太郎／純粋小説の再研究／美学の問題／海外作家の評論／有島武郎の未発表の英文の卒業論文／「婚礼衣裳」阿部艶子／「一軒家」井伏鱒二／「鳥」（「転々長英」の内の一幕）藤森成吉／懸賞募集の推薦作「敗北者の群」佐野順一郎／「かくされた悲劇」鈴木清／「天使の蛇」竹森一男〉

19 ※〈「近江子」室生犀星／島木健作 百五十枚の力作「三十年代一面」／「蘆花遺稿」／座談会「官僚の跳梁と腐敗を語る」蠟山政道他／「官僚論」尾崎行雄／特輯記事「抗日支那現地報告」四篇の中、「上海の現地から」鹿地亘／「ひとのみちとジャーナリズム」大宅壮一／「三井三菱献金帳」和田日出吉〉

20 T・N・K ※〈「抗日支那をどうするか座談会」／「抗日教科書」小田嶽夫／「抗日戦闘実力」武藤貞一／「抗日戦線の渦中より」後藤和夫／「日本経済の特殊性と税整案」土方成美／「戦争防止の中立法案」横田喜三郎／「金本位制の全面的崩壊」谷口吉彦／「増税案・資本家・大衆」伊藤好道／「税金は高くなる」（社会時評）山川均／「行政機構改革問題の横顔」阿部真之助／『ひとのみち』と現代世相」大宅壮一／「鷗外滞独日記鈔」小島政二郎／「名画の感激について」武者小路実篤／「産衣」の吉野信次／菊池寛、話の屑籠中の言／中村光夫、文芸時評／芥川賞選外佳作二篇―「遣唐船」高木卓と「檻」〉

21 （雑筆十五）〈袋中伝記資料並著述解題一〉（九月廿九日）

※実際は第十四回。以下一回ずつズレ

22 新刊巡礼（一）〈『祝典』寺崎浩著／『女人禁制』丹羽文雄著／『生きものの記録』丸岡明著／『鶴は病みき』岡本かの子著〉 ※〝今月から新刊巡礼の旅にスタート……〟と作者付記あり

23 映画月々――ルイ・パストウールと人間の倭小化――〈1、日本の映画批評／2、今年の日本映画二つ三つ／3、監督協会と大日本映画協会／4、溝口氏「祇園の姉妹」／5、検閲のこと／6、外国映画、付けたり「科学者の道」〉

24 〔十一月○［？］日〕 ※〈今月の創刊誌にみられる学究的な主流と若い胎動／同人誌総評／作家群―「鴉」浅野浩一・「つまづき」飯野一雄・「曙光未だ到らず」寺門秀雄／文陣―「歓楽の鬼」佐藤虎雄・「踊る」興梠赳夫・「本」神戸雄一／制作―「叔父の長靴」多田鉄雄・「地虫」石原文雄・「握手」羽仁賢良／白墨―「肉親相剋図」長谷健・「来歴」勝亦紘／文学精神―「仕上主任の厄年」熊岡初弥／奔流―「L高校の野球選手」川合利雄／地方派―「邸」河上潔・「樗櫟」火野順一／星雲―「私の部屋から」竹田敏行・「秋日」大森万里子／文科（「塾文科」改題）―「陰花」馬淵量司・「痺歌」宇津文也／黙示二周年記念号―「デスマスク」中村八朗、他／麵麭四周年記念号―「颱風帯」刀田八九郎・「ウクレヽ」中川愛子／胎動／文装―「兵士の家」平野巌・「母の場合」富士村格／新世紀―「小猿の在郷」横山俊志／群盲―「夜の顔」菅生喬〉

25 （十）――印度旅行記―― モオリス・デコブラ著／原百代訳〈XVガンヂス河の夜／XVIルーピーの勝負とバザー〉

26 〈塾が立ち直るまで／さて早慶戦である／一回戦は小手調べ／二回戦がほんとだ／付記〉

27 ※〈馬場増税についての文藝春秋「話の屑籠」／佐藤春夫の芥川賞（改造）／新進作家出版記念会オンパレード／生きてゐる作家の「全集」ばやり／その他〉

28 和木清三郎 ※〈「若い人」再び連載／執筆者紹介／本誌に屢々詩を寄稿の吉原重雄、急逝（十一月十七日）と知人による追悼文／その他〉

29 ※〈『鶴は病みき』（短篇集）岡本かの子著・信正社／『生きものの記録』丸岡明著・沙羅書店／『女人禁制』（短篇集）丹羽文雄著・双雅房／『人生劇場』尾崎士郎著・竹村書店／『悪太郎』尾崎士郎著・文芸首都／『バカやなぎ』尾崎士郎著・竹村書店／『日本文学の世界的位置』勝本清一郎著・協和書院／『福沢諭吉』（戯曲集）水木京太著・風俗社／『祝典』（短篇集）寺崎浩著・双雅房／『恋する女』（ロレンス）伊藤整・原百代共訳・三笠書房／『南進論』室伏高信著・日本評論社／『麦死なず』（長篇小説）石坂洋次郎著・改造社／『学窓雑記』（評論集）小泉信三著・岩波書店／『草野集』（随筆集）安倍能成著・岩波書店〉

＊「三田文学」十一月号目次

表紙・鈴木信太郎／カット・鈴木信太郎 原精一 寺田政明 谷内俊夫／口絵・「猫」水谷川忠麿／発行日・十二月一日／頁数・本文全一八四頁／定価・五十銭／発行者・東京市芝区三田 慶應義塾内・西脇順三郎／編輯者・和木清三郎／編輯担当・東京市芝区南佐久間町二ノ四 和木清三郎／発行所・東京市芝区三田 慶應義塾内・三田文学会／発売所・東京市丸ノ内三丁目二番地 株式会社籾山書店／印刷者・東京市芝区愛宕町二丁目十四番地 渡辺丑之助／印刷所・東京市芝区愛宕町二丁目十四番地 常磐印刷株式会社

一九三七年（昭和十二年）

■一月号（新年特輯号）【193701】

デッサン（扉） 脇田和

創作

若い人（続篇・二）1 石坂洋次郎
ホノルル移民局（小説）2 宮城聡
張禹烈（小説）3 乾直恵
伝統派温泉屋（戯曲・三場） 阪田英一
掌の性（後篇・百五十枚）4 南川潤
肉体の神曲（長篇小説・一）5 岡本かの子
風吹く日（詩）6 伊藤珍太郎
灰皿（詩）7 小林善雄
蝮の権九郎（戯曲・百枚）8 市川正雄
文学の美的意識 西脇順三郎
小林秀雄君を論ず 9 山岸外史
羽左衛門論 10 戸板康二
大津皇子の像 保田與重郎
スタンダアルの行動精神に就いて 11 冬山冽
高見順について 正木雅二郎
絵と文 琉球二景 12 阿部金剛
角砂糖 13 内田誠
月次録 14 木々高太郎
裸の宣誓 加宮貴一
鷗外と女性 丸岡明
魯迅とエロシエンコとを憶ふ 15 呉克剛 奥野信太郎訳

詩と歌

新年の歌 與謝野晶子 16 近江満子 17

新年の句 平野万里 18 吉田精一 19 真下喜太郎 20 掛貝芳男 21 田中悌六 22 大木梈々 23 保坂文虹 24 岩下南子 25 大場白水郎 26

新刊巡礼 27 「城外」「起承転々」「野蛮人」 山本和夫
腕の技術と魂の技術——映画月々——28 井伊亜夫
演芸時評 古典劇・脚色劇・創作劇 29 辻久一
文芸時評 批評の党派性 30 三波利夫

一九三七年へ！
文壇への希望 古谷綱武
劇壇への希望 鈴木英輔
音楽界への希望 服部正
美術界への希望 柳亮
映画界への希望 31 塚本靖

昭和十一年度「三田文学」授賞者決定次第 32
三つの案のうち 33 小島政二郎
一員として 34 井汲清治

葉書回答
本年度は 三宅周太郎
今井君と南川君と 勝本清一郎
銓衡委員氏名 35 和木清三郎

十二月号同人雑誌作品評 36 鈴木満雄
誌界展望 中央公論 37 改造 38 日本評論 39 文藝春秋 40 文芸 41 新潮 42 文学界 43
六号雑記 44
消息 45
編輯後記 46
新刊紹介 47 「野蛮人」「起承転々」「翼のある蛇」「全輯・百間随筆」「日本の橋」

表紙 「英雄と詩人」「巷談宵宮雨」「篤子」「情欲」「新しいイヴと古いアダム」「富沢麟太郎集」 鈴木信太郎
カット 鳥海青児・原精一・谷内俊夫 寺田政明・鈴木信太郎

目次註

1 ※福士幸次郎「鍛冶屋のポカンさん」よりの三節引用の旨付記にあり
2 〈一—三〉
3 張禹烈《ちやううれつ》
4 〈後篇〉〔三六・九・一三〕
5 〈第一回〉〔続く〕
6 〈鴫／恋／風の吹く日〉
7 〈1・2〉
8 〈第一幕（一・二）／第二幕（一・二）〉
9 〈一—四〉 ※付記あり
10 〔完〕
11 〔一九三六・一二・四〕
12 ※〈崇元寺の石門／尚王、離宮識名園之図〉
13 〈一、角砂糖／二、ポール・ウオルフ／三、肉／四、カーブ／五、除縄室／六、眉／七、ゴルゴダ〔タ?〕の丘〉
14 〈一、自己紹介／二、詩人露木陽子氏を発見〉〔一九三六・十二・二〕 ※露木陽子の詩二篇「花」「蒼空の下に」紹介
15 ※訳者註を付す。和木清三郎宛書信の紹介あり
16 ※五首
17 ※二首
18〜20 ※各一首
21 ※四首。「付記」（芳男）あり
22 ※二首
23〜26 ※各三句
27 〈「城外」小田獄夫著／「起承転々」高見順著／「野蛮人」大鹿卓著〉
28 〈一、大熊信行「映画と文学の問題」に就て／二、五所平

之助「新道」（大船作品）のこと／三、「ゴルゴタの丘」デュヴィウ［ヴ］ィエ作品（東和商事）／四、巨星ジーグフエルド（メトロ）／五、いやらしい映画／六、小津氏の門のこと〉

29 古典劇・脚色劇・創作劇――演芸時評――

30 批評の党派性――文芸時評――

31 〔一九三六・一二・二〕

32 「三田文学」賞授賞者決定次第　三田文学会賞銓衡委員会〔昭和十一年十二月〕

33 三ツの案のうち

34 一員としての意見

35 「三田文学」賞銓衡委員氏名

36 〈総論／文学精神―「姫野村」橋本八男／行動文学―「反子」真下五一・「粧面の徒」太田靖二／文学生活―「郁子」古木鉄太郎・「感情」衣巻省三・「燈火管制」尾崎一雄／文芸汎論―「花・雪」佐藤十弥・「明るい夜」会津隆吉・「空腹と夕焼」十和田操／日本浪漫派―「悪夢」中村地平／作家群―「離合」塩川潔・「分岐路」永浜宗二・「草人抄」出羽陽・「曙光未だ到らず」寺門秀雄／文陣―「暦反古」石河和・「決闘」五十嵐重司／京大作品―「一人相撲」麻野曼／批評―「村童」佐藤年宝／詩と小説―「季節のファンブル」宇田彰／地方派―「敷石」岡喜久雄・「嫉妬」赤塚欣二／麵麭―「風土紀」堀場正夫・「或る過程」鹿島みを子／青銅時代―「梶の立場」会津隆吉・「昼の夢」我妻隆雄／文砦―「蔵屋の人々」島啄二／「呑噬」中村ヤス子／文装―「相殺」平岩正男／ひと―総評・「をどりば」加藤守雄／龍―「温帯」鈴木茂利雄／大塚文学／同志社派―「雅子の場合」原徹夫〉〔十一年十二月〕

37 峠三郎〈「暴君」（岸田國士演出）川口一郎／「見知らぬ人」（久保田万太郎演出）真船豊／「悪妻養成主義者」里見弴／「三十年」（村山知義演出・「シイボルト夜話」続篇）藤森成吉／「日本現代作家批判」高沖陽造〉

38 〈「二・二六事件以後」大森義太郎／朝日論説委員戦争評論家武藤貞一の「太平洋制空戦」／「アラモアナ事件」宮城聡／「風立ちぬ」堀辰雄／「陰所」村山知義／「秋花」丹羽文雄〉

39 〈「野晒夜話」宇野信夫／「板垣退助」佐々木孝丸／新女性観のテーマの岡邦雄「新女性観」・中島健蔵「新しい女性気質」・丹羽文雄「新女性論」／「伯林行状記」星野龍猪〉

40 T・N・K〈座談会「支那の赤化を語る」「お馴染みユーモリスト」／「新議会制度の確立」蠟山政道／「来年度予算の戦時経済的側面」伊藤好道／「大統領選挙戦と労働大衆の動向」清沢冽／「陸軍のパンフレット批判」大平進一／「日活を繞る松竹東宝戦」木下石太郎／「体協幹部の総辞職に就いて」浅野均一／「政党蹶起の楽屋裏」城南隠士／「僕と満鉄」松岡洋右／「日本の支那評論家に与ふ」陳博生／「日本は前を向いてゐるか後を向いてゐるか」山川均／「再婚論」岡邦雄／「派遣選手団の醜状」本間一郎／「癩家族」北条民雄／関口次郎／石川達三〉

41 〈昨年度のヒット・〝長篇一篇〟の創作欄――石坂洋次郎「麦死なず」／「駅長おどろく勿れ」伊馬鵜平／「黒痣」芹沢光治良／「赤猿」緑川貢／「輸血協会」平林彪吾／河上徹太郎の現代知性の問題／「川端康成論」浅見淵〉

42 鳥勘三郎〈昨年度総評／中村武羅夫、楢崎勤二の活躍／新人・深田久弥、和田伝、寺崎浩（「だに」）、小山の創作四篇〉

43 〈文芸雑誌としてのその編輯方針／「春」岡本かの子／「鶏供養」沢田貞雄／「女心拾遺」矢田津世子／「深夜の理髪師」寺崎浩／歴史小説「秀衡の女」刀田八九郎／「リレー評論――ヂャーナリズムの功罪」の深田、豊島、山本改造、武田〉

44 ※昨年改組され、早くも解散の悲境にある「時事新報」――〝復活実現を課せられた塾員の神聖な義務〟――、その他

45 ※第二回昭和十一年度三田文学賞授賞者（今井・南川）、その他

46 和木清三郎　※〈執筆者紹介／表紙・目次・カットについて〉

47 〈『情欲』（創作集）尾崎士郎著・巣林書房／『新しいイヴと古いアダム』（ロレンス）原百代訳・山本書店／『野蛮人』（小説集）大鹿卓著・巣林書房／『起承転々』（小説集）高見順著・改造社／『翼のある蛇』上（ロレンス著）亀井常蔵・大石達馬共著・耕進社／合輯「百間随筆」第二巻・版画社／『日本橋』（評論集）保田與重郎著・芝書店／『英雄と詩人』（文芸時評）保田與重郎著・人文書院／『巷談宵宮雨』（戯曲集）宇野信夫著・共用書籍株式会社／『篤子』（長篇小説）首藤嘉子著・麗日社／『富沢麟太郎集』横光利一編纂・沙羅書店〉

＊ 新年名刺交換会／福沢先生誕生記念会　慶應義塾塾監局

＊ 「三田文学」十二月号目次

＊ 二月フランス文学特輯号目次

表紙・鈴木信太郎／カット・鳥海青児　原精一　谷内俊夫
寺田政明　鈴木信太郎／口絵・「デッサン」脇田和／発行日・一月一日／頁数・本文全三二二頁／特価・六十銭／発行人・東京市芝区三田　慶應義塾内・西脇順三郎　編輯人・和木清三郎／編輯担当・東京市芝区南佐久間町二ノ四　和木清三郎／発行所・東京市芝区三田　慶應義塾内・三田文学会／発売所・東京市丸ノ内三丁目二番地　株式会社籾山書店／印刷人・東京市芝区愛宕町二丁目十四番地　渡辺丑之助／印刷所・東京市芝区愛宕町二丁目十四番地　常磐印刷株式会社

■二月号（フランス文学特輯号）【193702】

南仏風景 1　高岡徳太郎
「ローランの歌」と「保元物語」2　後藤末雄
仏蘭西言語学 3　松原秀治
ヴアレリイにおける人間の研究 4　高橋広江
賭け・神・虚無 5　吉川静雄
アルランの「秩序」6　太田咲太郎
心理小説研究
「弟子」をめぐりて 7　佐藤朔
スタンダアル論―テイボオデ 8　原研吉
「カストロの尼」より 9　丸岡明
「ドミニック」
マリヴォオ論―ジァルウ 10　二宮孝顕
デカルトよりプルウストまで　梁取龍元
仏蘭西文芸巡遊―ティボオデ 11　二宮孝顕
横部得三郎

仏蘭西劇場覚書　堀田周一
コクトオとマリタン―トンケデック12　増田良二
フロオベエル伝資料　船越章
「レオン・ブルム」―ジイド13
フランス文芸通信　高石治
アラゴンの新作
テイボオデの「文学史」
雑誌「ミノトオル」
三六年のゴンクール賞14
エドモン・ジアルウ15
近作消息一束
ジイドの近業
モンテルランの「若い娘」16
「文化の家」
ラクルテルの翰林院入り17
翻訳小説六篇
憐れなシャツ屋―V・ラルボオ18　北原由三郎
出発―ロジエ・ヴエルセル19　太田咲太郎
最初の死・詩―パトリス20　服部伸六
感傷的逸話―ルイ・ギイユウ21　野一色武雄
トリオ・一幕―H・デユヴエルヌワ22　三橋久夫
失はれた一枚―E・ド・オルヴイル23　大久保洋
編輯後記24
表紙　鈴木信太郎
カット　鳥海青児・原精一・谷内俊夫　寺田政明・鈴木信太郎

目次註

1 ※口絵
2 〔完〕
3 仏蘭西言語学手引草
4 ――断章――
5 ――パスカル研究資料（一）ジュル・ラシュリエ――〔了〕 ※前書に〝『パスカル感想録』及ジュル・ラシュリエの註解の訳出である〟と前書あり
6 マルセル・アルランの「秩序」 ※アルランの写真を付す
7 ※プルジエの写真を付す
8 スタンダァル論　アルベェル・ティベ〔ボ〕ォデ作／原研吉訳　※スタンダールの写真を付す
9 『カストロの尼』より
10 マリヴォー　エドモン・ジャルー作／梁取龍元
11 文学的フランス巡遊――フランドルからノルマンディへ――〈一、フランドルからコウ地方まで／二、ノルマンディ〉 ※ティボーデの写真及び付記あり
12 J・ド・トンケデック作 〔一九二六・七・一〕／増田良二訳〔了〕 ※付記〔一九三七・一・三〕あり
13 アンドレ・ジイド作／高石治訳　※ジイドの写真を付す
14 ※メルシュの写真を付す
15 ※ジアルウの写真を付す
16 モンテルランの『若い娘』 ※アンリ・ド・モンテルランの小説
17 ラクルテルの翰林入り
18 哀れなシャツ屋――ヴァルリィ・ラルボオ――　北原由三郎訳 〈I―Ⅷ〉 ※前書に、ヴァルリイ・ラルボオの紹介あり
19 ロジエ・ヴエルセル作／太田咲太郎訳　※「ロオジェ・ヴエルセル」の紹介を付す
20 パトリス・ド・ラ・トウル・デュ・パン作／服部伸六訳
21 ルイ・ギュウ／野一色武雄訳　※ルイ・ギュウの似顔絵を付す
22 アンリ・デュヴエルヌワ作／三橋久夫訳　※アンリ・デュヴエルヌワの紹介を付す
23 失はれし一枚　エリック・ド・オルヴイル作／大久保洋訳　※訳者付記あり
24 和木清三郎
＊「三田文学」一月号目次

表紙・鈴木信太郎／カット・鳥海青児　原精一　谷内俊夫　寺田政明　鈴木信太郎／口絵・「南仏風景」高岡徳太郎／発行日・二月一日／頁数・本文全二五〇頁／定価・五十銭／発行者・東京市芝区三田　慶應義塾内・西脇順三郎　編輯者・和木清三郎／編輯担当・東京市芝区南佐久間町二ノ四　和木清三郎／発行所・東京市芝区三田　慶應義塾内・三田文学会／発売所・東京市丸ノ内三丁目二番地　株式会社籾山書店／印刷者・東京市芝区愛宕町二丁目十四番地　渡辺丑之助／印刷所・東京市芝区愛宕町二丁目十四番地　常磐印刷株式会社

■三月号（卒業記念作品号）　**【193703】**

あるスケッチ（扉）1　中西利雄
創作
若い人（長篇小説・後篇三）2　石坂洋次郎
白い宴（戯曲・一幕）3　南川潤
女の姿勢（小説・七十枚）4　塩川政一
歪んだ鏡（小説・九十枚）5　羽賀康
肉体の神曲（長篇小説・二）6　岡本かの子
春光（詩）　三木露風
批評精神と創作の意義7　井汲清治
パウル・エルンスト8　斎藤諭一
菊五郎論　戸板康二
文芸時評　文学的関心と社会的関心9　平松幹夫
演劇時評　劇評の基準・上演題目選択態度10　遠藤慎吾
映画的モノロオグ11　林高一
楽壇覚え書　服部正
ガストン・バチイの「ボヴアリ夫人」12　小場瀬卓三
新刊巡礼13　山本和夫
「遺産」「福沢諭吉」「日本文学の世界的位置」
二月号同人雑誌作品評14　鈴木満雄
誌界展望　中央公論15　改造16　日本評論17　文藝春秋18　文芸19　新潮20　文学界21

文芸賞など・新人 22
六号雑記 23
編輯後記 24
新刊紹介 25
「人生劇場・残侠篇2」「川端康成」「三家庭」「慶應義塾案内」
表紙 鈴木信太郎
カット 太田三郎・鳥海青児・原精一
谷内俊夫・寺田政明・鈴木信太郎

目次註

1 欧洲メール入港 ※口絵
2 〈後篇・三〉〔以下次号〕
3 〈第一章〉〔三七・一・三一〕 ※〝本篇は三幕物のうち、その序幕〟と付記あり
4 〔——三六・十二月〕
5 〔一九三六・三・三一〕
6 〈第二回〉〔以下次号〕 ※「かの子」と署名入のカットあり
7 ——サントブウブ研究序説——〈Ⅰ—Ⅳ〉〔終〕
8 新興独逸の精神的開拓者パウル・エルンスト
9 文学的関心と社会的関心——文芸時評——〈一、時評形式の問題／文学的関心と社会的関心／「光仄かなり」を推す／柳原利次君の訃〉
10 劇評の基準・上演題目《レパートリィ》選択の態度その他 ——演劇時評——〈一、劇評の基準／二、「ウインザーの陽気な女房たち」その他〉
11 〔一九三七・二・二〕
12 〈前文／脚色／演出〉
13 〈創作集「遺産」水上瀧太郎著／戯曲集「福沢諭吉」水木京太著／評論集「日本文学の世界的位置」勝本清一郎著〉
14 〈総論／作家群—「三角洲のある流れ」出羽陽・「皮癬」打木村治・「曙光未だ到らず」寺門秀雄／人民文庫—竹内昌平の短篇小説「帽子」・「美俗」南川潤／文砦—「ぼくのうち」二川猛・「生活の垢」栄豪／小説—「虚構」等々力徳重／シユピオ（探偵小説専門誌）—「女と白い蛾」宮下八枝子／麺麹—「これでい〻のかしら」渡辺津奈夫・「重盛の死」浅野晃／文学塔—「機業地」高橋千代丸／星座—「鳥瞰図」東一郎・「女の窓」大田洋子／地方派—「櫨紅葉」河上潔／文装—「風景」田代喜久雄／黙示—「変貌の夜」辻亮一〉〔二月三日〕
15 峠三郎 〈「皮膚」芹沢光治良／「車中の四人」武田麟太郎／「雪の宿」石川達三／林芙美子、久保田万太郎の作品〉
16 〈広田内閣の審判の佐々木惣一（此議会特別の使命）、風見章、加藤勘十、橋本欣五郎、中野正剛、寺地浄（後継内閣論）／「二・二六事件一週年」清沢冽／「時事新報の解散」鈴木茂三郎／改造法の「文壇寸評」／「七代将軍の告白」武者小路実篤〉
17 〈広田内閣打倒号／別冊付録「今日の支那」／打倒広田内閣の斎藤隆夫、浜田国松、麻生久、鈴木茂三郎、清沢冽／物価高と大衆生活—「物価高とサラリーマン」木下半治／匿名のQ・天・Qによる新聞時評「時事の廃刊と東日」／東日の阿部真之助「大角岑生と南次郎」／和田日出吉の社会小説「その前夜—ある青年将校の手記」〉
18 T・N・K 〈座談会「春らしい座談会」本多静六他・「七十議会に於ける軍部と政党」／「議会攻防心得帳—政界夜話」城南隠士／「躍る景気と国民生活」蜷川虎三／「ロシア外交論」芦田均／「国民政府の新動向」藤枝丈夫／「宋子文論」竹内夏積／「英国の勝利と日本の窮迫」和木本祐平／「私生子論」滝川幸辰／「新装右翼陣営論」大塚虎雄／「唯物論三人男」大宅壮一／時事新報の解散について—「時事新報の没落」伊藤正徳、前田久吉／「「日本一」の潰滅」石霜楼人 「話の屑籠」菊池寛 文藝春秋匿名子（氷川烈か）の文／徳川義親の名古屋城金無垢の鯱の一文／武者小路実篤の巴里絵画雑談／「モデルの不服」中戸川吉二／「ジイドとプラウダの批評」中条百合子〉
19 〈寸評欄／短篇「人の世」高見順／長篇「収穫以前」（二百二十枚）森山啓／「シナリオ文学の問題」（評論）辻久一／横光利一の「厨房日記」（小説）を中心とした河上徹太郎と中条百合子の対立した意見〉
20 〈福田清人作「国木田独歩」一篇〉
21 〈林芙美子の長篇／「光仄かなり」川上喜久子（池谷賞作家か）／「万有引力」永松定／「特輯記事 現代通俗文学を論じて」の舟橋聖一「エロチシズムの偽瞞——『感情山脈』——」／「ユーモア文学所感」深田久弥／「探偵小説」村山知義〉
22 文芸賞など／新人 ※海外文学界に於ける
23 ※〈東京日々「おけらの唄」での「三田文学二月号評」／芥川賞 富沢有為男、石川達三の二人に授賞のこと／その他〉
24 和木清三郎 ※〈今春文科を卒業する人々の作品を登載／二月下旬に、改造社より石坂洋次郎の「若い人」上巻上梓／その他〉
25 〈長篇『続々人生劇場』（残侠篇2）尾崎士郎著・竹書房／『川端康成』（評論集）古谷綱武著・作品社／『三家庭』（長篇小説）菊池寛著・巣林書房／『新訂 慶應義塾案内』丸善株式会社発行〉

＊「三田文学」十一月号目次

表紙・鈴木信太郎／カット・太田三郎 鳥海青児 原精一 谷内俊夫 寺田政明 鈴木信太郎／口絵・「欧洲メール入港」中西利雄／発行日・三月一日／頁数・本文全二三二頁／定価・五十銭／発行者・東京市芝区三田 慶應義塾内・西脇順三郎／編輯者・和木清三郎／編輯担当・東京市芝区南佐久間町二ノ四 和木清三郎／発行所・東京市芝区三田 慶應義塾内・三田文学会／発売所・東京市丸ノ内三丁目二番地 株式会社籾山書店／印刷者・東京市芝区愛宕町二丁目十四番地 渡辺丑之助／印刷所・東京市芝区愛宕町二丁目十四番地 常磐印刷株式会社

■四月号 【193704】

果実（扉）1 谷内俊夫
創作
若い人（長篇小説・後篇四）2 石坂洋次郎
肖像画（小説）3 阿久見謙
春の月夜（戯曲・一幕）4 進藤正
小頭の家系（小説・百二十枚）5 一条正
墨をする母（詩）6 伊藤珍太郎

黒猫（詩）7　近藤晴彦
バルザックの人物描写法 8　若園清太郎
詩のフレキシビリテイ　小林善雄
アンリ・ブリューラァルの生活㈠ 9　スタンダアル　冬山冽訳
「罪と罰」の手帖 10　シュルウッェル　高石治訳
文芸時評　文学と政治 11　平松幹夫
演劇時評　俳優のエロキューション 12　遠藤慎吾
吉右衛門論 13　戸板康二
近代ロシア詩の傾向 14　木村荘五
新刊巡礼 15　山本和夫
「愛恋無限」「冬の宿」「藍色の墓」「川端康成」
誌界展望　中央公論 16　改造 17　日本評論 18
文藝春秋 19　文芸 20　新潮 21　文学界 22
書物捜索―雑筆十六―23　横山重
月次録―第二回 24　木々高太郎
相撲の放送 25　三宅三郎
柳原利次君の思ひ出　倉島竹二郎
大伝馬町の太物問屋 26　野村兼太郎
「能楽鑑賞」を読んで　柳沢澄
魚付雑記 27　湯浅輝夫
三月号同人雑誌作品評 28　鈴木満雄
遉はドルの国
消息 29
編輯後記 30
新刊紹介 31
「遺産」「喫茶卓」「愛恋無限」「文芸評論」「冬の宿」
「プーシユキン全集・第二巻」「ハイネ人生読本」
「人類の進歩につくした人々」「平野の記録」
表紙　鈴木信太郎
カット　鳥海青児・原精一・谷内俊夫
寺田政明・近藤晴彦・鈴木信太郎

目次註

1　果物　※口絵
2　〈後篇・第四回〉　※付記あり
3　〈1―3〉
4　〔二五九七年一月　※皇紀。西暦一九三七年〕
5　――題名をshioto《ショウトー》と読んで下さい――　〈一章―拾章〉〔終〕
6　〈墨をする母／藁火〉
7　〔昭和十二年一月五日〕
8　――バルザックとスタンダアル――　※筆者付記あり
9　アンリ・ブリューラァルの生活(1)　〈第一章〉　※註を付す
10　B・ド・シユルウツエル作／高石治訳　※〝エヌ・エル・エフ、一九三五・十一月号より〟と付す
11　政治と文学――文芸時評――　〈政治と文学／小説は面白い！〉
12　俳優のエロキューションに就いて――演劇時評――
13　〔完〕
14　〔一九三七・二・一四〕
15　『愛恋無限』中河与一著／『冬の宿』阿部知二著／詩集『藍色の墓』大手拓次著／評論集『川端康成』古谷綱武著
16　峠三郎　〈「のらもの」徳田秋声／「エルドラド明るく」平林たい子／「希望館」加賀耿二〉
17　〈革新軍部論の山川均「軍部の政治地位」／宮沢俊義の巻頭論文「議会の効用の推移」／人気男浜田国松老人の「林新内閣の政綱を評す」／山浦貫一／〝紀元節のよき日をトして文化勲章が制定されたこと〟につきての杉山平助、菊池寛の言／佐藤俊子「愛は導く」に対する川端康成評〉
18　〈座談会「時局を語る」（浜田国松、斎藤隆夫、赤松克麿、阿部真之助）／小説「地下室」高見順／匿名批評（紫法師の政界時評「陣痛内閣」、T・R・Tの財界時評「池田と軍部」、A・H・Oの文芸時評「宇野浩二のモデル問題――『夢の通ひ路』について――」）／「オリムピックの芸術競技」新居格／「文化勲章と文化輸出」〉
19　T・N・K　〈創立十五周年記念社歌発表／芥川、直木賞決定発表／硬軟二つの座談会（林内閣と国民生活安定座談会／法学者ばかりの座談会）／「対支工作の再建」土肥原賢二／「林内閣の総批判」石浜、竹内、石川、有沢／「政変風塵録」城南隠士／「陸軍大臣論」阿部真之助／「政変十三日間の印象」G・A・マッカーレン／「結城蔵相に物を訊く」野田豊／三月評の山川均（社会）、M・Y・S（新聞）、M・S・N（ラジオ）、中条百合子（文芸）と過去一ケ年の執筆者顔ぶれ／尾崎行雄　憲政の為めに志を述ぶ／「政変十三日間の印象」G・A・カ〔マ〕ツカーレン／「文学に於ける日本的なもの」中条百合子／芥川賞作品「普賢」〉
20　〈中間的立場をとる雑誌「文芸」の編輯／シルレルの「エンゲルスと世界文学」の翻訳／「続明治の精神」保田與重郎／創作（「町人」阪中正夫の戯曲／「野辺送り」上林暁／「人生企画」龍胆寺雄／「父たち母たち」村山知義）／評論（「日本的なものと我等」青野季吉／「杉山平助氏の新恋愛論」岡邦雄）〉
21　〈巻頭「欧米の雑誌にあらはれたる諸問題」の高垣松雄、芳賀檀、織田正信／伊藤整の「芸術の思想」と読売の「壁評論」／「純文学と私小説」の高見順、丹羽文雄、豊田三郎、徳田一穂、岡田三郎／「現実に対する関心」の島木健作、亀井勝一郎、本多顕彰、河上徹太郎、尾崎士郎／座談会「批評と批評家の問題」／創作（「奥地の人々」大鹿卓／「小さき町」真船豊／「法延〔廷〕弁論」富沢有為男）〉
22　〈座談会「文学と政治」／来号より「文芸通信」と合併―小林、河上新編輯者／「母子叙情」岡本かの子／「光仄かなり」川上喜久子／「文壇管見」森山啓（第三、文学と大衆のこと――前号「大衆文学批評」のこと――）／「近代文学の借着」中村光夫／「現代大衆娯楽批判」の河上徹太郎「歌舞伎の魅力と倦怠」〉
23　――袋中上人著述解題二――　〔昭和十二年一月〕
24　〈三、竹内芳衛氏の「談詩」〉
25　――聴いたもの――
26　――紺野浦二著「大伝馬町、付仕入帳」――　〈一―三〉〔昭和十二年二月二十五日稿〕

27 〈前文／砂丘を転《まろ》ぶ／水鳥を追ふて／水鳥を追ふに／サンルームにて／凝視〉
28 〈制作―「生きてゐた心臓」多田鉄雄・「運星」羽仁賢良／黙示―「死刑囚」大山芳夫・「胎動」住田恭平／麺麭―「英雄的」桜井勝美・「充吉の年賀状」木下勇・「空の鬼」鎌原正巳／文学塔―「波」小西武男・「新芽ふく頃」高田二郎／作家群―「礼のいらぬ踊」加美谷純一・「蛇族」飯野一雄・「万歳の声」永浜宗二／青山文学―「海峡」大高重福・「敗衄」鈴木敏男・「鐘と燭台」園川秀夫／詩と小説―「村のび〔ひ〕とどき」宇田彰・「日曜日」中山靖・「浅吉帰る」白石正三／文陣―「或る盗人の話」松山照夫／耕地―「叔父、或ひは、狂人になった地主の話」石堂宗生・「ぬかるみ」伊藤悦雄〉〔三月三日〕
29 ※〈フランス文学講演会（一月二十八日　於日吉講堂）の報告とその出席者／英文科生南川潤、塩川政一、小野正男、野村平五郎、木村五郎の卒業送別会（一月二十九日「はつね」）報告〉
30 和木清三郎　※鈴木信太郎による表紙の反響、他
31 〈『喫茶卓』（随筆集）内田誠著・双雅房／長篇『恋愛〔愛恋〕無限』中河与一著・第一書房／『遺産』（創作集）水上瀧太郎著・中央公論社／長篇『冬の宿』阿部知二著・第一書房／『プーシユキン全集』（小説篇）菊池仁康訳・ボン書店／『文芸評論』宮本顕治著・本郷弓町六芸社／『平野の記録』（農民作家創作集）麹町日新閣／『ハイネ人生読本』中野重治著・六芸社／『人類の進歩につくした人々』山本有三著・新潮社／詩集『藍色の墓』故大手拓次著詩集・アルス刊行〉

＊「三田文学」三月号（卒業記念作品号）目次

表紙・鈴木信太郎／カット・鳥海青児　原精一　谷内俊夫　寺田政明　鈴木信太郎　近藤晴彦／口絵・「果物」谷内俊夫／発行日・四月一日／頁数・本文全一九四頁／定価・五十銭／発行者・東京市芝区三田　慶應義塾内・西脇順三郎／編輯者・和木清三郎／編輯担当・東京市芝区南佐久間町二ノ四　和木清三郎／発行所・東京市芝区三田　慶應義塾内・三田文学会／発売所・東京市丸ノ内三丁目二番地　株式会社籾山書店／印刷者・東京市芝区愛宕町二丁目十四番地　渡辺丑之助／印刷所・東京市芝区愛宕町二丁目十四番地　常磐印刷株式会社

■五月号　**【193705】**

扉　宮本三郎
創作
若い人（長篇小説・後篇五）1　石坂洋次郎
影絵（小説）　後藤逸郎
歌の町（小説）　青山光二
幻燈（小説）　原民喜
肉体の神曲（長篇小説・三）2　岡本かの子
「もののあはれ」とフランス文学 3　後藤末雄
現代のために　保田與重郎
風俗小説論　小口優
文芸時評「若い人」その他 4　平松幹夫
演劇時評「北東の風」新劇は何処へ行く 5　遠藤慎吾
瀬戸 6　内田誠
三月のノート 7　榊山潤
読んだもの見たもの
「若い人」を読む 8　川口松太郎
不思議な顔の女 9　丹羽文雄
フランスの俳優たち 10　辻久一
書物捜索―雑筆十七―11　横山重
新刊巡礼「若い人」「小鳩」「平野の記録」12　山本和夫
アンリ・ブリューラアルの生活(2) 13　スタンダアル　冬山洌訳
蛇の言葉――「翼ある蛇」の訳者に 14　亀井常蔵
誌界展望　中央公論 15　改造 16　日本評論 17
文藝春秋 18　文学界 19　文芸 20　新潮 21
四月号同人雑誌作品評 22　塩川政一
消息 23
編輯後記 24
新刊紹介 25　「雪崩」「指紋」「藍色の墓」「人生案内」「人間はどれだけの事をして来たか」
表紙　鈴木信太郎
カット　鳥海青児・原精一・谷内俊夫　寺田政明・近藤晴彦・鈴木信太郎

目次註

1 〈後篇・五〉
2 〈第三回〉
3 「物のあはれ」とフランス文学〔完〕
4 「若い人」その他――文芸時評――〈「若い人」を評す／問題作と新人群〉
5 「北東の風」新劇は何処へ行く――演劇時評――〈一、瀬戸／二、波止場〉
6
7 〔三月三十日夜〕
8 読んだもの――「若い人」を読む
9 見たもの――不思議な顔の女
10 見たもの――フランスの俳優たち
11 ――説経節正本集一――〈一、さんせう太夫／二、笠寺観音之本地／三、王照君〉
12 〈『若い人』（1・2・3）石坂洋次郎著／『小鳩』丹羽文雄著／『平野の記録』鍵山博史編〉
13 アンリ・ブリューラアルの生活(2)〈第二章〉〔未完〕
14 ――「翼ある蛇」の訳者に呈す――
15 峠三郎〈四月号創作欄――「平和主義者」上司小剣／「崑蒻」尾崎士郎／「L盆地の汽車」龍胆寺雄／「雁の旅」佐藤春夫／志賀直哉の随筆「青臭帳」／「戦争の世界動員」〉
16 〈「政治と文化の相剋」の向坂逸郎／「時局と学生」の河栄治郎と林房雄の言／「戦争と軍備を語る」座談会の陸海軍側の士居、梅崎、ヂャーナリズム代表の阿部真之助、海軍通の伊藤正徳、リベラリストとしてインテリ代表の清沢洌他／「半球日記」横光利一／「パパイヤのある街」龍瑛系〔宗〕／「暗夜行路」志賀直哉／「妻の問題」島木健作／「友情」広津和郎〉

17 〈「戦争論」の特輯と付録「列強の軍備」／「大軍備時代と次の戦争」の有沢広巳「将来戦と戦争準備」・伊藤正徳「英国の大国防批判」・「次の戦争と空戦」香西俊久・「近代兵器と明日の科学戦」大越諄／翻訳物―「法の将来」ロスコー・パウンド「ソヴエイトの階級性」トロッキ「日本の使命」チャアチル「ジイド、ロオランへの抗議」ポール・ニザン「フランコ将軍会見記」ポァヴエンツウラ／「国際ページ――各国の重要ニュース」／「否定的評価の精神――小林秀雄の菊池寛論」窪川鶴次郎／「文学大衆化論」青野秀〔季〕吉／匿名批評のうちA・H・Oの文芸時評／「藤村のペン大会報告」〉

18 〈大阪財界人対時局座談会／「序・ナチス外交の凱歌」黒田礼二／「政界夜話」城南隠士／「顧みて他を云ふ」の丸山、津村、水野／「宇垣大将」今井田清徳／「人民の頁」／「カムバック志賀直哉先生の身辺記」／中条百合子「ヒューマニズムへの道」（文芸時評）／創作三篇―「地中海」・林芙美子・「狂った花」丹羽文雄〉

19 ※〈従来の「文芸通信」と合併し、小林、河上の二人が編輯／巻頭言と編輯後記での言葉／ブック・レヴユー欄／保田與重郎「日本的なもの　批評について――文芸三月号に現れた日本的なものについての総括批評――」／「現代学生批判」の清沢洌、阿部知二、小林秀雄（文科の学生諸君へ）／座談会「文学雑談」〉

20 〈「白路記」川上喜久子／「冠婚葬崇〔祭〕」湯浅克衛／「茶人」藤沢恒〔桓〕夫／「七百二十六番」片岡鉄兵／「地〔北〕東の風」久板栄二郎／評論「アカデミイの問題」での杉山平助、芳賀檀、高見順／「必要以上のもの」豊島与志雄〉

21 〈座談会「日本精神及び文化とは何か」／「われら如何に生くべき」本多顕彰／広津和郎／中野重治の時評／「出発」葉山嘉樹／「取立屋」井伏鱒二／「サル蟹合戦」榊山潤／「HUMAN LOST」太宰治／「若年の記録」緒方隆士／「小説月評」／「匿名批評欄」〉

22 〈総論／作家群―打木村治・「血脈」島征三・「夢寝頻〔顔〕」石野径一郎・「雷鳴ある吹雪」角浩一／文砦―「曲輪付近」北沢喜代治・「泥道」森本泰輔／文旗―「A半島の賦」河東都奈男・「施療院」河合俊郎・「教師」三崎昭／朱印―「隅物語」島本隆司・「新居愁」石河和／人間―「神の住む山」植田賢三／文装―「空巷の記」粕谷正雄・「ともだち」須築姫男・「ぬかるみ」宇都宮雪栄〉

23 ※〈杉山平助、「新恋愛論」を中央公論社より上梓／二宮孝顕の「フランス留学歓送会」（四月十六日　於はつね）報告／その他〉

24 和木清三郎　※病床の岡本かの子のこと、その他

25 〈『歌集　指紋』宮崎一夫著・白日社／『雪崩』（長篇小説）大佛次郎著・新潮社／『詩集　藍色の蟇』故大平〔手〕拓次著・アルス／『人生案内』日本少国民文庫（ノート版）新潮社／『人間はどれだけの事をして来たか』（ノート版）新潮社〉

＊「三田文学」四月号目次

表紙・鈴木信太郎／カット・鳥海青児　原精一　谷内俊夫　寺田政明　鈴木信太郎　近藤晴彦／口絵・宮本三郎／発行日・五月一日／頁数・本文全一九四頁／定価・五十銭／発行者・東京市芝区三田　慶應義塾内・西脇順三郎／編輯者・和木清三郎／編輯担当・東京市芝区南佐久間町二ノ四　和木清三郎／発行所・東京市芝区三田　慶應義塾内・三田文学会／発売所・東京市丸ノ内三丁目二番地　株式会社籾山書店／印刷者・東京市芝区愛宕町二丁目十四番地　渡辺丑之助／印刷所・東京市芝区愛宕町二丁目十四番地　常磐印刷株式会社

■六月号（創作特輯）　【193706】

あるポーズ（扉）1　猪熊弦一郎
若い人（長篇小説・後篇六）2　石坂洋次郎
美俗（小説）3　南川潤
黄昏記（戯曲）4　今井達夫
負かす（小説）5　美川きよ
苦力――（Cooly）――（小説）6　田中孝雄
台湾八十五番街（戯曲）7　市川正雄
チルデン氏の独身（小説）8　阪田英一
幻影（小説）　野口富〔冨〕士男
跋陀利《バッダリ》（小説）9　三上秀吉
臙脂（小説）　田宮虎彦
慾（小説）10　木暮亮
肉体の神曲（長篇小説・四）11　岡本かの子
編輯後記 12
表紙　鈴木信太郎
カット　鳥海青児・原精一・谷内俊夫
寺田政明・近藤晴彦・鈴木信太郎

目次註

1 或るポーズ

2 〈後篇・五〔六〕〉

3 〔三七・四・二九〕

4 ※〝「黄昏記」のその一が、これだけでも独立してゐるが、つゞいてその二、その三と書きたい……〟と作者付記あり

5 〈1―6〉

6 苦力――COOLY――〔第一章終〕

7 〈第一幕―第三幕〉

8 〈A―F〉〔終〕

9 〈一―七〉

10 〈一―三〉〔三七・五・五〕

11 〈第四回〉〔以下次号〕

12 和木清三郎　※〈扉絵の猪熊弦一郎のこと／銀座、交詢ビル　慶應倶楽部のこと／その他〉

＊「三田文学」五月号目次

表紙・鈴木信太郎／カット・鳥海青児　原精一　谷内俊夫　寺田政明　鈴木信太郎　近藤晴彦／口絵・「あるポーズ」猪熊弦一郎／発行日・六月一日／頁数・本文全二六五頁／定価・六十銭／発行者・東京市芝区三田　慶應義塾内・西脇順三郎／編輯者・和木清三郎／編輯担当・東京市芝区南佐久間町二ノ四　和木清三郎／発行所・東京市芝区三田　慶應義塾内・三田文学会／発売所・東京市丸ノ内三丁目二番地　株式会社籾山書店／印刷者・東京市芝区愛宕町二丁目十四番地　渡辺丑之助／印刷所・東京市芝区愛宕町二丁目十四番地　常磐印刷株式会社

■七月号 【193707】

高地（扉） 足立源一郎
創作
若い人（長篇小説・後篇六）1 石坂洋次郎
濁つた街（小説）2 羽賀康
室内楽（小説） 池田能雄
寺井駅長（戯曲）3 鳥居興〔与〕三
肉体の神曲（長篇小説・五）4 岡本かの子
現代の文学批評と心理学5 木下常太郎
作家の生きる道 小口優
アンリ・ブリューラアルの生涯㈢6 スタンダアル 冬山冽訳
文芸時評 知性の問題7 平松幹夫
演劇時評 退却の方法8 青江舜二郎
書物捜索―雑筆十八―9 横山重
月次録10 木々高太郎
他山の二書11 井上友一郎
新刊巡礼12 山本和夫
「雪崩」「ダヴインチ」「過渡期文芸の断想」
加瀬山の古墳（短歌）13 巣木健
梅雨近く（俳句）14 長谷川かな女
青年文学者について15 古谷綱武
餅 藤原誠一郎
六月号同人雑誌作品評16 塩川政一
誌界展望 中央公論17 日本評論18 文芸19 新潮23 改造20 文藝春秋21 文学界22
編輯後記24 鈴木信太郎
表紙 鳥海青児・原精一・谷内俊夫
カット 寺田政明・鈴木信太郎

目次註

1 〈後篇・六〉 ※映画『若い人』（解説・梗概）を付す 〈主要人物／解説／梗概〉――原作石坂洋次郎／脚色八田尚之／監督豊田四郎／撮影小倉金弥
2 〔一九三七・一・二三〕
3 〈一幕二場〉 鳥居与三
4 〈第五回〉
5 〈前文／一―三〉
6 アンリ・ブリューラアルの生涯(3) 〈第三章／第四章〉
7 知性の問題――文芸時評―― 〈「貧しさ」の不満／知性の貧困／「三田文学」その他〉
8 退却の方法――演劇時評―― 〈最近の新協劇団／醒めて歌へ（1、台本について 2、原作並に演出に就いて）〉〔十二・六・二〕
9 ――説経節正本集二―― 〈四、かるかや／五、小栗判官／六、目連記〉〔四月廿六日〕
10 〈四、吉田一穂詩集「稗子伝」を読む〉 ※ボン書店刊 吉田一穂の詩集「稗子伝」より〈泥／咒／棄民／海鳥〉を引用
11 ――読んだもの―― 〔六月六日〕 ※〈スタンダアルの「ラミエル」（中島健蔵訳）／ジイドの「女の学校・ロベエル」（堀口大學訳）〉
12 〈「雪崩」（小説） 大佛次郎著・小説／「科学者レオナルド・ダ・ヴインチ」（研究） エドワード・マッカーデー著・太田千鶴子訳／「過渡期文芸の断想」（評論集） 矢崎弾著〉
13 ※十一首。〝神奈川県日吉在矢上川の流城〔域〕に在りて今回慶應義塾三田史学会の手により発掘せられたる加瀬山の前方後円墳は……〟と前書あり
14 ※十句
15 〈「収獲以前」「文学問答」読後〉〈一―三〉
16 〈紀元―鹿熊猛の「悪臭」・隠岐和一「竹本ゆたか」／芸術科―奥野数美「裸踊り」・背振美喜雄「爐」・横山俊志「エモーション」／朱鳥―光田文雄「勝沼」・岡勇「螢と河鹿」・佐伯哲太「水仙」／文砦―小寺正三「若い感情」・二川猛「風説」／作家群―加美谷純一「萠え出づる雑草」／文装―宇都宮雪栄「海燕」・田代喜久雄「死へ」・中村精「お坊ちゃん」(1)／石段―佐藤文樹「後朝の文」・岡田一郎「サブ」〉 ※前文、後文あり
17 峠三郎 〈三好十郎「地熱」（戯曲）／中野重治「汽車の罐焚き」／ルポルタージュ「嵐の西班牙」特輯――ジイド、ローランエレンブルグ、マルロオ等の断片（小松清訳編）〉
18 大森新六 〈「小説の危機を語る座談会」の尾崎士郎、青野季吉、大宅壮一／青野季吉の連載評論「文学民衆化論」／「永遠再興」中河与一／「波打際」高見順／「八年制」徳永直／「仮装人物」徳田秋声／「山のアルバム」林房雄〉
19 〈張り切った編輯ぶり／「温床地帯」木村裕二／「西海日記」井伏鱒二／「読者と教養のために」（座談会）の阿部、萩原、中島、三木、戸坂〉
20 〈「林内閣の後退」を論じている馬場恒吾、関口泰、麻生久、石浜、河合、安蔵／「相撲場随想」杉山平助／「愛欲の位置」丹羽文雄〉
21 T・N・K 〈「林内閣に与ふる公開状」の永井柳太郎（不信任の意志表明）、鳩山一郎（挂冠は忠の道なり）、麻生久（先づ国内改革の断行）／「物価は何処まで騰るか」の座談会／「政治評論家の憂欝」馬場恒吾／ラヂオ月評、新聞月評、広津和郎の社会時評／「政治の文学支配に就て――文芸時評」谷川徹三／「花は勁し」岡本かの子／「村は晩春」坪田譲治〉
22 大森新六 〈巻頭の青野季吉、山崎靖純、浅野晃の政治論／御自慢の「文化月報」／リレー評論「日本の貧しさ」の林房雄、三木清／中村光夫のフロオベル／「泡鳴伝」舟橋聖一／座談会「文化の大衆性について」／「文学界」小町の川上喜久子「郷愁」／総評〉
23 〈敗北を示した今月の新潮／座談会「われら如何にいくべきか」／「文学の諸問題の行方」青野季吉／「偽装の積極性」の中島健蔵／「批評と小説の背馳に就て」高見順／「窃盗犯」新田潤／「織女」豊田三郎／「新しき鷲」荒木巍〉
24 和木清三郎 ※〈長篇小説「若い人」、東京発声映画で映画化／来月号の随筆特輯のこと／故南部修太郎一周忌（六月二十二日）を迎え、未亡人、令息淳一郎君と共に七月二十日夜、山水楼にて追慕の宴／その他〉
＊ ※滝沢敬一著『フランス通信』（岩波書店版）の広告中、「上

野直昭教授の言葉」として推薦文の紹介あり
＊ ※「玉乃井旅館」の広告中、野田俊男の挨拶文を掲載
＊「三田文学」創作特輯六月号目次
表紙・鈴木信太郎／カット・鳥海青児　原精一　谷内俊夫　寺田政明　鈴木信太郎／口絵・「高地」足立源一郎／発行日・七月一日／頁数・本文全一九四頁／定価・五十銭／発行人・東京市芝区三田　慶應義塾内・西脇順三郎／編輯人・和木清三郎／編輯担当・東京市芝区南佐久間町二ノ四　和木清三郎／発行所・東京市芝区三田　慶應義塾内・三田文学会／発売所・東京市丸ノ内三丁目二番地　株式会社籾山書店／印刷人・東京市芝区愛宕町二丁目十四番地　渡辺丑之助／印刷所・東京市芝区愛宕町二丁目十四番地　常磐印刷株式会社

■八月号（銷夏随筆特輯）　**【193708】**

あさくさ（扉）　中野秀人
旅中雑感　小泉信三
宮川長春筆納涼美人之図1　高橋誠一郎
一つの昔がたり2　安倍能成
親　山本実彦
サロンとキァフエから輿論が生れる話　井汲清治
巴里旅情3　後藤末雄
貝殻追放――前相撲見物記――4　水上瀧太郎
山崎俊夫君の事　菊池寛
徳田秋声の文章5　小島政二郎
書物の生産　茅野蕭々
北進論・南進論　阿部真之助
夏の句・七人集
琵琶湖畔6　水原秋桜子
蠓7　川端茅舎
団扇8　富安風生
薔薇・百合・其他9　日野草城
山間旅信10　山口誓子
子にさきだたれてよめる11　籾山梓月
思川にて12　大場白水郎
白いテープ13　内田誠
さくら14　花柳章太郎
べに皿かけ皿を読む　森田たま
高原の夏15　小沢愛圀
待合の追悼会　戸川秋骨
誌界展望　中央公論16　改造17　文芸18　文藝春秋19
日本評論20　文学界21　新潮22
銷夏断想　新居格
夏日閑談（絵と文）23　宮田重雄
書物捜索―雑筆十九―24　横山重
明窓襍記――関於濹東綺譚――　一戸務
夜半の窓25　中岡宏夫
魚付雑記26　湯浅輝夫
旅信27　二宮孝顕
創作
若い人――長篇小説・後篇七28　石坂洋次郎
教授（小説）29　藤原誠一郎
海上（詩）　小林善雄
生命の賦（詩）30　西村譲
肉体の神曲（長篇小説・六）31　岡本かの子
編輯後記32
新刊紹介33「福沢文選」「過渡期文芸の断想」「青春年鑑」「判任官の子」「描写のうしろに寝てゐられない」「田舎がへり」「茶煙閑話」
表紙　鈴木信太郎
カット　鳥海青児・原精一・谷内俊夫　寺田政明・鈴木信太郎

目次註

1 〈一―五〉
2 〔昭和十二年七月三日〔日〕夜〕
3 〔完〕
4 〔昭和十二年七月一日〕
5 〈一―四〉※秋声の「新世帯」「足跡」「黴」「奔流」「たゞれ」「あらくれ」の一読をすすめる「付記」あり
6 琵琶湖　※十句
7 ※十句
8 ※十句
9 ※十句
10 ※十句
11 ※九句。「右句々詞書悉皆略之」と付す
12 ※八句
13 〈一、白いテープ／二、てぬぐひあはせ／三、洲崎／四、人力車／五、花束〉
14 〈上野〉※〝桜に因んだ友達の話をかく〟と前書にあり
15 〔昭和一二・七・六〕
16 峠三郎〈新進七人特輯―「欲」川上喜久子・「破綻」伊藤整・「老馬行」阿部知二・「流民」額田島一二郎・「中野二郎三郎」富沢有為男・「棗」湯浅克衛・「翳ある影」寺崎浩／「横光利一論」中村光夫〉
17 〈青年宰相近衛内閣の登場による二つのマンス・トピック（近衛内閣総批判中の阿部真之助「馬場内相の位置」と阿部賢一「賀屋蔵相とその任務」、「国民生活はどこへ行く」座談会の山本実彦）／「一生涯」三好達治／「籤」藤沢恒〔桓〕夫〉
18 〈長編でひた押してゐた「文芸」の短篇小説集／「夢の話」丸山薫／「過去世」岡本かの子／「土塀の中」鶴田知世／「鮎の歌」立原道造／「落葉」酒井龍輔／「人の棲家」平林たい子／「木槿のある村」徳永直／評論の三木清「弾力ある知性」／「芥川龍之介」阿部知二／「漂泊者の文学」萩原朔太郎〉
19 T・N・K〈斎藤、岡田、広田、林、過去四代の首相に続く青年首相近衛の出現／「近衛内閣は何を為すべきか」（座談会）／「近衛内閣の明朗性」山川均／「政変の表裏を探る」

城南隠士／「損な馬場の立場」山崎靖純／「馬場蔵相は敵か味方か」向坂逸郎／「極東不安の表裏を斫る」小室誠／「英帝国主義論」芦田均／「日本を狙ふコミンテルン東洋部の正体」武藤貞一／広津和郎に次ぐ上司小剣の社会時評／「口語の諸問題――文芸時評――」谷川徹三／「話の屑籠」〉

20　大森新六〈この雑誌の匿名による時評的文章――「文学者と素朴な人間性」／「文学の悖徳」中井駿二／「女の侮蔑」丹羽文雄／短篇小説三篇〉

21　大森新六〈「文学主義と科学主義」（座談会）の島木健作（司会者）／文化月報／林房雄「時代の暗さと文学」――「人民文庫」と武麟総帥と文学界／「文学を繞って」阿部知二／「フローベル」中村光夫／芥川賞候補で評判を得た伊藤永之介「梟」／「西洋館」中里恒子／橋本英吉の長篇連載「都会の華」――「人民文庫」に長篇連載の間宮茂輔と――〉

22　〈「日本の行くべき道」の新居格、室伏高信、三木清、林房雄／篤学の青年保田與重郎「白鳳天平の精神」／「鏡の中」伊藤整／「夢野抄」稲垣足穂／「外資会社」高見順〉

23　〈鞄／白服〉※絵「arromanches [Arromanches]ニテ」を付す

24　説経節正本集三〈七、しんとく丸〉

25　〔一九三七・二・一四〕※六月二十七日記の付記あり

26　〈鴉と雀／白鷺／蛙／蛇〉

27　※六月中旬、パリよりの書信紹介

28　〔未完〕※「付記」あり〝啄木鳥のくちばしにぶく病ひけり〟

29　〔了〕

30　――南無瑞光院大謙本成居士――〔三月十一日　父の棺に添へて〕

31　第六回〔以下次号〕

32　和木清三郎※〈来月「英文学特輯」号の予告／その他〉

33　〈『人と自然』山本実彦著・改造社／『福沢文選』富田正文、宮崎友愛編・岩波書店／『過渡期文芸の断層』（評論集）矢崎弾著・昭森社／『描写のうしろに寝てゐられない』（評論・随筆集）高見順著・信正社／『田舎がへり』（随筆集）林芙美子著・改造社／『茶煙閑話』（随筆集）岩佐東一郎著・文芸汎論社／『青春年鑑』（長篇小説）福田清人著・インテリゲンチヤ社／『判任官の子』（短篇集）十和田操著・赤塚書房／『夜の翼』（探偵小説集）木々高太郎著・春秋社／『万有引力』（煙〔短〕篇集）永松定著・協和書院／『普賢』（短篇集）石川淳著・版画荘〉

＊「三田文学」創作特輯六月号目次

＊「三田文学」七月号目次

＊三田文学合本

＊「現代英吉利文学特輯号」九月号予告

表紙・鈴木信太郎／カット・鳥海青児　原精一　谷内俊夫寺田政明　鈴木信太郎／口絵・「あさくさ」中野秀人／発行日・八月一日／頁数・本文全一八〇頁／定価・五十銭／発行者・東京市芝区三田　慶應義塾内・西脇順三郎／編輯者・東京市芝区三田　慶應義塾内・和木清三郎／編輯担当・東京市芝区南佐久間町二ノ四　和木清三郎／発行所・東京市芝区三田慶應義塾内・三田文学会／発売所・東京市丸ノ内三丁目二番地　株式会社籾山書店／印刷者・東京市芝区愛宕町二丁目十四番地　渡辺丑之助／印刷所・東京市芝区愛宕町二丁目十四番地　常磐印刷株式会社

■九月号（現代英吉利文学特輯）　【193709】

花（扉）　原精一
現代文学回顧 1　西脇順三郎
一九二〇年代 2　福原麟太郎
現代知性とドライサーの場合　杉木喬〔成〕
剣橋の三批評家 3　成田正寿
英国と超現実主義　瀧口修造
現代英吉利作家論
オールダス・ハックスレ 4　名原広三郎
ラーフ・フオックス 5　北村常夫
フランシス・ステュアト 6　龍口直太郎
ハァバァト・リイド論 7　岡橋祐
セシル・ディ・ルイス論 8　上田保
新しい世代とC・D・ルイス 9　吉武好孝
ヂヨン・コリア 10　岩崎良三
T・E・ヒュウム論―ロバーツ 11　村山英太郎
リアリストとしてのイエイツ―スペンダア 12　阿比留信
英国現代劇が暗示する一問題 13　中野好夫
英国演劇の展望 14　菅原卓
最近のハックスリとその周囲 15　荒川龍彦
バーベリヨンの日記 16　西川正身
ストレイチの伝記文学　阿久見謙
外山定男訳「仙女王」 17　林正義
マンスフィルードとマリイの結婚するまで 18　鳰てる子
新しい詩の擁護　北詰栄太郎
新実在論と現代英文学　町野静雄
軟派唯物論とD・H・ロレンス　木下常太郎
ロレンス文学論　永松定
最近の英吉利小説 19
ウルフの「歳月」について　織田正信
C・D・ルイスの恋愛小説 20　安藤一郎
ガーネットの「ピーニ〔ピ〕・アイ」 21　平井之彦
心理学と批評精神―オーデン 22　近藤東
煙の山羊髭　北園克衛
リチァド・オールデイントン 23　守木清
イエイツ編「牛津現代詩華集」 24　小林善雄
英文壇近況
「ペリカン叢書の発刊」
「T・S・エリオツトの初版目録」
「ロオゼンバアグの遺稿集」
「ドロシイ・セイアズ女史の宗教劇」
「T・E・ロオレンス伝の続出」
「ウインダム・ルイスの『恋の復讐』」
翻訳小説
ラヴデイ氏の短き外出　イーヴリン・ウオー

天使と悪魔25　亀井常蔵訳
ジヨン・マリア
林正義訳
ゲイザに盲ひて26　オールダス・ハックスレイ
外山定男訳
明月27　H・E・ペ〔ベ〕イツ
菅沼享〔亨〕訳
バアニ博士の夜会28　ヴアヂニア・ウルフ
日野巖訳
一つの詩（詩）―C・D・ルイス　阿比留信訳
パバルの鶫（詩）―ヒユウ・マックデイアミット29
岩崎良三訳
特輯号を終りて30　岩崎良三
編輯後記31
表紙　鈴木信太郎
カット　鳥海青児・原精一・谷内俊夫
寺田政明・鈴木信太郎

目次註

1 〈序にかへて〉〈I・II〉
2 〔一九三七・六・二八〕
3 成田成寿
4 オールダス・ハックスリ――ヴイクトリアニズムの崩壊――
5 ラーフ・フォックスに関する覚書〈（1）経歴と作品／（2）彼の死の意義／（3）行動による想像力の拡大／（4）作家としての彼の態度／（5）最近のマルクス主義的文芸批評集／（6）「小説と人民」／（7）「オディセイ」と「ロビンソン」の比較／（8）ラスキンとモリス／（9）小説は哲学的仕事／（10）ハウの小説とホワイの小説／（11）ディケンズとスコット／（12）科学者と資本家／（13）社会主義リアリズム〉
6 ――アイルランドの新作家――
7 ハアバアト・リイド論――知性と感性――
8 ※ルイスの略歴及著作年表を付す
9 英文学の新しい世代とC・D・ルイス〔一九三七・七〕
10 ※コリアの著作、紹介あり
11 T・E・ヒューム論　マイケル・ロバーツ作／村山英太郎訳
12 リアリストとしてのイエイツ　スティイヴン・スペンダア作／阿比留信訳　※『訳者の言』を付す
13 英国現代劇が暗示する一つの問題
14 〔三七・七〕
15 ――作家と実践性――〔三七・七〕
16 ※バーベリヨン（W. N. P. Barbellion　カミングスの匿名）著『失意の人の日記』中の一九〇三年一月三日―一九一七年一月二十九日までを紹介及解説
17 外山定男君訳『仙女王』第一巻〔一九三七・七・二七〕
18 マンスフィールドとマリイの結婚するまで
19 ※この標題、本文には欠く
20 ――"The Friendly Tree" に就いて――
21 ガーネットの〈ビーニ・アイ〉
22 ――ハアバアト・リイドの "In Defence of Shelley"――W・H・オオデン作／近藤東訳
23 リチァード・オールディントン
24 イエイツ編『牛津現代詩華集』H・A・メエイスン／小林善雄訳〈……／T・E・ロオレンス伝の続出／ウィンダム・ルイスの「恋の復讐」〉
25 ヂヨン・コリア〔完〕
26 ――アントニイ・ビーヴィスの日記より――〈一九三四年四月四日／四月五日／四月八日〉
27 H・E・ベイツ／菅沼亨訳
28 〈1・2〉
29 パバルの鶫《つぐみ》　ヒュウ・マックデイアミッド
30 特輯号を終えて　※〈現代英文学大観たる本特輯「現代英文学号」の編輯後記／英文学界某長老鳰てる子（匿名）他、寄稿家紹介〉
31 和木清三郎　※〈先号の反響／本号「英文学研究号」のプラン、編輯事務は西脇順三郎、岩崎良三によること／その他〉
＊ ※新刊図書の紹介あり〈『仙女王　第一巻』スペンサア外山定男訳・ヴァインズ教授、西脇順三郎、日夏耿之介序文・不老閣書房／『倫理学入門』G・E・ムア　町野静雄訳・金星堂発行〉
＊ ※「三田文学」八月号銷夏随筆特輯目次
＊ ※「文芸汎論」九月号要目
＊ ※「英文学評論」七月号　八月号内容

表紙・鈴木信太郎／カット・鳥海青児・原精一・谷内俊夫・寺田政明・鈴木信太郎／口絵・「花」原精一／発行日・九月一日／頁数・本文全二二六頁／定価・六十銭／発行者・東京市芝区三田　慶應義塾内・西脇順三郎／編輯者・東京市芝区三田　慶應義塾内・和木清三郎／編輯担当・東京市芝区南佐久間町二ノ四　和木清三郎／発行所・東京市芝区三田　慶應義塾内・三田文学会／発売所・東京市丸ノ内三丁目二番地　株式会社籾山書店／印刷者・東京市芝区愛宕町二丁目十四番地　渡辺丑之助／印刷所・東京市芝区愛宕町二丁目十四番地　常磐印刷株式会社

■十月号　【193710】

炉辺（扉）1　野間仁根
創作
若い人（後篇・八）2　石坂洋次郎
女像（小説）　池田みち子
土と光（小説・二百枚）3　阿久見謙
遠征軍の歌（詩）4　蔵原伸二郎
蒼緑（詩）　三木露風
現代評論家の立場　保田與重郎
川端康成論5　安藤一郎
ルポルタージユ論6　十返一
松子7　丁玲女士作
奥野信太郎訳
奇蹟　アーサー・ハズラム
浅尾早苗訳
手術前後8　中岡宏夫

春草の落葉　原杉太郎
バルザックの趣味　若園清太郎
誌界展望　中央公論9　改造10　日本評論11
　文藝春秋12　文芸13　新潮14　文学界15
表紙　鈴木信太郎
カット　鳥海青児・原精一・谷内俊夫
　寺田政明・鈴木信太郎

目次註

1　――秋十月金沢別所山ツグミ猟山小屋ヨリ写ス――
2　〔以下次号〕
3　〈1―10〉
4　〈遠征軍の歌／内蒙軍におくる歌〉〔昭和十二年八月〕
5　〈1―3〉
6　〈一、レアリズムの行方／二、マルロオの主張／三、ルポルタージュの方法〉
7　〔――北平にて――〕　※訳者付記「作者について」あり
8　〔一九三七・六・三〇〕
9　峠三郎　〈「良寛父子」津田青楓／「採鉱日記」大鹿卓／「残されたもの」佐藤俊子／村山知義のオリヂナルシナリオ「新選組」〉
10　〈九月号の無惨な鋏戹――巻頭論文（大森義太郎）廿頁と「北支事変の感想」中六頁と目次の切り取られ――／「重圧をうけた財政、経済の動向」鈴木茂三郎／猪俣の「準戦時経済から戦時経済へ」／伊藤の「日本の国際的地位」／山本実彦大将の現地出陣／「夜や秋や日記」吉田絃二郎　亡妻追憶日記／「政商伝」村山知義／「戦時風景」徳田秋声〉
11　大森新六　〈総合雑誌一般現象のサンプル／先月号の戦争小説特輯の航空小説／芥川賞「暢気眼鏡」（尾崎一雄）の選考委員をやっつけた匿名批評―「懇話会賞と芥川賞」（文芸時評）〉
12　T・N・K　〈八月八日発売「日支の全面激突」の臨時増刊／「事変を語る」座談会と臨時号所載座談会「北支事変／パルプ欠乏下の特別号と頁数／各従軍記者の「本田親男」「一色直文」「都筑史郎」「神田孝一」「中野江漢」／「黄河以北」武藤貞一／「孔祥熙論」神田正雄／「科学性の成立」田辺元／「特別議会は何を与へたか」山川均／「国防献金の合理化」林要／時評―佐藤春夫に継ぐ中村武羅夫の「戦争と号外」／「日支事変と日本国民」デールコリントン／「日支の抗争についての一言」菊池寛／「暢気眼鏡」尾崎一雄〉
13　〈「三田文学」で先鞭をつけた「長篇」ブーム／「村は夏雲」坪田譲治／「失名氏」平田小六／中本たか子「白衣作業」二百枚／青野季吉の評論「現代閨秀作家論」〉
14　〈商業雑誌の長篇時代来――舟橋「新胎」（文学界）・中本たか子「白衣作業」（改造）・石川達三「日蔭の村」（新潮）／石川の作品ゆゑにある「新潮」／東海林太郎ヒット版「湖底の村」に紙一重〉
15　大森新六　〈「文化月報」大衆文学・軽演劇の廃止／「新胎」舟橋聖一／「文芸批評の必要」阿部知二〉
＊　編輯後記　和木清三郎　※〈執筆者の紹介／北支・上海に於ける皇軍の活躍〉
＊　「三田文学」現代英吉利文学特輯九月号目次
＊　※新刊図書の紹介あり　〈日本橋『評論集』保田與重郎著・芝書店〉
＊　※永井荷風『濹東綺譚《ぼくとうきたむ》』（岩波書店）の広告中、佐藤春夫の推薦文「佐藤春夫氏の言葉」紹介

表紙・鈴木信太郎／カット・鳥海青児　原精一　谷内俊夫　寺田政明　鈴木信太郎／口絵・「炉辺」野間仁根／発行日・十月一日／頁数・本文全二一二頁／定価・五十銭／発行者・東京市芝区三田　慶應義塾内・西脇順三郎／編輯者・東京市芝区三田　慶應義塾内・和木清三郎／編輯担当・東京市芝区南佐久間町二ノ四　和木清三郎／発行所・東京市芝区三田　慶應義塾内・三田文学会／発売所・東京市丸ノ内三丁目二番地　株式会社籾山書店／印刷者・東京市芝区愛宕町二丁目十四番地　渡辺丑之助／印刷所・東京市芝区愛宕町二丁目十四番地　常磐印刷株式会社

■**十一月号（新進作家創作特輯）**　**【193711】**

おらんだ陶器絵（扉）1　里見勝蔵
若い人（長篇小説・後篇九）2　石坂洋次郎
やくざな犬の物語（小説）　丸岡明
昨日の行列（小説）3　南川潤
平時の秋（小説）　十和田操
争多き日（小説）　中山義秀
血の分配（小説）4　井上友一郎
西陣（小説）　隠岐和一
鳳仙花（小説）　原民喜
続・苦力（Cooly）（小説）5　田中孝雄
京都物語（小説）6　倉島竹二郎
河口（戯曲・二百五十枚）7　青江舜二郎
消息8
編輯後記9
表紙　鈴木信太郎
カット　谷内俊夫・鈴木信太郎・近藤晴彦

目次註

1　ペルシヤ陶器絵
2　〈後篇・九〉〔以下次号〕
3　〔三七・九・三〇〕
4　〈一―六〉〔完〕
5　苦力（Cooly）
6　〈奇遇／京都物語〉〔終〕
7　〔四幕五場〕〔一二・三・三〕
8　※〈小沢愛圀、創設された慶應出版社の重役に／高橋広江、フランス留学／石坂洋次郎の「若い人」下巻、本年末上梓／その他〉
9　和木清三郎　※〈「創作特輯号」執筆者紹介／皇軍の将士の身に対して〝銃後にあるわれわれ文学に掌はるもの〟の任務〉
＊　「三田文学」十月号目次
＊　※『慶應義塾大学講座　経済学』（慶應出版社）の折込広告中、「小泉塾長曰く」として発刊の辞の一節紹介
＊　※『夏の手紙――北園克衛詩集』アオイ書房の広告中城左門の推薦文紹介あり

表紙・鈴木信太郎／カット・谷内俊夫　鈴木信太郎　近藤晴彦／口絵・「ペルシヤ陶器絵」里見勝蔵／発行日・十一月一日／頁数・本文全二九九頁／定価・六十銭／発行者・東京市芝区三田　慶應義塾内　西脇順三郎／編輯者・東京市芝区三田　慶應義塾内・和木清三郎／編輯担当・東京市芝区南佐久間町二ノ四　和木清三郎／発行所・東京市芝区三田　慶應義塾内・三田文学会／発売所・東京市丸ノ内三丁目二番地　株式会社籾山書店／印刷者・東京市芝区愛宕町二丁目十四番地　渡辺丑之助／印刷所・東京市芝区愛宕町二丁目十四番地　常磐印刷株式会社

■十二月号　**【193712】**

魚（扉）　川口軌外
創作
若い人（長篇小説・終篇）1　石坂洋次郎
負けた男（小説）　鈴木満雄
晩い花（小説）2　冨山雅夫
肉体の神曲（長篇小説・終篇）3　岡本かの子
一九三七年の回顧
主観的な印象（文学）4　中村地平
今年の映画（映画）　辻久一
昭和十二年劇壇回顧（演劇）　鈴木英輔
市川左団次論5　戸板康二
現実の相貌6　青江舜二郎
ゴンクールと大高源吾の矢立7　後藤末雄
書物捜索—雑筆二十—8　横山重
アメリカのヒユマニズム9
印刷その他10　内田誠
菊池寛兄におくる手紙11　山崎俊夫
砧村画帳　中野秀人
支那雑記12　野坂三郎
故都の翳13　一戸務

新刊紹介　山本和夫
「花かたみ」檀一雄著（小説集）14
「フランス現代文学の思想的対立」春山行夫訳15
「春の絵巻」中谷孝雄著（小説集）16
「万葉の精神」中河与一著（研究）17
「鮫」金子光晴著（詩集）18
早慶戦あとさき19　和木清三郎
11月の小説　中央公論20　日本評論21　文芸22
改造23　文藝春秋24　文学界25　新潮26
編輯後記27
新刊紹介28「演劇明暗」「おかしな人たち」「花の位置」
表紙　鈴木信太郎
カット　鳥海青児・原精一・谷内俊夫
近藤晴彦・鈴木信太郎

目次註

1〔昭和十二年十月〕
2〈1—6〉
3（終編）〔完〕
4〈1卓れた作品／2文学賞の作品／3長中篇小説の流行／4知性と良識／5純文学壇二分の傾向／6私小説の問題／7好色小説の流行／8新聞学芸欄の問題／9戦争と文学〉
5〔完〕
6〈真船豊氏の「遁走譜」／戦争劇に就いて／「人情紙風船」〉〔一二・九・一——〕
7〔完〕
8〈説経節正本集四——八、熊野之御本地——〉〔九月廿五日〕
9 アメリカに於けるヒユマニズム
10〈一、印刷／二、拡声機／三、野球〉
11〔一九三七・一〇〕　※この文、〝八月号にもらった菊池さんの文章を読んで山崎氏から寄せられたもの〟と編輯後記に記す。冒頭にジャン・コクトオーの一文引用—「あゝ思ひ出よ　お前の煙草は心で嚙む時　なほ苦い」
12〈林太々／汪兆銘／鄭州へ（昭和五年の日記から）※〈七月十八日—二十三日〉／ある西洋人／金魚〉〔十二・十・二六〕
13 ——明窓雑記・二——
14 ※赤塚書房発行
15 レヂス・ミシヨオ作／春山行夫訳　※第一書房発行
16 ※赤塚書房発行
17 ※千倉書房発行
18 ※人民社発行
19〈落葉天下の秋／あゝ、中田絶讃の好投！／第二回戦は左様なら試合〉〔をはり〕
20 峠三郎〈「町内の風紀」丹羽文雄／「迷路」野上弥生子〉
21 大森新六〈現地小説三篇—榊山潤「流泯」／「古都」尾崎士郎／「戦ひの暇」林房雄〉
22〈「道づれ」宮本百合子／「海の色」丹羽文雄／「小紳士」森三千代／「原の欅」中野重治〉
23〈中村武羅夫の文芸時評（東日）／小林秀雄の戦争に関する感想／「まぐろ」金子洋文／「国境守備兵」大江賢次／川端康成の「風土記」〉
24 T〈「同郷の先輩」広津和郎／「高原」川端康成〉
25 大森新六〈「王家の鏡」阿部知二／「この秋の記録」芹沢光治良／「冬空」徳永直／「濤声」森山啓／「東の町」深田久弥／林房雄　現地報告「戦争の作用」／横光利一の覚書／「戸隠山にて」川端康成／「新しいコスモポリタン」三木清／「文学界解散説」下に於ける阿部の努力〉
26〈「さすらひ」小田嶽夫／「湿地」和田伝／「重い鎖」福田清人〉
27 和木清三郎　※〈石坂洋次郎の『若い人』完結——彼の確実になった文壇的地位と本誌の得た世評——／早稲田にやっと勝った今シーズンの塾／その他〉
28 和木清三郎　〈『演劇明暗』（随筆集）西村晋一・沙羅書店／『をかしな人たち』（小説集）榊山潤著・砂子尾［屋］書房／『花の位置』（小説集）林芙美子著・竹村書店〉
＊「三田文学」十一月号新進作家号目次
＊ ※映画「若い人」の予告（十一月十七日封切上映・於日比谷映画劇場・東横・新宿映画劇場）

＊※「若い人」上演のおしらせ（十一月廿七日廿八日　於築地小劇場　Ｐ・Ｃ・Ｌ劇団　八住利雄脚色　青柳信雄演出）
表紙・鈴木信太郎／カット・鳥海青児　原精一　谷内俊夫　近藤晴彦　鈴木信太郎／口絵・「魚」川口軌外／発行日・十二月一日／頁数・本文全一八二頁／定価・五十銭／発行者・東京市芝区三田　慶應義塾内・西脇順三郎　編輯者・東京市芝区三田　慶應義塾内・和木清三郎／編輯担当・東京市芝区南佐久間町二ノ四　和木清三郎／発行所・東京市芝区三田　慶應義塾内・三田文学会／発売所・東京市丸ノ内三丁目二番地　株式会社籾山書店／印刷者・東京市芝区愛宕町二丁目十四番地　渡辺丑之助／印刷所・東京市芝区愛宕町二丁目十四番地　常磐印刷株式会社

一九三八年（昭和十三年）

■一月号（新年特輯号）【193801】

扉絵　藤田嗣治
創作
長篇小説　女流作家―第一回―1　美川きよ
ある瓦解（小説）2　伴野英夫
彼女の銃後（小説）3　多田鉄雄
戯曲　若い人（六幕・百六十枚）4　原作　石坂洋次郎　脚色　八住利雄
若い人の芝居5　戸板康二
学問6　西脇順三郎
今後の文学の傾向　保田與重郎
島木健作論　木村太郎
戦争と作家――文芸時評――7　太田咲太郎
演劇に於ける三八年綱領――演劇時評――8　青江舜二郎
芳年画く六郷川の権八　高橋誠一郎
支那の建設とは　村松梢風
「若い人」とその映画　戸川秋骨
展望車9　内田誠
「若い人」祝福　西村晋一
周公の盌　孔子の杖10　蔵原伸二郎
場末雑記　宇野信夫
日本人の顔　丸岡明
ヒユーマニストの春11　中岡宏夫
俳句六題
草庵に師を迎ふ12　富安風生
庭13　内田誠
枯尾花14　渡辺水巴
冬五句　伊藤鷗二
冬の山15　吉田冬葉
落葉16　大場白水郎
「改造」と「中央公論」17　山本和夫
新刊巡礼
「横丁図面」寺崎浩著（小説集）18
「をかしな人たち」榊山潤著（小説集）19
「詩集」加藤健著（詩集）20
「花の位置」林芙美子著（小説集）21
戦場の友へ22　原実
映画「大なる幻影」に於ける人間性　大原勇三
相撲鑑賞の方向23　彦山光三
第三回「三田文学賞」について24
今月の小説　中央公論25　改造26　日本評論27　文藝春秋28　文芸29　新潮30　文学界31
六号雑記32
編輯後記33
消息34
新刊紹介35
「支那漫談」「室町時代物語集」「説経節正本」「南京虫」「都市交響楽」
表紙　鈴木信太郎
カット　鳥海青児・原精一・谷内俊夫・鈴木信太郎・佐伯米子

目次註

1 〈1―4〉〔以下次号〕
2 或る瓦解〔一九三七年〕
3 〈1―6〉
4 若い人　六幕（ＰＣＬ劇団上演台本）〈第一幕―第六幕〉〔終〕
5 「若い人」の芝居
6 〈プロローグ〉
7 戦争と作家――一九三八年文壇の動向――

8 演劇に於ける三八年綱領〈一、我々は、事変から、ロマンの精神を汲み取り、これを益々活かさねばならない。／二、歌舞伎劇は退位させられる事を要する／三、新派に対しては、明治大正の「世界」を芸術的に完成せしめねばならぬ。／四、井上一座は益々中間演劇を追求すべきである。／五、東宝劇団は、ドンキホオテを探し出さねばならぬ。／六、前進座をして益々強く正しくあらしめよ。／七、各新劇団の進展、活動に対し、あらゆる援助を惜まぬこと、それと共にその方向と態度に対し、常に注意を怠ってはならぬ。〉

9 〈一、展望車／二、高松〉

10 周公の盌、孔子の杖

11 ——病床随感録——〔十二年十二月記〕

12 ※五句

13 ※五句

14 ※五句

15 ※五句

16 ※五句

17 （サ・エ・ラ）

18 版画荘発行

19 砂子屋書房発行

20 竹村書房発行

21 竹村書房発行

22 ——戦争と文化に関する考察への覚書として——〈第一信〔十一月十日〕／第二信〔十一月二十日〕〉（下略）

23 ——「双葉山」覚書を基調として——〈私の大相撲観序／原稿遅延の弁／「双葉山」覚書／問題の「武蔵山」〉〔十一・一・後六時十五分稿〕※「追記」あり〔九日校正のついでに〕

24 銓衡委員〔昭和十二年十二月〕※〝昭和十二年度に於ける「三田文学」に貢献したる作品及び作家の標準に適当すべきもの選定に困難のため、本年度はこれを授賞せず昭和十三年に考慮すべき事に決定……〟と記す

25 峠三郎 ※〈「雪柳」泉鏡花／久坂〔板〕栄二郎の戯曲「千万人と雖も我行かん」／「川端康成論」中村光夫／榊山潤の「上海の不思議な女」／臨時増刊『国民皆読』号／「長安の夢」高木卓、「冗美齢」村松梢風／「張学良の一生」岩崎栄／「臼井十太夫」長谷川伸〉

26 〈A、「菊の花章」芹沢光治良／B、「かげらふの日記」堀辰雄／C、「春宵」近松秋江〉

27 ※〈総評／岡本かの子の歴史小説／柳亮「戦争に於ける美と道徳」／「時局と演劇」八田元夫／「三十七年に躍った人々」なる匿名リレー評論／「本年文壇の回顧」〉

28 T・N・K ※〈「玩具の勲章」岡田三郎／「正夫の世界」豊島与志雄〉

29 〈「季節の風」佐野順一郎／「同行者」蕭軍／評論「石坂洋次郎論」森岡栄〉

30 ※〈一篇の戯曲のために提供した雑誌の殆ど半分の頁——久保栄「火山灰地」（二百五十枚）——〉

31 大森新六 ※〈「巻頭言」と、都新聞紙上（十二月二日）の匿名子「紅堂」によるその批評／「蠢動」立野信之／「猫ヒス・マダム」岡田禎子／中原中也に対して余りにも多くの頁を裂いた一九三七年最後の「文学界」〉

32 ※〈「若い人」、映画、演劇、共に絶賛／「日日」寺崎浩によるP・C・L劇団「若い人」の戯曲評／小泉塾長の「忠烈なる我が将兵」／その他〉

33 和木清三郎 ※〈表紙更新／普通号として発行した新年特輯号／執筆者紹介／その他〉

34 ※〈井汲清治、第一書房から『フロオベル』を近刊／小山内薫歿後十周年記念祭（十二月十八日正午から、於築地小劇場）の予告／その他〉

35 〈続『若い人』石坂洋次郎著・改造社／『演劇明暗』（劇評集）西村晋一著・沙羅書店／『支那漫談』村松梢風著・改造社／『室町時代物語集』（第一）横山重、太田武夫校訂・大岡山書店／『説経節正本集』（第二）横山重、藤山弘校訂・大岡山書店／『都市交響楽』（長篇小説）徳田戯二著・隣人社書房／『南京虫』（詩集）新井徹著・文泉閣／彦山光三著『相撲道精鑑』大光館書店〉

＊「三田文学」合本

＊「三田文学」十二月号目次

＊遠藤塾開設 ※英数教授のおしらせ。主任 遠藤正輝

表紙・鈴木信太郎／カット・鳥海青児 原精一 谷内俊夫 鈴木信太郎 佐伯米子／口絵・藤田嗣治／発行日・一月一日／頁数・本文全二四八頁／定価・五十銭／発行者・東京市芝区三田 慶應義塾内・西脇順三郎／編輯者・和木清三郎／編輯担当・東京市京橋区西銀座六ノ四 交詢ビル 慶應倶楽部内・和木清三郎／発行所・東京市芝区三田 慶應義塾内・三田文学会／発売所・東京市丸ノ内三丁目二番地 株式会社籾山書店／印刷者・東京市芝区愛宕町二丁目十四番地 渡辺丑之助／印刷所・東京市芝区愛宕町二丁目十四番地 常磐印刷株式会社

■**二月号（フランス文学特輯）** 【19380２】

風景（扉） 鳥海青児
フローベールの方法 1 井汲清治
フランス文体論 2 松原秀治
ヴァレリイと普遍人 佐藤正彰
現代カトリック文芸思潮の一節 3 増田良二
ロジェ・マルタン・デュ・ガール 4 杉捷夫
ジュール・ロマン 5 桜井成夫
アンドレ・ブルトンの美学 瀧口修造
ゴンクールと日本美術（上）6 後藤末雄
ゴンクール賞をめぐりて 7
プルウストとジイド 8 ピエエル・ミル 佐藤朔訳
アナバアスに就いて 9 T・S・エリオット 阿比留信訳
最近の英米に於ける仏文学 10
フランス詩抄
散文詩抄 11 レオ・フエレロ 服部伸六訳
美は痙攣的であるだらう アンドレ・ブルトン 瀧口修造訳
ANABASE 12 サン・ジヤン《ジョン》・ペルス 阿比留信訳

ポオル・エリュアール詩抄13　ポオル・エリュアール
富士原清一訳
翻訳小説四篇
シクラメン　ルイ・フランシス
太田咲太郎訳
二人ジエルバジー　ベルナール・ナボンヌ
井出正男訳
クナート　マルセル・エーメ
鈴木松子訳
潜《かく》れたをんな14　コレット
日下微知子訳
今月の小説　中央公論15　文藝春秋16　文学界17
改造18　日本評論19　新潮20
長篇小説　女流作家―第二回―21　美川きよ
前号六号雑記への抗議22　寺崎浩
レオ・フエレロの紹介23　服部伸六
小泉信三著「支那事変と日清戦争」24
編輯後記25
表紙　鈴木信太郎
カット　鳥海青児・原精一・谷内俊夫
鈴木信太郎・佐伯米子

目次註

1 〈I—Ⅳ〉〔完〕
2 ※途中に「付記」あり
3 「註」、及関連文献についての「付記」あり
4 ――ノベル賞受賞者――〔一二・一二・四〕
5 ――ユナニミスムと巴里との関係――
6 〈(目次)／序論／(一) 日本美術のパリー進出とゴンクール／(二) ゴンクールの生活と日本美術／(三) ゴンクールの観たる日本美術の特徴と其の価値―(I) 日本の風光と日本美術の自然崇拝 (II) 日本美術の象徴的技巧 (III) 日本人の花鳥趣味と怪獣美化〉
7 (M・N・L)
8 ピエエル・ミル／佐藤朔訳 ※前書を付す
9 ――英訳書の序文として――
10 (R・I)
11 ※原作者紹介文を付す 「レオ・フエレロのこと」服部伸六
12 〈I—Ⅲ〉 ※〝エリオットによる対訳本に依った〟と付記あり
13 ポオル・エリュアール作／富士原清一〈耐へる／私は休息の可能を信じてゐた／ルネ・マグリット／砕かれた橋――ルネ・シャアルに／おまへは起きる〉
14 〈潜《かく》れたをんな／夜まはり〉
15 ※〈「生花」川端康成／「帰らぬ男」尾崎士郎／「流離」石川達三／「由良之助」横光利一／「ボニン島風物誌」佐藤春夫／「鬼子と好敵手」宇野浩二／「故郷」滝井孝作〉
16 T・N・K ※(「動揺」里見弴／「清算」徳田秋声／「生活の生理」鶴田知也〉
17 大森新六 ※〈「女占師の前にて」坂口安吾／「マルスの唄」石川淳／「帰らぬ憲兵」林房雄／「父の覚書」森山啓／文化月報の小林秀雄、舟橋聖一／「岩野泡鳴」／「映画批評」中上川良二／中村光夫のフローベル〉
18 〈A、「江戸城明渡し」藤森成吉／B、「東京日記」内田百間／C、「阿Q正伝」田漢〉
19 大森新六 ※〈「世界文化の現実」三木清／「殴られた人情」丹羽文雄／「苦い面」尾崎一雄／「技師阿波忠助」徳永直／「仮装人物」老秋声〉
20 ※〈「秋」岡田三郎／「姪二人」深田久弥／「子供を如何に」村山知義／「悪風俗」阿部知二／「温泉行」徳永直／「虹と蝸牛の室」石川達三〉
21 〈1—3〉〔つゞく〕
22 ※P・C・L上演「若い人」に関する筆者の「日日」評をめぐっての六号批評子、及編輯者への抗議
23 レオ・フエレロのこと
24 「支那事変と日清戦争」小泉信三著・慶應出版社
25 和木清三郎 ※〈寺崎浩「六号への抗議」なるもの／フランス文学特輯の執筆者紹介〉
＊「三田文学」一月号目次
＊ 三田新聞学界〔会〕編・新訂昭和十三年版『慶應義塾案内』付入学試験問題解答集 ※案内（丸善株式会社三田出張所）

表紙・鈴木信太郎／カット・鳥海青児 原精一 谷内俊夫 鈴木信太郎 佐伯米子／口絵・「風景」鳥海青児／発行日・二月一日／頁数・本文全二〇六頁／定価・五十銭／発行者・東京市芝区三田 慶應義塾内・西脇順三郎／編輯者・和木清三郎／編輯担当・東京市京橋区西銀座六ノ四 交詢ビル 慶應倶楽部内・和木清三郎／発行所・東京市芝区三田 慶應義塾内・三田文学会／発売所・東京市丸ノ内三丁目二番地 株式会社籾山書店／印刷者・東京市芝区愛宕町二丁目十四番地 渡辺丑之助／印刷所・東京市芝区愛宕町二丁目十四番地 常磐印刷株式会社

■三月号　**【193803】**

柿（扉）1　寺田政明
創作
粋念仏（小説）2　沢田貞雄
土蔵のある日記（小説）　緒田真紀江
玻璃（小説）　原民喜
長篇小説　女流作家―第三回―3　美川きよ
租界地の手紙（詩）　小林善雄
De ce monde à l'autre.（詩）　岡野喜一郎
ゴンクールと日本美術（下）4　後藤末雄
石坂洋次郎論5　山本和夫
現代アメリカの短篇文学論6　湯浅輝夫
マリタンの「聖戦」論　小林珍雄
ルポルタージユ論7　十返一
作家的意識の虚構　木村太郎
文化時評8　原実
今月の小説　中央公論9　文藝春秋10　文芸11
改造12　日本評論13　文学界14　新潮15
書物捜索―雑筆二十一―16　横山重

ピカソの輪廓 17　松茂悠
心像紀行　古谷綱武
新刊巡礼　山本和夫
「支那漫談」村松梢風著（旅行記）18
「支那人・文化・風景」小田嶽夫著（随筆集）19
「演劇明暗」西村晋一著（劇評集）20
「芸術哲学」テエヌ著・広瀬哲士訳（評論集）21
アンリ・マシスの「奉仕の誉」22　増田良二
場末雑記　宇野信夫
旅　藤原誠一郎
読んだものから 23
見たものから 24
兵営から 25　塩川政一
戦地から 26　鈴木重雄
六号雑記 27
編輯後記 28
消息 29
新刊紹介 30
「鷗二句集」「俳句及俳壇を説く」「慶應義塾案内」
「秋窓記」「哲学史学文学論文集」
表紙　鈴木信太郎
カット　鳥海青児・原精一・谷内俊夫
鈴木信太郎・佐伯米子

目次註

1 M.T〔一九三七〕
2 〈（一）―（五）〉〔をはり〕
3 〈1―4〉〔以下次号〕
4 ゴンクールと日本美術（承前）〈（Ⅳ）日本美術の色彩と衣服の美／（Ⅴ）日本工芸美術の価値／（Ⅵ）浮世絵の美術革命と心理表現／結論〉〔完〕
5 ――神父は彼だ――〔三七年十二月〕
6 ※付記あり
7 〈ソヴィエト旅行記／キッシュの主張／文壇的な観方〉
8 ――戦場の友に宛てて――〈第三信〔十三年一月二十日〕／第四信〔一月二十五日〕〉※付記に〝N君からの戦地便り〟の一節を紹介〉
9 ※〈「波折」室生犀星／「机上生活者」高見順／「おもかげ」永井荷風／「ルポルタアジユの本質」高沖陽造／谷崎信〔潤〕一郎「源氏物語」現代語訳〉
10 T・N・K ※〈「Aの妻、Bの夫」上司小剣／「海路」長与善郎／日本の高級雑誌――中央公論、改造、文藝春秋、日本評論／大正十二年創刊当時の正しく〝文藝春秋〟時代〉
11 〈「栄耀」中山義秀／「でぱあと」湯浅克衛〉
12 〈「牧場日記」林房雄／「廃墟の街から」龍胆寺雄〉
13 大森新六 ※〈文学を重要視した今月の編輯／「文学と国民思想」／「国家と文芸政策」新居格／文芸時評「文壇行状記」／「冬」岡田三郎／「苦命」榊山潤〉
14 大森新六 ※〈無名女流作家、橋本寿子の「光陰」（二百枚）／島木健作短篇「生活の探究」／井伏鱒二の平家物／文化月報――「評論の困難」中島健蔵／河上徹太郎「青年と文化」――都「大波小波」での匿名子「龍々」による批評――／武田（沈黙に）、林（新日本に）が去り、河上、小林だけとなった文学界〉
15 ※〈二月特大号の呼物、全篇三百七十枚の長篇小説「南部鉄瓶工」中本たか子と、編輯後記でのその紹介〉
16 ――昨年中の発見一――〈……／一、犬枕並狂歌／二、天狗の内裏〉〔十一月二十四日〕
17 〈A、三つのイスム／B、ピカソと純粋抽象芸術〉〔十二・十二・四〕※付記あり
18 改造社発行
19 竹村書房刊
20 沙羅書店発兌
21 東京堂刊
22 アンリ・マシスの『奉仕の誉』――一九一二年より一九三七年に至る思想転換期の史的研究の資料――〔一九三七・一二・一五〕※〝プロン書店発行〟と付す
23 ※〈新聞小説四つ――「半処女」小島政二郎・「炎の詩」片岡鉄兵・「人妻真珠」戸川貞雄・「天国地獄」村山知義／「厚生運動」中島健蔵／マルロオの「征服者」小松清訳／第一書房刊行『現代フランス文学叢書』／若き三田出身者の社交機関部の会報「慶應倶楽部」――和木清三郎・富田正文・原実編輯／小泉塾長「支那事変と日清戦争」〉
24 ――映画月録――〈さまざまの批評型／見た映画――モダン・タイムス、輝く肉体美、東宝の記録映画「上海」、三好十郎の戯曲「地熱」（滝沢英輔製作）〉
25 〔二月十五日〕※（石本部隊青木隊第十班）
26 ※（満洲国奉天省平梅線西安杉浦部隊）
27 ※〈東京詩人クラブ開催「詩の夕」（一月二十九日）／天理教庶務課長久野豊彦、機関誌「ひのもと」を編輯／北原白秋・近松秋江翁失明のニュース／「六月〔号〕雑記への抗議」寺崎浩／その他〉
28 和木清三郎 ※〈「若い人」の売行十万突破／「六号雑記」の充実／その他〉
29 ※〈井汲清治、第一書房「世界文豪全集」の「ユーゴー」を発行／水木京太、第一書房「福沢諭吉読本」を執筆、刊行／青柳瑞穂、光琳筆肖像画を掘出す／今春文科卒業生（田中孝雄、戸板康二、河野謙）の送別会開催（一月二十五日於京橋「はつね」／その他〉
30 〈『鷗二句集』（俳句集）伊藤鷗二著・春蘭社／『俳句及俳壇を説く』伊藤鷗二著・交蘭社／『慶應義塾案内』三田新聞学会編・丸善三田出張所／『秋窓記』阿部次郎著・岩波書店発行／『十周年記念　哲学史学文学論文集』帝〔九〕州帝国大学法文学部・岩波書店〉

＊　「三田文学」二月号目次

表紙・鈴木信太郎／カット・鳥海青児　原精一　谷内俊夫　鈴木信太郎　佐伯米子／口絵・「柿」寺田政明／発行日・三月一日／頁数・本文全一九七頁／定価・五十銭／発行者・東京市芝区三田　慶應義塾内・西脇順三郎／編輯者・和木清三郎／編輯担当・東京市京橋区西銀座六ノ四　交詢ビル　慶應倶楽部内・和木清三郎／発行所・東京市芝区三田　慶應義塾内・三田文学会／発売所・東京市丸ノ内三丁目二番地　株式会社籾山書店／印刷者・東京市芝区愛宕町二丁目十四番地　渡辺

丑之助／印刷所・東京市芝区愛宕町二丁目十四番地　常磐印刷株式会社

■四月号　【193804】

巴里の家（扉）1　高岡徳太郎
創作
長篇小説　女流作家——第四回——2　美川きよ
迷路（小説）　原民喜
麗漠の悪魔（小説）3　池田みち子
故郷（小説）4　日野啓夫
昨日の記録（詩）　河野謙
北方的風景（詩）5　高島高
アン・ドロジマス　その他6　野口米次郎
これからの文学の傾向はどう変るか7
文学の将来　伊藤整
ひとつの傾向　高見順
文学の純粋性にかへれ8　平松幹夫
偶然と人生　窪川鶴次郎
ハクスレイの文化批評について9　石橋孫一郎
批評における科学性の限界　木村太郎
風の中の俳句10　上田都史
厚生運動について11　中島健蔵
西洋の印象12　内村直也
紐育劇界問答　園池公功
モダン・タイムス　内田誠
砲煙の宿13　八重樫昊
新刊巡礼　山本和夫
「三十歳」岩佐東一郎著（詩集）14
「善太と三平のはなし」坪田譲治著（小説集）15
「民族・文化・風景」富永理著（評論集）16
文化時評17　原実
読んだものから18
見たものから19
詩壇一言20　小林善雄
書物挿〔捜〕索——雑筆二十二——21　横山重
寒い冬——翻訳短篇小説22　コールドウエル　湯浅輝夫訳
今月の小説　中央公論23　文藝春秋24　文芸25　改造26　日本評論27　文学界28　新潮29
六号雑記30
編輯後記31
消息32
表紙　鈴木信太郎
カット　鳥海青児・原精一・谷内俊夫　鈴木信太郎・佐伯米子

目次註

1　〔一九三五〕
2　〈1—3〉
3　〈伊藤信彦への手紙（十一月十日付）／尾上則次への手紙（十一月十日夜）／大村治夫への手紙（十一月十三日付）／尾上則次への手紙（十一月十三日付）／大村治夫への手紙（十一月十六日付）／伊藤信彦への手紙（十一月十七日付）／尾上則次への手紙（十一月十八日付）／大村治夫へのたより（十一月十九日付）〉
4　〔昭和十三年正月〕
5　〈北方的風景／同じく／同じく〉
6　アンドロジマスその他　〈アンドロジマス／リンガムの堂宇に題す／果てしなき旅／水上の影／荒蕪の仏院洞窟〉
7　これからの文学的傾向はどう変るか
8　〔一・二八〕
9　※註を付す
10　〔昭和十三年二月〕
11　〔二月二十日〕
12　〈（A）紐育にて／（B）欧洲大陸／（C）カイロにて／（D）日本に帰って〉
13　〔以下次号〕
14　文芸汎論社刊
15　版画荘発行
16　西東書林発行
17　——革新的なるものの革新——〔一九三八・三・一〕
18　※〈支那研究の好手引——林語堂《リン・ユータン》の「我が国土、我が国民」（新居　翻訳）と新著 Importance of Living（生き方の大事）／パール・バックの「大地」／ソヴエトに関する著書、秦少将の「際邦ロシア」とジイドの「ソヴエト旅行記」／永井荷風が賞讃した武田麟太郎「銀座八丁」／第一書房『俳句文学全集』／『暗夜行路』前篇・後篇／「女流作家」美川きよ／その他〉
19　K・K・K　※〈「モダン・タイムス」／東宝映画「南京」／大船のシナリオ・ライター——菊池寛・片岡鉄平・吉屋信子／「蒼氓」を映画化した熊谷久虎が前進座を使って作った作品「阿部一族」／ワルト・デイズニイの傑作——短篇映画館での「ミッキイのサーカス」／新築地の「幽霊」／新派「新版　二筋道」／その他〉
20　——詩人の社会的位置——
21　——昨年中の発見二——〈三、道楽の本／四、さゞれ石／五、日本二十四孝〉〔一月廿八日〕
22　アースキン・コールドウエル作／湯浅輝夫訳　※文末に「ノオト」として、アースキン・コールドウエルの紹介あり
23　※〈石川達三「生きている兵隊」——石川らしいことをやった石川がうけた発売禁止処分——〉
24　T・N・K　※〈火野葦平（第六回芥川賞）と、芹沢光治良／「芥川賞」七つの受賞作品の点検——石川達三、鶴田、小田、石川（淳）、富沢、尾崎、と受賞作家後日譚——〉
25　〈やがて五月に〉岡本かの子
26　〈「妻の作品」丹羽文雄／「瑪瑙石」深田久弥／「黄鶴」林芙美子〉
27　大森新六　※〈A・B・Cなる匿名批評家の「日本文学

に欠けたるもの」とその中でのパール・バック「大地」評／佐藤春夫の映画台本「アジアの子」／「秩序」和田伝（第一回新潮賞受賞者）と伊藤永之介の「梟」（芥川賞候補作品）〉

28　大森新六　※〈巻頭リレー評論「知識階級は変るか」の林、阿部、横光／「エルテルは何故死んだか」保田與重郎／「吹雪の産声」北条民雄／「航路」寺崎浩／「ジョン万次郎漂流記」（直木賞）井伏鱒二／統一制の破れた「文化月報」／映画月評で「五人の斥候兵」を論じた中上川良三――変名朝日のQ、九鬼英造、北戴河〉／「文学界」のマンネリズム〉

29　サエラ　〈「春香伝」張赫宙／「絹襤褸」小山いと子／「拙策の妻」石浜金作／「三人」平林たい子／「流れ」真船豊〉

30　※〈「日本文学の中心」佐藤春夫（「日本評論」三月号）／閉鎖した日比谷の図書館／片上伸の十周忌／塾から相ついで出た三同人雑誌――「上層」創刊、「粘土」再刊、「文科」／大橋図書館の昭和十二年十二月「雑誌閲覧傾向調査表」――三田文学は一六〇回読まれて第六位――／芥川賞の火野葦平「糞尿譚」／芥川賞銓衡委員の感想記と菊池寛「話の屑籠」／石坂洋次郎の感想（読売三面）／その他〉

31　和木清三郎　※〈好評な「読んだものから」「見たものから」「六号雑記」／執筆者紹介〉

32　※〈石坂洋次郎の郷里の新聞社主催「若い人」出版記念会は都合で延期／美川きよ・版画荘から小説集『恐しき幸福』を三月中旬に刊行、『女流作家』も上梓〉

＊　「三田文学」三月号目次

＊　「三田評論」十三年三月号内容広告

＊　※美川きよ著『長篇小説　恐しき幸福』（版画荘）の広告中、「水上瀧太郎氏評」「小宮豊隆氏評」として、推薦文紹介あり

表紙・鈴木信太郎／カット・鳥海青児　原精一　谷内俊夫　鈴木信太郎　佐伯米子／口絵・「巴里の家」高岡徳太郎／発行日・四月一日／頁数・本文全一八三頁／定価・五十銭／発行人・東京市芝区三田　慶應義塾内・西脇順三郎／編輯人・和木清三郎／編輯担当・東京市京橋区西銀座六ノ四　交詢ビル　慶應倶楽部内・和木清三郎／発行所・東京市芝区三田　慶應義塾内・三田文学会／発売所・東京市丸ノ内三丁目二番地　株式会社籾山書店／印刷人・東京市芝区愛宕町二丁目十四番地　渡辺丑之助／印刷所・東京市芝区愛宕町二丁目十四番地　常磐印刷株式会社

■五月号　【193805】

犬（扉）　新田俊

創作

長篇小説　女流作家―第五回―1　美川きよ

雪の日（小説）　中村地平

テイボウ氏の独奏（小説）2　阪田英一

近江屋長七（戯曲・三幕四場）3　宇野信夫

〔マ〕アーサ・ジエーン（翻訳小説）4　コールドウェル　湯浅輝夫訳

春に焚く（翻訳小説）5　コレット　日下微知子訳

石坂洋次郎論6　山本和夫

高見順について7　十返一

受賞作品論8　青柳優

詩壇一言9　小林善雄

新劇の行く道

　或る新劇団の内10　村山知義

　これからの新劇の行く道　鈴木英輔

　新劇の行く道　八住利雄

　明日の演劇　菅原卓

書物捜索―雑筆二十三―11　横山重

故郷へ帰ったパール・バック　湯浅輝夫

晩春雑筆12　間宮茂輔

文化時評――文化擁護へのみち13　原実

砲煙の宿（承前）14　八重樫昊

あの頃　松本泰

海外文芸ニュース15　庄野満雄

美川きよ新著「恐しき幸福」を読む

　美川きよへの手紙から16　小宮豊隆

　美川さんの柔軟性17　吉屋信子

　美川きよ氏の作品　林芙美子

映画「舞踏会の手帖」紹介　大原勇三

読んだものから18

見たものから19

新刊巡礼

　「野鳥ガイド」中西悟堂著（事典）20

　「遺稿」若松千代作著（詩集）21

　「文学紀行」古谷綱武著（評論）22

　「あらがね」間宮茂輔著（小説）23

今月の小説

　中央公論24　文藝春秋25　文芸26　改造27

　日本評論28　文学界29　新潮30　三田文学31

六号雑記32

消息33

編輯後記34

表紙　鈴木信太郎

カット　鳥海青児・原精一・谷内俊夫・鈴木信太郎・佐伯米子

目次註

1　〈1・2〉〔以下次号〕

2　〈(1)―(10)〉〔終〕

3　〈第一幕―第三幕（一場・二場）〉

4　マーサ・ジエーン　アースキン・コールドウエル作／湯浅輝夫訳

5　コレット作／日下微知子

6　〈Ⅱ麦死なず〉

7　〈一―三〉

8　〈一―三〉

9　――明日の問題――

10　或る新劇団の内《うち》

11　昨年中の発見二〔三〕〈六、富士の人穴〉〔三月廿二日〕・

12 〔三月二十九日夜〕
13 文化擁護へのみち――文化時評――〈(一)―(三)〉〔昭和十三・四・一〕
14 〔一九三八・二・二五〕
15 〈ジョン・ドス・パソスのU・S・A／「ハーパース」誌の一千弗懸賞論文／バーナード・ショー文庫／作家商売とは？／独逸宣伝相ゲベルスの顔負けした話／ソヴエート文壇近況〉
16 ※美川きよによる「前書」を付す 〝文藝春秋「恐しき幸福」の一部を発表したときいただいたお手紙……〟とある
17 美川さんの柔軟性《フレキシビリティ》〔昭和十三年四月二日（花開く日）〕
18 ※〈「渡辺崋山」藤森成吉／映画化された鷗外の「阿部一族」／犀星の「大陸の琴」／正宗白鳥の「文壇的自叙伝」（中央公論）の一節／「女中のはなし」永井荷風／杉山平助の「支那人を論ず」（朝日）と前号本欄での林語堂の日本人観「日本人はプーア・コロニストだ」〉
19 K・K・K ※〈日本劇場を取り巻いている人々／豊田四郎の「泣虫小僧」／「シナリオ研究」第四輯の倉田文人「花粉」／アメリカ映画「戦友」／「綴方教室」新築地の当り狂言／新協劇団「春香伝」〉
20 野鳥ガイド（採集） 野鳥の会刊
21 遺稿集 風社発行
22 竹村書房
23 小山書店刊
24 ※〈「女中のはなし」永井荷風／「末法時論」井伏鱒二／「道化芝居」北条民雄／文学に於ける虚構と真実」窪川鶴次郎／豊田正子の作文「綴方教室風景」〉
25 T・N・K 〈尾崎士郎の「大連の少女」／尾崎一雄の「住居」について〉
26 〈「男児出生」尾崎一雄／「神経」高見順／「決闘」大江賢次／「樹々新緑」窪川稲子／「遺書」遠山すゞ子〉（サ・エ・ラ）
27 〈「シルクハット」横光利一／「暗い朝」葉山嘉樹／「黴（かび）」真船豊／「おとづれ」正宗白鳥／「晩い結婚」里見弴／「闘犬図」石坂洋次郎／「金塊」川端康成〉
28 〈岡田三郎の「冬去りなば」〉（魔保露史）
29 （魔保露史） ※〈「厚物咲」中山義秀／「河豚」火野葦平／「風の如き言葉」円地文子／「夢の建設」丹岡明／「南方郵信」中村地平／「化けたマンドリン」新田潤／「日本海辺」森山啓〉
30 〈「常人へ」大木繁／「山村の人々」石原文雄／「旋風」鍋島道子／「ルンバ日記」矢ヶ部至／「碧い玉」山城美和〉
31 〈「女流作家」美川きよ／「迷路」原民喜／「故郷」日野嵒夫〉
32 ※〈文藝春秋が四月号から添えた欧文付録〝Japan To-day〟／保田與重郎のコギトで述べた一言、「今日の歌壇は伝統の国風を喪失してゐる」／中央公論の発禁以来更に厳しくなった検閲と、編輯者の待遇問題との関連／「コギト」通巻七十一号！／その他〉
33 〈※河野謙、今春義塾支那文科を卒業後、三田文学編輯部に！／太田咲太郎、三省堂から出版の近代フランス短篇小説叢書の一つを翻訳中／石坂洋次郎、改造社二十周年記念会に出席／その他〉
34 和木清三郎 ※〈表紙改新／六月号は「創作特輯」として、創作研究会のメンバーから数篇を紹介／「三田文学」の売行月々増加／その他〉
＊ 「三田文学」四月号目次
＊ 「三田文学」六月号新進作家特輯予告 ※五月十日頃発売予定

表紙・鈴木信太郎／カット・鳥海青児 原精一 谷内俊夫 鈴木信太郎 佐伯米子／口絵・「犬」新田俊／発行日・五月一日／頁数・本文全一九八頁／定価・五十銭／発行人・東京市芝区三田 慶應義塾内・西脇順三郎／編輯人・和木清三郎／編輯担当・東京市京橋区西銀座六ノ四 交詢ビル 慶應倶楽部内・和木清三郎／発行所・東京市芝区三田 慶應義塾内・三田文学会／発売所・東京市丸ノ内三丁目二番地 株式会社籾山書店／印刷人・東京市芝区愛宕町二丁目十四番地 渡辺丑之助／印刷所・東京市芝区愛宕町二丁目十四番地 常磐印刷株式会社

■六月号（新進作家創作特輯） **【193806】**

ふうろの花（扉） 深沢紅子
長篇小説 女流作家―第六回―1 美川きよ
秩序の流れ（小説・百枚）2 水藤昧一
明日の花（小説）3 中山隆三
十円紙幣（小説） 柴田錬三郎
退屈なる時期（小説） 平林清
犬のある風景（小説） 片山修三
処女の手紙（小説）4 出浦須磨子
暗室（小説） 原民喜
陰翳（戯曲・一幕） 太田咲太郎
ひっつれた顔（戯曲・三幕）5 市川正雄
踏青賦（小説）6 冨山雅夫
別れ道（戯曲・二幕四景）7 原作 樋口一葉 脚色 岡田八千代
風俗十日（小説・百枚）8 南川潤
読んだものから9
見たものから10
海外文芸ニュース11
今月の小説
中央公論12 文藝春秋13 日本評論14 改造15
三田文学16 新潮17 文学界18 文芸19
六号雑記20
編輯後記21
表紙 鈴木信太郎
カット 鳥海青児・原精一・谷内俊夫・鈴木信太郎・佐伯米子

目次註
1 〈1―3〉
2 〈1―4〉
3 〔昭和十三年二月〕
4 処女《むすめ》の手紙
5 ※三幕五場

6 〔一九三八・四・二八〕
7 別れ道 二幕四景 〈第一幕（第一景―第三景）／第二幕〉
8 風俗十日 前篇 〔次号完結〕
9 ※〈ヘッセの「クヌルプ」／火野葦平の詩集「山上軍艦」（戦場に出発するに先立って刊行された〝遺言書〟）と、火野一連の作品論／林語堂（Lin Yautang）の著書〝My Country and My 1People〟／杉山平助のインテリゲンチヤ論（東朝）と改造廿周年記念号の「日本のインテリゲンチヤを分析す」／佐藤春夫の現代語訳「徒然草」／一聯の仏蘭西心理小説――フロオベルの「感情教育」、コンスタンの「アドルフ」、バルザックの「谷間の白百合」、ラヂイゲの「ドルヂエル伯の舞踏会」〉
10 K・K・K ※〈四月廿六日慶明二回戦での慶應中田投手の第八回までの投球――近来稀にみる「見もの」――／松竹楽劇団、帝劇での第一回披露公演／ジュリアン・デュヴイヴイエの傑作「舞踏会の手帖」（映画）／「藤十郎の恋」――三村伸太郎シナリオ、山本嘉次郎演出、林長二郎改め長谷川一夫主演〉
11 〈現代英国々民性の解剖／国立ドイツ映画学校／ブロフィールド氏の新小説「雨来れり」〉 庄野満雄
12 〈『関西旅行』里見弴／上司小剣の『石合戦』／大鹿卓『履歴書』〉
13 T・N・K ※〈藤森成吉の「タカセブネ」／和田伝の「隣り近所」／坪田譲治の「甚七南画風景」〉
14 〈美川きよ「恋愛と科学」／徳田秋声「仮装人物」／和田勝一「高杉晋作」〉（魔保露史）
15 〈「海図」室生犀星／「望郷」湯浅克衛／「春のたより」岡田三郎／「楽世家等」宇野浩二〉
16 〈美川きよ「女流作家」／中村地平「雪の日」／宇野信夫「近江屋長七」〉（千）
17 〈「地下茎」和田伝／「指導者」福田清人〉（七）
18 （魔保露史） ※〈生活体験が狭い純文学の新進作家たち／「誕生」湯浅克衛／「通り雨」川崎長太郎／「都の花」中谷孝雄／「或る隠者の運命―武者小路実篤論―」亀井勝一郎／座談会「知識人の立場」〉
19 〈「石を投げる女」伊藤整／「冬の男」大鹿卓／「突棒船」間宮茂輔／「樹々新緑」窪川稲子〉（北）
20 ※〈「大地」以来うるさいパール・バックの声／「女流作家」「恋愛と科学」の美川きよに対する杉山平助の文芸時評（朝日）／ラヂオの演芸時間――恐るべき「名曲ファンタジー」なるもの！――／一幕物「子もり良寛」／日本の詩を二分化――科学的、進歩的、建設的な「VOU」「新領土」と懐古的、抒情的、風流的な「四季」「コギト」――／文芸雑誌、陸続として創刊――「三十日」「文筆」「知性」「日本文学」「新公報」／その他〉
21 和木清三郎 ※〈創作特輯号、執筆者紹介／近来好評な「読んだものから」「見たものから」「海外文芸ニュース」「六号雑記」欄〉
＊ 「三田文学」五月号目次
＊ ※アオイ書房、北園克衛詩集『サボテン島』の広告中、西脇順三郎による推薦文「サボテン島風光」の紹介あり

表紙・鈴木信太郎／カット・鳥海青児　原精一　谷内俊夫　鈴木信太郎　佐伯米子／口絵・「ふうろの花」深沢紅子／発行日・六月一日／頁数・本文全三三二頁／定価・六十銭／発行人・東京市芝区三田　慶應義塾内・西脇順三郎／編輯人・和木清三郎／編輯担当・東京市京橋区西銀座六ノ四　交詢ビル　慶應倶楽部内・和木清三郎／発行所・東京市芝区三田　慶應義塾内・三田文学会／発売所・東京市丸ノ内三丁目二番地　株式会社粉山書店／印刷人・東京市芝区愛宕町二丁目十四番地　渡辺丑之助／印刷所・東京市芝区愛宕町二丁目十四番地　常磐印刷株式会社

■七月号（新鋭詩人作品特輯）　【193807】

花と蛙（扉）　藤川栄子
創作
風俗十日（小説・百三十枚）1　南川潤
地虫（小説・百二十枚）2　中岡宏夫
長篇小説　女流作家―第七回―3　美川きよ
高い心（長篇翻訳小説・一）4　パール・バック　湯浅輝夫訳
詩壇一言5　小林善雄
石坂洋次郎論（三）6　山本和夫
現英批評壇の一問題7　原一郎
ロナルド・フアバンク〔フェアバンク？〕の芸術8　外山定男
新鋭詩人作品二十三人集
卵形の室内　瀧口修造
軟らかなPINTLE　北園克衛
夜行く太陽　江間章子
空中詩　近藤東
Nomade de Tokio　服部伸六
書簡　酒井正平
Communication sentimentale　山本三吉
茶碗　丹野正
シユウベルトの街　長田恒雄
グレゴリヤン聖歌　山中散生
詩一篇―オーデン9　安藤一郎訳
春の手袋　岩佐東一郎
靴と劇場10　安西冬衛
パスカル先生　城左門
白いポスト　中村千尾
不幸なものは見てゐる　大島博光
海の中に　岩本修蔵
青梅少年　乾直恵
樹　山本和夫
晴天11　露木陽子
N　上田修
近代修身12　村野四郎
窓の世界　小林善雄

書物捜索—雑筆二十四—13　横山重
巴里雑記14　高橋広江
新刊巡礼　「熱帯柳の種子」中村地平著（小説集）15
「糞尿譚」火野葦平著（小説集）16
「苦命」榊山潤著（小説集）17
海外文芸ニュース18　庄野満雄
六月の小説　改造19　日本評論20　中央公論21　文芸22
文藝春秋23　新潮24　三田文学25　文学界26
読んだものから27
見たものから28
六号雑記29
編輯後記30
消息31
表紙　鈴木信太郎
カット　鳥海青児・原精一・谷内俊夫
鈴木信太郎・佐伯米子

目次註

1 〈後篇〉〔十三年四月〕
2 〔一九三七年十一月二十四日〕 ※〝作者申す。本篇は長篇「渡る世間」の第一部です。……〟と付記あり
3 〈1—3〉
4 〈第一章〉〔以下次号〕
5 ——詩と詩人に関するノート——
6 〈Ⅲ拡る文学〉
7 ——文学と信念及び個性——
8 ロナルド・ファバンクの芸術
9 W・H・オーデン作／安藤一郎訳
10 〈靴と劇場／パパイヤとタフタ／紅い河〉
11 〈晴天／緑の窓〉
12 ——田園について——
13 ——昨年中の発見四—— 〈七、追記一　富士人穴／八、追記二　天狗の内裏／九、富士山の本地／一〇、毘沙門の本地〉〔四月廿三日〕
14 〔四月十五日〕
15 版画荘刊
16 小山書店刊
17 砂子屋書店刊
18 〈ブリタニカ年鑑の刊行／コルリッヂ研究／ウルフ女史の新著／国際ペンクラブ／ピユーリッツア賞／空襲避難所では何を読むか?〉
19 〈「一つの鍵」荒木巍／「その家」宇野千代／「侍のゐる風景」藤沢桓夫／「夏木立」三好達治〉
20 青戸準 ※〈徳田秋声「仮装人物」——前号他者評に反して——／榊山「生産地帯」／丹羽「自分がしたこと」／村山「島の保姆」／和田「土塊」〉
21 ※〈芹沢光治良『霊あらば』／林芙美子『杜鵑』／武田麟太郎『朝の草』／久保田万太郎『花冷』〉
22 〈「雰囲気」張赫宙／「安住の家」上林暁／「女の学校」岡田禎子〉（京）
23 ※〈「器用貧乏」宇野浩二／「鶯」伊藤永之介／「父祖の形見」滝井孝作／「文芸時評」武者小路実篤〉
24 ——島崎藤村　鑓田研一——
25 京 ※〈新進作家特輯の十三篇／南川、冨山雅夫、原民喜、柴田、及び文科の学生、中山、（柴田）、平林、片山〉
26 芝群六 ※〈「耳語懺悔」山田清三郎／「無花果の家」間宮茂輔／「湯たんぽ雀」高見順〉
27 ※〈芭蕉の紀行集——「奥の細道」「野曝紀行」／志賀直哉の「創作余談」での言／三田文学の創作に就いて——南川潤の「風俗十日」／新聞小説「暖流」岸田／近年日本のジャーナリズムに一つのエポックを劃したもの——氷川烈、即ち杉山平助の「豆戦艦」／匿名の寸言寸評欄——杉山の「文藝春秋」欄とその後の同欄、丸山幹治の「日日・余録」〉
28 K・K・K ※〈松竹楽劇団第二回公演「踊るリズム」／日劇ダンシングチーム「東洋の印象」／宝塚少女歌劇の「宝塚フオーリーズ」——専門芸人のショウより、ショウマンシップの精神をつかむ——〉
29 ※〈「日本読書新聞」大改革／現在の日本では育たぬ「読書あるひは「ブック・レビュー」の新聞雑誌／文芸各誌の前〔先〕鞭をつけた三田文学「新刊巡礼」／山本一清博士辞任／志賀直哉と一円本全集の序／詩界に現はれた公器的な雑誌——「詩人界」「詩生活」「詩作研究」／思想統制により絶版になりつつある「岩波文庫」と、反対に現はれ出した河出の文庫、冨山房文庫、作品文庫／文学座の第二回公演——小山祐士「魚族」、徳川夢声の「父と子」での悲劇、岡田禎子の〝グラス会〟／輸入統制下の洋画鎖国／その他〉
30 和木清三郎 ※〈現詩壇への何ものかの寄与を確信する「新鋭詩人作品特輯号」／今度、久保田万太郎、三宅周太郎、水木京太が中心となって「芝居について」の座談会を催すこと／好評だった「創作特輯」／その他〉
31 ※〈三田文学紅茶会予告（六月二十三日、毎月二十日以後の木曜日夜開催／久保田、三宅（周）、水木、三宅（三）、戸板等が毎月「三田文学」のために「芝居について」の座談会を開催／富田正文、今学期より開講の「明治文化史」を講義／その他〉

＊「三田文学」新進作家創作特輯目次

表紙・鈴木信太郎／カット・鳥海青児　原精一　谷内俊夫　鈴木信太郎　佐伯米子／口絵・「花と蛙」藤川栄子／発行日・七月一日／頁数・本文全二一二頁／定価・五十銭／発行者・東京市芝区三田　慶應義塾内・西脇順三郎／編輯者・和木清三郎／編輯担当・東京市京橋区西銀座六ノ四　交詢ビル　慶應倶楽部内・和木清三郎／発行所・東京市芝区三田　慶應義塾内・三田文学会／発売所・東京市丸ノ内三丁目二番地　株式会社籾山書店／印刷者・東京市芝区愛宕町二丁目十四番地　渡辺丑之助／印刷所・東京市芝区愛宕町二丁目十四番地　常磐印刷株式会社

■八月号（銷夏随筆特輯）【193808】

南京の女（扉）　中村直人
発見　小泉信三
八犬伝の挿画　高橋誠一郎
茶栗柿譜1　釈迢空
牢屋の原2　後藤末雄

浜茄子 3　中戸川吉二
陸素娟のこと 4　奥野信太郎
書物捜索―雑筆二十五― 5　横山重
夏　加田哲二
貝殻追放――曽禰先生追憶・嫁入仕度―― 6　水上瀧太郎
道具 7　内田誠
縷江亭雑記 8　大場白水郎
骨董の弁（文と絵）9　堤寒三
顔　椿貞雄
季節と味覚（短歌）10　巣木健
夏の句・六題
　夏六章　富安風生
　草庵六題　籾山梓月
　木曽路の夏 11　吉田冬葉
　詠草 12　伊藤鷗二
　梅雨出水 13　大場白水郎
富本憲吉氏の陶窯 14　水原秋桜子
内燃機関　大佛次郎
ペトラルカ山岳に登攀すること 15　井汲清治
湖畔の悲劇 16　石坂洋次郎
幕末軍艦咸臨丸 17　富田正文
悪友 18　山崎俊夫
演芸笑話 19　三宅三郎
街頭雑感 20　中岡宏夫
第一回　三田劇談会（座談会）21
　出席者　久保田万太郎・三宅周太郎・水木京太
　大江良太郎・戸板康二・和木清三郎
早慶戦をラヂオで聞く 22　三宅大輔
新刊巡礼　山本和夫
　「竜源寺」渋川驍著（小説集）23
　「北方の詩」高島高著（詩集）24
　「我れ汝の足を洗はずば」藤沢省吾（詩集）25
　「秋・冬」岡田三郎著（小説集）26
海外文芸ニュース 27　庄野満雄
長篇小説　女流作家―第八回― 28　美川きよ
高き心（長篇翻訳小説・二）29　パール・バック著　湯浅輝夫訳
七月の小説　中央公論 30　改造 31　文藝春秋 32
　日本評論 33　三田文学 34　新潮 35　文芸 36
読んだものから 37
見たものから 38
六号雑記 39
編輯後記 40
消息 41
表紙　鈴木信太郎
カット　鳥海青児・原精一・谷内俊夫
　鈴木信太郎・佐伯米子

目次註

1 〈黄な花／山上の喧嘩／とんてき咄／あぢきない教職／するめが三匹〉 ※前文あり
2 〔完〕
3 〔昭和十三年七月〕
4 陸素娟《ルウスチユアン》のこと
5 〈伊豆箱根の本地／原本複刻の急務〉〔六月二十五日〕
6 〈曽禰先生追憶／嫁入仕度〉〔昭和十三年七月一日〕
7 〈道具／ワゴン／パイプ〉
8 〈向島百花園／堀切小高園〉 ※旧吟五句を付す
9 ※絵「北京天橋」〔六月二十八日〕
10 ――鮨を頌す――　※十首
11 ※六句
12 ※六句
13 ※五句
14 ※六句
15 〔完〕 ※″この記事は、雑誌メルキュール・ド・フランス一九〔?〕七年八月十五日号所載　シャルル・テルランの「ペトラルカとアルピニスム」に拠って書いた″と付記あり
16 ※後書を付す　〔時に昭和十三年六月二十三日〕
17 〈海軍伝習と咸臨丸／最初の太平洋横断／咸臨丸の末路／著者文倉平次郎翁〉
18 ――われにラザロを遣はしたまへ――
19 〈おとしばら／この頃の小勝／金馬の清書無筆〉
20 〔一九三八・六・二四〕
21 速記・鈴木千代治　〔完〕〔六月十五日夜　於久保田氏邸〕 ※次号に誤記訂正あり
22 〔五月八日稿〕
23 竹村書房刊
24 ボン書店刊
25 第一書房刊
26 竹村書房刊
27 〈「苛酷」な近代小説／亡命客への文学賞／ヒュームの影響／批評の重要性／枕頭の書その他／二つの文学賞／アンドレ・モロアの「思想検出器」〉
28 〈1・2〉〔以下次号〕
29 〈第二回〉パール・バック／湯浅輝夫訳
30 ※〈佐藤俊子「カリホルニア物語」／富沢有為男「夫婦」／真船豊「廃園」〉
31 〈「スフィンクス」横光利一／「本音」里見弴／「夏休み」深田久弥／「白い朝」豊島与志雄〉
32 ※〈「漂泊の魯迅」小田嶽夫／「旅人」上司小剣／「地獄への同伴者」橘外男／「文学への信念」阿部知二／「話の屑籠」菊池寛／「戦場の短歌」斎藤茂吉〉
33 青戸準　〈荒木魏「自殺未遂」／加納作次郎「頬の瘤」〉
34 初　※〈成功した新鋭詩人作品二十三人集――全作品が純粋詩の方向へ――／「風俗十日」南川潤／「地虫」中岡宏夫／「女流作家」美川きよ〉
35 (T)　〈「慶應四年」榊山潤／「前途」窪川稲子／「仏人マルロオ取調聞書」井伏鱒二／「火山灰地」久保栄〉
36 (京)　※〈龍胆寺雄の“Cocain”――この一篇を帝大付属

病院物療科医局に贈る――／「井原西鶴」武田麟太郎／「陽子、道代、町子」徳永直／「応急ならず」宮城聡／「祖父」矢田津世子／「燕」伊藤永之介〉

37　※〈重宝がられる出版書肆若くは売店としての書店と顧客との連絡機関――丸善の「学鐙」、「東京堂月報」、「巌松堂展望」、三省堂の「書斎」、「岩波月報」／日本に於ける文庫の草分け「冨山房文庫」（明治三十五年創刊）の奮起再生／三田派による自己批判によって見失はれる〝良き伝統〟――林髞の「慶應義塾に対する批判」の文（ひと月ほど前の「三田新聞」での特輯。他に帝大出身、岡邦雄、早稲田出身、木村毅が執筆）と間宮茂輔「三田文学」批判（「三田新聞」に連載）〉

38　K・K・K　※〈歌舞伎滅亡の兆候／国家の保護を切実に要求してゐる文楽の人形浄瑠璃／新築地、芸術小劇場、文学座、新協劇団の公演／その他〉

39　※〈叫ばれるヂャーナリストの自覚／「文芸」の酒匂郁也逝く／文化人、特に文学者に対して冷かすぎる今日のサラリマン・ヂャーナリスト／紹介される「戦場短歌」――文藝春秋七月号（斎藤茂吉）、東京日日（折口、白秋他）／パルプ統制の時代到来！　文筆失業対策あり！／その他〉

40　和木清三郎　※〈非常時下にあって、一路順潮に進みつゝある「三田文学」（小林一三の激励と助力を得て）／本号より「芝居座談会」筆記を連載／その他〉

41　※〈小泉信三「アメリカ紀行」岩波書店より上梓／中岡宏夫、書下し長篇小説を版画荘より出版、石河穣治、短篇小説集「水泳選手」を民族社より刊行／三田文学紅茶会予告（金行が日支事変談、七月二十六日　於交絢〔詢〕社ビル慶應倶楽部別室、紫咽荘二階）／その他〉

＊　※高橋誠一郎「浮世絵二百五十年」案内

＊　※三田文学紅茶会予告（七月二十六日夜六時　於慶應倶楽部別室）

＊　「三田文学」七月号目次

＊　遠藤塾開設　※お知らせ。主任遠藤正輝。中、女学入学準備／英語・数学教授

表紙・鈴木信太郎／カット・鳥海青児　原精一　谷内俊夫

鈴木信太郎　佐伯米子／口絵・「南京の女」中村直人／発行日・八月一日／頁数・本文全一七七頁／定価・五十銭／発行者・東京市芝区三田　慶應義塾内・西脇順三郎／編輯者・和木清三郎／編輯担当・東京市京橋区西銀座六ノ四　交詢ビル　慶應倶楽部内・和木清三郎／発行所・東京市芝区三田　慶應義塾内・三田文学会／発売所・東京市丸ノ内三丁目二番地　株式会社籾山書店／印刷者・東京市芝区愛宕町二丁目十四番地　渡辺丑之助／印刷所・東京市芝区愛宕町二丁目十四番地　常磐印刷株式会社

■九月号（英文学特輯）　【193809】

柿（扉）　寺田政明
長篇小説　女流作家―第九回―1　美川きよ
招魂祭（小説）　原民喜
挽歌（小説）　柴田錬三郎
二十世紀イギリス文学批判
　一九三〇年代2　福原麟太郎
　二つの面　西脇順三郎
　批評の機能　成田成寿
　廿世紀英文学におけるロマン主義論争3　村山英太郎
　G・M・ホプキンズと宗教　W・H・ガアトナア　外山定男訳
　ハァバァト・リード批評体系4　崔載瑞
　ノーマン・ダグラス紀行文学5　岩崎良三
　現代思想と文学6　荒川龍彦
「持てる国」の文学　木下常太郎
詩人的交游7　高垣松雄
二〇年代アメリカ文壇に於ける暗流　杉木喬
牛津のイギリス文学　岸本一郎
狐のキャンドル8　北園克衛
廿世紀英文学と日本現代詩との俯瞰9　小林善雄
スタイルの移動10　村野四郎
大戦中のイギリス文学／戦後文学（一九一九年）11／一九二〇年の戦後文学12／一九二二・二六年戦後文学13／詩の国際的進出14／大戦とアメリカ文学の進出／イギリスの戦争文学／戦争中のロオレンス／「新領土」と「VOU」／「VOU」通信
阿部知二論15　安藤一郎
文芸鬼語（一）16　平松幹夫
故郷――文芸時評――　丸岡明
学生・アルバイト・デイィンスト　時事月評17　池上稔
新刊巡礼　山本和夫
　「湿地」和田伝著（小説集）18
　「春香伝」張赫宙著（小説集）19
　「南部鉄瓶工」中本たか子著（小説集）20
　「空色のポスト」大谷忠一郎著（詩集）21
　「道遠し」島崎藤村著（藤村文庫）22
　「潮雨句集」若林潮雨著（俳句集）23
　「花鳥品隲」岡崎清一郎著（俳句集）24
書物捜索―雑筆二十六―25　横山重
アメリカ文学良書案内（一八八八年―一九三六年）26
第二回三田劇談会27
　（座談会・出席者）久保田万太郎・水木京太　大江良太郎・戸板康二・伊志井寛・和木清三郎
海外文芸ニュース28　庄野満雌〔雄〕
八月の小説
　改造29　中央公論30　文藝春秋31　日本評論32
　三田文学33　新潮34　文芸35　文学界36
読んだものから37
見たものから38
六号雑記39
消息40
編輯後記41
表紙　鈴木信太郎

カット　鳥海青児・原精一・谷内俊夫
鈴木信太郎・佐伯米子

目次註

1 〈1〉
2 〔一九三八年七月〕
3 二十世紀英文学におけるロマン主義論争
4 ハーバート・リードの批評体系　〈リードの略伝／彼の批評体系〉※註を付す
5 ノーマン・ダグラスの紀行文学——ナポリの空は美しい彼等の汚れた手には届かないから。——
6 ——現代英文学に於ける知性——〔七月十九日〕
7 ——ロウエル女史を中心として——
8 〈GUIDE TO KULCHUR〔CULTURE?〕／Prof. NISHIWAKI／TOWNSMAN／NEW DIRECTIONS／風車を廻す者／翻訳〉〔一九三七・七・一五〕
9 二十世紀英文学と日本現代詩との俯瞰
10 〈(1)・(2)〉
11 戦後の文学（一九一九）
12 戦後の文学（一九二〇—二一）
13 戦後文学（一九二二—二三）（一九二四—二五）　※文末に〝以上岩崎良三氏作に依る〟とあり
14 詩の国際的活躍
15 〈1—5〉〔一九三八・六・二二〕
16 〈鬼語の弁／文学と功利主義／文学とヂャーナリズム〉
17 学生・アルバイト・ディーンスト——「時事月評」——
18〜20 ※新潮社刊『新選純文学叢書』
21 鳳文書院刊
22 新潮社刊
23 春泥社発売
24 文芸汎論社刊
25 〈箱根本地　追記／道楽の本　花伝書 紹巴抄／道楽の本　役者物語／石山問答その他〔七月十九日、南郷大尉戦死の報至る日〕／上田万年先生の本〉〔八月五日追記〕
26 アメリカ文学良書案内（半世紀）
27 〈……／青年歌舞伎／七月の明治座／緑波について／「湯島詣」について／再び明治座〉〔七月十六日午後　於久保田氏邸〕　※訂正（和木付記）あり。当日所用で欠席の三宅周太郎による「追記」を付す
28 〈書籍は唯一の良薬／作家と年齢／来るべき世界／ヒマラヤ征服／ヒューズ氏の新小説／デイキンズの原稿／トマスハーデイの背景〉
29 〈「孤雁」芹沢光治良／「穏かな魂」阿部知二／菊池寛、小島政二郎／「麦と兵隊」火野葦平〉
30 青砥準　※〈「鮑慶郷」上田広／「晩夏」窪川稲子／「甚七老人物」坪田譲治〉
31 ※〈「月夜」林芙美子／「三代の矜持」石川達三／「館」室生犀星／阿部知二……／火野葦平……〉
32 （初）※〈「仮想人物」徳田秋声／「晩霜」小山いと子／「野のわかれ」室生犀星〉
33 ※〈貫録備はった随筆特輯／〝三田文学が広く文壇の公器であると共に、あくまで主体は慶應義塾にあることを世間に公示する意味で効果的〟な執筆メンバー／何等かの知識を読者に与へる得のある学者随筆——専門外のものと専門内の〝余汁〟／「内燃機関」大佛次郎／「湖畔の悲劇」石坂洋次郎／堤寒三の「骨董の弁」／呼物の「三田劇談会」第一回と編輯者の努力〉
34 （T）※〈「二百十日前」岡田三郎／「陽なたの丘の少女」中村地平／「ふるさと紀行」上泉秀信／「フエヴアリット」稲垣足穂／「盗み聞き」深田久弥〉
35 ※〈「谷間」間宮茂輔／「織布」中本たか子／「藁」中山義秀／「セル」豊田正子／「文学の新世代」森山啓〉
36 ※〈「木槿咲く国」川上喜久子／「挿話」寺崎浩／「稲妻」荒木巍／「幽鬼の村」伊藤整〉
37 ※〈九州大学の故成瀬教授の遺著『仏蘭西文学研究』と漱石の大著『文学評論』／支那に関する文献——日本外事協会版　笠井孝著『裏から見た支那民族性』（昭和十年十月刊）、後藤朔太郎、村松梢風等の支那文化礼讃党の著書、陸軍省新聞班長雨宮巽「私の見た支那」、原勝「支那の性格」、神田正雄「満洲より北支へ」／最近の戦地からの手紙／その他〉
38 K・K・K　※〈松竹大船映画「母と子」／東宝文化映画部制作「北京」／西洋映画輸入解禁、雲散霧消／日本映画「楽天公子」（日活）の検閲と原作者獅子文六の抗議と／その他〉
39 ※〈火野葦平「麦と兵隊」（改造）の小林秀雄評（「朝日」学芸欄）／芥川賞、中山義秀に授賞と決定／朝日新聞が記念事業として行った「一万円懸賞募集」（非常時下の健全な家庭小説）／その他〉
40 ※〈久保田万太郎放送局を辞める／間宮茂輔、武田、川端と共に小山書店から年二回刊行する小説年鑑の編輯を担当／その他〉
41 和木清三郎　※〈「イギリス文学特輯号」執筆者紹介／好評だった「三田劇談会」／表紙改新／その他〉
＊ 「三田文学」新進作家特輯目次
＊ 「三田文学」八月号目次
＊ ※「三田文学」のバックナンバーについて

表紙・鈴木信太郎／カット・鳥海青児　原精一　谷内俊夫
鈴木信太郎　佐伯米子／口絵・「柿」寺田政明／発行日・九月一日／頁数・本文全一九二頁／定価・五十銭／発行者・東京市芝区三田　慶應義塾内・西脇順三郎／編輯者・和木清三郎／編輯担当・東京市京橋区西銀座六ノ四　交詢ビル　慶應倶楽部内・和木清三郎／発行所・東京市芝区三田　慶應義塾内・三田文学会／発売所・東京市丸ノ内三丁目二番地　株式会社籾山書店／印刷者・東京市芝区愛宕町二丁目十四番地　渡辺丑之助／印刷所・東京市芝区愛宕町二丁目十四番地　常磐印刷株式会社

■十月号　【193810】

女人（扉）　島あふひ
創作
長篇小説　女流作家—第十回—1　美川きよ
晩春（小説）　池田みち子
居所知ラセ（小説）2　松本正雄
首飾—ソマセット・モーガン3　浅尾早苗訳
エヴァンジル通り—マルセル・エーメ4　鈴木松子訳
高き心—パール・バック5　湯浅輝夫訳

海洋（詩） 三木露風
文芸案内 6 井汲清治
仏蘭西劇壇印象記 7 小場瀬卓三
コレットの地図 日下微知子
第三回 三田劇談会 8
（座談会・出席者）久保田万太郎・水木京太
石坂洋次郎・大江良太郎・戸板康二
和木清三郎・三宅周太郎
新しい世紀——文芸時評—— 丸岡明
戦時社会から——時事月評——9 池上稔
今月の小説
中央公論 10 日本評論 11 文芸 12 改造 13
文藝春秋 14 三田文学 15 文学界 16 新潮 17
遵法 18 浅井清
文芸鬼語 19 平松幹夫
中山義秀のこと 20 浅尾早苗
書物捜索——雑筆二十七——21 横山重
興業価値の異変 八田尚之
日本映画今日以後 22 豊田四郎
新刊巡礼 山本和夫・南川潤
「緑地帯」内田誠著（随筆集）23
「聖歌隊」中野秀人著（詩集）24
「生活の探求」林語堂著・坂本勝訳（エッセイ）25
「般若」秋山正香著（小説集）26
「水泳選手」石河穣治著（小説集）27
海外文芸ニュース 28 庄野満雄
美和村字篠田 和木清三郎
読んだものから 29
見たものから 30
六号雑記 31
消息 32
編輯後記 33
表紙 鈴木信太郎
カット 鳥海青児・原精一・谷内俊夫
鈴木信太郎・佐伯米子

目次註

1 〈1—3〉〔第十回終り、以下次号〕
2 〔完〕
3 ソマセット・モーガン作／浅尾早苗訳 〔をはり〕
4 マルセル・エーメ作／鈴木松子訳
5 パール・バック作／湯浅輝夫訳 〈第三回〉〈……／第二章〉
6 〈戦時体制下の文芸／戦争と文芸／「牧場物語」と「綴方教室」〉
7 〈（A）コメディ・フランセーズ〉
8 〈『新国劇新劇』に就いて／新劇と商業演劇／『前進座』その他〉（八月十二日午後 於慶應倶楽部） ※文末に和木の付記あり。三宅周太郎は当日欠席のため「三宅周太郎後記」の形で誌上参加
9 〈国民精神総動員の再出発／戦時経済の側面〉
10 青砥準 ※〈高見順が書いていた「人間像の脆弱」／「大陸の祭典」寺崎／「水のほとり」藤沢桓夫／「団欒」細田源吉〉
11 初 ※〈「幻談」幸田露伴／「風雪」阿部知二／「ちちははの記」上林暁〉
12 ※〈「山岳を征く部隊」鶴田知也／「大根の葉」寿［壺］井栄／「驟雨」渋川驍／「訓練」和田伝〉
13 〈「鷗」伊藤永之介／「台湾海峡」草野心平／「野薔薇」中里恒子／「島」川口一郎〉
14 ※〈「厚物咲」（芥川賞受賞作品）中山義秀／「人間」高見順／「渡津」里見弴〉
15 ※〈「女流作家」美川きよ／「招魂祭」原民喜／「挽歌」柴田錬三郎〉
16 〈「泥まみれ」和田伝／「乗合馬車」中里恒子／「朝」橋本英吉／「あひびき」丸岡明／「流れ」立野信之〉
17 〈Z〉 ※〈「麦と兵隊」を先頭にしたルポルタージュ文学／「女の家」（三幕四場）佐藤道子／「子狐」葉山嘉樹／「塒」伊藤永之介／高橋新吉の詩「海」〉
18 〈一—十三〉
19 文芸鬼語（二）〈大衆・通俗性の問題〉
20 〔十三・八〕
21 〈雀の夕顔／雀の発心／雀の草子 付勧学院物語／鶴の草子 付魚の歌合／上田万年先生の本 二〉〔八月十五日〕
22 〔終〕
23 山本和夫 モダン日本社刊
24 山本和夫 帝国教育会出版部。中野秀人の詩「流れの歌へる」及「聖歌隊」の一部を紹介批評
25 山本和夫 生活の発見 創元社刊
26 南川潤 白水社発行・発売
27 南川潤 民族社刊
28 〈エズラ・パウンドの Cogtiations ／ドリンクウォーターの遺稿／空から見た南極／国外に於るドイツ作家の出版／コミンターンの話／小説家の知識〉
29 ※〈河出書房から出た蔣介石著『百千万民衆に訴ふ』の中の「西安監禁半月記」（西安事変の真相を伝へたといふ）／「支那及支那人」で好評を呼んでゐる村上知行の「九・一八前後」／現代に過去を甦へらせる名人二人—西の谷崎潤一郎、東の永井荷風、その縁因／「麦と兵隊」—岡田三郎評（都）など〉
30 K・K・K ※〈日活と文部省との共同企画に成る「路傍の石」（山本有三の小説を田阪具隆が映画化）／景気のよい話題の中心にある新劇／倉田文人の「北へ帰る」（菅原卓の戯曲の映画化）／六大学野球秋のシイズン到来——戦前戦後の挨拶賛成——〉
31 ※〈純文学の営利雑誌「文芸」「新潮」「文学界」／デヴイヴイエの「舞踏会の手帳」／皮無くば心形の形で」—朝日新聞運動欄に出た老飛田穂洲が大学野球当局を警めた文章中の"昭和聖代特記して記憶にとどめるべき怪文字"！／その他〉
32 ※〈庄野誠一、砂子書店［砂子屋書房］から小説集「肥つた紳士」を上梓／小島政二郎、軍報道部の依嘱をうけ文壇従軍記者として杉山平助、北村小松と共に参戦／その他〉

33 和木清三郎 ※〈三回を重ねた「三田劇談会」／「若い人」上映の際のシナリオライター八田尚之と、監督豊田四郎の原稿／その他〉

＊「三田文学」現代英文学特輯目次

＊「文芸汎論」十月特大号——三田文学新鋭作家集——目次

＊ 貝谷八百子舞踊公演会上演舞踊台本懸賞募集 貝谷舞踊研究所

表紙・鈴木信太郎／カット・鳥海青児 原精一 谷内俊夫 鈴木信太郎 佐伯米子／口絵・「女人」島あふひ／発行日・十月一日／頁数・本文全二一四頁／定価・五十銭／発行者・東京市芝区三田 慶應義塾内・西脇順三郎／編輯者・和木清三郎／編輯担当・東京市京橋区西銀座六ノ四 交詢ビル 慶應倶楽部内・和木清三郎／発行所・東京市芝区三田 慶應義塾内・三田文学会／発売所・東京市丸ノ内三丁目二番地 株式会社籾山書店／印刷者・東京市芝区愛宕町二丁目十四番地 渡辺丑之助／印刷所・東京市芝区愛宕町二丁目十四番地 常磐印刷株式会社

■十一月号（秋期創作特輯）【193811】

扉 仲田菊代
人形の座（小説）1 南川潤
雪華（小説）2 石河穣治
裸像（小説）3 鈴木満雄
秋風（小説） 後藤逸郎
閉された庭（小説） 片山修三
〔碓〕礁氷越え（小説） 津村信夫
魔力（小説）4 遠藤正輝
如来の家（小説） 柴田錬三郎
熱帯魚（小説） 中山隆三
夢の器（小説） 原民喜
静脈（小説）5 阪田英一
長篇小説 女流作家—第十一回—6 美川きよ
第四回三田劇談会7
（座談会・出席者）久保田万太郎・三宅周太郎 水木京太・三宅三郎・大江良太郎 戸板康二・和木清三郎
今月の小説
改造8 中央公論9 文藝春秋10 日本評論11 文芸12 文学界13 三田文学14 新潮15
見たものから16
読んだものから17
六号雑記18
消息19
編輯後記20
執筆者住所
表紙 鈴木信太郎
カット 鳥海青児・原精一・谷内俊夫 鈴木信太郎・佐伯米子

目次註

1 〔十三・九・二二〕 ※次号「三田文学」評に、"十月「中央公論」に掲載の「舞台」と続篇をなすもの" とあり
2 〈一—五〉
3 〔一九三八・九・二三〕
4 〈1—5〉
5 ——ソッカーの関係—— 〈(1)—(6)〉〔終〕
6 〈1—3〉
7 〈……／『忠臣蔵』／前進座／小林一三氏の「芝居ざんげ」／花柳の独立興行〉〔終り〕
8 〈「文芸雑感」・正宗白鳥／「路地」張赫宙／「間抜けと腑抜け」石和浜次郎／「敦煌物語〔語〕」松岡譲／「ますらを」小田嶽夫〉
9 青砥準 ——新人号—— ※〈「黒白」田畑修一郎／「手紙」平川虎臣／「舞台」南川潤／「未来」宮内寒弥／「蚕愁」打木村治／「嗜好」原奎一郎〉
10 〈「一夜の知人」富沢有為男／「くらげ」間宮茂輔／「百日堂先生」川端康成〉
11 ※〈「囚敵」山田清三郎／「煤煙」榊山潤／「盛り場」高見順／「風雪」阿部知二〉
12 ※〈「坂本龍馬の妻」（百八十枚の大作戯曲）貴司山治／「慰問文」葉山嘉樹／「都会の人」芹沢光治良／「月のある庭」平林彪吾／「往くもの帰るもの」阿部知二／「大人のうそ」網野菊〉
13 ——全同人特輯号—— ※〈「野葡萄」森山啓／「巡礼」阿部知二／「冷蔵屍」村山知義／「秋の歌」今日出海／「続さざなみ軍記」井伏鱒二／「高原記」林房雄／「運命」芹沢光治良／「木石」舟橋聖一／「山雨」藤沢桓夫／「亮子の飲〔領〕分」深田久弥／「眼鏡」武田麟太郎／詩「英霊を故山の秋風裡に迎ふ」三好達治〉
14 ※〈「女流作家」（第十回）美川きよ／「晩春」池田みち子／「居所知ラセ」松本正雄〉
15 〈「岩礁」田畑修一郎／「姥捨」太宰治／「最初の記憶」徳永直／「歴史」榊山潤〉
16 K・K・K ※〈「鶴八鶴次郎」成瀬巳喜男による川口松太郎の小説の映画化／新協劇団「デッド・エンド」／宝塚少女歌劇の「ビッグ・アップル」〉
17 ※〈ミッチェル女史の高名の小説"Gone with the wind"（大久保康雄訳）とその邦訳題名「風と共に去りぬ」「風に散りぬ」「風のまにまに」／シナリオ化で成功した「綴方教室」と井汲清治による関連文（本誌十月号）〉
18 ※〈河合栄次郎の四著書発禁／岡崎の「現代文芸の解剖」／農民文学懇話会の設立、文学賞の設定 機関紙の発刊／その他〉
19 ※〈高橋広江、フランス留学より帰朝／遠藤正輝、兼ねて開設中の中学、女学校入学準備塾を「英数国学館」と命名／その他〉
20 和木清三郎 ※〈秋期創作特輯の執筆者紹介／水上瀧太郎の転居／リーグ戦と早稲田の主将、高須の態度／パルプの統制と国策〉

＊「三田文学」十月号目次

＊ ※芸術小劇場第四回公演（紋章）の案内あり（十一月二日

—六日　於築地小劇場〉
＊　※茅野蕭々『独逸浪漫主義』（三省堂）の広告中、推薦文「山岸光宣氏評」（東京日日新聞所載）の紹介あり

表紙・鈴木信太郎／カット・鳥海青児　原精一　谷内俊夫　鈴木信太郎　佐伯米子／口絵・仲田菊代／発行日・十一月一日／頁数・本文全二八六頁／定価・六十銭／発行者・東京市芝区三田　慶應義塾内・西脇順三郎／編輯者・和木清三郎／編輯担当・東京市京橋区西銀座六ノ四　交詢ビル　慶應倶楽部内・和木清三郎／発行所・東京市芝区三田　慶應義塾内・三田文学会／発売所・東京市丸ノ内三丁目二番地　株式会社籾山書店／印刷者・東京市芝区愛宕町二丁目十四番地　渡辺丑之助／印刷所・東京市芝区愛宕町二丁目十四番地　常磐印刷株式会社

■十二月号　【193812】

猫（扉）　椿貞雄
創作
人形の座（小説）1　南川潤
執念（小説）2　遠藤正輝
長篇小説　女流作家―終篇―3　美川きよ
高き心―パール・バック4　湯浅輝夫訳
子供に語る（詩）5　露木陽子
美しき流れ（詩）　荘原照子
一九三八年のセレナアド（詩）　江間章子
文芸案内6　井汲清治
仏蘭西劇壇印象記（承前）7　小場瀬卓三
一九三八年回顧
演劇回顧七章8　西村晋一
昭和十三年の文学　保田與重郎
三十八年度記　丸岡明
昭和十三年度の詩壇　小林善雄
戦時下の映画9　辻久一
時事月評　池上稔
昭和十三年俳壇回顧10　伊藤鷗二
一九三八年の外国映画　藤井田鶴子
意地　内田誠
「道化の町」を読む11　平松幹夫
野球の話12　三宅大輔
第五回　三田劇談会13
（座談会・出席者）久保田万太郎・三宅周太郎
水木京太・三宅三郎・大江良太郎
戸板康二・井汲清治・和木清三郎
新刊巡礼
「言語地理学」松原秀治訳（研究）14
「人間」前田河広一郎著（長篇小説）15
「日本の覚醒」岡倉天心著（評論集）16
「くれなゐ」窪川稲子著（長篇小説）17
「天の夕顔」中河与一著（長篇小説）18
六号雑記19
見たものから20
読んだものから21
今月の小説
中央公論22　文藝春秋23　改造24　日本評論25
三田文学26　文芸27　文学界28　新潮29
消息30
編輯後記31
表紙　鈴木信太郎
カット　鳥海青児・原精一・谷内俊夫
鈴木信太郎・佐伯米子・近藤晴彦

目次註

1〔未完〕
2〈魔力　第二部〉〈1―4〉
3〈第十二回・終篇〉〈1―3〉〔完結〕
4〈第四回〉パール・バック作／湯浅輝夫訳
5　※〝十月二十六日東京詩人クラブ主催―戦争詩の「夕」にて朗読せしもの〟と付す
6〈地上に置かれた人間に就いて／土地と文芸／文芸の発生について〉
7〈(B)オデオン座／(C)アトリヱ座／(D)アテネ座／(E)モンパルナッス座／(F)其他の劇場／(G)結論〉※〝著者等　仏蘭西文学専攻の徒輩に対する今日出海の非難（文藝春秋二月号所載）への反駁〟と付記あり
8〈一―七〉
9〔十三・十・二七〕
10〈(一)―(四)〉〔十月三十日稿〕
11〈文芸鬼語（三）〉〔一〇・二八〕
12〈前文／一、野球用具／一、選手の不養生／一、野球の批評〉〔十月二十五日稿〕
13〈……／『新生新派』／『歌舞伎座』／『有楽座』／『東京劇場』／『文楽座』〉
14　太田咲太郎／ドーザ著／冨山房百科文庫
15　北村彰三／六芸社発行
16　北村彰三／聖文閣
17　南川潤／中央公論社
18　南川潤／三和書房
19　※〈〝文学の追求は形式の追求である〟といふ単純な真理／日本評論の文芸時評欄／「冬の宿」以後の阿部知二の作品／蚕糸会館での東京詩人クラブ「戦争詩の夕」と島崎藤村の言〝事変以来日本の詩人は何をしたか？〟／初期の文藝春秋に似た「博浪沙」（田中貢太郎主宰）／かつて廃刊した雑誌「行動」の田辺茂一出資にかゝる「あらくれ」（秋声老を畏敬する人々の一群が初めてこれを育成す）／問題のない文壇の随一の話題――火野葦平「土と兵隊」／野間清治の死／「少年倶楽部」を読んで大きくなったもののもつ反省／文部省の展覧会――一つの日本画、安田靫彦の「孫子勒姫女」〉
20　K・K・K　※〈久保田万太郎が当番幹事になった文学座の第三回試演に「ゆく年」（久保田作・演出）を公演／豊田四郎の文学映画「冬の宿」／明治座十月の花柳章太郎独立興行／久方ぶりに覇権に関係した早慶戦／その他〉
21　※〈新宿中村屋主人著『一商人として』（万人必読の謂はゞ

「人生案内」／小泉塾長の「アメリカ紀行」と滝沢敬一「フランス通信」／塾の名文家――小泉信三と高橋誠一郎〉
22　青砥準　――女流作家号――　※〈……／「煉獄の霊」円地文子／「秋袷」矢田津世子／「竈の火は絶えじ」中本たか子／「膿盆胎児」小山いと子／「山道」佐藤俊子／「恋の手紙」宇野千代／「老妓抄」岡本かの子／「文学の現代的意義」中島健蔵〉
23　〈「土と兵隊」火野葦平〉
24　〈「読書」西田幾多郎／「外国文学鑑賞」正宗白鳥／「満洲行」新田潤／「蜈虫と雀」和田伝／「私とバスケット」宇野千代／「廬山血戦」立野信之〉
25　〈「成長」貴司山治／「北洋航路」福田清人／「山の幸」葉山嘉樹／「風雪」阿部知二〉
26　――三田作家の創作特輯号――　※〈「人形の座」（先月中央公論新人号の小説と続篇をなすもの）南川潤／「雪華」石河穣治／「裸像」鈴木満雄／「秋風」後藤逸郎／「閉された庭」片山修三／「碓氷越え」津村信夫／「魔力」遠藤正輝／「女流作家」美川きよ――完結を待って／「如来の像」柴田錬三郎／「熱帯魚」中山隆三／「夢の器」原民喜／「静脈」阪田英一〉
27　※〈「黄色い手紙」荒木巍／「一家」寺崎浩／「妻」北原武夫／「東京のゆくへ」（戯曲）久保田万太郎〉
28　※〈「流れ」北野信之／「失はれた心」丸岡明／「奈良」池田小菊／「僚友のうちに」古沢安二郎／上信［演］脚本「みちのくの僧兵」大木直太郎〉
29　宿　※〈火野葦平のルポルタアジユ文学……／「恩賞」新田潤／「日光室」中里恒子／「鮭と共に」大江賢次／「金銭」伊藤貞助〉
30　※〈小島政二郎、十一月十二日第九回聯合三田会に於て、十一月二十日三田新聞主催「全慶應芸術祭」に於て「漢口攻略・軍従軍談」を講演／その他〉
31　和木清三郎　※〈時局下における文芸雑誌経営の困難／その他〉
＊　「三田文学」秋期創作特輯号目次
＊　「三田文学紅茶会」　※案内（十一月廿八日午後六時、於慶應倶楽部別室〉
＊　三田新聞学会主催「全慶應芸術祭」　※予告（十一月廿日午後一時　於九段軍人会館　協賛、ワグネル・ソサエティ、マンドリンクラブ、映画研究会、三田文学会）
＊　※新刊図書の紹介あり〈評論集『戴冠詩人の御一人者』保田與重郎著・東京堂／『土俵場規範』彦山光三著・生活社／随筆集『緑地帯』内田誠著・モダン日本社〉

表紙・鈴木信太郎／カット・鳥海青児　原精一　谷内俊夫　鈴木信太郎　佐伯米子　近藤晴彦／口絵・「猫」椿貞雄／発行日・十二月一日／頁数・本文全一六一頁／定価・五十銭／発行者・東京市芝区三田　慶應義塾内・西脇順三郎／編輯者・和木清三郎／編輯担当・東京市京橋区西銀座六ノ四　交詢ビル　慶應倶楽部内・和木清三郎／発行所・東京市芝区三田　慶應義塾内・三田文学会／発売所・東京市丸ノ内三丁目二番地　株式会社籾山書店／印刷者・東京市芝区愛宕町二丁目十四番地　渡辺丑之助／印刷所・東京市芝区愛宕町二丁目十四番地　常磐印刷株式会社

一九三九年（昭和十四年）

■一月号（随筆「支那」特輯・新年号）【193901】

大魔王観音御振舞（扉絵）　棟方志功
創作
人形の座（小説）　南川潤
紅い褒美（小説）[1]　十和田操
帰還船（小説）[2]　鈴木満雄
崩潰（小説）[3]　遠藤正輝
舞踊　黒髪[4]　岡田八千代
新しい道（戯曲・百二十枚）[5]　市川正雄
氷山（詩）　三木露風
高き心（翻訳小説・第五回）[6]　パール・バック　湯浅輝夫訳
小説家マルタン（翻訳小説）　マルセル・エーメ　鈴木松子訳
俳壇展望　加宮貴一
観察　小泉信三
"HOKUSAI"　高橋誠一郎
鴨の一生　山本実彦
断片[7]　宇野浩二
昭和十三年度「三田文学」賞授賞者[8]
貝殻追放――独逸皇帝万歳――[9]　水上瀧太郎
生活と作品[10]　石坂洋次郎
広重　内田誠
時局を直視する（一）[11]　清水伸
春の句・六題
新年五章[12]　富安風生

銃後新春 13　滝春一

初詣 14　池内友次郎

スタヂオの門 15　保坂文虹

新春五句　伊藤鷗二

奉天詠草 16　大場白水郎

筆で描いた支那と支那人と事変 17

従軍日記 18　小島政二郎

見て来た支那 19　北村小松

包頭の町　保田與重郎

「上海」上陸前後 20　榊山潤

馮白樺君　小田嶽夫

燕京小吃記　奥野信太郎

幽燕の思出 21　宮島貞亮

支那の詩　一戸務

窖花（コウホウ）22　八重樫昊

貧しき従軍記者 23　金行勲夫

北支従軍（絵と文）24　中村直人

現地から

漢口へ続く揚子江 25　池田みち子

北京生活第一課 26　中村恵

西南部日本の港 27　池上稔

戦場から 28　故 飯沼進

再び戦線へ 29　倉島竹二郎

戦場から　塩川政一

征途へ　田中孝雄

戦場から　水藤昧一

第六回　三田劇談会 30

（座談会出席者）久保田万太郎・三宅周太郎・水木京太

三宅三郎・大江良太郎・戸板康二・和木清三郎

春相撲を前にして 31　彦山光三

今月の小説

中央公論 32　改造 33　文藝春秋 34　日本評論 35

三田文学 36　文芸 37　文学界 38　新潮 39

読んだものから 40

見たものから 41

消息 42

編輯後記 43

表紙　鈴木信太郎

カット　鳥海青児・原精一・谷内俊夫

中村直人・鈴木信太郎・佐伯米子

目次註

1　――ある虚弱児童がその母から竹取噺を聴く絵巻に寄せて――〈い・ろ・は・に・ほ〉〔おしまひ〕

2　〔十三年・十一月・五日〕

3　――魔力　第三部――〈1―3〉〔――力魔〔魔力〕了――〕

4　〈前段　花の御所／後段　浅茅が宿／あとがき〉　※〝尾上菊五郎氏の物語りたる想案によりてつくりたるもの……〟と「あとがき」に記す

5　〈三幕四場〉〈第一幕／第二幕（第一場・第二場）／第三幕〉

6　〈第五回〉〔未完〕　※訳者付記あり

7　※後記あり

8　第三回「三田文学」賞授賞者決定　三田文学賞銓衡委員会

9　――独逸皇帝万歳――　〔昭和十三年十二月五日〕

10　〔昭和十三年十二月〕

11　――一兵卒に与ふ――　〈まへがき／宇垣氏の退陣／官界政界の我執／新党運動の正体／この老成の我執／戦争経済と金／兵卒は斯くあれ〉〔一三・一一・三〇〕　※和木による付記あり

12　※五句

13　※五句

14　※五句

15　※五句

16　白水郎　※五句

17　※本文にはこの標題欠く

18　〈前記一・二〉〔つゞく〕

19　〈戦争文学／この現実／大敵〉

20　『上海』上陸前後

21　〔昭和十三年十二月四日〕

22　〔日本紀元二五九八・十一・三〇〕

23　――徐州大包囲戦の前夜――　〈南京出発／浦口へ渡る／津浦線南段／最前線蚌埠／空襲〉　※付記あり（〝金行生〟として）

24　※和木による著者紹介文掲載あり。絵二葉を付す〈わが兵隊さんの軍服を修理する支那娘、平遙城内にて／山西省太谷県城内にて戦死者の碑を造る部隊長〉

25　〔つゞく〕

26　〈S君の北京／潤明楼の招宴〉〔つゞく〕

27　――時事月評――　〔ウラル丸船中にて〕

28　飯沼進　※筆者についての付記あり

29　※和木に宛てた書簡と俳句、短歌の紹介あり

30　〈……／新劇興行と「文学座」／東宝劇団／「松竹家庭劇」／「ロッパ」と「五郎」／明治座の「新派」／「前進座」／「歌舞伎座」／新国劇〉〔十一月十八日　午後　於慶應倶楽部別室〕

31　――玉錦中心の夏場所回顧――　〈玉錦を悼む／夏場所の玉錦／四横綱の総当戦／その後の四横綱〉〔一三・一二・七・午後六時〕

32　〈上田広の陣中小説「帰順」／丹羽文雄の長篇の序「還らぬ中隊」〉　※「文藝春秋」掲載の武田麟太郎の「土と兵隊」の評をとりあげての批評を含む

33　〈「乾隆御賦」長与善郎／「ある家の二階と階下」高見順／「先駆移民」湯浅克衛／「文芸雑感」正宗白鳥〉

34　〈「李永泰」豊島与志雑〔雄〕／「金鉱」大鹿卓／「侮蔑」佐藤俊子〉

35　※〈「高原」川端康成／「丸ノ内草話」岡本かの子／「在学理由」豊岡吐志雄／「風雪」阿部知二／「知性の改造」三木清〉

36　――三田文学・創作欄三篇――　※〈南川潤「人形の座」／遠藤正輝の「執念」／美川きよ「女流作家」〉

37 ――十二月、創作四篇―― ※〈橋本英吉「衣食住 その他」／中村地平の「離れ島にて」／川上喜久子の童女像／張天翼の小説〉
38 ※評論〈清水幾太郎の「二つの現実」／伊藤整の「人間の理念」／中島健蔵の「濶達の精神」〉 創作〈「嵐の蔭に」山田清三郎／「椎の木の家」鶴田知也／「おちか一家の夏の話」上田進／「岩野泡鳴伝」（完結） 舟橋聖二〉 ※最後に編集者に対する註文を記し〝妄言多謝〟と付す
39 宿 ※〈「幼年時代」間宮茂輔／「花」平山虎臣／「男戦ひに行く」青江舜二郎／「栗の木の湯箱」栗田三蔵／「4A格」小山いと子〉
40 ※〈新宿中村屋主人相馬の「一商人」と同夫人相馬黒光著作『黙移』――相馬黒光その人の身を以って書き綴った明治文学側面史――／アレクシス・カレル博士の仏語の原著『人間――この未知なるもの――』（岩波刊・桜沢如一訳）〉
41 K・K・K ※〈娯楽的雰囲気ばかり強烈な新着外国映画約三十本／文芸映画の華々しい光茫を見せた日本映画――「東京千一夜」内田吐夢・「日本人」島津保次郎・「チョコレートと兵隊」佐藤武〉
42 ※〈石坂洋次郎、「若い人」「麦死なず」を普及版として年内に上梓／間宮茂輔、長篇小説「あらがね」後篇を書下し、小山書店から刊行／南川潤、昭和十三年度三田文学賞を授与、日本文学社から小説集「風俗十日」を十二月下旬刊行／美川きよの「女流作家」昭和十三年度三田文学賞と決定／十二月十日三田文学、フランス文学会主催で太田咲太郎の入営壮行会を開催／その他〉
43 和木清三郎 ※〈「戦場から」の筆者飯沼（国文科出身）が戦場にて戦死を遂げたこと／帝展特選棟方志功画伯の扉／その他〉
＊ 「三田文学」十二月号目次
＊ 三田文学賞銓衡委員氏名 ※〈久保田、小島、井汲、西脇、三宅（周）、水木、勝本（清）、杉山、和木〉
＊ 三田文学紅茶会 ※案内 （一月二十日夕六時、於慶應倶楽部別室）
＊ ※新刊図書の紹介あり 〈『柘榴の芽』（小説集）丸岡明著・青山二郎装幀／『風俗十日』（小説集）南川潤著・鈴木信太郎装幀・日本文学社／『肥つた紳士』庄野誠一著・砂子屋書房〉
＊ ※丸岡明著 創作集『柘榴の芽』（日本文学社刊）の広告中、推薦文「鶴田知也評」の紹介あり

表紙・鈴木信太郎／カット・鳥海青児 原精一 谷内俊夫 中村直人 鈴木信太郎 佐伯米子／口絵・「大魔王観音御振舞」棟方志功／発行日／一月一日／頁数・本文全三二一頁／特価・七十銭／発行者・東京市芝区三田 慶應義塾内・西脇順三郎／編輯者・和木清三郎／編輯担当・東京市京橋区西銀座六ノ四交詢ビル 慶應倶楽部内・和木清三郎／発行所・東京市芝区三田 慶應義塾内・三田文学会／発売所・東京市丸ノ内三丁目二番地 株式会社籾山書店／印刷者・東京市芝区愛宕町二丁目十四番地 渡辺丑之助／印刷所・東京市芝区愛宕町二丁目十四番地 常盤印刷株式会社

■二月号 【193902】

支那の女（扉） 中村直人
創作
人形の座（小説）1 南川潤
病める季節（小説）2 片山修三
その後の吉三（戯曲）3 三宅大輔
曠野（小説） 原民喜
真に賦（詩） 村野四郎
雪の降る日（詩） 長田恒雄
文学と生活4 矢崎弾
批評なき現代 十返一
知性と文学の一考察5 平松幹夫
新劇協同公演雑感6 石河穣治
浮世絵の輸出7 渋井清
王昭君の悲劇8 田中克己
書物捜索―雑筆二十八―9 横山重
「三田文学賞」規定10
従軍日記11 小島政二郎
蚌埠の従軍生活12 金行勲夫
漢口へ続く揚子江 池田みち子
北京生活第一課13 中村恵
第七回 三田劇談会14
（座談会・出席者）久保田万太郎・三宅周太郎・水木京太・三宅三郎・大江良太郎・和木清三郎
時局を直視する15 清水伸
新刊巡礼
「戴冠詩人の御一人者」保田與重郎著（評論集）16
「サボテン島」北園克衛著（詩集）17
「若草」福田清人著（長篇小説）18
「耳語懺悔」山田清三郎著（小説集）19
「雲間」金谷完二著（小説集）20
「笑ふ恋人」尾崎士郎著（長篇小説）21
「火田」前田河広一郎著（小説集）22
読んだものから23
今日〔月〕の小説
改造24 中央公論25 日本評論26 文藝春秋27
三田文学28 文芸29 新潮30 文学界31
編輯後記32
表紙 鈴木信太郎
カット 中村直人・鳥海青児・原精一・谷内俊夫・鈴木信太郎・佐伯米子

目次註

1 〔第四回 終、以下次号〕
2 〈1・2〉〔以下次号〕
3 〈一幕三場〉〈第一場／第二場（舞踊劇）お七と吉三／第三場〉 ※まへがき〔宝塚にて 大輔記〕を付す。また、第二場の末尾の註に〝この舞踊劇の部分は、昭和十年十一月、飛行館にて公演の、藤陽会に於いて、藤間勘十郎氏振付、清元梅吉郎作曲にて、上演せり〟と付す

4 ――三田文学賞の作家を機縁に―― 〔終〕
5 ――文芸鬼語（四）――
6 〈1・2〉〔十三・十二・廿三〕
7 〔昭和十三年十二月〕
8 〈一―四〉〔畢〕
9 〈即売会の朝／常磐の婳　桝形奈良絵本／恋の道心横笛滝口　古浄瑠璃正本／林若樹氏の所蔵本の入札会〉〔十月廿五日〕
10 「三田文学賞規定」 ※（昭和十四年度の三田文学賞募集　賞金五百円也、銓衡委員会（久保田、小島、井汲、三宅、西脇、水木、杉山、勝本、石坂、和木）
11 〈前記三〉〔つゞく〕 ※著者と内閣情報部及び海軍省軍事普及部との間に交わされた昭和十三年八月二十六日よりの往復書簡紹介
12 ――貧しき従軍記者の一部・徐州大会戦の前夜―― 〈使役・張／徐州作戦開始／蚌埠野戦支局／戦局支局の食べもの〉〔未完〕
13 〈中秋節の夜／S君「再見」〉〔十一月十二日〕
14 〈『金閣寺』の道具／『歌舞伎座』／『新国劇』／『青年歌舞伎』／『明治座』／『有楽座』の協同公演〉〔昭和十三年十二月二十三日於慶應倶楽部別室〕
15 ――戦争は大増税へ―― 〈経済戦としての欧洲大戦／事変第三年の戦争経費／戦争財源を何するか／悪性インフレ防止の必要／徹底的増税の覚悟を要する〉〔一三・一二・二六〕
※〝文中「ドル」とあるのは「千ドル」の誤りである〟との訂正、次号にあり
16 〔東京堂〕 田中克己
17 〔アオイ書房刊行〕 木下常太郎
18 〔第一書房〕
19 〔六芸社〕
20 〔野田書房〕
21 〔作品社出版〕
22 〔六芸社出版〕 北村彰三
23 ※〈支那問題の尾崎秀実（中央公論　新年号）と雑誌「東亜」（新年号）の匿名巻頭論文／プウルジエの「ラザリイヌ」／「益軒養生訓」／正宗白鳥の福沢諭吉雑感（改造　十二月号）／カントの「純粋理性批判」の大訳業を成した天野貞祐の論文「人間の苦悩と創造」（改造　新年号）／杉山平助の文章（改造　正月号）／茂吉の秀歌――「朝日」元旦紙上／とどまることを知らぬ火野「兵隊」もの／白井喬二『富士に立つ影』（モダン日本社）〉
24 〈土産話」里見弴／「若き啄木」藤森成吉／「伝説」武田麟太郎／「後方の土」立野信之〉
25 紙屋庄八　※新年号〈……／石川達三「武漢作戦」／丹羽文雄「還らぬ中隊」〉以上二名の作品に対する阿部知二・上司小剣及び尾崎士郎の批評を文中に紹介
26 〈「老人ホーム」間宮茂輔／「土」宇野千代／「煙」岡田三郎〉
27 〈「馬」伊藤永之介／「鶴亀」里見弴〉
28 ――新年号創作欄―― 〈「人形の座」南川潤／「紅い褒美」十和田操／「帰還船」鈴木満雄／「崩潰」遠藤正輝／「黒髪」岡田八千代／「新しい道」市川正雄〉
29 ――新年号―― ※〈朝鮮の作家張赫宙の加藤清正／「燎原」大江賢次／他短篇四つ―岡本、井伏、宇野、中河について〉
30 〈ペコ〉 ※〈新年号創作の〝総評〟、主に編輯の効果について批難〉
31 ――一月号の創作―― 〈「楊柳」舟橋聖一／「影」阿部知二／「運命」芹沢光治良〉 ※その他〈真船豊の戯曲「秋の海」／村山知義のシナリオ「春香伝」／三好達治の詩「とほきことのは」／吉田健一「ラフオルグ論」／座談会「二十世紀とは如何なる時代であるか」などに対する寸評〉
32 和木清三郎　※〈「新年号」が近頃の好況／執筆者紹介〉
＊ 新刊図書の紹介あり　〈『柘榴の庭』丸岡明著・日本文学社／『肥った紳士』庄野誠一著・砂子屋書房〉
＊ 「三田文学」一月号随筆支那特輯目次
＊ 三田文学紅茶会　※案内　一月二十日午後六時　於慶應倶楽部別室

表紙・鈴木信太郎／カット・中村直人　鳥海青児　原精一　谷内俊夫　鈴木信太郎　佐伯米子／口絵・「支那の女」中村直人／発行日／二月一日／頁数・本文全一七四頁／定価・五十銭／発行者・東京市芝区三田　慶應義塾内・西脇順三郎／編輯者・和木清三郎／編輯担当・東京市京橋区西銀座六ノ四交詢ビル　慶應倶楽部内・和木清三郎／発行所・東京市芝区三田　慶應義塾内・三田文学会／発売所・東京市丸ノ内三丁目二番地　株式会社籾山書店／印刷者・東京市芝区愛宕町二丁目十四番地　渡辺丑之助／印刷所・東京市芝区愛宕町二丁目十四番地　愛宕印刷株式会社

■三月号　【193903】

壺（扉）　寺田政明
創作
人形の座（小説）1　南川潤
病める季節（小説）2　片山修三
白い宮殿（小説）　後藤逸郎
樋口一葉（戯曲・四幕　百七十枚）3　巌谷三一
鉛筆の生命（詩）　北園克衛
古い鏡（詩）　小林善雄
地上におけるわがミュウス（詩）4　永田助太郎
Portrayt〔Portrait?〕（詩）5　中村千尾
国策的理想主義の一例 6　矢崎弾
文学作品の古さ新しさ 7　平松幹夫
時局を直視する 8　清水伸
従軍日記（三）9　小島政二郎
戦地の縫針 10　金行勲夫
写真　宇野信夫
阪急沿線夙川 11　阪田英一
女の論理 12　鈴木松子
自著に題す
自信の精神 13　中岡宏夫
単純な立場　南川潤
「柘榴の芽」について 14　丸岡明
芸術の文学 15　庄野誠一

読んだものから 16
見たものから 17
第八回　三田劇談会 18
（座談会・出席者）三木重太郎・久保田万太郎
三宅周太郎・水木京太・大江良太郎
戸板康二・和木清三郎
俳壇展望　加宮貴一
新刊巡礼
「積雪」滝井孝作著（小説集）19
「風物誌」滝井孝作著（随筆集）20
「肥つた紳士」庄野誠一著（小説集）21
「石を投げる女」伊藤整著（小説集）22
「突捧〔棒〕船」間宮茂輔著（小説集）23
今月の小説
改造 24　中央公論 25　文藝春秋 26　日本評論 27
三田文学 28　文芸 29　新潮 30　文学界 31
三田文学紅茶会 32
消息 33
編輯後記 34
「前金切」について 35
表紙　鈴木信太郎
カット　中村直人・鳥海青児・原精一
谷内俊夫・鈴木信太郎・佐伯米子

目次註

1 〔第五回・終・以下次号〕
2 〈3―5〉〔1938・8・23〕
3 〈第一幕（その一、西片町／その二、清水橋）／第二幕（其の一、大音寺前／その二、大音寺前）／第三幕（丸山福山町）／第四幕（丸山福山町の家―一葉の最後）〉〔昭和十三年十月脱稿〕 ※〝六・七月ごろ　水谷八重子一座で上演されるものである〟と「編輯後記」に記す
4 地上におけるわがミユウス
5 PORTRAYT
6 ――石川達三著「結婚の生態」を素材として日本のインテリ精神を批判する――〔完〕
7 ――「草筏」を中心として――　文芸鬼語（五）〔一・三二〕
※「水上先生宛」書簡の形式。文末には「追曰」として〝丁度この校正の日に外村繁著「草筏」が池谷賞を授与されたといふ記事あり。又、文学界二月号には、亀井勝一郎の友情に満ちた親切な紹介批評があることを発見……この作家の今後に着目したい……云々と記す
8 時局を直視する㈢――余力ある戦勝を期す――〈戦勝と和平の見通し／万民輔翼と一人の重臣／勝って疲弊する勿れ／消費統制政策の意味／要は物資供給の豊強策〉〔一四・一・二八〕 ※「お詫び」として、前号の数字の誤植訂正あり
9 〈出発／上海第一夜〉〔つゞく〕
10 ――『貧しき従軍記者』の一部――〈部隊は行動を起した／懐遠／秩父宮殿下を迎へ奉る／出発準備〉
11 〔終〕
12 ――殴った彼奴――
13 ――自著に題して――〔一九三九・二・二一〕
14 短篇集「柘榴の芽」について
15 廿代の文学〔昭和十四年二月五日〕
16 ※〈「朝日」の谷川徹三―天野博士の「改造」出現について／阿部知二「文学者と市民」（都）の「政治文学」者への警告／火野葦平「○○兵隊」以降の雑誌／「即興詩人」宮原晃一郎訳／「おらんだ正月」―日本の科学者達（森銑三）／女流だけの詩「LA MER」の発刊／正宗白鳥の「朝日」での言―「文学修業」について／手易く入る日本の古典―岩波新書「万葉秀歌」（斎藤茂吉編）と谷崎「源氏物語」〉
17 K・K・K　※〈菊五郎「娘道成寺」／新劇コンクールの三劇団―文学座、新築地劇団、新協劇団／松竹大船映画「子供の四季」／東宝京都「むかしの歌」（シナリオ　森本薫、演出　石田民三）〉
18 〔一四・一・二〇〕 ※三木重太郎を囲んで昔の市村座時代の話など。尚、三木発言に関する正誤箇所次号に掲載あり
19 （改造社版）
20 （砂子屋書房）
21 （砂子屋書房刊）
22 （竹村書房）
23 突棒船（竹村書房刊）
24 〈「先遣隊」徳永直／「多甚古村駐在記」井伏鱒二／「人生案内」丹羽文雄／「東莞行」火野葦平〉
25 紙屋庄八　※〈「ある従軍部隊」尾崎士郎／「呉松クリーク」日比野士朗／「海女」大田洋子〉
26 〈東亜に迫る世界の圧力（座談会）／「平沼内閣論」阿部真之助／「日本思想と唯物思想」金子鷹之助／「文学の嘘」川端康成の文芸時評／「木と金の間」宇野浩二／「ほととぎす」堀辰雄〉
27 〈「草の蔭」和田伝／「一つの結末」榊山潤／「死者の書」釈迢空／「風雪」阿部知二〉
28 ――二月号創作欄――〈「人形の座」南川潤／「病める季節」片山修三／「曠野」原民喜／「その後の吉三」三宅大輔／矢崎弾の文学批評（昭和十三年度　三田文学賞の作家）〉 ※文末に、〝これは余計な事だが〟と前置きして〝此の雑誌の発行日が出鱈目なのはひどく気になる。この怠慢は、考へ方によれば大きい欠陥の一つであらう〟と結んでいる
29 〈「藁人形」徳永直／「微笑」伊藤整／「養蚕」三波利夫〉
30 ペコ〈「フライムの子」奈知夏樹／上林暁の離郷記／「夕陽の街」平川虎臣〉
31 〈「第一歩」中本たか子／「乱雲」大江賢次／「雪の下」森山啓〉
32 ※二月二十四日午後六時　於銀座交詢ビル・慶應倶楽部別室、一月フランスから帰朝の二宮孝顕の「最近フランス文壇事情」の講演あり
33 ※三田芸術学会主催のもとに「浮世絵西籍展覧会」開催（二月九日―十一日於慶應義塾図書館内）／三田文学紅茶会の案内／今春文科卒業の鈴木満雄、後藤逸郎の送別会（於「はつね」）報告／その他
34 和木清三郎　※〈趣向を変えた「第八回劇談会」／執筆者紹介〉
35 三田文学会
＊ 「三田文学」二月号目次

＊　バック・ナムバアについて　三田文学会

＊　※日本文学社の広告中、葉山嘉樹著『山の幸』に武田麟太郎の推薦文（文藝春秋十一月号より）、丸岡明著『柘榴の芽』に鶴田知也の推薦文を付す。又第二回、第三回の三田文学賞受賞者南川潤の『風俗十日』などの広告も付す

表紙・鈴木信太郎／カット・中村直人　鳥海青児　原精一　谷内俊夫　鈴木信太郎　佐伯米子／口絵・「壺」寺田政明／発行日／三月一日／頁数・本文全二一八頁／定価・五十銭／発行者・東京市芝区三田　慶應義塾内・西脇順三郎／編輯人・和木清三郎／編輯担当・東京市京橋区西銀座六ノ四　交詢ビル　慶應倶楽部内・和木清三郎／発行所・東京市芝区三田　慶應義塾内・三田文学会／発売所・東京市丸ノ内三丁目二番地　株式会社籾山書店／印刷者・東京市芝区愛宕町二丁目十四番地　渡辺丑之助／印刷所・東京市芝区愛宕町二丁目十四番地　愛宕印刷株式会社

■四月号　【193904】

毛皮商人と子供（扉）1　中村直人
創作
人形の座（小説）2　南川潤
花粉（小説）3　鈴木重雄
灸（ラデオ・プレー）4　藤原誠一郎
夜景（小説）　原民喜
群舞（小説）5　宗克博
銀行（詩）　近藤東
夢幻の走法（詩）　菊島常二
詩壇月評　村野四郎
人情主義文学の実用的価について6　矢崎弾
古典への関心7　平松幹夫
現代詩の国際性と国内性8　木下常太郎
歌舞伎の行方　戸板康二
俳壇展望　加宮貴一
第九回　三田劇談会9
（座談会・出席者）久保田万太郎・三宅周太郎
水木京太・大江良太郎・戸板康二・和木清三郎
書物捜索—雑筆二十九—10　横山重
滞仏日記——パリの初春——11　二宮孝顕
赤いマント12　岩佐東一郎
岡本かの子の死を悼む　和木清三郎
従軍日記（その四）13　小島政二郎
革新と現状維持——時事月評——　池上稔
マルセル・エーメ素描14　鈴木松子
時局を直視する15　清水伸
新刊巡礼
「東西の文化流通」後藤末雄著（評論集）16
「茶烟亭燈逸伝」岩佐東一郎著（随筆集）17
「風俗十日」南川潤著（短篇集）18
「街」阿部知二著（長篇小説）19
「馬」伊藤永之介著（短篇集）20
「先駆移民」湯浅克衛著（短篇集）21
「移民以後」大江賢次著（短篇集）22
「有島武郎全集」鑓田研一著（第一巻）23
読んだものから24
今月の小説
改造25　中央公論26　日本評論27　新潮28
文藝春秋29　三田文学30　文芸31　文学界32
三田文学懇話会33
編輯後記34
表紙　鈴木信太郎
カット　中村直人・鳥海青児・原精一
谷内俊夫・鈴木信太郎・佐伯米子

目次註

1　山西省大谷県城内　毛皮商人と子供　直人
2　〔第六回、終、以下次号〕
3　——戦場から——
4　——ラヂオ・プレイ——　〔昭和十三年十二月〕
5　〔昭和十三・七・十〕
6　〈一、貧乏物語と人情主義／二、伊藤永之介氏と人情主義／三、説話体の概観と伊藤氏の説話法について〉〔1939.2〕
7　——文芸鬼語（六）——
8　〈一・二〉〔一九三九・二月〕　※まえがきあり
9　※久保田万太郎による付記あり。前号「劇談会」の正誤箇所についての三木重太郎よりの来信（二月廿二日付）を掲載
10　〈室町時代物語集　第三／本朝寺社物語　富田溪仙氏旧蔵／弘文荘の目録　第十二号／いづみが城　丹緑本〉
11　——パリーの初春——〈リユクサンブールの公園〔三八・三・十〕／オースタリ合併〔三・十二〕／セエヌ河畔／アンギヤンとモンモランシイ〔三・十三〕／ヨーロッパの動き〔三・十五〕〉〔一九三九・二・二〕
12　〔二月廿三日記〕
13　〈上海〉〈つゞく〉
14　——「人生斜断記」報告——
15　時局を直視する㈣——戦争に生きる文学——〈兵卒と視察者の記録／国民は何を求めるか／課題として所与の戦争／我国に於ける特殊性格／政治性高揚の前途如何／何を建設して行くのか〉〔一九三九・二・一七〕　※「おことはり」として「物資豊富策」を次号に掲載のことを予告
16　〔第一書房版〕
17　〔書物展望社版〕　※十和田操と評者名を付す
18　〔日本文学社〕
19　〔新潮社版〕
20　〔新潮社版〕
21　〔新潮社版〕
22　〔新潮社版〕
23　武郎創作全集　鑓田研一解説　※第一巻・新潮社　北村彰三と評者名を付す
24　※〈谷崎源氏とその批評—東日学芸欄の宇野浩二／キユ

リー夫人伝／野上弥生子の「大石良雄」／岩波文庫の使命とその「古典」の定義―荷風の短篇集とアーヴィングのスケッチ・ブックと〉
25 ※――三篇の小説――〈佐藤春夫の「消耗品」／大谷藤子の「山村の母達」／伊藤永之介「鰊」と露伴道人の「蘇東坡と海南島」〉
26 紙屋庄八 ※〈生彩を欠く三篇の小説―内田の「南山寿」／間宮の「南風」／芹沢の「南寺」〉
27 〈「賭」今井達夫／「風雲窟の禅門」中河興〔与〕一／「風雪」〔未完〕阿部知二／「死者の書」釈迢空／「雪たゝき」〔未完〕幸田露伴〉
28 ペコ 〈「風」岡田三郎／「神々の愛」平川虎臣〉 ※その他、菱山修三の詩「乙女等に寄す」、「新潮」の編輯に関して
29 〈「西田幾多郎を囲む座談会」の三木清 谷川清 谷川徹三 佐藤信衛 林達夫／岸田國士の従軍もの／芥川賞受賞作中里恒子の「乗合馬車」と銓衡委員のことば（久米正雄、川端康成の評を引用）／北原武夫の「門」・「妻」と菊池寛・久米正雄による批評／「お帳場日記」吉川江子〉
30 ※〈南川潤の「人形の座」第五回／「病める季節」片山修三／「白い宮殿」後藤逸郎／困つた発行日の遅延〉
31 ※――新人創作特輯――〈「雨」北原武夫／「木々の精谷の精」坂口安吾／「風車」壺井栄／「智慧の柱」南川潤／外村繁の「風樹の懐」〉
32 ※――三月号の創作欄――〈「柘榴の家」稲垣足穂／「犬の話」網野菊／「藻の花」丸岡明／「部落」丸山義二／「漂泊者」〔緑川貢〕と東日紙上の上司小剣による批評／立野信之「流れ」第二部の紹介／第五回池谷賞の発表―外村繁「草筏」〉
33 ※案内 〈三月二十四日午後六時 於慶應倶楽部別室、池月鯨太郎「議会展望」の講演の予告など〉
34 和木清三郎 ※〈〝兼ねて「三田文学」から発足した〟岡本かの子女史の訃報（二月十八日 於小石川帝大病院）／執筆者紹介、同人消息／「三田文学懇話会」に、朝日の池月鯨太郎が講演／その他〉
＊ 「三田文学」三月号目次

＊ ※新刊図書の紹介あり 〈『人生斜断記』（短篇集）マルセル・エーメ作・鈴木松子訳 白水社〉

表紙・鈴木信太郎／裏表紙・広告（鈴木信太郎画）／カット・中村直人 鳥海青児 原精一 谷内俊夫 鈴木信太郎 佐伯米子／口絵・「毛皮商人と子供」中村直人／発行日／四月一日／頁数・本文全二〇〇頁／定価・五十銭／発行人・東京市芝区三田 慶應義塾内・西脇順三郎／編輯人・和木清三郎／編輯担当・東京市京橋区西銀座六ノ四 交詢ビル 慶應倶楽部内・和木清三郎／発行所・東京市芝区三田 慶應義塾内・三田文学会／発売所・東京市丸ノ内三丁目二番地 株式会社籾山書店／印刷人・東京市芝区愛宕町二丁目十四番地 渡辺丑之助／印刷所・東京市芝区愛宕町二丁目十四番地 愛宕印刷株式会社

■五月号（春季創作特輯）【193905】

宗赤絵草花文盌（扉） 寺田政明
人形の座（小説）[1] 南川潤
暁の頌歌（小説） 塩川政一
華燭（小説） 原民喜
凍った翅（小説） 後藤逸郎
霧の中の島（小説）[2] 鈴木満雄
残された親子（小説） 柴田錬三郎
赤い縄（小説）[3] 中山隆三
その前夜（小説） 片山修三
神を育てる（小説）[4] 尾竹二三男
半年（中篇小説・一）[5] 緒田真紀江
跫音（小説） 湯浅輝夫
路地（戯曲・四幕）[6] 宇野信夫
今月の小説
改造[7] 文藝春秋[8] 日本評論[9] 中央公論[10]
三田文学[11] 文芸[12] 新潮[13] 文学界[14]
消息[15]
編輯後記[16]

表紙 鈴木信太郎
カット 大〔太〕田三郎・中村直人・鳥海青児
原精一・谷内俊夫・鈴木信太郎・佐伯米子

目次註

1 〔第七回終・以下次号〕
2 〔一九三九・三・二二〕
3 〔昭和十四年一月〕
4 〈1―7〉〔一九三九・一・六〕
5 〈一・二〉〔以下次号〕
6 〈第一幕（その一・その二）／第二幕／第三幕／第四幕―廻り舞台にて〉
7 ※〈上田広の「建設戦記」／林芙美子の「蜜蜂」／「木から金へ」宇野浩二／その他、北原白秋の「詩人賞禍あり」など〉
8 ※〈「文藝春秋欄」の低調／湯沢三千男の「北支建設一年」／谷川徹三の「日本の特殊性」／城南隠士による足掛十年の名物政界夜話擱筆のこと／上司小剣「社会時評」（帰還兵と文化の問題―火野葦平について）／「世相論議」久米正雄・池崎忠孝の対談／「観客に就いて」真船豊／「徳田秋声論」川端康成／「海南島記」火野葦平〉
9 〈「丸の内草話」岡本かの子／「風雪」阿部知二／「南国抄」丹羽文雄／「雪たたき」幸田露伴〉
10 紙屋庄八 ※〈窪川稲子の読売の時評の一文と岡本かの子の作品（「河明り」を中心に、「丸の内草話」「老妓抄」など）／「嗅」和田伝〉
11 ※〈「人形の座」南川潤／鈴木茂雄の「花粉」／藤原誠一郎のラヂオ・プレー「灸」／「夜景」原民喜／「群舞」宗克博〉
12 ※〈「山師」の中山義秀について（かつて三田文学に掲載の作品「争多き日」と――）／新人秋山正香の「砂古瀬」／「如何なる星の下に」高見順〉
13 ペコ ※〈「鶴」伊藤永之介／「他人の中」徳永直／「都会の雌雄」高見順／長篇小説「智慧の青草」石川達三／山之口貘の詩「日和」〉
14 S・Y・Z ※〈岡本かの子の死と女史の遺稿「生々流転」

／「女生徒」太宰治／「多甚古村の人々」井伏鱒二／「流れ」立野信之／「壮年（第二部）」林房雄〉
15　※〈南川潤の連載小説「人形の家」、六月中旬日本文学社より刊行／庄野誠一　丸岡明　南川潤三者の出版記念会（四月十四日午後六時、於京橋・中央亭）開催／その他〉
16　和木清三郎　※〈定例「創作特輯」号の執筆者紹介／表紙の改新／その他〉
＊「三田文学」四月号目次
＊※「三田新聞」の広告中、丸岡明　矢崎弾　村野四郎　菊岡久利の選による「全慶應文芸コンクールの原稿募集規定」の掲載あり

表紙・鈴木信太郎／カット・太田三郎　中村直人　鳥海青児　原精一　谷内俊夫　鈴木信太郎　佐伯米子／口絵・「宗赤絵草花文盌」寺田政明／発行日／五月一日／頁数・本文全二八二頁／定価・七十銭／発行者・東京市芝区三田　慶應義塾内・西脇順三郎／編輯人・和木清三郎／編輯担当・東京市京橋区西銀座六ノ四　交詢ビル　慶應倶楽部内・和木清三郎／発行所・東京市芝区三田　慶應義塾内・三田文学会／発売所・東京市丸ノ内三丁目二番地　株式会社籾山書店／印刷者・東京市芝区愛宕町二丁目十四番地　渡辺丑之助／印刷所・東京市芝区愛宕町二丁目十四番地　愛宕印刷株式会社

■六月号【193906】

薔薇（扉）　鈴木信太郎
創作
人形の座（小説）1　南川潤
沈丁花（小説）　原民喜
炉辺（戯曲・一幕二場）　鳥居与三
半年（小説・その二）2　緒田真紀江
底地の都市（詩）　小林善雄
新神話（詩）　岩佐東一郎
詩壇月評3　村野四郎
不安な例外4　矢崎弾
素材と作品5　平松幹夫
批評なき現代6　十返一
経済学に就て　池上稔
時局を直視する7　清水伸
立上る姿勢8　庄野誠一
わが独白9　中岡宏夫
女の論理10　鈴木松子
俳句五題
東窓過近江路11　水原秋桜子
春の旅12　高浜年尾
春の水13　星野立子
晩春抄14　保坂文虹
満洲だより15　大場白水郎
書物捜索―雑筆三十―16　横山重
明治節の感懐　老学庵百話㈠17　栗原広太
ノルマンデイ旅行18　二宮孝顕
送らぬ仁義19　金行勲夫
第十回　三田劇談会20
（座談会・出席者）岡鬼太郎・久保田万太郎・水木京太
大江良太郎・戸板康二・和木清三郎
俳壇時評21　伊藤鷗二
泰の手紙二つ22　増田廉吉
松本泰の思ひ出23　邦枝完二
新刊巡礼
「氷花」竹内正一著（小説集）24
「広東進軍抄」火野葦平著（戦記）25
「破戒」島崎藤村著（小説）26
「柘榴の芽」丸岡明著（小説集）27
「波の上」井上友一郎著（小説集）28
「南の海」光田文雄著（小説集）29
「文学部隊」尾崎士郎著（戦記）30
読んだものから31
今月の小説
改造32　中央公論33　日本評論34　文藝春秋35
三田文学36　文芸37　新潮38　文学界39
消息40
編輯後記41
表紙　鈴木信太郎
カット　中村直人・鳥海青児・原精一
谷内俊夫・鈴木信太郎・佐伯米子

目次註

1　〔第八回、終、以下次号〕
2　半年―その二―　〈※二のつゞき／三〉〔以下次号〕
3　〈詩人賞について／作品二、三〉　※詩人賞について〈旧詩歌懇話会による詩人賞――「古典詩集及び其他」佐藤一英／「中原中也賞」立原道造／「文芸汎論賞」中野秀人（聖歌隊）〉　※作品二三〈「新領土」の近藤東「銀行」・菊島常二「夢幻の走法」／「文芸汎論」の中野秀人「鳥」と堀口大學によるその批評〉
4　――北原武夫君の「日本的モラルの性格」への疑惑――
5　――文芸鬼語（七）――
6　〔終〕
7　時局を直視する㈤――物資を豊富にする道――　〈野垂れ死を待つもの／「持てる国日本」か／迂な「東亜経済ブロック」／方法論のない生産力拡充／軍需の現地調弁主義／産業軍編成のこと〉〔昭和十四・四・二七〕
8　――ラ・ロシユフコオ箴言集によせて――
9　〈文学の喪失／野心〔一九三九・二・一六〕／悲劇的な、余りに／独断・独善／現代の精神〔一九三九・二・一六〕／普遍性と大衆性〔三九・二・一二〕〉
10　――青蛙井戸に興亜を語る――
11　※五句
12　※五句
13　※五句
14　※五句
15　※随想の後部に五句を付す

16 〈羽左衛門に逢ふ／山中ときは　幸若舞の刊本と古浄るりの正本／難古事記伝　宇部自筆本〉〔三月十四日〕

17 ――明治節の感懐――

18 〈復活祭／ルーアン／フロオベエルの家――ゾラ・「自然主義作家論」――／ノルマンデイの春／町々の素描〉〔一九三九・三〕

19 ――徐州戦・貧しき従軍記者の一部――〈戦地の泣き言（承前）／援隊到着／老連絡員よ、さらば／キンピラ料理／出発〉

20 ※「付記」あり

21 〔――四月廿五日記――〕

22 泰の手紙二ツ

23 〔五月三日夜〕

24 〔竹文発行所版〕

25 〔新潮社版〕

26 〔新潮社版〕

27 〔日本文学社〕

28 〔砂子屋書房発行〕

29 〔赤塚書房版〕

30 〔新潮社版〕

31 ※〈エアガール座談会〉（東朝紙上に連載）の女流林芙美子、吉屋信子と菊池寛、片岡鉄兵、鮎川義介／朝日新聞社編輯『東亜建設と農業』／布施勝治の近業「ソ聯報告」／富沢の「東洋」（中央公論）と諸家評――中外の武田麟太郎、東朝紙の小林秀雄――／沙翁の翻訳でデビューした中野好夫の文芸時評（東日紙上）――岡本かの子の「雛妓」評など――／宇野浩二とゴオゴリ（中山省三郎による批評引用）／「岩波文庫」から――四月号同欄への回答／リーグ戦開幕と各紙の記事――「六大学勝敗率」と太田四洲の戦評（国民新聞）――〉

32 ※〈懸賞創作第十回の発表――（小倉龍男作「新兵群像」・竹本賢三作「蝦夷松を焚く」／創作以外では今日出海　宇野千代　滝井孝作　正宗白鳥　志賀直哉　島崎藤村　室生犀星　武者小路実篤等の随筆紀行の類／パール・バックの「愛国者」、「大地」／「岡田大将随談」〉

33 紙屋庄八〈東洋――富沢有為男の小説〉

34 〈楽天作家〉間宮茂輔／「雛妓」岡本かの子〉

35 ※〈随筆欄の宮沢俊義「亭主と女中」／戦争と「民族問題」の座談会／「政界時評」に城南隠士にかわり妙法寺三郎登場のこと／上司小剣の「社会時評」／阿部真之助と小汀利得の「官僚詮議」／川端康成の「文芸時評」（丹羽文雄の小説「南国抄」の欠点）／「旅愁」（長篇第一回）横光利一／「後の月」中里恒子／「死生」室生犀星／五月末に文藝春秋社から創刊される雑誌『大洋』について〉

36 ※〈創作特輯について―「暁の頌歌」塩川政一／「華燭」原民喜／「凍った翅」後藤逸郎／「霧の中の島」鈴木満雄／「残された親子」柴田錬三郎／「赤い縄」中山隆三／「その前夜」片山修三／「神を育てる」尾竹二三男〉

37 〈五月号創作欄―「ある時代の青年作家」岡本かの子／「駐屯記」竹森一男／「新しき土」林房雄／「一葉舟」青江舜二郎と久保田万太郎の共作〉

38 ※〈「神聖家族」（火山灰地に次いでの力作三百枚の戯曲）久坂栄二郎／「智慧の青草」石川達三／「桃栗三年」壺井栄〉

39 ※〈四月号創作欄―「陥没」橋本英吉／「ひなどり」真杉静枝／「雪の下」〔森山啓〕／「生々流転」岡本かの子／「壮年」〔林房雄〕／二月号の稲垣足穂「柘榴の家」、三月号の太宰治「女生徒」につゞく本号の創作欄〉

40 ※〈高橋広江、滞仏日記を第一書房から出版／鈴木松子、マルセル・エーメの短篇集「人生斜断記」を白水社より上梓／その他〉

41 和木清三郎　※〈執筆者紹介／松本泰の逝去と追悼記／何年振りかで芽をふいた塾の野球〉

＊「三田文学」四月号目次

＊※新刊図書の紹介あり《『人生斜断記』マルセル・エーメ著・鈴木松子訳　白水社》

表紙・鈴木信太郎／裏表紙・広告（鈴木信太郎画）／カット・中村直人　鳥海青児　原精一　谷内俊夫　鈴木信太郎　佐伯米子／口絵・「薔薇」鈴木信太郎／発行日／六月一日／頁数・本文全一九八頁／定価・五十銭／発行者・東京市芝区三田慶應義塾内・西脇順三郎／編輯者・和木清三郎／編輯担当・東京市京橋区西銀座六ノ四　交詢ビル　慶應倶楽部内・和木清三郎／発行所・東京市芝区三田　慶應義塾内・三田文学会／発売所・東京市丸ノ内三丁目二番地　株式会社籾山書店／印刷人・東京市芝区愛宕町二丁目十四番地　渡辺丑之助／印刷所・東京市芝区愛宕町二丁目十四番地　愛宕印刷株式会社

■七月号【193907】

花（扉）　近藤晴彦

創作

人形の座（完結）1　南川潤

家族（戯曲・三幕）2　宇野信夫

鰰（小説）　儀府成一

独白の図（小説）3　石野径一郎

半年（小説・その三）4　緒田真紀江

舗道の窓（詩）　長安周一

海馬島（詩）　三木露風

詩壇月評 5　村野四郎

文章について　保田與重郎

誤訳論　末津八良

三田派の新人 6　平松幹夫

時局を直視する 7　清水伸

書物捜索―雑筆三十一― 8　横山重

明治節の感懐　老学庵百話(二) 9　栗原広太

洗心談綺 10　池月鯨太郎

亡き富山雅夫君を憶ふ 11　原実

第十一回　三田劇談会 12（座談会・出席者）久保田万太郎・三宅周太郎・水木京太・大江良太郎

満洲だより(二) 13　大場白水郎

コクトウの「怖るべき親たち」14　二宮孝顕

闇相場の倫理　池上稔

第一線を追つて 15　金行勲夫
夏場所 16　北里文太郎
新刊巡礼
「人生斜断記」マルセル・エーメ著
鈴木松子訳（小説集）17
「瑞穂村」平田小六著（小説集）18
「愛憎の花」大江賢次著（小説集）19
「第一歩」中本たか子著（小説集）20
「土の文学叢書」和田・丸山・小山・打木
・鑓田・伊藤著（小説集）21
読んだものから 22
見たものから 23
今月の小説
改造 24　文藝春秋 25　日本評論 26　文芸 27
中央公論 28　三田文学 29　新潮 30　文学界 31
消息 32
編集後記 33
表紙　鈴木信太郎
カット
中村直人・鳥海青児・原精一
谷内俊夫・鈴木信太郎・佐伯米子

目次註

1 〔完結〕
2 〈第一幕―第三幕〉 ※（三幕四場）
3 〔完〕
4 半年―その三― 〔終り〕
5 〈ある種の批評について／作品について〉 ※〈「三田文学」―岩佐東一郎の「新神話」・小林善雄の「底地の都市」／「改造」―山之口貘の「紙の上」／「新領土」―今田久の「文学放棄」／「蠟人形」―佐藤一英「始の書」について・その他／「荒地」―鮎川信夫の「白い像」／「山の樹」―村次郎の「郷愁」・西垣修のエッセイ〉
6 ――文芸鬼語（八）―― 〈一、所謂「三田派」について〉〔この稿続く〉
7 時局を直視する㈥――時局の行動理論―― 〈宗教家と総力戦／総力戦と力の凸凹／増税の出来ない事情／個人主義と全体主義／全体主義の脆弱性／平沼首相の皇道主義〉「未完―一四・五・二五〕
8 〈林（森太郎）氏の売立／鉄斉の本の入札／住吉縁起　古写本／村口の目録　十四年前期〉
9 老学庵百話㈡ 〈二、舞子ケ浜の憶ひ出／三、ここにも狂歌の天才あり〉 ※〝この項は、曾て人に聞いて記憶したままを書きしるしたものであるから、或ひは聞き違ひや、記憶の誤りなども尠くないことと思はれる〟と付記あり
10 〔五月二十三日〕
11 「昭和十四・五・三一〕
12 〔終り〕
13 〔奉天ヤマトホテルにて〕
14 〔――一九三九・五――〕
15 ――徐州大会戦従軍記の一部―― 〔未完〕 ※「五月十日」の記
16 〈お化け行司／相撲物理学／貴賓席／応援／不潔／恬淡／出羽ヶ嶽／秀ノ山／立浪／和歌島／片番付／雪たゝき／静脈瘤〉〔昭和十四年五月廿六日〕
17 マルセル・エーメ作・鈴木松子訳 （白水社版）
18 （六芸社版）
19 （六芸社版）
20 （六芸社版）
21 〈「若い土」和田伝著／「土の歌」丸山義二著／「村」小山いと子著／「支流を集めて」打木村治著／「生きてゐる土」鑓田研一著／「二子馬」伊藤永之介著〉 ※以上新潮社版
22 ※〈「岩波文庫」編輯部に寄す―本誌四、六月号の同欄の付言／各人各説「東亜協同体論」―京城大学の森谷（改造）・山崎靖純・蠟山政道・加田哲二・谷口吉彦・尾崎秀実・宇田著『対支文化政策草案』の巻末に付された佐野学と鍋山貞親の「東亜協同体論」と、それに言及するただ一人の者木々高太郎／「経済情報」に書かれた安部磯雄の〝鮎川義介、傷痍死軍人遺家族への寄付〟に関する文章／土肥原賢二の「新時代と戦ふ日本」（中央公論六月号掲載）／「改造」の石川達三の小説「勝負をつける」／北原白秋と室生犀星の詩人賞賞金に関する諍と詩歌懇話会の粉砕〉
23 ※〈下落したという歌舞伎座あたりの客種／左団次の「大杯」／新協の「神聖家族」／「吾が家の楽園」と「地球を駈ける男」／宝塚少女歌劇と白井鉄造の豪華な新作「桃花春」／東宝名人会の文楽／東朝に設けられた文化映画欄／早慶戦観戦記〉
24 ※――五篇の小説―― 〈「常々ならん」深田久弥／「勝負をつける」石川達三／「部落の顔」葉山嘉樹／「通俗」高見順／「別れ」宇野千代〉
25 〈「全体と個人」三木清／「碑」中山義秀／「継子と顕良」丹羽文雄／横光利一の長篇／川端康成の「作家に就て――文芸時評――」〉
26 ※〈「星はみどりに」太田洋子／「歴史の理性」三木清／「魑魅魍魎」石上玄一郎／「博多の刀鍛冶」貴司山治／「風雪」阿部知二／今月の創作欄総評〉
27 ※〈六月号創作欄―平林彪吾の急逝とその遺作・「酪農の性格」鶴田知也・「眠られぬ夜」芹沢光治良／武田麟太郎を相手に散文精神について長広舌を揮つている広津和郎／また、その広津の散文定義に関連した丹羽文雄の意見／大山定一と今村大平の評論〉
28 紙屋庄八 ※〈「森林の結婚」寺崎浩／日比野士郎の「野戦病院」と武田麟太郎の言／加能作次郎の小説「父の生涯」〉
29 ――六月号創作欄―― 〈南川潤の『人形の座』第八回／『沈丁花』原民喜／鳥居与三の戯曲『炉辺』／緒田真紀江『平年』第二回〉 ※その他〈『不安と例外』矢崎弾／『立上る姿勢』庄野誠一／詩欄の小林善雄『底地の都市』／『新神話』岩佐東一郎／『詩壇時評』村野四郎〉
30 〈「智慧の青草」（第三回）石川達三／「営み」窪川稲子／「亡霊」丸岡明／「夜」新田潤／「埴輪の馬」南川潤／「尺八」寺崎浩／「邂逅」伊藤整〉
31 S・Y・Z ※――六月の創作欄―― 〈岡本かの子と林房雄の二長篇の続稿／「若い看手と瘋癲囚人」山田清三郎／「出帆」日比野士郎の二短篇／丸岡明の長篇が「神の意志」で完結〉
32 ※〈昨年軍属として出征した富山雅夫、北支に於て戦病

死（五月二十日、編輯後記にも付記）／その他〉

33 和木清三郎 ※〈南川潤の長篇小説「人形の座」が完結、日本文学社から、七月下旬までには上梓／今春の「早慶戦」での塾軍の立派な態度と飛田穂洲の言／その他〉

＊「三田文学」六月号目次

＊ ※新刊図書の紹介あり〈『長篇小説　人形の座』南川潤著・日本文学社〉

表紙・鈴木信太郎／カット・中村直人　鳥海青児　原精一　谷内俊夫　鈴木信太郎　佐伯米子／口絵・「花」近藤晴彦／発行日・七月一日／頁数・本文全二〇九頁／定価・五十銭／発行者・東京市芝区三田　慶應義塾内・西脇順三郎／編輯者・和木清三郎／編輯担当・東京市京橋区西銀座六ノ四　交詢ビル　慶應倶楽部内・和木清三郎／発行所・東京市芝区三田　慶應義塾内・三田文学会／発売所・東京市丸ノ内三丁目二番地　株式会社籾山書店／印刷者・東京市芝区愛宕町二丁目十四番地　渡辺丑之助／印刷所・東京市芝区愛宕町二丁目十四番地　愛宕印刷株式会社

■八月号（銷夏随筆特輯） **【193908】**

北京風景（扉）　中村直人
スポオツ雑話 1　小泉信三
登別温泉　高橋誠一郎
乃木さんの一断面　山本実彦
「マヂノ要塞」そのほか 2　高木寿一
ハウプトマンの生活 3　今泉孝太郎
詩を読んで　茅野蕭々
夏の空想　新居格
浜松の追想 4　辰野九紫
草を焼く 5　井汲清治
俳句五題
晩涼 6　富安風生
朝より夕へ 7　滝春一
晩酌 8　渡辺水巴
魚の影 9　吉田冬葉
渾河（奉天）10　大場白水郎
かの子の栞　岡本一平
ファン・レター 11　石坂洋次郎
満洲だより 12　大場白水郎
大陸日本人の教育　矢崎弾
昨日今日　丸岡明
歌舞伎雑記帳 13　戸板康二
感じたまゝ　寺田政明
夏の野釣 14　加宮貴一
第十二回　三田劇談会
（座談会・出席者）久保田万太郎・三宅周太郎・水木京太・大江良太郎・和木清三郎
書物捜索—雑筆三十二— 15　横山重
三田派の新人 16　平松幹夫
考査監督　日野嵒夫
時局を直視する（七）17　清水伸
老学庵百話（三）18　栗原広太
野球の話 19　三宅大輔
鮎夜道 20　日高基裕
淡婆姑戯談　湯浅輝夫
（従軍記）
アルバムから　丹羽文雄
水と魚のこと 21　井上友一郎
麦と従軍記者 22　金行勲夫
（詩・三篇）
日本植物図譜 23　蔵原伸二郎
海色のライカ　八十島稔
大倉村の手紙　津村信夫
詩壇月評 24　村野四郎
涼風コント八篇
部分画　今井達夫
蘆屋の海 25　美川きよ
真夏の庭　南川潤
午後の雨　後藤逸郎
サルルの女　鈴木満雄
蟹　柴田錬三郎
捕虜二景 26　池田みち
海の見える公園 27　戸川エマ
かまくらおち 28　高橋啓人
三田文学賞規定 29
幼き日—ヘルマン・ヘッセ　井手貢夫訳
墓—チャールス・クック　湯浅輝夫訳
読んだものから 30
見たものから 31
チャールス・クックのこと 32
新刊巡礼
「丹羽文雄選集」古谷綱武編（小説集）33
「鴬」伊藤永之介著（小説集）34
「丸ノ内草話」岡本かの子著（小説集）35
「蛭の仲間」一条正著（作品集）36
「海上封鎖」佐藤光貞著（海軍文学）37
「葉山桃子」湯浅克衛著（小説集）
「国境からふと」前田河広一郎著（報告文学）38
「島の挿話」中本たか子著（小説集）
「野の断層」間宮茂輔著（作品集）
「藪の中の家」徳永直著（小説集）
「老妓抄」岡本かの子著（小説集）
「風景の諷刺」吉原重雄著（詩集）39
「伊太利の薄明」ローレンス著・外山定男訳（紀行文）40

今月の小説
中央公論41　改造42　文藝春秋43　日本評論44
三田文学45　文芸46　新潮47　文学界48
消息49
編輯後記50
表紙（三田風景）　鈴木信太郎
カット　中村直人・鳥海青児・原精一
谷内俊夫・鈴木信太郎

目次註

1 ――此一篇を平沼亮三氏に贈る――
2 〈一、城塞によって国を守る／二、チエコの亡国／三、戦争はいつ起るか〉
3 〔了〕
4 〈1・2〉
5 〔完〕
6 ※五句
7 ※五句
8 ※五句
9 ※五句
10 ※五句
11 〔昭和十四年七月〕
12 満洲だより㈢〔奉天ヤマトホテルにて〕
13 〈素描／時間／人柄〉〔昭和十四年六月〕
14 〈名人／日がみなり〉
15 〈書籍目録　元禄十一年板／阿弥陀本地　承応元年板〉〔六月十八日〕
16 ――文芸鬼語（九）――〈二、「肥った紳士」の作者〉〔この稿つゞく〕
17 ――営利主義の休業――〈時局の行動理論／戦争と闘争本能／文化と本能の戦争／日ソ・日英戦を憂ふ〉〔未完〕〔一四・六・二六〕
18 〈四、演習嫌ひの将軍／五、馬を愛せよ〉
19 『野球の話』――今年のプロ野球――
20 〔一四・六・二四〕
21 〔七月二日〕
22 ――徐州大包囲戦従軍記の一部――〔未完〕※〝前回より数日の手記をとび起えてこの部分を発表する……〟云々と「断り」あり
23 〈枯木／蘆／欅／松／からたち／釣鐘草／藤／合歓花／杉／公孫樹／むべ／くるみ／樹／古松／光苔／山桜／椎の実／梨花／ねむ／石竹／巨樹／竹／果物／山百合／日本の花〉
24 〈純粋詩について／作品について〉※純粋詩について―〈春山行夫が「新領土」に於て、十数回にわたり論述したエッセイ／このエッセイを取り上げた「日本詩壇」今月号の福田正夫文／三木清の読売新聞に寄せた「不定な知識人」〉※作品について―〈「三田文学」、長安周一の「舗道の窓」／三木露風の「海馬島」／「月刊文章」と「文芸」に掲載の近藤東の作品「地図」、「青春」／「新潮」、藤原伸二郎の「志士の歌」／「セルパン」、入江好之の「甲虫」〉
25 蘆屋《あしや》の海《うみ》
26 池田みち子
27 〔一九三九・六・二八〕
28 〈巻の一／巻の二／巻の三／巻の四〉
29 ※昭和十四年度「三田文学賞」募集。【193902】に同じ
30 ※モーリヤック作「愛の沙漠」（杉捷夫訳）と諸家批評（間宮茂輔、石川達三、円地文子、中村武羅夫）／「早稲田文学」の「公論私論」欄／死後相ついでその作品を発表、「大」なることを証される岡本かの子／重要な一項目をなして来た各雑誌の「新刊紹介」――「三田文学」以来、「文学界」「文芸」「新潮」で――／「新潮」の洒落たページ「近影一葉」／八月号の「泰西作家の小説論」／「文芸」八月号の「映画批評の諸問題」での津村秀夫／富沢有為男「私の小説勉強」と北原武夫「文学者の精神」〉
31 平松光夫／岡部栄　※〈東京舞踊座の旗上げ公演（六月初旬）／新国劇の「児島大審院長」／松竹映画の「花ある雑草」／某研究劇団の「わが家の楽団」／新築地の海援隊（和田勝一原作）について〉（平松光夫）※〈現代作曲家連盟の発表会〔六月二十一日夜〕／コンセル・ルミエエル　日比谷公会堂〔六月二十五日〕について／前進座の「忠臣蔵」〉（岡部栄）
32 湯浅輝夫
33 （竹村書房版）
34 （改造社版）
35 丸の内草話（青年書房版）
36 （赤塚書房）
37 （六芸社）
38 （六芸社）
39 （作品社）佐伯郁郎
40 D・H・ローレンス著／外山定男訳
41 〈「縷紅新草」泉鏡花／「秋風夢」酒井龍輔／「春蘭」松岡譲〉
高多正喜
42 〈里見弴の「くちやね島」／矢田津世子の「痴女抄録」／立野信之「黄土地帯」／宮本百合子「藪の鶯このかた」／豊島与志雄の文芸時評「文学の肯定面について」〉※その他〈中野重治の「Impromptu」／「魚の合唱」林芙美子／「香澳詩抄」の詩　中山省三郎〉
43 ※〈文藝春秋の随筆、短評主義などについて／「芸術の日本的性格」長谷川如是閑／随筆の、牧野伸顕「松濤閑談」／「緑雨、逍遥、鷗外」正宗白鳥／「満洲信片」久米正雄／内田百聞〔閒〕と兼常清佐の「こんにやく問答」／片岡鉄兵の時評／「分身」窪川稲子／「大空の鷲」井伏鱒二／「旅愁」横光利一〉
44 〈「愛と死」武者小路実篤／「民話」丸山義二〉※「愛と死」評には、本誌掲載の武者小路実篤「続牟礼随筆」中の文章を引用
45 ――七月号創作欄――〈南川潤の「人形の座」／宇野信夫の戯曲「家族」／儀府成一の「鯆」／石野径一郎の「独白の図」／緒田真紀江の「半年」〉※他に、平松幹夫の評論「三田派の新人」について
46 鶴　※〈「草履を抱く女」真杉静枝／「昨日の顔」円地文子／「山の家」大谷藤子／「如何なる星の下に」高見順／戦争文学座談会「戦争の体験と文学」〉
47 代　〈「白い鳥」外村繁／「朝」北原武夫／「イルカの手帳」真杉静枝／「帆柱の行方」田畑修一郎／「智慧の青草」石川達三／「志士の歌」蔵原伸二郎〉

48 ※〈七月号の「陰の土地」耕治人／「遠雷」外村繁／「多甚古［多甚古村］駐在記」井伏鱒二〉

49 ※〈石坂洋次郎、創作集「闘犬画」を新潮社から、随筆評論集を中央公論社から出版／北原武夫、創作集『妻』を春陽堂から上梓／戸川秋骨、七月九日慶應病院にて逝去／富山正文、東亜事情研究会の塾生団の指導員として、朝鮮、満洲、支那へ旅行／その他〉

50 和木清三郎 ※〈工業大学創設で多忙中の塾長の原稿／岡本かの子の思い出／本号のために執筆の板倉卓造「歴代英国王の死因調査」の原稿は、内務省の内閲を得たが、現下における内容の適切性が反って仇となり遂に登載不許可となる／その他〉

＊ ※新刊図書の紹介あり 〈『渦まく支那』山本実彦著・改造社発行／『柘榴の芽』丸岡明著・日本文学社／『妻』（小説集）北原武夫著・春陽堂発行／『人形の座』（長篇小説）南川潤著・日本文学社発行／『雑草園』（評論随筆集）石坂洋次郎著・中央公論社発行／『人生斜断記』（小説集）マルセル・エーメ著・鈴木松子訳・白水社発行／『闘犬図』（小説集）石坂洋次郎著・新潮社発行／『肥つた紳士』（小説集）庄野誠一著・砂子屋書房／『女流作家』（長編小説）美川きよ著・中央公論社／『滞仏日記』（評論・随筆集）高橋広江著・第一書房〉

＊ 「三田文学」七月号目次

＊ 「前金切」について

＊ 三田文学合本

＊ ※岡本一平「かの子の栞」の後に、『岡本かの子創作著作集』七冊の紹介あり

＊ ※「雑誌は銃後の精神を作る！」「戦場へモツト雑誌を送れ」のキャッチ・フレーズで「第七回雑誌週間」の運動の記載あり

＊ ※三田文学会〔昭和十四年七月〕の執筆による戸川秋骨の訃報あり（七月九日 慶應病院にて）

表紙・「三田風景」鈴木信太郎／裏表紙・広告（鈴木信太郎画）／カット・中村直人 鳥海青児 原精一 谷内俊夫 鈴木信太郎／口絵・「北京風景」中村直人／発行日・八月一日／頁数・本文全二一六頁／定価・六十銭／発行者・東京市芝区三田慶應義塾内 西脇順三郎／編輯者・和木清三郎／編輯担当・東京市京橋区西銀座六ノ四 交詢ビル 慶應倶楽部内・和木清三郎／発行所・東京市芝区三田 慶應義塾内・三田文学会／発売所・東京市丸ノ内三丁目二番地 株式会社籾山書店／印刷者・東京市芝区愛宕町二丁目十四番地 渡辺丑之助／印刷所・東京市芝区愛宕町二丁目十四番地 愛宕印刷株式会社

■九月号 【193909】

創作
姑娘（扉絵） 中村直人
溺没（小説） 原民喜
螢（小説）1 真下五一
未成年たち（小説） 十返一
腐蚕（戯曲・二幕四場） 藤井艶子
八月の太陽（詩）2 山田有勝
緑の歌（詩） 東郷克郎
詩壇月評3 村野四郎
絶対の文学覚え書4 山本和夫
近代詩の一現象5 小林善雄
三田派の新人6 平松幹夫
時局を直視する7 清水伸
書物捜索―雑筆三十三―8 横山重
老学庵百話（四）9 栗原広太
歌舞伎雑記帖10 戸板康二
第十三回 三田劇談会 小林一三氏に物を訊く
（座談会・出席者）小林一三・岡鬼太郎・久保田万太郎・三宅周太郎・水木京太・大江良太郎・和木清三郎
満洲だより11 大場白水郎
土俵に注ぐ瞳 鈴木彦次郎
本好きの巡査 岩佐東一郎
孤立！戦死者あり！12 金行勲夫
父の追憶13 戸川エマ
新刊巡礼
「妻」北原武夫著（小説集）14
「人形の座」南川潤著（長篇小説）15
「隣家の人々」一瀬直行著（小説集）16
「薔薇の世紀」塩月赳著（小説集）17
「落城日記」左近義親著18
「結婚」尾関岩二著（小説集）19
「模範綴方全集」川端康成選20
見たものから21
読んだものから22
今月の小説
中央公論23 文藝春秋24 日本評論25 改造26
三田文学27 新潮28 文芸29 文学界30
消息31
編輯後記32
表紙（三田風景） 鈴木信太郎
カット 中村直人・鳥海青児・原精一 谷内俊夫・鈴木信太郎

目次註

1 〔一四・四〕

2 〈1―3〉

3 〈戦争詩集について／作品について〉 ※戦争詩集について――〈東京詩人クラブ員の他、佐藤春夫、北原白秋等総数三十余名の作品〉 ※作品について――〈セルパン〉所載の菊岡久利の「北国の山間で」／同誌、小熊秀雄「東京短信」／三田文学所載、蔵原伸二郎の「日本植物図譜」／同誌、八十島稔「海色のライカ」／「四季」所載、津村信夫の「大倉村の手紙」／「文学者」所載、浅野晃の「いのちを捨てての姿勢」／「文芸汎論」所載、阪本越郎の「東京薄暮」／山中散生の「夏のコラージュ」／「新領土」所載、酒井正平の「記」／小林善雄の「窓

4　――良寛研究序論――　※文中、「良寛禅師奇話」、「読永平録」その他の良寛の詩、和歌を引用。又、武者小路実篤の言（日本評論の「牟礼随筆」）、杉山平助の言（「高慢な知識階級」）などを紹介しながら筆者自身、他所に発表した「自然」に就ての文、「死」に就いての文（「無宗教」）などを所収

5　〈1―3〉

6　――文芸鬼語（九）――　〈三、「柘榴の芽」の作者／四、「風俗十日」「人形の座」の作者〉

7　時局を直視する㈧――実業人の経済統制――　〈実業家と営利の苦心／官僚独善への恐怖／新経済体制の考案／中途半端な営利取締〉

8　〈（仮題）きまん島物語　古写本／恨之介　古活字本／六代御前　奈良絵本〉〔七月廿四日〕

9　〈六、列車の中から最敬礼／七、酒を語る〉

10　〈六代菊五／型／大向〉〔昭和十四年七月〕

11　満洲だより㈣　〈航空路／ヤマトホテル屋上／防空令／長沼公園／八月〉

12　――徐州大包囲戦従軍記の一部――　〔未完〕

13　〔一九三九・八・五〕

14　（春陽堂）

15　（日本文学社）

16　（竹村書房版）

17　（赤塚書房版）

18　（教文館）

19　（六芸社）

20　『模範綴方全集』　島崎藤村／川端康成／森川たま選（中央公論社版）

21　※〈新国劇―「沢田とその一党」／新劇全盛―築地小劇場の株／前進座の歌舞伎の再演出／浅草、青年歌舞伎の悲惨な興行／八月「歌舞伎座」の「女人哀詞」／「寿万歳・団子売」の寿美蔵時蔵の踊り／めつきり増えた市バスの新人女車掌〉

22　※〈基督日本渡来説について（七月五日付の中外紙の記事と青森県下のキリストの遺蹟）／「妙子ちゃん誘拐事件」と警視庁金子博士の断案紹介／七月三十一日付・東朝紙学芸欄中の「東亜協同体論」について／東京の著者をあつめた軍司令部小川一真の写真帖と森鷗外の「妻の手紙」（岩波新書十七）と、小堀杏奴の解説／支那事変で失ったインテリの手記、手紙類の聚集出版／無名インテリ田中清司の遺稿詩集「衣裳せる風景」／支那紹介の良書津田左右吉「支那思想と日本」、尾崎秀実「現代支那論」／阿部知二「楡の墓」／「茶煙亭燈逸伝」（岩佐東一郎）〉〔一四・八・四〕〈「報知新聞」での三木武吉の抱負／リーグ戦の一本勝負と石黒文部次官の弁〉

23　紙屋庄八　※〈室生犀星の小説「さすらひ」／伊藤永之介の「牛」／石川達三の「恩給先生と不良学生」／久保田万太郎の戯曲「一トしぐれ」〉

24　〈「楡の墓」阿部知二／「上流家庭」深田久弥／「旅愁」横光利一〉　※その他片岡鉄兵の「文芸時評」／及び三宅周太郎のもの

25　亀　〈「鱒」伊藤永之介／「雑草」榊山潤／「天才児童」小山いと子〉

26　※〈間宮茂輔の「鯨」／「篝火」尾崎士郎／癩歌人明石海人の小説の遺稿「双生樹」について（文芸の「高架線」と比較して）／豊島与志雄の文芸時評「文学の形象について」／本誌総評〉

27　※――随筆特輯号――　〈「午後の雨」後藤逸郎／「蟹」柴田錬三郎／「海の見える公園」戸川エマ／「部分画」今井達夫／「蘆屋の海」美川きよ／「真夏の庭」南川潤／「サルトルの女」鈴木満雄／「捕虜二景」池田みち〉

28　代　〈「岬の女行者」中村地平／「若き日」中里恒子／「士佐人文記」榊山潤／「智慧の青草」石川達三（完結）〉

29　鶴　〈「空想家とシナリオ」中野重治／「霧の夜」日比野士郎／「高圧線」明石海人／「無心邂逅」徳田一穂／「息吹き」伊藤整／座談会「映画批評の諸問題」（板垣鷹穂など）〉

30　※〈「羅馬の春」（新年号掲載「イタリーの春」の続篇）今日出海／「生々流転」岡本かの子／平川虎臣の「梯子」など八月の創作／リレー評論／河上徹太郎の編輯後記／川端の「綴方の話」／「花」真船豊／「経堂小誌」青野季吉〉

31　※〈水上瀧太郎　大阪朝日・東京日日新聞社の取締役に就任／久保田万太郎、自作の映画化のためシナリオ執筆／石坂洋次郎の中篇「まごころ」は、九月東宝映画で上映／その他〉

32　和木清三郎　※〈今月の「劇談会」に小林一三と、又、彼と慶應義塾時代同クラスの岡鬼太郎も同席／明朗であるべきスポーツ、「リーグ戦」の小煩さい人事／表紙改新／紙に悩まされつづけるこの二三ケ月／その他〉

＊　「三田文学」八月銷夏随筆特輯号目次

＊　「雑誌週間　九月七日より二十日迄」　※雑誌週間の運動については前号参照

＊　※日本文化中央連盟の「皇紀二千六百年奉祝演劇脚本懸賞募集」あり

＊　三田文学賞規定　※前号に同じ

※　本号表紙に「小林一三氏に物を訊く」と特記あり

表紙・「三田風景」鈴木信太郎／カット・中村直人　鳥海青児　原精一　谷内俊夫　鈴木信太郎／口絵・「姑娘」中村直人／発行日・九月一日／頁数・本文全一七九頁／定価・五十銭／発行者・東京市芝区三田　慶應義塾内　西脇順三郎／編輯者・和木清三郎／編輯担当・東京市京橋区西銀座六ノ四　交詢ビル　慶應倶楽部内・和木清三郎／発行所・東京市芝区三田　慶應義塾内・三田文学会／発売所・東京市丸ノ内三丁目二番地　株式会社籾山書店／印刷者・東京市芝区愛宕町二丁目十四番地　渡辺丑之助／印刷所・東京市芝区愛宕町二丁目十四番地　愛宕印刷株式会社

■十月号　【193910】

壺（扉絵）　寺田政明

創作

中篇小説　神々の鞭（一）1　塩川政一

病獣（小説）2　一条正

空気（小説）　遠藤正輝

野戦集（詩）3　山本和夫

Silent picture（詩）4　小林善雄

炉その他（詩）5　菱山修三

詩壇月評6　長田恒雄
春信7　渋井清
「妻」とその作者8　平松幹夫
辛辣なる作家について　上林暁
紅若9　戸板康二
時局を直視する10　清水伸
書物捜索―雑筆三十四―11　横山重
老学庵百話㈤12　栗原広太
第十四回　三田劇談会13
（座談会・出席者）久保田万太郎・水木京太
大江良太郎・内村直也・和木清三郎
映画14
夕落葉（俳句）15　加藤しげる
新刊巡礼
「丹羽文雄選集」古谷綱武編（第二―五巻）16
「文学開眼」上林暁著（評論集）17
「浅瀬」渋川驍著（小説集）18
「一袋の駄〔駄〕菓子」窪川稲子著（小説集）19
「有島武郎」鑓田研一著（小説）20
「寝園」横光利一著（小説）21
「鶺鴒の巣」尾崎士郎著（小説集）22
「清貧の書」林芙美子著（小説集）23
「風の中の子供」坪田譲〔治〕次著（小説集）24
「パリの生活」高橋広江著（旅行記）25
読んだものから26
見たものから27
今月の小説
中央公論28　文藝春秋29　三田文学30　文芸31
改造32　日本評論33　新潮34　文学界35
消息36
編輯後記37
表紙（三田風景）　鈴木信太郎
カット　中村直人・鳥海青児・原精一
谷内俊夫・鈴木信太郎

目次註

1 〈1―3〉〔第一回終〕
2 〈1―6〉〔十四年七月二十三日〕
3 〈訃報／鉄路／鬪《たたか》ひ〉
4 SILENT PICTURE
5 炉（その他）〈炉―夏　其の一／市井の人―夏　其の二／小粒の太陽―夏　其の三〉
6 詩壇時評　※〈綜合雑誌の詩欄全般について／九月号「改造」の故明石海人の作品／「中央公論」の丸山薫／「セルパン」の西川満／同じく乾直恵／「三田文学」の山田有勝／同じく東郷克郎／「文芸汎論」に数ケ月に亘つて掲載された長島三芳の詩〉
7 〔昭和十四年八月二十三日稿〕
8 ―続「三田派の新人」―〈文芸鬼語（十）〉※創作集「妻」の作者北原武夫他について
9 ―演劇雑記帳―〈紅若／にほひ〉〔昭和十四年九月〕
10 時局を直視する㈨―容れられない時局談―〈新聞社説の無難性／独ソ不侵〔不可侵〕条約への対策／言論不自由の逆効果／新聞と雑誌の時局談／持たざる国日本とドイツ〉〔二四・八・二四〕
11 〈古浄瑠璃正本集第一／明治末年まで／水谷翁の「絵入浄瑠璃史」／安田文庫の十四種／其他の古い正本〉〔八月十八日〕
12 〈八、金蘭の交り〉
13 〔終り〕
14 ―満映とアメリカ映画―（P）
15 ※十句
16〜25 ※批評者（G）
16 （竹村書房発行）
17 （赤塚書房刊）
18 （赤塚書房版）
19 『一袋の駄菓子』
20 （新潮社版）
21 （新潮社版・昭和名作選集）
22 （新潮社版・昭和名作選集）
23 （新潮社版・昭和名作選集）
24 坪田譲治著（新潮社版・昭和名作選集）
25 （第一書房）
26 ※〈丹羽文雄の「隣人」及び近松秋江の「こんな女もゐる」（共に中央公論九月号所載）／当時の国際情勢（ソ独不可侵条約の成立と日独防共協定）に関する感想をのべた諸家のもののうち共に東朝紙の「槍騎兵」にあらはれた杉山平助の「万事好し」及び高田保馬の「最近の感想」／森田草平の随筆「芻蕘言」／高見順の「私の小説勉強」／文庫ものの盛衰（版画荘文庫、冨山房文庫、岩波文庫――ノヴーリスの「青い花」九月五日刊――）／ジャーナリズムの底流で活動する詩人雑誌の創刊―尾崎士郎の「風報」（パンフレット）・中河与一の「文芸世紀」／ブルノー・タウトの旅行記の抄本（岩波新書）〉
27 ※〈大阪文楽座の東京興行／谷崎潤一郎の随筆的興趣「文楽座に於ける一個の比類なき壮観」―津太夫の語り口と綱造／文五郎と紋十郎の技巧と芸風／国際報導写真協会版のシリイズ「ブンラク」（桝型・総アート紙の書物）／東宝映画の「街」（阿部知二作）／八月の歌舞伎座〉
28 紙屋庄八　※〈里見弴の「文学」と先月の犀星の「さすらひ」／「隣人」丹羽文雄／「長男」徳永直／近松秋江「こんな女もゐる」の「女」と岩野泡鳴の「征服、被征服」に出てくる「女」〉
29 〈「あさくさの子供」長谷健／「鶏騒動」半田義之〉※共に「今回の芥川賞」とある。森山啓の「あさくさの子供」についての評（都新聞）も引用
30 〈『溺没』原民喜／『螢』真下五一／『未成年たち』十返一〉※その他〈藤井艶子の『腐蚕』についての感想／平松幹夫の評論『三田の新人』（完結）について〉
31 鶴　※〈馬場恒吾と正宗白鳥の「文芸談論」／中野重治の「空想家とシナリオ」／井上友一郎の「おもかげ」／中村地平の「蕃界の女」〉
32 ※〈「出世譜」芹沢光治良／「罪の台」外村繁／武田麟太郎

の短篇小説四篇／その他、坪田譲治をも含めた創作の総評〉

33　亀〈石川達三の「伴奏ある風景」／宇野千代の「歌姫」／尾崎士郎の「博多」〔未完〕〉※他に、妻であり、芸術家である故岡本かの子女史を描いた岡本一平の作品「解脱」についての感想と「創作欄」全般について

34　T〈「桜ホテル」北原武夫（※新長篇の第一回）／「草合戦」和田伝／「馬家溝」竹内正一／「石膏」稲垣足穂／「鏡」三好十郎〉

35　※〈「母代」船〔舟〕橋聖一／「屑籠」寺崎浩／「動力」岩倉政治／故本庄陸男の「黒い砂糖」と武田麟太郎の追悼の文〉

36　※〈高橋広江、随筆集『パリの生活』を第一書房から刊行／北原武夫、春陽堂から再刊される「新小説」の編輯委員となる／その他〉

37　和木清三郎　※〈執筆者紹介／好評の先月「劇談会」／和木清三郎、鮮満支視察の旅へ出立／その他〉

＊「三田文学」九月号目次

＊「三田文学」八月号銷夏随筆特輯号

表紙・「三田風景」鈴木信太郎／カット・中村直人　鳥海青児　原精一　谷内俊夫　鈴木信太郎／口絵・「壺」寺田政明／発行日・十月一日／頁数・本文全一五六頁／定価・五十銭／発行者・東京市芝区三田　慶應義塾内・西脇順三郎／編輯者・和木清三郎／編輯担当・東京市京橋区西銀座六ノ四　交詢ビル　慶應倶楽部内・和木清三郎／発行所・東京市芝区三田　慶應義塾内・三田文学会／発売所・東京市丸ノ内三丁目二番地　株式会社籾山書店／印刷者・東京市芝区愛宕町二丁目十四番地　渡辺丑之助／印刷所・東京市芝区愛宕町二丁目十四番地　愛宕印刷株式会社

■十一月号（秋季創作特輯）【193911】

薔薇（扉）　寺田政明
蜂窩房（小説百四十枚）1　石河穣治
旅の男（小説）　後藤逸郎
風のある夜明け（小説）2　鈴木満雄
去つて行く女（小説）3　柴田錬三郎
昔の鳥（小説）4　中山隆三
植物のやうに（小説）5　片山修三
嗤ふ（小説）6　尾竹二三男
候鳥（小説）　木崎繁
友情（小説）7　堀田昇一
長篇小説　神々の鞭（二）8　塩川政一
第十五回　三田劇談会
（座談会・出席者）柳永二郎・伊志井寛　久保田万太郎・大江良太郎・戸板康二
読んだものから9
見たものから10
今月の小説
中央公論11　文藝春秋12　三田文学13　文芸14
改造15　日本評論16　新潮17　文学界18
編輯後記19
表紙（三田風景）　鈴木信太郎
カット　中村直人・鳥海青児・原精一　谷内俊夫・鈴木信太郎

目次註

1　第一章〈一ノ一―一ノ五〉第二章〈二ノ一―二ノ六〉

※二ノ二の文末に〝以下四行削除〟と記す

2　〔一四・九・二五〕

3　〈一―五〉

4　〈一―四〉〔昭和十四年九月〕

5　〈第一章――彼は生れたが……〉

6　〈1・2〉

7　〈一―七〉〔完〕

8　〈3・4〉〔第二回終〕

9　※〈九月十二日の夕刊（九月十三日付）に報道された支那派遣軍総司令部設置の件と、それに関する各紙の論評紹介（報知・東朝紙・読売）／独ソ不可侵条約をめぐる平沼内閣の退場、阿部内閣の登場などの国内情勢を形容（比喩）した諸家の名句紹介（広津和郎　小倉正恒　伊藤正徳　松本忠雄）／高橋広江の「パリーの生活」の読後感〉

10　※〈猿之助の「小鍛治」（九月の明治座・初演）評／九月末新橋演舞場、初代寿輔三十七回忌追悼公演での浄瑠璃「氷屋」（「花氷月青柳」）について／「文学座」第七回試演「太陽の子」（真船豊作）の劇評／吉右衛門の「近松研究」／五日間で太平洋を飛んで来た欧洲戦乱のニュース映画〉

11　紙屋庄八　※〈「或る老女の自殺」上司小剣、「都塵」大鹿卓、村山知義の「丹青」、以上創作三篇の批評／中外新聞で、武田麟太郎が小説衰弱を憂へたことなど〉

12　〈「無免許灸」里見弴／「旅愁」横光利一〉

13　――十月号創作欄――〈『神々の鞭』塩川政一／『病獣』一条正／『空気』遠藤正輝〉※以上三篇の創作評の他、〈上林暁の『辛辣なる作家について』／平松幹夫の『妻とその作者』などの評論について／矢崎弾の出馬を期待した文〉

14　鶴〈中野重治「空想家とシナリオ」（完結）と青野季吉との文学対談での言／「孔雀」中里恒子／「東医院開業記」〉

※その他〈「昨日と今日」窪川稲子／森山啓の「風の口笛」の感想／一瀬直行の「ある一家」／川端康成の未完「母の読める」〉

15　〈「秋」横光利一／中野重治の「汽車のなか」／片岡鉄兵の「薔薇と捕虜」／「初秋高原」川端康成〉※以上四篇の創作評の他〈小泉塾長の「鷗外書簡と社会問題」／杉山平助の「火野葦平論」について〉

16　亀〈「往生際」高見順／「牧場の春」坪田譲治／「蹇《アシナへ》物語」上司小剣〉

17　〈「桜ホテル」（第二回）北原武夫／「火の虫」大田洋子〉

※その他に、三上秀吉の追憶、宇野浩二と尾崎士郎のものの感想を含め本誌全般について

18　三戸武夫　※――十月特別号――〈「スケッチ」深田久弥と「女生徒」太宰治／「谷間の宿」舟橋聖一／「信介」芹沢光治良（一月号掲載分の続篇）／「愛とは何ぞや――鎧はれたる泡――」松田解子／総評〉

19　南川潤　※〈定例の「創作特輯号」執筆者紹介／一ケ月間、南川潤が留守番の事務を担当／和木清三郎は朝鮮、満洲、

支那の旅中／その他〉
＊「三田文学」十月号目次
＊※新刊図書の紹介あり〈『山ゆかば』（武漢攻略戦記）山本和夫著・河出書房〉
表紙・「三田風景」鈴木信太郎／カット・中村直人　鳥海青児　原精一　谷内俊夫　鈴木信太郎／口絵・「薔薇」寺田政明／発行日・十一月一日／頁数・本文全二九五頁／定価・七十銭／発行者・東京市芝区三田　慶應義塾内・西脇順三郎／編輯者・和木清三郎／編輯担当・東京市京橋区西銀座六ノ四　交詢ビル　慶應倶楽部内・和木清三郎／発行所・東京市芝区三田　慶應義塾内・三田文学会／発売所・東京市丸ノ内三丁目二番地　株式会社籾山書店／印刷者・東京市芝区愛宕町二丁目十四番地　渡辺丑之助／印刷所・東京市芝区愛宕町二丁目十四番地　愛宕印刷株式会社

■十二月号　【193912】

一九三九年を送る1　小島政二郎
創作
続蜂窩房（小説）2　石河穣治
仏間会議（小説）3　真下五一
植物のやうに（小説）4　片山修三
神々の鞭（小説・三）5　塩川政一
半透明のカスケット（詩）　北園克衛
碑（詩）　城左門
詩壇時評6　長田恒雄
青春の倫理7　平松幹夫
純粋といふこと8　北原武夫
一九三九年度の詩壇　小林善雄
時局を直視する9　清水伸
流行10　内田誠
満洲だより（五）11　大場白水郎
書物捜索―雑筆三十五―12　横山重
老学庵百話（六）13　栗原広太
演劇雑記帳14　戸板康二
新刊巡礼
「聖家族」堀辰雄著（小説集）15
「南国抄」丹羽文雄著（小説集）16
「闘犬図」石坂洋次郎著（小説集）17
「蒼氓」石川達三著（小説集）18
「わが悪霊」鶴田知也著（小説集）19
「ちちははの記」上林暁著（小説集）20
「煙」岡田三郎著（小説集）21
「従軍日記」井上友一郎著（旅行記）22
「悲劇喜劇」丸岡明著（長篇小説）23
「ひなどり」真杉静枝著（小説集）24
読んだものから25
見たものから26
今月の小説
改造27　文藝春秋28　三田文学29　文芸30
中央公論31　日本評論32　新潮33　文学界34
消息35
編輯後記36
表紙（三田風景）　鈴木信太郎
カット　中村直人・鳥海青児・原精一・谷内俊夫・鈴木信太郎

目次註

1　※巻頭言
2　第三章〈三ノ一―三ノ五〉〔をはり〕
3　〔昭和十四年六月廿七日完〕
4　〈第二章――彼は生きてゐる……〉
5　〈5〉〔以下次号〕
6　※〈事変第三年で国内外の情況下における今年度、詩壇の総説／東京詩人クラブ開催の「傷兵におくる詩の夕」での「詩の朗読」ということについて／戦争に関するものを発表した詩人、又詩人の従軍（佐藤春夫・佐藤惣之助など）／戎衣をまとって出廷した詩人について／詩歌懇話会詩集賞の佐藤一英と、一部の醜い紛争／その他〉
7　――「粧へる街」と「悲劇喜劇」に関して――〈文芸鬼語（十二）〉
8　――太宰治氏への手紙――
9　時局を直視する㈩――時事新報三週忌――〈最後の日の社説／起すと同時に倒す覚悟／疑惑と現実との符合／東日の時事新報合併／時事争議とその後日談〉〔十四・十一・十二〕
10　〈流行／競走〉
11　〈吉林／湯崗子温泉〉〔奉天にて〕
12　〈前島春三先生の本／古梓堂文庫の正本／正本「やしま」の写本　仙果のうつし〉〔九月二十二日〕
13　〈九、楠の香り万古に芳し／一〇、鶏の欠伸〉
14　〈後見／しばや〉〔昭和十四年十月〕
15　（新潮社版）
16　（新潮社版）
17　（新潮社版）
18　（新潮社版）
19　（六芸社版）
20　（竹村書房版）
21　岡田三郎小説選集第一巻　煙　（三和書房）
22　（竹村書房）
23　（新潮社刊）
24　短篇小説集　ひなどり　（竹村書房）
25　※〈名将　石原莞爾の講演速記／文部省編纂の小学国語読本／クリスチーの「奉天三十年」矢内原訳／軍医宮田重雄の戦記（東朝紙上）〉
26　※〈日本映画の大作三つについて――「土と兵隊」「五人の斥候兵」「残菊物語」（溝口健二）――／東宝の「その前夜」／山中貞雄のシナリオ　木屋町三条／日本橋倶楽部での地唄舞の会／歌舞伎座の「紅葉狩」〉
27　――十一月号――〈久保田万太郎の「Le Petit Four」／石川達三の「交通機関に就いての私見」／真船豊「孔雁」／
※以上創作三篇の批評の他〈新庄嘉章訳によるアンドレ・

ジイドの「大戦日記」について〉
28 〈「遺稿」泉鏡花／「旅愁」横光利一／「続あさくさの子供」長谷健〉
29 ――秋季創作特輯号―― ※〈石河穣治の『蜂窩房』／後藤逸郎の『旅の男』／鈴木満男〔雄〕『風のある夜明け』／柴田錬三郎の『去って行く女』／中山隆三の『昔の鳥』／片山修三の『植物のやうに』／尾竹二三男の『嗤ふ』／木崎繁の『候鳥』及堀田昇一の『友情』について〉
30 鶴 〈「空想家とシナリオ」中野重治／「如何なる星の下に」高見順／「狐の子」田畑修一郎／「道化踊り」小田獄夫〉
31 〈「他所の恋」（長篇の第一回）正宗白鳥／「杉垣」宮本百合子／「妙な働き者」（未完）宇野浩二／「びいだあ・まいやあ」佐藤春夫〉
32 亀 ※〈林芙美子の「明暗」／島木健作の長篇「嵐のなか」〉
33 〈「四日間」宇野浩二／「母姉兄妹」江口渙／「ながれ」真杉静枝〉 ※その他〈豊田三郎の「夏草」と北原武夫の長篇〉
34 三戸武夫 ※〈太宰治の「皮膚と心」／大谷藤子の「姉の碑」／真下五一の「暖簾」／連載、岡本かの子の「生々流転」／林房雄の「壮年」について〉
35 ※〈小島政二郎、慶應文筆奨励会に「文章に就いて」の講演をする／清水伸、「独墺に於ける伊藤博文の憲法取調と日本憲法」を岩波書店より上梓／北原武夫、小説集「粧へる街」を三和書房より刊行／丸岡明、長篇小説「悲劇喜劇」を新潮社より新選「純文学叢書」として発売／奥野信太郎、明春一月、第一書房より「支那随筆集」を上梓の予定／南川潤の書きおろし長篇小説「失はれた季節」を春陽堂より刊行／山本和夫「山ゆかば」を河出書房より上梓／石坂洋次郎の長篇「まごころ」を巌松堂より刊行／慶應義塾文学部同窓会（十一月二十五日 於第一ホテル）案内／その他〉
36 南川潤、和木清三郎 ※〈新年号より正規の編輯者の手に／後日発表の和木旅行談／その他〉
＊ 「三田文学」秋季創作特輯十一月号目次
＊ ※富沢有為男著『東洋』（にっぽん書房）の広告中、佐藤春夫による推薦文「佐藤春夫氏評」の紹介あり
＊ ※新刊図書の紹介あり 〈丸岡明著『悲劇喜劇』（純文学叢書）新潮社〉

表紙・「三田風景」鈴木信太郎／カット・中村直人 鳥海青児 原精一 谷内俊夫 鈴木信太郎／発行日・十二月一日／頁数・本文全一六六頁／定価・五十銭／発行者・東京市芝区三田 慶應義塾内・西脇順三郎／編輯者・和木清三郎／編輯担当・東京市京橋区西銀座六ノ四 交詢ビル 慶應倶楽部内・和木清三郎／発行所・東京市芝区三田 慶應義塾内・三田文学会／発売所・東京市丸ノ内三丁目二番地 株式会社籾山書店／印刷者・東京市芝区愛宕町二丁目十四番地 渡辺丑之助／印刷所・東京市芝区愛宕町二丁目十四番地 愛宕印刷株式会社

一九四〇年（昭和十五年）

■一月号（新春特輯） 【194001】

創作
あざみの花 近藤光紀
神々の鞭（小説・四）1 塩川政一
ある夫婦（小説）2 池田みち子
父と子（小説） 湯浅輝夫
愛娘（小説）3 阪田英一
植物のやうに（小説・完）4 片山修三
季節（詩）5 蔵原伸二郎
富士（詩） 丹野正
空（詩）6 村次郎
詩壇時評 長田恒雄
もく・こく 西脇順三郎
経国文学と御用作家と7 山本和夫
文学の思想8 平松幹夫
常識と芸術 中野秀人
都会の手帖 丸岡明
田村氏の「大学」と「少女」 倉崎嘉一
三田評論9 高橋誠一郎
執金剛開扉 井汲清治
食物誌10 内田誠
書物捜索―雑筆三十六―11 横山重
老学庵百話（七）12 栗原広太
いづこの牧場に13 山崎俊夫
新春の句
凧14 水原秋桜子
初日影15 滝春一

初暦 16　富安風生
枯野と福寿草 17　保坂文虹
鏡餅 18　星野立子
洒落者 19　池内友次郎
杭州の思出 20　倉島竹二郎
演劇雑記帳 21　戸板康二
大陸の姿 22　和木清三郎
読んだものから 23
見たものから 24
新刊巡礼
「粧へる街」北原武夫著（小説集）25
「平時の秋」十和田操著（小説集）26
「山ゆかば」山本和夫著（従軍記）27
「神々の愛」平川虎臣著（小説集）28
「出征」芦田文〔高〕子著（小説集）29
「丹羽文雄選集」古谷綱武編（第六・七巻）30
今月の小説
改造 31　文藝春秋 32　三田文学 33　文学界 34
中央公論 35　日本評論 36　文芸 37　新潮 38
消息 39
編輯後記 40
表紙（三田風景）　鈴木信太郎
カット　鳥海青児・原精一・谷内俊夫
鈴木信太郎・丸茂文雄

目次註

1 〈5〉〔第三回終〕
2 〈1―3〉
3 〔終〕
4 〈第三章――彼は死んだが……〉〔1939.11.23〕
5 一季節〈……／多摩丘陵／帆船〉
6 空〈……／忘魚の歌〉
7 経国文芸と御用作家と
8 ――文芸鬼語（十二）――
9 『三田評論』
10 〈プリン殿下／蜜豆／分葱／さんま／茶漬／洒落／紙型／お汁粉／匙／ホット〉
11 〈文正草子　丹緑本横本／しんらんき　古浄瑠璃古活字本／石橋山七騎落　古浄瑠璃丹緑本〉〔十二月一日〕
12 〈一、また明治節を迎へて〔昭和十四年十一月三日〕／二、尺八の故事〉〔つゞく〕
13 ――松本泰の墓前にささぐ――
14 ※五句
15 ※五句
16 ※五句
17 ※五句
18 ※五句
19 ※三句
20 杭州の思ひ出㈠〈報道部〉　※北出喜久男伍長作「歩哨の思ひ」の唄紹介。前書あり
21 〈歌舞伎趣味／舞台面写真／団蔵芸談〉〔昭和十四年十二月〕
22 ――鮮・満・支　見たまゝの記――〔つゞく〕　※はしがき、あとがきを付す
23 ※〈小泉塾長の「塾生皆泳」――先月「三田評論」掲載、葉山に在る義塾水泳部に書いて与えたといふ文章／塾の経済史学会編纂の雑誌「歴史と生活」（第三巻第一号）掲載、野村博士「大田ケ谷村女仇討」中の一節／中勘助作「銀の匙」と、ヘッセの「デミアン」、フランスの「プチ・ピエール物語」／佐藤春夫の保田與重郎著「改版日本の橋」批評（東朝紙）／先の本欄に掲載の青森県下十和田湖付近に於けるキリストの伝説についての反響――「歴史地理」第七十四巻第五号掲載の成田憲司文――〉
24 ※〈築地小劇場改築・再出発のこと／ある踊りの会での、新曲「おらが春」で俳人一茶に扮し成功した三津五郎／歌舞伎座十一月、吉田絃二郎の「江戸最後の日」／鷗外の「雁」（脚色関口次郎）について／我国画壇について／青樹社で、八幡学園特異児童の貼絵が展観されたこと／その他〉
25 三和書房
26 東京四谷・竹村書房発行
27 河出書房版
28 新潮社版
29 芦田高子著　柳原書店
30 第六巻・第七巻　古谷綱武編輯　竹村書房版　※文末に評者、北村彰三の名を記す
31 砧　※〈「毬」阿部知二／「或る死或る生」保高徳蔵／「善き鬼悪き鬼」宇野浩二／武田麟太郎の東京工場街の場末行脚報告／葦平帰還座談会と、前芝確三、下条雄三の欧州大戦ルポルタージュ〉
32 〈「風葬」半田義之／「還元記」葉山嘉樹／「旅愁」横光利一〉
33 〈「続峰窩房」石河穣治／「仏間会議」真下五一／「植物のやうに」（第二章）片山修三／「神々の鞭」塩川政一〉
34 〈「霧の蕃社」中村地平／今日出海の「フイレンツエの春」（「イタリイの春」の第三章）　※横光の作品と比較して／「生々流転」岡本かの子／「壮年」（第二部）林房雄〉
35 〈「熱風」小山いと子／「他所の恋」正宗白鳥／「妙な働き者」宇野浩二〉　※他に、石川達三と火野葦平の対談について
36 亀〈「鶩鳥」幸田露伴／「ある患者の話」徳永直／「嵐のなか」島木健作〉
37 鶴〈「太宗寺付近」丹羽文雄／「What is What!」寺崎浩〉　※その他、武田麟太郎と中野重治の対談会「今年の小説」について
38 〈「荒地」石原文雄／「生理」岡田三郎〉　※その他、坪田譲治の「牧場の夏」、小山いと子の「空地」の批評、北原武夫の長篇にも触れて
39 ※〈小泉信三が「わが大学生活」を岩波書店から、村野四郎が「戦場詩集」をアオイ書房から、石坂洋次郎が新日本文学全集の第二回配本として「石坂洋次郎集」を改造社よりそれぞれ刊行／「三田文学賞」の発表、二月号に／「同賞」銓衡委員に平松幹夫　矢崎弾が加わる／倉島竹二郎、田中孝雄、和木清三郎の無事帰還歓迎会（十二月六日、於「はつね」）報告／その他〉
40 和木清三郎　※〈新春特輯号の筆者／「三田文学賞」の発表／その他〉

＊「三田文学」十二月号目次
＊奉祝皇紀二千六百年　三田文学会
＊三田文学賞規定　※昭和十四年度三田文学賞　銓衡委員名列記〈久保田／小島／井汲／三宅／西脇／水木／杉山／勝本／石坂／平松／矢崎／和木〉
表紙・「三田風景」鈴木信太郎／カット・鳥海青児　原精一　谷内俊夫　鈴木信太郎　丸茂文雄／口絵・「あざみの花」近藤光紀／発行日・一月一日／頁数・本文全二三六頁／特価・六十銭／発行者・東京市芝区三田　慶應義塾内・西脇順三郎／編輯者・和木清三郎／編輯担当・東京市京橋区西銀座六ノ四　交詢ビル　慶應倶楽部内・和木清三郎／発行所・東京市芝区三田　慶應義塾内・三田文学会／発売所・東京市丸ノ内三丁目二番地　株式会社籾山書店／印刷者・東京市芝区愛宕町二丁目十四番地　渡辺丑之助／印刷所・東京市芝区愛宕町二丁目十四番地　愛宕印刷株式会社

■二月号　【19402】

北京風景 1
創作
青空仰いで（小説）　日野嵒夫
御詠歌（小説）　真下五一
神々の鞭（長篇小説・五）2　塩川政一
小なる宴（詩）　小林善雄
砂塵（詩）　近藤晴彦
后《きさき》の菫 3　Q作　浅尾早苗訳
思ひ出 4　パウエル・エルンスト　井手貢夫訳
詩壇時評 5　長田恒雄
混沌と文学　保田與重郎
文学の思想と知性 6　平松幹夫
清長 7　渋井清
書物捜索―雑筆三十七― 8　横山重
老学庵百話（八）9　栗原広太
與謝野寛先生の思ひ出 10　掛貝芳男
三十歳の弁　石河穣治
昭和十四年度「三田文学賞」授賞者 11
賞は一人に 12　小島政二郎
石河君と横山君 13　井汲清治
石河君と金行君 14　水木京太
推奨理由 15　平松幹夫
戯曲になし 16　三宅周太郎
石河君の作品 17　矢崎弾
「蜂窩房」「書物捜索」18　和木清三郎
野球の話 19　三宅大輔
杭州の思出（2）20　倉島竹二郎
張河口、大同　佐伯郁郎
蘇州の一日　若尾徳平
新刊巡礼
「体操詩集」村野四郎著（詩集）21
「緑の褥」藤沢桓夫著（小説集）22
「彼の小説の世界」東一郎著（小説集）23
「宮沢賢治研究」草野心平編（評論）24
「黄色い虹」中野秀人著（童話集）25
「光と影」阿部知二著（長篇小説）26
「贋修道院」深田久弥著（小説集）27
「第一義の道」島木健作著（小説集）28
読んだものから 29
見たものから 30
今月の小説
改造 31　文藝春秋 32　日本評論 33　中央公論 34
三田文学 35　文芸 36　文学界 37　新潮 38
消息 39
編輯後記 40
表紙（三田風景）　鈴木信太郎
カット　鳥海青児・原精一・谷内俊夫
鈴木信太郎・丸茂文雄

目次註

1 「門前」※写真
2 〈8〉〔つゞく〕
3 后《きさき》の菫《すみれ》〔完〕※〝「Q」――正しくは Sir Arthur Quiller-Couch 一八六三年コーンウオールに生る。「Q」というペンネームで幾多の著作がある。ケムブリッゲ「ヂ」大学教授〟と付記あり
4 パウル・エルンスト／井手貢夫訳
5 ※〈河出書房刊「現代詩人集」／「体操詩集」村野四郎／北園克衛リリック集「火の菫」／他〉
6 ――文芸鬼語（十三）――
7 〈一七七一―一七八一／清長画芝居絵本〉〔昭和十四年十二月稿〕※付記あり
8 〈鼠の草子　絵巻／竹子集　加賀掾段物集／日蓮聖人註画讃　古板絵入本／三人片輪〉〔十二月廿五日〕
9 〈一三、晨亭伯を憶ふ〉〔此項未完〕
10 〔正月三日　かまくらにて〕※かまくらでの詠歌五首を付す。なお文中には與謝野寛より歿前年に著者に宛てた書簡の紹介あり
11 第四回「三田文学賞」授賞者　三田文学賞銓衡委員会〔昭和十五年一月〕※受賞者の発表。後に委員による感想文（12〜18）を付す
12 「賞は一人に」小島政二郎
13 「石河君と横山君」井汲清治
14 「石河君と金行君」水木京太
15 「戯曲になし」三宅周太郎
16 「推奨理由」平松幹夫
17 『石河君の作品』矢崎弾
18 「蜂窩房」と「書物捜索」和木清三郎
19 〈テーブル・マナーと野球理論／グッド・ルーサーとイーヂー・ルーサー〉〔一四・一二・一六日稿〕
20 杭州の思ひ出（二）――支那人について――〔終〕
21 アオイ書房発行

22 竹村書房版
23 八洲書房版
24 十字屋書店
25 童話春秋社版
26 新潮社
27 新潮社発行
28 新潮社発行
29 ※露伴翁の「蒲生氏郷」（改造文庫）について
30 ※〈劇団東童の第四十一回公演「子供の四季」／紀元二六〇〇年奉祝の芸能祭／歌舞伎座の菊五郎／活動の広告／その他〉
31 M・E 〈「或る作家の手記」島木健作／「巷の歴史」広津和郎〉 ※その他〈「ウキズルさん」井伏鱒二／「ある花園」武者小路実篤〉
32 〈「南京」火野葦平／「旅人宿」川端康成／「かつこう」石坂洋次郎／「旅愁」横光利一〉 ※その他〈「国民はかう思ふ」／「帰還兵の感想」二篇の特輯について〉
33 亀 〈「俳優」石川達三／「闇取引」岡田三郎／「人の影」真船豊／「嵐のなか」島木健作〉
34 〈「他所の恋」正宗白鳥／「留守」中野重治／「心理的」高見順／「正月三ケ日」川端康成／「秘色」横光利一／「ほんぶ日記」上田広〉
35 ——新年号創作欄—— ※〈「神々の鞭」（連載第四回）塩川政一／「ある夫婦」池田みち子／「父と子」湯浅輝夫／「愛娘」阪田英一／「植物のやうに」片山修三〉
36 〈「野」上林暁／「吉祥天女」伊藤整／「広場」宮本百合子／「玄関の手帳」林芙美子／「油の臭ひ」保高徳蔵／「税」伊藤永之介〉
37 〈「榊の枝」日比野士朗／「美代」外村繁／「花園の消息」川上喜久子／「風に騒ぐ葦の如く」丸岡明〉
38 ——短篇特輯号—— 〈「青服の人」島木健作／「競馬場へゆく道」中里恒子／「俗天地」大[太]宰治／「老年」中村地平／「てるてる坊主」円地文子／「春の日」真杉静枝／「木炭の話」岡田三郎／「春秋」丸岡明／「南進女性」石川達三／「わかうど」室生犀屋〉 ※その他〈評論の「新潮評論」／福原麟太郎の「叡智の文学」／中野好夫の「日本語についての感想」／河盛好蔵の「職時下のフランス文壇」／座談会「現代作家論」／「スポットライト欄」等〉
39 ※〈三宅周太郎が『文楽の研究』を創元社から、村野四郎が「体操詩集」をアオイ書房から、山本和夫が「山ゆかば」を河出書房から、それぞれ刊行／三宅周太郎、水木京太が日本文化協会設定の「演劇賞」審査委員に／その他〉
40 和木清三郎 ※〈執筆者紹介／與謝野寛追悼記／昭和十四年度第四回「三田文学賞」／扉写真解説／「三田文学」直接購読の申込み／その他〉
* 「三田文学」一月号目次
* ※現代支那文学全集 全十二巻（東成社）の広告中、佐藤春夫の推薦文「国策的出版」の紹介あり
* 三田文学賞規定 ※【194001】に同じ
* ※新刊図書の紹介あり〈長田恒雄詩集『朝の椅子』（北園克衛装画）昭森社刊〉

表紙・「三田風景」鈴木信太郎／カット・鳥海青児 原精一 谷内俊夫 鈴木信太郎 丸茂文雄／口絵・「北京風景（前門）」／発行日・二月一日／頁数・本文全一六五頁／定価・五十銭／発行者・東京市芝区三田 慶應義塾内・西脇順三郎 編輯者・和木清三郎／編輯担当・東京市京橋区西銀座六ノ四 交詢ビル 慶應倶楽部内・和木清三郎／発行所・東京市芝区三田 慶應義塾内・三田文学会／発売所・東京市丸ノ内三丁目二番地 株式会社籾山書店／印刷者・東京市芝区愛宕町二丁目十四番地 渡辺丑之助／印刷所・東京市芝区愛宕町二丁目十四番地 愛宕印刷株式会社

■三月号 【194003】

南京風景（革命塔） 田辺輝彦撮
創作
神々の鞭（長篇小説・六）1 塩川政一
火口の思索（小説）2 松田解子
牡鶏（小説）3 梅木三郎
須佐代と佐江子（長篇小説・一）4 田宮虎彦
里見弴原作 鶴亀 5 久保田万太郎
（明治座二月興行上演脚本）
輝の花（詩）6 露木陽子
みどりの林檎（詩）7 江間章子
詩壇時評 長田恒雄
思想・人間・人間性 8 矢崎弾
文芸批評の主観と客観 9 レオン・ハルト[訳]井手賁夫講
清長（一）10 渋井清
美を護るために 山本和夫
文学者 田村泰次郎
先生一銭進上 11 大江賢次
演劇雑記帳 12 戸板康二
新刊巡礼 「失はれた季節」南川潤著（長篇小説）13
「英国の小説」織田正信著（評論）14
「満洲国前夜」大江賢次著（小説集）15
「石狩は懐く」本庄陸男著（長篇小説）16
「青麦」広津和郎著（小説集）17
「銀座八丁」武田麟太郎著（小説集）18
「八年制」徳永直著（小説集）19
ジヤバ 20 内田誠
書物捜索——雑筆三十八——21 横山重
老学庵百話（九）22 栗原広太
政治家の趣味 23 有竹修二
杭州の思出（銭塘江）24 倉島竹二郎
相撲無駄話 25 北里文太郎
読んだものから 26
見たものから 27
今月の小説
改造 28 文藝春秋 29 ヨ本評論 30 中央公論 31
三田文学 32 文芸 33 文学界 34 新潮 35

編輯後記 36

表紙（三田風景） 鈴木信太郎

カット 鳥海青児・原精一・谷内俊夫 鈴木信太郎・丸茂文雄

目次註

1 〈Ⅸ〉〔以下次号〕

2 〈1―4〉

3 〔をはり〕

4 須佐代と佐江子㈠〔第一回終〕

5 鶴亀 里見弴原作〈其の一―其の五〉〔昭和十五年一月、「新生新派」のために脚色〕

6 〈輝の花／凍る苑〉

7 みどりの林檎……

8 思想・人間・人間性㈠――現代小説に現はれたる――〈序／人間の信頼についての各論〉〔以下次号〕 ※次号に訂正あり

9 レオンハルト・ベリガア／井手貴夫訳 ※〝一昨年出版されたベリガアの「文芸の評価」の序説の一部〟と付記あり

10 清長二〈一七七一―一七八三〉〔昭和十五年一月稿〕

11 先生一銭進上《シーサンイーセンシンジョー》

12 〈逸話／ほくろ／御挨拶／言葉〉〔昭和十五年一月〕

13 春陽堂

14 東京堂発行

15 満洲国前夜（長編小説） 東亜公論社

16 大観堂書店

17 学芸社版

18 新潮社版 昭和名作選集

19 新潮社版 昭和名作全〔選〕集

20 〈ジャバ／古洋書〉

21 〈幸運の春 三田文学賞／薩摩太夫 江戸浄るりの創始者／浄るり太夫兼人形づかひ説／役しや絵づくし 師重の絵本／蓬萊ものがたり絵巻（三田文学賞）〉〔一月廿八日〕

22 〈一四、晨亭伯を億ふ（続）〉

23 〔以下次号〕

24 杭州の思ひ出㈢――銭塘江――

25 〈引退／尖端肥大症／長蹄屈筋／逆手〉

26 ※〈岩波刊行の雑誌「国語」（第二十七号）所載の武者小路実篤の言／広津和郎の「報知」か「都」での「年頭所感」／「文藝春秋」の「話の屑籠」欄より／千葉県沖合での浅間丸事件／「改造」（十二月号）の「火野葦平帰還座談会」（火野・杉山平助・尾崎士郎・林芙美子）での火野の言／「オール読物」三月号所載、菊池寛の「福沢諭吉」の感想〉

27 ※〈大相撲春場所での力士、及国技館について／双葉山の土俵入り／芸能祭について／一月歌舞伎座の「近江源氏」九つ目／芸術小劇場の「キュリー夫人」とその観客、演出家、劇場〉

28 〈「信濃」室生犀星／「続建設戦記」上田広〉 ※二月号創作欄の総評を付す

29 K 〈「人間同士」宇野浩二／「鶩鳥の花」中里恒子／「旅愁」横光利一〉 ※その他〈林房雄の文芸時評／三枝博音の「時代の現実をどう摑むか」〉

30 〈「女体開顕」岡本かの子／「嵐のなか」島木健作〉 ※その他〈「河畔」田辺耕一郎／「平島公方」貴司山治／創作欄の総評〉

31 〈石浜知行の「法幣の性格」／堀真琴の「強力内閣論」／宇野〔垣〕一成の「大磯閑談録」／久原房之助の「事変処理の考察」／羽仁五郎の「維新改革の原動力」／「女流作家四方話」／「新内閣へ訴ふ」（短文の募集）／青野季吉の「作家の凝視」（宇野浩二、阿部知二、広津和郎の評）／宇野浩二の「文学三十年」／太宰治の「駈けこみ訴へ」／「雀斑」の長谷健／石上玄一郎の「絵姿」／壺井栄の「赤いステッキ」／大田洋子の「生きる子等」〉 ※その他、新人創作の選択についての感想

32 〈日野葦夫の「青空仰いで」／真下五一の「御詠歌」／塩川政一の「神々の鞭」（第五回）〉 ※以上三篇の創作欄の総評及、昭和十四年度の三田文学賞を受賞した石河穣治の『蜂窩房』と横山重の『書物捜索』について

33 鶴 〈「満潮の下」岩倉政治／「恢復期」橋本寿子／「日本の笛」森本忠／「勝敗」劉寒吉／「廊下」壺井栄〉

34 〈「眠れぬ夜」多摩明／「運不運」池田小菊／「受胎告知」今日出海／「歴史」舟橋聖一〉

35 〈「暦」壺井栄／「雪」伊藤永之介／「桜本テル〔ホテル〕」北原武夫／「貂」豊田三郎／「門」平川虎臣／「帽子」榊山潤〉

36 和木清三郎 ※〈明治座で好評上演中の「鶴亀」他、本号執筆者と作品について／「三田文学賞」の推薦を受けた「書物捜索」／扉、写真解説／来月から三田劇談会、復活〉

＊ 「三田文学」二月号目次

＊ 三田文学賞規定 ※【194001】に同じ

＊ ※新刊図書の紹介あり〈栗原広太著『伯爵伊東巳代治』全二巻〉

表紙・「三田風景」鈴木信太郎／カット・鳥海青児 原精一 谷内俊夫 鈴木信太郎 丸茂文雄／口絵・「南京風景（革命塔）」田辺輝彦撮／発行日・三月一日／頁数・本文全一七四頁／定価・五十銭／発行者・東京市芝区三田 慶應義塾内・西脇順三郎／編輯者・和木清三郎／編輯担当・東京市京橋区西銀座六ノ四 交詢ビル 慶應倶楽部内・和木清三郎／発行所・東京市芝区三田 慶應義塾内・三田文学会／発売所・東京市丸ノ内三丁目二番地 株式会社籾山書店／印刷者・東京市芝区愛宕町二丁目十四番地 渡辺丑之助／印刷所・東京市芝区愛宕町二丁目十四番地 愛宕印刷株式会社

■四月号 **【194004】**

姑娘巡査（スケッチ・ブックから）1 原精一
創作
街の巣（小説） 柴田錬三郎
魚の目玉（小説） 真下五一
鏡（小説） 池田みち子
祭時記（小説）2 青木年衛
須佐代と佐江子（長篇小説・二）3 田宮虎彦
神々の鞭（長篇小説・完）4 塩川政一
靴（詩） 近藤東
夜のあかり（詩） 瀧口修造
詩壇時評 5 長田恒雄

思想・人間・人間性 6　矢崎弾
バルザックの面白さに就いて 7　若園清太郎
清長（三）8　渋井清
夢殿秘仏 9　原杉太郎
劇界通風筒 10　石河穣治
気の毒な小説家 11　井上友一郎
戦争文学について　柴田賢次郎
「原野」を読んで 12　北村影三〔彰〕
文芸時評　岡本かの子の文学　山本健吉
書物捜索―雑筆三十九―13　横山重
名画の行方（老学庵百話）（十）14　栗原広太
政治家の趣味（承前）15　有竹修二
演劇雑記帳 16　戸板康二
春風のたより 17　藤浦洸〔洸〕
厩不寝番 18　西村譲
新刊巡礼
「東洋」富沢有為男（長篇小説）19
「木石」舟橋聖一著（小説集）20
「湖畔の村」伊藤永之介著（長編小説）21
「土と戦ふ」菅野正男著（開拓文学）22
「白銀の河」川上喜久子著（長篇小説）23
「空想部落」尾崎士郎著（長篇小説）24
「大地の意志」伊地知進著（戦記）25
「現代文学論」窪川鶴次郎著（評論集）26
読んだものから 27
見たものから 28
今月の小説
改造 29　三田文学 30　日本評論 31　中央公論 32
文藝春秋 33　文芸 34　文学界 35　新潮 36
消息 37
編輯後記 38
表紙（三田風景）　鈴木信太郎
カット　鳥海青児・原精一・谷内俊夫・鈴木信太郎

目次註

1　南京姑娘巡査
2　〈一―五〉
3　須佐代と佐江子㈡　〔第二回終り以下次号〕
4　〈10〉〔完結〕
5　※〈本年の詩人賞、詩集賞決定――詩歌懇話会の三好達治／文芸汎論賞の村野四郎、山本和夫、木下夕爾〉
6　思想・人間・人間性㈡――現代小説に現はれたる――〈人間から人間への迂回〉※付記に先月号の訂正あり
7　バルザックの面白さに就て
8　〈無板元印の錦絵／絵本及さしゑ本〉〔昭和十五年二月淡雪の朝稿〕※「後記」あり
9　――貞室妙久大姉霊前に捧ぐ――〔昭和十五年二月二十九日〕
10　〈滝沢修／女形の顔粧／装置無用論〉〔二五・二・二二〕
11　〔二月廿八日〕
12　満人作家小説集「原野」を読んで　北村彰三
13　〈困窮の春／本を売り本を買ふ／玉藻の草紙　慶長絵巻／あかし物語　写本〉〔二月廿三日〕
14　老学庵百話（一〇）〈一五、名画の行方／一六、活動写真の思ひ出〉
15　〔二月二十二日〕
16　――日記より――〔昭和十五年二月〕※付記あり
17　春風のたより――子を失ひし母のうたへる――　藤浦洸
18　「厩不寝番《うまやとうばん》」〈……／休まない兵隊〔十月二十八日記〕／兵士／光る目（帰還部隊を迎へて）――目に光る生命の灯、今還る――〔十月十六日記〕／小休止（煙草より煙草へ繞し汗の香や、草にねてコホロギと遊ぶ小休止）〉
19　にっぽん書房刊行
20　新潮社版
21　新潮社版
22　満洲移住協会
23　新潮社版
24　新潮社版
25　春陽堂版　伊地知進著
26　中央公論社発行
27　※〈「上海」横光利一／長篇「カラマーゾフの兄弟」／「ロチの結婚」「お菊さん」／「ベルツの日記」／「かげろふの日記」／岩波文庫のミレーに関する〝良き評論〟／同人雑誌「旗」（中岡宏夫）／芥川賞の作品〉
28　※〈歌舞伎座二月の大切「養老」（吉右衛門、三津五郎父子）／新橋演舞場「剣」（仁左衛門主演）／近松の「日本振袖始」／明治座の「鶴亀」（久保田万太郎脚色兼演出）／文学座の「矩火おくり」（杉村春子）／映画「格子なき牢獄」・「暢気眼鏡」／明治座三月興行「通夜物語」〉
29　――三月号の創作欄――〈「醜の花」中山義秀／「陸奥宗光」（戯曲）藤森成吉／「再会」丹羽文雄〉
30　――三月号創作欄――　※〈「神々の鞭」（第六回）塩川政一／「火口の思索」松田解子／「牡鶏」梅木三郎／「須佐代と佐江子」（第一回）田宮虎彦／「鶴亀」／その他、新しく連載がはじまった矢崎弾の評論「思想、人間、人間性」〉
31　亀〈「嵐のなか」島木健作／「オイル・シエール」小山いと子／「女体開顕」岡本かの子〉
32　K　※〈笠信太郎の評論「物価の危機」／田中晃の論文「文化と生存」／高〔石〕橋湛山／現代のアメリカ論／岡田啓介の「閑窓随談」／中谷宇吉郎の「保温生活の実験」／三井高陽の「国際文化事業への提唱」／「風呂敷のまちがひ」杉村楚人冠／舟橋聖一の「相撲のあと味」／宇野浩二の「文学三十年」／石川達三の「使徒行伝」／「立札」加賀耿二／正宗白鳥の長篇／その他、青野季吉の文芸時評「新作家論」／「国民の声、政府の解答」について〉
33　〈「密猟者」寒川光太郎（芥川賞当選作）／「光の中に」金史良（同候補作）／「旅愁」横光利一〉
34　〈「東京の一隅」徳永直／「朝」岡田三郎／「魚歌」矢田津世子／「落葉の日記」真杉静枝／「北満の一夜」山田清三郎／「如何なる星の下に」高見順〉
35　※〈「バイロン」研究、阿部知二／「歴史の一枚」舟橋聖一／「過客」（イタリーの春　第五章）今日出海／「開拓地にて」山田清三郎／「露の世」古木鉄太郎／「鯛」兵本善

矩／「颱風の底」笹田魚二郎〉

36 〈「大仏開眼」長田秀雄／「桜ホテル」北原武夫／「朝鮮の九遠寺」井伏鱒二〉 ※その他、座談会「文学の諸問題」に関して

37 ※〈小島政二郎が「新妻椿」を主婦之友社から、石河穰治が三田文学賞作品「蜂窩房」を春陽堂からそれぞれ刊行／村野四郎の「体操詩集」が文芸汎論社の昭和十四年度「詩賞」を獲得、山本和夫の詩集「戦争」が同じく詩賞に選ばれる／久保田万太郎が「通夜物語」（泉鏡花作）を演出／その他〉

38 和木清三郎 ※〈「文芸時評」の復活／扉絵 解説／執筆者紹介／パルプ統制と雑誌の入手／その他〉

＊「三田文学」三月号目次

＊「三田文学」の前金購読の案内

＊※『鏡花全集』全廿八巻（岩波書店）の広告中、笹川臨風の推薦文「奇絶清絶」を紹介

＊※富山雅夫小説集『那須野ケ原』（赤塚書房版）の広告中、宇野浩二の序文の一部を紹介

＊※新刊図書の紹介あり〈『蜂窩房』石河穰治著・春陽堂／『長篇小説 従軍日記』井上友一郎著・竹村書房／『古浄瑠璃正本集 第一』横山重校正・大岡山書店〉

表紙・「三田風景」鈴木信太郎／カット・鳥海青児 原精一 谷内俊夫 鈴木信太郎／口絵・「スケッチ・ブックから」原精一／発行日・四月一日／頁数・本文全二〇〇頁／定価・五十銭／発行者・東京市芝区三田 慶應義塾内・西脇順三郎／編輯者・和木清三郎／編輯担当・東京市京橋区西銀座六ノ四交詢ビル 慶應倶楽部内・和木清三郎／発行所・東京市芝区三田 慶應義塾内・三田文学会／発売所・東京市丸ノ内三丁目二番地 株式会社籾山書店／印刷者・東京市芝区愛宕町二丁目十四番地 渡辺丑之助／印刷所・東京市芝区愛宕町二丁目十四番地 愛宕印刷株式会社

■五月号（春季創作特輯） **【194005】**

揚州にて―スケッチ・ブックから（二）1 原精一
女心（小説）2 北原武夫
夜の地図（小説） 南川潤
魯迅幼年記（小説）3 柴田錬三郎
仔犬（小説）4 遠藤正輝
上海（小説） 池田みち子
女史（小説） 柴田賢次郎
次男（小説）5 阪田英一
亜寒族（小説）6 林容一郎
おもかげ（小説）7 中山隆三
小地獄（小説） 原民喜
長篇小説 須佐代と佐江子（三）8 田宮虎彦
長篇小説 雲（一）9 長尾雄
詩壇時評10 近藤東
Silent Picture（詩）11 小林善雄
バルカン（詩） 安西冬衛
文芸時評12 山本健吉
新刊巡礼
「随筆北京」奥野信太郎著13
「新しき詩論」春山行夫著14
「長流」嶋本久恵著15
「限りなき出発」牧屋善三著16
「那須野ケ原」富山雅夫著17
「肉体の秋」矢野朗著18
「故旧忘れ得べき」高見順著19
「丹下氏邸」井伏鱒二著20
「花のワツル（ワルツ）」川端康成著21
「支那点々」草野心平著22
読んだものから23
見たものから24
今月の小説
中央公論25 文藝春秋26 日本評論27 改造28
文芸29 文学界30 新潮31 三田文学32
哀悼33
編輯後記34
表紙（三田風景） 鈴木信太郎
カット 鳥海青児・原精一・谷内俊夫・鈴木信太郎

目次註

1 〔1.30〕
2 〔完〕
3 〈一、阿長／二、読書／三、父の死〉
4 〈第一章―第三章〉
5 〈（一）―（五）〉〔終〕
6 〈冬の草〉〈Ⅰ―Ⅵ〉〔冬の章終〕
7 〔昭和十五年三月〕
8 〔以下次号〕
9 〔以下次号〕
10 ※〈文芸汎論賞についての萩原朔太郎の言／懇話会の朗読会「日本詩の夕」／春山行夫エッセイ集『新しき詩論』〉
11 SILENT PICTURE
12 ――素朴の精神に就いて（一）（二）――
13 （随筆集）第一書房版
14 （評論集）第一書房版
15 （長篇小説）女性時代社版
16 （長篇小説）三和書房版
17 （遺稿集）赤塚書房版
18 （小説集）春秋社版
19 （戦記）新潮社版
20 （小説集）新潮社版
21 花のワルツ（小説集）新潮社版
22 （紀行・随筆）三和書房
23 ※〈ルナアールの一節／カラマーゾフ兄弟と山本有三「路傍の石」／泉鏡花の一節／水上瀧太郎の「撒水車」の結語の引用／橘南谿著「東遊記」／古谷綱武「外国人の眼」（都新聞連載のエッセイ）〉
24 ※〈歌舞伎座三月「忠臣蔵」の菊五郎／前進座の「助六」／落語研究会での小さんの円生追悼／東劇「御ひゐき勧進帳」の猿之助／すったもんだのリーグ戦

25 〈「一念」細田源吉／「硝子」寺崎浩／「野の人」阿部知二／「他所の恋」正宗白鳥〉

26 〈「掛け持ち」井伏鱒二／「年月」榊山潤／「旅愁」横光利一〉

27 亀 《『歌行燈』（戯曲）久保田万太郎／「三月の第四日曜」宮本百合子／「美しからざれば悲しからんに」室生犀星／「ある客間での物語」宇野千代／「今昔」上泉秀信／「女体開顕」岡本かの子／「嵐のなか」島木健作〉

28 ※〈「九十日」尾崎一雄／「二本枝」武田麟太郎／「昔の火事」宮本百合子〉

29 〈「早春狂詩曲」石坂洋次郎／「青春」北原武夫／「愛児煩悩」舟橋聖一／「善蔵を思ふ」太宰治／「東京の片隅」徳永直／「甥の帰還」池田小菊／「自由の問題」トーマス・マン〉

30 〈「情婦」武田麟太郎／「青い鳥」上田広／「貧しければ」大江賢次／「過客」今日出海／「歴史の一頁」舟橋聖一〉

31 〈「清風颯々」中山義秀／「みやげ」上泉秀信／「桜ホテル」北原武夫／「善根記」三上秀吉／「夜あけの門」尾崎士郎〉

※その他、〈「〝芸術の貧困〟という事に就て」の徳永直と間宮／青野季吉の文芸評論／三枝博音の「小説の世界」について〉

32 〈「神々の鞭」塩川政一／「街の巣」柴田錬三郎／「魚の目［目玉］」真下五一／「鏡」池田みち［みち子］／「祭時記」青木年衛／「須佐子［代］と佐江子」田宮虎彦〉

33 三田文学会〔昭和十五年三月〕 ※水上瀧太郎（三月二十三日午後十一時十分、脳溢血のため急逝、享年五十四歳）の追悼記事

34 和木清三郎 ※〈水上瀧太郎の急逝／水上瀧太郎と「三田文学」の復活／「故水上瀧太郎先生追悼号」（臨時増刊号）予告——四月下旬刊／春季創作特輯の盛観〉

表紙・「三田風景」鈴木信太郎／カット・鳥海青児　原精一　谷内俊夫　鈴木信太郎／口絵・「揚州にて」原精一／発行日・五月一日／頁数・本文全二六九頁／特価・七十銭／発行者・東京市芝区三田　慶應義塾内・西脇順三郎／編輯者・和木清三郎／編輯担当・東京市京橋区西銀座六ノ四　交詢ビル　慶應倶楽部内・和木清三郎／発行所・東京市芝区三田　慶應義塾内・三田文学会／発売所・東京市丸ノ内三丁目二番地　株式会社籾山書店／印刷者・東京市芝区愛宕町二丁目十四番地　渡辺丑之助／印刷所・東京市芝区愛宕町二丁目十四番地　愛宕印刷株式会社

■臨時号（水上瀧太郎追悼号）　【194005臨】

昭和十五年五月十五日

水上瀧太郎略歴 1
水上瀧太郎写真集録 2　国際報道工芸編
弔詞 3　三田文学会
「八歳ノ日記」から 4　阿部優蔵
亡弟を憶ふ　阿部泰二
兄としての故人 5　阿部英児
倒れる前後　俣野景彦
兄の憶ひ出 6　日比谷八重子
叔父君の御霊に　川喜田桜子
伯父水上瀧太郎 7　小泉信吉
病状経過　明治生命秘書課発表
御臨終の記 8　平井文雄
将たるの器　小林一三
阿部君の追憶　松永安左衛〔エ〕門
寄宿舎の阿部君　名取和作
阿部さんと野球 9　平沼亮三
阿部君の思出　北田内蔵司
阿部章蔵氏を悼む 10　高石真五郎
惜しい人　奥村信太郎
大毎での阿部さん　下田将美
主力艦の爆沈 11　伊藤正徳
追憶　林毅陸
少年野球選手阿部章蔵 12　高橋誠一郎
主として外遊中の事 13　小林澄兄
その頃の思ひ出 14　小沢愛圀
若き日の歌　茅野蕭々
阿部さんの字　梶原可吉
大阪時代のことなど　岡田四郎
阿部さん 15　大場白水郎
影を追ふ　鏑木清方
九九九会のこと　小村雪岱
阿部章蔵君を悼む　神吉英三
思ひ出　山本久三郎
贔屓強い阿部さん　平岡権八郎
阿部名二塁手 16　桜井弥一郎
普通部時代　仙波均平
貝殻追放の作者を悼める 17　籾山梓月
先生追慕　島崎真平
水上瀧太郎先生　内田誠
ヤダさん 18　泉すゞ
水上瀧太郎君を悼みて　島崎藤村
思ひ出したまま　佐佐木茂索
水上瀧太郎氏のこと　横光利一
今は亡き水上先生　尾崎士郎
ことづて（短歌）19　與謝野晶子
水上さんの思ひ出 20　津村秀夫
優しい涙もろい人 21　岡田八千代
丁度いゝのに限る 22　中戸川吉二
都新聞と水上さん　上泉秀信
痛恨痛惜事 23　井伏鱒二
まともなその相撲観 24　彦山光三
水上さん　三宅大輔
あの日の一言 25　佐藤観次郎
畏敬する人　喜多村緑郎

敬慕してゐた人　河合武雄
追慕 26　伊志井寛
水上さんのこと 27　木佐木勝
阿部さんの御恩・水上さんの御贔屓 28　渡辺徳之治
はちまき問答 29　銀座・岡田
芳翰二通 30　浅井清
淋しき春　恒松安夫
先生と野球部　石丸重治
再生の恩人　森田勇
弔詞 31　川原林順治郎
巨星隕つ　山下恒雄
同僚としての阿部君 32　小山完吾
阿部さんの事ども 33　山名義広
交友三十三年間 34　上原正道
阿部さん 35　稲田勤
くろがねもち　下河辺一男
追憶 36　高木金次
宴席の阿部さん 37　伊藤博之
一社員への御心づくし　高柳栄二
阿部さんの思出 38　大坪林四郎
最後の出張　坂本神太郎
阿部専務の印象 39　向坂丈吉
追慕 40　樋口長次郎
阿部さんの想ひ出 41　小池弘三
岡山のお別れ　窪田重次
阿部専務の急逝を悼む（短歌） 42　広瀬章
家庭内の阿部さん 43　森参児
入社時代の阿部さん 44　角井作次郎
大阪副長時代の阿部さん　三井武三郎
阿部さんのこと　名塩武富
追憶　岩下茂数
普通部時代　吉田正太郎
阿部さんのありし日を　高倉貞
薩南への初旅 45　重松秋男
阿部さんの想出 46　田中久治郎
相模湖畔を想ふ　本田恒亮
入社時代の阿部さん 47　渡辺弥一郎
阿部さんの想ひ出 48　河辺篤寿
阿部さん素描 49　久保田万太郎
たった一度介抱した話 50　小島政二郎
阿部さんと長崎 51　増田廉吉
脳溢血断片　三宅周太郎
思出 52　西脇順三郎
おもひで 53　巣木健
うこん桜（短歌） 54　山崎俊夫
水上さんのこと 55　石坂洋次郎
思ひ出　倉島竹二郎
終焉三日の私記 56　平松幹夫
最近の思出　石井誠
思ひ出すこと　富田正文
阿部章蔵先生 57　金行勲夫
野花一輪　日野岳夫
烟眼　加宮貴一
文学的父親　庄野誠一
水上瀧太郎先生追悼　丸岡明
追憶 58　二宮孝顕
最後の貝殻追放　今井達夫
思ひ出　太田咲太郎
水上瀧太郎の存在の意義 59　矢崎弾
水上先生の思ひ出 60　長尾雄
水上先生　三宅三郎
水上先生　南川潤
水上瀧太郎先生　塩川政一
追想 61　遠藤正輝
追憶　美川きよ
思ひ出　南部すみ子
水上先生 62　北原武夫
おもひで　宇野信夫
書生の神様 63　大江賢次
番町時代の先生　田中峰子
水上さんのこと 64　横山重
水上先生を憶ふ 65　日高基裕
精神的な支へ　木村庄三郎
震災の両月前　奥野信太郎
追悼　船越章
追憶の記　高橋広江
先生の追悼 66　後藤逸郎
水上さんのこと 67　吉田小五郎
追悼 68　内村直也
水上先生　田辺茂一
水上先生と番傘　石河穣治
思ひ出　末松太郎
先生の思ひ出　柴田錬三郎
先生の思ひ出 69　中山隆三
その一人でありたいと念じて 70　原研吉
先生今やなし矣 71　〔写〕鳥居興三
心の支柱 72　原実
阿部さん　杉山平助
猫の言葉　水木京太
たつた一つのお手紙 73　市川正雄

先生の思ひ出　蔵原伸二郎
水上瀧太郎の足跡をたどる 74　井汲清治
水上瀧太郎書誌 75　勝本清一郎
寒い空つ風の日　和木清三郎
編輯後記 76

目次註

1 ※〈明治二十年十二月六日生誕―昭和十五年五月十日埋葬〉
2 ※〈巻頭口絵十五頁分に、水上瀧太郎肖像、泉鏡花関係の写真、明治生命と慶應義塾関係の写真、葬儀の写真等、四十五葉を集録。名取洋之助、日本国際報道工芸株式会社編〈肖像（昭和八年二月他）／泉鏡花と（優蔵　袴着の祝、鏡花葬儀、他）／会社生活（昭和十五年三月二十三日、最後の講演――銃後娘の会――他）／葬儀（築地本願寺、落合火葬場）〉
3 〔昭和十五年三月二十六日〕　※小島政二郎稿
4 〈十二日　水　アメ〉〔昭和十三年十月十二日〕
5 〔以上〕　※瀧太郎の似顔絵を付す――「愚弟共には目でものを云った章さん」
6 〔昭和十五年四月九日〕
7 〔十五・四・十七〕
8 御臨終之記
9 阿部サンと野球
10 阿部章蔵氏を惜しむ
11 〈(一)―(三)〉〔四月九日〕
12 〔昭和十五年三月九、十、十一日稿〕
13 主として外遊中のこと
14 〔満洲旅行を控へて卒忽の際記す〕
15 〔奉天ヤマトホテルにて〕
16 〔慶帝二回戦の夜認む〕
17 梓月　※追悼句二句
18 〔四月七日、逗子に七日会のみぎり、久保田万太郎記〕
19 ※十首
20 〔四・十〕
21 〔四月十二日〕
22 〔完〕
23 〔四月五日夜〕
24 〔……15.4.10 後 12 時 5 分稿〕
25 ――思ひ出――　〔四月九日夜〕
26 〔四・八・明治座楽屋にて〕
27 水上先生のこと　〔終〕
28 阿部さんの御恩、水上さんの御贔屓　〔昭十五・四・六〕
29 はち巻問答
30 〈その一〔昭和十三年六月九日〕／その二〔昭和十三年六月十五日〕〉　※著者宛の阿部章蔵書翰を紹介。又「昭和十四年十二月十五日某席上、故人興至って陶然仮睡せる某氏を描ける……」とする戯画一葉を付す　〔昭和十五年春日浅井清〕
31 ――葬儀ニ於テ朗読――　明治生命保険株式会社取締役会長　川原林順治郎
32 〔終〕
33 〔昭和十五年四月十日　阿部さんの置土産の一つを仕上げの為め下阪しての戻り車中にて誌す〕
34 〔昭和十五年四月十六日〕
35 〔をはり〕　※昭和十五年三月廿二日故人より著者に宛てた社用の手紙紹介
36 〈大阪と絶筆／讃岐の水風呂／食事の阿部さん〉
37 〔四月八日夜　博多にて〕
38 〈……／初めてお目にかかった印象／阿部さんと将棋／阿部さんに節酒を忠告〉〔終〕
39 文人としての阿部専務の印象　〔一五、二、二〇〕
40 〔昭和十五年三月二十六日〕
41 〔四月五日　名古屋にて〕
42 ※八首
43 〔昭和十五年四月十日記〕
44 〈思ひ出の一／思ひ出の二／思ひ出の三〉
45 〔二六〇〇、四、一〇、東京にて〕
46 〔一九四〇、四、一〇〕
47 〔十五、四、十〕
48 〈(一)・(二)〉
49 〈阿部さん／水上瀧太郎／編輯者／批評家／出どころ／ぎんなんと慈姑／ねぎ／もめん／黒い色〉
50 ※弔辞朗読をする筆者の写真を付す
51 〔昭和十五年四月八日〕
52 〔四月十日〕
53 ※故人が著者に宛てた書簡の一部紹介
54 九首　故人の短歌紹介「いやはてにうこん桜の散る頃のつめたき土にひとり寝なまし」――阿部肖三作・スバル第三年第三号より――
55 〔昭和十五・四〕
56 〈三月二十四日／二十五日／二十六日〉
57 〔四・九日夜〕
58 〔一九四〇・四〕
59 文学者としての水上瀧太郎の存在の意義　〔四月十二日〕　※〝氏の文学作品についての批判は、日を改めて検討する考へである〟と付記あり
60 〔四月九日〕
61 ――水上瀧太郎氏――
62 〔四月五日記〕
63 ――番町時代の追憶――
64 〔四月七日〕
65 〔四・八〕
66 先生の追憶　〔四月七日〕
67 阿部さんのこと
68 追憶
69 〔四月九日夜〕
70 〔十五年四月〕
71 〔昭和十五年三月五日記〕
72 〔昭和十五年四月十日〕
73 ※昭和十四年三月十七日著者に宛てた阿部章蔵の名の書簡紹介
74 〈1―3〉　※前書あり
75 〈A　著書―原版本／B　著書―再編纂本／C　編纂書／D　関係新聞・雑誌／E　水上氏の序文のある書／付記

（1―8）〉〔昭和十五年四月〕

76　和木清三郎　※〈唐突の「追悼号」刊行／編輯プラン担当者―歴代編輯者の水木京太、勝本清一郎、平松幹夫、和木清三郎／校正助力者―塾生中山隆三、松田一谷、宮尾誠勝、佐々木晋、伊藤佳介／表紙作者―生前親交のあった小村雪岱画伯／巻頭写真の編輯―名取洋之助の日本国際報道工芸株式会社／その他〉

＊　発表された追悼記　※追悼記の紹介あり　〈小島政二郎「水上瀧太郎のこと一つ」（東京朝日三月二十六日）／石坂洋次郎「水上先生逝く」（東京日日三月二十六日）／久保田万太郎「水上瀧太郎君」（読売新聞三月二十六日）／久保田万太郎「水上君急逝」（サンデー毎日四月十四日号）／佐藤春夫「邦家の一大損失」（三田新聞三月三十一日）／水木京太「大きいトレエス」（三田新聞三月三十一日）／平松幹夫「悲しい日記」（三田新聞三月三十一日）／南川潤「水上先生逝く」（三田新聞三月三十一日）／杉山平助「水上瀧太郎逝く」（学芸新聞三月下旬号）／その他、都新聞（三月二十五日）文芸欄「水上瀧太郎氏を悼む」の一文と、国民新聞（三月二十八日）文芸欄「水上瀧太郎氏」の一文〉

＊　発表された追悼記　※追悼記の紹介（その二）〈菊池寛「話の屑籠」（文藝春秋五月号）／矢崎弾「水上瀧太郎の二重生活説」（文学者五月号）／小村雪岱「水上瀧太郎氏の思ひ出」（中央公論五月号）／和木清三郎「水上先生のこと」（文芸五月号）／その他新潮五月号（スポットライト）欄の「断片」なる一文〉

＊　水上瀧太郎著作目録（一）

＊　水上瀧太郎著作目録（二）

＊　水上瀧太郎著作目録（三）

＊　水上瀧太郎著作目録（二〔四〕）

＊　※奥野信太郎（文）による與謝野寛吟詠の紹介（三三一頁）〈明治四十四年初夏、與謝野寛、晶子が佐藤春夫、阿部章蔵等と銚子香取地方を吟行したことを追懐し、昭和六年二月その地方へ再遊の時に詠んだ與謝野寛の歌）「津の宮桟橋を見て恋しきは昔あそびし春夫章蔵（寛）」

＊　※三田文学会による、「水上瀧太郎追悼号」原稿執筆の感謝文を付す

＊　※挿入画二点〈似顔絵（註5参照）／故人の描く戯画（註30参照）〉

＊　※挿入写真十九葉

表紙及び装幀・小村雪岱／口絵・「水上瀧太郎写真集録」／発行日・五月十五日／頁数・本文全三六八頁／特価・壱円／発行者・東京市芝区三田　慶應義塾内・西脇順三郎／編輯者・和木清三郎／編輯担当・東京市京橋区西銀座六ノ四　交詢ビル　慶應倶楽部内・和木清三郎／発行所・東京市芝区三田　慶應義塾内・三田文学会／発売所・東京市丸ノ内三丁目二番地　株式会社籾山書店／印刷者・東京市芝区愛宕町二丁目十四番地　渡辺丑之助／印刷所・東京市芝区愛宕町二丁目十四番地　愛宕印刷株式会社

※　なお、この「臨時増刊水上瀧太郎追悼号」は、昭和十五年七月一日に再版されている。巻頭写真集、編輯後記、奥付部分の発行日に異同あるのみで、本文は初版に全く同じ。但し、表1、表4、柱の日付は初版刊行日のまま

再版　目次註

2　※目次本文共に「国際報道工芸編」とは明記なし。「編輯後記」に〝名取君の国際報道工芸の編輯を基本として、若い時代の先生の写真を数葉追加したもの〟とある。十六頁分に五十一葉の写真を集録

76　和木清三郎　※〈「追悼号」、好評により再版刊行／追悼号編輯の当初のプラン／表紙、校正の担当者／再版の巻頭写真集／三田文学会が供えた（六月二十三日）墓前の花台／今秋刊行の水上全集／その他〉

■六月号　**【19406】**

姑娘（南京にて）1　原精一

創作

続、青空仰いで（小説）2　日野啓夫

歪んだ茎（小説）　真下五一

未成年（小説）　十返一

両国界隈（小説）3　石野径一郎

長篇小説　雲（二）4　長尾雄

長篇小説　須佐代と佐江子（四）5　田宮虎彦

流れ（詩）　安藤一郎

雲二題（詩）――戦線にて6　山本和夫

詩壇時評7　近藤東

覚書8　水上瀧太郎

大江賢次論9　宮尾誠勝

近代詩の環境10　小林善雄

樋口一葉（一）11　和田芳恵

文芸時評――批評について12　山本健吉

晩春の一日　小田嶽夫

演劇二題13　大山功

残夢について　石川利光

改修「文楽の研究」の事14　戸板康二

竹を賦す（短歌）　茅野雅子

春の想（詩）　三木露風

螢の火〔光〕15　内田誠

書物捜索―雑筆四十―16　横山重

老学庵百話（十一）17　栗原広太

枇杷の木の村　鈴木信太郎

野球試合の「批評」18　鈴木惣太郎

新刊巡礼　「六区の女」一瀬直行著19　「愛の約束」中河与一著20　「一尺の土」中山正男著21　「大陸の聖女」松本恵子著22　「北京」阿部知二著23　「沃土」和田伝著24　「濁流」葉山嘉樹著25　「福沢諭吉読本」水木京太著26

今月の雑誌　改造27　日本評論28　文芸29　中央公論30

文藝春秋31　三田文学32　新潮33　文学界34
読んだものから35
見たものから36
故水上瀧太郎先生追悼号37
消息38
編輯後記
表紙（三田風景）　鈴木信太郎
カット　鳥海青児・原精一・谷内俊夫・鈴木信太郎

目次註

1 〔於南京　一月十九日〕
2 続　青空仰いで
3 〔完〕　※モデルについて「作者記」を付す
4 〔以下次号〕
5 〔つゞく〕
6 雲二題（戦線にて）〈雲はいい／入道雲〉
7 ※「文芸」五月号の詩人特輯――土方定一「現代日本詩人論」――
8 〔昭和十五年二月八日〕
9 〈一／二(……／「移民以後」／「我らの友」／「満洲国前夜」)／三〉
10 〈1―3〉
11 樋口一葉㈠〔つゞく〕　※一葉文引用あり〈若葉かげ〔明治二十四年四月十五日〕／若葉かげ〔明治二十四年六月十七日〕／蓬生日記〔明治二十四年十一月二十四日〕／日記〔明治二十五年五月二十九日〕／道しばのつゆ〔明治二十五年十二月八日〕〉
12 文芸時評――批評に就いて――〈その一／その二〉
13 〈心境戯曲のこと／簡素の舞台装置〉
14 「改修文楽の研究」の事――三宅周太郎氏に――〔昭和十五年四月十四日〕
15 螢の光〔二六〇〇・三〕
16 〈長井藤原両氏に代る〔三月十五日〕／又、本を買ふ（後記）〉
17 ――十七、わが家の愛犬――
18 野球試合の〝批評〟
19 （長篇小説）春陽堂版
20 （小説集）人文書院版
21 （長篇小説）陸軍画報社版
22 （伝記小説）鄰友社版
23 （小説集）新潮社版
24 （長篇小説）新潮社版
25 （小説集）新潮社版
26 （伝記解説）福沢諭吉・人生読本　水木京太編　第一書房
27 S　※〈「北欧に飛ぶ戦火」「新生支那の出発と日本」の特集／「ムッソリニー会見録」山本実彦／「英国の海上生命線一万一千海里」斎藤直幹／「アメリカを衝く」伊藤正徳ほか／「密輸業者」張赫宙／「夢の彼方」窪川稲子／「柳検校の小閑」内田百閒／「雑文帳」正宗白鳥／「周仏海氏など」谷川徹三〉
28 〈「女体開顕」岡本かの子／「嵐のなか」島木健作／「女王マリーの悲劇」片岡鉄兵／「考へることと見ること」広津和郎／「四〇〇〇キロの旅」間宮茂輔／文芸時評「評論の新人について」青野季吉〉
29 鶴三吉　※――詩人特輯――〈高村、萩原、三好、三者の文章／「夢の庭」菱山修三／「季節の生涯」蔵原伸二郎／「畳」山之口貘／「釦のラケット」北園克衛／「春の秘帖」山本和夫／「古城のほとり」北川冬彦／「山芋日記」(創作)火野葦平／「征服」石川達三／「応召の蔭に」中村地平／「都」宮内寒弥／徳永直の長篇〉
30 鶴三吉　※〈「幣原喜重郎男随談録」／三木清と周仏海・林柏生の対談／「現代文章の問題」大熊信行／「理想と現実」杉山平助／明治維新研究の羽仁五郎の文章／「文学の三十年」宇野浩二／岩上順一の文芸時評／「本朝画人伝」村松梢風／「ある人々」石坂洋次郎〉
31 〈「話の屑籠」菊池寛／「現代新聞論」由井正／「松濤閑談」牧野伸顕／「出雲お国」佐藤春夫／文芸時評「現代文学の衰弱」林房雄／座談会の「戦時下少年犯罪の傾向」／六号記事「目、耳、口」／「長屋総出」里見弴／「柔い朧［朧］(中山)」／「嫌人的」(高見)／「文藝春秋」の編輯に関して〉
32 ※――五月創作特輯号――〈「女心」北原武夫／「夜の地図」南川潤／「魯迅幼年記」柴田錬三郎／「仔犬」遠藤正輝／「上海」池田みち子／「女史」柴田賢次郎／「次男」阪田英一／「亜寒族」林容一郎／「おもかげ」中山隆三／「小地獄」原民喜〉
33 ※〈新居格、矢崎弾、板垣直子、春山行夫、中野好夫の評論特集／「背景」榊山潤／「走れメロス」太宰治／「地球」稲垣足穂／「巷の早春」丹羽文雄／「むすめ」真杉静枝／「夜あけの門」尾崎士郎〉
34 三戸武夫　※創作〈「死とその周囲」中谷孝雄／「放浪」織田作之助／「青空によせて」橋本英吉／「歴史の一枚」舟橋聖一〉　評論〈「諸行無常」亀井勝一郎／「バイロン」第三回　阿部知二／「経堂襍記」青野季吉／「現代大家を語る」(匿名座談会)〉
35 ※〈「蹇蹇録」陸奥宗光／「北支物情」岸田國士／「千利休」竹内尉／「はるかな国とほい昔」寿岳しづ訳／他に石河穣治の三田文学賞作品「蜂窩房出版記念会」に於ける参会者のスピーチについて〉
36 ※〈ある娘手踊「越後獅子」／東をどり／横山大観の展覧会（山と海）／明治座の「新薄雪」／東京市の管理下に置かれる名苑――百花園、六義園、後楽園／慶立第二回戦／慶法一回戦／大相撲夏場所と行司玉二郎の昇格／慶明第一回戦／その他〉
37 三田文学会　※広告。追悼号の執筆者名を列記
38 ※〈今井達夫の三田文学賞受賞作品「青い鳥を探す方法」(創作集）は学芸社から五月下旬上梓／石河穣治の同受賞作品「蜂窩房」は四月下旬春陽堂から刊行、その出版記念会を二十六日午後六時からレインボウで開催／水上瀧太郎追悼記念号は臨時増刊として五月十日発売／水上瀧太郎、五月十日多磨墓地に納骨、戒名賢光院阿文徳章蔵居士／その他〉
39 和木清三郎　※〈水上瀧太郎　追悼号（原稿にして二千余枚）を多磨墓地に埋葬／今月末「水上瀧太郎先生追悼講演会」を三田と日吉で開催／六月増大号の執筆者紹介／その他〉
＊ 「三田文学」五月号目次
＊ 三田文学賞規定　※【194001】に同じ
＊ ※春陽堂『新鋭文学選』の広告中、南川潤の『失はれた季節』

と、新田潤の『夢みる人』にそれぞれ矢崎弾と井上友一郎の推薦文を付す

＊ ※山田多賀市の出世作 長篇『耕土』（大観堂）の広告中、秋沢修二、高見順、杉山英樹、伊馬鵜平、矢崎弾、平野謙、尾崎一雄による推薦文の紹介あり

＊ 新刊図書の紹介あり 〈三宅周太郎著『文楽の研究』創元社〉

表紙・「三田風景」鈴木信太郎／カット・鳥海青児 原精一 谷内俊夫 鈴木信太郎／口絵・「姑娘（南京にて）」原精一／発行日・六月一日／頁数・本文全三三八頁／特価・六十銭／発行者・東京市芝区三田 慶應義塾内・西脇順三郎／編輯者・和木清三郎／編輯担当・東京市京橋区西銀座六ノ四 交詢ビル 慶應倶楽部内・和木清三郎／発行所・東京市芝区三田 慶應義塾内・三田文学会／発売所・東京市丸ノ内三丁目二番地 株式会社籾山書店／印刷者・東京市芝区愛宕町二丁目十四番地 渡辺丑之助／印刷所・東京市芝区愛宕町二丁目十四番地 愛宕印刷株式会社

■七月号 【194007】

揚州にて（扉）1 原精一

創作

墓場ある異郷（小説）2 柴田錬三郎

女の誤算（小説）3 一ノ瀬直行

長篇小説 須佐代と佐江子（五）4 田宮虎彦

長篇小説 雲（三）5 長尾雄

ヂオヂアン（詩） 佐藤義美

今と昔（詩）6 菱山修三

詩壇時評7 近藤東

本庄陸男論8 宮尾誠勝

樋口一葉（二） 和田芳恵

「演出」といふことについての二三の私感 鈴木英輔

ちよつとした問題9 長田恒雄

「蜂窩房」に関する断想10 田中令三

文芸時事問題

文学者の既得権 保田與重郎

でふぉるましおんについて11 山岸外史

満州たより（四）〔六〕12 大場白水郎

書物捜索―雑筆四十一―13 横山重

老学庵百話（十二）14 栗原広太

湯治行 野口富〔冨〕士男

演劇雑記帳15 戸板康二

夏場所雑記16 佐々木春雄

新刊巡礼

「ガザに盲ひて」 ハックスレー著・西村孝次訳（長篇小説）17

「アンドレ・ジイドの日記」新庄嘉章著（日記）18

「麤皮」（バルザック）山内義雄・鈴木健郎訳（長篇小説）19

「芥川龍之介」山岸外史著（評論）20

「暦」壺井栄著（小説集）21

「嘘の宿」竹森一男著（小説集）22

「巴里の宿」森三千代著（小説集）23

「素足の娘」窪川稲子著（長篇小説）24

匿名の筆者に25 矢崎弾

矢崎君に26 和木清三郎

今月の雑誌

改造27 文藝春秋28 日本評論29 文芸30

中央公論31 三田文学32 新潮33 文学界34

読んだものから35

見たものから36

消息37

編輯後記38

表紙（三田風景） 鈴木信太郎

カット 鳥海青児・原精一・谷内俊夫・鈴木信太郎

目次註

1 〔一月十一日〕

2 〈一―四〉〔昭和十五年五月二十日〕

3 一瀬直行

4 〔以下次号〕

5 〔以下次号〕

6 〈一―三〉

7 ※詩の興隆と共に常に詩人が留意すべき詩作のギャップ――菊岡久利の一文（文芸首都）にもある「いい詩」と「自由な詩」と――

8 ※〝塾文筆奨励会によって賞金を得た評論である〟と「編輯後記」に付す

9 〈1―5〉

10 ※石河穣治の著作集『蜂窩房』

11 でふぉるましおん・について

12 〈低温生活／白米問題／戦跡／支那料理〉〔奉天ヤマトホテルにて〕

13 〈兵部卿物語 写本／雀の発心 古写絵巻一巻／弥兵衛鼠絵巻二巻／源氏供養草子 吉野朝頃巻子本〉〔五月十八日〕

14 老学庵百話（一二）〈一八、奉天の一夜／一九、山林を視て〉
独軍ブラッセル突入の日

15 〈リアル／代用品〉〔昭和十五年五月〕

16 夏場所襍記〈水上さんと相撲／行司とユルフン／双葉の敗因〉

17 新潮社

18 新潮社

19 河出書房

20 ぐろりあ・そさえて

21 新潮社版

22 宮越太陽堂書房版

23 砂子屋書房版

24 新潮社版

25 ※〝先月の「読んだものから」の記事についての駁文〟と編輯後記にあり

26 ※「匿名の筆者に猛省を促す」を「匿名の筆者に」と改題した編輯人からの断り書
27 S ※〈「人間と組織」谷川徹三／「戦ふフランス」サマセット・モオム／成瀬無極、長谷川如是閑、広津和郎、辰野隆、正宗白鳥、西川義方、佐藤垢石、（「清元延寿太夫」）の随筆／「三福湯」（創作）火野葦平／「世間に涙あり」近松秋江／「柳検校の小閑」内田百閒／文学雑談（徳田秋声 宇野浩二他）〉
28 ※〈座談会「不介入政策と大戦圏拡大」、「大戦激化す」／片岡鉄兵 三枝博音 小林秀雄の文芸時評／「西の旅」徳田秋声／「ど・たいほう伝」寒川光太郎／「天馬」金史良／座談会「浮世はなれて海上閑談会」／「話の屑籠――国民使節雑感」菊池寛／「風俗の非道性」岸田國士／「地方性の文化的価値」柳宗悦／「新聞人黒白論」由井正／「松花江の感慨」橘外男／「死亡広告」杉村楚人冠／「宿命綺談」三木武吉〉
29 〈「夢にもならない話」宇野浩二／「風俗」丹羽文雄／「美談」榊山潤／「連載・人間雑話――蔣介石への手紙」武者小路実篤／特輯「汝・何処へ行く」の杉森、友松、熊野、林の回答／「再び経済倫理の問題」（論壇時評）戸田武雄／「新産業合理化運動」本位田祥男〉
30 I・M 〈「地燃ゆ」上田広／「墓碑」大田洋子／「赤と黒」石河穣治／「汽船、燈火管制」網野菊／「北京にて」湯浅克衛／「東京の片隅」徳永直／「私は古典をいかに読んだか」保田與重郎他／評論の現状〉
31 〈「戦死」室生犀星／「記代」榊山潤／「覆水の記」宮地嘉六／「結びつき」武田麟太郎／「灰色の白日夢」巴里の小松清〉
32 ※〈「続、青空仰いで」日野嵒夫／「歪んだ茎」真下五一／「未成年」十返一／「両国界隈」石野径一郎／長篇「雲」、「須佐代と佐江子」〉
33 〈「声」田村泰次郎／「伸六行状記」岡田三郎／「緑窓日記」真船豊／「復活祭」竹内正一／「街あるき」中野重治／中村武羅夫の評論「文学の地方語及び地方文化」／名作鑑賞（漱石の「行人」）の宮本百合子、福田清人、本多顕彰〉
34 三戸武夫 ※〈「美しき囮」中山義秀／「次男」藤島まき／「石榴の花」間宮茂輔／「北村透谷」（「歴史の一枚」改題）舟橋聖一／「浮標」三好十郎／「絵画と共に」中島健蔵／匿名座談会「批評家について」／林房雄の「獄中日記」に対する同人アンケート（阿部知二の「バイロン」など）／「六号雑記」の林、井伏〉
35 ※〈ブラスコ・イバネスの「血と砂」とその映画化／「バルカン」（岩波新書）芦田均／「観光読本」井上万寿蔵／「早慶戦」／映画「民族の祭典」について／「新領土」六月号中の春山行夫の言〉
36 ※〈映画「民族の祭典」／朝日新聞社主催の日本文化史展／安井曽太郎肖像画展覧会／新生新派「夫婦相合傘」／菊五郎が立腹したといふ春場所の「アナウンサアの失言事件」〉
37 ※〈故水上瀧太郎全集は岩波書店から、初秋を期して予約募集／野口冨士男の長篇小説「風の系譜」六月下旬に青木書店から刊行／高橋広江、月刊雑誌「文化評論」を創刊主宰、今日の問題社刊行のノーベル賞全集編輯委員となる／その他〉
38 和木清三郎 ※〈執筆者紹介／水上瀧太郎の命日（二十三日）に多磨霊場に墓参／『水上瀧太郎全集』は四六版全十五巻で岩波書店から刊行。刊行事務は塾内教職員集会所の一室で／その他〉
＊「三田文学」六月号目次
＊ 水上瀧太郎全集　岩波書店発行
＊ 故水上瀧太郎先生追悼号　三田文学会　※前号に同じ、再版の案内を付す
＊ ※水上瀧太郎命日の墓参会案内（六月二十三日午後一時・新宿　京王電車入口）

表紙・「三田風景」鈴木信太郎／カット・鳥海青児　原精一谷内俊夫　鈴木信太郎／口絵・「揚州にて」原精一／発行日・七月一日／頁数・本文全一七五頁／定価・五十銭／発行者・東京市芝区三田　慶應義塾内・西脇順三郎／編輯者・和木清三郎／編輯担当・東京市京橋区西銀座六ノ四　交詢ビル　慶應倶楽部内・和木清三郎／発行所・東京市芝区三田　慶應義塾内・三田文学会／発売所・東京市丸ノ内三丁目二番地　株式会社籾山書店／印刷者・東京市芝区愛宕町二丁目十四番地　渡辺丑之助／印刷所・東京市芝区愛宕町二丁目十四番地　愛宕印刷株式会社

■**八月号（銷夏随筆特輯）**【194008】

戦友（扉）　原精一
仏蘭西の敗北と仏蘭西人の性格 1　井汲清治
日本文学外国語訳者の問題 2　古谷綱武
新興作家論 3　十返一
樋口一葉（三） 4　和田芳恵
ドイツ青年へ送る言葉 5　ヘルマン・ヘッセ　井手賁夫訳
フランスの屈辱 6　高木寿一
欧洲戦争と支那事変 7　福良俊之
ドイツの学生生活と音楽 8　今泉孝太郎
フランスを憶ふ 9　前原光雄
肌寒い満洲 10　清水伸
自著に題す
「人生画帖」のモデル 11　石川達三
「桜ホテル」ノート 12　北原武夫
「日輪兵舎」と「愛情の境界」　福田清人
「ペンギン茶房」　大江賢次
梔子の花　丸岡明
ざり蟹漁　岡本一平
緑牡丹　村松梢風
政界事いろいろ 13　池月鯨太郎
第一章 14　イサドラ・ダンカン　小島政二郎
医者のゐる村　石坂洋次郎
水上さんへの渇仰　細田源吉
朝霧　佐藤信彦
フランスは敗けた 15　二宮孝顕
花火 16　河野鷹思
蛇嫌ひ・毛虫嫌ひ　中里恒子

書物捜索—雑筆四十二—17　横山重
俳句五題
金閣寺林泉18　水原秋桜子
奥沢九品仏19　富安風生
琉球行20　高浜年尾
蜥蜴〔蜴〕21　星野立子
川蜻蛉22　長谷川かな女
野球の話23　三宅大輔
めくら将棋　倉島竹二郎
痱瘺襍記　久能龍太郎
戸川先生のこと24　井手賁夫
戸川先生の思ひ出　掛貝芳男
片瀬の名所25　三宅三郎
映画館生活二年半26　林高一
隅田川の思ひ出　宮田勝善
相撲雑観27　北里文太郎
新刊巡礼
「如何なる星の下に」高見順著（長篇小説）28
「煉瓦女工」野沢富美子著（小説集）29
「女兵」謝泳〔冰〕瑩著・中山椎〔樵〕矢訳（敗戦記）30
「家」（上巻）—ブールジエー・広瀬哲士訳31
「若きレナーテの生活」—ワツサアマン・国松孝二訳32
「現代詩人集」第一巻・第二巻33
「川音」舟橋聖一著34
「近代文学と知性の歴史」吉村貞司著（評論集）35
「美しい暦」石坂洋次郎著（長篇小説）36
「惜しみなく愛は与ふ」中河与一著（小説集）37
「フローベルとモウパツサン」中村光夫著（評論集）38
詩壇時評39　近藤東
風のなかで（詩）40　永田助太郎
或る種の寛容に就いて（詩）　酒井正平
悪霊—ステインブンソン41　北野雪子訳
太陽と雨—トーマス・ウルフ42　湯浅輝夫訳
石斫場（詩）43　塩川秀次郎
長篇小説　雲（四）44　長尾雄
長篇小説　須佐代と佐江子（六）45　田宮虎彦
今月の雑誌
中央公論46　文藝春秋47　文芸48　改造49
日本評論50　三田文学51　新潮52　文学界53
読んだものから54
見たものから55
哀悼56
消息57
編輯後記58
表紙（三田風景）　鈴木信太郎
カット　鳥海青児・原精一・谷内俊夫・鈴木信太郎

目次註

1 ——文明批評——
2 ——文芸時事問題——
3 〈1—4〉※付記あり
4 〔つゞく〕
5 ——ツァラトゥストゥラの再来——〈題詞／運命に就て／悩みと行為とに就て／孤独に就て／スパルタクス／祖国と敵／世界の改良／独逸人に就て／君達と君達の民族／別れ〉※訳者の「付記」あり
6 〈一—三〉
7 〈(一)—(三)〉〔六・二七〕
8 〔了〕
9 〔一九四〇・六・二六〕
10 〔六月二十九日〕
11 〔六月十八日〕
12 『桜ホテル』ノート——自著に題す——
13 〔六月二十一日豪雷雨の翌朝〕
14 イサドラ・ダンカン作／小島政二郎訳
15 〔一九四〇・六・二四〕
16 〔六・三〇〕※筆者の絵筆による絵葉書挿入「七月七日広東興亜記念日に打ち上げられた花火の図」〔CANTON 7/7 KŌNO〕
17 〈古活字版　仮名活字本／地誌類／地図類／指物揃／能の本〉〔五月十八日〕
18 ※五句
19 ※五句
20 ※五句
21 蜥蜴　※五句
22 ※五句
23 〈野球用話〔語〕／野球の批評の一案／珠を磨くこと〉〔一五・六・三日〇〔三〇日〕稿〕
24 〔一五・二・十〕
25 ——芝居によせて——
26 〔六・二〇〕
27 〈変事／水上瀧太郎／貝殻追放／弥次馬／外掛／跛行／桟敷の客／拍手〉
28 新潮社版
29 第一公論社発行
30 『女兵《ニュイピン》』中山樵夫訳　三省堂版
31 ポール・ブールジエ作／広瀬哲士訳　東京堂版
32 ワツサアマン作／国松孝二訳　河出書房
33 山雅房
34 実業の〔之〕日本社発行
35 学芸社版
36 新潮社発行
37 『惜みなく愛は与ふ』三和書房発行
38 『フロオベルとモウパツサン』筑摩書房
39 ※今日の戦争詩に要求されるもの——「詩に作れぬ程はげしい」現実を克服する知性によって（既に戦争の実体を把握した戦時体制的人物によって）表現される今日的な新しい実験的な詩であること——
40 〔6.1940〕

41 R・L・スティブンソン作／北野雪子訳
42 トーマス・ウルフ作／湯浅輝夫訳 ※「ノート」を付す
43 〈石斫場／逃避／一碧湖／白午〉
44 〈以下次号〉
45 〈以下次号〉
46 鶴三吉 ※〈今月号の「中央公論」／「科学への用意」末川博／「奥地支那の農民問題」石川正義／岩淵辰雄・広津和郎等による「東洋の社会構成と日支の将来」／「雨後」火野葦平／窪川鶴次郎の評論〉
47 S ※──短篇小説特輯号──〈「睡蓮」横光利一／「姨捨」堀辰雄／「フエヤープレー」正宗白鳥／「寂光」里見弴／「春の日」阿部知二／「日雀」川端康成／文芸時評─「現代日本の短篇小説」河上徹太郎・「純粋なもの」真船豊・「作者の表情」窪川稲子／座談会の「独逸の科学政策と実践」／「新党問題批判」の林癸未夫、宮沢俊義、上司小剣、阿部真之助、河野密、橋本欣五郎／「話の屑籠」菊池寛〉
48 ※〈「文芸推薦」作品（織田作之助「夫婦善哉」）に対する川端康成、青野季吉の言引用／「慾心疑心」張赫宙／「夏」兪鎮午／「現代朝鮮文学の環境」林和／「ほのかな光」李孝石／山室静、吉田健一、平野謙の評論／「東京の片隅」（連載五回目）徳永直〉
49 ※〈「戦時英国の現状」山本実彦／「近衛文麿論」馬場恒吾／「内大臣論」宮沢俊義／「科学者雑談」／「続文楽物語（第一回・鶴沢友二郎）」三宅周太郎／「炭焼き」伊藤永之介／「毛小棒大」里見弴〉
50 ※〈「ドイツの新帝国主義」（特輯「戦後の世界予測」中）加田哲二／「欧洲戦に現れた新兵器と新戦術」斎藤忠／「思想の生れる地盤」佐藤信衛／特輯「新党と知識階級」の津久井龍雄と室伏高信／「中国学生軍」小野昇／「槿花」太[大]田洋子／柳田國男を囲む座談会「民族座談」〉
51 ※〈「墓場ある異郷」柴田錬三郎／「女の誤算」一瀬直行／「須佐代と佐江子」田宮虎彦／「雲」長尾雄〉
52 ※〈新潮評論／「くちなは」室生犀星／「老姆」中里恒子／「街あるき」中野重治／「鞭」伊藤整／「夜あけの門」尾崎士郎／「運命の人」島木健作／「文化映画について」津村秀夫／「榊山潤論」中島健蔵／「琉球の方言について」杉山平助〉
53 三戸武夫 ※「文芸銃後運動を如何に見るか」同人アンケート／特輯「世界史と評論の問題」（座談会）／文化月報─「人間再建の文学」亀井勝一郎・「絵画と共に」中島健蔵・「カデンツァ」今日出海・「演劇美の反省」舟橋聖一／創作欄─「美しき囮」中山義秀／「浮標」（戯曲）三好十郎／「イノチガケ」坂口安吾／「宝永噴火」岡本かの子〉
54 ※〈「槿花」大田洋子／「水上瀧太郎追悼号」を評した三宅周太郎の一文／「読書論」（創元）横光利一／武田麟太郎による野沢富美子の「煉瓦女工」評／『「弱者必勝」の理法』（読者新聞）勝田貞次／「アメリカ文芸思潮」志賀勝／木下半治の論理／アンドレモロワ著『一九三九年大戦の原因』改題『新しき大戦』（山内義雄訳）／『三田文学』のゴシップ／文芸情報の「文芸ニュース」での新三田派と分裂派／その他〉
55 ※〈菊五郎の「高尾ざんげ」／文学座のイプセン「鴨」その他興行界の現在について〉
56 哀悼 三田文学会〔昭和十五年五月〕 ※五月二十二日逝去の馬場孤蝶の追悼記事
57 ※〈久保田万太郎が脚本集を小山書店から、丸岡明が短篇小説集「或る生涯」を人文書院から、石坂洋次郎が書下し長篇小説「美しい暦」を新潮社から、それぞれ上梓／水上瀧太郎全集全十二巻の装幀、和田三造画伯と決定／「水上先生墓参会」（七月二十三日）と、三田慶應研究所での「三田文学会」開催／馬場孤蝶追悼記（九月号）の予告／その他〉
58 和木清三郎 ※〈「銷夏随筆」特輯号 執筆者紹介／二十数年文学部で外国文学を講義した馬場孤蝶の訃報／墓参会〉
＊ 「三田文学」七月号目次
＊ 三田文学賞規定 ※【194001】に同じ
＊ 「三田文学」春季創作特輯号目次
＊ 水上瀧太郎全集 全十二巻 岩波書店発行 ※予告
＊ 故水上瀧太郎先生追悼号 三田文学会 ※前号【194007】に同じ
＊ 「水上瀧太郎追悼号」再版広告
× "水上瀧太郎作小説「晩年」の掲載誌を御貸与下さりたし……"と、三田文学会による「おねがい」を掲載
＊ ※新刊図書の紹介あり〈『現代国家財政及財政策』高木寿一著・時潮社／『生々流転』岡本かの子著・改造社（題字岡本一平 装幀岡本太郎）／『美しい暦』石坂洋次郎著・新潮社／『或る生涯』丸岡明著・人文書院／『ペンギン茶書[房]』大江賢次著・教材社〉

表紙・「三田風景」鈴木信太郎／裏表紙・鈴木信太郎（広告）／カット・鳥海青児 原精一 谷内俊夫 鈴木信太郎／口絵・「戦友」原精一／発行日・八月一日／頁数・本文全二四〇頁／特価・七十銭／発行者・東京市芝区三田 慶應義塾内・西脇順三郎／編輯者・和木清三郎／編輯担当・東京市京橋区西銀座六ノ四 交詢ビル 慶應倶楽部内・和木清三郎／発行所・東京市芝区三田 慶應義塾内・三田文学会／発売所・東京市丸ノ内三丁目二番地 株式会社籾山書店／印刷者・東京市芝区愛宕町二丁目十四番地 渡辺丑之助／印刷所・東京市芝区愛宕町二丁目十四番地 愛宕印刷株式会社

■九月号（馬場孤蝶追悼） 【194009】

書斎に於ける馬場孤蝶先生 1
創作
望嶽荘（戯曲・百二十枚）2 石河穣治[治]
悪夢（小説） 庄司総一
長篇小説 雲（五）3 長尾雄
長篇小説 須佐代と佐江子（七）4 田宮虎彦
墓参（里見弴・原作 新生新派上演脚色）5 久保田万太郎
炬火のなか（詩） 菊島常二
飛行（詩） 志村辰夫
詩壇時評 近藤東
批評にも素材派あり 6 井上友一郎
在野精神はいづこ 7 森本忠
「鯉の髭」案内[四] 8 日野嵒夫
樋口一葉（五）9 和田芳恵

自著に題す
美しい暦 10　石坂洋次郎
著書四十一冊　丹羽文雄
刃向ふ街　大田洋子
書物捜索―雑筆四十三― 11　横山重
水上瀧太郎年譜（その一）12　井汲清治(注)
演劇時事　大山功
馬場孤蝶先生追憶記
弔詞 13　三田文学会
三十年来の高恩　佐藤春夫
馬場先生の追憶二三　茅野蕭々
馬場孤蝶先生 14　森田草平
馬場さんの銀行時代　平田禿木
馬場先生　高山辰三
二三の追憶　和気律次郎
あの時のはなし　沖野岩三郎
膝を正して 15　安成二郎
映画に出る馬場先生 16　平野零児
孤蝶先生の書画 17　村松梢風
思ひ出すまゝ 18　生方敏郎
回想 19　井伏鱒二
馬場先生　阿部彰
四半世紀 20　水木京太
「明治」を感じた最後の一人　小島政二郎
水上瀧太郎全集編纂委員氏名 21
水上瀧太郎全集彙報 22
水上瀧太郎全集各巻内容 23
新刊巡礼
「大宗寺付近」丹羽文雄著（小説集）24
「蕃界の女」中村地平著（小説集）25
「ペンギン茶房」大江賢次著（長篇小説）26
「風の系譜」野口冨士男著（長篇小説）27
「緑の猟人」スタンダール・小林正訳（新世界文学全集第四回配本）28
「蜂窩房」石河穣治著（小説集）29
「蝶と花」板野原平著（遺稿集）30
読んだものから 31
見たものから 32
今月の雑誌
改造 33　文藝春秋 34　日本評論 35　中央公論 36
公論 37　文芸 38　三田文学 39　新潮 40　文学界 41
編輯後記 42
表紙（三田風景）　鈴木信太郎
カット　鳥海青児・原精一・谷内俊夫・鈴木信太郎

目次註

1 「書斎に於ける先生」　※扉写真
2 望嶽荘　五幕　石河穣治　※作者註あり
3 五　〔以下次号〕
4 須佐代と佐江子(七)　〔次回完結〕
5 （里見弴作）〈その一―その三〉〔昭和十五年五月、明治座六月興行のために脚色演出〕
6・7 文芸時事問題　井上友一郎・森本忠
8 ――現代京都風俗図絵――
9 樋口一葉(四)　〔つづく〕
10 〔昭和十五・七〕
11 〈十行活字本の弁／六月末の旅行／古浄瑠璃正本六種〉
12 井汲清治　〈明四三・四・一八―大九・三・二二〉　※「まへがき」あり
13 〔昭和十五年六月二十四日〕　※"筆者の小島さんが多少の字句を訂正されたもの"と「編輯後記」に記す
14 〔七月二十一日〕
15 〔七月十七日〕
16 〔――ヲハリ――〕
17 ※馬場孤蝶直筆、短冊の写真掲載。文末に、"馬場先生の短冊は、島崎藤村氏より寄贈されたものである。"と付す
18 〈盆栽／パイプ／猫〉
19 〔七月二十三日〕
20 ※馬場孤蝶が、江戸橋の矢尾板病院に入院の当日（三月四日）自ら記し、また令息昇太郎に託して著者に送った最後の手紙を紹介
21 水上瀧太郎全集編纂委員氏名　※石坂洋次郎／西脇順三郎／鏑木清方／梶原可吉／久保田万太郎／小村雪岱／小島政二郎／里見弴／佐藤春夫／三宅正太郎／三宅周太郎／杉山平助　（以下実行委員）小泉信三／井汲清治／荻野忠治郎／和木清三郎／水木京太／平松幹夫
22 〈刊行書肆／巻数及び時期／体裁―四六判／装幀―和田三造画伯／編纂方法／編纂者〉
23 水上瀧太郎全集各巻内容　(一)〈第一巻　小説十五篇／第二巻　小説十篇／第三巻　小説十八篇／第四巻　小説二篇〉(二)〈第五巻　小説十二篇／第六巻　小説一篇及び随筆六篇／第七巻　小説九篇／第八巻　戯曲九篇／第九巻　貝殻追放五十八篇／第十巻　貝殻追放六十篇／第十一巻　貝殻追放九十二篇／第十二巻　出張日記其他（推定）〉
24 新潮社版
25 新潮社版
26 教材社版
27 青木書店版
28 スタンダール　河出書房版
29 日本橋春陽堂
30 牛込矢来　矢の倉書店
31 ※〈「風立ちぬ」堀辰雄／「島崎藤村」亀井勝一郎／「杉田玄白の蘭学事始」板沢武雄・「日清戦争と陸奥外交」深谷博治・「外交の常識」林毅陸などの「文庫版」の流行／映画「木石」舟橋原作／近衛第二次内閣の誕生に関する「中央公論」八月号の杉山平助「近衛公の政治性」と「改造」八月号の「文芸時評」〉
32 ※〈吉右衛門一座の帝劇／歌舞伎座の「夏祭」／鏡花物の流行／東劇の「四谷怪談」・「蘆刈」・「大仏開眼」／映画の「木

石」・「小島の春」〉
33　※〈「世界の運命と日本の望み」蠟山政道／「科学文化と民族の活力」富塚清／「英仏敗退と知識人の反省」清水幾太郎／佐々木惣一、船山信一、平貞蔵、戸沢鉄彦等の特輯「政治の国民的体制」／「欧羅巴はどうなる」山本実彦／「歴史雑談」／「善き鬼、悪き鬼」宇野浩二／「窓」壺井栄／「野茨」高見順／「お幾の立場」大谷藤子／「柳検校の小閑」内田百閒／「文芸時評」杉山平助〉
34　※〈「生活倫理の確立」高田保馬／「全国一選挙区制の提唱」関口泰／座談会「ロンドン・パリー縁台ばなし」／「日本映画の堕落」津村秀夫／「目・耳・口」／「文芸時評」関口次郎・中山義秀・広津和郎（高見順の小説に対する批評を引用）／「人情」真船豊・「山魅」里見弴・「本多浦一角」阪中正夫・「月」久保田万太郎等の創作（一幕物特輯）〉
35　〈「合歓の若葉」間宮茂輔／「仮の棲家」石川達三／「女体開顕」岡本かの子／「嵐のなか」島木健作／特輯「近衛公に望む」杉森、加田、清水（幾）／特輯「新政治体制総評」中の鈴木庫三少佐の「国防国家建設の要諦」／特輯「太平洋新秩序」中、伊藤正徳の「大平洋の時代」・室伏高信の「太平洋の夢」・辰野隆の随筆「敗れた仏蘭西」／「文芸時評」窪川鶴次郎／「人間雑話」武者小路実篤／人物評論「新人・旧人」中の石坂洋次郎評／本誌社説〉
36　鶴三吉　※〈「挙国新体制の『構想』に就いて」室戸健造・「新体制を阻むもの」津久井龍雄・「近衛公の政治性」杉山平助・「かくあるべし新体制」の回答など「新政治体制の出路」の特輯について／「嵐の前に立って」小松清／「巴里退出記」藤田嗣治／「文学の三十年」宇野浩二／「文芸時評」中村光夫／「或る女の半生」丹羽文雄／ジイドの戯曲「十三本目の木」〉
37　※〈「与論・結論」「論文特輯新日本建設の基調」「世界の動き」などの編輯企画について／「大ドイツを語る」座談会／「与論結論」八田元夫／「世界の動き」／小説の「情愛距離」芹沢光治良・「禁断」丸岡明／「運吉の休養日」伊藤永之介／「わすれられない離班」喜多村緑郎／「マルコ・ポーロと世界の銀座街道」衛藤利夫／中村草田男の俳句／「狭い空」岡本潤／「倫理と技術」船山信一／その他、雑誌の総論〉
38　※――満洲文学特輯――〈「つひの栖」北村謙次郎／「古い貌」北尾陽造／「ぶるう・ぶつく」宮内寒弥／「アドルフ・ヒットラー」芳賀檀の評論／「ユマニストの嘆き」デュアメル〉
39　※――随筆特輯号――〈「ざり蟹漁」岡本一平／「医者のゐる村」石坂洋次郎／「蛇嫌ひ・毛〔毛虫〕嫌ひ」中里恒子／「雲」（第四回）長尾雄―芥川賞候補／「新興作家論」十返一／「仏閣西の敗北と仏蘭西人の性格」井汲清治／「日本文学外国語訳者の問題」古谷綱武／「樋口一葉」和田芳恵／「自著に題す」／ヘッセの「ドイツ青年へ送る手紙〔言葉〕」〉
40　※〈三枝博音、窪川鶴次郎、中島健蔵、新居格、亀井勝一郎、尾崎士郎、中村武羅夫（司会）の座談会「知識階級と指導精神の諸問題」／「沖縄問題に関する所信」柳宗悦（前号、杉山平助の「琉球の方言について」の駁論）／「新潮評論」の「新堂と文学者」について／「翻訳特輯」／「姫鱒」船〔舟〕橋聖一・「通り雨」森三千代・「女の財布」和田伝・「運命の人」島木健作などの創作〉
41　三戸武夫　※〈「事変の新しさ」小林秀雄／「批評の近代性に関するノート」河上徹太郎／「批評と現実の問題」中島栄太郎／「文化と贅沢」亀井勝一郎・「経堂襍記」青野季吉／「国文学と現代文学」（折口信夫他の座談会）／「山脈」寺崎浩／「浮標」（戯曲）〉
42　和木清三郎　※〈「水上瀧太郎年譜」（井汲清治）本年一パイ連載の上、パンフレットにして保存／馬場孤蝶追悼記／三田文学会の弔辞／表紙改新／水上瀧太郎全集とその刊行記念号／墓参会（八月二十三日）及二十三日会（同夜六時　於慶應研究所）開催の予告〉
＊　「三田文学」八月銷夏随筆号目次
＊　墓参会　※〝水上先生墓参（八月二十三日）〟の案内
＊　秋期文化講座　独逸語支那語秋期講座　※春光会主催による講演会の案内あり〈秋期文化講座（於文化学院・十月～十一月）　講師―高橋誠一郎、綿貫哲雄、石原純、今野武雄、田辺尚雄／独逸語支那語秋期講座（於文化学院・九月十六日～十二月十四日）　顧問―茅野蕭々、木村謹治、新関良三　講師―（支）奥野信太郎、宮嶋貞亮、（独）井手賁夫、望月市恵、角信雄、一ノ瀬恒夫〉
＊　※二一六頁に〝馬場孤蝶選集は佐藤春夫委員長となって近く刊行の予定にて委員会を組織された。「冬柏」「博浪沙」は何れも「追悼記」を登載した〟と記載あり
＊　※新刊図書の紹介あり　〈真下五一著「鯉の髭」（京都萌文社）／『水上瀧太郎全集』第一回配本（岩波書店）〉
＊　※コロンビアレコードの広告中、「慶應義塾野球部新応援歌」として、藤浦洸作詩・増永丈夫作曲「三色旗の下に」の譜面を紹介（藤山一郎・慶應ワグネルソサエティー・コロムビアオーケストラ）

表紙・「三田風景」鈴木信太郎／カット・鳥海青児　原精一谷内俊夫　鈴木信太郎／口絵・「書斎に於ける先生」／発行日・九月一日／頁数・本文全二三八頁／特価・六十銭／発行者・東京市芝区三田　慶應義塾内・西脇順三郎／編輯者・和木清三郎／編輯担当・東京市京橋区西銀座六ノ四　交詢ビル　慶應倶楽部内・和木清三郎／発行所・東京市芝区三田　慶應義塾内・三田文学会／発売所・東京市丸ノ内三丁目二番地　株式会社籾山書店／印刷者・東京市芝区愛宕町二丁目十四番地　渡辺丑之助／印刷所・東京市芝区愛宕町二丁目十四番地　愛宕印刷株式会社

■十月号（水上瀧太郎全集刊行記念）【194010】

甘露寺（扉）　原精一
創作
昼夜の記録（小説）1　柴田錬三郎
豊かなる平凡（小説）　真下五一
長篇小説　雲（六）2　長尾雄
長篇小説　須佐代と佐江子（完）　田宮虎彦
舞踊　日本（芸能祭上演用台本）3　光吉夏弥
島嶼の秋（詩）　村野四郎
Silent Picture（詩）4　小林善雄
詩壇時評　近藤東

新しい理想主義文学について　山室静
小説の映画化と作家の良心　上林暁
樋口一葉（五）[5]　和田芳恵
ロレンスと植物　石橋孫一郎
詩人と国家―フリッツ・シュトウリヒ[6]　井手賁夫訳
演劇時事　大山功
自著に題す
　理想的な根拠[7]　中河与一
　「暦」その他に対する雑感　壺井栄
　「あさくさの子供」「火のくにの子供」[8]　長谷健
私の著書　山本和夫
「名曲に聴く」　野村光一
水上瀧太郎全集編纂委員氏名[9]
書物捜索―雑筆四十四―[10]　横山重
父のこと[11]　馬場昂〔昻〕太郎
上海の裏街　池田みち子
水上瀧太郎年譜（その二）[12]　井汲清治
映画その折々
水上瀧太郎全集刊行記念[13]
　水上瀧太郎全集刊行之辞
　水上瀧太郎全集各巻総目録[14]
水上瀧太郎手記[15]　小泉信三
水上瀧太郎のこと　徳田秋声
不滅の精神　小林一三
水上瀧太郎君の著作　島崎藤村
勇気のある文章　高橋誠一郎
所感　正宗白鳥
貝殻追放の作者　斎藤茂吉
覚書[16]　里見弴
水上瀧太郎君の歌　吉井勇

水上瀧太郎全集について　横光利一
水上瀧太郎全集装幀に就き　和田三造
随筆について　吉屋信子
水上瀧太郎讃　宇野浩二
水上さんの書く女性　岡田八千代
「武士と町人と狼」の演出想出話　田島淳
阿部君の絵　仙波均平
大阪と水上先生　島崎真平
気のつまる人　籾山梓月
芸術家水上瀧太郎　小島政二郎
水上瀧太郎の文芸観[17]　井汲清治
水上氏の戯曲　三宅周太郎
「先生」その他[18]　富田正文
貝殻追放の足跡[19]　平松幹夫
三田文学復活当時の思ひ出　倉島竹二郎
結論のない感想　今井達夫
水上瀧太郎と新聞[20]　金行勲夫
描写について　庄野誠一
先生の新聞記者嫌ひについて　末松太郎
見たものから[21]
新刊巡礼
　「成吉思汗」尾崎士郎著（長篇小説）[22]
　「レコード音楽　名曲に聴く」野村光一著（上巻）[23]
　「女人心情」寺崎浩著（小説集）[24]
特集「近世頌歌」小川富五郎著[25]
「世界文学全集」（第五回配本）
　「離婚の後」デレッダ作・岩崎純孝訳[26]
　「七つの柱」フェルナンデス・フローレス作
　　永田寛定訳[27]
　「愛の物語」ハムスン作・宮原晃一郎訳[28]
「現代詩人集」（詩集）第四巻[29]

「火のくにの子供」長谷健著（小説集）[30]
「年輪」妙齢会（小説集）[31]
「果樹園」南川潤著（小説集）[32]
「銀座」内田誠著（随筆集）[33]
今月の雑誌
　中央公論[34]　文藝春秋[35]　文芸[36]　改造[37]
　公論[38]　日本評論[39]　三田文学[40]　新潮[41]　文学界[42]
消息[43]
編輯後記[44]
表紙（三田風景）　鈴木信太郎
カット　鳥海青児・原精一・谷内俊夫・鈴木信太郎

目次註

1 〈その一―その六〉
2 〔以下次号〕
3 芸能祭上演用舞踊台本『日本』三部曲〈「創造」――江口・宮舞踊団のために―― 1、神々の誕生（A、天つちのわかれ／B、造物主の誕生）／2、万物の創造（A、創造の前の混沌／B、生物の誕生）／3、人間の誕生（A、男と女／B、人の世の創造）「東亜の歌」――高田舞踊団のために―― 第一景―皇帝と鶯／第二景―旋風（A、上海の埠頭 B、広東の茶館）／第三景―大地の暁 「前進の脈動」――石井漠舞踊団のために――〉 ※「後記」あり
4 SILENT PICTURE
5 〔つづく〕
6 フリッツ・シュトウリヒ／井手賁夫訳 〔以下次号〕
7 自著に題す――思想的な根拠――
8 「あさくさの子供」と「火のくにの子供」
9 水上瀧太郎全集編纂委員 ※委員名列記。前号に同
10 ――木曽物語 古浄るり正本―― 〔八月十六日〕
11 馬場昂太郎
12 〔大九・三・二九―昭五・四・二〕
13 ※この標題、本文には欠く
14 ※全十二巻

15 水上瀧太郎全集手記
16 ——「大阪」「大阪の宿」に関する—— ※〝所定の枚数を超へざるが為、五ケ条の覚書にした〟と付記あり
17 〔十五・八・二七〕
18 『先生』その他
19 〔十五・九〕
20 ——水上先生の新聞記者嫌ひに就いて——
21 ※〈新体制と興行界—歌舞伎、宝塚のレヴューやバレー、文楽、芸能祭などに関して〉
22 新潮社
23 創元社
24 通文閣版
25 書物展望社
26 デレッダ作／岩崎純孝訳　河出書房
27 フェルナンデス・フロレース〔フローレス〕／永田寛定訳　河出書房
28 ハムスン／宮原晃一郎訳　河出書房
29 第四巻　山雅房
30 モナス
31 妙齢会
32 昭森社
33 改造社
34 鶴三吉　※〈特輯「新体制、近衛内閣の責務」中の「新内閣と今後の国政」戸沢鉄彦／隣組座談会の秋田雨雀、中野重治、新居格、広津和郎、神近市子／「西部戦線従軍記」／「斎藤茂吉論」中野重治／文芸時評の中村光夫／戯曲「大原幽学」藤森成吉〉
35 ※〈話の屑籠——芥川賞辞退の問題——菊池寛／「歴世」林芙美子／「富士」橋本英吉／「浴泉記」徳田秋声／「釣魚記」井伏鱒二／「兵隊について」火野葦平〉
36 鶴三吉　——創作号——　〈「戦争聞書」宇野浩二／「私と商人との交渉」高見順／「幽霊」寺崎浩／「民事」和田伝／戯曲「雨の庭」小山祐士／「東京の片隅」徳永直／林芙美子、網野菊〉
37 ※〈特輯「新文化体制の建設」中、中島健蔵の「一元化と単一化」／「化〔文化〕科学の振興」土屋喬雄／「新政治体制と新教育体制」城戸幡太郎／「一国民としての希望」岸田國士／「石炭の黒さについて」火野葦平／「ヒットラー凱旋と独逸の将来」山本実彦／創作欄—金史良の「無窮一家」／武田麟太郎の「短篇小説集」〉
38 ※〈「世界観批判と未決問題」大熊信行／「新政治体制への協力」（座談会）／「欧洲血の旅」伊藤述史／「ある特派員」徳永直／「人間往来」宇野浩二／「加勢」久保田万太郎／「哀蟬行」室生犀星の詩〉
39 ※——生れ出でる新体制についての特別臨時号——〈「新体制を迎ふ」、「新歴史の第一章」、「橋田文相に与ふ」などの社説について〉
40 ※——九月号——　〈戯曲「望嶽荘」石河穣治／「墓参」（里見弴原作の新生新派上演台本）久保田万太郎／「悪夢」庄司総一（阿久見謙の筆名）／「須佐代と佐江子」（第七回）田宮虎彦／「雲」（第五回）長尾雄／「批評にも素材派あり」井上友一郎／「在野精神いづこ」森本忠／「水上瀧太郎年譜」井汲清治〉
41 ※〈「柳はみどり」壺井栄／「鋳物工場」伊藤永之介／「軟化病」橋本英吉／「運命の人」（第三回）島木健作／「新潮評論」氏などの評論／「わが作家としての心構へ」の六人の新進作家（寒川光太郎他）／座談会「時代と文学者の生きる道」青野季吉、北原武夫、浅野晃、高見順、島木健作、河盛好蔵、中村武羅夫（司会）〉
42 〈「オリンポスの果実」田中英光／「イノチガケ」坂口安吾／「穆時英氏追悼」／評論、座談会について／新体制に対してもつ「文学界」のポーズ〉
43 ※〈丸岡明が小説集『一夜物語』（純文学叢書）を通文閣より、二宮孝顕がフランソワ・モリヤックの長篇小説『炎の河』を訳了後、青光社より、庄司総一が書下し長篇小説『陳夫人』を通文閣から、南川潤が短篇小説集『果樹園』を昭森社より、山本和夫が長篇小説『青衣の姑娘』と短篇小説『青春の記録』を河出書房より、それぞれ刊行／「三田文学会」（九月二十三日　於三田慶應研究所）の開催／その他〉
44 和木清三郎　※〈「水上瀧太郎全集刊行記念」号と、その執筆者達／「墓参会」と「二十三日会」の報告〉

＊ 水上瀧太郎先生追悼号について　編輯部　※再版には写真を新たに八枚加えたことを付す
＊ 三田文学会　※九月二十三日午後六時　於慶應義塾研究会の案内
＊ 「三田文学」馬場孤蝶追悼号　九月号目次
＊ 故水上瀧太郎先生追悼号　※〝執筆者百四十四名、云々……〟と案内あり
＊ 岩波書店『水上瀧太郎全集』の内容広告
＊ 水上先生墓参会　※九月二十三日の案内
＊ 独逸語・支那語秋期講座　※講座案内。前号案内に独逸語講師—鬼頭英一、メイ・フォン・ハウラアの二人を追加。春光会主催　九月十六日～十二月十四日　於文化会館
＊ 秋期文化講座　※講座案内。前号案内の講演題目に多少の異同あり　〈春光会（文化学院内）主催／講師・高橋誠一郎（「経済学上の諸法則解説」十月毎月曜・夜七時～九時）他〉
＊ ※新刊図書の紹介あり　〈『暦』壺井栄著・新潮社／レコード音楽『名曲に聴く』上巻　野村光一著・創元社／『水上瀧太郎全集』第一回配本〉

表紙・「三田風景」鈴木信太郎／カット・鳥海青児　原精一　谷内俊夫　鈴木信太郎／口絵・「甘露寺」原精一／発行日・十月一日／頁数・本文全二六八頁／特価・六十銭／発行者・東京市芝区三田　慶應義塾内・西脇順三郎／編輯者・和木清三郎／編輯担当・東京市京橋区西銀座六ノ四　交詢ビル　慶應倶楽部内・和木清三郎／発行所・東京市芝区三田　慶應義塾内・三田文学会／発売所・東京市丸ノ内三丁目二番地　株式会社籾山書店／印刷者・東京市芝区愛宕町二丁目十四番地　渡辺丑之助／印刷所・東京市芝区愛宕町二丁目十四番地　愛宕印刷株式会社

■**十一月号（秋季創作特輯）**　**【194011】**

〔揚〕楊州にて（扉）　原精一

創作

塩田（小説）1　大江賢次

鬼薊（小説）2　間宮茂輔
夢（戯曲・一幕）3　内村直也
温泉にて（小説）4　片山昌造
上海にて（小説）5　池田みち子
北国（きたぐに）にて（小説）6　今井達夫
通り雨（小説）　野口冨士男
ある一頁（小説）7　塩川政一
山道（小説）　遠藤正輝
新ユーカラ（小説）8　石河穣治
冬草（小説）　原民喜
貉（小説）9　長谷健
猫の記10　倉島竹二郎
長篇小説　雲（七）11　長尾雄
演劇時事　大山功
新刊巡礼
「パラントレイ家の世嗣」ステイヴンス作・中野好夫訳12
「闇の奥」コンラッド作・中野好夫訳13
「裸の祝祭」佐藤虎男著（小説集）14
「海女」大田洋子著（小説集）15
「廟会」満洲作家九人集（小説集）16
「命ある日」芹沢光治良著（長篇小説）17
「別れの表情」長見義三著（小説集）18
「よきひと」室生犀星著（長篇小説）19
「青衣の姑娘」山本和夫著（長篇小説）20
「秋の求婚」コールドウエル著・杉本喬訳（翻訳小説）21
「ルノワアル夫人の眸」
リラダン著・斉藤磯雄訳（翻訳小説）22
映画その折々23
水上瀧太郎年譜（その三）24　井汲清治
見たものから25
読んだものから26

今月の雑誌
改造27　中央公論28　公論29　文藝春秋30
日本評論31　新潮32　三田文学33　文学界34　文芸35
消息36
編輯後記37
表紙（三田風景）　鈴木信太郎
カット　太田三郎・鳥海青児・原精一
寺田政明・谷内俊夫・近藤光紀
宮田重雄・鈴木信太郎

目次註

1 〈春／夏／秋〉
2 〈一―四〉〈九月二十三日〉
3 〔昭和十五年九月〕
4 〈一・二〉〈完〉
5 ――ある女の話――
6 〈馬追虫／朝顔／杖／鮎／簞笥／銀行〉
7 〔昭和十五年九月〕
8 ――三切れの蛇――
9 貉《むじな》
10 〔終〕
11 〔以下次号〕
12・13 世界文学全集第六回配本　河出書房
14 春秋社
15 中央公論社
16 竹村書房
17 新潮社
18 宮越太陽堂版
19 竹村書房版
20 河出書房版
21 改造社
22 ヴイリエ・ド・リラダン　第一書房
23 三田推進隊
24 〔昭五・四・三―一〇・八・四〕
25 ※〈日劇の「琉球と八重山」／新体制と芸の世界について／制限をうける製作本数〉
26 ※〈野上豊一郎の一文（西班牙で、生れて初めて本物の闘牛を見た時の文章）／「小島の春」の映画と、それに就ての東朝紙でのQ氏評／高木卓の力作「北方の星座」／「樺太への旅」林芙美子／野村兼太郎博士の経済論文中の與謝野鉄幹、晶子の言／小冊子「世界最終戦論」石原将軍述〉
27 ※〈「新体制の熱風」下での編輯方針について／「アヂア諸民族の史的発展と大陸政策への省察」細川嘉六／「軍官民一体論」津久井龍雄／「国民組織案の討議座談会」／「時代の小説家」武田麟太郎／「ある作家の手記」島木健作／「浅草寺付近」丹羽文雄／「滞英記」山本改造〔実彦?〕の見聞記〉
28 鶴三吉 ※〈「新政治体制の日本的軌道」佐々木惣一／特輯「知識人の方向」中の「知識階級と新体制」蠟山政道・「官僚の国民化」清水幾太郎・「文学と文学者は別である」保田與重郎・「学生の政治教育について」中島健蔵／「黙示録の天使」小松清／「消え失せるマヂノ」観音寺三四郎／木村義雄と呉清源の対談／「文学の三十年」宇野浩二／「小川芋銭」村松／「後雁」尾崎士郎／「地福」深田久弥〉
29 ※〈座談会「中野正剛、橋本欣五郎対談」／同「北京縦談」／同「愛国運動の研究」／笠信太郎／井伊亜夫／「女教師」松本岬子／「人間往来」宇野浩二／詩人の高橋新吉／当誌の「新体制」的気勢〉
30 〈「都市文化の危機」岸田國士／「農村文化のために」島木健作／「文化各部門よりの要望」での渋沢秀雄（劇場）、宮田重雄（美術）、森岩雄（映画統制）、阿部知二（文壇）、増沢健美（音楽）、岩波茂雄（出版界）／「宣統帝遺聞」小田嶽夫／「東京名所浅草寺」岡麓／「心情の論理」高見順／「朝市」伊藤永之介／「警笛」丸山義二／「草山水」室生犀星／岡本一平、岡本太郎の「父子対話」／新体制の声で消えかかりつつある「味の文化」のこと〉
31 ※〈新体制下に於ける雑誌「日本評論」の明日への態度／「新体制の見方」、「新体制への態度」、「新しい精神」、「歴史の旋律」などの社説／「女体開顕」岡本かの子／蔵原伸二郎の詩「光華門」／「青年運動」／「新しい青年の出発座談会」〉
32 ※〈新体制による現代文学の混乱状態と、歴史小説「北

方の星座」／及その作者高木卓（芥川賞辞退の話題の新人）〉

33 〈「須佐代と佐江子」（完結）田宮虎彦／「雲」（第六回）長尾雄／「昼夜の記録」柴田錬三郎／「豊かなる平凡」真下五一／「新しい理想主義文学について」山室静／「小説の映画化と作家の良心」上林暁〉

34 三戸武夫 ※〈「小魂」岩倉政治／「雞」村田孝太郎／「野ねずみ」半田義之／「音楽会にて」阿部艶子／「車中にて」深田久弥／「巡礼」（改作）阿部知二／「美しき囮」中山義秀／「北村透谷」船〔舟〕橋聖一／「西鶴晩年の生活と芸術」暉峻康隆／「経堂襍記」青野季吉〉

35 鶴三吉 ※〈新体制の統制下における雑誌「文芸」の位置／小林秀雄、中島健蔵の対談「時代的考察」／ゲッベルスの演説「戦争と芸術は矛盾しない」／岡本一平、岡本太郎「父子対話」／小津安二郎のシナリオ「戸田家の兄妹」／「秋」富沢有為男／「小守歌」織田作之助／「身体髪膚」上林暁／「紫禁城の人々」小田嶽夫〉

36 ※〈杉山平助の評論随筆集『悲しきいのち』、間宮茂輔の短篇小説『石榴の花』、蔵原伸二郎の随筆策『風物語』（棟方志功画伯装幀）、美川きよの随筆『新しき門』（原精一装幀）、大江賢次の短篇小説集『湖沼戦区』、山本和夫の短篇小説集『一茎の葦』、津村信夫の随筆集『戸隠の絵本』（新ぐろりあ叢書）をそれぞれ刊行／小島政二郎が文芸銃後援会で講演／文学座試演会で石坂洋次郎の「かっこう」、三宅由紀子の「母の席」を上演／その他〉

37 和木清三郎 ※〈日独伊同盟発表、この未曽有の非常時における「三田文学」の使命とは／定期「創作特輯号」の執筆者／「水上瀧太郎全集」第一回配本担当者／小村雪岱画伯急逝（十月十七日午後四時半）／墓参会（十月二十三日）、二十三日会（同夜六時　於三田綱町研究所）の案内〉

＊「三田文学」水上瀧太郎全集刊行記念十月号　目次

＊ 故水上瀧太郎先生追悼号　案内

＊「水上瀧太郎全集」全十二巻予約募集

＊「水上瀧太郎全集」全十二巻　※内容

表紙・「三田風景」鈴木信太郎／カット・太田三郎　鳥海青児　原精一　寺田政明　谷内俊夫　近藤光紀　宮田重雄　鈴木信太郎／口絵・「揚州にて」原精一／発行日・十一月一日／頁数・本文全二五〇頁／特価・七十銭／発行者・東京市芝区三田　慶應義塾内・西脇順三郎／編輯者・和木清三郎／編輯担当・東京市京橋区西銀座六ノ四　交詢ビル　慶應倶楽部内・和木清三郎／発行所・東京市芝区三田　慶應義塾内・三田文学会／発売所・東京市丸ノ内三丁目二番地　株式会社籾山書店／印刷者・東京市芝区愛宕町二丁目十四番地　渡辺丑之助／印刷所・東京市芝区愛宕町二丁目十四番地　愛宕印刷株式会社

■十二月号　【194012】

戦場にて（扉）　原精一

創作

心の旅（小説）　丸岡明

印度の秋（小説）　柴田錬三郎

島底（小説）1　三橋一夫

長篇小説　雲（完）2　長尾雄

野戦にて（詩）3　山本和夫

詩二篇（詩）4　長田恒雄

詩壇時評　小林善雄

国民文学の基礎理論　宮尾誠勝

岡本かの子論5　十返一

樋口一葉（六）6　和田芳恵

詩人と国家（二）7　フリッツ・シュトリッヒ　井手賁夫訳

くうすけ物語8　佐藤信彦

演劇時評　大山功

書物捜索―雑筆四十五―9　横山重

老学庵百話（一三）10　栗原広太

演劇雑記帳11　戸板康二

上海の裏街12　池田みち子

グラスの輸入13　渋井清

「美の祭典」紹介14　藤村元太郎

水難の相15　宮田勝善

新高主山南山北山への登攀16　谷河梅人

映画その折々17

新刊巡礼

「新しき門」美川きよ著（小説集）18

「歌のわかれ」中野重治著（小説集）19

「離村記」伊藤永之介著（長篇小説）20

「一茎の葦」山本和夫著（小説集）21

「レコード音楽　名曲に聴く」（下巻）野村光一著22

「自動車部隊」佐藤観次郎著（戦記）23

水上瀧太郎全集刊行記念文芸講演会24

読んだものから25

見たものから26

今月の雑誌

中央公論27　文藝春秋28　日本評論29　改造30　公論31　三田文学32　文学界33　新潮34　文芸35

消息36

編輯後記37

表紙（三田風景）　鈴木信太郎

カット　太田三郎・鳥海青児・原精一・寺田政明・谷内俊夫・近藤光紀・宮田重雄・鈴木信太郎

目次註

1 〔完〕

2 〈八〉〔完〕

3 ――S部隊長――

4 〈1・2〉

5 〈一―四〉〔終〕

6 樋口一葉（六）〔つゞく〕

7 フリッツ・シュトゥリヒ／井手賁夫訳　〔以下次号〕

8 〈一―三〉〔昭和十二・八・二三〕

9 〈ちくぶしまの本地　古活字版絵入本／竹取物語　十行活

字本／ボストン博物館の屏風〉（九月十九日）

10 ――二〇・古い日記から拾った朝鮮の旅――

11 ――劇場――（昭和十五年九月）

12 ――上海の裏街（承前）――

13 ――民族の美術研究―― ※〝因に、挿図の写真は渡辺義雄氏の撮影になり、作品は全て日本に於ける筆者の蒐集〟と付す

14 オリンピア映画第二部「美の祭典」紹介〈ヨット競技／拳闘／近代五種競技／ホッケー／ポロ／蹴球／総合馬術／自転車百粁道路競走／漕艇／十種競技／水上競技／二百米男子平泳決勝／男子百米自由型／女子百米自由型／女子二百米平泳決勝／男子飛込／閉会式〉 ※前書を付す

15 〈……／水の味／早慶戦今昔／名整調／背泳とボート／ボートの泣き虫〉

16 〈一―七〉（八月七日記・完） ※〝新高主山を中心とせる四峯の位置を示す〟写真挿入。写真説明も付す

17 三田推進隊

18 河出書房版

19 新潮社版・昭和名作選集

20 新館書房版

21 一茎の葉〔葦〕 河出書房

22 創元社

23 高山書院

24 三田文学会 ※予告 十一月三十日午後一時／三田慶應義塾大ホール／出演者―小泉信三・山本実彦・岸田國士・尾崎士郎・石川達三・石坂洋次郎・久保田万太郎・井汲清治・小島政二郎

25 ※〈トルストイの「戦争と平和」（ミッチェルの「風と共に去りぬ」と対比して）／富永次郎の『黄昏暦』（「文学草紙」に連載したもの、丹羽文雄の評を交えて）／『アラビアのロレンス』中野好夫著（岩波新書）と雑誌「新亜細亜（十月号）」所載嘉治隆一の「人としてのロレンス」／「ミケルアンゼロ」丹羽五郎（岩波新書）／「国語観――雑誌の仮名遣――」岡本千万太郎／小泉塾長の「読書論」（「三田新聞」）及朝日新聞第一面東人西人欄所載「私立大学の新体制・慶大総長小泉信三氏」の記事／「母系家族」（東京日日）石川達三／「未亡人」（「婦人之友」十二月号）吉屋信子／「新欧羅巴の誕生」山本実彦著／「従軍記」（「財政経済時報」）金行勲夫／「炎の河」（青光社）二宮孝顕訳出〉

26 ※〈映画「世紀の凱旋」／歌舞伎座「菊畑」／奉祝展第一部第四部（洋画）／活動「浪花女」／「文部省推薦」映画／明治座十月所演「天高き日」／映画「冬木博士の家庭」／石坂洋次郎「暁の合唱」の脚色／秋の野球リーグ戦各試合／「水上瀧太郎全集」第一回「大阪・大阪の宿」配本／「早慶」柔道試合〉

27 鶴三吉 ※〈新体制と綜合雑誌との此後の関係経緯／「新体制の世界史的進路」森戸辰男／「旧体制とは何か」清水幾太郎／「日独伊同盟と今後の日本」／「斎藤茂吉論」中野重治／「国民性の改造」検討会（三木清、永田清、小松清、津久井龍雄、橘樸、菅井準一）／「文学と自分」（講演草稿）小林秀雄／「十三夜の明月」戯曲 真船豊／「村長日記」岩倉政治／三宅周太郎の「浪花女」と文楽〉

28 ※〈「職域の革新と内省」（八者の往復文）／「自己革新の問題」（七者）／「社会時評」長与善郎／「日本文学者会の成立」高見順／「自己革新の問題」における青野季吉／「視力」窪川稲子／「長い井戸」尾崎一雄／「無花果」壺井栄／「文芸時評」高見順／口絵「北京」梅原龍三郎／「新体制下の生活記」募集〉

29 ※〈新休制に即応した「日本評論」の発足前進の宣言／「評論家の新しい任務」津久井龍雄／特輯「全日本科学化運動」／「技術発育の温床を提唱す」森川覚三／「文芸時評」阿部知二／「或る作家の手記」島木健作／「嵐のなか」（第一部）島木健作／「朝の風」宮本百合子／「女体開顕」岡本かの子〉

30 ※〈杉山平助の「松岡外相論」／「幻燈部屋」火野葦平／「二重生活者」石坂洋次郎／「世界の動き」／スターマーと山本氏の会談／「改造」の編輯態度について〉

31 K ※〈座談会「児童文化の建設」／「奴隷時代のアメリカン・ニグロ」／「愛国運動物語」座談会／「朱舜水と日本武士道哲学」／匿名批評「文壇無門関」／「凝視」野沢富美子〉

32 ※――十一月秋期創作特輯――〈「塩田」大江賢次／「鬼薊」間宮茂輔／戯曲「夢」内村直也／「温泉にて」片山昌造／「上海」池田みち子／「北国にて」今井達夫／「山道」遠藤正輝／「通り雨」野口冨士男／「ある一頁」塩川政一／「新ユーカラ」石河穣治／「冬草」原民喜／「貉」長谷健／「猫の記」倉島竹二郎／「雲」長尾雄〉

33 三戸武夫他 ※〈座談会「英雄を語る」「文学と新体制」／「日本の家族制度序説」今日出海／「吾が闘争について」芳賀檀／「批評と労作」（「絵画とともに」の第四）中島健蔵／「経堂襍記」青野季吉／「朝鮮にて」三好達治／「わが故郷の美しさを語る」／「商魂記」笹田魚次郎／「美しき囮」中山義秀／文学の「新体制」に対応する中心勢力について〉

34 ※〈「わが国の国民文学」特輯の藤田徳太郎・船〔舟〕橋聖一、塩田良平、雅川滉、桑原暁一の言／「国民文学への道――日本文学の新動向としての民族文学・理想主義文学・ロマンチシズム文学に就いて」浅野晃／「民族精神について」保田與重郎／「運命の人」（連載第五回）島木健作／「妻の叔父」新田潤／「湖畔にて」北原武夫／「きりぎりす」太宰治／「弥勒」稲垣足穂〉

35 鶴三吉 ※〈特輯「望ましき文芸政策」の津久井龍雄「望ましい文芸政策」・清水幾太郎「外部の問題」・芳賀檀「生の均衡のために」・林広吉「新体制と芸術」・中島健蔵「文芸政策の基礎問題」・尾崎士郎「文芸の政治性」／「稲をつくるの詩」芹沢光治良・「魚眼記」火野葦平／「北国にて」菊岡久利・「黄家」龍瑛宗／島木健作と阿部知二の対談「生活者の文化」／岡本かの子の長篇「富士」〉

36 ※〈「水上全集」刊行記念「三田文学会」（十一月八日）の開催／墓参会（十一月二十三日）予告／二十三日会開催予告（十一月二十三日夜 於三田綱町慶應研究所）／水上全集刊行記念講演会（十一月十二日 於明治生命講堂）報告／水上瀧太郎の小説「銀座復興」を太田咲太郎脚色（二幕）、若尾徳平の舞台監督で「三色座・水上瀧太郎先生追悼公演」として上演（十一月十九日、二十日夜 於飛行会館）／その他〉

37 和木清三郎 ※〈本号執筆者紹介／「水上全集」第一回配本「大阪・大阪の宿」好評／明治生命講堂における「全集刊行記念講演会」報告（十一月十二日夜、小泉塾長、久

保田万太郎、佐藤春夫、小島政二郎、井汲清治、石坂洋次郎が講演）／十一月三十日には三田大ホールで、十一月二十八日には日吉予科講堂に於て、記念講演会（石坂洋次郎、丸岡明、南川潤、和木清三郎が講演）開催／慶應図書館記念室で展覧会（十一月二十八日～三十日）開催／墓参会（十一月二十三日）、二十三日会案内〉
＊「三田文学」秋季創作特輯　十一月号目次
＊日吉に於ける文芸講演会　※十一月廿八日午後一時
＊水上瀧太郎全集刊行記念　文芸講演会　※案内　十一月二十七日　日吉講堂、十一月三十日　三田大ホール、主催・三田文学会
＊第二回　鈴木信太郎油絵個人展覧会　※予告（十二月四日より八日まで、於日本橋高島屋八階美術部）
＊墓参会　※〝十一月墓参会、今月に限り二十三日午前十時発〟と予告あり
＊※新刊図書の紹介あり〈『水上瀧太郎全集』（第一回配本）岩波書店／『文化と風土』高橋広江著・青光社／『炎の河』モオリアック原作・二宮孝顕訳・青光社／『フランス文学素描』佐藤朔・青光社（近刊）〉
＊※通文閣の広告中、打木村治著『般若』と、井上友一郎著『胸の中の歌』に対する滝井孝作と石川達三による推薦文「滝井孝作氏評」「石川達三氏評」をそれぞれ付す
＊※河出書房の広告中、山本和夫作品の『一茎の葦』『青衣の姑娘』に対して、それぞれに推薦文「日本学芸新聞評」「小田嶽夫氏評」を付す

表紙・「三田風景」鈴木信太郎／カット・太田三郎　原精一　鳥海青児　寺田政明　谷内俊夫　近藤光紀　宮田重雄　鈴木信太郎／口絵・「戦場にて」原精一／発行日・十二月一日／頁数・本文全一七八頁／定価・五十銭／発行者・東京市芝区三田　慶應義塾内・西脇順三郎／編輯者・和木清三郎／編輯担当・東京市京橋区西銀座六ノ四　交詢ビル　慶應倶楽部内・和木清三郎／発行所・東京市芝区三田　慶應義塾内・三田文学会／発売所・東京市丸ノ内三丁目二番地　株式会社籾山書店／印刷者・東京市芝区愛宕町二丁目十四番地　渡辺丑之助／印刷所・東京市芝区愛宕町二丁目十四番地　愛宕印刷株式会社

一九四一年（昭和十六年）

■一月号（満洲新人作家特輯）　【194101】

風景（扉）　寺田政明
創作
長篇小説　真珠の胎（第一回）1　間宮茂輔
屯のはなし（小説）2　青木実
春颱（小説）3　北尾陽三
遙かなる旅（小説）　晶埜ふみ
秋の声（小説）4　島崎恭爾
三人（小説）　也麗作　大内隆雄訳
夜語（小説）5　小松作　大内隆雄訳
即興法隆寺（詩）6　竹中郁
原（詩）7　村次郎
詩壇時評　小林善雄
貝殻追放8　小泉信三
清き水の魚9　里見弴
文化と文学者10　春山行夫
満洲文芸界小記　北村謙次郎
中品上生11　佐藤信彦
「大阪」と「大阪の宿」　丸岡明
樋口一葉（七）12　和田芳恵
詩人と国家（三）13　シュトリッヒ　井手賁夫訳
映画その折々14
折詰15　内田誠
洗足雑記16　有竹修二
思ひ出のパリ（一）　岡本太郎
素朴な魂17　鷲尾洋三
水上瀧太郎を憶ふ18　田中宇一郎
書物捜索―雑筆四十六―19　横山重
老学庵百話（十四）20　栗原広太
演劇雑記帳21　戸板康二
ボート随筆22　宮田善勝〔勝善〕
新刊巡礼
「新進小説選集」（短篇小説集）23
「旅〔娘〕」新田潤著（小説集）24
「皮膚と心」太宰治著（小説集）25
「森に住む人々」織田正信訳26
「ゴロヴリヨフ一家」湯浅芳子訳27
「陳夫人」庄司総一著（長篇小説）28
「童謡集」都築益世著29
「歩道」佐藤佐太郎著（歌集）30
「新欧羅巴の誕生」山本実彦著（紀行文）31
読んだものから32
見たものから33
今月の雑誌
中央公論34　文藝春秋35　日本評論36　改造37
公論38　三田文学39　文学界40　文芸41　新潮42
消息43
編輯後記44
表紙（三田風景）　鈴木信太郎
カット　中村直人・鳥海青児・原精一・寺田政明
谷内俊夫・近藤光紀・宮田重雄・鈴木信太郎

目次註
1 〈1―3〉〔未完〕
2 〈第三話―〔第三話完〕／第四話―〔第四話終り〕〉
3 ※〝以下満洲ロマン第六輯〟と付す

4 〈―完―〉
5 〈楔子／一／二／三〉
6 ※冒頭に子規の句挿入「柿くへば鐘が鳴るなり法隆寺」
7 〈原／心〉
8・9 ※〝共に岩波書店発行「図書」十月号より転載〟と「編輯後記」に記載あり
9 〈昭和十五年九月十七日払暁〉
10 〈……／高文化と低文化〉
11 〈一―三〉〔十五年九月二十三日〕
12 〔つゞく〕
13 フリッツ・シュトゥリヒ／井手貢夫訳〔終〕
14 三田推進隊
15 ※日本雑事詩（明治初年刊　広東黄遵憲）の詩の説明を、池田弥三郎記「銀座」より引用
16 〔昭和十五年十二月二日記〕
17 ―野戦病院生活の覚書―
18 水上瀧太郎氏を憶ふ
19 〈石山物語　室町時代物語／みはら物語　万治二年古浄る り正本／季ひろ物語　室町時代物語絵巻／枕ノ草子　古活字十行本〉〔十一月廿日〕
20 ―二、わが私淑する黄昏の少将―
21 ―智恵内―〔昭和十五年十一月〕
22 ―銚子遠漕数へ唄―〈……／第一日／第二日／第三日〉
23 赤塚書房版
24 『娘』昭森社版
25 竹村書房版
26 ハーディ作／織田正信訳　河出書房刊（新世界文学全集第八回配本）
27 『ゴロヴリヨフ家の人々』シチエドリン作／湯浅芳子訳　河出書房刊（新世界文学全集第七回配本）
28 通文閣版
29 ※出版社名欠く
30 八雲書林
31 改造社

32 ※〈十一月二十日付東日紙の誤報記事（「軍国アイヌの酋長」）／「大雪山と阿寒」（昭和十年四月、北海道庁景勝地協会刊行）沼佐隆次著／「ボオドレエル伝」アルフオンス・セシエ、ジユウル・ベルトオ共著・斎藤磯雄訳／「生活の探究」と「或る作家の手記」島木健作〉
33 ※〈劇団三色座の「銀座復興」（故水上瀧太郎作／太田咲太郎脚色）と「喜劇」の二本立て／「早慶ラグビー」／「早慶サッカー」／映画「旅役者」の藤原鶏太の好演技／十二月十二日付朝日新聞夕刊第一面所載の「肌寒き朝の戦線を征く」の写真〉
34 鶴三吉　※〈「文化政策論」三木清／「文化の配給と消費」今野武雄／「日ソ経済提携の可能性」／「極東に於ける白人の将来」パール・バック／岸田國士と島木健作の対談／文芸時評「文学の原則」窪川鶴次郎／「新劇再生の問題」長田秀雄／「嶺」寒川光太郎／「ふるさと」富沢有為男〉
35 ※〈「碑文」豊島与志雄／「氷雪」舟橋聖一／「文芸時評―反俗と通俗」（太宰治「きりぎりす」評）高見順／「瓜哇素描」小林一三使節／「今年の言葉」日比野士朗／「政治の文化性」岸田國士／「ニュース映画論」津村秀夫〉
36 ※〈新体制運動実現への雑誌「日本評論」の努力と、真の使命について／（社説―「大政翼賛会に与ふ」と、五つの座談会「新体制の前路を語る」「アメリカを裸にする」「転失業対策を語る」「文化問題を語る」「教学刷新を語る」から）／「文芸時評」阿部知二／「女体開顕」（完結）岡本かの子〉
37 〈巻頭言／石原純の科学振興の根本問題／有馬頼寧、佐々木惣一の「日本政治の根本義」／「第三共和制の崩壊」淡徳三郎／「魚介」林芙美子／「鎮魂歌」芹沢光治良〉
38 ※〈「新体制は前進する」（大政翼賛会各部長出席座談会）／安倍能成の「国民文化建設の基本姿勢」（新体制の一環としての「新国民文化の建設」に就いての企画）／「雪中火事」川端康成〉
39 ※〈「心の旅」丸岡明／「印度の秋」柴田錬三郎／「島底」三橋一夫／「雲」（完結）長尾雄／「国民文学の基礎理論」宮尾誠勝／「岡本かの子論」十返一／「上海の裏街」池田みち子の随筆／「詩人と国家」井手貢夫訳〉

40 三戸武夫　※〈「文芸の側衛的任務」岸田國士／「日本を讃へる」芳賀檀／浅野晃の「国民文学運動私見」と保田與重郎の「明治天皇の御集」／「芸術上の天才について」小林秀雄／青野季吉／小林秀雄と林房雄の対談「歴史について」／「商魂記」笹田魚次郎／「光る魚族」川上喜久子／「北村透谷」舟橋聖一／「バイロン伝」阿部知二／三好達治の「秋日永言」と旅行記「京城博覧会にて」／蔵原伸二郎の詩〉
41 鶴三吉　※〈文化部長就任の岸田國士と河上徹太郎の対談「大いなる構想」／「ロマン・ローラン会見記」／特輯「国民文学について」―豊島与志雄　榊山潤　伊藤整　保田與重郎／第二回「文芸推薦」作品「運・不運」／「南国譚」高木卓／「富士」岡本かの子〉
42 ※〈新体制運動に即応した文学者の周囲の動き―日本文学者会・日本中央文芸会詩人連盟などの設立、結成―／新人創作特輯の七篇―「運命の人」（第六回）島木健作・「はずみ」半田義之・「老骨」島村利正・「南京の胡弓」井上友一郎・「河からの風」野口冨士男・「旅家郷」長谷健・「怒りの町」一瀬直行〉
43 ※〈小泉信三と小島政二郎が、水上全集記念講演会（十一月三十日）にそれぞれ「水上瀧太郎とトルストイ」「水上瀧太郎の芸術」を演／三宅周太郎の続『文楽の研究』、佐藤朔の『フランス文学素描』、石坂洋次郎の『私の鞄』『暁の合唱』、丸岡明『風に騒ぐ葦の如く』『心の旅』をそれぞれ出版／庄司総一『陳夫人』出版記念会（十二月二十一日夜　於マーブル）の予告／墓参会（十二月二十三日）の案内／その他〉
44 和木清三郎　※〈盛会だった『水上全集』刊行記念講演会／本号「満洲新人作家」特輯の執筆者紹介／墓参会／その他〉
＊「三田文学」十二月号目次
＊「水上瀧太郎追悼号」案内　※小村雪岱装幀の三田文学臨時増刊
＊東洋創始大学新聞『三田新聞』三田新聞学会　※案内（毎月五日・十五日・二十五日発行　臨時増刊号刊行）
＊※新刊図書の紹介あり〈短縮集『柘榴の花』間宮茂輔著・河出書房／丸岡明著・短篇集『風に騒ぐ葦の如く』甲鳥書林／同『心の旅』万里閣／『福沢諭吉の人と思想』岩波書店〉

店／水上瀧太郎全集　第二回配本「貝殻追放」〉

表紙・「三田風景」鈴木信太郎／カット・中村直人　鳥海青児　原精一　寺田政明　谷内俊夫　近藤光紀　宮田重雄　鈴木信太郎／口絵・「風景」寺田政明／発行日・一月一日／頁数・本文全二四四頁／定価・七十銭／発行者・東京市芝区三田慶應義塾内・西脇順三郎／編輯者・東京市芝区三田　慶應義塾内・三田文学会／発行所・東京市芝区三田　慶應義塾内・三田文学会／発売所・東京市丸ノ内三丁目二番地　株式会社籾山書店／印刷者・東京市芝区愛宕町二丁目十四番地　渡辺丑之助／印刷所・東京市芝区愛宕町二丁目十四番地　愛宕印刷株式会社

■二月号 【19402】

北京・景山（扉）1　日向保吉

創作

長篇小説　真珠の胎（第二回）2　間宮茂輔

砧（小説）3　北村謙次郎

粉雪（小説）4　筒井俊一

風塵（小説）　日野嵒夫

巴里哀悼（詩）　山中散生

初花（詩）　田中克己

詩壇時評　小林善雄

太宰治の一面　岩上順一

文学と文明（一）――シユトウリヒ5　井手賁夫訳

中品上生（承前）6　佐藤信彦

樋口一葉（八）7　和田芳恵

映画その折々8

水上瀧太郎年譜（その四）9　井汲清治

飴屋10　内田誠

書物捜索――雑筆四十七――11　横山重

老学庵百話（十五）12　栗原広太

水上瀧太郎先生を憶ふ　湯浅輝夫

思ひ出のパリ（二）　岡本太郎

演劇雑記帳13　戸板康二

支那事変・出動漁船隊追懐記（1）14　戸田豊馬

新刊巡礼

「ドガに就て」ヴアレリイリ〔ヴァレリイ〕・吉田健一訳（評論）15

「風に騒ぐ葦の如く」丸岡明著（小説集）16

「炎の河」モリアツク・二宮孝顕訳（翻訳小説）17

高村光太郎詩集「道程」三ツ村繁蔵編18

「戦死」柴田賢次郎著（長篇小説）19

「郷愁」岡田三郎著（小説集）20

「胸の中の歌」井上友一郎著（小説集）21

「青年の果実」竹森一男著（長篇小説）22

「私の鞄」石坂洋次郎著（感想・随筆）23

読んだものから24

見たものから25

六号雑記26

今月の雑誌

中央公論27　日本評論28　改造29　文藝春秋30　公論31

知性32　三田文学33　文芸34　新潮35　文学界36

消息37

編輯後記38

表紙（三田風景）　鈴木信太郎

カット　中村直人・鳥海青児・原精一・寺田政明・谷内俊夫・近藤光紀・宮田重雄・鈴木信太郎

目次註

1 北京景山

2 真珠の胎（二）〈4―8〉〔未完〕

3・4 ※共に〝前月号「満洲新人作家特輯」の続きである……〟と「編輯後記」に記載あり

3 ※〝満洲新聞夕刊紙上に連載したものを纏め、多少の補訂をこころみた〟と付記あり

4 〔一九四〇・一二・一〕

5 フリッツ・シュトゥリヒ／井手賁夫訳〔以下次号〕

6 〈四―九〉〔十五年十二月十八日〕

7 〔つゞく〕

8 〔三田推進隊〕

9 〈昭一〇・八・二二―昭一三・八・三〇〉

10 ※〝食物誌〟と文末に記す

11 〈十一月と十二月／藤袋草子　室町末期絵巻／ひめゆり絵巻二軸／花世の姫さうし　古刊本／みだれ髪　元禄四年小咄本／七人びくに　仮名草子〉〔十二月十六日〕

12 ――二三、食事時の客――

13 ――理会――　〔昭和十五年十二月〕

14 〈まへがき／（一）応募から出帆（昭和十二年十一月―十二月十八日）／（二）上海、劉河口、太倉、蘇州付近（十二月二十日―十二月三十日）〉〔以下次号〕

15 ヴアレリイ著／吉田健一訳　筑摩書房版

16 甲鳥書林版

17 フランソア・モオリアツク／二宮孝顕訳　青光社発行

18 山雅房版

19 甲鳥書林版

20 河出書房版

21 通文閣版

22 通文閣版

23 高山書院発行

24 ※〈「メゾン・テリエ」モーパッサン・河盛好蔵訳／「フランス敗れたり」モーロア・高野弥一郎訳／「清潔と衛生」（文藝春秋の巻頭）山内得立／「夏目漱石」山岸外史／サン・ピエール「ポールとヴヰルジニイ」とペルリ提督日本遠征記〉

25 ※〈両国の大相撲と水上瀧太郎／佐野繁次郎の装幀（「旅愁」第二篇）／「慶應対京大」ラグビー戦〉

26 ※〈六号子の自戒の第一――過去を問はざること／出版インフレと新刊の氾濫／止むところを知らぬ雑誌・新聞の座談会・対談／翼賛会文化部が取り上げた国語の問題／田中英光「オリンポスの果実」の池谷賞受賞／川端康成、亀井勝一郎、北原武夫の言〉

27 鶴三吉　※〈特輯「現下国内経済の討究」の木村禧八郎、

士屋清、森喜一、河合太一郎、永田清／巻頭論説「資本主義の運命」東畑精一／「作家と国民」高沖陽造／特輯グラフ「木彫の美」／「俳句の五十年」高浜虚子／「本朝画人伝――竹内栖鳳」村松梢風／新春鼎談の志賀直哉、武者小路実篤、梅原龍三郎／創作短篇八篇―「食はれた芸術」徳田秋声・「時」里見弴・「山姥」野上弥生子・「終点の上で」横光利一・「小間物屋」井伏鱒二・「文学会」石坂洋次郎・「心境」武田麟太郎・「靄のふかい晩」久保田万太郎〉

28　※〈紀元二六〇一年を迎えたジャーナリズムの任務／「民族と文化」長谷川如是閑／「米は何故支那を援助するか」石浜知行／「文化の自主性とは何ぞや」谷川徹三／「日本儒学の特質」西晋一郎／「寒風」川端康成／「田園」真船豊／「立札」豊島与志雄／「七福神」武者小路〉

29　※〈総合雑誌談義／黒田覚対宮沢俊義の問答／牧野英一博士の新体制批判〉

30　※〈「国民はかう思ふ」／「庶民の声」／「新体制下の生活記」／「日支文化政策の将来」高田真治／「平沼再登場の意義」木原通雄／志賀直哉の小説／「朴の咲く頃」堀辰雄／「春菜野」室生犀星／「義眼」川端康成／「天平の精神」保田與重郎〉

31　※〈座談会「指導者と指導性の問題」・「世界を動かす人々及その陣営」／匿名批評「文壇無門関」／「文化政策の問題」大熊信行〉

32　※〈「長耳国漂流記」中村地平／「得能五郎の生活と意見」伊藤整／「新しき道義」岩倉政治／「みゝづく通信」太宰治／「墓標」小山いと子／「荻［萩］すゝき」久保田万太郎／評論の高山岩男・中島健蔵／「批評と個性」窪川鶴次郎／「小説・読者・自分」青野季吉／「聖人と英雄」武者小路実篤／「永遠の感覚」高村光太郎／新劇時評・詩壇時評・随筆・六号〉

33　※〈満洲新人作家特輯の六篇―晶埜ふみ子の「遙かなる旅」・小松の「夜語」・也麗の「三人」・島崎恭爾の「秋の声」・「春颱」・「屯のはなし」―／「文化と文学者」春山行夫／「中品上生」・「くうすけ物語」（前月）佐藤信彦／「樋口一葉」和田芳恵〉

34　鶴三吉　※〈対談「日本の古典」長谷川如是閑・折口信夫／鼎談「文芸評論の課題」（小林・窪川・中島）／「三つの記憶」横光利一／「気相」窪川稲子／「香港の黒死病」高見順／「弓」深田久弥／「病馬廠スケッチ」尾崎一雄／「旧山河」榊山潤／「紙の小旗」宮本百合子／「並木の冬」日比野士郎／「富士」岡本かの子／「雛子」室生犀星／「わが家はいよいよ小さし」伊藤静雄／「静かな少年」津村信夫〉

35　※――二六〇一年の新年号――〈「運命の人」（長篇第七回）島木健作／「清貧譚」太宰治／「良心」中里恒子／「帰郷」壺井栄／「九年目の土」丹羽文雄／「午後」高見順／「風霜」中山義秀〉

36　三戸武夫　※〈「夢殿と正倉院」亀井勝一郎／芳賀檀・中島健蔵・北原武夫／「心と形」川端康成／今日出海の書評／「東京八景」太宰治／「あやつり人形」田畑修一郎／「貧しい人生」日比野士郎／石塚友二の俳句〉

37　※〈瀧太郎全集第三回配本「勤人」の刊行予告／久保田万太郎脚色集、小島政二郎「古典鑑賞」の刊行／墓参会（一月二十三日）案内／その他〉

38　和木清三郎　※〈前月号の「満洲新人作家特輯」／水上瀧太郎歿後一年記念号の企画／国難に処し、「文章報国」の〝職域奉公の誠を致す〟「三田文学」／その他〉

＊「三田文学」満洲新人作家特輯　新年号目次

＊水上瀧太郎全集　第三回配本　※小説集「勤人」（第五巻）案内

表紙・「三田風景」鈴木信太郎／カット・中村直人　鳥海青児　原精一　寺田政明　谷内俊夫　近藤光紀　宮田重雄　鈴木信太郎／口絵・「北京・景山」日向保吉／発行日・二月一日／頁数・本文全一七七頁／定価・五十銭／発行者・東京市芝区三田　慶應義塾内・西脇順三郎／編輯者・東京市芝区三田　慶應義塾内・和木清三郎／発行所・東京市芝区三田　慶應義塾内・三田文学会／発売所・東京市丸ノ内三丁目二番地　株式会社籾山書店／印刷者・東京市芝区愛宕町二丁目十四番地　渡辺丑之助／印刷所・東京市芝区愛宕町二丁目十四番地　愛宕印刷株式会社

■三月号　【194103】

翼城東関にて（扉）　笹岡了一

創作

長篇小説　真珠の胎（第三回）1　間宮茂輔

発光体（小説）2　遠藤正輝

水脈（小説）　鈴木重雄

長男（小説）　阪田英一

雪（小説）3　庄司総一

風上記（詩）4　今田久

天の乳房（詩）　壺田花子

詩壇時評　小林善雄

文学と文明（二）―シユトウリヒ 5　井手賁夫訳

樋口一葉（九）6　和田芳恵

ハンプルビイ―ギシング 7　宇野信夫訳

みどりの思想―コリア 8　白川みち子訳

思ひ出のパリ（三）　岡本太郎

演劇雑記帳 9　戸板康二

老学庵百話（十六）10　栗原広太

支那事変　出動漁船隊追懐記（2）11　戸田豊馬

映画その折々 12

書物捜索―雑筆四十八― 13　横山重

冬の歌（句）14　加宮貴一

春場所評判 15　北里文太郎

新刊巡礼

「樹々新緑」窪川稲子著（小説集）16

「汽車の中で」網野菊著（小説集）17

「満洲浪曼」北村謙次郎編（第六輯）18

「村一番の偉い娘」逸見広著（小説集）19

「ニイルス・リーネ」ヤコブセン著・山室静訳（翻訳小説）20

「曲馬館」南川潤著（小説集）21

「東洋の系図」山本和夫著（評論集）22

「柘植の日記」中山義秀著（評論・随筆）23

「心の旅」丸岡明著（小説集）24
読んだものから25
見たものから26
六号雑記27
水上瀧太郎年譜（完）28
今月の雑誌　井汲清治
中央公論29　日本評論30　改造31　文藝春秋32　公論33
知性34　三田文学35　文芸36　新潮37　文学界38
編輯後記39
表紙（三田風景）　鈴木信太郎
カット　中村直人・鳥海青児・原精一・寺田政明
谷内俊夫・近藤光紀・宮田重雄・鈴木信太郎

目次註

1 〈9―12〉〔つゞく〕
2 〈1―6〉
3 〈(一)―(六)〉〔終〕
4 ――或は二人のダンサー――
5 フリッツ・シュトゥリヒ／井手貢夫訳　〔以下次号〕
6 〔つづく〕
7 (Humplebee. George Grssing〔Gissing〕) 宇野信夫訳　※訳者の（付記）あり
8 ジヨン・コリア作
9 〈系図／衒気〉〔昭和十六年一月〕
10 ――二三、「憂国遺言」を読んで田中伯を偲ぶ――
11 支那事変・出動漁船隊追壊記（2）〈(三)太倉の迎年〔昭和十三年元旦―二月二日〕／(四)討伐行〔二月三日―二月十五日〕〉
12 三田推進隊
13 〈情の鉢の木　古浄るり正本／いろ物がたり　かな草子絵入本／天狗の内裏　室町時代物語／長井光美君の死　十二月廿日／梵天国　延宝四年古浄るり正本〉〔一月一日〕
14 ※十三句
15 〈二渡／出来山／立浪／楯甲／松の里／前田山／羽黒山／花川戸助六／笹寺／鰭崎英朋画伯〉〔昭和十六年二月二日〕
16 新潮社版
17 春陽堂版
18 興亜文化出版社
19 宮越太陽堂書房版
20 大観堂書店版
21 短篇集『曲馬館』　東京銀座学芸社発行
22 山雅房発行
23 甲鳥書林版
24 万里閣版
25 ※〈「銃後国民に与ふる十戒」アンドレ・モーロア／「沈黙の戦士」（「改造」に連載の「巴里だより」を一本にまとめたもの）小松清〉
26 ※〈イギリス大使館前の一名物「石炭の焼き殻」／国技相撲の隆昌と名取組／男女ノ川の早稲田大学入学／荻須高徳の個展／寒々とした百貨店の陳列／「トンカラリン」の隣組の効果／「札の辻」行き、外濠線の老朽車とバスの混雑〉
27 ※〈「蜂窩房」の作者石河穣治逝く／近衛首相の事変の責任についての応答と松岡外相の対米説明／狭められる各紙の文芸欄／朝日の小林秀雄―アンドレ・モオロアの「フランス敗れたり」評／「都」文芸欄「はがき回答」の徳永直、丹羽文雄、高見順／若い国学者の一つの答―佐藤信彦の西鶴研究「上品中品」―／その他〉
28 〈昭一三・九・二一～昭一五・三・二六〉
29 鶴三吉　※〈特輯「青年と現実」の「今後の青年」戸沢鉄彦／「現下青年運動の点描」留岡清男／「青年は時代の創建者だ」橋本欣五郎／「重慶の青教育視察記」リリーアベック（ドイツ女性記者）／「政治と軍部」岩淵辰雄／座談「政治の現実と翼賛議会」／「鷗外文学の日本的造立」日夏耿之介／「女王クレオパトラ」野上豊一郎／小熊秀雄の絶筆「刺身」／新人入選小説の三篇―「アルカリ地帯」・「南の湖」・「古潭の歌」〉
30 小雞子　※〈雑誌ジャーナリストとしての編輯方針について／家長選挙是非に関する諸家九十名の解答／中山伊知郎の「戦争経済の性格」、その他、長谷川如是閑・永田清・大串兎代夫の論文／柳田國男の一人座談「民俗学の話」／三つの随筆―武者小路実篤の「人物記」・佐藤信衛・新居格／八十島元の詩／創作の三篇―丹羽文雄の「本となる日」・榊山潤の「明け暮れ」・真船豊〉
31 ※〈佐々木惣一の〝大政翼賛会と憲法上の論点〟／「食糧問題覚書」東浦庄治／「日本経済興隆の方途」久原房之助／淡徳三郎／「ヴイシー断行」井上勇／創作五篇―川端「冬の事」・矢田津世子の「茶粥の記」・立野信之の「旅のあひま」・井伏鱒二（長篇の一部）・葉山嘉樹〉
32 ※〈座談会「米国の攻勢と日本の決意」／「小学校教師の生活記」（当選作）／「隣組長雑記」／「島木健作論」小林秀雄／那須皓の詩二篇「船出の若き勇士に」と「朝鮮の農夫」／里見岸雄の「人間近衛の感如何」中の哲学と詩のない人生に対する言／「秘書」中山義秀／「服装に就いて」太宰治／「早春の旅」志賀直哉〉
33 K　※〈本号の企画全般について／永田清の「戦争経済の再確立」／六号雑記「与論結論」中、青柳優の「働く者の文学」〉
34 A　※〈三つの連載小説・「娯楽について」島木健作・「強者のための詩」芳賀檀・「歴史学の新方法」西村貞二／三つの連載小説／「拠点」横山美智子／「大黒柱」壺井栄／「九年目の土」丹羽文雄／「チエーホンテとチエーホフ」アニロスキン／「ルイ・ジュヴエとその周囲」／「里村欣三と言ふ男」／「ドイツ文化通信」／新刊紹介〉
35 ※〈「真珠の胎」（長篇連載第二回）間宮茂輔／「砧」北村謙次郎と「粉雪」筒井俊一―先号満洲作家特輯号に入るべきもの／「風塵」日野岳夫／「太宰治の一面」岩上順一／シユトウリヒの翻訳「文学と文面」／鈴木信太郎の表紙／「三田文学」発行日のこと〉
36 鶴三吉　※〈「民族の海」上田広／「書翰の人」丹羽文雄／武田麟太郎と林芙美子の対談「小説の話」／同人雑誌の作家九人による「若き世代の主張」／「文学的散歩」宇野浩二／今月の「文芸」〉
37 蛇穴入道　※〈三枝博音、河盛好蔵、窪川鶴次郎の座談会「小説の技術」／宇野浩二、中野重治の文芸雑談と銘うつ「対談会」／中島栄次郎、森本忠、岩上順一、宮内寒弥らの新人文芸評論／小林善雄の詩／「篠笛」舟橋聖一／「悲歌」

上林暁／「わき道」徳田一穂／「桜谷多助のノート」伊藤整〉
38 ※〈「麦畑と栗の花」島木健作／丸岡明の「北の海」と十二月号「心の旅」／「光冥」金史良／「風のない日」長谷健〉
39 和木清三郎 ※〈執筆者紹介／墓参会案内（二月二十三日）／三田文学賞作家 石河穣治訃報（二月十日・享年三十一歳）／その他〉
＊ 「三田文学」二月号目次
＊ ※通文閣刊行 庄司総一著『陳夫人』（原精一装幀）の広告中、「慶應義塾長・小泉信三氏評」として、或る書翰の一節より推薦文を紹介

表紙・「三田風景」鈴木信太郎／カット・中村直人 鳥海青児 原精一 寺田政明 谷内俊夫 近藤光紀 宮田重雄 鈴木信太郎／口絵・「翼城東関にて」笹岡了一／発行日・三月一日／頁数・本文全一九八頁／定価・五十銭／発行者・東京市芝区三田 慶應義塾内・西脇順三郎／編輯者・東京市芝区三田 慶應義塾内・和木清三郎／発行所・東京市芝区三田 慶應義塾内・三田文学会／発売所・東京市丸ノ内三丁目二番地 株式会社籾山書店／印刷者・東京市芝区愛宕町二丁目十四番地 渡辺丑之助／印刷所・東京市芝区愛宕町二丁目十四番地 愛宕印刷株式会社

■四月号（水上瀧太郎一周忌記念特輯）【194104】

故水上瀧太郎氏（扉） 鏑木清方
創作
舞踊曲歌詞 佐保姫 佐藤春夫
春寒抄（短歌七首） 吉井勇
さかほがい（小説）1 大江賢次
山谷時雨（戯曲・四幕）2 宇野信夫
長篇小説 真珠の胎（第四回）3 間宮茂輔
戦友よ、往かん（詩） 蔵原伸二郎
太郎（詩） 津村信夫
詩壇時評 小林善雄
水上瀧太郎断片 小泉信三
「兇刃」を読んで4 高橋誠一郎
朝鮮服礼讃5 小島政二郎
映画その折々6
土 西脇順三郎
文学の影響について 矢崎弾
芸術の一様式としての小説の進化7 南川潤
批評と風潮8 田辺茂一
ニュース映画の将来性9 林高一
この頃の新聞 奥村信太郎
さらだ 内田誠
春暁（句と絵）10 太田三郎
八王子車人形のこと（文と絵）11 鈴木信太郎
カントの逸話12 今泉孝太郎
洗心談綺13 有竹修二
姑娘（絵）14 原精一
回想 杉山平助
あの頃のこと 日野嵒夫
多磨早春（句）15 加宮貴一
先生と将棋16 倉島竹二郎
夢三題 今井達夫
或る日の記憶 丸岡明
浪花節のこと 三宅三郎
近頃のこと17 二宮孝顕
番町雑記 美川きよ
孤独に関して18 末松太郎
運命について19 金行勲夫
戦線抄 塩川政一
支那事変 出動漁船隊追懐記（3）20 戸田豊馬
書物捜索―雑筆四十九―21 横山重
樋口一葉（十）22 和田芳恵
新刊巡礼
「希望の灯」大江賢次著（長編小説）23
「兵隊について」火野葦平著（小説集）24
「生の彩色」福田清人著（小説集）25
「未婚手帖」寒川光太郎著（長篇小説）26
「熱帯圏」中河与一著（小説集）27
「文学の饗宴」岩上順一著（評論集）28
「小説作法」武田麟太郎著（評論集）29
「光の中に」金史良著（小説集）30
「門」北原武夫著（小説集）31
「警備戦線」柴田賢次郎著（戦記小説）32
「フランス敗れたり」
アンドレ・モーロア・高野弥一郎訳33
「十年間」林芙美子著（長篇小説）34
「本朝画人伝」村松梢風著（人物評伝）35
今月の雑誌
改造36 日本評論37 中央公論38 文藝春秋39 公論40
三田文学41 文芸42 新潮43 文学界44 知性45
読んだものから46
見たものから47
六号雑記48
消息49
編輯後記50
表紙（三田風景） 鈴木信太郎
カット 中村直人・鳥海青児・原精一・寺田政明
谷内俊夫・近藤光紀・宮田重雄・鈴木信太郎

目次註
1 文末に〝水上瀧太郎先生の御霊前にささぐ〟と記す
2 〔四幕・六場〕
3 〈13—17〉〔第四回終り〕〔未完〕
4 『兇刃』を読んで〔三月五日・大磯王城山荘に於いて〕
5 〈一—六〉

6 （三田推進隊）
7 ※「付記」あり
8 批評の風潮
9 〔―十六・三・二四―〕
10 ※十二句。別に太田三郎による絵を一点付す「光風会出品 多産讃仰下図」
11 ※「八王子車人形」の絵を付す
12 〔了〕
13 〔二・二七〕
14 〔木石港にて 原精一〕
15 ――水上先生の墓前にぬかづきて―― ※十三句
16 〔終〕
17 ――六号雑記的感想―― 〔一九四一・二・二〇〕
18 ――「菜穂子」「献身」――
19 ――わが鉛筆従軍記の一部―― 〔十六・二・二八払暁〕
20 支那事変・出動漁船隊追懐記（3）〈（五）再び上海にて（二月十六日／二月二十日／三月四日）／（六）陸軍紀念日の頃（三月五日／三月八日―十日）／（七）乗組員更新（三月十二日／三月二十日）／（八）鹵獲品輸送から陣中天長節（三月二十五日／四月二十六日／四月二十九日）〉
21 〈うしかひ草 かな草子／宇治拾遺物語／古活字版／隠れ里鬼神たいぢ 古浄るり正本／二月十日 雪の朝〉〔二月十日〕
22 〔つゞく〕
23 河出書房版
24 改造社版
25 河出書房版
26 高山書院
27 第一書房版
28 大観堂書店刊
29 明石書房刊
30 小山書店発行
31 甲鳥書林発行
32 東亜公論社版
33 アンドレ・モーロア著／高野弥一郎訳 大観堂
34 新潮社発行
35 『本朝画人伝』巻一 中央公論社発行
36 ※〈創作欄の総評／『兵隊』火野葦平／『流るゝ時代』広津和郎／『病室勤務』深口久弥／『鶉の宿』中野重治／川端康成の『文芸時評』と『わが愛の記』の作者〉
37 小雛子 ※〈社説―「議会の憲法論」・「翼賛会のゆくべき道」／土屋喬雄・新明正道の説く指導者原理／美濃部洋次、毛里英於莵、穂積七郎、蜷川虎三等の経済界・官界への新体制実行運動に対する教唆／日米問題・太平洋問題の特輯―「シンガポール軍港」、「太平洋戦争の様相」、ルーズヴェルト米国大統領の演説要旨、「太平洋問題座談会」／大日本青年党の橋本欣五郎「わが革新のプログラム」／野上、正宗等の随筆、読物／釈迢空の短歌「鷙《し》鳥」／舟山の論壇時評／河上の文芸時評／「姫たちばな」室生犀星／「雲」古木鉄也／「いてどけ」久保田万太郎〉
38 鶴三吉 ※〈アメリカ特輯―「アメリカの世界政策と日米危機」松本重治／「世界新秩序と米国の責任」蠟山政道／「米国参戦の政治的意義」吉村正／「米国の対東亜共栄圏貿易」アメリカ政治経済研究会／「米合衆国の西半球主義」斎藤忠／「独逸の文化政策と民族協同体」ハンス・エッカルト／「菜穂子」堀辰雄／「献身」北原武夫〉
39 ※〈芥川賞受賞「平賀源内」桜日常久／次点「祝といふ男」牛島春子〉
40 K ※〈「経済とは何か」酒枝義旗／池崎忠孝と斎藤忠の対談「米国の挑戦と太平洋戦争」／「日本歴史学の建設」保田與重郎〉
41 ※〈「発光体」遠藤正輝／「水脈」鈴木重雄／庄司総一の「雪」と前作「陳夫人」／「長男」阪田英一／間宮茂輔の長篇「真珠の胎」／「水上瀧太郎年譜」（完結）〉
42 鶴三吉 ※〈「文学者に望む」馬淵逸雄／「理想の貧困」宮本武之輔／「国民の誇るべき作品を」下位春吉／「科学性と建設性」菅井準一／「第三文芸復興」斎藤忠／「広い交友と逞しい生活と」鶴見祐輔／「まづ人間であれ」宮沢俊義／対談「文学の再建」（斎藤瀏と広津和郎）／「独自の戯曲」真船豊／「町の入口」真杉静枝／「卯の花抄」中里恒子／「貧乏籤」吉川江子／「雛祭りまで」大谷藤子〉
43 ※〈「現代長篇小説研究」の高沖陽造、北原武夫、板垣直子、中村武羅夫、窪川鶴次郎／座談会「文化と国民生活」（新居格、片岡鉄兵、小松清、春山行夫）／「トルストイ回想」（長与善郎、中山義秀、徳永直、伊藤整、藤森成吉）／「伊賀専女」室生犀星／「夜祭」丸岡明／「蜥蜴の歌」田畑修一郎／「保健婦」伊藤永之介／「運命の人」（連載第九回）島木健作〉
44 ※――三月同人特輯号―― 〈林房雄の長文「転向に就いて」／上田広の「歳月」／横光の「紋章」／中山の自伝小説「柘植の日記」の一つ／火野の「吉田山」〉
45 A ※〈列国の表情と称するグラフ八頁／特輯・科学する現場―「大豆と工業」増野実・「宇宙線研究の現場」竹内柾・「かびの功罪」大町芳文／中島健蔵、青野季吉両者の川端康成論／「批評と職能」窪川鶴次郎／「野分立ち」大田洋子／「論理と直感」三木清〉
46 ※〈中外の中山義秀・文学界の三好達治の林驤 難詰の記事／「塾歌」富田正文作詞／ゲエテの自叙伝（岩波文庫）／オールダス・ハックスリ作「小アルキメデス」（平田禿木訳「神童」）と南部修太郎の「修道院の秋」中の作品／小説の読者の性格／「クレオパトラ」（中央公論連載）野上豊一郎／嘉村磯多の作品集「秋立つまで」（創元選書）／津村秀夫著「続映画と批評」（小山書店）／月刊雑誌「今月の臨床」／太宰施内［門］の評論「日本と西洋」〉
47 ※〈歌舞伎―団菊祭の「勧進帳」／読売新聞の「勧進帳」評（飯塚友一郎の劇評）／能の型―「安宅の観世・梅若」／東宝映画「馬」／近頃の出版内容／雑誌の書店買取〉
48 ※〈昭和十五年三月二十三日、瀧太郎一周忌／南太平洋を中心とする国際関係と大翼賛会問題と／林房雄の「転向に就いて」（文学界三月号）／保田與重郎の文学論、窪川鶴次郎、北原武夫の小説論／文藝春秋の「銃後国民訓」募集／「博浪沙」同人、菊池賞作家の酒仙、田中貢太郎逝く／その他〉
49 ※〈水上瀧太郎彰徳記念碑 府下松沢の明治生命運動場に建立／阿部家による一周忌法要、二月二十日保険協会にて／一周忌墓参会（二月二十三日）予告／「瀧太郎全集」第四回配本「山の手の子」予告／小島政二郎の「春滴る」・

三宅周太郎の「続演劇評論」・石坂洋次郎の「何処へ」「暁の合唱」・高橋広江のロマン・ローラン「長篇小説」・佐藤朔の完訳 ボードレエルの「悪の華」・間宮茂輔の「いのちのかぎり」・北原武夫の「文学と倫理」「門」・長尾雄の「雲」・栗原広太の「老学庵百話」・南川潤の「昔の絵」・田宮虎彦の「須佐代と佐江子」改題「早春の女たち」それぞれ刊行／庄司総一「陳夫人」が新潮社文芸賞有力候補に／その他〉

50 和木清三郎 ※〈瀧太郎一周忌と「彰徳記念碑」の開幕式／三田文学掲載作品、続々単行本として上梓！／水上全集と限定出版特製本／その他〉

＊「三田文学」三月号目次

＊水上瀧太郎全集 第一巻・小説（一）内容

＊水上瀧太郎追悼号（三田文学臨時増刊）紹介

＊先生のお墓 ※「阿部家之墓」の写真を付す

＊文学座四月公演予告！ ※〈四月二十三日―五月四日／於国民新劇場／庄司総一作 森本薫・田中澄江脚色「陳夫人」（四幕）／久保田万太郎演出／伊藤寿一装置〉

＊ ※新刊図書の紹介あり 〈『戸隠の絵本』津村信夫著・ぐろりあ・そさえて発行／『陳夫人』庄司総一著（十版）・通文閣／水上瀧太郎全集第四回配本「小説集」（第一巻）岩波書店／『文芸の日本的形成』（評論集）矢崎弾著・山雅房発行／『東洋の系図』山本和夫著・山雅房発行／『昔の絵』（小説集）南川潤著・洛陽書院／丸岡明小説集―『風に騒ぐ葦の如く』（小説集）甲鳥書林・『心の旅』（小説集）万里閣／北原武夫著作集―『門』（小説集）甲鳥書林・『文学と倫理』（評論集）中央公論社／『石榴の花』（小説集）間宮茂輔・河出書房／『新しき門』（小説集）美川きよ・河出書房／『湖沼戦区』大江賢次・河出書房／『本朝画人伝』村松梢風著・中央公論社／『長篇小説暁の合唱』石坂洋次郎著・新潮社〉

表紙・「三田風景」鈴木信太郎／カット・中村直人 鳥海青児 原精一 寺田政明 谷内俊夫 近藤光紀 宮田重雄 鈴木信太郎／口絵・「故水上瀧太郎氏」鏑木清方／発行日・四月一日／頁数・本文全二二〇頁／定価・六十銭／発行者・東京市芝区三田 慶應義塾内・西脇順三郎／編輯者・東京市芝区三田 慶應義塾内・和木清三郎／発行所・東京市芝区三田 慶應義塾内・三田文学会／発売所・東京市丸ノ内三丁目二番地 株式会社籾山書店／印刷者・東京市芝区愛宕町二丁目十四番地 渡辺丑之助／印刷所・東京市芝区愛宕町二丁目十四番地 愛宕印刷株式会社

■五月号（春季創作特輯）【194105】

春の西湖（扉） 原精一
武士（小説・百二十枚）1 柴田錬三郎
青春の乗手（小説）2 鈴木重雄
鳥羽絵（小説）3 青木年衛
上海の片隅4 池田みち子
山彦（小説・百二十枚） 相野田敏之
雨の芝（小説） 松田一谷
家系（小説）5 佐々木英二
男の頭（小説） 片山修三
紙の舟（小説） 遠藤正輝
長篇小説 真珠の胎（第五回）6 間宮茂輔
映画その折々7
新刊巡礼
「緑の地帯」ウージエヌ・ダビ作・鈴木力衛訳（翻訳小説）8
「時代の作家」十返一著（評論集）9
「墓」布上芳介著（小説集）10
「文芸の日本的形成」矢崎弾著（評論集）11
「扉」窪川稲子著（小説集）12
「方寸虚実」石塚友二著（俳句集）13
「春の絵」南川潤著（小説集）14
「春服」北条誠著（小説集）15
「小説九人集」妙齢会同人（小説集）16
「われに一人の乙女ありき」岩越昌三著（小説集）17
「続映画と批評」津村秀夫著（評論集）18
「文字の響宴」岩上順一著（評論集）19
「神のやうな女」荒木精之著（小説集）20
「真実の糧」大江賢次著（長編小説）21
「燃ゆる告白」長見義三著（長篇小説）22
「戸隠の絵本」津村信夫著（随筆）23
「魯迅伝」小田嶽夫著（評論）24
演劇時事 大山功
読んだものから25
見たものから26
今月の雑誌
中央公論27 文藝春秋28 日本評論29 改造30 公論31
三田文学32 文学界33 文芸34 新潮35 知性36
六号雑記37
消息38
編輯後記39
表紙 鈴木信太郎
カット 中村直人・鳥海青児・原精一・寺田政明・谷内俊夫・近藤光紀・宮田重雄・鈴木信太郎

目次註

1 〈一―八〉
2 〈1―4〉〔次号〕
3 〈一―五〉
4 〈終〉
5 〈終〉
6 〈18―21〉〔第一章終〉 ※次号参照
7 三田推進隊
8 中央公論社版 現代世界文学叢書7
9 明石書店刊
10 作品社
11 山雅房刊
12 甲鳥書林版
13 甲鳥書林発行
14 『昔の絵』洛陽書院発行
15 竹村書房発行

16 妙齢会
17 宮越太陽堂書房版
18 小山書店刊
19 大観堂書店版
20 日本談義社版
21 昭森社版
22 春陽堂版
23 ぐろりあ・そさえて版
24 筑摩書房刊
25 ※〈「元禄快挙録」福本日南／「百姓記」吉田十四雄／「一茶一代物語」志田義秀／「恋愛日記」国木田独歩〉
26 ※〈「歌女おぼえ書き」（映画）と、新宿第一劇場のヤジキタ／映画劇場のアトラクション／火野葦平、パール・バックなどあらゆる種類の本の氾濫／フランスの映画二本—「フランス座」「白鳥の死」〉
27 鶴三吉 ※〈「戦時ソ連の研究」特輯—「ソ連極東政策の現段階」具島兼三郎・「赤軍の刷新問題」麻生仲夫・「南進の世界的意義」・「財閥の新性格」／「本朝画人伝（安藤広重）」村松梢風／「乞食百態記」津田青楓／「金庫随筆」高橋誠一郎／俳優対談記の三宅周太郎 福助 菊之助／中野好夫の文芸時評「二つの文学」——堀辰雄の「菜穂子」と岩倉政治の長篇——／タイ国貴族といふプラ・サラサスの特別寄稿「日本の神話」／「一日の苦労」正宗白鳥／「蔓の花」森三千代／島木の「出発まで」〉
28 ※〈座談会「国民的翼賛運動の展開」／鼎談会「高度国防国家建設と技術」の松前重義、宮本武之輔 梶井剛／「紙一重」里見弴／「春日」火野葦平／「早春の旅」志賀直哉〉
29 盲蛇 ※〈世界情勢と大政翼賛運動／特輯「翼賛会をいかに改組するか」の新明正道、木原通雄、川田秀穂／「新国民組織への道」蠟山政道／「各国の戦時経済を検討する」の飯田清三（アメリカ）、小島精一（ドイツ）、金原賢之助（イギリス）／「連環記」幸田露伴／「生くる限り」岩倉政治／「風」徳永直〉
30 ※〈横光の「恢復期」／「落葉」藤沢桓夫／徳永の「宿の一夜」／武田の「分別」／「慰問文」島崎藤村／「志願参戦記」岡本豊太郎／「フランス敗れたり」モーロア／「北条時宗時代」平貞蔵〉
31 ※〈二つの座談会—「戦ふ日本の実力」・「青年教師座談会」／大熊信行の「われら何を為すべきか」と、福田徳三、河上の論争〉
32 ※——水上瀧太郎の一周忌記念号——〈佐藤春夫の舞踊歌詞「佐保姫」／吉井勇の短歌七首「春寒抄」／大江賢次の小説「さかほがひ」／間宮茂輔の長篇連載「真珠の胎」（第四回）宇野信夫の戯曲「山谷時雨」／文芸評論四篇／「文芸の影響」矢崎弾／「芸術の一様式としての小説の進化」南川潤／「批評と風潮」田辺茂一／扉—鏑木清方画伯による生前の「水上瀧太郎」〉
33 ※〈「手巾の歌」三木澄子／「猫柳」阿部光子／「張鳳山」牛島春子／「あめつち」藤島まき／矢野朗の「神童伝」と「矮人の居る物情」〉
34 鶴三吉 ※〈「雑音」徳田秋声／「私は冒険と結婚した」——オサ・ジョンソンの原著について——武者小路実篤／「所感」——芥川賞「平賀源内」のことなど——正宗白鳥／「海」（「巡礼の一部」）阿部知二／「羊」佐野順一郎／「矮人の居る物情」矢野朗／「伝記」池田源尚／「李香蘭について——」丹羽文雄／「ヨーロッパ人」中島健蔵〉
35 ※〈「文学の都会性」北原武夫／新潮評論「文学の都会的性格について」／国民演劇論—新関良三、北村喜八、山田肇／「歴史と現実について」—肥後和男、桑原暁一、加藤将之、浅野晃／「映画批評の現状」今村太平／「文学における保護少年たち」長谷川鉱平、福田清人の「指導者」／新潮文芸賞—「暦」壺井栄・次点「陳夫人」庄司総一〉
36 A ※〈「天才論」三木清／「権威と再生」木村亀二／「科学と戦争」仁科芳雄／「弥十郎の日記」大鳥正満／「梅の園まで」火野葦平／「目・耳・口」アラン／「現代詩の性格」伊藤信吉／「創作技法と科学振興の関係」三橋鉄太郎／「数学的理解」小野勝次／「独逸的自由・独逸的形式」氷上英広／「新しき道義」岩倉政治／科学する現場—「成層圏制覇と宇宙線」石井千尋・「蛍光放電燈の出来るまで」関重広／写真三葉入りの「サイクロトン」藤岡由夫〉
37 ※〈待望される新しい批評と「新潮評論」／河上徹太郎の主張／「藤村訪問記」亀井勝一郎／「歴史小説について」高木卓／最近の小林秀雄の言動／忠実な批評家 窪川鶴次郎／便利だが低調な出版会社の図書目録をかねた機関雑誌—「図書」「GAKUTO」「東京堂月報」「書斎」／国民文学コンクールと田辺茂一の言（「三田文学」四月号）／川端康成の涙？／その他〉
38 ※〈水上全集 第五回配本「貝殻追放（二）」予告／彰徳碑の碑文「志は高かるべし」／墓参会予告（四月二十三日）／三宅周太郎の『続演劇評論』中央公論社より刊／その他〉
39 和木清三郎 ※〈恒例「春季創作特輯」執筆者紹介／表紙更新／墓参会予定変更／「水上全集」第十巻予告／その他〉
＊「三田文学」四月号目次
＊「水上瀧太郎全集」第十巻「貝殻追放（二）」（四月二十五日頃配本予定） ※案内
＊※新刊図書の紹介あり〈ペトローニウス原作 岩崎良三訳『トリマルキオーの饗宴』青木書店／アクセル・ムンテ 岩崎良三訳『続ドクトルの手記』青木書店／ボードレール『散文詩』村上菊一郎訳・青磁社〉

表紙・「三田風景」鈴木信太郎／カット・中村直人 鳥海青児 原精一 寺田政明 谷内俊夫 近藤光紀 宮田重雄 鈴木信太郎／口絵・「春の西湖」原精一／発行日・五月一日／頁数・本文全二九二頁／定価・七十銭／発行者・東京市芝区三田 慶應義塾内・西脇順三郎／編輯者・東京市芝区三田 慶應義塾内・和木清三郎／発行所・東京市芝区三田 慶應義塾内・三田文学会／発売所・東京市丸ノ内三丁目二番地 株式会社 籾山書店／印刷者・東京市芝区愛宕町二丁目十四番地 渡辺丑之助／印刷所・東京市芝区愛宕町二丁目十四番地 愛宕印刷株式会社

■**六月号** 【194106】

黄河付近の洞窟 笹丘了一

創作

長篇小説 真珠の胎（第六回）1 間宮茂輔

峰のもみぢ葉（小説）2 矢野朗

魚釣り（小説）3　阪田英一
帰郷（小説）4　片山昌造
鳥路（小説）5　阿部光子
青春の乗手（小説）6　鈴木重雄
存在（詩）　村次郎
うみやまのまち（詩）　荒居稔
詩壇月評 7　小林善雄
家庭と文化　保田與重郎
帰還兵と文学　山本和夫
ボオドレエルに就て　高橋広江
鳥のあそび 8　佐藤信彦
樋口一葉（十一）9　和田芳恵
文学と文明――（三）シユウト《トウ》リヒ 10　井手貴夫訳
演劇時事　大山功
書物捜索――雑筆五十――11　横山重
老学庵百話（十七）12　栗原広太
思ひ出のパリ 13　岡本太郎
春の飛雪（句）14　加宮貴一
少年の日 15　宇野信夫
戦線追慕　塩川政一
支那事変　出動漁船隊追懐記 16　戸田豊馬
水上さんの相撲遺産 17　彦山光三
映画その折々 18
新刊巡礼
「暁の合唱」石坂洋次郎著（長篇小説）19
「菜種」横光利一著（小説集）20
「母系家族」石川達三著（長篇小説）21
「文学と倫理」北原武夫著（評論集）22
「文学の真実」青柳優著（評論集）23
「文学の思考」窪川鶴次郎著（評論集）24
「文学の扉」窪川鶴次郎著（評論集）25
「ナチス新鋭文学選集」ハンスグリム《ハンス・グリム》外六人（評論集）26
「土地なき民」（1）ハンスグリム《ハンス・グリム》著・星野慎一作《訳》（長篇小説）27
「欧羅巴の七つの謎」ジュール・ロマン著・清水俊一訳 28
「何処へ」石坂洋次郎著（長篇小説）29
「民族の母」松永建哉著（長篇小説）30
「トリマルキオーの饗宴」ペトロニウス作・岩崎良三訳 31
読んだものから 32
見たものから 33
今月の雑誌
改造 34　文藝春秋 35　日本評論 36　中央公論 37　公論 38
知性 39　文学界 40　三田文学 41　文芸 42　新潮 43
六号雑記 44
消息 45
編輯後記 46
表紙（三田風景）　鈴木信太郎
カット　中村直人・鳥海青児・原精一
寺田政明・谷内俊夫・近藤光紀
宮田重雄・鈴木信太郎

目次註

1 〈22―25〉〔第一章終〕※〝前号に第一章が終ったやうに後書きしたのは作者の誤りで、今月で第一章を終へ、引続き第二章に移るつもりである〟と「作者記」あり
2 〔十六年四月作〕
3 〈(一)―(三)〉〔終〕
4 〔完〕
5 〔終〕
6 〈5―8〉
7 詩壇時評
8 〔十六・四・二五〕
9 〔つゞく〕
10 フリッツ・シュトゥリヒ／井手貴夫訳〔終〕
11 〈転居　西向の家から南向の家へ／西鶴の一代男　可心板の初印本／犬筑波の活字本二種をにがす／犬短歌を得ず〉〔四月十五日〕
12 ――二四、帝範臣軌を読む――
13 思ひ出のパリ(四)
14 ※十三句
15 ※自作歌、九首を付す
16 支那事変・出動漁船隊追懐記（4）〈(九)皐寧行（五月十八日―二十八日）／(十)朦朧討伐行（五月二十九日）〉〔つゞく〕
17 〔……昭和十六・三・七　後十二時半、長崎の旅館にて〕
18 三田推進隊
19 『暁の合唱』（前後篇）新潮社版
20 甲鳥書林版
21 新潮社版
22 中央公論社版
23 赤塚書房版
24 河出書房版
25 高山書院版
26 ハンスグリム外六人作　春陽堂版
27 『土地なき民1』ハンス・グリム著／星野慎一訳　鱒書房発行
28 六興出版部刊
29 改造社発行
30 四季書房
31 （翻訳小説）青木書店刊
32 ※〈モーパッサン等の「鉄道小説」と鉄道文学集『鉄』（上田広・半田義之等十六人執筆）／スタンダールの自叙伝「アンリ・プ［ブ］リュラールの生涯」／「大臣落第記」（中央公論五月号）小林一三／「満洲里に松岡外相を迎ふ」改造五月時局版）杉山平助／中央公論に連載の三宅周太郎「俳優対談記」／西脇順三郎推賞の岩崎良三訳出本『トリマルキオーの饗宴』／その他〉
33 ※〈庄司総一原作　森本薫・田中澄江脚色　久保田万太郎演出による「陳夫人」／泉鏡花作・小村雪岱背景・島津保次郎演出の「白鷺」／「父なきあと」（野村高梧脚本・野村

浩将監督のコムビ〉／第二回詩人懇話会主催「日本詩の夕べ」の西村皎三／今春の塾の野球チームと神宮〉

34 ※〈昭和二年と昭和十六年五月の執筆者の顔ぶれより見た社会情勢下の編輯の相違――「青空に描く」芥川龍之介、「暗夜行路」志賀直哉、「死の前二日」里見弴などの小説――／「青葉の頃」真船豊／「墓地の春」中里恒子／「歴史と歴史の間」広津和郎／「蘭印日記」高見順〉

35 ※〈座談会「知識階級の政治的動員」についてと編輯プラン／「村梅記」白川渥／「先祖孝行」長与善郎〉

36 盲蛇 ※〈座談会「英独海戦を語る」／特輯「現代人物の松岡洋右、柳川平助、平沼騏一郎、小倉正恒、中野正剛評」／「アメリカ対日輿論調査」／「胎動する映画界」津村秀夫／「在るがまゝに」新居格の随筆／「パリーの地下牢」野上豊一郎／「人物記」武者小路実篤／「酢屋の道全」岡本一平／「煩瑣」日比野士朗／「黄塵と葱」立野信之〉

37 鶴三吉 ※〈「蝶」室生犀星／「墓表」大鹿卓／「煙雨」阿部知二／長篇「旅人」／「大臣落第記」小林一三／「政治といふこと」小畑忠良／「杏花余香」永井荷風／「政治といふこと」小畑忠良／「俳優対談記」喜多村緑郎／島木の北越農民のルポルタージュ〉

38 ※〈巻頭論文「興亜教育論」大蔵公房／「われら何を為すべきか」大熊信行／「国民詩人頼山陽」浅野晃／「愛についての感想」清水幾太郎／杉山平助のエッセイ「新しい政治家」／「日本文化の特異性と日華問題」長与善郎／「故山」室生犀星／富沢、緒方の小説〉

39 ※〈「知性」の編輯方針／巻頭論文・原随園の「歴史と現実」／「ユートピア」論 三木清／「国民文学論」中島健蔵／「某日〔月〕某日」高村光太郎／三好達治の詩／「横光利一論」岩上順一／座談会「動乱下の世界知識人」〉

40 ※〈小林秀雄と林房雄の対談「道徳を論ず」／「国語の普及運動について」保田與重郎／「歴史の歩みについて」北原武夫／座談会「日本科学の現状」／「遠方の人」森山啓／「老人」芹沢光治良／「自然児」中里恒子／「神童伝」矢野朗〉

41 ※〈長篇連載「真珠の胎」（第五回）間宮茂輔／「武士」柴田錬三郎／「山彦」相野田敏之／「雨の芝」松田一谷／「家系」佐々木英二／「青春の乗手」鈴木重雄／「男の頭」片山修三〉

42 鶴三吉 ※〈「林檎とビスケット」芹沢光治良／青野季吉の自叙伝／「丘の上の家」間宮茂輔／「泥棒」金史良／新人の織田作之助・岩倉政治・池田源尚・矢野朗／「編輯後記」の局外執筆者登場についての弁／第一回文芸推薦の二佳作――「修業時代」本堂正夫・「歴史と人間」佐古純一郎〉

43 ※〈「運命の人」島木健作／「鯤裂」石上玄一郎／「好日好夜」榊山潤／「牧師の妻」庄司総一／評論の特輯「古典の理解と方法」の風巻景次郎、栗山理一、近藤忠義／「日支文化交流策私案」に対する新居格と小田嶽夫／随筆「大阪の宿」尾崎士郎〉

44 ※〈先望した「文芸」の「文芸推薦評論」第一回／本堂正夫「修業時代」（文芸推薦佳作）／「歴史と人間」佐古純一郎／「文学界後記――編輯批評のつまらなさ――」（文学界五月号）河上徹太郎／微妙な結果を引起す編輯者と文学芸人との善意の出し合ひ――新潮四月号「歴史と現実」、五月号「古典の理解と方法」――／出鱈目出版物の撲滅を!〉

45 ※〈水上瀧太郎彰徳記念碑序〔除〕幕式（四月二十七日）報告／平松幹夫の『文学評論集』、長尾雄の『雲』、三宅三郎の劇評集の予告／岩崎良三の『トリマルキオーの饗宴』出版記念会（五月十一日夜於レインボウ・グリル）報告／四月より水木京太が塾文学部講師となり、高橋広江が三田文学部本科に出講／墓参会（五月二十三日）案内／その他〉

46 和木清三郎 ※〈好評の「創作特輯」号と三田文学誌の「職域奉公」と／本号執筆者紹介／水上全集進行状態／「志は高かるべし」―水上瀧太郎彰徳記念碑〉

＊ 「三田文学」春季創作特輯 五月号目次

＊ 水上瀧太郎全集「小説（二）」 五月下旬配本予定 ※予告

＊ 常会の誓 ※皇国への誓文

＊ ※慶應出版社の広告に「慶應出版社だより」として四年前、塾の特務機関として生れてからの歩み、業績などを紹介

＊ ※赤門書房の広告中、三田文学連載の二作家の著書案内あり 〈三田文学の新鋭作家、長尾雄の長篇小説『雲』／三田文学連載長篇、田宮虎彦の『早春の女たち』（赤門叢書）〉

表紙・「三田風景」鈴木信太郎／カット・中村直人 鳥海青児 原精一 寺田政明 谷内俊夫 近藤光紀 宮田重雄 鈴木信太郎／口絵・「黄河付近の洞窟」笹岡了一／発行日・六月一日／頁数・本文全二二四頁／定価・六十銭／発行者・東京市芝区三田 慶應義塾内・西脇順三郎／編輯者・東京市芝区三田 慶應義塾内・和木清三郎／発行所・東京市芝区三田 慶應義塾内・三田文学会／発売所・東京市丸ノ内三丁目二番地 株式会社籾山書店／印刷者・東京市芝区愛宕町二丁目十四番地 渡辺丑之助／印刷所・東京市芝区愛宕町二丁目十四番地 愛宕印刷株式会社

■七月号 【19410 7】

北京北海（扉） 宮田重雄

創作

長篇小説 真珠の胎―第二章（一） 1 間宮茂輔

彼等はアルプスへ（小説） 松田一谷

小さな庭（小説） 伊藤佳介

仲介業者（小説） 真下五一

続青春の乗手（小説） 2 鈴木重雄

出発（詩） 小林善雄

清潔な朝（詩） 長田恒雄

詩壇時評 木下常太郎

理性的人間の典型 3 宮尾誠勝

文学探究の方向 木村太郎

樋口一葉（十二） 4 和田芳恵

演劇時事 大山功

博労の話 三上秀吉

上海一眼々 5 野坂三郎

英仏海峡 6 原圭〔奎〕一郎

火蛾（俳句） 7 加宮貴一

演劇雑記帳 8 戸板康二

映画その折々 9

書物捜索―雑筆五十一― 10 横山重

老学庵百話（十八）11　栗原広太
支那事変　出動漁船隊追懐記12　戸田豊馬
リーグ戦見聞記13　和木清三郎
新刊巡礼
「闘魚」丹羽文雄著（長篇小説）14
「夢去りぬ」井上友一郎著（小説集）15
「山の人々」三上秀吉著（長篇小説）16
「固い卵」北園克衛著（詩集）17
「姉と妹」ローラン作・高橋広江訳（長篇小説）18
「山脈地帯」高島高著（詩集）19
「ボードレール散文詩」村上菊一郎著（詩集）20
「魅力の世界」古谷綱武著（評論集）21
「故郷なき人々」井上友一郎著（小説集）22
「使徒行伝」石川達三著（小説集）23
「若き日の歌」一条正著（小説集）24
「初恋」金親清著（長篇小説）25
水上瀧太郎先生彰徳記念碑（三田文学遠足）26
読んだものから27
見たものから28
今月の雑誌
改造29　文藝春秋30　日本評論31　中央公論32　公論33
知性34　文学界35　三田文学36　文芸37　新潮38
六号雑記39
消息40
編輯後記
表紙（三田風景）　鈴木信太郎
カット　中村直人・鳥海青児・原精一・寺田政明
谷内俊夫・宮田重雄・近藤光紀・鈴木信太郎

目次註

1 〈1―4〉〔未完〕
2 青春の乗手〈9―12〉〔完〕
3 ――夏目漱石についての序章――〈一―三〉
4 〔つづく〕
5 ――在滬一ケ年間の感想――〈黄包車の価値論／『政治的』と『事務的』と／『表現的』と支那人／言葉のこと〉
6 原奎一郎
7 〈……／薔薇／ある日曜日〉（十一句）
8 ――見立――〔昭和十六年四月〕
9 〈1―7〉（三田推進隊）
10 〈小あつもり　小さい絵巻／かざしの姫君　古絵巻／犬狭衣慶長写本を逃がす〉〔五月二十一日〕
11 ――二五、美味の真理――
12 支那事変・出動漁船隊追懐記（5）〈五月三十日―六月十四日〉〔つゞく〕
13 〈覇権はどうなるか／法政との一回戦は正に愚失に潰えた／早稲田との第一戦を失ふ〉※〝本稿は「三田評論」へ間に合はなかった続稿、このつづきはまた「三田評論」へ執筆する予定……〟と「編輯後記」に記す
14 新潮社版
15 大観堂書店版
16 第一書房発行
17 文芸汎論社版
18 ロマン・ローラン作／高橋広江訳　今日の問題社
19 旗社出版部発行
20 青磁社発行
21 （評論随想集）竹村書房版
22 昭和書房発行
23 新潮社発行
24 赤塚書房発行
25 六芸社発行
26 水上瀧太郎先生彰徳記念碑建立　※ハイキングを兼ねた記念碑参観（六月二十九日）の案内。水上瀧太郎彰徳記念碑の写真を付す
27 ※〈紐育フーヴァー前大統領の「参戦反対ラヂオ演説」和文訳／ケルケゴールとシエストフと鴨長明／スタンダールの文体／「蝶」室生犀星／舟橋聖一「北村透谷」（「文学界」連載）と「岩野泡鳴」「徳田秋声」などの労作〉
28 ※〈有楽座六月興行の新生新派―「螢」久保田万太郎・「滝の白糸」・「美しき南の国」／春陽会の逸才宮田重雄画伯の個展／映画「ムッソリニア」／ロッパの「歌へば天国」／慶明一回戦・二回戦〉
29 ※〈座談会「アジア民族の運命」橘撲〔樸〕、大久保幸次　細川嘉六／座談会「新しき戦争」永田清（質問者）／「蘭印の印象」高見順／「世界の将来と東亜の高揚――汪兆銘との会見録――」山本実彦／「脳髄の迷彩」杉山平助／「小さな独裁者」石坂洋次郎／「千代女」太宰治／「怒濤」丹羽文雄〉
30 ※〈随筆欄の萩原朔太郎など／「文化政策確立の要請」城戸幡太郎／「広域経済と日本重工業」高島佐一郎／「英米合作の脆弱点を衝く」金子鷹之助／「企業家」榊山潤／「北州文化連盟について」火野葦平／「天平」橋本英吉／「二つの道」宇野浩二〉
31 盲蛇　※〈第一特輯「国民文化への闘争」―大串兎代夫（「国民文化と政治的世界観」）・佐藤信衛・三枝博音・保田與重郎／第二特輯「文化を担ふ人々」―津田青楓・久保田万太郎・宇野浩二・広津和郎・丸山幹治・船山信一・伊東一夫・仁田大助・池島重信・石井輝／第三特輯「国民的勤労文化の建設」―討論会／新居格・野上豊一郎・武者小路実篤／長与善郎・岡田三郎／本誌の「国民文学賞」〉
32 代三吉　※〈「歴史と歴史の間――若い人達――」広津和郎／「はたらく歴史」徳永直／「張俊供進御筵食単」露伴道人／「俳優対談記」三宅周太郎／「帰還農民の平常心」島木健作／「抒情の喪失」高橋広江／「本朝画人伝」村松梢風／「地方文化の創造」大滝重直〉
33 ※〈総合雑誌評というもの／松岡外相の訪欧記事――松岡の訪欧閑句他――／「満洲の十日間」杉山平助／野上弥生子女史の「ベルリン断章」〉
34 ※〈一般総合雑誌と文芸雑誌との中間を行く編輯／「経済学と知性の問題」永田清／「政治力の追求」新明正道／「新しき英雄の論理」吉満義彦／青年問題の特輯の船山信一　田畑忍　清水幾太郎　杉本良一／特輯「ソ連の国防科学」

／パウロ・バレト「ボオル紙頭の男」のサテイル（ブラジル文学）／「ある親子」深田久弥／「悔恨」里村欣三／「黒潮」日下典子〉

35　※〈「誰にさゝげん」森山啓／「転向について」林房雄／「才覚」深田久弥／「寵児の生涯」橋本英吉／「北村透谷」（完結）船〔舟〕橋聖一〉

36　※〈「真珠の胎」間宮茂輔／「峰のもみぢ葉」矢野朗／「魚釣り」阪田英一／「帰郷」片山昌造／「烏路」阿部光子／「青春の乗手」鈴木満雄／「帰還兵の文学」山本和夫／「思ひ出のパリ」岡本太郎／「出動漁船隊追懐記」〉

37　代三吉　※〈初夏短篇小説集の七篇―「壺」富沢有為男・「青春」丸岡明・「玄関抄」上林暁・「一枚の絵葉書」窪川稲子・「二階借り」徳永直・「雪の夜」織田作之助・「樹木誌」寒川光太郎／「現下の文化政策」松本潤一郎（出版文化協会長）／第三回「文芸推薦」小説／「文化映画シナリオ募集」／「文芸時評」中山義秀／「島木健作論」北原武夫〉

38　A　※〈新潮評論の「戦争と文学」／「苦悶の喪失」／「小野小町」高木卓／「動物の世界」岡田三郎／「弟の手紙」宮内寒弥／「運命の人」島木健作／「英・独・伊の文芸評論家とその理論」／座談会「古典と近代小説」の宇野・尾崎・伊藤・片岡・徳永・中村〉

39　※〈七月七日をもって支那事変の四周年／新体制下に於ける文学者の職域とは？／新潮評論の「苦悶の喪失」／「古典と近代小説」（新潮・座談会）／中島健蔵の「芸術の本道」／出版文化協会長なる松本潤一郎の「現下の文化政策」（文芸・五月号）／「文芸」の「文化映画シナリオ募集」／青野季吉の「自叙伝」（文芸）と「三田文学」の一頁評論／「文芸」の「文芸時評」（中山義秀）／ジャン・コクトオの「生徒ダルジユロス」（新潮・堀口大學訳）／小山書店刊『游漁集』内田誠著の装幀〉

40　※〈吉田小五郎のパジエス『日本切支丹宗門史』（岩波文庫）が国民学術協会によって〝文化科学に優れた業績〟として推賞され、奨学金を授与／三宅周太郎の「文楽の研究」が文部省推薦に／岩崎良三がモットラム『スペイン農園』を、小島政二郎が『半処女』をそれぞれ刊行／故南部修太郎七回忌法要（六月十六日）報告／水上先生彰徳碑参観案内／墓参会、今月を以て予定の如く満一ケ年の墓参を終る／その他〉

41　和木清三郎　※〈栗原広太の『老学庵百話』、四季書房から出版／久し振りの三田文学遠足会を兼ねて水上瀧太郎記念碑参観／三田文学OB軍対塾野球新人軍と野球試合／久しく中絶の「三田劇談会」を久保田万太郎の主唱で復活／その他〉

＊　「三田文学」六月号目次

＊　国民映画演劇　脚本募集　情報局　※応募規定などを記す（入選発表は昭和十六年十一月下旬、「週報」「写真週報」及ラジオにて）

＊　墓参会（六月二十三日）案内

＊　※通文閣「青年芸術派叢書」の広告中、石坂洋次郎による庄司総一著『陳夫人』の推薦文「石坂洋次郎氏評」を紹介

＊　※新刊図書の紹介あり〈長尾雄著『雲』赤門書房〉

表紙・「三田風景」鈴木信太郎／カット・中村直人　鳥海青児　原精一　寺田政明　谷内俊夫　宮田重雄　近藤光紀　鈴木信太郎／口絵・「北京北海」宮田重雄／発行日・七月一日／頁数・本文全二〇八頁／特価・六十銭／発行者・東京市芝区三田　慶應義塾内・西脇順三郎／編輯者・東京市芝区三田　慶應義塾内・和木清三郎／編輯担当・東京市京橋区西銀座六ノ四　交詢ビル　慶應倶楽部内・和木清三郎／発行所・東京市芝区三田　慶應義塾内・三田文学会／発売所・東京市丸ノ内三丁目二番地　株式会社籾山書店／配給元・東京市神田淡路町二ノ九　日本出版配給株式会社／印刷者・東京市芝区愛宕町二丁目十四番地　渡辺丑之助／印刷所・東京市芝区愛宕町二丁目十四番地　愛宕印刷株式会社

■八月号（夏季随筆特輯）　【194108】

張家口城壁（扉）　宮田重雄
序 1　小泉信三
虎が雨　高橋誠一郎
歴史の歯車 2　秋山謙蔵
日本古典文学雑感 3　佐山済
知盛の幽霊 4　佐藤信彦
ペトローニウス翻訳余談 5　岩崎良三
社会的危機と演劇　菅原卓
批評の生理　小林善雄
演劇時事　大山功
ユダヤ人への体験 6　前原光雄
こよみの新体制 7　阿部真之助
インフレーシヨン談議 8　福良俊之
駄食と効食 9　田沼征
洗心談綺 10　有竹修二
新鋭俳句九題
白桃 11　中村草田男
帰省 12　石塚友二
伊良胡岬まで 13　篠原梵
夏雲 14　橋本多佳子
翳 15　竹下しづの女
五月の路 16　大野林次〔火〕
時計 17　加宮貴一
神の国 18　中島斌雄
深緑 19　加藤楸邨
鏡花室　寺木定芳
芝居の鶴ケ岡　鬼太郎
さるとさるひき 20　花柳章太郎
食物誌 21　内田誠
ギリシヤへの旅（絵二葉）22　関口俊吾
十年雑記（一九二七―三七）23　渋井清
映画その折々 24
早婚座談会 25　石坂洋次郎
県城のある町　福田清人
ハルピン 26　井上友一郎

蘇州の水27 大田洋子
鎌倉山旭ケ丘28 佐藤朔
ラジオの騒音 二宮孝顕
巷の随想29 中岡宏夫
獅子芝居 久能龍太郎
戦線を想ふ30
弾の流れ 柴田賢次郎
南京にて 山本和夫
戦地の思ひ出 倉島竹二郎
戦友追慕 片山昌造
遺骨を抱いて31 金行勲夫
手帖から 塩川政一
樋口一葉（完）32 和田芳恵
老学庵百話（十九）33 栗原広太
支那事変　出動漁船隊追懐記（6）34 戸田豊馬
春のリーグ戦見聞記35 和木清三郎
三田劇談会
（出席者）久保田万太郎・川口松太郎
水木京太・内村直也・小山祐士
大江良太郎・和木清三郎
新刊巡礼
「ナポレオン」（上巻）
ルードイッヒ著・中岡、松室共訳36
「作家の肖像」稲垣達郎著（評論集）37
「作家を描いた短篇七つ」妙齢会編38
「スペイン農園」
モットラム著・岩崎良三訳（翻訳小説）39
「無車詩集」武者小路実篤著（詩集）40
「アスモデ」（屋根を剝ぐ悪魔）
モオリアック著・二宮孝顕訳41
「洞庭湖」柴田賢次郎著（戦記小説）42
「たをやめ」阿部知二著（小説集）43
「徳田秋声」舟橋聖一著（評論）44
「女性翩翻」野口富〔冨〕士男著（長篇小説）45
「たんぽぽ」壺井栄著（小説集）46
「分教場の四季」元木国雄著（長篇小説）47
「東京暮色」高見順著（小説集）48
「現代詩人研究」山本和夫著（評論）49
「父」滝井孝作著（小説集）50
「土地なき民」（第二部）グリム著・星野一慎〔慎二〕訳51
「レンブラント」ルードリッヒ著・土井義信訳（評論）52
長篇小説　真珠の胎53 間宮茂輔
閑日（詩）54 北園克衛
断層（詩） 菊島常二
見たものから55
読んだものから56
今月の雑誌
改造57　文藝春秋58　日本評論59　中央公論60　公論61
知性62　文学界63　三田文学64　文芸65　新潮66
六号雑記67
消息68
編輯後記69
表紙（あぢさい） 鈴木信太郎
カット 中村直人・鳥海青児・原精一
寺田政明・谷内俊夫・宮田重雄
近藤光紀・鈴木信太郎

目次註

1　〔昭和十六年七月〕　※〝本誌に連載中の栗原広太の著書への序文である〟と「編輯後記」に記す
2　〈一－五〉〔昭和十六年六月三十日〕
3　〈1－3〉〔昭和十年六月尽きる日〕
4　〔十六・六・二十五〕
5　〈1－4〉
6　〈一－五〉
7　こよみの新体制
8　〈（一）・（二）〉
9　〔昭和十六年六月二十六日〕
10　〔六月廿九日記〕
11　※六句
12　※五句
13　※五句
14　※五句
15　※六句
16　大野林火　※五句
17　※六句
18　※五句
19　※五句
20　〈『さる』／『さるひき』〉
21　――いろいろ覚え書――〈香流口臍踊亨保十年――鮓ずきの坊主――／仏前にて房主魚肉の訴訟――〝仏に向かひわがまゝなる問よ哉〟――／たうふ屋の姥に両外違のさた――〝豆腐うば今転じてゆばと言ふ〟――／初登山手習方帖（十九作　寛政八年）〉
22　※絵二葉を付す　〈「ユーゴーの子供」／「ユーゴースラブィヤ」〉
23　〔一九四一・六・八・記〕
24　〈1－5〉三田推進隊
25　〔昭和十六・七〕
26　〔六月二十九日〕
27　〔昭和十六年六月〕
28　〔一九四一・六・三〇〕
29　〔一九四一年六月二十四日〕
30　※この標題本文には欠く
31　――従軍の思ひ出――　〔昭和十六年七月一日〕
32　樋口一葉（十三）〔をはり〕
33　〈二六、人情の機微を説く侍医頭／二七、そゝつかしい人〉
34　支那事変・出動漁船隊追懐記（6）〈（十一）塩城行（六月十六日－七月十二日）／（十二）内地還送（七月十四日－七月十七日）〉〔終〕　※後記あり
35　春のリーグ戦見聞記(2)　〈噫！明治との試合／二回戦は順

調に勝つ／意外！法政と引分／掉尾の「早慶戦」に快勝〉〔終〕
36 エミール・ルードイッヒ原作／中岡宏夫　松室重行共訳・鱒書房
37 大観堂刊
38 妙齢会　妙齢会刊
39 翻訳小説『スペイン農園』　R・H・モットラム著／岩崎良三訳・今日の問題社刊
40 甲鳥書林版
41 『アスモデ――屋根を剝ぐ悪魔――』　フランソワ・モオリアック著／二宮孝顕訳・甲鳥書林版
42 六芸社発行
43 新潮社
44 弘文堂刊
45 通文閣版
46 高山書院発行
47 協力出版社版
48 明石書房版
49 山雅房発行
50 高山書院発行
51 〈異教のさすらひ・第二部〉　ハンス・グリム作／星野慎一訳・鱒書房
52 「レンブラント」（評伝）甲鳥書林発行
53 〈第二章〉〈5―7〉〔未完〕
54 〔六・二八〕
55 ※〈健全娯楽と軽薄な映画／公定価格と粗悪品／龍子の大作展覧会「画心応召」／成瀬巳喜男の映画「上海の月」／帝劇からの中継放送「勧進帳」（弁慶―幸四郎、富樫―羽左衛門）／春のリーグ戦―優勝盃授与式の下駄ばき紋付姿の人物〉
56 ※〈ポラチエック作「焰と色」（狂画家ヴァン・ゴッホの生涯・式場隆三郎翻訳）／北海道開発に関する二大力作―「石狩川」本庄陸男・「百姓記」吉田十四雄／「葉隠」（岩波文庫・古川哲夫校訂・序）と「禅と日本文化」（岩波新書・鈴木大拙著（英文）・北川桃雄訳）の二著／島木健作「文学者の旅行」（雑誌「観光」）から感じた旅行観の推移――「自然観照」から「フォーク・ロアの対象」、そして「社会問題」への眼として――／「新世代の動向―青年批評家論」（文芸）小窪川鶴次郎／「パスカルの『パンセ』について」（文学界）小林秀雄／リーグ戦所管の小笠原体育局長談（都下某紙）／ヒットラーの言、チャーチルの言〉
57 K　※〈「革新の推進と知識層の任務」森戸辰男／「逸話と逆説」安騎東野／「敗都巴里の女」井上勇／「戦ひの前夜」ドヴインガー作・高橋健二訳／「読後の疑惑」正宗白鳥／「日本刀」本阿弥光遜／「黒髪山」堀辰雄／「向日葵」里見弴／「立志伝」織田作之助／「諸民族」高見順／「神話」火野葦平〉
58 ※〈「出版界に与ふ」といふ回答の中の城戸幡太郎の言／「旧藩主帰郷の期待」吉川英治／「郷愁」金史良／「廻転」上田広／座談会の「明治維新の源泉」／小泉信三の故上田貞次郎博士を悼んだ文章〉
59 盲蛇　※〈「事変第五年」と「戦時生活の再建」特輯―「支那事変処理の一考察」竹田光次・「戦時国民生活の再建」原祐三・「世界の問題」大串兎代夫・「経済に於ける官民の協力」本位田祥男／映画時評「日本映画はどうなるか」津村秀夫／「武者小路について」長与善郎／小説「パリーの犬」高見順／「連環記」幸田露伴〉
60 鶴三吉　※〈支那事変第四周年特輯号―「転機を孕む国際情勢と東亜」・「事変の根本原因と解決目標」・現地特輯「事変の現実と打開」・「日ソ通商協定の国際的影響」・「国体論序説」・「日華経済合作南京座談会」／「述思」汪兆銘／「伊藤左千夫の歌」斎藤茂吉／「俳優対談記」三宅周太郎／「米国の肚」岡本鶴松／「気候漫談」鈴木清太郎／「旅情」菱山修三／「文芸批評について」除村吉太郎／「土鈴」火野葦平／「淋しき生涯」志賀直哉〉
61 ※〈公論の編集方針／「平凡な哲学者」堀秀彦／巻頭論文「日本精神の静態と動態」鈴木重雄／「伴信友」保田與重郎〉
62 ※〈座談会「社会科学の新方向」三木清　永田清　岸本誠二郎　戸田武雄／トップ論文「科学者の反省」仁田勇／「吾国南方発展の経済的基礎」山田文雄／「青年と科学」菅井準一／「地方文化の新建設」岸田國士／「意味論と現代法律学の課題」鵜飼信成／「渋沢栄一の経済倫理思想」土屋喬雄／「歴史と寓意」岩上順一／「昔の世界」南川潤／「夜ざくらと雪」小田嶽夫／「旅」榊山潤／先月号の批評（日下典子「黒潮」に対する批評）の失言取消し〉
63 〈「村夫子」上林暁／「代償」寺崎浩／「次郎兵衛物語」那須辰造／「四十歳の日記」外村繁〉
64 ※〈長篇連載「真珠の胎」（第七回）間宮茂輔／「彼等はアルプスへ」松田一谷／「小さな庭」伊藤佳介／「仲介業者」真下五一／「続青春の乗手」鈴木重雄／加宮貴一の俳句／宮田重雄画伯の扉〉
65 代三吉　〈「人の身」宇野浩二（長編小説「人間往来」の最終をなすもの）／「囚人」中山義秀／「山川草木」田宮虎彦／「青丹よし」井上友一郎〉
66 ※〈巻頭論文、新潮評論における二つのテーマ―「私小説の流行」「敗戦国の文学」／特輯「私小説について」の徳永直「私小説の今日的意味」と田畑修一郎、宮内の三評論／「虫」金史良／「愛の曲」小田嶽夫／「セコンボ」長見義三／「文学非力説」高見順〉
67 ※〈深刻化した文学者の恒心のなさ――文芸中央会と日本評論社の二ケ処で企てられる「国民文学賞」――／伊藤整の「文学者の勉強」（文学界七月号）／新潮六月号の座談会「古典と近代小説」／蘭印から帰った高見順の張り切り／久米正雄　純文学余技説批判／新潮の「私小説について」の特輯／宇野浩二の「文学的散歩」――片岡鉄兵　尾崎士郎への警告――／火野葦平「文化運動余談」（文学界）／長谷健「作家生活への反省」と高見順「文学非力説」、そして中山義秀の「戦ひの文学」／日本出版文化協会、銀座に移転／「文化奉公会」誕生―副会長桜井忠温／帰還文化人の銃後のペンの奉公を意企するもの／その他〉
68 ※〈二宮孝顕、モオリヤック「アスモデ」（屋根を剝ぐ悪魔）を訳了、出版／久保田万太郎、佐藤春夫、小島政二郎等が「樋口一葉全集」編集委員としてその第一回配本を校注／馬場孤蝶一周忌報告（六月二十二日・谷中墓地に建碑式・碑面の文字は島崎藤村）／「孤蝶会」発起（幹事―村松梢風・水木京太）／その他〉
69 和木清三郎　※〈恒例「銷夏随筆特輯」と聖戦四周年／「三

田劇談会」の復活／雑誌配給会社の創設／水上全集　第七回配本予告〉
＊　詩壇時評　木下常太郎
＊「三田文学」七月号目次
＊　常会の誓　※前号に同じ
＊　定本　樋口一葉全集　※刊行案内〈監修（幸田露伴）／編纂委員（久保田万太郎・佐藤春夫・小島政二郎・平田禿木・萩原朔太郎）／全五巻刊行期日／体裁／申込方法〉
＊　水上全集　第七回配本　第七巻「小説（七）」　※内容紹介と既刊案内
＊　国民映画演劇脚本募集　情報局　※応募規定（前号に同じ）
＊　近刊予告〈栗原広太著『明治の御宇』小泉信三序文〉
＊　新刊各種〈『国初聖蹟歌』川田順著・甲鳥書林／『万国旗』（詩集）近藤東著・文芸汎論社刊／『日本の教室は明るい』（詩集）小野忠孝著・東陽閣社刊〉〈『雲』（長篇小説）長尾雄著・赤門書房刊／『従軍タイピスト』（長篇小説）桜田常久著・赤門書房／『早春の女たち』（長篇小説）田宮虎彦著・赤門書房／『暖簾のうちそと』（小説集）真下五一著・赤門書房〉〈『美はしき青春』福田清人著・第一書房／『日輪兵舎』福田清人著・朝日新聞社刊／『洞庭湖』柴田賢次郎著・六芸社〉〈『事変下の文学』（評論）板垣直子著・第一書房／『現代詩人研究』（現代詩学双書）山本和夫著・山雅書房／『黄土地帯』（随筆）立野信三著・高山書院刊／『サフイラと奴隷娘（長篇小説）ウイラ・キヤザ著・高野弥一郎訳・淀橋大観堂／『七日目の読物』（小説集）トルストイ編・八住利雄訳・東宝書店刊／『古譚の唄』木村不二男著・東陽閣〉
＊　※新世社版『定本　樋口一葉全集』の広告中、「佐佐木信綱博士曰く」「高須芳次郎氏曰く」「菊池寛氏曰く」「斎藤茂吉博士曰く」として、諸家の推薦文紹介
表紙・「あぢさい」鈴木信太郎／カット・中村直人　鳥海青児　原精一　寺田政明　谷内俊夫　宮田重雄　近藤光紀　鈴木信太郎／口絵・「張家国城壁」宮田重雄／発行日・八月一日／頁数・本文全二二二頁／定価・七十銭／発行者・東京市芝区三田　慶應義塾内・西脇順三郎／編輯者・東京市芝区三田　慶應義塾内・和木清三郎／編輯担当・東京市京橋区西銀座六ノ四　交詢ビル　慶應倶楽部内・和木清三郎／発行所・東京市芝区三田　慶應義塾内・三田文学会／発売所・東京市丸ノ内三丁目二番地　株式会社籾山書店／配給元・東京市神田淡路町二ノ九　日本出版配給株式会社／印刷者・東京市芝区愛宕町二丁目十四番地　渡辺丑之助／印刷所・東京市芝区愛宕町二丁目十四番地　愛宕印刷株式会社

■九月号　**【194109】**

北京・胡同の家（扉）　西川寧
創作
自分のいのち（小説）　柴田錬三郎
赤と青（戯曲）1　宇野信夫
聖顔（小説）　光永鉄夫
長篇小説　真珠の胎―第二章（三）2　間宮茂輔
平和な日（詩）　小林善雄
路（詩）　村次郎
詩壇時評　木下常太郎
古典と人間探究―その一3　佐藤信彦
悲劇の精神4　宮尾誠勝
鉄中の詩人レルシユ5　一ノ瀬恒夫
「樋口一葉」雑感6　和田芳恵
詩家の娘　天城良彦
入院まで（俳句）7　加宮貴一
夏霧（俳句）8　石塚友二
書物捜索―雑筆五十二―9　横山重
老学庵百話（二十）10　栗原広太
演劇時事　大山功
蓼科高原　中村地平
梟その他　丸岡明
教訓　田辺茂一
ギリシヤの旅（絵二つ）11　関口俊吾
戦場の思ひ出　佐藤観次郎
三田劇談会（座談会）12
――歌舞伎会に就て・移動演劇に就て――
伊藤熹朔・大谷隆三・藤井麟太郎
久保田万太郎・小山祐士・大江良太郎
新刊巡礼
「乾いた唇」徳田秋声著（小説集）13
「新らしき家」武者小路実篤著（小説集）14
「轆轤」田辺茂一著（評論集）15
「雲」長尾雄著（長篇小説）16
「万国旗」に就いて　近藤東著（詩集）17
「劉家の人々」大滝重直著（長篇小説）18
「長耳国漂流記」中村地平著（長篇小説）19
「春日」火野葦平著（小説集）20
「衣裳」船山馨著（長篇小説）21
「意志と情熱」十返一著（評論）22
「旅行の印象」正宗白鳥著（紀行随筆）23
「金柑」尾崎一雄著（紀行随筆）24
映画その折々25
読んだものから26
六号雑記27
今月の雑誌
改造28　文藝春秋29　日本評論30　中央公論31　公論32
知性33　文学界34　三田文学35　文芸36　新潮37
消息38
編輯後記39
表紙（あぢさい）40　鈴木信太郎
カット　中村直人・鳥海青児・原精一・寺田政明
谷内俊夫・宮田重雄・近藤光紀・鈴木信太郎

目次註
1〈1―3〉
2〈第二章〉〈8―11〉〔未完〕

3 〈一、ひらたけ／二、かたりもの〉〔未完〕〔十六・七・二十七〕

4 ――夏目漱石についての構想―― 〈一―三〉

5 ※文中、レルシユの詩の訳出あり 〈自画像／新らしき労働者の朝の歌／神は語る／同胞／霧の一日／愛のうた〉

6 『樋口一葉』雑感 〔をはり〕

7 ※十四句

8 ※十五句

9 〈曼殊院本の入札／村野文庫本の入札／八幡縁起絵巻 天正十八年写本／是害坊 江戸初期の絵巻〉〔六月二十日〕

10 老学庵百話 （二〇） ――二八、わが海軍の護り―― 〔昭和十六年七月二十二日〕

11 ギリシヤの旅 （絵二葉）〈四月十五日 （一九三八）―サントリン島／四月十六日―アテネ〉 ※文章の他に二葉の絵を付す 〈サントリン島／アテネ〉

12 〔了〕

13 明石書房版

14 大観堂版

15 昭森社刊

16 赤門書房版

17 詩集『万国旗』に就いて・文芸汎論社版

18 満洲開拓社版

19 河出書房版

20 甲鳥書林発行

21 通文閣発行

22 書きおろし長篇評論 通文閣発行

23 竹村書房発行

24 竹村書房発行

25 〈1―4〉 三田推進隊

26 ※〈土岐善麿の「啄木追憶」（改造文庫）と吉田孤羊編輯の「啄木写真帖」との記事の相違点／「名判官物語」小山松吉／「偉大なる王」バイコフ作・長谷川訳／「ランケの強国論」相原訳（岩波文庫）／芥川賞の有力な候補作品「山彦」相野田（三田文学五月号）／高橋誠一郎の随筆「虎が雨」（三田文学八月号）〉

27 ※〈身勝手な空想をゆるさない緊迫した内外情勢／三木清、小林秀雄の対談「実験的精神」／私小説の論義と河上徹太郎「文芸時評」（文秋〔文藝春秋〕）・岩上順一「主体の喪失」（新潮）／宇野浩二、三木清、式場隆三郎の伝記もの自伝もの／宇野浩二、和田芳恵の作家論――「伊藤左千夫」「樋口一葉」（三田文学）――／文芸の「流行作家論」と新潮の「作家研究」／新形式の「都」の「文芸時評」対談会（青野季吉・阿部知二）／事変の蔭で着実に忍耐強く行はれた地味な仕事――「三田文学」連載「支那事変・出動漁船隊追懐記」戸田豊馬〉

28 K ※〈「世界動乱と日本」特輯―細川嘉六「世界動乱に当面する日本国民」・嘉治隆一の「スターリン首相」・山下奉文の「枢軸歴訪」・友枝宗達の「バルカン戦線従軍記」／「鵜飼」横光利一／「知識階級の内面」青野季吉／「精神文化としての音楽」田中耕太郎／「心残りの山」深田久弥／「日本刀」本阿弥光遜／「続二階堂放話（一）」久米正雄／「フランスの武勲詩」山田珠樹／「雨期」島木健作／「島影」阿部知二〉

29 ※〈「世界新状勢に処する日本の立場」中の「革新理念の再検討」津久井龍雄・「日本経済の進路」島田晋作／「国学の伝統を語る」（座談会）／「小説の中の『私』」河上徹太郎／「農民の指導者大原幽学」藤森成吉／一頁評論の「俳句」欄、「短歌」欄／「天の池」川端康成／「女傑の村」壺井栄／「医者のゐる村」伊藤永之介／「話の屑籠」菊池寛〉

30 盲蛇 ※〈「日本の決意」特輯―「時評」室伏高信・「日本の決意」橋本欣五郎、平貞蔵、津久井龍雄・「独ソ戦特輯」鹿島守之助、馬場秀夫、斎藤直幹、小塚新一郎・「日本的世界観」難波田春夫、清原貞雄、肥後和男、保田與重郎／茂森唯士の「ソ連より帰りて」と「ウクライナ」（改造）／「日本科学技術のために」（座談会）／大場弥平「モスコー進撃今昔譚」／野村光一の音楽評論「耕筰と秀麿」／「田舎訪問の「山里」阿部知二・「帰郷有感」立野信之・「天草の記」榊山潤／朝日のQこと津村秀夫の「国民映画としての『愛の一家』について」／創作二篇―「アシジまうで」野上弥生子・「夏蔭」真船豊〉

31 ※〈先月の評者の弁／特輯「世界戦争と国内革新」―巻頭言と平貞蔵の「ヨーロッパ情勢と我等」・「協力会議を結実せしめよ」・「新性格の創造」三木清・「国民性管見」富塚清／「恥辱」田中克巳／「復讐論」杉山平助／「暁闇」丹羽文雄／「義侠」葉山嘉樹〉

32 ※〈純然たるニュース雑誌への転回／特集「南洋事情調査と編輯後記／「総力戦理論と戦争経済学」大熊信行／「国の危機と知性の自覚」酒枝義旗／「技術による精神の探究」鈴木安邦／「ゲルマン・スラヴ民族闘争史論」村川堅固／「輿論結論」中の「世界の第一線」の洋画家里見勝蔵・「松岡洋右先生」の中村清人／その他、独蘇戦争に関する記事、アラビヤ紀行など〉

33 ※〈統制下の減頁／「世間知らず」高木卓／「病犬」武田麟太郎／「猫」新田潤／「遠い命」室生犀星／「縁談」大谷藤子／「卵」木山捷平／「福沢諭吉の独立論」富田正文〉

34 〈「独逸の倫理」森山啓／「シシヤムの教へ」長見義三〉

35 ※――八月号随筆特輯―― 〈巻頭の小泉信三の「序文」（「老学庵百話」に寄せた文章）／「虎が雨」高橋誠一郎／「早婚座談会」石坂洋次郎／柴田賢次郎、山本和夫、倉島竹二郎、片山昌造、金行勲夫、塩川一政ら各帰還作家ジャーナリストによる特輯「戦争を想ふ」と、若い詩人木原孝一の戦争文学『戦争の中の建設』／福田清人、井上友一郎、太〔大〕田洋子、中岡宏夫らの随筆／「春のリーグ戦見聞記」和木清三郎／「樋口一葉」（完結）和田芳恵〉

36 ※〈「火野葦平」岩上順一／「鯉」火野葦平の短篇／「新世代の動向（青年批評家論）――岩上順一と平野謙――」窪川鶴次郎／「かしの木や靴店」中村地平／「颶風」葉山嘉樹／「旅人」林芙美子／「自叙伝」青野季吉／「読書遍歴」三木清／「高天原」高橋新吉／独ソ戦争と知識人の表情（葉書回答）中の船山信一の言〉

37 ※〈「林檎畑」豊田三郎／「人間の顔」伊藤整／「国違ひ」森三千代〉

38 ※〈富田正文、日本評論社から明治文化叢書の一編として「福沢諭吉編」を公刊／岩崎良三の「ヂツケンスの美術」と藤浦洸の世界楽聖評伝集第一編「ベエトベエン」及第二編「シユーベルト」、今日の問題社とシンホニイ出版社よりそれぞれ刊行／十月号「美術特輯」の予告／その他〉

39 和木清三郎 ※〈執筆者紹介／単行本化の和田芳恵「樋

口一葉」・栗原「老学庵百話」の案内／表紙改新／前金購読料金の改正／その他〉

40 ※「あぢさい」とあるのは誤りで「ざくろ」の絵

＊「三田文学」夏期随筆特輯　八月号目次

＊文学座九月公演　※九月十八日―三十日　於国民小劇場の公演案内〈一、わが町　三幕（ソーントン・イルダー〔ワイルダー〕作　森本薫訳　長岡輝子演出）／二、砂の上五景（久保田万太郎書卸〔下〕し並演出）〉

＊※新刊図書の紹介あり〈『轗軻』評論集・田辺茂一著・昭森社〉

＊※栗原広太著・小泉信三序『随筆　明治の御宇』四季書房（本誌連載『老学庵百話』の広告中、「小泉信三先生序文から」として、その一部を紹介

表紙・「ざくろ」鈴木信太郎／カット・中村直人　鳥海青児　原精一　寺田政明　谷内俊夫　宮田重雄　近藤光紀　鈴木信太郎／口絵・「北京・胡同の家」西川寧／発行日・九月一日／頁数・本文全一九四頁／定価・五十銭／発行者・東京市芝区三田　慶應義塾内・西脇順三郎／編輯者・東京市芝区三田　慶應義塾内・和木清三郎／編輯担当・東京市京橋区西銀座六ノ四　交詢ビル　慶應倶楽部内・和木清三郎／発行所・東京市芝区三田　慶應義塾内・三田文学会／発売所・東京市丸ノ内三丁目二番地　株式会社籾山書店／配給元・東京市神田淡路町二ノ九　日本出版配給株式会社／印刷者・東京市芝区愛宕町二丁目十四番地　渡辺丑之助／印刷所・東京市芝区愛宕町二丁目十四番地　愛宕印刷株式会社

■十月号（美術特輯）　【19410】

伝牧溪筆・栗図（扉）1
叡山青龍寺　維摩居士像に就いて 2　丸尾彰三郎
清浄心院阿弥陀如来像考 3　岡直己
前山宏平氏蔵　高士探梅図に就て 4　松下隆章
付　瓢鮎図に関する二三の考察
南唐の落墨花 5　田中倉琅子
遠浦帰帆 6　菅沼貞三
鎖国経済と浮世絵版画 7　高橋誠一郎
田沼時代の板木絵 8　渋井清
アルテミシオンのゼウス 9　児島喜久雄
Cappella dei Pazzi 10　相内武千雄
図版解説 11
正倉院御物　人勝残闕雑張 12　松下隆章
福沢先生肖像 13　斎藤貞一
大雅の二作 14　菅沼貞三
希臘の首（ステレの部分）15　武藤金太
執金剛 16　内田誠
てふおるましおん 17　青地三郎
美術史講座と沢木先生 18　相内武千雄
美術蒐集談 19　斎藤貞一
三田芸術学会 20　岡直己
国民映画への道 21　川崎喬夫
我等の音楽　川崎泓二
美術特輯について 22
表紙文字　正倉院御物「詩序」より
目次カット　将軍塚造営縁〔絵〕巻

図版

表紙　正倉院御物　人勝残闕雑張（原色版）23
(一) 福沢先生像　川村清雄筆 24　東京・慶應義塾蔵
(二) 維摩居士像 25　京都・青龍寺蔵
(三) 阿弥陀如来立像 26　和歌山・清浄心院蔵
(四) 芙蓉図　伝牧谿 27　京都・総見院蔵
(五) 高士探梅図 28　東京・前山宏平氏蔵
(六) 高島やおひさ　哥麿筆 29　神奈川・高橋誠一郎氏蔵
(七) Pain Colovr〔Pair colour〕twist stem glasses 30　渋井清氏蔵
(八) アルテミシオンのゼウス 31　雅典国立博物館蔵
(九) 希臘の首（ステレの部分）32　兵庫・武藤金太氏蔵
(十) 孤亭山水図　大雅筆 33　東京・槙智雄氏蔵
新刊巡礼
「村長日記」岩倉政治著（小説集）34
「夢の通ひ路」宇野浩二著（小説集）35
「泥濘」佐藤観次郎著（戦記）36
「自画像」武者小路実篤（随筆）37
「古事記伝の研究」皇国文学二輯（評論）38
「文芸的雑談」高見順著（随筆）39
「白熱の歴史」ツワイク著・菅谷恒徳訳（評論）40
「七日目の読物」トルストイ編・八住利雄訳（翻訳小説）41
「新しき道義」岩倉政治著（小説集）42
「サフイラと奴隷娘」キヤザー著・高野弥一郎訳（長篇小説）43
「混乱と若き悩み」マレ〔ン〕著・竹山道雄訳（長篇小説）44
「樋口一葉全集」新世社（小説集第一回配本）45
「戦争の中の建設」木原孝一著（戦記）46
「くりくり坊主」岩佐東一郎著（随筆集）47
「氷の階段」大佛次郎著（長篇小説）48
演劇時評 49　大山功
映画その折々 50
読んだものから 51
見たものから 52
六号雑記 53
今月の雑誌
改造 54　文藝春秋 55　中央公論 56　日本評論 57　公論 58
三田文学 59　知性 60　文学界 61　文芸 62　新潮 63
消息 64
編輯後記 65

目次註

1　栗図・伝牧谿筆（京都・龍光院）
2　叡山青龍寺の維摩居士像に就いて〈一—七〉　※〝青龍寺にあるなほ一つの浄名居士像について〟の略記あり。写真四葉を付す〈法隆寺維摩像／石山寺維摩像／東福寺維摩像／青龍寺維摩像〉
3　〈一—十二〉〔昭十六・六・二十一日稿〕
4　〈一—六〉〔昭十六・八・五〕　※写真二葉を付す〈「高士探梅図」前山宏平氏蔵／「瓢鮎図部分」退蔵院蔵〉
5　〈上・下〉
6　〈一—五〉　※写真二葉を付す〈伝牧谿筆「遠浦帰帆図」／「東京」伯爵松平直国氏蔵〉
7　〈一—四〉　※写真三葉を付す〈第一図・吉原蛤やの稲葉政信筆／第二図・立春　春信筆／第三図・猿橋図　広重筆〉
8　〔昭和十六年八月記〕　※在中庵一志の一句と図を付す
9　〔昭和十六年九月〕
10　〈一—五〉　※写真一葉を付す　“Cappella dei Pazzi”
11　※本文にはこの標題欠く
12　（本号表紙）〈一—三〉
13　川村清雄筆（図版一参照）慶應義塾大学図書館貴賓室
※和田英作画伯による全身演壇上の肖像画を付す。また、「追記」（貞）として、川村画伯筆と和田画伯筆の福沢先生肖像について、〝その作画の過程における消息〟を記す
14　（図版一〇参照）〈（一）孤亭山水図　絹本著色挂幅装（縦三尺二寸二分・横一尺三寸三分）／（二）大雅筆　布袋図紙本墨画捲一葉（縦五寸二分・横一尺一寸二分）〉
15　〔昭和十六年八月〕
16　〈東海道分間絵図／執金剛／きりぎりす／ゆふかげぐさ／夏草／萩／松風／暫／乳護薬師如来／あざみのわた〉
17　〈十六・八・十九〉
18　美術史学講座と沢木先生
19　※「時局と美術品の保護」なる一文を付す
20　三田芸術学会のこと　※執筆者名欠く
21　国民映画への途〈国民映画／外国映画／映画行政／国民心理／映画新体制〉〔一六・七—八〕
22　（菅沼貞三）
23　※図版解説（註12）あり
24　福沢先生像　※図版解説（註13）あり
25　維摩居士像（丸尾氏論文参照）
26　（岡氏論文参照）
27　伝牧谿筆（田中氏論文参照）
28　（部分）（松下氏論文参照）
29　歌麿筆（高橋氏論文参照）
30　Pair colour twist stem glasses.
Faint pink twist stem, Ogee-bowel,
Burnish-Gilted Bee &
Few Flower-plants. 6 in.
K. Shibui Collection.
※〝安永三甲牛年三月　阿蘭陀人カピタンあゝれんとうゑるれむへいとより到来〟とある箱書と、グラス一対の写真
31　（児島氏論文参照）
32　※図版解説（註15）あり
33　※図版解説（註14）あり
34　中央公論社版
35　有光社版
36　六芸社版
37　筑摩書房版
38　（皇国文学第二輯）　聖文閣版
39　昭森社版
40　ステファン・ツワイク著／菅谷恒徳訳　青磁社版
41　東宝書店発行
42　ウィラ・キャザー著／高野弥一郎訳　河出書房版
43　大観堂版
44　トオマス・マン／竹山道雄訳　新潮社刊
45　「樋口一葉全集」第二巻　新生社版
46　第一書房版
47　随筆集「くりくり坊主」　書物の展望社版
48　中央公論社版
49　演劇時事
50　〈1—4〉（三田推進隊）
51　※〈作家の「読者」について——舟橋聖一著「徳田秋声」とアンドレ・シユアレス著・宮崎嶺雄訳「ドストエフスキー」より——／モオロアの出世作「アリエル」〉
52　※〈映画統制と娯楽減少／国民同志の信頼を維持する投書の統制／明治座新生新派の「陳夫人」と文学座の「陳夫人」／東劇の本流新派の「日本橋抄」／有楽座の「空閑少佐」と「町人武士」／二科会に於ける鈴木信太郎の絵／秋のリーグ戦と「第二軍」の試合〉
53　※〈世界情勢緊迫下においてこそ必要な文芸人による記録、出版業者の誠意——「銀座復興」の主人公の行き方——／河盛好蔵の「小説の摂護」と中島栄次郎の言／「仏印の美術」木下杢太郎〉
54　K　※〈対日包囲陣の検討／「国内体制整備論」宮沢俊義／「臨戦米国とその矛盾」吉村正／「学生報国作業」小泉丹／「映画と考証——次回作、真山青果原作「元禄忠臣蔵」制作に就ての考証の苦心——溝口健二／文化指標の「支那学を研究する人のために」倉石武四郎・「脱皮する生物学」碓井益雄・「アメリカ文学研究の課題」名原広三郎／「浮虜」（読物）長谷川伸／「日本刀」本阿弥光孫〔遜〕／「ナチスの建築」岸田日出刀／「戦時下モスクワの印象」大久保徹夫／「学生飛行機・スポーツ」中川善之助／「続二階堂放話」久米正雄／二説三篇——「秋果」林芙美子・「青春期」宇野浩二〉（K）
55　※〈芥川賞発表（「長江デルタ」多田裕計）と決定までの委員会速記—横光利一、佐藤春夫、室生犀星、宇野浩二、小島政二郎、佐佐木茂索、滝井孝作、川端康成、久米正雄の推薦理由　反対理由／「現代の思想に就いて」（座談会の三木、小林／「危機直前」杉山平助／「文藝春秋」欄〉
56　鶴三吉　※〈特輯「日本高度国防国家の構想」の室戸健造、永田清、服部英太郎、清水伸等の論説／「思惟について」の三枝博音、清水幾太郎、木村素衛／「文学青年論」山本夏彦／「西行」高倉テル／創作「異本木工政談」細田源吉／「猩々」尾崎一雄／「旅情」窪川稲子〉
57　R　※1〈「超非常時の合理化」（特輯「緊急時局の理性」）蠟山政道／「凍結令と支那」（特輯「緊急時局の行動」）石浜知行〉

2〈今月からの座談討論会「日本評論時局研究会」大串兎代夫、津久井龍雄、永田清、穂積七郎、山崎清純、室伏高信〉

3〈「羽左衛門と幸四郎」三宅周太郎／「空想と現実」正宗白鳥／「豪徳寺雑記」広津和郎／「野の子」太［大］田洋子〉

58 ※〈ニュース誌「公論」の進路／「古典復興の真義――神国の民の草莽の論理――」保田與重郎／「文学正思録」浅野晃／「外交時評」日比谷太郎／「与論結論」中の「原始生活の復活」青木誠四郎〉

59 ※〈「自分のいのち」柴田錬三郎／「赤と青」宇野信夫の戯曲／「聖歌」光永鉄夫／「真珠の胎」（連載第九回）間宮茂輔／詩欄の小林善雄と村次郎／「悲劇の精神」宮尾誠勝／「古典と人間探求」佐藤信彦／「鉄中の詩人レルシユ」一ノ瀬恒夫／随筆欄の中村地平、丸岡明、田辺茂一、関口俊吾、佐藤観次郎、及横山重「書物捜索」／「老学庵百話」改題『明治の御宇』の小泉塾長の「序」〉

60 ※〈「霧の街」壺井栄／「秋晴」中山義秀／「恙虫病」伊藤永之介／「ロマネスクなものへの希求」窪川鶴次郎／上司小剣の文芸時評〉

61 ※〈評論特輯号の河盛好蔵の言、と小林秀雄の言／「目覚め」堀辰雄／「慰霊祭の頃」中村地平〉

62 ※〈「煙」島木健作／「好意」寺崎浩／「公園」森三千代／「女の手紙」宇野千代／「読書遍歴」三木清／「自叙伝」青野季吉／「赤と黒」（古典研究）小林正〉

63 A ※〈「生活と文学」長谷健／「老いたるロッテの悩み」竹山道雄／「批評について」北原武夫／「死について」本多顕彰／「面白い町」徳永直／「隠岐の怒濤」加藤楸邨の随筆／「夕顔」中里恒子／「夏痩」舟橋聖一／「落胤」中山義秀〉

64 ※〈片山昌造の童話集『支那の子』（金蘭社）文部省推薦に！／和田芳恵が「樋口一葉」を明治文学復活叢書『樋口一葉の探求』として刊行／富田正文検訂編纂『福翁百話・百余話』（改造文庫）、西川寧『支那の書道』（興文館）、田辺茂一第二評論集『轗軻』（照［昭］森社）の三篇、それぞれ刊行／「水上全集」第九回『倫敦の宿』他予告／その他〉

65 和木清三郎 ※〈美術特輯の執筆者（慶應義塾美術科に教鞭をとる先生及出身者）／菅沼貞三、松下隆章、相内武千雄の合議と渋井清の助力／本特輯と「三田文学」の背景、そして「日本精神」の再認識／水上全集、最後の編輯〉

＊ 大雅研究文献抄（一七五頁）※菅沼貞三「大雅の二作」の後（一七五頁）に掲載〈単行図書／定期刊行物〉

＊ 美術史研究書目 ※一七六頁

＊ 時局と美術品の保護 ※一八三頁

＊ 民族的と国際的 ※（一七一頁）独逸歴史学の始祖レオポルト・フォン・ランケの言に関連した文章

＊ 「三田文学」九月号目次

＊ ※慶應出版社の沢木梢（四方吉）著『西洋美術史論攷』の広告中、「編輯者の言葉」なるものを紹介

＊ ※文部省・陸軍省報道部推薦図書 鈴木英夫著『衂られし花』（女子文苑社）の広告中、「徳田秋声氏」「長田幹彦氏」「桜井忠温氏」「岡田三郎氏」「丹羽文雄氏」「北原白秋氏」として諸家の讃辞を紹介

表紙・正倉院御物 人勝残闕雑張／表紙文字・正倉院御物「詩序」より／目次カット・将軍塚造営縁［絵］巻／口絵・「伝牧谿筆・栗図」／発行日・十月一日／頁数・本文全二一六頁／定価・壹円／発行者・東京市芝区三田 慶應義塾内・西脇順三郎／編輯者・東京市芝区三田 慶應義塾内・和木清三郎／編輯担当・東京市京橋区西銀座六ノ四 交詢ビル 慶應倶楽部内・和木清三郎／発行所・東京市芝区三田 慶應義塾内・三田文学会／発売所・東京市丸ノ内三丁目二番地 株式会社籾山書店／配給元・東京市神田淡路町二ノ九 日本出版配給株式会社／印刷者・東京市芝区愛宕町二丁目十四番地 渡辺丑之助／印刷所・東京市芝区愛宕町二丁目十四番地 愛宕印刷株式会社

■十一月号（秋期創作特輯） **【19411】**

クノソス宮殿の壁画（扉）1 関口俊吾

創作

長篇小説 真珠の胎―第二章（四）2 間宮茂輔

山の子供ら（小説）3 三上秀吉

祝煙（小説）4 和田芳恵

あの頃（小説）5 浅尾早苗

上海二世（小説） 池田みち子

堅い芯（小説） 鈴木重雄

夢時計（小説） 原民喜

妻について（小説）6 阪田英一

家の幸福（小説）7 片山昌造

難破船エゴールカ（小説）8 林容一郎

三田劇談会（座談会）9

――「陳夫人」について・「かつこう」について――

庄司総一・森本薫・杉村春子

久保田万太郎・小山祐士

内村直也・大江良太郎

演劇時事 大山功

若き文学者に与ふ

文学者にお願ひ 10 加田哲二

国防国家の財政経済手段 高木寿一

生活の断面 11 永田清

民族・国家思考への発展 12 清水伸

時局と小説 13 福良俊之

文学と社会情勢 前原光雄

現代戦の特徴と思想戦の役割 14 金原賢之助

映画その折々 15

新刊巡礼

「寝顔」川端康成著（小説集）16

「男の生涯」芹沢光治良著（小説集）17

「道」阿部知二著（長篇小説）18

「人間以上」真下五一著（小説集）19

「千代女」太宰治（小説集）20

「文学の系譜」暉俊［峻］康隆著（評論集）21

「逢初めて」丹羽文雄著（小説集）22

「ロッテ帰りぬ」トーマス・マン著・平野威馬雄訳（翻訳小説）23

「隻手に生きる」小川真吉著（更生記）24
「続演劇巡礼」三宅周太郎著（演劇評論）25
「劇作十四人集」白水社（戯曲集）
「萌える草木」田宮虎彦著（長篇小説）26
「智慧の装ひ」南川潤著（長篇小説）27
「旅人の歌」寺崎浩著（随筆）28
「僻上残歌」満洲浪曼叢書（小説集）29
読んだものから 30
見たものから 31
六号雑記 32
今月の雑誌　改造 33　文藝春秋 34　公論 35　中央公論 36
日本評論 37　知性 38　文芸 39　三田文学 40
文学界 41　新潮 42
消息 43
編輯後記 44
表紙（ざくろ）　鈴木信太郎
カット　中村直人・鳥海青児・原精一
寺田政明・谷内俊夫・宮田重雄
近藤光紀・鈴木信太郎・阿部金剛

目次註

1 クノソス王宮の壁画・関口俊吾
2 〈第二章〉〈12―15〉〔未完〕
3 〈一―五〉
4 〔長篇「雑誌機構」の中〕
5 〈1―8〉〔完〕〔一六・九〕
6 〈(一)―(四)〉〔終〕
7 〔完〕
8 〈1―4〉
9 〔了〕〔八月二十一日〕
10 〔昭和十六年十月五日〕
11 〈1―3〉〔昭和十六年十月五日稿〕
12 民族・国家的思考への発展
13 〈(一)―(四)〉〔一・〇一〕
14 〈一―七〉
15 〈1―4〉三田推進隊
16 有光社版
17 実業之日本社版
18 新潮社版
19 東陽閣
20 筑摩書房版
21 暉峻康隆著　古今書院版
22 有光社版
23 トーマス・マン／平野威馬雄訳　新潮社版
24 六興商会出版部刊
25 中央公論社版
26 通文閣刊
27 通文閣刊
28 人文書院版
29 興亜文化出版社版
30 ※〈ヴィクトル・ユーゴーの中篇小説「死刑囚最後の日」／「沙漠の息子」ルネ・モブラン著・深尾須磨子訳／菊池寛・芥川龍之介の友人の故成瀬正一「仏蘭西文学研究」（第二輯）（ヴォルテール研究の書）／「セザンヌ伝」（改造文庫）ヴォラール／都新聞連載の「縮図」／「フランス人」辰野隆著（青木書店刊行）／「明治の御宇」栗原広太著（四季書房刊行）／野球シイズンの新聞の運動欄の戦評二つ――「読売新聞」進藤鎮雄と「報知新聞」森茂雄／「王城山荘随筆」（三田文学会出版部）高橋誠一郎の文学的随筆集〉
31 ※〈映画化された「指導物語」（原作上田広）／リーグ戦の慶應不振／小村雪岱画伯遺作展／武者小路実篤の個展／此頃の商人の不遜な態度〉
32 ※〈文芸雑誌統制下に於て最も配慮さるべき同人雑誌級の次代新人への道／上林暁「青春について」（文学界十月号）と今日の青年の立場／映画製作会社三社案／文学者に対比する講壇文学者の文芸界進出――「句読点に就いて」（文芸十月号）の土居光知のごとき態度――／三田文学出版部発足〉
33 K ※〈「思想報国の道」田辺元／「欧洲大戦の進展と支那事変」石原莞爾／「ヴエルサイユ体制の再考察」蠟山政道／「仏印へ行く芳沢」宮本太郎／座談会「国民のなかの政治」橘樸　長野朗　岩淵辰雄／「三菱財閥論」小島精一／「スターリン」市村今朝蔵／「甲冑」山上八郎／「映画新体制の方向」森岩雄／「ランケ復興の興味」林健太郎／「小さんとの対話」久保田万太郎／「西金の渡船番」井伏鱒二／「余りに弱すぎる」橋本英吉／「甚吉記」室生犀星〉
34 ※〈編輯プランの変化／「国家の再建」武田祐吉／座談会「時局の急迫と国民の決意」／「護られて再起する人々」細田源吉／「郷土の伝習」／「追憶と印象」加能作次郎／芥川賞候補問題の「長江デルタ」と「山彦」相野田敏之／「秘蹟」芹沢光治良／「帝国議会私観」清水伸／「勤労学徒の手記」三篇／「お山参詣」石坂洋次郎〉
35 ※〈「文学の没落」を説く清水宣雄と浅野晃／「古典復興の真義」保田與重郎〉
36 ※〈特輯グラフ「文楽」解説　三宅周太郎／論説「国家の道義性」田辺元／「印度の矛盾」／「精神」についての清水幾太郎と津久井龍雄／「わたり鳥離婚」／「無医村診療班の日記」／「武者小路論」古谷綱武／創作欄の石川達三、川上喜久子、加能作次郎（絶筆）、芹沢光治良〉
37 R ※1〈時局に対処した編集方針〉2〈文化面にかける整理統合に関連して、木原通雄と新居格の「新聞の危機」／「塾教育批判」に関する三論文―城戸幡太郎、津久井龍雄、伊佐秀雄／「第二回時局座談会」〉3〈津村秀夫の映画時評「映画事業の国家管理」／日本思想家研究「三浦梅園」三枝博音／創作三篇―「薬草園」岩倉政治・「見えざるもの」阿部知二・「砂の上」久保田万太郎〉
38 ※〈「虎」尾崎一雄／「鼻」金史良／「温泉療養所」伊藤整／「愛郷論」中島健蔵／「生活科学に寄せて」今野武雄／「新舞踊三十年」石井漠〉
39 ※〈「熊の皮に坐りて」石坂洋次郎／「家」榊山潤／「鴻ノ巣女房」矢田津世子／「三界一心」壺井栄／吉川英治と横光利一の対談「日本の精神」／「句読点に就いて」土居光知〉
40 ※〈三田文学十月号（美術特集）が文芸雑誌としてなした

意義／図版に示された驚ろくべき労資一体の努力／丸尾彰三郎、日中倉琅子、児島喜久雄、三者の考察と観賞／菅沼、相内、岡、松下等中堅の綿密な研究／高橋、渋井の美術を通じての時代考と内田の洒脱高尚なる随筆／青池の小説／川橋の映画評／川崎の音楽評〉

41　※〈「罪の救ひ」亀井勝一郎／「生活の文学」（文芸銃後講演会草稿）中島健蔵／「批評と信仰」（親鸞第一部への序）西村考［孝］次／「青春について」上林暁／「ツンドラの種族」石一郎〉

42　A　※〈「草の中」島村利正／「心の歌」井上弘介／「仏弟子」緒方久／「柊の庭」白川渥〉

43　※〈新聞研究会結成―伊藤正徳主唱。塾文筆陣強化のため。当分の間、慶應倶楽部内に／三田文学会出版部創設す―第一期企画として小泉塾長『学生に与ふ』・高橋誠一郎『王城山荘随筆』・富田正文『福沢諭吉襍攷』を出版／その他〉

44　和木清三郎　※〈「秋期創作特輯」執筆者紹介／水上全集特製本の出来と最後の編輯／文芸界への寄与と文運昂隆を計り得る「わが出版部」の創設〉

＊　「三田文学」美術特輯十月号目次

＊　「水上瀧太郎全集　第九回配本、第十回配本」案内

表紙・「ざくろ」鈴木信太郎／カット・中村直人　鳥海青児　原精一　寺田政明　谷内俊夫　宮田重雄　近藤光紀　鈴木信太郎　阿部金剛／口絵・「クノソス宮殿の壁画」関口俊吾／発行日・十一月一日／頁数・本文全二四九頁／定価・八十銭／発行者・東京市芝区三田　慶應義塾内・西脇順三郎／編輯者・東京市芝区三田　慶應義塾内・和木清三郎／編輯担当・東京市京橋区西銀座六ノ四　交詢ビル　慶應倶楽部内・和木清三郎／発行所・東京市芝区三田　慶應義塾内・三田文学会／発売所・東京市丸ノ内三丁目二番地　株式会社籾山書店／配給元・東京市神田淡路町二ノ九　日本出版配給株式会社／印刷者・東京市芝区愛宕町二丁目十四番地　渡辺丑之助／印刷所・東京市芝区愛宕町二丁目十四番地　愛宕印刷株式会社

■十二月号　**【194112】**

ギリシヤの旅から（扉）　関口俊吾

創作
長篇小説　真珠の胎―第二章（五）1　間宮茂輔
薙刀について（小説）2　木村不二男
名将左宝貴（小説）3　夏野草男
新しい太陽（詩）　小林善雄
湖水を渡る（詩）　中山〔山中〕散生
古典と人間探究―その二―4　佐藤信彦
漱石の道5　宮尾誠勝
若き文学者の自覚6　鈴木重雄
映画その折々7
明治の御宇――老学庵百話（二十一）8　栗原広太
書物捜索―雑筆五十三―9　横山重
演劇時事　大山功
三田劇談会（座談会）
――「赤道」について・「山参道」について――
真船豊・八木隆一郎
久保田万太郎・内村直也・大江良太郎
柿　内田誠
南仏の旅10　二宮孝顕
ギリシヤへの旅（三）11　関口俊吾
詩の朗読12　内村直也
不孝者13　田辺茂一
開腹（俳句）14　加宮貴一
「渚」15　花柳章太郎
新刊巡礼
「作家と生活」徳永直著（随筆集）16
「時代祭」中谷孝雄著（小説集）17
「戦友記」安田貞雄著（小説集）18
「城壁のある町」伊藤修著（小説集）19
詩集「春秋」岩佐東一郎著（詩集）20
「支那の書道」西川寧著（随筆集）21
「遺書」（蝮蛇の縺れ）モーリヤツク作・鈴木健郎訳（翻訳小説）22
「小さな独裁者」石坂洋次郎著（小説集）23
「美しき倫理」長田恒雄著（感想集）24
読んだものから25
見たものから26
六号雑記27
消息28
編輯後記29
表紙（ざくろ）　鈴木信太郎
カット　中村直人・鳥海青児・原精一
寺田政明・谷内俊夫・宮田重雄
近藤光紀・鈴木信太郎・阿部金剛

目次註

1　〈第二章〉〈16―19〉〔第一部終〕

2　〈一―六〉〔二六〇一・五・一八〕

3　〈(1)―(3)〉〔終り〕

4　〈祇王祇女仏とぢ等之尊霊〉〔十六・九・三十〕

5　〈一―三〉　※文中、漱石の作品の紹介あり〈「野分」普及版全集第三巻四〇〇―一頁／「二百十日」普及版全集第二巻二二五―六頁／「従軍行」一―七（歌）明治三十七年五月「帝国文学」所載、普及版全集第十五巻三一〇―三頁／「吾輩は猫である」普及版全集第一巻三四五―六頁〉

6　――政治・経済学者に答ふ――〔十六・十・二十五〕

7　三田推進隊

8　――二九、岡山行幸の憶ひ出――〔昭和十六年九月二十日稿〕

9　〈竹生島縁起　天文八年精写巻子本／弘文荘の目録　第十五号／加賀翠渓翁の本／アルデマーニ氏の蔵本〉〔八月二十四日〕

10　〈ニーム／アヴィニヨン／アルル／マルセイユ〉――一九三八年の滞仏日記より――〔一九四一・七・卅一〕

11　〈四月十七日（一九三八）／四月十八日（エピドール見物）

／四月十九日（デロス島）／四月廿日（クレタ島）／四月廿一日（オリンピヤ）〉※著者の絵二葉挿入〈クレオパトラ像」四月十九日・Delos 島／「Mykonos 島の風車」四月十九日　1938〉

12　――「市民厚生の午後」感想――　〈(1)―(3)〉

13　〔二六・九・二八〕

14　――慶應義塾大学病院百渓定七郎先生ならびに看護婦諸姉に捧ぐ――　※十五句

15　『渚』〈……／『水田の白鷺』／『夜光虫』／『蟹』／『蟹と蟻』／『渚』〉

16　桃蹊書房版

17　文明社版

18　六芸社発行

19　南方書院発行

20　文芸汎論社発行

21　興文社版

22　筑摩書房発行

23　改造社発行

24　文明社発行

25　※〈「フランス・その後」井上勇著（巻末索引添付）／「国民防衛の書」塾員上坂倉次著／「ランデの死」アルツイバアセフ／「中央公論」十一月号―宇野浩二の小説「身の秋」／「知性」十一月号―「広津和郎と散文芸術論」平野謙／創作三篇―「実歴史」丹羽文雄・「橋」矢田津世子・「おりき」西川芳野／「文芸」十一月号―太宰治の「秋」／「新潮」十一月号―「地方派小説特輯」／「土俗」石原文雄／「元宵記」西川満／「文藝春秋」の小説「捨石」舟橋聖［聖一］／水上瀧太郎全集第十回配本第十二巻「出張日記」

26　※〈映画の信用と「人間」／「土に生きる」／「ナマハゲ」三木茂演出／「八十八年目の太陽」／日米戦必至／臨時議会の招集／小説家仲間の発売禁止令／小説家の職域奉公／スポーツ秋の塾軍不振／故水上瀧太郎の「応援歌」歌稿〉

27　※〈第七十七議会の首、外相の演説で表明せられた時局最後の関頭／沈滞の極にある文芸界に期待される新人の進出／岩上順一「文芸雑誌の将来」（文芸）／「流行作家の倫理」中島健蔵／高見順「現状への直言」（文芸）／南川潤の「新東亜文学第一編」と銘打つ長篇（国民新聞）／国民登録、国民兵役召集、愈決行〉

28　※〈久保田万太郎の小説戯曲の近作全部を集めた「萩・薄［萩すゝき］」（小山書店）・小島政二郎「ちゝはゝの紋」（学芸社）・石坂洋次郎「小さな独裁者」（改造社）それぞれ上梓／水上全集十回配本「出張日記」、十一回配本「貝殻追放・三」、第十二回配本「戯曲・短歌」にて発行完了／その他〉

29　和木清三郎　※〈実質的評論として注目を惹いている佐藤信彦「古典と人間探究」／その他執筆者紹介／紙の節減と「三田文学」誌の今後／水上全集「出張日記」に小泉塾長の配慮／事務所の仮設―麹町区平河町二ノ十三〉

＊　「三田文学」秋期創作特輯　十一月号目次

＊　※三田文学出版部の広告中、慶應義塾大学総長小泉信三著『学生に与ふ』の序文の一節を紹介。また高橋誠一郎著『王城山荘随筆』（三田文学出版部）、加田哲二編『何を読むべきか』（慶應出版社）の広告も掲載

表紙・「ざくろ」鈴木信太郎／カット・中村直人　鳥海青児　原精一　寺田政明　谷内俊夫　宮田重雄　近藤光紀　鈴木信太郎　阿部金剛／口絵・「ギリシアの旅から」関口俊吾／発行日・十二月一日／頁数・本文全一六四頁／定価・五十銭／発行者・東京市芝区三田　慶應義塾内・西脇順三郎／編輯者・東京市芝区三田　慶應義塾内・和木清三郎／編輯担当・東京市京橋区西銀座六ノ四　交詢ビル　慶應倶楽部内・和木清三郎／発行所・東京市芝区三田　慶應義塾内・三田文学会／発売所・東京市丸ノ内三丁目二番地　株式会社籾山書店／配給元・東京市神田淡路町二ノ九　日本出版配給株式会社／印刷者・東京市芝区愛宕町二丁目十四番地　渡辺丑之助／印刷所・東京市芝区愛宕町二丁目十四番地　愛宕印刷株式会社

一九四二年（昭和十七年）

■一月号（新年号）　【194201】

あざみの花（扉）　近藤光紀

創作

この未知なるもの（小説・百十枚）　片山修三

旅路（小説）　伊藤佳介

画面の女（小説）1　柴田錬三郎

山中にて大詔を拝す（詩）　蔵原伸二郎

ラジオよ（詩）2　岩佐東一郎

国学護持論　保田與重郎

文芸同人雑誌の自己革新について3　矢崎弾

実川延若論4　戸板康二

戦争と文学5　柴田賢次郎

「Jap の日記」と「いささか」に就て　荻野忠治郎

三田劇談会（座談会）6　――「恩讐以上」「現代大衆劇」――　金子洋文・三宅大輔　久保田万太郎・内村直也　小山祐士・大江良太郎

記憶について　今井達夫

大詔を拝して7　中岡宏夫

兵隊　片山昌造

上海風景　池田みち子

演劇遍路8　大江良太郎

明治の御宇――老学庵百話（二十二）9　栗原広太

書物捜索―雑筆五十四―10　横山重

時雨　内田誠

肉弾機（俳句）11　加宮貴一

日米英戦ふ（短歌）12　川口千香枝
葉書回答13　諸家
映画その折々14
新刊巡礼
「悲歌」上林暁著（小説集）15
「天草」榊山潤著（小説集）16
「交響楽」寺崎浩著（長篇小説）17
「婦徳」横光利一著（短篇集）18
「一帰還作家の手記」上田広著（手記）19
「船の夢」内田百間著（随筆）20
中央公論・改造21　文藝春秋22　知性・公論23
文学界・三田文学24　新潮・文芸25
読んだものから26
六号雑記27
消息28
編輯後記29
表紙（椿）　鈴木信太郎
カット　中村直人・鳥海青児・原精一
寺田政明・谷内俊夫・宮田重雄
近藤光紀・鈴木信太郎・阿部金剛

目次註

1 〈一―六〉
2 〔昭和十六年十二月八日朝〕
3 〈1、強ひられた結成／2、連帯意識の脆弱／3、「青年文学者会」の官僚化／4、文学的母胎の建設／5、転形期の自己革新／6、新文学の協同意識の対象〉〔十二月七日〕
4 〈(一)―(五)〉〔昭和十六年九月〕
5 ――戦争文学から――
6 「恩讐以上」と「現代大衆劇」に就いて
7 ――特に新入諸君へ――　〔紀元二六〇一年十二月八日の佳き日に〕
8 ――『山参道』の収獲――
9 ――二九、人を以て言を廃せず――　〔昭和十六年八月二十二日稿〕
10 〈本・毛氈・猫／童蒙先習　慶長元和頃刊行／本を毛氈にかへる／親猫、わが家を捨てる〉〔八月十五日〕
11 ※十五句
12 ※十一首。後部三首に〝日独伊更に確き盟約す〟の詞書あり
13 ※アンケートの問　(1)〈一、最近読まれた良書と内容／一、貴下の近著について〉　小泉信三／佐藤春夫／久保田万太郎／宇野浩二／小島政二郎／富田正文／三宅周太郎／村松梢風／吉田小五郎　(2)〈一、文芸同人雑誌統合後に於ける同人雑誌経営の難易及びその将来性について／一、新人作家の進出は従来より困難となりしや〉　春山行夫／岡田三郎／岩上順一／上林暁／井上友一郎／山岸外史／楢崎勤／福田清人／森本忠／平松幹夫／木下常太郎／古木鉄也／逸名氏
14 三田推進隊
15 筑摩書房版
16 河出書房版
17 中央公論社版
18 有光社発行
19 六芸社発行
20 那珂書店版
21〜25 ※「今月の雑誌」あるいは「今月の小説」欄に当たるもの
21 ※時局下の綜合雑誌の任務　改造〈真崎甚三郎将軍の「教育の精神」／特輯「生活規正の課題」の大熊信行、平野崇、中島健蔵／「曠野」堀辰雄／「遺品」上田広／「赤虫鳥日記」石川達三〉　中央公論〈「釣と乞食」大沢章／「寄席の感傷」吉本明光／「文化映画企画論」津村秀夫／「頼山陽」藤森成吉〉
22 鶴三吉　※〈座談会「決戦体制下、国民に檄す」／「知識と信念」中村光夫／「話の屑籠」徳川夢声／「防人のうた」斎藤瀏／「みちのくの子供」長谷健〉
23 K　※〈「秩序に就いて」清水幾太郎／「文学の系譜――開化の風致と自然主義――」中村光夫／「新人論（二）―高木卓、桜田常久、金史良、青木洪」岩上順一／「文芸時評」上司小剣／「地のはらから」岩倉政治／「誰」太宰治／「三人」徳永直／「実歴史」丹羽文雄／尾崎士郎と林房雄の対談「綜合雑誌撲滅論」／岡本太郎　上林暁の「貧窮問答」（林房雄の解説付）〉
24 ※米英開戦を迎えた十二月の諸雑誌　文学界〈「刹那と永遠」青野季吉／「全体の発見」河上徹太郎／「地紋」寺崎浩／「女人譜」森山啓／詩特集〉　三田文学〈「薙刀について」木村不二男／「名将左宝貴」夏野草男／「古典と人間探究」佐藤信彦／栗原広太の随筆「明治の御宇」／「書物捜索」横山重／「柿」内田誠／「不孝者」田辺茂一／「渚」花柳章太郎〉
25 文芸・新潮　A　※文芸〈三木清と高坂正顕の対談「民族の哲学」／第四回文芸推薦作の「新炭図」秋山恵三・「祖父」三田華子〉　新潮〈「文学者と政治行動」の新道正門〔新明正道〕／「旅信」太宰治／「人情」長谷健／「山男の推理」半田義之／「佗日記」上林暁／「有島供養」木村不二男〉
26 ※〈ドイツのランケの一節（岩波文庫・ランケ著・相原信作訳「強国論」）／マルセル・シユオブの幽霊屋敷についての一節（冨山房百科文庫・後藤末雄翻訳「フランス短篇小説集」第二輯）／石川達三作「航海日誌」〉
27 ※〈皇紀二千六百一年十二月八日、大東亜戦争勃発／午前十一時四十五分、米・英に対する宣戦の大詔／「聖戦」の根本的意義／高村光太郎「戦時下の芸術家」（都）と「純粋美」／青野季吉「刹那と永遠」（文学界）〉
28 ※〈三田文学出版部より小島政二郎、三宅三郎、富田正文、間宮茂輔の図書を出版／久保田万太郎作家生活三十年記念として「萩すゝき」を小山書店から、三宅周太郎の続「文楽の研究」を創元社から、柴田錬三郎の書下し「文久志士遺聞」を泰東出版部からそれぞれ出版／水上全集完了！／編輯委員慰労会（十二月五日夜　築地花月）と、墓前報告（六日）／その他〉
29 和木清三郎　※〈執筆者紹介／片山修三が残していった「この未知なるもの」／水上全集の功労者―荻野忠次郎／三田文学出版部刊行案内／感激した「宣戦布告」の放送〉
＊ 「三田文学」十二月号目次
＊ ※三田文学出版部版、富田正文著『福沢諭吉襍攷』の広告中、小泉塾長の序文を紹介。他に、小泉信三著『学生に与ふ』、高橋誠一郎著『王城山荘随筆』の広告文あり

表紙・「椿」鈴木信太郎／カット・中村直人　鳥海青児　原精一　寺田政明　谷内俊夫　宮田重雄　近藤光紀　鈴木信太郎　阿部金剛／口絵・「あざみの花」近藤光紀／発行日・一月一日／頁数・本文全一七九頁／特価・六十銭／発行者・東京市芝区三田　慶應義塾内・西脇順三郎／編輯者・東京市芝区三田　慶應義塾内・和木清三郎／発行所・東京市芝区三田　慶應義塾内・三田文学会／配給元・東京市神田淡路町二ノ九　日本出版配給株式会社／印刷者・東京市芝区愛宕町二丁目十四番地　渡辺丑之助／印刷所・東京市芝区愛宕町二丁目十四番地　愛宕印刷株式会社

■二月号　【194202】

創作

椿（扉）　寺田政明

真珠の胎―続篇・一―1　間宮茂輔

面影（小説）　原民喜

姉と妹（小説）　鈴木重雄

縁側（小説）　片山昌造

印度に檄す（詩）　塩川秀次郎

夜（詩）　村次郎

詩壇月評2　木下常太郎

ありがたき抗議の記録3　矢崎弾

小説への信頼　十返一

漱石の系譜4　宮尾誠勝

現代詩とその朗読5　長田恒雄

戦線から6

三田劇談会（座談会）7

――「わが家の幸福」「緑波の喜劇」――　古川緑波・平塚広雄

久保田万太郎・内村直也　小山祐士・大江良太郎・和木清三郎

仏印の印象　高橋広江

明治の御宇――老学庵百話（二十三）3　栗原広太

書物捜索―雑筆五十五―9　横山重

仮の住居　野口富〔冨〕士男

父子（俳句）10　加宮貴一

「山参道」のこと11　花柳章太郎

新刊巡礼

「現代文化の考察」高橋広江著（評論集）12

「幻影」尾崎士郎著（小説集）13

「企業家」榊山潤著（社会小説）14

「明治の作家」内田魯庵著（評論集）15

「古譚の唄」木村不二男著（小説集）16

「歴史」榊山潤著（長篇小説）17

「文章往来」宇野浩二著（随筆感想集）18

「結婚をめぐりて」トルストイ夫人・ドストエフスキイ夫人（感想集）19

「エリザベスとエセックス」ストレチー著・片岡鉄平訳20

「愛する人達」川端康成著（小説集）21

「川歌」林芙美子著（長篇小説）22

「現代独逸短篇集」片山敏彦訳（小説集）23

「オイル・シエール」小山いと子著（小説集）24

「黒龍江」竹森一男著（戦記小説）25

「樋口一葉」和田芳恵著（評論）26

「続文楽の研究」三宅周太郎著27

「東方紀行」ハックスリイ著・上田保訳28

中央公論・改造29　文藝春秋・日本評論30

知性・公論31　新潮・文芸32　三田文学・文学界33

六号雑記34

消息35

編輯後記36

表紙（椿）　鈴木信太郎

カット　中村直人・鳥海青児・原精一　寺田政明・谷内俊夫・宮田重雄　近藤光紀・鈴木信太郎・阿部金剛

目次註

1　真珠の胎（続篇）〈第一章〉〈1―4〉
2　「詩壇時評」　※北園克衛の最近作の詩「夜」を紹介
3　――高木卓氏の「物差し」について――
4　〈一―三〉〔十二日〕
5　〈1―3〉
6　戦線だより　田中孝雄／戦線から　末松太郎
7　――「わが家の幸福」と「緑波の喜劇」に就いて――
8　〈三二、御坤徳を偲びまつりて〉〔昭和十六年十一月三日〕
9　〈勝利の元旦／酒茶論／暮の即売会／狭衣古活字版と落窪写本と〉〔一月一日夜〕
10　※十五句
11　〈……／脱稿迄に／検討／稽古／作者出現／立稽古／舞台稽古／初日／幸福感／真船氏とその作品／感謝〉
12　東京書房発行　※評者・菱山修三
13　有光社版
14　小学館版
15　筑摩書房版
16　東陽閣発行
17　新潮社版・昭和名作選集
18　中央公論社発行
19　アイヘンワアリド編／八住利雄訳　東宝書店
20　L・ストレチー作／片岡鉄兵訳　富士出版社
21　新潮社版
22　新潮社版
23　片山敏彦編　中央公論社版
24　中央公論社版
25　六芸社版
26　十字屋書店発行
27　創元社発行
28　ハックスリイ著／上田保訳　生活社発行
29・30　※「今月の雑誌」あるいは「今月の小説」欄に当たるもの
29　※「中央公論」と「改造」の編集の違い　改造〈「読書」座談会／久保田万太郎の創作「恐音」〉　中央公論〈座談会「世

界史的立場と日本」高坂正顕、高山岩男、鈴木成高、西谷啓治／研究会「長期総力戦意識の結集」穂積七郎、永田清、板垣与一、大河内一男／グラフ「生れ変る農村」（文章・高倉テル）／「民族精神と文学」高沖陽造／三宅周太郎と大谷松竹社長と一問一答／「北方の魂」（長篇の一部）島木健作／里見「八畳記」／志賀「淋しき生涯」／野上「明月」〉

30 鶴三吉 ※文藝春秋〈座談会「大東亜戦争完遂の為に」／「日本民族世界観の確立」大串兎代夫／廿周年記念の当選論文と小説の「志士のこゝろ」／「攘夷の精神」保田與重郎／横光の「旅愁」〉 日本評論〈大東亜戦の色彩にぬりこめられた編輯／時評「大東亜戦を論ず」室伏高信／「文芸時評」岩上順一／「一作家の手記」武者小路実篤／「号外」広津和郎〉

31 K ※知性〈武者小路実篤のエッセー「意志について」／「世界的規模の構想へ――ヨーロッパに就いて――」中島健蔵／「アメリカ管見」中野好夫／「学生に何を望み得るか」渡辺一夫／「文学継承の問題は」矢崎弾／「文学の系譜――人道主義――」伊藤信吉／伊藤整の文芸時評「感動の再建」／「流寓記」上林暁／「情愛」窪川稲子／「四月か五月か」半田義之／「クラーク氏の機械」石上玄一郎／「霜夜」福田清人〉 公論―大東亜戦争号〈徳富蘇峰、中野正剛の対談「此一戦」／「英艦レディーバード号」橋本欣五郎／「太平洋戦略論」／「米英戦争経済の実体」／「大東亜戦争と敵国陣営の解剖」／独逸外相リッペントロップの演説「世界新秩序の敵を殲滅せよ」／「我独慙天地」塚原富衛／「承久拾遺」保田與重郎〉

32 文芸・新潮 A ※文芸〈「年末所感」正宗白鳥／「父の記憶」伊藤整／「その前夜」寺崎浩／「善良な人達」窪川稲子／「眼鏡の小母さん」真杉静枝／特輯「文化人宣言」／「カラマアゾフの兄弟」小林秀雄／「読書遍歴」三木清〉 新潮〈「琴」室生犀星／「新郎」太宰治／「安宅」伊藤整／「読者より」宮内寒弥／「親方コブセ」金史良／「朝」火野葦平／特輯「新しき文学の道」／「正宗白鳥会見記」上林暁／「武者小路実篤訪問記」福田清人／「志賀直哉訪問記」尾崎一雄〉

33 文学界・三田文学 ※文学界〈「捷報臻る」（短歌四首紹介）三好達治／「破れ傘」中山義秀／「肉親」森山啓〉 三田文学〈「画面の女」柴田錬三郎／「この未知なるもの」片山修三／「旅路」伊藤佳介／蔵原伸二郎の詩「山中にて大詔を拝す」〉

34 ※〈詩歌にこそ新人出でよ！／寺崎浩「その前夜」（新潮）と、片山修三の「この未知なるもの」の鬼気―〝公用で現地に出発〞の置土産／「月月火水木金金」――大本営海軍報道部課長平出大佐の「国民に愬ふ」――／「帝都の図書館に見る昨年度、多読書」（読売新聞一月九日）によると、「水上全集」は五月に一位、八月に三位／堂々帝国議会に於て、東条首相喝破す〉

35 ※〈久保田万太郎、作家生活三十年を記念して自選句四百を「久保田万太郎句集」として三田文学出版部から出版／小島政二郎の「わが古典鑑賞」、高橋広江の「現代文化の考察」をそれぞれ刊行／富田正文、慶應義塾塾監局庶務主任に栄転のため「三田新聞」主幹を辞任、後任は昆野和七（三田評論編輯は従来通り）／原実・慶應義塾学生局員となる／その他〉

36 和木清三郎 ※〈執筆者紹介／「三田劇談会」の単行本刊行案／紙の統制節約と紙の運搬、印刷、発売の遅延／三田文学出版部の刊行書籍に賞賛の声〉

＊「三田文学」新年号目次

表紙・「椿」鈴木信太郎／カット・中村直人 鳥海青児 原精一 寺田政明 谷内俊夫 宮田重雄 近藤光紀 鈴木信太郎 阿部金剛／口絵・「椿」寺田政明／発行日・二月一日／頁数・本文全二三六頁／定価・五十銭／発行者・東京市芝区三田 慶應義塾内・西脇順三郎／編輯者・東京市芝区三田 慶應義塾内・和木清三郎／発行所・東京市芝区三田 慶應義塾内・三田文学会／配給元・東京市神田淡路町二ノ九 日本出版配給株式会社／印刷者・東京市芝区愛宕町二丁目十四番地 渡辺丑之助／印刷所・東京市芝区愛宕町二丁目十四番地 愛宕印刷株式会社

■三月号 【194203】

ふくろ（扉） 福田豊四郎

創作

長篇小説 真珠の胎―続篇・二[1] 間宮茂輔

章子（小説）[2] 東文彦

幕開く（小説）[3] 鈴木重雄

美しくみゆき降れり（詩） 壺田花子

亜細亜の日（詩） 江間章子

詩壇時評[4] 木下常太郎

水上瀧太郎の文学と実業 小泉信三

古典とその鑑賞（文芸行路）[5] 井汲清治

文芸時評・幸福の探求と自我愛[6] 矢崎弾

春へ（俳句）[7] 石塚友二

北海道の旅（短歌）[8] 巣木健

ミンドリン[9] 浜田恒一

南方のうた[10] 高橋広江

報道戦について[11] 金行勲夫

三度目の八日 一瀬直行

三田劇談会（座談会）

――「春の霜」と「博多小女郎浪枕」――

（出席者）久保田万太郎・内村直也 小山祐士・大江良太郎・和木清三郎

初雪[12] 内田誠

人形物語[13] 花柳章太郎

書物捜索―雑筆五十六―[14] 横山重

新刊巡礼

「篠笛」舟橋聖一著（小説集）[15]

「荒海」中山義秀著（小説集）[16]

「遠方の人」森山啓著（小説集）[17]

「裸身の道」中井正晃著（小説集）[18]

「青丹よし」井上友一郎著（小説集）[19]

「綺麗な娘」半田義之著（長篇小説）[20]

「船路」壺井栄著（小説集）[21]

「遠い牧歌」和田伝著（長篇小説）[22]

「地に芽ぐむ」荒木巍著（長篇小説）23
「女の見た夢」松田解子著（長篇小説）24
「青雲」田島準子著（長篇小説）25
「南京の胡弓」井上友一郎著（小説集）26
中央公論・改造27　文藝春秋・日本評論28
知性・公論29　文芸・新潮30　三田文学・文学界31
六号雑記32
編輯後記33
表紙（椿）　鈴木信太郎
カット　中村直人・鳥海青児・原精一
寺田政明・谷内俊夫・宮田重雄
近藤光紀・鈴木信太郎・阿部金剛

目次註

1　真珠の胎（続篇）〈第一章　5―7〉※〝この章を書いた直後に公命に接し暫く執筆を中止……〟〝この長篇は三田文学出版部より二月下旬上梓〟と作者付記あり

2　〔一五・一〇・一―七〕

3　〈1―4〉

4　――詩誌「新詩論」の誕生――

5　文芸行路　古典とその鑑賞――小島政二郎著「わが古典鑑賞」を読みて――

6　文芸時評　幸福の探究と自我愛〈(1)素樸な感動／(2)近代自我の変遷／(3)近代不安と自我／(4)最近の諸作と幸福の探究／(5)「木曽路」について／(6)今日の自我の容態／むすび〉〔二月六日〕

7　※十二句

8　――病友を見舞ひて――　※十八首。第十四首の前に詞書あり―「角巻きは独特の丈長き肩掛なり」

9　〈猿とたはむる／原始生活／彼等の娯楽〉

10　――高雄にて――

11　〈上〉〈特派員について／記事署名又は署名記事について／従軍報道について／取材と連絡について／材料の観破（料理法）について〉〔シンガポール島上陸発表の夜〕〔未完〕

12　〈泡沫／紙椿／初雪〉

13　〈1〉〈吉田米三に訊く／吉田米三自伝に就いて／文学の新作ものは閉口／忠臣蔵と菅原〉

14　〈村口主催の入札会／役者物語／吉原恋の道引／若衆物語（明暦江戸板）について／若衆物語の入札／若衆物語の後日譚〉〔二月一日〕

15　博文館版

16　有光社版

17　甲鳥書林版

18　有光社版

19　桃蹊書房発行

20　東宝書店発行

21　有光社版

22　新潮社発行

23　河出書房

24　興亜文化協会発行

25　六芸社発行

26　東宝書店発行

27〜31　※「今月の雑誌」あるいは「今月の小説」欄に当たるもの

27　※改造〈「忘恩の徒」武者小路実篤／「或る女の話」大谷藤子／「異境」荒木巍／「自叙伝」金子堅太郎〉中央公論〈「ミインメヌリ」青木洪／「阿蘇活火山」中井正文／「世界海戦史考Ⅰ　日本海とトラファルガル」（中央公論所載）伊藤正徳〉

28　鶴三吉　※文藝春秋〈巻頭の随筆／対談会「思想革新の方途」大串・野村／座談会「東亜共栄圏確立の原理」／「旅路」多田裕計〉日本評論〈大東亜民族論／大東亜政治論／大東亜経済論／フイリツピン研究／米英陣営の解剖つけたり大東亜建設座談会の室伏など／ラジオとジャーナリズムでひっぱりだこの野口米次郎（ヨネ野口）／小説「幸運児」荒木巍〉

29　K　※〈「生死について」佐藤信衛／「文学の系譜―象徴主義」片山敏彦／伊藤整の文芸時評「自己を語る作家」―宮内寒弥「読者より」・室生犀星「琴」・太宰治「新郎」・中山義秀「破れ傘」評――／「小杉天外氏のこと」徳田秋声／「仲秋節とその後日」長与善郎／「ワグナーとその弟子――崇拝から復讐へ――」竹内道雄／「ドンキホーテ研究」会田由／「外遊時代」石井漠／「春光」舟橋聖一／「暮色」上田広／「水兵」新田潤／「さくの話」大谷藤子／「公論」の総評〉

30　（A）※〈大東亜戦争勃発による「戦争」と「文学」の関連の具現――一群の愛国詩人たちによってもたらされた戦争詩・新世紀の歌／文学者愛国大会（十二月二十四日）に於ける朗読詩「此の糧」尾崎喜八／両誌・国民詩特輯―三好達治　田中克己　村野四郎　小林善雄／「歴史の日」上林暁（新潮）／「十二月八日の記録」伊藤整／「国民詩と詩語」（文芸の詩論特集）窪川鶴次郎〉

31　A　※三田文学〈「面影」原民喜／鈴〔鈴〕木重雄「青春の乗手」とその後の「堅い芯」、「姉と妹」／片山昌造「縁側」と前作「家の幸福」〉文学界〈「松風」石塚友二／「古譚」中島敦／「星ひとつ」と出世作「オリンピア〔オリンポス〕の果実」田中英光〉

32　※〈文学者愛国大会の席上で自誦された尾崎喜八の詩「此の糧」（文学界掲載）／室生犀星の「詩歌小説」（新潮）と高村光太郎――戦争詩のむづかしさ――／伊藤整の十二月八日の記録（都新聞と新潮二月号）／文学を見失へる文学者に再び告ぐ／主婦之友　三月号「ハワイ爆撃記」／新生新派の二月公演―「十二月八日のサイゴン」「下職人」「淡路人形」〉

33　和木清三郎　※〈間宮茂輔の連載〝公用で現地に出発〟のため一先づ打切り／瀧太郎三回忌に当り塾長の一文を飾る／昭南島陥落以来集められた全国民の南方への視聴と関心／執筆者紹介／富田正文、間宮茂輔、三宅三郎、久保田万太郎の三田文学出版部刊行物／その他〉

＊　「三田文学」二月号目次

＊　※三田文学出版部による新刊・近刊図書の紹介あり〈間宮茂輔著『真珠の胎』（福田豊四郎画伯装幀）／ピエール・ミール作　井汲清治訳『作家生活』〉

表紙・「椿」鈴木信太郎／カット・中村直人　鳥海青児　原精一　寺田政明　谷内俊夫　宮田重雄　近藤光紀　鈴木信太郎　阿部金剛／口絵・「ふくろ」福田豊四郎／発行日・三月一日／頁数・本文全一五二頁／定価・五十銭／発行者・東京市芝

区三田　慶應義塾内・西脇順三郎／編輯者・東京市芝区三田　慶應義塾内・和木清三郎／発行所・東京市芝区三田　慶應義塾内・三田文学会／配給元・東京市神田淡路町二ノ九　日本出版配給株式会社／印刷者・東京市芝区愛宕町二丁目十四番地　渡辺丑之助／印刷所・東京市芝区愛宕町二丁目十四番地　愛宕印刷株式会社

■四月号　【194204】

南京の女（扉）　原精一
創作
小野寺十内（戯曲）1　宇野信夫
礼拝（小説）2　木村不二男
健康（小説）　一瀬直行
幽霊（詩）　村野四郎
聖戦の記（詩）　小林善雄
詩壇時評　木下常太郎
文芸行路――人形芝居入門3　井汲清治
「青果の市」について――文芸時評――4　矢崎弾
文学の勝利と敗北5　柴田錬三郎
現代文学の方向6　宮尾誠勝
牡丹の芽（俳句）7　富安風生
讃歌（短歌）8　佐藤佐太郎
蠹魚　内田誠
人形物語㈡9　花柳章太郎
報道戦について10　金行勲夫
詩吟11　浅尾早苗
書物捜索―雑筆五十七―12　横山重
三田劇談会（座談会）
――「若き日の山陽」その他――
河原崎長十郎・中村翫右衛門・宮川雅青
久保田万太郎・青江舜二郎
内村直也・大江良太郎
演劇13
同人雑誌月評14　柴田錬三郎
新刊巡礼
「転刑〔形〕期文芸の羽搏き」矢崎弾著（評論集）15
「北国物語」船山馨著（長篇小説）16
「南京城」山本和夫著（長篇小説）17
「新しき人間」清水幾太郎著（評論集）18
「文久志士遺聞」柴田錬三郎著（長篇小説）19
「日米外交白書」林秀著（評論集）20
「花園の消息」川上喜久子著（小説集）21
「杏壇」青山光二著（長篇小説）22
「中野秀人散文自選集」中野秀人著（評論集）23
「一路平安」井伏鱒二著（小説集）24
「母の手紙」岡本太郎著（書簡集）25
「諸民族」高見順著（小説集）26
中央公論・改造27　文藝春秋・日本評論28
知性・公論29　文芸・新潮30　三田文学・文学界31
「見たもの・読んだもの」から33
消息34
編輯後記
表紙（椿）　鈴木信太郎
カット　中村直人・鳥海青児・原精一
寺田政明・谷内俊夫・宮田重雄
近藤光紀・鈴木信太郎・阿部金剛

目次註

1　〈三幕〉
2　〈一―三〉
3　文芸行路　人形芝居入門――三宅周太郎著「続演劇巡礼」、「改修文楽の研究」、「続文楽の研究」を読む
4　文芸時評「青果の市」について――時局的関心の歴史的把握――〈⑴時局的関心の文学／⑵「断想」と「路地の人々」／⑶「青果の市」と「双流」〉〔三月六日夜〕
5　――魯迅と芥川龍之介――
6　〔三月十日陸軍記念日の日に〕
7　〈牡丹の芽／昭南島／祝捷日／軍神九柱発表／いけるしるしあり／持久〉※十句
8　※十二首
9　〈2〉〈……／『女形遣ひの名人吉田辰造』／『明治初年の名人形遣ひのこと』／『院本もの』／『文章より作曲』〉
10　〈下〉〈知られざる記者の存在／記者の才能について／『記事の座標』について〉〔五日午後〕
11　〔十七年三月〕
12　〈文庫の名　氷川文庫・赤坂文庫・小六文庫・玉川文庫・雀文庫・昭南文庫／七夕の本地　絵巻二巻／文正草子二つ　雛形本と奈良絵本／河内名所鑑その他／菊の本と蘭の本〉〔二月末日〕
13　内村直也
14　※〈日本青年文学者会主催の下に都下八誌に統合されて新しく出発した同人雑誌／青年作家（創刊号？）三月号の「日本既成文壇への公開状」／文芸復興の「父の出発」林光則・「断崖」高梨浩／青年作家の「冬の街」西村俊平／辛巳の「星夜」福村久／大阪文学の「敵」青山光二・「小説」磯田敏夫／文芸台湾の「採硫」／辛巳の柿添元の「ゆふぐれ」といふ詩〉
15　「転形期文芸の羽搏き」　大沢築地書店版
16　豊国社版
17　六芸社版
18　河出書房版
19　泰東出版部版
20　日本青年外交協会発行
21　第一書房版
22　通文閣版
23　文化再出発の会発行
24　有光社版
25　婦女界社版
26　新潮社版
27〜31　※「今月の雑誌」あるいは「今月の小説」欄に当たるもの

27 ※改造〈本二大総合雑誌の対立対峙／「アメリカ留学前後」金子堅太郎／高見順の「ビルマ進撃記」と「占領地経営の基本課題」についての座談／「東洋民族発展史序説」和田清／「新文化運動の提唱」橘撲〉中央公論〈大東亜経済の課題〉（巻頭）永田清／「西洋列強の東侵と福沢諭吉」小泉信三／三宅周太郎と花柳章太郎との対談記〉

28 鶴三吉 ※〈「特輯 東亜建設と国民教育」中の座談会「教育刷新の根本義」／「学生の責任」杉山謙治／「徳川光圀」岡不可止／「東洋的"一"」鈴木大拙／「明治の御戦」栗原広太／芥川賞「青果の市」芝木好子〉日本評論〈特輯―大東亜文化の問題・南方建設の核心・大東亜文芸復興・総選挙・「大東亜経済体系の確立」座談会／「神話と青春の復活」豊島与志雄／保田與重郎／「蘭印土着民の文化」三吉朋十／小説「断想」寺神戸誠一〉

29 K ※〈「戦時下の文化運動」翼賛会文化部長岸田國士の講演筆記／「歴史について」榛俊雄／「大東亜戦争と青年」穂積七郎／「独逸精神について」氷上英広／特輯「南方文化の現状」中の「蘭領印度の文化」山田秀雄・「マレーの文化事情」太田喜久雄・「ビルマの文化」蒲池清・「比律賓の文化」佐々木勝三郎／文芸時評「憂国の心と小説」伊藤整／随筆―「若がへる」壺井栄・「或る想ひ出」石原純・「イタリアの外人大学」徳沢献子・「雪だるまをつくる」尾崎一雄／「ファブル的随筆」平野威馬雄／「外遊時代」石井漠／「寓話」矢田津世子／「初旅」木山捷平／「春の旅」中谷孝雄〉公論〈「シンガポール占領後の問題」（時局建設問答）質問は編集部、回答者は緋田工／「わが教育論」前波仲尾／「有馬新七」大坪草二郎〉

30 新潮・文芸 ※新潮〈新潮評論／「文芸批評とは」田中美知太郎／「生の肯定から」山室静／「近代への省察」小田切秀雄／「国民的運命の興隆と文芸」佐藤輝夫／「三つの楔」宮内寒弥／「額に汗する仕事」田畑修一郎／「自己閉塞の現状」窪川鶴次郎／森山啓の小説「田舎の人」〉文芸〈対談文芸時評の伊藤整と平野謙／小林秀雄の連載もの「カラマーゾフの兄弟」／「文学的散歩」宇野浩二／「伝記小説について」片岡鉄兵／「近代への省察」小田切秀雄／白川渥「田園蕪れなんとす」の小説〉

31 ※文学界〈「沙弥」橋本英吉〉三田文学〈「幕開らく」鈴木重雄／「真珠の胎」（続篇）間宮茂輔／「章子」東文彦／「離」大江賢次〉

32 見たものから読んだものから ※〈今日の文芸雑誌と詩作について／三田文学出版部発行「王城山荘随筆」高橋誠一郎・「福沢諭吉襍攷」富田正文／岩上順一の時評（「日評」三月号）／同人雑誌評―「鷗外の飛躍」溝口研作「新文学」・「花袋研究」岡猛（正統）・「政治と文学」上野壮夫（文芸復興）／三月の東劇―「真珠湾」（高田保作・久保田万太郎演出）「夕雀草」「永遠の良人」／新派の頭目、河合武雄急逝／藤原義江と三浦環／三月二十三日：水上瀧太郎三回忌〉

33 ※〈久保田万太郎に昭和十六年度菊池寛賞を授与／三宅周太郎の「続文楽の研究」が文部省推薦図書となり、「俳優対談記」は東宝書店から四月に刊行／二十三日会創設―故瀧太郎の遺徳を追慕し、命日に「三田文学会」を開催／鈴木信太郎の展覧会（四月八日―十二日 於高島屋）案内／その他〉

34 和木清三郎 ※〈執筆者紹介／瀧太郎三回忌法要案／国策に沿ったページ数の減少／三田文学出版部第一期企画、意想外の好評のうちに完了／四月の新刊予告〉

＊ 「三田文学」三月号目次

＊ 「鈴木信太郎画伯個人展覧会」 ※案内

＊ ※阿部優蔵の「転居通知」掲載 （昭和十七年三月）

＊ ※三田文学出版部の広告中、ピエール・ミール作・井汲清治訳『作家生活』の紹介あり

＊ ※その他、三田文学出版部より 間宮茂輔著『真珠の胎』、富田正文著・小泉信三序『福沢諭吉襍攷』、小泉信三著『学生に与ふ』、高橋誠一郎著『王城山荘随筆』等の紹介あり

表紙・「椿」鈴木信太郎／カット・中村直人 鳥海青児 原精一 寺田政明 谷内俊夫 宮田重雄 近藤光紀 鈴木信太郎 阿部金剛／口絵・「南京の女」原精一／発行日・四月一日／頁数・本文全一三四頁／定価・五十銭／発行者・東京市芝区三田 慶應義塾内・西脇順三郎／編輯者・東京市芝区三田 慶應義塾内・和木清三郎／発行所・東京市芝区三田 慶應義塾内・三田文学会／配給元・東京市神田淡路町二ノ九 日本出版配給株式会社／印刷者・東京市芝区愛宕町二丁目十四番地 渡辺丑之助／印刷所・東京市芝区愛宕町二丁目十四番地 愛宕印刷株式会社

■五月号（春期創作特輯） 【194205】

南京の女（二） 原精一
割腹記（小説）1 柴田錬三郎
幸福の方法（小説）2 中井正文
少女の勢力（小説） 鈴木重雄
淡章（小説）3 原民喜
加枝（小説）4 池田みち子
小田酒店（小説） 片山昌造
演劇 5
新刊巡礼
「春聯」北村謙次郎著（長篇小説）6
「老夫婦」川口松太郎著（小説集）7
「外套」渋川驍著（小説集）8
「ちゝはゝの紋」小島政二郎著（小説集）9
「バルザックの世界」杉山英樹著（評伝）10
「北村透谷」舟橋聖一著（伝記小説）11
「八つの作品」青年芸術家派編（小説集）12
「マンスフィールドの手紙」橋本福夫訳（書簡集）13
「怒りの町」一瀬直行著（小説集）14
「ドイツ作家論」高橋健二著（評伝）15
「演劇美談」三宅周太郎著（劇評集）16
「支那問題辞典」中央公論社
映画ノート 17
続北海道の旅（短歌）18 巣木健
書物捜索―雑筆五十八―19 横山重
中央公論・改造 20 文藝春秋・日本評論 21
知性・公論 22 文芸・新潮 23 三田文学・文学界 24
見たものから 25

目次註

1 〈一―三〉
2 〈一―六〉
3 〈榎／土蔵／五位鷺／五月幟〉
4 〈1―3〉
5 内村直也 〈国民演劇情報局総裁賞／文学座の「洋杖」〉
6 新潮社
7 二見書房発行
8 春陽堂発行
9 学芸社版
10 中央公論社版
11 中央公論社版
12 ――青年芸術派新作集―― 通文閣版 ※〈「青い林檎」牧屋善三／「路傍点描」田宮虎彦／「霧の街」船山馨／「海辺の人」青山光二／「結婚写真」南川潤／「鶴」野口冨士男／「武田麟太郎論」十返一／「もっと光を」井上立士〉
13 『マンスフールド「マンスフィールド」の手紙』 大観堂
14 桜木書店版
15 筑摩書房版
16 協力出版社
17 阿佐田武
18 続北海道の旅――雪・雪・雪―― 〈石狩川／野幌《ノッポロ》〉 ※十六首
19 〈戦勝第二次祝賀の日／本を合せて完全にした話 其一／桜鏡句集と千本桜政信画本と／松竹梅 寛永三年歌謡集〉〔三月十二日〕
20〜24 ※「今月の雑誌」あるいは「今月の小説」欄に当たるもの
20 鶴三吉 ※両誌の総選挙に就いての特輯 中央公論〈「翼賛選挙と国民倫理」黒田覚／座談会「東亜共栄圏の倫理性と歴史性」／「東亜を貫く思想戦」長谷川瀏／現地報告の北村小松／創作―中山義秀・宇野千代〉 改造〈「現代史」丹羽文雄／「総選挙と国内革新」／汪精衛の特別寄稿「大東亜戦争と華僑」／現地報告の榊山潤／創作―川端康成（北条民雄に関するもの）・高木卓「音楽小説」〉
21 ※文藝春秋〈座談会「国土計画の新構想」の美濃口時次郎他／「人間の錬成について」宮城長五郎／本位田祥男の評論「世想と歴史文学」―藤森成吉、倉田百三 十一谷義三郎、尾崎士郎、谷崎潤一郎、室生犀星、芥川龍之介、山本有三、榊山潤、島崎藤村、林房雄、大佛次郎、菊池寛、吉川英治、長谷川伸、邦枝完二の評／「泰・ビルマ国境突発」山本和夫／白川渥の創作（かつての芥川賞候補作家）〉 日本評論〈「最近の食糧問題」本位田祥男／「ビルマ戦線猛進記」山本和夫／里見弴 正宗白鳥の創作〉
22 公論・知性 ※公論〈特徴ある編輯と昨年の「現代」（講談社）の模様変へ／特輯の「皇道世界観」／特輯「日本芸術宣言」／特輯「特別攻撃隊勇士の生家訪問記」／「日本芸術宣言」／「しきしまの道」斎藤瀏／「我等が恋愛の血脈」佐藤春夫／「青少年に拝む」毛里英於莵／総選挙についての二、三の論文―「日本的議会の創建」山田洋雄・「民主主義的選挙観を排す」吉村正・「何故の選挙であるか」管太郎〉 知性〈その外観と内容／座談会「戦争と青年と学問」仁科芳雄、辰野隆、永田清／創作―豊島与志雄・西川芳野〉
23 新潮・文芸 ※新潮〈「渓流」石原文雄／「京城にて」緒方久／「白い花」佐藤民宝／「血」福田清人／石川淳と雅川滉の対談「森鷗外」／中村地平従軍記「森の中の歌」〉 文芸〈「残雪」室生犀星／「滝沢馬琴」林芙美子／「天衣無縫」織田作之助／「帰去来」井上友一郎／秋山謙蔵と丹羽文雄の対談「日本の歴史」／「報導「道」と文学」日比野士朗／特別攻撃隊に寄せる言葉中の横光利一「軍神の賦」／ステファン・ツワイク追悼―ステファン・ツワイクの短篇「コレクション」・片山敏彦「ツワイクについて」〉
24 文学界・三田文学 ※文学界〈「冬の栖」上林暁と彼の「私小説論議」（都新聞）での発言〉 三田文学〈「文学の勝利と敗北――「寂寞」の解明――」柴田錬三郎／井汲清治、矢崎弾、宮尾誠勝の評論／「報道戦」金行勲夫〉
25 ※〈漢字とカナの「左書き」／映画「次郎物語」島耕二の会話の訛り／出版文化協会推薦の「めんこい仔馬」と標準語／帝劇の帰還と新国劇―「真宮校長」島田正吾の演技・辰巳柳太郎の「織田信長」と「師譲り山形屋」の国定忠次／春の六大学野球リーグ戦―形式改革前の最終リーグ戦・塾の第一戦「対法政戦」・場内アナウンスの用語の繁雑さ／慶立ラグビイ戦〉
26 ※〈四月の「新潮評論」での「文学の新しき道」／丹羽文雄と秋山謙蔵の「文芸」での対談／「世相と歴史文学」本位田祥男（文藝春秋）／唯一の詩雑誌「文芸汎論」（岩佐東一郎経営編輯）／「文藝春秋」五月号、菊池寛の「話の屑籠」に対する批評／「文芸汎論」五月号での北園克衛「詩壇時評」の変化からみた読者層の低下／「私小説」の流行が意味するもの／都新聞座談会「劇団新派」〉
27 ※〈太田咲太郎の「ゾラとセザンヌ」を三田文学出版部より刊行／宇野信夫・幸四郎一座の「春の霜」に、演出演技の秀抜の故を以て昭和十六年度国民演劇情報局総裁賞授与／久保田万太郎が情報局からの依嘱により満洲国へ旅行／二十三日会第一回予告（五月上旬）―毎月二十三日には「三田文学会」を兼ね集会を続催／その他〉
28 和木清三郎 ※〈定期「創作特輯号」の執筆者／四月四日に開催の「三田劇談会」、筆記校閲の都合で本号には間に合はず／国策により、逐号痩細る本誌／三田文学出版部、刊行書籍の紹介と、五月の刊行予定―久保田と三宅／二十三日会〉
＊ 「三田文学」四月号目次
＊ 「福沢先生のお背中」 ※今泉みね子刀自の『名ごりのゆめ』紹介。長崎書店発行。文部省推薦図書
＊ ※その他にも新刊図書の紹介あり 〈『近代支那伝説集子不語《しふご》』邑楽慎一著・長崎書店／『満蒙鬼話』長谷川兼太郎著・長崎書店〉

表紙・「椿」鈴木信太郎／カット・中村直人　鳥海青児　原精一　寺田政明　谷内俊夫　宮田重雄　近藤光紀　鈴木信太郎　阿部金剛／口絵・「南京の女（二）」原精一／発行日・五月一日／頁数・本文全一六五頁／特価・六十銭／発行者・東京市芝区三田　慶應義塾内・西脇順三郎／編輯者・東京市芝区三田　慶應義塾内・和木清三郎／発行所・東京市芝区三田　慶應義塾内・三田文学会／配給元・東京市神田淡路町二ノ九　日本出版配給株式会社／印刷者・東京市芝区愛宕町二丁目十四番地　渡辺丑之助／印刷所・東京市芝区愛宕町二丁目十四番地　愛宕印刷株式会社

■六月号　【194206】

野戦病院にて（扉）　原精一
創作
子供（戯曲・一幕）1　内村直也
晩秋（小説）　阿部光子
妙福寺（小説）2　浅尾早苗
爆撃行（詩）　山中散生
春里（詩）3　村次郎
映画ノート4
二葉亭四迷（一）5　矢崎弾
維新前後の錦絵店6　渋井清
「唐人往来」に就て7　昆野和七
郷土文化と永井荷風　木下常太郎
浜田広介と宮沢賢治（上）8　古谷綱武
演劇——岡田禎子氏の戯曲集「祖国」9
書物捜索—雑筆五十九—10　横山重
バランガの夜11　中山富久他
北辺だより12　末松太郎
北海道の旅（短歌）13　巣木健
演劇雑記帳14　戸板康二
人形物語（二）（三）15　花柳章太郎
同人雑誌月評16　柴田錬三郎
新刊巡礼
「奉天城」鑓田研一著（長篇小説）17
「歴史文学論」岩上順一著（評論集）18
「回心の文学」青野季吉著（評論集）19
「学問と人生」三木清著（評論集）20
「虎彦龍彦」坪田譲治著（長篇小説）21
「虹を描く街」今井達夫著（長篇小説）22
「フランスの生きる道」
ロシエル著・新庄嘉章訳（評論集）23
「アニリン」藤田五郎訳（長篇小説）24
「死児を抱いて」広津和郎著（小説集）25
「天目山記」安田貞雄著（長篇小説）26
「俳優対談記」三宅周太郎著（座談記）27
中央公論・改造28　文藝春秋・日本評論29
知性・公論30　文芸・新潮31　三田文学・文学界32
読んだものから33
見たものから34
消息35
編輯後記36
表紙（桃）　鈴木信太郎
カット　中村直人・鳥海青児・原精一・寺田政明　谷内俊夫・鈴木信太郎・阿部金剛

目次註

1　〔昭和十七年四月〕
2　〔完〕
3　——故里の言葉で——
4　三田映画班
5　——「浮雲」について——　〈(1)実践と文学／(2)「浮雲」と日本インテリの性格／(3)「浮雲」の価値／(4)自虐と戯画化〉
6　〔昭和十七年花少し早き春〕
7　再び「唐人往来」に就て——その執筆年月と異本「方夷交説」——　〈「唐人往来」は慶応元年の執筆／異本「方夷交説《とうじんおほらい》」〉
8　〈浜田広介について　一／二／「浜田広介について」追記〉
9　内村直也
10　〈市島春城翁蔵書の入札目録／訪書余録　和田雲村著〉〔三月二十三日〕
11　※文末に陸軍中尉と付す
12　〈或る朝のこと／面会〉
13　第三　北海道の旅——山・海・雑——
14　〈もみの脚絆／六方〉〔昭和十七年四月〕
15　人形物語(2)〔(3)〕——吉田栄三に聴く——　〈芸だこ〉
16　※〈総評／『文芸復興』—特輯「明治大正昭和年間の小説に現れた好きな人間のタイプに就いて」・創作「訪問看護」「夏の風」・劇曲「枇杷」「ビタミン物語」／『新作家』—「吾が子を葬る」「秋刀魚の街」「白い画」・評論「新民族文学への展開」／『青年作家』—評論特輯三篇・「ツルゲーネフの散文詩」「内還」「文学と精神分析」／「文鳥記」／「輪廻」／『辛巳』—創作「結婚まで」・「笛」〉
17　新潮社刊
18　中央公論社版
19　有光社版
20　中央公論社版
21　新潮社版
22　奥川書房版
23　ドリユ・ラ・ロシエル著・新庄嘉章訳　利根書房版
24　シエンチンガア著・藤田五木訳　天然社刊
25　有光社発行
26　六芸社刊
27　東宝書店発行
28〜32　※「今月の雑誌」あるいは「今月の小説」欄に当たるもの
28　鶴三吉　※短篇小説四篇　〈「安南」森三千代／「花の子」大田洋子／「海に行く」葉山嘉樹／「水仙」太宰治〉
29　※日本評論〈特輯記事「錬成と教育」—「教育と錬成」菅原兵治・「錬成の新性格」宮原誠一・「職域錬成」桐原保見／「パリックパパン通信」海軍報道班員松本幸輝／「ジャワ攻略戦記」陸軍報道班員神林正治／「風炎」里見弴／「根

なし草」正宗白鳥／岩上順一の文芸時評「文学と倫理」〉
文藝春秋〈特輯「家の精神について」—「家における全々涸〔全と個〕」鈴木重雄・「在るべき家の姿」小野武夫・「家郷を護る」箭内名左衛門／「旅愁」（第二回）横光利一／「つながり」藤島まき／尾州〔崎〕喜八の詩「窓前臨書」〉

30　龍　※公論〈「東条首相に呈す」徳富蘇峰／「純粋維新論」影山正治／「大東亜建設の本義」渡辺薫美／特輯「合理主義を排す」の西谷弥兵衛「中小企業再編の諸問題」／特輯「脱皮する世界」／特輯「国学と人物」—「本居宣長と政論」藤田徳太郎・「佐久良東雄大人」中村登・「荷田東麿と創学校啓」溝口駒造・「草莽」荒木精之〉　知性〈朝日特派員　福井希行の「ラングーン突入記」／座談会「学徒錬成の精神」／「歌の言葉」会津八一／「鶯」藤森成吉〉

31　※新潮〈「総ある標」長見義三／「大陸文学について」浅見淵／戦争報告小説、歴史小説／私小説について語る座談会の上林、伊藤、丹羽〉　文芸〈センチメンタル小説「海」橋本英吉／「入所の日」佐野順一郎／「からたちの花」宮内寒弥〉

32　※三田文学〈「淡章」原民喜／「幸福の方法」中井正文／「小田酒店」片山昌造／「小〔少〕女の勢力」鈴木重雄／「割腹記」柴田／「加枝」池田みち子〉

33　※〈九軍神の書の出版と平出大佐の放送原稿／最近の古本屋と新刊書店／中堅新進連中の歴史小説—丹羽文雄の「勤王届出」〉

34　※〈映画「間諜未だ死せず」／映画「勝利の基礎」／浅草の「笑の玉〔王〕国」／「七人の娘」イタリア映画／今年のリーグ戦／安芸の海の横綱昇進〉

35　※〈井汲清治、五月二十二日中宮寺誕生仏逗〔厨?〕子落慶供養参列のため奈良行／中山隆三、甲種幹部候補生に採用／水木京太の丸善第一別館が移転／その他〉

36　和木清三郎　※〈三田評論編集部員昆野和七、ほか　執筆者紹介／五月二十六日、情報局と大政翼賛会との斡旋で「日本文学報国会」結成／編輯所の移転—麴町区平河町二ノ十三　三田文学編輯所〉

＊　※「水上瀧太郎全集刊行記念号」「水上瀧太郎追悼号（臨時増刊）」「水上瀧太郎一周忌記念号」　※案内

＊　「三田文学」春季創作特輯五月号目次／「美術特輯・三田文学臨時増大号（昭和十六年十月号）」目次

＊　※三田文学出版部刊行案内〈間宮茂輔著『真珠の胎』（長篇小説）／富田正文著『福沢諭吉襍攷』〉

表紙・「桃」鈴木信太郎／カット・中村直人　鳥海青児　原精一　寺田政明　谷内俊夫　鈴木信太郎　阿部金剛／口絵・「野戦病院にて」原精一／発行日・六月一日／頁数・本文全一二四頁／定価・五十銭／発行者・東京市芝区三田　慶應義塾内・西脇順三郎／編輯者・東京市芝区三田　慶應義塾内・和木清三郎／発行所・東京市芝区三田　慶應義塾内・三田文学会／編輯所・東京市麴町区平河町二ノ十三　三田文学編輯所・和木清三郎／配給元・東京市神田淡路町二ノ九　日本出版配給株式会社／印刷者・東京市芝区愛宕町二丁目十四番地　渡辺丑之助／印刷所・東京市芝区愛宕町二丁目十四番地　愛宕印刷株式会社

■七月号　【194207】

デッサン（扉）　脇田和
創作
徒歩連絡（小説）1　日野啓夫
愛の生理（小説）2　斎藤華子
罪を索めて（小説）3　栗本龍市
菜園（詩）　蔵原伸二郎
パレンバンの歌（詩）　長田恒雄
演劇——丸山定夫讃4　矢崎弾
二葉亭四迷㈡——「其面影」について5　ハンス・グリム
政治的詩人とその職務　高橋文雄訳
浜田広介と宮沢賢治（下）6　古谷綱武
初夏（俳句）7　大野林火
主婦菜園（俳句）8　石田波郷
書物捜索——雑筆六十——9　横山重
人形物語㈢〔四〕10　花柳章太郎
演劇雑記帳11　戸板康二
同人雑誌月評12　柴田錬三郎
映画ノート13
新刊巡礼
「風の便り」太宰治著（短篇集）14
「地軸」小山いと子著（長篇小説）15
「父の記憶」伊藤整著（短篇集）16
「悲劇の系譜」吉村貞司著（評論集）17
「日本伝説集」五十嵐力著（伝説集）18
「戦記物語研究」皇国文学第四輯（評論集）19
「秋の日本」村上菊一郎・吉氷清著（短篇集）20
「乃木将軍」吉田絃二郎著（長篇小説）21
「海戦の精神」六芸社篇（時論集〔評論?〕）22
「一つの思考」日比野士朗著（随論集〔随筆?〕）23
中央公論・改造24　文藝春秋・日本評論25
知性・公論26　文芸・新潮27　三田文学・文学界28
読んだものから29
見たものから30
消息31
編輯後記32
表紙（桃）　鈴木信太郎
カット　中村直人・鳥海青児・原精一・寺田政明・谷内俊夫・鈴木信太郎・阿部金剛

目次註

1　〔二六〇二年三月〕
2　〈一—三〉
3　〔昭和十七年五月〕　※文末に〝作者しるす。この小篇は、昨年四月渡支の直前、起稿せるものなれば、琉球行運賃、映画館入場料など今日のそれと相異れり〟と付記あり
4　内村直也
5　〈⑴自我の自覚と解体／⑵インテリの歴史的転形〉

6 ――宮沢賢治について―― 〈一―四〉

7 ※七句

8 ※七句

9 〈寛文六年江戸図　江戸板／江戸方角安見図　上下を揃へて貰ふ／万国総図　正保年間長崎刊〉〔三月廿四日〕

10 〈3〔4〕〉〈『大隅太夫と団平』／『実感の鰻谷』／重の井に就いて〉

11 ――対談――

12 辛巳〈評論「リアリズムの伝統」／小説「或る転機」／「一途な性」石川悌二／「北海抒情」／見事な成果をおさめた六月号〉 新作家〈「文学に於ける報告性の問題」／「小説の歴史性」／「覚書」菊童梨夏／小説「若い教師」勝田波雄／「聖夜」〉 文芸主潮〈特輯「短篇小説私観」／小説「原田班長」／「夫婦のひらき」一瀬直行／「うつせみ」妻木新平〉 青年作家〈小説三篇「肉と皮」「脱藩の人々」「兵隊になる馬」／編輯後記／多すぎる文芸時評の頁〉 文芸復興〈特輯「書評」論／「わが郷土の性格を語る」／閨秀作家特輯の「四人の暮し」中村佐喜子、「葬儀屋の父娘」、「縁日」、「羽衣の曲」〉

13 三田映画班

14 利根書房版

15 河出書房版

16 利根書房版

17 白馬書房

18 第一書房

19 六芸社

20 ピエル・ロチ著／村上菊一郎・吉氷清訳　青磁社版

21 新潮社版

22 六芸社篇・六芸社版

23 六芸社版

24～28 ※「今月の雑誌」あるいは「今月の小説」欄に当たるもの

24 鶴三吉　※改造〈「一億結集の政治」特輯―蠟山政道と本領信治郎・「力は人だ」橋本欣五郎／「航母戦隊論」伊藤正徳／「印度の民衆」竹内逸／「短歌」前田夕暮／山本社長の「ピブン首相と東亜を語る」／「現代史」（続篇）丹羽文雄／「準備時代」宇野浩二〉 中央公論〈選挙特輯―田畑厳穂、穂積七郎、長島又男、蠟山政道、津久井龍雄／「戦場心理」平櫛孝／「出版文化の育成」中野好夫／「馬琴読本」宇野浩二／「滝沢馬琴」林芙美子／「家系」野口富〔冨〕士男／「解氷期」大滝重直〉

25 日本評論・文藝春秋　※日本評論〈「風炎」里見弴／「根なし草」正宗白鳥／「初音」谷崎潤一郎〉 文藝春秋〈「きのふけふ」谷崎潤一郎／「旅愁」横光利一／「地熱」上田広〉

26 龍　※〈「大東亜経済戦略」赤松要／「大東亜建設と国内革新」神田孝一／「大東亜建設と財閥」島田晋作／「大東亜文化政策の基調」高瀬兼介／「大東亜建設と食糧政策の諸問題」水野武夫／「大東亜交通論」小倉圭三／座談会「大東亜文化建設の課題」の下村海南、高村光太郎他／「マレー西部戦線」朝日特派員酒井寅吉／「蟻の挿話」伊藤整／「帰農記」佐藤民宝〉

27 ※〈「軍人精神」中村光夫／「新しい文学」について／「カトリック文芸について」杉捷平／新潮評論「報道文学」について／板垣鷹穂「レオナルド・ダ・ヴインチ」での寺田寅彦との対批〔比〕研究／文芸時評の伊藤整と小田切秀雄〉 ※〝「文芸」は入手しそこねた故、今月は省略……〟と記す

28 ※三田文学〈「子供」（戯曲）内村直也／「晩秋」阿部光子／「妙福寺」浅尾早苗／「山参道」真船豊／「春里」（詩）村次郎〉 文学界〈「虚心」永松元雄〉

29 ※〈佐藤春夫の初期の傑作「売娼婦マリ」と「田園の憂鬱」／「支那遊記」芥川龍之介／安価な本の題名／出版文化協会の内紛の一端／アランの「幸福論」「精神と情熱に関する八十一章」「人間論」／窪川鶴次郎の「文学と教養」及その「批評と新刊紹介」／紹介雑誌―東京堂の「読書人」／三田文学の「新刊巡礼」と「文学界」河上と亀井の紹介の対談会／ヴアレリイの「精神に就いて」〉

30 ※〈東条首相のアクセントと我国「国語教育」／日本文学報国会の誕生――岸田國士の政治的手腕の賜物――／同会設立総会での菊池寛の発言／リーグ戦での慶明・早明・早慶戦／六月明治座―「松花江」（川口松太郎の満洲土産）・「風流深川唄」（花柳の演しもの）・「家族」（久保田万太郎演出と大矢の演技）〉

31 ※〈原圭一郎の随筆集『紙の日の丸』（人文書院）野口富〔冨〕士男の小説集『眷属』（大観堂）の出版／水上瀧太郎三回忌（六月三日夜・於日本橋偕楽園）の報告／「水上先生記念事業」の成案を近く発表！―「水上文庫」創設等／その他〉

32 和木清三郎　※〈「三田劇談会――満洲劇界について――」は次号に掲載／「久保田万太郎句集」の紹介と「三田文学出版部」／「水曜会」と「水上先生三回忌」／先般蔵書の大部分を塾図書館に寄贈されたものを「水上文庫」として創設―〝瀧太郎の知巳〔己〕及び三田文学関係者の著作の刊行される毎にこれに加へ、将来は立派な「文庫」としたい意企〟その他〉

＊ 昭和十七年度国民映画・国民演劇脚本募集　情報局　※〝雄渾なる国民理想と健全、明朗、清醇なる国民生活とを表現し、芸術的価値に於て高く、且我々に歓びと潤ひと力を与へるもの〟としてその応募規定を記す　〈審査員―（映画）伊藤大輔、田坂具隆、内田吐夢、内田岐三雄、牛原虚彦、野田高梧、八木保太郎、溝口健二、島津保次郎（演劇）長谷川伸、上泉秀信、長田秀雄、中野実、久保田万太郎／入選発表―（映画）昭和十八年一月中旬（演劇）昭和十七年十二月上旬〉

＊ 「美術特輯」（表紙・原色版）案内

＊ 「三田文学」六月号目次

表紙・「桃」鈴木信太郎／カット・中村直人　鳥海青児　原精一　寺田政明　谷内俊夫　鈴木信太郎　阿部金剛／口絵・「デッサン」脇田和／発行日・七月一日／頁数・本文全一一八頁／定価・五十銭／発行者・東京市芝区三田　慶應義塾内・西脇順三郎／編輯者・東京市芝区三田　慶應義塾内・和木清三郎／発行所・東京市芝区三田　慶應義塾内・三田文学会／配給元・東京市神田淡路町二ノ九　日本出版配給株式会社／印刷者・東京市芝区愛宕町二丁目十四番地　渡辺丑之助／印刷所・東京市芝区愛宕町二丁目十四番地　愛宕印刷株式会社

■八月号（銷夏随筆特輯）　【194208】

南京の女　原精一

篤学者耽学者武藤長蔵博士　小泉信三

大森海岸　高橋誠一郎
俳句四題
　梅雨の月1　山口青邨
　虹2　東鷹女
　多摩川畔吟3　田島柏葉
　花ざくろ4　橋本多佳子
大財政家となる資格5　高木寿一
日本人ベント・フェルナンデス　吉田小五郎
一等国の国民　前原光雄
渓水伯の思ひ出6　清水伸
宗栄の手紙7　原杉太郎
演劇8
古典に就て　保田與重郎
日本古典との疎隔9　佐山済
書物捜索―雑筆六十一―10　横山重
鬼・雷・蜀魂11　内田誠
小々紺珠12　有竹修二
人形物語(三)(五)13　花柳章太郎
市村羽左衛門十八番画譜（絵）14　平岡権八郎
三田劇談会（座談会）
　――大陸の見物・満洲の劇界――
　久保田万太郎・伊藤熹朔・阿木翁助
　和木清三郎・大江良太郎
南方から　倉島竹二郎
軍艦にて15　間宮茂輔
大陸の姿16
　満洲雑記（文と句）17　大場白水郎
　旧上海の思ひ出　今宮新
　仏印の思ひ出　高橋広江
大陸で逢つた人々18　井上友一郎

ナンマタールの遺跡19　金行勲夫
若い日本人たち　池田みち子
傀儡戯　西川満
詩二篇
　道　村野四郎
　出発の朝　小林善雄
ゾラとセザンヌの破綻　太田咲太郎
グロスター公20　原奎一郎
年齢　今井達夫
漆の樹　丸岡明
三十歳　南川潤
旅情（詩）　藤浦洸
めをと池21　佐藤朔
演劇雑記帳22　戸板康二
東宝映画をおもふ　林高一
七月の感想23　中岡宏夫
映画ノート
新刊巡礼
　「ローマ文学史」岩崎良三訳（文学史）24
　「維新と革新」清水伸著（評論集）25
　「星はみどりに」大田洋子著（短篇集）26
　「眷属」野口富〔冨〕士男著（短篇集）27
　「文学と教養」窪川鶴次郎著（評論集）28
　「昔の言葉」南川潤著（短篇集）29
　「山の燈」三上秀吉・羽仁賢良著（小説集）30
　「鳥〔馬〕追原野」辻村もと子著（長篇小説）31
　「大陸手帳」小田嶽夫著（随想集）32
編輯後記33
表紙（桃）　鈴木信太郎
カット　中村直人・鳥海青児・原精一・寺田政明

目次註

1 ※七句
2 ※六句
3 ※七句
4 〈甥に／野辺山にて〉 ※七句
5 〈⑴「ねずみ」の問題／⑵高橋是清「ねずみ」を喰ふ／⑶渋沢栄一の上洛／⑷残された唯一の途〉
6 〈湘南の対談／伯の文学談／英語の勉強／伯の記憶力／渓水伯の涙／最後の会話〉
7 〔昭和十七年七月〕
8 内村直也
9 〔昭和十七年七月三日〕
10 〈書籍目録　江戸時代と明治時代／渡辺霞亭の売立目録値段入り〉〔六月十五日〕
11 〈鬼／雷／蜀魂〉
12 〔六月二十二日〕
13 ――吉田栄三に訊く(三)――　〈舞台の汗／狐の話／『初代玉造の逸話』／紋十郎と人形の怪〉
14 〈源治店／弁天小僧／花川戸助六／宮樫／羽左ヱ門　おはこの中、直次郎〉
15 間宮茂輔　〔〇〇にて　六月十八日〕
16 ※この標題本文には欠く
17 満洲雑記　〈奉天／熟〔熱〕河承徳〉
18 大陸で逢った人　〔昭和十七年六月〕
19 〔六・三〇夜〕
20 グロスター公《こう》
21 〔昭和十七年初夏〕
22 ――級友――　〔昭和十七年七月〕
23 〔七月二日夜〕
24 『ローマ文学史』訳補・青木書店刊
25 千歳書房版
26 有光社版
27 大観堂版
28 昭森社版
29 佃書房版

30 昭和書房
31 『大陸手帳』竹村書房版
32 『馬追原野』風土社版
33 和木清三郎 ※〈一日も忘れたことのない奉公殉国の精神／「銷夏随筆号」執筆者と刊行の目的／好もしからざる先号一頁評論欄――その編輯不注意と同欄廃棄のこと――／好評な「久保田万太郎句集」と今後の刊行案内―「古代研究抄」折口信夫・「眼中の人」小島政二郎・「ゾラとセザンヌ」太田咲太郎〉

＊ 美術特輯について　編輯部　※十月号の予定が十一月号に変更
＊ 取消　編輯責任者和木清三郎〔昭和十七年七月〕※本誌七月号「知性・公論」欄の批評文に関する謝罪文
＊ 三田文学編輯部移転　東京市麹町区平河町二ノ十三　三田文学編輯部
＊ 「三田文学」の書店予約　※おしらせ
＊ 「美術特輯」（表紙・原色版）案内
＊ 「水上瀧太郎全集刊行記念号」／「水上瀧太郎追悼号（臨時増刊）」／「水上瀧太郎一周忌記念号」案内
＊ 「三田文学」七月号目次
＊ 「昭和十七年度国民映画・国民演劇脚本募集」　情報局　※前号に同じ
＊ ※新刊図書の紹介あり〈『日本切支丹宗門史』（上中下三巻）吉田小五郎訳／クリセル神父校閲　岩波文庫〉
＊ ※三田文学出版部『久保田万太郎句集』の広告中、水原秋桜子の推薦文の一部を紹介
＊ ※三田文学出版部の出版物紹介〈太田咲太郎著『ゾラとセザンヌ』／三宅三郎著・鳥居清言装幀『歌舞伎劇鑑賞』／小泉信三著『学生に与ふ』／高橋誠一郎著・鈴木信太郎装幀『王城山荘随筆』／富田正文著・小泉塾長序『福沢諭吉襍攷』／間宮茂輔著・福田豊四郎装幀『長篇小説　真珠の胎』〉

表紙・「桃」鈴木信太郎／カット・中村直人　鳥海青児　原精一　寺田政明／口絵・「南京の女」原精一／発行日・八月一日／頁数・本文全一四六頁／特価・六十銭／発行者・東京市芝区三田　慶應義塾内・西脇順三郎／編輯者・東京市芝区三田　慶應義塾内・和木清三郎／発行所・東京市芝区三田　慶應義塾内・三田文学会／配給元・東京市神田淡路町二ノ九　日本出版配給株式会社／印刷者・東京市芝区愛宕町二丁目十四番地　渡辺丑之助／印刷所・東京市芝区愛宕町二丁目十四番地　愛宕印刷株式会社

■九月号　【194209】

於上海美術研究所（扉）　原精一
創作
兄と弟（小説）1　青木年衛
原価計算（小説）　真下五一
距離（戯曲）2　鳥居与三
葡萄の種子（詩）　乾直恵
軽井沢にて（詩）　高祖保
二葉亭四迷㈢3　矢崎弾
モームの文学雑談　鷲巣尚
樋口一葉の新資料4　和田芳恵
書物捜索―雑筆六十二―5　横山重
晩夏（俳句）6　石塚友二
忠霊塔土工奉仕7　加宮貴一
「久保田万太郎句集」を読む8　深川正一郎
演劇雑記帳9　戸板康二
人形物語㈣〔六〕10　花柳章太郎
演劇　内村直也
新刊巡礼
「大東亜戦私感」武者小路実篤著（感想集）11
「老ハイデルベルヒ」太宰治著（小説集）12
「紙の日の丸」原奎一郎著（随筆集）13
「山居」小杉放庵著（随筆集）14
「明治の東京」馬場孤蝶著（随筆集）15
「雪」高祖保著（詩集）16
「春の雲光り」牧屋善三著（長篇小説）17
「歌舞伎劇鑑賞」三宅三郎著（劇評集）18
「陳夫人・第二部」庄司総一著（長篇小説）19
映画ノート20
消息21
編輯後記22
表紙（桃）23　鈴木信太郎
カット　中村直人・鳥海青児・原精一・寺田政明

目次註

1 〈一―三〉
2 距離（へだて）（一幕二場）
3 ㈢――「平凡」について――〈⑴実証主義の偏向化／⑵西欧における自我の自覚とその牲〔性〕格／⑶主人公の和解的性格とその背景〉
4 〔をはり〕
5 〈梵天国古活字版と仁勢物語最古版と／けんさい物語　江戸板〉〔七月末日〕
6 ※七句
7 ※七句。〝七月二十七日、文学報国会員七十余名参加〟と詞書あり
8 〔一七・八・二〕
9 ――訥子のお鹿――〔昭和十七年八月〕
10 （4）〈『初代門十郎のこと』／『足遣ひ拾年』〉〔この項つゞく〕
11 河出書房版
12 竹村書房版
13 人文書院版
14 中央公論社版
15 中央公論社版
16 文芸汎論社刊
17 肇書房
18 三田文学出版部版
19 通文閣
20 〈⑴大映作品／⑵東宝作品／⑶松竹作品〉三田映画班

21　※〈小島、三宅の三田文学出版部刊行物紹介と庄司総一「陳夫人」第二部（通文閣）、戸板康二の演劇に関する評論集（冬至社）、柴田錬三郎の小説集「南方の歌」（泰東書院）出版の予告／平松幹夫、亀田奨学資金で「明治文学のリアリズムについて」を研究／「美術特輯」号を十一月に慶應美術学会の編輯で発売〉

22　和木清三郎　※〈執筆者紹介／十月号・十一月号の変更と予告／三田文学出版部刊行予告―小島政二郎、小林一三、馬場孤蝶、折口信夫、太田咲太郎、佐藤春夫の著書〉

23　※「桃」とあるのは「菊」のあやまり

＊　美術特輯について　編輯部　※前号に同じ

＊　「水上瀧太郎追悼号」「水上瀧太郎一周忌記念号」案内

＊　「三田文学」八月号目次

＊　※三田文学出版部刊行案内

表紙・「菊」　鈴木信太郎／カット・中村直人　鳥海青児　原精一　寺田政明／口絵・「於上海美術研究所」原精一／発行日・九月一日／頁数・本文全一一〇頁／定価・五十銭／発行者・東京市芝区三田　慶應義塾内・西脇順三郎／編輯者・東京市芝区三田　慶應義塾内・和木清三郎／発行所・東京市芝区三田　慶應義塾内・三田文学会／配給元・東京市神田淡路町二ノ九　日本出版配給株式会社／印刷者・東京市芝区愛宕町二丁目十四番地　渡辺丑之助／印刷所・東京市芝区愛宕町二丁目十四番地　愛宕印刷株式会社

■十月号（秋季創作・愛国詩特輯）【194210】

笛を吹く支那の小児（扉）　原精一
栄転（小説）1　日野嵒夫
航海（小説）　庄司総一
他人の図（小説）2　柴田錬三郎
独白（小説）　原民喜
土用波（小説）　根岸茂一
海蛇の苦悶（小説）3　竹村八哥
親戚（小説）4　片山昌造
演劇雑記・芝居の純粋さについて5　伊賀山昌三
愛国詩十二題6
嵐と満月　蔵原伸二郎
古い夜道　村野四郎
送行　北園克衛
七月炎天　竹中郁
プロペラーの歌　安藤一郎
この言葉、降らせよ　笹沢美明
軌道　山中散生
大本営発表7　近藤東
日本一の桃太郎　城左門
展墓　長田恒雄
地図に聴く　岩佐東一郎
海図　小林善雄
映画ノート8
編輯後記9
表紙（菊）　鈴木信太郎
カット　宮田重雄・中村直人・原精一・寺田政明

目次註

1　〈二六〇二年八月〉
2　〈1・2〉
3　海蛇《かいだ》の苦悶《くもん》〈黒鶫／家畜／ばつた／記録／崖の下／土竜／雄雞／甲ら／地虫／梟／軍雞／鮫／鴉／壺／釘／高翔記／川べり／組織／やもり／必要／海蛇の苦悶／水錆／様式／群集／跣足〉〈十六・十二・一〉　※前文あり
4　〈四月一日〉
5　――芝居の純粋さについて――
6　※この標題・本文には欠く
7　〈朗読用〉
8　三田映画班
9　和木清三郎　※〈執筆者紹介／九月号から表紙の改新／三田文学出版部近刊案内―既報の他、幸田、吉田小五郎、岡鬼太郎、小島政二郎の翻訳もの〉

＊　「美術特輯」第一輯　案内

＊　「水上瀧太郎追悼号」「水上瀧太郎一周忌記念号」案内

＊　「三田文学」九月号目次

表紙・「菊」　鈴木信太郎／カット・宮田重雄・中村直人　原精一／口絵・「笛を吹く支那の小児」原精一／発行日・十月一日／頁数・本文全一五四頁／特価・七十銭／発行者・東京市芝区三田　慶應義塾内・西脇順三郎／編輯者・東京市芝区三田　慶應義塾内・和木清三郎／発行所・東京市芝区三田　慶應義塾内・三田文学会／配給元・東京市神田淡路町二ノ九　日本出版配給株式会社／印刷者・東京市芝区愛宕町二丁目十四番地　渡辺丑之助／印刷所・東京市芝区愛宕町二丁目十四番地　愛宕印刷株式会社

■十一月号（美術特輯）【194211】

表紙　天平刺繍裂（原色版）
扉　古瀬戸壺
清涼寺帝釈天像1　丸尾彰三郎
板画記2　渋井清
崋山の花鳥画3　菅沼貞三
安養院大日如来坐像考4　岡直巳〔己〕
地蔵信仰と春日神社5　松下隆章
日本美術院　第二十九回展覧会座談会6
（出席者）丸尾彰三郎・菅沼貞三・相内武千雄
岡直巳〔己〕・斉藤貞一・松下隆章・西川新次
竜安寺の庭7　田中倉琅子
初代豊国筆「三囲社頭図」を前にして8　高橋誠一郎
ヴ〔ゥ〕ィンザーの素描二葉9　児島喜久雄
声の芸術――一つの思ひつき――　茅野蕭々
表紙文字　正倉院御物「詩序」より

目次カット　十巻抄　巻八忿怒部 10　小林逸翁
俳幅の話 11　是則高作
フイレンツエの堂母　江口正一
伝狩野元信筆「富士曼荼羅」に就て 12　西川新次
斑鳩寺西院見学の回想　内田誠
乾山 13　武藤金太
「三田派の美術史家」覚書 14
故沢木四方吉先生十三回忌に際して 15
遺稿三篇 16
　開戦前後 17
　雨、美術、詩 18
　バロツク建築論 19
沢木先生の肖像画 20
遺稿三篇について 21　相内武千雄
沢木先生著作年表 22
古径の「鶴」 曽太郎の「鏡の前」 23
天平刺繡裂について 24
図版
一　喚荘生五色套印（原色版） 25　東京・渋井清氏蔵
二　帝釈天像 26　京都・清涼寺蔵
三　大日本如来〔大日如来〕坐像 27　和歌山・安養院蔵
四　地蔵菩薩閻羅王像 28　東京・篠原純治氏蔵
五　虫魚幀　渡辺崋山筆 29　東京・小坂順造氏蔵
六　三囲社頭　初代豊国筆 30　神奈川・高橋誠一郎氏蔵
七　聖告図・三王礼拝図 31　レオナルド・ダ・ヴインチ筆
八　鏡の前　安井曽太郎筆
九　鶴　小林古径筆
美術特輯について 32　岡直巳〔己〕
編輯後記 33

目次註

1　〈一―四〉※挿図二点〈清涼寺文殊菩薩像（正図）／清涼寺帝釈天像（横図）〉（図版二）と関連
2　――大陸に於ける十六・七世紀の鐫《セン》図像について――※（図版一）と関連
3　〈一―三〉〔昭和十七年十月〕※挿図一点〈名花十友図、林荘治氏蔵〉
4　岡直己〈一―十一〉〔昭十七・九・二四稿〕※挿図一点〈安養院大日如来座像〉（図版三）と関連　※〝安養院像を円信と結びつける造形様式上の考察〟について「付記」あり
5　――二つの地蔵菩薩画像に就いて――〈一―五〉〔昭和十七・九・二四〕※〈挿図第一―第三〉あり（図版四）と関連
6　美術座談会―第二十九回日本美術院展覧会について〈……／青邨の「奎堂先生」／貞以の「酸漿」／大観の三作／「おん祭り」／其の他／三良と故芋銭／美術院賞／今年の院展〉〔九月十日〕※挿図七点〈「奎堂先生」前田青邨／「酸漿」中村貞以／「蒲公英」横山大観／「薊」横山大観／「おん祭」中島清／「元冠の注進状」新井勝利／「真葛菴の月蓮〔蓮月〕」北野恒富〉出席者の一人、岡の名前は本文中では岡直己とあり
7　〔昭和十七・十・十〕※挿図一点〈竜安寺の石庭〉
8　初代豊国筆『三囲社頭図』を前にして〈一―三〉※（図版六）参照
9　※ウインザー蔵レオナルドの手の素描二葉を挿入〈一二六一五番（二七・六×一八・四糎）―ウフィッイ〔イッィ〕の礼拝図（一四八一年）に関係するもの／一二六一六番（二七・八×一八・五糎）―ウフィツイの礼拝図の為の手の習作を描いたもの〉（図版七）と関連
10　〔保延六年春此奉焉　前権小僧都　永巌〕
11　〔九月十八日〕※挿図一点〈鬼貫の一行「谷水や石も歌よむ山桜」の句の条幅〉
12　伝狩野元信筆『富士曼荼羅』に就て〈浅間神社への書簡〔一七・九・七〕／補遺　富士の信仰其他に就いて〉※挿図一点〈富士見〔富士〕曼荼羅図　自家蔵〉
13　〈乾山／螺鈿〉
14　――第二期の友へ――※〝昭和十六年十一月の手記に拠る〟と付す
15　渋井清記　※写真一葉「沢木、福井、田中諸先生ならびに渋井、柴田、勝本、武藤、小西先輩」を付す
16　※遺稿のこと本文には記載なし
17　※写真一葉「滞欧中の故沢木氏を囲んで」を付す
18　※ヴエルレエヌ作・沢木梢訳「雨の歌」の詩を付す。沢木筆跡（俳句短冊）の写真挿入―「切通し尽きて小磯や春の潮　肖子」
19　※沢木の「遺稿第一頁」の写真を付す
20　相内武千雄　※山本鼎の筆による油絵の肖像画を付す
21　※（註17・18・19）を解説
22　〈明治四十三年―昭和四年〉※前書と「付記」あり。「梢」の筆名について記す
23　古径の「鶴」と曽太郎の「鏡の前」※（図版八・九）参照
24　（本号表紙）（松下）
25　喚荘生　新安黄一明鐫　五色套印　板画記参照　※渋井氏論文
26　（丸尾氏論文参照）
27　大日如来座像　（岡氏論文参照）
28　（松下氏論文参照）
29　（菅沼氏論文参照）
30　（高橋氏論文参照）
31　聖告図―レオナルド・ダ・ヴィンチ筆／三王礼拝図―レオナルド・ダ・ヴィンチ筆　（児島氏論文参照）
32　美術特輯に就いて　岡直己　※〝三田芸術学会の例会（七月廿六日）における協議の結果、本年度は三田芸術学会の編輯とした〟ことを記す
33　和木清三郎　※〈「美術特輯　第二輯」―塾文科美術科出身芸術学会の人々によるプラン、松下隆章、斎藤貞一両者の努力、渋井清のよき理解で第一輯に劣らぬ優れた出来栄へ／「日本」という国の再認識とこうした企画を実行し得る「三田文学」の力／出版部報告／大いに誇り得る折口信夫著「古代研究」の出版〉

＊ 美術特輯（第一輯）主要目次
＊ 満洲国献納作品例記（一）――油画――
＊ 満洲国献納作品例記（二）――日本画――
＊ 「美術特輯」第一輯の広告／「三田文学」創作・愛国詩特輯十月号目次／「水上瀧太郎追悼号・一周忌記念号」案内

表紙・「天平刺繡裂」（原色版）／口絵・「古瀬戸壺」／発行日・十一月一日／頁数・本文全一七六頁／特価・一円／発行者・東京市芝区三田　慶應義塾内・西脇順三郎／編輯者・東京市芝区三田　慶應義塾内・和木清三郎／発行所・東京市芝区三田　慶應義塾内・三田文学会／配給元・東京市神田淡路町二ノ九　日本出版配給株式会社／印刷者・東京市芝区愛宕町二丁目十四番地　渡辺丑之助／印刷所・東京市芝区愛宕町二丁目十四番地　愛宕印刷株式会社

■十二月号　【194212】

赤絵（扉）　寺田政明
創作
　天井の鼠（小説）1　日野嵒夫
　みちぐさ（小説）　阿部光子
　蘖《ひこばえ》（小説）2　浅尾早苗
　アリューシヤン島攻略（詩）3　東郷克郎
考へる人　宮尾誠勝
宗教と自然科学――マックス・プランク4　井手賁夫訳
未定稿「にごりえ」の発見と研究(1)5　和田芳恵
歌舞伎劇鑑賞の方向6　大山功
演劇雑記7　伊賀山昌三
書物捜索――雑筆六十三――8　横山重
人形物語(五)〔七〕9　花柳章太郎
戦線便り10　末松太郎
映画ノート　柳田宏
新刊巡礼
「演劇五十年史」三宅周太郎著（史伝）11
「松尾芭蕉」那須辰造著（評伝）12
「文芸学試論」中島健蔵著（評論集）13
「明日ひらく花」牧屋善三著（長篇小説）14
「黒い天使」有永弘人訳（長篇小説）15
「復活祭」竹内正一著（小説集）16
「青果の市」芝木好子著（小説集）17
「作家達」和田芳恵著（小説集）18
「春の霜」宇野信夫著（戯曲集）19
「文学の三十年」宇野浩二著（随筆）20
「眼中の人」小島政二郎著（長篇小説）21
「鯛舟」那須辰造著（小説集）22
「作家論」伊藤信吉著（評論）23
「女の生涯」亘千枝著（長篇小説）24
消息25
編輯後記26
表紙（菊）　鈴木信太郎
カット　谷内俊夫

目次註

1 〔二六〇二年十月〕
2 〈①―④〉
3 アリユーシヤン列島攻略
4 宗教と自然科学1〈1〉マックス・プランク作／井手賁夫訳　※前書に、バルティクム（バルト海沿岸諸国即ち、エストニヤ、リトラント、リタウエン）で行われたマックス・プランクの講演記録を紹介
5 未定稿『にごりえ』の発見と研究(1)〔つゞく〕
6 ――三宅三郎氏の近著――
7 演劇雑記(二)――芝居の低さについて――〔十一月八日〕
8 〈画菊集　正徳五年刊／字音仮名遣　本居宣長自筆本／松帆物語　寛永頃刊本／酒餅論　上と下とを合せる〉〔八月八日〕
9 (5)〔七〕
10 末松太郎／柳田宏〔スマトラにて〕
11 鱗〔鱒〕書房版
12 道統社版
13 河出書房
14 明石書房
15 モオリアック著・中央公論社版
16 満鉄社員会刊
17 文藝春秋社版
18 泰光堂版
19 愛宕書房〔書店？〕
20 中央公論社
21 三田文学出版部
22 報国社版
23 利根書房版
24 河出書房版
25 ※〈小泉信三随筆集『師・友・書籍』第二輯（岩波書店）・宇野信夫戯曲集『春の霜』（愛宕書店）・矢崎弾『三代の女性』（若い人社）・柴田錬三郎『南方のうた』（泰東書道出版部）・南川潤『人生創造』（淡海堂書店）それぞれ刊行の案内／西脇順三郎、慶應外国語学校長となる／長尾雄、三田文学出版部に入り、北村彰三、辞す／その他〉
26 和木清三郎　※〈大東亜戦、一周年を迎える／二ケ月近く新刊を発行しなかった三田文学出版部が、小島政二郎、馬場孤蝶、小林一三の著書を公刊／創業一ケ年、十冊目に太田咲太郎「ゾラとセザンヌ」、ひきつづき　岡鬼太郎、三宅三郎、佐藤春夫の著書出版のこと〉

＊ 「美術特輯」第一輯　第二輯案内
＊ 「水上瀧太郎追悼号」／「水上瀧太郎一周忌記念号」案内
＊ 「三田文学」創作・愛国詩特輯十月号目次
＊ 「三田文学」美術特輯十一月号目次

表紙・「菊」鈴木信太郎／カット・谷内俊夫／口絵・「赤絵」寺田政明／発行日・十二月一日／頁数・本文全一〇六頁／定価・五十銭／発行者・東京市芝区三田　慶應義塾内・西脇順三郎／編輯者・東京市芝区三田　慶應義塾内・和木清三郎／発行所・東京市芝区三田　慶應義塾内・三田文学会／配給元・東京市

神田淡路町二ノ九　日本出版配給株式会社／印刷者・東京市芝区愛宕町二丁目十四番地　渡辺丑之助／印刷所・東京市芝区愛宕町二丁目十四番地　愛宕印刷株式会社

一九四三年（昭和十八年）

■一月号（新年特輯）　【194301】

支那の思出（扉）1　宮田重雄
創作
出征の日まで（小説）2　片山昌造
他人（小説）　芝木好子
青い風（小説）　津山三郎
虎穴（小説）3　木村不二男
長篇小説　風花の町　第一回 4　宇野信夫
監視塔にて（詩）　蔵原伸二郎
時間（詩）　小林善雄
戦争生活の諸相 5　高木寿一
空白の歴史 6　梅田晴夫
宗教と自然科学(2)―マックスプランク 7　井手賁夫
未定稿「にごりえ」の発見と研究(2) 8　和田芳恵
俳句
聖戦二年を迎へて 9　大場白水郎
初鶏 10　中村草田男
晴雨帖 11　内田誠
利休余談 12　井上友一郎
バギオ紀行　柴田賢次郎
戦線の落穂 13　塩川政一
新刊巡礼
「地軸」小山いと子著（小説集）14
「文学と生活」杉山平助著（評論集）15
「海歌」佐藤虎男著（小説集）16
「土の女たち」住井すゑ子著（長篇小説）17
「俳優論」戸板康二著（評論集）18
消息 19
編輯後記 20
表紙（梅）　鈴木信太郎
カット　谷内俊夫

目次註

1 支那の思出㈠
2 〔四月一日〕
3 〈其一―其五〉
4 風花の町（第一回）〈一・二〉〔つゞく〕
5 〈一―四〉
6 〈1―3〉〔一九四二年九月〕
7 宗教と自然科学2〈Ⅱ〉マックス・プランク作／井手賁夫訳　※訂正を付す
8 未定稿『にごりえ』の発見と研究(2)〔原典未了〕〔つづく〕
9 ※七句
10 ※五句
11 〈雨／言葉／吉野／湯豆腐／菩薩戒／夢殿〉
12 〔昭和十七年十二月〕
13 ※凱旋した執筆者について編輯部の付記あり
14 河出書房
15 有光社
16 東峰書房
17 日月書院版
18 神田冬至書林版
19 ※〈南川潤の小説『白鳥』（新鋭文学選集・今日の問題社）、水上瀧太郎の長篇小説『大阪の宿』（岩波文庫・校正平松幹夫）それぞれ発刊／倉島竹二郎、北原武夫、大江賢次、山本和夫が無事帰還！／その他〉
20 和木清三郎　※〈芥川賞受賞作者芝木好子他、執筆者の紹介／好評を得ている三田出版部の良心的出版物／表紙の新装／十八年度を期して、出版界に画時代的な統制〉
＊「水上瀧太郎追悼号」／「水上瀧太郎一周忌記念号」案内
＊「美術特輯」（第一輯・第二輯）案内
＊「三田文学」十二月号目次
＊三田文学出版部新刊　※折込に紹介あり

＊　※新刊図書の紹介あり〈『文芸五十年史』杉山平助著・鱒書房〉
表紙・「梅」鈴木信太郎／カット・谷内俊夫／口絵・「支那の思出」宮田重雄／発行日・一月一日／頁数・本文全一六六頁／特価・七十銭／発行者・東京市芝区三田　慶應義塾内・西脇順三郎／編輯者・和木清三郎／発行所・東京市芝区三田　慶應義塾内・三田文学会／配給元・東京市神田淡路町二ノ九　日本出版配給株式会社／印刷者・東京市芝区愛宕町二丁目十四番地　渡辺丑之助／印刷所・東京市芝区愛宕町二丁目十四番地　愛宕印刷株式会社

■**二月号（帰還作家報告特輯）**　**【194302】**

大同下華厳寺（扉）　宮田重雄
創作
長篇小説　風花の町　第二回1　宇野信夫
冬景色（小説）2　東文彦
後姿（小説）　真下五一
勇士の写真に（詩）　露木陽子
天の恵み（詩）　江間章子
二つの真実3　梅田晴夫
未定稿「にごりえ」の発見と研究(3)4　和田芳恵
宗教と自然科学(3)―プランク5　井手賁夫訳
帰還作家報告6
ブルジョン宣伝行7　倉島竹二郎
フイリッピンの出版文化　柴田賢次郎
マニラの墓地（文と絵）8　向井潤吉
ボロブドール紀行　大江賢次
熱帯にある四季　山本和夫
ビルマの女（絵）9　金崎晴彦
書評
「千利休」井上友一郎著（長篇小説）10
「文学論」中村光夫著（評論集）11
「或る死、或る生」保高徳蔵著（小説集）12
「抒情飛行」村野四郎著（詩集）13
「歌舞伎研究」三宅周太郎著（劇評）14
消息15
編輯後記16
表紙（梅）　鈴木信太郎

目次註

1　〈三・四〉〔つゞく〕
2　〔十七年十一月―十二月〕
3　〈1―5〉〔昭和十七年十月五日〕
4　未定稿『にごりえ』の発見と研究(3)〈原典前号に続く／(二)〉〔つゞく〕
5　宗教と自然科学3〈Ⅲ〉マックス・プランク作／井手賁夫訳
6　※この標題、本文には欠く
7　――ビルマの思ひ出――
8　マニラの墓地　※図「マニラ北部墓地　潤吉」を付す
9　ビルマ女〔ラングーンにて　晴彦〕
10　大観堂版
11　中央公論社版
12　起山房
13　『詩集　抒情飛行』高田書院発行
14　拓南社発行
15　※〈日野啚夫、近作集を青山甲子書店より出版／石坂洋次郎、間宮茂輔が無事帰還！／二宮孝顕、放送局を辞め慶應語学研究所に勤務のこと／その他〉
16　和木清三郎　※〈軍報道班員として徴用された同志の「現地報告」特輯／文展の審査員宮田重雄画伯による扉絵―軍医将校として転戦のときの収穫／三田文学出版部の既刊、新刊／図書館協会の推薦となった「明治文壇の人々」／折口信夫「古代研究」進行の経過報告／頁数の減少〉

＊　前金購読申込　編輯部
＊　投稿について　編輯部
＊　「水上瀧太郎追悼号」「水上瀧太郎一周忌記念号」「美術特輯」（第一・第二）案内
＊　「三田文学」一月号目次
＊　※新刊図書の紹介あり〈『歌舞伎と文楽』岡鬼太郎著・河野通勢装『続歌舞伎劇鑑賞』三宅三郎著・鳥居清言装　三田文学出版部〉
表紙・「梅」鈴木信太郎／カット・谷内俊夫／口絵・「大同下華厳寺」宮田重雄／発行日・二月一日／頁数・本文全九四頁／定価・五十銭／発行者・東京市芝区三田　慶應義塾内・西脇順三郎／編輯者・和木清三郎／発行所・東京市芝区三田　慶應義塾内・三田文学会／配給元・東京市神田淡路町二ノ九　日本出版配給株式会社／印刷者・東京市芝区愛宕町二丁目十四番地　渡辺丑之助／印刷所・東京市芝区愛宕町二丁目十四番地　愛宕印刷株式会社

■**三月号**　**【194303】**

兵士習作（扉）　宮田重雄
創作
魚（小説）1　日野啚夫
カクエモン殿の死（小説）　松本恵子
長篇小説　風花の町　第三回2　宇野信夫
現代作家と明治文学　矢崎弾
未定稿「にごりえ」の発見と研究(4)3　和田芳恵
宗教と自然科学(4)―プランク4　井手賁夫訳
国境へ5　倉島竹二郎
蒙古風（短歌）6　大平善治
夏と冬7　内田誠
慈悲心鳥8　藤原誠一郎
書評
「詩と郷土」長田恒雄著（評論集）9
「現代の文芸評論」板垣直子著（評論集）10
「仏印の旅に思ふ」高橋広江著（紀行）11

「潜水艦第四三号」 井上健次著（詩集）12
編輯後記13
表紙（梅）14　鈴木信太郎

目次註

1 〔二六〇三年一月〕
2 風花の町（第三回）〈五―八〉〔つゞく〉
3 未定稿『にごりえ』の発見と研究(4)〔原典未了〕〔つゞく〕
4 宗数と自然科学〈Ⅳ〉マックス・プランク作／井手賁夫訳
5 〈妻へ―第一信、盤谷にて／妻へ―第二信、ピサンロックにて／妻へ―第三信、ピサンロックにて／妻へ―第四信、ラヘンにて／ラヘン素描／妻へ―第五信、ラヘンにて〉〔終〕
6 ※九首
7 〈高野山／桧扇〉
8 〔十七年十二月五日〕
9 大東亜公論社
10 第一書房
11 大和書店
12 新民書房
13 和木清三郎　※〈「カクエモン殿の死」の作者（松本泰未亡人）が一作を残して渡支那のこと／倉島竹二郎、近く従軍記を二三上梓／折口信夫、三宅三郎、岡鬼太郎、佐藤春夫の新著近々刊行／三月二十三日、水上瀧太郎歿後四年目の追悼〉
＊ 「三田文学」二月号目次
＊ 投稿について　編輯部
＊ ※大岡龍男著『なつかしき日々』（三杏書院）の広告中、「宇野信夫氏評」として推薦文の紹介あり

表紙・「梅」鈴木信太郎／カット・谷内俊夫／口絵・「兵士習作」／発行日・三月一日／頁数・本文全九六頁／定価・五十銭／発行者・東京市芝区三田　慶應義塾内・西脇順三郎／編輯者・和木清三郎／発行所・東京市芝区三田　慶應義塾内・三田文学会／配給元・東京市神田淡路町二ノ九　日本出版配給株式会社／印刷者・東京市芝区愛宕町二丁目十四番地　渡辺丑之助／印刷所・東京市芝区愛宕町二丁目十四番地　愛宕印刷株式会社

■四月号　【194304】

大和民家（扉）　宮田重雄
創作
長篇小説　風花の町　第四回1　宇野信夫
鷹（小説）　田中大三
盆地（小説）2　若尾徳平
大なる日本（詩）　三木露風
軌跡（詩）　塩川秀次郎
独逸の人形劇　小沢愛圀
未定稿「にごりえ」の発見と研究(5)3　和田芳恵
宗教と自然科学(5)―プランク4　井手賁夫訳
砲列……ある戦記5　中山富久
松本幸四郎小論6　戸板康二
書評
「現代新劇論」大山功著（演劇評論）7
「美と善の歓喜」太田三郎著（美術評論）8
「風土」北園克衛著（詩集）9
消息10
編輯後記11
表紙（梅）　鈴木信太郎

目次註

1 風花の町（第四回）〈九―十一〉
2 〔一九三九・十・十四〕
3 未定稿『にごりえ』の発見と研究(5)〈(原典前号に続く)／㈣／㈡〉〔つづく〕
4 宗教と自然科学5〈Ⅴ〉マックス・プランク作／井手賁夫訳
5 砲列
6 ――「高時」を中心に――〔昭和十八年三月〕
7 南方書院
8 崇文堂
9 詩集「風土」昭森社
10 ※〈高橋広江、「ゴヤ」を甲鳥書林から訳出／倉島竹二郎の「明けゆくビルマ」（三田文学出版部）、宇野信夫の創作集「夜ごとの灯」、今井達夫の書下し長篇「新日」（講談社）をそれぞれ刊行／「水上瀧太郎先生忌日会」報告―一九日夜「はつね」で会集、二十二日多磨霊園参拝／三宅三郎、電報通信社の嘱託となり、同社発行の「芸能」に執筆のこと／その他〉
11 和木清三郎　※〈執筆者紹介／報道班員として帰還した作家による書物を続々刊行―石坂洋次郎「従軍前後」、間宮茂輔「海軍従軍日記」、倉島竹二郎「明けゆくビルマ」、小島政二郎「明治小説史」、高橋広江訳「ベルグソンの哲学」（チボウデ）／折口信夫の「古代研究」、厳密な校正のため発行の日時が遅延／瀧太郎三周忌〉
＊ 「三田文学」三月号目次

表紙・「梅」鈴木信太郎／カット・谷内俊夫／口絵・「大和民家」宮田重雄／発行日・四月一日／頁数・本文全九六頁／定価・五十銭／発行者・東京市芝区三田　慶應義塾内・西脇順三郎／編輯者・和木清三郎／発行所・東京市芝区三田　慶應義塾内・三田文学会／配給元・東京市神田淡路町二ノ九　日本出版配給株式会社／印刷者・東京市芝区愛宕町二丁目十四番地　渡辺丑之助／印刷所・東京市芝区愛宕町二丁目十四番地　愛宕印刷株式会社

■五月号（創作特輯）　【194305】

京都風景（扉）　宮田重雄
創作
望郷（小説）　原民喜
勤め先（小説）1　浅尾早苗
一ドルの話（小説）　池田みち子
詩二篇
神の国　小林善雄

帰還　岩佐東一郎
愛のかたち（小説）2　石橋義雄
遠い苑（小説）　根岸茂一
長篇小説　風花の町　終篇 3　宇野信夫
書評
「夜ごとの灯」宇野信夫著（小説集）4
「旅立ち」芝木好子著（小説集）5
「文芸随感」高見順著（評論集）6
「新文学の想念」岩上順一著（評論集）7
「雁の宿」井上友一郎著（小説集）8
「もののふの歌」長崎謙二郎著（歴史小説）9
「秋風抄長〔秘抄〕」長田恒雄〔城左門著〕著（詩集）10
消息 11
編輯後記 12
表紙（芭蕉の葉）　鈴木信太郎

目次註
1 〈十八・三〉
2 〈一章―四章〉
3 風花の町（第五回）〈十二・十三〉〔完〕
4 読切講談社
5 生活社
6 昭森社
7 河出書房
8 今日の問題社
9 隆文堂
10 「詩集　秋風秘抄」城左門著・湯川弘文堂
11 ※〈木下常太郎、出版協会雑誌部第二課在勤、文学美術思想教理科学調査の主任となる／日本移動演劇連盟員今井達夫のこと／その他〉
12 和木清三郎　※〈用紙の問題で「三田文学四月号」創刊以来の遅刊／定期「創作特輯」の執筆者／現出しつつある容易でない雑誌経営編輯の時代／間近い雑誌買取制実施／出版協会の改組以来職域奉公に誠を捧げる出版部〉

＊「水上瀧太郎先生追悼号」「水上瀧太郎先生一周忌記念号」紹介
表紙・「芭蕉の葉」鈴木信太郎／カット・谷内俊夫／口絵・「京都風景」宮田重雄／発行日・五月一日／頁数・本文全八四頁／定価・五十銭／発行者・東京市芝区三田　慶應義塾内・西脇順三郎／編輯者・和木清三郎／発行所・東京市芝区三田　慶應義塾内・三田文学会／配給元・東京市神田淡路町二ノ九　日本出版配給株式会社／印刷者・東京市芝区愛宕町二丁目十四番地　渡辺丑之助／印刷所・東京市芝区愛宕町二丁目十四番地　愛宕印刷株式会社

■六月号 【194306】

妙義新緑（扉）　宮田重雄
小説　歴史の展開　日野岳夫
未定稿「にごりえ」の発見と研究（六）1　和田芳恵
歴史小説をかく心境 2　長崎謙二郎
家（詩）　高祖保
紫陽花（俳句）3　清崎敏郎
紙椿 4　内田誠
北満蝶類覚書 5　石丸重治
夢 6　藤原誠一郎
表紙（芭蕉の葉）　鈴木信太郎
編輯後記 7

目次註
1 未定稿『にごりえ』の発見と研究(6)〔つづく〕
2 歴史小説を書く心境
3 ※十句、第七句の前に「千葉軍人療養所にて」と詞書あり
4 〈窓／金棺出現図／修二会〉
5 〔昭一七・一〇・一〇〕
6 〔昭和十七年九月十八日〕
7 和木清三郎　※〈大東亜戦開戦以来の衝撃―元帥山本五十六大将戦死の報道／石丸重治、清崎敏郎、他執筆者の紹介／雑誌の「買切制」／製本の殺人的混雑のため、三田文学出版部刊行書、発売遅延となる／折口信夫の名著「古代研究」の進行状況と編集者の「忍耐・努力」〉
＊「美術特輯」（第一輯・第二輯）案内
表紙・「芭蕉の葉」鈴木信太郎／カット・谷内俊夫／口絵・「妙義新緑」宮田重雄／発行日・六月一日／頁数・本文全五八頁／定価・五十銭／発行者・東京市芝区三田　慶應義塾内・西脇順三郎／編輯者・和木清三郎／発行所・東京市芝区三田　慶應義塾内・三田文学会／配給元・東京市神田淡路町二ノ九　日本出版配給株式会社／印刷者・東京市芝区愛宕町二丁目十四番地　渡辺丑之助／印刷所・東京市芝区愛宕町二丁目十四番地　愛宕印刷株式会社

■七月号 【194307】

大同石仏（扉）　宮田重雄
小説　みをつくし　阿部光子
山本提督の死（詩）　村野四郎
国葬の日（詩）1　山本和夫
遅日 2　内田誠
沢村宗十郎小論 3　戸板康二
未定稿「にごりえ」の発見と研究（七）4　和田芳恵
移動演劇団と旅して　今井達夫
心臓について　南川潤
春さき・庭　大岡龍男
書評
「残雪」室生犀星著（小説集）5
「新月」今井達夫著（長篇小説）6
「黄昏運河」野口富〔冨〕士男著（小説）7
表紙（芭蕉の葉）　鈴木信太郎
編輯後記 8

目次註
1 ――山本元帥を悼む　湖畔の村にて――

2 〈石位寺付近／壬生狂言／信貴山縁起絵巻〉
3 〔昭和十八年六月〕
4 未定稿『にごりえ』の発見と研究(7)〔つづく〕
5 竹村書房
6 講談社
7 今日の問題社
8 和木清三郎 ※〈山本元帥の陣頭指揮と山崎部隊長のアッツ島に於ける勇奮／臨時議会に於ける東条首相の演説―比島・ビルマの独立保証と印度の奮起要望／「ホトトギス」の編輯者大岡龍男ほか執筆者の紹介／発行部数の減少、寄贈取やめで確保する用紙のゆとりと誌面の落付き／三田文学出版部の七月新刊と次刊予告／発行日二十七日を厳守のこと／その他〉
＊「美術特輯」（第一輯・第二輯）案内
＊三田文学出版部刊行書目・新刊と重刊
＊※新刊図書の紹介あり〈日本小説新書―今井達夫著『新月』・南川潤著『生活の扉』―講談社〉

表紙・「芭蕉の葉」鈴木信太郎／カット・谷内俊夫／口絵・「大同石仏」宮田重雄／発行日・七月一日／頁数・本文全五四頁／定価・五十銭／発行者・東京市芝区三田　慶應義塾内・西脇順三郎／編輯者・和木清三郎／発行所・東京市芝区三田　慶應義塾内・三田文学会／配給元・東京市神田淡路町二ノ九　日本出版配給株式会社／印刷者・東京市芝区愛宕町二丁目十四番地　渡辺丑之助／印刷所・東京市芝区愛宕町二丁目十四番地　愛宕印刷株式会社

■八月号（随筆・詩・俳句・短歌特輯）　**【194308】**

白潟夕焼（扉）　宮田重雄
戯曲　江戸の安三（三幕）1　小島政二郎
不惑への途　高木寿一
大家族の話 2　今宮新
知性の敗北 3　佐藤信彦
鷗外の凱旋歌 4　中村精
未定稿「にごりえ」の発見と研究(八) 5　和田芳恵
俳句四題
夏 6　水原秋桜子
蝸牛 7　富安風生
黒髪 8　池内友次郎
夏の草 9　長谷川かな女
従軍の思出 10
咬𠺕吧国　太田三郎
酒席の感想 11　石坂洋次郎
インド人の表情 12　山本和夫
印度の武力蹶起 13　倉島竹二郎
飛行機乗りの母　佐藤喜一郎
早春の海辺（絵と文）14　鈴木信太郎
土 15　藤原誠一郎
感恩　井汲清治
詩と歌
空軍　三木露風
厳しい沈黙 16　山中散生
客　北園克衛
戦時の七夕祭　今井邦子
表紙（芭蕉の葉）　鈴木信太郎
編輯後記 17
消息 18

目次註
1 〈第一幕―第三幕〉
2 〔十八・七・五〕
3 〔昭和十八・七・七〕
4 〔一八・七・三〕
5 未定稿『にごりえ』の発見と研究(8)〔つゞく〕
6 ※五句
7 ※五句
8 ※五句
9 ※五句
10 ※この標題、本文には欠く
11 〔昭和十八・七〕
12 〔昭和十八・七〕
13 〔七月五日記〕
14 ――ある画学生の話――　※絵一葉を付す
15 〔昭和十七年七月〕
16 ――国葬を拝して――
17 和木清三郎 ※〈東方水域における死闘の記録―日日新聞の報道／今宮新、中村精ほか執筆者の紹介／三田文学出版部書物の製本／倉島、間宮、小沢、今泉、佐藤、折口、久保田、石丸、小島等の新刊書〉
18 ※〈久保田万太郎の「芝居修業」・三宅周太郎の生活選書「芝居」（生活社）・高橋広江「ヴァレリイの世界」・南川潤「生活の扉」（講談社）・原実の「勉学について」（昭和書房・ついて叢書）の刊行案内など〉
＊「美術特輯」（第一輯・第二輯）案内
＊「水上瀧太郎先生追悼号」紹介

表紙・「芭蕉の葉」鈴木信太郎／カット・谷内俊夫／口絵・「白潟夕焼」宮田重雄／発行日・八月一日／頁数・本文全七三頁／定価・五十銭／発行者・東京市芝区三田　慶應義塾内・西脇順三郎／編輯者・和木清三郎／発行所・東京市芝区三田　慶應義塾内・三田文学会／配給元・東京市神田淡路町二ノ九　日本出版配給株式会社／印刷者・東京市芝区愛宕町二丁目十四番地　渡辺丑之助／印刷所・東京市芝区愛宕町二丁目十四番地　愛宕印刷株式会社

■九月号（歌舞伎について）　**【194309】**

芝居絵（扉）　鳥居清言
戯曲　利休の死（二幕）1　内藤静子
梅雨曇（小説）　津山三郎
月冷え（俳句）2　中島斌雄
待避壕を掘るその他（俳句）3　篠原梵
小河内村（短歌）4　伊藤源

結縁（詩）5　城左門
小芝居回顧記6　三宅三郎
妹背山御殿覚書7　戸板康二
歌舞伎劇妄語　大山功
芝居絵について　鳥居清言
未定稿「にごりえ」の発見と研究(九)8　和田芳恵
表紙（柿）　鈴木信太郎
消息9
編輯後記10

目次註

1　戯曲「利休の死」二幕〈第一幕―利休の茶室／第二幕―聚落〔楽?〕第〉〔昭和十八年四月十五日脱稿〕
2　※五句
3　待避壕を掘る　その他　※五句
4　※七首
5　結縁《けちえん》
6　小芝居回顧記（上）〔以下次号〕
7　〈(1)金殿／(2)入鹿／(3)むくつけ詞／(4)島台／(5)荒事／(6)官女／(7)矢ぶすま／(8)姫もどり／(9)お三輪／(10)疑着の相／(11)豆腐買／(12)段切〉〔終〕　※前書あり
8　未定稿『にごりえ』の発見と研究(9)――妻――　〔つづく〕
9　※〈宇野信夫「風花の町」（白林書房）・今井達夫の「爽風」（協栄出版社）・南川潤「女の土地」（南方書院）・蔵原伸二郎の詩集「戦闘機」（鮎書房）の案内／北原武夫「雨期来る」――ジャワ戦記――（文体社）・庄司総一の台湾紀行文集「南の枝」（東都書籍株式会社）・日野喦夫「天井の鼠」（甲子社書店）・久保田万太郎「芝居修行」（三田文学出版部）の予告／その他〉
10　和木清三郎　※〈表紙更新／執筆者紹介／前金購読の案内―七月から買取制／出版部刊行物の遅延と予告／南方皇軍勇士の武運長久を祈る！〉
＊「美術特輯」（第一輯・第二輯）案内
＊「水上瀧太郎先生追悼号」案内
＊　陸軍協力会懸賞小説募集　財団法人・陸軍協力会（鉄道省内）陸輪新報編輯局〔昭和十八年八月〕※趣旨、審査（日本文学報国会）、締切（昭和十八年十二月二十九日）等を記す

表紙・「柿」鈴木信太郎／カット・谷内俊夫／口絵・「芝居絵」鳥居清言／発行日・九月一日／頁数・本文全六四頁／定価・五十銭／発行者・東京都芝区三田　慶應義塾内・西脇順三郎／編輯者・和木清三郎／発行所・東京都芝区三田　慶應義塾内・三田文学会／配給元・東京都神田淡路町二ノ九　日本出版配給株式会社／印刷者・東京都芝区愛宕町二丁目十四番地　谷本正／印刷所・東京都芝区愛宕町二丁目十四番地　愛宕印刷株式会社

■十月号（愛国詩特輯）【194310】

ハルピンの寺（扉）　宮田重雄
元帥山本五十六大将につづけ1
あっつ嶋玉砕部隊鑽仰歌　佐藤春夫
英霊に祈る　尾崎喜八
学生諸君　佐伯郁郎
われらは共に　竹内てるよ
クエベック会談　山本和夫
われ良き詩書かん　安藤一郎
祖国の道　小林善雄
遠の御門の守2　笹沢美明
秋　長田恒雄
はらからに鷲あり3　志摩海夫
惜しまるゝ陽の光　永瀬清子
秋暁即事4　高祖保
古里　大江満雄
噴火　木原孝一
秋5　近藤東
児孫への文学6　与田準一
山本五十六伝余録(一)7　有竹修二
大東亜文学賞をうけて8　庄司総一
小芝居回顧記（承前）　三宅三郎
未定稿「にごりえ」の発見と研究（完）9　和田芳恵
小説　風雨10　福岡基博
編輯後記11
表紙（柿）　鈴木信太郎

目次註

1　※この標題、本文には欠く
2　※前書あり
3　〈明野陸飛校の末弟へ〉
4　※註記あり
5　秋（朗読詩）
6　――少国民の方向について――
7　〔以下次号〕
8　〔昭和十八年九月二日記〕
9　未定稿『にごりえ』の発見と研究（完）〈……／(七)／(八)／(九)〉〔をはり〕
10　〈一―三〉
11　和木清三郎　※〈「愛国詩」特輯の執筆者紹介／庄司総一の「陳夫人」が大東亜文学賞獲得／三田文学出版部の新刊紹介／折口信夫の「古代研究」について／その他〉
＊「水上瀧太郎追悼号」案内
＊　※新刊図書の紹介あり〈『樋口一葉の日記』和田芳恵著・今日の問題社〉

表紙・「柿」鈴木信太郎／カット・谷内俊夫／口絵・「ハルピンの寺」宮田重雄／発行日・十月一日／頁数・本文全五五頁／定価・四十五銭／売価・五十銭／発行者・東京都芝区三田　慶應義塾内・西脇順三郎／編輯者・和木清三郎／発行所・東京都芝区三田　慶應義塾内・三田文学会／配給元・東京都神田淡路町二ノ九　日本出版配給株式会社／印刷者・東京都芝区愛宕町二丁目十四番地　谷本正／印刷所・東京都芝区愛宕町二丁目十四番地　愛宕印刷株式会社

■十一月号（美術特輯）【194311】

石庭初冬（扉）　宮田重雄
古典的精神（速水御舟試論）　伊藤廉
湯河原と仙台（安井曽太郎氏について）1　曽宮一念
曽宮一念氏について　鈴木信太郎
梅原先生近業　宮田重雄
童女像　内田誠
江戸末期の草双紙　渋井清
山本五十六伝余録(二)　有竹修二
「波しぶき」を読む2　大江良太郎
決戦賦（短歌）3　中井克比古
子守唄二章（詩）　壺田花子
母4　藤原誠一郎
青林檎　大岡龍男
編輯後記5
表紙（柿）　鈴木信太郎

目次註

1 〔十八年九月〕
2 『波しぶき』を読む（演劇随想）
3 ※七首
4 〔昭和十八年八月二十九日〕
5 和木清三郎　※〈前戦に送った「三田文学」の反響〉／三田文学出版物の新刊紹介／「美術特輯」の執筆者〉

＊ ※和田芳恵著『樋口一葉の日記』（今日の問題社）の広告中、「小島政二郎評」として推薦文を紹介

＊ ※野口米次郎著『伝統について』（牧書房）の広告中、「著者の言葉」より一部を紹介

表紙・「柿」　鈴木信太郎／口絵・「石庭初冬」　宮田重雄／発行日・十一月一日／頁数・本文全四四頁／定価・四十五銭／売価・五十銭／発行者・東京都芝区三田　慶應義塾内・西脇順三郎／編輯者・和木清三郎／発行所・東京都芝区三田　慶應義塾内・三田文学会／配給元・東京都神田淡路町二ノ九　日本出版配給株式会社／印刷者・東京都芝区愛宕町二丁目十四番地　谷本正／印刷所・東京都芝区愛宕町二丁目十四番地　愛宕印刷株式会社

■十二月号【194312】

小説　契　阿部光子
小説　戎衣の人　宮尾誠勝
銃後にありて（詩）　小林善雄
大同石仏（短歌）1　大平善治
嶺（短歌）2　天野耿彦
一羽の禿鷹（短歌）3　中山富久
丹波のねずみ4　真下五一
朝5　藤原誠一郎
書評
「静かなる炎」（詩集）6
「兵屋記」（戦記）7
「放列」（戦記）8
「比較文学」（評論）9
「能二百四十番」（評論）10
「能及狂言考」（評論）11
表紙（柿）　鈴木信太郎
編輯後記12

目次註

1 ※七首
2 ※六首。第四首の前に「旅中吟」と調書あり
3 中山富久他　※〝パタアンより還りて間もなく「みたみわれを歌ふ会」指導のため、水谷、奥田、高橋の一行と東北に旅することありて即ち詠める〟と詞書あり。十首
4 ――天井のねずみ評――
5 〔昭和十八年九月十日〕
6 安藤一郎著　湯川弘文社
7 板東三百著　新太陽社
8 中山富久著　育英書院
9 ヴァン・ティーゲム著／太田咲太郎訳　丸岡出版社
10 野上豊一郎編　丸岡出版社
11 本田安次著　丸岡出版社
12 和木清三郎　※〈容易ならぬ拡大をした戦域／職域奉行の誓い／本号「創作特輯」の予定を変更―休刊すべきだった号？／執筆者紹介／審議されつつある「文芸雑誌」と「出版」の統制／「三田文学出版部」の十二月新刊書と予告〉

表紙・「柿」　鈴木信太郎／カット・作者未詳（鈴木信太郎？）／発行日・十二月一日／頁数・本文全三六頁／定価・四十五銭／売価・五十銭／発行者・東京都芝区三田　慶應義塾内・西脇順三郎／編輯者・和木清三郎／発行所・東京都芝区三田　慶應義塾内・三田文学会／配給元・東京都神田淡路町二ノ九　日本出版配給株式会社／印刷者・東京都芝区愛宕町二丁目十四番地　谷本正／印刷所・東京都芝区愛宕町二丁目十四番地　愛宕印刷株式会社

一九四四年（昭和十九年）

■一月号（新年号）　【19401】

出陣学生を送る　今泉孝太郎
山本五十六伝余録㈢　有竹修二
初日（俳句）1　水原秋桜子
凍かたし（俳句）2　富安風生
海上に日出づる（俳句）3　長谷川かな女
新しき出発（詩）4　蔵原伸二郎
必勝の歌（詩）　竹内てるよ
魚（詩）　村次郎
女児誕生（詩）　高祖保
金閣寺（短歌）5　佐藤佐太郎
熱き海（短歌）6　天野耿彦
ボヘミヤ地方の人形劇7　小沢愛圀
逗子夫人　大岡龍男
小説　飛弾〔驒〕にて8　阪田英一
表紙（蜜柑）　鈴木信太郎
編輯後記9

目次註

1 ※五句
2 ※五句
3 ※五句
4 〈朝鮮学徒出陣を祝ふ詩〉 ※〝朝鮮画報一月号にやや類似のもの出せり……〟と作者註あり
5 ※五首
6 ※八首
7 〈旧チェッコ・スロヴァキヤ〉
8 〔終〕
9 和木清三郎　※〈戦局の尖鋭化とラバウルを囲る血の出る様な航空戦／三田の山から数千の若人が出陣／執筆者紹介／表紙改新／三田文学出版部一月刊行の久保田万太郎著「芝居修行」・佐藤春夫著「有馬晴信」・高橋広江・小沢愛圀・岡鬼太郎の再版／出版界の企業整備――三田出版部にも変革が――〉

＊「美術特輯」（第一輯・第二輯）案内

表紙・「蜜柑」鈴木信太郎／発行日・一月一日／頁数・本文全三四頁／定価・四十五銭／売価・五十銭／発行者・東京都芝区三田　慶應義塾内・西脇順三郎／編輯者・和木清三郎／発行所・東京都芝区三田　慶應義塾内・三田文学会／配給元・東京都神田淡路町二ノ九　日本出版配給株式会社／印刷者・東京都芝区愛宕町二丁目十四番地　谷本正／印刷所・東京都芝区愛宕町二丁目十四番地　愛宕印刷株式会社

■二月号（前線将兵慰問文特輯）　【19402】

前戦〔線〕慰問文特輯について1　藤原誠一郎
前線将兵への慰問文2　柴田錬三郎
青年の意志を信ず3　原民喜
弟へ4　鈴木重雄
手を執りあつて泣く日こそ　遠藤正輝
風と霜と5　平松幹夫
学徒兵に　池田みち子
戦時日本女性美
掌中小品集6
マント　今井達夫
路上　大江賢次
明るい日本7　倉島竹二郎
漬物一皿呈上　南川潤
父と浪曲家8　浅尾早苗
牛皮の鞄　阪田英一
万歳（詩）　小林善雄
馬こ（詩）9　村次郎
ブーゲンビル島沖航空戦（詩）　三木露風
農村（短歌）10　草野松彦
ヘイタイサンオゲンキデスカ11
平沼久典12　藤山愛作13　林田新一郎14
加倉井孝臣15　柳町潔16　入沢準二17
木下徹18　入交俊輔19　柴田昌彦20
竹本成之21　矢野潮22　山本浩史23
英正道24　関優25　佐伯肇26
杖下隆正27　岩垂和彦28　久米泰信29
細田泰弘30　垣内良彦31　林実32
表紙　鈴木信太郎
消息33
編輯後記34

目次註

1 前線将兵慰問文特輯　※巻頭言
2 〔昭和十九年一月二十三日〕
3 ――K君に送る――〔了〕
4 〈燕／貝殻／牛／猫／津田沼／木の葉〉 ※〝作者の短文ノオト「無心なるもの」より〟と前文あり
5 ――銃後風景の一齣――〔―十九・一・二十四〕
6 ※掌中小品
7 〔終〕
8 〔了〕
9 ――故里の言葉で――
10 ※七首
11 「ヘイタイサン　オゲンチデスカ。ボクタチモ　ゲンキデベンキヨウシテヰマス」
12 ヘイタイサン　オゲンキデスカ　一年　平沼久典〔一月九日〕
13 兵たいさんへ　一年　藤山愛作
14 海軍　林田新一郎
15 兵タイサンヘ　加倉井孝臣
16 海軍ノヘイタイサン　柳町潔
17 海軍の兵たいさんへ　一B・入沢準二〔一月九日〕

18 へいたいさんへ　二年・木下徹
19 二年・入交俊輔〔一月九日〕
20 新年　二年・柴田昌彦〔一月十日〕
21 三年・竹本成之
22 三年・矢野潮
23 三年B・山本浩史〔昭和十九年一月十日〕
24 僕等の兵隊さん　英正道〔昭和十九年一月九日〕
25 塾員将士様へ　四年・関優
26 四年・佐伯肇〔一月八日　慶應義塾幼稚舎〕
27 五年・杖下隆正
28 五年・岩垂和彦〔一月九日〕
29 五年・久米泰信
30 六年・細田泰弘〔一月九日〕
31 戦線の皆様　六年・垣内良彦〔昭和十九年一月十日〕
32 六年・林実
33 ※〈佐藤春夫が長篇小説「有馬晴信」を、高橋広江が「ベルグソンの哲学」を、それぞれ三田文学出版部より刊行／久保田万太郎が日本演劇社社長に就任／庄野誠一、片山修三が天理出版社に入る／高橋広江が三月限り慶應義塾を辞す／南川潤の小説「生活の扉」、三月帝劇上演の予定が国民新劇場に変更／その他〉
34 和木清三郎　※〈慶應幼稚舎の生徒の「慰問文」を塾文筆奨励会の助力と、幼稚舎の大多数の賛同により掲載／義塾出征慰問課に許す範囲の大部数を呈供する本号／「三田文学出版部」、出版企葉〔業〕整備による廃絶宣言！―創業以来満二ケ年、刊行書籍約二十冊〉
＊「水上瀧太郎追悼号」案内
＊※新刊図書の紹介あり〈『明けゆくビルマ』陸軍報道班員　倉島竹二郎著・三田文学出版部〉
＊※表紙に「前戦に送る慰問文」と特記あり
表紙・鈴木信太郎／発行日・二月一日／頁数・本文全四一頁／定価・四十五銭／売価・五十銭／発行者・東京都芝区三田　慶應義塾内・西脇順三郎／編輯者・東京都芝区三田　慶應義塾内・和木清三郎／発行所・東京都芝区三田　慶應義塾内・三田文学会／配給元・東京都神田淡路町二ノ九　日本出版配給株式会社／印刷者・東京都芝区愛宕町二丁目十四番地　谷本正／印刷所・東京都芝区愛宕町二丁目十四番地　愛宕印刷株式会社

■三月号　【194403】

武士道（戯曲・三幕）　小島政二郎
邦人商社（小説）1　池田みち子
山陰の旅（短歌）2　植松寿樹
春寒（俳句）3　石塚友二
「田園」を観る4　大江良太郎
北村君を憶ふ　鈴木重雄
田村泰次郎さん5　鈴木信太郎
表紙（蜜柑）　鈴木信太郎
編輯後記6

目次註
1 ※"これは二百枚の中篇小説の一部である"と文末に付記あり
2 〈三朝療養所／三朝温泉／皆生陸軍病院〉※七首
3 ※七句
4 『田園』を観る〔十月二日〕
5 〔昭和十九年二月〕
6 和木清三郎　※〈北村彰三の夭折／執筆者紹介／和木清三郎「編輯担当辞任」の挨拶――昭和四年四月号から十六年の春秋を送迎――〉
＊「美術特輯」第一輯・第二輯案内
表紙・「蜜柑」鈴木信太郎／発行日・三月一日／頁数・本文全四八頁／定価・四十五銭／売価・五十銭／発行者・東京都芝区三田　慶應義塾内・西脇順三郎／編輯者・東京都芝区三田　慶應義塾内・和木清三郎／発行所・東京都芝区三田　慶應義塾内・三田文学会／配給元・東京都神田淡路町二ノ九　日本出版配給株式会社／印刷者・東京都芝区愛宕町二丁目十四番地　谷本正／印刷所・東京都芝区愛宕町二丁目十四番地　愛宕印刷株式会社

■四・五月合併号　【194404・05】

青い鳥1　小泉信三
一青年に与へて2　茅野蕭々
戦ひの厳粛さについて3　北原武夫
書評
印象派時代4　宮田重雄
源泉への還帰5　小山弘一郎
影・帰心6　村次郎
かさゝぎ使者　丸岡明
銀座復興7　久保田万太郎
編集余録（久保田万太郎8・太田咲太郎9）
編輯後記10

目次註
1 『青い鳥』
2 ――独逸文学と日本文学を語る書――
3 〔一九・四〕
4 ――福島繁太郎著――　※石原求竜堂発行
5 ――アラン著「デカルト」――　※筑摩書房刊
6 影〈影／帰心〉
7 〈水上瀧太郎原作〉〔昭和一九年五月〕
8・9 ※「編集余録」とは、本文に記載なし
9 「怒濤」を観て　太田咲太郎
10 丸岡明／長尾雄／南川潤／庄野誠一　※〈雑誌整理統合に残り得た「三田文学」／編輯交代と委員制／発売所を養徳社に依嘱〉
＊三田文学編輯委員　※本号より和木清三郎に代り委員制となり、その委員名を列記〈久保田万太郎／太田咲太郎／片山修三／庄野誠一／柴田錬三郎／富田正文／戸板香実／長尾雄／丸岡明／南川潤〉
表紙・宮田重雄／発行日・四月一日／頁数・本文全五六頁／定価・四十五銭／売価・五十銭／編輯兼発行者・富田正文／発行所・東京都芝区三田　慶應義塾内・三田文学会／発売所・

東京都京橋区銀座三ノ四　養徳社創立事務所（設立代表者中市弘）／配給元／東京都神田淡路町二ノ九　日本出版配給株式会社／印刷者・東京都王子区神谷町一ノ四八二　古川一郎／印刷所・東京都王子区神谷町一ノ四八二　東京証券印刷株式会社

■**六・七月合併号**　**【194406・07】**

日本法の道義的基礎1　峯村光郎
青い鳥（二）2　小泉信三
感傷主義　高橋誠一郎
書評
スタニスラフスキイの二著3　太田咲太郎
大いなる祈り4　柴田錬三郎
ジヤカルタの雨　佐藤春夫
湖水　石坂洋次郎
銀座復興（二）5　久保田万太郎
編輯後記6
表紙　宮田重雄

目次註

1 〈(1)法律観と世界観／(2)日本法律観／(3)法と人間形成の問題／(4)近代法の無道義性／(5)日本法の指導原理／(6)法道一如としての日本法〉
2 「青い鳥」（二）
3 〈スタニスラフスキイ自伝／俳優修業〉
4 ――権藤実著・「兵営の記録」――　※講談社
5 〈水上瀧太郎原作〉〔昭和十九年五月〕
6 富田正文／丸岡明／太田咲太郎／片山修三／庄野誠一／　※〈文学報国会の国民大会報告／庄野誠一が編輯事務を担当／その他〉
* 編輯余録　久保田万太郎　〔七月十二日〕　※井汲清治を委員長とする委員会で考案中の三田文学会の改組についてなど
* 近刊紹介　※〈「日本の臣道　アメリカの国民性」和辻哲郎／「ジェヴォンズ経済学の理論」小泉信三／その他、黒田亮、天野利武、松本文三郎、田口晃、高田真治、千代田謙、原随園、村岡哲、立作太郎、藤林敬三、高田保馬、土橋喬雄、中山伊知郎の図書〉

表紙・宮田重雄／発行日・六月一日／頁数・本文全五六頁／特価・五十五銭／売価・六十銭／編輯兼発行者・富田正文／発行所・東京都芝区三田　慶應義塾内・三田文学会／発売所・東京都京橋区銀座三ノ四　養徳社創立事務所（設立代表者・中市弘）／配給元／東京都神田淡路町二ノ九　日本出版配給株式会社／印刷者・東京都王子区神谷町一ノ四八二　古川一郎／印刷所・東京都王子区神谷町一ノ四八二　東京証券印刷株式会社

■**八月号**　**【194408】**

音幻論一部1　露伴学人
青い鳥（三）2　小泉信三
随筆3　幸田成友
江戸時代の旅日記　野村兼太郎
ローマ時代の書肆　樋口勝彦
信夫日和4　丸山薫
みづうみ5　津村信夫
手紙　原民喜
編輯後記

目次註

1 〈「し」と「ち」〉　露伴学人述／土橋利彦筆記
2 ※〝此稿なほ続くべきであるが、執筆の時間なく、他日を期して筆を措く〟と付記あり
3 『随筆』
4 ――津村信夫を悼む――
5 〔遺稿〕
6 長尾雄／柴田錬三郎／庄野誠一／片山修三　※〈「在郷軍人会の教育」（五日間六十時間）の出席と遺書／太田咲太郎柴田錬三郎の出征／久保田万太郎、眼疾のため「銀座復興」休載／日本出版会の文芸、芸能諸雑誌合同分科会に出席していた三田出身の三田文学関係者―文藝春秋の藤沢閑二、丸岡明、戸板香実と片山修三／その他〉
* 情報局委嘱昭和十九年度国民演劇脚本募集　社団法人大日本芸能会・日本演劇協会主催　※〈趣旨／応募規程（審査員―長谷川伸、河竹繁俊、久保田万太郎、楠山正雄、岸田國士）（入選発表―昭和二十年二月下旬、「週報」「写真週報」「日本演劇」「演劇界」及びラジオにて）／その他〉

表紙・作者未詳／発行日・八月一日／頁数・本文全四八頁／定価・四十五銭／売価・五十銭／編輯兼発行者・富田正文／発行所・東京都芝区三田　慶應義塾内・三田文学会／発売所・東京都京橋区銀座三ノ四　養徳社創立事務所（設立代表者・中市弘）／配給元／東京都神田淡路町二ノ九　日本出版配給株式会社／印刷者・川口芳太郎／印刷所・東京都芝区愛宕町二丁目十四番地　帝国印刷株式会社

■**九月号**　**【194409】**

フランス文学の研究について1　後藤末雄
芸術家の確信について2　北原武夫
雲の峰3　加宮貴一
はるかなる思ひ4　釈迢空
銀座復興5　久保田万太郎
編輯後記6

目次註

1 〔完〕
2 〔一九・三〕
3 〈嗚呼サイパン島／胆嚢を除きて三年／涼平耐乏／姪つゞいて甥逝く／となりは／荒れし戦時農園を日日過ぐ／秋立つ〉　※十句
4 ――長歌并短歌十四首――　〈半日／白／出陣歌（昭和十八年十一月廿二日発表。十九年八月廿三日、一部删拾）／山上／独逸には生れざりしも／ゆき／父の島　母の島／国の崎々／松風の村〉

5　〔水上瀧太郎原作〕〈その三〉〔〃その三〃 了る〕〔昭和十九年九月〕

6　久保田万太郎／南川潤／長尾雄／丸岡明／庄野誠一　※〈「銀座復興」休載の作者の弁／文学雑誌の減少で創作不振／印刷能力の低下と広告、運送の不調による発行の遅れ／その他〉

＊　白金回収に協力しませう　※〈買上価格／買上締切日／買上場所〉

＊　近刊紹介　※〈辻善之助『日本仏教史』（上世篇）岩波書店／アルフレッド・ボイルレル・亀尾英四郎訳『ニイチェ　哲学者と政治家』愛宕書房／佐藤信衛『岡倉天心』新潮社／橋本凝胤『奈良の上代文化』全国書房／原田淑人『東亜古文化研究』座右宝刊行会／尾佐竹猛『明治維新　上巻』瑞穂出版株式会社／吉川幸次郎『支那学の問題』筑摩書房／西堀一三『南坊録の研究』宝雲舎／島木健作『礎』新潮社／広田栄太郎（細井房夫校注）『殉難全集』岩波書店／火野葦平『南方要塞』小山書店／間宮茂輔『火煎の譜』小山書店／上田広『歳月』文藝春秋社／橋本博士還暦記念会『国語学論集』〉

表紙・作者未詳　※【194408】に同じ／発行日・九月一日／頁数・本文全四九頁／定価・四五銭／売価・五十銭／編輯兼発行者・富田正文／発行所・東京都芝区三田　慶應義塾内・三田文学会／発売所・東京都京橋区銀座三ノ四　株式会社養徳社／配給元／東京都神田淡路町二ノ九　日本出版配給株式会社／印刷者・川口芳太郎／印刷所・東京都芝区愛宕町二丁目十四番地　帝国印刷株式会社

■十・十一月合併号　**【194410・11】**

近似音その他[1]　露伴学人

特輯・敵性文化批判[2]

アメリカ人と残忍性　小泉信三

アメリカと選民思想　藤江良

アメリカ文学の或一面　片岡鉄兵

母子　石塚友二

銀座復興（四）[3]　久保田万太郎

編輯後記[4]

目次註

1　──音幻論の一部──　露伴学人述／土橋利彦筆記

2　※本文には、この標題欠く

3　〔水上瀧太郎原作〕〈〃その四〃　／　〃その五〃〉〔昭和十九年十月─十一月〕

4　久保田万太郎／長尾雄／戸板康二　※〈〃銀座復興〃の完結とその「後記」／二十四日・二十七日の東京空襲／寄稿家・浅尾早苗の病死／三田出身者の集りの〃居心地のよさ〃〉

＊　近刊紹介　※〈佐野恵作「皇室の御紋章」／維新史料編纂事務局編「維新史料聚芳」／花山信勝「勝鬘経義疏の上宮王撰に関する研究」／H・ティヒー著・村上哲夫訳「神々の座」／奈良県教育会「改訂大和史料　中巻」／ヘルマン・シュテー著・成瀬清訳「聖者の家」／その他、鈴木大拙、山本正一、田村実、長寿吉、太田藤四郎、中谷治宇二郎、栗原信一、渡辺一夫、長野隆の著書〉

表紙・作者未詳　※【194408】に同じ／発行日・十月一日／頁数・本文全六五頁／定価・六十銭／売価・六十五銭／編輯兼発行者・富田正文／発行所・東京都芝区三田　慶應義塾内・三田文学会／発売所・東京都京橋区銀座三ノ四　株式会社養徳社／配給元・東京都神田淡路町二ノ九　日本出版配給株式会社／印刷者・川口芳太郎／印刷所・東京都芝区愛宕町二丁目十四番地　帝国印刷株式会社

■一九四四年（昭和十九年）十二月より一九四五年（昭和二十年）十二月まで休刊状態

※なお、昭和二十年四月四日付「朝日新聞」広告欄に「三田文学　三月号」として左記の目次が掲載されているが、実際の刊行については未詳

〈玄冬居雑詠　吉井勇／三百句　久保田万太郎／美しき鎮魂歌　山本健吉／純粋観客　馬渕量司／雲　小林善雄／一夜　瀧口修造〉（養徳社発売　五十銭）

一九四六年（昭和二十一年）

■一月号（復活号）　【194601】

王城山荘日誌抄1　高橋誠一郎
玄冬居雑詠（短歌）2　吉井勇
つちくれ（短歌）3　会津八一
歌舞伎に於ける観客の問題　戸板康二
書評
一途の文学4　梅田晴男〔夫〕
俗情への魅力5　柴田錬三郎
マクサンスの十年史　太田咲太郎
白い馬（小説）　丸岡明

目次注

1　〈昭和十八年十月三日／十二月十日／十九年二月二十日／十一月十五日／十二月二十五日／二十年一月七日／一月十六日／三月二十二日／三月十二日〉

2　〈円馬の死——昭和廿年一月十七日・三遊亭円馬の訃報を聴き、その齎らし来れる土鈴を見つつ、ひとり哀傷の情に耽る——　※八首／炉端の歌——おなじく二月十五日、越中八尾に移り来しわれは、その日紙匠谷井氏の炉端にありて、友の誰彼のうへを思ひぬ——　※九首／鑑賞余韻　雨月——昭和十九年十一月二十三日、京都観世能楽堂に於て、梅若万三郎所演——　※八首／洛中洛外図——昭和十九年十一月二十八日、京都博物館に於て所見、筆者不詳——※十首〉

3　※七首。〝友人喜多武四郎わが胸像を作り携へ来りて、これをこわすを見て〟と詞書あり

4　——久保田万太郎著「月の下」——　梅田晴夫　※小山書店発行

5　——宇野浩二著「人間同志」——　※小山書店発行

＊　編輯後記　長尾雄／太田咲太郎／片山修三／丸岡明　※〈能楽社と凸版印刷会社の好意により、復興発売第一号！／疎開、戦災等による三田文学関係諸資料の消失／銀座から四ッ谷に移った養徳社東京出張所が罹災し、奈良の本社に引上げのこと／十一月中旬に、復活記念文芸講演会〉

＊　消息　※〈三田文学復活文芸講演会（十一月十七日午後一時・慶應義塾大学三十一番教室）予告／編輯打合せ会合（能楽社にて毎週火曜日午後一時より四時迄）案内／本誌昨年度連載の「銀座復興」、休戦初の芝居として菊五郎一座により帝劇で上演、十月、十一月続演のこと〉

＊　三田文学復活記念文芸講演会　※〈十一月二十七〔十七〕日（土）午後一時／於・三田慶應大学／講演—「三田文学創刊の頃」久保田万太郎・「長夜の遊び」折口信夫・「精神の衛生」亀井勝一郎・「文学・歴史・社会」中野好夫／「最後の四つのもの」小島政二郎〉の案内

＊　近く本誌に掲載される作品　※〈評論—山本健吉／小説—北原武夫　石川淳　今井達夫　折口信夫　久保田万太郎　丸岡明／戯曲—宇野信夫　小島政二郎〉

＊　寄稿同人新住所　※〈久保田万太郎／山本健吉／平松幹夫／増田良二／木下常太郎／北原武夫／宇野信夫／丸岡明／太田咲太郎／庄野誠一／富田正文／池田みち子／阿部光子／二宮孝顕〉

表紙・作者未詳／発行日・一月一日／頁数・本文全四九頁／定価・一円三十銭／編輯兼発行者・富田正文／発行所・東京都芝区三田　慶應義塾内・三田文学会／発売所・東京都神田区神保町一丁目三九　有限会社能楽社／配給元・東京都神田区淡路町二ノ九　日本出版配給株式会社／印刷者・山田三郎太／印刷所・東京都板橋区志村町五番地　凸版印刷株式会社

■二月号（復活第二号）　【194602】

甲斐中野村（句）1　深川正一郎
マタイ伝（小説）2　北原武夫
編輯後記3

目次注

1　※二十句

2　〈一—十〉〈一九・七・一六〉　※序章を付す

3　庄野評〔誠〕一／丸岡明　※〈北原武夫の「マタイ伝」について／〝昭和廿年十二月号の予定で着々進行し製本にまで漕ぎつけたのだが、二度も戦災に遭ひ今日まで遅延の止むなきに立到った〟本号／盛会の復活記念講演会——絵筆で書いた十余枚のポスタアも紙不足で翌朝には買物の包紙と化す／金行勲、台湾から内地への帰途戦死／終戦後の音信不通者—田中孝雄、末松太郎、村二〔次?〕郎、和木清三郎〉

＊　近く本誌に発表される作品　※〈評論—山本健吉　伊集院清三／詩歌・句—釈迢空　小林善雄／小説—石川淳・今井達夫・原民喜・久保田万太郎・丸岡明／戯曲—小島政二郎・宇野信夫・田中千禾夫〉

＊　寄稿同人新住所　※〈小島政二郎・南川潤・原奎一郎・戸板康二・片山修三・田中千禾夫・水木京太・鈴木重雄・今井達夫〉

＊　※別冊文藝春秋第一号（小説特輯号）の案内あり　〈執筆者—大佛次郎・川端康成／宇野浩二・広津和郎・久保田万太郎・舟橋聖一・井伏鱒二・室生犀星・小林秀雄・林芙美子・平林たい子〉

表紙・作者未詳　※【194601】に同じ／発行日・二月一日／頁数・本文全八一頁／定価・一円五十銭／編輯兼発行者・富田正文／発行所・東京都芝区三田　慶應義塾内・三田文学会／発売所・東京都神田区神保町一丁目三九／配給元・東京都神田区淡路町二ノ九　日本出版配給株式会社／印刷者・山田三郎太／印刷所・東京都板橋区志村町五番地　凸版印刷株式会社

■三月号（復活第三号）　【194603】

野山の秋（詩）1　釈迢空
美しき鎮魂歌（評論）2　山本健吉
六号記（戸板康二・南川潤・阿部光子）3
明月珠（小説）4　石川淳
忘れがたみ（小説）5　原民喜
編輯後記6

目次註

1 ※短歌二十二首。詞書を付す〈故旧とほく疎散して、悉く山野にあり／八月十五日の後、直に山に入り、四旬下らず。心の向ふ所を定めむとなり／ひとり思へば／長夜の宴の如く遊ばむ〉

2 ――『死者の書』を読みて――〈一―四〉

3 〈(戸板康二)／(南川潤)／あしながをぢさん(阿部光子)〉

4 〈一〉

5 〈飛行機雲／財布／花／南瓜／写真／手帳／きもの／日和下駄／手／眼／耳／知慧／読書／勘／こころ／ある朝／けはひ／椅子／霜の宿／門〉

6 柴田錬三郎／長尾雄／丸岡明 ※〈終戦半歳を経た今日の夥しい「雑誌の復活と創刊」とその多大の努力／新日本建設に於る「三田文学」の使命／本号からの六号三段組「六号記」欄／二三の投稿〉

＊ 本社刊行物の御注文に就いて ※〈予約購読／前金切／振込方法の案内〉

＊ ※徳田秋声著『縮図』(小山書店)の広告中、広津和郎による推薦文を付す

表紙・作者未詳 ※【194601】に同じ／発行日・三月一日／頁数・本文全四九頁／定価・三円／編輯兼発行者・富田正文／発行所・東京都芝区三田 慶應義塾内・三田文学会／発売所・東京都神田区神保町一丁目三九 有限会社能楽社／配給元・東京都神田区淡路町二ノ九 日本出版配給株式会社／印刷者・山田三郎太／印刷所・東京都板橋区志村町五番地 凸版印刷株式会社

■四・五月合併号(復活第四号)【194604・05】

雲(詩)1 小林善雄

六号記(今井達夫〔原民喜〕・若尾徳平)2

戯曲特輯3

なよたけ(戯曲・五幕)4 加藤道夫

沈丁花(戯曲・一幕)5 宇野信夫

ぽーぶる・きくた(戯曲・一幕) 田中千禾夫

編輯後記6

目次註

1 〈雲／流れ／紅と青／東京の宿命――一九四五年のドラマ――〉

2 〈(原民喜)／復員(若尾徳平)〉

3 ※本文には、このこと記載なし

4 ――山内顕吉に――〈第一幕〉〔第一幕了、以下次号〕

5 〈(一)・(二)〉

6 太田咲太郎／丸岡明 ※〈戯曲特輯号執筆者紹介と執筆予定者／優れた新人の発掘／その他〉

＊ 謹告 ※振替貯金局の執務混乱による振替申込の一時中止願い

＊ 近刊予告〈『雪解(随想集)』木村素衛・能楽社〉

＊ 寄稿同人新住所 ※〈石坂洋次郎／高岩肇／蘆原英了／佐藤朔／厨川文夫／和木清三郎／小山祐士／西脇順三郎〉

＊ ※同人の公報あり〈田中孝雄―昭和十九年十一月ペリリユ島で戦死／末松太郎―昭和二十年七月十日雷撃を受けて輸送船と運命を共にし戦死〉

＊ 近く本誌に発表される作品〈評論―伊集院清三・古谷綱武／散文詩―原民喜／随想―田中耕太郎・白州〔洲〕正子／外国文学研究―佐藤朔・増田良二／小説―今井達夫・久保田万太郎・丸岡明・釈迢空・柴田錬三郎・石川年／戯曲―小島政二郎・小山祐士〉

＊ ※新生社による三田文学同人(永井荷風、谷崎潤一郎、里見弴、宇野浩二、小島政二郎、吉井勇、正宗白鳥、広津和郎、久保田万太郎)の新刊図書の紹介あり

表紙・作者未詳 ※【194601】に同じ／発行日・五月一日／頁数・本文全五七頁／定価・三円五十銭／編輯兼発行者・富田正文／発行所・東京都芝区三田 慶應義塾内・三田文学会／発売所・東京都神田区神保町一丁目三九 有限会社能楽社／配給元・東京都神田区淡路町二ノ九 日本出版配給株式会社／印刷者・山田三郎太／印刷所・東京都板橋区志村町五番地 凸版印刷株式会社

■六月号(復活第五号)【194606】

戦災と書籍(随想)1 田中耕太郎

散ればこそ(随想) 白洲正子

小さな庭(散文詩)2 原民喜

六号記(今井達夫・二宮孝顕・庄司総一)3

北国にて(小説)4 今井達夫

仮病記(小説)5 柴田錬三郎

なよたけ(戯曲・その二)6 加藤道夫

編輯後記7

目次註

1 〈一―三〉

2 〈庭／そら／閨／菊／真冬／沼／墓／ながあめ／岐阜提灯／朝の歌／鬼灯図／秋／鏡のやうなもの／夜／頌／かけかへのないもの／病室／春〉〔一九四四―四五年〕

3 〈福島通信(今井達夫)／(二宮孝顕)／塩と文学と(庄司総一)〉

4 〈水田／大田植／溪流／仮象／妻の夢／白い窓／水田〉

※第九号(【194612・4701・02】)に続篇掲載

5 〔匇々不一〕

6 なよたけ――五幕――(その二)〈第二幕〉〔第二幕了、以下次号〕

7 丸岡明 ※〈表紙改新、二色刷に／題字について／「新潮」三月号の竹山道雄「失はれた青春」について／遺言を喋らせた「特攻隊員の座談会」といふ放送〉

＊ 業務部より

＊ 寄稿家新住所その他 ※〈和木清三郎・庄司総一・村二〔次?〕郎・池田みち子・北原武夫・内村直也・間宮茂輔・野口富〔冨〕士男・石川年・山本健吉・増田良二・戸板康二の新住所／釈迢空の「歌虚言」(斎藤書店)／久保田万太郎の戯曲集「大寺学校」(新生社)、「月あかり」(鎌倉文庫)、「あぶらど〔で〕り」(養徳社)、「全集」／石坂洋次郎の「若い人」(改造社)、「闘犬図」(新潮社)の刊行〉

＊ 近く本誌に発表される作品 ※〈評論―伊集院清三・古

谷綱武・山本健吉／散文詩—原民喜／外国文学研究—佐藤朔・増田良二・奥野信太郎／小説—久保田万太郎・丸岡明・釈迢空・石川年・南川潤・宇野信夫／小島政二郎・小山祐士・伊沢紀〉

＊ 近刊予告〈『雪解』（随筆集）木村素衛著／『大臣柱』野上豊一郎著／『日本婦人論』福沢諭吉著・富田正文解説／月刊雑誌『能楽』 ※以上能楽社よりの紹介

表紙・作者未詳／題字・鷗外追悼号【192208】より複写／発行日・六月一日／頁数・本文全六五頁／定価・四円／編輯兼発行者・富田正文／発行所・東京都芝区三田 慶應義塾内・三田文学会／発売所・東京都神田区神保町一丁目三九 有限会社能楽社／配給元・東京都神田区淡路町二ノ九 日本出版配給株式会社／印刷者・山田三郎太／印刷所・東京都板橋区志村町五番地 凸版印刷株式会社

■七・八月合併号（復活第六号）【194607・08】

指導者氾濫（遺稿・貝殻追放）1 水上瀧太郎
あとがき2 平松幹夫
終戦まで3 古谷綱武
六号記（柴田錬三郎・原民喜・加藤道夫・戸板康二・小林善雄）
麦愁（小説） 峯雪栄
なよたけ（戯曲・その三）4 加藤道夫
編輯後記5

目次註

1 ——貝殻追放——〔昭和十三年十二月十一日〕
2 〔三・六・二三〕 ※水上瀧太郎の遺稿に付す
3 ——戦場からの復員者に棒ぐ——〈一—五〉〔以下次号〕※著者の応召中、留守宅で記した娘の一年間の体験記——昭和十九年十月二十三日からの日記より——〈十一月三十日—五月十日〉を掲載
4 なよたけ——五幕——（その三）〈第三幕一場—三場〉〔第三幕了、以下次号〕
5 柴田錬三郎／丸岡明 ※〈歯がゆいかな！周囲にいる〝文学を志す二十年代の青年〟たち／文学に志す熱意に燃えてゐるものの、新しき人々の〝道場〟たらしめたい「三田文学」／掲載作品の紹介〉

＊ 業務部より

＊ 近く本誌に発表される作品〈評論—伊集院清三・柴田錬三郎／散文詩—原民喜／外国文学研究—樋口勝彦・佐藤朔・増田良二・奥野信太郎／小説—石川年・阿部光子・宇野信夫・池田みち子・久保田万太郎・丸岡明・釈迢空／戯曲—小島政二郎・小山祐士・伊沢紀〉

表紙・作者未詳 ※【194606】に同じ／発行日・八月一日／頁数・本文全六五頁／定価・四円／編輯兼発行者・富田正文／発行所・東京都芝区三田 慶應義塾内・三田文学会／発売所・東京都神田区神保町一丁目三九 合名会社能楽書林／配給元・東京都神田区淡路町二ノ九 日本出版配給株式会社／印刷者・楠末治／印刷所・東京都板橋区志村町五番地 凸版印刷株式会社

■九月号（復活第七号）【194609】

梅若万三郎さんのこと（随想）1 安倍能成
故情一片2 奥野信太郎
自虐する精神の位置（文芸時評）3 柴田錬三郎
終戦まで4 古谷綱武
六号記（野口富〔冨〕士男・池田みち子・原民喜・富田正文・今井達夫）5
亀（小説） 青木年衛
レスボス（詩）6 シヤルル・ボオドレエル 佐藤朔訳
なよたけ（戯曲・その四）7 加藤道夫
編輯後記8

目次註

1 ※〝この稿、雑誌「能楽」の梅若万三郎特輯号を飾る筈のものなりしが、その雑誌突然廃刊となったため、この雑誌に発表……〟と「編輯後記」に記載あり
2 ——黄瀛詩集跋——
3 自虐する精神の位置——文芸時評（一）——
4 終戦まで（その二）——戦場からの復員者に捧ぐ——〈…／六／七〉〈五月二十三日／㈥六月一日—七月四日／㈦八月四日—八月二十一日〉
5 〈些細なこと（野口富〔冨〕士男）／少女（池田みち子）／（原民喜）／（富田正文）／福島通信（今井達夫）〉
6 〈レスボス／呪はれた女——デルフィヌとイポリット——〉※〝このボオドレエルの未発表の訳詩二篇は、「悪の華」初版上梓の折（一八五七年）削除を命ぜられし六篇の「処罰詩篇《ペエス・コンダネ》」中のもの……〟と付記あり
7 なよたけ——五幕——（その四）〈第四章〉〔第四幕了、以下次号〕
8 丸岡明 ※〈能楽界発行雑誌「能楽」の文化勲章を記念した梅若万三郎特輯号と万三郎の死去（六月二十日・京都）と／連載「なよたけ」の上演予告／旧号三田文学の寄贈〉

＊ 寄稿家消息 ※〈佐藤朔の全訳「悪の華」（ボードレエル）／間宮茂輔「あらがね」／柴田錬三郎「静かなる悲劇」「銀座三代」／古谷綱武「女性のために」「日本の文学者」「日本のおもかげ」／亀井勝一郎「人間教育」（養徳叢書の一冊）／佐藤春夫「旅びと」（同）／度〔広〕瀬哲士「ルソー人生哲学」、ベルグソンの「笑ひの哲学」／庄司総一「陳夫人」（復刊）／芝木好子初の書下し「流れる日」／石川淳「黄金伝説」／「世界月報」の編輯をする小野田政／詩の季刊誌「胡桃」を、もとの「四季」同人と刊行する鈴木亨〉

＊ 業務部より ※〝発売所が能楽社から能楽書林に変更したが事務一切は同所で行っている〟旨を付す

表紙・作者未詳 ※【194606】に同じ／発行日・九月一日／頁数・本文全六五頁／定価・四円／編輯兼発行者・富田正文／発行所・東京都芝区三田 慶應義塾内・三田文学会／発売所・東京都神田区神保町一丁目三九 能楽書林／配給元・東京都神田区淡路町二ノ九 日本出版配給株式会社／印刷者・楠末治／印刷所・東京都板橋区志村町五番地 凸版印刷株式会社

■十・十一月合併号（第八号）　【194610・11】

表紙・目次カット（マチス素描）
ローマ人の招宴に関する諷刺詩1　樋口勝彦
久保田先生（随想）　内田誠
登高／此の砂丘のかげに（詩）2　長光太
はじめての朝（詩）　吉村英夫
ピアノ（詩）　新藤千恵
猟人（詩）　藤島宇内
リアリズムの貧困性（文芸時評）3　柴田錬三郎
六号記
団子鼻の青年　宇野信夫
放送雑感　戸板康二
サロン設計　柴田錬三郎
白い窓（小説）　松田一谷
眼に青葉（小説）　池田みち子
ある時刻（散文詩）4　原民喜
なよたけ（戯曲その五）5　加藤道夫
編輯後記（原民喜・丸岡明）6

目次註

1　※前書あり〝諷刺詩人マール・チアーリスの作品から抜抄、解説、解釈加え訳出……〟と前書あり
2　登高／コノ砂丘ノカゲニ
3　――文芸時評（二）――
4　〈昼／夕／あけがた／昼すぎ／浮寝鳥／梢／径／枯野／星／暁／夜あけ／夕ぐれになるまへ／遠景／枯木／三日月／ある時刻／雪の日に〉〔一九四三―一九四四年〕
5　なよたけ――五幕――（その五）〔第五幕（終幕）〕
6　原民喜／丸岡明　※〈本誌四つの詩篇／執筆者紹介／表紙改新／「なよたけ」完結〉
＊　寄稿家消息　※〈和木清三郎が、新たに和木書店を起し、高橋誠一郎増補「王城山荘随筆」、久保田万太郎増補「芝居修業」、石坂洋次郎短篇集、水上瀧太郎「貝殻追放」を近く刊行／久保万太郎全集刊行―好学社より全十五巻・山下新太郎装幀・監修（小宮豊隆、折口信夫、里見弴、佐藤春夫、三宅周太郎）・編輯（長尾雄、大江良太郎、戸坂［板］康二、安藤鶴夫、久保田耕一）／宇野信夫の「役者」、今井達夫の「愛情の巣」刊行／鈴木信太郎、大場白水郎、青木年衛、浦松佐美太郎、渡辺一夫の住所〉
＊　業務部より　※木村素衛の随筆集「雪解」遅延のことと、同書編輯の都合上「若草」昭和十四年七月号譲渡を請う旨を付す

表紙及び目次カット・「マチス素描」／発行日・十一月一日／頁数・本文全六五頁／定価・四円五十銭／編輯兼発行者・富田正文／編輯室・東京都神田区神保町一ノ三九　能楽書林内・三田文学編輯室／発行所・東京都芝区三田　慶應義塾内・三田文学会／発売所・東京都神田区神保町一ノ三九　能楽書林／配給元・東京都神田区淡路町二ノ九　日本出版配給株式会社／印刷者・楠末治／印刷所・東京都板橋区志村町五　凸版印刷株式会社

一九四七年（昭和二十二年）

■十二・一・二月合併号　【194612・4701・02】

表紙・カット（マチス素描）
新憲法公布のころ1　石井柏亭
「無常といふ事」を読んで2　白洲正子
終戦後の楽壇を顧みて（音楽時評）3　伊集院清三
漢文の価値（文芸時評）4　柴田錬三郎
雪の上の幻想・其の他（詩）5　中村真一郎
愛のうた・其の他（詩）6　朝日柊一郎
悪の裔・其の他（詩）7　大月俊信
輪廻・其の他（詩）8　坂部通男
六号記
年齢を失ふ　青木年衛
大衆の精神へ　峰雪栄
追放令　庄司総一
いくよねざめぬ（小説）9　阿部光子
朝爽（小説）10　今井達夫
編輯後記（原民喜・丸岡明）11

目次註

1　〈一―三〉
2　※標題脇に子規の歌一首を引用「君が歌の清き姿はまん〳〵とみどり湛ふる海の底の玉」
3　終戦後の楽壇を顧みて――音楽時評――
4　漢文の価値――文芸時評（三）――
5　〈雪の上の幻想／夏野の樹／朝の風〉
6　〈愛のうた／鳥の賦／醜女と嬰児（散文詩）〉
7　〈悪の裔／石の門〉
8　〈輪廻／少年期〉
9　〈㈠―㈨〉

10 〈白い路／黒い壁／歳月／牧歌／空色に赤い星／月夜〉〔完〕 ※〝北国にて〟（第五号）の続篇と付す

11 原民喜／丸岡明 ※〈新しい詩人四人／執筆者紹介／戦時中休んでゐた「三田文学の紅茶会」復活―第一回は十月末日、三田の十一番教室で。第二回は十二月十七日、同場所に於て〉

＊ 寄稿家消息 ※〈奥野信太郎の「日時計のある風景」（文藝春秋新社）、柴田錬三郎の「運命の人々」（世界社）と「敗徳の夜」（新紀元社）刊行のこと〉

＊ 夏目漱石全集刊行記念「夏目漱石賞」作品募集 桜菊書院 ※〈規定と発表（予選の結果を昭和二十二年七月号の『小説と読物』に、佳作数篇を同八月号に発表しその中より当選作一篇を決定）・種目（小説、百枚前後）／銓衡委員（石川達三・林房雄・林芙美子・横光利一・武者小路実篤・内田百間・久米正雄・松岡譲・青野季吉・里見弴）〉

＊ ※演劇雑誌「テアトロ」の紹介あり

＊ ※好学社版『久保田万太郎全集（全十六巻）』の紹介あり（監修―折口信夫・小宮豊隆・佐藤春夫・里見弴・三宅正太郎／装幀―山下新太郎）

表紙及びカット・マチス素描／発行日・二月一日／頁数・本文全六五頁／定価・七円／編輯兼発行者・富田正文／発行所・東京都芝区 慶應義塾内・三田文学会／編輯室・東京都神田区神保町一ノ三九 能楽書林内・三田文学編輯室／発売所・東京都神田区神保町一ノ三九 能楽書林／配給元・東京都神田区淡路町二ノ九 日本出版配給株式会社／印刷者・楠末治／印刷所・東京都板橋区志村町五 凸版印刷株式会社

■三月号―五月号休刊

■六月号（小説特輯号） 【194706】

表紙・カット（ピカソ素描）

無銭飲食（小説） 若尾徳平

夏の花（小説） 原民喜

古典追従と現代の創造（文芸時評）1 鈴木重雄

六号記

思想座の創立に就いて2 加藤道夫

新しいフランス小説 吉田俊郎

墓地にて（小説）3 宇野信夫

おセイ（小説） 野口冨士男

編輯後記（原民喜・丸岡明）4

目次註

1 古典追従と現代の創造――文芸時評――

2 ※〝思想座〟一九四六年十月創立〟と付す。尚、すぐに「麦の会」と改組された旨を、次号編輯後記に原民喜が記す

3 〈一―十一〉

4 原民喜／丸岡明 ※〈二百五十年祭から引きつづき賑はしい芭蕉伝――柳田國男の指摘――／小説特輯号四篇の作者紹介／紙面の工面／新しい詩の紹介本号は休載のこと〉

＊ 業務部より ※用紙不足のため定期的印刷不可能のことを謝す

＊ 寄稿家消息 ※〈北原武夫の「マタイ伝」（文体社）・丸岡明の「妖精供養」（世界社）・「やくざな犬の物語」（養徳叢書）・南川潤「掌の性」「夜の虹」（美紀書房）刊行のこと／久保田万太郎が芸術院会員に加入／中村真一郎、今学期より予科のフランス語を担当のこと／石坂洋次郎「朝日新聞」へ小説執筆の予定ほか〉

＊ 第一号より本誌に掲載された作品 ※第一号～第八号の内容紹介

表紙及びカット・ピカソ素描／発行日・六月一日／頁数・本文全六五頁／定価・十五円／編輯兼発行者・富田正文／発行所・東京都港区 慶應義塾内・三田文学会／編輯室・東京都千代田区神田神保町一ノ三九 能楽書林内・三田文学編輯室／発売所・東京都千代田区神田神保町一ノ三九 能楽書林／配給元・東京都千代田区神田淡路町二ノ九 日本出版配給株式会社／印刷者・楠末治／印刷所・東京都板橋区志村町五 凸版印刷株式会社

■七月号―八月号休刊

■九月号 【194709】

表紙・カット（ピカソ素描）

小説が書けないことについて1 鈴木重雄

新人の個性（文芸時評） 渡辺一夫

六号記

敗戦文学論 若尾徳平

小説の「女」と現実の「女」 池田みち子

顔 柴田錬三郎

兎（小説） 庄司総一

痴夢の手記（小説）2 小高根二郎

秋の記録（戯曲）3 内村直也

編輯後記（原民喜・丸岡明）4

目次註

1 ※「丸岡明様」宛書簡の形

2 ※「デカルト変調」の一節と小唄一章、冒頭に引用あり

3 秋の記録（一幕）

4 ※〈花田清輝の「イヴンの馬鹿」／変動のなかの第十一号、とその執筆者／思想座改組「麦の会」のこと／漸く落着きを見せてきた本誌の編輯〉

＊ 業務部より ※印刷にかかるばかりであった本誌一ケ月停滞の詫び

表紙及びカット・ピカソ素描／発行日・九月一日／頁数・本文全四九頁／定価・十五円／編輯兼発行者・富田正文／発行所・東京都港区 慶應義塾内・三田文学会／編輯室・東京都千代田区神田神保町一ノ三九 能楽書林内・三田文学編輯室／発売所・東京都千代田区神田神保町一ノ三九 能楽書林／配給

元・東京都千代田区神田神保町二ノ九　日本出版配給株式会社／印刷者・楠末治／印刷所・東京都板橋区志村町五　凸版印刷株式会社

■十月号休刊

■十一月号 【194711】

表紙（ボッチェリー）・カット（ピカソ）

二つの世界から逃げる[1]　西脇順三郎

露伴的風景（随筆）[2]　土橋利彦

詩を書く迄（評論）[3]　中村真一郎

現代の小説（文芸時評）[4]　平田次三郎

机に[5]　長光太

苦を苦しむ[6]　阿部光子

小説の食難[7]　十和田操

詩

ある夜に　臼井喜之介

眠られぬ夜に[8]　山本杜夫

ある日の地平[9]　藤井やすひろ

さすらひの[10]　小池吉昌

窓（小説）　真下五一

最初の白ばら（小説）　松本恵子

廃墟から（小説）[11]　原民喜

目次註

1　※【194802・03】で文中の「出すのは」を「出さないのは」に訂正あり

2　――私が見た先生――

3　〈マチネ・ポエチックのこと〉

4　――時評風に――

5～7　※「六号記」として

8　〈眠られぬ夜に／薄明／初恋の人に〉

9　〈ある日の地平／真昼のうた〉

10　※「反歌《かへし》」を付す

11　※〝十号【194706】所載「夏の花」の続篇である〟と編輯後記に記す

＊　消息　※〈石坂洋次郎の「美しき暦」（大泉書店）刊行、同小説松竹にて映画化、「青い山脈」は東宝にて映画化／神田清の「恢復期」（角川書店・飛鳥新書）・奥野信太郎の「幻亭雑記」（世界文庫）・今井達夫「海軟風」（光書房）・丸岡明「幼年時代」（角川書店・飛鳥新書）・小高根次［二？］郎「郷愁に愛と夢とを」（臼井書房）・西脇順三郎「旅人かへらず」（東京出版）・「貝殻追放」全巻（文体社）がそれぞれ刊行／和木清三郎、山本健吉、鈴木重雄の近況〉

＊　編輯後記　（原民喜・丸岡明）　※〈復活した詩の紹介／第十一号執筆者紹介／片山敏彦の歌一首／頁数制限の緩和と発行部数減少／「近代文学」第十一号、中村真一郎の「二十世紀小説の運命」での問題（敗戦後まる二年を経た日本の問題）〉

＊　※能楽書林「ざくろ文庫」の紹介あり　〈渡辺一夫文芸評論集『無縁仏』／西脇順三郎エッセイ集『村の言葉』〉

＊　※同じく能楽書林の「ざくろ文庫」の広告中、奥野信太郎「石榴雑記」の一節、紹介あり

＊　※好学社による「近刊予告」として　〈釈迢空短歌綜集　全四巻／久保田万太郎全集　全十六巻／佐藤春夫文芸評論集「文芸他山の石」〉の紹介あり

表紙・ボッチェリー／カット・ピカソ／発行日・十一月一日／頁数・本文全四九頁／定価・十七円／編輯兼発行者・富田正文／発行所・東京都港区　慶應義塾内・三田文学会／編輯室・東京都千代田区神田神保町三ノ六　能楽書林内・三田文学編輯室／発売所・東京都千代田区神田神保町三ノ六　能楽書林／配給元・東京都千代田区神田淡路町二ノ九　日本出版配給株式会社／印刷者・楠末治／印刷所・東京都板橋区志村町五　凸版印刷株式会社

■十二月号 【194712】

表紙（ボッチェリー）・カット（ピカソ素描）　佐々木基一

「堕落論」の周辺[1]　遠藤周作

カトリック作家の問題　柴田錬三郎

魯迅論㈠[2]　野口冨士男

人生如何に生くべきか[3]　山本杜夫

薔薇――A parody――[4]　藤井やすひろ

詩人から批評家へのおねがひ[5]　小高根二郎

無縁者の言[6]

詩

夜の歌　原条あき子

石　梅野幸一

夜の歌　堀越秀夫

山霧　宍戸貫一郎

司祭の手帖（小説）　野村英夫

豚（小説）　河内武一

青春（小説）[7]　峯雪栄

目次註

1　『堕落論』の周辺

2　魯迅論（一）――（1）民族的伝統の性格――〔次号完結〕

3～6　※「六号室」として

7　〈一―五〉

＊　消息　※〈水上瀧太郎の小説「ロンドンの宿」（沙羅書房）・鈴木重雄「少女の勢力」（前田出版社）・石坂洋次郎「浴みする女」（和木書店）「青い山脈」（新潮社）・折口信夫「日本文学の発表［生］序説」（斎藤書店）「死者の書」（角川書店）・岩崎良三「ラテン作家論」（玄同社）それぞれ刊行／久保田万太郎氏息［子息］耕一の脚本「若い人」が十二月有楽座で上演〉

＊　編輯後記　原民喜　※〈執筆者の紹介／〝停電のため執筆できぬ〟――寄稿作家からの返信／リルケの詩とヴォルテールの言葉〉

＊ 三田文学最近号 ※〈第九号～第十二号〉の内容紹介
＊ ※能楽書林「ざくろ文庫」の広告中、奥野信太郎の「石榴雑記」の一節紹介あり（前号とはまた別の一節）。この頃、同書の各節を引用した広告多し
＊ 次号予告

表紙・ボッチェリー／カット・ピカソ素描／発行日・十二月一日／頁数・本文全六五頁／定価・二十円／編輯兼発行者・富田正文／発行所・東京都港区　慶應義塾内・三田文学会／編輯室・東京都千代田区神田神保町三ノ六　能楽書林内・三田文学編輯室／発売所・東京都千代田区神田神保町三ノ六　能楽書林／配給元・東京都千代田区神田神保町二ノ九　日本出版配給株式会社／印刷者・楠末治／印刷所・東京都板橋区志村町五　凸版印刷株式会社

一九四八年（昭和二十三年）

■一月号　【194801】

戦後のフランス文学　佐藤朔
魯迅論1　柴田錬三郎
律動について2　中田耕治
時評の困却3　平田次三郎
見えない者4　真下五一
戦争文学是非5　若尾徳平
テーマに就いて6　内村直也
詩
　坂　村次郎
　先生・蝙蝠7　小泉哲也
　歳月　小林善雄
　気狂　鈴木亨
乾いた路（小説）　鈴木重雄
母子裸像（小説）8　若尾徳平
浜辺（小説）　野村英夫
清らに咲ける（戯曲）9　宇野信夫

目次註
1 魯迅論㈠ 〈㈡その文学的出発／㈢その文学活動〉
2 ──文芸時評── 〈I－V〉
3 ──文芸時評──
4～6 ※「六号室」として
7 先生　小泉哲也 〈先生／蝙蝠〉
8 〈一－八〉
9 清らに咲ける──七景── 〈㈠－㈣〉〔次号完結〕
＊ 編輯後記　原民喜／丸岡明 ※〈久保田万太郎全集第十四巻（随筆）読後感／十四号執筆者紹介（〝中田耕治、近代文学同人とあるのは誤り〟と次号に訂正あり）／十二月六日、水上瀧太郎誕生日記念講演会記（於三田・講演者──折口信夫、三宅正太郎、北原武夫、久保田万太郎、水木京太・座談会出席者──勝本清一郎、奥野信太郎、野口富士男／「社会」十月号掲載の正宗白鳥の小説「唯一の希望」読後感〉
＊ 水上瀧太郎記念会「父」折口信夫／「私の見た阿部章蔵君」三宅正太郎／「水上先生と近代文学」北原武夫／「あの日あの時」水木京太／「学生時代の水上瀧太郎」久保田万太郎 ※十二月六日に催された平松幹夫司会による記念講演
＊ 執筆者・読者各位へ ※〝印刷所の都合にて、本号のみ新仮名遣い。次号よりは旧に復します……〟と記す
＊ ※林書店（奈良市鍋屋町）刊「存在」一号の紹介あり。真下五一、殿岡辰雄、若尾徳平、土田隆、大谷晃一、神沢健二、中川章、小池吉昌、吉村英夫の名前を記す
＊ ※文明社出版部発行「戦災孤児の記録」萩山学園園長島田正蔵、六興出版部発行「武田麟太郎全集」、同じく「幻燈部屋」火野葦平、「大伴家持」岩倉政治、筑摩書房発行「重き流れのなかに」椎名麟三（装幀－庫田叕）、その他、養徳社、好学社発行の新刊・近刊広告あり

表紙・作者未詳／発行日・一月一日／頁数・本文全六五頁／定価・二十円／編輯兼発行者・富田正文／発行所・東京都港区　慶應義塾内・三田文学会／編輯室・東京都千代田区神田神保町三ノ六　能楽書林内・三田文学編輯室／発売所・東京都千代田区神田神保町三ノ六　能楽書林／配給元・東京都千代田区神田淡路町二ノ九　日本出版配給株式会社／印刷者・楠末治／印刷所・東京都板橋区志村町五　凸版印刷株式会社

■二・三月合併号　【194802・03】

文学の交流1　阿比留信
漱石のえがいた女性2　古谷綱武
三人の作家3　中田耕治
進化の原理4　鈴木亨
詩について5　小泉哲也

抒情について6　吉村英夫
韻7　長光太
創作
異神を追ふ8　青木年衛
腐肉9　池田みち子
清らに咲ける（二）10　宇野信夫
（編輯後記）11

目次註

1 ――フランスに於けるアメリカ文学――〔1947.11.16〕
2 ――「それから」の三千代について――〈一―六〉
3 ――文芸時評――
4～7 ※「六号室」として
4 ――詩人の在り方について――
6 抒情の時間　吉村英夫
8 〔断章〕
9 〔終〕
10 清らに咲ける――七景――〈その二〉〈五―七〉
11 原民喜／丸岡明　※〈阿比留信の紹介／「六号室」、五月号から「文学の広場」と改題のこと／横光〔利一〕急逝／編輯室十二月の下旬に引越（毎月第三土曜日の午後定期会合）／三田の新人についての某誌説――南川潤以後柴田錬三郎一人が生き残り――／文学界に於ける早稲田派、三田派、東大派の区別〉

＊ 訂正　※第十二号【194711】の西脇順三郎文、及び第十四号【194801】後記の訂正を記す

＊ 移転御通知　※編輯部・業務部の移転　千代田区神田神保町三ノ六（電話　九段〇八一三・二三八五）

＊ ※銀星閣発行〝作家の編輯した純文学雑誌、知性と情勢の糧〟「月刊文学界」、河出書房発行の土方与志・村山知義共同編集綜合雑誌「テアトロ」の広告あり

＊ ※能楽書林、好学社の新刊・近刊広告あり

表紙・【194801】に同じ／発行日・三月一日／頁数・本文全六五頁／定価・二十五円／編輯兼発行者・太田咲太郎／発行所・東京都港区　慶應義塾内・三田文学会／編輯室・東京都千代田区神田神保町三ノ六　能楽書林内・三田文学編輯室／発売所・東京都千代田区神田神保町三ノ六　能楽書林／配給元・東京都千代田区神田淡路町二ノ九　日本出版配給株式会社／印刷者・楠末治／印刷所・東京都板橋区志村町五　凸版印刷株式会社

■四月号（新人創作特輯号）【194804】

不倫1　野田開作
霧の朝あけ　峯雪栄
母の愛の歌（詩）　朝日柊一郎
黒い小屋（第一回）2　鈴木重雄
蠹毒3　若尾徳平
（編輯後記）4

目次註

1 〈1―10〉〔ある長篇の一章〕
2 〔第一章終り。以下次号〕
3 蠹毒《とどく》〈一―五〉
4 原民喜／丸岡明／その他　※〈四人の新人紹介／「三田文学の会」毎月第四金曜日の午後に変更のこと／倉島竹二郎、小松太郎のたづね人〉

＊ 次号予告　※随筆特輯号

＊ ※好学社発行の西脇順三郎「古代文学序説」、同じく釈迢空短歌綜集「水の上」「遠やまひこ」、佐藤春夫「文芸他山の石」、佐佐木信綱原本複製「梁塵秘抄」、高橋誠一郎「浮世絵講話」、養徳社発行　宮内府所蔵「桂宮本叢書（全二十巻）」など新刊・近刊広告あり

※ 本号、表紙には「新人小説号」と記載あり

表紙・【194801】に同じ／発行日・四月一日／頁数・本文全六五頁／定価・三十円／編輯兼発行者・太田咲太郎／発行所・東京都港区　慶應義塾内・三田文学会／編輯室・東京都千代田区神田神保町三ノ六　能楽書林内・三田文学編輯室／発売所・東京都千代田区神田神保町三ノ六　能楽書林／配給元・東京都千代田区神田淡路町二ノ九　日本出版配給株式会社／印刷者・楠末治／印刷所・東京都板橋区志村町五　凸版印刷株式会社

■五月号（随筆特輯号）【194805】

横光君のこと1　間宮茂輔
創作劇貧困の実態　戸板康二
女生徒と教師の恋愛について2　石坂洋次郎
熱海雑記3　北原武夫
三田風景（絵と文）　鈴木信太郎
創作
游魂の記4　原健忠
黒い小屋5　鈴木重雄
解かれた猿轡6　二宮孝顕
豚と文章　庄司総一
病人の言葉7　南川潤
鳴恋侍　内田誠
晩秋　丸岡明
（編輯後記）8

目次註

1 〔完〕　※生前に故人が筆者に宛てた書簡一通（全文）の紹介あり〔昭和二十二年九月〕
2 〔昭和二十二・十二〕
3 〔二二・一二・三一〕
4 〈I―III〉
5 〔第二回〕〔以下次号〕
6 ――モオリヤックの戯曲と評論――
7 〔四八・一・二〇〕
8 原民喜／丸岡明　※〈随筆特輯号　執筆者紹介／丸岡明の転居のことなど〉

＊ 消息　※〈西脇順三郎の「古代文学序説」（好学社）・高橋誠一郎の「浮世絵講演」（好学社）・柴田錬三郎の「銀座三代」

（万里閣）「恋愛ノート」（最上書房）「虚妄の華」（小説新聞社）・藤島宇内の「詩集　谷間より」（十字屋書店）・佐々木基一の文芸論集「個性復興」（真善美社）・戸坂康二の「わが歌舞伎」（和敬書店）・丸岡明の「生きものの記録」（京都圭文社）・南川潤の「囚はれの女」（林檎書店）・三宅正太郎の「嘘の行方」「裁判の書」（養徳社）、それぞれ刊行の紹介／片山修三が馬渕量司、青山庄兵衛等と思索社を設立、雑誌「思索」「哲学」「個性」を刊行のこと〉

＊　次号予告

＊　※改造社版「横光利一全集」（全二十四巻）の紹介あり。編纂委員——菊池寛・河上徹太郎・中山義秀・橋本英吉・川端康成・小林秀雄

＊　※能楽書林、好学社、養徳社の新刊・近刊広告あり

表紙・作者未詳／発行日・五月一日／頁数・本文全六五頁／定価・三十円／編輯兼発行者・太田咲太郎／発行所・東京都港区　慶應義塾内・三田文学会／編輯室・東京都千代田区神田神保町三ノ六　能楽書林内・三田文学編輯室／発売所・東京都千代田区神田神保町三ノ六　能楽書林／配給元・東京都千代田区神田淡路町二ノ九　日本出版配給株式会社／印刷者・原喜平／印刷所・東京都板橋区志村町五　凸版印刷株式会社

■六月号　【194806】

表現主義　勝本清一郎
ラテン文学のディプライ1　樋口勝彦
死について2
死と僕等3　遠藤周作
死について　加藤道夫
鳥の寓話　丸岡明
創作
豚　庄司総一
二つの短篇4　藤枝静男
黒い小屋5　鈴木重雄
行進歌（詩）6　藤島宇内
鬱情の文学7　梅田晴夫
一つの存在　白洲正子
チエムバロを聴く　田中峰子

目次註

1　〈インフレイションと屁／エピクールスの園／賄賂／アレクサンデル王／メディチのヴィーナス〉
2　Essay on Man　——死について——
3　〔一九四八・二・一八夜〕
4　〈Tさん／一日——昭和三年——〉
5　（第三回）
6　行進歌　♩=60　——日没街道序詩——
7　——文芸時評——　〈I・II〉〔一九四八・一・十三〕

＊　編輯後記　原民喜／丸岡明　※〈石川淳「文学大概」の中の〝小説と作家〟の問題／Essay on Man 欄について／勝本清一郎の評論、鈴木重雄の連載完結のことなど〉

＊　次号予告

＊　※林書店刊「存在」第三号（小説特輯号）、市民書肆発行「純粋詩」MUMEERO 25、能楽書林発行の日仏会館編「日仏文化」第十一輯（特輯——最近のフランス文化）の内容紹介あり

＊　好学社、能楽書林の新刊・近刊広告あり

＊　水上賞の設定「この度、某々氏の好意により、水上瀧太郎先生の偉業を記念し、文学精神高揚のために、水上賞が制定されました。賞金　五万円　なほ同賞の銓衡委員は、次号で発表します。そして詳細は、銓衡委員の意向によつて決定します。　六月十日　三田文学編集部」折込あり

表紙・【194805】に同じ／発行日・六月一日／頁数・本文全六五頁／定価・三十円／編輯兼発行者・太田咲太郎／発行所・東京都港区　慶應義塾内・三田文学会／編輯室・東京都千代田区神田神保町三ノ六　能楽書林内・三田文学編輯室／発売所・東京都千代田区神田神保町三ノ六　能楽書林／配給元・東京都千代田区神田淡路町二ノ九　日本出版配給株式会社／印刷者・原喜平／印刷所・東京都板橋区志村町五　凸版印刷株式会社

■七月号　【194807】

戦後文学の展望
フランスの場合1　白井浩司
アメリカ詩の動向2　阿比留信
過渡期の日本　中田耕治
われも亦アルカデイアに3　岩崎良三
戦後の女性
女性一束　柴田錬三郎
貞操の移動　池田みち子
水上瀧太郎賞設定4
伊豆の伊東　高橋誠一郎
愛について5　野口冨士男
愛について6　原民喜
三田作家論7　梅田晴夫
小説
ぎや・ど・ぺかどる遺聞　小高根二郎
黒い小屋8　鈴木重雄

目次註

1　〔一九四八・三・十九〕
2　〔1948.3.20〕
3　われも亦アルカディアに　※越智文雄訳「田園詩」を前書に引用
4　※水上賞に関すること、本文の何処にも記載なし
5・6　※Essay on Man として
7　〔一九四八・三・三〇〕
8　〈第四回〉〔終〕　※完結のこと編輯後記に付す

＊　編輯後記　原民喜／丸岡明　※〈前号の勝本清一郎「表現主義」／発行日、半年にしてようやく前月の二十日から二十五日の間と決定／鈴木重雄「黒い小屋」／小高根二郎の「ぎや・ど・ぺかどる遺聞」と芥川龍之介の初期の作品と／新人号の野田開作「不倫」評——「エロ小説」説に反論——〉

＊　次号予告

＊※渡辺一夫エッセイ集『無縁仏』（能楽書林）より一節紹介あり

＊※養徳社発行『大和古寺風物誌』亀井勝一郎、同じく『正岡子規』高浜虚子、『中谷宇吉郎随筆集』（重版）の他、能楽書林、好学社の新刊・近刊広告あり

表紙・作者未詳／発行日・七月一日／頁数・本文全六五頁／定価・三十円／編輯兼発行者・太田咲太郎／発行所・東京都港区　慶應義塾内・三田文学会／編輯室・東京都千代田区神田神保町三ノ六　能楽書林内・三田文学編輯室／発売所・東京都千代田区神田神保町三ノ六　能楽書林／配給元・東京都千代田区神田神保町二ノ九　日本出版配給株式会社／印刷者・川口芳太郎／印刷所・東京都港区芝三田豊岡町八　図書印刷株式会社

■八月号　【194808】

新人マニフェスト　鈴木重雄
私小説の解説　若尾徳平
私は新人である　峰雪栄
小説は生理である　野田開作
新心理派？1　遠藤周作
二十歳代の課題　守屋謙二
サンロレンツオ〔サン・ロレンツオ〕の墨絵2
創作
花をさいなむ3　長光太
訪問着　今井俊三
花のソネット4　山本杜夫
日没街道5　藤島宇内
新人展望6　鈴木亨
戦後の子供　松本恵子
二足の草鞋7　内村直也
太田咲太郎君追悼8　二宮孝顕
好ましき紳士　飯沢匡

目次註
1　〔一九四八・四・二〇〕
2　サン・ロレンツオの墨絵
3　〈花をさいなむⅠ〉〔一九四八・四・三〕
4　※詩篇
5　〈宿場1／宿場2／湖／乞食〉〔続く〕
6　新人展望（Ⅰ）――椎名麟三の場合――〈1―3〉〔四・二〇〕
7　――水上瀧太郎氏を想う――
8　〔一九四八・六・二六〕

＊編輯後記　丸岡明／原民喜　※〈太田咲太郎哀悼（慶應病院で外〔他〕界、六月二十四日午後、享年三十八歳）／執筆者紹介〉

＊次号予告

＊※ざくろ文庫の渡辺一夫、西脇順三郎、勝本清一郎、折口信夫、原民喜の新刊・続刊

＊※日仏会館編日仏文化第十一輯『最近のフランス文化』（能楽書林）の広告ほかあり

表紙・作者未詳　※【194807】に同じ／発行日・八月一日／頁数・本文全六五頁／定価・三十五円／編輯兼発行者・太田咲太郎／発行所・東京都港区　慶應義塾内・三田文学会／編輯室・東京都千代田区神田神保町三ノ六　能楽書林内・三田文学編輯室／発売所・東京都千代田区神田神保町三ノ六　能楽書林／配給元・東京都千代田区神田神保町二ノ九　日本出版配給株式会社／印刷者・川口芳太郎／印刷所・図書印刷株式会社

■九月号（エッセイ特輯号）　【194809】

Essay on Man 1
狂気について　渡辺一夫
猿類大学　藤島宇内
芸術上の孤独　草野心平
孤独について2
どん底　ユートピア3　原健忠
ひとつの「どん底」　佐々木基一
白イ奈落　長光太
貧しいユートピア　十和田操
ユートピア断想　岩崎良三
前衛芸術の基盤　上田保
新人展望4　鈴木亨
小〔少〕女ジヤサ5　前島〔嶋〕信二
創作
春は薄緑の服を着て　野村英夫
鏡の舞6　阿部光子
悔7　国原千蔭
水上瀧太郎賞規定8
同人雑誌の動向9

目次註
1　――（狂気について・孤独について）――
2　〔五・一〇〕
3　特輯　どん底・ユートピア
4　新人展望Ⅱ――暗い絵――〔終〕〔六・五〕
5　少女ジヤサ　前嶋信二〔終〕
6　〈(1)―(3)〉
7　※詩
8　第一回水上瀧太郎賞規定　※〈(1)銓衡範囲／(2)銓衡委員（石坂洋次郎・内村直也・奥野信太郎・勝本清一郎・北原武夫・久保田万太郎・小島政二郎・佐藤朔・佐藤春夫・丸岡明）／(3)授賞と公表（賞金五万円。昭和二十三年十二月中旬、塾内演説館にて発表。記念講演会開催。誌上発表は二十四年度一月号）〉
9　〈「近代文学」の現状―平田次三郎／「文学草紙」―原奎一郎／「秋田文学」について―金沢蓁／「文学国土」の主張―高島高／「広島文学」「郷友」―前川範隆／「文祭」の弁―河内潔士〔一九四八・五・二四〕／「新生日本文学」の声―桜井増雄／「作家」の念願―小谷剛／「作品」―山本遺太郎／「九州文学」の性格―矢野朗／「文芸時代」案内―西大助

＊編輯後記　原民喜／丸岡明　※〈エッセイ特輯号と「エッセイ・オン・マン」の連載の意義／水上賞への期待〉
＊業務部より　※寄稿、図書・雑誌の寄贈先などについて
＊次号予告
＊※能楽書林発行山川弥千枝著『薔薇は生きてる』の広告中、武者小路実篤による推薦文を紹介
＊※好学社版「季刊文芸評論」創刊—鷗外特輯の内容紹介あり。辰野隆、折口信夫、斎藤茂吉、日夏耿之介、唐木順三、勝本清一郎、岡崎義恵、荒正人、石川道雄、楠山正雄、吉田精一、島田謹二、後藤末雄、森於菟、岡田八千代、森銑三が執筆
＊※能楽書林の折込広告に、勝本清一郎『近代文学ノート』、西脇順三郎『諷刺と喜劇』、渡辺一夫『無縁仏』、その他、原民喜、折口信夫、佐藤朔、増田渉の続刊を紹介
＊※八雲書店版『決定版　太宰治全集』（全十六巻）の紹介あり。編纂—豊島与志雄・井伏鱒二・石川淳・伊馬春部・亀井勝一郎
＊※養徳社版『武蔵野探勝』高浜虚子編、同じく『柿二つ』高浜虚子、『祇園物語』泉鏡花、その他、新刊・近刊紹介あり
※本号表紙に「エッセイ特輯」と特記あり

表紙・作者未詳　※【194807】に同じ／発行日・九月一日／頁数・本文全六五頁／定価・三十五円／編輯兼発行者・太田咲太郎／発行所・東京都港区　慶應義塾内・三田文学会／編輯室・東京都千代田区神田神保町三ノ六　能楽書林内・三田文学編輯室／発売所・東京都千代田区神田神保町三ノ六　能楽書林／配給元・東京都千代田区神田神保町二ノ九　日本出版配給株式会社／印刷者・川口芳太郎／印刷所・図書印刷株式会社

■十月号　【194810】

鷗外断想　丸岡明
「其面影」の恋愛[1]　古谷綱武
此の二者のうち[2]　遠藤周作
ランボオ詩二篇[3]　堀口大學
情欲について[4]
金粉の雨　樋口勝彦
情欲について　小高根二郎
対決　柴田錬三郎
創作
一つの解決　若尾徳平
舞踏会[5]　十返肇
綴織[6]　阿部光子
水木京太氏追悼
卒直に言ふことを許せ　小島政二郎
良友水木京太氏[7]　三宅周太郎

目次註

1　〈一—九〉
2　——日記抄的文芸時評Ⅰ——
3　ランボオ詩二篇　堀口大學訳　〈三度接吻のある喜劇／「居酒屋みどり」で〉
4　Essay on Man　——情欲について——
5　〈1—3〉
6　〈一—三〉〈鏡の舞Ⅱ〉
7　良友水木京太
＊編輯後記　原民喜／丸岡明　※〈休んでいた三田文学の会を再び紀伊国屋二階で始めること／毎号所載の Essay on Man、いづれは三田文学エッセイ集に／水木京太哀悼（七月一日、急性腹膜炎で享年五十五歳）／「歴程」5号の逸見猶吉追悼号と「逸見猶吉詩集」を読み友人をしのぶ〉
＊次号予告　※新人小説特輯号
＊※能楽書林版　山川弥千枝著『薔薇は生きてる』の広告中、尾崎士郎による推薦文「尾崎士郎氏評」を紹介
＊※市民書肆発行「純粋詩」改題「造形文学」10月号、交叉書房発行「歴程」復刊第六号の内容紹介あり
＊※臼井書房（京大北門前）発行『小高根二郎小説集』、明正堂発行『花にふる雨』宇野信夫、養徳社発行『あぶらでり』久保田万太郎、その他、新刊・近刊広告あり

表紙・作者未詳／発行日・十月一日／頁数・本文全六五頁／定価・四十円／編輯兼発行者・太田咲太郎／発行所・東京都港区　慶應義塾内・三田文学会／編輯室・東京都千代田区神田神保町三ノ六　能楽書林内・三田文学編輯室／発売所・東京都千代田区神田神保町三ノ六　能楽書林／配給元・東京都千代田区神田神保町二ノ九　日本出版配給株式会社／印刷者・川口芳太郎／印刷所・東京都港区芝三田豊岡町八　図書印刷株式会社

■十一月号（新人小説特輯号）　【194811】

主は働き給ふ[1]　上田敏雄
須叟のうた　藤井肇
大人の玩具[2]　野田開作
愛情の泊木　根岸茂一
保菌者[3]　河内武一
秋草の花[4]　阿部光子
書評[5]

目次註

1　〈詩第7号／詩第9号〉
2　〈1—4〉
3　〈1—4〉
4　〈(1)—(4)〉〈鏡の舞Ⅲ〉
5　永遠なるものへの挽歌　J. P. Jacobsen: Niels Lyhne——書評——　小泉哲也
＊十一月号編輯後記　原民喜／丸岡明　※〈新人小説号の執筆者たち／水上瀧太郎賞の選択について〉
＊編輯室より　※三田文学連絡日（毎週水曜日）についての案内
＊次号予告
＊※筑摩書房の『中島敦全集』の広告中、「中村光夫氏」としてその推薦文を紹介
＊※近代文学社刊の著書紹介あり。発売河出書房〈『戦後』荒正人／『野間宏作品集』野間宏／『小林秀雄論』本多秋五／『夏目漱石』平田次三郎〉

＊　※能楽書林、養徳社の新刊・近刊紹介あり
※本号表紙に「新人小説号」と記載あり
表紙・作者未詳　※【194810】に同じ／発行日・十一月一日／頁数・本文全六五頁／定価・四十円／編輯兼発行者・太田咲太郎／発行所・東京都港区　慶應義塾内・三田文学会／編輯室・東京都千代田区神田神保町三ノ六　能楽書林内・三田文学編輯室／発売所・東京都千代田区神田神保町三ノ六　能楽書林／配給元・東京都千代田区神田神保町二ノ九　日本出版配給株式会社／印刷者・川口芳太郎／印刷所・図書印刷株式会社

■十二月号　**【194812】**

創作
海底の月　庄司総一
日没街道1　藤島宇内
忍冬2　阿部光子
シャルルペギイ《シャルル・ペギイ》の場合3　遠藤周作
不倫と母子裸像4　若尾徳平《梅田晴夫》
キヤサリン・アン・ポーター5　堀越秀夫
ジンタン6　吉田小五郎
Essay on Man 7
スカ《ガ》ナレル8　白井浩司
バランスについて　中田耕治
芥川龍之介への手紙9　原健忠
水木京太氏
太田咲太郎氏　年譜10
書評11　亀島貞夫

目次註
1　日没街道Ⅲ〈街道点景／道化／夜霧の街〉
2　〈(1)—(4)〉〈鏡の舞Ⅳ〉　※〝短篇形式の連載「鏡の舞」本号で完結……〟のこと編輯後記に付す
3　シヤルル・ペギイの場合——文芸時評——〈序曲Ⅻ〉
4　不倫と母子裸像　梅田晴夫　※〈若尾徳平の「母子裸像」／野田開作「不倫」〉
5　キヤサリン・アン・ポウター——『墓地』について——〔一九四八・六・二七〕
6　〔一三・八・三〇〕
7　Essay on Man　——バランスについて——
8　スガナレル
9　詩は小説を殺す——芥川龍之介への手紙——〔四八・九・九〕
10　水木京太氏年譜　※〈明治二十七年六月十六日—昭和二十三年七月一日〉／太田咲太郎氏年譜　※〈明治四十四年三月二十日—昭和二十三年六月二十四日〉
11　埴谷雄高『死霊』——書評——
＊　編輯後記　原民喜／丸岡明　※〈郵便物の紛失について／フランシスコ・ザビエルの死後四百年を記念した吉田小五郎「ジンタン」／水上瀧太郎賞の発表記念講演予告（毎日新聞社後援・十二月十一日午後・於毎日ホール）／次号に戸川秋骨賞の規定を発表のこと／同人会の報告—毎月・於新宿紀伊国屋書店の一室（十月の会は勝本清一郎と内村直也の、十一月の会は佐藤朔と片山修三の三十分ずつの話）〉
＊　失はれた歌に　建畠覚造　※詩
＊　水上瀧太郎賞発表記念文芸講演会　※十二月十一日の案内
＊　次号予告
＊　※能楽書林版の山川弥千枝著『薔薇は生きてる』の広告中、尾崎士郎による推薦文「尾崎士郎氏評」を紹介。その他ざくろ文庫の新刊・近刊紹介あり　〈『諷刺と喜劇』西脇順三郎／『近代文学ノート』勝本清一郎／原民喜『夏の花』〉
＊　※細川書店発行『現代日本文学選集』日本ペンクラブ編纂、思索社発行『思索選書』、その他、養徳社、好学社の新刊・近刊紹介あり
表紙・作者未詳　※【194810】に同じ／発行日・十二月一日／頁数・本文全六五頁／定価・四十円／編輯兼発行者・太田咲太郎／発行所・東京都港区　慶應義塾内・三田文学会／編輯室・東京都千代田区神田神保町三ノ六　能楽書林内・三田文学編輯室／発売所・東京都千代田区神田神保町三ノ六　能楽書林／配給元・東京都千代田区神田神保町二ノ九　日本出版配給株式会社／印刷者・川口芳太郎／印刷所・図書印刷株式会社

一九四九年（昭和二十四年）

■一月号（新年号）　【194901】

創作

孤独の影[1]　柴田錬三郎
失われた時間[2]　梅田晴夫
基子[3]　阿部光子
心色　青木年衛
作太の結婚　小高根二郎
鎮魂歌（詩）　宇留田敬一
第一回水上瀧太郎賞発表[4]
略歴と感想　原民喜
　鈴木重雄
　加藤道夫
原民喜君を推す　佐藤春夫
二十世紀文学の性格　白井浩司
堀辰雄論　谷田昌平
Essay on man《〔Man〕》[5]
夢について　池田みち子
青春の彷徨　峰雪栄
夢について[6]　松本恵子

目次註

1　〈一、（六月七日）／二、（六月十二日）／三、（七月二日）／四、（七月五日）／五、（八月三日）／六、（九月廿四日）／七、（九月廿五日）〉　※書簡体
2　〔一九四七・十二・十二〕
3　〈(一)—(二)〉
4　第一回水上瀧太郎賞　同賞銓衡委員会〔昭和二十三年十二月十一日〕
5　ESSEY ON MAN　——夢について——
6　夢
＊　編輯部より　M　※〝水上賞の銓衡委員の言葉のうち、鈴木重雄の「黒い小屋」については久保田万太郎が、加藤道夫の「なよたけ」については石坂洋次郎がそれぞれ次号に発表〟のことを佐藤春夫「原民喜君を推す」の後に付す
＊　編輯後記　原民喜／丸岡明　※〈野村英夫訃報（二十三日）／水上瀧太郎賞記念「三田文学祭」報告（十二月十一日・於毎日ホール・外部から杉村春子、鈴木聡、角田富江が援助。受賞者のうち加藤道夫は入院中のため欠席、佐藤春夫が演壇に）／執筆者紹介／戸川秋骨賞都合で次号に発表／「文学界」新年号から文藝春秋新社の発行になること〉
＊　次号予告
＊　※原民喜小説集『夏の花』（能楽書林・ざくろ文庫）の広告中、「佐藤春夫氏評」として推薦文紹介
＊　※市民書肆刊「造形文学」一月号（創作特輯号）の内容紹介あり
＊　※近代文学社、養徳社『養徳叢書』の新刊・近刊紹介あり

表紙・作者未詳／発行日・一月一日／頁数・本文全六五頁／定価・四十五円／編輯兼発行者・奥野信太郎／発行所・東京都港区　慶應義塾内・三田文学会／編輯室・東京都千代田区神田神保町三ノ六　能楽書林内・三田文学編輯室／発売所・東京都千代田区神田神保町三ノ六　能楽書林／配給元・東京都千代田区神田神保町二ノ九　日本出版配給株式会社／印刷者・川口芳太郎／印刷所・図書印刷株式会社

■二月号　【194902】

創作

煩悩の果[1]　峯雪栄
夫婦の小屋　鈴木重雄
海への埋葬[2]　堀越秀夫
東京の菊（詩）[3]　佐藤春夫
近代文学の一面[4]　上田保
作家の知識力（文芸時評）[5]　阿比留信
神について[6]　西脇順三郎
　山本健吉
　上田敏雄
津村信夫論ノート　野村英夫
野村英夫氏を悼んで[7]　遠藤周作
水上瀧太郎賞
授賞作品を選定して　石坂洋次郎
経過と感想　丸岡明
三田文学祭[8]　野田開作
　根岸茂一
書評[9]　小泉哲也
戸川秋骨賞設定[10]

目次註

1　〈㈠—㈦〉
2　※詩
3　——東京哀歌のうち——　※〝三田文学祭の際に、角田菊〔富〕江に特に朗読を願った〟と編輯後記に付す
4　——T・Sエリオットのことなど——
5　——またそぼくに政治と文学について——〔1948.11.28〕
6　ESSAY ON MAN　——神について——
7　〔5.12.1948〕　※故人が生前望んでゐた一冊の詩集「司祭館」を今度角川書店より上梓のこと、遺稿が雑誌に紹介されることなど付記あり
8　〈「旗あがる」野田開作／「三田文学祭の日に」根岸茂一〉
9　智慧の輪——「近代文学ノート」及び「風刺と喜劇」
10　戸川秋骨賞　〈銓衡委員／種目／賞金〉　※〝詳細は次号で発表〟と付す
＊　編輯部より（S）　※〝水上賞に関して次号では勝本清一郎、内村直也の文を発表〟のこと、石坂洋次郎　丸岡明の文の後に付す
＊　編輯後記　丸岡明／原民喜　※〈野村少年（野村英夫）追悼／近く角川より詩集出版／戸川秋骨賞来月に／伊藤整の「小説の方法」の抜書／野村英夫の遺稿フランシス・ジャ

ムの訳詩〉

＊　次号予告　三月号　※内容紹介あり

＊　※三田文学連絡日案内

＊　※原民喜『夏の花』（能楽書林・ざくろ文庫）の広告中、佐藤春夫による推薦文「佐藤春夫氏評」を紹介（前号所載「原民喜君を推す」中の一節）

表紙・作者未詳　※【194901】に同じ／発行日・二月一日／頁数・本文全六五頁／定価・四十五円／編輯兼発行者・奥野信太郎／発行所・東京都港区　慶應義塾内・三田文学会／編輯室・東京都千代田区神田神保町三ノ六　能楽書林内・三田文学編輯室／発売所・東京都千代田区神田神保町三ノ六　能楽書林／配給元・東京都千代田区神田神保町二ノ九　日本出版配給株式会社／印刷者・川口芳太郎／印刷所・東京都港区芝三田豊岡町八　図書印刷株式会社

■三月号（小説特輯号）　**【194903】**

閉ざされた窓1　原健忠
影の人2　阿部光子
たそがれの部屋　柳田宏
愛物3　今井俊三
見知らぬ人　若尾徳平
美酒　金沢蓁
乾いた足音4　尾竹二三男
花をさいなむ5　長光太
祈禱（遺稿詩）6　野村英夫
戸川秋骨賞規定発表7
水上瀧太郎賞
　委員の一人として　内村直也
　原民喜断章　勝本清一郎
書評8　小泉哲也

目次註

1　〔二四・一・三〕
2　〈㈠―㈤〉
3　〈一―八〉〔完〕
4　〈1―4〉（連作の一部）
5　〈芽を継ぐ（花をさいなむⅡ）／内え〔へ？〕耽る（花をさいなむⅢ）〉
6　――遺稿詩――　〈祈禱／愛するものの／心のなかで〉
※〝「司祭館」のなかから初期・中期・晩年を感じさせる三つを選んだ〟と編輯後記に記す
7　第一回戸川秋骨賞規定　※〈銓衡範囲／銓衡委員―石坂洋次郎・内村直也・奥野信太郎・折口信夫・勝本清一郎・北原武夫・久保田万太郎・厨川文夫・小島政二郎（交渉中）・佐藤朔・佐藤春夫・丸岡明／授賞と公表―賞金五万円・昭和二十四年五月号誌上で公表〉
8　〈戸板康二「歌舞伎の周囲」／丸岡明「生きものの記録」〉
※誤植につき【194905】に編輯部の断り書きあり

＊　編輯後記　原民喜／丸岡明　※〈小説特輯　執筆者紹介／戸川秋骨賞受賞者決定次第、三田で記念講演会／三田文学クラブ、各地に発足―東京（鈴木重雄　遠藤周作）・京都（若尾徳平）・札幌（長光太）―各土地の寄稿家による紅茶会を開催／第二回水上瀧太郎賞の規定、来月号で発表〉

＊　※能楽書林刊　新刊図書の広告あり　〈野上豊一郎編『宝生新自伝』／山川弥千枝『薔薇は生きてる』／小寺融吉・宮尾しげを・新井国次郎『をどりの小道具』〉

表紙・作者未詳　※【194901】に同じ／発行日・三月一日／頁数・本文全九七頁／定価・六十五円／編輯兼発行者・奥野信太郎／発行所・東京都港区　慶應義塾内・三田文学会／編輯室・東京都千代田区神田神保町三ノ六　能楽書林内・三田文学編輯室／発売所・東京都千代田区神田神保町三ノ六　能楽書林／配給元・東京都千代田区神田神保町二ノ九　日本出版配給株式会社／印刷者・川口芳太郎／印刷所・東京都港区芝三田豊岡町八　図書印刷株式会社

■四月号　**【194904】**

ラテン文学のディプライト〔デイプライ〕1　樋口勝彦
作家と旅行2　二宮孝顕
父を亡くした我が子のために3　戸川エマ
役人について4　庄司総一
第二回水上瀧太郎賞規定発表5　阿部光子
創作
緑の壁の一夜　那須国男
衰弱の花卉　根岸茂一
日没街道（詩）6　藤島宇内
蟹の歯車7　蒲山久夫
俘虜記（一三〇枚）8　柳田宏
同人雑誌評9　根岸茂一
書評10　内村直也

目次註

1　〈地動説／ウェヌスの教へ／富／プラースター・カースト〉
2　〔一九三八・十二・三〇〕
3　〔一九四八・十一・十日〕
4　ESSAY ON MAN　――役人について――
5　第二回水上瀧太郎賞規定　〈銓衡範囲／銓衡委員―石坂洋次郎・内村直也・奥野信太郎・勝本清一郎・北原武夫・久保田万太郎・小島政二郎・佐藤朔・佐藤春夫・丸岡明／授賞と公表―賞金五万円・昭和二十五年一月号誌上〉
6　日没街道Ⅳ　〈眠る道化（「道化」第三）／高原馬車（「死人の手紙」その一）――行方不明になった少年のノオト――／大河のほとりを行く道化の一群（「道化」第四）〉
7　〔昭二四・一・九〕
8　〈(1)―(3)〉〔一九四九・一〕
9　〈総論／丹羽文雄「哭壁」／九州文学―「虚像」原田種夫／文芸時代―「花いばら」野口冨士男・「宿敵」八木義徳／作品―「帯」黒木淳吉・「忘れた人」山中卓郎／文学行動―「姉妹」園田あき・「般若と骰子」重光誠一・「時代」明石信吉・「紅い花」小沼丹／存在―「抵抗について」吉村英夫・「いのちありき」若尾徳平／祭日―「花もてる少女」四宮学〉
10　「読書雑記」小泉信三著（文藝春秋新社版）

＊編輯後記　原民喜／丸岡明　※〈もと四ツ谷文学（塾医学部内での雑誌）の同人・蒲山久夫他、執筆者紹介〉／三月六日東京朝日、東京新聞の二紙に偶然掲載された「文壇舞台裏を探る」の特輯での色分け的戦後文学評／早稲田派十五日会の集会（有楽町の「レバンテ」で毎月七十人出席）〉
＊次号予告　五月号
＊※好学社刊「文芸評論」第二輯―小林秀雄特輯の内容紹介あり

表紙・鈴木信太郎／発行日・四月一日／頁数・本文全九七頁／定価・六十五円／編輯兼発行者・奥野信太郎／発行所・東京都港区　慶應義塾内・三田文学会／編輯室・東京都千代田区神田神保町三ノ六　能楽書林内・三田文学編輯室／発売所・東京都千代田区神田神保町三ノ六　能楽書林／配給元・東京都千代田区神田神保町二ノ九　日本出版配給株式会社／印刷者・川口芳太郎／印刷所・東京都港区芝三田豊岡町八　図書印刷株式会社

■**五月号**　**【194905】**

花について　青柳瑞穂 1
山室静 2
内村直也 3
神西清 4　遠藤周作
死に触れた文学 5　小島信一
春の新人創作劇 6　久我三郎
書評 7　梅田晴夫・小泉哲也
創作
平気平三困切石 8　釈迢空
クリスマス・イヴ 9　野田開作
影絵 10　安芸清三郎
かまいたち 11　本橋錦一
続 痴夢の手記　小高根二郎
足跡（詩）　島崎通夫

表紙　鈴木信太郎

目次註

1〜3　Essay on Man
2　〔二・二五〕
4　〈Ⅰ―Ⅳ〉
5　〔二四・二・二八〕
6　―「挿話」「火宅」「山脈」―
7　〈成熟ということ―「劇作選書」第一巻をめぐって―梅田晴夫／倫理的な二つの本―小泉信三「読書雑記」・倉島竹二郎「愛情の四季」―小泉哲也〉※《編輯部より》(S)として三月号小泉哲也の「書評」中の誤植の詫びを付す
8　丸本歌舞伎を今日こゝに捲戻したる大阪にわか・平気平三困切石　※〝戸板康二出版記念会のために書かれたものを乞うて掲載……〟と編輯後記に記載あり
9　〈クリスマス・イヴ其の一〝不安〟〉
10　〈シゲッティの夜／クロチルド／お七〉
11　〈㈠―㈦〉
＊編輯後記　丸岡明／原民喜　※〈雑誌「世界」の三月号―ユネスコから発表された八人の社会科学者の平和声明を日本の五十余名の学者達が検討・討議した報告とそれによって起草された日本からの声明―／執筆者紹介／戸川賞の発表、七月号に／表紙、前号より鈴木信太郎〉
＊編輯室より　※三田文学クラブの東京支部で「三田文学ニュース」発行。同人の消息、作品合評など掲載のこと案内
＊次号予告（特輯　人と作品）
＊三田文学提供佐藤春夫氏公開講座　※佐藤春夫の好意による「近代文学の展望」と題す無料公開講座（五月十六日より隔日六日間・慶應義塾一番教室）の案内
＊※「能楽書林発行書目」（昭和24・4・1）として色刷り四頁分に紹介あり〈原民喜小説集『夏の花』（原子爆弾ヒロシマの体験記・第一回水上賞受賞作品・デッサン―藤川栄子）に対する佐藤春夫の推薦文「佐藤春夫氏評」（2月号のものと同文）／丸岡明最新判『コンスタンチア物語』（挿画―脇田和）の一節「コンスタンチア物語より」／勝本清一郎「近代文学ノート」に対する中京新聞、慶應通信、東京新聞の批評文／西脇順三郎「諷刺と喜劇」に対する読売、毎日各紙の批評文／山川弥千枝「薔薇は生きてる」に対する中里恒子の推薦文及著者の詩一節／ざくろ文庫の各書／月刊文芸雑誌「三田文学」／その他、謡曲本多数〉
＊※能楽書林、ざくろ文庫の新刊紹介あり〈渡辺一夫『無縁仏』／西脇順三郎『風刺と喜劇』／勝本清一郎『近代文学ノート』〉

表紙・鈴木信太郎／発行日・五月一日／頁数・本文全八一頁／定価・六十円／編輯兼発行者・三田文学会　奥野信太郎／編輯室・東京都千代田区神田神保町三ノ六　能楽書林内・三田文学編輯室／発売所・東京都千代田区神田神保町三ノ六　能楽書林／配給元・東京都千代田区神田神保町二ノ九　日本出版配給株式会社／印刷者・川口芳太郎／印刷所・東京都港区芝三田豊岡町八　図書印刷株式会社

■**六月号**　**【194906】**

特輯
鈴木重雄について 1　白井浩司
加藤道夫・人と作品 2　梅田晴夫
峯雪栄の素顔 3　柴田錬三郎
絶対者との対話 4　長光太
主役は誰か 5　北鬼助
涙について 6　若尾徳平
青木年衛
鈴木重雄
文芸時評 7　小泉哲也
創作
肖像画（モオパッサン）　青柳瑞穂訳
不肖の子 8　野田開作
昔の男 9　小谷恒
帽子 10　河内武一
第一回戸川秋骨賞発表 11

表紙　鈴木信太郎

目次註

1～3　※「特輯　人と作品」として
2　――もう一つの秩序――〔四月四日〕
4　――ある友に送る手紙――〔四月三日　札幌　長光太〕
5　〔三・四〕
6　ESSAY ON MAN　――涙について――〈涙について　若尾徳平／暗い小逕に這入って行く　青木年衛／涙について　鈴木重雄〉
7　意識の終末――文芸時評――〈Ⅰ・Ⅱ〉
8　第一章〈1―11〉
9　〈1―4〉
10　〈1―5〉〔終〕
11　同賞銓衡委員会〔昭和二十四年五月十五日〕※〈翻訳―ルソオ「孤独なる散歩者の夢想（青柳瑞穂）／評論―「美しき鎮魂歌」（山本健吉）／評論―「丸本歌舞伎」その他（戸板康二）〉
＊　編輯後記　原民喜／丸岡明　※〈三田文学の「人と作品」特輯／第一回秋骨賞決定　記念講演会開催／執筆者紹介／佐藤春夫の好意による「三田文学講座」での「外国文学の影響と自国古典よりの摂取」という演題のものを近く「三田文学」に発表〉
＊　次号予告
＊　佐藤春夫氏公開講座　案内　※五月十六日から隔日六回「近代日本文学の展望」と題する無料公開講座・於慶應義塾。〈⑴開講の辞／⑵森鷗外のロマンティシズム／⑶新体詩の誕生と成長／⑷自然主義の功罪／⑸外国文学の影響と自国古典よりの摂取／⑹芥川龍之介論〉

表紙・鈴木信太郎／発行日・六月一日／頁数・本文全八一頁／定価・六十円／編輯兼発行者・三田文学会　奥野信太郎／発行所・東京都千代田区神田神保町三ノ六　能楽書林／編輯室・東京都千代田区神田神保町三ノ六　能楽書林内・三田文学編輯室／発売所・東京都千代田区神田神保町三ノ六　能楽書林／配給元・東京都千代田区神田神保町二ノ九　日本出版配給株式会社／印刷者・川口芳太郎／印刷所・東京都港区芝三田豊岡町八　図書印刷株式会社

■七月号【194907】

人と作品
片山修三について1　鈴木重雄
柴田錬三郎のこと2　十返肇
京の女3　白洲正子
観客と笑ひと4　戸板康二
鬼瓦微笑5　十和田操
創作月評6　根岸茂一
文芸時評7　小泉哲也
書評8　原民喜・遠藤周作・柳田宏
小説
俘虜五〇七号9　若尾徳平
忘れられた日10　日野啚夫
あへんのへや11　久良生二
晩秋（詩）12　堀越秀夫
表紙　鈴木信太郎

目次註

1・2　※「特輯　人と作品」として
3　随筆　京の女
4・5　ESSAY ON MAN　――笑ひについて――
4　観客と笑ひと
5　〔一九四九・四・一五〕
6　三田文学四月号〈「緑の壁の一夜」那須国男／「蟹の歯車」蒲山久男／「浮虜記」柳田宏〉文芸往来四月号〈「波打際」新田潤／「道化の街」北条誠／「稚ない話」芹沢光治良〉文学界五月号〈「燈台」（戯曲）三島由紀夫／「トランク」林芙美子／「気違ひ部落の春」きだみのる／「柿の帯」丹羽文雄／「暗い歎きの谷」石川達三〉知識人四月号〈「荒野の雲雀」多田裕計〉思潮五月号〈「郷愁」中谷孝雄／「七週間」中村真一郎〉文芸首都五月号〈「女人行路」大原富枝／「赤き馬を見たり」浜野健三郎／「コレアンの血」保高徳蔵／「酒徒行伝」藤口透吉〉新文学四月号〈「泊り客」網野菊／「風の行方」沢野久雄／「愛撫」庄野潤三／「歌を忘れる」丹羽文雄〉九州文学四月号〈「山湖」峰絢一郎／「妻の座」栄木良子／「病院行」益永誠／「水のうた」古川嘉一の遺稿〉北日本文学創刊号〈「音のない花火」塩谷昌一／「花影」永田佐一郎／「妻は」斯波慧子〉近代文学四月号〈「死霊」埴谷雄高／「死んだ男」青山光二〉文学行動四月号〈「青い垢」井上孝〉※最後に総論を付す
7　「生」の表情――文芸時評――〈1―3〉
8　〈渡辺一夫著「狂気についてなど」（新潮社発行）　原民喜／渡辺一夫著「狂気についてなど」（新潮社発行）　遠藤周作／E. LABICHE・梅田晴夫訳「人妻と麦藁帽子」（世界文学社刊）　柳田宏〉
9　〈一―五〉
10　〔一九四九年三月〕
11　〈一章―三章〉
12　〔一九四八・一一・二三〕
＊　※〈峯雪栄短篇集「煩悩の果て」（講談社・新鋭文学叢書）の出版記念会報告（五月七日・有楽町レバンテ・少数の発起人により、三田文学有志の他に丹羽文雄、古谷綱武、十返肇等が出席）／勝本清一郎、四月から慶大国文科で近代文学の講座を担当／奥野信太郎の全訳「西遊記」（中央公論社）・折口信夫の「世々の歌びと」（鎌倉文庫）・佐藤朔の「ボオドレエル覚書」（講談社）・内村直也のラジオ・ドラマ集「跫音」（世界文学社）刊行の案内／ピカデリで文学座により長期公演される内村直也の戯曲「雑木林」〉
＊　編輯後記　丸岡明／鈴木重雄　※〈佐藤春夫公開講座（「近代文学の展望」）の報告記と速記録掲載のこと／佐藤春夫の三田山上での詩と碑／好評な「人と作品」欄と「エッセイ・オン・マン」欄／執筆者の紹介／期待する原民喜の力作／創作研究会の復活を念願する声（世話人・根岸茂一、遠藤周作、鈴木重雄）〉
＊　次号予告
＊　※ざくろ文庫・渡辺一夫著「無縁仏」の紹介あり

表紙・鈴木信太郎／発行日・七月一日／頁数・本文全八一頁

／定価・六十円／編輯兼発行者・三田文学会　奥野信太郎／発行所・東京都千代田区神田神保町三ノ六　能楽書林／編輯室・東京都千代田区神田神保町三ノ六　能楽書林内・三田文学編輯室／発売所・東京都千代田区神田神保町三ノ六　能楽書林／配給元・東京都千代田区神田神保町二ノ九　日本出版配給株式会社／印刷者・川口芳太郎／印刷所・東京都港区芝三田豊岡町八　図書印刷株式会社

■八月号　【194908】

青春のかゞり火 1　豊田四郎
Essay on Man 2
僕は糾弾する 3　那須国男
戦争について　根岸茂一
戦争について 4　梅田晴夫
美術時評 5　八代修次
人と作品
　山本健吉 6　遠藤周作
　長光太 7　藤島宇内
映画館のモノローグ 8　戸板康二
戸川秋骨賞
　青柳瑞穂君を推す　佐藤春夫
　銓衡後記　内村直也
　受賞者感想と略歴 9　青柳瑞穂
　山本健吉
　戸板康二
書評 10　谷田昌平・中田耕治
小説
　アリスの帰国　岩井苑子
　Prepare to Meet Thy God　野田開作
　冬の旅　大屋典一
表紙　鈴木信太郎

目次注

1 〈㈠—㈢〉〔一九四九・五・三・神奈川療養所のベッドにて〕 ※〝田村栄、小林千枝子両者の口述筆記による〟と「追記」あり
2 ESSAY ON MAN ——戦争について——
3 ※吉田茂首相に対する一文を付す
4 〔一九四九年五月三十日〕
5 〈美術団体連合展／梅原龍三郎と安井曽太郎〉 ※国画会の香月泰男の「幼蠶」、山崎隆夫の「緑の静物」、一水会の渡辺正一の「少女像」についても批評
6 ※最近の作品の主なる目録を付す
7 吹雪の明りに
8 〈ＡＢＣＤ〉
9 受賞者略歴と感想
10 〈原民喜「夏の花」と丸岡明「コンスタンチア物語」—谷田昌平　※能楽書林／ざくろ文庫と内村直也「跫音」—中田耕治　※世界文学社〉
＊ 編輯後記　丸岡明／原民喜　※〈執筆者紹介／次号に戸川賞の銓衡文掲載のこと／京都三田文学クラブでの姉妹誌「存在」（のちに「フィクション」と改称）を若尾徳平、吉村英夫が刊行のこと決定／北海道支部は長光太、塾内支部は村松暎がそれぞれ担当のこと／第一回創作研究会報告（六月二十五日・於紀伊国屋二階・世話役—遠藤、鈴木、柴田）〉
＊ 次号予告

表紙・鈴木信太郎／発行日・八月一日／頁数・本文全八〇頁／定価・六十円／編輯兼発行者・三田文学会　奥野信太郎／発行所・東京都千代田区神田神保町三ノ六　能楽書林／編輯室・東京都千代田区神田神保町三ノ六　能楽書林内・三田文学編輯室／配給元・東京都千代田区神田神保町二ノ九　日本出版配給株式会社／印刷者・川口芳太郎／印刷所・東京都港区芝三田豊岡町八　図書印刷株式会社

■九月号——〝都合により〟休刊

■十月号　【194910】

ラテン文学のディプライ 1　樋口勝彦
厳粛なる笑ひ　串田孫一
新体詩小史 2　佐藤春夫
人と作品
　梅田晴夫氏のこと　中田耕治
　阿部光子　谷田昌平
戸川秋骨賞
　若き代の智慧 3　釈迢空
　大久保のころ 4　奥野信太郎
　戸川秋骨賞紀念会 5　峯雪栄
　高橋・久保田・佐藤三先生祝賀会　今井達夫
書評 6　梅田晴夫・鈴木重雄
小説
　白い顔 7　梅田晴夫
　淀　藤原誠一郎
　連続せる断片　吉田満
表紙　鈴木信太郎

目次注

1 〈ディプレー／スイビュルラの予言書／砂糖／結婚祝辞〉
2 ——「近代日本文学の展望」第二章——
3 ——戸板康二に寄す——
4 ※前号掲載の「次号予告」の題名は、「青柳瑞穂君のこと」とある
5 戸川秋骨賞記念講演会
6 内村直也戯曲集『秋の記録』（能楽書林刊）
7 〔一九四九・五・十二〕 ※〝この小説は「行装」（「群像」昭和二十三年十月号）の続篇をなし、更にこのあと「危険人物」「深淵」「客思」がつづき、五篇をもって長篇小説「五月の花」を構成する〟と付記あり
＊ 編輯後記　原民喜／丸岡明　※〈佐藤春夫の詩「帰村賦」について／経営難の各文学雑誌／三田文学の支部を京都、

札幌に次いで岡崎市に設立／京都の姉妹誌名は「フィクション」と決定のこと／執筆者紹介／水上瀧太郎賞の〆切と発表／三田文学祭開催／三田文学賞のこと／九月号休刊のこと〉

＊　次号予告

＊「草原文学通信教室」開設　草原書房内草原文学通信教室　※講師〈北川冬彦・笹沢美明・村野四郎・妻木新平・木俣修・加藤楸邨・青池秀二・田川飛旅子〉の案内などあり

＊　※能楽書林、ざくろ文庫の新刊広告あり〈モオパッサン・青柳瑞穂訳『或る未亡人』／山室静・北欧童話集『人魚姫』〉

※　本号表紙にも〝新体詩小史」佐藤春夫〟と特記あり

表紙・鈴木信太郎／発行日・十月一日／頁数・本文全八〇頁／定価・六十円／編輯兼発行者・三田文学会　奥野信太郎／発行所・東京都千代田区神田神保町三ノ六　能楽書林／編輯室・東京都千代田区神田神保町三ノ六　能楽書林内・三田文学編輯室／配給元・東京都千代田区神田神保町二ノ九　日本出版配給株式会社／印刷者・川口芳太郎／印刷所・東京都港区芝三田豊岡町八　図書印刷株式会社

■十一月号　【194911】

新世界の文学の開拓者達1　ノーマン・バートレット　樋口譲訳

「怒りの夜」と「悪魔の通過」2　二宮孝顕

外国文学の影響3　佐藤春夫
――近代日本文学の展望のうち――

書評4　丸岡明・鈴木重雄・根岸茂一・長光太

小説

やりきれない青春　根岸茂一

死のかげの谷5　阿部光子

危険人物6　梅田晴夫

表紙　脇田和

目次註

1　ノーマン・バートレット作／樋口譲訳

2　〔一九四九・七・一六〕　※後記あり

3　外国文学の影響――近代日本文学展望のうち――　〔八月二十二日〕　※〝未定稿として発表〟と「筆者追記」中にあり

4　〈永井龍男作品集「手袋のかたつぽ」（日比谷出版社刊）丸岡明／ケストネル著・小松太郎訳「ファビアン」（文藝春秋社刊）鈴木重雄／鈴木信太郎著「お祭りの太鼓」（朝日新聞発行）根岸茂一／逸見猶吉詩集「悶絶の旋律」（十字屋書店刊）長光太〉

5　〈（一）―（四）〉

6　〔長篇「五月の花」第三部〕

＊　編輯後記　鈴木重雄／原民喜　※〈文学座アトリエ第一回公演―加藤道夫訳・ウイリアム・サロイアン演出「わが心高原に」／執筆者紹介／最近の作品評―大屋典一「冬の旅」（三田文学八月号）・中田耕治「花の眼、怪蛇の眼、孔雀の眼、乙女の眼」（近代文学八月号）・鈴木重雄「鶏とチューリップ」（個性九月号）／本号、予告通りの小説特輯号にあらず〉

＊　次号予告　（詩特輯号）

表紙・脇田和／発行日・十一月一日／頁数・本文全八〇頁／定価・六十円／編輯兼発行者・三田文学会　奥野信太郎／発行所・東京都千代田区神田神保町三ノ六　能楽書林／編輯室・東京都千代田区神田神保町三ノ六　能楽書林内・三田文学編輯室／印刷所・東京都港区芝三田豊岡町八　図書印刷株式会社

■十二月号（現代詩特輯号）　【194912】

帰村賦　佐藤春夫

老鶯囀1　堀口大學

虚脱圏　他一篇2　丸山薫

雪夜3　奥野信太郎

遠景　村次郎

夕陽の少女　藤島宇内

晩夏　新藤千恵

乖離4　長光太

沈黙5　堀田善衞

誰も演説してゐない海の底で
僕等自らのためにつくった詩一篇6　金子光晴

夏から秋へ　西脇順三郎

役付のある独白7　ケストネル　小松太郎訳

ランボオの沈黙をめぐって　遠藤周作
――ネオ・トミスムの詩論――

人〔と〕の作品8

徳平ノート　吉村英夫

小高根二郎の印象　小島信一

追白――絶対者との対話について――　長光太

小説

安南劇団の人々　那須国男

深淵9　梅田晴夫

表紙・目次カット　脇田和

扉（漫画　石坂洋次郎）　清水崑

目次註

1　〔妙高山麓関川の里にて　一九四九年夏〕

2　〈虚脱圏／上海〉

3　※冒頭に原詩（対雪　杜子美）紹介

4　〔一九四五―四九〕

5　〈Ⅰ・Ⅱ〉

6　誰も演説してゐない海の底で僕ら自らのためにつくった詩一篇　〔了〕　※「今もなほ引越しあるいてゐる竜宮の歌」を付す

7　エリッヒ・ケストネル作／小松太郎訳

8　人と作品

9　〔九月十二日〕〔長篇「五月の花」第四篇〕

＊　編輯後記　原民喜／丸岡明　※〈復刊以来初の「詩特輯号」／執筆者紹介／水上賞の〆切と三田文学祭／京都の三田文学クラブと福岡の三田文学クラブ／三田文学の経済危機／編輯委員異動―新しく庄司総一、二宮孝顕、加藤道夫、鈴木重雄、白井浩司と、引続き原民喜、丸岡明〉

＊　三田文学祭　※水上瀧太郎賞を記念して開催の三田文学

祭案内〈十二月中旬／毎日ホール／講演者―佐藤春夫、小島政二郎、石坂洋次郎、高橋誠一郎、久保田万太郎、奥野信太郎、青柳瑞穂、北原武夫／ピアノ独奏―安川加寿子／劇―サルトル「出口なき部屋」〉

表紙及び目次カット・脇田和／口絵・「漫画　石坂洋次郎」清水崑／発行日・十二月一日／頁数・本文全八一頁／定価・六十円／編輯兼発行者・三田文学会　奥野信太郎／発行所・東京都千代田区神田神保町三ノ六　能楽書林／編輯室・東京都千代田区神田神保町三ノ六　能楽書林内・三田文学編輯室／印刷所・東京都港区芝三田豊岡町八　図書印刷株式会社

一九五〇年（昭和二十五年）

■一月号（小説特輯号）【195001】

島の声　丸岡明
禽苑1　渡辺喜恵子
第二回水上瀧太郎賞授賞作
客思2　梅田晴夫
家をめぐる女3　久良生二
雨の日の朗吟（詩）　エリツヒ・ケストネル　小松太郎訳
（美術）　八代修次
（映画）　十和田操
表紙・目次カット　脇田和
扉（漫画　佐藤春夫）　清水崑
カット　近藤晴彦

目次註

1 ［次号完結］
2 ※文末に〝水上瀧太郎賞授賞作「五月の花」終篇〟と付す
3 〈老後／死後／姉妹／家〉［完］

＊消息　※〈夏期スクーリングで上京中の慶應通信大学学生有志のため「三田文学」の斡旋で開催の観能会、映画試写会、観劇会、文学座談会報告（観能会―喜多実「半部」「鵺」。染井能楽堂。能曲の後、滝井孝作、松野奏風、演者の喜多実等の話　映画試写会―「北ホテル」東宝試写室。会のあと座談会を催し、原作者ウヰデニィ［ウージェーヌ?］・ダビについて佐藤朔の話　観劇会―文学座の岸田國士作「速水女塾」三越劇場。開幕前特に久保田万太郎の講演と楽屋見学　文学座談会―塾内八番教室で。奥野信太郎、勝本清一郎、丸岡明、原民喜、根岸茂一、鈴木重雄）／塾内三田文学クラブの有志中心に創作研究会開催の案内（毎月第三土曜日、於三田通り「ふじ屋」。既に三回会合すみ）／十月二十二日、三田文学緊急相談会を開催し経営上の難関をどう切抜けるかを相談（於塾監局応接室。小島政二郎、川島二郎、奥野信太郎、勝本清一郎、庄司総一、佐藤朔、二宮孝顕、白井浩司、丸岡明、原民喜達が出席）／講談社文芸関係編輯者との野球の試合で不幸にして敗戦！（三田文学バッテリー―野田開作、今井達夫、尾竹二三男）〉

＊編輯後記　庄司総一／鈴木重雄　※〈四十年の風雪に堪えて続いて来た「三田文学」とその今後の編集方針／第二回水上瀧太郎賞の発表は次号に―水上賞有力候補久良生二他執筆者紹介／経済危機、丸岡明　奥野信太郎の骨折りで打開の向上線上に〉

＊三田文学祭延期通知　※〝一月下旬毎日ホールで開催〟に変更

＊投稿について／月極購読申込

表紙及び目次カット・脇田和／カット・近藤晴彦／口絵・「漫画　佐藤春夫」清水崑／発行日・一月一日／頁数・本文全八〇頁／定価・六十円／編輯兼発行者・三田文学会　奥野信太郎／発行所・東京都千代田区神田神保町三ノ六　能楽書林／編輯室・東京都千代田区神田神保町三ノ六　能楽書林内・三田文学編輯室／印刷所・東京都港区芝三田豊岡町八　図書印刷株式会社

■二月号【195002】

慶應義塾学生ホールを歌へる歌1　佐藤春夫
菊五郎の一生2　三宅周太郎
歪められた影像3　鷲巣尚
ホイツプル氏とサローヤン4　加藤道夫
馬上御免5　金子義男
第二回水上瀧太郎賞発表6
受賞者の言葉7　梅田晴夫
危険な株　楽しみな株8　佐藤春夫
梅田晴夫　内村直也
銓衡経過　丸岡明

英国文芸通信9　B・アィーフォー・エヴァンズ
岸晃良訳
政治　篠原亀三郎
風俗　内村直也
映画　柴田錬三郎
演劇　鈴木重雄
小説
二重唱（一一〇枚）10　庄司総一
禽苑（七〇枚）　渡辺喜恵子
表紙　猪熊弦一郎
目次カット　脇田和
扉（漫画　久保田万太郎）　清水崑
カット　近藤晴彦

目次註

1 慶應義塾学生ホオルを歌へる歌　佐藤春夫　※後出「消息欄」に記載の「三田文学についての打合せ会」の当夜、〝作者自らストーブの前で朗読した作品〟であることを「編輯後記」に記す
2 〔二四・十二〕　※「慶應義塾」講演大要
3 歪んだ影像——もしくはディキンズの写実について——
4 （慶大講師・劇作家）
5 （毎日新聞編輯局参与）
6 同賞銓衡委員会〔昭和廿四年十二月二十二日〕〈小説・長篇「五月の花」梅田晴夫〉　※受賞者の「略歴」を付す
7 水上瀧太郎賞受賞者の言葉〔十二月五日〕
8 危険な株楽しみな株——梅田晴夫を推す所以——
9 B・アィーフォー・エヴァンズ教授作／岸晃良訳
10 〈一―七〉〔一九四九・一二・九〕
＊ ※〈塾内文学部学生有志との座談会（十二月二十二日）開催／塾理事永沢邦男の招きにより三田出身の作家達三十名が学生ホールで今後の三田文学について打合せ会を開催—佐藤春夫の詩朗読、水上賞の授賞式もその席で（潮田塾長、川島理事、橋本文学部長、高橋誠一郎、久保田万太郎、佐藤春夫、村松梢風、西脇順三郎、青柳瑞穂、富田正文、山本健吉、他が列席）／水上賞記念「三田文学祭」二月中旬に／「久保田万太郎の還暦を祝ふカーニバル」開催の報告（十二月三十日午前十時～午後四時・於三越劇場・当会主催・久保田万太郎が白井権八に扮し、久米正雄（幡随院長兵衛）、永井龍男（飛脚）、小島政二郎（雲助）、宮田重雄（同）等が出演）／月例「紅茶会」報告（十二月十七日・於教育会館・引続き「竜宮」で同人有志の忘歳会。佐藤朔、奥野信太郎、田辺茂一、遠藤正輝、峯雪栄、渡辺喜恵子、編集の末松英子他が出席）〈三田文芸ジャーナリストの会　第一回開催予告（一月二十一日午後七時・於新宿紀伊国屋書店喫茶部）／京都三田文学クラブ編輯の「フイクション」第一集刊行—若尾徳平、吉村英夫、河内潔士達が執筆／内村直也の放送劇「えり子と共に」、毎週水曜日に連続放送—半永久的に続けられる画期的企画〉
＊ 編輯後記　二宮孝顕／白井浩司　※〈〝塾当局が三田文学関係者を招き一夕懇談会を催した〟ということの気運！／執筆者紹介／表紙改新（塾学生ホールの壁画に因んだデッサン）／雑誌「三田文学」のとるべき姿勢——ティボデの「文学アリバイの説」と文学青年的精神の反省——／経済的諸困難に直面してゐる「三田文学」〉

表紙・猪熊弦一郎／目次カット・脇田和／カット・近藤晴彦／口絵・「漫画　久保田万太郎」清水崑／発行日・二月一日／頁数・本文全八〇頁／定価・六十円／編輯兼発行者・三田文学会　奥野信太郎／発行所・東京都千代田区神田神保町三ノ六　能楽書林／編輯室・東京都千代田区神田神保町三ノ六　能楽書林内・三田文学編輯室／印刷所・東京都港区芝三田豊岡町八　図書印刷株式会社

■三月号（水上瀧太郎賞受賞者創作特輯）【195003】

美しき才能1　勝本清一郎
最初の女子聴講生2　松本恵子
鐘引3　白洲正子
宿命4　戸川エマ
聖母像由来後日物語5　田中峰子
芸術と革命6　堀越秀夫
（美術）　八代修次
（風俗）　戸板康二
（映画）　二宮孝顕
（演劇）　渡辺喜恵子
（スポーツ）　北野孟郎
人と作品
丸岡明の文学　内村直也
河内武一君の身上　小高根二郎
ペン・ニュース7
編輯後記8　庄司総一・加藤道夫
創作
人魚と夏みかん9　鈴木重雄
戦争と娘たち　梅田晴夫
魔のひととき（詩）　原民喜
赤い渦　大屋典一
表紙　猪熊弦一郎
扉（漫画　永井荷風）　清水崑
目次カット　脇田和
カット　近藤晴彦

目次註

1 美しい才能〈松本恵子／白洲正子／戸川エマ／田中峰子〉
2～5 ※5の後に筆者紹介あり
6 〔了〕
7 ※〈三田文学　創刊四十周年に当り、五月号を記念号とすべく検討中のこと／遠藤周作、四月上旬渡仏（リヨン大学に留学、三年の予定）／奥野信太郎の「西遊記」全訳（第一巻に当る部分を中央公論社より出版・第二巻も近く訳了）／好評なラヂオ・ドラマ「えり子とともに」（内村直也）、近く映画化／石坂洋次郎の「山のかなた」（読売新聞連載）が、

「青い山脈」「女の顔」「石中先生行状記」に引つゞき藤本プロダクションによって映画化〉
※〈三田文学「水曜会」の誕生—三田出身の文芸関係ジャアリスト〔ジャアナリスト〕の会が、三田文学「紅茶会」と合併、今後毎月第一水曜日の午後七時から新宿紀伊国屋喫茶部で開く（もと水上邸で開かれてゐた「水曜会」を襲名。南部修太郎、水木京太、杉山平助、矢崎弾、太田咲太郎、今川英一、石河譲治、金行勲、田中孝雄、末松太郎等がもとの「水曜会」の常連）〉
8　※〈梅田晴夫の「水上賞」受賞とモンテルランの言葉／果せなかった三月号、「水上賞受賞者特集」の予定／本号の小説三編／経営困難の三田文学に望む新しい気運—活気を湧き立たせる様な作品の投稿〉
9　※文末に〝鶏とチューリップ」「印度リンゴ」を合わせて三部作〟と付す
＊　※新刊図書の紹介あり〈オルコット作・松本恵子訳『薔薇物語』湘南書房／勝本清一郎『近代文学ノート』能楽書林刊／丸岡明『コンスタンチア物語』能楽書林刊〉
＊　※河出書房版　小西茂也訳（本邦初訳）『ダルタニャン色ざんげ』の広告中、「訳者の言葉」の紹介あり
＊　※能楽書林の広告中、日本図書館協会推薦図書の紹介あり〈原民喜『夏の花』／内村直也戯曲集『秋の記録』／粟津清亮『謡曲物語』〉
表紙・猪熊弦一郎／目次カット・脇田和／カット・近藤晴彦／口絵・「漫画　永井荷風」清水崑／発行日・三月一日／頁数・本文全八〇頁／定価・六十円／編輯兼発行者・三田文学会　奥野信太郎／発行所・東京都千代田区神田神保町三ノ六　能楽書林／編輯室・東京都千代田区神田神保町三ノ六　能楽書林内・三田文学編輯室／印刷所・東京都港区芝三田豊岡町八　図書印刷株式会社

■四月号　【195004】

日本あんそろじい[1]　佐藤春夫
演劇のサイドから　菅原卓
のど自慢その他　服部正
継母というもの　池田みち子
観潮楼の址　加宮貴一
青春の館　谷口吉郎
官能小説の果て　勝本清一郎
ロマンティシズムへの方向[2]　谷田昌平
詩
海景　堀田善衛
海の道化たち[3]　藤島宇内
新人特輯
龍之介について　伊藤忠三
太宰治について　金子美那
創作
海の午後　三木雄介
一塊の砂糖[4]　若林真
精神貴族　根岸茂一
（編輯後記）[5]　鈴木重雄・白井浩司
表紙　猪熊弦一郎
扉（小島政二郎）　清水崑
目次カット　福沢一郎
カット　福沢一郎・近藤晴彦

目次註

1　日本あんそろじい㈠〈はしがき／㈠うみの琴〉
2　——文芸時評——
3　——日没街道Ⅵ——
4　〈Ⅰ—Ⅳ〉
5　※〈新人特輯のプラン／佐藤春夫、勝本清一郎、根岸茂一ほか執筆者紹介／五・六月号は三田文学創刊四十周年記念号を予定〉
＊　ペン・ニュース　※〈水曜会の発展（三月一日の会合には四十五人参集。幹事—白井浩司、鈴木重雄、今野円輔、小塙学。毎月第一水曜日・新宿紀伊国屋喫茶部にて開催）／三田文芸会発会！（山本久三郎会長。四月日比谷公会堂で発会式、その会の第一部に三田文学同人達の文芸講演会を予定）／久保田万太郎が、三田文学創刊当時からの文学的回想「よしやわざくれ」を「文芸」に連載／創刊四十周年記念号（五月号・六月号）に張切る編輯室の同人達／太田咲太郎、石坂洋次郎、蘆原英了の消息〉
〈ペン・クラブの「ノーモア・ヒロシマス〔ヒロシマ？〕」の会（四月十四日・於広島・丸岡明、原民喜出席予定）／和木清三郎が「野球世界」を経営／山本健吉が角川を退社、評論一本の文芸生活に這入る〉
＊　※新刊図書の紹介あり〈佐藤春夫著・童話集『りんごのお化』・童話集『蝗の大旅行』芝書店〉
表紙・猪熊弦一郎／目次カット・福沢一郎／カット・福沢一郎　近藤晴彦／口絵・「小島政二郎」清水崑／発行日・四月一日／頁数・本文全八〇頁／定価・六十円／編輯兼発行者・三田文学会　奥野信太郎／発行所・東京都千代田区神田神保町三ノ六　能楽書林／編輯室・東京都千代田区神田神保町三ノ六　能楽書林内・三田文学編輯室／印刷所・東京都港区芝三田豊岡町八　図書印刷株式会社

■五月号（四十周年記念号）　【195005】

小泉信三氏訪問記　佐藤春夫
ラテン文学のディプライ[1]　樋口勝彦
寺の庭[2]　村松梢風
去年の日記より[3]　久保田万太郎
日本あんそろじい[4]　佐藤春夫
ノーベル文学賞と日本作家　勝本清一郎
追ひ立てられた疎開者の歌　堀口大學
三田文学回顧　山本久三郎
栄山寺　内田誠
思ひ出　丹羽文雄
三田の友よ　木々高太郎

さゝやかな幸福　倉島竹二郎
つながり　青江舜二郎
森の絵　串田孫一
歳月の河　日野啓夫
水曜会のことなど　丸岡明
創作
雨　今井達夫
遊動円木（戯曲一幕）　内村直也
あづまはや　加宮貴一
夏の帯5　南川潤
（編輯後記）6　庄司総一・二宮孝顕
表紙　宮田重雄
扉（森鷗外）7　清水崑
目次カット　福沢一郎
カット　近藤晴彦

目次註

1 〈大工の子／火中生物／借金／愛厭〉
2 〈一・二〉
3 〝去年の日記〟より〈七月六日―十日〉※題名右肩に小活字で〝今日、たま〳〵庭に百合の芽をみいでてすなはちとりいだしたる〟と付す
4 日本あんそろじい(二)〈(二) うら桑の木／(三) 影媛あはれ〉
5 ※〝長篇「妖婦」の一部。未発表。その前後のものは各章毎に「小説新潮」「ホープ」等に掲載した〟と付記あり
6 ※〈三田文学四十周年記念を迎えて集まった多くの意見企画――三田文学四十人集、三田文学今昔座談会、永井・谷崎の対談、往復書簡等々〉
7 ※〝大正十年八月発行の三田文学「森鷗外」追悼号口絵写真による〟と筆者の直筆あり
＊ ※久保田万太郎〝去年の日記より〟の後部に、久保田万太郎が三田文学創刊号などに関して記した「文芸」連載「よしやわざくれ(二)」の一節紹介あり
＊ ※新刊図書の紹介あり〈小寺・宮尾・新井『をどりの小道具』／丸岡明『コンスタンチア物語』能楽書林／坂元雪鳥『謡曲研究』能楽書林〉
＊ ※石坂洋次郎作、藤本真澄製作、新東宝・藤本プロ提携作品「山のかなたに」の紹介あり

表紙・宮田重雄／目次カット・福沢一郎／カット・近藤晴彦／口絵・「森鷗外」清水崑／発行日・五月一日／頁数・本文全八〇頁／定価・六十円／編輯兼発行者・三田文学会　奥野信太郎／発行所・東京都千代田区神田神保町三ノ六　能楽書林／編輯室・東京都千代田区神田神保町三ノ六　能楽書林内・三田文学編輯室／印刷所・東京都港区芝三田豊岡町八　図書印刷株式会社

■六月号（四十周年記念号　第二冊）【195006】

日本あんそろじい1　佐藤春夫
学校　青柳瑞穂
三田文学と私　二宮孝顕
実名小説雑感　山本健吉
時評断章　勝本清一郎
原爆の図を見て　八代修次
座席　田辺茂一
ファビアンの作者　小松太郎
詩　庭に菫が咲くのも　西脇順三郎
四月十五日記　井伏鱒二
作家と自由2　阿比留信
誕生日の夜の回想3　遠藤周作
創作
刻印　那須国男
La Bonne Chanson 4　加藤道夫
桂子と私と妻5　小高根二郎
ふうてん村教会6　久良生二
（編輯後記）7　加藤道夫・鈴木重雄
表紙　宮田重雄
扉（水上瀧太郎）　清水崑
目次カット　福沢一郎
カット　福沢一郎

目次註

1 日本あんそろじい(三)〈(四) 山川に〉
2 ――現代作家の態度――
3 〈I―IV〉〔22. Avril 1950〕
4 （放送の為に）※詩人ポール・ヴェルレーヌを主題にした放送劇。鈴木信太郎、小林秀雄、上田敏による訳詩（「こよなき歌」「叡知」「酔ひどれ船」「秋の歌」）を挿入（朗読）
5 ※〝続痴夢の手記〟と付す
6 〈雪の日曜〉〔以下次号〕※冒頭に「詩篇第五七篇第一章」の一節引用
7 ※〈四十周年記念第二冊の刊行／創刊時代の三田文学をとりまいていた内的現実、外的現実と今日のそれと／記念号の内容と執筆者紹介／和木清三郎以後戦争中の文芸雑誌御難時代を披〔庇?〕護した丸岡明が編集を次期に譲ること！――新編集責任者も内定／〝政変に非ず革命に非ず常に新しき文学への代謝〟を期待される「三田文学」〉
＊ ペン・ニュース ※〈那須国男の「還らざる旅路」（個性七月号）が、戦後第二回目の芥川賞、同第二回の横光賞の候補に、同じく水上賞第二回の有力候補に／若尾徳平の「浮虜五〇七号」（三田文学前年度七月号）と大屋典一の「冬の旅」（同八月号）が共に戦後第二回直木賞候補に／佐藤春夫の五十九回誕生を祝ふ会、佐藤を囲む後輩達によって開催―四月九日、於白金猿町磐若苑。奥野信太郎お家芸など披露／石坂洋次郎が主婦之友社から「少年少女世界名作文庫全十巻」を責任編輯、出版―松本恵子、鈴木重松、庄司総一、小松太郎、原民喜、鷲巣尚、戸川エマ、丸岡明、奥野信太郎が参画／久保田万太郎全集全十八巻（好学社）完了／賑やかだった遠藤周作渡仏（六月四日、マルセイユ号で）の送別会―四月二十二日、於江戸善。神西清、梅崎春生、佐々木基

一、中田耕治等三十余名が集会／小島政二郎が久保田、里見、久米と招かれて三重県下へ／白井浩司、サルトルの全集（京都人文書院）の仕事のため半年ほど三田文学編輯の手伝ひを休むこと〉

＊ ※慶應大学に於て大好評を受けた佐藤春夫の特別講座速記録『近代日本文学の展望』（講談社）の内容紹介

＊ ※新刊図書の紹介あり〈モオパッサン・青柳瑞穂訳『水の上』思索社刊・『或る未亡人』能楽書林／新潮文庫――石坂洋次郎『馬車物語』・モンテルラン・堀口大學訳『無駄奉公』／佐藤春夫『ピノチオ』（コロデイの音数）中央公論社／井伏鱒二作品集『試験監督』『本日休診・遙拝隊長』文藝春秋〉

＊ ※千代田生命の広告中、「慶應義塾と千代田生命」の由縁と福沢諭吉の言の紹介あり

＊ ※原田義人、那須国男、高山毅、丸岡明等による「文学賞批判」掲載の近代文学社刊「近代文学　六月号」の内容紹介あり

＊ ※草原書房の唯一の投稿雑誌「月刊文学集団」の紹介、及び「草原文学通信教室」の案内あり

表紙・宮田重雄／目次カット・福沢一郎／カット・福沢一郎／口絵・「水上瀧太郎」清水崑／発行日・六月一日／頁数・本文全八〇頁／定価・六十円／編輯兼発行者・三田文学会　奥野信太郎／発行所・東京都千代田区神田神保町三ノ六　能楽書林／編輯室・東京都千代田区神田神保町三ノ六　能楽書林内・三田文学編輯室／印刷所・東京都港区芝三田豊岡町八　図書印刷株式会社

■七月号以降、一九五一年（昭和二十六年）四月号まで休刊

一九五一年（昭和二十六年）

■五月号（復刊第一号）【195105】

表紙・裏表紙　木々高太郎
カット　鈴木信太郎
扉　ピカソ　解説1　宮田重雄
邪神（小説）2　佐藤春夫
道化の顔（小説）　丸岡明
熱海春色（小説）3　北原武夫
美女と錬金術（中華小説）4　奥野信太郎
評論
ジイドの死　佐藤朔
現代のイタリア文学　清水三郎治
嘉村礒多年譜5　山本健吉
賭け事（詩）6　佐藤春夫
詩三篇（詩）7　佐和浜次郎
時評8
詩国太平記（詩壇）9
日本の作曲家（楽壇）10
探偵小説（文壇）11
文壇政府（文壇）12
手紙の会話（新刊紹介）13　内村直也
番茶の後（雑記）14
ウォレス・ステグナー氏夫妻を囲みて（座談会）15
佐藤春夫・丸岡明・奥野信太郎・清岡暎一
内村直也・平松幹夫・木々高太郎

目次註

1 ※ピカソと、その「女の首」について
2 ――一名「目ひとつの神」――
3 〔完〕
4 ――今古奇観より――　奥野信太郎訳　※（註）一・二を付す
5 ※〈一八九七年（明治三十年）―一九五〇年（昭和二十五年）〉
6 ――或は尾州白狐謡由来――
7 〈紋章（1―5）／自意識（1―3）／戯画（1―3）〉
8 匿名批評　※〝本誌の匿名批評は二つの掟をもつ、一は人身攻撃に亘らず、二は筆者符号を有して混同せず。この外は全く無法の国、無治の関。愛憎勝手たる可し〟と目次頁に注記あり
9 詩国順礼　※筆名
10 高本勇
11 鬼面獅子
12 屋井寛伝
13 ――波多野勤子「少年期」――
14 〈解題（木々高太郎）※永井荷風論と同時に「三田文学」発生論でもある小島政二郎の「永井荷風」（文藝春秋三月号）と三田文学復刊後の編集方針／……（丸岡明）※敗戦直後から、今回の休刊前までの四年半／家常茶飯詩抄――山妻に代って放送局の召に応ぜざるの辞――（佐藤春夫）／和木さんのこと（北原武夫）※三田文学紅茶会に於ける改造編輯長小野田の発言と和木清三郎編集時代回顧／匿名時評（木々高太郎）※三田文学「匿名時評欄」の意図するもの／賞について（木々高太郎）※文壇に於て、重きをなしてゐるとは言えぬ三田文学賞・水上瀧太郎賞と、その当分の休止が意味する「三田文学誌」の姿勢／相聞（奥野信太郎）※六首／予告（木々高太郎）※アルフオンス・ド・サド（サド侯爵）の小説「ジュスティーヌとジュリエット」の翻訳連載のこと〉※〝同人雑記兼編輯後記〟とのこと。また〝雑記は同人を主とするが、同人に対する寄書もはいる。但し凡て署名する〟と目次頁に注記あり
15 ステグナー博士／ステグナー夫人／佐藤春夫／丸岡明／奥野信太郎／清岡暎一（通訳）／内村直也／平松幹夫（通訳）／木々高太郎（司会）〈紹介／アメリカの大学の「創作科」

／文学の世界性と地方性／純文学と通俗文学〉 ※ウォーレス・ステグナー博士略歴を付す。また〝アメリカ文学・文学そのもの・科学の進歩と道徳の進歩・日本の印象〟と目次頁に註記あり

＊ Dear Mr. Sato: Sincerely yours, Wallance Stegner ※ウォレス・ステグナーより佐藤春夫に宛てた書簡。ウォレス・ステグナーの写真を付す

＊ ※前項書簡の訳を紹介。〝二月四日午後、滞京中のウォーレス・ステグナー夫妻と令息が、佐藤春夫を訪ね歓談したときの礼状〟とある

＊ ※酣燈社刊行『学生文庫』『詩人全書』、同じく『ヒルトン選集』の再版発売図書の紹介あり〈山崎清一訳『鎧なき騎士』／渡辺久子訳『失はれた地平線』／水野正夫・小林正共訳『アンドレ・モーロア英国史 上巻・下巻』〉

表紙・木々高太郎／裏表紙・「ジョン・マリイ・ギュヨオ」※波斯の伝説の一節紹介―木々高太郎／口絵・ピカソとその「女の首」 解説―宮田重雄／カット・鈴木信太郎／発行日・五月一日／頁数・本文全一二六頁／定価・九十円（地方価九十五円）／編輯兼発行人・三田文学 奥野信太郎／発行所・東京都千代田区神田鎌倉町六 株式会社酣燈社／編輯室・東京都千代田区神田鎌倉町六 酣燈社内 三田文学編輯室／印刷所・東京都中央区西銀座六ノ二 細川活版所

■六月号（復刊第二号） 【195106】

表紙・裏表紙 木々高太郎
カット 鈴木信太郎
扉 ピカソ 解説 宮田重雄
永井荷風研究（座談会）1
佐藤春夫・小西茂也・奥野信太郎
木々高太郎・北原武夫・丸岡明
曹禺の「雷雨」について2 佐藤一郎
山の酒（詩） 西脇順三郎
匿名批評
喧嘩を買つて売る3／舟橋版・源氏物語4／探偵作家クラブ賞5／丹羽文雄寸言6／雑誌往来7／映画月旦8
文学の変貌（新刊紹介）9 白井浩司
原民喜追悼（付年譜）10
佐藤春夫／丸岡明／佐々木基一／長光太
埴谷雄高／内村直也／岩崎良三／本多秋五
番茶の後（同人雑記）11
小説推薦の言葉12
「デスマスク」について13 佐藤春夫
「ガラスの靴」について14 北原武夫
デスマスク（小説）15 柴田錬三郎
ガラスの靴（小説） 安岡章太郎
モウリス・ド・ゲランの日記（小説）16 青柳瑞穂
ジュスティーヌとジュリエット（第一回）17
アルフオンス・ド・サド
木々高太郎訳

目次註

1 〈小島氏の見た荷風と荷風文学の本質／女性に対する荷風の興味と荷風の女性観／荷風に於ける外国文学の影響と特質／孤独な独身生活に於ける荷風の日常／創作生活に於ける荷風の態度と特色／荷風は美食家か？荷風と鷗外の相異／荷風文学に於ける人間と自然との関係／女に対する興味、サデイズム、詩の翻訳／荷風の意地悪さと戯作者精神の関連／日常生活に於ける荷風の印象と性格／文学史上に於ける荷風文学の位置／荷風文学の影響とその後を継ぐもの／事物や現象に対しこの荷風の記憶力／文壇での独特の生き方と文学的価値〉 ※清水崑画く永井荷風の漫画（本誌三月号【195003】の口絵掲載分）一点を付す。また〝永井荷風の「作」のみならず「人」を分析して深刻、談者等の最上の敬意、他誌の追随を許さず〟〝荷風文学の本質―女性に対する興味―外国文学の影響―荷風の日常―創作生活―荷風と鷗外の相異―人間と自然―サデイズム―戯作者精神―日常生活―その後を継ぐもの―荷風の記憶力〟と目次頁に註記あり

2 〔昭和二六・三月二十日稿〕

3 二世直木三十五 ※〝東京新聞の発行部数について文化部長（池田太郎）より訂正申し入れがあった〟と次号最終頁に「訂正」あり

4 船橋版・源氏物語（Z）

5 市貫治郎

6 （V）

7 （P）

8 近藤ほめ代

9 ――新刊批評――〈加藤周一著「抵抗の文学」（岩波新書）〉

10 〈原民喜略年譜（山本健吉・佐々木基一編） ※一九〇五年（明治三十八年）―一九五一年（昭和二十六年）／原民喜の死（丸岡明）／原民喜断想（佐々木基一）／青い針裸身の（長光太）〔一九五一・三・二七〕／鎮魂歌のころ（埴谷雄高）／民喜に（原守夫） ※故人が少年の頃から尊敬していたという佐藤春夫が告別式のときに親しく詠んだ歌一首紹介――ナニユエニ イヅクニユキシ君ナリヤ 問フベキスベノナキゾ セツナキ――／牡蠣――静まれるものを動かす勿れ――（岩崎良三）／火焔の子（本多秋五）〔一九五一・三・三一〕／三月十三日夜の事（佐藤春夫） ※追悼詩〉

11 〈世界のネヂ釘（H・S）／マチス展（丸岡明）／南方熊楠全集のために「古今無類、天下独歩の文を薦む」と題して――南方熊楠全集のために――／三田文学同人について ※編輯者名（六名）列記の「復刊通知」から出た「久保田万太郎除外説」とその真相・「三田文学同人」と「編輯責任者」のシステム／本号の小説について ※柴田錬三郎の「デスマスク」評／復刊記念講演会 ※「與謝野寛・與謝野晶子を偲ぶ講演会」・四月十三日・於読売ホール・後援読売新聞社・講演―佐藤春夫、折口信夫、奥野信太郎、與謝野光、島田謹二、久保田万太郎、木々高太郎／原民喜のこと ※〈原民喜追悼原稿のうちの一部を本号に掲載／原民喜遺稿小説（約三十枚）は次号に掲載／広く日本の文学の雑誌である「三田文学」の使命／新語について（木々

高太郎）※アルフォンス・ド・サド「ジュスティーヌ」第一回の訳後付記／出版部から　※酣燈社の屋上に掲げた「三田文学復刊」の看板のためにたちまち売切れとなった「三田文学」のこと〉
12　推薦の言葉
13　「デスマスク」に就て
14　『ガラスの靴』について
15　〈その妻の独白／その愛人の独白／その友人の独白／付記〉
16　モオリス・ド・ゲランの日記　或は――緑色の手帖――　青柳瑞穂訳〈一八三二年七月十日　ケラにて／一八三三年二月四日　ラ・シェネエについて／三月三日―十六日〉
17　ジュスティーヌとジュリエット（第一回）――アルフォンス・ド・サド――　木々高太郎〈第一書　ジュスティーヌ　又の名「徳あるものは不幸におちる」〉※訳者の言葉「新語について」を参照。〝猥本であつたために埋れたサド侯爵の小説。だがその人間性の深さと構想の雄偉は古くはホーマアの「オデイソイス」を凌ぎ、近くはトルストイの「戦争と平和」を瞠目たらしむる社会小説〟と目次頁に註記あり
＊　※酣燈社版『学生文庫』の新刊紹介あり〈佐藤春雄夫[春夫]『国文学入門』／大岩誠訳・マキアベェルリ『君主論』／夏目漱石著・浅野晃解説『私の個人主義』〉
＊　※小泉信三監修・福沢諭吉著作編纂会編集『福沢諭吉選集　全八巻』（岩波書店）の内容広告あり
表紙・木々高太郎／裏表紙・「シュテファン・ツワイグの一節」木々高太郎／カット・鈴木信太郎／口絵・「ピカソ解説」宮田重雄／発行日・六月一日／頁数・本文全一二八頁／定価・九十円（地方価九十五円）／編輯兼発行人・三田文学　奥野信太郎／発行所・東京都千代田区神田鎌倉町六　株式会社酣燈社／編輯室・東京都千代田区神田鎌倉町六　酣燈社内　三田文学編輯室／印刷所・東京都中央区銀座六ノ二　細川活版所

■七月号（復刊第三号）【195107】

表紙・裏表紙　木々高太郎
カット　鈴木信太郎

扉　ピカソ解説　宮田重雄
芭蕉（わが古典研究）1　小島政二郎
スバルと三田文学（講演）2　久保田万太郎
詩人の死の意味するもの（評論）3　山本健吉
悲歌（評論）1　藤島宇内
匿名批評
武蔵野夫人その「作」と「劇」5／雑誌往来6／外画の洪水7／昨今レコード界展望8／推理小説の基底を探る9
番茶の後（同人雑記）10
創作
容器（詩）　堀口大學
永遠のみどり（遺稿）　原民喜
「椿姫」嬢ちゃん（小説）11　金子義男
ジユスティーヌ（第二回）12　木々高太郎
陶晶孫氏を囲む座談会13　佐藤春夫・奥野信太郎・竹内好・丸岡明

目次註

1　芭蕉―わが古典鑑賞（二）――彼の精神発展史――〈一―八〉〔この項　をはり〕
2　〈(1)そのかみのこと／(2)自然主義の時代／(3)明星よりスバルへ／(4)自然主義に対抗した文学〉
3　――原民喜の死について――
4　※作者に宛てた原民喜の遺書のうちの一通紹介。同封の別紙に記された詩「悲歌」一篇、又晩年の詩「碑銘」「風景」も紹介
5　（CI・KI）
6　（渡和陀礼）
7　（八尾敏）
8　（W・K）
9　（一角）
10　〈中国文学の研究（奥野信太郎）※武田泰淳著『史記』改題『史記の世界』と中島敦の小説「李陵」と日本の中国文学研究の現状／原民喜の碑のことなど（丸岡明）※広島に於て原民喜詩碑設立委員会発会（浜井広島市長・水島治男ペンクラブ事務局長の助力、谷口吉郎設計で八月の七日か十五日までに建碑）／小説集と詩集の刊行―「夏の花・原民喜作品集」「美しき死の岸に・原民喜作品集」（角川書店刊・山木健吉・佐々木基一編）「原民喜詩集」（細川書店）／つきなみ言　※小島政二郎「芭蕉」と筆者の四つの文学活動について／久保田万太郎の講演速記――復刊「三田文学」の長い伝統の流れと方向の示唆――／小説について　※原民喜遺稿他、小説篇の執筆者紹介／「ジュスティーヌ」訳後の「第三の新語」――ソクラテスする――／三田文学紅茶の会　※三田文学の同人をも含む三田文学に親近な人々の会（毎月一回・第二か第三水曜日に）の案内／「復刊三田文学」の批評歓迎のこと／出版部から（H）※明治から大正の初期にかけての「純文学雑誌」「同人雑誌」――「新小説」創刊にあたっての露伴の発刊の辞など――／訂正（前号参照）〉
11　〈(1)―(7)〉
12　――アルフォンス・ド・サド――　木々高太郎（訳）〈(1)・(2)〉
13　出席者――陶晶孫・佐藤春夫・奥野信太郎・竹内好・丸岡明〈中日文学の交流／創造社の文学運動／中国の読書層・作家の生活／老舎その他／中国作家の文体／魯迅と周作人／中国的思考の問題／日本語と中国語〉
＊　※酣燈社の新刊・重版の紹介あり。詩人全書〈保田與重郎編『萩原朔太郎詩抄』／室生犀星著『室生犀星詩抄』／佐藤春夫編『藤村詩選』〉／森本学丹訳『フインランド叙事詩カレワラ（上中下）』〉　学生文庫〈佐藤春夫訳・保田與重郎解説『田園の憂鬱』／芥川龍之介著・山岸外史解説『或阿呆の一生』／梶井基次郎著・中谷孝雄解説『檸檬』／辰野隆著『ボオドレエル研究序説』／芳賀矢一著『国文学史十講』／保田與重郎著『ヱルテルは何故死んだか』〉
表紙・木々高太郎／裏表紙・「ポール・ヴァレリイの一節」木々高太郎／カット・鈴木信太郎／口絵・ピカソ解説「ピカソ夫人、フランソアジロの像」宮田重雄／発行日・七月一日／頁数・

本文全一二八頁／定価・九十円（地方価九十五円）／編輯兼発行人・三田文学　奥野信太郎／発行所・東京都千代田区神田鎌倉町六　株式会社酣燈社／編輯室・東京都千代田区神田鎌倉町六　酣燈社内　三田文学編輯室／印刷所・東京都中央区西銀座六ノ二　細川活版所

■八月号（復刊第四号）　【195108】

表紙・裏表紙　木々高太郎
カット　鈴木信太郎
扉　ピカソ解説　宮田重雄
特輯・表現・象徴・結晶・内観1
モーリヤック研究の現状2　二宮孝顕
スタンダール・結晶作用について3　林峻一郎
ボオドレエルの詩の翻訳について4　佐和浜次郎
表現主義映画について　飯島正
匿名批評5
探偵小説と思索／やきの回った小原壮助／雑誌問答／花のいのちは短かくて／掌中文芸論
骸骨の梯子（評論）6　佐藤一郎
二等車の車掌（感想1）　北原武夫
与謝野寛・晶子論7
与謝野先生御夫妻の思ひ出8　佐藤春夫
鷗外・漱石・晶子9　小島政二郎
与謝野晶子論10　奥野信太郎
与謝野寛論11　折口信夫
番茶の後（同人雑記）12
創作
蜜蜂の如く（小説）　鈴木重雄
蛇の穴（小説）　庄司総一
世話した女（小説）13　田辺茂一
ジュスティーヌ（第三回）14　木々高太郎訳

目次注

1　特輯・結晶・象徴・表現・内観
2　モーリヤック研究の現状　※〝この小論、過日、日本フランス文学会で行った研究報告の原稿に多少加筆したもの〟と付記あり
3　スタンダアル・結晶作用について
4　〈(1)書評を兼ねて／(2)定形詩としての翻訳／(3)自由詩としての翻訳／(4)「象徴主義」の理解――「対応」と「交感」――〉
5　〈探偵小説と思索（宇留理一）／雑誌問答（O・K）／やきの回った小原壮助（元刑事）／花のいのちは短かくて悲しきことのみ多かりき（K・N）／掌中文芸論（挽歌樓）〉
6　――曹禺の「日出」――　〔了〕
7　※この題名、本文にはなし
8　※次号「番茶の後」中に、（講演ぎらひ）の名で訂正文を掲載
9　〈鷗外の顔／漱石の顔／晶子の源氏物語〉
10　〈歌集みだれ髪／歌の添削の比較／独創を重んずる／夫婦で文学論〉
11　〈歌の上の派別／与謝野氏の詩／歌の上の与謝野夫妻／相聞の位置〉
12　〈開会の辞（佐藤春夫）（四月三十日講演）　※三田文学復刊記念（講演）会での挨拶速記録／愚昧の弁（北原武夫）　※――「永井荷風研究」座談会の佐藤春夫の寸言から――／広島ゆき（丸岡明）　※工大、谷口吉郎と出席の「原民喜詩碑建設委員の会」（五月二十七日）旅行記／特輯について　※本号二つの特輯　晶子女史十年忌（六月）に因んだ三田文学復刊記念会の速記録集　前号小島政二郎の「芭蕉」掲載に対する反響など／小説について　※三田文学生えぬきの二作家庄司総一・鈴木重雄と田辺茂一　林訳「ジュスティーヌ」が生んだ第四・第五の新語／匿名批評について（木々高太郎）　※反響の悪い「匿名批評」欄の弁解／出版部から　※予約購読の案内〉
13　〈(1)―(5)〉
14　――アルフォンス・ド・サド――　木々高太郎
＊　※近代文学社刊「近代文学」五十一号（九月号）――現代外国作家論――の紹介あり

表紙・木々高太郎／裏表紙・「エドガア・アラン・ポオの一節」木々高太郎／カット・鈴木信太郎／口絵・ピカソ解説　宮田重雄／発行日・八月一日／頁数・本文全一二八頁／定価・九十円（地方価九十五円）／編輯兼発行人・三田文学　奥野信太郎／発行所・東京都千代田区神田鎌倉町六　株式会社酣燈社／編輯室・東京都千代田区神田鎌倉町六　酣燈社内　三田文学編輯室／印刷所・東京都中央区西銀座六ノ二　細川活版所

■九月号（復刊第五号）　【195109】

表紙・裏表紙　木々高太郎
カット　鈴木信太郎
扉　写真解説　小野俊一
チエーホフと三人の恋びとリディア1　滝田陽之助
古陶と黄土の子（評論）2　佐藤一郎
文芸時評　柴田錬三郎
「照応」と「交感」（評論）　佐藤朔
匿名批評3
チヤタレイ審判／京は上方でござる
絵画のユマニテ（感想2）4　北原武夫
女流作家　丸岡明
奥入瀬谿谷の賦　併序（詩）　佐藤春夫
初花（詩）5　佐和浜次郎
番茶の後（同人雑誌〔記〕）6
創作
天平商人と二匹の鬼7　渡辺祐一
新歌8　藤井千鶴子
円寂寺の月　渡辺喜恵子
ジュスティーヌ9　木々高太郎
源氏物語研究（座談会・第一部）10
折口信夫・小島政二郎・池田弥三郎・奥野信太郎・木々高太郎（順不同）

目次註

1 チェーホフと三人の恋びとリディア〈まへがき／第一のリディア／第二のリディア〉〔未完〕 ※〝チェーホフの「かもめ」の上演を記念したモスクヴァ芸術座の紋章〟を付す

2 ――曹禺の「北京人」――

3 〈チャタレイ審判（ミタ・キリスト）／京は上方でござる（M・G）〉

4 絵画のユマニテ（感想Ⅱ）〔二六・七・二三〕

5 〈⑴―⑶〉

6 番茶の後〈栗の花（旅行好き） ※〝津軽野の栗の花こそゆたかなれ〟／恥さらし（講演ぎらひ） ※前号講演筆記に関する訂正――〝弁士佐藤春夫の不十分なところを文士佐藤春夫が訂正〟――／追分・巴里・東京（丸岡明） ※岸田國士等による堀辰雄の映画制作記／久保田万太郎の「演劇」八月号座談会での発言／又もや官僚精神（北原武夫） ※朝日新聞紙上の「乗客　退避訓練」の記事／書かでもの記（奥野信太郎） ※老舎の四世同堂の翻訳に関する奥野の批評（朝日新聞）と訳者の一人桑島の反駁（読書新聞）、及その抜粋／原民喜詩碑の記・未定稿〔一九五一年七月十三日記　遺友中の老人佐藤春夫記す〕 ※【195111】に決定稿掲載／編輯の基準　※知名の新人滝田陽之助の「文芸評論」掲載と新人作品採用の基準／本号の小説／もう一度新語（木々高太郎） ※「ジユスティヌ」訳後付記／編輯部より　※原民喜碑除幕式予告（誕生日十一月十五日、遺稿中の「碑銘」と題する詩を陶版ではめこみ、佐藤春夫の詩碑の記を相対する石に建設）とその建設資金募金（日本ペンクラブ書記局及三田文学会受付）〉 ※青森県立六本木高等学校にての佐藤春夫、オスロへ出発の久保田万太郎の写真を付す〉

7 〈⑴―⑷〉

8 〈⑴―⑷〉 ※引用短歌は凡て自作

9 ジュスティーヌ（第四回）――アルフォンス・ド・サド――

10 〈真に一人の作品か／尊ばれてゐた源氏物語／他の書の引用は証拠となるか／長篇小説としての源氏物語／紫のものがたりとしての流れ／源氏物語の近代性／色好みとすきものの差異／その時代の自殺／源氏物語は当時如何なる理由で喜ばれたか／人情小説として女性に愛された／モデルとしての上東門院／もののあはれとは何か／サディズムとヒステリイ／巻と巻との錯誤／作者の側と読者の側／源氏のプロトタイプ／源氏物語のあとの発展は何故ないか／和文の先祖は母性〉〔以下次号〕

＊ ※酣燈社の詩人全書の紹介あり〈『土井晩翠詩集』／『山村暮鳥詩集』〉

表紙・木々高太郎／裏表紙・「ジャン・ジャック・ルソオ」の一節　木々高太郎／カット・鈴木信太郎／口絵・写真（クリミア半島の保養地でトルストイ・チェーホフ懇談中のもの）解説・小野俊一／発行日・九月一日／頁数・本文全一二八頁／定価・九十円（地方価九十五円）／編輯兼発行人・三田文学　奥野信太郎／発行所・東京都千代田区神田鎌倉町六　株式会社酣燈社／編輯室・東京都千代田区神田鎌倉町六　酣燈社内　三田文学編輯室／印刷所・東京都中央区西銀座六ノ二　細川活版所

■十月号（復刊第六号）【195110】

表紙・裏表紙　木々高太郎
カット　鈴木信太郎
扉　写真解説　小野俊一
源氏物語研究（座談会・第二部）1　折口信夫・小島政二郎・木々高太郎・奥野信太郎・池田弥三郎（順不同）
自然人の群像2　――マルセル・パニョルの芸術――　永戸俊雄
水谷八重子の場合3　戸板康二
男女について（感想Ⅲ）4　北原武夫
文芸時評　柴田錬三郎
チェーホフと三人の恋びとリディア5
匿名批評6　滝田陽之助
文士外国へ行く／日本映画のリアリテイ／牛肉の味／暴音御免
番茶の後（同人雑記）7
創作
追放人（一二〇枚）8　庄司総一
ジングルベル　安岡章太郎
他人の家9　阿部光子
ジュスティーヌ10　木々高太郎

目次註

1 〈……／当時の人の寿命は／平安朝時代のサロン／源氏のあとの文学への影響／源氏物語悪文説／源氏物語は近代小説／源氏物語についての欧米の評価／源氏物語は口語体か文語体か／源氏物語のうちの和歌／源氏物語の口語訳／谷崎源氏と校閲／晶子源氏について／源氏物語の講義本／舟橋「源氏物語草子」と源氏歌舞伎／これから出る源氏口語訳／源氏劇を新劇でやれないか／源氏物語の欠点／光源氏の性格／描写力と突込み方／中国の文学との比較／紫式部といふ女／庶民生活の描写／国文学と文法／運命観と恋愛のモラル〉

2 〔一九五一・八・二〇〕

3 〈⑴―⑷〉〔八月一日〕

4 〔二六・八・一六〕

5 〈第三のリディア〉〔未完〕

6 〈文士外国へ行く（O・S）／牛肉の味（ミタ・キリスト）／日本映画のリアリテイ（頓兵衛）／暴音御免（B29）〉

7 〈ピカソについて（木々高太郎） ※ピカソの絵画三点を付す―肱掛椅子の女（一九四二年）・遊戯とダンス（一九四六年）・花束となす（一九四六年）／（丸岡明） ※週刊朝日「試写室」欄掲載のイタリー映画「白い国境線」の評（Q）について／最近の三田派作家（北原武夫） ※庄司総一、鈴木重雄、柴田錬三郎、堀田善衞、野田開作、梅田晴夫、安岡章太郎―主知主義的傾向を辿る諸作家にとっての「書きたい問題」「書きたい人物」の比重／（B） ※原作不在の歌舞伎座「羅生門――芥川龍之介の原作により――」批評―

八木隆一郎作並演出／（A） ※文化勲章受賞者の年金と課税―小林古径、安田靫彦と横山大観、梅原龍三郎、岩田専太郎を比較／少しく休憩（木々高太郎） ※編輯の主宰、復刊第六号からしばらくの間、奥野信太郎と北原武夫に／直木賞・芥川賞候補にあげられるようになった三田の作品／「ジュスティーヌ」の単行本版／論争が起りかけた佐和浜次郎と佐藤朔の間について〉

8 〈一―八〉

9 〈一―三〉

10 ジュスティーヌ（第五回） ――アルフォンス・ド・サド ――

＊ ※米川正夫還暦［暦］記念出版 米川正夫全訳全18巻『ドストエーフスキイ全集』（河出書房）の紹介あり

表紙・木々高太郎／裏表紙・「シャアル・ボードレエルの一節」木々高太郎／カット・鈴木信太郎／口絵・写真（中学生時代のチェーホフの面影） 解説・小野俊一／発行日・十月一日／頁数・本文全一二八頁／定価・九十円（地方価九十五円）／編輯兼発行人・三田文学 奥野信太郎／発行所・東京都千代田区神田鎌倉町六 株式会社酣燈社／編輯室・東京都千代田区神田鎌倉町六 酣燈社内 三田文学編輯室／印刷所・東京都中央区西銀座六ノ二 細川活版所

■十一月号（復刊第七号） 【195111】

表紙・裏表紙 木々高太郎
カット 鈴木信太郎
扉 解説 小野俊一
カミユをめぐつて（座談会）1 佐藤朔・堀田善衞・白井浩司・北原武夫
チェーホフと三人の恋びとリディア（Ⅲ）2 滝田陽之助
雪の上の足跡まで ――堀辰雄年表――3 谷田昌平
アメリカ小説史の一頁4 岩崎良三
宮城前広場 丸岡明
文芸時評 柴田錬三郎
匿名批評5
川端の信吾物／イヴはアプレか／翻案について／新劇赤毛布記／芥川賞の二つの作品／メニューヒンうらおもて
番茶の後（同人雑記）6
創作
バリ島の旅（五〇枚）7 佐藤春夫
火山灰の散歩道（九〇枚）8 那須国男
土砂降り（一一〇枚）9 大屋典一

目次註

1 〈戦前から西欧にあった「生の危機」の意識／新しい小説の形態としてのカミユの文体／認識論的人生を追求する「悟性の文学」／不条理の観念とその人生論的解決の問題／カミユの文学の持つ「非人間性」の意味／日本文学にとっての今後の問題の場所！〉

2 〈リディア・アヴィロワの追想録『わたしの生涯とチェーホフ』／仮装舞踏会《マスカラード》にて〉〔未完〕 ※ヴエ・ブブノワ描くところの図を付す

3 雪の上の足跡まで（Ⅰ） ――堀辰雄作品年表―― 〈一九〇四年十二月二十八日―一九三四年六月〉〔未定稿〕 ※前書に〝堀辰雄自身病床生活の中で詳細に訂正加筆されたものを作者の言葉で統一した〟とある。又、年表中には堀辰雄自身の言葉やその他の批評なども記す

4 ――「スプーン・リヴァ・アンソロジイ」―― 〔一九五一・九・二七〕

5 〈川端の信吾物／イヴはアプレか（A・T・O）／翻案について（X・Y）／新劇赤毛布記（晴耕雨読子）／芥川賞の二つの作品（ミックスジョコブ）／メニューヒンうらおもて（H・M）〉

6 〈原氏［民］喜詩碑の記（決定稿） 一九五一年七月十三日記 遺友中の老人佐藤春夫記す ※〝先に未定稿として九月号に発表したものを誤植訂正決定稿として掲載〟と、編輯部の註に記す／「結婚について」（丸岡明） ※元フランスの首相でスタンダアル論を書いてゐるレオン・ブルムの著書で、福永・新関両人訳、ダビッド社刊／『炎の人』を観る（北原武夫） ※三好十郎作の民芸公演――滝沢修のゴッホ／「番茶のあと」について（木々高太郎） ※「番茶のあと」欄の反響と弁明／作品の暗合と出典――小原壮助氏に答へる――（渡辺祐一） ※本誌九月号の小説・渡辺祐一「天平商人と二匹の鬼」をとりあげた吉田健一の時評に対する小原壮助の短評への反駁〉

7 ※「はしがき」〔昭和二十六年夏日〕を付す

8 〔五一・九・廿六〕

9 〈⑴―㉒〉

＊ ※酣燈社詩人全書の新刊紹介あり 〈佐藤春夫編『藤村詩選』／保田與重郎編『萩原朔太郎詩抄』〉

＊ ※近代文学社刊行「近代文学」11月号 No.53 ――戦後批評家論――の紹介あり

＊ ※ ANDRÉ MAUROIS de l'Academie Française HISTOIRE DE LA FRANCE（紀伊国屋書店）の広告中、アンドレ・モーロアの序文を紹介

＊ ※講和記念出版『群書類従』第一期正篇三十巻（酣燈社）の紹介あり

表紙・木々高太郎／裏表紙・「ブレイス・パスカルの一節」木々高太郎／カット・鈴木信太郎／口絵・写真「ヤルタ市郊外アウトカの丘なる旧チェーホフ邸」解説・小野俊一／発行日・十一月一日／頁数・本文全一二八頁／定価・九十円（地方価九十五円）／編輯兼発行人・三田文学 奥野信太郎／発行所・東京都千代田区神田鎌倉町六 株式会社酣燈社／編輯室・東京都千代田区神田鎌倉町六 酣燈社内・三田文学編輯室／印刷所・東京都中央区西銀座六ノ二 細川活版所

■十二月号 【195112】

カット 鈴木信太郎
扉 解説 木々高太郎
問題映画を語る（座談会）1 山本健吉・丸岡明・柴田錬三郎・鈴木重雄・梅田晴夫

チェーホフと三人の恋びとリディア（Ⅳ）2　滝田陽之助
「雪の上の足跡」まで――堀辰雄作品年表――3　谷田昌平
善人と悪人について4　北原武夫
大谷友右衛門の場合5　戸板康二
無題（詩）　佐藤春夫
原民喜碑銘楽譜6　原民喜詩　団伊玖磨曲
文芸時評　山本健吉
番茶の後（同人雑記）7
小説
イエスの裔《すゑ》8　柴田錬三郎
姉妹章9　原健忠
暗い血10　和田芳恵

目次註

1　問題の映画を語る〈「イヴの総て」の冷酷なリアリズムについて／エキゾティックな感銘を与へる羅生門／「オルフェ」で自分の詩の世界を生かしたコクトオ／「麦秋」と日本的映画（私映画）について／映画に於ける会話とアクションについて／素朴な西部劇の愉しさと日本の時代劇の湿気／喜劇の貧困と映画の本質について〉

2　チェーホフと三人の恋人リディア――『かもめ』の初演された日――〔一九五一・九・二〕※「あとがき」及び"1898年12月モスクヴァ芸術座で再上演された時の『かもめ』第一幕"の舞台写真一葉を付す

3　「雪の上の足跡」まで（Ⅱ）〈一九三四年七月―一九五一年六月〉〔未完稿〕〔一九五一・七・二〕

4　善人悪人について（感想Ⅳ）〔二六・一〇・一七〕

5　〈⑴―⑷〉

6　碑銘　※原民喜碑銘楽譜。歌詞を別に付す

7　〈寸感一二（奥野信太郎）※岡崎俊夫訳・丁玲の『霞村にいた時』（霞村にいた時・夜・県長の家庭・新しい信念・或る真実な人の一生）／奥野訳「松子」（昭和十一年）で初めて日本に紹介した丁玲／「四世同堂」についての「番茶の後」【195109】の一文に対してまたもやなされた魚返善雄の挑戦／早慶戦雑感（北原武夫）／休息（木々高太郎）※「ジュスティーヌ」二月休載／滝田陽之助（完結）和田芳恵　柴田錬三郎の作品について／写真一葉を付す―「書斎の小島政二郎氏」〉

8　〈……／料亭の主人の話／作家某の話／やくざ者の話〉※冒頭に、「詩篇」の一節引用。「エホバ天より人の子を望み見て、悟る者神を探ぬる者ありやと見給ひしに、皆逆き出でて悉く腐れたり――」

9　〔一九五一・八・三〇〕

10　〔了〕

＊　※一九五一年度、毎日出版文化賞『日本現代詩大系』（河出書房版・日夏耿之介、山宮允、矢野峰人、三好達治、中野重治編集）の広告中、審査委員・桑原武夫による推薦理由（十月二十九日毎日紙）の紹介あり

＊　※紀伊国屋書店新着『ボローの評伝』（マーチン・アームストロング著）及びJ・アイザックの放送講演集『英国現代詩の背景』の広告中、マーチン・アームストロングが「リッスナー」誌上に書いたという『英国現代詩の背景』に対する推薦文を紹介

表紙・木々高太郎／裏表紙・「カアル・メンガアの一節」木々高太郎／カット・鈴木信太郎／口絵・ピカソの「画家とそのモデル」〔一八二八年〕　解説・木々高太郎／発行日・十二月一日／頁数・本文全一二六頁／定価・九十円（地方価九十五円）／編輯兼発行人・三田文学　奥野信太郎／発行所・東京都千代田区神田鎌倉町六　株式会社酣燈社／編輯室・東京都千代田区神田鎌倉町六　酣燈社内　三田文学編輯室／印刷所・東京都中央区西銀座六ノ二　細川活版所

一九五二年（昭和二十七年）

■一月号（新年号）　**【195201】**

カット　鈴木信太郎
扉　解説　木々高太郎
政治における虚偽1　白井浩司
――ヴェルコールの場合――
フランス通信
テレーズの影を追つて2　遠藤周作
トーマス・グラバーの死　増田廉吉
水上瀧太郎3　佐藤観次郎
人生について4　北原武夫
新椋鳥通信5
海外文学通信
仏　ジイドの未刊の「日記」／サルトル「悪魔と神」
英　グレアム・グリーン新作「事件の結末」／詩人兼闘牛士ロイ・キャンベル／「タイムズ文芸付録」特別号／ヴァインズの最近一〇〇年間の英文学
中国　最近の中国文学
太陽のせゐ　幸塚親明
番茶の後（同人雑記）6
河（詩）　金子光晴
天地荘厳（詩）7　佐藤一英
三等船員の合唱（詩）8　藤島宇内
広島日記　佐藤春夫
洞窟　渡辺祐一
旅路の恋　田辺茂一
大人の遊び9　梅田晴夫

風のうちを歩む10　藤井千鶴子

目次註

1　※文末に「備考」としてヴェルコールの公開状を掲載したレットル・フランセーズ紙などについて付す
2　——武田泰淳氏に——〈Ⅰ一人の仏蘭西大学生への手紙／Ⅱクロード・ルロン（二十五歳リヨン文科大学卒教授資格試験準備中）の返事／Ⅲテレーズの影を追って（ファルグの葡萄畠にて）（ロアイヤンの森にて）（ニザンの駅）（タルゴの井戸）（曠野の路にて）（ヴイアンドロウの夜）（サン・レジェールの森）（再び・サンレジェールの森）（サン・サンフオリアンに向って）〉〔一九五一年八月、ブルウシイの修道院にて〕
3　——わが交遊録——〈一—三〉
4　人生について（感想Ⅴ）　北原武夫〔二六・一一・四〕
5　フランス〈ジイドの未刊の「日記」／サルトルの「悪魔と神」〉イギリス〈グレアム・グリーンの新作「事件の結末」／詩人兼闘牛士ロイ・キャベム[ムベ]ル／エズラ・パウンドの書翰集／「タイムズ文芸付録」特別号／ヴァインズの「最近一〇〇年間の英文学」〔一九五一・十二・二〕〉中国〈最近の中国文学〉
6　〈偉大なる小説の構想（木々高太郎）※一九六〇年十二月二十四日、第三次世界大戦勃発——その原子力戦の結果が生んだ白人と黄色人との文明の破局について訴えた小説／……（丸岡明）※イサム野口による新築の第二研究室と校庭の彫刻「無」について／柴田錬三郎君へ（北原武夫）※十二月号掲載の「イエスの裔」と前作「デス・マスク」について／新年号について（木々高太郎）※匿名批評廃業及「早稲田文学」の復刊などについて〉
7　〈地／人〉
8　——日没街道より——
9　〔一九五六・十二・四〕
10　〈㈠—㈥〉
＊　※冒頭、高宮太平著『天皇陛下』（酣燈社）の広告中、緒方竹虎の序文の一部を紹介
＊　※酣燈社学生文庫と詩人全書の新刊紹介あり　学生文庫〈『鑑賞　源氏物語』冨倉徳治郎／『杭州綺譚』村松暎訳／森鷗外著『森鷗外作品集1』〉詩人全書〈『土井晩翠詩集』／『山村暮鳥詩集』〉
＊　※酣燈社の新刊図書の紹介あり〈木下謙次郎著『美味求真』／小野俊一訳『昼となく夜となく』（コンスタンチン・シーモノフ）／水野成夫・小林正共訳『アンドレ・モーロア英国史　上巻下巻』〉

表紙・木々高太郎／裏表紙・「アルツール・ショペンハウェルの一節」／カット・鈴木信太郎／口絵・ギリシャ彫刻（アフロデイトカリピゴスと名付けられる型に分類される女像）解説—木々高太郎／発行日・一月一日／頁数・本文全一二八頁／定価・百円（地方価百五円）／編輯兼発行人・三田文学奥野信太郎／発行所・東京都千代田区神田鎌倉町六　株式会社酣燈社／編輯室・東京都千代田区神田鎌倉町六　酣燈社内三田文学編輯室／印刷所・東京都中央区西銀座六ノ二　細川活版所

■二月号——三月号と合併　※同号「番茶の後」参照

■三月号　**【195203】**

表紙・裏表紙　木々高太郎
カット　鈴木信太郎
ツヴイクの遺書1　林峻一郎
母を生む国——曹禺の蛻変——2　佐藤一郎
「人間性」病3　能見昇
「えり子とともに」の場合4　戸板康二
久保田万太郎氏に演劇を訊く（座談会）5　久保田万太郎・戸板康二・菅原卓・丸岡明・内村直也
新椋鳥通信——海外文学通信——6
イギリス
フランス
ソヴエット
長篇文壇をつくれ　幸塚親明
新春詩抄（詩）7　佐藤春夫
青髯が若しその七人の妻の死骸を（詩）　佐和浜次郎
小説
黒い糸（一三〇枚）　高橋勇
もつと光を　根岸茂一
記憶8　松本清張
番茶の後（同人雑記）9

目次註

1　——ツヴイク研究序章——　※〔註〕を付す
2　——曹禺の「蛻変」——
3　——「竹馬と十二歳の国」における風土病に関する若干の考察——
4　〈⑴—⑶〉
5　久保田万太郎氏に「演劇」を訊く（座談会）〈セザールの脚色／ジャン・ジュネ／舞台の奥行の深いこと／イプセンの芝居／シェクスピアの芝居／月の暈／観客について／どんな芝居を書くか／三人への註文〉
6　イギリス〈詩劇の流行〔一九五二・一・九〕〉フランス〈ジュリアン・グラックのゴンクウル賞受賞拒否事件〔一九五二・一・一三〕〉ソヴィエット〈日本の現実をえぐった作品／読まれているアメリカ文学／全連邦新進作家大会〉
7　〈はしがき／㈠南島新春譜／㈡故郷のみかん——友のこれを送りて新年の詩を求められたるに応へて——／㈢新年来る〉
8　〈一、（ある雑誌に投稿した青枝伸一の原稿）1—5／二、（ある雑誌の編輯長畠中善一が青枝伸一に与えた手紙）〉
9　〈堀田芥川賞と柴田直木賞（木々高太郎）※〝復刊号に本誌の出した新人〟として、安岡章太郎、藤井千鶴子、金子義男、田辺茂一、渡辺祐一、高橋勇、松本清張（前年暮、週刊朝日特輯号で「西郷札」が当選）の名を列記／（丸岡明）

※文芸雑誌の長篇小説などについて／二号合併（木々高太郎）※二月号、三月号合併の事情（北原武夫の〝番茶の後〟での指摘に触れて）〉

＊　※酣燈社学生文庫の新刊・近刊紹介あり〈佐藤春夫著・保田與重郎解説『田園の憂鬱』／梶井基次郎著・中谷孝雄解説『檸檬《れもん》』／夏目漱石著・浅野晃解説『草枕』／夏目漱石著・中谷孝雄解説『虞美人草』／ドストエフスキイ・原久一郎訳『貧しき人々』／山岸外史著『芥川龍之介』／芥川龍之介著・山岸外史解説『或阿呆の一生』／マルセル・パニヨル　永戸俊雄訳『マルセイユ　劇三部作　マリウス』／マルセル・パニヨル　永戸俊雄訳『マルセイユ　劇三部作　ファニー』／マルセル・パニヨル　永戸俊雄訳『マルセイユ　劇三部作　セザール』〉

＊　※その他、酣燈社の図書紹介あり〈『英国史』／『昼となく夜となく』〉

表紙・木々高太郎／裏表紙・「D・H・ロレンスの一節」木々高太郎／カット・鈴木信太郎／口絵・「シュテファン・ツヴァイクがそのザルツブルクの家でアルトウル・トスカニーニとブルーノ・ワルターと共に写した写真」解説―林峻一郎／発行日・三月一日／頁数・本文全一二八頁／定価・百円（地方価百五円）／編輯兼発行人・三田文学　奥野信太郎／発行所・東京都千代田区神田鎌倉町六　株式会社酣燈社／編輯室・東京都千代田区神田鎌倉町六　酣燈社内　三田文学編輯室／印刷所・東京都中央区西銀座六ノ二　細川活版所

■四月号―休刊　※二月号の事情と関連

■五月号　**【195205】**

カット　鈴木信太郎
自然主義よりの脱却1　佐藤春夫
堀田善衞論　山本健吉
「異邦人論争」について2　滝田陽之助
芥川賞・直木賞受賞記念祝賀会3　庄司総一
暦日4　堀田善衞
小説履歴　柴田錬三郎
新椋鳥通信5
フランス
イギリス
アメリカ
ロシヤ
歌謡6　佐藤春夫
新人創作特輯
たびびと　今井貞吉
日曜日（詩）　森類
凧（詩）　千吉楽龍児
小さな幸福7　峯松雄
番茶の後（佐藤春夫・内村直也・丸岡明・柴田錬三郎）8

目次註

1　――新しい文章を待つ――〈（一）―（一七）〉
2　〔一九五二・二・二五〕
3　芥川・直木賞受賞記念祝賀会　庄司総一記　※祝賀会の写真二葉を付す
4　歴［暦］日
5　フランス〈カミユの日記（断片）と「反抗的人間」／プルーストの「ジャン・サントウイユ」／雑報〉イギリス〈ノーマン・ダグラスの死を悼む／エリザ朝の再来／キース・ダグラスの詩集〉アメリカ〈フォークナーの「エミリーのバラ」映画化／ウイリアムズの作品〉ロシヤ〈十九世紀ロシヤ文学史〉
6　――ある時ある戦争夫［未］亡人に――
7　〈黒い仔犬／ぱちんこ／禿げ〉［了］
8　〈……（佐藤）※〝本号より柴田錬三郎の協力を得て編輯部の主脳となる〟こと。鷗外三男森類の詩の「紹介の辞」／国際人種（内村直也）※ソルボンヌ大学のS教授の日本人観を紹介／「文学座のアトリエ」（丸岡明）※三島由紀夫「卒塔婆小町」・飯沢匡の「濯《すす》ぎ川」について／「佐藤春夫氏還暦祝賀会」（柴田）※四月九日・於芝白金猿町の般若苑。石井柏亭、小泉信三、宇野浩二、堀口大學、広津和郎、小島政二郎、豊島与志雄、佐佐木茂索、井伏鱒二等二百余名出席。奥野信太郎司会、堀口、広津、豊島、小島、折口、佐佐木が祝辞〉

＊　水曜会通知　※五月七日　於紀伊国屋喫茶部　毎月一回開催

＊　近刊予告〈堀田善衞『祖国喪失』文藝春秋新社／柴田錬三郎『イエスの裔』文藝春秋新社〉

＊　※酣燈社学生文庫の新刊・近刊・重版の紹介あり

表紙・島田訥郎／カット・鈴木信太郎／発行日・五月一日／頁数・本文全七四頁／定価・八十円（地方価八十五円）／編輯兼発行人・三田文学　奥野信太郎／発行所・東京都千代田区神田鎌倉町六　株式会社酣燈社／編輯室・東京都千代田区神田鎌倉町六　酣燈社内　三田文学編輯室／印刷所・東京都中央区西銀座六ノ二　細川活版所

■六月号　**【195206】**

表紙　島田訥郎
扉カット　宮田重雄
カット　鈴木信太郎・福沢一郎
小説はなぜ退屈であるか――民族文学序説――1　北鬼助
一九一四年と今日（ツヴイク）2　林俊［峻］一郎
媽祖祭　前嶋信次
新椋鳥通信
陶晶孫氏の死（中国）
ネクス全集、その他（ロシヤ）3
現代ドイツ小説（ドイツ）
鬼語断片（詩）　佐藤春夫
ふらんす詩醇（訳詩）4　斎藤磯雄

短剣と扇（散文詩）5　椿実
番茶の後
四月九日の記6　檀一雄
大部屋の記7　大林清
花幻忌8　山本健吉
二つの紀行9　丸岡明
露草（小説）10　和田芳恵
谷間（小説）11　吉行淳之助〔介〕

目次註

1　〈一・二〉〔完〕
2　シュテファン・ツヴイク／林峻一郎訳〈ロジエ・マルタン・デュ・ガールの小説『一九一四年夏』によって〉※「訳者付記」に一九三六年の作とある
3　〈ネクスの全集／夢物語「虹の七色」／ゴーゴリ百年祭／作家の素性〉
4　〈「クレオパトラ　一・二」アルベエル・サマン／「かの人のために祈れる」マルスリイヌ・デボルド・ヴァルモオル夫人／「老婆」シャルル・ゲラン〉
5　〔了〕
6　※佐藤春夫還暦祝賀記念会のこと及各年誕生祝賀会の回想
7　※文士劇「白浪五人男」について
8　※三月十三日、新宿樽平での原民喜一周忌報告と毎年行う追悼会の名称について
9　※〈「ヨーロッパ紀行」阿部知二／「ヨーロッパの表情」芹沢光治良〉（共に中央公論社刊）
10　〔「塵の中」発端篇了　一九五二年五月十五日脱稿〕
11　吉行淳之介
＊　水曜会御通知　※六月十一日　新宿・紀伊国屋
＊　※新刊図書の紹介あり〈堀田善衞『祖国喪失』／柴田錬三郎『イエスの裔《すゑ》』（文藝春秋新社）／コンスタンチン・シーモノフ・小野俊一訳『昼となく夜となく』酣燈社四版〉

表紙・島田訥郎／カット・鈴木信太郎　福沢一郎／扉カット・宮田重雄／発行日・六月一日／頁数・本文全八〇頁／定価・八十円（地方価八十五円）／編輯兼発行人・三田文学　奥野信太郎／発行所・東京都千代田区神田鎌倉町六　株式会社酣燈社／編輯室・東京都千代田区神田鎌倉町六　酣燈社内　三田文学編輯室／印刷所・東京都中央区西銀座六ノ二　細川活版所

■七月号　【195207】

表紙　島田訥郎
カット　鈴木信太郎
蟬の声（扉の言葉）　佐藤春夫
残酷な季節（小説）一三七枚1　庄司総一
新人評論
『参加の文学』をめぐつて　桂芳久
——もしくはある二十代の精神風土——
小説の機危〔危機〕について2　若林真
「ニーベルゲンの歌」に於ける悲劇的人間像3　尾崎盛景
柳の鞭4　檀一雄
新椋鳥通信
大学の現状（ドイツ）
一九五二年執筆陣より、その他（ロシヤ）5　堀口大學
灰皿（詩）6
Kさんの夢（詩）　森類
こぞの雪（短歌）　東博
番茶の後
ある釈明7　佐藤春夫
水滸伝について8　山本健吉
紹介を兼ねて9　白井浩司
渡欧の弁10　丸岡明
書評
「イエスの裔」11　大林清
「金牛宮」12　十返肇
編輯後記13

目次註

1　※冒頭に「ヨナ書」の一節引用——エホバすでに大いなる魚を備へおきてヨナを呑ましめ給へり　ヨナ三日三夜魚の腹の中にありき
2　小説の危機について
3　〈一—五〉※各章に（註）を付す。（追記）あり
4　——一九四四年の日記より——
5　〈一九五二年執筆陣より／一流作家叱られる／満州の丘〉
6　——代って題し春夫に贈る——　※佐藤春夫の「註」を付す——　〝右の四行詩は戯れにわが題したる一句「吐尽脚中無限愁」を訳したるものの如し、わが題したるものは堀口君の有となり堀口君の題したるものはわが有に帰して今わが机辺にあり、みだりに題を設け抄録してここに掲ぐ（春夫）〟
7　或る釈明　※編輯部人事問題に関連して〝逆宣伝を根本的に封じるため〟の一文
8　※佐藤春夫訳『水滸伝』と、馬琴・蘭山訳『新編水滸画伝』及露伴『水滸伝』について
9　※若林真「小説の危機について」、桂芳久「参加の文学をめぐって」などについて
10　※「ニースのペン・クラブ大会出席」と「ヘルシンキのオリンピック見物」前記
11　柴田錬三郎著・文藝春秋新社
12　トロワイヤ／青柳瑞穂訳・新潮社
13　後記　R・S　※〈数多い投稿作品—正統派文章の品格を希望／編集者和木清三郎の十七年間の努力によって輩出した幾多の新人——井伏、丹羽、中山義秀、田宮虎彦、等三田出身以外の新人の進出／本号の庄司総一と、新人評論家二人（桂芳久・若林真）の紹介—（白井浩司「紹介を兼ねて」参照）
＊　水曜会御通知　※七月二日午後七時から　新宿・紀伊国屋喫茶部に於て

表紙・島田訥郎／カット・鈴木信太郎／発行日・七月一日／頁数・本文全八〇頁／定価八十円（地方価八十五円）／編輯

兼発行人・三田文学　奥野信太郎／発行所・東京都千代田区神田鎌倉町六　株式会社酣燈社／編輯室・東京都千代田区神田鎌倉町六　酣燈社内　三田文学編輯室／印刷人・東京都中央区西銀座六ノ二　細川活版所

■八月号　【195208】

表紙　島田訥郎
カット　鈴木信太郎・宮田重雄
扉の言葉1　奥野信太郎
十二湖の記2　佐藤春夫
評論
政治・文学　安部公房
現代の条件3　中田耕治
新椋鳥通信
ヴィクトル・ユゴオとヴェルコール（フランス）4
レルモントフ評伝の新版、その他（ロシヤ）5
老舎の最近作（中国）
戦後の作品（ドイツ）
都バスの中で（詩）　青木和夫
鶴（詩）　比留間一成
書評
「真空地帯」6　那須国男
「祖国喪失」7　白井浩司
投げ櫛8　藤井千鶴子
晩雷9　堂本万里子
番茶の後
新秋の企画10　木々高太郎
六月二十五日11　山本健吉
わが珠玉12
後記13　奥野信太郎

目次註

1 ※標題欠く
2 ※十二湖景の即興の短詩を文末に記す
3 ※文末に、「ノオト」として、この論文を書く動機となったというWilliam Faulknerの一節を紹介
4 ヴィクトル・ユゴオとヴェルコール
5 〈レルモントフ評伝の新版／ゴーリキイの作品について〉 ※外国名詞のL系統の発音表記について付記あり。尚、「レ」については、九月号掲載「番茶の後　Lの問題について」（小野俊一）、十月号掲載「チェーホフの戯曲と彼の恋愛モーラル」（滝田陽之助）中のまえがきに関連記事あり
6 野間宏著・河出書房
7 堀田善衞著・文藝春秋新社
8 〈一―七〉
9 〈一―八〉
10 ※〈小林一三映画のためのコント募集（内村直也他委員の撰により掲載）／「ジュスティーヌ」の翻訳について〉
11 ※〈新宿駅前広場の火炎ビン／青野、中島の破防法反対活動〉
12 ※〈武者小路実篤より贈られた色紙一葉―〝この道より我を生かす道なしこの道を歩く〟〉
13 R・S　※〈送られてくる同人雑誌の隆盛と「三田文学」が成す新人発掘の努力／女流新人二人―藤井千鶴子・堂本万里子の創作／中篇以上の枚数のある投稿原稿〉
＊ 水曜会ご通知　※八月六日午後七時　新宿・紀伊国屋喫茶部
＊ ※〝三田文学の同人と読者なら必ず一度は立ち寄る店、新劇の女優のサービスする店―銀3〟として、銀座「銀3」の広告あり

表紙・島田訥郎／カット・鈴木信太郎　宮田重雄／発行日・八月一日／頁数・本文全八〇頁／定価・八十円（地方価八十五円）／編輯兼発行人・三田文学　奥野信太郎／発行所・東京都千代田区神田鎌倉町六　株式会社酣燈社／編輯室・東京都千代田区神田鎌倉町六　酣燈社内　三田文学編輯室／印刷人・東京都中央区西銀座六ノ二　細川活版所

■九月号　【195209】

表紙　島田訥郎
カット　鈴木信太郎・宮田重雄
扉の言葉1　内村直也
創作特輯
悔《くい》恨《の》八《や》千《ち》度《たび》2　佐藤春夫
或る「小倉日記」伝3　松本清張
押花　野口富〔冨〕士男
孤鶴　紀尾泊世央
朝の卵　関忠果
母碑銘4　野田開作
羽衣（戯曲）――一幕――5　桂芳久
番茶の後
Lの問題6　小野俊一
フランス便り7　丸岡明
監督の責任8　内村直也
日本脱出9　庄司総一

目次註

1 ※標題欠く
2 悔《くい》の八《や》千《ち》度《たび》――映画のための小品――〈はしがき／(1)―(6)〉 ※「はしがき」に、〝細川侯爵家へ伝へられた「長谷雄草子」といふ絵巻物の詞書である〟としてその由来・解説などを記す。又、絵巻のうちの一図も挿入
3 松本情［清］張〈一―十一〉※冒頭に森鷗外の「小倉日記」（明治三十三年一月二十六日）を紹介
4 〔終〕
5 ※劇の背景音楽として流れるK. Tanakaによる「合唱曲」の譜面掲載
6 Lの問題について　※区別のないRとLの発音――マーク・ゲイン『ニッポン日記』を起因に――
7 〔六月二十七日〕 ※「モンマルトルのキャバレー」の絵葉書挿入

8　※オリンピックの成績に関して
9　※〈「丸岡明君を送る会」（六月二日　於はせ川）報告／一般的な祖国からの脱出の欲望逃避の意識〉
＊　水曜会おしらせ　三田文学編輯部　※九月三日午後七時より、於新宿・紀伊国屋喫茶部
※　表紙に「秋季創作特輯」と特記あり

表紙・島田訥郎／カット・鈴木信太郎　宮田重雄／発行日・九月一日／頁数・本文全七九頁／定価・八十円（地方価八十五円）／編輯兼発行人・三田文学　奥野信太郎／発行所・東京都千代田区神田鎌倉町六　株式会社酣燈社／編輯室・東京都千代田区神田鎌倉町六　酣燈社内　三田文学編輯室／印刷所・東京都中央区西銀座六ノ二　細川活版所

■十月号　【195210】

表紙　島田訥郎
カット　鈴木信太郎
扉の言葉1　蘆原英了
チェーホフの戯曲と彼の恋愛モーラル2　滝田陽之助
近代への実験3
——曹禺の「原野」について——　・佐藤一郎
一つの課題——方法の確立——　谷田昌平
新椋鳥通信
エールハルト・ケストナアの作品（ドイツ）
中国文学の傾向（中国）
カプリ島と故ノーマン・ダグラス（イギリス）
中秋水調歌（詩）4　佐藤春夫
秋の歌（詩）　武井つたひ
蝿の季節（創作）一二〇枚5　庄司総一
あひびき（創作）　柴田錬三郎
番茶の後
高橋広江氏追悼6　白井浩司・堀田善衞
こかこら7　佐藤春夫
御挨拶8　内村直也
原民喜碑9　堀田善衞
映画化の問題10　大林清
「晩雷」について11　池田みち子

目次註

1　※標題欠く
2　チェーホフの戯曲と彼の恋愛モーラル。〈まえがき／一／二（……『イワーノフ』四幕四十場のドラマ・『ワーニャ伯父』四幕・『かもめ《チャイカ》』四幕の喜劇《コメディア》・『三人妹姉〔姉妹〕』四幕のドラマ・『桜の園』四幕のコメディア／三〉　※まえがきに〃本誌前号『番茶の後』で主張したとおり、外国語を仮名書きにする場合、L系統の発音を伝えるためにはなるべくラリルレロというようにルビの小円を付けることにしている……云々〃と付す
3　〔完〕
4　※「小引」に、〃もと水滸伝第三十回の一場面で歌われる東坡学士作の原詩の大意を採りて情景にふさはしく訳出せし半創作なり〃とある
5　〈……／(1)—(16)〉
6　白井浩司〔一九五二・八・三〇〕／堀田善衞　※高橋広江が八月二十日、郷里の岐阜で急逝したこと
7　※昭和十八年九月、マニラのホテル以来の嗜好品
8　※スローモーションになって行く渡航手続について
9　※魯迅の墓のように、子供たちの投石の目標になっているという詩碑について。又、〃同じ記事の載った中国新聞のキリヌキを梅崎春生より同封された……云々〃と編輯部の付記あり
10　木〔大〕林清　※映画制作の特殊性と今後の課題
11　先号、堂本万里子の作品評
＊　水曜会ご通知　編輯部　※十月八日（第二水曜　午後一時　於新宿・紀伊国屋・喫茶部）の案内文
＊　※「三田新聞」の広告に、〃卅五周年記念・当選論文「新しい愛国心」は九月末の本紙上に発表……〃と案内あり

表紙・島田訥郎／カット・鈴木信太郎／発行日・十月一日／頁数・本文全八〇頁／定価・八十円（地方価八十五円）／編輯兼発行人・三田文学　奥野信太郎／発行所・東京都千代田区神田鎌倉町六　株式会社酣燈社／編輯室・東京都千代田区神田鎌倉町六　酣燈社内　三田文学編輯室／印刷所・東京都中央区西銀座六ノ二　細川活版所

■一九五二年（昭和二十七年）十一月号～一九五三年（昭和二十八年）二月号―経済的問題により休刊

一九五三年（昭和二十八年）

■三月号　【195303】

カット　鈴木信太郎
座談会　現代の欧米文化の様相[1]　内村直也・佐藤朔
中田耕治・戸板康二
新椋鳥通信
ヘミングウエイとスタインベックの新作[2]　岩崎良三
作家人民戦線？への動き[3]　永戸多喜雄
ゲオルク・トラクル[4]　真鍋良一
あの頃のこと（三田文学の記）[5]　後藤末雄
匿名批評
詩のカーテン[6]
美神と暴力[7]
「匿名」寸言[8]
渡仏　白井浩司
詞華集　山本健吉
詩
小鳥の歌へる　佐藤春夫
暗い火　吉田一穂
ゼロ人間[9]　浦上帰一
創作
紫焔[10]　角田寛英
昼の花火　山川方夫
Perversio（倒錯）[11]　有賀一郎
後記[12]　（佐藤春夫／木々高太郎／M・Y）
モーリアック論[13]　G・グリーン
G・グリーン論[14]　モーリアック（若林真訳）

目次註

1　現在の欧米文化の様相　司会・戸板康二　〈アメリカの文化的劣等感／戦争と危機の意識／フランス国民の自信の喪失／サルトル・カミユ論争のフランスでの反響／ラジオドラマと詩劇の問題／立体映画と映画の将来／ニューヨークのJ・L・バロオ／米国での歌舞伎の評価〉
2　英・米──ヘミングウエイとスタインベックの新作
3　フランス──作家人民戦線？への動き
4　ドイツ──ゲオルク・トラクル
5　三田文学の記──あの頃のこと──　※〝「三田文学四十年の歴史」の第一回〟であること「編輯後記」に記載あり
6　（ポエスキイ）
7　（ミユーゼスキイ）
8　『匿名』寸言　（ファン・ド・コラム）
9　〈(1)─(3)〉
10　〈一─三〉　※冒頭に旧約全書《ぎや・ど・ぺかどる》・以賽亜《いざいやす》より引用あり──「汝水中を渡らん時我と共にあるべし。水は汝を溺らかさず火に入ても焼べからず」
11　※冒頭にニーチェの一節引用あり──「熱病患者が氷を愛するやうに、狂人がどんなに理性を愛するか、君達が何を知らう！」
12　〈第四十三巻のはじめに（木々高太郎）　※昨年十月号発行のあと先月までの休刊の事情／責任編輯者（佐藤春夫・木々高太郎）、責任同人（佐藤春夫・奥野信太郎・丸岡明・小島政二郎・北原武夫・木々高太郎の六人）、若手の編輯協力者（山川方夫・桂芳久・林峻一郎・若林真・田久保英夫・守屋陽一）紹介と今後の編輯方針／水曜会の休会／匿名批評の復活／「番茶の後」改め「後記」欄には責任同人もその他の同人も、編輯協力者も一緒に執筆のこと／牛を馬に乗りかへる事（佐藤春夫）　※「文芸日本」の復活を機に三田文学諸同人へ送る袂別の言葉──〝柴田錬三郎及堂本、熊谷両女の献身的な協力があるにもかかわらず、自ら買って出たこの編輯を投げ出し、唯一人経営面で奮闘してゐる林君に編輯をも一任する……〟／（M・Y）　※本号編輯について〉
13　フランソワ・モーリアック論　グレアム・グリーン／若林真訳　※訳者付記あり
14　グレアム・グリーン論　フランソワ・モーリアック／若林真訳　※訳者付記あり
※　表紙に「現在の欧米文化の様相」「モーリアック論　G・グリーン」「G・グリーン論　モーリアック」と特記あり

表紙・作者未詳／カット・鈴木信太郎／発行日・三月一日／頁数・本文全八〇頁／定価・八十円（地方価八十五円）／編輯兼発行人・三田文学　奥野信太郎／発行所・東京都中央区銀座六丁目四　交詢ビル　株式会社酣燈社／編輯室・東京都中央区銀座六丁目四　交詢ビル　酣燈社内　三田文学編輯室／印刷所・東京都台東区浅草北清島町二五　株式会社五峰堂

■四月号　【195304】

実存主義文学の企図　沢田允茂
実存主義の諸問題──「城」をめぐつて──[1]　永戸多喜雄
ブランショの文学論　辻瑆
カフカ小論[2]
詩
訪墓記　村野四郎
薔薇　金子光晴
霊柩　田久保英夫
新椋鳥通信
エリュアールの葬儀（フランス）　大浜甫
エルンスト・フォン・サローモン《〔ザーロモン〕》の「質問表」（ドイツ）[3]　真鍋良一
旅のお荷物　柴田錬三郎
『葉隠』について[4]　花田清輝
演劇の変貌　遠藤慎吾
匿名批評
現場は貴方を待つている[5]
馴れ合いということ[6]

吉例と恒例7
Sargasso Sea 8
「今日的」病の診断9
時評
演劇10　菅原卓
映画11　飯島正
音楽12　村田武雄
ラジオ・テレビ13　町田仁
クリスティーヌ14　ジユリヤン・グリーン（佐分純一訳）
塵の中15　和田芳恵
後記16
カット　鈴木信太郎

目次註

1 ※本文には、——「城」をめぐって——とは記載なし
2 ——『城』をめぐって——
3 ドイツ―エルンスト・フォン・ザーロモンの「質問表」
4 『葉隠』にてつい［ついて］ ※「葉隠」の物語り手である山本常朝のことなど
5 『現場』は貴方を待っている——批評家諸氏に——（伊東草二）
6 馴れ合ということ（飫野達人）
7 （ファン・ド・コラム）
8 SARGASSO SEA（マリモ）
9 （本間祐太郎）
10 演劇時評
11 映画時評
12 音楽時評
13 ラジオ・テレビ時評
14 ［一九二四年作］ ※冒頭にワーズワースの一節引用
15 ［未完］
16 〈芥川賞の松本清張（木々高太郎） ※昨年九月号本誌掲載の「或る小倉日記伝」、及び松本清張と「三田文学」との関係／三田文学同人の芥川賞、直木賞について／（S・W） ※外国作家の翻訳について、滞仏中の白井浩司よりの消息について／……（Y・K） ※「三田文学」の名称及信条などについて〉

＊ ※酣燈社の増刷紹介あり〈アグネス・スメドレー　尾崎秀実訳『女一人大地を行く』／アンドレ・モーロア　水野成夫・小林正共訳『英国史』上巻下巻〉

＊ ※慶應通信　中脩三博士の二著の紹介あり〈『できる子供できない子供——脳髄の発達と教育——』／『受験期の心理と適応——自信のつく学び方学ばせ方——』〉

※　表紙に「実存主義文学の企図」「クリスティーヌ　J・グリーン」と特記あり

表紙・作者未詳　※【195303】に同じ／カット・鈴木信太郎／発行日・四月一日／頁数・本文全八〇頁／定価・八十円（地方価八十五円）／編輯兼発行人・三田文学　奥野信太郎／発行所・東京都中央区銀座六丁目四　交詢ビル　株式会社酣燈社／編輯室・東京都中央区銀座六丁目四　交詢ビル　酣燈社内　三田文学編輯室／印刷所・東京都台東区浅草北清島町二五　株式会社五峰堂

■五月号　【195305】

サルトルとマルクス主義1　矢内原伊作
ヴァレリー一試論　田中倫郎
新椋鳥通信
ヴァルターイエンスの小説「ナイン」2——被告の世界——（ドイツ）　真鍋良一
フランス映画の危機と一九五三年（フランス）　佐分純一
戦後のソヴエート文学（ロシヤ）　戸山梵太郎
三田文学の想出（三田文学の記Ⅱ）3　増田廉吉
詩
バラード4　シャルル・ドルレアン　安東次男訳
焔　長光太
原民喜と夢の少女5　遠藤周作
最近の日本映画について　飯島正
時評
音楽6　村田武雄
演劇7　菅原卓
ラジオ・テレビ8　町田仁
匿名批評
詩海の新潮流について9
詩と「私」の問題10
人間像の脆弱性11
動物達の演技12
創作
塵の中13　和田芳恵
病人と病人共14　浜田正秀
後記15
カット　鈴木信太郎

目次註

1 ※筆者「付記」あり
2 ドイツ　ヴァルター・イエンスの小説「ナイン」——被告の世界——
3 三田文学の想出——三田文学の記2——［をはり］
4 ※編輯部の（付記）として、バラードの紹介あり
5 ※後出の通り編集部による「付記」に、去る三月十三日の原民喜三年忌の報告あり
6 音楽時評
7 演劇時評
8 ラジオ・テレビ時評
9 （R・R・R）
10 （一投書家）
11 （呉　究郎）
12 （マリモ）

13　塵の中（承前）（完）
14　〔おわり〕　※文末に〝二つの相似した事件（倉持桃子事件・木戸洋子事件）……〟について付記あり
15　（H・T）　※〈本号執筆者紹介／コマアシャルな雑誌の編輯方針とセクショナルな雑誌の編輯方針について〉
＊　※遠藤周作「原民喜と夢の少女」の文章の後、編輯部の「付記」として、原民喜三年忌の報告あり　〈三月十三日午後六時・於有楽町レバンテ／『原民喜作品集』出版記念会をかねて、奥野信太郎の開会の辞、丸岡明の進行によって開催／出席―峰雪栄、藤島宇内、佐々木基一、庄司総一、山室静、草野心平、戸川エマ、片山修三、山本健吉、伊藤整、大田洋子、柴田錬三郎、梅崎春生、谷口吉郎、他〉
＊　※角川書店『原民喜作品集』の広告中、「佐藤春夫氏評」「山本健吉氏評」として、推薦文の紹介あり
※　表紙に「サルトルとマルクス主義　矢内原伊作」と特記あり
表紙・作者未詳　※【195303】に同じ／カット・鈴木信太郎／発行日・五月一日／頁数・本文全八〇頁／定価・八十円（地方価八十五円）／編輯兼発行人・三田文学　奥野信太郎／発行所・東京都中央区銀座六丁目四　交詢ビル　株式会社酣燈社／編輯室・東京都中央区銀座六丁目四　交詢ビル　酣燈社内　三田文学編輯室／印刷所・東京都台東区浅草北清島町二五　株式会社五峰堂

■**六月号**　【195306】

現代イギリス小説における技巧の問題　西村孝次
現代小説の問題1　若林真
神話を求めて2
――F・モーリアックをめぐって――　ジョン・レーマン（永川玲二訳）
新椋鳥通信
最近アメリカ批評の動き（アメリカ）
ウインダム・ルイスの芸術（イギリス）
ベルトルト・ブレヒト
「第三帝国の恐怖と悲惨」（ドイツ）
「雨月物語」と「車中の見知らぬ人々」　飯島正
時評
音楽3　村田武雄
演劇4　菅原卓
ラジオ・テレビ5　町田仁
詩　夜の木・海6　菱山修三
創作
闘う理由、希望の理由　中田耕治
今様伝説7　桂芳久
約束　サマセット・モーム（守屋陽一訳）
松本清張氏芥川賞受賞記念会の報告8
ジョン・レーマン氏について9
後記10
カット　鈴木信太郎

目次註
1　現代小説の問題(一)　――フランソワ・モーリアックをめぐって――　〈(一)モーリアック小説の周辺〉　※前文を付す
2　※〝戦後アテネで行はれた講演で、ジョン・レーマンの詩集とエッセイ集『開かれた夜』の巻頭を飾っているものである〟と篠田一士の文「ジョン・レーマン氏について」に付す。編輯部「付記」中、翻訳権取得者小桧山俊（同人雑誌「秩序」編輯者）の名前あり
3　音楽時評
4　演劇時評
5　ラジオ・テレビ時評
6　夜の木／海
7　〔了〕
8　編輯部　※〈五月六日午后五時半／於有楽町山紫グリル／丸岡明の司会、木々高太郎　小島政二郎　森於菟　井上靖　源氏鶏太　柴田錬三郎　倉島竹二郎　金子義男による挨拶と激励／小島政二郎　久保田万太郎　火野葦平　井上靖　片山修造〔三〕　池島信平　和田芳恵　扇谷正造　奥野信太郎等々、四十余名が出席〉
9　篠田一士
10　（Y・M）　※執筆者及その作品紹介
＊　※酣燈社の新刊図書の紹介あり　〈尾崎士郎著　歴史小説『春雁』／辰野隆著『仏蘭西演劇私観』／その他、重版図書〉
＊　※「慶應義塾大学新聞」（毎月二回発行）の案内あり
＊　※文学グループ秩序刊　文学季刊「秩序3」の内容紹介あり
※　表紙に「現代小説の問題――F・モーリアックをめぐって」「約束　S・モーム」と特記あり
表紙・作者未詳　※【195303】に同じ／カット・鈴木信太郎／発行日・六月一日／頁数・本文全八〇頁／定価・八十円（地方価八十五円）／編輯兼発行人・三田文学　奥野信太郎／発行所・東京都中央区銀座六丁目四　交詢ビル　株式会社酣燈社／編輯室・東京都中央区銀座六丁目四　交詢ビル　酣燈社内　三田文学編輯室／印刷所・東京都台東区浅草北清島町二五　株式会社五峰堂

■**七月号**　【195307】

カトリック文学
シャルル・ペギイ――エゴイズムの聖化――1　島朝夫
エマニエル・ムニエ2
――「エスプリ」誌創刊時代――　遠藤周作
グレアム・グリーン3
――グリーンランドの地図のために――　丸谷才一
ジュリアン・グリーン4
――ジュリアン・グリーンに於ける不安――　佐分純一
新椋鳥通信
カルメル会修道女たちの対話5
カフカにふれて6
むかしの三田文学（三田文学の記Ⅲ）7　佐藤春夫
匿名批評
演劇の地方主義8
おきまり文句9

翻訳文学の偏向 10
時評
音楽 11　村田武雄
演劇 12　菅原卓
ラジオ・テレビ 13　町田仁
創作
春の華客　山川方夫
現代小説の問題（承前）14
――F・モーリアックをめぐつて――　若林真
後記 15
カット　鈴木信太郎

目次註

1 〈……／⑴出発／⑵戦闘／⑶未完の完成〉
2 〈I―IV〉 ※前書あり
3 〈エドナ・ミレイの弟子／スコウビイ署長とウィルスン氏／忠告／回心／「私のなかにもうひとりの私がいる」／古風な文学／「エンターテインメント」／三十年代文学／絵本／ドストエフスキー／しかし……／ジェイムズ・ジョイス／嘆息／「力と栄光」／V・Sプリッチェット〉
4 ジュリアン・グリーン――ジュリアン・グリーンに於ける不安―― ※（後記）に〝作品年表及引用文出典箇所の割愛〟のことを付す
5 フランス カルメル会修道女たちの対話
6 ドイツ カフカにふれて
7 むかしの三田文学――三田文学の記3――
8 （マリモ）
9 （駒日寧）
10 （ダフオデイル）
11 音楽時評
12 演劇時評
13 ラジオ・テレビ時評
14 現代小説の問題㈡ ――フランソワ・モーリアックをめぐって―― 〈㈡モーリアック小説の方法／㈢モーリアック的世界の崩壊〉〔了〕 ※引用文章の翻訳者名省略のこと（付記）あり
15 （H・T） ※〝現実と虚構〟と山川方夫の作品
＊ ※酣燈社『群書類従』正篇三十巻 第二次刊行の紹介あり
＊ ※慶應通信の近刊紹介あり 〈小泉信三著『近代経済思想史』／福沢諭吉著・富田正文校訂解題・文庫版『福翁自伝』『学問のすゝめ』／慶大医学部教授 安藤画一著『わが家の人口計画』／九大医学部教授 中脩三著『できる子供できない子供』／教育と医学の会・責任編集 月刊『教育と医学』創刊号〉
※ 表紙に「カトリック文学」「現代小説の問題」と特記あり

表紙・作者未詳 ※【195303】に同じ／カット・鈴木信太郎／発行日・七月一日／頁数・本文全八〇頁／定価・八十円（地方価八十五円）／編輯兼発行人・三田文学 奥野信太郎／発行所・東京都中央区銀座六丁目四 交詢ビル 株式会社酣燈社／編輯室・東京都中央区銀座六丁目四 交詢ビル 酣燈社内 三田文学編輯室／印刷所・東京都台東区浅草北清島町二五 株式会社五峰堂

■八月号 【195308】

創作
飛行機雲　桂芳久
少年のうすひげ 1　藤井千鶴子
団欒（ファルス）一幕 2　蟻川茂男
老詩人とその弟子 3　佐藤一英
空中手稿（詩）　田久保英夫
二十世紀の詩と詩人 4
クローデルの詩的存在論 5　井筒俊彦
リルケと「貧」　星野慎一
T・S・エリオットの難解について 6　栗山脩
レスピューグ（詩）7　ロベール・ガンゾ　平田文也訳
劇詩人の生成 8
――ジャン・ジロウドウ序説――　加藤道夫
時評
演劇 9　菅原卓
ラジオ・テレビ 10　町田仁
後記 11
カット　宮田重雄・鈴木信太郎・文野朋子
目次絵　稗田一穂

目次註

1 〈一―九〉
2 ファルス 団欒《だんらん》――一幕――
3 〈一―六〉
4 ※この標題本文には欠く
5 ――J'existe parmi les choses qui sont 存在する物らのあわいに我は実在す――
6 T・Sエリオットの難解について
7 ――レオナ・ジャンヌに―― ※土偶「レスピューグの貴婦」について付記あり
8 〔未完〕 ※冒頭にジャン・ジロウドウの一節引用――〝私は人間達が此の地上でもう少し孤独でゐられる権利を要求する〟又、編輯部の後記に〝堀辰雄氏急逝のためこの稿中断の止むなきにいたり……云々〟とあり
9 演劇時評 ※「欲望という名の電車」（帝国劇場のバレエ）について
10 ラジオ・テレビ時評 ※民間テレビ第一号（日本テレビ網の放送開始について
11 S・H ※〈「廿世紀の文学」について／執筆者紹介など〉
＊ ※酣燈社の新刊紹介あり 〈佐藤春夫著『国文学入門』文庫版／芳賀矢一『国文学史十講』文庫版／岡倉天心『茶の書』文庫版・浅野晃訳 満岡忠成解説／他、再版・四版の図書〉
＊ ※〝故水上瀧太郎先生に 店にして頂いた店〟として、銀座「ハゲ天」の広告あり
※ 表紙に「廿世紀の詩と詩人――リルケ、T・S・エリオット、クローデル、R・ガンゾ」と特記あり
表紙・作者未詳 ※【195303】に同じ／カット・宮田重雄

鈴木信太郎　文野朋子／目次絵・稗田一穂／発行日・八月一日／頁数・本文全八〇頁／定価八十円（地方価八十五円）／編輯兼発行人・三田文学　奥野信太郎／発行所・東京都中央区銀座六丁目四　交詢ビル　株式会社酣燈社／編輯室・東京都中央区銀座六丁目四　交詢ビル　酣燈社内　三田文学編輯室／印刷所・東京都台東区浅草北清島町二五　株式会社五峰堂

■九月号　【195309】

海外短篇小説1
雨のなかの猫2　アーネスト・ヘミングウェイ
橋にいた老人3　アーネスト・ヘミングウェイ
クロリンダ4　アンドレ・ピエイル・ド・マンディアルグ
ルーシンダ5　フランシス・タワーズ
コント・ファンタスティック　大浜甫
間奏曲6　篠田一士
劇詩人の生成（承前）7　加藤道夫
——ジャン・ジロウドウ序説——
詩8
うれひ　アァニスト・ダウスン
沈黙の教へ　ライオネル・ジヨンスン
創作
形見の子　阿部光子
雲の動き　桑山裕
詩　風の跡　水橋晋
複混合9　有賀一郎
時評
演劇10　菅原卓
映画11　林峻一郎
後記12
カット　宮田重雄・鈴木信太郎・文野朋子
目次絵　稗田一穂

目次註

1　※この標題本文には欠く
2・3　二つの短篇〈雨のなかの猫／橋にいた老人〉アーネスト・ヘミングウェイ／中田耕治訳　※中田耕治による「訳者後記」を付す
4　大浜甫訳
5　篠田綾子訳
6　——Gather ye Rose-buds while ye may.——
7　〔未完〕
8　守屋陽一訳
9　〔未完〕　※冒頭にシモーニデースの一節引用“虚空《おほそら》にあるはたゞ日輪……”
10　演劇時評　※〈文学座「夜の日向葵」（三島由紀雄［夫］作）／民芸（あっぱれ）クライトン（バリイ作）について〉
11　映画時評　※〈「落ちた偶像」（グレアム・グリーンとキャロル・リードの共同製作）について〉
12　M・Y　※〈投稿原稿の作品について／短篇小説形式に尊重される筆者の「腕」／有賀の創作「複混合」について〉
＊　Recent & Readable　※TIME; Aug 10.53より新刊書の紹介あり　〈『Torment』ペレスグランドス著／『Satan in the Suburbs』バートランド・ラッセル著／『White Hunter, Black Heart』ピーター・ヴィアテル著／『The Scribuer [Scriber?] Treasury』一八八一年より一九三一年までの古典的短篇小説集／『The Bridges at Toko-ri』ジェイムス・A・ミチナー著『The Conservative mind[Mind]』ラッセル・カーク著〔TIME, Aug. 10.53〕〉
＊　※酣燈社の新刊図書の紹介あり。前号に同じ
＊　※“三田文学の御連中の店”として、銀座ハゲ天の広告あり
※　表紙に、「海外短篇小説——E・ヘミングウエイ　A・P・マンディアルグ　F・タワーズ」と特記あり

表紙・作者未詳　※【195303】に同じ／カット・宮田重雄　鈴木信太郎　文野朋子／目次絵・稗田一穂／発行日・九月一日／頁数・本文全八〇頁／定価・八十円（地方価・八十五円）／編輯兼発行人・三田文学　奥野信太郎／発行所・東京都中央区銀座六丁目四　交詢ビル　株式会社酣燈社／編輯室・東京都中央区銀座六丁目四　交詢ビル　酣燈社内　三田文学編輯室／印刷所・東京都台東区浅草北清島町二五　株式会社五峰堂

■十月号　【195310】

現代恋愛論（座談会）1　佐藤春夫・池田みち子・木々高太郎　柴田錬三郎・北原武夫
エミリ・ブロンテの問題2　藤井昇
中国文学3
郭沫若論序説　佐藤一郎
李汝珍と「女の王国」　村松暎
中国文人の創作契機　藤田祐賢
——蒲松齢と聊齊志異の場合——
詩三篇4
贈高式顔／絶句／賓至　杜甫　比留間一成訳
創作
夜の窓5　田畑麦彦
複混合（承前）　有賀一郎
詩　うさぎ　馬淵美意子
時評
文芸6　塩野俊彦
演劇7　菅原卓
遠藤周作氏の出版記念会8　藤島宇内
後記9
目次絵　稗田一穂
カット　宮田重雄・畠中孝昌　鈴木信太郎・文野朋子

目次註

1　〈果して日本に恋愛があるか／恋愛は芸術を模倣するか／男女の友情は成立するか〉

2　※冒頭にN・ニコルスン「エミリ・ブロンテのために」の一節引用〝かの荒野を歩むは　雪の癩肉つけたる　骨の大木〟
3　※この標題本文には欠く
4　〈増高式顔／絶句／賓至〉
5　〈1―7〉
6　文芸時評
7　演劇時評
8　※八月二十二日に行われた最初の著書『フランスの大学生』の出版記念会の報告―柴田錬三郎（司会）・奥野信太郎、佐藤朔、丸岡明、山本健吉、内村直也、堀田善衞等々計四十四名が出席
9　（Y・M）　※〈本号作品について／積極的新人の発掘のため同人雑誌評を新設すること（三田文学に関係の深い知名の数者が執筆）／折口信夫の急逝とその追悼号について〉
＊　※酣燈社の新刊・再刊図書の紹介あり　〈辰野隆序・南喜一著『蟇のみてきた世界』（跋「蟇将軍由来記」）／アンドレ・モーロア『英国史』水野成夫・小林正訳〉
※　表紙に「現代恋愛論」（座談会）／「中国文学　郭沫若ほか」と特記あり

表紙・作者未詳　※【195303】に同じ／カット・宮田重雄　鈴木信太郎　畠中孝昌　文野朋子／目次絵・稗田一穂／発行日・十月一日／頁数・本文全八〇頁／定価・八十円（地方価八十五円）／編輯兼発行人・三田文学　奥野信太郎／発行所・東京都中央区銀座六丁目四　交詢ビル　株式会社酣燈社／編輯室・東京都中央区銀座六丁目四　交詢ビル　酣燈社内　三田文学編輯室／印刷所・東京都台東区浅草北清島町二五　株式会社五峰堂

■十一月号（折口信夫追悼十一月号）　【195311】

口絵　近影1
扉　絶筆2
飾画　伊原宇三郎・鈴木信太郎・稗田一穂
遺稿　遠東死者之書3　釈迢空
折口先生を偲ぶ辞4　長谷川如是閑
おもひでの両吟5　久保田万太郎
哀悼の言葉6　西脇順三郎
折口先生を偲ぶ7　池田亀鑑
師の道8　西角井正慶
折口先生の面影9　萩原雄祐
昌平館時代の折口先生10　伊原宇三郎
折口さん11　河竹繁俊
愚見12　三好達治
折口さんの印象13　なかの・しげはる
静かなる人14　岩佐東一郎
「歌の円寂するとき」以後15　宮柊二
釈迢空の文学啓蒙16　坂本徳松
北京にて17　奥野信太郎
なげきうた18　井汲清治
折口先生のこと19　佐藤朔
折口先生20　丸岡明
大正時代の折口先生21　佐藤信彦
遺稿　短歌十四首　釈迢空
遺稿　八月十五日22　釈迢空
折口先生23　内田誠
折口先生とびいる24　安藤鶴夫
先生と「演劇界」25　利倉幸一
折口先生のこと26　山本健吉
追悼27　中村真一郎
「死者之書」と共に28　加藤道夫
折口信夫氏のこと29　三島由紀夫
お形見30　於保みを
暖いおもいで31　赤木健介
折口先生をかなしむ32　北見志保子
金沢の折口先生33　高原武臣
寺小屋入り34　小谷恒
出石の家35　角川源義
折口先生の思ひ出36　谷口宣子
「かぶき讃」ノート37　古川緑波
身辺のこと二三38　伊馬春部
三田の山の先生39　池田弥三郎
おもてに対す40　戸板康二
遺稿について41　岡野弘彦
折口信夫年譜42
三田文学第四十三巻目録　草稿43
後記44

目次註

1　〈(1)「池田弥三郎氏撮す」昭和二十四年五月十三日／(2)「東京駅頭にて柳田國男氏と」昭和二十五年十月／(3)「三島大社前にて」昭和二十八年四月／(4)「箱根仙石原山荘にて穂積忠氏と」昭和二十五年八月〉
2　いまははた　老いかゞまりて　誰よりもかれよりも　ひくきしはぶきをする　（二八・八・一五）　※自画自筆
3　※題字署名自筆。「都鄙死者之書」及絵を付す
4　釈迢空を偲ぶ辞　長谷川如是閑（評論家・芸術院会員）
5　久保田万太郎（作家）　※昭和二十年夏に筆者と捲いた歌仙を紹介。〝朝日新聞九月二十七日所載。久保田先生御諒解の下に再録〟と編輯部が付す
6　西脇順三郎（慶大教授）
7　折口先生をしのぶ　池田亀鑑（東大教授）
8　両角井正慶（国学院大学教授）〈(1)急変／(2)葬儀〉
9　萩原雄祐（東京天文台長・理博）
10　伊原宇三郎（画家　日本美術家連盟委員長）
11　河竹繁俊（早大演劇博物館長）
12　三好達治（詩人）
13　なかの・しげはる（詩人）
14　岩佐東一郎（詩人）
15　宮柊二（歌人）

16 坂本徳松（アジア問題研究家）〈㈠―㈣〉※冒頭に「日本文学啓蒙」の一節引用。「追記」あり
17 奥野信太郎（慶大教授）
18 ――折口さんの人柄と学問――　井汲清治（慶大教授）
19 佐藤朔（慶大教授）
20 丸岡明（作家）
21 佐藤信彦（慶大教授）
22 ※長歌。筆跡も付す
23 内田誠（随筆家）
24 安藤鶴夫（演劇評論家）
25 利倉幸一（演劇評論家）
26 山本健吉（文芸評論家）
27 中村真一郎（作家）
28 「死者の書」と共に　加藤道夫（作家）
29 三島由紀夫（作家）
30 於保みを（元実践女子専門学校教授）※「一代の才女にあひてかへりこしみののなまりの耳にさやけく」と下田歌子のことを歌ひ　扇面にしたためたもの紹介
31 赤木健介（本名伊豆公夫・歌人）
32 北見志保子（歌人）
33 高原武臣（金沢女子短期大学教授）
34 小谷恒（作家）
35 角川源義（角川書店主）
36 折口先生の憶ひ出　谷口宣子（作曲家）
37 古川緑波（俳優）
38 伊馬春部（作家）〈……／旅行／食事／読書〉
39 池田弥三郎（慶大助教授）
40 戸板康二（演劇評論家）
41 遺稿のこと
42 折口信夫先生年譜（草稿）〈明治二十年二月十一日―昭和二十八年九月〉※〝昭和十一年までの分は短歌文学全集『釈迢空篇』の為に自ら編んだものに拠っている〟と（編者付記）にあり
43 三田文学目録　一九五三年（第四十三巻）
44 〈……（木々高太郎）※本号（追悼号）について／水曜会の復活／安岡章太郎の芥川賞受賞について／……（吉行淳之介）※三田文学会主催の「安岡章太郎君第二十九回芥川賞受賞記念会」報告（九月十日午後五時、於東京ステーションホテル、開会の辞・北原武夫、司会・柴田錬三郎、出席者約九十名）／……（Y・K）※折口信夫（釈迢空）鎮魂の冊子のこと／……（H・T　M・Y）※表紙の浅黄色について―故人曰「掘辰雄さん色」／遺稿　俳句草稿次号廻しのこと〉

＊ ※角川書店刊　釈迢空・折口信夫著書の紹介あり〈『古代感愛集』／『近代悲傷集』／『世々の歌びと』／『古代研究』近刊／折口春洋著『鵠が音』〉

＊ 新刊図書の紹介あり〈折口信夫著『日本文学啓蒙』朝日新聞社／折口信夫序・佐々木一雄著『正法眼蔵の研究』（広文館／辰野隆序・南喜一著『蟇のみてきた世界』（跋「蟇将軍由来記」水野成夫）酣燈社〉

＊ 挿入写真　六葉〈肖像／箱根仙石原で肖像画を描いている伊原宇三郎との写真（伊原宇三郎文、参照）／旅路・書斎でのもの〉

＊ 挿入画〈「折口先生が招かれた琉球舞踊団中の名護愛子」宇／折口「都鄙死者之書」他〉

表紙・作者未詳　飾画・伊原宇三郎　鈴木信太郎　稗田一穂／口絵・近影　絶筆／発行日・十一月一日／頁数・本文全一二〇頁／特別増大号価・百円（地方価百五円）／編輯兼発行人・三田文学　奥野信太郎／発行所・東京都中央区銀座六丁目四　交詢ビル　株式会社酣燈社／編輯室・東京都中央区銀座六丁目四　交詢ビル　酣燈社内　三田文学編輯室／印刷所・東京都台東区浅草北清島町二五　株式会社五峰堂

■十二月号　【195312】

ポーからヴァレリイまで 1　T・S・エリオット　篠田一士訳

創作

老猿 2　和田芳恵

鸚哥とクリスマス　曽野綾子

短歌　秋冬雑詠 3　伊藤秀文

近代詩にかんする若干の考察 4　上田保

批評における一人称の現実　若林真

英訳俳句草稿（遺稿）5　折口信夫

後記 6

カット　鈴木信太郎・稗田一穂

目次註

1 ポーからヴァレリーまで
2 〈一―九〉
3 ※六首
4 ※「詩と詩論」に関係した詩人西脇順三郎、上田敏雄、瀧口修造、北園克衛、春山行夫、近藤東、竹中郁、北川冬彦、村野四郎などの詩を引用。文末に〝日本比較文学会における談話に手を加えたもの。超現実主義については「机」の九月号を参照されたい〟と付記あり
5 ※池田弥三郎による「後記」あり　〝故人が天明のあとの俳句から子規までの句を選び、それに口語訳と簡単な註をつけたもの〟〝昭和二十三年秋の口述筆記を、清崎敏郎、西村亨両者の協力を得て原稿の形にしたもの〟などを付す
6 ……（Y・M）※〈「英訳俳句草稿」頁数の都合で本号に掲載のこと／詩の本質とその理解について。―群像十一月号『現代詩について』（座談会）での三好豊一郎の言を引用しながら〉

＊ ※フイガロの会刊　演劇雑誌「フイガロ」第五号の内容紹介あり〈三寿満／水野あい子／田久保英夫の創作〉

※　表紙に「ポーからヴァレリーまで　T・S・エリオット」「英訳俳句草稿（遺稿）折口信夫」と特記あり

表紙・作者未詳　※【195303】に同じ／カット・鈴木信太郎　稗田一穂／発行日・十二月一日／頁数・本文全八〇頁／定価・八十円（地方価八十五円）／編輯兼発行人・三田文学　奥野信太郎／発行所・東京都中央区銀座六丁目四　交詢ビル　株式会社酣燈社／編輯室・東京都中央区銀座六丁目四　交詢ビル　酣燈社内　三田文学編輯室／印刷所・東京都台東区浅草北清島町二五　株式会社五峰堂

一九五四年（昭和二十九年）

■一月号（新年号）【195401】

昭和作家論1 谷田昌平
死のかげの谷――堀辰雄論――1
意図と作品――批評の理論―― 進藤純孝
説明可能といふ一現象2 有賀一郎
詩
風・花3 佐藤一英
風の祠祭4 田中倫郎
創作
薔薇5 藤井千鶴子
闇のこゝろ 岡谷公二
金婚式（戯曲）6 田久保英夫
文芸時評7 富樫左門
全国同人雑誌評8
庄司総一創作集「残酷な季節」出版記念会の記9 伊藤桂一
編集後記10
カット 鈴木信太郎・河野鷹思
稗田一穂・伊藤忠三

目次註

1 〈Ⅰ―Ⅴ〉 ※冒頭にR・M・リルケの一節引用―「主よ、ひとなみに、彼自身の死を与えたまえ、真実の愛とまずしさを体験する彼自身の生が生まれでるような死を、ひとなみに与えたまえ」
2 説明可能といふ一現象 〈はじめの期待／意識内／事件／事実の存在〉 ※前文あり
3 ――『天地荘厳』のうち―― 〈風／花〉
4 風の祠祭《まつり》
5 〈一―五〉
6 ――一幕―― 〈一―十八〉
7 ※〈群像十二月号の創作合評―川端康成と伊藤永之介の比較／新潮十二月号の全国同人雑誌推薦小説―「コッ士」有馬繁雄・「暗い枠」中村要・「風のある風景」桂芳久・「しもやけ日記」中村端恵〉
8 土曜人（第六号）―「ある友の結婚」笹村耕三・他詩三篇／立教文学（5）―「骨の痛み」笠井剛・「とことんまで」浪江洋二・「乾いた街」勝元喜朗／無名群（冬季号）―「冬眠」三上善三郎・「落日」佐藤忠善・「波紋」吉川芳夫・「第三の道」井沢清治／作家（十二月号）―「日本狂詩曲」修立弥／季節風（2）―総論／南風（第四号）―〝文芸雑誌にあらず。高知県出身の文化人たちの筆によるもの〟／人間像（27）歯車（2）―福島昭守、内田保夫両者の作・金沢欣哉の「復讐」・「香盒」菴田知宏／車輪（VOL1）―中道秀毅「巷に灯はともり」その他／札幌文学（12）―「北海道に於ける文学の基盤」（座談会）・西村真吾の戯曲「火花」／三田文学（十二月号）―曽野綾子の「鸚哥とクリスマス」／明大文芸（第三号）―「雨の日の論理」池上年夫・「遠吠」岩田勝／文芸首都（十一月号）―「極限状態について」朝広正利・「断層」窪田刀根／日通文学（十一月号）―「豚になった男」亘理二〉
9 〔十一月二十八日夜 東京グリルにて〕
10 後記（Y・K） ※〈新年号よりの新企画「昭和作家論」、「同人雑誌批評」、戯曲の掲載について〉
＊ ※紀伊国屋書店のPenguin Books (in stock) の紹介あり
※ 表紙に「昭和作家論⑴ 堀辰雄論」「金婚式（戯曲） 田久保英夫」と特記あり

表紙・作者未詳／カット・鈴木信太郎 河野鷹思 稗田一穂 伊藤忠三／発行日・一月一日／頁数・本文全八〇頁／定価・八十円（地方価・八十五円）／編輯兼発行人・三田文学 奥野信太郎／発行所・東京都中央区銀座六丁目四 交詢ビル 株式会社酣燈社／編輯室・東京都中央区銀座六丁目四 交詢ビル 酣燈社内 三田文学編輯室／印刷所・東京都台東区浅草北清島町二五 株式会社五峰堂

■二月号―欠号 ※次号「後記」に欠号理由を付す

■三月号【195403】

座談会
『近代文学』の功罪1
――戦後派文学と第三の新人――
奥野健男・安岡章太郎・桂芳久
村松剛・小島信夫・服部達・島尾敏雄
司会・遠藤周作
昭和作家論2 二つ巴の幻想
――横光利一論―― 進藤純孝
「むなしさ」を知らぬ悲しみについて2
――日本演劇の新生―― 遠藤慎吾
加藤道夫追悼3
その人との十分間……『安岡章太郎』4 白井浩司
創作
詩 エリザ5 柏木栄
煙突 山川方夫
火蛾（連載第一回）6 桂芳久
文芸時評7 富樫左門
全国同人雑誌評8
表紙
影絵 藤城清治
写真 上杉公明
カット 鈴木信太郎・稗田一穂
文野朋子・伊藤忠三

目次註

1 〈……／批評と実作／近代性の問題／日常性の欠如／新しい作家たち／「近代文学」の功罪／長兄の文学／戦後文学の隙間／第三の新人／国民文学論をめぐって〉〔一九五三・一二・二七 恵比須〔寿?〕「さいき」にて〕 ※出席者名〝発言順〟とある
2 むなしさを知らぬ悲しみについて 〈⑴言葉のむなしさについて／⑵むなしさを知らぬ悲しみについて〉

3 〔一九五四・一・十五〕 ※哀悼の意をあらわす五月号の企画について編輯部の付記あり
4 ※写真一葉を付す
5 〈I—III〉
6 〈1・2〉〔つづく〕
7 ※〈「第三の新人」といわれる作家について／小林秀雄の「文芸時評」での名助言を紹介〉
8 〈個性（第一巻第二号）—「再会」人見宏・／「雌阿寒岳」鈴木妙枝子／九州文学（11・12合併号）—「ゆうれいはこわくない」武田幸一・「危険な娘」林逸馬・「白い炎」石山滋夫／くらるて（第二輯）—「HAOと、KAYO」岸本延寿・「FUGUE」蒲田春樹・「波紋」原安紀夫／乾燥地帯（第一巻四号）—「古美術」田中綾二郎／零度（第十号）—総評・「記録」斎藤きま江／檸檬（第三号）—「産卵期の鮭」小田礼／文学季節（第七冊）—「クリスマスまで」三木一雄／龍舌蘭—「年輪」岡部哲夫／文芸首都（新年号）短篇小説特集号—「長安寺」尹柴遠・「草のわな」田中万貴子・「三機」内田直記・「未遂革命」田野辺薫・「植物と微笑」竹森一男・「残照」福井浄輔・「馬と女」江夏美子・「〝無題〟という椅子」田畑麦彦・総評／作家（一月号）—「陸軍省の壁」竹森一男〉
＊ 後記 ※〈新装「三田文学」と二月号欠号のことなど〉
＊ ※酣燈社の新刊図書の紹介あり〈篠崎正著『百万人の音楽・ジャズ』（付・アメリカン・ジャズ花形名鑑）〉

表紙・「影絵」藤城清治 「写真」上杉公明／カット・鈴木信太郎 稗田一穂 文野朋子 伊藤忠三／発行日・三月一日／頁数・本文全八〇頁／定価八十円（地方価・八十五円）／編輯兼発行人・三田文学 奥野信太郎／発行所・東京都中央区銀座六丁目四 交詢ビル 株式会社酣燈社／編輯室・東京都中央区銀座六丁目四 交詢ビル 酣燈社内 三田文学編輯室／印刷所・東京都台東区浅草北清島町二五 株式会社五峰堂

【195404】

■四月号

全国詩同人誌推薦
新進詩人コンクール発表 1
選を終えて 2 西脇順三郎・村野四郎・佐藤朔
レイモン・ラディゲ論 3 アンリ・マシス
昭和作家論3 安岡章太郎論 4 奥野健男
——相対安定期の作家——
その人との十分間……『遠藤周作』5
創作
遠来の客たち 曽野綾子
火蛾（連載第二回）6 桂芳久
文芸時評 7 奥野健男
全国同人雑誌評 8
表紙 篠原宏
目次 稗田一穂
カット 鈴木信太郎・長井泰治・飯田善国

目次註

1 〈「見えない場所」浜田知章（山河）／「わが埋葬譚」長谷川龍生（山河）／「曇ったレール」内田豊清——松川事件控訴審判決の日——（錆）／「花と平野」前登志晃（日本未来派）／「極まるところ」牧野芳子（孤）／「冬の夜のうた」坂本明子（日本未来派）／「見えない男」木津豊太郎（VOU）／「黙る」水橋晋（E.MIR）／「釘・UNHUMAN」柴田基典（尖塔）／「途上(6)」清水深生子（VISION）／「窓」杉本春生（地球）〉 ※編輯部の付記あり
2 〔二九・二・六〕 ※座談
3 アンリ・マシス／前川嘉男訳
4 相対安定期の作家——安岡章太郎論——
5 ※写真一葉を付す
6 〈3・4〉〔この章未完〕〔つづく〕
7 ※〈武田泰淳「ひかりごけ」（新潮）／堀田善衞「われらの心」（同）／その他当時の若い小説家及評論について〉
8 〈東京文芸（16）—「水産試験場」桜井健一／法政大学（第二巻2・3号）／文芸法政（8）／明大文芸（4）／水戸文学（10）—総評・「汽笛」及川文弥・「陽のよどむ影に」田中信幸・「暗い沼の畔で」小柳俊夫・「源おじと水車小屋」梅村善考／VILLON（8）—「藪かんぞう」松浦進三（未完）・「塗師」鷺亨介・「械（かし）」井上勝子／群舞（1）／青狐（1・2号）／文芸草紙（46号）／北方文芸（1）／環礁（4）／新人創作（1）—※総評／フィガロ（5）—※〝唯一のドラマだけの同人雑誌〟総評／海豹（3）—※総評及土田恭「構造」〈承前〉について／新文芸（創刊号）—「美麗の宮」村山夏雄〉
＊ ※村野四郎著『現代詩読本』（河出新書）の広告中、金子光晴 西脇順三郎両者の推薦文を紹介。次号にも掲載
＊ ※紀伊国屋書店より「新着フランス文学書」の紹介あり

表紙・篠原弘／目次・稗田一穂／カット・鈴木信太郎 長井泰治 飯田善国／発行日・四月一日／頁数・本文全八〇頁／定価・八十円（地方価八十五円）／編輯兼発行人・三田文学 奥野信太郎／発行所・東京都中央区銀座六丁目四 交詢ビル 株式会社酣燈社／編輯室・東京都中央区銀座六丁目四 交詢ビル 酣燈社内 三田文学編輯室／印刷所・東京都台東区浅草北清島町二五 株式会社五峰堂

【195405】

■五月号

加藤道夫追悼特集 1
追悼
弔辞 樋口勝彦
加藤道夫君 2 堀田善衞
その道ちゃんはもういない 3 文野朋子
我が師加藤道夫 神山繁
遺稿 初詣で 4 加藤道夫
加藤道夫論 5 谷田昌平
劇と詩（座談会）6 西脇順三郎・丸岡明 加藤道夫・樋口譲
昭和作家論4 福田恆存論 7 村松剛
アルベエル・カミュと正義 8 日野啓三
文芸時評 9 服部達

その人との十分間……『矢代静一』10
創作
詩　散歩　金井直
玉椿　渡辺喜恵子
火蛾（最終回）11　桂芳久
久潤断想12　木々高太郎
表紙　駒井哲郎
目次　稗田一穂
カット　鈴木信太郎・河野鷹思・真野千束・伊藤忠三・飯田善国

目次註

1 加藤道夫追悼　※遺影一葉あり。〝旧臘二十三日夜急逝の劇詩人追悼のために……云々〟と編輯部記す
2 ※（註）あり
3 その道ちゃんは、もういない
4 放送狂言　初詣で——遺稿——　※編輯部の付記に〝作者の遺志により飯沢匡の演出で、本年一月二十二日夜、JOKRより放送。云々〟としてスタッフの名前も記す
5 未完の舞台幻想——加藤道夫論——
6 〈歌舞伎／ヨーロッパ古典劇／詩劇／劇場／新劇／演劇の自然主義／揺籃期の新劇／詩／言葉／テレビジョンの劇〉〔一九五四・一二・七〕——
7 ——近代人の救済——〈1—4〉
8 アルベール・カミュと正義——『正義の人々』について——〈1—6〉
9 ※〈文芸の座談会『二つの世界』での阿部知二の発言—政治と文学・実践と創作について／佐々木基一の「リアリズムと国民文学」（群像）と野間宏「詩に於ける自然と社会」（新日本文学）／文学界の「現代批評家論特集」——「伊藤整論」佐々木基一・「河上徹太郎論」寺田透・「臼井吉見論」荒正人——／鳥［島］尾敏雄「帰巣者の憂欝」（文学界）／福永武彦「冥府」（群像）／安部公房「変形の記録」／小島信夫「吃音学院」（文藝春秋）／長谷川四郎「神は真実を語る」（新日本文学）／井上光晴「風がしきりに吹く」（新日本文学）／西野辰吉「烙印」（改造）／曽野綾子「遠来の客たち」（三田文学）／檀一雄「梨花」（改造）／室生犀星「黄と灰色の問答」（中央公論）／網野菊「涙」（文学界）／志賀直哉「いたずら」（文学界）／武田泰淳「紅葉」（群像）／伊藤永之介「おばこ節」／丹羽文雄の実験「柔媚の人」（新潮）／伊藤整「雪のくるとき」（中央公論）／広津和郎「真実を阻むもの——松川事件の判決を批判——」（中央公論）〉
10 ※写真一葉を付す。編輯部の付記に、同者の戯曲「絵姿女房」一幕、併載の予定を変更のことあり
11 〈4（承前）／5〉〔了〕
12 〔昭和二十九年四月〕
＊ 三田文学目録〈一九五三年三月号—十二月号／一九五四年新年号—五月号〉
＊ ※慶應義塾大学新聞の案内あり。〝慶應義塾の自由のために明るい品位と正しいニュースを提供する〟〝学生生活の機微と学界表裏の動向を正確につかんだ新聞〟などと付す
＊ ※現代文学社刊「現代評論」創刊号—特集・現代についての内容紹介あり〈遠藤周作、吉本隆明、島尾敏雄、佐古純一郎、奥野健男、木内公、日野啓三、村松剛、服部達、大野正男、飯島耕一、大岡信、清岡卓行が執筆〉

表紙・駒井哲郎／目次・稗田一穂／カット・鈴木信太郎　河野鷹思　真野千束　伊藤忠三　飯田善国／発行日・五月一日／頁数・本文全九六頁／定価・九十円（地方価九十五円）／編輯兼発行人・三田文学　奥野信太郎／発行所・東京都中央区銀座六丁目四　交詢ビル　株式会社酣燈社／編輯室・東京都中央区銀座六丁目四　交詢ビル　酣燈社内　三田文学編輯室／印刷所・東京都台東区浅草北清島町二五　株式会社五峰堂

■六月号～九月号—休刊

■十月号（再刊10月号）【195410】

逆立　安岡章太郎
燕買い1　曽野綾子
雅歌（うた）——一幕——2　矢代静一
驢馬の耳
イタリーに行く　丸岡明
新人川上氏　北原武夫
詩歌の読者　佐藤朔
一本の牛乳　戸板康二
健全財政　内村直也
感想3　村野四郎
山信　山本健吉
詩
雄鶏・影4　桜本富雄
晴天を頌へる5　田久保英夫
名宝展を観る——現代人の手帖Ⅰ——6　北原武夫
表紙　串田孫一
カット　川端実・角浩・河野鷹思

目次註

1 ※【195502】の「後記」に関連文あり
2 ※冒頭に、「旧約聖書、雅歌第三章第一節第二節」の引用あり。文末には〝この作品は独立した一幕物ですが、……「城館（しろ）」一幕（雑誌「新劇」創刊号）のあとにつづきます……〟と「付記」あり。上演のこと次号「後記」に紹介。【195502】の「後記」にも関連文あり
3 〔一九五四・八・一〇〕
4 〈雄鶏／影〉
5 〈Ⅰ・Ⅱ・Ⅲ〉
6 〔五四・八・一〕
＊ 後記（H・T）※〈再刊初号の辞・三田文学会として刊行を独立して行ふことなど〉
＊ 編輯委員——内村直也　北原武夫　佐藤朔　戸板康二　丸岡明　村野四郎　山本健吉／編輯担当——山川方夫　田久保英夫　桂芳久

表紙・串田孫一／カット・川端実　角浩　河野鷹思／発行日・

十月一日／頁数・本文全八〇頁／定価・八十円（地方価八十五円）／編輯兼発行人・奥野信太郎／発行所・東京都中央区銀座西八丁目七　日本鉱業会館三五号　三田文学会／編輯所・東京都中央区銀座西八丁目七　日本鉱業会館三五号　三田文学編輯部／印刷所・東京都台東区浅草北清島町二五　株式会社五峰堂

■十一月号　【195411】

浄徳寺さんの車　小沼丹
初心1　川上宗薫
アデンまで　遠藤周作
近代的職人の二典型2　北原武夫
——現代人の手帖Ⅱ——
モダニズムをめぐる詩の問題3　木下常太郎
驢馬の耳
〈「カトリック作家の問題」を読んで〉4　内村直也／〈バスの拡声器〉戸板康二／〈孤独について〉庄司総一／〈ルノワール青年〉丸岡明／〈お彼岸の秀才〉十和田操
詩
二人は歩いた　西脇順三郎
愛について　谷川俊太郎
十月の愛の歌　友竹辰
讃美歌（そのⅠ）5　山本太郎
小説の行きづまりと野望6　クロード・E・マニイ
——眠れるものの眼ざめ——
表紙　串田孫一
カット　川端実・稗田一穂

目次註
1 〈一—七〉※【195502】の「後記」に関連文あり
2 〔九・一二〕
3 〈一—三〉
4 ※著者遠藤周作にあてて
5 〈序詞〉
6 クロード・エドモンド・マニイ／若林真訳〈⑴その意図／⑵その実現〉※（註）に、マニイの〝「一九一八年以後のフランス小説史」の一部〟とある
＊ 後記（M・Y）※〝前号矢代静一の戯曲『雅歌（うた）』は、十月三十日より九日間、文学座アトリエに於て作者自身の演出で上演の予定〟と付す
＊ 編輯委員・編輯担当 ※【195410】に同じ
＊ ※紀伊国屋書店洋書部より「新着仏文学書」の紹介あり
＊ ※文藝春秋新社の新刊・近刊紹介あり〈「この世に生きること」福原麟太郎／「食いしん坊」小島政二郎／「外遊日記」小泉信三／「きもの随筆」森田たま　その他、中村光夫、丹羽文雄、川端康成、吉田健一、清水一、河部真之助の再版図書〉

表紙・串田孫一／カット・川端実　稗田一穂／発行日・十一月一日／頁数・本文全八〇頁／定価・九十円（地方価九十五円）／編輯兼発行人・奥野信太郎／発行所・東京都中央区銀座西八丁目七　日本鉱業会館三五号　三田文学会／編輯所・東京都中央区銀座西八丁目七　日本鉱業会館三五号　三田文学編輯部／印刷所・東京都台東区浅草北清島町二五　株式会社五峰堂

■十二月号　【195412】

石の潤い1　桂芳久
埋れた土地2　佐藤愛子
女流文学について3　北原武夫
——小山、由起両女史に答へる——
驢馬の耳
〈著作権の問題〉菅原卓／〈書翰文学〉佐藤朔／〈秋の水〉村野四郎／〈日記抄〉白井浩司／〈恐怖〉柴田錬三郎／〈折口先生の講義〉山本健吉
詩
私刑　藤島宇内
天の網島4　安西均
太宰治論——下降性の文学——5　奥野健男
表紙　串田孫一
カット　福沢一郎・川端実・南政善

目次註
1 〔了〕
2 〈1—10〉
3 〔五四・一〇・二二〕
4 ※冒頭に近松門左衛門の言引用—「俺の作る劇《シバイ》は憂愁でなければならぬ」
5 〈1—9〉※前書あり。また「後註」に〝一九五二年東京工大文芸部誌「大岡山文学」所載、「太宰治論」の「人間像と思想の成立」の部分を加筆訂正したもの〟とあり
＊ 後記（Y・K）※〈新人に提供する紙面のことなど〉
＊ 編輯委員・編輯担当 ※【195410】に同じ
＊ ※酣燈社の図書紹介あり〈天野貞祐著『日日の倫理』（五版）／水野成夫・小林正共訳『アンドレ・モーロア　英国史（上下）』（四版）／南喜一著・辰野隆序・水野成夫跋『蟇のみてきた世界』〉
＊ 現代文学社刊「現代評論」第二号—現代思想家論特集の内容紹介あり

表紙・串田孫一／カット・福沢一郎　川端実　南政善／発行日・十二月一日／頁数・本文全八〇頁／定価・八十円（地方価八十五円）／編輯兼発行人・奥野信太郎／発行所・東京都中央区銀座西八丁目七　日本鉱業会館三五号　三田文学会／編輯所・東京都中央区銀座西八丁目七　日本鉱業会館三五号　三田文学編輯部／印刷所・東京都台東区浅草北清島町二五　株式会社五峰堂

一九五五年（昭和三十年）

■一月号（新年号）　【195501】

鬼1　小島信夫
この小児――一幕――2　八木柊一郎
燃える谷間（連載第一回）3　庄司総一
詩
骸骨4　村野四郎
雨の歌　金井直
驢馬の耳
〈什刹海付近〉奥野信太郎／〈詩論のない批評家〉山本健吉／〈昔話〉佐藤朔／〈近代詩の実体を求めて〉上田保／〈駅の鏡〉三浦朱門
渡欧日記（I）5　丸岡明
ジョン・ダン論6　篠田一士
――もうひとりのジョン・ダン――
冒険小説の提唱――リアリズムの問題I――7　村松剛
表紙　串田孫一
カット　川端実・南政善・仲田好江・稗田一穂

目次註
1 ――忍耐について――
2 この小児（喜劇一幕）
3 〈第一章〉〈1―4〉〔つづく〕※冒頭にアルチュウル・ランボオの一節引用―"げに、「人間」は成し終へた。あらゆる役を演り終えた"
4 ※冒頭にケストナアの一節引用―"自分の顔を自分が折檻でもするように"
5 〈七月三十一日―八月五日〉※ローマ花の広場にて観世寿夫と撮影の写真一葉を付す
6 〈I―Ⅳ〉※冒頭にYeatsの一節引用あり。"A ghost may come; For it is a ghost's right. ―W. B. Yeats."
7 〈I・Ⅱ〉〔未完〕
＊ 後記（M・Y）※〈昭和文学時代にある「三田文学」〉
＊ 編輯委員・編輯担当 ※【195410】に同じ
＊ ※「ORDO4」（文学グループ秩序刊）の紹介あり
＊ ※銀座並木通 弥生画廊の紹介あり

表紙・串田孫一／カット・川端実 南政善 仲田好江 稗田一穂／発行日・一月一日／頁数・本文全八〇頁／定価・八十円（地方価八十五円）／編輯兼発行人・奥野信太郎／発行所・東京都中央区銀座西八丁目七 日本鉱業会館三五号 三田文学会／編輯所・東京都中央区銀座西八丁目七 日本鉱業会館三五号 三田文学編輯部／印刷所・東京都台東区浅草北清島町二五 株式会社五峰堂

■二月号　【195502】

礁湖1　三浦朱門
形と影2　伊藤桂一
燃える谷間（第二回）3　庄司総一
詩
星は又星を　川崎洋
鳥　沢村光博
驢馬の耳
〈小説と戯曲の相異〉北原武夫／〈例の会雑記〉池田弥三郎／〈日本敗れたり〉十返肇／〈気になること二、三〉戸板康二／〈お化け〉青柳瑞穂
渡欧日記（Ⅱ）4　丸岡明
心理主義の不毛――リアリズムの問題Ⅱ――5　村松剛
座談会　昭和 新しい文学世代の発言6　司会 山本健吉
日野啓三・矢代静一・桂芳久・谷川俊太郎
表紙　串田孫一
カット　川端実・南政善・稗田一穂

目次註
1 〈一―五〉
2 〈形〉〈影〉
3 〈第二章〉〔つづく〕
4 〈八月六日―八月九日〉※サン・ジョジオ島を背景にホテル・ダニエリにての写真一葉を付す
5 リアリズムの問題Ⅱ 心理主義の不毛――堀辰雄と立原道造をめぐって――〈I・Ⅱ〉〔この章終り〕
6 〈自己の再認／失われた世代／文学と生活との距離／可能性の含有量〉〔一九五四・一二・四〕
＊ 後記（H・T）※〈昨年十月号に掲載の矢代静一「雅歌」が岸田演劇賞の候補に、同じく曽野綾子「燕買い」と11月号の川上宗薫「初心」が29年下半期の芥川賞候補になったこと／昨年来発足した維持会のこと〉
＊ 編輯委員・編輯担当 ※【195410】に同じ
＊ ※東洋古美術「壺中居」の紹介あり。「宋時代磁洲窯枕」の写真を付す
＊ ※三田新聞学会刊、「三田新聞」の紹介あり

表紙・串田孫一／カット・川端実 南政善 稗田一穂／発行日・二月一日／頁数・本文全八〇頁／定価・八十円（地方価八十五円）／編輯兼発行人・奥野信太郎／発行所・東京都中央区銀座西八丁目七 日本鉱業会館三五号 三田文学会／編輯所・東京都中央区銀座西八丁目七 日本鉱業会館三五号 三田文学編輯郎／印刷所・東京都台東区浅草北清島町二五 株式会社五峰堂

■三月号　【195503】

仮病　川上宗薫
週末―一幕―1　蟻川茂男
燃える谷間（第三回）2　庄司総一
詩
馬　土橋治重
灰　中村千尾
朝の地形　三井ふたばこ

驢馬の耳
〈詩人の告白〉村野四郎／〈銭湯〉3 吉田小五郎／〈親のエゴイズム〉戸川エマ／〈エリオットの訳詩〉岩崎良三／〈ジロォドウの「間奏曲」〉4 内村直也
渡欧日記（Ⅲ）5　丸岡明
解体と形成――リアリズムの問題Ⅲ――6　村松剛
批評の新しい針路7――クリティック・メタフィジックのために――　服部達
表紙　串田孫一
カット　川端実・南政善・稗田一穂・河野鷹思

目次註

1 ※「後記」参照
2 〈第三章〉〈1・2〉〔つづく〕
3 〔三〇・一・九〕
4 ジロオドゥの「間奏曲」
5 〈八月十日―八月十六日〉※ローマの宿、ホテル・パリオリの窓から花ざかりの夾竹桃の並木を撮した写真一葉を付す
6 リアリズムの問題Ⅲ　解体と形成〈Ⅰ・Ⅱ〉〔この章続く〕
7 〈文芸批評は衰弱している／現代批評の六つの病／新しい針路はどこにあるか〉〔一九五五・一・二三〕

＊ 後記（Y・K）※〈認められてきた「三田文学」の存在価値／蜷川茂男作品の劇団四季上演／その他〉
＊ 編輯委員・編輯担当　※【195410】に同じ

表紙・串田孫一／カット・川端実　南政善　稗田一穂　河野鷹思／発行日・三月一日／頁数・本文全八〇頁／定価・八十円（地方価八十五円）／編輯兼発行人・奥野信太郎／発行所・東京都中央区銀座西八丁目七　日本鉱業会館三五号　三田文学会／編輯所・東京都中央区銀座西八丁目七　日本鉱業会館三五号　三田文学編輯部／印刷所・東京都台東区浅草北清島町二五　株式会社五峰堂

■四月号　【195504】

雨（放送詩劇）　内村直也
未来人　竹田敏行
燃える谷間（第四回）1　庄司総一
詩人の頁
青年の祈り2　嶋岡晨
驢馬の耳
〈花幻忌〉山本健吉／〈雑草〉木下恵介／〈マスクの客〉戸板康二／〈美術行政について〉益田義信／〈熱狂的スタシ・ステム〔スタ・システム〕〉3 永井智雄／〈一葉の姉〉4 和田芳恵
渡欧日記（Ⅳ）5　丸岡明
書評
山本健吉「芭蕉」6　北原武夫
中村真一郎「冷たい天使」7　桂芳久
解体と形成――リアリズムの問題Ⅳ――8　村松剛
私小説における告白の問題9　佐古純一郎
表紙　串田孫一
カット　川端実・南政善・稗田一穂

目次註

1 〈第四章〉〈1・2〉〔つづく〕
2 O Filii et filiæ〈1―5〉
3 〔二・一八〕
4 〔大菩薩峠の麓にて〕
5 〈八月十七日―八月二十九日〉
6 ※新潮社発行・一時間文庫
7 ※講談社発行
8 リアリズムの問題Ⅳ　解体と形成〈Ⅲ・Ⅳ〉〔終〕
9 〈Ⅰ―Ⅷ〉※（付記）に〝近代文学四月号の『文学における人間の追求』との併読を乞う〟と記す

＊ 後記（M・Y）※〈新人の頁、新企画のこと／表紙改新など〉
＊ 編輯委員・編輯担当　※【195410】に同じ
＊ ※近代文学社刊「近代文学」四月号の内容紹介あり
＊ 朝日新聞社刊「朝日文化手帖」の各図書紹介あり

表紙・串田孫一／カット・川端実　南政善　稗田一穂／発行日・四月一日／頁数・本文全八〇頁／定価・八十円（地方価八十五円）／編輯兼発行人・奥野信太郎／発行所・東京都中央区銀座西八丁目七　日本鉱業会館三五号　三田文学会／編輯所・東京都中央区銀座西八丁目七　日本鉱業会館三五号　三田文学編輯部／印刷所・東京都台東区浅草北清島町二五　株式会社五峰堂

■五月号　【195505】

熊野1　三島由紀夫
グトネ　藤沼逸志
燃える谷間（第五回）2　庄司総一
渡欧日記（終）3　丸岡明
驢馬の耳
〈オブジェ芸術〉佐藤朔／〈大人と子供〉白洲正子／〈むかしの映画館〉筈見恒夫／〈童謡の新しい運動について〉都築益世／〈警視庁が殺人犯人になり損った話〉黛敏郎／〈舌代〉内村直也
詩人の頁
昼と夜――ある感受性のプログラム――　谷川俊太郎
書評
庄野潤三「プールサイド小景」4　安岡章太郎
曽野綾子「遠来の客たち」5　小山正一
詩
街角の神　餌取定三
暗い旅6　牟礼慶子
「物の味方」であることについて7　フランシス・ポンジュ
表紙　串田孫一
カット　川端実・南政善・稗田一穂

目次註

1 〈宗盛館の場／清水寺の場〉 ※〝本篇、昭和三十年二月歌舞伎座にて莟会公演に初演された〟とのこと 詳細付記あり
2 〈第五章〉〈1―3〉〔つづく〕
3 渡欧日記（V）〈八月三十日―九月八日〉〔完〕 ※ローマ・ベネチア広場での粟谷菊生との写真を付す
4 ※みすず書房刊
5 ※筑摩書房刊
6 〈1・2〉
7 『物の味方』であることについて――試みに語る―― フランシス・ポンジュ／訳・大浜甫
＊ 春の樹液 生方たつゑ ※五首
＊ 後記（Y・K） ※〈詩・戯曲あっての文学隆盛のこと／来月小説特集のことなど〉
＊ 編輯委員・編輯担当 ※【195410】に同じ
＊ ※奥野信太郎編「慶應義塾90年 三田にひらめく三色旗」（鱒書房）の紹介あり〈高橋誠一郎、三田金蔵、西脇順三郎、松本芳夫、石井誠、奥野信太郎、高村象平、〔佐藤朔〕、今泉孝太郎、白井浩司、〔池田弥三郎〕、戸板康二、林巖、梅沢純夫、吉田小五郎、加藤元彦、石丸重治、昆野和七、中村精が執筆〉
＊ ※「近代文学」五月号の内容紹介あり

表紙・串田孫一／カット・川端実 南政善 稗田一穂／発行日・五月一日／頁数・本文全八〇頁／定価・八十円（地方価八十五円）／編輯兼発行人・奥野信太郎／発行所・東京都中央区銀座西八丁目七 日本鉱業会館三五号 三田文学会／編輯所・東京都中央区銀座西八丁目七 日本鉱業会館三五号 三田文学編輯部／印刷所・東京都台東区浅草北清島町二五 株式会社五峰堂

■六月号（創作特輯） 【195506】

象徴 石崎晴央
息子と恋人1 坂上弘
奇妙な遊び 中田耕治
詩
健康2 天野忠
執念 新藤千恵
見知らぬ人たち 西内延子
鼻輪3 冨島健夫
花焰 三上慶子
燃える谷間（最終回）4 庄司総一
表紙 串田孫一
カット 川端実・南政善・稗田一穂

目次註

1 〈1―3〉
2 〈一・二〉
3 〈1―5〉
4 〈第六章〉〔第一部完結〕
＊ 後記（H・T） ※〈三田文学の「広い門」について〉
＊ 編輯委員・編輯担当 ※【195410】に同じ
＊ ※POETLORE NO.6（小山書店）の内容紹介あり
＊ ※銀座並木通り弥生画廊の紹介あり

表紙・串田孫一／カット・川端実 南政善 稗田一穂／発行日・六月一日／頁数・本文全八〇頁／定価・八十円（地方価八十五円）／編輯兼発行人・奥野信太郎／発行所・東京都中央区銀座西八丁目七 日本鉱業会館三五号 三田文学会／編輯所・東京都中央区銀座西八丁目七 日本鉱業会館三五号 三田文学編輯部／印刷所・東京都台東区浅草北清島町二五 株式会社五峰堂

■七月号 【195507】

ジャン・アヌイの変貌 鬼頭哲人
詩人の頁
個人的な眼の否定1 本郷隆
――或る系譜についてのノート――
書評
島尾敏雄「帰巣者の憂鬱」2 花田清輝
堀田善衞「時間」・「夜の森」3 日野啓三
驢馬の耳
〈釘抜き〉石坂洋次郎／〈「原文のまゝ」について〉村野四郎／〈エレジーと和歌〉樋口勝彦／〈或る羞恥心のこと〉北原武夫／〈内の焰〉吉行淳之介／〈運・不運〉池田みち子／〈河鹿〉丸岡明
詩 絶壁4 桜本富雄
築地のやぶれ 阿部光子
エミの不思議な旅5 小山正一
白い蓮 横光象三
表紙 串田孫一
カット 川端実・稗田一穂・南政善・河野鷹思

目次註

1 〈一―八〉
2 ※みすず書房刊
3 ※『時間』新潮社刊・『夜の森』講談社刊
4 〈その一―その五〉
5 〈一―三〉
＊ 後記（M・Y） ※〈詩と演劇に紙面をさくことを強調／九月号演劇特輯〉
＊ 編輯委員・編輯担当 ※【195410】に同じ
＊ ※近代文学社刊「近代文学」七月号の内容紹介あり

表紙・串田孫一／カット・川端実 稗田一穂 南政善 河野鷹思／発行日・七月一日／頁数・本文全八〇頁／定価・八十円（地方価八十五円）／編輯兼発行人・奥野信太郎／発行所・東京都中央区銀座西八丁目七 日本鉱業会館三五号 三田文学会／編輯所・東京都中央区銀座西八丁目七 日本鉱業会館三五号 三田文学編輯部／印刷所・東京都台東区浅草北清島町二五 株式会社五峰堂

■八月号 【195508】

遠い青空 山川方夫

バンド・ボーイ　坂上弘
複数の恋　石崎晴央
詩人の頁
詩の朗読の問題について 1　飯島耕一
驢馬の耳
〈作品における人間像〉佐藤朔／〈ガクの花など〉山室静／〈モクハイの歩み〉2 那須国男／〈文化を食べた一日〉峯雪栄／〈音楽家と劣等感〉高木東六／〈数秒間！〉根本進
書評
三島由紀夫「沈める滝」3　服部達
三浦朱門「冥府山水図」4　進藤純孝
中性文学の風土――恋愛小説は可能か――5　若林真
表紙　串田孫一
カット　川端実・南政善・稗田一穂

目次註
1 詩の朗読の問題から
2 モク・ハイの歩み
3 ※中央公論社
4 ※築〔筑〕摩書房刊
5 〈Ⅰ―Ⅲ〉
＊ 後記（Y・K）※〈反自然主義の文学運動を押し進めてきた三田文学半世紀の歴史（今年で四十五年）――魂を若々しくするために肉体は年をとる――〉
＊ 編輯委員・編輯担当 ※【195410】に同じ
＊ ※三田新聞学会刊「三田新聞」の紹介あり
＊ ※近代文学社刊「近代文学」八月号の内容紹介あり
表紙・串田孫一／カット・川端実　南政善　稗田一穂／発行日・八月一日／頁数・本文全八〇頁／定価・八十円（地方価八十五円）／編輯兼発行人・奥野信太郎／発行所・東京都中央区銀座西八丁目七　日本鉱業会館三五号　三田文学会／編輯所・東京都中央区銀座西八丁目七　日本鉱業会館三五号　三田文学編輯部／印刷所・東京都台東区浅草北清島町二五　株式会社五峰堂

■九月号　【19559】

演劇の設定　菅原卓
俳優を志す人へ　田中千禾夫
演劇雑記　尾崎宏次
劇中劇 1　戸板康二
詩劇の形成に向つて　木原孝一
驢馬の耳
〈白ボク〉岩田豊雄／〈エディス・エバンス〉内村直也／〈劇場について〉芥川比呂志／〈読書の話〉2 古川緑波／〈ロパーヒン〉松浦竹夫／〈客席より舞台を〉古賀宏一／〈河童忌感想〉3 山本健吉
書評
戸板康二「歌舞伎十八番」4　池田弥三郎
矢代静一「壁画」5　中村稔
「田中千禾夫一幕物集」6　戸板康二
黒い蝙蝠傘（一幕）7　鈴木八郎
メドゥサの首（一幕）8　西島大
第百八番控室の人々（放送劇）9　北原武夫
表紙　串田孫一
カット　川端実・南政善・稗田一穂

目次註
1 〈劇評家必携／顔／木戸恐怖症／抗議／表現〉
2 〈新書流行／触感／本屋〉
3 河童忌の感想　山本健吉
4 戸板康二『歌舞伎十八番』――楽しい饒舌――　※中央公論社刊
5 ※ユリイカ書房刊
6 ※未来社刊
7 〈⑴安ホテルで／⑵街で／⑶公園／⑷街で／⑸安ホテルで／⑹終曲〉
8 〈1―12〉※「後記」参照
9 ※作者の「付記」に〝六月十日夜NHK第一放送で俳優座とのユニットによって放送されたもので、時間の都合により放送台本のまま再録した……云々〟とある
＊ 後記（M・Y）※〈次号で再刊一周年／当演劇特輯号の編輯、戸板康二による／西島大「メドゥサの首」、青年座で上演の予定／ほか〉
＊ 編輯委員・編輯担当 ※【195410】に同じ
＊ ※文藝春秋新社の新刊図書紹介あり〈桑原武夫著『雲の中を歩んではならない』／片岡美智著『人間――この複雑なもの――』〉
表紙・串田孫一／カット・川端実　南政善　稗田一穂／発行日・九月一日／頁数・本文全八〇頁／定価・八十円（地方価八十五円）／編輯兼発行人・奥野信太郎／発行所・東京都中央区銀座西八丁目七　日本鉱業会館三五号　三田文学会／編輯所・東京都中央区銀座西八丁目七　日本鉱業会館三五号　三田文学編輯部／印刷所・東京都台東区浅草北清島町二五　株式会社五峰堂

■十月号　【195510】

驢馬の耳
《詩・雑感》西脇順三郎／《私ごと》北川冬彦／《詩作の態度》伊藤信吉／《近代芸術の屋根うらばなし》上田保／《フォークナー氏覚え書》平松幹夫／《メキシコ美術展》丸岡明／《短歌》1 生方たつゑ
鼎談
日本の詩的風土 2　村野四郎・山本健吉・中村真一郎
マルセル・マルティネ論 3　片山敏彦
詩人の頁
蕪村詩のイデオロギーについて　吉本隆明
魯迅故宅記　奥野信太郎
書評
大岡昇平「酸素」4　奥野健男

安岡章太郎「青馬館」5　坂上弘
芥川賞の遠藤周作 6　村松剛
辻馬車　長谷川四郎
ある笑いについて　林峻一郎
表紙　稗田一穂
カット　川端実・南政善・稗田一穂

目次註

1　油の虹　※五首
2　〈主知主義の反省／定形詩の可能性／話言葉と詩語／純粋詩からの脱出／「死の灰」をめぐって／詩劇は成立するか／伝統の詩型と現代詩／現代文学と詩の位置／詩人の在り方〉〔五五・八・一三〕
3　マルセル・マルチネ論――Mme Renée Martinet にささぐ深き友誼に感謝して――〈一・二〉※「付記」に、マルチネの日本に対する暖い感情について記す。また彼の詩集『過ぎ行く者の歌』〔一九三四年〕中に収められている「春の絵姿《イマージュ》」の一部を紹介〈「光」／「宇宙」〉
4　※新潮社刊
5　※河出新書
6　――「白い人」の授〔受〕賞記念祝賀会に――　※八月十二日、ホテル・テートに於ける祝賀会で、挨拶をする遠藤周作の写真を付す
＊　後記（H・T）　※〈小説の林峻一郎紹介など〉
＊　編輯委員及編輯担当　※【195410】に同じ
＊　※「慶應義塾大学新聞」「三田新聞」の紹介あり
表紙・稗田一穂／カット・川端実　南政善　稗田一穂／発行日・十月一日／頁数・本文全八〇頁／定価・八十円（地方価八十五円）／編輯兼発行人・奥野信太郎／発行所・東京都中央区銀座西八丁目七　日本鉱業会館三五号　三田文学会／編輯所・東京都中央区銀座西八丁目七　日本鉱業会館三五号　三田文学編輯部／印刷所・東京都台東区浅草北清島町二五　株式会社五峰堂

■十一月号　【195511】

驢馬の耳
《自信というもの》村野四郎／《ノートラ》福永武彦／《「批評」》松本清張／《闘犬》川上宗薫／《眠〔眼〕の保養》1　曽野綾子／《与論の夜遊び》松本幹雄
赤いパンツ 2　近藤啓太郎
山姥　三上慶子
火の名前・他 3　ルイ・エミエ　平田文也訳
詩人の頁
作品 4　大岡信
評〔書評〕5
安部公房「創作劇集」6　矢代静一
中村稔「宮沢賢治」7　藤島宇内
夏目漱石論（上）8　江藤淳
――漱石の位置について――
南川潤追悼（付年譜）9　丸岡明・庄野誠一・野口冨士男
大井広介・十返肇・船山馨・北原武夫
表紙　稗田一穂
カット　南政善・稗田一穂

目次註

1　眼の保養
2　〔終〕
3　〈火の名前／驚異に触れる／心とその幻影〉平田文也訳
※「註」として Louis Emié の紹介あり
4　〈夢はけものの足どりのようにひそかにぼくらの屋根を叩く／うたのように（一）／うたのように（二）／うたのように（三）／岩の人間〉
5　書評
6　※青木書店刊　新書版
7　※ユリイカ刊
8　〈一―三〉〔以下次号〕
9　〈「南川潤君」丸岡明／「惜しい才能」庄野誠一／「南川君の三つの望み」野口富〔冨〕士男／「最後の記憶――南川潤について――」十返肇／「南川と坂口」大井広介／「小さなガラス絵」船山馨／「痛ましい才能の中絶」北原武夫／「南川潤年譜」（大正二年―昭和三十年）秋山ツネ〉※遺影一葉を付す
＊　後記（Y・K）　※〈九月廿二日急逝の南川潤の追悼文集を編んだこと／来春新年号には創作特集を予定のことなど〉
＊　編輯委員・編輯担当　※【195410】に同じ
＊　※慶應義塾大学新聞・三田新聞の紹介
＊　※新刊図書の紹介あり〈金井直詩集『非望』薔薇科社〉
表紙・稗田一穂／カット・南政善　稗田一穂／発行日・十一月一日／頁数・本文全八〇頁／定価・八十円（地方価八十五円）／編輯兼発行人・奥野信太郎／発行所・東京都中央区銀座西八丁目七　日本鉱業会館三五号　三田文学会／編輯所・東京都中央区銀座西八丁目七　日本鉱業会館三五号　三田文学編輯部／印刷所・東京都台東区浅草北清島町二五　株式会社五峰堂

■十二月号　【195512】

驢馬の耳
《フォークナーに会はざるの記》石坂洋次郎／《『なよたけ』について》山本健吉／《或る回想》大林清／《原民喜のいたずら》遠藤周作／《諸感覚の交感》服部達／《密〔蜜〕柑の皮》船越章
演劇の回復のために　浅利慶太
――新劇を創つた人々へ――
夏目漱石論（下）1　江藤淳
――漱石の位置について――
詩人の頁
秋の手帖　山本太郎
書評
椎名麟三「美しい女」2　村松剛
梅崎春生「砂時計」3　谷田昌平

詩
太平洋上で4　田中みね子
小さな巣の中で　阿部光子
ある灰色の通り　岡谷公二
表紙　稗田一穂
カット　南政善・稗田一穂

目次註
1 〈四・五〉〔完結〕
2 ※中央公論社刊
3 ※講談社刊・新書版
4 ――A子の霊に――
＊ 後記（M・Y） ※〈三田文学のかわらぬ信条「門戸開放」のこと、他〉
＊ 編輯委員・編輯担当 ※【195410】に同じ

表紙・稗田一穂／カット・南政善　稗田一穂／発行日・十二月一日／頁数・本文全八〇頁／定価・八十円（地方価八十五円）／編輯兼発行人・奥野信太郎／発行所・東京都中央区銀座西八丁目七　日本鉱業会館三五号　三田文学会／編輯所・東京都中央区銀座西八丁目七　日本鉱業会館三五号　三田文学編輯部／印刷所・東京都台東区浅草北清島町二五　株式会社五峰堂

一九五六年（昭和三十一年）

■一月号（新年号）【195601】

詩人の頁
ロバート・シューマン論1　服部達
恋歌揺籃歌、それから鎮魂歌2　友竹辰
Serenade, Cradle Song, then Requiem.〔Requiem〕
書評
「地球特集」を読んで　金井直
驢馬の耳
〈装飾的感想〉佐藤朔／〈太平門〉戸板康二／〈山本健吉君の受賞〉丸岡明／〈伊丹氏の解説〉北原武夫／〈生け花〉村野四郎／〈芥川私生児説の余波〉山本健吉／〈衝撃と作家〉内村直也／〈名刺なき中国〉奥野信太郎
霧（詩的対話）3　中村真一郎
壁一重　冨島健夫
澄んだ日（連載第一回）4　坂上弘
表紙　稗田一穂
カット　南政善・川端実・稗田一穂・中道信喜

目次註
1 〈I―VI〉 ※文末に"HERRN T. TAKAGI GEWIDMET"と記す
2 恋歌・揺籃歌　それから鎮魂歌　Serenade, Cradle Song, then Requiem.　※"鎮魂歌のみ「詩学」既載"と記す
3 ※文末に"この作品は、NHK「ラジオ劇場」で演出山口淳、音楽別宮貞雄によって放送された"と付記あり
4 〈第一章〉
＊ 後記（H・T） ※〈「三田文学」の年頭所感／新年号に予定していた小説特集の延期〉
＊ 編輯委員・編輯担当 ※【195410】に同じ

表紙・稗田一穂／カット・南政善　川端実　稗田一穂　中道信喜／発行日・一月一日／頁数・本文全八〇頁／定価・八十円（地方価八十五円）／編輯兼発行人・奥野信太郎／発行所・東京都中央区銀座西八丁目七　日本鉱業会館三五号　三田文学会／編輯所・東京都中央区銀座西八丁目七　日本鉱業会館三五号　三田文学編輯部／印刷所・東京都台東区浅草北清島町二五　株式会社五峰堂

■二月号【195602】

三島由紀夫論1　伊藤勝彦
詩人の頁
疑惑　金井直
書評
山本健吉「古典と現代文学」2　加藤守雄
南川潤の遺稿について3　十返肇
驢馬の耳
〈猿〉小沼丹／〈「死の家の記録」について〉小島信夫／〈詩の効用〉木下常太郎／〈外国文学研究者の弁〉白井浩司／〈だんだん変る感じ〉藤島宇内／〈引力〉安東次男
行為の女（遺稿）4　南川潤
ひめじようんの花5　川上宗薫
澄んだ日（連載第二回）6　坂上弘
表紙　稗田一穂
カット　角浩・南政善・川端実

目次註
1 〈1―4〉
2 ※講談社刊
3 ※文末に"題名の「行為の女」は本誌の希望によって、私が便宜上、勝手につけたもの"云々とあり
4 〔未完〕
5 ひめじょうんの花

6 〈第二章〉〔この章つゞく〕
＊ 後記 （K） ※〈小説のインフレーションと文学界の近況――〝グレシャムの法則〟を否定する文芸誌「三田文学」――〉
＊ 編輯委員・編輯担当 ※【195410】に同じ
表紙・稗田一穂／カット・角浩 南政善 川端実／発行日・二月一日／頁数・本文全八〇頁／定価・八十円（地方価八十五円）／編輯兼発行人・奥野信太郎／発行所・東京都中央区銀座西八丁目七 日本鉱業会館三五号 三田文学会／編輯所・東京都中央区銀座西八丁目七 日本鉱業会館三五号 三田文学編輯部／印刷所・東京都台東区浅草北清島町二五 株式会社五峰堂

■三月号 【195603】

新しい文学史のために1 進藤純孝
詩人の頁
　裸形の影絵2 木島始
詩 Ｉｔ ｒａｉｎｓ3 上田敏雄
服部君のこと 安岡章太郎
生者の怯えの中で4 島尾敏雄
驢馬の耳
〈二つの歌〉戸板康二／〈窓ひらく〉蔵原伸二郎／〈小さな異端〉今井達夫／〈伊東先生〉庄野潤三／〈顔の言葉〉守屋謙二
霊媒のゐる町 北杜夫
埠頭にて5 塩野俊彦
澄んだ日（連載第三回）6 坂上弘
表紙 稗田一穂
カット 角浩・南政善・川端実・中道信喜

目次註
1 〈1―4〉
2 詩人の頁 裸形の影絵〈1―4〉※冒頭に《浄火篇第三十一曲》の引用あり―〝……何を思ふや、我に答へよ、汝の心の中の悲しき記憶を水 ※（忘河《レーテ》の河のこと）いまだ損《そこな》はざれば〟
3 Ｉｔ ｒａｉｎｓ
4 ※文末に、服部達「ロバート・シューマン論」の一節紹介
5 〈一―五〉
6 〈第二章（つづき）〉
＊ 後記 （Y） ※〈三田文学の合評をかねた会合への案内―再刊第四回目の会合の報告など〉
＊ 編輯委員・編輯担当 ※【195410】に同じ
表紙・稗田一穂／カット・角浩 南政善 川端実 中道信喜／発行日・三月一日／頁数・本文全八〇頁／定価・八十円（地方価八十五円）／編輯兼発行人・奥野信太郎／発行所・東京都中央区銀座西八丁目七 日本鉱業会館三五号 三田文学会／編輯所・東京都中央区銀座西八丁目七 日本鉱業会館三五号 三田文学編輯部／印刷所・東京都台東区浅草北清島町二五 株式会社五峰堂

■四月号 【195604】

堀田善衛の小説 加藤守雄
アンドレ・マルロオ『希望《エスポワアル》』論（上）1 日野啓三
詩
　機械と女2 上林　夫〔猷夫〕
　病気のマリモ 馬渕美意子
　死者たち・世界を持つ 武田文章
驢馬の耳
〈秋声年譜の修正〉野口冨士男／〈求む歌手〉谷川俊太郎／〈夢日記が夢のように消えた話〉瀧口修造／〈山本健吉文学とともに思う〉3 北園克衛／〈病歴〉埴谷雄高／〈門〉楠本憲吉
広場
山本健吉氏の祝賀会4 池田弥三郎
「遠い凱歌」断想（内村直也作・民芸公演）5 村松剛
遠藤周作「白い人・黄色い人」6 若林真
日々好日 伊藤桂一
キリクビ 有吉佐和子
澄んだ日（連載第四回）7 坂上弘
表紙 川端実
カット 南政善

目次註
1 アンドレ・マルロオ『希望《エスポワール》』論（上）〔この章終り。次号完結〕 ※標題左脇にパスカルの一節引用―〝われわれは何もの〔ものか〕であるが、一切ではない〟
2 上林猷夫
3 ※「三田文学」の「破滅型ポエム」を指摘。次号「後記」参照
4 ※祝賀会の写真一葉を付す
5 ※舞台写真一葉を付す
6 ※講談社刊
7 〈第三章〉
＊ 後記 （T） ※〈表紙改新／「広場」欄の開設／排除すべき三田文学の「セクト」化〉
＊ 編輯委員・編輯担当 ※【195410】に同じ
表紙・川端実／カット・南政善／発行日・四月一日／頁数・本文全八〇頁／定価・八十円（地方価八十五円）／編輯兼発行人・奥野信太郎／発行所・東京都中央区銀座西八丁目七 日本鉱業会館三五号 三田文学会／編輯所・東京都中央区銀座西八丁目七 日本鉱業会館三五号 三田文学編輯部／印刷所・東京都台東区浅草北清島町二五 株式会社五峰堂

■五月号 【195605】

アンドレ・マルロオ『希望《エスポワアル》』論（下）1 日野啓三
広場
川端実の個展をみて2 瀬木慎一
吉行淳之介著「原色の街」3 桂芳久
「理由なき反抗」を観る4 川上宗薫

驢馬の耳
〈武器よ、さらば〉加藤周一／〈ある手紙〉内村直也／〈坂上君の小説〉北原武夫／〈北園克衛への見舞〉村野四郎
暗礁　小山正一
谷間5　平田敬
澄んだ日（連載第五回）6　坂上弘
表紙　川端実
カット　南政善・川端実

目次註

1 アンドレ・マルロオ『希望《エスポワール》』論（下）〈Ⅳ—Ⅶ〉
2 〈銀座松屋画廊・三月〉※川端実の「牽牛」一葉を付す
3 ※新潮社刊
4 〈ワーナー映画、ニコラス・レイ監督、ジェームス・ディーン主演〉※映画の一シーンを付す
5 〈㈠—㈥〉
6 〈第四章〉
＊ 後記（K）※〈前号「驢馬の耳」での忠告—〝隣の冷飯〟／投稿原稿に対する「三田文学」の責務〉
＊ 編輯委員・編輯担当　※【195410】に同じ
＊ ※朝日新聞社の新刊図書紹介あり〈市原豊太著『高嶺の雪』／亀井勝一郎著『日本の知恵』〉
＊ ※劇団四季刊演劇雑誌「四季」の内容紹介あり

表紙・川端実／カット・南政善　川端実／発行日・五月一日／頁数・本文全八〇頁／定価・八十円（地方価八十五円）／編輯兼発行人・奥野信太郎／発行所・東京都中央区銀座西八丁目七　日本鉱業会館三五号　三田文学会／編輯所・東京都中央区銀座西八丁目七　日本鉱業会館三五号　三田文学編輯部／印刷所・東京都台東区浅草北清島町二五　株式会社五峰堂

■六月号（創作特輯）　**【195606】**

三人称単数1　川上宗薫
エクディシス　中田耕治
詩　内部と外部　本郷隆
驢馬の耳
〈わが漠〔莫？〕大なる債務〉2　沢野久雄／〈ことば〉宇野信夫／〈スポーツと小説〉石原慎太郎／〈十二音楽〔音？〕、ミュージック・コンクレート、ｅｔｃ〉林光
広場
戸板康二著「六代目菊五郎」3　加藤守雄
若い演出家への手紙4　根村絢子
（劇団四季公演・愛の条件をみて）
緑と灰　塩野俊彦
海獣　大森倖二
澄んだ日（最終回）5　坂上弘
表紙　川端実
カット　南政善・勝呂忠

目次註

1 〈㈠—㈥〉
2 わが漠大なる債券〔四月六日〕※文中には債権とあり
3 ※四季公演・愛の条件の舞台写真一葉を付す
4 ——ジャン・アヌイ作　劇団四季五月公演「愛の条件」をみて——
5 〈第五章〉
＊ 後記（Y）※〈一年ぶりに実現した「創作特輯号」／非営利性を逆用できる数少い月刊の純文学雑誌「三田文学」のつとめ〉
＊ 編輯委員・編輯担当　※【195410】に同じ

表紙・川端実／カット・南政善　勝呂忠／発行日・六月一日／頁数・本文全八〇頁／定価・八十円（地方価八十五円）／編輯兼発行人・奥野信太郎／発行所・東京都中央区銀座西八丁目七　日本鉱業会館三五号　三田文学会／編輯所・東京都中央区銀座西八丁目七　日本鉱業会館三五号　三田文学編輯部／印刷所・東京都台東区浅草北清島町二五　株式会社五峰堂

■七月号　**【195607】**

続・夏目漱石論（上）——晩年の漱石——1　江藤淳
広場
新しい画家　利根山光人のこと　東野芳明
桂芳久著「海鳴りの遠くより」2　佐々木基一
驢馬の耳
〈魚鳥の季節〉山本健吉／〈三度の空巣〉利倉幸一／〈二つの学校〉村松暎
航海　林峻一郎
斑猫チンキ3　小林勝
表紙　川端実
カット　勝呂忠

目次註

1 〈一—三〉〔未完〕
2 ※新潮社刊
3 斑猫《はんみょう》チンキ
＊ 後記（T）※〈期待される〝文学への明確かつ積極的な夢を託した〟文芸時評や作品論の出現／他〉
＊ 編輯委員・編輯担当　※【195410】に同じ

表紙・川端実／カット・勝呂忠／発行日・七月一日／頁数・本文全八〇頁／定価・八十円（地方価八十五円）／編輯兼発行人・奥野信太郎／発行所・東京都中央区銀座西八丁目七　日本鉱業会館三五号　三田文学会／編輯所・東京都中央区銀座西八丁目七　日本鉱業会館三五号　三田文学編輯部／印刷所・東京都台東区浅草北清島町二五　株式会社五峰堂

■八月号　**【195608】**

続・夏目漱石論（下）——晩年の漱石——1　江藤淳
詩
死胎児の歌　大野純
白い沙漠　篠原宏

驢馬の耳
〈濹東綺譚前後〉結城信一／〈たばこ〉西村孝次／〈明るさ暗さ〉保田與重郎／〈あさましい世の中〉大西巨人／〈西行論補遺〉吉本隆明／〈紫のハンコ〉なかのしげはる
広場
鯨尺の前進（青年座公演「象と簪」をみて）2　伊馬春部
「処刑の部屋」3　望月稔
毀れた門　石塚茂子
頭上の海　山川方夫
表紙　川端実
カット　南政善・勝呂忠・斎藤三郎

目次註

1　〈四―六〉〔完結〕
2　――『象と簪』――（矢代静一作　青年座公演）※舞台写真一葉を付す
3　（大映作品、市川崑監督、川口浩・若尾文子主演）
＊　後記（K）※〈「文学」そのものの本来の姿について、その他〉
＊　編輯委員・編輯担当　※【195410】に同じ

表紙・川端実／カット・南政善　勝呂忠　斎藤三郎／発行日・八月一日／頁数・本文全八〇頁／定価・八十円（地方価八十五円）／編輯兼発行人・奥野信太郎／発行所・東京都中央区銀座西八丁目七　日本鉱業会館三五号　三田文学会／編輯所・東京都中央区銀座西八丁目七　日本鉱業会館三五号　三田文学編輯部／印刷所・東京都台東区浅草北清島町二五　株式会社五峰堂

■九月号　【195609】

へちまの実る家　高橋昌男
柵の中　小川恵以子
槍ケ岳　森正博
近代批評の出発1
――T・E・ヒユームをめぐつて――　安東伸介
驢馬の耳
〈大道楽人ヒッチコック〉北原武夫／〈四人の隊長の恋〉丸岡明／〈言論の自由をめぐつて〉2　那須国男
広場
庄司総一著「聖なる恐怖」3　遠藤周作
小田実著「わが人生の時」4　江藤淳
詩　王将　桜本富雄
芥川龍之介論ノート5　村松剛
表紙　川端実
カット　南政善・勝呂忠

目次註

1　〈Ⅰ灰燼の意識／Ⅱヒューマニズムの終末／Ⅲロマン主義と古典主義〉〔完〕※These fragments I have shored against my ruin T. S. Eliot. 'The Waste Land' と付す
2　〔七月十五日　死者の魂を招く儀式の夜〕※「福田恒存様」宛書簡の形
3　※作品〇〔?〕社刊
4　※河出書房刊
5　〈覚書風に、Ⅰ抒情家／Ⅱ短篇作家／Ⅲロマンについて／Ⅳエゴイズム／Ⅴ西方の人〉
＊　後記（Y）※〈慶大学生の小説三つを掲載のこと／来号より編輯担当に坂上弘、江藤淳が加わることなど〉
＊　編輯委員・編輯担当　※【195410】に同じ
＊　※演劇雑誌「四季2」（劇団四季）の内容紹介あり

表紙・川端実／カット・南政善　勝呂忠／発行日・九月一日／頁数・本文全八〇頁／定価・八十円（地方価八十五円）／編輯兼発行人・奥野信太郎／発行所・東京都中央区銀座西八丁目七　日本鉱業会館三五号・三田文学会／編輯所・東京都中央区銀座西八丁目七　日本鉱業会館三五号・三田文学編輯部／印刷所・東京都台東区浅草北清島町二五　株式会社五峰堂

■十月号（演劇特輯）　【195610】

ペスト　序幕及び三幕（上）1　アルベール・カミユ原作　蛯川茂男脚色
自分の山　一幕2　庄野誠一
円形劇場形式のために　墜ちた鷹　三場
――あるいはギューゲースとカンダウレース――　河野典生
驢馬の耳
〈水の隔たり〉内村直也／〈不連続の表現〉八木柊一郎／〈研究活動と職業化〉3　中村俊一
或る対話（時評）――一つの劇評として――　北原武夫
フランスの戯曲四篇（書評）　鬼頭哲人
劇中劇4　戸板康二
戦後演劇の五つの問題（鼎談）5
矢代静一・奥野健男・浅利慶太
表紙　勝呂忠
カット　南政善・勝呂忠

目次註

1　アルベール・カミユ作／蛯川茂男脚色〈序幕／一幕〉〔次号完結〕
2　※付記に、〝九月二十六日　NHKより放送のラジオ・ドラマ「自分の山」を一幕劇に改作したもの〟とあり
3　――若い劇団の進む道――
4　〈司会／マイクの大きさ／順番／キュー／笑はない人〉〔昭和三十一年八月〕
5　鼎談　戦後演劇の五つの問題〈戦後演劇と戦後派文学・プロレタリヤ文学㈠・㈡／演劇と私小説・心理主義／現代を演劇はいかに捉えるか／演出について／芝居を支えるもの㈠・㈡〔おわり〕
＊　編輯後記（E）※〈再刊第三年目の第一歩を踏み出した「三田文学」誌に課せられた役割など／本号の編輯・北原武夫〉
＊　編輯委員　※【195410】に同じ
＊　編輯担当　江藤淳／桂芳久／坂上弘／田久保英夫／山川方夫

＊　※新刊図書の紹介あり〈村松嘉津著『巴里文学散歩』白水社〉

※　表紙に「演劇特輯号」と特記あり

表紙・勝呂忠／カット・南政善　勝呂忠／発行日・十月一日／頁数・本文全八〇頁／定価・八十円（地方価八十五円）／編輯兼発行人・奥野信太郎／発行所・東京都中央区銀座西八丁目七　日本鉱業会館三五号　三田文学会／編輯所・東京都中央区銀座西八丁目七　日本鉱業会館三五号　三田文学編輯部／印刷所・東京都台東区浅草北清島町二五　株式会社五峰堂

■十一月号　【195611】

暴力者1　坂上弘

万年海太郎　小林勝

驢馬の耳

《月世界とスラム街》永戸多喜雄／《或るワイセツ》藤井昇／《犬・花・人間》2　安東伸介

時評　地方都市と一人の作家　丸岡明

書評「砂詩集」一九五六年版3　友竹辰

放送歌劇台本

青空を射つ男4　谷川俊太郎

ペスト　序幕及び三幕（下）5　アルベール・カミユ作　蟻川茂男脚色

表紙　勝呂忠

カット　南政善・勝呂忠

目次註

1　〈㈠―㈢〉

2　『犬・花・人間』※吉田小五郎著。「新文明」連載の随筆集。慶友社刊

3　※砂出版社刊

4　作　谷川俊太郎／作曲　清水脩／製作　朝日放送

5　〈二幕／三幕〉

＊　編輯後記（S）※〈先月の演劇特輯について寄せられた批評について／今後のあり方など〉

＊　編輯委員　※【195410】に同じ

＊　編輯担当　※前号に同じ

表紙・勝呂忠／カット・南政善　勝呂忠／発行日・十一月一日／頁数・本文全八〇頁／定価・八十円（地方価八十五円）／編輯兼発行人・奥野信太郎／発行所・東京都中央区銀座西八丁目七　日本鉱業会館三五号　三田文学会／編輯所・東京都中央区銀座西八丁目七　日本鉱業会館三五号　三田文学編輯部／印刷所・東京都台東区浅草北清島町二五　株式会社五峰堂

■十二月号（外国文学特輯）　【195612】

座談会　東西文学の距離
——日本文化の特質をめぐつて——1　山本健吉・加藤周一・堀田善衞　司会・江藤淳

詩

遠征（アナバーズ）2　サン＝ジョン・ペルス　福田陸太郎訳

自然人と政治人　エドウィン・ミュア　藤井昇訳

ワルシャワから来たヤーン・ローベル3　ルイーゼ・リンザー　尾崎盛景訳

書評

川上宗薫「或る目ざめ」4　安岡章太郎

奥野健男「現代作家論」5　桂芳久

驢馬の耳

〈パウンドとエリオット〉岩崎良三／〈翻訳について〉窪田啓作／〈雑感〉白井浩司／〈求ム文体〉丸谷才一

表紙・カット　勝呂忠

目次註

1　〈雑種文化の問題／外来思想と日本の風土／日本文化の宗教的背景／古典の再認識と近代／近代の超克と西欧の模倣／日本文化への希望〉〔一九五六・一〇・一五〕

2　遠征《アナバーズ》（全訳）〈歌／遠征Ⅰ Ⅱ……Ⅹ／歌〉※訳者の「付記」に〝『現代詩研究』誌に連載（昭和二十九年一月号から十月号）した分に推敲を加え、まとめたもの〟とある

3　〔一九五五・三・一六〕

4　子供っぽさの視点——川上宗薫著「或る目ざめ」※河出書房刊

5　奥野健男著「現代作家論」※近代生活社刊

＊　編輯後記（E）※〈〝文学作品は、時勢のジレンマの亀裂から生い出た花である……云々〟と——〉

＊　編輯委員　※【195410】に同じ

＊　編輯担当　※【195610】に同じ

＊　※紀伊国屋書店出版部より「秋の新刊」の紹介あり〈M・ブロンシュヴィク　関根秀雄訳「幸福の条件」／アレグラ・サンダー　小林正訳「女性は弱き性か」／日仏対話シナリオ「忘れえぬ慕情」（タケラと松山善三合作）／A・シーグフリード　杉捷夫訳「現代」（話題の書・重版）〉

表紙及びカット・勝呂忠／発行日・十二月一日／頁数・本文全八〇頁／定価・八十円（地方価八十五円）／編輯兼発行人・奥野信太郎／発行所・東京都中央区銀座西八丁目七　日本鉱業会館三五号　三田文学会／編輯所・東京都中央区銀座西八丁目七　日本鉱業会館三五号　三田文学編輯部／印刷所・東京都台東区浅草北清島町二五　株式会社五峰堂

一九五七年（昭和三十二年）

■一月号（新年号）【195701】

日々の死（連載第一回）1　山川方夫
緑の顔　藤掛悦二
女増髪　戸田雅久
症状の群 2　川上宗薫
詩　猿・波 3　田久保英夫
ドン・ペルリンプリン——ロルカの劇場詩——4　フランシス・ファーガスン　篠田一士訳
書評
三島由紀夫「金閣寺」5　坂上弘
服部達「われらにとつて《とって》美は存在するか」6　若林真
匿名時評「文明」の無力さと「力」について 7
驢馬の耳
〈京劇雑感〉奥野信太郎／〈シラノの鼻〉遠藤周作／〈恙虫〉串田孫一／〈演劇団の規律〉藤島宇内
表紙　勝呂忠
カット　南政善・勝呂忠・中西夏之

目次註

1 〈I〉
2 〈(一)—(十一)〉
3 〈猿／波〉
4 ※訳者の「ノート」を付す
5 ※新潮社刊
6 服部達著『われらにとって美は存在するか』※近代生活社刊
7 「文明」の無力さと「力」とについて（トリストラム）※ハンガリアの事件と日本文芸家協会の声明に関して

＊編輯委員 ※【195410】に同じ
＊編輯担当 ※【195610】に同じ

表紙・勝呂忠／カット・南政善　勝呂忠　中西夏之／発行日・一月一日／頁数・本文全九六頁／定価・百円（地方価百五円）／編輯兼発行人・奥野信太郎／発行所・東京都中央区銀座西八丁目七　日本鉱業会館三五号　三田文学会／編輯所・東京都中央区銀座西八丁目七　日本鉱業会館三五号　三田文学編輯部／印刷所・東京都台東区浅草北清島町二五　株式会社五峰堂

■二月号【195702】

ある戦いの手記 1　菊村到
恐怖　坂上弘
日々の死（連載第二回）2　山川方夫
作家は幸福か 3　小川徹
時評　一応の礼儀について　戸板康二
書評　野間宏「地の翼」（上）4　佐古純一郎
驢馬の耳
〈血液〉村野四郎／〈文学転落名簿〉和田芳恵／〈正月二日〉小谷剛／〈無理のない話〉金達寿
表紙　勝呂忠
カット　南政善・中西夏之

目次註

1 〈1—8〉※冒頭にフランツ・カフカの一節引用
2 〈2〉
3 〈1—6〉
4 野間宏『地の翼』上巻 ※河出書房刊

＊後記（S）※〈「作品主義」という編輯方針についてなど〉
＊編輯委員 ※【195410】に同じ
＊編輯担当 ※【195610】に同じ

表紙・勝呂忠／カット・南政善　中西夏之／発行日・二月一日／頁数・本文全八〇頁／定価・八十円（地方価八十五円）／編輯兼発行人・奥野信太郎／発行所・東京都中央区銀座西八丁目七　日本鉱業会館三五号　三田文学会／編輯所・東京都中央区銀座西八丁目七　日本鉱業会館三五号　三田文学編輯部／印刷所・東京都台東区浅草北清島町二五　株式会社五峰堂

■三月号【195703】

分水嶺の下で　アーネスト・ヘミングウェイ　中田耕治訳
虚しい日々　真崎浩
日々の死（連載第三回）1　山川方夫
現代小説の問題 2 ——散文の特質をめぐつて——　江藤淳
野上弥生子〈迷路〉論 3　篠田一士
書評　丸岡明「日本の能」4　内村直也
驢馬の耳
〈のんきものの反省〉佐多稲子／〈詩劇のことなど〉沢村光博／〈文学二世のこと〉三井ふたばこ／〈現代における諸疾患の意味〉木津豊太郎／〈女中さんのこと〉戸川エマ
匿名時評　文壇は崩壊したか 5
表紙・カット　勝呂忠

目次註

1 〈3〉〔この章つづく〕
2 〈(一)・(二)〉※冒頭に John Donne の一節引用
3 ——役割を失った主人公——〈I—III〉
4 丸岡明著『日本の能』※ダヴィッド社刊
5 （弄無郎）※「文壇崩壊論」の流行の火元となった十返肇の文章に対する反論（三島由紀夫の「金閣寺」を例にあげながら）

＊後記（E）※〈台湾の台東まで行って来た　台東区宛の原稿〉
＊編輯委員 ※【195410】に同じ

＊ 編輯担当 ※【195610】に同じ
表紙及びカット・勝呂忠／発行日・三月一日／頁数・本文全八〇頁／定価・八十円（地方価八十五円）／編輯兼発行人・奥野信太郎／発行所・東京都中央区銀座西八丁目七 日本鉱業会館三五号 三田文学会／編輯所・東京都中央区銀座西八丁目七 日本鉱業会館三五号 三田文学編輯部／印刷所・東京都台東区浅草北清島町二五 株式会社五峰堂

■四月号 【195704】

西脇順三郎論1 福田陸太郎
本質的孤独2 ——『第三の神話』についての覚書—— モーリス・ブランショ 篠田一士訳
日本的抒情ということ ——川端康成をめぐつて—— 葉田達治
「三の酉」の作者3 戸板康二
詩人・堀口大學4 丸岡明
折口先生の受賞5 池田弥三郎
書評 江藤淳「夏目漱石」6 山本健吉
驢馬の耳
〈アヌイといふ作家〉北原武夫／〈一雑誌記者のくり言〉小野田政／〈アブスト嫌い〉宮田重雄／〈花幻忌〉平田次三郎
ある登攀7 小田実
日々の死（連載第四回）8 山川方夫
表紙・カット 勝呂忠

目次註

1 〈芸術の永遠性／曲がった風景／戯画化された人間／比喩について／土俗的なイメジ〉 ※前文あり
2 〈……（前文）／作品の孤独／作品、本／禁読令／把握強迫／果しのないもの、たえまのないもの／手段としての日記／時間の不在の魅惑／イマージュ／書くことは……〉
3 ※久保田万太郎
4 ※訳詩集「海軟風」のことにふれて
5 ※生前の芸術院賞と死後の芸術院恩賜賞
6 ※東京ライフ社刊
7 ※冒頭に高須茂「静かなる登攀」の一節引用—“信ずる。これが天賦の能力だ”
8 〈3（つづき）／4〉
＊ 後記 （S） ※〈ジャーナリズム意識と新人作家の参画について〉
＊ 編輯委員 ※【195410】に同じ
＊ 編輯担当 ※【195610】に同じ
＊ ※銀座 弥生画廊の紹介あり
表紙及びカット・勝呂忠／発行日・四月一日／頁数・本文全八〇頁／定価・八十円（地方価八十五円）／編輯兼発行人・奥野信太郎／発行所・東京都中央区銀座西八丁目七 日本鉱業会館三五号 三田文学会／編輯所・東京都中央区銀座西八丁目七 日本鉱業会館三五号 三田文学編輯部／印刷所・東京都台東区浅草北清島町二五 株式会社五峰堂

■五月号 【195705】

我が町 林峻一郎
夏の死・秋の死 河畠修
日々の死（連載第五回）1 山川方夫
詩
塔 足立康
話 西内延子
二つの芸術観2 ——芸術におけるエロス的なものとアガペ的なもの—— 遠藤周作
書評 野口冨士男「いのちある日に」3 吉行淳之介
驢馬の耳
〈文学者の本分〉稲垣足穂／〈顔のない絵〉勝呂忠／〈近頃思つたこと〉武満徹／〈随想〉安岡章太郎
表紙 勝呂忠
カット 南政善・勝呂忠

目次註

1 〈5・6〉〔この章つづく〉
2 ※（註）に、“本文と同じ主旨のものを岩波「文学」に発表云々”とあり
3 ※河出書房刊
＊ 後記 （S） ※〈リトル・マガジンに要求される“できるだけ多くの人々の自由な真剣な参画”〉
＊ 編輯委員 ※【195410】に同じ
＊ 編輯担当 ※【195610】に同じ
表紙・勝呂忠／カット・南政善 勝呂忠／発行日・五月一日／頁数・本文全八〇頁／定価・八十円（地方価八十五円）／編輯兼発行人・奥野信太郎／発行所・東京都中央区銀座西八丁目七 日本鉱業会館三五号 三田文学会／編輯所・東京都中央区銀座西八丁目七 日本鉱業会館三五号 三田文学編輯部／印刷所・東京都台東区浅草北清島町二五 株式会社五峰堂

■六月号（創作特輯） 【195706】

ハイウエイ 坂上弘
谷間の部落 小林勝
日々の死（最終回）1 山川方夫
驢馬の耳
義父 奥野信太郎
バラの季節 村野四郎
車中の読書 丸岡明
私事二、三2 北原武夫
指を怪我した話 内村直也
パリのカフエ3 佐藤朔
西脇教室の学生たち 山本健吉
しゆん 戸板康二
詩
告白 上田敏雄

誘われた土地　江森國友

書評　小林勝「フォード一九二七年」4　川上宗薫

休刊の辞　内村直也

表紙・カット　勝呂忠

目次註

1 〈6（つづき）・7〉

2 ※〈戦後第三次の三田文学の運営―理想的な〝非営業の純文学誌〟として／経済面の陰の立役者内村直也／三田文学再び休刊のこと、など〉

3 ※一年ぶりに出席した三田文学編集会議―雑誌休刊決定会議について付す

4 小林勝「フォード・一九二七年」　※講談社刊

＊ 後記　※〈三田文学休刊のこと／三田文学会の活動としては例会、講演会を続けること／七月一日より仮事務所（東京都港区芝三田二の二、慶應義塾大学第一研究室内）を設けることなど〉

＊ 編輯委員　※【195410】に同じ

＊ 編輯担当　※【195610】に同じ

表紙及びカット・勝呂忠／発行日・六月一日／頁数・本文全八〇頁／定価・八十円（地方価八十五円）／編輯兼発行人・奥野信太郎／発行所・東京都中央区銀座西八丁目七　日本鉱業会館三五号　三田文学会／編輯所・東京都中央区銀座西八丁目七　日本鉱業会館三五号　三田文学編輯部／印刷所・東京都台東区浅草北清島町二五　株式会社五峰堂

■一九五七年（昭和三十二年）七月～一九五八年（昭和三十三年）六月―経済的理由により休刊

一九五八年（昭和三十三年）

■七月号　**【195807】**

三田文学五十年

その草創時代　佐藤春夫

水上先生と第三次三田文学　平松幹夫

Open the window!　石坂洋次郎

私の編輯時代　和木清三郎

習作の頃　柴田錬三郎

戦争直後の三田文学　丸岡明

詩

死者の庭　田久保英夫

創作

産土1　桂芳久

水　高橋昌男

似たものどうし　坂上弘

復刊にあたって2　遠藤周作

白井浩司

堀田善衛

梅田晴夫

安岡章太郎

庄司総一

編輯後記3

汽関車の絵4　中村宏

表紙・レイアウト　岡田睦

目次註

1 産土（うぶすな）

2 〈「三田文学復刊について」遠藤周作／「感想」白井浩司／「宿題」堀田善衛／「二つの機会」梅田晴夫／「病院にて」安岡章太郎／「針の孔」庄司総一〉

3 ※編輯担当者名列記して今後の編輯の抱負を語る　編輯担当（岩野節夫／林恵一／箱根裕泰／萩原敏雄／長谷川端／戸田雅久／岡田睦／江森國友）　編輯委員名も付す（堀田善衛／梅田晴夫／遠藤周作／安岡章太郎／柴田錬三郎／庄司総一／白井浩司）

4 ※表紙及びカット

＊ バックナンバー申込受付、三田文学編輯部

※ 本号の正誤表を次号に掲載

表紙　レイアウト・岡田睦／「汽関車の絵」中村宏／発行日・七月一日／頁数・本文全八八頁／定価・九十円（地方価九十五円）／編輯兼発行人・奥野信太郎／発行所・東京都港区三田　慶應義塾第一研究室内　三田文学会／編輯室・東京都中央区西八丁堀2―18　小林ビル　三田文学編輯部／発売元・東京都中央区西八丁堀2―18　小林ビル　岡倉書房／印刷所・戸根木共栄堂

■八月号　**【195808】**

評論

〝わかりが悪い〟ということ　進藤純孝

剥離の年代・表現の意味1　深田甫

能の美しさ2　山本健吉

今日の能と新劇3　田中千禾夫

詩

死人のうたった断片　江森國友

創作

雨　丹泰彦

接吻　戸田雅久

普勢仏師　小川恵以子

編輯後記4

電車にのつて家にかえる絵5　星守雄

表紙構成・レイアウト　岡田睦

目次註

1 ――ゴットフリート・ベンの超克について――
2 〈一―四〉
2・3 ※「編輯後記」に"三田演説会での能についての講演速記に加筆したもの"とある
4 (TAN・H) ※〈安岡章太郎見舞記/丸岡明、塾監局の中村両者の尽力によって三田の演説館で能についての講演会開催のこと/その他〉
5 ※表紙及びカット
* 編輯スタッフ 〈岩野節夫/林恵一/箱根裕泰/萩原敏雄/長谷川端/戸田雅久/岡田睦/江森國友〉
* 編輯委員 ※【195807】に同じ
* 正誤表 七月号・第四十八巻第一号 三田文学
* バックナンバー申込受付 三田文学編輯部
* ※三田新聞学会「第二回三田懸賞小説募集」の案内あり〈審査員―山本健吉・白井浩司・安岡章太郎・遠藤周作/発表―十一月百年祭記念号〉
* ※東京新宿ユリイカ「現代叢書 第一輯」の内容紹介あり。桂芳久、竹西寛子他が執筆
* ※文藝春秋新社の新刊図書紹介あり 〈『風と波と』壺井栄/『河童会議』火野葦平/『ある社会主義者の半生』鈴木茂三郎/『千の太陽よりも明るく』ロベルト・ユンク 菊盛秀夫訳〉
※次号に「正誤表」掲載あり

表紙構成 レイアウト・岡田睦/「電車にのって家にかえる絵」星守雄/発行日・八月一日/頁数・本文全八〇頁/定価・九十円(地方価九十五円)/編輯兼発行人・奥野信太郎/発行所・東京都港区三田 慶應義塾第一研究室内 三田文学会/編輯室・東京都中央区西八丁堀2―18 小林ビル 三田文学編輯部/発売元・東京都中央区西八丁堀2―18 小林ビル 岡倉書房/印刷所・戸根木共栄堂

■九月号 【195809】

閑談・中国文学1 佐藤春夫・奥野信太郎・柴田錬三郎
評論
楽天的な対話2 佐伯彰一
志賀直哉覚書3 長谷川端
詩
黒い芯 水橋晋
創作
降誕祭の手紙4 庵原高子
狂気の後 岡田睦
退屈をテーマにした絵5 高松次郎
表紙構成・レイアウト 岡田睦

目次註

1 〔終り〕
2 ――小説的想像力解放のために――
3 〈前文/一―三〉
4 〈一―九〉 ※冒頭に「ヨハネ黙示録」の一節引用
5 ※表紙及びカット
* 編輯後記 (K・E) ※〈一・二号の批評/世界情勢/一年間で六十五名の死者を出したヒロシマ・ナガサキのことなど〉
* 編輯スタッフ 〈岩野節夫/林恵一/箱根裕泰/長谷川端/戸田雅久/岡田睦/江森國友〉
* 編輯委員 ※【195807】に同じ
* ※三田新聞学会の「第二回三田懸賞小説募集」案内あり。前号に同じ
* 正誤表―八月号・第四十八巻第二号 三田文学
※ 次号に「正誤表」掲載あり

表紙構成 レイアウト・岡田睦/「退屈をテーマにした絵」高松次郎/発行日・九月一日/頁数・本文全八〇頁/定価・九十円(地方価九十五円)/編輯兼発行人・奥野信太郎/発行所・東京都港区三田 慶應義塾第一研究室内 三田文学会/編輯室・東京都中央区西八丁堀2―18 小林ビル 三田文学編輯部/発売元・東京都中央区西八丁堀2―18 小林ビル 岡倉書房/印刷所・戸根木共栄堂

■十月号 【195810】

物語性の復活1
――フォークナア「空の誘惑」をめぐって―― 黒田敏嗣
批評と批評家たち2
――イギリスとフランスの場合―― イーヴ・ヴォンヌフォア《ボンヌフォワ》 高松雄一訳
日本的なものとの格斗〔闘〕――堀田善衞論――3 清水徹
詩 はじめるために 小林哲夫
ラジオ・ドラマ 沖縄の報告4 内村直也
真珠 石崎晴央
カインの焼印 吉野壮児
編輯後記5
装画 阿部マリ・今泉省彦
江森國友・原田雅夫
表紙構成・レイアウト 岡田睦

目次註

1 〈I―VII〔VIII〕〉 ※冒頭に「往きて還るは発句の妙義なり」の芭蕉の句引用
2 ――イギリスとフランスの場合―― イーヴ・ボンヌフォワ/高松雄一訳 〈『伝統と個人の才能』〈I―IV〉 ※冒頭にT・S・エリオットの一節引用。註及び作者の紹介を付す。―"Critics―English and French (Encounter, July, 58)"
3 日本的なものとの格闘 〈一・二〉
4 ※文末に、7月25日「文化放送現代劇場」で放送の際の演出者名、出演者名列記あり
5 (TAN・H) ※〈文壇批評と読者の批評の喰い違い/要求される「第三の読者」出現の正確な把握等〉
* 編輯スタッフ ※【195809】に同じ
* 編輯委員 ※【195807】に同じ
* 第2回「三田懸賞小説募集」 ※【195808】に同じ
* 正誤表―九月号・第四十八巻第三号 三田文学

＊　※現代社「批評」創刊号（装幀・開高健）の内容紹介あり。佐伯彰一、村松剛、進藤純孝、他が執筆
＊　※図書新聞社刊「図書新聞」の紹介あり
＊　※中央区銀座・菊水ビル「トキワ画廊」の紹介あり
表紙構成　レイアウト・岡田睦／装画・阿部マリ　今泉省彦　江森國友　原田雅夫／発行日・十月一日／頁数・本文全八八頁／定価・九十円（地方価九十五円）／編輯兼発行人・奥野信太郎／発行所・東京都港区三田　慶應義塾第一研究室内　三田文学会／編輯室・東京都中央区西八丁堀２―18　小林ビル　三田文学編輯部／発売元・東京都中央区西八丁堀２―18　小林ビル　岡倉書房／印刷所・戸根木共栄堂

■十一月号　【195811】

特集　アンチ・テアトル
演劇の体験1　ユジェーヌ・イオネスコ
タラーヌ教授2　アルチュール・アダモフ　安堂信也訳
禿の女歌手3　ユジェーヌ・イオネスコ　諏訪正訳
アンチ・テアトルの人々4　梅田晴夫
詩
笛を吹く日に　風山瑕生
創作
消えた聖母《マリア》　庵原高子
外科医　丹泰彦
編輯後記5
表紙　星守雄
装画　阿部マリ・今泉省彦

目次註

1 〔NRF. Février 58; Eugène Ionesco: Expérience du Theatre〕 長谷川端訳
2 Professeur Taranne (1956) ―― エルマー・トフォヴアンに捧ぐ―― 〈第一景　警察の事務所／第二景　ホテルの事務所〉 ※冒頭に初演のこと紹介あり
3 Cantatrice chauve　禿の女歌手　Anti-pièce 〈第一場―第十一場〉 ※冒頭に初演のこと紹介あり。及び後部に記者の註あり
4 ※アンチ・テアトルに属する作家の粗描を付す 〈アンリ・ピシエット／アルチュール・アダモフ／ユージエヌ・イオネスコ／ジヨルジユ・シエアデ／ジヤツク・オーデイヴエルテイ／サミユエル・ベケツト／ミシエル・ド・ゲルドロード／ジヤン・ヴオチエ〉 文末にはアンチ・テアトルに関する文献二、三の列記あり
5 （K・H）／（M・T）／他　※〈「編輯後記」はどういうものであるべきか？／文学的主張の衝突から起る悲喜劇／本号の特輯について〉
＊　アンチ・テアトル　ピエール・ド・ボワデッフル／編輯部訳 〈第一節　詩的アンチ・テアトル　(1)二人の若い詩人―アンリ・ピシエット、ジョルジュ・シェアデ　(2)ミッシェル・ド・ゲルドロードの演劇〉／第二節　抽象的アンチ・テアトル　(1)アルチュール・アダモフ　(2)ユジエーヌ・イオネスコ〉／第三節　完全なアンチ・テアトル　サミュエル・ベケット或いは人間の死〉〔ピエール・ド・ボワデッフル『現代フランス文学史』第三部演劇　第三章アンチ・テアトルより〕 ※梅田晴夫の「アンチ・テアトルの人々」の後に掲載
＊　編輯委員　※【195807】に同じ
＊　編輯スタッフ　※【195809】に同じ
＊　※表紙に「特集　アンチ・テアトル」と特記あり
表紙・星守雄／装画・阿部マリ　今泉省彦／発行日・十一月一日／頁数・本文全二〇四頁／定価・九十円（地方価九十五円）／編輯兼発行人・奥野信太郎／発行所・東京都港区三田　慶應義塾第一研究室内　三田文学会／編輯室・東京都中央区西八丁堀２―18　小林ビル　三田文学編輯部／発売元・東京都中央区西八丁堀２―18　小林ビル　岡倉書房／印刷所・保好舎

■十二月号　【195812】

絶叫　下江巌
プラスチック人形　大内聡矣
詩
月　窪田般弥
三点鐘
野球放送　埴谷雄高
アメリカ文学の若さ　岩崎良三
日本シリーズ観戦記　八木義徳
会話
「旅愁」について　庄野潤三　丸岡明
芸術雑考(一)1　羽仁進
自由なカメラ
マクベスにおける福田恆存氏の失敗　浅利慶太
権力意志と悪2　澁澤龍彦
表紙・カット　勝呂忠

目次註

1 ※編輯後記に〝この両エッセイ、映画演劇のそれぞれにわたって連載される〟とある
2 ※冒頭に、ジロラモ・カルダーノの一節引用――〝じかり、人間は悪の存在たるを避け得ぬ――〟
＊　編輯後記（T）〈三田文学五十年の歩み／三田文学講演会の案内（十二月十八日、午後二時、於三越劇場、講師――北原武夫・山本健吉・柴田錬三郎・遠藤周作）〉
＊　編輯委員〈梅田晴夫・遠藤周作／柴田錬三郎／庄司総一／白井浩司／堀田善衞／安岡章太郎／高橋昌男〉
表紙及びカット・勝呂忠／発行日・十二月一日／頁数・本文全八〇頁／定価・九十円（地方価九十五円）／編輯兼発行人・奥野信太郎／発行所・東京都港区三田　慶應義塾第一研究室内　三田文学会／編輯所・東京都中央区西八丁堀二丁目一八　小林ビル　三田文学編輯部／発売元・東京都中央区西八丁堀二丁目一八　小林ビル　岡倉書房／印刷所・東京都中央区日本橋茅場町一丁目二番地　保好舎印刷株式会社

一九五九年（昭和三十四年）

■一月号【195901】

伊藤整氏と伊藤整　野島秀勝
詩への路をたった小説　深田甫
――詩論より展開する技術批評の序説――
詩　噫高原　井口紀夫
三点鐘
「ブルータス！おまえまでが」　芳賀檀
「男の寂寥」その後　村野四郎
オカシミ雑談　小島信夫
マルローの映画「希望」　佐藤朔
書評
江藤淳「奴隷の思想を排す」1　長谷川四郎
犬　小林勝
親和力2　丹羽正
表紙・カット　勝呂忠

目次註

1　※文藝春秋新社刊
2　――フレイザーの「金枝篇」に拠る――〈I―VII〉
＊　編集後記（T）〈昨年の文学雑誌における新人作家のめまぐるしいほどの交替と、量と質のみごとな均衡の上に立つ「三田文学」について／毎号連載予定の「芸術雑考」の休載について〉
＊　編集委員　※【195812】に同じ
＊　※現代社刊「批評　一九五九・冬」（第二号）（特集　現代小説の可能性）の内容紹介あり

表紙及びカット・勝呂忠／発行日・一月一日／頁数・本文全八〇頁／定価・九十円（地方価九十五円）／編集兼発行人・奥野信太郎／発行所・東京都港区三田　慶應義塾第一研究室内　三田文学会／編集所・東京都中央区西八丁堀二丁目一八　小林ビル　三田文学編集部／発売元・東京都中央区西八丁堀二丁目一八　小林ビル　岡倉書房／印刷所・東京都中央区日本橋茅場町一丁目二番地　保好舎印刷株式会社

■二月号【195902】

散文の運命1　松元寛
芸術雑考(二)
モスクワ芸術座は世界演劇の殿堂か2　浅利慶太
映像では考えられないか　羽仁進
詩　いまわたしがほしいのは　高野喜久雄
三点鐘
西洋人ごっこ　青柳瑞穂
婦人雑誌と詩　北園克衛
二つの幕切れ　八木柊一郎
政治小話　花田清輝
暗い草の上　大内聡矣
眼3　中村英良
表紙・カット　勝呂忠

目次註

1　〈一―五〉※冒頭に、堀田善衞の一節引用。
2　〈モスクワ芸術座に度外れて、驚倒した新劇人／芸術座の舞台はそれほどすばらしかったか〉
3　※冒頭に、朝日新聞一九五八年十一月五日のUPI＝サンの記事引用
＊　編集後記（T）〈次号アンチ・ロマン特集号の予告など〉
＊　編集委員　※【195812】に同じ

表紙及びカット・勝呂忠／発行日・二月一日／頁数・本文全八二頁／定価・九十円（地方価九十五円）／編輯兼発行人・奥野信太郎／発行所・東京都港区三田　慶應義塾第一研究室内　三田文学会／編集所・東京都中央区西八丁堀二丁目一八　小林ビル　三田文学編集部／発売元・東京都中央区西八丁堀二丁目一八　小林ビル　岡倉書房／印刷所・東京都中央区日本橋茅場町一丁目二番地　保好舎印刷株式会社

■三月号【195903】

アンチ・ロマン特集
小説の変貌1　清水徹
――「ロマン」と「アンチ・ロマン」について――
モデラート・カンタビレ2　マルグリット・デュラ　田中倫郎訳
詩　聖霊3　上田敏雄
三点鐘
中国人の友　朝吹登水子
沖縄らしさ　島尾敏雄
文化財　平松幹夫
一つのアンチ・ブルジョア小説4　山室静
石塊　藤掛悦二
表紙・カット　勝呂忠

目次註

1　〈はじめに――いわゆる「アンチ・ロマン」の誕生――／小説の現象学的考察／人物と心理／筋と描写／おわりに〉
2　〈I―VIII〉※訳者の「あとがき」を付す
3　――Essay on Monad――
4　――リンデマンの「コレラの年の一夜」――
＊　編輯後記（T）
＊　編輯委員　※【195812】に同じ
＊　表紙に「アンチ・ロマン特集」と特記あり

表紙及びカット・勝呂忠／発行日・三月一日／頁数・本文全八四頁／定価・九十円（地方価九十五円）／編集兼発行人・奥野信太郎／発行所・東京都港区三田　慶應義塾第一研究室内　三田文学会／編集所・東京都中央区西八丁堀二丁目一八　小林ビル　三田文学編集部／発売元・東京都中央区西八丁堀二丁目一八　小林ビル　岡倉書房／印刷所・東京都中央区日本橋茅場町一丁目二番地　保好舎印刷株式会社

■**四・五月合併号**　【195904・05】

心理小説論　菅野昭正
西の国の伊達男たち1　丸谷才一
三点鐘
照顧脚下　石坂洋次郎
年季　原田義人
その道この道　和田芳恵
イブ・モンタン　菊村到
書評
瀧口修造『幻想画家論』2　佐藤朔
池田得太郎『家畜小屋』3　足立康
コカコラとラム酒4　岡田睦
樫の木の家5　安岡伸好
モランを訪ねて6　グレアム・グリーン
表紙・カット　勝呂忠

目次註

1 〈I―VI〉※冒頭に、アンドレ・ジッド『贋金つかい』の一節引用
2 ※新潮社刊
3 ※中央公論社刊
4 〈1―4〉
5 〈一―七〉
6 〈(1)―(3)〉　編集部訳
＊ お願い　編集部　※〈〝投稿はコピーの上で……云々〟と〉
＊ 編集後記（T）〈四・五月合併の理由／発行の主体を三田文学会に移行のこと／編集担当に足立康が加わること〉
＊ 編集委員　梅田晴夫／遠藤周作／柴田錬三郎／庄司総一／白井浩司／〔堀田善衞〕／安岡章太郎／高橋昌男・足立康（編集担当）

表紙及びカット・勝呂忠／発行日・五月一日／頁数・本文全一〇〇頁／定価・九十円（地方価九十五円）／編集兼発行人・奥野信太郎／発行所・東京都港区三田　慶應義塾第一研究室内　三田文学会／編集所・東京都中央区八重洲四丁目五　梅田ビル　三田文学編集部／印刷所・東京都文京区諏訪町四七　有限会社啓文堂

■**六月号（永井荷風追悼6月号）**　【195906】

表紙　藤島武二
カット　勝呂忠
扉写真1　木村謙二
永井荷風論――自己限定のかたち――2　近藤信行
荷風先生と三人文士3　佐藤春夫
賜つた序文4　堀口大學
荷風断片　河竹繁俊
二度の光栄　中河与一
永井先生とぼく　長田幹彦
永井さんのこと5　ノエル・ヌエット
荷風先生寸談　河原崎長十郎
荷風断片　今井達夫
荷風先生　巌谷槙一
思ひ出　呉文炳
荷風雑感　野田宇太郎
荷風先生の死　小堀杏奴
永井壮吉教授　奥野信太郎
荷風先生と仏文学　高橋邦太郎
「珊瑚集」の原詩さがし　青柳瑞穂
永井荷風のこと　三木露風
荷風散人の素顔　後藤末雄
荷風挽歌6　吉井勇
荷風先生の思い出　和田芳恵
会わざるの記　渋井清
終戦直後の永井先生　村田武雄
永井荷風　丸岡明
荷風の劇的素材　戸板康二
荷風の随筆　山本健吉
荷風先生を悼む　白井浩司
荷風先生を悼む　梅田晴夫
手紙一つ　結城信一
《研究》
「西遊日誌抄」――荷風とアメリカ――7　太田三郎
荷風と仏蘭西近代詩8　――訳詩集「珊瑚集」と訳業苦心のあとの一端――　後上政枝
永井荷風先生招待会9　水上瀧太郎
永井荷風と三田文学　杉原喜子
年譜10

目次註

1 在りし日の荷風先生〔昭和三十三年十月浅草にて〕※遺影
2 〈一―五〉
3 〈一、荷風先生辻潤に罵らるる事／二、荷風先生生田葵山に絶交を宣言する事／三、荷風先生某青年文士を冷嘲する事〉
4 〈詩集　昨日の花のはじめに／堀口大學者〔著〕月光とピエロ叙／堀口大學訳燃え上る青春の叙〉
5 ノエル・ヌエット
6 ※8首。詞書を付す
7 〈一―三〉
8 ――訳詩集『珊瑚集』と訳業苦心のあとの一端――〈一、仏蘭西近代詩人とのふれあい／二、『珊瑚集』の上梓とその翻訳表現（一）上梓について／（二）初出誌について）〉
9 〔大正十三年貝殻追放より〕
10 永井荷風先生略年譜　編集部編〈明治十二年（一八七九）―昭和三十四年（一九五九）〉
＊ 編集後記（A）（T）※〈追悼号の意義と今後の「三田文学」の責務／表紙は明治四十三年五月創刊号の復刻〉
＊ 編輯委員　※【195904・05】に同じ

＊ 三田文学在庫目録〈一九五八年十一月号「アンチ・テアトル特集」／一九五九年三月号「アンチ・ロマン特集」〉
＊ ※荷風筆跡の写真と写真説明 五点あり〈(1)、荷風がタコマ在住の折（明治二十六年十月―三十七年十月）、当時博文館の編集員であった渚山西村恵次郎に宛てて書き送った絵葉書。日付は四月十一日付／(2)、明治三十八年（一九〇五年）十月十八日付、絵葉書「西村渚山兄 荷風」／(3)、明治三十八年（一九〇三年）三月、カラマズからシカゴへ旅行した時の、西村渚山宛て絵葉書／(4)、明治四十一年（一九〇八年）四月六日、パリより巌谷小波木曜会宛の絵葉書／(5)、明治三十八年四月九日、永井威三郎宛て絵葉書。ミシガン州カラマズーにいるころ〉他に文中にも書信紹介あり
＊ ※東都書房版荷風文学の紹介あり〈永井荷風日記全七巻／永井荷風選集全五巻／日和下駄（一名東京散策記）〉
表紙・藤島武二／カット・勝呂忠／口絵・木村謙二／発行日・六月一日／頁数・本文全一〇八頁／定価・九十円（地方価九十五円）／編集兼発行人・奥野信太郎／発行所・東京都港区三田 慶應義塾第一研究室内 三田文学会／編集所・東京都中央区八重洲四丁目五 梅田ビル 三田文学編集部／印刷所・東京都中央区日本橋茅場町一丁目二番地 保好舎印刷株式会社

■七月号 【195907】
断食道化 下江巌
マドンナの真珠 澁澤龍彦
エズメのために1
――愛とみじめさをこえて―― J・D・サリンガー 山田良成訳
三点鐘
北フランスのアラス 福田陸太郎
硬と軟 木下常太郎
ある戯曲 松浦竹夫
川上澄生さんのこと 福永武彦
詩 渇の時代 佐藤恵美子
書評
山川方夫『その一年』『日々の死』2 若林真
阿部知二『日月の窓』3 吉本隆明
心理小説論（承前） 菅野昭正
表紙・カット 勝呂忠

目次註
1 ――愛とみじめさとをこめて―― ※訳者による「作者について」掲載
2 ※文藝春秋新社・平凡出版社刊
3 ※講談社刊
＊ 編集後記（T）（A） ※〈戦後第四次の「三田文学」満一才〉
＊ 編集委員 ※【195904・05】に同じ
表紙及びカット・勝呂忠／発行日・七月一日／頁数・本文全九〇頁／定価・九十円（地方価九十五円）／編集兼発行人・奥野信太郎／発行所・東京都港区三田 慶應義塾第一研究室内 三田文学会／編集所・東京都中央区八重洲四丁目五 梅田ビル 三田文学編集部／印刷所・東京都中央区日本橋茅場町一丁目二番地 保好舎印刷株式会社

■八月号 【195908】
現代小説の条件1 松元寛
ルネ・クレマン論――鑑賞記録風に――2 清岡卓行
書評
武田泰淳『貴族の階段』『地下室の女神』3 神山圭介
有吉佐和子『紀ノ川』4 野島秀勝
詩 女・花の時5 梅本育子
三点鐘
尖鋭な狭量 本多秋五
昭和二十年八月 大野俊一
タクシイの怪異 伊馬春部
言いかた 矢代静一
とかげ 川島徹兒
自分の罠 中村英良
表紙・カット 勝呂忠

目次註
1 〈一―五〉
2 ――鑑賞記録ふうに――
3 〈I―III〉 ※中央公論社・新潮社刊
4 ※中央公論社刊
5 〈女／花の時〉
＊ 編集後記（T）
＊ 編集委員 ※【195904・05】に同じ
＊ 三田文学在庫目録―永井荷風追悼六月号 ※内容紹介
＊ ※現代社刊「批評」第四号（季刊）の内容紹介あり
表紙及びカット・勝呂忠／発行日・八月一日／頁数・本文全七四頁／定価・九十円（地方価九十五円）／編集兼発行人・奥野信太郎／発行所・東京都港区三田 慶應義塾第一研究室内 三田文学会／編集所・東京都中央区八重洲四丁目五 梅田ビル 三田文学編集部／印刷所・東京都中央区日本橋茅場町一丁目二番地 保好舎印刷株式会社

■九月号 【195909】
小林秀雄論1 守屋陽一
作家の秘密2
――フォークナー会見記―― ジーン・スタイン 宮本陽吉訳
詩 北陸 感情旅行 江森國友
猫 大内聡矣
完了（喜劇）3 青木範夫
三点鐘
朝の散歩4 石井挑［桃］子
俳優犯人 芥川比呂志
ある一日 大田洋子
薔薇と文学 小松太郎

仏人と能を観る　白井浩司
書評
大江健三郎『われらの時代』　島尾敏雄
表紙・カット　勝呂忠

目次註

1　〈1—13〉　※冒頭に「『白痴』について」の一節引用
2　※訳者の「あとがき」を付す—〝『フォークナー会見記』は、最初『パリ・レビュー』に掲載され後にヴァイキング社発行の『作家の秘密』の一部に加えられたもの。云々……〟
3　喜劇　完了〈二幕三場とエピローグ〉
4　石井桃子
＊　編集後記（A）
＊　三田文学10・11月号予告—シンポジウム発言（仮題）〈10月号／11月号〉
＊　編集委員　※【195904・05】に同じ
＊　三田文学在庫目録—永井荷風追悼六月号　※前号に同じ

表紙及びカット・勝呂忠／発行日・九月一日／頁数・本文全七六頁／定価・九十円（地方価九十五円）／編集兼発行人・奥野信太郎／発行所・東京都港区三田　慶應義塾第一研究室内　三田文学会／編集所・東京都中央区八重洲四丁目五　梅田ビル　三田文学編集部／印刷所・東京都中央区日本橋茅場町一丁目二番地　保好舎印刷株式会社

■十月号　【195910】

シンポジウム　発言
序（討論の意図について）1　江藤淳
現代演劇の不毛　浅利慶太
刺し殺せ！——芸術家の行為について——　石原慎太郎
現実の停滞と文学　大江健三郎
「回帰」を拒否する2　城山三郎
ぼくの方法　武満徹
自己破壊の試み　谷川俊太郎
技術の任務　羽仁進
灰皿になれないということ　山川方夫
不完全燃焼を忌む　吉田直哉
三点鐘
「馬淵川」の作者3　丸岡明
井戸　内村直也
Z病院の憂鬱　大橋吉之輔
鳩およびその人間4　山下宏
表紙・カット　勝呂忠

目次註

1　序——討論の意図について——
2　〈一—五〉
3　※直木賞受賞者の一人渡辺喜恵子について。〝「秋田魁新報」に発表のものに加筆〟と付す
4　〈1—7〉〔完〕
＊　編集後記（T）　※〈シンポジウム「発言」(1)にひきつづき、来号は本号のエッセイをもとにした討論を掲載のこと〉
＊　編輯委員　※【195904・05】に同じ
＊　表紙に「シンポジウム　発言(1)」と特記あり

表紙及びカット・勝呂忠／発行日・十月一日／頁数・本文全九二頁／定価・九十円（地方価九十五円）／編集兼発行人・奥野信太郎／発行所・東京都港区三田　慶應義塾第一研究室内　三田文学会／編集所・東京都中央区八重洲四丁目五　梅田ビル　三田文学編集部／印刷所・東京都中央区日本橋茅場町一丁目二番地　保好舎印刷株式会社

■十一月号　【195911】

シンポジウム「発言」(2)1　（司会）江藤淳
発言　浅利慶太
石原慎太郎
大江健三郎
城山三郎
武満徹
谷川俊太郎
羽仁進
山川方夫
吉田直哉
跋（討論の結果について）2　江藤淳
三点鐘
山　井伏鱒二
疑問　藤島宇内
モダン・ジャズ・ウエーヴ　植草甚一
教師根性　藤井昇
表紙・カット　勝呂忠

目次註

1　〈討論〉シンポジウム発言〔終〕　※討論参加者の顔写真を付す。編輯後記に〝この討論、八月三十・三十一日両日の記録で、前号の(1)と合せ、後日、河出書房新社より単行本として出版の予定〟とある
2　※〝討論のために提出された個々の論文や主張についての私見（本来ならこの欄で述べるべきもの）—「同時代作家への失望」（「新潮」十一月号）／「今は昔—革新と伝説」（朝日新聞十月、八・九・十日付）—を併読されたい〟と、付記あり
＊　編集後記（A）　※〈本号から新たに編集担当として永井旦が加わったこと／来号の創作を中心とした特輯／その他〉
＊　編集委員　梅田晴夫／遠藤周作／柴田錬三郎／庄司総一／白井浩司／堀田善衞／安岡章太郎／足立康・高橋昌男・永井旦（編集担当）
＊　※紀伊国屋書店刊『現代文芸評論叢書』の紹介あり　〈ジョルジュ・バタイユ　山本功訳『文学と悪』／シャルル・ブレバン　平岡昇訳『作家の秘密』／ガエタン・ピコン　渡辺一夫訳『作家としての影』〉
※　表紙に「シンポジウム　発言(2)」と特記あり

表紙及びカット・勝呂忠／発行日・十一月一日／頁数・本文全七六頁／定価・九十円（地方価九十五円）／編集兼発行人・奥野信太郎／発行所・東京都港区三田　慶應義塾第一研究室内　三田文学会／編集所・東京都中央区八重洲四丁目五　梅田ビル　三田文学編集部／印刷所・東京都中央区日本橋茅場町一丁目二番地　保好舎印刷株式会社

■十二月号　【195912】

三点鐘
芝居道　北原武夫
美人の作った歌　杉森久英
水子大供養　楠本憲吉
ポツダム学生　桂芳久
厄神　中村英良
ここは南部の　河畠修
二階だけの家1　庵原高子
三田文学一九五九年度総目次2
表紙・カット　勝呂忠

目次註

1 〈一―九〉
2 〈第49巻1号―11号〉 ※十二月号内容も付す
＊ 編集後記 （T）
＊ 編集委員 ※【195911】に同じ
＊ ※河出書房新社刊『世界新文学双書』の紹介あり 〈ジョン・ブレイン　福田恆存訳『年上の女』／ジャック・ケルーアック　福田実訳『路上』／アラン・ロブ＝グリエ　中村真一郎訳『消しゴム』／ミシエル・ビュトール　清水徹訳『心変り』〉

表紙及びカット・勝呂忠／発行日・十二月一日／頁数・本文全八二頁／定価・九十円（地方価九十五円）／編集兼発行人・奥野信太郎／発行所・東京都港区三田　慶應義塾第一研究室内　三田文学会／編集所・東京都中央区八重洲四丁目五　梅田ビル　三田文学編集部／印刷所・東京都中央区日本橋茅場町一丁目二番地　保好舎印刷株式会社

一九六〇年（昭和三十五年）

■一月号　【196001】

小曲　金子光晴
ニヒリズム文学の内容と方法1
――サルトル「嘔吐」試論――　森川達也
詩　ヴェレー・一日の終り2　井上好夫
海の孤独3　イタロ・カルヴィーノ　高畠正明訳
敦煌4　中野美代子
壁を抜ける男5　マルセル・エーメ　平井照敏訳
「鏡子の家」あるいは一つの中世6　澁澤龍彦
表紙・カット　広橋桂子

目次註

1 〈一、方法を持たないわれわれの文学者――初めに／二、ニヒリズム文学の構造／三、サルトル「嘔吐」試論〉
2 〈ヴェレー／一日の終り〉
3 〈アール紙より転載〉
4 〈1―5〉 ※「作者付記」に、〝一九五七年六月に敦煌三部作の第一部として執筆したもの……云々〟とあり
5 壁をぬける男
6 ――三島由紀夫についての対話――
＊ 編集後記 （N） 〈今年は当誌創刊五十周年目のこと／近く「若者達」を眺める試みとして、ビート・ジェネレイション（米）の特集号を編む予定のことなど〉
＊ 編集委員 ※【195911】に同じ

表紙及びカット・広橋桂子／発行日・一月一日／頁数・本文全八二頁／定価・九十円（地方価九十五円）／編輯兼発行人・奥野信太郎／発行所・東京都港区三田　慶應義塾第一研究室内　三田文学会／編集所・東京都中央区八重洲四丁目五　梅

田ビル　三田文学編集部／印刷所・東京都中央区日本橋茅場町一丁目二番地　保好舎印刷株式会社

■二月号　【19602】

白い黒人1　ノーマン・メイラー　大橋吉之輔訳

反抗児ビート・ジェネレーション2　三浦冨美子

三点鐘

新しい出発3　池田弥三郎

私と筆墨　飯沢匡

外国語移入のことなど　中村真一郎

アポエムあるいはアンチポエム　小海永二

天皇に贈る望遠鏡4　カール・シャピロ　福田陸太郎訳

書評

坂上弘「ある秋の出来事」5　安岡章太郎

「記憶を買ひに」6　川島徹児

表紙・カット　広橋桂子

目次註

1　白い黒人《ホワイト・ニグロ》〈I—VI〉※写真二葉を付す〈Lawrence Lipton; The Holy Barbarians より（ジャズ演奏中）／Life 誌より（ひげのアレン・ギンズバーグ）〉

2　※〈Trubee Campbell　描くところの "Life is a Lousy Drag" よりの図、及L. Lipton "The Holy Barbarians" よりの写真一葉を付す〉

3　——戸板康二の直木賞受賞——

4　天皇に贈る望遠鏡（詩劇）※「訳者のあとがき」としてカール・シャピロの紹介と当詩劇の上演について記す。また、邦訳の転載状況をも付す

5　※中央公論社刊

6　〈一、出発／二、Z町からS村／三、S村にて〉

＊　編集後記　※〈「前号で予告のビート・ジェネレイション特集は余儀なく果せず」など／発行期日／編集担当に杉原喜子加わること〉

＊　編集委員　梅田晴夫／遠藤周作／柴田錬三郎／庄司総一／白井浩司／堀田善衞／安岡章太郎／足立康・杉原喜子・高橋昌男・永井旦（編集担当）

表紙及びカット・広橋桂子／発行日・二月一日／頁数・本文全八六頁／定価・九十円（地方価九十五円）／編集兼発行人・奥野信太郎／発行所・東京都港区三田　慶應義塾第一研究室内　三田文学会／編集所・東京都中央区八重洲四丁目五　梅田ビル　三田文学編集部／印刷所・東京都中央区日本橋茅場町一丁目二番地　保好舎印刷株式会社

■三月号　【19603】

微視的・巨視的——梶井基次郎をめぐって——　深田甫

三点鐘

詩集「亡羊記」について1　蔵原伸二郎

「男くささ」「女くささ」2　佐多稲子

菊池寛その他　木々高太郎

詩　挽歌とエネルギー　風山瑕生

文学はどこへ行く3　モーリス・ブランショ　宮川淳訳

世界文明への道（講演）4　アンドレ・マルロー　竹本忠雄訳

書評

江藤淳「作家論」5　小島信夫

井上光晴「虚構のクレーン」6　桂芳久

小川恵以子「海の影」7　江森國友

擬態の心得　岡田睦

冠婚葬祭　津田信

表紙・カット　広橋桂子

目次註

1　※村野四郎著

2　「女くささ」「男くささ」

3　〈……／晦渋で、苦難に満ちた探究／文学・作品・体験／非文学〉※訳者の「解説」に〝ブランショの最新の評論集『未来の書物』Le Livre À Venir〔à Venir?〕(1959) 中の一章〟と付す

4　〈一、アテナイにて〔一九五九年五月二八日〕／二、ブラジリアにて〔一九五九年八月二五日〕〉※「訳註」及び「訳者付記」あり

5　※中央公論社刊

6　※河出書房新社刊

7　※未来社刊

8　編集後記（N）※〈昨年連載のシンポジウム『発言』が河出書房新社より単行本として出版されたこと（別に紹介あり）など〉

9　編集委員　※【19602】に同じ

10　※新刊図書の紹介あり〈ジャーナリズムの論議をわかした注目の書！　怒れる世代の発言！—エッセイとシンポジウム『発言』河出書房新社〉

表紙及びカット・広橋桂子／発行日・三月一日／頁数・本文全七八頁／定価・九十円（地方価九十五円）／編集兼発行人・奥野信太郎／発行所・東京都港区三田　慶應義塾第一研究室内　三田文学会／編集所・東京都中央区八重洲四丁目五　梅田ビル　三田文学編集部／印刷所・東京都中央区日本橋茅場町一丁目二番地　保好舎印刷株式会社

■四月号　【19604】

原像の世界——或は神話への意志——1　神山圭介

三点鐘

花幻忌会　谷田昌平

将棋　佐藤佐太郎

ユーモアということ　梅田晴夫

奇妙な職業　瀧口修造

詩劇　闇の明るさ(I)2　クリストファ・フライ　青木範夫・山懸知彦共訳

モンテルランの劇作[3]　山崎庸一郎
小島信夫の書評を駁す[4]　江藤淳
西の女　戸田雅久
表紙・カット　広橋桂子

目次註

1 〈I―Ⅶ〉
2 ――冬の喜劇――〈第一幕〉〔以下次号〕 ※文末に〝――原題 The Dark Is Light Enough――〟と付記あり。冒頭にJ・Hファーブルの一節引用
3 〈前文／I―Ⅲ〉 ※劇団四季公演『死して女王』の写真を付す
4 小島信夫氏の書評を駁す ※前号の「作家論」評に対して
5 編集後記（S） ※〈クリストファ・フライの詩劇は三回に分載することなど〉
6 編集委員 ※【196002】に同じ
7 ※「批評6」冬季号の内容紹介あり

表紙及びカット・広橋桂子／発行日・四月一日／頁数・本文全八二頁／定価・九十円（地方価九十五円）／編集兼発行人・奥野信太郎／発行所・東京都港区三田　慶應義塾第一研究室内　三田文学会／編集所・東京都中央区八重洲四丁目五　梅田ビル　三田文学編集部／印刷所・東京都中央区日本橋茅場町一丁目二番地　保好舎印刷株式会社

■五月号

【196005】

三点鐘（創刊五十周年記念）
回顧五十年――「三田文学」創刊の頃――　小沢愛圀
三田文学と私　青柳瑞穂
文科生時代　蔵原伸二郎
古巣　北村小松
思ひ出断片　今井達夫
「三田文学」と私　田辺茂一
平凡な回想　田中千禾夫
学生時代の「三田文学」　北原武夫
無題　池田弥三郎
ある時代の紅茶会　戸板康二
三田文学五十年年表[1]　編集部
創作　パラダイス・タウン　高橋昌男
表紙・カット　広橋桂子

目次註

1 三田文学年表　編集部編　〈明治四十三年五月―昭和三十五年五月〉 ※昭和34年6月に「永井荷風追悼講演会」（講師―奥井復太郎・勝本清一郎・久保田万太郎）及び昭和35年3月に「第九回花幻忌」開催のことなども記載あり／編集部杉原喜子による「付記」中に〝慶應図書館本の他、慶應義塾塾史編纂所、楠本憲吉、山田正子等の蔵本の厄介になった……〟とあり／欠号に関する「お願い」も付す。次号「編集後記」中にも関連文あり
＊「編集後記」（S）（N）／（T）（A） ※〈「三田文学」五十年の歳月と今後の責任／編集担当を杉原・永井両者に託することなど〉
＊ 編集委員 ※【196002】に同じ
＊ ※創刊号よりの表紙の写真十五葉を付す
※ 表紙に「創刊50周年記念」と特記あり

表紙及びカット・広橋桂子／発行日・五月一日／頁数・本文全一〇〇頁／定価・九十円（地方価九十五円）／編集兼発行人・奥野信太郎／発行所・東京都港区三田　慶應義塾第一研究室内　三田文学会／編集所・東京都中央区八重洲四丁目五　梅田ビル　三田文学編集部／印刷所・東京都中央区日本橋茅場町一丁目二番地　保好舎印刷株式会社

■六月号

【196006】

変革期のリアリズム[1]――伴大納言絵詞試論――　笠原伸夫
三点鐘
バロー一座とともに　鈴木力衛
「行為」と「要約」と　野口冨士男
亭主殺すに　阿部光子
サン・ジェルマンからル・ペルチェへ　永戸多喜雄
陽はまた沈む[2]　P・E・シュナイダー　大橋吉之輔訳
詩劇　闇の明るさ(Ⅱ)[3]　クリストファ・フライ　青木範夫・山懸知彦共訳
大金[4]　林峻一郎
表紙・カット　広橋桂子

目次註

1 ――『伴大納言絵詞〔詞〕』試論――〈I―V〉 ※「応天門炎上（部分）」「童の喧嘩」の写真二葉を付す
2 ――パリのアメリカ人―― ※〝エンカウンター誌・一九五九年十月号〟と付す
3 ――冬の喜劇――〈第二幕〉 クリストファ・フライ作〔以下次号〕
4 〈一・二〉
＊「お願い」 編集部 ※〈今秋より新たに設ける予定の根村絢子担当「演劇時評」、深田甫担当「文芸時評」両時評の対象資料に関して〉
＊ 編集後記（S） ※〈三田文学創刊五十周年記念祝賀会報告（5月28日、於銀座交詢社。久保田万太郎、佐藤春夫他、三田文学出身の文学者多数が出席。早稲田を代表して、田村泰次郎の祝辞等）／前号掲載の「年表」の反響について（訂正文近号に掲載のこと、34年3月以来の発売所は「三田文学会」がそれにあたること、等）〉
＊ 編集委員　梅田晴夫／遠藤周作／柴田錬三郎／庄司総一／白井浩司／堀田善衛／安岡章太郎 ※委員名としては【196002】に同じ
＊ 編集担当　杉原喜子／永井旦

表紙及びカット・広橋桂子／発行日・六月一日／頁数・本文全八六頁／定価・九十円（地方価九十五円）／編集兼発行人・奥野信太郎／発行所・東京都港区三田　慶應義塾第一研究室内　三田文学会／編集所・東京都中央区八重洲四丁目五　梅

田ビル　三田文学編集部／印刷所・東京都中央区日本橋茅場町一丁目二番地　保好舎印刷株式会社

■七月号　【196007】

表紙・カット　工藤哲巳
三点鐘
思い出　丹羽文雄
「三田」の怠け者の記　三宅周太郎
思い出1　寺崎浩
水上氏の度量　大江賢次
老年の兆　遠藤正輝
詩劇　闇の明るさⅢ2　クリストファ・フライ　青木範夫・山懸知彦共訳
書評　福田恆存著「批評家の手帖」について3　沢田允茂
錆鉄の眠る海4　前田昌宏

目次註

1　思ひ出
2　――冬の喜劇――　クリストファ・フライ作／青木範夫・山縣知彦共訳　※譜面の挿入あり〈レスリー・ブリッシウォーター作・編曲のハンガリアン・ダンス（口笛）／私のトマジーナ／愛国の歌〉文末に〝第一幕……四月号、第二幕……六月号に掲載〟とある。「編集後記」によると本号で終幕
3　「言葉の機能に関する文学的考察」に関する考察――福田恆存著『批評家の手帖』について――　※新潮社刊
4　〈前章／後章〉
＊　編集後記（N）　※〈中篇・長篇の分載について／書評の作者（沢田允茂）紹介／表紙・カット　改新のことなど〉
＊　編集委員・編集担当　※【196006】に同じ

表紙及びカット・工藤哲巳／発行日・七月一日／頁数・本文全八六頁／定価・九十円（地方価九十五円）／編集兼発行人・奥野信太郎／発行所・東京都港区三田　慶應義塾第一研究室内　三田文学会／編集所・東京都中央区八重洲四丁目五　梅田ビル　三田文学編集部／印刷所・東京都中央区日本橋茅場町一丁目二番地　保好舎印刷株式会社

■八月号　【196008】

三点鐘
三人の友人　田宮虎彦
還暦　村野四郎
或る日の原民喜　丸岡明
三田的　矢代静一
織田作之助とデカダンスについて　片岡啓治
詩　花ある青春1　小長谷清実
陥穽2　田中倫郎
夏草　庵原高子
肉屋のブルース　高橋昌男
五月には郭公は啼かない　吉野壮児
表紙・カット　工藤哲巳

目次註

1　〈1―3〉
2　陥穽《おとしあな》
＊　お願い（編集部）　※〈投稿原稿に関すること〉
＊　編集後記（S）　※〈創作特集の体裁になったこと／本年、創刊50周年に当るため過去の執筆者に随筆を寄せてもらうことなど〉
＊　編集委員・編集担当　※【196006】に同じ
＊　※「批評」1960第七号の内容紹介あり

表紙及びカット・工藤哲巳／発行日・八月一日／頁数・本文全八六頁／定価・九十円（地方価九十五円）／編集兼発行人・奥野信太郎／発行所・東京都港区三田　慶應義塾第一研究室内　三田文学会／編集所・東京都中央区八重洲四丁目五　梅田ビル　三田文学編集部／印刷所・東京都中央区日本橋茅場町一丁目二番地　保好舎印刷株式会社

■九月号　【196009】

三点鐘
あかない酒壜の話　森田たま
思いがけないこと1　日野噐夫
ゆきずり　原奎一郎
由布の金鱗湖　戸川エマ
東京都改革案　内村直也
社会主義リアリズム論2　（原筆者不詳）大橋吉之輔訳
蹴球学（ジャズと詩によるラジオのための実験）3　寺山修司
創作
羊の島　池田得太郎
表紙・カット　工藤哲巳

目次註

1　思ひがけないこと
2　〈Ⅰ―Ⅲ〉　※訳者大橋吉之輔による「まえがき」を付す。尚「編集後記」に、〝本論はすでに『文学界』（一九六〇年六月）誌上で佐伯彰一が紹介の筆をとっている……云々〟とあり
3　ジャズと詩によるラジオのための実験蹴球学 Footballogy　※今井寿恵のスチールより4点を挿入。文末に寺山修司による「ノオト」を付す
＊　編集後記（N）
＊　編集委員・編集担当　※【196006】に同じ

表紙及びカット・工藤哲巳／発行日・九月一日／頁数・本文全七八頁／定価・九十円（地方価九十五円）／編集兼発行人・奥野信太郎／発行所・東京都港区三田　慶應義塾第一研究室内　三田文学会／編集所・東京都中央区八重洲四丁目五　梅田ビル　三田文学編集部／印刷所・東京都中央区日本橋茅場町一丁目二番地　保好舎印刷株式会社

■十月号　【196010】

特集・「反小説《アンチ・ロマン》」小説論1

未来小説への道 2　A・ロブ＝グリエ
A・ロブ＝グリエの「果物籠」の技法 3　F・モーリャック
自然、ヒューマニズム、悲劇 4　A・ロブ＝グリエ
探求としての小説 5　M・ビュトール
ロワイヨーモンでの発言 6　M・ビュトール
高畠正明・清水徹共訳
三点鐘
文科のやつ　獅子文六
新楢山節考　矢野目源一
僕の詩 7　龍胆寺雄
陸軍時代の原田義人　須知白塔
ステッキ　倉島竹二郎
時評
待ちながら（演劇）8　根村絢子
東京現代音楽祭（音楽）9　平島正郎
現実と経験（文芸）10　深田甫
『荘子』の寓話と荒唐無稽 11　神山圭介
創作
約束　岡田睦
表紙・カット　工藤哲巳

目次註

1 ※この標題本文には欠く。高畠正明による「まえがき」を付す
2 未来の小説への道　アラン・ロブ＝グリエ／高畠正明訳　※冒頭にナタリー・サロートの一節引用
3 アラン・ロブ＝グリエの『果物籠』の技法　フランソワ・モーリャック／高畠正明訳
4 アラン・ロブ＝グリエ／清水徹訳　※訳者の註、付記あり。冒頭にロラン・バルトの一節引用
5 探究としての小説　ミシェル・ビュトール／高畠正明訳〈Ⅰ―Ⅳ〉
6 ミシェル・ビュトール／高畠正明訳　※訳注を付す
7 龍胆寺雄〈心の池に／夢／聖人訓〉
8 演劇時評　待ちながら〔三五・十・九〕
9 音楽時評　東京現代音楽祭〔三五・十・九〕
10 文芸時評　現実と経験〔三五・一〇・九〕
11 ――再び原像の世界――〈Ⅰ―Ⅶ〉
＊ 編集後記（S）※〈本号、アンチ・ロマン小説論特集／来号、演劇特集号／本号より「時評」連載のことなど
＊ 編集委員・編集担当　※【196006】に同じ

表紙及びカット・工藤哲巳／発行日・十月一日／頁数・本文全八二頁／定価・九十円（地方価九十五円）／編集兼発行人・奥野信太郎／発行所・東京都港区三田　慶應義塾第一研究室内　三田文学会／編集所・東京都中央区八重洲四丁目五　梅田ビル　三田文学編集部／印刷所・東京都中央区日本橋茅場町一丁目二番地　保好舎印刷株式会社

■十一月号（演劇特集）【196011】

三点鐘
年表から　平松幹夫
三田文学と私　若尾徳平
木の葉について　横部得三郎
お芝居はおしまい 1　谷川俊太郎
ジャック、あるいは服従 2　ウージェーヌ・ヨネスコ　中西由美訳
〈対談〉
翻訳劇と創作劇 3　根村絢子　浅利慶太
時評
渋いシラノ（演劇）4　根村絢子
聴衆の貧しさも（音楽）5　平島正郎
寓話から脱出して（文芸）6　深田甫
表紙・カット　工藤哲巳

目次註

1 「劇団四季」上演戯曲　お芝居はおしまい（喜劇三幕）〈第一幕―第三幕〉※最後に、初演（一九六〇年十月・草月会館ホール）の際の演出（浅利慶太）、配役などを付す。「編集後記」に〝劇団四季に創作劇連続公演の第三作として上演されたもの〟とあり
2 （自然主義的喜劇）〔一九五〇・夏〕※註を付す
3 〈バローのことから／翻訳劇と創作劇／演劇の現状／アンチ・テアトルということ〉〔完〕※対談中の写真一葉を付す
4 演劇時評　渋いシラノ〔三五・一一・二〇〕
5 音楽時評　聴衆の貧しさも〔三五・一一・二二〕
6 文芸時評　寓話から脱出して〔三五・一一・二八〕
＊ 編集後記（N）※本号、演劇特集号について
＊ 編集委員・編集担当　※【196006】に同じ
※ 表紙に「演劇特集号」と特記あり

表紙及びカット・工藤哲巳／発行日・十一月一日／頁数・本文全一〇二頁／定価・九十円（地方価九十五円）／編集兼発行人・奥野信太郎／発行所・東京都港区三田　慶應義塾第一研究室内　三田文学会／編集所・東京都中央区八重洲四丁目五　梅田ビル　三田文学編集部／印刷所・東京都中央区日本橋茅場町一丁目二番地　保好舎印刷株式会社

■十二月号【196012】

三点鐘
人待つ薄暮　宇野信夫
笛を吹く　井汲清治
三田山上　間宮茂輔
狂人文学論 1　森川達也
機械芸術の創造 2　篠原央憲
時評
一九六〇年ベスト5（演劇）3　根村絢子
シュタルケル（音楽）4　平島正郎
前置詞のつかない世界（文芸）5　深田甫

詩　乾盃するために　小林哲夫
青海《ククノール》　中野美代子
表紙・カット　工藤哲巳

目次註

1　リアリズム文学の崩壊――その後に来たるもの――〈一、狂人文学の現象／二、狂人文学の本質／三、狂人文学の作品〉

2　――「パン・フォーカス主義」映画方法論――　※写真二葉を付す

3　1960年ベスト5　演劇時評〔三五・一二・一五〕

4　シュタルケル　音楽時評――逞しい自我の主張――〔三五・一二・一六〕

5　前置詞のつかない世界　文芸時評〔三五・一二・一七〕

＊　編集後記（S）※〈「狂人文学論」「機械芸術の創造」はおよそ半年前に執筆のこと／無事に暮れなむ！「三田文学」五十年目〉

＊　※河出書房新社刊　坂上弘（中央公論新人賞受賞作家）の処女長篇『澄んだ日』、及び丸谷才一の長篇小説『エホバの顔を避けて』の広告中、それぞれ「江藤淳氏」「石川淳氏」として推薦文の紹介あり

＊　編集委員・編集担当　※【196006】に同じ

表紙及びカット・工藤哲巳／発行日・十二月一日／頁数・本文全一〇〇頁／定価・九十円（地方価九十五円）／編集兼発行人・奥野信太郎／発行所・東京都港区三田　慶應義塾第一研究室内　三田文学会／編集所・東京都中央区八重洲四丁目五　梅田ビル　三田文学編集部／印刷所・東京都中央区日本橋茅場町一丁目二番地　保好舎印刷株式会社

一九六一年（昭和三十六年）

■一月号　【196101】

三点鐘
石坂洋次郎氏への手紙　上林暁
文学碑　渡辺喜恵子
命拾い　奥野信太郎
シンポジウム　芸術の状況1　寺山修司　土方巽　大島渚　松本俊夫　塩瀬宏　真鍋博　出席者
エッセイ2
時評
事実の背景のまえで（文芸）3　深田甫
圧倒的な弦の量感（音楽）4　平島正郎
橋からの眺め（演劇）5　根村絢子
扉　中村英良
表紙・カット　工藤哲巳

目次註

1　〈タブローからの脱出／支配するか抵抗するか／作家の主体とメトード／実感からの出発／いわゆる疎外感というもの／残酷、そのイメージと質について／コミュニケーションの顔／日常性の中の芸術／芸術に於ける媒体物／農民達に向って／作家の内部と外部／家庭の中へ〉〔終わり〕　※出席者名発言順／「編集後記」に〝昨年十一月に行われた座談会云々……〟とあり。また、冒頭に出席者の写真を付す

2　伝説と主題／寺山修司
刑務所へ／土方巽
DAMN SYMPOSIUM!／塩瀬宏
感想／真鍋博
疑似前衛批判序説／松本俊夫

3　文芸時評　事実の背景のまえで〔三六・一・四〕

4　音楽時評　圧倒的な弦の量感〔三六・一・八〕

5　演劇時評　橋からの眺め

＊　ちょっと一言　白井浩司　※「三田文学」のスポークスマンとして、発行日のこと、「三田文学」賞（仮称）を設けることなどを記す

＊　編集後記（N）※〈「シンポジウム」に関連して、大島渚よりエッセイのかわりに寄せられた「一言」を紹介〉

＊　編集委員・編集担当　※【196006】に同じ

※　表紙に「シンポジウム　芸術の情況」と特記あり

表紙及びカット・工藤哲巳／発行日・一月一日／頁数・本文全八八頁／定価・九十円（地方価九十五円）／編集兼発行人・奥野信太郎／発行所・東京都港区三田　慶應義塾第一研究室内　三田文学会／編集所・東京都中央区八重洲四丁目五　梅田ビル　三田文学編集部／印刷所・東京都中央区越前堀一ノ四　会津印刷所

■二月号　【196102】

シンポジウム　人間疎外1　沢田允茂　若林真　三雲夏生　横山寧夫　村井実　印東太郎
ジェルジ・ルカーチと悪魔の契約2　ジョージ・スタイナー　由良君美訳
三点鐘
ある暴力　庄司総一
時間　久野豊彦
柴又　木村庄三郎
時評

形式の極へむかってゆくとき（文芸）3　深田甫
三つの正月狂言（演劇）4　根村絢子
はじめて聴いたモダン・ジャズ（音楽）5　平島正郎
島で　岡谷公二
表紙・カット　工藤哲巳

目次註

1　司会―沢田允茂（哲学）／若林真（仏文学）／三雲夏生（倫理学）／横山寧夫（社会学）／村井実（教育学）／印東太郎（心理学）※「編集後記」に〝昨年十二月十九日、三田慶應義塾大学野口ホールにて三田哲学会主催のもとに行なわれたものの記録（取捨選択）云々〟とあり。また出席者の写真一葉を付す
2　※冒頭にG・ルカーチ近影一葉、文末に「訳注」を付す
3　文芸時評　形式の極へむかってゆくとき〔三六・一・二二〕
4　演劇時評　三つの正月狂言〔三六・一・二八〕
5　音楽時評　はじめて聴いたモダン・ジャズ〔三六・一・二九〕
＊　ちょっと一言　白井浩司　※三田文学賞の設定（発表―昭和三十七年二月の予定）のことなど
＊　編集後記（S）※〈シンポジウムについて〉
＊　編集委員・編集担当　※【196006】に同じ

表紙及びカット・工藤哲巳／発行日・二月一日／頁数・本文全一〇〇頁／定価・九十円（地方価九十五円）／編集兼発行人・奥野信太郎／発行所・東京都港区三田　慶應義塾第一研究室内　三田文学会／編集所・東京都中央区八重洲四丁目五　梅田ビル　三田文学編集部／印刷所・東京都日本橋茅場町一丁目二番地　保好印刷株式会社

■三月号　【196103】

マーク・トウェインをめぐる米ソ論争1　チャールズ・ニイダー　ベレズニッキー　大橋吉之輔訳
三点鐘
戦時中の三田文学　庄野誠一
あのころのこと　峯雪栄
青柳さんの会2　巌〔巖〕谷大四
村松梢風のこと一つ　小島政二郎
猿飼育法（一幕）3　寺山修司
鶏ママと子供達（一幕）4　前田昌宏
詩　夢の中の娘　娘たちの夢5　江森國友
憂欝なフーガ6　川島徹児
時評
何処に相を据えるのか（文芸）7　深田甫
チェコから来た二人の演奏家（音楽）8　平島正郎
未来の演劇のために（演劇）9　根村絢子
表紙・カット　工藤哲巳

目次註

1　〈歪曲されるマーク・トウェイン……Y・ベレズニッキー／回答……チャールズ・ニイダー／問題はそれよりもまだ深いところにある―チャールズ・ニイダー氏への公開状―……Y・ベレズニッキー／回答……チャールズ・ニイダー〉
※訳者のまえがきあり
2　巌谷大四
3　※冒頭にマヤコフスキーの一節あり
4　鶏ママと子ども達
5　夢のなかの娘　娘たちの夢
6　〈I―IV〉
7　文芸時評　何処に相を据えるのか〔三六・二・二〇〕
8　音楽時評　チェコから来た二人の演奏家〔三六・二・二六〕
9　演劇時評　未来の演劇のために〔三五・二・二八〕
＊　編集後記（N）（S）※〈次号より編集担当を桂芳久・岡田隆彦に交代のこと／これを機に時評欄をひとまず打切ることなど〉
＊　ちょっと一言　白井浩司　※〈編集担当の交替／三田文学会入会申込者への答／サルトルの言――物を書く人間は、書いたものが何千万の人の限に触れることを覚悟して書け――〉
＊　編集委員・編集担当　※【196006】に同じ
＊　※文学グループ秩序刊「秩序　八号」の内容紹介あり

表紙及びカット・工藤哲巳／発行日・三月一日／頁数・本文全八二頁／定価・九十円（地方価九十五円）／編集兼発行人・奥野信太郎／発行所・東京都港区三田　慶應義塾第一研究室内　三田文学会／編集所・東京都中央区八重洲四丁目五　梅田ビル・三田文学編集部／印刷所・東京都中央区日本橋茅場町一丁目二番地　保好舎印刷株式会社

■四月号　【196104】

丘の上
鈴木重雄さんの激励の会　小塙学
ちょっと一言　白井浩司
新鮮・以前　山川方夫
評論
ニヒリズム文学論1　森川達也
現代小説の方法2　平岡篤頼
創作
不滅の日　真崎浩
詩
会話の柴が燃えつきて3　大岡信
サンダウン4　飯島耕一
連載　作家の日記・第一回
激動する三十年代の開幕5　ジュリアン・グリーン　小佐井伸二訳
表紙　広瀬郁
カット　岡田隆彦

目次註

1　――カフカ「審判」試論――〈一―三〉※「付記」あり

2 ――サロートに於ける意識と言語―― 〈㈠―㈥〉
3 ――伊達得夫に――
4 （一月死んだ　伊達得夫のためにうたう）
5 連載・第一回　作家の日記――激動する三十年代の開幕――〈一九二八年（九月十七日―十二月十九日）／一九二九年（一月七日―十一月十三日）／一九三〇年（三月二十七日―十二月二十四日）／一九三一年（一月五日―二月十八日）〉〔この年つづく〕
＊ 三田文学バックナンバー在庫　※〈昭和三十三年七月号―昭和三十四年十二月号／昭和三十五年一月号以降〉
＊ 編集後記（K）　※〈本号から編集担当が岡田・桂に交代／海外文学紹介の第一段階として、J・グリーンの「日記」掲載のことなど〉
＊ 編集委員　※【196006】に同じ
＊ 編集担当　岡田隆彦／桂芳久
＊ ※雙面神編集部刊　季刊「雙面神　7号　1961春」の内容紹介あり
＊ ※論争社刊　季刊「批評」'61・春季号（第十一号）の内容紹介あり
※　本号の目次は横組み。この形式は【196202・03】まで続く

表紙・広瀬郁／カット・岡田隆彦／発行日・四月一日／頁数・本文全七四頁／定価・九十円（地方価九十五円）／編集兼発行人・奥野信太郎／発行所・東京都港区三田　慶應義塾第一研究室内　三田文学会／編集所・東京都中央区八重洲四丁目五　梅田ビル　三田文学編集部／印刷所・東京都中央区日本橋茅場町一丁目二番地　保好舎印刷株式会社

■五月号　【196105】

丘の上
津軽海峡にて　城山三郎
A・A作家会議翻訳室にて　若林真
感動の再建？　小川徹
評論
鶴屋南北試論
――生世話リアリズムの成立――1　笠原伸夫
日本のハムレット2　松元寛
創作
連鎖反応3　三輪秀彦
窓　加藤幸子
詩篇
旅のはなし　安西均
夜の旅　天沢退二郎
連載第2回　作家の日記4　ジュリアン・グリーン
――文学と政治の間で――　小佐井伸二訳
表紙　広瀬郁
カット　岡田隆彦

目次註
1 鶴屋南北試論――生世話リアリズムの成立――〈Ⅰ―Ⅴ〉
2 〈一―五〉　※冒頭に「ハムレット」第五幕第一場の一節引用
3 〈一―八〉
4 〈一九三一年（三月一日―十二月三十一日）／一九三二年（一月一日―十二月十八日）〉〔この年つづく〕
＊ 三田文学バックナンバー在庫　※前号に同じ
＊ 編集後記（K）　※〈同人雑誌にも商業雑誌にも属さない『三田文学』の性格／急増した投稿者など〉
＊ 編集委員　※【196006】に同じ
＊ 編輯担当　※【196104】に同じ

表紙・広瀬郁／カット・岡田隆彦／発行日・五月一日／頁数・本文全八四頁／定価・九十円（地方価九十五円）／編集兼発行人・奥野信太郎／発行所・東京都港区三田　慶應義塾第一研究室内　三田文学会／編集所・東京都中央区八重洲四丁目五　梅田ビル　三田文学編集部／印刷所・東京都中央区日本橋茅場町一丁目二番地　保好舎印刷株式会社

■六月号　【196106】

丘の上
推理小説と推理映画　岡田晋
古代のこころ　藤井昇
文学散歩　渡辺喜恵子
評論
断食芸人――カフカ論――1　中野孝次
詩篇
懺悔あるいは青春　秋山兼三
暗い夏　中村俊亮
創作
朱いピラミッド2　小堺昭三
連載第3回　作家の日記3　ジュリアン・グリーン
――母の国へ――　小佐井伸二訳
表紙　広瀬郁
カット　岡田隆彦

目次註
1 ――カフカ論――　〈1―5〉
2 〈一―九〉
3 連載第5〔3〕回　〈一九三二年（十二月二十四日・十二月二十六日）／一九三三年（一月二十日―十二月二十四日）／一九三四年（一月十二日・一月十四日）〉〔この年つづく〕
＊ 編集後記（K）
＊ 編集委員　※【196006】に同じ
＊ 編集担当　※【196104】に同じ

表紙・広瀬郁／カット・岡田隆彦／発行日・六月一日／頁数・本文全八六頁／定価・九十円（地方価九十五円）／編集兼発行人・奥野信太郎／発行所・東京都港区三田　慶應義塾第一研究室内　三田文学会／編集所・東京都中央区八重洲四丁目五　梅田ビル　三田文学編集部／印刷所・東京都中央区日本橋茅場町一丁目二番地　保好舎印刷株式会社

■七月号 【196107】

丘の上
夜更けの炊事　加藤守雄
墓について　谷川雁
すてきなレコード　坂上弘

創作
盆地　小久保均
円形の中の戯れ　野本富士夫

詩篇
夜の管のなかに　多田智満子
エスキス・母[1]　みえのふみあき

連載第1回　地上の草[2]　庵原高子
連載第4回　作家の日記[3]
――再び、動乱のフランスへ――　ジュリアン・グリーン　小佐井伸二訳

表紙　広瀬郁
カット　岡田隆彦

目次註
1　――ストリッパーに――
2　〈第一章・第二章〉〔続〕　※次号に訂正あり
3　〈一九三四年（一月十五日―十一月八日）〉〔この年終り〕
＊　編集後記（O）　※〈編集担当に井上輝夫が加わること／編集部仮事務所の件／投稿の返却についてなど〉
＊　三田文学編集部仮事務所―港区三田　慶應義塾第一研究室内　電話四五一＝五一八三　内線五一〇（7月15日以降）
＊　編集委員　※【196006】に同じ
＊　編輯担当　井上輝夫／岡田隆彦／桂芳久
＊　三田文学バックナンバー在庫表　※〈昭和三十三年―三十四年／昭和三十五年以降〉

表紙・広瀬郁／カット・岡田隆彦／発行日・七月一日／頁数・本文全九〇頁／定価・九十円（地方価九十五円）／編集兼発行人・奥野信太郎／発行所・東京都港区三田　慶應義塾第一研究室内　三田文学会／編集所・東京都港区三田中央区八重洲四丁目五　梅田ビル　三田文学編集部／印刷所・東京都中央区日本橋茅場町一丁目二番地　保好舎印刷株式会社

■八月号 【196108】

丘の上
何ものでもない何か
――ソウルの或る女――　日野啓三

創作
新作ウインダミア夫人の扇　瀬戸内晴美
海で　小池多米司
手の石　神野洋三

詩篇
道　阿部弘一
ベルト　高良留美子

カフカ「審判」試論・補遺[1]　森川達也
連載第2回　地上の草[2]　庵原高子
連載第5回　作家の日記[3]
――遠い国遙かな国（断篇）――　ジュリアン・グリーン　小佐井伸二訳

表紙　広瀬郁
カット　岡田隆彦

目次註
1　――中野氏「断食芸人」―カフカ論―を読んで――
2　〈第三章・第四章〉〔続く〕　※文末に先月号「地上の草」の一部組みちがいについての「訂正とお詫び」を掲載
3　〈前書／I―II〉　I〈十月二十日―十一月二日　※一八五〇年頃〉　II〈十一月三日―十二月二十七日〉
＊　編集後記（I）
＊　編集委員　※【196006】に同じ
＊　編輯担当　※【196107】に同じ
＊　※雙面神編集部刊「季刊雙面神」8号（1961秋）の内容紹介あり

表紙・広瀬郁／カット・岡田隆彦／発行日・八月一日／頁数・本文全八八頁／定価・九十円（地方価九十五円）／編集兼発行人・奥野信太郎／発行所・東京都港区三田　慶應義塾第一研究室内　三田文学会／編集所・東京都港区三田　慶應義塾第一研究室内　三田文学編集部／印刷所・東京都中央区日本橋茅場町一丁目二番地　保好舎印刷株式会社

■九月号 【196109】

詩篇
沙漠のなかでは　戎栄一
地獄III　永井俊作
ねむり　中平耀
歩道　伊藤周子

評論
新しい抒情詩の可能性[1]　鶴岡善久
詩語感想[2]　江森國友
『四季』の詩人たち（一）[3]
――津村信夫ノート――　高畠正明
連載第3回　地上の草[4]　庵原高子
連載第6回　作家の日記[5]
――共産主義とファシズムの間に立って――　ジュリアン・グリーン　小佐井伸二訳

〔表紙〕　広瀬郁・佐野洋子
カット　岡田隆彦

目次註
1　〈1―3〉　※付記あり
2　〈1―3〉
3　〈㈠―㈣〉〔未完〕
4　〈第五章―第六章〉〔続〕　※十一月号に訂正あり
5　〈一九三五年（二月二十八日―十二月二十日）／一九三六年（一月五日―十二月十五日）〉〔この年終り〕　※十一月号に訂正あり

＊編集後記（O）※〈本号執筆者紹介など〉
＊三田文学バックナンバー在庫
＊編集委員　※【196006】に同じ
＊編輯担当　※【196107】に同じ
表紙・広瀬郁　佐野洋子／カット・岡田隆彦／発行日・九月一日／頁数・本文全八六頁／定価・九十円（地方価九十五円）／編集兼発行人・奥野信太郎／発行所・東京都港区三田　慶應義塾第一研究室内　三田文学会／編集所・東京都港区三田　慶應義塾第一研究室内　三田文学編集部／印刷所・東京都中央区日本橋茅場町一丁目二番地　保好舎印刷株式会社

■十月号　【196110】

丘の上
発音と表音化　長谷川四郎
世界の芸人たち　梅田晴夫
評論
『死者の書』について1　川村二郎
創作
長い休暇2　加藤幸子
詩篇
月と河と庭　岡田隆彦
連載第〔4〕3回　地上の草3　庵原高子
連載第〔7〕6回　作家の日記4　ジュリアン・グリーン　小佐井伸二訳
——隠された神を探して——
表紙　広瀬郁・佐野洋子
カット　岡田隆彦

目次註
1　※釈迢空著。冒頭にT. S. ELIOTの一節引用あり〔August 1961〕
2　〈I—XII〉
3　連載第4回〈第七章—第九章〉〔続〕
4　連載第7回〈一九三七年（一月二日—十一月十七日）／一九三八年（二月—十一月二十日）〉〔この年終り〕
＊編集後記（I）※〈期待される「真に自由な創意にみちた作品」／その他〉
＊編集委員　※【196006】に同じ
＊編集担当　※【196107】に同じ
＊三田文学バックナンバー在庫ピックアップ〈「アンチ・ロマン」小説論特集（昭和35年10月号）／昭和36年2月号／昭和36年9月号（詩と詩論の特集）／演劇特集号（昭和35年11月号）〉※内容紹介
＊※季刊「雙面神」9号（1961秋）の内容紹介あり
表紙・広瀬郁　佐野洋子／カット・岡田隆彦／発行日・十月一日／頁数・本文全八二頁／定価・九十円（地方価九十五円）／編集兼発行人・奥野信太郎／発行所・東京都港区三田　慶應義塾第一研究室内　三田文学会／編集所・東京都港区三田　慶應義塾第一研究室内　三田文学編集部／印刷所・東京都中央区日本橋茅場町一丁目二番地　保好舎印刷株式会社

■十一月号　【196111】

評論
フィクションと現実1　小久保実
——武者小路と〈新しき村〉——
創作
桃水出奔　山口公也
尖搭〔塔〕　吉田武
連載第〔5〕4回　地上の草2　庵原高子
連載第〔8〕7回　作家の日記3　ジュリアン・グリーン　小佐井伸二訳
——フランスの敗北と内面への脱出——
表紙　広瀬郁・佐野洋子
カット　岡田隆彦

目次註
1　フィクションと現実——武者小路と〈新しき村〉——〈再認識／理想的世界と現実と／芸術家至上ということ／作家の社会的実践〉
2　連載第5回〈第十章—第十二章〉※九月号の「訂正とお詫び」を付す
3　連載第8回〈一九三九年（一月二十九日—三月十五日）／「日付けのない日記」／一九四〇年（七月二十一日—七月三十一日）〉〔この年つづく〕※「訳者付記」に、九月号の誤訳訂正などあり
＊編集後記（K）※〈〝地上を逆巻いて流れゆくジャーナリズムの濁流に対して常に地下水の役割を果して来た〟三田文学——〉
＊編集委員　※【196006】に同じ
＊編集担当　※【196107】に同じ
＊三田文学バックナンバー在庫〈昭和33年7月号—36年2月号〉
表紙・広瀬郁　佐野洋子／カット・岡田隆彦／発行日・十一月一日／頁数・本文全一〇〇頁／定価・九十円（地方価九十五円）／編集兼発行人・奥野信太郎／発行所・東京都港区三田　慶應義塾第一研究室内・三田文学会／編集所・東京都港区三田　慶應義塾第一研究室内　三田文学編集部／印刷所・東京都中央区日本橋茅場町一丁目二番地　保好舎印刷株式会社

■十二月号　【196112】

丘の上1
最後の思想2　山本健吉
庄司君の死3　北原武夫
同時代人として4　野口富〔冨〕士男
庄司さんのこと　渡辺喜恵子
遺稿
神を失いし者の悲惨5　庄司総一
創作
光と闇への旅6　岡谷公二
川から河へ7　岡田隆彦

詩篇
光へ8　山口佳巳
最終回　地上の草9　庵原高子
連載第9回　作家の日記10　ジュリアン・グリーン
——占領下のパリを思う——　小佐井伸二訳
表紙　広瀬郁・佐野洋子
カット　岡田隆彦

目次註
1　※庄司総一追悼特集
2　※十一月十八日に筆者が故人から受け取った手紙の中の一節引用
3　〔61・12・4〕
4　同時代者として
5　——西脇順三郎先生へ——　〔一九六一・一一・七　飯田町日本医科大学病院にて〕
6　〈島影／司祭館／夜／波照間島〉
7　〈1—4〉
8　山口佳己〔巳〕
9　〈第十三章—第十六章〉〔完〕
10　〈一九四〇年（八月十一日—十二月三十日）／一九四一年（一月十日—五月十五日）〉〔この年つづく〕
＊　編集後記（I）　※〈編集委員庄司総一の訃報（11月29日享年五十五歳）など〉
＊　編集委員　梅田晴夫／遠藤周作／柴田錬三郎／白井浩司／堀田善衞／安岡章太郎
＊　編集担当　※【196107】に同じ
＊　三田文学バックナンバー在庫ピックアップ　〈演劇特集号（昭和35年11月号）／昭和36年2月号／昭和36年9月号（詩と詩論の特集）〉　※内容紹介
＊　投稿について
＊　年間購読のおすすめ
＊　※新刊図書の紹介あり〈C・H・ロルフ編　佐藤亮一訳『チャタレー夫人の裁判』河出書房新社〉

表紙・広瀬郁　佐野洋子／カット・岡田隆彦／発行日・十二月一日／頁数・本文全九四頁／定価・九十円（地方価九十五円）／編集兼発行人・奥野信太郎／発行所・東京都港区三田　慶應義塾第一研究室内　三田文学会／編集所・東京都港区三田　慶應義塾第一研究室内・三田文学編集部／印刷所・東京都中央区日本橋茅場町一丁目二番地　保好舎印刷株式会社

一九六二年（昭和三十七年）

■一月号　【196201】

丘の上
大原の曼珠沙華　吉岡実
悪徳ガイド　東野芳明
ぼくと映画　鍵谷幸信
評論
サルトル「自由への道」試論1　森川達也
創作
ある晩夏の日に2　河西啓次
〈S〉3　三枝和子
詩篇
一本の毛髪にぶらさがる記憶のように　清水俊彦
連載第10回　作家の日記4　ジュリアン・グリーン
——1941年12月8日前後——　小佐井伸二訳
表紙　広瀬郁・佐野洋子（DOCCO）
カット　岡田隆彦

目次註
1　——新しい小説の可能性をもとめて——　〈一、「嘔吐」から「自由への道」へ／二、「自由への道」試論　特に「猶予」を中心として／三、「自由への道」の課題〉　※「註」に参照及び引用資料を付す
2　〔三田新聞より転載・第五回三田懸賞小説入選作〕
3　〈I—VI〔IV〕〉〔完〕
4　作家の日記（連載第10回）——一九四一年十二月八日前後——　〈一九四一年・五月二十三日—十二月十七日）／一九四二年（一月七日・三月四日）〉〔この年つづく〕
＊　三田文学36年度バックナンバー在庫

＊編集後記（K）※〈過去52年間のうち戦前に5回、発売禁止処分をうけたこと／進行中の三田文学賞の選考／出版の自由に黒い影がさしつつあることなど〉
＊編集委員　※【196112】に同じ
＊編集担当　※【196107】に同じ
＊※銀座並木通り「弥生画廊」の紹介あり

表紙・広瀬郁　佐野洋子(DOCCO)／カット・岡田隆彦／発行日・十二月一日／頁数・本文全七八頁／定価・九十円（地方価九十五円）／編集兼発行人・奥野信太郎／発行所・東京都港区三田　慶應義塾第一研究室内　三田文学会／編集所・東京都港区三田　慶應義塾第一研究室内・三田文学編集部／印刷所・東京都中央区日本橋茅場町一丁目二番地　保好舎印刷株式会社

■二・三月号　【196202・03】

丘の上
出会いの静力学　花田清輝
無為なる時間1　津村秀夫
大型映画をめぐるささやかな感想2　日野啓三
ジャン・リュック・ゴダールなど　飯島耕一
小特集・未来の映画のために
移動撮影・序章　岡田晋
衝迫のヴィジョン　篠原央憲
見るまえに跳ぶな3　武市好古
映画—現代をとらえるために　三馬樽平
評論
いななくな、心の悍馬4　赤塚行雄
戯曲
勝負の終り　サミュエル・ベケット　安堂信也訳
詩篇
整地した墓地　永井善次郎
連載第11回　作家の日記5
——四ヶ月の軍隊生活／聖者は小説を書かない——　ジュリアン・グリーン　小佐井伸二訳
表紙　DOCCO
カット　岡田隆彦

目次註

1〔三七・一・二四〕
2——空間への道——〔一九六二・一・二四〕
3——映画批評とは何んだろう——
4——第三の新人を批判して、戦後文学の出発を告げる——〈一、君らは石のように黙っていた——奥野健男の「不毛の世代」に関連して——／二、戦後文学はこれからだ——批評家はなぜ未来の先取りをしないか——／三、《どうしよう》と《どうにかなる》——「第三の新人」と「石の世代」との決定的な割目——／四、まきこまれたくないというムード——背後にひそむ、無ナショナリズムの思想——／五、「無頼派」と「第三の新人」——「石の世代」は、無ナショナリズムの中で言葉を失った——／六、無ナショナリズムこそ敵である——「泪〔泊〕羅の淵」と「エトランゼ」にひそむもの——〉
5 作家の日記（連載第11回）〈四ケ月の軍隊生活——一九四二年（三月五日—十二月三十一日）／聖者は小説を書かない——一九四三年（一月十六日—十二月二十八日）〉（この年終り）※「一月十六日」の前に「日付けなし」の日記、及び「十二月二十八日」の前に「降誕祭」の日記あり。「訳者付記」として、"訳筆をここに一応おくにあたって、恩師伊吹武彦氏をはじめとする京都大学文学部の先生並びに助手諸氏に感謝……"と記す〔一九六二年二月　京都〕

＊編集後記(K)　※〈この号をもって一時休刊（戦後5度目）のこと——新しいエネルギーをたくわえるためのひと休み——／三田文学賞、一時延期のことなど〉
＊編集委員　※【196112】に同じ
＊編集担当　※【196107】に同じ
＊三田文学バックナンバー在庫ピックアップ〈「アンチ・ロマン」小説論特集（昭和35年10月号）／昭和36年2月号／昭和36年1月号／創刊50周年記念号（昭和35年5月号）／永井荷風追悼号（昭和34年6月号）／演劇特集号（昭和35年11月号）／詩と詩論の特集（昭和36年9月号）〉
＊三田文学バックナンバー在庫　昭和33年7月—昭和36年2月

表紙・DOCCO／カット・岡田隆彦／発行日・三月一日／頁数・本文全一〇二頁／定価・九十円（地方価九十五円）／編集兼発行人・奥野信太郎／発行所・東京都港区三田　慶應義塾第一研究室内　三田文学会／編集所・東京都港区三田　慶應義塾第一研究室内　三田文学編集部／印刷所・東京都中央区日本橋茅場町一丁目二番地　保好舎印刷株式会社

■一九六二年（昭和三十七年）四月号～一九六六年（昭和四十一年）七月号—休刊

※この間、昭和三十九年十一月に三田文学「紅茶会」が復活し、雑誌復刊後の昭和四十三年十一月迄、継続開催されている。（三田文学会保存「紅茶会記録」ノートより）尚、文芸講演会も昭和四十年ごろ幾度か行われた。

一九六六年（昭和四十一年）

■八月号（復刊八月号）　【196608】

私のひとり言（Ⅰ）
文学者と私生活1　石坂洋次郎
漱石の断片語　山本健吉
感想一つ　堀田善衞
〈随筆〉
小泉さんのこと　吉田健一
三田文学の思い出　丹羽文雄
三田文学と私　木々高太郎
梅田のビルの地下室で　永井旦
小説は書きなおし得るか　曽野綾子
原民喜全集　丸岡明
詩　晩年／春　村野四郎
連載　日本近代詩の成立（Ⅰ）
——その原点——　楠本憲吉
青春を歌い流さぬものを　深田甫
詩
落下体　吉増剛造
超多時間空間2　高良留美子
詩・季評
詩の必要ということ　江森國友
書評
クロード・シモン　平岡篤頼訳『フランドルへの道』　若林真
空の王座　辻邦生
狭い土　岡田睦
海外通信　中国の〝文化革命〟　村松暎
ロバの耳3
復刊によせて4　白井浩司
編輯後記5
表紙　高畠達四郎
カット　渡辺隆次

目次註

1 〔一九六六・三〕
2 〈1・2〉
3 〈四人そろって——　※池田弥三郎（NHK第十七回放送文化賞）、丸岡明（第十六回芸術選奨）、山本健吉（第二十二回芸術院賞）、白井浩司（第二回辰野賞）四者の相つぐ受賞のこと／芸術院賞——　※山本健吉受賞歴／サルトルがやって来る!!——　※慶應大学の招きで今秋来日、ボーボワール女史同伴〉
4 ※石坂洋次郎、石丸重治、高畠達四郎、田辺茂一をはじめ先輩・同輩・後輩の一丸となった協力で実現した「三田文学」の復刊と今後の抱負
5 〈H〉 ※〈今後、編集委員会の指導のもとに編集を行うこと／本号執筆者紹介など〉
＊ お願い（編集部） ※〈投稿に関して〉
＊ 「三田文学」九月号予告（八月一日刊）
＊ 編集委員　江藤淳／遠藤周作／北原武夫／白井浩司／丸岡明
＊ 編集担当　林峻一郎

表紙・高畠達四郎／カット・渡辺隆次／発行日・八月一日／頁数・本文全九五頁／定価・一五〇円／編集兼発行人・石坂洋次郎／発行所・東京都新宿区角筈一ノ八二六　紀伊国屋ビル五階　三田文学会／編集所・東京都新宿区角筈一ノ八二六　紀伊国屋ビル五階　三田文学編集部／印刷所・東京都港区芝三田豊岡町八番地　図書印刷株式会社

■九月号　【196609】

私のひとり言（Ⅱ）
年齢のことなど1　石坂洋次郎
孤独について　北原武夫
読書その他　柴田錬三郎
〈随筆〉
猶吉忌から沈没へ2　草野心平
観たものから　蘆原英了
『異議あり』に異議あり　田辺茂一
この頃思うこと　戸川エマ
新訳・アポリネール二篇
ジプシー女／マリジビル　堀口大學
評論
日本近代詩の成立（Ⅱ）
——旧体詩の革新——　楠本憲吉
饗宴と墓碑銘——三島由紀夫小論——3　長尾一雄
吉行淳之介の短篇の世界（吉行淳之介短篇全集）　高畠正明
詩
神話／女の子たち　会田千衣子
陽と肉体と影—ひとつの考え　岡田隆彦
演劇・季評　新劇演技術のアナーキー　天野二郎
創作
夏の身振り　樋口至宏
落書き4　長田俊雄
海外通信　八十歳のパウンド5　鍵谷幸信
ロバの耳6
表紙　高畠達四郎
カット　渡辺隆次

目次註

1 ——二つのタイプ——　〔一九六六・六〕　※編者の註記あり
2 ※十月号八十頁に誤植訂正あり
3 〈1—5〉
4 〈㈠—㈣〉

5　――アメリカ文学――
6　※〈中村光夫、臼井吉見、中島健蔵、唐木順三の長篇小説／四十一年度上半期の芥川賞・直木賞について―芥川賞の井伏鱒二、直木賞の小島政二郎、木々高太郎に代わって、芥川賞に大岡昇平、三島由紀夫、直木賞に柴田錬三郎、水上勉の四人が新委員となる〉〈水上勉、大岡昇平、遠藤周作など作家の戯曲活動／遠藤周作の書きおろし長篇「沈黙」が文学賞候補に〉
＊　編集後記（H）　※〈先号の売行き・表紙意匠のこと／本号の執筆者紹介〉
＊　編集委員・編集担当　※【196608】に同じ
＊　お願い　（編集部）　※前号に同じ
＊　「三田文学月」十号予告（九月十日刊）
表紙・高畠達四郎／カット・渡辺隆次／発行日・九月一日／頁数・本文全九四頁／定価・一五〇円／編集兼発行人・石坂洋次郎／発行所・東京都新宿区角筈一ノ八二六　紀伊国屋ビル五階　三田文学会／編集所・東京都新宿区角筈一ノ八二六　紀伊国屋ビル五階　三田文学編集部／印刷所・東京都港区芝三田豊岡町八番地　図書印刷株式会社

■十月号　**【196610】**

対談
宗教と文学1　椎名麟三　遠藤周作
私のひとり言(Ⅲ)
政治を語る　石坂洋次郎
下宿　田中千禾夫
出版機構の中で　和田芳恵
〈随筆〉
バナナと拳銃　菅原卓
ハリスこぼれ話　大久保康雄
忘れられた探偵　埴谷雄高
「舞姫」と人種改良論　杉森久英
評論
日本近代詩の成立(最終回)2　楠本憲吉
――新しき詩歌の時――
日常性の文学とは何か3　饗庭孝男
孤独な魔術師の愛の歌4　栗原幸夫
（いいだ・もも『神の鼻の黒い穴』）
詩
薔薇・旗・城　大岡信
南伊豆の海　井上輝夫
荒々しく弱き心を病んで
文芸・季評　文学の価値転換とその困難《アポリア》　森川達也
創作
青い耳飾り　石氏謙介
夜の視点　佐江衆一
海外通信
《バルト―ピカール論争》その後5　永井旦
ロバの耳6
表紙　高畠達四郎
カット　渡辺隆次

目次註

1　〈小説家と信仰者／ニヒリズムと実存主義／プロレタリア文学への不信・ドストエフスキーとの出合い／『赤い孤独者』の頃（実存的自由の問題）／ドストエフスキーの至福の予感・回宗と自由／『邂逅』とキリストの復活性／キリスト教作家と読者／形而上的な視点〉〔41・7・21〕　※出席者写真を付す
2　〔一九六六・七・三一〕
3　〈Ⅰ〉―〈Ⅵ〉
4　〔河出書房版〕
5　――フランス文学――　永井旦〔在パリ〕
6　※慶應義塾図書館に「三田文学ライブラリー」設立のこと―〝今次大戦末期に水上瀧太郎、戸川秋骨、馬場孤蝶や泉鏡花の未亡人から寄贈されて特色ある蔵書群を形成していたものを、四年半ぶりに再建。「佐藤春夫全集」「久保田万太郎全集」及久保田万太郎の著作権に基づく資金の援助などを契機に、今度、石坂洋次郎会長ら二十六人が発起人となり三田の文人の遺著、原稿、遺品類を収集することになったもの。第一期収集文人として芸術院及び学士院会員・物故者・三田系の同人雑誌を予定〟としてその収集対象の詳細を記す
＊　編集後記（H）　※〈本号の執筆者石氏謙介の紹介、及対談についてなど〉
＊　編集委員・編集担当　※【196608】に同じ
＊　お願い　（編集部）　※前号に同じ
＊　「三田文学」十一月号予告（十月十日刊）
＊　訂正　※〈九月号随筆「猶吉忌から沈没へ」（草野）の誤植訂正〉
表紙・高畠達四郎／カット・渡辺隆次／発行日・十月一日／頁数・本文全九七頁／定価・一五〇円／編集兼発行人・石坂洋次郎／発行所・東京都新宿区角筈一ノ八二六　紀伊国屋ビル五階　三田文学会／編集所・東京都新宿区角筈一ノ八二六　紀伊国屋ビル五階　三田文学編集部／印刷所・東京都港区芝三田豊岡町八番地　図書印刷株式会社

■十一月号　**【196611】**

私のひとり言(Ⅳ)
講演ぎらい1　石坂洋次郎
ドラマについて　内村直也
職業の空虚について　日沼倫太郎
〈随筆〉
泣く芝居　戸板康二
文学賞について　花田清輝
リトル・マガジン讃　福永武彦
随筆の随筆　三浦岱栄
松露狩り　渡辺喜恵子

評論
小林秀雄のランボオ体験　渡辺広士
島尾敏雄氏の「島にて」について2　坂上弘
詩・季評　オケイジョナル・ポエムのことなど　岡田隆彦
詩
孤独なオートバイ　吉岡実
南からきた人よ　岡庭昇
短編特集
花幻3　江森國友
三つの短編4　諏訪優
貝殻　中石孝
青い海と青い壁の街で　中田耕治
世界は日の出を待っている　林峻一郎
炎　日野啓三
小さな国への小さな荷物　宮本研
海外通信　パヴェーゼの死の前の作品5　大久保昭男
ロバの耳6
表紙　高畠達四郎
カット　渡辺隆次

目次註

1 〔一九六六・八〕
2 ※『島にて』冬季社刊
3 〈(1)―(6)〉※冒頭に「列王紀略上・一八ノ二一」の一節引用
4 〈小さなケモノたち／わかれ／夏の記憶〉
5 ――イタリア文学――
6 ※〈『座談おぼえ書き』『海軍主計大尉小泉信吉』（文藝春秋）、『わが文芸談』『わが日常』（新潮社）、『私の履歴書』（日本経済新聞社）など、小泉信三をしのぶ著書にひき続く『小泉信三全集』の出版について――富田正文、和木清三郎、今村武雄、大塚嘉次、小竹豊治による刊行委員会発足――〉〈福島県双葉郡川内村の「天山文庫」（草野心平の蔵書がもとで、昭和四十一年七月十六日落成・贈呈式）の設立について／話題の新聞小説、連載小説のテレビ化（石坂洋次郎「風と樹と空と」・柴田錬三郎「われら九人の戦鬼」・獅子文六の「青春怪談」その他）／読売新聞論説委員、高木健夫の「新聞小説無用論」（七月十九日付「新聞協会報」）〉

＊編集後記（H）※〈注目をあびた先号の対談／本号創作特集、執筆者紹介／次号のサルトル文学をめぐる大規模な座談会予告〉
＊編集委員・編集担当　※【196608】に同じ
＊お願い（編集部）※前号に同じ
「三田文学」十二月号予告（十一月十日刊）
※表紙に「短編創作特集」と特記あり
表紙・高畠達四郎／カット・渡辺隆次／発行日・十一月一日／頁数・本文全九八頁／定価・一五〇円／編集兼発行人・石坂洋次郎／発行所・東京都新宿区角筈一ノ八二六　紀伊国屋ビル五階　三田文学会／編集所・東京都新宿区角筈一ノ八二六　紀伊国屋ビル五階　三田文学編集部／印刷所・東京都港区芝三田豊岡町八番地　図書印刷株式会社

■十二月号　【196612】

座談会
サルトル・人と文学1　浅利慶太　佐藤朔　埴谷雄高　平井啓之　堀田善衞　安岡章太郎
私のひとり言(V)
「海軍主計大尉小泉信吉」2　石坂洋次郎
〈随筆〉
奇妙な学校生活3　伊藤信吉
肉感ある思考　庄野誠一
山川方夫の想い出　立原正秋
鷗外「小倉日記」の女　松本清張
ベースボールの話4　鷲尾洋三
偶然について　野口冨士男
昔の創作ノート・その他　北杜夫
演劇・季評　前衛劇は寓意劇ではない　堂本正樹
海外通信　シーロ・アレグリーアについて5　浜田滋郎
詩
センチメンタル・ジャーニー6　白石かずこ
穀霊　多田智満子
評論
中村光夫論（I）――『わが性の白書』――7　深田甫
はじめて読む伊東静雄（伊東静雄全集）8　吉増剛造
創作
小さな話　岡田睦
ロバの耳9
表紙　高畠達四郎
カット　渡辺隆次

目次註

1 〈訪日のいきさつ／人柄の印象／サルトルとボーヴォワールの姿／ボーヴォワールの講演／精力的な言動と感受性／サルトルと共産党／分析家と詩／文学的出発の状況／マルキシズムとの関係／サルトルの特殊性と知識人論／言語論と普遍性／にせのヒューマニズム／目的意識と作品／もう作品を書かないか／矛盾人間／サルトルとマルローの政治参加／知識人の孤独／サルトルと旅行〉〔41・10・4〕※出席者の写真を付す
2 〔一九六六・十〕
3 ――萩原朔太郎の倦怠の芽――
4 〔九月十八日記〕
5 ――中南米文学――
6 10月のセンチメンタル・ジャーニー
7 〔未完〕
8 ※人文書院刊

9　※〈ハワイ大学大学院の「日本文学」講師（山本健吉、塩田良平他）／遠藤周作のテレビドラマ第二作「我が顔を」が芸術祭参加に／渡辺喜恵子　立野信之　檀一雄他の釣り旅行〉

＊　編集後記（H）　※〈サルトルの座談会に、残念ながら急用で白井浩司が欠席のこと／編集委員の江藤淳が本号をもって辞任／編集担当、来号より長尾一雄に交替の予定／編集部員後藤攻、南成子、平石卿子の活躍など〉

＊　編集委員　江藤淳／遠藤周作／北原武夫／白井浩司／丸岡明／山本健吉

＊　編集担当　※【196608】に同じ

＊　お願い　（編集部）

＊　「三田文学」'67一月号予告（十二月十日刊）

※　表紙に、座談会「サルトル・人と文学」と特記あり

表紙・高畠達四郎／カット・渡辺隆次／発行日・十二月一日／頁数・本文全一〇一頁／定価・一五〇円／編集兼発行人・石坂洋次郎／発行所・東京都新宿区角筈一ノ八二六　紀伊国屋ビル五階　三田文学会／編集所・東京都新宿区角筈一ノ八二六　紀伊国屋ビル五階　三田文学編集部／印刷所・東京都港区芝三田豊岡町八番地　図書印刷株式会社

一九六七年（昭和四十二年）

■一月号　【196701】

私のひとり言(Ⅵ)　石坂洋次郎

菊池寛賞をいただく[1]　青柳瑞穂

音と声　澁澤龍彦

エロティックの少数派

〈随筆〉

金沢の室生犀星　井上靖

精進料理　奥野信太郎

音楽と眠り　松平頼則

母の夢　山室静

詩　屑屋の神秘[2]　西脇順三郎

論文

言語のフォークロア[3]　池田弥三郎

評論

中村光夫論(Ⅱ)[4]　深田甫

翻訳　ル＝クレジオ[5]　高山鉄男

——ボーモンが苦痛と知りあいになった日——

海外通信　シニャフスキー裁判とこの一年[6]　原卓也

Mlle. Lis にささげる三つの小さな詩[7]　高橋睦郎

新人作品評　『石の世代』の声[8]　桂芳久

創作

潤一の死　石氏謙介

ホタルの里　中田浩作

表紙　高畠達四郎

カット　高橋安子

目次註

1　〔一九六六・十二〕

2　〈レカミエ夫人／イソップ物語／回顧的物体／宿命／ペトラルカ／象徴消滅／ブルトン／ダヴィンチ／アンドレ・マルロー／崇高な諧謔／ロートレアモン〉

3　〈一、階級方言の標準語化／二、下剋上／三、法外者方言の古典語／四、倒語／五、略語／六、譬喩・なぞ、その他〉

4　〔つづく〕

5　ル＝クレジオ／高山鉄男訳

6　——ソヴィエト文学——

7　〈聖霊の庭／夢の核《さね》／霊の入江〉

8　※第三の新人の作家と石原慎太郎以後の作家たちに挟まれた世代の作家の活躍について　〈森川達也　日野啓三　秋山駿　月村敏行　松原新一の座談会「〝文学〟は解体する——'66年の文学と状況——」／辻邦生「北の岬」／三枝和子「雪の日のトランプ」／飯島耕一「ああ胸がつまる」／加藤敦美「大山兵曹」／三輪秀彦「観葉植物」／柏原兵三「クラクフまで」（「新潮」十二月号全国同人雑誌推薦小説）／勝目梓「玩具の花」（同前）〉

＊　編集後記（N）　※〈本号執筆者紹介／先号より編集委員に山本健吉が加わる／編集担当、林から長尾一雄に〉

＊　編集委員　遠藤周作／北原武夫／白井浩司／丸岡明／山本健吉

＊　編集担当　長尾一雄

＊　お願い　（編集部）　※〈投稿に梗概を添付のこと〉

＊　「三田文学」'67二月号予告（一月十日刊）

※　表紙に「ル＝クレジオ　ボーモンが苦痛と知りあいになった日」と特記あり

表紙・高畠達四郎／カット・高橋安子／発行日・一月一日／頁数・本文全一一一頁／定価・一五〇円／編集兼発行人・石坂洋次郎／発行所・東京都新宿区角筈一ノ八二六　紀伊国屋ビル五階　三田文学会／編集所・東京都新宿区角筈一ノ八二六　紀伊国屋ビル五階　三田文学編集部／印刷所・東京都港区芝三田豊岡町八番地　図書印刷株式会社

■二月号　【196702】

私のひとり言(Ⅶ)

人間の記憶について1　石坂洋次郎
アラビア夜話の原典さまざま2　前嶋信次
精神性とは何か——松原新一批判——3　磯田光一
随筆
〈荷風日乗〉ある日4　安藤鶴夫
親友　遠藤慎吾
西山金蔵寺　稲垣足穂
真贋　夏目伸六
家具什器　朝吹三吉
犬好き　川上宗薫
評論
中村光夫論(Ⅲ)5　深田甫
ミシェル・ビュトールに寄せて6
——日記風断想——　若林真
新人作品評　健やかな状況7　桂芳久
詩
測量師(抄)8　阿部弘一
水の唄　馬場邦夫
海外通信　コールドウェルとサローヤン9　山本晶
戯曲
通り過ぎた雨　一幕　堂本正樹
小説
埋葬　帯正子
白桃　野呂邦暢
表紙　高畠達四郎
カット　高橋安子

目次註

1〔一九六六・十二〕
2〈一―三〉
3〈1―3〉
4〔41・11〕
5〔つづく〕
6〈一九六五年一月二日・パリ／一九六五年二月三日・パリ／一九六五年二月十一日・アスニエール／一九六五年十一月某日・横浜／一九六六年十一月三日・東京／一九六六年十一月四日・東京／一九六六年十一月五日・東京／一九六六年十一月八日・東京／一九六六年十一月九日・東京／一九六六年十一月十八日・東京／一九六六年十一月二十日・東京／一九六六年十一月二十七日・東京〉　※文末に、作者がビュトールから五日の講演会のあとでもらった即興詩を紹介
7　※〈柏原兵三「クラクフまで」・勝目梓「玩具の花」・斎藤せつ子「健やかな日常」・小山牧子「灰の降る村」—以上新潮「同人雑誌コンクール」の作品（大岡昇平、安岡章太郎、中山義秀、三島由紀夫等の選評を引用して）／その他、萩原葉子『花笑み』／野島勝彦『記憶の墓』〉
8〈庭／砂丘／蝕／手／幻影／夏〉
9——アメリカ文学——

＊編集後記（N）※〈ビュトールの来日と若林真のエッセイ／本号執筆者紹介／三田文学会会員佐々〔佐〕木茂策〔索〕逝去のことなど〉
＊編集委員・編集担当　※【196701】に同じ
＊告ぐ　※「三田文学」再建のための、同志への呼びかけ
＊お願い（編集部）
＊「三田文学」'67三月号予告（二月十日刊）
※表紙に「ビュトールに寄せて　若林真」と特記あり

表紙・高畠達四郎／カット・高橋安子／発行日・二月一日／頁数・本文全九六頁／定価・一五〇円／編集兼発行人・石坂洋次郎／発行所・東京都新宿区角筈一ノ八二六　紀伊国屋ビル五階　三田文学会／編集所・東京都新宿区角筈一ノ八二六　紀伊国屋ビル五階　三田文学文学会／印刷所・東京都港区芝三田豊岡町八番地　図書印刷株式会社

■三月号　【196703】

私のひとり言(Ⅷ)
架空の一週間1　石坂洋次郎
〈随筆〉
白秋の反戦詩　河盛好蔵
湯瀬　木山捷平
もみぢの天ぷら、ストライキ2　中里恒子
音楽批評について　遠山一行
小唄　佐佐木茂索氏の追憶3　沢村三木男
原民喜のこと　大久保房男
評論
中村光夫論(Ⅳ)4　深田甫
山川方夫追悼
後日　阿部優蔵
山川との対話　田久保英夫
山川方夫のこと　小林信彦
素顔の山川　江藤淳
山川方夫年譜5　久保庭敬之助
海外通信　侮辱された観客6
——ビート演劇？——　宮下啓三
詩五篇7　薩摩忠
新人作品評　秀れた誤認・勇気ある誤解8　桂芳久
〈小説〉
湯立神楽《ゆたてかぐら》9　落合清彦
宮の中将　阿部光子
表紙　岡本太郎
カット　高橋安子

目次註

1〈月曜日　曇　感覚のちがい／火曜日　晴　女子学生のこと／水曜日　曇後晴　妻を見舞う／木曜日　曇　公人について／金曜日　濃い曇　折口信夫博士の性倒錯／土曜日　晴れ後曇　「沈黙」短評／日曜日　小雨　パスカルから〉〔一九六七・二〕

2 〔十二月二十日〕
3 小唄――佐佐木茂索氏の追憶――
4 〔おわる〕※〔後記〕あり
5 山川方夫年譜　坂上弘〈昭和五年二月二十五日―昭和四十年二月十九日〉※早川書房版『トコという男』より転載。編集部の付記に、"この年譜と共に早川書房より『トコという男』が出版され、また「Kの話」は四十一年文芸家協会刊『文学選集』に載った"とあり
6 ――ドイツ文学――〔在ゲッティンゲン〕※〔在デュセルドルフ〕とあるが四月号にて訂正さる
7 〈海Ⅰ・Ⅱ／空／郷愁／カイツブリ／インフルエンザ〉
8 新人作品評「秀れた誤認・勇気ある誤解」※〈若林真「ミシェル・ビュトールに寄せて」／山崎正和「このアメリカ」／加藤守雄「わが師折口信夫」〉これらの"評論""伝記"が読者にとっても"評論"であり"伝記"であるかどうか。梶井基次郎の「檸檬」、サルトルの「嘔吐」の場合を例にあげて批評
9 〈1〉―〈8〉
＊ 編集後記（N）※〈佐佐木茂索、山川方夫（三回忌）、原民喜（三月十三日忌日）、三死者の特集／表紙作者交替のこと／創作執筆者紹介のことなど〉
＊ 編集委員・編集担当 ※【196701】に同じ
＊ 「三田文学」'67四月号予告（三月十日刊）
＊ お願い（編集部）※前号と同文
＊ 講談社版オール新訳全48巻「世界文学全集」の広告中、「サンデー毎日」評（1月22日号）の紹介あり
＊ ※「三田評論」二月号内容紹介あり
※ 表紙に「山川方夫追悼」「原民喜のこと・大久保房男」と特記あり

表紙・岡本太郎／カット・高橋安子／発行日・三月一日／頁数・本文全九六頁／定価・一五〇円／編集兼発行人・石坂洋次郎／発行所・東京都新宿区角筈一ノ八二六　紀伊国屋ビル五階　三田文学会／編集所・東京都新宿区角筈一ノ八二六　紀伊国屋ビル五階　三田文学編集部／印刷所・東京都港区芝三田豊岡町八番地　図書印刷株式会社

■四月号　【196704】

私のひとり言(Ⅸ)
三木清君のこと1　石坂洋次郎
ズレた話　岡本太郎
静雄と達治　小高根二郎
〈随筆〉
疲労の中　森茉莉
一冊の本　小沼丹
借金　加藤守雄
東と西　水尾比呂志
三宅周太郎氏の思い出　三宅三郎
評論
句的瞬間2　加藤郁乎
日本文化発祥異説3
――我々にとって故郷とは何か？――　竹内健
共感と挫折〈「沈黙」について〉4　上総英郎
詩
see you soon　富岡多恵子
賭博者5　寺山修司
新人作品評　事実と虚構6　桂芳久
〈小説〉
帰り来る者　樋口至宏
日本館7　宗左近
表紙　岡本太郎
カット　高橋安子

目次註
1 〔一九六七・二〕
2 〈1―3〉
3 〈序／一、文化発祥異説の前提／二、無政府主義的故郷／三、国家主義的故郷／四、世界主義的故郷／五、結び〉
4 〈1―5〉
5 ※冒頭にドストエフスキーの引用あり
6 新人作品評「事実と虚構」桂芳久 ※〈丸山健二の「夏の流れ」（芥川賞授〔受〕賞作品）と「雪間」（次作）／「磯部浅一の獄中日記」と、三島由紀夫、いいだもも、竹内好等、二・二六事件研究家の作品／丸谷才一「にぎやかな街で」〉
7 〈a～"a〔"b〕〉〔了〕
＊ 編集後記（N）※〈三田文学顧問・伝統演劇研究評論家三宅周太郎の逝去／室生犀星賞受賞詩人加藤郁乎ほか執筆者紹介〉
＊ 編集委員・編集担当 ※【196701】に同じ
＊ お願い（編集部）
＊ お詫び ※三月号「海外通信」の誤りを訂正
＊ 「三田文学」'67五月号予告（四月十日刊）
＊ ※「三田評論」三月号内容紹介あり〈特集久保田万太郎の人と作品〉
＊ ※新刊図書の紹介・広告などあり〈『小泉信三全集』全29巻　文藝春秋／『カラー版日本文学全集』全39・別2　第三回―藤村(一)　河出書房〉

表紙・岡本太郎／カット・高橋安子／発行日・四月一日／頁数・本文全九六頁／定価・一五〇円／編集兼発行人・石坂洋次郎／発行所・東京都新宿区角筈一ノ八二六　紀伊国屋ビル五階　三田文学会／編集所・東京都新宿区角筈一ノ八二六　紀伊国屋ビル五階　三田文学編集部／印刷所・東京都港区芝三田豊岡町八番地　図書印刷株式会社

■五月号　【196705】

私のひとり言(Ⅹ)
月夜の訪問者1　石坂洋次郎
〈随筆〉
「わが師　折口信夫」2　山本健吉
新聞小説について　小塙学
ギンズバーグの人気　諏訪優
『桜桃の記』前記3　伊馬春部

評論
水上瀧太郎と泉鏡花4　村松定孝
《ピグマリオンとガラテアとの相関関係について》
虚空を指さす、そして叫ぶ5　吉増剛造
《詩と行動・一つのトライアル》
新人作品評　人間、この未知なるもの6　桂芳久
文学世界と現実世界　松原新一
――磯田光一氏に答える――
思想と表現の間7　磯田光一
――松原新一氏への手紙――
詩
鏡の町または眼の森8　多田智満子
夕映えの富士を見る野にて9　井上輝夫
戯曲
アリババ10　唐十郎
小説
われらの街11　宮原昭夫
表紙　岡本太郎
カット　高橋安子

目次註

1 〔一九六七・三〕
2 ※加藤守雄（別冊　文藝春秋）
3 〔2・28〕
4 ――ピグマリオンとガラテアとの相関関係について――〈はじめに／『三田文学』と鏡花／憧憬と反抗／大人の眼と文壇的立場／冥土のさそい〉
5 虚空を指差す、そして叫ぶ――詩と行動・一つのトライアル――
6 新人作品評「人間、この未知なるもの」（アレックス・カレル）　桂芳久　※〈高島博「フランクルと私に関する四章」／なだ・いなだ「レトルト」／辻邦生「洪水の終り」等、精神分析の文学への導入〉
7 ※〈松原新一「現代と宗教小説」（群像'66・12）とそれを批判した磯田光一「精神とは何か」（本誌二月号）をめぐって〉
8 〈1―3〉
9 ※冒頭に、石川丈山の引用あり―白扇倒懸東海天
10 〔四一年六月・状況劇場上演〕
11 〈一―九〉

＊編集後記（N）　※〈三田文学会会員北原由三郎、勝本清一郎逝去／松原新一、磯田光一の往復評論ほか掲載作品の紹介〉
＊編集委員・編集担当　※【196701】に同じ
＊お願い（編集部）　※投稿に関して
＊「三田文学」バックナンバー〈昭和四十一年八月―昭和四十二年四月〉
＊「三田文学」'67六月号予告（五月十日刊）
＊※「三田評論」四月号内容紹介あり
＊※南北社刊「南北」五月号（特集―小劇場運動への視点）の内容紹介あり
＊※新刊図書の紹介・広告などあり〈『小泉信三全集』文藝春秋／丹羽文雄『一路』講談社／亀井勝一郎『歴史の星々』講談社／「東洋文庫」平凡社／『カラー版日本文学全集』第四回―夏目漱石　河出書房〉

表紙・岡本太郎／カット・高橋安子／発行日・五月一日／頁数・本文全九六頁／定価・一五〇円／編集兼発行人・石坂洋次郎／発行所・東京都新宿区角筈一ノ八二六　紀伊国屋ビル五階　三田文学会／編集所　東京都新宿区角筈一ノ八二六　紀伊国屋ビル五階　三田文学編集部／印刷所・東京都港区芝三田豊岡町八番地　図書印刷株式会社

■六月号　【196706】

私のひとり言(XI)
食べ物の話1　石坂洋次郎
〈随筆〉
勝本氏を悼む　中村光夫
勝本清一郎君を悼む2　平松幹夫
北原由三郎と「感情教育」　権守操一
原稿用紙3　河野多恵子
寂しさ4　進藤純孝
最終講義　わが詩学(上)5　佐藤春夫
佐藤春夫未発表詩一篇6　掛川長平
評論
『風流』論をめぐる断想　大久保典夫
――佐藤春夫の美学――
雪なれや万太郎7　堂本正樹
演劇における空間論8　渡辺保
新人作品評　〈小説学〉と小説9　桂芳久
〈小説〉
神秘の湖　高橋たか子
バラトン湖10　柏原兵三
表紙　岡本太郎
カット　高橋安子

目次註

1 〔一九六七・四〕
2 〔六七・四・二〕
3 河野多恵子《こうのたえこ》
4 〔六六・五・二〇付け日記より〕
5 〈わが詩学／詩は禅のごとし／詩と楽しみ／スチブンソンの童謡／語感の問題／詩人馬鹿／「着れない」と「凄い」〉　※編集部による「わが詩学について」を付す。慶應義塾大学久保田万太郎記念講座「詩学」の第一回講義速記録（昭和三十九年四月二十一日）
6 未発表詩「かなしみ歌――告別式の日花柳寿美女の霊前にそなへたる――」と、その詩稿の前半部分にあって雑誌「高原」第二輯所載の「春寒消息併序」（「春寒消息」改題）を掲載。冒頭には、この詩稿に関連した故人より筆者宛の書簡の一部を紹介
7 ※冒頭に地唄「雪」より引用

8 〈一―四〉
9 〈「群像」新人文学賞、第二十四回「文学界」新人賞両賞の選考委員である平野謙の選後評／受賞作の近藤弘俊「骨」、桑原幹夫「雨舌」〉
10 柏原兵三《かしわばらひょうぞう》
＊ 編集後記（N） ※〈「同人雑誌評」本号を以て終了／執筆者の紹介／久保田・佐藤・小泉を失った暗い月―五月〉
＊ 編集部の付記あり 〈年をへだてて三田文学の大先達の久保田万太郎、佐藤春夫、小泉信三、三者が逝去。その追悼特集がわりに、その文学的業績のみを表面に採り上げた本号の企画〉
＊ 編集委員・編集担当 ※【196701】に同じ
＊ 「三田文学」'67七月号予告（六月十日刊）
＊ ※「三田評論」五月号―特集・回想の小泉信三の内容紹介あり
＊ ※「南北」六月号（五月八日発売）の内容紹介あり
＊ ※新刊図書の紹介・広告などあり『現代人の思想全22巻』平凡社／新潮社の名著増刷―小林秀雄『芸術随想』・竹山道雄『人間について』・和辻照『和辻哲郎とともに』・芹沢光治良『こころの窓』・石川達三『私の人生案内』・犬養道子『私のアメリカ』・安岡章太郎『不精の悪魔』・中野好夫訳『チャップリン自伝』〉
※ 表紙に「佐藤春夫最終講義・わが詩学」と特記あり
表紙・岡本太郎／カット・高橋安子／発行日・六月一日／頁数・本文全九八頁／定価・一五〇円／編集兼発行人・石坂洋次郎／発行所・東京都新宿区角筈一ノ八二六 紀伊国屋ビル五階 三田文学会／編集所・東京都新宿区角筈一ノ八二六 紀伊国屋ビル五階 三田文学編集部／印刷所・東京都港区芝三田豊岡町八番地 図書印刷株式会社

■七月号 【196707】

私のひとり言(XII)
〈随筆〉
高額所得者の弁 1 石坂洋次郎
桜桃の記 浅見淵
堀老人のこと 戸井田道三
この頃のこと 保高徳蔵
新潟県三島《さんとう》郡寺泊町住吉屋 加太こうじ
最終講義 わが詩学(下) 2 佐藤春夫
連載評論
文学者にとって現実とは何か(一) 3 古屋健三
――スタンダール「ルシヤン《〔リュシヤン？〕》・ルーヴェン」は政治小説か――
詩人と現代 アメリカ現代詩人論
アレン・ギンズバーグ論 諏訪優
ロバート・ロウエルの詩を通して 4 徳永暢三
詩
花讃め 江森國友
メダカ 松田幸雄
〈小説〉
巨微の月 5 茂沢方尚
さるにあったか(一) 6 氏原工作
表紙 岡本太郎
カット 高橋安子

目次註
1 〔一九六七・五〕
2 〈「母音」のことなど／張若虚の「春江花月夜」／自然との交感／張子容の詩／ロマンチシズムについて／日本のロマン主義〉〔昭和三十九年四月二十八日〕 ※「〝わが詩学〟補記」として編集部の付記あり
3 ――スタンダール「ルシヤン・ルーヴェン」は政治小説か――〈(序)／(a)フランス人の王、ルイ・フィリップ〉〔つづく〕
4 〈1・2〉 ※「付記」あり
5 〔完〕
6 〈一・二〉〔つづく〕
＊ 編集後記（N） ※〈本号記事の二つの意図―外国文学の現状及び過去の問題点を論ずるエッセイと学生の小説採用のこと／執筆者紹介〉
＊ 編集委員・編集担当 ※【196701】に同じ
＊ お願い（編集部）
＊ 編集部より ※〈学生の投稿原稿について〉
＊ 「三田文学」'67八月号予告（七月十日刊）
＊ ※「三田評論」昭和四十二年六月号（特集 医学部の五十年）の内容紹介
＊ ※「南北」七月号一周年記念号の内容紹介あり
＊ ※新刊図書の紹介・広告などあり〈新潮社三大全集―『小林秀雄全集』全12巻・『山本周五郎小説全集』全33巻・『ジャン・ジュネ全集』全4巻／41年度芸術院賞受賞の栄誉に輝く二氏の労作（講談社）―伊藤整『日本文壇史』・中村光夫『二葉亭四迷伝』『フロオベルとモウパッサン』／木下順二 朝倉摂絵『夢見小僧』平凡社／埴谷雄高『影絵の世界』平凡社／『久保田万太郎全集』全15巻 第二回―戯曲三 中央公論社〉
＊ ※審美社刊〈季刊審美6／日本浪曼派研究2／太宰治研究8〉の内容紹介あり
※ 表紙に「佐藤春夫最終講義・わが詩学（下）」「アメリカ現代詩人論」と特記あり
表紙・岡本太郎／カット・高橋安子／発行日・七月一日／頁数・本文全一〇〇頁／定価・一五〇円／編集兼発行人・石坂洋次郎／発行所・東京都新宿区角筈一ノ八二六 紀伊国屋ビル五階 三田文学会／編集所・東京都新宿区角筈一ノ八二六 紀伊国屋ビル五階 三田文学編集部／印刷所・東京都港区三田五ノ七ノ三 図書印刷株式会社

■八月号 【196708】

私のひとり言(XIII)
ウエーンライトの「捕虜日記」を読む 1 石坂洋次郎
評論

文学者にとって現実とは何か(二)2　古屋健三
——スタンダール「ルシャン・ルーヴェン」は政治小説か——
現代において小説は可能か3　松原新一
政治と文学——広津和郎の場合——4　橋本迪夫
〈小説〉
飛び魚5　岳慎〔真〕也
さるにあったか(二)6　氏原工作
表紙　岡本太郎
カット　高橋安子

目次註

1 〔一九六七・六〕
2 ——スタンダール「ルシャン・ルーヴェン」は政治小説か——〈(b)大臣の平均値〉〔つづく〕
3 〈(1)―(3)〔了〕 ※"本誌上での磯田との論争に触発され、さらに問題を進展させる手がかりとして書いたもの……"と付記あり
4 ※註あり（「内容的価値」論争における菊池の言葉について）
5 〈1―5〉
6 〈三―四〉〔つづく〕 ※冒頭に「前号のあらすじ」を付す
* 編集後記（N） ※〈復刊後一年をふりかえって―話題となった作品、問題を呈示した作品、新進大家の活躍など／長尾担当になってからの編集助手は、副担当者馬場邦夫と南成子であること／岳真也の中篇ほか本号の紹介〉
* 編輯委員・編集担当 ※【196701】に同じ
* お願い（編集部） ※前号に同じ
* 「三田文学」'67九月号予告（八月十日刊）
* ※「三田評論」七月号（第六六二号）の内容紹介あり
* ※「南北」八月号（七月八日発表）の内容紹介あり

表紙・岡本太郎／カット・高橋安子／発行日・八月一日／頁数・本文全九六頁／定価・一五〇円／編集兼発行人・石坂洋次郎／発行所・東京都新宿区角筈一ノ八二六　紀伊国屋ビル五階　三田文学会／編集所・東京都新宿区角筈一ノ八二六　紀伊国屋ビル五階　三田文学編集部／印刷所・東京都港区三田五ノ七ノ三　図書印刷株式会社

■**九月号**　【196709】

私のひとり言(XIV)
所感二つ1　石坂洋次郎
〈随筆〉
モサ公のこと　金子光晴
階段　萩原葉子
八月四日の虚子　清崎敏郎
評論
文学者にとって現実とは何か(最終回)2　古屋健三
——スタンダール「ルシャン・ルーヴェン」は政治小説か——
芸術と犯罪3　石子順造
——「千円札模型」上訴のために——
詩
くるつている　赤石信久
青い旅情　井野利也
〈小説〉
傾いた街4　加賀乙彦
さるにあったか(完)5　氏原工作
殉教の城(上)6　会田千衣子
表紙　岡本太郎
カット　高橋安子

目次註

1 〔一九六七・七〕
2 ——スタンダール「ルシャン・ルーヴェン」は政治小説か——〈(c)フランソワ・ルーヴェンの挫折〉〔了〕
3 〈(Ⅰ)はじめに／(Ⅱ)上訴の課題／(Ⅲ)「千円札模型」裁判の経過／(Ⅳ)「千円札模型」の犯罪性／(Ⅴ)芸術と法律／(Ⅵ)公共的猥せつ罪という犯罪／(Ⅶ)進行中の創造〉 ※写真二葉を付す〈無罪になった千円札梱包／有罪になった模造千円札〉
4 加賀乙彦《かがおとひこ》〔了〕
5 さるにあったか(三)〈五・六〉〔完〕
6 〈1―3〉〔つづく〕
* 編集後記（N） ※「三田文学」会員及作者の文学賞について―太宰治賞の一色次郎「青幻記」と芥川賞、直木賞の最終候補に残った中田浩作「ホタルの里」、野呂邦暢「白桃」、なだ・いなだ「レトルト」（文学界四月号）／本号執筆者紹介など〉
* 編集委員・編集担当 ※【196701】に同じ
* お願い（編集部） ※前号に同じ
* 三田文学バックナンバー〈昭和四十一年八月―四十二年八月〉
* 「三田文学」'67十月号予告（九月十日刊）
* ※日本最初の完訳決定版『ヴェルヌ全集』（集英社）の広告中、中島健蔵、羽仁進、岡本太郎の推薦の文紹介
* ※「三田評論」八・九月号内容紹介あり
* ※「南北」九月号の内容紹介あり
* ※新刊図書の紹介・広告などあり〈『日本の詩歌』全30巻別巻1巻　中央公論社／『江藤淳著作集』全6巻　講談社／『現代人の思想』全22巻　平凡社〉

表紙・岡本太郎／カット・高橋安子／発行日・九月一日／頁数・本文全九六頁／定価・一五〇円／編集兼発行人・石坂洋次郎／発行所・東京都新宿区角筈一ノ八二六　紀伊国屋ビル五階　三田文学会／編集所・東京都新宿区角筈一ノ八二六　紀伊国屋ビル五階　三田文学編集部／印刷所・東京都港区三田五ノ七ノ三　図書印刷株式会社

■**十月号**　【196710】

私のひとり言(XV)
わが血統1　石坂洋次郎

評論
「黒い雪事件」の真相2　武智鉄二
文学の自立性を排す3　磯田光一
——「夢」の客観化と小説の効用——
ちらり見の天才4　鍵谷幸信
——事物の詩について——
LOVE THE HIPPIES! 5　金坂健二
〈小説〉
殉教の城(下)6　会田千衣子
N湖畔行7　山田智彦
表紙　岡本太郎
カット　高橋安子

目次註

1 〔一九六七・八〕
2 〈一―四〉※編集部の付記あり〈一連の芸術裁判の資料紹介／映倫に関して三田文学会顧問高橋誠一郎とのことなど〉
3 〈1―3〉〔了〕　※次号に記事訂正あり
4 〈I―III〉
5 〈一、キャムプとヒッピー／二、LSDとヒッピー〉
6 〈4―6〉〔完〕　※「前号のあらすじ」を付す
7 〈(一)―(七)〉※次号に記事訂正あり
* 編集後記（N）
* 編集委員・編集担当　※【196701】に同じ
* 「三田文学」'67十一月号予告（十月十日刊）
* ※「南北」十月号（九月八日発売）の内容紹介あり
* ※新刊図書の紹介・広告などあり　《『現代人の思想』全廿二巻　平凡社／丸岡明『ひともと公孫樹』筑摩書房／一色次郎『青幻記』筑摩書房／加賀乙彦『フランドルの冬』筑摩書房／E・M・シオラン・出口裕弘訳『歴史とユートピア』紀伊国屋書店／H・A・R・ギブ・加賀谷寛訳『イスラム文明』紀伊国屋書店／J・N・シュクラール・奈良和重訳『ユートピア以後』紀伊国屋書店》

表紙・岡本太郎／カット・高橋安子／発行日・十月一日／頁数・本文全九六頁／定価・一五〇円／編集兼発行人・石坂洋次郎／発行所・東京都新宿区角筈一ノ八二六　紀伊国屋ビル五階　三田文学会／編集所・東京都新宿区角筈一ノ八二六　紀伊国屋ビル五階　三田文学編集部／印刷所・東京都港区三田五ノ七ノ三　図書印刷株式会社

■十一月号　【196711】

特集・前衛芸術1
座談会　本質論的前衛演劇論　出席者　唐十郎　高橋睦郎　竹内健　寺山修司　内村直也
コメント　ドナルド・リチー
次は何か2　今泉省彦
私のひとり言(XVI)
オチのある話3　石坂洋次郎
——小さな歴史の流れ——
詩
石像の噴火獣4　深田甫
海をみるふくろう　三室源治
五月分のラブレター　桑原央治
〈小説〉
野猿5　青木史郎
退屈人生6　青柳友子
六義園に還える(上)7　大島旭
表紙　岡本太郎
カット　高橋安子

目次註

1 特集・前衛芸術1　※出席者名ABC順　司会編集部〈前衛主義への門出／内的な動機を求めて／頭脳も肉体である／演技との関係／人間に対する興味／好奇心と主題／芝居を書いているとき／スノブたち／ユシェット座に関して／スキャンダリズムと破壊／スキャンダルの条件／役者をかかえて／ヒューマニズムとアンチヒューマニズム／日本的ということ〉読みながら感じたこと―〈1―4〉内村直也／〈1―5〉ドナルド・リチー　※〝談話を今野雄二の協力のもとに編集部で筆記したもの〟と付す
2 特集・前衛芸術2　次は何か　〔了〕
3 〔一九六七・九〕
4 ※冒頭にアポロドーロス《ギリシャ神話》の引用あり
5 〔了〕
6 〔了〕
7 六義園《りくぎえん》に還《か》える（上）　大島旭《おおしまあさひ》　〈(一)系図／(二)蝦夷地の春／(三)伯父逝く／(四)春内地にいる〉
* 編集後記（N）　※四人の新人と前衛芸術特集の執筆者紹介など
* 編集部より　N　※投稿原稿について
* 編集委員・及び編集担当　※【196701】に同じ
* お願い
* 十月号記事訂正　※〈磯田光一・山田智彦の記事中〉
* 三田文学バックナンバー〈昭和四十一年八月―四十二年十月号〉
* ※新刊図書の紹介・広告などあり　《『江藤淳著作集』全6巻（第三回―小林秀雄　昭和三七年新潮社文学賞受賞・解説秋山駿）講談社／貝塚茂樹『古代の復活』（第三回―思想との対話）講談社／『中国古典文学大系』全60巻（第一回―水滸伝上　駒田信二訳）平凡社／沖縄の作家初の芥川賞受賞―大城立裕『カクテルパーティー』文藝春秋刊》

表紙・岡本太郎／カット・高橋安子／発行日・十一月一日／頁数・本文全九六頁／定価・一五〇円／編集兼発行人・石坂洋次郎／発行所・東京都新宿区角筈一ノ八二六　紀伊国屋ビル五階　三田文学会／編集所・東京都新宿区角筈一ノ八二六　紀伊国屋ビル五階　三田文学編集部／印刷所・東京都港区三田五ノ七ノ三　図書印刷株式会社

■十二月号 【196712】

私のひとり言(XVII) 石坂洋次郎
わがふるさとは山のかなたに1
〈随筆〉
幻の女流詩人を追つて 近藤東
銀座の古本 矢代静一
一編集者の感想2 本庄桂輔
評論
書くことの意味と原点3 日沼倫太郎
――磯田・松原論争批判――
小特集・マスコミ文化論
フェイファの暗い鏡4 草森紳一
――マンガは読むのか見るのか――
ぼくのテレビジョン5 村木良彦
――あるいはテレビジョン自身のための広告――
戯曲
時計 一幕6 堂本正樹
〈小説〉
六義園に還える(下)7 大島旭
死のかげの家8 上総英郎
表紙 岡本太郎
カット 高橋安子

目次註

1 〔一九六七・十〕
2 〔了〕
3 〈1—3〉
4 ※四図挿入
5 〈1—6〉〔了〕
6 〔幕〕
7 六義園《りくぎえん》に還《か》える(下) 大島旭《おおしまあさひ》 〈(五)祖国越前を尋ぬ/(六)六義園に還える〉〔――畢――一九六七・七・一五〕 ※「あらすじ」(A・O)を付す
8 〈I—VII〉〔了〕

* バンボラについて ※〈三田文学に興味をもつ人の集まりへの案内〉
* 編集後記(N) ※〈執筆者紹介/編集部人事移動―編集委員白井浩司が先号限り辞任。編集担当長尾も本号限り退職。部員馬場邦夫、南成子、加藤宗哉、藤本和延の四人はあとに残って新しい責任編集者遠藤周作のもとで職務を続行/新責任編集者の計画〉
* お願い (編集部)
* 編集委員 遠藤周作/北原武夫/丸岡明/山本健吉
* 編集担当 ※【196701】に同じ
* 「三田文学」'68一月号予告(十二月十日刊)
* ※「三田評論」十一月号内容紹介あり
* ※「南北」十二月号―現代抒情詩論の内容紹介あり
* ※新潮社新潮選書の紹介あり〈泉靖一『フィールド・ノート』(野帖)/鯖田豊之『戦争と人間の風土』/福原麟太郎『読書と或る人生』/東山魁夷『風景との対話』/中野好夫『シェイクスピアの面白さ』/森本哲郎『文明の旅』/トインビー『ナイルとニジェールの間に』〉

表紙・岡本太郎/カット・高橋安子/発行日・十二月一日/頁数・本文全一二二頁/定価・一五〇円/編集兼発行人・石坂洋次郎/発行所・東京都新宿区角筈一ノ八二六 紀伊国屋ビル五階 三田文学会/編集所・東京都新宿区角筈一ノ八二六 紀伊国屋ビル五階 三田文学編集部/印刷所・東京都港区三田五ノ七ノ三 図書印刷株式会社

一九六八年(昭和四十三年)

■一月号 【196801】

カット 清川泰治〔次〕
特集・江藤淳1
私の文学を語る2 インタヴュアー 秋山駿 江藤淳
江藤淳論
或いは死とかがやき3 田中英道
「成熟と喪失」について4 上総英郎
「文芸時評」を否定する5 野間宏
私のひとり言(XVIII) 石坂洋次郎
病気・そのほか6
首藤敏朗の二作品7
木の実(42枚)
野火(87枚)8 首藤敏朗

目次註

1 特集(第一回)・江藤淳
2 〈私はこんな本に影響を受けた/私は批評が小説に劣るとは思わぬ/日本とは何か、西洋とは何か/私の「成熟と喪失」は……/私の「一族再会」の意図は……/私にとって「万延元年のフットボール」は必要でない〉〔了〕 ※江藤淳の写真三葉を付す
3 〈1、批評のかがやきについて/2、二つの小林秀雄観の背景について/3、死の意識について/4、批評のかげりについて〉〔了〕 ※付記に、〝江藤淳論――虚構の「近代」と「戦後世代」――(「東大文学」8号 一九六四年発行)を改稿したもの〟とある。著者略歴を付す
4 〈1—6〉〔了〕 ※著者略歴を付す
5 〈文芸時評は批評といえるか/批評家の責任を問う/作家は批評家を信用しない/これまでの「文芸時評」は信頼され

ない／そして混沌の中からは／このような時期にあって文芸時評の位置は〉
6　〔一九六七・十一〕
7　※この標題本文には欠く。著者の略歴を付す
8　〈1―7〉〔了〕
＊　編集後記（遠藤周作）　※〈三田以外の作家・評論家も育成のこと／毎週月曜日編集室で打合せのことなど〉
＊　お願い（編集部）　※前号に同じ
＊　バンボラについて　※前号に同じ
＊　編集委員　丸岡明／山本健吉／田中千禾夫／安岡章太郎
＊　編集長　遠藤周作
＊　'68二月号予告（一月十日発売）
＊　※「三田評論」十二月号内容紹介あり
＊　※「南北」一月号内容紹介あり
＊　※講談社の広告（「出版案内」）中、宮井一郎『漱石の世界』に対する平野謙評（序文より）の紹介あり
＊　※その他新刊図書の紹介・広告などあり　〈松原新一『大江健三郎の世界』講談社／『小泉信三全集』全26巻　文藝春秋／『中国古典文学大系（全六十巻）』第三回「金瓶梅」小野忍・千田九一訳　平凡社／モーリス・バウラ・大沢実訳『詩と政治』　S・フィンケルスタイン・永原誠訳『実存主義とアメリカ文学』　A・J・トインビー・秀村欣二・清水昭次訳『ヘレニズム』以上紀伊国屋書店〉
※　表紙に「特集・江藤淳―私の文学を語る　江藤淳・秋山駿（インタヴュアー）」／『文芸時評』を否定する　野間宏」と特記あり

カット・清川泰次／発行日・一月一日／頁数・本文全一一二頁／定価・一五〇円／発行人・石坂洋次郎／発行所・東京都新宿区角筈一ノ八二六　紀伊国屋ビル五階　三田文学会／編集所・東京都新宿区角筈一ノ八二六　紀伊国屋ビル五階　三田文学編集部／印刷所・東京都港区三田五ノ七ノ三　図書印刷株式会社

■二月号　**【196802】**

カット　清川泰次

特集・大江健三郎[1]
私の文学を語る[2]　大江健三郎
インタヴュアー　秋山駿
大江健三郎論
イメジストとは何か[3]　利沢行夫
大江健三郎　覚え書[4]　宮内豊
日本文壇を批判する[5]　福田恆存
私のひとり言(XIX)
若い女性をほめたたえる[6]　石坂洋次郎
小説
東方園　坂上弘
零の前[7]　桂芳久
種子　田久保英夫

目次註

1　特集（第二回）・大江健三郎
2　〈江藤淳に反駁する／「万延元年のフットボール」について／僕と外国作家〉〔了〕　※大江健三郎の写真を付す
3　〈一―三〉〔了〕　※執筆者略歴を付す
4　〔一九六七・一一・二八〕　※執筆者略歴を付す
5　〈なぜ私は文壇の小説を読まなくなったか／日本の小説家はこの程度しか考えていない／日本の小説家は感違いをしている／私は日本文壇に愛想がつきた〉　※文末に（編集部記）と付す
6　〔一九六七・十二〕
7　〔了〕
＊　編集後記（遠藤周作）　※〈好評でたちまち売切れとなった一月号／「三田文学」の今後の編集方針など〉
＊　※お知らせ　〈投稿のこと／編集長の執務時間のこと〉
＊　バンボラについて　※前号に同じ
＊　編集委員・編集長　※【196801】に同じ
＊　'68三月号予告（二月十日発売）
＊　※「三田評論」一月号内容紹介あり
＊　※新刊図書の紹介・広告などあり　〈『カラー版日本の詩歌　ソノシート付全12巻』（第一回―中原中也詩集）角川書店／『中国古典文学大系』全60巻（第四回配本「三国志演義」（上）立間祥介訳）平凡社／近代文学同人編『近代文学の軌跡』正篇・続篇　豊島書房〉
※　表紙に「特集・大江健三郎―私の文学を語る　大江健三郎・秋山駿（インタヴュアー）」／「日本文壇を批判する　福田恆存」と特記あり

カット・清川泰次／発行日・二月一日／頁数・本文全一〇八頁／定価・一五〇円／発行人・石坂洋次郎／発行所・東京都新宿区角筈一ノ八二六　紀伊国屋ビル五階　三田文学会／編集所・東京都新宿区角筈一ノ八二六　紀伊国屋ビル五階　三田文学編集部／印刷所・東京都港区三田五ノ七ノ三　図書印刷株式会社

■三月号　**【196803】**

カット　清川泰次

特集・安部公房[1]
私の文学を語る[2]　安部公房
インタヴュアー　秋山駿
安部公房論
オプティミストの変貌[3]　上総英郎
ヒューマニズムを中心に[4]　黒沢聖子
福田恆存氏の「日本文壇を批判する」に答える[5]
小島信夫・佐古純一郎
柴田錬三郎・安岡章太郎
私のひとり言(XX)
感覚と思考[6]　石坂洋次郎
小説
大亀のいた海岸[7]　小川国夫
奥野信太郎氏追悼[8]　青柳瑞穂
丸岡明
村松暎

目次註

1 特集（第三回）・安部公房

2〈デビュー当時の頃／私が読んだ小説／「燃えつきた地図」について／大江健三郎、三島由紀夫について／「燃えつきた地図」のディテール〉〔了〕 ※安部公房の写真を付す

3〈1—7〉〔了〕 ※執筆者の略歴を付す。冒頭にジョルジュ・バタイユの引用あり

4〈1—4〉〔了〕 ※執筆者の略歴を付す

5〈「云わでものこと」小島信夫 談話筆記／「文学はやはり自己表現である」佐古純一郎／「福田氏に反論する」柴田錬三郎／「鑑賞と愛撫のためのライフル銃について」安岡章太郎〉

6〔一九六七・十二〕

7〔了〕

8〈「奥野信太郎君の思ひ出」青柳瑞穂／「含羞の人」丸岡明／「奥野先生と私」村松暎〔一月十七日〕〉 ※遺影及編集部追悼記事を付す

＊編集後記 遠藤周作

＊お知らせ 編集部 ※〈投稿／編集長面会日（毎週月曜日）／紅茶会（講師を招いての談合、一ヶ月おき。予約購読者ならだれでも出席可）〉

＊編集委員・編集長 ※【196801】に同じ

＊四月号予告（三月十日発売）

＊※講談社版舟橋聖一『好きな女の胸飾り』（昭和四十二年度野間文芸賞受賞。「群像」所載）の広告（出版案内）中、「大岡昇平氏」「河上徹太郎氏」として同賞選考委員の推薦文を紹介

＊※「三田評論」二月号内容紹介あり

＊※「南北」二月号（二月七日発売）内容紹介あり

＊※「季刊芸術」第四号（江藤淳、高階秀爾、遠山一行編輯・季刊芸術出版株式会社発行・講談社発売）の内容紹介あり

＊※新刊図書の紹介・広告などあり〈平凡社東洋文庫『日本短篇文学全集』全48巻（責任編集 臼井吉見）筑摩書房〉

※表紙に「特集・安部公房—私の文学を語る 安部公房・秋山駿（インタヴュアー）」／「福田恆存氏の『日本文壇を批判する』に答える 小島信夫・佐古純一郎・柴田錬三郎・安岡章太郎」と特記あり

カット・清川泰次／発行日・三月一日／頁数・本文全一〇二頁／定価・一五〇円／発行人・石坂洋次郎／発行所・東京都新宿区角筈一ノ八二六 紀伊国屋ビル五階 三田文学会／編集所・東京都新宿区角筈一ノ八二六 紀伊国屋ビル五階 三田文学編集部／印刷所・東京都港区三田五ノ七ノ三 図書印刷株式会社

■四月号 【196804】

カット 清川泰次
特集・三島由紀夫1
私の文学を語る2 三島由紀夫
インタヴュアー 秋山駿
三島由紀夫論
中間者の眼3 橋川文三
狂気の宝石 松浦竹夫
悲劇への意見4 利沢行夫
外国文学者は現代日本文学をこうみる5 佐藤朔 白井健三郎 グロータース
私のひとり言(XXI)
今井浜だより6 石坂洋次郎
小説
ある告別7 辻邦生
林檎8 三浦浩

目次註

1 特集（第四回）・三島由紀夫

2〈㈠私小説とそのヴァリエーションについて／㈡「自分」について／㈢政治について／㈣言葉について／㈤近代文学について／㈥男らしさについて／㈦『英霊の声』について〉〔了〕 ※三島由紀夫の写真を付す

3〈はじめに／a—h／おわりに〉〔一一・一〇〕

4 悲劇への意志〈一—四〉

5〈「日本文学の特殊性尊重」佐藤朔／「可能性としての現代日本文学——現代と可能性——」白井健三郎（談話筆記）／「日本文学は遅れているか」グロータース〉

6 ——「スベトラーナ回想録」を読む——〔一九六八・一〕

7〔終〕

8〈㈠—㈤〉〔終〕 ※執筆者略歴を付す

＊お知らせ 編集部 ※前号に同じ〈投稿／編集長面会日／紅茶会／予約購入〉

＊編集後記 遠藤周作 ※投稿者への「おねがい」など

＊編集長・編集委員 ※【196801】に同じ

＊五月号予告（四月十日刊）

＊※新刊図書の紹介・広告などあり〈『新潮世界文学・全49巻』（第一回—シェイクスピアI 福田恆存全訳）／野間宏『サルトル論』河出書房／高橋和巳『捨子物語』河出書房／古賀剛『漂着物』河出書房〉

※表紙に「特集・三島由紀夫—私の文学を語る 三島由紀夫・秋山駿（インタヴュアー）」／「外国文学者は現代日本文学をこうみる 佐藤朔・白井健三郎・グロータース」と特記あり

カット・清川泰次／発行日・四月一日／頁数・本文全一一二頁／定価・一五〇円／発行人・石坂洋次郎／発行所・東京都新宿区角筈一ノ八二六 紀伊国屋ビル五階 三田文学会／編集所・東京都新宿区角筈一ノ八二六 紀伊国屋ビル五階 三田文学編集部／印刷所・東京都港区三田五ノ七ノ三 図書印刷株式会社

■五月号 【196805】

カット 清川泰次
特集・吉行淳之介1
私の文学を語る2 吉行淳之介
インタヴュアー 秋山駿
吉行淳之介論

『砂の上の植物群』に描かれた性について3　澁澤龍彦
その肉体の意味するもの4　宮内豊
二十億の民が飢えている今文学は何ができるか5
井上光晴・開高健
埴谷雄高・吉本隆明
私のひとり言(XXI)
ヘルメットと角材の大学生6　石坂洋次郎
小説
「しかも、なお……」7　首藤敏朗

目次註

1　特集（第五回）・吉行淳之介
2　〈原稿用紙に向った時／最初の一行を書くと……／字の定着、字の形／印象派の芸術と僕／小説における経験と抽象化について／風景描写について／僕の愛読した文学者／女性について／現代を書くということ／小説家について／ガラスのような神経〉〔了〕　※吉行淳之介の写真を付す
3　※付記あり
4　※次号に訂正あり
5　〈「状況」井上光晴／「踊る」開高健／「文学は、何をなし得るか」埴谷雄高／「文芸的な、余りに文芸的な……」吉本隆明〉　※編集部の前書を付す
6　〔一九六八・三〕
7　〈1―7〉〔了〕
＊　編集後記　遠藤周作　※若い評論家志望者たちへの期待など
＊　編集長・編集委員　※【196801】に同じ
＊　六月号予告（五月十日刊）あり
＊　※「季刊芸術」第五号の内容紹介あり
＊　※「南北」五月号（四月七日発売）内容紹介あり
＊　※「三田評論」四月号内容紹介あり
＊　※日本美術社の隔月刊誌「日本美術」の紹介あり。福田豊四郎の図一葉「海風」を付す
＊　※講談社の広告（「出版案内」）中、藤枝静男『空気頭』に対する大岡昇平・平野謙・週刊朝日・週刊文春評の紹介あり
＊　※その他新刊図書の紹介・広告などあり―河出書房書下し長篇小説叢書〈野間宏『サルトル論』／井上光晴『他国の死』／河出長篇小説賞受賞作二篇刊行―竹内泰宏『希望の砦』古賀剛『漂着物』〉文藝春秋　人と思想シリーズ〈笠信太郎『知識と知恵その他』／岡本太郎『原色の呪文』／小林秀雄『無私の精神』／大江健三郎『厳粛な綱渡り』〉
※　表紙に「特集・吉行淳之介―私の文学を語る　吉行淳之介・秋山駿（インタヴュアー）」／「二十億の民が飢えている今、文学は何かできるか　井上光晴・開高健・埴谷雄高・吉本隆明」と特記あり

カット・清川泰次／発行日・五月一日／頁数・本文全一〇四頁／定価・一五〇円／発行人・石坂洋次郎／発行所・東京都新宿区角筈一ノ八二六　紀伊国屋ビル五階　三田文学会／編集所・東京都新宿区角筈一ノ八二六　紀伊国屋ビル五階　三田文学編集部／印刷所・東京都港区三田五ノ七ノ三　図書印刷株式会社

■六月号　【196806】

カット　清川泰次
特集・安岡章太郎1
私の文学を語る2　安岡章太郎
インタヴュアー　秋山駿
安岡章太郎論
生の初源的感覚3　上総英郎
〈ムッシュ・ボヴァリイの光景〉から4　中石孝
作家の意図はどこまで理解されるか5　椎名麟三
河野多恵子
丸谷才一
私のひとり言(XXIII)
日本人は水っぽい6　石坂洋次郎
小説
毒薬7　狩野晃一
ミニミニ8　松浦孝行
直子・傾く船9　氏原工作

目次註

1　特集（第六回）・安岡章太郎
2　〈現代の日本に文学はあるか／自分の小説について／言葉について／自分の作品における「父」と「母」／後の人達の文学／自分が小説を書くときは／人種偏見について〉　※安岡章太郎の写真を付す
3　〈1―4〉　※執筆者の略歴を付す
4　※執筆者の略歴を付す
5　〈「批評と私」〈1―3〉椎名麟三／「被批評者としての理想」河野多恵子／「小説と批評」〈a―g〉丸谷才一〉
6　〔一九六八・四〕
7　〔了〕　※著者略歴を付す
8　〈1―4〉〔了〕　※著者略歴を付す
9　〔了〕　※著者略歴を付す
＊　訂正とおわび　〈五月号の季刊芸術の広告／宮内豊「吉行淳之介論」中〉
＊　編集後記　遠藤周作　※本号特集「作家の意図はどこまで理解されるか」の紹介など
＊　編集長・編集委員　※【196801】に同じ
＊　七月号予告（六月十日刊）
＊　お知らせ　※〈投稿のこと／喫茶店「ハヤセ」のこと〉
＊　※「三田評論」五月号の内容紹介あり
＊　※「南北」六月号の内容紹介あり
＊　※日本芸術社刊「日本美術」の紹介あり。近藤弘明の絵「華と月」を付す
＊　※新刊図書の紹介・広告などあり　〈河出長篇小説賞第一回受賞作『希望の砦』竹内泰宏・『漂着物』古賀剛／『中国古典文学大系』全60巻（第8回―水滸伝（中）施耐庵作・駒田信二訳）平凡社〉
※　表紙に「特集・安岡章太郎―私の文学を語る　安岡章太郎・秋山駿（インタヴュアー）」／「作家の意図はどこまで理解されるか　椎名麟三・河野多恵子・丸谷才一」と特記あり

カット・清川泰次／発行日・六月一日／頁数・本文全一二八頁／定価・一五〇円／発行人・石坂洋次郎／発行所・東京都新宿区角筈一ノ八二六　紀伊国屋ビル五階　三田文学会／編集所・東京都新宿区角筈一ノ八二六　紀伊国屋ビル五階　三田文学編集部／印刷所・東京都港区三田五ノ七ノ三　図書印刷株式会社

■七月号　**【196807】**

カット　清川泰次

特集・石原慎太郎1

私の文学を語る2　石原慎太郎　インタヴュアー　秋山駿

石原慎太郎論

作家の思想と文体3　利沢行夫

孤独なる雄豹4　伴里幸彦

私たちはこのような新人を待つ5

「群像」編集長　中島和夫

「新潮」編集長　酒井健次郎

「文芸」編集長　佐佐木幸綱

「文学界」編集長　山本博章

（ABC順）

私のひとり言(XXIV)

夕明りの中にいて6　石坂洋次郎

騎士来訪7　岡谷公二

陰の構図8　木内広

目次註

1　特集（第七回）・石原慎太郎

2　〈僕と政治／「太陽の季節」を書いた頃／文学は結局「存在論」である／僕は今、僕のラスコリニコフを書いている／僕の見た自民党／僕は大江健三郎をこう見る／大江健三郎とセックス／三島由紀夫氏について／これからの希望〉〔了〕
※石原慎太郎の写真一葉を付す

3　〈一―三〉〔了〕　※略歴を付す

4　〈1・2〉〔了〕　※略歴を付す

5　〈新人文学者に望むもの〉　中島和夫／「新米編集長」　酒井健次郎／「テーマの切実さ」　佐佐木幸綱／「オプチミストの期待」（……　花盛りの新人賞同人雑誌の方々に蛇足）　山本博章〉

6　〔一九六八・五〕　※西条八十「アルチュール・ランボオ研究」（中央公論社）に関して「後記」を付す

7　〔了〕　※著者略歴を付す

8　〔了〕　※著者略歴を付す

＊　編集後記　遠藤周作　※ジイドの言葉「悪魔の協力のない芸術作品はない」について

＊　編集長・編集委員　※【196801】に同じ

＊　「お知らせ」あり　〈投稿のこと／ハヤセのこと〉

＊　※「三田評論」六月号内容紹介あり

＊　※「南北」七月号内容紹介あり

＊　※日本美術社刊「日本美術」の紹介あり。織田広喜の図「ヴローニューの森の舟遊び」を付す

＊　※新刊図書の紹介・広告などあり　〈『小泉信三全集』全26巻・付小泉信三の写真三葉（昭和十六年・普通部時代・昭和四十六年春）文藝春秋／中村光夫・三島由紀夫『対談人間と文学』講談社〉

※　表紙に「特集・石原慎太郎―私の文学を語る　石原慎太郎・秋山駿（インタヴュアー）」／「私たちはこのような新人を待つ！　『群像』編集長　中島和夫・『新潮』編集長　酒井健次郎・『文芸』編集長　佐佐木幸綱・『文学界』編集長　山本博章」と特記あり

カット・清川泰次／発行日・七月一日／頁数・本文全一一二頁／定価・一五〇円／発行人・石坂洋次郎／発行所・東京都新宿区角筈一ノ八二六　紀伊国屋ビル五階　三田文学会／編集所・東京都新宿区角筈一ノ八二六　紀伊国屋ビル五階　三田文学編集部／印刷所・東京都港区三田五ノ七ノ三　図書印刷株式会社

■八月号　**【196808】**

カット　清川泰次

特集・吉本隆明1

私の文学を語る2　吉本隆明　インタヴュアー　秋山駿

吉本隆明論

反逆のパトスについて3　宮内豊

加担の論理について4　増田靖弘

「表現としての言語」論の形成5　藤井貞和

批評家はこれでいいのか6　秋山駿　松原新一

私のひとり言(XXV)

むだな骨折り7　石坂洋次郎

大島戍の二作品8

歯痛《しつう》9

小路を折れて10　大島戍

目次註

1　特集（第八回）・吉本隆明

2　〈終戦までに読んだ本と作家／戦後によんだ聖書のこと／政治の世界とマルクス／日本の批評家の挫折／論理について／これからの仕事のテーマ、その他〉〔了〕　※吉本隆明の写真を付す

3　〈1―4〉〔了〕　※冒頭にドストエフスキーの引用あり―〝自分自身の思想を絞り出す人は稀です〟

4　〔了〕　※著者略歴を付す

5　〈一、『言語にとって美とはなにか』の成立／二、『言語にとって美とはなにか』の端緒〉〔了〕　※著者略歴と付記あり

6　「新しい魅力がほしい」秋山駿〔了〕／「わがフランシス」松原新一〔了〕

7　〔一九六八・六〕

8　※この標題本文には欠く

9　〈一―七〉〔了〕　※著者略歴を付す

10　〔了〕

＊　編集後記　遠藤周作　※愛読文学者の、学生間によるズレなど

＊ 編集長・編集委員 ※【196801】に同じ
＊ 九月号予告（八月十日刊）
＊ ※お知らせ〈投稿のこと／「ハヤセ」のこと〉
＊ ※「三田評論」七月号の内容紹介あり
＊ ※「日本美術」の紹介に松浦満の「錦鯉」の図を付す
＊ ※「南北」八月号、「季刊芸術」第六号の内容紹介あり
＊ ※新刊図書の紹介・広告などあり〈臼井吉見・河盛好蔵編『生活の本』全10巻・別1巻　第九回配本―『科学者の目』文藝春秋／『芸術と文学の社会史』全3巻／新潮選書―中村真一郎『源氏物語の世界』・ライシャワー　橋本福夫訳『ベトナムを越えて』・吉田精一『古典文学入門』・小堀憲『大数学者』・福原麟太郎『読書と或る人生』・東山魁夷著『風景との対談』・中野好夫『シェイクスピアの面白さ』・泉靖一『フィールド・ノート』・鯖田豊之『戦争と人間の風土』以上新潮社〉
※ 表紙に「特集・吉本隆明―私の文学を語る　吉本隆明・秋山駿（インタヴュアー）」／「批評家はこれでいいのか　秋山駿・松原新一」と特記あり

カット・清川泰次／発行日・八月一日／頁数・本文全一一八頁／定価・一五〇円／発行人・石坂洋次郎／発行所・東京都新宿区角筈一ノ八二六　紀伊国屋ビル五階　三田文学会／編集所・東京都新宿区角筈一ノ八二六　紀伊国屋ビル五階　三田文学編集部／発売元・東京都文京区音羽二ノ一二ノ二一　株式会社講談社／印刷所・東京都港区三田五ノ七ノ三　図書印刷株式会社

■九月号【196809】

カット　清川泰次
特集・野間宏1
私の文学を語る2　野間宏　インタヴュアー　秋山駿
野間宏論
ブリューゲルの暗い穴3　上総英郎
言葉と実存4　渡辺広士
この本が私を作家にした
サローヤンまで　三浦朱門
私のテレーズ　瀬戸内晴美
私のひとり言(XXVI)
学生運動について5　石坂洋次郎
魂の巣6　首藤敏朗
帽子7　小田勝造

目次註
1 特集（第九回）・野間宏
2 〈芸術魔術《マギー》説についての僕の考え／小説と経験、小説と創造力／フィクションについて／僕は何故文芸時評を否定したか／僕が影響を受けた作家と詩人／僕の小説作法、後の世代の文学、女性について〉〔了〕 ※野間宏の写真を付す
3 〈1―4〉
4 〈一、言葉と欲望／二、全体をとらえる／三、「サルトル論」の問題〉 ※前文あり
5 〔一九六八・七〕
6 〈一―八〉〔了〕
7 〈(1)―(2)〉〔了〕 ※著者略歴を付す
＊ 編集後記　遠藤周作 ※〈編集者としての任期・学生達の献身的な努力などについて〉
＊ 編集長・編集委員 ※【196801】に同じ
＊ 十月号予告（九月十日刊）
＊ ※お知らせ〈投稿／「ハヤセ」のこと〉
＊ ※「三田評論」八・九月号の内容紹介あり
＊ ※「南北」九月号の内容紹介あり
＊ ※日本美術社刊「日本美術」の紹介あり。田崎広助の図「富士山麓」を付す
＊ ※新刊図書の紹介・広告などあり〈波多野完治著『文章心理学大系　全5巻』大日本図書／『中国古典文学大系』全60巻（第十一回―金瓶梅）平凡社／『原色日本の美術』全20巻（第11回配本―絵巻物）小学館／以下、講談社の文芸新刊・重版―大原富枝『ひとつの青春』／河野多恵子『不意の声』／佐木隆三『大将とわたし』／安岡章太郎『軟骨の精神』／小田切秀雄『万葉の伝統』／中村光夫・三島由紀夫対談『人間と文学』／高見沢潤子『兄小林秀雄との対話』〉
※ 表紙に「特集・野間宏―私の文学を語る　野間宏・秋山駿（インタヴュアー）」／「この本が私を作家にした　三浦朱門・瀬戸内晴美」と特記あり

カット・清川泰次／発行日・九月一日／頁数・本文全一二四頁／定価・一五〇円／発行人・石坂洋次郎／発行所・東京都新宿区角筈一ノ八二六　紀伊国屋ビル五階　三田文学会／編集所・東京都新宿区角筈一ノ八二六　紀伊国屋ビル五階　三田文学編集部／発売元・東京都文京区音羽二ノ一二ノ二一　株式会社講談社／印刷所・東京都港区三田五ノ七ノ三　図書印刷株式会社

■十月号【196810】

カット　清川泰次
特集・高橋和巳1
私の文学を語る2　高橋和巳　インタヴュアー　秋山駿
高橋和巳論
社会正義の存在論3　桶谷秀昭
私のひとり言(XXVII)
孤独な亀サン4　石坂洋次郎
福田恆存氏の「解ってたまるか！」に答える
進歩的文化人5　荒正人
小説
結婚行進曲6　阿部光子
黄色いチューリップ7　桂たい子
旧友8　泉秀樹

目次註
1 特集（第十回）・高橋和巳
2 〈私と文学との出会い／想念について／私と中国文学／長篇小説について／埴谷雄高氏と私〉 ※高橋和巳の写真を付す

3 〈一―四〉〔了〕 ※冒頭にマルクスと権藤成卿の引用あり
4 〔一九六八・八〕
5 『進歩的文化人』 荒正人
6 〔了〕
7 〔了〕 ※著者略歴あり
8 ※著者略歴を付す
＊ 編集後記　遠藤周作　※〈前号より販売業務を講談社が担当／早稲田文学の再刊―今まで協力を得てきた、秋山、上総、宮内、氏原等、ホームグラウンドでの活躍を期待／前号に予告した井上光晴のインタビュー突如に変更のことなど〉
＊ 編集長・編集委員　※【196801】に同じ
＊ 十一月予告（十月七日刊）
＊ ※おしらせあり 〈投稿／「ハヤセ」のこと〉
＊ ※日本美術社刊「日本美術」の紹介あり　猪原大華の画「百合」を付す
＊ ※新刊図書の紹介・広告あり 〈サンケイ新聞社出版局―小泉信三『思索のあしあと』・林房雄『随筆池田勇人』・石原慎太郎『怒りの像』／毎日新聞社―沢野久雄『幻想祭典』・川口松太郎『窯ぐれ女』・柴田錬三郎『度胸時代』・黒岩重吾『花園への咆哮』〉
※ 表紙に「特集・高橋和巳―私の文学を語る　高橋和巳・秋山駿（インタヴュアー）」／「福田恆存氏の『解ってたまるか！』に答える―「進歩的文化人」荒正人」と特記あり
カット・清川泰次／発行日・十月一日／頁数・本文全一〇六頁／定価・一五〇円／発行人・石坂洋次郎／発行所・東京都新宿区角筈一ノ八二六　紀伊国屋ビル五階　三田文学会／編集所・東京都新宿区角筈一ノ八二六　紀伊国屋ビル五階　三田文学編集部／発売元・東京都文京区音羽二ノ一二ノ二一　株式会社講談社／印刷所・東京都港区三田五ノ七ノ三　図書印刷株式会社

■十一月号　【196811】

カット　清川泰次
特集・埴谷雄高 1
私の文学を語る 2　埴谷雄高
インタヴュアー　秋山駿
埴谷雄高論
『死霊』の主題 3　白川正芳
埴谷雄高の政治思想 4　遠丸立
私のひとり言(XXVIII)
五十年経ったら―― 5　石坂洋次郎
空の空、――日本人にとって仏教とは何であったか 6　梅原猛
日本人にとって美とは何か 7　吉村貞司
丸岡明氏追悼 8　大久保房男・岡村夫二
河上徹太郎・観世栄夫
柴田錬三郎・白井浩司
庄野誠一・谷田昌平
二宮孝顕・山本健吉
（アイウエオ順）
丸岡明氏著作年譜
小説
母の国 9　所武雄
天井のある運動場 10　加藤宗哉

目次註

1 特集（第十一回）・埴谷雄高
2 〈雑談／神の誤魔化し、妄想、魔／『死霊』、『影絵の世界』／計画、書評、余生〉〔了〕
3 〈1―4〉 ※執筆者略歴を付す
4 〈1―3〉(1)〈(1)心情、あるいは心情とないあわされた理論／(2)現状認識、または現状批判／(3)戦略戦術論／(4)「政治の死」の実現としてのユーピア〔ユートピア〕〉〔了〕 ※執筆者略歴を付す
5 〔一九六八・九〕
6 〔了〕
7 〔了〕
8 〈「仮の親」大久保房男／「釣友丸岡さん」岡村夫二／「熊のおもちゃ」河上徹太郎／「能と丸岡さん」観世栄夫／「神の不当な処置」柴田錬三郎／「追悼」白井浩司／「丸岡の体温」庄野誠一／「師を思う」谷田昌平／「年長の畏友」二宮孝顕（九月五日）／「丸岡君を悼む」山本健吉／丸岡明氏著作年譜〈昭和五年―昭和四十三年〉 ※冒頭に編集部の追悼記事あり。また、故人の遺影一葉と想い出のスナップ十葉を付す
9 ※著者略歴を付す
10 〔了〕 ※著者略歴を付す
＊ 編集後記　遠藤周作　※〈丸岡明の逝去（八月二十四日）と、故人の三田文学での業績〉
＊ 編集長　※【196801】に同じ
＊ 編集委員　山本健吉／田中千禾夫／安岡章太郎
＊ 十二月予告（十一月七日刊）
＊ ※お知らせ 〈投稿／「ハヤセ」について〉
＊ ※「季刊芸術」第七号の内容紹介あり
＊ ※「南北」十一月号の内容紹介あり
＊ ※群像新人賞・芥川賞受賞大庭みな子『三匹の蟹』の広告中、江藤淳、大江健三郎、野間宏、安岡章太郎の選評紹介あり
＊ ※その他新刊図書の紹介・広告などあり 〈『現代人の思想　全22』（第十六巻「美の冒険」編集・解説　高階秀爾　平凡社／『新潮日本文学　全64巻』（第2回「北杜夫集」・第1回「三島由紀夫集」・第3回「有吉佐和子集」11月12日）新潮社／集英社版『世界文学全集』全38巻（編集委員―伊藤整・鈴木信太郎・手塚富雄・中野好夫・原久一郎）／集英社版『漢詩大系』全24巻（編集委員―青木正児・今関天彭・斎藤晌・中田勇次郎・目加田誠）／『桑原武夫全集　全七巻』朝日新聞社〉
※ 表紙に「特集・埴谷雄高―私の文学を語る　埴谷雄高・秋山駿（インタヴュアー）」／「空の空、―日本人にとって仏教とは何であったか　梅原猛」／「日本人にとって美とは何か　吉村貞司」と特記あり
カット・清川泰次／発行日・十一月一日／頁数・本文全一三〇頁／定価・一五〇円／発行人・石坂洋次郎／発行所・東京都新宿区角筈一ノ八二六　紀伊国屋ビル五階　三田文学会／

編集所・東京都新宿区角筈一ノ八二六　紀伊国屋ビル五階
三田文学編集部／発売元・東京都文京区音羽二ノ一二ノ二一
株式会社講談社／印刷所・東京都港区三田五ノ七ノ三　図
書印刷株式会社

■十二月号　【196812】

カット　清川泰次
特集・福田恆存[1]
私の文学を語る[2]　福田恆存
インタヴュアー　秋山駿
福田恆存論
福田恆存における神の問題[3]　西尾幹二
演劇と近代文化[4]　越見雄二
共産主義は文学を駄目にするか[5]　佐々木基一
小田実
私のひとり言(XXIX)
カミユの「異邦人」を読み、観る[6]　石坂洋次郎
小説
タダキク[7]　阪田寛夫
喫茶店[8]　田畑麦彦

目次註
1　特集（第十二回）・福田恆存
2　〈文学にも礼儀がある筈だ／日本文学は何故、反体制になるか／英雄とは何か／日本文学は大人の文学ではない／自己表現とは何か／「解ってたまるか！」の批判に対して〉〔了〕
※福田恆存の写真を付す
3　〈懐疑と決断／実行の精神／『文学を疑ふ』をめぐって〉
※著者略歴を付す
4　――演劇人・福田恆存――　〈1―3〉
5　〈「革命と文学者」佐々木基一／「『共産主義は文学を駄目にするか』という質問に対する答にならない感想」小田実（1）〔了〕〉
6　〔一九六八・十〕
7　〔了〕
8　〔了〕
＊　編集後記　遠藤周作　※〈二月号より名儀の上で編集人となるが、実際には今月まで編集を手伝っていた各大学の卒業生や学生が編集をすることなど〉
＊　編集長　※【196801】に同じ
＊　編集委員　※【196811】に同じ
＊　一月号予告（十二月七日刊）
＊　※おしらせ〈投稿／「ハヤセ」のこと〉
＊　※「三田評論」十一月号内容紹介あり
＊　※「南北」十一・十二合併号内容紹介あり
＊　※講談社刊「群像」十二月特大号（十一月七日発売）内容紹介あり
＊　新刊図書の紹介・広告などあり　筑摩書房〈井上光晴『黒い森林』／西脇順三郎『詩学』／辻邦生『安土往還記』／中野重治『春夏秋冬』／エルネスト・チエ・ゲバラ　真木嘉徳訳『革命の回想』／庄野潤三『丘の明り』／中村光夫　野間賞受賞『贋の偶像』〉　平凡社〈『中国古典文学大系』（第14回第30巻・水滸伝下　施耐庵作　駒田信二訳）〉　毎日新聞社〈秋山加代・小泉タエ『父小泉信三』『十日十話』／『コア・ブックス』〉　サンケイ新聞社出版局〈三鬼陽之助の『経済事件の主役たち』／『続・経済事件の主役たち』〉
※　表紙に「特集・福田恆存―私の文学を語る　福田恆存・秋山駿（インタヴュアー）」／「共産主義は文学を駄目にするか　佐々木基一・小田実」と特記あり

カット・清川泰次／発行日・十二月一日／頁数・本文全一〇〇頁／定価・一五〇円／発行人・石坂洋次郎／発行所・東京都新宿区角筈一ノ八二六　紀伊国屋ビル五階　三田文学会／編集所・東京都新宿区角筈一ノ八二六　紀伊国屋ビル五階
三田文学編輯部／発売元・東京都文京区音羽二ノ一二ノ二一
株式会社講談社／印刷所・東京都港区三田五ノ七ノ三　図
書印刷株式会社

一九六九年（昭和四十四年）

■一月号　【196901】

カット　清川泰次
特集・北杜夫[1]
私の文学を語る[2]　北杜夫
インタヴュアー　秋山駿
北杜夫論
「幽霊」から「楡家」まで[3]　なだいなだ
文学におけるユーモア[4]　上総英郎
現代人にとって宗教は必要か
私の宗教観[5]　荒正人
キリスト教とマルクス主義[6]　平田清明
私のひとり言(XXX)
学生二題[7]　石坂洋次郎
優《やさ》しい女[8]　三浦浩

目次註
1　特集（第十三回）・北杜夫
2　〈病気と作品／「文芸首都」の頃／トーマス・マンの影響／ユーモアについて／影響を受けた作家〉〔了〕
3　〈一、私の知っている北杜夫／二、父、茂吉／三、トーマス・マンと彼／四、マンボウ的なもの／五、再び「楡家」へ〉
4　〈1―6〉
5　荒正人《あらまさひと》　〔了〕
6　〈一、現代と宗教／二、キリスト教とマルクス主義との接点／三、黙示録の意義／四、マルクス主義と宗教（素描）――結語にかえて――〉〔了〕
7　〈A、学校祭／B、学生運動〉〔一九六八・十一〕
8　〈I―X／終章〉〔了〕
＊　編集後記　遠藤周作　※〈最後の「責任編集」を終えて……〉

＊編集人　遠藤周作
＊編集委員　※【196811】に同じ
＊二月号予告（一月七日刊）
＊※おしらせ〈投稿／「ハヤセ」のこと〉
＊※「三田評論」十二月号内容紹介あり
＊※「群像」新年特大号（十二月七日発売）内容紹介あり
＊※新刊図書の紹介・広告などあり〈三島由紀夫『太陽と鉄』講談社／庄野潤三『前途』講談社／『原色世界の美術全15巻』小学館／歴史学研究会編『新装増補　明治維新史研究講座』本巻6巻・別巻1巻　平凡社／ノーベル文学賞受賞　川端康成『現代日本文学館』文藝春秋／菊池寛賞受賞　海音寺潮五郎『武将列伝』全三巻『悪人列伝』全二巻　文藝春秋／井上靖『おろしや国酔夢譚』文藝春秋／大江健三郎『持続する志』文藝春秋／円地文子『虹と修羅』文藝春秋／安岡章太郎『志賀直哉私論』文藝春秋／京都新聞社編『京都の文学地図』文藝春秋〉
※表紙に「特集・北杜夫―私の文学を語る　北杜夫・秋山駿（インタヴュアー）」／「現代人にとって宗教は必要か　荒正人・平田清明」と特記あり
カット・清川泰次／発行日・一月一日／頁数・本文全一二六頁／定価・一五〇円／発行人・石坂洋次郎／編集人・遠藤周作／発行所・東京都新宿区角筈一ノ八二六　紀伊国屋ビル五階　三田文学会／発売元・東京都文京区音羽二ノ一二ノ二一　株式会社講談社／印刷所・東京都港区三田五ノ七ノ三　図書印刷株式会社

■二月号　【196902】

カット　清川泰次
特集・井上光晴1
私の文学を語る2　井上光晴
インタヴュアー　秋山駿
井上光晴論
幻影の中の想像力3　月村敏行
精神分析学で文学が解るか4　なだいなだ
私のひとり言
歳末多忙5　石坂洋次郎
現代文学の変容――イメージ論――
想像力について6　利沢行夫
小説
レクイエム7　津島佑子
産声8　大島成
うすい氷9　豊田穣

目次註
1　特集（第十四回）・井上光晴
2　〈文学以前／勤皇少年から共産党へ／廃坑、小説作法／フィクションとルポ／なぜ書くか〉※井上光晴の写真を付す
3　――井上光晴論序説――
4　文学と精神分析
5　〈一九六八・十二〉※「付記」あり
6　現代文学の変容（Ⅰ）想像力について――『罪と罰』をめぐって――
7　――犬と大人のために――〈午前／午後／夜〉※著者略歴を付す
8　産声《うぶごえ》〈一―七〉大島成《おおしままもる》
9　〈一・二〉
＊編集後記　上総英郎　※〈九月末から練ってきた編集企画／バトンタッチ後の一つの試み―「現代文学の変容」／その他〉
＊編集人　※【196901】に同じ
＊編集委員　※【196811】に同じ
＊三月号予告（二月七日刊）
＊※おしらせ〈投稿／「ハヤセ」のこと〉
＊※「三田評論」一月号内容紹介あり
＊※「群像」二月号内容紹介あり
＊※集英社「第二回小説ジュニア新人賞作品募集」の広告中、選考委員（石坂洋次郎・佐伯千秋・津村節子・富島健夫・三浦哲郎）の一人、石坂のことば（付写真）を紹介
＊※新刊図書の紹介および広告あり〈新潮社のベストセラー―志賀直哉『枇杷の花』・三島由紀夫『春の雪』（豊饒の海・第一巻）・芹沢光治良『人間の運命』・石川達三『青春の蹉跌《さてつ》』・福永武彦『風土』・高橋健二『グリム兄弟』（新潮選書）・ソルジェニツィン・小笠原豊樹訳『ガン病棟』／『コア・ブックス』毎日新聞社／『現代人の思想』全22巻（14巻　編集・解説　篠田一士「伝統と現代」）（16巻　編集・解説　永井陽之助「政治的人間」）平凡社／南条範夫『侍八方やぶれ』サンケイ新聞社出版局／瀬戸内晴美『あなたにだけ』サンケイ新聞社出版局〉
＊※「日動画廊」（社長長谷川仁）の紹介あり
※表紙に「特集・井上光晴―私の文学を語る　井上光晴・秋山駿（インタヴュアー）」／「精神分析学で文学が解るか　なだいなだ」と特記あり
カット・清川泰次／発行日・二月一日／頁数・本文全一一八頁／定価・一五〇円／発行人・石坂洋次郎／編集人・遠藤周作／発行所・東京都新宿区角筈一ノ八二六　紀伊国屋ビル五階　三田文学会／発売元・東京都文京区音羽二ノ一二ノ二一　株式会社講談社／印刷所・東京都港区三田五ノ七ノ三　図書印刷株式会社

■三月号　【196903】

特集・大岡昇平1
私の文学を語る2　大岡昇平
インタヴュアー　秋山駿
大岡昇平論
「野火」について3　宇波彰
詩精神と批評精神4　上総英郎
現代文学の変容5
批評への疑問6　近藤功
人間主義的批評について7　宇波彰
他者との出遇い8　利沢行夫
手がけた同人雑誌1　廻覧雑誌のころ9　田辺茂一

石丸重治氏追悼10 佐藤朔
田辺茂一
池田弥三郎

小説

ハス沼物語11 中田浩作

玩具12 首藤敏朗

目次註

1 特集（第十五回）・大岡昇平

2 〈中也からスタンダールへ／戦争論／俘虜記／レイテ戦記、悲劇／地下室の住人／スタンダール伝〉※大岡昇平の写真を付す

3 〈㈠—㈢〉〔1968.12.30.〕※著者略歴を付す

4 〈プロローグ／1—4／エピローグ〉

5 現代文学の変容（Ⅱ）

6 ——文学の本質的な価値とは何か—— ※著者略歴を付す

7 ——江藤淳らの方法を批判する——〈㈠—㈤〉〔1968.12.18〕

8 ——『罪と罰』をめぐって㈡——

9 〔つづく〕※著者の写真一葉を付す

10 〈「石丸君の思い出」佐藤朔〔一九六九年一月〕／「尊大ぶらなかったひと」田辺茂一／「石丸さんのこと二三」池田弥三郎〉※故人の遺影一葉を付す

11 〔完〕※著者略歴を付す

12 〈1—6〉

＊編集後記 ※〈復刊以来の連載「私のひとり言」にかわって田辺茂一の「手がけた同人雑誌」新連載のこと／四月からの新企画—現代作家・世界の各地を語る／石丸重治（昨年十二月十二日逝去）追悼文についてなど〉

＊編集人 ※【196901】に同じ

＊編集委員 ※【196811】に同じ

＊四月号予告（三月七日刊）

＊※おしらせ〈投稿／「ハヤセ」について〉

＊※「三田評論」四十七年二月号の内容紹介あり

＊※「群像」三月号（二月七日発売）内容紹介あり

＊※新刊図書の紹介・広告などあり〈『原色日本の美術』全20巻（第14回「南画と写生画」）小学館／『中国古典文学大系』（第35巻「金瓶梅（下）」笑笑生作 小野忍・千田九一訳）（第44巻「紅楼夢（上）」曹霑作 伊藤漱平訳）平凡社／丸岡明『赤いベレー帽』講談社／中谷孝雄『招魂の賦』講談社／佐木隆三『島に生まれて』講談社〉文藝春秋の本〈『現代日本文学館』全43巻／『小泉信三全集』全26巻／『大世界史』全26巻／亀井勝一郎・臼井吉見共編『人生の本』全10巻・別巻1／臼井吉見・河盛好蔵共編『生活の本』／亀井勝一郎『日本人の精神史』／司馬遼太郎『龍馬がゆく』〉

＊ 表紙に「特集・大岡昇平—私の文学を語る 大岡昇平・秋山駿（インタヴュアー）」／「新連載 手がけた同人雑誌 田辺茂一」と特記あり

カット・清川泰次／発行日・三月一日／頁数・本文全一四〇頁／定価・一五〇円／発行人・石坂洋次郎／編集人・遠藤周作／発行所・東京都新宿区角筈一ノ八二六 紀伊国屋ビル五階 三田文学会／発売元・東京都文京区音羽二ノ一二ノ二一 株式会社講談社／印刷所・東京都港区三田五ノ七ノ三 図書印刷株式会社

■四月号 【196904】

カット 清川泰次・徳弘亜男

特集・『罪と罰』

私と『罪と罰』1 埴谷雄高
インタヴュアー 上総英郎

『罪と罰』について 白川正芳

『罪と罰』小論2 遠丸立

現代文学の変容3

小林秀雄における批評の方法4 宇波彰

文学とイメージ5 利沢行夫

手がけた同人雑誌2 三田在学のころ6 田辺茂一

花鳥風月を排す 松原新一

小説

他人のパンツに手を入れるな7 仲宗根盛光

人間の灰 小田勝造

目次註

1 〈反西欧化と魂の同質性／「罪と罰」の旅／墓、官僚体制／嫉妬／犯罪者の宿命／罰は存在したか〉※埴谷雄高写真及びドストェフスキーの似顔絵を付す

2 ※後記あり。

3 現代文学の変容（Ⅲ）

4 〈㈠—㈦〉〔1969.1.31.〕

5 ——『罪と罰』をめぐって㈢——

6 〔つづく〕

7 他人《ひと》のパンツに手を入れるな

＊編集後記 ※〈新しい特集スタートのこと／前シリーズに予定していて果せなかった「深沢七郎特集」／表紙改新のこと／若い世代への期待など〉

＊編集人 ※【196901】に同じ

＊編集委員 ※【196811】に同じ

＊五月号予告（四月七日刊）

＊予約読者および会員の方へ 三田文学会

＊※おしらせ〈投稿／「ハヤセ」について〉

＊※「三田評論」三月号内容紹介あり

＊※「群像」四月号内容紹介あり

＊※「早稲田文学」四月号内容紹介あり

＊※三一書房〝さんいちぶっくす〟の広告中、三浦浩著『薔薇の眠り』に対する小松左京評の紹介あり

＊※その他新刊図書の紹介・広告などあり〈『現代人の思想』全22巻（第15巻「未開と文明」編集・解説 山口昌男）／水上勉『女の森で』サンケイ新聞社出版局／瀬戸内晴美『あなたにだけ』サンケイ新聞社出版局／松浦行真『激流百年』サンケイ新聞社出版局／『新潮日本文学』全64巻・第七回「太宰治集」）新潮社／文藝春秋読者賞受賞 司馬遼太郎『歴史を紀行する』文藝春秋／井上靖『おろしや国酔夢譚』文藝春秋／有吉佐和子『海暗』（うみくら）文藝春秋／開高健『青い

月曜日』文藝春秋／新田次郎『ある町の高い煙突』文藝春秋／城山三郎『望郷のとき―侍・イン・メキシコ』文藝春秋〉

※ 表紙に「特集・『罪と罰』―私と『罪と罰』 埴谷雄高 上総英郎（インタヴュアー）」／「花鳥風月を排す 松原新一」と特記あり

表紙・徳弘亜男／カット・清川泰次 徳弘亜男／発行日・四月一日／頁数・本文全一一八頁／定価・一五〇円／発行人・石坂洋次郎／編集人・遠藤周作／発行所・東京都新宿区角筈一ノ八二六 紀伊国屋ビル五階 三田文学会／発売元・東京都文京区音羽二ノ一二ノ二一 株式会社講談社／印刷所・東京都港区三田五ノ七ノ三 図書印刷株式会社

■五月号 【196905】

表紙 徳弘亜男
カット 清川泰次
特集・『異邦人』
私と『異邦人』1 中村光夫
インタヴュアー 高山鉄男
カリギュラの死 高畠正明
『異邦人』その宗教的背景2 北古賀真里
手がけた同人雑誌3 3 田辺茂一
『わが友ヒットラー』礼讃4 松浦竹夫
小説
病む土群5 井本元義
金魚鉢のある部屋6 小松茂
穴の眼7 木内広
花魁8 狩野晃一

目次註

1 〈理屈ぬき／古代人あるいは異教徒／感傷ではなく知的／心の質の高さ／ローカルな近代を越えて〉 ※中村光夫とカミユの写真を付す

2 ※著者略歴を付す

3 糧道時代 〔つづく〕 田辺茂一

4 〔一九六九・三・一二〕

5 〔了〕 ※著者略歴を付す

6 ※著者略歴を付す

7 〔一九六九・二〕

8 〔四十三年十二月〕

＊ 編集後記 ※〈新企画のインタヴュアー紹介／三田文学と「小説」と／期待する学生の作品／その他〉

＊ 編集人 ※【196901】に同じ

＊ 編集委員 ※【196811】に同じ

＊ 三田文学バックナンバー在庫について

＊ 六月号予告（五月七日刊）

＊ ※おしらせ〈投稿／「ハヤセ」について〉

＊ ※「三田評論」四月号内容紹介あり

＊ ※「群像」五月号内容紹介あり

＊ ※「早稲田文学」五月号（四月七日発売）内容紹介あり

＊ ※新刊図書の紹介・広告などあり〈野間宏『創造と批評』筑摩書房／井上光晴『黒い森林』『気温一〇度』筑摩書房／佐藤清郎『若きゴーリキー』筑摩書房／アラン・ロブ＝グリエ 天沢退二郎・蓮實重彦訳『去年マリエンバートで 不滅の女』筑摩書房／レーモン・クノー 滝田文彦訳『青い花』筑摩書房／『コア・ブックス』毎日新聞社／本年度芸術選奨受賞 中谷孝雄『招魂の賦』講談社／中村光夫『芸術の幻』講談社／倉橋由美子『スミヤキストQの冒険』講談社／『中国古典文学大系 全60巻』（第9巻「世説新語」森三樹三郎訳・「顔氏家訓」宇都宮清吉訳）（第56巻「記録文学集」松枝茂夫編）〉

※ 表紙に「特集・『異邦人』―私と『異邦人』 中村光夫・高山鉄男（インタヴュアー）」／「『わが友ヒットラー』礼讃 松浦竹夫」と特記あり

表紙・徳弘亜男／カット・清川泰次／発行日・五月一日／頁数・本文全一五二頁／定価・一五〇円／発行人・石坂洋次郎／編集人・遠藤周作／発行所・東京都新宿区角筈一ノ八二六 紀伊国屋ビル五階 三田文学会／発売元・東京都文京区音羽二ノ一二ノ二一 株式会社講談社／印刷所・東京都港区三田五ノ七ノ三 図書印刷株式会社

■六月号 【196906】

表紙 徳弘亜男
カット 清川泰次
特集「嵐ケ丘」
私と「嵐ケ丘」1 河野多恵子
インタヴュアー 上総英郎
永劫の予言2 清水博之
――「嵐ケ丘」をめぐって――
作家にとって反逆精神とは何か3 武田泰淳
――芸術選奨辞退、大学問題、その他をめぐって――
文化防衛と文化革命 いいだ・もも
手がけた同人雑誌4 「アルト」のころ4 田辺茂一
小説
短期連載 太郎 (一)その死5 田中澄江
一つ目6 松浦孝行
冬休みのララバイ7 岡田睦

目次註

1 〈「嵐ケ丘」との出会い／しつこい残酷さ／無性別性と倒錯の問題／二つのテーマ／戦争体験の投影／死を超えるイメージ〉 ※エミリ・ブロンテと河野多恵子の写真を付す

2 〔一九六九・二・五〕 ※冒頭に、寺田建比古『神の沈黙』、文末にロレンスの一節をそれぞれ引用。著者略歴あり

3 〈ドストエフスキーのひと言／大学問題について／作家としての立場〉 ※〝編集部筆記〟と付す

4 〔つづく〕

5 〔以下次号〕

6 ※著者略歴を付す

7 〈1―7〉〔完〕

＊ 編集後記 ※〈編集担当者の六ケ月回顧／田中澄江の短

期連載小説／投稿者への期待／その他〉
＊　編集人　※【196901】に同じ
＊　編集委員　※【196811】に同じ
＊　予約読者および会員の方へ　三田文学会　※【196904】に同じ
＊　七月号予告（六月七日刊）
＊　※おしらせ〈投稿／「ハヤセ」について〉
＊　※「三田評論」五月号内容紹介あり
＊　※「群像」六月特大号内容紹介あり
＊　※「早稲田文学」六月号内容紹介あり
＊　※中央公論社の文芸総合誌「海」の発刊記念号広告中にドイツの作家H・E・ノサックの言紹介
＊　※新刊図書の紹介・広告などあり〈第16回菊池寛賞受賞　読売新聞社編『昭和史の天皇』読売新聞社／東洋文庫―容閎著　百瀬弘訳注　西学東漸記――容閎自伝――』柳田國男著・関敬吾・大藤時彦編『増補山島民譚集』季贄著『焚書』平凡社／小谷喜美（霊友会会長）・石原慎太郎『対話人間の原点』サンケイ新聞出版局／創業25周年記念出版『古代の日本』全九巻　角川書店〉
※　表紙に「特集『嵐ケ丘』―私と『嵐ケ丘』　河野多恵子・上総英郎（インタヴュアー）」／「作家にとって反逆精神とは何か　武田泰淳」／文化防衛と文化革命　いいだ・もも」と特記あり
表紙・徳弘亜男／カット・清川泰次／発行日・六月一日／頁数・本文全一二〇頁／定価・一五〇円／発行人・石坂洋次郎／編集人・遠藤周作／発行所・東京都新宿区角筈一ノ八二六　紀伊国屋ビル五階　三田文学会／発売元・東京都文京区音羽二ノ一二ノ二一　株式会社講談社／印刷所・東京都港区三田五ノ七ノ三　図書印刷株式会社

■七月号　【196907】

表紙　徳弘亜男
カット　清川泰次
特集「失われた時を求めて」

私と「失われた時を求めて」1　中村真一郎
インタヴュアー　高山鉄男
エクリチュールの劇2　保苅瑞穂
――プルースト研究の序のために――
プルウスト――芸術家と不死の問題3　上総英郎
北一輝論4　三島由紀夫
「日本改造法案大綱」を中心にして
作家と現実　上田三四二
――三島由紀夫の場合――
逆世界の領域5　灰島浪三
手がけた同人雑誌5　文芸都市のころ6　田辺茂一
小説
太郎　㈡その生7　田中澄江
死んだ性のかたち　平忠夫

目次註
1　〈発想の系譜／神秘体験―死の目でみる現実／抽象性と日常性の響き合い／内的世界／二十世紀の発見／ことば・形式／印象は変化する／共通項を失った世界〉※プルーストと中村真一郎の写真を付す
2　※註を付す
3　〈1、生の魅惑／2、再生―時に抗《あらが》うもの／3、時―この不滅の敵／4、芸術家―その希求するもの／5、Any where out of the world!〉※註を付す
4　――「日本改造法案大綱」を中心にして――
5　〈第一節　円錐を截る時間／第二節　一個の円錐の世界／第三節　時間の上に並ぶ言語／第四節　小説の宿命／第五節　文学の将来〉※著者略歴を付す
6　〔つづく〕
7　〔つづく〕
＊　編集後記　※〈三田文学会主催　文芸講演会、他〉
＊　編集人　※【196901】に同じ
＊　編集委員　※【196811】に同じ
＊　八月号予告（七月七日刊）
＊　予約読者および会員の方へ　三田文学会　※【196904】に同じ
＊　三田文学文芸講演会　三田文学会　※第一回〈六月二十日　於慶應義塾大学三田校舎　講師―遠藤周作・小島信夫・中村光夫・福田恆存〉
＊　※おしらせ〈投稿／「ハヤセ」について〉
＊　※「三田評論」六月号の内容紹介あり
＊　※「群像」七月号内容紹介あり
＊　※「早稲田文学」七月号内容紹介あり
＊　※「諸君」創刊号内容紹介あり
＊　※新刊図書の紹介・広告などあり〈新潮社の純文学書下ろし特別作品―遠藤周作『沈黙』（谷崎賞受賞）・大江健三郎『個人的な体験』（新潮社文学賞受賞）・安部公房『燃えつきた地図』『砂の女』（読売文学賞受賞）・福永武彦『海市』・北杜夫『白きたおやかな峰』・開高健『輝ける闇』（毎日出版文化賞受賞）・石川達三『充たされた生活』・倉橋由美子『聖少女』・庄野潤三『浮き灯台』・安岡章太郎『花祭』・中村真一郎『恋の泉』・菊村到『遠い海の声』／倉橋由美子『スミヤキストQの冒険』・中村光夫『芸術の幻』講談社／島尾敏雄『琉球弧の視点から』講談社／平凡社『東洋文庫』（138『夢酔独言他』勝小吉著・勝部真長編　139『中国講談選』立間祥介編訳）〉
※　表紙に「特集『失われた時を求めて』―私と『失われた時を求めて』　中村真一郎・高山鉄男（インタビュアー）」／「北一輝論『日本改造法案大綱』を中心にして　三島由紀夫」と特記あり
表紙・徳弘亜男／カット・清川泰次／発行日・七月一日／頁数・本文全一三六頁／定価・一五〇円／発行人・石坂洋次郎／編集人・遠藤周作／発行所・東京都新宿区角筈一ノ八二六　紀伊国屋ビル五階　三田文学会／編集所・東京都新宿区角筈一ノ八二六　紀伊国屋ビル五階　三田文学編集部／発売元・東京都文京区音羽二ノ一二ノ二一　株式会社講談社／印刷所・東京都港区三田五ノ七ノ三　図書印刷株式会社

■八月号　【196908】

表紙　徳弘亜男
カット　清川泰次
特集「テレーズ・デスケイルウ」
私と「テレーズ・デスケイルウ」1　インタヴュアー　遠藤周作　上総英郎
モーリヤックと聖性2　高橋隆
——「テレーズ・デスケールー」小論——
モーリヤックの宇宙　小潟昭夫
——テレーズ・デスケールーをめぐるイマージュ論——
小特集・梅崎春生
『桜島』から『幻化』へ3　広石廉二
梅崎春生小論　谷口利夫
手がけた同人雑誌6　続　文芸都市のころ4　田辺茂一
小説
太郎　㈢その復活5　田中澄江
粒子6　津島佑子
ひき潮7　首藤敏朗

目次註
1 〈テレーズ事始／映画的手法の限界／魂を描く／カトリック作家であること／母の宗教〉※遠藤周作とモーリヤックの写真を付す
2 〈1—3〉※著者略歴を付す
3 ——梅崎春生私論——　※著者略歴を付す
4 〈つづく〉
5 〔了〕
6 粒子《りゅうし》〈一九六八・十二・十〉※著者略歴を付す
7 〈1—8〉
＊ 編集後記 ※〈夭折作家小特集のスタートほか〉
＊ 編集人 ※【196901】に同じ
＊ 編集委員 ※【196811】に同じ

＊ 九月号予告（八月七日刊）
＊ 予約読者および会員の方へ　三田文学会
＊ 三田文学　バックナンバー在庫について〈一九六八年・一九六九年〉
＊ ※おしらせ〈投稿／「ハヤセ」について〉
＊ ※「三田評論」七月号内容紹介あり
＊ ※「群像」八月号内容紹介あり
＊ ※「早稲田文学」八月号内容紹介あり
＊ ※新刊図書の紹介・広告などあり　〈『獅子文六全集　全16巻』朝日新聞社／司馬遼太郎『手掘り日本史』・安本美典『創造と性格』他　毎日新聞社　コア・ブックス／『小島政二郎全集』全12巻　鶴書房（編集委員—江藤淳・石坂洋次郎・丹羽文雄・奥野信太郎・佐多稲子・高橋義孝・滝井孝作・和田芳恵）／アルフレート・アインシュタイン　浅井真男他訳『音楽と文化』白水社／カーダス　篠田一士訳『近代の音楽家』白水社／『中国古典文学大系』45　曹霑作　伊藤漱平訳『紅楼夢（中）』平凡社／『山川方夫全集』全5巻　冬樹社（監修—井伏鱒二・佐藤朔・山本健吉　編集—江藤淳・坂上弘）〉
※ 表紙に「特集『テレーズ・デスケイルウ』—私と『テレーズ・デスケイルウ』　遠藤周作・上総英郎（インタビュアー）／「小特集・梅崎春生」と特記あり

表紙・徳弘亜男／カット・清川泰次／発行日・八月一日／頁数・本文全一二八頁／定価・一五〇円／発行人・石坂洋次郎／編集人・遠藤周作／発行所・東京都新宿区角筈一ノ八二六　紀伊国屋ビル五階　三田文学会／編集所・東京都新宿区角筈一ノ八二六　紀伊国屋ビル五階　三田文学編集部／発売元・東京都文京区音羽二ノ一二ノ二一　株式会社講談社／印刷所・東京都港区三田五ノ七ノ三　図書印刷株式会社

■九月号　【196909】

表紙　徳弘亜男
カット　清川泰次
特集「法王庁の抜け穴」
私と「法王庁の抜け穴」1　インタヴュアー　高山鉄男　野間宏
「法王庁の抜け穴」翻訳日記2　若林真
ヨルダンの岸辺で3　北古賀真里
——「法王庁の抜け穴」への一考察——
手がけた同人雑誌7
「B・G・C」と「レスプリ・ヌーボー」4　田辺茂一
小説
誅殺5　泉秀樹
血蛆6　松浦孝行
評論
批評における精神分析の役割7　宇波彰
特別企画・深沢七郎
私の文学を語る8　インタヴュアー　秋山駿　深沢七郎
反・物語界の溶化について9　藤井貞和

目次註
1 〈ジイドへの接近／宗教とサンボリスム／提出された問題／全体小説への志向／小説を創る〉※野間宏とジイドの写真を付す
2 〈一九六八年四月某日—一九六八年八月某日〉
3 ※著者略歴を付す
4 〈つづく〉
5 ※著者略歴を付す
6 〔了〕※著者略歴を付す
7 〈⑴—⑵〉
8 〈ごだめ百姓／猿飛佐助から椿姫へ／おばあさん好き／太宰治、歌／ギターと小説／八月十五日／商人の道、身の快楽／だんだんおばあさんみたいに……〉※深沢七郎の写真を付す
9 深沢七郎論　反・物語界の溶化について〈一—五〉※著者略歴あり

＊編集後記　※四月号で予告した深沢七郎特集の実現についてなど
＊編集委員　※【196811】に同じ
＊予約読者および会員の方へ　三田文学会　※【196904】に同じ
＊十月号予告（九月七日刊）
＊※おしらせ〈投稿／「ハヤセ」について〉
＊※「三田評論」八・九月号内容紹介あり
＊※「群像」九月特大号内容紹介あり
＊※「早稲田文学」九月号内容紹介あり
＊※新刊図書の紹介・広告などあり　文藝春秋〈三浦朱門『道の半ばに』／山口瞳『小説　吉野秀雄先生』／開高健『青い月曜日』／立原正秋『女の部屋』／黒岩重吾『人間の宿命』／高井有一『谷間の道』／丸山健二『穴と海』／大江健三郎『持続する志』／河上徹太郎『吉田松陰』／安岡章太郎『志賀直哉私論』／大岡昇平『昭和文学への証言』／唐木順三『詩と死』／福田恆存『日本を思ふ』／江藤淳『表現としての政治』〉講談社〈平野謙『わが戦後文学史』／山本健吉『俳句の世界』／日本文芸家協会編　昭和四十四年版『文学選集（34）』〉平凡社〈『中国古典文学大系』第17巻「唐代詩集　上」田中克己・小野忍・小山正孝共訳〉バルカン社リバタリアン双書〈ウィリアム・ゴッドウイン　はしもとよしはる訳『政治の正義―財産編』／オスカー・ワイルド『社会主義の下での人間の魂』／小金井達夫『ゴシック小説の研究』〉筑摩書房〈私の古典―野間宏『歎異抄』・木下順二『随想シェイクスピア』／ミシェル・ビュトール　清水徹・松崎芳隆訳『仔猿のような芸術家の肖像』／ヒルデスハイマー　柏原兵三訳『眠られぬ夜の旅―テュンセット―』〉小学館〈『原色日本の美術』全20巻〉
※　表紙に「特集『法王庁の抜け穴』―私と『法王庁の抜け穴』野間宏・高山鉄男（インタヴュアー）」／「特別企画・深沢七郎　深沢七郎・秋山駿（インタヴュアー）」と特記あり
表紙・徳弘亜男／カット・清川泰次／発行日・九月一日／頁数・本文全一二四頁／定価・一五〇円／発行人・石坂洋次郎／編集人・遠藤周作／発行所・東京都新宿区角筈一ノ八二六　紀伊国屋ビル五階　三田文学会／編集所・東京都新宿区角筈一ノ八二六　紀伊国屋ビル五階　三田文学編集部／発売元・東京都文京区音羽二ノ一二ノ二一　株式会社講談社／印刷所・東京都港区三田五ノ七ノ三　図書印刷株式会社

■十月号　【196910】

表紙　徳弘亜男
カット　清川泰次
特集「悪霊」
私と「悪霊」1　インタヴュアー　椎名麟三　上総英郎
「王子の死」　利沢行夫
「スタヴローギン考」―告白と演技―2　清水博之
小特集・梶井基次郎
爆発したレモン―梶井基次郎頌―3　坂口昌明
梶井基次郎私論序4　菅原孝雄
手がけた同人雑誌8　「行動」のころ5　田辺茂一
小説
MARS《マルス》の長い腕6　大嶋戍
蜃気楼　木内広

目次註
1〈牢獄とニーチェ体験／矛盾、不条理、宗教／生き方の問題／苦悩と死と救い／日本文学にないもの〉※ニーチェと椎名麟三の写真を付す
2〔了〕※著者略歴を付す
3〔一九六九・七〕※著者略歴を付す。付記あり
4〔juin 1969〕※冒頭に、服部達の一節引用。著者略歴を付す。付記あり
5〔つづく〕
6 大嶋戍《おおしままもる》〈一―五〉〔了〕
＊編集後記　※〈「三田文学」の存在理由と責任、そして「三田文学」が待望する新人の出現〉
＊編集委員　※【196811】に同じ
＊予約読者および会員の方へ
＊十一月号予告（十月七日刊）
＊※おしらせ〈投稿／「ハヤセ」について〉
＊※「早稲田文学」十月号内容紹介あり
＊※「群像」十月特大号内容紹介あり
＊※黒の会創作「祭儀―大門四郎は踊る・肉体の狂儀としての舞踊―」（9月20日　於草月会館ホール）の案内あり
＊※新刊図書の紹介・広告などあり〈『丸岡明小説全集』全三巻・『木山捷平全集』全二巻　新潮社／ノーベル文学賞受賞作家川端康成　バルド・H・ビリエルモ　英和対訳『美の存在と発見』毎日新聞社／江藤淳『作家は行動する―文体について―』（角川選書）角川書店／東洋文庫―後藤末雄著矢沢利彦校訂　144『中国思想のフランス西漸1』・吉野裕訳　145『風土記』平凡社／島田雅編『泣くもんか』（全国学校図書館協議会選定日本図書館協会選定）サンケイ新聞社出版局／小川三雄『天皇の踏絵』サンケイ新聞社出版局／橋本伝左衛門・那須皓・大槻正男・東畑精一監修　日本農学研究所編著『石黒忠篤伝』岩波書店／岩波新書―笹本駿二著『第二次世界大戦前夜』・三上次男著『陶磁の道―東西文明の接点をたずねて―』／A・ラパポート　関寛治編訳『現代の戦争と平和の理論』岩波書店〉
※　表紙に「特集『悪霊』―私と『悪霊』椎名麟三・上総英郎（インタヴュアー）」／「小特集・梶井基次郎」と特記あり
表紙・徳弘亜男／カット・清川泰次／発行日・十月一日／頁数・本文全一四〇頁／定価・一五〇円／発行人・石坂洋次郎／編集人・遠藤周作／発行所・東京都新宿区角筈一ノ八二六　紀伊国屋ビル五階　三田文学会／編集所・東京都新宿区角筈一ノ八二六　紀伊国屋ビル五階　三田文学編集部／発売元・東京都文京区音羽二ノ一二ノ二一　株式会社講談社／印刷所・東京都港区三田五ノ七ノ三　図書印刷株式会社

■十一月号　【196911】

表紙　徳弘亜男
カット　清川泰次

特集「トニオ・クレーゲル」
私と「トニオ・クレーゲル」1　吉行淳之介
インタヴュアー　高山鉄男
「トニオ」体験、ロマネスクへの誘い2　上総英郎
萌芽としてのトーニオ・クレーガー　深田甫
評論
太宰治論――〈道化の虚構〉について――3　宇波彰
手がけた同人雑誌9　「行動」と「あらくれ」4　田辺茂一
小説
春の旅　小田勝造
燃え殻色の雪5　清瀬彩介

目次註

1 〈改めて『トニオ・クレーゲル』を読んで／トーマス・マンの短篇など／「感じやすい」ということ／「社会」に対する姿勢／私の小説作法／短篇小説について〉 ※トーマス・マンと吉行淳之介の写真を付す
2 ――廃墟の世代の自己表白―― 〈1―5〉
3 〈(1)―(5)〉［1969.8.3.］
4 〔つづく〕
5 〔了〕 ※著者略歴あり
＊ 編集後記 ※〈復刊四十冊目に当る本号／今後も探りつづける「三田文学」と「文学」と〉
＊ 編集委員 ※【196811】に同じ
＊ 予約読者および会員の方へ　三田文学会
＊ 十二月号予告（十一月七日刊）
＊ ※おしらせ〈投稿について〉
＊ ※「三田評論」十月号内容紹介あり
＊ ※「早稲田文学」十一月号内容紹介あり
＊ ※「群像」十一月号内容紹介あり
＊ ※新刊図書の紹介・広告などあり〈『海音寺潮五郎全集』全二十一巻（第一回「二本の銀杏・柳沢騒動」）朝日新聞社／中野重治『甲乙丙丁』講談社／『対談 私の文学』（現代を代表する作家16者と秋山駿の対談）講談社／川島至『川端康成の世界』講談社／『中国古典文学大系』第11巻「史記 中」野口定男訳 平凡社／『河上徹太郎全集』全七巻（編集委員―石川淳・井伏鱒二・小林秀雄）勁草書房／江藤淳『崩壊からの創造』・『夏目漱石』――全論考集成決定版――勁草書房〉
※ 表紙に「特集『トニオ・クレーゲル』―私と『トニオ・クレーゲル』吉行淳之介・高山鉄男（インタビュアー）」／「評論・太宰治論」と特記あり

表紙・徳弘亜男／カット・清川泰次／発行日・十一月一日／頁数・本文全一〇八頁／定価・一五〇円／発行人・石坂洋次郎／編集人・遠藤周作／発行所・東京都新宿区角筈一ノ八二六　紀伊国屋ビル五階　三田文学会／編集所・東京都新宿区角筈一ノ八二六　紀伊国屋ビル五階　三田文学編集部／発売元・東京都文京区音羽二ノ一二ノ二一　株式会社講談社／印刷所・東京都港区三田五ノ七ノ三　図書印刷株式会社

■十二月号　【196912】

表紙　徳弘亜男
カット　清川泰次
特集「わが名はアラム」
私と「わが名はアラム」1　三浦朱門
インタヴュアー　上総英郎
サローヤンのアメリカ2　三浦清宏
アラム、アラム！3　越智道雄
手がけた同人雑誌10　「文学者」のころ4　田辺茂一
模倣と創造5　中村光夫
評論
北条理解に反して6　菅原孝雄
北条民雄小論　谷口利夫
小説
幕間7　岡本達也
鉄魚　中田浩作

目次註

1 〈サロイヤンとの出会い／キリスト教のこと／「私」のこと／わが名はアラム〉 ※サロイヤンと三浦朱門の写真を付す
2 ※著者略歴を付す
3 ※著者略歴を付す
4 『文学者』のころ 〔つづく〕
5 ※文末に“昭和44年6月20日、三田文学文芸講演会より編集部筆記”と付す
6 ――非私小説への下降または仮構―― ※冒頭にリルケの引用あり。著者略歴を付す
7 ※著者略歴を付す
＊ 編集後記 ※〈現行の外国作家特集本号で終り―大岡昇平の「スタンダール」二月号で締括り―／期待される新しい文学運動の誕生／その他〉
＊ 編集委員 ※【196811】に同じ
＊ 予約読者および会員の方へ　三田文学会 ※【196904】に同じ
＊ 新年号予告（十二月七日刊）
＊ ※おしらせ〈投稿について〉
＊ ※「三田評論」十一月号内容紹介あり
＊ ※「早稲田文学」十二月号内容紹介あり
＊ ※「群像」十二月号内容紹介あり
＊ ※新刊図書の紹介・広告などあり〈『アンドレ・ブルトン集成』（瀧口修造監修・全12巻）・福永武彦名作三篇―『世界の終り』『心の中を流れる河』『愛の試み愛の終り』 人文書院／松浦行真『激流百年――井伊直弼・岩倉具視・伊藤博文――』『続・激流百年 非命の宰相――原敬・高橋是清・近衛文麿――』 八切止夫『戦国川中島』 サンケイ新聞社出版局／初見一雄『すこし昔の話』大島堅造『山の古典と共に』―茗溪堂の山の図書／東洋文庫百五十一冊 平凡社／『ゴダール全集（全四巻）』『デュラス戯曲全集（全二巻）』／『コリン・ウイルソンの著作』 竹内書店／AL選書―J・ウォード著出淵博訳『アラン・レネの世界』 R・ラウド著柄谷真佐子訳『ゴダールの世界』 K・ヴァーゲンバッハ著中野・高辻共訳『若き日のカフカ』 ソレルスほか著岩崎力

訳『新しい小説・新しい詩』 G・E・マニー著三輪秀彦訳『アメリカ小説時代』『文学の限界』(サルトル、カフカ、ch・モーガン) J・シクリエ著浅沼圭司訳『ベルイマンの世界』サルトルほか著平井啓一郎訳『サルトルの構造主義』 J・グルニエ著井上究一郎訳『孤島』(カミュ序文) 竹内書店/田久保英夫『遠く熱い時間』(芥川賞受賞第一作) 後藤明生『笑い地獄』(芥川賞候補作品集) 阿部牧郎『袋叩きの土地』(直木賞候補の力作集) 江藤淳『表現としての政治』 加藤周一『日本の内と外』 山口瞳『小説 吉野秀雄先生』 阿部昭『未成年』 宮原昭夫『石のニンフ達』―文藝春秋〉

※ 表紙に「特集『わが名はアラム』―私と『わが名はアラム』 三浦朱門・上総英郎(インタヴュアー)」/「評論・北条民雄」と特記あり

表紙・徳弘亜男/カット・清川泰次/発行日・十二月一日/頁数・本文全一二〇頁/定価・一五〇円/発行人・石坂洋次郎/編集人・遠藤周作/発行所・東京都新宿区角筈一ノ八二六 紀伊国屋ビル五階 三田文学会/編集所・東京都新宿区角筈一ノ八二六 紀伊国屋ビル五階 三田文学編集部/発売元・東京都文京区音羽二ノ一二ノ二一 株式会社講談社/印刷所・東京都港区三田五ノ七ノ三 図書印刷株式会社

一九七〇年(昭和四十五年)

■一月号 【197001】

カット 清川泰次
表紙 飯田俊
小説
八月十五日 阪田寛夫
タラチネ 帯正子
メビウスの輪 葉山修平
評論
サリンジャー論 ――〈内なる真実はいずこへ〉―― 繁尾久
木々高太郎氏追悼1 城夏子
椿八郎
水谷準
森田雄蔵
手がけた同人雑誌11 「風景」まで 田辺茂一
座談会
新しい文学の方向を探る2
出席者 氏原工作・上総英郎・宇波彰 藤井貞和・小田勝造・利沢行夫

目次註

1 〈小説と詩と評論」のこと 城夏子/木々高太郎の死 椿八郎/推理小説処女作当時のこと 水谷準/キリスト教の通夜 森田雄蔵〉 ※冒頭に故人の遺影を付す

2 〈現代小説を批判する/世代と原体験/文体について/フィクションとは/伝統の重さ〉 出席者(五十音順)―氏原工作・宇波彰・小田勝造・藤井貞和・利沢行夫 司会者―上総英郎 ※出席者の紹介と写真を付す

* 編集後記 ※〈岩田豊雄の文化勲章受賞/文学者の文学賞辞退と「賞」について〉
* 編集委員 ※【196811】に同じ
* 編集人 ※【196901】に同じ
* 二月号予告(一月七日刊)
* おしらせ 三田文学会 ※〈本会元理事長石丸重治の一周忌を迎え慶應義塾三田文学ライブラリーで『回想の石丸重治』を刊行のこと〉
* ※「三田評論」十二月号の内容紹介あり
* ※「早稲田文学」一月号の内容紹介あり
* 「群像」新年特大号の内容紹介あり
* ※新刊図書の紹介・広告などあり 〈『本因坊戦全集 全7巻』 毎日新聞社/『Deluxe われらの文学全22巻』(編集委員―大江健三郎・江藤淳) 講談社/『中国古典文学大系 第39巻』(「剪燈新語」 瞿佑作・飯塚朗訳 「剪燈余話」 李禎作・飯塚朗訳 「西湖佳話(抄)」 墨浪子編・内田道夫訳 「棠陰比事」 桂万栄編・駒田信二訳)/『中国古典文学大系 第15巻』(「詩経・楚辞」 目加田誠訳) 平凡社〉

※ 表紙に「小説『八月十五日』 阪田寛夫・『メビウスの輪』 葉山修平」/「座談会『新しい文学の方向を探る』 宇波彰・上総英郎・氏原工作・藤井貞和・小田勝造・利沢行夫」と特記あり

表紙・飯田俊/カット・清川泰次/発行日・一月一日/頁数・本文全一一二頁/定価・一五〇円/発行人・石坂洋次郎/編集人・遠藤周作/発行所・東京都新宿区角筈一ノ八二六 紀伊国屋ビル五階 三田文学会/編集所・東京都新宿区角筈一ノ八二六 紀伊国屋ビル五階 三田文学編集部/発売元・東京都文京区音羽二ノ一二ノ二一 株式会社講談社/印刷所・東京都港区三田五ノ七ノ三 図書印刷株式会社

■二月号 【197002】

カット 清川泰次
表紙 飯田俊
小説
踏絵1 首藤敏朗
盗まれた子2 泉秀樹

評論
フォークナーの白痴3　越智道雄
手がけた同人雑誌12(最終回)
ふるい仲間たち4　田辺茂一
評論
リアリティの回復(七十枚)5　近藤功
座談会
新しい文学の方向を探る(そのII)
戦後文学の流れから6　秋山駿・上総英郎
〈出席者アイウエオ順〉　田久保英夫・中上健次

目次註

1 〈1—7〉
2 ※著者略歴を付す
3 ※著者略歴を付す
4 〔おわり〕
5 ——言葉と文体について——〈1—6〉 ※著者略歴あり
6 〈戦後文学が残したもの/三島由紀夫と安部公房/神の視点/戦後文学を超えて〉 出席者—秋山駿・田久保英夫・中上健次　司会者—上総英郎

* 編集後記　※新企画「新しい文学の方向を探る」の意義について
* 予約読者および会員の方へ　三田文学会
* 三月号予告 (二月七日刊)
* 編集委員　※【196811】に同じ
* ※おしらせ　〈投稿について〉
* ※「三田評論」一月号内容紹介あり
* ※「早稲田文学」二月号内容紹介あり
* ※「群像」二月号内容紹介あり
* ※新刊図書の紹介・広告などあり　〈新潮社　新鋭の小説—丸山健二『明日への楽園』・津村節子『夜光時計』・田久保英夫『深い河』(芥川賞受賞)・辻井喬『彷徨の季節の中で』・佐江衆一『すばらしい空』・後藤明生『私的生活』・竹西寛子『儀式』/『野間宏全集』全22巻・別巻1(第二回—長編「わが塔はそこに立つ」)筑摩書房/『中国古典文学大系　第三巻』(「論語」木村英一・鈴木喜一訳　「孟子」藤堂明保・福島中郎訳　「荀子」竹岡八雄・日原利国訳　「礼記(抄)」竹内照夫訳)平凡社/日本山岳会編『山日記　一九七〇年版(昭和45年)』茗渓堂/サンケイ新聞大阪社会部著『これが万国博だ』(日本万国博覧会推薦　日本図書館協会選定図書)/文藝春秋の人と思想シリーズ—加藤周一『日本の内と外』・小田実『難死の思想』・江藤淳『表現としての政治』・唐木順三『詩と死』・笠信太郎『知識と知恵』・鶴見俊輔『不定形の思想』・岡本太郎『原色の呪文』・中村光夫『日本の近代』・臼井吉見『人間の確かめ』・竹山道雄『時流に反して』・福田恆存『日本を思ふ』〉

※　表紙に「小説『踏絵』首藤敏朗・『盗まれた子』泉秀樹」/「座談会『戦後文学の流れから』秋山駿・田久保英夫・上総英郎・中上健次」と特記あり

表紙・飯田俊/カット・清川泰次/発行日・二月一日/頁数・本文全一一二頁/定価・一五〇円/発行人・石坂洋次郎/編集人・遠藤周作/発行所・東京都新宿区角筈一ノ八二六　紀伊国屋ビル五階　三田文学会/編集所・東京都新宿区角筈一ノ八二六　紀伊国屋ビル五階　三田文学編集部/発売元・東京都文京区音羽二ノ一二ノ二一　株式会社講談社/印刷所・東京都港区三田五ノ七ノ三　図書印刷株式会社

■三月号　【197003】

カット　清川泰次
表紙　鈴木美枝子
対談
特別企画「パルムの僧院」
私と「パルムの僧院」1　大岡昇平
インタヴュアー　高山鉄男
岩田豊雄氏追悼2　石川数雄・河盛好蔵・宮田重雄
小説
十万億土の便り　岡本達也
汽笛が…3　北沢輝明
座談会　新しい文学の方向を探る(そのIII)
虚構と現実について4
〈出席者　アイウエオ順〉　宇波彰・柄谷行人
後藤明生・李恢成

目次註

1 〈スタンダールとの出会い/坊主の話/スタンダールとバルザック/スタンダリアンとしての大岡昇平/スタンダールから学んだもの〉 ※本企画について、編集部の付記あり。スタンダールと大岡昇平の写真を付す
2 〈「『父の乳』の獅子さん」石川数雄(主婦の友社社長)/「意地悪爺さん」河盛好蔵/「文六さんを偲ぶ」宮田重雄〉 ※故人の遺影一葉を付す
3 ※著者略歴を付す
4 〈饒舌体の意味/フィクションと私小説/ユーモアと人種/帰国問題と文学/被害者意識の底にあるもの/民族の自意識/李恢成は何語で小説を書くべきか/後藤明生におけるユーモア/どんな批評が信頼できるか/宇波・柄谷に於ける批評の方法〉 出席者—柄谷行人・後藤明生・李恢成　司会者—宇波彰

* 編集後記　※小説の中の「神の視点」について
* 予約読者および会員の方へ　三田文学会
* 四月号予告 (三月七日刊)
* 編集委員　※【196811】に同じ
* ※おしらせ　〈投稿について〉
* ※「三田評論」二月号内容紹介あり
* ※「群像」三月号内容紹介あり
* ※「早稲田文学」三月号内容紹介あり
* ※新刊図書の紹介・広告などあり　〈全一巻自選『井上靖短篇全集』人文書院/大庭みな子『ふなくい虫』講談社/中野重治『甲乙丙丁』講談社/井上靖『月の光』講談社/福永武彦『夜の三部作』講談社/角川書店創業25周年記念出版『日本近代文学大系』全60巻(第四回『芥川龍之介集』)/『中国古典文学大系』(46「紅楼夢　下」高鶚補著・伊藤

漱平訳〉平凡社〉

※　表紙に「特別企画─私と『パルムの僧院』　大岡昇平」／「座談会『新しい文学の方向を探る』　宇波彰・柄谷行人・後藤明生・李恢成」と特記あり

表紙・鈴木美枝子／カット・清川泰次／発行日・三月一日／頁数・本文全一一四頁／定価・一五〇円／発行人・石坂洋次郎／編集人・遠藤周作／発行所・東京都新宿区角筈一ノ八二六　紀伊国屋ビル五階　三田文学会／編集所・東京都新宿区角筈一ノ八二六　紀伊国屋ビル五階　三田文学編集部／発売元・東京都文京区音羽二ノ一二ノ二一　株式会社講談社／印刷所・東京都港区三田五ノ七ノ三　図書印刷株式会社

■四月号　【197004】

カット　清川泰次
表紙　鈴木美枝子
対談
現実と文学1 ──外国文学と日本文学をめぐって──　川村二郎・柴田翔
評論
作品論『フランシス・マコーマーの短い幸福な生涯』2　中村保男
連載随筆(第一回)
文壇について3　大久保房男
日記(昭和四十四年十二月─四十五年一月)4　遠藤周作
小説
蜃気楼5　笠原淳
ねずみの島6　平忠夫
秋の陽7　大嶋戍

目次註

1　〈なぜドイツ文学を選んだのか／学者と作家をどう両立させるか／なぜ書くか／自立的空間と文学的空間／紙の上で人を殺すには／三島の芸術と煽動力／上からの眼と下からの眼／外国文学からどのような利点を得ているか／川村二郎における批評の方法／蟷螂の斧〉　※両者の写真を付す
2　『フランシス・マコーマーの短い幸福な生涯』〔つづく〕
3　〔つづく〕
4　〈十二月二十七日─一月三十日〉〔つづく〕
5　※著者略歴を付す
6　〔完〕　※著者略歴を付す
7　〔了〕

＊　編集後記　※〈新人作品に処する「三田文学」の姿勢など〉
＊　編集委員　※【196811】に同じ
＊　予約購読者および会員の方へ　三田文学会
＊　五月号予告（四月七日刊）
＊　※おしらせ〈投稿について〉
＊　※「三田評論」三月号内容紹介あり
＊　※「早稲田文学」四月号内容紹介あり
＊　※「群像」四月特大号内容紹介あり
＊　※朝日新聞社『獅子文六全集（全十六巻）』の広告中、サトウハチローの推薦文(詩)を紹介
＊　※勁草書房『高見順全集（全20巻・別巻1）』の広告中、川端康成筆「刊行の辞」の原稿を紹介
＊　※平凡社『中国古典文学大系』第20巻「宋代詞集」の広告中、張炎作「八声甘州」の一部、紹介あり
＊　※その他、新刊図書の紹介・広告などあり〈武田友寿著『遠藤周作の世界』・『美神の宿命』（日本図書館協会選定図書）・『宗教と文学の接点』中央公論社／永野藤夫『世界の文学』・『世界の演劇』中央公論社／松本正夫『神学と哲学の時代─思索と理念の歩み─』中央公論社／井出昭『世界の戦場を行く』（ビアフラ飢餓戦争の実態ルポ）サンケイ新聞社出版局／文藝春秋の本─伊藤整自選エッセイ集『知恵の木の実』（人と思想シリーズ）・三浦哲郎『海の道』・山本健吉『ことばの歳時記』・獅子文六『食味歳時記』・巌谷大四『文壇紳士録』・藤島茂『遠い汽笛』・阿部昭『未成長』・後藤明生『笑い地獄』・田久保英夫『遠く熱い時間』・立原正秋『心のふるさとをゆく』・河野多恵子『草いきれ』・司馬遼太郎『歴史を紀行する』〉

※　表紙に「対談『現実と文学──外国文学と日本文学をめぐって──』　川村二郎・柴田翔」／「日記　遠藤周作」と特記あり

表紙・鈴木美枝子／カット・清川泰次／発行日・四月一日／頁数・本文全一一六頁／定価・一五〇円／発行人・石坂洋次郎／編集人・遠藤周作／発行所・東京都新宿区角筈一ノ八二六　紀伊国屋ビル五階　三田文学会／編集所・東京都新宿区角筈一ノ八二六　紀伊国屋ビル五階　三田文学編集部／発売元・東京都文京区音羽二ノ一二ノ二一　株式会社講談社／印刷所・東京都港区三田五ノ七ノ三　図書印刷株式会社

■五月号　【197005】

カット　清川泰次
表紙　鈴木美枝子
対談
詩人がなぜ小説を書くか1　清岡卓行・金井美恵子
連載随筆(第二回)
文壇について　大久保房男
日記(昭和四十五年二月一日─二月二十七日)2　遠藤周作
小説
雨の庭(五十枚)3　津島佑子
戯曲
巴鼻庵《はびあん》物狂い4　田中千禾夫
荷物5　椎名麟三

目次註

1　〈書く必然性はどこにあるか／大岡信氏に反論する／理想的な言葉とは／作中人物の命名／石川淳氏の文芸時評について／作品論を読むよろこび〉　※両者の写真を付す。次号最終頁に訂正あり
2　日記（昭和四十五年二月一日─同年二月二十七日）
3　〔了〕
4　巴鼻庵《はびあん》物狂い（万博キリスト教館上演作品）

5　荷物（万博キリスト教館上演作品）
＊　編集後記　※〝前期芥川賞候補に選ばれた岡本達也氏に続くべく、われわれがその将来性を確信する津島氏を久しぶりに迎え…〟として、小説の作者を紹介
＊　編集委員　※【196811】に同じ
＊　予約購読者および会員の方へ　三田文学会　※【196904】に同じ
＊　六月号予告（六十周年記念号）（五月七日刊）
＊　※おしらせ〈投稿について〉
＊　※「三田評論」四月号内容紹介あり
＊　※「早稲田文学」五月号内容紹介あり
＊　※「群像」五月号内容紹介あり
＊　※小学館『原色日本の美術』（全30巻）の広告中、文芸評論家小林秀雄の顔写真入り推薦文を紹介
＊　※その他、新刊図書の紹介・広告などあり〈『群像創作合評』全10巻（第一巻　昭和22年4月号―昭和24年12月号）講談社／東洋文庫158『東方見録聞［見聞録］』マルコ・ポーロ述・愛宕松男訳注　159『東都歳時記(1)』斎藤月岑著・朝倉治彦校注　平凡社／川端康成『小説入門』（アテネ新書）弘文堂書房〉
※　表紙に「対談『詩人がなぜ小説を書くか』清岡卓行・金井美恵子」／「巴鼻庵物狂い　田中千禾夫」／「荷物　椎名麟三」／「日記　遠藤周作」と表紙に特記あり
表紙・鈴木美枝子／カット・清川泰次／発行日・五月一日／頁数・本文全九六頁／定価・一五〇円／発行人・石坂洋次郎／編集人・遠藤周作／発行所・東京都新宿区角筈一ノ八二六　紀伊国屋ビル五階　三田文学会／編集所・東京都新宿区角筈一ノ八二六　紀伊国屋ビル五階　三田文学編集部／発売元・東京都文京区音羽二ノ一二ノ二一　株式会社講談社／印刷所・東京都港区三田五ノ七ノ三　図書印刷株式会社

■六月号　**【197006】**

表紙　鈴木美枝子
カット　清川泰次

座談会　創刊六十周年特別企画
座談会『三田文学』今昔 1　西脇順三郎／小島政二郎／和木清三郎／庄野誠一／田久保英夫／（司会者）紅野敏郎
評論
幼年期のドラマ 2　――フランツ・カフカの場合　上総英郎
連載随筆（最終回）
文壇について　大久保房男
小説
月夜のすべり台 3　三室源治
夜明けの鳥の声 4　御遠肇

目次註
1　※出席者の写真各一葉を付す
2　〈1―4〉
3　※著者略歴を付す
4　〈一―十〉※著者略歴を付す
＊　編集後記　※〈創刊六十周年特別企画〝「三田文学」今昔〟について／記念の文芸講演会について／その他〉
＊　編集委員　※【196811】に同じ
＊　予約購読者および会員の方へ　三田文学会　※【196904】に同じ
＊　創刊六十周年記念「三田文学文芸講演会」　三田文学会　※第二回。〈5月9日（土）午後三時半／於慶應義塾大学三田校舎518番教室／講師―芥川比呂志「戯曲と演出」・江藤淳「現代と文学」・吉本隆明「文芸批評とは何か」・大庭みな子「未定」〉
＊　七月号予告（六月七日刊）
＊　※おしらせ〈投稿に関して〉
＊　※「三田評論」五月号内容紹介あり
＊　※「早稲田文学」六月号（五月七日発売）
＊　※「群像」六月特大号内容紹介あり
＊　※岡田睦第一創作集『薔薇の椅子』雲井書店の広告中、「安岡章太郎氏評」として推薦文を紹介
＊　※サンケイ新聞社出版局刊、関口由三『真実を追う――下山事件捜査官の記録――』、北川衛『東京＝女スパイ』の広告中、大宅壮一、梶山季之の推薦文をそれぞれ紹介
＊　※毎日新聞社編『日本高僧遺墨　全三巻』（編集委員―近藤喜博・玉村竹二・石田瑞麿　総説執筆者―谷川徹三ほか）の広告中、井上靖、石坂泰三、榑林皓堂、橋本凝胤、町春草、神田喜一郎、千宗左の中から代表として井上靖の「推薦の言葉」を紹介
＊　※その他、新刊図書の紹介・広告などあり〈新潮社の純文学書下ろし特別作品―堀田善衞『橋上幻像』・椎名麟三『懲役人の告発』・遠藤周作『沈黙』（谷崎潤一郎賞受賞）・大江健三郎『個人的な体験』（新潮社文学賞受賞）・安部公房『燃えつきた地図』『砂の女』（読売文学賞受賞）・福永武彦『海市』・石川達三『充たされた生活』・安岡章太郎『花祭』・中村真一郎『恋の泉』・菊村到『遠い海の声』・庄野潤三『浮き灯台』・倉橋由美子『聖少女』・北杜夫『白きたおやかな峰』・開高健『輝ける闇』・石原慎太郎『化石の森』／右遠俊郎『病犬と月』・中里喜昭『水無川』・村山知義『演劇的自叙伝1』・西野辰吉『日本潜行記』東邦出版社／『日本語の歴史』全8巻（第一回「民族のことばの誕生」編集顧問―土井忠生・森本義彰　編集委員―亀井孝・大藤時彦・山田俊雄）平凡社〉
＊　※「吉田喜重監督作品一挙上映」として、早稲田大学現代映像研究会における上映と、吉田喜重講演（第二日）の案内あり〈5月16日（土）・19日（火）／午前十時―午後八時／於中野公会堂〉
※　表紙に「創刊六十周年特別企画　座談会『三田文学』今昔　西脇順三郎・小島政二郎・和木清三郎・庄野誠一・田久保英夫・（司会者）紅野敏郎」と特記あり
表紙・鈴木美枝子／カット・清川泰次／発行日・六月一日／頁数・本文全一一二頁／定価・一五〇円／発行人・石坂洋次郎／編集人・遠藤周作／発行所・東京都新宿区角筈一ノ八二六　紀伊国屋ビル五階　三田文学会／編集所・東京都新宿区

角筈一ノ八二六　紀伊国屋ビル五階　三田文学編集部／発売元・東京都文京区音羽二ノ一二ノ二一　株式会社講談社／印刷所・東京都港区三田五ノ七ノ三　図書印刷株式会社

■七月号（演劇特集）【197007】

カット　清川泰次
表紙　鈴木美枝子
対談
演劇と演技1　芥川比呂志・小沢昭一
評論
演劇の焦燥感　尾崎宏次
劇評への疑問　井沢淳
連載
『愛』についてⅠ――サルトルの場合　白井浩司
和木清三郎氏追悼2　石坂洋次郎・倉島竹二郎・庄野誠一・戸板康二・丹羽文雄・野口冨士男・鷲尾洋三
小説
長すぎた綱3　岡本達也

目次註

1　〈芸〉のはなし／日本の芝居と西洋の芝居／輸出に耐える日本の芝居／死の花／新劇の将来〉※両者の写真を付す
2　〈和木清三郎君を偲ぶ　石坂洋次郎／一代の名編集者和木さんを偲ぶ　倉島竹二郎／忘れられない人　庄野誠一／和木清三郎さんのこと　戸板康二／和木さんのこと　丹羽文雄／特異な名編集長　野口冨士男／直情の人――和木清三郎氏を悼む　鷲尾洋三〉※和木清三郎の写真を付す
3　※著者略歴あり
＊　編集後記　※〈月刊誌の編集では季節感のずれにであうことがある／戦後二十五年、新しい文学が出てきてもよさそうだ〉
＊　予約購読者および会員の方へ　三田文学会　※【196904】に同じ
＊　八月号予告（七月七日刊）
＊　編集委員　※【196811】に同じ
＊　※おしらせ〈投稿について〉
※　表紙に「演劇特集／対談『演劇と演技』芥川比呂志・小沢昭一／演劇の焦燥感　尾崎宏次／劇評への疑問　井沢淳」と特記あり

表紙・鈴木美枝子／カット・清川泰次／発行日・七月一日／頁数・本文全八四頁／定価・一五〇円／発行人・石坂洋次郎／編集人・遠藤周作／発行所・東京都新宿区角筈一ノ八二六　紀伊国屋ビル五階　三田文学会／編集所・東京都新宿区角筈一ノ八二六　紀伊国屋ビル五階　三田文学編集部／発売元・東京都文京区音羽二ノ一二ノ二一　講談社／印刷所・東京都港区三田五ノ七ノ三　図書印刷株式会社

■八月号【197008】

カット　清川泰次
表紙　鈴木美枝子
対談
『外国体験と小説』1　加賀乙彦・大庭みな子
評論
私小説は滅びたか　近藤功
連載
『愛』についてⅡ――カミュの場合2　白井浩司
評論
文芸批評とはなにか3　吉本隆明
菅原卓氏追悼4　小山祐士・田中千禾夫・田村秋子・松浦竹夫
小説
アルビオンにて5　三浦浩
或る冬の朝　泉秀樹

目次註

1　〈外国を描くこと／故郷喪失／外国における日本人／強制された故郷／外国生活と文体／「三匹の蟹」における会話と抽象／体験と創作／作家の私と文学〉※両者の写真を付す
2　「愛」についてⅡ　白井浩司
3　〔昭和45年5月9日・三田文学六十周年記念・文芸講演会より（編集部筆記）〕
4　冥福を祈る　小山祐士／長い道　田中千禾夫／菅原さん　田村秋子／卓先生　松浦竹夫　※菅原卓の写真を付す
5　〈ヘディントンの秋／アイシスの五月に〉
＊　編集後記　※〈三田文学が一個の確たる文学運動にまでたかめられることを希う／五月九日三田文学創刊六十周年記念文芸講演会が催された〉
＊　予約購読者および会員の方へ　三田文学会　※【196904】に同じ
＊　九月号予告（八月七日刊）
＊　編集委員　※【196811】に同じ
＊　※おしらせ〈投稿について〉
※　表紙に「対談『外国体験と小説』加賀乙彦・大庭みな子／評論　文芸批評とはなにか　吉本隆明」と特記あり

表紙・鈴木美枝子／カット・清川泰次／発行日・八月一日／頁数・本文全九六頁／定価・一五〇円／発行人・石坂洋次郎／編集人・遠藤周作／発行所・東京都新宿区角筈一ノ八二六　紀伊国屋ビル五階　三田文学会／編集所・東京都新宿区角筈一ノ八二六　紀伊国屋ビル五階　三田文学編集部／発売元・東京都文京区音羽二ノ一二ノ二一　講談社／印刷所・東京都港区三田五ノ七ノ三　図書印刷株式会社

■九月号【197009】

カット　清川泰次
表紙　鈴木美枝子
座談会
新しい作家たち1　阿部昭・黒井千次・古山高麗雄
連載
『愛』についてⅢ――デュラスの場合　白井浩司
評論

現代と文学2　江藤淳
小説
父親の指　首藤敏朗
手をうしろに組む男　岡本達也

目次註

1 〈コンピューターでも書ける文体／黒井氏には文体がない?／小説はレポートではない／腫れものとしての小説／感じいい通行人、／ものがあるかないか／「私」不感症と「私」アレルギー〉 ※出席者の写真を付す
2 〔昭和45年5月9日・三田文学創刊六十周年記念文芸講演会より（編集部筆記）〕
＊ 編集後記 ※〈投稿作品について〉
＊ 予約購読者および会員の方へ　三田文学会　※【196904】に同じ
＊ 十月号予告（九月七日刊）
＊ 編集委員　※【196811】に同じ
＊ ※おしらせ〈投稿について〉
※ 表紙に「座談会『新しい作家たち』阿部昭・黒井千次・古山高麗雄／評論　現代と文学　江藤淳」と特記あり
表紙・鈴木美枝子／カット・清川泰次／発行日・九月一日／頁数・本文全一〇四頁／定価・一五〇円／発行人・石坂洋次郎／編集人・遠藤周作／発行所・東京都新宿区角筈一ノ八二六　紀伊国屋ビル五階　三田文学会／編集所・東京都新宿区角筈一ノ八二六　紀伊国屋ビル五階　三田文学編集部／発売元・東京都文京区音羽二ノ一二ノ二一　講談社／印刷所・東京都港区三田五ノ七ノ三　図書印刷株式会社

■十月号　**【197010】**

カット　清川泰次
表紙　鈴木美枝子
対談
S・Fと純文学の出会い1　星新一・福島正実
評論
故郷喪失と放浪2　大庭みな子
文学における「私」の問題3　小池多米司
連載随筆（第一回）
鳴り響く装置　芥川比呂志
小説
天山を見る　阪田寛夫
冬木立4　御遠肇
搭乗員5　根岸茂一

目次註

1 〈SFへの芽生え／宇宙小説と未来小説／SFと公害問題／SFの書き方／なぜ純文学を捨てたか〉 ※両者の写真を付す
2 〔昭和45年5月9日・三田文学六十周年記念文芸講演会より（編集部筆記）〕
3 ※著者略歴あり
4 ※著者略歴あり
5 〈一―七〉
＊ 編集後記 ※〈真にクリエイティブなものを目指していきたい／連載随筆はじまる〉
＊ 予約購読者および会員の方へ　三田文学会　※【196904】に同じ
＊ 十一月号予告（十月七日刊）
＊ 編集委員　※【196811】に同じ
＊ ※おしらせ〈投稿について〉
※ 表紙に「対談『S・Fと純文学との出会い』星新一・福島正実／連載随筆（第一回）鳴り響く装置　芥川比呂志／故郷喪失と放浪　大庭みな子」と特記あり
表紙・鈴木美枝子／カット・清川泰次／発行日・十月一日／頁数・本文全九六頁／定価・一五〇円／発行人・石坂洋次郎／編集人・遠藤周作／発行所・東京都新宿区角筈一ノ八二六　紀伊国屋ビル五階　三田文学会／編集所・東京都新宿区角筈一ノ八二六　紀伊国屋ビル五階　三田文学編集部／発売元・東京都文京区音羽二ノ一二ノ二一　講談社／印刷所・東京都港区三田五ノ七ノ三　図書印刷株式会社

■十一月号　**【197011】**

カット　清川泰次
表紙　鈴木美枝子
対談
文学における『神』の問題1　小川国夫・真継伸彦
連載随筆（第二回）
役とのつきあい　芥川比呂志
評論
佐藤春夫論　自然観の変革2　——『田園の憂鬱』を中心に——　上総英郎
折口信夫論　折口信夫・歌評以前　井口樹生
西脇順三郎論　西脇順三郎と諧謔3　——垂直的侵入者の疾走——　鍵谷幸信
小説
壁環《ミューラル・サークル》4　越智道雄

目次註

1 ※両者の写真を付す
2 〈1―3〉
3 〈I―II〉
4 ※著者略歴あり
＊ 編集後記 ※〈戦後二十五年だが「戦後派」の台頭がみうけられない〉
＊ 予約購読者および会員の方へ　三田文学会　※【196904】に同じ
＊ 十二月号予告（十一月七日刊）
＊ 編集委員　※【196811】に同じ
＊ ※おしらせ〈投稿について〉
※ 表紙に「対談『文学における神の問題』小川国夫・真継伸彦」と特記あり
表紙・鈴木美枝子／カット・清川泰次／発行日・十一月一日

／頁数・本文全九六頁／定価・一五〇円／発行人・石坂洋次郎／編集人・遠藤周作／発行所・東京都新宿区角筈一ノ八二六　紀伊国屋ビル五階　三田文学会／編集所・東京都新宿区角筈一ノ八二六　紀伊国屋ビル五階　三田文学編集部／発売元・東京都文京区音羽二ノ一二ノ二一　講談社／印刷所・東京都港区三田五ノ七ノ三　図書印刷株式会社

■十二月号　【197012】

カット　清川泰次
表紙　鈴木美枝子
対談
同人雑誌を出す意義1　小田切秀雄・高橋和巳
連載随筆（最終回）
ある千秋楽　芥川比呂志
評論
ロブ＝グリエ論　サンスの不在と距離2　朝吹由紀子
バッサーニ論　鷺《ライローネ》が翼を閉じるとき3　大空幸子
アプダイク論
ジョン・アプダイクの世界4　浜野成生
──《ピープル＝サンクチュアリ》を求めて──
小説
壺の中5　仲曽《(宗)》根盛光

目次註
1　※両者の写真を付す
2　※著者略歴あり
3　〈Ⅰ　フェルラーラの専門家／Ⅱ　実存的エルメティズモ／Ⅲ　愛憎の亀裂より／Ⅳ　時代の証言／Ⅴ　鷺《ライローネ》が翼を閉じるとき〉　※著者略歴あり
4　〈1―3〉　※著者略歴あり
5　仲宗根盛光
＊　編集後記　※〈来年度からはこれまでとはすこしちがった視点から捕えていく〉
＊　予約購読者および会員の方へ　三田文学会　※【196904】に同じ
＊　一月号予告（十二月七日刊）
＊　編集委員　※【196811】に同じ
＊　※おしらせ〈投稿について〉
※　表紙に「対談『同人雑誌を出す意義』小田切秀雄・高橋和巳」と特記あり

表紙・鈴木美枝子／カット・清川泰次／発行日・十二月一日／頁数・本文全九六頁／定価・一五〇円／発行人・石坂洋次郎／編集人・遠藤周作／発行所・東京都新宿区角筈一ノ八二六　紀伊国屋ビル五階　三田文学会／編集所・東京都新宿区角筈一ノ八二六　紀伊国屋ビル五階　三田文学編集部／発売元・東京都文京区音羽二ノ一二ノ二一　講談社／印刷所・東京都港区三田五ノ七ノ三　図書印刷株式会社

一九七一年（昭和四十六年）

■一月号（映画特集）　【197101】

カット　清川泰次
対談
この状況の中で芸術追求は可能か1　新藤兼人・浦山桐郎
連載随筆（第一回）
見た顔　戸板康二
評論
日本映画　ドナルド・リチー
──その定義づけに関する考察──2
私が映画で描きたいこと3　羽仁進
私は「沈黙」をこのように映像化する4　篠田正浩
シナリオ
沈黙　遠藤周作

目次註
1　この状況のなかで芸術追求は可能か〈ひとつの時代の終焉／企業の袖の下を離れて／「わたしにも写せます」／映画つくりの根本／映像作家というもの〉　※両者の写真を付す
2　〔1970.10.20〕（日本語訳・今野雄二）
3　わたしが映画で描きたいこと
4　わたしは『沈黙』をこのように映像化する
＊　編集後記（遠藤周作）　※〈現代の若者は漫画と映画に関心を持っている、両者とも人間の視覚に訴えるものだ／「沈黙」の映画化が延期になったが篠田正浩「私は沈黙をこのように映画化する」とシナリオをそのまま掲載する〉
＊　予約購読者および会員の方へ　三田文学会　※【196904】に同じ
＊　二月号予告（一月七日刊）
＊　編集委員　※【196811】に同じ

＊　※おしらせ〈投稿について〉

※　表紙に「映画特集／対談　新藤兼人・浦山桐郎／評論　ドナルド・リチー　篠田正浩　羽仁進／シナリオ『沈黙』遠藤周作」と特記あり

カット・清川泰次／発行日・一月一日／頁数・本文全九六頁／定価・一五〇円／発行人・石坂洋次郎／編集人・遠藤周作／発行所・東京都新宿区角筈一ノ八二六　紀伊国屋ビル五階　三田文学会／編集所・東京都新宿区角筈一ノ八二六　紀伊国屋ビル五階　三田文学編集部／発売元・東京都文京区音羽二ノ一二ノ二一　講談社／印刷所・東京都港区三田五ノ七ノ三　図書印刷株式会社

■二月号　**【197102】**

カット　清川泰次

対談

私はなぜ批評家になったか1　（インタヴュアー）　吉本隆明　柄谷行人

連載随筆（第二回）

劇場の椅子　戸板康二

評論

『わからない小説』と『つまらない小説』——平野発言をめぐって——2　森川達也　松原新一　桶谷秀昭

小説

夜明けのない朝3　佐々木卓

糸なき流れ4　奥野忠昭

目次註

1　〔70.11.14〕　※両者の写真を付す。〝江藤・大江は夭折してほしい／批評における距離のとり方／小林秀雄と谷崎潤一郎／市川団蔵は私の理想／平野さん、最後の問いはなにか／松下幸之助と三島由紀夫／私はなぜ批評家になったか〟と目次頁に註記あり

2　平野発言におもう　平野謙氏の美意識の限界　森川達也〈1—3〉／過渡期の批評　松原新一／私感　桶谷秀昭

3　※著者略歴あり

4　※著者略歴あり

＊　編集後記　※〈ビルの奥まったところに編集室があるので外界の変化を知らずに過ごすことがある〉

＊　予約購読者および会員の方へ　三田文学会　※【196904】に同じ

＊　三月号予告（二月七日刊）

＊　編集委員　※【196811】に同じ

＊　※おしらせ〈投稿について〉

※　表紙に「対談『わたしはなぜ批評家になったか』吉本隆明・柄谷行人（インタヴュアー）／評論「わからない小説」と「つまらない小説」——平野発言をめぐって——　森川達也・松原新一・桶谷秀昭」と特記あり

カット・清川泰次／発行日・二月一日／頁数・本文全九六頁／定価・一五〇円／発行人・石坂洋次郎／編集人・遠藤周作／発行所・東京都新宿区角筈一ノ八二六　紀伊国屋ビル五階　三田文学会／編集所・東京都新宿区角筈一ノ八二六　紀伊国屋ビル五階　三田文学編集部／発売元・東京都文京区音羽二ノ一二ノ二一　講談社／印刷所・東京都港区三田五ノ七ノ三　図書印刷株式会社

■三月号　**【197103】**

カット　清川泰次

対談

文芸批評家の在り方1　江藤淳・入江隆則

連載随筆（最終回）

きらいな言葉　戸板康二

小説

特別な他人たち2　加藤宗哉

狼たちの辯明3　樋口至宏

目次註

1　〈「縮こまる文学」と海舟／「批評家」としての勝海舟と神風正一／ベンダサン的友人／行きついた果ての「暗室」／百五十円分の批評／作家のうらとおもて／スター幽霊・三島由紀夫／批評家の本しか売れなくなる時代〉〔70.12.21〕　※両者の写真を付す

2　〈1—8〉　※筆者略歴あり

3　〈2—6〉　※筆者略歴あり

＊　編集後記　※〈予告と異なる内容になった／平野謙の反論掲載予定が平野氏急病のため不可能に・対談内容〉

＊　予約購読者および会員の方へ　三田文学会　※【196904】に同じ

＊　四月号予告（三月七日刊）

＊　編集委員　※【196811】に同じ

＊　※おしらせ〈投稿について〉

※　表紙に「対談『文芸批評家の在り方』江藤淳・入江隆則」と特記あり

カット・清川泰次／発行日・三月一日／頁数・本文全九六頁／定価・一五〇円／発行人・石坂洋次郎／編集人・遠藤周作／発行所・東京都新宿区角筈一ノ八二六　紀伊国屋ビル五階　三田文学会／編集所・東京都新宿区角筈一ノ八二六　紀伊国屋ビル五階　三田文学編集部／発売元・東京都文京区音羽二ノ一二ノ二一　講談社／印刷所・東京都港区三田五ノ七ノ三　図書印刷株式会社

■四月号　**【197104】**

カット　清川泰次

対談

『暗室』を語る1　（インタヴュアー）　吉行淳之介　古屋健三

連載随筆（第一回）

言文不一致　田中千禾夫

小説

地震2　石氏謙介

夜の隻影3　早瀬利之

評論
宗教と文学4
——作家の実存意識をめぐって—— 武田友壽

目次註

1 〈「暗室」のノートから／わたしを触発するもの／河野多恵子さんの指摘／二度読んでもらいたい理由／わたしの小説作法（伏線の張り方）／小道具としてのワギナ／イメージ・原体験の問題／会話／初老期鬱病小説／幼児体験とセックス／ジュラルミンの花咲く夢〉〔'71.2.3〕 ※両者の写真を付す
2 ※著者略歴あり
3 ※著者略歴あり
4 武田友寿〈Ⅰ—Ⅲ〉 ※著者略歴あり
＊ 編集後記 ※〈古屋健三紹介〉
＊ 予約購読者および会員の方へ 三田文学会 ※【196904】に同じ
＊ 五月号予告（四月七日刊）
＊ 編集委員 ※【196811】に同じ
＊ ※おしらせ〈投稿について〉
※ 表紙に「対談『暗室』を語る 吉行淳之介・古屋健三（インタヴュアー）」と特記あり

カット・清川泰次／発行日・四月一日／頁数・本文全九六頁／定価・一五〇円／発行人・石坂洋次郎／編集人・遠藤周作／発行所・東京都新宿区角筈一ノ八二六 紀伊国屋ビル五階 三田文学会／編集所・東京都新宿区角筈一ノ八二六 紀伊国屋ビル五階 三田文学編集部／発売元・東京都文京区音羽二ノ一二ノ二一 講談社／印刷所・東京都港区三田五ノ七ノ三 図書印刷株式会社

■五月号 【197105】

カット 清川泰次
対談
『回転扉』を語る1 河野多恵子
（インタヴュアー）古屋健三
評論
河野多恵子 この蠱惑的な存在2 近藤功
連載随筆（第二回）
自業自得 田中千禾夫
小説
マルスの子らが3 三浦浩
山を売る4 御遠肇
漂砂5 北澤輝明

目次註

1 〈容姿を書かないわけ／作者の精神とディテール／「回転扉」とは何か／樽に対する恐怖〉 ※両者の写真を付す
2 河野多恵子、この蠱惑的な存在
3 三浦浩〈Ⅰ—Ⅲ〉
4 ※著者略歴あり
5 ※著者略歴あり
＊ 編集後記 ※〈三田文学・文芸講演会案内など〉
＊ 予約購読者および会員の方へ 三田文学会 ※【196904】に同じ
＊ 六月号予告（五月七日刊）
＊ 編集委員 ※【196811】に同じ
＊ ※おしらせ〈投稿について〉
＊ 三田文学・文芸講演会〈五月八日 於慶應義塾大学三田校舎518番教室〉
※ 表紙に「対談『回転扉』を語る 河野多恵子・古屋健三（インタヴュアー）」と特記あり

カット・清川泰次／発行日・五月一日／頁数・本文全九六頁／定価・一五〇円／発行人・石坂洋次郎／編集人・遠藤周作／発行所・東京都新宿区角筈一ノ八二六 紀伊国屋ビル五階 三田文学会／編集所・東京都新宿区角筈一ノ八二六 紀伊国屋ビル五階 三田文学編集部／発売元・東京都文京区音羽二ノ一二ノ二一 講談社／印刷所・東京都港区三田五ノ七ノ三 図書印刷株式会社

■六月号 【197106】

カット 清川泰次
対談
『闇のなかの黒い馬』を語る1 埴谷雄高
（インタヴュアー）古屋健三
連載随筆（第三回）
楽屋にて 田中千禾夫
評論
批評のなかの実証 川嶋至
小説
闇を紡ぐ時 岡本達也
海賊2 野津決
新しい立証による評伝
荷風の青春㈠——船出——3 武田勝彦

目次註

1 〈九つの短篇の方法上の工夫／記録型と魂の渇望型／僕の妄想的宇宙論／夢の中で扱う原型／闇のなかに拡大する「黒い馬」／長い時間の経過／予言者めかして宇宙を脅かしたい／革命という問題の現実的な面／二十三世紀くらいを相手に〉 ※両者の写真を付す
2 ※著者略歴あり
3 〈新連載〉〔つづく〕 ※荷風の父・永井禾原、志なの丸の写真を付す／「信濃丸関係については日本郵船株式会社弘報室課長代理松下敏夫氏にご教示を得ました」と註記あり
＊ 編集後記 ※〈ものを書こうとする人間は孤猿の要素をもっているのでは〉
＊ 予約購読者および会員の方へ 三田文学会 ※【196904】に同じ
＊ 七月号予告（六月七日刊）
＊ 編集委員 ※【196811】に同じ
＊ ※おしらせ〈投稿について〉
＊ 三田文学文芸講演会〈5月8日（土）／於慶應義塾大学三田校舎518番教室／入場料一〇〇円／講師 安岡章太

郎・吉本隆明「政治と文学」・河野多恵子「他性を書くこと」〈もう一人は未定〉
＊「三田文学会」入会の案内
※ 表紙に「対談『闇のなかの黒い馬』を語る　埴谷雄高・古屋健三（インタヴュアー）」と特記あり
カット・清川泰次／発行日・六月一日／頁数・本文全九六頁／定価・一五〇円／発行人・石坂洋次郎／編集人・遠藤周作／発行所・東京都新宿区角筈一ノ八二六　紀伊国屋ビル五階　三田文学会／編集所・東京都新宿区角筈一ノ八二六　紀伊国屋ビル五階　三田文学編集部／発売元・東京都文京区音羽二ノ一二ノ二一　講談社／印刷所・東京都港区三田五ノ七ノ三　図書印刷株式会社

■**七月号**　【197107】

カット　清川泰次
対談
詩人と小説家との対話1　西脇順三郎・武田泰淳
書評「霧雨」三部作
北原文学の一頂点2
連載随筆(第四回)
感嘆詞について　田中千禾夫
評伝　荷風の青春(二)——航海——3　武田勝彦
小説
子供のいる村の風景4　葉山修平
チャボの行くえ5　茜谷大介

目次註
1 〈詩と神／日本語のむずかしさ／植物のはなし／諧謔とリアリズム・対立と調和／詩人は盗賊である／音調について／有楽町のさびしさ〉〔71.3.30〕　※両者の写真を付す
2 〈高石治〉
3 ※今村次七、荷風が着いたころのヴィクトリア港の写真を付す
4 〈指／老人／老婆／室（むろ）／かごや〉
5 ※著者略歴あり
＊ 編集後記　※〈投稿が月五、六十篇、一九七一年になってから、うち四篇を掲載／投稿原稿は誤字・脱字に気をつけてほしい／古屋健三のインタヴュー休載〉
＊ 予約購読者および会員の方へ　三田文学会　※【196904】に同じ
＊ 八月号予告（七月七日刊）
＊ 編集委員　※【196811】に同じ
＊ ※おしらせ〈投稿について〉
＊「三田文学会」入会の案内
※ 表紙に〝対談「詩人と小説家との対話」西脇順三郎・武田泰淳〟と特記あり
カット・清川泰次／発行日・七月一日／頁数・本文全九六頁／定価・一五〇円／発行人・石坂洋次郎／編集人・遠藤周作／発行所・東京都新宿区角筈一ノ八二六　紀伊国屋ビル五階　三田文学会／編集所・東京都新宿区角筈一ノ八二六　紀伊国屋ビル五階　三田文学編集部／発売元・東京都文京区音羽二ノ一二ノ二一　講談社／印刷所・東京都港区三田五ノ七ノ三　図書印刷株式会社

■**八月号**　【197108】

カット　清川泰次
対談
「杳子・妻隠」を語る1　古井由吉・古屋健三
評伝　荷風の青春(三)——明日に架ける橋——2　武田勝彦
小説
他人の血(147枚)3　森禮子
連載随筆(最終回)
長崎辯について　田中千禾夫
書評
「群像創作合評」—全十巻4
「立ち盡す明日」(柴田翔)5
政治と文学について6　吉本隆明

目次註
1 〈教職をやめて／表現力を支えるもの／なぜ、長篇を書かないか／見る・見合う・見られる／空襲の体験／時間と空間の感覚／杳子のイメージの変化／しあわせな作品・「妻隠」〉　※両者の写真を付す
2 ※ワイオミング・セミナリイの写真を付す
3 〈第一章—第二章〉　※著者略歴あり
4 〈青木俊〉
5 〈物集妙子〉
6 〔昭和46年5月8日三田文学文芸講演会より（編集部筆記）〕
＊ 編集後記　※〈書評欄を新設／田中千禾夫連載随筆終わり次からは鷲尾洋三に〉
＊ 予約購読者および会員の方へ　三田文学会　※【196904】に同じ
＊ 九月号予告（八月七日刊）
＊ 編集委員　※【196811】に同じ
＊ ※おしらせ〈投稿について〉
※ 表紙に〝「杳子・妻隠」を語る　古井由吉・古屋健三／政治と文学について　吉本隆明〟と特記あり
カット・清川泰次／発行日・八月一日／頁数・本文全九六頁／定価・一五〇円／発行人・石坂洋次郎／編集人・遠藤周作／発行所・東京都新宿区角筈一ノ八二六　紀伊国屋ビル五階　三田文学会／編集所・東京都新宿区角筈一ノ八二六　紀伊国屋ビル五階　三田文学編集部／発売元・東京都文京区音羽二ノ一二ノ二一　講談社／印刷所・東京都港区三田五ノ七ノ三　図書印刷株式会社

■**九月号**　【197109】

カット　清川泰次
対談
「天草の雅歌」を語る1　辻邦生・古屋健三
新連載随筆(第一回)
老妓の手紙　鷲尾洋三

評伝　荷風の青春㈣——坂のある道——　武田勝彦
小説　カプセルの中で2　小池多米司
書評
「生と性」—吉行淳之介3
「司令の休暇」—阿部昭4
評論
宗教と文学・Ⅱ——聖書と現代文学——5　武田友寿
内面凝視のドラマ6　上総英郎
——フランソワ・モーリヤックの場合——
他性を書くこと7　河野多恵子

目次註

1　※両者の写真を付す。“三人称の視点の回復／なぜ中世を描くか／個〔固〕有名詞を消す意味／作家と大学の二足ワラジ／西欧体験とキリスト教／なぜ自分のことを書かないか”と目次頁に註記あり
2　〈1―6〉　※著者略歴あり
3　〈池上長作〉
4　〈丸目近雄〉
5　〈Ⅰ―Ⅲ〉
6　——フランソワモーリアックの場合——　〈はじめに／1―5〉
7　〔昭和46年5月8日三田文学文芸講演会より（編集部筆記）〕
＊　編集後記　※〈武田勝彦カナダへ／新連載鷲尾洋三快調な出足など〉
＊　予約購読者および会員の方へ　三田文学会　※【196904】に同じ
＊　十月号予告（九月七日刊）
＊　編集委員　※【196811】に同じ
＊　※おしらせ　〈投稿について〉
※　表紙に“「天草の雅唄」を語る　辻邦生・古屋健三／他性をかくこと　河野多恵子”と特記あり

カット・清川泰次／発行日・九月一日／頁数・本文全九六頁／定価・一五〇円／発行人・石坂洋次郎／編集人・遠藤周作／発行所・東京都新宿区角筈一ノ八二六　紀伊国屋ビル五階　三田文学会／編集所・東京都新宿区角筈一ノ八二六　紀伊国屋ビル五階　三田文学編集部／発売元・東京都文京区音羽二ノ一二ノ二一　講談社／印刷所・東京都港区三田五ノ七ノ三　図書印刷株式会社

■十月号　【197110】

カット　清川泰次
対談
「頼山陽とその時代」を語る1　中村真一郎　（インタビュアー）古屋健三
評伝　荷風の青春㈤——光と影——2　武田勝彦
現代における私小説3　安岡章太郎
連載随筆（第二回）
荷風散人と銀座　鷲尾洋三
書評
「反悲劇」—倉橋由美子4
「白く塗りたる墓」—高橋和己〔巳〕5
小説
振子6　野本富士夫
まんはったん'68 7　北澤〔沢〕卓夫

目次註

1　〈浮かびあがる一時代の幻影／文学者の仕事としての評伝／結果として生じた全体小説／山陽と変革の時代／江戸っ子的都会人・山陽／再生のバネとしての現代〉　※両者の写真を付す
2　※資料図版を付す
3　〔昭和四十六年五月八日三田文学文芸講演会より（編集部筆記）〕
4　〈新谷健〉
5　高橋和巳　〈一界旅人〉
6　〈一―五〉　※著者略歴あり
7　北沢卓夫〈秋／聖夜〉　※著者略歴あり
＊　編集後記　※〈投稿原稿が少なかったなど〉
＊　予約購読者および会員の方へ　三田文学会　※【196904】に同じ
＊　十一月号予告（十月七日刊）
＊　編集委員　※【196811】に同じ
＊　※おしらせ　〈投稿について〉
※　表紙に“「頼山陽とその時代」を語る　中村真一郎・古屋健三（インタヴュアー）／現代における私小説　安岡章太郎”と特記あり

カット・清川泰次／発行日・十月一日／頁数・本文全九六頁／定価・一五〇円／発行人・石坂洋次郎／編集人・遠藤周作／発行所・東京都新宿区角筈一ノ八二六　紀伊国屋ビル五階　三田文学会／編集所・東京都新宿区角筈一ノ八二六　紀伊国屋ビル五階　三田文学編集部／発売元・東京都文京区音羽二ノ一二ノ二一　講談社／印刷所・東京都港区三田五ノ七ノ三　図書印刷株式会社

■十一月号　【197111】

カット　清川泰次
対談
「絵合せ」を語る1　庄野潤三　（インタヴュアー）古屋健三
評伝　荷風の青春㈥——谷間の灯——2　武田勝彦
随筆　連載第三回
万朶の桜か襟の色　鷲尾洋三
評論
表現の論理——なぜ書くか3　近藤功
書評
「闇い溪流」（梅崎光生）4
「母六夜」（大岡昇平）5
小説（岡本達也の二作品）

夜の雫(57枚)　岡本達也
寿歌(63枚)

目次註

1 〈素材が手法と語り口を決めてくれる／短いエピソードと作品の係わり／人間の生活に触れたいという気持／小説家としての興味の対象／思いあがりやごまかしのない生き方をしたい／視点の限定〉 ※両者の写真を付す
2 ※資料図版を付す
3 〈1―4〉
4 (藤原宗二)
5 (矢吹錠)
＊ 編集後記 ※〈三田文学は純文芸誌でありリトル・マガジンであるなど〉
＊ 予約購読者および会員の方へ 三田文学会 ※【196904】に同じ
＊ 十二月号予告
＊ 編集委員 ※【196811】に同じ
＊ ※おしらせ 〈投稿について〉
※ 表紙に「対談『絵合せ』を語る 庄野潤三・古屋健三（インタヴュアー）」と特記あり

カット・清川泰次／発行日・十一月一日／頁数・本文全九六頁／定価・一五〇円／発行人・石坂洋次郎／編集人・遠藤周作／発行所・東京都新宿区角筈一ノ八二六 紀伊国屋ビル五階 三田文学会／編集所・東京都新宿区角筈一ノ八二六 紀伊国屋ビル五階 三田文学編集部／発売元・東京都文京区音羽二ノ一二ノ二一 講談社／印刷所・東京都港区三田五ノ七ノ三 図書印刷株式会社

■十二月号　【197112】

カット　清川泰次

評論

日本的精神の構造――宗教と文学1　武田友寿
〝ユダヤ〟の意味するもの2　佐々木誠
――M・デュラス「ユダヤ人の家」をめぐって――
叛旗もて静かなるユダヤ人3　浜野成生
――マラマッド「フィクサー」を中心に
評伝　荷風の青春(七)――雨より雪へ――4　武田勝彦
随筆　連載第四回
豊雄と文六　鷲尾洋三
書評
「嵯峨野明月記」(辻邦生)5
「鴉」(三浦朱門)6
小説・新鋭特集
シカゴのバーで　三浦浩
薄暗い場所　森禮子
粥の煮えるまで　笠原淳
定期バス7　網代浩郎

目次註

1 ――宗教と文学・Ⅲ―― 〈Ⅰ―Ⅲ〉
2 ――デュラス「ユダヤ人の家」をめぐって――
3 ――バーナード・マラッド[マラマッド]『フィクサー』のばあい―― 〈Ⅰ―Ⅳ〉
4 ※資料図版を付す
5 (志摩信彦)
6 (一界旅人)
7 〈Ⅰ―Ⅱ〉
＊ 編集後記 ※〈「新しい作家」という言葉についてなど〉
＊ 予約購読者および会員の方へ 三田文学会 ※【196904】に同じ
＊ 一月号予告
＊ 編集委員 ※【196811】に同じ
＊ ※おしらせ 〈投稿について〉
※ 表紙に「新鋭特集」と特記あり

カット・清川泰次／発行日・十二月一日／頁数・本文全九六頁／定価・一八〇円／発行人・石坂洋次郎／編集人・遠藤周作／発行所・東京都新宿区角筈一ノ八二六 紀伊国屋ビル五階 三田文学会／編集所・東京都新宿区角筈一ノ八二六 紀伊国屋ビル五階 三田文学編集部／発売元・東京都文京区音羽二ノ一二ノ二一 講談社／印刷所・東京都港区三田五ノ七ノ三 図書印刷株式会社

一九七二年（昭和四十七年）

■一月号 【197201】

カット 清川泰次
第三の新人の功罪1 上田三四二 秋山駿 阿部昭
志賀直哉という人――連載随筆第六回〔五〕――2 鷲尾洋三
評伝 荷風の青春(八)――漂泊の心――3 武田勝彦
日本文化にみられる〝薄さ〟4 ジェームス・フィーガン
日本神話とギリシャ神話5 ――比較試論―― ゲオルグ・A・シオリス
外国人から見た日本人の心理6 ミシェル・ミダン
書評
「レイテ戦記」（大岡昇平）7
「栂の夢」（大庭みな子）8
小説
釘の謎 泉秀樹
道化 御遠肇

目次註

1 〈困った兄貴達の文化／育ちのいい文学の強さ／戦争体験のある戦無派／「私」の弱まりと実存主義的深化／「父」の存在の崩壊／批評的な新しい作家たち〉（一九七一・十一・四）※出席者の写真を付す
2 連載随筆第五回――志賀直哉という人（上）
3 ※資料写真を付す
4 ジェームス・E・フィーガン（森達訳）※「著者は早稲田大学講師」と註あり
5 （松村寿雄訳）※「著者はギリシャ大使館一等書記官」と註あり
6 一外国人から見た日本人の心理（戸張規子訳）※「著者は日仏学院・院長」と註あり
7 （大庭祥造）
8 （文田礼二郎）

＊ 編集後記 ※〈一九七二年は一一二頁を原則としたい／一九五四年にも「近代文学の功罪」という座談会を行ったなど〉
＊ 予約購読者および会員の方へ 三田文学会 ※【196904】に同じ
＊ 二月号予告（一月七日刊）
＊ 編集委員 ※【196811】に同じ
＊ ※おしらせ〈投稿について〉
※ 表紙に〝座談会「第三の新人」の功罪 上田三四二・秋山駿・阿部昭／外国人による日本文化論 ジェイムズ・フィーガン ゲオルグ・シオリス ミシェル・ミダン〟と特記あり

カット・清川泰次／発行日・一月一日／頁数・本文全一一二頁／定価・二〇〇円／発行人・石坂洋次郎／編集人・遠藤周作／発行所・東京都新宿区角筈一ノ八二六 紀伊国屋ビル五階 三田文学会／編集所・東京都新宿区角筈一ノ八二六 紀伊国屋ビル五階 三田文学編集部／発売元・東京都文京区音羽二ノ一二ノ二一 講談社／印刷所・東京都港区三田五ノ七ノ三 図書印刷株式会社

■二月号 【197202】

カット 清川泰次
「レイテ戦記」を語る1 大岡昇平 （インタビュアー）古屋健三
書評
「心的現象論序説」（吉本隆明）2
「骨の肉」（河野多恵子）3
連載随筆（第七回〔六〕）
志賀直哉という人(下)4 鷲尾洋三
評論
日本的精神の構造・続――宗教と文学Ⅳ5 武田友寿
リアリズムとは何か6 近藤功
連載評伝――荷風の青春(最終回)――7 武田勝彦
小説
ともに帰るもの 立松和平
飛行機の話 笠原淳
旅人のいる風景8 川本卓史

目次註

1 〈地理感覚と迷路感覚／原体験の一般化・客観視／自然描写とスタンダールの高み／「レイテ戦記」と「俘虜記」〉（一九七一・十一・二十七）※両者の写真を付す
2 （江頭拙）
3 （一界旅人）
4 （第六回）
5 宗教と文学Ⅳ 日本的精神の構造（続）〈Ⅰ―Ⅳ〉
6 〈1―2〉
7 ※資料写真を付す／筆者付記あり／【197106】より九回連載
8 〈一―四〉

＊ 編集後記 ※〈「話題作を語る」について／武田友寿、第二回亀井勝一郎賞受賞／武田勝彦「荷風の青春」終了〉
＊ 予約購読者および会員の方へ 三田文学会 ※【196904】に同じ
＊ 三月号予告（二月七日刊）
＊ 編集委員 ※【196811】に同じ
＊ ※おしらせ〈投稿について〉
※ 表紙に〝対談「レイテ戦記」を語る 大岡昇平・古屋健三（インタヴュアー）〟と特記あり

カット・清川泰次／発行日・二月一日／頁数・本文全一一二頁／定価・二〇〇円／発行人・石坂洋次郎／編集人・遠藤周作／発行所・東京都新宿区角筈一ノ八二六 紀伊国屋ビル五階 三田文学会／編集所・東京都新宿区角筈一ノ八二六 紀伊国屋ビル五階 三田文学編集部／発売元・東京都文京区音羽二ノ一二ノ二一 講談社／印刷所・東京都港区三田五ノ七ノ三 図書印刷株式会社

■三月号 【197203】

カット 清川泰次

『富士』を語る1 武田泰淳

（インタビュアー）古屋健三

連載随筆（第八〔七〕回）

かの子・百合子・芙美子・静枝2 鷲尾洋三

評論

物語のために3 藤井貞和

——文学における時間の問題——

書評

「サルトルとその時代」鈴木道彦・他著4 井本元義

「謝肉祭」——津島佑子——5 片山昌造

贄の芽

長崎で6

目次註

1 〈新たなる境地としての「富士」／資料という事実と、創作という虚構／一方からでない、立体的な富士を／とりのこされ、はずかしめられる「私」／三島由紀夫の死と一条との関わり／動物と人間・人間と神／繰返す人間大木戸の重要性〉〔1.13,1972〕

2 〈第八〔七〕回〉

3 〈一、物語がはじまる／二、方法のこと／三、物語の意味／四、聖なる時間／五、作り物語／六、物語の時間的特徴／七、源氏物語の時間／八、物語の時代の終りに〉

4 鈴木道彦・海老坂武・浦野永子共著（長江花粉）

5 〈まつ　うらた〉

6 〈1—3〉

＊ 編集後記 ※〈三月、大学では期末試験／話題作が次々出版、二号続けて「話題作を語る」〉

＊ 予約購読者および会員の方へ 三田文学会 ※【196904】に同じ

＊ 四月号予告（三月七日刊）

＊ 編集委員 ※【196811】に同じ

＊ ※おしらせ〈投稿について〉

※ 表紙に〝対談「富士」を語る 武田泰淳・古屋健三（インタヴュアー）〟と特記あり

カット・清川泰次／発行日・三月一日／頁数・本文全一一二頁／定価・二〇〇円／発行人・石坂洋次郎／編集人・遠藤周作／発行所・東京都新宿区角筈一ノ八二六 紀伊国屋ビル五階 三田文学会／編集所・東京都新宿区角筈一ノ八二六 紀伊国屋ビル五階 三田文学編集部／発売元・東京都文京区音羽二ノ一二ノ二一 講談社／印刷所・東京都港区三田五ノ七ノ三 図書印刷株式会社

■四月号 【197204】

カット 清川泰次

表紙 渡辺英

批評における戦後——その継承と断絶——1 磯田光一・入江隆則・柄谷行人

随筆

純粋の人・原民喜2 鷲尾洋三

作家と宗教——宗教と文学・V3 武田友寿

書評

「対談・世界の文学」4

「メカニズムNo.1」黒井千次5

闇の女（49枚） 網代浩郎

真冬の闇（37枚）6 川名敏春

女そして顔（105枚） 小池多米司

目次註

1 座談会〈「獄中十八年」と戦後批評の始まり／批評の自立性とは何か——選択と倒錯／「小林秀雄と吉本隆明」をめぐって／「豪速球」型批評家の欠如〉※出席者の写真を付す

2 連載随筆（第九〔八〕回）

3 〈I—IV〉

4 インタヴュアー 上総英郎・高山鉄男（左近山義近）※朝日出版社刊

5 〈声〉※三笠書房刊

6 ※著者略歴あり

＊ 編集後記 ※〈特集で「戦後批評の総括」を試みた〉

＊ 予約購読者および会員の方へ 三田文学会 ※【196904】に同じ

＊ 五月号予告（四月七日刊）

＊ 編集委員 ※【196811】に同じ

＊ ※おしらせ〈投稿について〉

※ 表紙に〝座談会 批評における戦後——その継承と断絶 磯田光一・入江隆則・柄谷行人／評論「宗教と文学」武田友寿〟と特記あり

表紙・渡辺英／カット・清川泰次／発行日・四月一日／頁数・本文全一一二頁／定価・二〇〇円／発行人・石坂洋次郎／編集人・遠藤周作／発行所・東京都新宿区角筈一ノ八二六 紀伊国屋ビル五階 三田文学会／編集所・東京都新宿区角筈一ノ八二六 紀伊国屋ビル五階 三田文学編集部／発売元・東京都文京区音羽二ノ一二ノ二一 講談社／印刷所・東京都港区三田五ノ七ノ三 図書印刷株式会社

■五月号 【197205】

カット 清川泰次

表紙 渡辺英

座談会

「新しい」か「わからない」か——朦朧派とよばれる立場——1 高橋たか子・森万紀子・秋山駿

小説

骨の味 青木哲夫

向日葵のかげ 図子英雄

連載随筆（第十〔九〕回）

粘りの丸さん2 鷲尾洋三

書評

「湿った空乾いた空」―吉行淳之介3
「山川正〔方〕夫論」―金子昌夫4
評論特集　文学における日常性
輪郭について　上田三四二
―庄野潤三における日常―
荒地の抒情―大庭みな子論―5　饗庭孝男
振幅する日常―大岡昇平の転回軸―6　山本祐興
『この執着はなぜ』7　近藤功
―文学と日常について―

目次註

1〈ものを書き始めた頃／作品の人工的要素／うらぶれた感じを好む／社会的な約束ごとの切り捨て／突きあたるのは「愛」／「新しい」か「わからない」か〉
2（第十［九］回）
3（池上長作）※新潮社刊
4「山川方夫論」（鈴木一郎）※冬樹社刊
5〈一―三〉
6〈1　感性と文体／2　論理と常識〉
7〈I―II〉
＊編集後記　※〈三田文学を「同人」として利用してもらいたい、広く投稿を募る／久しぶりの評論特集など〉
＊予約購読者および会員の方へ　三田文学会　※【196904】に同じ
＊六月号予告（五月七日刊）
＊文芸講演会〈五月十二日（金）／午後三時より／三田五一八番教室／大岡昇平　河盛好蔵　他〉
＊編集委員　※【196811】に同じ
＊※おしらせ〈投稿について〉
※表紙に〝座談会：「新しい」か「わからない」か――朦朧派といわれる立場　秋山駿・高橋たか子・森万紀子／評論：文学における日常とは　上田三四二・饗庭孝男・山本祐興・近藤功〟と特記あり
表紙・渡辺英／カット・清川泰次／発行日・五月一日／頁数・本文全一一二頁／定価・二〇〇円／発行人・石坂洋次郎／編集人・遠藤周作／発行所・東京都新宿区角筈一ノ八二六　紀伊国屋ビル五階　三田文学会／編集所・東京都新宿区角筈一ノ八二六　紀伊国屋ビル五階　三田文学編集部／発売元・東京都文京区音羽二ノ一二ノ二一　講談社／印刷所・東京都港区三田五ノ七ノ三　図書印刷株式会社

■六月号　**【197206】**

カット　清川泰次
表紙　渡辺英
『酔いどれ船』を語る1　北杜夫
（インタヴュアー）古屋健三
評論
作家と宗教2　武田友寿
―丹羽文雄・野間宏・武田泰淳の場合―
ある状況の譚（はなし）3　浜野成生
―ソール・ベローの場合―
架空の行為と死　秋山駿
―連合赤軍事件を素材に―
書評
「ダイビング」―平田啓〔敬〕4
「幸福な死」―カミュ・高畠正明訳5
連載随筆―第十一〔十〕回
竜馬の銅像6　鷲尾洋三
小説
ふたたび墓を探す7　樋口至宏
誤解　根岸茂一

目次註

1 対談〈文体への意志／〈憧れ〉が物語を生む／外国を舞台にすること／過去・自然・異国／五つの物語に何を込めたか〉※両者の写真を付す
2 宗教と文学　作家と宗教（続）〈I―IV〉
3 ―ソール・ベローのばあい―〈I―V〉
4 平田敬「ダイビング」（藤士朗）
5（新妻明子）
6（第十一［十］回）〈I―III〉
7〈i―iv〉
＊編集後記　※〈雑誌づくりをしていると季節の感覚にギャップを感じる／書き手と読み手にもギャップがある〉
＊予約購読者および会員の方へ　三田文学会　※【196904】に同じ
＊編集委員　※【196811】に同じ
＊※おしらせ〈投稿について〉
＊講演会のお知らせ〈五月十二日／三田五一八番教室／講師　大岡昇平・河盛好蔵・遠藤周作・吉増剛造（入場料百円）〉
※表紙に〝対談「酔いどれ船」を語る　北杜夫・古屋健三（インタヴュアー）／評論　架空の行為と死――連合赤軍事件を素材に　秋山駿〟と特記あり
表紙・渡辺英／カット・清川泰次／発行日・六月一日／頁数・本文全一一二頁／定価・二〇〇円／発行人・石坂洋次郎／編集人・遠藤周作／発行所・東京都新宿区角筈一ノ八二六　紀伊国屋ビル五階　三田文学会／編集所・東京都新宿区角筈一ノ八二六　紀伊国屋ビル五階　三田文学編集部／発売元・東京都文京区音羽二ノ一二ノ二一　講談社／印刷所・東京都港区三田五ノ七ノ三　図書印刷株式会社

■七月号　**【197207】**

カット　清川泰次
表紙　渡辺英
座談会
宗教的現実と演劇的現実1
田中千禾夫・矢代静一・遠藤周作
連載随筆・第十二〔十一〕回
山川不老――川端康成氏を偲ぶ――2　鷲尾洋三
書評
「小説の題」―古山高麗雄3

「言語論と思想と展開」—宇波彰 4

評論

現代批評家批判

批評・理論・教育をめぐる対話 5　由良君美

新しい批評は可能か　宇波彰

小説

矜持と虚妄　梅崎光生

出発は明日に 6　野本昭

富士　狩野晃一

目次註

1 〈芸術における〝毒〟と宗教的立ち場／書き手のバランス・カトリックの芸術／毒の美しさの限界／日連〔蓮〕とキリスト／文明批評は戯曲の材料になるか／芝居がつまらなくなる理由〉〔'72.5.5〕 ※出席者の写真を付す

2 （第十二〔十一〕回）〈1―5〉 ※筆者付記あり

3 「小説の題」——古山高麗雄随想集——（星野王児） ※冬樹社刊

4 「言語論の思想と展開」（一界旅人） ※三一書房刊

5 〈1―3〉

6 ※筆者略歴あり

＊ 編集後記 ※〈三田文学文芸講演会好評のうちに終わる／四月から表紙デザイン変わるなど〉

＊ 予約購読者および会員の方へ　三田文学会 ※【196904】に同じ

＊ 八月号予告

＊ 編集委員 ※【196811】に同じ

＊ ※おしらせ 〈投稿について〉

※ 表紙に「座談会　宗教的現実と演劇的現実　田中千禾夫・矢代静一・遠藤周作／評論　現代批評家批判　由良君美・宇波彰」と特記あり

表紙・渡辺英／カット・清川泰次／発行日・七月一日／頁数・本文全一一二頁／定価・二〇〇円／発行人・石坂洋次郎／編集人・遠藤周作／発行所・東京都新宿区角筈一ノ八二六　紀伊国屋ビル五階　三田文学会／編集所・東京都新宿区角筈一ノ八二六　紀伊国屋ビル五階　三田文学編集部／発売元・東京都文京区音羽二ノ一二ノ二一　講談社／印刷所・東京都港区三田五ノ七ノ三　図書印刷株式会社

■**八月号**　【197208】

カット　清川泰次

表紙　渡辺英

対談

怒る・赦す・裁く——原体験のウラ・オモテ——1　小川国夫・阿部昭

連載随筆—第十三〔十二〕回

二人の詩人(上)——春夫と達治 2　鷲尾洋三

小説

反対側から朝がくる　泉秀樹

夏の雫(なつのしずく) 3　加藤宗哉

小さな反乱者 4　佐々木誠

書評

「源氏物語の始源〔原〕と現在」—藤井貞和 5

「幻影の城——ネルヴァルの世界」—篠田知和基 6

「野火」における仏文学の影響　大岡昇平

目次註

1 〈原体験からの乖離／環境憎悪——憎むことを教える文学／文体にドラマがある／〝街道筋〟の作家／怒らなくなった阿部氏／形而上学的やくざ／ディテールが小説を生かす〉〔'72.6.6〕 ※両者の写真を付す

2 （第十三〔十二〕回）〔未完〕

3 夏の雫《しずく》 ※著者略歴あり

4 ※著者略歴あり

5 『源氏物語の始原と現在』（夢魔） ※三一書房刊

6 （馬面長平） ※思潮社刊

＊ 編集後記 ※〈大岡昇平「野火における仏文学の影響」は三田文学会主催講演の速記に大幅に加筆訂正をしたものなど〉

＊ 予約購読者および会員の方へ　三田文学会 ※【196904】に同じ

＊ 九月号予告 （八月七日刊）

＊ 編集委員 ※【196811】に同じ

＊ ※おしらせ 〈投稿について〉

※ 表紙に〝対談　怒る・赦す・裁く　小川国夫・阿部昭／「野火」における仏文学の影響　大岡昇平〟と特記あり

表紙・渡辺英／カット・清川泰次／発行日・八月一日／頁数・本文全一一二頁／定価・二〇〇円／発行人・石坂洋次郎／編集人・遠藤周作／発行所・東京都新宿区角筈一ノ八二六　紀伊国屋ビル五階　三田文学会／編集所・東京都新宿区角筈一ノ八二六　紀伊国屋ビル五階　三田文学編集部／発売元・東京都文京区音羽二ノ一二ノ二一　講談社／印刷所・東京都港区三田五ノ七ノ三　図書印刷株式会社

■**九月号**　【197209】

カット　清川泰次

表紙　渡辺英

対談

小説のなかのユーモア 1　河盛好蔵・丸谷才一

書評

「試みの岸」 小川国夫 2

「北原武夫文学論集」 北原武夫 3

連載随筆—第十四〔十三〕回

二人の詩人(下)——春夫と達治　鷲尾洋三

評論特集　いま文士はいかに死すべきか

〈誤ち〉をかかえた死　松原新一

自殺の政治学——山崎正和「おうエロイーズ!」を中心に——4　磯田光一

虚構への意志　利沢行夫

現代作家論
大岡昇平論のためのノート　古屋健三
——エロスを欠いたスタンダリアン——
小説
夕餉　岡田睦
いのちの饗宴5　稲垣真美

目次註

1 ——実用の文学を排す——〈虚用の文学と「たった一人の反乱」／無視されてきた作家達の笑いを探る／なぜ〝ファニー〟はほめことばなのか／エスプリもユーモアもない実用的作家／悪口の読み方・言い方／翻訳では笑えない英文学／劇作家のエスプリ〉※両者の写真を付す
2 〈一界旅人〉 ※河出書房新社刊
3 『文学論集』（私信） ※冬樹社刊
4 〈1—4〉
5 ※著者略歴あり
＊ 編集後記 ※〈新宿の街の風景など〉
＊ 予約購読者および会員の方へ　三田文学会 ※【196904】に同じ
＊ 十月号予告（九月七日刊）
＊ 編集委員 ※【196811】に同じ
＊ ※おしらせ〈投稿について〉
※ 表紙に「対談　小説のなかのユーモア——実用の文学を排す　河盛好蔵・丸谷才一／評論　いま文士はいかに死すべきか　磯田光一・松原新一・利沢行夫／大岡昇平論のためのノート　古屋健三」と特記あり

表紙・渡辺英／カット・清川泰次／発行日・九月一日／頁数・本文全一一二頁／定価・二〇〇円／発行人・石坂洋次郎／編集人・遠藤周作／発行所・東京都新宿区角筈一ノ八二六　紀伊国屋ビル五階　三田文学会／編集所・東京都新宿区角筈一ノ八二六　紀伊国屋ビル五階　三田文学編集部／発売元・東京都文京区音羽二ノ一二ノ二一　講談社／印刷所・東京都港区三田五ノ七ノ三　図書印刷株式会社

■十月号 【197210】

カット　清川泰次
表紙　渡辺英
対談
われらの文学放浪のころ1　遠藤周作・北杜夫
書評
「誰かが触った」宮原昭夫2
「於母影」平野謙3
連載随筆—第十五回〔十四〕
操行点・等外　鷲尾洋三
現代作家論
嫌悪と憧憬——椎名麟三の出発——4　上総英郎
宗教と文学
キリスト者作家の問題5　武田友寿
——椎名麟三と遠藤周作の位相——
批評論の試み
読者自身の変容6　山本祐興
——批評の座標について——
小説
狂った時計　森禮子
夏の記憶7　北沢卓彦

目次註

1 ——文壇に出るまで——〈懸賞金目当てで書いていた頃／「岩波文庫は一冊も読んでない」／先輩文士との出会い／芥川賞受賞まぎわ——小説家浪人時代／反俗意識の稀薄さ／精神科医としての自殺論・西欧作家の宗教的自殺論／心理分析で作品が分るか〉（'72.8.15） ※両者の写真を付す
2 〈藤士朗〉 ※河出書房新社刊
3 〈山林周太郎〉 ※集英社刊
4 〈1—4〉
5 宗教と文学Ⅶ　キリスト者作家の問題㈠〈Ⅰ—Ⅳ〉
6 〈1—4〉
7 夏《なつ》の記憶《きおく》〈その一—その三〉
＊ 編集後記（S） ※〈小説《フィクション》を創造するという行為について〉
＊ 予約購読者および会員の方へ　三田文学会 ※【196904】に同じ
＊ 十一月号予告（十月七日刊）
＊ 編集委員 ※【196811】に同じ
＊ ※おしらせ〈投稿について〉
※ 表紙に「対談　われらの文学放浪のころ　遠藤周作・北杜夫／評論　推［椎］名麟三の出発　上総英郎／キリスト者作家の問題　武田友寿」と特記あり

表紙・渡辺英／カット・清川泰次／発行日・十月一日／頁数・本文全一一二頁／定価・二〇〇円／発行人・石坂洋次郎／編集人・遠藤周作／発行所・東京都新宿区角筈一ノ八二六　紀伊国屋ビル五階　三田文学会／編集所・東京都新宿区角筈一ノ八二六　紀伊国屋ビル五階　三田文学編集部／発売元・東京都文京区音羽二ノ一二ノ二一　講談社／印刷所・東京都港区三田五ノ七ノ三　図書印刷株式会社

■十一月号 【197211】

カット　清川泰次
表紙　渡辺英
戦争を境にした女流の対話1　河野多恵子・津島佑子
書評
「折口信夫坐談」—戸板康二2
「刻を曳く」—後藤みな子3
連載随筆—第十六回〔十五〕
折口信夫の勇気4　鷲尾洋三
評論
新連載（毎号完結）
『愚者』の文学・Ⅰ——宇野浩二論——5　松原新一
文学は病んでいるのか——病跡学《パトグラフィ》批判——6　近藤功
ひとりしばい　米山順一
殺陣

小説

鳥を売る　岡本達也

灰色の部屋　三枝市子

目次註

1 戦争を境とした女流の対話　対談 河野多恵子V.S.津島佑子〈学生時代の物足りぬ日々／「謝肉祭」・「狐を孕む」について／「雙夢」――イメージを泳がせるということ／〈織る〉感じの小説・〈編む〉感じの小説／〝女性的〟と思われることの意味／〝戦後派〟が書く基盤とするもの〉※両者の写真を付す

2 （与太郎）※中央公論社刊

3 （北山哲郎）※河出書房新社刊

4 （第十五回）

5 ※次号誤植訂正あり

6 〈I―IV〉

＊ 編集後記（S）※〈後記に投書をもらうことがある／一九七二年四月以前は主に編集部加藤、以後は佐々木が後記を担当など〉

＊ 予約購読者および会員の方へ　三田文学会　※【196904】に同じ

＊ 十二月号予告（十一月七日刊）

＊ 編集委員　※【196811】に同じ

＊ ※おしらせ　〈投稿について〉

※ 表紙に〝戦争を境とした女流の対話　河野多恵子・津島佑子／新連載評論『愚者』の文学・I　宇野浩二論　松原新一〟と特記あり

表紙・渡辺英／カット・清川泰次／発行日・十一月一日／頁数・本文全一一二頁／定価・二〇〇円／発行人・石坂洋次郎／編集人・遠藤周作／発行所・東京都新宿区角筈一ノ八二六　紀伊国屋ビル五階　三田文学会／編集所・東京都新宿区角筈一ノ八二六　紀伊国屋ビル五階　三田文学編集部／発売元・東京都文京区音羽二ノ一二ノ二一　講談社／印刷所・東京都港区三田五ノ七ノ三　図書印刷株式会社

■十二月号　【197212】

表紙板画　脇谷紘

デザイン　渡辺英行

漂泊の世代を語る――作家をとりまく風土について――1　島尾敏雄・進藤純孝

連載随筆（最終回）

「山繭」の目次2　鷲尾洋三

書評

私説折口信夫―池田弥三郎著3

忘れ得ぬ人々―鷲尾洋三著4

評論特集

《日本的風土における前衛とは何か》

前衛への展望――現状況への認識――5　渡辺広士

前衛と日本的風土　平岡篤頼

『愚者』の文学・II――嘉村礒多論――　松原新一

小説

昏い夏　大嶋戍

道はロータリー　網代浩郎

目次註

1 対談〈二〇会にいた頃／「第三の新人」谷間の時代――作家生活の変遷／上半身だけの生活がとぎすまされる／ふるさとにつながらない文学／死――やり直しのきかぬこと〉※両者の写真を付す

2 「山繭《やままゆ》」の目次　※【197109】より十六回連載「山繭」

3 （横山周二）※中央公論社刊

4 （吉原文三衛門）※青蛙房刊

5 〈1―5〉※註あり

＊ 編集後記（S）※〈投稿に応募資格は一切問わない／鷲尾洋三随筆終わる／次号より江藤淳連載開始など〉

＊ 予約購読者および会員の方へ　三田文学会　※【196904】に同じ

＊ 新年号予告（十二月七日刊）

＊ 編集委員　※【196811】に同じ

＊ ※おしらせ　〈投稿について〉

※ 表紙に「《対談》漂泊の世代を語る　島尾敏雄・進藤純孝／評論特集　日本的風土における前衛とは何か　平岡篤頼・渡辺広士／嘉村礒多論　松原新一」と特記あり

表紙板画・脇谷紘／デザイン・渡辺英行／発行日・十二月一日／頁数・本文全一一二頁／定価・二〇〇円／発行人・石坂洋次郎／編集人・遠藤周作／発行所・東京都新宿区角筈一ノ八二六　紀伊国屋ビル五階　三田文学会／編集所・東京都新宿区角筈一ノ八二六　紀伊国屋ビル五階　三田文学編集部／発売元・東京都文京区音羽二ノ一二ノ二一　講談社／印刷所・東京都港区三田五ノ一二ノ一　図書印刷株式会社

一九七三年（昭和四十八年）

■一月号　【197301】

表紙板画　脇谷紘
デザイン　渡辺英行
座談会
われわれにとって近代文学とは何か
——リアリズムの行方——1
阿部昭・古井由吉・西尾幹二
（司会）高山鉄男
評論
『愚者』の文学・Ⅲ——葛西善蔵論——　松原新一
エッセイ
グルノーブルのある日——ある夢物語——　古屋健三
随筆
外国文学者の憂欝　若林真
書評
『正体見たり』（田辺茂一著）2
『翔ぶ影』（森内俊雄著）3
小説
四つの短篇
父を棄てる　加藤宗哉
壺　松浦孝行
特急やまばと号　笠原淳
島の人　梅谷馨一
水の臭《にお》い4　佐々木誠

目次註
1〈近代文学の概念に対する疑問／近代リアリズムと市民の役割／言語の問題——類型的な象徴性の氾濫／堅牢性のない風俗／リアリズム小説の基盤の喪失／殺りくなき論理は論理ではない／〝日本にはドストエフスキーがいない！〟〉
※出席者の写真を付す
2（奈良屋茂左衛門）※新潮社刊
3（一界旅人）※角川書店刊
4※著者略歴あり
＊編集後記（S）※〈新しい歳始まるなど〉
＊予約購読者および会員の方へ　三田文学会　※【196904】に同じ
＊二月号予告
＊編集委員　※【196811】に同じ
＊※おしらせ〈投稿について〉
※表紙に「座談会　われわれにとって近代文学とは何か——リアリズムの行方《出席者》阿部昭・古井由吉・西尾幹二・高山鉄男（司会）」と特記あり
表紙板画・脇谷紘／デザイン・渡辺英行／発行日・一月一日／頁数・本文全一一二頁／定価・二〇〇円／発行人・石坂洋次郎／編集人・遠藤周作／発行所・東京都新宿区角筈一ノ八二六　紀伊国屋ビル五階　三田文学会／編集所・東京都新宿区角筈一ノ八二六　紀伊国屋ビル五階　三田文学編集部／発売元・東京都文京区音羽二ノ一二ノ二一　講談社／印刷所・東京都港区三田五ノ二ノ一　図書印刷株式会社

■二月号　【197302】

表紙板画　脇谷紘
デザイン　渡辺英行
座談会
少年時代と戦争1　高井有一・宮原昭夫・黒井千次
詩
慰めるもの　江森國友
書評
『檸檬と爆弾』（宮内豊著）2
『あの夏　あの海』（阿部昭著）3
評論
都市のエロスと死——吉行淳之介論——　小潟昭夫
『愚者』の文学　Ⅳ——近松秋江論——　松原新一
現代文学と内向の世代4　秋山駿
小説
鳥のように　藤井貞和
真昼　小池多米司
赤い汚点　三枝市子

目次註
1〈〝疎開派の作家〟と呼ばれて……／幼年時代の小説／〝個人的体験〟から〝戦争〟の方へ／〝証人のエネルギー〟／〝疎開派自然主義〟／〝少年少女を書く〟と〝少年少女のために書く〟／〝結局何を書いても幼年時代に……〟／今、〝エコール〟は可能か？〉※出席者の写真を付す
2（孫悟空）※小沢書店刊
3（海野薫）※河出書房刊
4※「本文は去る十一月二十五日の三田祭に於ける講演の速記に加筆していただいたものです」と註あり
＊編集後記（M／K／N／S）※〈江藤淳連載随筆は当分の間不可能になったなど〉
＊予約購読者および会員の方へ　三田文学会　※【196904】に同じ
＊三月号予告
＊編集委員　※【196811】に同じ
＊※おしらせ〈投稿について〉
※表紙に「座談会　少年時代と戦争　高井有一・宮原昭夫・黒井千次／近松秋江論　松原新一／都市のエロスと死《吉行淳之介論》小潟昭夫／現代文学と内向の世代　秋山駿」と特記あり
表紙板画・脇谷紘／デザイン・渡辺英行／発行日・二月一日／頁数・本文全一一二頁／定価・二〇〇円／発行人・石坂洋次郎／編集人・遠藤周作／発行所・東京都新宿区新宿三ノ一七ノ七　紀伊国屋ビル五階　三田文学会／編集所・東京都新宿区新宿三ノ一七ノ七　紀伊国屋ビル五階　三田文学編集部

／発売元・東京都文京区音羽二ノ一二ノ二一　講談社／印刷所・東京都港区三田五ノ一二ノ一　図書印刷株式会社

■**三月号**　**【197303】**

表紙板画　脇谷紘
デザイン　渡辺英行
小説
短篇連作Ⅰ　二人で食事を　津島佑子
分骨　谷口茂
火葬　奥野忠昭
評論
伝統芸術の再評価（その1　舞台芸術）
悲哀の衣裳としての笑い1　宮下啓三
——舞台における笑いと伝統について——
能の場合2　増田正造
『愚者』の文学　Ⅴ　——岩野泡鳴論——　松原新一
書評
「小さな市街図」（古山高麗雄著）3
「原初の光景」（上総英郎著）4
対談
現代小説の条件——肉親・家・田舎について——5　坂上弘・山田智彦

目次註

1　〈一—三〉
2　〈I　能に新たな視点を／II　「野宮」の能を読み返す〉
3　（別当昆）　※河出書房新社刊
4　（高堂要）　※小沢書店刊
5　〈文学的出発の頃／「田舎」を扱った作品群／「つとめ」と作家の生活／素材としての肉親／〝企業小説〟について／これからどう書くか?〉　※両者の写真を付す
＊　編集後記（M／S）　※〈言葉に対する「優しさ」を欠いて言葉が作者を支えきれずにいる印象を大半の投稿作品から感じるなど〉
＊　予約購読者および会員の方へ　三田文学会　※【196904】に同じ
＊　四月号予告
＊　編集委員　※【196811】に同じ
＊　※おしらせ　〈投稿について〉
※　表紙に「小説　津島佑子・谷口茂・奥野忠昭／《対談》坂上弘・山田智彦／《伝統芸術の再評価》悲哀の衣裳としての笑い　宮下啓三／能の場合　増田正造」と特記あり

表紙板画・脇谷紘／デザイン・渡辺英行／発行日・三月一日／頁数・本文全一一二頁／定価・二〇〇円／発行人・石坂洋次郎／編集人・遠藤周作／発行所・東京都新宿区新宿三ノ一七ノ七　紀伊国屋ビル五階　三田文学会／編集所・東京都新宿区新宿三ノ一七ノ七　紀伊国屋ビル五階　三田文学編集部／発売元・東京都文京区音羽二ノ一二ノ二一　講談社／印刷所・東京都港区三田五ノ一二ノ一　図書印刷株式会社

■**四月号**　**【197304】**

表紙板画　脇谷紘
デザイン　渡辺英行
対談
現代音楽をめぐって1　安岡章太郎・武満徹
評論
『愚者』の文学　Ⅵ　——徳田秋声論——　松原新一
情念の奈落——浄瑠璃文学考——2　上総英郎
瀧口修造論
「瀧口修造の詩的実験 1927～37」を読む3　吉増剛造
書評
『情熱を喪った光景』（西尾幹二著）4
『ごったがえしの時点』（宮原昭夫著）5
小説
呪術師　笠原淳
濃い夕暮れに　北澤輝明
短篇連作Ⅱ　鳥のための食事　津島佑子

目次註

1　〈武満徹の出発とプリンス・オブ・ウェールズの轟沈／一音成仏と西洋的音階／アメリカ的なるもの、あるいはアメリカ人の不幸／邦楽の音が大きくなって……／音楽と文学における出発のちがい／西洋が崩れつつあるという……〉〔1973.2.2〕　※両者の写真を付す
2　〈1—3〉
3　〔1973.2.14〕
4　（馬耳東風）　※河出書房新社刊
5　（騏驎）　※毎日新聞社刊
＊　編集後記（S／N／K）　※〈対談「現代音楽をめぐって」は約一時間半にわたったものをほとんど修正なしに掲載したなど〉
＊　予約購読者および会員の方へ　三田文学会　※【196904】に同じ
＊　五月号予告（四月七日刊）
＊　編集委員　※【196811】に同じ
＊　※おしらせ　〈投稿について〉
※　表紙に「対談　現代音楽をめぐって　安岡章太郎・武満徹／瀧口修造論　吉増剛造」と特記あり

表紙板画・脇谷紘／デザイン・渡辺英行／発行日・四月一日／頁数・本文全一一二頁／定価・二〇〇円／発行人・石坂洋次郎／編集人・遠藤周作／発行所・東京都新宿区新宿三ノ一七ノ七　紀伊国屋ビル五階　三田文学会／編集所・東京都新宿区新宿三ノ一七ノ七　紀伊国屋ビル五階　三田文学編集部／発売元・東京都文京区音羽二ノ一二ノ二一　講談社／印刷所・東京都港区三田五ノ一二ノ一　図書印刷株式会社

■**五月号**　**【197305】**

表紙板画　脇谷紘
デザイン　渡辺英行

新企画
『わが思索のあと』第一回[1] 小林秀雄
（インタヴュアー）小潟昭夫
書評
『風のような記録』（石坂洋次郎著）[2]
『海を畏れる』（若林真著）[3]
評論
宗教と文学
キリスト者作家の問題 武田友寿
——島尾敏雄・三浦朱門における〈神〉の発見——[4]
『愚者』の文学 Ⅶ ——耕治人論—— 松原新一
小説
父たちの地平 越智道雄
鯱のフーガ 下江巌
短篇連作Ⅲ スフィンクスの味覚[5] 津島佑子

目次註
1 〈宣長とマラルメ／「言葉」における横のつながり／イマジネーションの世界／「姿」と「文《あや》」／言葉と伝統〉 ※小林秀雄の写真を付す
2 （近藤周吉） ※新潮社刊
3 （麗山人） ※文芸春秋刊
4 宗教と文学・Ⅷ キリスト者作家の問題（二）〈Ⅰ―Ⅴ〉
5 （最終回） ※【197303】より三回連載
＊ 編集後記（M） ※〈新企画「わが思索のあと」始まる〉
＊ 予約購読者および会員の方へ 三田文学会 ※【196904】に同じ
＊ 六月号予告（五月七日刊）
＊ 編集委員 ※【196811】に同じ
＊ ※おしらせ 〈投稿について〉
＊ 三田文学文芸講演会〈とき 五月十一日（金）／ところ 慶應義塾大学三田校舎五一八番教室／入場料二百円／講師 未定〉
※ 表紙に「新企画 わが思索のあと 第1回 小林秀雄・小潟昭夫（インタヴュアー）」と特記あり
表紙板画・脇谷紘／デザイン・渡辺英行／発行日・五月一日／頁数・本文全一一二頁／定価・二〇〇円／発行人・石坂洋次郎／編集人・遠藤周作／発行所・東京都新宿区新宿三ノ一七ノ七 紀伊国屋ビル五階 三田文学会／編集所・東京都新宿区新宿三ノ一七ノ七 紀伊国屋ビル五階 三田文学編集部／発売元・東京都文京区音羽二ノ一二ノ二一 講談社／印刷所・東京都港区三田五ノ一二ノ一 図書印刷株式会社

■六月号 【197306】

表紙板画 脇谷紘
デザイン 渡辺英行
特別企画
『わが思索のあと』第二回[1] 河上徹太郎
（インタヴュアー）小潟昭夫
書評
『荷風の青春』（武田勝彦著）[2]
評論
感性のゆくえ——志賀直哉・小川国夫——[3] 利沢行夫
『愚者』の文学（最終回）
愚者の文学について[4] 松原新一
つんぼでおしの演技
——サリンジャー論——[5] 金原正彦
小説
初夜 狩野晃一
魚の骨 梅谷馨一

目次註
1 〈〝ドストエフスキーのスラヴォフィル〟／ドストエフスキーと宗教／「松陰」あるいは「硬文学」／松陰の「儒」、ドストエフスキーの「正教」／「日本のアウトサイダー」／〝人間づき合い〟と〝批評〟〉 ※両者の写真を付す
2 （作之助） ※三笠書房刊
3 〈一―四〉
4 ※【197211】より八回連載
5 〈1―8〉
＊ 編集後記（み／た／か／き） ※〈編集部が色めくような作品に最近出くわすことが少ない／松原新一「愚者の文学」終わる／「三田文学文芸講演会」中止など〉
＊ 予約購読者および会員の方へ 三田文学会 ※【196904】に同じ
＊ 七月号予告（六月七日刊）
＊ 編集委員 ※【196811】に同じ
＊ ※おしらせ 〈投稿について〉
※ 表紙に「特別企画 わが思索のあと 第2回 河上徹太郎 小潟昭夫（インタヴュアー）」と特記あり
表紙板画・脇谷紘／デザイン・渡辺英行／発行日・六月一日／頁数・本文全一一二頁／定価・二〇〇円／発行人・石坂洋次郎／編集人・遠藤周作／発行所・東京都新宿区新宿三ノ一七ノ七 紀伊国屋ビル五階 三田文学会／編集所・東京都新宿区新宿三ノ一七ノ七 紀伊国屋ビル五階 三田文学編集部／発売元・東京都文京区音羽二ノ一二ノ二一 講談社／印刷所・東京都港区三田五ノ一二ノ一 図書印刷株式会社

■七月号 【197307】

表紙板画 脇谷紘
デザイン 渡辺英行
特別企画
『わが思索のあと』第三回[1] 稲垣足穂
（インタヴュアー）小潟昭夫
パースペクティブ '73・（Ⅰ）
内向の時代・新しい戦後 利沢行夫
評論
幻想からの再生——戦後文学の現代性—— 金子昌夫
小説
夏の日輪（六十三枚） 橋本勝三郎

窓――いきさつ(三十七枚)2　藤沢〔澤〕成光
彼に告げよ(百二枚)　後藤攻

目次註

1〈〝エロスというもの〟／少年美の抽象性／〝ノート屋〟的評論家／「二元論」の限界／人間の時間―死／異端の肌感覚／理想の女性像〉※両者の写真を付す

2 藤澤成光

＊編集後記（き／み）※〈新企画「パースペクティブ'73」始まるなど〉

＊予約購読者および会員の方へ　三田文学会　※【196904】に同じ

＊八月号予告（七月七日刊）

＊編集委員　※【196811】に同じ

＊※おしらせ〈投稿について〉

※表紙に「特別企画　わが思索のあと　第3回　稲垣足穂　小潟昭夫（インタヴュアー）」と特記あり

表紙板画・脇谷紘／デザイン・渡辺英行／発行日・七月一日／頁数・本文全一一二頁／定価・二〇〇円／発行人・石坂洋次郎／編集人・遠藤周作／発行所・東京都新宿区新宿三ノ一七ノ七　紀伊国屋ビル五階　三田文学会／編集所・東京都新宿区新宿三ノ一七ノ七　紀伊国屋ビル五階　三田文学編集部／発売元・東京都文京区音羽二ノ一二ノ二一　講談社／印刷所・東京都港区三田五ノ一二ノ一　図書印刷株式会社

■八月号　【197308】

表紙板画　脇谷紘
デザイン　渡辺英行
特別企画
『わが思索のあと』第四回1　渡辺一夫
（インタヴュアー）小潟昭夫
パースペクティブ'73・(II)
イマジストの陥穽――古井由吉　利沢行夫
評論
批評の心理主義について2　宮内豊
――現代批評の問題――
新鋭評論家特集
海辺の倦怠　篠田知和基
――福永・梶井・吉行などの文学における海について――
肉体と時間――唐十郎覚え書――　田中淳一
那珂太郎に呈する主題と変奏3　荒木亨
山椒魚の変身――井伏鱒二論――　高田欣一
小説
闇を撃て　岡本達也

目次註

1〈二人のマルグリット／ラブレーのグロテスク趣味／バロック・マニエリスム……etc.／「言葉」の空転、「物」の氾濫／「知る権利」と「知る義務」と〉※両者の写真を付す

2〈1―4〉

3〈一　ソシュール／二　那珂太郎の一貫性／三　豊かな不毛／四　現代詩へのアンチパシー／五　ラングの詩人の出発点／六　そのかみ、ボードレールの余白に／七　径／八　幾何学的（けっして散文的ではない）精神による間奏／九　ことば――おのれと対象の無化――／十　機能美の詩人〉（一九七三、五、二六）※「私はこの文章を歴史的かなづかひによって書かう、日本語と那珂太郎と私自身に対する敬意から」との註と謝辞あり

＊編集後記（み／き）※〈「わが思索のあと」に登場したこれまでの四人はすべて七十代、若い批評家以上に歯切れのよい現代批判など〉

＊予約購読者および会員の方へ　三田文学会　※【196904】に同じ

＊九月号予告（八月七日刊）

＊編集委員　※【196811】に同じ

＊※おしらせ〈投稿について〉

※表紙に「特別企画　わが思索のあと　第四回　渡辺一夫　小潟昭夫（インタヴュアー）」と特記あり

表紙板画・脇谷紘／デザイン・渡辺英行／発行日・八月一日／頁数・本文全一一二頁／定価・二〇〇円／発行人・石坂洋次郎／編集人・遠藤周作／発行所・東京都新宿区新宿三ノ一七ノ七　紀伊国屋ビル五階　三田文学会／編集所・東京都新宿区新宿三ノ一七ノ七　紀伊国屋ビル五階　三田文学編集部／発売元・東京都文京区音羽二ノ一二ノ二一　講談社／印刷所・東京都港区三田五ノ一二ノ一　図書印刷株式会社

■九月号　【197309】

表紙板画　脇谷紘
デザイン　渡辺英行
特別企画
『わが思索のあと』第五回1　野間宏
（インタヴュアー）小潟昭夫
パースペクティブ'73・(III)
遁走するヒーロー――丸山健二の場合　利沢行夫
評論
翳る鏡の背信2　蓮實重彦
――古井由吉の『水』を続って――
宗教と文学・IX
キリスト者作家の問題(三)3　武田友寿
――小川国夫と森内俊雄――
小説
鉦の音　赤坂清一
改札の内と外　替田銅美

目次註

1〈「青年の環」と円環のイメージ／小説作品の沈下と浮上／「全体小説」の時間性／「分子生物学」から「文学」へ／ヨーロッパの終焉――親鸞の現代性／「欠如」と「腐敗」からなる文学的哲学〉※両者の写真を付す

2〈I　誰が、どこから語っているか／II　主題と変奏／III　濃密な死と希薄な生〉

3〈I―III〉

＊編集後記（み／き）※〈酒を飲むこと／夏の暑さのこと〉
＊予約購読者および会員の方へ　三田文学会　※【196904】に同じ
＊十月号予告（九月七日刊）
＊編集委員　※【196811】に同じ
※表紙に「特別企画　わが思索のあと　第五回　野間宏　小潟昭夫（インタヴュアー）」と特記あり
表紙板画・脇谷紘／デザイン・渡辺英行／発行日・九月一日／頁数・本文全一一二頁／定価・二〇〇円／発行人・石坂洋次郎／編集人・遠藤周作／発行所・東京都新宿区新宿三ノ一七ノ七　紀伊国屋ビル五階　三田文学会／編集所・東京都新宿区新宿三ノ一七ノ七　紀伊国屋ビル五階　三田文学編集部／発売元・東京都文京区音羽二ノ一二ノ二一　講談社／印刷所・東京都港区三田五ノ一二ノ一　図書印刷株式会社

■**十月号**　【197310】

表紙板画　脇谷紘
デザイン　渡辺英行
特別企画
『わが思索のあと』第六回[1]　西脇順三郎
（インタヴュアー）小潟昭夫
パースペクティブ　'73・(Ⅳ)
黒い笑い・『箱男』の作家をめぐって　利沢行夫
小説
白蟻(七十五枚)　高橋昌男
紫陽花(三十枚)　宮島正洋
白雨《はくう》(四十三枚)　大嶋岳夫
虎(七十七枚)　立松和平
私のデッサン
K駅北口・夕暮れ　黒井千次

目次註
1〈詩と絵画／芭蕉の諧謔／ボードレールの業績／象徴ならば「超自然の世界」を／「美」と「哀愁」と「奇異なるもの」／破壊――「関係」の創造〉※両者の写真を付す
＊編集後記（み／き）※〈「私のデッサン」始まる／懸賞論文「私の中の現代」当選作なし〉
＊予約購読者および会員の方へ　三田文学会　※【196904】に同じ
＊十一月号予告（十月七日刊）
＊編集委員　※【196811】に同じ
＊※おしらせ〈投稿について〉
※表紙に「特別企画　わが思索のあと　第6回　西脇順三郎」と特記あり
表紙板画・脇谷紘／デザイン・渡辺英行／発行日・十月一日／頁数・本文全一一二頁／定価・二〇〇円／発行人・石坂洋次郎／編集人・遠藤周作／発行所・東京都新宿区新宿三ノ一七ノ七　紀伊国屋ビル五階　三田文学会／編集所・東京都新宿区新宿三ノ一七ノ七　紀伊国屋ビル五階　三田文学編集部／発売元・東京都文京区音羽二ノ一二ノ二一　講談社／印刷所・東京都港区三田五ノ一二ノ一　図書印刷株式会社

■**十一月号**　【197311】

表紙板画　脇谷紘
デザイン　渡辺英行
特別企画
『わが思索のあと』第七回[1]　金子光晴
（インタヴュアー）小潟昭夫
パースペクティブ　'73・(Ⅴ)
詩人・小説家――三木卓の場合　利沢行夫
評論
埴谷雄高一面[2]　小浜俊郎
ヨーロッパの東と西[3]
――東地中海の旅――　池上忠弘
小説
贈物の周辺[4]　樋口至宏
十五号車の男　黒羽英二
私のデッサン
宿　後藤みな子

目次註
1〈ヴェルアーランとの出会／初めてのヨーロッパ／詩を捨てた時／〝水〟あるいは〝流浪の精神〟／詩壇からの逃避／抵抗の詩人／〝人生は血の騒ぎ〟／日本人と侵略性〉※両者の写真を付す
2 ―Por la secreta escala, disfrazada―〈(1)―(5)〉
3〈(1)―(4)〉
4〈1―7〉
＊編集後記（き／み）※〈十月、十一月はまたたくまに過ぎゆくなど〉
＊予約購読者および会員の方へ　三田文学会　※【196904】に同じ
＊十二月号予告（十一月七日刊）
＊編集委員　※【196811】に同じ
※表紙に「特別企画　わが思索のあと〈第7回〉金子光晴」と特記あり
表紙板画・脇谷紘／デザイン・渡辺英行／発行日・十一月一日／頁数・本文全一一二頁／定価・二〇〇円／発行人・石坂洋次郎／編集人・遠藤周作／発行所・東京都新宿区新宿三ノ一七ノ七　紀伊国屋ビル五階　三田文学会／編集所・東京都新宿区新宿三ノ一七ノ七　紀伊国屋ビル五階　三田文学編集部／発売元・東京都文京区音羽二ノ一二ノ二一　講談社／印刷所・東京都港区三田五ノ一二ノ一　図書印刷株式会社

■**十二月号**　【197312】

表紙板画　脇谷紘
デザイン　渡辺英行
特別企画
『わが思索のあと』第八回[1]　武田泰淳
（インタヴュアー）小潟昭夫

パースペクティブ '73・(Ⅵ)「標準小説」の向うに跳ぶ者は　利沢行夫
小説
告別　橋本勝三郎
納戸の神[2]　森禮子
評論
小説への夢[3]　櫻木泰行
特集・北原武夫追悼[4]
弔辞　田中千禾夫
弔辞　蘆原英了
弔辞　安岡章太郎
昭和十年代作家と体験[5]　磯田光一
恩人北原さん　川上宗薫
北原さんのこと　坂上弘
慈愛の師　佐藤愛子
北原君のこと　佐藤朔
北原さんを悼む　白井浩司
文学への思いの深さ　田久保英夫
こころの友[6]　田辺茂一
円環の作家　野口冨士男
北原君さようなら　平松幹夫
北原君の死　山本健吉
（追悼文・五十音順）
北原武夫著作略年譜[7]

目次註

1 〈『快楽《けらく》』における「恥ずかしさ」の感覚／マルクスに傾く若き仏徒／小説におけるサスペンス／内なるものの外在化としての作品／聖職者と覚楽の問題／「赤い坊さん」という存在／大審問官のディレンマとイエスの無限な復活／明快さからそれてゆく小説言語〉〔1973.10.6〕 ※両者の写真を付す

2 〈1—4〉

3 ——ある小説理論のためのノート——

4 ※北原武夫の写真を付す

5 昭和十年代作家と〝体験〟

6 こゝろの友 ※次号誤植訂正あり

7 北原武夫著作略年譜（一九〇七—一九七三） ※北原武夫の略歴、写真を付す／〝この年譜は集英社版日本文学全集第七三巻「丸岡明・北原武夫集」所収の小田切進氏編の年譜を参照させていただいた〟と註あり

＊ 編集後記（き／み） ※〈北原武夫追悼／「私のデッサン」休載〉

＊ 予約購読者および会員の方へ　三田文学会 ※【196904】に同じ

＊ 一月号予告（十二月七日刊）

＊ 編集委員 ※【196811】に同じ

※ 表紙に「特別企画　わが思索のあと〈第8回〉武田泰淳（インタヴュアー・小潟昭夫）／北原武夫追悼」と特記あり

表紙板画・脇谷紘／デザイン・渡辺英行／発行日・十二月一日／頁数・本文全一一二頁／定価・二〇〇円／発行人・石坂洋次郎／編集人・遠藤周作／発行所・東京都新宿区新宿三ノ一七ノ七　紀伊国屋ビル五階　三田文学会／編集所・東京都新宿区新宿三ノ一七ノ七　紀伊国屋ビル五階　三田文学編集部／発売元・東京都文京区音羽二ノ一二ノ二一　講談社／印刷所・東京都港区三田五ノ一二ノ一　図書印刷株式会社

一九七四年（昭和四十九年）

■一月号　【197401】

表紙板画　脇谷紘
デザイン　渡辺英行
特別企画
『わが思索のあと』第九回[1]　大岡昇平
（インタヴュアー）小潟昭夫
評論
昭和文学再発見・Ⅰ
「眼と化した精神」——梶井基次郎論[2]　饗庭孝男
宗教と文学・Ⅹ
キリスト者作家の問題(四)[3]　武田友寿
——有吉佐和子・曽野綾子とキリスト教——
ピエル・パゾリーニと現代[4]　高橋義人
小説
窓の顔　替田銅美
ジョルジュの夏　楠見千鶴子
ふらぐまん・Ⅰ
passionについて(1)　安倍寧
私のデッサン
当世月給取り気質　坂上弘

目次註

1 〈出発点としての俘虜体験／諸作品を貫く地理的センス／恋愛小説にも戦争体験の影／月に感じやすい精神性／短篇小説の理想型「マテオ・ファルコーネ」／恋愛観の変貌——「愛について」／〝事実に歌わせる〟という小説美学〉 ※両者の写真を付す

2 「眼」と化した精神〈1—3〉

3 〈Ⅰ—Ⅳ〉

4〈序／1　聖なる神（『奇跡の丘』）／2　都会から荒野へ（『テオレマ』）／3　悪霊と殉教（『豚小屋』）〉

＊　編集後記（し／ひ／み）※〈「昭和文学再発見」始まる／編集部員量的充実など〉

＊　予約購読者および会員の方へ　三田文学会　※【196904】に同じ

＊　二月号予告（一月七日刊）

＊　編集委員　※【196811】に同じ

※　表紙に「特別企画：わが思索のあと〈第9回〉大岡昇平　小潟昭夫（インターヴュアー）」と特記あり

表紙板画・脇谷紘／デザイン・渡辺英行／発行日・一月一日／頁数・本文全一一二頁／定価・二〇〇円／発行人・石坂洋次郎／編集人・遠藤周作／発行所・東京都新宿区新宿三ノ一七ノ七　紀伊国屋ビル五階　三田文学会／編集所・東京都新宿区新宿三ノ一七ノ七　紀伊国屋ビル五階　三田文学編集部／発売元・東京都文京区音羽二ノ一二ノ二一　講談社／印刷所・東京都港区三田五ノ一二ノ一　図書印刷株式会社

■二月号　【197402】

特別企画
「わが思索のあと」第10回1　遠藤周作
（インタヴュアー）小潟昭夫
評論
自己上演する劇〝能と能〟　立仙順朗
パースペクティブ　'74・I
原初の画像――『或る聖書』をめぐって　菅野昭正
私のデッサン
小鳥屋のドーベルマン　津島佑子
ふらぐまん・II
passionについて(2)　安倍寧
小説
子供の時間　狩野晃一
きざはし2　香野喬太郎
眼花　梅谷馨一
ウォークライ　笠原淳
詩
緑へのオード3　小浜俊郎
表紙・目次・扉・本文カット　武笠昇
表紙・目次・扉構成　渡辺英

目次註

1〈『死海のほとり』――『沈黙』後の宿題果す／群像から見たイエス／聖書の中の事実と真実／〝愛の神＝無力なるもの〟の死にざま／肉体と精神の条理／精神分析と批評／二つの作品系列の合流するとき〉※両者の写真を付す

2〈一―四〉

3〈劇I／劇II／風景／園丁〉

＊　編集後記（に／か／み）※〈小浜俊郎の詩は今後も継続掲載予定など〉

＊　予約購読者および会員の方へ　三田文学会　※【196904】に同じ

＊　三月号予告（二月七日刊）

＊　編集委員　※【196811】に同じ

※　表紙に「特別企画　わが思索のあと　第10回　遠藤周作　インタヴュアー小潟昭夫」と特記あり

表紙・目次・扉・本文カット・武笠昇／表紙・目次・扉構成・渡辺英／発行日・二月一日／頁数・本文全一一二頁／定価・二五〇円／発行人・石坂洋次郎／編集人・遠藤周作／発行所・東京都新宿区新宿三ノ一七ノ七　紀伊国屋ビル五階　三田文学会／編集所・東京都新宿区新宿三ノ一七ノ七　紀伊国屋ビル五階　三田文学編集部／発売元・東京都文京区音羽二ノ一二ノ二一　講談社／印刷所・東京都港区三田五ノ一二ノ一　図書印刷株式会社

■三月号　【197403】

特別企画
「わが思索のあと」第11回1　中村光夫
（インタヴュアー）小潟昭夫
評論
宗教と文学・XI
キリスト者作家の問題(五)2　武田友寿
――イエス像の造型をめぐって――
『絵空ごと』その他――吉田健一試論――3　保苅瑞穂
パースペクティブ　'74・II
白秋の位置　菅野昭正
詩
まが玉／おとし子の唄／棺の女　鈴村和成
小説
鳥塚物語――餓鬼阿弥蘇生譚別帖　藤井貞和
贋作探索4　御遠肇
私のデッサン
九死に一生　桂芳久
ふらぐまん・III
分身について　安倍寧
小説・目次・扉・本文カット　武笠昇
表紙・目次・扉構成　渡辺英

目次註

1〈留学――青春期の自己認識／批評家から小説家へ／アンチ・ヒーローの魅力／女性描写に〝きらめき〟／〝デスマ調の評論〟〝対話の生きた小説〟／日本の長編小説／死のテーマ――一回性の文学〉※両者の写真を付す

2〈I―V〉

3〈1―4〉

4〈1―11〉

＊　編集後記（ひ／し／み）※〈編集者特集もあるかなど〉

＊　四月号予告（三月七日刊）

＊　お詫び〈前号予告田久保英夫「私のデッサン」変更について〉

＊ 編集委員 ※【196811】に同じ

※ 表紙に「特別企画 わが思索のあと 第11回 中村光夫 インタヴュアー小潟昭夫」と特記あり

表紙・目次・扉・本文カット・武笠昇／表紙・目次・扉構成・渡辺英／発行日・三月一日／頁数・本文全一一二頁／定価・二五〇円／発行人・石坂洋次郎／編集人・遠藤周作／発行所・東京都新宿区新宿三ノ一七ノ七 紀伊国屋ビル五階 三田文学会／編集所・東京都新宿区新宿三ノ一七ノ七 紀伊国屋ビル五階 三田文学編集部／発売元・東京都文京区音羽二ノ一二ノ二一 講談社／印刷所・東京都港区三田五ノ一二ノ一 図書印刷株式会社

■四月号 【197404】

特別企画 梅原猛
「わが思索のあと」第12回1 （インタヴュアー）小潟昭夫

評論
昭和文学再発見・Ⅱ
空想と言葉との織物――中島敦論2 饗庭孝男
詩における"ユーモア"の復権――内藤丈草論 井田三夫
パースペクティブ '74・Ⅲ
「個的実存」への執着 菅野昭正

詩
朝影／戦争／カトマンズの少年が見た夢3 井上輝夫

ふらぐまん・Ⅳ
真実について 安倍寧

私のデッサン
タドンの星 吉行理恵

小説
天門開闔4 泉秀樹
怒れる街 谷口茂

表紙・目次・扉・本文カット 武笠昇
表紙・目次・扉構成 渡辺英

目次註

1 〈『闇のパトス』を生む情感／日本の"笑い"の研究／小林秀雄との方法の違い／学問と像想〔想像〕力／情熱と認識とのバランス／なぜ書くか――作家の中の疎外感／闇の中の輝き〉※両者の写真を付す

2 〈1―2〉

3 朝影――平潟湾風景――

4 天門開闔《てんもんかいこう》

＊ 編集後記（に／か／み） ※〈「わが思索のあと」次回で完結／「天門開闔」は「老子」第十章の中の天門（眼、耳、口あるいは心）がよく働けば、人は控えめに行動できるようになるという玄徳の一つを表す言葉であるなど〉

＊ 予約購読者および会員の方へ 三田文学会 ※【196904】に同じ

＊ 五月号予告（四月五日刊）

＊ 編集委員 ※【196811】に同じ

※ 表紙に「特別企画 わが思索のあと 第12回 梅原猛 インタヴュアー小潟昭夫」と特記あり

表紙・目次・扉・本文カット・武笠昇／表紙・目次・扉構成・渡辺英／発行日・四月一日／頁数・本文全一一二頁／定価・二五〇円／発行人・石坂洋次郎／編集人・遠藤周作／発行所・東京都新宿区新宿三ノ一七ノ七 紀伊国屋ビル五階 三田文学会／編集所・東京都新宿区新宿三ノ一七ノ七 紀伊国屋ビル五階 三田文学編集部／発売元・東京都文京区音羽二ノ一二ノ二一 講談社／印刷所・東京都港区三田五ノ一二ノ一 図書印刷株式会社

■五月号 【197405】

特別企画 吉本隆明
「わが思索のあと」第13回（その1）1 （インタヴュアー）小潟昭夫

評論
宗教と文学・Ⅻ〔最終回〕
ある自己救済のかたち2――大江健三郎の問題―― 武田友寿
否認する私――永井荷風の場合―― 田中淳一
辻邦生の世界――その舞台と物語性―― 加藤弘和
パースペクティブ '74・Ⅳ
日本の社会小説3 菅野昭正

紀行・Ⅰ
聖《サン》シメオンの木菟――シリア紀行4 井上輝夫

ふらぐまん・Ⅴ
反対語について 安倍寧

私のデッサン
吹雪 丸山健二

詩
死児の齢 橋本真理

小説
木天蓼5 楠見千鶴子
それぞれの日々 岡田睦

表紙・目次・扉・本文カット 武笠昇
表紙・目次・扉構成 渡辺英

目次註

1 〈言語表現論としての文学理論／発生状態における言葉／言語表出によって明瞭になるもの／実朝の詩的契機／小林秀雄の限界とその超克／〈現在〉の詩と〈永続的位相〉の詩／情況論の新たな集約点――沖縄〉〔次号につづく〕※両者の写真を付す

2 ある自己救済のかたち・identity 〈Ⅰ―Ⅳ〉 ※【197104】より十二回断続的に連載

3 ――中村真一郎『この百年の小説』をめぐって―― 管〔菅〕野昭正

4 〈連載第一回〉〈㈠ ダマスカス到着／㈡ 祈り〉

5 木天蓼《またたび》

＊　編集後記（て／み）※〈「わが思索のあと」インタヴューが例外的に長時間にわたったため二回に分載など〉
＊　予約購読者および会員の方へ　三田文学会　※【196904】に同じ
＊　六月号予告（五月五日刊）
＊　編集委員　※【196811】に同じ
※　表紙に「特別企画　わが思索のあと　第13回―その1
吉本隆明　インタヴュアー小潟昭夫」と特記あり

表紙・目次・扉・本文カット・武笠昇／表紙・目次・扉構成・渡辺英／発行日・五月一日／頁数・本文全一二八頁／定価・二八〇円／発行人・石坂洋次郎／編集人・遠藤周作／発行所・東京都新宿区新宿三ノ一七ノ七　紀伊国屋ビル五階　三田文学会／編集所・東京都新宿区新宿三ノ一七ノ七　紀伊国屋ビル五階　三田文学編集部／発売元・東京都文京区音羽二ノ一二ノ二一　講談社／印刷所・東京都港区三田五ノ一二ノ一　図書印刷株式会社

■六月号　【197406】

特別企画
「わが思索のあと」　第13回(その2)1　吉本隆明
（インタヴュアー）小潟昭夫
評論
饒舌の系譜　利沢行夫
〈非在《ノン・ビーイング》〉のはらわた
――三島・パーディのばあい2　浜野成生
パースペクティブ　'74・V
性による超越3　菅野昭正
紀行・II
聖《サン》シメオンの木菟――シリア紀行4　井上輝夫
ふらぐまん・VI〔最終回〕
ふたたびpassionについて5　安倍寧
私のデッサン
木曽殿の横顔　多田智満子
詩
塩の道6　池澤夏樹
湖底　朝吹亮二
小説
繭の成熟7　越智道雄
表紙・目次・扉・本文カット　武笠昇
表紙・目次・扉構成　渡辺英

目次注

1　〈〝大衆の原像〟が生まれたところ／書くことの位置づけ／手仕事としての詩作／身体認識の段階／世界における関係の絶対性／〈対幻想〉と家族・社会／死を納得したあとの生き恥じ／三島由紀夫への共感と違和感／第一次戦後派と第三の新人批判／安部公房と大江健三郎について〉〔了〕
※両者の写真を付す
2　――パーディのばあい・三島のばあい――〈I―V〉
3　――高橋たか子「失われた絵」をめぐって――
4　（連載第二回）〈三　曠野／四　廃墟と現実／五　アレッポ〉
5　※【197401】より六回連載
6　〈1―5〉
7　〈1―8〉

＊　編集後記（ま／し）※〈「わが思索のあと」完結、次回より「現代文学のフロンティア」始まるなど〉
＊　予約購読者および会員の方へ　三田文学会　※【196904】に同じ
＊　七月号予告（六月五日刊）
＊　編集委員　※【196811】に同じ
※　表紙に「特別企画　わが思索のあと　第13回　その2
吉本隆明　インタヴュアー小潟昭夫」と特記あり

表紙・目次・扉・本文カット・武笠昇／表紙・目次・扉構成・渡辺英／発行日・六月一日／頁数・本文全一二八頁／定価・二八〇円／発行人・石坂洋次郎／編集人・遠藤周作／発行所・東京都新宿区新宿三ノ一七ノ七　紀伊国屋ビル五階　三田文学会／編集所・東京都新宿区新宿三ノ一七ノ七　紀伊国屋ビル五階　三田文学編集部／発売元・東京都文京区音羽二ノ一二ノ二一　講談社／印刷所・東京都港区三田五ノ一二ノ一　図書印刷株式会社

■七月号　【197407】

新企画
現代文学のフロンティア(No.1)1　埴谷雄高
（インタヴュアー）田中淳一
評論
昭和文学再発見・III
幻視者と生の現実――牧野信一論2　饗庭孝男
メタフィジック西欧作家論・I
虚空のうちなる本性3　上総英郎
――F・モーリアック論
対談
亡命の文学――創造的言語と前衛4　大庭みな子 VS. 平岡篤頼
紀行・III(最終回)
聖《サン》シメオンの木菟――シリア紀行5　井上輝夫
詩
樹の破片のぼく6　相沢啓三
小説
痩せた家族　吉田武史
表紙・目次・扉・本文カット　武笠昇
表紙・目次・扉構成　渡辺英

目次注

1　〈〈存在〉の裡へ向かう／変革論としての存在論／時空を〝越えようとする〟渇望／われわれを凝視《みつ》める〈宇宙の鏡〉／未完了性の文学／永遠の〈二重性〉／〝統一〟への絶望的要請／〈結晶語〉を希求する〉〔昭和四十九年四月二十一日・

埴谷氏宅にて収録〕※両者の写真を付す
2　〈1―2〉
3　――フランソワ・モーリアック論（その一）――〈第一章　閉された世界〉〔この項つづく〕※註あり
4　〈言語の呪縛／合理性からの解放／私小説における〝私〟の問題／吉行淳之介の作品の前衛性／文学における永久革命的要素〉※両者の写真を付す
5　〈六「櫻の園」の美少女／七　聖《サン》シメオン／八　ベイルートに向って〉※【197405】より三回連載
6　〈i―xiii〉
＊　編集後記（I／N／K）※〈「現代文学のフロンティア」には小説、詩、演劇などの各分野においてすでに新境地を拓き、現在もなお拓きつつある作家が登場など〉
＊　予約購読者および会員の方へ　三田文学会　※【196904】に同じ
＊　八月号予告（七月五日刊）
＊　編集委員　※【196811】に同じ
※　表紙に「新企画　現代文学のフロンティア　NO.1　埴谷雄高（インタヴュアー田中淳一）」と特記あり
表紙・目次・扉・本文カット・武笠昇／表紙・目次・扉構成・渡辺英／発行日・七月一日／頁数・本文全一一二頁／定価・二五〇円／発行人・石坂洋次郎／編集人・遠藤周作／発行所・東京都新宿区新宿三ノ一七ノ七　紀伊国屋ビル五階　三田文学会／編集所・東京都新宿区新宿三ノ一七ノ七　紀伊国屋ビル五階　三田文学編集部／発売元・東京都文京区音羽二ノ一二ノ二一　講談社／印刷所・東京都港区三田五ノ一二ノ一　図書印刷株式会社

■八月号　【197408】

特別企画
現代文学のフロンティア（No.2）1　井上光晴
（インタヴュアー）立仙順朗
評論
霧の光学――古井由吉論2　櫻木泰行
自己否定の論理――ホーフマンスタール論3　伊藤行雄
パースペクティブ'74・Ⅵ
悪の聖域
――高橋たか子『没落風景』をめぐって　古屋健三
詩集評
飯島耕一『ゴヤのファースト・ネームは』4
随筆・Ⅰ
文壇について　大久保房男
私のデッサン
処女航海　吉増剛造
詩
カタリ派並びに数種の薬物
及び食物投与に関するモノローグ　氷室純子
短歌
玄室／石の村5　多田智満子
小説
未完の旅　岡本達也
港　北澤輝明
表紙・目次・扉・本文カット　武笠昇
表紙・目次・扉構成　渡辺英

目次註
1　〈〝書けば金をくれる〟出発／『ガダルカナル戦詩集』――純粋さの限界／神の視点を拒む人称／否定しつくせぬ人々／『象を撃つ』――疑似現実と現実の接点／原体験は虚構に耐えるか〉〔昭和四十九年六月七日・井上氏宅にて収録〕※両者の写真を付す
2　〈霧のプリズムを求めて／「記憶の霧」を現出させること／杏子、または霧の妖精〉
3　――チャンドス卿とホーフマンスタールとの可視的距離――
4　（井上輝夫）※青土社刊
5　※玄室―七首／石の村―四首
＊　編集後記（H／R／S）※〈連載随筆始まるなど〉
＊　予約購読者および会員の方へ　三田文学会　※【196904】に同じ
＊　九月号予告（八月七日刊）
＊　編集委員　※【196811】に同じ
※　表紙に「特別企画　現代文学のフロンティア　NO.2　井上光晴（インタヴュアー立仙順朗）」と特記あり
表紙・目次・扉・本文カット・武笠昇／表紙・目次・扉構成・渡辺英／発行日・八月一日／頁数・本文全一一二頁／定価・二五〇円／発行人・石坂洋次郎／編集人・遠藤周作／発行所・東京都新宿区新宿三ノ一七ノ七　紀伊国屋ビル五階　三田文学会／編集所・東京都新宿区新宿三ノ一七ノ七　紀伊国屋ビル五階　三田文学編集部／発売元・東京都文京区音羽二ノ一二ノ二一　講談社／印刷所・東京都港区三田五ノ一二ノ一　図書印刷株式会社

■九月号　【197409】

特別企画
現代文学のフロンティア（No.3）1　唐十郎
（インタヴュアー）田中淳一
評論
土手の上・下――百閒の文学　篠田知和基
泉鏡花と想像力2　小浜俊郎
エッセイ
敗北としての身体　小潟昭夫
私のデッサン
正午の倦怠　高橋たか子
随筆・Ⅱ
文壇について　大久保房男
詩
封印　川村均
小説

北の便り3　山田治
ガラスの夢4　笠原淳
パースペクティブ'74・Ⅶ
印象から事実へ
——大岡昇平全集第一巻——　古屋健三
表紙・目次・扉・本文カット　武笠昇
表紙・目次・扉構成　渡辺英

目次註

1 〈河原貴族として／「アジアの縁《へり》をさぐる」／起爆力としてのファナチシズム／西洋をどう捉えるか？／一元論的状況の中での〈客体化〉／カルチャアサイドを拒否／地獄めぐりの旅〉〔昭和四九年六月十八日・唐氏宅にて収録〕※両者の写真を付す
2 〈1—4〉
3 〈1—2〉
4 〈青い電車／元役者／メビュウスの輪／コスモス旅行団／公衆電話／ハト小屋／みずがめ座〉
＊ 編集後記（N／M／K）※〈一回で不採用になったからと諦めず気長に作品を投稿してほしいなど〉
＊ 予約購読者および会員の方へ　三田文学会　※【196904】に同じ
＊ 十月号予告（九月五日刊）
＊ 編集委員　※【196811】に同じ
※ 表紙に「特別企画　現代文学のフロンティア　NO.3　唐十郎（インタヴュアー・田中淳一）」と特記あり

表紙・目次・扉・本文カット・武笠昇／表紙・目次・扉構成・渡辺英／発行日・九月一日／頁数・本文全一一二頁／定価・二五〇円／発行人・石坂洋次郎／編集人・遠藤周作／発行所・東京都新宿区新宿三ノ一七ノ七　紀伊国屋ビル五階　三田文学会／編集所・東京都新宿区新宿三ノ一七ノ七　紀伊国屋ビル五階　三田文学編集部／発売元・東京都文京区音羽二ノ一二ノ二一　講談社／印刷所・東京都港区三田五ノ一二ノ一　図書印刷株式会社

■十月号　【197410】

特別企画
現代文学のフロンティア（No.4）1
（インタヴュアー）田中淳一　小川国夫
評論
昭和文学再発見・Ⅳ
「市中隠棲」の詩人——上林暁論2　饗庭孝男
メタフィジック西欧作家論・Ⅱ
虚空のうちなる本性
——F・モーリアック論3　上総英郎
パースペクティブ'74・Ⅷ
彼岸の故郷——小川国夫『彼の故郷』　古屋健三
詩
鳥達とわがヘジラ　井上輝夫
随筆・Ⅲ
文壇について　大久保房男
小説
火器4　三砂とも子
何かが見えたか　樋口至宏
表紙・目次・扉・本文カット　武笠昇
表紙・目次・扉構成　渡辺英

目次註

1 〈内的契機——ヨーロッパ旅行／〝意味づけ〟のない描写／書く〈主体〉／断片と全体志向／小説のなかの〈不在者〉／〝ひとつの状態を書きたい〟〉※両者の写真を付す
2 〈1—3〉
3 ——フランソワ・モーリアック論（その二）——〈第二章　相剋する力〉〔この項つづく〕※註あり
4 〈Ⅰ—Ⅲ〉※註あり
＊ 編集後記（T／I／S）※〈夏についてなど〉
＊ 予約購読者および会員の方へ　三田文学会　※【196904】に同じ
＊ 十一月号予告（十月七日刊）
＊ 編集委員　※【196811】に同じ
※ 表紙に「特別企画　現代文学のフロンティア　NO.4　小川国夫（インタヴュアー・田中淳一）」と特記あり

表紙・目次・扉・本文カット・武笠昇／表紙・目次・扉構成・渡辺英／発行日・十月一日／頁数・本文全一一二頁／定価・二五〇円／発行人・石坂洋次郎／編集人・遠藤周作／発行所・東京都新宿区新宿三ノ一七ノ七　紀伊国屋ビル五階　三田文学会／編集所・東京都新宿区新宿三ノ一七ノ七　紀伊国屋ビル五階　三田文学編集部／発売元・東京都文京区音羽二ノ一二ノ二一　講談社／印刷所・東京都港区三田五ノ一二ノ一　図書印刷株式会社

■十一月号　【197411】

特別企画
現代文学のフロンティア（No.5）1
（インタヴュアー）立仙順朗　藤枝静男
評論
メタフィジック西欧作家論・Ⅲ
虚空のうちなる本性2
——F・モーリアック論　上総英郎
エッセイ
光のえんすい——内部風土への旅3　浜野成生
パースペクティブ'74・Ⅸ
作家の仕事部屋——阿部昭・短篇連作　古屋健三
詩
秋に　渋沢孝輔
随筆・Ⅳ
文壇について　大久保房男
戯曲
木蓮沼4　石澤富子

小説
きつねの涙　茂木光春
死の花　亀岡正洋
夏至　後藤攻
表紙・目次・扉・本文カット　武笠昇
表紙・目次・扉構成　渡辺英

目次註

1 〈外国で見るもの／ダダイズムと『空気頭』／人におしつけることを嫌う／確かなことだけ書く／小説は余技か／自己小説について――『別れる理由』／私小説批判への批判〉〔昭和四十九年九月九日・藤枝氏宅にて収録〕 ※両者の写真を付す
2 ――フランソワ・モーリアック論（その三）―― 〈第三章　罪の形而上学〉〔この項つづく〕
3 〈1―3〉
4 ※〝西国霊場御詠歌、毎日新聞掲載「古今遺文」、その他引用〟と註あり
＊ 編集後記（K・H／K・N／S・S） ※〈前号予告の由良君美評論掲載延期など〉
＊ 予約購読者および会員の方へ　三田文学会 ※【196904】に同じ
＊ 十二月号予告（十一月七日刊）
＊ 編集委員 ※【196811】に同じ
※ 表紙に「特別企画　現代文学のフロンティア　NO.5　藤枝静男（インタヴュアー・立仙順朗）」と特記あり
表紙・目次・扉・本文カット・武笠昇／表紙・目次・扉構成・渡辺英／発行日・十一月一日／頁数・本文全一一二頁／定価・二五〇円／発行人・石坂洋次郎／編集人・遠藤周作／発行所・東京都新宿区新宿三ノ一七ノ七　紀伊国屋ビル五階　三田文学会／編集所・東京都新宿区新宿三ノ一七ノ七　紀伊国屋ビル五階　三田文学編集部／発売元・東京都文京区音羽二ノ一二ノ二一　講談社／印刷所・東京都港区三田五ノ一二ノ一図書印刷株式会社

■十二月号　【197412】

特別企画
現代文学のフロンティア（No.6）[1]　吉増剛造
（インタヴュアー）田中淳一
評論特集　現代詩における〈うた〉
現代詩の神学と『野の舟』　藤井貞和
――〈うた〉はどこから来るか――
歌の逆転[2]　清水哲男
歌――主体の仮構としての――　岡庭昇
私のデッサン
悪夢者の呟き　中井英夫
随筆
文壇について[3]　大久保房男
パースペクティブ・'74・X
自由な眼――古山高麗雄『蟻の自由』　古屋健三
詩
ひとつの食糞マドリガル　山口佳巳
小説
闇の亀裂　小潟昭夫
鴉　替田銅美
三田文学総目次（昭和49年1月号～12月号）[4]
表紙・目次・扉・本文カット　武笠昇
表紙・目次・扉構成　渡辺英

目次註

1 〈疾走する言葉／第一行目を書くとき／散文からの出発――行あけ詩の問題／〝広がり〟を持つ中心志向／私小説的な設定／詩の息づかい／足元に古代がある……〉〔昭和四十九年九月二十日・銀座レンガ屋にて収録〕 ※両者の写真を付す
2 〈1―4〉
3 連載随筆・V〔おわり〕 ※【197408】より五回連載
4 三田文学・年間総目次（昭和49年） ※ジャンルごとに列記
＊ 編集後記（E・I／Y・K） ※〈「パースペクティブ」「私のデッサン」終わるなど〉
＊ 予約購読者および会員の方へ　三田文学会 ※【196904】に同じ
＊ 一月号予告（十二月七日刊）
＊ 編集委員 ※【196811】に同じ
※ 表紙に「特別企画　現代文学のフロンティア　NO.6　吉増剛造（インタヴュアー・田中淳一）」と特記あり
表紙・目次・扉・本文カット・武笠昇／表紙・目次・扉構成・渡辺英／発行日・十二月一日／頁数・本文全一一二頁／定価・二五〇円／発行人・石坂洋次郎／編集人・遠藤周作／発行所・東京都新宿区新宿三ノ一七ノ七　紀伊国屋ビル五階　三田文学会／編集所・東京都新宿区新宿三ノ一七ノ七　紀伊国屋ビル五階　三田文学編集部／発売元・東京都文京区音羽二ノ一二ノ二一　講談社／印刷所・東京都港区三田五ノ一二ノ一図書印刷株式会社

一九七五年（昭和五十年）

■一月号 【197501】

特別企画
現代文学のフロンティア（No.7）1　後藤明生
（インタヴュアー）立仙順朗
新春随想
老人の回想　石坂洋次郎
三田的なもの　坂上弘
さよの朝霧　田久保英夫
新四谷怪談について――遠藤周作の近業　田中千禾夫
鬱憤ばらし　田辺茂一
評論
メタフィジック西欧作家論・Ⅳ
虚空のうちなる本性2
――F・モーリアック論　上総英郎
昭和文学再発見・Ⅴ
ある転向者の「誠実」――島木健作論3　饗庭孝男
訳詩
ぼくはきみに死ぬ術《すべ》を教える／他4
J＝P・サラブルイユ
葛西良員訳
書評
『北原武夫文学全集第一巻』5
『詩的乾坤』（吉本隆明著）6
創作
果たし合い　雁田重吉
百日の肥育鶏　加藤宗哉
おねえちゃん　泉秀樹
表紙・目次・扉・本文カット　ももせつねひこ
表紙・目次・扉構成　渡辺英

目次註

1 立仙順郎〔朗〕〈現代生活の構造／自分を手招きするもの／喜劇が成立するとき／他者の不在／私小説が書けない／現出する過去／現代の本歌取り〉〔昭和四十九年十月二十八日・銀座レンガ屋にて収録〕※両者の写真を付す

2 ――フランソワ・モーリアック論（その四）――〈第三章　罪の形而上学（承前）〉〔この項終わり〕※註あり

3 〈1―3〉

4 ぼくはおまえに死ぬ術《すべ》を教える（『紙葉の自由』より）／保火器（『予期されざるもの』より）※訳者によるサラブルイユの略歴を紹介した付記あり

5 北原武夫文学全集第一巻　北原武夫　（空）※講談社刊

6 （蟹）※国文社刊

＊編集後記（K・N／H・I／S・S）※〈編集業務についてなど〉

＊予約購読者および会員の方へ　三田文学会　※【196904】に同じ

＊二月号予告（一月七日刊）

＊編集委員　※【196811】に同じ

※表紙に「特別企画　現代文学のフロンティア　NO.7　後藤明生　インタヴュアー――立仙順朗」と特記あり

表紙・目次・扉・本文カット・ももせつねひこ／表紙・目次・扉構成・渡辺英／発行日・一月一日／頁数・本文全一一二頁／定価・二五〇円／発行人・石坂洋次郎／編集人・遠藤周作／発行所・東京都新宿区新宿三ノ一七ノ七　紀伊国屋ビル五階　三田文学会／編集所・東京都新宿区新宿三ノ一七ノ七　紀伊国屋ビル五階　三田文学編集部／発売元・東京都文京区音羽二ノ一二ノ二一　講談社／印刷所・東京都港区三田五ノ一二ノ一　図書印刷株式会社

■二月号 【197502】

特別企画
現代文学のフロンティア（No.8）1　中井英夫
（インタヴュアー）田中淳一
評論
挾み撃ち　または宙に迷う模倣の創意2
――後藤明生論　蓮實重彦
飛翔する肉体――稲垣足穂のバロック気質3　小潟昭夫
書評
『偏執論――近代の陥穽をめぐって』（岡庭昇著）4
『胡桃の中の世界』（澁澤龍彦著）5
詩
模造の淵　佐々木幹郎
平場での夜明かし6　J＝P・ギベール
朝吹亮二訳
ノスタルジア
ふるさと　吉原幸子
随筆・Ⅰ
演劇雑記帖7　内村直也
創作
赤提灯　大嶋岳夫
旅立ちまで8　御遠肇
表紙・目次・扉・本文カット　ももせつねひこ
表紙・目次・扉構成　渡辺英

目次註

1 〈反現実――戦後を見すえる眼／「黒鳥館」から「流薔園」へ／〝風俗〟への傾斜／小説と現実との犯し合い／時間の手品師／『彼方より』――本音とたてまえ／絶えざる変身願望〉〔昭和四十九年十一月十九日・銀座レンガ屋にて収録〕※両者の写真を付す

2 〈Ⅰ　放置された空白／Ⅱ　表層の戯れ／Ⅲ　なぜ挾み撃ちなのか〉

3 〈Ⅰ―Ⅲ〉

4 （白）※河出書房新社刊

5 〈悟〉 ※青土社刊
6 『OE』より〉 ※訳者によるギベールの略歴を紹介した付記あり
7 随筆 演劇雑記帖・I 劇作家になれなかったスタンダール
8 〈1―19〉
＊ 編集後記（K・N／E・I／K・H） ※〈「演劇雑記帖」、創作の出発点となった文学的原風景を回想ふうに描く「ノスタルジア」連載開始など〉
＊ 予約購読者および会員の方へ 三田文学会 ※【196904】に同じ
＊ 三月号予告（二月七日刊）
＊ 編集委員 ※【196811】に同じ
※ 表紙に「特別企画 現代文学のフロンティア NO.8 中井英夫 インタヴュアー――田中淳一」と特記あり

表紙・目次・扉・本文カット・ももせつねひこ／表紙・目次・扉構成・渡辺英／発行日・二月一日／頁数・本文全一一二頁／定価・二五〇円／発行人・石坂洋次郎／編集人・遠藤周作／発行所・東京都新宿区新宿三ノ一七ノ七 紀伊国屋ビル五階 三田文学会／編集所・東京都新宿区新宿三ノ一七ノ七 紀伊国屋ビル五階 三田文学編集部／発売元・東京都文京区音羽二ノ一二ノ二一 講談社／印刷所・東京都港区三田五ノ一二ノ一 図書印刷株式会社

■三月号 【197503】

特別企画
現代文学のフロンティア（No.9）1 古井由吉
（インタヴュアー） 立仙順朗
評論
批評の冒険I 2 宮内豊
メタフィジック西欧作家論・V
エロスと暴力の彼方に――F・カフカ論 3 上総英郎
三田の作家たち・I
自己観念の空転――安岡章太郎論 松原新一
書評
『萩原朔太郎「猫町」私論』（清岡卓行著）4
『ヴィリエ・ド・リラダン全集第一巻』（齋藤磯雄訳）5
詩
あたらしい冬 清水和子
俳句
紫蘇の花 6 後藤信幸
ノスタルジア
小説を書くまで 7 古山高麗雄
随筆・II
演劇雑記帖 8 内村直也
創作
科学博物館 梅谷馨一
背中からきた息 立松和平
表紙・目次・扉・本文カット ももせつねひこ
表紙・目次・扉構成 渡辺英

目次註

1 〈現代小説と問題性／都市化と疎外される個／時間を流すとき――「駆ける女」／孤独から混沌へ／回帰するロマン／題材としての世相／私のプレ・ロマン〉〔昭和四十九年十二月十九日・銀座レンガ屋にて収録〕 ※両者の写真を付す
2 批評の冒険・I 序論 〔続〕
3 ――フランツ・カフカ論―― 〈1―3〉〔この項終わり〕
4 〈發〉 ※文藝春秋社刊
5 〈伶〉 ※東京創元社刊
6 ※六句
7 ※「古山氏の談話を編集部の責任で整理しました」と註あり
8 随筆 演劇雑記帖・II 岸田國士の演劇本質論
＊ 編集後記（I／N） ※〈「早稲田文学」休刊から二ヶ月に寂寥感など〉
＊ 予約購読者および会員の方へ 三田文学会 ※【196904】に同じ
＊ 四月号予告（三月七日刊）
＊ 編集委員 ※【196811】に同じ
※ 表紙に「特別企画 現代文学のフロンティア NO.9 古井由吉 インタヴュアー――立仙順朗」と特記あり

表紙・目次・扉・本文カット・ももせつねひこ／表紙・目次・扉構成・渡辺英／発行日・三月一日／頁数・本文全一一二頁／定価・二五〇円／発行人・石坂洋次郎／編集人・遠藤周作／発行所・東京都新宿区新宿三ノ一七ノ七 紀伊国屋ビル五階 三田文学会／編集所・東京都新宿区新宿三ノ一七ノ七 紀伊国屋ビル五階 三田文学編集部／発売元・東京都文京区音羽二ノ一二ノ二一 講談社／印刷所・東京都港区三田五ノ一二ノ一 図書印刷株式会社

■四月号 【197504】

特別企画
現代文学のフロンティア（No.10）1 大岡信
（インタヴュアー） 田中淳一
評論
昭和文学再発見・VI〔最終回〕
深き淵より――北条民雄論 2 饗庭孝男
批評の冒険・II
自意識の錯乱――小林秀雄をめぐって 宮内豊
三田の作家たち・II
哀しみの聖化――遠藤周作論 高山鉄男
書評
『朝の手紙』（吉増剛造著）3
『結末の美しさ』（坂上弘著）4
詩
嘔吐／他 5 池井昌樹
ノスタルジア
記憶以前 阿部昭

随筆・Ⅲ
演劇雑記帖6　内村直也
創作
雪花の記憶　吉田武史
表紙・目次・扉・本文カット　ももせつねひこ
表紙・目次・扉構成　渡辺英

目次註

1 〈分析する意識＝幼時体験／論理と感覚の接点／詩作と批評の同時性／精神のメカニズムを追う／自然界と内面世界とのドラマ――『紀貫之』／日本語の伝統とリアリティ／一ヵ所に止まりたくない……〉〔昭和五十年一月二十五日・銀座レンガ屋にて収録〕※両者の写真を付す
2 〈1―4〉※【197401】より六回断続的に連載
3 （胡）※小沢書店刊
4 （空）※冬樹社刊
5 〈嘔吐／5.15 fantasy―eureka の縁起〉
6 随筆　演劇雑記帖・Ⅲ　ジロォドウの郵便切手
＊ 編集後記（N／H）※〈「昭和文学再発見」完結など〉
＊ 予約購読者および会員の方へ　三田文学会　※【196904】に同じ
＊ 五月号予告（四月七日刊）
＊ 編集委員　※【196811】に同じ
※ 表紙に「特別企画　現代文学のフロンティア　NO.10　大岡信　インタヴュアー―田中淳一」と特記あり

表紙・目次・扉・本文カット・ももせつねひこ／表紙・目次・扉構成・渡辺英／発行日・四月一日／頁数・本文全一一二頁／定価・二五〇円／発行人・石坂洋次郎／編集人・遠藤周作／発行所・東京都新宿区新宿三ノ一七ノ七　紀伊国屋ビル五階　三田文学会／編集所・東京都新宿区新宿三ノ一七ノ七　紀伊国屋ビル五階　三田文学編集部／発売元・東京都文京区音羽二ノ一二ノ二一　講談社／印刷所・東京都港区三田五ノ一二ノ一　図書印刷株式会社

■五月号　【197505】

特別企画
現代文学のフロンティア（No.11）1　塚本邦雄
（インタヴュアー）立仙順朗
評論
三田の作家たち・Ⅲ
江藤淳と戦後批評2　菊田均
日々の曠野――J・コジンスキーと今日3　浜野成生
批評の冒険・Ⅲ
余計者と社会――小林秀雄をめぐって　宮内豊
書評
『神西清全集第五巻』4
『さまざまな戦後』（花田清輝著）5
詩
恋愛詩拾遺　森南仙
ノスタルジア
芽生えのころ　岡田隆彦
随筆・Ⅳ
演劇雑記帖6　内村直也
創作
からみ酒　佐々木誠
季節　小池多米司
表紙・目次・扉・本文カット　ももせつねひこ
表紙・目次・扉構成　渡辺英

目次註

1 〈新字新仮名への呪咀〔詛〕／表記と伝達との乖離／一首で自立する言語空間／歌は裸で直立する――無名性への到達／孤立する短歌の悲劇／文明への逆説的告発――『定型幻視論』〔昭和五十年二月十五日・銀座レンガ屋にて収録〕
※塚本邦雄の写真を付す
2 〈1―4〉
3 ――ジャージィ・コジンスキーと今日――〈Ⅰ―Ⅳ〉
4 （蟹）※文治堂書店刊
5 （雷鳴）※読売新聞社刊
6 随筆　演劇雑記帖・Ⅳ　本質美に憑かれた築地座
＊ 編集後記（N／H）※〈「三田文学」創刊六十五周年など〉
＊ 予約購読者および会員の方へ　三田文学会　※【196904】に同じ
＊ 六月号予告（五月七日刊）
＊ 編集委員　※【196811】に同じ
＊ ※おしらせ〈投稿について〉
※ 表紙に「特別企画　現代文学のフロンティア　NO.11　塚本邦雄　インタヴュアー―立仙順郎〔朗〕」と特記あり

表紙・目次・扉・本文カット・ももせつねひこ／表紙・目次・扉構成・渡辺英／発行日・五月一日／頁数・本文全一一二頁／定価・二五〇円／発行人・石坂洋次郎／編集人・遠藤周作／発行所・東京都新宿区新宿三ノ一七ノ七　紀伊国屋ビル五階　三田文学会／編集所・東京都新宿区新宿三ノ一七ノ七　紀伊国屋ビル五階　三田文学編集部／発売元・東京都文京区音羽二ノ一二ノ二一　講談社／印刷所・東京都港区三田五ノ一二ノ一　図書印刷株式会社

■六月号　【197506】

特別企画
現代文学のフロンティア（No.12）1　丸山健二
（インタヴュアー）立仙順朗
評論
批評の冒険・Ⅳ
楕円の美学
――花田清輝と林達夫をめぐって　宮内豊
三田の作家たち・Ⅳ
『瀧口修造の詩的実験 1927～1937』への覚書2　田中淳一

詩
マドモアゼル／火の山にて飛ぶ鳥　会田千衣子
随筆・V
演劇雑記帖3　内村直也
ノスタルジア
夏の旅　森内俊雄
書評
『横しぐれ』（丸谷才一著）4
『霧の聖《サント》マリ』（辻邦生著）5
創作
遊園地暮景　森禮子
ヴァイオリン物語　替田銅美
幼年期の午後6　三砂朋子
村野四郎追悼7
追悼詩
春の坂路　江森國友
変な夜の想出――村野四郎憶念8　山本太郎
追悼文（五十音順）
実在をめぐる孤独　岡田隆彦
野州の一言　鍵谷幸信
村野君の死に憶う　北園克衛
詩と短歌――村野四郎の思い出　木俣修
村野四郎寸感　草野心平
村野風羅坊　佐藤朔
村野四郎を偲ぶ　高橋新吉
村野四郎の死を悼む　壺井繁治
村野四郎の詩業　西脇順三郎
弔辞9　山本健吉
表紙・目次・扉・本文カット　ももせつねひこ
表紙・目次・扉構成　渡辺英

目次註

1〈肉体での思考――脱都会の文字〔学〕／通信士の文体で視覚的イメージの創出を／私小説を否定する／「家」への郷愁と反発心／抑制された小説を目指して／職業としての文学〉〔昭和五十年三月十五日・銀座レンガ屋にて収録〕 ※両者の写真を付す
2『瀧口修造の詩的実験 1927～1973〔1937〕』への覚書
3 随筆　演劇雑記帖・V　パリ、ニューヨーク、ソウル
4（茶）※講談社刊
5（飛）※中央公論社刊
6〈1―5〉
7 ※村野四郎の写真を付す／村野四郎刊行書を列記する
8 ※〝詩集・「亡羊記」・変な界隈の一節〟と註あり
9〔昭和五十年三月七日〕
＊編集後記（H／N）※〈村野四郎追悼／「現代文学のフロンティア」終了、次号より「私の中の古典」開始〉
＊予約購読者および会員の方へ　三田文学会　※【196904】に同じ
＊七月号予告（六月七日刊）
＊編集委員　※【196811】に同じ
＊※おしらせ〈投稿について〉
※表紙に「特別企画　現代文学のフロンティア　NO.12　丸山健二　インタヴュアー――立仙順朗／村野四郎追悼」と特記あり

表紙・目次・扉・本文カット・ももせつねひこ／表紙・目次・扉構成・渡辺英／発行日・六月一日／頁数・本文全一一二頁／定価・二五〇円／発行人・石坂洋次郎／編集人・遠藤周作／発行所・東京都新宿区新宿三ノ一七ノ七　紀伊国屋ビル五階　三田文学会／編集所・東京都新宿区新宿三ノ一七ノ七　紀伊国屋ビル五階　三田文学編集部／発売元・東京都文京区音羽二ノ一二ノ二一　講談社／印刷所・東京都港区三田五ノ一二ノ一　図書印刷株式会社

■七月号　【197507】

私の中の古典・I
芭蕉を語る1　（インタヴュアー）井上輝夫　安東次男
評論
メタフィジック西欧作家論・VI
無垢よりの旅路――J・グリーン論2　上総英郎
形而上的ニヒリズムの探求3
――武田泰淳『富士』の世界　武田友寿
「現代文学のフロンティア」を終えて
混冥と予感　田中淳一
現代作家の内的距離　立仙順朗
書評
『意味という病』（柄谷行人著）4
『四季』（中村真一郎著）5
ノスタルジア
遠い日のこと　森万紀子
随筆・VI（最終回）
演劇雑記帖6　内村直也
創作
派手な荷物　高橋昌男
葡萄いろの海　加藤宗哉
表紙・目次・扉・本文カット　ももせつねひこ
表紙・目次・扉構成　渡辺英

目次註

1〈未完の世界――歌仙／相対に徹する／古典を楽しく読む／文学と芸――『風姿花伝』に学ぶ／現代の歌仙／史伝を試みたい／芭蕉――未練多き人〉〔昭和五十年四月二十六日・銀座レンガ屋にて収録〕
2 ――ジュリアン・グリーン論――〈1―3〉〔この項終わり〕
3 武田泰淳・形而上的ニヒリズムの探求――『富士』の世界――〈I―V〉
4（雷鳴）※河出書房新社刊

5 〈発〉 ※新潮社刊
6 随筆 演劇雑記帖・Ⅵ（最終回） 革命現代京劇 ※【197502】より六回連載
＊ 編集後記（H／N） ※〈「私の中の古典」開始／「演劇雑記帖」終了／宮内豊「批評の冒険」休載など〉
＊ 予約購読者および会員の方へ 三田文学会 ※【196904】に同じ
＊ 八月号予告（七月七日刊）
＊ 編集委員 ※【196811】に同じ
＊ ※おしらせ〈投稿について〉
※ 表紙に「私の中の古典 第1回 安東次男 インタヴュアー・井上輝夫」と特記あり
表紙・目次・扉・本文カット・ももせつねひこ／表紙・目次・扉構成・渡辺英／発行日・七月一日／頁数・本文全一一二頁／定価・二五〇円／発行人・石坂洋次郎／編集人・遠藤周作／発行所・東京都新宿区新宿三ノ一七ノ七 紀伊国屋ビル五階 三田文学会／編集所・東京都新宿区新宿三ノ一七ノ七 紀伊国屋ビル五階 三田文学編集部／発売元・東京都文京区音羽二ノ一二ノ二一 講談社／印刷所・東京都港区三田五ノ一二ノ一 図書印刷株式会社

■八月号 【197508】

私の中の古典・Ⅱ
新古今を語る1 丸谷才一
（インタヴュアー） 岩松研吉郎
映画の眼
事物とイメージ 鍵谷幸信
映画化される文芸作品
——実作者の立場から 成島東一郎
映画と夢の旅 高橋義人
評論
批評の冒険・Ⅴ
一匹と九十九匹と——福田恆存をめぐって 宮内豊
エッセイ
わがモンペリエ2 鷲見洋一
書評
『わが荷風』（野口冨士男）3
『書物の解体学』（吉本隆明）4
随想
荷風とボードレール 佐藤朔
「カモメ」とCM5 戸板康二
葬儀の仕方 白井浩司
ノスタルジア
その頃 大庭みな子
創作
ミネが死んでから 柴田重宣
螢 狩野晃一
表紙・目次・扉・本文カット ももせつねひこ
表紙・目次・扉構成 渡辺英

目次註
1 〈文学史の新たな視点を／朔太郎——「新古今」との出合い／連歌師の註釈とジョイス、エリオット／解体する宮廷文化と言語共同体／ことば、社会、歴史／折口信夫と「新古今」／私小説——文学の場を失った文学〉 ※両者の写真を付す
2 鷲見《すみ》洋一〈1—8〉
3 〈悟〉 ※集英社刊
4 〈怒〉 ※中央公論社刊
5 「かもめ」とCM
＊ 編集後記（S／N） ※〈「私の中の古典」、「映画の眼」、鷲見洋一エッセイ評など〉
＊ 予約購読者および会員の方へ 三田文学会 ※【196904】に同じ
＊ 九月号予告（八月七日刊）
＊ 編集委員 ※【196811】に同じ
＊ ※おしらせ〈投稿について〉
※ 表紙に「私の中の古典 第2回 丸谷才一 インタヴュアー・岩松研吉郎／〝映画の眼〟 鍵谷幸信・成島東一郎・高橋義人」と特記あり
表紙・目次・扉・本文カット・ももせつねひこ／表紙・目次・扉構成・渡辺英／発行日・八月一日／頁数・本文全一一二頁／定価・二五〇円／発行人・石坂洋次郎／編集人・遠藤周作／発行所・東京都新宿区新宿三ノ一七ノ七 紀伊国屋ビル五階 三田文学会／編集所・東京都新宿区新宿三ノ一七ノ七 紀伊国屋ビル五階 三田文学編集部／発売元・東京都文京区音羽二ノ一二ノ二一 講談社／印刷所・東京都港区三田五ノ一二ノ一 図書印刷株式会社

■九月号 【197509】

私の中の古典・Ⅲ
朔太郎を語る1 飯島耕一
（インタヴュアー） 井上輝夫
評論
批評の冒険・Ⅵ
自我を超えるもの
——本田秋五をめぐって 宮内豊
メタフィジック西欧作家論・Ⅶ
異端と正統のはざまに2
——G・グリーン論 上総英郎
詩
幼年期・Ⅱ 飯島章
書評
『大いなる矛盾』（後藤明生著）3
エッセイ
キリストと爆弾 より豊かな敗北 津島佑子
ノスタルジア
無駄ばなし 谷川俊太郎
創作

暗暁昏霊院4 新村鼎
線爆発装置のゆめ5 大嶋岳夫
表紙・目次・扉・本文カット ももせつねひこ
表紙・目次・扉構成 渡辺英

目次註

1 〈茂吉と朔太郎／キリスト教と日本至上主義／〝せめぎ合い〟に惹かれる／汎神論的な世界観——『月に吠える』／詩人の飢餓感——『氷島』問題／日本への回帰——西洋との交わり／自己の「精神性」を求めて〉〔昭和五十年六月二十三日・銀座レンガ屋にて収録〕 ※両者の写真を付す

2 ——グレアム・グリーン論——〈1—4〉〔了〕 ※註あり

3 （茶） ※小沢書店刊

4 暗暁昏霊院

5 〈一—十〉

＊ 編集後記（I／S／N） ※〈「古典」への遡行は既製への寄りかかりを厭う私たちにとって切実な試みなど〉

＊ 予約購読者および会員の方へ 三田文学会 ※【196904】に同じ

＊ 十月号予告（九月七日刊）

＊ 編集委員 ※【196811】に同じ

＊ ※おしらせ〈投稿について〉

※ 表紙に「私の中の古典 第3回 飯島耕一 インタヴュアー・井上輝夫／《エッセイ》キリストと爆弾 津島佑子」と特記あり

表紙・目次・扉・本文カット・ももせつねひこ／表紙・目次・扉構成・渡辺英／発行日・九月一日／頁数・本文全一一二頁／定価・二五〇円／発行人・石坂洋次郎／編集人・遠藤周作／発行所・東京都新宿区新宿三ノ一七ノ七 紀伊国屋ビル五階 三田文学会／編集所・東京都新宿区新宿三ノ一七ノ七 紀伊国屋ビル五階 三田文学編集部／発売元・東京都文京区音羽二ノ一二ノ二一 講談社／印刷所・東京都港区三田五ノ一二ノ一 図書印刷株式会社

■十月号 【197510】

私の中の古典（第四回）
王朝文学を語る1 （インタヴュアー） 中村真一郎 岩松研吉郎
評論
批評の冒険・Ⅶ 宮内豊
反権力のメタフィジック
——埴谷雄高をめぐって
思索的想像力による自己救済2 武田友寿
——埴谷雄高『死霊』の世界
黒いユーモア派として——野坂昭如論3 岩元巌
書評
『アンデルセンの生涯』（山室静著）4
『ドストエフスキイと日本人』（松本健一著）5
ノスタルジア
シラクサ行の事情 小川国夫
創作
手くらがり 替田銅美
プラタイアの夏6 金山嘉城
表紙・目次・扉・本文カット ももせつねひこ
表紙・目次・扉構成 渡辺英

目次註

1 〈『源氏』の苦悩を読む／夢としての現実／魂のリアリズムを求めて／倫理、美、デカダンス／美の客観性／前衛としての古典〉〔昭和五十年八月七日軽井沢にて収録〕 ※両者の写真を付す

2 埴谷雄高・思索的想像力による自己救済——『死霊』の世界——〈I—V〉

3 〈(一)—(四)〉

4 （蟹） ※新潮社刊

5 （悟） ※朝日新聞社刊

6 〈1—5〉

＊ 編集後記（S／N） ※〈「三田文学に長篇を」の声に対してなど〉

＊ 予約購読者および会員の方へ 三田文学会 ※【196904】に同じ

＊ 十一月号予告（十月七日刊）

＊ 編集委員 ※【196811】に同じ

※ 表紙に「私の中の古典 第4回 中村真一郎 インタヴュアー・岩松研吉郎」と特記あり

表紙・目次・扉・本文カット・ももせつねひこ／表紙・目次・扉構成・渡辺英／発行日・十月一日／頁数・本文全一一二頁／定価・二五〇円／発行人・石坂洋次郎／編集人・遠藤周作／発行所・東京都新宿区新宿三ノ一七ノ七 紀伊国屋ビル五階 三田文学会／編集所・東京都新宿区新宿三ノ一七ノ七 紀伊国屋ビル五階 三田文学編集部／発売元・東京都文京区音羽二ノ一二ノ二一 講談社／印刷所・東京都港区三田五ノ一二ノ一 図書印刷株式会社

■十一月号 【197511】

私の中の古典（第五回）
世阿弥を語る1 （インタヴュアー） 山崎正和 井上輝夫
評論
批評の冒険・Ⅷ 宮内豊
なかじきり——ふたたび余計者について
三田の作家たち・Ⅴ 立仙順朗
丸岡明——影のドラマ
アメリカのカウンター・カルチュア2 R・ローゼンストーン
翻訳／浜野成生
書評
『吾が顔を見る能はじ』（遠藤周作著）3
『木精』（北杜夫著）4
ノスタルジア

中央線沿線　黒井千次

創作

城跡の桜　吉田武史

匿名批評是非

匿名批評の面白さ　舟橋聖一

匿名批評是か非か　富士正晴

匿名性のために　佐伯彰一

「侃侃諤諤」の経験　大久保房男

表紙・目次・扉・本文カット　ももせつねひこ

表紙・目次・扉構成　渡辺英

目次註

1〈わがアメリカ／室町への共感／表現の持つ宿命／芸術——素材の抵抗感／何故「不気嫌」なのか〉〔昭和五十年八月二十九日　銀座レンガ屋にて収録〕※両者の写真を付す

2 R・A・ローゼンストーン　浜野成生訳　※「この論文はアメリカ学会会報第三十七号所載の Robert A. Rosenstone: *The Counter Culture in America* を、著者並びに学会の諒解を得て翻訳・転載したものである。なお同氏は現在 California Institute of Technology の歴史学準教授で、専門は現代史、去る七月末日までフルブライト講師として日本に滞在し、九州大学、西南学院大で講座をもついっぽう、講演活動を行った」の註あり

3（空）※北洋社刊　※次号編集後記に訂正あり

4（飛）※新潮社刊

＊カウンター・カルチュアのゆくえ　浜野成生　※「アメリカのカウンター・カルチュア」次頁に解説

＊編集後記（S／N）※〈批評の混迷の中で「匿名批評是非」は批評とは何かという問いに対する一つの解答であろうなど〉

＊予約購読者および会員の方へ　三田文学会　※【196904】に同じ

＊十二月号予告（十一月七日刊）

＊編集委員　※【196811】に同じ

※表紙に「私の中の古典　第5回　山崎正和　インタヴュアー・井上輝夫／《匿名批評是非》舟橋聖一・富士正晴・佐伯彰一・大久保房男」と特記あり

表紙・目次・扉・本文カット・ももせつねひこ／表紙・目次・扉構成・渡辺英／発行日・十一月一日／頁数・本文全一一二頁／定価・二五〇円／発行人・石坂洋次郎／編集人・遠藤周作／発行所・東京都新宿区新宿三ノ一七ノ七　紀伊国屋ビル五階　三田文学会／編集所・東京都新宿区新宿三ノ一七ノ七　紀伊国屋ビル五階　三田文学編集部／発売元・東京都文京区音羽二ノ一二ノ二一　講談社／印刷所・東京都港区三田五ノ一二ノ一　図書印刷株式会社

■十二月号　【197512】

私の中の古典（第六回）

雨月物語を語る1　後藤明生

（インタヴュアー）岩松研吉郎

評論

三田の作家たち・Ⅵ

山川方夫の文学　若林真

——ツヴァイザームカイトの世界

批評の冒険・Ⅸ

芸術と実生活——平野謙をめぐって　宮内豊

死者たちの救済　武田友寿

——大岡昇平『レイテ戦記』の世界2

ノスタルジア

サイゴンのノート　日野啓三

創作

海辺の坂　小潟昭夫

戦後三十年と三島由紀夫

三島由紀夫——状況として3　桶谷秀昭 V.S. 西尾幹二

神道的ニヒリズム　笠井叡

表紙・目次・扉・本文カット　ももせつねひこ

表紙・目次・扉構成　渡辺英

目次註

1〈『雨月』の喜劇性について／日常の中での夢を語る／秋成の手招き／相互逆転の関係／リアリスト秋成の批評眼／饒舌とパロディー〉〔十月七日・銀座レンガ屋〕※両者の写真を付す

2 大岡昇平・死者たちの救済——『レイテ戦記』の世界——〈I—III〉

3 対談　桶谷秀昭　西尾幹二〈「憂国」——六〇年代の投影／禁忌と違反／「昭和」の終焉として／現実認識の二重性——『文化防衛論』の謎／三島文学の評価はどうなるか／八月十五日に拒まれた三島由紀夫〉

＊編集後記（I／S／N）※〈「私の中の古典」終了など〉

＊予約購読者および会員の方へ　三田文学会　※【196904】に同じ

＊一月号予告（十二月七日刊）

＊編集委員　※【196811】に同じ

＊※おしらせ〈投稿について〉

※表紙に「私の中の古典　第6回　後藤明生　インタヴュアー・岩松研吉郎／戦後30年と三島由紀夫　対談・桶谷秀昭＋西尾幹二／評論・笠井叡」と特記あり

表紙・目次・扉・本文カット・ももせつねひこ／表紙・目次・扉構成・渡辺英／発行日・十二月一日／頁数・本文全一一二頁／定価・二五〇円／発行人・石坂洋次郎／編集人・遠藤周作／発行所・東京都新宿区新宿三ノ一七ノ七　紀伊国屋ビル五階　三田文学会／編集所・東京都新宿区新宿三ノ一七ノ七　紀伊国屋ビル五階　三田文学編集部／発売元・東京都文京区音羽二ノ一二ノ二一　講談社／印刷所・東京都港区三田五ノ一二ノ一　図書印刷株式会社

一九七六年（昭和五十一年）

■一月号 【197601】

新春随想特集
私はボケている1 石坂洋次郎
天皇の玉稿 小野田政
まさかぼくが…… 鍵谷幸信
一難去ってまた一難 白井浩司
ミネトンカ湖畔にて 田中千禾夫
就職 古山登
閑地2 鷲尾洋三
評論
批評の冒険・X 宮内豊
〈生命〉の理論——伊藤整をめぐって
オセロー・または砂漠に渇くもの3 上総英郎
書評
『倉橋由美子全作品1』4
『方聞記』（保田與重郎著）5
ノスタルジア
ベッドで〈同棲〉の日々 三木卓
戯曲
薔薇（一幕） 内村直也
創作
子供の領分 笠原淳
冬の世紀6 三砂朋子
短い旅 楠見千鶴子
表紙・目次・扉・本文カット ももせつねひこ
表紙・目次・扉構成 渡辺英

目次註

1 〔一九七五・十一〕
2 閑地《あきち》
3 〈1―4〉 ※〝『オセロー』は新潮社版福田恆存訳を引用した〟と註あり
4 倉橋由美子著 (鬼) ※新潮社刊
5 (蟹) ※新潮社刊
6 〈1―5〉
＊ 編集後記（S／N） ※〈次号より新インタヴューシリーズ開始、誌代値上げなど〉
＊ 予約購読者および会員の方へ 三田文学会 ※【196904】に同じ
＊ 二月号予告（一月七日刊）
＊ 編集委員 ※【196811】に同じ
＊ ※おしらせ〈投稿について〉
※ 表紙に「新春随想特集 石坂洋次郎 白井浩司 田中千禾夫 鷲尾洋三 鍵谷幸信 小野田政 古山登」と特記あり

表紙・目次・扉・本文カット・ももせつねひこ／表紙・目次・扉構成・渡辺英／発行日・一月一日／頁数・本文全一一二頁／定価・三〇〇円／発行人・石坂洋次郎／編集人・遠藤周作／発行所・東京都新宿区新宿三ノ一七ノ七 紀伊国屋ビル五階 三田文学会／編集所・東京都新宿区新宿三ノ一七ノ七 紀伊国屋ビル五階 三田文学編集部／発売元・東京都文京区音羽二ノ一二ノ二一 講談社／印刷所・東京都港区三田五ノ一二ノ一 図書印刷株式会社

■二月号 【197602】

戦後の文学を語る(第一回)
媒介と文体——宇宙創造への道1 野間宏
（インタヴュアー） 岩松研吉郎
評論
「懲役人の告発」・自由への道程
——椎名麟三論2 武田友寿
紀行
事物への帰還
——ヴォルプスヴェーデのリルケ 伊藤行雄
書評
『子供の領分』（吉行淳之介著）3
『樹の鏡、草原の鏡』（武満徹著）4
ノスタルジア
信仰の試験 阪田寛夫
創作
一夜 梅谷馨一
わからずじまい5 柴田重宣
肌色の玩具6 鈴木誠一
シンポジウム
現代詩をめぐって7 鍵谷幸信・清崎敏郎 井上輝夫・深田甫
表紙・扉イラストレーション・本文カット 高橋規子
表紙・目次・扉構成 渡辺英行

目次註

1 ——私の選んだベスト——死霊・埴谷雄高／富士・武田泰淳／ひかりごけ・武田泰淳／懲役人の告発・椎名麟三／深夜の酒宴・椎名麟三／レイテ戦記・大岡昇平／野火・大岡昇平／ゴヤ・堀田善衛／『室町小説集』・花田清輝／幻化・梅崎春生／桜島・梅崎春生——〈世界の中の日本文学の位置／作品に於る危機意識／第三の新人——日常性の裏に潜むもの／ロマンとしての全体性の追求／差別・経済問題との関わり／『死霊』『死の島』／花田清輝・集団製作の問題提起／文学運動のあり方／言語・媒介・文体／日本の現代詩について〉〔昭和五十年十一月六日 銀座レンガ屋にて収録〕 ※両者の写真を付す
2 〈I―III〉
3 (孤) ※番町書房刊
4 (無) ※新潮社刊
5 〈1―2〉 ※〝臼井勝美著『日中戦争』参照〟と註あり

6　※次号編集後記にて誤字訂正あり

7　――詩のことば　詩のかたち――〈昭和五十年十二月五日・慶應義塾芸文学会シンポジウムより収録〉

＊編集後記（I／S）　※〈シンポジウム「現代詩をめぐって」盛況／「戦後の文学を語る」は「読者」としての作家、「評論家」としての作家が「書く」立場から戦後文学を語るシリーズなど〉

＊予約購読者および会員の方へ　三田文学会　※【196904】に同じ

＊三月号予告（二月七日刊）

＊編集委員　※【196811】に同じ

＊※おしらせ〈投稿について〉

※表紙に「戦後の文学を語る　第一回　媒介と文体――宇宙創造への道　野間宏　インタヴュアー岩松研吉郎」と特記あり

表紙・扉イラストレーション・本文カット・高橋規子／表紙・目次・扉構成・渡辺英行／発行日・二月一日／頁数・本文全一一二頁／定価・三〇〇円／発行人・石坂洋次郎／編集人・遠藤周作／発行所・東京都新宿区新宿三ノ一七ノ七　紀伊国屋ビル五階　三田文学会／編集所・東京都新宿区新宿三ノ一七ノ七　紀伊国屋ビル五階　三田文学編集部／発売元・東京都文京区音羽二ノ一二ノ二一　講談社／印刷所・東京都港区三田五ノ一二ノ一　図書印刷株式会社

■三月号　【197603】

戦後の文学を語る（第二回）
戦後の時間――流れゆく日常1　黒井千次
（インタヴュアー）岩松研吉郎
評論
批評の冒険・XI
破壊と調和――伊藤整をめぐって　宮内豊
三田の作家たち・VII
西脇順三郎の傾斜性　小潟昭夫
書評
『遊星の寝返りの下で』（大岡信著）2
『旅の薔薇窓』（井上輝夫著）3
ノスタルジア
ハングリー・アート　吉田知子
創作
太陽島　財部鳥子
とんび　刺賀秀子
転生記　茂木光春
表紙・扉イラストレーション・本文カット　高橋規子
表紙・目次・扉構成　渡辺英行

目次註

1　――私の選んだベスト――崩壊感覚・野間宏／砂の女・安部公房／抱擁家族・小島信夫〈(一)「崩壊感覚」（野間宏）昭和二十三年　流れ始めた戦後の時間／戦争の「客観化」――感覚的な捉え直し／現在を触発し挑発するもの／(二)「砂の女」（安部公房）昭和三十七年『砂の女』に見られる日本的な土着性／脱出か超克か／(三)「抱擁家族」（小島信夫）昭和四十年　崩壊をささえる主人公の懸命さ／三輪俊介のリアリティーと魅力／手軽に書けない人間集団＝家族〉〈昭和五十一年一月十日・銀座レンガ屋にて収録〉

※両者の写真を付す

2　（發）　※書肆山田刊

3　（湖）　※書肆山田刊

＊編集後記（I／S）　※〈「戦後の文学を語る」では戦後三十年間における文学作品のベストスリーを選んでもらう予定が三つに限らないことになりそうだなど〉

＊予約購読者および会員の方へ　三田文学会　※【196904】に同じ

＊四月号予告（三月七日刊）

＊編集委員　※【196811】に同じ

＊※おしらせ〈投稿について〉

※表紙に「戦後の文学を語る　第二回　戦後の時間――流れゆく日常　黒井千次　インタヴュアー岩松研吉郎」と特記あり

表紙・扉イラストレーション・本文カット・高橋規子／表紙・目次・扉構成・渡辺英行／発行日・三月一日／頁数・本文全一一二頁／定価・三〇〇円／発行人・石坂洋次郎／編集人・遠藤周作／発行所・東京都新宿区新宿三ノ一七ノ七　紀伊国屋ビル五階　三田文学会／編集所・東京都新宿区新宿三ノ一七ノ七　紀伊国屋ビル五階　三田文学編集部／発売元・東京都文京区音羽二ノ一二ノ二一　講談社／印刷所・東京都港区三田五ノ一二ノ一　図書印刷株式会社

■四月号　【197604】

戦後の文学を語る（第三回）
不幸の文学――戦後作家を斬る1　柴田錬三郎
（インタヴュアー）岩松研吉郎
評論
「死の棘」デ・プロフィンデス
――島尾敏雄論2　武田友寿
批評の冒険・XII
淪落の人間讃歌――坂口安吾をめぐって　宮内豊
書評
『モーツァルト書簡全集I』（編訳　海老沢敏／高橋英郎）3
ノスタルジア
鏡と影の世界　中井英夫
創作
帰郷心象　立松和平
表彰　御遠肇
指を捨てる　替田銅美
白い手　須山修
表紙・扉イラストレーション・本文カット　高橋規子
表紙・目次・扉構成　渡辺英行

目次註

1 ——私の選んだベスト——日の果て・梅崎春生／母子像・久生十蘭——〈危機を避ける／危機を抉る／ことばを選ぶ／極限状態の空白／凄みということ／超次元への目／不幸の文学／閉じられた目〉〔昭和五十一年一月二十八日・銀座レンガ屋にて収録〕※両者の写真を付す

2 〈I—Ⅳ〉

3 （頓） ※白水社刊

＊ 編集後記（E・I／O・S） ※〈柴田錬三郎の「三田文学をやっている以上はジャーナリストなんだ」の言葉に驚き反省など〉

＊ 予約購読者および会員の方へ　三田文学会　※【196904】に同じ

＊ 五月号予告（四月七日刊）

＊ 編集委員　※【196811】に同じ

＊ ※おしらせ　〈投稿について〉

※ 表紙に「戦後の文学を語る　第三回　不幸の文学——戦後作家を斬る　柴田錬三郎　インタヴュアー岩松研吉郎」と特記あり

表紙・扉イラストレーション・本文カット・高橋規子／表紙・目次・扉構成・渡辺英行／発行日・四月一日／頁数・本文全一一二頁／定価・三〇〇円／発行人・石坂洋次郎／編集人・遠藤周作／発行所・東京都新宿区新宿三ノ一七ノ七　紀伊国屋ビル五階　三田文学会／編集所・東京都新宿区新宿三ノ一七ノ七　紀伊国屋ビル五階　三田文学編集部／発売元・東京都文京区音羽二ノ一二ノ二一　講談社／印刷所・東京都港区三田五ノ一二ノ一　図書印刷株式会社

■五月号　**【197605】**

戦後の文学を語る（第四回）
空間と時間と——世界の充実1　武田泰淳
（インタヴュアー）岩松研吉郎

詩
きみが産む空　深田甫

評論
批評の冒険・XIII　宮内豊
原子《アトム》の不安——服部達をめぐって2　菊田均
「政治と文学」の現在3
——「意味」の批評と「自然」の批評

書評
『光りより速きわれら』（石原慎太郎）4

ノスタルジア
弾機《ばね》が跳ねだし5　吉増剛造

創作
麦畑の燦光6　大州豊
東京を離れる日　大嶋岳夫

表紙・扉イラストレーション・本文カット　高橋規子
表紙・目次・扉構成　渡辺英行

目次註

1 ——私の選んだベスト——細雪・谷崎潤一郎／死霊・埴谷雄高／黒い雨・井伏鱒二——〈『細雪』との出会い／『死霊』の世界・『細雪』との対比／空間の充実・時間の充実／「第三の新人」へ／井伏鱒二について／戦後作家の仕事／戦後の文学の並立状態〉〔昭和五十一年三月十日・武田氏宅にて収録〕※両者の写真を付す

2 （最終回） ※【197503】より断続的に連載

3 〈1—4〉

4 石原慎太郎著（鬼悟） ※新潮社刊

5 〔1976.3.11　2.00 P.M.〕

6 ※次号編集後記で名前正しくは「大洲豊」と誤字訂正あり

＊ 編集後記（H・I／O・S） ※〈投稿に関する問い合わせへの答えなど〉

＊ 予約購読者および会員の方へ　三田文学会　※【196904】に同じ

＊ 六月号予告（五月七日刊）

＊ 編集委員　※【196811】に同じ

＊ ※おしらせ　〈投稿について〉

※ 表紙に「戦後の文学を語る　第四回　空間と時間と——世界の充実　武田泰淳　インタヴュアー岩松研吉郎」と特記あり

表紙・扉イラストレーション・本文カット・高橋規子／表紙・目次・扉構成・渡辺英行／発行日・五月一日／頁数・本文全一一二頁／定価・三〇〇円／発行人・石坂洋次郎／編集人・遠藤周作／発行所・東京都新宿区新宿三ノ一七ノ七　紀伊国屋ビル五階　三田文学会／編集所・東京都新宿区新宿三ノ一七ノ七　紀伊国屋ビル五階　三田文学編集部／発売元・東京都文京区音羽二ノ一二ノ二一　講談社／印刷所・東京都港区三田五ノ一二ノ一　図書印刷株式会社

■六月号　**【197606】**

戦後の文学を語る（第五回）
関係への怖れ——私小説への興味1　島尾敏雄
（インタヴュアー）岩松研吉郎

評論
政治的人間の限界——小田実論2　菊田均

詩
招提の夏　荒川洋治

書評
『子供の秘密』（阿部昭著）3

ノスタルジア
消してしまひたい時間　高井有一

工房の秘密
犬の私　中上健次

創作
冬の別れ　早瀬利之
雪と車輪　金山嘉城
回転木馬　生井順造

表紙・扉イラストレーション・本文カット　高橋規子
表紙・目次・扉構成　渡辺英行

目次註

1 ――私の選んだベスト――埴谷雄高／武田泰淳／大岡昇平・レイテ戦記／小川国夫・アポロンの島――〈道標としての太宰治／細部の描写を読む／私小説への興味／距離を感じる作家――大岡昇平／田舎暮しの四番バッター／小川国夫のスタイル・埴谷雄高と武田泰淳／人間関係への怖れ／倭――日本的なもの〉〔昭和五十一年三月三十日・銀座レンガ屋にて収録〕※両者の写真を付す

2 〈1―4〉

3 （廉）※河出書房新社刊

＊ 編集後記（H・I／S）※〈前号で宮内豊「批評の冒険」終了／この号より詩の欄を設けたなど〉

＊ 予約購読者および会員の方へ　三田文学会　※【196904】に同じ

＊ 七月号予告（六月七日刊）

＊ 編集委員　※【196811】に同じ

＊ ※おしらせ〈投稿について〉

※ 表紙に「戦後の文学を語る　第五回　関係への怖れ――私小説への興味　島尾敏雄　インタヴュアー岩松研吉郎」と特記あり

表紙・扉イラストレーション・本文カット・高橋規子／表紙・目次・扉構成・渡辺英行／発行日・六月一日／頁数・本文全一一二頁／定価・三〇〇円／発行人・石坂洋次郎／編集人・遠藤周作／発行所・東京都新宿区新宿三ノ一七ノ七　紀伊国屋ビル五階　三田文学会／編集所・東京都新宿区新宿三ノ一七ノ七　紀伊国屋ビル五階　三田文学編集部／発売元・東京都文京区音羽二ノ一二ノ二一　講談社／印刷所・東京都港区三田五ノ一二ノ一　図書印刷株式会社

■七月号　【197607】

創作特集
私たちの生活　吉田武史
天沼通り　雁田重吉
湿地　佐藤洋二郎
ノスタルジア
遠い記憶　那珂太郎
詩
紋切型詩篇　山口佳己
工房の秘密
ガラスの机　津島佑子
評論
『青年の環』・全体小説に託す青春の救済1　武田友寿
――野間宏論
「批評の冒険」を読む2　菊田均
交差点3　牧羊子・津村秀夫・遠山一行・山岸健
表紙・扉イラストレーション・本文カット　高橋規子
表紙・目次・扉構成　渡辺英行

目次註

1 〈I―V〉

2 〈1―4〉

3 猫好きの話　遠山一行／地獄からの電話　津村秀夫〔五一年、五月六日記〕／こわいもの知らずのジャン　牧羊子／トレドのグレコ　山岸健

＊ 編集後記（H・I／S）※〈前号より「工房の秘密」開始、仕事場を語ってもらう／随筆欄「交差点」開始など〉

＊ 予約購読者および会員の方へ　三田文学会　※【196904】に同じ

＊ 八月号予告（七月七日刊）

＊ 編集委員　※【196811】に同じ

＊ ※おしらせ〈投稿について〉

※ 表紙に「創作　私たちの生活　吉田武史」と特記あり

表紙・扉イラストレーション・本文カット・高橋規子／表紙・目次・扉構成・渡辺英行／発行日・七月一日／頁数・本文全一一二頁／定価・三〇〇円／発行人・石坂洋次郎／編集人・遠藤周作／発行所・東京都新宿区新宿三ノ一七ノ七　紀伊国屋ビル五階　三田文学会／編集所・東京都新宿区新宿三ノ一七ノ七　紀伊国屋ビル五階　三田文学編集部／発売元・東京都文京区音羽二ノ一二ノ二一　講談社／印刷所・東京都港区三田五ノ一二ノ一　図書印刷株式会社

■八月号　【197608】

戦後の文学を語る（第六回）
風景と日々――帰るべき地へ1　吉行淳之介
（インタヴュアー）岩松研吉郎
詩
門構えへでる帰路2　池井昌樹
学生匿名座談会
『火宅の人』をめぐって――我々にとっての私小説3
工房の秘密
硝子の多い部屋　森茉莉
創作
スコアブック　笠原淳
野沢庵独吟　鷲見洋一
姉の結婚　大洲豊
交差点4　安藤元雄・菅野昭正・羽仁進・檜谷昭彦
表紙・扉イラストレーション・本文カット　高橋規子
表紙・目次・扉構成　渡辺英行

目次註

1 ――私の選んだベスト――梅崎春生・『桜島』→『幻花』〔化〕／井伏鱒二・『遙拝隊長』→『黒い雨』／島尾敏雄『単独旅行者』→『死の棘』――〈三つのつながり　『桜島』→『幻花』〔化〕／第一次戦後派について／『単独旅行者』→『死の棘』／『遙拝隊長』・『黒い雨』／「第三の新人」以後の作家たち／変わること／都会　才能　健康／三島由紀夫について〉〔昭和五十一年六月三日・銀座レンガ屋にて収録〕※両者の写真を付す

2 門構えへでる帰路（II）

3 ※出席者は四人
4 本のことなど 安藤元雄／BとVについて 菅野昭正／吃りの少女 羽仁進／早慶戦と四谷怪談 檜谷昭彦
＊ 編集後記（I） ※〈創作執筆三氏紹介など〉
＊ 予約購読者および会員の方へ 三田文学会 ※【196904】に同じ
＊ 九月号予告（八月七日刊）
＊ ※おしらせ〈投稿について〉
※ 表紙に「戦後の文学を語る 第六回 風景と日々——帰るべき地へ 吉行淳之介／座談会『火宅の人』をめぐって——我々にとっての私小説」と特記あり
表紙・扉イラストレーション・本文カット・高橋規子／表紙・目次・扉構成・渡辺英行／発行日・八月一日／頁数・本文全一一二頁／定価・三〇〇円／発行人・石坂洋次郎／編集人・遠藤周作／発行所・東京都新宿区新宿三ノ一七ノ七 紀伊国屋ビル五階 三田文学会／編集所・東京都新宿区新宿三ノ一七ノ七 紀伊国屋ビル五階 三田文学編集部／発売元・東京都文京区音羽二ノ一二ノ二一 講談社／印刷所・東京都港区三田五ノ一二ノ一 図書印刷株式会社

■九月号 **【197609】**

戦後の文学を語る（第七回）
見つめる眼——二つの流れ[1] 田村隆一
（インタヴュアー） 岩松研吉郎
詩
放火 平出隆
工房の秘密
移動する工房 別役実
創作
箱庭の夏 佐々木誠
森の耳 替田銅美
風景の中 竹岸雅江
雨[2] 秋本喜久子

交差点
にちぎんさんこんにちは 金子兜太
その朝の言問橋 平岡篤頼
「行動分析学的春夫論」予告編 佐藤方哉
表紙・扉イラストレーション・本文カット 高橋規子
表紙・目次・扉構成 渡辺英行

目次註
1 私の選んだベスト——大岡昇平・『俘虜記』／井伏鱒二・『黒い雨』／島尾敏雄・『桜島』『幻化』——〈言語のもつ社会性／詩と小説・二つの流れ／「私」を見る眼／小さな文明社会／詩人と小説 藤村・犀星・光太郎／作者と「私」／作り手と受け手〉〔昭和五十一年七月二十日・田村氏宅にて収録〕※両者の写真を付す
2 〈1—6〉
＊ 編集後記（H／I） ※〈次号で休刊／インタヴュー・シリーズはこの号で終わりなど〉
＊ 予約購読者および会員の方へ 三田文学会 ※【196904】に同じ
＊ 十月号予告（九月二十日刊）
※ 表紙に「戦後の文学を語る 第七回 見つめる眼——二つの流れ 田村隆一 インタヴュアー岩松研吉郎」と特記あり
表紙・扉イラストレーション・本文カット・高橋規子／表紙・目次・扉構成・渡辺英行／発行日・九月一日／頁数・本文全一一二頁／定価・三〇〇円／発行人・石坂洋次郎／編集人・遠藤周作／発行所・東京都新宿区新宿三ノ一七ノ七 紀伊国屋ビル五階 三田文学会／編集所・東京都新宿区新宿三ノ一七ノ七 紀伊国屋ビル五階 三田文学編集部／発売元・東京都文京区音羽二ノ一二ノ二一 講談社／印刷所・東京都港区三田五ノ一二ノ一 図書印刷株式会社

■十月号（第七次「三田文学」終刊号） **【197610】**

休刊の言葉[1] 遠藤周作
随想特集
因縁ばなし[2] 平松幹夫
ありのすさびに 阿部光子
開戦と終戦の日[3] 野口冨士夫〔男〕
本を贈る話 戸板康二
電車の座席 古山登
原稿紙の悲しみ 鍵谷幸信
落下の瞬間 古屋健三
ボクは「ぼく」ではない 岡田睦
阪東玉三郎 内村直也
「休刊」雑感 坂上弘
五度目の休刊に思う 渡辺喜恵子
蘆原英了氏の提言 和田芳恵
「三田文学」と私 一色次郎
復活号のころ 峰雪栄
原さんの眼 大久保房男
元石炭置場にて 梅田晴夫
運河のほとり 高橋昌男
三田文学は私の青春だった 池田みち子
創刊号の思ひ出 小島政二郎
三田のにほひ 安岡章太郎
ある期待 田久保英夫
「三田文学」の頃 川上宗薫
「三田文学」と私[4] 高山鉄男
不死鳥のように 佐藤朔
感想 沢村三木男
集まり散じて[5] 小野田政
戦後の終焉 根岸茂一
休刊に際して 白井浩司
「三田文学」小史 小塙学

〝紅茶的〟　江藤淳
「三田文学」と私6　上総英郎
私の文学を語る頃7　秋山駿
「三田文学」の思ひ出8　堀口大學
焦りどめの薬9　田辺茂一
「戦後の文学を語る」を終えて
巻きかけの歌仙　岩松研吉郎
評論
『方丈記私記』――終末のなかの発端10　武田友寿
小説
風を捉える　森禮子
この指に止まれ　前山光則
表紙・扉イラストレーション・本文カット　高橋規子
表紙・目次・扉構成　渡辺英行

目次註

1　三田文学編集部代表　遠藤周作
2　――終刊号に寄せて――〔七六・八〕
3　野口冨士男
4　三田文学と私
5　――休刊に想う――
6　『三田文学』と私
7　啞からお喋りへの変身――「私の文学を語る」の頃
8　『三田文学』の思い出〔一九七六年八月二十七日山中湖客中〕
9　焦りどめのくすり
10　――堀田善衞論――〈I―V〉
＊　編集後記（I）　※〈休刊について〉
＊　謹告　雑誌「三田文学」は暫く休刊となりますが、三田文学会は今後も存続し活動を続けます。／定期購読者および会員の方へ／投稿作品について

表紙・扉イラストレーション・本文カット・高橋規子／表紙・目次・扉構成・渡辺英行／発行日・十月一日／頁数・本文全一一二頁／定価・三〇〇円／発行人・石坂洋次郎／編集人・遠藤周作／発行所・東京都新宿区新宿三ノ一七ノ七　紀伊国屋ビル五階　三田文学会／編集所・東京都新宿区新宿三ノ一七ノ七　紀伊国屋ビル五階　三田文学編集部／発売元・東京都文京区音羽二ノ一二ノ二一　講談社／印刷所・東京都港区三田五ノ一二ノ一　図書印刷株式会社

■一九七六年（昭和五十一年）十一月号～一九八五年（昭和六十年）四月号――休刊

一九八五年（昭和六十年）

■春季号（復刊第1号）――第8次　**【1985春】**

特別対談
昭和初期の作家たち1　井伏鱒二・安岡章太郎
随筆
一九五二年の「三田文学」　吉行淳之介
新・頑固の説　山本健吉
短篇小説のすすめ　野口冨士男
フランス文学科第一回卒業生　白井浩司
老兵の期待　遠藤周作
再訪記　田久保英夫
評論――連載I《紅茶のあとさき》
『おかめ笹』の地誌2　江藤淳
小説
多摩丘陵をめぐる四つの断章3　伊井直行
果実4　長竹裕子
入江橋　中山均
浅間夕立ち5　後藤淳
詩
あさき夢みし　佐藤朔
人と貝殻
パロディ文学の現在　鷲見洋一
――《島田雅彦の小説を中心に》
随想
剝製の子規　阿部昭
評論
世俗と生活への回帰　古屋健三
――《日本的典型としての秋声》

岡倉天心への道―連載Ⅰ6　大久保喬樹
講演――連載Ⅰ《現代詩大要》
久保田万太郎7　篠田一士
小説
早春8　三浦哲郎
斧の子　古井由吉
奇妙な旅行―連載Ⅰ9　坂上弘

目次註

1〈梶井基次郎と三好達治／作家の貧乏いまむかし／『鯉』発表と富沢有為男／習作時代の動物ものと『黒い雨』／龍胆寺雄と和田伝／晩年の水上瀧太郎〉〔荻窪東信閣にて〕※両者の写真を付す
2〔つづく〕
3〈多摩丘陵に向かって／犬の黄金週間／花火を見た日／十一月三日〉※『鏡の国のアリス』の訳文は岡田忠軒訳（角川文庫）版によっています」の付記あり
4〈一―四〉
5〈一―三〉
6〈序　六角堂――自然について〉〔以下次号〕
7〔慶應義塾大学久保田万太郎基金記念講座　詩学　昭和五十九年四月二十日、二十七日〕
8〈一―三〉
9〈第一章　一隅の記〉〔この章了〕
＊編集後記（T）※〈文学の衰退を憂う／復刊第一号を喜ぶ〉
※目次は観音開きの様式
※二月・五月・八月・十一月発行の季刊誌として復刊

扉・目次・本文カット・手代木春樹　福山小夜／表紙・目次・本文デザイン・矢島高光／発行日・五月一日／頁数・本文全二一六頁／定価・七五〇円／発行人・安岡章太郎／編集人・高橋昌男／発行所・東京都港区三田三―二―四　三田文学会／発売元・岩波ブックセンター　信山社／印刷所・株式会社精興社

■夏季号―2号　**【1985夏】**

評論――連載Ⅱ《紅茶のあとさき》
『つゆのあとさき』の驟雨――《上》1　江藤淳
随筆
短編小説のこと　河野多恵子
名前の呼びまちがい　清岡卓行
鷗外のボタン　戸板康二
山川方夫氏のこと　曽野綾子
箸塚のこと　楠本憲吉
鯛の養殖　つかこうへい
小説
海へ　吉田知子
痩せた女―一二〇枚　森本等
金色の眼―新人　井上摂
オサムの帰還―新人2　斎藤哲史
随想
家の最後の一人　高井有一
評論
三島由紀夫論―新人3　山崎行太郎
現代の青春―新人
――《村上春樹の作品を機軸に》――4　山本正明
講演――連載Ⅱ《現代詩大要》
折口信夫5　篠田一士
詩
OPUS　80　朝吹亮二
人と貝殻
夢をめぐって
――《日野啓三『夢を走る』を中心に》　井上輝夫
評論――連載Ⅱ《岡倉天心への道》
欧州視察行6　大久保喬樹
小説――連載Ⅱ
奇妙な旅行――《第二章　個のふくらみ》7　坂上弘

目次註

1〔つづく〕
2〈一―五〉
3――小林秀雄以後において「文学」は可能であるか――〈一―六〉
4〈一―五〉
5〔慶應義塾大学久保田万太郎基金記念講座『詩学』より〕
6 第一章〔以下次号〕※註1―3
7〔この章続く〕
＊編集後記（T）※〈若い人へ古典との格闘を経た新しい言葉の獲得を促す〉

扉・目次・本文カット・手代木春樹　志村節子／表紙・目次・本文デザイン・矢島高光／発行日・八月一日／頁数・本文全二二〇頁／定価・七五〇円／発行人・安岡章太郎／編集人・高橋昌男／発行所・東京都港区三田三―二―四　三田文学会／発売元・東京都千代田区神田神保町二―三岩波書店アネックス内　岩波ブックセンター　信山社／印刷所・株式会社精興社

■秋季号―3号　**【1985秋】**

座談会
現代文学の状況――〈不安〉について1
安岡章太郎・日野啓三・黒井千次・西尾幹二
随筆
三田時代――サルトル哲学との出合い　井筒俊彦
数　古山高麗雄
小説のなかの方言　平岡篤頼
同人雑誌の俗っぽい思い出　北杜夫
憶い出の一隅　芥川瑠璃子
幼き日々へ　津島佑子

小説
隣人[2]　森内俊雄
女の家　増田みず子
小説
果つる日—九〇枚　石和鷹
処刑の川—新人　長竹裕子
詩
桃　岡田隆彦
人と貝殻
散文について　江森國友
——《田久保英夫『蕾をめぐる七つの短篇』『海図』から》
講演——連載Ⅲ《現代詩大要》
佐藤春夫[3]　篠田一士
随想
眼の苦しみ、眼の喜び　小川国夫
評論——連載Ⅲ《岡倉天心への道》
雪泥痕——《上》[4]　大久保喬樹
小説——連載Ⅲ
奇妙な旅行——《第二章　個のふくらみ(続)》[5]　坂上弘
評論——連載Ⅲ《紅茶のあとさき》
『つゆのあとさき』の驟雨——《中》[6]　江藤淳

目次註

1 〔司会〕西尾幹二〈薄れてきた〝不安〟意識／メーデー事件と市民社会／文体は土に根ざす／記憶につながるフィクション／現実の変化にどう対処するか／ヨーロッパ文化の衰退と日本／変わり目にきたわれわれの意識〉〔九段「やまな」にて〕　※出席者の写真を付す

2 〈Ⅰ—Ⅲ〉

3 〔『詩学』慶應義塾大学久保田万太郎記念資金講座より〕

4 第二章〔以下次号〕　※「本号及び次号のフェノロサ関連の記事執筆に際しては、山口静一氏の『フェノロサ』〔三省堂刊〕に資料等を多くあおいだ。記して感謝する」と付記あり

5 〔この章続く〕

6 〔つづく〕

＊ 編集後記（T）　※〈若い人は渡り合う相手を知ることから始めるべき〉

扉・目次・本文カット・手代木春樹／表紙・目次・本文デザイン・矢島高光／発行日・十一月一日／頁数・本文全二一二頁／定価・七五〇円／発行人・安岡章太郎／編集人・高橋昌男／発行所・東京都港区三田三—二—四　三田文学会／発売元・東京都千代田区神田神保町二—三岩波書店アネックス内　岩波ブックセンター　信山社／印刷所・株式会社精興社

一九八六年（昭和六十一年）

■冬季号—4号　【1986冬】

小説
仮寓　山本道子
立冬　小檜山博
随筆
快楽の読書　金井美恵子
批評の読者　佐伯彰一
退屈な話と眠る人　なだいなだ
裏方の弁　若林真
「橡」時代　田中千禾夫
評論——連載Ⅳ《紅茶のあとさき》
『つゆのあとさき』の驟雨——《下》[1]　江藤淳
小林秀雄と理論物理学　山崎行太郎
——《批評の原理》[2]
たゆたう人びと—新人[3]　柴田勝二
随想
エピグラフについて　後藤明生
小説
ラルディの夏　大内聰矣
水　澤井繁男
詩
モーニングバード5—新人　柳本良男
モーニングバード6
もんじゃした頃—新人　控井和久
講演——連載Ⅳ《現代詩大要》
堀口大學[4]　篠田一士
人と貝殻

中心と周縁のヴィジョン　小潟昭夫
――《加賀乙彦『湿原』を読んで》
評論――連載Ⅳ《岡倉天心への道》
雪泥痕――《下》5　大久保喬樹
小説――連載Ⅳ
奇妙な旅行――《第二章　個のふくらみ(続)》6　坂上弘

目次註

1〔つづく〕
2〈一―五〉
3――別役実論――〈一―三〉
4〔『詩学』慶應義塾大学久保田万太郎記念資金講座より〕
5 第三章〔以下次号〕
6〔この章おわり〕
＊編集後記（T）※〈原稿不足に悩むのではなく頁数不足を嘆く／新人発掘育成を旨とするゆえ新人諸氏の原稿では文体とわざに目を光らせる〉

扉・目次・本文カット・手代木春樹／表紙・目次・本文デザイン・矢島高光／発行日・二月一日／頁数・本文全二一二頁／定価・七五〇円／発行人・安岡章太郎／編集人・高橋昌男／発行所・東京都港区三田二―一―四　三田文学会／発売元・東京都千代田区神田神保町二―三岩波書店アネックス内　岩波ブックセンター　信山社／印刷所・株式会社精興社

■春季号―5号　**【1986春】**

小説
小言念仏　三木卓
随筆
エイについて　丸谷才一
回想のアフリカ　山口昌男
星に驚く　三田誠広
「三田文学」と私　加藤幸子
雪の素人　村松友視

小説――連載Ⅴ
奇妙な旅行――《第三章　出発》1　坂上弘
小説
海山寮の冬―一〇〇枚2　伊井直行
若者よ明日香の国は―新人3　立木優
随想
みつめるもの　大庭みな子
詩
熱帯――《迷宮の紋章を索めて》　磯部洋一郎
講演――連載Ⅴ《現代詩大要》
西脇順三郎4　篠田一士
評論
現代文学の可能性―新人5　山本正明
――《最善なるものを求めて》
虚無へのいざない6　高山鉄男
――《『テレーズ・デスケルー』と日本の作家たち》
人と貝殻
“文体の魔”と新技術7　白川正芳
――《大江健三郎『河馬に噛まれる』他を読む》
評論――連載Ⅴ《岡倉天心への道》
中国への旅8　大久保喬樹
評論――連載Ⅴ《紅茶のあとさき》
橋の彼方の世界9　江藤淳

目次註

1〔この章続く〕
2〈一　来客（金曜日）／二　永遠の冬（土曜日）／三　少女たち（日曜日）〉
3〈一―十二〉
4〔最終回〕〔『詩学』慶應義塾大学久保田万太郎記念資金講座より〕※**【198505】**より五回連載
5〈一―五〉
6〈一―八〉
7〈作者の声が直接とどく小説／自己告白と新技術の導入／“新生活”を目ざして〉
8 第四章〔以下次号〕
9〔つづく〕
＊編集後記（T）※〈批評は作品に先行し時代精神の指標となるべき〉

扉・目次・本文カット・手代木春樹／表紙・目次・本文デザイン・矢島高光／発行日・五月一日／頁数・本文全二一四頁／定価・八五〇円／発行人・安岡章太郎／編集人・高橋昌男／発行所・東京都港区三田二―一―四　三田文学会／発売元・東京都千代田区神田神保町二―三岩波書店アネックス内　岩波ブックセンター　信山社／印刷所・株式会社精興社

■夏季号―6号　**【1986夏】**

鼎談
作家の発言――いま何を考えているか――1
阿部昭・古井由吉・田久保英夫
随筆
戯号由来　中村真一郎
生誕百年　渡辺喜恵子
追分小景　加賀乙彦
笑顔　岩橋邦枝
サルの形而上学的悩み2　島田雅彦
四十数年前の「三田文学」　庄野誠一
小説――三人の新鋭
微笑士養成所3　長竹裕子
ジプシー宣言4　藤本恵子
未明―90枚　辻章
随想
ダンスと語学　三浦雅士
講演――連載Ⅰ《現代文学の原像》
恋愛の発見5　秋山駿

詩
わが散歩　草野心平
評論——連載Ⅵ《紅茶のあとさき》
『ひかげの花』の女——《上》6　江藤淳
評論
三島由紀夫の「詩」7　柴田勝二
——《『近代能楽集』と能》
人と貝殻
〝悪魔〟の裏切り　足立康
——《遠藤周作『スキャンダル』を読む》
評論——連載Ⅵ《岡倉天心への道》
初音の血8　大久保喬樹
小説——連載Ⅵ
奇妙な旅行——《第三章　出発(続)》9　坂上弘

目次註

1 〈状況は悲観的か／「古典」という既成概念／出来事から物語へ／小説にこめる感動／癒すものとしての文学／失われゆく「私」／文学は老年の事業に非ず〉〔九段「やまなにて」〕※参加者の写真を付す
2 〈1—7〉
3 〈一—三〉
4 〈一—七〉
5 〈一—五〉〔『現代芸術』慶應義塾大学久保田万太郎記念資金講座より〕
6 〔つづく〕
7 〈一—三〉※「謡曲の引用は小学館日本古典文学全集『謡曲集（2）』による」と付記あり
8 第五章〔以下次号〕
9 〔この章続く〕
＊ 編集後記（T）※〈文芸雑誌とは〉

扉・目次・本文カット・手代木春樹／表紙・目次・本文デザイン・矢島高光／発行日・八月一日／頁数・本文全二一四頁／定価・八五〇円／発行人・安岡章太郎／編集人・高橋昌男／発行所・東京都港区三田三—二—四　三田文学会／発売元・東京都千代田区神田神保町二—三岩波書店アネックス内　岩波ブックセンター　信山社／印刷所・株式会社精興社

■秋季号—7号　【1986秋】

小説
手もとの虹　立松和平
バトンタッチ1　岡田睦
随筆
創作の悦び　小島信夫
星を見るひと　大岡信
古典の睨み　竹西寛子
変化する町　澁澤龍彦
メグレと私　鈴木孝夫
半世紀前の「三田文学」2　平松幹夫
評論——連載Ⅶ《紅茶のあとさき》
『ひかげの花』の女——《中》3　江藤淳
小説
町からの招待状　藤本恵子
夏の雅歌　杉山正樹
昼　澤井繁男
随想
小説のために　岡松和夫
講演——連載Ⅱ《現代文学の原像》
犯罪の意味4　秋山駿
詩
隅田川　伊藤行雄
人と貝殻
男の個と女の孤　杉江史子
——《増田みず子『シングル・セル』を読んで》
評論
マルクスの影5　山崎行太郎
——《小林秀雄・吉本隆明・柄谷行人の接点》
織田作之助のロマネスク　古屋健三
評論——連載Ⅶ《岡倉天心への道》
インドへの旅——『東洋の理想』6　大久保喬樹
小説——連載Ⅶ
奇妙な旅行——《第三章　出発(続)》7　坂上弘

目次註

1 〈1—4〉
2 ——水上瀧太郎第三次復活の頃——
3 〔つづく〕
4 〈一—五〉〔『現代芸術』慶應義塾大学久保田万太郎記念資金講座より〕
5 〈一—六〉
6 第六章〔以下次号〕※註あり
7 〔この章続く〕
＊ 編集後記（T）※〈文学では世代交代はまだ先のようだ〉

扉・目次・本文カット・手代木春樹／表紙・目次・本文デザイン・矢島高光／発行日・十一月一日／頁数・本文全二三四頁／定価・八五〇円／発行人・安岡章太郎／編集人・高橋昌男／発行所・東京都港区三田三—二—四　三田文学会／発売元・東京都千代田区神田神保町二—三岩波書店アネックス内　岩波ブックセンター　信山社／印刷所・株式会社精興社

一九八七年（昭和六十二年）

■冬季号―8号 【1987冬】

新春対談
文学と歳月――忘れ得ぬ人びと――1　永井龍男・江藤淳

随筆
ああそうですか　阪田寛夫
花の名前　川村二郎
ボナールの猫　吉行理恵
蜂の巣　近藤信行
大地主の系譜　桂芳久
三田文学の石坂洋次郎　長尾雄

小説
凧　笠原淳
鎮墓獣の話2　石和鷹
朝の橋　辻章

評論
永遠の家3――《「思想と実生活」論争の背後》　富岡幸一郎
自己の在り処4――《野田秀樹と唐十郎》　柴田勝二

詩
土器　会田千衣子

随想
女の書く戦争文学について　三枝和子
人と貝殻
風景の合わせ鏡――《長部日出雄『醒めて見る夢』を読む》　松村友視

評論――連載Ⅷ《紅茶のあとさき》　江藤淳
『ひかげの花』の女――《下の一》5

講演――連載Ⅲ《現代文学の原像》
病者の論理6　秋山駿

評論――連載Ⅷ《岡倉天心への道》
アメリカへ――『茶の本』7　大久保喬樹

小説――連載Ⅷ
奇妙な旅行――《第三章　出発(続)》8　坂上弘

目次註

1　〈鎌倉文学館のこと／東京と荷風文学／好奇心旺盛な正宗白鳥／横光利一の温情／文学のわかる梅崎春生／山川方夫との出会い／意識的な堀辰雄の手法／中野重治と小林秀雄〉〔鎌倉「新田中」にて〕　撮影・鈴木勝己　※両者の写真を付す

2　〈2―7〉

3　〈一―四〉※「トルストイは中村白葉・中村融訳、ドストエフスキーは米川正夫訳、ユング『自伝』は河合隼雄・藤縄昭・出井淑子訳に拠る」の付記あり

4　〈1―4〉

5　〔つづく〕

6　〈一―四〉〔『現代芸術』慶應義塾大学久保田万太郎記念資金講座より〕

7　第七章〔以下次号〕

8　〔この章終り〕〔未完〕　※「二年間書き継いできたこの作品、道半ばですが、今回で連載というかたちを終りにします。作者」と註あり

＊　編集後記（T）　※〈石坂洋次郎、島尾敏雄、円地文子追悼／次号より岡田隆彦が編集を担当する〉

扉・目次・本文カット・手代木春樹／表紙・目次・本文デザイン・矢島高光／発行日・二月一日／頁数・本文全二一〇頁／定価・八五〇円／発行人・安岡章太郎／編集人・高橋昌男／発行所・東京都港区三田三―二―四　三田文学会／発売元・東京都千代田区神田神保町二―三　岩波ブックサービスセンター／印刷所・株式会社精興社

■春季号―9号 【1987春】

小説
長持の中の夕日　三枝和子
愉快な撮影隊1　長部日出雄

随筆
同時代者の弁　八木義徳
「正」の字チェック　秦恒平
私と「三田文学」　宇野信夫
母国語に育てられて　多田智満子
折口信夫の創作指導　西村亨

小説
虚構へ　大内聰矣
フランシスの末裔2　長竹裕子
レゾナンス(共鳴)　高橋俊幸

随想
病んで思うこと　上田三四二

詩
年老いた先生の傘の下で
ぼくは肝をひやしながら指さした　稲川方人
アンデスマ氏の午後　高柳誠
文学談義クロストーク　鍵谷幸信
サティ周辺3　酒井忠康
人影久しからず――《小林清親後譚》4

評論
光景としての人間――日野啓三5　菊田均
観念から生活へ――《石坂洋次郎の初期》6　中川博夫

講演――連載Ⅳ《現代文学の原像》
戦争の視力7　秋山駿

人と貝殻
散歩について　岩松研吉郎
——《小川国夫『逸民』を読む》
評論——連載Ⅸ《岡倉天心への道》
驚異的な光に満ちた空虚8　大久保喬樹
評論——連載Ⅸ《紅茶のあとさき》
『ひかげの花』の女——《下の二》9　江藤淳

目次註

1 〈1—4〉
2 〈一—四〉
3 ※エリック・サティの写真を付す／新企画　文学と他のジャンルが交叉する主題を語る
4 〈Ⅰ—Ⅲ〉 ※小林清親の写真・資料を付す
5 〈1—3〉
6 〈一—四〉(了)　※〝文中に引用の本文は、「石坂洋次郎文庫」・「川端康成全集」・「小林秀雄全集」によった〟の付記あり
7 〈一—二〉『現代芸術』慶應義塾大学久保田万太郎記念資金講座より〉
8 第八章〔以下次号〕
9 〔つづく〕
＊表紙　三田の文学者たち——永井荷風　※表紙写真　三田文学ライブラリー
＊扉　表紙解説
＊編集後記（O）　※〈表紙デザイン一新／「文学談義——クロストーク」新設／磯田光一に巻頭随筆を依頼していたが急逝、哀悼〉
扉・目次・本文カット・手代木春樹／表紙・目次・本文デザイン・矢島高光／発行日・五月一日／頁数・本文全二〇二頁／定価・八五〇円／発行人・安岡章太郎／編集人・岡田隆彦／発行所・東京都港区三田三—二—四　三田文学会／発売元・東京都千代田区神田神保町二—三　岩波ブックサービスセンター／印刷所・株式会社精興社

■夏季号—10号　【1987夏】

対談
すべては小説に還る1　黒井千次　坂上弘
随筆
ひとの終り　芝木好子
熊楠の筆のユレ　神坂次郎
トイレけんか　田中小実昌
条理燦然　紀田順一郎
寒の地獄行　池内紀
わが友キャナール・アンシェネ　倉田保雄
小説
春の落葉　高橋昌男
天使の生贄　井上摂
はなばん2　藤本恵子
随想
〈ウロ〉について　金井美恵子
評論
林達夫の『歌舞伎劇に関するある考察』を読む3　渡辺保
詩
家の緑閃光4　平出隆
金魚　小原眞紀子
文学談義クロストーク
土方巽の舞踏と言語5　鶴岡善久
小説を書くエリアーデ6　中村恭子
——《ホモ・シンボリクスを求めて》
評論
吉田健一の自由7　入江隆則
燃え上る主観8　富岡幸一郎
——《小林秀雄と正宗白鳥》
講演——連載　最終回《現代文学の原像》
批評の陥穽9　秋山駿
人と貝殻
もうひとつの世紀末　田中淳一
——《マリオ・プラーツ『肉体と死と悪魔』を読んで》
評論——連載　最終回《岡倉天心への道》
赤倉——再び自然について10　大久保喬樹
評論——連載Ⅹ《紅茶のあとさき》
日記と小説の間11　江藤淳

目次註

1 〈観察者としての自由／サラリーマンと人間関係／会社の経営は文学的？／エゴン・シーレのことなど／私小説をめぐって／過去の時空間と現在の時空間／近作にふれながら〉〔九段「やまな」にて〕　撮影・田中誠一　※両者の写真を付す
2 〈一—八〉
3 〈一—三〉
4 〈神保先生著／扁平星〉
5 ※土方巽の写真を付す　写真—羽永利光
6 ※ミルチア・エリアーデの写真を付す
7 〈1—5〉
8 〈一—五〉※【1987冬】掲載「永遠の家」の続編
9 (最終回)〈一—六〉『現代芸術』慶應義塾大学久保田万太郎記念資金講座より〉　※【1986夏】より五回掲載
10 (最終回)　結章　(完)　※【1985春】より十回連載
11 〔つづく〕
＊表紙　三田の文学者たち——水上瀧太郎　※表紙写真　三田文学ライブラリー
＊扉　表紙解説
＊編集後記（O）　※〈秋山駿「現代文学の原像」大久保喬樹「岡倉天心への道」完結など〉
扉・目次・本文カット・手代木春樹／表紙・目次・本文デザイン・矢島高光／発行日・八月一日／頁数・本文全二四六頁／定価・

八五〇円／発行人・安岡章太郎／編集人・岡田隆彦／発行所・東京都港区三田三―二―四　三田文学会／発売元・東京都千代田区神田神保町二―三　岩波ブックサービスセンター／印刷所・株式会社精興社

■**秋季号―11号**　【1987秋】

小説
周期　林京子
梅花鹿《メイホワルウ》1　木崎さと子
ニュースペーパー　髙樹のぶ子
随筆
今日は良い一日であった　宇野千代
西行の歌　吉本隆明
アムゼル　神吉拓郎
無碍の円熟境　篠田一士
ミステリー作家の氏素性　小鷹信光
折口教室の女子大生　若城希伊子
沢木四方吉百年祭　小塙学
小説
函中植物園の客　伊井直行
かくれ鬼2　長竹裕子
時雨　澤井繁男
彼岸花火　辻章
ここではないどこか　杉江史子
随想
言語教について3　森内俊雄
評論
アビ・ヴァールブルクの文化学と現代4　茂木博
我は福音を恥とせず5　新保祐司
――《内村鑑三論序説》
詩
夢のつぼⅠ・Ⅱ6　江森國友
自由の階梯《カスケード》7　城戸朱理
文学談義クロストーク
柳田國男と田山花袋8　岡谷公二
ロイ・フラー現象とマラルメ9　立仙順朗
人と貝殻
過剰と蕩尽の物語　山崎行太郎
――《中里恒子『忘我の記』を読んで》
評論――連載XI《紅茶のあとさき》
作中の作の役割10　江藤淳

目次註

1〈一―二〉
2〈一―四〉
3〈なぜ書くか／どう書くか／これからどうするか〉
4 ※アビ・ヴァールブルクの写真を付す
5〈一―六〉〔了〕※「引用は岩波書店版『内村鑑三全集』全四十巻（昭和五五～五九年）による」の付記あり
6 ―詩二篇　愛によって心が感受する時間の喚起　子供はいつのまにか気付いている―
7 ※〝「召喚」連作のうち〟の註あり
8 ※柳田國男、田山花袋の写真（新潮日本文学アルバムより）を付す
9 ※ポール・ゴーギャン「ステファヌ・マラルメ」の図版、ロイ・フラーの写真を付す
10〔つづく〕
＊表紙　三田の文学者たち――折口信夫　※表紙写真　國学院大学
＊扉　表紙解説
＊編集後記（邱）※〈新人作品二篇紹介など〉

扉・目次・本文カット・手代木春樹／表紙・目次・本文デザイン・矢島高光／発行日・十一月一日／頁数・本文全二八四頁／定価・八五〇円／発行人・安岡章太郎／編集人・岡田隆彦／発行所・東京都港区三田三―二―四　三田文学会／発売元・東京都千代田区神田神保町二―三　岩波ブックサービスセンター／印刷所・株式会社精興社

一九八八年（昭和六十三年）

■冬季号 — 12号 【1988冬】

座談会
幻想を解体してゆく表現1　秋山駿・川村二郎・富岡幸一郎

随筆
花幻忌と邂逅忌　埴谷雄高
ドミニックの墨絵　大原富枝
ファン心理　瀬戸内晴美
クリーンな快楽主義　海老坂武
郡虎彦が去ったあとに　杉山正樹
木下常太郎の思い出　中野嘉一

詩
グランド・ホテル　天沢退二郎
空の息　吉田加南子

小説
花番地を探す2　麻田圭子
竜崩町《りゅうほうちょう》九丁目物語3　原島タイ子

随想
二匹の蠅　唐十郎

評論
流離と回帰——《安岡章太郎『流離譚』まで》4　菊田均
初心の文学——《吉行淳之介論》5　高野清見

文学談義クロストーク
室生犀星と佐藤春夫——《詩から小説へ》6　安宅夏夫
詩人パウンドと美術家たち7　髙田美一
——《夭折の天才ゴーディエ・ブゼスカその他》

評論
モンパルナスの灯は消えたか8　若林真
——《ドリュ・ラ・ロシェル『ジル』を読む》

人と貝殻
消滅境の船出9　井上摂
——《澁澤龍彦『高丘親王航海記』を読む》

随想——連載I
散文の今日10　田久保英夫

評論
空気について11　江原順
——道元・マラルメ・ブルトン・瀧口
スバラシイ悪人—連載II《内村鑑三論 一》12　新保祐司

評論——連載XII《紅茶のあとさき》
記録者と創作者13　江藤淳

目次註

1　〈混乱している「物語」の意味／虚構性に醒めながら／中上健次・村上春樹・村上龍／地面の下には層がある／増田みず子・富岡多恵子・山田詠美／『われ逝くもののごとく』をめぐって／「内向の世代」以後／批評の問題にふれて〉（九段「やまな」にて）　撮影・田中誠一　※参加者の写真を付す
2　〈一—四〉
3　〈竜崩屋／ひかりごま／戯芝居〉
4　〈1—6〉
5　〈一—五〉
6　※佐藤春夫の写真を付す
7　髙田美一《とみいち》　※エズラ・パウンドらの写真を付す
8　〈一—八〉　※〝本稿は、拙訳『ジル』（昭和六二年、国書刊行会刊）下巻巻末に所収の小論「ある道化師の肖像」と一部分重複していることを、お断りしておきます〟と筆者付記あり／ワトー「ジル」の図版を付す
9　消滅境《ファナー》への船出
10　〔つづく〕
11　〈扇・マラルメ・道元の場合／ヨーロッパ現代思想と禅（国際占星術センター講演、一九八六年三月六日、ブリュッセル）／永遠の未完・瀧口修造〉
12　〈一—五〉〔つづく〕　※「引用は岩波書店版『内村鑑三全集』全四十巻（昭和五五年～五九年）によるが、一部角川文庫版のものを使用した」と付記あり
13　〔つづく〕

＊　表紙　三田の文学者たち——久保田万太郎　※表紙写真　三田文学ライブラリー
＊　扉　表紙解説
＊　編集後記（邸）　※〈江原順は二十年あまりヨーロッパにあって美術評論活動を続けたベテランであることなど〉

扉・目次・本文カット・手代木春樹／表紙・目次・本文デザイン・矢島高光／発行日・二月一日／頁数・本文全二六六頁／定価・八五〇円／発行人・安岡章太郎／編集人・岡田隆彦／発行所・東京都港区三田三—二—四　三田文学会／発売元・東京都千代田区神田神保町二—三　岩波ブックサービスセンター／印刷所・株式会社精興社

■春季号 — 13号 【1988春】

小説
光る繭　森内俊雄
笑顔　増田みず子
GREEN　山田詠美

随筆
月光《つき》しるき夜　井上靖
《素《す》》　別役実
忘れられない理由　山本道子
東京の響き　遠山一行
旅の四季——春　関口研日麿

小説
メビウスの階段　井上輝夫
旅道1　澤井繁男

詩
五穀豊穣腹筋体操2　中川千春
随想
作家の日記――『岐路』の完成3　加賀乙彦
評論
ジュリアとは誰か
――《リリアン・ヘルマンの虚と実》　中村輝子
女の言葉・女の詩4
――《エイドリエン・リッチについて》　安藤美登里
文学談義クロストーク
T・E・ヒュームと日本の前衛5　阿部良雄
ニーチェとヴァーグナー6　茂木博
評論
語り手としての画家パウル・クレー7　前田富士男
人と貝殻
孤独の処方箋　荻野アンナ
――《富岡多恵子『白光』を読んで》
評論――連載Ⅲ《内村鑑三論(二)》
人間のエンタシス8　新保祐司
評論――連載Ⅰ《芸術の生活化》
虚偽を捨てされ9　岡田隆彦
詩
アンアン　高橋睦郎

目次註

1 〈一―十〉
2 ―A votre guise―
3 〈一九八七年　九月三十日　水曜日／十月一日　木曜日／十月二日　金曜日／十月三日　土曜日／十月七日　水曜日〉
4 ※エイドリエン・リッチの写真を付す
5 ※参考文献について筆者付記あり／ジェイコブ・エプスタイン作「T．E．ヒューム像」、古賀春江「文化は人間を妨害する」の図版を付す
6 ※ニーチェ、ヴァーグナーの写真を付す
7 ※「リルケの書簡とクレーを除く引用の多くは既訳を用いたが、訳者名は省略させていただいた」と付記あり／パウル・クレー「陶酔」の図版を付す
8 〈一―四〉〔つづく〕
9 〈一―五〉〔つづく〕　※モリス「柔かい更紗木綿」の図版を付す

＊ 表紙　三田の文学者たち――佐藤春夫　※表紙写真　慶應義塾広報課
＊ 扉　表紙解説
＊ 編集後記（郎）　※〈江藤淳「紅茶のあとさき」の休載など〉

扉・目次・本文カット・手代木春樹／表紙・目次・本文デザイン・矢島高光／発行日・五月一日／頁数・本文全二三八頁／定価・八五〇円／発行人・安岡章太郎／編集人・岡田隆彦／発行所・東京都港区三田三―二―四　三田文学会／発売元・東京都千代田区神田神保町二―三　岩波ブックサービスセンター／印刷所・株式会社精興社

■夏季号―14号　【1988夏】

《追悼　山本健吉》1
美しき鎮魂歌　佐藤朔
思い出、あれこれと　遠藤周作
「共同体」の今昔　江藤淳
一枚の色紙――山本健吉氏を悼む　楠本憲吉
穂高の星　小塙学
小説
蓮《れん》の虹海岸2　石和鷹
みやまなるこゆり　辻章
照り雨　佐藤洋二郎
皮膚の下　杉江史子
小説――連載Ⅰ《湯微島訪問記(一)》
湯微島《ゆびじま》の隣りの島3　伊井直行
随筆
顔の話　岡本太郎
思いがけない趣味　萩原葉子
妙解寺にて　小堀桂一郎
北の文学の会　三好京三
黒石つれずれ　由良君美
私と旅　辻岡昭
随想
いかに蔵書を退治するか　池澤夏樹
評論
パラダイム・チェンジの時代　山崎行太郎
――《田山花袋論序説》
詩
口開き4　吉田文憲
愛魚5　松浦寿輝
文学談義クロストーク
伊藤道郎――欧州時代の交友録6　朽木ゆり子
サルトルとジャコメッティ7　宮坂枝里子
人と貝殻
文学理論家と一読者　海保眞夫
――《テリー・イーグルトン『クラリッサの凌辱』を読んで》
講演――連載Ⅰ
「西欧」とは何か――空間的に考える(一)8　饗庭孝男
評論――連載Ⅳ《内村鑑三論(三)》
神の愚かさ・神の弱さ9　新保祐司
評論――連載Ⅱ《芸術の生活化》
文明開化の質的転換10　岡田隆彦
評論――連載XIII《紅茶のあとさき》
メタ・小説《ノヴェル》としての『濹東綺譚』11　江藤淳

目次註

1 ※〈山本健吉氏について〉告別式のあらまし及び主要著作、山本健吉の写真を付す
2 〈一―五〉
3 〈1―10〉〔湯微島訪問記（一）終わり〕
4 〈下井草から／代田橋から〉 ※〝連作「移動撮影のための……」〟の註あり
5 〈1―5〉
6 ※伊藤道郎の写真を付す
7 ※サルトル、ジャコメッティ、およびジャコメッティ「歩く男」の写真を付す
8 〈はじめに／一　ケルト――ブルターニュ／二　ケルト――アイルランド〉〔『詩学』慶應義塾大学久保田万太郎記念資金講座より〕
9 〈一―五〉〔つづく〕
10 〈一―五〉〔つづく〕
11 〔つづく〕
＊ 表紙　三田の文学者たち――堀口大學　※表紙写真　三田文学ライブラリー
＊ 扉　表紙解説
＊ 編集後記（邱）　※〈山本健吉追悼など〉

扉・目次・本文カット・手代木春樹／表紙・目次・本文デザイン・矢島高光／発行日・八月一日／頁数・本文全二八二頁／定価・八五〇円／発行人・安岡章太郎／編集人・岡田隆彦／発行所・東京都港区三田三―二―四　三田文学会／発売元・東京都千代田区神田神保町二―三　岩波ブックサービスセンター／印刷所・株式会社精興社

■秋季号―15号 【1988秋】

特別対談
思想と芸術1　井筒俊彦・安岡章太郎
随筆
鷗外「小倉日記」発見経緯　松本清張
ものを書く意味　佐藤愛子
夏の終り　杉本秀太郎
サティと犬　窪田般彌
CかTか　松原秀一
小説
青い砂洲2　飯島耕一
湯微島の死体3　伊井直行
――連載Ⅱ《湯微島訪問記(二)》
湖に消えた城4　若城希伊子
野鶲《のびたき》　立木優
不ぞろいな風景のある一日5　篠田達美
講演――連載Ⅱ
「西欧」とは何か――空間的に考える6　饗庭孝男
評論
石川淳を巡る神々の対話7　荻野アンナ
――ルキアノス風に
流動體結晶――勅使川原三郎の舞踊8　井上摂
暗黙の詩学――《山本健吉小論》9　高野清見
詩
花を吹き付ける　財部鳥子
樹は時代の憧れになった　添田馨
評論
デュラスの放浪――「震える男」遍歴10　田中倫郎
文化史のドラマトゥルギー11　宮下啓三
――《フリーデルと『近代文化史』》
文学談義クロストーク
魯庵探索――序・健康な批評家12　長谷川郁夫
ヴォルスが書き残したもの13　千葉成夫
評論――連載Ⅴ《内村鑑三論(四)》
神の言の饑饉14　新保祐司
人と貝殻
はじめに言葉ありき　中野圭二
――《高橋源一郎『優雅で感傷的な日本野球』を読んで》
評論――連載XIV《紅茶のあとさき》
私家版の周辺15　江藤淳

目次註

1 〈ホメイニとすれ違い／中近東を視野にいれた東洋を／西脇順三郎先生の思い出／言葉と文化／サルトル的体験／スペインについて／絵画について〉　撮影・田中誠一　※両者の写真を付す
2 ※〝若林健吉著『シューマン』、松谷みよ子編著『女川・雄勝の民話』を参照しました〟と付記あり
3 湯微島《ゆびじま》の死体　〈1―8〉〔湯微島訪問記（二）終わり〕
4 〈一―二〉
5 〈よそゆき／つばめ／聖橋／バス停／石の柱〉
6 〈一　地中海――シチリアとビザンチン文化／二　ノルマンとイスラムが与えた意味／三　ヴェネチア――重層する文化の媒介点〉〔『詩学』慶應義塾大学久保田万太郎記念講座資金より〕
7 〈1「わたし」発作／2　博覧強記と錯乱狂気／3　石川淳を幻想小説にする法／4　精神の運動会／5　江戸前アナロジー／6　天地創造コンプレックス／7　不自然の美学／8　グロテスクテスク〉　※神々の名の読みについて後記あり
8 〈舞踊機械／月は水銀／死体／自動人形〉　※勅使川原三郎の写真を付す
9 〈一―四〉
10 〈女優たち――ジャンヌ・モローとデルフィーヌ・セーリグ／エリア・カザンとの対談／ノーフル＝ル＝シャトーの家〉
11 〈日本での出番を逸した人物／演劇人としての前半生／ジャーナリズム文芸からの脱却／舞台としての世界とその舞台裏／文化史ドラマの構造〉　※カール・ホリツァーによるエーゴン・フリーデルの戯画像を付す

12 ※内田魯庵の写真を付す
13 ※ヴォルスの写真、資料図版を付す
14 〈一―四〉〔つづく〕
15 〔つづく〕
＊ 表紙 三田の文学者たち――岩田豊雄（獅子文六） ※表紙写真 福澤諭吉研究センター
＊ 扉 表紙解説
＊ 編集後記（邱） ※〈岡田隆彦「芸術の生活化」の休載など〉

扉・目次・本文カット・手代木春樹／表紙・目次・本文デザイン・矢島高光／発行日・十一月一日／頁数・本文全三三六頁／定価・九五〇円／発行人・安岡章太郎／編集人・岡田隆彦／発行所・東京都港区三田三―二―四 三田文学会／発売元・東京都千代田区神田神保町二―三 岩波ブックサービスセンター／印刷所・株式会社精興社

一九八九年（平成元年）

■冬季号――16号 【1989冬】

小説
暮客 笠原淳
鷺坂一丁目 吉田知子
随筆
ケントの悪態 木下順二
長々忌と夫婦の地獄 小田切秀雄
世間の理不尽 田辺聖子
二本の連載小説 眉村卓
「あぢさゐ供養頌」と三田 村松定孝
阿部慎蔵君の絵 安東伸介
小説
紫時計貝の秘密1
―連載Ⅲ《湯微島訪問記(三)》 伊井直行
闇に棲む魚2 長竹裕子
祭の決算 仲宗根雅則
戯曲
薔薇宮《そうびきゅう》の獅子《しし》3
――《足利家の夫人達 第一部》 松永尚三
随想
カタカナ満員の日本語4 なだいなだ
評論
実存への郷愁の詩人
――《村野四郎にみられるリルケ》 伊藤行雄
魯庵探索――序(二) 時空のエディター 長谷川郁夫
詩
少女 阿部岩夫
ひとり竜巻 井坂洋子
文学談義クロストーク
現代アメリカ美術と「崇高」について5 木島俊介
画家 富永太郎6 樋口覚
講演――連載Ⅲ
「西欧」とは何か7
――諸文化の重層的構造として 饗庭孝男
人と貝殻
映像仕掛けの物語
――《吉本ばなな『うたかた』を読んで》 佐谷眞木人
評論――連載Ⅵ《内村鑑三論(五)》
菊花の約8 新保祐司
評論――連載Ⅲ《芸術の生活化》
象徴のちから――ブレイク9 岡田隆彦
評論――連載XV《紅茶のあとさき》
巴里今昔 江藤淳

目次註

1 〈1―10〉〔湯微島訪問記（三）つづく〕
2 〈一―三〉
3 第一部 薔薇宮《そうびきゅう》の獅子《しし》――日野重子〈前書き／一幕一場（大序）／第一部 薔薇宮の獅子／一幕二場（油小路赤松邸バレー・ブルー）／一幕二場〔二幕一場?〕（室町御所日野重子の邸）／一幕三場（室町御所薔薇庭園テラス）／三幕一場（一幕二場に同じ重子の邸の内／三幕二場（油小路赤松満祐邸サロン）／三幕三場（元の重子の館）〉〔第一部終わり〕
4 〈1―3〉
5 ※バーネット・ニューマンの写真、ニューマン「ワンメントI」の図版を付す
6 ※富永太郎の写真、「M夫人とその娘」「上海の思ひ出」の図版を付す
7 〈一 修道院の成立／二 巡礼路教会／三 日常の教会／四 教会の建築／五 テーマと諸「文化」のシンボル／『詩学』

慶應義塾大学久保田万太郎記念資金講座より〉
8 〈一―五〉〔つづく〕
9 〔つづく〕
＊ 表紙 三田の文学者たち――西脇順三郎 ※表紙写真 慶應義塾・広報課
＊ 扉 表紙解説
＊ 編集後記（邱）※〈【1988秋】が毎日新聞にとりあげられた／松永尚三は三田出身で新作歌舞伎を上演した新進気鋭〉

扉・目次・本文カット・手代木春樹／表紙・目次・本文デザイン・矢島高光／発行日・二月一日／頁数・本文全二七六頁／定価・八五〇円／発行人・安岡章太郎／編集人・岡田隆彦／発行所・東京都港区三田三―二―四 三田文学会／発売元・東京都千代田区神田神保町二―三 岩波ブックサービスセンター／印刷所・株式会社精興社

■春季号―17号 【1989春】

小説
虹の島回り 加藤幸子
紫時計貝の秘密 1 伊井直行
―連載Ⅳ《湯微島訪問記(二)》
随筆
月山行 森敦
有楽町線新木場行 常盤新平
死と変身 作田啓一
主観的都市論 海津忠雄
心平さんと私 2 江森國友
小説
おこんこさん(上) 3 林えり子
戯曲
水晶殿の焔 4 松永尚三
――《足利家の夫人達 第二部》
追悼――鍵谷幸信
積極的親切と情熱の人 白石かずこ
――鍵谷幸信 MY DEAR FRIEND
生涯詩しか語らなかった男 松田幸雄
詩
アグリジェントの春 小笠原茂介
獺(かわうそ) 5 浅見洋二
評論
融解するコスモロジー 6 松村友視
――《鏡花文学の認識風景》
村次郎の詩の光芒 7 江藤正明
消滅の美――《それぞれのディキンスン》 8 安藤美登里
人と貝殻
白夜の肖像 柴田陽弘
――《川村二郎『白夜の廻廊』を読んで》
文学談義クロストーク
アフリカのランボー 9 山口佳巳
――知の逆説のクー・デタのゆくえ
ゲーテとパラーディオ 10 渡辺真弓
評論
男に馬乗りになる女の出自と行方(上) 11 茂木博
――《谷崎潤一郎『痴人の愛』のナオミとその母姉妹》
評論――連載Ⅶ《内村鑑三論(六)》
隠れたる日本 12 新保祐司
評論――連載Ⅳ《芸術の生活化》
象徴のちから――ブレイク 13 岡田隆彦
講演――連載Ⅳ
「西欧」とは何か 14 饗庭孝男
――諸文化の重層的構造として

目次註
1 〈11―16〉〔湯微島訪問記(三)つづく〕
2 〔立春の日の江ノ島「魚見亭」にて〕
3 〈1―14〉〔上・終わり〕
4 第二部 水晶殿の焔――日野富子／〈時・所／人物／序／一幕一場（小河第御所）／一幕二場／二幕一場（幽邃な森の奥、夏の深更）／二幕二場（室町御所、奥御殿）／三幕一場／三幕二場（室町御所、富子の部屋）／三幕三場（一場に同じ長廊下）／四幕一場（室町御所内舞踏会会場大広間につづく富子の控えの間）／四幕二場（大団円）〉〔了〕
5 ※（連作のうち）と付記あり
6 〈一―四〉
7 〈一―五〉※"（注）詩集『忘魚の歌』『風の歌』復刻版は青森県八戸市鮫町林通五〇―一 中寒二方、村次郎詩集刊行会で頒布"と付記あり
8 〈＊「畏敬」と「円周」／＊同質の詩人／＊エロスとタナトス／＊ソフィの場合／＊エミリー・L夫人〉
9 山口佳己〔巳〕 ※ランボーの写真を付す
10 ※ゲーテの肖像画（写真）、資料図版を付す
11 〈一―二〉〔つづく〕
12 〈一―四〉〔つづく〕
13 〈承前〉〈三―五〉〔つづく〕
14 〈一 図像学の形成／二 図像の種類／三『聖書』の表現／四 キリスト像／五 聖母マリア像〉『詩学』慶應義塾大学久保田万太郎記念資金講座より〉
＊ 編集後記（邱）※〈表紙デザイン変更／江藤淳「紅茶のあとさき」休載など〉

扉・目次・本文カット・手代木春樹／表紙・目次・本文デザイン・矢島高光／発行日・五月一日／頁数・本文全二六八頁／定価・八七〇円／発行人・安岡章太郎／編集人・岡田隆彦／発行所・東京都港区三田三―二―四 三田文学会／発売元・東京都千代田区神田神保町二―三 岩波ブックサービスセンター／印刷所・株式会社精興社

■夏季号―18号 【1989夏】

小説
月 1 村松友視

昼食　中沢けい
紫時計貝の秘密2
—連載V《湯微島訪問記(三)》　伊井直行
おこんこさん(下)3　林えり子
こいのぼり　辻章

随筆
少女の耳たぶ　木崎さと子
三田育ち　矢代静一
愛——師弟と友人と　井口樹生
あしからず　小林恭二
落莫《らくばく》　誰《た》が家《いえ》の子《こ》　草森紳一

詩
廃星の子、真珠がしづかにささやいた……
何処からか、海が、戻って来ないのかしら　吉増剛造
あなたの内臓　白石公子

追悼——篠田一士
批評の魔術師　若林真

評論
動きまわる孤独——《安部公房論》4　柴田勝二
戦後という物語5　菊田均
男に馬乗りになる女の出自と行方(下)6
——《谷崎潤一郎『痴人の愛』の
ナオミとその母姉妹》　茂木博

新人・小説
花のかたち　相川景子
夕立7　清水健太郎

新人・詩
虫めづる姫君　北口昌男

記憶の鏡
ダリの絵の思い出　北村太郎
文学談義クロストーク

シーグフリード・サスーン8
—《狐狩りの夢想》　草光俊雄
芥川龍之介と柳田國男9
—《幻景の異界を索めて》　佐谷眞木人

講演——連載V
「西欧」とは何か10
—諸文化の重層的構造として　饗庭孝男

評論——連載Ⅷ《内村鑑三論(最終回)》
ざらざらした信仰11　新保祐司

評論——連載V《芸術の生活化》
内部生命の発見(上)12　岡田隆彦

評論——連載XIV〔XVI〕《紅茶のあとさき》
二つの改元13　江藤淳

目次註
1 〈1—3〉
2 〈17—24〉〔湯微島訪問記（三）終わり〕
3 (最終回)〈15—30〉〔了〕 ※【1989春】より二回連載
4 〈1—4〉
5 〈1—7〉
6 〈三—五〉〔了〕 ※【1989春】より二回連載
7 〈一—四〉
8 ※シーグフリード・サスーンの写真、資料図版を付す
9 ※芥川龍之介の写真を付す
10 〈一　フィレンツェ／二　メディチ家の役割／三　ダンテ／四　地勢的意味／五　メディチ家と芸術の保護／六　ユマニスム／七　イタリア都市国家と人間精神／八　ブルゴーニュ公国〉〔『詩学』慶應義塾大学久保田万太郎記念資金講座より〕
11 内村鑑三論（七）〈一—四〉〔完〕 ※【1987秋】より八回連載
12 〈一—二〉〔つづく〕
13 連載十六　〔つづく〕
＊ 編集後記（邱） ※〈若い人の小説は新奇を追いながら陳腐な表現であるものが多い〉

扉・目次・本文カット・手代木春樹／表紙・目次・本文デザイン・矢島高光／発発行日・八月一日／頁数・本文全二六四頁／定価・八七〇円／発行人・安岡章太郎／編集人・岡田隆彦／発行所・東京都港区三田三—二—四　三田文学会／発売元・東京都千代田区神田神保町二—三　岩波ブックサービスセンター／印刷所・株式会社精興社

■**秋季号—19号**　**【1989秋】**

小説
角の帽子屋1　石和鷹
湯微島交通繁盛記2
—連載Ⅵ《湯微島訪問記(四)》　伊井直行
海の絵3　山口良臣

告別　比留間千稲

随筆
私と「三田文学」　河盛好蔵
『華氏四五一度』の森　津島佑子
森敦のこと　森毅
女抜きの世界　川本三郎
「三田文学」のこと・『昭和の文人』のこと　奥野健男
場所と風景　山岸健

評論
歴史を生きる詩——《中国現代詩私見》4　井上輝夫
だれがロートレアモンか5　前川嘉男
日常と観念の相克——《山川方夫の文学》6　高野清見
ベルグソンのパラドックス7
——《小林秀雄と大岡昇平》　山崎行太郎

詩
風景論——ある鎮魂のために——8　阿部弘一
鳥と貨幣　松本邦吉

新人・小説
反骨　千原俊彦
文学談義クロストーク
プルーストとマドレーヌ・ルメール[9]　佐々木涼子
病める薔薇[10]　大島エリ子
――吸血鬼伝説をめぐって――
講演――連載Ⅵ
西欧とは何か[11]　饗庭孝男
――諸文化の重層的構造として
評論――連載Ⅵ《芸術の生活化》
内部生命の発見(下)[12]　岡田隆彦
評論――連載XV《紅茶のあとさき》〔XVII〕
物語話法《ナラトロジイ》と『女中のはなし』[13]　江藤淳

目次註

1 〈Ⅰ―Ⅳ〉
2 〈1―5〉〔湯微島訪問記（四）続く〕
3 〈一―八〉
4 「とくに指定のない引用は鄭民欽と井上輝夫の共訳によるものである」と筆者付記あり
5 〈フランソワ／イジドール／ふたたびフワンソワ／『マルドロールの歌』の異本／ダゼット／マルドロールの歌／ポエジイ／イジドールはイシドロだったのか〉※註あり／イジドール・デュキャッス、ジョルジュ・ダゼット、マン・レイ「イシドール・デュキャッスの謎」の写真を付す
6 〈一―五〉
7 〈1―6〉
8 〈1―2〉
9 ※プルーストの写真、「楽しみと日々」ルメール夫人の挿絵の図版を付す
10 ※テレンス・フィッシャー監督「ドラキュラの恐怖」、ムンク「少女と死」の図版を付す
11 「西欧」とは何か〈一　ユダヤ問題／二　ユダヤ的「普遍」のあり方／三　オーストリア・ハンガリー帝国の歴史／四　文化の構造／五　社会的特性／六　言語の問題／七　フロイトとウィーン／八　芸術の「性」と「死」〉『詩学』慶應義塾大学久保田万太郎記念資金講座より〕
12 〈三―五〉〔つづく〕
13 連載十七〔つづく〕
＊ 編集後記（邱）※〈内村直也追悼など〉

扉・目次・本文カット・手代木春樹／表紙・目次・本文デザイン・矢島高光／発行日・十一月一日／頁数・本文全二四〇頁／定価・八七〇円／発行人・安岡章太郎／編集人・岡田隆彦／発行所・東京都港区三田三―二―四　三田文学会／発売元・東京都千代田区神田神保町二―三　岩波ブックサービスセンター／印刷所・株式会社精興社

一九九〇年（平成二年）

■冬季号―20号　【1990冬】

小説
笛　三木卓
こつ　司修
随筆
ヴィル・タヴレーの秋　池波正太郎
森さんを偲ぶ会[1]　新井満
西脇順三郎と記号　新倉俊一
私の交友録　葉山峻
母の五十回忌　白川正芳
井上靖『孔子』を読む　村松暎
小説
湯微島交通繁盛記[2]　伊井直行
――連載Ⅶ《湯微島訪問記(四)》
料理人《ル・クイジニエール》[3]　松永尚三
彷徨　藤田重夫
評論
放蕩と処罰――《ドン・ファン論》[4]　鷲見洋一
富の神も詩の神も[5]　幸節みゆき
――《シンガポール英語詩概観》
詩
橋懸《はしがか》り　多田智満子
女性　藤井貞和
評論
翼をつけて風に乗る[6]　中村輝子
――《ベリル・マーカム『夜と共に西へ』を読む》
文学談義クロストーク

白いユーモア――アルプ・ダダ・ツァラ7　鈴村和成
「ナナ」の周辺8
――《ヴェルナー・ホーフマンの『ナナ』をめぐって》　水沢勉
講演――連載Ⅶ(最終回)
「西欧」とは何か9
――諸文化の重層的構造として　饗庭孝男
評論――連載Ⅶ《芸術の生活化》
光は東方から(上)10　岡田隆彦
評論――連載XVIII《紅茶のあとさき》
「き」と「けり」と小説と11　江藤淳

目次註

1 ※森敦追悼
2 〈6―9〉〔湯微島訪問記（四）続く〕
3 〈1―13〉
4 〈1―6〉 ※ルッジェロ・ライモンディの写真、ルイ・ジュヴェ演出・主演「ドン・ジュアン」の最終場面、ジョゼフ・ロージーの映画の図版を付す
5 〈1―4〉 ※参考文献について筆者付記あり
6 ※『夜と共に西へ』(Beryl Markham, *West With The Night*, Virago Press, 1988) の引用文翻訳は筆者による〟と付記あり
7 ――今は亡き瀧口修造氏に―― ※アルプの写真、ツァラ「二十五の詩」のためのアルプの木版画を付す
8 ※ヴェルナー・ホーフマンの写真、マネ「ナナ」、ベルタ「可愛いナナ」の図版を付す
9 〈一 歴史と都市構造／二 文化／三 ミュゼ／まとめ〉〔完〕〔『詩学』慶應義塾大学久保田万太郎記念資金講座より〕
※【1988夏】より七回連載
10 〈一―二〉〔つづく〕
11 〔つづく〕
＊ 編集後記（邱） ※〈伊井直行の第十一回野間文芸新人賞受賞についてなど〉

扉・目次・本文カット・手代木春樹／表紙・目次・本文デザイン・矢島高光／発行日・二月一日／頁数・本文全二四四頁／定価・八七〇円／発行人・安岡章太郎／編集人・岡田隆彦／発行所・東京都港区三田三―二―四　三田文学会／発売元・東京都千代田区神田神保町二―三　岩波ブックサービスセンター／印刷所・株式会社精興社

■春季号―21号　【1990春】

小説
術くらべ　増田みず子
鳩―連作Ｉ《この世のこと》1　辻章
湯微島交通繁盛記2
―連載Ⅷ《湯微島訪問記(四)》　伊井直行
狐　長竹裕子
随筆
エッフェル塔の花嫁花婿　佐藤朔
三島と寺山と　中井英夫
折口さんと矢部と私　杉森久英
徳利に酔う　堀口すみれ子
昭和二十五年のランボー　篠沢秀夫
ぼくの体験的「戦後」史論　米田治
評論
黒田三郎論――戦後と還流するもの3　岡本勝人
コロンブスの魚4
――《バウハウスのなかの音楽》　秋山邦晴
詩
影と光の午後　水橋晋
カフェ・クラインクレーエ5　河野道代
エロス
評論
李長鎬、出たとこ勝負！6
――《ハングル世代の韓国映画》　四方田犬彦
中世趣味とラファエル前派第一世代7　髙宮利行
文学談義クロストーク
保田與重郎の「天心」8　鍵岡正謹
マルグリット・デュラスの不定性
――あるいは映画的人格について9　小原眞紀子
評論――連載XIX《紅茶のあとさき》
時代と年齢――『葛飾情話』について10　江藤淳

目次註

1 〔「鳩」終わり〕
2 〈10―17〉〔湯微島訪問記（四）終わり〕
3 〈一―七〉
4 〈1―7〉 ※資料図版を付す
5 カフェ・クラインクレーエ　他一篇　※「他一篇」は「エロス」を指す
6 〈I―VI〉 ※註1―2、付記あり／映画「星たちの故郷」「風吹くよき日」「暗闇の子供たち」「馬鹿宣言」「旅人は休まない」の図版を付す
7 〈はじめに／Medievalism とは／Medievalism の分類／中世主義／中世趣味／中世研究／ウォルター・スコットと騎士道／ラファエル前派同志団誕生の背景／ダンテ・ゲイブリエル・ロセッティ／フォード・マドックス・ブラウン／ラファエル前派と中世趣味／中世文学の素材／象徴性／遠近法／色彩法／フレスコ画法／時代考証／書物生産における中世趣味と『目覚める良心』／『シャロットの女』／ロセッティと中世文学の主題／おわりに〉 ※筆者付記あり／サー・ジョン・エヴェレット・ミレー「イザベラ」、ダンテ・ゲイブリエル・ロセッティ「セント・ジョージとサブラ姫の結婚」の図版を付す
8 ※保田與重郎、岡倉天心の写真を付す
9 ※M・デュラスの写真、映画「狩人の夜」「イザベルの誘惑」の図版を付す
10 〔つづく〕
＊ 編集後記（邱） ※〈「三田文学」創刊八十年、文学部開設百周年を記念し「懸賞小説・評論」を募集する／岡田隆彦「芸術の生活化」休載〉

＊「三田文学」創刊八十年・慶應義塾大学文学部開設百年記念　懸賞小説・評論募集／《選考委員》江藤淳・岡田隆彦・小谷津孝明・坂上弘・高橋昌男・田久保英夫・安岡章太郎・若林真／募集要項

扉・目次・本文カット・手代木春樹／表紙・目次・本文デザイン・矢島高光／発行日・五月一日／頁数・本文全二四〇頁／定価・八七〇円／発行人・安岡章太郎／編集人・岡田隆彦／発行所・東京都港区三田三―二―四　三田文学会／発売元・東京都千代田区神田神保町二―三　岩波ブックサービスセンター／印刷所・株式会社精興社

■夏季号―22号　【1990夏】

小説
旅芝居　立松和平
海の影1　入江曜子
網手浜のトト先生2
―連載Ⅸ(最終回)《湯微島訪問記(五)》　伊井直行

随筆
鏡花と『傾城反魂香』　田中優子
伊藤博文とゴーブル　川島第二郎
写真と詩人　芳賀日出男
ユニークな癖　山本晶

小説
猫―連作Ⅱ《この世のこと》3　辻章
リアル・ゴシック・パフォーマンス4　井上摂

評論
帰還としてのエクリチュール
――《『道草』の言葉の発する場所》　古屋健三

詩
茶房Lのオード　安宅夏夫
鼠民地　川端隆之

評論
ヘレン・ケラー、あるいは荒川(抄訳)5
マドリン・ギンズ　渡部桃子訳

文学談義クロストーク
バルバラとボードレール6　亀谷乃里
ペスト・ネズミ・カフカ7　羽田功

評論―連載Ⅷ《芸術の生活化》
光は東方から(下)8　岡田隆彦

評論―連載XX《紅茶のあとさき》
『浅草交響曲』9　江藤淳

目次註
1〈Ⅰ―Ⅷ〉
2〈1―7〉〔完〕※【1988夏】より九回連載
3〔「猫」終わり〕
4〈1―12〉※付記あり
5〈第一章　思考する場／第六章　わたしからわたしへ、あるいは西から西へ／第二十二章　濃淡の綾／第二十七章　他動性の行進〉※編集部による付記あり／ヘレン・ケラーの写真を付す
6※バルバラ、ボードレールの写真を付す
7※フランツ・カフカ、アントナン・アルトー、アルトノイ・シナゴーグの写真を付す
8〈三―四〉〔つづく〕
9〔つづく〕
＊編集後記（邱）※〈「見なす」こととはなど〉
＊「三田文学」創刊八十年・慶應義塾大学文学部開設百年記念　懸賞小説・評論募集／《選考委員》江藤淳・岡田隆彦・小谷津孝明・坂上弘・高橋昌男・田久保英夫・安岡章太郎・若林真／募集要項

扉・目次・本文カット・手代木春樹／表紙・目次・本文デザイン・矢島高光／発行日・八月一日／頁数・本文全二一二頁／定価・八七〇円／発行人・安岡章太郎／編集人・岡田隆彦／発行所・東京都港区三田三―二―四　三田文学会／発売元・東京都千代田区神田神保町二―三　岩波ブックサービスセンター／印刷所・株式会社精興社

■秋季号―23号　【1990秋】

小説
山姥の里1　三枝和子
蝶―連作Ⅲ《この世のこと》2　辻章

随筆
年表を編む　小田切進
ある神話　森禮子
明治文学と論争　野口武彦
夏を送る　宇佐美斉
大音希聲　中沢新一
四十雀、五十雀　村松英子
人生と一生　衛藤駿

小説
冷える砂　菊野美恵子
ハシリドコロ　吉田武史
異物　澤井繁男
他人の現実　杉江史子

評論
死の散歩者――《原民喜の宇宙》3　小潟昭夫
近代である「かのやう」な近代4　新保祐司

詩
ひとでなしの恋歌　朝吹亮二
京葉線新浦安風景スケッチ　伊藤行雄

文学談義クロストーク
一九二八年～一九三〇年「スルヤ」と中原中也5　青木健
小熊秀雄の、詩のありか絵のありか6　原田光

評論

スタインの娘たち　渡部桃子
——《アメリカの言語《ランゲージ》(女性)《ウイメン》詩人たち《ポエッツ》》
評論——連載Ⅰ《マイナー・ポエッツ群像》　草光俊雄
エドワード・トマス7

目次註

1 〈「伝説は鎖に繋がれ・8」〉〔了〕
2 〔「蝶」終わり〕
3 〈街の散歩者／コントラストからトリアードへ／風景／トラウマと夢想への傾斜／記憶——焦げた青空／川——水から火へ／樹木／鳥〉
4 〈一—四〉
5 ※中原中也の写真、「朝の歌」の楽譜図版を付す
6 ※小熊秀雄自画像、「飢餓」の図版を付す
7 〔つづく〕※エドワード・トマスの写真を付す
＊ 編集後記（邱）※〈懸賞小説・評論募集は締切り次号発表／江藤淳「紅茶のあとさき」・岡田隆彦「芸術の生活化」休載など〉

扉・目次・本文カット・手代木春樹／表紙・目次・本文デザイン・矢島高光／発行日・十一月一日／頁数・本文全二二六頁／定価・八七〇円／発行人・安岡章太郎／編集人・岡田隆彦／発行所・東京都港区三田三—二—四　三田文学会／発売元・東京都千代田区神田神保町二—三　岩波ブックサービスセンター／印刷所・株式会社精興社

一九九一年（平成三年）

■冬季号——24号　【1991冬】

小説
音楽寺の雨1　高橋昌男
鮨屋　村松友視
随筆
読書について　黒井千次
誰かが　林京子
三島由紀夫のこと　高橋巖
テレビぎらい　三田純市
登場人物の名前　高斎正
小説
四コマ笑劇《ファルス》「百五十円×2」2　荻野アンナ
静かな部屋3　長竹裕子
鯉—連作Ⅳ《この世のこと》4　辻章
評論
不在と扇——《和泉式部／マラルメ》5　與謝野文子
戦後第三次「三田文学」前後・私史6　桂芳久
「三田文学」創刊八十年・慶應義塾大学文学部開設百年記念《懸賞小説・評論》——決定発表7
選評
気配のあるなし　江藤淳
一長一短　岡田隆彦
佳作二篇　小谷津孝明
楽しみにしていたが……　坂上弘
照準の当て方　高橋昌男
四つの作品　田久保英夫
「竹西譚」の風景8　安岡章太郎
評論
欲しいのは志　若林真
散文の発生　樋口覚
——《復員者としての大岡昇平と『疎開日記』》
詩
〽サザンカ　サザンカ……　清水哲男
メアリアンとマックイン序章9　小原眞紀子
文学談義クロストーク
牧野信一と宇野浩二——笑いと夢と狂気と10　柳沢孝子
ツェラーンとヘルダーリン11　関口裕昭
評論——連載Ⅱ《マイナー・ポエッツ群像》
ルパアト・ブルック12　草光俊雄
評論——連載Ⅸ《芸術の生活化》
生きる歓び(上)13　岡田隆彦
評論——連載XXI《紅茶のあとさき》
「革命」とスタイル14　江藤淳

目次註

1 〈一—六〉
2 〈1 亀について／2 アイスクリームについて／3 田村トメについて／4 キムチについて〉
3 〈一—二〉
4 〔「鯉」終わり〕
5 〈娘の不在と撫子／来る人たち、来ない人たち／なぞらえの構造／不在の極み／扇と翼〉
6 ※参考資料の註あり
7 当選作なし　佳作二篇／佳作「竹栖譚」中川三郎・「文士たちの遺言」若松英輔／候補作〈小説〉「ふわふわ夫人」吉村保美・「食い潰し」根岸茂一・「竹栖譚」中川三郎・〈評論〉「文士たちの遺言」若松英輔〔選考委員会十一月十日〕
8 「竹栖譚」の風景
9 〔「メアリアンとマックイン」連作のうち〕
10 ※牧野信一、宇野浩二の写真を付す

11　※パウル・ツェラーン、ヘルダーリン塔の写真、J・G・シュライナーによるヘルダーリンの素描の図版を付す
12　〔つづく〕　※ルパアト・ブルックの写真を付す
13　〈一―二〉〔つづく〕
14　〔つづく〕
＊　編集後記（邱）　※〈懸賞小説・評論の当選作無しという結果は広報宣伝不足かなど〉

扉・目次・本文カット・手代木春樹／表紙・目次・本文デザイン・矢島高光／発行日・二月一日／頁数・本文二三二頁／定価・八七〇円／発行人・遠藤周作／編集人・岡田隆彦／発行所・東京都港区三田三―二―四　三田文学会／発売元・東京都千代田区神田神保町二―三　岩波ブックサービスセンター／印刷所・株式会社精興社

■春季号―25号　【1991春】

評論特集
エイズとシミュレーショニズム1　篠田達美
――《芸術家像の再提示について》
境界線2　鈴村和成
――《ランボーにおける時間性の考察》
柄谷行人論――生きられたパラドックス3　山崎行太郎
逆行する時間4　村松友視
――《鏡花文学の認識風景(一)》
ウィリアム・モリス――幻想と情熱の詩人5　横山千晶
「三田文学」創刊八十年・慶應義塾大学文学部開設百年記念
《懸賞評論》佳作
文士たちの遺言6　若松英輔
――中村光夫・正宗白鳥・小林秀雄
随筆
明け方の星　畑山博
戸川エマ先生　辻原登
湾岸戦争と「人枯らし」　服部伸六
理屈のつけようがない　筒井敬介
死という現象　武田専
われ、ときどき……　田邊久夫
小説
魔―連作Ⅴ《この世のこと》完結7　辻章
水辺の生活　吉住侑子
「三田文学」創刊八十年・慶應義塾大学文学部開設百年記念
《懸賞小説》佳作
竹栖譚　中川三郎
詩
この窓から空が草臥れた鰐を
連れて出て行くのが見えた……8　雨宮慶子
鳥の館9　金子千佳
文学談義クロストーク
旅のピトレスク10　斉藤泰嘉
――『中世フランス紀行』と香港
カフカとウェルズは〈共存する〉11　藤崎康
――『審判』の磁力
評論――連載Ⅲ《マイナー・ポエッツ群像》
ウィルフレッド・オーウェン12　草光俊雄
評論――連載Ⅹ《芸術の生活化》最終回
生きる歓び(下)13　岡田隆彦
評論――連載XXII《紅茶のあとさき》
「意外なる話」14　江藤淳

目次註

1　〈彼はいかにして芸術家になったか／彼女は彼女ではない、それゆえに彼女である／自然は芸術を欲望し、模倣する／フェティシズムの同語反復／「意味」の待望と「意味」の罪状〉　※資料図版を付す
2　境界論　※引用について筆者付記あり
3　〈一―五〉
4　〈一―四〉（了）　※〝本稿は、拙稿「融解するコスモロジー――鏡花文学の認識風景」（「三田文学」第一九八九年春季号）と補完し合うものである〟と筆者付記あり
5　〈1『グィネヴィアの弁明』――幻想と情熱／2『地上の楽園』――幻想への逃避／3『ヴォルスング族のシグルズ』――楽園脱出〉　※ダンテ・ゲィブリエル・ロセッティ「青い部屋」「パンドラ」の図版を付す
6　〈一　中村光夫の死／二　中村光夫と正宗白鳥／三　正宗白鳥の精神／四　小林秀雄『正宗白鳥の作について』〉　※注あり
7　〔「魔」終わり〕　※【1990春】より五回連載
8　この窓から空が草臥れた鰐を連れて出ていくのが見えた……
9　――Aに――
10　〈一　香港の稲妻／二　ルーブル美術館図書資料室／三　チャイナ・シャドー〉　※テイラー男爵の写真、ヴィオレ・ル・デュック「異教崇拝と殉教図の飾り枠」の図版を付す
11　カフカとウェルズは〈共存〉する　※カフカの写真、映画「審判」の図版を付す
12　〔つづく〕　※ウィルフレッド・オーウェンの写真を付す
13　〈三―五〉〔完〕
14　〔つづく〕
＊　編集後記（邱）　※〈湾岸戦争／次号より編集人が坂上弘に代わる〉

扉・目次・本文カット・手代木春樹／表紙・目次・本文デザイン・矢島高光／発行日・五月一日／頁数・本文二六〇頁／定価・八七〇円／発行人・遠藤周作／編集人・岡田隆彦／発行所・東京都港区三田二―一五―四五慶應義塾内　三田文学会／発売元・東京都千代田区神田神保町二―三　岩波ブックサービスセンター／印刷所・株式会社精興社

■夏季号―26号　【1991夏】

対談
芸術のとらえ方1　佐藤朔・田久保英夫
創作特集
軽い関係　佐藤洋二郎

青い雲　昼の星 2　高野清見
秘境　岳真也
なみの花 3　庵原高子
随筆
「風月」という言葉　岡松和夫
旅の土産 4　高〔髙〕井有一
新木場SOKO画廊 5　宇佐美圭司
半世紀前の「レクイエム」　柴田南雄
勝熊　田中千禾夫
むかしの日記　戸板康二
連載講演
言葉と音楽㈠ 6　林光
連載随想
独楽の回転㈠ 7
——わが国の自然主義　高橋昌男
パッシー便り㈠ 8　高山鉄男
詩
蟬しぐれの中のアカデミスム　佐藤朔
港市　阿部裕一
本の四季
安岡章太郎『父の酒』
『酒屋へ三里　豆腐屋へ二里』9　金子昌夫
高橋昌男『夏至』10　安宅夏夫
山川方夫『夏の葬列』11　千國由香
佐藤泰志『移動動物園』12　関口裕昭
新保祐司『文藝評論』13　小柳滋子
海辺の作家・阿部昭 14　宮下啓三
——私小説家との交際からのエピソード——
連載評論
「内向の世代」論㈠ 15
——阿部昭——黄金の子供部屋　古屋健三
佐藤春夫論㈠ 16
——「佐藤・中村論争」を読む　山崎行太郎
マイナー・ポエッツ群像㈣ 17
——シーグフリード・サスーン　草光俊雄

目次註

1 〈知識人の在り方／生と死と／一九三〇年代／トポスと時間／ボードレールの肖像／ボードレールの美術批評／ジャコメッティの線／詩的幻想について／シュールレアリストたち／『青銅の首』のこと〉〔一九九一年五月十五日　慶應義塾大学旧図書館にて〕　※両者の写真を付す
2 〈一―五〉
3 〈一―十二〉
4 高井有一
5 ※モンドリアン「木」の図版を付す
6 〈序／近代歌曲の夜明け／詩から生まれる旋律〉〔『詩学』慶應義塾大学久保田万太郎記念資金講座より〕　※筆者付記あり／楽譜図版を付す
7 〈つづく〉
8 〈つづく〉
9 つれづれの魅力　※『父の酒』文藝春秋刊／『酒屋へ三里　豆腐屋へ二里』福武書店刊
10 血の絆を主題として　※新潮社刊
11 穏やかな日々の陰翳　※集英社文庫
12 青春という名の陥穽　※新潮社刊
13 清冽な魂の痛々しさ——新保祐司『文藝評論』　※構想社刊
14 〈一―六〉　※宮下啓三デッサン「阿部昭」の図版を付す
15 〈つづく〉
16 〈1―3〉〈つづく〉　※〝佐藤春夫と中村光夫の論争の引用文は、「朝日新聞」によりました〟と付記あり
17 〈つづく〉　※シーグフリード・サスーンの写真を付す
＊ 編集後記（坂上）　※〈新担当の挨拶／表紙に高畠達四郎、扉に駒井哲郎作品を使うことに／江藤淳「紅茶のあとさき」休載〉

表紙・高畠達四郎　デッサン「パリの蜃気楼」部分／扉カット・駒井哲郎／目次・本文カット・手代木春樹／表紙・目次・本文デザイン・矢島高光／発行日・八月一日／頁数・本文全二七〇頁／定価・八七〇円／発行人・遠藤周作／編集人・坂上弘／発行所・東京都港区三田二―一五―四五慶應義塾内三田文学会／発売元・東京都千代田区神田神保町二―三　岩波ブックサービスセンター／印刷所・株式会社精興社

■秋季号——27号　【1991秋】

創作
冒険に似た旅 1　高橋三千綱
龍宮城　佐藤洋二郎
岬のある場所 2　菊野美恵子
随筆
洗濯仕事　河野多恵子
ベルトラムカ山荘で　饗庭孝男
「自未得度先度他」　小谷津孝明
小説以上のヒーロー・ヒロインたち　小此木啓吾
十二月八日　小野田政
評論
時代の精神を刻む
——『野口冨士男自選小説全集』を読む　金子昌夫
狂気と正気——『内村鑑三』補記 3　新保祐司
自然主義から民俗学への階梯 4
——初期柳田國男論　佐谷真〔眞〕木人
詩
誕生祭　梅田智江
旅のあと 5　みえのふみあき
月光頌　中川千春
フーコーの恋人　谷内修三
連載随想
パッシー便り㈡ 6　高山鉄男

独楽の回転㈡——小説家と女弟子 7　高橋昌男
詩論
伊東静雄論——戦後と成熟 8　岡本勝人
連載講演
言葉と音楽㈡ 9　林光
本の四季
荻野アンナ『背負い水』10　関口裕昭
辻章『この世のこと』11　坂上弘
夫馬基彦『風の塔』12　小柳滋子
伊井直行『雷山からの下山』13　千國由香
連載評論
佐藤春夫論㈡——批評のアルケオロジー 14　山崎行太郎
「内向の世代」論㈡ 15
——坂上弘——早熟の魔　古屋健三
マイナー・ポエッツ群像㈤
——エドマンド・ブランデン 16　草光俊雄

目次註

1 〈1 座礁〉〔連作掌篇①〕
2 ※引用について筆者付記あり
3 〈一—四〉
4 佐谷眞木人〈一—三〉
5 〔愛の生活・一九〕
6 〔つづく〕
7 〔つづく〕
8 〈一—六〉
9 〔『詩学』慶應義塾大学久保田万太郎記念資金講座より〕
※楽譜図版を付す
10 豚に乗ったかぐや姫　※文藝春秋刊
11 「死」と向いあう視点　※福武書店刊
12 閉じられたテクストのもつ透明感　※講談社刊
13 日常社会のモザイク　※新潮社刊
14 〈一—四〉〔つづく〕
15 〔つづく〕
16 〔つづく〕　※エドマンド・ブランデンの肖像画を付す
＊ 編集後記（坂上）　※〈編集部は三田の第一校舎四階に仮住い／江藤淳「紅茶のあとさき」休載〉

表紙・高畠達四郎「ざくろ」／扉カット・駒井哲郎／目次・本文カット・佐野ぬい／表紙・目次・本文デザイン・矢島高光／発行日・十一月一日／頁数・本文全二二二頁／定価・八七〇円／発行人・遠藤周作／編集人・坂上弘／発行所・東京都港区三田二—一五—四五慶應義塾内　三田文学会／発売元・東京都千代田区神田神保町二—三　岩波ブックサービスセンター／印刷所・株式会社精興社

一九九二年（平成四年）

■冬季号—28号　【1992冬】

創作
夢の方位—連載一 1　辻章
生き馬の眼を抜く市民 2　河林満
生家のある町　岳真也
Xの肖像　篠田達美
冒険に似た旅 3　高橋三千綱
随筆
「三田文学」の青春　遠藤周作
文学碑　川村二郎
或る日　矢代静一
なぜ子どものために書くのか……　前川康男
忘却のカリフォルニア・ワイン　リービ英雄
蘇るアーサー王伝説 4　〔高〕高宮利行
詩論
詩の果て、「市場」の果て 5　永原孝道
評論
中村光夫 6　若松英輔
追悼——宇野信夫 7
長い歳月の御縁　戸板康二
その生活に学ぶこと　阿部光子
宇野信夫さんを偲ぶ　石井公一郎
宇野さんのこと　阿部優蔵
下町情緒の心理描写　宮下啓三
詩
間奏曲——夜の心象　金井直
いやいやえ　渋谷美代子

連載随想
独楽の回転㈢——『蒲団』の諧謔味8　高橋昌男
パッシー便り㈢9　高山鉄男
連載講演
詩への誘い㈠10　辻井喬
——はじめに——詩と詩でないもの
言葉と音楽㈢11　林光
本の四季
『齋藤磯雄著作集第Ⅰ巻』12　新保祐司
ジェイムズ・ジョイス　柳瀬尚紀訳　海保真夫
『フィネガンズ・ウェイク』13
橋本治『窯変　源氏物語』14　佐谷真〔眞〕木人
井上太郎『モーツァルトのいる街』15　関口裕昭
木山捷平『玉川上水』16　山本武男
連載評論
「内向の世代」論㈢17　古屋健三
——古井由吉——情念の幾何学者
佐藤春夫論㈢——小林秀雄の先駆者18　山崎行太郎
マイナー・ポエッツ群像㈥19　草光俊雄
——ロバート・グレイヴズ

目次註

1 ——〈猫を飼いはじめたあの頃、僕は世界から許されていた〉——〔つづく〕※「文中の引用はジャン・アメリー『拷問』池内紀訳」と付記あり
2 〈一／二／付記〉
3 〈2 蒸気〔連作掌篇②〕／3 赤土〔連作掌篇③〕〉
4 高宮利行
5 〈Ⅰ 荒川洋治はフリードマンの夢を見たか／Ⅱ 詩は「市場」的存在か——稲川・荒川論争の意味／Ⅲ 現代詩におけるバブルの終焉／Ⅳ 現代詩は東欧化する〉
6 〈一 批評家の誕生〉〔つづく〕
7 ※宇野信夫の写真を付す
8 〔つづく〕
9 〔つづく〕
10 〔『詩学』慶應義塾大学久保田万太郎記念資金講座より〕
11 〔『詩学』慶應義塾大学久保田万太郎記念資金講座より〕
12 ボオドレエル、リラダンに倣ひて　※東京創元社刊
13 嘆きのエドナ　※河出書房新社刊
14 佐谷眞木人　孤独な魂の遍歴　※中央公論社刊行中・全十四巻
15 光の翼モーツァルト　※新潮社刊
16 遠い日々の中　※津軽書房刊
17 〔つづく〕
18 〈一—四〉〔つづく〕
19 〔つづく〕※ロバート・グレイヴズの写真を付す
＊ 編集後記（坂上）※〈宇野信夫追悼など〉

表紙・高畠達四郎「パリの運河」／扉カット・駒井哲郎／目次・本文カット・手代木春樹／表紙・目次・本文デザイン・矢島高光／発行日・二月一日／頁数・本文全二五〇頁／定価・八七〇円／発行人・遠藤周作／編集人・坂上弘／発行所・東京都港区三田二—一五—四五慶應義塾内　三田文学会／発売元・東京都千代田区神田神保町二—一三　岩波ブックサービスセンター／印刷所・株式会社精興社

■春季号——29号　【1992春】

創作
実生の芽1　澤井繁男
NAVRATILOVA　伊井直行
水とか空　杉山正樹
夢の方位—連載二2　辻章
冒険に似た旅—連作掌篇四3　高橋三千綱
随筆
鈴木重雄のこと　白井浩司
『黒い小屋』を読む　笠原淳
辛夷の花によせて　李恢成
休火山の噴火　若林真
シカゴ再訪　大橋吉之輔
評論
現代推理小説の可能性4　権田萬治
——ミステリーの様々な意匠
『内村鑑三』補記二5　新保祐司
——人間・この約束を守るもの
摘出された現実　金子昌夫
——『川崎長太郎選集』を読む
中村光夫(承前)6　若松英輔
追悼——庄野誠一
昭和初期の「三田文学」——庄野誠一の思い出　二宮孝顕
庄野誠一さんを偲ぶ　木村徳三
座談会
新生ドイツの文学状況7
——現代文学の可能性をめぐって——
保坂一夫・市川明・三宅晶子
司会・関口裕昭
詩
恐ろしい夕焼け　松田幸雄
熱にうたれる日　増田耕三
連載随想
パッシー便り㈣　最終回8　高山鉄男
独楽の回転㈣——夢から醒めて9　高橋昌男
連載講演
言葉と音楽(四)　最終回10　林光
詩への誘い㈡——詩とメッセージ11　辻井喬
本の四季
佐藤洋二郎『河口へ』12　河林満
リービ英雄『星条旗の聞こえない部屋』13　石塚浩之
小川洋子『余白の愛』14　中村純

沼正三『完結編　家畜人ヤプー』15　吉岡虎太郎
連載評論
佐藤春夫論㈣――ニーチェとその影16　山崎行太郎
「内向の世代」論㈣17　古屋健三
――後藤明生――凌辱されたエロスの作家
マイナー・ポエッツ群像㈦　最終回18　草光俊雄
――アイヴァ・ガーニィ

目次註
1　〈1―15〉
2　〔つづく〕
3　〈4　ビール〉〔連作掌篇④〕
4　〈1―6〉
5　〈一―三〉〔つづく〕
6　〈二　北條民雄とフロオベル〉〔了〕　※【1992冬】より二回連載
7　〈クリスタ・ヴォルフをめぐる議論／新しい言葉を求めて／劇作家ハイナー・ミュラー／検閲と文学／私《イッヒ》と我々《ヴィア》の関係／西側作家たちの反応／展望――まとめとして〉〔一九九二年一月十五日・慶應義塾大学研究室会議室〕　※末尾に関口裕昭による出席者の紹介あり／出席者の写真を付す
8　〔完〕　※【1991夏】より四回連載
9　〔つづく〕
10　〔『詩学』慶應義塾大学久保田万太郎記念資金講座より〕　※「連載を終えて」の付記あり／引用についての註あり／【1991夏】より四回連載
11　〔『詩学』慶應義塾大学久保田万太郎記念資金講座より〕　※引用・参考文献についての註あり
12　"等身大"からの創造　※集英社刊
13　境界線上の言葉　※講談社刊
14　稀薄な現実感　※福武書店刊
15　日本的メタ・フィクションの方法序説　※ミリオン出版刊
16　〈一―四〉〔つづく〕
17　〔つづく〕
18　〔完〕　※アイヴァ・ガーニィの写真を付す／【1990秋】より七回連載

＊　編集後記（坂上）　※〈雑誌発送業務風景／庄野誠一追悼〉

表紙・高畠達四郎「羽飾りの帽子の女」／扉カット・駒井哲郎／目次・本文カット・手代木春樹／表紙・目次・本文デザイン・矢島高光／発行日・五月一日／頁数・本文全三二八頁／定価・八七〇円／発行人・遠藤周作／編集人・坂上弘／発行所・東京都港区三田二―一五―四五慶應義塾内　三田文学会／発売元・東京都千代田区神田神保町二―三　岩波ブックサービスセンター／印刷所・株式会社精興社

■夏季号―30号　【1992夏】

創作特集
姉妹1　庵原高子
ラップ様愛情譚2　比留間千稲
土龍と夏　石塚浩之
老人の季節　坂本公延
前へ、進め―新連載3　佐藤洋二郎
夢の方位―連載三4　辻章
冒険に似た旅―連作掌篇五5　高橋三千綱
随筆
最後の思い出　平松幹夫
――芥川龍之介生誕百年に際して
叔父の書斎6　芥川瑠璃子
今川焼と今戸焼　菅野昭正
極楽の見える日　芳賀日出男
趣味か嗜好か　岡田隆彦
人物記の楽しさ　戸板康二
詩
藤木《ふじのき》7　杉谷昭人
耳の壁　古谷鏡子
夕方村　八重洋一郎
随想
ジョン・アンダスンのこと　大橋吉之輔
I ♡ TEXAS　足立康
連載評論
「内向の世代」論㈤8　古屋健三
――黒井千次――告白とフィクション
佐藤春夫論㈤――新宮と熊野9　山崎行太郎
『内村鑑三』補記㈢――鑑三と独歩10　新保祐司
本の四季
中村稔『束の間の幻影　銅版画家駒井哲郎の生涯』11　志村絵美
大久保房男『海のまつりごと』12　桂芳久
土方巽　吉増剛造＝筆録『慈悲心鳥がバサバサと骨の羽を拡げてくる』13　佐谷眞木人
村上龍『長崎オランダ村』14　三浦由紀彦
映像の四季
帰ってきた雷蔵15　和久本みさ子
連載随想
独楽の回転㈤――負けない鷗外16　高橋昌男
連載講演
詩への誘い㈢――象徴主義と詩人たち17　辻井喬

目次註
1　〈一―八〉
2　〈1―3〉
3　〔連載一〕〔つづく〕
4　〔つづく〕
5　〈5　赤い霧〉〔連作掌篇⑤〕
6　※次号に本文誤字訂正
7　〔宮崎の地名　70〕
8　〔つづく〕
9　〈一―四〉〔つづく〕
10　〈一―三〉〔つづく〕　※「鑑三の英文書簡は、鈴木俊郎訳

による」と付記あり
11 透視者の軌跡 ※新潮社刊
12 わたつみの文学 ※紅書房刊
13 語ることの初源へ ※書肆山田刊
14 物語が生まれる磁場 ※講談社刊
15 ※市川雷蔵の写真を付す
16 〔つづく〕
17 〔『詩学』慶應義塾大学久保田万太郎記念資金講座より〕
※註一—三あり
＊ 編集後記（坂上） ※〈復刊三十号御礼〉

表紙・高畠達四郎「三人の女」／扉カット・駒井哲郎／目次・本文カット・手代木春樹／表紙・目次・本文デザイン・矢島高光／発行日・八月一日／頁数・本文全二五〇頁／定価・八七〇円／発行人・遠藤周作／編集人・坂上弘／発行所・東京都港区三田二—一五—四五慶應義塾内 三田文学会／発売元・東京都千代田区神田神保町二—三 岩波ブックサービスセンター／印刷所・株式会社精興社

■秋季号—31号 **【1992秋】**

創作
庭からの眺め 吉住侑子
幻犬談 1 中川三郎
冒険に似た旅—連作掌篇六 2 高橋三千綱
前へ、進め—連載二 3 佐藤洋二郎
夢の方位—連載四 4 辻章
随筆
『葉隠』のこと 秋山駿
自動車に関する新発見 吉田知子
断章 堀口すみれ子
戦後製作の「江戸時代」の能装束 堂本正樹
『天守物語』と『婦系図』と 中村哮夫
座談会
「批評について」5 川村湊・井口時男・山崎行太郎
松本清張氏を偲ぶ 田久保英夫
池田彌三郎先生十年祭 6 井口樹生
詩
あまごいの 小沼純一
イエロー・ムーン 7 守中高明
白い現実 忘陸 8 大宅由里子
随想
宇和島へ 大橋吉之輔
連載評論
「内向の世代」論(六) 9 古屋健三
—「文藝」四つの座談会—内向の世代の文学観
佐藤春夫論(六)—父と子 10 山崎行太郎
『内村鑑三』補記(四)—内村鑑三の墓 11 新保祐司
本の四季
新保祐司『批評の測鉛』12 富岡幸一郎
岡田隆彦『鴫立つ澤の』13 関口裕昭
高橋昌男『見返り柳』14 澤井繁男
筒井康隆『朝のガスパール』15 石塚浩之
川本三郎『東京残影』16 中村純
ミラン・クンデラ 関根日出男 中村猛訳『冗談』17 井上摂
映像の四季
北野武＝ビートたけしの闘争宣言 18 藤崎康
美術の四季
のびやかな生の喜び 19 志村絵美
連載講演
詩への誘い(四)—詩と外界 20 辻井喬
連載随想
独楽の回転(六)—飼い馴らす魔物 21 高橋昌男
連載評論
紅茶のあとさき(二十三)—「中流階級」22 江藤淳

目次註

1 〈1—10〉
2 〈6 耳の顔〉〔連作掌篇⑥〕
3 〔つづく〕
4 〔つづく〕
5 〈中上文学の存在／肉体性と自然性、文学性／中上・柄谷・小林—批評の視点／批評の文体／だらしのない日本の「私」／三島・大江・古井—「私」のフィクション性／ポスト・モダン的作家たち／これからの批評の姿勢〉〔一九九二年八月十五日・慶應義塾大学研究室会議室〕 ※出席者の写真を付す
6 —霊魂を分与して下さった方々に—
7 〔連作のうち〕
8 ※「白い現実」と「忘陸」の二篇
9 〔つづく〕
10 〈一—四〉〔つづく〕
11 〈一—二〉〔つづく〕 ※内村鑑三の墓の写真を付す
12 批評の垂直性 ※構想社刊
13 原風景としての幼年 ※思潮社刊
14 軽みを得た情痴 ※新潮社刊
15 虚構による現実侵犯 ※朝日新聞社刊
16 闇の向こうの街へ ※日本文芸社刊
17 「冗談」ではない一切の物語の不在 ※みすず書房刊
18 —『その男、凶暴につき』をめぐって— ※映画「その男、凶暴につき」の図版を付す
19 —「越州窯動物図鑑」を見て— ※青磁神亭壺の写真を付す
20 〔『詩学』慶應義塾大学久保田万太郎記念資金講座より〕
※註一—二あり
21 〔つづく〕
22 〔つづく〕 ※前号までの休載を詫びる付記あり
＊ 編集後記（坂上） ※〈前号訂正の詫びなど〉

表紙・高畠達四郎「レストランにて・マントン」／扉カット・駒井哲郎／目次・本文カット・手代木春樹／表紙・目次・本文デザイン・矢島高光／発行日・十一月一日／頁数・本文全

二三六頁／定価・八七〇円／発行人・遠藤周作／編集人・坂上弘／発行所・東京都港区三田二—一五—四五慶應義塾内三田文学会／発売元・東京都千代田区神田神保町二—三　岩波ブックサービスセンター／印刷所・株式会社精興社

一九九三年（平成五年）

■冬季号—32号　【1993冬】

創作

和解旅行1　三好京三

芒ヶ原　金井直

逃げ水を追いかけて　祖川浩也

前へ、進め—連載三2　佐藤洋二郎

夢の方位—連載五3　辻章

冒険に似た旅—連作掌篇七4　高橋三千綱

随筆

熊楠の正月　神坂次郎

ウォ[オ]ルコットってだれ？5　金関寿夫

二見浦　高橋英夫

語感　岩橋邦枝

つれづれなるままに　石川忠雄

詩

歌　大岡信

メンデルスゾーンの一族6　相良平八郎

連載講演

詩への誘い（五）——詩と共同体7　辻井喬

随想

シェリーかシャンペンか　大橋吉之輔

石坂洋次郎七回忌と郷土の文学館8　芳賀日出男

評論

放蕩小説試論9　福田和也

三島由紀夫と忠臣蔵10　佐谷眞木人

連載評論

紅茶のあとさき（二十四）——『浮沈』の時空間11　江藤淳

連載随想

独楽の回転（七）——岡田という美男子12　高橋昌男

本の四季

戸板康二『万太郎俳句評釈』13　三村純也

車谷長吉『鹽壺の匙』14　坂上弘

村上春樹『国境の南、太陽の西』15　佐谷眞木人

坂内正『カフカの中短篇』16　関口裕昭

美術の四季

カオスへの感受性17
——ドクメンタIX展と川俣正　篠田達美

映像の四季

フランス映画にみる色と光の言語18　和久本みさ子

連載評論

「内向の世代」論（七）19
——メドゥーサの眼——高井有一　古屋健三

『内村鑑三』補記（五）最終回20
——内村鑑三の顔　新保祐司

佐藤春夫論（七）——大逆事件の光と影21　山崎行太郎

目次註

1〈一—六〉
2〔つづく〕
3〔つづく〕
4〈7　瞬き〉〔連作掌篇⑦〕
5 ウオルコットってだれ?
6 ※"この詩を書くに当たって岩崎美術社夢人館7『メンデルスゾーン』の横溝亮一「メンデルスゾーンとその一族」を参考引用させて頂いた"と註あり
7〔『詩学』慶應義塾大学久保田万太郎記念資金講座より〕
8〈弘前市の郷土文学館／横手市の石坂洋次郎文学記念館〉
※石坂洋次郎文学記念館の写真を付す
9〈一—四〉
10〈一—四〉

11 〔つづく〕
12 〔つづく〕
13 縦横無尽の語り口 ※富士見書房刊
14 馬には狐を乗せて ※新潮社刊
15 個別性と匿名性の相剋 ※講談社刊
16 「書く」ことへの執念 ※福武書店刊
17 ※ドクメンタⅨ展の川俣正のインスタレーションの写真を付す
18 ※映画「めぐりあう朝」の写真を付す
19 〔つづく〕
20 〈一―二〉〔完〕 ※内村鑑三の写真を付す／【1991秋】より五回連載
21 〈一―三〉〔つづく〕
＊ 編集後記（坂上） ※〈表紙のデザイン変更など〉

表紙・駒井哲郎「食卓」／扉・目次・本文カット・手代木春樹／表紙・目次・本文デザイン・矢島高光／発行日・二月一日／頁数・本文全二三四頁／定価・八七〇円／発行人・遠藤周作／編集人・坂上弘／発行所・東京都港区三田二―一五―四五慶應義塾内 三田文学会／発売元・東京都千代田区神田神保町二―三 岩波ブックサービスセンター／印刷所・株式会社精興社

■春季号―33号 【1993春】

対談
演劇とオペラ、振りかえる時 1 浅利慶太 林光 司会・安倍寧
創作
真葛が原の恋 吉住侑子
野性のオンドリ 広野酉雄
前へ、進め―連載四(最終回) 2 佐藤洋二郎
夢の方位―連載六 3 辻章
随筆
なにがうそでなにがほんとの 成瀬櫻桃子
ガラス窓は、はめ殺し 山本道子
太宰治とキリスト 長部日出雄
十八の春 林望
事件の記憶 吉目木晴彦
'Miniaturist' 追悼 4 佐伯彰一
追悼――戸板康二 5
戸板君と外国語 尾崎宏次
戸板康二さんを悼む 河竹登志夫
戸板康二の俳句 石原八束
「ある感慨」 渡辺保
戸板さんの人生観 林えり子
追悼――井筒俊彦 6
井筒俊彦先生の思い出 河合隼雄
井筒俊彦先生を悼む 高橋巖
井筒俊彦先生の終焉 松原秀一
連載評論
「内向の世代」論(八) 内向の世代と同時代の女流作家(1) 7 ――大庭みな子、その多様な持続 古屋健三
佐藤春夫論(八)――傾向詩から叙情詩へ 8 山崎行太郎
評論
クリントン以後の小説実験 9 ――スティーヴ・エリクソン『アーク・'dX』を読む 巽孝之
随想
感謝祭の七面鳥 大橋吉之輔
詩
雨 江森國友
誕生 阿部裕一
連載講演
詩への誘い(六) 最終回――詩と想像力 10 辻井喬
本の四季
丸谷才一『女ざかり』 11 宮下啓三
辻井喬『群青、わが黙示』 12 朝吹亮二
美術の四季
楽園とユートピア 13 篠田達美
演劇の四季
聖なる言語＝無垢なる身体の翻訳者たち 14 井上摂
連載随想
独楽の回転(八)――雁の死 15 高橋昌男
連載評論
紅茶のあとさき(二十五) 16 ――浅草と上野の駅 江藤淳

目次註

1 〈プロデューサー制の『フィガロの結婚』／高校演劇部時代と加藤道夫／演劇世代の誕生／「詩と真実の会」の頃／演劇とイデオロギー／オペラ界への不満／歌手、俳優と日本語／読み、書き、話す／改革の方法論／芸術教育の欠陥／若者の音楽感覚／若者の言葉感覚／劇作の条件／オペラの条件／これからの仕事〉（一九九二年十二月十二日・慶應義塾大学新図書館会議室） ※出席者の写真を付す
2 〔完〕 ※【1992夏】より四回連載
3 〔つづく〕
4 ※戸板康二追悼
5 ※戸板康二の写真を付す
6 ※井筒俊彦の写真を付す
7 〔つづく〕
8 〈一―五〉〔つづく〕
9 〈Ⅰ 大統領愛人は証言する／Ⅱ 煙は目にしみるか／Ⅲ 『アーク・'dX』／Ⅳ わたしの愛した奴隷／Ⅴ メタフィクションの自己変貌〉 ※『駅を彷徨う日々』のカバー写真、映画「国民の創生」の図版を付す
10 『詩学』慶應義塾大学久保田万太郎記念資金講座より〕

※【1992冬】より六回連載
11 小説の設計と内装　※文藝春秋刊
12 深い孤立感の書　※思潮社刊
13 ――マチス展とロシア・アヴァンギャルド展に思う――
※マチス展入口の写真を付す
14 ――アカデミア・ルフの「演劇」について――　※クルコフスキ演出「English Lesson」の写真を付す
15 〔つづく〕
16 〔つづく〕
＊ 編集後記（坂上）※〈戸板康二追悼／高橋三千綱「冒険に似た旅」休載／編集部移転〉
表紙・駒井哲郎「静物」／扉・目次・本文カット・手代木春樹／表紙・目次・本文デザイン・矢島高光／発行日・五月一日／頁数・本文全二五〇頁／定価・八七〇円／発行人・遠藤周作／編集人・坂上弘／発行所・東京都港区三田二―一五―四五慶應義塾内　三田文学会／発売元・東京都千代田区神田神保町二―三　岩波ブックサービスセンター／印刷所・株式会社精興社

■夏季号―34号　**【1993夏】**

創作特集
オープンハウス1　辻仁成
おしまいの少年　品川亮
せいこう　緒形圭子
夢の方位―連載七2　辻章
随筆
比較詩学事始　渋沢孝輔
時代の気分と小説　柴田翔
隅田川・水景色　増田みず子
テレビドラマ、ひとつの危惧　西村亨
テリトリアリティについて　槇文彦
評論
大岡昇平、一九六一年の転換
――「敗戦の結果背負わされた十字架」としての現代仮名づかい3　松元寛
連載評論
柳田國男論（一）――国学と妖怪学4　佐谷眞木人
詩論
ブラジルの秋5
――堀口大學とリオ・デ・ジャネイロ　吉増剛造
随想
エピソード　大橋吉之輔
詩
ともだち　池井昌樹
ある序曲　市原千佳子
連載評論
「内向の世代」論（九）
内向の世代と同時代の女性作家（2）6
――富岡多恵子、その語りの変幻　古屋健三
佐藤春夫論（九）7
――おお、薔薇、汝病めり　山崎行太郎
本の四季
遠藤周作『深い河《ディープ・リバー》』8　井口時男
増田みず子『隅田川小景』9　金子昌夫
美術の四季
パウル・クレー展10　篠田達美
映像の四季
黒沢清の傑作『地獄の警備員』は
才能と教養の勝利である11　藤崎康
連載随想
独楽の回転（九）――亀屋の主人12　高橋昌男
連載評論
紅茶のあとさき（二十六）
――戦時中の文筆所得13　江藤淳
三田文学一九八五年以降総目次（一）14
三田文学新人賞募集要項15

目次註
1 〈1―2〉
2 〔つづく〕
3 〈一―五〉
4 〈一―二〉〔つづく〕
5 ※「一九九二年十一月十四日サンパウロ大学日本文化研究所での講演に加筆いたしました。九三年六月」と付記あり
6 〔つづく〕
7 〈一―四〉〔つづく〕
8 切実なテーマ小説　※講談社刊
9 川が育む人生　※日本文芸社刊
10 ※「パルナッソスへ」の図版あり／展覧会開催予定を付す
11 ※映画「地獄の警備員」の図版あり
12 〔つづく〕
13 〔つづく〕
14 ※復刊1号～8号
15 第一回三田文学新人賞募集〈応募規定／選考委員　荻野アンナ・高橋昌男・坂上弘〉
＊ 編集後記（坂上）※〈編集部から見える風景／新人賞新設〉
表紙・駒井哲郎「不詳」／扉・目次・本文カット・手代木春樹／表紙・目次・本文デザイン・矢島高光／発行日・八月一日／頁数・本文全二四〇頁／定価・八七〇円／発行人・遠藤周作／編集人・坂上弘／発行所・東京都港区三田二―一五―四五慶應義塾内　三田文学会／発売元・東京都千代田区神田神保町二―三　岩波ブックサービスセンター／印刷所・株式会社精興社

■秋季号―35号　**【1993秋】**

創作
物の怪1　車谷長吉
訪問者2　庵原高子

バスチョンの桐の花　松永尚三
対談
歴史の奪還――『夜明け前』によって――3　富岡幸一郎・新保祐司
随筆
この秋、十一月二十三日　真鍋博
教壇に立って　三田誠広
一生、新人　荻野アンナ
現代詩の終焉　三浦雅士
舞台におけるジェンダー　渡辺守章
「三田文学」と井伏鱒二　平松幹夫
連載小説
砂家族(二)4　小川恵以子
夢の方位(八)5　辻章
評論
雪に閉ざされた言葉――郷愁の詩人ヨハネス・ボブロフスキー6　関口裕昭
随想
あるイタリア便り――ペンキとフレスコ　鷲見洋一
詩
はじまり　金井雄二
瞳　新井高子
連載評論
「内向の世代」論(十)
内向の世代の批評(1)7
――上田三四二、透明の悲劇　古屋健三
佐藤春夫論(十)8
――『田園の憂鬱』の成立過程　山崎行太郎
柳田國男論(二)――「新国学」への道9　佐谷眞木人
本の四季
佐藤洋二郎『前へ、進め』10　小林広一
ちくま文庫版『中島敦全集1・2・3』11　武藤康史
絓秀実『文芸時評というモード』12　福田和也
美術の四季
アンゼルム・キーファー
――芸術と歴史、知の翼13　篠田達美
映像の四季
お伽話《ナイト・オン・ザ・プラネット》のなかでウィノナ・ライダーはお尻に
電話帳を敷いて走るタクシー・ドライバーだった14　小原眞紀子
連載随想
独楽の回転(十)――独歩の宇宙信仰15　高橋昌男
連載評論
紅茶のあとさき(二十七)――軍需景気16　江藤淳
三田文学一九八五年以降総目次(二)17
三田文学新人賞募集要項18

目次註

1 〈A―I〉
2 〈一―十三〉
3 ――いま、なぜ『夜明け前』か――〈近代日本文学史のどこを突破しているか／近代日本の陰画の反転／プレモダンの眠り／美と裏切り、義と歴史／藤村の遅れた覚醒〉――近代日本文学史の中の『夜明け前』――〈「芸術家」の確立と破壊／「私」が割れてくる／青山半蔵は天才である／訴人の文学／歴史を描ける口語文体／作品から思想が生まれる／『夜明け前』以後の可能性〉――平田国学の問題――〈一切は神の心であろうでござる／宗教改革と宗教批判／汎神論的神か、一神教的神か／半蔵の救済と復活／待ちつつ、急ぎつつ〉――歴史と文学――〈救済史と生の肯定／作家の歴史意識／歴史を書ける作家の条件／実行と芸術／歴史の奪還〉〔一九九三年七月三日・慶應義塾大学西新棟会議室〕※両者の写真を付す
4 〈一　茅ヶ崎の家／二　台所〉〔つづく〕
5 〔つづく〕
6 〈1　詩人の死／2　原風景／3　『サルマチアの時代』／4　詩人と音楽／5　小説への道――『レヴィンの水車』／6　ひとつの言葉――屍――ボブロフスキーとツェラーン／7　彼方からの光――『リトアニアのピアノ』／8　雪どけの時〉※ヨハネス・ボブロフスキーの写真を付す
7 〔つづく〕
8 〈一―四〉〔つづく〕
9 〈一―二〉〔つづく〕
10 境界を越えて　※講談社刊
11 解題学の進展　※筑摩書房刊
12 蘇るイデオロギィ批評　※集英社刊
13 ※アンゼルム・キーファー「革命の女たち」の図版を付す
14 ※映画「悲しみよさようなら」の図版を付す
15 〔つづく〕
16 〔つづく〕
17 ※復刊9号～18号
18 第一回三田文学新人賞募集〈応募規定／選考委員　荻野アンナ・高橋昌男・坂上弘〉
＊ 編集後記（坂上）※〈新人賞問合せの多さに編集部一同よろこぶなど〉

表紙・駒井哲郎「街」／扉・目次・本文カット・手代木春樹／表紙・目次・本文デザイン・矢島高光／発行日・十一月一日／頁数・本文全二四四頁／定価・九五〇円／発行人・遠藤周作／編集人・坂上弘／発行所・東京都港区三田二―一五―四五慶應義塾内三田文学会／発売元・東京都千代田区神田神保町二―三岩波ブックサービスセンター／印刷所・株式会社精興社

一九九四年（平成六年）

■冬季号—36号　【1994冬】

創作
蝶の通い路—連作Ⅰ 1　長竹裕子
耳　澤井繁男
続・物の怪 2　車谷長吉

連載小説
夢の方位(九) 3　辻章
砂家族(二) 4　小川恵以子

随筆
仙台坂上　大庭みな子
川の音　辻井喬
煙草の煙　司修
或る夜の西脇先生　安東伸介
西脇順三郎とセザンヌ　岡田隆彦
国光発於美術　若林真

追悼—野口冨士男 5
野口冨士男さんの文学と生き方　桂芳久
野口冨士男さんのこと　坂上弘

西脇順三郎生誕百年記念特集　西脇順三郎の現在
夢の女—永井荷風と西脇順三郎　新倉俊一
世界でもっとも美しい黎明にねむりこむ 6　中村鐵太郎
西脇順三郎—その異質性の起源 7　大倉宏
西脇順三郎の伝記を書き終えて　工藤美代子

詩
テモイさんのカヤック　打越美知
秋意　佐藤恵美子

連載随想
独楽の回転(十一)—怖るべき母たち 8　高橋昌男

本の四季
岩橋邦枝『評伝　長谷川時雨』 9　会田千衣子
柄谷行人『ヒューモアとしての唯物論』 10　柴市郎
伊井直行『進化の時計』 11　柴田陽弘
巽孝之『メタフィクションの謀略』 12　渡部桃子

美術の四季
ラウシェンバーグの禅と弁護士 13　篠田達美

映像の四季
大学という廃墟でいかに映画を教えるか？ 14　藤崎康

連載評論
佐藤春夫論(十一) 15　山崎行太郎
—パロディとしての『田園の憂鬱』
柳田國男論(三)—戦略としての郷愁 16　佐谷眞木人
三田文学一九八五年以降総目次(三) 17

目次註

1 〈一—二〉〔連作Ⅰ・以下次号〕
2 〈J—R〉 ※【1993秋】に「物の怪」〈A—I〉
3 〔つづく〕
4 〈三　塾／四　松林〉〔つづく〕
5 ※野口冨士男の写真を付す
6 〈1—4〉
7 〈1—5〉
8 〔つづく〕
9 「新しい女」の先駆者　※筑摩書房刊
10 懐疑論《ニヒリズム》と反語《イロニー》の狭間で　※筑摩書房刊
11 不透明な世界　※講談社刊
12 変わりゆくアメリカの「物語」　※筑摩書房刊
13 ※ラウシェンバーグ展の写真を付す
14 ※映画「ハートブレイク・リッジ／勝利の戦場」の図版を付す
15 〈一〔1〕—3〉〔つづく〕
16 〈一—四〉〔つづく〕
17 ※復刊19号～35号

＊「西脇順三郎生誕一〇〇年記念講演会」日時　平成六年一月二十二日（土）午後二時～四時半／場所　慶應義塾大学（三田）西校舎・519番教室／講師　田村隆一・安東伸介・新倉俊一・岡田隆彦／詩の朗読　村松英子／主催　慶應義塾大学芸文学会・三田文学会／後援　慶應義塾大学久保田万太郎記念資金

＊編集後記（坂上）※〈野口冨士男、大橋吉之輔追悼など〉

表紙・駒井哲郎「時間の迷路」／扉・目次・本文カット・手代木春樹／表紙・目次・本文デザイン・矢島高光／発行日・二月一日／頁数・本文全二三六頁／定価・九五〇円／発行人・遠藤周作／編集人・坂上弘／発行所・東京都港区三田二—一五—四五慶應義塾内　三田文学会／発売元・東京都千代田区神田神保町二—三　岩波ブックサービスセンター／印刷所・株式会社精興社

■春季号—37号　【1994春】

第一回三田文学新人賞当選作
万華鏡分解　石塚浩之

佳作
夜行少女　久礼もよこ
匿名〈久保田あらゝぎ生〉考 1　福田はるか

三田文学新人賞決定発表 2
受賞のことば 3
選考座談会 4　荻野アンナ・高橋昌男・坂上弘

随筆
書斎派と非書斎派　黒井千次
ベンジャミンと瓢箪　木崎さと子
三田文学史について　小堀学
「外郎」物語　七字慶紀

創作

連載小説
夢の方位―最終回 5　辻章
砂家族(三) 6　小川惠以子
連作
続々・物の怪―最終回 7　車谷長吉
蝶の通い路―連作Ⅰ　承前 8　長竹裕子
三人のテーブル　三浦由紀彦
評論
「昭和末」の大岡昇平 9
――自伝二部作から『堺港攘夷始末』へ――　松元寛
ベルグソンの処女作について 10　渡仲幸利
詩
記録 11　金子千佳
〝ヴェニスに死す〟に捧ぐ　大宅由里子
本の四季
澤井繁男『旅道』12　笠原淳
荻野アンナ『桃物語』13　関口裕昭
中野重治『敗戦前日記』14　若松英輔
美術の四季
「戦後日本の前衛美術」展 15　篠田達美
映像の四季
ベルリン映画祭の小さな窓 16　和久本みさ子
連載評論
紅茶のあとさき(二十八)――『雪の日』17　江藤淳
評論随想
独楽の回転(十二)――三千代の金の無心 18　高橋昌男
連載評論
佐藤春夫論(十二)――建築への意志 19　山崎行太郎
第二回三田文学新人賞募集要項 20

目次註

1　〈一　資料の中から／二　「万朝報」の懸賞短編小説／三　キーワードは〔久保田〕と〔あらゝぎ〕／四　「アララギ」の島木赤彦〔久保田〕／五　明治四十三年頃の赤彦／六　久保田校長／七　作家願望の赤彦／八　窪田空穂と太田水穂／九　友は予に小説を作れと勧める……／十　牛込区北町四十一番地／十一　四十一番地の地主／十二　作品「セルの単衣」／十三　「セルの単衣」の文体／十四　もうひとりの〔久保田〕／十五　俳句少年、暮雨／十六　四十三年春、「慶應義塾」文科と学生久保田万太郎／十七　エッセイ「かれは」／十八　水野葉舟の『あらゝぎ』／十九　久保田万太郎の文体／二十　匿名〉　※主要参考文献についての付記あり
2　第一回三田文学新人賞決定発表　〈選考経過／応募数八十篇のなかから最終予選を通過した七篇を選び、二月八日、荻野アンナ、高橋昌男、坂上弘の三選考委員によって検討した〉
3　石塚浩之／久礼もよこ／福田はるか
4　〈評論：『匿名〈久保田あらゝぎ生〉考』福田はるか／『中野重治について』若松英輔／小説：『おかしな人びと』清水健太郎／『夜行少女』久礼もよこ／『万華鏡分解』石塚浩之／『シニャックの船』竹内真／『エン・ソフ――無窮なるもの――』時枝希未子〉〔一九九四年二月八日・慶應義塾大学西新棟・会議室〕
5　(十回)〔おわり〕　※【1992冬】より十回連載
6　〈五　新築／六　覗き〉〔つづく〕
7　〈S―Z〉〔了〕　※【1993秋】に「物の怪」〈A―I〉、【1994冬】に「続・物の怪」〈J―R〉
8　(連載二回)〈三―四〉〔連作Ⅰ・了〕
9　〈一―八〉　※引用に関する註あり
10　〈1―4〉
11　(連作のうち)
12　血縁というもの　※編集工房ノア刊
13　ほら吹き桃太郎の冒険〈続・荻野アンナさんへ捧げるバラード／文学特攻レポート　文楽部・堰愚痴眠太郎〉　※講談社刊
14　骨太ということ　※中央公論社刊
15　※「戦後日本の前衛美術」展の写真を付す
16　※映画「アンナ：6―18」の図版を付す
17　〔つづく〕
18　〔つづく〕
19　〈一―三〉〔つづく〕
20　第二回三田文学新人賞募集　〈応募規定／選考委員　荻野アンナ・高橋昌男・坂上弘〉
＊　編集後記（坂上）　※〈次号より編集長が古屋健三に交代のこと〉

表紙・駒井哲郎「不詳」／扉・目次・本文カット・手代木春樹／表紙・目次・本文デザイン・矢島高光／発行日・五月一日／頁数・本文全二九〇頁／定価・九五〇円／発行人・遠藤周作／編集人・坂上弘／発行所・東京都港区三田二―一五―四五慶應義塾内　三田文学会／発売元・東京都千代田区神田神保町二―三　岩波ブックサービスセンター／印刷所・株式会社精興社

■夏季号―38号　【1994夏】

新連載
暗殺百美人 1　飯島耕一
われは一匹狼なれば痩身なり
――川柳人・川上三太郎 2　林えり子
創作
川刈りのころ　吉住侑子
疣いのしし　正田麻郎
午前の光 3　志村絵美
石切さん　塚越淑行
随筆
泉下に眠る素材　林京子
変わるもの変わらぬもの　三木卓
明治版「ヴェニスの商人」　堤春恵
真夜中の闖入者――ナメクジとの戦い　髙宮利行

小山清の文庫本　鈴木地蔵
医学と医療の狭間にて　山岸稔
松本陽子の絵画――見ることの充実感　早見堯
連作・連載
島への航路―連作Ⅱ4　長竹裕子
砂家族―連載(四)5　小川恵以子
追悼――小島政二郎
小島先生の思い出6　平松幹夫
近代日本文学の零地点　福田和也
本を開く
「われわれのモンテーニュ」とは何か
――堀田善衞『ミシェル城館の人』を読む　荒木昭太郎
季言
漢詩、俗語革命、そして漱石　絓秀実
連載随想
独楽の回転(十三)――譲る恋と奪う愛7　高橋昌男
扉・俳句
玉川上水に沿ふて歩けば8　山本晶
第二回三田文学新人賞募集要項9

目次註

1 〔連載二〕〈1―16〉〔つづく〕 ※参考資料等は最終回で明らかにする旨註あり。
2 〔連載二〕〈身の底の底に灯がつく冬の酒／一筋という道／いつも遥かなる／浜町で育ッて明治座がひいき／下町の屋根が哀れな花暈〉〔つづく〕
3 〈1―4〉
4 〔連載三回〕〈一―二〉〔連作Ⅱ・以下次号〕
5 〈七　受験勉強／八　真面目な青年／九　葉山の青年〉〔つづく〕
6 〈一―三〉
7 〔つづく〕
8 俳句三句
9 第二回三田文学新人賞募集　三田文学会／慶應義塾大学 〈応募規定／選考委員　荻野アンナ・高橋昌男・坂上弘〉
＊　編集後記（古屋）　※〈本誌にこめる願い〉

表紙・松本陽子「ベイルシェバの荒野」／目次・本文カット・手代木春樹／表紙・目次・本文デザイン・矢島高光／発行日・八月一日／頁数・本文全二四二頁／定価・九五〇円／発行人・遠藤周作／編集人・古屋健三／発行所・東京都港区三田二―一五―四五慶應義塾内　三田文学会／発売元・東京都千代田区神田神保町二―三　岩波ブックサービスセンター／印刷所・株式会社精興社

■秋季号―39号　**【1994秋】**

創作
西風の影1　入江曜子
うじげん　緒形圭子
新連載小説
喜劇・猿蟹合戦2　佐藤洋二郎
連載・連作小説
暗殺百美人―連載(二)3　飯島耕一
島への航路―連作Ⅱ（承前）4　長竹裕子
砂家族―連載(五)5　小川恵以子
随筆
有田音松の暗い広告術　荒俣宏
知床の漁師　立松和平
足裏で考える　佐江衆一
実現しなかった兄との夏　村松英子
OUDOBULU　岩崎力
「三田のユーモア」について　岡田睦
学生小説特集
裏庭の不発弾　竹内真
幸福の稜線　北村文乃
風に立つ日6　奥憲太
短歌
過ぎてゆく風7　田中章義
講演
二十世紀芸術の夜明け(一)8　海老坂武
本を開く
プリズナー症候群9
――村上春樹『ねじまき鳥クロニクル』第一部・第二部を読む　巽孝之
季言
村上春樹をめぐる批評と、その転換　絓秀実
連載評論
紅茶のあとさき(二十九)――「現代の女子」10　江藤淳
柳田國男論(四)11
――世相史という反歴史　佐谷眞木人
連載随想
独楽の回転(十四)――裁かれない〈先生〉12　高橋昌男
連載評伝
われは一匹狼なれば痩身なり
――川柳人・川上三太郎(二)13　林えり子
第二回三田文学新人賞募集要項14

目次註

1 〈Ⅰ―Ⅶ〉 ※「この作品は三田文学第二十二号【1990夏】掲載の『海の影』の続編です」と付記あり
2 〔つづく〕
3 〈17―24〉〔つづく〉 ※参考資料について註あり
4 〔連載四回〕〈三―四〉〔連作Ⅱ・了〕
5 〈十　泰二の死／十一　裕一の就職〉〔つづく〕
6 〈1―9〉
7 ※二十首
8 〈一　はじめに／二十世紀とは……／三　『月に憑かれたピエロ』／四　ピエロとは……〉〔つづく／『現代芸術』慶

應義塾大学久保田万太郎記念資金講座より〉
9　〈I　ポストモダン・キッチュの条件／II　壁の終りとアンチ・ディズニーランド／III　ねじまき鳥はいまどこを飛ぶか？／IV　B級純文学の多世界理論〉
10　〔つづく〕
11　〈一―三〉〔つづく〕
12　〔つづく〕
13　〈立膝のくせも居職の秋の夜／眉剃った母の写真の傍の僕／縁日は親の代から町育ち〉〔つづく〕
14　第二回三田文学新人賞募集　三田文学会／慶應義塾大学〈応募規定／選考委員　荻野アンナ・高橋昌男・坂上弘〉
＊　編集後記（古屋）　※〈原稿を没にするときの気持ちなど〉

表紙・松本陽子「光は闇の中に輝いている」／目次・本文カット・手代木春樹／表紙・目次・本文デザイン・矢島高光／発行日・十一月一日／頁数・本文全三一六頁／定価・九五〇円／発行人・遠藤周作／編集人・古屋健三／発行所・東京都港区三田二―一五―四五慶應義塾内　三田文学会／発売元・東京都千代田区神田神保町二―三　岩波ブックサービスセンター／印刷所・株式会社精興社

一九九五年（平成七年）

■冬季号（復刊十周年記念特集）―40号　【1995冬】

復刊十周年記念特集
随筆
私と三田文学　遠藤周作
『珊瑚集』に立ち戻って1　佐藤朔
偶感　白井浩司
銀座の編集室　田久保英夫
心の通い合う場　若林真
十年間　江藤淳
あの頃の手帳　高橋昌男
後記こぼれ話　坂上弘
言葉に託す自己実現　岡田隆彦
もっと信じて、もっと文学　荻野アンナ
受け取り直し　室井光広
小説
ヴィンテージ　村松友視
微笑む女　伊井直行
連載小説
暗殺百美人―連載(三)2　飯島耕一
喜劇・猿蟹合戦―連載(二)3　佐藤洋二郎
砂家族―連載(六) 最終回4　小川恵以子
使者の往還―連作III5　長竹裕子
連載講演
二十世紀芸術の夜明け6　海老坂武
小説
風の標　福田はるか
磁場7　澤井繁男
エッセイ
若者のすべて――パリに暮らして思ったこと　宮林寛
評論
現代詩の未来――ふたつの詩をめぐって8　若森栄樹
季言
日本の作家は「差別問題」に対応できるのか　絓秀実
詩
森の囁き　大鐘敦子
俳句
雪椿9　村上恭子
連載評論
柳田國男論(五)
――柳田とハーンをつなぐもの10　佐谷眞木人
連載評伝
われは一匹狼なれば痩身なり
――川柳人・川上三太郎(三)11　林えり子

目次註

1　〔談〕
2　〈25―37〉〔つづく〕　※参考資料について註あり
3　〔つづく〕
4　〈十二　裕一の結婚／十三　事業／十四　赤ちゃん〉〔完〕　※【1993秋】より六回連載
5　〈連載五回〉〈一―二〉〔連作III・以下次号〕
6　〈二回〉〈一　ベル・エポックについて／二　サティの生のスタイル／三　サティとアヴァンギャルド／四　二十世紀のピエロ〉〔つづく〕／『現代芸術』慶應義塾大学久保田万太郎記念資金講座より〉　※日本語主要参考文献の列挙あり
7　〈1―10〉
8　※注1―2あり
9　※十六句
10　〈一―三〉〔つづく〕
11　〈ものを書く机二尺の愉しさよ／かどかどで言葉を渡す米屋町／親の分までさせる学問〉〔つづく〕

＊第二回「三田文学」新人賞選考経過報告　「三田文学」編集部　※〈募集締切／応募総数五十二篇／授賞式の告知など〉

＊編集後記（古屋）　※〈復刊十周年を噛みしめるなど〉

表紙・松本陽子「拡散するグレー」／目次・本文カット・手代木春樹／表紙・目次・本文デザイン・矢島高光／発行日・二月一日／頁数・本文全二九二頁／定価・九五〇円／発行人・遠藤周作／編集人・古屋健三／発行所・東京都港区三田二―一五―四五慶應義塾内　三田文学会／発売元・東京都千代田区神田神保町二―三　岩波ブックサービスセンター／印刷所・株式会社精興社

■春季号―41号　**【1995春】**

第二回三田文学新人賞決定

《当選作》

ブラック・ボックス　竹内真

《佳作》

溢流　塚越淑行

五月の福音　横溝友美

遠い日、戦いの向こう側　奥憲太

受賞のことば1

選考座談会2　荻野アンナ・高橋昌男・坂上弘

随筆

同人誌の頃　北杜夫

ダンテの人ごみ　須賀敦子

グラヴについて　平出隆

小塙君のこと　杉森久英

「ハナちゃん」追想　半田拓司

富田城址に登る　新保祐司

小説

音信3　多田尋子

連載小説

暗殺百美人―連載(四)　最終回4　飯島耕一

喜劇・猿蟹合戦―連載(三)5　佐藤洋二郎

使者の往還―連作Ⅲ(承前)6　長竹裕子

新鋭評論

不在の作品――森鷗外『青年』論7　五味渕典嗣

ゴールドベルク変奏曲　渡仲幸利

連載評論

紅茶のあとさき(三十)――人の世の破滅8　江藤淳

連載随想

独楽の回転(十五)9　高橋昌男
――『土』の擬人化された自然

連載評論

柳田國男論(六)――懐かしい日本10　佐谷眞木人

連載評伝

われは一匹狼なれば痩身なり11　林えり子
――川柳人・川上三太郎(四)

季言

ラシュディ・『政治少年死す』・『風流夢譚』　絓秀実

本を開く

不死鳥の醍醐味は「冷製」で甦る12　島弘之
――井上義夫『評伝　D・H・ロレンス』を読む

第三回三田文学新人賞募集要項13

目次註

1　竹内真／塚越淑行／横溝友美／奥憲太

2　〈「闇」の過剰――竹内真『ブラック・ボックス』／抜群な人間関係――塚越淑行『溢流』／幻想と現実の狭間――横溝友美『五月の福音』／描写の粘着力――奥憲太『遠い日、戦いの向こう側』〉〔一九九五年一月四日・慶應義塾大学旧図書館小会議室〕

3　〈一―一二〉

4　〈38―50〉〔完〕　※参考資料について註あり　【1994夏】より四回連載

5　〔つづく〕

6　〈連載六回〉〈三―四〉〔連作Ⅲ・以下次号〕

7　〈テクストの境界／「書く」ことの倫理／視線の相剋／不在の作品〉　※註1―4あり

8　〔つづく〕

9　〔つづく〕

10　〈一―三〉〔つづく〕

11　〈馬顔をそむけて馬とすれちがう／迷い子の胸から手紙見つけ出し／夜の息は白く洋書の絵の匂い／夕ざれば死せるが如く冬魚の／事古りて悲しみばかり新しき〉〔つづく〕
※「例句は、筆者の一存ですべて新仮名にかえました」と註あり

12　※小沢書店刊

13　第三回三田文学新人賞募集　三田文学会／慶應義塾大学〈応募規定／選考委員　伊井直行・荻野アンナ・巽孝之・室井光広〉

＊編集後記（古屋）　※〈新人賞応募原稿に目を通しながら〉

表紙・松本陽子「振動する風景的画面Ⅰ」（部分）／目次・本文カット・手代木春樹／表紙・目次・本文デザイン・矢島高光／発行日・五月一日／頁数・本文全三四六頁／定価・九五〇円／発行人・江藤淳／編集人・古屋健三／発行所・東京都港区三田二―一五―四五慶應義塾内　三田文学会／発売元・東京都千代田区神田神保町二―三　岩波ブックサービスセンター／印刷所・株式会社精興社

■夏季号―42号　**【1995夏】**

復刊十周年記念講演1

「三田文学」の今昔　江藤淳

「内向の世代」のひとたち　古井由吉

小説特集

ぽかん　山田稔

ピンク・フラミンゴ　桐江キミコ

ズームレンズ2 高須智士
9レターズ 竹内真
ボッティチェリの絵3 金山嘉城
風待ち 塚越淑行
連載小説
喜劇・猿蟹合戦―連載(四)4 佐藤洋二郎
評論
セクシー・マザーハッカー5 巽孝之
――村上龍『昭和歌謡大全集』を読むために
吉岡実アラベスク6 秋元幸人
連載随想
独楽の回転(十六)7 高橋昌男
――秋江と白鳥とある女
連載講演―三
カリブ海のシュールレアリスム8 海老坂武
連載評伝
われは一匹狼なれば痩身なり9 林えり子
――川柳人・川上三太郎(五)
本を開く
死者の扶《たす》け10 井上義夫
――J〔E〕・M・フォスター『ハワーズ・エンド』を読む
季言
「時評」における「言論の自由」 絓秀実
短歌
パリ再訪1992―1993 11 池田眞朗
俳句
螢甦る12 山本晶
第三回三田文学新人賞募集要項13

目次註

1 〔一九九五年四月十五日・慶應義塾大学北新館ホール〕
2 〈1―6〉
3 〈一―七〉※「引用は、マルセル・プルースト『失われた時を求めて』淀野隆三・井上究一郎訳、新潮社版」と註あり
4 〔つづく〕
5 〈Ⅰ 有名人を撃て/Ⅱ 暗殺のセクシャリティ/Ⅲ おばさんオーヴァドライヴ/Ⅳ レディメイド・レディ〉
6 〈一 アラビア紋様風に/二 卵と粘土/三 亀甲体/四 短歌に落ちる朔太郎の影/五 アリス詩篇私註/六 晩年の書法/七 薮の中の鶯の巣〉
7 〔つづく〕
8 〈一 奇妙な乗合船/二 マルチニック島とエメ・セゼール/三 ウィフレッド・ラムと『ジャングル』/四 カリブ海のシュールレアリスム〉〔『現代芸術』慶應義塾大学久保田万太郎記念資金講座より〕
9 〈染硝子帳場の頬が緑いろ/江戸言葉異郷にきいてうらかなし/身の底の底に灯がつく冬の酒/初対面どっちも嘘をついている/友だちのうしろ姿のありがた味/燦爛《さんらん》として花嫁は首を垂れ/新聞社こんなしずかな室もあり〉〔つづく〕
10 ――E・M・フォースター『ハワーズ・エンド』を読む
11 〈秋 ※六首/冬 ※八首/やがて春 ※四首〉
12 ――小平の野火止用水に螢の棲息流域つくらる―― ※十二句
13 第三回三田文学新人賞募集 三田文学会/慶應義塾大学〈応募規定/選考委員 伊井直行・荻野アンナ・巽孝之・室井光広〉
＊ 編集後記(古屋)※〈本誌のメッセージはどのように届いているのだろうか〉

表紙・江見絹子「第五元素」/目次・本文カット・手代木春樹/表紙・目次・本文デザイン・矢島高光/発行日・八月一日/頁数・本文全三一〇頁/定価・九五〇円/発行人・江藤淳/編集人・古屋健三/発行所・東京都港区三田二―一五―四五慶應義塾内 三田文学会/発売元・東京都千代田区神田神保町二―三 岩波ブックサービスセンター/印刷所・株式会社精興社

■秋季号―43号 【1995秋】

随筆
震え 小川国夫
復刊十周年記念特集
「三田文学」の歴史 武藤康史
復刻作品
『若い彼の心』1 野口冨士男
『二ツの鍵』2 岡田八千代
小説
鳥 福田はるか
スィート・ホーム3 高須智士
悪童記4 茂木光春
三月の私小説5 深井了
連載小説
喜劇・猿蟹合戦―連載(五)6 佐藤洋二郎
連載評論
紅茶のあとさき(三十一)最終回7 江藤淳
――偏奇館炎上
連載随想
独楽の回転(十七)8 高橋昌男
――蝕まれた友情の成果
特別講演
詩はどこまできたか9 吉本隆明
連載評伝
われは一匹狼なれば痩身なり10 林えり子
――川柳人・川上三太郎(六)
評論
漱石における漢詩的なるもの11 松元寛
本を開く
不可視の本体を求めて 小林幸夫
――阿川弘之『志賀直哉』を読む12

詩
一服　福田拓也
季言
「大衆」の表象　絓秀実
連載評論
柳國国男論（六）〔七〕最終回――魂のゆくえ13　佐谷眞木人
第三回三田文学新人賞募集要項14

目次註

1 〈1―6〉※武藤康史による解説あり／【193512】掲載
2 〔七年九月十九日〕※武藤康史による解説あり／【191810】掲載
3 〈1 我が家が建つまで／2 訪問の当日（1）／3 訪問の前夜／4 訪問の当日（2）〉
4 〈1―7〉
5 〈1―7〉
6 〔つづく〕
7 〔完〕※【1985春】より断続的に三十一回連載
8 〔つづく〕
9 〔講座「芸術と文明」（平成七年四月二十日）より〕
10 〈あの家という家刑事一人立ち／北風へ尾をしまい込む迷い犬／第三者それもそうさと聞いている／謝っている眼のはてにある闘志〉〔つづく〕
11 〈一―九〉
12 〈1 作家か作品か／2 伝記をめぐって〉
13 柳田國男論（七）最終回〈一―三〉〔完〕※【1993夏】より断続的に七回連載
14 第三回三田文学新人賞募集　三田文学会／慶應義塾大学〈応募規定／選考委員　伊井直行・荻野アンナ・巽孝之・室井光広〉
＊ 編集後記（古屋）※〈雑誌発送時の沈黙〉

表紙・小川佳夫「1995-8-10」／目次・本文カット・手代木春樹／表紙・目次・本文デザイン・矢島高光／発行日・十一月一日／頁数・本文全三〇四頁／定価・九五〇円／発行人・江藤淳／編集人・古屋健三／発行所・東京都港区三田二―一五―四五慶應義塾内　三田文学会／発売元・東京都千代田区神田神保町二―三　岩波ブックサービスセンター／印刷所・株式会社精興社

一九九六年（平成八年）

■冬季号―44号　【1996冬】

特集・映像と文学
文学と映画の間には　篠田正浩
百人に一人　実相寺昭雄
闇の中の言葉1　大林宣彦
文学の「映画化」についての二、三のおぼえがき2　東陽一
虚構――現実よりも激しい物語　原一男
『シャベール大佐』と『愛の報酬』3　大矢タカヤス
シャブロル監督のエンマ　橋本順一
像と痕跡4――『危険な関係』、欺くことのたやすさに　足立典子
連載小説
喜劇・猿蟹合戦―（六）最終回5　佐藤洋二郎
連載講演―（四）最終回
サン・ジェルマン・デ・プレの黄金時代6　海老坂武
小説
UV7　石塚浩之
広場の夏に8　奥憲太
母子幻想　塚越淑行
カフカの小説9　金山嘉城
ラプンツェルや、ラプンツェル10　比留間千稲
季言
「資本」の限界をどのように触知するか　絓秀実
詩
夢がいる処　柏木麻里
白い眩暈　真屋和子

エッセイ
久保田万太郎と常磐津のお師匠《しょ》さん　福田はるか
幸福の画家　矢内みどり
一休禅に思う　平田一哉
連載評伝
われは一匹狼なれば痩身なり11　林えり子
――川柳人・川上三太郎(七)

目次註

1 ※「参考資料」及び「注」あり
2 〈1―3〉
3 ※映画「愛の報酬」の図版を付す
4 〈1言葉を操ること、映像／イメージを支配すること／2鏡――死をもたらす真実としての映像／3暗闇を見ること、痕跡を読むこと〉
5 〔完〕 ※【1994秋】より六回連載
6 〈一 サン・ジェルマン・デ・プレ界隈／二 〈実存主義者たち／三 プレヴェールとサルトル／四 夭折した二人の鬼才・ヴィアンとヴォルス〉『現代芸術』慶應義塾大学久保田万太郎記念資金講座より〉 ※【1994秋】より断続的に四回連載
7 〈1―12〉
8 〈1―10〉 ※〝文中の詩は「東南アジア通信」第十号（アジア文化社）より引用〟と付記あり
9 〈一―十〉
10 〈1―2〉
11 〈確かりと握る手それへと重ね／月光は家逆さまに逆さまに／アヴェマリアわが膝突いて手を突いて／凡人に今日の陽あたり有難し〉〔つづく〕
＊ 第三回「三田文学」新人賞選考経過報告 「三田文学」編集部 ※〈募集締切／応募総数七十五篇／授賞式の告知〉
＊ 編集後記（古屋） ※〈復刊十周年、遠藤周作前理事長文化勲章受章〉

表紙・松田千草「暖炉のある室内」／目次・本文カット・手代木春樹／表紙・目次・本文デザイン・矢島高光／発行日・二月一日／頁数・本文全三三二頁／定価・九五〇円／発行人・江藤淳／編集人・古屋健三／発行所・東京都港区三田二―一五―四五慶應義塾内 三田文学会／発売元・東京都千代田区神田神保町二―三 岩波ブックサービスセンター／印刷所・株式会社精興社

■春季号――45号 【1996春】

第三回三田文学新人賞決定
《当選作》
雨知らぬ空　柳澤和子
《佳作》
見知らぬ街を歩いた記憶1　高須智士
消える夏2　加地慶子
谷崎潤一郎――散文家の執念3　五味渕典嗣
選考座談会4　伊井直行・荻野アンナ・巽孝之・室井光広
小説
ドライアイ5　亜樹康子
父のフレーム6　小口正明
イタリア旅行　品川亮
詩
詩片十一7　江森國友
本を開く
久保田万太郎の死を巡って　白井浩司
追悼・田中千禾夫
逝ってしまった田中千禾夫　楠原偕子
神と自我の葛藤8　人見嘉久彦
――劇作家・田中千禾夫先生の人と作品
エッセイ
小山内薫のおもかげ　尾崎宏次
中上健次を描いたわけ9　宮下啓三
「作品・批評」と酒　岡田睦
マルセイユまで　菅原治子
グールドの肖像　渡仲幸利
魂の物語　西部由里子
――須賀敦子『トリエステの坂道』を読んで
季言
「再販制」見直しとジャーナリズム　絓秀実
連載随想
独楽の回転(十八・最終回)10　高橋昌男
――恋愛も事業の泡鳴
連載評伝
われは一匹狼なれば痩身なり11　林えり子
――川柳人・川上三太郎(八・最終回)
第四回三田文学新人賞募集要項12

目次註

1 〈1 自転車をこぐ／2 井の頭線に乗る／3 久我山駅を通る／4 駅前商店街を進む／5 住宅街を歩く／6 宮坂、君は……／7 ダンス、ダンス、ダンス〉
2 〈1―6〉
3 〈Ⅰ―Ⅶ〉
4 〈愛される小説――『雨知らぬ空』柳澤和子／意外な問題作――『見知らぬ街を歩いた記憶』高須智士／小説のリアリティーと現実のリアリティー――『消える夏』加地慶子／断定の危うさ――『谷崎潤一郎――散文家の執念』五味渕典嗣〉〔一九九六年二月三日・慶應義塾大学北新棟会議室〕
5 〈1―4〉
6 〈1―6〉
7 〈生命／口伝／口伝／花／無題／無題／無題／生命／生命／生命／無題〉
8 〈カトリック作家にふさわしい告別式／処女作『おふくろ』から、戦中にかけて／『僕亭先生の鞄持』と『風塵』の意味／『ぽーぶる・きくた』戦後の再出発、仮に第一期／日本で初の《実存主義》戯曲と言われた『雲の涯』〉

9 ※宮下啓三による中上健次のスケッチを付す
10 〔完〕 ※【1991夏】より断続的に十八回連載
11 〈大日本天気晴朗旗渺渺／幻樹仏薬光はなち恍と散る／鉢合わせなんとこの子は石あたま／ちりいそぐむらさきうすきはなあわれ／鴉の子わたしは月の泣き黒子〉〔完〕 ※「筆者お断り」を付す／【1994夏】より八回連載
12 第四回三田文学新人賞募集 三田文学会／慶應義塾大学〈応募規定／選考委員 荻野アンナ・巽孝之・室井光広〉
＊ 第三回三田文学新人賞決定発表／受賞のことば 柳澤和子・高須智士・加地慶子・五味渕典嗣
＊ 編集後記（古屋） ※〈次号より伊井直行が編集長に〉

表紙・菊池豊「スペインの海」／目次・本文カット・手代木春樹／表紙・目次・本文デザイン・矢島高光／発行日・五月一日／頁数・本文全三〇二頁／定価・九五〇円／発行人・江藤淳／編集人・古屋健三／発行所・東京都港区三田二―一五―四五慶應義塾内 三田文学会／発売元・東京都千代田区神田神保町二―三 岩波ブックサービスセンター／印刷所・株式会社精興社

■夏季号―46号 【1996夏】

特集 ある日の小説1996・5・1
五月一日、聖兎祭の宵、カツォーレにて 荻野アンナ
「わたしらは名も知られず、後の世の人に歌いつがれることもなかったであろうし……。」1 保坂和志
クロスロード 竹内真
桃のマドンナ 桐江キミコ
奇想展覧会2 高須智士
さつき断景 重松清
一九九六、段差のある一日 笙野頼子
暦 瀬戸内寂聴
コラム
デタッチメントとコミットメント3 風丸良彦
テニスはTVの彼方に？4 藤崎康
小説
いたちごっこ 室井光広
群青色の摩天楼5 柳澤和子
極楽草子 塚越淑行
四日市6 入江雅巳
連載
帰朝した絵師・川村清雄伝（一）7 林えり子
翻訳の力8
――貫之、プーシキン、二葉亭に連動しているもの 山城むつみ
砂の迷宮（一）9 土居良一
追悼――佐藤朔
佐藤朔先生の思い出 遠藤周作
朔先生、さようなら 江藤淳
朔先生の面影 田久保英夫
ついに、マレルブは来たり、マレルブは去りぬ
――朔先生は今いずこ 若林真
追想片々 高山鉄男
もうベルは鳴らない 古屋健三
朔先生と連句 鷲見洋一
エッセイ
平松幹夫先生の死を悼む 和田旦
第四回三田文学新人賞募集要項10

目次注
1 ※参考文献を付す
2 〈1―4〉
3 Voice of K
4 Voice of F
5 〈1―3〉
6 〈1―7〉
7 帰朝した絵師・川村清雄《かわむらきよお》伝（一） 振天府〈明治神宮外苑の絵画館／退屈な題画／旧幕者の心情／「振天府」図は語る〉〔つづく〕 ※川村清雄「振天府」の図版を付す
8 〈連載1〉〔この項終わり〕
9 〈一〉〔つづく〕
10 第四回三田文学新人賞募集 三田文学会／慶應義塾大学〈応募規定／選考委員 荻野アンナ・巽孝之・武藤康史・室井光広〉
※ 目次は見開き様式に

表紙写真・岡崎正人／カット・三嶋典東／デザイン・鈴木堯・瀧上アサ子・田中朋美（タウハウス）／発行日・八月一日／頁数・本文全二三八頁／定価・九五〇円／発行人・江藤淳／編集人・伊井直行／発行所・東京都港区三田二―一五―四五慶應義塾内 三田文学会／発売元・東京都千代田区神田神保町二―三 岩波ブックサービスセンター／印刷所・株式会社精興社

■秋季号―47号 【1996秋】

特集 三人小説 小説共同制作の試み
小説
弁天島トライアングル1 辻原登・三浦俊彦・小原眞紀子
共同制作「座談会」
補助線の行方2 辻原登・三浦俊彦・小原眞紀子 伊井直行（三田文学編集部）
「事後」エッセイ
同人・座主への手紙3 辻原登
修正・撤回の波間の「個性」 三浦俊彦
事後の話 小原眞紀子
やってみないとわからないこと4 伊井直行
――一九九六年夏、小説共同制作の記録
小説
妻のワイン 田口道子
眼球譚5 茂木光春
もどかしい日 吉住侑子

連載

日本人の帽子(一)――中也のお釜帽子 6　樋口覚
帰朝した絵師・川村清雄伝(一) 7　林えり子
空気という暗礁 8　山城むつみ
砂の迷宮(二) 9　土居良一

コラム

本の流通と、文学の状況 10　風丸良彦
永遠のオウム 11
――大澤真幸『虚構の時代の果て』を読む　藤崎康
第四回三田文学新人賞募集要項 12

目次註

1 〈1―19〉
2 〈〔登場人物紹介〕／朝比奈教授、江ノ島に現れる／田村と妙は、鵠沼のフランス料理店で……／篠巻、妙と田村を目撃する／朝比奈、手紙を発見する／朝比奈の「推理」／手紙をめぐる議論、篠巻の「改名」／主人公は、だれだ?／続・主人公はだれだ?／その夜、朝比奈は宿をとって……／朝比奈、田村と出会う／朝比奈と篠巻の再会／朝比奈と篠巻の「対決」／記号の「謎」／恋と陰謀の三角形／篠巻の「殺意」／補助線の行方／殺人のディテール／弁財天は怖い?／タイム・アップ!〉
3 〔八月二十七日　西安にて／九月七日〕
4 〔七月三日(水曜日)／七月十七日(水曜日)／七月二十九日(月曜日)／八月十一日(日曜日)〕
5 〈一―十一〉
6 〈近代の肖像写真／萩原朔太郎の肖像写真／「無帽」と「脱帽」の間〉〔この項続く〕　※中原中也、デボルト・ヴァルモールの写真、ヴェルレーヌの描いたランボー像の図版、萩原朔太郎『ソライロノハナ』口絵写真を付す
7 帰朝した絵師・川村清雄《かわむらきよお》伝(二)――旗本の系譜――〈清雄の残した古文書／旗本の系譜／「私の祖父《ぢゞい》」修就〉〔つづく〕
※川村家(分家)系図を付す
8 (連載2)〔この項終わり〕
9 〈二〉〔つづく〕
10 Voice of K
11 Voice of F
12 第四回三田文学新人賞募集　三田文学会／慶應義塾大学〈応募規定／選考委員　荻野アンナ・巽孝之・武藤康史・室井光広〉

表紙写真・岡崎正人／カット・三嶋典東／デザイン・鈴木堯・瀧上アサ子・田中朋美(タウハウス)／発行日・十一月一日／頁数・本文全二七八頁／定価・九五〇円／発行人・江藤淳／編集人・伊井直行／発行所・東京都港区三田二―一五―四五慶應義塾内　三田文学会／発売元・東京都千代田区神田神保町二―三　岩波ブックサービスセンター／印刷所・株式会社精興社

一九九七年(平成九年)

■冬季号――48号　**【1997冬】**

追悼――遠藤周作 1
追悼エッセイ
安岡章太郎 2　三浦朱門 3
矢代静一 4　上原和 5
高橋たか子 6　大久保房男 7
金田浩一呂 8　岩波剛 9
山崎陽子 10　藤本和延 11
加藤宗哉 12　白井浩司 13
若林真 14　高山鉄男 15
井口樹生 16　江藤淳 17
インタヴュー再録(「三田文学」昭和四十四年八月号より)
私と「テレーズ・デスケイルウ」 18　遠藤周作
(インタヴュアー)上総英郎
再録にあたって　上総英郎
遠藤周作・年譜(一九二三年～一九九六年) 19
特集　ネットワーク時代と日本語の「危機」 20
日本語が消滅する日 21　吉目木晴彦
文字文化を破壊しないコンピュータを創る 22　坂村健
思想としての文字コード 23　加藤弘一
ワードプロセッサーとエクリチュール 24　奥出直人
小説
月の砂漠 25　塚越淑行
連載
日本人の帽子(二) 26　樋口覚
帰朝した絵師・川村清雄伝(二) 27　林えり子
公理の精神――椎名麟三と聖書 28　山城むつみ
砂の迷宮(三) 29　土居良一

コラム
カクタニさんは、怒っている30　風丸良彦
CM・呪術・オウム31　藤崎康

目次註

1 ※遠藤周作の写真、自筆原稿の図版を付す
2 遠藤をおくる
3 遠藤周作と慶應義塾
4 聖地巡礼の思い出二つ
5 遠藤さんの遺骨を拾って
6 いのちの河へ
7 遠藤編集長就任のいきさつ
8 知らなかった狐狸庵氏の顔
9 遠藤さんのドラマ
10 薔薇と遠藤さん
11 乗せられたものの幸せ
12 無言の遠藤周作
13 改宗を勧められた話
14 周作さんは今いずこ
15 遠藤さんの思い出
16 昭和三十六年のこと
17 「三田文学」との八年間
18 インタヴュアー上総英郎〈テレーズ事始／映画的手法の限界／魂を描く／カトリック作家であること／母の宗教〉※原文のまま／本誌【196908】表紙と五頁目の写真を付す
19 ※「広石廉二氏作成の年譜（一九九一年九月）を元に、広石氏の承諾を得て、三田文学編集部の責任において加筆訂正を行いました。広石氏の御厚意に感謝します」と編集部註あり／遠藤周作と原民喜、遠藤周作と山川方夫の写真を付す
20 ※特集の意図、執筆者紹介についての文章あり
21 〈インターネットとは何か／抹殺される文字／解決の可能性〉※註あり
22 ※註あり
23 〈一「人類みな兄弟」という思想／二「国語改革」という思想／三「使用頻度」という思想〉
24 ――開かれたワードプロセッサーに向けてコミュニケーションメディアとしての漢字を考える――
25 〈一章―四章〉※「この小説は、当誌42号（一九九五年夏季号）に掲載された塚越淑行『風待ち』を改稿して一章とし、新たに長編としたものです」と編集部註あり
26 ――中也のお釜帽子（二）――〈お釜帽子の正体／有賀乕五郎の写真修業時代／中原中也と有賀乕五郎の対決／富永太郎の臨終写真にまつわる補注〉〔この項終わり〕※有賀乕五郎、有賀乕五郎撮影の写真を付す
27 帰朝した絵師・川村清雄《かわむらきよお》伝（三）――「江戸」への回帰――〈一枚の小品／修就と蜀山人／渡仏した「建国」／「向島の花見」と抱一と／江戸を語る人〉〔つづく〕※川村清雄「建国」の図版を付す
28 （連載3）〔この項終わり〕
29 （承前）〈三〉〔つづく〕
30 Voice of K
31 Voice of F

カット・三嶋典東／デザイン・鈴木堯・瀧上アサ子・田中朋美（タウハウス）／発行日・二月一日／頁数・本文全二九二頁／定価・九五〇円／発行人・江藤淳／編集人・伊井直行／発行所・東京都港区三田二―一五―四五慶應義塾内　三田文学会／発売元・東京都千代田区神田神保町二―三　岩波ブックサービスセンター／印刷所・株式会社精興社

■春季号―49号　【1997春】

第四回三田文学新人賞
当選作
ひつじの姉妹　吉川道子
BONES　松本晴子
佳作
恢復の季節　笹岡大樹
選考座談会1　荻野アンナ・室井光広・巽孝之・武藤康史
追悼――岡田隆彦
岡田隆彦への手向けに　天沢退二郎
最後の岡田　吉田武史
さようなら、岡田　井上輝夫
編集長 岡田隆彦の思い出　鷲見洋一
小説
老犬　加藤宗哉
十九夜月2　亜樹康子
繭、光る　澤井繁男
掌の町3　福田はるか
書評
高橋昌男『独楽の回転』4　佐藤洋二郎
辻章『子供たちの居場所』5　井口時男
佐谷真《〔眞〕》木人『柳田国男――日本的思考の可能性』6　五味渕典嗣
コラム
黒砂糖、ココア、あるいは文学7　風丸良彦
言葉亡きスポーツライター8　藤崎康
連載
日本人の帽子(三)9　樋口覚
唯物論のタマゴ10　山城むつみ
帰朝した絵師・川村清雄伝(四)11　林えり子
砂の迷宮(四)12　土居良一
第五回三田文学新人賞募集要項13

目次註

1 〈「骨」のある作品――『BONES』松本晴子／好感度の高さと幼稚さ――『恢復の季節』笹岡大樹／描写と完成度――『ひつじの姉妹』吉川道子／カルチャーショック小説――『それぞれの時』山口政昭／文章の問題――『ゆりまつり』瀧田雅夫／当選作・佳作の決定〉〔一九九七年二月一日慶應義塾大学研究室棟会議室〕

2 〈1—7〉
3 掌《てのひら》の町
4 温故知新　※小沢書店刊
5 割れ・壊れ・痛み——辻章著『子供たちの居場所』　※河出書房新社刊
6 方法としての〈共感〉——佐谷眞木人『柳田国男——日本的思考の可能性』　※小沢書店刊
7 Voice of F
8 Voice of F
9 ——「冠りもの」のコスモロジー——〈失われた帽子を求めて／フロイスが見た日本人の衣服／肖像画における帽子〉〔この項了〕　※ビゴーが描いた明治時代の日本人の姿の図版を付す
10 〈連載4　最終回〉〈1—4〉〔了〕　※【1996夏】より四回連載
11 帰朝した絵師・川村清雄《かわむらきよお》伝（四）——ベネチアの澪標《みおつくし》——〈画家の原風景／清雄の同時代人が見たベネチア／清雄の西洋開眼／ニューヨークへ留学する／パリで学んだもの〉〔つづく〕　※川村清雄の絵画、資料写真を付す
12 〈承前〉〈四〉〔つづく〕
13 第五回三田文学新人賞募集　三田文学会／慶應義塾大学〈応募規定／選考委員　荻野アンナ・室井光広・巽孝之・武藤康史〉
＊　第四回三田文学新人賞決定発表／受賞のことば　吉川道子・松本晴子・笹岡大樹
＊　※「編集部より」——四月から三田文学編集長は加藤宗哉氏に代わります。御期待ください」と告知あり

表紙写真・岡崎正人／カット・三嶋典東／デザイン・鈴木堯・瀧上アサ子・田中朋美（タウハウス）／発行日・五月一日／頁数・本文全三〇二頁／定価・九五〇円／発行人・江藤淳／編集人・伊井直行／発行所・東京都港区三田二—一五—四五慶應義塾内　三田文学会／発売元・東京都千代田区神田神保町二—三岩波ブックサービスセンター／印刷所・株式会社精興社

■夏季号——50号　【1997夏】

『深い河』創作日記[1]　遠藤周作
解説[2]　高山鉄男
いま、我われはこのような新人を待つ
「私小説」を書く　「群像」編集長　籠島雅雄
文学は新人の仕事にあらず　「新潮」編集長　前田速夫
『大いなる語り部よ、出でよ』[3]　「すばる」編集長　辻村博夫
文章の悦楽　「文學界」編集長　庄野音比古
学生小説セレクション—1　解説・荻野アンナ[4]
老婆の、老婆による、老婆のための、老婆心　吉田健太郎
［解説］「老婆の、老婆による、老婆のための、老婆心」に寄せる老婆心　荻野アンナ
随筆
女子大へ行って　秋山駿
小説開眼　森禮子
映画「愛する」の一シーンから　熊井啓
日本アルプスと上高地——宮下啓三著『日本アルプス』に想う　高橋千劔破
小説
ブイになった男　小野正嗣
鳥沢へ　加地慶子
時の森　鈴木誠一
ぬるい部屋　横溝友美
エッセイ
詩人西脇順三郎[5]　江森國友
小説西脇先生訪問記　秋元幸人
小説の構造——江藤淳『荷風散策——紅茶のあとさき』をめぐって　高橋昌男
わが父性の系譜　原一男
あの作家のこの一冊——高橋和巳『邪宗門』[6]　関口裕昭
連載
日本人の帽子（四）[7]　樋口覚
帰朝した絵師・川村清雄伝（五）[8]　林えり子
砂の迷宮（五）[9]　土居良一
執筆者紹介[10]
編集後記[11]

目次註

1 〈一九九〇年八月二十六日〜一九九三年五月二十五日〉※創作ノートの写真二葉、『深い河』の第一稿自筆原稿写真一葉を付す／編集部註あり／四百字詰原稿用紙約一二〇枚／後半は夫人による口述筆記
2 『創作日記』解説
3 ——神話としての文学の復権をめざして——
4 ※新企画　学生の小説に推薦人が解説をつけることが掲載条件
5 〔「西脇順三郎を偲ぶ会」総会記念講演より〕
6 ※新企画「いま書店で買える本」を条件に読者からの寄稿も募る
7 ——帽子のフォークロアと衣服の生理学——〈帽子が人間を作る／帽子の表象機能と厳格な掟／東西の衣服生理学〉〔この項了〕　※資料図版あり
8 帰朝した絵師・川村清雄《かわむらきよお》伝（五）——ジャポニズム——〈三百両を懐にベチネア入り／ジャポニズム〉〔つづく〕※川村清雄の写真、鉛筆による擦筆画『卓上の静物』の図版を付す
9 〈四（承前）—五〉〔つづく〕
10 ※一頁を割りあてた執筆者紹介は初
11 （加藤宗哉）　※編集後記復活〈遠藤周作「創作日記」について／表紙絵紹介／編集長の交替、編集部の新体制を報告など〉
＊　第五回三田文学新人賞募集　三田文学会／慶應義塾大学〈応募規定／選考委員　荻野アンナ・室井光広・巽孝之・武藤康史〉
＊　この号は増刷・完売

表紙画・佐野繁次郎／カット・三嶋典東／デザイン・鈴木堯・瀧上アサ子・田中朋美（タウハウス）／発行日・八月一日／頁数・本文全二四八頁／定価・九五〇円／発行人・江藤淳／編集人・加藤宗哉／発行所・東京都港区三田二―一五―四五慶應義塾内　三田文学会／発売元・東京都千代田区神田神保町二―三　岩波ブックサービスセンター／印刷所・株式会社精興社

■秋季号―51号　**【1997秋】**

三田文学新人賞受賞第一作
1995年3月のマウス　吉川道子
S8　松本晴子
小説
ふたり乗り　庵原高子
おたまごはん　桐江キミコ
遠藤周作の晩年とその文学
対談『深い河』創作日記を読む1　三浦朱門・河合隼雄
遠藤周作と宗教多元主義2　間瀬啓允
遠藤周作――夕暮の眼差し3　山根道公
随筆
今年の夏　笠原淳
共感能力　木崎さと子
夏のある日――麻生三郎のこと　酒井忠康
合評と座談　鷲見洋一
早慶文芸座談会4　三木卓・立松和平・林望・荻野アンナ
学生小説セレクション―2　解説・巽孝之
サツキの鉢　向山貴彦
［解説］生かすも殺すも三田の山では　巽孝之
汝はそれなり――稲垣足穂5　白川正芳
読書日記
病床読書記　村松暎
あの作家のこの一冊
――三島由紀夫『午後の曳航』　佐谷眞木人
連載
日本人の帽子(五)6　樋口覚
帰朝した絵師・川村清雄伝(六)7　林えり子
砂の迷宮(六)8　土居良一
第五回三田文学新人賞募集要項9
執筆者紹介
編集後記10

目次註

1〈犬や九官鳥のかわりとして／『深い河』とヨーロッパへの拒否感／復活と転生／「河へ行く」ことと、玉ねぎ／ダメ人間代表の優等生〉※両者の写真を付す

2――『深い河』創作日記をめぐって――〈一―五〉

3〈1―4〉

4〈万年筆か、ワープロか／それぞれの黄金時代／若き文壇のバイオリズム／本は生きている――研究と趣味／早慶たすけあいマップ〉※出席者の写真を付す

5〈一―五〉

6――カーライルの『衣服哲学』と帽子――〈『衣服哲学』の起源／『衣服哲学』の伝播――カーライルと夏目漱石／「着衣の世界」と「脱衣の世界」〉〔この項了〕※資料図版を付す

7 帰朝した絵師・川村清雄《かわむらきよお》伝（六）――新帰朝者の笑《えみ》と涙――〈帰朝者の栄光／キヨソネとの確執と恋と／一族には頭痛の種〉※資料図版を付す

8〈五（承前）―六〉〔つづく〕

9 第五回三田文学新人賞募集　三田文学会／慶應義塾大学〈応募規定／選考委員　荻野アンナ・室井光広・巽孝之・武藤康史〉

10（加藤宗哉）※〈つねに新しい書き手を求める／門戸開放を旨とする／前号完売御礼〉

表紙画・佐野繁次郎「人物」／カット・三嶋典東／デザイン・鈴木堯・瀧上アサ子・田中朋美（タウハウス）／発行日・十一月一日／頁数・本文全二六〇頁／定価・九五〇円／発行人・江藤淳／編集人・加藤宗哉／発行所・東京都港区三田二―一五―四五慶應義塾内　三田文学会／発売元・東京都千代田区神田神保町二―三　岩波ブックサービスセンター／印刷所・株式会社精興社

一九九八年（平成十年）

■冬季号―52号　【1998冬】

日本映画の今
私の映画づくり
紡ぎだす表現　河瀬直美
21世紀映画讀本　林海象
私のなかの曾根崎心中　栗崎碧
座談会
映画会社の看板プロデューサーが語る
日本の映画に未来はあるか1
大谷信義（松竹）・岡田裕介（東映）
高井英幸（東宝）・山口友三（日活）・山本洋（大映）
詩人への手紙とその返事2
吉増剛造先生への手紙　佐谷眞木人
書くことの庭―佐谷眞木人さんへの手紙　吉増剛造
随筆
草田男の明治　辻井喬
友を想う、ニューヨークを思う　道傳愛子
厚紙の道化師　松村友視
小説
女砂金採集者3　比留間千稲
鏡のなかにあるごとく　亜樹康子
桜唇記　木村威夫
日本の土を踏んだ神4
―遠藤周作の文学と宗教　河合隼雄
学生小説セレクション―3　解説・伊井直行
五十年目の夏5　横須賀優
［解説］その姿勢の良さ　伊井直行
ポスト・オウムの唐十郎
―『裏切りの街』と『人さらい』をめぐって6　永原孝道
読書日記
わたしの読字日記　井田真木子
あの作家のこの一冊
立原正秋『薪能』　北古賀真里
連載
日本人の帽子（六）7　樋口覚
帰朝した絵師・川村清雄伝（七）8　林えり子
砂の迷宮（七）9　土居良一
執筆者紹介
編集後記10

目次注

1 〈いま日本映画は元気か?／プロデューサーはシナリオをこう考える／「文芸」映画と文学／作り手が見た「今どきの若者」〉※出席者の写真を付す
2 ※編集部より「吉増剛造写真展」告知あり
3 〈1―4〉
4 〔国際日本文化センターにおける公開講演。1997・10・18〕
5 学生小説セレクション初の三田以外の学生
6 ※〝『裏切りの街』『人さらい』の台詞・ト書については、すべて上演台本より引用〟と注あり
7 ―『衣服哲学』の大いなる連鎖―〈ニーチェのカーライル批判をめぐる真偽／スウィフトの「衣服哲学」と帽子論／ヴォルテールの『哲学書簡』とクゥエーカーの帽子〉※資料図版を付す
8 帰朝した絵師・川村清雄《かわむらきよお》伝（七）―庇護者・勝海舟―〈有難さにむせび泣く／勝邸に画室を得る／勝を介して知遇を得た人々／「かたみの直垂《ひたたれ》」〉〔つづく〕※資料図版を付す
9 〈六（承前）〉〔つづく〕
10 （加藤宗哉）※〈第五回三田文学新人賞募集締切など〉

表紙画・佐野繁次郎「青いオヘソ」／カット・三嶋典東／写真・高橋ひろみ／デザイン・鈴木堯・瀧上アサ子・田中朋美（タウハウス）／発行日・二月一日／頁数・本文全二五四頁／定価・九五〇円／発行人・江藤淳／編集人・加藤宗哉／発行所・東京都港区三田二―一五―四五慶應義塾内　三田文学会／発売元・東京都千代田区神田神保町二―三　岩波ブックサービスセンター／印刷所・株式会社精興社

■春季号―53号　【1998春】

第五回三田文学新人賞
当選作
カウンターフィット・カーヴィング1　林克彦
佳作
悲しみの花　福澤英敏
舞い散る雪に光が降りて　小林かをる
選考座談会2　荻野アンナ・室井光広・巽孝之・武藤康史
受賞のことば3
第一次選考通過作品4
随筆
慶應裏の病院　加賀乙彦
ムクロジの樹の下で　森内俊雄
編集者失格　桂芳久
短編小説
写眞　西村眞
桃太郎　石塚浩之
特集―恋愛小説の今
対談
恋愛は小説のものか5　辻井喬・高樹のぶ子
評論
日本文学と西洋文学に見る愛6　アラン・ヴァルテール

時代小説にみる情愛　清原康正
エッセイ
恋愛のいのち　大原富枝
恋愛物語と文化　村松英子
学生随筆
ラブラブ 7　松本晴子
YOU&Iの外側 8　金杉光弘
LOGIN 9　矢野一郎
作家へのアンケート――私の推す恋愛小説、この一冊 10
饗庭孝男・芥川瑠璃子・阿部良雄・天沢退二郎
新井満・庵原高子・伊井直行・飯島耕一・井口樹生
井口時男・石原慎太郎・入江隆則・岩松研吉郎
巖谷大四・梅原猛・海老坂武・江森國友・大岡信
大久保房男・大橋健三郎・岡松和夫・荻野アンナ
桶谷秀昭・小田切秀雄・加賀乙彦・岳真也・籠島雅雄
勝又浩・桂芳久・加藤典洋・加藤幸子・金子昌夫
川村二郎・川本三郎・菊田均・木下順二・窪田般彌
栗田勇・河野多恵子・後藤明生・小林恭二・小林広一
小檜山博・小堀桂一郎・佐伯彰一・坂本忠雄
柴田陽弘・庄野潤三・白石かずこ・白川正芳
絓秀実・杉本秀太郎・鷲見洋一・高橋千劔破
高橋英夫・高橋昌男・高橋三千綱・高山鉄男
巽孝之・立松和平・田中澄江・田辺聖子・谷沢永一
辻章・土居良一・常盤新平・富岡幸一郎・中野孝次
新倉俊一・野口武彦・萩原葉子・秦恒平・林えり子
林光・林真理子・平出隆・夫馬基彦・松本健一
松本徹・松本道介・三浦綾子・三木卓・三田誠広
宮内勝典・宮下啓三・三好京三・村松定孝・森毅
八木義徳・山田稔・山本道子・山本容朗
吉田秀和・四方田犬彦・若林眞
荷風書簡と『伊香保みやげ』11　高橋千劔破
読書日記
編集センチメンタル・ジャーニー　飯田貴司
あの作家のこの一冊
開高健『夏の闇』　中川千春
連載
日本人の帽子(七) 12　樋口覚
帰朝した絵師・川村清雄伝(最終回) 13　林えり子
砂の迷宮(最終回) 14　土居良一
第六回三田文学新人賞募集要項 15
執筆者紹介
編集後記 16

目次註

1 〈一―六〉

2 〈現代の日本の心象を映す人生派二篇――『悲しみの花』福澤英敏・『舞い散る雪に光が降りて』小林かをる／衝撃の完成度――『カウンターフィット・カーヴィング』林克彦〉（一九九八年二月三日・慶應義塾大学北新棟会議室）※出席者の写真を付す

3 林克彦／福澤英敏／小林かをる

4 〈小説〉阿閉真琴「詛ふ魄」江波由紀子「ひとしずくのスープ」神谷光信「悲しむ人」古賀大治「雫の端」小林俊彦「黄昏」中村静「葎の宿」浜里将輝「ホオジロの海」細井令子「惜しむ日々をひたすらに」三浦えみ子「ブルーサルビア」雪村遥「テレフォン」吉田健太郎「微分、積分、強姦」〈評論〉新田孝行「日本人の耳」本多裕子「対象のレッスン」

5 〈恋愛の障壁／書くことの男性性と女性性／アンチな力としての恋愛／いかに恋愛を書くか／肉体関係の及ぼすもの／中高年の恋愛の回路／恋愛小説にエロチシズムを取り戻す〉

6 〈日本語には「愛《アムール》」がない／キリスト教は愛を是認し、仏教は否認する／「ひとめぼれ」と媒介／排他的な宿命と、排他的でない「縁」／愛と時間／愛と美／人間存在と愛〉　高山鉄男、内藤貴志訳

7 「ラブラブ」

8 「Ｙｏｕ＆Ｉの外側」

9 《LOGIN》

10 ※「作品名・著者名・メッセージ」をあげる

11 ※永井荷風の書簡図版を付す

12 ――漱石の帽子――　〈カーライルの「趣味の遺伝」――『猫』と『館』と『塔』／『衣服哲学』と『吾輩は猫である』に見る帽子／帽子と探偵／近代日本の作家と帽子〉※資料図版を付す／【1996秋】より七回連載

13 帰朝した絵師・川村清雄《かわむらきよお》伝（八）――草莽の臣に徹す――〈本邦初の「個展」を開く／装画と両親の死と／天理に死す〉［了］※資料図版を付す／【1996夏】より八回連載

14 （連載8）〈七（承前）〉［了］※【1996夏】より八回連載

15 第六回三田文学新人賞募集　三田文学会／慶應義塾大学〈応募規定／選考委員　荻野アンナ・室井光広・巽孝之・武藤康史〉

16 （加藤宗哉）※〈第五回三田文学新人賞、応募原稿九十八篇（小説九十三・評論五）から受賞作を満場一致で決定／恋愛小説特集、作家アンケートは半数を越える回答／編集を手伝う学生の卒業〉

表紙画・佐野繁次郎「少年二人」／カット・秋野卓美／写真・高橋ひろみ／デザイン・鈴木堯・瀧上アサ子・佐々木由美（タウハウス）／発行日・五月一日／頁数・本文全二九四頁／定価・九五〇円／発行人・江藤淳／編集人・加藤宗哉／発行所・東京都港区三田二―一五―四五慶應義塾内　三田文学会／発売元・東京都千代田区神田神保町二―三　岩波ブックサービスセンター／印刷所・株式会社精興社

■夏季号―54号　【1998夏】

特集―文章教室
エッセイ
『文章讀本』体験　河野多惠子
非文章論　黒井千次
日本語と私の間に 1　津島佑子
文章のジレンマ　藤沢周

プロの文章について　大久保房男
「おんなを描く」ということ　辻原登
私の文章修業〔行〕2　車谷長吉
参考作品「犯行」3　高橋隆
評論
読み・書き・ソリチュード4
——文学を志す若い書き手たちへ——　室井光広
文章読本の歴史的展開5　佐谷眞木人
死んでいる女、不在の女6
——脅迫状、恋愛小説、そして恋文へ——　鷲見洋一
デジタル・データとしての文章の行方7　内田まほろ
——電子メールの文章作法より——
学生小説セレクション—4　解説・笠原淳
マンホールから　月8　中島ひとみ
［解説］〝体育座り〟で月を見る　笠原淳
小説
三田文学新人賞受賞第一作
ガールズ・ゲット・サヴェジ9　林克彦
さぼてん　桐江キミコ
Mがついてくる　加地慶子
『佐藤春夫全集』をどう読み直すか10　山崎行太郎
随筆
血まみれメアリー　沢木耕太郎
書評
わたしの中の〝西郷さん〟　山名美和子
——江藤淳著『南洲残影』を読んで——
「日常」の中に見出されるもの11　田中和生
——山川方夫著『愛のごとく』——
あの作家のこの一冊
谷崎潤一郎『卍』12　五味渕〔演〕典嗣
連載
日本人の帽子(八)13　樋口覚
第六回三田文学新人賞募集要項14
執筆者紹介
編集後記15

目次註

1　日本語と私との間に
2　私の文章修行
3　※車谷長吉「私の文章修業」に引用、昭和四一年度三田新聞懸賞小説入選作品
4　——文学を志す若い書き手へ——
5　〈谷崎潤一郎『文章讀本』／三島由紀夫『文章読本』／三島以降の『文章読本』〉
6　〈脅迫状の美学／脅迫状としての文学／死んでいるヒロイン／マノンの末裔——『椿姫』と『カルメン』／不在を前提とするラブレター——ディドロとソフィーの場合／「不在」を嘆くこと／日録と妄想／三人所帯の神話〉
7　デジタルデータとしての文章の行方〈コピー／検索／非物質としての不確定性／電子メールの文章作法／データとしての汎用性／会話としてのメール／データの量／見た目の美しさ／デジタルデータとしての文章の行方〉
8　中嶋ひとみ
9　〈一—六〉
10　いま、『佐藤春夫全集』をどう読み直すか〈全三十五巻の本格的な全集／佐藤春夫の政治性／佐藤春夫・中村光夫論争の意味／リアリズムとロマンチシズム／中村真一郎氏の佐藤春夫論〉
11　——山川方夫『愛のごとく』——
12　五味渕典嗣
13　——漱石の山高帽とパナマ帽——〈カーライル博物館／ロック帽子店と山高帽の誕生／パナマ帽の履歴と肖像／「帽子を被る男」と「帽子を被らない男」／『夢十夜』にみる怪異の帽子〉※資料図版を付す
14　第六回三田文学新人賞募集　三田文学会／慶應義塾大学〈応募規定／選考委員　荻野アンナ・室井光広・巽孝之・武藤康史〉
15　（加藤宗哉）※〈三田文学はひらかれた場所でありたい／特集「文章教室」は編集部に来る若い人たちとの雑談をヒントに／参考作品掲載の経緯〉

表紙画・佐野繁次郎「赤い十字架B」／カット・秋野卓美／デザイン・鈴木堯・瀧上アサ子・佐々木由美（タウハウス）／発行日・八月一日／頁数・本文全二一八頁／定価・九五〇円／発行人・江藤淳／編集人・加藤宗哉／発行所・東京都港区三田二—一五—四五慶應義塾内　三田文学会／発売元・東京都千代田区神田神保町二—三　岩波ブックサービスセンター／印刷所・株式会社精興社

■秋季号—55号　【1998秋】

特集——小林秀雄とは何か
特別インタヴュー
若い日にとっての〝小林秀雄〟1　粟津則雄
（インタヴュアー）増原裕子・小室佐絵
小説家と批評家による「私と小林秀雄」
遠い心体の記憶　佐藤洋二郎
日本という装置　土居良一
教科書の小林秀雄の思い出など　伊井直行
『様々なる意匠』のこと　三浦雅士
モーツァルトと骨董2　清水良典
——小林秀雄の耳と眼
新鋭評論
霊の戦3　永原孝道
——大戦下、小林秀雄の『地獄の季節』
小林秀雄という意匠4　中川千春
小説
ゼンカイホーム・コンチェルト　梶井俊介
吾亦紅5　桂城和子
水色の部屋6　松永尚三

評論
極私的ルネッサンス考
——あるいは泥縄式古典論　室井光広
堀田善衞追悼　白井浩司
読書日記
単行本編集者の読書と仕事　福島広司
書評
新作家宣言——奥泉光著『虚構まみれ』　田中和生
彼方からの石笛の響き
——坂上弘著『啓太の選択』　関口裕昭
困った話
——古屋健三著『「内向の世代」論』について　岡田睦
連載
日本人の帽子(九)7
——内田百閒の『山高帽子』　樋口覚
第六回三田文学新人賞募集要項8
執筆者紹介
編集後記9

目次註

1〈出来事としての「小林秀雄」／小林秀雄との出会い／個人的な「小林秀雄」体験／小説から批評という形式へ／小林秀雄の文章／小林秀雄とP・ヴァレリー／ランボーを訳すという事／小林秀雄の完結性／日本近代文学における、小林秀雄の位置／ヨーロッパ文明の受容と批判／小林秀雄が残した「問い」〉※三者の写真を付す

2〈1—3〉

3〈1「戦争と平和」——海と溶け合ふ太陽／2「当麻」——架空のオペラ／3『ガリア戦記』——祖先ゴオル人達／4「無常といふ事」——俺は死人達を腹の中に埋葬した／5「平家物語」——太陽と肉体／6「徒然草」——俺に食ひ気があるならば／7「バッハ」——をかしな夫婦もあつたものだ／8「西行」——もう秋か／9「実朝」——光り輝やく街々に這入らう／10「ゼークトの『一軍人の思想』について」——魂の裡にも肉体の裡にも、真実を所有する／(了)〉※引用について註あり

4〈1—5〉

5〈一—四〉

6〈Ⅰ—Ⅷ〉

7〈「漱石全集校正文法」と帽子の「趣味の遺伝」／内田百閒の帽子の歴史／「文字」の病いとしての『山高帽子』／同期する芥川龍之介と内田百閒の不安〉※資料図版を付す

8 第六回三田文学新人賞募集　三田文学会／慶應義塾大学〈応募規定／選考委員　荻野アンナ・室井光広・巽孝之・武藤康史〉

9（加藤宗哉）※〈若い人の多くが小林秀雄を読んでいると知り特集を企画／新人賞応募の評論原稿の少なさに触発され室井光広一三〇枚／堀田善衞追悼〉

表紙画・佐野繁次郎「少年」／カット・秋野卓美／写真・吉竹めぐみ／デザイン・鈴木堯・瀧上アサ子・佐々木由美（タウハウス）／発行日・十一月一日／頁数・本文全二二四頁／定価・九五〇円／発行人・江藤淳／編集人・加藤宗哉／発行所・東京都港区三田二—一五—四五慶應義塾内　三田文学会／発売元・東京都千代田区神田神保町二—三　岩波ブックサービスセンター／印刷所・図書印刷株式会社

一九九九年（平成十一年）

■冬季号—56号　【1999冬】

随筆
晴れた日に　吉行理恵
南の空に校歌〈紅楼夢〉は流れる　上原和
黒幕は伊藤博文　堤春恵
遠藤周作氏の思い出　田沼武能
死にかけた話　高山鉄男
座談会
内向の世代の後はなにか1
佐藤洋二郎・立松和平・中沢けい・古屋健三
学生小説セレクション—5　解説・川村湊
吃音小説　櫻井信栄
［解説］寒い昼　川村湊
短編小説
［世界人類が平和でありますように］　藤井貞和
この世の眺め　鈴木次郎
小栗上野介の妻2　林えり子
庖丁を買って　吉住侑子
遠い夜　福田はるか
居留地より3　菊野美恵子
蚊喰鳥4　川名敏春
月光プール　竹内真
死を予告した手紙
——原民喜と遠藤周作のこと——　大久保房男
読書日記
「三田文学」新旧談義　宮下啓三
書評

江森國友の詩をマルチメディアで展開
——江森國友CD‐ROM『居候』—— ブライアン・ミラー
幻のもうひとり
——比留間千稲著『ラップ様愛情譚』—— 山内洋
連載
日本人の帽子(十)——帽子を落した男——5 樋口覚
執筆者紹介
編集後記6

目次註

1 「内向の世代」の後はなにか〈戦争の影響/「内向の世代」の文体/内向と詩/内向のその後/作家同士の影響に対する意識/方法論/文学にとっての世代の意味〉※出席者の写真を付す

2 〈(一)—(六)〉

3 〈一八八〇年(明治十三年)十一月八日 東京/一八八一年(明治十四年)七月十日/一八八二年(明治十五年)一月二十八日〉※「聖句は旧約列王記より」と註あり

4 蚊喰鳥《かくいどり》

5 〈内田百閒の山高帽子とフロックコート/国木田独歩の『帽子』/川端康成の『帽子事件』〉

6 〈加藤宗哉〉※〈佐野繁次郎作品(表紙)借用の理由/第六回三田文学新人賞締切〉

表紙画・佐野繁次郎「母と子」/カット・秋野卓美/写真・吉竹めぐみ/デザイン・鈴木堯・瀧上アサ子・佐々木由美(タウハウス)/発行日・二月一日/頁数・本文全二二〇頁/定価・九五〇円/発行人・江藤淳/編集人・加藤宗哉/発行所・東京都港区三田二—一五—四五慶應義塾内 三田文学会/発売元・東京都千代田区神田神保町二—三 岩波ブックサービスセンター/印刷所・図書印刷株式会社

■春季号—57号 【1999年】

第六回三田文学新人賞
当選作
お伽ばなしの王様1 永原孝道
——青山二郎論のために——
選考座談会2 荻野アンナ・室井光広 巽孝之・武藤康史
受賞のことば 永原孝道
一次選考通過作品
鼎談
新人賞応募か、同人雑誌か
——文学を志す人びとへ——3 勝又浩・佐伯一麦・前田速夫
随筆
茉莉花探し 加藤幸子
陳宏万先生のこと 村松暎
あいまいな約束 金田浩一呂
イザローンの夜 柴田陽弘
詩
童謡風な核のある讃め歌 江森國友
オウギ4 アラン・ヴァルテール (立仙順朗・訳)
小説
銀の花咲くダケカンバの森 立松和平
こわれていく 梶井俊介
ぽんぽんだりや 桐江キミコ
川路聖謨《としあきら》の妻5 林えり子
学生小説セレクション—6 解説・中沢けい
遠くまで 寶洋平
[解説] 固定観念と現実の間 中沢けい
読書日記
あの作家のこの一冊 奥泉光
永井荷風『摘録 断腸亭日乗』 平田一哉
書評
詩人の曳く影の深さ6 多田智満子
——神谷光信著『鷲巣繁男』——
存在論なき文学は文学ではない 山崎行太郎
——加地慶子著『書きつづけて死ねばいいんです』——
『罵倒詞華抄』を読んで7 田中清光
——中川千春著『詩とは何か』——
連載
日本人の帽子(十一)8 樋口覚
——帽子の下に顔がある——
第七回三田文学新人賞応募要項9
同人誌優秀作の募集について
執筆者紹介
編集後記10

目次註

1 〈I 美意識の「球体」からの脱出/II 骨董という「物質に対する情熱」/III 李朝陶磁をめぐる遡行/IV すでに魂は〈関係〉それ自身となり/V 俺は消費という創造を生きているのだ〉

2 〈中途半端な当世若者気質『HORSES/ホーセズ』時耕みか/温度の低い視線『心の凪』西岡富美代/可能性を秘めた力作評論『お伽ばなしの王様 青山二郎論のために』永原孝道〉〈一九九九年二月十日・慶應義塾大学北新館会議室〉※出席者の写真を付す

3 〈同人誌の問題点/新人賞への心構え/新しい文学へむけて〉※出席者の写真を付す

4 〈東京、一九九八年十一月三日〉

5 ——小説〈ご一新・江戸方の女たち〉——〈一—四〉

6 ——神谷光信著『評伝鷲巣繁男』をめぐって——

7 ——中川千春編著『詩とは何か』——

8 〈カフカとプルーストの帽子/森茉莉の『父の帽子』と三島由紀夫の『帽子の花』/帽子の下に顔がある〉※資料図版

を付す
9　第七回三田文学新人賞募集　三田文学会／慶應義塾大学
〈応募規定／選考委員　荻野アンナ・室井光広・巽孝之・武藤康史／若き書き手たちへ――選考委員より〉
10　（加藤宗哉）　※〈第六回三田文学新人賞応募数一二一篇うち評論は六篇／鼎談は新しい書き手たちへむけたメッセージ／編集を手伝う学生の卒業〉
表紙画・佐野繁次郎「自画像」／カット・秋野卓美／写真・吉竹めぐみ／デザイン・鈴木堯・瀧上アサ子・佐々木由美（タウハウス）／発行日・五月一日／頁数・本文全二二六頁／定価・九五〇円／発行人・江藤淳／編集人・加藤宗哉／発行所・東京都港区三田二―一五―四五慶應義塾内　三田文学会／発売元・東京都千代田区神田神保町二―三　岩波ブックサービスセンター／印刷所・図書印刷株式会社

■夏季号―58号　【1999夏】

鼎談
志賀直哉再考
放蕩息子の帰還――志賀直哉の罪をめぐって――1
小川国夫・中沢けい・佐伯一麦
エッセイ「私にとっての志賀直哉」
断想　坂上弘
ますらおぶりの魅力　岩橋邦枝
「焚火」のこと　岡松和夫
『暗夜行路』は長編エッセイか？　泉秀樹
評論
「志賀直哉を読む」ことについて2　大野亮司
文学と罪と「私」と3　関口裕昭
――志賀直哉へむけて――
随筆
宿願の地　寺田博
「汚い」人と「もったいない」人　鷺沢萠
ことわりなしのプロフィール4　宮下啓三
――遠藤周作氏を描いた二枚のスケッチ――
評論
三田文学新人賞受賞第一作
死の骨董5　永原孝道
――小林秀雄はなぜ青山二郎と訣別したか――
小説
蔓　佐藤洋二郎
足止橋　石塚浩之
夢は野原6　庵原高子
花舞台　塚越淑行
道場―連作「晩年まで」7　立松和平
回想　昭和の動乱期8　白井浩司
〈無名のひとたち〉の声　今井真理
――遠藤周作における―信じること―の意味
非文学修業―新連載9　村松友視
学生小説セレクション―7　解説・荒川洋治
チチハルの目　蜂飼耳
［解説］「目」は熱いものと係わりがある　荒川洋治
季刊・文芸時評（一九九九年・夏）―新連載10　山崎行太郎
読書日記
時には子供のように　宮林寛
あの作家のこの一冊
梅崎春生著『幻化』11　山内洋
書評
向山貴彦著『童話物語』12　大串尚代
連載
小説〈ご一新・江戸方の女たち〉
福沢諭吉の妻13　林えり子
日本人の帽子（十二）14　樋口覚
――帽子を冠れる自画像――
第七回三田文学新人賞応募要項15
同人誌優秀作の募集について
執筆者紹介
編集後記16

目次註

1　〈志賀直哉の受容／視点の高さ／志賀直哉の主観と私たちの客観／放蕩息子の帰還／渦中の文章／白樺派の使命感／志賀直哉の人間主義／見ることへのこだわり／古いものと新しいもの／女性の描き方／志賀直哉を読む意味／源氏と平家と志賀家と〉　※出席者の写真を付す
2　〈1―5〉
3　〈I―III〉
4　※宮下啓三による遠藤周作のスケッチを付す
5　〈I　骨董論のしこり／II　死の物質化としての骨董／III　死のヴィジョン／IV　ゴッホをめぐる対決／V　二つの骨董〉
6　〈一―五〉
7　※この号から〝連作「晩年まで」〟とタイトルを付す
8　回想　昭和動乱期［昭和の動乱期］　※次号に誤字訂正あり
9　非文学修行［業］〈第一章　嘘と本当のあいだ〉［つづく］
10　（一九九九・夏）――……批評の神髄は『文芸時評』にあり！――〈『文芸時評』は「生きもの」である／哲学で小説が読めるか…／木下さなえ「モザイク八景」を読む／「聖なるもの」を求めて〉
11　梅崎春生『幻化』
12　小さな少女の大きな物語――向山貴彦著　宮山香里絵『童話物語』
13　（二回）〈一―四〉
14　〈挿絵画家としての小出楢重と木村荘八／実現しなかった宇野浩二の挿絵と狂気／小出楢重の「帽子を冠れる自画像」／小出楢重と宇野浩二の『枯木のある風景』　※資料図版を付す
15　第七回三田文学新人賞募集　三田文学会／慶應義塾大学
〈応募規定／選考委員　荻野アンナ・室井光広・巽孝之・武

藤康史／若き書き手たちへ――選考委員より〉16（加藤宗哉）※〈志賀直哉を読む学生が少ないと知り特集に／新連載二作／『三田文学名作選』刊行予定〉

表紙画・佐野繁次郎「パッシィ」／カット・秋野卓美／写真・吉竹めぐみ／デザイン・鈴木堯・瀧上アサ子・佐々木由美（タウハウス）／発行日・八月一日／頁数・本文全三〇四頁／定価・九五〇円／発行人・江藤淳／編集人・加藤宗哉／発行所・東京都港区三田二―一五―四五慶應義塾内　三田文学会／発売元・東京都千代田区神田神保町二―三　岩波ブックサービスセンター／印刷所・図書印刷株式会社

■秋季号―59号　**【1999秋】**

追悼　江藤淳 1
エッセイ
白井浩司 2　高山鉄男 3
岡田睦 4　宮下啓三 5
飯田貴司 6　山崎行太郎 7
富永京子 8　福田和也 9
鼎談
江藤淳の文学 10　桂芳久・坂上弘・高橋昌男
講演再録
「三田文学」の今昔 11　江藤淳
江藤淳・年譜（一九三二～一九九九）12　武藤康史
随筆
注釈小説　吉田知子
井筒先生の書斎　松原秀一
バルビゾン村の日食　新井満
小説
カムイエクウチカウシ山―連作「晩年まで」　立松和平
猫実通信 13　岡本達也
紀寺の奴 14　山名美和子
特集　偉大なる失敗作
石川淳「白描」15　菅野昭正
内田百閒「百鬼園俳句帖」　川上弘美
小林秀雄「本居宣長」　富岡幸一郎
夏目漱石「それから」16　永原孝道
泉鏡花「高野聖」　笠原伸夫
森鷗外「青年」　小谷野敦
谷崎潤一郎「饒太郎」17　清水良典
永井荷風「断腸亭日乗」　古屋健三
佐藤春夫「都會の憂鬱」　秋元幸人
川端康成「ちよ」18　勝又浩
小林秀雄「おふえりや遺文」　中川千春
田村俊子「破壊する前」　福田はるか
福永武彦「独身者」　関口裕昭
太宰治「人間失格」　田中和生
梅崎春生「砂時計」19　山内洋
島尾敏雄「死の棘」　大迫吉德
吉行淳之介「砂の上の植物群」　宮内豊
遠藤周作「スキャンダル」　佐藤泰正
開高健「巨人と玩具」　金子昌夫
中上健次「地の果て　至上の時」20　青来有一
特別寄稿
妹フランソワーズと遠藤周作 21　ジュヌヴィエーヴ・パストル
訳者後記　高山鉄男
学生小説セレクション―8
キンモクセイの香り　堀越智子
［解説］里見弴に学ぶ　武藤康史
読書日記
埒もない読書日記　若林真
季刊・文芸時評（一九九九年・秋）22　山崎行太郎
書評
金子昌夫著『蒼穹と共生』23　平田一哉
連載
非文学修業（二）24　村松友視
――第二章　遠州森町――
小説〈ご一新・江戸方の女たち〉
成島柳北の妻 25　林えり子
日本人の帽子（十三）26　樋口覚
――近代西洋にみる「帽子哲学」――
第七回三田文学新人賞応募要項 27
執筆者紹介
編集後記 28

目次註

1 ※江藤淳の写真を付す
2 江頭淳夫（江藤淳）夫妻を悼んで
3 江藤さんの死
4 江藤君のこと
5 雷雨が演出した決断　※宮下啓三による江藤淳のスケッチを付す
6 庭師Sさんのこと
7 江藤淳こそ難解な思想家である……
8 「季刊藝術」の江藤淳さん
9 三田の批評家
10 〈最年少の評論家／父系の「妣の文学」／「誰よりも君を愛す」／「夏目漱石論」／戦後文学との距離／生活人・江藤淳／アメリカにて／他者との距離を埋めるもの〉※出席者の写真を付す
11 ――再録（「三田文学」一九九五年夏季号より）復刊十周年記念講演（一九九五・四・十五）――
12 ※追記あり
13 ※引用註あり
14 紀寺の奴《きでらやっこ》
15 ――何が『白描』に欠けているか――
16 ――「それから」という終わりなき問い――
17 ――「Masochism」宣言――
18 ――封印された処女作――
19 ――戦後の「私」を探して――

20　――もうひとつの「地の果て　至上の時」――
21　〈まえがきにかえて／出自／勉学／出会い／東洋語学校、沈黙／二度目の出会い／最初の日本旅行（一九六五年）／再度の日本旅行、札幌と東京／自己実現、『沈黙』の翻訳／ロドリゴ／語彙について／倫理／美学／危機／病気。二度の手術〉（高山鉄男訳）※フランソワーズ・パストルの写真を付す／原著者注記あり
22　（一九九九・秋）〈江藤淳とは何だったのか／江藤淳の「存在論的な過激さ」を直視せよ／「ぼくらは野暮な仕事から始めねばならぬ」／『幼年時代』をどう読むか／長編小説とは何か・短編小説とは何か〉
23　固着した青春と「戦後」
24　〈つづく〉
25　〈一―四〉
26　〈江戸遷都と「一国の首都」／明治天皇の「衣服革命」／「新人生」の奇妙な帽子／シャルルの帽子の象徴的意味／フロベールの『紋切型辞典』と帽子／サルトルと小林秀雄のフロベール論〉
27　第7回三田文学新人賞募集　三田文学会／慶應義塾大学〈応募規定／選考委員　荻野アンナ・室井光広・巽孝之・武藤康史／若き書き手たちへ――選考委員より〉
28　〈加藤宗哉〉　※〈「三田文学名作選」編纂中／江藤淳追悼／特別寄稿について／特集「偉大なる失敗作」とは〝その作家の仕事全体から考えて重大な意味を持つと思われる失敗作〟／前号白井浩司のタイトル訂正〉

表紙画・佐野繁次郎「キリストの親類」／カット・秋野卓美／写真・吉竹めぐみ／デザイン・鈴木堯・瀧上アサ子・佐々木由美（タウハウス）／発行日・十一月一日／頁数・本文全二八六頁／定価・九五〇円／発行人・田久保英夫／編集人・加藤宗哉／発行所・東京都港区三田二―一五―四五慶應義塾内　三田文学会／発売元・東京都千代田区神田神保町二―三岩波ブックサービスセンター／印刷所・図書印刷株式会社

二〇〇〇年（平成十二年）

■冬季号―60号　【2000冬】

特集　私を小説家にしたこの一冊
梅崎春生『幻化』1　日野啓三
選択は神サマに　青野聰
『いのちの初夜』　林京子
瞬間の月　辻章
J・D・サリンジャーと「私」　三浦清宏
サン・テグジュペリ『南方郵便機』『夜間飛行』　畑山博
『シュペルヴィエル詩集』　森内俊雄
その時々の「一冊」　吉目木晴彦
この一冊　笠原淳
ディテールの古層　三浦俊彦
『風祭』八木義徳著　佐伯一麦
『プルースト文芸評論』　室井光広
随筆
スペインの掏摸たち2　山本道子
攝津幸彦のこと　小林恭二
深田久弥と中島敦　安宅夏夫
学生小説セレクション―9
写真家の話　赤坂智洋
［解説］ブドウ球菌は怒った　柴田陽弘
小説
ガラガラ蛇の尻尾　大久保房男
戯れの秋　吉住侑子
新会員　庵原高子
送別の夏　石氏ケンスケ
ラマダンの月3　松永尚三
菜食―連作「晩年まで」　立松和平
新連載
恋、倫理、文学
――第一回　片思いの研究4　小谷野敦
『アンドレ・ジッド代表作選』について　牛場暁夫
至福の庭を離れて――荷風小考――5　持田叙子
読書日記
鳥左衛門さん覚書　飯島耕一
季刊・文芸時評（一九九九・冬）6　山崎行太郎
連載
非文学修業（三）――第三章　盗癖――7　村松友視
小説〈ご一新・江戸方の女たち〉
もう一人の和宮8　林えり子
日本人の帽子（最終回）9
――黒服の流行と「帽子の悲歌」――　樋口覚
執筆者紹介
編集後記10

目次註
1　『幻化』梅崎春生
2　スペインの陶［掏］摸たち
3　〈1―8〉
4　〈一―二〉〈つづく〉
5　〈I―II〉
6　〈後藤明生の「小説論」を読み直す／論争のない文壇なんて…／「小説の小説性」――辻章の「母と子の日」／林京子の中編小説「長い時間をかけた人間の経験」／「琥珀色の石」と「南の精神誌」／それでも、私は小説を擁護する〉
7　〈つづく〉
8　〈一―四〉
9　（十四回）――マラルメ、マネとボードレールの「帽子哲学」――〈頭部と身体のシンメトリー／「歩行の原理」と揺れる衣服／マラルメの帽子論と『最新流行』／マネにみる帽子と黒衣の肖像／小林秀雄の『近代絵画』におけるマネ論の

不在／ボードレールの『帽子の悲歌』〈完結〉　※マネ「エドガー・ポーの肖像」「チュイルリー公園の音楽会」「フォリー・ベルジェールのバー」「オペラ座の仮面舞踏会」「シルクハットをかぶるボードレールの横顔（Ｉ）」の図版を付す／【1996秋】より十四回連載

10（加藤宗哉）　※〈永原孝道、日本ファンタジーノベル大賞受賞／竹内真、小説すばる新人賞受賞／三田文学新人賞締切／樋口覚「日本人の帽子」完結／小谷野敦「恋、倫理、文学」開始〉

表紙画・佐野繁次郎「巨大な子」／カット・秋野卓美／デザイン・鈴木堯・瀧上アサ子・佐々木由美（タウハウス）／発行日・二月一日／頁数・本文全二六四頁／定価・九五〇円／発行人・田久保英夫／編集人・加藤宗哉／発行所・東京都港区三田二―一五―四五慶應義塾内　三田文学会／発売元・東京都千代田区神田神保町二―三　岩波ブックサービスセンター／印刷所・図書印刷株式会社

■春季号―61号　**【2000春】**

第七回三田文学新人賞発表

当選作

欠落を生きる――江藤淳論1　田中和生

佳作

オニオンスキン・テイルズ2　鈴木和子

選考座談会3　荻野アンナ・室井光広・巽孝之・武藤康史

受賞のことば4

予選通過作品

随筆

短篇小説のこと　増田みず子

奥野信太郎さんの随筆　近藤信行

海民の系譜　土居良一

具流八郎について　木村威夫

講演

モーリヤックと遠藤周作5　高山鉄男

小説

与那国にいく日―連作「晩年まで」　立松和平

行雲6　江森國友

絞め殺しの木　山本三鈴

新連載　猫宿り――一つのいのちの残した三つの運命の物語7　辻章

追悼―若林真7　桂芳久8　鷲見洋一9

読書日記

手あたりしだいに　籠島雅雄

季刊・文芸時評(二〇〇〇年・春)10　山崎行太郎

あの作家のこの一冊　近松秋江『黒髪』　平田一哉

学生小説セレクション―10

比叡六弦　黒川英市

［解説］11　井口樹生（遺稿）

書評

銃と刀――二人のエンタテイナー　大串尚代

竹内真『粗忽拳銃』

宇月原晴明『信長　あるいは戴冠せるアンドロギュヌス』

魂の暗殺者――ナチズムの記憶をめぐって12　柴田陽弘

ベルタ・ナートルフ『ユダヤ人女医亡命日記』

アドレナリンライフ　大迫吉德

伊井直行『服部さんの幸福な日』

連載

非文学修業(四)13　村松友視

――第四章　鎌倉の家――

小説〈ご一新・江戸方の女たち〉　林えり子

新撰組・谷周平の母14

恋、倫理、文学(二)15　小谷野敦

――「片思い」の吸収装置としての玄人女

執筆者紹介

第八回三田文学新人賞応募要項16

編集後記17

目次註

1〈一―七〉

2〈一　箱売り／二　緑子《りょくし》の鳥／三　左耳の蜘蛛〉　※参考文献の註あり

3〈オニオンスキン・テイルズ　鈴木和子／悠遠の部屋　三浦勝典／白い兎　水内まり／欠落を生きる――江藤淳論　田中和生〉　※出席者の写真を付す

4　田中和生　※写真と略歴を付す

5（最終講義）――本稿は、二〇〇〇年一月十八日、慶應義塾大学三田北新館ホールで行われた退職記念講演を筆記したものです――

6〈一章　葉／二章　行方　知らずも（舟の語り／陸の語り）〉

7〈第一回〉〈一〉〔つづく〕

8　海、鎮魂の海よ

9　チヴィタヴェッキアの若林さん

10〈芥川賞受賞作品をどう読むか／在日朝鮮人文学の党派性／李恢成の『地上生活者』を読む／在日朝鮮人にとって本名とは何か／同人雑誌のなかから／吉村昭と岡松和夫の新しい戦争小説〉

11『比叡六弦』について〔遺稿〕

12　ヘルタ・ナートルフ『ユダヤ人女医の亡命日記』

13〔つづく〕

14〈一―十二〉

15〈三―四〉〔つづく〕

16　第8回三田文学新人賞募集　三田文学会／慶應義塾大学〈応募規定／選考委員　荻野アンナ・室井光広・巽孝之・武藤康史／選考委員より〉

17（加藤宗哉）　※〈「三田文学」創刊九十年を記念し「三田文学名作選」刊行／表紙絵紹介／第七回三田文学新人賞応

募数一二一篇うち評論は一三篇／編集を手伝う学生の卒業〉
表紙画・飯田善國　詩画集〈クロマトポイエマ〉タイトルページ／カット・秋野卓美／写真・吉竹めぐみ／デザイン・鈴木堯・瀧上アサ子・佐々木由美（タウハウス）／発行日・五月一日／頁数・本文全二七六頁／定価・九五〇円／発行人・田久保英夫／編集人・加藤宗哉／発行所・東京都港区三田二―一五―四五慶應義塾内　三田文学会／発売元・東京都千代田区神田神保町二―三　岩波ブックサービスセンター／印刷所・図書印刷株式会社

■**五月臨時増刊号（三田文学名作選）**【2000春季】

グラビア　表紙で見る「三田文学」の九十年1
小説
普請中　森鷗外
朱日記　泉鏡花
朝顔　久保田万太郎
山の手の子　水上瀧太郎
颶風　谷崎潤一郎
戯作者の死　永井荷風
奉教人の死　芥川龍之介
喉の筋肉　小島政二郎
海をみに行く　石坂洋次郎
鯉　井伏鱒二
踊子マリイ・ロオランサン　北原武夫
煙草密耕作　大江賢次
売春婦リゼット　岡本かの子
村のひと騒ぎ　坂口安吾
魔法　南川潤
払暁　上林暁
夜　高見順
争多き日　中山義秀
明月珠　石川淳
夏の花／廃墟から　原民喜
二つの短篇2　藤枝静男
暗い血　和田芳恵
或る「小倉日記」伝　松本清張
谷間　吉行淳之介
押花　野口冨士男
煙突　山川方夫
アデンまで　遠藤周作
浄徳寺さんの車　小沼丹
仮病　川上宗薫
キリクビ　有吉佐和子
評論
日本浪曼派のために　保田與重郎
美しき鎮魂歌――『死者の書』を読みて　山本健吉
夏目漱石論――漱石の位置について　江藤淳
戯曲
ぽーぶる・きくた　田中千禾夫
熊野　三島由紀夫
詩歌
食後の歌3　木下杢太郎
一私窩児の死　堀口大學
雪4　グールモン／堀口大學訳
私が驢馬と連れ立つて天国へ行く為の祈り5　ジャム／堀口大學訳
われ山上に立つ　野口米次郎
体裁のいゝ景色　人間時代の遺留品　西脇順三郎
酒、歌、煙草、また女　三田の学生時代を唄へる歌　佐藤春夫
私の食卓から　津村信夫
漁家6　三好達治
卵形の室内　瀧口修造
海景　堀田善衞
山の酒　西脇順三郎
薔薇　金子光晴
月と河と庭　岡田隆彦
晩年　村野四郎
賭博者　寺山修司
秋に　渋沢孝輔
不浄―五十首　與謝野晶子
春寒抄7　吉井勇
はるかなる思ひ　長歌并短歌十四首8　釋迢空
随筆
紅茶の後9　永井荷風
漱石先生と私　中勘助
貝殻追放10　水上瀧太郎
千駄木の先生　小山内薫
三田山上の秋月　岩田豊雄
作家と家について　横光利一
短夜の頃　島崎藤村
独逸の本屋　森茉莉
水上瀧太郎讃　宇野浩二
貝殻追放の作者11　斎藤茂吉
水上瀧太郎のこと　徳田秋聲
所感　正宗白鳥
散ればこそ　白洲正子
犬の私　中上健次
三田時代――サルトル哲学との出会い12　井筒俊彦
剝製の子規　阿部昭
ダンテの人ごみ　須賀敦子

追悼
あの日・あの時―小山内薫追悼　水木京太
澤木梢君―澤木四方吉追悼　小泉信三
最初の人―南部修太郎追悼　川端康成
かの子の栞―岡本かの子追悼　岡本一平
影を追ふ―水上瀧太郎追悼　鏑木清方
先生の思ひ出―水上瀧太郎追悼　柴田錬三郎
折口信夫氏のこと―折口信夫追悼　三島由紀夫
荷風先生を悼む―永井荷風追悼　梅田晴夫
永井壮吉教授―永井荷風追悼　奥野信太郎
小泉さんのこと―小泉信三追悼　吉田健一
勝本氏を悼む―勝本清一郎追悼　中村光夫
和木清三郎さんのこと―和木清三郎追悼　戸板康二
美しき鎮魂歌―山本健吉追悼　佐藤朔
佐藤朔先生の思い出―佐藤朔追悼　遠藤周作
編纂室から13
写真協力　朝日新聞社・共同通信社
慶應義塾大学図書館・三田評論
藤田三男編集事務所・秋山ツネ
日本近代文学館・神奈川近代文学館
デザイン　古山隆典
写真　吉竹めぐみ

目次註

1　創刊号／明治44年5月号／大正2年4月号／大正2年5月号／大正3年1月号／大正3年8月号／大正4年5月号／大正5年5月号／大正15年11月号／昭和2年9月号／昭和3年5月号／昭和5年1月号／昭和10年6月号／昭和11年10月号／昭和15年5月号／昭和15年5月臨時増刊／昭和19年4・5月合併号／昭和21年1月号／昭和21年5月号／昭和26年5月号／昭和28年11月号／昭和29年10月号／昭和30年10月号／昭和41年8月号／昭和43年1月号／昭和45年4月号／昭和60年春季号

2　〈Tさん／一日――昭和三年――〉

3　〈金粉酒／両国／珈琲／五月〉

4　レミー・ド・グールモン

5　フランシス・ジャム

6　〈漁家／平津／村の犬／揚げ雲雀〉

7　※七首

8　〈平日／白／出陣歌／山上／独逸には　生れざりしも／ゆき／父の島　母の島／国の崎々／松風の村〉

9　紅茶の後《あと》

10　〈はしがき／新聞記者を憎むの記〉

11　齋藤茂吉

12　――サルトル哲学との出合い

13　※〈「物故作家に限る、掲載は初出のまま」「四百字詰原稿用紙五十枚以内」を原則とし選出、収録／編纂には高山鉄男・坂本忠雄・松村友視・武藤康史・佐谷眞木人・五味渕典嗣・加藤宗哉の七人があたった〉

＊　目次絵　鈴木信太郎「三田風景」

※　昭和11年4月号・昭和16年7月号・昭和18年7月号・昭和21年12月、22年1・2月合併号・昭和24年3月号の広告の一部を付す

※　全ての作品に初出号を明記

※　小説・評論・戯曲作品には筆者略歴と写真を付す

※　「消息」「編輯後記」「六号雑記」「見たものから」等の抜粋あり

デザイン・古山隆典／発行日・五月十五日／頁数・本文全六四〇頁／定価・一四〇〇円／発行人・坂上弘／編集人・加藤宗哉／発行所・東京都港区三田二―一五―四五慶應義塾内三田文学会／発売元・岩波ブックサービスセンター／印刷所・株式会社精興社

■夏季号―62号　【2000夏】

三田文学創刊九十年
特別座談会
「三田文学名作選」のこと1　高山鉄男・坂本忠雄・松村友視・武藤康史
記念連載
「三田文学」の歴史2
――一、石田新太郎の登場　武藤康史
小説
深い霧の中　村松暎
三つの短篇3　石塚浩之
昼月―連作「晩年まで」　立松和平
猫宿り――一つのいのちの残した三つの運命の物語4
―連載第二回　辻章
評論
三田文学新人賞受賞第一作
道化の作者――太宰治論(100枚)5　田中和生
特集　作家たちの西洋体験
新鋭による批評
言葉に立て籠ること
――泉鏡花の西洋体験から『南洲残影』まで　永原孝道
柳田國男と国際連盟6　佐谷眞木人
独身者の光源・パリへ……!7
――花袋、荷風、藤村など　持田叙子
森茉莉と巴里　秋元幸人
随筆
感じ分ける　竹西寛子
未来の実現　藤井貞和
写真は出会いの芸術である8　細江英公
遠藤周作文学館の開館9　高橋千劒破
日本映画生誕百年を迎えて、今　高村倉太郎
学生小説セレクション―11
猫殺しマギー　千木良悠子
[解説]アヴァン・ポップの娘　巽孝之

あの作家のこの一冊
武田泰淳『司馬遷』　菊田均
季刊・文芸時評(二〇〇〇年・夏)10　山崎行太郎
書評
佐藤洋二郎『イギリス山』11　加地慶子
巽孝之『メタファーはなぜ殺される
——現在批評講義』12　吉川道子
岳真也『風の祭礼』13　平田一哉
シェイマス・ヒーニー『プリオキュペイションズ』
室井光広・佐藤亨〔亨〕訳14　千石英世
連載
非文学修業(五)15　村松友視
——第五章　二人の恩師——
恋、倫理、文学(三)——美と倫理の矛盾16　小谷野敦
オンライン400字時評17
三田文学新人賞応募要項18
執筆者紹介
編集後記19

目次註

1〈刊行までの経緯／格調高い明治期の小説／実験的な大正期の小説／新人を送り出した昭和初期／独特の雰囲気を持った昭和十年代の短篇／多彩な戦後小説／第三の新人と昭和中期以降／自分を表現した評論／時代を写した戯曲作品〉※出席者の写真を付す
2〔つづく〕
3〈車窓の少女／弟／路地〉
4〈二〉〔つづく〕
5〈一―七〉
6〈一―三〉
7〈I―III〉※引用について付記あり
8 写真とは出会いの芸術である　※細江英公撮影「ポーディちゃん」の写真を付す／細江英公写真展の日程についての注あり
9 高橋千劔破《ちはや》
10〈小林広一の「反地球」に注目する！／吉本隆明と加藤典洋の欺瞞／善悪の彼岸へ／石原慎太郎の「三国人発言」をどう解釈するか／あらゆる小説は私小説である！／小説や書簡に、純粋な批評精神あり！〉
11 そっとさしだす品性が好き　※集英社刊
12 文学を鍛えるためのメソッド　※松柏社刊
13 インドの蠱惑　※作品社刊
14 オンファロスの音律　シェイマス・ヒーニー『プリオキュペイションズ』室井光広・佐藤亨訳　※国文社刊
15〔つづく〕
16〈五―六〉〔つづく〕
17 江森國友「行雲」(三田文学61号)のこと　金子コウ
18 第8回三田文学新人賞募集　三田文学会／慶應義塾大学〈応募規定／選考委員　荻野アンナ・室井光広・巽孝之・武藤康史／選考委員より〉
19（加藤宗哉）※〈表紙絵紹介／武藤康史「三田文学の歴史」開始など〉

表紙画・森芳雄「坂道」／カット・秋野卓美／写真・吉竹めぐみ／デザイン・鈴木堯・瀧上アサ子・佐々木由美（タウハウス）／発行日・八月一日／頁数・本文全二八四頁／定価・九五〇円／発行人・坂上弘／編集人・加藤宗哉／発行所・東京都港区三田二―一五―四五慶應義塾内　三田文学会／発売元・東京都千代田区神田神保町二―三　岩波ブックサービスセンター／印刷所・図書印刷株式会社

■秋季号――63号　【2000秋】

特集　作家たちのアメリカ
アメリカ体験の変容1　菊田均
——安岡章太郎と江藤淳
アメリカン・ジャポニズムの現在2　大串尚代
——ゲイシャ小説『さゆり』にみる異装のオリエンタリズム
ストリートの世紀　対談・アメリカ文学と私3　藤沢周・巽孝之
「女か虎か」考　中川千春
——架空の国を創造する欣びについて4
アメリカン・スカーレット5　吉川道子
随筆
近松実験劇場　渡辺保
猫捜し　稲葉真弓
会わせてみたい人　岡晴夫
遠藤周作文学館　大久保房男
創刊九十年記念連載
「三田文学」の歴史6　武藤康史
——二、文学科講師　森鷗外
小説
その酒場―連作「晩年まで」　立松和平
猫宿り——一つのいのちの残した三つの運命の物語
—連載第三回7　辻章
山路愛山の祖母―ご一新・江戸方の女たち8　林えり子
評論
作家の悲劇——太宰治論II(100枚)9　田中和生
それぞれの遠足——坂口安吾『真珠』論10　五味渕典嗣
俳句
厄祓い六吟歌仙・窓若葉の巻11　前田富士夫〔男〕・車谷長吉・井上雅靖・高橋順子・穂積晃子・金子啓明
対談
歴史文学を問う　富岡幸一郎・新保祐司
——大佛次郎『天皇の世紀』の価値について12
学生小説セレクション―12
時計屋の下　田中速夫
［解説］からっぽの時間　中沢けい

季刊・文芸時評(二〇〇〇年・秋)13　山崎行太郎
書評
『車谷長吉句集』14　前田富士夫〔男〕
澤井繁男『実生の芽』15　神谷光信
連載
非文学修業(十六)16　村松友視
——第六章 二つの告知——
恋、倫理、文学(四)17　小谷野敦
——一夫一婦制と文学
執筆者紹介
三田文学新人賞応募要項18
編集後記19

目次註

1 〈1—9〉
2 〈アメリカン・ロマンスとしての『蝶々夫人』／日本、女性、ゲイシャ／百年後のゲイシャ論争／異装のオリエンタリズム〉
3 〈1．ビート以後から始まる／2．歌舞伎町マジック・リアリズム／3．グローバリズムのなかのJ文学／4．あまりにも暴力的ゆえの繊細／5．ストリートは惜しみなく使う〉［この対談は、二〇〇〇年四月十五日（土）午後二時三十分より、日本アメリカ文学会東京支部四月例会として設定された藤沢周氏の特別講演「アメリカ文学と私」（司会、巽孝之、於・慶應義塾大学研究室棟AB会議室）をもとにしたものである（巽孝之）］　※巽孝之による語句註釈あり／両者の写真を付す
4 〈1—5〉
5 〈深紅の薔薇、アメリカン・ビューティー／アメリカン・スカーレットという色／禁忌《タブー》と情熱《パッション》のしるし、スカーレット・レター／スカーレットのSは／アンチ・ヒロインとしてのアメリカン・ガール／アメリカの緋《あか》いイヴたち〉
6 〈一、文学科講師・森鷗外／三、創刊前夜〉〔この章、続く〕
※【2001春】に誤字訂正あり
7 〈三〉〔つづく〕
8 小説〈ご一新・江戸方の女たち〉〈(一)—(五)〉
9 〈一—六〉
10 〈一　はじめに／二　〈神話〉について／三　〈呼びかけ〉について／四　〈死者〉について／五　〈歴史家〉について〉
11 前田富士男・車谷長吉・井上牙青・高橋泣魚・穂積野良・金子螢明〔平成十二年六月十三日　於東京駒込千駄木町蟲息山房〕　※高橋順子による解説あり
12 〈『天皇の世紀』の位置／大佛次郎の文体／「歴史」への視線／固有名を描く意味／精神史としてのSache（ザッヘ）／「歴史」を描く言葉〉〔鎌倉の大佛次郎邸にて〕　※両者の写真、大佛次郎の写真を付す
13 〈芥川賞とは何だったのか……／丸山健二の「強がり」と「女々しさ」／遅れてきた芥川賞作家——森敦と古山高麗雄／佐藤洋二郎と夫馬基彦〉
14 近代という果てしない旅——『車谷長吉句集』を開く　前田富士男　※湯川書房刊
15 体験と変容　※白地社刊
16 〔つづく〕
17 〈七—八〉〔つづく〕
18 第8回三田文学新人賞募集　三田文学会／慶應義塾大学〈応募規定／選考委員　荻野アンナ・室井光広・巽孝之・武藤康史／選考委員より〉
19 （加藤宗哉）　※〈表紙絵紹介／「三田文学名作選」書店においてほぼ完売／発売元変更など〉

表紙画・毛利武彦「風景A」／カット・秋野卓美／写真・吉竹めぐみ／デザイン・鈴木堯・瀧上アサ子・佐々木由美（タウハウス）／発行日・十一月一日／頁数・本文全二八八頁／定価・九五〇円／発行人・坂上弘／編集人・加藤宗哉／発行所・東京都港区三田二—一五—四五慶應義塾内　三田文学会／発売元・東京都港区三田二—一九—三〇　慶應義塾大学出版会／印刷所・図書印刷株式会社

二〇〇一年（平成十三年）

■冬季号—64号　【2001冬】

座談会
批評の責任1　井口時男・川村湊・新保祐司・富岡幸一郎
評論
江藤淳の「のらくろ時代」——戦後文壇の側面　川島勝
同一性《アイデンティティ》の危機と回復——江藤淳論Ⅱ2　田中和生
随筆
ゆるやかに水の流れる国　多田智満子
ハイエナ産業　宮原昭夫
二〇〇〇年の歌集撰者　林光
江藤淳氏のこと3　高〔高〕宮利行
小説
ハンスの手紙4　松永尚三
温泉芸者　桃絵　金田浩一呂
白蟻—連作「晩年まで」　立松和平
猫宿り——一つのいのちの残した三つの運命の物語
—連載第四回5　辻章
波と風と光と—同人誌小説セレクション6　松永明子
講演
読むことと書くこと——文学の基本——7　車谷長吉
講義
埴谷雄高その生涯と作品—第一回8　白川正芳
季刊・文芸時評(二〇〇〇年・冬)9　山崎行太郎
書評
樋口覚『日本人の帽子』10　菊田均
山崎行太郎『小説三島由紀夫事件』11　夫馬基彦

林えり子『福澤諭吉を描いた絵師――川村清雄伝』12　加藤博信

連載

恋、倫理、文学（最終回）13　小谷野敦

非文学修業（七）14　村松友視
――第七章　宙ぶらりん――

「三田文学」の歴史（三）15
――創刊前夜（承前）　武藤康史

オンライン400字時評16

執筆者紹介

編集後記17

目次註

1〈今、文学はどこにあるか／文学の危機／批評は現在、機能しているか／批評の機能とは何か／なぜ、批評を書くのか／文学の危機をいかに越えるか／批評家の責任／来るべき批評の課題〉※出席者の写真を付す

2〈一―七〉

3 高宮利行

4〈I―IV〉

5〈四〉〔つづく〕

6「舗石」第十号より転載〕

7〈小説の"基い"とは何か／文学と業《ごう》／「虚点」の場所を読む〉〔平成十二年三月十八日、鷗外記念本郷図書館 於〕

8 ――平成十二年度の慶應義塾大学・久保田万太郎記念講座「詩学I（2）（春学期）」に招かれ、計十二回にわたって講義をした。講義を録音し、文字原稿に起こし、それを元に埴谷雄高の箇所を中心に全面的に手を入れて原稿を作ったのが本稿である――〈思索的渇望は全人的領域へ／サルトル『嘔吐』との同時代性／非現実の場所から出発／「私」をどう書くか／日本的心性を養えなかった／十五歳で元服／十七歳のとき結核を患い「死」に直面／芥川の自殺に衝撃／スティルネルふうなアナーキズムからマルクス主義へ／西田哲学との出会い〉

9〈新人たちの、衒学趣味的な「文学もどき」現象／美文的思考と悪文的思考／三島由紀夫の批評性と他者性〉

10 帽子という思想 ※講談社刊

11 三十年の謎、解け初む ※四谷ラウンド刊

12「美」の意味について ※慶應義塾大学出版会刊

13 ――第五回　美しい女と「或る女」――〈九―十一〉〔完結〕※【2000冬】より五回連載

14〔つづく〕

15〔つづく〕

16「三田文学名作選」を読んで　中村通子

17〈加藤宗哉〉※〈表紙絵紹介／大学構内にある詩碑・句碑・歌碑／小谷野敦「恋、倫理、文学」完結〉

表紙画・西脇順三郎「風景」／カット・秋野卓美／写真・吉竹めぐみ／デザイン・鈴木堯・瀧上アサ子・佐々木由美（タウハウス）／発行日・二月一日／頁数・本文全二七二頁／定価・九五〇円／発行人・坂上弘／編集人・加藤宗哉／発行所・東京都港区三田二―一五―四五慶應義塾内　三田文学会／発売元・東京都港区三田二―一九―三〇　慶應義塾大学出版会／印刷所・図書印刷株式会社

■春季号―65号　【2001春】

第八回三田文学新人賞発表
当選作
ジャイブ　松本智子
選考座談会1　荻野アンナ・室井光広・巽孝之・武藤康史
受賞のことば2
予選通過作品

随筆
二上山のレポート　川村二郎
伝えるということ　大石芳野
大久保大先輩訪問記　岡田睦
「道元」への文学的アプローチ　宮島正洋

新連載　沈黙の神々――第一回　静之窟《しずのいわや》　佐藤洋二郎

小説
ペル　村松暎
デンデンムシのパラダイス　桐江キミコ
泣く子と行基　石塚浩之
兄妹3　庵原高子
車輪―連作「晩年まで」　立松和平
猫宿り――一つのいのちの残した三つの運命の物語
―連載第五回4　辻章

評論
批評・悪漢小説をめぐって
"悪"の雰囲気をただよわせる時代小説の主人公たち　清原康正
「范の犯罪」再審5　中川千春

講義
埴谷雄高その生涯と作品―第二回6　白川正芳

季刊・文芸時評（二〇〇一年・春）7　山崎行太郎

オンライン一頁時評　編集部への手紙　菊田均

書評
室井光広『キルケゴールとアンデルセン』8　田中和生
高橋千劔破『花鳥風月の日本史』9　長谷川つとむ

連載
非文学修業（八）10　村松友視
――第八章　銭湯の富士山――
「三田文学」の歴史（四）――創刊の予告11　武藤康史

オンライン400字時評12

第九回三田文学新人賞応募要項13

執筆者紹介

編集後記14

目次註

1〈『初恋』永野新弥／『ジャイブ』松本智子／『円野の花』久世貴章／『神の子の父』村松真理／『ジャイブ』に決定〉

※出席者の写真を付す
2　松本智子　※略歴と写真を付す
3　〈一―二〉
4　〈五〉［つづく］
5　〈1―5〉
6　〈世界でたった一人の自分／内面の論理と適応と／故郷と深くつながっている／体験したことを論理化　カントとの出会い／「私」につきまとう仮象／コンドラチュフの波と情報・文化／トマトの話／コペルニクス的転回／「仮象の論理学」の文学的表現――ドストエフスキーの再発見――／全体を書くことの難しさ／家督を継ぐ／『死霊』の根本概念が決まる／夢の暗示〉
7　〈なぜ、柄谷行人と大江健三郎は、今も健在なのか／方法論から存在論へ／在野のマルクス学者・対馬斉を悼む／「わかりやすさ」とは何か……佐藤洋二郎を読む〉
8　引用という創作　※講談社刊
9　目もあやな森羅万象の万華鏡　※黙出版刊
10　［つづく］
11　※【2000秋】の回の誤字訂正あり
12　永井荷風を訪ねた日のこと　望月郁江
13　第9回三田文学新人賞　原稿募集／慶應義塾大学　三田文学会／〈応募規定／選考委員　荻野アンナ・室井光広・巽孝之・武藤康史／選考委員の言葉〉
14　〈加藤宗哉〉　※〈第八回三田文学新人賞応募数一二三篇うち評論八篇／表紙絵紹介／編集を手伝う学生の卒業など〉
表紙画・遠藤周作「沈黙の背景」／カット・秋野卓美／写真・吉竹めぐみ／デザイン・鈴木堯・瀧上アサ子・佐々木由美（タウハウス）／発行日・五月一日／頁数・本文全二四四頁／定価・九五〇円／発行人・坂上弘／編集人・加藤宗哉／発行所・東京都港区三田二―一五―四五慶應義塾内　三田文学会／発売元・東京都港区三田二―一九―三〇　慶應義塾大学出版会／印刷所・図書印刷株式会社

■夏季号――66号　【2001夏】

特集　私の古典・この一冊
紫式部日記1　平野啓一郎
芭蕉紀行文集2　佐伯一麦
源氏物語3　中沢けい
とりかへばや物語4　三田誠広
ドン・キホーテ5　加藤幸子
日本書紀6　高城修三
短かい金曜日7　夫馬基彦
たんぽぽのお酒8　桐江キミコ
失われた時を求めて9　室井光広
カルヴィーノの文学講義　篠原一
ラーマーヤナ10　中上紀
資本論11　宮沢章夫
反=日本語論12　宋敏鎬
随筆
ハブの島　目取真俊
三重国籍　小林章夫
さようなら　こんにちは　宮本苑生
追悼・田久保英夫
古き花園　桂芳久
田久保さんのこと　笠原淳
田久保君　岡谷公二
空の扉の向こうから――　磯部洋一郎
春の客　桂城和子
眩い幻視の彼方へ　坂上弘
小説
水の模様――三田文学新人賞受賞第一作　松本智子
時間13　菊田均
フェンスの向こう　石塚浩之
公園に近い場所　吉住侑子
悲願――連作「晩年まで」　立松和平
猫宿り――一つのいのちの残した三つの運命の物語
――連載第六回14　辻章
評論
『海港』派の青春――北村初雄(序)　江森國友
講義
埴谷雄高その生涯と作品　第三回15　白川正芳
季刊・文芸時評(二〇〇一年・夏)16　山崎行太郎
学生小説セレクション―13　吉井いずみ
甕の底
［解説］17　笠原淳
書評
巽孝之『アメリカン・ソドム』18　佐藤哲也
夫馬基彦『籠抜け　天の電話』19　加地慶子
柴田武監修・武藤康史編『明解物語』20　五味渕典嗣
連載
非文学修業(九)
――第九章　あの夏の日――　村松友視
沈黙の神々――第二回　岡湊　佐藤洋二郎
「三田文学」の歴史(五)――俯向いて書く　武藤康史
オンライン400字時評21
第九回三田文学新人賞応募要項22
執筆者紹介
編集後記23

目次註
1　「なのめなる」ことへの憧れ――紫式部『紫式部日記』
2　捨子を視る
3　モダニズムの国
4　苦悩する主体の原型
5　文学という風車
6　どんな推理小説よりも面白い
7　畏敬すべき短篇小説の指標――アイザック・B・シンガー

『短かい金曜日』邦高忠二訳
8　たんぽぽのお酒、と夏の切片――レイ・ブラッドベリ『たんぽぽのお酒』
9　クラシック艦隊――M・プルースト『失われた時を求めて』
10　ラーマの風
11　読めない歴史――マルクス『資本論』
12　言葉を巡る問題集――蓮實重彦『反＝日本語論』
13　〈1―16〉
14　〈六〉〔つづく〕
15　〈汝はそれなり／星の子孫／水の不思議な力／あらずもがなの神学も／ものごとは心にもとづき／作家への変貌／賓辞の魔力／「一物一天地」の発見／天地を師とする／「虚体」に気がつまっている／自然は自然の法則で動いている／道元の身心脱落／ライプニッツと伏羲《ふっき》六十四卦図／『囲碁の源流を訪ねて』の出版／河図洛書は、この中（囲碁）にあり／易教とDNAの不思議な暗合／初めにことばありき〉〔完〕
※資料図版を付す／【2001冬】より三回連載
16　〈政治ではどうすることもできない部分／阿部和重の『ニッポニア・ニッポン』を読む／弱者的思考の欺瞞性……赤坂真理の柳美里批判／田久保英夫が遺したもの――反社会的な暗闇〉
17　書くことで見えてくるもの
18　アメリカのモノローグを解体する　※研究社出版刊
19　転化する日常
20　職人《アルチザン》たちへのオマージュ　※三省堂刊
21　世田谷文学館佐藤愛子展　庵原高子／大江賢次のこと――「三田文学名作選」から　吉田郁子
22　第9回三田文学新人賞　原稿募集／慶應義塾大学　三田文学会／〈応募規定／選考委員　荻野アンナ・室井光広・巽孝之・武藤康史／選考委員の言葉〉
23　（加藤宗哉）　※〈表紙絵紹介／「オンライン400字時評」募集など〉

表紙画・佐藤春夫「風景」／カット・秋野卓美／デザイン・鈴木堯・瀧上アサ子・佐々木由美（タウハウス）／発行日・八月一日／頁数・本文全二八〇頁／定価・九五〇円／発行人・坂上弘／編集人・加藤宗哉／発行所・東京都港区三田二―一五―四五慶應義塾内　三田文学会／発売元・東京都港区三田二―一九―三〇　慶應義塾大学出版会／印刷所・図書印刷株式会社

■秋季号―67号　【2001秋】

特集・遠藤周作
［未発表日記140枚］
ひとつの小説ができるまでの忘備ノート[1]　遠藤周作
［一九五八〜一九五九］
未発表日記をめぐって
『スキャンダル』の原題「老いの祈り」の意味するもの[2]　山根道公
堀辰雄と遠藤周作――神々との出会い　高山鉄男
『侍』――内的自伝の試み[3]　廣石廉二
「悪」のむこうにあるもの――遠藤周作論　今井真理
『沈黙』とその時代[4]　加賀乙彦
随筆
海軍の水泳　三浦清宏
吉野秀雄と良寛　松本市壽
イサベラ・バードの軌跡――彼女が見逃したもう一つの会津　角田悦哉
カトリック詩人会と澤村光博のこと　磯見辰典
健康余話　会田千衣子
小説
叔母の秋　庵原高子
猫宿り――一つのいのちの残した三つの運命の物語――連載第五回〔七〕[5]　辻章
盂蘭盆―連作「晩年まで」　立松和平
講義
対話的思考のすすめ―詩学入門　第一回[6]　室井光広
批評
批評の生まれる場所――田中和生『江藤淳』をめぐる架空の対話　新保祐司
読書日記
ヴェネツィアの宿　遠山公一
季刊・文芸時評（二〇〇一年・秋）[7]　山崎行太郎
書評
桂芳久著『諜（しのびごと）』を読む[8]　竹西寛子
今、「文学」はどこにあるか[9]――高橋源一郎『日本文学盛衰史』　田中和生
連載
非文学修業（十）[10]――第十章　雨と風の日の出来事――　村松友視
沈黙の神々――第三回　三刀屋　佐藤洋二郎
「三田文学」の歴史（六）――籾山書店　武藤康史
第九回三田文学新人賞応募要項[11]
執筆者紹介
編集後記[12]

目次註
1　〈一九八二年（昭和五十七年）／一九八三年（昭和五十八年）〉　※忘備ノートの一頁、『スキャンダル』表紙写真を付す／「日記中、書物からの引用の箇所は、あえて原典通りには直さず、筆者の引きうつしたままとしました」と註あり
2　〈1―6〉
3　〈1―12〉
4　講演〔平成十二年五月十三日、長崎県外海町・出津教会における記念講演から〕
5　〈連載七回〉〈七〉〔つづく〕
6　――本稿は平成十三年度の慶應義塾大学・久保田万太郎記念講座「詩学Ⅰ（春学期）」におけるレクチャー録音の縮約書きおこし草稿を、さらに全面的な修正を加えて受け取り直したものである――　〈対極性の磁場へ／ダイアロー

グとアイデンティティーズ／縁の下の畑／ゲーゼの対話／ミゾオチで聴く音楽／田舎者と「恥ずかしい」母語／受け取り直しとしての書くこと／双六的、福笑い的／お蔵入り出身作男部屋／行脚するあんにゃ／あんにゃの木とお蔵信仰／あらぬところにあるお蔵／お蔵入りの情熱／持ち上げて、おとしめる／メーレムタンケ（中間思考）／互いの間に／ゲンテルセンVSアンデルセン〉
7 〈「批評」のないところに「文学」はない……。／福田和也をどう読むか／舞城王太郎「熊の場所」の問題／戦争文学と戦争文学論に欠けているもの／新芥川賞作家の受賞第一作について／井伏鱒二の『黒い雨』は傑作か、盗作か……〉
8 ※北冬舎刊
9 ※講談社刊
10 〔つづく〕
11 第9回三田文学新人賞 原稿募集／慶應義塾大学 三田文学会／〈応募規定／選考委員 荻野アンナ・室井光広・巽孝之・武藤康史／選考委員の言葉〉
12 （加藤宗哉） ※〈表紙絵紹介／室井光広「対話的思考のすすめ―詩学入門」開始／「特集・遠藤周作」未発表日記の全文掲載許可御礼〉

表紙画・和田英作 ステンドグラス原画／カット・秋野卓美／デザイン・鈴木堯・瀧上アサ子・佐々木由美（タウハウス）／発行日・十一月一日／頁数・本文全二八六頁／定価・九五〇円／発行人・坂上弘／編集人・加藤宗哉／発行所・東京都港区三田二―一五―四五慶應義塾内 三田文学会／発売元・東京都港区三田二―一九―三〇 慶應義塾大学出版会／印刷所・図書印刷株式会社

二〇〇二年（平成十四年）

■冬季号―68号 【2002冬】

小説

畸声 宋敏鎬
コネクタ 石塚浩之
裏 澤井繁男
父の沈黙―連作「晩年まで」 立松和平
猫宿り――一つのいのちの残した三つの運命の物語 ―連載第八回 1 辻章

随筆

ゆるやかな死 玄侑宗久
ラジオの時間です ―わが『ラジオ・デイズ』 杉山正樹
或るアメリカの夜 井上輝夫

評論

梶井基次郎・病と文学 百年目の梶井基次郎 2 菊田均
梶井基次郎とパレイドリア 3 立山萬里
静かな生活――戦後の折口信夫論 4 阿久沢武史
『海港』派の青春――北村初雄（I） 江森國友
聖化された言葉 ―澤村光博と戦後宗教詩の水脈 神谷光信

講義

対話的思考のすすめ―詩学入門 第二回 5 室井光広
季刊・文芸時評（二〇〇一・冬）6 山崎行太郎

書評

高橋昌男『ネオンとこおろぎ』7 安宅夏夫
古屋健三『青春という亡霊』8 田中和生

連載

非文学修業（十一）9 ―第十一章 喪失― 村松友視
沈黙の神々――第四回 湯殿山 佐藤洋二郎
「三田文学」の歴史（七）――創刊の日 武藤康史

表紙解説 10
執筆者紹介
編集後記 11

目次註

1 〈八〉〔つづく〕
2 〈1―9〉
3 〈1 圧縮された心象／2 詩的な象徴化／3 灼熱した生殖の幻覚／4 美しい錯覚／5 「闇」への畏怖／6 のんきな患者〉
4 〈一、しづかなる春／二、たゞかひに果てし我が子／三、神々の敗北／四、「信」の復活／五、静かな反省〉
5 〈百姓的、異教的／平明に、しかし平板ではなく／クラシック艦隊／異テキを迎え撃つ／泥縄式／縁（エン・ヘリ・フチ・ヨスガ・ユカリ・エニシ・ヨシ）なるところ／ヒエダノオレ／縁片ひろい／野師の好きな見せモノ／うらに出る／お蔵入り縁辺クラブ／実存のしめ縄〉
6 〈紅旗征戎非吾事／阿部和重、中原昌也、中沢新一、島田雅彦／「在日朝鮮人文学」を読まない日本人たち／金鶴泳と金石範の差異はどこにあるのか〉
7 新宿に生きて我有り ※新潮社刊
8 「青春」の書 ※日本放送出版協会刊
9 〔つづく〕
10 「1／4のレモン」浜口陽三（高橋ひろみ）
11 （加藤宗哉） ※〈梶井基次郎生誕一〇一年／前号目次誤記訂正など〉

表紙画・浜口陽三「1／4のレモン」／カット・秋野卓美／デザイン・鈴木堯・瀧上アサ子・佐々木由美（タウハウス）／発行日・二月一日／頁数・本文全二五二頁／定価・九五〇

円／発行人・坂上弘／編集人・加藤宗哉／発行所・東京都港区三田二―一五―四五慶應義塾内　三田文学会／発売元・東京都港区三田二―一九―三〇　慶應義塾大学出版会／印刷所・図書印刷株式会社

■春季号―69号　【2002春】

第九回三田文学新人賞
当選作
坂（一〇〇枚）　宮内聡
選考座談会1　荻野アンナ・室井光広・巽孝之・武藤康史
受賞のことば2
予選通過作品
随筆
岡倉天心と九鬼周造―九鬼波津子をめぐって　大久保喬樹
運ばれていく　小池昌代
ご専門は？　結合術《アルス・コンビナトリア》！　永原孝道
消え失せた妖精たちの行方―グリム童話の世界から見えてくること3　宮下啓三
季刊・文芸時評（二〇〇二年・春）4　山崎行太郎
オンライン400字時評5
対談
特別企画　私の文学―私は「文学」をやってこなかった―6　谷川俊太郎（聞き手）田中和生
小説
柱時計　古屋健三
母の背中　大久保房男
ヒッピーの時代7　足立康
散髪―連作「晩年まで」　立松和平
猫宿り――一つのいのちの残した三つの運命の物語―連載第九回8　辻章
講義
対話的思考のすすめ―詩学入門・最終回9　室井光広
連載
非文学修業（最終回）10―第十二章　旅の終り―　村松友視
沈黙の神々――第五回　加佐登　佐藤洋二郎
「三田文学」の歴史（八）――創刊号11　武藤康史
執筆者紹介
第十回三田文学新人賞応募要項12
編集後記13

目次註

1　〈『メドゥーサ』片野朗延／『リ・メイク』紺野綾子／『坂』宮内聡／『アイのハナ』れんが〉※出席者の写真を付す
2　宮内聡　※略歴と写真を付す
3　〈「最終講義」と「最終回の講義」のちがい／日本のこどもたちの出会うグリムとアンデルセン／「メルヘン」の種類および教育的な効用について／妖精の出てこない妖精物語／「賢い女」は「善女」なのか「悪女」なのか／貧しい家庭のこどもたちが王女や王子と結婚できたのだろうか／現実の王子と王女の結婚年齢／遠ざかる妖精と文学によみがえる妖精〉
4　〈野坂昭如の「いかがわしさの美学」／石原慎太郎と曽野綾子が「失ったもの」／佐川光晴『縮んだ愛』のパラドックス／批評家たちの成熟と喪失〉
5　佐多稲子の〝優しさ〟　梅地和子／湿地から河口への水脈　髙見圭一
6　〈今、世界に「風穴をあける」ことは必要か／いつからか詩を捨てられなくなった／詩は言葉の瞬間芸だ／手書きからワープロへ／日本語における「形」／詩を書くということ／自然について旅について／ひとり暮らし／詩と歌詞をめぐって／現代詩に声を取り戻す／私は言葉とたわむれてきた／絵、音楽と詩の関係／好きな詩人／今、詩の役割とは何か／来るべき文学について〉　撮影・稲井勲　※両者の写真を付す
7　〈一―三〉
8　〈九〉〔つづく〕
9　〈アルケーとエートス／考古と稽古／飛躍と登攀／クラバーシティ／〈棒にふる〉と〈棒をふる〉／〈間〉に遊ぶ／真剣な遊び／まじめなたわむれ／道心と童心／ハイシドー俺さまのモノ／べんきようなぼでもきりがない／デュアハーベン／リ・メンバー／オクラらは今は罷らん〉※【2001秋】より三回連載
10　〔了〕※【1999夏】より十二回連載
11　※次号に誤字訂正あり
12　第十回三田文学新人賞　原稿募集／慶應義塾大学　三田文学会／〈応募規定／選考委員　荻野アンナ・室井光広・巽孝之・武藤康史／選考委員の言葉〉
13　（加藤宗哉）※〈村松友視「非文学修業」、室井光広「対話的思考のすすめ―詩学入門」完結／編集を手伝う学生の卒業など〉

表紙画・浜口陽三「朱色の蝶」／カット・秋野卓美／デザイン・鈴木堯・瀧上アサ子・佐々木由美（タウハウス）／発行日・五月一日／頁数・本文全三一〇頁／定価・九五〇円／発行人・坂上弘／編集人・加藤宗哉／発行所・東京都港区三田二―一五―四五慶應義塾内　三田文学会／発売元・東京都港区三田二―一九―三〇　慶應義塾大学出版会／印刷所・図書印刷株式会社

■夏季号―70号　【2002夏】

小説
新鋭創作
紫紺の朝顔―新人賞受賞第一作　九十一枚　宮内聡
野禽の眼界―七十六枚　片野朗延
骨の島―九十八枚1　松本智子
スッキさんと夏の日　桐江キミコ

此岸―連作「晩年まで」　立松和平
猫宿り――一つのいのちの残した三つの運命の物語
―連載第十回2　辻章
随筆
未発表谷崎潤一郎書簡3　三島佑一
名前考　青木鐵夫
石坂洋次郎学会の旗揚げ　五十嵐康夫
激しい季節　牛場暁夫
対談
特別企画　私の文学
――批評は現在をつらぬけるか――4　吉本隆明
（聞き手）田中和生
評論
盲目の迷宮――『耳なし芳一』、『春琴抄』、
『ねじまき鳥クロニクル』5　大久保喬樹
『海港』派の青春――北村初雄（Ⅱ）　江森國友
随想
毀形《きぎょう》　澤井繁男
季刊・文芸時評（二〇〇二年・夏）6　山崎行太郎
書評
明星聖子『新しいカフカ――編集が変えるテクスト』7　関口裕昭
吉住侑子『真葛が原』8　神谷光信
連載
沈黙の神々――第六回　宗像　佐藤洋二郎
「三田文学」の歴史（九）――創刊号の評判　武藤康史
オンライン400字時評9
第十回三田文学新人賞応募要項10
執筆者紹介
編集後記11

目次註

1〈Ⅰ―Ⅱ〉
2〈十〉〔つづく〕
3――大阪朝日の記者宛――
4〈書き言葉から話し言葉へ／敗戦の日、文学の原風景／文学の基準としての言語論／『言語にとって美とはなにか』からの展望／理論の頂きから大衆の原像へ／現在の文学の状況について／大衆を繰り込むということ／「マス・イメージ」と「ハイ・イメージ」の定位／「アフリカ的段階」からの眺望／これから読まれるべき作家〉〔東京・吉本隆明氏宅にて〕※両者の写真を付す
5〈1―4〉
6〈論争なき文壇の「たそがれ」／小説的リアリティの根拠はどこにあるか――笙野頼子小論／出家としての文学――作家の生き方を問え！／清水博子の「シニフィアンとしての怒り」〉
7 解体するテクスト　※慶應義塾大学出版会刊
8 登場人物の圧倒的な存在感　※作品社刊
9 映像文学としての映画　藤沢俊行
10 第十回三田文学新人賞　原稿募集／慶應義塾大学　三田文学会／〈応募規定／選考委員　荻野アンナ・室井光広・巽孝之・武藤康史／選考委員の言葉〉
11（加藤宗哉）　※〈片野朗延「野禽の眼界」は新人賞最終候補「メドゥーサ」を書きなおしたもの／秋野卓美氏追悼など〉

表紙画・浜口陽三「西瓜」／カット・秋野卓美／写真・吉竹めぐみ／デザイン・鈴木堯・瀧上アサ子・佐々木由美（タウハウス）／発行日・八月一日／頁数・本文全二六二頁／定価・九五〇円／発行人・坂上弘／編集人・加藤宗哉／発行所・東京都港区三田二―一五―四五慶應義塾内　三田文学会／発売元・東京都港区三田二―一九―三〇　慶應義塾大学出版会／印刷所・図書印刷株式会社

■秋季号―71号　**【2002秋】**

対談
特別企画　私の文学1　河野多惠子
（聞き手）田中和生
随筆
慶應の三田　野口武彦
冥界がやってきた　村田喜代子
キンモクセイ　岩松研吉郎
壺中の笑い――前衛陶芸家・八木一夫　川嶋眞仁郎
チャペック兄弟初期短篇　未邦訳
「システム」「小麦」「貴族階級」「アルコール」「死の晩餐」
「教訓」「人間と動物」「二度のキスのあいだに」2
著者の自伝的覚え書　カレル／ヨゼフ・チャペック
訳者あとがき　田才益夫
評論
永いゆうべの薄あかり
――堀口大學の晩年　長谷川郁夫
小説
十六日の出来事3　飯田章
遥《ヤオ》という名の青年4　松永尚三
ステンドグラスに光が射して　小林かをる
浅春　岳真也
臨終の声―連作「晩年まで」　立松和平
猫宿り――一つのいのちの残した三つの運命の物語
―連載第十一回5　辻章
季刊・文芸時評（二〇〇二年・秋）6　山崎行太郎
書評
宮原昭夫『シジフォスの勲章』7　河村政敏
佐藤洋二郎『南無』『おーい、宗像さん』8　山内洋
白鳥賢司『模型夜想曲』9　幸田桜
宋敏鎬『パントマイムの虎』10　田中和生
吉田修一『パーク・ライフ』11　矢内一正
連載

沈黙の神々――第七回　美々津　佐藤洋二郎
「三田文学」の歴史(十)　武藤康史
――明治四十三年七月号まで
オンライン400字時評12
第十回三田文学新人賞応募要項13
執筆者紹介
編集後記14

目次註

1　――人間って、小説ってこんなにおもしろい――〈小説とは何か／いかに生きるべきかを書いてはいけない／小説の読み方が変わった／同人雑誌からの出発／サディズムとマゾヒズム／『みいら採り猟奇譚』について／作者の意図はどこまで理解されるか／作家と作品の理想の関係／体験と想像力／二十一世紀の文学を拓く多元描写／批評家と小説家の信頼関係〉(東京ステーションホテル・蘭の間にて)
※両者の写真を付す

2　田才益夫訳『システム』カレル／ヨゼフ・チャペック『小麦』カレル／ヨゼフ・チャペック『貴族階級』カレル／ヨゼフ・チャペック『アルコール』カレル／ヨゼフ・チャペック『死の晩餐』カレル／ヨゼフ・チャペック『教訓』カレル／ヨゼフ・チャペック『人間と動物』カレル／ヨゼフ・チャペック『二度のキスのあいだに』カレル・チャペック　著者の自伝的覚え書カレル／ヨゼフ・チャペック　訳者あとがき　田才益夫

3　※参考文献について註あり

4　〈1―6〉

5　〈十一〉〈つづく〉

6　〈東谷長吉の小説が喚起するもの……／ワールドカップと言う物語に乗せられた作家たち……／玄月の「おしゃべりな犬」を読む。／小林秀雄の「感想」をどう読むか……〉

7　宮原昭夫『シジフォスの勲章』をめぐる断想

8　いまだ名づけられざるものの岸辺へ　※『南無』集英社刊／『おーい、宗像さん』講談社刊

9　夢幻宇宙の彷徨　※角川書店刊

10　言葉が言葉を欲望する　※青土社刊

11　作中人物の背後に迫る手　※文藝春秋刊

12　師・佐多稲子の〈気品〉　梅地和子

13　第十回三田文学新人賞　原稿募集／慶應義塾大学　三田文学会／〈応募規定／選考委員　荻野アンナ・室井光広・巽孝之・武藤康史／選考委員の言葉〉

14　(加藤宗哉)　※〈「私の文学」小説家初登場／三田文学新人賞十一月末日で締切／挿画、西沢貴子に変わる／定期購読のおすすめなど〉

表紙画・浜口陽三「パリの屋根」／カット・西沢貴子／写真・吉竹めぐみ／デザイン・鈴木堯・瀧上アサ子・佐々木由美(タウハウス)／発行日・十一月一日／頁数・本文全二七八頁／定価・九五〇円／発行人・坂上弘／編集人・加藤宗哉／発行所・東京都港区三田二―一五―四五慶應義塾内　三田文学会／発売元・東京都港区三田二―一九―三〇　慶應義塾大学出版会／印刷所・図書印刷株式会社

二〇〇三年(平成十五年)

■冬季号―72号　【2003冬】

特別企画
私の文学1　小川国夫
(聞き手)田中和生
小川国夫論
夢想のカテドラルの彫刻群像2　神谷光信
風の町のエロティシズム3　加地慶子
随筆
工場見学　小川洋子
神社の怖さ　南木佳士
『牧野信一と小田原』余話　金子昌夫
吉田武史を惜しむ　安宅夏夫
新年創作特集
ストロボ―九十三枚　石塚浩之
たまき―四十枚　新人　村松真理
ダイニング・チェア―八十一枚　福澤英敏
シナモンの匂う言語虫―三十六枚4　茂木光春
入相待ち―五十一枚　吉住侑子
海の巡礼―連作「晩年まで」―二十枚　立松和平
連載完結　猫宿り――一つのいのちの残した三つの運命の物語―最終回5　辻章
評論
堀口大學――母を焼く(幼年期)　長谷川郁夫
講演
テーマとしての性、家族
――映画「ハッシュ!」まで6　橋口亮輔
季刊・文芸時評(二〇〇三年・冬)7　山崎行太郎

書評
村松友視『贋日記』8　佐谷眞木人
飛ヶ谷美穂子『漱石の源泉　創造への階梯』9　田中和生
『パリと私――浜口陽三著述集』10　高橋ひろみ
連載
沈黙の神々――第八回　知夫利　佐藤洋二郎
「三田文学」の歴史(十一)11
――明治四十三年八月号　武藤康史
オンライン400字時評12
執筆者紹介
編集後記13

目次註

1　――世界の座標から故郷の港を見渡して――〈作品の三つの系譜／一匹狼のまま書きつづけてきた／地中海紀行／『試みの岸』からの展開／カトリックに対する複雑な感情／絵画と紀行／文体が変わっていく／島尾敏雄と藤枝静男／故郷の港の再発見／鑑平ものの完成に向けて〉（東京ステーションホテル・蘭の間にて）※西沢貴子「O先生像」の絵画図版、両者の写真を付す
2　――小川国夫論――〈1―6〉
3　――小川国夫論――〈泥棒と仲よくなる文人／所有したがる愛／石を積む文学観〉
4　〈一―五〉
5　〈十二〉〔了〕※【2000春】より十二回連載
6　〈映画が僕と世の中をつないでいた／転機となったニューヨーク滞在／孤独を受けとめた三人の家族の絆〉（平成十四年十一月八日、慶應義塾大学における講演から）
7　〈誰が語るのか……／テクスト論的迷妄から遠く離れて／人は、どのようにして作家となるのか？／竹邑祥太と大道珠貴〉
8　嘘という真実、真実という嘘　※河出書房新社刊
9　漱石の新たな横顔　※慶應義塾大学出版会刊
10　〈闇にひそむ色〉への手がかり　三木哲夫編『パリと私――浜口陽三著述集』※玲風書房刊
11　〔この項つづく〕
12　編集長への手紙　門馬惠子
13　（加藤宗哉）※〈「私の文学」に付した西沢貴子「O先生像」について／別の「O先生像」の絵画図版を付す／辻章「猫宿り」完結／会員のための随筆欄を企画中など〉
*　目次三頁だてに

表紙画・浜口陽三「22のさくらんぼ」／カット・西沢貴子／写真・稲井勲／デザイン・鈴木堯・瀧上アサ子・佐々木由美（タウハウス）／発行日・二月一日／頁数・本文全二四四頁／定価・九五〇円／発行人・坂上弘／編集人・加藤宗哉／発行所・東京都港区三田二―一五―四五慶應義塾内　三田文学会／発売元・東京都港区三田二―一九―三〇　慶應義塾大学出版会／印刷所・図書印刷株式会社

■春季号―73号　**【2003春】**

第十回三田文学新人賞・当選作（小説三篇）
仮病―七十七枚　片野朗延
ルッキング・フォー・フェアリーズ―九十三枚　永野新弥
冬のコラージュ―九十二枚　平井敦貴
選考座談会1　荻野アンナ・室井光広・巽孝之・武藤康史
受賞のことば2
第十回三田文学新人賞・予選通過作品
特別企画
私の文学3　秋山駿
（聞き手）田中和生
昭和三十五年――秋山駿覚書4　山岡頼弘
秋山駿をめぐる私的断想　加地慶子
随筆
太鼓と鼓動　中沢けい
村の洗礼式　富岡幸一郎
『鉄腕アトムのタイムカプセル』執筆顛末記　長谷川つとむ
三田通り界隈　池田眞朗
小説
サワガニ　松本智子
雪―連作「晩年まで」　立松和平
評伝
堀口大學
――ふる里の越《こし》の四月は……。（少年期）　長谷川郁夫
評論
薔薇宇宙の彼方へ――多田智満子論5　神谷光信
季刊・文芸時評(二〇〇三・春)6　山崎行太郎
ろばの耳7　瀬谷幸男／長谷川哲／北古賀真里／佐藤聖
書評
坂上弘『近くて遠い旅』8　足立康
新保祐司『国のさゝやき』9　菊田均
カルステン・ラクヴァ『ミッキー・マウス
――ディズニーとドイツ』10　関口裕昭
立松和平『下の公園で寝ています』11　松本智子
武藤康史『国語辞典の名語釈』12　村松真理
連載
沈黙の神々――第九回　弟橘　佐藤洋二郎
「三田文学」の歴史(十二)
――明治四十三年八月号（つづき）　武藤康史
執筆者紹介
編集後記13
第十一回三田文学新人賞応募要項14

目次註

1　〈「冬のコラージュ」平井敦貴／「ルッキング・フォー・フェ

アリーズ」永野新弥／「仮病」片野朗延／三作同時受賞〉〔二〇〇三年二月三日、慶應義塾大学三田キャンパス北館ファカルティ・クラブにて〕　撮影・稲井勲　※出席者の写真を付す

2　片野朗延／永野新弥／平井敦貴　※三者の略歴と写真を付す

3　――これからの文学にはノートの言葉が必要だ――〈批評家の「文章作法」／ノートと石ころ／「小林秀雄」から『内部の人間』へ／三島由紀夫が文学の世界へ引き戻してくれた／小林秀雄が断念した「生活の評論化」／時代小説について／「人生の検証」をするための言葉／「信長」の射程／小説の言葉と批評の言葉／『神経と夢想』からの展望〉〔東京ステーションホテル・百合の間にて〕　※両者の写真を付す

4　〈(1)―(3)〉

5　〈1―6〉

6　〈「小説」はスキャンダルである――雨宮処凛という作家／島田雅彦、笙野頼子、車谷長吉……／事実は復讐する……「小説」のスキャンダル性／その他……大道珠樹〔貴〕から石原慎太郎、三浦祐之まで〉

7　宮廷風恋愛　瀬谷幸男／新アレキサンドリア図書館にて　長谷川哲／小日向切支丹屋敷　北古賀真里／百閒の墓参り　佐藤聖

8　穏かな反逆児　※中央公論新社刊

9　垂直への意志　※構想社刊

10　知られざるミッキー・マウスの過去　カルステン・ラクヴァ『ミッキー・マウス――ディズニーとドイツ』　柴田陽弘監訳・眞岩啓子訳　※現代思潮新社刊

11　あたたかな死を体験する　※東京書籍刊

12　辞書の味　※三省堂刊

13　（加藤宗哉）　※〈第十回三田文学新人賞応募総数一一七篇うち評論六篇／会員のための随筆欄「ろばの耳」新設〉

14　第十一回三田文学新人賞　原稿募集／慶應義塾大学　三田文学会／〈応募規定／選考委員　荻野アンナ・室井光広・巽孝之・武藤康史／選考委員の言葉〉

表紙画・浜口陽三「二匹のてんとう虫」／カット・西沢貴子

／写真・稲井勲／デザイン・鈴木堯・瀧上アサ子・佐々木由美（タウハウス）／定価・九五〇円／発行日・五月一日／頁数・本文全二六八頁／発行人・坂上弘／編集人・加藤宗哉／発行所・東京都港区三田二―一五―四五慶應義塾内　三田文学会／発売元・東京都港区三田二―一九―三〇　慶應義塾大学出版会／印刷所・図書印刷株式会社

■夏季号―74号　【2003夏】

小説

三田文学新人賞受賞第一作

贅肉―六十三枚　片野朗延

からす―三十九枚　永野新弥

咆哮―八十一枚 1　平井敦貴

鏡　松本智子

他人 2　菊田均

芝居見物―連作「晩年まで」　立松和平

英国人から見た遠藤周作

創造と信仰

――遠藤周作『沈黙』を巡って（ラウンドテーブル） 3

ジェームズ・マクミラン／遠山一行

山根道公／岡部真一郎／加藤宗哉

特別ゲスト：遠藤順子／遠山慶子

遠藤周作から受けついだもの　キャリル・フィリップス

――真の信奉者の告白 4

特別企画

私の文学 5　岡井隆

（聞き手）田中和生

わが裡なる「昭和」　村木道彦

――『岡井隆歌集』を繙いて 6

第二芸術論の後に――岡井隆の現在 7　加藤治郎

随筆

最初の翻訳　平岡篤頼

朝までのわずかな生命だ　吉田文憲

――福井桂子さんの詩の方へ

煉獄、或いはツナサンド・イーター　穂村弘

樋口一葉の近代　佐伯裕子

戦争責任の追及と佐藤春夫　大久保房男

堀口大學　長谷川郁夫

――わが性よ、うたてかりけり！（少年期）

みちのくの詩人たち 8　坂口昌明

――もう一つの「展覧会の絵」として

季刊・文芸時評（二〇〇三・夏） 9　山崎行太郎

ろばの耳 10　武田専／前島新助／矢又由典／梅地和子

書評

辻章『猫宿り』 11　和合亮一

江森國友『「海港」派の青春　詩人・北村初雄』 12　八重洋一郎

前田速夫『異界歴程』 13　佐谷眞木人

永原孝道『死の骨董　青山二郎と小林秀雄』 14　中川千春

福田はるか『田村俊子　谷中天王寺町の日々』 15　加地慶子

大串尚代『ハイブリッド・ロマンス　アメリカ文学にみる捕因〔囚〕と混淆の伝統』 16　村上由見子

連載

沈黙の神々――第十回　居多《こた》　佐藤洋二郎

「三田文学」の歴史（十三）　武藤康史

――明治四十三年九月号

オンライン400字時評 17

執筆者紹介

編集後記 18

第十一回三田文学新人賞応募要項 19

目次註

1　〈1―9〉

2 〈1―9〉
3 〔二〇〇三年四月十五日（火曜日）於・慶應義塾大学三田校舎北館ホール　英語通訳・亀岡園子〕
4 訳・阿部さや子　〔英紙「ガーディアン」（２００３／１／４）より転載〕
5 ――もっと自由な短歌の方へ――　〈短歌の現在／文学ジャンルの孤立／短歌のはじまりと写実／文学と職業の関係／前衛短歌運動をふり返って／虚構と韻律――前衛短歌運動の遺産／作家の中断とその回復／一九八〇年代以降の多産の時代／短歌の未来〉〔慶應義塾大学・ファカルティクラブにて〕　※岡井隆『Ｅ／Ｔ』からの図版、両者の写真を付す
6 〈（1）―（5）〉
7 〈1 近作、日本語の饗宴として／2 第二芸術論をめぐって／3 再び、短歌の独自性とは〉
8 〈日幌草太／木村助男／隅江三郎／植木曜介／竹内二郎／北島一夫〉　※筆者注あり
9 〈世界の根源的な不可知性を前にして……／小林秀雄は、なぜ、今も、読まれるのか……／青山真治の『わがとうそう』が秘めている「小説の小説性」／松原好之、絲山秋子、稲葉真弓、安達千夏／イラク戦争とは何であったのか……〉
10 思いつくままに　武田専《まこと》／『夜明け前』半蔵の書簡発見　前島新助／えらいぞチビ助　矢又由典／『チャペック兄弟初期短篇』の響き　梅地和子
11 猫の眼差しの先に在る革命　※河出書房新社刊
12 「正統」の発見とその歓び　※以文社刊
13 異界を旅する眼差し　※晶文社刊
14 対決の劇画　※以文社刊
15 ミステリアスに新事実が　※図書新聞刊
16 アメリカを貫く〈攪乱〉のロマンス　※松柏社刊
17 人のかかわり『しょっぱいドライブ』　山之内朗子
18 （加藤宗哉）　※〈平岡篤頼講演についてなど〉
19 第十一回三田文学新人賞　原稿募集／慶應義塾大学　三田文学会／〈応募規定／選考委員　荻野アンナ・室井光広・巽孝之・武藤康史／選考委員の言葉〉

表紙画・浜口陽三「ブラジルの太陽」／カット・西沢貴子／写真・稲井勲／デザイン・鈴木堯・小林煌・佐々木由美（タウハウス）／発行日・八月一日／頁数・本文全三〇八頁／定価・九五〇円／発行人・坂上弘／編集人・加藤宗哉／発行所・東京都港区三田二―一五―四五慶應義塾内　三田文学会／発売元・東京都港区三田二―一九―三〇　慶應義塾大学出版会／印刷所・図書印刷株式会社

■秋季号―75号　【2003秋】

小説
牡丹　松本智子
アキアカネ　宮内聡
もう一度だけでいいから　森健
同級会―連作「晩年まで」　立松和平
特別企画
私の文学 1　吉増剛造　（聞き手）田中和生
「穴虫」峠と電車 2
――「オシリス、石ノ神」を読む　吉田文憲
不在なる渦の中心で待っている渦 3
――吉増剛造をめぐって　和合亮一
没後五十年　特集・折口信夫《おりくちしのぶ》（釋迢空《しゃくちょうくう》）4
戦時下の折口信夫――一学生の見聞　大久保房男
折口学の原基 5　長谷川政春
折口信夫と小説　岡谷公二
迢空短歌――昭和二十年 6　岩松研吉郎
増殖する迢空　佐伯裕子
横雲の空　丸谷才一
又三郎と身毒丸
――《折口信夫》を通して見えるもの 7　天沢退二郎
エッセイ
折口信夫の他界観　上田正昭
折口教授の授業 8　芳賀日出男
折口信夫とまれびとのイメージ　西村亨
「黒」の記憶　川村二郎
学んだことは……　藤井貞和
遺稿の歌　岡野弘彦
折口信夫のささやかな読書歴　桶谷秀昭
最後の一首　谷川健一
熊野行　前登志夫
劇評家　折口信夫　渡辺保
（ごく私的な）思い出すことども　江森國友
私のかね親・折口信夫　穂積生萩
あさぎ色の記　桂芳久
評論
ペリー提督の甥の子
――慶應義塾大学部教授
トマス・サージェント・ペリー　武藤脩二
堀口大學
――君がみ歌に如かめやと（新詩社まで）9　長谷川郁夫
季刊・文芸時評（二〇〇三・秋）10　山崎行太郎
ろばの耳 11　蛭田幼一／中村一行／岡田厚美／吉田郁子／門馬惠子
書評
千木良悠子『猫殺しマギー』12　大串尚代
森健『火薬と愛の星』13　平井敦貴
連載
沈黙の神々
――第十一回　能登生玉比古神社　佐藤洋二郎
「三田文学」の歴史（十四）14
――明治四十三年十月号　武藤康史
執筆者紹介
編集後記 15

第十一回三田文学新人賞応募要項[16]

目次註

1 ——記述しえない詩に向かって——〈現代詩の曲り角で／敗戦後の「陥落」から詩がはじまった／「三田詩人」時代のこと／折口信夫と聴覚体験としての詩／詩集『わが悪魔祓い』前後／一人の女性を介したアメリカ体験／島尾敏雄夫妻のこと／メディアと緊張関係から作品が生まれる／「歩行」から「散歩」、さらに「膝行」のリズムへ／「川」と「カメラの目」のイメージ／来るべき文学の光〉〔慶應義塾大学・ファカルティクラブにて〕　※両者の写真を付す

2 〈Ⅰ（「吉増剛造論」1）〔二〇〇三年九月一日、二日、記す〕／Ⅱ（「吉増剛造論」2）〔二〇〇三年、九月三日、記す〕〉

3 〈i—vi〔iv〕〉

4 ※二〇〇三年九月三日、能登・羽咋で行われた五十年祭の写真を付す　撮影・坂上弘

5 〈一—五〉

6 ※歌の引用について筆者附記あり

7 ※筆者註あり

8 ※「まゆんがなし」の写真を付す

9 ——君がみ歌に如《し》かめやと（新詩社まで）——

10 〈僕らにとって批評は必要だ……。／昭和天皇と小林秀雄の日本語はオカシイか？／素材としての暴力、存在としての暴力／自己処罰の衝動、あるいは存在としての暴力／若合春侑、江國香織、田口ランディの文体〉

11 三田文学と私　蛭田幼一／くるみ割り人形よ　中村一行／『侍』ツアーのレポート　岡田厚美／死ねなかったアツシ　吉田郁子／コンソメスープ　門馬恵子

12 小粋な脱力感　※産業編集センター刊

13 純化していく真摯な嘘　※講談社刊

14 ※【2004春】に誤字訂正あり

15 （加藤宗哉）　※〈「三田文学」昭和二十八年十一月号は折口信夫追悼号／三田文学主催・特別イベントのお知らせ〉

16 第十一回三田文学新人賞　原稿募集／〈応募規定／選考委員　荻野アンナ・室井光広・巽孝之・武藤康史〉

＊ 三田文学会スペシャル・イベント　声、宙をふるわす——詩＆音楽——の案内

表紙画・浜口陽三「ぶどう」／カット・西沢貴子／写真・稲井勲／デザイン・鈴木堯・小林煌・佐々木由美（タウハウス）／発行日・十一月一日／頁数・本文全三一六頁／定価・九五〇円／発行人・坂上弘／編集人・加藤宗哉／発行所・東京都港区三田二—一五—四五慶應義塾内　三田文学会／発売元・東京都港区三田二—一九—三〇　慶應義塾大学出版会／印刷所・図書印刷株式会社

二〇〇四年（平成十六年）

■冬季号—76号　**【2004冬】**

特別企画・俳句1
私の文学[1]　金子兜太　（聞き手）田中和生
金子兜太論
身体のゲリラ——金子兜太の句業[2]　夏石番矢
闘うべきは——金子兜太論[3]　西村和子
特別企画・俳句2
詩人と小説家の自選20句
靴の先　車谷長吉
記紀の神　川上弘美
一年　高橋睦郎
リビドウ蕩尽[4]　室井光広
大鴉　高橋順子
肩甲二十句 2000—2003[5]　長嶋有
小説
三十七の女—六十六枚　片野朗延
八時八分のコーヒー—三十枚　松本智子
味の清六—連作「晩年まで」　立松和平
随筆
日本文化と欧米文化　岸田秀
先輩たちと劇場　坂手洋二
野口冨士男文庫のこと　勝又浩
遠藤周作という人　池田眞朗
瞬間生命を　加地慶子
——三田文学スペシャル・イベント11・22
対談

昭和文学史の虚点――井上良雄をめぐって 6　新保祐司・富岡幸一郎

評論
思想と「近代文学」7　大久保房男
堀口大學　長谷川郁夫
――桃色の夢と光と音楽と（新詩社入門）
気づかれざるオランス――舟越桂論 8　神谷光信
季刊・文芸時評（二〇〇四・冬）9　山崎行太郎
ろばの耳 10　立石弘道／真鍋孝子／名手慶一／森本周子／小林俊彦

書評
西村亨『王朝びとの恋』11　佐谷眞木人
川上弘美『光ってみえるもの、あれは』12　松本智子
松永尚三『ポン・ヌフ物語』13　井上隆史
勝又浩『引用する精神』14　山内洋
鷲見洋一『翻訳仏文法　上・下』15　工藤妙子
矢作俊彦『ららら科學の子』16　田中和生

連載
沈黙の神々――第十二回　石鎚山星ヶ森　佐藤洋二郎
「三田文学」の歴史（十五）17　武藤康史
――明治四十三年十一月号

執筆者紹介
編集後記 18

目次註

1 ――土から俳句がしみ込んでくる――〈産土《うぶすな》の狼が飛び出してきた／秩父の土から俳句がしみ込んでくる／戦前・戦中の雰囲気／戦後の造型俳句論へ／実としての銀行員生活／前衛俳句運動／漂泊と定住と／戦後の転換――「心」から「情」へ／世界に広がる俳句／造型と即興と人間と／新しいカウンター・カルチャーとしての俳句〉〔東京・八重洲富士屋ホテルにて〕※両者の写真を付す
2 〈一　奇怪な巨岩／二　砦としての身体／三　陽転する身体／四　躍動する身体／五　動物という身体／六　人体の諧謔／七　身体のゲリラ〉
3 〈一、魔女との出会い／二、現実との闘い／三、季語との別れ／四、自然の懐の中へ〉
4 〔全詩歌句『漆の歴史』より〕
5 長嶋有（肩甲）
6 〈二人の井上良雄／昭和文学の出発点としての井上良雄／信仰としてのマルクス主義とそこからの転向／女房的リアリズムとアリョーシャ的リアリズム／美の批評家と義の批評家／十字架と再臨／虚点あるいは補助線の存在意義／小さきものを見る眼／酩酊と陶酔を醒ますもの／方向転換を生きた知識人〉※両者の写真を付す
7 〔私小説風戦後文壇側面史（2）〕
8 〈1―4〉※「雲の庭」の写真図版を付す
9 〈文学や芸術の根底にあるもの……／人は、どのようにして作家になるのか――絲山秋子と藤沢周／雨宮処凛のネット小説『EXIT』を読む〉
10 三田文学と英文科　立石弘道／作者が読者に変わる時――書簡体恋愛　真鍋孝子／紀州の食文化　名手慶一／影について　森本周子／サイン　小林俊彦
11 恋の文学、文学の恋　※大修館書店刊
12 ちょっとかわった「ふつう」の中で　※中央公論新社刊
13 四つの真実　※文芸社刊
14 言葉より立ち現れてくる人を待つこと　※筑摩書房刊
15 読め！　読め！　読め！　※ちくま学芸文庫
16 真の自由への一歩　※文藝春秋刊
17 〔この項、続く〕※【2004春】に誤字訂正あり
18 （加藤宗哉）※〈私の文学〉最終回／三田文学会スペシャルイベント盛況御礼〉

表紙画・浜口陽三「蝶」／カット・西沢貴子／写真・稲井勲／デザイン・鈴木堯・小林煌・佐々木由美（タウハウス）／発行日・二月一日／頁数・本文全二五二頁／定価・九五〇円／発行人・坂上弘／編集人・加藤宗哉／発行所・東京都港区三田二―一五―四五慶應義塾内　三田文学会／発売元・東京都港区三田二―一九―三〇　慶應義塾大学出版会／印刷所・図書印刷株式会社

■春季号―77号　【2004春】

第十一回三田文学新人賞・決定
受賞作（小説）
シャンペイン・キャデラック　岡崎竜一
最終候補全作品と選考座談会
候補作
植木鉢　大島ゆい
スクリーンの向こう側へ 1　小尾慶一
貴方綴り 2　中里友香
選考座談会
小説の読まれ方 3　荻野アンナ・室井光広・巽孝之・武藤康史
受賞のことば 4
予選通過作品

小説
アリス探し 5　茂木光春
鬼子母神―連作「晩年まで」　立松和平

評論
アメリカ女流印象派画家・詩人　武藤脩二
――リーラ・キャボット・ペリー 6
マルキシストの文学者 7　大久保房男
堀口大學　長谷川郁夫
――無頼を愛づる若きこころ（慶應予科入学）8

随筆
フラナリー・オコナーの短編　吉行理恵
ジョルジュ・サンドの「耳」9　小野正嗣
北原武夫さんのこと　寺田博
村野四郎記念館のこと　村野晃一
シナリオ文学運動のころ　小瀧光郎

編集部への手紙 10　木村威夫
新企画　わたしの独り言
中途半端 11　関場武
女、SF、神話、純文学 12　笙野頼子
［解説］疑似文学《パラリテラチャー》としての日本文学／笙野頼子 13　長澤唯史
随想
〈いのち〉の感性　澤井繁男
季刊・文芸時評(二〇〇四・春) 14　山崎行太郎
ろばの耳 15　石氏謙介／滝田馨／山村正英／服部剛
書評
坂上弘『眠らんかな』16　古屋健三
澤井繁男『鮮血』17　神谷光信
金原ひとみ『蛇にピアス』18　宮内聡
原田宗典・文／奥山民枝・絵『醜い花』19　北村哲士
連載
沈黙の神々――第十三回　石見物部族　佐藤洋二郎
「三田文学」の歴史(十六) 20
――明治四十三年十一月号(承前)　武藤康史
執筆者紹介
編集後記 21
第十二回三田文学新人賞応募要項 22

目次註

1 〈GAME1／GAME2／GAME3／GAME4／GAME5／GAME6〉
2 〈シニアセンター／インターナルメモリー(内在的記憶)／一、東京(一九五?年――?)／二、抱茗荷《だきみょうが》／三、呑み込んだら焼け付くだろう毒の花をヒラヒラと／四、貴方とは貴方のこと／五、老いは冤罪の咎／師走〉
3 〈『植木鉢』大島ゆい／『シャンペイン・キャデラック』岡崎竜一／『スクリーンの向こう側へ』小尾慶一／『貴方綴り』中里友香〉
4 岡崎竜一　※略歴と写真を付す
5 〈一―七〉
6 ※リーラ・キャボット・ペリー「自画像」、「ザ・トリオ」、「エドウィン・アーリントン・ロビンソンの肖像」、「新聞を読むトマス・サージェント・ペリー」の絵画図版を付す
7 〔私小説風戦後文壇側面史（3）〕
8 堀口大學――無頼を愛づる若きこころに（慶應予科入学）
9 ※筆者註あり
10 俳句特集（前号）を読んで〔二〇〇四年一月十二日夜しるす〕
11 ※資料図版を付す
12 ――新しい女性文学を戦い取るために――〔平成十五年十月十二日　日本アメリカ文学会第42回大会（於　椙山女学園大学）にて〕　※全講演内容をホームページで発表する案内あり
13 ――作家の講演　解説――
14 〈ドストエフスキーにとって文学とは何だったのか／二葉亭四迷にとって小説とはどういう器であったのか／文学は政治である。が、しかし……／車谷長吉の小説と小説論――死と向き合う心〉
15 ある貴族の小説　石氏謙介／三田文学の思い出　滝田馨／心に浮かぶこと　山村正英／SOULBIRD＝LOVEBIRD　服部剛
16 聞き取られた言葉の重み　※講談社刊
17 間接光に照らされる人生　※未知谷刊
18 日常の中の「リアル」　※集英社刊
19 「醜い花」である、わたしたち　※岩波書店刊
20 ※【2003秋】、【2004冬】の回の誤字訂正あり
21 （加藤宗哉）※〈第十一回三田文学新人賞応募総数一三三篇うち評論十一篇／新企画「わたしの独り言」は学問を専門とする執筆者によるエッセイ／「文芸時評」次回より山崎行太郎から山岡頼弘に〉
22 第十二回三田文学新人賞　原稿募集／慶應義塾大学　三田文学会／〈応募規定／選考委員　荻野アンナ・室井光広・巽孝之・武藤康史／選考委員の言葉〉

表紙画・浜口陽三「緑のさくらんぼ」／カット・西沢貴子／写真・新井谷武廣／デザイン・鈴木堯・小林煌・佐々木由美（タウハウス）／発行日・五月一日／頁数・本文全三二四頁／定価・九五〇円／発行人・坂上弘／編集人・加藤宗哉／発行所・東京都港区三田二―一五―四五慶應義塾内　三田文学会／発売元・東京都港区三田二―一九―三〇　慶應義塾大学出版会／印刷所・図書印刷株式会社

■夏季号―78号　**【2004夏】**

特集・食と文学
対談
胃袋の文学 1　池内紀・荻野アンナ
評論
食――その階級性・動物性 2　菊田均
吉岡実の食卓　秋元幸人
小説に見る江戸の〝季〟と〝食〟　清原康正
エッセイ
井伏さんとカラマツ茸　川嶋眞仁郎
小説
表彰―六十九枚　庵原高子
ダンシングパイン
―新人賞受賞第一作・百枚　岡崎竜一
狐―八十二枚　村松真理
十二歳―連作「晩年まで」　立松和平
随筆
恐るべき母　青来有一
柳川のどんこ舟　高橋順子
オートバイライフ　鈴木光司
文学を殺す武器としてのケータイ　宮下啓三
わたしの独り言
フランス学徒の反フランス思想　鷲見洋一

評論
詩と「ある」ことと3　井上輝夫
『むらぎも』の頃の中野重治4　大久保房男
堀口大學
——知らぬ異国もこひしかろ。（旅立ちまで）　長谷川郁夫
季刊・文芸時評《二〇〇四年・夏》5　山岡頼弘
——内と外、または志賀直哉
書評
庄野潤三『メジロの来る庭』6　田中和生
四元康祐『ゴールデンアワー』7　北村哲士
ろばの耳8　林峻一郎／菊野美恵子／広岡一
有沢螢／川口有／加藤博信
連載
沈黙の神々
——第十四回　保久良神名火山　佐藤洋二郎
「三田文学」の歴史(十七)　武藤康史
——明治四十三年十二月号
オンライン４００字時評9　小杉八朗
執筆者紹介
編集後記10
第十二回三田文学新人賞応募要項11

目次註

1 〈食欲の文学史／文学の無国籍料理／食をよむ／すかし絵の文学／胃袋の伝統／飢えの記憶／悪食と洗練の極み／食、死、詩〉※両者の写真を付す
2 〈1―9〉
3 〔本稿は、二〇〇三年一月十八日、慶應義塾大学湘南藤沢キャンパスで行われた退職記念講演を筆記したものです〕
4 〔私小説風戦後文壇側面史（4）〕
5 ——今回の対象は「新潮」「文學界」「群像」「すばる」四・五・六月号、「早稲田文学」五月号、「文藝」「三田文学」春季号です——〈ラッシュ／二つの意欲作……「ランドマーク」「悪意の手記」／中島一夫「踏切りを越えて　志賀直哉の"幼女誘拐"」／二つの成果……「変な気持」「介護入門」〉
6 希望の文学　※文藝春秋刊
7 言葉の「ゴールデンアワー」を思うこと　※新潮社刊
8 北原武夫が遠藤周作を泣かせた？　林峻一郎／時代のはざわり　菊野美恵子／英語は易しい？　広岡一／当世娘気質　有沢螢／現実であること、現実味があること　川口有／神奈川近代文学館所蔵「慶大俳句」のことなど　加藤博信
9 妖しく揺れ動く　松本智子『八時八分のコーヒー』
10 〈加藤宗哉〉　※〈新鋭創作（短篇）特集・作品募集／「三田文学名作選」特製本　限定販売／「ろばの耳」原稿募集／御購読の皆さまへ〉
11 第十二回三田文学新人賞　原稿募集／慶應義塾大学三田文学会／〈応募規定／選考委員　荻野アンナ・室井光広・巽孝之・武藤康史／選考委員の言葉〉

表紙画・浜口陽三「壺ととうがらし」／カット・西沢貴子／写真・稲井勲／デザイン・鈴木堯・小林煌・佐々木由美（タウハウス）／発行日・八月一日／頁数・本文全二六二頁／定価・九五〇円／発行人・坂上弘／編集人・加藤宗哉／発行所・東京都港区三田二―一五―四五慶應義塾内　三田文学会／発売元・東京都港区三田二―一九―三〇　慶應義塾大学出版会／印刷所・図書印刷株式会社

■秋季号—79号　**【2004秋】**

小説
新鋭の二篇
穴蔵の住人—一〇〇枚　片野朗延
後藤からの手紙—五十五枚　森健
砂の上のキリン—連作「晩年まで」　立松和平
特別企画
対談　現代を生きる情熱1　アニー・エルノー　津島佑子
評論　闖入者、アニー・エルノー2　堀茂樹
新企画
作家が読むドストエフスキー①『死の家の記録』3　加賀乙彦
評論
世界文学の現在
アイリッシュネスの展開4　佐藤亨
——伝統と一個人の才能
飢餓の魂の遍歴5　関根謙
——在英中国人作家虹影の半生記について
続みちのくの詩人たち6　坂口昌明
女流作家と佐多稲子・平林たい子　大久保房男
堀口大學　長谷川郁夫
——ああ、かしこ、かの国ゆかば、（メキシコへ）
ブロードウェイミュージカルと『宇田川心中』7　小林恭二
随筆
落丁か乱丁の十代　藤野千夜
映画・初監督の記　木村威夫
浜口陽三のこと8　嘉納毅六
お墓参りの話　高橋昌男
わたしの独り言
チャタレープロジェクト　武藤浩史
——職業としてのエログロ学問
詩
葡萄と皮　荒川洋治
具足の注文　他一篇9　日和聡子
シンポジウム
日本人の旅・遊び・信仰
——田辺聖子『姥ざかり花の旅笠』をめぐって10
（出席者）梅原猛／三浦朱門／柳田邦男／山折哲雄
田辺聖子／高橋千劔破（司会）

季刊・文芸時評《二〇〇四年・秋》11　山岡頼弘
——無用の終焉
書評
金鶴泳『凍える口　金鶴泳作品集』12　勝又浩
藤井貞和『物語理論講義』13　田中和生
ろばの耳14　中山直美／長谷川つとむ／増原裕子
連載
沈黙の神々　佐藤洋二郎
——第十五回　星神・天香香背男
「三田文学」の歴史(十八)　武藤康史
——明治四十四年一月号
オンライン400字時評15　真鍋孝子
執筆者紹介
編集後記16
第十二回三田文学新人賞応募要項17

目次註

1　〔司会・通訳〕堀茂樹　〈時空間に託す／女性のテリトリー／検閲的な視線の前で／文学における「真実」とは／女性が語るとき〉　※出席者の写真、津島佑子著『黙市』他のフランス語訳本、アニー・エルノー著『嫉妬』他の写真を付す

2　※筆者註あり

3　※〝使用テキスト・ドストエフスキー『死の家の記録』工藤精一郎訳、新潮文庫〟と註あり

4　〈一．「アイルランド文学」の成立／二．英語の影のもとで／三．脱植民地化へ〉　※　引用文献の註あり

5　※筆者註あり

6　〈青島栞／佐藤孝一／石黒英一／今尚志／安利麻慎／小笠原茂介〉

7　講演　ブロードウェイ・ミュージカルと『宇田川心中』〈1．創作のチェックポイント／2．第一長篇『ゼウスガーデン衰亡史』を書く／3．七年後に『カブキの日』／4．小林文学の現在——メインストリームの発展〉〔平成十六年四月十七日　慶應義塾大学三田キャンパス新研究棟AB会議室にて〕

8　※浜口陽三と嘉納毅六の写真を付す

9　具足の注文／歴史の印鑑

10　〈『姥ざかり花の旅笠』に描かれるのびやかな時代／旅日記に見る庶民のレベルの高さ／日本における信仰のかたち〉〔二〇〇三年十二月四日、京都・東山浄苑で行われた蓮如賞授賞式にて収録〕

11　——今回の対象は「新潮」「文學界」「群像」「すばる」七・八・九月号、「早稲田文学」七・九月号、「文藝」「三田文学」夏季号です——　〈森雅之／父の時間……「ダンシングパイン」／失敗作から学ぶ……「秋人の不在」／知的な完成度……「納豆風の吹く日」／腑に落ちる小説……「千々にくだけて」〉

12　あじさいの魂の記録　※クレイン刊

13　新しい文学理論を拓く　※東京大学出版会刊

14　歴史小説　中山直美／もうするまいぞ、総ルビ本　長谷川つとむ／バルテュスと猫の村へ　増原裕子

15　『無限カノン三部作』のウロボロス性

16　〔加藤宗哉〕　※〈アニー・エルノー、津島佑子対談について／加賀乙彦「小説家が読むドストエフスキー」開始／詩の頁新設／三田文学スペシャルイベントの案内／嘉納毅六追悼〉

17　第十二回三田文学新人賞　原稿募集／慶應義塾大学三田文学会／〈応募規定／選考委員　荻野アンナ・室井光広・巽孝之・武藤康史／選考委員の言葉〉

＊　04三田文学会スペシャルイベント　文学を奏でるの案内

表紙画・浜口陽三「ひとで」／カット・西沢貴子／写真・稲井勲／デザイン・鈴木堯・小林煌・佐々木由美（タウハウス）／発行日・十一月一日／頁数・本文全二七八頁／定価・九五〇円／発行人・坂上弘／編集人・加藤宗哉／発行所・東京都港区三田二—一五—四五慶應義塾内　三田文学会／発売元・東京都港区三田二—一九—三〇　慶應義塾大学出版会／印刷所・図書印刷株式会社

二〇〇五年（平成十七年）

■冬季号—80号　**【2005冬】**

［没後五年］特集・江藤淳
江藤淳よ、どうしてもっと文学に生きなかったのか1　吉本隆明
聞き手　田中和生
評論
「六十年の荒廃」の後に2　富岡幸一郎
——江藤淳を想う
江藤淳『漱石とアーサー王伝説』の虚構と真実
——死者を愛し続ける男の物語3　飛ケ谷美穂子
日本近代文学の源流4　田中和生
——江藤淳『小林秀雄』をめぐって
『一族再会』と歴史叙述5　佐谷眞木人
曖昧な日本の私がたり——江藤淳論　金子遊
エッセイ
見ぬ世の人　江藤淳　加藤典洋
最後の「文芸評論家」　新保祐司
心(詩)　江森國友
江藤・大岡論争のころ　高宮利行
先生の思い出6　茂田真〔眞〕理子
私が江藤先生から学んだこと7　山崎行太郎
短篇小説
地上の夜　村松真理
やもり　松本智子
定点観測　川口正和
淵8　小林俊彦
レギュラー満タン　比留間千稲
チャンピオン—連作「晩年まで」　立松和平

わたしの独り言　柴田陽弘
スレスレ
追悼――白井浩司
さようなら白井先生　高橋昌男
銀座抜きで白井先生は語れない　安倍寧
白井浩司先生の思い出　牛場暁夫
白井浩司さん、しばしの別れ、いずれまた　前川嘉男
蛇らしい蛇　鷲見洋一
白井浩司先生を悼む　小潟昭夫
サルトルと荷風と　宮島正洋
年譜（回想記風に）9　白井浩司
詩
オブリーク（斜上）10　藤井貞和
根の国　他二篇 11　蜂飼耳
評論
戦後派以後の新人　大久保房男
堀口大學　長谷川郁夫
――はりつめた若き心の鍵盤に
（ブリュッセルまで）
小説家が読むドストエフスキー 12　加賀乙彦
――第二回『罪と罰』
季刊・文芸時評《二〇〇五年・冬》13　山岡頼弘
――子をめぐって
ろばの耳 14　西沢貴子／高橋浩美
書評
新倉俊一『評伝　西脇順三郎』15　井上輝夫
柴田勝二『〈作者〉をめぐる冒険
テクスト論を超えて』16　浅野麗
松永尚三『料理人』17　井上隆史
連載
沈黙の神々――第十六回　薩摩可愛山　佐藤洋二郎
「三田文学」の歴史（十九）　武藤康史
――明治四十四年二月号
二〇〇四三田文学スペシャルイベント・学生感想文から 18
執筆者紹介
編集後記 19

目次註

1 〈漱石について書いた鷗外のような人／役割は敵対的でも文学の核は似ていた／敵対的な役割の不自由さを越えて／文学の世界を泳ぎ切ってほしかった／もっとも魅力的な江藤淳の暗部／混迷の一九七〇年代をくぐり抜ける／これからの文学の課題／江藤淳が遺したもの〉

2 〈1―3〉

3 飛ヶ谷美穂子〈Ⅰ―Ⅲ〉※資料図版を付す

4 〈一―三〉

5 〈1―2〉

6 茂田眞理子

7 ――イデオロギーから存在論へ――

8 〈1―4〉

9 ――慶應義塾大学文学部紀要『藝文研究』第四十四号（一九八二・一二）より――

10 〔20041124〕

11 〈根の国／蝸牛／ゆきまろぼぼりあぁのん〉

12 ※〝使用テキスト『罪と罰』上下（江川卓訳、新潮文庫）〟と註あり

13 ――今回の対象は「新潮」「文學界」「群像」「すばる」十・十一・十二月号、「早稲田文学」十一月号、「文藝」「三田文學」秋季号です――〈(1)「助けてください」／(2) 子と小説／(3) 批評の困難／(4) 見出された子〉

14 ヘルメス熱　西沢貴子／空の高み　高橋浩美

15 誌と真実をたどるさわやかな旅　※慶應義塾大学出版会刊

16 作者の息吹を取り戻す試み　※新曜社刊

17 孤独のかなたへ　※文芸社刊

18 二〇〇四三田文学スペシャルイベント　文学を奏でる（木室陽子・杉山綾子・堀川駿・伊藤信也・石渡恵）

20 （加藤宗哉）※〈江藤淳没後五年特集／白井浩司追悼／第十二回三田文学新人賞締切／川口正和「定点観測」、小林俊彦「淵」は【2004夏】にて募集した短篇創作／三田文学スペシャルイベント「文学を奏でる」に二百名を超える参加者、御礼など〉

表紙画・浜口陽三「ツーペアーズ」／カット・西沢貴子／デザイン・鈴木堯・小林煌・佐々木由美（タウハウス）／発行日・二月一日／頁数・本文全三一六頁／定価・九五〇円／発行人・坂上弘／編集人・加藤宗哉／発行所・東京都港区三田二―一五―四五慶應義塾内　三田文学会／発売元・東京都港区三田二―一九―三〇　慶應義塾大学出版会／印刷所・図書印刷株式会社

■春季号―81号　【2005春】

第十二回三田文学新人賞決定（当選作・小説二篇）
ＫＡＳＡＧＡＭＩ―八十八枚 1　高木智視
雨にぬれても―一〇〇枚　村松真理
選考座談会――イヤな小説、好きな小説 2
荻野アンナ・室井光広・巽孝之・武藤康史
受賞のことば 3
予選通過作品
小説
母の刺青　飯田章
特攻崩れ―連作「晩年まで」　立松和平
新訳　蝶々夫人（原作）4　ジョン・ルーサー・ロング
村上由見子・訳
解説「蝶々夫人」をめぐる考察 5　村上由見子
評論
堀口大學　長谷川郁夫
――秋の風そぞろ日本を思はしむ（ブリュッセル）
小説家が読むドストエフスキー 6　加賀乙彦
――第三回『白痴』

季刊・文芸時評《二〇〇五年・春》7　山岡頼弘
――「西の果《はて》」から

詩
三月も終わる　他二篇8　井坂洋子
つくえのうえのなぞなぞ　どうぶつのなぞなぞ9　田口犬男

追悼――桂芳久
縁――桂芳久さんを偲んで　加藤幸子
淋しい限り　大久保房男
若き日の桂芳久君　吉野晃
かけがえのない眼　岡谷公二
約束を果たせなかった　辻原登
死者の声が聞こえる――桂芳久論10　田中和生

ろばの耳11　武田専／前島一淑／大野広之

書評
ユベール・マンガレリ著
田久保麻理訳『おわりの雪』12　野崎歓
庵原高子『表彰』13　菊野美恵子

連載
沈黙の神々　佐藤洋二郎
――第十七回　印旛宗像神社群

執筆者紹介
編集後記14
第十三回三田文学新人賞応募要項15

目次註

1 〈一―五〉
2 〈『革命前夜』新保謙輔／『KASAGAMI』高木智視／『この秋は』冬村勇陽／『雨にぬれても』村松真理〉※出席者の写真を付す
3 高木智視／村松真理　※両者の写真、略歴を付す
4 〈1 セイヤーの処方箋／2 B・F・ピンカートン氏と、彼流のやり方／3 月の女神／4「トラブル」、その心は「喜び《ジョイ》」／5 世をはかなみ、死んで、極楽へ行く歌／6 アメリカ式お戯れ／7 蝶々さんの「どっちにせよ」が理解できなかった結婚斡旋人／8 紅潮した蝶々さん／9 コマドリのこと／10 優しさからの嘘／11「とても、いちばん、すてぎなお方」／12 文晁の画のように／13 善良な領事の同情から出た嘘／14 金髪の女／15 コマドリが次に巣を作るとき〉
5 〈作者ロングと影の女性／「蝶々さん言葉」の世界／世紀末のムスメたち／誰が「蝶々さん」を殺したか……？／〝完成品〟マダム・バタフライ〉
6 ※〝使用テキスト『白痴』上下（木村浩訳、新潮文庫）〟と註あり
7 ――今回の対象は「新潮」「文學界」「群像」「すばる」一・二・三月号、「早稲田文学」一・三月号、「文藝」「三田文學」冬季号です――〈（1）異物のゆくえ／（2）『極西文学論』は、なぜ遅れているのか／（3）復活のイコン〉
8 〈三月も終わる／その間おまえはどこにいたの？／彼女の時間軸〉
9 〈つくえのうえのなぞなぞ（答えは94ページ）／どうぶつのなぞなぞ（答えは98ページ）〉
10 〈一―三〉
11 文学への郷愁　武田専〈Ⅰ―Ⅱ〉／北大恵廸寮青春の歌「酒、歌、煙草、また女」前島一淑／魯迅博物館のこと　大野広之　※次号に本文誤字訂正
12 沈黙の作法　※白水社刊
13 時間と記憶の厚み　※作品社刊
14 （加藤宗哉）※〈新人賞応募総数三九六篇うち評論三二篇／第十三回より新人賞選考委員替わる／桂芳久追悼／武藤康史「『三田文学』の歴史」休載〉
15 第十三回三田文学新人賞　原稿募集／慶應義塾大学／三田文学会〈応募規定／選考委員　荻野アンナ・坂本忠雄・佐藤洋二郎・田中和生／選考委員の言葉〉

表紙画・浜口陽三「青いガラス」／カット・西沢貴子／写真・稲井勲／デザイン・鈴木堯・小林煌・佐々木由美（タウハウス）／発行日・五月一日／頁数・本文全二七六頁／定価・九五〇円／発行人・坂上弘／編集人・加藤宗哉／発行所・東京都港区三田二―一五―四五慶應義塾内　三田文学会／発売元・東京都港区三田二―一九―三〇　慶應義塾大学出版会／印刷所・図書印刷株式会社

■夏季号―82号　【2005夏】

小説
橋の上―八十八枚　松本智子
マゾの話　松永尚三
隣家の友　吉住侑子
砂糖キビ畑―連作「晩年まで」　立松和平

随筆
叫び聲　辻章
尋ね人・三宅由岐子　川和孝
佐野繁次郎と「三田文学」　橋秀文
「早稲田文学」のことなど　林えり子

評論
プルースト逍遥（新連載）　室井光広
――第一回　逍遥学派の女
小説家が読むドストエフスキー――『悪霊』1　加賀乙彦
世界文学の現在
「特性のない国」の文学的特性2　鈴木伸一
――イェリネクにみるオーストリア文学の潮流
堀口大學　長谷川郁夫
――永井荷風に見せたうござる、（マドリッド）
ブック・クラブをめぐる愛と死3　巽孝之

随想
美の貴族性を再発見すること　大久保喬樹
――ルガーノのミケランジェリ

詩
一日4　高橋順子

そうゆうふうに生きている　小池田薫
対談
反時代的精神の正統性5　新保祐司
――齋藤磯雄とカトリシズム　富岡幸一郎
わたしの独り言
私の中の「わたし」の居場所　宮下啓三
季刊・文芸時評《二〇〇五年・夏》6　山岡頼弘
――資本と文学
ろばの耳7　平田一哉／小杉八朗
書評
田中和生『あの戦場を越えて　日本現代文学論』8　古屋健三
新保祐司『信時潔』9　菊田均
巽孝之他編『幸福の逆説』10　永野文香
連載
沈黙の神々――第十八回　知井宮　佐藤洋二郎
「三田文学」の歴史(二十)　武藤康史
――明治四十四年三月号
執筆者紹介
編集後記11
第十三回三田文学新人賞応募要項12

目次註

1 (第四回)　※〝使用テキスト『悪霊』上・下（米川正夫訳、岩波文庫）〟と註あり

2 〈「事実」を描き出す言葉／郷土を穢す者たち――オーストリアにおける受容の問題〉

3 〈1．読書するアメリカ／2．翻訳家たちの地獄――マシュー・パール『ダンテ・クラブ』／3．負け犬たちの楽園――カレン・ジョイ・ファウラー『ジェイン・オースティン・ブック・クラブ』〉

4 〈木の一日／アスパラガスの一日／ひまわり畑の一日／秋の一日〉

5 〈齋藤磯雄との出会い／アウトサイダーとしての文学者／ボードレールのカトリシズム／時代錯誤《アナクロニズム》としてのカトリシズム／アナクロニストの伝統／反動としての近代批判／齋藤磯雄の現代性／審美的で倫理的な言葉を求めて〉　※両者の写真を付す

6 ――今回の対象は「新潮」「文學界」「群像」「すばる」四・五・六月号、「早稲田文学」五月号、「文藝」「三田文學」春季号です――〈(1)「誰か」と「何か」／(2)資本と死／(3)資本と可能性〉

7 玩物喪志　平田一哉／絵になる風景　小杉八朗

8 スリリングな言葉の復活劇　※講談社刊

9 「海ゆかば」と戦後六十年　※構想社刊

10 幸福の他流試合　※慶應義塾大学出版会刊

11 (加藤宗哉)　※〈「三田文学」第八次は二十年以上を経過、継続刊行を支える読者、会員、慶應義塾に感謝／編集を手伝う学生の卒業など〉

12 第十三回三田文学新人賞　原稿募集／慶應義塾大学／三田文学会〈応募規定／選考委員　荻野アンナ・坂本忠雄・佐藤洋二郎・田中和生／選考委員の言葉〉

表紙画・浜口陽三「二色のぶどう」／カット・西沢貴子／写真・稲井勲／デザイン・鈴木堯・小林煌・佐々木由美（タウハウス）／発行日・八月一日／頁数・本文全二六八頁／定価・九五〇円／発行人・坂上弘／編集人・加藤宗哉／発行所・東京都港区三田二―一五―四五慶應義塾内　三田文学会／発売元・東京都港区三田二―一九―三〇　慶應義塾大学出版会／印刷所・図書印刷株式会社

■秋季号――83号　**【2005秋】**

小説
仮の宿―百七十四枚　古屋健三
ミーナ―百枚　村松真理
魂《まぶい》―連作「晩年まで」　立松和平
随筆
〝特選塾員〟で文豪とつながり　白川正芳
ドバイの月　杉山正樹
落書き　田久保麻理
サカガウィア・ゴールド　足立康
没後五十年　特集　ポール・クローデル
『繻子の靴』の余白に1　渡邊守章
――クローデル没後五十年ということ
クローデルと俳句――『百扇帖』の書と詩2　芳賀徹
「クロオデルには桂を捧げよ」3　大出敦
――大正期のポール・クローデル
知恵の司の饗宴(戯曲)4　ポール・クローデル　中條忍訳
解説『知恵の司の饗宴』　中條忍
クローデルと私　粟津則雄
評論
プルースト逍遥　室井光広
――第二回　ユラニストとユマニスト
小説家が読むドストエフスキー5　加賀乙彦
――『カラマーゾフの兄弟』
堀口大學　長谷川郁夫
――仏蘭西天鵞絨の宝玉函(マドリッド、輿津)
季刊・文芸時評《二〇〇五年・秋》6　山岡頼弘
――小説と批評
ろばの耳7　福田はるか／梅地和子
書評
佐藤亨『異邦のふるさと「アイルランド」』8　金子遊
柴田陽弘編著『恋の研究』9　松本智子
連載
沈黙の神々――第十九回　入間高麗郷　佐藤洋二郎
「三田文学」の歴史(二十一)　武藤康史
――明治四十四年四月号
執筆者紹介
編集後記10

第十三回三田文学新人賞応募要項11

目次註

1 〈(一) 記憶の場／(二) 劇詩人ということ／(三) 文体と言語態／(四)「欲望の人間」の劇――主題論から〉

2 〈書としての詩／ルヴォンの『日本文学選』から／沈黙への浄化〉※資料図版を付す

3 〈はじめに／上田敏と詩の問題／流通するクローデル／書物としての日本／大正の文学空間〉※小柴錦侍画「ポール・クローデル肖像」の図版を付す

4 〈第一―四部〉※註1―17あり

5 (最終回)※"使用テキスト『カラマーゾフの兄弟』第一巻～第四巻(米川正夫訳・岩波文庫)"と註あり／【2004秋】より五回連載

6 ――今回の対象は「新潮」「文學界」「群像」「すばる」七・八・九月号、「文藝」「三田文學」夏季号です―― 〈(1) 小説家の批評家像／(2) 小説家の批評意識／(3) ノンフィクションと批評〉

7 "チャングム"三昧 福田はるか／佐多稲子氏の原点 梅地和子

8 天使よ、故郷を見よ ※新評論刊

9 人間について考えるための入口 ※慶應義塾大学出版会刊

10 (加藤宗哉) ※〈二〇〇五年三田文学スペシャルイベントの案内など〉

11 第十三回三田文学新人賞 原稿募集／慶應義塾大学／三田文学会〈応募規定／選考委員 荻野アンナ・坂本忠雄・佐藤洋二郎・田中和生／選考委員の言葉〉

表紙画・浜口陽三「野(赤)」／カット・西沢貴子／デザイン・鈴木堯・小林煌・佐々木由美(タウハウス)／発行日・十一月一日／頁数・本文全二八四頁／定価・九五〇円／発行人・坂上弘／編集人・加藤宗哉／発行所・東京都港区三田二―一五―四五慶應義塾内 三田文学会／発売元・東京都港区三田二―一九―三〇 慶應義塾大学出版会／印刷所・図書印刷株式会社

二〇〇六年(平成十八年)

■冬季号―84号 【2006冬】

永井荷風論・四篇1
永井荷風とカラマズーとその時代2 ジェフリー・アングルス
おうちを、楽しく――Kafū's Sweet Home3 持田叙子
日本近代文学の逆説4 田中和生
――初期の永井荷風について
永井荷風の他人感覚5 菊田均
小説
炎色のボレロ 片野朗延
野の鍛冶屋―連作「晩年まで」 立松和平
詩
匂い 江森國友
新鋭による遠藤周作論
遠藤周作とフランソワ・モーリヤック6 福田耕介
――テレーズ的主人公の救済
それでも人間は信じられるか 今井真理
――遠藤周作とアウシュヴィッツ
母なるものを求めて7 長谷川(間瀬)恵美
――遠藤周作文学と古神道
評論
プルースト逍遙 室井光広
――第三回 ドン・ファン、オン・ファン、アンファン
堀口大學8 長谷川郁夫
――「くら闇坂」の登り降り(大森望翠楼ホテル)
季刊・文芸時評《二〇〇六年・冬》9 山岡頼弘
――文学にとって、強者とは何か
随筆
なつかしい白井浩司先生――一年遅れの追悼文 上原和
人生の贅沢 森禮子
生誕百年 山中散生 黒沢義輝
――シュルレアリスム紹介のパイオニア
『福沢諭吉』余話 岳真也
書評
佐藤洋二郎『沈黙の神々』10 佐谷眞木人
澤井繁男『腎臓放浪記』11 山内洋
ろばの耳12 小林茂登子／岡田厚美
連載
沈黙の神々 佐藤洋二郎
――第二十回 安産神・下照姫
「三田文学」の歴史(二十二) 武藤康史
――明治四十四年五月号
執筆者紹介
編集後記13

目次註

1 評論――永井荷風

2 〈1. 荷風の下宿／2. カラマズー市民の日本への関心／3. 日本の代弁者としての荷風と彼の仲間たち／4. カラマズーの思い出〉※註あり／資料写真を付す

3 ――Kafū's Sweet Home――〈I―III〉※"荷風作品の引用は、『荷風全集』(全二十九巻、一九六二～一九七四年、岩波書店)に拠る"の註あり

4 〈一―三〉

5 〈1―5〉

6 〈テレーズの影をおって／石像のように／もう一つの自己／「妻」の創出／テレーズ的主人公の救済〉

7 〈遠藤文学におけるキリスト教の実生化《みしょうか》(Inculturation)／遠藤文学の底流に潜む古神道(Basic Shinto)／遠藤の文学に与えられた課題／終わりに〉

8 ――「くら闇坂」の登り降《お》り(大森望翠楼ホテル)――

9 ――今回の対象は「新潮」「文學界」「群像」「すばる」十・

十一・十二月号、「文藝」「三田文學」秋季号です――〈(1)強者への道……田中厚「冷たい水の羊」/(2)原理が宗教化する弱さ/(3)人という弱々しい声〉
10　神社を旅するこころ　※松柏社刊
11　「毀形」の肉体から「非形」のいのちへ　※平凡社新書
12　ロンドン・テロ　小林茂登子/落語と文学の間で…――三田文学スペシャルイベントのこと　岡田厚美
13　(加藤宗哉)　※〈永井荷風、遠藤周作について/三田文学新人賞締切〉

表紙画・浜口陽三「びんとレモン」/カット・西沢貴子/デザイン・鈴木堯・小林煌・佐々木由美（タウハウス）/発行日・二月一日/頁数・本文全二三六頁/定価・九五〇円/発行人・坂上弘/編集人・加藤宗哉/発行所・東京都港区三田二―一五―四五慶應義塾内　三田文学会/発売元・東京都港区三田二―一九―三〇　慶應義塾大学出版会/印刷所・図書印刷株式会社

■春季号―85号　**【2006春】**

第十三回三田文学新人賞決定
当選作(小説)
針谷の小説　針谷卓史
最終候補作(小説)
それぞれのそら　三浦曙
雷魚　森野緑
選考座談会
新しい書き手に求めるもの1　荻野アンナ・佐藤洋二郎・坂本忠雄・田中和生
受賞のことば2　針谷卓史
第十三回三田文学新人賞・予選通過作品
評論
プルースト逍遥――第四回　難色という色メガネ　室井光広
虎の余命、近代文学の終わり3――再見《さよなら》『山月記』　山内洋
高木護――と私小説の伝統4　岡庭昇
堀口大學――梨《り》浦《ほ》のわが日は感情多し(ブラジルへ)　長谷川郁夫
随筆
不思議な写真　朱川湊人
森敦「月山」のシラヤマ　前田速夫
マリワナ解禁と同性婚――スイス社会と民主主義　松永尚三
家族語の発見　松本智子
小説
さつまいも―連作「晩年まで」　立松和平
三吟歌仙　新舞子の巻5　車谷長吉・嵯峨山敏・高橋順子
解説6　高橋順子
随想
沈黙記号としての点と線　宮下啓三
季刊・文芸時評(二〇〇六年・春)7　山岡頼弘
ろばの耳8　庵原高子/蛭田幼一/西澤千典
書評
加賀乙彦『小説家が読むドストエフスキー』9　金子遊
津島佑子『女という経験』10　村松真理
新保祐司『鈴二つ』11　若松英輔
中川千春『詩人臨終大全』12　阿部日奈子
連載
沈黙の神々――第二十一回　不詳一座・伊勢松下社　佐藤洋二郎
「三田文学」の歴史(二十三)13　武藤康史――明治四十四年六月号または久保田万太郎の出発
執筆者紹介
編集後記14
第十四回三田文学新人賞応募要項15

目次註
1　〈『針谷の小説』針谷卓史/『それぞれのそら』三浦曙/『雷魚』森野緑/新しい書き手たちへ〉　※出席者の写真を付す
2　※写真、略歴を付す
3　〈「内面」の教科書、「教科書」の内面/懐疑を生きる条件、あるいは中島敦の現代性/「動物」と化した「虎」、「詩」の逆説〉
4　〈流浪する魂/高木護の祈り/私小説の戦後への延命/高木護に先行する川崎長太郎/高木護の自在な実存〉
5　〔平成十七年五月十八日　於播州御津町新舞子ノ浜「潮里」/十月十三日　於播州夢前町塩田温泉「上山旅館」〕
6　新舞子の巻・解説
7　小説の場所は、何処に――今回の対象は「新潮」「文學界」「群像」「すばる」一・二・三月号、「文藝」「三田文學」冬季号です――〈(1)小説へのレッスン/(2)小説と現実/(3)現代小説の場所〉
8　遠藤周作氏との縁　庵原高子/朔太郎の詩と私　蛭田幼一/ワインの悦び　西澤千典
9　死刑執行人もまた死す　※集英社新書
10　「女」の神話・「私」の神話　※平凡社刊
11　「国学者」の告白　※構想社刊
12　一茶とゲーテとプーシキンと　※未知谷刊
13　〔この項、続く〕
14　(加藤宗哉)　※〈三田文学新人賞応募四〇〇篇を超える数/【2006冬】「荷風論四篇」が毎日新聞で取り上げられたなど〉
15　第十四回三田文学新人賞　原稿募集/慶應義塾大学/三田文学会〈応募規定/選考委員　荻野アンナ・坂本忠雄・佐藤洋二郎・田中和生/選考委員の言葉〉

表紙画・浜口陽三「魚」/カット・西沢貴子/写真・稲井勲/デザイン・鈴木堯・小林煌・佐々木由美（タウハウス）/発行日・五月一日/頁数・本文全二八〇頁/定価・九五〇円/発行人・坂上弘/編集人・加藤宗哉/発行所・東京都港区三田二―一五―四五慶應義塾内　三田文学会/発売元・東京

都港区三田二—一九—三〇　慶應義塾大学出版会／印刷所・図書印刷株式会社

■**夏季号—86号**　【2006夏】

小説
プルタブ29—一〇〇枚　岡崎竜一
海の乳房—一〇〇枚　庵原高子
桃の花—連作「晩年まで」　立松和平
対談
現代の文学に太宰治がつきつけるもの1　富岡幸一郎・田中和生
評論
プルースト逍遙——第五回　大童　室井光広
堀口大學
——夕ぐれわれ水を眺むるに
（リオ・デ・ジャネイロ、大正八年）　長谷川郁夫
小川国夫「ヨレハ記」におけるメッセージ2　福田はるか
——キトーラ譚《サーガ》の中から
随筆
B的生活　笠原淳
桑の実　樋口覚
本歌取り　池田眞朗
階段と私の関係　蜂飼耳
学生小説セレクション（シナリオ篇）
迷子の探しもの　荻原笑子
［解説］行動から見えて来る　小瀧光郎
季刊・文芸時評（二〇〇六年・夏）3　山岡頼弘
——ロマンと、暴力
ろばの耳4　山崎徳子／服部剛
書評
粟津則雄『粟津則雄著作集・第一巻』5　西村眞
遠山一行『モーツァルトをめぐる十二章』6　鷲見洋一
ミヒャエル・デーゲン『みんなが殺人者ではなかった
戦時下ベルリン・ユダヤ人母子を救った人々』
小松はるの・小松博訳7　柴田陽弘
大久保房男『終戦後文壇見聞記』8　徳島高義
連載
沈黙の神々
——第二十二回　夫姫伝説・対馬和多都美　佐藤洋二郎
「三田文学」の歴史（二十四）　武藤康史
——明治四十四年六月号
または久保田万太郎の出発（承前）
執筆者紹介
編集後記9
第十四回三田文学新人賞応募要項10

目次註
1　〈いま太宰治について書くとは／太宰を意識していた三島／思想でも信仰でもなく／政治と文学／戦後を超える誘惑的な言葉／「母」性的な言葉／批評のスタイルとテーマ／現在の文学状況〉※両者の写真を付す
2　〈キトーラのヨレハ／『八月の光』、『響きと怒り』と『ヨレハ記』／方言と人物像／「ヨレハ記」の二人の女性／「白い駱駝の川」「棗椰子の林」「神に眠る者」〉
3　——今回の対象は「新潮」「文學界」「群像」「すばる」四・五・六月号、「文藝」「三田文學」春季号です——〈（1）ロマンの死／（2）詩人と小説家／（3）批評の現在／（4）新しい才能……羽田圭介〉
4　きっかけのきっかけ　山崎徳子／七夕の祈り～職場の老人ホームより～　服部剛
5　大批評家の顔をめぐって　※思潮社刊
6　裸形で向かいあう天才　※春秋社刊
7　凡庸なる悪、あるいは卑近なる善　※影書房刊
8　面白くて為になる　※紅書房刊
9　（加藤宗哉）※〈三田文学新人賞受賞作家たちの活躍／「没後十年・遠藤周作さんをしのぶ会」の案内など〉
10　第十四回三田文学新人賞　原稿募集／慶應義塾大学／三田文学会〈応募規定／選考委員　荻野アンナ・坂本忠雄・佐藤洋二郎・田中和生／選考委員の言葉など〉

表紙画・浜口陽三「アスパラガス」／カット・西沢貴子／デザイン・鈴木堯・小林煌・佐々木由美（タウハウス）／発行日・八月一日／頁数・本文全二四八頁／定価・九五〇円／発行人・坂上弘／編集人・加藤宗哉／発行所・東京都港区三田二—一五—四五慶應義塾内　三田文学会／発売元・東京都港区三田二—一九—三〇　慶應義塾大学出版会／印刷所・図書印刷株式会社

■**秋季号—87号**　【2006秋】

小説
アパシー——二十五歳の遺稿・百四十枚1　片山飛佑馬
海辺来信《かいへんらいしん》—九十八枚　楊天曦
鹿の園—連作「晩年まで」　立松和平
評論
新連載　封印されたヒロイン—荷風万華鏡2　持田叙子
没後十年　遠藤周作　響きあう文学
遠藤周作とフランソワ・モーリヤック3　福田耕介
——ベルナール的「息子」への視点
イエスのような人　竹原陽子
——遠藤周作に残された原民喜の痕跡
遠藤周作と井上洋治4　山根道公
——魂の故郷へと帰る旅—新連載
エッセイ
ヒック自伝に顔を出す遠藤周作　間瀬啓允
遠藤周作　年譜に隠された秘密5　久松健一
悪の行われた場所——「海と毒薬」の光と翳　今井真理
評論
プルースト逍遙——第六回　神話をかける　室井光広

堀口大學　長谷川郁夫
――愛することの極みは、
（リオ・デ・ジャネイロ、大正九年）
随筆
思い出のパリ　会田千衣子
運命に導かれて　千住明
笑う女　村松真理
季刊・文芸時評（二〇〇六年・秋）6　山岡頼弘
ろばの耳7　田中緑／辻友子
書評
富岡幸一郎『新大東亜戦争肯定論』8　菊田均
瀬尾育生『戦争詩論 1910―1945』9　田中和生
佐藤洋二郎『未完成の友情』10　松本智子
オンライン時評11　立山萬里／石平淳之介
連載
沈黙の神々　佐藤洋二郎
――第二十三回　女神が降臨した土地・久高島
「三田文学」の歴史（二十五）12　武藤康史
――明治四十四年七月号（一）
執筆者紹介
編集後記13
第十四回三田文学新人賞応募要項14

目次註

1〈一―二十四〉
2（第一回）〈Ⅰ―Ⅳ〉※筆者の付記あり
3〈聖体行列に参加するベルナール／家庭を棄てる「父親」／家庭に留まる「息子」／母の「烈しさ」の啓示／冬の朝のミサへの行進〉
4――第一回　四等船室の出会いまで――〈1―5〉
5〈秘密の価値／魂の問題／受洗・受堅／十八歳の空白／母の死／罪／忸怩／キリスト教への疑義／ふたつの論理／心の底〉
6 小説とジャーナリズム――今回の対象は「新潮」「文學界」「群像」「すばる」七・八・九月号、「文藝」「三田文學」夏季号です――〈（1）魂のフォーム／（2）小説の想像力とは何か／（3）想像力の歴史化／（4）批評のフォーム〉
7 編集長の顔相占い　田中緑／シンプルに歌いたい　辻友子
8 歴史に対峙する　※飛鳥新社刊
9 戦後詩の枠組みを破る詩論　※平凡社刊
10 幸福に似たまたたき　※講談社
11 安岡章太郎の清潔感――「ガラスの靴」から「僕の昭和史」まで――　立山萬里／篠田一士『三田の詩人たち』　石平淳之介
12［この項、続く］
13（加藤宗哉）※〈片山飛佑馬「アパシー」掲載いきさつ／新連載紹介／三田文学スペシャルイベントの案内〉
14 第十四回三田文学新人賞　原稿募集／慶應義塾大学／三田文学会〈応募規定／選考委員　荻野アンナ・坂本忠雄・佐藤洋二郎・田中和生／選考委員の言葉〉
＊二度の増刷を経て完売

表紙画・浜口陽三「ぶどうの房」／カット・西沢貴子／デザイン・鈴木堯・小林煌・佐々木由美（タウハウス）／発行日・十一月一日／頁数・本文全二四八頁／定価・九五〇円／発行人・坂上弘／編集人・加藤宗哉／発行所・東京都港区三田二―一五―四五慶應義塾内　三田文学会／発売元・東京都港区三田二―一九―三〇　慶應義塾大学出版会／印刷所・図書印刷株式会社

二〇〇七年（平成十九年）

■冬季号―88号　【2007冬】

小説
三田文学新人賞作家特集
千鳥足の標本　松本智子
春の秘めごと1　片野朗延
あやふや人形　宮内聡
数億の目が開くとき――「島ノ唄」の中へ　村松真理
仇枕　針谷卓史
LEONE　平井敦貴
鶴―連作「晩年まで」　立松和平
評論
プルースト逍遙　室井光広
――第七回　ヒューマニアック
〈薄羅《うすもの》〉考―荷風万華鏡2　持田叙子
堀口大學　長谷川郁夫
――桃いろのオルキデが咲き、（ブラジル北方への旅）
遠藤周作と井上洋治3　山根道公
――魂の故郷へと帰る旅
随筆
幻の西脇美術館　新倉俊一
この頃、少なくなったこと　中沢けい
去年、弦斎公園で　巽孝之
星は生まれ　星は死ぬ　上村達雄
小林秀雄、あるいは文士の顔　宮島正洋
短歌
父、母を詠む4　矢代朝子
NOTE――矢代静一と和子のこと

季刊・文芸時評(二〇〇七年・冬)5　山岡賴弘
ろばの耳6　磯部洋一郎／黒澤政子
書評
関口裕昭『パウル・ツェランへの旅』7　佐谷眞木人
連載
沈黙の神々
――第二十四回　哀しみの長門忌宮　佐藤洋二郎
「三田文学」の歴史(二十六)8
――明治四十四年七月号(二)　武藤康史
執筆者紹介
編集後記9

目次註

1 〈前編　昼／後編　夜〉
2 (第二回)〈I―III〉
3 ――第二回　四等船室での出会い、そして葡萄畑の再会――〈1―4〉
4 父／母／父と母
5 不安と情熱――今回の対象は「新潮」「文學界」「群像」「すばる」十・十一・十二月号、「文藝」「三田文學」秋季号です――〈(1) タテとヨコ／(2) 小説と不安／(3) 成熟と未来〉
6 永らえて生き別れ　磯部洋一郎／初めての経験　黒澤政子
7 ヴェールの向こうのツェラン　※郁文堂刊／次号に訂正
8 〔この項、続く〕
9 (加藤宗哉)　※〈前号完売御礼／十四回三田文学新人賞締切／三田文学スペシャルイベント百余名の来場者など〉

表紙画・浜口陽三「永代橋」和歌山県立近代美術館蔵／カット・西沢貴子／デザイン・鈴木堯・小林煌・佐々木由美(タウハウス)／発行日・二月一日／頁数・本文全二六四頁／定価・九五〇円／発行人・坂上弘／編集人・加藤宗哉／発行所・東京都港区三田二―一五―四五慶應義塾内　三田文学会／発売元・東京都港区三田二―一九―三〇　慶應義塾大学出版会／印刷所・図書印刷株式会社

■春季号―89号　**【2007春】**

第十四回三田文学新人賞決定
当選作
小説部門
青空クライシス　佐々木義登
評論部門
越知保夫とその時代――求道の文学1　若松英輔
選考座談会2　荻野アンナ・佐藤洋二郎　坂本忠雄・田中和生
受賞のことば3　佐々木義登・若松英輔
第十四回三田文学新人賞・予選通過作品
小説
女にしか歌は歌えない。―八十三枚4　都築隆広
棺の蓋―連作「晩年まで」　立松和平
対談
私のドストエフスキー5　粟津則雄　秋山駿
随筆
米と糠と塩　藤原智美
過去の住宅地図　宮内聡
作品からの呼びかけ　牛場暁夫
神田佐久間町界隈　池田眞朗
季刊・文芸時評　新(二〇〇七年・春)6　水牛健太郎
評論
プルースト逍遙――第八回　蝶番と門番　室井光広
知痴《ちぢ》にみだれて、荷風―荷風万華鏡7　持田叙子
堀口大學
――われ等今日の世界の詩人だ
(ブラジル・一九二二年)　長谷川郁夫
遠藤周作と井上洋治8
――魂の故郷へと帰る旅　山根道公
詩人とは何者か9
――谷川俊太郎の『詩人の墓』　中川千春
ろばの耳10　印内美和子／岡田安里／米井慶子
書評
安岡章太郎『カーライルの家』11　山内洋
秋山駿『私小説という人生』12　山岡賴弘
岡田睦『明日なき身』13　田中和生
ヤン・ファーブル『わたしは血』宇野邦一訳14　村松真理
ひるま・ちいね『エリのうつ』15　小尾慶一
連載
沈黙の神々
――第二十五回　熊野を背負う・吉野水分　佐藤洋二郎
「三田文学」の歴史(二十七)
――明治四十四年七月号(三)　武藤康史
執筆者紹介
編集後記16
第十五回三田文学新人賞応募要項17

目次註

1 〈忘れられた批評家／生血をすする魔物――マルクス主義とキリスト教／詩と告白／批評家誕生〉
2 〈『青空クライシス』佐々木義登／『おまじない考』渋谷聡介／『作家とテレビ・村上龍「カンブリア宮殿」と「Ryu's Bar　気ままにいい夜」をめぐって』山崎隆広／『越知保夫とその時代――求道の文学』若松英輔〉※出席者の写真を付す
3 ※両者の写真、略歴を付す
4 ※註記あり
5 〈少年期の体験／ドストエフスキーとの出会い／日本の作家に流れるドストエフスキー／魂のドラマに基づく小説作法／失われた魂を取り戻すために〉〔二〇〇七年二月十四日　東京・八重洲富士屋ホテル会議室〕※両者の写真を付す
6 フィクションとノンフィクション――今回の対象は「新

潮」「文學界」「群像」「すばる」一・二・三月号、「文藝」「三田文學」冬季号です――〈(1)「なんとなく、リベラル」と先生とわたし」／(2)「古川日出男、司馬遼太郎、C・G・ユング――『要約』＝道徳の位相」と『見えない大学』附属図書館」／(3)その他の作品／(4)「三田文学」冬季号〉

7 (第三回)――其一 まず『紅茶の後』のことなど――〈Ⅰ―Ⅱ〉

8 ――第三回 それぞれの帰国まで――〈1―4〉

9 〈1―4〉

10 小島先生の宿題 印内美和子／海舟の孫 岡田安里／子育ての貴重なアドバイス 米井慶子

11 恩寵の場所へ ※講談社刊

12 私小説という戦争 ※新潮社刊

13 「私」を失った私小説 ※講談社刊

14 親しい「私」の怖い言葉 ※書肆山田刊

15 心の病に敬意を払う ※ゴマブックス刊

16 (加藤宗哉) ※〈新人賞応募数三一二篇うち評論一八篇／新人賞授賞式と懇親会の案内／「季刊・文芸時評」執筆者交代など〉

17 第十五回三田文学新人賞 慶應義塾大学／三田文学会〈応募規定／選考委員 荻野アンナ・坂本忠雄・佐藤洋二郎・田中和生／選考委員の言葉〉

表紙画・浜口陽三「隅田川(大川中洲附近)」／カット・西沢貴子／写真・稲井勲／デザイン・鈴木堯・小林煌・佐々木由美(タウハウス)／発行日・五月一日／頁数・本文全二六八頁／定価・九五〇円／発行人・坂上弘／編集人・加藤宗哉／発行所・東京都港区三田二―一五―四五慶應義塾内 三田文学会／発売元・東京都港区三田二―一九―三〇 慶應義塾大学出版会／印刷所・図書印刷株式会社

■夏季号―90号 【2007夏】

三田文学新人賞受賞第一作
評論
須賀敦子の足跡《あしあと》1 若松英輔
――異端者の信仰とその祈願

小説
桃 佐々木義登

小説
太原街―連作「晩年まで」 立松和平
午後二時 澤井繁男
遥かなる響き 山本孝夫
泡雫《あわしずく》―同人雑誌から2 木村威夫

評論
よみがえる東文彦3 山岡頼弘
――二十三歳の死と復活
他者たちの世界―歴史と文学4 菊田均
プルースト逍遙――第九回 われわれ小説 室井光広
知痴《ちぢ》にみだれて、荷風 其二―荷風万華鏡5 持田叙子
堀口大學 長谷川郁夫
――手と唇が夢をみた(ブラジル・一九二二年)
遠藤周作と井上洋治6 山根道公
――魂の故郷へと帰る旅

随筆
吉村家の絵 大河内昭爾
樋口一葉の時代感覚 佐伯裕子
花散る午後 西村和子
ドイツ商船遭難記――最終講義にかえて 柴田陽弘
学生小説セレクション―14
グリーンカレーの作り方 橋爪千夏
[解説]途方に暮れている 田中和生
[新発見] 遠藤周作フランス留学時の家族との書簡
(一九五一～五二)7
解説 今井真理
『深い河』と母の顔 兼子盾夫
池田弥三郎没後二十五年
憑《よ》りくる魂《たま》―義太夫台本8 池田弥三郎
素浄瑠璃「憑りくる魂」上演をめぐって9 伊藤明恭
――付・三田の古代学

随想
若林真と佐渡島 岡谷公二
季刊・文芸時評(二〇〇七年・夏)10 水牛健太郎
ろばの耳11 菅原治子／秋本喜久子／安藤京子

書評
大久保房男『日本語への文士の心構え』12 古屋健三
奥憲太『百年の花』13 加地慶子

連載
沈黙の神々 佐藤洋二郎
――第二十六回 下町の太宰府・亀戸天神
「三田文学」の歴史(二十八) 武藤康史
――明治四十四年七月号(四)

執筆者紹介
編集後記14
第十五回三田文学新人賞応募要項15

目次註

1 〈「いままでのものはゴミみたい」、須賀敦子はそういった。／「古いハスのタネ」……個の祈りと共同体の祈願／エマニュエル・ムーニエと「コルシア書店の仲間たち」〉

2 ※「ストイケイオン」創刊号、第二号から

3 〈(1)夭逝のリリシズム――三島由紀夫と東文彦／(2)病の架け橋――「冬景色」と吉行淳之介／(3)神への問い――「覚書より」と遠藤周作／(4)さまよえる作家――村上春樹と東文彦〉

4 (第一回)〈1―10〉

5 (第四回)――其二 ロココな荷風――〈Ⅰ―Ⅲ〉

6 ――第四回 日本での再会から――〈1―4〉

7 ※上段に書簡、下段に遠藤周作・フランス留学時の略年譜及び語註／書簡、遠藤周作、遠藤周作のパスポートなどの写真を付す

8 〈(一)―(二)〉 ※〝尚この台本は、竹本綱大夫全集(十)

「憑りくる魂」（企画製作・株式会社東京レコード　販売元・ビクター音楽産業株式会社　監修・舘野善二　協力・東京放送）及び、「咲大夫の会」（昭和六十一年十月二十五日・大阪上六近鉄小劇場）上演の際、配布した台本を照合しました〟と註あり

9　――折口信夫作「死者の書」より池田弥三郎脚色　八世竹本綱大夫・十世竹澤弥七作曲――

10　名古屋と香港とキティちゃん――今回の対象は「新潮」「文學界」「群像」「すばる」「文藝」「三田文學」春季号です――〈(1)「アサッテの人」と「ただだな町、ぐぐぐなおれ」／(2)「りんご」と「グッバイ・ゴジラ、ハロー・キティ」／(3)その他の作品／(4)「三田文學」春季号〉

11　ピカソの鯉のぼり　菅原治子／堀田正睦の義母との出会い　秋本喜久子／箱根の墓　安藤京子

12　老いの一途　※アートデイズ刊

13　戦いの場、休暇の地　※梧桐書院刊

14　〈加藤宗哉〉※〈菊田均「歴史と文学」連載開始など〉

15　第十五回三田文学新人賞　慶應義塾大学／三田文学会〈応募規定／選考委員　荻野アンナ・坂本忠雄・佐藤洋二郎・田中和生／選考委員の言葉〉

表紙画・浜口陽三「大川端」和歌山県立近代美術館蔵／カット・西沢貴子／デザイン・鈴木堯・小林煌・佐々木由美（タウハウス）／発行日・八月一日／頁数・本文全三五六頁／定価・九五〇円／発行人・坂上弘／編集人・加藤宗哉／発行所・東京都港区三田二―一五―四五慶應義塾内　三田文学会／発売元・東京都港区三田二―一九―三〇　慶應義塾大学出版会／印刷所・図書印刷株式会社

■秋季号―91号　【2007秋】

座談会
昭和文学（戦後〜昭和末年）ベストテン［小説篇］1　秋山駿・井口時男・富岡幸一郎・田中和生
作家・編集者へのアンケート
私が選ぶ昭和の小説（五十音順）2
会田千衣子／安宅夏夫／阿刀田高／安倍寧
天沢退二郎／荒川洋治／庵原高子／井出孫六
井上輝夫／入江隆則／岩橋邦枝／岩松研吉郎
印内美和子／植田康夫／上野千鶴子／上原和
梅原猛／浦田憲治／大久保喬樹／大河内昭爾
大橋健三郎／岡庭昇／岡松和夫／岡谷公二
桶谷秀昭／小山内伸／小原眞紀子／加賀乙彦
岳真也／笠原淳／加地慶子／粕谷一希／片野朗延
勝又浩／加藤周一／加藤幸子／神谷光信／川島勝
川村湊／川和孝／菊田均／紀田順一郎／栗田勇
車谷長吉／河野多恵子／小林広一／小檜山博
小堀桂一郎／坂本忠雄／佐々木義登／佐藤泰正
佐藤洋二郎／佐谷眞木人／澤井繁男／柴田陽弘
白川正芳／杉本秀太郎／杉山正樹／関口裕昭
高橋巖／高橋千劔破／高橋昌男／高橋三千綱
高宮利行／高山鉄男／巽孝之／立松和平
田中倫郎／谷沢永一／辻章／辻井喬／都築隆広
土居良一／常盤新平／中沢けい／永戸多喜雄
中西進／新倉俊一／西尾幹二／林京子／林峻一郎
林望／針谷卓史／樋口覚／福澤英敏／福田はるか
増田みず子／待田晋哉／松本健一／松本智子
松本徹／松本道介／水牛健太郎／三田誠広
三室源治／宮内勝典／宮下啓三／武藤康史
村松真理／持田叙子／森道夫／森内俊雄
門田正子／山内洋／山岡頼弘／山折哲雄
山田太一／山根道公／山本道子／吉住侑子
吉田知子／米本浩二／四方田犬彦／若松英輔
三田文学会員へのアンケート　私が選ぶ昭和の小説3
小説
裸婦を描く―連作「晩年まで」　立松和平
夜光虫　比留間千稲
あまっている　印内美和子
学生小説セレクション―15
いつかタイへ　黒田可菜
［解説］学生女優のささやかな冒険　武藤康史
評論
プルースト逍遥
―第十回　さまよえるユダヤ人　室井光広
知痴《ちち》にみだれて、荷風　其三―荷風万華鏡4　持田叙子
堀口大學
―云ふ可くは遠き薔薇か（帰国へ。大正十二年）　長谷川郁夫
森鷗外―歴史と文学5　菊田均
遠藤周作と井上洋治6
――魂の故郷へと帰る旅　最終回　山根道公
随筆
仮定の話　中西進
芥川賞を取らなかった名作たち　佐伯一麦
卒論と小田切進先生の思い出　高橋千劔破
愛しのホークス　河内恵子
随想
ブッキッシュな人　会田千衣子
季刊・文芸時評（二〇〇七年・秋）7　水牛健太郎
体験的ドラマ論
―「チャングムの誓い」はなぜ面白い？　加藤邦英
ろばの耳8　磯貝景美江／大嶋岳夫／森実与子
書評
立松和平『晩年』9　黒古一夫
高橋昌男『中世しぐれ草紙』10　岩松研吉郎
坂口昌明『みちのくの詩学』11　中川千春
荻野アンナ『蟹と彼と私』12　足立康
連載
沈黙の神々
――第二十七回　変幻する女・比売大神　佐藤洋二郎

「三田文学」の歴史　（二十九）
——明治四十四年八月号　武藤康史
執筆者紹介
編集後記13
第十五回三田文学新人賞応募要項14

目次註

1　〈記憶に残る戦後小説／戦争体験と文学／私小説のこと／近代小説と女流作家／昭和小説ベストテン／付・愛すべき小説〉　※出席者の写真を付す
2　※「作品名・著者名・メッセージ」を挙げる
3　※総投票者数二一五名。作品数三五五本。
4　——其三　レトリックとしての花柳界——　〈I—III〉
5　〈1—9〉
6　——最終回　魂の故郷への帰還——　〈1—4〉
※【2006秋】より五回連載
7　「萌え」のさまざま——今回の対象は「新潮」「文學界」「群像」「すばる」七・八・九月号、「文藝」「三田文學」夏季号です——　〈(1)「萌神分魂譜」／(2)「カツラ美容室別室」と「カソウスキの行方」／(3) その他の作品／(4) 三田文學夏季号〉
8　記憶の中から　磯貝景美江／ミラノ経由で　大嶋岳夫／二十五年目の卒業式　森実与子
9　名も無き人々の「死」と共に　※人文書院刊
10　いれこ仕掛と小説　※日本経済新聞出版社刊
11　方言と詩人　※未知谷刊
12　癌創世記　※集英社刊
13　※〈「昭和小説ベストテン」アンケート回答（加藤宗哉）御礼／表紙画、浜口陽三はこの回まで／三田文学スペシャルイベントの御案内など〉
14　第十五回三田文学新人賞　慶應義塾大学／三田文学会〈応募規定／選考委員　荻野アンナ・坂本忠雄・佐藤洋二郎・田中和生／選考委員の言葉〉

表紙画・浜口陽三「魚河岸の汽車」和歌山県立近代美術館蔵／カット・西沢貴子／写真・稲井勲／デザイン・鈴木堯・小林煌・佐々木由美（タウハウス）／発行日・十一月一日／頁数・本文全二六〇頁／定価・九五〇円／発行人・坂上弘／編集人・加藤宗哉／発行所・東京都港区三田二—一五—四五慶應義塾内　三田文学会／発売元・東京都港区三田二—一九—三〇　慶應義塾大学出版会／印刷所・図書印刷株式会社

二〇〇八年（平成二十年）

■冬季号—92号　【2008冬】

特集—西脇順三郎没後二十五年
西脇詩論の国際的評価
萩原と西脇——「近代」の解体1　新倉俊一
外国の視点から見た西脇順三郎の「イロニイ」の詩論2　林少陽
西脇の禅的西洋　チヴァルディ・オルネラ
西脇順三郎の国際的評価　または人間の消滅に関する考察3　ホセア・ヒラタ
小説
タイドテーブル　松本智子
k。と地球儀　岡﨑竜一
息子と逢う日　宮内聡
この酔いをどうやって醒まそうか　福沢英敏
浪人—連作「晩年まで」　立松和平
学生創作セレクション—16
詩　光跡4　平田詩織
［解説］目をかけてやった記憶もないのに　室井光広
随筆
蛙　栗田勇
本代と酒代　粕谷一希
画家　森芳雄と過ごした日々　門田正子
追悼——石川忠雄
石川忠雄先生と「三田文学」　高山鉄男
文学閉塞の現状——笙野頼子氏に尋ねる　田中和生
評論
プルースト逍遥——第十一回　壁・襞・壁　室井光広

紙よ紙、我《われ》は汝《なんじ》を愛す―荷風万華鏡5　持田叙子
堀口大學　長谷川郁夫
――燕の如く痩せてあり(ルーマニア、一九二四年)
小林秀雄と武田泰淳―歴史と文学6　菊田均
佐藤春夫・「神々のひとり」という昂揚7　林浩平
――「愛国詩」とはなにか
わたしの独り言
桜と雀　安藤京子
――江藤淳前三田文学会理事長のこと
季刊・文芸時評(二〇〇八年・冬)8　水牛健太郎
ろばの耳9　畑谷玲子／川人通男／杉本正
書評
立松和平『二荒《ふたら》』10　加地慶子
室井光広『カフカ入門』11　関口裕昭
新倉俊一『西脇順三郎　絵画的旅』12　飯野友幸
秋元幸人『吉岡実と森茉莉と』13　中川千春
連載
沈黙の神々　佐藤洋二郎
――第二十八回　笑い合う神々・佐太神社
「三田文学」の歴史(三十)14　武藤康史
――明治四十四年九月号(一)
執筆者紹介
編集後記15
表紙画について16

目次註

1　〈異様な対比／ベルグソンとヒューム／海外の西脇再評価〉
2　林少陽《りんしょうよう》〈1　国際的に・学際的に西脇詩論を見直す／2　西脇の「イロニイ」とヨーロッパ／3　西脇詩学の「超自然」と「イロニイ」／4　ボードレールと老荘を総合した「超自然」／5　荘子は「詩論家」である：荻生徂徠との一致／6　「イロニイ」と「言外の意味」／7　西脇の定義：「ポエジイ」＝「イロニイ」＝「矛盾」＝「偶然」／8　ヘーゲル的「矛盾」に対する批判としての「イロニイ」／9　萩原朔太郎の誤読／10　「文」の別名としての西脇の「イロニイ」の「ポエジイ」〉※筆者註あり
3　※筆者註あり
4　calling／呼ぶ光波／朝　ホームルームで／双子／銀河／泥の花／放課後／八十八鍵／夜の残響／光炉／夢路／祝祭
5　―Papier, papier, comme je vous aime!―
6　〈1―10〉
7　〈「おれでさへ神々のひとりであつた」／昭和初期の春夫詩／「東天紅」に始まる／「時局」を生きることのポエジー／『霧社』における「蕃人」観――植民地文学に表象された心性〉
8　他者と話者――今回の対象は「新潮」「文學界」「群像」「すばる」十・十一・十二月号、「文藝」「三田文學」秋季号です――〈(1)「キャラクターズ」／(2)「誰かが手を、握っているような気がしてならない」／(3)その他の作品／(4)各誌新人賞／(5)三田文學秋季号〉
9　私を呼んだ「赤光」と島村宏氏　畑谷玲子／百円札十枚の記憶　川人通男／聖坂の最中屋　杉本正
10　命を繋ぐ者に恩寵を　※新潮社刊
11　カフカ文学の門前に立ち続けて　※東海大学出版会刊
12　テラコタの夢を解きあかす　※慶應義塾大学出版会刊
13　探偵の講談　※思潮社刊
14　〔この項、つづく〕
15　(加藤宗哉)　※〈表紙画鈴木信太郎に／表紙の題字変更／「学生小説セレクション」から「学生創作セレクション」に／三田文学スペシャルイベント多数の参加御礼など〉
16　表紙画について・鈴木信太郎「晴れた日の港」

表紙画・鈴木信太郎「晴れた日の港」／カット・西沢貴子／デザイン・鈴木堯・岩橋香月・佐々木由美(タウハウス)／発行日・二月一日／頁数・本文全三四八頁／定価・九五〇円／発行人・坂上弘／編集人・加藤宗哉／発行所・東京都港区三田二―一五―四五慶應義塾内　三田文学会／発売元・東京都港区三田二―一九―三〇　慶應義塾大学出版会／印刷所・図書印刷株式会社

■春季号―93号　【2008春】

第十五回三田文学新人賞決定
当選作(小説)
にずわい―五十八枚　多田真梨子
選考座談会1　荻野アンナ・佐藤洋二郎・坂本忠雄・田中和生
最終候補作(四篇)
受賞のことば2　多田真梨子
第十五回三田文学新人賞・予選通過作品
小説
花咲く屋根の家　村松真理
陰風　片野朗延
二日市温泉―連作「晩年まで」　立松和平
未発表原稿(タイトルなし)3　原民喜
[解説]4　竹原陽子
[参考作品]　雲の裂け目5
随筆
文学と世相　出口裕弘
偽書を愉しむ　高橋昌男
散歩と読書の静かな日々　辻佐保子
三田文人番外篇6　三河幸太
誤解が生んだ名句「山頂に憩いあり」7　宮下啓三
――『野火』と『日本百名山』
追悼
仁者たる所以――村松暎　三室源治
小泉信三先生とはち巻岡田　鈴木隆敏
田中和生「笙野頼子氏に尋ねる」を読んで
徹底検証！　前号田中怪文書の謎　笙野頼子
評論
豊穣な孤独――須賀敦子試論8　佐谷眞木人

プルースト逍遥
——第十二回　オラという語り手　室井光広
戦略としての、老い—荷風万華鏡　持田叙子
堀口大學
——その園に花が咲き（東京、一九二五年）　長谷川郁夫
野上弥生子—歴史と文学9　菊田均
季刊・文芸時評（二〇〇八年・春）10　水牛健太郎
ろばの耳11　八十島章子／田部揆一郎
書評
前川嘉男『ロートレアモン論』12　渡仲幸利
佐藤洋二郎『恋人』13　安藤京子
神谷光信『須賀敦子と9人のレリギオ』14　兼子盾夫
陳染『プライベートライフ（私人生活）』関根謙訳15　田中和生
連載
沈黙の神々
——第二十九回　神になった文人・太宰府天満宮　佐藤洋二郎
「三田文学」の歴史（三十一）16
——明治四十四年九月号（二）　武藤康史
執筆者紹介
編集後記17
第十六回三田文学新人賞応募要項18
表紙画について19

目次註

1 〈「『三太郎の日記』を読み直す——阿部次郎における懊悩と理想」岡本英敏／「子宮のまどろみ」神室磐司／「にずわい」多田真梨子／「ブッブツマンの里帰り」長内久〉　※出席者の写真を付す
2 ※略歴と写真を付す
3 ※「原稿は旧かな・旧字で書かれているが、掲載にあたって旧字は新字に変更」と註あり／戦前の小説「玻璃」の原稿裏面に書かれていた原稿の写真を付す
4 原民喜の原点・父の臨終——草稿「雲の裂け目」について
5 原民喜〔定本　原民喜全集Ⅱ・青土社〕
6 ——慶應義塾に学んだ文壇名物男・坂本紅蓮洞——　※坂本紅蓮洞らの写真を付す
7 〈一　若き日に得た体験のよみがえり——『野火』の山岳風景描写／二　ゲーテの詩句を題名にした書物の由来／三　青春時代へのノスタルジアが増幅した誤解〉
8 ※【2008夏】に誤字訂正あり
9 〈1—11〉
10 小説と倫理——今回の対象は「新潮」「文學界」「群像」「すばる」一・二・三月号、「文藝」「三田文学」冬季号です——〈（1）芥川賞受賞第一作／（2）「長い終わりが始まる」／（3）その他の作品／（4）「小説と評論の環境問題」／（5）「三田文学」冬季号〉
11 Imprinting（刷り込み現象）八十島章子／教育を考える会　田部揆一郎
12 ロートレアモンは難しい？　※国書刊行会刊
13 姿なき伴走者　※講談社刊
14 現代日本をカトリック者として生きる　※日外アソシエーツ刊
15 告発でも過激な性描写でもなく　※慶應義塾大学出版会刊
16 〔この項、続く〕
17 （加藤宗哉）※〈原民喜未発表原稿について／第十五回三田文学新人賞応募総数二三三篇うち評論五〇篇など〉
18 第十六回三田文学新人賞〈応募規定／選考委員　荻野アンナ・佐藤洋二郎・坂本忠雄・田中和生〉
19 （K・A）表紙画について・鈴木信太郎「緑の構図」

表紙画・鈴木信太郎「緑の構図」／カット・西沢貴子／写真・稲井勲／デザイン・鈴木堯・岩橋香月・佐々木由美（タウハウス）／発行日・五月一日／頁数・本文全二七六頁／定価・九五〇円／発行人・坂上弘／編集人・加藤宗哉／発行所・東京都港区三田二—一五—四五慶應義塾内　三田文学会／発売元・東京都港区三田二—一九—三〇　慶應義塾大学出版会／印刷所・図書印刷株式会社

■夏季号—94号　【2008夏】

座談会
文芸編集　今昔——文学の未来にむけて1
寺田博「文藝」元編集長
坂本忠雄「新潮」元編集長
渡辺勝夫「群像」元編集長
舩山幹雄「文學界」現編集長
小泉信三記念講座
シャーロック・ホームズの街で2
——小泉信三、南方熊楠、巽孝之丞　巽孝之
小説
漂流する女　茅野葉子
犬吠3　吉住侑子
白妙の　庵原高子
タナゴ釣り—連作「晩年まで」　立松和平
随筆
イタリアの夏　太田治子
思いのむくままに　芳川泰久
映画と文学——大映多摩川撮影所のころ　小瀧光郎
『試みの岸』と「ヨレハ記」と　福田はるか
無限の言語——小川国夫論4　田中和生
評論
噺家の文学論
——辻原登『円朝芝居噺　夫婦幽霊』を読む　柳家喜多八
プルースト逍遥5
——最終回　世界文学測量士　室井光広
荷風蓮花曼陀羅—完結　荷風万華鏡6　持田叙子
大佛次郎—歴史と文学7　菊田均
伊東静男論
「吾にむかひて死ねといふ」のは誰か8
——「愛国詩」とはなにか—八十七枚　林浩平
季刊・文芸時評（二〇〇八年・夏）9　水牛健太郎

ろばの耳10　山之内朗子／砂山公守
小川恵美子／矢野裕子／石川逸郎
書評
新保祐司『フリードリヒ　崇高のアリア』11　高橋昌男
渡辺保『舞台を観る眼』12　安宅夏夫
武藤康史『文学鶴亀』13　加藤博信
連載
沈黙の神々14　佐藤洋二郎
――最終回　高野山を守る・丹生都比売
「三田文学」の歴史(三十二)　武藤康史
――明治四十四年九月号(三)
400字寄稿15
執筆者紹介
表紙画について16
第十六回三田文学新人賞応募要項17
編集後記18

目次註

1 〈今日の文芸誌の印象／新人の登場／現在の小説のとらえ方／小説の核／小説以外のジャンル／これからの文芸誌〉
※出席者の写真を付す

2 〈○、ふたりの名探偵ホームズ／一、コナン・ドイルと水上瀧太郎――「緑柱石の宝冠」と「倫敦の宿」／二、ある「先輩」の肖像――巽孝之丞登場／三、南方熊楠と読む井上円了――『妖怪学講義』全六巻／四、ストレータムの夜は更けて――クラブまたは見えない大学／五、ある郷土史家の手紙――リーアム・コート・ロード探訪〉　※「本稿は平成二十年五月、小泉信三展の一環として行われた小泉信三記念講座(二〇〇八年五月十二日(月)、十六時三十分～十八時、於・三田キャンパス　北館ホール)の草稿を大幅に加筆改稿したものである。……」と付記あり／資料写真を付す

3 ※引用についての筆者註あり

4 〈一―三〉

5 ※【2005夏】より十二回連載

6 ※【2006秋】より七回連載

7 〈1―12〉

8 〈除去された「愛国詩」／「大東亜」の〈春〉を迎えるために／〈蟬の声〉と「愛国」的心情／「春の雪」と「愛国」イデオロギー／〈燕〉の飛来が意味するもの／「夏花」とは何か／〈夏〉と死の影／「太陽の美しく輝く」場所／死後のユートピア／〈朝鮮〉という「被差別」のアレゴリー／「気分(シュティムンク)」としての「愛国」的心情／再説・「わがひと」とは誰か――「恋闕の情」の導くもの〉

9 「人それぞれ」に抗して――今回の対象は「新潮」「文學界」「群像」「すばる」四・五・六月号、「文藝」「三田文学」春季号です――〈(1)「いわゆるこの方程式に関するそれらの性質について」と「囲われない批評」／(2)「あるゴダール伝」／(3)その他の作品／(4)「三田文学」春季号〉

10 『真鶴』をよむ　山之内朗子／敷居をまたいで　砂山公守／コンピュータ不適応症候群の女　小川恵美子／二十四の瞳　矢野裕子／文学に目覚めた高校時代　石川逸郎

11 風景画が喚び起こすもの　※角川学芸出版刊

12 舞台の実相に迫る　※角川学芸出版刊

13 ことばに酔う　※国書刊行会刊

14 ※【2001春】より二十九回連載

15 葡萄酒の地図　西沢貴子（亡き小川国夫に捧ぐ）

16 (K・A)　表紙画について・鈴木信太郎「象と見物人」

17 第十六回三田文学新人賞〈応募規定／選考委員　荻野アンナ・佐藤洋二郎・坂本忠雄・田中和生〉

18 (加藤宗哉)　※〈小説三作品「七十代競作」／室井光広「プルースト逍遙」、持田叙子「荷風万華鏡」、佐藤洋二郎「沈黙の神々」完結／「三田文学」百周年記念オリジナルグッズのお知らせなど〉

表紙画・鈴木信太郎「象と見物人」／カット・西沢貴子／写真・稲井勲／デザイン・鈴木堯・岩橋香月・佐々木由美（タウハウス）／発行日・八月一日／頁数・本文全二七六頁／定価・九五〇円／発行人・坂上弘／編集人・加藤宗哉／発行所・東京都港区三田二―一五―四五慶應義塾内　三田文学会／発売元・東京都港区三田二―一九―三〇　慶應義塾大学出版会／印刷所・図書印刷株式会社

■秋季号―95号　【2008秋】

小説
綾織り　松本智子
アイピロー　福沢英敏
キセイ院―連作「晩年まで」　立松和平
新連載
エセ物語1　室井光広
――《甲子》むちゃくちゃティーパーティー
評論
小林秀雄と井筒俊彦2　若松英輔
――神秘的人間とその系譜
大岡昇平―歴史と文学3　菊田均
堀口大學　長谷川郁夫
――われは流離の詩人(東京、大正十五年)
わたしの独り言
多面体の作家　遠藤周作に迫るために　兼子盾夫
随筆
微妙な季節感――俳句における「秋」　鷹羽狩行
ニューヨークの日々　千住博
――タゴール氏と源氏物語
時に漢詩の一篇も、　持田叙子
ビレッジの隣人たち　桐江キミコ
戯曲
近松門左衛門・一つ思いの恋4　よねやま順一
季刊・文芸時評(二〇〇八年・秋)5　水牛健太郎
ろばの耳6　大野広之／大橋裕一／門馬恵子／横山隆一
書評
西村亨『伏流する古代』7　中島正二
コーマック・マッカーシー『ザ・ロード』黒原敏行訳8　田中和生
藤崎康『戦争の映画史』9　渡部綾香

連載
「三田文学」の歴史(三十三)10　武藤康史
——明治四十四年十月号
または谷崎潤一郎の登場(一)
執筆者紹介
表紙画について11
第十六回三田文学新人賞応募要綱12
編集後記13

目次註

1 〈第一回〉
2 〈一、宗教と存在/二、ランボーとマホメット/三、美しい花/四、ロシアの霊性と神秘詩人/五、主著二つと嘔吐/六、それぞれの晩年〉
3 〈1—11〉
4 〈二幕〉
5 「邪悪さ」と「小ささ」——今回の対象は「新潮」「文學界」「群像」「すばる」七・八・九月号、「文藝」秋季号、「三田文學」夏季号です——〈(1)「猫を抱いて象と泳ぐ」/(2)「金魚生活」「ハイオクゥ~」「このあいだ東京でね」/(3)その他の作品/(4)「三田文學」夏季号〉
6 スンガリーの風　大野広之/漱石と季節　大橋裕一/アポロンの人　門馬恵子/紫陽花と三田の山(文学奇縁)　横山隆一
7 文献主義の文学史を超えて　※大修館書店刊
8 夢を見失った世界の希望　※早川書房刊
9 戦争映画の面白さ　※朝日新聞出版刊
10 〈この項、続く〉
11 〈安藤京子〉　表紙画について・鈴木信太郎「長崎風景(丘の眺め)」
12 第十六回三田文学新人賞〈応募規定/選考委員　荻野アンナ・佐藤洋二郎・坂本忠雄・田中和生〉
13 〈加藤宗哉〉　※〈三田文学新人賞まもなく締切/新人賞受賞者の活躍/室井光広「エセ物語」開始/三田文学スペシャルイベントの御案内〉

表紙画・鈴木信太郎「長崎風景(丘の眺め)」/カット・西沢貴子/デザイン・鈴木堯・岩橋香月・佐々木由美(タウハウス)/発行日・十一月一日/頁数・本文全二六二頁/定価・九五〇円/発行人・坂上弘/編集人・加藤宗哉/発行所・東京都港区三田二—一五—四五慶應義塾内　三田文学会/発売元・東京都港区三田二—一九—三〇　慶應義塾大学出版会/印刷所・図書印刷株式会社

二〇〇九年(平成二十一年)

■冬季号—96号　【2009冬】

小説
猫の木のある庭　大濱普美子
梁の蜘蛛　長内久
お別れの会　山本孝夫
一味違う焼鳥—連作「晩年まで」　立松和平
エセ物語——《乙丑》夜明けの晩に1　室井光広
特集・井筒俊彦
評論
井筒俊彦——東洋への道程《イチネラリウム》　若松英輔
井筒俊彦の起源2　安藤礼二
——西脇順三郎と折口信夫
東洋学ノススメ3　鶴山裕司
井筒俊彦の「ことば」とともに　神谷幹夫
——「現実」は一つのテクストだ
エッセイ・井筒俊彦とわたし
「ラカン」変奏　山折哲雄
井筒俊彦先生のこと　高橋巖
井筒さんの渋い顔　松原秀一
井筒「伝説」に魅せられて　湯川豊
パリの井筒先生　高山鉄男
エッセイ再録(三作品)
語学開眼/武者修行〔業〕/師と朋友4　井筒俊彦
評論
堀口大學　長谷川郁夫
——夢とうつつのわかれ路にたつ(昭和へ)
司馬遼太郎—歴史と文学5　菊田均

季刊・文芸時評(二〇〇九年・冬)6　水牛健太郎
追悼　林峻一郎
林峻一郎氏とフランス7　松原秀一
ろばの耳8　平田一哉／牧治子
書評
室井光広『ドン・キホーテ讃歌』9　田中和生
佐高信『福沢諭吉伝説』10　佐藤洋二郎
武藤脩二『世紀転換期のアメリカ文学と文化』11　大和田俊之
宇沢美子『ハシムラ東郷
イエローフェイスのアメリカ異人伝』12　常山菜穂子
高橋一清『編集者魂』13　西村眞
佐藤洋二郎『沈黙の神々2』14　山内洋
連載
「三田文学」の歴史(三十四)15
――明治四十四年十月号
または谷崎潤一郎の登場(二)　武藤康史
400字時評16
執筆者紹介
表紙画について17
編集後記18

目次註

1 〈第二回〉
2 〈1―2〉
3 〈1 神秘哲学の定義／2 井筒東洋哲学の範囲／3 イブン・アラビーの存在一性論と禅の思想構造／4 アラヤ識論／5 井筒哲学の方法的・思想的可能性〉
4 語学開眼〔「道7 昭和の一人一話集」〕／武者修業〔「三田評論」〕／師と朋友〔「三田評論」〕
5 〈1―11〉
6 ボクたち男の子。キミたち…。――今回の対象は「新潮」「文學界」「群像」「すばる」十・十一・十二月号、「文藝」冬季号、「三田文學」秋季号です――〈(1)「母性のディストピア」と「関係の原的負荷」／(2)鹿島田真希の作品／(3)「手」／(4)その他の作品／(5)新人賞受賞作／(6)「三田文學」秋季号〉
7 ※林峻一郎らの写真を付す
8 夢の記　平田一哉／鎌倉御殿の接収　牧治子
9 日本語による世界文学のシチュー　※東海大学出版会刊
10 「利」を嫌い「理」を好む　※角川学芸出版刊
11 「明治時代」のアメリカ　※中央大学出版部刊
12 アメリカに愛され憎まれ忘れられた「日本人」　※東京大学出版会刊
13 百年後の人々の心田を耕す　※青志社刊
14 願いなき祈りの場　※松柏社刊
15 〔この項、続く〕
16 オンライン400字時評「私」の両性具有性　小林ミチヲ
17 (安藤京子)　表紙画について・鈴木信太郎「東京の空(数寄屋橋附近)」
18 (加藤宗哉)　※〈井筒俊彦特集について／「新・同人雑誌評」予告、同人誌募集など〉

表紙画・鈴木信太郎「東京の空(数寄屋橋附近)」／カット・西沢貴子／デザイン・鈴木堯・岩橋香月・佐々木由美(タウハウス)／発行日・二月一日／頁数・本文二五二頁／定価・九五〇円／発行人・坂上弘／編集人・加藤宗哉／発行所・東京都港区三田二―一五―四五慶應義塾内　三田文学会／発売元・東京都港区三田二―一九―三〇　慶應義塾大学出版会／印刷所・図書印刷株式会社

■春季号―97号　【2009春】

第十六回三田文学新人賞決定
当選作(小説)
過酸化水素水 $2H_2O_2 \rightarrow 2H_2O + O_2\uparrow$　西本綾花
最終候補作(小説)
川べりのユンボ　中野なか
花車《きゃしゃ》づくり　松蓉
大波止　梁瀬英徒
選考座談会1　荻野アンナ・佐藤洋二郎
坂本忠雄・田中和生
受賞のことば2　西本綾花
予選通過作品
小説
エセ物語――第三回《丙寅》上下を脱ぐ　室井光広
映画館の匂い―連作「晩年まで」　立松和平
学生創作セレクション―17
父に告げる　蔵戸晋悟
〔解説〕3　澤井繁男
わたしの独り言
『宮原昭夫小説選』をめぐって　河村政敏
随想
佐藤春夫「酒、歌、煙草、また女」の歌4
――三田、倉敷、札幌、そしてふたたび三田　前島一淑
新連載　対談
新　同人雑誌評5　勝又浩・伊藤氏貴
評論
江藤淳―歴史と文学6　菊田均
堀口大學
――巷に雨の降る如く(東京、昭和三年)　長谷川郁夫
新連載
井筒俊彦――存在と神秘の形而上学7
(第一回)詩人哲学者の誕生　若松英輔
戦前の文士と戦後の文士8　大久保房男
季刊・文芸時評(二〇〇九年・春)9　水牛健太郎
ろばの耳10　田中實／神谷光信／石川逸郎
玉木良子／岡田厚美／舞戸稀
書評
秋山駿『忠臣蔵』11　山岡頼弘

車谷長吉『阿呆者』12　菊田均
黒岩比佐子『明治のお嬢さま』13　加藤博信
連載
「三田文学」の歴史(三十五)
――明治四十四年十月号
または谷崎潤一郎の登場(三)　武藤康史
執筆者紹介
表紙画について14
第十七回三田文学新人賞応募要綱15
編集後記16

目次註

1 〈「川べりのユンボ」中野なか／「過酸化水素水 $2H_2O_2 \rightarrow 2H_2O + O_2\uparrow$」西本綾花／「花車《きやしや》づくり」松蓉／「大波止」梁瀬英徒〉 撮影・稲井勲　※出席者の写真を付す
2 ※略歴と写真を付す
3 文芸創作講座
4 〈プロローグ／三田で発芽、倉敷で発酵／歌は北へ／歌はふたたび三田へ／エピローグ〉 ※資料図版を付す
5 ※両者の写真を付す／同人雑誌募集のお知らせ／〝なお、今号の「新　同人雑誌評」で取りあげた万リー氏「舌打ちしっこの左膝のお母さん」は、「文學界」五月号に「二〇〇九年上半期同人雑誌優秀作」として掲載されます〟と付記あり
6 〈1―10〉
7 〈無垢なる原点／スタゲイラの哲人と神聖な義務／預言する詩人／柳宗悦と神秘道〉
8 〈小説の技法について／小説の切りについて／西洋崇拝について／うまい小説について〉
9 バーチャルな老人、リアルな老人――今回の対象は「新潮」「文學界」「群像」「すばる」一・二・三月号、「文藝」春季号、「三田文學」冬季号です――〈(1)「デンデラ」と「姥車」／(2)「原稿零枚日記」「路」「月、日、星、ホイホイ」／(3)「わたしたちはまだ、その場所を知らない」／(4)その他の作品／(5)「三田文學」冬季号〉
10 西脇順三郎の素顔　田中實／テッチェン祭壇画中の「私」　神谷光信／尾行者　石川逸郎／山本周弐と仲間達　玉木良子／慶應義塾大学と私の五十余年　岡田厚美／純文学とモディリアーニ　舞戸稀
11 物語のナイフ　※新潮社刊
12 通念を踏み破る　※新書館刊
13 「お嬢さま」の文化史　※角川学芸出版刊
14 (安藤京子)　表紙画について・鈴木信太郎「バスの通る道」
15 第十七回三田文学新人賞　慶應義塾大学／三田文学会〈応募規定／選考委員　荻野アンナ・佐藤洋二郎・坂本忠雄・田中和生／選考委員の言葉〉
16 (加藤宗哉)　※〈第十六回三田文学新人賞応募総数二八八篇うち評論三〇篇／若松英輔「井筒俊彦」、「新　同人雑誌評」開始／編集を手伝う学生の卒業など〉

表紙画・鈴木信太郎「バスの通る道」／カット・西沢貴子／デザイン・鈴木堯・岩橋香月・佐々木由美(タウハウス)／発行日・五月一日／頁数・本文全三一二頁／定価・九五〇円／発行人・坂上弘／編集人・加藤宗哉／発行所・東京都港区三田二―一五―四五慶應義塾内　三田文学会／発売元・東京都港区三田二―一九―三〇　慶應義塾大学出版会／印刷所・図書印刷株式会社

■夏季号―98号　【2009夏】

小説
夏暁―三十六枚　松本智子
ハンコの町の鰻がいる家―九十三枚　都築隆広
弧と球、あるいは∞　西本綾花
―九十六枚　第十六回三田文学新人賞受賞第一作
蒲団―連作「晩年まで」　立松和平
エセ物語
―第四回《丁卯》キンセンにふれる　室井光広
遠河遠山1　張煒　関根謙・訳
〔解説〕張煒――小心な勇者2　関根謙
評論
歴史文学とは何だったのか―歴史と文学3　菊田均
堀口大學4　長谷川郁夫
――心よ、心よ、お前は何を怖れるか
(東京、昭和四年)
井筒俊彦――存在と神秘の形而上学5　若松英輔
(第二回)イスラームとの邂逅
言論の自由について6　大久保房男
――戦前の文士と戦後の文士2
苗字　車谷長吉
随筆
音楽になったエドガー・A・ポー　青柳いづみこ
――ドビュッシーと『アッシャー家の崩壊』をめぐって
折過《おりす》ぐさぬ対応――平安朝の習俗　神作光一
翻訳をめぐる随想　鷲見洋一
窓の灯　西村和子
同人雑誌の新展開　五十嵐勉
季刊・文芸時評(二〇〇九年・夏)7　水牛健太郎
対談
新　同人雑誌評8　勝又浩・伊藤氏貴
書評
立松和平『人生のいちばん美しい場所で』9　菊田均
持田叙子『荷風へ、ようこそ』10　田中和生
ろばの耳11　関根徳男／野老正昭
連載
「三田文学」の歴史(三十六)12
――明治四十四年十一月号
または水上瀧太郎の飛躍(上)　武藤康史
執筆者紹介
表紙画について13
第十七回三田文学新人賞応募要綱14
編集後記15

目次註

1 〈紙／心の力／戦争の臭い／屋根裏部屋で／大きな汽船／土を食う人／風土に馴染まず／恨みの叫び／濡れそぼった人／雪の原野／たぶんそれは愛／それは愛／中風／父は紙で死んだ／母は風で死んだ／継父は雨に死んだ／銃撃は何処に／老残／真っ暗な闇／先生の死／彼女たちは手を携えて進んでいく／努力／樹林の夢／記憶の一／記憶の二／記憶の三／記憶の四／別離／ひと言／小雪に／杖／心の高麗鶯〉

2 ※筆者による謝辞を付す

3 〈1—10〉「歴史と文学」完　※【2007夏】より九回連載

4 ※【2003冬】より二十六回連載

5 〈セムの子／二人のタタール人／アラビア、宗教の坩堝《るつぼ》／殉教者と神秘哲学者〉

6 〈言いたいことの言える立場／志賀山脈と佐藤春夫の門弟三千人／世の中から疎外されていた文士／悪評への耐久力／言ったことの責任〉

7 日本語の更新——今回の対象は「新潮」「文學界」「群像」「すばる」四・五・六月号、「文藝」夏季号、「三田文學」春季号です——〈(1)「すき・やき」と「白い紙」／(2)群像新人文学賞の作品／(3)その他の作品／(4)「三田文學」春季号〉

8 ※両者の写真を付す／同人雑誌募集のお知らせ

9 静謐としんどさと　※東京書籍刊

10 二十一世紀に生きる永井荷風　※慶應義塾大学出版会刊

11 「運のいい男ですから」　関根徳男／三田高輪　墓石考　野老正昭

12 〔この項、続く〕

13 〔安藤京子〕　表紙画について・鈴木信太郎「下田港風景」

14 第十七回三田文学新人賞　慶應義塾大学／三田文学会〈応募規定／選考委員　荻野アンナ・佐藤洋二郎・坂本忠雄・田中和生／選考委員の言葉〉

15 〔加藤宗哉〕　※〈長谷川郁夫「堀口大學」、菊田均「歴史と文学」完結など〉

＊　三田文学スペシャルイベントのご案内

表紙画・鈴木信太郎「下田港風景」／カット・西沢貴子／デザイン・鈴木堯・岩橋香月・佐々木由美（タウハウス）／発行日・八月一日／頁数・本文全三〇〇頁／定価・九五〇円／発行人・坂上弘／編集人・加藤宗哉／発行所・東京都港区三田二—一五—四五慶應義塾内　三田文学会／発売元・東京都港区三田二—一九—三〇　慶應義塾大学出版会／印刷所・図書印刷株式会社

■秋季号—99号　**【2009秋】**

小説
闘牛夜話　古屋健三
水平線の光—連作「晩年まで」　立松和平
エセ物語——第五回《戊辰》蝕言　室井光広
学生創作セレクション—18
欠乏　長谷川萌
〔解説〕1　田中和生
遠藤周作　未公開書簡
友人である修道女への手紙(六通)2
評論
江藤淳論　二篇
江藤淳と戦後文学3
——武田泰淳そして平野謙　富岡幸一郎
「アメリカ」と戦後文学4
——江藤淳の占領研究について　田中和生
原民喜の木箱——〈死〉を超える嘆きの魂　竹原陽子
〔参考資料〕原民喜　未刊行草稿
「もちの樹」「いたち」
メロスと友情物語の三段跳び5
——太宰治『走れメロス』とシラーの詩の関係　宮下啓三
井筒俊彦——存在とコトバの神秘哲学6
(第三回)ロシア、夜の霊性　若松英輔
大正作家の偉さ7
—戦前の文士と戦後の文士3　大久保房男
ポーになった日本人8
——ヨネ・ノグチの一八九六年剽窃騒動　宇沢美子
新連載
無限のエコー9
—詩学講義(一)　中原中也からはじめて　吉増剛造
随筆
ワインと殉教　小中陽太郎
思い出すことども　江森國友
無口な営業員とお喋りな事務員　片野朗延
季刊・文芸時評(二〇〇九年・秋)10　水牛健太郎
対談
新　同人雑誌評11　勝又浩・伊藤氏貴
書評
辻原登『許されざる者』12　村松真理
室井光広『プルースト逍遥
——世界文学シュンポシオン』13　松本智子
天沢退二郎『《宮沢賢治》のさらなる彼方を求めて』14　山内洋
坂本忠雄『文学の器——現代作家と語る
昭和文学の光芒』15　安藤京子
ろばの耳16　上野弘／水戸芳夫／小寺雅夫／添野博
連載
「三田文学」の歴史(三十七)17
——明治四十四年十一月号
または水上瀧太郎の飛躍(中)　武藤康史
執筆者紹介
表紙画について18
第十七回三田文学新人賞応募要綱19
編集後記20

目次註

1 教師としてもう仕事がない
2 ※遠藤周作よりスール松井千恵への手紙の写真を付す／註あり
3 〈1―4〉
4 〈1―3〉
5 〈太宰治生誕一〇〇年／シルレルとは何者か／シラー生誕二五〇年／ゲーテからシラーに渡った『伝説集』／シラーの叙事詩『人質』／シラーと太宰治が加えたもの／ヴィーラントの小説に描かれた専制君主の改心への努力／シラーと太宰治の対照的な作風／シラーの外套を着た太宰治の分身／太宰治が若い人たちに肉声で語ったこと〉
6 ロシア。夜の霊性 〈文学者の使命／前生を歌う詩人／永遠のイデア〉 ※副題変更についての付記あり
7 〈広津和郎の場合／佐藤春夫の場合／作品における文章の重み〉
8 ――E・A・ポー生誕二〇〇年記念――
9 ※中原中也の写真、セザンヌ「数珠を持つ老婆」の絵画図版を付す
10 倫理の在り処――今回の対象は「新潮」「文學界」「群像」「すばる」七・八・九月号、「文藝」秋季号、「三田文學」夏季号です―― 〈(1)「ヘヴン」と「すばらしい骨格の持ち主は」／(2)その他の作品／(3)「三田文學」夏季号〉
11 ※取りあげた同人雑誌の写真を付す
12 私たちのまちの物語 ※毎日新聞社刊
13 さわぐ言の葉 ※五柳書院刊
14 そのテクストもまた「テクスト論」を超えて ※筑摩書房刊
15 語らいが奏でる音色の輝き ※扶桑社刊
16 人と川との出会い、川と川との出合い 上野弘／あの子ガモはいま どこに 水戸芳夫／最後の浜田藩主・松平武聰の素顔 小寺雅夫／身のほどを知れ 添野博
17 〔この項、続く〕
18 (安藤京子) 表紙画について・鈴木信太郎「田園の秋」
19 第十七回三田文学新人賞 慶應義塾大学／三田文学会〈応募規定／選考委員 荻野アンナ・佐藤洋二郎・坂本忠雄・田中和生／選考委員の言葉〉
20 (加藤宗哉) ※〈周作忌について／吉増剛造「無限のエコー」開始など〉

表紙画・鈴木信太郎「田園の秋」／カット・西沢貴子／デザイン・鈴木堯・岩橋香月・佐々木由美（タウハウス）／発行日・十一月一日／頁数・本文全二八八頁／定価・九五〇円／発行人・坂上弘／編集人・加藤宗哉／発行所・東京都港区三田二―一五―四五慶應義塾内　三田文学会／発売元・東京都港区三田二―一九―三〇　慶應義塾大学出版会／印刷所・図書印刷株式会社

二〇一〇年（平成二十二年）

■冬季号―100号　【2010冬】

小説
フラオ・ローゼンバウムの靴　大濱普美子
白牡丹μ《ミュー》は鯖の目に咲く　西本綾花
鉄腕ボトル―連作「晩年まで」　立松和平
エセ物語　室井光広
―第六回《己巳》ある蜥蜴の探究
21世紀の荷風論
蒲柳の文学――永井荷風の系譜[1]　持田叙子
隅田川からセーヌ川へ[2]　小倉孝誠
もう一つのアメリカ[3]　ジェフリー・アングルス
――永井荷風の『あめりか物語』における社会問題
対談
慶應義塾大学教授・永井荷風[4]　古屋健三・加藤宗哉
――初代編集長を語る
評論
井筒俊彦――存在とコトバの神秘哲学[5]　若松英輔
（第四回）ある同時代人と預言者論
文章の力―戦前の文士と戦後の文士4[6]　大久保房男
無限のエコー[7]　吉増剛造
―詩学講義(一)　石川啄木へ
随筆
異装のカードゲーム　巽孝之
「下田港風景」雑感　上原明
『書肆ユリイカの本』のこと　矢代朝子
木の光　山岡頼弘
季刊・文芸時評(二〇一〇年・冬)[8]　水牛健太郎
対談

新　同人雑誌評9　勝又浩・伊藤氏貴
書評
折口信夫『歌の話・歌の円寂する時』10　佐伯裕子
玄侑宗久『阿修羅』11　三輪太郎
西村眞『東京哀歌』12　菊田均
ろばの耳13　比留間千稲／梶井俊介
連載
「三田文学」の歴史(三十八)14　武藤康史
――明治四十四年十一月号
または水上瀧太郎の飛躍(下)
執筆者紹介
表紙画について15
編集後記16

目次註

1 〈一―三〉
2 〈荷風と隅田川／悦楽の川／東京は水の都だった／多様な水の情景〉
3 〈アメリカ社会の中の荷風／「あめりか」の理想と「アメリカ」の現実のズレ／「林間」で観たアメリカ／体を利用する女性と利用させられる女性〉
4 〈教授就任と、荷風の父親／荷風の授業と、若き小泉信三、佐藤春夫たち／教授と戯作者という二面性／荷風――語り口の妙、明快で美しい言葉／訳詩、俳句にみる荷風の感性／慶應退職と、青春からの成熟〉　撮影・稲井勲　※両者の写真を付す
5 〈諸井慶徳／シャマニズムと神秘主義／預言者論〉〈つづく〉
6 〈文士は文章でメシを食っている／誤りを慣用と認めるのは誰か／文士も間違った言葉を書くとは／よい文章を書くための心得／簡潔に書く／私小説の文章の力〉
7 〔つづく〕　※セザンヌ「カルタ遊びをする人たち」の絵画図版、フリードリッヒ・ニーチェの写真を付す
8 物語の種子――今回の対象は「新潮」「文學界」「群像」「すばる」十・十一・十二月号、「文藝」冬季号、「三田文學」秋季号です――〈(1)「抱擁」／(2) 墨谷渉の作品／(3) 各誌新人賞／(4) それ以外の作品／(5)「三田文學」秋季号〉
9 ※ベスト3で取りあげた同人雑誌の写真を付す／同人雑誌募集のお知らせ
10 解剖が滅亡を導く　※岩波文庫
11 物語の病いは物語で治す　※講談社刊
12 東京という舞台　※三五館刊
13 伊藤整の「変容」　比留間千稲／米を売る理由　梶井俊介
14 〔この項、続く〕
15 (安藤京子)　表紙画について・鈴木信太郎「靴屋」
16 (加藤宗哉)　※〈この号復刊一〇〇号／第八次のこれまでの編集長列記：高橋昌男・岡田隆彦・坂上弘・古屋健三・伊井直行／「誌面の門戸開放」／持田叙子『荷風へ、ようこそ』(本誌掲載時「荷風万華鏡」) サントリー学芸賞受賞など〉

表紙画・鈴木信太郎「靴屋」／カット・西沢貴子／デザイン・鈴木堯・岩橋香月・佐々木由美(タウハウス)／発行日・二月一日／頁数・本文全二三二頁／定価・九五〇円／発行人・坂上弘／編集人・加藤宗哉／発行所・東京都港区三田二―一五―四五慶應義塾内　三田文学会／発売元・東京都港区三田二―一九―三〇　慶應義塾大学出版会／印刷所・図書印刷株式会社

■**春季号(創刊一〇〇年　創作特集)―101号**　**【2010春】**

「三田文学」創刊一〇〇年　創作特集
花の寺　高橋昌男
遠い声　佇む早春　坂上弘
あくび　荻野アンナ
健さんの季節　村松友視
妖談10 1　車谷長吉
中洲　玄侑宗久
カプセル男　佐藤洋二郎
でも、わたしたちはできれば
そういうことはしたくなかった　小野正嗣
人面瘡　笠原淳
As Time Goes By　岡田睦
ハニィ　古屋健三
猫越山2　足立康
五月の后　庵原高子
阿夫利山　蜂飼耳
木挽町の鬼火――麻川理・英、聞き書き　林えり子
兎月卯三郎探偵御用綴3
はるうらら　吉住侑子
バブルシャワー　松本智子
三十歳　村松真理
大事な仕事　宮内聡
廃神　片野朗延
鰐と海藻　西本綾花
あばよ、ワッペイ4　岳真也
エセ物語　室井光広
――第七回《庚午》断片プロレタリアート
詩
裸のメモ　吉増剛造
第十七回三田文学新人賞決定
当選作(評論)
モダニストの矜持――勝本清一郎論5　岡本英敏
選考座談会6　荻野アンナ・佐藤洋二郎／坂本忠雄・田中和生
受賞のことば7　岡本英敏
最終候補作品および予選通過作品
季刊・文芸時評(二〇一〇年・春)8　水牛健太郎
対談
新　同人雑誌評9　勝又浩・伊藤氏貴

書評

野口冨士男『作家の手』10　山内洋

井筒俊彦『読むと書く』11　鶴山裕司

『遠藤周作文学論集』全二巻（文学篇・宗教篇）12　山岡頼弘

芳賀日出男『折口信夫と古代を旅ゆく』13　岡谷公二

湯川豊『須賀敦子を読む』14　若松英輔

長谷川郁夫『堀口大學　詩は一生の長い道』15　加地慶子

吉増剛造『静かなアメリカ』16　金子遊

持田叙子『永井荷風の生活革命』17　福田はるか

荻野アンナ『殴る女』18　田中和生

鷲見洋一『「百科全書」と世界図絵』19　加藤博信

連載

「三田文学」の歴史（三十九）
——明治四十四年十一月号
または水上瀧太郎の飛躍（続）　武藤康史

執筆者紹介

表紙画について20

創刊一〇〇年記念・拡大版三田文学新人賞・応募要綱21

編集後記22

目次註

1 〈業が沸く／警察官を騙した女／文盲のおばあさん〉

2 〈一—三〉

3 〈一—四〉〔第一話完〕

4 〈掌篇私話〉

5 〈一—五〉

6 〈「蒼槍から」秋富りん／「鱒釣り」上野国久／「キカイの言い訳」門倉ミミ／「モダニストの矜持——勝本清一郎論」岡本英敏／「川上弘美における名前と名指すこと——『ニシノユキヒコの恋と冒険』を読む」松本和也〉　撮影・稲井勲　※出席者の写真を付す

7 ※略歴と写真を付す

8 それぞれの隘路——今回の対象は「新潮」「文學界」「群像」「すばる」一・二・三月号、「文藝」春季号、「三田文學」冬季号です——〈(1)芥川賞の該当作なしについて／(2)「七緒のために」／(3)青山七恵の作品／(4)その他の作品／(5)三田文学冬季号〉

9 ※両者の写真を付す

10 動かぬものを動かしに　野口冨士男『作家の手』武藤康史編　※ウエッジ文庫

11 哲学者の肉声　井筒俊彦『読むと書く』若松英輔編　※慶應義塾大学出版会刊

12 なぜ、遠藤周作なのか　加藤宗哉・富岡幸一郎編『遠藤周作文学論集』全二巻（文学篇・宗教篇）※講談社刊

13 写真で学ぶ折口学　※慶應義塾大学出版会刊

14 生者の告白、死者との語らい　※新潮社刊

15 逝く人を送りし詩人に　※河出書房新社刊

16 横田基地、アメリカ　※書肆山田刊

17 荷風の幸福な読者の豊穣　※岩波書店刊

18 二十一世紀の明るく楽しい私小説　※集英社刊

19 こつこつと積み重ねられる倫理　※岩波書店刊

20 （安藤京子）表紙画について・鈴木信太郎「桐の花」

21 創刊100年記念三田文学新人賞　拡大版・4部門　慶應義塾大学／三田文学会〈応募規定／選考委員　荻野アンナ・佐藤洋二郎・坂本忠雄・田中和生・吉増剛造・坂手洋二〉

22 （加藤宗哉）※〈立松和平追悼／第十七回三田文学新人賞応募総数二五二篇うち評論二三篇／次回の三田文学新人賞は部門を増やす／大久保房男、吉増剛造、若松英輔の評論休載など〉

＊ 目次五頁だて

表紙画・鈴木信太郎「桐の花」／カット・西沢貴子／デザイン・鈴木堯・岩橋香月・佐々木由美（タウハウス）／発行日・五月一日／頁数・本文全三九〇頁／定価・九五〇円／発行人・坂上弘／編集人・加藤宗哉／発行所・東京都港区三田二—一五—四五慶應義塾内　三田文学会／発売元・東京都港区三田二—一九—三〇　慶應義塾大学出版会／印刷所・株式会社精興社

祝煙（小説）（長篇「雑誌機構」の中）【194111】
樋口一葉の新資料【194209】
未定稿『にごりえ』の発見と研究（全十回）【194212】〜【194304】【194306】〜【194310】
暗い血（小説）【195112】【2000 春臨】
露草（小説）（「塵の中」発端篇）【195206】
塵の中【195304】【195305】
老猿（創作）【195312】
驢馬の耳【195504】【195702】
三点鐘【195904・05】
荷風先生の思い出（追悼）【195906】
出版機構の中で【196610】
蘆原英了氏の提言（随想）【197610】
渡部綾香（わたなべあやか）
戦争映画の面白さ（書評）【2008 秋】
渡辺崋山（わたなべかざん）
虫魚帖（図版）【194211】
渡辺一夫（わたなべかずお）
小説が書けないことについて（書簡）【194709】
〔著作抜萃〕（エッセイ集『無縁仏』広告欄）【194807】
狂気について（Essay on Man）【194809】
『わが思索のあと』【197308】
渡辺勝夫（わたなべかつお）
文芸編集　今昔——文学の未来にむけて（座談会）【2008 夏】
渡辺喜恵子（わたなべきえこ・㊍木下）
禽苑（小説）（二回）【195001】【195002】
（演劇）【195003】
円寂寺の月（創作）【195109】
玉椿（創作）【195405】
三点鐘【196101】
文学散歩（丘の上）【196106】
庄司さんのこと（丘の上）（庄司総一追悼）【196112】
松露狩り（随筆）【196611】
五度目の休刊に思う（随想）【197610】
生誕百年（随筆）【1986 夏】
渡辺湖畔（わたなべこはん）
〔短歌〕（処女歌集「草の葉」より）（消息欄）【191706】
渡辺水巴（わたなべすいは・㊍義・美流・流觴居）
枯尾花（俳句）【193801】
晩酌（俳句）【193908】
渡辺保（わたなべたもつ）
演劇における空間論【196706】
林達夫の『歌舞伎劇に関するある考察』を読む（評論）【1987 夏】
「ある感慨」（戸板康二追悼）【1993 春】
近松実験劇場（随筆）【2000 秋】
劇評家　折口信夫（エッセイ）【2003 秋】
渡辺徳之治（わたなべとくのじ・ハゲ天主人邦坊）
天麩羅（解説文）「ハゲ天たから」広告欄）【193501】〜【193512】
阿部さんの御恩、水上さんの御贔屓（水上瀧太郎追悼）【194005 臨】
渡辺広士（わたなべひろし）
小林秀雄のランボオ体験（評論）【196611】
言葉と実存（野間宏論）【196809】
前衛への展望（評論）【197212】
渡辺真弓（わたなべまゆみ）
ゲーテとパラーディオ（文学談義クロストーク）【1989 春】
渡部桃子（わたなべももこ）
ヘレン・ケラー、あるいは荒川（抄訳）（評論）（翻訳）（マドリン・ギンズ原作）【1990 夏】
スタインの娘たち（評論）【1990 秋】
変わりゆくアメリカの「物語」（本の四季）【1994 冬】
渡辺守章（わたなべもりあき）
舞台におけるジェンダー（随筆）【1993 秋】
『繻子の靴』の余白に【2005 秋】
渡辺弥一郎（わたなべやいちろう）
入社時代の阿部さん（水上瀧太郎追悼）【194005 臨】
渡辺祐一（わたなべゆういち）
天平商人と二匹の鬼（創作）【195109】
番茶の後【195111】
洞窟【195201】
渡辺隆次（わたなべりゅうじ）
カット【196608】〜【196612】
和辻哲郎（わつじてつろう）
幻滅時代（翻訳）（BERNARD SHAW 原作）【191010】

和木→和木清三郎
和木生（わきせい）→和木清三郎
和木清三郎（わきせいざぶろう・(本)脇恩三・佐久間重・和木・和木生・S）
　江藤校長の辞職（小説）【192110】
　屑屋（小説）【192306】
　結婚愛（小説）【192611】
　六号雑記【192701】【192801】【192802】【192908】【193303】
　ワンキッス（小説）【192702】
　跛をひく（小説）【192711】
　「とにかく食へる」その他（随筆）【192712】
　みごもれる妻（小説）【192801】
　賭博に終始せん！（一九二八年）【192801】
　日野いはほの事【192803】
　街上春色（春のスケッチ）【192804】
　慶早庭球試合観戦記（UP-TO-DATE）【192805】
　慶早新人野球戦印象記（UP-TO-DATE）【192806】
　POST（小説）【192806】
　陸上競技惨敗！（UP-TO-DATE）【192807】
　将棋の話【192808】
　頓死を願ふ（満腹録）【192809】
　将棋・野球のこと【192811】
　慶早、早明、慶明野球観戦記【192812】
　回顧一ケ年（アンケート回答）【192812】
　我が賀状（往復ハガキ回答）【192901】
　「指将棋全集」その他【192902】
　夜店を出す（小山内薫追悼）【192903】
　慶・帝・法・早戦印象記【192910】
　慶・早庭球快勝記【192911】
　慶・早野球敗戦記【192911】
　野球シイズン終了（秋のスポーツ）【192912】
　「アスファルト」を観る【193003】
　春の野球リーグ印象記【193006】
　春のリーグ戦印象記【193007】
　慶法野球敗戦記【193011】
　演劇時評【193011】
　宇野さんのこと（宇野四郎追悼）【193104】
　塾軍断じて弱からず！【193108】
　今井久雄君のこと（追悼）【193109】
　もの皆凋落の秋（ファンの覚書）【193112】
　近頃の感想【193204】
　これは負惜しみであるか【193301】
　とりとめのないこと【193308】
　〔案内状〕鈴木信太郎絵画小品個人展覧会【193401】
　旅行・野球・将棋【193407】
　続富士五湖めぐり（山・水・旅）【193408】
　埋草【193409】
　野球は勝つか（秋のスポーツ）【193411】
　今川君を憶ふ（今川英一追悼）【193412】
　湘南アルプス跋渉記（秋の三田文学遠足記）【193501】
　わがスキイ【193504】
　今春の塾チーム【193505】
　ヴアラエテイ挨拶からレヴュウまで（三田文学祭の夜）【193507】
　早慶野球戦快勝記【193512】
　石坂洋次郎万歳（第一回三田文学賞）【193601】
　粘り強い作家（石坂洋次郎氏の作品と印象）【193601】
　気の好い気の弱い男（杉山平助氏の作品と印象）【193603】
　「一言」に答ふ【193605】
　霊あらば（南部修太郎追悼）【193608】
　秋の早慶戦【193612】
　今井君と南川君と（昭和十一年度三田文学賞）【193701】
　早慶戦あとさき【193712】
　三田劇談会（座談会）【193808】～【193904】【193906】【193908】～【193910】【194108】【194202】【194203】【194208】
　美和村字篠田【193810】
　岡本かの子の死を悼む（追悼）【193904】
　大陸の姿【194001】
　「蜂窩房」と「書物捜索」（第四回「三田文学賞」銓衡感想文）【194002】
　寒い空つ風の日（水上瀧太郎追悼）【194005 臨】
　矢崎君に【194007】
　リーグ戦見聞記【194107】
　春のリーグ戦見聞記【194108】
　取消（謝罪文）【194208】
　私の編輯時代（三田文学五十年）【195807】
　『三田文学』今昔（創刊六十周年特別企画座談会）【197006】
　編輯後記【192812】【192901】【192904】～【192907】【192909】～【193910】【193912】～【194005】【194005 臨】【194006】～【194403】
脇田和（わきたかず・Kazu）
　デッサン（扉絵）【193512】【193701】【194207】
　表紙（絵）【194911】～【195001】
　目次カット【194912】～【195003】
脇谷紘（わきやひろし）
　表紙板画【197212】～【197401】
和久本みさ子（わくもとみさこ）
　帰ってきた雷蔵（映像の四季）【1992 夏】
　フランス映画にみる色と光の言語（映像の四季）【1993 冬】
　ベルリン映画祭の小さな窓（映像の四季）【1994 春】
和気律次郎（わけりつじろう）
　二三の追憶（馬場孤蝶追悼）【194009】
和合亮一（わごうりょういち）
　猫の眼差しの先に在る革命（書評）【2003 夏】
　不在なる渦の中心で待っている渦【2003 秋】
鷲尾洋三（わしおようぞう）
　素朴な魂【194101】
　ベースボールの話（随筆）【196612】
　直情の人（和木清三郎追悼）【197007】
　老妓の手紙（連載随筆）【197109】
　荷風散人と銀座（連載随筆）【197110】
　万朶の桜か襟の色（連載随筆）【197111】
　豊雄と文六（連載随筆）【197112】
　志賀直哉という人（連載随筆）（上）（下）【197201】【197202】
　かの子・百合子・芙美子・静枝（連載随筆）【197203】
　純粋の人・原民喜（随筆）【197204】
　粘りの丸さん（連載随筆）【197205】
　竜馬の銅像（連載随筆）【197206】
　山川不老（連載随筆）【197207】
　二人の詩人（連載随筆）（上）（下）【197208】【197209】
　操行点・等外（連載随筆）【197210】
　折口信夫の勇気（連載随筆）【197211】
　「山繭」の目次（連載随筆）【197212】
　閑地（随想）【197601】
鷲巣尚（わしのすひさし・代山三郎）
　モームの文学雑談【194209】
　歪んだ影像【195002】
和田旦（わだあきら）
　平松幹夫先生の死を悼む（平松幹夫追悼）【1996 夏】
和田英作（わだえいさく）
　〔図版〕福沢先生肖像画（斎藤貞一「福沢先生肖像」付）【194110】
　表紙（絵）【191601】【2001 秋】
和田三造（わださんぞう）
　水上瀧太郎全集装幀に就き【194010】
和田保（わだたもつ）
　樵夫の昇天（戯曲）【192305】
　「与三郎」の演出（小山内薫追悼）【192903】
　河岸。白馬。黒部【193009】
　南部さんと私（南部修太郎追悼）【193608】
和田有司（わだゆうし）
　春寒（小説）【192402】
　外記猿（小説）【192404】
　巷人（小説）【192411】
　笹光る（小説）【192806】
　大阪の夏（三都夏季情景）【192808】
和田芳恵（わだよしえ）
　樋口一葉（一～十三）【194006】～【194010】【194012】～【194104】【194106】～【194108】
　『樋口一葉』雑感【194109】

(小沢愛圀「パンチとジュデイの芝居」付) 【191808】
立仙順朗（りっせんじゅんろう）
自己上演する劇〝能と能〟（評論） 【197402】
現代文学のフロンティア（No. 2・5・7・9・11・12）（インタヴュアー） 【197408】【197411】【197501】【197503】【197505】【197506】
現代作家の内的距離（「現代文学のフロンティア」を終えて） 【197507】
丸岡明（三田の作家たち） 【197511】
ロイ・フラー現象とマラルメ（文学談義クロストーク）【1987秋】
オウギ（詩）（翻訳）（アラン・ヴァルテール） 【1999春】
リービ英雄（りーびひでお）
忘却のカリフォルニア・ワイン（随筆） 【1992冬】
龍胆寺雄（りゅうたんじゆう）
A・子の帰京（小説） 【192809】
家を建てる（小説） 【192812】
回顧一ケ年（アンケート回答） 【192812】
十九の夏（長篇小説）（第一篇〜第五篇） 【192904】〜【192908】
黒猫（小説） 【193004】
砂金（小説） 【193203】
創作時評 【193211】
夢日記（小説） 【193311】
心境 【193408】
三点鐘 【196010】
旅行好き（りょこうずき）→佐藤春夫（さとうはるお）
林少陽（りんしょうよう）
外国の視点から見た西脇順三郎の「イロニイ」の詩論（評論） 【2008冬】

る

ルウレイル（Roureyre）
PAUL CLAUDEL（戯画）【192112】

れ

零余子（れいよし・㊍長谷川譲三・長谷川零余子）
（俳句） 【191607】

ろ

R・ローゼンストーン
アメリカのカウンター・カルチュア 【197511】
露伴学人（ろはんがくじん・㊍幸田成行・露伴・蝸牛庵・雷音洞主・脱天子・鉄四郎）
音幻論一部（述） 【194408】
近似音その他（述）【194410・11】
ジョン・ルーサー・ロング
蝶々夫人 【2005春】

わ

若尾徳平（わかおとくへい）
蘇州の一日 【194002】
盆地（小説） 【194304】
六号記 【194604・05】【194709】
戦争文学是非（六号室）【194801】
無銭飲食（小説） 【194706】
母子裸像 【194801】
蠱毒 【194804】
私は新人である（新人マニフェスト） 【194808】
一つの解決（創作） 【194810】
見知らぬ人 【194903】
涙について（Essay on Man） 【194906】
俘虜五〇七号（小説） 【194907】
三点鐘 【196011】
若樹末郎（わかきすえお）→沢木四方吉（さわきよもきち）
若城希伊子（わかしろきいこ）
折口教室の女子大生（随筆） 【1987秋】
湖に消えた城（小説） 【1988秋】
若園清太郎（わかそのせいたろう）
バルザツクの人物描写法 【193704】
バルザックの趣味 【193710】
バルザックの面白さに就て 【194004】
若月紫蘭（わかつきしらん・㊍保治）
隣人の愛（歌曲）（翻訳）（アンドレエフ原作） 【191512】
若林真（わかばやししん・S. W）
一塊の砂糖（創作） 【195004】
小説の危機について（新人評論） 【195207】
フランソワ・モーリアック論（翻訳）（グレアム・グリーン原作） 【195303】
グレアム・グリーン論（翻訳）（フランソワ・モーリアック原作） 【195303】
現代小説の問題（一）（二） 【195306】【195307】
批評における一人称の現実 【195312】
小説の行きづまりと野望（翻訳）（クロード・エドモンド・マニイ原作） 【195411】
中性文学の風土 【195508】
遠藤周作「白い人・黄色い人」（広場） 【195604】
服部達著『われらにとって美は存在するか』（書評） 【195701】
山川方夫『その一年』『日々の死』（書評） 【195907】
人間疎外（シンポジウム） 【196102】
A・A作家会議翻訳室にて（丘の上） 【196105】
クロード・シモン 平岡篤頼訳『フランドルへの道』（書評） 【196608】
ミシェル・ビュトールに寄せて 【196702】
『法王庁の抜け穴』翻訳日記 【196909】
外国文学者の憂欝（随筆） 【197301】
山川方夫の文学（三田の作家たち） 【197512】
裏方の弁（随筆） 【1986冬】
モンパルナスの灯は消えたか（評論） 【1988冬】
批評の魔術師（篠田一士追悼） 【1989夏】
欲しいのは志（「三田文学」創刊八十年・慶應義塾大学文学部開設百年記念懸賞小説・評論選評） 【1991冬】
休火山の噴火（随筆） 【1992春】
国光発於美術（随筆） 【1994冬】
心の通い合う場（随筆）【1995冬】
ついに、マレルブは来たり、マレルブは去りぬ（佐藤朔追悼） 【1996夏】
周作さんは今いずこ（遠藤周作追悼） 【1997冬】
私の推す恋愛小説、この一冊（アンケート回答） 【1998春】
埒もない読書日記（読書日記） 【1999秋】
後記 【195304】
※追悼文掲載号 【2000春】
若松英輔（わかまつえいすけ）
文士たちの遺言（評論）【1991春】
中村光夫（評論） 【1992冬】 【1992春】
骨太ということ（本の四季） 【1994春】
「国学者」の告白（書評） 【2006春】
越知保夫とその時代（第十四回三田文学新人賞当選作）【2007春】
受賞のことば 【2007春】
須賀敦子の足跡（評論）【2007夏】
私が選ぶ昭和の小説（アンケート回答） 【2007秋】
小林秀雄と井筒俊彦（評論） 【2008秋】
井筒俊彦 ── 東洋への道程（評論） 【2009冬】
井筒俊彦──存在と神秘の形而上学（評論）【2009春】【2009夏】
井筒俊彦──存在とコトバの神秘哲学（評論） 【2009秋】【2010冬】
生者の告白、死者との語らい（書評） 【2010春】
若森栄樹（わかもりよしき）
現代詩の未来──ふたつの詩をめぐって（評論） 【1995冬】
若山喜志子（わかやまきしこ・㊍喜志・太田喜志子）
春の歌（旅の歌）（短歌） 【191606】
若山牧水（わかやまぼくすい・㊍繁
旅の歌（短歌） 【191606】

【193709】
吉野晃（よしのあきら）
若き日の桂芳久君（桂芳久追悼）【2005春】
吉野紅雨（よしのこうう）→永井荷風
吉野生（よしのせい）→永井荷風
吉野壮児（よしのそうじ）
カインの焼印【195810】
五月には郭公は啼かない【196008】
吉原幸子（よしはらさちこ）
ふるさと（ノスタルジア）【197502】
吉原重雄（よしはらしげお）
オスローから（詩）【193202】
少女とヂン（詩）【193207】
比喩（詩）【193603】
幔幕・他一つ（詩）【193605】
H舞踏教習所（詩）【193607】
邂逅（詩）【193610】
※追悼文掲載号【193612】
吉増剛造（よしますごうぞう）
落下体（詩）【196608】
はじめて読む伊東静雄（評論）【196612】
虚空を指差す、そして叫ぶ（評論）【196705】
瀧口修造論「瀧口修造の詩的実験1927～37」を読む書評【197304】
処女航海（私のデッサン）【197408】
現代文学のフロンティア（No. 6）【197412】
弾機が跳ねだし（ノスタルジア）【197605】
廃星の子、真珠がしづかにささやいた……何処からか、海が、戻って来ないのかしら（詩）【1989夏】
ブラジルの秋（詩論）【1993夏】
書くことの庭――佐谷眞木人さんへの手紙【1998冬】
私の文学【2003秋】
無限のエコー（詩学講義）【2009秋】【2010冬】
裸のメモ（詩）【2010春】
吉村孝太郎（よしむらこうたろう）
お滝（小説）【191612】
寝覚（小説）【191702】
吉村貞司（よしむらていじ）
日本人にとって美とは何か【196811】
吉村久夫（よしむらひさお）
ある日の久保田万太郎（文壇遊覧）【193605】
ある日の小島政二郎（文壇遊覧）【193607】
ある日の南部修太郎（文壇遊覧）【193608】
ある日の矢田津世子（文壇遊覧）【193609】
吉村英夫（よしむらひでお）
はじめての朝（詩）【194610・11】
抒情の時間【194802・03】
徳平ノート（人と作品）【194912】
吉目木晴彦（よしめきはるひこ）
事件の記憶（随筆）【1993春】
日本語が消滅する日【1997冬】
その時々の「一冊」（私を小説家にしたこの一冊）【2000冬】
吉本隆明（よしもとたかあき）
蕪村詩のイデオロギーについて（詩人の頁）【195510】
驢馬の耳【195608】
阿部知二『日月の窓』（書評）【195907】
二十億の民が飢えている今文学は何ができるか【196805】
私の文学を語る（インタビュー）【196808】
私はなぜ批評家になったか（対談）【197102】
政治と文学について【197108】
「わが思索のあと」【197405】【197406】
西行の歌（随筆）【1987秋】
詩はどこまできたか（特別講演）【1995秋】
私の文学（対談）【2002夏】
江藤淳よ、どうしてもっと文学に生きなかったのか【2005冬】
吉屋信子（よしやのぶこ）
美川さんの柔軟性（美川きよ新著「恐しき幸福」を読む）【193805】
随筆について【194010】
吉行エイスケ（よしゆきえいすけ・㊍栄助）
地図に出てくる男女（小説）【192905】
吉行淳之介（よしゆきじゅんのすけ）
谷間（小説）【195206】【2000春臨】
驢馬の耳【195507】
野口冨士男「いのちある日に」（書評）【195705】
私の文学を語る（インタビュー）【196805】
私と「トニオ・クレーゲル」（インタビュー）【196911】
『暗室』を語る（対談）【197104】
戦後の文学を語る（第六回）【197608】
一九五二年の「三田文学」（随筆）【1985春】
吉行理恵（よしゆきりえ）
タドンの星（私のデッサン）【197404】
ボナールの猫（随筆）【1987冬】
晴れた日に（随筆）【1999冬】
フラナリー・オコナーの短編（随筆）【2004春】
与田準一（よだじゅんいち）
児孫への文学【194310】
四谷左門（よつやさもん）
日伊交驩放送を聴く【193504】
金曜会オペラ「カルメン」を聴く【193505】
新人演奏を聴く【193506】
「お蝶夫人」其他【193507】
YONE NOGUCHI→野口米次郎（のぐちよねじろう）
米井慶子（よねいけいこ）
ろばの耳【2007春】
米田治（よねだおさむ）
ぼくの体験的「戦後」史論（随筆）【1990春】
米本浩二（よねもとこうじ）
私が選ぶ昭和の小説（アンケート回答）【2007秋】
米山順一（よねやまじゅんいち・よねやま順一）
殺陣（ひとりしばい）【197211】
近松門左衛門・一つ思いの恋（戯曲）【2008秋】
四方田犬彦（よもたいぬひこ）
李長鎬、出たとこ勝負！（評論）【1990春】
私の推す恋愛小説、この一冊（アンケート回答）【1998春】
私が選ぶ昭和の小説（アンケート回答）【2007秋】

り

李恢成（りかいせい）
新しい文学の方向を探る（座談会）【197003】
辛夷の花によせて（随筆）【1992春】
リイチ（バアナアド・リイチ）
表紙（絵）【191901】～【191904】
利沢行夫（りざわゆきお・㊍幸雄）
イメジストとは何か（大江健三郎論）【196802】
悲劇への意志（三島由紀夫論）【196804】
作家の思想と文体（石原慎太郎論）【196807】
想像力について（現代文学の変容Ⅰ）【196902】
他者との出遇い（現代文学の変容Ⅱ）【196903】
文学とイメージ（現代文学の変容Ⅲ）【196904】
「王子の死」【196910】
新しい文学の方向を探る（座談会）【197001】
虚構への意志（評論・いま文士はいかに死すべきか）【197209】
感性のゆくえ（評論）【197306】
内向の時代・新しい戦後（パースペクティブ'73）（Ⅰ）【197307】
イマジストの陥穽（パースペクティブ'73）（Ⅱ）【197308】
遁走するヒーロー（パースペクティブ'73）（Ⅲ）【197309】
黒い笑い・『箱男』の作家をめぐって（パースペクティブ'73）（Ⅳ）【197310】
詩人・小説家（パースペクティブ'73）（Ⅴ）【197311】
「標準小説」の向うに跳ぶ者は（パースペクティブ'73）（Ⅵ）【197312】
饒舌の系譜（評論）【197406】
リチー（ドナルド・リチー）
本質論的前衛演劇論（座談会）（コメント）【196711】
日本映画（評論）【197101】
リッジウェイ（William Ridgeway）
〔書信〕（人形芝居に関するもの）

訳）（ルイ・ベルナアル・テイトン原作）【191401】
卓隅より（詩）【191404】
未来派女詩人の踊（翻訳）（ヴランテイヌ・ド・サンポワン女史原作）【191407】
彫刻と踊（翻訳）（アウギュスト・ロダン原作）【191411】
人生派の詩（訳詩）（パウル・コステル原作）【191507】
故上田敏博士（追悼）【191609】
戦塵（訳詩）（エミル・ヱルアラン原作）【191801】
折々の歌（短歌）【191805】
愁人独詠（短歌）【192011】
〔推薦文〕（短歌）（上田敏詩集『牧羊神』広告欄）【192012】
砂上の草（短歌）【192403】
〔書信〕（掛貝芳男「與謝野寛先生の思ひ出」文中）【194002】
※追悼文掲載号【193506】

與謝野文子（よさのふみこ）
不在と扇――和泉式部／マラルメ（評論）【1991冬】

吉井勇（よしいいさむ）
夢介と僧と（戯曲）【191012】【191505】
シラノ・ド・ベルジュラックの心持【191102】
山上哀話【191104】
女優伝【191111】
冬夜集（短歌）【191201】
新浴泉記（小説）【191303】
青蓬集（短歌）【191307】
狂芸人（戯曲）【191401】
樽屋おせん（戯曲）【191411】
雅歌新体（選歌）（湘南詩社詠草）【191412】
薄情（小説）【191501】
冬夜集（選歌）（湘南詩社詠草）【191501】
「三人吉三廓初買」（日本古劇の研究）【191502】
春鶯囀（選歌）（湘南詩社詠草）【191502】
おつな（小説）（「薄情」続篇「嬲殺し」改題）【191503】
「お染久松色読販」（日本古劇の研究）【191503】
春雪集（選歌）（湘南詩社詠草）【191504】
並木五瓶「五大力恋緘」（日本古劇の研究）【191504】
竹枝抄（選歌）（湘南詩社詠草）【191505】
銀雨集（短歌）【191506】
砂雲雀（選歌）（湘南詩社詠草）【191506】
「長庵」と「助六」（日本古劇の研究）【191507】
水無月集（選歌）（湘南詩社詠草）【191507】
情趣詩趣（選歌）（湘南詩社詠草）【191508】
湘南秘抄（短歌）【191509】
河原蓬（選歌）（湘南詩社詠草）【191510】
新恋慕ながし（選歌）（湘南詩社詠草）【191511】
句楽忌（小説）【191601】
海光集（選歌）（湘南詩社詠草）【191601】
別離（選歌）（湘南詩社詠草）【191603】
明眸行（小品）【191609】
水上瀧太郎君の歌【194010】
春寒抄（短歌）【194104】【2000春臨】
玄冬居雑詠（短歌）【194601】
荷風挽歌（追悼）【195906】

吉井いずみ（よしいいずみ）
甕の底（学生小説）【2001夏】

吉江孤雁（よしえこがん・(本)喬松）
松林【191007】

吉岡虎太郎（よしおかこたろう）
日本的メタ・フィクションの方法序説（本の四季）【1992春】

吉岡実（よしおかみのる）
大原の曼珠沙華（丘の上）【196201】
孤独なオートバイ（詩）【196611】

吉川静雄（よしかわしずお）
テスト氏と会った夕（評論）（翻訳）（ポル・ヴァレリイ原作）【192909】
賭け・神・虚無【193702】

吉川道子（よしかわみちこ）
ひつじの姉妹（第四回三田文学新人賞当選作）【1997春】
1995年3月のマウス【1997秋】
文学を鍛えるためのメソッド（書評）【2000夏】
アメリカン・スカーレット【2000秋】

芳川泰久（よしかわやすひさ）
思いのむくままに（随筆）【2008夏】

吉住八重子（よしずみやえこ）
六号雑記【192707】【192708】

吉住侑子（よしずみゆうこ）
水辺の生活（小説）【1991春】
庭からの眺め（創作）【1992秋】
真葛が原の恋（創作）【1993春】
川刈りのころ（創作）【1994夏】
もどかしい日（小説）【1996秋】
庖丁を買って（短編小説）【1999冬】
戯れの秋（小説）【2000冬】
公園に近い場所（小説）【2001夏】
入相待ち（創作）【2003冬】
隣家の友（小説）【2005夏】
私が選ぶ昭和の小説（アンケート回答）【2007秋】
犬吠（小説）【2008夏】
はるうらら（創作）【2010春】

吉田郁子（よしだいくこ）
オンライン400字時評【2001夏】
ろばの耳【2003秋】

吉田一穂（よしだかずほ）
暗い火（詩）【195303】

吉田加南子（よしだかなこ）
空の息（詩）【1988冬】

吉田健一（よしだけんいち）
小泉さんのこと（随筆）【196608】【2000春臨】

吉田健太郎（よしだけんたろう）
老婆の、老婆による、老婆のための、老婆心（学生小説）【1997夏】

吉田小五郎（よしだこごろう）
切支丹大名記（評論）（全七回）（翻訳）（シユテイシエン原作）【192910】～【193004】
シャギエル上人の遺骸【193407】
転び伴天連【193502】
桑名古庵と其一族【193605】
阿部さんのこと（水上瀧太郎追悼）【194005臨】
葉書回答【194201】
日本人ベント・フェルナンデス【194208】
ジンタン【194812】
驢馬の耳【195503】

吉田正太郎（よしだしょうたろう）
普通部時代（水上瀧太郎追悼）【194005臨】

吉田精一（よしだせいいち）
新年の歌（短歌）【193701】

吉田武（よしだたけし）
尖塔（創作）【196111】

吉田武史（よしだたけし）
痩せた家族（小説）【197407】
雪花の記憶（創作）【197504】
城跡の桜（創作）【197511】
私たちの生活（創作）【197607】
ハシリドコロ（小説）【1990秋】
最後の岡田（岡田隆彦追悼）【1997春】

吉田冬葉（よしだとうよう・辰男）
冬の山（俳句）【193801】
木曽路の夏（夏の句）【193808】
魚の影（俳句）【193908】

吉田俊郎（よしだとしろう）
六号記【194706】

吉田知子（よしだともこ）
ハングリー・アート（ノスタルジア）【197603】
海へ（小説）【1985夏】
鷺坂一丁目（小説）【1989冬】
自動車に関する新発見（随筆）【1992秋】
注釈小説（随筆）【1999秋】
私が選ぶ昭和の小説（アンケート回答）【2007秋】

吉田直哉（よしだなおや）
シンポジウム「発言」――不完全燃焼を忌む【195910】
シンポジウム「発言」――討論【195911】

吉田秀和（よしだひでかず）
私の推す恋愛小説、この一冊（アンケート回答）【1998春】

吉田文憲（よしだふみのり）
口開き（詩）【1988夏】
朝までのわずかな生命だ（随筆）【2003夏】
「穴虫」峠と電車【2003秋】

吉田満（よしだみつる）
連続せる断片（小説）【194910】

吉竹めぐみ（よしたけめぐみ）
写真【1998秋】～【1999秋】【2000春】【2000春臨】【2000夏】～【2002秋】

吉武好孝（よしたけよしたか）
英文学の新しい世代とC・D・ルイス（現代英吉利作家論）

ゆ

湯浅輝夫（ゆあさてるお）
六号雑記 【192804】
力学的舞台へ！ 【193003】
左翼演劇の行方（一人一頁） 【193006】
鬼才エイゼンシユタイン 【193007】
ウルトラ・レフト＝チガ・ウエルトフ 【193010】
ソヴエツト映画論 【193101】〜【193106】
ソヴエト　フロニカ（海外文壇消息） 【193209】
ロシア（海外文壇消息）【193211】
ソヴエト劇壇の動向 【193203】
劇場・劇作家・戯曲（海外演壇消息） 【193209】
ソヴエト最初のコルホオズ劇場 【193406】
ソヴエート映画の十五年 【193507】
第三回モスコー演劇祭 【193509】
トルストイ逝いて廿五年 【193511】
天国の恋と地上の恋（翻訳）（フレンツ・モルナア原作） 【193601】
魚付雑記 【193704】【193708】
現代アメリカの短篇文学論 【193803】
寒い冬（翻訳短篇小説）（アースキン・コールドウエル原作） 【193804】
マーサ・ジエーン（翻訳小説）（アースキン・コールドウエル原作） 【193805】
故郷へ帰ったパール・バック 【193805】
高き心〔高い心〕（長篇翻訳小説）（第一回〜第五回）（パール・バック原作） 【193807】 【193808】【193810】 【193812】【193901】
跫音（小説） 【193905】
淡婆姑戯談 【193908】
墓（翻訳）（チヤールス・クツク原作） 【193908】
チヤールス・クツクのこと 【193908】
父と子（小説） 【194001】
太陽と雨（翻訳）トーマス・ウルフ原作） 【194008】
水上瀧太郎先生を憶ふ（追悼） 【194102】
結城信一（ゆうきしんいち）
驢馬の耳 【195608】
手紙一つ（永井荷風追悼） 【195906】
湯川豊（ゆかわゆたか）
井筒「伝説」に魅せられて（エッセイ） 【2009 冬】
由良君美（ゆらきみよし）
ジェルジ・ルカーチと悪魔の契約（翻訳）（ジョージ・スタイナー原作） 【196102】
批評・理論・教育をめぐる対話（現代批評家批判） 【197207】
黒石つれずれ（随筆） 【1988 夏】
游龍隆吉（ゆりゅうりゅうきち・孝玄孫）
文壇の奇遇（考証） 【191809】

よ

除村寅之助（よけむらとらのすけ）
亡夫の代理（小説） 【192902】
煤の一抹（遺作） 【192902】
※追悼文掲載号 【192902】
横須賀優（よこすかゆう）
五十年目の夏（学生小説） 【1998 冬】
横部得三郎（よこべとくさぶろう）
沢木先生の思出（沢木四方吉追悼） 【193103】
文芸的フランス巡遊（ティボオデ原作） 【193702】
三点鐘 【196011】
横堀角次郎（よこぼりかくじろう）
秋海棠（扉絵） 【193611】
横溝友美（よこみぞゆみ）
五月の福音（第二回三田文学新人賞佳作） 【1995 春】
ぬるい部屋（小説） 【1997 夏】
横光象三（よこみつしょうぞう）
白い蓮 【195507】
横光利一（よこみつりいち）
作家と家とについて（随筆） 【192709】【2000 春臨】
雑感 【193506】
水上瀧太郎氏のこと（追悼） 【194005 臨】
水上瀧太郎全集について 【194010】
〔書簡〕（間宮茂輔「横光君のこと」文中） 【194805】
※追悼文掲載号 【194805】
横山重（よこやましげる）
古詞雑記（随筆） 【192408】
くちら（随筆） 【192605】
好きな挿絵画家と装幀者（アンケート回答） 【192801】
現代の代表的文芸家（アンケート回答） 【192802】
上演「すみだ川」合評 【192803】
熱（アンケート回答） 【192803】
水木京太作「嫉妬」上演評 【192805】
回顧一ケ年（アンケート回答） 【192812】
井汲さん（井汲清治氏）【192906】
埋草（随筆） 【192909】
偶感 【193003】
松脂独語 【193301】
書物捜索（雑筆一〜雑筆六十三） 【193406】〜【193409】 【193411】【193501】 【193503】【193504】 【193506】〜【193509】 【193511】【193612】 【193704】【193705】【193707】 【193708】【193712】 【193803】〜【193805】 【193807】〜【193810】 【193902】【193904】 【193906】〜【193910】 【193912】〜【194004】 【194006】〜【194010】 【194012】〜【194104】 【194106】【194107】【194109】 【194112】〜【194109】 【194212】
水上さんのこと（水上瀧太郎追悼） 【194005 臨】
横山千晶（よこやまちあき）
ウィリアム・モリス——幻想と情熱の詩人（評論） 【1991 春】
横山寧夫（よこやまやすお・㊍晶〈しょう〉・鳳晶子・鳳子舟）
人間疎外（シンポジウム） 【196102】
横山隆一（よこやまりゅういち）
ろばの耳 【2008 秋】
與謝野晶子（よさのあきこ）
夏ごろも 【191006】
妹（小説） 【191009】
兄の家（小説） 【191012】
棺のめぐり 【191104】
線と影 【191106】
故郷の夏 【191108】
おもひなし 【191110】
寒き日（詩） 【191203】
雑記帳より（詩） 【191208】
不浄五十首（短歌） 【191212】 【2000 春臨】
短歌五十首（短歌） 【191501】
裏二階の客（小説） 【191509】
朱葉集（短歌） 【191511】
幻と病（短歌） 【191604】
火中真珠（短歌） 【191711】
「火のおもひ」の作者を推薦す（紹介）（雑録） 【191907】
〔推薦文〕（短歌）（上田敏詩集『牧羊神』広告欄） 【192012】
寒き初夏（短歌） 【193506】
新年の歌（短歌） 【193701】
ことづて（短歌）（水上瀧太郎追悼） 【194005 臨】
よさのひろし→與謝野寛
よさの・ひろし→與謝野寛
與謝野寛（よさのひろし・鉄幹）
ありのすさび（短歌） 【191010】
冬のうしろで 【191101】
落木集 【191102】
春日雑詠 【191104】
木靴師（詩）（翻訳）（エミル・エルハアレン原作） 【191203】
冬の歌（詩）（翻訳）（カミイル・ド・サントクロワァ原作） 【191204】
なぜなれば（詩）（翻訳）（ブレツセル原作） 【191205】
海の燕（訳詩） 【191207】
料理人の挨拶（訳詩） 【191210】
田園雑詠（詩）（翻訳）【191301】
快飲（翻訳）（エミル・ヹルハアレン原作） 【191304】
妄動（詩） 【191305】
阿片の夜（詩）（翻訳）（マリアス・マアグル原作） 【191307】
不協音（詩） 【191311】
ラフワエルと其恋人（戯曲）（翻

を巡って（ラウンドテーブル）【2003 夏】
遠藤周作と井上洋治――魂の故郷へと帰る旅（全五回）【2006 秋】～【2007 秋】
私が選ぶ昭和の小説（アンケート回答）【2007 秋】
山之内朗子（やまのうちさえこ）
オンライン 400 字時評【2003 夏】
ろばの耳【2008 夏】
山内義雄（やまのうちよしお）
東方所感（翻訳）（ポオル・クロオデル原作）【192207】
恋がたり（訳詩）【192209】
夕の祈禱（訳詩）（ルイ・ベルトラン原作）【192210】
春（訳詩）（シヤルル・ヴイルドラツク原作）【192212】
山村いてふ（やまむらいちょう）
上京後【191106】
山村順（やまむらじゅん）
病みて（詩）【192807】
山村魏（やまむらたかし）
バルザック【193503】
寂しき楽天家【193607】
山村正英（やまむらまさひで）
ろばの耳【2004 春】
山室静（やまむろしずか）
新しい理想主義文学について【194010】
花について【194905】
驢馬の耳【195508】
三点鐘【195903】
母の夢（随筆）【196701】
山本和夫（やまもとかずお）
晩春二題（詩）【193306】
新刊巡礼【193612】【193701】【193703】～【193705】【193707】【193801】【193803】【193804】【193808】～【193810】
新刊紹介【193712】
石坂洋次郎論（三回）【193803】【193805】【193807】
樹（詩）【193807】
絶対の文学覚え書【193909】
野戦集（詩）【193910】
経国文芸と御用作家と【194001】
美を護るために【194003】
雲二題（詩）【194006】
私の著書（自著に題す）【194010】
野戦にて（詩）【194012】
帰還兵と文学【194106】
南京にて【194108】
熱帯にある四季【194302】
国葬の日（詩）【194307】
インド人の表情【194308】
クェベック会談【194310】
山本勝太郎（やまもとかつたろう）
雨（随筆）【192709】
黄表紙私考（論文）【192710】
山本鼎（やまもとかなえ）
〔図版〕沢木四方吉肖像画（相内武千雄「沢木先生の肖像画」付）【194211】
表紙（絵）【191801】～【191812】
山本久三郎（やまもときゅうさぶろう）
故久米秀治氏を憶ふ（追悼）【192502】
人生朝露の如し（宇野四郎追悼）【193104】
思ひ出（水上瀧太郎追悼）【194005 臨】
三田文学回顧【195005】
山本健吉（やまもとけんきち・㊍石橋貞吉）
岩藤雪夫論【193005】
血を吸ふもの（小説）【193006】
作品の協同制作へ【193009】
岡本かの子の文学（文芸時評）【194004】
文芸時評【194005】【194006】【195112】
美しき鎮魂歌（評論）【194603】【2000 春臨】
神について（Essay on Man）【194902】
受賞者略歴と感想（戸川秋骨賞）【194908】
実名小説雑感【195006】
嘉村礒多年譜（評論）【195105】
詩人の死の意味するもの（評論）【195107】
問題の映画を語る（座談会）【195112】
文芸時評【195112】
堀田善衞論【195205】
番茶の後【195206】～【195208】
詞華集【195303】
〔推薦文〕『原民喜作品集』（広告欄）【195305】
折口先生のこと（追悼）【195311】
驢馬の耳【195410】【195412】【195501】【195504】【195509】【195512】【195601】【195607】【195706】
昭和　新しい文学世代の発言（座談会）（司会）【195502】
日本の詩的風土（鼎談）【195510】
東西文学の距離（座談会）【195612】
江藤淳「夏目漱石」（書評）【195704】
能の美しさ（評論）【195808】
荷風の随筆（追悼）【195906】
最後の思想（庄司総一追悼）【196112】
漱石の断片語【196608】
「わが師　折口信夫」（随筆）【196705】
丸岡君を悼む（丸岡明追悼）【196811】
北原君の死（北原武夫追悼）【197312】
弔辞（村野四郎追悼）【197506】
新・頑固の説（随筆）【1985 春】
※追悼文掲載号【1988 夏】
山本弘太郎（やまもとこうたろう）
詩魔堂【192911】
山本実彦（やまもとさねひこ・亀城）
親【193708】
鴨の一生【193901】
乃木さんの一断面【193908】
山本三吉（やまもとさんきち）
communication sentimentale（詩）【193807】
山本晶（やまもとしょう）
コールドウェルとサローヤン（海外通信）【196702】
ユニークな癖（随筆）【1990 夏】
玉川上水に沿ふて歩けば（俳句）【1994 夏】
蛍甦る（俳句）【1995 夏】
山本孝夫（やまもとたかお）
遥かなる響き（小説）【2007 夏】
お別れの会（小説）【2009 冬】
山本武男（やまもとたけお）
遠い日々の中（本の四季）【1992 冬】
山本太郎（やまもとたろう）
讃美歌（詩）【195411】
秋の手帖（詩人の頁）【195512】
変な夜の想出（追悼詩）（村野四郎追悼）【197506】
山本博章（やまもとひろあき）
私たちはこのような新人を待つ【196807】
山本浩史（やまもとひろし）
ヘイタイサンオゲンキデスカ【194402】
山本正明（やまもとまさあき）
現代の青春（評論）【1985 夏】
現代文学の可能性（評論）【1986 春】
山本三鈴（やまもとみすず）
絞め殺しの木（小説）【2000 春】
山本道子（やまもとみちこ）
仮寓（小説）【1986 冬】
忘れられない理由（随筆）【1988 春】
ガラス窓は、はめ殺し（随筆）【1993 春】
私の推す恋愛小説、この一冊（アンケート回答）【1998 春】
スペインの掏摸たち（随筆）【2000 冬】
私が選ぶ昭和の小説（アンケート回答）【2007 秋】
山本杜夫（やまもともりお）
眠られぬ夜に（詩）【194711】
薔薇（六号室）【194712】
花のソネット（詩篇）【194808】
山本安英（やまもとやすえ・㊍千代）
養成所以来（小山内薫追悼）【192903】
山本祐興（やまもとゆうこう）
振幅する日常（評論・文学における日常性）【197205】
読者自身の変容【197210】
山本有三（やまもとゆうぞう・㊍勇造）
〔推薦文〕推薦の辞（『ジイド全集全十二巻』広告欄）【193403】
山本洋（やまもとよう）
映画会社の看板プロデューサーが語る（座談会）【1998 冬】
山本容朗（やまもとようろう）
私の推す恋愛小説、この一冊（アンケート回答）【1998 春】
楊天曦（やんてんしー）
海辺来信（小説）【2006 秋】

煙突（創作）【195403】
【2000春臨】
遠い青空【195508】
頭上の海【195608】
日々の死（連載六回）
【195701】〜【195706】
シンポジウム「発言」――灰皿になれないということ【195910】
シンポジウム「発言」――討論
【195911】
新鮮・以前（丘の上）【196104】
後記【195303】【195309】
【195311】【195411】【195501】
【195504】【195507】【195509】
【195512】【195603】【195606】
【195609】
※追悼文掲載号（付年譜）【196703】
山川弥千枝（やまかわやちえ）
〔詩〕（自著『薔薇は生きてる』広告欄）【194905】
山岸外史（やまぎしがいし）
丹羽文雄君の文学を論ず
【193507】
文芸時評　【193511】〜【193601】
白痴の日記（小説）【193610】
太宰治の文学を論ず【193612】
小林秀雄君を論ず【193701】
でふぉるましおん・について（文芸時事問題）【194007】
葉書回答【194201】
山岸健（やまぎしたけし）
交差点【197607】
場所と風景（随筆）【1989秋】
山岸光宣（やまぎしみつのぶ）
〔推薦文〕茅野蕭々著『独逸浪漫主義』（広告欄）【193811】
山岸稔（やまぎしみのる）
医学と医療の狭間にて（随筆）
【1994夏】
山口公也（やまぐちきみや）
桃水出奔（創作）【196111】
山口弘一郎（やまぐちこういちろう）
詩魔堂（随筆）【192912】
【193001】
山口誓子（やまぐちせいし・㊍新比古）
山間旅信（夏の句）【193708】
山口青邨（やまぐちせいそん・㊍吉郎）
梅雨の月（俳句）【194208】
山口友三（やまぐちともぞう）
映画会社の看板プロデューサーが語る（座談会）【1998冬】
山口昌男（やまぐちまさお）
回想のアフリカ（随筆）【1986春】
山口良臣（やまぐちよしおみ）
海の絵（小説）【1989秋】
山口佳巳（やまぐちよしみ）
光へ（詩篇）【196112】
ひとつの食糞マドリガル（詩）
【197412】
紋切型詩篇（詩）【197607】
アフリカのランボー（文学談義クロストーク）【1989春】
山崎斌（やまざきあきら）
臍の緒（小説）【192811】
山崎行太郎（やまざきこうたろう）
三島由紀夫論（評論）【1985夏】
小林秀雄と理論物理学【1986冬】
マルクスの影（評論）【1986秋】
過剰と蕩尽の物語（人と貝殻）
【1987秋】
パラダイム・チェンジの時代（評論）【1988夏】
ベルグソンのパラドックス（評論）【1989秋】
柄谷行人論（評論）【1991春】
佐藤春夫論（連載評論）（一）〜（十二）【1991夏】〜【1994春】
「批評について」（座談会）
【1992秋】
いま、『佐藤春夫全集』をどう読み直すか【1998夏】
存在論なき文学は文学ではない（書評）【1999春】
江藤淳こそ難解な思想家である……（江藤淳追悼）【1999秋】
季刊・文芸時評
【1999夏】〜【2004春】
私が江藤先生から学んだこと（エッセイ）【2005冬】
山崎紫紅（やまざきしこう）
着物【191005】
山崎俊夫（やまざきとしお・石垣弥三郎）
市弥信夫夕化粧（小説）
【191301】
童貞（小説）【191305】
鬱金桜（小説）【191309】
切支丹伴天連（小説）【191405】
きさらぎ（小説）【191410】
死顔（小説）【191503】
ねがひ（小説）【191510】
蛇屋横町（小説）【191606】
志羅川夜舟（夏げしき）【191608】
指を磨く男（小説）【191609】
花の雨（小説）【191610】
雛僧（小説）【191611】
中洲夜話　幻覚（小説）【191612】
ぷらんたんの一夜（小説）
【191705】
忘却（小品）【191709】
執念（小説）【191801】
河原者（小説）【191805】
麝香猫（小説）【191901】
梟（戯曲）【191905】
宝石商人（小説）【192001】
幸福（小説）【192004】
諏訪湖畔より（随筆）【192011】
古き手帖より（小山内薫追悼）
【192903】
菊池寛兄におくる手紙【193712】
悪友【193808】
いづこの牧場に【194001】
おもひで（水上瀧太郎追悼）
【194005臨】
山崎徳子（やまざきのりこ）
ろばの耳【2006夏】
山崎正和（やまざきまさかず）
私の中の古典（第五回）【197511】
山崎庸一郎（やまざきよういちろう）
モンテルランの劇作【196004】
山崎陽子（やまざきようこ）
薔薇と遠藤さん（遠藤周作追悼）
【1997冬】
山下三郎（やましたさぶろう・泉三太郎）
美しき距離（小説）【193011】
主に廊下と時計（ヴアラエティ・スケッチ）【193012】
湘南と青年（小説）【193104】
山下恒雄（やましたつねお）
巨星隕つ（水上瀧太郎追悼）
【194005臨】
山下宏（やましたひろし）
鳩およびその人間【195910】
山科正美（やましなまさみ）
エミール・ヤニングス　ハンス・アルバース【193405】
山城むつみ（やましろむつみ）
翻訳の力【1996夏】
空気という暗礁【1996秋】
公理の精神――椎名麟三と聖書
【1997冬】
唯物論のタマゴ【1997春】
矢又由典（やまたよしのり）
ろばの耳【2003夏】
山田詠美（やまだえいみ）
GREEN（小説）【1988春】
山田治（やまだおさむ）
北の便り（小説）【197409】
山田くに子（やまだくにこ）
〔短歌〕（六号余録欄）【191908】
山田啓吾（やまだけいご）
秋の早慶庭球試合の事（秋のスポーツ）【193411】
山田太一（やまだたいち）
私が選ぶ昭和の小説（アンケート回答）【2007秋】
山田智彦（やまだともひこ）
N湖畔行（小説）【196710】
現代小説の条件（対談）
【197303】
山田稔（やまだみのる）
ぽかん（小説）【1995夏】
私の推す恋愛小説、この一冊（アンケート回答）【1998春】
山田有勝（やまだゆうしょう）
八月の太陽（詩）【193909】
山田良成（やまだりょうせい）
エズメのために（翻訳）（J・D・サリンガー原作）【195907】
山名美和子（やまなみわこ）
わたしの中の〝西郷さん〟（書評）
【1998夏】
紀寺の奴（小説）【1999秋】
山名義広（やまなよしひろ）
阿部さんの事ども（水上瀧太郎追悼）【194005臨】
山中散生（やまなかちるう）
グレゴリヤン聖歌（詩）【193807】
巴里哀悼（詩）【194102】
湖水を渡る（詩）【194112】
爆撃行（詩）【194206】
軌道（愛国詩）【194210】
厳しい沈黙（山本元帥追悼詩）
【194308】
山根正吉（やまねしょうきち）
新映画随想【193501】
今秋の名画【193509】
山根道公（やまねみちひろ）
遠藤周作――夕暮の眼差し
【1997秋】
『スキャンダル』の原題「老いの祈り」の意味するもの
【2001秋】
創造と信仰――遠藤周作『沈黙』

～【193409】【193411】【193607】
一九三四年文壇回顧（文芸時評）【193412】
日本浪曼派のために 【193502】【2000 春臨】
古典への一つの動き 【193512】
文学者の社会的位置 【193602】
小説に於ける反モラリスム（小説に於ける反モラリスムの問題）【193604】
方法と決意 【193610】
大津皇子の像 【193701】
現代のために 【193705】
現代評論家の立場 【193710】
今後の文学の傾向 【193801】
昭和十三年の文学（一九三八年回顧）【193812】
包頭の町 【193901】
文章について 【193907】
混沌と文学 【194002】
文学者の既得権（文芸時事問題）【194007】
家庭と文化 【194106】
国学護持論 【194201】
古典に就て 【194208】
驢馬の耳 【195608】
保高徳蔵（やすたかとくぞう）
この頃のこと（随筆）【196707】
安成二郎（やすなりじろう・凡蔦）
膝を正して（馬場孤蝶追悼）【194009】
八住利雄（やすみとしお）
演劇時評 【193109】【193201】【193202】
書き送る書三つ（演劇時評）【193110】
「新東京」の解散について（演劇時評）【193111】
ソヴエート劇団最近の問題（演劇時評）【193112】
新劇が又、動きはじめた 【193203】
新劇時感 【193304】
若い人（戯曲）（脚色）（石坂洋次郎原作）【193801】
新劇の行く道 【193805】
八十島章子（やそしまあきこ）
ろばの耳 【2008 春】
八十島稔（やそしまみのる・㊍加藤英弥）
海色のライカ（詩）【193908】
谷内修三（やちしゅうそ）
フーコーの恋人（詩）【1991 秋】
野鳥（やちょう・目黒野鳥）
（俳句）【191607】
矢内一正（やないかずまさ）
作中人物の背後に迫る手（書評）【2002 秋】
矢内みどり（やないみどり）
幸福の画家（エッセイ）【1996 冬】
矢内原伊作（やないはらいさく）
サルトルとマルクス主義 【195305】
柳永二郎（やなぎえいじろう・㊍永井武）
三田劇談会（座談会）【193911】
柳亮（やなぎりょう）
美術界への希望（一九三七年へ！）【193701】
柳澤和子（やなぎさわかずこ）
雨知らぬ空（第三回三田文学新人賞当選作）【1996 春】
群青色の摩天楼（小説）【1996 夏】
柳沢健（やなぎさわけん）
『詩』と『観想』【191012】
疲れたる夜明（詩）【191201】
思ひ出（翻訳）（Henri de Régnier 原作）【191403】
川田主水の切腹（小説）【191412】
詩十篇（短詩）【191802】
柳沢澄（やなぎさわすみ）
猫（小説）【192203】
能の新しみ 【193003】
「能楽鑑賞」を読んで 【193704】
柳沢孝子（やなぎさわたかこ）
牧野信一と宇野浩二（文学談義クロストーク）【1991 冬】
柳沢保篤（やなぎさわやすしげ）
日本版漫話 【193609】
柳田邦男（やなぎだくにお）
日本人の旅・遊び・信仰――田辺聖子『姥ざかり花の旅笠』をめぐって（シンポジウム）【2004 秋】
柳田宏（やなぎだひろし）
戦線便り 【194212】
たそがれの部屋 【194903】
俘虜記（創作）【194904】
E. LABICHE 原作 梅田晴夫訳「人妻と麦藁帽子」（書評）【194907】
柳原利次（やなぎはらとしつぐ・㊍栄蔵）
伯父の話（小説）【192807】
六号雑記 【192808】
民の話（小品）【192811】
とりとめもなく（倉島竹二郎の横顔）【192901】
旱魃（戯曲）【193505】
柳町潔（やなぎまちきよし）
海軍ノヘイタイサン 【194402】
柳本良男（やなぎもとよしお）
モーニングバード 5（詩）【1986 冬】
モーニングバード 6（詩）【1986 冬】
柳家喜多八（やなぎやきたはち）
噺家の文学論――辻原登『円朝芝居噺 夫婦幽霊』を読む 【2008 夏】
梁瀬英徒（やなせえいと）
大波止（第十六回三田文学新人賞最終候補作）【2009 春】
梁取龍元（やなとりりゅうげん）
マリヴォー（心理小説研究）（エドモン・ジャルー原作）【193702】
矢野朗（やのあきら）
峰のもみぢ葉（小説）【194106】
矢野一郎（やのいちろう）
LOGIN（学生随筆）【1998 春】
矢野潮（やのうしお）
ヘイタイサンオゲンキデスカ 【194402】
矢野裕子（やのひろこ）
ろばの耳 【2008 夏】
矢野目源一（やのめげんいち）
小雨（短詩）【192204】
旗（短詩）【192209】
魘（短詩）【192302】
祝祭（短詩）（翻訳）【192304】
春（短詩）【192306】
半ば忘れられたる文学（評論）【192307】
ステフアヌ・マラルメの詩風（随筆）【192308】
古代文化散策（評論）【192401】
薔薇歌物語考（評論）【192503】
沈黙（映画台本）（ルキ・デリュック原作）【192706】
三点鐘 【196010】
山内洋（やまうちよう）
幻のもうひとり（書評）【1999 冬】
梅崎春生著『幻化』（あの作家のこの一冊）【1999 夏】
梅崎春生「砂時計」（偉大なる失敗作）【1999 秋】
いまだ名づけられざるものの岸辺へ（書評）【2002 秋】
言葉より立ち現れてくる人を待つこと（書評）【2004 冬】
「毀形」の肉体から「非形」のいのちへ（書評）【2006 冬】
虎の余命、近代文学の終わり―再見『山月記』（評論）【2006 春】
恩寵の場所へ（書評）【2007 春】
私が選ぶ昭和の小説（アンケート回答）【2007 秋】
願いなき祈りの場（書評）【2009 冬】
そのテクストもまた「テクスト論」を超えて（書評）【2009 秋】
動かぬものを動かしに（書評）【2010 春】
山岡頼弘（やまおかよしひろ）
昭和三十五年――秋山駿覚書 【2003 春】
季刊・文芸時評（全十一回）【2004 夏】～【2008 秋】
私小説という戦争（書評）【2007 春】
よみがえる東文彦――二十三歳の死と復活（評論）【2007 夏】
私が選ぶ昭和の小説（アンケート回答）【2007 秋】
物語のナイフ（書評）【2009 春】
木の光（随筆）【2010 冬】
なぜ、遠藤周作なのか（書評）【2010 春】
山折哲雄（やまおりてつお）
日本人の旅・遊び・信仰――田辺聖子『姥ざかり花の旅笠』をめぐって（シンポジウム）【2004 秋】
私が選ぶ昭和の小説（アンケート回答）【2007 秋】
「ラカン」変奏（エッセイ）【2009 冬】
山縣知彦（やまがたともひこ）
闇の明るさ（詩劇）（共訳）（クリストファ・フライ原作）【196004】【196006】【196007】
山川方夫（やまかわまさお・㊍嘉巳・M. Y・Y・園垣三夫）
昼の花火（創作）【195303】
春の華客（創作）【195307】

驢馬の耳 【195603】
守屋陽一（もりやよういち・Y.M）
約束（翻訳）（サマセット・モーム原作） 【195306】
うれひ（詩）（翻訳）（アァニスト・ダウスン原作） 【195309】
沈黙の教へ（詩）（翻訳）（ライオネル・ジヨンスン原作） 【195309】
小林秀雄論 【195909】
後記 【195306】【195310】【195312】
門田正子（もんでんまさこ）
私が選ぶ昭和の小説（アンケート回答） 【2007秋】
画家　森芳雄と過ごした日々（随筆） 【2008冬】
門馬惠子（もんまけいこ）
オンライン400字時評【2003冬】
ろばの耳 【2003秋】【2008秋】

や

八重洋一郎（やえよういちろう）
夕方村（詩） 【1992夏】
「正統」の発見とその歓び（書評） 【2003夏】
八重樫昊（やえがしあきら）
砲煙の宿（二回） 【193804】【193805】
窖花 【193901】
矢ケ崎千春（やがさきちはる・矢崎）
煙（中篇小説）（全三回） 【193110】～【193112】
八木柊一郎（やぎしゅういちろう・㊍伸一）
この小児（戯曲） 【195501】
驢馬の耳 【195610】
三点鐘 【195902】
八木義徳（やぎよしのり）
三点鐘 【195812】
同時代者の弁（随筆） 【1987春】
私の推す恋愛小説、この一冊（アンケート回答） 【1998春】
八木隆一郎（やぎりゅういちろう）
三田劇談会（座談会） 【194112】
矢崎弾（やざきだん・㊍神蔵芳太郎）
忘れられた言葉 【193206】
自己への沈潜 【193207】
純文学よ何処へでも行け！？ 【193208】
メカニズムの亡霊 【193209】
新聞と大衆との合作 【193211】
リアリズムに於ける現実感の問題 【193212】
芥川龍之介を啄みつゝ嘔吐する 【193301】
川端康成論 【193302】
葛西善蔵と嘉村礒多 【193303】
六号雑記 【193303】
井伏鱒二論 【193304】
横光利一を斜断する 【193305】
リアリズムと自我 【193306】
既成作家と新文学 【193307】
孤独な現実感・方言的文学 【193308】
「批評」は狗に喰はすべきか？ 【193309】
里見弴論 【193310】
川端康成、村松正俊両氏に答ふ 【193310】
新進作家七氏に就いて 【193311】
脱線するな！！　地道に！！　地道に？！ 【193312】
批評の没落から更生へ 【193401】
小林秀雄を嚙み砕く 【193402】
自省の断想 【193403】
否定道に於ける意欲の分析 【193404】
説話体の両面 【193407】
わが批判者に与ふ 【193408】
現代小説に現れた方法上の対立について 【193409】
断定と逡巡 【193411】
時潮の妥当性と矛盾性 【193501】
「日本浪漫派」の先頭部隊に与ふ 【193502】
室生犀星の疳癪に答へる 【193505】
矛盾を愛撫する群に与ふ 【193506】
社会批判の文学その他 【193508】
わが批評体系への軌道 【193512】
丹羽文雄は幸福だよ！ 【193601】
勝本清一郎の評論（作品と印象） 【193602】
非合理主義的文学の潮流 【193603】
文学と生活 【193902】
国策的理想主義の一例 【193903】
人情主義文学の実用的価について 【193904】
不安な例外 【193906】
大陸日本人の教育 【193908】
石河君の作品（第四回「三田文学賞」銓衡感想文） 【194002】
思想・人間・人間性（一）（二） 【194003】【194004】
文学者としての水上瀧太郎の存在の意義（追悼） 【194005臨】
〔推薦文〕南川潤著『失はれた季節』・山田多賀市作長篇『耕土』（各広告欄） 【194006】
匿名の筆者に 【194007】
文学の影響について 【194104】
文芸同人雑誌の自己革新について 【194201】
ありがたき抗議の記録 【194202】
幸福の探求と自我愛（文芸時評） 【194203】
「青果の市」について（文芸時評） 【194204】
二葉亭四迷（一～三） 【194206】【194207】【194209】
現代作家と明治文学 【194303】
矢代朝子（やしろあさこ）
父、母を詠む（短歌） 【2007冬】
NOTE――矢代静一と和子のこと 【2007冬】
『書肆ユリイカの本』のこと（随筆） 【2010冬】
八代修次（やしろしゅうじ）
美術時評 【194908】
（美術） 【195001】【195003】
原爆の図を見て 【195006】
矢代静一（やしろせいいち）
その人との十分間（インタビュー） 【195405】
雅歌（戯曲） 【195410】
昭和　新しい文学世代の発言（座談会） 【195502】
安部公房「創作劇集」（書評） 【195511】
戦後演劇の五つの問題（鼎談） 【195610】
三点鐘 【195908】【196008】
銀座の古本（随筆） 【196712】
宗教的現実と演劇的現実（座談会） 【197207】
三田育ち（随筆） 【1989夏】
或る日（随筆） 【1992冬】
聖地巡礼の思い出二つ（遠藤周作追悼） 【1997冬】
安井曽太郎（やすいそうたろう）
鏡の前（図版） 【194211】
安岡章太郎（やすおかしょうたろう）
ガラスの靴（小説） 【195106】
ジングルベル（創作） 【195110】
『近代文学』の功罪（座談会） 【195403】
その人との十分間（インタビュー） 【195403】
逆立 【195410】
庄野潤三「プールサイド小景」（書評） 【195505】
服部君のこと 【195603】
子供っぽさの視点（書評） 【195612】
驢馬の耳 【195705】
病院にて（復刊にあたって） 【195807】
坂上弘「ある秋の出来事」（書評） 【196002】
サルトル・人と文学（座談会） 【196612】
福田恆存氏の「日本文壇を批判する」に答える 【196803】
私の文学を語る（インタビュー） 【196806】
〔選評〕大庭みな子『三匹の蟹』（広告欄） 【196811】
〔推薦文〕岡田睦第一創作集『薔薇の椅子』（広告欄） 【197006】
現代における私小説 【197110】
現代音楽をめぐって（対談） 【197304】
弔辞（北原武夫追悼） 【197312】
三田のにほひ（随想） 【197610】
昭和初期の作家たち（対談） 【1985春】
現代文学の状況――〈不安〉について（座談会） 【1985秋】
思想と芸術（対談） 【1988秋】
「竹柄譚」の風景（「三田文学」創刊八十年・慶應義塾大学文学部開設百年記念懸賞小説・評論選評） 【1991冬】
遠藤をおくる（遠藤周作追悼） 【1997冬】
安岡伸好（やすおかのぶよし）
樫の木の家 【195904・05】
保田與重郎（やすだよじゅうろう）
作家的ドグマの問題 【193212】
文芸時評（今月の問題）【193405】

夏（夏げしき）【191608】
文暁法師（考証）【191611】
去来と卯七（考証）【191703】
その志を憐む（久米秀治追悼）【192502】
沢木先生（俳句）（沢木四方吉追悼）【193101】
子にさきだたれてよめる（夏の句）【193708】
草庵六題（夏の句）【193808】
貝殻追放の作者を悼める（水上瀧太郎追悼）【194005 臨】
気のつまる人【194010】
籾山仁三郎（もみやまじんざぶろう）→籾山梓月
籾山庭後（もみやまていご）→籾山梓月
樅山庭後（もみやまていご）→籾山梓月
百瀬しづ（ももせしづ）
粟屋の悴（小説）【192004】
ももせつねひこ（ももせつねひこ）
表紙・目次・扉・本文カット【197501】～【197601】
森敦（もりあつし）
月山行（随筆）【1989 春】
森鷗外（もりおうがい・㊍林太郎・観潮楼主人・千朶山房主人・鷗外漁史・侗然居士・牽然居士・小林紺珠・鐘礼舍・帰休庵・隠流・妄木・妄人・S. S. S・源高湛）
桟橋（写生小品）【191005】
普請中【191006】【2000 春臨】
花子【191007】
あそび【191008】
フアスチエス（対話）【191009】
沈黙の塔（小説）【191011】
食堂（小説）【191012】
襟（翻訳）（オシップ・ヂモフ原作）【191101】
カズイスチカ【191102】
妄想【191103】【191104】
藤鞆絵【191105】【191106】
板ばさみ（翻訳）（EUGEN・TSCHIRIKOW 原作）【191107】
なのりそ【191108】【191109】
灰燼【191110】～【191112】【191202】～【191205】【191209】～【191212】
汽車火事（小説）（ハンス・キイゼル原作）【191201】
正体（小説）（翻訳）（KARL VOLLMOELLER 原作）【191206】～【191208】
復讐（小説）（翻訳）（Henri de Régnier 原作）【191301】～【191304】
最終の午後（翻訳）（Franz Molnar 原作）【191305】
辻馬車（翻訳）（Franz Molnar 原作）【191306】
フロルスと賊と（翻訳）（M. Kusmin 原作）【191307】
Senzamani（翻訳）（Maxim Gorki 原作）【191308】
ギヨオテ年譜（鈔）【191309】
〔書信〕（前号沢木文中の独語誤植について）（消息欄）【191309】
橋の下（小説）（翻訳）（Frédéric Boutet 原作）【191310】
聖ニコラウスの夜（翻訳）（Camille Lemonnier 原作）【191311】【191312】
大塩平八郎（評論）【191401】
ギヨツツ考（考証）（翻訳）（鈔）【191402】～【191408】
〔書信〕（小島政二郎「森先生の手紙」文中）【191612】
〔序文〕（自著『蛙』）（六号余録欄）【191906】
※追悼特集「鷗外先生追悼号」【192208】
森参児（もりさんじ）
家庭内の阿部さん（水上瀧太郎追悼）【194005 臨】
森健（もりたけし）
もう一度だけでいいから（小説）【2003 秋】
後藤からの手紙（小説）【2004 秋】
森毅（もりつよし）
森敦のこと（随筆）【1989 秋】
私の推す恋愛小説、この一冊（アンケート回答）【1998 春】
森南仙（もりなんせん）
恋愛詩拾遺（詩）【197505】
森暢（もりのぶ）
遺作について少しばかり【192902】
森万紀子（もりまきこ）
「新しい」か「わからない」か（座談会）【197205】
遠い日のこと（ノスタルジア）【197507】
森正博（もりまさひろ）
槍ケ岳【195609】
森茉莉（もりまり）
独逸の本屋（随筆）【193309】【2000 春臨】
疲労の中（随筆）【196704】
硝子の多い部屋（工房の秘密）【197608】
森道夫（もりみちお）
私が選ぶ昭和の小説（アンケート回答）【2007 秋】
森実与子（もりみよこ）
ろばの耳【2007 秋】
森芳雄（もりよしお）
表紙画【2000 夏】
森律子（もりりつこ）
宇野四郎氏の御他界を悲しみて（追悼）【193104】
森林太郎（もりりんたろう）→森鷗外
森類（もりるい）
日曜日（詩）【195205】
K さんの夢（詩）【195207】
森禮子（もりれいこ）
他人の血（小説）【197108】
薄暗い場所（小説）【197112】
狂った時計（小説）【197210】
納戸の神（小説）【197312】
遊園地暮景（創作）【197506】
風を捉える（小説）【197610】
ある神話（随筆）【1990 秋】
小説開眼（随筆）【1997 夏】
人生の贅沢（随筆）【2006 冬】
森内俊雄（もりうちとしお）
夏の旅（ノスタルジア）【197506】
隣人（小説）【1985 秋】
言語教について（随想）【1987 秋】
光る繭（小説）【1988 春】
ムクロジの樹の下で（随筆）【1998 春】
『シュペルヴィエル詩集』（私を小説家にしたこの一冊）【2000 冬】
私が選ぶ昭和の小説（アンケート回答）【2007 秋】
森川達也（もりかわたつや）
ニヒリズム文学の内容と方法【196001】
狂人文学論【196012】
ニヒリズム文学論（評論）【196104】
カフカ「審判」試論・補遺【196108】
サルトル「自由への道」試論（評論）【196201】
文学の価値転換とその困難（文芸季評）【196610】
平野謙氏の美意識の限界（平野発言におもう）（評論）【197102】
守木清（もりききよし）
サミエル・バトラー（翻訳）（デスモンド・マツカーシー原作）【193307】
リチァード・オールディントン【193709】
森田勇（もりたいさむ）
再生の恩人（水上瀧太郎追悼）【194005 臨】
守田勘弥（もりたかんや・㊍好作）
有楽座時代の追憶（宇野四郎追悼）【193104】
森田草平（もりたそうへい・㊍米松）
馬場孤蝶先生（追悼）【194009】
森田たま（もりたたま）
べに皿かけ皿を読む【193708】
三点鐘【196009】
森田恒友（もりたつねとも）
表紙意匠【191605】
森田信義（もりたのぶよし）
息子（戯曲）【192103】
森田雄蔵（もりたゆうぞう）
キリスト教の通夜（木々高太郎追悼）【197001】
守中高明（もりなかたかあき）
イエロー・ムーン（詩）【1992 秋】
森野緑（もりのみどり）
雷魚（第十三回三田文学新人賞最終候補作）【2006 春】
森本薫（もりもとかおる）
三田劇談会（座談会）【194111】
森本忠（もりもとただし）
早春の記憶（小説）【193411】
「文学生活」の主張（我等の文学主張）【193607】
在野精神はいづこ（文芸時事問題）【194009】
葉書回答【194201】
森本周子（もりもとちかこ）
ろばの耳【2004 冬】
森本等（もりもとひとし）
痩せた女（小説）【1985 夏】
守屋謙二（もりやけんじ）
ゴーテイク美術の精神史的意義（評論）【192909】
サン・ロレンツオの墨絵【194808】

中国の〝文化革命〟（海外通信）【196608】
奥野先生と私（奥野信太郎追悼）【196803】
井上靖『孔子』を読む（随筆）【1990 冬】
病床読書記（読書日記）【1997 秋】
陳宏万先生のこと（随筆）【1999 春】
深い霧の中（小説）【2000 夏】
ペル（小説）【2001 春】
※追悼文掲載号【2008 春】
村松英子（むらまつえいこ）
四十雀、五十雀（随筆）【1990 秋】
実現しなかった兄との夏（随筆）【1994 秋】
恋愛物語と文化（エッセイ）【1998 春】
村松定孝（むらまつさだたか）
水上瀧太郎と泉鏡花（評論）【196705】
「あぢさゐ供養頌」と三田（随筆）【1989 冬】
私の推す恋愛小説、この一冊（アンケート回答）【1998 春】
村松梢風（むらまつしょうふう・㊍義一）
酒前茶後（随筆）【192108】
暮れ方の事件（小説）【192109】
水木京太作「嫉妬」上演評【192805】
漫談一束【193406】
春の風【193506】
旅の片鱗（作家の日記）【193603】
支那の建設とは【193801】
緑牡丹【194008】
孤蝶先生の書画（馬場孤蝶追悼）【194009】
葉書回答【194201】
寺の庭【195005】
村松剛（むらまつたけし）
『近代文学』の功罪（座談会）【195403】
近代人の救済（昭和作家論・福田恆存論）【195405】
リアリズムの問題（Ⅰ～Ⅳ）【195501】～【195504】
芥川賞の遠藤周作【195510】
椎名麟三「美しい女」（書評）【195512】
「遠い凱歌」断想（広場）【195604】
芥川龍之介論ノート【195609】
村松友視（むらまつともみ）
雪の素人（随筆）【1986 春】
月（小説）【1989 夏】
鮨屋（小説）【1991 冬】
ヴィンテージ（小説）【1995 冬】
非文学修業（一）～（十二）【1999 夏】～【2002 春】
健さんの季節（創作）【2010 春】
村山英太郎（むらやまえいたろう）
T・E・ヒューム論（現代英吉利作家論）（翻訳）（マイケル・ロバーツ原作）【193709】
二十世紀英文学におけるロマン主義論争（二十世紀イギリス文学批判）【193809】
村山知義（むらやまともよし・TOM）
或る新劇団の内（新劇の行く道）【193805】
村松真理（むらまつまり）
たまき（創作）【2003 冬】
辞書の味（書評）【2003 春】
狐（小説）【2004 夏】
地上の夜（短篇小説）【2005 冬】
雨にぬれても（第十二回三田文学新人賞当選作）【2005 春】
受賞のことば【2005 春】
ミーナ（小説）【2005 秋】
「女」の神話・「私」の神話（書評）【2006 春】
笑う女（随筆）【2006 秋】
数億の目が開くとき――「島ノ唄」の中へ（小説）【2007 冬】
親しい「私」の怖い言葉（書評）【2007 春】
私が選ぶ昭和の小説（アンケート回答）【2007 秋】
花咲く屋根の家（小説）【2008 春】
私たちのまちの物語（書評）【2009 秋】
三十歳（創作）【2010 春】
牟礼慶子（むれけいこ）
暗い旅（詩）【195505】
室井光広（むろいみつひろ）
受け取り直し（随筆）【1995 冬】
選考座談会（三田文学新人賞）（第三回）～（第十二回）【1996 春】【1997 春】【1998 春】【1999 春】【2000 春】【2001 春】【2002 春】【2003 春】【2004 春】【2005 春】
いたちごっこ（小説）【1996 夏】
読み・書き・ソリチュード（評論）【1998 夏】
極私的ルネッサンス考（評論）【1998 秋】
『プルースト文芸評論』（私を小説家にしたこの一冊）【2000 冬】
クラシック艦隊――失われた時を求めて（私の古典・この一冊）【2001 夏】
対話的思考のすすめ―詩学入門（講義）（第一回）～（第三回）【2001 秋】～【2002 春】
リビドウ蕩尽（詩人と小説家の自選 20 句）【2004 冬】
プルースト逍遙（評論）（第一回）～（第十三回）【2005 夏】～【2008 夏】
目をかけてやった記憶もないのに（学生創作解説）【2008 冬】
エセ物語（小説）（第一回）～（第六回）【2008 秋】～【2010 春】
室伏高信（むろぶせこうしん）
人生序論の一つ【193602】

め

目黒真澄（めぐろますみ）
クレーグ氏沙翁戯曲論（評論）【191305】
目取真俊（めどるましゅん）
ハブの島（随筆）【2001 夏】
米良忠麿（めらただまろ・末六郎）
きれぎれ（葛目彦一郎追悼）【193503】

も

毛利武彦（もうりたけひこ）
表紙画【2000 秋】
モーロア（ANDRÉ MAUROIS）
〔序文〕（自著 HISTOIRE DE LA FRANCE 広告欄）【195111】
茂木博（もぎひろし）
アビ・ヴァールブルクの文化学と現代（評論）【1987 秋】
ニーチェとヴァーグナー（文学談義クロストーク）【1988 春】
男に馬乗りになる女の出自と行方（評論）（上）（下）【1989 春】【1989 夏】
茂沢方尚（もざわみちなお・㊍高山）
巨微の月（小説）【196707】
持田叙子（もちだのぶこ）
至福の庭を離れて――荷風小考――【2000 冬】
独身者の光源・パリへ……！（批評）【2000 夏】
おうちを、楽しく――Kafu's Sweet Home（永井荷風論）【2006 冬】
荷風万華鏡（評論）（全八回）【2006 秋】～【2008 夏】
私が選ぶ昭和の小説（アンケート回答）【2007 秋】
時に漢詩の一篇も、（随筆）【2008 秋】
蒲柳の文学――永井荷風の系譜（永井荷風論）【2010 冬】
望月郁江（もちづきいくえ）
オンライン 400 字時評【2001 春】
望月稔（もちづきみのる）
処刑の部屋（広場）【195608】
牧谿（もっけい）
栗図（扉絵）【194110】
芙蓉図（図版）【194110】
茂木光春（もてぎみつはる）
きつねの涙（小説）【197411】
転生記（創作）【197603】
悪童記（小説）【1995 秋】
眼球譚（小説）【1996 秋】
シナモンの匂う言語虫（創作）【2003 冬】
アリス探し（小説）【2004 春】
本橋錦一（もとはしきんいち）
かまいたち（創作）【194905】
籾山梓月（もみやましげつ・㊍仁三郎・梓月・江戸庵庭後・庭後・籾山庭後・樅山庭後・宗仁）
垣間見（小品）【191112】
霞（小説）【191202】
渡邊（小説）【191203】
耳食（小説）【191208】
カステラ（小説）【191209】
〔短歌〕（藤村の机を譲り受けて）（消息欄）【191305】
品濃の小景（小品）【191510】
文人合評【191510】～【191512】

【194111】～【194205】
【194210】【195208】【195209】
【195308】～【195310】
宮林寛（みやばやしかん）
若者のすべて――パリに暮らして思ったこと（エッセイ）【1995冬】
時には子供のように（読書日記）【1999夏】
宮原昭夫（みやはらあきお）
われらの街（小説）【196705】
少年時代と戦争（座談会）【197302】
ハイエナ産業（随筆）【2001冬】
宮本研（みやもとけん）
小さな国への小さな荷物（短篇）【196611】
宮本三郎（みやもとさぶろう）
扉（絵）【193705】
宮本苑生（みやもとそのえ）
さようならこんにちは（随筆）【2001夏】
宮本陽吉（みやもとようきち）
作家の秘密（翻訳）（ジーン・スタイン原作）【195909】
宮森麻太郎（みやもりあさたろう・A. Miyamori）
A MOONLIGHT NIGHT AT THE SEASHORE（英文小品）【191009】
UNKEI（英文）【191110】
形見分け（戯曲）（翻訳）（スタンレイ・ハウトン原作）【191610】
三好京三（みよしきょうぞう）
北の文学の会（随筆）【1988夏】
和解旅行（創作）【1993冬】
私の推す恋愛小説、この一冊（アンケート回答）【1998春】
三好達治（みよしたつじ）
漁家（詩・四篇）【193304】【2000春臨】
愚見（折口信夫追悼）【195311】
ブライアン・ミラー
江森國友の詩をマルチメディアで展開（書評）【1999冬】
三輪太郎（みわたろう）
物語の病は物語で治す（書評）【2010冬】
三輪秀彦（みわひでひこ）
連鎖反応（創作）【196105】
A. Miyamori →宮森麻太郎

む

向井潤吉（むかいじゅんきち・丹痴亭）
扉（絵）【193604】
マニラの墓地（文と絵）【194302】
武笠昇（むかさのぼる）
表紙・目次・扉・本文カット【197402】～【197412】
向山貴彦（むこうやまたかひこ）
サツキの鉢（学生小説）【1997秋】
虫生小夜（むしふさよ・虫生小夜子）
二人の友（小説）【192012】
処女の日（小説）【192102】
初恋（小説）【192104】
女（小説）【192106】
盗み（小説）【192204】
虫生小夜子（むしふさよこ）→虫生小夜
武者小路実篤（むしゃのこうじさねあつ）
〔推薦文〕山川弥千枝著『薔薇は生きてる』（広告欄）【194809】
武藤金太（むとうきんた）
希臘の首（図版解説）【194110】
「三田派の美術史家」覚書【194211】
武藤脩二（むとうしゅうじ）
ペリー提督の甥の子（評論）【2003秋】
アメリカ女流印象派画家・詩人（評論）【2004春】
武藤浩史（むとうひろし）
チャタレープロジェクト（わたしの独り言）【2004秋】
武藤康史（むとうやすし）
解題学の進展（本の四季）【1993秋】
「三田文学」の歴史【1995秋】
選考座談会（三田文学新人賞）（第四回）～（第十二回）【1997春】【1998春】【1999春】【2000春】【2001春】【2002春】【2003春】【2004春】【2005春】
里見弴に学ぶ（学生小説解説）【1999秋】
「三田文学名作選」のこと（座談会）【2000夏】
「三田文学」の歴史（一）～（三十九）【2000夏】～【2005冬】【2005夏】～【2010春】
私が選ぶ昭和の小説（アンケート回答）【2007秋】
学生女優のささやかな冒険（学生小説解説）【2007秋】
棟方志功（むなかたしこう・雑華堂）
大魔王観音御振舞（扉絵）【193901】
無名氏（むめいし）→永井荷風
村次郎（むらじろう・㊍石田実）
空（詩）【194001】
原（詩）【194101】
存在（詩）【194106】
路（詩）【194109】
夜（詩）【194202】
春里（詩）【194206】
魚（詩）【194401】
馬こ（詩）【194402】
影【194404・05】
坂（詩）【194801】
遠景【194912】
村井実（むらいみのる）
人間疎外（シンポジウム）【196102】
村岡省吾郎（むらおかしょうごろう）
実践理性の法則（評論）【192203】
ロゴスの顕現（評論）【192204】
「哲学以前」を読む（評論）【192204】
数学的自然科学とカント（評論）【192207】
実生活と哲学（評論）（遺稿）【192304】
手記より（感想）（遺稿）【192304】
※追悼文掲載号【192304】
村上恭子（むらかみきょうこ）
雪椿（俳句）【1995冬】
村上由見子（むらかみゆみこ）
アメリカを貫く〈攪乱〉のロマンス（書評）【2003夏】
蝶々夫人（翻訳）（ジョン・ルーサー・ロング原作）【2005春】
「蝶々夫人」をめぐる考察（解説）【2005春】
村木道彦（むらきみちひこ）
わが裡なる「昭和」【2003夏】
村木良彦（むらきよしひこ）
ぼくのテレビジョン（マスコミ文化論）【196712】
村田嘉久子（むらたかくこ・㊍カク）
夢のやうな宇野さんの御逝去（宇野四郎追悼）【193104】
村田喜代子（むらたきよこ）
冥界がやってきた（随筆）【2002秋】
村田武雄（むらたたけお）
音楽時評【195304】～【195307】
終戦直後の永井先生（永井荷風追悼）【195906】
村田竹子（むらたたけこ）
宇野先生の御長逝を悼みて（宇野四郎追悼）【193104】
村田みね子（むらたみねこ）
宇野先生の死去を悲しむ（宇野四郎追悼）【193104】
村田実（むらたみのる）
私信（宇野四郎追悼）【193104】
村野晃一（むらのこういち）
村野四郎記念館のこと（随筆）【2004春】
村野四郎（むらのしろう）
余白（詩）【193202】
近代修身（詩）【193807】
スタイルの移動【193809】
真に賦（詩）【193902】
詩壇月評【193904】【193906】～【193909】
島嶼の秋（詩）【194010】
幽霊（詩）【194204】
道（詩）【194208】
古い夜道（愛国詩）【194210】
山本提督の死（詩）【194307】
訪墓記（詩）【195304】
選を終えて（全国詩同人誌推薦新進詩人コンクール）（座談会）【195404】
驢馬の耳【195410】【195412】【195503】【195507】【195511】【195601】【195605】【195702】【195706】
骸骨（詩）【195501】
日本の詩的風土（鼎談）【195510】
三点鐘【195901】【196008】
晩年／春（詩）【196608】【2000春臨】
※追悼文掲載号【197506】
村松暎（むらまつえい）
李汝珍と「女の王国」【195310】
驢馬の耳【195607】

【193501】
落語漫筆 【193507】
南部さんの事（南部修太郎追悼） 【193608】
相撲の放送 【193704】
演芸笑話 【193808】
三田劇談会（座談会） 【193811】〜【193902】
水上先生（水上瀧太郎追悼） 【194005臨】
片瀬の名所 【194008】
浪花節のこと 【194104】
小芝居回顧記【194309】【194310】
三宅周太郎氏の思い出（追悼） 【196704】
三宅周太郎（みやけしゅうたろう・周太郎）
新聞劇評家に質す（評論） 【191705】
羽左衛門と菊五郎（評論） 【191707】
歌舞伎劇保存の議（評論） 【191709】
十月の帝劇（劇評）（雑録） 【191711】
大正六年劇壇回顧（随筆） 【191801】
四月の芝居（劇評）（雑録） 【191805】
六号余録 【191810】
大正七年劇壇の収穫（評論） 【191901】
「法成寺物語」の二つの疑問（評論） 【192009】
「青春」の跋（批評） 【192108】
ある夏の事（随筆） 【192201】
「雁」一篇（森鷗外追悼） 【192208】
「大阪」とその作者（随筆） 【192308】
小見二三（久米秀治追悼） 【192502】
築地小劇場と文楽と（評論） 【192605】
「大阪の宿」を読む 【192611】
津太夫と古靭太夫との「寺子屋」（評論） 【192708】
上演「すみだ川」合評 【192803】
卯三郎と小清と（評論）【192804】
感想と希望（二周年記念のページ） 【192804】
水木京太作「嫉妬」上演評 【192805】
文楽の「忠臣蔵」見物記 【192810】
回顧一ケ年（アンケート回答） 【192812】
芝居の「天才」（小山内薫追悼） 【192903】
大正五年時分種々（あのころの三田文学） 【193005】
沢木先生の講座（沢木四方吉追悼） 【193101】
四日間の日記（作家の日記） 【193603】
芥川氏と南部君（南部修太郎追悼） 【193608】
葉書回答（昭和十一年度三田文学賞） 【193701】
三田劇談会（座談会） 【193808】 【193810】〜【193904】 【193907】〜【193909】
戯曲になし（第四回「三田文学賞」銓衡感想文） 【194002】
脳溢血断片（水上瀧太郎追悼） 【194005臨】
水上氏の戯曲 【194010】
葉書回答 【194201】
良友水木京太（追悼） 【194810】
菊五郎の一生 【195002】
三点鐘 【196007】
※追悼文掲載号 【196704】
三宅大輔（みやけだいすけ）
野球の見方 【192911】
復活後の対早大戦思出記（秋のスポーツ） 【192912】
野球の流行と月刊雑誌 【193009】
「晩秋」を見る 【193302】
強弩の末勢 【193310】
由岐子の追憶（三宅悠紀子追悼） 【193605】
早慶戦をラヂオで聞く 【193808】
野球の話 【193812】【193908】 【194002】【194008】
その後の吉三（戯曲） 【193902】
水上さん（水上瀧太郎追悼） 【194005臨】
三田劇談会（座談会） 【194201】
三宅白鈴（みやけはくれい）
私事（沢木四方吉追悼） 【193102】
三宅正太郎（みやけまさたろう）
或る素材 【193402】
三宅由岐子→三宅悠紀子
三宅由紀子→三宅悠紀子
三宅悠紀子（みやけゆきこ・由岐子・由紀子）
朝飯前（戯曲） 【193011】
横顔の夫（戯曲） 【193108】
周囲（戯曲）【193206】【193207】
母の席（戯曲） 【193212】
姉の不孝（戯曲） 【193301】
鴨・その他 【193307】
喪服（戯曲） 【193410】
紅い花 【193601】
ま・いすとわある 【193602】〜【193605】 【193607】
※追悼文掲載号 【193605】
宮坂枝里子（みやさかえりこ）
サルトルとジャコメッティ（文学談義クロストーク） 【1988夏】
宮沢章夫（みやざわあきお）
読めない歴史——資本論（私の古典・この一冊） 【2001夏】
宮下啓三（みやしたけいぞう）
侮辱された観客（海外通信） 【196703】
悲哀の衣裳としての笑い（評論・伝統芸術の再評価） 【197303】
文化史のドラマトゥルギー（評論） 【1988秋】
海辺の作家・阿部昭 【1991夏】
下町情緒の心理描写（宇野信夫追悼） 【1992冬】
小説の設計と内装（本の四季） 【1993春】
中上健次を描いたわけ（エッセイ） 【1996春】
私の推す恋愛小説、この一冊（アンケート回答） 【1998春】
「三田文学」新旧談義（読書日記） 【1999冬】
ことわりなしのプロフィール（随筆） 【1999夏】
雷雨が演出した決断（江藤淳追悼） 【1999秋】
消え失せた妖精たちの行方（随筆） 【2002春】
文学を殺す武器としてのケータイ（随筆） 【2004夏】
私の中の「わたし」の居場所（わたしの独り言） 【2005夏】
沈黙記号としての点と線（随想） 【2006春】
私が選ぶ昭和の小説（アンケート回答） 【2007秋】
誤解が生んだ名句「山頂に憩いあり」（随筆） 【2008春】
メロスと友情物語の三段跳び（評論） 【2009秋】
宮島貞亮（みやじまていすけ）
幽燕の思出 【193901】
宮島正洋（みやじままさひろ）
紫陽花（小説） 【197310】
「道元」への文学的アプローチ（随筆） 【2001春】
サルトルと荷風と（白井浩司追悼） 【2005冬】
小林秀雄、あるいは文士の顔（随筆） 【2007冬】
宮田勝善（みやたかつよし）
ヨット物語 【193310】
漕艇余話（秋のスポーツ） 【193411】
春のボートレース 【193506】
隅田川の思ひ出 【194008】
水難の相 【194012】
ボート随筆 【194101】
宮田重雄（みやたしげお）
マントンにて（扉絵） 【193510】
夏日閑談（絵と文） 【193708】
北京北海（扉絵） 【194107】
張家口城壁（扉絵） 【194108】
支那の思出（扉絵） 【194301】
大同下華厳寺（扉絵） 【194302】
兵士習作（扉絵） 【194303】
大和民家（扉絵） 【194304】
京都風景（扉絵） 【194305】
妙義新緑（扉絵） 【194306】
大同石仏（扉絵） 【194307】
白潟夕焼（扉絵） 【194308】
ハルピンの寺（扉絵） 【194310】
石庭初冬（扉絵） 【194311】
梅原先生近業 【194311】
福島繁太郎著「印象派時代」（書評） 【194404・05】
ピカソ解説（扉） 【195105】〜【195108】
驢馬の耳 【195704】
文六さんを偲ぶ（岩田豊雄追悼） 【197003】
表紙（絵） 【194404・05】 【194406・07】【195005】 【195006】
扉カット 【195206】
カット 【194011】〜【194109】

（付、略歴・写真集録）【194005 臨】
※特集「水上瀧太郎全集刊行記念号」【194010】
※特集「水上瀧太郎一周忌記念特輯」【194104】
水上れい子（みなかみれいこ）
六号雑記【192806】
水藤昧一（みなふじまいいち）
秩序の流れ（小説）【193806】
戦場から（現地から）【193901】
南修（みなみおさむ）→南部修太郎（なんぶしゅうたろう）
三波利夫（みなみとしお）
明日を逐ふて（文芸時評）【193611】
敗北者の群（文芸時評）【193612】
批評の党派性（文芸時評）【193701】
南政善（みなみまさよし）
カット【195412】〜【195606】【195608】〜【195611】【195701】【195702】【195705】
南川潤（みなみかわじゅん・㊍秋山賢止）
痴群（小説）【193309】
「経済往来」「新潮」（今月の問題）【193402】
文藝春秋・三田文学（今月の小説）【193405】
文藝春秋・行動（今月の小説）【193406】【193407】
傷心（小説）【193410】
「文藝春秋」から（今月の雑誌から）【193411】
女のゐる風景（小説）【193502】
事ども（三田の学生生活スケッチ）【193505】
縮図（小説）【193506】
バラエテイのこと（三田文学祭の夜）【193507】
泥の橋（小説）【193510】
音楽（小説）【193601】
魔法（小説）【193602】【2000 春臨】
美俗（小説）【193603】【193706】
秩序（小説）【193605】
掌の性（小説）【193606】【193701】
白い宴（戯曲）【193703】
昨日の行列（小説）【193711】
風俗十日（小説）（前篇）（後篇）【193806】【193807】
新刊巡礼【193810】【193812】
人形の座（小説）（全九回）【193811】〜【193907】
単純な立場（自著に題す）【193903】
真夏の庭（涼風コント）【193908】
夜の地図（小説）【194005】
水上先生（水上瀧太郎追悼）【194005 臨】
芸術の一様式としての小説の進化【194104】
三十歳【194208】
心臓について【194307】
漬物一皿呈上（掌中小品）【194402】
六号記【194603】
病人の言葉【194805】
夏の帯（創作）【195005】
行為の女（遺稿）【195602】
編輯後記【193911】【193912】【194404・05】【194409】
※追悼文掲載号（付年譜）【195511】
峰松雄（みねまつお）
小さな幸福（創作）【195205】
峯雪栄（みねゆきえ・峰）
麦愁（小説）【194607・08】
六号記【194612・4701・02】
青春（小説）【194712】
霧の朝あけ【194804】
小説は生理である（新人マニフェスト）【194808】
青春の彷徨（Essay on Man）【194901】
煩悩の果（創作）【194902】
戸川秋骨賞紀念講演会（戸川秋骨賞）【194910】
驢馬の耳【195508】
三点鐘【196103】
復活号のころ（随想）【197610】
峯村光郎（みねむらてるお）
日本法の道義的基礎【194406・07】
箕山豊（みのやまゆたか）
佐藤春夫（詩）【192807】
つづら文（詩）【193007】
三橋久夫（みはしひさお）
トリオ（戯曲）（翻訳）（アンリ・デユヴエルヌワ原作）【193702】
三村純也（みむらじゅんや）
縦横無尽の語り口（本の四季）【1993 冬】
三室源治（みむろげんじ）
海をみるふくろう（詩）【196711】
月夜のすべり台（小説）【197006】
私が選ぶ昭和の小説（アンケート回答）【2007 秋】
仁者たる所以（村松暎追悼）【2008 春】
宮柊二（みやしゅうじ・㊍肇）
「歌の円寂するとき」以後（折口信夫追悼）【195311】
宮内勝典（みやうちかつすけ）
私の推す恋愛小説、この一冊（アンケート回答）【1998 春】
私が選ぶ昭和の小説（アンケート回答）【2007 秋】
宮内聡（みやうちさとし）
坂（第九回三田文学新人賞当選作）【2002 春】
受賞のことば【2002 春】
紫紺の朝顔（小説）【2002 夏】
アキアカネ（小説）【2003 秋】
日常の中の「リアル」（書評）【2004 春】
あやふや人形（小説）【2007 冬】
過去の住宅地図（随筆）【2007 春】
息子と逢う日（小説）【2008 冬】
大事な仕事（創作）【2010 春】
宮内豊（みやうちゆたか・㊍佐々木更生）
大江健三郎覚え書（大江健三郎論）【196802】
その肉体の意味するもの（吉行淳之介論）【196805】
反逆のパトスについて（吉本隆明論）【196808】
批評の心理主義について（評論）【197308】
批評の冒険（評論）Ⅰ〜XIII【197503】〜【197506】【197508】〜【197601】【197603】〜【197605】
吉行淳之介「砂の上の植物群」（偉大なる失敗作）【1999 秋】
宮尾誠勝（みやおまさかつ）
大江賢次論【194006】
本庄陸男論【194007】
国民文学の基礎理論【194012】
理性的人間の典型【194107】
悲劇の精神【194109】
漱石の道【194112】
漱石の系譜【194202】
現代文学の方向【194204】
考へる人【194212】
戎衣の人（小説）【194312】
宮川淳（みやかわあつし）
文学はどこへ行く（翻訳）（モーリス・ブランショ原作）【196003】
水谷川忠麿（みやかわただまろ）
猫（扉絵）【193612】
宮川雅青（みやかわまさはる・㊍立沢新六）
三田劇談会（座談会）【194204】
宮城聡（みやぎさとし）
生活の誕生（小説）【193403】
ジヤガス（戯曲）【193412】
罪（小説）【193507】
響かぬ音律（小説）【193606】
ホノルル移民局（小説）【193701】
三宅晶子（みやけあきこ）
新生ドイツの文学状況（座談会）【1992 春】
三宅三郎（みやけさぶろう）
帝劇の十六夜清心【192608】
七月の歌舞伎劇（評論）【192609】
十月の五座（評論）【192612】
菊五郎の勘平（評論）【192701】
六号雑記【192712】【192807】
上演「すみだ川」合評【192803】
長唄研精会の印象（評論）【192805】
水木京太作「嫉妬」上演評【192805】
切抜帖【192808】
由良之助の言葉（満腹録）【192809】
本年劇壇の回顧【192812】
我が賀状（往復ハガキ回答）【192901】
本郷座の忠臣蔵【192901】
井汲先生（井汲清治氏）【192906】
芝居雑記【192906】【192908】
つくり物【193004】
好きな野球選手（一人一頁）【193006】
宇野氏の訃（宇野四郎追悼）【193104】
劇評余談〔話〕【193211】〜【193302】【193402】〜【193404】
「春愁記」と「雪女郎」【193405】
落語雑感【193406】
芝居「福沢諭吉」を見て

三田山治（みたさんじ）
　フランス（海外文壇消息）　【193207】【193209】
三田純市（みたじゅんいち）
　テレビぎらい（随筆）　【1991冬】
三田誠広（みたまさひろ）
　星に驚く（随筆）　【1986春】
　教壇に立って（随筆）　【1993秋】
　私の推す恋愛小説、この一冊（アンケート回答）　【1998春】
　苦悩する主体の原型――とりかへばや物語（私の古典・この一冊）　【2001夏】
　私が選ぶ昭和の小説（アンケート回答）　【2007秋】
三田康（みたやすし）
　女の顔（デッサン）（扉絵）　【193601】
ミシェル・ミダン
　一外国人から見た日本人の心理　【197201】
三井武三郎（みついたけさぶろう）
　大阪副長時代の阿部さん（水上瀧太郎追悼）　【194005臨】
三井ふたばこ（みついふたばこ・(本)嫩子）
　朝の地形（詩）　【195503】
　驢馬の耳　【195703】
光永鉄夫（みつながてつお）
　聖顔（小説）　【194109】
三橋一夫（みつはしかずお・(本)敏夫）
　島底（小説）　【194012】
光吉夏弥（みつよしなつや・(本)積男）
　S・D・デイアギレフ逝く　【192911】
　舞踊人コクトオ（月評）　【193007】
　メレジコフスキイVSダンカン　【193009】
　芸能祭上演用舞踊台本（『日本』三部曲）　【194010】
三戸武夫（みとたけお）→北村彰三（きたむらしょうぞう）
水戸芳夫（みとよしお）
　ろばの耳　【2009秋】
御遠肇（みとうはじめ・(本)小野東）
　夜明けの鳥の声（小説）　【197006】
　冬木立　【197010】
　山を売る（小説）　【197105】
　道化（小説）　【197201】
　贋作探索（小説）　【197403】
　旅立ちまで（創作）　【197502】
　表彰（創作）　【197604】
三富朽葉（みとみきゅうよう・(本)義臣）
　冬の唄（詩）　【191203】
水上おぼろ（みなかみおぼろ）
　ひなたぼっこ（詩）　【191310】
水上瀧太郎（みなかみたきたろう・(本)阿部章蔵・肖三・省三）
　山の手の子　【191107】【2000春臨】
　新次の身の上　【191111】
　紙つぶて（短歌）　【191201】
　ぼたん（小説）　【191202】【191505】
　かへらぬこと（短歌）　【191204】
　賢さん（小説）　【191204】
　いたづら（戯曲）　【191207】
　その春の頃（小説）　【191210】
　〔書信〕知友某宛（消息欄）　【191305】
　友だち（小説）　【191306】
　世の中（小説）　【191307】
　〔書信〕井川宛（消息欄）　【191308】
　〔書信〕井川宛（荷風「あめりか物語」感想ほか）（消息欄）　【191310】
　良縁（戯曲）　【191311】
　〔詠草〕「落書」（消息欄）　【191312】
　〔書信〕（消息欄）　【191403】【191502】【191512】
　三味線草（短歌）　【191407】
　伊太利亜の女優（随筆）　【191410】
　Forbes-Robertsonの一世一代（随筆）　【191411】
　ファンニイの処女作（随筆）　【191510】
　海上日記（随筆・小品）　【191612】～【191705】
　観劇雑感（随筆）　【191701】【191702】
　汽車の旅（小説）（全六回）　【191706】【191707】【191709】【191712】【191802】【191806】
　楡の樹陰（小品）　【191708】
　大都の一隅（小説）　【191710】
　「海上日記」の序（序文）（雑録）　【191711】
　貝殻追放　【191801】【191805】【191807】【191808】【191810】【191811】【191901】【191909】【191910】【191912】【192002】【192004】【192005】【192008】～【192011】【192110】【192111】【192201】【192207】【192209】～【192211】【192406】～【192410】【192412】【192501】【192607】【192608】【192710】～【192802】【192805】【192806】【192808】～【192812】【192904】【192905】【192907】～【192912】【193002】～【193005】【193011】【193012】【193102】【193103】【193105】～【193109】【193111】【193112】【193305】～【193312】【193404】【193411】【193505】【193708】【193808】【193901】【2000春臨】
　ベルファストの一日（小説）　【191803】
　火事（小説）　【191809】
　素人の歌（短歌）　【191902】
　大空の下（小説）　【191904】【191906】【191908】
　落葉の頃（小説）　【191905】
　秋（小説）　【192001】
　水夫の家（小説）　【192006】
　英京雑記（小説）（全十八回）　【192101】～【192206】
　先駆者（森鷗外追悼）　【192208】
　〔付記〕（北松初雄「樹」中）　【192301】
　勤人（小説）（全十一回）　【192301】～【192308】【192401】【192403】【192404】
　久米秀治氏（追悼）　【192502】
　命の親（小説）　【192604】
　島崎藤村先生のこと（随筆）　【192605】
　六号雑記　【192605】【192607】【192609】【192610】
　十年（小説）　【192606】
　武士と町人と狼（戯曲）　【192606】
　食卓の人々（随筆）　【192609】
　山を想ふ（紀行文）　【192610】
　地下室（戯曲）　【192611】
　級友会（小説）　【192612】
　順風（長篇）（全八回）　【192701】～【192708】
　芥川龍之介氏の死（追悼）　【192709】
　好きな挿絵画家と装幀者（アンケート回答）　【192801】
　現代の代表的文芸家（アンケート回答）　【192802】
　画布（小説）（全二回）　【192803】【192804】
　上演「すみだ川」合評　【192803】
　熱（アンケート回答）　【192803】
　水木京太作「嫉妬」上演評　【192805】
　隣同志（戯曲）　【192807】【192901】【192906】
　小山内先生終焉の夜　【192902】
　小山内先生のことども（追悼）　【192903】
　遺産（小説）　【193001】
　姉と妹（戯曲）（五回）　【193006】～【193010】
　沢木四方吉氏素描（追悼）　【193101】
　宇野四郎氏を憶ふ（追悼）　【193104】
　停年（小説）　【193110】
　都塵（長篇小説）（全十六回）　【193201】～【193304】
　〔挨拶文〕蕎麦屋「京や」（広告欄）　【193208】
　〔推薦文〕紹介（なか志゛ま屋の酒）（広告欄）　【193403】
　〔開所披露文〕仙波巖開業の「東京商業写真研究所」　【193510】【193511】
　修文院釈楽邦信士（南部修太郎追悼）　【193608】
　〔推薦文〕美川きよ著『長篇小説恐しき幸福』（広告欄）　【193804】
　〔書信〕（浅井清「芳翰二通」、山崎俊夫「おもひで」、市川正雄「たつた一つのお手紙」の各文中）　【194005臨】
　〔短歌〕（巣木健「うこん桜」文中）　【194005臨】
　覚書　【194006】
　指導者氾濫（遺稿・貝殻追放）　【194607・08】
　永井荷風先生招待会（貝殻追放）　【195906】
　※追悼特集「水上瀧太郎追悼号」

第一課（小説）【192611】
半日の寂寥（小説）【192701】
大きく見える影（小説）【192704】
「どんぐり」の秘密（小品）【192801】
遠い兄の家（小品）【192808】
秋の一夜（小説）【192810】
回顧一ケ年（アンケート回答）【192812】
冬の日（小品）【192901】
彼との旅（小説）【192905】
父の恋愛（小説）【193008】
女の秘密（小説）【193011】
母の反逆（小説）【193101】
愛憎（小説）【193201】
スケツチ（小説）【193203】
恐ろしき幸福（小説）【193205】
出世（小説）【193210】
老顔二面（小説）【193301】
あらしの岬（小説）【193305】
新らしい友達【193404】
秋の手紙【193411】
女の季節（小説）【193501】
嘘八景（小説）【193506】
恐ろしき幸福（小説）【193510】
一週間（作家の日記）【193603】
負かす（小説）【193706】
女流作家（長篇小説）【193801】〜【193812】
蘆屋の海（涼風コント）【193908】
追憶（水上瀧太郎追悼）【194005 臨】
番町雑記【194104】
三河幸太（みかわこうた）
三田文人番外篇（随筆）【2008 春】
三木重太郎（みきじゅうたろう・餠阿弥）
市村座時代（小山内薫追悼）【192903】
三田劇談会（座談会）【193903】
三木卓（みきたく）
ベッドで〈同棲〉の日々（ノスタルジア）【197601】
小言念仏（小説）【1986 春】
笛（小説）【1990 冬】
変わるもの変わらぬもの（随筆）【1994 夏】
早慶文芸座談会【1997 秋】
私の推す恋愛小説、この一冊（アンケート回答）【1998 春】
三木雄介（みきゆうすけ）
海の午後（創作）【195004】
三木露風（みきろふう・(本)操）
快楽と太陽　外六編【191005】
夏【191008】
白き手の猟人【191101】
伸びゆく夢　外七篇【191103】
雨心（詩）【191411】
ある日の黄昏（詩）【191501】
季節の間（詩）【193609】
春光（詩）【193703】
蒼緑（詩）【193710】
海洋（詩）【193810】
氷山（詩）【193901】
海馬島（詩）【193907】
春の想（詩）【194006】
大なる日本（詩）【194304】
空軍（詩）【194308】
ブーゲンビル島沖航空戦（詩）【194402】
永井荷風のこと（追悼）【195906】
三雲夏生（みくもなつみ）
人間疎外（シンポジウム）【196102】
三砂朋子（みさごともこ・とも子）
火器（小説）【197410】
幼年期の午後（創作）【197506】
冬の世紀（創作）【197601】
ミシェル・ビュトール（MICHEL BUTOR）
〔即興詩〕（若林真「ミシェル・ビュトールに寄せて」付）【196702】
三島章道（みしましょうどう・(本)通陽）
金の話（小説）【192109】
三嶋典東（みしまてんとう）
カット【1996 夏】〜【1998 冬】
三島佑一（みしまゆういち）
未発表谷崎潤一郎書簡（随筆）【2002 夏】
三島由紀夫（みしまゆきお・(本)平岡公威）
折口信夫氏のこと（追悼）【195311】【2000 春臨】
熊野【195505】【2000 春臨】
私の文学を語る（インタビュー）【196804】
北一輝論【196907】
水牛健太郎（みずうしけんたろう）
季刊・文芸時評（全十三回）【2007 春】〜【2010 春】
私が選ぶ昭和の小説（アンケート回答）【2007 秋】
水尾比呂志（みずおひろし）
東と西（随筆）【196704】
水木京太（みずききょうた・(本)七尾嘉太郎・水京生・黒莫生・愛枝生）
六号余録【191809】
日本象徴詩集を読む（批評）【191910】
白樺演劇社の初演（劇評）【191910】
戯曲と舞台（批評）【192002】【192005】【192007】【192012】
民衆座の『青い鳥』【192003】
新聞劇評家教範（翻訳）（レイ・ハント原作）【192008】
袖珍鸚鵡石（随筆）【192108】
明日（戯曲）【192201】
姉妹（戯曲）【192205】
「演劇往来」道しるべ（批評）【192205】
猫の素描（随筆）【192301】
次男（戯曲）【192302】
川柳素見（随筆）【192402】
追悼録前記（久米秀治追悼）【192502】
春の花（戯曲）【192605】
形見（小説）【192610】
六号雑記【192610】
本望（戯曲）【192701】
剪紙刀（随筆）【192705】【192707】【192708】
好きな挿絵画家と装幀者（出題及回答）【192801】
騎士との再会（小島政二郎氏新著「緑の騎士」評）【192801】
現代の代表的文芸家（アンケート回答）【192802】
上演「すみだ川」合評【192803】
熱（アンケート回答）【192803】
日本に於けるイブセン（評論）【192804】
不平のやり場（満腹録）【192809】
回顧一ケ年（アンケート回答）【192812】
あの日・あの時（小山内薫追悼）【192903】【2000 春臨】【192904】
同棲者として（井汲清治氏）【192906】
「茶飲み友達」（水上瀧太郎氏と久保田万太郎氏と）【192910】
はんてん【193003】
宇野さん以来（宇野四郎追悼）【193104】
お国自慢【193310】
福沢諭吉（戯曲）【193501】
結婚季節（戯曲）【193601】
量的にも質的にも（第一回三田文学賞）【193601】
上級生南部（南部修太郎追悼）【193608】
三田劇談会（座談会）【193808】〜【193904】【193906】〜【193910】【194108】
石河君と金行君（第四回「三田文学賞」銓衡感想文）【194002】
猫の言葉（水上瀧太郎追悼）【194005 臨】
四半世紀（馬場孤蝶追悼）【194009】
※追悼文掲載号【194810】
※年譜掲載号【194812】
水木辰巳（みずきたつみ）
百貨店風景【193507】【193508】
水沢勉（みずさわつとむ）
「ナナ」の周辺（文学談義クロストーク）【1990 冬】
水谷準（みずたにじゅん・納谷三千男）
推理小説処女作当時のこと（木々高太郎追悼）【197001】
水谷竹紫（みずたにちくし・(本)武）
「座頭殺し」の舞台面（日本古劇の研究）【191510】
水橋晋（みずはしすすむ）
風の跡（詩）【195309】
黒い芯（詩）【195809】
影と光の午後（詩）【1990 春】
水原秋桜子（みずはらしゅうおうし・(本)豊・喜雨亭）
琵琶湖（夏の句）【193708】
富本憲吉氏の陶窯（夏の句）【193808】
東窓過近江路（俳句）【193906】
凧（新春の句）【194001】
金閣寺林泉（俳句）【194008】
〔推薦文〕『久保田万太郎句集』（広告欄）【194208】
夏（俳句）【194308】
初日（俳句）【194401】
水守亀之助（みずもりかめのすけ）
痴人と猫（小説）【191912】

（第二部）【193210】【193211】
寂寞【193212】
喪（小説）【193304】
文芸月評【193306】【193307】
一夜物語（小説）【193310】
黒い覚書【193401】
パノラマ台の記【193407】
寒村（小説）【193410】
今川英一追憶（追悼）【193412】
賭博者（小説）【193503】
純粋小説論について（純粋小説論批判）【193505】
生きものの記録（小説）【193510】〜【193512】
鮫肌（小説）【193606】
南部修太郎氏追悼【193608】
鷗外と女性【193701】
『カストロの尼』より（心理小説研究）【193702】
やくざな犬の物語（小説）【193711】
日本人の顔【193801】
故郷（文芸時評）【193809】
新しい世紀（文芸時評）【193810】
三十八年度記（一九三八年回顧）【193812】
短篇集「柘榴の芽」について（自著に題す）【193903】
昨日今日【193908】
都会の手帖【194001】
水上瀧太郎先生追悼【194005臨】
梔子の花（自著に題す）【194008】
心の旅（小説）【194012】
「大阪」と「大阪の宿」【194101】
或る日の記憶【194104】
梟その他【194109】
漆の樹【194208】
かさゝぎ使者【194404・05】
白い馬（小説）【194601】
晩秋【194805】
鳥の寓話（Essay on Man）【194806】
鷗外断想【194810】
経過と感想（水上瀧太郎賞）【194902】
〔著作抜萃〕（自著『コンスタンチア物語』の一節）（広告欄）【194905】
永井龍男作品集「手袋のかたっぽ」（書評）【194911】
島の声【195001】
銓衡経過（第二回水上瀧太郎賞）【195002】
水曜会のことなど【195005】
番茶の後【195105】【195107】【195109】〜【195111】【195201】〜【195207】【195209】
道化の顔（小説）【195105】
ウォレス・ステグナー氏夫妻を囲みて（座談会）【195105】
永井荷風研究（座談会）【195106】
原民喜の死（追悼）【195106】
陶晶孫氏を囲む座談会（座談会）【195107】
女流作家【195109】
宮城前広場【195111】
問題の映画を語る（座談会）【195112】
久保田万太郎氏に「演劇」を訊く（座談会）【195203】
折口先生（折口信夫追悼）【195311】
劇と詩（座談会）【195405】
驢馬の耳【195410】【195411】【195507】【195510】【195601】【195609】【195706】
渡欧日記（全五回）【195501】〜【195505】
南川潤君（追悼）【195511】
地方都市と一人の作家（時評）【195611】
詩人・堀口大學【195704】
戦争直後の三田文学（三田文学五十年）【195807】
三点鐘【195812】【195910】【196008】
永井荷風（追悼）【195906】
原民喜全集（随筆）【196608】
含羞の人（奥野信太郎追悼）【196803】
編輯後記【194404・05】【194406・07】【194409】【194601】〜【194711】【194801】〜【194910】【194912】
※追悼特集「丸岡明氏追悼」（付著作年譜）【196811】
マルセル・マルチネ（Renée Martinet）
〔詩〕光・宇宙（春の絵姿）（片山敏彦「マルセル・マルチネ論」付）【195510】
丸茂文雄（まるもふみお）
カット【194001】〜【194003】
丸谷才一（まるやさいいち・㊍根村）
グレアム・グリーン（カトリック文学）【195307】
驢馬の耳【195612】
西の国の伊達男たち【195904・05】
作家の意図はどこまで理解されるか【196806】
小説のなかのユーモア（対談）【197209】
私の中の古典・II――新古今を語る【197508】
エイについて（随筆）【1986春】
横雲の空【2003秋】
丸山薫（まるやまかおる）
信夫日和（津村信夫追悼）【194408】
虚脱圏　他一篇（詩）【194912】
丸山健二（まるやまけんじ）
吹雪（私のデッサン）【197405】
現代文学のフロンティア（No. 12）【197506】
万造寺斎（まんぞうじひとし）
稼ぎ人（翻訳）（ストリンドベルヒ原作）【191402】

み

三浦曙（みうらあけぼの）
それぞれのそら（第十三回三田文学新人賞最終候補作）【2006春】
三浦綾子（みうらあやこ）
私の推す恋愛小説、この一冊（アンケート回答）【1998春】
三浦清宏（みうらきよひろ）
サローヤンのアメリカ（特集「わが名はアラム」）【196912】
J・D・サリンジャーと「私」（私を小説家にしたこの一冊）【2000冬】
海軍の水泳（随筆）【2001秋】
三浦朱門（みうらしゅもん）
驢馬の耳【195501】
礁湖【195502】
サローヤンまで【196809】
私と「わが名はアラム」（インタビュー）【196912】
遠藤周作と慶應義塾（遠藤周作追悼）【1997冬】
『深い河』創作日記を読む（対談）【1997秋】
日本人の旅・遊び・信仰――田辺聖子『姥ざかり花の旅笠』をめぐって（シンポジウム）【2004秋】
三浦岱栄（みうらたいえい）
随筆の随筆（随筆）【196611】
三浦哲郎（みうらてつお）
早春（小説）【1985春】
三浦俊彦（みうらとしひこ）
弁天島トライアングル（三人小説）【1996秋】
補助線の行方（座談会）【1996秋】
修正・撤回の波間の「個性」【1996秋】
ディテールの古層（私を小説家にしたこの一冊）【2000冬】
三浦浩（みうらひろし）
林檎（小説）【196804】
優しい女【196901】
アルビオンにて【197008】
マルスの子らが（小説）【197105】
シカゴのバーで（小説）【197112】
三浦冨美子（みうらふみこ）
反抗児ビート・ジェネレーション【196002】
三浦雅士（みうらまさし）
ダンスと語学（随想）【1986夏】
現代詩の終焉（随筆）【1993秋】
『様々なる意匠』のこと【1998秋】
三浦由紀彦（みうらゆきひこ）
物語が生まれる磁場（本の四季）【1992夏】
三人のテーブル（創作）【1994春】
みえのふみあき（みえのふみあき）
エスキス・母（詩篇）【196107】
旅のあと（詩）【1991秋】
三上慶子（みかみけいこ）
花焔【195506】
山姥【195511】
三上秀吉（みかみひできち・㊍秀吉〈ひでよし〉）
跋陀利（小説）【193706】
博労の話【194107】
山の子供ら（小説）【194111】
美川きよ（みかわきよ・㊍鳥海清子・小林）
デリケート時代（小説）【192608】

【196612】
鷗外「小倉日記」発見経緯（随筆） 【1988秋】
※追悼文掲載号 【1992秋】
松本泰（まつもとたい・㊍泰三）
樹陰 【191110】
一週間の夢（小説） 【191202】
墓まゐり（小説） 【191206】
玩具（小説） 【191208】
築地の家（小説） 【191211】
W倶楽部（小説） 【191212】
【191505】
ウキンタア（小説） 【191302】
ある郊外の家（小説） 【191305】
窓ガラス（小説） 【191401】
〔書信〕（消息欄） 【191403】
【191502】【191610】【191705】
【191708】【191710】【191712】
【191802】
ジョワニの死（小説） 【191405】
土曜日の悲み（小品） 【191410】
倫敦記念帖（小品） 【191509】
薔薇の咲く頃（小説） 【191511】
ある年の紀念（小説） 【191512】
今に何かあるでせう（小説）
【191601】
喜望峰を廻るべく（小説）（全二回） 【191602】【191603】
待合せ（小説） 【191701】
『ある日の午後』 【191702】
夏のくる前に（小説） 【191707】
巣（小説） 【191708】
雑話（小説） 【191710】
下宿会議（小説） 【191801】
カフェ・ユーロープ（小説）
【191802】
小さき努力のみちにて（小説）
【191804】
笛（小説） 【191812】
水の唄（小説） 【191901】
珍客（小説） 【191903】
知合ひの内のひとりから（小説）
【191906】
小き街の記念（小説） 【191909】
東の国へ（小説） 【191911】
【191912】【192003】
郊外の家（小説） 【192001】
巷の塵（小説） 【192007】
不滅の船（戯曲）（翻訳）（ジョシフ・コーソル原作）【192009】～
【192012】
駱駝の首（小説） 【192101】
暖き日（小説） 【192102】
かるい紅茶（小品） 【192106】
青ぞら（小品） 【192108】
夏雲（小説） 【192109】
或日の日記（小説） 【192201】
故沢木梢を憶ふ（追悼）【193101】
あの頃 【193805】
※追悼文掲載号 【193906】
松本徹（まつもととおる）
私の推す恋愛小説、この一冊（アンケート回答） 【1998春】
私が選ぶ昭和の小説（アンケート回答） 【2007秋】
松本俊夫（まつもととしお）
芸術の状況（シンポジウム）
【196101】
疑似前衛批判序説（芸術の状況・エッセイ） 【196101】
松本信広（まつもとのぶひろ）
支那の神話（評論） 【192209】
支那宗教の原始的形態（評論）
【192212】
春の祭と其舞踊（評論）【192303】
松本晴子（まつもとはるこ）
BONES（第四回三田文学新人賞当選作） 【1997春】
S8 【1997秋】
ラブラブ（学生随筆） 【1998春】
松元寛（まつもとひろし）
散文の運命 【195902】
現代小説の条件 【195908】
日本のハムレット（評論）
【196105】
大岡昇平、一九六一年の転換（評論） 【1993夏】
「昭和末」の大岡昇平（評論）
【1994春】
漱石における漢詩的なるもの（評論） 【1995秋】
松本正雄（まつもとまさお）
居所知ラセ（小説） 【193810】
松本幹雄（まつもとみきお）
驢馬の耳 【195511】
松本道介（まつもとみちすけ）
私の推す恋愛小説、この一冊（アンケート回答） 【1998春】
私が選ぶ昭和の小説（アンケート回答） 【2007秋】
松本陽子（まつもとようこ）
表紙（絵） 【1994夏】～【1995春】
松本芳夫（まつもとよしお）
ルネサンス概観（評論）【192205】
古代日本人の自然観（評論）
【192210】
女郎蜘蛛の話（随筆） 【192708】
真鍋孝子（まなべたかこ）
ろばの耳 【2004冬】
オンライン400字時評【2004秋】
真鍋博（まなべひろし）
芸術の状況（シンポジウム）
【196101】
感想（芸術の状況・エッセイ）
【196101】
この秋、十一月二十三日（随筆）
【1993秋】
真鍋良一（まなべりょういち）
ゲオルク・トラクル（新椋鳥通信―ドイツ） 【195303】
エルンスト・フォン・ザーロモンの「質問表」（新椋鳥通信―ドイツ） 【195304】
ヴァルターイエンスの小説「ナイン」（新椋鳥通信―ドイツ）
【195305】
真野千束（まのちそく）
カット 【195405】
馬淵美意子（まぶちみいこ）
うさぎ（詩） 【195310】
病気のマリモ（詩） 【195604】
真船豊（まふねゆたか）
文学的戯曲について 【193601】
三田劇談会（座談会） 【194112】
間宮茂輔（まみやもすけ・㊍真言）
寂しき死（随筆） 【192605】
純の上京（小説） 【192606】
続或夜歩く（小説） 【192608】
犬吠行き（小説） 【192703】
肴町（小説） 【192707】
新興芸術派を嘲笑す 【193005】
愚論と愚文の典型 【193007】
寸断的文芸時評（月評）【193011】
『花嫁学校』を中心に 【193507】
『人生劇場』を中心に 【193508】
『青春行路』を中心に 【193509】
途上（小説） 【193601】
人生の黴（小説） 【193609】
晩春雑筆 【193805】
鬼薊（小説） 【194011】
真珠の胎（長篇小説）（全十一回）
【194101】～【194109】
【194111】【194112】
真珠の胎・続篇（二回）【194202】
【194203】
軍艦にて 【194208】
横光君のこと 【194805】
三点鐘 【196012】
真屋和子（まやかずこ）
白い眩暈（詩） 【1996冬】
黛敏郎（まゆずみとしろう）
驢馬の耳 【195505】
眉村卓（まゆむらたく）
二本の連載小説（随筆）【1989冬】
丸井栄雄（まるいひでお）
軍艦病と蝸牛病（小説）【193405】
娼婦の像（小説） 【193504】
雲脂（小説） 【193508】
踊る舞台と虫けら（小説）
【193510】
動力のない工場（小説）【193602】
花のない華壇（小説） 【193605】
大蒜の歌（小説） 【193606】
蛆（小説） 【193611】
丸内城（まるうちじょう）→宇野四郎（うのしろう）
丸尾彰三郎（まるおしょうざぶろう）
叡山青龍寺の維摩居士像に就いて
【194110】
清涼寺帝釈天像 【194211】
美術座談会（日本美術院第二十九回展覧会座談会） 【194211】
丸岡明（まるおかあきら）
マダム・マルタンの涙（小説）
【193002】
交換教授を求む（小説）【193004】
碧色のドオム（新三田風景）
【193005】
Z伯号の第二コース（小説）
【193007】
ブルジョワと結核患者 【193008】
〔書信〕旅から 【193009】
奥日光のキャンプで（夏日小品）
【193009】
爪と鸚鵡（小説） 【193011】
十一月の小説（月評） 【193012】
主として「新人の作品」を
【193101】
阿部知二氏のプリズム 【193104】
果実・古い絵葉書（小説）
【193105】
樺太豊原にて（旅行便り）
【193109】
北方へ（創作） 【193202】
波と風と魚と（小説） 【193205】
麻薬（小説） 【193209】
仮死する少年（小説）（第一部）

「メキシコの嵐」(今月の問題)【193402】
映画「神風連」【193403】
映画「南風」の影響【193409】
近頃見た映画【193412】
大菩薩峠【193601】
真継伸彦（まつぎのぶひこ）
文学における『神』の問題【197011】
松下隆章（まつしたたかあき・松下）
前山宏平氏蔵　高士探梅図に就て【194110】
正倉院御物　人勝残闕雑張（図版解説）【194110】
地蔵信仰と春日神社【194211】
美術座談会（日本美術院第二十九回展覧会座談会）【194211】
天平刺繍裂について【194211】
松田一谷（まつだいつこく）
雨の芝（小説）【194105】
彼等はアルプスへ（小説）【194107】
白い窓（小説）【194610・11】
松田茂文（まつだしげぶみ）
手紙他二篇（翻訳）（アンドレ・モロア原作）【193310】
黒い仮面（小説）（翻訳）（アンドレ・モロア原作）【193311】
あひびき（創作）（翻訳）（マルセル・アルラン原作）【193406】
赤い手帖（翻訳）（ベンジャメン・コンスタン原作）【193602】
松田準二（まつだじゅんじ）
交流（小説）【193012】
松田千草（まつだちぐさ）
表紙作品（絵）【1996 冬】
松田解子（まつだときこ・㊍大沼ハナ）
火口の思索（小説）【194003】
松田幸雄（まつだゆきお）
メダカ（詩）【196707】
生涯詩しか語らなかった男（鍵谷幸信追悼）【1989 春】
恐ろしい夕焼け（詩）【1992 春】
松平頼則（まつだいらよりのり）
音楽と眠り（随筆）【196701】
松永明子（まつながあきこ）
波と風と光と（同人誌小説セレクション）【2001 冬】
松永尚三（まつながなおみ・㊍狩野晃一）
毒薬（小説）【196806】
花魁【196905】
富士（小説）【197207】
初夜（小説）【197306】
子供の時間（小説）【197402】
螢（創作）【197508】
薔薇宮の獅子――足利家の夫人達第一部（戯曲）【1989 冬】
水晶殿の焔――足利家の夫人達第二部（戯曲）【1989 春】
料理人（小説）【1990 冬】
バスチョンの桐の花（創作）【1993 秋】
水色の部屋（小説）【1998 秋】
ラマダンの月（小説）【2000 冬】
ハンスの手紙（小説）【2001 冬】
遥という名の青年（小説）【2002 秋】
マゾの話（小説）【2005 夏】
マリワナ解禁と同性婚（随筆）【2006 春】
松永安左エ門（まつながやすざえもん・安左衛門）
阿部君の追憶（水上瀧太郎追悼）【194005 臨】
松原新一（まつばらしんいち）
文学世界と現実世界【196705】
現代において小説は可能か【196708】
わがフランシス（批評家はこれでいいのか）【196808】
花鳥風月を排す【196904】
過渡期の批評（平野発言におもう）（評論）【197102】
〈誤ち〉をかかえた死（評論・いま文士はいかに死すべきか）【197209】
『愚者』の文学（評論）Ⅰ～Ⅷ【197211】～【197306】
安岡章太郎論（三田の作家たち）【197503】
松原敏夫（まつばらとしお）
提灯（小説）【193503】
松原秀一（まつばらひでいち）
CかTか（随筆）【1988 秋】
井筒俊彦先生の終焉（井筒俊彦追悼）【1993 春】
井筒先生の書斎（随筆）【1999 秋】
井筒さんの渋い顔（エッセイ）【2009 冬】
林峻一郎氏とフランス（追悼）【2009 冬】
松原秀治（まつばらひでじ）
仏蘭西言語学手引草【193702】
フランス文体論【193802】
松村友視（まつむらともみ）
風景の合わせ鏡（人と貝殻）【1987 冬】
鏡花文学の認識風景（評論）（一）（二）【1989 春】【1991 春】
厚紙の道化師（随筆）【1998 冬】
「三田文学名作選」のこと（座談会）【2000 夏】
松村みね→松村みね子
松村みね子（まつむらみねこ・㊍片山広子・みね）
忠臣蔵（戯曲）（翻訳）（メイスフキルド原作）【191606】
アルギメネス王（戯曲）（翻訳）（ダンセニイ原作）【191608】
うすあかりの中の老人（小説）（翻訳）（Yeats 原作）【191609】
人馬のにひ妻（小説）（翻訳）（Lord Dunsany 原作）【191611】
火の後に　外四篇（翻訳）（Lord Dunsany 原作）【191702】
春の日（翻訳）（Amy Lowell 原作）【191705】
伝説より（小品）（翻訳）（ウイリアム・シヤアプ原作）【191712】
アラビヤ人の天幕（戯曲）（翻訳）（Lord Dunsany 原作）【191804】
女王の敵（戯曲）（翻訳）（Lord Dunsany 原作）【191909】
かなしみの後に（随筆）【192008】
Yeats（訳詩）【192012】
愛蘭民謡（翻訳）【192106】
「長靴の猫」の悲しき後日譚（翻訳）（Padraic Colum 原作）【192205】
日中（短歌）【192608】
ふくろが鳴く【192808】
松茂悠（まつもゆたか）
ピカソの輪廓【193803】
松本市壽（まつもといちじゅ）
吉野秀雄と良寛（随筆）【2001 秋】
松本邦吉（まつもとくによし）
鳥と貨幣（詩）【1989 秋】
松本けい（まつもとけい）
兄と弟（戯曲）（翻訳）（Gilbert Cannan 原作）【191811】
ある時（小説）【192004】
松本恵子（まつもとけいこ・高樹恵）
ロンドンの一隅で（小説）【191802】
ダンテ・ガブリエル・ロゼチ（説話）【191902】
故国を離れて（小説）【191908】
泣きおどり（小品）【192108】
カクエモン殿の死（小説）【194303】
最初の白ばら（小説）【194711】
戦後の子供【194808】
夢（Essay on Man）【194901】
最初の女子聴講生【195003】
松本健一（まつもとけんいち）
私の推す恋愛小説、この一冊（アンケート回答）【1998 春】
私が選ぶ昭和の小説（アンケート回答）【2007 秋】
松本智子（まつもとさとこ）
ジャイブ（第八回三田文学新人賞当選作）【2001 春】
受賞のことば【2001 春】
水の模様（小説）【2001 夏】
骨の島（小説）【2002 夏】
サワガニ（小説）【2003 春】
あたたかな死を体験する（書評）【2003 春】
鏡（小説）【2003 夏】
牡丹（小説）【2003 秋】
八時八分のコーヒー（小説）【2004 冬】
ちょっとかわった「ふつう」の中で（書評）【2004 冬】
やもり（短篇小説）【2005 冬】
橋の上（小説）【2005 夏】
人間について考えるための入口（書評）【2005 秋】
家族語の発見（随筆）【2006 春】
幸福に似たまたたき（書評）【2006 秋】
千鳥足の標本（小説）【2007 冬】
私が選ぶ昭和の小説（アンケート回答）【2007 秋】
タイドテーブル（小説）【2008 冬】
綾織り（小説）【2008 秋】
夏暁（小説）【2009 夏】
さわぐ言の葉（書評）【2009 秋】
バブルシャワー（創作）【2010 春】
松本清張（まつもとせいちょう）
記憶（小説）【195203】
或る「小倉日記」伝（創作）【195209】【2000 春臨】
驢馬の耳【195511】
鷗外「小倉日記」の女（随筆）

錆鉄の眠る海　【196007】
鶏ママと子ども達（戯曲）　【196103】
前原光雄（まえはらみつお）
フランスを憶ふ　【194008】
ユダヤ人への体験　【194108】
文学と社会情勢（若き文学者に与ふ）　【194111】
一等国の国民　【194208】
前本一男（まえもとかずお）
何れが豚か？（小説）　【192804】
六号雑記　【192805】【192807】
マダム・クキの道徳（小品）　【192808】
驢馬（満腹録）　【192809】
作家の奥付印（Tea-Table）　【192810】
我が賀状（往復ハガキ回答）　【192901】
前山光則（まえやまみつのり）
この指に止まれ（小説）【197610】
真木珧（まきちょう）
潮鳴（小説）　【192010】
牧治子（まきはるこ）
ろばの耳　【2009 冬】
槇文彦（まきふみひこ）
テリトリアリティについて（随筆）　【1993 夏】
牧羊子（まきようこ）
交差点　【197607】
牧野信一（まきのしんいち）
「三田文学」と巌谷夫人【193306】
「尾花」を読みて　【193401】
「樫の芽生え」を読みて【193409】
ジェームズ・マクミラン
創造と信仰──遠藤周作『沈黙』を巡って（ラウンドテーブル）　【2003 夏】
馬込東三（まごめとうぞう）→平松幹夫（ひらまつみきお）
正木雅二郎（まさきまさじろう）
高見順について　【193701】
間崎万里（まさきまさと）
沢木君とは縁薄き方（沢木四方吉追悼）　【193102】
真崎浩（まざきひろし）
虚しい日々　【195703】
不滅の日（創作）　【196104】
政二郎（まさじろう）→小島政二郎（こじままさじろう）
正宗得三郎（まさむねとくさぶろう）
巴乃良麻台（挿絵）　【193407】
正宗白鳥（まさむねはくちょう・㊍忠夫・白丁・剣菱・影法師・四丁生・XYZ・三木庵主人）
感想と希望（二周年記念のページ）　【192804】
所感　【194010】【2000 春臨】
真下喜太郎（ましたきたろう）
新年の歌（短歌）　【193701】
真下五一（ましもごいち・㊍林）
螢（小説）　【193909】
仏間会議（小説）　【193912】
御詠歌（小説）　【194002】
魚の目玉（小説）　【194004】
歪んだ茎（小説）　【194006】
豊かなる平凡（小説）　【194010】
仲介業者（小説）　【194107】
原価計算（小説）　【194209】
後姿（小説）　【194302】
丹波のねずみ　【194312】
窓（小説）　【194711】
見えない者（六号室）　【194801】
増田篤夫（ますだあつお）
小散文詩（訳詩）（ボオドレエル原作）　【191610】
増田耕三（ますだこうぞう）
熱にうたれる日（詩）　【1992 春】
増田正造（ますだしょうぞう）
能の場合（評論・伝統芸術の再評価）　【197303】
増田みず子（ますだみずこ）
女の家（小説）　【1985 秋】
笑顔（小説）　【1988 春】
術くらべ（小説）　【1990 春】
隅田川・水景色（随筆）【1993 夏】
短篇小説のこと（随筆）【2000 春】
私が選ぶ昭和の小説（アンケート回答）　【2007 秋】
増田靖弘（ますだやすひろ）
加担の倫理について（吉本隆明論）　【196808】
益田義信（ますだよしのぶ）
驢馬の耳　【195504】
増田良二（ますだりょうじ）
コクトオとマリタン（翻訳）（J・ド・トンケデック原作）　【193702】
現代カトリック文芸思潮の一節　【193802】
アンリ・マシスの『奉仕の誉』　【193803】
増田廉吉（ますだれんきち）
袖ケ崎（小説）　【191203】
心やり（小説）　【191205】
途中（小説）　【191210】
あの頃（小説）　【191311】
八重葎（小説）　【191404】
田畝道（小説）　【191502】
〔書信〕（消息欄）　【191504】
亡び行く日（小説）　【191506】
文人合評　【191509】【191510】
驚き（小説）　【191510】
旅立つ日（小説）　【191511】
彷徨（小説）　【191601】
北嶺閑話（随筆）　【191607】
柳河の夏（夏げしき）　【191608】
海岸の暮（小説）　【191701】
南京街（小説）　【191711】
開港場（小説）　【191804】
別れ行く日（小説）　【191809】
死の影に（小説）　【191901】
暮れ方（小説）　【191905】
倉葉夫人の話（小説）　【192001】
ピナテール（小品）　【192008】
漂ふ人（小説）　【192110】
後の日（小説）　【192202】
ロチとお菊の話（随筆）【192308】
転びの家（小説）　【192403】
蘭通詞一件（研究）　【192609】
蘭通詞と犯科一件（研究）　【192702】
主なき牧場の羊（随筆）【192706】
徳川幕府と外来思想（研究）　【192804】
英人グラバー対唐人お才事件の真相　【193411】
泰の手紙二ツ　【193906】
阿部さんと長崎（水上瀧太郎追悼）　【194005 臨】
トーマス・グラバーの死　【195201】
三田文学の想出　【195305】
増野三良（ますのさぶろう）
ヨネ・野口氏の「日本詩歌論」を評す（評論）　【191512】
増原裕子（ますはらひろこ）
若い日にとっての〝小林秀雄〟（インタヴュアー）　【1998 秋】
ろばの耳　【2004 秋】
間瀬啓允（ませひろまさ）
遠藤周作と宗教多元主義　【1997 秋】
ヒック自伝に顔を出す遠藤周作（エッセイ）　【2006 秋】
俣野景彦（またのかげひこ）
倒れる前後（水上瀧太郎追悼）　【194005 臨】
マチス（Henri Matisse）
表紙（絵）　【194610・11】【194612・4701・02】
目次カット　【194610・11】
カット　【194612・4701・02】
町田仁（まちだしのぶ）
ラジオ・テレビ時評　【195304】～【195308】
待田晋哉（まちだしんや）
私が選ぶ昭和の小説（アンケート回答）　【2007 秋】
町野静雄（まちのしずお）
新実在論と現代英文学【193709】
まつうらた
「謝肉祭」─津島佑子─（書評）　【197203】
松蓉（まつよう）
花車づくり（第十六回三田文学新人賞最終候補作）　【2009 春】
松居松葉（まついしょうよう・㊍真玄・松翁・大久保二八・駿河町人）
阪東武者（戯曲）　【191601】
松浦孝行（まつうらたかゆき・㊍孝行〈たかひで〉）
ミニミニ（小説）　【196806】
一つ目（小説）　【196906】
血蛆（小説）　【196909】
壺（小説）　【197301】
松浦竹夫（まつうらたけお）
驢馬の耳　【195509】
三点鐘　【195907】
狂気の宝石（三島由紀夫論）　【196804】
『わが友ヒットラー』礼讃　【196905】
卓先生（菅原卓追悼）　【197008】
松浦寿輝（まつうらひさき）
愛魚（詩）　【1988 夏】
松浦満（まつうらみつる）
〔図版〕錦鯉（「日本美術」広告欄）　【196808】
松尾要治（まつおようじ）
映画時評　【193209】
独逸映画の神秘主義的傾向　【193212】
制服の処女　【193302】
脚色者北村小松　【193306】
戦場よさらば　【193309】
「夢みる唇」その他　【193401】

銀の雨（詩）【191303】
暮れ方の調子（詩）【191306】
詩（翻訳）（HENRI DUVERNOIS 原作）【191308】
夏（詩）【191309】
時雨ふる日（歌）【191312】
一私窩児の死（詩）【191402】【2000 春臨】
〔書信〕（消息欄）【191402】【191403】【191407】【191501】〜【191504】【191508】【191510】【191511】【191601】【191608】【191610】〜【191701】【191902】
知らぬ女（翻訳）（MICHEL PROVINS 原作）【191404】
パンの笛（短歌）（全五回）【191405】【191502】【191505】【191510】【191512】
旅愁及びその他の詩（詩）【191409】
SIMONE（訳詩）（REMY DE GOURMONT 原作）【191412】【2000 春臨】
亡霊（戯曲）（GÉRARD HARRY）【191503】
秋とピエロ（詩）【191504】
西班牙だより（随筆）【191508】
薔薇の園にて（詩）【191511】
夕べの思（詩）【191602】
秋詞（短歌）【191609】
颶風（小説）（翻訳）（Claude Farrère 原作）【191610】
FAUNE の夢（短歌）【191611】
ロダン博物館・外一篇（紹介）【191612】
グウルモン七章（詩）【191702】
紅水晶（詩）（ルミイ・ド・グウルモン原作）【191704】
小曲及び小唄（詩）【191704】
ドン・フアンの秘密（Remy de Gourmont 原作）【191706】
水色の眼（REMY DE GOURMONT 原作）【191711】
基督の渇（小説）（PARDO BAZÀN 原作）【191802】
詩集「転身の頌」（批評）（雑録）【191802】
鳥糞と莢豌豆（小説）【191804】
赤き月（短詩）【191806】
軛ぎつける人々（戯曲）（翻訳）（シャルル・ヴァン・レルベルク原作）【191808】
黄色い月（短詩）【191902】
幸福な不幸（戯曲）【191904】
独りの心（短詩）（翻訳）【191908】
仏蘭西詩壇の過去現在及び将来（評論）【191909】
仏蘭西詩壇新人抄（短詩）【191910】
邂逅（小説）（翻訳）（Charles-Louis Philippe 原作）【191912】
仏蘭西近代詩抄（短詩）【192002】
仏蘭西文壇無駄話（随筆）【192002】
過ぎ来し方へ（随筆）【192004】
エステル（小品）（翻訳）（マツクス・エ・アレツクス・フイツシエ原作）【192005】
三五の小唄（訳詩）（メエテルリンク原作）【192007】
ジヤム九章（訳詩）【192011】
青髯の六度目の結婚（翻訳）（アンリイ・ド・レニイ原作）【192101】
閑人閑語（随筆）【192102】【192103】【192105】
伝統及其他（翻訳）（ルミ・ド・グウルモン原作）【192103】
オノレ・シュブラックの失踪（翻訳）（Guillaume Apollinaire 原作）【192104】
ジヤム十四章（訳詩）【192107】【2000 春臨】
マダカスカル土蛮歌（訳詩）（ÉVARISTE PARNY 原作）【192108】
続マダカスカル土蛮歌（訳詩）（ÉVARISTE PARNY 原作）【192109】
遺言状（翻訳）（Charles-Louis Philippe 原作）【192110】
恋人の遊歩場（訳詩）（TRISTAN L'HERMITE 原作）【192111】
トム・ジヨォエの腹（小品）【192112】
フイリツプ三章（翻訳）（Charles-Louis Philippe 原作）【192201】
詩集「黒衣聖母」の事（批評）【192202】
〔翻訳〕「題詞」（ルミ・ド・グウルモン原作）（訳書『グウルモン語録沙山の足跡』広告欄）【192206】
ジヤム詩抄（翻訳）【192206】
続ジヤム詩抄（訳詩）【192209】
シャルル・ルヰ・フイリップ（評論）【192304】
ロメオとジユリエツト（翻訳）（シャルル・ルヰ・フィリップ原作）【192305】
三人の死刑囚（翻訳）（シャルル・ルヰ・フイリップ原作）【192306】
ランボオ詩二篇（翻訳）【194810】
老鶯囀（詩）【194912】
追い立てられた疎開者の歌【195005】
容器（詩）【195107】
灰皿（詩）【195207】
賜った序文（永井荷風追悼）【195906】
ジプシー女／マリジビル（新訳・アポリネール二篇）【196609】
『三田文学』の思ひ出（随想）【197610】
堀越智子（ほりこしともこ）
キンモクセイの香り（学生小説）【1999 秋】
堀越秀夫（ほりこしひでお）
夜の歌（詩）【194712】
キヤサリン・アン・ポウター【194812】
海への埋葬（詩）【194902】
晩秋（詩）【194907】
芸術と革命【195003】
本郷隆（ほんごうたかし）
個人的な眼の否定（詩人の頁）【195507】
内部と外部（詩）【195606】
本郷基幸（ほんごうもとゆき）
春の塾野球軍【193106】
シイズンを終りて【193108】
本庄桂輔（ほんじょうけいすけ・(本)桂介）
近頃演劇事情【193502】
ある夜（戯曲）【193507】
一編集者の感想（随筆）【196712】
本多秋五（ほんだしゅうご・北川静雄）
火焔の子（原民喜追悼）【195106】
三点鐘【195908】
本田恒亮（ほんだつねすけ）
相模湖畔を想ふ（水上瀧太郎追悼）【194005 臨】

ま

舞戸稀（まいとれあ）
ろばの耳【2009 春】
前登志夫（まえとしお）
熊野行（エッセイ）【2003 秋】
前川康男（まえかわやすお）
なぜ子どものために書くのか……（随筆）【1992 冬】
前川嘉男（まえかわよしお）
レイモン・ラディゲ論（翻訳）（アンリ・マシス原作）【195404】
だれがロートレアモンか（評論）【1989 秋】
白井浩司さん、しばしの別れ、いずれまた（白井浩司追悼）【2005 冬】
前島一淑（まえじまかずよし）
ろばの耳【2005 春】
佐藤春夫「酒、歌、煙草、また女」の歌（随想）【2009 春】
前嶋信二→前嶋信次
前嶋信次（まえじましんじ・信二）
少女ジヤサ【194809】
媽祖祭【195206】
アラビア夜話の原典さまざま【196702】
前島新助（まえじましんすけ）
ろばの耳【2003 夏】
前田速夫（まえだはやお）
文学は新人の仕事にあらず【1997 夏】
新人賞応募か、同人雑誌か（鼎談）【1999 春】
森敦「月山」のシラヤマ（随筆）【2006 春】
前田富士男（まえだふじお）
語り手としての画家パウル・クレー（評論）【1988 春】
厄祓い六吟歌仙・窓若葉の巻（俳句）【2000 秋】
近代という果てしない旅（書評）【2000 秋】
前田昌宏（まえだまさひろ）

『酔いどれ船』を語る（インタヴュアー）【197206】
大岡昇平論のためのノート（現代作家論）【197209】
グルノーブルのある日――ある夢物語――（エッセイ）【197301】
悪の聖域（パースペクティブ'74・Ⅵ）【197408】
印象から事実へ（パースペクティブ'74・Ⅶ）【197409】
彼岸の故郷（パースペクティブ'74・Ⅷ）【197410】
作家の仕事部屋（パースペクティブ'74・Ⅸ）【197411】
自由な眼（パースペクティブ・'74・Ⅹ）【197412】
落下の瞬間（随想）【197610】
世俗と生活への回帰（評論）【1985 春】
織田作之助のロマネスク（評論）【1986 秋】
帰還としてのエクリチュール（評論）【1990 夏】
「内向の世代」論（連載評論）【1991 夏】～【1993 秋】
もうベルは鳴らない（佐藤朔追悼）【1996 夏】
「内向の世代」の後はなにか（座談会）【1999 冬】
永井荷風「断腸亭日乗」（偉大なる失敗作）【1999 秋】
柱時計（小説）【2002 春】
聞き取られた言葉の重み（書評）【2004 春】
スリリングな言葉の復活劇（書評）【2005 夏】
仮の宿（小説）【2005 秋】
老いの一途（書評）【2007 夏】
闘牛夜話（小説）【2009 秋】
慶應義塾大学教授・永井荷風（対談）【2010 冬】
ハニィ（創作）【2010 春】
編集後記【1994 夏】～【1996 春】

古谷綱武（ふるやつなたけ）
「若い人」とその作者【193306】
年齢の顔【193309】
シエストフとジイド【193404】
伝統に就いて【193406】
文学に就いて【193409】
芥川龍之介の死【193503】
短篇小説の現状【193505】
文芸雑記帖【193507】
青年の文学（文芸雑記帳）【193512】
川端康成氏について【193604】
文芸時評【193608】～【193610】
文壇への希望（一九三七年へ！）【193701】
青年文学者について【193707】
心像紀行【193803】
日本文学外国語訳者の問題【194008】
浜田広介と宮沢賢治（上）（下）【194206】【194207】
終戦まで【194607・08】【194609】
漱石のえがいた女性【194802・03】
「其面影」の恋愛【194810】

古山高麗雄（ふるやまこまお）
新しい作家たち【197009】
小説を書くまで（ノスタルジア）【197503】
数（随筆）【1985 秋】

古山登（ふるやまのぼる）
就職（随想）【197601】
電車の座席（随想）【197610】

プレイフエヤア（A. W. Playfair）
※追悼特集「故プレイフエヤア先生の追憶」【191802】
※追悼文掲載号【191803】

へ

別役実（べつやくみのる）
移動する工房（工房の秘密）【197609】
《素》（随筆）【1988 春】

逸見広（へんみひろし）
九月創作評【192910】

逸見猶吉（へんみゆうきち・㊍大野四郎）
修羅の人【193405】

ほ

鳳車（ほうしゃ・㊍誠治・芹田鳳車）（俳句）【191606】

法門平十郎（ほうもんへいじゅうろう）
薺垣居随筆【193202】
島崎藤村氏に就て【193401】

保苅瑞穂（ほがりみずほ）
エクリチュールの劇【196907】
『絵空ごと』その他（評論）【197403】

保坂一夫（ほさかかずお）
新生ドイツの文学状況（座談会）【1992 春】

保坂和志（ほさかかずし）
「わたしらは名も知られず、後の世の人に歌いつがれることもなかったであろうし……。」（ある日の小説）【1996 夏】

保坂文虹（ほさかぶんこう）
新年の句（俳句）【193701】
スタヂオの門（春の句）【193901】
晩春抄（俳句）【193906】
枯野と福寿草（新春の句）【194001】

星新一（ほししんいち）
S・Fと純文学の出会い（対談）【197010】

星守雄（ほしもりお）
表紙（絵）【195808】【195811】
カット【195808】

星野慎一（ほしのしんいち）
リルケと「貧」（二十世紀の詩と詩人）【195308】

星野立子（ほしのたつこ・高浜立子）
春の水（俳句）【193906】
鏡餅（新春の句）【194001】
蜥蜴（俳句）【194008】

細江英公（ほそええいこう）
写真は出会いの芸術である（随筆）【2000 夏】

細田源吉（ほそだげんきち）
水上さんへの渇仰（水上瀧太郎追悼）【194008】

細田泰弘（ほそだやすひろ）
ヘイタイサンオゲンキデスカ【194402】

細野多知子（ほそのたちこ）
彼等の愛（戯曲）【193102】
老俥夫と泥棒（戯曲）【193110】

堀田周一（ほったしゅういち）
モンテエニユの医学排斥（評論）（上）（下）【193001】【193002】
仏蘭西劇場覚書【193702】

堀田昇一（ほったしょういち）
友情（小説）【193911】

堀田善衞（ほったよしえ）
沈黙【194912】
海景（詩）【195004】【2000 春臨】
カミユをめぐって（座談会）【195111】
暦日【195205】
番茶の後【195210】
加藤道夫君（追悼）【195405】
東西文学の距離（座談会）【195612】
宿題（復刊にあたって）【195807】
感想一つ【196608】
サルトル・人と文学（座談会）【196612】
※追悼文掲載号【1998 秋】

ボッチェリー（Botticel'li, Sandro・㊍ Alessandro di Mariano dei Filipepi）
表紙（絵）【194711】【194712】

穂積晃子（ほづみあきこ）
厄祓い六吟歌仙・窓若葉の巻（俳句）【2000 秋】

穂積生萩（ほづみなまはぎ）
私のかね親・折口信夫（エッセイ）【2003 秋】

穂村弘（ほむらひろし）
煉獄、或いはツナサンド・イーター（随筆）【2003 夏】

堀茂樹（ほりしげき）
闖入者、アニー・エルノー（評論）【2004 秋】

堀梅天（ほりばいてん）
欧米の劇壇に於ける新機運（随筆）【191504】
ゆける夏（随筆）【191611】
不離不即の誼（沢木四方吉追悼）【193101】

堀尾貫文（ほりおかんぶん）
人工楽園の邦訳【193509】
読書雑筆【193512】

堀川駿（ほりかわしゅん）
2004 三田文学スペシャルイベント・学生感想文から【2005 冬】

堀口すみれ子（ほりぐちすみれこ）
徳利に酔う（随筆）【1990 春】
断章（随筆）【1992 秋】

堀口大學（ほりぐちだいがく・驪人）
女の眼と銀の鑵と【191106】
小さき呼吸（詩）【191204】
メキシコ小景（紀行）【191210】
写生（詩）【191302】

ム）【1997 春】
藤沢成光（ふじさわしげみつ）
窓――いきさつ（小説）【197307】
藤沢周（ふじさわしゅう）
文章のジレンマ（エッセイ）【1998 夏】
ストリートの世紀（対談・アメリカ文学と私）【2000 秋】
藤沢清造（ふじさわせいぞう）
記憶を掘る（小山内薫追悼）【192903】
最初と最後（小山内薫の追想）【193012】
藤沢俊行（ふじさわとしゆき）
オンライン 400 字時評【2002 夏】
藤島宇内（ふじしまうだい）
猟人（詩）【194610・11】
行進歌　♩＝60（詩）【194806】
日没街道（詩）【194808】【194812】【194904】【195004】
猿類大学（Essay on Man）【194809】
吹雪の明りに（人と作品）【194908】
夕陽の少女【194912】
悲歌（評論）【195107】
三等船員の合唱（詩）【195201】
遠藤周作氏の出版記念会【195310】
私刑（詩）【195412】
中村稔「宮沢賢治」（書評）【195511】
驢馬の耳【195602】【195701】
三点鐘【195911】
藤島武二（ふじしまたけじ）
表紙（絵・意匠）【191005】～【191112】【191905】～【192203】【195906】
藤城清治（ふじしろせいじ）
表紙（影絵）【195403】
藤田重夫（ふじたしげお）
彷徨（小説）【1990 冬】
藤田草之助（ふじたそうのすけ）
日曜日の朝（戯曲）【192206】
藤田嗣治（ふじたつぐじ）
扉絵【193801】
藤田祐賢（ふじたゆうけん）
中国文人の創作契機【195310】
藤沼逸志（ふじぬまやすし）
グトネ【195505】
藤野千夜（ふじのちや）
落丁か乱丁の十代（随筆）【2004 秋】
藤村元太郎（ふじむらげんたろう）
「美の祭典」紹介【194012】
藤本和延（ふじもとかずのぶ）
乗せられたものの幸せ（遠藤周作追悼）【1997 冬】
藤本恵子（ふじもとけいこ）
ジプシー宣言（小説）【1986 夏】
町からの招待状（小説）【1986 秋】
はなばん（小説）【1987 夏】
藤森成吉（ふじもりせいきち）
感想と希望（二周年記念のページ）【192804】
藤山愛作（ふじやまあいさく）
兵たいさんへ【194402】
藤原定（ふじわらさだむ）
文学の生理学【193406】
リアリズムの角度二三【193604】
富士原清一（ふじわらせいいち）
ポオル・エリュアール詩抄（フランス詩抄）（翻訳）（ポオル・エリュアール原作）【193802】
藤原誠一→藤原誠一郎
藤原誠一郎（ふじわらせいいちろう）
千代松の神経（小説）【192503】
普請好き（小説）【192609】
酒（小説）【192612】
新聞広告から（小説）【192702】
六号雑記【192702】【192806】
燻る鉢の木（戯曲）【192704】
姉の日記（小説）【192710】
或る代用教員の講義（小説）【192802】
五右衛門風呂（小説）【192806】
彼の手紙（小品）【192808】
南の漁村（戯曲）【192810】
黄色の感想（Tea-Table）【192810】
回顧一ケ年（アンケート回答）【192812】
宿直室の先生（戯曲）【192901】
三月三十一日（戯曲）【192907】
弟の算術（小説）【192911】
下宿の娘（小説）【192912】
木槿の花咲く頃（小説）【193001】
鉄道線路の見える風景（小説）【193007】
鶴松君の話（小説）【193011】
畳屋騒動記（小説）【193105】
雪の熊ケ沢高原（小説）【193206】
夢を買ふ話（小説）【193209】
街と公園（小説）【193211】
巡査と教員（小説）【193212】
万里子の手紙（小説）【193302】
山男（小説）【193304】
前田君と通信販売（小説）【193305】
香奠（小説）【193307】
隠れ家（小説）【193402】
阿蘇へ（小説）【193504】
餅【193707】
教授（小説）【193708】
旅【193803】
灸【193904】
慈悲心鳥【194303】
夢【194306】
土【194308】
母【194311】
朝【194312】
前線将兵への慰問文【194402】
淀（小説）【194910】
藤原智美（ふじわらともみ）
米と糠と塩（随筆）【2007 春】
船越章（ふなこしあきら）
フロオベエルとその周囲【193208】
ノオトから【193302】
フロオベエル伝資料【193702】
追悼（水上瀧太郎追悼）【194005 臨】
驢馬の耳【195512】
舟橋聖一（ふなはしせいいち）
演劇時評（今月の問題）【193312】～【193402】
匿名批評の面白さ（匿名批評是非）【197511】
船山馨（ふなやまかおる）
小さなガラス絵（南川潤追悼）【195511】
船山幹雄（ふなやまみきお）
文芸編集　今昔――文学の未来にむけて（座談会）【2008 夏】
夫馬基彦（ふまもとひこ）
私の推す恋愛小説、この一冊（アンケート回答）【1998 春】
三十年の謎、解け初む（書評）【2001 冬】
畏敬すべき短篇小説の指標――短かい金曜日（私の古典・この一冊）【2001 夏】
文野朋子（ふみのともこ）
その道ちやんは、もういない（加藤道夫追悼）【195405】
カット【195308】～【195310】【195403】
冬山冽（ふゆやまれつ）
スタンダアルの行動精神に就いて【193701】
アンリ・ブリューラアルの生活〘生涯〙（翻訳）（スタンダアル原作）（一～三）【193704】【193705】【193707】
古井由吉（ふるいよしきち）
「杳子・妻隠」を語る（対談）【197108】
われわれにとって近代文学とは何か（座談会）【197301】
現代文学のフロンティア（No. 9）【197503】
斧の子（小説）【1985 春】
作家の発言（鼎談）【1986 夏】
「内向の世代」のひとたち（講演）【1995 夏】
古川緑波（ふるかわろっぱ・㊍郁郎）
三田劇談会（座談会）【194202】
「かぶき讃」ノート（折口信夫追悼）【195311】
驢馬の耳【195509】
古谷鏡子（ふるやきょうこ）
耳の壁（詩）【1992 夏】
古屋健三（ふるやけんぞう）
文学者にとって現実とは何か（全三回）【196707】～【196709】
『暗室』を語る（対談）（インタヴュアー）【197104】
『回転扉』を語る（対談）（インタヴュアー）【197105】
『闇のなかの黒い馬』を語る（対談）（インタヴュアー）【197106】
「杳子・妻隠」を語る（対談）（インタヴュアー）【197108】
「天草の雅歌」を語る（対談）（インタヴュアー）【197109】
「頼山陽とその時代」を語る（対談）（インタビュアー）【197110】
「絵合せ」を語る（対談）（インタヴュアー）【197111】
「レイテ戦記」を語る（インタビュアー）【197202】
『富士』を語る（インタビュアー）【197203】

人）
〔真蹟〕（修身要領の一節）（裏表紙）【191005】〜【191007】
〔言句〕慶應義塾と千代田生命（広告欄）【195006】
福島広司（ふくしまひろし）
単行本編集者の読書と仕事（読書日記）【1998 秋】
福島正実（ふくしままさみ）
S・Fと純文学の出会い（対談）【197010】
福田和也（ふくだかずや）
放蕩小説試論（評論）【1993 冬】
蘇るイデオロギィ批評（本の四季）【1993 秋】
近代日本文学の零地点（小島政二郎追悼）【1994 夏】
三田の批評家（江藤淳追悼）【1999 秋】
福田清人（ふくだきよと）
高原（小説）【193210】
「日輪兵舎」と「愛情の境界」（自著に題す）【194008】
県城のある町【194108】
葉書回答【194201】
福田耕介（ふくだこうすけ）
遠藤周作とフランソワ・モーリヤック（遠藤周作論）【2006 冬】【2006 秋】
福田拓也（ふくだたくや）
一服（詩）【1995 秋】
福田恆存（ふくだつねあり）
日本文壇を批判する【196802】
私の文学を語る（インタビュー）【196812】
福田豊四郎（ふくだとよしろう・㊍豊城）
ふくろ（扉絵）【194203】
〔図版〕海風（日本美術社刊「日本美術」より）（広告欄）【196805】
福田はるか（ふくだはるか）
匿名〈久保田あらゝぎ生〉考（第一回三田文学新人賞佳作）【1994 春】
風の標（小説）【1995 冬】
鳥（小説）【1995 秋】
久保田万太郎と常磐津のお師匠さん（エッセイ）【1996 冬】
掌の町（小説）【1997 春】
遠い夜（短編小説）【1999 冬】
田村俊子「破壊する前」（偉大なる失敗作）【1999 秋】
ろばの耳【2005 秋】
小川国夫「ヨレハ記」におけるメッセージ（評論）【2006 夏】
私が選ぶ昭和の小説（アンケート回答）【2007 秋】
『試みの岸』と「ヨレハ記」と（随筆）【2008 夏】
荷風の幸福な読者の豊穣（書評）【2010 春】
福田陸太郎（ふくだりくたろう）
遠征（詩）（全訳）（ナン＝ジョン・ペルス原作）【195612】
西脇順三郎論【195704】
三点鐘【195907】
天皇に贈る望遠鏡（詩劇）（翻訳）（カール・シャピロ原作）【196002】
福永武彦（ふくながたけひこ）
驢馬の耳【195511】
三点鐘【195907】
リトル・マガジン讃（随筆）【196611】
福永挽歌（ふくながばんか）
航海（小品）【191301】
白い壺（小説）【191308】
友（小説）【191402】
煙火（小説）【191408】
丘の上（小説）【191609】
福原信辰（ふくはらのぶたつ・路草）
思ひ出のまゝに（プレイフエヤア追悼）【191802】
六号雑記【192608】
福原麟太郎（ふくはらりんたろう）
一九二〇年代【193709】
一九三〇年代（二十世紀イギリス文学批判）【193809】
福山小夜（ふくやまさよ）
扉・目次・本文カット【1985 春】
福良俊之（ふくらとしゆき）
欧洲戦争と支那事変【194008】
インフレーシヨン談議【194108】
時局と小説（若き文学者に与ふ）【194111】
富士正晴（ふじまさはる）
匿名批評是か非か（匿名批評是非）【197511】
藤井貞和（ふじいさだかず）
「表現としての言語」論の形成（吉本隆明論）【196808】
反・物語界の溶化について（深沢七郎論）【196909】
新しい文学の方向を探る（座談会）【197001】
物語のために（評論）【197203】
鳥のように（小説）【197302】
鳥塚物語（小説）【197403】
現代詩の神学と『野の舟』（評論）【197412】
女性（詩）【1990 冬】
［世界人類が平和でありますように］（短編小説）【1999 冬】
未来の実現（随筆）【2000 夏】
学んだことは……（エッセイ）【2003 秋】
オブリーク（斜上）（詩）【2005 冬】
藤井田鶴子（ふじいたづこ）
最近の映画より【193502】
映画を見て【193503】
春の映画二つ【193504】
春の映画から【193505】
試写室から【193506】【193507】【193512】【193601】
試写室の生活【193508】
ミュージカル映画・レヴユウ映画【193511】
一九三五年度封切映画から【193512】
試写室便り【193603】【193604】
仏蘭西映画二ツ【193605】
一九三八年の外国映画（一九三八年回顧）【193812】
藤井千鶴子（ふじいちづこ）
新歌（創作）【195109】
風のうちを歩む【195201】
投げ櫛【195208】
少年のうすひげ【195308】
薔薇（創作）【195401】
藤井艶子（ふじいつやこ）
腐蚕（戯曲）【193909】
藤井昇（ふじいのぼる）
エミリ・ブロンテの問題【195310】
驢馬の耳【195611】
自然人と政治人（詩）（翻訳）（エドウィン・ミュア原作）【195612】
三点鐘【195911】
古代のこころ（丘の上）【196106】
藤井肇（ふじいはじめ・㊍掛川長平）
須叟のうた【194811】
佐藤春夫未発表詩一篇（紹介）【196706】
藤井やすひろ（ふじいやすひろ）
ある日の地平（詩）【194711】
詩人から批評家へのおねがひ（六号室）【194712】
藤井麟太郎（ふじいりんたろう）
野獣時代（戯曲）【192811】【192812】
三田劇談会（座談会）【194109】
藤浦洸（ふじうらこう）
ゴルフ・シューズ（街上風景）【193011】
春風のたより【194004】
〔詩〕三色旗の下に（「慶應義塾野球部新応援歌」レコード広告欄）【194009】
旅情（詩）【194208】
藤江良（ふじえりょう）
アメリカと選民思想【194410・11】
藤枝静男（ふじえだしずお・㊍勝見次郎）
二つの短篇　Tさん／一日（創作）【194806】【2000 春臨】
現代文学のフロンティア（No. 5）【197411】
藤掛悦二（ふじかけえつじ・㊍悦需）
緑の顔【195701】
石塊【195903】
藤川栄子（ふじかわえいこ）
花と蛙（扉絵）【193807】
不自棄生（ふじきせい・㊍鮫島晋）
〔短歌〕（藤村に机一脚を作りて贈る）（消息欄）【191305】
藤崎康（ふじさきこう）
カフカとウェルズは〈共存〉する（文学談義クロストーク）【1991 春】
北野武＝ビートたけしの闘争宣言（映像の四季）【1992 秋】
黒沢清の傑作『地獄の警備員』は才能と教養の勝利である（映像の四季）【1993 夏】
大学という廃墟でいかに映画を教えるか？（映像の四季）【1994 冬】
テニスはTVの彼方に？（コラム）【1996 夏】
永遠のオウム（コラム）【1996 秋】
CM・呪術・オウム（コラム）【1997 冬】
言葉亡きスポーツライター（コラ

推奨理由（第四回「三田文学賞」銓衡感想文）【194002】
終焉三日の私記（水上瀧太郎追悼）【194005 臨】
貝殻追放の足跡【194010】
葉書回答【194201】
学徒兵に【194402】
水上瀧太郎遺稿「指導者氾濫―貝殻追放」あとがき【194607・08】
ウォレス・ステグナー氏夫妻を囲みて（座談会）【195105】
驢馬の耳【195510】
水上先生と第三次三田文学（三田文学五十年）【195807】
三点鐘【195903】【196011】
勝本清一郎君を悼む（随筆）【196706】
北原君さようなら（北原武夫追悼）【197312】
因縁ばなし（随想）【197610】
半世紀前の「三田文学」（随筆）【1986 秋】
最後の思い出（随筆）【1992 夏】
「三田文学」と井伏鱒二（随筆）【1993 秋】
小島先生の思い出（小島政二郎追悼）【1994 夏】
編輯後記【192712】【192801】【192803】【192804】【192806】【192808】【192810】【192812】【192901】【192903】【192905】
※追悼文掲載号【1996 夏】
平松光夫（ひらまつみつお）
見たものから【193908】
平峰滿（ひらみねみつる・平峯滿）
喜劇　涙脆い男（戯曲）【192909】
亡き宇野さん（宇野四郎追悼）【193104】
海浜小景（戯曲）【193108】
福島正則（戯曲）【193511】
蛭田幼一（ひるたよういち）
ろばの耳【2003 秋】【2006 春】
比留間一成（ひるまかずなり）
鶴（詩）【195208】
贈高式顔・絶句・賓至（詩）（翻訳）（杜甫原作）【195310】
比留間千稲（ひるまちいね）
告別（小説）【1989 秋】
ラップ様愛情譚（創作）【1992 夏】
ラプンツェルや、ラプンツェル（小説）【1996 冬】
女砂金採集者（小説）【1998 冬】
レギュラー満タン（短篇小説）【2005 冬】
夜光虫（小説）【2007 秋】
ろばの耳【2010 冬】
広石廉二（ひろいしれんじ）
『桜島』から『幻化』へ（小特集・梅崎春生）【196908】
『侍』――内的自伝の試み【2001 秋】
広岡一（ひろおかはじめ）
ろばの耳【2004 夏】
広川達一（ひろかわたついち）
面影（沢木四方吉追悼）【193102】
広瀬章（ひろせあきら）
阿部専務の急逝を悼む（短歌）（水上瀧太郎追悼）【194005 臨】
広瀬郁（ひろせいく）
表紙（絵）【196104】～【196201】
広瀬謙三（ひろせけんぞう）
正岡子規の野球【193411】
広瀬哲士（ひろせてつし・哲・T. H）
批評につきて（翻訳）（エミル・ファゲ原作）【191008】
二章（翻訳）（ゴンクール原作）【191009】
フローベールの手帖（翻訳）【191012】
女の手紙（翻訳）（プレヴォ原作）【191104】
マルセル・プレヴォ【191104】
モウパサンの死にいたるまで【191107】【191108】
画室の中（翻訳）（ポルトリイシュ原作）【191111】
ロダン芸術談（評論）（抄訳）【191201】【191202】
詩人シュリイ・プリュドムのある夫人に送れる書翰（翻訳）【191203】
画より心に（翻訳）【191204】
エドメ（翻訳）（アナトール・フランス原作）【191207】
生の進化（評論）【191209】
進化論よりメカニスム・ラディカールまで（評論）【191210】
目的論よりとるところ（評論）【191212】
ベルグソン哲学の中心思想（評論）【191302】
最新思想発展の径路【191304】
近代思潮発展の経路（評論）【191305】
知能と本能（評論）（ベルグソン原作）【191307】
フロオベエルの手紙（翻訳）【191310】
姪の追憶（翻訳）（カロリイヌ・コマンギイル原作）【191501】
レミ・ド・グルモン（最近文芸思潮）（評論）【191601】
仏蘭西文学の変化（最近文芸思潮）【191602】
近代仏蘭西生活（評論）（最近文芸思潮）【191603】
スチュアアト・メリル（追悼）【191603】
ジノ・セヴェリノの象徴芸術論（評論）（最近文芸思潮）【191604】
今日の仏蘭西（評論）（最近文芸思潮）【191605】
断片録【191605】
仏国の民族生活に関する論議（最近文芸思潮）【191606】
異性に送れる（翻訳）【192012】
劇詩人としてのクロオデル（評論）【192112】
サヴオア通信（小品）【192209】
広津和郎（ひろつかずお）
〔推薦文〕徳田秋声著『縮図』（広告欄）【194603】
広野酉雄（ひろのとりお）
野性のオンドリ（創作）【1993 春】
広橋桂子（ひろはしけいこ）
表紙（絵）【196001】～【196006】
カット【196001】～【196006】
日和聡子（ひわさとこ）
具足の注文／歴史の印鑑（詩）【2004 秋】

ふ

ジェームス・フィーガン
日本文化にみられる〝薄さ〟【197201】
キャリル・フィリップス
遠藤周作から受けついだもの【2003 夏】
深井了（ふかいりょう）
三月の私小説（小説）【1995 秋】
深川正一郎（ふかがわしょういちろう）
「久保田万太郎句集」を読む【194209】
甲斐中野村（句）【194602】
深川夜烏（ふかがわやう・㊍井上精一・井上唖々）
火吹竹【191005】
露地（小説）【191012】
深沢紅子（ふかざわこうこ）
ふうろの花（扉絵）【193806】
深沢七郎（ふかざわしちろう・桃源青二）
私の文学を語る（インタビュー）【196909】
深田甫（ふかだはじめ）
剥離の年代・表現の意味（評論）【195808】
詩への路をたった小説【195901】
微視的・巨視的【196003】
文芸時評【196010】～【196103】
青春を歌い流さぬものを【196608】
中村光夫論（評論）（Ⅰ）～（Ⅳ）【196612】～【196703】
石像の噴火獣（詩）【196711】
萌芽としてのトーニオ・クレーガー【196911】
現代詩をめぐって（シンポジウム）【197602】
きみが産む空（詩）【197605】
福岡基博（ふくおかもとひろ）
風雨（小説）【194310】
福沢一郎（ふくざわいちろう）
女・デッサン（扉絵）【193602】
目次カット【195004】～【195006】
カット【195004】【195006】【195206】【195412】
福澤英敏（ふくざわひでとし）
悲しみの花（第五回三田文学新人賞佳作）【1998 春】
受賞のことば【1998 春】
ダイニング・チェア（創作）【2003 冬】
私が選ぶ昭和の小説（アンケート回答）【2007 秋】
この酔いをどうやって醒まそうか（小説）【2008 冬】
アイピロー（小説）【2008 秋】
福沢諭吉（ふくざわゆきち・卅一谷

サルトル・人と文学（座談会）【196612】
平井文雄（ひらいふみお）
御臨終之記（水上瀧太郎追悼）【194005 臨】
平出隆（ひらいでたかし）
放火（詩）【197609】
家の緑閃光（詩）【1987 夏】
グラヴについて（随筆）【1995 春】
私の推す恋愛小説、この一冊（アンケート回答）【1998 春】
平岡権八郎（ひらおかごんぱちろう）
故久米秀治氏肖像（描）【192502】
〔披露文〕御挨拶（食館「マーブル」広告欄）【193406】
最屓強い阿部さん（水上瀧太郎追悼）【194005 臨】
市村羽左衛門十八番画譜（絵）【194208】
表紙意匠【191501】
平岡篤頼（ひらおかとくよし）
現代小説の方法（評論）【196104】
前衛と日本的風土（評論）【197212】
亡命の文学（対談）【197407】
その朝の言問橋（交差点）【197609】
小説のなかの方言（随筆）【1985 秋】
最初の翻訳（随筆）【2003 夏】
平岡好道（ひらおかよしみち）
沢木先生の印象（沢木四方吉追悼）【193102】
平島正郎（ひらしままさお）
東京現代音楽祭（音楽時評）【196010】
聴衆の貧しさも（音楽時評）【196011】
シュタルケル（音楽時評）【196012】
圧倒的な弦の量感（音楽時評）【196101】
はじめて聴いたモダン・ジャズ（音楽時評）【196102】
チェコから来た二人の演奏家（音楽時評）【196103】
平田一哉（ひらたかずや）
一休禅に思う（エッセイ）【1996 冬】
永井荷風『摘録　断腸亭日乗』（あの作家のこの一冊）【1999 春】
固着した青春と「戦後」（書評）【1999 秋】
近松秋江『黒髪』（あの作家のこの一冊）【2000 春】
インドの蠱惑（書評）【2000 夏】
ろばの耳【2005 夏】【2009 冬】
平田清明（ひらたきよあき）
キリスト教とマルクス主義（現代人にとって宗教は必要か）【196901】
平田敬（ひらたけい）
谷間【195605】
平田詩織（ひらたしおり）
光跡（学生創作・詩）【2008 冬】
平田次三郎（ひらたじさぶろう）
現代の小説（文芸時評）【194711】
時評の困却（文芸時評）【194801】
驢馬の耳【195704】
平田禿木（ひらたとくぼく・㊍喜一郎・喜一・鬱孤洞主・風潭・松茶庵・荒川漁郎・雲丸・無名氏）
ケエト・クロイ（翻訳）（ジエムス原作）【191209】
馬場さんの銀行時代（馬場孤蝶追悼）【194009】
平田文也（ひらたぶんや）
レスピューグ（詩）（翻訳）（ロベール・ガンゾ原作）【195308】
火の名前・他（翻訳）（ルイ・エミエ原作）【195511】
ホセア・ヒラタ（Hosea Hirata）
西脇順三郎の国際的評価または人間の消滅に関する考察（評論）【2008 冬】
平塚広雄（ひらつかひろお）
三田劇談会（座談会）【194202】
平沼久典（ひらぬまひさのり）
ヘイタイサンオゲンキデスカ【194402】
平沼亮三（ひらぬまりょうぞう）
阿部サンと野球（水上瀧太郎追悼）【194005 臨】
平野啓一郎（ひらのけいいちろう）
「なのめなる」ことへの憧れ——紫式部『紫式部日記』（私の古典・この一冊）【2001 夏】
平野謙（ひらのけん・㊍朗）
〔推薦文〕山田多賀市作長篇『耕土』（広告欄）【194006】
〔序文〕（宮井一郎著『漱石の世界』広告欄）【196801】
〔書評〕藤枝静男著『空気頭』（広告欄）【196805】
平野万里（ひらのばんり）
新年の歌（短歌）【193701】
平野零児（ひらのれいじ・㊍嶺夫）
映画に出る馬場先生（馬場孤蝶追悼）【194009】
平林清（ひらばやしきよし）
退屈なる時期（小説）【193806】
平松→平松幹夫
平松幹夫（ひらまつみきお・平松・馬込東三・M.H 生）
汗の味（小説）【192612】
六号雑記【192612】【192704】【192711】【192802】【192803】【192805】～【192808】【192810】【192906】【193108】
玩具（小説）【192701】
感傷罪（小説）【192704】
ドキュメント（小説）【192709】
芥川先生に哭す（芥川龍之介追悼）【192709】
石榴の実（随筆）【192710】
筑波行（短歌）【192711】
二つの希望（一九二八年）【192801】
彼の小春日（小説）【192803】
上演「すみだ川」合評【192803】
熱（アンケート回答）【192803】
三月の創作評（評論）【192804】
グリンプス（春のスケッチ）【192804】
四月の創作評（評論）【192805】
清遊（随筆）【192807】
銀街新誌（三都夏季情景）【192808】
秋雨頌（Tea-Table）【192810】
時評的感想（時評）【192810】
詩集「頭骸骨」（Tea-Table）【192811】
回顧一ケ年（アンケート回答）【192812】
我が賀状（往復ハガキ回答）【192901】
最初の印象から（倉島竹二郎の横顔）【192901】
三月の雑誌文学一瞥（評論）【192904】
自嘲賦（随筆）【192906】
ぼんやりしたステイール（井汲清治氏）【192906】
八月の創作評（評論）【192909】
骨肉の間（小説）（全三回）【193001】【193002】【193004】
井伏鱒二論【193005】
競馬の話【193005】
龍胆寺雄氏の横顔【193006】
チャップリンの実演（一人一頁）【193006】
青根にて（月評）【193007】
この事実【193008】
続「この事実！」【193010】
海辺の街で（街上風景）【193011】
英雄発見【193105】
六月号の雑誌から【193107】
批評家とヂレンマ（文芸時評）【193108】
七月号の作品【193108】
二三の問題と八月号の作品に就いて（文芸時評）【193109】
「盲目物語」その他（文芸時評）【193110】
今井久雄君を憶ふ（追悼）【193110】
文壇と文学【193111】
小市民文学の破産【193202】
芸術活動の社会性【193209】
文学に関する断片【193212】
街の国際電車（小説）【193310】
故郷【193402】
「純粋小説論」と通俗性及び自意識の問題（純粋小説論批判）【193505】
壁蝨（小説）【193511】
古い乾板（勝本清一郎氏の作品と印象）【193602】
石坂洋次郎論【193605】
改造（今月の雑誌）【193607】
初対面から（南部修太郎追悼）【193608】
文学的関心と社会的関心（文芸時評）【193703】
政治と文学（文芸時評）【193704】
「若い人」その他（文芸時評）【193705】
知性の問題（文芸時評）【193707】
文学の純粋性にかへれ（これからの文学的傾向はどう変るか）【193804】
文芸鬼語（一）～（十四）【193809】【193810】【193812】【193902】～【193904】【193906】～【193910】【193912】～【194002】

草菴閑窻（随筆）【191601】
梵劇概観（評論）（翻訳）【191603】
黎明（小説）【191903】
光触（小説）【192010】
幽草幽花（随筆）【192012】
宝蔵秘夢（小説）【192101】
久松健一（ひさまつけんいち）
遠藤周作　年譜に隠された秘密【2006 秋】
久宗襄（ひさむねのぼる）
夫（翻訳）（コルラド・アルヴロ原作）【193506】
鼻山人（びさんじん）→小島政二郎（こじままさじろう）
土方巽（ひじかたたつみ）
芸術の状況（シンポジウム）【196101】
刑務所へ（エッセイ）【196101】
土方与志（ひじかたよし）
小山内先生の死を悼む（小山内薫追悼）【192903】
菱山修三（ひしやましゅうぞう）
炉その他（詩）【193910】
今と昔（詩）【194007】
「現代文化の考察」高橋広江著（評論集）（新刊巡礼）【194202】
夜の木・海（詩）【195306】
飛田角一郎（ひだかくいちろう）
宵闇（戯曲）【192403】
六号雑記【192701】
傑作「寂しければ」【192702】
雪（戯曲）【192705】
日高基裕（ひだかもとひろ）
月光に駛る（小説）【193103】
初恋（小品）【193106】
偏奇館の荷風先生【193112】
釣師の面々【193201】
荷風氏の倫理観【193206】
四月の釣り【193304】
冬釣りの話（話）【193312】
銷夏の釣（山・水・旅）【193408】
わが商売繁昌の記【193502】
鮎・その前夜【193506】
南部さんのこと（南部修太郎追悼）【193608】
鮎夜道【193908】
水上先生を憶ふ（水上瀧太郎追悼）【194005 臨】
人見嘉久彦（ひとみかくひこ）
神と自我の葛藤（田中千禾夫追悼）【1996 春】
人見東明（ひとみとうめい・㊍円吉・清浦明人）
悲みの映像【191104】
銀笛の一くさり【191105】
靄のうち【191109】
黄金虫（詩）【191209】
尼僧の涙（詩）【191301】
瞼の憂愁【191304】
梅の実（詩）【191401】
日向保吉（ひなたやすきち）
北京景山（扉絵）【194102】
日夏耿之介（ひなつこうのすけ・㊍樋口圀登・黄眠洞主人・溝五位・石上好古・恭仁鳥・聴雪廬主人）
餓鬼窟主人の死（芥川龍之介追悼）【192709】
日沼倫太郎（ひぬまりんたろう）
職業の空虚について【196611】
書くことの意味と原点（評論）【196712】
日野岳夫（ひのいわお）→日野巖
日野巖（ひのいわお・岳夫・青波）
嬰児の死を祈る（小説）【192003】
冷たい夜ののち（小説）【192102】
夕闇の中を（小説）【192107】
生徒の恋（小説）【192802】
友への応答及び一つの提議（六号雑記）【192805】
恋のない花（翻訳）（パンテリモン・ロマノフ原作）【192910】
痩せたる雛罌粟【192912】
ルマルクの意図【193004】
大理石の胸像（翻訳）（フアビオ・フイアロ原作）【193005】
『菫菜はアンパンである』の解式【193009】
肖像画（翻訳）（オールダス・ハクスレ原作）【193010】
臙脂（翻訳）（オールダス・ハクスレ原作）【193011】
熱帯に於けるワーズワース（翻訳）（オールダス・ハクスレ原作）【193012】
オールダス・ハクスレ覚書（翻訳）（デズマンド・マカシ原作）【193102】
思出（沢木四方吉追悼）【193102】
飄飄先生（翻訳）（ニユウヂエント・バアカ原作）【193103】
奇蹟（翻訳）（リリ・アヌ・コパアド原作）【193105】
毒殺流行時代【193106】
月姫の愛人（翻訳）（オールダス・ハクスレ原作）【193106】
ムッシュウ・シャルボオの消失（翻訳）（ニユウヂエント・バアカ原作）【193107】
誰も愛してくれない（翻訳）（D・H・ロオランス原作）【193109】
展望（小説）【193110】
「光明の世界」は存在するであらうか【193111】
クレオパトラとエリザベスとボイル【193112】
お兼の上京（小説）【193201】
お兼の乱心（小説）（「お兼の上京」の続篇）【193202】
残されて行くお兼（小説）（「お兼の乱心」の続篇）【193203】
寂しき世界（小説）【193204】
ある休息（小説）【193205】
青春の天国（小説）【193207】
海外文壇消息（イギリス）【193208】【193211】
恋を思索する男（小説）【193211】
丹波しぐれ（小説）【193302】
山高帽子を冠る男（小説）【193307】
時計に賭けて（小説）（翻訳）（リチャド・プランケット・グリーン原作）【193308】
健康な機智の文学【193310】
下絃（小説）【193401】
別の世界（小説）【193501】
聡明好短命（南部修太郎追悼）【193608】
季節の遊戯（小説）【193612】
バアニ博士の夜会（翻訳小説）（ヴアヂニア・ウルフ原作）【193709】
故郷（小説）【193804】
考査監督【193908】
青空仰いで（小説）【194002】
野花一輪（水上瀧太郎追悼）【194005 臨】
続　青空仰いで（小説）【194006】
「鯉の髭」案内【194009】
風塵（小説）【194102】
あの頃のこと【194104】
徒歩連絡（小説）【194207】
栄転（小説）【194210】
天井の鼠（小説）【194212】
魚（小説）【194303】
歴史の展開（小説）【194306】
忘れられた日（小説）【194907】
歳月の河【195005】
三点鐘【196009】
日野啓三（ひのけいぞう）
アルベール・カミュと正義【195405】
昭和　新しい文学世代の発言（座談会）【195502】
堀田善衞「時間」「夜の森」（書評）【195507】
アンドレ・マルロオ『希望』論（上）（下）【195604】【195605】
何ものでもない何か（丘の上）【196108】
大型映画をめぐるささやかな感想【196202・03】
炎（短篇）【196611】
サイゴンのノート（ノスタルジア）【197512】
現代文学の状況（座談会）【1985 秋】
梅崎春生『幻化』（私を小説家にしたこの一冊）【2000 冬】
日野草城（ひのそうじょう・㊍克修）
薔薇・百合・其他（夏の句）【193708】
檜谷昭彦（ひのたにてるひこ）
交差点【197608】
日比谷八重子（ひびややえこ）
兄の憶ひ出（水上瀧太郎追悼）【194005 臨】
氷室純子（ひむろじゅんこ）
カタリ派並びに数種の薬物及び食物投与に関するモノローグ（詩）【197408】
平井敦貴（ひらいあつたか）
冬のコラージュ（第十回三田文学新人賞当選作）【2003 春】
受賞のことば【2003 春】
咆哮（小説）【2003 夏】
純化していく真摯な嘘（書評）【2003 秋】
LEONE（小説）【2007 冬】
平井之彦（ひらいこれひこ）
ガーネットの〈ビーニ・アイ〉【193709】
平井照敏（ひらいてるとし）
壁をぬける男（翻訳）（マルセル・エーメ原作）【196001】
平井啓之（ひらいひろゆき・㊍啓次）

【193112】
作家的態度について 【193201】
ごをるでん・ばつと 【193203】
フアシズムと藤村の「夜明け前」 【193206】
一つの挿話 【193303】
サロン小説論 【193305】
同伴者文学論 【193306】
文学に於ける強権主義と自由主義 【193308】
山と人と 【193310】
旅の話 【193312】
「同人雑誌」十二月号作品評（今月の問題） 【193401】
「同人雑誌」一月号作品評（今月の問題） 【193402】
二月号同人雑誌から（今月の小説） 【193403】
三月の同人雑誌（今月の問題） 【193404】
四月の同人雑誌（今月の小説） 【193405】
同人雑誌雑観（今月の小説） 【193406】
アンリ・ドラン「ニイチエとヂイド」より 【193502】
飛躍した杉山平助氏（作品と印象） 【193603】
社会時評 【193607】
文学者の社会的関心（社会時評） 【193608】
人民戦線（社会時評） 【193609】
オリンピツク競技と戦争（社会時評） 【193610】
再び人民戦線について（社会時評） 【193611】
センセーショナリズムの横行（社会時評） 【193612】
戦場の友へ 【193801】
文化時評 【193803】【193804】
文化擁護へのみち（文化時評） 【193805】
亡き富山雅夫君を憶ふ（追悼） 【193907】
心の支柱（水上瀧太郎追悼） 【194005 臨】
原百代（はらももよ）
太守の国（全十回）（翻訳）（モオリス・デコブラ原作）【193601】～【193605】【193607】【193609】～【193612】
原守夫（はらもりお）
民喜に（追悼） 【195106】
原口登志男（はらぐちとしお）
恋をわすれてゐた男（小説） 【192003】
転地する身（小説） 【192103】
亡き人を（南部修太郎追悼） 【193608】
原島タイ子（はらしまたいこ）
竜崩町九丁目物語（小説） 【1988 冬】
原条あき子（はらじょうあきこ・㊥池沢澄）
夜の歌（詩） 【194712】
原田光（はらだひかる）
小熊秀雄の、詩のありか絵のありか（文学談義クロストーク） 【1990 秋】
原田雅夫（はらだまさお）
装画（カット） 【195810】
原田義人（はらだよしと）
三点鐘 【195904・05】
針谷卓史（はりやたくし）
針谷の小説（第十三回三田文学新人賞当選作） 【2006 春】
受賞のことば 【2006 春】
仇枕（小説） 【2007 冬】
私が選ぶ昭和の小説（アンケート回答） 【2007 秋】
春・カマタ（はるかまた）
沢木さんの事（追悼） 【193102】
アラン・ヴァルテール
日本文学と西洋文学に見る愛（評論） 【1998 春】
オウギ（詩） 【1999 春】
春山行夫（はるやまゆきお・㊥市橋渉）
文学の新古典主義的傾向について 【193105】
印象批評の一典型 【193110】
文学理論と作品価値の問題 【193112】
ペンの美学 【193202】
新文学と「ユリシイズ」【193203】
ウイリアム・フオークナア 【193207】
ペイタア的スタイルの考察 【193212】
ロオレンスとジョイス 【193304】
〔推薦文〕西脇順三郎著『ヨーロッパ文学』（広告欄）【193306】
文学上の風習 【193308】
文芸時評 【193311】～【193404】
主知主義の文学論 【193407】
能動的精神の一断面 【193501】
文化と文学者 【194101】
葉書回答 【194201】
番匠谷英一（ばんしょうやえいいち）
戯曲月評 【193208】
半田拓司（はんだたくじ）
「ハナちゃん」追想（随筆） 【1995 春】
坂東兵衛（ばんどうひょうえ）
新潮（今月の雑誌） 【193603】～【193605】【193607】
伴野英夫（ばんのひでお）
陋巷（小説） 【193608】
或る瓦解（小説） 【193801】
伴里幸彦（ばんりゆきひこ）
孤独なる雄豹（石原慎太郎論） 【196807】

ひ

稗田一穂（ひえだかずほ）
目次絵 【195308】～【195310】【195404】【195405】
飾画（カット） 【195311】
表紙（絵） 【195510】～【195603】
カット 【195312】～【195403】【195411】【195501】～【195601】
東博（ひがしひろし）
こぞの雪（短歌） 【195207】
東陽一（ひがしよういち）
文学の「映画化」についての二、三のおぼえがき 【1996 冬】
ピカソ（Pablo Ruiz Picasso）
表紙（絵） 【194706】【194709】
カット 【194706】～【194712】
飛ケ谷美穂子（ひがやみほこ）
江藤淳『漱石とアーサー王伝説』の虚構と真実（評論）【2005 冬】
樋口勝彦（ひぐちかつひこ）
デイオニユーソス（翻訳）（リユーキアーノス原作） 【193311】
ローマ時代の書肆 【194408】
ローマ人の招宴に関する諷刺詩 【194610・11】
ラテン文学のディプライ 【194806】【194904】【194910】【195005】
金粉の雨（Essay on Man） 【194810】
弔辞（加藤道夫追悼） 【195405】
驢馬の耳 【195507】
樋口覚（ひぐちさとる）
画家 富永太郎（文学談義クロストーク） 【1989 冬】
散文の発生（評論） 【1991 冬】
日本人の帽子（一）～（十四） 【1996 秋】～【2000 冬】
桑の実（随筆） 【2006 夏】
私が選ぶ昭和の小説（アンケート回答） 【2007 秋】
樋口長次郎（ひぐちちょうじろう）
追慕（水上瀧太郎追悼） 【194005 臨】
樋口至宏（ひぐちゆきひろ）
夏の身振り（創作） 【196609】
帰り来る者（小説） 【196704】
狼たちの辯明（小説） 【197103】
ふたたび墓を探す（小説） 【197206】
贈物の周辺（小説） 【197311】
何かが見えたか（小説）【197410】
樋口譲（ひぐちゆずる）
新世界の文学の開拓者達（翻訳）（ノーマン・バートレット原作） 【194911】
劇と詩（座談会） 【195405】
樋口佳雄（ひぐちよしお）
早慶庭球試合記 【193106】
秋期慶早庭球試合記 【193111】
樋口龍太郎（ひぐちりゅうたろう）
内閣文庫 【193004】【193005】
日暮柚六（ひぐらしゆろく）→小島政二郎（こじままさじろう）
彦山光三（ひこやまこうぞう・壱丁原研？）
相撲史点描 【193411】【193501】～【193503】
相撲技当座帳 【193506】
春相撲を前にして 【193601】【193901】
春場所大相撲 【193603】
相撲鑑賞の方向 【193801】
まともなその相撲観（水上瀧太郎追悼） 【194005 臨】
水上さんの相撲遺産 【194106】
久末淳（ひさすえじゅん）
ŚAKUNTARA の初演（翻訳） 【191312】

林光（はやしひかる）
　驢馬の耳 【195606】
　言葉と音楽（連載講演）(一)〜(四) 【1991夏】〜【1992春】
　演劇とオペラ、振りかえる時（対談） 【1993春】
　私の推す恋愛小説、この一冊（アンケート回答） 【1998春】
　二〇〇〇年の歌集撰者（随筆） 【2001冬】
林久男（はやしひさお・鷗南）
　史劇李児帖兀真 【191008】
　柳行李 【191103】
　驚（翻訳）（ハインツ・トフォーテ原作） 【191110】
林芙美子（はやしふみこ・本フミコ）
　不断の日記（作家の日記） 【193601】
　美川きよ氏の作品（美川きよ著「恐しき幸福」を読む） 【193805】
林正義（はやしまさよし）
　外山定男君訳『仙女王』第一巻 【193709】
　天使と悪魔（翻訳）（ヂヨン・コリア原作） 【193709】
林真理子（はやしまりこ）
　私の推す恋愛小説、この一冊（アンケート回答） 【1998春】
林実（はやしみのる）
　ヘイタイサンオゲンキデスカ 【194402】
林容一郎（はやしよういちろう）→林蓉一郎
林蓉一郎（はやしよういちろう・容一郎・本平沢哲男・哲夫・良応）
　花々の垢面（詩） 【193202】
　樹木交歓（詩） 【193206】
　ジンタ・サアカス（小説） 【193212】
　浅草抒情調（詩） 【193302】【193306】
　押花帖（詩） 【193408】
　亜寒族（小説） 【194005】
　難破船エゴールカ（小説） 【194111】
林田新一郎（はやしだしんいちろう）
　海軍 【194402】
早瀬利之（はやせとしゆき）
　夜の隻影（小説） 【197104】
　冬の別れ（創作） 【197606】
葉山修平（はやましゅうへい・本安藤幸輔）
　メビウスの輪（小説） 【197001】
　子供のいる村の風景（小説） 【197107】
葉山峻（はやましゅん）
　私の交友録（随筆） 【1990冬】
葉山葉太郎（はやまようたろう・本岡島敬治）
　鼈の卵（小説） 【192005】
　車掌（小説） 【192012】
　お千代と時計（小説） 【192103】
　磨工とその家（小説） 【192106】
　カプリ島から（随筆） 【192402】
早見尭（はやみたかし）
　松本陽子の絵画（随筆） 【1994夏】
原一郎（はらいちろう）
　現英批評壇の一問題 【193807】
原一男（はらかずお）
　虚構——現実よりも激しい物語 【1996冬】
　わが父性の系譜（エッセイ） 【1997夏】
原奎一郎（はらけいいちろう・本貢）
　親五人（小説） 【192605】
　酸漿の実（小説） 【192606】
　肥痩（小説） 【192610】
　切り抜いた土産 【193404】
　初夏の話題 【193407】
　道を訊く英国人 【193502】
　残恨（葛目彦一郎追悼） 【193503】
　検眼師（小説） 【193505】
　英仏海峡 【194107】
　グロスター公 【194208】
　三点鐘 【196009】
原研吉（はらけんきち・本菅原謙吉）
　スタンダアル論（心理小説研究）（翻訳）（アルベェル・ティボォデ原作） 【193702】
　その一人でありたいと念じて（水上瀧太郎追悼） 【194005臨】
原杉太郎（はらすぎたろう）→菅沼貞三（すがぬまていぞう）
原精一（はらせいいち）
　姑娘（木石港にて）（絵） 【194104】
　樹蔭裸女（扉絵） 【193606】
　花（扉絵） 【193709】
　南京姑娘巡査（扉絵） 【194004】
　揚州にて（扉絵） 【194005】【194007】【194011】
　姑娘（南京にて）（絵） 【194006】
　戦友（扉絵） 【194008】
　甘露寺（扉絵） 【194010】
　戦場にて（扉絵） 【194012】
　春の西湖（扉絵） 【194105】
　南京の女（扉絵） 【194204】【194205】【194208】
　野戦病院にて（扉絵） 【194206】
　於上海美術研究所（扉絵） 【194209】
　笛を吹く支那の小児（扉絵） 【194210】
　カット 【193412】〜【193506】【193511】〜【193605】【193607】【193609】〜【193710】【193712】〜【194109】【194111】〜【194210】
原全教（はらぜんきょう）
　秩父の山と山村生活 【193503】
　夏山の漫想 【193508】
原卓也（はらたくや）
　シニャフスキー裁判とこの一年（海外通信） 【196701】
原健忠（はらたけただ・波良健）
　游魂の記（創作） 【194805】
　孤独について（Essay on Man） 【194809】
　詩は小説を殺す 【194812】
　閉ざされた窓 【194903】
　姉妹章（小説） 【195112】
原民喜（はらたみき）
　貂（小説） 【193608】
　行列（小説） 【193609】
　幻燈（小説） 【193705】
　鳳仙花（小説） 【193711】
　玻璃（小説） 【193803】
　迷路（小説） 【193804】
　暗室（小説） 【193806】
　招魂祭（小説） 【193809】
　夢の器（小説） 【193811】
　曠野（小説） 【193902】
　夜景（小説） 【193904】
　華燭（小説） 【193905】
　沈丁花（小説） 【193906】
　溺没（小説） 【193909】
　小地獄（小説） 【194005】
　冬草（小説） 【194011】
　夢時計（小説） 【194111】
　面影（小説） 【194202】
　淡章（小説） 【194205】
　独白（小説） 【194210】
　望郷（小説） 【194305】
　弟へ 【194402】
　手紙 【194408】
　忘れがたみ（小説） 【194603】
　六号記 【194604・05】【194607・08】【194609】
　小さな庭（散文詩） 【194606】
　ある時刻（散文詩） 【194610・11】
　夏の花（小説） 【194706】【2000春臨】
　廃墟から（小説）（「夏の花」の続篇） 【194711】【2000春臨】
　愛について（Essay on Man） 【194807】
　略歴と感想（第一回水上瀧太郎賞） 【194901】
　渡辺一夫著「狂気についてなど」（書評） 【194907】
　魔のひととき（詩） 【195003】
　永遠のみどり（遺稿） 【195107】
　〔遺書〕藤島宇内宛（藤島「悲歌」文中） 【195107】
　〔詩〕悲歌・碑銘・風景（藤島宇内「悲歌」文中） 【195107】
　碑銘（詩と楽譜） 【195112】
　未発表原稿（タイトルなし） 【2008春】
　雲の裂け目 【2008春】
　もちの樹（未刊行草稿） 【2009秋】
　いたち（未刊行草稿） 【2009秋】
　編輯後記 【194610・11】【194612・4701・02】【194706】【194709】【194711】〜【194906】【194908】【194910】〜【194912】
　※追悼特集「原民喜追悼（付年譜）」 【195106】
　※追悼文掲載号 【195107】
原実（はらみのる）
　知識階級に期待する 【193010】
　個性の問題と共同製作 【193012】
　個性・伝統性・階級性 【193101】
　芸術家マルクス 【193105】
　三田派の弁（社会時評） 【193107】
　反宗教運動の行方（社会時評） 【193108】
　ロシアを視よ（社会時評） 【193109】
　常識の勝利？（社会時評） 【193110】
　満洲事件に即して（社会時評） 【193111】
　国家社会主義とは（社会時評）

自由なカメラ（芸術雑考）【195812】
映像では考えられないか（芸術雑考）【195902】
シンポジウム「発言」──技術の任務【195910】
シンポジウム「発言」──（討論）【195911】
〔推薦文〕『ヴェルヌ全集』（広告欄）【196709】
私が映画で描きたいこと（評論）【197101】
交差点【197608】
埴谷雄高（はにやゆたか・㊍般若豊）
鎮魂歌のころ（原民喜追悼）【195106】
驢馬の耳【195604】
三点鐘【195812】
忘れられた探偵（随筆）【196610】
サルトル・人と文学（座談会）【196612】
二十億の民が飢えている今文学は何ができるか【196805】
私の文学を語る（インタビュー）【196811】
私と『罪と罰』（インタビュー）【196904】
『闇のなかの黒い馬』を語る（対談）【197106】
現代文学のフロンティア（No. 1）【197407】
花幻忌と邂逅忌（随筆）【1988 冬】
馬場邦夫（ばばくにお）
水の唄（詩）【196702】
馬場昴太郎（ばばこうたろう）
父のこと（馬場孤蝶追悼）【194010】
馬場孤蝶（ばばこちょう・㊍勝弥）
ブウル・ド・スイフ（全四回）（翻訳）（ギイ・ド・モオパッサン原作）【191005】〜【191008】
島人（翻訳）（ポオル・ブウルゼエ原作）【191010】
こし方【191101】
屈辱【191105】〜【191107】【191109】
一葉の作物と周囲（評論）【191112】
闘牛（翻訳）（シエンキイウイッツ原作）【191208】【191209】
地下へ（随筆）【191211】
ピユウトア（翻訳小説）（アナトオル・フランス原作）【191604】【191605】
春宵漫言（随筆）【191803】
閑人閑語（随筆）【191809】
午睡に入る前（随筆）【192008】
榻上瑣話（随筆）【192108】
更に衰へざりし鷗外大人（追悼）【192208】
石田新太郎氏を悼む（追悼）【192703】
閑時饒語（随筆）【192801】
水木京太作「嫉妬」上演評【192805】
日記をつける心持【192808】
賀筵と追憶【192901】
〔書信〕水木京太宛（水木京太「四半世紀」中）【194009】
〔筆跡〕短歌（村松梢風「孤蝶先生の書画」文中）【194009】
※追悼特集「馬場孤蝶追悼号」【194009】
※追悼文掲載号【194010】
馬場桝太郎（ばばますたろう）
吉原重雄のこと（追悼）【193612】
浜口陽三（はまぐちようぞう）
表紙画【2002 冬】〜【2007 秋】
浜田滋郎（はまだじろう）
シーロ・アレグリーアについて（海外通信）【196612】
浜田青陵（はまだせいりょう・㊍耕作）
沢木梢君の思出（追悼）【193102】
浜田恒一（はまだつねかず）
ミンドリン【194203】
浜田正秀（はまだまさひで）
病人と病人共（創作）【195305】
浜野英一（はまのえいいち）
銀杏近所（随筆）【192503】
浜野成生（はまのしげお）
アプダイク論ジョン・アプダイクの世界【197012】
叛旗もて静かなるユダヤ人（評論）【197112】
ある状況の譚（評論）【197206】
〈非在〉のはらわた（評論）【197406】
光のえんすい──内部風土への旅（エッセイ）【197411】
日々の曠野──J・コジンスキーと今日（評論）【197505】
アメリカのカウンター・カルチュア（翻訳）（R・ローゼンストーン原作）【197511】
カウンター・カルチュアのゆくえ【197511】
早川三代治（はやかわみよじ）
聖女の肉体（戯曲）【192901】
「第一の世界」に於ける契機（小山内薫追悼）【192903】
処女林の中（戯曲）【192911】
みつぎもの（戯曲）【193010】
フラウ・シユルツエ（戯曲）【193103】
地蔵尊（戯曲）【193107】
皇后ラディスラス三世（戯曲）【193208】
ボンの復活祭（戯曲）【193306】
嘘（戯曲）【193310】
我が晩課書【193401】
林えり子（はやしえりこ）
おこんこさん（小説）（上）（下）【1989 春】【1989 夏】
戸板さんの人生観（戸板康二追悼）【1993 春】
われは一匹狼なれば痩身なり──川柳人・川上三太郎（全八回）【1994 夏】〜【1996 春】
帰朝した絵師・川村清雄伝（一）〜（八）【1996 夏】〜【1998 春】
私の推す恋愛小説、この一冊（アンケート回答）【1998 春】
小栗上野介の妻（短編小説）【1999 冬】
小説〈ご一新・江戸方の女たち〉（全七回）【1999 春】〜【2000 秋】
「早稲田文学」のことなど（随筆）【2005 夏】
木挽町の鬼火（創作）【2010 春】
林鷗南（はやしおうなん）→林久男（はやしひさお）
林海象（はやしかいぞう）
21 世紀映画讀本【1998 冬】
林克彦（はやしかつひこ）
カウンターフィット・カーヴィング（第五回三田文学新人賞当選作）【1998 春】
受賞のことば【1998 春】
ガールズ・ゲット・サヴェジ（小説）【1998 夏】
林京子（はやしきょうこ）
周期（小説）【1987 秋】
誰かが（随筆）【1991 冬】
泉下に眠る素材（随筆）【1994 夏】
『いのちの初夜』（私を小説家にしたこの一冊）【2000 冬】
私が選ぶ昭和の小説（アンケート回答）【2007 秋】
林毅陸（はやしきろく）
沢木君を悼む（沢木四方吉追悼）【193101】
追憶（水上瀧太郎追悼）【194005 臨】
林恵一（はやしけいいち・K. H）
編輯後記【195811】
林高一（はやしこういち）
映画芸術に於ける嘘と誇張【193504】
文芸映画と大衆映画【193507】
映画的モノロオグ【193703】
映画館生活二年半【194008】
ニュース映画の将来性【194104】
東宝映画をおもふ【194208】
林浩平（はやしこうへい）
佐藤春夫・「神々のひとり」という昂揚（評論）【2008 冬】
「吾にむかひて死ねといふ」のは誰か（伊東静男論）【2008 夏】
林峻一郎（はやししゅんいちろう・S. H・H）
スタンダアル・結晶作用について【195108】
ツヴイクの遺書【195203】
（扉絵解説）【195203】
一九一四年と今日（翻訳）（シュテファン・ツヴイク原作）【195206】
映画時評【195309】
ある笑いについて【195510】
航海【195607】
我が町【195705】
大金【196006】
世界は日の出を待っている（短篇）【196611】
ろばの耳【2004 夏】
私が選ぶ昭和の小説（アンケート回答）【2007 秋】
編輯後記〔後記〕【195308】【196608】〜【196612】
※追悼文掲載号【2009 冬】
林望（はやしのぞみ）
十八の春（随筆）【1993 春】
早慶文芸座談会【1997 秋】
私が選ぶ昭和の小説（アンケート回答）【2007 秋】

橋本敏彦（はしもととしひこ）
　前田寛治（一人一頁）【193006】
橋本真理（はしもとまり）
　死児の齢（詩）【197405】
橋本迪夫（はしもとみちお）
　政治と文学【196708】
ジュヌヴィエーヴ・パストル
　妹フランソワーズと遠藤周作（特別寄稿）【1999 秋】
蓮實重彦（はすみしげひこ）
　翳る鏡の背信（評論）【197309】
　挾み撃ち　または宙に迷う模倣の創意（評論）【197502】
筈見恒夫（はずみつねお・(本)松本英一）
　驢馬の耳【195505】
長谷健（はせけん・(本)藤田正俊）
　「あさくさの子供」と「火のくにの子供」（自著に題す）【194010】
　貉（小説）【194011】
長谷川郁夫（はせがわいくお）
　魯庵探索 ── 序・健康な批評家（文学談義クロストーク）【1988 秋】
　魯庵探索 ── 序（二）時空のエディター（評論）【1989 冬】
　永いゆうべの薄あかり ── 堀口大學の晩年（評論）【2002 秋】
　堀口大學（評論）（全二十六回）【2003 冬】〜【2008 春】【2008 秋】〜【2009 夏】
長谷川一郎（はせがわいちろう）
　遺稿の後に（村岡省吾郎遺稿付記）【192304】
長谷川かな女（はせがわかなじょ・(本)かな）
　茅場町生れの清ちゃん（勝本清一郎氏の作品と印象）【193602】
　梅雨近く（俳句）【193707】
　川蜻蛉（俳句）【194008】
　夏の草（俳句）【194308】
　海上に日出づる（俳句）【194401】
長谷川哲（はせがわさとし）
　ろばの耳【2003 春】
長谷川時雨（はせがわしぐれ・(本)康子）
　朝露（小説）【191012】
　かつぽれ【191108】
長谷川四郎（はせがわしろう）
　辻馬車【195510】
　江藤淳「奴隷の思想を排す」（書評）【195901】
　発音と表音化（丘の上）【196110】
長谷川端（はせがわたん・(本)端〈ただし〉・TAN. H）
　志賀直哉覚書（評論）【195809】
　演劇の体験（翻訳）（アンチ・テアトル）（Eugène Ionesco 原作）【195811】
　編輯後記【195808】【195810】
長谷川つとむ（はせがわつとむ）
　目もあやな森羅万象の万華鏡（書評）【2001 春】
　『鉄腕アトムのタイムカプセル』執筆顚末記（随筆）【2003 春】
　ろばの耳【2004 秋】
長谷川虎太郎（はせがわとらたろう）
　大詰（小説）【191306】
長谷川如是閑（はせがわにょぜかん・(本)万次郎）
　釈迢空を偲ぶ辞（折口信夫追悼）【195311】
長谷川政春（はせがわまさはる）
　折口学の原基【2003 秋】
長谷川巳之吉（はせがわみのきち）
　〔推薦文〕西脇順三郎著『ヨーロッパ文学』（広告欄）【193306】
長谷川萌（はせがわもえ）
　欠乏（学生創作）【2009 秋】
長谷川（間瀬）恵美（はせがわませえみ）
　母なるものを求めて（遠藤周作論）【2006 冬】
畑功（はたいさお・Isao Hata）
　詩人ローウェルの墓（英詩）【191006】
　MY TREASURES TROVE.（英詩）【191010】
畑耕一（はたこういち）
　怪談（小説）【191302】
　おぼろ（小説）【191306】
　淵（小説）【191405】
　道頓堀（小説）【191608】
　指（小説）【192104】
秦恒平（はたこうへい）
　「正」の字チェック（随筆）【1987 春】
　私の推す恋愛小説、この一冊（アンケート回答）【1998 春】
秦豊吉（はたとよきち）
　浅草（翻訳）（ピエル・ロティ原作）【191302】
　田之助所演年表（考証）【191505】
　蚤（舞踊劇）（翻訳）（フランク・ヱエデキンド原作）【191605】
　黙阿弥の「油坊主」を論ず（評論）【191610】
羽田功（はだいさお）
　ペスト・ネズミ・カフカ（文学談義クロストーク）【1990 夏】
葉田達治（はだたつじ）
　日本的抒情ということ【195704】
畠中孝昌（はたなかたかまさ）
　カット【195310】
波多野承五郎（はたのしょうごろう）
　袋物の贅沢【192608】
　鎌倉嫌ひの兼好（随筆）【192611】
　飛入り三分間（随筆）【192701】
　「三田文学」と石田君（石田新太郎追悼）【192703】
　関西料理は嫌ひだ【192808】
畑谷玲子（はたやれいこ）
　ろばの耳【2008 冬】
畑山博（はたやまひろし）
　明け方の星（随筆）【1991 春】
　サン・テグジュペリ『南方郵便機』『夜間飛行』（私を小説家にしたこの一冊）【2000 冬】
蜂飼耳（はちかいみみ）
　チチハルの目（学生小説）【1999 夏】
　根の国／蝸牛／ゆきまろぼぼりああのん（詩）【2005 冬】
　階段と私の関係（随筆）【2006 夏】
　阿夫利山（創作）【2010 春】
蜂谷敬（はちやたかし）
　サミュエル・ヂヨンソンの頭【192910】
　一八七〇年の先生【193107】
　スクルーティナイズ【193110】
　T・F・ポウイスの小説【193406】
八田尚之（はったなおゆき）
　興業価値の異変【193810】
服部剛（はっとりごう）
　ろばの耳【2004 春】【2006 夏】
服部伸六（はっとりしんろく）
　独立展を観る【193505】
　ラデイゲ論（フランソワ・モオリアック原作）【193602】
　演劇と観客（翻訳）（アラン原作）【193605】
　最初の死・詩（翻訳小説）（パトリス・ド・ラ・トウル・デュ・パン原作）【193702】
　レオ・フエレロの紹介【193802】
　散文詩抄（フランス詩抄）（翻訳）（レオ・フエレロ原作）【193802】
　Nomade de Tokio（詩）【193807】
　湾岸戦争と「人枯らし」（随筆）【1991 春】
服部正（はっとりただし）
　楽壇覚え書【193608】〜【193612】【193703】
　音楽界への希望（一九三七年へ！）【193701】
　のど自慢その他【195004】
服部達（はっとりたつ）
　『近代文学』の功罪（座談会）【195403】
　文芸時評【195405】
　批評の新しい針路【195503】
　三島由紀夫「沈める滝」（書評）【195508】
　驢馬の耳【195512】
　ロバート・シューマン論【195601】
花岡洋一（はなおかよういち）
　蔵原君の作品について（蔵原伸二郎の横顔）【192902】
花田清輝（はなだきよてる）
　『葉隠』について【195304】
　島尾敏雄「帰巣者の憂鬱」（書評）【195507】
　三点鐘【195902】
　出会いの静力学（丘の上）【196202・03】
　文学賞について（随筆）【196611】
花田鉄太郎（はなだてつたろう）
　逃げる組こそ（戯曲）【193302】
英正道（はなぶさまさみち）
　僕等の兵隊さん【194402】
花柳章太郎（はなやぎしょうたろう・青山）
　つめたきお手（小山内薫追悼）【192903】
　思ふことなど（水上瀧太郎氏と久保田万太郎氏と）【192910】
　さくら【193708】
　さるとさるひき【194108】
　「渚」【194112】
　「山参道」のこと【194202】
　人形物語（全七回）【194203】【194204】【194206】〜【194209】【194212】
羽仁進（はにすすむ）

は

年長の畏友（丸岡明追悼）【196811】
昭和初期の「三田文学」（庄野誠一追悼）【1992 春】
編輯後記 【195002】【195005】
丹羽正（にわただし）
親和力 【195901】
丹羽文雄（にわふみお）
剪花（小説）【193210】
鶴（小説）【193303】
或る最初（小説）【193501】
芽（小説）【193510】
作家生活（石坂洋二郎氏の作品と印象）【193601】
枯尾花（小説に於ける反モラリスムの問題）【193604】
不思議な顔の女（見たもの）【193705】
アルバムから（従軍記）【193908】
著書四十一冊（自著に題す）【194009】
〔推薦文〕鈴木英夫著『剱られし花』（広告欄）【194110】
思ひ出 【195005】
三点鐘 【196007】
三田文学の思い出（随筆）【196608】
和木さんのこと（和木清三郎追悼）【197007】
J. NISHIVAKI →西脇順三郎
J. NISHIWAKI →西脇順三郎
M. NISHIWAKI →西脇マアヂオリイ

ぬ

ヌエット（ノエル・ヌエット）
永井さんのこと（荷風追悼）【195906】
額田貞（ぬかださだし）
農村（小説）【192712】
鉄面皮になる修養（一九二八年）【192801】
郷土小景（戯曲）【192803】
沼波瓊音（ぬなみけいおん・㊍武夫・瑲々庵・天野真名井）
ひとごと（感想）【191507】
沼田流人（ぬまたりゅうじん）
銅貨（小品）【192108】
沼部東作（ぬまべとうさく）→井汲清治（いくみきよはる）

ね

寧夢（ねいむ）→永井荷風
根岸茂一（ねぎししげいち）
土用波（小説）【194210】
遠い苑（小説）【194305】
愛情の泊木 【194811】
三田文学祭の日に（三田文学祭）【194902】
衰弱の花卉（創作）【194904】
同人雑誌評 【194904】
創作月評 【194907】
戦争について（Essay on Man）【194908】
鈴木信太郎著「お祭りの太鼓」（書評）【194911】
やりきれない青春（小説）【194911】
精神貴族（創作）【195004】
もっと光を（小説）【195203】
誤解（小説）【197206】
戦後の終焉（随想）【197610】
根村絢子（ねむらじゅんこ）
若い演出家への手紙（広場）【195606】
待ちながら（演劇時評）【196010】
翻訳劇と創作劇（対談）【196011】
渋いシラノ（演劇時評）【196011】
1960 年ベスト 5（演劇時評）【196012】
橋からの眺め（演劇時評）【196101】
三つの正月狂言（演劇時評）【196102】
未来の演劇のために（演劇時評）【196103】
根本進（ねもとすすむ）
驢馬の耳 【195508】

の

野一色武雄（のいしきたけお）
感傷的逸話（翻訳小説）（ルイ・ギュウ原作）【193702】
野上弥生子（のがみやえこ・ヤエ・八重子）
父の死（小説）【191502】
野口武彦（のぐちたけひこ）
明治文学と論争（随筆）【1990 秋】
私の推す恋愛小説、この一冊（アンケート回答）【1998 春】
慶應の三田（随筆）【2002 秋】
野口冨士男（のぐちふじお・㊍平井）
にほひ咲き（小説）【193411】
笛と踊（小説）【193507】
若い彼の心（小説）【193512】
幻影（小説）【193706】
湯治行 【194007】
通り雨（小説）【194011】
仮の住居 【194202】
六号記 【194609】
おセイ（小説）【194706】
人生如何に生くべきか（六号室）【194712】
愛について（Essay on Man）【194807】
押花（創作）【195209】【2000 春臨】
南川君の三つの望み（南川潤追悼）【195511】
驢馬の耳 【195604】
三点鐘 【196006】
同時代者として（庄司総一追悼）【196112】
偶然について 【196612】
特異な名編集長（和木清三郎追悼）【197007】
円環の作家（北原武夫追悼）【197312】
開戦と終戦の日（随想）【197610】
短篇小説のすすめ（随筆）【1985 春】
『若い彼の心』（再録）【1995 秋】
※追悼文掲載号 【1994 冬】
野口米次郎（のぐちよねじろう・Yone Noguchi）
THE MORNING GLORY 【191005】
THE MOOODS 【191007】
WHISTLER 【191012】
ROSSETTI AS A POET. 【191101】
HIBACHI（英文小品）【191104】
CHERRY BLOSSOM 【191105】
THE WOODEN CLOGS 【191107】
KYOTO（英文）【191111】
蝶並に其他の詩（詩）【191411】
花と詩人其他三篇（詩）【191412】
倫敦で見た新派の絵画（評論）【191503】
二評論（評論）【191504】
評論五則（評論）【191505】
私の懺悔録（随筆）【191507】
純日本の詩歌（詩論）【191509】
若い詩の心（散文詩）【191510】
ロセチ論（評論）【191511】
今日の英詩潮（最近文芸思潮）（評論）【191601】
チエスタートンと痴言文学（最近文芸思潮）【191602】
メスフキールドの忠臣蔵（最近文芸思潮）【191603】
牛津思想の将来（最近文芸思潮）【191604】
開かれた窓（随想）【191604】
短篇小説家としてのタゴール（最近文芸思潮）【191605】
一立斎広重（随想）【191606】
沙翁抹殺論（最近文芸思潮 ）【191606】
TO SIR RABINDRANATH TAGORE（英詩）【191607】
北川歌麿（小品）【191607】
哲学的料理人（随想）【191610】
三行詩（詩）【191701】
萩原朔太郎君の詩（評論）【191705】
日本の女の駒下駄（随筆）（筆記）【191801】
「愛の詩集」を読む（批評）（雑録）【191802】
酔払った奴隷（随筆）（雑録）【191804】
原撫松の追憶（随筆）【191807】
クローセンに関して（随筆）【191901】
微風（短詩）【192201】
人生の白紙（短詩）【192202】
雨蛙（短詩）【192203】
人生の第三章（短詩）【192205】
新緑（短詩）【192206】
五月の末（短詩）【192207】
形体の釈放（短詩）【192209】
一助言（短詩）【192210】
鼠（短詩）【192301】
われ山上に立つ（詩）【192604】【2000 春臨】
過去三十年間を振返る 【192607】
感想二つ（随筆）【192708】

花散る午後（随筆）【2007 夏】
窓の灯（随筆）【2009 夏】
西村孝次（にしむらこうじ）
現代イギリス小説における技巧の問題【195306】
驢馬の耳【195608】
西村渚山（にしむらしょざん）
桜（小説）【191208】
西村晋一（にしむらしんいち）
演劇時評【193204】【193206】
今月の各座【193207】
何のこともなし（回顧一年）【193412】
「若い人」祝福【193801】
演劇回顧七章（一九三八年回顧）【193812】
西村亨（にしむらとおる）
折口信夫の創作指導（随筆）【1987 春】
テレビドラマ、ひとつの危惧（随筆）【1993 夏】
折口信夫とまれびとのイメージ（エッセイ）【2003 秋】
西村眞（にしむらまこと）
寫眞（短編小説）【1998 春】
大批評家の顔をめぐって（書評）【2006 夏】
百年後の人々の心田を耕す（書評）【2009 冬】
西村讓（にしむらゆずる）
子供（詩）【193302】
文化意識としての芸術意識について【193610】
詩の把握形式について【193612】
生命の賦（詩）【193708】
「既不寝番」【194004】
西本綾花（にしもとあやか）
過酸化水素水 $2H_2O_2 \rightarrow 2H_2O + O_2\uparrow$（第十六回三田文学新人賞当選作）【2009 春】
受賞のことば【2009 春】
弧と球、あるいは∞（小説）【2009 夏】
白牡丹 μ は鯖の目に咲く（小説）【2010 冬】
鰐と海藻（創作）【2010 春】
西脇順三郎（にしわきじゅんざぶろう・J. NISHIVAKI・J. NISHIWAKI）
「時の流に」を読む（批評）【192012】
文学教養主義（評論）【192101】
A NOTE ON THE POEMS OF MR. NOGUCHI（批評）【192111】
A SLAVE OF MORTIFICATION（小説）【192201】
ST. JULIAN THE PARRICIDE.（英詩）【192207】
プロフアヌス（論文）【192604】
PARADIS PERDU（詩）【192606】【192607】
市村座のメタフィズィク（対話）【192607】
恋歌（詩）（イヴアン・ゴル原作）【192609】
体裁のいゝ景色（詩）【192611】【2000 春臨】
「大阪の宿」の裁判所にて【192611】
詩の消滅（論文）【192701】
六号雑記【192701】
ESTHÉTIQUE FORAINE（論文）【192705】
自然詩人ドルベンの悲しみ（詩）【192707】
好きな挿絵画家と装幀者（アンケート回答）【192801】
超自然主義（評論）【192802】
現代の代表的文芸家（アンケート回答）【192802】
上演「すみだ川」合評【192803】
熱（アンケート回答）【192803】
テオクリトス（思ひ出の夏）【192808】
英吉利二十世紀文学の発達【192809】
叢林の背面【192901】
ヂヤック・オヴ・ニユウブィの愉快な伝記（翻訳）（Thomas Deloney 原作）【192904】
詩的永遠性（詩論）【192905】
文学の思想的価値（評論）【192908】
ヘーゲルの文学論【193004】
文学と芸術との関係（評論）【193008】
人形の夢【193011】
不明瞭な表現方法【193101】
牧人の笑【193103】
合理主義【193112】
檳榔子を食ふ者【193202】
文学と理智の問題【193204】
文学と学問【193208】
文学の新しいといふ意味【193212】
自然主義の発達と衰微【193301】
天使と語る【193303】
シエイクスピア文学【193307】
頭の状態【193311】
批評史の一頁【193401】
近代人と中世紀人【193402】
シムボルの黄昏【193405】
混雑した町【193408】
雑談の夜明け（評論）【193411】
文学の真理性【193506】
角笛を磨く（散文詩）【193601】
一般文学界の貢献者として（第一回三田文学賞）【193601】
村の言葉（Fable）【193607】
文学の美的意識【193701】
現代文学回顧【193709】
学問【193801】
〔推薦文〕サボテン島風光（北園克衛詩集『サボテン島』広告欄）【193806】
二つの面（二十世紀イギリス文学批判）【193809】
もく・こく【194001】
思出（水上瀧太郎追悼）【194005 臨】
土【194104】
二つの世界から逃げる【194711】
神について（Essay on Man）【194902】
夏から秋へ【194912】
庭に菫が咲くのも（詩）【195006】
山の酒（詩）【195106】【2000 春臨】
哀悼の言葉（折口信夫追悼）【195311】
選を終えて（全国詩同人誌推薦新進詩人コンクール）（座談会）【195404】
〔推薦文〕村野四郎著『現代詩読本』（広告欄）【195404】
劇と詩（座談会）【195405】
二人は歩いた（詩）【195411】
驢馬の耳【195510】
屑屋の神秘（詩）【196701】
『三田文学』今昔（創刊六十周年特別企画座談会）【197006】
詩人と小説家との対話（対談）【197107】
わが思索のあと【197310】
村野四郎の詩業（村野四郎追悼）【197506】
表紙画【2001 冬】
西脇マアヂオリイ（にしわきまあじょりい・M. NISHIWAKI）
市村座のメタフィズィク（対話）【192607】
表紙（絵）【192701】〜【192703】
新田俊（にったしゅん）
犬（扉絵）【193805】
二宮孝顕（にのみやたかあき）
美留の失敗（戯曲）【193003】
レツド・アンド・ブリユ（新三田風景）【193005】
夢で興味を感じて（戯曲）【193007】
〔書信〕旅から【193009】
キヤムプの夜（夏日小品）【193009】
一つの歓び（ヴアラエテイ・スケッチ）【193012】
雪と没落（小説）【193106】
侵入者（戯曲）【193111】
下層俳優（戯曲）【193201】
一つの標本（小説）【193205】
沼（小説）【193210】
前夜（小説）【193303】
追憶（今川英一追悼）【193412】
路上（小説）【193504】
「ドミニック」（心理小説研究）【193702】
デカルトよりプルウストまで（心理小説研究）【193702】
旅信【193708】
滞仏日記【193904】
ノルマンデイ旅行【193906】
コクトウの「怖るべき親たち」【193907】
追憶（水上瀧太郎追悼）【194005 臨】
フランスは敗けた【194008】
近頃のこと【194104】
ラジオの騒音【194108】
南仏の旅【194112】
六号記【194606】
解かれた猿轡【194805】
太田咲太郎君追悼【194808】
作家と旅行【194904】
「怒りの夜」と「悪魔の通過」（映画）【194911】【195003】
三田文学と私【195006】
モーリヤック研究の現状【195108】

吉利作家論）　【193709】
楢崎勤（ならさきつとむ）
勝本清一郎断片（作品と印象）　【193602】
葉書回答　【194201】
成田成寿（なりたしげひさ）
剣橋の三批評家　【193709】
批評の機能（二十世紀イギリス文学批判）　【193809】
成島東一郎（なるしまとういちろう）
映画化される文芸作品（映画の眼）　【197508】
成瀬櫻桃子（なるせおうとうし）
なにがうそでなにがほんとの（随筆）　【1993 春】
成瀬無極（なるせむきょく・清）
棺の傍（戯曲）　【191009】
ヴェーデキントの詩と小説　【191304】
難波憲（なんばけん）
ボナベンツウラ・ツンビニ（紹介）（雑録）　【191902】
涼秋閑話（紹介）　【192110】
南部修太郎（なんぶしゅうたろう・南修・修太郎・修・金口）
駅路（戯曲）（翻訳）（アントン・チェエホフ原作）　【191608】
修道院の秋（随想）　【191611】
落葉樹（小説）　【191701】
籐椅子に凭りて　【191703】【192004】【192008】【192302】【192303】【192402】
水郷の春（紀行）　【191705】
犠牲（小説）　【191707】
潮騒（小説）　【191708】
有島武郎『カインの末裔』（批評）　【191708】
小川未明『罪悪に戦きて』（批評）　【191709】
志賀直哉氏の『和解』（批評）（雑録）　【191711】
死（小説）（翻訳）（ボリイス・ザイツェフ原作）　【191712】
雪消の日まで（小説）　【191801】
S 中尉の “aventure”（小説）　【191802】
人として教授として（プレイフエヤア追悼）　【191802】
ヤアマ（小説）（翻訳）（アレキサンドル・クウプリン原作）　【191803】【191804】【191807】【191808】
夜行列車の客（小説）　【191806】
「義時の最後」を読む（批評）（雑録）　【191806】
長与善郎氏の『陸奥直次郎』（批評）（雑録）　【191808】
六号余録（随筆）　【191809】〜【191812】【191902】〜【191905】
秋雨の窓にて（批評）　【191811】
猫又先生（小説）　【191904】
蜂谷のきず跡（小説）　【191906】
霧（小説）　【191910】
Vengeance（小説）　【191912】
星影（小説）　【192002】
図書館裏の丘（小説）　【192005】
虫が知らせる話（小説）【192007】
或る空地の人々（小説）【192011】
奈良の一夜（小品）　【192108】
妹へ（小説）　【192203】
西湖の秋（小品）　【192212】
道づれ（小説）　【192301】
仮面（小説）【192306】〜【192308】
鳥籠（小説）　【192401】
夏炉冬扇（随筆）　【192408】【192410】
戯画を描く（小説）　【192411】
「やっぱり小説が書きたくなるんでね」（久米秀治追悼）　【192502】
別居（小説）　【192604】
断片九つ（復活一周年記念欄）　【192704】
わが身辺から（随筆）　【192707】
芥川龍之介の手紙から　【192710】
大同石仏寺紀行（随筆）【192711】
二週間の旅（随筆）　【192712】
好きな挿絵画家と装幀者（アンケート回答）　【192801】
現代の代表的文芸家（アンケート回答）　【192802】
竜土雑筆（随筆）　【192802】【192803】【192805】【192806】
熱（出題及回答）　【192803】
二周年に際して（二周年記念のページ）　【192804】
我が賀状（往復ハガキ回答）　【192901】
除村寅之助君のこと（追悼）　【192902】
思ひ出すこと（小山内薫追悼）　【192903】
鮭の手帖（随筆）　【192904】【192906】
〔俳句〕戯作（和木清三郎「慶・早野球敗戦記」文中）【192911】
秋のスタンドから（秋のスポーツ）　【192912】
近頃のこと　【193004】
第二代の編輯者として（あのころの三田文学）　【193005】
慶・早陸上競技観戦記　【193006】
沢木さんの追憶（沢木四方吉追悼）　【193101】
四郎を思ふ（宇野四郎追悼）　【193104】
早春（随想）　【193204】
三田文学二十六年　【193506】
日曜日から日曜日まで（作家の日記）　【193601】
石坂洋次郎君推奨（第一回三田文学賞）　【193601】
映画の落ち着く所（絶筆）　【193608】
※追悼特集「故南部修太郎追悼号」　【193608】
※特集「続・故南部修太郎追悼記」　【193609】
南部すみ子（なんぶすみこ）
思ひ出（水上瀧太郎追悼）　【194005 臨】

に

新居格（にいいたる）
一週間の日記（作家の日記）　【193601】
銷夏断想　【193708】
夏の空想　【193908】
新倉俊一（にいくらとしかず）
西脇順三郎と記号（随筆）　【1990 冬】
夢の女——永井荷風と西脇順三郎　【1994 冬】
私の推す恋愛小説、この一冊（アンケート回答）　【1998 春】
幻の西脇美術館（随筆）【2007 冬】
私が選ぶ昭和の小説（アンケート回答）　【2007 秋】
萩原と西脇（評論）　【2008 冬】
新村鼎（にいむらかなえ）
暗暁昏霊院（創作）　【197509】
鳰てる子（におてるこ）
マンスフィールドとマリイの結婚するまで　【193709】
二木直（にきただし）
三等部屋の記　【193401】
西内延子（にしうちのぶこ）
見知らぬ人たち（詩）　【195506】
話（詩）　【195705】
西尾幹二（にしおかんじ）
福田恆存における神の問題（福田恆存論）　【196812】
われわれにとって近代文学とは何か（座談会）　【197301】
三島由紀夫（戦後三十年と三島由紀夫）　【197512】
現代文学の状況（座談会）　【1985 秋】
私が選ぶ昭和の小説（アンケート回答）　【2007 秋】
西川新次（にしかわしんじ）
美術座談会（日本美術院第二十九回展覧会座談会）　【194211】
斑鳩寺西院見学の回想　【194211】
西川正身（にしかわまさみ）
バーベリヨンの日記　【193709】
西川満（にしかわみつる）
傀儡戯　【194208】
西川寧（にしかわやすし）
北京・胡同の家（扉絵）【194109】
西崎龍次朗（にしざきりゅうじろう）
暗くなり行く家（小説）【191903】
孤独の人（小説）　【191909】
一つのグループ（小説）【191911】
西沢貴子（にしざわたかこ）
ろばの耳　【2005 冬】
400 字寄稿　【2008 夏】
カット　【2002 秋】〜【2010 春】
西澤千典（にしざわちより）
ろばの耳　【2006 春】
西島大（にしじまだい）
メドゥサの首（戯曲）　【195509】
西角井正慶（にしつのいまさよし）
師の道（折口信夫追悼）【195311】
西部由里子（にしべゆりこ）
魂の物語（エッセイ）　【1996 春】
西村和子（にしむらかずこ）
闘うべきは（金子兜太論）　【2004 冬】

人格と心の不連続性（翻訳）（オルドウス・ハツクスリ原作）【193112】
競争の後（翻訳）（ジエイムズ・ジヨイス原作）【193201】
フランシス・カルコについて【193203】
ローランスについて【193208】
巴里通信【193301】
現代フランス文学批評の諸傾向【193303】【193304】
批評家レオン・ピエル・ケン【193305】
ジェラル・ボエその他【193306】
ピエル・ドミニック【193307】
アルベル・チボデ【193309】
地上の糧（翻訳小説）（アンドレ・ジイド原作）【193401】【193402】
一に対する反対【193409】
三四年の外国文学紹介（回顧一年）【193412】
中村恭子（なかむらきょうこ）
小説を書くエリアーデ（文学談義クロストーク）【1987 夏】
中村草田男（なかむらくさたお）
白桃（俳句）【194108】
初鶏（俳句）【194301】
中村恵（なかむらけい）
北京生活第一課【193901】【193902】
中村憲吉（なかむらけんきち）
椿の嵐（短歌）【191605】
中村純（なかむらじゅん）
稀薄な現実感（本の四季）【1992 春】
闇の向こうの街へ（本の四季）【1992 秋】
中村俊一（なかむらしゅんいち）
驢馬の耳【195610】
中村真一郎（なかむらしんいちろう）
雪の上の幻想・其の他（詩）【194612・4701・02】
詩を書く迄（評論）【194711】
追悼（折口信夫追悼）【195311】
日本の詩的風土（鼎談）【195510】
霧（詩的対話）【195601】
三点鐘【196002】
私と「失われた時を求めて」（インタビュー）【196907】
「頼山陽とその時代」を語る（対談）【197110】
私の中の古典（第四回）【197510】
戯号由来（随筆）【1986 夏】
中村精（なかむらせい）
鷗外の凱旋歌【194308】
中村哮夫（なかむらたかお）
『天守物語』と『婦系図』と（随筆）【1992 秋】
中村千尾（なかむらちお）
白いポスト（詩）【193807】
PORTRAYT（詩）【193903】
灰（詩）【195503】
中村地平（なかむらちへい・(本)治兵衛）
主観的な印象（文学）（一九三七年の回顧）【193712】
雪の日（小説）【193805】
蓼科高原【194109】
中村鐵太郎（なかむらてつたろう）
世界でもっとも美しい黎明にねむりこむ【1994 冬】
中村輝子（なかむらてるこ）
ジュリアとは誰か（評論）【1988 春】
翼をつけて風に乗る（評論）【1990 冬】
中村俊亮（なかむらとしあき）
暗い夏（詩篇）【196106】
中村直人（なかむらなおんど）
北支従軍（絵と文）【193901】
南京の女（扉絵）【193808】
支那の女（扉絵）【193902】
山西省太谷県城内　毛皮商人と子供（扉絵）【193904】
北京風景（扉絵）【193908】
姑娘（扉絵）【193909】
カット【193901】〜【193912】【194101】〜【194109】【194111】〜【194210】
中村宏（なかむらひろし）
表紙（絵）【195807】
カット【195807】
中村通子（なかむらみちこ）
オンライン 400 字時評【2001 冬】
中村光夫（なかむらみつお・(本)木庭一郎）
文学の社会性をめぐって【193508】
〔推薦文〕『中島敦全集』（広告欄）【194811】
勝本氏を悼む（随筆）（勝本清一郎追悼）【196706】
私と『異邦人』（インタビュー）【196905】
模倣と創造【196912】
わが思索のあと【197403】
勝本氏を悼む—勝本清一郎追悼（再録）【2000 春臨】
中村稔（なかむらみのる）
矢代静一「壁画」（書評）【195509】
中村保男（なかむらやすお）
『フランシス・マコーマーの短い幸福な生涯』（評論）【197004】
中谷丁蔵（なかやていぞう）
江口渙氏の『児を殺す話』（雑録）【191712】
「地獄変」を読む（批評）（雑録）【191806】
寄贈せられた雑誌（月評）【192001】【192009】
長安周一（ながやすしゅういち）
舗道の窓（詩）【193907】
中山義秀（なかやまぎしゅう）
争多き日（小説）【193711】【2000 春臨】
中山省三郎（なかやましょうざぶろう）
ソヴエート　ロシア（海外文壇消息）【193208】
中山富久（なかやまとみひさ・中山富久他・丸太三平）
バランガの夜【194206】
砲列【194304】
一羽の禿鷹（短歌）【194312】
中山直美（なかやまなおみ）
ろばの耳【2004 秋】
中山均（なかやまひとし）
入江橋（小説）【1985 春】
中山隆三（なかやまりゅうぞう）
明日の花（小説）【193806】
熱帯魚（小説）【193811】
赤い繩（小説）【193905】
昔の鳥（小説）【193911】
おもかげ（小説）【194005】
先生の思ひ出（水上瀧太郎追悼）【194005 臨】
南木佳士（なぎけいし）
神社の怖さ（随筆）【2003 冬】
名塩武富（なじおたけとみ）
阿部さんのこと（追悼）【194005 臨】
那須国男（なすくにお）
緑の壁の一夜（創作）【194904】
僕は糾弾する（Essay on Man）【194908】
安南劇団の人々（小説）【194912】
刻印（創作）【195006】
火山灰の散歩道（創作）【195111】
野間宏著「真空地帯」（書評）【195208】
驢馬の耳【195508】【195609】
那須辰造（なすたつぞう）
間違って記された地図（小説）【193202】
足跡（小説）【193208】
フランス（海外文壇消息）【193209】
なだいなだ（なだいなだ・(本)堀内秀）
「幽霊」から「楡家」まで（北杜夫論）【196901】
文学と精神分析（井上光晴論）【196902】
退屈な話と眠る人（随筆）【1986 冬】
カタカナ満員の日本語（随想）【1989 冬】
夏石番矢（なついしばんや）
身体のゲリラ（金子兜太論）【2004 冬】
夏岡稠（なつおかしげ）
最初の血（翻訳）（ハーバート・リード原作）【193201】
英国最近一般文学（翻訳）（ビータ・ケネル原作）【193207】
夏木茂（なつきしげる・(本)芦田均）
ペトログラードより（最近文芸思潮）（評論）【191601】
露都（評論）【191605】
〔書信〕井川滋宛（消息欄）【191605】【191701】
ペトログラアドから（最近文芸思潮）【191607】
キエフよりヤスナヤ・ポリヤナまで（随筆）【191711】【191712】
夏野草男（なつのくさお）
名将左宝貴（小説）【194112】
夏目伸六（なつめしんろく）
真贋（随筆）【196702】
名手慶一（なてけいいち）
ろばの耳【2004 冬】
名取和作（なとりわさく）
寄宿舎の阿部君（水上瀧太郎追悼）【194005 臨】
名原広三郎（なはらひろさぶろう）
オールダス・ハツクスリ（現代英

梅田晴夫氏のこと（人と作品）【194910】
現代の条件（評論）【195208】
現在の欧米文化の様相（座談会）【195303】
闘う理由、希望の理由（創作）【195306】
雨のなかの猫・橋にいた老人（短篇小説）（翻訳）（アーネスト・ヘミングウェイ原作）【195309】
奇妙な遊び【195506】
エクディシス（小説）【195606】
分水嶺の下で（翻訳）（アーネスト・ヘミングウエイ原作）【195703】
青い海と青い壁の街で（短篇）【196611】
仲田好江（なかだよしえ・㊍菊代）
扉（絵）【193811】
カット【195501】
永田清（ながたきよし）
生活の断面（若き文学者に与ふ）【194111】
永田助太郎（ながたすけたろう）
地上におけるわがミユウス（詩）【193903】
風のなかで（詩）【194008】
永田晋（ながたすすむ）
六号雑記【192706】
永田龍雄（ながたたつお）
近詠五十首（短歌）【192110】
長田俊雄（ながたとしお）
落書き（創作）【196609】
長田秀雄（ながたひでお）
歓楽の鬼（戯曲）【191010】
琴平丸（戯曲）【191211】
遺書（小説）【191303】
早春賦（詩）【191305】
染井の墓地（小説）【191308】
雪（詩）【191312】
誕生日（戯曲）【191402】
大雪の夜（戯曲）【191408】
秋（小説）【191501】
「お染久松色読販」（日本古劇の研究）【191503】
並木五瓶「五大力恋緘」（日本古劇の研究）【191506】
未練（小説）【191506】
長田幹彦（ながたみきひこ）
寂しき日（小説）【191203】
尼僧光珠（小説）【191403】
〔推薦文〕鈴木英夫著『刪られし花』（広告欄）【194110】
永井先生とぼく（追悼）【195906】
長竹裕子（ながたけひろこ）
果実（小説）【1985 春】
処刑の川（小説）【1985 秋】
微笑士養成所（小説）【1986 夏】
フランシスの末裔（小説）【1987 春】
かくれ鬼（小説）【1987 秋】
闇に棲む魚（小説）【1989 冬】
狐（小説）【1990 春】
静かな部屋（小説）【1991 冬】
蝶の通い路―連作Ⅰ（小説）【1994 冬】【1994 春】
島への航路―連作Ⅱ（小説）【1994 夏】【1994 秋】
使者の往還―連作Ⅲ（小説）【1995 冬】【1995 春】
中務保二（なかつかさやすじ）
垂氷（小説）【193503】
中戸川吉二（なかとがわきちじ）
三ツの写真（小説）【191910】
豆腐（小説）【192104】
井汲君の『北村十吉』評をみて（感想）【192303】
番外貝殻追放【192908】
湯河原の南部（南部修太郎追悼）【193608】
浜茄子【193808】
丁度いゝのに限る（水上瀧太郎追悼）【194005 臨】
中西進（なかにしすすむ）
私が選ぶ昭和の小説（アンケート回答）【2007 秋】
仮定の話（随筆）【2007 秋】
中西利雄（なかにしとしお）
欧洲メール入港（扉絵）【193703】
中西夏之（なかにしなつゆき）
カット【195701】【195702】
中西由美（なかにしゆみ）
ジャック、あるいは服従（翻訳）（ウージェーヌ・ヨネスコ原作）【196011】
長沼重隆（ながぬましげたか）
マドンナの微笑（翻訳）（Borge Janssen 原作）【191704】
中野嘉一（なかのかいち）
木下常太郎の思い出（随筆）【1988 冬】
中野圭二（なかのけいじ）
はじめに言葉ありき（人と貝殻）【1988 秋】
中野孝次（なかのこうじ）
断食芸人（評論）【196106】
私の推す恋愛小説、この一冊（アンケート回答）【1998 春】
中野重治（なかのしげはる・日下部鉄）
折口さんの印象（折口信夫追悼）【195311】
驢馬の耳【195608】
なかのしげはる→中野重治
中野晴介（なかのせいすけ）
ルンペン階級の文学について【193107】
農民文学の新機軸【193203】
芸術の社会的及び個人的意義【193204】
三十二年の論壇、論議【193212】
中野なか（なかのなか・㊍大河広美）
川べりのユンボ（第十六回三田文学新人賞最終候補作）【2009 春】
中野秀人（なかのひでと）
砧村画帳【193712】
常識と芸術【194001】
あさくさ（扉絵）【193708】
なかの・ひろぢ（なかのひろぢ・㊍中野凞治・比呂二・森の人）
弔詩（沢木四方吉追悼）【193102】
中野美代子（なかのみよこ）
敦煌【196001】
青海【196012】
中野好夫（なかのよしお）
英国現代劇が暗示する一つの問題【193709】
永野新弥（ながのしんや）
ルッキング・フォー・フェアリーズ（第十回三田文学新人賞当選作）【2003 春】
受賞のことば【2003 春】
からす（小説）【2003 夏】
永野文香（ながのふみか）
幸福の他流試合（書評）【2005 夏】
中原綾子（なかはらあやこ・㊍曽我）
〔短歌〕火のおもひ（與謝野晶子「『火のおもひ』の作者を推薦す」中）【191907】
永原孝道（ながはらたかみち）
詩の果て、「市場」の果て（詩論）【1992 冬】
ポスト・オウムの唐十郎【1998 冬】
霊の戦（評論）【1998 秋】
お伽ばなしの王様（第六回三田文学新人賞当選作）【1999 春】
受賞のことば【1999 春】
死の骨董（評論）【1999 夏】
夏目漱石「それから」（偉大なる失敗作）【1999 秋】
言葉に立て籠ること（批評）【2000 夏】
ご専門は？　結合術！（随筆）【2002 春】
中平耀（なかひらあきら）
ねむり（詩篇）【196109】
永松定（ながまつさだむ）
小説家と文学者【193303】
母親の上京（小説）【193312】
色褪せた青春（小説）【193508】
ロレンス文学論【193709】
永見徳太郎（ながみとくたろう）
英人グラバー対唐人お才事件の真相の真相【193503】
中道信喜（なかみちのぶよし）
カット【195601】【195603】
中村朝土（なかむらあさと）
文芸批評家エミール・ファゲ（評論）（翻訳）（ヅミック原作）【191012】
中村英良（なかむらえいりょう）
眼【195902】
自分の罠【195908】
厄神【195912】
扉【196101】
中村一行（なかむらかずゆき）
ろばの耳【2003 秋】
中村翫右衛門（なかむらかんえもん）
三田劇談会（座談会）【194204】
中村喜久夫（なかむらきくお）
純粋詩論（評論）（翻訳）（アンリ・ブルモン原作）【192805】
精神科学としての文学史（翻訳）（ヘルバート・チザーツ原作）（一）～（三）【192911】～【193001】
現代に於ける個性の問題【193008】
T. S. Eliot 論（翻訳）（チヤールズ・ウイルウムズ原作）【193012】
シュトライの【193103】
下宿屋（翻訳）（ジエイムス・ジヨイス原作）【193108】
妙な子供（翻訳）（Gérard d'Houvitte 原作）【193110】

六号雑記 【192711】【192712】【192802】【193004】【193303】
彼の話（小説） 【192801】
我が運勢（一九二八年）【192801】
或日の経験（小説） 【192804】
送別試合を見る（UP-TO-DATE） 【192805】
水蒼く（小説） 【192806】
短評（UP-TO-DATE） 【192807】
松江・大社付近 【192808】
八分目（満腹録） 【192809】
小品二題 【192810】
対イリノイ戦（Tea-Table） 【192810】
彼と標本（小説） 【192812】
回顧一ケ年（アンケート回答） 【192812】
我が賀状（往復ハガキ回答） 【192901】
秋の一日（小説） 【192901】
登美子（小説） 【192904】
悲劇（小説） 【192907】
三田文学野球チーム奮戦記 【192908】
パラソルの男（小説） 【192909】
村（小説） 【192910】
謝礼（小説） 【192911】
人のふり見て 【193003】
判決（小品） 【193004】
近所のこと 【193005】
慶・早庭球対抗戦勝つ 【193006】
OB軍大勝す 【193007】
「文藝春秋」読後の感想（月評） 【193008】
九月の小説評（月評） 【193010】
〔挨拶文〕近藤光紀小画会趣旨書 【193010】
自転車に乗る女（街上風景） 【193011】
ヴアラエテイ（ヴアラエテイ・スケッチ） 【193012】
テニスコートの女（小説） 【193103】
真鍮の金盥 【193105】
六号雑記 【193105】
よろこび（小説） 【193205】
七月の雑誌から 【193208】
小説月評 【193209】
雲（長篇小説）（全八回） 【194005】〜【194012】
水上先生の思ひ出（水上瀧太郎追悼） 【194005臨】
三田文学の石坂洋次郎（随筆） 【1987冬】
編輯後記 【194404・05】【194408】【194409】、【194410・11】、【194601】【194603】
中岡宏夫（なかおかひろお・㊍博夫）
荒野（小説） 【193409】
押絵（小説）【193606】【193607】
凡人凡語 【193610】
夜半の窓 【193708】
手術前後 【193710】
ヒユーマニストの春 【193801】
地虫（小説） 【193807】
街頭雑感 【193808】
自信の精神（自著に題す） 【193903】
わが独白 【193906】
巷の随想 【194108】
大詔を拝して 【194201】
七月の感想 【194208】
中上健次（なかがみけんじ）
新しい文学の方向を探る（座談会） 【197002】
犬の私（工房の秘密） 【197606】【2000春臨】
中上紀（なかがみのり）
ラーマの風――ラーマーヤナ（私の古典・この一冊） 【2001夏】
中川三郎（なかがわさぶろう）
竹栖譚（小説） 【1991春】
幻犬談（創作） 【1992秋】
中川千春（なかがわちはる）
五穀豊穣腹筋体操（詩）【1988春】
月光頌（詩） 【1991秋】
開高健『夏の闇』（あの作家のこの一冊） 【1998春】
小林秀雄という意匠（評論） 【1998秋】
小林秀雄「おふえりや遺文」（偉大なる失敗作） 【1999秋】
「女か虎か」考 【2000秋】
「范の犯罪」再審（評論） 【2001春】
対決の劇画（書評） 【2003夏】
詩人とは何者か（評論）【2007春】
方言と詩人（書評） 【2007秋】
探偵の講談（書評） 【2008冬】
中川博夫（なかがわひろお）
観念から生活へ（評論）【1987春】
中河与一（なかがわよいち）
海の思想 【193508】
思想的な根拠（自著に題す） 【194010】
二度の光栄（永井荷風追悼） 【195906】
中川龍一（なかがわりゅういち・龍一〈りょういち〉）
十字路に立てるアメリカ文学 【193112】
七面鳥騒動（創作） 【193202】
海外文壇消息【193208】【193209】【193211】
近く来朝するエルマ・ライス 【193609】
永川玲二（ながかわれいじ）
神話を求めて（翻訳）（ジョン・レーマン原作） 【195306】
長崎謙二郎（ながさきけんじろう・㊍謙次郎）
眠る子（小説） 【193303】
歴史小説を書く心境 【194306】
中里友香（なかさとゆか）
貴方綴り（第十一回三田文学新人賞最終候補作） 【2004春】
中里恒子（なかざとつねこ・㊍佐藤）
蛇嫌ひ・毛虫嫌ひ 【194008】
〔推薦文〕山川弥千枝著『薔薇は生きてる』（広告欄）【194905】
もみぢの天ぷら、ストライキ（随筆） 【196703】
中沢けい（なかざわけい）
昼食（小説） 【1989夏】
「内向の世代」の後はなにか（座談会） 【1999冬】
固定観念と現実の間（学生小説解説） 【1999春】
放蕩息子の帰還（鼎談）【1999夏】
からっぽの時間（学生小説解説） 【2000秋】
モダニズムの国――源氏物語（私の古典・この一冊） 【2001夏】
太鼓と鼓動（随筆） 【2003春】
この頃、少なくなったこと（随筆） 【2007冬】
私が選ぶ昭和の小説（アンケート回答） 【2007秋】
中沢新一（なかざわしんいち）
大音希聲（随筆） 【1990秋】
中沢臨川（なかざわりんせん・㊍重雄）
ベルグソンとタゴール（評論） 【191508】
長澤唯史（ながさわただし）
疑似文学としての日本文学／笙野頼子 【2004春】
中島正二（なかしましょうじ）
文献主義の文学史を越えて（書評） 【2008秋】
中島和夫（なかじまかずお）
私たちはこのような新人を待つ 【196807】
中島健蔵（なかじまけんぞう）
二つの地獄 【193503】
厚生運動について 【193804】
〔推薦文〕『ヴェルヌ全集』（広告欄） 【196709】
中島斌雄（なかじまたけお）
神の国（俳句） 【194108】
月冷え（俳句） 【194309】
中島ひとみ（なかじまひとみ）
マンホールから 月（学生小説） 【1998夏】
長島豊太郎（ながしまとよたろう）
からちご草（小説） 【191208】
長嶋有（ながしまゆう）
肩甲二十句2000―2003（詩人と小説家の自選20句） 【2004冬】
永瀬清子（ながせきよこ・㊍清）
惜しまるゝ陽の光（詩）【194310】
永瀬三吾（ながせさんご）
街へ出た妻（戯曲） 【192807】
都会スケッチ（戯曲） 【192811】
母と子の家（戯曲） 【192905】
仲宗根雅則（なかそねまさのり）
祭の決算（小説） 【1989冬】
仲宗根盛光（なかそねもりみつ）
他人のパンツに手を入れるな（小説） 【196904】
中田浩作（なかだこうさく）
ホタルの里（創作） 【196701】
ハス沼物語（小説） 【196903】
鉄魚（小説） 【196912】
中田耕治（なかだこうじ）
律動について（文芸時評） 【194801】
三人の作家（文芸時評） 【194802・03】
過渡期の日本（戦後文学の展望） 【194807】
バランスについて（Essay on Man） 【194812】
書評 【194908】

ひとつの気持（戯曲）【192902】
最初の一幕（戯曲）【193008】
男の値打（戯曲）【193110】
孫の出奔した女地主（戯曲）【193302】
馬鹿（戯曲）【193406】
寺井駅長（戯曲）【193707】
炉辺（戯曲）【193906】
先生今やなし矣（水上瀧太郎追悼）【194005 臨】
距離（戯曲）【194209】
十和田操（とわだみさお・㊍和田豊彦）
平時の秋（小説）【193711】
紅い褒美（小説）【193901】
岩佐東一郎著「茶烟亭燈逸伝」（随筆集）（新刊巡礼）【193904】
六号記【194711】
貧しいユートピア（どん底・ユートピア）【194809】
鬼瓦微笑（Essay on Man）【194907】
（映画）【195001】
驢馬の耳【195411】
鳥井足
南蛮絵師（戯曲）【193512】

な

内藤静子（ないとうしずこ）
利休の死（戯曲）【194309】
那伽（なか）→那伽勘助
那伽勘助（なかかんすけ・㊍中・那伽）
夢の日記から（小品）【191609】
ゆめ（小説）【191702】
漱石先生と私（随筆）【191711】【2000 春臨】
那珂太郎（なかたろう）
遠い記憶（ノスタルジア）【197607】
中井克比古（なかいかつひこ）
決戦賦（短歌）【194311】
中井英夫（なかいひでお）
悪夢者の呟き（私のデッサン）【197412】
現代文学のフロンティア（No. 8）【197502】
鏡と影の世界（ノスタルジア）【197604】
三島と寺山と（随筆）【1990 春】
中井正文（なかいまさふみ）
幸福の方法（小説）【194205】
永井旦（ながいあきら・N）
梅田ビルの地下室で（随筆）【196608】
《バルトーピカール論争》その後（海外通信）【196610】
編集後記【196001】【196003】【196005】【196007】【196009】【196011】【196101】【196103】
永井荷風（ながいかふう・㊍壮吉・荷風・荷風生・荷風小史・荷風散人・吉野紅雨・紅雨生・金富参川・安野寧夢・断腸亭主人・敗荷・SN 生・無名氏・鯉川兼待・金阜山人）
正午・宣言（翻訳）（Henri de Régnier 原作）【191005】
紅茶の後（随筆）【191005】【191006】【191008】～【191102】【191008】【191009】【191011】【2000 春臨】
橡の落葉【191006】
伝通院【191008】
戯曲 平維盛【191009】
芸術と芸術の製作者（評論）【191009】
訳詩二篇（詩）（伯爵夫人マチュー・ド・ノアイユ原作）【191010】
灰をまく人（詩）【191011】
年の行く夜（詩）（翻訳）（アンリイ・ド・レニヱー原作）【191012】
秋の別れ【191101】
仏蘭西新社会劇について〔つきて〕（抄訳）【191102】【191103】
下谷の家（追憶小品）【191102】
霊廟【191103】
帝国劇場開場式合評【191104】
仏蘭西の自然主義と其の反動（抄訳）【191104】【191108】
ピェール・ロチイと日本の風景【191105】
即興【191106】
浮世絵の夢（小品）【191106】
眠られぬ夜の対話【191108】
伊太利亜新進の女流作家（評論）（翻訳）（M. Muret 著）【191109】【191110】【191112】
あの人達【191109】
井戸のほとり（Stuart Merill 原作）【191110】
海洋の旅（紀行）【191110】
谷崎潤一郎氏の作品【191111】
わくら葉（社会劇三幕）【191201】
掛取り（小説）【191202】【191505 付】
若旦那（小説）【191203】
浅瀬（小説）【191204】
昼すぎ（対話）【191205】
妾宅（随筆）【191205】
名花（小説）【191206】
松葉巴（小説）【191207】
五月闇（小説）【191209】
文芸　読むがまゝ（一）（二）（随筆）【191209】【191210】
乗合船（雑感）【191211】
戯作者の死（小説）【191301】【191303】【191304】【2000 春臨】
奢侈（訳詩）（アルベエル・サマン原作）【191302】
海月の歌（詩）【191302】
父の恩（小説）【191305】【191306】
浮世絵の山水画と江戸名所（評論）【191307】
厠の窓（随筆）【191308】
ゴンクウルの歌麿伝（評論）【191309】
大窪日記〔大窪多与里〕（随筆）（雑録）【191309】～【191312】【191402】【191404】～【191407】
欧人の観たる葛飾北斎（評論）【191310】
北斎年譜【191310】
恋衣花笠森（小説）【191312】
鈴木春信の錦絵（評論）【191401】
欧米における浮世絵研究の顚末（評論）【191402】
三柏葉樹頭夜嵐（脚本）【191403】
三巴天明騒動記（脚本）【191404】
江戸演劇の特徴（評論）【191405】
衰頽期の浮世絵【191406】
浮世絵と江戸演劇（評論）【191407】
日和下駄（随筆）【191408】～【191502】【191505】【191506】
「三人吉三廓初買」（日本古劇の研究）【191502】
極東印象記（翻訳）（Henry Myles 原作）【191507】
〔書信〕〔消息欄〕【191509】
文人合評【191509】【191511】【191512】
花瓶（小説）【191601】【191602】
松の内（随筆）【191802】
書かでもの記（随筆）【191803】
断腸亭尺牘（随筆）【191905】
鷗外先生（追悼）【192208】
久米秀治君を悼む（追悼）【192502】
久米秀治様侍史（書簡）【192502】
西班牙料理（小説）【192604】
夜の車【193108】
〔序文〕（自著随筆『冬の蠅』広告欄）【193507】
〔筆跡〕（扇面）自画像及俳句（『冬の蠅』広告欄）【193507】
〔書信〕【195906】
※追悼特集「永井荷風追悼号」【195906】
永井俊作（ながいしゅんさく）
地獄Ⅲ（詩篇）【196109】
永井善次郎（ながいぜんじろう）→佐々木基一（ ささききいち）
長井泰治（ながいたいじ）
カット【195404】
永井龍男（ながいたつお）
番外社中日記【193503】
ある書出し（小説）【193606】
文学と歳月（対談）【1987 冬】
永井智雄（ながいともお）
驢馬の耳【195504】
中石孝（なかいしたかし）
貝殻（短編特集）【196611】
〈ムッシュ・ボヴァリイの光景〉から（安岡章太郎論）【196806】
中江良介（なかえりょうすけ）
的を索めて（詩）【193603】
長尾一雄（ながおかずお・N）
饗宴と墓碑銘（評論）【196609】
編集後記【196701】～【196712】
長尾雄（ながおたけし・吉村久夫・長・T. N）
兄になる（小説）【192703】
五月の空の如く（小説）【192708】
けれど【192709】
父のこと母のこと（随筆）【192710】

徳井勝之助（とくいかつのすけ）
　結城哀草果氏と木下利玄氏（批評）（雑録）【191711】
徳島高義（とくしまたかよし）
　面白くて為になる（書評）【2006 夏】
徳田秋声（とくだしゅうせい）
　水上瀧太郎のこと【194010】【2000 春臨】
　〔推薦文〕鈴木英夫著『刪られし花』（広告欄）【194110】
徳永暢三（とくながしょうぞう）
　ロバート・ロウエルの詩を通して（詩人と現代）【196707】
徳弘亜男（とくひろつぐお）
　表紙【196904】～【196912】
　カット【196904】
所武雄（ところたけお）
　母の国（小説）【196811】
野老正昭（ところまさあき）
　ろばの耳【2009 夏】
土佐弘陵（とさこうりょう）
　屈従（小説）【191912】
　後姿（小説）【192002】
　陰陽師（小説）【192105】
利倉幸一（としくらこういち）
　先生と「演劇界」（折口信夫追悼）【195311】
　驢馬の耳【195607】
戸田豊馬（とだほうま）
　支那事変・出動漁船隊追懐記（1～6）【194102】～【194104】【194106】～【194108】
戸田雅久（とだまさひさ・T・M. T）
　女増髪【195701】
　接吻（創作）【195808】
　西の女【196004】
　編輯後記【195811】
ドッヂ（Philip Henry Dodge）
　INDEPENDENCE AND SELF-RESPECT（英詩）【191008】
渡仲幸利（となかゆきとし）
　ベルグソンの処女作について（評論）【1994 春】
　ゴールドベルク変奏曲（評論）【1995 春】
　グールドの肖像（エッセイ）【1996 春】
　ロートレアモンは難しい？（書評）【2008 春】
土橋治重（どばしじじゅう・治重〈はるしげ〉）
　馬（詩）【195503】
土橋利彦（どばしとしひこ）
　露伴的風景（随筆）【194711】
富岡幸一郎（とみおかこういちろう）
　永遠の家（評論）【1987 冬】
　燃え上る主観（評論）【1987 夏】
　幻想を解体してゆく表現（座談会）【1988 冬】
　批評の垂直性（本の四季）【1992 秋】
　歴史の奪還（対談）【1993 秋】
　私の推す恋愛小説、この一冊（アンケート回答）【1998 春】
　小林秀雄「本居宣長」（偉大なる失敗作）【1999 秋】
　歴史文学を問う（対談）【2000 秋】
　批評の責任（座談会）【2001 冬】
　村の洗礼式（随筆）【2003 春】
　昭和文学史の虚点（対談）【2004 冬】
　「六十年の荒廃」の後に（評論）【2005 冬】
　反時代的精神の正統性（対談）【2005 夏】
　現代の文学に太宰治がつきつけるもの（対談）【2006 夏】
　昭和文学（戦後～昭和末年）ベストテン［小説篇］（座談会）【2007 秋】
　江藤淳と戦後文学（江藤淳論）【2009 秋】
富岡多恵子（とみおかたえこ）
　see you soon（詩）【196704】
富沢有為男（とみざわういお）
　失題（小説）【193308】
　トリアノンの秋（小説）【193401】
　表紙（絵）【192704】～【192803】【192901】～【192912】【193107】～【193112】
　目次カット【192801】～【192803】
冨島健夫（とみしまたけお）
　鼻輪【195506】
　壁一重【195601】
富田幸（とみたこう）
　医者に取材した小説三つ【193409】
　シェストフのこと【193412】
　禁烟王ジエエムス一世【193502】
　陽気なパオロ（翻訳）（イリヤ・エレンブルグ原作）【193604】
富田正文（とみたまさふみ）
　仲秋（小説）【192607】
　いきどほる甲田正夫（甲田正夫の印象）【192904】
　「薄暮の都会」を読んで（評論）【192909】
　マス・レシテーシヨン【193003】
　アプトン・シンクレーア（一～四）（翻訳）（フロイド・デル原作）【193004】～【193007】
　アメリカ文筆市場の内幕（一人一頁）【193006】
　郊外銀座風景（街上風景）【193011】
　シンクレーア・リユイス【193012】
　弾幕（翻訳）（チヤールス・エール・ハリスン原作）【193103】
　福沢先生伝の編纂成る【193202】
　「四方の暗雲波間の春雨」【193305】
　西洋料理千里軒の開店披露文【193409】
　伯林に於ける福沢先生【193505】
　古川節蔵【193601】
　幕末軍艦咸臨丸【193808】
　思ひ出すこと（水上瀧太郎追悼）【194005 臨】
　『先生』その他【194010】
　六号記【194609】
　編輯後記【194406・07】
富永京子（とみながきょうこ）
　「季刊藝術」の江藤淳さん（江藤淳追悼）【1999 秋】
富安風生（とみやすふうせい）
　団扇（夏の句）【193708】
　草庵に師を迎ふ（俳句）【193801】
　夏六章（夏の句）【193808】
　新年五章（春の句）【193901】
　晩涼（俳句）【193908】
　初暦（新春の句）【194001】
　奥沢九品仏（俳句）【194008】
　牡丹の芽（俳句）【194204】
　蝸牛（俳句）【194308】
　凍かたし（俳句）【194401】
友金豊之助（ともがねとよのすけ）
　〔談話〕（自著「柳太刀」広告欄）【192903】
友田恭助（ともだきょうすけ）
　孤児として（築地小劇場と先生）（小山内薫追悼）【192903】
友竹辰（ともたけたつ・㊍正則）
　十月の愛の歌（詩）【195411】
　恋歌・揺籃歌、それから鎮魂歌 Serenade, Cradle Song, then Requiem（詩人の頁）【195601】
　「砂詩集」一九五六年版（書評）【195611】
外山卯三郎（とやまうさぶろう）
　美術時評【193605】
外山定男（とやまさだお）
　濠洲に於けるD・H・ロオレンス【193604】
　「伊太利の曙」小論【193607】
　最近のシェラァド・ヴァインズ先生【193610】
　ゲイザに盲ひて（翻訳小説）（オールダス・ハックスレイ原作）【193709】
　ロナルド・ファバンクの芸術【193807】
　G・M・ホプキンズと宗教（翻訳）（W・H・ガアトナア原作）（二十世紀イギリス文学批判）【193809】
冨山雅夫（とやままさお・富山）
　冬山プロムナード【193312】
　白い山【193412】
　晩い花（小説）【193712】
　踏青賦（小説）【193806】
　※追悼文掲載号【193907】
富山雅夫→冨山雅夫
戸山梵太郎（とやまもんたろう）
　戦後のソヴエート文学（新椋鳥通信―ロシア）【195305】
豊国（とよくに・初代歌川豊国）
　三囲社頭（図版）【194211】
豊島与志雄（とよしまよしお）
　亡き母へ（小説）【191811】
豊田三郎（とよださぶろう・㊍森村）
　新人は自殺するか【193604】
豊田四郎（とよだしろう）（映画監督）
　日本映画今日以後【193810】
豊田四郎（とよだしろう）（経済学者）
　青春のかゞり火【194908】
豊田穣（とよだみのる・大谷誠）
　うすい氷【196902】
豊藤勇（とよふじいさむ）
　表紙【193205】～【193208】
鳥居清言（とりいきよのぶ・㊍信・言人・五世清忠）
　芝居絵について【194309】
　芝居絵（扉絵）【194309】
鳥居与三（とりいよぞう）
　わかれ（戯曲）【192805】

大谷友右衛門の場合 【195112】
「えり子とともに」の場合 【195203】
久保田万太郎氏に「演劇」を訊く（座談会） 【195203】
現在の欧米文化の様相（座談会）（司会） 【195303】
おもてに対す（折口信夫追悼） 【195311】
驢馬の耳 【195410】【195411】【195502】【195504】【195601】【195603】【195706】
「田中千禾夫一幕物集」（書評） 【195509】
劇中劇 【195509】【195610】
一応の礼儀について（時評） 【195702】
「三の酉」の作者 【195704】
荷風の劇的素材（追悼）【195906】
三点鐘（創刊五十周年記念） 【196005】
泣く芝居（随筆） 【196611】
和木清三郎さんのこと（追悼） 【197007】【2000 春臨】
見た顔（連載随筆） 【197101】
劇場の椅子（連載随筆）【197102】
きらいな言葉（連載随筆） 【197103】
「かもめ」とCM（随想）【197508】
本を贈る話（随想） 【197610】
鷗外のボタン（随筆） 【1985 夏】
むかしの日記（随筆） 【1991 夏】
長い歳月の御縁（宇野信夫追悼） 【1992 冬】
人物記の楽しさ（随筆）【1992 夏】
編輯後記 【194410・11】
※追悼特集 【1993 春】
戸井田道三（といだみちぞう）
堀老人のこと（随筆） 【196707】
峠三郎（とうげさぶろう）
中央公論（今月の雑誌） 【193602】～【193605】【193607】【193608】【193612】
中央公論（八月の雑誌）【193609】
中央公論（九月の雑誌）【193610】
中央公論（十月の雑誌）【193611】
中央公論（誌界展望） 【193701】【193703】～【193705】【193708】【193710】
中央公論（十一月の雑誌） 【193712】
中央公論（今月の小説）【193801】
東郷克郎（とうごうかつお）
緑の歌（詩） 【193909】
アリユーシヤン列島攻略（詩） 【194212】
道傳愛子（どうでんあいこ）
友を想う、ニューヨークを思う（随筆） 【1998 冬】
東野芳明（とうのよしあき）
新しい画家 利根山光人のこと（広場） 【195607】
悪徳ガイド（丘の上） 【196201】
遠間満（とうまみつる）
「映画コンクール」について 【193602】
遠丸立（とおまるりつ）
埴谷雄高の政治思想（埴谷雄高論） 【196811】
『罪と罰』小論（特集『罪と罰』） 【196904】
堂本正樹（どうもとまさき）
前衛劇は寓意劇ではない（演劇・季評） 【196612】
通り過ぎた雨（戯曲） 【196702】
雪なれや万太郎（評論）【196706】
時計（戯曲） 【196712】
戦後製作の「江戸時代」の能装束（随筆） 【1992 秋】
堂本万里子（どうもとまりこ）
晩雷 【195208】
洞老人（どうろうにん）→坂本紅蓮洞（さかもとぐれんどう）
遠山一行（とおやまかずゆき）
音楽批評について（随筆） 【196703】
交差点 【197607】
東京の響き（随筆） 【1988 春】
創造と信仰――遠藤周作『沈黙』を巡って（ラウンドテーブル） 【2003 夏】
遠山慶子（とおやまけいこ）
創造と信仰――遠藤周作『沈黙』を巡って（ラウンドテーブル）（特別ゲスト） 【2003 夏】
遠山公一（とおやまこういち）
ヴェネツィアの宿（読書日記） 【2001 秋】
十返一（とがえりはじめ・肇）
新文学運動への工作として 【193405】
私小説第三期の性格 【193408】
新文学の為の「政策」 【193409】
矢崎弾氏の評論 【193411】
俗物的現実主義への反抗 【193501】
能動精神・行動主義 【193504】
「ダィヴィング」と「弔花」について 【193508】
脆弱新進作家論 【193601】
文芸時評 【193602】～【193605】
ルポルタージユ論 【193710】【193803】
高見順について 【193805】
批評なき現代【193902】【193906】
未成年たち（小説） 【193909】
未成年（小説） 【194006】
新興作家論 【194008】
岡本かの子論 【194012】
小説への信頼 【194202】
舞踏会（創作） 【194810】
柴田錬三郎のこと（人と作品） 【194907】
「金牛宮」（トロワイヤ作 青柳瑞穂訳）（書評） 【195207】
驢馬の耳 【195502】
最後の記憶（南川潤追悼） 【195511】
南川潤の遺稿について 【195602】
富樫左門（とがしさもん・㊍伊東芳次郎）
文芸時評 【195401】【195403】
戸川エマ（とがわえま・㊍高木）
紫陽花（小説） 【193210】
海の見える公園（涼風コント） 【193908】
父の追憶（戸川秋骨追悼） 【193909】
父を亡くした我が子のために 【194904】
宿命 【195003】
驢馬の耳 【195503】【195703】
三点鐘 【196009】
この頃思うこと（随筆）【196609】
戸川秋骨（とがわしゅうこつ・㊍明三）
英吉利文学所感 【191102】
大乱に際して（随筆・評論） 【191503】【191505】【191508】
アナトオル・フランスの思想（評論） 【191604】
発売禁止の恐れなき文芸の価値（評論） 【191606】
翻訳不可能論（評論） 【191607】
ボンテオ・ピラト（随筆） 【191801】
故プレイフェヤア教授の追憶（雑録） 【191803】
記憶を辿りて（随筆） 【191806】
雪の窓にて（感想） 【191903】
「桜の実の熟する時」の事（随筆） 【191906】
無駄話の無駄話（随筆）【192008】
鷗外先生の追憶（追悼）【192208】
文鳥 【192209】
大藤村講演会の一幕（随筆） 【192212】
ガストロノミイ（随筆）【192301】
死（随筆） 【192302】
弱志（随筆） 【192303】
電車道に沿ふて（随筆）【192305】
ケーベル先生（随筆） 【192307】
知己先輩（随筆） 【192308】
ミネルヴアヘ（随筆） 【192401】
君ちやん（随筆） 【192404】
別れ（随筆） 【192406】
卑怯者（随筆） 【192410】
英文学印象記を読んで（随筆） 【192412】
定命（随筆） 【192501】
魚（随筆） 【192604】
町の音楽（随筆） 【192706】
再びガストロノミイ（随筆） 【192708】
未覚池塘春草夢 【192711】
日記から（随筆） 【192805】
軽井沢にて 【192808】
文芸の王国 【192901】
一月六日の事 【193005】
郊外の心中 【193402】
意気 【193408】
助さん格さんとメイリ・マクラレン 【193501】
講壇生活二十余年 【193506】
映画「沐浴」を見て 【193601】
待合の追悼会 【193708】
「若い人」とその映画 【193801】
※追悼文掲載号【193909】【194008】
常盤新平（ときわしんぺい）
有楽町線新木場行（随筆） 【1989 春】
私の推す恋愛小説、この一冊（アンケート回答） 【1998 春】
私が選ぶ昭和の小説（アンケート回答） 【2007 秋】

椿八郎（つばきはちろう・藤本章）
木々高太郎の死（追悼）【197001】
椿実（つばきみのる）
短剣と扇（散文詩）【195206】
壺井栄（つぼいさかえ）
「暦」その他に対する雑感（自著に題す）【194010】
壺井繁治（つぼいしげじ）
村野四郎の死を悼む（村野四郎追悼）【197506】
坪田譲治（つぼたじょうじ）
兄は樹上にあり（小説）【192710】
壺田花子（つぼたはなこ・㊍坪田・塩川）
水のほとり（詩）【193202】
氷中の魚（詩）【193204】
天の乳房（詩）【194103】
美しくみゆき降れり（詩）【194203】
子守唄二章（詩）【194311】
津村信夫（つむらのぶお・Q）
水蒸気、母（詩）【193105】
ローマン派の手帳（詩）【193107】
私の食卓から（詩）【193112】【2000 春臨】
山ずまひ（詩）【193302】
碓氷越え（小説）【193811】
大倉村の手紙（詩）【193908】
太郎（詩）【194104】
みづうみ（遺稿）【194408】
※追悼文掲載号【194408】
津村秀夫（つむらひでお）
水上さんの思ひ出（水上瀧太郎追悼）【194005 臨】
無為なる時間【196202・03】
交差点【197607】
津山三郎（つやまさぶろう）
青い風（小説）【194301】
梅雨曇（小説）【194309】
露木陽子（つゆきようこ・㊍山本藤枝）
〔詩〕花・蒼空の下に（木々高太郎「月次録」文中）【193701】
晴天（詩）【193807】
子供に語る（詩）【193812】
輝の花（詩）【194003】
勇士の写真に（詩）【194302】
鶴左之助（つるさのすけ）
運命の球（戯曲）（翻訳）（ユウヂン・ピロツト原作）【193308】
鶴三吉（つるさんきち）
中央公論（今月の雑誌）【194006】【194008】～【194106】【194108】【194110】【194205】～【194207】
文芸（今月の雑誌）【194006】【194010】～【194106】
文藝春秋（今月の雑誌）【194201】～【194204】
日本評論（今月の雑誌）【194202】～【194204】
改造（今月の雑誌）【194205】～【194207】
鶴岡善久（つるおかよしひさ）
新しい抒情詩の可能性（評論）【196109】
土方巽の舞踏と言語（文学談義クロストーク）【1987 夏】
鶴田知也（つるたともや）
〔推薦文〕丸岡明著 創作集『柘榴の芽』（広告欄）【193901】【193903】
鶴山裕司（つるやまゆうじ）
東洋学ノススメ（評論）【2009 冬】
哲学者の肉声（書評）【2010 春】

て

T・H →広瀬哲士（ひろせてつし）
庭後（ていご）→籾山梓月）
出口裕弘（でぐちゆうこう）
文学と世相（随筆）【2008 春】
手代木春樹（てしろぎはるき）
扉・目次・本文カット【1985 春】～【1991 春】【1993 冬】～【1994 春】
目次・本文カット【1991 夏】【1992 冬】～【1992 秋】【1994 夏】～【1996 春】
哲（てつ）→広瀬哲士（ひろせてつし）
哲士（てつし）→広瀬哲士
寺木定芳（てらきていほう）
鏡花室【194108】
寺崎浩（てらさきひろし）
次姉の手紙（小説）【193411】
「鮎」覚書【193503】
時計（小説）【193606】
「文学読本」紹介（我等の文学主張）【193607】
前号六号雑記への抗議【193802】
三点鐘【196007】
寺田博（てらだひろし）
宿願の地（随筆）【1999 夏】
北原武夫さんのこと（随筆）【2004 春】
文芸編集　今昔――文学の未来にむけて（座談会）【2008 夏】
寺田政明（てらだまさあき）
新造型美術展【193511】
感じたまゝ【193908】
夢（絵）【193508】
扉（絵）【193505】
柿（扉絵）【193803】【193809】
壺（扉絵）【193903】【193910】
宗赤絵草花文盌（扉絵）【193905】
薔薇（扉絵）【193911】
風景（扉絵）【194101】
椿（扉絵）【194202】
赤絵（扉絵）【194212】
カット【193502】～【193607】【193609】～【193710】【194011】～【194109】【194111】～【194210】
寺山修司（てらやましゅうじ）
ジャズと詩によるラジオのための実験蹴球学 Footballogy【196009】
芸術の状況（シンポジウム）――（討論）、伝説と主題（エッセイ）――【196101】
猿飼育法（戯曲）【196103】
賭博者（詩）【196704】【2000 春臨】
本質論的前衛演劇論（座談会）【196711】

と

土居良一（どいりょういち）
砂の迷宮（一）～（八）【1996 夏】～【1998 春】
私の推す恋愛小説、この一冊（アンケート回答）【1998 春】
日本という装置【1998 秋】
海民の系譜（随筆）【2000 春】
私が選ぶ昭和の小説（アンケート回答）【2007 秋】
戸板康二（といたやすじ）
追善興行の歌舞伎座【193505】
羽左衛門の心境【193506】
青年歌舞伎一瞥【193507】
東劇・歌舞伎・明治【193508】
演劇巡礼を読む【193509】
十月の三座【193511】
十一月の芝居【193512】
新派と若手（十二月の芝居）【193601】
通し狂言二種【193603】
三月の院本劇【193604】
四月の劇界【193605】
六月の歌舞伎劇【193607】
木挽町と新宿【193608】【193610】
菊・吉・左【193611】
東劇・有楽座【193612】
羽左衛門論【193701】
菊五郎論【193703】
吉右衛門論【193704】
市川左団次論【193712】
「若い人」の芝居【193801】
三田劇談会（座談会）【193808】～【193901】【193903】【193904】【193906】【193911】
歌舞伎の行方【193904】
歌舞伎雑記帳【193908】【193909】
演劇雑記帳【193910】【193912】【194001】【194003】【194004】【194007】【194012】【194101】～【194103】【194107】【194206】～【194209】
「改修文楽の研究」の事【194006】
実川延若論【194201】
松本幸四郎小論【194304】
沢村宗十郎小論【194307】
妹背山御殿覚書【194309】
歌舞伎に於ける観客の問題【194601】
六号記【194603】【194607・08】【194610・11】
創作劇貧困の実態【194805】
観客と笑ひと（Essay on Man）【194907】
映画館のモノローグ【194908】
受賞者略歴と感想（戸川秋骨賞）【194908】
（風俗）【195003】
水谷八重子の場合【195110】

塚本楢良（つかもとならお）
西鶴好色一代男の背景【193105】
江戸期作家の確執【193111】
古小説の話【193305】
海辺詩話【193309】
塚本靖（つかもとやすし・㊍藤本真澄）
映画芸術の優位性・その他【193303】
映画時評【193404】～【193406】
1934年度映画界回顧（回顧一年）【193412】
一九三五年度　日本映画の走り書的感想【193512】
映画製作に於ける文学者の協同に就て【193603】
映画界への希望（一九三七年へ！）【193701】
月村敏行（つきむらとしゆき）
幻影の中の想像力（井上光晴論）【196902】
辻章（つじあきら）
未明（小説）【1986夏】
朝の橋（小説）【1987冬】
彼岸花火（小説）【1987秋】
みやまなるこゆり（小説）【1988夏】
こいのぼり（小説）【1989夏】
この世のこと（連作小説）Ⅰ～Ⅴ【1990春】～【1991春】
夢の方位（創作）（一）～（十）【1992冬】～【1994春】
私の推す恋愛小説、この一冊（アンケート回答）【1998春】
瞬間の月（私を小説家にしたこの一冊）【2000冬】
猫宿り――一つのいのちの残した三つの運命の物語（小説）（全十二回）【2000春】～【2003冬】
叫び聲（随筆）【2005夏】
私が選ぶ昭和の小説（アンケート回答）【2007秋】
辻邦生（つじくにお）
空の王座【196608】
ある告別（小説）【196804】
「天草の雅歌」を語る（対談）【197109】
辻佐保子（つじさほこ）
散歩と読書の静かな日々（随筆）【2008春】
辻友子（つじともこ）
ろばの耳【2006秋】
辻理（つじひかる）
カフカ小論【195304】
辻久一（つじひさかず）
知識階級と新劇運動（演劇時評）【193511】
演劇は生活の表現であるか（演劇時評）【193512】
巧さと新しさと（演劇時評）【193601】
ドルマツルギーの交代（演劇時評）【193602】【193603】
演劇の社会性（演劇時評）【193604】
安定感の冀求（演劇時評）【193605】
表現の経済について（演劇時評）【193607】
舞台裏について（演劇時評）【193608】
新劇座について（演劇時評）【193609】
最近の戯曲について（演劇時評）【193610】
ゴーリキー追悼公演について（演劇時評）【193611】
歴史劇について（演芸時評）【193612】
古典劇・脚色劇・創作劇（演芸時評）【193701】
フランスの俳優たち（見たもの）【193705】
今年の映画（一九三七年の回顧）【193712】
戦時下の映画（一九三八年の回顧）【193812】
辻仁成（つじひとなり）
オープンハウス（創作）【1993夏】
辻井喬（つじいたかし）
詩への誘い（連載講演）（一）～（六）【1992冬】～【1993春】
川の音（随筆）【1994冬】
草田男の明治（随筆）【1998冬】
恋愛は小説のものか（対談）【1998春】
私が選ぶ昭和の小説（アンケート回答）【2007秋】
辻岡昭（つじおかあきら）
私と旅（随筆）【1988夏】
辻野久憲（つじのひさのり）
詩人三好達治【193208】
辻原登（つじはらのぼる）
戸川エマ先生（随筆）【1991春】
弁天島トライアングル（三人小説）【1996秋】
補助線の行方（座談会）【1996秋】
同人・座主への手紙【1996秋】
「おんなを描く」ということ（エッセイ）【1998夏】
約束を果たせなかった（桂芳久追悼）【2005春】
津島佑子（つしまゆうこ）
レクイエム（小説）【196902】
粒子（小説）【196908】
雨の庭（小説）【197005】
戦争を境とした女流の対話【197211】
二人で食事を（短篇連作Ⅰ）【197303】
鳥のための食事（短篇連作Ⅱ）【197304】
スフィンクスの味覚（短篇連作Ⅲ）【197305】
小鳥屋のドーベルマン（私のデッサン）【197402】
キリストと爆弾――より豊かな敗北（エッセイ）【197509】
ガラスの机（工房の秘密）【197607】
幼き日々へ【1985秋】
『華氏四五一度』の森（随筆）【1989秋】
日本語と私との間に（エッセイ）【1998夏】
現代を生きる情熱（対談）【2004秋】
辻村博夫（つじむらひろお）
『大いなる語り部よ、出でよ』【1997夏】
辻村もと子（つじむらもとこ）
「薔薇は生きてる」に就て【193511】
津田信（つだしん）
冠婚葬祭【196003】
土橋慶三（つちはしけいぞう）
映画人としての小山内薫氏（追悼）【192903】
土屋公平（つちやこうへい）
農民文学の特殊性と連帯性【193209】
文壇時事抄【193211】
筒井敬介（つついけいすけ）
理屈のつけようがない（随筆）【1991春】
筒井俊一（つついしゅんいち）
粉雪（小説）【194102】
都築隆広（つづきたかひろ）
女にしか歌は歌えない。（小説）【2007春】
私が選ぶ昭和の小説（アンケート回答）【2007秋】
ハンコの町の鰻がいる家（小説）【2009夏】
都築益世（つづきますよ）
驢馬の耳【195505】
土月杳（つづきよう）
山懐・その他（詩）【193502】
北地図表（詩）【193506】
堤寒三（つつみかんぞう）
骨董の弁（文と絵）【193808】
堤春恵（つつみはるえ）
明治版「ヴェニスの商人」（随筆）【1994夏】
黒幕は伊藤博文（随筆）【1999冬】
雅川滉（つねかわひろし）
文芸と自由（小説批評）【192912】
独断的批評六箇条（評論）【193001】
新年号小説評（月評）【193002】
事実の切実と反映の切実【193004】
人生派は没落する（評論）【193006】
再び新しき文学の基礎について（評論）【193008】
私と文学【193011】
変化と本質【193102】
人間復活【193103】
恒松安夫（つねまつやすお）
淋しき春（水上瀧太郎追悼）【194005臨】
常山菜穂子（つねやまなほこ）
アメリカに愛され憎まれ忘れられた「日本人」（書評）【2009冬】
角井作次郎（つのいさくじろう）
入社時代の阿部さん（水上瀧太郎追悼）【194005臨】
角田悦哉（つのだえつや・㊍伊一）
イサベラ・バードの軌跡（随筆）【2001秋】
角田寛英（つのだひろひで・小沢淳）
紫焔（創作）【195303】
椿貞雄（つばきさだお）
顔【193808】
猫（扉絵）【193812】

駄食と効食　【194108】
田沼武能（たぬまたけよし）
遠藤周作氏の思い出（随筆）　【1999 冬】
田畑麦彦（たばたむぎひこ・㊍篠原省三）
夜の窓（創作）　【195310】
喫茶店（小説）　【196812】
ダ・ヴィンチ（レオナルド・ダ・ヴィンチ）
聖告図・三王礼拝図（筆）　【194211】
田部揆一郎（たべきいちろう）
ろばの耳　【2008 春】
玉木良子（たまきよしこ）
ろばの耳　【2009 春】
田宮虎彦（たみやとらひこ）
臙脂（小説）　【193706】
須佐代と佐江子（長編小説）（全八回）　【194003】〜【194010】
三点鐘　【196008】
田村秋子（たむらあきこ）
父のお友達（小山内薫追悼）　【192903】
菅原さん（菅原卓追悼）【197008】
田村泰次郎（たむらたいじろう）
ジヨイスの対象と方法　【193107】
純文学の弱点　【193310】
現代文学の要望と方法について　【193401】
人間性の意慾的展開（文芸時評）　【193501】
文学と俗物性の問題（文芸時評）　【193502】
再び俗物性の問題（文芸時評）　【193503】
文学者　【194003】
田村隆一（たむらりゅういち）
戦後の文学を語る（第七回）　【197609】
田山花袋（たやまかたい・㊍録弥）
ある大工の噂（小説）　【191605】
丹泰彦（たんやすひこ）
雨（創作）　【195808】
外科医（創作）　【195811】
団伊玖磨（だんいくま）
原民喜碑銘楽譜（作曲）【195112】
檀一雄（だんかずお）
番茶の後　【195206】
柳の鞭　【195207】
丹下富士男（たんげふじお）
表紙　【192804】〜【192812】
丹野正（たんのただし）
茶碗（詩）　【193807】
富士（詩）　【194001】
丹野てい（たんのてい）
護謨の馬（小説）　【191709】
五円札（小説）　【191712】
唐さん（小説）　【191806】
赤い躑躅（小品）　【191811】
帰り道（小説）　【192104】
丹野てい子→丹野てい

ち

近松秋江（ちかまつしゅうこう・㊍徳田浩司・徳田秋江）
感想と希望（二周年記念のページ）　【192804】
〔書評〕作者への書簡より（宇野浩二著『子の来歴』（広告欄）　【193309】
千木良悠子（ちぎらゆうこ）
猫殺しマギー（学生小説）　【2000 夏】
千吉楽龍児（ちぎらりゅうじ）
凧（詩）　【195205】
茅野蕭々（ちのしょうしょう・㊍儀太郎・暮雨）
わからぬ女（翻訳）（アルツウル・シュニッツラア原作）　【191009】
追憶（リルケ）　【191707】
祇園祭（小品）　【191708】
哀歌（歌詩）　【191810】
少年の日（短詩）（一）（二）　【191901】【191903】
鷗外先生（追悼）　【192208】
誘惑（戯曲）（翻訳）（パウル・コルンフェルト原作）　【192608】〜【192610】
沢木君を惜しむ（沢木四方吉追悼）　【193102】
ゲョエテの『親和力』についての一備忘記　【193211】
書物の生産　【193708】
詩を読んで　【193908】
若き日の歌（水上瀧太郎追悼）　【194005 臨】
馬場先生の追憶二三（馬場孤蝶追悼）　【194009】
声の芸術　【194211】
一青年に与へて　【194404・05】
茅野雅子（ちのまさこ）
竹を賦す（短歌）　【194006】
茅野葉子（ちのようこ）
漂流する女（小説）　【2008 夏】
千葉鉱蔵（ちばこうぞう）
故森林太郎先生追憶の記（追悼）　【192208】
千葉成夫（ちばしげお）
ヴォルスが書き残したもの（文学談義クロストーク）　【1988 秋】
千葉茂（ちばしげる）
少年の日（小説）　【191205】
千原俊彦（ちはらとしひこ）
反骨（小説）　【1989 秋】
カレル・チャペック
システム　【2002 秋】
小麦　【2002 秋】
貴族階級　【2002 秋】
アルコール　【2002 秋】
死の晩餐　【2002 秋】
教訓　【2002 秋】
人間と動物　【2002 秋】
二度のキスのあいだに　【2002 秋】
著者の自伝的覚え書　【2002 秋】
ヨゼフ・チャペック
システム　【2002 秋】
小麦　【2002 秋】
貴族階級　【2002 秋】
アルコール　【2002 秋】
死の晩餐　【2002 秋】
教訓　【2002 秋】
人間と動物　【2002 秋】
著者の自伝的覚え書　【2002 秋】
張煒（ちゃんうぇい）
遠河遠山（小説）　【2009 夏】
中條忍（ちゅうじょうしのぶ）
知恵の司の饗宴（戯曲）（翻訳）（ポール・クローデル原作）　【2005 秋】
『知恵の司の饗宴』（解説）　【2005 秋】
張炎（ちょうえん・CHANG YEN）
〔著作〕八声甘州（『中国古典文学大系』第 20 巻「宋代詞集」）（広告欄）　【197004】
長光太（ちょうこうた・㊍伊藤信夫）
登高／コノ砂丘ノカゲニ（詩）　【194610・11】
六号記　【194711】
韻（六号室）　【194802・03】
花をさいなむ（創作）　【194808】【194903】
白イ奈落（どん底・ユートピア）　【194809】
絶対者との対話　【194906】
書評　【194911】
乖離　【194912】
追白　【194912】
青い針裸身の（原民喜追悼）　【195106】
焰（詩）　【195305】
鳥海青児（ちょうかいせいじ・㊍正夫）
思出と作文（スケッチ）【193502】
「ピエロ」（挿絵）　【193504】
風景（扉絵）　【193802】
カット　【193501】〜【193506】【193509】【193511】〜【193605】【193701】〜【193710】【193712】〜【194109】【194111】〜【194209】
鳥眠洞老人（ちょうみんどうろうじん）→坂本紅蓮洞（さかもとぐれんどう）

つ

杖下隆正（つえしたたかまさ・増田）
ヘイタイサンオゲンキデスカ　【194402】
つかこうへい（つかこうへい）
鯛の養殖（随筆）　【1985 夏】
塚越淑行（つかこしよしゆき）
石切さん（創作）　【1994 夏】
溢流（第二回三田文学新人賞佳作）　【1995 春】
風待ち（小説）　【1995 夏】
母子幻想（小説）　【1996 冬】
極楽草子（小説）　【1996 夏】
月の砂漠（小説）　【1997 冬】
花舞台（小説）　【1999 夏】
司修（つかさおさむ）
こつ（小説）　【1990 冬】
煙草の煙（随筆）　【1994 冬】
塚本邦雄（つかもとくにお）
現代文学のフロンティア（No. 11）　【197505】

説）【2002冬】
散髪―連作「晩年まで」（小説）【2002春】
此岸―連作「晩年まで」（小説）【2002夏】
臨終の声―連作「晩年まで」（小説）【2002秋】
海の巡礼―連作「晩年まで」（創作）【2003冬】
雪―連作「晩年まで」（小説）【2003春】
芝居見物―連作「晩年まで」（小説）【2003夏】
同級会―連作「晩年まで」（小説）【2003秋】
味の清六―連作「晩年まで」（小説）【2004冬】
鬼子母神―連作「晩年まで」（小説）【2004春】
十二歳―連作「晩年まで」（小説）【2004夏】
砂の上のキリン―連作「晩年まで」（小説）【2004秋】
チャンピオン―連作「晩年まで」（小説）【2005冬】
特攻崩れ―連作「晩年まで」（小説）【2005春】
砂糖キビ畑―連作「晩年まで」（小説）【2005夏】
魂―連作「晩年まで」（小説）【2005秋】
野の鍛冶屋―連作「晩年まで」（小説）【2006冬】
さつまいも―連作「晩年まで」（小説）【2006春】
桃の花―連作「晩年まで」（小説）【2006夏】
鹿の園―連作「晩年まで」（小説）【2006秋】
鶴―連作「晩年まで」（小説）【2007冬】
棺の蓋―連作「晩年まで」（小説）【2007春】
太原街―連作「晩年まで」（小説）【2007夏】
私が選ぶ昭和の小説（アンケート回答）【2007秋】
裸婦を描く―連作「晩年まで」（小説）【2007秋】
浪人―連作「晩年まで」（小説）【2008冬】
二日市温泉―連作「晩年まで」（小説）【2008春】
タナゴ釣り―連作「晩年まで」（小説）【2008夏】
キセイ院―連作「晩年まで」（小説）【2008秋】
一味違う焼鳥―連作「晩年まで」（小説）【2009冬】
映画館の匂い―連作「晩年まで」（小説）【2009春】
蒲団―連作「晩年まで」（小説）【2009夏】
水平線の光―連作「晩年まで」（小説）【2009秋】
鉄腕ボトル―連作「晩年まで」（小説）【2010冬】

立山萬里（たてやまばんり）
梶井基次郎とパレイドリア（評論）【2002冬】
オンライン時評【2006秋】

田中章義（たなかあきよし）
過ぎてゆく風（短歌）【1994秋】

田中一貞（たなかいってい）
羅馬の一日（随筆）【191310】
伯林の包囲（翻訳）（Alphonse Daudet原作）【191410】
歴史哲学と社会学（研究）【191607】

田中宇一郎（たなかういちろう）
水上瀧太郎氏を憶ふ【194101】

田中栄三（たなかえいぞう）
俳優学校時代の先生（小山内薫追悼）【192903】

田中王堂（たなかおうどう・喜一）
エマソンの現実主義（評論）【191605】

田中和生（たなかかずお）
「日常」の中に見出されるもの（書評）【1998夏】
新作家宣言――奥原光著『虚構まみれ』（書評）【1998秋】
太宰治「人間失格」（偉大なる失敗作）【1999秋】
欠落を生きる――江藤淳論（第七回三田文学新人賞当選作）【2000春】
受賞のことば【2000春】
道化の作者――太宰治論（評論）【2000夏】
作家の悲劇――太宰治論Ⅱ（評論）【2000秋】
同一性の危機と回復――江藤淳論Ⅱ（評論）【2001冬】
引用という創作（書評）【2001春】
今、「文学」はどこにあるか（書評）【2001秋】
「青春」の書（書評）【2002冬】
私の文学（対談）（聞き手）（全八回）【2002春】～【2004冬】
言葉が言葉を欲望する（書評）【2002秋】
漱石の新たな横顔（書評）【2003冬】
真の自由への一歩（書評）【2004冬】
希望の文学（書評）【2004夏】
新しい文学理論を拓く（書評）【2004秋】
江藤淳よ、どうしてもっと文学に生きなかったのか（聞き手）【2005冬】
日本近代文学の源流（評論）【2005冬】
死者の声が聞こえる――桂芳久論（桂芳久追悼）【2005春】
日本近代文学の逆説（永井荷風論）【2006冬】
選考座談会（三田文学新人賞）（第十三回）～（第十七回）【2006春】【2007春】【2008春】【2009春】【2010春】
現代の文学に太宰治がつきつけるもの（対談）【2006夏】
戦後詩の枠組みを破る詩論（書評）【2006秋】
「私」を失った私小説（書評）【2007春】
途方に暮れている（学生小説解説）【2007夏】
昭和文学（戦後～昭和末年）ベストテン［小説篇］（座談会）【2007秋】
文学閉塞の現状――笙野頼子氏に尋ねる【2008冬】
告発でも過激な性描写でもなく（書評）【2008春】
無限の言語――小川国夫論【2008夏】
夢を見失った世界の希望（書評）【2008秋】
日本語による世界文学のシチュー（書評）【2009冬】
二十一世紀に生きる永井荷風（書評）【2009夏】
教師としてもう仕事がない（学生創作解説）【2009秋】
「アメリカ」と戦後文学（江藤淳論）【2009秋】
二十一世紀の明るく楽しい私小説（書評）【2010春】

田中克己（たなかかつみ）
王昭君の悲劇【193902】
保田與重郎著『戴冠詩人の御一人者（評論集）』（新刊巡礼）【193902】
初花（詩）【194102】

田中久治郎（たなかきゅうじろう）
阿部さんの想出（水上瀧太郎追悼）【194005臨】

田中耕太郎（たなかこうたろう）
戦災と書籍（随想）【194606】

田中小実昌（たなかこみまさ）
トイレけんか（随筆）【1987夏】

田中淳一（たなかじゅんいち）
肉体と時間（評論）【197308】
否認する私（評論）【197405】
現代文学のフロンティア（インタヴュアー）（No.1・3・4・6・8・10）【197407】【197409】【197410】【197412】【197502】【197504】
『瀧口修造の詩的実験1927～1937』への覚書（三田の作家たち）【197506】
混冥と予感（「現代文学のフロンティア」を終えて）【197507】
もうひとつの世紀末（人と貝殻）【1987夏】

田中澄江（たなかすみえ）
太郎（短期連載小説）（一～三）【196906】～【196908】
私の推す恋愛小説、この一冊（アンケート回答）【1998春】

田中清光（たなかせいこう）
『罵倒詞華抄』を読んで（書評）【1999春】

田中倉琅子（たなかそうろうし・豊蔵・滄琅子）
南唐の落墨花【194110】
竜安寺の庭【194211】

田中大三（たなかたいぞう）
鷹（小説）【194304】

田中孝雄（たなかたかお）
二つの記録（小説）【193408】
改造（今月の小説）【193409】

古典主義の精神（評論）【192103】
瑪利亜に与へられたる告知（翻訳）（ポオル・クロオデル原作）【192112】【192201】
竹中郁（たけなかいく・㊍育三郎）
即興法隆寺（詩）【194101】
七月炎天（愛国詩）【194210】
竹西寛子（たけにしひろこ）
古典の睨み（随筆）【1986 秋】
感じ分ける（随筆）【2000 夏】
桂芳久著『誄（しのびごと）』を読む（書評）【2001 秋】
竹原陽子（たけはらようこ）
イエスのような人【2006 秋】
原民喜の原点・父の臨終【2008 春】
原民喜の木箱──〈死〉を超える嘆きの魂（評論）【2009 秋】
武満徹（たけみつとおる）
驢馬の耳【195705】
シンポジウム「発言」──ぼくの方法【195910】
シンポジウム「発言」──（討論）【195911】
現代音楽をめぐって（対談）【197304】
竹村八哥（たけむらはっか）
海蛇の苦悶（小説）【194210】
竹本越路太夫（たけもとこしじだゆう）
竹本越路太夫芸術談（談）【192902】
竹本成之（たけもとしげゆき）
ヘイタイサンオゲンキデスカ【194402】
竹本忠雄（たけもとただお）
世界文明への道（講演）（翻訳）（アンドレ・マルロー原作）【196003】
蛇笏（だこつ・飯田蛇笏）
（俳句）【191607】
田才益夫（たさいますお）
システム（翻訳）（カレル／ヨゼフ・チャペック原作）【2002 秋】
小麦（翻訳）（カレル／ヨゼフ・チャペック原作）【2002 秋】
貴族階級（翻訳）（カレル／ヨゼフ・チャペック原作）【2002 秋】
アルコール（翻訳）（カレル／ヨゼフ・チャペック原作）【2002 秋】
死の晩餐（翻訳）（カレル／ヨゼフ・チャペック原作）【2002 秋】
教訓（翻訳）（カレル／ヨゼフ・チャペック原作）【2002 秋】
人間と動物（翻訳）（カレル／ヨゼフ・チャペック原作）【2002 秋】
二度のキスのあいだに（翻訳）（カレル・チャペック原作）【2002 秋】
著者の自伝的覚え書（翻訳）（カレル／ヨゼフ・チャペック原作）【2002 秋】
訳者あとがき【2002 秋】
太宰施門（だざいしもん・しもん）
モオリス・バレスの矛盾（評論）【191605】
断片録【191605】【191607】
ゲエテと独逸の文化（最近文芸思潮）【191607】
新古典主義の文学（評論）【191610】
祖国の観念（評論）（翻訳）（ギクトル・ジロオ原作）【191712】
仏蘭西の文学【191807】
田島淳（たじまじゅん）
「武士と町人と狼」の演出想出話【194010】
田島柏葉（たじまはくよう）
多摩川畔吟（俳句）【194208】
多田智満子（ただちまこ）
夜の管のなかに（詩篇）【196107】
穀霊（詩）【196612】
鏡の町または眼の森（詩）【196705】
木曽殿の横顔（私のデッサン）【197406】
玄室／石の村（短歌）【197408】
母国語に育てられて（随筆）【1987 春】
橋懸り（詩）【1990 冬】
詩人の曳く影の深さ（書評）【1999 春】
ゆるやかに水の流れる国（随筆）【2001 冬】
多田鉄雄（ただてつお）
彼女の銃後（小説）【193801】
多田尋子（ただひろこ）
音信（小説）【1995 春】
多田真梨子（ただまりこ）
にずわい（第十五回三田文学新人賞当選作）【2008 春】
受賞のことば【2008 春】
多田裕計（ただゆうけい・鈍鴉）
行動的ヒユーマニズムの感想（我等の文学主張）【193607】
立木優（たちきゆう）
若者よ明日香の国は（小説）【1986 春】
野鶲（小説）【1988 秋】
立原正秋（たちはらまさあき・㊍米本）
山川方夫の想い出（随筆）【196612】
辰野九紫（たつのきゅうし・㊍小堀龍二）
浜松の追想【193908】
辰野正男（たつのまさお）
春の温泉（小説）【191607】
一軒家（小説）【191609】
鰌とり（小説）【191703】
龍口直太郎（たつのくちなおたろう）
ロレンスの芸術性【193507】
フランシス・ステュアト（現代英吉利作家論）【193709】
巽孝之（たつみたかゆき）
クリントン以後の小説実験（評論）【1993 春】
プリズナー症候群（本を開く）【1994 秋】
セクシー・マザーハッカー（評論）【1995 夏】
選考座談会（三田文学新人賞）（第三回）～（第十二回）【1996 春】【1997 春】【1998 春】【1999 春】【2000 春】【2001 春】【2002 春】【2003 春】【2004 春】【2005 春】
生かすも殺すも三田の山では（学生小説解説）【1997 秋】
私の推す恋愛小説、この一冊（アンケート回答）【1998 春】
アヴァン・ポップの娘（学生小説解説）【2000 夏】
ストリートの世紀（対談・アメリカ文学と私）【2000 秋】
ブック・クラブをめぐる愛と死（評論）【2005 夏】
去年、弦斎公園で（随筆）【2007 冬】
私が選ぶ昭和の小説（アンケート回答）【2007 秋】
シャーロック・ホームズの街で【2008 夏】
異装のカードゲーム（随筆）【2010 冬】
伊達得夫（だてとくお）
※追悼文掲載号【196104】
伊達虎之助（だてとらのすけ）
作家甲田正夫（甲田正夫の印象）【192904】
先生を送る（井汲清治氏）【192906】
伊達虫子（だてむしこ）→岡田八千代（おかだやちよ）
立石弘道（たていしみちひろ）
ろばの耳【2004 冬】
建畠覚造（たてはたかくぞう・大夢）
失はれた歌に（詩）【194812】
立松和平（たてまつわへい）
ともに帰るもの（小説）【197202】
虎（小説）【197310】
背中からきた息（創作）【197503】
帰郷心象（創作）【197604】
手もとの虹（小説）【1986 秋】
旅芝居（小説）【1990 夏】
知床の漁師（随筆）【1994 秋】
早慶文芸座談会【1997 秋】
私の推す恋愛小説、この一冊（アンケート回答）【1998 春】
「内向の世代」の後はなにか（座談会）【1999 冬】
銀の花咲くダケカンバの森（小説）【1999 春】
道場─連作「晩年まで」（小説）【1999 夏】
カムイエクウチカウシ山─連作「晩年まで」（小説）【1999 秋】
菜食─連作「晩年まで」（小説）【2000 冬】
与那国にいく日─連作「晩年まで」（小説）【2000 春】
昼月─連作「晩年まで」（小説）【2000 夏】
その酒場─連作「晩年まで」（小説）【2000 秋】
白蟻─連作「晩年まで」（小説）【2001 冬】
車輪─連作「晩年まで」（小説）【2001 春】
悲願─連作「晩年まで」（小説）【2001 夏】
盂蘭盆─連作「晩年まで」（小説）【2001 秋】
父の沈黙─連作「晩年まで」（小

ルトン原作）【193802】
卵形の室内（詩）【193807】【2000春臨】
夜のあかり（詩）【194004】
驢馬の耳【195604】
三点鐘【196004】
滝田馨（たきたかおる）
ろばの耳【2004春】
滝田哲太郎（たきたてつたろう・滝田樗蔭・樗陰）
〔書信〕（小山内薫『師直の最後』を三田文学に載せる理由」文中）【191810】
滝田陽之助（たきだようのすけ・㊍小野俊一）
チェーホフと三人の恋びとリディア（全四回）【195109】〜【195112】
扉写真解説【195109】〜【195111】
「異邦人論争」について【195205】
番茶の後【195209】
チェーホフの戯曲と彼の恋愛モーラル【195210】
滝本誠一（たきもとせいいち）
慶承遺事（論文）【192703】
田口犬男（たぐちいぬお）
つくえのうえのなぞなぞ　どうぶつのなぞなぞ（詩）【2005春】
田口道子（たぐちみちこ）
妻のワイン（小説）【1996秋】
田久保英夫（たくぼひでお・H. T・H）
霊柩（詩）【195304】
空中手褄（詩）【195308】
金婚式（戯曲）【195401】
晴天を頌へる（詩）【195410】
猿・波（詩）【195701】
死者の庭（詩）【195807】
山川との対話（山川方夫追悼）【196703】
種子（小説）【196802】
新しい文学の方向を探る（座談会）【197002】
『三田文学』今昔（創刊六十周年特別企画座談会）【197006】
文学への思いの深さ（北原武夫追悼）【197312】
さよの朝霧（新春随想）【197501】
ある期待（随想）【197610】
再訪記（随筆）【1985春】
作家の発言――いま何を考えているか――（鼎談）【1986夏】
散文の今日（随想）【1988冬】
四つの作品（「三田文学」創刊八十年・慶應義塾大学文学部開設百年記念懸賞小説・評論選評）【1991冬】
芸術のとらえ方（対談）【1991夏】
松本清張氏を偲ぶ（松本清張追悼）【1992秋】
銀座の編集室（随筆）【1995冬】
朔先生の面影（佐藤朔追悼）【1996夏】
後記【195307】【195311】【195410】【195502】【195506】【195510】【195601】【195604】【195607】
※追悼文掲載号【2001夏】
田久保麻理（たくぼまり）
落書き（随筆）【2005秋】
武井つたひ（たけいつたい）
秋の歌（詩）【195210】
武市好古（たけいちよしふる）
見るまえに跳ぶな（未来の映画のために）【196202・03】
竹内健（たけうちけん）
日本文化発祥異説【196704】
本質論的前衛演劇論（座談会）【196711】
竹内てるよ（たけうちてるよ）
われらは共に【194310】
必勝の歌（詩）【194401】
竹内真（たけうちまこと）
裏庭の不発弾（小説）【1994秋】
ブラック・ボックス（第二回三田文学新人賞当選作）【1995春】
受賞のことば【1995春】
9レターズ（小説）【1995夏】
クロスロード（ある日の小説）【1996夏】
月光プール（短編小説）【1999冬】
竹内好（たけうちよしみ）
陶晶孫氏を囲む座談会（座談会）【195107】
竹岸雅江（たけぎしまさえ）
風景の中（創作）【197609】
竹越和夫（たけごしかずお）
フアルダムの歳の市（海外小説）（翻訳）（ヘルマン・ヘッセ原作）【193302】
ヨハネス・V・イエンゼン【193304】
アンドレ・ジイドの日記抄（翻訳）【193305】
続アンドレ・ヂイド日記抄（翻訳）【193306】
独逸女流飛行二詩人に就て【193307】
築地座六月公演覚書【193308】
外国文学漫歩【193310】
ステフアン・ゲオルグの死【193406】
新劇巡礼【193501】〜【193504】
武二（たけじ・小沢武二・山麓火・泊光）
小草（俳句）【191606】
竹下英一（たけしたえいいち）
初日が終わって【193004】
クリスマス・カアド（創作）（翻訳）（アンドレ・モロア原作）【193306】
竹下しづの女（たけしたしづのじょ・㊍しづの）
翳（俳句）【194108】
武田勝彦（たけだかつひこ）
荷風の青春（評伝）（一）〜（九）【197106】〜【197202】
武田泰淳（たけだたいじゅん）
作家にとって反逆精神とは何か【196906】
詩人と小説家との対話（対談）【197107】
『富士』を語る【197203】
『わが思索のあと』【197312】
戦後の文学を語る【197605】
武田忠哉（たけだちゅうや）
ノイエ・ザハリヒカイトのルール【193511】
竹田敏行（たけだとしゆき）
未来人【195504】
武田友寿（たけだともじゅ）
宗教と文学（評論）Ⅰ〜Ⅻ【197104】【197109】【197112】【197202】【197204】【197206】【197210】【197305】【197305】【197309】【197401】【197403】【197405】
形而上的ニヒリズムの探求（評論）【197507】
思索的想像力による自己救済（評論）【197510】
死者たちの救済（評論）【197512】
「懲役人の告発」・自由への道程（評論）【197602】
「死の棘」デ・プロフィンデス（評論）【197604】
『青年の環』・全体小説に託す青春の救済（評論）【197607】
『方丈記私記』（評論）【197610】
武田文章（たけだふみあき）
死者たち・世界を持つ（詩）【195604】
武田専（たけだまこと）
死という現象（随筆）【1991春】
ろばの耳【2003夏】【2005春】
武田麟太郎（たけだりんたろう）
〔推薦文〕葉山嘉樹著『山の幸』（広告欄）【193903】
武智鉄二（たけちてつじ）
「黒い雪事件」の真相（評論）【196710】
竹友藻風（たけともそうふう）
輓歌（詩）（上田敏追悼）【191610】
ヱランダの夜（散文詩）【191702】
新月の歌（詩）（ガブリエレ・ダンヌンチオ）【191704】
水手（エミイル・エルハアレン）【191706】
パンフィリヤ牧歌（短詩）（翻訳）（ピエエル・ルイ原作）【191803】
朝の鍵（短詩）（翻訳）（ヲオタア・ドゥ・ラ・メエア原作）【191807】
〔書信〕（消息欄）【191806】【191912】
〔書信〕（六号余録欄）【191810】【191905】
マアサ（短詩）（翻訳）（ヲオタア・ドウ・ラ・メエア原作）【191811】
ヲオタア・ペイタア（評論）【191903】
審美批評論（評論）（翻訳）（Henry Bordeaux原作）【191908】
国文学の研究（評論）【191911】
詩七篇（短詩）【192003】
「食後の唄」を読む（批評）【192004】
函嶺紀行（紀評）【192005】
銀（訳詩）（ヲオタア・ディ・ラ・メエア原作）【192006】
批評の推移（評論）【192007】
詩三篇（短詩）【192010】
文体論（評論）【192101】

春の落葉（小説）【1987 夏】
音楽寺の雨（小説）【1991 冬】
照準の当て方（「三田文学」創刊八十年・慶應義塾大学文学部開設百年記念懸賞小説・評論選評）【1991 冬】
独楽の回転（一）～（十八）【1991 夏】～【1994 秋】【1995 春】～【1995 秋】【1996 春】
選考座談会（三田文学新人賞）（第一回）・（第二回）【1994 春】【1995 春】
あの頃の手帳（随筆）【1995 冬】
小説の構造（エッセイ）【1997 夏】
私の推す恋愛小説、この一冊（アンケート回答）【1998 春】
江藤淳の文学（鼎談）（江藤淳追悼）【1999 秋】
お墓参りの話（随筆）【2004 秋】
さようなら白井先生（白井浩司追悼）【2005 冬】
私が選ぶ昭和の小説（アンケート回答）【2007 秋】
偽書を愉しむ（随筆）【2008 春】
風景画が喚び起こすもの（書評）【2008 夏】
花の寺（創作）【2010 春】
編集後記〔編輯後記〕【195812】～【195908】【195910】【195912】【196005】【1985 春】～【1987 冬】

高橋三千綱（たかはしみちつな）
冒険に似た旅（連作掌篇）（全五回）【1991 秋】～【1992 秋】
私の推す恋愛小説、この一冊（アンケート回答）【1998 春】
私が選ぶ昭和の小説（アンケート回答）【2007 秋】

高橋睦郎（たかはしむつお）
Mlle. Lis にささげる三つの小さな詩【196701】
本質論的前衛演劇論（座談会）【196711】
アンアン（詩）【1988 春】
一年（詩人と小説家の自選 20 句）【2004 冬】

高橋安子（たかはしやすこ）
カット【196701】～【196712】

高橋義人（たかはしよしと）
ピエル・パゾリーニと現代（評論）【197401】
映画と夢の旅（映画の眼）【197508】

高畠達四郎（たかばたけたつしろう）
表紙（絵）【196608】～【196702】【1991 夏】～【1992 秋】

高畠正明（たかばたけまさあき）
海の孤独（翻訳）（イタロ・カルヴィーノ原作）【196001】
ロワイヨーモンでの発言（翻訳）（ミシェル・ビュートール原作）【196010】
未来の小説への道（翻訳）（アラン・ロブ＝グリエ原作）【196010】
探求としての小説（翻訳）（ミシェル・ビュトール原作）【196010】
アラン・ロブ＝グリエの『果物籠』の技法（翻訳）（フランソワ・モーリャック原作）【196010】
『四季』の詩人たち（評論）【196109】
吉行淳之介の短篇の世界（評論）【196609】
カリギュラの死（特集『異邦人』）【196905】

高浜虚子（たかはまきょし・㊍清・池内清・高浜放子）
（俳句）【191607】

高浜年尾（たかはまとしお）
春の旅（俳句）【193906】
琉球行（俳句）【194008】

高原武臣（たかはらたけおみ）
金沢の折口先生（折口信夫追悼）【195311】

高松次郎（たかまつじろう）
退屈をテーマにした絵（表紙・カット）【195809】

高松雄一（たかまつゆういち）
批評と批評家たち（翻訳）（イーヴ・ボンヌフォワ原作）【195810】

高見圭一（たかみけいいち）
オンライン 400 字時評【2002 春】

高見順（たかみじゅん・㊍高間芳雄）
愛憎二つならず（小説に於ける反モラリスムの問題）【193604】
夜（小説）【193606】【2000 春臨】
ひとつの傾向（これからの文学的傾向はどう変るか）【193804】
〔推薦文〕山田多賀市著長篇『耕土』（広告欄）【194006】

高宮利行（たかみやとしゆき）
中世趣味とラファエル前派第一世代（評論）【1990 春】
蘇るアーサー王伝説（随筆）【1992 冬】
真夜中の闖入者（随筆）【1994 夏】
江藤淳氏のこと（随筆）【2001 冬】
江藤・大岡論争のころ（エッセイ）【2005 冬】
私が選ぶ昭和の小説（アンケート回答）【2007 秋】

高村倉太郎（たかむらくらたろう）
日本映画生誕百年を迎えて、今（随筆）【2000 夏】

高村光太郎（たかむらこうたろう・㊍光太郎〈みつたろう〉・砕雨）
表紙図案【191201】【191202】

高柳栄二（たかやなぎえいじ）
一社員への御心づくし（水上瀧太郎追悼）【194005 臨】

高柳誠（たかやなぎまこと）
アンデスマ氏の午後（詩）【1987 春】

高山辰三（たかやまたつぞう）
馬場先生（馬場孤蝶追悼）【194009】

高山鉄男（たかやまてつお）
ボーモンが苦痛と知りあいになった日（翻訳）（ル＝クレジオ原作）【196701】
私と『異邦人』（インタビュアー）【196905】
私と「失われた時を求めて」（インタビュアー）【196907】
私と「法王庁の抜け穴」（インタビュアー）【196909】
私と「トニオ・クレーゲル」（インタビュアー）【196911】
私と「パルムの僧院」（インタビュアー）【197003】
われわれにとって近代文学とは何か（座談会）（司会）【197301】
哀しみの聖化（三田の作家たち）【197504】
三田文学と私（随想）【197610】
虚無へのいざない（評論）【1986 春】
パッシー便り（連載随想）㈠～㈣【1991 夏】～【1992 春】
追想片々（佐藤朔追悼）【1996 夏】
遠藤さんの思い出（遠藤周作追悼）【1997 冬】
『創作日記』解説【1997 夏】
私の推す恋愛小説、この一冊（アンケート回答）【1998 春】
死にかけた話（随筆）【1999 冬】
江藤さんの死（江藤淳追悼）【1999 秋】
妹フランソワーズと遠藤周作（翻訳）（ジュヌヴィエーヴ・パストル原作）【1999 秋】
訳者後記（妹フランソワーズと遠藤周作翻訳）【1999 秋】
モーリヤックと遠藤周作（講演）【2000 春】
「三田文学名作選」のこと（座談会）【2000 夏】
堀辰雄と遠藤周作——神々との出会い【2001 秋】
私が選ぶ昭和の小説（アンケート回答）【2007 秋】
石川忠雄先生と「三田文学」（追悼）【2008 冬】
パリの井筒先生（エッセイ）【2009 冬】

寶洋平（たからようへい）
「遠くまで（学生小説）【1999 春】

財部鳥子（たからべとりこ）
太陽島（創作）【197603】
花を吹き付ける（詩）【1988 秋】

高城修三（たきしゅうぞう）
どんな推理小説よりも面白い——日本書紀（私の古典・この一冊）【2001 夏】

滝春一（たきしゅんいち・㊍粂太郎）
銃後新春（春の句）【193901】
朝より夕へ（俳句）【193908】
初日影（新春の句）【194001】

多木祥造（たぎしょうぞう）→金行勲（かねゆきいさお）

滝井孝作（たきいこうさく・折柴）
あやつり人形（月評）【193006】
〔推薦文〕打木村治著『般若』（広告欄）【194012】

瀧口修造（たきぐちしゅうぞう）
鉄啞鈴を持つてゐた青年（今川英一追悼）【193412】
英国と超現実主義【193709】
アンドレ・ブルトンの美学【193802】
美は痙攣的であるだらう（フランス詩抄）（翻訳）（アンドレ・ブ

鷹田治雄（たかだはるお）
道徳力（戯曲）（フェリックス・ザルテン原作）【192210】
クラウヂウス（翻訳）（ゲオルグ・カイゼル原作）【192503】
高多正喜（たかだまさよし）
中央公論（今月の小説）【193908】
高堂要（たかどうかなめ）
「原初の光景」（上総英郎著）（書評）【197303】
高野喜久雄（たかのきくお）
いまわたしがほしいのは（詩）【195902】
高野清見（たかのきよみ）
初心の文学（評論）【1988冬】
暗黙の詩学（評論）【1988秋】
日常と観念の相克（評論）【1989秋】
青い雲　昼の星（創作）【1991夏】
鷹羽狩行（たかはしゅぎょう）
微妙な季節感（随筆）【2008秋】
高橋勇（たかはしいさむ）
黒い糸（小説）【195203】
高橋巖（たかはしいわお）
三島由紀夫のこと（随筆）【1991冬】
井筒俊彦先生を悼む（井筒俊彦追悼）【1993春】
私が選ぶ昭和の小説（アンケート回答）【2007秋】
井筒俊彦先生のこと（エッセイ）【2009冬】
高橋和巳（たかはしかずみ）
私の文学を語る（インタビュー）【196810】
高橋邦太郎（たかはしくにたろう）
プウセット（戯曲）（翻訳）（シャルル・ヴィルドラック原作）【192606】【192607】
前菜【192608】
小山内先生のことども（小山内薫追悼）【192903】
客死（小説）【193209】
荷風先生と仏文学（追悼）【195906】
高橋啓人（たかはしけいじん）
かまくらおち【193908】
高橋順子（たかはしじゅんこ）
厄祓い六吟歌仙・窓若葉の巻（俳句）【2000秋】
大鴉（詩人と小説家の自選20句）【2004冬】
柳川のどんこ舟（随筆）【2004夏】
一日（詩）【2005夏】
三吟歌仙　新舞子の巻【2006春】
新舞子の巻・解説【2006春】
高橋新吉（たかはししんきち）
村野四郎を偲ぶ（村野四郎追悼）【197506】
高橋誠一郎（たかはしせいいちろう）
無統治と絶対の富（評論）【192301】
築地小劇場に「ヴェニスの商人」を観て【192608】
英文学史と英経済学史（論文）【192611】
浮世絵漫談【193208】
大蘇芳年【193608】
宮川長春筆納涼美人之図【193708】
芳年画く六郷川の権八【193801】
八犬伝の挿画【193808】
“HOKUSAI”【193901】
登別温泉【193908】
『三田評論』【194001】
少年野球選手阿部章蔵（水上瀧太郎追悼）【194005臨】
勇気のある文章【194010】
『兇刃』を読んで【194104】
虎が雨【194108】
鎖国経済と浮世絵版画【194110】
大森海岸【194208】
初代豊国筆『三囲社頭図』を前にして【194211】
感傷主義【194406・07】
王城山荘日誌抄【194601】
伊豆の伊東【194807】
高橋箒庵（たかはしそうあん・義雄）
竹本越路太夫芸術談（記）【192902】
高橋たか子（たかはしたかこ）
神秘の湖（小説）【196706】
「新しい」か「わからない」か（座談会）【197205】
正午の倦怠（私のデッサン）【197409】
いのちの河へ（遠藤周作追悼）【1997冬】
高橋隆（たかはしたかし）
モーリヤックと聖性（特集「テレーズ・デスケイルウ」）【196908】
「犯行」【1998夏】
高橋千劔破（たかはしちはや）
日本アルプスと上高地（随筆）【1997夏】
私の推す恋愛小説、この一冊（アンケート回答）【1998春】
荷風書簡と『伊香保みやげ』【1998春】
遠藤周作文学館の開館（随筆）【2000夏】
日本人の旅・遊び・信仰――田辺聖子『姥ざかり花の旅笠』をめぐって（シンポジウム）（司会）【2004秋】
私が選ぶ昭和の小説（アンケート回答）【2007秋】
卒論と小田切進先生の思い出（随筆）【2007秋】
高橋俊幸（たかはしとしゆき）
レゾナンス（共鳴）（小説）【1987春】
高橋規子（たかはしのりこ）
表紙・扉イラストレーション・本文カット【197602】〜【197610】
高橋英夫（たかはしひでお）
二見浦（随筆）【1993冬】
私の推す恋愛小説、この一冊（アンケート回答）【1998春】
高橋広江（たかはしひろえ）
ポール・ヴェルレーヌ（論文）（シャルル・ギルドラック原作）【192606】
アナトール・フランス（評論）（翻訳）（アンリ・マシス原作）【192708】
ボオドレエル小論（評論）【192910】
天行は健ならず【193003】
「近代文学の精神」に就て【193004】
ラムボオと宗教の問題に就いて【193005】
アンドレ・モロアを語る（月評）【193006】
ジョゼフ・ケッセルの文学（評論）【193008】
ポール・ヴアレリイ【193010】
ロオトレアモン【193012】
詩集「睡眠」の著者青柳瑞穂君を語る【193103】
所謂「主智主義」の文学に於ける二つの傾向【193105】
エリィ・フォール氏講演雑記【193112】
シヤルドンヌとエルバアル【193206】
自我の分裂に関する考察【193211】
自由主義以後【193305】
ポオル・ヴアレリレイの方法論序説（翻訳）（アンドレ・モオロア原作）【193308】
ヴァレリイを語る（翻訳）（アンドレ・モロア原作）【193309】
海辺の二人男【193312】
バレスとジイドの論争に就て【193409】
日吉文学会の誕生【193503】
日吉村パラドックス【193504】
十九世紀の芸術派に関する序説【193505】
マラルメ【193512】
ヴアレリイにおける人間の研究【193702】
巴里雑記【193807】
追憶の記（水上瀧太郎追悼）【194005臨】
ボオドレエルに就て【194106】
仏印の印象【194202】
南方のうた【194203】
仏印の思ひ出【194208】
※追悼文掲載号【195210】
高橋宏（たかはしひろし）
父と子（小説）【192607】
六号雑記【192701】
少年の歓び（小説）【192704】
高橋ひろみ（たかはしひろみ）
〈闇にひそむ色〉への手がかり（書評）【2003冬】
写真【1998冬】【1998春】
高橋浩美（たかはしひろみ）
ろばの耳【2005冬】
高橋文雄（たかはしふみお）
政治的詩人とその職務（翻訳）（ハンス・グリム原作）【194207】
高橋昌男（たかはしまさお・T）
へちまの実る家【195609】
水（創作）【195807】
パラダイス・タウン（創作）【196005】
肉屋のブルース【196008】
白蟻（小説）【197310】
派手な荷物（創作）【197507】
運河のほとり（随想）【197610】

瀬谷幸男（せやゆきお）
ろばの耳【2003春】
芹沢光治良（せりざわこうじろう）
アヌシ湖畔【193508】
千家元麿（せんけもとまろ）
「ニイチエ」研究【193509】
千石英世（せんごくひでよ）
オンファロスの音律（書評）【2000夏】
千國由香（せんごくゆか）
穏やかな日々の陰翳（本の四季）【1991夏】
日常社会のモザイク（本の四季）【1991秋】
千住明（せんじゅあきら）
運命に導かれて（随筆）【2006秋】
千住博（せんじゅひろし）
ニューヨークの日々――タゴール氏と源氏物語（随筆）【2008秋】
善太郎（ぜんたろう）→鈴木善太郎（すずきぜんたろう）
仙波均平（せんばきんぺい）
最後にあった沢木君（沢木四方吉追悼）【193101】
普通部時代（水上瀧太郎追悼）【194005臨】
阿部君の絵【194010】

そ

宗克博（そうかつひろ）
群舞（小説）【193904】
宗左近（そうさこん）
日本館（小説）【196704】
相馬御風（そうまぎょふう・㊍昌治）
『源氏物語』と『好色一代男』と『ベルヽアミイ』【191007】
〔著者の言〕（自著『人・世間・自然』広告欄）【193401】
添田馨（そえだかおる）
樹は時代の憧れになった（詩）【1988秋】
添野博（そえのひろし）
ろばの耳【2009秋】
祖川浩也（そがわひろや）
逃げ水を追いかけて（創作）【1993冬】
曽野綾子（そのあやこ・㊍三浦知寿子）
鸚哥とクリスマス（創作）【195312】
遠来の客たち（創作）【195404】
燕買い【195410】
驢馬の耳【195511】
小説は書きなおし得るか（随筆）【196608】
山川方夫氏のこと（随筆）【1985夏】
園頼三（そのらいぞう）
此一筋につながる（小説）【191809】
園池公功（そのいけきんなる）
久米さんの思ひ出（久米秀治追悼）【192502】
小山内先生の思ひ出（小山内薫追悼）【192903】
劇場随筆【192907】【192910】
専務に詫びる【193004】
七月の戯曲を読んで（月評）【193008】
宇野さんのこと（宇野四郎追悼）【193104】
銀狐・牡蠣・其他【193105】
モスコウのラヂオ劇場【193303】
マキシム・ゴルキイの新戯曲【193311】
郡虎彦氏と沢木四方吉氏の書簡【193607】
紐育劇界問答【193804】
祖父江登（そふえのぼる）
緩衝地帯（詩）【193006】
水盤の風景（詩）【193007】
悒欝な展望（詩）【193009】
鏡に沈没する影（詩）【193010】
鏡（詩）【193105】
曽宮一念（そみやいちねん・㊍喜七）
〔挨拶文〕近藤光紀小画会趣旨書【193010】
湯河原と仙台（安井曽太郎氏について）【194311】
宋敏鎬（そんみんほ）
言葉を巡る問題集――反＝日本語論（私の古典・この一冊）【2001夏】
畸声（小説）【2002冬】

た

田井輝夫（たいてるお）
「ソ映画の転向」と「白夜」【193508】
代三吉（だいさんきち）
中央公論（今月の雑誌）【194107】
文芸（今月の雑誌）【194107】【194108】
大雅（たいが・㊍池大雅）
孤亭山水画（図版）【194110】
大藤次郎（だいとうじろう）→大藤治郎
大藤治郎（だいとうじろう・次郎）
四階の霧（短詩）【192108】
倫敦へ着く（小説）【192406】
平忠夫（たいらただお）
死んだ性のかたち（小説）【196907】
ねずみの島（小説）【197004】
高井英幸（たかいひでゆき）
映画会社の看板プロデューサーが語る（座談会）【1998冬】
高井有一（たかいゆういち）
少年時代と戦争（座談会）【197302】
消してしまひたい時間（ノスタルジア）【197606】
家の最後の一人（随想）【1985夏】
旅の土産（随筆）【1991夏】
高石治（たかいしおさむ）→白井浩司（しらいこうじ）
高石真五郎（たかいししんごろう）
阿部章蔵氏を惜しむ（水上瀧太郎追悼）【194005臨】
高岩肇（たかいわはじめ）
Ｐあぱあと・抄（小説）【193112】
高岡徳太郎（たかおかとくたろう）
南仏風景（扉絵）【193608】【193702】
巴里の家（扉絵）【193804】
高垣松雄（たかがきまつお）
詩人的交游【193809】
高木金次（たかぎきんじ）
追憶（水上瀧太郎追悼）【194005臨】
高樹恵（たかぎけい）→松本恵子（まつもとけいこ）
高木寿一（たかぎじゅいち）
「マヂノ要塞」そのほか【193908】
フランスの屈辱【194008】
国防国家の財政経済手段（若き文学者に与ふ）【194111】
大財政家となる資格【194208】
戦争生活の諸相【194301】
不惑への途【194308】
高木東六（たかぎとうろく・鳥羽俊三）
驢馬の耳【195508】
高木智視（たかぎともみ）
KASAGAMI（第十二回三田文学新人賞当選作）【2005春】
受賞のことば【2005春】
髙樹のぶ子（たかぎのぶこ）
ニュースペーパー（小説）【1987秋】
恋愛は小説のものか（対談）【1998春】
高倉貞（たかくらてい）
阿部さんのありし日を（水上瀧太郎追悼）【194005臨】
高崎賢三郎（たかさきけんざぶろう）
〔書信〕（小林澄兄宛）（消息欄）【191305】
高島宇朗（たかしまうろう）
巣鶏（詩）【192807】
高島高（たかしまたかし）
北方的風景（詩）【193804】
高須智士（たかすさとし）
ズームレンズ（小説）【1995夏】
スィート・ホーム（小説）【1995秋】
見知らぬ街を歩いた記憶（第三回三田文学新人賞佳作）【1996春】
奇想展覧会（ある日の小説）【1996夏】
高瀬俊郎（たかせとしろう）
ヴェルレーヌ訪問記（翻訳小品）【191210】
ためいき（詩）【191310】
高田美一（たかたとみいち）
詩人パウンドと美術家たち（文学談義クロストーク）【1988冬】
高田博厚（たかたひろあつ）
〔書信〕小山内薫宛（消息欄）【191812】
鷹田守一（たかたもりいち）
晩春風景（短詩）【192305】
高田欣一（たかだきんいち）
山椒魚の変身（評論）【197308】
高田浩三（たかだこうぞう）
悦楽と寂寥（戯曲）【191810】
高田他家雄（たかだたけお）
中学時代の小山内君（小山内薫追悼）【192903】

新人展望 【194808】【194809】
鈴木元（すずきはじめ）
追憶のリスト（随筆） 【192411】
鈴木八郎（すずきはちろう）
黒い蝙蝠傘（戯曲一幕）【195509】
鈴木彦次郎（すずきひこじろう）
土俵に注ぐ瞳 【193909】
鈴木松子（すずきまつこ・宿谷松子）
クナート（翻訳小説）（マルセル・エーメ原作） 【193802】
エヴアンジル通り（翻訳）（マルセル・エーメ原作） 【193810】
小説家マルタン（翻訳小説）（マルセル・エーメ原作）【193901】
女の論理 【193903】【193906】
マルセル・エーメ素描 【193904】
鈴木三重吉（すずきみえきち）
悼沢木氏の訃報（沢木四方吉追悼） 【193101】
鈴木美枝子（すずきみえこ）
表紙 【197003】～【197012】
鈴木満雄（すずきみつお）
山のこと 【193505】
恐ろしき海（小説） 【193605】
オアシス（小説） 【193609】
十月号同人雑誌作品評 【193611】
十一月号同人雑誌作品評 【193612】
十二月号同人雑誌作品評 【193701】
二月号同人雑誌作品評 【193703】
三月号同人雑誌作品評 【193704】
負けた男（小説） 【193712】
裸像（小説） 【193811】
帰還船（小説） 【193901】
霧の中の島（小説） 【193905】
サルルの女（涼風コント） 【193908】
風のある夜明け（小説）【193911】
鈴木力衛（すずきりきえ）
三点鐘 【196006】
薄田泣菫（すすきだきゅうきん・㊍淳介・抱琴坊泣菫・杏堂・無憂樹）
超人 【191007】
橘白夢の死（小説） 【191010】
女人創造外六篇 【191103】
罪人（翻訳小説）（ストリンドベルヒ原作） 【191210】
鈴村和成（すずむらかずなり）
まが玉／おとし子の唄／棺の女（詩） 【197403】
白いユーモア――アルプ・ダダ・ツァラ（文学談義クロストーク） 【1990 冬】
境界論（評論） 【1991 春】
須知白塔（すちはくとう・㊍正和）
三点鐘 【196010】
ステグナー（Wallance Stegner）
〔書簡〕佐藤春夫宛 【195105】
砂山公守（すなやまきみもり）
ろばの耳 【2008 夏】
スペート（イー・イー・スペート）
詩人野口米次郎（批評） 【192207】
鷲見洋一（すみよういち）
わがモンペリエ（エッセイ） 【197508】
野沢庵独吟（創作） 【197608】
パロディ文学の現在（人と貝殻） 【1985 春】
放蕩と処罰――ドン・ファアン論（評論） 【1990 冬】
あるイタリア便り――ペンキとフレスコ（随想） 【1993 秋】
朔先生と連句（佐藤朔追悼） 【1996 夏】
編集長岡田隆彦の思い出（岡田隆彦追悼） 【1997 春】
合評と座談（随筆） 【1997 秋】
私の推す恋愛小説、この一冊（アンケート回答） 【1998 春】
死んでいる女、不在の女（評論） 【1998 夏】
チヴィタヴェッキアの若林さん（若林真追悼） 【2000 春】
フランス学徒の反フランス思想（わたしの独り言） 【2004 夏】
蛇らしい蛇（白井浩司追悼） 【2005 冬】
裸形で向かいあう天才（書評） 【2006 夏】
翻訳をめぐる随想（随筆） 【2009 夏】
澄井利致（すみいとしゆき）
毛莨にほふ夜（翻訳）（ジョン・ゴールズワージー原作） 【192402】
銀行休業日（翻訳）（カゼリン・マンスフィールド原作） 【192404】
隅田幾（すみたいく）
本の感傷 【193505】
須山修（すやまおさむ）
白い手（創作） 【197604】
諏訪三郎（すわさぶろう・半沢成二）
今井久雄死す（追悼） 【193109】
諏訪正（すわただし）
禿の女歌手（翻訳）（ユジェーヌ・イオネスコ原作）【195811】
諏訪優（すわゆう）
三つの短編 【196611】
ギンズバーグの人気（随筆） 【196705】
アレン・ギンズバーグ論（詩人と現代） 【196707】

せ

青峯（せいほう・賢平・島田青峯）（俳句） 【191607】
青来有一（せいらいゆういち）
中上健次「地の果て 至上の時」（偉大なる失敗作） 【1999 秋】
恐るべき母（随筆） 【2004 夏】
瀬木慎一（せぎしんいち）
川端実の個展をみて（広場） 【195605】
関進（せきすすむ）
海外文壇消息（ドイツ） 【193209】【193211】
関忠果（せきただたけ・忠果〈ちゅうか〉）
孤鶴（創作特輯） 【195209】
関優（せきまさる）
塾員将士様へ 【194402】
関口研日麿（せきぐちけんにちまろ）
旅の四季――春（随筆）【1988 春】
関口俊吾（せきぐちしゅんご）
ギリシヤへの旅（文と絵） 【194108】【194109】【194112】
クノソス王宮の壁画（扉絵） 【194111】
ギリシヤの旅から（扉絵） 【194112】
関口裕昭（せきぐちひろあき）
ツェラーンとヘルダーリン（文学談義クロストーク） 【1991 冬】
青春という名の陥穽（本の四季） 【1991 夏】
豚に乗ったかぐや姫（本の四季） 【1991 秋】
光の翼モーツァルト（本の四季） 【1992 冬】
新生ドイツの文学状況（座談会）（司会） 【1992 春】
原風景としての幼年（本の四季） 【1992 秋】
「書く」ことへの執念（本の四季） 【1993 冬】
雪に閉ざされた言葉（評論） 【1993 秋】
ほらふき桃太郎の冒険（本の四季） 【1994 春】
高橋和巳『邪宗門』（あの作家のこの一冊） 【1997 夏】
彼方からの石笛の響き（書評） 【1998 秋】
文学と罪と「私」と（評論） 【1999 夏】
福永武彦「独身者」（偉大なる失敗作） 【1999 秋】
解体するテクスト（書評） 【2002 夏】
知られざるミッキー・マウスの過去（書評） 【2003 春】
私が選ぶ昭和の小説（アンケート回答） 【2007 秋】
カフカ文学の門前に立ち続けて（書評） 【2008 冬】
石鼎（せきてい・㊍原鼎・原石鼎）（俳句） 【191607】
関根謙（せきねけん）
飢餓の魂の遍歴（評論） 【2004 秋】
遠河遠山（小説）（翻訳）（張煒原作） 【2009 夏】
張煒――小心な勇者 【2009 夏】
関根徳男（せきねとくお）
ろばの耳 【2009 夏】
関場武（せきばたけし）
中途半端（わたしの独り言） 【2004 春】
瀬戸内寂聴（せとうちじゃくちょう・㊍晴美）
新作ウインダミア夫人の扇（丘の上） 【196108】
私のテレーズ（この本が私を作家にした） 【196809】
ファン心理（随筆） 【1988 冬】
暦（ある日の小説） 【1996 夏】
瀬沼茂樹（せぬましげき・㊍鈴木忠直）
文芸時評 【193201】【193202】

ドバイの月（随筆）【2005 秋】
私が選ぶ昭和の小説（アンケート回答）【2007 秋】
杉山英樹（すぎやまひでき）
〔推薦文〕山田多賀市著長篇『耕土』（広告欄）【194006】
杉山平介→杉山平助
杉山平助（すぎやまへいすけ・平介・氷川烈）
下層一断面（小説）【192705】
無頼漢の詩【192712】
早春（春のスケッチ）【192804】
時事雑感（UP-TO-DATE）【192806】【192808】
対支出兵弥次評（UP-TO-DATE）【192807】
勝て！　ラグビー戦に（Tea-Table）【192811】
回顧一ケ年（アンケート回答）【192812】
我が賀状（往復ハガキ回答）【192901】
砂丘の蔭（長篇小説）（全六回）【192902】【192904】～【192908】
最も新しい芸術理論（評論）【192907】
マルクス主義と帝国主義戦争（評論）【192910】
眼病小史【193003】
ナンセンス文学検討（評論）【193006】
田園近代風景（戯曲）【193008】
社会時評（月評）【193009】～【193101】【193103】
「ニイチエ伝」を読む【193010】
近頃の感想【193102】
病狼（戯曲）（全四回）【193105】～【193108】
時局漫想【193203】
あくたれ口【193207】
茅ケ崎より【193211】
近事一束【193306】
年の瀬【193601】
文句なし賛成（第一回三田文学賞）【193601】
一言【193605】
阿部さん（水上瀧太郎追悼）【194005 臨】
回想【194104】
勝呂忠（すぐろただし）
驢馬の耳【195705】
表紙【195610】～【195706】【195812】～【195904・05】【195907】～【195912】
カット【195606】～【195706】【195812】～【195912】
図子英雄（ずしひでお）
向日葵のかげ（小説）【197205】
鈴木厚（すずきあつし）
プロレタリア芸術の価値理論（評論）【192909】
鈴木一郎（すずきいちろう）
「山川方夫論」―金子昌夫（書評）【197205】
鈴木英輔（すずきえいすけ）
新劇巡礼【193505】～【193507】
劇壇への希望（一九三七年へ！）【193701】
昭和十二年劇壇回顧（演劇）【193712】
これからの新劇の行く道（新劇の行く道）【193805】
「演出」といふことについての二三の私感【194007】
鈴木和子（すずきかずこ）
オニオンスキン・テイルズ（第七回三田文学新人賞佳作）【2000 春】
鈴木光司（すずきこうじ）
オートバイライフ（随筆）【2004 夏】
鈴木重雄（すずきしげお）
戦地から【193803】
花粉（小説）【193904】
水脈（小説）【194103】
青春の乗手（小説）【194105】～【194107】
堅い芯（小説）【194111】
若き文学者の自覚【194112】
姉と妹（小説）【194202】
幕開く（小説）【194203】
少女の勢力（小説）【194205】
手を執りあって泣く日こそ【194402】
北村君を憶ふ（北村彰三追悼）【194403】
古典追従と現代の創造（文芸時評）【194706】
新人の個性（文芸時評）【194709】
乾いた路（小説）【194801】
黒い小屋（小説）（全四回）【194804】～【194807】
私小説の解説（新人マニフェスト）【194808】
略歴と感想（第一回水上瀧太郎賞）【194901】
夫婦の小屋（創作）【194902】
涙について（Essay on Man）【194906】
片山修三について（人と作品）【194907】
内村直也戯曲集『秋の記録』（書評）【194910】
書評【194911】
演劇【195002】
人魚と夏みかん（創作）【195003】
蜜蜂の如く（小説）【195108】
問題の映画を語る（座談会）【195112】
編輯後記【194907】【194911】【195001】【195004】【195006】
鈴木地蔵（すずきじぞう）
小山清の文庫本（随筆）【1994 夏】
鈴木秋風（すずきしゅうふう）
南風【191110】
鈴木春浦（すずきしゅんぽ・石原防風）
「万年艸」時代以後（森鷗外追悼）【192208】
鈴木錠之助（すずきじょうのすけ）
希臘及羅馬に於ける思想の自由に就て（評論）【192207】
『仏蘭西革命史論』（批評）【192305】
鈴木次郎（すずきじろう）
この世の眺め（短編小説）【1999 冬】
鈴木伸一（すずきしんいち）
「特性のない国」の文学的特性（評論）【2005 夏】
鈴木信太郎（すずきしんたろう）
奈良所見（随筆と絵）【193501】
薔薇（扉絵）【193906】
枇杷の木の村【194006】
八王子車人形のこと（文と絵）【194104】
早春の海辺（絵と文）【194308】
曽宮一念氏について【194311】
田村泰次郎さん【194403】
三田風景（絵と文）【194805】
飾画（カット）【195311】
表紙（絵）【193209】～【194109】【194111】～【194210】【194212】～【194403】【194904】～【194908】【194910】【2008 冬】～【2010 春】
目次カット【193212】【193301】
カット【193208】～【193211】【193302】【193303】【193305】～【193509】【193511】～【193607】【193609】～【194109】【194111】～【194207】【195105】～【195210】【195303】～【195310】【195312】～【195405】
鈴木誠一（すずきせいいち）
肌色の玩具（創作）【197602】
時の森（小説）【1997 夏】
鈴木泉三郎（すずきせんざぶろう・豊島屋主人）
盈虧（戯曲小品）【191906】
鈴木善太郎（すずきぜんたろう・善太郎）
鰤中毒の発見者（小説）【191802】
耳（小説）【191804】
金時計と銀時計（小説）【191805】
暗示（小説）【191807】
文壇の社会的地位の考察（感想）【191808】
ヒステリーの話（小説）【191810】
六号余録（随筆）【191810】【191812】
祭日の出来事（小説）【191901】
仇敵（小説）【191906】
選まれた人として（小説）【191911】
水車の一夜（戯曲）【192105】
鈴木惣太郎（すずきそうたろう）
ベーブ・ルースの鼻【193502】
野球試合の〝批評〟【194006】
鈴木孝夫（すずきたかお）
メグレと私（随筆）【1986 秋】
鈴木隆敏（すずきたかとし）
小泉信三先生とはち巻岡田【2008 春】
鈴木太良（すずきたろう・近江友七・友次）
『さなぎ』に沿うて（今川英一追悼）【193412】
鈴木亨（すずきとおる）
気狂（詩）【194801】
進化の原理（六号室）【194802・03】

歴史文学を問う（対談）【2000秋】
批評の責任（座談会）【2001冬】
批評の生まれる場所（批評）【2001秋】
昭和文学史の虚点――井上良雄をめぐって（対談）【2004冬】
最後の「文芸評論家」（エッセイ）【2005冬】
反時代的精神の正統性（対談）【2005夏】

す

水京生（すいきょうせい）→水木京太（みずききょうた）
吹田順助（すいたじゅんすけ）
小山内薫氏のこと（追悼）【192903】
末津八良（すえつはちろう）
誤訳論【193907】
末松太郎（すえまつたろう）
遠藤家（小説）【193404】
文芸（今月の小説）【193405】
新潮・文学界（今月の小説）【193407】
桐の花（小説）【193408】
早稲田文学（今月の小説）【193409】
恋愛の場合（小説）【193410】
「行動」から（今月の雑誌から）【193411】
父と子と（小説）【193505】
ヴアラエテイ記（三田文学祭の夜）【193507】
雲の歌（小説）【193510】
思ひ出（水上瀧太郎追悼）【194005臨】
先生の新聞記者嫌ひについて【194010】
孤独に関して【194104】
戦線から【194202】
北辺から【194206】
戦線便り【194212】
須賀敦子（すがあつこ）
ダンテの人ごみ（随筆）【1995春】【2000春臨】
菅忠雄（すがただお）
犬を捨てる（小説）【192205】
吉岡の愛（小説）【192304】
哀矜（小説）【192306】
意地（小説）【192403】
足（小説）【192406】
絓秀実（すがひでみ）
漢詩、俗語革命、そして漱石（季言）【1994夏】
村上春樹をめぐる批評と、その転換（季言）【1994秋】
日本の作家は「差別問題」に対応できるのか（季言）【1995冬】
ラシュディ・『政治少年死す』・『風流夢譚』（季言）【1995春】
「時評」における「言論の自由」（季言）【1995夏】
「大衆」の表象（季言）【1995秋】
「資本」の限界をどのように触知するか（季言）【1996冬】
「再販制」見直しとジャーナリズム（季言）【1996春】
私の推す恋愛小説、この一冊（アンケート回答）【1998春】
菅沼貞三（すがぬまていぞう・原杉太郎）
帝展の日本画【192812】
彦根屛風（評論・研究）【192905】【192906】
美術批評【192911】【192912】
沢木先生を敬慕して（沢木四方吉追悼）【193102】
春草の落葉【193710】
夢殿秘仏【194004】
遠浦帰帆【194110】
大雅の二作【194110】
美術特輯について【194110】
宗栄の手紙【194208】
崋山の花鳥画【194211】
美術座談会（日本美術院第二十九回展覧会座談会）【194211】
菅沼亨（すがぬまとおる）
透明な乳房（詩）【193303】
明月（翻訳小説）（H・E・ベイツ原作）【193709】
菅谷北斗星（すがやほくとせい）
欲しいものは【193005】
須川光一（すがわこういち）
今さらに（葛目彦一郎追悼）【193503】
菅原孝雄（すがわらたかお）
梶井基次郎私論序【196910】
北条理解に反して（評論）【196912】
菅原卓（すがわらたかし）
紐育芝居の近状（評論）【192701】
紐育のギルドとオネイル（評論）【192805】
ミッド・ナイト・シヨウ（思ひ出の夏）【192808】
ミニイ・フイールド（翻訳）（E・P・カンクル原作）【193103】
向ふ見ず（戯曲）（翻訳）（リン・リグス原作）【193108】
仲間っぱづれ（戯曲）（翻訳）（ポール・グリーン原作）【193111】
現代英国演劇消息【193203】
海外劇壇消息【193207】〜【193209】
新劇の出発【193409】
英国演劇の展望【193709】
明日の演劇（新劇の行く道）【193805】
社会的危機と演劇【194108】
演劇のサイドから【195004】
久保田万太郎氏に「演劇」を訊く（座談会）【195203】
演劇時評【195304】〜【195310】
驢馬の耳【195412】
演劇の設定【195509】
バナナと拳銃（随筆）【196610】
菅原治子（すがわらはるこ）
マルセイユまで（エッセイ）【1996春】
ろばの耳【2007夏】
菅原誠（すがわらまこと）
犯罪都市【193307】
巣木健（すぎけん・㊍杉健〈たけし〉）
朝鮮の秋（短歌）【193310】
加瀬山の古墳（短歌）【193707】
季節と味覚（短歌）【193808】
うこん桜（短歌）（水上瀧太郎追悼）【194005臨】
北海道の旅（短歌）【194203】
続北海道の旅（短歌）【194205】
第三　北海道の旅（短歌）【194206】
杉捷夫（すぎとしお）
ロジェ・マルタン・デュ・ガール【193802】
杉江史子（すぎえふみこ）
男の個と女の孤（人と貝殻）【1986秋】
ここではないどこか（小説）【1987秋】
皮膚の下（小説）【1988夏】
他人の現実（小説）【1990秋】
杉木喬（すぎきたかし）
現代知性とドライサーの場合【193709】
二〇年代アメリカ文壇に於ける暗流【193809】
杉田不及（すぎたふきゅう）
松露集（短歌）【192307】
杉谷昭人（すぎたにあきと）
藤木（詩）【1992夏】
杉原健太郎（すぎはらけんたろう）
歔欷（小説）【192212】
夏木先生（小説）【192404】
蕾（小品）【192408】
噂（小説）【192410】
駱駝（小説）【192412】
流行（小説）【192704】
杉原喜子（すぎはらよしこ・㊍永井・S）
永井荷風と三田文学（追悼）【195906】
編集後記【196004】〜【196006】【196008】【196010】【196012】【196102】【196103】
杉村春子（すぎむらはるこ・㊍石山）
三田劇談会（座談会）【194111】
杉本正（すぎもとただし）
ろばの耳【2008冬】
杉本秀太郎（すぎもとひでたろう）
夏の終り（随筆）【1988秋】
私の推す恋愛小説、この一冊（アンケート回答）【1998春】
私が選ぶ昭和の小説（アンケート回答）【2007秋】
杉森久英（すぎもりひさひで・黄吉）
三点鐘【195912】
「舞姫」と人種改良論（随筆）【196610】
折口さんと矢部と私（随筆）【1990春】
小塙君のこと（随筆）【1995春】
杉山綾子（すぎやまあやこ）
2004三田文学スペシャルイベント・学生感想文から【2005冬】
杉山正樹（すぎやませいじゅ）
夏の雅歌（小説）【1986秋】
郡虎彦が去ったあとに（随筆）【1988冬】
水とか空（創作）【1992春】
ラジオの時間です――わが『ラジオ・デイズ』（随筆）【2002冬】

【193409】
暖房（小説）【193410】
同人雑誌批評（今月の雑誌から）【193411】
十二月同人雑誌評【193412】
今川英一（追悼）【193412】
丹羽文雄小論【193504】
人間性格の方法論的把握【193506】
パイプ（南部修太郎追悼）【193608】
廿代の文学（自著に題す）【193903】
立上る姿勢【193906】
文学的父親（水上瀧太郎追悼）【194005臨】
描写について【194010】
惜しい才能（南川潤追悼）【195511】
自分の山（戯曲）【195610】
三点鐘【196103】
肉感ある思考（随筆）【196612】
丸岡の体温（丸岡明追悼）【196811】
『三田文学』今昔（創刊六十周年特別企画座談会）【197006】
忘れられない人（和木清三郎追悼）【197007】
四十数年前の「三田文学」（随筆）【1986夏】
編輯後記【194404・05】～【194409】【194602】
※追悼文掲載号【1992春】
晶埜ふみ（しょうのふみ）
遥かなる旅（小説）【194101】
庄野満雄（しょうのみつお）
海外文芸ニュース【193805】～【193810】
笙野頼子（しょうのよりこ）
一九九六、段差のある一日（ある日の小説）【1996夏】
女、SF、神話、純文学【2004春】
徹底検証！　前号田中怪文書の謎【2008春】
荘原照子（しょうばらてるこ）
美しき流れ（詩）【193812】
白井健三郎（しらいけんざぶろう）
外国文学者は現代日本文学をこうみる【196804】
白井浩司（しらいこうじ・高石治）
レオン・ブルム（翻訳）（アンドレ・ジイド原作）【193702】
「罪と罰」の手帖（翻訳）（B・ド・シユルウツエル原作）【193704】
フランスの場合（戦後文学の展望）【194807】
スガナレル（Essay on Man）【194812】
二十世紀文学の性格【194901】
鈴木重雄について（人と作品）【194906】
文学の変貌（新刊批評）【195106】
カミユをめぐって（座談会）【195111】
政治における虚偽【195201】
番茶の後【195207】【195210】
堀田善衞著『祖国喪失』（書評）【195208】
渡仏【195303】
加藤道夫追悼【195403】
驢馬の耳【195412】【195602】【195612】
感想（復刊にあたって）【195807】
荷風先生を悼む（追悼）【195906】
三点鐘【195909】
ちょっと一言【196101】～【196104】
ロバの耳【196608】
追悼（丸岡明追悼）【196811】
『愛』について　Ⅰ～Ⅲ【197007】～【197009】
北原文学の一頂点（書評）（「霧雨」三部作）【197107】
北原さんを悼む（北原武夫追悼）【197312】
葬儀の仕方（随想）【197508】
一難去ってまた一難（随想）【197601】
休刊に際して（随想）【197610】
フランス文学科第一回卒業生（随筆）【1985春】
鈴木重雄のこと（随筆）【1992春】
偶感（随筆）【1995冬】
久保田万太郎の死を巡って（本を開く）【1996春】
改宗を勧められた話（遠藤周作追悼）【1997冬】
堀田善衞追悼【1998秋】
昭和の動乱期（回想）【1999夏】
江頭淳夫（江藤淳）夫妻を悼んで（江藤淳追悼）【1999秋】
年譜（回想記風に）（白井浩司追悼）【2005冬】
編輯後記【195002】【195004】
※追悼特集【2005冬】
白石かずこ（しらいしかずこ）
10月のセンチメンタル・ジャーニー（詩）【196612】
積極的親切と情熱の人（鍵谷幸信追悼）【1989春】
私の推す恋愛小説、この一冊（アンケート回答）【1998春】
白石公子（しらいしこうこ）
あなたの内臓（詩）【1989夏】
白川四郎（しらかわしろう）
倉島竹二郎氏の作品【193108】
白川正芳（しらかわまさよし）
『死霊』の主題（埴谷雄高論）【196811】
『罪と罰』について（特集『罪と罰』）【196904】
〝文体の魔〟と新技術（人と貝殻）【1986春】
母の五十回忌（随筆）【1990冬】
汝はそれなり――稲垣足穂【1997秋】
私の推す恋愛小説、この一冊（アンケート回答）【1998春】
埴谷雄高その生涯と作品（講義）（第一回）～（第三回）【2001冬】～【2001夏】
〝特選塾員〟で文豪とつながり（随筆）【2005秋】
私が選ぶ昭和の小説（アンケート回答）【2007秋】
白川みち子（しらかわみちこ）
みどりの思想（翻訳）（ジョン・コリア原作）【194103】
白洲正子（しらすまさこ）
散ればこそ（随想）【194606】【2000春臨】
「無常といふ事」を読んで【194612・4701・02】
一つの存在【194806】
京の女（随筆）【194907】
鐘引【195003】
驢馬の耳【195505】
城野旗衛（しろのはたえ）
芥火（小説）【193308】
失意の粧（小説）【193311】
城山三郎（しろやまさぶろう）
シンポジウム「発言」――「回帰」を拒否する【195910】
シンポジウム「発言」（討論）【195911】
津軽海峡にて（丘の上）【196105】
神西清（じんざいきよし）
喪のなかに（小説）【193210】
新城和一（しんじょうわいち）
夜汽車（詩）【191202】
日光陽明門の前にて（詩）【191207】
青ざめたる瞳（詩）【191211】
OARISTYS（詩）（翻訳）（レエモン・クリストフルウル原作）【191306】
五月の悲み（詩）【191308】
まどろめる夜（詩）【191401】
無数の瞳（詩）【191408】
新藤兼人（しんどうかねと）
この状況のなかで芸術追求は可能か（対談）【197101】
新道繁（しんどうしげる）
薔薇（扉絵）【193511】
進藤純孝（しんどうじゅんこう・㊍若倉雅郎）
意図と作品【195401】
二つ巴の幻想（昭和作家論・横光利一論）【195403】
三浦朱門「冥府山水図」（書評）【195508】
新しい文学史のために【195603】
〝わかりが悪い〟ということ（評論）【195808】
寂しさ（随筆）【196706】
漂泊の世代を語る（対談）【197212】
進藤正（しんどうただし）
春の月夜（戯曲）【193704】
新藤千恵（しんどうちえ）
ピアノ（詩）【194610・11】
晩夏【194912】
執念（詩）【195506】
新保祐司（しんぽゆうじ）
内村鑑三論（評論）（全八回）【1987秋】～【1989夏】
近代である「かのやう」な近代（評論）【1990秋】
『内村鑑三』補記（評論）（全五回）【1991秋】【1992春】～【1993冬】
ボオドレエル、リラダンに倣ひて（本の四季）【1992冬】
歴史の奪還――『夜明け前』によって――（対談）【1993秋】
富田城址に登る（随筆）【1995春】

めぐって（書評）【2000春】
スレスレ（わたしの独り言）【2005冬】
凡庸なる悪、あるいは卑近なる善（書評）【2006夏】
ドイツ商船遭難記――最終講義にかえて【2007夏】
私が選ぶ昭和の小説（アンケート回答）【2007秋】
柴田昌彦（しばたまさひこ）
ヘイタイサンオゲンキデスカ【194402】
柴田南雄（しばたみなお）
半世紀前の「レクイエム」（随筆）【1991夏】
柴田流星（しばたりゅうせい）
冷却（小説）【191009】
総見の後【191104】
柴田錬三郎（しばたれんざぶろう・㊍斎藤・R. S）
日吉あれこれ（日吉生活スケッチ）【193506】
十円紙幣（小説）【193806】
挽歌（小説）【193809】
如来の家（小説）【193811】
残された親子（小説）【193905】
蟹（涼風コント）【193908】
去って行く女（小説）【193911】
街の巣（小説）【194004】
魯迅幼年記（小説）【194005】
先生の思ひ出（水上瀧太郎追悼）【194005臨】【2000春臨】
墓場ある異郷（小説）【194007】
昼夜の記録（小説）【194010】
印度の秋（小説）【194012】
武士（小説）【194105】
自分のいのち（小説）【194109】
画面の女（小説）【194201】
同人雑誌月評【194204】【194206】【194207】
文学の勝利と敗北【194204】
割腹記（小説）【194205】
他人の図（小説）【194210】
青年の意志を信ず【194402】
大いなる祈り（書評）【194406・07】
俗情への魅力（書評）【194601】
仮病記（小説）【194606】
六号記【194607・08】【194610・11】【194709】
自虐する精神の位置（文芸時評）【194609】
リアリズムの貧困性（文芸時評）【194610・11】
漢文の価値（文芸時評）【194612・4701・02】
魯迅論（一）（二）【194712】【194801】
女性一束（戦後の女性）【194807】
対決（Essay on Man）【194810】
孤独の影（創作）【194901】
峯雪栄の素顔（人と作品）【194906】
映画【195002】
デスマスク（小説）【195106】
文芸時評【195109】～【195111】
問題の映画を語る（座談会）【195112】
イエスの裔（小説）【195112】
小説履歴【195205】
番茶の後【195205】
あひびき（創作）【195210】
旅のお荷物【195304】
現代恋愛論（座談会）【195310】
驢馬の耳【195412】
習作の頃（三田文学五十年）【195807】
閑談・中国文学【195809】
読書その他【196609】
福田恆存氏の「日本文壇を批判する」に答える【196803】
神の不当な処置（丸岡明追悼）【196811】
戦後の文学を語る【197604】
編輯後記〔後記〕【194408】【194603】【194607・08】【195207】【195208】
柴野てふ子（しばのちょうこ）
物干（小説）【192706】
笑ふ（小説）【192710】
泥濘（小説）【192802】
雛の宵（春のスケッチ）【192804】
渋井清（しぶいきよし）
明末の繡梓嬋娟画（一人一頁）【193006】
作庭美術に就いて【193208】
勝本清一郎氏のこと（作品と印象）【193602】
浮世絵の輸出【193902】
春信【193910】
清長（全三回）【194002】～【194004】
グラスの輸入【194012】
十年雑記（1927―37）【194108】
田沼時代の板木絵【194110】
維新前後の錦絵店【194206】
板画記【194211】
故沢木四方吉先生十三回忌に際して【194211】
江戸末期の草双紙【194311】
会わざるの記（永井荷風追悼）【195906】
渋沢孝輔（しぶさわたかすけ）
秋に（詩）【197411】【2000春臨】
比較詩学事始（随筆）【1993夏】
澁澤龍彦（しぶさわたつひこ）
権力意志と悪【195812】
マドンナの真珠【195907】
「鏡子の家」あるいは一つの中世【196001】
エロティックの少数派【196701】
『砂の上の植物群』に描かれた性について（吉行淳之介論）【196805】
変化する町（随筆）【1986秋】
渋谷美代子（しぶやみよこ）
いやいやえ（詩）【1992冬】
島朝夫（しまあさお）
シャルル・ペギイ（カトリック文学）【195307】
島あふひ（しまあおい）
女人（扉絵）【193810】
志摩海夫（しまうみお・㊍市川二獅雄）
はらからに驚あり【194310】
四馬太郎（しまたろう）→阪田英一（さかたえいいち）
島弘之（しまひろゆき）
不死鳥の醍醐味は「冷製」で甦る（本を開く）【1995春】
島尾敏雄（しまおとしお）
『近代文学』の功罪（座談会）【195403】
生者の怯えの中で【195603】
三点鐘【195903】
大江健三郎『われらの時代』（書評）【195909】
漂泊の世代を語る（対談）【197212】
戦後の文学を語る（インタヴュー）【197606】
嶋岡晨（しまおかあきら）
O Filii et filiæ（詩人の頁）【195504】
島木赤彦（しまきあかひこ・㊍久保田俊彦・伏龍・二水・二水軒・山百合・柿村舎・柿人・柿の村人・柿蔭山房主人）
辛夷の花（短歌）【191605】
〔詩〕（六号余録欄）【191905】【191908】
島崎恭爾（しまざききょうじ）
秋の声（小説）【194101】
島崎鶏二（しまざきけいじ）
テラス（文）【193505】
Café du Dome（絵）【193505】
島崎真平（しまざきしんぺい）
先生追慕（水上瀧太郎追悼）【194005臨】
大阪と水上先生【194010】
島崎藤村（しまざきとうそん・㊍春樹・無名氏・島の春・古藤庵・無声・枇杷坊・むせい・葡萄園主人・六窓居士）
〔献詞〕（机を籾山に贈りて）（消息欄）【191305】
〔書信〕（消息欄）【191403】
短夜の頃【192808】【2000春臨】
〔推薦文〕小山内薫全集（春陽堂版）を薦む（広告欄）【192906】
沢木梢君のおもひで（追悼）【193102】
水上瀧太郎を悼みて（追悼）【194005臨】
水上瀧太郎君の著作【194010】
島崎通夫（しまざきみちお）
足跡（詩）【194905】
島田雅彦（しまだまさひこ）
サルの形而上学的悩み（随筆）【1986夏】
島田訥郎（しまだもりお）
表紙（絵）【195205】～【195210】
島原逸三（しまばらいつぞう）
宗教と哲学的良心（評論）【192204】
耶蘇とその後（評論）【192301】
宗教思想史上のカント【192405】
一角から見たこと【192608】
石田さんのこと（石田新太郎追悼録）【192703】
沢木四方吉氏の追憶（追悼）【193101】
清水和子（しみずかずこ）
あたらしい冬（詩）【197503】
清水健太郎（しみずけんたろう）
夕立（小説）【1989夏】

山峡（小説）【193504】
三田つれづれ（三田の生活スケッチ）【193505】
十七歳（小説）【193506】
この一夜（三田文学祭の夜）【193507】
水の上（小説）【193510】
二月号同人雑誌作品評【193603】
三月号同人雑誌作品評【193604】
四月号同人雑誌作品評【193605】
静夜（小説）【193607】
六月号同人雑誌作品評【193607】
七月号同人雑誌作品評【193608】
八月号同人雑誌作品評【193609】
九月号同人雑誌作品評【193610】
女の姿勢（小説）【193703】
四月号同人雑誌作品評【193705】
六月号同人雑誌作品評【193707】
兵営から【193803】
戦場から（現地から）【193901】
暁の頌歌（小説）【193905】
神々の鞭（長篇小説）（全七回）【193910】〜【194004】
水上瀧太郎先生（追悼）【194005 臨】
ある一頁（小説）【194011】
戦線抄【194104】
戦線追慕【194106】
手帖から【194108】
戦線の落穂【194301】
塩瀬宏（しおせひろし）
芸術の状況（シンポジウム）【196101】
DAMN SYMPOSIUM（芸術の状況・エッセイ）【196101】
塩津貫一（しおつかんいち）
《飾文字》より（創作）（翻訳）（アルチユウル・ランボオ原作）【193412】
Chants（詩）【193602】
遠近法（詩）【193605】【193607】
Poésie【193608】
une saison en comeleon（詩）【193610】
“gynecomaniaque gynecocratique”（詩）【193612】
塩野俊彦（しおのとしひこ）
文芸時評【195310】
埠頭にて【195603】
緑と灰【195606】
汐見洋（しおみよう・㊍片山喜三郎）
小山内先生のさまざま（小山内薫追悼）【192903】
ゲオルグ・A・シオリス
日本神話とギリシャ神話【197201】
志賀直哉（しがなおや）
〔書信〕中戸川吉二宛（中戸川「井汲君の『北村十吉』評をみて」文中）【192303】
繁尾久（しげおひさし）
サリンジャー論（評論）【197001】
しげし→井川滋（いかわしげる）
茂田真理子（しげたまりこ）
先生の思い出（エッセイ）【2005 冬】
梓月（しげつ）→籾山梓月（もみやましげつ）
重松秋男（しげまつあきお）
薩南への初旅（水上瀧太郎追悼）【194005 臨】
重松清（しげまつきよし）
さつき断景（ある日の小説）【1996 夏】
獅子文六（ししぶんろく）→岩田豊雄（いわたとよお）
宍戸貫一郎（ししどかんいちろう）
山霧（詩）【194712】
七字慶紀（しちじよしのり）
「外郎」物語（随筆）【1994 春】
実相寺昭雄（じっそうじあきお）
百人に一人【1996 冬】
品川亮（しながわりょう）
おしまいの少年（創作）【1993 夏】
イタリア旅行（小説）【1996 春】
篠沢秀夫（しのざわひでお）
昭和二十五年のランボー（随筆）【1990 春】
篠田綾子（しのだあやこ）
ルーシンダ（翻訳）（フランシス・タワーズ原作）【195309】
篠田達美（しのだたつみ）
不ぞろいな風景のある一日（小説）【1988 秋】
エイズとシミュレーショニズム（評論）【1991 春】
X の肖像（創作）【1992 冬】
カオスへの感受性（美術の四季）【1993 冬】
楽園とユートピア（美術の四季）【1993 春】
パウル・クレー展（美術の四季）【1993 夏】
アンゼルム・キーファー（美術の四季）【1993 秋】
ラウシェンバーグの禅と弁護士（美術の四季）【1994 冬】
「戦後日本の前衛美術」展（美術の四季）【1994 春】
篠田知和基（しのだちわき）
海辺の倦怠（評論）【197308】
土手の上・下——百閒の文学（評論）【197409】
篠田一士（しのだはじめ）
ジョン・レーマン氏について【195306】
間奏曲【195309】
ポーからヴァレリーまで（翻訳）（T・S・エリオット原作）【195312】
ジョン・ダン論【195501】
ドン・ペルリンプリン（翻訳）（フランシス・ファーガスン原作）【195701】
野上弥生子〈迷路〉論【195703】
本質的孤独（翻訳）（モーリス・ブランショ原作）【195704】
現代詩大要（講演）（全五回）【1985 春】〜【1986 春】
無碍の円熟境（随筆）【1987 秋】
※追悼文掲載号【1989 夏】
篠田正浩（しのだまさひろ）
私は『沈黙』をこのように映像化する（評論）【197101】
文学と映画の間には【1996 冬】
篠原亀三郎（しのはらかめさぶろう）
政治【195002】
篠原一（しのはらはじめ）
カルヴィーノの文学講義（私の古典・この一冊）【2001 夏】
篠原央憲（しのはらひさのり）
機械芸術の創造【196012】
衝迫のヴィジョン（未来の映画のために）【196202・03】
篠原宏（しのはらひろし）
白い沙漠（詩）【195608】
表紙（絵）【195404】
篠原梵（しのはらぼん・㊍敏之）
伊良胡岬まで（俳句）【194108】
待避壕を掘る　その他（俳句）【194309】
忍潮人（しのぶちょうじん）
炬燵（小説）【191207】
紫陽花（小説）【191303】
柴市郎（しばいちろう）
懐疑論と反語の狭間で（本の四季）【1994 冬】
芝群六（しばぐんろく）
文学界（六月の小説）【193807】
斯波武（しばたけし・㊍武綱）
お房（小説）【191706】
遅い月（小説）【191709】
秋（小説）【191711】
初嵐（小説）【191806】
夕闇（小説）【191810】
他人のこと（小説）【191812】
急設電話（小説）【192106】
芝木好子（しばきよしこ・㊍大島）
他人（小説）【194301】
ひとの終り（随筆）【1987 夏】
柴田賢次郎（しばたけんじろう）
戦争文学について【194004】
女史（小説）【194005】
弾の流れ【194108】
戦争と文学【194201】
バギオ紀行【194301】
フイリツピンの出版文化【194302】
柴田三之助（しばたさんのすけ）
先生の思出（沢木四方吉追悼）【193102】
柴田重宣（しばたしげのり）
ミネが死んでから（創作）【197508】
わからずじまい（創作）【197602】
柴田翔（しばたしょう）
現実と文学（対談）【197004】
時代の気分と小説（随筆）【1993 夏】
柴田勝二（しばたしょうじ）
たゆたう人びと【1986 冬】
三島由紀夫の「詩」（評論）【1986 夏】
自己の在り処（評論）【1987 冬】
動きまわる孤独——安部公房論（評論）【1989 夏】
柴田陽弘（しばたたかひろ）
白夜の肖像（人と貝殻）【1989 春】
不透明な世界（本の四季）【1994 冬】
私の推す恋愛小説、この一冊（アンケート回答）【1998 春】
イザローンの夜（随筆）【1999 春】
ブドウ球菌は怒った（学生小説解説）【2000 冬】
魂の暗殺者——ナチズムの記憶を

柳田國男論（全七回）【1993夏】
～【1994冬】【1994秋】
～【1995春】【1995秋】
三島由紀夫『午後の曳航』（あの作家のこの一冊）【1997秋】
吉増剛造先生への手紙【1998冬】
文章読本の歴史的展開（評論）【1998夏】
柳田國男と国際連盟（批評）【2000夏】
嘘という真実、真実という嘘（書評）【2003冬】
異界を旅する眼差し（書評）【2003夏】
恋の文学、文学の恋（書評）【2004冬】
『一族再会』と歴史叙述（評論）【2005冬】
神社を旅するこころ（書評）【2006冬】
ヴェールの向こうのツェラン（書評）【2007冬】
私が選ぶ昭和の小説（アンケート回答）【2007秋】
豊穣な孤独――須賀敦子試論（評論）【2008春】
佐山けい子（さやまけいこ）
白い道（小説）【193212】
安楽椅子と祭壇（小説）【193407】
玩具とはつか鼠（小説）【193409】
植物の成長（小説）【193410】
眼鏡の女（小説）【193412】
濃霧の村（小説）【193505】
山（小説）【193509】
家（小説）【193512】
型（小説）【193602】
夜の女（小説）【193604】
佐山済（さやまわたる）
日本古典文学雑感【194108】
日本古典との疎隔【194208】
J＝P・サラブルイユ
ぼくはおまえに死ぬ術を教える／他（詩）【197501】
澤井繁男（さわいしげお）
水（小説）【1986冬】
昏（小説）【1986秋】
時雨（小説）【1987秋】
旅道（小説）【1988春】
異物（小説）【1990秋】
実生の芽（創作）【1992春】
軽みを得た情痴（本の四季）【1992秋】
耳（創作）【1994冬】
磁場（小説）【1995冬】
繭、光る（小説）【1997春】
裏（小説）【2002冬】
毀形（随想）【2002夏】
〈いのち〉の感性（随想）【2004春】
午後二時（小説）【2007夏】
私が選ぶ昭和の小説（アンケート回答）【2007秋】
文芸創作講座（学生創作解説）【2009春】
佐和浜次郎（さわはまじろう）
詩三篇（詩）【195105】
ボオドレエルの詩の翻訳について【195108】
初花（詩）【195109】
青髯が若しその七人の妻の死骸を（詩）【195203】
沢木耕太郎（さわきこうたろう）
血まみれメアリー（随筆）【1998夏】
沢木梢（さわきこずえ）→沢木四方吉（さわきよもきち）
沢木隆子（さわきたかこ・㊍坂崎）
白き昇天（沢木四方吉追悼）【193101】
沢木みね子（さわきみねこ）
南部さんの思出（南部修太郎追悼）【193608】
沢木四方吉（さわきよもきち・沢木梢・若樹末郎・梢・梢子・L.L生）
ニイチエの超人と回帰説（評論）【191008】【191010】
夏より秋へ【191104】
無名詩人の生ひ立【191108】
ふらんす印象派（評論）【191206】
巴里で観た絵画（評論）【191301】
〔書信〕訂正申込（一月号作品）（消息欄）【191303】
Kandinskyの為に（評論）【191308】【191505】
〔書信〕看るがまゝ、聞くがまゝ（ミュンヘンより）【191308】
美術の都（随想）【191309】
美術サロンを訪ねて（評論）【191403】
〔書信〕（消息欄）【191305】【191312】【191403】【191407】【191501】【191502】【191507】【191512】
シュワービングより（随想）【191410】
巴里にて（随想）【191511】
伊太利へ（随想）【191512】
フィレンツェより（随想）【191601】
羅馬の秋（随筆）【191607】
〔談〕「三田文学主幹になるの弁」（消息欄）【191607】
故上田敏先生追悼録【191609】
二科展覧会評（評論）【191611】
表紙図の説明【191701】
印象派より立体派未来派に達する迄（評論）【191701】
ヱニュス・ド・ミロの謎（考証・説話）【191703】
【191705】～【191707】
二科会及美術院（批評）【191710】
レオナァルド・ダ・ヰンチ（評論）【191801】【191803】【191804】【191806】
『最後の晩餐』（評論）【191808】
モレルリの美術論（対話）【191901】
失はれたるアトランチス（評論）【191905】
クニドスのデメテル（評論）【192204】
文壇のネストル（森鷗外追悼）【192208】
病床の歌【193101】
〔日記〕故沢木四方吉氏日記抄【193102】
鵠沼にて（俳句）【193102】
開戦前後（遺稿）【194211】
雨、美術、詩（遺稿）【194211】
バロツク建築論（遺稿）【194211】
※追悼特集「故沢木四方吉氏追悼記」【193101】【193102】
※追悼文掲載号【193103】【194211】
※著作年表掲載号【194211】
沢田貞雄（さわださだお）
粋念仏（小説）【193803】
沢田允茂（さわだのぶしげ）
実存主義の諸問題（実存主義文学の企図）【195304】
「言葉の機能に関する文学的考察」に関する考察（書評）【196007】
人間疎外（シンポジウム）（司会）【196102】
沢野久雄（さわのひさお）
驢馬の耳【195606】
沢村三木男（さわむらみきお）
小唄――佐佐木茂索氏の追憶――【196703】
感想（随想）【197610】
沢村光博（さわむらみつひろ）
鳥（詩）【195502】
驢馬の耳【195703】
三幹竹（さんかくちく・名和香宝）
春季雑吟（俳句）【191605】
山頭火（さんとうか・㊍種田正一・種田山頭火）
小草（俳句）【191606】
三馬樽平（さんまたるへい）
映画―現代をとらえるために（未来の映画のために）【196202・03】

し

椎名麟三（しいなりんぞう・㊍大坪昇）
宗教と文学（対談）【196610】
作家の意図はどこまで理解されるか【196806】
私と「悪霊」（インタビュー）【196910】
荷物（戯曲）【197005】
塩川秀次郎（しおかわしゅうじろう）
ニコライ堂・その他（詩）【192910】
小雨あがり（詩）【193001】
愚者と橋（詩）【193004】
煉獄（詩）【193007】
ペデストリヤン・六月（詩）【193009】
按摩・その他（詩）【193109】
都市よ、汝は？（詩）【193112】
蟹の如く（詩）【193204】
霧（詩）【193302】
埃まみれの公園（詩）【193402】
石斫場（詩）【194008】
印度に檄す（詩）【194202】
軌跡（詩）【194304】
塩川政一（しおかわせいいち）
童話（小説）【193406】
末裔（小説）【193407】
霧のやうに（小説）【193410】

知盛の幽霊【194108】
古典と人間探究（その一）（その二）【194109】【194112】
知性の敗北【194308】
大正時代の折口先生（折口信夫追悼）【195311】

サトウハチロー（さとうはちろう・㊍佐藤八郎）
〔推薦文〕（詩）『獅子文六全集』（全十六巻）（広告欄）【197004】

佐藤春夫（さとうはるお・珍曇斉・講演ぎらひ・旅行好き・H.S・鏡水・梟睡・梟叟）
憤【191107】
キイツの艶書の競売に付せらるゝとき（オスカア・ワイルド）【191108】
小曲六章【191111】
寓話（詩）【191212】
『南風の歌』の序曲（詩）【191301】
相聞羇旅（詩）【191308】
〔書信〕「相聞羇旅」正誤申込書（消息欄）【191309】
天上聖母のこと（随筆）【192609】
六号雑記【192705】
酒、歌、煙草、また女（詩）【192801】【2000 春臨】
感想と希望（二周年記念のページ）【192804】
ふるきしらべ【192808】
車塵抄（詩）【192901】
JAMES STEPHENS　三章（訳詩）【192909】
〔跋文〕芥川龍之介著『西方の人』（広告欄）【193002】
〔編輯者の言葉〕文学的文学雑誌「古東多万」（広告欄）【193206】
〔推薦文〕永井荷風『濹東綺譚』（広告欄）【193710】
〔推薦文〕富沢有為男著『東洋』（広告欄）【193912】
〔推薦文〕国策的出版『現代支那文学全集全十二巻』（広告欄）【194002】
三十年来の高恩（馬場孤蝶追悼）【194009】
佐保姫（舞踊曲歌詞）【194104】
葉書回答【194201】
あっつ嶋玉砕部隊鑽仰歌【194310】
ジャカルタの雨【194406・07】
原民喜君を推す（第一回水上瀧太郎賞）【194901】
〔推薦文〕原民喜小説集『夏の花』（広告欄）【194901】【194902】【194905】
東京の菊（詩）【194902】
青柳瑞穂君を推す（戸川秋骨賞）【194908】
新体詩小史【194910】
外国文学の影響【194911】
帰村賦（詩）【194912】
慶應義塾学生ホオルを歌へる歌【195002】
危険な株　楽しみな株（第二回水上瀧太郎賞発表）【195002】
日本あんそろじい（一〜三）【195004】〜【195006】
小泉信三氏訪問記【195005】
邪神（小説）【195105】
賭け事（詩）【195105】
ウォレス・ステグナー氏夫妻を囲みて（座談会）【195105】
番茶の後【195105】【195106】【195109】【195111】【195205】【195207】【195210】
永井荷風研究（座談会）【195106】
「デスマスク」に就て（推薦の言葉）【195106】
三月十三日夜の事（原民喜追悼）【195106】
〔短歌〕原民喜追悼（原守夫「民喜に」文中）【195106】
陶晶孫氏を囲む座談会【195107】
與謝野先生御夫妻の思ひ出【195108】
奥入瀬谿谷の賦併序（詩）【195109】
バリ島の旅（創作）【195111】
無題（詩）【195112】
広島日記【195201】
新春詩抄（詩）【195203】
自然主義よりの脱却【195205】
歌謡【195205】
鬼語断片（詩）【195206】
蟬の声（扉の言葉）【195207】
〔註〕（堀口大學「灰皿」文中）【195207】
十二湖の記【195208】
悔の八千度（創作）【195209】
中秋水調歌（詩）【195210】
小鳥の歌へる（詩）【195303】
〔推薦文〕『原民喜作品集』（広告欄）【195305】
むかしの三田文学【195307】
現代恋愛論（座談会）【195310】
その草創時代（三田文学五十年）【195807】
閑談・中国文学【195809】
荷風先生と三人文士（追悼）【195906】
わが詩学（最終講義）（上）（下）【196706】【196707】
後記【195303】
表紙画【2001 夏】
※追悼文掲載号【196706】

佐藤正彰（さとうまさあき）
ヴァレリイと普遍人【193802】

佐藤方哉（さとうまさや）
「行動分析学的春夫論」予告編（交差点）【197609】

佐藤泰正（さとうやすまさ）
遠藤周作「スキャンダル」（偉大なる失敗作）【1999 秋】
私が選ぶ昭和の小説（アンケート回答）【2007 秋】

佐藤洋二郎（さとうようじろう）
湿地（創作）【197607】
照り雨（小説）【1988 夏】
軽い関係（創作）【1991 夏】
龍宮城（創作）【1991 秋】
前へ、進め（創作）（一）〜（四）【1992 夏】〜【1993 春】
喜劇・猿蟹合戦（連載小説）（一）〜（六）【1994 秋】〜【1996 冬】
温故知新（書評）【1997 春】
遠い心体の記憶【1998 秋】
「内向の世代」の後はなにか（座談会）【1999 冬】
蔓（小説）【1999 夏】
沈黙の神々（全三十回）【2001 春】〜【2008 夏】
選考座談会（三田文学新人賞）（第十三回）〜（第十七回）【2006 春】【2007 春】【2008 春】【2009 春】【2010 春】
私が選ぶ昭和の小説（アンケート回答）【2007 秋】
「利」を嫌い「理」を好む（書評）【2009 冬】
カプセル男（創作）【2010 春】

佐藤義美（さとうよしみ）
ヂオヂアン（詩）【194007】

里見勝蔵（さとみかつぞう）
ペルシヤ陶器絵（扉絵）【193711】

里見弴（さとみとん・㊍山内英夫）
舞台監督に就ての雑感（評論）【192101】
阿部君へ（随筆）【192803】
自然解【192808】
小山内さんと私（小山内薫追悼）【192903】
覚書【194010】
清き水の魚【194101】

佐野繁次郎（さのしげじろう）
菊五郎の舞踊（評論）【192807】【192809】【192810】
佐伯祐三を憶ふ（追悼）【192811】
調書抜き書（小説）【192907】
B の殺人（戯曲）【192908】
言葉を滅せ（戯曲）【192909】
火なぶり（戯曲）【192911】
感覚・構図【193003】
絵の事一二【193005】
表紙（絵）【193101】〜【193106】【1997 夏】〜【2000 冬】

佐野ぬい（さのぬい）
目次・本文カット【1991 秋】

佐野洋子（さのようこ）
表紙（絵）【196109】〜【196201】

佐分純一（さぶりじゅんいち）
クリスティーヌ（翻訳）（ジュリヤン・グリーン原作）【195304】
フランス映画の危機と一九五三年（新椋鳥通信―フランス）【195305】
ジュリアン・グリーン（カトリック文学）【195307】

佐谷眞木人（さやまきと）
映像仕掛けの物語（人と貝殻）【1989 冬】
芥川龍之介と柳田國男（文学談義クロストーク）【1989 夏】
自然主義から民俗学への階梯（評論）【1991 秋】
孤独な魂の遍歴（本の四季）【1992 冬】
語ることの初源へ（本の四季）【1992 夏】
三島由紀夫と忠臣蔵（評論）【1993 冬】
個別性と匿名性の相剋（本の四季）【1993 冬】

賞佳作）【1997春】
笹岡了一（ささおかりょういち・㊍秋元）
スケツチ（絵）【193506】
翼城東関にて（扉絵）【194103】
黄河付近の洞窟【194106】
笹川臨風（ささがわりんぷう・㊍種郎）
〔推薦文〕不朽の名著、尊い業績（上田万年・樋口慶千代共著『近松語彙』広告欄）【193007】
〔推薦文〕奇絶清絶（『鏡花全集』全廿八巻広告欄）【194004】
佐々木英二（ささきえいじ）
家系（小説）【194105】
佐々木基一（ささききいち・㊍永井善次郎・青木文象）
『堕落論』の周辺【194712】
ひとつの「どん底」（どん底・ユートピア）【194809】
原民喜断想（追悼）【195106】
原民喜略年譜（共編）【195106】
桂芳久著「海鳴りの遠くより」（広場）【195607】
整地した墓地（詩篇）【196202・03】
共産主義は文学を駄目にするか【196812】
佐々木好母（ささきこのも）
郷愁（戯曲）【191212】
佐々木卓（ささきたかし）
夜明けのない朝（小説）【197102】
佐佐木千之（ささきちゆき）
動揺（小説）【192612】
風日（小説）【192705】
おもかげ（随筆）【192712】
佐々木伝太郎（ささきでんたろう）
秩父の外廓（山・水・旅）【193408】
佐々木信綱（ささきのぶつな・竹柏園）
〔推薦文〕『〈定本〉樋口一葉全集』（広告欄）【194108】
佐々木春雄（ささきはるお）
夏場所裸記【194007】
佐々木弘之（ささきひろゆき）
空へ（小説）【192704】
佐々木誠（ささきまこと）
〝ユダヤ〟の意味するもの（評論）【197112】
小さな反乱者（小説）【197208】
水の臭い（小説）【197301】
からみ酒（創作）【197505】
箱庭の夏（創作）【197609】
佐々木幹郎（ささきみきろう）
模造の淵（詩）【197502】
佐佐木茂索（ささきもさく）
翅鳥（小説）【192105】
病（小説）【192106】
涓滴余事（森鷗外追悼）【192208】
感想と希望（二周年記念のページ）【192804】
我が賀状（往復ハガキ回答）【192901】
〔俳句〕戦前有閑（和木清三郎「慶・早野球敗戦記」文中）【192911】
思ひ出したまま（水上瀧太郎追悼）【194005臨】
※追悼文掲載号【196703】
佐佐木幸綱（ささきゆきつな）
私たちはこのような新人を待つ【196807】
佐々木義登（ささきよしと）
青空クライシス（第十四回三田文学新人賞受賞作）【2007春】
受賞のことば【2007春】
桃（小説）【2007夏】
私が選ぶ昭和の小説（アンケート回答）【2007秋】
佐々木涼子（ささきりょうこ）
プルーストとマドレーヌ・ルメール（文学談義クロストーク）【1989秋】
笹沢美明（ささざわよしあき）
この言葉、降らせよ（愛国詩）【194210】
遠の御門の守【194310】
佐治祐吉（さじゆうきち）
少年のNaiàdes（小説）【191910】
涙（小説）【192010】
刺賀秀子（さすかひでこ）
とんび（創作）【197603】
佐多稲子（さたいねこ・㊍佐田イネ・窪川いね子）
驢馬の耳【195703】
三点鐘【196003】
雑草生（ざっそうせい）
海外劇壇消息【193207】【193208】
薩摩忠（さつまただし）
詩五篇【196703】
佐藤愛子（さとうあいこ）
埋れた土地【195412】
慈愛の師（北原武夫追悼）【197312】
ものを書く意味（随筆）【1988秋】
佐藤一英（さとういちえい）
天地荘厳（詩）【195201】
老詩人とその弟子【195308】
風・花（詩）【195401】
佐藤一郎（さとういちろう）
曹禺の「雷雨」について【195106】
骸骨の梯子（評論）【195108】
古陶と黄土の子（評論）【195109】
母を生む国【195203】
近代への実験【195210】
郭沫若論序説【195310】
佐藤恵美子（さとうえみこ）
渇の時代（詩）【195907】
秋意（詩）【1994冬】
佐藤観次郎（さとうかんじろう）
あの日の一言（水上瀧太郎追悼）【194005臨】
戦場の思ひ出【194109】
水上瀧太郎【195201】
佐藤喜一郎（さとうきいちろう・里木悦郎）
飛行機乗りの母【194308】
佐藤朔（さとうさく）
フランス（海外文壇消息）【193208】【193211】
「パリウド」を再読して【193301】
人類と歴史【193311】
ジァリ素描【193501】
「弟子」をめぐりて（心理小説研究）【193702】
プルウストとジイド（翻訳）（ピエエル・ミル原作）【193802】
鎌倉山旭ケ丘【194108】
めをと池【194208】
レスボス（詩）（翻訳）（シャルル・ボオドレエル原作）【194609】
戦後のフランス文学【194801】
ジイドの死（評論）【195105】
「照応」と「交感」（評論）【195109】
カミユをめぐって（座談会）【195111】
現在の欧米文化の様相（座談会）【195303】
折口先生のこと（折口信夫追悼）【195311】
選を終えて（全国詩同人誌推薦新進詩人コンクール）（座談会）【195404】
驢馬の耳【195410】【195412】【195501】【195505】【195508】【195601】【195706】
三点鐘【195901】
瀧口修造『幻想画家論』（書評）【195904・05】
サルトル・人と文学（座談会）【196612】
外国文学者は現代日本文学をこうみる【196804】
石丸君の思い出（石丸重治追悼）【196903】
北原君のこと（北原武夫追悼）【197312】
村野風羅坊（村野四郎追悼）【197506】
荷風とボードレール（随想）【197508】
不死鳥のように（随想）【197610】
あさき夢みし（詩）【1985春】
美しき鎮魂歌（山本健吉追悼）【1988夏】【2000春臨】
エッフェル塔の花嫁花婿（随筆）【1990春】
芸術のとらえ方（対談）【1991夏】
蟬しぐれの中のアカデミスム（詩）【1991夏】
『珊瑚集』に立ち戻って（随筆）【1995冬】
※追悼文掲載号【1996夏】
佐藤佐太郎（さとうさたろう）
讃歌（短歌）【194204】
金閣寺（短歌）【194401】
三点鐘【196004】
佐藤聖（さとうたかし）
ろばの耳【2003春】
佐藤珍彙斉→佐藤春夫
佐藤哲也（さとうてつや）
アメリカのモノローグを解体する（書評）【2001夏】
佐藤亨（さとうとおる）
アイリッシュネスの展開（評論）【2004秋】
佐藤信彦（さとうのぶひこ）
朝霧【194008】
くうすけ物語【194012】
中品上生（二回）【194101】【194102】
鳥のあそび【194106】

恐怖　【195702】
ハイウエイ　【195706】
似たものどうし（創作）【195807】
すてきなレコード（丘の上）　【196107】
島尾敏雄氏の「島にて」について　【196611】
山川方夫年譜（追悼）　【196703】
東方園（小説）　【196802】
現代小説の条件（対談）【197303】
北原さんのこと（北原武夫追悼）　【197312】
当世月給取り気質（私のデッサン）　【197401】
三田的なもの（新春随想）　【197501】
「休刊」雑感（随想）　【197610】
奇妙な旅行（小説）（全八回）　【1985 春】～【1987 冬】
すべては小説に還る（対談）　【1987 夏】
楽しみにしていたが……（「三田文学」創刊八十年・慶應義塾大学文学部開設百年記念懸賞小説・評論選評）　【1991 冬】
「死」と向いあう視点（本の四季）　【1991 秋】
馬には狐を乗せて（本の四季）　【1993 冬】
野口冨士男さんのこと（野口冨士男追悼）　【1994 冬】
選考座談会（三田文学新人賞）（第一回）・（第二回）　【1994 春】【1995 春】
後記こぼれ話（随筆）　【1995 冬】
断想（エッセイ）　【1999 夏】
江藤淳の文学（鼎談）（江藤淳追悼）　【1999 秋】
眩い幻視の彼方へ（田久保英夫追悼）　【2001 夏】
遠い声　佇む早春（創作）　【2010 春】
編集後記〖後記〗　【195611】【195702】【195704】【195705】【1991 夏】～【1994 春】
榊山潤（さかきやまじゅん）
虚空の翼　【193302】
私事　【193306】
刀に就いて　【193507】
三月のノート　【193705】
『上海』上陸前後　【193901】
坂口安吾（さかぐちあんご・㊍柄吾）
村のひと騒ぎ（小説）　【193210】【2000 春臨】
谷丹三の静かな小説　【193403】
坂口昌明（さかぐちまさあき）
爆発したレモン　【196910】
みちのくの詩人たち　【2003 夏】
続みちのくの詩人たち（評論）　【2004 秋】
坂下一六（さかしたいちろく）
生温いカクテル　【193008】
フォイヒトワンゲルの喜劇　その他　【193010】
独仏劇壇の新傾向　【193011】
各国のシーズンを遠望　【193101】
阪田英一（さかたえいいち・四馬太郎・大東正史）
冬の温泉・旅館・客　【193501】
レヴユウのレビユー　【193504】
春はレビユウから　【193505】
近頃小唄流行　【193505】
流行歌満員　【193506】
レヴユウ界近況　【193506】
珍優の珍レコード　【193507】
新緑の頃のレヴユウ界　【193507】
レヴユウの客席から　【193508】
日本ビクター実演大会について　【193508】
お盆のレヴユウ界　【193509】
テニスの性格（小説）　【193509】
歌手の衣裳（小説）　【193601】
レヴユウ合戦　【193601】
生物学試験の結末（小説）　【193602】
桐の木横町について　【193602】
エノケン論　【193603】
レビユウ界の新星　【193604】
卒業証書の価値（小説）【193604】
少女歌劇　【193605】
バレーとダンス　【193607】
ソッカーの関係（小説）【193607】
アトラクシヨン　【193608】
次に来たるシヨウ　【193609】
農学士温泉屋（戯曲）　【193610】
新喜劇其他　【193611】
浅草のレヴユウ　【193612】
伝統派温泉屋（戯曲）　【193701】
チルデン氏の独身（小説）　【193706】
テイボウ氏の独奏（小説）　【193805】
静脈（小説）　【193811】
阪急沿線夙川　【193903】
愛娘（小説）　【194001】
次男（小説）　【194005】
長男（小説）　【194103】
魚釣り（小説）　【194106】
妻について（小説）　【194111】
飛驒にて（小説）　【194401】
牛皮の鞄（掌中小品集）【194402】
阪田寛夫（さかたひろお）
タダキク（小説）　【196812】
八月十五日（小説）　【197001】
信仰の試験（ノスタルジア）　【197602】
ああそうですか（随筆）【1987 冬】
坂手洋二（さかてようじ）
先輩たちと劇場（随筆）【2004 冬】
坂部通男（さかべみちお）
輪廻・其の他（詩）　【194612・4701・02】
坂村健（さかむらけん）
文字文化を破壊しないコンピュータを創る　【1997 冬】
阪本越郎（さかもとえつろう）
散文精神について　【193209】
詩と現実　【193305】
Ambarvalia の精神　【193311】
一九三三年の文壇回顧　【193312】
百田宗治著「随筆路次ぐらし」　【193411】
海の街（小説）　【193412】
堀口大學著「季節と詩心」読後　【193511】
「花花」について　【193604】
坂本神太郎（さかもとかみたろう）
最後の出張（水上瀧太郎追悼）　【194005 臨】
坂本紅蓮洞（さかもとぐれんどう・㊍易徳・洞老人・鳥眠洞老人）
六号雑記　【192810】
坂本忠雄（さかもとただお）
私の推す恋愛小説、この一冊（アンケート回答）　【1998 春】
「三田文学名作選」のこと（座談会）　【2000 夏】
選考座談会（三田文学新人賞）（第十三回）～（第十七回）　【2006 春】【2007 春】【2008 春】【2009 春】【2010 春】
私が選ぶ昭和の小説（アンケート回答）　【2007 秋】
文芸編集　今昔――文学の未来にむけて（座談会）　【2008 夏】
坂本公延（さかもとただのぶ）
老人の季節（創作）　【1992 夏】
坂本徳松（さかもととくまつ）
釈迢空の文学啓蒙（折口信夫追悼）　【195311】
嵯峨山敏（さがやまさとし）
三吟歌仙　新舞子の巻【2006 春】
相良平八郎（さがらへいはちろう）
メンデルスゾーンの一族（詩）　【1993 冬】
向坂丈吉（さきさかじょうきち）
小山内先生の築地小劇場に残された跡（小山内薫追悼）【192903】
文人としての阿部専務の印象（水上瀧太郎追悼）　【194005 臨】
鷺沢萠（さぎさわめぐむ）
「汚い」人と「もったいない」人（随筆）　【1999 夏】
崎山猷逸（さきやまゆういつ）
十月の感傷（小説）　【192709】
作田啓一（さくだけいいち）
死と変身（随筆）　【1989 春】
佐久間重（さくまちょう）→和木清三郎（わきせいざぶろう）
桜井忠温（さくらいただよし）
〔推薦文〕鈴木英夫著『蝕られし花』（広告欄）　【194110】
桜井成夫（さくらいなるお）
ジュール・ロマン　【193802】
櫻井信栄（さくらいのぶひで）
吃音小説（学生小説）　【1999 冬】
桜井弥一郎（さくらいやいちろう）
阿部名二塁手（水上瀧太郎追悼）　【194005 臨】
櫻木泰行（さくらぎやすゆき）
小説への夢（評論）　【197312】
霧の光学（評論）　【197408】
桜本富雄（さくらもととみお）
雄鶏・影（詩）　【195410】
絶壁（詩）　【195507】
王将（詩）　【195609】
佐古純一郎（さこじゅんいちろう）
私小説における告白の問題　【195504】
野間宏『地の翼』上巻（書評）　【195702】
福田恆存氏の「日本文壇を批判する」に答える　【196803】
笹岡大樹（ささおかひろき）
恢復の季節（第四回三田文学新人

今東光（こんとうこう・春聴）
感想と希望（二周年記念のページ） 【192804】
今日出海（こんひでみ）
八月の戯曲評 【193009】
九月の戯曲（月評） 【193010】
十月の戯曲（月評） 【193011】
十一月の戯曲評（月評）【193012】
演劇時評 【193101】【193103】【193208】【193209】
金剛太郎（こんごうたろう）
作家を鍵孔から 【193605】【193607】【193609】【193612】
権田萬治（ごんだまんじ）
現代推理小説の可能性（評論） 【1992 春】
近藤東（こんどうあずま）
心理学と批評精神（翻訳）（W・H・オオデン原作） 【193709】
空中詩（詩） 【193807】
銀行（詩） 【193904】
靴（詩） 【194004】
詩壇時評 【194005】～【194010】
大本営発表（愛国詩） 【194210】
秋（朗読詩） 【194310】
幻の女流詩人を追って（随筆） 【196712】
近藤功（こんどういさお・鏡川伊一郎）
批評への疑問（現代文学の変容） 【196903】
リアリティの回復（評論） 【197002】
河野多恵子（評論） 【197105】
表現の論理（評論） 【197111】
リアリズムとは何か（評論） 【197202】
『この執着はなぜ』（評論・文学における日常性） 【197205】
文学は病んでいるのか（評論） 【197211】
近藤栄一（こんどうえいいち）
上宮太子の散歩（小説）【192302】
瓜と兄弟と（小説） 【192307】
兄弟（小説） 【192406】
近藤啓太郎（こんどうけいたろう）
赤いパンツ 【195511】
近藤信行（こんどうのぶゆき）
永井荷風論 【195906】
蜂の巣（随筆） 【1987 冬】
奥野信太郎さんの随筆（随筆） 【2000 春】
近藤晴彦（こんどうはるひこ）
小犬（扉絵） 【193609】
雨は笑ふ（詩） 【193612】
黒猫（詩） 【193704】
花（扉絵） 【193907】
砂塵（詩） 【194002】
カット 【193704】～【193706】【193711】【193712】【193812】【195001】～【195005】
近藤弘明（こんどうひろあき）
〔図版〕華と月（日本美術社刊「日本美術」より広告欄） 【196806】
近藤光紀（こんどうみつのり）
あざみの花（扉絵） 【194001】【194201】
表紙（絵） 【193001】～【193012】
カット 【192801】【192804】【192811】～【192902】【192904】～【192906】【193001】～【193012】【193504】～【193506】【193512】～【193605】【194011】～【194109】【194111】～【194205】
昆野和七（こんのわしち）
再び「唐人往来」に就て 【194206】
権守操一（ごんもりそういち）
北原由三郎と「感情教育」（随筆） 【196706】

さ

崔載瑞（さいさいずい）
ハーバート・リードの批評体系（二十世紀イギリス文学批判） 【193809】
三枝和子（さいぐさかずこ）
〈S〉（創作） 【196201】
女の書く戦争文学について（随想） 【1987 冬】
長持の中の夕日（小説）【1987 春】
山姥の里（小説） 【1990 秋】
斎藤磯雄（さいとういそお）
ふらんす詩醇（訳詩） 【195206】
斎藤佳三（さいとうけいぞう）
二十年後（戯曲） 【192006】
斎藤三郎（さいとうさぶろう）
カット 【195608】
斎藤貞一（さいとうていいち）
福沢先生肖像（図版解説） 【194110】
美術蒐集談 【194110】
美術座談会（日本美術院第二十九回展覧会座談会） 【194211】
斎藤哲史（さいとうてつし）
オサムの帰還（小説） 【1985 夏】
斎藤華子（さいとうはなこ）
愛の生理（小説） 【194207】
斎藤茂吉（さいとうもきち・㊍茂吉〈しげよし〉・水上守暁・東川・藤原まもる・童馬山房主人）
春雪（短歌）（辛夷の花） 【191605】
ヴェネチア雑記 【192608】
貝殻追放の作者 【194010】【2000 春臨】
〔推薦文〕『定本樋口一葉全集』（広告欄） 【194108】
斉藤泰嘉（さいとうやすよし）
旅のピトレスク（文学談義クロストーク） 【1991 春】
斎藤諭一（さいとうゆいち）
新興独逸の精神的開拓者パウル・エルンスト 【193703】
斎藤吉彦（さいとうよしひこ）
安息日（訳詩）（ジユル・ラフオルグ原作） 【192503】
佐江衆一（さえしゅういち）
夜の視点（創作） 【196610】
足裏で考える（随筆） 【1994 秋】
佐伯郁郎（さえきいくろう・㊍慎一）
「風景の諷刺」吉原重雄著（新刊巡礼） 【193908】
張河口、大同 【194002】
学生諸君 【194310】
佐伯一麦（さえきかずみ）
新人賞応募か、同人雑誌か（鼎談） 【1999 春】
放蕩息子の帰還（鼎談）【1999 夏】
『風祭』八木義徳著（私を小説家にしたこの一冊） 【2000 冬】
捨子を視る（私の古典・この一冊） 【2001 夏】
芥川賞を取らなかった名作たち（随筆） 【2007 秋】
佐伯彰一（さえきしょういち）
楽天的な対話（評論） 【195809】
匿名性のために（匿名批評是非） 【197511】
批評の読者（随筆） 【1986 冬】
Miniaturist' 追悼（随筆） 【1993 春】
私の推す恋愛小説、この一冊（アンケート回答） 【1998 春】
佐伯肇（さえきはじめ）
ヘイタイサンオゲンキデスカ 【194402】
佐伯裕子（さえきゆうこ）
樋口一葉の近代（随筆）【2003 夏】
増殖する迢空 【2003 秋】
樋口一葉の時代感覚（随筆） 【2007 夏】
解剖が滅亡を導く（書評） 【2010 冬】
佐伯祐三（さえきゆうぞう）
※追悼文掲載号 【192811】
佐伯米子（さえきよねこ）
カット 【193005】～【193007】【193009】～【193204】【193206】【193207】【193211】【193212】【193409】～【193412】【193504】～【193508】【193801】～【193907】
扉（絵） 【193508】
三枝市子（さえぐさいちこ）
灰色の部屋（小説） 【197211】
赤い汚点（小説） 【197302】
酒井健次郎（さかいけんじろう）
私たちはこのような新人を待つ 【196807】
酒井正平（さかいしょうへい）
書簡（詩） 【193807】
或る種の寛容に就いて（詩） 【194008】
酒井忠康（さかいただやす）
人影久しからず（文学談義クロストーク） 【1987 春】
夏のある日（随筆） 【1997 秋】
坂上弘（さかがみひろし）
息子と恋人 【195506】
バンド・ボーイ 【195508】
安岡章太郎「青馬館」（書評） 【195510】
澄んだ日（連載全六回） 【195601】～【195606】
暴力者 【195611】
三島由紀夫「金閣寺」（書評） 【195701】

三田祭り（三田文学祭の夜）【193507】
古代史（詩）【193508】
超現実主義以後の方向【193511】
滑走（詩）【193602】
詩壇一瞥【193603】
潜望鏡・十字星の街・落ちた手袋（詩）【193604】
三ペニイの旅行券（詩）【193607】
レンズの果（詩）【193608】
灰皿（詩）【193701】
詩のフレキシビリティ【193704】
海上（詩）【193708】
イエイツ編『牛津現代詩華集』（翻訳）（H・A・メエイスン原作）【193709】
租界地の手紙（詩）【193803】
詩壇一言【193804】【193805】【193807】
窓の世界（詩）【193807】
二十世紀英文学と日本現代詩との俯瞰【193809】
昭和十三年度の詩壇（一九三八年回顧）【193812】
古い鏡（詩）【193903】
底地の都市（詩）【193906】
近代詩の一現象【193909】
SILENT PICTURE（詩）【193910】【194005】【194010】
一九三九年度の詩壇【193912】
小なる宴（詩）【194002】
近代詩の環境【194006】
詩壇時評【194012】～【194104】【194106】
出発（詩）【194107】
批評の生理【194108】
平和な日（詩）【194109】
新しい太陽（詩）【194112】
聖戦の記（詩）【194204】
出発の朝（詩）【194208】
海図（愛国詩）【194210】
時間（詩）【194301】
神の国（詩）【194305】
祖国の道【194310】
銃後にありて（詩）【194312】
万歳（詩）【194402】
雲（詩）【194604・05】
六号記【194607・08】
歳月（詩）【194801】
小檜山博（こひやまはく）
立冬（小説）【1986冬】
私の推す恋愛小説、この一冊（アンケート回答）【1998春】
私が選ぶ昭和の小説（アンケート回答）【2007秋】
小堀杏奴（こぼりあんぬ）
荷風先生の死（追悼）【195906】
小堀桂一郎（こぼりけいいちろう）
妙解寺にて（随筆）【1988夏】
私の推す恋愛小説、この一冊（アンケート回答）【1998春】
私が選ぶ昭和の小説（アンケート回答）【2007秋】
駒井哲郎（こまいてつろう）
表紙【195405】【1993冬】～【1994春】
扉（絵）【1991夏】～【1992秋】
小松清（こまつきよし）
反タブウとしての行動主義【193509】
文壇に背くもの【193601】
小松左京（こまつさきょう・㊍実）
〔推薦文〕三浦浩著『薔薇の眠り』（広告欄）【196904】
小松茂（こまつしげる）
金魚鉢のある部屋（小説）【196905】
小松太郎（こまつたろう）
「あの男」（小説）【192112】
色丹島（小説）【192212】
ナタアシヤ（小説）【192705】
フリイダの一日（小説）【192708】
黒鶯のエンミイ（小説）【192711】
六号雑記【192801】【192806】
二人の母（翻訳小説）（レオンハルトフランク原作）【192801】
延長（一九二八年）【192801】
ロッテ（小説）【192803】
フリイデナウで（春のスケッチ）【192804】
水木京太作「嫉妬」上演評【192805】
ルナパーク（思ひ出の夏）【192808】
月刊雑誌に（満腹録）【192809】
回顧一ケ年（アンケート回答）【192812】
我が賀状（往復ハガキ回答）【192901】
コンラアド・クラウゼ　外二篇（翻訳）（リヒテンシタイン原作）【192906】
新即物主義以後【193003】
クノオ・コオン（翻訳）（リヒテンシタイン原作）【193005】
戦場（翻訳）（ルウトキッヒ・レン原作）【193011】
失はれた動機（翻訳）（ヘルマン・ケステン原作）【193103】
ミミイ・ネルの生涯に於ける一つの挿話（中篇小説）（全三回）【193105】～【193107】
作家と批評家（翻訳）（ヘルマン・ヘッセ原作）【193108】
ドイツ（海外文壇消息）【193207】【193208】
へてえれん・げしぷれつひ（海外小説）（翻訳）（フランツ・ヘッセル原作）【193211】
夢の小説（創作）（翻訳）（アルトゥウル・シュニッツレル原作）（全八回）【193303】～【193310】
役付のある独白（翻訳）（エリッヒ・ケストネル原作）【194912】
雨の日の朗吟（訳詩）（エリッヒ・ケストネル原作）【195001】
ファビアンの作者【195006】
三点鐘【195909】
五味淵典嗣（ごみぶちのりつぐ）
不在の作品（評論）【1995春】
谷崎潤一郎（第三回三田文学新人賞佳作）【1996春】
方法としての〈共感〉（書評）【1997春】
谷崎潤一郎『卍』（あの作家のこの一冊）【1998夏】
それぞれの遠足（評論）【2000秋】
職人たちへのオマージュ（書評）【2001夏】
小宮豊隆（こみやとよたか・豊隆〈ほうりゅう〉・蓬里雨）
トルストイの小説『アンナ・カリェニナ』に就て（評論）【191503】
途づれ（戯曲）（翻訳）（アルツール・シユニツツラ原作）【191511】
夏目先生のこと【192901】
小山内君の死（小山内薫追悼）【192903】
沢木君の顔（沢木四方吉追悼）【193101】
栗原神楽覚書【193506】
〔推薦文〕美川きよ著『長篇小説恐しき幸福』（広告欄）【193804】
美川きよへの手紙から（美川きよ新著「恐しき幸福」を読む）【193805】
小宮三森（こみやみつもり）
日の暮れる方（詩）【193612】
小村雪岱（こむらせったい・㊍安並泰輔）
弁天山付近（絵）【192710】
橋場長昌寺（絵）【192712】
上演「すみだ川」合評【192803】
九九九会のこと（水上瀧太郎追悼）【194005臨】
表紙・装幀【194005臨】
小谷津孝明（こやつたかあき）
佳作二篇（「三田文学」創刊八十年・慶應義塾大学文学部開設百年記念懸賞小説・評論選評）【1991冬】
「自未得度先度他」（随筆）【1991秋】
小柳滋子（こやなぎしげこ）
清冽な魂の痛々しさ（本の四季）【1991夏】
閉じられたテクストのもつ透明感（本の四季）【1991秋】
小谷野敦（こやのあつし）
森鷗外「青年」（偉大なる失敗作）【1999秋】
恋、倫理、文学（第一回）～（五）【2000冬】～【2001冬】
小山完吾（こやまかんご）
同僚としての阿部君（水上瀧太郎追悼）【194005臨】
小山敬三（こやまけいぞう）
顔（扉絵）【193603】
小山弘一郎（こやまこういちろう）
源泉への還帰（書評）【194404・05】
小山正一（こやましょういち）
曽野綾子「遠来の客たち」（書評）【195505】
エミの不思議な旅【195507】
暗礁【195605】
小山祐士（こやまゆうし）
三田劇談会（座談会）【194108】【194109】【194111】【194201】～【194203】
冥福を祈る（菅原卓追悼）【197008】
是則高作（これのりこうさく）
フイレンツエの堂母【194211】

先生の追憶（水上瀧太郎追悼）【194005臨】
後藤攻（ごとうおさむ）
彼に告げよ（小説）【197307】
夏至（小説）【197411】
後藤淳（ごとうじゅん）
浅間夕立ち（小説）【1985春】
後藤末雄（ごとうすえお）
Boule de suifの典型と其の批評（抄訳）（Lombroso原作）【191007】
De l'amour（翻訳）（Stendhal原作）【191102】
たのしき日（翻訳）（アンリー・ド・レニエ原作）【191108】【191109】
死絵（小説）【191201】
微笑（小説）【191206】
古都情話（モオリス・バレス）【191304】
桐屋（小説）【191403】
覆面（戯曲）（ジオルジユ・ローデンバック原作）【191608】
「ローランの歌」と「保元物語」【193702】
「物のあはれ」とフランス文学【193705】
巴里旅情【193708】
ゴンクールと大高源吾の矢立【193712】
ゴンクールと日本美術（上）（下）【193802】【193803】
牢屋の原【193808】
フランス文学の研究について【194409】
三田文学の記【195303】
荷風散人の素顔（追悼）【195906】
五藤千之助（ごとうせんのすけ）
長岡温泉（小説）【191401】
後藤信幸（ごとうのぶゆき）
紫蘇の花（俳句）【197503】
後藤みな子（ごとうみなこ）
宿（私のデッサン）【197311】
後藤明生（ごとうめいせい・㊥明正〈あきまさ〉）
新しい文学の方向を探る（座談会）【197003】
現代文学のフロンティア（No. 7）【197501】
私の中の古典（第六回）——雨月物語を語る【197512】
エピグラフについて（随想）【1986冬】
私の推す恋愛小説、この一冊（アンケート回答）【1998春】
小中陽太郎（こなかようたろう）
ワインと殉教（随筆）【2009秋】
小長谷清実（こながやきよみ）
花ある青春（詩）【196008】
小西茂也（こにししげや）
〔訳者の言葉〕『ダルタニャン色ざんげ』（広告欄）【195003】
永井荷風研究（座談会）【195106】
小西誠一（こにしせいいち・松本太郎）
欧洲大家絵画展覧会を見る（批評）【191807】
沢木先生の早世を悼む（沢木四方吉追悼）【193102】
小沼純一（こぬまじゅんいち）
あまごいの（詩）【1992秋】
小塙学（こばなまなぶ）
鈴木重雄さんの激励の会（丘の上）【196104】
新聞小説について（随筆）【196705】
「三田文学」小史（随想）【197610】
沢木四方吉百年祭（随筆）【1987秋】
穂高の星（山本健吉追悼）【1988夏】
三田文学史について（随筆）【1994春】
小浜俊郎（こはましゅんろう）
埴谷雄高一面（評論）【197311】
緑へのオード（詩）【197402】
泉鏡花と想像力（評論）【197409】
小林章夫（こばやしあきお）
三重国籍（随筆）【2001夏】
小林一三（こばやしいちぞう・逸翁）
三田劇談会（座談会）【193909】
将たるの器（水上瀧太郎追悼）【194005臨】
不滅の精神【194010】
俳幅の話【194211】
小林逸翁（こばやしいつおう）→小林一三
小林かをる（こばやしかをる）
舞い散る雪に光が降りて（第五回三田文学新人賞佳作）【1998春】
受賞のことば【1998春】
ステンドグラスに光が射して（小説）【2002秋】
小林きよ（こばやしきよ）→美川きよ（みかわきよ）
小林恭二（こばやしきょうじ）
あしからず（随筆）【1989夏】
私の推す恋愛小説、この一冊（アンケート回答）【1998春】
攝津幸彦のこと（随筆）【2000冬】
ブロードウェイミュージカルと『宇田川心中』（評論）【2004秋】
小林広一（こばやしこういち）
境界を越えて（本の四季）【1993秋】
私の推す恋愛小説、この一冊（アンケート回答）【1998春】
私が選ぶ昭和の小説（アンケート回答）【2007秋】
小林古径（こばやしこけい）
鶴（図版）【194211】
小林幸夫（こばやしさちお）
不可視の本体を求めて（本を開く）【1995秋】
小林真一（こばやししんいち）
静なる時間（詩）【193502】
ヴアラエテイのエピソード（三田文学祭の夜）【193507】
季節の帰途（詩）【193511】
白い秋（詩）【193602】
POISSON D'AVRIL（詩）【193608】
小林澄兄（こばやしすみえ・乳木）
対話 外七篇（翻訳）【191011】
凋落に酔へるダンヌンチオ【191108】
クローチエから（評論）（抄訳）【191402】
〔書信〕（消息欄）【191512】
ベルンの夏（小品）【191708】
ピエール・アベラアルの一生（評伝）【191805】
ニイチエより０夫人へ（消息）【191901】
敬虔（評論）【192206】
教育思想史上に於けるカントの位置【192405】
「三田文学」創刊時代の石田先生（石田新太郎追悼）【192703】
沢木君を憶ふ（沢木四方吉追悼）【193101】
主として外遊中のこと（水上瀧太郎追悼）【194005臨】
小林武七（こばやしたけしち）
ノイエ・ザハリヒカイト文学に於ける「事物の内面性」【193204】
飛行詩の感覚と可視的世界の記録【193302】
ドイツ文学主潮断片【193405】
小林哲夫（こばやしてつお）
はじめるために（詩）【195810】
乾盃するために（詩）【196012】
小林徳二郎（こばやしとくじろう）
航路（戯曲）【192803】
正邦宏の死と井上正夫（六号雑記）【192807】
新舞踊・合評・ラヂオ（小山内薫追悼）【192903】
馘首された庄平の話（戯曲）【193008】
劇場人としての紳士型（宇野四郎追悼）【193104】
築地座の『冬』を見て【193204】
新劇座の収獲【193207】
「新しい芝居」手記【193212】
小林俊彦（こばやしとしひこ）
ろばの耳【2004冬】
淵（短篇小説）【2005冬】
小林乳木（こばやしにゅうぼく）→小林澄兄（こばやしすみえ）
小林信彦（こばやしのぶひこ・中原弓彦）
山川方夫のこと（追悼）【196703】
小林秀雄（こばやしひでお）
〔推薦文〕宇野浩二著『子の来歴』（広告欄）【193309】
〔推薦文〕『原色日本の美術・全三〇巻』（広告欄）【197005】
小林秀雄（こばやしひでお）
『わが思索のあと』【197305】
小林勝（こばやしまさる）
斑猫チンキ【195607】
万年海太郎【195611】
谷間の部落【195706】
犬【195901】
小林ミチヲ（こばやしみちを）
400字時評【2009冬】
小林茂登子（こばやしもとこ）
ろばの耳【2006冬】
小林珍雄（こばやしよしお）
マリタンの「聖戦」論【193803】
小林善雄（こばやしよしお）
影の祭礼（詩）【193402】
バベルの塔（詩）【193407】
一つの帽子（詩）【193411】
操縦士のゐる街（詩）【193502】
シナガハ湾の風景（詩）【193505】

死に触れた文学　【194905】
小高根二郎の印象（人と作品）　【194912】
小島信夫（こじまのぶお）
『近代文学』の功罪（座談会）　【195403】
鬼　【195501】
驢馬の耳　【195602】
三点鐘　【195901】
江藤淳「作家論」（書評）　【196003】
福田恆存氏の「日本文壇を批判する」に答える（談話筆記）　【196803】
創作の悦び（随筆）　【1986 秋】
小島政二郎（こじままさじろう・こじま・政二郎・鼻山人・日暮柚六・燕子楼）
霧の声（夏げしき）　【191608】
オオソグラフィイ（随筆）　【191611】
森先生の手紙（随筆）　【191612】
日本自然主義横暴史（随筆）（その一〜その三）　【191701】〜【191703】
田山花袋氏の近業（評論）　【191704】
睨み合（小説）　【191705】【191706】
〔書信〕雑誌文明子に答ふ（消息欄）　【191706】
沖の岩（小説）　【191708】
顰にならふ（短歌）　【191709】
駈落（小説）　【191710】
人の心（小説）　【191712】
雑録　【191712】
うらおもて（小説）　【191801】
Prof. A. W. Playfair（プレイフエヤア追悼）　【191802】
すゞみ台（随筆）　【191808】
六号余録（随筆）　【191809】【191810】【191812】〜【191902】
官能描写の才（随筆）　【191901】
森の石松（小説）　【191907】
永井荷風氏作「おかめ笹」（批評）　【192006】
あつめ汁（随筆）　【192008】
車掌（小説）　【192101】
万引（小説）　【192102】
酔ッぱらひと犬の舌（小説）　【192103】
大風の夜（小説）　【192104】
世話物（小説）　【192105】【192106】
喉の筋肉（小説）　【192107】【2000 春臨】
百喜帳（随筆）　【192108】
兄弟（小説）　【192109】
耳袋（随筆）　【192110】
堤中納言物語（随筆）　【192111】
新聞広告（小説）　【192206】
森林太郎先生略伝（森鷗外追悼）　【192208】
住（小説）　【192301】
恋の奉仕（随筆）　【192302】
乍憚劇評（批評）　【192410】
竹川町で降りて（久米秀治追悼）　【192502】
月二回づつ（小説）　【192605】
烟霞（随筆）　【192606】
六号雑記　【192607】〜【192610】【192612】【192705】
よく学ばれたよき教訓（小説）　【192702】
あわたゞしく（復活一周年記念欄）　【192704】
アナトール・フランス（研究）（全四回）　【192707】〜【192709】【192803】
「芥川龍之介全集」の事ども　【192710】
大鏡鑑賞（研究）（全二回）　【192711】【192712】
巻頭言　【192801】
好きな挿絵画家と装幀者（アンケート回答）　【192801】
随筆集と長篇小説（一九二八年）　【192801】
現代の代表的文芸家（アンケート回答）　【192802】
上演「すみだ川」合評　【192803】
熱（アンケート回答）　【192803】
山冷か（長篇小説）（一〜五）　【192804】〜【192807】【192811】
水木京太作「嫉妬」上演評　【192805】
木曜座談（随筆）　【192807】【192905】
ヴィーナスへの贈物（Tea-Table）　【192811】
回顧一ケ年（アンケート回答）　【192812】
我が賀状（往復ハガキ回答）　【192901】
「三田文学」第一号（あのころの三田文学）　【193005】
コツンと突き返す宇野君（宇野四郎追悼）　【193104】
子を殺した話　【193201】
女を殺した話　【193203】
今月読んだもの　【193202】
直木三十五（一）（二）　【193404】【193406】
永井荷風論　【193409】
〔推薦文〕至純至高を愛する人に薦む（普及版『芥川龍之介全集』広告欄）　【193411】
座右銘　【193507】
優れた作家として（第一回三田文学賞）　【193601】
三田文学日記（作家の日記）　【193602】
三ツの案のうち（昭和十一年度三田文学賞）　【193701】
徳田秋声の文章　【193708】
従軍日記（一〜四）　【193901】〜【193904】
一九三九年を送る（巻頭言）　【193912】
賞は一人に（第四回「三田文学賞」銓衡感想文）　【194002】
たった一度介抱した話（水上瀧太郎追悼）　【194005 臨】
弔詞（水上瀧太郎追悼）　【194005 臨】
第一章（翻訳）（イサドラ・ダンカン原作）　【194008】
「明治」を感じた最後の一人（馬場孤蝶追悼）　【194009】
芸術家水上瀧太郎　【194010】
朝鮮服礼讃　【194104】
葉書回答　【194201】
江戸の安三（戯曲）　【194308】
〔推薦文〕和田芳恵著『樋口一葉の日記』（広告欄）　【194311】
武士道（戯曲）　【194403】
卒直に言ふことを許せ（水木京太追悼）　【194810】
芭蕉　【195107】
鷗外・漱石・晶子　【195108】
源氏物語研究（座談会）　【195109】【195110】
三点鐘　【196103】
『三田文学』今昔（創刊六十周年特別企画座談会）　【197006】
創刊号の思ひ出（随想）【197610】
題字　【192901】【192903】【192905】〜【192912】
※追悼特集　【1994 夏】
越見雄二（こしみゆうじ）
演劇と近代文化（福田恆存論）　【196812】
腰本寿（こしもとひさし）
リーグ戦を前に　【192910】
戦ひを終えて　【193001】
リーグ戦を終って　【193007】
われら、如何に戦ひしか　【193012】【193108】
梢（こずえ）→沢木四方吉（さわきよもきち）
小杉八朗（こすぎはちろう）
オンライン 400 字時評【2004 夏】
ろばの耳　【2005 夏】
小鷹信光（こだかのぶみつ）
ミステリー作家の氏素性（随筆）　【1987 秋】
小瀧光郎（こたきみつろう）
シナリオ文学運動のころ（随筆）　【2004 春】
行動から見えて来る（学生小説解説）　【2006 夏】
映画と文学――大映多摩川撮影所のころ（随筆）　【2008 夏】
小谷剛（こたにごう）
驢馬の耳　【195702】
小谷恒（こたにひさし）
昔の男（創作）　【194906】
寺小屋入り（折口信夫追悼）　【195311】
児玉花外（こだまかがい・㊍伝八）
卓の前　【191107】
小坪尚重（こつぼなおしげ）
赤児（小説）　【193212】
小寺雅夫（こてらまさお）
ろばの耳　【2009 秋】
後藤逸郎（ごとういつろう）
瑛子の場合（小説）　【193603】
花びら（小説）　【193607】
閉じた瞼（小説）　【193610】
影絵（小説）　【193705】
秋風（小説）　【193811】
白い宮殿（小説）　【193903】
凍った翅（小説）　【193905】
午後の雨（涼風コント）【193908】
旅の男（小説）　【193911】

小池昌代（こいけまさよ）
運ばれていく（随筆）【2002春】
小池吉昌（こいけよしまさ）
さすらひの（詩）【194711】
小池田薫（こいけだかおる）
そうゆうふうに生きている（詩）【2005夏】
小泉信吉（こいずみしんきち）
伯父水上瀧太郎（追悼）【194005臨】
小泉信三（こいずみしんぞう）
〔書信〕幹事石田新太郎宛（小山内薫との寄書）（消息欄）【191308】
〔書信〕小山内薫宛（消息欄）【191312】
〔書信〕（消息欄）【191403】
社会階級論其他に就て（随筆）【192205】
森鷗外先生（追悼）【192208】
文学者と経済学（論文）【192604】
シレジヤ織工一揆の事実（論文）【192609】
ミカエル・バクウニン【192701】
所感（復活一周年記念欄）【192704】
唯物史観と社会主義（論文）【192711】
水木京太作「嫉妬」上演評【192805】
マルクス全集【192808】
沢木梢君（沢木四方吉追悼）【193101】【2000春臨】
スポオツ雑談【193405】
三田文学と私【193505】
旅中雑感【193708】
〔発刊の辞〕『慶應義塾大学講座 経済学』（広告欄）【193711】
発見【193808】
観察【193901】
スポオツ雑話【193908】
水上瀧太郎全集手記【194010】
貝殻追放【194101】
〔推薦文〕庄司総一著『陳夫人』（広告欄）【194103】
水上瀧太郎断片【194104】
序【194108】
〔序文〕栗原広太著『随筆 明治の御宇』（広告欄）【194109】
〔序文〕富田正文著『福沢諭吉襍攷』（広告欄）【194201】
葉書回答【194201】
水上瀧太郎の文学と実業【194203】
篤学者耽学者武藤長蔵博士【194208】
青い鳥（一〜三）【194404・05】〜【194408】
アメリカ人と残忍性【194410・11】
※追悼文（記事）掲載号【196608】【196706】
小泉哲也（こいずみてつや）
先生（詩）【194801】
詩について（六号室）【194802・03】
永遠なるものへの挽歌（書評）【194811】
書評【194902】【194903】
倫理的な二つの本（書評）【194905】
意識の終末（文芸時評）【194906】
「生」の表情（文芸時評）【194907】
小泉淑夫（こいずみとしお）
「渡辺温君の死」を悼む（追悼）【193004】
高季彦（こうすえひこ）
映画批評【193511】
講演ぎらひ（こうえんぎらい）→佐藤春夫（さとうはるお）
高斎正（こうさいただし）
登場人物の名前（随筆）【1991冬】
神坂次郎（こうさかじろう）
熊楠の筆のユレ（随筆）【1987夏】
熊楠の正月（随筆）【1993冬】
幸節みゆき（こうせつみゆき）
富の神も詩の神も（評論）【1990冬】
高祖保（こうそたもつ）
軽井沢にて（詩）【194209】
家（詩）【194306】
秋暁即事【194310】
女児誕生（詩）【194401】
幸田桜（こうださくら）
夢幻宇宙の彷徨（書評）【2002秋】
幸田成友（こうだしげとも）
日本西教史について（論文）【192709】
随筆【194408】
甲田正夫（こうだまさお）
簪（小説）【192112】
火種（短詩）【192209】
ひき蛙（短詩）【192211】
幸福（小説）【192305】
汽車を待つ間（小説）【192402】
鳩の巣（小説）【192404】
しま笹（小品）【192408】
小品二題（小品）【192409】
甲虫と母親（小説）【192501】
ある母親（小説）【192503】
田舎の家（小説）【192709】
身辺雑景（随筆）【192711】【192712】【192803】
生活の檻（小説）【192801】
正月着（小品）【192802】
若き仲間の仕事（評論）【192802】
半可通な感想（UP-TO-DATE）【192805】〜【192807】
判事の家庭（小説）【192902】
幸塚親明（こうづかちかあき）
太陽のせゐ【195201】
長篇文壇をつくれ【195203】
香野喬太郎（こうのきょうたろう）
きざはし（小説）【197402】
河野謙（こうのけん）
開幕のベル（詩）【193412】
海の季節（詩）【193508】
三田の春秋（詩）【193511】
岸の船唄（詩）【193608】
昨日の記録（詩）【193804】
河野多恵子（こうのたえこ・㊍市川）
原稿用紙（随筆）【196706】
作家の意図はどこまで理解されるか【196806】
私と「嵐ケ丘」（インタビュー）【196906】
『回転扉』を語る（対談）【197105】
他性を書くこと【197109】
戦争を境とした女流の対話【197211】
短編小説のこと（随筆）【1985夏】
洗濯仕事（随筆）【1991秋】
私の推す恋愛小説、この一冊（アンケート回答）【1998春】
『文章讀本』体験（エッセイ）【1998夏】
私の文学（対談）【2002秋】
私が選ぶ昭和の小説（アンケート回答）【2007秋】
河野鷹思（こうのたかし・㊍孝）
花火【194008】
カット【195401】【195405】【195410】【195503】【195507】
紅野敏郎（こうのとしろう）
『三田文学』今昔（創刊六十周年特別企画座談会）（司会）【197006】
河野典生（こうののりお）
円形劇場形式のために　墜ちた鷹三場【195610】
神山繁（こうやましげる）
我が師加藤道夫（追悼）【195405】
高良留美子（こうらるみこ・㊍竹内）
ベルト（詩篇）【196108】
超多時間空間【196608】
郡虎彦（こおりとらひこ）→萱野二十一（かやのにじゅういち）
小海永二（こかいえいじ）
三点鐘【196002】
古賀宏一（こがこういち）
驢馬の耳【195509】
後上政枝（ごかみまさえ）
荷風と仏蘭西近代詩（研究）【195906】
古木鉄太郎（こきてつたろう・鉄也）
姉弟（小説）【193210】
葉書回答【194201】
小久保均（こくぼひとし）
盆地（創作）【196107】
小久保実（こくぼみのる）
フィクションと現実（評論）【196111】
木暮亮（こぐれりょう・㊍菅藤高徳）
慾（小説）【193706】
小佐井伸二（こさいしんじ）
作家の日記（翻訳）（ジュリアン・グリーン原作）（連載十一回）【196104】〜【196202・03】
小堺昭三（こさかいしょうぞう）
朱いピラミッド（創作）【196106】
湖山人（こざんじん）→黒田湖山（くろだこざん）
こじま→小島政二郎
小島烏水（こじまうすい・㊍久太）
東海道名所記【191007】
鴉の群【191105】
錦絵木曽街道六十九次（評論）【191609】
児島喜久雄（こじまきくお）
沢木君を憶ふ（沢木四方吉追悼）【193103】
アルテミシオンのゼウス【194110】
ウィンザーの素描二葉【194211】
小島信一（こじましんいち）

（和木清三郎追悼）【197007】
倉田啓明（くらたひろあき）
若衆歌舞伎（小説）【191205】
乗合船（雑感）【191211】
倉田保雄（くらたやすお）
わが友キャナール・アンシェネ（随筆）【1987夏】
蔵戸晋悟（くらとしんご）
父に告げる（学生創作）【2009春】
蔵原伸二郎（くらはらしんじろう・㊍惟賢）
夜が鳴る（詩）【192105】
真夜中の音（短詩）【192209】
火山地の夜（短詩）【192303】
狼（短詩）【192412】
草の中（小説）【192610】
猫のゐる風景（小説）【192612】
友の哀しみ（小説）【192701】
六号雑記【192701】
群集（小説）【192705】
犬（小説）【192707】
鶴のやうな芥川さん（芥川龍之介追悼）【192709】
山麓（小説）【192712】
一九二八年以後（一九二八年）【192801】
久野豊彦氏新著「第二のレエニン」評【192803】
春の陶器・藤田嗣治について（随筆）【192804】
春の断想（春のスケッチ）【192804】
梅雨ばれ（随筆）【192806】【192808】
感想（詩）（Tea-Table）【192810】
回顧一ケ年（アンケート回答）【192812】
我が賀状（往復ハガキ回答）【192901】
久保田万太郎氏とチェーホフ（水上瀧太郎氏と久保田万太郎氏と）【192910】
亜片を喫む記（小品五題）【193004】
ある街上の風景（街上風景）【193011】
いたち問答（小説）【193503】
掘出し物【193601】
南部さんのこと（南部修太郎追悼）【193608】
遠征軍の歌（詩）【193710】
周公の盌、孔子の杖【193801】
日本植物図譜（詩）【193908】
一季節（詩）【194001】
先生の思ひ出（水上瀧太郎追悼）【194005臨】
戦友よ、往かん（詩）【194104】
山中にて大詔を拝す（詩）【194201】
菜園（詩）【194207】
嵐と満月（愛国詩）【194210】
監視塔にて（詩）【194301】
新しき出発（詩）【194401】
驢馬の耳【195603】
三点鐘【196003】
三点鐘（創刊五十周年記念）【196005】
栗崎碧（くりさきみどり）
私のなかの曽根崎心中【1998冬】
栗田勇（くりたいさむ）
私の推す恋愛小説、この一冊（アンケート回答）【1998春】
私が選ぶ昭和の小説（アンケート回答）【2007秋】
蛙（随筆）【2008冬】
栗原潔子（くりはらきよこ）
妻と子と彼（小説）【193105】
栗原広太（くりはらこうた）
老学庵百話（一～二十三）【193906】～【193910】【193912】～【194004】【194006】【194007】【194012】～【194103】【194106】～【194109】【194112】～【194202】
栗原幸夫（くりはらゆきお・㊍幸二）
孤独な魔術師の愛の歌【196610】
栗本龍市（くりもとりゅういち）
罪を索めて（小説）【194207】
厨川白村（くりやがわはくそん・㊍辰夫）
わかき芸術家のむれ（評論）【191301】
太平洋上より（随筆）【191604】
栗山脩（くりやまおさむ）
T・Sエリオツトの難解について【195308】
車谷長吉（くるまたにちょうきつ）
物の怪（創作）【1993秋】
続・物の怪（創作）【1994冬】
続々・物の怪（創作）【1994春】
私の文章修行（エッセイ）【1998夏】
厄祓い六吟歌仙・窓若葉の巻（俳句）【2000秋】
読むことと書くこと（講演）【2001冬】
靴の先（詩人と小説家の自選20句）【2004冬】
三吟歌仙　新舞子の巻【2006春】
私が選ぶ昭和の小説（アンケート回答）【2007秋】
苗字【2009夏】
妖談10（創作）【2010春】
呉文炳（くれふみあき）
思ひ出（永井荷風追悼）【195906】
久礼もよこ（くれもよこ）
夜行少女（第一回三田文学新人賞佳作）【1994春】
黒井千次（くろいせんじ）
新しい作家たち（座談会）【197009】
少年時代と戦争（座談会）【197302】
K駅北口・夕暮れ（私のデッサン）【197310】
中央線沿線（ノスタルジア）【197511】
戦後の文学を語る【197603】
現代文学の状況（座談会）【1985秋】
すべては小説に還る（対談）【1987夏】
読書について（随筆）【1991冬】
書斎派と非書斎派（随筆）【1994春】
非文章論（エッセイ）【1998夏】
黒い天使（くろいてんし）→庄野誠一（しょうのせいいち）
黒川英市（くろかわえいいち）
比叡六弦（学生小説）【2000春】
黒古一夫（くろこかずお）
名も無き人々の「死」と共に（書評）【2007秋】
黒沢聖子（くろさわせいこ）
ヒューマニズムを中心に（安部公房論）【196803】
黒澤政子（くろさわまさこ）
ろばの耳【2007冬】
黒沢義輝（くろさわよしてる）
生誕百年　山中散生（随筆）【2006冬】
黒田可菜（くろだかな）
いつかタイへ（学生小説）【2007秋】
黒田湖山（くろだこざん・湖山人）
立てた箸【191005】
人を見ざりし人【191103】
物知らず村（小説）【191207】
グロータース（Willem A. Grootaers）
外国文学者は現代日本文学をこうみる【196804】
黒田敏嗣（くろだとしつぐ）
物語性の復活【195810】
ポール・クローデル
知恵の司の饗宴（戯曲）【2005秋】
黒羽英二（くろはえいじ）
十五号車の男（小説）【197311】
黒莫生（くろまくせい）→水木京太（みずききょうた）
桑原央治（くわはらただはる）
五月分のラブレター（詩）【196711】
桑原隆人（くわはらりゅうじん）
南米文学の概観（評論）（翻訳）【191510】
桑原武夫（くわばらたけお）
〔推薦理由〕一九五一年度毎日出版文化賞『日本現代詩大系』（広告欄）【195112】
桑山裕（くわやまゆたか・朝山蜻一）
雲の動き（創作）【195309】

け

玄侑宗久（げんゆうそうきゅう）
ゆるやかな死（随筆）【2002冬】
中洲（創作）【2010春】

こ

小池弘三（こいけこうぞう）
阿部さんの想ひ出（水上瀧太郎追悼）【194005臨】
小池多米司（こいけためじ）
海で（創作）【196108】
カプセルの中で（小説）【197109】
女そして顔【197204】
真昼（小説）【197302】
季節（創作）【197505】

久米のこと二三（久米秀治追悼）【192502】
「つゝじ」その他（随筆）【192606】
「火の見」その他【192607】
「もとのうち」その他（随筆）【192610】
「うんざり松」その他（随筆）【192611】
「菊市」その他（随筆）【192612】
十三夜（戯曲）【192706】
「雷門以北」後記（随筆）【192710】～【192712】
好きな挿絵画家と装幀者（アンケート回答）【192801】
現代の代表的文芸家（アンケート回答）【192802】
上演「すみだ川」合評【192803】
熱（アンケート回答）【192803】
わたしとしては（二周年記念のページ）【192804】
水木京太作「嫉妬」上演評【192805】
日暮里雑記（随筆）【192808】～【192902】【192905】
先生（小山内薫追悼）【192903】
十三夜（Radio drama）（一葉原作）【192912】
とけない雪（宇野四郎追悼）【193104】
〔推薦文〕「なか志゛ま屋の酒」（広告欄）【193402】
鵙屋春琴（戯曲）（谷崎潤一郎原作）【193506】
鵙屋春琴後日（戯曲）（谷崎潤一郎原作）【193509】
三田劇談会（座談会）【193808】～【193904】【193906】～【193911】【194108】【194109】【194111】～【194204】【194208】
鶴亀（里見弴原作）【194003】
阿部さん素描（水上瀧太郎追悼）【194005 臨】
墓参（里見弴原作）【194009】
葉書回答【194201】
銀座復興（水上瀧太郎原作）（一～四）【194404・05】【194406・07】【194409】【194410・11】
編輯余録（「銀座復興」に関して）【194404・05】
〝去年の日記〟より【195005】
スバルと三田文学（講演）【195107】
久保田万太郎氏に「演劇」を訊く（座談会）【195203】
おもひでの両吟（折口信夫追悼）【195311】
編輯後記【194410・11】
※追悼文（記事）掲載号【196706】
久保庭敬之助（くぼにわけいのすけ）
素顔の山川（山川方夫追悼）【196703】
熊井啓（くまいけい）
映画「愛する」の一シーンから（随筆）【1997 夏】
熊沢喜久三（くまざわきくぞう）
階段をのぼる（詩）【193009】
プログラムの裏に書いたもの（ヴアラエティ・スケッチ）【193012】
太い点線（詩）【193103】
家・午後・蚊（詩）【193107】
日本橋（詩）【193206】
久米生（くめせい）→久米秀治
久米秀治（くめひでじ）
灯（小説）【191112】【191505】
乗合船（雑感）【191210】
雲（小説）【191212】
うづみ火（小説）【191306】
磧地（小説）【191310】
鏡（小説）【191403】
心中（小説）【191406】
明暗（小説）【191410】
烘麦（小説）【191501】
庄太の話（小説）【191503】
木挽町の家（小説）【191506】
その話（小説）【191508】
柿の芽（小説）【191510】
犬（小説）【191512】
暮れの雪（小説）【191601】
父の死（小説）【191602】
逼々と（小説）【191603】
短夜（小説）（「逼々と」の一部）【191607】
木挽町の夏（夏げしき）【191608】
かたゞより（小説）【191611】
片影（小説）【191701】
梅雨の日（小説）【191807】
求道者（小説）【191812】
葡萄棚の下〔葡萄棚の下にて〕【191905】【191906】
陰影（小説）【191908】
背信（小説）【191911】【191912】
病友（小説）【192001】
求道の心と離反の心（小説）【192003】【192004】
道はおなじ（小説）【192402】
劇場巡礼（随筆・批評）【192409】～【192411】
※追悼特集「久米秀治氏追悼録」【192502】
久米泰信（くめやすのぶ）
ヘイタイサンオゲンキデスカ【194402】
久良生二（くらせいじ）
あへんのへや（小説）【194907】
家をめぐる女【195001】
ふうてん村教会（創作）【195006】
倉崎嘉一（くらさきかいち）
田村氏の「大学」と「少女」【194001】
倉島竹二郎（くらしまたけじろう）
喧嘩と子供（小説）【192607】
汚点を洗ふ（小説）【192609】
浩吉の道化（小説）【192611】
過る一景（小説）【192701】
六号雑記【192701】【192702】【192708】【192709】【192801】～【192803】【192805】～【192809】【192811】
恋愛破産者（長篇小説）（第一回～第六回）【192706】～【192711】
池のほとり（小説）【192801】
血がにごる（一九二八年）【192801】
淡の輪（小説）【192804】
水の上のロマンティシズム（春のスケッチ）【192804】
廓の子（小説）【192807】
京都の夏（三都夏季情景）【192808】
われは子なれば（小説）【192809】
ほんとうの満腹録（満腹録）【192809】
回顧一ケ年（アンケート回答）【192812】
我が賀状（往復ハガキ回答）【192901】
大きい洋服（小説）【192901】
過去を読む（小説）【192904】
弱気の薔薇（甲田正夫の印象）【192904】
すもうの一景（小説）【192906】
離情（小説）【192908】
秋玲瓏（小説）【192909】
ピストルと短刀（小説）【193001】
佗しき習慣（小説）【193002】
深草だより【193003】～【193006】【193009】
NO. 178（小説）（全三回）【193102】～【193104】
ネオンサインは眼を疲れさすだけだ！【193105】
自己を語りすぎた批評【193106】
天才（小説）【193107】
池のほとり（中篇小説）（全二回）【193108】【193109】
ポーカと臍の緒（小説）【193201】
叔父父（小説）【193205】
事変のうちに（小説）【193210】
四角い風景（小説）【193301】
松風だより（一）【193304】
魚の情け（小説）【193305】
西瓜の思ひ出【193309】
自然主義末期（小説）（一）（二）【193401】【193402】
「花咲く樹」から【193409】
棋風【193501】
復活当時を思ふ【193505】
はかなし！（南部修太郎追悼）【193608】
柳原利次君の思ひ出【193704】
京都物語（小説）【193711】
再び戦線へ（現地から）【193901】
杭州の思出（一～三）【194001】～【194003】
思ひ出（水上瀧太郎追悼）【194005 臨】
めくら将棋【194008】
三田文学復活当時の思ひ出【194010】
猫の記（創作）【194011】
先生と将棋（水上瀧太郎一周忌）【194104】
戦地の思ひ出【194108】
南方から【194208】
ブルジョン宣伝行【194302】
国境へ【194303】
印度の武力蹶起【194308】
明るい日本（掌中小品）【194402】
さゝやかな幸福【195005】
三点鐘【196010】
一代の名編集者和木さんを偲ぶ

草森紳一（くさもりしんいち）
フェイファの暗い鏡【196712】
落莫　誰が家の子（随筆）【1989夏】
久慈鏡一（くじきょういち）
詩誌審判【193610】【193611】
串田孫一（くしだまごいち）
厳粛なる笑ひ【194910】
森の絵【195005】
表紙【195410】〜【195509】
驢馬の耳【195701】
楠原偕子（くすはらともこ）
逝ってしまった田中千禾夫（田中千禾夫追悼）【1996春】
楠見千鶴子（くすみちずこ）
ジョルジュの夏（小説）【197401】
木天蓼（小説）【197405】
短い旅（創作）【197601】
葛目彦一郎（くずめひこいちろう・楢原豊一）
亡母と蜩（小説）【192607】
加藤昌雄のこと【192611】
新聞売子と活動写真（小説）【192702】
※追悼文（付略歴）掲載号【193503】
楠本憲吉（くすもとけんきち）
驢馬の耳【195604】
三点鐘【195912】
日本近代詩の成立（評論）【196608】〜【196610】
箸塚のこと（随筆）【1985夏】
一枚の色紙（山本健吉追悼）【1988夏】
楠山多鶴馬（くすやまたづま）
ファウストの初演及びメフィスト役者と最初のファウスト役者（随筆）【192609】
楠山正雄（くすやままさお）
「三人吉三廓初買」（日本古劇の研究）【191502】
「お染久松色読販」（日本古劇の研究）【191503】
『村井長庵』を読んで考へたこと（日本古劇の研究）【191510】
『四谷怪談』及び再び鶴屋南北に就きて（日本古劇の研究）【191604】
朽木ゆり子（くちきゆりこ）
伊藤道郎（文学談義クロストーク）【1988夏】
工藤妙子（くどうたえこ）
読め！　読め！　読め！（書評）【2004冬】
工藤哲巳（くどうてつみ）
表紙・カット【196007】〜【196103】
工藤美代子（くどうみよこ）
西脇順三郎の伝記を書き終えて【1994冬】
邦枝完二（くにえだかんじ・㊍国枝莞蟹・双竹亭）
冬（詩）【191202】
廓の子（小説）【191209】
変化者【191304】
蝙蝠安（小説）【191308】
柳ちる日（戯曲）【191312】
栴檀樹下低唱（詩）【191402】
蠟燭屋三朝（小説）【191403】
面屋鶴八の死（物語）【191410】
一寸した不安（戯曲）【191501】
下着（詩）（翻訳）（Titta Rosa原作）【191506】
遇然な出来事（翻訳）（Onorato Fava原作）【191509】
笛（小説）【191704】
菖蒲河岸（小説）【191708】
〔書信〕（消息欄）【191709】
渡辺小右衛門（小説）【191711】
人間の死（小説）【191801】
鼻の恋愛（小説）【191805】
或る騎手の死（戯曲）【191807】
一本の匕首（小説）【191811】
みぞれ笹（小説）【191902】
双竹亭日記抄（作家の日記）【193602】
松本泰の思ひ出（追悼）【193906】
国枝史郎（くにえだしろう・宮川茅野雄・西川菊次郎・鎌倉彦郎）
我等の若き日のために【191102】
国原千蔭（くにはらちかげ）
悔（詩）【194809】
久野豊彦（くのとよひこ）
ある転形期の労働者（小説）【192604】
物質の門（小説）【192605】
ナタアシャ夫人の銀煙管【192607】
水上瀧太郎氏の近業【192612】
六号雑記【192612】【192701】
運河の夜景（小説）【192701】
ソヴエート・ロシアの老政治家（小説）【192704】
青いガス燈（評論）【192709】
新春の顔（一九二八年）【192801】
裏側の花・獣・人（蔵原伸二郎氏新著「猫のゐる風景」評）【192802】
垢【192808】
回顧一ケ年（アンケート回答）【192812】
我が賀状（往復ハガキ回答）【192901】
蓮社の逸（蔵原伸二郎の横顔）【192902】
白い枳殻の花だ（水上瀧太郎氏と久保田万太郎氏と）【192910】
三点鐘【196102】
久能龍太郎（くのりゅうたろう・㊍久野）
痱痛襍記【194008】
獅子芝居【194108】
久保栄（くぼさかえ）
残された計画（小山内薫追悼）【192903】
窪川鶴次郎（くぼかわつるじろう）
〔推薦文〕映画「隊長ブーリバ」（広告欄）【193610】
偶然と人生【193804】
窪川幸男（くぼかわゆきお・雪夫）
六号雑記【192705】【192802】
窪川雪夫（くぼかわゆきお）→窪川幸男
窪田啓作（くぼたけいさく）
驢馬の耳【195612】
窪田重次（くぼたじゅうじ）
岡山のお別れ（水上瀧太郎追悼）【194005臨】
窪田般彌（くぼたはんや）
月（詩）【195812】
サティと犬（随筆）【1988秋】
私の推す恋愛小説、この一冊（アンケート回答）【1998春】
久保田万太郎（くぼたまんたろう・千野菊次郎・菊次郎・万太郎・暮雨・傘雨・甘亭・万・月評子）
朝顔【191106】【2000春臨】
遊戯（喜劇・戯曲）【191107】【191505】
陰影（戯曲）【191110】
自由劇場の舞台稽古（小品）【191112】
浅草田原町（小説）【191202】
「はつ夏」（小説）【191206】
おえいさんの事（小説）【191212】
水のおもて（戯曲）【191303】
ふゆぞら（小説）【191309】
永井先生へ（劇評）【191310】
亜米利加の水上君へ【191311】
自由劇場その他【191401】
演劇月評【191403】〜【191412】【191503】
疲労（小説）【191410】
花の空（戯曲）【191501】
「三人吉三廓初買」（日本古劇の研究）【191502】
「お染久松色読販」（日本古劇の研究）【191503】
並木五瓶「五大力恋緘」（日本古劇の研究）【191506】
半日（小説）【191507】
しぐれころ（小説）【191510】
小なつのこと（戯曲）（「潮騒」の前の幕）【191601】
続小なつの事（戯曲）（「潮騒」の後の幕）【191604】
夏萩（小説）【191607】
故上田敏先生追悼録【191609】
「三太郎ぶし」と時雨と（小品）【191612】
冬至（小説）【191702】
三遊亭金馬一行（小品）【191704】
水上瀧太郎氏へ（感想）【191705】
六月一日（小品）【191708】
「滝の白糸」の初日（小品）【191709】
藤と睡蓮（小説）【191710】〜【191712】
覚えがき（随筆）【191712】
影絵（小説）【191801】
画面（戯曲）【191802】
老犬（小説）【191803】【191804】【191808】【191811】
歌舞伎座の「にごり江」（随筆）【191807】【191808】
十六夜（小品）【191809】
灯取虫（戯曲）（改作）【191901】
歎き（小説）【191902】〜【191904】
菜の花（小品）【192006】
かくひどり（随筆）【192008】
お清（小説）【192012】
露芝（小説）【192109】
立見（小品）【192201】
『玉匣両浦島』のこと（森鷗外追悼）【192208】

驢馬の耳 【195702】
木村謙二（きむらけんじ）
在りし日の荷風先生（扉写真） 【195906】
木村五郎（きむらごろう）
哀歌（詩） 【193402】
高原（詩） 【193407】
雲のある村（詩） 【193411】
小さな季節（詩） 【193505】
港の朝（詩） 【193608】
木村秋果（きむらしゅうか）
訳詩三篇（オスカア・ワイルドより） 【191206】
木村荘五（きむらしょうご）
夜（翻訳）（ギイ・ド・モオパッサン原作） 【191307】
オスカア・ワイルドの回想（評論） 【191401】
臆病者（翻訳小説）（ガルシン原作） 【191412】
赤き詩集より（訳詩） 【191501】
ナデジダ・ニコライエフナ（翻訳）（ガルシン原作） 【191505】【191506】
黄金（翻訳）（バルザック原作） 【191704】
モデルと作家 【193509】
モンテエヌ先生 【193605】
純文芸と批評 【193609】
「麦死なず」に現れたプロテスト 【193610】
近代ロシア詩の傾向 【193704】
木村庄三郎（きむらしょうざぶろう）
離れて行く（小説） 【192407】
身延山の絵葉書（小説）【192501】
嘘（小説） 【192604】
父の臭ひ（小説） 【192707】
自殺（翻訳）（アンリ・ド・レニエ原作） 【192710】
我が一九二八年（一九二八年） 【192801】
「緑の騎士」感想 【192801】
ビルディングの上のドン・キホーテ（小説） 【192802】
六号雑記 【192802】
公園にて（春のスケッチ） 【192804】
堤中納言物語鑑賞 【192809】【192810】
紺珠（Tea-Table） 【192811】
強気な人情家（倉島竹二郎の横顔） 【192901】
或青年の手帖（随筆） 【192908】【192909】【193003】【193005】
愚かなる経験（小説） 【193004】
「白い士官」について（一人一頁） 【193006】
六月の創作評（月評） 【193007】
「中央公論」「三田文学」其他（月評） 【193008】
八月の小説評 【193009】
湘南と横浜（街上風景）【193011】
廊下にて（ヴアラエテイ・スケッチ） 【193012】
静かな町（小品） 【193106】
精神的な支へ（水上瀧太郎追悼） 【194005 臨】
三点鐘 【196102】
木村荘八（きむらそうはち）
扉（絵） 【193607】
木村威夫（きむらたけお）
桜昏記（小説） 【1998 冬】
具流八郎について（随筆） 【2000 春】
編集部への手紙（随筆）【2004 春】
映画・初監督の記（随筆） 【2004 秋】
泡雫（小説・同人雑誌から） 【2007 夏】
木村太郎（きむらたろう）
島木健作論 【193801】
作家的意識の虚構 【193803】
批評における科学性の限界 【193804】
文学探究の方向 【194107】
木村徳三（きむらとくぞう）
庄野誠一さんを偲ぶ（庄野誠一追悼） 【1992 春】
木村恒（きむらひさし）
鶴を打つ（小説） 【192904】
作家志願者末路（小説）【192907】
夜盗（小説） 【193003】
木村不二男（きむらふじお）
薙刀について（小説） 【194112】
礼拝（小説） 【194204】
虎穴（小説） 【194301】
木室陽子（きむろようこ）
2004 三田文学スペシャルイベント・学生感想文から 【2005 冬】
木山捷平（きやましょうへい）
湯瀬（随筆） 【196703】
清岡暎一（きよおかえいいち）
ウォレス・ステグナー氏夫妻を囲みて（座談会） 【195105】
清岡卓行（きよおかたかゆき）
ルネ・クレマン論 【195908】
詩人がなぜ小説を書くか（対談） 【197005】
名前の呼びまちがい（随筆） 【1985 夏】
清川泰次（きよかわたいじ）
カット 【196801】〜【197211】
清崎敏郎（きよさきとしお・㊍星野）
紫陽花（俳句） 【194306】
八月四日の虚子（随筆）【196709】
現代詩をめぐって（シンポジウム） 【197602】
清瀬彩介（きよせさいすけ・㊍池田）
燃え殻色の雪（小説） 【196911】
清原康正（きよはらやすまさ）
時代小説にみる情愛（評論） 【1998 春】
〝悪〟の雰囲気をただよわせる時代小説の主人公たち（評論） 【2001 春】
小説に見る江戸の〝季〟と〝食〟（評論） 【2004 夏】
桐江キミコ（きりえきみこ）
ピンク・フラミンゴ（小説） 【1995 夏】
桃のマドンナ（ある日の小説） 【1996 夏】
おたまごはん（小説） 【1997 秋】
さぼてん（小説） 【1998 夏】
ぽんぽんだりや（小説）【1999 春】
デンデンムシのパラダイス（小説） 【2001 春】
たんぽぽのお酒、と夏の切片——たんぽぽのお酒（私の古典・この一冊） 【2001 夏】
スッキさんと夏の日（小説） 【2002 夏】
ビレッジの隣人たち（随筆） 【2008 秋】
金口（きんぐち）→南部修太郎（なんぶしゅうたろう）
金文輯（きんぶんしゅう）
女草履と僕（小説） 【193211】
ありらん峠（小説） 【193309】
京城異聞（小説） 【193605】
銀座・岡田（ぎんざおかだ・はち巻「岡田」）
はち巻問答（水上瀧太郎追悼） 【194005 臨】
マドリン・ギンズ
ヘレン・ケラー、あるいは荒川（抄訳）（評論） 【1990 夏】
金原賢之助（きんばらけんのすけ）
現代戦の特徴と思想戦の役割（若き文学者に与ふ） 【194111】
金原正彦（きんばらまさひこ）
つんぼでおしの演技——サリンジャー論——（評論） 【197306】

く

久我三郎（くがさぶろう）
春の新人創作劇 【194905】
日下典子（くさかのりこ）
女流作家への翹望 【193504】
一九三五年度の女性作家 【193512】
日下微知子（くさかみちこ）
潜れたをんな（翻訳小説）（コレット原作） 【193802】
春に焚く（翻訳小説）（コレット原作） 【193805】
コレットの地図 【193810】
草野柴二（くさのしばじ・㊍若杉三郎）
到着記 【191006】
波のたはむれ（対話）（翻訳）（アンリ・ラヴダン原作） 【191012】
草野心平（くさのしんぺい）
芸術上の孤独（Essay on Man） 【194809】
猶吉忌から沈没へ（随筆） 【196609】
村野四郎寸感（村野四郎追悼） 【197506】
わが散歩（詩） 【1986 夏】
草野次彦（くさのつぎひこ）
相対性原理に就いて（評論） 【192204】
カントの時空の概念とアインシュタイン（評論） 【192212】
草野松彦（くさのまつひこ）
農村（短歌） 【194402】
草光俊雄（くさみつとしお）
シーグフリード・サスーン（文学談義クロストーク） 【1989 夏】
マイナー・ポエッツ群像（評論）（Ⅰ〜Ⅶ）【1990 秋】〜【1992 春】

夜ふる雪（詩）【191105】【191505】
畑の祭（詩）【191401】
雨中小景　外六景（詩）【191406】
遠樹（詩）【191407】
真間の閑居【191608】
閻魔の咳（短歌）【191609】
植物園（小品）（「真間の閑居」続稿）【191611】
雀の閑居（短歌）【191703】
〔推薦文〕鈴木英夫著『刎られし花』（広告欄）【194110】
北原由三郎（きたはらよしさぶろう）
哀れなシャツ屋（翻訳）（小説）（ヴァルリィ・ラルボオ原作）【193702】
北見志保子（きたみしほこ）
折口先生をかなしむ（折口信夫追悼）【195311】
北村文乃（きたむらあやの）
幸福の稜線（小説）【1994 秋】
北村喜八（きたむらきはち）
新劇について【193602】
北村謙次郎（きたむらけんじろう）
満洲文芸界小記【194101】
砧（小説）【194102】
北村小松（きたむらこまつ）
古巣（戯曲）【192211】
未完成の絵（戯曲）【192304】
カーヂフへ（翻訳）（ユージン・オニール原作）【192407】
一九一四年頃の覗き絵（戯曲）【192610】
六号雑記【192612】
鬚だの髪だの（随筆）【192702】
回顧一ケ年（アンケート回答）【192812】
私の記憶の中から（小山内薫追悼）【192903】
宇野さん（宇野四郎追悼）【193104】
三田文学レヴイユ（ヴアラエテイ上演脚本）【193506】
石坂洋次郎君（作品と印象）【193601】
見て来た支那【193901】
三点鐘（創刊五十周年記念）【196005】
北村彰三（きたむらしょうぞう・三戸武夫）
「人間」前田河広一郎著（長篇小説）（新刊巡礼）【193812】
「日本の覚醒」岡倉天心著（評論集）（新刊巡礼）【193812】
「火田」前田河広一郎著（小説集）（新刊巡礼）【193902】
「有島武郎全集」鐙田研一著（第一巻）（新刊巡礼）【193904】
文学界（今月の小説・雑誌）【193911】【193912】【194006】【194008】【194011】〜【194102】
「丹羽文雄選集」古谷綱武編（第六・七巻）（新刊巡礼）【194001】
満人作家小説集「原野」を読んで【194004】
※追悼文掲載号【194403】
北村太郎（きたむらたろう）
ダリの絵の思い出（記憶の鏡）【1989 夏】
北村常夫（きたむらつねお）
ラーフ・フォックスに関する覚書（現代英吉利作家論）【193709】
北村哲士（きたむらてつし）
「醜い花」である、わたしたち（書評）【2004 春】
言葉の「ゴールデンアワー」を思うこと（書評）【2004 夏】
北村初雄（きたむらはつお）
EPICURE の部屋（短詩）【191904】
樹（小品）【192301】
北村久路（きたむらひさじ）
鎌倉河岸（小説）【191612】
喜多村緑郎（きたむらろくろう・㊍六郎・緑樹）
畏敬する人（水上瀧太郎追悼）【194005 臨】
北山哲郎（きたやまてつろう）
「刻を曳く」―後藤みな子（書評）【197211】
木津豊太郎（きづとよたろう）
驢馬の耳【195703】
城戸朱理（きどしゅり）
自由の階梯（詩）【1987 秋】
鬼頭哲人（きとうあきひと）
ジャン・アヌイの変貌【195507】
フランスの戯曲四篇（書評）【195610】
砧五郎（きぬたごろう）
復活十周年記念「文芸講演会」見聞記【193506】
杵屋勝四郎（きねやかつしろう）
「長庵」と「助六」（日本古劇の研究）【191507】
木下恵介（きのしたけいすけ・㊍正吉）
驢馬の耳【195504】
木下順二（きのしたじゅんじ）
ケントの悪態（随筆）【1989 冬】
私の推す恋愛小説、この一冊（アンケート回答）【1998 春】
木下常太郎（きのしたつねたろう）
美しきD・H・ロランス【193209】
英国文学の新思考の一面【193211】
リチヤーズとロランスの論争【193301】
エズラ・パウンド【193304】
批評の放浪【193307】
「輪のある世界」【193309】
日本語の解放【193311】
ロオレンスの文学観と世界観【193403】
アーヴイング・バビット批判【193405】
ピラミッド上の夕暮【193409】
E・パウンドの新著など【193411】
ロオレンス・エリオツト・パウンド【193412】
H・D・ロオレンス論【193501】
アーヴイング・バビット【193502】
アンドレ・ジイド論【193503】
T・E・ヒューム論【193504】
ベルグソンと現代文学【193505】
ウィンダム・ルイス論【193506】
反浪漫主義論【193507】
パウンドの比較文学論【193508】
ポイスの諷刺小説【193509】
古典的現実主義論【193512】
マリオ・プラッツの悪魔主義論【193601】
ロレンスの大作「翼のある蛇」【193612】
現代の文学批評と心理学【193707】
軟派唯物論とD・H・ロレンス【193709】
「持てる国」の文学【193809】
「詩集サボテン島」北園克衛著（詩集）（新刊巡礼）【193902】
現代詩の国際性と国内性【193904】
詩壇時評【194107】【194109】【194202】〜【194204】
葉書回答【194201】
郷土文化と永井荷風【194206】
モダニズムをめぐる詩の問題【195411】
驢馬の耳【195602】
三点鐘【195907】
木下徹（きのしたとおる）
へいたいさんへ【194402】
木下杢太郎（きのしたもくたろう・㊍太田正雄・きしのあかしや・きしのやあかしや・地下一尺生・堀花村・北村清六）
印度王と太子（戯曲習作）【191005】
食後の歌【191007】【2000 春臨】
京阪聞見録（散文）【191010】
スケツチ（二葉）【191010】
港【191103】
海郷風物記【191105】【191106】
河岸の夜（小説）【191203】【191505】
夷講の夜のことであった（小説）【191303】
柏屋（小説）【191307】
葬式の前の日のこと（小説）【191310】
霊岸島の自殺（小説）【191401】
穀倉（小説）【191410】
一度は通る道だ（小説）【191503】
座頭殺し（日本古劇の研究）【191510】
空地裏の殺人（戯曲）【191601】
木下利玄（きのしたりげん・㊍利玄〈としはる〉）
〔短歌〕夏子（六号余録欄）【191909】
木原孝一（きはらこういち・㊍太田忠）
噴火【194310】
詩劇の形成に向って【195509】
紀平規（きひらただし）
西鶴の「置土産」【193208】
儀府成一（ぎふせいいち・㊍藤本光孝）
鰰（小説）【193907】
J＝P・ギベール
平場での夜明かし（詩）【197502】
木俣修（きまたおさむ）
詩と短歌（村野四郎追悼）【197506】
金達寿（きむたるす）

回答）　【2007 秋】
歴史と文学（評論）（全八回）　【2007 秋】〜【2009 夏】
通念を踏み破る（書評）　【2009 春】
静謐としんどさと（書評）　【2009 夏】
東京という舞台（書評）　【2010 冬】
菊池寛（きくちかん・(本)寛〈ひろし〉・草田杜太郎・菊池比呂士）
山崎俊夫君の事　【193708】
〔推薦文〕『定本　樋口一葉全集』（広告欄）　【194108】
菊池豊（きくちゆたか）
表紙作品　【1996 春】
菊野美恵子（きくのみえこ）
冷える砂（小説）　【1990 秋】
岬のある場所（創作）　【1991 秋】
居留地より（短編小説）　【1999 冬】
ろばの耳　【2004 夏】
時間と記憶の厚み（書評）　【2005 春】
菊村到（きくむらいたる・(本)戸川雄次郎）
ある戦いの手記　【195702】
三点鐘　【195904・05】
木崎さと子（きざきさとこ）
梅花鹿（小説）　【1987 秋】
少女の耳たぶ（随筆）　【1989 夏】
ベンジャミンと瓢簞（随筆）　【1994 春】
共感能力（随筆）　【1997 秋】
木崎繁（きざきしげる）
候鳥（小説）　【193911】
木佐木勝（きさきまさる）
水上先生のこと（水上瀧太郎追悼）　【194005 臨】
岸晃良（きしあきら）
英国文芸通信（翻訳）（B・アィーフォー・エヴァンズ教授原作）　【195002】
喜志麦雨（きしばくう・(本)邦三）
〔翻訳〕ジエイムスカズンス「春の唄」（六号余録欄）　【191907】
岸松尾（きしまつお・(本)阿字周一郎・松雄）
映画三昧　【193511】
岸田國士（きしだくにお）
バダンの欠勤（戯曲）（クウルトリイス原作）　【192401】
岸田秀（きしだしゅう）
日本文化と欧米文化（随筆）　【2004 冬】
きしのあかしや→木下杢太郎（きのしたもくたろう）
きしのやあかしや→木下杢太郎
木島俊介（きじましゅんすけ）
現代アメリカ美術と「崇高」について（文学談義クロストーク）　【1989 冬】
木島始（きじまはじめ・(本)小島昭三）
裸形の影絵（詩人の頁）　【195603】
岸本一郎（きしもといちろう）
牛津のイギリス文学　【193809】
北鬼助（きたきすけ・(本)水口伸二）
主役は誰か　【194906】
小説はなぜ退屈であるか　【195206】
北杜夫（きたもりお・(本)齊藤宗吉）
霊媒のゐる町　【195603】
昔の創作ノート・その他　【196612】
私の文学を語る（インタビュー）　【196901】
『酔いどれ船』を語る　【197206】
われらの文学放浪のころ（対談）　【197210】
同人雑誌の俗っぽい思い出（随筆）　【1985 秋】
同人誌の頃（随筆）　【1995 春】
紀田順一郎（きだじゅんいちろう）
条理燦然（随筆）　【1987 夏】
私が選ぶ昭和の小説（アンケート回答）　【2007 秋】
北尾亀男（きたおかめお）
雨霽たり（戯曲）　【191910】
北尾陽三（きたおようぞう）
春颱（小説）　【194101】
北川冬彦（きたがわふゆひこ・(本)田畔忠彦）
驢馬の耳　【195510】
北口昌男（きたぐちまさお）
虫めづる姫君（詩）　【1989 夏】
北古賀真里（きたこがまり・(本)大沢）
『異邦人』　その宗教的背景　【196905】
ヨルダンの岸辺で　【196909】
立原正秋『薪能』（あの作家のこの一冊）　【1998 冬】
ろばの耳　【2003 春】
北里文太郎（きたざとぶんたろう）
夏場所　【193907】
相撲無駄話　【194003】
相撲雑観　【194008】
春場所評判　【194103】
北沢卓彦（きたざわたかひこ）
夏の記憶（小説）　【197210】
北澤卓夫（きたざわたくお）
まんはったん '68（小説）　【197110】
北沢輝明（きたざわてるあき）
汽笛が……（小説）　【197003】
漂砂（小説）　【197105】
濃い夕暮れに（小説）　【197304】
港（小説）　【197408】
北園克衛（きたそのかつえ・(本)橋本健吉）
柚の季節（詩）　【193312】
煙の山羊髭　【193709】
軟らかな PINTLE（詩）　【193807】
狐のキャンドル　【193809】
鉛筆の生命（詩）　【193903】
半透明のカスケット（詩）　【193912】
閑日（詩）　【194108】
送行（愛国詩）　【194210】
客（詩と歌）　【194308】
驢馬の耳　【195604】
三点鐘　【195902】
村野君の死に憶う（村野四郎追悼）　【197506】
北田内蔵司（きたたくらじ）
阿部君の思出（水上瀧太郎追悼）　【194005 臨】
北詰栄太郎（きたづめえいたろう）
新しい詩の擁護　【193709】
北野孟郎（きたのたけお）
（スポーツ）　【195003】
北野雪子（きたのゆきこ）
悪霊（翻訳）（R・L・スティブンソン原作）　【194008】
北原武夫（きたはらたけお・(本)健男・夏村扇吉）
新三田風景素描（新三田風景）　【193005】
「真理の春」を読む　【193009】
〔書信〕旅から　【193009】
堀辰雄素描　【193010】
同人雑誌作品評（月評）　【193011】
一九三〇年文壇回顧（評論）　【193012】
「開会の言葉」まで（ヴアラエティ・スケッチ）　【193012】
牧野信一氏の新著「西部劇通信」を読む　【193101】
踊子マリイ・ロオランサン（小説）　【193102】【2000 春臨】
新人十氏評　【193103】
純粋といふこと　【193912】
女心（小説）　【194005】
水上先生（水上瀧太郎追悼）　【194005 臨】
『桜ホテル』ノート（自著に題す）　【194008】
戦ひの厳粛さについて　【194404・05】
芸術家の確信について　【194409】
マタイ伝（小説）　【194602】
熱海雑記　【194805】
熱海春色（小説）　【195105】
番茶の後　【195105】【195108】【195110】〜【195201】
永井荷風研究（座談会）　【195106】
『ガラスの靴』について（推薦の言葉）　【195106】
二等車の車掌　【195108】
絵画のユマニテ　【195109】
男女について　【195110】
カミユをめぐって（座談会）　【195111】
善人悪人について　【195112】
人生について　【195201】
現代恋愛論（座談会）　【195310】
驢馬の耳　【195410】【195502】【195507】【195601】【195605】【195609】【195704】【195706】
名宝展を観る　【195410】
近代的職人の二典型　【195411】
女流文学について　【195412】
山本健吉「芭蕉」（書評）　【195504】
第百八番控室の人々（放送劇）　【195509】
痛ましい才能の中絶（南川潤追悼）　【195511】
或る対話（時評）　【195610】
三点鐘　【195912】
三点鐘（創刊五十周年記念）　【196005】
庄司君の死（庄司総一追悼）（丘の上）　【196112】
孤独について　【196609】
※追悼特集（付略歴）　【197312】
北原白秋（きたはらはくしゅう・(本)隆吉・射水）
雪の日外三篇　【191008】
権兵衛が種蒔き（詩）　【191011】
薄あかり　【191104】

【1992冬】
〝等身大〟からの創造（本の四季）【1992春】
川人通男（かわひとみちを）
ろばの耳【2008冬】
河辺篤寿（かわべとくじゅ）
阿部さんの想ひ出（水上瀧太郎追悼）【194005臨】
河村菊江（かわむらきくえ）
宇野先生の御逝去（宇野四郎追悼）【193104】
川村清雄（かわむらきよお）
福沢先生像（図版）【194110】
川村資郎（かわむらしろう・岡田四郎）
暗がり（小説）【191201】
トリトマの花（小説）【191312】
銀杏散る頃（小説）【191407】
勇士（小説）【191511】
或日の道連れ（小品）【191902】
真珠の門（小品）【192409】
沢木君の思ひ出（沢木四方吉追悼）【193101】
大阪時代のことなど（水上瀧太郎追悼）【194005臨】
川村二郎（かわむらじろう）
『死者の書』について（評論）【196110】
現実と文学（対談）【197004】
花の名前（随筆）【1987冬】
幻想を解体してゆく表現（座談会）【1988冬】
文学碑（随筆）【1992冬】
私の推す恋愛小説、この一冊（アンケート回答）【1998春】
二上山のレポート（随筆）【2001春】
「黒」の記憶（エッセイ）【2003秋】
川村均（かわむらひとし）
封印（詩）【197409】
河村政敏（かわむらまさとし）
宮原昭夫『シジフォスの勲章』をめぐる断想（書評）【2002秋】
『宮原昭夫小説選』をめぐって（わたしの独り言）【2009春】
川村湊（かわむらみなと）
「批評について」（座談会）【1992秋】
寒い昼（学生小説解説）【1999冬】
批評の責任（座談会）【2001冬】
私が選ぶ昭和の小説（アンケート回答）【2007秋】
川本三郎（かわもとさぶろう）
女抜きの世界（随筆）【1989秋】
私の推す恋愛小説、この一冊（アンケート回答）【1998春】
川本卓史（かわもとたかし）
旅人のいる風景（小説）【197202】
河盛好蔵（かわもりよしぞう）
白秋の反戦詩（随筆）【196703】
「意地悪爺さん」（岩田豊雄追悼）【197003】
小説のなかのユーモア（対談）【197209】
私と「三田文学」（随筆）【1989秋】
河原崎長十郎（かわらざきちょうじゅうろう・㊍虎之助）
三田劇談会（座談会）【194204】
荷風先生寸談（追悼）【195906】
川原林順治郎（かわらばやしじゅんじろう）
弔詞（水上瀧太郎追悼）【194005臨】
川和孝（かわわたかし）
尋ね人・三宅由岐子（随筆）【2005夏】
私が選ぶ昭和の小説（アンケート回答）【2007秋】
神吉英三（かんきえいぞう）
阿部章蔵君を悼む（水上瀧太郎追悼）【194005臨】
神吉拓郎（かんきたくろう）
アムゼル（随筆）【1987秋】
神作光一（かんさくこういち）
折過ぐさぬ対応（随筆）【2009夏】
観世栄夫（かんぜひでお）
能と丸岡さん（丸岡明追悼）【196811】
菅野昭正（かんのあきまさ）
心理小説論【195904・05】【195907】
原初の画像（パースペクティブ'74・Ⅰ）【197402】
白秋の位置（パースペクティブ'74・Ⅱ）【197403】
「個的実存」への執着（パースペクティブ'74・Ⅲ）【197404】
日本の社会小説（パースペクティブ'74・Ⅳ）【197405】
性による超越（パースペクティブ'74・Ⅴ）【197406】
交差点【197608】
今川焼と今戸焼（随筆）【1992夏】
石川淳「白描」（偉大なる失敗作）【1999秋】
上林暁（かんばやしあかつき・㊍徳弘巌城）
赤襯衣の屋台（小説）【193210】
払暁（小説）【193606】【2000春臨】
辛辣なる作家について【193910】
小説の映画化と作家の良心【194010】
葉書回答【194201】
三点鐘【196101】
上林猷夫（かんばやしみちお）
機械と女（詩）【195604】

き

木内広（きうちひろし）
陰の構図【196807】
穴の眼（小説）【196905】
蜃気楼（小説）【196910】
紀尾泊世央（きおどまりぜおう・㊍水島行衛・今日泊亜蘭・紀尾泊亜蘭・水島多楼）
朝の卵（小説）【195209】
木々高太郎（きぎたかたろう・㊍林髞）
月次録【193701】【193704】【193707】
三田の友よ【195005】
ウォレス・ステグナー氏夫妻を囲みて（座談会）【195105】
番茶の後【195105】【195106】【195108】〜【195203】【195208】
永井荷風研究（座談会）【195106】
ジュスティーヌ〘ジュスティーヌとジュリエット〙（翻訳）（アルフォンス・ド・サド原作）（第一回〜第五回）【195106】〜【195110】
源氏物語研究（座談会）（第一部）（第二部）【195109】【195110】
現代恋愛論（座談会）【195310】
久潤断想【195405】
三点鐘【196003】
三田文学と私（随筆）【196608】
表紙・裏表紙【195105】〜【195112】【195203】
表紙【195201】
扉解説【195112】【195201】
後記【195303】【195304】【195311】
※追悼特集「木々高太郎氏追悼」【197001】
菊島常二（きくしまつねじ）
夢幻の走法（詩）【193904】
炬火のなか（詩）【194009】
断層（詩）【194108】
菊次郎（きくじろう）→久保田万太郎（くぼたまんたろう）
菊田均（きくたひとし）
江藤淳と戦後批評（三田の作家たち）【197505】
「政治と文学」の現在（評論）【197605】
政治的人間の限界（評論）【197606】
「批評の冒険」を読む（評論）【197607】
光景としての人間（評論）【1987春】
流離と回帰（評論）【1988冬】
戦後という物語（評論）【1989夏】
私の推す恋愛小説、この一冊（アンケート回答）【1998春】
武田泰淳『司馬遷』（あの作家のこの一冊）【2000夏】
アメリカ体験の変容【2000秋】
帽子という思想（書評）【2001冬】
オンライン一頁時評　編集部への手紙【2001春】
時間（小説）【2001夏】
百年目の梶井基次郎（評論）【2002冬】
垂直への意志（書評）【2003春】
他人（小説）【2003夏】
食――その階級性・動物性（評論）【2004夏】
「海ゆかば」と戦後六十年（書評）【2005夏】
永井荷風の他人感覚（永井荷風論）【2006冬】
歴史に対峙する（書評）【2006秋】
他者たちの世界―歴史と文学（評論）【2007夏】
私が選ぶ昭和の小説（アンケート

戯曲論議（評論）（上篇）（下篇）
【191804】【191805】
唐十郎（からじゅうろう）
アリババ（戯曲）　【196705】
本質論的前衛演劇論（座談会）
【196711】
現代文学のフロンティア（No. 3）
【197409】
二匹の蠅（随想）　【1988 冬】
烏勘三郎（からすかんざぶろう）
新潮（九月の雑誌）　【193610】
新潮（十月の雑誌）　【193611】
新潮（今月の雑誌）　【193612】
新潮（誌界展望）　【193701】
柄谷行人（からたにゆきと・㊍善男）
新しい文学の方向を探る（座談会）　【197003】
私はなぜ批評家になったか（対談）（インタヴュアー）
【197102】
批評における戦後（座談会）
【197204】
雁田重吉（かりたじゅうきち）
果たし合い（創作）　【197501】
天沼通り（創作）　【197607】
河井酔茗（かわいすいめい）
道頓堀（小品）　【191203】
河合武雄（かわいたけお）
敬慕してゐた人（水上瀧太郎追悼）　【194005 臨】
川合貞一（かわいていいち）
ベルグソンから（翻訳）（評論）
【191406】～【191408】
【191410】～【191501】
新国家思想の先駆者（評論）
【191605】
歴史哲学の問題（研究）
【191606】
〔弔辞〕アルフレド・ウイリアム・プレイフエヤア告別式弔辞（消息欄）　【191802】
流行哲学（評論）　【192204】
哲学に於ける二つの途（評論）
【192209】
限界概念としての意識一般（評論）　【192304】
カントと現代の哲学　【192405】
逝ける石田君を憶ふ（石田新太郎追悼）　【192703】
沢木四方吉君を憶ふ（追悼）
【193101】
河合哲雄（かわいてつお）
文芸断章（評論）
【192705】～【192711】
河合隼雄（かわいはやお）
井筒俊彦先生の思い出（井筒俊彦追悼）　【1993 春】
『深い河』創作日記を読む（対談）
【1997 秋】
日本の土を踏んだ神――遠藤周作の文学と宗教　【1998 冬】
河内武一（かわうちぶいち）
豚（小説）　【194712】
保菌者　【194811】
帽子（創作）　【194906】
川上宗薫（かわかみそうくん）
初心　【195411】
仮病　【195503】【2000 春臨】
驢馬の耳　【195511】
ひめじよぅんの花　【195602】
「理由なき反抗」を観る（広場）
【195605】
三人称単数　【195606】
症状の群　【195701】
小林勝「フォード・一九二七年」（書評）　【195706】
犬好き（随筆）　【196702】
恩人北原さん（北原武夫追悼）
【197312】
「三田文学」の頃（随想）
【197610】
河上徹太郎（かわかみてつたろう）
〔推薦文〕舟橋聖一著『好きな女の胸飾り』（広告欄）【196803】
「熊のおもちゃ」（丸岡明追悼）
【196811】
『わが思索のあと』　【197306】
川上弘美（かわかみひろみ）
内田百閒「百鬼園俳句帖」（偉大なる失敗作）　【1999 秋】
記紀の神（詩人と小説家の自選20 句）　【2004 冬】
川喜田桜子（かわきたさくらこ）
叔父君の御霊に（水上瀧太郎追悼）　【194005 臨】
川口軌外（かわぐちきがい・㊍孫太郎）
魚（扉絵）　【193712】
河口真一（かわぐちしんいち）
小羊漫言（批評）　【192307】
ロウゼッティが「最後の告白」（評論）　【192401】
リスィダス（翻訳）（ミルトゥン原作）　【192411】
「万花鏡」抄（翻訳）　【192501】
思ひ出のトマス・ハアディ（評論）（翻訳）（シェラアド・ヴァインズ原作）　【192803】
沢木先生を憶ふ（沢木四方吉追悼）　【193102】
川口千香枝（かわぐちちかえ）
日米英戦ふ（短歌）　【194201】
川口正和（かわぐちまさかず）
定点観測（短篇小説）　【2005 冬】
川口松太郎（かわぐちまつたろう・松田昌一）
秋のスケッチ（戯曲）　【192712】
「若い人」を読む（読んだもの）
【193705】
三田劇談会（座談会）　【194108】
川口有（かわぐちゆう）
ろばの耳　【2004 夏】
川崎泓二（かわさきこうじ）
我等の音楽　【194110】
川崎洋（かわさきひろし）
星は又星を（詩）　【195502】
川嶋至（かわしまいたる）
批評のなかの実証（評論）
【197106】
川嶋眞仁郎（かわしましんじろう）
壺中の笑い――前衛陶芸家・八木一夫（随筆）　【2002 秋】
井伏さんとカラマツ茸（エッセイ）　【2004 夏】
川島第二郎（かわしまだいじろう）
伊藤博文とゴーブル（随筆）
【1990 夏】
川島徹児（かわしまてつじ）
とかげ　【195908】
「記憶を買ひに」　【196002】
憂欝なフーガ　【196103】
川島勝（かわしままさる）
江藤淳の「のらくろ時代」――戦後文壇の側面（評論）【2001 冬】
私が選ぶ昭和の小説（アンケート回答）　【2007 秋】
川瀬専之助（かわせせんのすけ）
親友南部修太郎君を憶ふ（追悼）
【193608】
河瀬直美（かわせなおみ）
紡ぎだす表現　【1998 冬】
河竹繁俊（かわたけしげとし・㊍吉村・市村繁俊・市村半身・河竹新水・佐竹東二）
「長庵」と「助六」（日本古劇の研究）　【191507】
『座頭殺し』の芝居（日本古劇の研究 ）　【191510】
『三人吉三』の最初の幕（日本古劇の研究）　【191510】
鶴屋南北作『東海道四谷怪談』（日本古劇の研究 ）　【191604】
折口さん（折口信夫追悼）
【195311】
荷風断片（追悼）　【195906】
河竹登志夫（かわたけとしお）
戸板康二さんを悼む（戸板康二追悼）　【1993 春】
河内恵子（かわちけいこ）
愛しのホークス（随筆）【2007 秋】
川名敏春（かわなとしはる）
真冬の闇　【197204】
蚊喰鳥（短編小説）　【1999 冬】
河野道代（かわのみちよ）
カフェ・クラインクレーエ（詩）
【1990 春】
エロス（詩）　【1990 春】
川橋喬夫（かわはしたかお）
踊る人生・アスファルト（映画批評）　【192912】
映画批評（月評）
【193002】～【193004】
国民映画への途　【194110】
河畠修（かわはたおさむ）
夏の死・秋の死　【195705】
ここは南部の　【195912】
川端隆之（かわばたたかゆき）
鼠民地（詩）　【1990 夏】
川端茅舎（かわばたぼうしゃ・㊍信一）
蠑（夏の句・七人集）　【193708】
川端実（かわばたみのる）
〔図版〕牽牛（瀬木慎一「川端実の個展をみて」付）　【195605】
表紙　【195604】～【195609】
カット　【195410】～【195510】
【195601】～【195603】
【195605】
川端康成（かわばたやすなり）
〔書評〕宇野浩二著『子の来歴』（広告欄）　【193309】
最初の人（南部修太郎追悼）
【193608】【2000 春臨】
〔自筆原稿〕刊行の辞（『高見順全集』広告欄）　【197004】
河林満（かわばやしみつる）
生き馬の眼を抜く市民（創作）

金行勲（かねゆきいさお）→金行勲夫
金行勲夫（かねゆきいさお・金行勲・多木祥造）
心臓のある静物（小説）【193009】
其夜彼行く（小説）【193012】
絵に画いたエゴイズム（小説）【193104】
唯物弁証法的芸術方法の詭弁【193202】
『生業』としての現在のプロレタリア文学に就いての感想【193203】
文芸時評【193204】
軍艦に乗った新聞記者【193405】
孤島に上陸した「新聞記者」【193406】
南海の処女【193407】
貧しき従軍記者【193901】
蚌埠の従軍生活【193902】
戦地の縫針【193903】
送らぬ仁義【193906】
第一線を追って【193907】
麦と従軍記者（従軍記）【193908】
孤立！　戦死者あり！【193909】
阿部章蔵先生（水上瀧太郎追悼）【194005臨】
水上瀧太郎と新聞【194010】
運命について【194104】
遺骨を抱いて【194108】
報道戦について（上）（下）【194203】【194204】
ナンマタールの遺跡【194208】
嘉納毅六（かのうきろく）
浜口陽三のこと（随筆）【2004秋】
狩野晃一（かのうこういち）→松永尚三（まつながなおみ）
蒲山久夫（かばやまひさお）
蟹の歯車（創作）【194904】
荷風（かふう）→永井荷風
荷風小史→永井荷風
荷風生→永井荷風
鏑木清方（かぶらぎきよかた・㊍健一）
影を追ふ（水上瀧太郎追悼）【194005臨】【2000春臨】
故水上瀧太郎氏（扉絵）【194104】
鎌田栄吉（かまだえいきち）
〔挨拶文〕「御集発行に付文部大臣の辞」（『明治天皇御集』広告欄）【192302】
上泉秀信（かみいずみひでのぶ）
土へ（戯曲）【192608】
顔を立てぬ話（喜劇）【192702】
観劇雑感（二つの犯罪文学に就て）【192704】
最初に逢つた杉山君（杉山平助氏の作品と印象）【193603】
都新聞と水上さん（水上瀧太郎追悼）【194005臨】
神野洋三（かみのようぞう）
手の石（創作）【196108】
上村達雄（かみむらたつお）
星は生まれ　星は死ぬ（随筆）【2007冬】
加宮貴一（かみやきいち）
土産（小説）【192202】
着物（小説）【192204】
継父（小説）【192206】
赤蜻蛉の黒焼（小説）【192210】
釣魚（小説）【192301】
襤褸錦衣（小説）【192303】
蘇生（小説）【192305】
何故猿を嗤ふ（小説）【192306】
鋭感（小説）【192307】
ユウモリスト（随筆）【192308】
営中雑記（随筆）【192401】
甲板（小説）【192402】
病床に縛されて（随筆）【192403】
一斤のパン（随筆）【192406】
越冬記（小品）【192408】
絶交状を貰ふ話（小説）【192409】
悪戯（小説）【192410】
英文学独断（評論）【192412】
群（小説）【192502】【192503】
幾分の真実（小説）【192604】
憂愁の眼鏡（小説）【192605】
母に関する記憶（小説）【192609】
「新潮」新人号の創作【192611】
六号雑記【192612】【192702】【192703】【192710】
萎れた頬（小説）【192702】
幸福とは～（小説）【192703】
錨のない小艇（小説）【192704】
妻へ送る手紙（小説）【192706】
一摘みの塩（随筆）【192707】
ビリヤーズ・トマト（戯曲）【192708】
海辺の朝（小説）【192712】
主として同人雑誌の作品を読みて【192801】【192803】
茨のある山径（小説）【192804】
「茨のある山径」に就いて（六号雑記）【192804】
五月号新人の注目す可き創作（UP-TO-DATE）【192806】
釣魚（満腹録）【192809】
回顧一ケ年（アンケート回答）【192812】
誰も笑はない（小品）【193004】
亡き子に会ふ（小説）【193005】
文学雑誌とのら息子【193304】
〔序文〕（自著創作集『人情修業』広告欄）【193306】
春の鮒【193504】
恩師（南部修太郎追悼）【193608】
裸の宣誓【193701】
俳壇展望【193901】【193903】【193904】
夏の野釣【193908】
烱眼（水上瀧太郎追悼）【194005臨】
冬の歌（俳句）【194103】
多磨早春（俳句）【194104】
春の飛雪（俳句）【194106】
火蛾（俳句）【194107】
時計（俳句）【194108】
入院まで（俳句）【194109】
開腹（俳句）【194112】
肉弾機（俳句）【194201】
父子（俳句）【194202】
忠霊塔土工奉仕（俳句）【194209】
雲の峰【194409】
観潮楼の址【195004】
あづまはや（創作）【195005】
紙屋庄八（かみやしょうはち）
中央公論（今月の小説）【193902】～【193907】【193909】～【193911】
神谷幹夫（かみやみきお）
井筒俊彦の「ことば」とともに（評論）【2009冬】
神谷光信（かみやみつのぶ）
体験と変容（書評）【2000秋】
聖化された言葉（評論）【2002冬】
登場人物の圧倒的な存在感（書評）【2002夏】
夢想のカテドラルの彫刻群像（小川国夫論）【2003冬】
薔薇宇宙の彼方へ（評論）【2003春】
気づかれざるオランス（評論）【2004冬】
間接光に照らされる人生（書評）【2004春】
私が選ぶ昭和の小説（アンケート回答）【2007秋】
ろばの耳【2009春】
神山圭介（かみやまけいすけ）
武田泰淳『貴族の階段』『地下室の女神』（書評）【195908】
原像の世界【196004】
『荘子』の寓話と荒唐無稽【196010】
亀井勝一郎（かめいかついちろう）
青春の書はいかにして成立するか【193508】
亀井常蔵（かめいつねぞう）
古典主義者の論争【193203】
十八世紀のロンドン【193311】
蛇の言葉【193705】
ラヴデイ氏の短き外出（翻訳小説）（イーヴリン・ウオー原作）【193709】
亀岡正洋（かめおかまさひろ）
死の花（小説）【197411】
亀島貞夫（かめしまさだお）
埴谷雄高『死霊』（書評）【194812】
亀谷乃里（かめやのり）
バルバラとボードレール（文学談義クロストーク）【1990夏】
加茂臬二（かもきょうじ）
映画月評【193111】
映画批評家の才能・その他（映画時評）【193112】
映画時評【193208】
映画雑感【193211】
加茂清（かもきよし）
南国（小説）【191011】
M氏の犬【191110】
極光（翻訳）（Jakob Wassermann原作）【191203】
死の前（戯曲）（翻訳）（Strindberg原作）【191209】
マンドリンの女（小説）【191301】
山の墓（翻訳）（Peter Rosegger原作）【191312】
萱野二十一（かやのにじゅういち・㊍郡虎彦）
父と母【191108】
道成寺【191204】
サラ・ベルナールの自叙伝より（翻訳）【191206】
デイアダア（戯曲）（ウイリアム・イエーツ原作）【191301】
〔書信〕（消息欄）【191608】
春（詩）【191703】

ろばの耳 【2004 夏】
ことばに酔う（書評） 【2008 夏】
「お嬢さま」の文化史（書評） 【2009 春】
こつこつと積み重ねられる倫理（書評） 【2010 春】
加藤昌雄（かとうまさお）
紅茶とウヰスキー（戯曲） 【192611】
加藤道夫（かとうみちお）
なよたけ（戯曲）（全五回） 【194604・05】〜【194610・11】
六号記 【194607・08】 【194706】
死について（Essay on Man） 【194806】
略歴と感想（第一回水上瀧太郎賞） 【194901】
ホィツプル氏とサローヤン 【195002】
La Bonne Chanson（創作） 【195006】
劇詩人の生成 【195308】 【195309】
「死者の書」と共に（折口信夫追悼） 【195311】
放送狂言「初詣で」（遺稿） 【195405】
劇と詩（座談会） 【195405】
編輯後記 【195003】【195006】
※追悼特集「加藤道夫追悼特集」 【195405】
※追悼文掲載号 【195403】
加藤宗哉（かとうむねや）
天井のある運動場（小説） 【196811】
特別な他人たち（小説）【197103】
夏の雫（小説） 【197208】
父を棄てる（小説） 【197301】
百日の肥育鶏（創作） 【197501】
葡萄いろの海（創作） 【197507】
無言の遠藤周作（遠藤周作追悼） 【1997 冬】
老犬（小説） 【1997 春】
創造と信仰――遠藤周作『沈黙』を巡って（ラウンドテーブル） 【2003 夏】
慶應義塾大学教授・永井荷風（対談） 【2010 冬】
編集後記 【1997 夏】〜【2010 春】
加藤元彦（かとうもとひこ）
六号雑記 【192701】
窃盗犯人と先生（小説）【192706】
ドイツ（海外文壇消息） 【193207】【193208】
加藤守雄（かとうもりお）
山本健吉著「古典と現代文学」（書評） 【195602】
堀田善衛の小説 【195604】
戸板康二著「六代目菊五郎」（広場） 【195606】
夜更けの炊事（丘の上）【196107】
借金（随筆） 【196704】
加藤幸子（かとうゆきこ）
「三田文学」と私（随筆） 【1986 春】
虹の島回り（小説） 【1989 春】
私の推す恋愛小説、この一冊（アンケート回答） 【1998 春】
茉莉花探し（随筆） 【1999 春】
文学という風車――ドン・キホーテ（私の古典・この一冊） 【2001 夏】
縁―桂芳久さんを偲んで（桂芳久追悼） 【2005 春】
私が選ぶ昭和の小説（アンケート回答） 【2007 秋】
角川源義（かどかわげんよし）
出石の家（折口信夫追悼） 【195311】
角浩（かどひろし）
カット 【195410】【195602】 【195603】
金井直（かないちょく・㊍直寿）
散歩（詩） 【195405】
雨の歌（詩） 【195501】
「地球特集」を読んで（書評） 【195601】
疑惑（詩人の頁） 【195602】
間奏曲――夜の心象（詩） 【1992 冬】
芒ヶ原（創作） 【1993 冬】
金井美恵子（かないみえこ）
詩人がなぜ小説を書くか（対談） 【197005】
快楽の読書（随筆） 【1986 冬】
〈ウロ〉について（随想） 【1987 夏】
金井雄二（かないゆうじ）
はじまり（詩） 【1993 秋】
金坂健二（かなさかけんじ）
LOVE THE HIPPIES!（評論） 【196710】
金崎晴彦（かなざきはるひこ）
ビルマ女（絵） 【194302】
金沢蓁（かなざわしげる）
美酒 【194903】
金沢秀之助（かなざわひでのすけ）
石坂君の印象（石坂洋次郎氏の作品と印象） 【193601】
金杉光弘（かなすぎみつひろ）
YOU & I の外側（学生随筆） 【1998 春】
金関寿夫（かなせきひさお）
ウオルコットってだれ？（随筆） 【1993 冬】
金富参川（かなとみさんせん）→永井荷風
金谷完治（かなやかんじ）
雲間（小説） 【193304】
化粧花（小説） 【193310】
女客人（戯曲） 【193504】
鴆酒（小説） 【193511】
金山嘉城（かなやまかじょう）
プラタイアの夏（創作）【197510】
雪と車輪（創作） 【197606】
ボッティチェリの絵（小説） 【1995 夏】
カフカの小説（小説） 【1996 冬】
金子薫園（かねこくんえん・㊍雄太郎）
〔短歌〕（六号余録中） 【191908】
金子コウ（かねここう）
オンライン 400 字時評【2000 夏】
金子紫草（かねこしそう）
最後（翻訳）（フランク・ラテウール原作） 【191006】
ルシアノ・ズッコリ 【191110】
兼子盾夫（かねこたてお）
『深い河』と母の顔 【2007 夏】
現代日本をカトリック者として生きる（書評） 【2008 春】
多面体の作家　遠藤周作に迫るために（わたしの独り言） 【2008 秋】
金子千佳（かねこちか）
鳥の館（詩） 【1991 春】
記録（詩） 【1994 春】
金子兜太（かねことうた）
にちぎんさんこんにちは（交差点） 【197609】
私の文学 【2004 冬】
金子啓明（かねこひろあき）
厄祓い六吟歌仙・窓若葉の巻（俳句） 【2000 秋】
金子昌夫（かねこまさお）
幻想からの再生――戦後文学の現代性――（評論） 【197307】
つれづれの魅力（本の四季） 【1991 夏】
時代の精神を刻む（評論） 【1991 秋】
摘出された現実――『川崎長太郎選集』を読む（評論）【1992 春】
川が育む人生（本の四季） 【1993 夏】
私の推す恋愛小説、この一冊（アンケート回答） 【1998 春】
開高健「巨人と玩具」（偉大なる失敗作） 【1999 秋】
『牧野信一と小田原』余話（随筆） 【2003 冬】
金子光晴（かねこみつはる・㊍保和）
誰も演説してゐない海の底で僕ら自らのためにつくった詩一篇（詩） 【194912】
河（詩） 【195201】
薔薇（詩）【195304】【2000 春臨】
〔推薦文〕村野四郎著『現代詩読本』（広告欄） 【195404】
小曲 【196001】
モサ公のこと（随筆） 【196709】
『わが思索のあと』 【197311】
金子美那（かねこみな）
太宰治について（新人特輯） 【195004】
金子遊（かねこゆう）
曖昧な日本の私がたり――江藤淳論（評論） 【2005 冬】
天使よ、故郷を見よ（書評） 【2005 秋】
死刑執行人もまた死す（書評） 【2006 春】
横田基地、アメリカ（書評） 【2010 春】
金子洋文（かねこようぶん・㊍吉太郎）
三田劇談会（座談会） 【194201】
金子義男（かねこよしお）
馬上御免 【195002】
「椿姫」嬢ちやん（小説） 【195107】
金田浩一呂（かねだこういちろ）
知らなかった狐狸庵氏の顔（遠藤周作追悼） 【1997 冬】
あいまいな約束（随筆）【1999 春】
温泉芸者　桃絵（小説）【2001 冬】

チェーホフの頂点　【192704】
ヒドランゲア・オタクサ（舞踊台本）　【192706】
藤森成吉、青野季吉両氏に答ふ（評論）　【192707】
昌作・康子（小説）（全五回）　【192711】～【192803】
好きな挿絵画家と装幀者（アンケート回答）　【192801】
現代の代表的文芸家（アンケート回答）　【192802】
熱（アンケート回答）　【192803】
巻頭言　【192804】
All Round The World（小説）　【192804】
三田文学方向転換論（二周年記念のページ）　【192804】
蔵原惟人氏へ　【192809】
芸術的価値―社会的価値　【192811】
回顧一ケ年（アンケート回答）　【192812】
我が賀状（往復ハガキ回答）　【192901】
編輯の頃（井汲清治氏）　【192906】
シベリア通過の記　【193002】
日本印象記　【193403】
五旬祭の夜（小説）　【193404】
スポーツとナショナリズム　【193406】
支那の皇帝（小説）　【193410】
ローマ字問題雑感　【193412】
民族文化と世界文化　【193504】
純粋小説とは？（純粋小説論批判）　【193505】
「若い人」愛読（石坂洋次郎氏の作品と印象）　【193601】
本年度は（昭和十一年度三田文学賞）　【193701】
水上瀧太郎書誌（水上瀧太郎追悼）　【194005 臨】
表現主義　【194806】
原民喜断章（水上瀧太郎賞）　【194903】
美しい才能　【195003】
官能小説の果て　【195004】
ノーベル文学賞と日本作家　【195005】
時評断章　【195006】
編輯後記　【192604】～【192607】【192609】～【192701】
※追悼文掲載号　【196706】
桂たい子（かつらたいこ）
黄色いチューリップ（小説）　【196810】
桂芳久（かつらよしひさ・Y.K・K）
『参加の文学』をめぐって（新人評論）　【195207】
羽衣（戯曲）　【195209】
今様伝説（創作）　【195306】
飛行機雲（創作）　【195308】
『近代文学』の功罪（座談会）　【195403】
火蛾（創作）（全三回）　【195403】～【195405】
石の潤い　【195412】
昭和　新しい文学世代の発言（座談会）　【195502】
中村真一郎「冷たい天使」（書評）　【195504】
吉行淳之介「原色の街」（広場）　【195605】
奥野健男「現代作家論」（書評）　【195612】
産土（創作）　【195807】
三点鐘　【195912】
井上光晴「虚構のクレーン」（書評）　【196003】
『石の世代』の声（新人作品評）　【196701】
健やかな状況（新人作品評）　【196702】
秀れた誤認・勇気ある誤解（新人作品評）　【196703】
事実と虚構（新人作品評）　【196704】
人間、この未知なるもの（新人作品評）　【196705】
〈小説学〉と小説（新人作品評）　【196706】
零の前（小説）　【196802】
後記〔編輯後記〕　【195304】【195312】【195401】【195412】【195503】【195505】【195508】【195511】【195602】【195605】【195608】【196111】【196201】【196202・03】
九死に一生（私のデッサン）　【197403】
大地主の系譜（随筆）　【1987 冬】
戦後第三次「三田文学」前後・私史（評論）　【1991 冬】
わたつみの文学（本の四季）　【1992 夏】
野口冨士男さんの文学と生き方（野口冨士男追悼）　【1994 冬】
編集者失格（随筆）　【1998 春】
私の推す恋愛小説、この一冊（アンケート回答）　【1998 春】
江藤淳の文学（鼎談）（江藤淳追悼）　【1999 秋】
海、鎮魂の海よ（若林真追悼）　【2000 春】
古き花園（田久保英夫追悼）　【2001 夏】
あさぎ色の記（エッセイ）　【2003 秋】
※追悼特集　【2005 春】
桂城和子（かつらぎかずこ）
吾亦紅（小説）　【1998 秋】
春の客（田久保英夫追悼）　【2001 夏】
加藤郁乎（かとういくや）
句的瞬間（評論）　【196704】
加藤邦英（かとうくにひで）
体験的ドラマ論　【2007 秋】
加藤弘一（かとうこういち）
思想としての文字コード　【1997 冬】
加藤幸子（かとうさちこ）
窓（創作）　【196105】
長い休暇（創作）　【196110】
加藤しげる（かとうしげる）
夕落葉（俳句）　【193910】
加藤周一（かとうしゅういち）
驢馬の耳　【195605】
東西文学の距離（座談会）　【195612】
私が選ぶ昭和の小説（アンケート回答）　【2007 秋】
加藤楸邨（かとうしゅうそん・㊍武雄）
深緑（俳句）　【194108】
加藤正一（かとうしょういち）
日吉風景（日吉生活スケッチ）　【193506】
加藤四朗（かとうしろう）
蝕まれた花（小説）　【192810】
豚に食はせるもの（小説）　【192910】
燈の無い部屋（小説）　【192911】
三面欄の埋草になる話（小説）　【193005】
参円五拾銭儲けた話（小説）　【193202】
加藤治郎（かとうじろう）
第二芸術論の後に――岡井隆の現在　【2003 夏】
加藤信也（かとうしんや）
八月（翻訳）（ウラヂミル・マヤコフスキー原作）　【193011】
資本家（翻訳）（ジョン・リード原作）　【193103】
鶴（翻訳）（V・シシユコフ原作）　【193106】
革命的批評論（翻訳）（カルヴアートン原作）　【193108】
マルクス主義美学に於ける根本問題の討論（翻訳）（ル・メルテン、ウィットフオーゲル原作）　【193110】
プレハーノフの芸術理論の批判（翻訳）（ヴエ・エム・フリノーチエ原作）　【193201】
最近ソヴエート芸術の動向　【193204】
絵画の思想　【193206】
ソヴエート・ロシヤ（海外文壇消息）　【193207】【193208】
ソヴエト　フロニカ（海外文壇消息）　【193209】
旅をしてゐる父（随筆）　【193211】
宇野浩二氏の文学に就いて　【193302】
チエホフ論　【193303】
広津和郎論　【193403】
ガルシンに関するノオト　【193408】
ささやかな道（創作）（翻訳）（マルコル・マルゲリツチ原作）　【193501】
春の美術手帳　【193503】
ニイチエとペーテル・ガスト（翻訳）　【193509】
独逸に於ける新浪漫精神　【193512】
加藤典洋（かとうのりひろ）
私の推す恋愛小説、この一冊（アンケート回答）　【1998 春】
見ぬ世の人江藤淳（エッセイ）　【2005 冬】
加藤弘和（かとうひろかず）
辻邦生の世界（評論）　【197405】
加藤博信（かとうひろのぶ）
「美」の意味について（書評）　【2001 冬】

論）【196801】
オプティミストの変貌（安部公房論）【196803】
生の初源的感覚（安岡章太郎論）【196806】
ブリューゲルの暗い穴（野間宏論）【196809】
文学におけるユーモア（北杜夫論）【196901】
詩精神と批評精神（大岡昇平論）【196903】
私と『罪と罰』（インタビュアー）【196904】
私と「嵐ケ丘」（インタビュアー）【196906】
プルウスト【196907】
私と「テレーズ・デスケイルウ」（インタビュアー）【196908】
私と「悪霊」（インタビュアー）【196910】
「トニオ」体験、ロマネスクへの誘い【196911】
私と「わが名はアラム」（インタビュアー）【196912】
新しい文学の方向を探る（座談会）（司会）【197001】【197002】
幼年期のドラマ（評論）【197006】
佐藤春夫論　自然観の変革【197011】
内面凝視のドラマ（評論）【197109】
嫌悪と憧憬（現代作家論）【197210】
情念の奈落（評論）【197304】
メタフィジック西欧作家論（評論）Ⅰ～Ⅶ【197407】【197410】【197411】【197501】【197503】【197507】【197509】
オセロー・または砂漠に渇くもの（評論）【197601】
『三田文学』と私（随想）【197610】
私と「テレーズ・デスケイルウ」（再録）【1997 冬】
再録にあたって【1997 冬】
編集後記【196902】
粕谷一希（かすやかずき）
私が選ぶ昭和の小説（アンケート回答）【2007 秋】
本代と酒代（随筆）【2008 冬】
加太こうじ（かたこうじ・㊍一松）
新潟県三島郡寺泊町住吉屋（随筆）【196707】
加田哲二（かだてつじ・忠臣）
自由（論文）【192706】
日本に於ける自由主義【193601】
夏【193808】
文学者にお願ひ（若き文学者に与ふ）【194111】
片岡啓治（かたおかけいじ）
織田作之助とデカダンスについて【196008】
片岡鉄兵（かたおかてっぺい）
感想と希望（二周年記念のページ）【192804】
告白と弁解【193403】
偶然・日常性・美の問題（純粋小説論批判）【193505】
アメリカ文学の或一面（特輯・敵性文化批判）【194410・11】
片野朗延（かたのあきのぶ）
野禽の眼界（小説）【2002 夏】
仮病（第十回三田文学新人賞当選作）【2003 春】
受賞のことば【2003 春】
贅肉（小説）【2003 夏】
三十七の女（小説）【2004 冬】
穴蔵の住人（小説）【2004 秋】
炎色のボレロ（小説）【2006 冬】
春の秘めごと（小説）【2007 冬】
私が選ぶ昭和の小説（アンケート回答）【2007 秋】
陰風（小説）【2008 春】
無口な営業員とお喋りな事務員（随筆）【2009 秋】
廃神（創作）【2010 春】
片山修三（かたやましゅうぞう）
犬のある風景（小説）【193806】
閉された庭（小説）【193811】
病める季節（小説）【193902】【193903】
その前夜（小説）【193905】
植物のやうに（小説）（全三回）【193911】～【194001】
男の頭（小説）【194105】
この未知なるもの（小説）【194201】
編輯後記【194406・07】【194408】【194601】
片山昌造（かたやましょうぞう・㊍昌村）
温泉にて（小説）【194011】
帰郷（小説）【194106】
戦友追慕【194108】
家の幸福（小説）【194111】
兵隊【194201】
縁側（小説）【194202】
小田酒店（小説）【194205】
親戚（小説）【194210】
出征の日まで（小説）【194301】
長崎で【197203】
片山敏彦（かたやまとしひこ）
〔短歌〕（原民喜「編輯後記」中）【194711】
マルセル・マルチネ論【195510】
片山飛佑馬（かたやまひゅうま）
アパシー（小説）【2006 秋】
勝又浩（かつまたひろし）
私の推す恋愛小説、この一冊（アンケート回答）【1998 春】
新人賞応募か、同人雑誌か（鼎談）【1999 春】
川端康成「ちよ」（偉大なる失敗作）【1999 秋】
野口冨士男文庫のこと（随筆）【2004 冬】
あじさいの魂の記録（書評）【2004 秋】
私が選ぶ昭和の小説（アンケート回答）【2007 秋】
新　同人雑誌評（対談）【2009 春】～【2010 春】
勝本英治（かつもとえいじ）
アレキサンドリアの太陽（小説）【192612】
春の婚礼（小説）【192702】
マアカンティリストの花卉栽培術（小説）【192707】
イデオロギイの幻燈（小説）【192801】
植物的鳥獣（蔵原伸二郎氏新著「猫のゐる風景」評）【192802】
二科展の一隅【192810】
帝展を見る【192812】
イギリス人の経済学（小説）【192911】
文学の弁証法的発展（評論と随筆）【192912】
裸で帰れ（小品）【193004】
喧嘩両成敗（一人一頁）【193006】
ダグラスイズム文学論批判【193007】
英語【193008】
十月の小説（月評）【193011】
文芸時評【193012】【193101】【193103】
久野豊彦氏の徒労【193102】
山本有三氏の「風」【193104】
ジヤーナリズムと悲しい熱情【193106】
序論的ジヤーナリズム論【193110】
洋服（小説）【193201】
「論画四種」を読む【193210】
「ユリシーズ」宣伝【193304】
油絵鑑賞【193310】
秋の美術【193411】
帝展の絵【193412】
美術の季節【193511】
くずれた美術【193512】
兄貴（勝本清一郎氏の作品と印象）【193602】
剛毅な美術【193611】
勝本清一郎（かつもとせいいちろう・松山敏）
「お夏狂乱」に就て（評論）【192111】
市村座の「近江のお兼」（批評）【192202】
藤間静枝女史の芸術（評論）【192211】【192212】
舞踊の境地（随筆）【192308】
兄弟（戯曲）【192401】
玉依姫（戯曲）【192403】
青い蟋蟀（戯曲）【192404】
蛇身厭離（戯曲）（竹内勝太郎原作）【192406】
訶梨帝母（戯曲）【192407】
檻（戯曲）【192408】
尼（戯曲）【192409】
イルルン社の息子（戯曲）【192410】
香の踊（舞踏詩）【192411】
名宝破壊（戯曲）【192412】
第二の人（戯曲）【192501】【192502】
俺達の石仏（戯曲）【192605】
ロマン・ロオランの反革命劇（論文）【192606】
六号雑記【192609】【192612】【192701】【192705】【192709】
枕の命令（小説）【192610】
バリトン小島政二郎氏【192610】
随筆的心境【192612】
肉体の距離（小説）【192701】
骨董の本場（小説）【192703】

何ができるか【196805】
海津忠雄（かいづただお）
主観的都市論（随筆）【1989 春】
海保眞夫（かいほまさお）
文学理論家と一読者（人と貝殻）【1988 夏】
嘆きのエドナ（本の四季）【1992 冬】
替田銅美（かえだかねみ）
改札の内と外（小説）【197309】
窓の顔（小説）【197401】
鴉（小説）【197412】
ヴァイオリン物語（創作）【197506】
手くらがり（創作）【197510】
指を捨てる（創作）【197604】
森の耳（創作）【197609】
加賀乙彦（かがおとひこ）
傾いた街（小説）【196709】
『外国体験と小説』（対談）【197008】
追分小景（随筆）【1986 夏】
作家の日記 ──『岐路』の完成（随想）【1988 春】
慶應裏の病院（随筆）【1998 春】
私の推す恋愛小説、この一冊（アンケート回答）【1998 春】
『沈黙』とその時代【2001 秋】
小説家が読むドストエフスキー〘作家が読むドストエフスキー〙（全五回）【2004 秋】〜【2005 秋】
私が選ぶ昭和の小説（アンケート回答）【2007 秋】
香川辰二（かがわたつじ）
灰燼（小品）【192108】
我鬼（がき）→芥川龍之介（あくたがわりゅうのすけ）
垣内良彦（かきうちよしひこ）
戦線の皆様【194402】
鍵岡正謹（かぎおかまさとも）
保田與重郎の「天心」（文学談義クロストーク）【1990 春】
鍵谷幸信（かぎやゆきのぶ・幸信〈こうしん〉）
ぼくと映画【196201】
八十歳のパウンド（海外通信）【196609】
ちらり見の天才【196710】
西脇順三郎論 西脇順三郎と諧謔（評論）【197011】
野州の一言（村野四郎追悼）【197506】
事物とイメージ（映画の眼）【197508】
まさかぼくが……（随想）【197601】
現代詩をめぐって（シンポジウム）【197602】
原稿紙の悲しみ（随想）【197610】
サティ周辺（文学談義クロストーク）【1987 春】
※追悼特集【1989 春】
岳真也（がくしんや・㊍井上裕）
飛び魚（小説）【196708】
秘境（創作）【1991 夏】
生家のある町（創作）【1992 冬】
私の推す恋愛小説、この一冊（アンケート回答）【1998 春】
浅春（小説）【2002 秋】
『福沢諭吉』余話（随筆）【2006 冬】
私が選ぶ昭和の小説（アンケート回答）【2007 秋】
あばよ、ワッペイ（創作）【2010 春】
加倉井孝臣（かくらいたかおみ）
兵タイサンへ【194402】
掛貝芳男（かけがいよしお）
與謝野寛先生のこと（追悼）【193506】
新年の歌（短歌）【193701】
與謝野寛先生の思ひ出【194002】
戸川先生の思ひ出（戸川秋骨追悼）【194008】
掛川長平（かけがわちょうへい）→藤井肇（ふじいはじめ）
籠島雅雄（かごしままさお）
「私小説」を書く【1997 夏】
私の推す恋愛小説、この一冊（アンケート回答）【1998 春】
手あたりしだいに（読書日記）【2000 春】
笠井叡（かさいあきら）
神道的ニヒリズム（戦後三十年と三島由紀夫）【197512】
河西啓次（かさいけいじ）
ある晩夏の日に（創作）【196201】
葛西良員（かさいよしかず）
ぼくはおまえに死ぬ術を教える／他（詩）（翻訳）（J＝P・サラブルイユ原作）【197501】
笠原淳（かさはらじゅん）
蜃気楼（小説）【197004】
粥の煮えるまで（小説）【197112】
飛行機の話（小説）【197202】
特急やまばと号（小説）【197301】
呪術師（小説）【197304】
ウォークライ（小説）【197402】
ガラスの夢（小説）【197409】
子供の領分（創作）【197601】
スコアブック（創作）【197608】
凧（小説）【1987 冬】
碁客（小説）【1989 冬】
『黒い小屋』を読む（随筆）【1992 春】
血縁というもの（本の四季）【1994 春】
今年の夏（随筆）【1997 秋】
〝体育座り〟で月を見る（学生小説解説）【1998 夏】
この一冊（私を小説家にしたこの一冊）【2000 冬】
田久保さんのこと（田久保英夫追悼）【2001 夏】
書くことで見えてくるもの（学生小説解説）【2001 夏】
B 的生活（随筆）【2006 夏】
私が選ぶ昭和の小説（アンケート回答）【2007 秋】
人面瘡（創作）【2010 春】
笠原伸夫（かさはらのぶお）
変革期のリアリズム【196006】
鶴屋南北試論（評論）【196105】
泉鏡花「高野聖」（偉大なる失敗作）【1999 秋】
風丸良彦（かざまるよしひこ）
デタッチメントとコミットメント（コラム）【1996 夏】
本の流通と、文学の状況（コラム）【1996 秋】
カクタニさんは、怒っている（コラム）【1997 冬】
黒砂糖、ココア、あるいは文学（コラム）【1997 春】
風山瑕生（かざやまかせい）
笛を吹く日に（詩）【195811】
挽歌とエネルギー（詩）【196003】
加地慶子（かじけいこ）
消える夏（第三回三田文学新人賞佳作）【1996 春】
鳥沢へ（小説）【1997 夏】
M がついてくる（小説）【1998 夏】
そっとさしだす品性が好き（書評）【2000 夏】
転化する日常（書評）【2001 夏】
風の町のエロティシズム（小川国夫論）【2003 冬】
秋山駿をめぐる私的断想【2003 春】
ミステリアスに新事実が（書評）【2003 夏】
瞬間生命を（随筆）【2004 冬】
戦いの場、休暇の地（書評）【2007 夏】
私が選ぶ昭和の小説（アンケート回答）【2007 秋】
命を繋ぐ者に恩寵を（書評）【2008 冬】
逝く人を送りし詩人に（書評）【2010 春】
梶井俊介（かじいしゅんすけ）
ゼンカイホーム・コンチェルト（小説）【1998 秋】
こわれていく（小説）【1999 春】
ろばの耳【2010 冬】
加島正之助（かしままさのすけ）
広道和尚の一日（小説）【192003】
柩（小説）【192004】
夢で契る話（小説）【192006】
起請誓紙（小説）【192011】
弥次郎兵衛と喜多八（小説）【192101】
暮れの二十八日（小説） v【192104】
「亜米利加紀念帖」を読む（批評）【192108】
芸と人格（感想）【192109】
彼（小説）【192202】
「アナトール」その他（随筆）【192205】
第一乙種（小説）【192411】
梶山季之（かじやまとしゆき）
〔推薦文〕北川衛著『東京＝女スパイ』（広告欄）【197006】
柏木栄（かしわぎさかえ）
エリザ（詩）【195403】
柏木麻里（かしわぎまり）
夢がいる処（詩）【1996 冬】
柏原兵三（かしわばらひょうぞう）
バラトン湖（小説）【196706】
梶原可吉（かじわらかきち）
阿部さんの字（水上瀧太郎追悼）【194005 臨】
上総英郎（かずさひでお・㊍中村宏）
共感と挫折【196704】
死のかげの家（小説）【196712】
「成熟と喪失」について（江藤淳

独逸の人形劇（創作）【194304】
ボヘミヤ地方の人形劇【194401】
三点鐘（創刊五十周年記念）【196005】
尾島菊子（おじまきくこ）
旅路（小説）【191301】
小田勝造（おだかつぞう）
帽子【196809】
人間の灰（小説）【196904】
春の旅（小説）【196911】
新しい文学の方向を探る（座談会）【197001】
小田呉夫（おだくれお・本呉郎）
冬枯れ（戯曲）【193609】
小田武夫（おだたけお）→小田嶽夫
小田嶽夫（おだたけお・本武夫）
獣の生れ変り？（蔵原伸二郎の横顔）【192902】
馮白樺君【193901】
晩春の一日【194006】
〔推薦文〕山本和夫著『青衣の姑娘』（広告欄）【194012】
織田広喜（おだひろよし）
〔図版〕ヴローニューの森の舟遊び（日本美術社刊「日本美術」広告欄）【196807】
緒田真紀江（おだまきえ）
T先生へ（小説）【193304】
顔（小説）【193307】
幸福の着物（小説）【193308】
夏痩せ（小説）【193311】
空（小説）【193312】
白い寝床（小説）【193401】
袴の子から（小説）【193408】
ほそい月（小説）【193410】
悪たれの記（小説）【193502】
背伸びする女（小説）【193601】
外面如菩薩（小説）【193604】
土蔵のある日記（小説）【193803】
半年（小説）（全三回）【193905】～【193907】
小田実（おだまこと）
ある登攀【195704】
共産主義は文学を駄目にするか【196812】
織田正信（おだまさのぶ）
「チャタレー夫人の恋人」に就て【193406】
ウルフの「歳月」について【193709】
小高根二郎（おだかねじろう）
痴夢の手記（小説）【194709】
無縁者の言（六号室）【194712】
ぎや・ど・ぺかどる遺聞（小説）【194807】
情欲について（Essay on Man）【194810】
作太の結婚（創作）【194901】
続　痴夢の手記（創作）【194905】
河内武一君の身上（人と作品）【195003】
桂子と私と妻（創作）（「続痴夢の手記」）【195006】
静雄と達治【196704】
小田切進（おだぎりすすむ）
年表を編む（随筆）【1990秋】
小田切秀雄（おだぎりひでお）
同人雑誌を出す意義【197012】
長々忌と夫婦の地獄（随筆）【1989冬】
私の推す恋愛小説、この一冊（アンケート回答）【1998春】
尾竹二三男（おだけふみお）
神を育てる（小説）【193905】
嗤ふ（小説）【193911】
乾いた足音【194903】
越智道雄（おちみちお）
アラム、アラム！【196912】
フォークナーの白痴（評論）【197002】
壁環【197011】
父たちの地平（小説）【197305】
繭の成熟（小説）【197406】
落合清彦（おちあいきよひこ）
湯立神楽（小説）【196703】
乙字（おつじ）→大須賀乙字（おおすがおつじ）
鬼太郎（おにたろう）→岡鬼太郎（おかおにたろう）
小沼丹（おぬまたん・本救）
浄徳寺さんの車【195411】【2000春臨】
驢馬の耳【195602】
一冊の本（随筆）【196704】
小野俊一（おのしゅんいち）→滝田陽之助（たきたようのすけ）
小野正嗣（おのまさつぐ）
ブイになった男（小説）【1997夏】
ジョルジュ・サンドの「耳」（随筆）【2004春】
でも、わたしたちはできればそういうことはしたくなかった（創作）【2010春】
小野松二（おのまつじ）
三月号の作品【193104】
四月の作品【193105】
小野里衡雄（おのざとひでお）
羊腸（戯曲）【193005】
小野田政（おのだまさし）
驢馬の耳【195704】
天皇の玉稿（随想）【197601】
集まり散じて（随想）【197610】
十二月八日（随筆）【1991秋】
小場瀬卓三（おばせたくぞう）
ガストン・バチイの「ボヴアリ夫人」【193703】
仏蘭西劇壇印象記【193810】【193812】
小幡篤次郎（おばたとくじろう）
〔著作〕万来舎の記（消息欄）【191507】
小幡直吉（おばたなおきち）
月夜の連啼き・花から花へ（無名詩人の遺稿より）（詩集『濁流のうた』より）【191108】
小幡操（おばたみさお）
或る旅鳥のはなし（翻訳）（チャールス・デイッケンズ原作）【192911】
教区の書記（翻訳）（チャールス・デイッケンズ原作）【192912】
小原条二（おはらじょうじ）
軽井沢の黄昏（夏日小品）【193009】
小原眞紀子（おばらまきこ）
金魚（詩）【1987夏】
マルグリット・デュラスの不定性（文学談義クロストーク）【1990春】
メアリアンとマックイン序章（詩）【1991冬】
お伽話のなかでウィノナ・ライダーはお尻に電話帳を敷いて走るタクシー・ドライバーだった（映像の四季）【1993秋】
弁天島トライアングル（三人小説）【1996秋】
補助線の行方（座談会）【1996秋】
事後の話【1996秋】
私が選ぶ昭和の小説（アンケート回答）【2007秋】
小尾慶一（おびけいいち）
スクリーンの向こう側へ（第十一回三田文学新人賞最終候補作）【2004春】
心の病に敬意を払う（書評）【2007春】
帯正子（おびまさこ）
埋葬（小説）【196702】
タラチネ（小説）【197001】
於保みを（をほみを・美遠子）
お形見（折口信夫追悼）【195311】
小室佐絵（おむろさえ）
若い日にとっての〝小林秀雄〟（インタヴュアー）【1998秋】
折口信夫（おりぐちしのぶ・釈迢空・茅原夏井・茅原二郎三郎・膝折武助）
茶栗柿譜【193808】
はるかなる思ひ【194409】【2000春臨】
野山の秋（短歌）【194603】
平気平三困切石（創作）【194905】
若き代の智慧（戸川秋骨賞）【194910】
與謝野寛論【195108】
源氏物語研究（座談会）【195109】【195110】
遠東死者之書（付、都鄙死者之書）（遺稿）【195311】
短歌十四首（遺稿）【195311】
八月十五日（長歌）（遺稿）【195311】
〔短歌〕（於保みを「お形見」文中）【195311】
〔歌仙〕（久保田万太郎「おもひでの両吟」文中）【195311】
絵と短歌（扉）【195311】
挿絵（二葉）【195311】
英訳俳句草稿（遺稿）【195312】
※追悼特集「折口信夫追悼十一月号」【195311】
チヴァルディ・オルネラ（Civardi Ornella）
西脇の禅的西洋（評論）【2008冬】
ヲング（アンドルウ・ヲング）
〔序文〕編著『お伽草紙』（六号余録欄）【191911】

か

開高健（かいこうたけし）
二十億の民が飢えている今文学は

尾崎一雄（おざきかずお）
〔推薦文〕山田多賀市作長篇『耕土』（広告欄）【194006】
尾崎喜八（おざききはち）
英霊に祈る【194310】
尾崎士郎（おざきしろう）
酔抄記【193207】
文芸小壺天【193208】
純粋小説論について（純粋小説論批判）【193505】
今は亡き水上先生（水上瀧太郎追悼）【194005 臨】
〔推薦文〕山川弥千枝著『薔薇は生きてる』（広告欄）
【194810】【194811】
尾崎蒼穹（おざきそうきゅう）
酩酊【191102】
尾崎宏次（おざきひろつぐ）
演劇雑記【195509】
演劇の焦燥感【197007】
戸板君と外国語（戸板康二追悼）【1993 春】
小山内薫のおもかげ（エッセイ）【1996 春】
尾崎盛景（おざきもりかげ）
「ニーベルゲンの歌」に於ける悲劇的人間像【195207】
ワルシャワから来たヤーン・ローベル（詩）（翻訳）（ルイーゼ・リンザー原作）【195612】
長田恒雄（おさだつねお）
シユウベルトの街（詩）【193807】
雪の降る日（詩）【193902】
詩壇時評【193910】
【193912】～【194004】
ちよつとした問題【194007】
詩二篇（詩）【194012】
清潔な朝（詩）【194107】
現代詩とその朗読【194202】
パレンバンの歌（詩）【194207】
展墓（愛国詩）【194210】
秋【194310】
小山内薫（おさないかおる・撫子生）
マラルメと新戯曲【191008】
Gordon Craig の第二対話（評論）【191009】
夜の宿（戯曲）（マクシム・ゴオリキイ原作）【191011】
タンタヂイルの死（翻訳）（モオリス・マアテルリンク原作）【191204】
死せる生（戯曲）（翻訳）（ゲオルク・ヒルシュフエルド原作）【191212】
古い傷（詩）【191401】
ピエレツトの面紗（黙劇）（翻訳）（Arthur Schnitzler 原作）【191403】
露西亜の年越し（小説）【191405】
星の世界へ（四幕脚本）（翻訳）（レオニイド・アンドレエフ原作）【191409】
逆戻り（小説）【191410】
手紙風呂（小説）【191501】
「三人吉三廓初買」（日本古劇の研究）【191502】
「お染久松色読販」（日本古劇の研究）【191503】
夜鳥（小説）【191504】
並木五瓶「五大力恋緘」（日本古劇の研究）【191504】
小林鉄之丞（小説）【191507】
「長庵」と「助六」（日本古劇の研究）【191507】
初恋の終局（小説）【191508】
ダルクロオズ学校訪問（小説）【191509】
朝比奈三郎兵衛（小説）【191601】
ピエロオ物語（小説）【191603】
酒と夜と（小説）【191610】
『序幕』の作り方（戯曲作法）（評論）【191611】
好奇心と興味（戯曲作法）（評論）【191612】
秘密の保留（戯曲作法）（評論）【191701】
うきくさの記（随筆）（一）（二）【191702】【191703】
主題の選定と登場人物と（戯曲作法）（評論）【191706】
夏の写生帖（小品）【191708】
必要な場面（戯曲作法）（評論）【191709】
尼（小説）【191710】
戯曲に於ける指標（戯曲作法）（評論）【191802】
勲章（小説）【191803】
師直の最後（小説）【191810】～【191812】
『師直の最後』を三田文学に載せる理由（随筆）【191810】
与三郎（戯曲）【191905】
信仰（戯曲）（自由劇場第九回公演台本）（ユウジエエヌ・ブリウ原作）【191907】
ベテスダの池（戯曲）【192204】
息子（戯曲）【192207】
千駄木の先生（森鷗外追悼）【192208】【2000 春臨】
遠くの羊飼（黙劇）（Holland Hudson 原作）【192501】
久米秀治君のこと（追悼）【192502】
牧場の花嫁（戯曲）（August Stramm 原作）【192605】
〔都々逸〕（上記大場文中）【192903】
※追悼特輯「小山内薫記念号」【192903】
※追悼文掲載号【192902】【192904】
小山内伸（おさないしん）
私が選ぶ昭和の小説（アンケート回答）【2007 秋】
小山内登女（おさないとめ）
夢（小品集）【192808】
長内久（おさないひさ）
梁の蜘蛛（小説）【2009 冬】
長部日出雄（おさべひでお）
愉快な撮影隊（小説）【1987 春】
太宰治とキリスト（随筆）【1993 春】
大佛次郎（おさらぎじろう・㊍野尻清彦）
内燃機関【193808】
小沢泱（おざわあきら・映）
カット【193511】【193512】【193602】
小沢映（おざわあきら）→小沢泱
小沢幸子（おざわさちこ）
生かして置きたかった南部さん（南部修太郎追悼）【193609】
小沢昭一（おざわしょういち）
演劇と演技（対談）【197007】
ヲザワ、小沢生→小沢愛圀
小沢愛圀（おざわよしくに・ヲザワ・小沢生）
哄笑（翻訳）（アンドレーフ原作）【191203】
巴里の客死（翻訳）【191208】
乗合船【191210】
基督の敵（翻訳）（モオリス・ベアリング原作）【191306】
シヤンゼリゼエの会話（翻訳）（アナトオル・フランス原作）【191309】
アナトオル・フランスの人形芝居論（翻訳）【191312】
MONSIEUR FRANÇOIS（翻訳）（Ivan Tourguenieff 原作）【191403】【191404】
人形の起源（翻訳）【191406】
主顕節寓話国王の修業（翻訳）（ジュウル・ルメエトル原作）【191410】
古代人形史（評論）（翻訳）【191412】
サンタントワヌ（翻訳）（ギイ・ド・モオパッサン原作）【191508】
中古の人形（評論）【191510】
奈翁論（評論）（翻訳）（ゲオルグ・ブランヂス原作）【191512】【191601】
フランシス・グリアスン（最近文芸思潮）（評論）【191602】
欧洲戦乱と文芸思潮（最近文芸思潮）（評論）【191603】
沙翁と其時代（最近文芸思潮）（評論）【191604】
劇詩人としてのスティイヴン・フィリップス（最近文芸思潮）（評論）【191605】
感違ひ（小説）（翻訳）（アントン・チェホフ原作）【191611】
つくりごと（翻訳）（ガルシン原作）【191707】
影絵の研究（説話）【191801】【191802】
ギニョオル・ジヤポネエ（随筆）【191804】
パンチとジュデイの芝居（説話）【191808】【191809】
のろま人形（説話）【191901】
人形芝居論（評論）【191905】
人形芝居の復興者トオニ・サアグ君（説話）【192001】
操の源流（研究）【192009】
瓜哇に於ける演劇の成長（評論）【192206】
土耳其の影絵芝居（評論）【192209】
支那に於ける傀儡劇（評論）【192302】
青年人形芝居を見る【193008】
高原の夏【193708】
その頃の思ひ出（水上瀧太郎追悼）【194005 臨】

カルカチュアー（小説）【193010】
或る「時」（小品）【193106】
二人の彼女（小説）【193110】
無頼の街（小説）【193111】
破調（小説）【193204】
死の響きの中で（小説）【193211】
花気（小説）【193302】
就学（小説）【193308】
小川種次郎（おがわたねじろう）
ヴインズ先生の「ヨーフク」【193107】
ヘルンの性格とヘルンの伝記作者【193207】
イギリス（海外文壇消息）【193207】～【193209】【193211】
スコテイッシ・マリヂ【193301】
小川徹（おがわとおる）
作家は幸福か【195702】
感動の再建？【196105】
小川未明（おがわみめい・㊍健作）
星を見て【191109】
凍える女（小説）【191201】
白い路（小説）【191302】
死の幻影（小説）【191310】
赤黒い花（小説）【191507】
小川洋子（おがわようこ）
工場見学（随筆）【2003冬】
小川佳夫（おがわよしお）
表紙作品（絵）【1995秋】
隠岐和一（おきかずいち）
西陣（小説）【193711】
沖崎猷之介（おきさきゆうのすけ）
文学に於ける「思考」の位置【193305】
沖野岩三郎（おきのいわさぶろう）
あの時のはなし（馬場孤蝶追悼）【194009】
荻野アンナ（おぎのあんな）
孤独の処方箋（人と貝殻）【1988春】
石川淳を巡る神々の対話（評論）【1988秋】
四コマ笑劇「百五十円×2」（小説）【1991冬】
一生、新人（随筆）【1993秋】
選考座談会（三田文学新人賞）（第一回）～（第十七回）【1994春】【1995春】【1996春】【1997春】【1998春】【1999春】【2000春】【2001春】【2002春】【2003春】【2004春】【2005春】【2006春】【2007春】【2008春】【2009春】【2010春】
もっと信じて、もっと文学（随筆）【1995冬】
五月一日、聖兎祭の宵、カツォーレにて（ある日の小説）【1996夏】
「老婆の、老婆による、老婆のための、老婆心」に寄せる老婆心（学生小説解説）【1997夏】
早慶文芸座談会【1997秋】
私の推す恋愛小説、この一冊（アンケート回答）【1998春】
胃袋の文学（対談）【2004夏】
あくび（創作）【2010春】
荻野忠治郎（おぎのちゅうじろう）
久米さん（久米秀治追悼）【192502】
宇野さんの志（宇野四郎追悼）【193104】
荷風先生自註本「夜の女界」及び「小説道楽」発見に就て【193511】
「Japの日記」と「いささか」に就て【194201】
荻原笑子（おぎわらしょうこ）
迷子の探しもの（学生小説・シナリオ）【2006夏】
荻原井泉水（おぎわらせいせんすい・㊍藤吉）
小草（俳句）【191606】
奥憲太（おくけんた）
風に立つ日（小説）【1994秋】
遠い日、戦いの向こう側（第二回三田文学新人賞佳作）【1995春】
広場の夏に（小説）【1996冬】
奥井復太郎（おくいふくたろう）
ラスキンの倫理的美術観（評論）【192407】
都市雑観（随筆）【192708】
学生と文学・映画・其他【193602】
奥泉光（おくいずみひかる）
読書日記【1999春】
奥沢順一郎（おくさわじゅんいちろう）
若い甲田正夫（甲田正夫の印象）【192904】
小口正明（おぐちまさあき）
父のフレーム（小説）【1996春】
小口優（おぐちまさる）
風俗小説論【193705】
作家の生きる道【193707】
奥出直人（おくでなおひと）
ワードプロセッサーとエクリチュール【1997冬】
奥野信太郎（おくのしんたろう・凱南）
森先生と支那文学（森鷗外追悼）【192208】
王次回と其作品（評論）【192209】
支那文学に関する一考察（評論）【192303】
花蔭小遺録（随筆）【192308】
夢冷館随筆【192401】【192408】
雪姑雑録（随筆）【192503】
九章に就いて（論文）【192702】
ひとつの清福【193409】
北平だより【193610】
魯迅とエロシエンコとを憶ふ（翻訳）（呉克剛原作）【193701】
〔書信〕和木宛「魯迅とエロシエンコとを憶ふ」付）【193701】
松子（翻訳）（丁玲女士原作）【193710】
陸素娟のこと【193808】
燕京小吃記【193901】
震災の両月前（水上瀧太郎追悼）【194005臨】
（紹介文）（與謝野寛吟詠）【194005臨】
故情一片【194609】
〔著作抜萃〕（自著『石榴雑記』広告欄）【194711】【194712】
大久保のころ（戸川秋骨賞）【194910】
雪夜（詩）【194912】
美女と錬金術（中華小説）（翻訳）【195105】
番茶の後【195105】【195107】【195109】【195112】【195208】
ウォレス・ステグナー氏夫妻を囲みて（座談会）【195105】
永井荷風研究（座談会）【195106】
陶晶孫氏を囲む座談会【195107】
與謝野晶子論【195108】
源氏物語研究（座談会）（第一部）（第二部）【195109】【195110】
扉の言葉【195208】
北京にて（折口信夫追悼）【195311】
驢馬の耳【195501】【195601】【195701】【195706】
魯迅故宅記【195510】
閑談・中国文学【195809】
永井壮吉教授（荷風追悼）【195906】【2000春臨】
三点鐘【196101】
精進料理（随筆）【196701】
※追悼特集「奥野信太郎氏追悼」【196803】
奥野健男（おくのたけお）
『近代文学』の功罪（座談会）【195403】
相対安定期の作家（昭和作家論・安岡章太郎論）【195404】
文芸時評【195404】
太宰治論【195412】
大岡昇平「酸素」（書評）【195510】
戦後演劇の五つの問題（鼎談）【195610】
「三田文学」のこと・『昭和の文人』のこと（随筆）【1989秋】
奥野忠昭（おくのただあき）
糸なき流れ（小説）【197102】
火葬（小説）【197303】
小熊秀雄（おぐまひでお）
シエストフ的麦酒（詩）【193507】
小倉孝誠（おぐらこうせい）
隅田川からセーヌ川へ（永井荷風論）【2010冬】
奥村信太郎（おくむらしんたろう）
惜しい人（水上瀧太郎追悼）【194005臨】
この頃の新聞【194104】
桶谷秀昭（おけたにひであき）
社会正義の存在論（高橋和巳論）【196810】
私感（平野発言におもう）【197102】
三島由紀夫――状況として（戦後三十年と三島由紀夫）【197512】
私の推す恋愛小説、この一冊（アンケート回答）【1998春】
折口信夫のささやかな読書歴（エッセイ）【2003秋】
私が選ぶ昭和の小説（アンケート回答）【2007秋】
小此木啓吾（おこのぎけいご）
小説以上のヒーロー・ヒロインたち（随筆）【1991秋】

『物の味方』であることについて（翻訳）（フランシス・ポンジュ原作）【195505】
大濱普美子（おおはまふみこ）
猫の木のある庭（小説）【2009冬】
フラオ・ローゼンバウムの靴（小説）【2010冬】
大林宣彦（おおばやしのぶひこ）
闇の中の言葉【1996冬】
大原富枝（おおはらとみえ）
ドミニックの墨絵（随筆）【1988冬】
恋愛のいのち（エッセイ）【1998春】
大原勇三（おおはらゆうぞう）
映画 「大なる幻影」に於ける人間性【193801】
映画 「舞踏会の手帖」紹介【193805】
大林清（おおばやしきよし）
番茶の後【195206】【195210】
柴田錬三郎著「イエスの裔」（書評）【195207】
驢馬の耳【195512】
大平善治（おおひらぜんじ）
蒙古風（短歌）【194303】
大同石仏（短歌）【194312】
大森倖二（おおもりこうじ）
海獣【195606】
大森新六（おおもりしんろく）
日本評論（誌界展望）【193707】【193708】【193710】
文学界（誌界展望）【193707】【193708】【193710】
日本評論（11月の小説）【193712】
文学界（11月の小説）【193712】
文学界（今月の小説）【193801】〜【193804】
日本評論（今月の小説）【193802】〜【193804】
大宅壮一（おおやそういち）
〔推薦文〕関口由三著『真実を追う――下山事件捜査官の記録――』（広告欄）【197006】
大矢タカヤス（おおやたかやす）
『シャベール大佐』と『愛の報酬』【1996冬】
大屋典一（おおやてんいち・一色次郎）
冬の旅（小説）【194908】
赤い渦（創作）【195003】
土砂降り（創作）【195111】
大宅由里子（おおやゆりこ）
白い現実　忘陸（詩）【1992秋】
〝ヴェニスに死す〟に捧ぐ（詩）【1994春】
大山功（おおやまいさお）
三宅由岐子論【193609】
演劇二題【194006】
演劇時事〔評〕【194009】〜【194012】【194105】〜【194112】
歌舞伎劇鑑賞の方向【194212】
歌舞伎劇妄語【194309】
大山順造（おおやまじゅんぞう）
横手に於ける石坂洋次郎氏（作品と印象）【193601】
大和田俊之（おおわだとしゆき）
明治時代のアメリカ（書評）【2009冬】
岡鬼太郎（おかおにたろう・㊍嘉太郎・鬼太郎）
三田劇談会（座談会）【193906】【193909】
芝居の鶴ケ岡【194108】
岡直己（おかなおみ）
沢木先生を憶ふ（沢木四方吉追悼）【193102】
清浄心院阿弥陀如来像考【194110】
三田芸術学会のこと【194110】
安養院大日如来坐像考【194211】
美術座談会（日本美術院第二十九回展覧会座談会）【194211】
美術特輯に就いて【194211】
岡晴夫（おかはるお）
会わせてみたい人（随筆）【2000秋】
岡井隆（おかいたかし）
私の文学【2003夏】
岡崎正人（おかざきまさと）
表紙（写真）【1996夏】【1996秋】【1997春】
岡﨑竜一（おかざきりょういち）
シャンペイン・キャデラック（第十一回三田文学新人賞当選作）【2004春】
受賞のことば【2004春】
ダンシングパイン（小説）【2004夏】
プルタブ29（小説）【2006夏】
k。と地球儀（小説）【2008冬】
小笠原茂介（おがさわらしげすけ）
アグリジェントの春（詩）【1989春】
岡嶋狂花（おかじまきょうか）
平和の歌（短歌）【191903】
吾子（短詩）【191909】
岡田厚美（おかだあつみ）
ろばの耳【2003秋】【2006冬】【2009春】
岡田安里（おかだあんり）
ろばの耳【2007春】
岡田三郎（おかださぶろう）
山王雑記【193208】
虎徹因縁話【193505】
〔推薦文〕鈴木英夫著『蚵られし花』（広告欄）【194110】
葉書回答【194201】
岡田四郎（おかだしろう）→川村資郎（かわむらしろう）
岡田晋（おかだすすむ）
推理小説と推理映画（丘の上）【196106】
移動撮影・序章（未来の映画のために）【196202・03】
岡田隆彦（おかだたかひこ・O・邱）
月と河と庭（詩篇）【196110】【2000春臨】
川から河へ（創作）【196112】
陽と肉体と影（詩）【196609】
オケイジョナル・ポエムのことなど（詩・季評）【196611】
カット【196104】〜【196202・03】
芽生えのころ（ノスタルジア）【197505】
実在をめぐる孤独（村野四郎追悼）【197506】
桃（詩）【1985秋】
芸術の生活化（評論）Ⅰ〜Ⅹ【1988春】【1988夏】【1989冬】〜【1990冬】【1990夏】【1991冬】【1991春】
一長一短（「三田文学」創刊八十年・慶應義塾大学文学部開設百年記念懸賞小説・評論選評）【1991冬】
趣味か嗜好か（随筆）【1992夏】
西脇順三郎とセザンヌ（随筆）【1994冬】
言葉に託す自己実現（随筆）【1995冬】
編集後記【196107】【196109】【1987春】〜【1991春】
※追悼特集【1997春】
岡田睦（おかだむつみ）
狂気の後（創作）【195809】
コカコラとラム酒【195904・05】
擬態の心得【196003】
約束（創作）【196010】
狭い土【196608】
小さな話（創作）【196612】
冬休みのララバイ（小説）【196906】
夕餉（小説）【197209】
それぞれの日々（小説）【197405】
ボクは「ぼく」ではない（随想）【197610】
バトンタッチ（小説）【1986秋】
「三田のユーモア」について（随筆）【1994秋】
「作品・批評」と酒（エッセイ）【1996春】
困った話（書評）【1998秋】
江藤君のこと（江藤淳追悼）【1999秋】
大久保大先輩訪問記（随筆）【2001春】
As Time Goes By（創作）【2010春】
表紙構成・レイアウト【195807】〜【195810】
岡田八千代（おかだやちよ・㊍やちよ・小山内八千代・伊達虫子・芹影女・芹影女史）
しがらみ草紙（戯曲）【191208】
虫子（詩）【191404】
翼と朝子（小説）【191406】
白昼（小説）【191410】
ひとり身（小説）【191504】
堂島裏（小説）【191510】
稚子ケ淵（小説）【191806】
二ツの鍵（小説）【191810】【1995秋】
錦木（小説）【191812】
ほんとの事（小説）【191904】
帰京（戯曲）【192007】
平凡な話（感想）【192009】
その心根（小説）【192101】
辛夷の花（小説）【192104】
自分達（小説）【192105】
紅白（小説）【192107】
白紙（随筆）【192202】【192204】
山海経を読みて（批評・書簡文形式）【192203】

【193010】
ジヤツク・ド・ラクルテル 【193012】
小説に於ける新しい特質 【193101】
ハツクスリイ氏との一時間(翻訳)(フレデリツク・ルフエヴル原作) 【193102】
人間の発見 【193103】
川端康成氏の輪廓 【193104】
ハツクスリイの「対点」(翻訳)(ドリユウ・ラ・ロシエル原作) 【193105】
高度の写実へ 【193106】
ドリユ・ロシエルの近作 【193109】
白馬山頂にて(旅行便り) 【193109】
十月の作品(文芸時評)【193111】
十一月の作品(文芸時評) 【193112】
井伏鱒二の余白に 【193201】
『夜間飛行』(フエミナ賞の作品) 【193203】
文芸時評 【193206】
【193208】【193209】
【193504】~【193509】
フランス(海外文壇消息) 【193208】
小説の土壌 【193212】
マクサンスの小説論 【193301】
玉笛集(訳詩) 【193303】
六号雑記 【193303】
読後三著 【193308】
改造・文藝春秋(今月の小説) 【193311】
中央公論・文芸・経済往来(今月の小説) 【193312】
中央公論・文芸(今月の問題) 【193401】
改造・文芸 【193403】
改造・新潮 【193404】
リマの女(創作)(翻訳)(ポオル・モオラン原作) 【193409】
詩を書く今川英一(追悼) 【193412】
アンタレス(翻訳小説)(共訳)(マルセル・アルラン原作)(一~五) 【193501】~【193505】
マルセル・アルランについて 【193505】
マルセル・アルランの「秩序」 【193702】
出発(翻訳小説)(ロジエ・ヴエルセル原作) 【193702】
戦争と作家(文芸時評)【193801】
シクラメン(翻訳小説)(ルイ・フランシス原作) 【193802】
陰翳(戯曲) 【193806】
「言語地理学」松原秀治訳(研究)(新刊巡礼) 【193812】
思ひ出(水上瀧太郎追悼) 【194005臨】
ゾラとセザンヌの破綻 【194208】
「怒濤」を観て(編輯余録) 【194404・05】
スタニスラフスキイの二著(書評) 【194406・07】
マクサンスの十年史(書評) 【194601】
編輯後記 【194406・07】
【194601】【194604・05】
※追悼文掲載号 【194808】
※年譜掲載号 【194812】
太田三郎(おおたさぶろう)
バルザックの家(文と絵) 【193504】
春暁(句と絵) 【194104】
咬嚠吧国 【194308】
「西遊日誌抄」(研究) 【195906】
表紙 【193201】~【193204】
カット 【193502】~【193506】
【193508】【193602】【193703】
【193905】【194011】【194012】
太田治子(おおたはるこ)
イタリアの夏(随筆) 【2008夏】
太田望音(おおたもちなり)
紙屑籠 【191011】
大田洋子(おおたようこ)
理子とあゆ(小説) 【193303】
私のゐる町(小説) 【193405】
刃向ふ街 【194009】
蘇州の水 【194108】
三点鐘 【195909】
太田善男(おおたよしお)
「七人」の頃(小山内薫追悼) 【192903】
大谷信義(おおたにのぶよし)
映画会社の看板プロデューサーが語る(座談会) 【1998冬】
大谷隆三(おおたにりゅうぞう)
三田劇談会(座談会) 【194109】
大津康(おおつやすし)
戦詩人ワルテル・ハイマン(評論) 【191606】
大月俊信(おおつきとしのぶ)
悪の裔・其の他(詩) 【194612・4701・02】
大坪草二郎(おおつぼそうじろう・㊍竹下市助)
石坂洋次郎を語る 【193403】
弱い強さ(石坂洋次郎氏の作品と印象) 【193601】
大坪林四郎(おおつぼりんしろう)
阿部さんの思出(水上瀧太郎追悼) 【194005臨】
大出敦(おおであつし)
「クロオデルには桂を捧げよ」 【2005秋】
大西巨人(おおにしきょじん・㊍巨人〈のりと〉)
驢馬の耳 【195608】
大野俊一(おおのしゅんいち)
三点鐘 【195908】
大野純(おおのじゅん)
死胎児の歌(詩) 【195608】
大野広之(おおのひろゆき)
ろばの耳 【2005春】【2008秋】
大野亮司(おおのりょうじ)
「志賀直哉を読む」ことについて(評論) 【1999夏】
大野林火(おおのりんか・㊍正)
五月の路(俳句) 【194108】
初夏(俳句) 【194207】
大場白水郎(おおばはくすいろう・㊍惣太郎・縷紅亭)
渡欧前後(小山内薫追悼) 【192903】
沢木さん(沢木四方吉追悼) 【193101】
縷紅草 【193509】
新年の句(俳句) 【193701】
思川にて(夏の句) 【193708】
落葉(俳句) 【193801】
縷江亭雑記 【193808】
梅雨出水(夏の句) 【193808】
奉天詠草(春の句) 【193901】
満洲だより『たより』(俳句)(六回) 【193906】~【193909】
【193912】【194007】
渾河(奉天)(俳句) 【193908】
阿部さん(水上瀧太郎追悼) 【194005臨】
満洲雑記(文と句) 【194208】
聖戦二年を迎へて(俳句) 【194301】
大庭みな子(おおばみなこ)
『外国体験と小説』(対談) 【197008】
故郷喪失と放浪(評論)【197010】
亡命の文学(対談) 【197407】
その頃(ノスタルジア) 【197508】
みつめるもの(随想) 【1986春】
仙台坂上(随筆) 【1994冬】
大橋吉之輔(おおはしきちのすけ)
三点鐘 【195910】
白い黒人(翻訳)(ノーマン・メイラー原作) 【196002】
陽はまた沈む(翻訳)(P・E・シュナイダー原作) 【196006】
社会主義リアリズム論(翻訳)(原筆者不詳) 【196009】
マーク・トウェインをめぐる米ソ論争(翻訳)(チャールズ・ニイダー、ベルズニッキー原作) 【196103】
シカゴ再訪(随筆) 【1992春】
ジョン・アンダスンのこと(随想) 【1992夏】
宇和島へ(随想) 【1992秋】
シェリーかシャンペンか(随想) 【1993冬】
感謝祭の七面鳥(随想) 【1993春】
エピソード(随想) 【1993夏】
大橋健三郎(おおはしけんざぶろう)
私の推す恋愛小説、この一冊(アンケート回答) 【1998春】
私が選ぶ昭和の小説(アンケート回答) 【2007秋】
大橋三郎(おおはしさぶろう)
映画雑筆 【192908】
試写真より(映画批評) 【192910】
映画批評 【192911】【192912】
【193004】【193005】
大橋裕一(おおはしゆういち)
ろばの耳 【2008秋】
大浜甫(おおはまはじめ)
エリュアールの葬儀(新椋鳥通信・フランス) 【195304】
クロリンダ(翻訳)(アンドレ・ピェイル・ド・マンディアルグ原作) 【195309】
コント・ファンタスティック 【195309】

【192901】
真砂座時代（小山内薫追悼）【192903】
小山内先生をおもふ（小山内薫追悼）【192903】
『公園裏』を見る（劇評）【192905】
築地小劇場と新築地劇団（劇評）【192906】
小山内先生の戯曲を読む（評論）【192907】～【192909】
九月号の戯曲を読む（戯曲批評）【192910】
十一月号戯曲所感（戯曲批評）【192912】
「北村小松」とその戯曲（評論）【193001】
正月号の戯曲を読む（月評）【193002】
演劇時評　【193003】【193005】～【193010】【193012】
女優劇追憶（演劇月評）【193004】
試演会冷感　【193011】
一つの感想　【193105】
最近の感想　【193110】
新劇座と築地座　【193207】
演劇雑感　【193310】
新劇巡礼　【193411】【193412】【193508】【193509】
三田劇談会（座談会）【193808】～【193904】【193906】～【193911】【194108】【194109】【194111】～【194204】【194208】
演劇遍路　【194201】
『波しぶき』を読む（演劇随想）【194311】
『田園』を観る　【194403】
大岡昇平（おおおかしょうへい）
〔推薦文〕舟橋聖一著『好きな女の胸飾り』（広告欄）【196803】
〔書評〕藤枝静男著『空気頭』（広告欄）【196805】
私の文学を語る（インタビュー）【196903】
私と「パルムの僧院」（対談）【197003】
「レイテ戦記」を語る　【197202】
「野火」における仏文学の影響【197208】
『わが思索のあと』【197401】
大岡龍男（おおおかたつお）
春さき・庭　【194307】
青林檎　【194311】
逗子夫人　【194401】
大岡信（おおおかまこと）
作品（詩人の頁）【195511】
会話の柴が燃えつきて（詩）【196104】
薔薇・旗・城　【196610】
現代文学のフロンティア（No. 10）【197504】
星を見るひと（随筆）【1986 秋】
歌（詩）【1993 冬】
私の推す恋愛小説、この一冊（アンケート回答）【1998 春】
大鐘敦子（おおがねあつこ）
森の囁き（詩）【1995 冬】
大木梈々（おおきていてい）
新年の句（俳句）【193701】
大串尚代（おおぐしひさよ）
小さな少女の大きな物語（書評）【1999 夏】
銃と刀――二人のエンターテイナー（書評）【2000 春】
アメリカン・ジャポニズムの現在【2000 秋】
小粋な脱力感（書評）【2003 秋】
大久保昭男（おおくぼあきお）
パヴェーゼの死の前の作品（海外通信）【196611】
大久保喬樹（おおくぼたかき）
岡倉天心への道（評論）（全十回）【1985 春】～【1987 夏】
岡倉天心と九鬼周造（随筆）【2002 春】
盲目の迷宮――『耳なし芳一』、『春琴抄』、『ねじまき鳥クロニクル』（評論）【2002 夏】
美の貴族性を再発見すること（随想）【2005 夏】
私が選ぶ昭和の小説（アンケート回答）【2007 秋】
大久保典夫（おおくぼのりお）
「『風流』論」をめぐる断想【196706】
大久保洋（おおくぼひろみ・㊍大久保洋海）
失はれし一枚（翻訳小説）（エリック・ド・オルヴイル原作）【193702】
大久保房男（おおくぼふさお）
原民喜のこと　【196703】
仮の親（丸岡明追悼）【196811】
文壇について（連載随筆）（全三回）【197004】～【197006】
文壇について（随筆）（全五回）【197408】～【197412】
「侃侃諤諤」の経験（匿名批評是非）【197511】
原さんの眼（随想）【197610】
遠藤編集長就任のいきさつ（遠藤周作追悼）【1997 冬】
私の推す恋愛小説、この一冊（アンケート回答）【1998 春】
プロの文章について（エッセイ）【1998 夏】
死を予告した手紙　【1999 冬】
ガラガラ蛇の尻尾（小説）【2000 冬】
遠藤周作文学館（随筆）【2000 秋】
母の背中（小説）【2002 春】
戦争責任の追及と佐藤春夫【2003 夏】
戦時下の折口信夫――一学生の見聞【2003 秋】
思想と「近代文学」（評論）【2004 冬】
マルキシストの文学者（評論）【2004 春】
『むらぎも』の頃の中野重治（評論）【2004 夏】
女流作家と佐多稲子・平林たい子（評論）【2004 秋】
戦後派以後の新人（評論）【2005 冬】
淋しい限り（桂芳久追悼）【2005 春】
戦前の文士と戦後の文士（評論）（1～4）【2009 春】～【2010 冬】
大久保康雄（おおくぼやすお）
ハリスこぼれ話（随筆）【196610】
大倉宏（おおくらひろし）
西脇順三郎――その異質性の起源【1994 冬】
大河内昭爾（おおこうちしょうじ）
吉村家の絵（随筆）【2007 夏】
私が選ぶ昭和の小説（アンケート回答）【2007 秋】
大迫吉德（おおさこよしのり）
島尾敏雄「死の棘」（偉大なる失敗作）【1999 秋】
アドレナリンライフ（書評）【2000 春】
大鹿卓（おおしかたく・㊍秀三）
若葉（小説）【193606】
大島旭（おおしまあさひ）→大島戌
大島エリ子（おおしまえりこ）
病める薔薇（文学談義クロストーク）【1989 秋】
大島敬司（おおしまけいじ）
マルセル・プルウスト　【193304】
果して文芸復興なりしか？【193401】
セント女学院の家鴨たち（創作）【193406】
大島渚（おおしまなぎさ）
芸術の状況（シンポジウム）【196101】
大島博光（おおしまはっこう）
不幸なものは見てゐる（詩）【193807】
大島戌（おおしままもる・旭・大嶋岳夫）
六義園に還える（小説）（上）（下）【196711】【196712】
歯痛　【196808】
小路を折れて　【196808】
産声（小説）【196902】
MARS の長い腕（小説）【196910】
秋の陽（小説）【197004】
白雨（小説）【197310】
赤提灯（創作）【197502】
線爆発装置のゆめ（創作）【197509】
東京を離れる日（創作）【197605】
ろばの耳　【2007 秋】
昏い夏（小説）【197212】
大島ゆい（おおしまゆい）
植木鉢（第十一回三田文学新人賞最終候補作）【2004 春】
大州豊（おおすゆたか）
麦畑の燦光（創作）【197605】
姉の結婚（創作）【197608】
大須賀乙字（おおすがおつじ・㊍績）
春季雑吟（俳句）【191605】
大杉栄（おおすぎさかえ）
石垣（翻訳）（アンドレイエフ原作）【191303】
信者（翻訳）（アンドレイエフ原作）【192102】
大空幸子（おおぞらさちこ）
バッサーニ論　鷺が翼を閉じるとき　【197012】
太田咲太郎（おおたさきたろう）
コクトオの「鴉片」【193009】
トランジション誌の終刊

評） 【194812】
野村英夫氏を悼んで（追悼） 【194902】
神西清 【194905】
渡辺一夫著「狂気についてなど」（書評） 【194907】
山本健吉（人と作品） 【194908】
ランボオの沈黙をめぐって 【194912】
誕生日の夜の回想 【195006】
テレーズの影を追つて（フランス通信） 【195201】
原民喜と夢の少女 【195305】
エマニエル・ムニエ 【195307】
『近代文学』の功罪（座談会）（司会） 【195403】
その人との十分間（インタビュー） 【195404】
アデンまで（小説） 【195411】【2000 春臨】
驢馬の耳 【195512】【195701】
庄司総一著「聖なる恐怖」（広場） 【195609】
二つの芸術観 【195705】
三田文学復刊について（復刊にあたって） 【195807】
宗教と文学（対談） 【196610】
私と「テレーズ・デスケイルウ」（インタビュー） 【196908】【1997 冬】
日記（昭和四十四年十二月―四十五年一月） 【197004】
日記（昭和四十五年二月一日―同年二月二十七日） 【197005】
沈黙（シナリオ） 【197101】
宗教的現実と演劇的現実（座談会） 【197207】
われらの文学放浪のころ（対談） 【197210】
「わが思索のあと」 【197402】
休刊の言葉 【197610】
老兵の期待（随筆） 【1985 春】
思い出、あれこれと（山本健吉追悼） 【1988 夏】
「三田文学」の青春（随筆） 【1992 冬】
私と三田文学（随筆） 【1995 冬】
佐藤朔先生の思い出（佐藤朔追悼） 【1996 夏】【2000 春臨】
『深い河』創作日記 【1997 夏】
ひとつの小説ができるまでの忘備ノート［一九五八～一九五九］（日記） 【2001 秋】
未公開書簡 友人である修道女への手紙（六通） 【2009 秋】
編集後記 【196801】～【196901】
表紙画（絵） 【2001 春】
※追悼特集 【1997 冬】
遠藤順子（えんどうじゅんこ）
創造と信仰――遠藤周作『沈黙』を巡って（ラウンドテーブル） 【2003 夏】
遠藤慎吾（えんどうしんご）
劇評の基準・上演題目選択の態度その他（演劇時評） 【193703】
俳優のエロキューションに就いて（演劇時評） 【193704】
「北東の風」新劇は何処へ行く（演劇時評） 【193705】
演劇の変貌 【195304】
むなしさを知らぬ悲しみについて 【195403】
親友（随筆） 【196702】
遠藤正輝（えんどうまさてる）
ダンス断面（小説） 【192910】
恋愛小曲（小説） 【193002】
踊子風景（夏日小品） 【193009】
〔書信〕旅から 【193009】
夏の淡描（小説） 【193010】
感情の後曳（小説） 【193012】
擦れ違って行く男（小説） 【193104】
黄昏の街（小説） 【193106】
郊外の子供達（小説） 【193107】
ダンスマニア 【193202】
文学的内容の分類 【193206】
人の世の覗き窓（小説） 【193208】
手紙（小説） 【193210】
裳裾を曳摺る（小説） 【193301】
心理（小説） 【193302】
義妹（小説） 【193401】
外出（小説） 【193403】
潑剌たる純潔（小説） 【193404】
精神（小説）【193407】【193408】
うたがひ（小説） 【193410】
二人の男（小説） 【193503】
廢疾者（小説） 【193505】
愛憎記（小説） 【193508】
骨箱（小説） 【193510】
競馬（小説） 【193611】
魔力（小説） 【193811】
執念（小説）（「魔力」第二部） 【193812】
崩潰（小説）（「魔力」第三部） 【193901】
空気（小説） 【193910】
仔犬（小説） 【194005】
追想（水上瀧太郎追悼） 【194005 臨】
山道（小説） 【194011】
発光体（小説） 【194103】
紙の舟（小説） 【194105】
風と霜と 【194402】
三点鐘 【196007】

お（を）

鷗外（おうがい）→森鷗外
近江満子（おうみみつこ）
新年の歌（短歌） 【193701】
大井広介（おおいひろすけ）
南川と坂口（南川潤追悼） 【195511】
大石芳野（おおいしよしの）
伝えるということ（随筆） 【2001 春】
大内聡矣（おおうちさとし）
プラスチック人形 【195812】
暗い草の上 【195902】
猫 【195909】
ラルディの夏（小説） 【1986 冬】
虚構へ（小説） 【1987 春】
大内隆雄（おおうちたかお）
三人（小説）（翻訳）（也麗原作） 【194101】
夜語（小説）（翻訳）（小松原作） 【194101】
大江健三郎（おおえけんざぶろう）
シンポジウム「発言」――現実の停滞と文学 【195910】
シンポジウム「発言」――討論 【195911】
私の文学を語る（インタビュー） 【196802】
〔選評〕大庭みな子著『三匹の蟹』――群像新人賞・芥川賞受賞――（広告欄） 【196811】
大江賢次（おおえけんじ・沢本鶴一）
父よしつかり（小説） 【192902】
落穂拾ひ（小説） 【192906】
墓の境石（小説） 【192909】
行け、ブラジル（小説）（全五回） 【192910】～【193002】
この手紙 【193004】
群集描写 【193005】
伯耆大山！ （夏日小品） 【193009】
「鉄の流れ」「ブルヂョア」 【193010】
白痴（小説）【193101】【193102】
出べそ（小品） 【193106】
神主が首を縊った話（小説） 【193203】
煙草密耕作（小説） 【193205】【2000 春臨】
前進するための自己反省 【193301】
お篠（小説）（「行け、ブラジル」の続篇） 【193309】
稲の穂かげで 【193402】
果樹園（小説） 【193405】
ゴーリキーについて 【193407】
山陰の災害地より 【193502】
砂金の話（小説） 【193511】
虹（小説） 【193605】
叛逆精神と描写 【193609】
先生一銭進上 【194003】
書生の神様（水上瀧太郎追悼） 【194005 臨】
「ペンギン茶房」（自著に題す） 【194008】
塩田（小説） 【194011】
さかほがい（小説） 【194104】
ボロブドール紀行 【194302】
路上（掌中小品） 【194402】
三点鐘 【196007】
大江満雄（おおえみつお）
古里 【194310】
大江良太郎（おおえりょうたろう・涼亭）
「夜鴉」評ならぬ万太郎論（評論） 【192803】
水木京太作「嫉妬」上演評 【192805】
新派を語る（評論） 【192806】
このひと月 【192808】
築地の二人 【192809】
戯曲批評にかへて（時評） 【192810】
演劇時評 【192811】
『一九二八年の戯曲界を観る』 【192812】
我が賀状（往復ハガキ回答）

私が選ぶ昭和の小説（アンケート回答）【2007 秋】
梅本育子（うめもといくこ）
女・花の時（詩）【195908】
浦上帰一（うらがみきいち）
ゼロ人間（詩）【195303】
浦田憲治（うらたけんじ）
私が選ぶ昭和の小説（アンケート回答）【2007 秋】
卜部檜男（うらべならお）
祇園小景（短歌）【191508】
出発点（小説）【191511】
占部百太郎（うらべひゃくたろう）
沢木教授の思ひ出二三（沢木四方吉追悼）【193101】
浦山桐郎（うらやまきりお）
この状況のなかで芸術追求は可能か（対談）【197101】
宇留田敬一（うるたけいいち）
鎮魂歌（詩）【194901】

え

永巌（えいげん）
目次カット【194211】
永戸多喜雄（えいとたきお）
作家人民戦線？ への動き（新椋鳥通信—フランス）【195303】
ブランショの文学論（実存主義文学の企図）【195304】
驢馬の耳【195611】
三点鐘【196006】
私が選ぶ昭和の小説（アンケート回答）【2007 秋】
永戸俊雄（えいととしお）
自然人の群像【195110】
江木礼吉（えぎれいきち）
無尽燈随筆（随筆）【192612】
江口渙（えぐちかん・渙〈きよし〉）
峡谷の夜（小説）【191812】
江口正一（えぐちしょういち）
伝狩野元信筆『富士曼荼羅』に就て【194211】
SI 生→井川滋（いかわしげる）
SN 生→永井荷風
H. S 生→佐藤春夫（さとうはるお）
衛藤駿（えとうしゅん）
人生と一生（随筆）【1990 秋】
江藤淳（えとうじゅん・江頭淳夫・E・江頭拙）
夏目漱石論（上）（下）【195511】【195512】【2000 春臨】
続・夏目漱石論（上）（下）【195607】【195608】
小田実著「わが人生の時」（広場）【195609】
東西文学の距離（座談会）【195612】
現代小説の問題【195703】
シンポジウム「発言」——序（討論の意図について）【195910】
シンポジウム「発言」（討論・司会）【195911】
シンポジウム「発言」——跋（討論の結果について）【195911】
小島信夫の書評を駁す【196004】
〔推薦文〕坂上弘著長篇『澄んだ日』（広告欄）【196012】
山川方夫のこと（追悼）【196703】
私の文学を語る（インタビュー）【196801】
〔選評〕大庭みな子著『三匹の蟹』——群像新人賞・芥川賞受賞——（広告欄）【196811】
現代と文学【197009】
文芸批評家の在り方（対談）【197103】
「心的現象論序説」（吉本隆明）（書評）【197202】
〝紅茶的〟（随想）【197610】
紅茶のあとさき（評論）（一～三十一）【1985 春】～【1988 冬】【1988 夏】～【1989 冬】【1989 夏】～【1990 夏】【1991 冬】【1991 春】【1992 秋】【1993 冬】～【1993 秋】【1994 春】【1994 秋】【1995 春】【1995 秋】
文学と歳月——忘れ得ぬ人びと——（対談）【1987 冬】
「共同体」の今昔（山本健吉追悼）【1988 夏】
気配のあるなし（「三田文学」創刊八十年・慶應義塾大学文学部開設百年記念懸賞小説・評論選評）【1991 冬】
十年間（随筆）【1995 冬】
「三田文学」の今昔（講演）【1995 夏】
朔先生、さようなら（佐藤朔追悼）【1996 夏】
「三田文学」との八年間（遠藤周作追悼）【1997 冬】
「三田文学」の今昔（講演再録）【1999 秋】
編集後記〔後期〕【195610】【195612】【195703】
※追悼特集【1999 秋】
江藤正明（えとうまさあき）
村次郎の詩の光芒（評論）【1989 春】
餌取定三（えとりていぞう）
街角の神（詩）【195505】
江南文三（えなみぶんぞう）
逢引【191107】
江原順（えばらじゅん）
空気について（評論）【1988 冬】
海老坂武（えびさかたけし）
クリーンな快楽主義（随筆）【1988 冬】
二十世紀芸術の夜明け（連載講演）【1994 秋】【1995 冬】
カリブ海のシュールレアリスム（連載講演）【1995 夏】
サン・ジェルマン・デ・プレの黄金時代（連載講演）【1996 冬】
私の推す恋愛小説、この一冊（アンケート回答）【1998 春】
戎栄一（えびすえいいち）
沙漠のなかでは（詩篇）【196109】
江間章子（えましょうこ）
夜行く太陽（詩）【193807】
一九三八年のセレナアド（詩）【193812】
みどりの林檎……（詩）【194003】
亜細亜の日（詩）【194203】
天の恵み（詩）【194302】
江間俊雄（えまとしお）
ユゴオの抒情詩〔ユゴーの抒情詩に就いて〕（評論）【192501】～【192503】
江見絹子（えみきぬこ）
表紙（絵）【1995 夏】
江森國友（えもりくにとも・K. E）
誘われた土地（詩）【195706】
死人のうたった断片（詩）【195808】
北陸　感情旅行（詩）【195909】
小川恵以子「海の影」（書評）【196003】
夢のなかの娘　娘たちの夢（詩）【196103】
詩語感想【196109】
詩の必要ということ（詩・季評）【196608】
花幻（短篇）【196611】
花讃め（詩）【196707】
慰めるもの（詩）【197302】
春の坂路（追悼詩）（村野四郎追悼）【197506】
散文について（人と貝殻）【1985 秋】
夢のつぼⅠ・Ⅱ（詩）【1987 秋】
心平さんと私（随筆）【1989 春】
雨（詩）【1993 春】
詩片十一（詩）【1996 春】
詩人西脇順三郎（エッセイ）【1997 夏】
私の推す恋愛小説、この一冊（アンケート回答）【1998 春】
童謡風な核のある讃め歌（詩）【1999 春】
行雲（小説）【2000 春】
『海港』派の青春——北村初雄（評論）（全三回）【2001 夏】【2002 冬】【2002 夏】
（ごく私的な）思い出すことども（エッセイ）【2003 秋】
心（詩）【2005 冬】
匂い（詩）【2006 冬】
思い出すことども（随筆）【2009 秋】
装画（カット）【195810】
編輯後記【195809】
L・L 生→沢木四方吉（さわきよもきち）
アニー・エルノー
現代を生きる情熱（対談）【2004 秋】
円城寺清臣（えんじょうじきよおみ）
新しい踊り【193005】
三十九歳の死（宇野四郎追悼）【193104】
遠藤周作（えんどうしゅうさく・狐狸庵・狐狸庵山人）
カトリツク作家の問題【194712】
死と僕等（Essay on Man）【194806】
二十歳代の課題（新人マニフェスト）【194808】
此の二者のうち【194810】
シヤルル・ペギイの場合（文芸時

雨（放送詩劇）【195504】
丸岡明著「日本の能」（書評）【195703】
休刊の辞【195706】
沖縄の報告（ラジオ・ドラマ）【195810】
三点鐘【195910】【196009】
ドラマについて【196611】
本質論的前衛演劇論（座談会）（コメント）【196711】
演劇雑記帖（随筆）Ⅰ～Ⅵ【197502】～【197507】
薔薇（一幕）（戯曲）【197601】
阪東玉三郎（随想）【197610】

控井和久（うついかずひさ）
もんじゃした頃（詩）【1986 冬】

宇都宮一正（うつのみやかずまさ）
五月雨頃の室内風景（詩）【192807】
六号雑記【192808】

宇波彰（うなみあきら）
「野火」について（大岡昇平論）【196903】
人間主義的批評について（現代文学の変容）【196903】
小林秀雄における批評の方法（現代文学の変容）【196904】
批評における精神分析の役割（評論）【196909】
太宰治論（評論）【196911】
新しい文学の方向を探る（座談会）【197001】【197003】
新しい批評は可能か（現代批評家批判）【197207】

宇野浩二（うのこうじ・㊍格次郎）
〔著作抜萃〕（自著『子の来歴』広告欄）【193309】
「三田文学」の思ひ出【193505】
断片【193901】
〔序文抜萃〕富山雅夫小説集『那須野ケ原』（広告欄）【194004】
水上瀧太郎讃【194010】【2000 春臨】
葉書回答【194201】

宇野四郎（うのしろう・丸内城・宇野生）
故先生の講義のノオトから（プレイフエヤア追悼）【191802】
帝国劇場の「ハムレット」を観て（劇評）【191803】
演劇雑感【191805】【191811】【191812】【191903】【191904】【192211】
六号余録【191901】
「夜明前」に似たもの（随筆）【191907】
正義派と大野（小説）【191908】～【191911】
K—太公殿下の出家（小説）【192001】
遠藤先生と大野（小説）【192003】【192004】
間宮一家（戯曲）【192009】
父と私と嫂と（小説）【192011】【192012】
脱営兵と中尉（小説）【192109】～【192112】
「とりで」の頃（森鷗外追悼）【192208】
狂人（小説）【192210】
彼と多田の死（小説）【192306】
はりまぜ帖（随筆）【192308】
水郷に来た一家（小説）【192406】
おせっかひの悔（小説）【192412】
久米さんの死（久米秀治追悼）【192502】
転任（小説）【192606】
上演「すみだ川」合評【192803】
尾上松助老【192808】
雑草【192908】
演劇時評【193011】
※追悼特集「故宇野四郎氏追悼記」【193104】
※追悼文掲載号【193203】

宇野千代（うのちよ）
今日は良い一日であった（随筆）【1987 秋】

宇野信夫（うののぶお・㊍信男）
父親（戯曲）【193106】
家（戯曲）【193107】
よそえ（戯曲）【193109】
溢れ蚊（戯曲）【193204】
「ひと夜」の行者【193312】
鳥影（戯曲）【193401】
花曇（戯曲）【193403】
霧雨（戯曲）【193405】
余寒（小説）【193409】
母（戯曲）【193411】
場末雑記【193504】【193801】【193803】
朧夜（戯曲）【193506】
松男梅太郎（戯曲）【193509】
冬の雨【193602】
近江屋長七（戯曲）【193805】
写真【193903】
路地（戯曲）【193905】
家族（戯曲）【193907】
おもひで（水上瀧太郎追悼）【194005 臨】
ハンプルビイ（翻訳）（George Gissing 原作）【194103】
山谷時雨（戯曲）【194104】
少年の日【194106】
赤と青（戯曲）【194109】
小野寺十内（戯曲）【194204】
風花の町（長篇小説）（全五回）【194301】～【194305】
〔推薦文〕大岡龍男著『なつかしき日々』（広告欄）【194303】
沈丁花（戯曲）【194604・05】
六号記【194610・11】
墓地にて（小説）【194706】
清らに咲ける（戯曲）【194801】【194802・03】
驢馬の耳【195606】
三点鐘【196012】
私と「三田文学」（随筆）【1987 春】
※追悼文掲載号【1992 冬】

宇野信男（うののぶお）→宇野信夫

生方たつえ（うぶかたたつえ）
春の樹液（短歌）【195505】
驢馬の耳【195510】

生方敏郎（うぶかたとしろう）
パロ（翻訳）（Kielland 原作）【191012】
聖者ユダ（翻訳）【191203】
思ひ出すまゝ（馬場孤蝶追悼）【194009】

梅木三郎（うめきさぶろう）
牡鶏（小説）【194003】

梅崎光生（うめざきみつお）
矜持と虚妄（小説）【197207】

梅地和子（うめじかずこ）
オンライン 400 字時評【2002 春】【2002 秋】
ろばの耳【2003 夏】【2005 秋】

梅田智江（うめださとえ）
誕生祭（詩）【1991 秋】

梅田晴夫（うめだはるお・㊍晃）
空白の歴史【194301】
二つの真実【194302】
一途の文学（書評）【194601】
欝情の文学（文芸時評）【194806】
三田作家論【194807】
不倫と母子裸像【194812】
失われた時間（創作）【194901】
成熟ということ（書評）【194905】
加藤道夫・人と作品【194906】
戦争について（Essay on Man）【194908】
内村直也戯曲集『秋の記録』（書評）【194910】
白い顔（小説）（長篇「五月の花」の一部）【194910】
危険人物（小説）（「五月の花」第三部）【194911】
深淵（小説）（「五月の花」第四篇）【194912】
客思（水上瀧太郎賞授賞作「五月の花」終篇）【195001】
水上瀧太郎賞受賞者の言葉【195002】
戦争と娘たち（創作）【195003】
問題の映画を語る（座談会）【195112】
大人の遊び【195201】
一つの機会（復刊にあたって）【195807】
アンチ・テアトルの人々【195811】
荷風先生を悼む（追悼）【195906】【2000 春臨】
三点鐘【196004】
世界の芸人たち（丘の上）【196110】
元石炭置場にて（随想）【197610】

梅谷馨一（うめたにけいいち）
島の人（小説）【197301】
魚の骨（小説）【197306】
眼花（小説）【197402】
科学博物館（創作）【197503】
一夜（創作）【197602】

梅野幸一（うめのこういち）
石（詩）【194712】

梅原猛（うめはらたけし）
空の空、——日本人にとって仏教とは何であったか【196811】
「わが思索のあと」【197404】
私の推す恋愛小説、この一冊（アンケート回答）【1998 春】
日本人の旅・遊び・信仰——田辺聖子『姥ざかり花の旅笠』をめぐって（シンポジウム）【2004 秋】

Suarès 原作）【191401】
お月様のなげき（詩）【191505】
エロディヤッド（訳詩）（マラルメ原作）【191509】
カンタタ（対話）（ポオル・クロオデル原作）【191510】
白鳥（訳詩）（マラルメ原作）【191512】
頌歌（訳詩）（ポオル・クロオデル原作）【191602】
〔翻訳〕ダヌンチオ原作「恋の歌」（六号余録欄）【191908】
〔翻訳〕ジュウル・ルナアル原作「博物志」（六号余録欄）【191912】
※追悼文掲載号【191609】【191610】
上田正昭（うえだまさあき）
折口信夫の他界観（エッセイ）【2003 秋】
上田三四二（うえだみよじ）
作家と現実【196907】
第三の新人の功罪【197201】
輪郭について――庄野潤三における日常――（評論・文学における日常性）【197205】
病んで思うこと（随想）【1987 春】
植田康夫（うえだやすお）
私が選ぶ昭和の小説（アンケート回答）【2007 秋】
上野千鶴子（うえのちづこ）
私が選ぶ昭和の小説（アンケート回答）【2007 秋】
上野直昭（うえのなおてる）
〔推薦文〕滝沢敬一著『フランス通信』（広告欄）【193707】
上野弘（うえのひろし）
ろばの耳【2009 秋】
上野山清貢（うえのやまきよつぐ）
津軽の山々（扉絵）【193509】
上原明（うえはらあきら）
「下田港風景」雑感（随筆）【2010 冬】
上原和（うえはらかず）
遠藤さんの遺骨を拾って（遠藤周作追悼）【1997 冬】
南の空に校歌〈紅楼夢〉は流れる（随筆）【1999 冬】
なつかしい白井浩司先生――一年遅れの追悼文（随筆）【2006 冬】
私が選ぶ昭和の小説（アンケート回答）【2007 秋】
上原正道（うえはらまさみち）
交友三十三年間（水上瀧太郎追悼）【194005 臨】
上間正男（うえままさお）
戯曲ペルリの船（戯曲）【191202】
植松幸一（うえまつこういち）
日吉の生活（日吉生活スケッチ）【193506】
植松寿樹（うえまつひさき）
山陰の旅（短歌）【194403】
宇佐美圭司（うさみけいじ）
新木場 SOKO 画廊（随筆）【1991 夏】
宇佐美斉（うさみひとし）
夏を送る（随筆）【1990 秋】
宇沢美子（うざわよしこ）
ポーになった日本人（評論）【2009 秋】
牛島栄二（うしじまえいじ）
窓外明色（戯曲）【193107】
花束の行動（戯曲）【193109】
牛場暁夫（うしばあきお）
『アンドレ・ジッド代表作選』について【2000 冬】
激しい季節（随筆）【2002 夏】
白井浩司先生の思い出（白井浩司追悼）【2005 冬】
作品からの呼びかけ（随筆）【2007 春】
氏原工作（うじはらこうさく）
さるにあったか（小説）（一～三）【196707】～【196709】
直子・傾く船（小説）【196806】
新しい文学の方向を探る（座談会）【197001】
臼井喜之介（うすいよしのすけ）
ある夜に（詩）【194711】
歌麿（うたまろ・喜多川歌麿・哥麿）
高島やおひさ（図版）【194110】
打越美知（うちこしみち）
テモイさんのカヤック（詩）【1994 冬】
内田巌（うちだいわお）
カット【193506】【193511】～【193601】
内田誠（うちだまこと・水中亭）
会社員【193302】
麦藁帽【193310】
文庫【193405】
グリル・ルーム【193408】
広告【193409】
京都【193411】
早慶戦【193412】
俳書【193502】
旅行【193504】
花売り【193505】
人気【193508】
踊【193509】
吹込室【193511】
松並木【193601】
卓の花【193603】
暖簾【193605】
向日葵【193607】
慈姑【193608】
パイプ煙草（南部修太郎追悼）【193609】
運動会【193612】
角砂糖【193701】
瀬戸【193705】
白いテープ【193708】
印刷その他【193712】
展望車【193801】
庭（俳句）【193801】
モダン・タイムス【193804】
道具【193808】
意地【193812】
広重【193901】
流行【193912】
食物誌【194001】
ジヤバ【194003】
水上瀧太郎先生（追悼）【194005 臨】
螢の光【194006】
折詰【194101】
飴屋【194102】
さらだ【194104】
食物誌【194108】
執金剛【194110】
柿【194112】
時雨【194201】
初雪【194203】
蠹魚【194204】
鬼・雷・蜀魂【194208】
乾山【194211】
晴雨帖【194301】
夏と冬【194303】
紙椿【194306】
遅日【194307】
童女像【194311】
久保田先生（随想）【194610・11】
鳴恋侍【194805】
栄山寺【195005】
折口先生（折口信夫追悼）【195311】
内田まほろ（うちだまほろ）
デジタルデータとしての文章の行方（評論）【1998 夏】
内村直也（うちむらなおや・㊍菅原実）
二人の劇作家【193301】
演劇時評【193403】～【193405】
白い歴史（戯曲）【193510】
西洋の印象【193804】
三田劇談会（座談会）【193910】【194108】【194111】～【194204】
追憶（水上瀧太郎追悼）【194005 臨】
夢（戯曲）【194011】
詩の朗読【194112】
演劇【194204】～【194209】
子供（戯曲）【194206】
秋の記録（戯曲）【194709】
テーマに就いて（六号室）【194801】
二足の草鞋【194808】
委員の一人として（水上瀧太郎賞）【194903】
小泉信三著「読書雑記」（書評）【194904】
花について【194905】
銓衡後記（戸川秋骨賞）【194908】
風俗（英国文芸通信）【195002】
梅田晴夫（第二回水上瀧太郎賞発表）【195002】
丸岡明の文学（人と作品）【195003】
遊動円木（戯曲）【195005】
手紙の会話（新刊紹介）【195105】
ウォレス・ステグナー氏夫妻を囲みて（座談会）【195105】
原民喜追悼【195106】
久保田万太郎氏に「演劇」を訊く（座談会）【195203】
番茶の後【195205】【195209】【195210】
扉の言葉【195209】
現在の欧米文化の様相（座談会）【195303】
驢馬の耳【195410】【195411】【195503】【195505】【195509】【195601】【195605】【195610】【195706】

岩佐東一郎（いわさとういちろう・茶煙亭）
春の手袋（詩）【193807】
赤いマント【193904】
新神話（詩）【193906】
本好きの巡査【193909】
ラジオよ（詩）【194201】
地図に聴く（愛国詩）【194210】
帰還（詩）【194305】
静かなる人（折口信夫追悼）【195311】
岩崎力（いわさきつとむ）
OUDOBULU（随筆）【1994 秋】
岩崎良三（いわさきりょうぞう）
四月の戯曲【193105】
五月の戯曲【193106】
六月の戯曲【193107】
七月の戯曲【193108】
西脇順三郎氏著「ヨーロッパ文学」【193307】
ジヨゼフ・ジユウベエル【193309】
ヒユウマニズム【193312】
春山行夫氏の『ジヨイス中心の文学運動』【193403】
聖トマスとオルダス・ハツクスレイ【193506】
猫の教訓（翻訳）（オルダス・ハックスレイ原作）【193603】
T・E・ロオレンスの『智慧の七つ柱』（全三回）【193604】【193605】【193607】
チヨン・コリア（現代英吉利作家論）【193709】
パパルの鵜（詩）（翻訳）（ヒュウ・マックデイアミッド原作）【193709】
特輯号を終えて【193709】
ノーマン・ダグラスの紀行文学（二十世紀イギリス文学批判）【193809】
戦後文学（一九二二・二三）（一九二四・二五）【193809】
ペトローニウス翻訳余談【194108】
われも亦アルカディアに【194807】
ユートピア断想（どん底・ユートピア）【194809】
牡蠣（原民喜追悼）【195106】
アメリカ小説史の一頁【195111】
ヘミングウエイとスタインベックの新作（新椋鳥通信―英・米）【195303】
驢馬の耳【195503】【195612】
三点鐘【195812】
岩下茂数（いわしたしげかず）
追憶（水上瀧太郎追悼）【194005 臨】
岩下南子（いわしたなんし）
新年の句（俳句）【193701】
岩田豊雄（いわたとよお・獅子文六）
三都の「聖ジヨン」（評論）【192606】
羅馬のピランデロ劇場【192608】
ギウ・コロンビエ座の舞台構成（研究）【192702】
時事二件【192704】
三田山上の秋月（随筆）【192709】【2000 春臨】
巴里劇壇時事【192802】
水のルアイユ（思ひ出の夏）【192808】
回顧一ケ年（アンケート回答）【192812】
宇野【193203】
驢馬の耳【195509】
三点鐘【196010】
※追悼文掲載号【197003】
岩垂和彦（いわたれかずひこ）
ヘイタイサンオゲンキデスカ【194402】
岩波剛（いわなみごう）
遠藤さんのドラマ（遠藤周作追悼）【1997 冬】
岩野泡鳴（いわのほうめい・㊍美衛）
鶴子【191101】
魔の夢（付録）【191104】
岩橋邦枝（いわはしくにえ）
笑顔（随筆）【1986 夏】
語感（随筆）【1993 冬】
ますらおぶりの魅力（エッセイ）【1999 夏】
私が選ぶ昭和の小説（アンケート回答）【2007 秋】
岩松研吉郎（いわまつけんきちろう）
私の中の古典（インタヴュアー）Ⅱ・Ⅳ・Ⅵ【197508】【197510】【197512】
戦後の文学を語る（インタヴュアー）（第一回）～（第七回）【197602】～【197606】【197608】【197609】
巻きかけの歌仙（「戦後の文学を語る」を終えて）【197610】
散歩について（人と貝殻）【1987 春】
私の推す恋愛小説、この一冊（アンケート回答）【1998 春】
キンモクセイ（随筆）【2002 秋】
迢空短歌――昭和二十年【2003 秋】
私が選ぶ昭和の小説（アンケート回答）【2007 秋】
いれこ仕掛と小説（書評）【2007 秋】
岩元巌（いわもといわお）
黒いユーモア派として――野坂昭如論（評論）【197510】
岩本修蔵（いわもとしゅうぞう）
海の中に（詩）【193807】
巌谷三一（いわやさんいち・槇一）
樋口一葉（戯曲）【193903】
荷風先生（追悼）【195906】
巌谷槇一（いわやしんいち）→巌谷三一
巌谷大四（いわやだいし）
三点鐘【196103】
私の推す恋愛小説、この一冊（アンケート回答）【1998 春】
巌谷たま（いわやたま）
十二時（小説）【191510】
印東太郎（いんどうたろう）
人間疎外（シンポジウム）【196102】
印内美和子（いんないみわこ）
ろばの耳【2007 春】
私が選ぶ昭和の小説（アンケート回答）【2007 秋】
あまっている（小説）【2007 秋】

う

植草甚一（うえくさじんいち）
三点鐘【195911】
上杉公明（うえすぎきみあき）
表紙（写真）【195403】
上田修（うえだおさむ）
N（詩）【193807】
上田保（うえだたもつ）
エッフェル塔上の蜃気楼（翻訳）（T・S・ELIOT 原作）【192908】
六号雑記【192908】
MA MUSE MON SURREALISME（詩）【192912】
セシル・ディ・ルイス論（現代英吉利作家論）【193709】
前衛芸術の基盤【194809】
近代文学の一面【194902】
近代詩にかんする若干の考察【195312】
驢馬の耳【195501】【195510】
上田都史（うえだとし）
風の中の俳句【193804】
上田敏雄（うえだとしお）
超現実芸術学派（詩）【192611】
六号雑記【192701】【192803】
後期芸術派（詩）【192703】
L'ART D'ARISTOCRATIE（詩）【192710】
詩・二篇【192712】
私の超現実主義（評論）【192904】
アペンデイス（評論）【192905】
憧憬（評論）【192907】
L'OPÉRA COMIQUE（詩）【193005】
超現実主義詩論（月評）【193006】
L'OPÉRA COMIQUE（詩）【193009】
主は働き給ふ【194811】
神について（Essay on Man）【194902】
It rains（詩）【195603】
告白（詩）【195706】
聖霊（詩）【195903】
上田敏（うえだびん・柳村・畔柳芥舟）
L'hiver qui vient（Jules Laforgue 原作）【191007】
天馳使【191008】
〔書信〕永井荷風宛（消息欄）【191112】
印象詩（戯曲）（Jules Laforgue 原作）【191201】
大事取（翻訳小説）（JOHN GALSWORTHY 原作）【191210】
秩序（翻訳小説）（John Galsworthy 原作）【191211】
きのふの花（詩）（レミ・ドゥ・グルモン原作）【191301】
小児十字軍（翻訳）（マルセル・シュヲブ原作）【191302】【191303】
クラシツク（翻訳）（André

鵜平）
〔推薦文〕山田多賀市作長篇『耕土』（広告欄）【194006】
身辺のこと二三【195311】
鯨尺の前進（広場）【195608】
三点鐘【195908】
『桜桃の記』前記（随筆）【196705】
今井邦子（いまいくにこ・山田邦子）
戦時の七夕祭（歌）【194308】
今井俊三（いまいしゅんぞう）
訪問着（創作）【194808】
愛物【194903】
今井正剛（いまいせいごう）
倉島竹二郎の素描（倉島竹二郎の横顔）【192901】
今井猛七（いまいたけしち）
故沢木四方吉君を偲ぶ（追悼）【193102】
今井達夫（いまいたつお）
ポプラ屋敷で或日のこと（戯曲）【192907】
末枯の合歓木の蔭（戯曲）【193001】
ホテルと口笛【193005】
新しき文学の方向（評論）【193007】
ペリコ音楽舞踊学校（小説）【193009】
秋風・蘆・船【193010】
佗しさの街（街上風景）【193011】
バラエテイ印象記（ヴアラエティ・スケッチ）【193012】
イシノ君の天幕喫茶店（小説）【193101】
斑羽虫と髪の毛（小品）【193106】
忘れられる村（小説）【193108】
十一月同人雑誌展望【193112】
幻覚のホテル（小説）【193112】
十二月同人雑誌展望【193201】
新年号同人雑誌展望【193202】
二月号同人雑誌展望【193203】
三月号同人雑誌展望【193204】
烏賊（小説）【193204】
青ぢやけつの踊子（小説）【193205】
五月号同人雑誌展望【193206】
六月号同人雑誌展望【193207】
七月号同人雑誌展望【193208】
八月号同人雑誌展望【193209】
十月号同人雑誌展望【193211】
同人雑誌論【193212】
影絵の人たち（小説）【193301】
六号雑記【193303】
中央公論・三田文学（今月の小説）【193311】
改造・文藝春秋・三田文学（今月の小説）【193312】【193401】
中央公論（今月の問題）【193402】
こまる紳士（小説）【193404】
絵の話（全三回）【193407】～【193409】
髪と骨（小説）【193410】
先きに送る気持（葛目彦一郎追悼）【193503】
二重世界（小説）【193505】
「月・水・金」を読む【193508】
空花（小説）【193510】
同人雑誌新人作品集を読む（アサヒグラフ所載）【193602】
思ひ出二三（南部修太郎追悼）【193608】
青い鳥を探す方法（長篇小説）（全五回）【193608】～【193612】
黄昏記（戯曲）【193706】
部分画（涼風コント）【193908】
最後の貝殻追放（水上瀧太郎追悼）【194005 臨】
結論のない感想【194010】
北国にて（小説）【194011】
夢三題【194104】
記憶について【194201】
年齢【194208】
移動演劇団と旅して【194307】
マント（掌中小品）【194402】
北国にて（小説）【194606】
六号記【194606】【194609】
朝爽（「北国にて」続篇）【194612・4701・02】
高橋・久保田・佐藤三先生祝賀会【194910】
雨（創作）【195005】
驢馬の耳【195603】
荷風断片（追悼）【195906】
三点鐘（創刊五十周年記念）【196005】
今井貞吉（いまいていきち）
たびびと（新人特輯）【195205】
今井久雄（いまいひさお）
眺海寺付近（長篇小説）（全八回）【192804】～【192807】【192809】～【192812】
水木京太作「嫉妬」上演評【192805】
回顧一ケ年（アンケート回答）【192812】
我が賀状（往復ハガキ回答）【192901】
雁（小説）【192904】
友達への手紙（絶筆）【193110】
※追悼文掲載号【193109】【193110】
今井真理（いまいまり）
〈無名のひとたち〉の声【1999 夏】
「悪」のむこうにあるもの――遠藤周作論【2001 秋】
それでも人間は信じられるか（遠藤周作論）【2006 冬】
悪の行われた場所――「海と毒薬」の光と翳【2006 秋】
解説（遠藤周作フランス留学時の家族との書簡）【2007 夏】
今泉孝太郎（いまいずみこうたろう）
ハウプトマンの生活【193908】
ドイツの学生生活と音楽【194008】
カントの逸話【194104】
出陣学生を送る【194401】
今泉与志次（いまいずみよしじ）
蟷螂（夏げしき）【191608】
消えゆく跫音（短歌）【191812】
今泉省彦（いまいずみよしひこ）
次は何か（特集・前衛芸術）【196711】
装画（カット）【195810】【195811】
今川英一（いまがわえいいち）
ジヨウヂと花簪（小説）【193102】
不幸（小説）【193111】
舟橋聖一小論【193201】
模様（小説）【193203】
わるいハナ子（小説）【193206】
悪徳への道（小説）【193207】
銀貨（小説）【193210】
少女（創作）（翻訳）（カスリイン・マンスフヰルド原作）【193301】
六号雑記【193303】
いつはり（小説）【193305】
傾斜（小説）【193306】
月蝕（小説）【193309】
零（小説）【193402】
新潮・行動【193403】
新潮（今月の小説）【193405】
さなぎ（小説）【193407】
中央公論・新潮・早稲田文学【193408】
文藝春秋・新潮（今月の小説）【193409】
狐（小説）【193410】
失はれし顔（小説）（遺稿）【193412】
〔詩〕壺・吹雪の中に・郷愁（太田咲太郎「詩を書く今川英一」文中）【193412】
※追悼特集「今川英一君の追憶」【193412】
今川加代子（いまがわかよこ）
君に捧ぐ（今川英一追悼）【193412】
今田久（いまだひさし）
風土記（詩）【194103】
今宮新（いまみやしん）
旧上海の思ひ出【194208】
大家族の話【194308】
井本元義（いもともとよし）
病む土群（小説）【196905】
贄の芽【197203】
入江隆則（いりえたかのり）
文芸批評家の在り方（対談）【197103】
批評における戦後（座談会）【197204】
吉田健一の自由（評論）【1987 夏】
私の推す恋愛小説、この一冊（アンケート回答）【1998 春】
私が選ぶ昭和の小説（アンケート回答）【2007 秋】
入江雅巳（いりえまさみ）
四日市（小説）【1996 夏】
入江曜子（いりえようこ）
海の影（小説）【1990 夏】
西風の影（創作）【1994 秋】
入沢準二（いりさわじゅんじ）
海軍の兵たいさんへ【194402】
入交俊輔（いりまじりしゅんすけ）
ヘイタイサンオゲンキデスカ【194402】
岩井苑子（いわいそのこ）
アリスの帰国（小説）【194908】
岩上順一（いわかみじゅんいち・㊍野村）
太宰治の一面【194102】
葉書回答【194201】

評）【193107】
一九三四年になつても【193312】
作家の生理の問題【193504】
文学の将来（これからの文学的傾向はどう変るか）【193804】
伊藤周子（いとうちかこ）
歩道（詩篇）【196109】
伊藤忠三（いとうちゅうぞう）
龍之介について（新人特輯）【195004】
カット【195401】【195403】【195405】
伊東英子（いとうひでこ・英〈えい〉）
痛めるこゝろ（小説）【191902】
最初の憂鬱（小説）【191910】
伊藤秀文（いとうひでふみ）
秋冬雑詠（短歌）【195312】
伊藤博之（いとうひろゆき）
宴席の阿部さん（水上瀧太郎追悼）【194005 臨】
伊藤正徳（いとうまさのり）
記者今昔物語【193308】
新聞記者は何処へ行く【193309】
記者の最後の日【193310】
新聞記者の最後の日【193311】
主力艦の爆沈（水上瀧太郎追悼）【194005 臨】
伊藤行雄（いとうゆきお）
自己否定の論理――ホーフマンスタール論（評論）【197408】
事物への帰還――ヴォルプスヴェーデのリルケ（紀行）【197602】
隅田川（詩）【1986 秋】
実存への郷愁の詩人（評論）【1989 冬】
京葉線新浦安風景スケッチ（詩）【1990 秋】
伊藤佳介（いとうよしすけ）
小さな庭（小説）【194107】
旅路（小説）【194201】
伊藤珍太郎（いとうよしたろう）
風吹く日（詩）【193701】
墨をする母（詩）【193704】
伊藤廉（いとうれん）
古典的精神（速水御舟試論）【194311】
稲井勲（いないいさお）
写真【2003 冬】～【2004 冬】【2004 夏】【2004 秋】【2005 春】【2005 夏】【2006 春】【2007 春】【2008 春】【2008 夏】
稲垣足穂（いながきたるほ）
驢馬の耳【195705】
西山金蔵寺（随筆）【196702】
『わが思索のあと』 第三回【197307】
稲垣真美（いながきまさみ）
いのちの饗宴（小説）【197209】
稲川方人（いながわまさと）
年老いた先生の傘の下でぼくは肝をひやしながら指さした（詩）【1987 春】
稲田勤（いなだつとむ）
阿部さん（水上瀧太郎追悼）【194005 臨】
稲葉真弓（いなばまゆみ）
猫捜し（随筆）【2000 秋】
乾直恵（いぬいなおえ）
食指（小説）【193603】
張禹烈（小説）【193701】
青梅少年（詩）【193807】
葡萄の種子（詩）【194209】
井野利也（いのとしや）
青い旅情（詩）【196709】
井上摂（いのうえせつ）
金色の眼（小説）【1985 夏】
天使の生贄（小説）【1987 夏】
消滅境への船出（人と貝殻）【1988 冬】
流動體結晶――勅使川原三郎の舞踊（評論）【1988 秋】
リアル・ゴシック・パフォーマンス（小説）【1990 夏】
「冗談」ではない一切の物語の不在（本の四季）【1992 秋】
聖なる言語＝無垢なる身体の翻訳者たち（演劇の四季）【1993 春】
井上隆史（いのうえたかし）
四つの真実（書評）【2004 冬】
孤独のかなたへ（書評）【2005 冬】
井上輝夫（いのうえてるお・I）
南伊豆の海（詩）【196610】
夕映えの富士を見る野にて【196705】
朝影／戦争／カトマンズの少年が見た夢（詩）【197404】
聖シメオンの木菟――シリア紀行（紀行）Ⅰ～Ⅲ【197405】～【197407】
飯島耕一『ゴヤのファースト・ネームは』（詩集評）【197408】
鳥達とわがヘジラ（詩）【197410】
私の中の古典（インタヴュアー）Ⅰ・Ⅲ・Ⅴ【197507】【197509】【197511】
現代詩をめぐって（シンポジウム）【197602】
夢をめぐって（人と貝殻）【1985 夏】
メビウスの階段（小説）【1988 春】
歴史を生きる詩（評論）【1989 秋】
さようなら、岡田（岡田隆彦追悼）【1997 春】
或るアメリカの夜（随筆）【2002 冬】
詩と「ある」ことと（評論）【2004 夏】
詩と真実をたどるさわやかな旅（書評）【2005 冬】
私が選ぶ昭和の小説（アンケート回答）【2007 秋】
編集後記【196108】【196110】【196112】
井上友一郎（いのうえともいちろう）
「三田文学」読後感【193411】
男爵夫人（小説）【193412】
他山の二書【193707】
血の分配（小説）【193711】
水と魚のこと（従軍記）【193908】
気の毒な小説家【194004】
〔推薦文〕新田潤『夢みる人』（広告欄）【194006】
批評にも素材派あり（文芸時事問題）【194009】
ハルピン【194108】
葉書回答【194201】
大陸で逢った人【194208】
利休余談【194301】
井上雅靖（いのうえまさやす）
厄祓い六吟歌仙・窓若葉の巻（俳句）【2000 秋】
井上光晴（いのうえみつはる）
二十億の民が飢えている今文学は何ができるか【196805】
私の文学を語る（インタビュー）【196902】
現代文学のフロンティア（No. 2）【197408】
井上靖（いのうえやすし）
金沢の室生犀星（随筆）【196701】
〔推薦文〕推薦の言葉（毎日新聞社編『日本高僧遺墨　全三巻』広告欄）【197006】
月光しるき夜（随筆）【1988 春】
井上好夫（いのうえよしお）
ヴェレー・一日の終り（詩）【196001】
井上義夫（いのうえよしお）
死者の扶け（本を開く）【1995 夏】
猪熊弦一郎（いのくまげんいちろう）
或るポーズ（扉絵）【193706】
表紙（絵）【195002】～【195004】
猪原大華（いのはらたいか）
〔図版〕百合（日本美術社刊「日本美術」広告欄）【196810】
伊波普猷（いはふゆう）
琉球古代の裸舞【192608】
伊原宇三郎（いはらうさぶろう）
昌平館時代の折口先生（折口信夫追悼）【195311】
飾画（カット）【195311】
井原糺（いはらただす）
社会時評【193208】
論壇時評【193209】
時事散見【193603】
井伏鱒二（いぶせますじ・㊍満寿二）
鯉（小説）【192802】【2000 春臨】
たま虫を見る（小説）【192805】
遅い訪問（小説）【192807】
旅行案内【192808】
粗吟断章（詩）【192811】
回顧一ケ年（アンケート回答）【192812】
失礼な挿話（蔵原伸二郎の横顔）【192902】
私の保証人（随筆）【192910】
ハワイ行き（随筆）【193001】
講演・音楽・演劇【193003】
鯛網（小品）【193004】
隣人の作品【193008】
隣人【193206】
山川・草木【193408】
浦島太郎【193505】
早春感傷記【193603】
痛恨痛惜事（水上瀧太郎追悼）【194005 臨】
回想（馬場孤蝶追悼）【194009】
四月十五日記【195006】
三点鐘【195911】
昭和初期の作家たち（対談）【1985 春】
井部文三（いべぶんぞう）
タゴオル哲学とその背景（評論）【191606】
伊馬鵜平（いまうへい）→伊馬春部
伊馬春部（いまはるべ・㊍高崎英雄・

【194005 臨】
泉秀樹（いずみひでき）
旧友（小説）【196810】
誅殺（小説）【196909】
盗まれた子（小説）【197002】
或る冬の朝（小説）【197008】
釘の謎（小説）【197201】
反対側から朝がくる（小説）【197208】
天門開闔（小説）【197404】
おねえちゃん（創作）【197501】
『暗夜行路』は長編エッセイか？（エッセイ）【1999 夏】
磯貝景美江（いそがいけみえ）
ろばの耳【2007 秋】
磯田光一（いそだこういち）
精神性とは何か【196702】
思想と表現の間【196705】
文学の自立性を排す（評論）【196710】
批評における戦後（座談会）【197204】
自殺の政治学（評論・いま文士はいかに死すべきか）【197209】
昭和十年代作家と〝体験〟（北原武夫追悼）【197312】
磯部洋一郎（いそべよういちろう）
熱帯（詩）【1986 春】
空の扉の向こうから――（田久保英夫追悼）【2001 夏】
ろばの耳【2007 冬】
磯見辰典（いそみたつのり）
カトリック詩人会と澤村光博のこと（随筆）【2001 秋】
井田絃声（いだげんせい）
盲目（戯曲）【191008】
最後の小町【191105】
祇園の一夜（小品）【191207】
井田真木子（いだまきこ）
わたしの読字日記（読書日記）【1998 冬】
井田三夫（いだみつお）
詩における〝ユーモア〟の復権――内藤丈草論（評論）【197404】
板垣直子（いたがきなおこ）
党派性と社会性その他【193504】
市川明（いちかわあきら）
新生ドイツの文学状況（座談会）【1992 春】
市川猿之助（いちかわえんのすけ・二代目・㊍喜熨斗政泰）
京鹿の子（詩）【191201】
市川左団次（いちかわさだんじ・二代目・㊍高橋栄次郎）
親友小山内君（小山内薫追悼）【192903】
市川正雄（いちかわまさお）
欠伸（戯曲）【193503】
文学修業（戯曲）【193505】
北越夜話（戯曲）【193510】
殴られる野口（戯曲）【193603】
信長と濃姫（戯曲）【193608】
現代娘気質（戯曲）【193611】
蝮の権九郎（戯曲）【193701】
台湾八十五番街（戯曲）【193706】
ひっつれた顔（戯曲）【193806】
新しい道（戯曲）【193901】
たつた一つのお手紙（水上瀧太郎追悼）【194005 臨】
一条正（いちじょうただし）
佐藤春夫の作家的生涯【193609】
小頭の家系（小説）【193704】
病獣（小説）【193910】
一条迷洋（いちじょうめいよう）
自然主義は復活するか【193404】
一ノ瀬恒夫（いちのせつねお）
鉄中の詩人レルシユ【194109】
一瀬直行（いちのせなおゆき・㊍沢龍・一ノ瀬）
女の誤算（小説）【194007】
三度目の八日【194203】
健康（小説）【194204】
一戸務（いちのへつとむ）
墓地へ行く道（小説）【193207】
書物の話【193312】
続書物の話【193401】
名医【193511】
渡辺青洲（小説）【193604】
明窓襍記【193708】【193712】
支那の詩【193901】
市原千佳子（いちはらちかこ）
ある序曲（詩）【1993 夏】
一色次郎（いっしきじろう）
「三田文学」と私（随想）【197610】
壱丁原研（いっちょうばらけん・彦山光三？）
春場所大相撲【193502】
大相撲五月場所【193505】
夏場所相撲検討【193507】
井筒俊彦（いづつとしひこ）
クローデルの詩的存在論（二十世紀の詩と詩人）【195308】
三田時代――サルトル哲学との出合い（随筆）【1985 秋】【2000 春臨】
思想と芸術（対談）【1988 秋】
語学開眼（エッセイ）（再録）【2009 冬】
武者修行（エッセイ）（再録）【2009 冬】
師と朋友（エッセイ）（再録）【2009 冬】
※追悼文掲載号【1993 春】
逸名氏（いつめいし）
葉書回答【194201】
井手賁夫（いであやお）
幼き日（翻訳）（ヘルマン・ヘッセ原作）【193908】
思ひ出（創作）（翻訳）（パウル・エルンスト原作）【194002】
文芸批評の主観と客観（翻訳）（レオンハルト・ベリガア原作）【194003】
ドイツ青年へ送る言葉（翻訳）（ヘルマン・ヘッセ原作）【194008】
戸川先生のこと【194008】
詩人と国家（翻訳）（フリッツ・シュトゥリヒ原作）（一～三）【194010】【194012】【194101】
文学と文明（翻訳）（フリッツ・シュトゥリヒ原作）（一～三）【194102】【194103】【194106】
宗教と自然科学（翻訳）（マックス・プランク原作）（1～5）【194212】～【194304】
井出孫六（いでまごろく）
私が選ぶ昭和の小説（アンケート回答）【2007 秋】
井出正男（いでまさお）
淋しき憐み（創作）（翻訳）（ヂャン・ジオノ原作）【193411】
アンタレス（翻訳長篇小説）（共訳）（マルセル・アルラン原作）（一～五）【193501】～【193505】
二人ジエルバジー（翻訳小説）（ベルナール・ナボンヌ原作）【193802】
伊藤明恭（いとうあきやす）
素浄瑠璃「憑りくる魂」上演をめぐって【2007 夏】
伊藤氏貴（いとううじたか）
新　同人雑誌評（対談）【2009 春】～【2010 春】
伊東英　（いとうえい）→伊東英子（いとうひでこ）
伊藤鷗二（いとうおうじ・㊍秀次）
冬五句（俳句）【193801】
詠草（夏の句）【193808】
昭和十三年俳壇回顧【193812】
新春五句（春の句）【193901】
俳壇時評【193906】
伊藤勝彦（いとうかつひこ）
三島由紀夫論【195602】
伊藤熹朔（いとうきさく）
三田劇談会（座談会）【194109】【194208】
伊藤桂一（いとうけいいち）
庄司総一創作集「残酷な季節」出版記念会の記【195401】
形／影【195502】
日々好日【195604】
伊藤源（いとうげん）
小河内村（短歌）【194309】
伊藤進一（いとうしんいち）
林芙美子論【193201】
改造・三田文学（今月の小説）【193402】
中央公論・文藝春秋・三田文学【193403】
中央公論・文芸・三田文学【193404】
改造・行動・経済往来（今月の小説）【193405】
中央公論・文芸・三田文学（今月の小説）【193406】
中央公論・改造・三田文学（今月の小説）【193407】
改造・文芸・行動【193408】
中央公論・三田文学（今月の小説）【193409】
「中央公論」から（今月の雑誌から）【193411】
三段跳（今川英一追悼）【193412】
伊藤信吉（いとうしんきち）
驢馬の耳【195510】
奇妙な学校生活（随筆）【196612】
伊藤信也（いとうしんや）
2004 三田文学スペシャルイベント・学生感想文から【2005 冬】
伊藤整（いとうせい・㊍整〈ひとし〉）
コクトオに摂取される芸術【193011】
小説に於ける興味の問題（文芸時

明月珠（小説）【194603】【2000春臨】
〔推薦文〕丸谷才一著『エホバの顔を避けて』（広告欄）【196012】
石川譲治（いしかわじょうじ）→石河穣治
石河穣治（いしかわじょうじ・㊍石川譲治）
パレステン（戯曲）【193009】
シオニスト（小説）【193611】
ぬらりともんぺ【193612】
雪華（小説）【193811】
新劇協同公演雑感【193902】
蜂窩房（小説）【193911】
続蜂窩房（小説）【193912】
三十歳の弁【194002】
劇界通風筒【194004】
水上先生と番傘（水上瀧太郎追悼）【194005臨】
望嶽荘（戯曲）【194009】
新ユーカラ（小説）【194011】
石川忠雄（いしかわただお）
つれづれなるままに（随筆）【1993冬】
※追悼文掲載号【2008冬】
石川達三（いしかわたつぞう）
「人生画帖」のモデル（自著に題す）【194008】
〔推薦文〕井上友一郎著『胸の中の歌』（広告欄）【194012】
石川利光（いしかわとしみつ）
残夢について【194006】
石黒露雄（いしぐろつゆお）
果物漫筆【193312】
石子順造（いしこじゅんぞう）
芸術と犯罪（評論）【196709】
石坂洋次郎（いしざかようじろう）
海をみに行く（小説）【192702】【2000春臨】
炉辺夜話（小説）【192707】
六号雑記【192803】【193308】
地獄の豆太鼓（春のスケッチ）【192804】
キャンベル夫人訪問記（小説）【192805】
ある手記（小説）【192809】
葛西善蔵氏のこと（追悼）【192809】
回顧一ケ年（アンケート回答）【192812】
雑草園【192901】
我が賀状（往復ハガキ回答）【192901】
彼等の半日（小説）【193010】
若い人（長篇小説）（十二回）【193305】【193306】【193310】〜【193402】【193405】〜【193409】
若い人・後篇（五回）【193503】〜【193505】【193508】【193509】
若い人・続篇（十一回）【193612】【193701】【193703】〜【193708】【193710】〜【193712】
室内（戯曲）【193307】
なかやすみ【193403】
「若い人」休載について【193411】
わが文学論【193506】
「垣」の外から【193601】
南部さんのこと（南部修太郎追悼）【193608】
若い人（戯曲）（原作）（八住利雄脚色）【193801】
湖畔の悲劇【193808】
三田劇談会（座談会）【193810】
生活と作品【193901】
フアン・レター【193908】
水上さんのこと（水上瀧太郎追悼）【194005臨】
医者のゐる村【194008】
美しい暦（自著に題す）【194009】
〔推薦文〕庄司総一著『陳夫人』（広告欄）【194107】
早婚座談会【194108】
酒席の感想【194308】
湖水【194406・07】
女生徒と教師の恋愛について【194805】
授賞作品を選定して（水上瀧太郎賞）【194902】
驢馬の耳【195507】【195512】
Open the window!（三田文学五十年）【195807】
三点鐘【195904・05】
私のひとり言（全三十一回）【196608】〜【196902】
和木清三郎君を偲ぶ（追悼）【197007】
老人の回想（新春随想）【197501】
私はボケている（随想）【197601】
石崎晴央（いしざきはるなか）
象徴【195506】
複数の恋【195508】
真珠【195810】
石澤富子（いしざわとみこ）
木蓮沼（戯曲）【197411】
石田新太郎（いしだしんたろう）
※追悼特集「石田新太郎氏追悼録」【192703】
石田波郷（いしだはきょう・㊍哲夫）
主婦菜園（俳句）【194207】
石平淳之介（いしだいらじゅんのすけ）
オンライン時評【2006秋】
石塚茂子（いしづかしげこ・㊍茂）
毀れた門【195608】
石塚友二（いしづかともじ）
兄弟（小説）【193502】
小僧本作り【193508】
帰省（俳句）【194108】
夏霧（俳句）【194109】
春へ（俳句）【194203】
晩夏（俳句）【194209】
春寒（俳句）【194403】
母子【194410・11】
石塚浩之（いしづかひろゆき）
境界線上の言葉（本の四季）【1992春】
土龍と夏（創作）【1992夏】
虚構による現実侵犯（本の四季）【1992秋】
万華鏡分解（第一回三田文学新人賞当選作）【1994春】
受賞のことば【1994春】
UV（小説）【1996冬】
桃太郎（短編小説）【1998春】
足止橋（小説）【1999夏】
三つの短篇（小説）【2000夏】
泣く子と行基（小説）【2001春】
フェンスの向こう（小説）【2001夏】
コネクタ（小説）【2002冬】
ストロボ（創作）【2003冬】
石野径一郎（いしのけいいちろう・㊍朝和）
独白の図（小説）【193907】
両国界隈（小説）【194006】
石橋貞吉（いしばしていきち）→山本健吉（やまもとけんきち）
石橋孫一郎（いしばしまごいちろう）
ジヨイスについて語る手紙（翻訳）（ハーバート・リード原作）【193211】
ローレンスに関する新刊書【193302】
新人リュイスとオーデンが出るまで【193305】
ハクスレイの文化批評について【193804】
ロレンスと植物【194010】
石橋義雄（いしばしよしお）
愛のかたち（小説）【194305】
石浜金作（いしはまきんさく）
ホテルと女優（小説）【192701】
石原慎太郎（いしはらしんたろう）
驢馬の耳【195606】
シンポジウム「発言」――刺し殺せ！【195910】
シンポジウム「発言」――討論【195911】
私の文学を語る（インタビュー）【196807】
私の推す恋愛小説、この一冊（アンケート回答）【1998春】
石原八束（いしはらやつか）
戸板康二の俳句（戸板康二追悼）【1993春】
石丸重治（いしまるしげはる）
先生と野球部（水上瀧太郎追悼）【194005臨】
北満蝶類覚書【194306】
※追悼文掲載号【196903】
伊集院清三（いじゅういんせいぞう）
終戦後の楽壇を顧みて（音楽時評）【194612・4701・02】
石渡恵（いしわたりめぐみ）
2004三田文学スペシャルイベント・学生感想文から【2005冬】
出浦須磨子（いずうらすまこ）
在りし日の南部先生をしのぶ（南部修太郎追悼）【193609】
処女の手紙（小説）【193806】
泉鏡花（いずみきょうか・㊍鏡太郎・畠芋之助）
三味線堀（小説）【191010】
朱日記【191101】【2000春臨】
夕顔（小説）【191505】
袙奇譚（小説）【191605】【191606】
報条二枚【192605】
九九九会小記【192808】
和泉新太郎（いずみしんたろう）
階段（小説）【192809】
泉すゞ（いずみすず）
ヤダさん（水上瀧太郎追悼）

水上瀧太郎の文芸観【194010】
古典とその鑑賞（文芸行路）【194203】
人形芝居入門（文芸行路）【194204】
感恩【194308】
なげきうた（折口信夫追悼）【195311】
三点鐘【196012】
池井昌樹（いけいまさき）
嘔吐／他（詩）【197504】
門構えへでる帰路（詩）【197608】
ともだち（詩）【1993 夏】
池内紀（いけうちおさむ）
寒の地獄行（随筆）【1987 夏】
胃袋の文学（対談）【2004 夏】
池内友次郎（いけうちともじろう）
初詣（春の句）【193901】
洒落者（新春の句）【194001】
黒髪（俳句）【194308】
池上忠弘（いけがみただひろ）
ヨーロッパの東と西——東地中海の旅——（評論）【197311】
池上稔（いけがみみのる）
学生・アルバイト・ディーンスト（時事月評）【193809】
戦時社会から（時事月評）【193810】
時事月評（一九三八年回顧）【193812】
西南部日本の港（時事月評）【193901】
革新と現状維持（時事月評）【193904】
経済学に就て【193906】
闇相場の倫理【193907】
池澤夏樹（いけざわなつき）
塩の道（詩）【197406】
いかに蔵書を退治するか（随想）【1988 夏】
池田亀鑑（いけだきかん）
折口先生をしのぶ（折口信夫追悼）【195311】
池田得太郎（いけだとくたろう）
羊の島（創作）【196009】
池田眞朗（いけだまさお）
パリ再訪 1992—1993（短歌）【1995 夏】
三田通り界隈（随筆）【2003 春】
遠藤周作という人（随筆）【2004 冬】
本歌取り（随筆）【2006 夏】
神田佐久間町界隈（随筆）【2007 春】
池田みち→池田みち子
池田みち子（いけだみちこ・池田みち）
女優（小説）【193710】
麗漠の悪魔（小説）【193804】
晩春（小説）【193810】
漢口へ続く揚子江【193901】【193902】
捕虜二景（涼風コント）【193908】
ある夫婦（小説）【194001】
鏡（小説）【194004】
上海（小説）【194005】
上海の裏街【194010】【194012】
上海にて（小説）【194011】
上海の片隅【194105】
上海二世（小説）【194111】
上海風景【194201】
加枝（小説）【194205】
若い日本人たち【194208】
一ドルの話（小説）【194305】
戦時日本女性美【194402】
邦人商社（小説）【194403】
六号記【194609】【194709】
眼に青葉（小説）【194610・11】
腐肉（創作）【194802・03】
貞操の移動（戦後の女性）【194807】
夢について（Essay on Man）【194901】
継母というもの【195004】
番茶の後【195210】
現代恋愛論（座談会）【195310】
驢馬の耳【195507】
三田文学は私の青春だった（随想）【197610】
池田弥三郎（いけだやさぶろう・誰蓑・宇治紫仲）
源氏物語研究（座談会）【195109】【195110】
三田の山の先生（折口信夫追悼）【195311】
英訳俳句草稿・後記【195312】
驢馬の耳【195502】
戸板康二「歌舞伎十八番」（書評）【195509】
山本健吉氏の祝賀会（広場）【195604】
折口先生の受賞【195704】
三点鐘【196002】【196005】
言語のフォークロア（論文）【196701】
石丸さんのこと二三（石丸重治追悼）【196903】
憑りくる魂（義太夫台本）【2007 夏】
池田能雄（いけだよしお）
菊（小説）【193407】
さいころ（小説）【193502】
野獣（小説）【193507】
からたち（小説）【193511】
悪夢（小説）【193605】
室内楽（小説）【193707】
池月鯨太郎（いけづきげいたろう）→有竹修二（ありたけしゅうじ）
池波正太郎（いけなみしょうたろう）
ヴィル・タヴレーの秋（随筆）【1990 冬】
井坂洋子（いさかようこ）
ひとり竜巻（詩）【1989 冬】
三月も終わる／その間おまえはどこにいたの？／彼女の時間軸（詩）【2005 春】
石和鷹（いさわたか）
果つる日（小説）【1985 秋】
鎮墓獣の話（小説）【1987 冬】
蓮の虹海岸（小説）【1988 夏】
角の帽子屋（小説）【1989 秋】
井沢淳（いざわじゅん）
劇評への疑問【197007】
伊志井寛（いしいかん・㊍石井清一）
三田劇談会（座談会）【193809】【193911】
追慕（水上瀧太郎追悼）【194005 臨】
石井公一郎（いしいこういちろう）
宇野信夫さんを偲ぶ（宇野信夫追悼）【1992 冬】
伊志井生（いしいせい）
南葵文庫音楽会（感想）【191906】
石井忠修（いしいただなが）
故沢木君幼時の追憶（追悼）【193101】
石井柏亭（いしいはくてい・㊍満吉）
旅カーパ（紀行）【191204】【191205】
ヂエノワよりウエネチア（紀行）【191207】
仏京一個月（紀行）【191210】
新憲法公布のころ【194612・4701・02】
石井誠（いしいまこと）
われは歩む（詩）【191705】
音楽に於ける自然（評論）【191805】【191806】【191808】
哀愁（短詩）【191809】
「月光とピエロ」を読む（批評）【191902】
町の春（散文詩）（翻訳）（ダンセニイ卿原作）【192003】
ステフアヌ・マラルメ（評論）（翻訳）（フランシス・グリアスン原作）【192005】
コオンウオルのスケッチ（小品）（翻訳）（アアサ・シマンズ原作）【192008】
詩集「香炎華」（批評）【192008】
菊池寛氏に就いて【192109】
マアヂネリア（評論・批評）【192201】【192202】
小い詩に就て（評論）【192206】
言葉（評論）【192209】
滅びざるもの（評論）【192302】
ブラウニングの生涯（論文・研究）（全五回）【192604】【192607】〜【192609】【192612】
ロマンス再誕（論文）【192705】
キイツについて（随筆）【192711】
ゴルズウァアジイの近作【193004】
あの頃の「三田文学」【193005】
学問の擁護者（沢木四方吉追悼）【193101】
ハツクスレ雑感【193301】
南部修太郎君（追悼）【193608】
最近の思出（水上瀧太郎追悼）【194005 臨】
石井桃子（いしいももこ）
三点鐘【195909】
石氏謙介（いしうじけんすけ・石氏ケンスケ）
青い耳飾り（創作）【196610】
潤一の死（創作）【196701】
地震（小説）【197104】
送別の夏（小説）【2000 冬】
ろばの耳【2004 春】
石川逸郎（いしかわいつろう）
ろばの耳【2008 夏】【2009 春】
石川数雄（いしかわかずお）
「父の乳」の獅子さん（岩田豊雄追悼）【197003】
石川淳（いしかわじゅん）
百間随筆に就いて【193612】

一月の小説と戯曲（批評）【191202】
二月の小説と戯曲（批評）【191203】
四月の小説と戯曲（批評）【191205】
五月の小説と戯曲（批評）【191206】
六月の小説と戯曲（批評）【191207】
七月の小説と戯曲（批評）【191208】
八月の小説と戯曲（批評）【191209】
九月の小説と戯曲（批評）【191210】
十月の小説と戯曲（批評）【191211】
十一月の小説と戯曲（批評）【191212】
松本泰氏の作品（批評）【191301】
新刊批評　【191301】～【191406】【191408】【191410】～【191506】【191508】【191509】【191511】～【191602】【191604】【191605】【191607】【191701】【191707】
冬の夜（随想）【191302】
伯林の友へ（随想）【191303】
暮れがたの河岸【191304】
Soliloquy（随想）【191306】
教授（小品）【191310】
文人合評　【191509】～【191511】
故上田敏先生追悼録（追悼）【191609】
開かれざる抽出し（小説）【191710】
奇しきひと夜（小説）（翻訳）（モオパッサン原作）【191801】
先生の死と其の前後（プレイフエヤア追悼）【191802】
レオン・ブロア（評伝）【191805】
六号余録【191901】
晩春の創作界（批評）【192006】
初夏の小説（批評）【192007】
※追悼文掲載号【192605】
井川生（いかわせい）→井川滋
生井順造（いくいじゅんぞう）
回転木馬（創作）【197606】
生田葵（いくたあおい・㊍盈五郎・葵山）
父【191107】
〔書信〕（通信欄）【191407】
埋没（小説）【191602】
こぼれし種の一粒（感想）【191704】
生田春月（いくたしゅんげつ・㊍清平）
蟋蟀の歌（詩）【191112】
生田長江（いくたちょうこう・㊍弘治）
藤村氏の小説【191106】
カルメン（翻訳）【191310】
井口樹生（いぐちたつお）
折口信夫論　折口信夫・歌評以前【197011】
愛——師弟と友人と（随筆）【1989夏】
池田彌三郎先生十年祭【1992秋】
昭和三十六年のこと（遠藤周作追悼）【1997冬】
私の推す恋愛小説、この一冊（アンケート回答）【1998春】
『比叡六弦』について（学生小説解説）【2000春】
井口時男（いぐちときお）
「批評について」（座談会）【1992秋】
切実なテーマ小説（本の四季）【1993夏】
割れ・壊れ・痛み（書評）【1997春】
私の推す恋愛小説、この一冊（アンケート回答）【1998春】
批評の責任（座談会）【2001冬】
昭和文学（戦後～昭和末年）ベストテン［小説篇］（座談会）【2007秋】
井口紀夫（いぐちのりお）
噫高原（詩）【195901】
井汲清治（いくみきよはる・谷村唯介・沼部東作）
遠雷（夏げしき）【191608】
「自己崇拝」の超越（感想）【191612】
芸術の内容と形式（評論）【191701】
断想雑記（随想）【191703】
故郷に帰りて（感想）【191705】
伝統主義に到るまで（評論）【191706】
伝統主義の意義（評論）【191707】
ギクトル・ユゴオとその恋人（評論）【191708】
芥川龍之介作『偸盗』（批評）【191708】
文芸批評の義務（評論）【191709】
久保田万太郎作『末枯』（批評）【191709】
姉に送った手紙（小説）【191710】
革命と伝統（批評）【191712】
『異象』創刊号の舟木重信著『狂兄弟』（雑録）【191712】
ソリダリテの思想（評論）【191801】
先生の面影（プレイフエヤア追悼）【191802】
〔弔辞〕故アルフレド・ウイリアム・プレイフエヤア告別式弔辞（消息欄）【191802】
十六世紀仏蘭西文芸思潮（評論）【191805】
文学の世界性と人間性（評論）【191903】
文学の作品と実際の生活（評論）【191906】
矢野峰人氏の詩集『黙禱』を読む（批評）【191907】
出隆君訳「デカルト方法省察原理」を読みて【191910】
姿の関守（月評）【191912】
文芸批評側面観（評論）【192005】
クラシイクとは何ぞや（翻訳）（サント・ブウブ原作）【192006】
プロムナアド（批評）【192007】【192008】【192010】～【192012】【192103】【192105】～【192108】【192110】【192111】【192202】【192204】～【192206】【192208】【192210】～【192302】【192402】～【192404】【192406】～【192408】【192410】～【192501】【192606】【192607】【192610】【192611】【192702】～【192704】
「ルネ」に関する考察（評論）【192101】【192102】
詩人ポオル・クロオデル（評論）【192112】
最近仏蘭西文学に関する考察【192203】
プロレタリア文芸の考察（評論）【192301】
教養としての文芸（評論）【192401】
コルネーユの「ル・シッド」に就いて（論文）【192604】【192605】
新椋鳥通信（随筆）【192608】【192701】
好きな挿絵画家と装幀者（アンケート回答）【192801】
現代の代表的文芸家（出題及回答）【192802】
上演「すみだ川」合評【192803】
熱（アンケート回答）【192803】
水木京太作「嫉妬」上演評【192805】
第三種旅行【192808】
文芸案内【193202】【193203】【193212】【193301】【193412】【193501】【193810】【193812】
下手でも間に合ふスキイ術の実際【193501】
雪の山旅【193502】
通俗小説と純粋小説（純粋小説論批判）【193505】
その時の写真【193507】
最もふさはしき作家（第一回三田文学賞）【193601】
石坂洋次郎素描（作品と印象）【193601】
故南部修太郎を思ふ（追悼）【193608】
一員としての意見（昭和十一年度三田文学賞）【193701】
批評精神と創作の意義【193703】
サロンとキァフエから輿論が生れる話【193708】
フローベールの方法【193802】
ペトラルカ山岳に登攀すること【193808】
三田劇談会（座談会）【193812】
草を焼く【193908】
執金剛開扉【194001】
石河君と横山君（第四回「三田文学賞」銓衡感想文）【194002】
水上瀧太郎の足跡をたどる（追悼）【194005臨】
仏蘭西の敗北と仏蘭西人の性格【194008】
水上瀧太郎年譜（その一～その五）【194009】～【194011】【194102】【194103】

論） 【2010冬】
安西均（あんざいひとし）
天の網島（詩） 【195412】
旅のはなし（詩篇） 【196105】
安西冬衛（あんざいふゆえ・㊍勝）
靴と劇場（詩） 【193807】
バルカン（詩） 【194005】
安藤一郎（あんどういちろう）
C・D・ルイスの恋愛小説 【193709】
川端康成論 【193710】
詩一篇（翻訳）（W・H・オーデン原作） 【193807】
阿部知二論 【193809】
流れ（詩） 【194006】
プロペラーの歌（愛国詩） 【194210】
われ良き詩書かん 【194310】
安藤京子（あんどうきょうこ・K・A）
表紙画について 【2008春】〜【2010春】
ろばの耳 【2007夏】
桜と雀——江藤淳前三田文学会理事長のこと（わたしの独り言） 【2008冬】
姿なき伴走者（書評） 【2008春】
語らいが奏でる音色の輝き（書評） 【2009秋】
安東伸介（あんどうしんすけ）
近代批評の出発 【195609】
驢馬の耳 【195611】
阿部慎蔵君の絵（随筆）【1989冬】
或る夜の西脇先生（随筆） 【1994冬】
安堂信也（あんどうしんや・㊍安藤信敏）
Professeur Taranne（翻訳）（アルチュール・アダモフ原作） 【195811】
勝負の終り（戯曲）（翻訳）（サミュエル・ベケット原作） 【196202・03】
安東次男（あんどうつぐお）
バラード（詩）（翻訳）（シャルル・ドルレアン原作） 【195305】
驢馬の耳 【195602】
私の中の古典・Ⅰ——芭蕉を語る 【197507】
安藤鶴夫（あんどうつるお・㊍花島・雨後亭）
折口先生とびいる（折口信夫追悼） 【195311】
〈荷風日乗〉ある日（随筆） 【196702】
安藤美登里（あんどうみどり）
女の言葉・女の詩（評論） 【1988春】
消滅の美——それぞれのディキンスン（評論） 【1989春】
安藤元雄（あんどうもとお）
交差点 【197608】
安藤礼二（あんどうれいじ）
井筒俊彦の起源——西脇順三郎と折口信夫（評論） 【2009冬】
安野寧夢（あんのねいむ）→永井荷風
庵原高子（あんばらたかこ・㊍門倉喜世子）
降誕祭の手紙（創作） 【195809】
消えた聖母（創作） 【195811】
二階だけの家 【195912】
夏草 【196008】
地上の草（連載第一回〜第六回） 【196107】〜【196112】
なみの花（創作） 【1991夏】
姉妹（創作） 【1992夏】
訪問者（創作） 【1993秋】
ふたり乗り（小説） 【1997秋】
私の推す恋愛小説、この一冊（アンケート回答） 【1998春】
夢は野原（小説） 【1999夏】
新会員（小説） 【2000冬】
兄妹（小説） 【2001春】
オンライン400字時評 【2001夏】
叔母の秋（小説） 【2001秋】
表彰（小説） 【2004夏】
ろばの耳 【2006春】
海の乳房（小説） 【2006夏】
私が選ぶ昭和の小説（アンケート回答） 【2007秋】
白妙の（小説） 【2008夏】
五月の后（創作） 【2010春】

い（ゐ）

井伊亜夫（いいつぐお・㊍飯倉亀太郎）
信念のないリアリズム 【193611】
ルイパストウールと人の倭小化（映画月々） 【193612】
腕の技術と魂の技術（映画月々） 【193701】
伊井直行（いいなおゆき）
多摩丘陵をめぐる四つの断章（小説） 【1985春】
海山寮の冬（小説） 【1986春】
函中植物園の客（小説）【1987秋】
湯微島訪問記（小説）Ⅰ〜Ⅸ 【1988夏】〜【1990夏】
NAVRATILOVA（創作）【1992春】
微笑む女（小説） 【1995冬】
選考座談会（三田文学新人賞） 【1996春】
補助線の行方（座談会）【1996秋】
やってみないとわからないこと 【1996秋】
その姿勢の良さ（学生小説解説） 【1998冬】
私の推す恋愛小説、この一冊（アンケート回答） 【1998春】
教科書の小林秀雄の思い出など 【1998秋】
飯沢匡（いいざわただす・㊍伊沢紀）
好ましき紳士 【194808】
三点鐘 【196002】
飯島章（いいじまあきら）
幼年期・Ⅱ（詩） 【197509】
飯島耕一（いいじまこういち）
詩の朗読の問題から（詩人の頁） 【195508】
サンダウン（詩） 【196104】
ジャン・リュック・ゴダールなど（丘の上） 【196202・03】
私の中の古典・Ⅲ——朔太郎を語る 【197509】
青い砂洲（小説） 【1988秋】
暗殺百美人（小説）（一）〜（四） 【1994夏】〜【1995春】
私の推す恋愛小説、この一冊（アンケート回答） 【1998春】
鳥左衛門さん覚書（読書日記） 【2000冬】
飯島正（いいじまただし）
父の講演（小説） 【193306】
エリザベエト・ベルクナア 【193502】
表現主義映画について 【195108】
映画時評 【195304】
最近の日本映画について 【195305】
「雨月物語」と「車中の見知らぬ人々」 【195306】
飯田章（いいだあきら）
十六日の出来事（小説）【2002秋】
母の刺青（小説） 【2005春】
飯田俊（いいだしゅん）
表紙（絵） 【197001】【197002】
飯田貴司（いいだたかし）
編集センチメンタル・ジャーニー（読書日記） 【1998春】
庭師Sさんのこと（江藤淳追悼） 【1999秋】
飯田操（いいだみさお）
扉（絵） 【193506】
いいだ・もも（飯田桃）
文化防衛と文化革命 【196906】
飯田善国（いいだよしくに）
カット 【195404】【195405】
表紙画 【2000春】
飯沼進（いいぬますすむ）
戦場から 【193901】
飯野友幸（いいのともゆき）
テラコタの夢を解きあかす（書評） 【2008冬】
五百歌左二郎（いおかさじろう）
泥水（小説） 【191301】
熟睡（小説） 【191310】
ぬかるみ（小説） 【191402】
化物屋敷（小説） 【191412】
人の噂（小説） 【191505】
白蛇（小説） 【191612】
九官鳥（小説） 【191701】
あき地（小説） 【191702】
気まぐれ（小説） 【191706】
表紙意匠・表紙図案 【191401】 【191702】〜【191712】
カット 【191311】
伊賀山昌三（いがやましょうぞう・精三）
演劇雑記 【194210】【194212】
五十嵐勉（いがらしつとむ）
同人雑誌の新展開（随筆） 【2009夏】
五十嵐康夫（いがらしやすお）
石坂洋次郎学会の旗揚げ（随筆） 【2002夏】
以歌波（いかわ）→井川滋
ゐかはしげし→井川滋
井川滋（いかわしげる・しげし・ゐかはしげし・井川生・以歌波・SI生）
逢魔時 【191103】
十一月の小説と戯曲 【191112】
十二月の小説と戯曲 【191201】

后の菫（創作）（翻訳）Sir Arthur Quiller-Couch 原作）【194002】
あの頃（小説）【194111】
詩吟【194204】
妙福寺（小説）【194206】
蘖（小説）【194212】
勤め先（小説）【194305】
父と浪曲家【194402】
麻田圭子（あさだけいこ）
花番地を探す（小説）【1988 冬】
阿佐田武（あさだたけし）
映画ノート【194205】
浅野麗（あさのうらら）
作者の息吹を取り戻す試み（書評）【2005 冬】
浅原六朗（あさはらろくろう）
間宮君の嘲笑の唾を自らの顔にかけ給へ【193006】
朝日柊一郎（あさひしゅういちろう）
愛のうた・其の他（詩）【194612・4701・02】
母の愛の歌（詩）【194804】
朝吹三吉（あさぶきさんきち）
家具什器（随筆）【196702】
朝吹登水子（あさぶきとみこ）
三点鐘【195903】
朝吹由紀子（あさぶきゆきこ）
ロブ＝グリエ論　サンスの不在と距離【197012】
朝吹亮二（あさぶきりょうじ）
湖底（詩）【197406】
平場での夜明かし（詩）（翻訳）（J＝P・ギベール原作）【197502】
OPUS　80（詩）【1985 夏】
ひとでなしの恋歌（詩）【1990 秋】
深い孤立感の書（本の四季）【1993 春】
浅見淵（あさみふかし）
桜桃の記（随筆）【196707】
浅見洋二（あさみようじ）
獺（詩）【1989 春】
浅利慶太（あさりけいた）
演劇の回復のために【195512】
戦後演劇の五つの問題（鼎談）【195610】
マクベスにおける福田恆存氏の失敗（芸術雑考一）【195812】
モスクワ芸術座は世界演劇の殿堂か（芸術雑考二）【195902】
シンポジウム「発言」――現代演劇の不毛【195910】
シンポジウム「発言」――討論【195911】
翻訳劇と創作劇（対談）【196011】
サルトル・人と文学（座談会）【196612】
演劇とオペラ、振りかえる時（対談）【1993 春】
浅利鶴雄（あさりつるお・三田英児）
遠慮のない「親父」（小山内薫追悼）【192903】
蘆原英了（あしはらえいりょう・㊍敏信）
ソヴィエット舞踊界に対する疑問【193603】
ソヴイエット舞踊家の巴里攻撃【193608】
舞踊随想【193610】【193612】
扉の言葉【195210】
観たものから（随筆）【196609】
弔辞（北原武夫追悼）【197312】
蘆原信之（あしはらのぶゆき）
主治医として（小山内薫追悼）【192903】
網代浩郎（あじろひろお）
定期バス（小説）【197112】
闇の女【197204】
道はロータリー（小説）【197212】
東新（あずまあらた）
アーサー・シモンズのベートーヴェン論（評論）（抄訳）【191201】
東鷹女（あずまたかじょ）
虹（俳句）【194208】
東文彦（あずまふみひこ）
章子（小説）【194203】
冬景色（小説）【194302】
東屋三郎（あずまやさぶろう・㊍油屋三郎）
断想（小山内薫追悼）【192903】
麻生恒太郎（あそうつねたろう）
松を愛づ（詩）【192710】
安宅夏夫（あたかなつお）
室生犀星と佐藤春夫――詩から小説へ（文学談義クロストーク）【1988 冬】
茶房Ｌのオード（詩）【1990 夏】
血の絆を主題として（本の四季）【1991 夏】
深田久弥と中島敦（随筆）【2000 冬】
新宿に生きて我有り（書評）【2002 冬】
吉田武史を惜しむ（随筆）【2003 冬】
私が選ぶ昭和の小説（アンケート回答）【2007 秋】
舞台の実相に迫る（書評）【2008 夏】
安達勝弥（あだちかつや）
銅鑼（戯曲）【192409】
飾窓（戯曲）【192411】
太すぎる指環（小説）【192607】
足立源一郎（あだちげんいちろう）
巴里所見（絵）【193505】
高地（扉絵）【193707】
足立典子（あだちのりこ）
像と痕跡【1996 冬】
足立康（あだちやすし・A）
塔（詩）【195705】
池田得太郎『家畜小屋』（書評）【195904・05】
〝悪魔〟の裏切り（人と貝殻）【1986 夏】
I ♡ TEXAS（随想）【1992 夏】
ヒッピーの時代（小説）【2002 春】
穏かな反逆児（書評）【2003 春】
サカガウィア・ゴールド（随筆）【2005 秋】
癌創世記（書評）【2007 秋】
猫越山（創作）【2010 春】
編集後記【195906】【195907】【195909】【195911】【196005】
阿刀田高（あとうだたかし）
私が選ぶ昭和の小説（アンケート回答）【2007 秋】
阿比留信（あびるしん・㊍豊田泉太郎）
ガァトルウド・スタインへの手引（翻訳）（エドマンド・ウイルソン原作）【193209】
D・H・ロオレンスの手紙【193302】
リアリストとしてのイエイツ（現代英吉利作家論）（翻訳）（スティイヴン・スペンダア原作）【193709】
一つの詩（詩）（翻訳）（C・D・ルイス原作）【193709】
アナバアスに就いて（翻訳）（T・S・エリオット原作）【193802】
ANABASE（フランス詩抄）（翻訳）（サン・ジョン・ペルス原作）【193802】
文学の交流【194802・03】
アメリカ詩の動向（戦後文学の展望）【194807】
作家の知識力（文芸時評）【194902】
作家と自由【195006】
阿部彰（あべあきら）
馬場先生（馬場孤蝶追悼）【194009】
阿部昭（あべあきら）
新しい作家たち【197009】
第三の新人の功罪【197201】
怒る・赦す・裁く――原体験のウラ・オモテ――（対談）【197208】
われわれにとって近代文学とは何か（座談会）【197301】
記憶以前（ノスタルジア）【197504】
剝製の子規（随想）【1985 春】【2000 春臨】
作家の発言――いま何を考えているか――（鼎談）【1986 夏】
阿部岩夫（あべいわお）
少女（詩）【1989 冬】
阿部英児（あべえいじ）
兄としての故人（水上瀧太郎追悼）【194005 臨】
阿部弘一（あべこういち）
道（詩篇）【196108】
測量師（詩）（抄）【196702】
風景論（詩）【1989 秋】
安部公房（あべこうぼう・㊍公房〈きみふさ〉）
政治・文学（評論）【195208】
私の文学を語る（インタビュー）【196803】
阿部金剛（あべこんごう・アベ金剛）
交友二十五年（葛目彦一郎追悼）【193503】
琉球・崇元寺（扉絵）【193610】
琉球二景（絵と文）【193701】
カット【194111】～【194207】
阿部省三→水上瀧太郎（みなかみたきたろう）
阿部肖三→水上瀧太郎（みなかみたきたろう）
阿部次郎（あべじろう）
三太郎の日記（随想・評論）【191407】【191408】

青砥準　（あおとじゅん・青戸準）
日本評論（六月の小説）【193807】
日本評論（七月の小説）【193808】
中央公論（八月の小説）【193809】
中央公論（今月の小説）【193810】〜【193812】
青野季吉（あおのすえきち）
杉山氏小論（作品と印象）【193603】
青野聰（あおのそう）
選択は神サマに（私を小説家にしたこの一冊）【2000 冬】
青藻葉一（あおもよういち）
詩壇一瞥　【193604】【193605】【193607】〜【193609】
青柳いづみこ（あおやぎいづみこ）
音楽になったエドガー・A・ポー（随筆）【2009 夏】
青柳友子（あおやぎともこ）
退屈人生（小説）【196711】
青柳信雄（あおやぎのぶお）
蜘蛛を嫌ふ男（小説）【192807】
帝劇のブラザースに就て【193105】
戯曲月評【193209】
青柳瑞穂（あおやぎみずほ）
病める木梢（短詩）【192106】
さびしい声が私を呼ぶ（短詩）【192110】
愛憐（短詩）【192112】
幸福（短詩）【192209】
秋夕夢（短詩）【192408】
青惕（詩）【192701】
別れた人に（詩）【192803】
花子（小品）【193103】
花について【194905】
肖像画（創作）（翻訳）（モオパッサン原作）【194906】
受賞者略歴と感想（戸川秋骨賞）【194908】
学校【195006】
モオリス・ド・ゲランの日記　或は（小説）（翻訳）【195106】
驢馬の耳【195502】
三点鐘【195902】
「珊瑚集」の原詩さがし（永井荷風追悼）【195906】
三点鐘（創刊五十周年記念）【196005】
音と声【196701】
奥野信太郎君の思ひ出（奥野信太郎氏追悼）【196803】
青柳優（あおやぎゆたか）
受賞作品論【193805】
青山光二（あおやまこうじ）
歌の町（小説）【193705】
赤石信久（あかいしのぶひさ）
くるつている【196709】
赤木健介（あかぎけんすけ・㊍赤羽寿・伊豆公夫）
暖いおもいで（折口信夫追悼）【195311】
赤坂清一（あかさかせいいち）
鉦の音（小説）【197309】
赤坂智洋（あかさかともひろ）
写真家の話（学生小説）【2000 冬】
明石久子（あかしひさこ）
先生の思ひ出（宇野四郎追悼）【193104】
赤塚行雄（あかつかゆきお）
いななくな、心の悍馬（評論）【196202・03】
茜谷大介（あかねやだいすけ）
チャボの行くえ（小説）【197107】
安芸清三郎（あきせいざぶろう）
影絵（創作）【194905】
阿木翁助（あぎおうすけ・㊍安達鉄翁）
三田劇談会（座談会）【194208】
亜樹康子（あぎやすこ）
ドライアイ（小説）【1996 春】
十九夜月（小説）【1997 春】
鏡のなかにあるごとく（小説）【1998 冬】
秋沢修二（あきさわしゅうじ）
〔推薦文〕山田多賀市著長篇『耕土』（広告欄）【194006】
秋沢信夫（あきさわのぶお）
数個の映画から【193305】
秋田雨雀（あきたうじゃく・㊍徳三）
坂下の街（追懐小品）【191006】
盲児の幻想（戯曲）【191112】
秋野卓美（あきのたくみ）
カット　【1998 春】〜【2002 夏】
秋庭俊彦（あきばとしひこ・沢庵和尚三代）
ダリヤと舞扇【191101】
秋本喜久子（あきもときくこ）
雨（創作）【197609】
ろばの耳【2007 夏】
秋元幸人（あきもとゆきと）
吉岡実アラベスク（評論）【1995 夏】
小説西脇先生訪問記（エッセイ）【1997 夏】
佐藤春夫「都會の憂鬱」（偉大なる失敗作）【1999 秋】
森茉莉と巴里（批評）【2000 夏】
吉岡実の食卓（評論）【2004 夏】
秋山邦晴（あきやまくにはる）
コロンブスの魚（評論）【1990 春】
秋山謙蔵（あきやまけんぞう・一石）
歴史の歯車【194108】
秋山兼三（あきやまけんぞう）
懺悔あるいは青春（詩篇）【196106】
秋山駿（あきやましゅん）
私の文学を語る（インタビュアー）【196801】〜【196903】【196909】
新しい魅力がほしい（批評家はこれでいいのか）【196808】
新しい文学の方向を探る（座談会）【197002】
第三の新人の功罪【197201】
「新しい」か「わからない」か（座談会）【197205】
架空の行為と死――連合赤軍事件を素材に――【197206】
現代文学と内向の世代（評論）【197302】
唖からお喋りへの変身（随想）【197610】
現代文学の原像（講演）Ⅰ〜Ⅴ【1986 夏】〜【1987 夏】
幻想を解体してゆく表現（座談会）【1988 冬】
『葉隠』のこと（随筆）【1992 秋】
女子大へ行って（随筆）【1997 夏】
私の文学【2003 春】
私のドストエフスキー（対談）【2007 春】
昭和文学（戦後〜昭和末年）ベストテン［小説篇］（座談会）【2007 秋】
秋山ツネ（あきやまつね）
南川潤年譜（南川潤追悼）【195511】
秋山正香（あきやままさか）
天国の衣裳（小説）【193509】
明真太郎（あきらしんたろう）
映画その折々【193607】
阿久沢武史（あくざわたけし）
静かな生活――戦後の折口信夫論（評論）【2002 冬】
芥川比呂志（あくたがわひろし）
驢馬の耳【195509】
三点鐘【195909】
演劇と演技（対談）【197007】
鳴り響く装置（連載随筆）【197010】
役とのつきあい（連載随筆）【197011】
ある千秋楽（連載随筆）【197012】
芥川龍之介（あくたがわりゅうのすけ・柳川隆之介・澄江堂主人・寿陵余子・我鬼）
「地獄変」について（手紙）【191807】
奉教人の死（小説）【191809】【2000 春臨】
〔俳句〕（六号余録欄）【191910】
〔序文〕久保田万太郎著『句集道しば』（広告欄）【192707】
※追悼文掲載号【192709】【192710】【192712】
※第一回河童忌の記事【192711】
芥川瑠璃子（あくたがわるりこ）
憶い出の一隅（随筆）【1985 秋】
叔父の書斎（随筆）【1992 夏】
私の推す恋愛小説、この一冊（アンケート回答）【1998 春】
阿久見謙（あくみけん）→庄司総一（しょうじそういち）
浅井清（あさいきよし）
遵法【193810】
芳翰二通（水上瀧太郎追悼）【194005 臨】
浅尾早苗（あさおさなえ）
アラビイ（翻訳）（ジェームズ・ジョイス原作）【193109】
時（小説）【193111】
軽卒（創作）（翻訳）（E・M・デラフキールド原作）【193207】
恋愛（海外小説）（翻訳）（ポール・ジエラルディ原作）【193211】
小さな街の記（翻訳・小説）（シヤーウツド・アンダスン原作）【193308】
老船（翻訳）（ジエイムズ・ハンリイ原作）【193611】
奇蹟（翻訳）（アーサー・ハズラム原作）【193710】
首飾（翻訳）（ソマセット・モーガン原作）【193810】
中山義秀のこと【193810】

索 引

凡 例

Ⅰ この索引は、雑誌「三田文学」の創刊号から2010年春季号までの執筆者別作品題名目録である。
Ⅱ 執筆者名は現代仮名遣いによる五十音順に配列し、各項は人名に関する註記と作品題名の列記によって構成した。
Ⅲ 執筆者名には（ ）を用い、その人名の読み・㊍本名・筆名その他必要と思われる註記を付した。
Ⅳa 一人の執筆者が二つ以上の名前を使用している場合、人名は執筆の度数の多寡により決定し、他の項には→を用いて検索の便を図った。
b 読みの不分明な執筆者名は、五十音各段の最後に配列した。また外国人名も、発音の五十音順によった。
Ⅴa 項目中の作品題名は掲載年代順に配列し、所載年・号数は、総目次本文に使用の記号を用いて表記した。なお、作品題名の表記は、原則として総目次本文の目次部分によるが、原本の目次項と本文に異動のある場合に限り「目次註」によった。
b 表紙・カット類、編集後記については、作品題名列記の後に改めて年代順に記した。
c 他の執筆者の文中等に紹介されている著作類（書信、詩歌、書評、推薦文、その他）についても、〔 〕を用い可能な限り掲載した。
d 二回以上連載のもので、題名の一部に異動のある場合には〘 〙を用いて示した。
e 作品名列記の後には、※を用いて追悼記事、追悼文の掲載号を示した。

あ

相川景子（あいかわけいこ）
花のかたち（小説） 【1989夏】
相沢啓三（あいざわけいぞう）
樹の破片のぼく（詩） 【197407】
愛枝生（あいしせい）→水木京太（みずききょうた）
会田千衣子（あいだちえこ）
神話／女の子たち（詩） 【196609】
殉教の城（小説）（上）（下） 【196709】【196710】
マドモアゼル／火の山にて飛ぶ鳥（詩） 【197506】
土器（詩） 【1987冬】
「新しい女」の先駆者（本の四季） 【1994冬】
健康余話（随筆） 【2001秋】
思い出のパリ（随筆） 【2006秋】
私が選ぶ昭和の小説（アンケート回答） 【2007秋】
ブッキッシュな人（随想） 【2007秋】
会津八一（あいづやいち・秋艸道人）
つちくれ（短歌） 【194601】
相内武千雄（あいないむちお）
沢木先生（沢木四方吉追悼） 【193102】
Cappella dei Pazzi 【194110】
美術史学講座と沢木先生 【194110】
美術座談会（日本美術院第二十九回展覧会座談会） 【194211】
遺稿三篇について 【194211】
沢木先生の肖像画 【194211】
相野田敏之（あいのだとしゆき）
山彦（小説） 【194105】
饗庭孝男（あえばたかお）
日常性の文学とは何か 【196610】
荒地の抒情――大庭みな子論――（評論・文学における日常性） 【197205】
昭和文学再発見（評論）Ⅰ～Ⅵ 【197401】【197404】【197407】【197410】【197501】【197504】
「西欧」とは何か（講演）（一）～（七） 【1988夏】～【1990冬】
ベルトラムカ山荘で（随筆） 【1991秋】
私の推す恋愛小説、この一冊（アンケート回答） 【1998春】
青江舜二郎（あおえしゅんじろう・㊍大島長三郎）
退却の方法（演劇時評） 【193707】
河口（戯曲） 【193711】
現実の相貌 【193712】
演劇に於ける三八年綱領（演劇時評） 【193801】
三田劇談会（座談会） 【194204】
つながり 【195005】
青木和夫（あおきかずお）
都バスの中で（詩） 【195208】
青木史良（あおきしろう・㊍史朗）
ある会話（記事広告） 【193509】
青木史郎（あおきしろう）
野猿（小説） 【196711】
青木生（あおきせい）
演劇雑感 【191808】
「緑の朝」の舞台装置を見て（劇評） 【191809】
青木健（あおきたけし）
一九二八年～一九三〇年「スルヤ」と中原中也（文学談義クロストーク） 【1990秋】
青木哲夫（あおきてつお）
骨の味（小説） 【197205】
青木鐵夫（あおきてつお）
名前考（随筆） 【2002夏】
青木年衛（あおきとしえ・石川年）
祭時記（小説） 【194004】
鳥羽絵（小説） 【194105】
兄と弟（小説） 【194209】
亀（小説） 【194609】
六号記 【194612・4701・02】
異神を追ふ（創作）【194802・03】
心色（創作） 【194901】
涙について（Essay on Man） 【194906】
青木範夫（あおきのりお）
完了（喜劇） 【195909】
闇の明るさ（詩劇）（共訳）（クリストファ・フライ原作）（全三回） 【196004】【196006】【196007】
青木実（あおきみのる）
屯のはなし（小説） 【194101】
青地三郎（あおちさぶろう）
てふおるましおん 【194110】
青戸準（あおとじゅん）→青砥準

編纂室から

　本書は、一九七六年に刊行された『三田文學総目次』（創刊号一九一〇年〜六〇周年記念号一九七〇年）を原本とし、そこへ創刊一〇〇周年記念号（二〇一〇年）までの四〇年分の資料をあらたに加えた増補版となる。

　前版に添えられた池田弥三郎氏（当時、慶應義塾大学・文学部長）の「あとがき」によれば、刊行の提唱者は「前塾長・佐藤朔」氏であり、編集には「四年の歳月」を要し、株式会社講談社によって刊行されたことが記されている。データ制作と整理にあたったのは、主として「本塾文学部国文科卒業の関場匣子、途中から同じく今泉孝子両君」であった。

　その前版を原本とした今回の増補版は、三田文学創刊一〇〇年の記念事業として、二〇〇九年に企画され、その年、編集作業に着手した。前版の記載形式に倣うことを原則とし、制作の指揮は、当初は慶應義塾大学文学部卒業の加藤博信が、最終的には同じく山崎徳子が担当した。そのほか三田文学編集部員、安藤京子、西澤千典、松本智子、八木文子が作業に携わった。増補版の刊行までにやはり四年の歳月を要し、「三田文学」一〇〇年間のすべての目次がここに詳らかになった。

三田文學総目次　増補版

二〇一三年三月三十一日　初版第一刷発行

編集／発行　三田文学会
〒一〇八―八三四五
東京都港区三田二―一五―四五
慶應義塾大学内
電話　〇三―三四五一―九〇五三

発売　慶應義塾大学出版会
〒一〇八―八三四六
東京都港区三田二―一九―三〇
電話　〇三―三四五一―三五八四

印刷／製本　株式会社精興社

Printed in Japan
ISBN 978-4-7664-2030-2